山前 譲 編
ミステリー文学資料館 監修

日外アソシエーツ

Contents list
of
Japanese Detective Story Magazines

Compiled by
©Yuzuru Yamamae

Supervised by
Japan Library of Mystery Literature

2009 by Nichigai Associates, Inc.
Printed in Japan

●編集担当● 原沢 竜太
装 丁：赤田 麻衣子

序

　このたび山前譲編、ミステリー文学資料館監修の「探偵雑誌目次総覧」が日外アソシエーツから刊行される運びになり、関係者の一人として非常にうれしく思っております。この目次総覧は山前譲氏の長年にわたる書誌学的研究をいわば集大成した労作ですが、探偵小説を研究される方々に大いに役立つものと期待しております。

　戦前の探偵作家に関心を持ち、作品を読んだり、研究しようとする場合、これまでは他のいわゆる純文学を研究するのとは異なるいくつかの障害がありました。

　一つは戦前の探偵の単行本や雑誌が図書館などにほとんど保存されていないこと、また、個人的に入手しようと思っても古書値が余りに高過ぎたことです。

　こういう状況が生まれた背景には、戦争中は、探偵小説が敵性文学と見なされていた点があります。探偵小説はもともとアメリカの天才詩人ポーが1841年に作り出した「モルグ街の殺人事件」から始まり、英国のコナン・ドイルのシャーロック・ホームズ・シリーズをはじめとする多彩な作品が英米を中心に花開いたのですが、太平洋戦争中は、日本はこの両国と戦争をしていたため、時の軍国主義的な勢力から敵性文学と位置づけられ出版もままなりませんでした。

　もう一つの理由は、探偵小説やミステリーというジャンルの社会的評価が低かったことです。このため、公共図書館などの探偵小説や探偵雑誌の収集・保存は充分とはいえない状況でした。

　戦後は、ミステリー・ブームの中で、社会的な評価も高まり、また、アカ

デミズムの世界でもいわゆるカルチュラル・スタディーズなどの研究対象として探偵小説やミステリーが取り上げられる機運が高まって来ています。最近では、ミステリー文学資料館をはじめ大学の図書館などで戦前・戦後の探偵・推理小説関係の資料を収集・保存する動きが出て来ています。

しかし、雑誌資料の保存先がわかっても、これまでは、どの雑誌にどんな作家の作品、評論が掲載されているかを調べるのが大変でした。中島河太郎氏の「日本探偵小説総目録」以外にはほとんど参考にする書誌がないのが実情でした。

その意味で、自画自賛するようで心苦しい次第ですが、今回刊行された山前譲編の本書「探偵雑誌目次総覧」は、『新青年』以外の探偵雑誌を幅広く網羅した画期的なものであり、研究者や愛読者に参考図書として大いに役立つものといえると思います。

奇しくもミステリー文学資料館の開館10周年の年にこのような充実した書誌が日外アソシエーツから出版されたことをうれしく思っております。この機会に関係各位に改めて感謝申し上げますとともに、本書が広く多くの方々にご活用頂けるよう心から願っております。

2009年4月

ミステリー文学資料館館長　権田萬治

刊行にあたって

　本書は、日本のミステリーが探偵小説と呼ばれていた時代、すなわち大正末期から昭和20年代にかけて創刊された、探偵小説専門誌あるいは探偵小説を主に掲載していた雑誌の目次総覧である（1誌だけ例外的にその後の創刊）。

　なにをもって探偵雑誌とするかは難しいが、江戸川乱歩「探偵小説雑誌目録」（1951）がいまもって最も詳しい総合的な資料である。ここにはそこに挙げられているものから取捨選択の上、目次総覧を作成した。

　その目録は、日本に創作探偵小説の世界を拓いた江戸川乱歩「二銭銅貨」（1923）が掲載された、『新青年』から始まっているが、全400冊というヴォリュームもあって、ここには取り上げてはいない。別途、目次総覧の作成されることを期待する。また、同人誌など、収集の困難から取り上げることのできなかった雑誌も少なからずあった。とりわけ残念なのは1925年12月に創刊された『映画と探偵』で、「探偵小説雑誌目録」には2号で終わったとあるものの、少なくとも5号は発行されている。

　探偵雑誌の目次総覧に着手してから20年余経つが、その間、コンピュータを利用しての整理が容易になった一方で、データの互換性の問題がたびたび生じた。あらためて作成しはじめたのは2000年で、ミステリー文学資料館編のアンソロジー『幻の探偵雑誌』『甦る推理雑誌』の巻末資料のためであった。その際、ミステリー文学資料館の嶋崎雅子、赤川実和子両氏に、データ入力の労をわずらわせた。各々の雑誌の所蔵機関や資料面でご協力を得た方々ともども、ここに謝意を表する。

　最後に、編者が目録作成に関心をもつ切っ掛けとなった、中島河太郎氏と島崎博氏の業績に最大の謝意を表したい。

2009年4月28日

山前　譲

目　次

凡　例 ………………………………………………………… (7)
収録雑誌一覧 ………………………………………………… (10)

探偵雑誌目次総覧

本　文 ………………………………………………………… 1
執筆者名索引 ………………………………………………… 501

凡　例

1．本書の内容
　本書は、1920年代から1960年代までに創刊された探偵小説雑誌のうち、35誌、1186冊に掲載された小説（翻訳含む）・脚本・随筆・評論・コラム・対談・座談会・アンケート・詩・短歌・川柳・漫画（1ページ以上の主なもの）・笑話・娯楽欄・読者欄など、広告を除くほとんどすべての内容細目のべ30,000件余りを網羅しまとめた細目総覧である。

2．収録対象
　1922年～1960年に国内で刊行された雑誌のうち、いわゆる探偵小説雑誌とよばれるものを収録した。ただし、以下の雑誌については今回は対象外とした。
　　・『新青年』
　　・戦後創刊の海外ミステリーの翻訳雑誌

3．収録雑誌一覧（巻頭）
　雑誌名の読みの五十音順で排列し、本文の所在を示した。

4．誌名見出し
（1）排列・表記
　　創刊年月順に排列し、原則新字で表記した。創刊年月が同一の場合は、長期間続いた雑誌を後ろとした。発行所および発売所は、特記なき場合、東京である。編集人は本文奥付に記載されているもので、実際の編集人とは異なる場合も多い。

（2）記載事項
　　雑誌番号／誌名／刊行期間・全冊数／刊行頻度・版型／発行所／発行人／編集人／概要

5．各巻号の見出し

(1) 排列・表記
雑誌本文の奥付にしたがって発行年月日順に排列した。発行年月日の元号表記は西暦に、巻号数表記は洋数字に統一した。

(2) 記載事項
巻号／ミステリー文学資料館の所蔵有無／発行年月日／その他の号名／ページ数／価格

(3) 特記事項
増刊や別冊は一律「増刊」「別冊」と表記したが、巻号数が付されていない場合はその限りではない。本文奥付の刊行月日や巻号数と、表紙の発行月日や巻号数が食い違っている場合などは、その巻号の末尾に付記した。本文奥付の表記が明らかに間違っている場合も付記した。ページ数は最終ノンブルを示した。別冊付録のページ数は示していない。価格において、戦後の一時期表記されていた地方定価は示していない。

6．作　品

(1) 排列・表記
作品は開始頁順に排列し、連続して掲載されていない場合は「, 」で区切って、分載されていることを示した。原則的に仮名遣い等は雑誌本文の原表記のままで記載したが、漢字は新字で記載した。著者名やタイトルで誤記と思われるもので、目次や柱を参照して訂正した箇所がある。[　]は特にタイトルの表記がないもの。著者名で合作の場合は「／」で区切った。1ページより前にある項目は「前1」などで、最終ノンブル以後にある項目は「後1」等と示した。本文中の付録のページ数は「付1」等で、別冊付録のページ数は「別付1」等で示した。

(2) 記載事項
タイトル《作品種別》(著者名)／開始頁～終了頁

7．執筆者名索引

(1) 収録基準
本文に掲載されてるタイトルのうち、漫画・短歌・川柳・口絵・グラビアは省き、娯楽欄や編集後記の類も概ね省いた。無署名記事や、訳者、構成者も収録していない。

(2) 執筆者名見出し
　本文に記載された執筆者名を見出しとして立てた。外国人作家の表記はまちまちであるが、明らかに同一人物の場合はひとつの見出しにまとめた。
(3) 別名義
　ペンネームなど別名義のある場合は→で参照を示した。複数の別名義がある場合は、もっともポピュラーな執筆者名の項にすべてを表記した。
(4) 排　列
　姓の読みの五十音順、同一姓のもとでは名の読みの五十音順とした。作品は発表年月順に排列した。英字の作者は最後にABC順に排列した。
(5) 本文の所在は、以下の形式で示した。
　執筆者名
　　タイトル《作品種別》／雑誌番号「雑誌名」巻数(号数)　発行年月　雑誌の掲載開始頁

8．参考文献

　すべてを挙げれば厖大な数になるので、書誌と作家情報で特に参照したものを以下に挙げる(順不同)。
・江戸川乱歩「探偵小説雑誌目録」(1951　岩谷書店『幻影城』所収)
・江戸川乱歩編「飜訳短篇探偵小説目録」(1951　岩谷書店『1951年版探偵小説年鑑』所収)
・権田萬治監修『海外ミステリー事典』(2000　新潮社)
・権田萬治・新保博久監修『日本ミステリー事典』(2000　新潮社)
・中島河太郎編「日本探偵小説総目録」(1950　岩谷書店『1950年版探偵小説年鑑』所収)
・中島河太郎監修「『宝石』総目録」(1974　いんなあとりっぷ社『宝石推理小説傑作選』所収)
・中島河太郎編「戦後推理小説総目録」(1975　日本推理作家協会)
・中島河太郎『日本推理小説辞典』(1985　東京堂書店)
・古澤仁編「邦訳欧米探偵小説目録」(1949　岩谷書店『1948年版探偵小説年鑑』所収)
・「幻影城」全53冊(1975-79　絃映社→幻影城)

収録雑誌一覧

35『エロチック・ミステリー』… 489	08『探偵趣味』（平凡社版）… 60
35『エロティック・ミステリー』.. 479	29『探偵趣味』（戦後版）….. 344
34『鬼』…………………… 476	15『探偵春秋』……………… 109
32『怪奇探偵クラブ』……… 347	09『探偵小説』……………… 62
28『影』…………………… 343	12『探偵文学』……………… 96
19『仮面』………………… 258	03『探偵文芸』……………… 16
30『恐怖街』……………… 345	20『探偵よみもの』………… 261
13『クルー』……………… 105	18『トップ』………………… 252
21『黒猫』………………… 264	24『トリック』……………… 289
14『月刊探偵』…………… 106	02『秘密探偵雑誌』………… 13
12『シュピオ』…………… 101	26『フーダニット』………… 300
23『真珠』………………… 271	11『ぷろふいる』…………… 73
01『新趣味』……………… 3	19『ぷろふいる』（戦後版）… 257
22『新探偵小説』………… 268	27『別冊宝石』……………… 302
31『スリーナイン』……… 346	17『宝石』…………………… 121
07『探偵』………………… 55	35『ミステリー』…………… 498
05『探偵・映画』………… 39	24『妖奇』…………………… 274
10『探偵クラブ』………… 69	06『猟奇』…………………… 41
32『探偵クラブ』（戦後版）… 348	16『ロック』………………… 114
32『探偵倶楽部』………… 355	25『Gメン』………………… 292
33『探偵実話』…………… 402	25『X』……………………… 295
04『探偵趣味』…………… 24	

探偵雑誌目次総覧

01 『新趣味』

【刊行期間・全冊数】1922.1-1923.11（23冊）
【刊行頻度・判型】月刊, 菊判
【発行所】博文館
【発行人】鈴木徳太郎
【編集人】鈴木徳太郎
【概要】『新小説』の改題雑誌で、巻号数が引き継がれ、17巻1号が創刊号である。創刊当初はさまざまなジャンルの記事や随筆が掲載され、「奇想小説集」や「怪奇小説集」、あるいは「外国探偵小説集」と銘打たれて翻訳短編が掲載された。それが好評だったのか、あるいは僚誌『新青年』の翻訳探偵小説を特集した増刊号を意識してか、1922年4月より編集方針を大幅に変え、全誌面を探偵小説とする。7月からは表紙に「探偵小説」と謳い、翻訳探偵小説専門誌の体裁が整った。オップンハイム、ガボリオ、コリンズらの長編が連載され、オルツイ夫人、ドイル、フリーマン、マッカレー、ル・キューらの短編がよく掲載された。

8月からは創作探偵小説の募集を始めている。原稿用紙で10枚から20枚と短いものだったが、角田喜久雄、山下利三郎、あわぢ生（本田緒生）、甲賀三郎、葛山二郎らが入選している。江戸川乱歩の登場に相前後してデビューしたことになるが、創作探偵小説を中心にする編集方針がなく、『新趣味』で本格的に作品を発表するにはいたらなかった。

そのほか探偵実話などの読物もあったが、翻訳探偵小説中心ではまだ多くの読者を得ることができなかったようで、関東大震災による発行所の被害もあり、二年足らずで廃刊となった。

第17巻第1号　所蔵あり
1922年1月1日発行　320頁　50銭

画報 ……………………………………… 前1〜18
文化生活と趣味（三宅雪嶺）……………… 2〜5
人気俳優の将来（仲木貞一）……………… 6〜9
夕ともす灯〈短歌〉（楠田敏郎）………………… 20
衣服の好みに表はれた関東人と関西人（飯野三一）
　　……………………………………… 21〜23
朝立つ虹〈詩〉（北原白秋）……………… 24〜25
国立公園の話（田村剛）………………… 26〜34
元日を再びする方と失ふ方 ………………… 35
女性の眼にうつる男性美
　イスラエルのモーゼを懐ふ（山田邦子）
　　……………………………………… 36〜39
　英国式のジエントルマン（森律子）
　　……………………………………… 39〜41
　悲壮の感を抱かせるもの（植原久和代）
　　……………………………………… 41〜43
民謡の生命〈1〉（島木赤彦）…………… 44〜48
喫煙室（中野人）………………………………… 49
男四十、当に死すべし〈小説〉（高松吉三郎）
　　……………………………………… 50〜53

活動の大通が云つた（森田みね子）…… 54〜60
工場音楽に就て（小林愛雄）………………… 61
簗とかすみ網〈短歌〉（若山牧水）…… 62〜63
燈台守〈1〉〈小説〉（長田幹彦）……… 64〜75
室内遊戯十一種（鵜戸敏太）…………… 76〜80
面白い畳み絵 …………………………… 78〜79
古代支那緞通の話（林愛作）………………… 81
能楽界の鳥瞰図（山崎楽堂）…………… 82〜87
三つ半と四つ …………………………………… 87
海外の消息（中野茨城）………………… 88〜89
医学上から観た美人の相（山下秀之助）
　　……………………………………… 90〜97
各国舞踏の特色（荒木直範）………… 98〜102
世界一の名を得た薩摩焼（永井喜）… 98〜102
和歌野さんの冒険旅行〈小説〉（佐々木指月）
　　…………………………………… 104〜112
松坂屋呉服店の経営振り（上野白萩）
　　…………………………………… 114〜121
題の付いた音楽付かない音楽（辻荘一）
　　…………………………………… 122〜127
相撲四十八手のお浚い（藤原蓬莱）
　　…………………………………… 128〜135

3

01 『新趣味』

化粧の下手な日本婦人(小口みち子) ‥‥‥‥‥‥‥‥‥‥‥‥‥‥ 136〜141	
最近かるた界の傾向(本多朧月) ‥‥ 136〜140	
東京者と上方者(池部釣) ‥‥‥‥ 142〜145	
半玉《小説》(村松梢風) ‥‥‥‥ 146〜155	
美少年の怪《小説》(田中貢太郎) ‥‥ 156〜162	
社会講談はなつて居ない(小金井蘆州) ‥‥‥‥‥‥‥‥‥‥‥‥‥‥ 163〜165	
新語註解 ‥‥‥‥‥‥‥‥‥‥‥ 165	
一家族に必要な春の流行品(婦人記者) ‥‥‥‥‥‥‥‥‥‥‥‥‥‥ 166〜169	
宝石の種類と偽造品の見分法(一記者) ‥‥‥‥‥‥‥‥‥‥‥‥‥‥ 170〜175	
姓名判断(藤原良造) ‥‥‥‥‥‥ 170〜175	
真夏日の下《詩》(生品新太郎) ‥‥ 175	
芸術的な商品陳列法(水谷彦彦) ‥‥ 176〜180	
写真術十二講〈1〉(森芳太郎) ‥‥ 181〜189	
校正恐るべし ‥‥‥‥‥‥‥‥‥ 189	
将棋実戦講話(花田長太郎) ‥‥‥ 190〜191	
新式布石講話(瀬越憲作) ‥‥‥‥ 192〜193	
棋界奇語 ‥‥‥‥‥‥‥‥‥‥‥ 194	
光と影《小説》(ジヤック・ロンドン〔著〕, 和気律次郎〔訳〕) ‥‥‥‥‥ 196〜214	
無翼の怪鳥《小説》(アンドレ・ランヴキール〔著〕, 竜野里男〔訳〕) ‥‥ 216〜230	
闇の手〈1〉《小説》(アーサア・リース〔著〕, 加藤朝鳥〔訳〕) ‥‥‥‥ 232〜250	
動物と方向性(兎耳生) ‥‥‥‥‥ 251	
大理石の女《小説》(アンリ・ドウ・レニエ〔著〕, 野尻清彦〔訳〕) ‥‥ 252〜270	
犬に生れ変つた話(山谷生) ‥‥‥ 271	
異性の勝利《小説》(アンリ・クロワザアル〔著〕, 本間武彦〔訳〕) ‥‥ 272〜284	
国宝と家宝(代々木山人) ‥‥‥‥ 285	
若返りの霊泉《小説》(ホーソルン〔著〕, 長谷川浩三〔訳〕) ‥‥‥‥ 286〜299	
大鴉の紋章〈1〉《小説》(ルキユー〔著〕, 水上鉄治郎〔訳〕) ‥‥‥‥ 300〜319	
編輯後記 ‥‥‥‥‥‥‥‥‥‥‥ 320	

第17巻第2号　所蔵あり
1922年2月1日発行　256頁　50銭

画報 ‥‥‥‥‥‥‥‥‥‥‥‥‥ 前1〜16	
闇の手〈2〉《小説》(アーサー・リース〔著〕, 加藤朝鳥〔訳〕) ‥‥‥‥ 2〜23	
魔のトランプ《小説》(リチヤード・マーシユ〔著〕, 岸村五郎〔訳〕) ‥‥ 24〜49	
女形濃艶味の出し方 先天的原因、後天的原因(中村歌右衛門) ‥‥‥‥‥‥‥‥‥‥‥ 50〜54	
舞踊と絵ごころと(尾上梅幸) ‥‥‥ 54〜56	
掏摸の今昔物語(尾佐竹猛) ‥‥‥‥ 57〜65	
刀禰川堤小景《短歌》(尾山篤二郎) ‥‥ 66〜67	
民謡の生命〈2〉(島木赤彦) ‥‥‥ 68〜71	
海外珍聞(中野茨城) ‥‥‥‥‥‥ 72〜73	
三越呉服店の側面観(猿楽町人) ‥‥ 74〜78	
月夜かりがね《短歌》(永田竜雄) ‥‥ 78〜79	
冬日小曲《長詩》(川路柳虹) ‥‥‥ 80〜81	
三くだり半後日譚(穂積重遠) ‥‥‥ 82〜89	
信濃行《短歌》(杉浦翠子) ‥‥‥‥ 89	
往来の人《短歌》(佐々木指月) ‥‥ 90〜93	
新しい舞踊の前途(市川猿之助) ‥‥ 94〜95	
珍味蜂の子飯(清水対岳坊) ‥‥‥‥ 96〜99	
写真術十二講〈2〉(森芳太郎) ‥‥ 100〜106	
懸賞写真選評(森芳太郎) ‥‥‥‥ 106〜107	
最も売行のよい流行品(婦人記者) ‥‥‥‥‥‥‥‥‥‥‥‥‥‥ 108〜111	
外国婦人の観た日本人の服装と化粧(ベルリナー夫人) ‥‥‥‥‥‥‥ 112〜113	
或る活動嫌ひの毒舌(愚教師) ‥‥‥ 114〜120	
最近の映画封切(東路生) ‥‥‥‥ 121〜123	
燈台守〈2〉《小説》(長田幹彦) ‥‥ 124〜139	
芝居の手解き(鈴木春浦) ‥‥‥‥ 140〜143	
将棋実戦講話(花田長太郎) ‥‥‥ 144〜145	
義歯の話 ‥‥‥‥‥‥‥‥‥‥‥ 145	
新式布石講話(瀬越憲作) ‥‥‥‥ 146〜148	
レニンの情婦 ‥‥‥‥‥‥‥‥‥ 148	
冬凪ぎ《俳句》(松沢雪松) ‥‥‥‥ 149	
俄給仕人《小説》(ハアバアト・ゼンキンス〔著〕, 馬場孤蝶〔訳〕) ‥‥ 150〜170	
喫煙室 ‥‥‥‥‥‥‥‥‥‥‥‥ 171	
不思議の客《小説》(アルジヤーノン・ブラックウツド〔著〕, 田端竜三〔訳〕) ‥‥‥‥‥‥‥‥‥‥ 172〜189	
大学教授の変死《小説》(エドガー・ウオレス〔著〕, 神部正次〔訳〕) ‥‥‥‥ 190〜207	
謎のミイラ《小説》(ドクツウル・ルプランス〔著〕, 竜野里男〔訳〕) ‥‥‥‥ 208〜221	
大鴉の紋章《小説》〈2・完〉(ルキユー〔著〕, 水上鉄治郎〔訳〕) ‥‥‥‥ 222〜255	

第17巻第3号　所蔵あり
1922年3月1日発行　320頁　50銭

画報 ‥‥‥‥‥‥‥‥‥‥‥‥‥ 前1〜18	
舞踏人形《小説》(コナン・ドイル〔著〕, 筑摩節也〔訳〕) ‥‥‥‥‥‥ 2〜30	
大東京の区域 ‥‥‥‥‥‥‥‥‥ 31	
民謡の性命〈3〉(ママ)(島木赤彦) ‥‥ 32〜35	
不思議なカード《小説》(モフェット〔著〕, 坂本義雄〔訳〕) ‥‥‥‥ 36〜65	
習作十首《短歌》(羽生操) ‥‥‥‥ 66〜67	
白木屋呉服店の内部(猿楽町人) ‥‥ 68〜74	

舞踊の型に就て(藤間静枝)・・・・・・・・・・・・・・・ 75
怪しい足跡〈1〉《小説》(ガストン・ルルー〔著〕,
　葛見牧夫〔訳〕)・・・・・・・・・・・・・・・ 76～107
博多人形の話(中野紫葉)・・・・・・・・・・・ 108～111
帝劇花形女優総まくり(生田葵)・・・ 112～128
舞台より観客へ《アンケート》
　一、女優となつた動機
　二、扮したいと思ふ役
　三、将来進みたい方面
　四、女優生活の苦と楽
　五、観客へ対する希望
　　(森律子)・・・・・・・・・・・・・・・・・・・ 114～116
　　(村田嘉久子)・・・・・・・・・・・・・・・・・・・ 116
　　(初瀬浪子)・・・・・・・・・・・・・・・・ 117～118
　　(河村菊枝)・・・・・・・・・・・・・・・・ 118～120
　　(藤間房子)・・・・・・・・・・・・・・・・・・・ 120
　　(音羽兼子)・・・・・・・・・・・・・・・・ 120～122
　　(東日出子)・・・・・・・・・・・・・・・・ 122～124
　　(鈴木福子)・・・・・・・・・・・・・・・・ 124～125
　　(田中勝代)・・・・・・・・・・・・・・・・ 125～126
　　(橘薫)・・・・・・・・・・・・・・・・・・・・ 126～128
　　(明石久子)・・・・・・・・・・・・・・・・・・・ 128
　　(春日明子)・・・・・・・・・・・・・・・・・・・ 128
新しい封切映画(押山生)・・・・・・・・・・・・・ 129
エイ・イイの詩《詩》(日夏耿之介)
　・・・・・・・・・・・・・・・・・・・・・・・・・・・・・・ 130～131
恐怖の家《小説》(エドワード・レオナード〔著〕,
　青木羊太〔訳〕)・・・・・・・・・・・・・ 132～169
侯爵は果して殺したか《小説》(ベロック夫人
　〔著〕,三上於菟吉〔訳〕)・・・ 170～181
金庫の謎〈1〉《小説》(エミール・ガボリオー
　〔著〕,大平新三〔訳〕)・・・・・ 182～204
新式布石講話(瀬越憲作)・・・・・・・・・ 205～207
婦人の聴講生・・・・・・・・・・・・・・・・・・・・・・・・ 207
趣味の黄金化(池部鈞)・・・・・・・・・・・ 208～211
悪逆の子《小説》(ポンソン・ジュ・テライユ〔著〕,
　武田玉秋〔訳〕)・・・・・・・・・・・・・ 212～247
自然の風姿と新花道(小林鷺洲)・・・ 248～249
郵便切手帖の行方《小説》(ジョルジュ・ドレイ
　〔著〕,本間武彦〔訳〕)・・・・・ 250～279
チャップリンの手紙(森田みね子)
　・・・・・・・・・・・・・・・・・・・・・・・・・・・・・・ 280～285
写真術十二講〈3〉(森芳太郎)・・・ 286～293
闇の手〈3〉《小説》(アーサー・リース〔著〕,
　加藤朝鳥〔訳〕)・・・・・・・・・・・・・ 294～314
懸賞写真選評(選者)・・・・・・・・・・・・・ 315～316
運命指導(藤原良造)・・・・・・・・・・・・・ 315～317
将棋実戦講話(花田長太郎)・・・・・・・ 318～319
御断り二箇条・・・・・・・・・・・・・・・・・・・・・・・・ 319
書信の中より・・・・・・・・・・・・・・・・・・・・・・・・ 320

第17巻第4号　所蔵あり
1922年4月1日発行　320頁　80銭
口絵・・・・・・・・・・・・・・・・・・・・・・・・・・・・・・ 前1～6
大晦日の夜の冒険《小説》(チヨツケ〔著〕,藤
　浪水処〔訳〕)・・・・・・・・・・・・・・・・ 2～59
月長石〈1〉《小説》(ウイルキ・コリンス
　〔著〕,森下雨村〔訳〕)・・・・・・・ 60～83
万年草と倉平《漫画》(服部亮英)・・・ 84～85
秘密の丘《小説》(ヴァン・ライバア〔著〕,藤村
　良作〔訳〕)・・・・・・・・・・・・・・・・・・ 86～113
侠勇画家〈1〉《小説》(デューマ〔著〕,福永渙
　〔訳〕)・・・・・・・・・・・・・・・・・・・・・ 114～133
豪雨の戯れ《映画物語》(里木悦郎)
　・・・・・・・・・・・・・・・・・・・・・・・・・・・・・・ 134～141
新刊紹介・・・・・・・・・・・・・・・・・・・・・・・・・・・ 141
黒い箱の秘密《小説》(マリヤット〔著〕,筑紫
　三郎〔訳〕)・・・・・・・・・・・・・・・・ 142～175
怪しい足跡〈2・完〉《小説》(ガストン・ルルー
　〔著〕,葛見牧夫〔訳〕)・・・・・ 176～217
新刊紹介・・・・・・・・・・・・・・・・・・・・・・・・・・・ 217
燈台守〈3〉《小説》(長田幹彦)・・・ 218～233
世界が若かつた時《小説》(ジヤック・ロンドン
　〔著〕,和気律次郎〔訳〕)・・・ 234～253
闇の手〈4〉《小説》(アーサー・リース〔著〕,
　加藤朝鳥〔訳〕)・・・・・・・・・・・・・ 254～275
岡山の後楽園(細木原青起)・・・・・・・ 276～277
画室の変死《小説》(ウイリアム・ル・キユー〔著〕,
　西川勉〔訳〕)・・・・・・・・・・・・・・ 278～294
金庫の謎〈2〉《小説》(エミール・ガボリオー
　〔著〕,大平新三〔訳〕)・・・・・ 295～319
編輯後記(記者)・・・・・・・・・・・・・・・・・・・・ 320

第17巻第5号　所蔵あり
1922年5月1日発行　272頁　80銭
口絵・・・・・・・・・・・・・・・・・・・・・・・・・・・・・・ 前1～6
地底の大魔王《小説》(ピエール・ド・ラ・バテ
　イユ〔著〕,葛見牧夫〔訳〕)・・・・・ 2～69
闇の手〈5〉《小説》(アーサー・リース〔著〕,
　加藤朝鳥〔訳〕)・・・・・・・・・・・・・・ 70～91
五月情調《漫画》(奥村秀策)・・・・・・・ 92～93
少年警部《小説》(クイ・ブースベー〔著〕,下村
　千秋〔訳〕)・・・・・・・・・・・・・・・・・ 94～113
揺籃《映画物語》(里木悦郎)・・・・・ 114～121
月長石〈2〉《小説》(ウイルキ・コリンス
　〔著〕,森下雨村〔訳〕)・・・・・ 122～150
老探偵の話(鴨川生)・・・・・・・・・・・・・・・・ 151
黒手団の陰謀《小説》(アー・ベルバレット〔著〕,
　阿部誠太郎〔訳〕)・・・・・・・・・・ 152～157
花嫁の秘密《小説》(ジョ・アアル・シムス〔著〕,
　和気律次郎〔訳〕)・・・・・・・・・・ 158～173
対馬の海《短歌》(斎藤八重子)・・・ 172～173

01『新趣味』

金庫の謎〈3〉《小説》（エミール・ガボリオー
　〔著〕，大平新三〔訳〕）･･････････ 174〜195
ゴルフの競技法（町田邦重）･･････････ 196〜197
俠勇画家〈2〉《小説》（アレキサンドル・デュー
　マ〔著〕，福永渙〔訳〕）･･･････････ 198〜222
女性と犯罪（青葉若葉）･･･････････････････ 223
何の因果か知らねども《漫画》（池田永治）
　･･･････････････････････････････････ 224〜225
紅鬼白鬼《小説》（田中貢太郎）････････ 226〜234
首無事件（藤村良作）････････････････････ 235
淡紅色の薔薇は語る《小説》（エドワード・レオ
　ナード〔著〕，青木羊太〔訳〕）
　･･･････････････････････････････････ 236〜269
賀川さんと芸者小秀（まち子）･･･････ 270〜271
「燈台守」掲載中止に就て（西湖生）･･････ 272

第17巻第6号　所蔵あり
1922年6月1日発行　272頁　80銭

口絵 ･････････････････････････････････ 前1〜6
鏡面の影《小説》（ジー・ジョゼフ・ルノー〔著〕，
　阿部誠太郎〔訳〕）････････････････････ 2〜48
良人の焼死（藤村良作）･･････････････････ 49
告白《小説》（コオナン・ドイル〔著〕，和気律次
　郎〔訳〕）･････････････････････････････ 50〜65
旅のをかしみ《漫画》（池部鈞）･･････････ 66〜67
闇の手〈6・完〉《小説》（アーサー・リース〔著〕，
　加藤朝鳥〔訳〕）････････････････････ 68〜90
突然消滅した男（篠原生）･･･････････････ 91
詐欺師《小説》（イイセル・エム・デル〔著〕，水
　上規矩夫〔訳〕）･････････････････････ 92〜115
朱塗の鉛筆《映画物語》（里木悦郎）
　･･･････････････････････････････････ 116〜123
金庫の謎〈4〉《小説》（エミール・ガボリオー
　〔著〕，大平新三〔訳〕）･･････････ 124〜150
傅琰と李恵（久遠良）･･･････････････････ 150
蒋常の事（久遠良）･････････････････････ 151
梅雨季の平民《漫画》（清水対岳坊）
　･･･････････････････････････････････ 152〜153
深紅の腕《小説》（シー・エフ・アワースラー〔著〕，
　青木羊太〔訳〕）･･･････････････････ 154〜190
子産の事／張昇の事 ･･････････････････ 191
小間使の情味《小説》（アンリー・ボルドー〔著〕，
　佐藤雪児〔訳〕）････････････････････ 192〜196
新刊紹介 ･･････････････････････････････ 197
月長石〈3〉《小説》（ウイルキ・コリンス
　〔著〕，森下雨村〔訳〕）･････････ 198〜223
趣味の刀《漫画》（下川凹天）････････ 224〜225
長方形の箱《小説》（エドカア・アラン・ポオ〔著〕，
　小川水村〔訳〕）････････････････････ 226〜240
新刊紹介 ･･････････････････････････････ 241

俠勇画家〈3〉《小説》（アレキサンドル・デュー
　マ〔著〕，福永渙〔訳〕）･･･････････ 242〜271
編輯を了へて ･･････････････････････････ 272

第17巻第7号　所蔵あり
1922年7月1日発行　272頁　80銭

口絵 ･････････････････････････････････ 前1〜6
ブラウン氏の秘密〈1〉《小説》（オップンハイ
　ム〔著〕，筑紫三郎〔訳〕）････････････ 2〜25
一万弗の要求《小説》（アーサー・リーヴ〔著〕，
　南木正〔訳〕）･･･････････････････････ 26〜55
俠勇画家〈4〉《小説》（アレキサンドル・デュー
　マ〔著〕，福永渙〔訳〕）･････････････ 56〜82
後を跟ける男（思朗生）･･･････････････････ 83
輝く冒険《映画物語》（里木悦郎）････････ 84〜93
寄贈雑誌 ････････････････････････････････ 93
呪ひの影《小説》（ジエフワリ・フアーノル〔著〕，
　袋一平〔訳〕）･･････････････････････ 94〜116
寄贈雑誌 ･･････････････････････････････ 116
運命論者（青山緑人）･･･････････････････ 117
明暗の家は天下泰平《漫画》（前川千帆）
　･･･････････････････････････････････ 118〜119
金庫の謎〈5〉《小説》（エミール・ガボリオー
　〔著〕，大平新三〔訳〕）･･････････ 120〜145
仔山羊の功名《小説》（ルユシイ〔著〕，塩田喜
　八〔訳〕）･･････････････････････････ 146〜163
月長石〈4〉《小説》（ウイルキ・コリンス
　〔著〕，森下雨村〔訳〕）･････････ 164〜195
東京は便利だ《漫画》（清水柳太）････ 196〜197
電話《小説》（シヤアル・フオレイ〔著〕，竜野里
　男〔訳〕）･･････････････････････････ 198〜203
冤の断罪 ･･････････････････････････････ 203
ハアグレエヴスの二役《小説》（オ・ヘンリー
　〔著〕，和気律次郎〔訳〕）････････ 204〜220
車内の珍事（霹靂火）･･･････････････････ 221
上着なしの旅客《小説》（ハロルド・ド・ポロ
　〔著〕，伊藤蘭太郎〔訳〕）････････ 222〜228
敷島二つ（山谷生）･････････････････････ 229
古館の殺人事件〈1〉《小説》（ベー・ブーシヤ
　ルドン〔著〕，阿部誠太郎〔訳〕）
　･･･････････････････････････････････ 230〜271
読者の声（記者）･･･････････････････････ 272

第17巻第8号　所蔵あり
1922年8月1日発行　304頁　80銭

口絵 ･････････････････････････････････ 前1〜6
愛の悪魔《小説》（紺谷青花）･･････････ 2〜79
涼しい避暑、暑い暑避《漫画》（在田稠）
　･････････････････････････････････････ 80〜81
月長石〈5〉《小説》（ウィルキ・コリンス〔著〕，
　森下雨村〔訳〕）･･･････････････････ 82〜107

01 『新趣味』

売国奴《映画物語》(里木悦郎) ……… 108〜116
雪洲の断片 …………………………… 116
新刊紹介 ……………………………… 117
俠勇画家〈5〉《小説》(ヂユーマ〔著〕, 福永渙〔訳〕) ……………………… 118〜155
旅の塵《漫画》(宍戸左行) ………… 156〜157
メダルの紛失《小説》(ケート・グリーン〔著〕, 竜野里男〔訳〕) ……… 158〜187
ブラウン氏の秘密〈2〉《小説》(オツプンハイム〔著〕, 筑紫三郎〔訳〕) …… 190〜215
豪傑病《小説》(コレツト・イーベル〔著〕, 葛見牧夫〔訳〕) ……………… 216〜231
悪趣味くらべ《漫画》(池部鉤) …… 232〜233
金庫の謎〈6〉《小説》(エミール・ガボリオー〔著〕, 大平新三〔訳〕) …… 234〜262
新刊紹介 ……………………………… 263
恐怖の縄《小説》(ハンシヨウ〔著〕, 南木正〔訳〕) …………………… 264〜301
棠蔭秘事の一節(藤村良作) ………… 302〜303
読者の声 ……………………………… 304

第17巻第9号 所蔵あり
1922年9月1日発行　304頁　80銭

口絵 …………………………………… 前1〜6
赤い弾丸《小説》(エドウイン・ベアード〔著〕, 袋一平〔訳〕) …………… 2〜71
旨い報酬《小説》(ヂエー・アール・ワード〔著〕, 木村幹〔訳〕) ……… 72〜92
愛読作家投票第一回発表 …………… 93
金庫の謎〈7〉《小説》(エミール・ガボリオー〔著〕, 大平新三〔訳〕) …… 94〜123
都大路の夕暮《漫画》(奥村秀策) … 124〜127
紙幣贋造事件《小説》(エム・デビスコフ〔著〕, 坂井黒潮〔訳〕) …… 128〜147
ブラウン氏の秘密〈3〉《小説》(オツプンハイム〔著〕, 筑紫三郎〔訳〕) … 148〜177
当り籤《小説》(堀栗衛) …………… 178〜192
月長石〈6〉《小説》(ウイルキ・コリンス〔著〕, 森下雨村〔訳〕) ……… 193〜221
男爵の行方《小説》(松川緑水) …… 222〜236
探偵犬の失敗《漫画》(池部鉤) …… 238〜241
若い芸術家の不安《小説》(ゼエニス・リゼレイ〔著〕, 村越啓一郎〔訳〕) … 242〜277
俠勇画家〈6〉《小説》(ヂユーマ〔著〕, 福永渙〔訳〕) ……………………… 278〜302
読者諸彦に《小説》 ………………… 304

第17巻第10号 所蔵あり
1922年10月1日発行　304頁　80銭

口絵 …………………………………… 前1〜6

金鉱の争奪《小説》(バツク・マリオツト〔著〕, 坂井黒潮〔訳〕) …………… 2〜50
ベルの怪異《小説》(石川大策) …… 51〜78
俠勇画家〈7・完〉《小説》(ヂユーマ〔著〕, 福永渙〔訳〕) …………… 80〜113
浜の奇人《漫画》(服部亮英) ……… 114〜115
脅迫状《小説》(松山緑水) ………… 116〜129
金庫の謎〈8〉《小説》(エミール・ガボリオー〔著〕, 大平新三〔訳〕) …… 130〜148
第三者は?《小説》(松下正昌) …… 149〜161
十二時一分前《小説》(藤田操) …… 162〜171
ブラウン氏の秘密〈4〉《小説》(オツプンハイム〔著〕, 筑紫三郎〔訳〕) … 172〜200
奇怪な汽艇(ランチ)《小説》(大島白濤) …… 202〜208
記者より ……………………………… 208
月長石〈7〉《小説》(ウイルキ・コリンス〔著〕, 森下雨村〔訳〕) ……… 209〜233
闇の中の殺人《小説》(ブリツトン・オースチン〔著〕, 妹尾韶夫〔訳〕) …… 234〜249
節約日の女中さん《漫画》(名木山けん一) …………………………… 250〜251
手術の傑作《小説》(エヴア・ピタロ〔著〕, 田端竜三〔訳〕) …………… 252〜267
三春屋盗難事件(土井謙蔵) ………… 268〜301
愛読作家投票第二回発表 …………… 304

第17巻第11号 所蔵あり
1922年11月1日発行　304頁　80銭

口絵 …………………………………… 前1〜6
魔王の眼《小説》(ホワード・ステイール〔著〕, 阿部誠太郎〔訳〕) …… 2〜49
ブラウン氏の秘密〈5〉《小説》(オツプンハイム〔著〕, 筑紫三郎〔訳〕) … 50〜76
小説家と泥棒《小説》(ゼームス・バー〔著〕, 池宮寂泡〔訳〕) ………… 77〜93
郊外生活《漫画》(けん一) ………… 94〜95
金庫の謎〈9〉《小説》(エミール・ガボリオー〔著〕, 大平新三〔訳〕) …… 96〜122
空家の死骸《小説》(石川大策) …… 123〜145
愉快な袂別《小説》(ホロウエイ・ホルン〔著〕, 妹尾韶夫〔訳〕) ……… 146〜156
血染のバツト《小説》(呑海翁) …… 157〜168
毛皮の外套を着た男《小説》(角田喜久雄) …………………………… 169〜179
呪はれた真珠《小説》(本多緒生) … 180〜186
記者より ……………………………… 186
九寸五分《小説》(神保生) ………… 187
孤島の怪事件《小説》(ヘルマン・ランドン〔著〕, 南木正〔訳〕) ………… 188〜221
探偵功名譚
　死者か生者か(今井亀之助) ……… 222〜227

01 『新趣味』

名物男の死《柳沼鶴松》・・・・・・・・・ 228〜233
月長石〈8〉《小説》（ウイルキ・コリンス〔著〕，
　森下雨村〔訳〕）・・・・・・・・・・・・・ 234〜256
孫太郎虫《山谷生》・・・・・・・・・・・・・・ 257
暗黒の銃声《小説》（マック・ゴオヴアン〔著〕，
　吾妻鹿郎〔訳〕）・・・・・・・・・・・・・ 258〜272
赤井景留の行方《土井謙蔵》・・・・・・ 274〜301
愛読作家投票第三回発表・・・・・・・・・・ 304

第17巻第12号　所蔵あり
1922年12月1日発行　304頁　80銭

口絵 ・・・・・・・・・・・・・・・・・・・・・・・・ 前1〜6
蔦の家の惨劇《小説》（アーサー・モリソン〔著〕，
　坂井黒潮〔訳〕）・・・・・・・・・・・・・・ 2〜35
金庫の謎〈10・完〉《小説》（エミール・ガボリオー〔著〕，大平新三〔訳〕）・・・・・・ 36〜91
古い話 ・・・・・・・・・・・・・・・・・・・・・・・・・ 91
五円騙取る迄の努力《漫画》（池部鈞）
　・・・・・・・・・・・・・・・・・・・・・・・・・・ 92〜95
謎の女《小説》（エドワード・ハンガアフォード
　〔著〕，八木春泥〔訳〕）・・・・・ 96〜118
ブラウン氏の秘密〈6〉《小説》（オップンハイム〔著〕，筑紫三郎〔訳〕）・・・・・ 120〜147
五寸釘の寅吉 ・・・・・・・・・・・・・・・・・・ 143
闘牛《小説》（イー・ドニ・ムニエ〔著〕，国枝史郎〔訳〕）・・・・・・・・・・・・・ 148〜166
謎のＭ・Ｉ・《小説》（石川鳥策）・・ 167〜189
［作者の言葉］（石川鳥策）・・・・・・・・・ 189
社会改造の敵《小説》（オースチン・フリーマン
　〔著〕，大島白濤〔訳〕）・・・・・ 190〜216
美人の絵姿《小説》（黒髯大尉）・・ 217〜223
誘拐者《小説》（山下利三郎）・・・ 226〜236
美の誘惑《小説》（あわぢ生）・・・ 237〜247
月長石〈9〉《小説》（ウイルキ・コリンス〔著〕，
　森下雨村〔訳〕）・・・・・・・・・・・ 248〜273
稲妻強盗の就縛《土井謙蔵》・・・・・ 274〜301
愛読作家投票第四回発表・・・・・・・・・・ 304

第18巻第1号　所蔵あり
1923年1月1日発行　384頁　1円

口絵 ・・・・・・・・・・・・・・・・・・・・・・・・ 前1〜6
カメレオン《小説》（ヨハン・ボエル〔著〕，八木春泥〔訳〕）・・・・・・・・・・・・・・ 2〜40
犯人の新鑑定（白駒生）・・・・・・・・・・・ 41
黄色いハンカチーフ《小説》（スタツケイ・ブレイク〔著〕，藤村良作〔訳〕）・・ 42〜55
女首魁の陰謀《小説》（ホワード・ステイル
　〔著〕，阿部誠太郎〔訳〕）・・・・・ 56〜95
不良少年気質《漫画》（池部鈞）・・・ 96〜97
田舎者の財布《小説》（小倉真美）・・ 98〜103
夜半の銃声《小説》（黙山人）・・・ 104〜112

トランクの死体《小説》（呑海翁）・・ 113〜121
西班牙の恋《小説》（イー・ドニ・ムニエ〔著〕，
　国枝史郎〔訳〕）・・・・・・・・・・・ 122〜161
蜜柑箱の怪《小説》（石川鳥策）・・ 162〜181
米盗人の捜査《小説》（田中烏水）・・ 182〜187
ある泥棒の話 ・・・・・・・・・・・・・・・・・・ 187
海岸の小屋《小説》（モーリス・ルブラン〔著〕，
　妹尾韶夫〔訳〕）・・・・・・・・・・・ 188〜204
魔の家《小説》（エリット・ドネル〔著〕，三矢住人〔訳〕）・・・・・・・・・・・・・・・・・・・ 205
殺人鬼《小説》（コナン・ドイル〔著〕，鵜飼優造〔訳〕）・・・・・・・・・・・・・・・・ 206〜243
鸚鵡《小説》（ジョン・ベアー〔著〕，松川緑水
　〔訳〕）・・・・・・・・・・・・・・・・・・ 244〜249
赤衣の周儒臣（本間武劉）・・・・・・ 250〜268
巧妙な詭計《小説》（ステツヘン・リイ〔著〕，高原幹夫〔訳〕）・・・・・・・・・・・・ 269〜275
奇特な泥棒《漫画》（名木山けん一）
　・・・・・・・・・・・・・・・・・・・・・・・・ 276〜279
月長石〈10・完〉《小説》（ウイルキ・コリンス
　〔著〕，森下雨村〔訳〕）・・・・・ 280〜293
藤色の上衣を着た女《小説》（チヤールス・チベット〔著〕，大島白濤〔訳〕）・・ 294〜297
金剛石《小説》（ダビソン・ポスト〔著〕，村越啓一郎〔訳〕）・・・・・・・・・・・・・ 298〜312
愛読作家当選発表・・・・・・・・・・・・・・・ 313
近藤勇を逮捕するまで（有馬純雄）
　・・・・・・・・・・・・・・・・・・・・・・・・ 314〜330
焼跡の頭蓋骨《小説》（オースチン・フリーマン
　〔著〕，坂井黒潮〔訳〕）・・・・・ 331〜357
猿若町の殺人（土井謙蔵）・・・・・・ 358〜382
編輯余録 ・・・・・・・・・・・・・・・・・・・・・・ 384

第18巻第2号　所蔵あり
1923年2月1日発行　304頁　80銭

口絵 ・・・・・・・・・・・・・・・・・・・・・・・・ 前1〜6
生きた留針《小説》（ジョセフ・ルノオ〔著〕，竜野里男〔訳〕）・・・・・・・・・・・・・・・ 2〜64
埋めた死骸（白駒生）・・・・・・・・・・・・・ 65
地下鉄サムの正直《小説》（ジョンストン・マツカレー〔著〕，大島白濤〔訳〕）・・・ 66〜77
恐怖の扉《小説》（アーサー・リーヴ〔著〕，高原幹夫〔訳〕）・・・・・・・・・・・・・・ 78〜97
老爺の強盗《漫画》（池部鈞）・・・・ 98〜101
宗社党を助けた女《小説》（石川鳥策）
　・・・・・・・・・・・・・・・・・・・・・・・・ 102〜121
一万弗の誘惑《小説》（フレデリック・コーツ
　〔著〕，松川緑水〔訳〕）・・・・・ 122〜139
返へされた宝石《小説》（呑海翁）・・ 140〜150
詩人の愛《小説》（山下利三郎）・・ 151〜160

8

01『新趣味』

少年探偵《小説》(エリス・パーカー・バットラー〔著〕, 阿部誠太郎〔訳〕) ……… 161～173
瀕死の名探偵《小説》(コナン・ドイル〔著〕, 吾妻郎〔訳〕) ……………………… 174～195
探偵の眼の前に消えた男《小説》(ルノオ〔著〕, 葛見牧夫〔訳〕) ……………… 196～214
アイヌの嫌疑(北海釣史) …………… 215
六尺の穴《小説》(ロイ・ハインズ〔著〕, 妹尾韶夫〔訳〕) ……………………… 216～233
恵美須様の艶話《漫画》(宮尾しげを) …………………………………… 234～237
恐怖《小説》(ガヴァヌール・モーリス〔著〕, 羽生操〔訳〕) ………………… 238～250
不思議な乞食(佐々木信司) ………… 251～255
ブラウン氏の秘密〈7〉《小説》(オッブンハイム〔著〕, 筑紫三郎〔訳〕) …… 256～275
煙瓦市の一団(土井謙蔵) …………… 276～302
お絹後日譚(土井謙蔵) ……………… 303

第18巻第3号 所蔵あり
1923年3月1日発行　304頁　80銭
口絵 …………………………………… 前1～6
若い夫人の死《小説》(ジョンストン・マッカレー〔著〕, 阿部誠太郎〔訳〕) … 2～75
呪の手錠《小説》(ヘルマン・ランドン〔著〕, 坂井黒潮〔訳〕) ……………… 76～99
紙幣が鶏肉に化けた話《漫画》(池部鈞) ……………………………………… 100～101
貴様が殺した!!《小説》(エドガー・アラン・ポー〔著〕, 鵜飼優造〔訳〕) … 102～114
六十年の冬眠《小説》(井蛙生) …… 115
獣人《小説》(イー・ドニ・ムニエ〔著〕, 国枝史郎〔訳〕) ……………… 116～140
深夜の怪電《小説》(石川大策) …… 141～161
公園の怪異《小説》(ジョゼフ・ルノオ〔著〕, 葛見牧夫〔訳〕) …………… 162～178
サムの良心《小説》(ジョンストン・マッカレー〔著〕, 坂本義雄〔訳〕) ……… 179～194
黄昏の紙幣(村田善吉) ……………… 195～199
青色インキ《小説》(ヘルマン・ランドン〔著〕, 塩田喜八〔訳〕) ………… 200～220
人間の冷蔵(雪峯生) ………………… 221
興奮の酒《小説》(ビーストン〔著〕, 妹尾韶夫〔訳〕) ……………………… 222～237
破獄囚の秘密《小説》(岡村一雄) … 238～251
見えざる魔の手《小説》(呑海翁) … 252～259
犯罪のいろいろ ……………………… 259
ブラウン氏の秘密〈8〉《小説》(オッブンハイム〔著〕, 筑紫三郎〔訳〕) …… 260～281
破獄囚の行方(土井謙蔵) …………… 282～302

第18巻第4号 所蔵あり
1923年4月1日発行　384頁　1円
口絵 …………………………………… 前1～6
恋か仇か《小説》(サバチニ〔著〕, 波野白跳〔訳〕) ……………………………… 2～46
金剛石を喰ふ奴(百々平) …………… 47
赤い真珠《小説》(ウイリアム・ル・キュー〔著〕, 妹尾韶夫〔訳〕) ………… 48～67
大統領の暗殺 ………………………… 67
下手人を挙げるまで《漫画》(池部鈞) …………………………………… 68～69
バロダ王の失踪《小説》(河瀬蘇北) … 70～94
止つた腕時計(銀波生) ……………… 95
英帝国転覆の陰謀《小説》(エドウイン・ウートン〔著〕, 坂井黒潮〔訳〕) … 96～127
マラバー氏事件《小説》(エフ・デイ・グリアソン〔著〕, 松川緑水〔訳〕) … 128～136
巧妙な犯罪 …………………………… 136
国宝盗難事件《小説》(沖田不二麿) ……………………………………… 137～147
謎の化学方程式《小説》(貞岡五郎) ……………………………………… 148～155
ボタンと徽章(秋風生) ……………… 155
沙漠の古都《小説》(イー・ドニ・ムニエ〔著〕, 国枝史郎〔訳〕) ………… 156～190
罠に落ちた男(白駒生) ……………… 191
見えない脅威《小説》(ジョージ・デイルナット〔著〕, 和田静児〔訳〕) … 192～209
深淵の怪《小説》(モーリス・ルヴエル〔著〕, 阿部誠太郎〔訳〕) ………… 210～218
洗濯物の不審(柏嶺生) ……………… 219
狼団の陰謀《小説》(ホワード・ステイール〔著〕, 高原幹夫〔訳〕) ……… 220～248
スカチの死体(北海生) ……………… 249
エヂンバーグの謎《小説》(ジョゼフ・ルノオ〔著〕, 葛見牧夫〔訳〕) …… 250～270
証拠捜査二題(雪峰生) ……………… 271
疑問の一発《小説》(石川大策) …… 272～291
探偵読本《漫画》(名木山けん一) … 292～293
セン・マール〈1〉《小説》(アルフレッド・ドウ・ヴイニイ〔著〕, 八木春泥〔訳〕) …………………………………… 294～331
サムとクリスマス《小説》(ジョンストン・マッカレー〔著〕, 坂本義雄〔訳〕) …………………………………… 332～342
瓦の釘(碧水郎) ……………………… 343
ブラウン氏の秘密〈9〉《小説》(オッブンハイム〔著〕, 筑紫三郎〔訳〕) … 344～357
古金の壺(土井謙蔵) ………………… 358～382
翡翠の行衛(玉泉生) ………………… 383

第18巻第5号 所蔵あり

01『新趣味』

1923年5月1日発行　304頁　80銭
口絵 ……………………………………… 前1〜6
陪審官のサム《小説》（ジョンストン・マッカレー
　　〔著〕，坂本義雄〔訳〕）……………… 2〜15
邪悪の眼《小説》（ヘルマン・ランドン〔著〕，塩
　　田喜八〔訳〕）………………………… 16〜46
探偵の暗号《小説》（オクタァバス・ロォイ・コー
　　エン〔著〕，村越啓一郎〔訳〕）
　　　………………………………………… 47〜67
新刊紹介 …………………………………… 67
不思議な五十円《漫画》（池部鈞）……… 68〜69
サムと詐欺師《小説》（ジョンストン・マッカレー
　　〔著〕，戸塚五郎〔訳〕）……………… 70〜85
指紋の匂ひ《小説》（石川大策）………… 86〜106
情熱の国の女（白駒生）…………………… 107
淡青緑色の扉《小説》（ステツヘン・リイ〔著〕，
　　坂本黒潮〔訳〕）……………………… 108〜125
俄探偵の恋《小説》（レジナルド・ヒーバー・プー
　　ル〔著〕，阿部誠太郎〔訳〕）
　　　……………………………………… 126〜140
首無し事件（碧水郎）……………………… 141
君子の眼《小説》（山下利三郎）………… 142〜151
蛙の祟《小説》（雨宮二郎）……………… 152〜159
セン・マール〈2〉《小説》（アルフレッド・ド
　　ウ・ヴイニイ〔著〕，八木春泥〔訳〕）
　　　……………………………………… 160〜209
ボロッ船の死骸《小説》（ジョゼフ・ルノオ〔著〕，
　　葛見牧夫〔訳〕）……………………… 210〜230
切支丹坂の夜（KI生）…………………… 231〜235
サムの手術《小説》（ジョンストン・マッカレー
　　〔著〕，大島白濤〔訳〕）……………… 236〜251
ブラウン氏の秘密〈10・完〉《小説》（オツ
　　ペンハイム〔著〕，筑紫三郎〔訳〕）
　　　……………………………………… 252〜276
妾の兄《漫画》（名木山けん一）………… 277〜281
交番前の殺人犯（土井謙蔵）……………… 282〜303

第18巻第6号　所蔵あり
1923年6月1日発行　304頁　80銭
口絵 ……………………………………… 前1〜6
第三の手《小説》（ヒユウ・カアレル〔著〕，村越
　　啓一郎〔訳〕）………………………… 2〜66
新聞持種珍話《漫画》（池部鈞）………… 67〜69
海賊船長の行衛《小説》（チャールス・サマルヴィ
　　ル〔著〕，相馬武郎〔訳〕）…………… 70〜85
小指の主 …………………………………… 85
サムの百弗《小説》（ジョンストン・マッカレー
　　〔著〕，坂本義雄〔訳〕）……………… 86〜105
鼠小僧次郎吉《小説》（篠原幹太郎）
　　　……………………………………… 106〜119
少年の行衛《小説》（伊藤渓水）………… 120〜126

羊皮を被つた狼 …………………………… 126
朝鮮人の深謀（碧水郎）…………………… 127
シシリアの蠟燭《小説》（ジョン・ローレンス
　　〔著〕，藤村良作〔訳〕）……………… 128〜138
郵便物の利用 ……………………………… 139
銀行の賊《小説》（ジョゼフ・ルノー〔著〕，葛見
　　牧夫〔訳〕）…………………………… 140〜156
間一髪（井蛙生）…………………………… 157
セン・マール〈3・完〉《小説》（アルフレッド・
　　ドウ・ウイニイ〔著〕，八木春泥〔訳〕）
　　　……………………………………… 158〜199
放火犯《漫画》（名木山けん一）………… 200〜201
謎の告白板《小説》（石川大策）………… 202〜223
世界征服の結社《小説》（イー・ドニ・ムニエ
　　〔著〕，国枝史郎〔訳〕）……………… 224〜245
歯科医と捜査 ……………………………… 245
六箇の硝子管《小説》（オースチン・フリーマン
　　〔著〕，青木羊太〔訳〕）……………… 246〜266
妻の前半生（白駒生）……………………… 267
アルバアトの手柄《小説》（ジイ・テイ・マック
　　スウエル〔著〕，輪井植夫〔訳〕）
　　　……………………………………… 268〜279
一片の小指（土井謙蔵）…………………… 280〜302
錬金術（雪峰生）…………………………… 303

第18巻第7号　所蔵あり
1923年7月1日発行　304頁　80銭
口絵 ……………………………………… 前1〜6
鎖の輪〈1〉《小説》（アルフレッド・マシヤール
　　〔著〕，阿部誠太郎〔訳〕）……………… 2〜53
幸運な晩《小説》（ヒユウ・カアラー〔著〕，村越
　　啓一郎〔訳〕）………………………… 54〜70
掏摸の奸手段 ……………………………… 70
悪漢追撃《漫画》（池部鈞）……………… 71〜73
影法師の謎《小説》（フロレンス・エム・ペッテー
　　〔著〕，閑寥無味〔訳〕）……………… 74〜87
残る半分《小説》（石川大策）…………… 88〜109
掏摸の秘密/怪しい唸声 ………………… 109
第三の男《小説》（モーリス・ルブラン〔著〕，巨
　　勢洵〔訳〕）…………………………… 110〜123
たはむれ《小説》（ヘルマン・ランドン〔著〕，塩
　　田喜八〔訳〕）………………………… 124〜160
隧道を掘る盗賊（輪生）…………………… 161
絶筆の告白状《小説》（ハロルド・ボダスキー
　　〔著〕，坂本黒潮〔訳〕）……………… 162〜180
伯爵の苦悶《小説》（貞岡二郎）………… 181〜192
夜の呪《小説》（山下利三郎）…………… 193〜199
無作法な探偵 ……………………………… 199
上海夜話《小説》（イー・ドニ・ムニエ〔著〕，国
　　枝史郎〔訳〕）………………………… 200〜218
鸚鵡《漫画》（名木山けん一）…………… 220〜221

ヨークの神秘《小説》(オルツイ〔著〕, 葛見牧夫〔訳〕) ……………… 222〜240
独創的な大盗賊(雪峰生) ………… 241
信用状《小説》(オスカー・シスゴール〔著〕, 筑紫三郎〔訳〕) ……………… 242〜260
同志殺し ………………………… 260
月夜の幽霊(碧水郎) …………… 261
緑色の死《小説》(アーサー・リーヴ〔著〕, 藤村良作〔訳〕) ……………… 262〜281
敷島の吸殻(土井謙蔵) ……… 282〜303

第18巻第8号　所蔵あり
1923年8月1日発行　384頁　1円
口絵 ……………………………… 前1〜6
西洋天一坊《小説》(サバチニ〔著〕, 八木春泥〔訳〕) ……………… 2〜53
大怪賊の電報《小説》(ジヤック・ボイル〔著〕, 山田枯柳〔訳〕) ………… 54〜74
市街鉄道の怪事件《小説》(オルツイ〔著〕, 葛見牧夫〔訳〕) ……… 75〜93
大親分の死 ……………………… 93
懐中時計《漫画》(名木山けん一) …… 94〜95
鎖の輪〈2〉《小説》(アルフレッド・マシヤール〔著〕, 阿部誠太郎〔訳〕) ……… 96〜139
漂泊の旅《小説》(ウイリアム・ル・キユー〔著〕, 生駒翔〔訳〕) ……… 140〜167
アラビンダの行方《小説》(石川大策) …………………………… 168〜189
汽車の転覆/密偵の手帳 ………… 189
変装探偵《小説》(ジヨン・ベイヤー〔著〕, 髙木秋風〔訳〕) ………… 190〜206
悪漢の角突合ひ《小説》(アーテマス・カロウエイ〔著〕, 坂本黒潮〔訳〕) ……… 207〜215
宝庫を守る有尾人種〈1〉《小説》(イー・ドニ・ムニエ〔著〕, 国枝史郎〔訳〕) ………………………… 216〜250
彼の方向転換《小説》(ガイ・デント〔著〕, 五味清六〔訳〕) ………… 251〜261
真珠塔の秘密《小説》(甲賀三郎) …… 262〜272
三つの足跡《小説》(呑海翁) ……… 273〜281
人間四題《漫画》(池部鈞) ……… 282〜283
女皇の恋《小説》(サバチニ〔著〕, 波野白跳〔訳〕) ……………… 284〜319
滑つた舌の根/囚人志願/囚人の仮面 … 319
サムの競馬見物《小説》(ジヨンストン・マツカレー〔著〕, 坂本義雄〔訳〕) … 320〜338
恐しい守備兵 …………………… 338
二度とは食はぬ(雪峰生) ………… 339
カルロウナの宝石《小説》(テイ・ビイ・ドノヴアン〔著〕, 瀬川欣二〔訳〕) … 340〜360
怪ビール瓶(土井謙蔵) ……… 362〜383

第18巻第9号　所蔵あり
1923年9月1日発行　384頁　1円
口絵 ……………………………… 前1〜6
金扇《小説》(ジヨオジ・ゴオグ〔著〕, 安里礼二郎〔訳〕) ……………… 2〜30
復讐 ……………………………… 30
俄作りの作曲家 …………………… 31
サムの不景気《小説》(ジヨンストン・マツカレー〔著〕, 坂本義雄〔訳〕) … 32〜46
無辜の刑死 ……………………… 46
二羽の鳥を一の石で《小説》(ウオルタア・リイン〔著〕, 和井植夫〔訳〕) … 47〜67
名判官の末路 …………………… 67
鎖の輪〈3〉《小説》(アルフレッド・マシヤール〔著〕, 阿部誠太郎〔訳〕) … 68〜123
噂と真相《小説》(葛山二郎) …… 124〜135
重罪犯人《小説》(小野霊月) …… 136〜140
生きた爆弾 ……………………… 141
宝庫を守る有尾人種〈2〉《小説》(イー・ドニ・ムニエ〔著〕, 国枝史郎〔訳〕) ………………………… 142〜157
二人の最後 ……………………… 157
紙片の紛失《小説》(フレデリック・コオツ〔著〕, 岸辺星影〔訳〕) …… 158〜163
意外な爆発 ……………………… 163
老博士の死《小説》(石川大策) …… 164〜184
新刊紹介 ………………………… 185
架空の犯人 ……………………… 185
毒蝶《小説》(アンナ・アリス・チアビン〔著〕, 村越啓一郎〔訳〕) …… 186〜197
新刊紹介 ………………………… 197
照魔鏡《小説》(エドワード・レオナード〔著〕, 森脇万〔訳〕) …… 198〜236
新刊紹介 ………………………… 236
学者と犯罪者 …………………… 237
疑問の首(土井謙蔵) ………… 238〜259
二番目狂言《漫画》(池部鈞) …… 260〜261
エリオット嬢事件《小説》(オルツイ夫人〔著〕, 葛見牧夫〔訳〕) …… 262〜282
毒薬の詩味 ……………………… 282
ゼ・ブラス・リング
青銅の指輪 ……………………… 283
トレマーン事件《小説》(オルツイ夫人〔著〕, 阿部誠太郎〔訳〕) …… 284〜303
黒金剛石の紛失《小説》(オルツイ夫人〔著〕, 葛見牧夫〔訳〕) …… 304〜322
紅い三本の羽根 ………………… 322
悪夢 ……………………………… 323
コリニ伯爵の行方《小説》(オルツイ夫人〔著〕, 阿部誠太郎〔訳〕) …… 324〜343
女王の復讐 ……………………… 343

01 『新趣味』

ダアトムーア・テラスの悲劇《小説》(オルツイ夫人〔著〕, 葛見牧夫〔訳〕) ……… 344〜363
悪家扶の陰謀 ……………………… 363
バーンスデール公爵邸の惨劇《小説》(オルツイ夫人〔著〕, 阿部誠太郎〔訳〕) ……………………… 364〜383

第18巻第10号　所蔵あり
1923年10月1日発行　304頁　80銭

口絵 ……………………… 前1〜6
大震災画報 ……………………… 前7〜14
黄ろい胴着《小説》(ジョオジ・ゴオグ〔著〕, 安里礼二郎〔訳〕) ……………………… 2〜57
セーンの失念《小説》(ウオルタア・ビーヤスン〔著〕, 田内長太郎〔訳〕) ……… 58〜78
臭ひ奴《漫画》(名木山けん一) ……… 79〜81
鎖の輪〈4・完〉《小説》(アルフレッド・マシヤール〔著〕, 阿部誠太郎〔訳〕) ……………………… 82〜129
国貞画夫婦刷鴬娘《小説》(蜘蛛手緑) ……………………… 130〜142
バタメヱの乙女 ……………………… 143
利己主義《小説》(葛山二郎) ……… 144〜149
人間タンク/ダルトン兄弟 ……… 149
宝庫を守る有尾人種〈3・完〉《小説》(イー・ドニ・ムニエ〔著〕, 国枝史郎〔訳〕) ……………………… 150〜168
盗まれた原稿《小説》(ジョンストン・マッカレー〔著〕, 坂井黒潮〔訳〕) ……… 169〜181
懸賞犯人《小説》(石川大策) ……… 182〜202
怪賊か俠賊か《小説》(ヒユウ・カアラー〔著〕, 高原幹夫〔訳〕) ……… 203〜213
ノヴェルティ劇場事件《小説》(オルツイ夫人〔著〕, 葛見牧夫〔訳〕) ……… 214〜231
泥公と美校の生徒《漫画》(池部鈞) ……………………… 232〜233
恋の義賊《小説》(ヘルマン・ランドン〔著〕, 岩下高恭〔訳〕) ……………………… 234〜270

頭骨の釘 ……………………… 271
三十分の捜査《小説》(ハーマン・ピーターセン〔著〕, 貴志四川〔訳〕) ……… 272〜280
腕引き ……………………… 281
多胡の貞吉(土井謙蔵) ……… 282〜302

第18号11巻　所蔵あり
1923年11月1日発行　304頁　80銭

口絵 ……………………… 前1〜6
地上魔《小説》(ゲルハルト・ゼーリゲル〔著〕, 水田銀之助〔訳〕) ……… 2〜83
紙上の罠《小説》(ジイ・アール・ワイド〔著〕, 坂井黒潮〔訳〕) ……………………… 84〜93
古狸と女狐《小説》(ローランド・クレブス〔著〕, 高原幹夫〔訳〕) ……… 94〜103
五万弗の生命《小説》(ジョオヂ・ブロンソン・ホワード〔著〕, 岸辺星影〔訳〕) ……………………… 104〜128
新米探偵《小説》(ハリングトン・ストロング〔著〕, 阿部誠太郎〔訳〕) ……… 129〜141
巧妙な手段 ……………………… 141
自警団夜話《漫画》(池部鈞) ……… 142〜143
緋色の女車《小説》(ジョオジ・ゴオク〔著〕, 安里礼二郎〔訳〕) ……… 144〜184
過失《小説》(ハロウエイ・ホーン〔著〕, 田内長太郎〔訳〕) ……… 185〜204
隣房の囚人《小説》(メンデル・エム・ソロモン, 大島白濤〔訳〕) ……… 205〜213
血染の手痕《小説》(マック・ゴーヴアン〔著〕, 吾妻鹿郎〔訳〕) ……… 214〜245
バーミンガムの殺人《小説》(オルツイ〔著〕, 葛見牧夫〔訳〕) ……… 246〜262
奇妙な泥棒 ……………………… 263
呪の接吻《小説》(ジョンストン・マッカレー, 酒井鉄雄〔訳〕) ……… 264〜292
闇中の香《小説》(アドリアン・ル・コルボオ〔著〕, 佐藤雪男〔訳〕) ……… 293〜303
禀告(鈴木徳太郎) ……………………… 304

02『秘密探偵雑誌』

【刊行期間・全冊数】1923.5-1923.9（5冊）
【刊行頻度・判型】月刊, 菊判
【発行所】奎運社
【発行人】松本泰三
【編集人】松本泰三
【概要】発行人は探偵作家の松本泰である。イギリスに6年ほど留学し、帰国後、1921年から創作を発表しはじめた。それは江戸川乱歩に先駆けてのものだった。その泰がロンドンで知り合って結婚した恵子とともに、奎運社を興し、創刊した雑誌である。ただ、松本泰作品を中心とする創作より、翻訳探偵小説と探偵実話のほうが多い。執筆陣も限られていて、実質的には松本夫妻を中心とする同人誌だった。
　十分な成果を挙げるまもなく、わずか5号で廃刊となったのは、関東大震災のためで、すでに刷り上っていた雑誌が焼失し、休刊のやむなきに至ったという。しかし、松本夫妻の探偵雑誌にかける情熱は失われず、奎運社での引き続きの出版活動を経て、2年後の1925年3月、秘密探偵雑誌復活号と謳って『探偵文芸』が創刊されている。

第1巻第1号　所蔵あり
1923年5月1日発行　176＋付録46頁　50銭

P丘の殺人事件《小説》（松本泰）……… 1〜34
葉巻煙草に救われた話《小説》（杜伶二）
　………………………………………… 35〜43
犯罪と目撃者の証言 ……………… 43〜44
ノブゴロッドの真珠《小説》（ヒュー・マルチン〔著〕, 三条和〔訳〕）………… 45〜71
宿無し犬の手柄 ……………………………… 71
死の群像《小説》（ティー・ロビンズ〔著〕, 野尻抱影〔訳〕）………………………… 72〜96
節約狂《小説》（レイ・カミングス〔著〕, 中島三郎〔訳〕）……………………… 97〜110
不可説〈1〉
　赤き死の仮面《小説》（アラン・ポー〔著〕, 平野威馬雄〔訳〕）…………… 111〜126
　囚人の待遇改善 ……………………… 126
助けてくれ!!《小説》（クロスビイ・ジョーヂ〔著〕, 中野圭介〔訳〕）………… 127〜146
逮捕するまで（ソマビーユ氏〔手記〕）
　…………………………………… 147〜156
新聞包の片脚（ゴーバン氏〔手記〕）
　…………………………………… 156〜170
囚人の日記より ………………… 171〜175
失はれたる小指 ………………… 175〜176
妖婦〈1〉《小説》（アーサー・ビー・リーブ〔著〕, 伊藤一隆〔訳〕）………… 付1〜付12
血染の鍵〈1〉《小説》（エドガア・ワレース〔著〕, 藤井巌〔訳〕）…… 付13〜付45
編輯室より ………………………………… 付46

第1巻第2号　所蔵あり
1923年6月1日発行　148＋付録42頁　50銭

最後の日《小説》（松本泰）………… 1〜14
ドープ中毒者 ……………………………… 15
魔法の石《小説》（エッチ・ベーリー〔著〕, 三条和〔訳〕）……………………… 16〜42
囚人の願望 ………………………………… 42
奇怪なる通夜《小説》（エバ・ビタロ〔著〕, 中島三郎〔訳〕）………………… 43〜56
一報告 ……………………………………… 56
犯罪生活《小説》（トーマス・シエルマン〔著〕, 小村緑〔訳〕）…………… 57〜67
レオナルド・ダビンチの指紋 ………… 67
不可説〈2〉
　闘を越えず《小説》（ルミ・ド・グルモン〔著〕, 平野威馬雄〔訳〕）… 68〜80
　物置の屍体《小説》（フランク・ジュニアー〔著〕, 中野圭介〔訳〕）… 81〜87
　二人組強盗 ……………………………… 87
血に洗はれた宝石《小説》（シー・エス・モンタイニエ〔著〕, 高山進〔訳〕）… 88〜98
恨めしき焔〈1〉《小説》（ヘルマン・ランドン〔著〕, 杜伶二〔訳〕）…… 99〜117
堀屋敷の殺人事件（波野白跛）… 118〜127

竹馬の友〈ゴーバン氏〔記〕〉……… 128〜135
不吉な眼 ……………………… 136〜143
犯罪の透視 …………………… 143〜147
恐ろしい犬 …………………………… 147
失踪欄 ………………………………… 148
妖婦〈2〉《小説》〈アーサー・ビー・リーブ〔著〕，
　　伊藤一隆〔訳〕〉……………… 付1〜付23
血染の鍵〈2〉《小説》〈エドガア・ワレス〔著〕，
　　藤井巌〔訳〕〉 ……………… 付24〜付40
読者欄 ………………………………… 付41
編輯室より …………………………… 付42

第1巻第3号　所蔵あり
1923年7月1日発行　156＋付録46頁　50銭
眼鏡の男《小説》〈松本泰〉……………… 1〜16
法廷の時計泥坊 ………………………… 16
真赤な脳髄《小説》〈フィリップ・オッペンハイム
　〔著〕，波野白跳〔訳〕〉…………… 17〜37
紫光線《小説》〈フランシス・ジエームス〔著〕，
　三条和〔訳〕〉 ………………… 38〜60
夜盗王シュトラウス …………………… 60
盗賊の後嗣《小説》〈中野圭介〔翻案〕〉
　……………………………………… 61〜70
死の航海《小説》〈デボン・マーシヤル〔訳〕，宮
　川茅野雄〔訳〕〉 ……………… 71〜85
九オンスの留針 ………………………… 85
猛火《小説》〈ハリントン・ストロング〔著〕，中
　島三郎〔訳〕〉 ………………… 86〜106
猫イラズ《小説》〈エルマー・ウィリアムス〔著〕，
　田中武彦〔訳〕〉 …………… 107〜112
牢抜けの名人 ………………………… 112
恨めしき焔〈2・完〉《小説》〈ヘルマン・ランダン
　〔著〕，杜伶二〔訳〕〉 ……… 113〜123
客車殺人事件〈エス・ロゥズ〔談〕〉
　………………………………… 124〜132
狐魔術の女〈米田華虹〉 ……… 132〜142
謎の赤痣 ……………………… 143〜147
機械的奇術の応用により賊を捕ふ
　………………………………… 148〜151
泥棒の茶目ぶり ……………………… 152
尾行に就て …………………… 153〜154
若き囚人の夢 ………………………… 154
失踪欄 ………………………………… 155
読者欄 ………………………………… 156
妖婦〈3〉《小説》〈アーサー・ビー・リーブ〔著〕，
　伊藤一隆〔訳〕〉 ……………… 付1〜付20
血染の鍵〈3〉《小説》〈エドガア・ワレス〔著〕，
　藤井巌〔訳〕〉 ……………… 付21〜付45
編輯室より（M，K）………………… 付46

第1巻第4号　所蔵あり
1923年8月1日発行　147＋付録46頁　50銭
緑衣の女《小説》〈松本泰〉……………… 1〜17
真赤な心臓《小説》〈フィリップ・オッペンハイ
　ム〔著〕，波野白跳〔訳〕〉 …… 18〜37
幽霊船《小説》〈マーシユ〔著〕，山名宗一
　〔訳〕〉 ………………………… 38〜62
罪人の弁解 …………………………… 62
喇嘛の行衛《小説》〈デボン・マーシヤル〔著〕，
　宮川茅野雄〔訳〕〉 …………… 63〜77
掠奪結婚者の死《小説》〈米田華虹〉… 78〜91
ステッキの中に秘められた真珠 ……… 91
皮剥獄門《小説》〈中野圭介〉 ……… 92〜108
自我狂〈1〉《小説》〈ドロシー・ソーヤ〔著〕，
　田中武彦〔訳〕〉 …………… 109〜121
毒殺鬼パーマー事件〈ヂョーヂ・フレッチャー
　〔談〕〉 ……………………… 122〜136
壁上りの名人 ………………………… 136
犯罪と迷信 …………………… 137〜138
手蹟判断〈ヂェランド・エフ・ガーリン〔談〕〉
　………………………………… 139〜141
名探偵ピンカートン（XYZ）… 142〜143
クー・クルックス・クラン（K生）
　………………………………… 143〜145
暗号に就て …………………………… 145
失踪欄 ………………………………… 146
読者欄 ………………………… 146〜147
妖婦〈4〉《小説》〈アーサー・ビー・リーブ〔著〕，
　伊藤一隆〔訳〕〉 ……………… 付1〜付22
血染の鍵〈4〉《小説》〈エドガア・ワレス〔著〕，
　藤井巌〔訳〕〉 ……………… 付23〜付45
編輯室より（M，K）………………… 付46

第1巻第5号　所蔵あり
1923年9月1日発行　149＋付録46頁　50銭
焼跡の死骸《小説》〈松本泰〉…………… 1〜17
路標の秘密《小説》〈フィリップ・オッペンハイ
　ム〔著〕，波野白跳〔訳〕〉 …… 18〜41
バアナード夫人の述懐 ………………… 41
死の復讐《小説》〈デボン・マーシヤル〔著〕，宮
　川茅野雄〔訳〕〉 ……………… 42〜54
泥棒の頓智 …………………………… 54
追剥を捕へた女《小説》〈ブライリオン・フエー
　ギン〔著〕，高山進〔訳〕〉 …… 55〜61
精神療法《小説》〈山名宗一〉 ……… 62〜79
不可説 ………………………………………
アモンティラドオの酒樽《小説》〈アラン・ポ
　オ〔著〕，平野威馬雄〔訳〕〉
　……………………………………… 80〜89
拭はれざるナイフ《小説》〈ハリントン・ストロ
　ング〔著〕，中野圭介〔訳〕〉 … 90〜107

自我狂〈2〉《小説》(ドロシー・ソーヤ〔著〕,
　田中武彦〔訳〕)･････････････ 108〜120
ヤーマス海岸の絞殺死体(フランク・セーヤー
　ズ〔談〕)････････････････････ 121〜129
黒手組の脅迫 ･･････････････････ 129〜139
工業と探偵的頭脳 ･･････････････ 140〜143
詐欺賭博の秘密 ･･･････････････ 144〜145
煙草の押売 ･･･････････････････････ 145
犯罪と動機 ･･･････････････････ 146〜147

犯罪者と骨相 ･･････････････････････ 148
誘拐者の新手 ･･････････････････････ 148
失踪欄 ････････････････････････････ 149
読者欄 ････････････････････････････ 149
妖婦〈5〉《小説》(アーサー・ビー・リーブ〔著〕,
　伊藤一隆〔訳〕)･････････････ 付1〜付21
血染の鍵〈5〉《小説》(エドガー・ワレース〔著〕,
　藤井巌〔訳〕)･･････････････ 付22〜付43
編輯室より(M, K) ･････････････････ 付46

15

03『探偵文芸』

【刊行期間・全冊数】1925.3-1927.1（22冊）
【刊行頻度・判型】月刊, 菊判
【発行所】奎運社
【発行人】松本泰三
【編集人】松本泰三
【概要】発行人は探偵作家の松本泰である。創刊号の表紙では、同じく泰が編集人で、5号で廃刊となった『秘密探偵雑誌』の改題を謳っている。第2巻第9号は発行されていない。
　本誌も『秘密探偵雑誌』同様、松本泰・恵子夫妻を中心とした同人誌的性格の雑誌で、創作や翻訳の探偵小説のほか、犯罪実話も多い。創作は松本作品が中心だが、江戸川乱歩や甲賀三郎も短編を発表している。また、林不忘（牧逸馬、谷譲次）や城昌幸がここからデビューした。翻訳ではチェスタートンやクリスティなどが掲載されている。探偵小説文壇が形成されつつある時代に、『新青年』とはまた別の形で斯界に貢献した。最終号の編集後記では、編集部を「三角社」内に移して新体制にしようとしたことが窺える。

第1巻第1号　所蔵あり
1925年3月1日発行　109頁　30銭

獄中歌《詩》（ギィヨオム・アポリネエル〔著〕, 堀口大学〔訳〕）・・・・・・・・・・・・・前1
海外犯罪写真《口絵》・・・・・・・・・・・・・前2
ガラスの橋《小説》（松本泰）・・・・・・1〜19
のの字の刀痕《小説》（林不忘）・・・・・・20〜34
針金巻きの死体《小説》（ウイリアム・ル・キュウ〔著〕, 若草三郎〔訳〕）・・・・・・35〜53
首七題《小説》（福田辰男）・・・・・・54〜62
凡賊駄話《小説》（上田ひさし）・・・・・・63〜70
お門違ひ・・・・・・・・・・・・・・・・・・・・・・・・71
宝石坑に於ける怪異と迷信（畑耕一）
　・・・・・・・・・・・・・・・・・・・・・・・・・・72〜76
稀代の殺人鬼（S・H・生）・・・・・・77〜81
巾着切られ/茶の間・・・・・・・・・・・・・・・81
人生スケッチ・・・・・・・・・・・・・・・82〜83
探偵の手帳より（ハーバート・マアシヤル）
　・・・・・・・・・・・・・・・・・・・・・・・・・・84〜94
古川柳《川柳》・・・・・・・・・・・・・・・・・・94
支那探偵奇談（米田華紅）・・・・・・95〜97
小言・・・・・・・・・・・・・・・・・・・・・・・・・・97
梨園怪談実話（頼市彦）・・・・・・98〜100
柳樽《川柳》・・・・・・・・・・・・・・・・・・100
松井老人の話・・・・・・・・・・・・・101〜102
変つた盗品・・・・・・・・・・・・・・102〜103
鞍上に人無し鞍下に馬あり・・・・・・103
探偵ごつこ/災難の親爺・・・・・・・・・・104

読者倶楽部・・・・・・・・・・・・・・・105〜106
謹告（探偵文芸同人）・・・・・・・・・・・・106
探偵倶楽部に就いて・・・・・・・107〜108
編輯ゴシップ（黒猫, 山, 新, U生）・・・109

第1巻第2号　所蔵あり
1925年4月1日発行　111頁　30銭

活社会の縮図《口絵》・・・・・・・・・・・・前1
海外犯罪写真《口絵》・・・・・・・・・・・・前2
タバコ《小説》（松本泰）・・・・・・・・1〜12
真珠の首飾《小説》（中野圭介）・・13〜21
宇治の茶箱《小説》（林不忘）・・・・22〜41
新橋取物語・・・・・・・・・・・・・・・・・・・・41
善根《小説》（レオナアド・フオウタナア〔著〕, 牧逸馬〔訳〕）・・・・・・・・・・42〜51
探偵ライブレリイ「執事ブリイク」・・52
英国質屋気質（中島三郎）・・・・・・53〜62
先見の明・・・・・・・・・・・・・・・・・・・・・・62
変化往来（頼市彦）・・・・・・・・・・63〜67
往来手形の由来（増田廉吉）・・・・68〜73
実は・・・・・・・・・・・・・・・・・・・・・・・・・・73
手（松本泰）・・・・・・・・・・・・・・・74〜77
猫の手・・・・・・・・・・・・・・・・・・・・・・・77
人生スケッチ・・・・・・・・・・・・・・・78〜79
色欲は空（高木太）・・・・・・・・・・80〜91
奇抜な隠語・・・・・・・・・・・・・・・・・・・・91
女の犯罪（寺田栄一）・・・・・・・・92〜97
近代犯罪捜査法（橋野新）・・・・98〜100

03『探偵文芸』

指紋研究者へ	100
色物席（象隣亭）	101〜102
夢一束（田代赴彦）	103〜105
講演旅行	105
内外犯罪ニュース（一記者）	106〜107
探偵講座/法律相談	108
謹告（探偵文芸同人）	108
探偵倶楽部設立に就いて	109
世界の三面記事（耳長老人）	109
読者倶楽部	110
編輯ゴシップ（H, 黒猫, H・W, 新, 山）	111

第1巻第3号　所蔵あり
1925年5月1日発行　126頁　30銭

犯罪と容貌〈口絵〉	前1
海外犯罪写真〈口絵〉	前2
夜汽車〈小説〉（牧逸馬）	1〜6
お断り（松本泰）	6
怪談抜地獄〈小説〉（林不忘）	7〜30
ものを言ふ血〈小説〉（深見ヘンリイ）	31〜40
戸口につかへた泥棒	40
白い手〈小説〉（中野圭介）	41〜47
羊と羊飼ひ〈小説〉（米田華虹）	48〜64
探偵ライブラリー「証跡」（一記者）	65
重大事件〈小説〉（福田辰男）	66〜74
島田出雲がらくた裁き〈講談〉（古今亭焉楽）	75〜83
ラヂオの力	83
倫敦の法廷から（中島三郎）	84〜87
奇妙な保険	87
探偵講座「探偵の資格に就いて」（ハロック・ショルムス）	88
家を盗む〈落語〉（三昧の家小まん）	89〜92
女の一人歩き（星野澄子）	93〜94
盗人の述陳	94
人道主義者の悲み	95〜98
断髪女強盗の告白（寺田栄一）	99〜104
通り魔の男（高木太）	105〜110
行燈物語（川村三千雄）	111〜117
水平社に加わつた米国富豪	117
近代犯罪捜査法（橘新）	118〜119
内外犯罪ニュース	121〜122
法律相談（綾井樹）	123〜124
読者倶楽部	125
編輯ゴシップ（黒猫, W, 山）	126

第1巻第4号　所蔵あり
1925年6月1日発行　112頁　40銭

探偵犬の訓練〈口絵〉	前1
古旗亭の怪異〈口絵〉	前2
犬〈小説〉（橘正策）	1〜8
ミカエル悪行記〈小説〉（オッペンハイム〔著〕, 中根善太郎〔訳〕）	9〜33
廃屋の怪	34
死の窓〈小説〉（バンション〔著〕, 中野圭介〔訳〕）	35〜41
印度みやげ〈小説〉（深見ヘンリー）	42〜52
探偵犯罪語彙	42〜52
記録にない記録（藤井厳夫）	53〜59
メンタルテスト（とちめんぼう）	59
探偵ごつこ第二法（斑猫子）	60
掏摸の世界（寺田栄一）	61〜68
音羽の滝の由来（増田廉吉）	69〜77
法華経を懐いて死刑囚の妻自殺す	77
万引漫談（波野白跳）	78〜82
女の犯罪（寺田栄一）	83〜89
毒蛇の呪	89
四人の嫌疑者〈小説〉（橘野新）	90〜104
虫の知らせ（尾崎小太郎）	105〜107
黒猫の手記	108
読者倶楽部	109〜110
編輯室より（泰, K, U, S, 黒猫）	112

第1巻第5号　所蔵あり
1925年7月1日発行　128頁　40銭

死刑囚〈口絵〉	前1
恋の悲劇〈口絵〉	前2
秘密結社脱走人に絡る話〈小説〉（城昌幸）	2〜12
蒼空を売る者	12
宝石の行衛〈小説〉（ブリテン・オースチン〔著〕, 日野環〔訳〕）	13〜27
首相誘拐事件〈小説〉（深見ヘンリー）	28〜49
名を忘れた男〈小説〉（イレル・ベイトン〔著〕, 波野白跳〔訳〕）	50〜65
典型的女性毒殺犯罪者の話（北野博美）	66〜68
オスカー・スレーター事件の考察（コーナン・ドイル）	69〜83
犯罪者の詩歌（小酒井不木）	84〜89
探偵語彙	84〜89
死刑から無罪へ（山崎佐）	90〜92
Y頭殺し（米田華虹）	93〜98
海賊の秘宝	98
警察とラヂオ	99〜101
懸賞課題「黒猫の手記」正解答発表	102
大盗自伝〈1〉〈小説〉（メルビュ・テビソン・ポオスト〔著〕, 中野圭介〔訳〕）	103〜119

17

03『探偵文芸』

ホールド・アップに遭ふ(橘正策)	120～125
読者倶楽部	126～127
編輯室より(泰, 新, 黒猫)	128

第1巻第6号　所蔵あり
1925年8月1日発行　128頁　40銭

四本脚のシヤロック・ホルムス《口絵》	前1
安全屛風《口絵》	前2
ゆびわ〈1〉《小説》(松本泰)	2～9
耳売り《小説》(佐々木味津三)	10～18
ボンボン《小説》(リチヤード・マーシュ〔著〕, 原田六郎〔訳〕)	19～34
偽雷神(水島爾保布)	35～42
国王の道楽	42
架空の現実《小説》(城昌幸)	43～49
舞台に馴れた目《小説》(イレル・ベイトン〔著〕, 波野白跳〔訳〕)	50～67
音楽家の耳	68～69
探偵犯罪語彙	68～69
三発の弾丸(チャールス・ソマーヴイル〔著〕, 深見ヘンリイ〔訳〕)	70～89
ガラ竹後日譚	90
米国にて行はるゝインチキ賽(橘正策)	91～95
懸賞クロス・ワーズ	96～97
大盗自伝〈2〉《小説》(メルビュ・デビソン・ポオスト〔著〕, 中野圭介〔訳〕)	98～113
指紋考(松本泰)	114～115
霧の日と黒猫(黒猫)	116～124
読者倶楽部	125～127
編輯室より(泰, 黒猫, S)	128

第1巻第7号　所蔵あり
1925年9月1日発行　100頁　40銭

英国警視庁《口絵》	前1
ブラック・ミユーゼアム《口絵》	前2
ゆびわ〈2〉《小説》(松本泰)	2～10
台湾パナマ《小説》(波野白跳)	11～22
食パンと鶏	22
赤血鬼《小説》(米田華紅)	23～35
黒繻子の手袋《小説》(若草三郎)〔ブラックサテングローブ〕	36～54
模倣性犯罪の実例(山田吉彦)	55～60
探偵語彙	55～60
三枚の白銅(チヤーレス・ソマーヴィル〔著〕, 深見ヘンリイ〔訳〕)	61～70
血液で四十四人を救ふ	70
歯並と犯罪性(ドクトル寺木)	71～72
密入国(橘正策)	73～75
新ジエキル博士	75
今様百物語(城昌幸)	76～80
柄杓を持つた幽霊(鈴木集坊)	81
橋の上で会つた幽霊(T子)	82～83
這ひ回る赤坊(小林矢久楼)	84～86
大盗自伝〈3〉《小説》(メルビュ・デビソン・ポオスト〔著〕, 中野圭介〔訳〕)	87～94
懸賞クロス・ワーズ	95～96
懸賞クロス・ワーズ 第一回答案	97
読者倶楽部	98～99
編輯室より(泰, S生, 黒猫)	100

第1巻第8号　所蔵あり
1925年10月1日発行　100頁　40銭

曲馬団の花《口絵》	前1
[殺人事件の兇器]《口絵》	前2
シヤンプオオル氏事件の顚末《小説》(城昌幸)	2～16
呪の決闘《小説》(チエスタートン〔著〕, 日野環〔訳〕)	17～30
「三十分」《小説》(ヘルマン・ピータセン〔著〕, 原田六郎〔訳〕)	31～41
パーシー夫人とその断片(松本泰)	42～50
緑色の自転車(深見ヘンリー)	51～59
歯痕, 爪, 足跡, 塵埃に依る犯罪捜査とその実例(山田吉彦)	60～65
ダイヤの呪ひ(リチヤド・ムクミラン)	66～75
名探偵の資格	76
第三の鸚鵡の舌〈1〉《小説》(ダナ〔著〕, 竜野音比古〔訳〕)	77～86
大盗自伝〈4〉《小説》(メルビュ・デビソン・ポオスト〔著〕, 中野圭介〔訳〕)	87～93
宙にぶらさがつた泥棒(仁科時雄)	93～94
三公の手柄(高田善枝)	95～96
懸賞クロス・ワーツ	97～98
読者倶楽部	99
編輯室より(泰, S生, K生)	100

第1巻第9号　所蔵あり
1925年11月1日発行　92頁　40銭

ゆびわ〈3〉《小説》(松本泰)	2～6
秘密を売られる人々《小説》(城昌幸)	7～13
妄想の囚虜《小説》(城昌幸)	14～20
第三の鸚鵡の舌〈2〉《小説》(ダナ〔著〕, 竜野音比古〔訳〕)	21～34
ショウ一家の悲劇	34
万年筆の由来《小説》(中野圭介)	35～42
死刑囚	42

18

03『探偵文芸』

水葬(深見ヘンリイ) ……………… 43～46
英国警視庁(スコットランドヤード)の解剖(中島三郎) ……… 47～56
犯罪語彙 ……………………………… 56
米国の探偵界(橘正策) ……………… 57～60
モントリオールのホールドアップ(SF生)
 …………………………………… 61～65
初盗難 ………………………………… 65
懲罪か予防か(エドワード・スミス) … 66～70
大盗自伝〈5〉《小説》(メルビル・デビソン・ポオスト〔著〕,中野圭介〔訳〕) ……… 71～78
国勢調査と指紋 ………………………… 78
友達の泥棒(松本泰) ………………… 79～81
彼女を魔窟から救ひ出すまで(寺田栄一)
 …………………………………… 82～85
懸賞クロス・ワーヅ 解答 …………… 86
懸賞クロス・ワーヅ ………………… 87～88
強盗に見舞はれた話(佐藤みち子) …… 89
読者クラブ …………………………… 90～91
編集室より …………………………… 92

第1巻第10号　所蔵あり
1925年12月1日発行　98頁　40銭

ゆびわ〈4〉《小説》(松本泰) ……… 2～7
鑑定料《小説》(城昌幸) …………… 8～15
強盗犯の隠語 ………………………… 15
ひも《小説》(ウキリス・ブリンドレイ〔著〕,中野圭介〔訳〕) …………… 16～26
十二月の犯罪 ………………………… 26
屍体の紛失《小説》(ゲオルギー・ラドコウスキー〔著〕,上脇進〔訳〕) …… 27～41
クラパムの料理女《小説》(アガサ・クリスティ〔著〕,中島三郎〔訳〕) …… 42～55
大盗自伝〈6・完〉《小説》(メルビル・デビソン・ポオスト〔著〕,中野圭介〔訳〕)
 …………………………………… 56～65
第三の鸚鵡の舌〈3〉《小説》(ダナ〔著〕,竜野音比古〔訳〕) ……………… 66～74
偽脅迫状の真相(○○署刑事〔記〕) … 75
ボウデン事件の不思議(松本泰) …… 77～79
カール・ホップ事件(記者) ………… 80～81
証言の科学的実験 …………………… 82
血痕鑑定法(山田吉彦) ……………… 84～87
探偵断片 ……………………………… 87
米国の法廷(橘正策) ………………… 88～93
懸賞当選者発表クロス・ワーヅ …… 94
読者倶楽部 …………………………… 95～97
編集室より(H, S, K) ………………… 98

第2巻第1号　所蔵あり
1926年1月1日発行　204頁　80銭

浅草観音前の正月元旦《口絵》 ……… 前1

ハリー・モリス事件《口絵》 ………… 前2
第三の鸚鵡の舌〈4〉《小説》(ダナ〔著〕,竜野音比古〔訳〕) …………… 2～15
隠語文例 ……………………………… 14
心欺く可らず《小説》(レイ・カミングス)
 …………………………………… 16～26
隠語集 ………………………………… 21
日活映画「人間」 …………………… 27～29
クロス・ワーツ課題 ………………… 30～31
自殺した男(ミカエル・クロウイ) … 32～41
呪はれたる長男《小説》(アガサ・クリスティ〔著〕,中島三郎〔訳〕) …… 42～51
新ジエキル・ハイド(ジヨセフ・ゴロンブ〔著〕,深見ヘンリー〔訳〕) …… 52～62
万引取引所 …………………………… 62
母の亡霊 ……………………………… 63
ゆびわ〈5・完〉《小説》(松本泰) … 64～66
女と男 ………………………………… 67
白文君(米田華虹) …………………… 68～79
禁酒御免《小説》(カルヴイン・ボール〔著〕,山田浩郎〔訳〕) ………… 80～103
隠語集 ………………………………… 100
捜索《小説》(ベン・ヘクト〔著〕,本田満津二〔訳〕) ………………………… 104～110
夜の捕物(○○署刑事〔記〕) ……… 111
或日の大岡越前守《小説》(村松梢風)
 …………………………………… 112～117
壺《小説》(ジョンストン・マッカレー〔著〕,中野圭介〔訳〕) …………… 118～131
万引失敗 ……………………………… 131
不思議な話五つ(畑耕一) …………… 132～137
掏摸探偵法 …………………………… 137
錬金詐欺(小酒井不木) ……………… 138～143
嘘譚 …………………………………… 143
日蔭の街〈1〉《小説》(松本泰) …… 144～160
頭蓋骨 ………………………………… 161
虚偽の断層《小説》(城昌幸) ……… 162～167
毒草(江戸川乱歩) …………………… 168～173
岡引の話(某古老先生〔談〕,北野博美〔聞書〕) ………………………… 174～181
読者倶楽部 …………………………… 182～183
懸賞当選者発表クロス・ワーヅ …… 184
不思議な毒害事件 …………………… 185
ジエニイ・ブライス事件〈1〉《小説》(メリー・ラインハーツ〔著〕,中野圭介〔訳〕)
 …………………………………… 186～203
ちば師の話 …………………………… 203
編集室より(賢, K) …………………… 204

第2巻第2号　所蔵あり
1926年2月1日発行　102頁　40銭

19

03『探偵文芸』

世界の楽宴モンテ・カルロ《口絵》……… 前1
犯罪者の容貌類型の図《口絵》………… 前2
ジエニイ・ブライス事件〈2〉《小説》(メーリイ・ラインハーツ〔訳〕,中野圭介
　〔訳〕)……………………………… 2～16
恐ろしき復讐《小説》(ダブリユー・エイ・スウィーニイ)…………………… 17～38
僧侶と後家《小説》(佐藤信順)……… 39～44
刑務所が家庭だ!(XYZ生)…………… 44
お尋ね者《小説》(カルビン・ボール)… 45～63
犯罪定型説 ……………………………… 63
モンテ・カルロの名探偵(岡本淑郎)
　……………………………………… 64～65
日陰の街〈2〉《小説》(松本泰)…… 66～75
お知らせ(松本泰)……………………… 75
変つた死刑囚の話(中野圭介)………… 76
宝石《小説》(城昌幸)………………… 77～83
ウインナの警察制度(深見ヘンリー)
　……………………………………… 84～89
読者倶楽部 ……………………………… 90
第三の鸚鵡の舌〈5〉《小説》(ダナ〔著〕,竜野音比古〔訳〕)……… 92～100
編輯室より(K)………………………… 101

第2巻第3号　所蔵あり
1926年3月1日発行　114頁　40銭

世界異聞集《口絵》………………… 前1～前2
猫が知つてゐる《小説》(南幸夫)…… 2～14
欺かれた裁判官 ………………………… 15
ある大工の幻想《小説》(井東憲)…… 16～23
日陰の街に就いて(松本泰)…………… 23
燭涙《小説》(城昌幸)………………… 24～29
捕縄《小説》(福田辰男)……………… 30～35
赤屋敷異見〈1〉《小説》(小牧近江)
　……………………………………… 36～42
第三の鸚鵡の舌〈6〉《小説》(ダナ〔著〕,竜野音比古〔訳〕)……… 44～50
犯罪捜査の科学的研究〈1〉(高田義一郎)
　……………………………………… 52～57
探偵小説とその活劇(立花高四郎)… 58～61
探偵眼素人眼(北野博美)…………… 62～64
笑話覚書(草崎刺激)…………………… 65
暗号の解き方(深見ヘンリー)……… 66～68
大詐欺師ベンソンの腕 ………………… 69
最近に於ける犯罪劇増の真因(恒岡恒)
　……………………………………… 70～72
世界一の殺人犯人ギルデロイの生涯 … 73
殺人捜査に必要なる実際探偵術(前田誠孝)
　……………………………………… 74～77
統計上より見たる最近犯罪の傾向(小松勇蔵)………………………………… 78～79

謎《小説》(本田緒生)………………… 80～84
ヂヨバニイ・バビニイの言葉 ………… 84
金着切りを捕縄した話 ………… 85,50～51
西田君の手柄話《小説》(鈴木宏作)… 86～88
読者倶楽部 ……………………………… 89
幸運の黒猫《小説》(スチュアート・マアティン)…………………………… 91～103
ジエニイ・ブライス事件〈3〉《小説》(メリー・ラインハーツ〔著〕,中野圭介〔訳〕)
　…………………………………… 104～113
編輯室より(K)………………………… 114

第2巻第4号　所蔵あり
1926年4月1日発行　163頁　50銭

男爵夫人と首飾紛失事件《口絵》…… 前1
不思議な少女殺害事件《口絵》……… 前2
日陰の街〈3・完〉《小説》(松本泰)… 2～15
偽計《小説》(城昌幸)………………… 16～26
五拾銭札《小説》(福田辰男)………… 27～33
寄せあつめ ……………………………… 33
愛の為めに《小説》(甲賀三郎)…… 34～48
河岸の一場面《脚本》(邦枝完二)… 49～58
男爵夫人と首飾事件 ………………… 58～59
不思議な少女殺害事件 ………………… 60
探偵小説のツリックに就て(馬場孤蝶)
　……………………………………… 61～62
泥寧の路《小説》(川崎忠勝)……… 63～65
犯罪捜査の科学的研究〈2〉(高田義一郎)
　……………………………………… 66～72
漫画《漫画》(帷子すゝむ)…………… 72
赤い手帳(上松貞夫)………………… 73～79
仏蘭西上流の奇怪な殺人(ルイス・ライス〔著〕,深見ヘンリー〔訳〕)… 80～89
あぶない ………………………………… 89
赤屋敷異見〈2・完〉《小説》(小牧近江)
　……………………………………… 90～97
彼が罪を犯すまで(恒岡恒)………… 98～101
犯罪と探偵の実際的研究(前田誠孝)
　…………………………………… 102～104
被害者探偵法(R・S・生)………… 105～107
其夜の幻《小説》(川崎忠勝)…… 108～112
暗号の解き方(深見ヘンリー)…… 113～115
ジエニイ・ブライス事件〈4〉《小説》(メリイ・ラインハーツ〔著〕,中野圭介〔訳〕)
　…………………………………… 116～129
毒薬《小説》(アガサ・クリスティ〔著〕,桜井昌二〔訳〕)……………… 130～140
四月の犯罪 ……………………………… 140
指紋《小説》(レイ・カミングス)… 141～149
泥棒の符牒 …………………………… 149

第三の鸚鵡の舌〈7〉《小説》（ダナ〔著〕，竜野音比古〔訳〕）・・・・・・ 151〜160
隠語集 ・・・・・・・・・・・・・・・・・・・・・・・・・・・・・・・ 161〜163
刑事の待遇（高田義一郎）・・・・・ 161〜163
まづ金! 金! それから制度を（松井茂）・・・・ 163
編輯室より ・・・・・・・・・・・・・・・・・・・・・・・・・・・・ 後1

第2巻第5号　所蔵あり
1926年5月1日発行　140頁　50銭

謎の毒薬自殺（口絵）・・・・・・・・・・ 前1〜前2
毒死《小説》（松本泰）・・・・・・・・・・・・・ 2〜9
毒二題（月光・晶杯）《小説》（城昌幸）
　・・・・・・・・・・・・・・・・・・・・・・・・・・・・・・・・・・・ 10〜24
朝鮮の毒殺犯（Y生）・・・・・・・・・・・・・・ 24
指紋《小説》（古畑種基）・・・・・・・・・ 25〜31
詩から散文へ《小説》（上野虎雄）・・ 32〜40
箱中の蜂《小説》（エー・ウイン）・・ 41〜54
サムの失敗《小説》（ウオルター・リイン）
　・・・・・・・・・・・・・・・・・・・・・・・・・・・・・・・・・ 55〜59
口絵解説 ・・・・・・・・・・・・・・・・・・・・・・・・・ 59〜60
第三の鸚鵡の舌〈8〉《小説》（ダナ〔著〕，竜野音比古〔訳〕）・・・・・・・・ 62〜69
白衣の怪人 ・・・・・・・・・・・・・・・・・・・・・ 69, 129
乞食心中《小説》（川崎忠勝）・・・・・・・・ 70
探偵小説の材料について（馬場孤蝶）
　・・・・・・・・・・・・・・・・・・・・・・・・・・・・・・・・・ 71〜75
犯罪捜査の科学的研究法〈3〉（高田義一郎）
　・・・・・・・・・・・・・・・・・・・・・・・・・・・・・・・・・ 76〜83
毒薬の包（シ・ソマヴル〔著〕，深見ヘンリー〔訳〕）・・・・・・・・・・・・・・・・・・ 84〜92
指輪 ・・・・・・・・・・・・・・・・・・・・・・・・・・・・・・・・ 92
毒物鑑識法（乙葉辰三）・・・・・・・・・・・・・ 93
雑貨商殺しの謎（エス・トムソン）・・ 94〜97
毒シヤツと金剛石末（小酒井不木）・・ 98〜99
鴆毒（南幸夫）・・・・・・・・・・・・・・・・・・ 100〜102
毒を解く話（大森素人）・・・・・・・・・ 103〜109
奇怪なる毒殺事件の検挙（前田誠孝）
　・・・・・・・・・・・・・・・・・・・・・・・・・・・・・・・ 110〜112
お目見得泥棒（恒岡恒）・・・・・・・・・ 113〜117
易しい暗号課題（大林美枝雄）・・・・・・ 117
暗号の解き方（深見ヘンリー）・・・ 118〜122
視線《小説》（本田緒生）・・・・・・・・ 123〜128
ジエニイ・ブライス事件〈5〉《小説》（メリイ・ラインハーツ〔著〕，中野圭介〔訳〕）
　・・・・・・・・・・・・・・・・・・・・・・・・・・・・・・・ 129〜139
編輯室より（K）・・・・・・・・・・・・・・・・・・・ 140

第2巻第6号　所蔵あり
1926年6月1日発行　164頁　50銭

指輪《小説》（松本泰）・・・・・・・・・・・・・ 2〜8
完全な犯罪《小説》（鈴木広）・・・・・・ 9, 17

呪ひの箱《小説》（山田浩郎）・・・・・ 10〜17
七夜譚《小説》（城昌幸）・・・・・・・・・ 19〜28
宝石《小説》（古楠洞竜）・・・・・・・・・・・ 29
見えぬ強盗《小説》（ジヤドソン・フイリップス〔著〕，松本泰〔訳〕）・・・・・・ 30〜39
笑話と諧謔 ・・・・・・・・・・・・・・・・・・・・・・・・・ 40
青玉入りの十字架《小説》（チエスタアトン〔著〕，生野美樹子〔訳〕）・・・・ 41〜57
血腥い新聞記事批判（闇の人）・・・・・・ 58
強い酒《小説》（エル・ジエー・ビーストン〔著〕，桜井昌二〔訳〕）・・・・ 60〜73
翻弄《小説》（デニス・マッケール〔著〕，桜井昌二〔訳〕）・・・・・・・・・・・・ 76〜82
猫のたたり《小説》（エ・デ・ウエーア〔著〕，深見ヘンリー〔訳〕）・・・・・ 83〜91
ジエニイ・ブライス事件〈6〉《小説》（メリイ・ラインハーツ〔著〕，中野圭介〔訳〕）
　・・・・・・・・・・・・・・・・・・・・・・・・・・・・・・・ 92〜104
英国に於ける犯罪博物館 ・・・・・・・・・・ 104
最近支那で見て来た詐欺とスリ（米田華虹）
　・・・・・・・・・・・・・・・・・・・・・・・・・・・・・・・ 105〜107
オーキン・ムリエッタの復讐〈1〉（深見ヘンリー）・・・・・・・・・・・・・・・・・・・・ 108〜121
犯罪捜査の科学的研究〈4〉（高田義一郎）
　・・・・・・・・・・・・・・・・・・・・・・・・・・・・・・・ 122〜130
白子屋お駒《小説》（滑川炬火）・・ 131〜146
第三の鸚鵡の舌〈9〉《小説》（ダナ〔著〕，竜野音比古〔訳〕）・・・・・・・ 147〜156
結婚詐欺の実例（前田誠孝）・・・・ 156〜159
スリと詐欺の話（川崎忠勝）・・・・ 160〜161
暗号の解き方（深見ヘンリー）・・・ 162〜163
編輯室より ・・・・・・・・・・・・・・・・・・・・・・・ 164

第2巻第7号　所蔵あり
1926年7月1日発行　92頁　40銭

蝙蝠傘《小説》（松本泰）・・・・・・・・・・ 2〜12
隠れんぼ（松本泰）・・・・・・・・・・・・・・ 12〜14
骨の折れる楽な探偵（高野仲一）・・・・ 14
オーキン・ムリエッタの復讐〈2〉（深見ヘンリー）・・・・・・・・・・・・・・・・・・・・・ 15〜26
夜汽車中の一挿話（小田堪作）・・ 26, 43
ワット事件（松本泰）・・・・・・・・・・・・ 27〜32
第三の鸚鵡の舌〈10〉《小説》（ダナ〔著〕，竜野音比古〔訳〕）・・・・・・・・ 34〜43
掘出し物《小説》（カルビン・ボール）
　・・・・・・・・・・・・・・・・・・・・・・・・・・・・・・・・・ 44〜54
嘘偽《小説》（ビーストン）・・・・・・・ 55〜65
狂言に於ける盗人（畑耕一）・・・・・・ 66〜68
馬鈴薯園（野尻抱影）・・・・・・・・・・・・ 69〜70
妻殺し事件（前田誠孝）・・・・・・・・・・ 71〜76
犯罪に関する博物館（高田義一郎）・・ 77〜81

03『探偵文芸』

七月の犯罪 ・・・・・・・・・・・・・・・・・・・・・ 81
ジェニイ・ブライス事件〈7〉《小説》（メリイ・ラインハーツ〔著〕，中野圭介〔訳〕）・・・・・・・・・・・・・・・・・・・・・ 82〜91
編輯後記（泰） ・・・・・・・・・・・・・・・・・・・ 92

第2巻第8号　所蔵あり
1926年8月1日発行　80頁　40銭

不思議な盗難《小説》（松本泰） ・・・・・・ 2〜13
くらがり坂の怪《小説》（南幸夫） ・・・・・ 14〜19
愛妻《小説》（福田辰男） ・・・・・・・・・・・ 20〜22
ポオの学生時代 ・・・・・・・・・・・・・・・・ 22, 32
少年の死（松本泰） ・・・・・・・・・・・・・・ 23〜37
三つの嵌環と豆《小説》（ジョージ・バロー〔著〕，多田武彦〔訳〕） ・・・・・・・・・・ 28〜32
ジェニイ・ブライス事件〈8・完〉《小説》（メリイ・ラインハーツ〔著〕，中野圭介〔訳〕） ・・・・・・・・・・・・・・・・・・・・・・・ 33〜42
照葉（松本泰） ・・・・・・・・・・・・・・・・・ 43〜45
貝鍋（石田勝三郎） ・・・・・・・・・・・・・・ 45〜46
廃墟にて（野尻抱影） ・・・・・・・・・・・・ 47〜48
第三の鸚鵡の舌〈11・完〉《小説》（ダナ〔著〕，竜野音比古〔訳〕） ・・・・・・・・・・・・ 50〜56
編輯中記 ・・・・・・・・・・・・・・・・・・・・・・・・ 56
夏期と犯罪（高田義一郎） ・・・・・・・・・ 57〜59
窃盗犯研究（前田誠孝） ・・・・・・・・・・・ 60〜63
暗室にて（犯罪篇）《小説》（レイ・カミングス） ・・・・・・・・・・・・・・・・・・・・・・・ 64〜70
オーキン・ムリエッタの復讐〈3〉（深見ヘンリー） ・・・・・・・・・・・・・・・・・・・・・・ 71〜79
編輯室より（泰） ・・・・・・・・・・・・・・・・・・ 80

第2巻第9号
欠番

第2巻第10号　未所蔵
1926年10月1日発行　80頁　40銭

鼻の欠けた男〈1〉《小説》（松本泰） ・・・・ 2〜11
懐中物御用心《小説》（中野圭介） ・・・・・ 12〜20
首斬り浅右衛門の手記〈1〉（小田律） ・・・・・・・・・・・・・・・・・・・・・・・・・・・・ 21〜25
暗室にて《小説》（レイ・カミングス） ・・・・・・・・・・・・・・・・・・・・・・・・・・・・・ 26〜32
「笑ひ」と掏摸（松村英一） ・・・・・・・・ 33〜39
幽霊屋敷《小説》（カルビン・ボール） ・・・・・・・・・・・・・・・・・・・・・・・・・・・・ 40〜50
酋長の紅玉石《小説》（アイ・バアカー） ・・・・・・・・・・・・・・・・・・・・・・・・・・・・ 51〜55
或る手紙《小説》（三木俊） ・・・・・・・・ 55〜56
彼等の二人（野尻抱影） ・・・・・・・・・・ 57〜61

放火犯研究（前田誠孝） ・・・・・・・・・ 62〜66, 68
夏季の犯罪の現状（高田義一郎） ・・・・・ 67〜68
オーキン・ムリエッタの復讐〈4〉（深見ヘンリー） ・・・・・・・・・・・・・・・・・・・・・・ 69〜72
小名木川首無屍体事件（柴庵〔手記〕） ・・・・ 79
編輯室より（松本泰） ・・・・・・・・・・・・・・・・ 80

第2巻第11号　所蔵あり
1926年11月1日発行　79頁　40銭

［映画］（口絵） ・・・・・・・・・・・・・・・ 前1〜前4
鼻の欠けた男〈2〉《小説》（松本泰） ・・・・ 2〜7
偶然の功名（福田辰男） ・・・・・・・・・・・ 8〜12
替玉《小説》（ロバート・ブレナン〔著〕，山田浩郎〔訳〕） ・・・・・・・・・・・・・・・・ 13〜22
「盲目ラノオ」《小説》（ロバート・ブレナン〔著〕，山田浩郎〔訳〕） ・・・・・・・・・ 23〜31
魔法の人《小説》（アガサ・クリステイ〔著〕，中野圭介〔訳〕） ・・・・・・・・・・・・・・・ 32〜40
白鳥の歌《小説》（アガサ・クリステイ） ・・・・・・・・・・・・・・・・・・・・・・・・・・・ 41〜51
映画物語『竜巻』『マヌキン』 ・・・・・・ 52〜53
竜巻のデムプスター（三木俊） ・・・・・・・・ 54
竜巻を見る（奥好晨） ・・・・・・・・・・・ 55, 62
マドロスの刺青（野尻抱影） ・・・・・・・ 56〜59
チャップリンの気まぐれ（三木俊） ・・・・・・ 59
毒筆（松本泰） ・・・・・・・・・・・・・・・・ 60〜62
千住町人違殺人事件（YZ） ・・・・・・・・ 63〜66
善光寺行李詰殺人事件（笹倉良二） ・・・・ 67〜69
年俸五千円《小説》（出射黒人） ・・・・・ 70〜72
或る冬の夜の話《小説》（川崎忠勝） ・・・・ 73〜74
首斬浅右衛門の話〈2〉（小田律） ・・・・・ 76〜78
編輯室より（泰） ・・・・・・・・・・・・・・・・・・ 79

第2巻第12号　所蔵あり
1926年12月1日発行　80頁　40銭

わが倫敦へ《詩》 ・・・・・・・・・・・・・・・・ 2〜3
色欲三等法裏表《小説》（佐登利健） ・・・ 4〜10
囚人食物隠語 ・・・・・・・・・・・・・・・・・・・・ 10
夜釣り《小説》（出射黒人） ・・・・・・・・・・・ 11
赤ら顔の男《小説》（稲田広之介） ・・・・ 12〜17
蝎《小説》（平野優） ・・・・・・・・・・・・・ 18〜20
灰色のてぶくろ《小説》（輪越捷三） ・・・ 21〜29
寒き夜の一事件《小説》（本田緒生） ・・・ 30〜37
血液と肉身 ・・・・・・・・・・・・・・・・・・・・・ 37
探偵小説の映画化（畑耕一） ・・・・・・・・ 38〜40
早川雪洲—オッペンハイム—エドガー・ワレース（中根善太郎） ・・・・・・・・・・・ 41〜44
活動狂少年の脅迫状 ・・・・・・・・・・・・・・・ 44
印度王女の贈物（八木春郎） ・・・・・・・ 45〜51
甘口　辛口 ・・・・・・・・・・・・・・・・・・・・・ 51

22

西洋の首斬り浅右衛門の話〈3〉(小田律)
　‥‥‥‥‥‥‥‥‥‥‥‥‥‥52～56
葬送行進曲《小説》(ステーシ・オーモニア〔著〕,
　沖映作〔訳〕)‥‥‥‥‥‥‥‥57～68
赤い鍵〈1〉《小説》(エドガー・ワレース〔著〕,
　松本泰〔訳〕)‥‥‥‥‥‥‥‥69～78
新進作家の作品数種に就いて(松本泰)‥‥　79
編輯室より(K, 泰, N生)‥‥‥‥‥‥‥‥　80

第3巻第1号　所蔵あり
1927年1月1日発行　87頁　40銭
郊外より(松本泰)‥‥‥‥‥‥‥‥‥‥‥　1
白蠟鬼事件《小説》(米田華虹)‥‥‥‥　2～12
幻想曲《小説》(鈴木俊夫)‥‥‥‥‥　13～18
新らしきスター(谷京作)‥‥‥‥‥　18, 58
炭団《小説》(神原和夫)‥‥‥‥‥‥　19～26

或る医師の告白《小説》(江口柳城)‥‥　27～37
歳末忙記(奥好晨)‥‥‥‥‥‥‥‥　37, 58
面妖座頭譚《小説》(普門亮三)‥‥‥‥　38～45
中傷《脚本》(フランク・モルナア〔著〕, 白石公
　平〔訳〕)‥‥‥‥‥‥‥‥‥‥　46～52
話声(松本恵子)‥‥‥‥‥‥‥‥‥　52～53
ある思ひ出(鈴木俊夫)‥‥‥‥‥‥‥‥　54
女友達《小説》(ロオジエ・レジイ〔著〕, 奥好晨
　〔訳〕)‥‥‥‥‥‥‥‥‥‥‥　55～58
マクロボウロスの秘伝(本田満津二)
　‥‥‥‥‥‥‥‥‥‥‥‥‥‥59～65
暴王秘史〈1〉《小説》(ベックフオード〔著〕,
　矢野目源一〔訳〕)‥‥‥‥‥‥　66～78
赤い鍵〈2〉《小説》(エドガー・ワレース〔著〕,
　松本泰〔訳〕)‥‥‥‥‥‥‥‥79～86
編輯後記(俊, 山名, 好晨)‥‥‥‥‥‥‥　87

04 『探偵趣味』

【刊行期間・全冊数】1925.9-1928.9（34冊）
【刊行頻度・判型】月刊, 菊判
【発行所】探偵趣味の会（第1輯〜第3年第5号、以後明記なし）
【発売元】春陽堂（第4輯〜第4年第9号）
【発行人】松本五郎（第1輯〜第4輯）、島源四郎（第5輯〜第4年第9号）
【編集人】松本五郎（第1輯〜第4輯）、島源四郎（第5輯〜第4年第9号）
【概要】江戸川乱歩と春日野緑を中心として1925年4月に大阪で結成された、「探偵趣味の会」の機関誌として創刊される。創刊時、「探偵趣味の会」は大阪のサンデーニュース社内にあったが、第4輯より東京の春陽堂が発売元となって同人による会費制を廃止し、第6輯より会も春陽堂内に移った。第3輯までは定価の記載がない（会費は1か月50銭）。第4年第8号は発行されていない。

当初、実際の編集は当番制で、順に、江戸川乱歩（第1輯）、春日野緑（第2輯）、小酒井不木（第3輯）、西田政治（第4輯）、甲賀三郎（第5輯）、村島帰之（第6輯）、延原謙（第2年第4号）、本田緒生（第2年第5号）、巨勢洵一郎（第2年第6号）、牧逸馬（第2年第7号）、横溝正史（第2年第8号）が担当している。また、第6輯からは、まだ早稲田大学の学生だった水谷準が、常任の編集当番を務めた。そして、第2年第9号より、小酒井不木、甲賀三郎、江戸川乱歩の三人による編集を謳ったが、実質的には水谷準が担当していた。

探偵作家、愛好家、マスコミ関係者、学者、法曹界関係者らが集った「探偵趣味の会」は、当時の探偵文壇そのものであり、創作、評論、随筆と、100ページに満たないながらも、誌面はヴァラエティに富んでいる。活気づいてきた探偵文壇を反映し、例会も活発に催された。

1926年に江戸川乱歩と横溝正史が相次いで上京してからは、会の中心が東京となる。第6輯から第20輯まで、連絡先が乱歩宅となっていた。関西の会員は独自に『探偵・映画』や『映画と探偵』に協力している。また、東京在住の作家は作品発表の場が広がり、『探偵趣味』への寄稿は減っていった。積極的に採用した投稿原稿からも既成作家を凌駕する作家は現われず、次号より平凡社に発売元を移すと告知した号で廃刊となる。

第1輯　所蔵あり
1925年9月20日発行　34頁

次輯以下の編輯当番 ……………… 前1
会費払込について ………………… 前1
十月号につきお願（星野竜猪）…… 前1
女青鬢（小酒井不木）……………… 1〜2
柳巻楼夜話（鉄田頓生）…………… 2〜3
ブリュンチエールの言葉について（平林初之輔）……………………………… 3〜4
夢（甲賀三郎）……………………… 4〜5
幽霊屋敷（横溝正史）……………… 5〜7
探偵小説としての『マリー・ローヂエ』（井上爾郎）…………………… 7〜9
　［追記］（乱歩）…………………… 9
探偵される身（平野零二）………… 9〜11
探偵小説のドメスティシティー（上島路之助）………………………………… 11
映画『ラッフルス』其他（波瀬河格）……………………………………… 11〜12
無題（本田緒生）…………………… 12〜13
短剣集（蜂石生）…………………… 13〜14
雑感（江戸川乱歩）………………… 14〜15
チェスタートン研究の一断片（西田政治）……………………………… 16〜17
探偵作家の著書と創作 …………… 18〜19
汽車の中から（森下雨村）………… 19〜20
探偵小説とは何か?（春日野緑）… 20〜22
解答（西田政治）…………………… 22〜23

24

探偵問答《アンケート》
　1 探偵小説は芸術ではないか。
　2 探偵小説は将来どんな風に変わつて行
　　くであらんか、又変ることを望ま
　　れるか。
　3 探偵小説目下の流行は永続するか否か。
　4 お好きな探偵作家二三とその代表作。
　　（小酒井不木） ･････････････････････ 23
　　（馬場孤蝶） ･････････････････････ 23〜24
　　（松本泰） ･･････････････････････････ 24
　　（楠井乙男） ････････････････････････ 24
　　（前田河広一郎） ････････････････････ 24
　　（細田源吉） ････････････････････････ 24
　　（国枝史郎） ････････････････････････ 24
　　（春日野緑） ･････････････････････ 24〜25
　　（保篠竜緒） ････････････････････････ 25
　　（甲賀三郎） ････････････････････････ 25
　　（田中早苗） ････････････････････････ 25
　　（村島帰之） ････････････････････････ 25
　　（平野零二） ･････････････････････ 25〜26
　　（大野木繁太郎） ････････････････････ 26
　　（延原謙） ･･････････････････････････ 26
　　（巨勢洵一郎） ･･････････････････････ 26
　　（牧逸馬） ･･････････････････････････ 26
　　（山下利三郎） ･･････････････････････ 27
　　（本田緒生） ････････････････････････ 27
　　（水谷準） ･･････････････････････････ 27
　　（井上勝喜） ････････････････････････ 27
　　（横溝正史） ･････････････････････ 27〜28
　　（江戸川乱歩） ･･････････････････････ 28
　会の日誌 ･････････････････････････････ 28
　勝と負《小説》（水谷準） ･････････････ 29〜30
　温古想題《小説》（山下利三郎） ･･････ 30〜32
　第一回探偵クロスワーヅパズル ････････ 33
　編集当番より（乱歩） ･･････････････････ 34

第2輯　所蔵あり
1925年10月20日発行　40頁
　編輯当番の交代 ････････････････････ 前1
　会員勧誘と会費 ････････････････････ 前1
　第三号につき御願ひ（小酒井光次） ･･ 前1
　犯罪学のあるページ〈1〉（阿部真之助）
　　････････････････････････････････ 1〜3
　指紋の話〈1〉（汐見鵬輔） ･･････････ 3〜4
　少年の個性鑑別について（佐野甚七） ･･ 4〜5
　犯罪者の心理（高山義三） ･･･････････ 6〜8
　鳥瞰国、間引国、堕胎国（小酒井不木）
　　････････････････････････････････ 8〜9
　完全な贋幣（紅毛生） ････････････ 9〜11
　香具師王国の話（村島帰之） ･･････ 11〜12
　空中の名探偵（平野零二） ････････ 12〜13

子供の犯罪（春日野緑） ･･･････････ 13〜14
東西作家偶然の一致（馬場孤蝶） ･･ 14〜17
女を拾ふ（大野木繁太郎） ･･････････ 17〜18
探偵趣味の映画（寺川信） ･････････ 18〜19
探偵趣味（緑） ･････････････････････ 20〜21
秘密室 ･･･････････････････････････ 20〜21
『探偵趣味』問答《アンケート》
　1、日本に民間探偵は必要かどうか
　2、最近の犯罪傾向は？
　3、犯人捜査の苦心（実例）
　4、これは意外と思つた犯人
　　（小酒井不木） ･･････････････････････ 22
　　（吉田小作） ････････････････････････ 22
　　（高山義三） ････････････････････････ 22
　　（木下東作） ････････････････････････ 22
　　（田中仙丈） ････････････････････････ 22
　　（国枝史郎） ････････････････････････ 23
　　（甲賀三郎） ････････････････････････ 23
　　（須古清） ･･････････････････････････ 23
暗号記法の分類〈1〉（江戸川乱歩） ･･･ 24〜26
探偵小説と実際の探偵（甲賀三郎） ･･ 26〜27
愚人饒舌（鈴木英一） ････････････････ 27〜28
夜の家（小流智尼） ･･････････････････ 28〜29
鈴木八郎氏に呈す（本田緒生） ･････････ 29〜31
探偵作家匿名由来の事（湊川の狸） ･･ 31〜32
湊川の狸氏へ（春日野緑） ･･････････････ 32
第一輯を読んで（岡本素貌） ････････････ 32
くろす・わあど狂《小説》（路之助） ･･ 33〜35
呪はれの番号《小説》（山本一郎） ･･ 35〜36
ページエントに就て（春日野緑） ･･･････ 37
『幽霊探偵』梗概 ････････････････････ 37
『秋風行』梗概 ･･････････････････････ 37〜38
会の日誌 ･････････････････････････････ 38
クロスワードパズル当選者発表 ･･･････ 39
お願ひ ･･･････････････････････････････ 39
お断り ･･･････････････････････････････ 39
編輯後記（春日野緑） ･･････････････････ 40

第3輯　未所蔵
1925年11月20日発行　44頁
　編輯当番の交代 ････････････････････ 前1
　会員勧誘と会費 ････････････････････ 前1
　亡霊を追ふ《小説》（甲賀三郎） ････ 1〜2
　或る対話《小説》（本田緒生） ･･････ 3〜4
　名著のある頁《小説》（斎藤真太郎） ･･ 5〜6
　小品二篇《小説》（夏冬繁生） ･･････ 6〜8
　或日の記録から《小説》（Y生） ････････ 8
　逆理《小説》（前坂欣一郎） ････････ 9〜10
　報知《小説》（水谷準） ･･････････ 10〜12
　探偵趣味叢書の発行について（春日野緑）
　　････････････････････････････････････ 12

04『探偵趣味』

犯罪者の心理〈2〉(阿部真之助) …… 13〜14
指紋の話〈2〉(汐見鵬輔) ……… 15〜16
老探偵の話(TS生) ……………… 16〜17
心霊現象と怪談(甲賀三郎) …… 17〜19
変装(春日野緑) ………………… 19〜20
ルブランの皮肉(小倉生) ……………… 21
憎まれ口(JOXK) ………………… 21〜22
偶感(田中仙丈) ………………………… 22
探偵趣味(不木) ………………… 23〜24
秘密室 …………………………… 23〜24
探偵小説寸感(国枝史郎) ……… 25〜26
怪談奇語(水谷準) ……………… 26〜27
因果(山崎堅一郎) ……………… 27〜28
読むだ話、聞いた話(松本泰) … 28〜29
『シベリヤ』薬事件(西田政治) 29〜30
秋成と八雲(田中早苗) ………… 30〜32
或る嬰児殺し(紅毛生) ………… 32〜33
宿酔語(上島鬼之助) …………… 33〜34
あらさ誌(本田緒生) …………… 34〜35
ラジオの悪戯(山下総一郎) …… 35〜36
弟の話(八重野潮路) …………… 36〜37
上京日誌(江戸川乱歩) ………… 37〜38
会の日誌 ………………………………… 38
私の変名(甲賀三郎) …………………… 39
『探偵趣味』問答《アンケート》
　1.怪談についての感想
　2.奇抜なる犯罪方法(実例)
　3.日本探偵小説作家に関する一般的批評
　4.探偵小説に対する註文(どんな探偵小説がお好きか?)
　　(岡本綺堂) ………………………… 40
　　(菅忠雄) …………………………… 40
　　(片岡鉄兵) ………………………… 40
　　(佐々木味津三) …………………… 40
　　(牧逸馬) …………………………… 40
　　(前田河広一郎) ………………… 40〜41
　　(細田源吉) ………………………… 41
　　(小流智尼) ………………………… 41
　　(江戸川乱歩) ……………………… 41
　　(喜多村緑郎) …………………… 41〜42
　　(横溝正史) ………………………… 42
　　(寺川信) …………………………… 42
　　(村島帰之) ………………………… 42
　　(加藤茂) …………………………… 42
　　(木下竜夫) ………………………… 43
　　(城昌幸) …………………………… 43
　　(勝佐舞呂) ………………………… 43
　　(山下利三郎) ……………………… 43
　〔詩〕《詩》(司家亜緑) ……………… 43
編輯後記(不) …………………………… 44
高山義三氏より ………………………… 44

第4輯(第2年第1号) 所蔵あり
1926年1月1日発行　72頁　25銭

編輯当番の舌代 ………………………… 前1
会員諸君へ ……………………………… 前1
会の日記 ………………………………… 前1
ある恐怖(江戸川乱歩) ………………… 1〜3
探偵小説の滅亡近し(川口松太郎) …… 3〜4
『大弓物語』(上島鬼之助) …………… 4〜7
書かでもの二三(菅忠雄) ……………… 7〜8
探偵文化村(史学会〔編〕) …………… 8〜9
探偵小説を作つて貰ひ度い人々(国枝史郎)
　…………………………………………… 9〜11
映画に出来悪いもの一つ(上月吏) … 11〜12
探偵趣味(E・M・N) ………………… 13〜14
宿業(小流智尼) ……………………… 15〜16
作家とその余暇(石橋蜂石) ………… 16〜17
探偵映画に就て(浜田格) …………… 17〜19
雑感(春日野緑) ……………………… 19〜22
古川柳染(燕家艶笑) ………………… 22〜23
探偵小説の探偵(前田河広一郎) …… 23〜25
私の死ぬる日(横溝正史) …………… 25〜28
第三輯を取り上げて(甲賀三郎) …… 29〜30
うめ草(本田緒生) …………………… 30〜31
偶感(能勢登羅) ……………………… 31〜33
年頭独語集(湊川の狸) ……………… 33〜34
食はず嫌ひ(丘虹二) ………………… 35〜37
探偵小説の芸術性(井上豊一郎) …… 37〜38
老刑事の話(TS生) …………………… 38〜40
作家未来記(探偵局大正二十年調査) … 41〜42
芝居に現れた悪と探偵趣味(顕考与一)
　………………………………………… 42〜44
つらつら惟記(山下利三郎) ………… 44〜47
探偵小説の映画劇、劇化に就いて(寺川信)
　………………………………………… 47〜49
『探偵趣味』問答《アンケート》
　探偵小説の映画化、劇化することの可否
　　及びその理由 ……………………… 49
　　(森下雨村) ………………………… 49
　　(白井喬二) ……………………… 49〜50
　　(諸口十九) ………………………… 50
　　(長谷川伸) ………………………… 50
　　(喜多村緑郎) …………………… 50〜51
　　(山本惣一郎) ……………………… 51
　　(小酒井不木) ……………………… 51
　　(菅忠夫) …………………………… 51
　　(国枝史郎) ……………………… 51〜52
　　(上月吏) …………………………… 52
　　(山下利三郎) ……………………… 52
　　(深江彦一) ……………………… 52〜53
　　(村上真紗晴) ……………………… 53

04 『探偵趣味』

　　（三好正明）･････････････････ 53〜54
　　（丘虹二）･･･････････････････････ 54
　　（本田緒生）････････････････････ 54
　　（浅川棹歌）･････････････････ 54〜55
　　（川口松太郎）･･････････････････ 55
　　（畑耕一）･･･････････････････････ 55
　　（山崎堅一郎）･･･････････････ 55〜56
　　（芦田健次）････････････････････ 56
　　（仁科熊彦）････････････････････ 56
　　（江戸川乱歩）･･････････････････ 56
　　（大野木繁太郎）････････････ 56〜57
　　（小流智尼）････････････････････ 57
　　（巨勢沟一郎）･･････････････ 57〜58
　　（根津新）･･･････････････････････ 58
　　（春日野緑）････････････････ 58〜59
　　（水谷準）･･･････････････････････ 59
　　（田中敏男）････････････････････ 59
　　（平山蘆江）････････････････････ 59
　「秘密室」････････････････････ 50〜53
　趣味倶楽部上映 ････････････････････ 59
　或る記録《小説》（藤野守一）････ 60〜61
　崖の上《小説》（水谷準）･･･････ 61〜63
　巾着切小景《小説》（長谷川伸）･ 63〜65
　情死《小説》（江戸川乱歩）･････ 65〜66
　嘘実《小説》（前坂欣一郎）･････ 66〜69
　彼の死《小説》（本田緒生）･････ 69〜71
　編輯便（西田政治）････････････････ 72

第5輯（第2年第2号）　未所蔵
1926年2月1日発行　61頁　25銭
　編輯当番の舌代 ･･････････････････ 前1
　会員諸君へ ････････････････････････ 前1
　実験科学探偵法（大下宇陀児）･････ 1〜3
　「うなたん」漫談〈1〉（森下雨村）･ 3〜4
　偶感二題（小酒井不木）･･･････････ 5〜7
　画房雀（山下利三郎）････････････ 7〜10
　能楽「草紙洗」の探偵味（甲賀三郎）
　　････････････････････････････ 10〜12
　石を呑む男（田代栄明）･････････ 12〜13
　消極的探偵小説への一つのヒント（神原泰）
　　････････････････････････････ 13〜14
　猫の戯れ跡（夏冬茂生）･････････ 14〜15
　数学と錯覚 ････････････････････････ 15
　西洋笑話 ････････････････････ 16〜17
　スポーツと探偵小説の関係（春日野緑）
　　････････････････････････････ 18〜19
　泰西逸話 ････････････････････････ 19
　一号一人〈1〉（本田緒生）････ 20〜21
　愚言二十七箇条（国枝史郎）････ 21〜23
　笑話の探偵趣味 ････････････････････ 23
　宇野浩二式（江戸川乱歩）･････ 23〜26

　テーマ大売出し（巨勢沟一郎）･･ 26〜28
　我が墓をめぐる（水谷準）･････ 28〜29
　猫と泥棒（園部緑）･･･････････ 30〜31
　探偵五目講談（沙魚川格）･･････････ 31
　探偵趣味 ･････････････････････ 32〜33
　秘密室 ･･･････････････････････ 32〜33
　お断り（春日野緑）････････････････ 34
　大阪だより ･･･････････････････ 34〜35
　新刊紹介 ･････････････････････････ 35
　同人動静 ･････････････････････････ 35
　記録の中から《小説》（大西登）･ 36〜37
　「襯衣」《小説》（牧逸馬）･････ 37〜40
　乗合自転車《小説》（川田功）･･ 40〜42
　蒲鉾《小説》（大下宇陀児）･･･ 42〜45
　段梯子の恐怖《小説》（小酒井不木）･ 45〜46
　頭と足《小説》（平林初之輔）･ 47〜48
　火事と留吉《小説》（水沼由太）･ 48〜50
　無用の犯罪《小説》（小流智尼）･ 50〜53
　半時間の出来事《小説》（ジョン・ロオレンス
　　〔著〕, 延原謙〔訳〕）･････ 54〜57
　ダラレの秘密《小説》（ペター・モイ〔著〕, 甲
　　賀三郎〔訳〕）････････････ 57〜60
　編輯後記（三郎）･･･････････････････ 61

第6輯（第2年第3号）　所蔵あり
1926年3月1日発行　57頁　25銭
　近来頻発する女性の殺傷事件をどう見る？
　　性のせり市（国枝史郎）･････････ 1〜2
　　復讐心理の表れ（千葉亀雄）･･･････ 2
　　困つた時代相（谷本富）･･･････････ 2
　　女性世界の拡大（柳原燁子）･･･････ 3
　　性的生活の乱れ（小酒井不木）････ 3
　　機械文化の所為（久留弘三）･･････ 3
　　革命前の不安（山本宣治）･･･････ 3
　　金から血へ（高山義三）･･･････････ 3
　　問題ではない（松崎天民）･･･････ 4
　　崩壊の現象（新居格）･････････････ 4
　　環境の刺戟から（岩田豊行）･･････ 4
　　女性犯人は美人（沢田撫松）･･････ 5
　踊り子殺害事件《小説》（シヤルル・フイリッ
　　プ）･･････････････････････････ 5
　結婚詐欺（小酒井不木）･･････････ 6〜7
　女優志願の女（大竹憲太郎）･････ 7〜8
　広東の十姉妹（沢村幸夫）･････ 8〜10
　女問喋（水戸俊雄）･･･････････ 10〜11
　女ゆゑの犯罪（須古清）･･･････ 11〜13
　文豪往来 ･････････････････････････ 13
　探偵趣味ゴシップ ･･････････････ 14〜15
　犯罪捜査の第一歩（清水歓平）･･ 16〜19
　氏名不詳の殺人事件（佐野甚七）･ 19〜20
　首斬浅右衛門（石割松太郎）･･･ 21〜24

27

04『探偵趣味』

野馬台詩（大野木繁太郎）‥‥‥‥‥	24〜25
文学における工芸品（尾関岩二）‥‥‥	25〜26
「筋」の競進会を開け（平野零二）‥‥	27〜28
一号一人〈2〉（本田緒生）‥‥‥‥‥	28〜29
社会主義者に非ず（国枝史郎）‥‥‥‥	29
近刊紹介 ‥‥‥‥‥‥‥‥‥‥‥‥‥	30
同人消息 ‥‥‥‥‥‥‥‥‥‥‥‥‥	30
一束（本田緒生）‥‥‥‥‥‥‥‥‥‥	31
出駄羅目草（夏冬）‥‥‥‥‥‥‥‥‥	32
日本の謎の探偵作家 ‥‥‥‥‥‥‥‥	32
R夫人の肖像《小説》（斎藤恵太郎）‥	33〜34
へそくり《小説》（春日野緑）‥‥‥‥	35〜36
断崖《小説》（顕考与一）‥‥‥‥‥‥	36〜38
手袋《小説》（小流智尼）‥‥‥‥‥‥	38〜40
ピストル強盗《小説》（妹尾韶夫）‥‥	40〜41
切断された右腕《小説》（岡本素貌）‥	41〜43
浜のお政《小説》（久山秀子）‥‥‥‥	43〜46
高見夫人の自白《小説》（園部緑）‥‥	46〜47
盗癖《小説》（鈴木三郎）‥‥‥‥‥‥	47〜49
鏡《小説》（松賀麗）‥‥‥‥‥‥‥‥	49〜50
恐ろしき巴里《小説》（モリス・ルヴエル〔著〕、水谷準〔訳〕）‥‥‥‥‥‥‥‥‥‥	51〜54
硝子の足《小説》（アドルヤン・ボンニイ〔著〕、水谷準〔訳〕）‥‥‥‥‥‥‥‥‥‥	54〜56
編輯後記（村島、水谷）‥‥‥‥‥‥‥	57

第7輯（第2年第4号） 未所蔵
1926年4月1日発行　63頁　25銭

雑文一束（平林初之輔）‥‥‥‥‥‥‥	1〜2
事実と小説（小酒井不木）‥‥‥‥‥‥	2〜3
病中偶感（江戸川乱歩）‥‥‥‥‥‥‥	3〜4
女性と探偵趣味（水木京太）‥‥‥‥‥	4〜6
「うたなん」漫談〈2〉（森下雨村）‥	6〜7
アマチユアー・デイテクテイーヴ（井汲清治）‥‥‥‥‥‥‥‥‥‥‥‥‥‥‥‥	7〜9
儲かる術 ‥‥‥‥‥‥‥‥‥‥‥‥‥	9
限界を突破せよ（能勢登羅）‥‥‥‥‥	10〜12
気になること（やすし）‥‥‥‥‥‥‥	11〜12
賊の売名感念（長谷川伸）‥‥‥‥‥‥	12〜13
「三つ」の問題（甲賀三郎）‥‥‥‥‥	13〜15
いがみの権太は可哀さうだ（土師清二）‥‥‥‥‥‥‥‥‥‥‥‥‥‥‥‥‥‥	15〜17
表札（伊藤靖）‥‥‥‥‥‥‥‥‥‥‥	17〜18
綺語漫語（城昌幸）‥‥‥‥‥‥‥‥‥	18〜19
甲虫の事（稲垣足穂）‥‥‥‥‥‥‥‥	19
アットランダム（小島政二郎）‥‥‥‥	20〜21
乱橋戯談（牧逸馬）‥‥‥‥‥‥‥‥‥	21〜23
探偵小説講座〈1〉（横溝正史）‥‥‥	24〜25
二つの作品（国枝史郎）‥‥‥‥‥‥‥	26〜27
薄毛の弁（江戸川）‥‥‥‥‥‥‥‥‥	27〜28
オーモニアーに就いて（妹尾アキ夫）‥‥‥‥‥‥‥‥‥‥‥‥‥‥‥‥‥‥	28〜29
スパイと探偵小説（前田河広一郎）‥‥	29〜31
詐欺広告（春日野緑）‥‥‥‥‥‥‥‥	31〜33
譫言まじり（山下利三郎）‥‥‥‥‥‥	33〜35
吉例材木座之芝居話〈1〉（林不忘）‥	35〜37
ピス健（瀬頭紫雀）‥‥‥‥‥‥‥‥‥	37〜38
苦労性（小流智尼）‥‥‥‥‥‥‥‥‥	38〜40
一号一人〈3〉（本田緒生）‥‥‥‥‥	40〜41
お断りとお願い（春日野緑）‥‥‥‥‥	41
災難《小説》（横溝正史）‥‥‥‥‥‥	42〜50
赤鬼退治《小説》（川田功）‥‥‥‥‥	50〜52
栗盗人《小説》（大下宇陀児）‥‥‥‥	52〜54
東方見聞《小説》（城昌幸）‥‥‥‥‥	54〜62
新刊紹介 ‥‥‥‥‥‥‥‥‥‥‥‥‥	62
編輯後記（延原）‥‥‥‥‥‥‥‥‥‥	63
探偵趣味の会会則について ‥‥‥‥‥	63

第8輯（第2年第5号）　未所蔵
1926年5月1日発行　64頁　25銭

人を呪はば《小説》（国枝史郎）‥‥‥	1〜5
偏愛《小説》（生田もとを）‥‥‥‥‥	6〜10
記憶術《小説》（甲賀三郎）‥‥‥‥‥	11〜15
探偵小説紙上リレー「猫の跫音」〈1〉《小説》（会員）‥‥‥‥‥‥‥‥‥‥‥‥‥	16〜18
処女作について ‥‥‥‥‥‥‥‥‥‥	
二銭銅貨（江戸川乱歩）‥‥‥‥‥‥‥	19〜20
自叙伝の一節（甲賀三郎）‥‥‥‥‥‥	20〜23
旧悪処女作（水谷準）‥‥‥‥‥‥‥‥	23〜24
処女作について（羽志主水）‥‥‥‥‥	24〜25
処女作の思出（大下宇陀児）‥‥‥‥‥	25〜26
処女作伝々（横溝正史）‥‥‥‥‥‥‥	26
処女作とか（山下利三郎）‥‥‥‥‥‥	26〜27
二つの処女作（本田緒生）‥‥‥‥‥‥	27〜29
出放題（杜951由樹生）‥‥‥‥‥‥‥	29
奇抜でない話（土師清二）‥‥‥‥‥‥	30〜31
禍根を断つ（潮山長三）‥‥‥‥‥‥‥	31〜33
或る出来事（稲川勝二郎）‥‥‥‥‥‥	32〜33
探偵難（南幸夫）‥‥‥‥‥‥‥‥‥‥	34〜36
吉例材木座芝居話〈2〉（林不忘）‥‥	36〜37
石塔磨き（大野木繁太郎）‥‥‥‥‥‥	37〜38
古書探偵趣味抄（八重野潮路）‥‥‥‥	38〜39
探偵作家鏡花（茨木仲平）‥‥‥‥‥‥	39
探偵無趣味（直木三十五）‥‥‥‥‥‥	40
課題（小酒井不木）‥‥‥‥‥‥‥‥‥	40〜42
ヒントと第六感（田中仙丈）‥‥‥‥‥	42〜43
一筆御免（牧逸馬）‥‥‥‥‥‥‥‥‥	44
いろいろ（横溝正史）‥‥‥‥‥‥‥‥	44〜45
ソロモンの奇智（春日野緑）‥‥‥‥‥	45〜47
尾行の話（能勢登羅）‥‥‥‥‥‥‥‥	47〜49
小話/醒睡笑より ‥‥‥‥‥‥‥‥‥	49

記憶の過信（松本泰）	50～51
伊豆の国にて（平林初之輔）	51～52
探偵詭弁（水谷準）	52～54
椿荘閑話（牧逸馬）	54～55
駄言（K・O・G・A）	55～56
探偵趣味の会会則について	56
警察署《小説》（正木不如丘）	57～59
黒いジョン《小説》（長谷川伸）	59～60
Aさんの失敗《小説》（川田功）	60～62
六篇《小説》（夏冬繁生）	62～63
編輯後記（緒生）	64

第9輯（第2年第6号）　未所蔵
1926年6月1日発行　65頁　25銭

探偵小説に就いて（萩原朔太郎）	1～3
平林の「探偵小説」（前田河広一郎）	3～4
秘密通信（大野木繁太郎）	5
笑話	5
探偵小説万能来（梅原北明）	6～9
テーマを盗む（小酒井不木）	9～10
吉例材木座芝居話〈3〉（林不忘）	10～11
あいどるそうと（妹尾アキ夫）	11～12
不幸にして（伊藤靖）	12～14
取留もなく三つ（山下利三郎）	14～15
空想ひとつ（片岡鉄兵）	16～17
御存与太話（国枝史郎）	17～18
山門雨稿（牧逸馬）	18～20
一号一人〈4〉（本田緒生）	20～21
彼女の前身《小説》（橋爪健）	22～24
短刀《小説》（保篠竜緒）	25～26
桃色の封筒《小説》（福田正夫）	27～28
彼女と彼《小説》（川田功）	28～31
保菌者《小説》（正木不如丘）	31～33
煙突奇談《小説》（地味井平造）	33～46
死面《小説》（水谷準）	46～55
編集雑記（水谷準）	55
探偵小説合評《座談会》（江戸川乱歩，甲賀三郎，延原謙，城昌幸，川田功，大下宇陀児，巨勢洵一郎，水谷準）	56～61
五月創作瞥見（山下利三郎）	61～64
同人消息	64
編輯後記（巨勢）	65

第10輯（第2年第7号）　所蔵あり
1926年7月1日発行　65頁　25銭

判事を刺した犯人《小説》（沢田撫松）	1～4
百円紙幣（谷君之介）	4～10
T原の出来事《小説》（須山道夫）	10～12
愛を求めて《小説》（川田功）	12～15
隼お手伝ひ《小説》（久山秀子）	15～20
仮面舞踏会《小説》（城昌幸）	21～25

駅夫《小説》（水谷準）	23～30
幽霊馬車（匿名氏）	30
作家としての私（小酒井不木）	31～32
お化け人形（江戸川乱歩）	32～34
最近、二三（菅忠雄）	34～35
探偵小説の隆盛近し（川口松太郎）	35～36
又復与太話（国枝史郎）	36～38
強盗殺人探索（長谷川伸）	38～39
目明文吉（井上剣花坊）	39～41
探偵小説と発売禁止	41
青い無花果（前田河広一郎）	42～43
煙草の怪異（畑耕一）	44～46
雑言一束（甲賀三郎）	46～48
のたべね風五月（橋爪健）	48～49
埒もない話（土師清二）	49～51
変名をくさす（妹尾アキ夫）	51
孔雀の木	51
寄せ鍋（吉田甲子太郎）	52～53
旅先きの実話（伊藤貴麿）	53～56
運命の塔	56
掘られた墓口（福田辰男）	57～58
身辺断想（巨勢洵一郎）	59
五百人の妻をもつ男（大野木繁太郎）	60
間と愚痴（山下利三郎）	60～62
一号一人〈5〉（本田緒生）	63～64
御断り	64
甲賀三郎氏処女出版「琥珀のパイプ」予告	64
諸家消息	65
新刊紹介	65
編輯後記（牧）	65

第11輯（第2年第8号）　所蔵あり
1926年8月1日発行　66頁　25銭

女秘書《小説》（A・ミウア〔著〕，延原謙〔訳〕）	1～6
卵と結婚《小説》（フランス漫画〔著〕，横溝正史〔訳〕）	7～10
くらやみ《詩》（Jean Miztanie）	10
チチェット《小説》（エノス・ポーケイ〔著〕，甲賀三郎〔訳〕）	11～17
童話と犯罪心理（小酒井不木）	18～21
怪奇劇・探偵劇（伊藤松雄）	21～24
行文一家銘（林不忘）	24
バットを観る	24
もう一分のこと（小牧近江）	25～26
川柳殺さぬ人殺し（富田達観〔談〕）	26～27
新刊紹介	27
旅順開戦館（江戸川乱歩）	28～30
物語的な雑文（片岡鉄兵）	31～33
やけ敬の話（荒木十三郎）	33～35

04『探偵趣味』

笑話	35
年給（酒井真人）	36
逐蠅閑話（山下利三郎）	37〜38
面会日	38
掏摸（額田六福）	39〜40
近刊往来	40
二人の会話《小説》（地味井平造）	41〜49
紙片《小説》（宍戸昌吉）	50〜53
江戸児《小説》（大下宇陀児）	53〜55
夜廻り《小説》（川田功）	56〜58
狆《小説》（荒木十三郎）	58〜65
編輯後記（横溝）	66

第12輯（第2年第9号）　所蔵あり
1926年10月1日発行　75頁　25銭

木馬は廻る《小説》（江戸川乱歩）	2〜12
刺青の手《小説》（F・G・ハースト〔著〕、延原謙〔訳〕）	12〜20
反歯《小説》（伴太朗）	20〜22
寸感（佐藤春夫）	24〜25
闇汁会〈1〉（凡太郎〔記〕）	25〜29
最近感想録	
（前田河広一郎）	29
（潮山長三）	29
（保篠竜緒）	29
嵐と砂金の因果率《小説》（甲賀三郎）	30〜40
山と海《小説》（春日野緑）	40〜43
恋人を喰べる話《小説》（水谷準）	43〜50
D・S漫談（久米正雄）	52
奇獄（小酒井不木）	53〜55
『世間は狭い』（山下利三郎）	56〜57
陪審劇「パレット・ナイフ」《脚本》	58
奇術師《小説》（ミッドルトン〔著〕、田中早苗〔訳〕）	59〜63
名人伍助《小説》（角田喜久雄）	63〜70
無題《小説》（本田緒生）	70〜72
消息	72
まいなた設置	73
質疑欄設置	73
創作投稿募集及び批評欄設置	73
新刊紹介	73
当番制廃止について（江戸川生）	74
同人消息	74
編輯後記（水谷）	75

第13輯（第2年第10号）　所蔵あり
1926年11月1日発行　75頁　25銭

黒岩涙香氏の肖像／「悪党紳士」の挿画《口絵》	前1
探偵趣味出版記念会《口絵》	前2
X氏と或る紳士《小説》（地味井平造）	2〜9
涙《小説》（アーメッド・ベイ〔著〕、小酒井不木〔訳〕）	10〜15
涙香随筆	
涙香随想（千葉亀雄）	16〜25
おもひで（黒岩漁郎）	25〜28
涙香余滴（土野仙八）	31〜37
黒岩涙香のこと（平林初之輔）	37〜40
涙香の思出（羽志主水）	40〜41
『天人論』の著者（日夏耿之介）	42〜45
人間涙香（田中早苗）	45〜49
涙香について（宇野浩二）	50〜51
六号並木路	
涙香のモナコ行脚	16〜28
涙香と修辞学	28
涙香作品大凡	28
「探偵叢話」（来栖貞）	29〜30
涙香の手訳本（延原謙）	29〜30
クローズ・アップ《アンケート》	
一、現在の探偵小説への寸鉄的感想	
二、作家等への註文	
（石割松太郎）	30〜31
（福田正夫）	31
（橋爪健）	32
（浅野玄府）	32
（吉田甲子太郎）	32
（宍戸昌吉）	32〜33
（池内祥三）	33
（南幸夫）	33
（豊岡佐一郎）	33〜34
（伊藤貴麿）	34
（飯田徳太郎）	34〜35
（稲垣足穂）	35
喫茶室	
唯灸（羽志主水）	36〜39
四いろの人玉（長谷川伸）	39〜40
［喫茶室］（白井喬二）	40〜41
作家といふもの（角田生）	41〜42
［喫茶室］（横溝正史）	42〜43
［喫茶室］（山下利三郎）	43
十月号短評（柳巷楼）	43〜45
［喫茶室］（森下雨村）	45
［喫茶室］（島田美彦）	45
力と熱と（甲賀三郎）	46
［喫茶室］（呑兵衛）	46〜47
［喫茶室］（本田緒生）	47
［喫茶室］（ウダル）	47〜48
酔中語（横溝正史）	48〜49
September meeting	49〜51
野茨（正木不如丘）	51〜57

寄稿創作を読みて(甲賀三郎) ･････ 51～57, 74
悪戯《小説》(ブリットン・オースチン〔著〕,妹
　尾韶夫〔訳〕) ････････････････････ 58～62
帰れるお類《小説》(横溝正史) ････ 63～74
編輯後記(準) ･････････････････････････ 75

第14輯（第2年第11号）　所蔵あり
1926年12月1日発行　75頁　25銭
助五郎余罪《小説》(牧逸馬) ･･････････ 2～10
隼登場《脚本》(久山秀子) ･･････････ 10～16
下検分《小説》(松賀麗) ･････････････ 17～18
此の二人《小説》(城昌幸) ･･･････････ 18～25
新年号予告 ････････････････････････････ 25
新刊紹介 ･･････････････････････････････ 25
科学的犯人捜索法の進歩(浅田一) ････ 26～27
六号並木路
　喫茶室
　　ベスト・ガラス(山本禾太郎) ･･ 26～28
　　一人角力(土師清二) ･････････････ 28～30
　　有色人種奇聞(JOKE) ･･･････････ 30～34
　特種(アアル・ジイ・エェ〔著〕,伊藤松雄
　　〔訳〕) ･･･････････････････････････ 28～30
　写真漫談(角田喜久雄) ･･････････････ 31～33
　夜長物語
　　童話三つ《小説》(地味井平造) ･･ 34～36
　　模人《小説》(山下利三郎) ･･･････ 36～37
　　ドタ福クタバレ《小説》(夢野久作)
　　　･･･････････････････････････････ 37～42
クローズ・アップ《アンケート》
　一、わが作品(又は翻訳)のうちで、どれ
　　が一番好きで、どれが一番嫌ひで
　　あるか?
　二、将来、どうしたものを書き(又は訳し)
　　たいと考へてゐるか?
　　(甲賀三郎) ･････････････････････ 34～36
　　(久山秀子) ･･････････････････････ 36
　　(吉田甲子太郎) ････････････････ 36～37
　　(松本泰) ･･････････････････････････ 37
　　(本田緒生) ････････････････････････ 37
　　(妹尾アキ夫) ････････････････････ 38
　　(春日野緑) ･･･････････････････････ 38
　　(山下利三郎) ･･･････････････････ 38～39
　　(浅野玄府) ･･･････････････････････ 39～40
　　(川田功) ･･････････････････････････ 40
　　(小酒井不木) ････････････････････ 40
　　(城昌幸) ･･････････････････････ 40～41
　　(大下宇陀児) ･･･････････････････ 41
　　(延原謙) ･･･････････････････････ 41～42
　　(角田喜久雄) ･･･････････････････ 42～43
　　(田中早苗) ･･･････････････････････ 43
　　(牧逸馬) ･･････････････････････ 43～44

　(保篠竜緒) ･･･････････････････････ 44
　(水谷準) ･･････････････････････ 44～45
　(横溝正史) ･･･････････････････････ 45
一寸考へると嘘の様な現代の事実談(高田義
　一郎) ･････････････････････････ 42～45
御断り ･････････････････････････････ 45
投稿創作評(甲賀三郎) ････････････ 46
新刊紹介 ････････････････････････ 46
運命《脚本》(キャミ) ･････････････ 47
悪い対手《小説》(大下宇陀児) ･･ 48～56
手套《小説》(平野優一郎) ･･････ 56～60
南京街《小説》(小流智尼) ･････ 60～74
編輯後記(準) ･････････････････････ 75

第15輯（第3年第1号）　所蔵あり
1927年1月1日発行　89頁　25銭
留針《小説》(ビーストン〔著〕,妹尾アキ夫
ブローチ
　〔訳〕) ････････････････････････････ 2～9
義賊《小説》(窪利男) ･････････････ 9～15
浮気封じ《小説》(春日野緑) ････ 16～19
喧嘩《小説》(モーリス・デコブラ〔著〕,甲賀三
　郎〔訳〕) ･･･････････････････････ 20～23
彼の失敗《小説》(井田敏行) ･･････ 23～29
書かない理由《小説》(本田緒生) ･･ 29～33
死人の子《小説》(アンリ・ボルドオ〔著〕,池只
　一〔訳〕) ･･････････････････････ 34～38
夕刊《小説》(川田功) ････････････ 38～41
長襦袢《小説》(伴太郎) ･･････････ 41～45
新刊紹介 ･････････････････････････ 45
迷信(甲賀三郎) ･･････････････････ 46～47
柳巷楼無駄話(西田政治) ･････････ 48～50
怪談にあらず《小説》(小流智尼) ･･ 50～52
老僧の話(島田美彦) ････････････ 52～54
一昔ばかり前(高田義一郎) ･･････ 54～59
ある談話家の話(江戸川乱歩) ････ 59～62
六号並木路
クローズ・アツプ《アンケート》
　一、僕がルパンであつたら……
　二、僕がホームズであつたら……
　　(江戸川乱歩) ･･････････････ 46～47
　　(大下宇陀児) ･････････････ 47～48
　　(畑耕一) ･････････････････････ 48
　　(山下利三郎) ････････････ 48～49
　　(雨村生) ･･････････････････ 49
　　(福田正夫) ･････････････････ 49
　　(落合伍一) ･････････････････ 49
　　(松野一夫) ･････････････････ 50
　　(伊藤松雄) ･････････････････ 50～51
　　(横溝正史) ･････････････････ 51
　　(国枝史郎) ･･･････････････ 51～52
　　(神部正次) ･･･････････････ 52

31

04『探偵趣味』

```
　（小酒井不木）‥‥‥‥‥‥‥‥　　53
　（妹尾アキ夫）‥‥‥‥‥‥‥‥　　53
　（土師清二）‥‥‥‥‥‥‥‥‥　　53
　（小流智尼）‥‥‥‥‥‥‥‥　53〜54
　（城昌幸）‥‥‥‥‥‥‥‥‥　54〜55
　（千葉亀雄）‥‥‥‥‥‥‥‥‥　　55
　（佐々木茂索）‥‥‥‥‥‥‥‥　　55
　（水谷準）‥‥‥‥‥‥‥‥‥‥　　56
　（平林初之輔）‥‥‥‥‥‥‥‥　　56
　（久山秀子）‥‥‥‥‥‥‥‥　56〜59
　（島田美彦）‥‥‥‥‥‥‥‥‥　　59
　（春日野緑）‥‥‥‥‥‥‥‥　59〜60
　（井汲清治）‥‥‥‥‥‥‥‥‥　　60
喫茶室
　熊坂長範（土師清二）‥‥‥‥　61〜62
　直感（本田緒生）‥‥‥‥‥‥　62〜63
投稿創作評（甲賀三郎）‥‥‥‥　63〜64
京都の探偵趣味の会（夏冬繁緒）‥　　64
探偵趣味同好会二三（水谷生）‥‥　　64
四遊亭幽朝《小説》（久山秀子）‥66〜67
線路《小説》（夢野久作）‥‥‥　68〜70
幽霊撃退法《小説》（ピエール・ミル〔著〕，山
　野三五郎〔訳〕）‥‥‥‥‥‥　70〜74
正体《小説》（山下利三郎）‥‥　74〜78
兵隊の死《小説》（渡辺温）‥‥　78〜79
街の抱擁《小説》（水谷準）‥‥　79〜83
鈴木と河越の話《小説》（横溝正史）83〜88
編輯後記（準）‥‥‥‥‥‥‥‥　　89

第16輯（第3年第2号）　所蔵あり
1927年2月1日発行　94頁　25銭
市街自動車〈1〉《小説》（大下宇陀児）
　‥‥‥‥‥‥‥‥‥‥‥‥‥‥　2〜12
手術《小説》（小日向逸蝶）‥‥　12〜17
事件《小説》（福田正夫）‥‥‥‥　　18
マリエージ・プレゼント《小説》（吉田甲子太
　郎）‥‥‥‥‥‥‥‥‥‥‥‥　19〜24
迷児札《小説》（宍戸昌吉）‥‥　24〜36
ガラスを飲んでから（中河与一）‥38〜39
断片（延原謙）‥‥‥‥‥‥‥‥　40〜43
怪二三（浅田一）‥‥‥‥‥‥‥‥　　44
銀座小景（横溝正史）‥‥‥‥‥　45〜48
レエーニンの昇天（能勢登羅〔訳〕）48〜53
六号並木路
　喫茶室
　　表看板（高田義一郎）‥‥‥　38〜40
　　古手帳から出た話（土師清二）41〜43
　　改а屋（島田美彦）‥‥‥‥‥‥　43
　　乗る人‥‥‥‥‥‥‥‥‥　43〜44
　　お気に召すまゝ（ジョークスキイ
　　ヤ）‥‥‥‥‥‥‥‥‥‥　45〜53

隼の公開状（久山秀子）‥‥‥‥　54〜55
消息‥‥‥‥‥‥‥‥‥‥‥‥‥‥　55
投稿創作評（甲賀三郎）‥‥‥‥　56〜57
投稿創作評（巨勢洵一郎）‥‥‥‥　　57
塞翁苦笑《小説》（橋本五郎）‥　58〜74
新刊紹介‥‥‥‥‥‥‥‥‥‥‥‥　74
謎の飛行《小説》（高田義一郎）‥75〜77
売物一代記《小説》（長谷川伸）‥77〜81
すべてを知れる〈1〉《小説》（エドガア・ウオ
　レス〔著〕，延原謙〔訳〕）‥83〜93, 81
編輯後記（準）‥‥‥‥‥‥‥‥‥　94

第17輯（第3年第3号）　所蔵あり
1927年3月1日発行　92頁　25銭
市街自動車〈2〉《小説》（大下宇陀児）
　‥‥‥‥‥‥‥‥‥‥‥‥‥‥　2〜14
薄暮《小説》（城昌幸）‥‥‥‥　14〜21
クロスワーツ・パズル《小説》（窪田男）
　‥‥‥‥‥‥‥‥‥‥‥‥‥‥21〜24
顔《小説》（藤村英隆）‥‥‥‥　24〜29
ローマンス《小説》（本田緒生）‥29〜36
偽為痴老漫筆〈1〉（高田義一郎）‥38〜42
予言的中（梅原北明）‥‥‥‥‥　42〜43
探偵小説劇化の一経験（小酒井不木）
　‥‥‥‥‥‥‥‥‥‥‥‥‥‥43〜48
盗みの記憶（吉田甲子太郎）‥‥　48〜50
日記帳（角田喜久雄）‥‥‥‥‥　50〜54
六号並木路
　殺人小景（林次郎）‥‥‥‥‥　38〜43
　笑話集（本田緒生〔選〕）‥‥　43〜46
　真冬の夜の夢（ジョークスキイヤ）
　‥‥‥‥‥‥‥‥‥‥‥‥‥‥46〜54
狂者の犯罪（エドモン・ロカアル〔著〕，滝右一
　路〔訳〕）‥‥‥‥‥‥‥‥55〜58, 60
投稿創作評（水谷準）‥‥‥‥‥　59〜60
すべてを知れる〈2〉《小説》（エドガア・ウオ
　レス〔著〕，延原謙〔訳〕）‥‥61〜72
黒髪事件《小説》（井上一男）‥　72〜75
夫人探索《小説》（夢野久作）‥　75〜77
仮面城夜話《小説》（アンドレ・ド・ロルド〔著〕，
　山野三五郎〔訳〕）‥‥‥‥‥　78〜91
編輯後記（準）‥‥‥‥‥‥‥‥‥　92
※表紙は第3年第4号と誤記

第18輯（第3年第4号）　所蔵あり
1927年4月1日発行　91頁　25銭
委託金《小説》（マクス・ハイドラア〔著〕，浅野
　玄府〔訳〕）‥‥‥‥‥‥‥‥‥2〜3
犬功《小説》（エム・ゾシチェンコ〔著〕，広野昂
　太郎〔訳〕）‥‥‥‥‥‥‥‥‥3〜5
```

人形マリア《小説》(パウル・レッピン〔著〕,浅野玄府〔訳〕)・・・・・・・・・・・・・・ 6～10
あるじおもひ《小説》(パブロ・クルス〔著〕,風間隼人〔訳〕)・・・・・・・・・・・・・ 10～14
砲撃《小説》(アカ・ギュンドユス〔著〕,浅野玄府〔訳〕)・・・・・・・・・・・・・・ 14～16
とうさん《小説》(エム・ゾシチェンコ〔著〕,広野昂太郎〔訳〕)・・・・・・・・・・・・ 16～19
甘蔗畑の十字架《小説》(ヴエントゥラ・ガルシア・カルデロン〔著〕,浅野玄府〔訳〕)・・ 19～23
一寸法師雑記(江戸川乱歩)・・・・・・・・・ 24～26
Phillpottsのことなんど(上島統一郎)・・・・・・・・・・・・・・・・・・・・・・・ 26～28
探偵小説は何故行き詰まる?(伴太郎)・・・・・・・・・・・・・・・・・・・・・・・ 28～30
『恋愛曲線』雑感(田中早苗)・・・・・・・・ 30～33
偽為痴老漫筆〔2〕(高田義一郎)・・・・・・ 33～37
六号並木路
　じやじやうまならし(ジョークスキイヤ)・・・・・・・・・・・・・・・・・・・ 24～28
　犯罪教科書―初等科―(橋本五郎)・・ 29～32
　贈物(藤村英隆)・・・・・・・・・・・・ 32～35
　小話(本田緒生〔選〕)・・・・・・・・・ 35～37
刺青(E・ロカアル〔著〕,滝右一路〔訳〕)・・・・・・・・・・・・・・・・・・・・・ 38～42
消息・・・・・・・・・・・・・・・・・・・・ 42
京都探偵趣味の会(夏冬繁緒)・・・・・・・・ 43
M・H・C・・・・・・・・・・・・・・・ 43～44
探偵往来紹介・・・・・・・・・・・・・・・・ 44
投稿創作評(水谷準)・・・・・・・・・・ 45～46
すべてを知れる〔3〕《小説》(エドガア・ウオレス〔著〕,延原謙〔訳〕)・・・・・・・ 47～57
吹雪の夜《小説》(角田喜久雄)・・・・・ 57～63
竹田君の失敗《小説》(窪利男)・・・・・ 63～69
書斎の庄太郎《小説》(吉田甲子太郎)・・・・・・・・・・・・・・・・・・・・・・ 69～71
鉄梯子《小説》(青木保夫)・・・・・・・ 71～74
市街自動車〔3〕《小説》(大下宇陀児)・・・・・・・・・・・・・・・・・・・・ 75～90
編輯後記(準)・・・・・・・・・・・・・・ 91

第19輯(第3年第5号)　所蔵あり
1927年5月1日発行　94頁　25銭

家出《小説》(モリス・ルヴェル〔著〕,山野三郎〔訳〕)・・・・・・・・・・・・・・・ 2～6
果樹園丘事件《小説》(久原皎二)・・・・ 6～12
飛んでも無い遺産《小説》(エンマ・リンドセイ・スクァイヤア〔著〕,伊藤時雄〔訳〕)・・・・・・・・・・・・・・・・・・・・ 13～16

市街自動車〔4〕《小説》(大下宇陀児)・・・・・・・・・・・・・・・・・・・・ 17～29
偽為痴老漫筆〔3〕(高田義一郎)・・・・・ 30～33
奥丹後震災地より帰りて(山下利三郎)・・ 33～38
直木三十五氏に見参(大林美枝雄)・・・・ 38～40
大阪の探偵趣味(春日野緑)・・・・・・・ 40～41
『創作探偵小説選集』断想(石浜金作)・・・・・・・・・・・・・・・・・・・・ 41～44
六号並木路
　クローズ・アップ《アンケート》
　　一、一番最初に読んだ探偵(趣味的)小説について
　　二、今から三十年後の探偵小説は?
　(小酒井不木)・・・・・・・・・・・・ 30～31
　(田中早苗)・・・・・・・・・・・・・・ 31
　(川田功)・・・・・・・・・・・・・・ 31～32
　(保篠竜緒)・・・・・・・・・・・・・ 32～33
　(西田政治)・・・・・・・・・・・・・・ 33
　(長谷川伸)・・・・・・・・・・・・・・ 34
　(延原謙)・・・・・・・・・・・・・・ 34～35
　(山下利三郎)・・・・・・・・・・・・ 35～36
　(角田喜久雄)・・・・・・・・・・・・・ 36
　(久山秀子)・・・・・・・・・・・・・ 36～38
　(福田正夫)・・・・・・・・・・・・・・ 38
　(城昌幸)・・・・・・・・・・・・・・ 38～39
　(高田義一郎)・・・・・・・・・・・・・ 39
　(山本禾太郎)・・・・・・・・・・・・ 39～41
　(本田緒生)・・・・・・・・・・・・・ 41～42
　(国枝史郎)・・・・・・・・・・・・・・ 42
　(春日野緑)・・・・・・・・・・・・・ 42～43
　(妹尾アキ夫)・・・・・・・・・・・・ 43～44
小舟君のビーストンの研究について(甲賀三郎)・・・・・・・・・・・・・・・・・ 45
ビーストンの研究〔1〕(小舟勝二)・・・・ 46～56
麻酔剤の窃盗(E・ロカアル〔著〕,滝右一路〔訳〕)・・・・・・・・・・・・・・・ 57～60
京都探偵趣味の会(夏冬繁緒)・・・・・・ 62～63
投稿創作感想(水谷準)・・・・・・・・ 63～64
自殺を買ふ話《小説》(橋本五郎)・・・・ 65～73
電話《小説》(ゴッドフレイ・デール〔著〕,内藤加津男〔訳〕)・・・・・・・・・・・ 74～78
帰国《小説》(浅川棹歌)・・・・・・・・ 78～81
すべてを知れる〔4〕《小説》(エドガア・ウオレス〔著〕,延原謙〔訳〕)・・・・・・ 82～93
編輯後記(準)・・・・・・・・・・・・・・ 94
消息・・・・・・・・・・・・・・・・・・・・ 94

第20輯(第3年第6号)　所蔵あり
1927年6月1日発行　94頁　25銭

宝石の中の母《小説》(岡田光一郎)・・・・・ 2～4

04『探偵趣味』

鸚鵡《小説》（ギョスタ・チョルネクヴィスト〔著〕，
　浅野玄府〔訳〕）・・・・・・・・・・・・・・・　4～7
女乞食《小説》（園部綠）・・・・・・・・・・・・　7～8
女と詩人と毒薬《小説》（藤村英隆）・・・　9～10
汁粉代《小説》（英住江）・・・・・・・・・・・・　10～11
欧木天平の妖死《小説》（小阪正敏）・・・　11～18
市街自動車〈5〉《小説》（大下宇陀児）
　・・・・・・・・・・・・・・・・・・・・・・・・・・・・・・　19～31
魔法の酒瓶（南幸夫）・・・・・・・・・・・・・・　32～35
偽為痴老漫筆〈4〉（高田義一郎）・・・・・　35～45
ざんげの塔（夢野久作）・・・・・・・・・・・・　45～48
ざんげの塔（山本禾太郎）・・・・・・・・・・　49～51
新刊紹介（準）・・・・・・・・・・・・・・・・・・・・　51
六号並木路
　抜き書（柴田良保）・・・・・・・・・・・・・・　32～35
　エドガワ　ランポオ＝モスクヴア（西比利亜
　　鉄道）・・・・・・・・・・・・・・・・・・・・・・・　36～40
　京都探偵趣味之会（夏冬繁緒）・・・　40～44
　江戸の小噺（契泥）・・・・・・・・・・・・・・　44～49
　西洋小噺選（P・Q）・・・・・・・・・・・・・・　50～51
一方から見たビーストン（妹尾アキ夫）・・　52
ビーストンの研究〈2〉（小舟勝二）・・・・　53～62
投稿創作感想（水谷準）・・・・・・・・・・・・　63～64
ゆうもりすとによつて説かれたる彼女にま
　つはる近代的でたらめの一典型《小説》
　（角田喜久雄）・・・・・・・・・・・・・・・・・・　65～67
水差の中の紙片《小説》（エ・ゾーズリヤ〔著〕，
　広野昂太郎〔訳〕）・・・・・・・・・・・・・・・　68～72
呪はれた靴《小説》（宍戸昌吉）・・・・・・　73～86
すべてを知れる〈5〉《小説》（エドガア・ウオ
　レス〔著〕，延原謙〔訳〕）・・・・・・・・・　87～93
編輯後記（準）・・・・・・・・・・・・・・・・・・・・　94

第21輯（第3年第7号）　所蔵あり
1927年7月1日発行　94頁　25銭
父を失ふ話《小説》（渡辺温）・・・・・・・・　2～5
刑事ふんづかまる《小説》（久山秀子）
　・・・・・・・・・・・・・・・・・・・・・・・・・・・・・・　6～11
パイクラフトの秘密《小説》（H・G・ウエルズ
　〔著〕，上島統一郎〔訳〕）・・・・・・・・　12～22
最後の手紙《小説》（窪利男）・・・・・・・・　22～31
遠眼鏡《小説》（水谷準）・・・・・・・・・・・　32～38
市街自動車〈6〉《小説》（大下宇陀児）
　・・・・・・・・・・・・・・・・・・・・・・・・・・・・・・　38～51
あ・ら・もうど・・・・・・・・・・・・・・・・・・・・・　52～53
言ひ草（牧逸馬）・・・・・・・・・・・・・・・・・・　52～53
最近感想（田中早苗）・・・・・・・・・・・・・・　53
ビーストンの研究〈3〉（小舟勝二）・・・　54～62
誤尻尾・・・・・・・・・・・・・・・・・・・・・・・・・・　62
投稿創作感想（水谷準）・・・・・・・・・・・・　63～65

素敵なステッキの話《小説》（横溝正史）
　・・・・・・・・・・・・・・・・・・・・・・・・・・・・・・　66～74
ゐなか、の、じけん〈1〉《小説》（夢野久作）
　・・・・・・・・・・・・・・・・・・・・・・・・・・・・・・　75～81
ゐなか、の、じけん　備考（夢野久作）・・　81
二度目の水死人《小説》（松賀麗）・・　82～85
或る夜の出来事《小説》（本田緒生）・・・　85～93
編輯後記（準）・・・・・・・・・・・・・・・・・・・・　94
消息・・・・・・・・・・・・・・・・・・・・・・・・・・・・　94

第22輯（第3年第8号）　所蔵あり
1927年8月1日発行　95頁　25銭
死刑囚《小説》（ピエル・ミーユ〔著〕，小酒井不
　木〔訳〕）・・・・・・・・・・・・・・・・・・・・・・・　2～6
空想の果《小説》（山本禾太郎）・・・・・・　6～13
夜《小説》（フリードリヒ・ヘッベル〔著〕，浅野
　玄府〔訳〕）・・・・・・・・・・・・・・・・・・・・　14～25
流転《小説》（山下利三郎）・・・・・・・・・　25～31
市街自動車〈7〉《小説》（大下宇陀児）
　・・・・・・・・・・・・・・・・・・・・・・・・・・・・・・　32～42
東京見物（大林美枝雄）・・・・・・・・・・・　43～51
うた《猟奇歌》（夢野久作）・・・・・・・・・・　51
六号並木路
　殺気全集（高田義一郎）・・・・・・・・・・　43～44
　江戸の小噺（契泥）・・・・・・・・・・・・・・　44～49
　あ・ら・もうど・・・・・・・・・・・・・・・・・・・　50～51
ビーストンの研究〈4〉（小舟勝二）・・・　52～61
京都の趣味探偵の会（夏冬記）・・・・・・　62
東京地方のグルップ（水谷生）・・・・・・　62
投稿創作感想（水谷準）・・・・・・・・・・・・　63～64
譚《小説》（城昌幸）・・・・・・・・・・・・・・・　65～70
ものがたり
人非人《小説》（アーサ・モリソン〔著〕，滝一路
　〔訳〕）・・・・・・・・・・・・・・・・・・・・・・・・・　70～77
老婆二態〈1〉《小説》（XYZ）・・・・・・・　77～82
すべてを知れる〈6〉《小説》（エドガア・ウオ
　レス〔著〕，延原謙〔訳〕）・・・・・・・・・　83～94
編輯後記（準）・・・・・・・・・・・・・・・・・・・・　95
消息・・・・・・・・・・・・・・・・・・・・・・・・・・・・　95

第23輯（第3年第9号）　所蔵あり
1927年9月1日発行　94頁　25銭
電報《小説》（前田次郎）・・・・・・・・・・・・　2～4
作品《小説》（窪利男）・・・・・・・・・・・・・・　4～8
素敵な素人下宿の話《小説》（荒木十三郎）
　・・・・・・・・・・・・・・・・・・・・・・・・・・・・・・　8～16
頼みにする弁護士《小説》（チヤアルス・ブロム
　フイルド〔著〕，伊藤時雄〔訳〕）
　・・・・・・・・・・・・・・・・・・・・・・・・・・・・・・　16～21
老婆二態〈2・完〉《小説》（XYZ）・・・・・　22～25
青野大五郎の約束《小説》（春日野緑）
　・・・・・・・・・・・・・・・・・・・・・・・・・・・・・・　25～28

04 『探偵趣味』

市街自動車〈8〉《小説》(大下宇陀児)
　………………………………… 29〜39
偽為痴老漫筆〈5〉(高田義一郎)　40〜45
六号並木路
　ふもれすけ ………………………… 40〜42
　あ・ら・もうど …………………… 42〜45
ビーストンの研究〈5〉(小舟勝二)… 46〜55
投稿創作感想(水谷準) ……………… 56〜58
八月探偵小説壇総評(小舟勝二) …… 59〜64
平野川殺人事件《小説》(一条栄子) 65〜81
すべてを知れる〈7〉《小説》(エドガア・ウオレス〔著〕,延原謙〔訳〕)　82〜93
編輯後記(準) ………………………… 94

第24輯(第3年第10号)　所蔵あり
1927年10月1日発行　92頁　25銭

廃園挿話《小説》(秋本晃之介) … 2〜9
或る検事の遺書《小説》(織田清七) 10〜16
千三ツ《小説》(柴田良保) ……… 16〜20
手記「水宮譚平狂気」《小説》(小阪正敏)
　…………………………………… 20〜26
臨終妄想録《小説》(英住江) …… 26〜32
艶書事件《小説》(松岡権平) …… 32〜34
断崖《小説》(竜悠吉) …………… 35〜41
作者の言葉(横溝正史) …………………… 41
探偵小説の不振(甲賀三郎) ……… 42〜45
馬琴のコント(小酒井不木) ……… 46〜49
偽為痴老漫筆〈6〉(高田義一郎) 49〜53
六号並木路
　XYZ事件作者推定(伊波邦三) 42〜47
　XYZ事件作者推定(魅川生) … 47〜48
　XYZ事件作者推定(逸名氏) ……… 49
　正解(波多野健歩) ……………… 49〜52
　あ・ら・もうど ………… 52〜53, 60
ビーストンの研究〈6・完〉(小舟勝二)
　…………………………………… 54〜60
消息 ……………………………………… 60
投稿創作感想(水谷準) …………… 61〜65
九月創作総評(小舟勝二) ………… 66〜67
新刊紹介 ………………………………… 67
市街自動車〈9・完〉《小説》(大下宇陀児)
　…………………………………… 68〜80
作者付記(大下宇陀児) ………………… 80
すべてを知れる〈8〉《小説》(エドガア・ウオレス〔著〕,延原謙〔訳〕)　81〜91
編輯後記(甲賀,準) …………………… 92

第25輯(第3年第11号)　未所蔵
1927年11月1日発行　95頁　25銭

女怪〈1〉《小説》(横溝正史) … 2〜17
第一回分の終に(横溝正史) ……………… 17

頭髪《小説》(スティーフン・リーコック〔著〕, 妹尾アキ夫〔訳〕) ……………… 18
黒の礼服《小説》(ジョン・ガルスワシイ〔著〕,多田武ır〔訳〕) ………… 19〜24
倒影された女《小説》(吉原統一郎) … 24〜28
青衣の女《小説》(ユーリイ・スリョースキン〔著〕,浅野玄府〔訳〕) …… 29〜34
雑草一束(国枝史郎) ……………… 36〜39
多作家其他(甲賀三郎) …………… 39〜41
京都みやげ(伊藤松雄) …………… 42〜45
罪障懺悔のこと(大下宇陀児) …… 45〜48
迷信と殺人(中村義正) …………… 48〜50
偽為痴老漫筆〈7〉(高田義一郎) 50〜52
六号並木路
　のんしやらんす ………………… 36〜40
　江戸の小噺(契泥) ……………… 41〜46
　あ・ら・もうど ………………… 47〜50
じぐす …………………………… 51〜52
探偵映画漫談(大林美枝雄) ……… 53〜59
投稿創作感想(水谷準) …………… 60〜62
紹介 ……………………………………… 62
十月創作総評(小舟勝二) ………… 63〜64
貂の皮《小説》(オ・ヘンリイ〔著〕,野山八郎〔訳〕) …………………… 65〜68
『死の蔭に』《小説》(山根春一郎) 69〜79
拳闘倶楽部物語《小説》(地津香里) 80〜84
すべてを知れる〈9・完〉《小説》(エドガア・ウオレス〔著〕,延原謙〔訳〕) 85〜94
訳者から(延原謙) ……………………… 94
編輯後記(三郎,準) …………………… 95

第26輯(第3年第12号)　所蔵あり
1927年12月1日発行　95頁　25銭

運命の抛物線《小説》(城昌幸) … 2〜8
喧嘩《小説》(原田太朗) ………… 8〜12
トプァール花嫁〈1〉《小説》(ハンス・ハインツ・エーウエルス〔著〕,浅野玄府〔訳〕)
　…………………………………… 13〜23
文士テロー夫妻《小説》(南権六) 23〜25
女中難《小説》(フイシェ兄弟〔著〕,山野三五郎〔訳〕) ………………… 26〜28
ゐなか、の、じけん〈2〉《小説》(夢野久作)
　…………………………………… 29〜36
偽為痴老漫筆〈8〉(高田義一郎) 38〜42
想のまゝ(島田美彦) ……………… 43〜46
模倣性と殺人(中村義正) ………… 46〜49
作家と生活(甲賀三郎) …………… 49〜51
六号並木路
　きやぶりいす …………………… 38〜39
　あ・ら・もうど ………………… 40〜49
探偵映画外国物(緒方慎太郎) …… 52〜55

35

04『探偵趣味』

探偵映画漫談（柴田良保）・・・・・・・・・ 56〜57
付記（水谷） ・・・・・・・・・・・・・・・・・・・・・・ 57
一、本年度（一月―十一月）に於いて、貴下の印象に刻まれたる創作探偵小説、及び翻訳作品。
二、ある作家に向かつて来年度希望する点。
　（保篠竜緒）・・・・・・・・・・・・・・・・・・ 58〜59
　（夢野久作） ・・・・・・・・・・・・・・・・・・・ 59
　（高田義一郎） ・・・・・・・・・・・・・・・・・ 59
　（畑耕一） ・・・・・・・・・・・・・・・・・・・・・ 59
　（横溝正史） ・・・・・・・・・・・・・・・・・・・ 59
　（妹尾アキ夫） ・・・・・・・・・・・・・・・・・ 59
　（久山秀子） ・・・・・・・・・・・・・・・・・・・ 59
　（角田喜久雄） ・・・・・・・・・・・・・・・・・ 59
　（春日野緑） ・・・・・・・・・・・・・・・ 59〜60
　（梶原信一郎） ・・・・・・・・・・・・・・・・・ 60
　（国枝史郎） ・・・・・・・・・・・・・・・・・・・ 60
　（城昌幸） ・・・・・・・・・・・・・・・・・・・・・ 60
　（福田正夫） ・・・・・・・・・・・・・・・・・・・ 60
　（千葉亀雄） ・・・・・・・・・・・・・・・・・・・ 60
　（小酒井不木） ・・・・・・・・・・・・・ 60〜61
　（川口松太郎） ・・・・・・・・・・・・・・・・・ 61
　（長谷川伸） ・・・・・・・・・・・・・・・・・・・ 61
　（山本禾太郎） ・・・・・・・・・・・・・・・・・ 61
　（小島政二郎） ・・・・・・・・・・・・・・・・・ 61
　（川田功） ・・・・・・・・・・・・・・・・・・・・・ 61
　（伊藤松雄） ・・・・・・・・・・・・・・・・・・・ 61
　（山下利三郎） ・・・・・・・・・・・・・ 61〜62
　（一条栄子） ・・・・・・・・・・・・・・・・・・・ 62
　（本田緒生） ・・・・・・・・・・・・・・・・・・・ 62
　（牧逸馬） ・・・・・・・・・・・・・・・・・・・・・ 62
　（森下雨村） ・・・・・・・・・・・・・・・・・・・ 62
　（渡辺温） ・・・・・・・・・・・・・・・・・・・・・ 62
　（小舟勝二） ・・・・・・・・・・・・・・・・・・・ 62
　（大下宇陀児） ・・・・・・・・・・・・・ 50〜51
　（江戸川乱歩） ・・・・・・・・・・・・・・・・・ 51
投稿創作感想（水谷準） ・・・・・・・・ 63〜65
豆菊《小説》（角田喜久雄） ・・・・・・ 66〜76
信用も事に拠りけり《小説》（W・マッカアトネイ〔著〕，伊藤時雄〔訳〕）・・・・・・ 76〜79
女怪〈2〉《小説》（横溝正史） ・・・・・ 80〜94
編輯後記（三郎，準）・・・・・・・・・・・・・ 95

第4年第1号　所蔵あり
1928年1月1日発行　125頁　30銭

運命の罠《小説》（甲賀三郎） ・・・・・ 2〜11
谷音巡査《脚本》（長谷川伸） ・・・・ 11〜20
トパール花嫁〈2〉《小説》（ハンス・ハインツ・エーウェルス〔著〕，浅野玄府〔訳〕）
　・・・・・・・・・・・・・・・・・・・・・・・・・・・ 20〜28
疾病の脅威《小説》（高田義一郎）・・ 29〜32

蛇使ひの女《脚本》（本郷春台郎） ・・・・・ 32〜40
屍を《小説》（江戸川乱歩/小酒井不木）
　・・・・・・・・・・・・・・・・・・・・・・・・・・・ 41〜43
かみなり《小説》（原辰郎） ・・・・・・・ 43〜45
女怪〈3〉《小説》（横溝正史） ・・・・・ 46〜61
霜月座談会《座談会》（森下雨村，江戸川乱歩，巨勢洵一郎，久山秀子，大下宇陀児，横溝正史，甲賀三郎，水谷準） ・・・・・・・・・・・・ 62〜74
YAKE漫談（松野一夫） ・・・・・・・・・ 76〜78
遊歩場
　ぺるめる ・・・・・・・・・・・・・・・・・・ 76〜82
　あ・ら・もうど ・・・・・・・・・・・・ 82〜86
　十二月号妄評（名乗らぬ男） ・・ 87〜89
引伸し（小舟勝二） ・・・・・・・・・・・・ 78〜81
探偵小説読本〈1〉（水谷準） ・・・・・ 81〜86
探偵小説と思ひつき 外一題（甲賀三郎）
　・・・・・・・・・・・・・・・・・・・・・・・・・・・ 86〜89
翻訳探偵小説一瞥見〈1〉（浅川棹歌）
　・・・・・・・・・・・・・・・・・・・・・・・・・・・ 90〜95
投稿創作感想（水谷準） ・・・・・・・・ 96〜98
運《小説》（エ・テ・ア・ホフマン〔著〕，秋本晃之介〔訳〕）・・・・・・・・・・・・・・・・・・ 99〜124
「探偵趣味」の集り ・・・・・・・・・・・・・・・ 125
編輯後記（三郎，乱歩，準） ・・・・・・・・ 125

第4年第2号　所蔵あり
1928年2月1日発行　94頁　25銭

犯罪倶楽部入会テスト《小説》（瀬下耽）
　・・・・・・・・・・・・・・・・・・・・・・・・・・・・・ 2〜6
墓穴《小説》（城昌幸） ・・・・・・・・・・・ 6〜15
難題《小説》（京都探偵趣味の会）・・ 15〜18
墓場の母《小説》（森須留兵） ・・・・ 18〜25
隼のお正月《小説》（久山秀子） ・・ 25〜29
翻訳座談会《座談会》（田中早苗，浅野玄府，吉田甲子太郎，延原謙，横溝正史，甲賀三郎，水谷準） ・・・・・・・・・・・・・・・・・・・・・・・・ 30〜44
銀座の妖姫《小説》（角田喜久雄） ・・ 46〜53
遊歩場
　女怪解決篇予想（大林美枝雄） ・・ 46〜56
　おわび（山下利三郎） ・・・・・・・・ 57〜58
　あ・ら・もうど ・・・・・・・・・・・・ 58〜63
　すまいる（南方生） ・・・・・・・・・・ 63〜65
偽為痴老漫筆〈9〉（高田義一郎） ・・ 53〜57
拾ひ物（小舟勝二） ・・・・・・・・・・・・ 57〜60
探偵小説の夕を聴く（田中早苗） ・・ 60〜65
翻訳探偵小説一瞥見〈2・完〉（浅川棹歌）
　・・・・・・・・・・・・・・・・・・・・・・・・・・・ 66〜74
りいる ・・・・・・・・・・・・・・・・・・・・・・・・・ 74
投稿創作感想（大下宇陀児） ・・・・ 75〜76
投稿創作感想（水谷準） ・・・・・・・・ 76〜78
岡引《小説》（国枝史郎） ・・・・・・・・ 79〜83

トプァール花嫁〈3〉《小説》(ハンス・ハインツ・エーウェルス〔著〕,浅野玄府〔訳〕) ・・・・・・・・・・・・・・・・・・・ 84～93
編輯後記(準) ・・・・・・・・・・・・・・・・・ 94

第4年第3号　所蔵あり
1928年3月1日発行　98頁　25銭
『サンプル』の死《小説》(小舟勝二) ・・・・ 2～13
日記帳《小説》(鈴木兼一郎) ・・・・・・・ 14～19
キョクタンスキーの論文《小説》(高田義一郎) ・・・・・・・・・・・・・・・・・・・・ 20～23
風《小説》(マッシモ・ボンテムベリ〔著〕,緒方慎太郎〔訳〕) ・・・・・・・・ 23～29
トプァール花嫁〈4・完〉《小説》(ハンス・ハインツ・エーウェルス〔著〕,浅野玄府〔訳〕) ・・・・・・・・・・・・・・・・・・・ 29～37
創作探偵小説全表(浅川棹歌) ・・・・・ 38～45, 63
探偵読本〈2〉(大下宇陀児) ・・・・・・・・・ 46～50
遊歩場
　翻訳一考(緒方慎太郎) ・・・・・・・・・ 46～53
　二月号妄評(名乗らぬ男) ・・・・・・・ 53～56
　まくて・あにも ・・・・・・・・・・・・・・・ 56～59
　江戸の小噺(契泥) ・・・・・・・・・・・・ 59～63
　金曜会について(浅川棹歌) ・・・・・・・・ 63
偽為痴老漫筆〈10〉(高田義一郎) ・・・・ 50～55
妖異むだ言(国枝史郎) ・・・・・・・・・・・ 55～57
映画館事故《小説》(山本禾太郎) ・・・・ 57～59
レーニン遺骸に関する土産話の訂正及追加(浅田一) ・・・・・・・・・・・・・・・・ 59～63
投稿創作感想(水谷準) ・・・・・・・・・・ 64～66
仇討《小説》(カミ〔著〕,山野三五郎/窪利男/滝右一〔訳〕) ・・・・・・・・・ 67～87
あ・ら・もうど ・・・・・・・・・・・・・・・・・・・ 87
女怪〈4〉《小説》(横溝正史) ・・・・・・・・ 88～97
編輯後記(準) ・・・・・・・・・・・・・・・・・ 98

第4年第4号　所蔵あり
1928年4月1日発行　95頁　25銭
新月座事件《小説》(沙那亭白痴) ・・・・・ 2～14
手切れ《小説》(梅林芳郎) ・・・・・・・・ 14～20
二賢人《小説》(大林美枝雄) ・・・・・・ 21～25
三勝半七《小説》(たさん) ・・・・・・・・ 25～30
高窓《小説》(品川寿夫) ・・・・・・・・・ 31～38
「霊の審判」の人血鑑定(浅田一) ・・・・ 40～42
遊歩場
　探偵競技(準) ・・・・・・・・・・・・・・・ 40～47
　口答へ(高田義一郎) ・・・・・・・・・・ 47～48
　あ・ら・もうど ・・・・・・・・・・・・・・・ 49～51
　報告二三(夏冬生) ・・・・・・・・・・・ 51～54
偽為痴老漫筆〈11〉(高田義一郎) ・・・・ 42～45
エドガ・ポオの墓(伊藤時雄) ・・・・・・・・ 45～46

探偵読本〈3〉(小酒井不木) ・・・・・・・ 47～50
殺人の動機と心理(中村義正) ・・・・・・ 50～54
投稿創作感想(水谷準) ・・・・・・・・・・ 55～57
背広を着た訳並びに《小説》(正木不如丘) ・・・・・・・・・・・・・・・・・・・・ 58～61
ぷらす・まいなす《小説》(宍戸昌吉) ・・・・・・・・・・・・・・・・・・・・ 62～67
シルクハット《小説》(渡辺温) ・・・・・・ 67～70
骨花NO・1《小説》(橋本五郎) ・・・・・ 70～81
やまび《小説》(グスタフ・マイリンク〔著〕,上島統一郎〔訳〕) ・・・・・・・・・・・・ 81～83
女怪〈5〉《小説》(横溝正史) ・・・・・・・・ 84～94
編輯後記(準) ・・・・・・・・・・・・・・・・・ 95

第4年第5号　所蔵あり
1928年5月1日発行　96頁　25銭
おぢさん達《戯画》(松野一夫) ・・・・・・・ 2～3
常陸山の心臓《小説》(正木不如丘) ・・・・ 4～9
終りかたり《小説》(長谷川伸) ・・・・・・ 10～13
駈落《小説》(ジョン・ローレンス) ・・・・ 14～16
千眼禅師《小説》(一条栄子) ・・・・・・ 16～21
H神社事件《小説》(原辰郎) ・・・・・・ 22～28
王子譚〈1〉《小説》(モオリス・デコブラ) ・・・・・・・・・・・・・・・・・・・・ 29～41
[探偵読本〈4〉]伏線の敷き方又は筋の配列に就いて(甲賀三郎) ・・・・・・ 42～46
遊歩場
　こらむ・ぽぽろ ・・・・・・・・・・・・・・ 42～47
　あ・ら・もうど ・・・・・・・・・・・・・・・ 47～51
　江戸の小噺(契泥) ・・・・・・・・・・・・ 51～55
　重い忘れ物(伊波那三) ・・・・・・・・ 56～66
　ぢゃぢ ・・・・・・・・・・・・・・・・・・・・ 66～69
法廷小景(山本禾太郎) ・・・・・・・・・・ 46～49
余談二つ(浅田一) ・・・・・・・・・・・・・ 49～51
くさぐさ(山下利三郎) ・・・・・・・・・・・ 51～54
偽為痴老漫筆〈12〉(高田義一郎) ・・・・ 54～58
ヴエテランの退場(延原謙) ・・・・・・・・ 58～60
独逸探偵,猟奇小説瞥見(浅野玄府) ・・・・・・・・・・・・・・・・・・・・ 61～66
仏蘭西物模索(水谷準) ・・・・・・・・・・ 66～69
投稿創作感想(水谷準) ・・・・・・・・・・ 70～72
ナフタリンを嗅ぐ女《小説》(松浦美寿一) ・・・・・・・・・・・・・・・・・・・・ 73～76
ヂヤツデスデ《小説》(メレク・ハナム〔著〕,緒方慎太郎〔訳〕) ・・・・・・・・ 77～79
論文《小説》(南船子) ・・・・・・・・・・・ 79～83
贅沢《小説》(南船子) ・・・・・・・・・・・ 79～83
贈物《小説》(ジョルジュ・エフ・カルトル〔著〕,佐伯準一郎〔訳〕) ・・・・・・ 84～87
蜘蛛《小説》(水谷準) ・・・・・・・・・・・ 87～95
編輯後記(準) ・・・・・・・・・・・・・・・・・ 96

04 『探偵趣味』

第4年第6号　所蔵あり
1928年6月1日発行　95頁　25銭
手摺の理《小説》（土呂八郎）･････････ 2〜11
ゐなか、の、じけん〈3〉《小説》（夢野久作）
　････････････････････････････････ 11〜20
秘密《小説》（エルネスト・エロ）･････ 20〜27
美女君《小説》（正木不如丘）････････ 28〜31
　ヘル・ベラドンナ
探偵読本〈5〉　私のやり方（江戸川乱歩）
　････････････････････････････････ 32〜36
遊歩場
　差出口（高田義一郎）･･････････ 32〜36
　科学者の解決（国部景史）･･････ 36〜45
　こしゆまる･････････････････････ 46〜53
奇人藤田西湖氏のこと（大下宇陀児）
　････････････････････････････････ 36〜40
生命保険詐欺の種々相（高田義一郎）
　････････････････････････････････ 40〜49
彼等三人（田中早苗）････････････････ 49〜53
投稿創作感想（水谷準）････････････ 54〜56
王子譚〈2〉《小説》（モオリス・デコブラ）
　････････････････････････････････ 57〜65
或る百貨店員の話《小説》（小舟勝二）
　････････････････････････････････ 65〜74
女と猫《小説》（マルセル・プレヴォ〔著〕，多田武衛〔訳〕）･････････････ 75〜85
リヒテンベルゲル氏の一恋愛《小説》（秋本晃之介）･･････････････････････ 86〜94
編輯後記（準）･･･････････････････････ 95

第4年第7号　所蔵あり
1928年7月1日発行　94頁　25銭
恥を知れ《小説》（橋本五郎）･･････････ 2〜9
猜疑の余地《小説》（城昌幸）････････ 10〜17
赤電燈《小説》（レイ・カミングス）
　････････････････････････････････ 17〜26, 28
仔猫と余六《小説》（山下利三郎）
　･･････････････････････････････ 27, 29〜35
怪人《小説》（竜悠吉）････････････････ 36〜50

偽為痴老漫筆〈13〉（高田義一郎）････ 52〜55
遊歩場
　にる・ですぺらんどむ･･･････････ 52〜57
　漫語（大林美枝雄）････････････ 57〜62
兵士と女優《小説》（オン・ワタナベ）
　････････････････････････････････ 55〜59
事実小話（個大五郎）･･････････････ 59〜62
投稿創作感想（水谷準）･･･････････ 63〜64
人形の片足《小説》（宍戸昌吉）･･････ 65〜77
使命《小説》（P・G・チヤドッキク）･･･ 78〜93
編輯後記（準）･･･････････････････････ 94

第4年第8号
欠番

第4年第9号　所蔵あり
1928年9月1日発行　94頁　25銭
墓場の秘密（甲賀三郎）･･････････････ 2〜8
秘密《小説》（宍戸昌吉）････････････････ 9〜11
めくらめあき《小説》（瀬下耽）････ 12〜16
恋の破滅《小説》（トリスタン・ベルナアル）
　････････････････････････････････ 16〜22
E公園の殺人《小説》（森須留兵）･････ 22〜35
発行所変更の御知らせ（探偵趣味の会）･･ 36
次号について（探偵趣味の会）･･････････ 37
「探偵趣味」の回顧（甲賀三郎）････ 38〜40
つゞいて（水谷準）･･････････････････････ 40
青い手提袋《小説》（橋本五郎）････ 41〜56
兄弟殺し《小説》（ジエームス・ベリー〔著〕，多田武衛〔訳〕）･････････ 57〜64
消える妻《小説》（梅林芳朗）････････ 65〜76
死女の家《小説》（グイード・ダ・ヴエローナ）
　････････････････････････････････ 76〜80
恐ろしき贈物《小説》（モーリス・ルヴエル）
　････････････････････････････････ 80〜83
カフエー・銀鼠《小説》（大下宇陀児）
　････････････････････････････････ 84〜93
編輯後記（準）･･･････････････････････ 94

05 『探偵・映画』

【刊行期間・全冊数】1927.10-1927.11（2冊）
【刊行頻度・判型】月刊, 菊判
【発行所】共同出版社（京都）
【発売元】大盛社（京都）
【発行人】小谷源三
【編集人】太田稔
【概要】編輯所が「京都探偵趣味の会」となっていて、山下利三郎を中心とした、「探偵趣味の会」の京都に集うメンバーが編集に携わった。映画関係の記事も多いが、執筆者は『探偵趣味』とかなり重なっている。東京に拠点の移った『探偵趣味』の代わりとなる探偵雑誌で、探偵小説と映画を二本柱にしたユニークな編集ながら、資金的なトラブルがあり、2号のみで終わったようである。しかし、関西独自の雑誌を切望する声は絶えず、『猟奇』の創刊となった。

第1巻第1号 所蔵あり
1927年10月1日発行　106頁　30銭

口絵	7〜15
猫とカナリア《映画物語》	16〜22
巻頭言	23
猟奇劇（伊藤松雄）	24〜25
原始日本探偵小説（長谷川伸）	26〜27
紛失した芥川氏の遺書（伴太郎）	28〜29
江戸川乱歩氏の近状	29
容疑者の「嘘の自白」について（中村正男）	30〜31
味（山村鹿之助）	31
緒生漫筆（本田緒生）	32〜34
感想（妹尾アキ夫）	34
今は昔（大泉黒石）	35
探偵小説の前途に就て（川田功）	36〜37
シネマ・ニウス	37
探偵・映画	38〜39
芸術を裁判する（草林実）	40〜42
愚談（久山秀子）	43
「三ツの場合」（麓道博）	44〜47
四日目（渡辺均）	48〜49
シネマニウス	49
秘密結社 胡蝶党（山口海旋風）	50〜51
たてがみを見ろ／天然現象／御愁傷さま／虫が好い	51
死体・刃物・猫（山本禾太郎）	52〜53
猫の戯れ跡（夏冬繁緒）	54〜55
近刊紹介	55
三千年以前の探偵趣味戯曲（山下利三郎）	56〜58
社交片鱗の探偵趣味	58
京都と映画と探偵趣味と私と（高田義一郎）	59
八月一日（角田喜久雄）	60〜62
新らしき事なし（村田千秋）	63
諸家の探偵趣味映画観《アンケート》 現在までに御覧になつた探偵趣味的な映画につきまして、御寸感お漏らし下さい。	
（西田政治）	64
（渡辺均）	64
（水谷準）	64
（田中貢太郎）	64〜65
（小塙徳子）	65
（岡田三郎）	65
（小酒井不木）	65
（森駿鈴）	65
（堂城天台）	65
探偵映画小論（飯島正）	66〜67
童偽奇電影伝来（今田藤四郎）	68〜71
探偵映画の想出（田村幸彦）	72〜73
古今ぷろぐらむチンクショウ	74
海外探偵小説近作紹介	75
京都探偵趣味の会	75
M・H・クラブ近状	75
詭弁勘弁（楽無一）	76〜77
本誌推薦優秀映画の紹介（編輯部）	78〜81
海外探偵映画紹介	80
フラー氏の昇天《小説》（一条栄子）	82〜86
予言者の死《小説》（森駿鈴）	88〜96
偽善家《小説》（ヂエラルド・フエアリイ〔著〕, 伊藤時雄〔訳〕）	97〜102

05『探偵・映画』

内気者の復讐《小説》(カミ) ········	103〜105
穴埋め ······································	105
編輯後記(山下，楽) ······················	106

第1巻第2号　未所蔵
1927年11月1日発行　100頁　30銭

口絵 ···	7〜12
因縁話(春日野緑) ························	14〜15
冷たい心理(福田正夫) ···················	16〜17
喜亭の壁(中村正雄) ······················	18〜20
新しい怪異と神秘を求める(藤井真澄)	
	20〜21
探偵趣味(中村K) ·························	21〜22
ひだるの話(島田美彦) ···················	23
成程ねえ ···································	23
おしろいを嘗める(村田千秋) ···········	24〜26
都会の恐怖(夏冬繁緒) ···················	26〜28
怪異と凄味(小酒井不木) ················	29
探偵・映画 ································	30〜31
残された神秘(堂城天台) ················	32〜35
猫好き(山村鹿之助) ······················	35
屏風の陰から出て来た男(山本禾太郎)	
	36〜39
蘭秋の魅惑《詩》(寿子) ················	39
どろどろ漫談(山下利三郎) ·············	40〜43
じゑすと ···································	43
チヤンバラ(夢野久作) ···················	44〜46
ルブランの皮肉 ····························	46
探偵趣味例会誌(S・U・M・Y) ······	47〜52
探偵小景《小説》(植松秀之助) ········	53
探偵小説界の傾向と最近の快作《アンケート》	
一、最近お読みになつたうちで、お気に入	
つた探偵小説はどれでしたか。	
二、探偵小説界の目下の傾向をどう御覧	
になつてゐますか。	
(千葉亀雄) ·····························	54
(森下雨村) ·····························	54
(国枝史郎) ·····························	54
(森駿鈴) ·······························	54〜55
(松本恵子) ·····························	55
探偵映画 キネマ月報 ····················	56〜57
十把一束感(窪田縁郎) ···················	58〜61
映画とロマンテイシズム(津田耕三)	
	62〜63
海外映画界通信(編輯部) ················	64〜65
ぬか喜び(小倉生) ························	64〜65
本誌推薦優秀映画紹介(編輯部) ········	66〜71
"IS THERE?"(長谷川修二) ············	72〜73
危機《小説》(本田緒生) ················	74〜86
眠れる恋人《小説》(西川友孝) ········	87〜93
錯乱《脚本》(R・L・スチブンソン〔原作〕, J・B・ウキルキンソン〔脚色〕, 草林実〔訳〕) ······························	94〜99
編輯後記(山下，夏冬，U生) ············	100

06 『猟奇』

【刊行期間・全冊数】1928.5-1932.5（35冊）
【刊行頻度・判型】月刊，菊判
【発行所】猟奇社（京都，第1巻第1号～第3年第4輯）、猟奇社（大阪、第4年第1輯～第5年第4輯）
【発売元】登美屋書店（大阪、第1巻第1号～第2年第4輯）
【発行人】上島統一郎（第1巻第1号）、松本五郎（第1巻第2号～第1年第7輯）、山口弁一郎（第2年第1輯～第3年第4輯）、加藤シゲヲ（第4年第1輯）、加藤茂男（第4年第2輯～第5年第4輯）
【編集人】上島統一郎（第1巻第1号）、松本五郎（第1巻第2号～第1年第7輯）、山口弁一郎（第2年第1輯～第3年第4輯）、加藤シゲヲ（第4年第1輯）、加藤茂男（第4年第2輯～第5年第4輯）
【概要】「探偵趣味の会」のメンバーによって、1927年3月、京都で新たに猟奇倶楽部（M・H・C, Mystery Hunters Club）が結成された。「京都探偵趣味の会」編輯を謳った『探偵・映画』の後を引き継ぐように創刊されたこの同人誌は、河東成生（茂岡透、加藤茂男）ほか、その猟奇倶楽部のメンバーを中心に、いくつかの同人誌を吸収する形で創刊された。ただ、2号目で早くもその同人体制は崩れ、第1巻第3号からは、やはり河東が中心ながら、新たな同人たちで編集されている。「探偵趣味の会」とは直接的な関係はなくなったようで、資金的には名古屋在住の本田緒生の援助が大きかった。

創作では、福岡在住ながら、夢野久作が「瓶詰の地獄」や多くの猟奇歌を毎月のように投稿しているのが特筆される。1929年6月には急逝した小酒井不木の追悼号を出した。また、毒舌の利いたコラムがとりわけ斯界を刺激したが、1930年5月、創刊2周年記念号でいったん休刊する。

大阪に拠点を移して復活したのは翌1931年3月だった。責任同人として春日野緑、高山義三、本田緒生、丸尾長顕、村島帰之らの名が記されているが、やはり中心は河東で、加藤名義で編輯兼発行人となっている。復刊後は犯罪学関係の記事が多くなったものの、竜登雲「江戸川乱歩論」ほかの評論や独自のコラムは健在だった。また、大阪、神戸、京都で猟奇倶楽部の集まりを催すなど、活発な活動を見せたが、発禁処分で発行できなかったりして、刊行ペースは定まっていない。資金的にも苦労したようで、5周年記念号をもって廃刊になったと思われる。

第1巻第1号 所蔵あり
1928年5月1日発行　32頁　10銭

怠屈物語〈1〉《小説》(吉原十一郎)	2～4
素人探偵《小説》(原辰郎)	4～6
キネマ有害論《小説》(芳枝哲二)	6～9
暗号について(綾木実)	9～10
とりとめ無きこと〈1〉(国枝史郎)	11～12
京都に於ける迷宮事件(菱田正男)	12～14
二篇(山口弁)	14～16
探偵趣味恋愛(西川友孝)	16～18
剔られた臀肉〈1〉(あきら・みや)	18～19
新版娼婦買手引き(飯木餅太)	19～20
松島屋の『さくら時雨』(多賀延)	21
恐ろしき電気人形〈1〉《小説》(納戸栄太郎)	22～24
恋文《小説》(水田亨)	25～26
恐怖時代《小説》(本田緒生)	27～28
結末《小説》(クロード・マルセイ〔著〕、山野三五郎〔訳〕)	29～81
方法	31
かたこんぶ!!(河, 吉)	32

第1巻第2号 所蔵あり
1928年6月1日発行　38頁　10銭

大下宇陀児氏の作品について(原辰郎)	2～6

06『猟奇』

探偵趣味と実際問題(菱田正男) ········ 6〜7
　モダン・ガールス・ラヴ
春の諸相(ひさ・まえはた) ········ 7〜9
とりとめなきこと〈2・完〉(国枝史郎)
　··· 9〜10
臀肉事件〈2〉(あきら・みや) ···· 10〜11
探偵小説の一オベリスク(草林実) ······ 12
赤毛布太郎(原田太朗) ············ 12〜13
新牡丹燈籠(多賀延) ················ 14〜15
猟奇歌《猟奇歌》(ゆめの・きうさく) ····· 15
れふき!! ································· 16〜17
迄の話(芳柏哲二) ···················· 18〜20
単純な文法/共鳴者/復讐奇譚/ちと解りかねる/証拠/敵討/強い/明答/逆襲
　·· 18〜21
雑言(呉織直輝) ···························· 20
無礼なる餅《小説》(河東茂生) ············ 21
円太郎綺譚《小説》(綾木実) ·············· 22
グリヤ ···································· 22〜24
金文字は笑ふ《小説》(水田亨) ···· 23〜25
京都探偵趣味の会 ···························· 25
私の好きな一偶《アンケート》
　(国枝史郎) ······························· 26
　(福田正夫) ······························· 26
　(山下利三郎) ···························· 26
　(水谷準) ···························· 26〜27
　(土師清二) ······························· 27
　(長谷川伸) ······························· 27
　(本田緒生) ······························· 27
　(村田千秋) ···························· 27〜28
　(横溝正史) ······························· 28
　(菱田正男) ······························· 28
　(横光利一) ······························· 28
　(渡辺温) ···································· 28
　(岩谷小波) ······························· 28
　(須藤鐘一) ······························· 28
　(土田杏村) ······························· 28
　(一条栄子) ······························· 29
　(村島帰之) ······························· 29
　(千葉亀雄) ······························· 29
　(南野修太郎) ···························· 29
　(多賀延) ···································· 29
運と云ふもの《小説》(本田緒生) ···· 30〜34
地震以上《小説》(原田太朗) ················ 35
怖ろしき電気人形〈2〉《小説》(納戸栄太郎)
　·· 36〜37
てるみねあす(原、草、河、吉) ············ 38

第1巻第3号　所蔵あり
1928年8月1日発行　40頁　10銭
本田緒生論は断る!(山下利三郎) ···· 2〜6
時事偶感(菱田正男) ···················· 6〜7

ペンから試験管へ(小酒井不木) ···· 8〜9
揚子・狸々緋 ································· 9
月蝕《猟奇歌》(夢野久作) ········ 10〜12
グリヤ
　錯覚(小柳清) ···················· 10〜13
れふき! ···································· 13
鼠賊為吉簪奇譚〈1〉《小説》(本田緒生)
　·· 14〜39
てるみねあす ································ 40

第1巻第4号　未所蔵
1928年9月1日発行　43頁　10銭
マリー・セレスト号事件(アンドルウス〔著〕,
　原辰郎〔訳〕) ························ 2〜7
訳者付記(原辰郎) ···························· 7
肉の灰皿(水谷準) ························ 8〜9
挿話(田原井七郎) ···················· 10〜12
愛独物語《小説》(村田千秋) ···· 13〜15
泰西笑話 ································· 16〜17
ビラの犯人《小説》(平林タイ子) ·· 18〜22
鼠賊為吉簪奇譚〈2・完〉《小説》(本田緒生)
　·· 23〜43
編輯手帳(滋) ······························ 後1

第1年第5輯　所蔵あり
1928年10月1日発行　40頁　10銭
小指《小説》(本田緒生) ············ 2〜11
6番街 ·· 11
チヨコレート・ハウス・コント集
　豚鼠(ギイヨオム・ド・パン〔著〕, 滋岡透
　〔訳〕) ································ 12〜14
　或る日《小説》(坂口家光) ············ 14
　流行倶楽部《小説》(T・W・ステーゲル〔著〕,
　草林実〔訳〕) ···················· 15〜16
　美女御用心《小説》(水田亨) ···· 16〜18
思ひ出/理屈は理屈 ·························· 12
重大なる欠点/結婚は泥濘なり/五十歩百歩
　·· 13
猟奇歌《猟奇歌》(Q) ················ 14〜15
れふき! ································· 16〜17
こん畜生/よく彼を知る者 ················ 18
アナ・ボルヤンスキー氏の探険日記《小説》(O)
　·· 19
緒生漫筆(本田緒生) ···················· 20〜22
垢ぬけ(田中仙丈) ···················· 22〜24
CINEMA AVENUE
　あららぐもす(長谷川修二) ···· 25〜27
　舞台裏から(泉幸夫) ············ 27〜29
タララン ······································· 29
ちつと・ふおあ・たつと ············ 30〜31
男見るべからず! ···························· 30

42

06 『猟奇』

女読むべからず! ‥‥‥‥‥‥‥‥‥ 31
瓶詰の地獄《小説》(夢野久作) ‥‥‥ 32〜39
編輯手帖(滋,芳枝) ‥‥‥‥‥‥‥‥ 40

第1年第6輯　所蔵あり
1928年11月1日発行　47頁　10銭
応天門炎上《脚本》(草林実) ‥‥‥‥ 2〜7
桜花《脚本》(益田晴夫) ‥‥‥‥‥‥ 7〜9
手先表情映画脚本《脚本》(夢野久作)
　　‥‥‥‥‥‥‥‥‥‥‥‥‥‥‥ 9〜13
危機《脚本》(滋岡透) ‥‥‥‥‥‥‥ 13〜14
街の出来事《小説》(本田緒生) ‥‥‥ 14〜19
CINEMA AVENUE
　映画人の猟奇趣味(西川友孝) ‥‥‥ 20〜21
　宣伝ビラ(土師清二) ‥‥‥‥‥‥‥ 20〜21
　私と彦九郎(山下利三郎) ‥‥‥‥‥ 21〜23
　まんだん・あのころ(大石克吉)
　　‥‥‥‥‥‥‥‥‥‥‥‥‥‥‥ 22〜25
　御返事(江戸川乱歩) ‥‥‥‥‥‥‥ 23〜24
　『紅手袋』の映画化(保篠竜緒) ‥‥ 24
　『掏摸の家』(長谷川伸) ‥‥‥‥‥ 24〜25
　『南方の秘密』について(耽綺社) ‥ 25
玩具匣 ‥‥‥‥‥‥‥‥‥‥‥‥‥‥ 26〜27
猟奇歌《猟奇歌》(Q) ‥‥‥‥‥‥‥ 26〜27
緒生漫筆(本田緒生) ‥‥‥‥‥‥‥‥ 28〜30
小話 ‥‥‥‥‥‥‥‥‥‥‥‥‥‥‥ 28〜30
猟奇万歳(高田義一郎) ‥‥‥‥‥‥‥ 30〜31
本田氏の『鼠賊物語』寸感(島影盟)
　　‥‥‥‥‥‥‥‥‥‥‥‥‥‥‥ 32〜33
れふき! ‥‥‥‥‥‥‥‥‥‥‥‥‥ 34〜35
あんだあ・らんぷ・ふえいぷるす!
　或る説明者の話《小説》(泉幸夫)
　　‥‥‥‥‥‥‥‥‥‥‥‥‥‥‥ 36〜41
　ゴールデンバット狂《マニア》《小説》(原辰郎)
　　‥‥‥‥‥‥‥‥‥‥‥‥‥‥‥ 41〜43
　生霊《小説》(川田功) ‥‥‥‥‥‥ 43〜47
てるみねあす! ‥‥‥‥‥‥‥‥‥‥ 後1

第1年第7輯　所蔵あり
1928年12月1日発行　47頁　10銭
拾つた遺書《小説》(本田緒生) ‥‥‥ 2〜9
兄貴の骨《小説》(夢野久作) ‥‥‥‥ 10〜13
6号街 ‥‥‥‥‥‥‥‥‥‥‥‥‥‥ 13
緒生漫筆(本田緒生) ‥‥‥‥‥‥‥‥ 14〜17
合評・一九二八年《座談会》(芳枝哲二,山下利
　三郎,山本繁緒,山口弁,八木豊,田村醒都,
　滋岡透,大矢克吉,益田晴夫,草林
　実,小柳清,香山史郎,金田六郎,泉幸夫,石
　河道之介,菱田正男,原辰郎,綾木実) ‥ 14〜26
偽ゝ痴老漫筆(高田義一郎) ‥‥‥‥‥ 17〜18
おえらい物語(山下利三郎) ‥‥‥‥‥ 18〜21

『陰獣』について(原辰郎) ‥‥‥‥‥ 22〜24
進軍《詩》(一条栄子) ‥‥‥‥‥‥‥ 24
黒枠《詩》(あづま・しげる) ‥‥‥‥ 25
れふき ‥‥‥‥‥‥‥‥‥‥‥‥‥‥ 26〜27
CINEMA AVENUE
　昼夢不安(芳枝哲二) ‥‥‥‥‥‥‥ 28〜32
　非常線に始る(角田喜久雄) ‥‥‥‥ 28〜30
　カット・アウト・アウト(泉創一郎)
　　‥‥‥‥‥‥‥‥‥‥‥‥‥‥‥ 30〜32
　シネマ・バック(村上恭一) ‥‥‥‥ 32〜33
　映華説迷断片(里見義郎) ‥‥‥‥‥ 32〜33
玩具匣 ‥‥‥‥‥‥‥‥‥‥‥‥‥‥ 34〜35
ミリオン・ダラア・フエイブルス
　ボクの街《小説》(サトウ・ハチロー)
　　‥‥‥‥‥‥‥‥‥‥‥‥‥‥‥ 36〜38
　革命保険(島影盟) ‥‥‥‥‥‥‥‥ 38〜40
　自殺した天使《小説》(ギイヨウム・ド・バン
　　〔著〕,原田太朗〔訳〕) ‥‥‥‥ 40〜42
　西門豹と巫女《小説》(山口海旋風)
　　‥‥‥‥‥‥‥‥‥‥‥‥‥‥‥ 42〜47
てるみねあす!(滋岡,芳枝) ‥‥‥‥‥ 後1

第2年第1輯　所蔵あり
1929年1月1日発行　79頁　20銭
死人に口なし《小説》(城昌幸) ‥‥‥ 2〜17
思つたまゝを!(国枝史郎) ‥‥‥‥‥ 17
或る結末《脚本》(本田緒生) ‥‥‥‥ 18〜25
珍説赤穂義士本懐《小説》(潮山長三)
　　‥‥‥‥‥‥‥‥‥‥‥‥‥‥‥ 26〜31
江戸小噺選 ‥‥‥‥‥‥‥‥‥‥‥‥ 31
れふき ‥‥‥‥‥‥‥‥‥‥‥‥‥‥ 32〜33
女三題(春日野緑) ‥‥‥‥‥‥‥‥‥ 34〜35
NIXEN－JAX ‥‥‥‥‥‥‥‥‥‥‥ 35
テアトル・グロテスク
　羽左衛門氏と巴里の商人(長谷川伸)
　　‥‥‥‥‥‥‥‥‥‥‥‥‥‥‥ 36〜38
　映画順礼旅日記(屋満奈健吉) ‥‥‥ 39〜40
　映画点景(滋岡透) ‥‥‥‥‥‥‥‥ 40〜41
　失はれた手紙(長谷川修二) ‥‥‥‥ 41〜43
　6番倉庫 ‥‥‥‥‥‥‥‥‥‥‥‥ 44〜45
ノンセンス・アアベント
　夢遊病院綺譚《小説》(セエ・ピノン〔著〕,原
　辰郎〔訳〕) ‥‥‥‥‥‥‥‥‥‥ 46〜47
　墓穴の秘密《小説》(キヤミ〔著〕,佐伯準一
　郎〔訳〕) ‥‥‥‥‥‥‥‥‥‥‥ 47〜49
　十七年後《小説》(マイケル・マルソオ〔著〕,
　芳枝哲二〔訳〕) ‥‥‥‥‥‥‥‥ 49〜50
　最後の審判《小説》(カミ〔著〕,松下澄子
　〔訳〕) ‥‥‥‥‥‥‥‥‥‥‥‥ 50〜51

43

06『猟奇』

世にもつとも恐ろしい女《小説》(フエレンツ・モルナアル〔著〕, 山中静也〔訳〕) …………	51～54
れふき・あばあとめんと! ………………	55
玩具匣 ……………………………………	56～57
和田ホルムス君《小説》(角田喜久雄) ………	58～66
放心物語(O) ……………………………	66
笑国万歳! ………………………………	67
亮吉何をする!《小説》(山下利三郎) ……	68～79
てるみねあす!(原, 滋) …………………	後1

第2年第2輯 所蔵あり
1929年2月1日発行　47頁　10銭

三番勝負《小説》(平八郎) ………………	2～8
極意《小説》(沖三郎) ……………………	8～10
敵討身諸共《小説》(原辰郎) ……………	10～12
都会変遷/結論/絶望/賢明過度/職業/旧式/アメリカ/肉色/新鮮/生活 ………………	13
れふき …………………………………	14～15
探偵趣味の会 十二月例会 ………………	14～15
京都探偵趣味の会 ………………………	15
裏のその裏(草林実) ……………………	16～19
りんき講(土師清二) ……………………	20～21
東海道五十三次雑記(井出有行) …………	21～24
探偵戯曲提唱(長谷川伸) ………………	25
で、ゴールデンバット(角田喜久雄) ……	26～28
れふき・あばあとめんと! ………………	28～29
緒生漫筆(本田緒生) ……………………	30～31
玩具匣 ……………………………………	32～33
微笑《小説》(夢野久作) …………………	32～33
飛ぶやうに売れた青い帽子《小説》(LYON・MEARSON〔著〕, 西田政治〔訳〕) ………	34～36
監獄奇談《小説》(南部僑一郎) …………	36～38
ある殺人《脚本》(北尾鐐之助) …………	38～39
隣室の出来事《脚本》(まつの・ひさし) …	40～47
編輯手帖(滋岡, 芳枝, 朝里) ……………	後1

第2年第3輯 所蔵あり
1929年3月1日発行　48頁　10銭

雪花殉情記《小説》(山口海旋風) ………	2～7
模範兵士《小説》(夢野久作) ……………	7～11
ゑろちつく・あるはべつと《小説》(本田緒生) ………………………………	11～15
真紅(滋岡透) ……………………………	13
れふき ……………………………………	16～17
指輪《小説》(芳枝哲二) …………………	18～19
古典猥談(宇川) …………………………	18～19

裸体美研究《小説》(川柳潤之介) ………	20～21
災難/待合 ………………………………	20～21
返報 ………………………………………	20～21
最善/写真 ………………………………	21
取引 ………………………………………	21～22
上手/禁酒 ………………………………	22
自然 ………………………………………	22～23
親友/昇天/科学 …………………………	23
密月旅行《小説》(原辰郎) ………………	21～23
れふき・あばんとめんと! ………………	24～25
短かい手紙(田中仙丈) …………………	26～27
慈悲/キヤベツと蝸牛/骨董熱(山田茂夫〔訳〕) ……………………………………	27
スキー夜話《小説》(水田亨) ……………	28～30
真似《小説》(清水京之介) ………………	29
春と浪漫《小説》(緋紗子) ………………	30～31
『象の卵』といふ話(西川友孝) …………	32～33
CINEMA AVENUE	
猟姫夜譚 ……………………………	34～36
魔尼阿風土記 ………………………	34～35
6番倉庫時報 …………………………	35
ジアネット・グエナアを語る ………	36～37
玩具匣 ……………………………………	38～39
南蛮軟派綺譚集	
春画綺譚《小説》(オ・ソグロオ〔著〕, 原田太朗〔訳〕) …………………………	41～42
賭事綺譚《小説》(マイケル・マルソオ〔著〕, 芳枝哲二〔訳〕) …………………	42～43
御土産綺譚《小説》(ジヤック・テン〔著〕, 川柳潤之介〔訳〕) ………………	43～45
縮毛綺譚《小説》(ギ井ヨウム・ド・パン〔著〕, 佐伯準一郎〔訳〕) …………	45～46
貞操帯綺譚《小説》(ヂヨルヂユ・エフ・カルトル〔著〕, 滋岡透〔訳〕) ………	46～47
編輯手帖(滋) ……………………………	48

第2年第4輯 所蔵あり
1929年4月1日発行　48頁　10銭

ネオ・フレンチ・コント	
リゴレット《小説》(カミ〔著〕, 松下澄子〔訳〕) …………………………………	2～6
素晴らしや猟犬《小説》(シヤルル・リヴイエール〔著〕, 原辰郎〔訳〕) ………	6～7
祖先になつた物語《小説》(ギ井ヨウム・ド・パン〔著〕, 山田茂夫〔訳〕) ……	7～8
高速度綺譚《小説》(ヂヨルヂユ・エフ・カルトル〔著〕, 滋岡透〔訳〕) ………	8～9
玩具匣 ……………………………………	10～11
墓場にて《小説》(原辰郎) ………………	12～13

夢の街《小説》(芳枝哲二)・・・・・・・・・・・　14～15
唇を盗む話《小説》(古里二十二)・・・・・・　16
阿呆面展覧会《戯画》(一条栄子)・・・・・・　17
或る手紙《小説》(緋紗子)・・・・・・・・・・・　18～19
APRIL-FOOL ・・・・・・・・・・・・・・・・・・・・　19
上海軽快調《小説》(司馬十九)・・・・・・・・　20～21
CINEMA AVENUE
　猟姫夜譚 ・・・・・・・・・・・・・・・・・・・・・・　22～23
　映華点景 ・・・・・・・・・・・・・・・・・・・・・・　22～23
　クレラ・バウを語る(伊東鏡)・・・・・・・　24～25
　えいぷりる・ふうる ・・・・・・・・・・・・・　24～25
　4月の遊覧船 ・・・・・・・・・・・・・・・・・・・　25
れふき・あぱあとめんと! ・・・・・・・・・・　26～27
緒生漫筆(本田緒生)・・・・・・・・・・・・・・・　28～31
猟奇漫談(八重野潮路)・・・・・・・・・・・・・　30～31
近頃寸感(大下宇陀児)・・・・・・・・・・・・・　32～33
J.O.K.E ・・・・・・・・・・・・・・・・・・・・・・・・　33
れふき! ・・・・・・・・・・・・・・・・・・・・・・・・　34～35
閑窓雑記(田中香涯)・・・・・・・・・・・・・・・　36～38
素描小品集(山田茂夫)・・・・・・・・・・・・・　39
異版監獄奇談(南部僑一郎)・・・・・・・・・・　40～42
悪戯《脚本》(滋岡透)・・・・・・・・・・・・・・　42～43
消息 ・・・・・・・・・・・・・・・・・・・・・・・・・・・　43
E・D《小説》(本田緒生)・・・・・・・・・・・・　44～47
編輯手帖(滋岡、山田)・・・・・・・・・・・・・　48

第2年第5輯　未所蔵
1929年5月1日発行　64頁　20銭
猟奇倶楽部《小説》(ヂー・ケー・チエスタートン〔著〕、西田政治〔訳〕)・・・・・・・　2～11
ペチ!アムボス〈1〉《小説》(一条栄子)
　・・・・・・・・・・・・・・・・・・・・・・・・・・・・・　12～17
長右衛門の心《小説》(本田緒生)・・・・・・　18～28
思ひ出《小説》(清水京之介)・・・・・・・・・　29
X光線《小説》(夢野久作)・・・・・・・・・・・　30～32
笑話 ・・・・・・・・・・・・・・・・・・・・・・・・・・・　32～33
れふき! ・・・・・・・・・・・・・・・・・・・・・・・・　34～35
不木軒漫筆(小酒井不木)・・・・・・・・・・・　36～39
変人見たまゝの記(内藤辰雄)・・・・・・・・　39～40
青葉の頃の感覚(潮山長三)・・・・・・・・・・　40～42
呪ひと怪死(山下利三郎)・・・・・・・・・・・・　42～44
俺は駄目だ!(小舟勝二)・・・・・・・・・・・・　44～45
れふき・あぱあとめんと! ・・・・・・・・・・　46～47
CINEMA AVENUE
　なんせんす映華劇場(里見義郎)
　・・・・・・・・・・・・・・・・・・・・・・・・・・・・・　48～50
　猟姫夜譚 ・・・・・・・・・・・・・・・・・・・・・・　48～52
　イブリン・プレントを語る(伊東鏡)
　・・・・・・・・・・・・・・・・・・・・・・・・・・・・・　51
さびしきころ《詩》(正岡蓉)・・・・・・・・・　52～53

メヱ・フラワーのたより《小説》
　・・・・・・・・・・・・・・・・・・・・・・・・・・・・・　52～53
五月詩《詩》・・・・・・・・・・・・・・・・・・・・・　52～53
映画詩虎の巻 ・・・・・・・・・・・・・・・・・・・・　53
天祐(羽志主水)・・・・・・・・・・・・・・・・・・　54～58
道光綺譚(山口海旋風)・・・・・・・・・・・・・　59～63
編輯手帖(原、弁)・・・・・・・・・・・・・・・・・　64

第2年第6輯　所蔵あり
1929年6月1日発行　66頁　20銭
小酒井不木氏略歴 ・・・・・・・・・・・・・・・・　4
私の不木先生〈1〉(本田緒生)・・・・・・・・　4～10
四つの写真(江戸川乱歩)・・・・・・・・・・・　9～10
小酒井さんのことども(国枝史郎)・・・・・　10～12
不木氏の戯曲(長谷川伸)・・・・・・・・・・・　12～13
死顔(土師清二)・・・・・・・・・・・・・・・・・・　13～14
本業にも余技にも(平山蘆江)・・・・・・・・　14～15
徹底的に意志の強かつた人(潮山長三)
　・・・・・・・・・・・・・・・・・・・・・・・・・・・・・　15～17
小酒井先生を偲ぶ(春日野緑)・・・・・・・・　17～19
小酒井氏の思ひ出(高田義一郎)・・・・・・・　19～21
私の手を握つて(山下利三郎)・・・・・・・・　21～22
不木氏のこと(角田喜久雄)・・・・・・・・・・　22～23
二つの中の一つ(八重野潮路)・・・・・・・・　23～24
会ひながら会はぬ記(村島帰之)・・・・・・・　24～26
不木博士と私(里見義郎)・・・・・・・・・・・　26～27
噫々・不木(滋岡透)・・・・・・・・・・・・・・・　27～29
れふき ・・・・・・・・・・・・・・・・・・・・・・・・・　30～31
猟奇歌《猟奇歌》(夢野久作)・・・・・・・・・　30～31
新人出現難(甲賀三郎)・・・・・・・・・・・・・　32～33
春に旅立つ(北村兼子)・・・・・・・・・・・・・　33～35
無駄骨/十一万弗の犬/戦略(山田茂夫〔訳〕)
　・・・・・・・・・・・・・・・・・・・・・・・・・・・・・　35
CINEMA AVENUE
　AD NAUSEAM(長谷川修二)・・・・・・・　36～40
　煙草屋の娘《小説》(水島潤之介)
　・・・・・・・・・・・・・・・・・・・・・・・・・・・・・　36～40
　俺は白いショールを呪ふ《小説》(泉幸夫)
　・・・・・・・・・・・・・・・・・・・・・・・・・・・・・　36～40
　キネマに効あり(古里二十二)・・・・・・　40～45
　窮鼠却つて……(平田ひさし)・・・・・・・　40～45
　笑話 ・・・・・・・・・・・・・・・・・・・・・・・・・　40～45
　あらべすく(西条照太郎)・・・・・・・・・・　42～43
下駄《小説》(岡戸武平)・・・・・・・・・・・・　46～52
作者の言葉(山下利三郎)・・・・・・・・・・・　52
川田功覚帖(川田功)・・・・・・・・・・・・・・・　53
虫が好い《小説》(長谷川伸)・・・・・・・・・　54～56
ペチー・アムボス〈2・完〉《小説》(一条栄子)・・・・・・・・・・・・・・・・・・・・・・・・・　56～65
編輯手帖(原)・・・・・・・・・・・・・・・・・・・・　66

第2年第7輯　所蔵あり

06『猟奇』

1929年7月1日発行　64頁　20銭

誰か知る?《小説》(ミッドルトン〔著〕,田中早苗〔訳〕) ················ 2〜5
フットブユールの大試合《小説》(カミ〔著〕,松下澄子〔訳〕) ················ 6〜7
都会知らず《小説》(F・ウイリアムズ〔著〕,原辰郎〔訳〕) ················ 6〜7
男ごゝろ《小説》(ジヨン・ガスワーヂイ〔著〕,草林実〔訳〕) ················ 8〜13
女曲芸師《小説》(カミ〔著〕,佐伯準一郎〔訳〕) ················ 14〜16
七本ポプラ事件《小説》(ラツク・ウ井リアムス〔著〕,西田政治〔訳〕) ················ 17〜23
れふき ················ 24〜25
日本心中情史〈1〉(村島帰之) ················ 26〜30
あらべすく ················ 26〜30
王族の嘆き(高田義一郎) ················ 30〜33
スクラップブックから ················ 30〜33
近世骨董品展覧会 ················ 34
投稿感想 ················ 35
私の不木先生〈2〉(本田緒生) ················ 36〜40
絶対/哲学/家主/当然/追憶 ················ 40
不木博士の実験室(森下雨村) ················ 41〜42
「だしぬけに」の句(渡辺均) ················ 42
小春の日(水谷準) ················ 43〜44
小酒井先生と私(島村光春) ················ 44〜45
消息 ················ 45
玩具匣 ················ 46〜47
猟奇歌《猟奇歌》(夢野久作) ················ 46〜47
赤い鳥《小説》(夢野久作) ················ 48〜54
朱色の祭壇〈1〉《小説》(山下利三郎) ················ 55〜63
編輯手帖(原,弁) ················ 64

第2年第8輯　所蔵あり
1929年8月1日発行　64頁　20銭

日曜日の推理《小説》(原田太朗) ················ 2〜9
名刺《小説》(本田緒生) ················ 10〜16
古い頭《落語》(まつの・ひさし) ················ 17
小品二篇《小説》(川田功) ················ 18〜22
踊る花嫁《小説》(水島潤之介) ················ 18〜30
檜山仙介手控帖《小説》(八重野潮路) ················ 23〜25
銃声と、そして……《脚本》(原辰郎) ················ 25〜32
猟奇歌《猟奇歌》(三条公子) ················ 32〜33
れふき ················ 33
日本心中情史〈2〉(村島帰之) ················ 34〜36
僕の受難(大下宇陀児) ················ 36〜37
ナンセンス(夢野久作) ················ 37〜39
重大なる手落 ················ 39
女・釣・男《小説》(楠田民夫) ················ 40〜41
新刊紹介 ················ 42〜43
投稿感想(山田茂夫) ················ 42〜43
CINEMA AVENUE
　"救ひを求むる私"(岡田嘉子) ················ 44
　兎映画分類学(長谷川修二) ················ 44〜47
　映華点景(滋岡透) ················ 47
玩具匣 ················ 48〜49
讃奇歌《猟奇歌》(山田茂夫) ················ 48〜49
穿き古された靴《小説》(西川友孝) ················ 50〜52
『新宿の町』と目覚まし時計《小説》(南部僑一郎) ················ 52〜54
朱色の祭壇〈2〉《小説》(山下利三郎) ················ 55〜63
読者へお詫び(山下利三郎) ················ 63
編輯手帖(原辰郎,朝星) ················ 64

第2年第9輯　未所蔵
1929年9月1日発行　64頁　20銭

一本足の女《小説》(西川友孝) ················ 2〜12
その夜の経験《小説》(原辰郎) ················ 13〜19
影!《小説》(亀田啓) ················ 20〜25
笑話 ················ 25
失恋術!《小説》(滋岡透) ················ 26〜27
失恋術!《小説》(水島潤之介) ················ 27〜29
失恋術!《小説》(朝里勉) ················ 29〜31
失恋譚《小説》(山田茂夫) ················ 30〜31
れふき ················ 32〜33
日本心中情史〈3〉(村島帰之) ················ 34〜38
平田橋事件(まつの・ひさし) ················ 39
玩具匣 ················ 40〜41
CINEMA AVENUE
　説明台から見た女(里見義郎) ················ 42〜45
　映画劇場の怪異(小谷夢狂) ················ 42〜45
　或る女の憶出(岸田和夫) ················ 45
　馬鹿ツ話(岡田時彦) ················ 46〜47
猟奇歌《猟奇歌》(夢野久作) ················ 48〜49
投稿感想(山田茂夫) ················ 48〜49
新刊紹介 ················ 48〜49
最新版大岡政談《小説》(田中仙丈) ················ 50〜53
朱色の祭壇〈3〉《小説》(山下利三郎) ················ 54〜63
編輯手帖(山田,原,滋岡,朝里) ················ 64

第2年第10輯　所蔵あり
1929年10月1日発行　64頁　20銭

淑女にも亦……《小説》(古ш二十二) ················ 2〜7
S氏失踪事件《小説》(まつの・ひさし) ················ 8〜13

46

映画のかげにゐる男《小説》(北尾鐐之助)
　　　　　　　　　　　　　　　14〜19
スクラップ・ブック ‥‥‥‥‥‥‥‥‥‥ 19
玩具匣 ‥‥‥‥‥‥‥‥‥‥‥‥‥‥ 20〜21
燈下漫談 ‥‥‥‥‥‥‥‥‥‥‥‥‥‥ 22
青空の下(松本泰) ‥‥‥‥‥‥‥‥ 22〜23
煙にまく(本田緒生) ‥‥‥‥‥‥‥ 23〜24
紅毛猟奇雑話(八重野潮路) ‥‥‥‥‥ 25〜27
広告漫談(まつの・ひさし) ‥‥‥‥ 27〜29
トオキイ《小説》(小坂井俊吾) ‥‥‥‥ 29
江戸小話 ‥‥‥‥‥‥‥‥‥‥‥‥‥‥ 30
泰西小話 ‥‥‥‥‥‥‥‥‥‥‥‥‥‥ 31
日本心中情史〈3 再掲載〉(村島帰之)
　　　　　　　　　　　　　　　32〜36
大下氏の戯曲その他(長谷川伸) ‥‥‥ 37〜38
緒生漫筆(本田緒生) ‥‥‥‥‥‥‥ 38〜39
かくれ蓑《小説》(山田茂夫) ‥‥‥‥ 40〜41
れふき ‥‥‥‥‥‥‥‥‥‥‥‥‥ 42〜43
投稿感想(山田茂夫) ‥‥‥‥‥‥‥ 42〜43
卵《小説》(夢野久作) ‥‥‥‥‥‥ 44〜47
紹介欄 ‥‥‥‥‥‥‥‥‥‥‥‥‥‥‥ 47
秘密《小説》(ヂエイン・ハアデイ〔著〕,西田政治〔訳〕) ‥‥‥‥‥‥‥‥‥ 48〜51
十三人が自殺した話《小説》(ギイ・ヨム・ド・バン〔著〕,朝見勉〔訳〕) ‥‥‥ 50
スープの怪《小説》(シヤルル・リヴイエル〔著〕,原辰郎〔訳〕) ‥‥‥‥‥‥ 51
馬食奇談《小説》(オ・ソグロオ〔著〕,山田茂夫〔訳〕) ‥‥‥‥‥‥‥‥ 52〜53
朱色の祭壇〈3 再掲載〉《小説》(山下利三郎)
　　　　　　　　　　　　　　　54〜63
映華点景(Tor Sigeoca) ‥‥‥‥‥‥‥ 63
編輯手帖(ひさし) ‥‥‥‥‥‥‥‥‥ 64

第2年第11輯　所蔵あり
1929年11月1日発行　64頁　20銭

万華鏡 ‥‥‥‥‥‥‥‥‥‥‥‥‥‥ 2〜3
借りた百五十円《小説》(古里二十二) ‥ 4〜11
しね・こんと《小説》(滋岡透) ‥‥ 12〜13
SCRAP BOOK ‥‥‥‥‥‥‥‥‥‥ 13
鯨《脚本》(西川友孝) ‥‥‥‥‥‥‥ 14
事件《小説》(本田緒生) ‥‥‥‥‥‥ 15
非常線《小説》(水井素磨) ‥‥‥‥ 16〜17
玩具匣 ‥‥‥‥‥‥‥‥‥‥‥‥‥ 18〜19
CINEMA・AVENUE
　映画漫談(西田政治) ‥‥‥‥‥ 20〜22
　FILMDOM
　　ドノヴアン(本田緒生) ‥‥‥ 21〜22
　　黄金狂時代(春日野緑) ‥‥‥‥‥ 22
　　クリスチナ(水島潤之介) ‥‥ 22〜23
　　カメラマン(吉原統一郎) ‥‥‥‥ 23

シヨオ・ボオト(山田茂夫) ‥‥‥ 23〜24
サンダア ボルト(滋岡透) ‥‥‥‥‥ 24
コケット(黒井九郎) ‥‥‥‥‥‥ 24〜25
らぶ・しいん孝(岸純江) ‥‥‥‥ 22〜25
新版イソツプ物語 あざらし ‥‥‥‥‥ 25
特に醜い王様に就いて〔脚本〕(門林寛方)
　　　　　　　　　　　　　　　26〜27
6番倉庫 ‥‥‥‥‥‥‥‥‥‥‥‥ 28〜29
日本心中情史〈4〉(村島帰之) ‥‥ 30〜33
紹介欄 ‥‥‥‥‥‥‥‥‥‥‥‥‥‥‥ 33
緒生漫筆(本田緒生) ‥‥‥‥‥‥ 34〜36
猟奇歌《猟奇歌》(夢野久作) ‥‥‥ 34〜35
アスパラガス《詩》(岸井和夫) ‥‥‥‥ 35
新人達よ!(原田太朗) ‥‥‥‥‥‥‥‥ 37
エピソオド(島影盟) ‥‥‥‥‥‥ 38〜39
れふき ‥‥‥‥‥‥‥‥‥‥‥‥‥ 40〜41
娼妓規則 ‥‥‥‥‥‥‥‥‥‥‥‥ 40〜41
芸妓規則 ‥‥‥‥‥‥‥‥‥‥‥‥‥‥ 41
モダン縦横録(港川不二夫) ‥‥‥ 42〜49
えらんびいたる《小説》(水町青磁) ‥ 42〜49
泰西笑話 ‥‥‥‥‥‥‥‥‥‥‥‥ 50〜51
投稿感想(山田茂夫) ‥‥‥‥‥‥ 50〜51
消息雑報 ‥‥‥‥‥‥‥‥‥‥‥‥ 50〜51
夜の華《詩》(黒井九郎) ‥‥‥‥‥‥‥ 52
朱色の祭壇〈4〉《小説》(山下利三郎)
　　　　　　　　　　　　　　　53〜63
編輯手帖(滋岡,山田) ‥‥‥‥‥‥‥‥ 64

第2年第12輯　所蔵あり
1929年12月1日発行　64頁　20銭

万華鏡! ‥‥‥‥‥‥‥‥‥‥‥‥‥ 2〜3
女三人情死 ‥‥‥‥‥‥‥‥‥‥‥ 2〜3
代償《小説》(原辰郎) ‥‥‥‥‥‥ 4〜11
窓は‥‥‥‥‥‥‥‥。《小説》(西川友孝)
　　　　　　　　　　　　　　　12〜17
彼の女《小説》(戸川喬) ‥‥‥‥ 18〜24
アメリカ《小説》(山田茂夫) ‥‥ 24〜25
れふき ‥‥‥‥‥‥‥‥‥‥‥‥ 26〜27
笑話 ‥‥‥‥‥‥‥‥‥‥‥‥‥‥ 26〜27
美容院奇談《小説》(原田太朗) ‥ 28〜29
自殺志願(草川伸太郎) ‥‥‥‥‥ 28〜32
ステッキ・ガールの悲哀《小説》(水島潤之介) ‥‥‥‥‥‥‥‥‥‥‥‥ 30〜32
玩具匣 ‥‥‥‥‥‥‥‥‥‥‥‥‥ 34〜35
日本心中情史〈5〉(村島帰之) ‥‥ 36〜41
ルアード事件(エドガー・ジエプソン〔著〕,山田茂夫〔訳〕) ‥‥‥‥‥‥‥ 42〜51
猟奇既刊目録 ‥‥‥‥‥‥‥‥‥‥ 52〜53
投稿感想(山田茂夫) ‥‥‥‥‥‥ 52〜53
朱色の祭壇〈5・完〉《小説》(山下利三郎)
　　　　　　　　　　　　　　　54〜63

06『猟奇』

読者へお詫び（山下利三郎）‥‥‥‥‥ 63
編輯手帖（原，山田）‥‥‥‥‥‥‥‥ 64

第3年第1輯　所蔵あり
1930年1月1日発行　63頁　20銭

一九三〇年度の商売《小説》（ウオルター・ホルムス〔著〕，西田政治〔訳〕）‥‥‥‥ 2～3
国禁の書《小説》（小舟勝二）‥‥‥‥ 4～9
蚊《小説》（正木不如丘）‥‥‥‥‥ 10～12
SCRAP BOOK ‥‥‥‥‥‥‥‥‥‥‥ 13
きやくちやく《小説》（長谷川修二）‥ 14～17
江戸笑話 ‥‥‥‥‥‥‥‥‥‥‥‥‥ 17
粗忽な《小説》（川田功）‥‥‥‥‥ 18～22
空気男《小説》（岡敏江）‥‥‥‥‥ 23～27
万華鏡！‥‥‥‥‥‥‥‥‥‥‥‥ 28～29
譚の塩辛〈1〉（大泉黒石）‥‥‥‥ 30～31
ロンドンの女とパリの日本人（春日野緑）
‥‥‥‥‥‥‥‥‥‥‥‥‥‥ 32～33
都会の幻想（小舟生）‥‥‥‥‥‥ 34～35
れふき ‥‥‥‥‥‥‥‥‥‥‥‥ 34～35
新撰組の近藤勇梟首に処せらる ‥‥ 34～35
他界の味其他（国枝史郎）‥‥‥‥ 36～38
大愚則大賢（高田義一郎）‥‥‥‥ 38～41
緒生漫筆（本田緒生）‥‥‥‥‥‥ 41～42
日本心中情史〈6〉（村島帰之）‥‥ 43～47
玩具匣 ‥‥‥‥‥‥‥‥‥‥‥‥ 48～49
京極小唄《民謡》（塚本篤夫）‥‥ 48～49
憧景の少女《小説》（小酒井俊吾）‥ 50～51
投稿感想（山田茂夫）‥‥‥‥‥‥ 50～51
八幡まゐり《小説》（夢野久作）‥ 52～54
れふき・あばあとめんと！‥‥‥‥‥ 55
三つの偶然〈1〉《小説》（本田緒生）
‥‥‥‥‥‥‥‥‥‥‥‥‥‥ 56～63
編輯手帖（朝）‥‥‥‥‥‥‥‥‥‥ 後1

第3年第2輯　所蔵あり
1930年3月1日発行　64頁　20銭

万華鏡！‥‥‥‥‥‥‥‥‥‥‥‥‥ 2～3
紅毛茶番集！
　刑罰異聞《小説》（ヂヨルヂユ・カルトル〔著〕，佐伯一郎〔訳〕）‥‥‥‥ 4～6
　成功異聞《小説》（アーサー・エル・リップマン〔著〕，西田政治〔訳〕）‥‥ 6～7
　春画異聞《小説》（オ・リグロオ〔著〕，原太郎〔訳〕）‥‥‥‥‥‥‥‥ 7～8
　仮面異聞《小説》（ハイス・ベル〔著〕，水島潤之介〔訳〕）‥‥‥‥‥‥ 8～9
猟奇世間噺（八重野潮路）‥‥‥‥ 10～11
玩具匣 ‥‥‥‥‥‥‥‥‥‥‥‥ 12～13
CINEMA AVENUE

鋏は映画を決定する（浅田香保留）
‥‥‥‥‥‥‥‥‥‥‥‥‥‥ 14～16
ふゐるむだむ ‥‥‥‥‥‥‥‥‥‥‥ 15
　幸運の星（水島潤之介）‥‥‥‥‥‥ 15
　スツリイト・ヂアル（黒井九郎）‥‥ 15
　巴里の女性（原辰郎）‥‥‥‥‥ 15～16
　キートンの結婚狂（草坊）‥‥‥ 16～17
　アツシヤー家の末裔（山川春子）‥‥ 17
　踊る人生（岸田和夫）‥‥‥‥‥‥‥ 17
昼夢不安（芳枝哲二）‥‥‥‥‥‥ 16～17
6番倉庫 ‥‥‥‥‥‥‥‥‥‥‥ 18～19
譚の塩辛〈2〉（大泉黒石）‥‥‥‥ 20～22
福運（春日野緑）‥‥‥‥‥‥‥‥ 22～23
剣塚由来記（川田功）‥‥‥‥‥‥ 24～25
小噺二篇 ‥‥‥‥‥‥‥‥‥‥‥ 24～25
れふき ‥‥‥‥‥‥‥‥‥‥‥‥ 26～27
喜劇ジゴマ三題（無名医師）‥‥‥ 28～31
613《小説》（小舟生）‥‥‥‥‥‥‥ 31
日本心中情史〈7〉（村島帰之）‥‥ 32～35
新刊紹介 ‥‥‥‥‥‥‥‥‥‥‥ 36～37
投稿感想（山田茂夫）‥‥‥‥‥‥ 36～37
ざつく・ばらん ‥‥‥‥‥‥‥‥ 36～37
煙よ，煙よ‥‥‥‥‥《小説》（山田茂夫）
‥‥‥‥‥‥‥‥‥‥‥‥‥‥ 38～39
江戸小噺 ‥‥‥‥‥‥‥‥‥‥‥ 38～39
混線《小説》（黒井九郎）‥‥‥‥‥‥ 40
手紙奇談《小説》（西田政治）‥‥‥‥ 41
れふき・あばあとめんと！‥‥‥‥ 42～43
我が子《脚本》（滋岡透）‥‥‥‥ 44～48
碧い泪《詩》（岡敏江）‥‥‥‥‥‥‥ 49
百合亜の不思議な経験《小説》（岡敏江）
‥‥‥‥‥‥‥‥‥‥‥‥‥‥ 50～53
三つの偶然〈2〉《小説》（本田緒生）
‥‥‥‥‥‥‥‥‥‥‥‥‥‥ 54～63
編輯手帖（滋岡，山田，朝）‥‥‥‥‥ 64

第3年第3輯　所蔵あり
1930年4月1日発行　64頁　20銭

扉は語らず《小説》（小舟勝二）‥‥ 2～6
黄昏冒険《小説》（津志馬宗麿）‥‥ 7～11
れふき ‥‥‥‥‥‥‥‥‥‥‥‥ 12～13
猟奇歌《猟奇歌》（夢野久作）‥‥ 12～13
珍説カズパア・ハウゼルの秘密（原辰郎）
‥‥‥‥‥‥‥‥‥‥‥‥‥‥ 14～19
新世界の不思議！（竜野潤）‥‥‥ 14～21
猟奇倶楽部殺人事件《小説》（山田茂夫）
‥‥‥‥‥‥‥‥‥‥‥‥‥‥ 19～24
ぴえだてーる ‥‥‥‥‥‥‥‥‥ 21～25
外套事件《小説》（八重野潮路）‥ 24～25
万華鏡！‥‥‥‥‥‥‥‥‥‥‥ 26～27
猟奇文壇あらべすく

江戸川乱歩氏に封する私の感想(夢野久作)
　‥‥‥‥‥‥‥‥‥‥‥　28〜34
　しゃべらぬ乱歩(春日野緑)‥‥　34〜35
　夢野久作氏(江戸川乱歩)‥‥‥‥　35
　消息‥‥‥‥‥‥‥‥‥‥‥‥‥　35
　夢久の横顔(滋岡透)‥‥‥‥　36〜37
　滋岡透、原辰郎の横顔(原田太朗)
　‥‥‥‥‥‥‥‥‥‥‥　37〜39
　原田太朗の縦顔(原辰郎)‥‥　40〜41
　ドンちゃん村島帰之君(春日野緑)
　‥‥‥‥‥‥‥‥‥‥‥　41〜42
　春日野緑素描(村島帰之)‥‥　42〜44
　本田緒生登場(山田茂夫)‥‥　44〜46
　モラリスト山下利三郎(山田茂夫)
　‥‥‥‥‥‥‥‥‥‥‥　46〜47
投稿感想(山田茂夫)‥‥‥‥‥　48〜49
譚の塩辛〈3〉(大泉黒石)‥‥　50〜53
ピカレスク‥‥‥‥‥‥‥‥　50〜54
温ちゃんの事ども(岡戸武平)‥　53〜54
三つの偶然〈3〉《小説》(本田緒生)
　‥‥‥‥‥‥‥‥‥‥‥　55〜63
編輯手帖(原、山田)‥‥‥‥‥‥　64

第3年第4輯　所蔵あり
1930年5月1日発行　74頁　20銭

自惚と運命《小説》(原田太朗)‥　2〜9
墜落《小説》(梅出章)‥‥‥‥　10〜15
万華鏡!‥‥‥‥‥‥‥‥‥‥‥　15
職工良心《小説》(小舟勝二)‥　16〜21
血潮したゝる《猟奇歌》(夢野久作)‥　20〜21
れふき‥‥‥‥‥‥‥‥‥‥　22〜23
笑話撰‥‥‥‥‥‥‥‥‥‥　22〜23
癖(大下宇陀児)‥‥‥‥‥‥　24〜25
緒生漫筆(本田緒生)‥‥‥‥　26〜28
浅草軟談(角田喜久雄)‥‥‥　29〜30
ヘソ(土師清二)‥‥‥‥‥‥　30〜31
名月《小説》(滋岡透)‥‥‥‥　32〜33
郷愁と映画『ラスプーチンの最後』(南部僑一郎)‥‥‥‥‥‥‥‥　34〜35
れふすきとあらべすく(森鴎涯)‥　36〜37
昇降機部室《小説》(アーサー・リップマン〔著〕、西田政治〔訳〕)‥‥‥‥‥‥　38〜39
投稿感想(山田茂夫)‥‥‥‥‥　38〜39
奇効感謝状《小説》(アーサー・リップマン〔著〕、西田政治〔訳〕)‥‥‥‥‥‥　39
不平論《小説》(エイ・エス・エム・ハッチンソン〔著〕、瀬戸隆〔訳〕)‥‥‥　40〜43
諧謔論《小説》(エイ・エス・エム・ハッチンソン〔著〕、降河於天丸〔訳〕)‥　43〜46
角田喜久雄に望む(小舟勝二)‥‥　47
日本心中情史〈8〉(村島帰之)‥　48〜53
春や春(黒石)‥‥‥‥‥‥‥　52〜53
屍体現象に就て(木村幸雄)‥　54〜57
鑑定室(小舟勝二)‥‥‥‥‥　58〜61
愁ひ顔の騎士(長谷川修二)‥　62〜64
渡辺温君のこと(岡田時彦)‥　64〜65
三つの偶然〈4〉《小説》(本田緒生)
　‥‥‥‥‥‥‥‥‥‥‥　66〜73
編輯手帖(朝里、滋岡)‥‥‥‥‥　74

第4年第1輯　所蔵あり
1931年3月1日発行　63頁　20銭

「猟奇」の再刊に際して(国枝史郎)‥‥　4〜5
猟奇歌《猟奇歌》(夢野久作)‥‥‥　4〜5
牛津街の殺人《小説》(グレンビイユ・ロビンス〔著〕、西田政治〔訳〕)‥‥‥　6〜9
青宵喜悲劇三題(高田義一郎)‥　10〜12
江戸川乱歩論(竜登雲)‥‥‥　13〜15
れふき‥‥‥‥‥‥‥‥‥‥　16〜17
CINEMA・AVENUE
　酒楽の舞(里見義郎)‥‥‥　18〜19
　CHAPLIN素描(西口春雄)‥　20〜21
　VON・しとろはいむ(丸尾九顕)
　‥‥‥‥‥‥‥‥‥‥‥　22〜23
　たからづか散歩帳(野間武夫)‥　24〜25
万華鏡‥‥‥‥‥‥‥‥‥　26〜27
遺書の心理(村島帰之)‥‥‥　28〜33
遺書の反逆(高山義三)‥‥‥‥　34
興味ある小笛の遺書《グラビア》
高山義三論
猟奇艶情(村田孜郎)‥‥‥‥　35〜37
玩具匣‥‥‥‥‥‥‥‥‥‥　38〜39
檜山仙介の緊縮政策《小説》(八重野潮路)
　‥‥‥‥‥‥‥‥‥‥‥　40〜42
或る男の話(本田緒生)‥‥‥　45〜48
埋岬洋行心得秘帖‥‥‥‥‥‥　48
霊感!〈1〉《小説》(夢野久作)‥　49〜62
れふき・あばあとめんと‥‥‥　52〜53
編輯手帖(丸尾、滋岡、高田、村島)‥　63

第4年第2輯　所蔵あり
1931年4月1日発行　68頁　20銭

レフキグラフ《口絵》‥‥‥‥‥　1〜4
脚の詩《詩》(岡咄眼)‥‥‥‥‥　5
足の精神病学(草刈春逸)‥‥‥　6〜7
アシ(江戸川乱歩)‥‥‥‥‥‥　7
足跡から犯人が判つた話(佐野甚七)‥　8〜9
脚の謀計!(高山義三)‥‥‥‥‥　9
跂に殺された話《小説》(西田政治)‥　10〜11
硝子越しの脚(戸田巽)‥‥‥‥　12
Timba(滋岡透)‥‥‥‥‥‥‥　13
愛する足《小説》(岡敏江)‥‥‥　13

06『猟奇』

ヱ、ヱ、ア、シ、イ、ツ、ポ、ン《小説》(亜里三太郎)	14〜15
脚に触つた男(丸尾長顕)	14〜15
万華鏡!	16〜17
甲賀三郎論(竜登雲)	18〜21
猟奇倶楽部	21
巴里流行情痴小唄(黒井銅造)	22〜23
緒生漫筆!(本田緒生)	22〜23
レフキ	24〜25
CINEMA AVENUE	
チヤツプリン(里見義郎)	26〜29
FILMDOM	27
「マダム・サタン」(丸尾長顕)	27
「銀河」(滋岡透)	27〜28
「恩愛五十雨」(枕野流三)	28
「向日葵夫人」(寺戸征夫)	28〜29
「嘆きの天使」(則武亀三郎)	29
「モンテカルロ」(初山佳雄)	29〜30
「淑女と髯」(南千士)	30
「吹雪に叫ぶ狼」(岡品子)	30
シネマニア(滋岡透)	30〜31
奇蹟《脚本》(弘田喬太郎)	31
玩具匣	32〜33
老婆狂騒曲(綾木実)	34〜35
猟奇艶情(村田孜郎)	36〜38
愛!!!(F・ストローク〔著〕,丸尾長顕〔訳〕)	42〜43
愛!!!(リイ・ソホ〔著〕,滋岡透〔訳〕)	43〜44
愛!!!(ユルネル〔著〕,一ノ木千代〔訳〕)	44
愛!!!(アントニユース・キユビオ〔著〕,則武亀三郎〔訳〕)	45
L'aime(ギキヨウム・ド・パン〔著〕,綾木誠〔訳〕)	45
れふき・あぱあとめんと!	46〜47
猟奇趣味の男《小説》(春日野緑)	49〜51
故意の過失《小説》(小舟勝二)	52〜55
霊感!〈2・完〉《小説》(夢野久作)	56〜66
編輯手帖(本田緒生,高山義三,滋岡透,丸尾長顕,村島帰之)	68

第4年第3輯　所蔵あり
1931年5月1日発行　94頁　20銭

レフキグラフ〈口絵〉	1〜4
字で描く絵〈詩〉(里見勝蔵)	5
課題・精神分析について(草刈春逸)	6〜7
法医学的血液個人鑑定に就て(中井良平)	8〜15
自殺か? 他殺か?(黒田啓次)	15〜18
堕胎学!(村島帰之)	18〜25
ピストルを女に奪はれたピス健(高山義三)	25〜28
万華鏡!	30〜31
磨鏡(モウチン)(海原游)	32〜35
陳婦人の落目か?(柏里夫)	36〜38
猟奇艶情(村田孜郎)	39〜41
れふき!	42〜43
大下宇陀児論(竜登雲)	44〜47
怪青年モセイ(夢野久作)	47〜48
俠盗ピカルーン(春日野緑)	49
投稿感想	50〜51
ざつくばらん	50〜51
CINEMA★AVENUE	
映華点景	53
日本舞踊に現はれたるエロ!(竹原光三)	54〜57
ふゐるむだむ	
映画漫評(里見義郎)	55〜58
モロツコ(丸尾長顕)	58〜59
凸凹艦隊(来部花彦)	59
西部戦線一九一八年(一ノ木千代)	59
巴里選手(斎藤伸一郎)	59
晩春廓恋暮(里見義郎)	58〜59
しねまあらかると(小倉浩一郎)	60
JAZZ JAZZ	60
猟奇倶楽部	61
おもちやばこ	62〜63
タダ一つ神もし許し賜はゞ《アンケート》	
(古畑種基)	66
(池永浩久)	66
(千葉亀雄)	67
(岡本綺堂)	67
(古川緑波)	67
(夢野久作)	67
(高田義一郎)	67〜68
(失名氏)	68
(長谷川伸)	68
(徳川夢声)	68
(人見絹枝)	68〜69
(森下雨村)	69
(首藤嘉子)	69
(大泉黒石)	69
(則武亀三郎)	69
(市川猿之助)	70
(草笛美子)	70
(里見義郎)	70
(丸尾長顕)	70
(岡咄眼)	70〜71
(住野さへ子)	71
(益田晴夫)	71
(飛鳥明子)	71

06 『猟奇』

（林佐市）・・・・・・・・・・・・・・・・・・・ 71～72
（植垣幸雄）・・・・・・・・・・・・・・・・・・ 72
（水谷八重子）・・・・・・・・・・・・・・・・ 72
（岡敏江）・・・・・・・・・・・・・・・・・・・・ 72
（江戸川乱歩）・・・・・・・・・・・・・・・・ 72～73
（北村小松）・・・・・・・・・・・・・・・・・・ 73
（木村次郎）・・・・・・・・・・・・・・・・・・ 73
（滋岡透）・・・・・・・・・・・・・・・・・・・・ 73
葛西善蔵の幽霊（小舟勝二）・・・・・・ 66～69
小出檜重氏の胃袋と神経と（村島帰之）
・・・・・・・・・・・・・・・・・・・・・・・・・・・・・・ 70～72
小舟勝二の辛辣な皮肉（滋岡透）・・ 72～73
れふき・あばあとめんと ・・・・・・・・・・ 74～75
ÇA《小説》（ジョルヂユ・シム〔著〕，丸尾長顕
〔訳〕）・・・・・・・・・・・・・・・・・・・・・・・・・・ 76～77
恐怖!《小説》（ローレンス・デ・ガード〔著〕，西
田政治〔訳〕）・・・・・・・・・・・・・・・・・・ 78～79
檜山仙介の日記《小説》（八重野潮路）
・・・・・・・・・・・・・・・・・・・・・・・・・・・・・・ 80～81
名月《小説》（滋岡透）・・・・・・・・・・・・ 82～83
乳《小説》（川田功）・・・・・・・・・・・・・・ 84～88
緑のプリンス《小説》（岡敏江）・・・・・・ 89～91
編輯手帖（滋岡透，綾木）・・・・・・・・ 94

第4年第4輯　所蔵あり
1931年6月1日発行　88頁　20銭
レフキグラフ《口絵》・・・・・・・・・・・・・・・・ 5～8
緑と・売笑婦の帰郷《小説》（一ノ木千代）
・・・・・・・・・・・・・・・・・・・・・・・・・・・・・・ 10～12
ワルツの客《小説》（首藤嘉子）・・・・ 12～13
ニヒルの呂律（藍川陽子）・・・・・・・・ 13～15
赤い支那服《小説》（岡敏江）・・・・・・ 15～16
血を知らぬ刃《小説》（立山雪子）・・ 17～18
『ゆうもれつと』宣言!（滋岡透）・・・・・・・ 20
夜中から朝まで（桂思外男）・・・・・・ 20～21
われを美女となし給へ（岡咄眼）・・・・・・ 21
財布《小説》（戸田巽）・・・・・・・・・・・・ 22～25
名月《小説》（滋岡透）・・・・・・・・・・・・ 26～27
貞操料《小説》（山本禾太郎）・・・・・・ 28～34
古典性的犯罪夜話〈1〉（葉多黙太郎）
・・・・・・・・・・・・・・・・・・・・・・・・・・・・・・ 35～37
吃驚会!《小説》（ジョルジュ・シム〔著〕，
飯田三太郎〔訳〕）・・・・・・・・・・・・・ 38～39
上海学!（本田緒生）・・・・・・・・・・・・ 40～43
れふき・あばあとめんと ・・・・・・・・・・ 44～45
CINEMA AVENUE ・・・・・・・・・・・ 46～51
　デイトリツヒの頬ぺた（丸尾長顕）
　・・・・・・・・・・・・・・・・・・・・・・・・・・・・ 46～47
　ふゐるむだむ ・・・・・・・・・・・・・・・・・・・ 46
　ニツポン三部曲（瀬古貞治）・・・・ 46～47
　「ビツクトレイル」（赤野十路）・・・・・・ 47

「赤垣源蔵」（綾木素人）・・・・・・・・ 47～48
「巴里の屋根の下に」（桂茂男）・・・・・・ 48
「紅のバラ」（藤沢亨）・・・・・・・・・・・・・・ 48
「復活」（黒畑茂）・・・・・・・・・・・・・・・・・・ 48
「紅蝙蝠」（山村ビビ）・・・・・・・・・・・・ 48～49
「オラングタン」（谷川新）・・・・・・・・・・・・ 49
「ミス・ニツポン」（平野岐）・・・・・・・・・・ 49
「スパイ」（岡敏江）・・・・・・・・・・・・・・ 49～50
「愛よ人類と共にあれ!」（滋岡透）・・・・ 50
「片手無念流」（六条創二）・・・・・・・・・・ 50
「彼女をこのまゝ殺していゝのか?」（黒
井九郎）・・・・・・・・・・・・・・・・・・・・・・ 50～51
「人喰人種」（三井映治）・・・・・・・・・・・・ 51
「名古屋行進曲」（山辺光三）・・・・・・・・ 51
「復活」（芝下弘）・・・・・・・・・・・・・・・・・・ 51
「横浜行進曲」（山路金一）・・・・・・・・・・ 51
Cacoethes Scribendi（中西一夫）
・・・・・・・・・・・・・・・・・・・・・・・・・・・・・・ 47～48
閑語（海原游）・・・・・・・・・・・・・・・・・・ 49～59
Fare-Well CHAPLIN《詩》（日夏英太
郎）・・・・・・・・・・・・・・・・・・・・・・・・・・ 50～51
おもちやばこ ・・・・・・・・・・・・・・・・・・・・・・ 52
角田喜久雄論（竜登雲）・・・・・・・・・・ 54～58
猟奇倶楽部 ・・・・・・・・・・・・・・・・・・・・・・・・ 59
れふき! ・・・・・・・・・・・・・・・・・・・・・・・・ 60～61
掏摸座談会!《座談会》（滋岡透，高山義三，清原
健，半田迦葉，春日野緑，山本禾太郎，松下弁
二，浦島三太郎，則武亀三郎，西村洋子）62～65
法窓ナンセンス夜話（高山義三）・・・・ 67
女学生殺人犯の獄中手記（桐野徳次）
・・・・・・・・・・・・・・・・・・・・・・・・・・・・・・ 68～72
無言の証人（遠藤中節）・・・・・・・・・・ 72～75
隠語学!（村島帰之）・・・・・・・・・・・・・・ 75～81
殺人と職業（山方星生）・・・・・・・・・・ 81～85
編輯手帖（滋岡）・・・・・・・・・・・・・・・・・・ 88

第4年第5輯　所蔵あり
1931年7月1日発行　88頁　20銭
犯罪写真画帖!《口絵》・・・・・・・・・・・・ 5～8
寸篇猟奇実話（西田政治）・・・・・・・・・・ 9
ミイラの復讐（小南又一郎）・・・・・・ 10～12
死蠟は語る（佐野甚七）・・・・・・・・・・ 13～15
呼吸する女門（岸虹岐）・・・・・・・・・・ 16～21
昭和国鉄騒動裏表（井武瀬清）・・・・ 22～23
或る対話（清原健）・・・・・・・・・・・・・・ 24～26
Soir《詩》（アルベエル・サマン〔著〕，青邦知機
〔訳〕）・・・・・・・・・・・・・・・・・・・・・・・・・・・・ 26
れふき・あばあとめんと ・・・・・・・・・・ 27～28
ジュゼッペ・ヴェルディ行伏記（長谷川修二）
・・・・・・・・・・・・・・・・・・・・・・・・・・・・・・ 30～31
重大なる過失（山本禾太郎）・・・・・・ 32～33

51

06 『猟奇』

古典性的犯罪夜話〈2・完〉(葉多黙太郎) …… 34〜37	
朗らかな犯罪(滋岡透) …………………… 38〜39	
裸になるには及ばない!(丸尾長顕) …… 40〜41	
殺人顛末《詩》(弘田喬太郎) …………… 42〜43	
新聞記者商売往来〈1〉(桂茂男) ……… 42〜45	
モダン小唄(ササモト・マサオ) ………… 44〜45	
初夏の一頁(松本泰) ……………………… 46〜47	
三角の誘惑(戸田巽) ……………………… 48〜49	
人間修養記(郷田罰人) …………………… 50〜52	
新版売春学(志屋信也) …………………… 52〜54	
支那街風景(戸田巽) ……………………… 55〜57	
鶏男(花井寿造) …………………………… 58〜61	
文身を焼く女(高山義三) ………………… 62〜67	
或る淫売婦の話(山方星生) ……………… 67〜72	
美男強盗記(ルイズ・E・ロウ〔著〕, 内藤三郎〔訳〕) ……………………… 74〜81	
放火被告人との対話〈1〉(草刈春逸) ………………………………… 82〜86	
編輯手帖(滋岡, 綾木) …………………… 88	
追伸 編輯後記(丸尾長顕) ……………… 後1	

第4年第6輯　所蔵あり
1931年9月1日発行　86頁　20銭

レフキグラフ《口絵》 …………………… 5〜6	
おもちゃばこ ……………………………… 8〜9	
暗黒におどる〈1〉《小説》(本田緒生) ………………………………… 10〜13	
月《小説》(滋岡透) ……………………… 14〜15	
お琴就縛!《小説》(井武瀬清) ………… 16〜19	
或る日の忠直卿《小説》(戸田巽) ……… 20〜27	
れふき・あぱあとめんと ………………… 28〜29	
CINEMA・AVENUE	
猟姫夜譚〈2〉(JOKE) ………………… 30〜31	
ふゐるむだむ …………………………… 32〜35	
新聞記者商売往来〈2〉(桂茂男) ……… 36〜37	
蛙の敷紙(高谷伸) ………………………… 38〜39	
小酒井不木論(綾木誠) …………………… 40〜43	
ざつく・ばらん …………………………… 44〜45	
9月の感想(滋岡透) ……………………… 44〜45	
女相撲(槙哲) ……………………………… 46〜48	
れふき ……………………………………… 46〜51	
校長室のヤモリ(富岡豊) ………………… 48〜49	
御室の幽霊(洛京介) ……………………… 49〜51	
猟奇倶楽部(猟奇社) ……………………… 52	
猥褻人相学入門〈1〉(朱船荘主人) …… 53	
今様落語《蟷螂》《落語》(失名生) …… 54〜57	
赤毛布太郎(原田太朗) …………………… 54〜57	
扉は常に《小説》(ベルナール・ジエルヴエイ〔著〕, 丸尾長顕〔訳〕) …………… 58〜59	
怪しの古塔《小説》(リュック・ドルサン〔著〕, 丸尾長顕〔訳〕) ………………… 60〜61	
ル・ベルジユ夫人のジヤアナル《小説》(笹本正ялся) ……………………………… 62〜63	
何が彼等をさうさせたか?(エドムンド・ロウ〔著〕, 内藤三郎〔訳〕) ………… 64〜69	
猟奇歌《猟奇歌》 …………………………… 70〜71	
身体装飾としての唇栓(中野晴介) ……… 70〜71	
放火被告人との対話〈2・完〉(草刈春逸) ………………………………… 72〜75	
盲人の女給殺し(山方呈一) ……………… 76〜81	
法窓ノンセンス夜話(高山義三) ………… 82〜83	
猟奇手帖(滋岡透, 丸尾長顕, 綾木実) … 86	

第4年第7輯　所蔵あり
1931年12月1日発行　48頁　10銭

署長さんはお人好し《小説》(崎山明) … 2〜5	
名月《小説》(滋岡透) …………………… 6〜7	
街・の・歌《小説》(神原恩) …………… 8〜9	
れふき! ……………………………………… 10〜11	
猟奇派・1931年(綾木誠) ………………… 12〜14	
猥褻人相学入門〈2〉(朱船荘主人) …… 15	
続・上海学!(本田緒生) ………………… 16〜19	
オモチヤバコ ……………………………… 20〜21	
ふいるむだむ ……………………………… 22	
今を昔のベベダニエルス(白山往男) ………………………………… 22〜23	
日活の新人田村道美君と昔咄(丸尾長顕) ………………………………… 24〜25	
れふきうた《猟奇歌》	
(信原温) ………………………………… 26	
(平田草二) ……………………………… 26	
(小金井燦) ……………………………… 26	
(古川健) ………………………………… 26	
(五十部強) ……………………………… 26〜27	
(岡敏江) ………………………………… 27	
(綾木誠) ………………………………… 27	
(滋岡透) ………………………………… 27	
ざつく・ばらん …………………………… 26〜27	
蜘蛛《詩》(竹井ミスヂ) ………………… 27	
鏡《脚本》(小酒井俊吾) ………………… 28〜37	
破約《小説》(瀬戸隆) …………………… 28〜37	
れふき・あぱあとめんと ………………… 38〜39	
苦心《小説》(レツキス・コルビル〔著〕, 土呂八郎〔訳〕) ………………… 40〜42	
白ろい夫人《小説》(リア・アーネンス〔著〕, 則武亀三郎〔訳〕) ………… 42〜43	
樽詰にされた男《小説》(ゴム・ギユー〔著〕, 丸尾長顕〔訳〕) ……………… 43〜45	
猟奇手帖(丸尾長顕, 滋岡透, 佐竹博史, 綾木誠) ……………………………… 48	

06『猟奇』

第5年第1輯 所蔵あり
1932年1月1日発行　56頁　10銭

賭博場の一瞥(村島帰之) ・・・・・・・・・・・・・ 2〜3
仙人掌の花《小説》(山本禾太郎) ・・・・・・・ 4〜13
LOVE《小説》(戸田巽) ・・・・・・・・・・・・・・・ 14〜16
戦争《小説》(葉多黙太郎) ・・・・・・・・・・・ 16〜17
猟奇の歌
　［猟奇の歌］《猟奇歌》(夢野久作)
　　・・・・・・・・・・・・・・・・・・・・・・・・・・・・・・・・・・ 18〜19
　　血《猟奇歌》(左頭弦馬) ・・・・・・・・・・・・・ 18
　［猟奇の歌］《猟奇歌》(五十部強) ・・・・・ 19
　［猟奇の歌］《猟奇歌》(岡敏江) ・・・・・・・ 19
　［猟奇の歌］《猟奇歌》(滋岡透) ・・・・・・・ 19
ざっくばらん ・・・・・・・・・・・・・・・・・・・・・・ 18〜19
猟奇戦線・1932(綾木誠) ・・・・・・・・・・・ 20〜21
探偵小説原書と神戸(西田政治) ・・・・・ 22〜24
猟奇漫談(滋岡透) ・・・・・・・・・・・・・・・・・・ 24〜25
正月化粧(新見淑) ・・・・・・・・・・・・・・・・・・・・ 25
すぽおつだむ!!(桜木路紅) ・・・・・・・・・ 26〜29
れふき・あばあとめんと ・・・・・・・・・・・・ 30〜31
ガブリエル・ゲイルの犯罪《小説》(G・K・チエスタトン〔著〕,西田政治〔訳〕)
　　・・・・・・・・・・・・・・・・・・・・・・・・・・・・・・・・・・ 32〜41
美食家ド・バア氏の献立表《小説》(エス・ヂエ・シモン〔著〕,土呂八郎〔訳〕)
　　・・・・・・・・・・・・・・・・・・・・・・・・・・・・・・・・・・ 42〜44
何故に婦人が罪を犯すか?(アバリイ・グットマン) ・・・・・・・・・・・・・・・・・・・・・・・・・・・・ 46〜51
一法医学徒の見た小野小町(岸虹岐)
　　・・・・・・・・・・・・・・・・・・・・・・・・・・・・・・・・・・ 52〜53
賀正!(猟奇社) ・・・・・・・・・・・・・・・・・・・・・・・・ 55
猟奇手帖(春日野緑,滋岡透,丸尾長顕,綾木誠,村島帰之) ・・・・・・・・・・・・・・・・・・・・・・・・・ 56

第5年第2輯 所蔵あり
1932年2月1日発行　48頁　10銭

珍聞記者商売往来(桂茂男) ・・・・・・・・・・ 2〜7
おもちゃばこ ・・・・・・・・・・・・・・・・・・・・・・・ 8〜9
すぽおつだむ!(桜木路紅) ・・・・・・・・・・ 10〜12
喫茶店の進化論(原田太助) ・・・・・・・・・・ 13〜15
春の誘惑《小説》(尾沢豊) ・・・・・・・・・・・ 16〜17
名月《小説》(滋岡透) ・・・・・・・・・・・・・・ 18〜19
パピプペポ ・・・・・・・・・・・・・・・・・・・・・・・ 19〜21
れふき! ・・・・・・・・・・・・・・・・・・・・・・・・・・・・・ 21
CINEMA★AVENE
　ボクの映華線(滋岡透) ・・・・・・・・・・・・ 22〜24
　ふゐるむだむ(瀬古貞治) ・・・・・・・・・・ 22〜25
　映画屋漫話(洛京介) ・・・・・・・・・・・・・・ 24〜25
れふきうた《猟奇歌》
　留置場の壁《猟奇歌》(東しげる) ・・・・・・ 26
　［れふきうた］《猟奇歌》(岡敏江) ・・・・・ 26

　［れふきうた］《猟奇歌》(池山雪子) ・・・・・・ 26
　［れふきうた］《猟奇歌》(座々馬乱) ・・・・・・ 26
　［れふきうた］《猟奇歌》(フルヤ・タケシ) ・・・・ 27
　［れふきうた］《猟奇歌》(母子野青介)
　　・・・・・・・・・・・・・・・・・・・・・・・・・・・・・・・・・・・・ 27
　［れふきうた］《猟奇歌》(失名氏) ・・・・・・・ 27
　［れふきうた］《猟奇歌》(五十部強) ・・・・・ 27
　愛のプリル《猟奇歌》(鈴木陽一郎) ・・・・・ 27
　［れふきうた］《猟奇歌》(滋岡透) ・・・・・・・ 27
ざっくばらん ・・・・・・・・・・・・・・・・・・・・・・ 26〜27
れいん・こおとの奇蹟《小説》(神原恩)
　　・・・・・・・・・・・・・・・・・・・・・・・・・・・・・・・・・・ 28〜29
幽霊の指紋(岸虹岐) ・・・・・・・・・・・・・・・・ 30〜31
剣と十手《詩》(望月浩介) ・・・・・・・・・・・・・・ 31
早婚・其の他(守屋哲) ・・・・・・・・・・・・・・ 32〜33
れふき・あばあとめんと ・・・・・・・・・・・・ 34〜35
性的犯罪をめぐる断案鑑定(高山義三)
　　・・・・・・・・・・・・・・・・・・・・・・・・・・・・・・・・・・ 36〜43
猟奇倶楽部 ・・・・・・・・・・・・・・・・・・・・・・・・・・・ 45
作品読感想(滋岡透) ・・・・・・・・・・・・・・・・ 46〜47
猟奇手帖(滋岡) ・・・・・・・・・・・・・・・・・・・・・・・ 48

第5年第3輯 所蔵あり
1932年3月1日発行　48頁　10銭

アメリカ娘の春はバレンタインから(村島帰之) ・・・・・・・・・・・・・・・・・・・・・・・・・・・・・・・ 2〜7
れふきうた《猟奇歌》(夢野久作) ・・・・・・・・ 8〜9
れふきうた《猟奇歌》
　化粧する花《猟奇歌》(左頭弦馬) ・・・・・・・ 8
　れふきうた《猟奇歌》(戸田詩代之) ・・・・・・ 8
　れふきうた《猟奇歌》(柳安西) ・・・・・・・・・ 8
　れふきうた《猟奇歌》(丘上星二) ・・・・・・・ 8
　れふきうた《猟奇歌》(五十部強) ・・・・・・・ 8
　れふきうた《猟奇歌》(池山雪子) ・・・・・・・ 8
　れふきうた《猟奇歌》(桂茂男) ・・・・・・・・・ 9
　れふきうた《猟奇歌》(鈴木陽一郎) ・・・・・・ 9
　れふきうた《猟奇歌》(フルヤ・タケシ)
　　・・・・・・・・・・・・・・・・・・・・・・・・・・・・・・・・・・・・・ 9
　れふきうた《猟奇歌》(原田順) ・・・・・・・・・ 9
　窓《猟奇歌》(東しげる) ・・・・・・・・・・・・・・・ 9
　れふきうた《猟奇歌》(岡敏江) ・・・・・・・・・ 9
二月の「うた」(池山雪子) ・・・・・・・・・・・・・・ 9
恋の裏通り《小説》(ジヤック・リーン〔著〕,丸尾長顕〔訳〕) ・・・・・・・・・・・・・・・・・・ 10〜13
れふき! ・・・・・・・・・・・・・・・・・・・・・・・・・・・ 14〜15
すぽおつだむ!
　相撲騒動の内幕(桜木路紅) ・・・・・・・・ 16〜22
　女性ふあん物語(久椿隆) ・・・・・・・・・・ 16〜23
　全日本対全加軍(星野竜猪) ・・・・・・・・・・ 23
軍艦病!(六等水平) ・・・・・・・・・・・・・・・・・ 24〜31
チヨン髷猟奇(葉多黙太郎) ・・・・・・・・・・ 32〜37

53

06 『猟奇』

春の街(大林美枝雄)	32〜37
各国猟奇実話短篇集(土呂八郎)	37〜38
モダアン・ルンペン(奈邨精二)	37〜38
作品読後感想	40〜41
ざつくばらん	40〜41
法医学の街頭進出に就て(岸孝義)	42〜46
猟奇手帖(滋岡透, 佐竹博史)	48

第5年第4輯　所蔵あり
1932年4月1日発行　48頁　10銭

恋の老練家が参つた話(B・ゼルヴエズ〔著〕, 丸尾長顕〔訳〕)	2〜5
れふき・あぱあとめんと	6〜7
硝子体の男《詩》(宇野利夫)	8〜11
死者が蘇つた話(土呂八郎)	8〜9
卵の幻惑(守屋哲)	10〜12
早乙女《詩》(今紀恵)	13
猟奇・上海(奈邨精二)	13
れ・ふ・き!	14〜15
SPORTSDAM!	
文部省の解剖(桜木路紅)	16〜23
春の選抜20校を如何に選ぶべきか?(久椿隆)	16〜23
紙魚の歩み(老眼鏡生)	24〜25
作品読後感想	24〜25
同人評	24〜25
CINEMA★AVENUE	
映画批評の弁(中西一夫)	26〜28
ふいるむだむ	26
映華点景(滋岡透)	27〜28
上海特急(桂茂男)	28
浮気合戦(三木勇)	29
ルパン対ホルムス(滋岡透)	29
ダグラスの世界一週(桂茂男)	29
「タッチ・ダウン」(桂茂男)	29
金髪のアニタ(有賀文雄)	28
銀座の柳(里見義郎)	29
れふきうた《猟奇歌》(夢野久作)	30〜32
旧稿の中より(夢野久作)	30〜32
れふきうた《猟奇歌》	
肺を病む《猟奇歌》(田村佐無呂)	32
れふきうた《猟奇歌》(奈邨精二)	32
れふきうた《猟奇歌》(左頭弦馬)	32〜33
れふきうた《猟奇歌》(丘山星二)	33
れふきうた《猟奇歌》(戸田詩代之)	33
れふきうた《猟奇歌》(岡敏江)	33
ギヤング親分《猟奇歌》(桂茂男)	33
猟奇詩《詩》(宇野利夫)	33
指紋果して不可謬か?(土呂八郎)	36〜37
裏から見たシングシング刑務所(藤井清士)	37〜44
猟奇手帖(滋岡透, 佐竹博史)	48

第5年第5輯　所蔵あり
1932年5月1日発行　52頁　10銭

吹雪の夜半の惨劇《小説》(岸虹岐)	2〜13
猟奇倶楽部	13
れふき・あぱあとめんと	14〜15
SPORTSDOM!	
文部省の大馬鹿野郎奴!(星野竜緒)	16〜17
選抜野球に文句がござる!(久椿隆)	18〜19
ウオア・クライ	19
水原投手田中絹代物語(桜木路紅)	20〜21
れふき	22〜23
外国雑誌と探偵小説(西田政治)	24〜25
CINEMA AVENUE	
八つ当り映画随筆(小倉武志)	26〜29
ふゐるむだむ(瀬古貞治)	26〜28
[ふゐるむだむ](桂茂男)	28
よしなしごと(太宰行道)	29
人形師御難(村井武生)	30〜31
恋を猟る女(淡路比呂志)	32〜33
れふきうた《猟奇歌》	
チヤプリン《猟奇歌》(桂茂男)	32
[れふきうた]《猟奇歌》(宇野利夫)	32
[れふきうた]《猟奇歌》(左頭弦馬)	32
[れふきうた]《猟奇歌》(フルヤ・タケシ)	32
不義の子《猟奇歌》(原田順)	32
[れふきうた]《猟奇歌》(鈴木陽一郎)	32
[れふきうた]《猟奇歌》(滋岡透)	32
ざつくばらん	32
猟愛短篇集から《小説》(クラアブント〔著〕, 藤井清士〔訳〕)	34〜37
三千法の毛皮と彼女《小説》(ベルナル・ジエルヴエズ〔著〕, 有野英子〔訳〕)	37〜39
恋敵《小説》(オクタパス・ロイ・コオヘン〔著〕, 八重野潮浪〔訳〕)	39〜41
鮫の影!!《小説》(G・K・チエスタトン〔著〕, 土呂八郎〔訳〕)	42〜50
猟奇手帖(滋岡透)	52

07『探偵』

【刊行期間・全冊数】1931.5-1931.12（8冊）
【刊行頻度・判型】月刊, 菊判
【発行所】駿南社
【発行人】奥川栄（第1巻第1号〜第1巻第6号）、福田武夫（第1巻第7号〜第1巻第8号）
【編集人】奥川栄（第1巻第1号〜第1巻第6号）、福田武夫（第1巻第7号〜第1巻第8号）
【概要】探偵小説と犯罪実話の雑誌だが、創刊号には甲賀三郎、横溝正史、浜尾四郎が名を連ね、アガサ・クリスティの長編を連載するなど、当初は探偵小説に力を入れていた。しかし、しだいに犯罪実話が中心となり、犯罪読物雑誌へと編集方針を変えた第2巻からは、『犯罪実話』と改題している。ただ、九鬼澹、大庭武年、城田シュレーダーほか、新鋭作家の作品には注目すべきものがあった。

第1巻第1号　所蔵あり
1931年5月1日発行　202頁　35銭

口絵	7〜13
探偵新選漫画集《漫画》	14〜26
七人の犯人《映画物語》（山野一郎）	27〜42
手製	43
罠に掛つた人《小説》（甲賀三郎）	44〜60
「戦争」準備〈1〉《小説》（井東憲）	61〜75
目撃者《小説》（飯島正）	76〜87
女スパイ《小説》（今戒光）	88〜105
不良外人《小説》（燕三吉）	106〜116
失業苦（高田義一郎）	117〜123
さては毎晩?	123
後家殺し《小説》（木蘇穀）	124〜146
最良安全なる死体隠蔽法《小説》（城昌幸）	147〜155
首吊り三代記《小説》（横溝正史）	156〜159
殺人狂の話（浜尾四郎）	160〜170
青幽鬼〈1〉《小説》（C・M・ロックウエル〔著〕、加藤信也〔訳〕）	171〜177
七本の巻煙草《小説》（ドナルド・G・マクドナルド〔著〕、黒沼健〔訳〕）	178〜191
黒い天井〈1〉《小説》（カミ〔著〕、松井伸六〔訳〕）	192〜201
編輯手帖（福田生）	202
さまよふ町のさまよふ家のさまよふ人々〈1〉《小説》（国枝史郎）	64〜76
墓口供養《小説》（燕三吉）	77〜85
笑話集	78〜85
探偵映画雑考（立花高四郎）	88〜91
証拠調べ/それも一理/それもその筈	91
撞球室の七人《小説》（橋本五郎）	92〜98
復讐《小説》（伊東鋭太郎）	99〜108
売るだけは	108
秘事《小説》（宮島貞丈）	109〜112
爆死《小説》（加藤信也）	113〜116
世界珍犯罪集	117〜119
失楽園/成程	119
戦争準備〈2〉《小説》（井東憲）	120〜130
青幽鬼〈2〉《小説》（C・M・ロックウエル〔著〕、加藤信也〔訳〕）	131〜140
悪漢から探偵へ（林二九太）	141〜144
科学とは凡そ斯の如し	144
ペリカンを盗む《小説》（角田喜久雄）	145〜153
首と胴体《小説》（大鹿卓）	154〜161
生首を見たり《小説》（村田千秋）	162〜171
女の馬乗《小説》（カミ）	162〜168
インチキ殺人《小説》（三井みさ子）	168〜171
赤い敵打ち《小説》（陶山密）	172〜177
或る殺人《小説》（中山な〜子）	172〜177
少し鈍い	176〜177
黒い天井〈2〉《小説》（カミ〔著〕、松井伸六〔訳〕）	178〜187
それも道理	187
骨《小説》（J・S・フレッチャー〔著〕、町田春彦〔訳〕）	188〜195

第1巻第2号　所蔵あり
1931年6月1日発行　202頁　35銭

口絵	7〜10
探偵グラフ《口絵》	11〜26
ベンスン殺人事件《映画物語》（山野一郎）	27〜42
足跡《小説》（甲賀三郎）	44〜54
情熱の一夜《小説》（城昌幸）	55〜63

07『探偵』

出口《小説》(フランク・キング〔著〕、黒沼健〔訳〕)・・・・・・・・・・・・・・・	196〜201
編輯手帖(福田生)・・・・・・・・・・・・・・・	202

第1巻第3号　所蔵あり
1931年7月1日発行　202頁　35銭

口絵・・・・・・・・・・・・・・・	7〜10
探偵グラフ《口絵》・・・・・・・・・・・・・・・	11〜32
スパイ《映画物語》(山野一郎)・・・・・・・	33〜43
こんとofこんと(藤邨雙)・・・・・・・・・・・	44〜47
妖婦《小説》(甲賀三郎)・・・・・・・・・・	48〜58
悪病記《小説》(宮島貞丈)・・・・・・・	59〜65
表現・・・・・・・・・・・・・・・	66
浅草の犬《小説》(角田喜久雄)・・・・・・・	67〜75
妻を売る男(万里野平太)・・・・・・・・・・	76〜81
地球をめぐる世界魔邪教の暴露(ブルース・グラント〔著〕、斎藤進〔訳〕)・・・・・・	82〜93
女を探せ(アルフレッド・モーラン〔著〕、溝口歌子〔訳〕)・・・・・・・・・・	94〜99
死の蜜月(馬克藤園)・・・・・・・・・・・・・	100〜106
裸娘千五百人(鳩山三津雄)・・・・・・・・・	107〜113
探偵劇の梗概(伊藤松雄)・・・・・・・・・・	114〜117
御命令だが・・・・・・・・・・・・・・・	117
戦争準備〈3〉《小説》(井東憲)・・・・・・・	118〜125
赤い帽子《小説》(松本恵子)・・・・・・・・・	126〜129
笑話集・・・・・・・・・・・・・・・	126〜129
生蕃物語(河野密)・・・・・・・・・・・・・・	130〜136
優良婦人・・・・・・・・・・・・・・・	136
見失つた顔《小説》(牧野勝彦)・・・・・・	137〜144
元居留地の殺人《小説》(伊東鋭太郎)・・・・・・・・・・・・・・・	145〜154
シカゴ殺人団羅府に潜入・・・・・・・・・・・	154
仲々死なぬ彼奴《小説》(海野十三)・・・・・・・・・・・・・・・	155〜165
望遠鏡の風景《小説》(大鹿卓)・・・・・・	166〜172
ガムとつばくら《小説》(燕三吉)・・・・・	173〜181
青幽鬼〈3・完〉《小説》(C・M・ロックウエル〔著〕、加藤信也〔訳〕)・・・・・・	182〜188
午前二時〈1〉《小説》(トーマス・マック〔著〕、黒沼健〔訳〕)・・・・・・・・・・	190〜201
編輯手帖(福田武夫)・・・・・・・・・・・・・	202

第1巻第4号　所蔵あり
1931年8月1日発行　202頁　35銭

探偵グラフ《口絵》・・・・・・・・・・・・・・・	11〜32
ダイナマイト《映画小説》(別貞阿曼)・・・・・・・・・・・・・・・	33〜42
さまよふ町のさまよふ家のさまよふ人々〈2〉《小説》(国枝史郎)・・・・・・・・・・	44〜57
現場不在証明《小説》(九鬼澹)・・・・・・	58〜71

探偵えんまてふ・・・・・・・・・・・・・・・	71
戦争準備〈4・完〉《小説》(井東憲)・・・・・・・・・・・・・・・	72〜83
ルンペン犯罪座談会《座談会》(甲賀三郎、角田菊次郎、牧野勝彦、三好義孝、青山憲、手島邦子、福田武夫、和田佐久治)・・・・・・	84〜96
ンガ・ピュウの呪術(阿部庄)・・・・・・・・・	97〜103
独逸の盗賊団(油小路俊雄)・・・・・・・・	104〜110
犯罪隠語集(三好義孝)・・・・・・・・・・・	111〜114
ホテルの女盗《小説》(島洋之助)・・・・・	115〜119
綿密な殺人《小説》(カミ)・・・・・・・・・・	120〜121
結婚生活/自責・・・・・・・・・・・・・・・	120
数学とは・・・・・・・・・・・・・・・	120〜121
糸包み・・・・・・・・・・・・・・・	121
マネキンガールの犯罪《小説》(高山文英)・・・・・・・・・・・・・・・	122〜125
探偵ニュース・・・・・・・・・・・・・・・	125
探偵小説に関する歴史的考察〈1〉(岡田照木)・・・・・・・・・・・・・・・	126〜130
凝つて思案に能はず・・・・・・・・・・・・・	130
ベラビイ氏と泥棒《小説》(I・トーク〔著〕、町田春彦〔訳〕)・・・・・・・・・・・	131〜135
金曜日《小説》(G・R・タッガート〔著〕、森虎男〔訳〕)・・・・・・・・・・・・・	136〜142
折からの雨《小説》(山野滝)・・・・・・・・	142
探偵小説一管見(武野介)・・・・・・・・・	143〜147
法興院秘譚《小説》(小野金次郎)・・・・・	148〜155
偵探〔脚本〕(吉田武三)・・・・・・・・・・・	156〜161
恋人探偵術(永井直二)・・・・・・・・・・・	156〜160
珍結婚披露状・・・・・・・・・・・・・・・	160〜161
国産探偵小説の進出・・・・・・・・・・・・・	161
屍は答へる《小説》(牧野勝彦)・・・・・・	162〜165
午前二時〈2・完〉《小説》(トーマス・マック〔著〕、森虎男〔訳〕)・・・・・・・・・・	166〜176
赤い手《小説》(B・W・ケニイ〔著〕、鎌倉三郎〔訳〕)・・・・・・・・・・・・・・・	177〜187
列車殺人事件〈1〉《小説》(アガサ・クリスチイ〔著〕、松本恵子〔訳〕)・・・・・・	188〜201
編輯手帖(福田武夫)・・・・・・・・・・・・	202

第1巻第5号　所蔵あり
1931年9月1日発行　202頁　35銭

探偵グラフ《口絵》・・・・・・・・・・・・・・・	11〜32
ギャング《映画物語》(別貞阿曼)・・・・・・	33〜42
列車殺人事件〈2〉《小説》(アガサ・クリスチイ〔著〕、松本恵子〔訳〕)・・・・・・	44〜55
コロシモの謎の死(辰野浩太郎)・・・・・・	56〜60
女肌の指紋《小説》(生田葵)・・・・・・・・	62〜74
第一突堤の異状《小説》(伊東鋭太郎)・・・・・・・・・・・・・・・	75〜78
貸間館の幽霊《小説》(燕三吉)・・・・・・	78〜80

嫌疑人トーキー ··················· 80
お上の命令《小説》(ロイ・W・ハインズ)
　··················· 81～86
探偵作家と殺人《アンケート》
　変死人を看る(大下宇陀児) ········ 82
　死体の始末(延原謙) ·········· 82～83
　心臓の弱い妻を殺す(国枝史郎) ······ 83
　地上の生物鏖殺し(海野十三) ····· 83～84
　変つた殺人(松本恵子) ········· 84～85
　殺人学の普及(角田喜久雄) ········ 85
　考へるだけでも凄いわ(久山秀子) ···· 86
　なるべく科学的な方法を(燕三吉) ···· 86
　事実は小説よりも奇なり(城昌幸) ···· 86
さまよふ町のさまよふ家のさまよふ人々〈3〉
　《小説》(国枝史郎) ············ 88～99
寛政時代に於ける刑事考(城武夫)
　··················· 100～106
古風な露台《小説》(伊藤松雄) ···· 107～111
木の股の生首《小説》(三好義孝) ·· 111～113
網走以後(古田昂生) ·········· 114～119
女スパイ(油小路俊雄) ········· 120～126
めりけん犯罪隠語集(黒沼健) ····· 127～129
もだあん犯罪英語集(折野浩太郎)
　··················· 127～129
消えて無くなつた靴《小説》(蝶花楼馬楽)
　··················· 130～133
ペチカから現れた亡霊《小説》(白土辺里)
　··················· 133～135
幽霊ホテル事件《小説》(三井みさ子)
　··················· 135～138
牡丹燈記《小説》(伊地知軍司) ···· 139～147
探偵小説に関する歴史的考察〈2〉(岡田照木) ·············· 148～152
いゝ　えいゝえ物語《小説》(村田千秋)
　··················· 153～157
ドイツ犯罪者仲間の絵言葉 ········· 158
牡蠣シチューの鍋《小説》(アル・ブロムレイ
　〔著〕，加藤信也〔訳〕) ······· 159～162
屍の泳ぐ池《小説》(青木純二) ···· 163～168
ズラカル跳人《小説》(松浦泉三郎)
　··················· 169～171
水泳場のエロ犯罪 ·············· 171
宝石師《小説》(城田シユレーダー)
　··················· 172～178
双児児綺譚《小説》(左頭弦之介) ·· 179～181
ガレーヂ自殺事件《小説》(レイ・ハンフリース
　〔著〕，森虎男〔訳〕) ········ 182～192
大脳図書館〈1〉《小説》(D・H・ケラー〔著〕，
　黒沼健〔訳〕) ············ 193～201
編輯手帖(福田武夫) ············· 202

第1巻第6号　所蔵あり
1931年10月1日発行　218頁　35銭
探偵グラフ《口絵》 ············ 27～42
降魔〈1〉《小説》(土岐雄彦) ····· 44～62
血塗られた十字架(城雀村) ······· 63～68
旧日本の刑場風景(吉田武三) ····· 69～73
コレクション/本も飾り/劇場で ······· 73
自分を売る死刑囚(ヨセフ・デルモント〔著〕，
　生田葵〔訳〕) ············ 74～79
列車殺人事件〈3〉《小説》(アガサ・クリステ
　イ〔著〕，松本恵子〔訳〕) ······ 80～92
指紋《小説》(G・ウオールデイング〔著〕，鎌倉
　三郎〔訳〕) ·············· 93～96
眼に口あり《小説》(チヤルス・キングストン)
　··················· 97～101
二十年後《小説》(O・ヘンリー) ··· 102～105
朗らかな殺人《脚本》(小島拓之介)
　··················· 102～104
なんせんす・らんど ············ 105
鰻公の最期(神田義信) ········· 106～110
探偵小説に関する歴史的考察〈3〉(岡田照
　木) ················· 111～115
シカゴ暗黒街の解剖(折野浩太郎)
　··················· 116～121
ネオン・サインに酔ふちんぴら街(川上元
　·················· 122～125
不夜の妖窟 墨西哥のモンテカルロ(油小路俊
　雄) ················· 127～132
籐の洋杖《小説》(伊東鋭太郎) ··· 133～141
心理学から見た犯罪の近代的価値(植松正)
　··················· 142～145
さまよふ町のさまよふ家のさまよふ人々〈4〉
　《小説》(国枝史郎) ·········· 146～156
小さな憤慨(武鐘政章) ··········· 157
第三の手紙《小説》(サパー〔著〕，小林喬
　〔訳〕) ················ 158～171
昭和の陰影〈1〉(伊藤松雄) ····· 172～181
珍事《小説》(城田シユレーダー) ·· 182～185
モデル ··················· 185
二十五年目の悪戯《小説》(永井直二)
　··················· 186～187
目撃者《小説》(E・P・バトラー〔著〕，鎌倉三
　郎〔訳〕) ·············· 188～191
笑話集 ················ 188～191
誕生日のお菓子《小説》(レイ・ハンフリース
　〔著〕，森虎男〔訳〕) ······· 192～204
大脳図書館〈2・完〉《小説》(D・H・ケラー
　〔著〕，黒沼健〔訳〕) ······· 205～217
Detective(福田生) ············· 218

第1巻第7号　所蔵あり

07『探偵』

1931年11月1日発行　218頁　35銭

- 探偵猟奇グラフ《口絵》・・・・・・・・・・・・・・・　27～42
- 恐怖の一夜《小説》（アイヴアン・ケル〔著〕，黒沢健〔訳〕）・・・・・・・・・・・・・・・　44～59
- 男装の少女スリ/大阪から三重県へ恋の相乗り・・・・・・・・・・・・・・・　59
- 女悪行伝（松本泰）・・・・・・・・・・・・・・・　60～65
- 魔石《小説》（城田シユレーダー）・・・・・・・・・・・・・・・　66～77
- 旅客機事件《小説》（大庭武年）・・・・・・・　78～89
- 生まれ月夜に依るネクタイの色・・・・・・・　89
- 自殺犯人《小説》（黒田巌）・・・・・・・・・・・・・　91～96
- 暗号万華鏡（佐藤義一）・・・・・・・・・・・　91～100
- 暴力三銃士《小説》（エドガー・ウオルフ）・・・・・・・・・・・・・・・　96～102
- 撫順の珍事件・・・・・・・・・・・・・・・　100～102
- 夢魔《小説》（藤森彰）・・・・・・・・・・・・・　103～106
- 第三の手紙〈2〉《小説》（サパー〔著〕，小林喬〔訳〕）・・・・・・・・・・・・・・・　107～112
- 睾丸を握られて凌辱未遂・・・・・・・・・・・・・　112
- 斧《小説》（ベン・ヘクト）・・・・・・・・・　113～117
- 一千余円を騙取・・・・・・・・・・・・・・・　117
- 降魔〈2〉《小説》（土岐雄彦）・・・・・・　118～128
- 変態殺人鬼兄脚（沢田順次郎）・・・・・・　129～134
- 荷馬車ひきのドンフアンに涙する女人群像・・・・・・・・・・・・・・・　134
- 探偵小説に関する歴史的考察〈4〉（岡田照木）・・・・・・・・・・・・・・・　135～139
- 東海道を泥棒行脚・・・・・・・・・・・・・・・　139
- 血掌紋（阿部庄）・・・・・・・・・・・・・・・　140～147
- 七面鳥を裸にするこほろぎ/樺の木皮に書いた仏教典・・・・・・・・・・・・・・・　147
- 鰐の刺青（相沢等）・・・・・・・・・・・・　148～150
- 午前四時《小説》（児玉たかを）・・・・・・　151～152
- 独逸漂泊民の犯罪（油小路俊雄）・・・・　153～158
- 禿げ鷹の失敗《小説》（中沢explorerer夫）・・・・　159～161
- 昭和の陰影〈2〉（伊藤松雄）・・・・・・　162～167
- 老賊の遺品（守田有秋）・・・・・・・・・・・・　168～173
- 指一本の贈物・・・・・・・・・・・・・・・　173
- 犯人の家《小説》（郡司鯛位）・・・・・・　174～175
- 列車殺人事件〈4〉《小説》（アガサ・クリステイ〔著〕，松本恵子〔訳〕）・・・・・・　176～186
- 狂言はお手のもの《小説》（千葉モリオ）・・・・・・・・・・・・・・・　187～189
- 不美人にも《小説》（ヴアジニア・デエル〔著〕，佐久和彦〔訳〕）・・・・・・・・・　190～192
- 犯人製造事件（若柳句馬）・・・・・・・・　193～195
- アルカンサス殺人事件（クリフトン・ムルドツク〔著〕，鳩山三津雄〔訳〕）・・・・　197～203
- 迷探偵（I・トーク）・・・・・・・・・・・　206～207
- 睾丸を嚙む女・・・・・・・・・・・・・・・　207

- さまよふ町のさまよふ家のさまよふ人々〈5〉《小説》（国枝史郎）・・・・・・・・　208～217
- 編輯手帖（福田生）・・・・・・・・・・・・・・・　218

第1巻第8号　所蔵あり
1931年12月1日発行　218頁　35銭

- 探偵グラフ《口絵》・・・・・・・・・・・・・・・　27～42
- 多毛族の来襲《小説》（城田シユレーダー）・・・・・・・・・・・・・・・　44～63
- 列車殺人事件〈5〉《小説》（アガサ・クリスティ〔著〕，松本恵子〔訳〕）・・・・・・　64～72
- モルヒネの秘密（崎山晃）・・・・・・・・・・　73～74
- ブロードウエーの吸血鬼（折野浩太郎）・・・・・・・・・・・・・・・　75～82
- 暗号王、映画界へ・・・・・・・・・・・・・・・　82
- 上海の秘密（中条辰夫）・・・・・・・・・・　83～85
- 優しい強盗《小説》（カミ〔著〕，小野孝二〔訳〕）・・・・・・・・・・・・・・・　86～87
- 盗まれた殺人事件《小説》（カーレル・カアペ〔著〕，湯村貞太郎〔訳〕）・・・・・・　88～91
- 娘十八・・・・・・・・・・・・・・・　91
- 馬賊斬首（中屋義之）・・・・・・・・・・・・　92～94
- 地球に引導を渡す・・・・・・・・・・・・・・・　94
- 愛情《小説》（J・S・フレッチヤー〔著〕，加藤信也〔訳〕）・・・・・・・・・・・・　95～103
- 密航を企つ少年・・・・・・・・・・・・・・・　103
- 独逸女の堕胎と避妊（生田葵）・・・・　104～109
- 赤髭《小説》（エドガー・ウオレス〔著〕，三牧儁〔訳〕）・・・・・・・・・・・・　110～120
- 自動車強盗の元祖（佐藤真夫）・・・・　122～129
- 死の谷・・・・・・・・・・・・・・・　129
- 昭和の陰影〈3・完〉（伊藤松雄）・・・　130～134
- 恐ろしき女学生・・・・・・・・・・・・・・・　134
- 暗号解読閑話（黒沼健）・・・・・・・・　135～139
- 音で自殺/リンチ・・・・・・・・・・・・・・・　139
- 日比谷公園に出没する奇怪な陰間（永松浅造）・・・・・・・・・・・・・・・　140～142
- 母　的印　象《小説》（田部井格）
マターナル・インプレッション
・・・・・・・・・・・・・・・　143～149
- 探偵学校異聞/人道主義的死刑/象の殺人・・・・・・・・・・・・・・・　150
- 悪に流れる女（渡辺昌）・・・・・・・・　151～156
- 瓦斯《小説》（カール・クローゼン〔著〕，黒沼健〔訳〕）・・・・・・・・・・　157～164
- 洋上の怪奇《小説》（大村克人）・・・・・　165～171
- 生きてゐた間諜アセウ（鳩山三津雄）・・・・・・・・・・・・・・・　172～177
- 消えた女（黒田巌）・・・・・・・・・・・・・　178～181
- 盗賊学校異聞・・・・・・・・・・・・・・・　182
- 探偵小説に関する歴史的考察〈5〉（岡田照木）・・・・・・・・・・・・・・・　183～187

07『探偵』

ロンドンの探偵数 ･････････････････････ 187
死刑囚の腕《小説》（那珂良二）･･････ 188〜197
セルヴィヤの秘密（小平鉄男）･･････ 198〜202
地方色エロ奇譚 ･････････････････････････ 203
露路の呼声《小説》（牧村正美）･･････ 204〜207
降魔〈3〉《小説》（土岐雄彦）･･････ 208〜217
六本指の村 ･････････････････････････････ 217
編輯手帖（福田生）･･･････････････････ 218

08『探偵趣味』(平凡社版)

【刊行期間・全冊数】1931.5-1932.4(12冊)
【刊行頻度・判型】月刊, 四六判
【発行所】平凡社
【発行人】下中弥三郎
【編集人】下中弥三郎
【概要】1931年5月から刊行された平凡社版『江戸川乱歩全集』全13巻の付録雑誌で、実際の編集には乱歩の友人である井上勝喜が携わった。11号まで懸賞付きの乱歩作『地獄風景』が連載され、ほかに海外短編の抄訳が掲載された。途中からは、乱歩選による掌編探偵小説が中心となっている。また、「黒手組」の脚本で一冊を占めたり、ポーとドイルの写真集にしたり、毎号表紙裏に内外探偵作家の写真を載せたりと、32ページほどの小冊子ながら多彩な編集だった。なお、最終第13巻の付録は「犯罪図鑑」と題した写真集である。

第1号　所蔵あり
発行年月記載なし発行　32頁
［エドガア・アラン・ポウ］……………　前1
地獄風景〈1〉《小説》(江戸川乱歩)……2〜16
全集の編輯について(乱歩)……………　17
盲点《小説》(ルヴエル)……………… 18〜21
嫉妬《小説》(ドイル)………………… 21〜24
或る精神異常者《小説》(ルヴエル)… 24〜27
当流正忍記〈1〉……………………… 28〜32
寸話…………………………………… 28〜32
お前の記念日は?……………………… 32

第2号　所蔵あり
1931年6月10日発行　32頁
［コオナン・ドイル］…………………　前1
地獄風景〈2〉《小説》(江戸川乱歩)……1〜15
ルパンの捕縛《小説》(モーリス・ルブラン)
……………………………………… 16〜21
応募掌編読後(江戸川乱歩)………… 18〜22
阿門酒《小説》(エドガー・ポー)…… 22〜27
読者欄………………………………… 23〜26
寸話…………………………………… 27〜31
当流正忍記〈2〉……………………… 28〜31
編輯後記(井上)……………………… 32

第3号　所蔵あり
1931年7月10日発行　32頁
［平林初之輔］………………………　前1
地獄風景〈3〉《小説》(江戸川乱歩)……1〜15
青い十字架《小説》(チエスタートン)
……………………………………… 16〜21
掌篇評(乱歩)………………………… 18〜24

息を止める男《小説》(蘭郁二郎)…… 22〜26
読者欄………………………………… 25〜29
乱歩申す……………………………… 29
してやられた男《小説》(小日向台三)
……………………………………… 27〜31
恋愛ナンセンス……………………… 30〜31
編輯後記(井上)……………………… 32

第4号　所蔵あり
1931年8月10日発行　31頁
黒手組《脚本》(江戸川乱歩〔原作〕, 小納戸容
〔脚色〕)……………………………… 1〜29
編輯後記(井上)……………………… 30〜31

第5号　所蔵あり
1931年9月10日発行　32頁
［モオリス・ルブラン］………………　前1
地獄風景〈4〉《小説》(江戸川乱歩)……2〜11
生の緊張《小説》(L・J・ビーストン)
……………………………………… 12〜15
闇の中の女《小説》(L・J・ビーストン)
……………………………………… 16〜19
掌篇評(乱歩)………………………… 18〜27
五月の殺人《小説》(田中謙)………… 20〜24
嬰児の復讐《小説》(篠田浩)………… 24〜30
訂正二つ(乱歩)……………………… 27
寸話…………………………………… 28〜30
読者欄………………………………… 31〜32

第6号　所蔵あり
1931年10月10日発行　32頁
［S・S・ワン・ダインの肖像］………　前1

60

08 『探偵趣味』(平凡社版)

地獄風景〈5〉《小説》(江戸川乱歩) ····· 2〜13
地下鉄サム《小説》(マツカレー) ······· 14〜21
掌篇評 ······································· 18〜25
私の犯罪実験に就いて《小説》(深田孝士)
 ··· 22〜31
猟奇的実話評 ······························· 25
読者欄 ······································· 26〜31
寸話 ·· 32

第7号 所蔵あり
1931年11月10日発行　32頁
故小酒井不木の肖像 ······················· 前1
地獄風景〈6〉《小説》(江戸川乱歩) ····· 1〜11
覆面の貴婦人《小説》(アガサ・クリステイ)
 ··· 12〜16
銀行家失踪事件《小説》(アガサ・クリステイ)
 ··· 16〜22
寸話 ·· 16〜22
硝子《小説》(井並貢二) ··················· 23〜26
彼女の日記《小説》(凡夫生) ·············· 26〜30
小咄「盗人集」 ····························· 30
掌篇評 ······································· 31〜32
猟奇実話寸評 ······························· 32

第8号 所蔵あり
1931年12月10日発行　32頁
甲賀三郎氏 ·································· 前1
地獄風景〈7〉《小説》(江戸川乱歩) ····· 2〜10
義賊ピカルーン《小説》(ヘルマン・ランドン)
 ··· 11〜18
時計の指針《小説》(ハツヅン・ナイト)
 ··· 18〜20
最後の瞬間《小説》(荻一之介) ·········· 21〜25
掌篇評 ······································· 21〜26
蛾《小説》(篠崎淳之助) ··················· 25〜32
寸話 ·· 27〜32
猟奇的実話評 ······························· 32
［G・K・チエスタートン］ ············· 後1

第9号 所蔵あり
1932年1月10日発行　32頁
大下宇陀児氏 ······························· 前1
地獄風景〈8〉《小説》(江戸川乱歩) ····· 2〜8
五兵衛勅使 外一篇(十月秋恵) ·········· 9〜11
猟奇実話評 ································· 11
懸賞犯人探し当選発表 ··················· 12〜13

怪物の眼《小説》(田中辰次) ············· 14〜16
探偵Q氏《小説》(近藤博) ················ 16〜20
紅い唇《小説》(高橋邑治) ················ 21〜25
奇怪な再会《小説》(圓城寺雄) ·········· 25〜26
棒切れ《小説》(鹿子七郎) ················ 26〜30
秘密《小説》(ビイ・ワイルド) ·········· 26〜28
掌篇評 ······································· 31〜32
A・K・グリーン女史 ····················· 後1

第10号 所蔵あり
1932年2月10日発行　32頁
ポオの銅像 ·································· 前1
エドガア・アラン・ポオの思ひ出 ····· 1〜24
アーサー・コーナン・ドイルの思ひ出
 ··· 25〜31
編輯後記(井上) ···························· 32
［ドイル夫妻］ ····························· 後1

第11号 所蔵あり
1932年3月10日発行　32頁
横溝正史氏 ·································· 前1
地獄風景〈9〉《小説》(江戸川乱歩)
 ··· 2〜9, 12
全国読者の熱望によりいよいよ増巻決定!
 ··· 10〜11
剥製の刺青《小説》(深谷延彦) ·········· 13〜22
炉辺綺譚《小説》(篠崎淳之介) ·········· 23〜30
掌篇評 ······································· 31〜32
E・F・オップンハイム氏 ··············· 後1

第12号 所蔵あり
1932年4月10日発行　32頁
浜尾四郎氏 ·································· 前1
復讐《小説》(篠崎淳之介) ················ 2〜10
『犯罪図鑑』贈呈に就いて ··············· 3
夜霞《小説》(冬木荒之助) ················ 10〜14
黄昏の幻想《小説》(深谷延彦) ·········· 14〜18
一夜《小説》(篠田浩) ····················· 18〜21
或死刑囚の手記の一節《小説》(荻一之介)
 ··· 21〜29
意識と無意識の境《小説》(榎並照正)
 ··· 29〜31
掌篇評 ······································· 32
猟奇実話 ···································· 32
M・R・ラインハートの肖像 ············ 後1

61

09 『探偵小説』

【刊行期間・全冊数】1931.9-1932.8(12冊)
【刊行頻度・判型】月刊, 菊判
【発行所】博文館
【発行人】森下岩太郎(第1巻第1号～第2巻第1号)、大橋進一(第2巻第2号～第2巻第8号)
【編集人】森下岩太郎(第1巻第1号～第2巻第1号)、大橋進一(第2巻第2号～第2巻第8号)
【概要】実際の編集に携わっていたのは延原謙(創刊号より第2巻第2号まで)と横溝正史(第2巻第3号から終刊まで)である。『新青年』と発行元を同じくする翻訳探偵小説と犯罪実話の雑誌で、毎号10編前後の短編が掲載されたほか、クロフツ『樽』、メースン『矢の家』、ベントリー『生ける死美人』、ミルン『赤屋敷殺人事件』など、長編の一挙掲載が特徴となっていた。ほかに評論や懸賞小説などもあり、読み応え十分の探偵雑誌だったが、わずか1年で『新青年』との合同を宣言して廃刊となっている。

第1巻第1号　所蔵あり
1931年9月1日発行　224頁　40銭

黒衣の女《小説》(フランク・フロースト〔著〕、大井礼吉〔訳〕)……… 1～63, 178～219
誰が殺したか《小説》(春日野緑〔訳〕)
　…………………………… 64～69
探偵小説のトリック(江戸川乱歩)…… 70～73
本当の探偵小説(甲賀三郎)………… 73～77
人殺し漫談(大下宇陀児)…………… 77～81
ジミーの夜会事件《小説》(エム・マーレー〔著〕、北村勉〔訳〕)……………… 82～89
近頃読んだもの(小河原幸夫)……… 89
ザーメ伯爵の恋《小説》(エル・ヂエ・ビースト ン〔著〕、西田政治〔訳〕)……… 90～100
近刊の探偵小説紹介 …………… 101
闇の中の百《小説》(オーエン・ジョンソン〔著〕、田内長太郎〔訳〕)………… 102～121
欲の三角関係《小説》(リチャード・コネル〔著〕、田内長太郎〔訳〕)………… 122～125
浮ぶ鉄板〈1〉《小説》(佐野甚七)
　…………………………… 126～140
ボンド街挿話《小説》(ダグラス・リイス〔著〕、西田政治〔訳〕)……………… 141
十二匹の毒蛇《小説》(アル・ブロムレイ〔著〕、西田政治〔訳〕)……………… 142～145
離縁手続きを訊く女《小説》(佐々木白羊)
　…………………………… 146～160
血染めの白足袋(恒岡恒)…………… 162～171
恐怖の実験《小説》(エフ・ブウテ〔著〕、岡村弘〔訳〕)…………………… 172～177
捜査官風聞記(XYZ)………………… 220～223
編輯局より(一記者)………………… 224

第1巻第2号　所蔵あり
1931年10月1日発行　224頁　40銭

[「世界観光団の殺人事件」解説](森下雨村)
　…………………………… 1
世界観光団の殺人事件《小説》(R・D・ビガース〔著〕、伴大矩〔訳〕)
　…………………………… 2～57, 126～223
指紋《小説》(春日野緑〔訳〕)……… 58～61
署長殿は何も知らない《小説》(佐々木白羊)
　…………………………… 62～71
劇場の殺人《小説》(ヒウ・マウンテイン〔著〕、田内長太郎〔訳〕)………… 72～75
おろく殺し(恒岡恒)………………… 76～86
古代金貨の謎(F・G・ハースト〔著〕、小山文吉〔訳〕)…………………… 87
ジミーと危機打者(ピンチヒッター)《小説》(M・マーレイ〔著〕、北村勉〔訳〕)…… 88～95
証拠《小説》(E・P・バトラア〔著〕、小山文吉〔訳〕)…………………… 96～97
浮ぶ鉄板〈2〉《小説》(佐野甚七)…… 98～112
四万八千の右手《小説》(エフ・ヂ・ハースト)
　…………………………… 113
殺人狂騒動《小説》(エチ・エヌ・テイビス〔著〕、西田政治〔訳〕)………… 114～119
近刊の探偵小説 …………………… 119
検屍綺聞(加藤寛二郎)……………… 120～125
捜査官印象記(XYZ)………………… 120～125
編輯局より(一記者)………………… 224

第1巻第3号　所蔵あり
1931年11月1日発行　224頁　40銭

フレッチヤー氏小伝 ……………… 1

09『探偵小説』

躍る妖魔《小説》（T・T・スチヴンソン〔著〕，小野浩〔訳〕）･････････ 2〜120
大至急《小説》（フイシエ兄弟〔著〕，寺島正夫〔訳〕）･･･････････････ 121
ジミーの煙幕戦術《小説》（エム・マーレイ〔著〕，北村勉〔訳〕） 122〜129
海浜の惨劇《小説》（延原謙〔訳〕）･･･ 130〜132
犯人あて百円懸賞当選発表 ･･･････････ 133
警視庁の大異動（XYZ）･････････････ 134〜135
手掛りの金時計（恒岡恒）･･･････････ 136〜141
浮ぶ鉄板〈3〉《小説》（佐野甚七）
　･･･････････････････････････････ 142〜156
絹糸の雨《小説》（近藤博二）･･･････････ 157
新進作家宣伝術《小説》（クレマン・ヴオテル〔著〕，寺島正夫〔訳〕）････ 158〜159
今月の探偵映画 ･････････････････ 160〜161
二つの変死事件（オットー）･･･････ 162〜165
「四万八千の右手」解 ････････････････ 165
「古代金貨の謎」解 ･･････････････････ 165
射撃《小説》（アル・ピ・コリンス〔著〕，小野浩〔訳〕）･･･････････････････ 166〜169
「世界観光団の殺人事件」に就て（大下宇陀児）･････････････････････････ 169
影絵日記《小説》（アル・ブロムレイ〔著〕，加藤信也〔訳〕）･････････････ 170〜173
ジョウの凄腕《小説》（ダブルユ・テ・シヨオア〔著〕，斧新二郎〔訳〕）･･ 174〜177
変な所へ触つた手柄《小説》（佐々木白羊）
　･･･････････････････････････････ 178〜189
刺された片手《小説》（アルフレッド・ワルトン〔著〕，中川正夫〔訳〕）･ 190〜191
木犀草《小説》（エス・エ・ウツド〔著〕，田内長太郎〔訳〕）･････････････ 192〜200
殺人淫虐地獄〈1〉（大久保保雄）･･･ 201〜207
閻魔鏡 ････････････････････････････ 208〜209
廃屋奇談《小説》（ヂエ・エス・フレッチヤー〔著〕，西田政治〔訳〕）････ 210〜223
編輯局より（一記者）･･････････････････ 224

第1巻第4号　所蔵あり
1931年12月1日発行　224頁　40銭

エミール・ガボリオ氏小伝 ･････････････ 1
仮面舞踏会の殺人事件《小説》（アガサ・クリステイ）････････････････････ 2〜16
新任探偵《小説》（ピ・ポング〔著〕，黒沼健〔訳〕）････････････････････ 16〜17
ジミーの月下氷人《小説》（エム・マーレイ〔著〕，竹内二郎〔訳〕）････ 18〜25
手のないお客《小説》（延原謙〔訳〕）･･･ 26〜30
犯人あて百円懸賞当選発表 ･･････････････ 31

赤い踊り子《小説》（エル・ヂエ・ビーストン〔著〕，竹内次郎〔訳〕）･･････ 32〜45
今月の探偵映画 ･･･････････････････ 46〜47
女一人ぢや淋しかろ《小説》（佐々木白羊）
　･･････････････････････････････････ 48〜59
偽巡査横行時代 ････････････････････････ 59
診察《小説》（ポウル・ハアデイ）･･･ 60〜61
徒労《小説》（マートン・ハワード〔著〕，田内長太郎〔訳〕）･･･････････ 62〜69
明年の日記（宣伝）･････････････････ 70〜71
脅喝業者《小説》（ブランドン・フリーミング〔著〕，西田政治〔訳〕）･････ 72〜81
五人殺し逮捕まで（恒岡恒）･･･････ 82〜87
閻魔鏡 ････････････････････････････ 88〜89
ヒヤシンスの香と血と《小説》（エ・オ・テイビツ〔著〕，小林喬〔訳〕）･･ 90〜100
人か鬼か《小説》（エミール・ガボリオ〔著〕，田中早苗〔訳〕）･･････････ 101〜223
編輯局より ･･･････････････････････････ 224

第2巻第1号　所蔵あり
1932年1月1日発行　312頁　50銭

口絵 ･･････････････････････････････････ 1〜8
フリーマン・ウイルス・クロフツ氏小伝
　･･･････････････････････････････････････ 9
樽《小説》（F・W・クロフツ〔著〕，森下雨村〔訳〕）･････････ 10〜47, 176〜311
今月の探偵映画 ･････････････････････ 48〜49
奇怪なスコツチ〈1〉《小説》（A・P・ターヒュン〔著〕，大門次郎〔訳〕）･ 50〜65
シヤーロック・ホームズ研究（西田政治）
　････････････････････････････････ 66〜71
浮ぶ鉄板〈4〉《小説》（佐野甚七）････ 72〜87
死の歓楽 ･･････････････････････････････ 87
ジミーと人妻《小説》（エム・マーレイ）
　････････････････････････････････ 88〜94
犯人あて百円懸賞当選発表 ･･････････････ 95
モーリス・ルブラン訪問記（G・シヤランソル〔著〕，姫田嘉男〔訳〕）･･ 96〜99
五千法の名刺《小説》（ジョゼフ・ルノオ〔著〕，浅野玄府〔訳〕）･･･ 100〜105
英米近刊探偵小説梗概（岡田照木）
　･･････････････････････････････ 106〜109
判事になつた脱獄囚辻村庫太（田中惣五郎）
　･･････････････････････････････ 110〜119
この指紋《小説》（G・ヲールディング〔著〕，上ノ原三郎〔訳〕）････ 120〜122
発く電話《小説》（花岡潤一郎）･･････････ 123
閻魔鏡 ････････････････････････････ 124〜125
変態性慾者の密告《小説》（佐々木白羊）
　････････････････････････････ 126〜136

09『探偵小説』

探偵趣味（江戸川乱歩〔編〕）
　無残絵 ………………………… 138〜139
　探偵小説講座〈1〉（横溝正史）
　　………………………………… 140〜141
　西洋気味悪絵 ………………… 142〜143
　不具者の街 …………………… 144〜145
　牢屋のさまざま ……………… 146〜147
　日本探偵小説発達史〈1〉（浪花三郎）
　　………………………………… 148〜149
　宗教と拷問 …………………… 150〜151
　犯人捜索懸賞写真 ……………… 152
探偵史上の電報（大森洪太）…… 153〜157
酩酊の検査 ………………………… 157
つけて来る自動車《小説》（イ・エス・ブラッドエル〔著〕，西田政治〔訳〕）…… 158〜161
アメリカの暗黒街を探る（山村不二）
　…………………………………… 162〜165
赤い帽子《小説》（ブラッドン・フリーミング〔著〕，新田鳴爾〔訳〕）………… 166〜173
探偵小説の新傾向（伴大矩）…… 174〜175
上には上 ……………………………… 189
珍事件 ………………………………… 199
名案 …………………………………… 228
落花生事件 …………………………… 231
一人二役 ……………………………… 251
名探偵小説梗概『三本の樫』 ……… 261
名探偵小説梗概『偽書』 …………… 273
新案詐欺 ……………………………… 281
名優の失策 …………………………… 297

第2巻第2号　所蔵あり
1932年2月1日発行　312頁　50銭
身許不明変死人写真《口絵》……… 1〜8
エドワード・フィリップス・オップンハイム氏小伝 …………………………………… 9
亡命者《小説》（T・S・ストリブリング〔著〕，小野浩〔訳〕）………………… 10〜37
日記の断片《小説》（イ・ベイリー〔著〕，小野浩〔訳〕）………………………… 38〜48
唐金の仏像《小説》（W・フリーマン〔著〕，西田政治〔訳〕）…………………… 49〜55
読書熱 ………………………………… 55
今月の探偵映画 ………………… 56〜57
闇の奇術師《小説》（J・メイガン〔著〕，小野浩〔訳〕）………………………… 58〜68
百円懸賞当選発表 …………………… 69
馬来人の七首《小説》（トリスタン・ベルナール〔著〕，浅川勇〔訳〕）………… 70〜73
浮ぶ鉄板〈5〉《小説》（佐野甚七）… 74〜89
奇怪なスコッチ〈2〉《小説》（A・Pターヒュエン）………………………………… 90〜103

ある検視（上地寄人）…………… 104〜106
落穂集 …………………………… 104〜114
少年審判所風景（八阪明元）…… 107〜109
木賃宿帳の一頁（鹿島孝二）…… 110〜111
ある刑務所（田中捨蔵）………… 111〜114
英米近刊探偵小説梗概（岡田照木）
　………………………………… 115〜119
謎の殺人（照山赤次）…………… 120〜128
黄色い犬《小説》（J・S・フレッチヤー）
　………………………………… 129〜139
ジミーと宝剣《小説》（M・マーレー）
　………………………………… 140〜147
壁の上の顔《小説》（E・V・リユーカス〔著〕，田内長太郎〔訳〕）………… 148〜153
霧の夜の挿話《小説》（メイ・シンクレア〔著〕，加藤信也〔訳〕）………… 154〜159
刑事さんがもてる訳《小説》（佐々木白羊）
　………………………………… 160〜171
なめられる ………………………… 171
閻魔鏡 …………………………… 172〜173
猫の眼《小説》（ウイリアム・マクハーグ〔著〕，伴大矩〔訳〕）…………… 174〜179
名人芸《小説》（ウイリアム・マクハーグ〔著〕，斧新二郎〔訳〕）………… 180〜185
獅子と狐《小説》（ウイリアム・マクハーグ〔著〕，斧新二郎〔訳〕）……… 186〜193
犯人は誰だつた? ………………… 193
女性犯罪の研究（後藤信）……… 194〜200
ミス・メキシコ …………………… 200
探偵趣味（江戸川乱歩〔編〕）
　奇怪な神々 …………………… 202〜203
　日本探偵小説発達史〈2〉（浪花三郎）
　　……………………………… 204〜205
　悪魔の饗宴 …………………… 206〜207
　吸血鬼 ………………………… 208〜209
　慄然たり矣!!不具者の手と足の無気味な陳列会!! ………………………… 210〜211
　探偵小説講座〈2〉（横溝正史）
　　……………………………… 212〜213
　無惨絵 ………………………… 214〜215
　誰が犯人か? …………………… 216
怖ろしき復讐《小説》（フィリップ・オップンハイム〔著〕，水上規矩夫〔訳〕）
　………………………………… 217〜311
名探偵小説梗概『手製の足跡』… 224〜225
右眼左眼／ある殺人者／時間正しく …… 239
大米竜雲事件 …………………… 254〜255
空巣ねらひ ………………………… 285
御挨拶（延原謙）…………………… 312

第2巻第3号　所蔵あり

09『探偵小説』

1932年3月1日発行　304頁　50銭
- 危機一髪戦慄場面集《口絵》　1〜7
- 誰が犯人か?《口絵》　8〜9
- 泰西猟奇画集《口絵》　10〜11
- 春よ、麗か《口絵》　12〜13
- ジャック・ダイアモンドの末路《口絵》　14〜15
- 遊戯《口絵》　16
- 奇怪なスコッチ〈3・完〉《小説》(A・P・ターヒュン)　18〜37
- 新版デカメロン
  - 羹こぼして珍罰を受けた女の話(浅野玄府)　38〜39
  - 奥方の従僕に化け込んだ娘の話(浅野玄府)　40〜41
  - 旅の歌唄ひと薬種屋の妻の話(浅野玄府)　42〜43
  - 裁判官を摺らした強たか女の話(浅野玄府)　44〜45
  - 俄かの孕み女となつた猶太女の話(浅野玄府)　46〜47
- 犯罪王ジヤック・ダイアモンドの末路(宮武繁)　48〜59
- 廃屋に棲む鬼《小説》(L・J・ビーストン〔著〕,浅見篤〔訳〕)　60〜72
- 犯人捜索懸賞当選発表　73
- 列車中で見た男《小説》(エリック・リイクロフツ〔著〕,西田政治〔訳〕)　74〜84
- コバナシ　85
- 悪漢、毒婦オン・パレード(高田義一郎)　86〜91
- 古井戸《小説》(W・W・ジヤコブス〔著〕,田内長太郎〔訳〕)　92〜101
- モルロア氏の秘密《小説》(アンリイ・ビカール〔著〕,井上英三〔訳〕)　102〜103
- 世界犯罪市場を探る
  - 秘密六人組の正体《小説》(村山有一)　104〜109
  - 恐ろしき尼寺《小説》(布利秋)　109〜114
  - 土匪の綁票子《小説》(中野江漢)　114〜118
  - イタ公《小説》(万里野平太)　118〜121
  - わが知らざる友《小説》(S・リイコック)　104〜121
- 快遊船紛失事件《小説》(ヂヤック・クルウェツト〔著〕,会田毅〔訳〕)　122〜125
- 英国探偵小説作家列伝(大田黒元雄)　126〜128
- La Medeta　129
- 焼け残つた腕〈1〉《小説》(ペイター・ベリー〔著〕,安藤左門〔訳〕)　130〜139
- 江戸時代好色暴露史(大川白雨)　140〜147
- 誤診悲話《小説》(ハリイ・シモン〔著〕,西田政治〔訳〕)　148〜153
- 謎の殺人(照山赤次)　154〜163
- 怪盗と紅玉《小説》(C・S・モンタニイ〔著〕,西田政治〔訳〕)　164〜171
- 紅毛国性的奇聞集(岡村弘)　172〜179
- 完全なアリバイ《小説》(ジョン・ベイアー〔著〕,浅見篤〔訳〕)　180〜192
- レビュー殺人事件《小説》(マデロン・セントデニス〔著〕,岡田照木〔訳〕)　193〜301
- 誤殺《小説》(R・シエツヘル〔著〕,井上英三〔訳〕)　302〜303
- 編輯後記(横溝生)　304

第2巻第4号　所蔵あり
1932年4月1日発行　344頁　50銭
- 口絵　1〜8
- 近頃の偶感(森下雨村)　10〜11
- 和蘭陀靴の秘密〈1〉《小説》(エレリー・クイーン〔著〕,伴大矩〔訳〕)　12〜45
- 編輯者より　45
- 浮ぶ鉄板〈6〉《小説》(佐野甚七)　46〜56
- てあたり次第　57
- 舞姫《小説》(アントニー・ワイン)　58〜71
- 街で拾つた女性の犯罪(佐々木白羊)　72〜83
- 和蘭陀靴の秘密を読んで
  - エレリー・クイーンの和蘭陀靴の秘密(甲賀三郎)　72〜77
  - 騎士道的探偵小説(江戸川乱歩)　77〜79
  - エレリイ・クイーンについて(大田黒元雄)　79〜81
  - 本格と通俗との平行(海野十三)　81〜83
- 我奇跡を見たり/借物盛んなり/やあい　83
- バグダツドの箱《小説》(アガサ・クリステー)　84〜98
- 犯人捜索懸賞写真当選発表　99
- ひでえ・女・オン・パレード
  - 親を殺したドロシイの巻(バートン・バツセット)　100〜103
  - スナイダー・グレイ事件(ジエームス・J・コンロイ)　104〜108
- 旅先の妹《小説》(マルセル・アルナック)　106〜113
- 殺したのは判事?(W・H・ジヤクソン)　109〜112

09『探偵小説』

恋の炎は緑に燃える(ユーニン・W・ビスケラス) ……………………………… 113〜116
パリの神学生《小説》(ルネ・ジヤンヌ〔著〕,安藤左門〔訳〕) …………… 114〜119
二の腕に残る歯型の跡(村山有一) ……………………………………… 116〜119
二十三人目《小説》(エルネスト・エロ) ………………………………… 100〜106
絶対にだまらんのが/まだ開いている口 ………………………………… 119
焼け残つた腕〈2〉《小説》(ピイター・ベリー〔著〕,安藤左門〔訳〕) …… 120〜129
上海に跳るスパイの群
　五十円の軍機(伴孝一) ………………… 130〜131
　カーボン・ペーパ(播磨鱈平) ………………………………… 132〜134
　女に警戒せよ(村山高見) ………… 134〜136
　第三夫人(柴山草二) ……………… 136〜138
　侠技と阿片(与謝幸猪) …………… 138〜139
ナントナント ……………………………… 139
殺人鬼《小説》(H・C・ベイリー) …… 140〜157
犯罪の裏面に女あり
　犯罪閑話(高田義一郎) …………… 158〜161
　百円の価値(生江沢速雄) ………… 161〜164
　殺された自殺者(大山一) ………… 164〜168
　愛慾火の稼ぎ(日出谷定) ………… 168〜171
　成功した失敗/神だのみ/仕事なんぞするかい!/皮肉学第一課/震動する ……… 171
宝を探す《小説》(エドガー・ウオレス) ………………………………… 172〜183
女性犯罪者列伝(高田義一郎) …… 184〜189
革の漏斗《小説》(コナン・ドイル) ……………………………… 190〜203
春宵猟奇耽異抄
　ジプシー霊媒(布relative秋) ………… 204〜206
　尼院の吸血鬼(阿部真之助) ……… 206〜208
　魔除けの蹄鉄(伴孝一) …………… 209〜211
　手相の神秘(中司哲厳) …………… 211〜214
　迷宮と迷路(万里野平太) ………… 214〜216
エロー・セクション
　新撰笑話集 ……………………… 217
　大小説の梗概《小説》(S・リイコック) ………………………………… 218〜221
　流行さまざま ………………… 222〜223
　法廷挿話 ……………………… 224〜227
　漫画園遊会 …………………… 228〜229
　探偵猟奇館 …………………… 230〜231
　懸賞課題 ……………………… 232
拾遺でかめろん物語
　娘をだまして駕入した僧侶の話(浅野玄府) ……………………… 234〜235

盗賊に化けた悧巧な妻女の話(浅野玄府) ……………………………… 236〜237
女の替玉になつたアラビア人の話(浅野玄府) ……………………………… 238〜239
美しい未亡人と一人の兵士の話(浅野玄府) ……………………………… 240〜241
結婚初夜にして嬰児をあげた女の話(浅野玄府) ……………………… 242〜243
アパートの殺人《小説》(アーネスト・ブラマ) ……………………… 244〜253
春と女性の犯罪(草間八十雄) …… 254〜259
江戸時代女性犯罪種々相(大川白雨) ……………………………… 260〜269
真珠と煙玉《小説》(J・S・フレッチヤー〔著〕,西田政治〔訳〕) ……… 270〜281
男色温故雑話(岩田準一) ………… 282〜292
恐怖の花嫁《小説》(ハーマン・ランドン〔著〕,浅見篤〔訳〕) ……… 293〜343
編輯後記(横溝) ……………………… 344

第2巻第5号　所蔵あり
1932年5月1日発行　344頁　50銭
口絵 ……………………………………… 1〜8
和蘭陀靴の秘密《2》《小説》(エレリー・クイーン〔著〕,伴大矩〔訳〕) ……… 10〜35
読者へ …………………………………… 35
ダートモアの破獄事件(宮武繁) … 36〜50
La Medeta ……………………………… 51
チヨコレート《小説》(ジヨン・ロオレンス) ……………………………… 52〜65
貞操裁判と貞操料(大沢一六) ……… 66〜75
身代り奇譚《小説》(W・W・ジヤコブス) ……………………………… 76〜85
貞操と犯罪五人女(村山有一) …… 85〜104
人を見ろ!/手のつけられない …… 104
犯人捜索懸賞写真当選者発表 ……… 105
焼け残った腕〈3・完〉《小説》(ピーター・ベリー〔著〕,安藤左門〔訳〕) … 106〜116
コバナシ ………………………………… 117
貞操帯物語(高田義一郎) ………… 118〜124
O・K/楽天家 …………………………… 124
コバナシ ………………………………… 125
運の悪い男《小説》(ダドリ・ホイズ) ……………………………… 126〜133
生? 死? リンデイ二世の行衛(香川透) ……………………………… 134〜141
探偵猟奇館 …………………………… 142〜145
樽工場の妖怪《小説》(コナン・ドイル) ……………………………… 146〜159
誌上探偵入学試験(星加三郎) …… 160〜171
思慮の他《小説》(M・デール) …… 172〜181

09『探偵小説』

見とれたデス/ピストルの弾丸/実写/なぐる
　ぞ! ・・・・・・・・・・・・・・・・・・・・・・・・・・・・・・・　181
珍奇妖怪一夜話
　魚の降る話(大田黒元雄) ・・・・・・・・・　182〜185
　マリヤさんは泣く(播磨鱈平)
　　・・・・・・・・・・・・・・・・・・・・・・・・・・・・・・・　185〜188
　吸血鬼マンデス(細川冽) ・・・・・・・・・　189〜192
　奇怪な亡霊の話(岡田建文) ・・・・・・・　192〜195
　天満宮の御加護(与謝幸猪) ・・・・・・・　195〜197
世界犯罪一千一夜物語 ・・・・・・・・・・・・・　198〜199
交番片隅物語(佐々木白羊) ・・・・・・・・・　200〜210
読者からの希望 ・・・・・・・・・・・・・・・・・・・　200〜206
誌上探偵入学試験解答之部 ・・・・・・・・・　206〜210
笑ひ話 ・・・・・・・・・・・・・・・・・・・・・・・・・・・・・・・　211
トニイ探偵と蝙蝠耳スミス《小説》(ノオバー
　ト・デビス) ・・・・・・・・・・・・・・・・・・・　212〜216
ヱロー・セクション
　新撰笑話集 ・・・・・・・・・・・・・・・・・・・・・・・・・　217
　紅毛国情痴読本 ・・・・・・・・・・・・・・・・・　218〜231
　新撰笑話集 ・・・・・・・・・・・・・・・・・・・・・・・・・　232
書かれた証拠《小説》(スチユアート・マクレエ
　〔著〕, 田内長太郎〔訳〕) ・・・・・・・・　233〜239
女間諜秘聞(万里野平太) ・・・・・・・・・・・　240〜247
鐘乳洞殺人事件《小説》(K・D・ウィップル〔著〕,
　川端梧郎〔訳〕) ・・・・・・・・・・・・・・・・　248〜342
妙な話 ・・・・・・・・・・・・・・・・・・・・・・・・・・・・・・・　343
編輯後記 ・・・・・・・・・・・・・・・・・・・・・・・・・・・・・　344

第2巻第6号　所蔵あり
1932年6月1日発行　344頁　50銭

都会の丑満時《口絵》 ・・・・・・・・・・・・・・・・・・　1〜8
和蘭陀靴の秘密〈3〉《小説》(エレリー・クイー
　ン〔著〕, 伴大矩〔訳〕) ・・・・・・・・・・・　10〜37
誌上探偵入学試験(延原謙) ・・・・・・・・・・・　38〜49
黄金墓《小説》(アガサ・クリステイ)
　・・・・・・・・・・・・・・・・・・・・・・・・・・・・・・・・・　50〜60
犯人捜索懸賞当選発表 ・・・・・・・・・・・・・・・・・　61
現場不在証明《小説》(リイン・デーカー)
　・・・・・・・・・・・・・・・・・・・・・・・・・・・・・・・・・　62〜67
怪都レノ市(瀬尾理輔) ・・・・・・・・・・・・・・・　68〜75
大きな手《小説》(ステイヴン・フイリツプス)
　・・・・・・・・・・・・・・・・・・・・・・・・・・・・・・・・・　76〜86
老いたる不具者《小説》(モーリス・ルブエル)
　・・・・・・・・・・・・・・・・・・・・・・・・・・・・・・・・・　87〜91
探偵猟奇館 ・・・・・・・・・・・・・・・・・・・・・・・・・　92〜95
街で拾つた犯罪媚薬《小説》(川端勇男)
　・・・・・・・・・・・・・・・・・・・・・・・・・・・・・・・・　96〜101
孔子様でも/探偵されちやつた/死ねばいゝ/
　さてはは天下の子/殺人書 ・・・・・・・・・・・・　101
ジミーの縁結び《小説》(マー・マレー)
　・・・・・・・・・・・・・・・・・・・・・・・・・・・・・・・　102〜110

コバナシ ・・・・・・・・・・・・・・・・・・・・・・・・・・・・・　111
探偵映画の古今(長谷川修二) ・・・・・・・　112〜117
心理試験《小説》(レイ・カミングス)
　・・・・・・・・・・・・・・・・・・・・・・・・・・・・・・・　118〜129
貞操のSOS
　露出少女万歳(法弘義) ・・・・・・・・・・・　130〜134
　猫が生んだ夜話(馬場呆太郎)
　　・・・・・・・・・・・・・・・・・・・・・・・・・・・・・・・　135〜139
　乳房のない女(亀山清) ・・・・・・・・・・・　140〜142
　首のない女(萩原三郎) ・・・・・・・・・・・　142〜144
正直とは《漫画》(鈴木武司) ・・・・・・・・・・・　145
ネクタイを結ぶ足《小説》(G・モーリス)
　・・・・・・・・・・・・・・・・・・・・・・・・・・・・・・・　146〜158
噂ばなし ・・・・・・・・・・・・・・・・・・・・・・・・・・・・・　159
初夏の夜話集
　毛虫倶楽部物語(西田政治) ・・・・・・・　160〜162
　ノブ丘の秘密倶楽部(細川冽)
　　・・・・・・・・・・・・・・・・・・・・・・・・・・・・・・・　162〜164
　ビヤースは如何に死んだか(楢原茂二)
　　・・・・・・・・・・・・・・・・・・・・・・・・・・・・・・・　164〜166
　歌姫のエロ供養(布利秋) ・・・・・・・・・　166〜169
　巫女の有てる秘密(中山太郎)
　　・・・・・・・・・・・・・・・・・・・・・・・・・・・・・・・　169〜171
赤葡萄酒《小説》(L・G・ブロッチマン)
　・・・・・・・・・・・・・・・・・・・・・・・・・・・・・・・　172〜184
トオキイと子供 ・・・・・・・・・・・・・・・・・・・・・・・　184
ヱロー・セクション
　新撰笑話集 ・・・・・・・・・・・・・・・・・・・・・・・・・　185
　異国恋愛風景 ・・・・・・・・・・・・・・・・・・・　186〜195
　良心《小説》(ランスデール・ルースベン〔著〕,
　　穂積健哲〔訳〕) ・・・・・・・・・・・・・・・　196〜199
　新撰笑話集 ・・・・・・・・・・・・・・・・・・・・・・・・・　200
欧米探偵劇(伊藤松雄) ・・・・・・・・・・・・・　201〜205
職業別怪奇犯罪オリンピック競演(村山有
　一) ・・・・・・・・・・・・・・・・・・・・・・・・・・・　206〜224
読者からの希望 ・・・・・・・・・・・・・・・・・・・　206〜224
ニコルス老人の出来心《小説》(エリック・ホ
　ワード) ・・・・・・・・・・・・・・・・・・・・・・・　226〜229
世界犯罪一千一夜物語 ・・・・・・・・・・・・・　230〜231
矢の家《小説》(A・E・W・メーソン〔著〕, 妹
　尾留夫〔訳〕) ・・・・・・・・・・・・・・・・・・　232〜343
編輯後記 ・・・・・・・・・・・・・・・・・・・・・・・・・・・・・　344

第2巻第7号　所蔵あり
1932年7月1日発行　344頁　50銭

悪の華《口絵》 ・・・・・・・・・・・・・・・・・・・・・・・・　1〜8
和蘭陀靴の秘密〈4〉《小説》(エレリー・クイー
　ン〔著〕, 伴大矩〔訳〕) ・・・・・・・・・・・　10〜35
催眠薬の怪《小説》(ドウーゼ) ・・・・・・・・・　36〜47
スペードの1《小説》(ヘドレー・バーカー)
　・・・・・・・・・・・・・・・・・・・・・・・・・・・・・・・・・　48〜53

67

09『探偵小説』

屍体盗人《小説》(R・L・スチヴンソン)
　・・・・・・・・・・・・・・・・・・・・・・・・・・・・・・　54～71
探偵小説作法(S・S・ヴァン・ダイン)
　・・・・・・・・・・・・・・・・・・・・・・・・・・・・・・　72～77
ジミーの鼠騒動《小説》(M・マーレー)
　・・・・・・・・・・・・・・・・・・・・・・・・・・・・・・　78～85
研究室の殺人《小説》(C・E・B・ロバート)
　・・・・・・・・・・・・・・・・・・・・・・・・・・・・・・　86～97
コーヒー園の殺人(与謝幸猪)・・・・・・・　98～103
スターリング夫人の宝石《小説》(アッシエルベ)・・・・・・・・・・・・・・・・・・・・・・・・　104～111
探偵猟奇館・・・・・・・・・・・・・・・・・・・　112～115
サルサの秘密《小説》(H・H・エヴエルス)
　・・・・・・・・・・・・・・・・・・・・・・・・・・・　116～129
瑕瑾《小説》(W・H・ウイリヤムスン)
　・・・・・・・・・・・・・・・・・・・・・・・・・・・　130～137
B二十四号《小説》(コナン・ドイル)
　・・・・・・・・・・・・・・・・・・・・・・・・・・・　138～157
生ける案山子《小説》(アラン・スリヴアン)
　・・・・・・・・・・・・・・・・・・・・・・・・・・・　158～163
悩ましきお手柄《小説》(佐々木白羊)
　・・・・・・・・・・・・・・・・・・・・・・・・・・・　164～175
嘘から出たまこと《小説》(M・R・ノーコット)・・・・・・・・・・・・・・・・・・・・・・・・　176～184
慈善事業?/当然の話・・・・・・・・・・・・　184
ヱロー・セクション
　新撰笑話集・・・・・・・・・・・・・・・・・・　185
　夜の話と昼の話・・・・・・・・・・・　186～199
　新撰笑話集・・・・・・・・・・・・・・・・・・　200
トルウフイット君の手柄《小説》(ミルウオト・ケネデイ)・・・・・・・・・・・・・・・　201～205
世界犯罪一千一夜物語・・・・・・・・　206～207
珊瑚蛇《小説》(E・P・バトラー)・・　208～220
愛すればこそ/明日もやらう/この手で/真実は?――。・・・・・・・・・・・・・・・・・・・・・　220
懸賞問題当選発表・・・・・・・・・・・・・・・　221
海外水辺犯罪ヴラエテイ(村山有一)
　・・・・・・・・・・・・・・・・・・・・・・・・・・・　222～229
探偵倶楽部の収穫(太田黒元雄)・・　222～227
僵僂男(フォン・マシコ)・・・・・・・　227～234
トリック《小説》(ルネ・ビュジヨール)
　・・・・・・・・・・・・・・・・・・・・・・・・・・・　235～239
生ける死美人《小説》(E・C・ベントリイ〔著〕,延原謙〔訳〕)・・・・・・・・・・　240～343
深慮遠謀/まづい面/時すでにおそし・・・・・・　343

第2巻第8号 所蔵あり
1932年8月1日発行　344ページ　50銭
罪《口絵》・・・・・・・・・・・・・・・・・・・・・　1～8
和蘭陀靴の秘密〈5〉《小説》(エレリー・クイーン〔著〕,伴大矩〔訳〕)・・・・・・・　10～36

悧巧な鸚鵡《小説》(E・C・ベントレイ)
　・・・・・・・・・・・・・・・・・・・・・・・・・・・　38～50
噂ばなし・・・・・・・・・・・・・・・・・・・・・・　51
赤髯の男《小説》(ジョン・ローレンス)
　・・・・・・・・・・・・・・・・・・・・・・・・・・・　52～61
深夜の決勝《小説》(ラルフ・ブラマー)
　・・・・・・・・・・・・・・・・・・・・・・・・・・・　62～67
残存者《小説》(A・D・ポースト)・・・・　68～76
こばなし・・・・・・・・・・・・・・・・・・・・・・　77
女海賊メリー・リード(広瀬将)・・・　78～84
皮肉な復讐《小説》(高橋桂二)・・・・・　85～91
映画俳優術《小説》(フアリドン)・・・　92～93
茶かす《小説》(エドガア・ヂエブソン)
　・・・・・・・・・・・・・・・・・・・・・・・・・・・　94～105
七十八万円怪盗事件(中村寿助)・・・　106～111
安全第一/己を知る/シツ失礼な!・・・　111
懸賞当選発表・・・・・・・・・・　112～113, 169
四人目の女《小説》(W・マクハーグ)
　・・・・・・・・・・・・・・・・・・・・・・・・・・・　114～120
混血児《小説》(ユーゴ・ソロモン)
　・・・・・・・・・・・・・・・・・・・・・・・・・・・　122～129
お芝居《小説》(R・W・ハインズ)
　・・・・・・・・・・・・・・・・・・・・・・・・・・・　130～137
海援隊とお慶(永見徳太郎)・・・・・　138～143
探偵猟奇館・・・・・・・・・・・・・・・・　144～147
八月の興味犯罪ラインアップ(村山有一)
　・・・・・・・・・・・・・・・・・・・・・・・・・・・　148～168
維也納公園殺人事件(福永渙)・・・・　148～166
ユウモア集・・・・・・・・・・・・・・・・　167～168
火あそび《小説》(コーナン・ドイル)
　・・・・・・・・・・・・・・・・・・・・・・・・・・・　170～184
ヱロー・セクション
　新撰笑話集・・・・・・・・・・・・・・・・・・　185
　紳士は金髪がお好き・・・・・・・・　186～199
　新撰笑話集・・・・・・・・・・・・・・・・・・　200
狂憤《小説》(ブライマン・アーヴイン)
　・・・・・・・・・・・・・・・・・・・・・・・・・・・　201～207
魂の結合《小説》(C・ベントレ)・・・　208～209
脱獄《小説》(エドカア・ウオーレス)
　・・・・・・・・・・・・・・・・・・・・・・・・・・・　210～219
世界犯罪一千一夜物語・・・・・・・・・　220～221
二十三号室の殺人《小説》(ジヤドソン・フイリプス)・・・・・・・・・・・・・・・・・・・　222～238
客は四五人/小さくて坐れまい/乞食かと思ふ/その位はよからう/その上でなぐる
　・・・・・・・・・・・・・・・・・・・・・・・・・・・　239
江戸密偵秘話(大川白雨)・・・・・・・　240～245
赤屋敷殺人事件《小説》(A・A・ミルン〔著〕,浅沼健治〔訳〕)・・・・・・・・　246～343

10『探偵クラブ』

【刊行期間・全冊数】1932.4-1933.4（10冊）
【刊行頻度・判型】不定期刊、四六判
【発行所】新潮社
【発行人】佐藤義亮
【編集人】佐藤義亮
【概要】「新作探偵小説全集」全10巻の付録雑誌として、ほぼ月刊で発行された。戦前には珍しい書き下ろしの全集だったが、（代作があったものの）無事に完結している。全集執筆作家による連作小説『殺人迷路』の連載、各作家の横顔や作品論、短編小説、回顧的随筆が主な内容だった。城昌幸、葛山二郎、南沢十七など、全集執筆作家以外も短編を発表している。第1号の編集後記によれば、全集完結後は独立した雑誌にしたいとあったが、それは実現しなかった。

第1号　所蔵あり
1932年4月13日発行　36頁

巡り来し長篇時代(江戸川乱歩) ……… 2〜3
屍を見る(大下宇陀児) ……………… 4〜5
殺人迷路〈1〉《小説》(森下雨村) …… 6〜13
僕の「日本探偵小説史」〈1〉(水谷準)
　………………………………………… 14〜16
事件発生/意味を尽くす/ゴット・ダム! 16
甲賀三郎氏の横顔
　甲賀三郎氏の麻雀を見る(川崎備寛)
　………………………………………… 17〜18
　父・甲賀三郎を語る(春田初子)
　………………………………………… 18〜19
　化学者時代の甲賀氏(山本明光) …… 19
科学探偵(海野十三) ………………… 20〜22
森下雨村氏の作品
　子供にも大人にも(甲賀三郎) …… 23〜24
　フレチヤーの大・オッブハイムの強さ(橋本五郎) …………………………… 24
　本格小説の常道(夢野久作) ……… 24〜25
　どうぞお勝手に──/お気に召す侭/細君に御相談 ………………………………… 25
決闘《小説》(佐左木俊郎) ………… 26〜29
街頭を探る
　服毒事件の裏面 …………………… 26〜30
　探偵嗅い街 ………………………… 30〜31
　午前二時の子供達 ………………… 31〜33
　デパートと便所 …………………… 33〜35
ネクタイ《小説》(奥村五十嵐) …… 29〜35
編輯後記 ……………………………………… 36

第2号　未所蔵
1932年5月21日発行　40頁

刑場エピソード ……………………………… 1
一寸した感想(森下雨村) …………… 2〜3
思ひ出すまゝ(甲賀三郎) …………… 4〜6
玉葱/法螺吹き効用 ………………………… 6
殺人迷路〈2〉《小説》(大下宇陀児) … 7〜13
森下雨村氏の横顔
　森下君の一面(田中貢太郎) ……… 14〜15
　雨村点描(保篠竜緒) ……………… 15〜16
復讐奇話 …………………………………… 16
僕の「日本探偵小説史」〈2〉(水谷準)
　………………………………………… 17〜19
うき世の春/棚牡夕/男在りけり/狂愛家
　………………………………………………… 19
SALON・Q …………………………… 20〜21
嘘の誕生《小説》(橋本五郎) ……… 22〜26
街頭を探る
　ハンカチの悪戯 …………………… 22〜27
　唖のやうな喧嘩 …………………… 27〜30
　気狂ひ坂 …………………………… 30〜32
幸運の黒子《小説》(海野十三) …… 26〜32
大下宇陀児氏の作品
　大下君の長篇小説(江戸川乱歩)
　………………………………………… 33〜34
　光る石(横溝正史) ………………………… 34
探偵小説中の名探偵〈1〉(寺井悠) … 35〜39
ロビンソン・カルソオ/藪歯医者!/月賦品購買術奥伝 ……………………………………… 39
編輯後記 …………………………………… 40

第3号　所蔵あり
1932年6月25日発行　40頁

死刑の方法 …………………………………… 1
探偵小説雑感(加藤武雄) …………… 2〜3

69

10『探偵クラブ』

クロスワード式探偵小説（横溝正史）‥‥‥ 3〜4
探偵小説中の名探偵〈2〉（寺井悠）‥‥‥ 5〜7
大下宇陀児氏の横顔
　中学時代の彼（杉並尊人）‥‥‥‥‥‥ 8〜9
　風呂屋と散髪屋の挿話（奥村五十嵐）
　‥‥‥‥‥‥‥‥‥‥‥‥‥‥‥‥‥ 9〜10
「姿なき怪盗」映画化‥‥‥‥‥‥‥‥‥ 10
殺人迷路〈3〉《小説》（横溝正史）‥‥‥ 11〜19
SALON・Q ‥‥‥‥‥‥‥‥‥‥‥‥‥ 20〜21
僕の「日本探偵小説史」〈3〉（水谷準）
　‥‥‥‥‥‥‥‥‥‥‥‥‥‥‥‥‥ 22〜23
横溝正史氏の作品
　奇才横溝正史（森下雨村）‥‥‥‥‥ 24〜25
　独特の味（甲賀三郎）‥‥‥‥‥‥‥ 25〜26
　ケチな奴／瞬間撮影／眼鏡のせゐ‥‥ 26
薔薇は紅い《小説》（北村寿夫）‥‥‥ 27〜32
街頭有罪
　二人の高木秀夫‥‥‥‥‥‥‥‥‥‥ 27〜32
　その正体‥‥‥‥‥‥‥‥‥‥‥‥‥ 32〜35
　江東一情景‥‥‥‥‥‥‥‥‥‥‥‥ 35〜39
怪夢《小説》（夢野久作）‥‥‥‥‥‥ 32〜39
編集後記‥‥‥‥‥‥‥‥‥‥‥‥‥‥‥ 40

第4号　未所蔵
1932年8月25日発行　40頁

刑場挿話‥‥‥‥‥‥‥‥‥‥‥‥‥‥‥ 1
探偵小説作家の精力（浜尾四郎）‥‥‥‥ 2
探偵小説の劇化（木村毅）‥‥‥‥‥‥‥ 3
殺人迷路〈4〉《小説》（水谷準）‥‥‥‥ 4〜11
横溝正史氏の横顔
　神戸時代の横溝正史君（西田政治）
　‥‥‥‥‥‥‥‥‥‥‥‥‥‥‥‥‥ 12〜13
　横溝正史といふ男は？（本位田準一）
　‥‥‥‥‥‥‥‥‥‥‥‥‥‥‥‥‥ 13〜14
待つ事久し／猫の目／社交と真情‥‥‥‥ 14
水谷準氏の作品
　彼の小説の特異性（佐左木俊郎）‥‥ 15
　才気過人（橋本五郎）‥‥‥‥‥‥‥ 16
　水谷準氏の作品に就て（延原謙）
　‥‥‥‥‥‥‥‥‥‥‥‥‥‥‥‥‥ 16〜17
親爺陥落／舶来青砥藤綱‥‥‥‥‥‥‥‥ 17
SALON・Q ‥‥‥‥‥‥‥‥‥‥‥‥‥ 18〜19
探偵小説の翻訳と海外作家〈1〉（延原謙）
　‥‥‥‥‥‥‥‥‥‥‥‥‥‥‥‥‥ 20〜23
犬が吠えなかつたわけ《小説》（甲賀三郎）
　‥‥‥‥‥‥‥‥‥‥‥‥‥‥‥‥‥ 24〜27
街頭有罪
　恋愛日記帳‥‥‥‥‥‥‥‥‥‥‥‥ 24〜27
　公衆電話‥‥‥‥‥‥‥‥‥‥‥‥‥ 27〜32
短銃《小説》（城昌幸）‥‥‥‥‥‥‥ 27〜32

僕の「日本探偵小説史」〈4〉（水谷準）
　‥‥‥‥‥‥‥‥‥‥‥‥‥‥‥‥‥ 33〜35
信ずるに足る／賭場でひと揉め‥‥‥‥‥ 35
探偵小説中の名探偵〈3〉（寺井悠）‥‥ 36〜39
編集後記‥‥‥‥‥‥‥‥‥‥‥‥‥‥‥ 40

第5号　未所蔵
1932年10月5日発行　40頁

尾行‥‥‥‥‥‥‥‥‥‥‥‥‥‥‥‥‥ 1
「探偵」雑話（吉川英治）‥‥‥‥‥‥‥ 2〜3
井上先生のこと（森下雨村）‥‥‥‥‥‥ 4〜5
水谷準氏の横顔
　彼の精神力（横溝正史）‥‥‥‥‥‥ 6〜7
　準といふ男（池田忠雄）‥‥‥‥‥‥ 8
恋愛選手‥‥‥‥‥‥‥‥‥‥‥‥‥‥‥ 8
甲賀三郎氏の「姿なき怪盗」新興キネマにて
　映画化さる‥‥‥‥‥‥‥‥‥‥‥‥ 8
殺人迷路〈5〉《小説》（江戸川乱歩）‥‥ 10〜23
SALON・Q ‥‥‥‥‥‥‥‥‥‥‥‥‥ 24〜25
江戸川乱歩氏の作品
　江戸川乱歩氏に就いて（浜尾四郎）‥ 26
　特異なる美の修業者（大下宇陀児）‥ 27
ビルヂング《小説》（夢野久作）‥‥‥‥ 28〜30
街頭を探る
　街頭の謎‥‥‥‥‥‥‥‥‥‥‥‥‥ 28〜30
　祭礼と階級意識‥‥‥‥‥‥‥‥‥‥ 31〜33
　街の有閑階級‥‥‥‥‥‥‥‥‥‥‥ 33〜36
黒子《小説》（渡辺文子）‥‥‥‥‥‥ 30〜36
僕の「日本探偵小説史」〈5〉（水谷準）
　‥‥‥‥‥‥‥‥‥‥‥‥‥‥‥‥‥ 37〜39
編集後記‥‥‥‥‥‥‥‥‥‥‥‥‥‥‥ 40

第6号　未所蔵
1932年11月24日発行　40頁

共犯‥‥‥‥‥‥‥‥‥‥‥‥‥‥‥‥‥ 1
バラバラ事件其他（甲賀三郎）‥‥‥‥‥ 2〜3
殺人迷路〈6〉《小説》（橋本五郎）‥‥‥ 4〜10
探偵映画に就て（吉田哲夫）‥‥‥‥‥‥ 11〜13
僕の「日本探偵小説史」〈6〉（水谷準）
　‥‥‥‥‥‥‥‥‥‥‥‥‥‥‥‥‥ 14〜16
橋本五郎氏の作品
　橋本五郎氏の作品（大下宇陀児）
　‥‥‥‥‥‥‥‥‥‥‥‥‥‥‥‥‥ 17〜18
　現実派探偵小説（横溝正史）‥‥‥‥ 18〜19
　長篇作家たるべき人（森下雨村）‥‥ 19
SALON・Q ‥‥‥‥‥‥‥‥‥‥‥‥‥ 20〜21
探偵小説の翻訳と海外作家〈2〉（延原謙）
　‥‥‥‥‥‥‥‥‥‥‥‥‥‥‥‥‥ 22〜25
江戸川乱歩氏の横顔
　二様の性格（平井隆）‥‥‥‥‥‥‥ 26〜27
　江戸川乱歩氏の横顔（井上勝喜）
　‥‥‥‥‥‥‥‥‥‥‥‥‥‥‥‥‥ 27〜28

70

10 『探偵クラブ』

凝り屋の乱歩氏(岡戸武平)	28〜29
横溝君の呪ひの塔(甲賀三郎)	29
カメレオン《小説》(水谷準)	30〜34
街頭有罪	
円タク綺譚	30〜34
江東の詩	34〜38
衝突	38〜39
女と群衆《小説》(葛山二郎)	35〜39
編輯後記(I・O生)	40

第7号　所蔵あり
1932年12月26日発行　40頁

大公望氏に非ざれば	1
「涙香」に帰れ(野村胡堂)	2〜3
殺人迷路〈7〉《小説》(夢野久作)	4〜12
橋本五郎氏の横顔	
六四七麻雀(海野十三)	13〜14
頭の下がる人(角田豊)	14〜15
私のすきな作家(渡辺文子)	15
日本の探偵映画史(松下富士夫)	16〜19
名探偵ツネオカと福神漬	19
僕の「日本探偵小説史」〈7〉(水谷準)	
	20〜22
夢野久作氏の作品	
夢野久作氏の作品に就て(江戸川乱歩)	
	23
恐るべき「私」(竹中英太郎)	24
映画になつた「姿なき怪盗」(江戸川乱歩)	
	25
小曲《小説》(橋本五郎)	26〜32
街頭有罪	
運転手の立場	26〜29
当世大学生気質	29〜31
恋愛行進譜	31〜33
悪童	33〜37
新広告戦術	37〜39
戸締りは厳重に!《小説》(飯島正)	32〜39
編輯後記	40

第8号　所蔵あり
1933年1月26日発行　36頁

さう迄見られては	1
これからの探偵小説は(岡本綺堂)	2〜3
殺人迷路〈8〉《小説》(浜尾四郎)	4〜8
経済の推移/敵はない/???/とんだ註文/世は無情/さぞかし/先きんずれば	9
僕の「日本探偵小説史」〈8〉(水谷準)	
	10〜12
さても世智辛や/例へば――/夜が無聊/おやすいこと	12

災を以て災を――/どうしよう!/髭剃り狂?/立志伝/禿頭奇談	13
SALON・Q	14〜15
夢野久作氏の横顔(大下宇陀児)	16〜17
縊死体《小説》(夢野久作)	18〜21
街頭有罪	
流行綺譚	18〜20
石を投げる少年	20〜24
新版天の岩戸	24〜28
黒髪《小説》(檜垣謙之介)	21〜28
浜尾四郎氏の作品	
浜尾君と本格探偵小説(甲賀三郎)	
	29〜30
浜尾四郎氏の作風(海野十三)	30〜31
浜尾四郎氏とその作品(三角寛)	31
探偵小説中の名探偵〈4〉(寺井悠)	32〜35
編輯後記(奥村生)	36

第9号　所蔵あり
1933年3月6日発行　40頁

さてもノン気な	1
支那の探偵小説(橋本五郎)	2〜3
殺人迷路〈9〉《小説》(佐左木俊郎)	4〜10
探偵小説挿画家論(左右田純)	11〜15
浜尾四郎氏の横顔	
浜尾さんの麻雀(甲賀三郎)	16〜17
浜尾四郎氏の横顔(阿部金剛)	17
僕の「日本探偵小説史」〈9〉(水谷準)	
	18〜20
代物がダンチ/愛妻の心労/さうするてエと/あの手この手/その上で	21
SALON・Q	22〜23
佐左木俊郎氏の作品	24
佐左木俊郎氏の作品に就て(大下宇陀児)	24
特異な世界(水谷準)	25
一週間/結婚哲学/名誉毀損/来ないと思つたが/妻の秘密/上には上が	26
信用してる/凡て我が愛しのものよ/これ以上は/キッス/チト大きい/されば――/喘ぐ村	27
建築家の死《小説》(横溝正史)	28〜34
街頭有罪	
銀座新風景	28〜29
寄生虫の一例	29〜33
拳闘ゴッコ	33〜35
詩に飢ゑて	35〜36
バットをくれた女	37〜39
動物園殺人事件《小説》(南沢十七)	34〜39
編輯後記	40

第10号　所蔵あり

71

10『探偵クラブ』

1933年4月24日発行　36頁

可愛いゝ小豚氏 1
全集の完結に際して(甲賀三郎) .... 2〜3
殺人迷路〈10・完〉《小説》(甲賀三郎)
　.................................... 4〜17
探偵小説作家オンパレード(松下富士夫)
　................................... 18〜21
佐左木俊郎氏の思出
　探偵小説界の為に惜しむ(江戸川乱歩)
　.. 22
　力自慢の話一つ(楢崎勤) 23
近藤勇の刀(橋本五郎) .... 23〜24
昭文院雪耕俊朗居士(近藤一郎)
　................................... 24〜26
微笑の思ひ出(水谷準) 26
烏山時代の一挿話(奥村五十嵐)
　................................... 27〜28
東京パンの思ひ出(横溝正史) 28
亡友佐左木君(大下宇陀児) 29
佐左木俊郎君を悼む(甲賀三郎) 30
僕の「日本探偵小説史」〈10・完〉(水谷準)
　................................... 31〜33
編輯後記 36

11 『ぷろふいる』

【刊行期間・全冊数】1933.5-1937.4（48冊）
【刊行頻度・判型】月刊，菊判
【発行所】ぷろふいる社（京都、第1巻第1号～第1巻第4号）、ぷろふいる社（東京、第1巻第5号～第5巻第4号）
【発売元】大盛社（京都、第1巻第1号～第1巻第4号）
【発行人】熊谷晃一（第1巻第1号～第1巻第5号、第1巻第7号～第4巻第8号）、熊谷市郎（第1巻第6号）、堀場慶三郎（第4巻第9号～第5巻第4号）
【編集人】馬場重次（第1巻第1号～第1巻第5号）、熊谷市郎（第1巻第6号）、熊谷晃一（第1巻第7号～第4巻第1号）、三上紫郎（第4巻第2号～第5巻第4号）
【概要】京都の資産家の熊谷晃一が創刊した雑誌で、当初は関西の探偵作家や愛好家が主たる執筆陣で、新人発掘にも意欲的だったが、ほどなく東京支社を開設し、在京の既成作家にも寄稿を求めた。こうした編集方針の変更によって、当時の探偵作家がほとんど登場し、斯界の動向をもっとも伝える探偵雑誌となっていく。江戸川乱歩が評論「鬼の言葉」や自伝「彼」を連載し、甲賀三郎の「探偵小説講座」が論争を巻き起こした。また、井上良夫が本格的に評論活動を始めた雑誌でもある。

小説では、大下宇陀児『ホテル・紅館』や蒼井雄『瀬戸内海の惨劇』の連載のほか、積極的に新人を起用し、左頭弦馬、西尾正、蒼井雄、若松秀雄、光石介太郎、金来生、西島亮、平塚白銀らが個性的な短編を発表した。だが、『ぷろふいる』以外で活躍した作家は少ない。また、その翻訳には難があったとはいえ、クイーンやセイヤーズの長編連載もあった。

戦前の探偵雑誌としてはもっとも活気に満ちていたなか、1937年、編集部を東京に移し、5月より『探偵倶楽部』と改題していっそうの発展を意図した。だが、その新しい誌名の探偵雑誌が発行されることはなかった。

第1巻第1号　所蔵あり
1933年5月1日発行　78頁　20銭
証拠の偶中〈小南又一郎〉 …………… 4～7
二階から降りきた者〈小説〉（山本禾太郎）
　………………………………… 8～17
ビラスキイ公爵の懺悔〈小説〉（エル・ゼ・ビーストン〔著〕、西田政治〔訳〕）…… 18～23
実父に脅迫状（XYZ）……………… 23
裸で暮す男（XYZ）………………… 23
刑事生活三十余年の思ひ出を語る夕〈座談会〉
　（山本重忠、本誌同人）……… 24～35
犯罪と耳（好奇生）………………… 36
屍の話（高田義一郎）……………… 38～41
ぷろふいるに寄する言葉（森下雨村）… 38
ぷろふいるに寄する言葉（江戸川乱歩）… 38
ぷろふいるに寄する言葉（延原謙）… 38～39
ぷろふいるに寄する言葉（海野十三）
　………………………………… 40～41
ぷろふいるに寄する言葉（一ノ木長賢）…… 41

ぷろふいるに寄する言葉（角田喜久雄）…… 41
指紋の怪〈小説〉（波多野狂夢）……… 42～48
僕の心境とプロフイル（波多野狂夢）… 43
指紋に就いて（内藤嘉輔）………… 49～50
ぷろふいるに寄する言葉（春日野緑）… 49
ぷろふいるに寄する言葉（大下宇陀児）
　………………………………… 49～50
ぷろふいるに寄する言葉（水谷準）… 50
ぷろふいるに寄する言葉（夢野久作）
　………………………………… 50～51
ぷろふいるに寄する言葉（岸孝義）… 51
犯罪記録（棚橋基）………………… 51～53
梅干壺の嬰児（森若狭）…………… 54～57
探偵小説とヂヤーナリズム（九鬼澹）
　………………………………… 58～59
火あそび〈小説〉（ジョン・B・ケネデイ〔著〕、青井素人〔訳〕）………… 60～65
隠語おん・ぱれいど〈1〉（堂下門太郎）
　………………………………… 66～67

11 『ぷろふいる』

横顔はたしか彼奴〈1〉《小説》(山下利三郎)
　　‥‥‥‥‥‥‥‥‥‥‥‥‥ 68〜78
編輯後記‥‥‥‥‥‥‥‥‥‥‥‥ 78

第1巻第2号　　所蔵あり
1933年6月1日発行　82頁　20銭
探偵趣味を語る(曾我廼家五郎)‥‥‥‥ 4〜7
ブロークン・コード〈1〉《小説》(アーネスト・
　　M・ポート〔著〕，大井正〔訳〕)
　　‥‥‥‥‥‥‥‥‥‥‥‥‥ 8〜23
今様女浦島物語‥‥‥‥‥‥‥‥‥‥ 23
ラヂオ・アリバイ《小説》(バートン・E・ロビ
　　ンソン〔著〕，伊東利夫〔訳〕)‥ 24〜25
悲しき船路《小説》(H・H・マチソン〔著〕，土
　　呂八郎〔訳〕)‥‥‥‥‥‥‥ 26〜30
潜行運動と筑紫女(三重野紫明)‥‥‥‥ 31
早期埋葬奇談(西田政治)‥‥‥‥‥ 32〜35
ヒヤリとした話(青井素人)‥‥‥‥ 32〜33
ヒヤリとした話(堂下門太郎)‥‥‥ 33〜35
日本橋に幽霊/慎しむべきは男の道‥‥‥ 35
「体温計殺人事件」を読む(九鬼澹)
　　‥‥‥‥‥‥‥‥‥‥‥‥‥ 36〜37
伊藤前京都府刑事課長と語る(新橋柳一郎)
　　‥‥‥‥‥‥‥‥‥‥‥‥‥ 38〜41
第六感(新橋柳一郎)‥‥‥‥‥‥‥ 42〜49
ヒヤリとした話(山本禾太郎)‥‥‥ 42〜43
ヒヤリとした話(加納哲)‥‥‥‥‥ 43〜46
ヒヤリとした話(辻三九郎)‥‥‥‥ 46〜48
ヒヤリとした話(馬場重次)‥‥‥‥ 48〜49
探偵川柳《川柳》(伊藤夢朗)‥‥‥‥‥ 49
人間藤の伝説(藤原羊平)‥‥‥‥‥‥ 50
ぷろふいる談話室‥‥‥‥‥‥‥‥‥ 53
隠語おんぱれいど〈2〉(堂下門太郎)
　　‥‥‥‥‥‥‥‥‥‥‥‥‥ 54〜55
目撃者《小説》(戸田巽)‥‥‥‥‥ 56〜63
銃殺した女《小説》(青井素人)‥‥‥ 64〜69
円タク怪死事件‥‥‥‥‥‥‥‥‥‥ 69
夢と珈琲(八重野潮路)‥‥‥‥‥‥‥ 70
横顔はたしか彼奴〈2〉《小説》(山下平八郎)
　　‥‥‥‥‥‥‥‥‥‥‥‥‥ 71〜81
近ごろ珍しい訴訟‥‥‥‥‥‥‥‥‥ 81
編輯後記(浩二)‥‥‥‥‥‥‥‥‥‥ 82

第1巻第3号　　所蔵あり
1933年7月1日発行　80頁　20銭
一時五十二分《小説》(山本禾太郎)‥‥ 4〜11
ラヂオ‥‥‥‥‥‥‥‥‥‥‥‥‥ 11
毒酒《小説》(リチヤード・レノックス〔著〕，西
　　田政治〔訳〕)‥‥‥‥‥‥‥ 12〜14
死して残す人間の皮‥‥‥‥‥‥‥‥ 14
甲賀三郎を語る(青井素人)‥‥‥‥‥‥ 15

死はかくして美しい《小説》(九鬼澹)
　　‥‥‥‥‥‥‥‥‥‥‥‥‥ 16〜21
李豊の長煙管《小説》(アルフレッド・トック
　　〔著〕，馬場重次〔訳〕)‥‥‥ 22〜24
隠語おんぱれいど〈3〉(堂下門太郎)‥ 25
花を踏んだ男《小説》(左頭弦馬)‥‥ 26〜33
筆者の言葉(左頭弦馬)‥‥‥‥‥‥‥ 27
インチキマンダン(桂茂男)‥‥‥‥ 34〜35
京都駅を中心とした犯罪研究座談会《座談会》
　　(神谷茂，杉本峯次郎，萩野浪蔵，勝守竹次郎，
　　坪内虎蔵，小野瀬徳寿，北垣宗，山下平八郎，
　　坪田光蔵，菱田正男，末広浩二，加納哲，馬場
　　重次)‥‥‥‥‥‥‥‥‥‥‥ 36〜45
ブロークン・コード〈2・完〉《小説》(アーネ
　　スト・M・ポート〔著〕，大井正〔訳〕)
　　‥‥‥‥‥‥‥‥‥‥‥‥‥ 46〜61
私立探偵局/梅雨‥‥‥‥‥‥‥‥‥‥ 61
アルコールに漬けた指(野村雅延)‥ 62〜66
斬捨御免(Q・R・S)‥‥‥‥‥‥‥‥ 66
ぷろふいる談話室‥‥‥‥‥‥‥‥‥ 69
横顔はたしか彼奴〈3〉《小説》(山下平八郎)
　　‥‥‥‥‥‥‥‥‥‥‥‥‥ 70〜79
編輯後記‥‥‥‥‥‥‥‥‥‥‥‥ 80

第1巻第4号　　所蔵あり
1933年8月1日発行　86頁　20銭
オップンハイム氏の近影《口絵》‥‥‥‥ 1
漫想漫筆(甲賀三郎)‥‥‥‥‥‥‥ 4〜6
十と一の事件《小説》(英住江)‥‥‥ 7〜15
名探偵を葬れ!(井上良夫)‥‥‥‥ 16〜19
怪人キッピイン《小説》(J・S・フレッチヤー
　　〔著〕，馬場重次〔訳〕)‥‥‥ 20〜34
探偵・怪奇映画欄(小谷夢狂)‥‥‥ 35〜38
江戸川乱歩を語る(九鬼澹)‥‥‥‥‥ 39
医師の場合《小説》(モーリス・ルブエル〔著〕，
　　西田政治〔訳〕)‥‥‥‥‥‥ 40〜42
雑草庭園(秋野菊作)‥‥‥‥‥‥‥ 44〜45
隠語おんぱれいど〈4〉(堂下門太郎)
　　‥‥‥‥‥‥‥‥‥‥‥‥‥ 46〜47
横顔はたしか彼奴〈4〉《小説》(山下平八郎)
　　‥‥‥‥‥‥‥‥‥‥‥‥‥ 48〜58
探偵川柳《川柳》(堀田子鬼)‥‥‥‥‥ 58
奇怪犯罪一千一夜物語
　　車庫(山本禾太郎)‥‥‥‥‥ 60〜61
　　電話の声(八重野潮路)‥‥‥ 61〜63
　　ポーの怪奇物語二三(戸田巽)‥ 63〜64
　　霊の驚異(杉並千幹)‥‥‥‥ 64〜69
　　笑つた女(新橋柳一郎)‥‥‥ 69〜72
　　幻影の映画(青井素人)‥‥‥ 72〜77
　　奇怪な遺書(加納哲)‥‥‥‥ 77〜81
　　狐火(東浩)‥‥‥‥‥‥‥‥ 81〜83

11 『ぷろふいる』

ぷろふいる談話室 .... 84～85
編輯後記(浩二) 86

第1巻第5号　所蔵あり
1933年9月1日発行　84頁　20銭
森下雨村を語る(山下平八郎) 3
鍋《小説》(橋本五郎) .... 6～11
宝石怪盗狂走曲(奈加島謙治) .... 12～16
探偵作家プロフイル《川柳》(浪人街) 16
「完全犯罪」を読む(九鬼澹) .... 17～18
探偵作家を打診する(江戸川三郎) .... 18～21
踊り子殺しの哀愁《小説》(左頭弦馬)
　　　　　　　　　　　　　　　　　　　22～25
英米探偵小説のプロフイル〈1〉(井上良夫)
　　　　　　　　　　　　　　　　　　　26～29
自殺統計学 29
シグナル《小説》(波多野狂夢) .... 30～33
趣味の映画(小谷夢狂) .... 34～35
横顔はたしか彼奴〈5・完〉《小説》(山下平八
　郎) .... 36～46
次号予告(山本禾太郎) 46
隠語おんぱれいど〈5〉(堂下門太郎) 47
箱入の花嫁(西田政治) .... 48～49
驟雨 49
カーン氏の怪奇な殺人〈1〉《小説》(ウオルタ・
　エフ・リッパヂア〔著〕, 土呂八郎
　〔訳〕) .... 50～59
鏡《猟奇歌》(左頭弦馬) 59
秋の東京大学野球連盟戦と新人(堀場平八
　郎) .... 60～61
陰獣劇について(江戸川乱歩) .... 62～63
私と探偵小説(市川小太夫) .... 63～64
陰獣〈1〉《脚本》(江戸川乱歩〔原作〕, 小納戸
　容〔脚色〕) .... 65～81
ぷろふいる談話室 83
編輯後記(浩二) 84

第1巻第6号　所蔵あり
1933年10月1日発行　96頁　20銭
大下宇陀児を語る(橋本五郎) 1
探偵時事(甲賀三郎) .... 4～5
黒子《小説》(山本禾太郎) .... 6～51
作者の言葉(小栗虫太郎) 51
Q氏との対話(江戸川三郎) .... 52～54
深夜の患者《小説》(野島淳介) .... 55～71
野島君の「深夜の患者」(甲賀三郎) 56
探偵作家プロフイル《川柳》(浪人街) 71
夢の分析(戸田巽) .... 72～73
拳闘の話 73
英米探偵小説のプロフイル〈2〉(井上良夫)
　　　　　　　　　　　　　　　　　　　74～77

雑草庭園(戸田巽) 77
カーン氏の奇怪なる殺人〈2〉《小説》(ウ
　オルタ・エフ・リッパヂ〔著〕, 土呂八郎
　〔訳〕) .... 78～86
陰獣〈2〉《脚本》(江戸川乱歩〔原作〕, 小納戸
　容〔脚色〕) .... 88～93
隠語おんぱれいど〈6〉(堂下門太郎) 94
談話室 95
編輯後記(浩二) 96

第1巻第7号　所蔵あり
1933年11月1日発行　94頁　20銭
寿命帳〈1〉《小説》(小栗虫太郎) .... 6～27
「幻想夜曲」について(九鬼澹) 27
神仙境物語《小説》(九鬼澹) .... 28～36
　フェヤリランドテール
英米探偵趣味の会(秋野菊作) 36
横溝正史を語る(西田政治) 37
隣室の殺人《小説》(戸田巽) .... 38～46
隠語おんぱれいど〈7〉(堂下門太郎) 47
探偵時事(甲賀三郎) .... 48～49
シヤーロック・ホームズの言葉(黒沼健)
　　　　　　　　　　　　　　　　　　　50～57
指紋で親子を鑑別/足を喰ふ王様/新血液型
　発見/不思議な盗難 57
新映画案内(飯田心美) .... 58～59
間諜に堕ちた妃殿下《小説》(伊東鋭太郎)
　　　　　　　　　　　　　　　　　　　60～68
カーン氏の奇怪な殺人〈3〉《小説》(ウオルタ・
　F・リッパヂア〔著〕, 土呂八郎〔訳〕)
　　　　　　　　　　　　　　　　　　　69～77
電気の驚異 77
英米探偵小説のプロフイル〈3〉(井上良夫)
　　　　　　　　　　　　　　　　　　　78～81
陰獣〈3・完〉《脚本》(江戸川乱歩〔原作〕, 小
　納戸容〔脚色〕) .... 82～91
談話室 .... 92～93
編輯後記(浩二) 94

第1巻第8号　所蔵あり
1933年12月1日発行　124頁　20銭
幻想夜曲《小説》(九鬼澹) .... 6～46
恐ろしい監獄部屋/犯人はカラス/冥途から
　冥途へ/新保険詐取法/血を買ひます
　　　　　　　　　　　　　　　　　　　　46
犬の芸当《小説》(水上瑠理) .... 47～54
水谷準を語る(森下雨村) 55
薄茶の外套《小説》(乾信一郎) .... 56～61
食の問題/ジャズと能率/都会人と珈琲/月が
　ラヂオに響影 61
うごく窓《猟奇歌》(夢野久作) .... 62～63
探偵劇断想(左頭弦馬) .... 64～69

75

11 『ぷろふいる』

ユーモアやぁい！《水谷準》 …………… 70～72	隠語おんぱれいど〈9〉（堂下門太郎）
探偵小説批判法（エレリイ・クィーン〔著〕，井上良夫〔訳〕） ………… 73～77	………………………………… 74～76
	リングの死《小説》（青海水平） ……… 77～81
英米探偵小説のプロフィル〈4〉（井上良夫）	悪の華（秋月玲瓏） ………………… 82～83
………………………………… 78～82	髪《小説》（ダグラス・ニュウトン〔著〕，馬場重次〔訳〕） ……………… 83
隠語おんぱれいど〈8〉（堂下門太郎）	噂の幽霊（新橋柳一郎） …………… 84～85
………………………………… 78～82	夢野久作論（九鬼澹） ……………… 86～91
スリ以上（竹内白騎） ……………… 83～84	珍名とりどり／人を喰つた轢死／警察へ自殺届出／珍答奇答 ………………… 90
これは素的！ ……………………… 84	二つの話（森下雨村） ……………… 92～94
焼鳥を食べるナイル《小説》（エゴン・アイス〔著〕，荻原数馬〔訳〕） ……… 85～87	夢見る記（水谷準） ………………… 94～96
ピタゴラスの公式／詩人のウキット …… 87	探偵小説随想（大下宇陀児） ……… 97～98
探偵時事（甲賀三郎） ……………… 88～89	探偵趣味的最近世相（高田義一郎） … 98～100
お前だったのか！《小説》（A・マクアルバイン・ブレア〔著〕，白金釜二〔訳〕） … 90～95	ひとり言（土師清二） ……………… 101～102
	タイピストの始祖 …………………… 102
仮面の男（飯田心美） ……………… 96～97	野口男三郎と吹上佐太郎（江戸川乱歩）
カーン氏の奇怪な殺人〈4〉《小説》（ウオルタ・F・リッパヂァ〔著〕，土呂八郎〔訳〕）	………………………………… 103～105
………………………………… 98～106	探偵実演記（海野十三） …………… 106～107
蛇と添寝する女／女の死体と生活／女装詐欺	朗らかな強盗 ……………………… 107
………………………………… 106	英米探偵小説のプロフィル〈5〉（井上良夫）
談話室 ……………………………… 107～108	………………………………… 108～111
歳末猟奇犯罪風景	赤取締りナンセンス／予言の死 …… 111
おとしもの《小説》（山本禾太郎）	探偵月評（伊皿子鬼一） …………… 112～113
………………………………… 110～111	談話室 ……………………………… 112～113
揮発油とカルモチン《小説》（新橋柳一郎）	燈台守綺談《小説》（J・S・フレッチヤー〔著〕，西田政治〔訳〕） ……… 114～120
………………………………… 112～114	雑草庭園（秋野菊作） ……………… 121
或る待合での事件《小説》（戸田巽）	拳銃学物語（エドウイン・テール〔著〕，青井素人〔訳〕） …………… 122～126
………………………………… 114～115	博物館殺人事件《小説》（サックス・ローマー〔著〕，緑川勝〔訳〕） … 127～141
決算《小説》（馬場重次） ………… 116～117	陸地は浮いてゐる／世界一の仙人境 … 141
新妻の推理《小説》（八重野潮路）	談話室 ……………………………… 142～143
………………………………… 118～119	編輯後記 …………………………… 144
勇姿《小説》（加納哲） …………… 119～121	
歳末とりとめな記《小説》（山下平八郎）	**第2巻第2号** 所蔵あり
………………………………… 121～123	**1934年2月1日発行　118頁　20銭**
談話室 ……………………………… 123	BOOKS BY S. S. VAN DINE …………… 1
編輯後記 …………………………… 124	出世殺人《小説》（戸田巽） ………… 6～42
	甲賀三郎論（野島淳介） …………… 43
第2巻第1号 所蔵あり	蠅〈1〉《小説》（海野十三） ……… 44～54
1934年1月1日発行　144頁　30銭	雑草庭園（秋野菊作） ……………… 55
探偵の横顔《口絵》 ………………… 1	ホームズの事件簿（黒沼健） ……… 56～61
誰が裁いたか〈1〉《小説》（甲賀三郎）	うごく窓《猟奇歌》（夢野久作） … 62～63
………………………………… 6～20	金曜日殺人事件《小説》（若松秀雄） … 64～78
『カーン氏の奇怪な殺人』に就いて …… 20	明智小五郎（伊皿子鬼一） ………… 79
樽開かず《小説》（橋本五郎） …… 21～39	囮《小説》（ローレンス・クラーク〔著〕，白金釜二〔訳〕） ……… 80～91
黄色の輪衣《小説》（山本禾太郎） … 40～50	
万円輪送／「日記」の神秘／鯰と地震 … 50	英米探偵小説のプロフイル〈6〉（井上良夫）
寿命帳〈2・完〉《小説》（小栗虫太郎）	………………………………… 92～97
………………………………… 51～73	
アガサ・クリスティの勝利（服部元正）	
………………………………… 74～76	

探偵月評(西田政治)･･･････････ 92〜97
誰が裁いたか〈2〉《小説》(甲賀三郎)
　　････････････････････････ 98〜114
談話室 ･･････････････････････ 114
隠語おんぱれいど〈10〉(堂下門太郎)･･･ 115
談話室 ･････････････････････ 116〜117
探偵倶楽部発会に就て ･･････････････ 117
編輯後記(伊東利夫)･･･････････････ 118

第2巻第3号　所蔵あり
1934年3月1日発行　114頁　20銭
エドガア・アラン・ポウ ･･･････････ 1
探偵小説と批評(甲賀三郎)･････････ 6〜7
蠅〈2・完〉《小説》(海野十三)･･･ 8〜22
手塚竜太(伊皿子鬼一)･････････････ 23
白林荘の惨劇《脚本》(左頭弦馬) 24〜43
河畔の殺人《小説》(大畠健三郎) 44〜57
弾丸《小説》(J・J・ベル〔著〕,芦田健〔訳〕)
　　････････････････････････ 58〜63
小栗虫太郎論(九鬼澹)･･････････ 64〜69
水晶杯《猟奇歌》(左頭弦馬) ････････ 69
運ちゃん行状記《脚本》(山下平八郎)
　　････････････････････････ 70〜89
起稿に際して(山下平八郎)･･････････ 70
談話室 ････････････････････ 90〜92
探偵倶楽部通信 ･････････････････ 92
隠語おんぱれいど〈11〉(堂下門太郎)･･･ 93
英米探偵小説のプロフイル〈7〉(井上良夫)
　　････････････････････････ 94〜98
探偵月評(河原三十二)･･････････ 94〜97
誰が裁いたか〈3・完〉《小説》(甲賀三郎)
　　･･･････････････････････ 99〜113
談話室 ･････････････････････ 113
編輯後記(T・I)･･････････････････ 114

第2巻第4号　所蔵あり
1934年4月1日発行　113頁　20銭
エルキュウル・ポワロ氏の略歴 ････････ 1
花束の虫《小説》(大阪圭吉)･････ 6〜24
続・小栗虫太郎論(九鬼澹)･･････ 25〜28
幽霊アパートの殺人《小説》(村田千秋)
　　････････････････････････ 29〜36
人骨百六十体/窒息から蘇生すると ････ 36
帆村荘六(伊皿子鬼一)･････････････ 37
地獄の花《猟奇歌》(夢野久作)･･･ 38〜39
「白林荘の惨劇」を読む(辻斬之介)･･･ 38〜39
四つの聴取書《小説》(荻一之介) 40〜43
吸殻《小説》(前田五百枝)･･･････ 44〜47
三足の下駄《小説》(山城雨之介) 48〜56
隠語おんぱれいど〈12〉(堂下門太郎)･･･ 57

英米探偵小説のプロフイル〈8〉(井上良夫)
　　････････････････････････ 58〜63
探偵月評(東浩)･････････････ 58〜62
探偵倶楽部通信 ･････････････････ 63
八剣荘事件の真相《小説》(緑川勝) 64〜80
雑草庭園(秋野菊作)･･････････････ 81
探偵小説論(井上良夫)･･････････ 82〜92
ギリシヤ館の秘密〈1〉《小説》(エレリイ・クイーン〔著〕,伴大矩〔訳〕)･････････ 93〜108
訳者のはしがき(伴大矩)････････････ 94
談話室 ･････････････････････ 109〜112
編輯後記 ････････････････････ 113

第2巻第5号　所蔵あり
1934年5月1日発行　152頁　30銭
<ruby>木魂<rt>すだま</rt></ruby>《小説》(夢野久作)･････････ 6〜30
予告に就いてのお断り ･････････････ 30
密偵往来〈連作小説A1号 1〉《小説》(九鬼澹)
　　････････････････････････ 31〜43
見えぬ紙片《小説》(山下平八郎) 44〜86
法水麟太郎(伊皿子鬼一)････････････ 87
身辺雑記(甲賀三郎)･･････････ 88〜90
オツカルトな<ruby>可怖<rt>おそ</rt></ruby>かなくない話(小栗虫太郎)
　　････････････････････････ 90〜93
尻馬に乗る(水谷準)･････････ 93〜97
恐怖について(海野十三)･･････ 98〜100
殺人光線 ･････････････････････ 100
爪《小説》(斗南有吉)･･･････ 101〜109
作者の言葉(斗南有吉)･････････････ 102
チエスタトンのガブリエル・ゲールに就いて
　　(土呂八郎)･･･････････ 110〜119
英米探偵小説のプロフイル〈9〉(井上良夫)
　　･･･････････････････････ 120〜125
探偵月評(まがね)･･････････ 120〜125
探偵倶楽部通信 ･･････････････ 124〜125
プロフイル・オブ・プロフイル
　新人紹介を辿る(辻斬之介)･････ 126〜128
　新人の作品について(加藤春彦)
　　･･･････････････････････ 128〜129
　四月号雑感(三田正)･････････････ 129
隠語おんぱれいど〈13〉(堂下門太郎)･･･ 130
談話室 ･････････････････････ 131〜134
ギリシヤ館の秘密〈2〉《小説》(エレリイ・クイーン〔著〕,伴大矩〔訳〕)･･･ 135〜151
編輯後記(K・S)･･･････････････ 152

第2巻第6号　所蔵あり
1934年6月1日発行　142頁　30銭
ジム・バルネの事件簿 ･･････････････ 1
血液型殺人事件〈1〉《小説》(甲賀三郎)
　　････････････････････････ 6〜27

11『ぷろふいる』

幽霊写真《小説》(山本禾太郎) ……… 28〜31
叮嚀左門《小説》(荒木十三郎) ……… 32〜40
月の街でわかれた男〈連作小説A1号2〉《小説》(左頭弦馬) ……………… 41〜50
百日紅勘太の荷物〈連作小説A1号3〉《小説》(杉並千幹) ……………… 51〜59
合㑥夢権妻殺し《小説》(小栗虫太郎)
　………………… 60〜63
殺人遺書《小説》(服部元正) ………… 64〜71
作者の言葉(服部元正) ……………… 65
投稿作品評 …………………………… 72〜73
探偵倶楽部通信 ……………………… 72〜73
英米探偵小説のプロフイル〈10・完〉(井上良夫) ……………………… 74〜79
探偵月評(行方宗作) ………………… 74〜79
死《猟奇歌》(夢野久作) ……………… 80〜81
隠語おん・ぱれいど〈14〉(堂下門太郎)
　………………… 80〜81
芸術品の気品(三木音次) …………… 82〜83
探偵小説は大衆文芸か(戸田巽) …… 83〜84
郷英夫(伊皿子鬼一) ………………… 85
死の小箱《小説》(アルセニオ・ルナール〔著〕，野崎一弥〔訳〕) ………… 86〜89
呪はれの三月 ………………………… 89
エルキュール・ポワロ(黒沼健) …… 90〜96
ギリシヤ館の秘密〈3〉《小説》(エレリイ・クイーン〔著〕,伴大矩〔訳〕) …… 97〜130
談話室 ………………………………… 131
プロフイル・オブ・プロフイル
　斬之介は斬られたか――(辻斬之介)
　………………… 132〜133
　ワン・ダインその他(相沢和男)
　………………… 133〜135
　プロフイルを正面から(河童三平)
　………………… 135〜136
　探偵時評(三田正) ……………… 136〜139
　探偵小説の正しい認識(伴代因)
　………………… 139〜140
　創作寸評(羽坂直) ………………… 140
銀閣寺便り(K・S, G・S) ………… 142

第2巻第7号　所蔵あり
1934年7月1日発行　146頁　30銭
Charlie Chan ………………………… 1
血液型殺人事件〈2・完〉《小説》(甲賀三郎)
　………………… 6〜27
北海道四谷怪談《小説》(渡辺啓助) … 28〜41
事実問題と推理(山本禾太郎) ……… 42〜43
噂(行方宗作) ………………………… 43
師父ブラウンの面影(黒沼健) ……… 44〜49
見世物師の夢《猟奇歌》(夢野久作) … 50〜51

骨碑三千石《小説》(荒木十三郎) …… 52〜62
花堂琢磨(伊皿子鬼一) ……………… 63
傑作探偵小説吟味〈1〉(井上良夫) … 64〜68
三つの炎〈連作小説A1号4〉《小説》(戸田巽) ……………………… 69〜76
探偵月評(九鬼澹) …………………… 77〜81
隠語おん・ぱれいど〈15〉(堂下門太郎)
　………………… 82〜83
探偵倶楽部通信 ……………………… 82〜83
陳情書《小説》(西尾正) ……………… 84〜97
作者の言葉(西尾正) ………………… 85
冬の事件《小説》(東風哲之介) …… 98〜104
作者の言葉(東風哲之介) …………… 99
二百年後の人類はみな狂人になる《小説》
　………………… 104
投稿作品評(編輯部) ……………… 105〜106
プロフイル・オブ・プロフイル
　戦慄やあい!(三田正) ………… 107〜110
　無題(笑ふ男) …………………… 110〜111
　苦言妄語(東風哲之介) ………… 111〜112
　衣裳風景と推理の貧困(辻斬之介)
　………………… 112〜114
　緑蔭随想(桐谷狂太郎) ………… 114〜116
　探偵小説とユーモア(中島親)
　………………… 116〜117
　小栗虫太郎のことなど(河童三平)
　………………… 117〜118
　辻斬之介君に(白魂洞主人) …… 119〜120
　「探偵小説は大衆文芸か」に就いて(青地流介) …………………… 120
ぷろふいる・こんと
　田舎饅頭《小説》(青海水平) … 121〜123
　簾《小説》(大川幸夫) ………… 123〜124
　深夜の物音《小説》(水嶋愛子)
　………………… 124〜125
新映画案内『ボンベイ特急』 …… 126〜127
談話室 ……………………………… 128〜130
ギリシヤ館の秘密〈4〉《小説》(エレリイ・クイーン〔著〕,伴大矩〔訳〕) … 131〜145
銀閣寺便り(T・I, G・S) ………… 146

第2巻第8号　所蔵あり
1934年8月1日発行　146頁　30銭
エレリイ・クイーン作品目録 ……… 1
[猟奇歌]《猟奇歌》 …………………… 5
幻しのメリーゴーランド《小説》(戸田巽)
　………………… 6〜16
カジノの殺人事件《脚本》(大庭武年)
　………………… 17〜27
新刊紹介 ……………………………… 27
伊奈邸殺人事件《小説》(若松秀雄) … 28〜42

11『ぷろふいる』

扇遊亭怪死事件《小説》(山城雨之介)
　　　　　　　　　　　　　　　43～57
瞳孔の現像　　　　　　　　　　　　 57
投稿作品評(編輯部)　　　　　　 58～59
実験犯罪《小説》(伊賀英彦)　　　60～70
作者の言葉(伊賀英彦)　　　　　　 60
寝言の寄せ書
　(九鬼澹)　　　　　　　　　　　 70
　(戸田巽)　　　　　　　　　　　 70
　(藤田優三)　　　　　　　　　　 70
　(西田政治)　　　　　　　　　　 70
　(仁科四郎)　　　　　　　　　　 70
　(山本禾太郎)　　　　　　　　　 70
　(酒井嘉七郎)　　　　　　　　　 70
　　　ママ
　(伊東利夫)　　　　　　　　　　 70
セルを着た人形〈連作小説A1号 5〉《小説》
　(山本禾太郎)　　　　　　　　71～80
ぷろふいる・こんと
　悪運《小説》(春川一郎)　　　　　 81
　追ひつめられた男《脚本》(赤田鉄平)
　　　　　　　　　　　　　　　 81～82
　塑像《小説》(大阪圭吉)　　　　82～83
「ケンネル殺人事件」を見て(伴代因)
　　　　　　　　　　　　　　　 84～87
新映画　　　　　　　　　　　　 84～87
隠語おんぱれいど〈16〉(堂下門太郎)
　　　　　　　　　　　　　　　 84～87
談話室　　　　　　　　　　　　 88～90
傑作探偵小説吟味〈2〉(井上良夫)　91～95
「金色藻」読後感(夢野久作)　　　96～97
アーノルド・カーンの裁判(京都探偵倶楽部)
　　　　　　　　　　　　　　　98～113
プロフイル・オブ・プロフイル
　応用文学と探偵小説に就て(鮫島竜介)
　　　　　　　　　　　　　　116～117
　再び「芸術品の気品」に就いて他(三田
　　正)　　　　　　　　　　　117～119
　あくび(相沢和男)　　　　　 119～122
　「血液型殺人事件」を読んで(青地流
　　介)　　　　　　　　　　　122～123
　管見録(中島親)　　　　　　 123～125
　七月号創作雑感(荘司平太郎)　　 125
　探偵倶楽部通信　　　　　　 126～127
　ギリシヤ館の秘密〈5〉《小説》(エレリイ・ク
　　イーン〔著〕, 伴大矩〔訳〕)　 128～145
　銀閣寺便り(T・I, G・S)　　　　 146

第2巻第9号　所蔵あり
1934年9月1日発行　146頁　30銭
　イードン・フイリポッツ　　　　　　 1
　とむらひ機関車《小説》(大阪圭吉)　6～21

狂繰曲殺人事件《小説》(蒼井雄)　 22～57
作者の言葉(蒼井雄)　　　　　　　 24
投稿作品評(編輯部)　　　　　　 58～59
傑作探偵小説吟味〈3〉(井上良夫)　60～67
白骨譜《猟奇歌》(夢野久作)　　　68～69
探偵月評(生田八城)　　　　　　 68～69
探偵小説に関する諸問題(九鬼澹)　70～78
　　　　　　マドモアゼル
急行列車の　女　〈連作小説A1号 6〉《小
　説》(伊東利夫)　　　　　　　 79～86
ぷろふいる・こんと
　唖者矯正法奇譚《小説》(城彦吉)　　 87
　煙草の箱《小説》(春川一郎)　　87～88
　南瓜《小説》(中島親)　　　　　　 89
新探偵映画紹介　　　　　　　　 90～91
隠語おんぱれいど〈17〉(堂下門太郎)
　　　　　　　　　　　　　　　 90～91
談話室　　　　　　　　　　　　 92～94
双頭の犬《小説》(エラリイ・クイーン〔著〕, 西
　田政治〔訳〕)　　　　　　　　95～109
プロフイル・オブ・プロフイル
　閻魔帳(中島親)　　　　　　 110～111
　「伊奈邸殺人事件」について(相沢和
　　男)　　　　　　　　　　　111～113
　「伊奈邸殺人事件」を読みて(岡林勝
　　彦)　　　　　　　　　　　113～114
　「扇遊亭怪死事件」読後感(南川雄告)
　　　　　　　　　　　　　　114～115
　八月・創作寸評(大蛇鰐太郎)
　　　　　　　　　　　　　　115～116
　雑草一束(高桐心太郎)　　　 116～117
　貝殻(三田正)　　　　　　　 117～119
　探偵倶楽部通信　　　　　　 120～121
　探偵作家新人倶楽部の誕生に就いて
　　　　　　　　　　　　　　120～121
海よ, 罪つくりな奴!《小説》(西尾正)
　　　　　　　　　　　　　　122～130
生き延びた鬼熊《小説》(小笠原正太郎)
　　　　　　　　　　　　　　131～145
銀閣寺便り(T・I, G・S)　　　　　 146

第2巻第10号　所蔵あり
1934年10月1日発行　150頁　30銭
アガサ・クリステイの肖像　　　　　　 1
〔猟奇歌〕《猟奇歌》(夢野久作)　　　　 5
顔《小説》(海野十三)　　　　　　 6～21
偽視界《小説》(星田三平)　　　　22～31
復響奇譚《小説》(服部元正)　　　32～39
傑作探偵小説吟味〈4〉(井上良夫)　40～46
探偵小説の科学性を論ず(九鬼澹)　47～53
一〇〇一四号の癖《小説》(舞木一朗)
　　　　　　　　　　　　　　　 54～69

79

11 『ぷろふいる』

作者の言葉（舞木一朗）・・・・・・・・・・・・・ 55
投稿作品評（編輯部）・・・・・・・・・・・・・ 70～71
蒼井君の力作拝見（九鬼澹）・・・・・・・・・ 72～75
ぷろふいる・こんと
　人相書《小説》（菰野剣之介）・・・・・・・ 77～78
　俳句綺譚《小説》（中島親）・・・・・・・・・・ 78
　千社礼《小説》（石子紘三）・・・・・・・・・・ 79
隠語おんぱれいど〈17〉（堂下門太郎）
　・・・・・・・・・・・・・・・・・・・・・・・・・・・・・ 80～81
談話室・・・・・・・・・・・・・・・・・・・・・・・ 82～84
ソル・グルクハイマー殺人事件〈1〉《小説》
　（京都探偵倶楽部）
　A、監禁者の脱出（大井正）・・・・・・・・ 86～88
　B、渓谷の惨死体（馬場重次）・・・・・・・ 88～89
　C、探偵局報告書（大畠健三郎）
　・・・・・・・・・・・・・・・・・・・・・・・・・・・・・ 90～94
　D、古小屋に残る謎（渡部八郎）
　・・・・・・・・・・・・・・・・・・・・・・・・・・・・・ 94～96
雑草庭園（秋野菊作）・・・・・・・・・・・・・・・ 97
探偵倶楽部通信・・・・・・・・・・・・・・・・・ 98～99
神戸探偵倶楽部寄せ書
　（九鬼澹）・・・・・・・・・・・・・・・・・・・・・・ 98
　（藤田優三）・・・・・・・・・・・・・・・・・・・・ 98
　（白魂洞主人）・・・・・・・・・・・・・・・・・・ 98
　（戸ないし巽）・・・・・・・・・・・・・・・・・・ 98
　（仁科四郎）・・・・・・・・・・・・・・・・・・・・ 99
　（左頭弦馬）・・・・・・・・・・・・・・・・・・・・ 99
　（伊東利夫）・・・・・・・・・・・・・・・・・・・・ 99
　（井上良夫）・・・・・・・・・・・・・・・・・・・・ 99
　（西田政治）・・・・・・・・・・・・・・・・・・・・ 99
ぷろふいる・おぶ・ぷろふいる
　夏日花譜抄（青地流介）・・・・・・・・ 100～102
　「狂繰曲殺人事件」の印象（西田政治）
　・・・・・・・・・・・・・・・・・・・・・・・・・・・・・・・ 102
　「狂繰曲殺人事件」を読みて（甲南亨）
　・・・・・・・・・・・・・・・・・・・・・・・・・・・・・・・ 103
　「狂繰曲殺人事件」について（悪筆生）
　・・・・・・・・・・・・・・・・・・・・・・・・・・ 103～104
　蒼井雄氏を裁く（嵐啣子）・・・・・・ 104～105
　俎上四魚図（中島親）・・・・・・・・・・ 105～107
　妖紅石〈1〉《小説》（マイヤース女史〔著〕、井
　上良夫〔訳〕）・・・・・・・・・・・・・ 108～149
　銀閣寺便り（T・I、G・S）・・・・・・・・・・ 150

第2巻第11号　所蔵あり
1934年11月1日発行　148頁　30銭
ルーフアス・キング・・・・・・・・・・・・・・・・・ 1
［猟奇歌］《猟奇歌》（夢野久作）・・・・・・・・ 5
白くれなゐ《小説》（夢野久作）・・・・・・ 6～27
バーカー教授の推理《小説》（フエリン・フレイザー〔著〕、大井正〔訳〕）・・・・・・・・ 28～38

死の罠《小説》（C・J・エヴアンス、荻玄雲
　〔訳〕）・・・・・・・・・・・・・・・・・・・・・・ 38～41
藁人形《小説》（メルヴィル・ポースト〔著〕、馬
　場重次〔訳〕）・・・・・・・・・・・・・・・ 42～48
ホームズの末路《小説》（A・E・P〔著〕、清水
　青磁〔訳〕）・・・・・・・・・・・・・・・・・ 49～51
首吊り殺人事件《小説》（スチュアート・パルマー
　〔著〕、西田政治〔訳〕）・・・・・・・・ 52～63
謝風害御見舞・・・・・・・・・・・・・・・・・・・・・ 63
プロフィル・オブ・プロフイル
　秋酣新人不肥事（福田照雄）・・・・・・・ 64～65
　阿呆の言葉（中島親）・・・・・・・・・・・ 65～67
　所謂新進作家に言ふ（嵐啣子）・・・・・ 67～68
　群像傍見録（政田大介）・・・・・・・・・ 68～69
　僕のノオトⅠ（三田正）・・・・・・・・・ 69～71
　味を知れ（相沢和男）・・・・・・・・・・・ 71～73
　投稿作品評（編輯部）・・・・・・・・・・・ 74～75
　盗難奇譚《小説》（黒瀬阿吉）・・・・・ 76～80
　作者の言葉（黒瀬阿吉）・・・・・・・・・・・・ 77
ぷろふいる・こんと
　遺書《小説》（淨原坦）・・・・・・・・・ 82～83
　読心術《小説》（波鯖二）・・・・・・・・ 83～84
　深夜の行人《小説》（米山寛）・・・・・ 84～85
談話室・・・・・・・・・・・・・・・・・・・・・・・ 86～87
映画評　絢爛たる殺人（伊東利夫）・・・・・・ 88
ソル・グルクハイマー殺人事件〈2・完〉《小
　説》（京都探偵倶楽部）
　E、縺るる端緒（斗南有吉）・・・・・・ 90～95
　F、蜘蛛手十文字（波多野狂夢）
　・・・・・・・・・・・・・・・・・・・・・・・・・・・・・ 96～97
　G、絞られた網（蒼井雄）・・・・・・・ 97～102
　H、輝く十字架（左頭弦馬）・・・・・ 103～106
ストーリー工作を見て（山下平八郎）
　・・・・・・・・・・・・・・・・・・・・・・・・・・ 107～108
探偵倶楽部通信・・・・・・・・・・・・・・・・・・・ 109
雑草庭園（秋野菊作）・・・・・・・・・・・・・・・ 110
妖紅石〈2〉《小説》（イサベル・マイヤース〔著〕、
　井上良夫〔訳〕）・・・・・・・・・・・ 111～147
銀閣寺便り（G・S）・・・・・・・・・・・・・・・ 148

第2巻第12号　所蔵あり
1934年12月1日発行　144頁　30銭
ヴイクター・ホワイトチヤーチ・・・・・・・・・・ 1
［猟奇歌］《猟奇歌》（夢野久作）・・・・・・・・ 5
波紋《小説》（本田緒生）・・・・・・・・・・ 6～27
湯女波江の疑問《小説》（村田千秋）・・ 28～35
犯罪世相点描・・・・・・・・・・・・・・・・・・・・・ 35
鐘《小説》（斗南有吉）・・・・・・・・・・・ 36～43
ぷろふいる行進譜（江羅陸蔭）・・・・・・ 44～49
投稿作品評（編輯部）・・・・・・・・・・・・ 50～51
瘋癲の歌《小説》（並木来太郎）・・・・・ 52～60

11 『ぷろふいる』

作者の言葉（並木来太郎）・・・・・・・・・・・・・・・ 53	
雑草庭園（秋野菊作）・・・・・・・・・・・・・・・・・・・・ 61	
悪魔の声《小説》（花園京子）・・・・・・・・・・ 62～70	
作者の言葉（花園京子）・・・・・・・・・・・・・・・・・・ 63	
探偵倶楽部通信・・・・・・・・・・・・・・・・・・・・・・・・・・ 71	
プロフイル・オブ・プロフイル・・・・・・・・・・ 72	
暗中放言（中島親）・・・・・・・・・・・・・・・・ 72～73	
十一月号私見（前石助作）・・・・・・・・・ 73～74	
爆撃機（たわごと生）・・・・・・・・・・・・・・ 74～75	
Ｐ・Ｏ・Ｐの御定連よ 大きなことを云ふな！	
（弥次郎兵衛、喜多八）・・・・・・・ 75～76	
味を知れ（つゞき）（相沢和男）・・・・ 76～78	
ぷろふいる・こんと	
幻聴《小説》（蘭郁二郎）・・・・・・・・・・ 79～80	
空気男《小説》（赤田鉄平）・・・・・・・ 80～82	
蜘蛛《小説》（春川一郎）・・・・・・・・・・ 82～83	
隠語おんぱれいど〈19・完〉（堂下門太郎）
・・・・・・・・・・・・・・・・・・ 79～81	
「鉄の爪」の試写を見て（伊東利夫）・・・ 82～83	
談話室・・・・・・・・・・・・・・・・・・・・・・・・・・・・・・・ 84～85	
我もし？なりせば	
我もし人間なりせば（伊賀英彦）	
・・・・・・・・・・・・・・・・・・ 88～89	
我もし熊なりせば（小笠原正太郎）	
・・・・・・・・・・・・・・・・・・ 89～91	
我もし探偵作家なりせば（中島親）	
・・・・・・・・・・・・・・・・・・ 91～93	
我もし人魂なりせば（三田正）・・・・・ 93～95	
我もし自殺者なりせば（大阪圭吉）	
・・・・・・・・・・・・・・・・・・ 95～96	
我もし王者なりせば（河童三平）	
・・・・・・・・・・・・・・・・・・ 96～98	
我もしクレオパトラなりせば（山城雨之	
介）・・・・・・・・・・・・・・・・・・・・・・・・・・・・ 98～100	
我もし彼女なりせば（節江兄弟）	
・・・・・・・・・・・・・・ 100～102	
我もし探偵作家なりせば（九鬼澹）	
・・・・・・・・・・・・・・ 102～104	
我もし我なりせば（夢野久作）	
・・・・・・・・・・・・・・ 104～105	
我もし作家なりせば（相沢和男）	
・・・・・・・・・・・・・・ 105～106	
妖紅石〈3・完〉《小説》（イサベル・マイヤー	
ス〔著〕、井上良夫〔訳〕）・・・・・・ 107～143	
銀閣寺便り（T・I・G・S）・・・・・・・・・ 144	

第3巻第1号　所蔵あり
1935年1月1日発行　162頁　30銭

探偵作家独言集・・・・・・・・・・・・・・・・・・・・・・・・・・・ 1	
探偵小説講話〈1〉（甲賀三郎）・・・・・・・・ 6～18	
野呂家の秘密《小説》（山下平八郎）・・・・ 19～50	

探偵小説の研究書（井上良夫）・・・・・・・ 51～57
探偵小説の新しき出発（中島親）・・・・・ 58～62
外国・日本・探偵作家の素描（九鬼澹）
　　　　　　　　　　　　・・・・・・・・・・・・・・・・ 62～70
雑草庭園（秋野菊作）・・・・・・・・・・・・・・・・・・ 71
土蔵《小説》（西尾正）・・・・・・・・・・・・・・ 72～82
地下の囚人《小説》（石沢十郎）・・・・・ 83～95
作者の言葉（石沢十郎）・・・・・・・・・・・・・・・ 95
「探偵小説の鬼」その他（江戸川乱歩）
　　　　　　　　　　　　・・・・・・・・・・・・・・・・ 96～102
高雄随行の記（加納哲）・・・・・・・・・・・・・・ 103
探偵倶楽部通信・・・・・・・・・・・・・・・・・ 104～105
トイレット溺死事件の真相《漫画》（金子シゲ
　ル）・・・・・・・・・・・・・・・・・・・・・・・・・・・・ 106～107
POP・・・・・・・・・・・・・・・・・・・・・・・・・・・・ 108～110
恋愛四人男《小説》（エラリイ・クイーン〔著〕、
　西田政治〔訳〕）・・・・・・・・・・・・・・・ 111～124
「軽い文学（ライト・リテラチュア）」の方向へ（森下雨村）
　　　　　　　　　　　　・・・・・・・・・・・・・・ 125～126
探偵小説不自然論（大下宇陀児）・・・・ 127～129
Anti-Ivan-Democracy AからCまで（水谷準）
　　　　　　　　　　　　・・・・・・・・・・・・・・ 129～132
探偵小説図書館設立私案（延原謙）
　　　　　　　　　　　　・・・・・・・・・・・・・・ 132～134
探偵小説の正体（夢野久作）・・・・・・・ 134～138
わかりきつた話（国枝史郎）・・・・・・・ 138～139
アメリカの名科学探偵（田中早苗）
　　　　　　　　　　　　・・・・・・・・・・・・・・ 140～145
絶景万国博覧会《小説》（小栗虫太郎）
　　　　　　　　　　　　・・・・・・・・・・・・・・ 146～161
銀閣寺便り（伊東利夫、左頭弦馬）・・・・・・・ 162

第3巻第2号　所蔵あり
1935年2月1日発行　150頁　30銭

探偵作家独言集・・・・・・・・・・・・・・・・・・・・・・・・・・・ 1
［猟奇歌］《猟奇歌》（夢野久作）・・・・・・・・・ 5
探偵小説講話〈2〉（甲賀三郎）・・・・・・・・ 6～18
面白い話《小説》（城昌幸）・・・・・・・・・・・ 20～29
探偵法第十三号《小説》（酒井嘉七）・・・ 30～48
日本探偵小説界の為めに！（井上良夫）
　　　　　　　　　　　　・・・・・・・・・・・・・・・・ 49～52
行け、探偵小説！（三田正）・・・・・・・・・ 53～57
綺譚六三四一《小説》（光石介太郎）・・・・ 58～72
作者の言葉（光石介太郎）・・・・・・・・・・・・・・ 59
黄色の部屋
　PROFILE《漫画》（カネコ・シゲル）
　　　　　　　　　　　　・・・・・・・・・・・・・・・・ 74～75
　恋人捜査法《小説》（千成瓢太郎）・・・・ 76
　ノアの洪水《小説》（大八嶋修）・・・・・・ 77
　雨の日の出来事《小説》（行方宗作）・・ 78
　POP・・・・・・・・・・・・・・・・・・・・・・・・・・・・・・・・ 79

81

11 『ぷろふいる』

新聞の屑籠 ································ 80
バーカー教授の法則《小説》(フエリン・フレイザー〔著〕, 大井正〔訳〕) ········ 81〜91
ナインスコーアの秘密《小説》(オルチー夫人〔著〕, 馬場重次〔訳〕) ······ 92〜100
雑草庭園(秋野菊作) ····················· 101
仮装舞踏会の殺人《脚本》(左頭弦馬)
··································· 102〜125
その夜の事件《脚本》(貝原堺童) ···· 126〜149
銀閣寺便り(伊東利夫) ··············· 150

第3巻第3号　所蔵あり
1935年3月1日発行　146頁　30銭

探偵作家独言集 ······························ 1
探偵小説講話〈3〉(甲賀三郎) ········ 6〜17
雪解《小説》(大阪圭吉) ············· 18〜31
楕円形の鏡《小説》(金来成) ········ 32〜51
作者の言葉(金来成) ··················· 35
西班牙の楼閣《小説》(大畠健三郎) ·· 52〜65
スランプ(夢野久作) ················· 66〜69
創作合評 ······························· 70
黄色の部屋
　ふく子夫人《小説》(河原三十二) ··········· 72
　郵便機三百六十五号《小説》(酒井嘉七)
　································· 73
　珍胞肉法《漫画》(金子シゲル) ··········· 74
　POP ····························· 75〜76
　犯罪者の夢《漫画》(金子シゲル) ········ 77
　探偵倶楽部通信 ··················· 78
人工怪奇《小説》(九鬼澹) ········· 79〜110
ニセモノ・通行証(石光琴作) ······ 111〜120
春閑毒舌録(青地流介) ············ 121〜125
フレウキンの縮図《小説》(オルチー夫人〔著〕, 馬場重次〔訳〕) ········ 126〜132
雑草庭園(秋野菊作) ····················· 133
傀儡三人旅〈1〉《小説》(E・P・オッペンハイム〔著〕, 西田政治〔訳〕) ···· 134〜145
銀閣寺便り(伊東利夫, 左頭弦馬) ········· 146

第3巻第4号　所蔵あり
1935年4月1日発行　136頁　30銭

探偵作家独言集 ······························ 1
［猟奇歌］《猟奇歌》(夢野久作) ··············· 5
探偵小説講話〈4〉(甲賀三郎) ········ 6〜18
創作合評 ······························· 19
不思議なる空間断層《小説》(海野十三)
··································· 20〜34
墓穴を掘った男《小説》(若松秀雄) ·· 35〜55
證憑湮滅《小説》(加藤久明) ········ 56〜65
秋晴れ《小説》(西島亮) ············· 66〜85
作者の言葉(西島亮) ····················· 67

相沢氏の不思議な宿望工作《小説》(戸田巽)
··································· 86〜98
黄色の部屋
　遅かった十《小説》(毛利甚介) ········ 100
　毒薬《小説》(丸井善吉) ·········· 101〜102
　POP ···························· 104〜105
　探偵倶楽部通信 ··················· 106
バーカー教授と羊肉《小説》(フエリン・フレイザー〔著〕, 大井正〔訳〕) ······ 107〜116
クリスマス悲劇《小説》(オルチー夫人〔著〕, 馬場重次〔訳〕) ················ 117〜126
かめんぶとうかい
　わがエルキウル・ポワロの登場《小説》(栗栖亭) ························ 127〜128
　来朝したルパン《小説》(河原三十二)
　································· 128〜130
　ホームズ・日本に現はる《小説》(辻斬之介) ··························· 130〜131
　サムの初手柄《小説》(千加哲三)
　································· 131〜132
　竜太の女婿《小説》(鮫島竜介)
　································· 133〜134
　明智小五郎のスランプ《小説》(加茂川静歩) ························ 134〜135
銀閣寺便り(伊東利夫) ··············· 136

第3巻第5号　所蔵あり
1935年5月1日発行　148頁　30銭

探偵作家独言集 ······························ 3
［猟奇歌］《猟奇歌》(夢野久作) ··············· 5
癲鬼《小説》(渡辺啓助) ············· 6〜20
幽霊横行《小説》(マコ・鬼一) ······ 21〜52
吸血鬼《小説》(前田郁美) ·········· 53〜65
作者の言葉(前田郁美) ··················· 54
透君の自殺《小説》(高田義一郎) ···· 66〜67
八月十一日の夜《脚本》(山本禾太郎)
··································· 68〜98
こんと集
　帰郷《小説》(大慈宗一郎) ········ 99〜100
　火の用心《小説》(中島親) ················ 100
　乞食《小説》(波蜻二) ·········· 100〜101
　恐怖《小説》(伴代因) ·········· 101〜102
　心中《小説》(内海蛟太郎) ············ 102
POP ·································· 103〜104
『探偵文学』創刊 ······················· 104
特別応募作品に就いて ············ 105〜106
アトリエの惨劇《小説》(シー・デーリー・キング〔著〕, 馬場重次〔訳〕) ········ 107〜113
作品月評(井上良夫) ·············· 114〜115
傀儡三人旅〈2〉《小説》(E・P・オッペンハイム〔著〕, 西田政治〔訳〕) ······ 116〜133

82

探偵小説講話〈5〉（甲賀三郎）‥‥‥ 134〜146
探偵倶楽部通信 ‥‥‥‥‥‥‥‥‥ 147
編輯後記（伊東利夫）‥‥‥‥‥‥ 148

第3巻第6号　所蔵あり
1935年6月1日発行　142頁　30銭
探偵作家独言集 ‥‥‥‥‥‥‥‥‥‥ 3
［猟奇歌］《猟奇歌》（夢野久作）‥‥‥ 5
就眠儀式《小説》（木々高太郎）‥ 6〜28
打球棒殺人事件《小説》（西尾正）‥ 29〜55
棒紅殺人事件《小説》（星庭俊一）‥ 56〜83
作品月評（井上良夫）‥‥‥‥‥ 84〜85
作者の憂鬱（海野十三）‥‥‥‥ 86〜89
アガサ・クリスティの研究〈1〉（井上良夫）
‥‥‥‥‥‥‥‥‥‥‥‥‥‥ 90〜97
談話室 ‥‥‥‥‥‥‥‥‥‥‥‥‥ 98
ゼレミア郷の遺言《小説》（オルチー夫人［著］、
馬場重次［訳］）‥‥‥‥‥‥ 99〜109
POP
　探偵小説の理解について・その他（仁木弾
　　正）‥‥‥‥‥‥‥‥‥‥ 110〜112
　四月女丙髏殿へ（内海生）‥‥‥‥ 112
　乱歩に望むことなど（笛色幡作）
　‥‥‥‥‥‥‥‥‥‥‥‥ 112〜113
　中島親君にむかつて駄弁る。（小林貞
　　栄）‥‥‥‥‥‥‥‥‥‥‥‥ 113
新映画案内 嫌疑者 ‥‥‥‥‥‥‥ 114
傀儡三人旅〈3・完〉《小説》（E・P・オッペン
ハイム［著］、西田政治［訳］）
‥‥‥‥‥‥‥‥‥‥‥‥ 115〜126
読者倶楽部通信 ‥‥‥‥‥‥‥‥‥ 127
探偵小説講話〈6〉（甲賀三郎）‥ 128〜141
編輯後記（伊東利夫）‥‥‥‥‥‥ 142

第3巻第7号　所蔵あり
1935年7月1日発行　144頁　30銭
［猟奇歌］《猟奇歌》（夢野久作）‥‥‥ 5
寝顔《小説》（橋本五郎）‥‥‥‥ 6〜24
綺譚倶楽部の終焉《小説》（中村由来人）
‥‥‥‥‥‥‥‥‥‥‥‥‥ 25〜44
花骨牌の秘密《小説》（秋田不凡）‥ 45〜59
読者の声（綺羅光一郎）‥‥‥‥‥‥ 59
白線の中の道化《小説》（西尾正）‥ 60〜76
二周年記念「探偵小説募集」審査発表 ‥‥ 77
新国劇の「怪青年」を語る ‥‥‥‥ 78〜79
日本探偵作家協会同人規約書 ‥‥‥‥ 79
ユニバーサル映画「幻しの合唱」‥‥ 80
黒猫失踪《小説》（エラリー・クイーン［著］、西
田政治［訳］）‥‥‥‥‥‥ 81〜101
アガサ・クリスティの研究〈2〉（井上良夫）
‥‥‥‥‥‥‥‥‥‥‥‥ 102〜113

POP
　夢の楽書（笛色幡作）‥‥‥‥ 114〜115
　小林君に物申す（細川五郎）‥‥‥ 115
　二作推賞のこと（仁木弾正）‥ 115〜117
　探偵小説の浄化（栗栖二郎）‥‥‥ 117
ぷろむなあど・ぷをろんてえる（水谷準）
‥‥‥‥‥‥‥‥‥‥‥‥ 118〜124
読者倶楽部通信 ‥‥‥‥‥‥‥‥‥ 125
作品月評（井上良夫）‥‥‥‥ 126〜129
探偵小説講話〈7〉（甲賀三郎）‥ 130〜143
編輯後記（伊東利夫）‥‥‥‥‥‥ 144

第3巻第8号　所蔵あり
1935年8月1日発行　196頁　40銭
セントルイス・ブルース《小説》（平塚白銀）
‥‥‥‥‥‥‥‥‥‥‥‥‥ 6〜37
幽霊ベル《小説》（石沢十郎）‥‥‥ 38〜63
「黒死館殺人事件」を読んで（井上良夫）
‥‥‥‥‥‥‥‥‥‥‥‥‥ 64〜69
やつつけられる（夢野久作）‥‥ 70〜76
独逸トビス・ジュート映画「自殺倶楽部」
‥‥‥‥‥‥‥‥‥‥‥‥‥‥‥ 77
電話《小説》（百瀬竜）‥‥‥‥‥‥ 78
貉遊戯《小説》（内海蛟太郎）‥‥‥ 79
鍵《小説》（春川一郎）‥‥‥‥ 79〜80
入学試験問題（八重野潮路）‥‥ 81〜82
心中綺談《小説》（並木東太郎）‥ 84〜88
魔の軌道《小説》（山崎猪三武）‥ 89〜95
団扇《小説》（上村源吉）‥‥‥ 95〜99
面会に来た男《小説》（瀬古憲）‥ 99〜104
参考人調書《小説》（峰富美守）‥ 104〜109
盗人《小説》（相沢和男）‥‥ 109〜117
雑草庭園（秋野菊作）‥‥‥‥‥‥ 119
アガサ・クリスティの研究〈3・完〉（井上良
夫）‥‥‥‥‥‥‥‥‥‥ 120〜123
読後寸感録（西田政治）‥‥‥ 124〜125
POP
　六月の感想（轟正瑠）‥‥‥‥ 126〜127
　栗栖二郎に促す（小此木夢雄）‥‥ 127
　天才待望論（鐘窓一郎）‥‥‥ 127〜128
　ペンの走るまゝに（藤原孔秀）
　‥‥‥‥‥‥‥‥‥‥‥‥ 128〜129
探偵小説講話〈8〉（甲賀三郎）‥ 130〜143
読者倶楽部通信 ‥‥‥‥‥‥‥‥‥ 144
コベント・ガーデン殺人事件《小説》（M・T・
マーキン［著］、伊東鋭太郎［訳］）
‥‥‥‥‥‥‥‥‥‥‥‥ 145〜195
編輯後記（伊東利夫）‥‥‥‥‥‥ 146

第3巻第9号　所蔵あり
1935年9月1日発行　142頁　30銭

11 『ぷろふいる』

漫画《漫画》（新漫画派集団）・・・・・・・・・・・・・・・ 5〜8
［猟奇歌］《猟奇歌》（夢野久作）・・・・・・・・・・・・ 9
鬼の言葉〈1〉（江戸川乱歩）・・・・・・・・・ 10〜21
空間心中の顛末《小説》（光石介太郎）
・・・・・・・・・・・・・・・・・・・・・・・・・・・・・・・・・ 22〜53
幸運《小説》（青山倭文二）・・・・・・・・・・・・ 54〜63
実験推理学報告書《小説》（酒井嘉七）
・・・・・・・・・・・・・・・・・・・・・・・・・・・・・・・・・ 64〜69
三十二号室の女《小説》（光石年）・・・・・・ 70〜82
作品月評（井上良夫）・・・・・・・・・・・・・・・・ 84〜86
ユニバーサル映画 倫敦の人狼・・・・・・・・・・・・ 87
入学試験問題（八重野潮路）・・・・・・・・・・・ 88〜89
読者倶楽部通信・・・・・・・・・・・・・・・・・・・・・・・・ 90
月光に乗るハミルトン《小説》（水谷準）
・・・・・・・・・・・・・・・・・・・・・・・・・・・・・・・・ 92〜101
POP
　にゅう・すたいる、でいてくていぶ・すと
　うりい（悪良長郎）・・・・・・・・・・・・・・・・・・ 102
　ブルース読後感（風呂不入）・・・・・・ 102〜103
　夢のままに（綺羅光一郎）・・・・・・・・・・・・ 103
ショウバネーの探険日記《小説》（メルビール・
　D・ポスト〔著〕，西田政治〔訳〕）
・・・・・・・・・・・・・・・・・・・・・・・・・・・・・・・ 104〜114
潤池《小説》（H・ウオルポール〔著〕，田中早苗
　〔訳〕）・・・・・・・・・・・・・・・・・・・・・・・・・ 115〜123
探偵小説ファンの手帖（秋野菊作）
・・・・・・・・・・・・・・・・・・・・・・・・・・・・・・・ 124〜125
探偵小説講話〈9〉（甲賀三郎）・・・・・ 126〜141
編集後記（伊東利夫）・・・・・・・・・・・・・・・・・・ 142

第3巻第10号　所蔵あり
1935年10月1日発行　146頁　30銭

漫画《漫画》（新漫画派集団）・・・・・・・・・・・・・・・ 5〜8
鬼の言葉〈2〉（江戸川乱歩）・・・・・・・・・ 10〜20
南の幻《小説》（戸田巽）・・・・・・・・・・・・・ 21〜33
映画欄・・・・・・・・・・・・・・・・・・・・・・・・・・・・・・ 34〜35
竜美夫人事件《小説》（宮城哲）・・・・・・・・ 36〜85
略歴（宮城哲）・・・・・・・・・・・・・・・・・・・・・・・・・ 38
「白蟻」を読む（井上良夫）・・・・・・・・・・・ 88〜89
小栗虫太郎の酒　精（西田政治）・・・・・・・・・・ 90
　　　　　　　アルコール
白蟻の魅力（山本禾太郎）・・・・・・・・・・・・ 90〜91
POP
　探偵小説のパロディー（清水青磁）・・・・・・ 92
　でいてくてくてぶ（赤玉閃）・・・・・・・・・・・・ 93
　夢の点綴（笛也幡作）・・・・・・・・・・・・・・ 93〜94
　批評の型式（東風老之助）・・・・・・・・・・・ 95〜96
　あんち・まあだあ・けえす（悪良次郎）
・・・・・・・・・・・・・・・・・・・・・・・・・・・・・・・・・・・・ 96
時計《小説》（A・マーチン〔著〕，宇治川京
　〔訳〕）・・・・・・・・・・・・・・・・・・・・・・・ 97〜100

奇妙な殺人《小説》（H・ハモンド〔著〕，土呂八
　郎〔訳〕）・・・・・・・・・・・・・・・・・・・・・ 100〜105
甲賀三郎氏に答ふ（夢野久作）・・・・・・ 106〜109
破約の弁（下宇陀児）・・・・・・・・・・・・・・・・・・ 109
作品月評（井上良夫）・・・・・・・・・・・・・・ 110〜111
火祭《小説》（中村美与）・・・・・・・・・・・ 112〜125
略歴（中村美与）・・・・・・・・・・・・・・・・・・・・・・ 113
探偵小説講話〈10〉（甲賀三郎）・・・・ 126〜138
黄色の部屋
　小話・・・・・・・・・・・・・・・・・・・・・・・・・・・ 139〜144
　ゴシップ・・・・・・・・・・・・・・・・・・・・・・・ 139〜144
　作者捜し!!・・・・・・・・・・・・・・・・・・・・・ 140〜141
　探偵倶楽部通信・・・・・・・・・・・・・・・・ 140〜141
　編輯日誌抜萃・・・・・・・・・・・・・・・・・・・・・・・ 142
　出版部通信・・・・・・・・・・・・・・・・・・・・ 142, 144
　愛読者の心理・・・・・・・・・・・・・・・・・・・・・・・ 142
　九月の騎士《猟奇譚》（赤玉閃）・・・・・・・・ 142
　入学試験問題（八重野潮路）・・・・・・ 143〜145
　猟奇歌《猟奇歌》（夢の久作）・・・・・・・・・ 143
　ゴシップ・・・・・・・・・・・・・・・・・・・・・・・・・・・ 144
　出版部通信・・・・・・・・・・・・・・・・・・・・・・・・ 144
　新版東京行進曲（耽吉）・・・・・・・・・・・・・・ 145
　ラジオは踊る!・・・・・・・・・・・・・・・・・・・・・・ 145
編輯後記（九鬼澹）・・・・・・・・・・・・・・・・・・・・ 146

第3巻第11号　所蔵あり
1935年11月1日発行　152頁　30銭

漫画《漫画》（新漫画派集団）・・・・・・・・・・・・・・・ 6〜8
鐘楼の怪人《小説》（石沢十郎）・・・・・・・ 10〜37
略歴（石沢十郎）・・・・・・・・・・・・・・・・・・・・・・・ 13
鬼の言葉〈3〉（江戸川乱歩）・・・・・・・・・ 38〜47
映画欄・・・・・・・・・・・・・・・・・・・・・・・・・・・・・・ 48〜49
悪戯《小説》（塙康次）・・・・・・・・・・・・・・・・・ 50
モダン犯罪
　モダン犯罪論（大川平一）・・・・・・・・・・・・・ 51
　火の玉小僧変化《小説》（高田義一郎）
・・・・・・・・・・・・・・・・・・・・・・・・・・・・・・・・ 52〜55
　愛のアヴアンツウル《小説》（滋岡透）
・・・・・・・・・・・・・・・・・・・・・・・・・・・・・・・・ 56〜60
　撮影所殺人事件《小説》（酒井嘉七）
　スタヂオ・マーダー・ケース
・・・・・・・・・・・・・・・・・・・・・・・・・・・・・・・・ 56〜61
　『赤字』《小説》（西嶋亮）・・・・・・・・・ 61〜68
　人生短縮術《小説》（服部元正）・・・・・ 62〜67
　十五・ぴん・ぴん・ぴんの謎《小説》（舞木
　一朗）・・・・・・・・・・・・・・・・・・・・・・・・・ 68〜75
　三面記事《小説》（平塚白銀）・・・・・・ 69〜75
作品月評（井上良夫）・・・・・・・・・・・・・・・ 76〜78
探偵小説の本格的興味（井上良夫）・・・・ 82〜96
ベルツイ男爵の落した宝石《小説》（ベタ・ヌ
　ブイツク〔著〕，土呂八郎〔訳〕）
・・・・・・・・・・・・・・・・・・・・・・・・・・・・・・・ 98〜101

11『ぷろふいる』

探偵小説と犯罪事実小説〈山本禾太郎〉
　‥‥‥‥‥‥‥‥‥‥‥‥‥　102～105
POP
　十月号読後感〈K・M・S〉‥‥‥‥　106～107
　探偵論壇不振矣〈秋山珊作〉‥‥‥　107～108
　黒死館私感〈丸山椋介〉‥‥‥‥‥　108～109
　余りに暗いぞ!〈赤玉閃〉‥‥‥‥‥　109～110
　殺人事件なきストリイへ〈綺羅光一郎〉
　　‥‥‥‥‥‥‥‥‥‥‥‥‥‥‥　110
　10月号読了〈斎藤一男〉‥‥‥‥‥‥　111
探偵倶楽部の新設通知!‥‥‥‥‥‥‥　111
入学試験問題〈八重野潮路〉‥‥‥‥　112～113
復讐綺談《小説》〈大庭武年〉‥‥‥　114～124
深夜の冒険《小説》〈エス・リイコック〔著〕, 清
　水青磁〔訳〕〉‥‥‥‥‥‥‥　125～127
発禁の秘密〈桜井正四郎〉‥‥‥‥　128～131
探偵小説講話〈11〉〈甲賀三郎〉‥‥　132～144
黄色の部屋
　笑話 ‥‥‥‥‥‥‥‥‥‥‥‥‥‥　145
　ゴシップ ‥‥‥‥‥‥‥‥‥‥‥‥　145
　箱の謎 ‥‥‥‥‥‥‥‥‥‥‥　146～147
　探偵倶楽部 ‥‥‥‥‥‥‥‥‥　146～147
　耽驚十貨店 ‥‥‥‥‥‥‥‥‥　148～149
　編輯日誌抜萃 ‥‥‥‥‥‥‥‥‥‥　150
　出版部通信 ‥‥‥‥‥‥‥‥‥‥‥　150
　迷宮《猟奇詩》‥‥‥‥‥‥‥‥‥‥　150
　新版討秘行〈耽吉〉‥‥‥‥‥‥‥‥　150
　猟奇歌《猟奇歌》〈夢野久作〉‥‥‥‥　151
　HAPPY・LAND ‥‥‥‥‥‥‥‥‥　151
編輯後記〈九鬼澹〉‥‥‥‥‥‥‥‥　152

第3巻第12号　所蔵あり
1935年12月1日発行　144頁　30銭
マンガ・バック・ミラー《漫画》〈新漫画派集
　団〉‥‥‥‥‥‥‥‥‥‥‥‥‥　5～7
誰が犯人?《漫画》〈よこゐふくじろう〉‥‥‥　8
探偵小説家の殺人《小説》〈金来成〉‥‥　10～40
略歴〈金来成〉‥‥‥‥‥‥‥‥‥‥‥　14
毒草園〈秋野菊作〉‥‥‥‥‥‥‥‥‥　41
ハガキ回答《アンケート》
　I☆読者、作家志望者に読ませたき本、一、
　　二冊を御挙げ下さい。
　II☆最近の興味ある新聞三面記事中、どん
　　な事件を興味深く思はれましたか?
　　〈大阪圭吉〉‥‥‥‥‥‥‥‥‥‥　42
　　〈山本禾太郎〉‥‥‥‥‥‥‥‥‥　42
　　〈山下平八郎〉‥‥‥‥‥‥‥　42～43
　　〈西田政治〉‥‥‥‥‥‥‥‥‥‥　43
　　〈丸尾緒顕〉‥‥‥‥‥‥‥‥‥‥　43
　　〈本田緒生〉‥‥‥‥‥‥‥‥‥‥　43
　　〈大下宇陀児〉‥‥‥‥‥‥‥‥‥　43

　　〈海野十三〉‥‥‥‥‥‥‥‥　43～44
　　〈森下雨村〉‥‥‥‥‥‥‥‥‥‥　44
　　〈浜尾四郎〉‥‥‥‥‥‥‥‥‥‥　44
　　〈渡辺啓助〉‥‥‥‥‥‥‥‥‥‥　44
　　〈江戸川乱歩〉‥‥‥‥‥‥‥　44～45
　　〈井上良夫〉‥‥‥‥‥‥‥‥‥‥　45
　　〈大江専一〉‥‥‥‥‥‥‥‥‥‥　45
　　〈夢野久作〉‥‥‥‥‥‥‥‥‥‥　45
　　〈橋本五郎〉‥‥‥‥‥‥‥‥‥‥　45
　　〈角田喜久雄〉‥‥‥‥‥‥‥　45～46
　　〈高田義一郎〉‥‥‥‥‥‥‥‥‥　46
　　〈水谷準〉‥‥‥‥‥‥‥‥‥‥‥　46
　　〈市川小太夫〉‥‥‥‥‥‥‥‥‥　46
　　〈久山秀子〉‥‥‥‥‥‥‥‥‥‥　46
　　〈妹尾アキ夫〉‥‥‥‥‥‥‥‥‥　46
　　〈城昌幸〉‥‥‥‥‥‥‥‥‥‥‥　46
　　〈大倉燁子〉‥‥‥‥‥‥‥‥‥‥　46
　　〈甲賀三郎〉‥‥‥‥‥‥‥‥‥‥　46
　　〈小栗虫太郎〉‥‥‥‥‥‥‥‥‥　46
　　〈田中早苗〉‥‥‥‥‥‥‥‥‥‥　106
　　〈葛山二郎〉‥‥‥‥‥‥‥‥‥‥　106
　　〈延原謙〉‥‥‥‥‥‥‥‥‥‥‥　106
女性犯罪
　女性犯罪論〈唐木映児郎〉‥‥‥‥‥　48
　奎子の場合《小説》〈西尾正〉‥‥　49～54
　自ら拾つた女難《小説》〈小南又一郎〉
　　‥‥‥‥‥‥‥‥‥‥‥‥‥‥　54～57
　マグダラのマリヤ《小説》〈丸尾長顕〉
　　‥‥‥‥‥‥‥‥‥‥‥‥‥‥　57～61
　ガンネス未亡人とブランビリエ〈服部好
　　三〉‥‥‥‥‥‥‥‥‥‥‥‥　62～63
　夜嵐お絹〈喜多怪堂〉‥‥‥‥‥　63～64
　臨床上から女性の犯罪を覗く〈伊藤親
　　清〉‥‥‥‥‥‥‥‥‥‥‥‥　65～67
　スタヂオの犯罪〈小倉浩一郎〉‥‥　68～69
映画欄 ‥‥‥‥‥‥‥‥‥‥‥‥　70～71
鬼の言葉〈4〉〈江戸川乱歩〉‥‥‥　72～80
黄色の部屋
　アワテモノ〈J・ビエトル〉‥‥‥‥‥　81
　探偵倶楽部 ‥‥‥‥‥‥‥‥‥　81～83
　ゴシップ ‥‥‥‥‥‥‥‥‥‥‥‥　82
　ぷろふいる大学入学試験問題〈八重野潮
　　路〉‥‥‥‥‥‥‥‥‥‥‥‥　82～83
　ゴシップ ‥‥‥‥‥‥‥‥‥‥‥‥　83
　相談欄 ‥‥‥‥‥‥‥‥‥‥‥‥‥　84
　探偵小説問答 ‥‥‥‥‥‥‥‥‥‥　84
　悪魔の唄《猟奇詩》〈長谷川敏夫〉‥‥　84
　編輯日誌抜萃 ‥‥‥‥‥‥‥‥‥‥　84
　広告欄 ‥‥‥‥‥‥‥‥‥‥‥‥‥　84
　久駄欄 ‥‥‥‥‥‥‥‥‥‥‥‥‥　85
　題名作者索し ‥‥‥‥‥‥‥‥‥‥　85

11『ぷろふいる』

HAPPY LAND	85～86
出版部通信	86
連作太平記(SOS)	86～88
猟奇歌《猟奇歌》(夢野久作)	88
プロフィル オブ プロフィル	
ブラボー(池田三平)	89
面白くなりそうである(秋山珊作)	
	89～90
雑感(井口清波)	90
探偵味雑感(栗栖二郎)	90～91
探偵小説の転換期(浅川博)	91
丘の家殺人事件《小説》(竹村久仁夫)	
	92～106
略歴(竹村久仁夫)	95
昭和十年度の翻訳探偵小説(井上良夫)	
	107～110
探偵小説界昭和十年版(水谷準)	111～119
新刊紹介	119
作品月評(井上良夫)	120～121
蛇男《小説》(角田喜久雄)	122～129
大空の死闘(K・SAKAI)	130～131
探偵小説講話〈12・完〉(甲賀三郎)	
	132～143
エラリイ・クイーン・著作表	143
探偵クラブ新設	143
編輯後記(九鬼澹)	144

第4巻第1号　所蔵あり
1936年1月1日発行　184頁　40銭

漫画《漫画》(新漫画派集団)	5～8
源内焼六術和尚《小説》(小栗虫太郎)	
	10～29
闖入者《小説》(大阪圭吉)	30～40
髪切虫《小説》(夢野久作)	41～45
骨崎形《小説》(雨宮辰三)	46～60
略歴(雨宮辰三)	60
毒草園(秋923菊作)	61
マヂェステック事件(石川一郎)	62～72
探偵劇を中心に(前田喜773)	73
商売打明け話(大下宇陀児)	74～75
バルザック蒼白記(渡辺啓助)	76～77
蠧魚の譫言〈1〉(西田政治)	78～81
ペンぬり犯人(山本禾太郎)	81～83
ぷろじぇ・ぱらどくさる(水谷準)	83～85
南極探険隊殺人事件《小説》(F・フレーザー	
著),酒井嘉七〔訳〕)	86～96
終点駅《小説》(P・ランドン〔著〕,田中早苗	
〔訳〕)	97～103
探偵小説二年生(木々高太郎)	104～106
探偵小説とポピュラリテイ(甲賀三郎)	
	106～108

探偵小説論ノート(海野十三)	109～111
木々高太郎君に(森下雨村)	111～113
新人の言葉	
所感(加藤久明)	114
無題(光石介太郎)	114
新年の言葉(西尾正)	114
汚水の国を偲ぶ(山城雨之介)	114
今年こそは(舞木一朗)	114
おめでたいことなど(前田郁美)	
	114～115
勉強する事(宮城哲)	115
書けるか!(金来成)	115
微分方程式を繰り乍ら(西島亮)	115
怪物横行時代を夢見る(服部元正)	115
まづこれからだ!(小笠原正太郎)	115
探偵小説の存在価値(平塚白銀)	115
嘆きの郵便屋《小説》(名和絹子)	116～117
フェア・プレイ《小説》(鐘窓一郎)	
	117～118
姿なき作家《小説》(伊志田和郎)	118～119
ポスト《小説》(森田耕一郎)	120
特輯古典犯罪	
古典犯罪夜話(左頭弦馬)	122～125
大禹治水説話序扁(山城雨之介)	
	125～129
古典綺話 二篇(石光琴作)	129～131
アラビヤ女の怪奇趣味《小説》	
	132～135
浜尾氏のこと(江戸川乱歩)	136
徹頭徹尾気持のいゝ人(田中早苗)	136
浜尾さんを惜しむ(大下宇陀児)	136～137
『鉄鎖』か『殺人鬼』か?(海野十三)	137
寸感(森下雨村)	137
浜尾君を憶ふ(甲賀三郎)	137
『幸運の手紙』の謎(K・SAKAI)	
	138～139
黄色の部屋	
笑言集	141
探偵倶楽部	141～144
フエリン・フレーザア氏小伝	
	142～143
相談欄	144
編輯日記抜萃	144
探偵小説問答	144
犯罪辞典	144
広告欄	144
新年号懸賞	145
久駄欄	145
HAPPY・LAND	145～148
探偵川柳《川柳》	146
新年演芸大会	147～152

11 『ぷろふいる』

飾窓の秘密〈1〉《小説》(エラリイ・クイーン
　〔著〕,番場重次〔訳〕)‥‥‥‥　153〜167
新刊紹介‥‥‥‥‥‥‥‥‥‥‥　166〜167
映画欄‥‥‥‥‥‥‥‥‥‥‥‥　168〜169
鬼の言葉〈5〉(江戸川乱歩)‥‥‥　170〜175
プロフイル オブ プロフイル‥‥‥　176〜179
　ユーモア?(笛色幡作)‥‥‥‥‥　176〜177
　傾向とそれを作るもの(関庄次郎)‥‥‥　177
　愉快(田内孝明)‥‥‥‥‥‥‥　177〜178
　十二月号を読み終つて(伴太郎)‥‥‥　178
　探偵小説の夢に就いて(逸見貫)
　　‥‥‥‥‥‥‥‥‥‥‥‥‥　178〜179
作家・翻訳家・趣味家―住所録‥‥　180〜183
作品月評(洛北笛太郎)‥‥‥‥‥　180〜183
編輯後記(九鬼澹)‥‥‥‥‥‥‥‥‥　184

第4巻第2号　所蔵あり
1936年2月1日発行　130頁　30銭
漫画《漫画》(新漫画派集団)‥‥‥‥‥　5〜8
ホテル・紅館〈1〉《小説》(大下宇陀児)
　‥‥‥‥‥‥‥‥‥‥‥‥‥‥‥　10〜19
扉言葉(作者)‥‥‥‥‥‥‥‥‥‥‥‥　10
寄贈書籍‥‥‥‥‥‥‥‥‥‥‥‥‥‥　19
印度大麻《小説》(木々高太郎)‥‥‥　20〜35
映画欄‥‥‥‥‥‥‥‥‥‥‥‥‥　36〜37
集団犯罪《小説》(夏秋潮)‥‥‥‥　38〜48
略歴(夏秋潮)‥‥‥‥‥‥‥‥‥‥‥‥　41
先づ原作を求める(小谷夢狂)‥‥‥‥‥　49
正誤・回答・横槍(甲賀三郎)‥‥‥　50〜53
都会風景
　巴里_{バリー} K・O(節江薫)‥‥‥‥‥　50〜51
　望郷の譜(九鬼澹)‥‥‥‥‥‥‥　51〜52
　仙台風景(小笠原正太郎)‥‥‥‥　52〜53
　北海道の代表都市(竹村久仁夫)‥‥‥　53
細君受難(K・SAKAI)‥‥‥‥‥‥　54, 69
迷宮犯罪のページ
　二万円金塊の消失‥‥‥‥‥‥‥　56〜59
　白昼無言の惨劇‥‥‥‥‥‥‥‥　59〜62
　放火魔は何処に?‥‥‥‥‥‥‥　62〜65
　謎の女教師殺し‥‥‥‥‥‥‥‥　66〜69
怪物夢久の解剖〈1〉(石井舜耳)‥‥　70〜74
蜘蛛猿《小説》(ミグノン・エバーハート〔著〕,
　西田政治〔訳〕)‥‥‥‥‥‥‥　76〜89
犯罪から裁判まで(山本禾太郎)‥‥　90〜93
作品月評(洛北笛太郎)‥‥‥‥‥‥　90〜93
鱶魚の讒言〈2〉(西田政治)‥‥‥‥　94〜95
鬼の言葉〈6〉(江戸川乱歩)‥‥‥　96〜102
黄色の部屋
　笑話‥‥‥‥‥‥‥‥‥‥‥‥‥‥‥　103
　探偵倶楽部《小説》‥‥‥‥‥‥　103〜105
　モディユ夫人の怪失踪‥‥‥‥　104〜105

相談欄‥‥‥‥‥‥‥‥‥‥‥‥‥‥‥　106
編輯日誌抜萃‥‥‥‥‥‥‥‥‥‥‥‥　106
虚々実々‥‥‥‥‥‥‥‥‥‥‥‥‥‥　106
解毒辞典‥‥‥‥‥‥‥‥‥‥‥‥‥‥　106
犯罪辞典‥‥‥‥‥‥‥‥‥‥‥‥‥‥　106
広告欄‥‥‥‥‥‥‥‥‥‥‥‥‥‥‥　106
二月号懸賞‥‥‥‥‥‥‥‥‥‥‥‥‥　107
久駄欄‥‥‥‥‥‥‥‥‥‥‥‥‥‥‥　107
HAPPY・LAND‥‥‥‥‥‥‥‥　107〜110
ぷろふいる・ニュース‥‥‥‥‥　109〜110
新版換え唄‥‥‥‥‥‥‥‥‥‥‥‥‥　109
名山案内‥‥‥‥‥‥‥‥‥‥‥‥‥‥　110
昆虫記‥‥‥‥‥‥‥‥‥‥‥‥‥‥‥　110
飾窓の秘密〈2〉《小説》(エラリイ・クイーン
　〔著〕,番場重次〔訳〕)‥‥‥‥　111〜124
毒草園(秋野菊作)‥‥‥‥‥‥‥‥‥‥　125
プロフイル オブ プロフイル《小説》
　わが創作小説論(赤玉閃)‥‥‥‥‥‥　126
　探偵小説とレビュー(東風哲之介)
　　‥‥‥‥‥‥‥‥‥‥‥‥‥　126〜127
　二つの意識(相沢和男)‥‥‥‥　127〜128
　本屋の親爺の寝言(小笠原正太郎)‥‥　129
　文壇G・P・Uの偏狭性(石光琴作)
　　‥‥‥‥‥‥‥‥‥‥‥‥‥‥‥‥　129
編輯後記(九鬼澹)‥‥‥‥‥‥‥‥‥‥　130

第4巻第3号　所蔵あり
1936年3月1日発行　136頁　30銭
漫画〈創作漫画派集団〉《漫画》‥‥‥　5〜8
ホテル・紅館〈2〉《小説》(大下宇陀児)
　‥‥‥‥‥‥‥‥‥‥‥‥‥‥‥　10〜19
ムガチの聖像《小説》(戸田巽)‥‥　20〜31
鉄も銅も鉛もない国《小説》(西嶋亮)
　‥‥‥‥‥‥‥‥‥‥‥‥‥‥‥　32〜45
映画欄‥‥‥‥‥‥‥‥‥‥‥‥‥　46〜47
アジヤンター殺人事件《小説》(中山狂太郎)
　‥‥‥‥‥‥‥‥‥‥‥‥‥‥‥　48〜63
作者の言葉(中山狂太郎)‥‥‥‥‥‥‥　51
地下鉄の亡霊(K・SAKAI)‥‥‥‥　64〜65
ベルチヨン式鑑別法(高田義一郎)‥　66〜67
作品月評(洛北笛太郎)‥‥‥‥‥‥　66〜69
毒草園(秋野菊作)‥‥‥‥‥‥‥‥‥‥　70
国際犯罪のページ
　シドニイ殺人事件(伊東鋭太郎)
　　‥‥‥‥‥‥‥‥‥‥‥‥‥‥　72〜75
　サナトリウムの秘密室(三上輝夫)
　　‥‥‥‥‥‥‥‥‥‥‥‥‥‥　76〜79
　チロルの誘惑(道本清一)‥‥‥‥　80〜83
　謎の藤村氏失踪事件(水ノ江塵一)
　　‥‥‥‥‥‥‥‥‥‥‥‥‥‥　83〜86
鱶魚の讒言〈3〉(西田政治)‥‥‥‥　88〜89

11『ぷろふいる』

透視術《小説》(カレル・チヤペク〔著〕,荻玄雲〔訳〕) ……………… 90～93
飾窓の秘密〈3〉《小説》(エラリイ・クイーン〔著〕,番場重次〔訳〕) ……… 94～108
寄贈書籍 ……………………… 108
黄色の部屋
　笑話 ………………………… 109
　理由なき犯罪 ……………… 110～111
　探偵倶楽部 ………………… 110～111
　相談欄 ……………………… 112
　編輯日誌抜萃 ……………… 112
　作者の癖 …………………… 112
　解毒辞典 …………………… 112
　広告欄 ……………………… 112
　『小笛事件』出版記念会 … 113
　HAPPY・LAND ………… 113～116
　ホームズのモデル? ……… 114
　犯罪問答 …………………… 114
　三月号暗号懸賞 …………… 115
愈々甲賀三郎氏に論戦(木々高太郎)
　………………………………… 117～122
毒滴《小説》(アレキサンダー・サマルマン〔著〕,八重野潮路〔訳〕) …… 117～119
都会風景
　神戸よいとこ(西嶋志浪) … 120
　百万ナモ・ナゴヤ(鐘窓一郎) … 121
　山紫水明の地(斗南有吉) … 122
海外探偵雑誌総まくり(大江専一)
　………………………………… 124～126
怪物夢久の解剖〈2・完〉(石井舜耳)
　………………………………… 127～131
プロフイル オブ プロフイル
　「P・O・POP」(斎木純) … 132
　探偵小説と読者(三鬼雷太郎)
　………………………………… 132～133
　月刊雑誌と探偵小説(黒柳白声)
　………………………………… 133～134
　あんち、あかだまいずむ(悪良次郎)
　………………………………… 134～135
　所感(島三十郎) …………… 135
　短篇への考察(石光琴花) … 135
編輯後記(九鬼澹) …………… 136

第4巻第4号　所蔵あり
1936年4月1日発行　132頁　30銭

漫画《漫画》(新漫画派集団) … 5～8
ホテル・紅館〈3〉《小説》(大下宇陀児)
　………………………………… 10～18
R子爵夫人惨殺事件《小説》(九鬼澹)
　………………………………… 19～21
映画欄 ………………………… 22～23

呪はれた航空路《小説》(酒井嘉七) …… 24～34
寄贈書籍 ……………………… 34
蠹魚の譫言〈4〉(西田政治) … 36～37
黄いろい鳥《小説》(チエスタトン〔著〕,浅野玄府〔訳〕) ……………… 38～48
宝探し《小説》(エラリー・クイーン〔著〕,酒井嘉七〔訳〕) …………… 49～57
幻影城の番人(大阪圭吉) …… 58～59
アンクル・アブナア《小説》(M・D・ポースト〔著〕,井上良夫〔訳〕) …… 60～70
毒草園(秋野菊作) …………… 71
三重分身者の弁(小栗虫太郎) … 72～73
指紋の沿革〈1〉(岸孝義) …… 74～77
作品月評(洛北笛太郎) ……… 74～77
魂を殺した人々(K・SAKAI) … 78～79
手術魔《小説》(ピーター・チヤンス〔著〕,西田政治〔訳〕) …………… 80～85
見落す勿れ/歪んだ顔を損でした/それも音信/話はかうして/手段を換えて/それは無理な ……………………… 85
飾窓の秘密〈4〉《小説》(エラリイ・クイーン〔著〕,番場重次〔訳〕) …… 86～104
黄色の部屋
　海外笑話 …………………… 105
　告げ口頭髪 ………………… 106～107
　探偵倶楽部 ………………… 106～107
　相談欄 ……………………… 108
　編輯日誌抜萃 ……………… 108
　ライカ ……………………… 108
　犯罪問答 …………………… 108
　広告欄 ……………………… 108
　四月号暗号懸賞 …………… 109
　HAPPY・LAND ………… 109～112
　『小笛事件』出版会 ……… 110～111
　G・K・チェスタートン … 111
　M・D・ポースト ………… 111
木々高太郎氏の長篇その他(井上良夫)
　………………………………… 113～119
煙草《小説》(リン・ドイル〔著〕,九鬼澹〔訳〕) ……………………… 113～116
都会風景
　スパイK・T氏(夏秋潮) … 117
　都市の錯覚(中村美与) …… 118
　新潟だより(信濃雄三) …… 119
六十九番目の男(大空翔) …… 120～127
プロフイル オブ プロフイル
　探偵小説一家(東風哲之介) … 128～129
　探偵小説の社会性に就いて(Y・A生)
　………………………………… 129～130
　二人を叱る(赤玉閃) ……… 130～131
　ニセモノ・ふあん(乱田将介) … 131

11 『ぷろふいる』

編輯後記（九鬼澹）・・・・・・・・・・・・・・・・・・・・・　132

第4巻第5号　所蔵あり
1936年5月1日発行　132頁　30銭
夢野久作氏記念写真《口絵》・・・・・・・・・・・・・　5
探偵漫画《漫画》（新漫画派集団）・・・・・・・・・　6〜8
木内家殺人事件〈1〉《小説》（甲賀三郎）
　・・・・・・・・・・・・・・・・・・・・・・・・・・・・・・・　10〜25
映画欄 ・・・・・・・・・・・・・・・・・・・・・・・・・　26〜27
若鮎丸殺人事件《小説》（マコ・鬼一）
　・・・・・・・・・・・・・・・・・・・・・・・・・・・・・・・　28〜37
南風《小説》（平塚白銀）・・・・・・・・・・・・・　38〜44
近頃読んだもの（妹尾アキ夫）・・・・・・・・・・　45
人間真珠《小説》（南沢十七）・・・・・・・・・・　46〜55
探偵小説を萎縮させるな（海野十三）
　・・・・・・・・・・・・・・・・・・・・・・・・・・・・・・・　56〜57
線路の上《小説》（西尾正）・・・・・・・・・・・・　58〜66
毒草園（秋野菊作）・・・・・・・・・・・・・・・・・　67
飾窓の秘密〈5〉《小説》（エラリイ・クイーン
　〔著〕，番場重次〔訳〕）・・・・・・・・・・・・・　68〜85
良心・第一義（夢野久作）・・・・・・・・・・・・　86〜87
探偵劇座談会《座談会》（市川小太夫，末広浩二，
　西田政治，丸尾長顕，前田喜朗，加納哲，九鬼
　澹，山本禾太郎）・・・・・・・・・・・・・・・・・・　88〜91
'小笛事件'の反響
　犯罪事実小説の旗の下に!!（土呂八郎）
　・・・・・・・・・・・・・・・・・・・・・・・・・・・・・・・　88〜90
　人間性を感じつゝ（楚木亜夫）・・・・・・・・　90
　読後感少々（戸田巽）・・・・・・・・・・・・・　90〜92
　犯罪史的文献（高山義三）・・・・・・・・・・　92〜93
　稀有の書（丸尾長顕）・・・・・・・・・・・・・・　93
　夢野さんの逝った日（石川一郎）・・・・・・　92〜93
　蠧魚の譫言〈5〉（西田政治）・・・・・・・・・　94〜95
黄色の部屋
　笑話 ・・・・・・・・・・・・・・・・・・・・・・・・・・　97
　帽子活躍！ ・・・・・・・・・・・・・・・・・・・　98〜99
　ライカ ・・・・・・・・・・・・・・・・・・・・・・・・・　98
　探偵倶楽部 ・・・・・・・・・・・・・・・・・・・・・　99
　新人漫画のページ《漫画》・・・・・・・　100〜101
　五月号暗号新題 ・・・・・・・・・・・・・・・・・　102
　_{スラング}
　尖端語 ・・・・・・・・・・・・・・・・・・・・・・・・　102
　HAPPY・LAND ・・・・・・・・・・・・・・・　102〜104
　当世の耽奇趣味 ・・・・・・・・・・・・・・・・　103〜104
　編輯余録 ・・・・・・・・・・・・・・・・・・・・・・　104
新刊書籍 ・・・・・・・・・・・・・・・・・・・・・・・・　105
鬼の言葉〈7〉（江戸川乱歩）・・・・・・・・・　106〜113
指紋の沿革〈2・完〉（岸孝義）・・・・・・・・　114〜117
作品月評（洛北笙太郎）・・・・・・・・・・・・・　114〜116
プロフイル オブ プロフイル
　やりきれない話（斎木純）・・・・・・・・・・・・　118
　古びた處女地（辺見貫）・・・・・・・・・・・　118〜119

あい、あむ、そりい（悪良次郎）・・・・・・・・　119
探偵小説か探偵文学か（相沢和男）
　・・・・・・・・・・・・・・・・・・・・・・・・・・・・・　119〜121
夢久の死と猟奇歌（吸血夢想男）・・・・・・　121
ホテル・紅館〈4〉《小説》（大下宇陀児）
　・・・・・・・・・・・・・・・・・・・・・・・・・・・・・　122〜131
編輯後記（九鬼澹）・・・・・・・・・・・・・・・・・　132

第4巻第6号　所蔵あり
1936年6月1日発行　140頁　30銭
訪問写真《口絵》・・・・・・・・・・・・・・・・・・・　5
木内家殺人事件〈2・完〉《小説》（甲賀三郎）
　・・・・・・・・・・・・・・・・・・・・・・・・・・・・・・・　8〜24
近頃読んだもの（大江専一）・・・・・・・・・・・　25
映画欄 ・・・・・・・・・・・・・・・・・・・・・・・・・　26〜27
芝居狂冒険《小説》（夢野久作）・・・・・・・　28〜36
レポート ・・・・・・・・・・・・・・・・・・・・・・・・・　36
蠧魚の譫言〈6〉（西田政治）・・・・・・・・・　38〜39
キリストの脳髄《小説》（葛城芳夫）・・・・・　40〜55
略歴（葛城芳夫）・・・・・・・・・・・・・・・・・・・　41
小鬼雑記帖（蜂剣太郎）・・・・・・・・・・・・・　54〜57
探偵小説の貧乏性（水谷準）・・・・・・・・・　58〜59
消失五人男《小説》（G・K・チエスタートン〔著〕，
　酒井嘉七〔訳〕）・・・・・・・・・・・・・・・・・・　60〜70
殺人を娯しむ男（小山甲三）・・・・・・・・・・　71〜77
作家訪問記 江戸川乱歩氏の巻（本誌記者）
　・・・・・・・・・・・・・・・・・・・・・・・・・・・・・・・　78〜83
半島毒殺変ホ調（伊東鋭太郎）・・・・・・・・　84〜96
尖端科学と探偵小説（川端勇男）・・・・・・　95〜99
ハガキ回答《アンケート》
　1.探偵小説をお好みになりますか?
　2.好きな作品をお挙げ下さい。
　3.好きな理由、又は読まない理由は?
　　（荒木貞夫）・・・・・・・・・・・・・・・・・・　96〜97
　　（高島米峯）・・・・・・・・・・・・・・・・・・・・　97
　　（下村海南）・・・・・・・・・・・・・・・・・・・・　97
　　（北林透馬）・・・・・・・・・・・・・・・・・・　97〜98
　　（石浜知行）・・・・・・・・・・・・・・・・・・・・　98
　　（新居格）・・・・・・・・・・・・・・・・・・・・　98〜99
　　（辰巳柳太郎）・・・・・・・・・・・・・・・・・・　99
　　（栗島すみ子）・・・・・・・・・・・・・・・・・・　99
　　（大森洪太）・・・・・・・・・・・・・・・・・・　99〜100
　　（失名氏）・・・・・・・・・・・・・・・・・・・・・　100
　　（失名氏）・・・・・・・・・・・・・・・・・・・　100〜101
　　（桜井忠温）・・・・・・・・・・・・・・・・・・・・　101
　　（丸山定夫）・・・・・・・・・・・・・・・・・・・・　101
　　（沖野岩三郎）・・・・・・・・・・・・・・・・　101〜102
　　（木村毅）・・・・・・・・・・・・・・・・・・・・・　102
　　（武田麟太郎）・・・・・・・・・・・・・・・・・・　102
　　（岩田豊雄）・・・・・・・・・・・・・・・・・・　102〜103
　　（鶴見祐輔）・・・・・・・・・・・・・・・・・・・・　103

11『ぷろふいる』

　　（馬場孤蝶）・・・・・・・・・・・・・・・・ 103
　　（大谷竹次郎）・・・・・・・・・・・・・ 103～104
　　（大辻司郎）・・・・・・・・・・・・・・・・ 104
　　（福原麟太郎）・・・・・・・・・・・・・・ 104
　三つの棺 その他（井上良夫）・・・・・・・ 100～104
　黄色の部屋
　　笑話 ・・・・・・・・・・・・・・・・・・・・・・ 105
　　隠すより顕るゝなし ・・・・・・・・・・・ 106～107
　　探偵倶楽部 ・・・・・・・・・・・・・・・ 106～107
　　ライカ ・・・・・・・・・・・・・・・・・・・・ 107
　　新人漫画のページ《漫画》・・・・・ 108～109
　　六月号暗号新題 ・・・・・・・・・・・・・・ 110
　　尖端語 ・・・・・・・・・・・・・・・・・・・・ 110
　　HAPPY・LAND ・・・・・・・・・・・ 110～112
　　当世の耽奇趣味 ・・・・・・・・・・・・ 111～112
　　編輯余録 ・・・・・・・・・・・・・・・・・・ 112
　毒草園（秋野菊作）・・・・・・・・・・・・・・ 113
　飾窓の秘密〈6・完〉《小説》（エラリイ・クヰーン〔著〕,番場重次〔訳〕）・・・・・・ 114～123
　ぷろふいる おぶ ぷろふいる
　　わが『論戦』（赤玉閃）・・・・・・・・・・ 124
　　探偵小説論抄（中山狂太郎）・・・ 124～125
　　所謂芸術派排斥論（青玉光）・・・ 125～126
　　違った季節（Q・Q・Q）・・・・・・ 126～127
　　理論を截る（石光琴作）・・・・・・・・・ 127
　新刊書籍 ・・・・・・・・・・・・・・・・・・・・・ 128
　ホテル・紅館〈5〉《小説》（大下宇陀児）
　　・・・・・・・・・・・・・・・・・・・・・・・ 129～139
　編輯後記（記者）・・・・・・・・・・・・・・・・ 140

第4巻第7号　所蔵あり
1936年7月1日発行　138頁　30銭

　訪問写真〔口絵〕・・・・・・・・・・・・・・・・ 5
　ホテル・紅館〈6〉《小説》（大下宇陀児）
　　・・・・・・・・・・・・・・・・・・・・・・・・ 8～20
　「瀬戸内海の惨劇」について（蒼井雄）・・・・・ 20
　近頃読んだもの（延原謙）・・・・・・・・ 21～22
　双眼鏡で聴く《小説》（橋本五郎）・・・・・ 24～37
　切抜き新聞 ・・・・・・・・・・・・・・・・・ 38～39
　支那服《小説》（舞木一朗）・・・・・・ 40～50
　毒草園（秋野菊作）・・・・・・・・・・・・・・ 51
　尼上少尉の生存《小説》（夏秋潮）・・・ 52～65
　蠧魚の譫言〈7〉（西田政治）・・・・・・ 66～68
　三角奇談《小説》（シヤーリイ・ミイルス〔著〕,
　　坂英一〔訳〕）・・・・・・・・・・・・・ 69～70
　斜視線（蜂剣太郎）・・・・・・・・・・・・ 69～75
　水泡《小説》（ジョン・ベントン〔著〕,秋野菊作
　　〔訳〕）・・・・・・・・・・・・・・・・・・ 71～72
　誕生日の贈物《小説》（ベネット・ハロン〔著〕,
　　酒井嘉七〔訳〕）・・・・・・・・・・・ 72～75
　映画欄 ・・・・・・・・・・・・・・・・・・・・ 76～77

　地下鉄サム噂噺（N・Y・K）・・・・・・・ 78～80
　猟書行脚（大畠健三郎）・・・・・・・・・・ 78～81
　地下鉄サムと映画スター《小説》（J・マッカレ
　　イ〔著〕,大畠健三郎〔訳〕）・・・・ 82～88
　新刊書籍 ・・・・・・・・・・・・・・・・・・・・・ 89
　群少犯罪註釈（荻野浪蔵）・・・・・・・・ 90～93
　ドロシイ・セイアーズのスケッチ（井上良
　　夫）・・・・・・・・・・・・・・・・・・・・・ 90～93
　作家訪問記（本誌記者）
　　小栗虫太郎氏の巻 ・・・・・・・・・・ 94～100
　　木々高太郎氏の巻 ・・・・・・・・・ 100～104
　黄色の部屋
　　笑話 ・・・・・・・・・・・・・・・・・・・・・・ 105
　　子供殺し ・・・・・・・・・・・・・・・・・ 106～107
　　探偵倶楽部 ・・・・・・・・・・・・・・・ 106～107
　　ライカ ・・・・・・・・・・・・・・・・・・・・ 107
　　新人漫画のページ《漫画》・・・・・ 108～109
　　MYSTIC・HAND ・・・・・・・・・・ 108～109
　　七月号懸賞暗号新題 ・・・・・・・・・・・・ 110
　　HAPPY・LAND ・・・・・・・・・・・ 110～112
　　当世の耽奇趣味 ・・・・・・・・・・・・ 111～112
　　編輯室余談 ・・・・・・・・・・・・・・・・・ 112
　ストロング・ボイズン〈1〉《小説》（ドロシイ・
　　エル・セイアーズ〔著〕,土呂八郎
　　〔訳〕）・・・・・・・・・・・・・・・・・ 113～129
　「小笛事件」（甲賀三郎）・・・・・・・・・ 130～131
　「キリストの脳髄」を読む（海野十三）
　　・・・・・・・・・・・・・・・・・・・・・・・ 131～132
　船富家の惨劇（井上良夫）・・・・・・・ 132～134
　ぷろふいる おぶ ぷろふいる ・・・・・ 135～137
　　興味の問題（中島馨）・・・・・・・・・・・ 135
　　食えよ推理!（室町二郎）・・・・・・ 135～136
　　石光琴作を截る（机竜之介）・・・・ 136～137
　　小栗虫太郎氏の近作（二道道）・・・・・・ 137
　編輯後記（記者）・・・・・・・・・・・・・・・・ 138

第4巻第8号　所蔵あり
1936年8月1日発行　184頁　40銭

　訪問写真〔口絵〕・・・・・・・・・・・・・・・・ 5
　死の快走船出版記念会写真〔口絵〕・・・・・・・・ 6
　盲ひた月〈1〉《小説》（木々高太郎）・・・・ 8～21
　「条件」付・木々高太郎に与ふ（甲賀三郎）
　　・・・・・・・・・・・・・・・・・・・・・・・・ 22～26
　近頃読んだもの（角田喜久雄）・・・・・・・・ 27
　ホテル・紅館〈7〉《小説》（大下宇陀児）
　　・・・・・・・・・・・・・・・・・・・・・・・・ 28～39
　切抜新聞 ・・・・・・・・・・・・・・・・・・・ 40～41
　作家訪問記 海野十三氏の巻（本誌記者）
　　・・・・・・・・・・・・・・・・・・・・・・・・ 42～46
　毒草園（秋野菊作）・・・・・・・・・・・・・・ 47

瀬戸内海の惨劇〈1〉《小説》（蒼井雄）
　……………………………… 48〜68
近頃読んだもの（石川一郎）……………… 69
鸞魚の讒言〈8〉（西田政治）……… 70〜73
荒野の殺人《小説》（ノーマン・クローウエル
　〔著〕，酒井嘉七〔訳〕）………… 74〜79
映画欄 ………………………………… 80〜81
ストロング・ポイズン〈2〉《小説》（ドロシイ・
　エル・セイアーズ〔著〕，土呂八郎
　〔訳〕）……………………………… 82〜92
奇病論（諸岡存）…………………… 93〜99
涼しい夏のページ
　雲の中の秘密（酒井嘉七）………… 93〜95
　モダン探偵趣味銷夏法（辻斬之介）
　………………………………………… 95〜97
　紙幣の呪ひ（斗南有吉）…………… 97〜98
　幻視（戸田巽）…………………… 99〜101
　無理心中の一歩前の廻れ右（藤原羊平）
　……………………………………… 101〜106
　幽霊殺害事件（桂雅太郎）……… 106〜109
　毛髪を染める婦人患者（土呂八郎）
　……………………………………… 109〜110
幽界通信
　転居御通知—夢野久作—（石井舜耳）
　……………………………………… 100〜101
　探偵小説の尺度計—平林初之輔—（石光琴
　作）………………………………… 102〜103
　『其処はおとし穴だよ』—小酒井不木（岡
　戸武平）…………………………… 104〜105
　通信五迄—浜尾四郎—（X・Y・Z）
　……………………………………… 106〜107
　亡霊写真引伸変化—渡辺温—（渡辺啓助）
　108〜110
幽霊宿屋《小説》（E・ブランド夫人〔著〕，斗南
　有吉〔訳〕）……………………… 111〜115
斜視線（蜂剣太郎）……………… 116〜119
猟書行脚（大畠健三郎）………… 116〜119
紅の恐怖《小説》（前田郁美）…… 120〜121
探偵P氏の日記《小説》（淨版坦）… 122〜123
暴　露　電　線《小説》（葛城芳夫）
　……………………………………… 124〜125
計画遂行《小説》（忍喬助）……… 126〜127
苦策《小説》（星庭俊一）………… 128〜129
ぷろふいる　おぶ　ぷろふいる
　流散弾（笛色漾）………………………… 130
　アンフエア・フエヤプレイ（篠田浩）
　……………………………………… 130〜132
　孤立の問題（帯刀純太郎）……………… 132
　好ましき探偵小説（室町二郎）
　……………………………………… 132〜133
　作家ヴラエテイ（永田コング）………… 134

黄色の部屋
　笑話 ……………………………………… 135
　止る風車の秘密 ………………… 136〜137
　探偵倶楽部 ……………………… 136〜137
　ライカ …………………………………… 137
　新人漫画のページ《漫画》……… 138〜139
　手品のページ …………………… 138〜139
　HAPPY・LAND ……………… 140〜142
　八月号懸賞問題 ………………………… 140
　編輯室余談 ……………………… 141〜142
　「死の快走船」の会 …………… 141〜142
報酬五千円事件《小説》（九鬼澹）… 143〜183
探偵コントコンクール入選発表 ………… 183
編輯後記（記者）………………………… 184

第4巻第9号　所蔵あり
1936年9月1日発行　134頁　30銭
訪問写真《口絵》…………………………… 5
ホテル・紅館〈8〉《小説》（大下宇陀児）
　…………………………………………… 8〜16
近頃読んだもの（大阪圭吉）……………… 17
批評の標準（木々高太郎）………… 18〜22
毒草園（秋野菊作）………………………… 23
銀器《小説》（オウエン〔著〕，妹尾アキ夫
　〔訳〕）……………………………… 24〜29
新刊紹介 …………………………………… 29
香水の戯れ《小説》（ドロシイ・セイヤーズ〔著〕，
　黒沼健〔訳〕）……………………… 30〜36
夏のコント
　二人の失踪者《小説》（宮城哲）………… 36
　誘蛾燈《小説》（中山狂太郎）…… 36〜37
　"海のエキストラ"《小説》（上村源吉）
　…………………………………………… 37
真夜中の訪問《小説》（ハアディ・ヴォルム〔著〕，
　土呂八郎〔訳〕）…………………… 38〜41
映画欄 …………………………… 42〜43
バケツの水《小説》（W・マックハーグ〔著〕，田
　中早苗〔訳〕）……………………… 44〜48
盗まれた黒祈祷書《小説》（アーノルド・フレデ
　リックス〔著〕，大畠健三郎〔訳〕）
　……………………………………… 49〜55
法医学とは何ぞや（小南又一郎）… 56〜57
展望塔（白牙）……………………… 56〜57
いなづまの閃き《小説》（リチヤード・カーネル
　〔著〕，酒井嘉七〔訳〕）………… 58〜66
覚醒《小説》（J・S・フレッチヤー〔著〕，西田政
　治〔訳〕）…………………………… 67〜73
"殺し場"物語（前田喜朗）………… 74〜76
猟書行脚（大畠健三郎）…………… 74〜76
黄色の部屋
　笑話 ……………………………………… 77

11『ぷろふぃる』

陸軍中尉とギャング .... 78〜79
探偵倶楽部 .... 78〜79
雑誌紹介 79
新人漫画のページ《漫画》 ...... 80〜81
手品のページ .... 80〜81
HAPPY・LAND .... 82〜84
九月号懸賞問題 82
編輯室余話 .... 83〜84
特設室 .... 83〜84
十三番目の樹《脚本》（アンドレ・ジイド〔著〕、
　伊東鋭太郎〔訳〕）............ 85〜92
夏のコント
　夏の夜噺《小説》（前田郁美）... 92〜93
　白骨揺影《小説》（左頭弦馬）...... 93
瀬戸内海の惨劇〈2〉《小説》（蒼井雄）
　........................... 94〜111
切抜新聞 .... 112〜113
作家訪問記 大下宇陀児氏の巻（本誌記者）
　........................... 114〜118
ストロング・ポイズン〈3〉《小説》（ドロシイ・
　エル・セイアーズ〔著〕、土呂八郎
　〔訳〕）..................... 119〜129
ぷろふぃる おぶ ぷろふぃる《小説》
　探偵作家の自意識と反省（明智朽平）
　........................... 130〜131
　報酬五千円事件評（えばんたい）
　........................... 131〜132
　作者と題名（横専学人）....... 132〜133
　探偵小説の作風（室町二郎）...... 133
編輯後記（記者）................... 134

第4巻第10号　所蔵あり
1936年10月1日発行　138頁　30銭

訪問写真《口絵》.................... 5
ホテル・紅館〈9・完〉《小説》（大下宇陀児）
　............................. 8〜27
作家訪問記 森下雨村氏の巻（本誌記者）
　............................ 28〜32
毒草園（秋野菊作）................. 33
盲ひた月（八月掲載分梗概）..... 34〜38
盲ひた月〈2・完〉《小説》（木々高太郎）
　............................ 39〜44
盲ひた月解決篇を選して 44
盲ひた月（解決篇入選作）《小説》（妹尾アキ夫）
　............................ 45〜47
盲ひた月（解決篇入選作）《小説》（五香六実）
　............................ 47〜50
真昼の劇場事件《小説》（セリア・キーガン〔著〕、
　九鬼澹〔訳〕）............... 51〜55
「青い鷺」に就いて（小栗虫太郎）.. 56〜57

瀬戸内海の惨劇〈3〉《小説》（蒼井雄）
　............................ 58〜76
猟奇漫談〈1〉（滋岡透）........ 77〜78
解剖学と生理学（林藪）......... 78〜81
展望塔（白牙）................. 79〜81
癩人《小説》（小笠原正太郎）... 82〜95
新刊紹介 95
映画欄 .... 96〜97
近頃読んだもの（土呂八郎）......... 98
黄色の部屋
　ミリヨン・パズルス 99
　愛情（石光琴作）................. 99
　クエッション・スクール 99
　笑話 .... 100〜101
　大玉小玉 .... 100〜101
新人漫画のページ《漫画》..... 102〜103
探偵倶楽部 .... 102〜103
HAPPY・LAND .... 104〜106
十月号懸賞問題 104
編輯室余談 .... 105〜106
特設室 .... 105〜106
ヴァン・ダインと探偵小説 その他（土屋光
　司）..................... 107〜111
猟書行脚（大畠健三郎）....... 107〜109
編輯は煉獄苦である（丸井長顕）110〜111
挿絵について（高井貞二）..... 112〜113
盲腸と探偵小説（蒼井雄）..... 112〜117
未熟者の歎きなど（井上良夫）. 114〜115
内訳話をする（神田澄二）..... 116〜117
苦労あのテこのテ（北町一郎）. 118〜119
海外映画界通信 .... 118〜119
ストロング・ポイズン〈4〉《小説》（ドロシイ・
　エル・セイアーズ〔著〕、土呂八郎
　〔訳〕）................... 120〜133
新刊紹介 133
ぷろふぃる おぶ ぷろふぃる
　大阪圭吉論（錚心二九五）....... 134
　あき・はなぞの（笛色漾）... 134〜135
　病床雑記（悪良次郎）....... 135〜136
　散歩の記（佐川敬吉）....... 136〜137
　評論壇に人なし（大股十歩）..... 137
編輯後記（記者）................. 138

第4巻第11号　所蔵あり
1936年11月1日発行　134頁　30銭

訪問写真《口絵》.................... 5
青い鷺〈1〉《小説》（小栗虫太郎）. 8〜28
毒草園（秋野菊作）................. 29
悲しき絵画《小説》（戸田巽）... 30〜42
犯罪科学ニュース 42

作家訪問記 甲賀三郎氏の巻《本誌記者》
　………………………………… 43〜47
五万円の接吻《小説》(北町一郎)…… 48〜63
犯罪科学ニュース ………………………… 63
探偵小説の書き方(F・W・クロフツ〔著〕, 江川正雄〔訳〕)………………………… 64〜66
市長と探偵《小説》(ダッドレイ・クラーク〔著〕, 坂英二〔訳〕)……………………… 67〜69
ウキスキイの壜《小説》(M・ケネディ〔著〕, 大友敏〔訳〕)…………………………… 69〜71
生きた犯罪史を聴く〈1〉(丹波草生)
　………………………………………… 72〜82
近頃読んだもの(西田政治)……………… 83
猟奇漫談〈2〉(滋岡透)………………… 84〜85
外道の批評(井上良夫)…………………… 86〜87
胡鉄梅を捜る(A・S)…………………… 86〜87
匿名批評につき(石光琴作)……………… 86〜87
瀬戸内海の惨劇〈4〉《小説》(蒼井雄)
　………………………………………… 88〜104
毒草学(雌竜学人)……………………… 105〜107
展望塔(白牙)…………………………… 105〜107
映画欄 …………………………………… 108〜109
猟書行脚(大畠健三郎)………………… 110〜112
海外映画界通信 ………………………… 110〜112
黄色の部屋
　ミリヨン・パズルス ……………………… 113
　うそ倶楽部(辻斬之介) ………………… 113
　クエッション・スクール ……………… 113
　笑話 …………………………………… 114〜115
　大玉小玉 ……………………………… 114〜115
　温古噂話 ………………………………… 116
　新人漫画のページ《漫画》 ………… 116〜117
　探偵倶楽部 …………………………… 116〜117
　HAPPY・LAND ……………………… 118〜120
　十一月号懸賞問題 ……………………… 118
　編輯室余談 …………………………… 119〜120
　スチュアート・パルマア ………… 119〜120
　ストロング・ポイズン〈5〉《小説》(ドロシイ・エル・セイアーズ〔著〕, 土呂八郎〔訳〕)………………………… 121〜130
ぷろふいる おぶ ぷろふいる
　批評合戦(小此木夢雄)………………… 131
　いたづら(キラ・コウ)……………… 131〜132
　甲賀三郎氏(黒柳白声)……………… 132〜133
　怪奇文学を提言する(乱田将介)……… 133
編輯後記 ………………………………… 134

第4巻第12号　所蔵あり
1936年12月1日発行　136頁　30銭
書斎の水谷準氏《口絵》………………… 5
青い鷺〈2〉《小説》(小栗虫太郎)…… 8〜24

近頃読んだもの(井上英三) ………………… 25
両面競牡丹《小説》(酒井嘉七) …… 26〜36
展望塔(白牙) ……………………………… 37〜39
猟書行脚(大畠健三郎) ………………… 37〜39
啼くメデュサ《小説》(松本清) …… 40〜54
寸感(松本清) ……………………………… 43
毒草園(秋野菊作) ………………………… 55
作家訪問記 水谷準氏の巻《本誌記者》
　………………………………………… 56〜59
映画欄 …………………………………… 60〜61
彼〈1〉(江戸川乱歩) ………………… 62〜69
新刊紹介 …………………………………… 69
血液型とは何か?(新延春樹) ………… 70〜72
象牙柄小刀事件《小説》(秋野菊作) … 70〜72
上海密輸八景(白須賀六郎) …………… 73〜77
犯罪科学ニュース ………………………… 77
大連と探偵小説(大庭武年) …………… 78〜79
探偵小説と地方色(石川一郎) ………… 78〜79
地方色の問題(白牙) …………………… 78〜79
生きた犯罪史を聴く〈2〉(丹波草生)
　………………………………………… 80〜87
猟奇漫談〈3・完〉(滋岡透) ………… 88〜89
瀬戸内海の惨劇〈5〉《小説》(蒼井雄)
　………………………………………… 90〜105
紙魚禿筆(八重野潮路) ………………… 106
黄色の部屋
　ミリヨン・パズルス ……………………… 107
　キリスト降誕祭(H・ライマン) ……… 107
　クエッション・スクール ……………… 107
　笑話 …………………………………… 108〜109
　大玉小玉 ……………………………… 108〜109
　探偵小説挿絵展 ………………………… 110
　新人漫画のページ《漫画》 ………… 110〜111
　探偵倶楽部 …………………………… 110〜111
　HAPPY・LAND ……………………… 112〜114
　十二月号懸賞問題 ……………………… 112
　ハーバート・フットナー ………… 113〜114
　編輯余談 ……………………………… 113〜114
　ストロング・ポイズン〈6・完〉《小説》(ドロシイ・セイアーズ〔著〕, 土呂八郎〔訳〕)………………………… 116〜126
近頃読んだもの(伊東鋭太郎) ………… 127
ぷろふいる おぶ ぷろふいる《小説》
　"サーチライト"(小此木夢雄) ……… 128
　とりとめのない話(室町二郎)
　………………………………………… 128〜129
　探偵小説と映画(黒柳白声) ……… 129〜130
　視野の問題(帯刀純太郎) ………… 130〜131
　エバアハートの作品(河原三十二) … 131
ぷろふいる紙上万芸大会
　暗い日曜日(七曜生) ……………… 132〜133

11『ぷろふいる』

名所案内（信天翁三太郎）............... 133
みどりの園（シマツタ・シモン）
　.............................. 133〜134
猿蟹合戦（桂雅太郎）............... 134〜135
青い鍵（小蘭治）....................... 135
編輯後記 136

第5巻第1号　所蔵あり
1937年1月1日発行　182頁　40銭

探偵映画のページ .... 5〜11
どのシルエットが誰でせう?《口絵》....... 12
青い鷺〈3〉《小説》（小栗虫太郎） ... 14〜26
「啼くメデユサ」を読む（渡辺啓助）....... 27
棺桶の花嫁〈1〉《小説》（海野十三）
　.............................. 28〜53
十字街 .... 54〜55
展望塔（白牙）..................... 54〜55
明日の探偵小説を語る座談会《座談会》（海野
　十三、江戸川乱歩、小栗虫太郎、木々高太郎）
　.............................. 56〜82
外国笑話片々（K・I）................... 83
抱名荷の説《小説》（山本禾太郎） ...... 84〜99
ホフマン・その他（妹尾アキ夫） ..... 100〜101
噴水塔（朝霧探太郎）............... 102〜103
作家悲喜 .... 104〜106
探偵小説三年生（木々高太郎） .... 106〜110
小笛事件放言（高田義一郎） .... 110〜112
胡鉄仙人に御慶を申すの記（小栗虫太郎）
　.............................. 112〜115
勿ㇾ羨ㇾ魚（甲賀三郎）............... 115〜117
探偵小説時評〈1〉（井上良夫） ...... 118〜119
生きた犯罪史を聴く〈3〉（丹波草生）
　.............................. 120〜127
連続短篇回顧（大阪圭吉）........... 128〜129
連続短篇小説（河原三十二）......... 128〜129
私の書くもの（西尾正）............. 128〜129
奇樹物語《小説》（G・K・チエスタトン〔著〕、
　西田政治〔訳〕）................. 130〜158
新青年から出た作家（亜山過作）........ 158
黄色の部屋
　ミリヨン・パズルス 159
　音楽家 159
　六人の夫人 159
　外国笑話 160, 161
　新年号懸賞 .... 160〜161
　クエツシヨン・スクール .... 160〜161
　大玉小玉 162
　探偵倶楽部 162
瀬戸内海の惨劇〈6〉《小説》（蒼井雄）
　.............................. 163〜178
この作に就て 178

作家速成術七ケ条（笛野笛吉）......... 179
HAPPY・LAND .... 180〜181
謹賀新年（末広浩二、加納哲、堀場慶三郎、伊東利
　夫、番場重次、九鬼澄）............. 182
編輯後記 182

第5巻第2号　所蔵あり
1937年2月1日発行　148頁　30銭

本誌編輯部東京移転披露会《口絵》....... 5
サイン集《口絵》................... 6〜7
東京ぷろふいるの会《口絵》............. 8
青い鷺〈4〉《小説》（小栗虫太郎）... 10〜32
誕生日オラクル 33
棺桶の花嫁〈2〉《小説》（海野十三）
　.............................. 34〜49
卑劣について（妹尾アキ夫）.......... 50〜51
蟹屋敷《小説》（十九日会会員） ...... 52〜70
新人・中堅・大家論（杉山周）........ 71〜73
噴水塔（朝霧探太郎）............... 74〜75
彼〈2〉（江戸川乱歩）............... 76〜84
黄色の部屋
　ミリヨン・パズルス 85
　嘘倶楽部 85
　ポケット・マネイ何程 85
　ジヨークス .... 86〜87
　二月号懸賞 .... 86〜87
　クエツシヨン・スクール .... 86〜87
　大玉小玉 88
　探偵倶楽部 88
破片（探遊崖童子）................. 89〜91
十字街 .... 89〜91
ラファイエット街の殺人《小説》（アンナ・カサ
　リン・グリーン〔著〕、井上良夫〔訳〕）
　.............................. 92〜119
A・K・グリーンに就いて（井上良夫） 95
生きた犯罪史を聴く〈4〉（丹波草生）
　.............................. 120〜127
探偵小説時評〈2〉（井上良夫） ...... 128〜129
瀬戸内海の惨劇〈7・完〉《小説》（蒼井雄）
　.............................. 130〜144
「抱茗荷の説」を読む（白牙）.......... 145
HAPPY・LAND .... 146〜147
編輯後記 148

第5巻第3号　所蔵あり
1937年3月1日発行　154頁　30銭

角田喜久雄・松野一夫・両氏《口絵》..... 5
草稿・もでるのろじい《口絵》......... 6〜8
青い鷺〈5〉《小説》（小栗虫太郎） ... 10〜28
ユーモア小説と探偵小説（獅子文六）..... 29

棺桶の花嫁〈3・完〉《小説》（海野十三）
　　　　　　　　　　　　　　　　　　30～39
噴水塔（朝霧探太郎）・・・・・・・・・・・・・・・　40～41
弾道《小説》（名古屋探偵倶楽部）・・・・・・・　42～61
批評の木枯（妹尾アキ夫）・・・・・・・・・・・・　62～63
歌姫失踪事件《小説》（大庭武年）・・・・・・・　64～81
探偵小説の風下に立つ（海野十三）・・・・・　82～83
ドラモンド・キース中尉の転宅（秋野菊作）
　　　　　　　　　　　　　　　　　　84～96
破片（探遊窟童子）・・・・・・・・・・・・・・・・・　97～99
十字街 ・・・・・・・・・・・・・・・・・・・・・・・・・・　97～99
対談記《対談》（角田喜久雄，松野一夫）
　　　　　　　　　　　　　　　　　100～106
彼〈3〉（江戸川乱歩）・・・・・・・・・・・・・　108～114
黄色の部屋
　ミリヨン・パズルス ・・・・・・・・・・・・・　115
　センチメンタル・ジヨオ（アンナ・スカルディ
　　ン）・・・・・・・・・・・・・・・・・・・・・・・・・　115
　恋すりゃ辛い ・・・・・・・・・・・・・・・・・・　115
　ラーフス ・・・・・・・・・・・・・・・・　116, 117
　三月号懸賞 ・・・・・・・・・・・・・・・・　116～117
　クエッション・スクール ・・・・・・　116～117
　大玉小玉 ・・・・・・・・・・・・・・・・・・・・・　118
　探遊倶楽部 ・・・・・・・・・・・・・・・・・・・　118
誕生日オラクル ・・・・・・・・・・・・・・・・・・　119
探偵小説時評〈3〉（井上良夫）・・・・・　120～123
じゃじゃ馬殺し《小説》（メリー・ラインハート
　〔著〕，大畠健三郎〔訳〕）・・・・・・・　124～151
HAPPY・LAND ・・・・・・・・・・・・・・・　152～153
編輯後記 ・・・・・・・・・・・・・・・・・・・・・・・　154

第5巻第4号　所蔵あり
1937年4月1日発行　150頁　30銭
映画欄 ・・・・・・・・・・・・・・・・・・・・・・・・・・　5～8
蝸　牛の足《小説》（木々高太郎）・・・・・　10～25
　かたつむり
直木賞とは何か ・・・・・・・・・・・・・・・・・・・・　25

噴水塔（朝霧探太郎）・・・・・・・・・・・・・・・　26～27
踊る悪魔《小説》（戸田巽）・・・・・・・・・・・　28～40
誕生日オラクル ・・・・・・・・・・・・・・・・・・・・　41
文章第一（妹尾アキ夫）・・・・・・・・・・・・・　42～43
空想文学の革命（相沢和男）・・・・・・・・・　44～47
ハガキ回答《アンケート》
　我が十年前の想ひ出
　　（森下雨村）・・・・・・・・・・・・・・・・・・・　44
　　（井上英三）・・・・・・・・・・・・・・・・・　44～45
　　（古畑種基）・・・・・・・・・・・・・・・・・　45～46
　　（蒼井雄）・・・・・・・・・・・・・・・・・・・・・　46
　　（丸尾長顕）・・・・・・・・・・・・・・・・・・・　46
　　（高田義一郎）・・・・・・・・・・・・・・・　46～47
　　（小南又一郎）・・・・・・・・・・・・・・・・・　47
　　（水谷準）・・・・・・・・・・・・・・・・・・・・・　47
不知火《小説》（L・J・ビーストン〔著〕，木戸震
　平〔訳〕）・・・・・・・・・・・・・・・・・・・・・　50～78
黄色の部屋
　笑話 ・・・・・・・・・・・・・・・・・・・・・・・　79～82
　四月号懸賞 ・・・・・・・・・・・・・・・・・　80～81
　探偵倶楽部 ・・・・・・・・・・・・・・・・・・・　82
帝王者《小説》（谺翔介）・・・・・・・・・・・　83～91
探偵味（中野実）・・・・・・・・・・・・・・・・・・　91
破片（探遊窟童子）・・・・・・・・・・・・・・・　92～93
十字街 ・・・・・・・・・・・・・・・・・・・・・・　92～93
燃ゆるネオン《小説》（神戸探偵倶楽部）
　　　　　　　　　　　　　　　　　94～117
探偵小説時評〈4・完〉（井上良夫）
　　　　　　　　　　　　　　　　118～119
青い鷺〈6・完〉《小説》（小栗虫太郎）
　　　　　　　　　　　　　　　　120～138
彼〈4〉（江戸川乱歩）・・・・・・・・・・・・・　139～145
菊池寛と甲賀三郎空想対談記（秋川三郎）
　　　　　　　　　　　　　　　　146～147
HAPPY・LAND ・・・・・・・・・・・・・・・　148～149
編輯後記 ・・・・・・・・・・・・・・・・・・・・・・・　150

12 『探偵文学』『シュピオ』

【刊行期間・全冊数】1935.3-1938.4（34冊）
【刊行頻度・判型】月刊，菊判
【発行所】探偵文学社（第1巻第1号～第1巻第8号）、学芸書院（第1巻第9号～第2巻第3号）、探偵文学編輯部（第2巻第4号～第2巻第6号）、古今荘（第2巻第7号～第4巻第3号）
【発行人】中島親（第1巻第1号～第1巻第8号）、鈴木伸樹（第1巻第9号～第2巻第3号）、遠藤敏夫（第2巻第4号～第2巻第6号）、岡田重正（第2巻第7号～第4巻第3号）
【編集人】中島親（第1巻第1号～第1巻第8号）、鈴木伸樹（第1巻第9号～第2巻第3号）、遠藤敏夫（第2巻第4号～第2巻第6号）、岡田重正（第2巻第7号～第4巻第3号）
【概要】1934年10月、『ぷろふいる』の愛読者の集まりである「探偵作家新人倶楽部」の会誌として、『新探偵』が創刊された。数号出されたようだが、運営上の行き違いがあり、そこから独立したメンバー10人余りによって『探偵文学』が創刊される。第1巻第2号から第5号までは、発行月の翌月が表紙に表記されている。また、第2巻第1号は発行されていない。

創作では蘭郁二郎が、評論では中島親を中心に、同人誌ならではの熱気に溢れていた。また、江戸川乱歩や小栗虫太郎の特集号などでは、プロの探偵作家の寄稿も多い。1936年からは創作中心となり、同人に小栗虫太郎（覆面作家名義）が加わっての連作『猪狩殺人事件』も発表されている。

発禁処分を受けた号もあったものの、2年間、順調に発行されていたが、1937年1月、海野十三、木々高太郎、小栗虫太郎を同人とする新体制となり（のちに蘭郁二郎も加わる）、誌名が『シュピオ』と改題された。実質的に編集していたのは蘭郁二郎である。直後に木々高太郎が直木賞を受賞し、200ページを超す記念号を出すなど、他誌が次々と廃刊になるなかで気を吐いていたが、時勢には逆らえず、1938年春に廃刊となった。

第1巻第1号　所蔵あり
1935年3月7日発行　32頁　10銭

足の裏《小説》（蘭郁二郎） ･････････････ 2～7
証拠《小説》（伴代因） ･･････････････････ 7～9
その夜の駅《小説》（米山寛） ････････ 10～12
第二の唇《小説》（常盤元六） ･･･････ 12～16
風流文筆陣（中島親） ･･････････････ 16～18
ふぃやーす・おぶ・とれいん（大慈宗一郎）
　････････････････････････････････ 19～20
ヒコボンデリー（波蜻二） ･････････ 21～23
慎めよ、寝言!!（内海蚊太郎） ･･･････ 24～25
探偵小説と事実（荻一之介） ･････ 25～27, 23
喰ふか喰はれるか《小説》（栗栖二郎）
　････････････････････････････････ 28～30
思ふまゝに（伊志田和郎） ･････････ 30～31
変格探偵小説は独立せよ!!（陣太刀之介）
　････････････････････････････････ 31～32
編輯後記（S・D, 元生, I・R, 伴） ･･････ 後1

第1巻第2号　所蔵あり
1935年4月3日発行　34頁　10銭

探偵小説愛読記（江戸川乱歩） ･･･････ 2～4
乱歩氏のこと（大下宇陀児） ･･･････････ 4
わが乱歩に望む（水谷準） ･･･････････ 5～6
乱歩氏の懐し味（海野十三） ･･･････ 6～7
禿山の一夜（小栗虫太郎） ･･･････････ 7～9
江戸川乱歩論（木々高太郎） ･･･････ 10～12
江戸川乱歩論（中島親） ･････････････ 13～20
乱歩破像（青地流介） ･･･････････････ 21～23
蚯蚓語（蘭郁二郎） ･･････････････････ 23～24
乱歩論ラビリンス（明石富久夫） ･･･ 24～26
江戸川乱歩私感（伴代因） ･･･････････ 26～28
乱歩漫筆（米山寛） ････････････････ 28～29
窓に描かれる顔《小説》（常盤元六） ････ 30～34
編輯後記（宗一郎, R, 中島生, 伴, 元六） ････ 後3

第1巻第3号　未所蔵
1935年5月3日発行　31頁　10銭

| 書けざるの弁（角田喜久雄）・・・・・・・・・・・・・・ 2～3
| 闇の中の声（中島親）・・・・・・・・・・・・・・・・・・・・ 3～6
| 落葉抄（伴代因）・・・・・・・・・・・・・・・・・・・・・・・・ 7～9
| 暗闇行進曲《ダークマーチ》《小説》（伊志田郎）・・・・・・ 9～16
| 夢鬼〈1〉《小説》（蘭郁二郎）・・・・・・・・ 16～26
| 脅迫状《小説》（日向春吉）・・・・・・・・・・ 27～29
| 云はでもの事を（常盤元六）・・・・・・ 30～31, 29
| 編輯後記（R, 伴, 中島親, 同人一同）・・・・・ 後2

第1巻第4号　所蔵あり
1935年6月3日発行　35頁　10銭
| 本格探偵小説観（海野十三）・・・・・・・・・・・・ 2～3
| 夢鬼〈2〉《小説》（蘭郁二郎）・・・・・・・・・ 4～9
| おみつ《小説》（荻一之介）・・・・・・・・・ 9～12
| 引継がれた夫《小説》（常盤元六）・・・・ 13～18
| "鍵に就いて"（大慈宗一郎）・・・・・・・・ 18～22
| 日本探偵文学の再認識〈1〉（伊志田郎）
| ・・・・・・・・・・・・・・・・・・・・・・・・・・・・・・・・・ 22～26
| 断片録（伴白胤）・・・・・・・・・・・・・・・・・・・ 27～30
| 黒白抄（中島親）・・・・・・・・・・・・・・・・・・・ 30～34
| 編輯後記（中島生, 和郎, K・O, 元生）・・・・ 35

第1巻第5号　所蔵あり
1935年7月3日発行　36頁　10銭
| 「探偵文学」さ・え・ら（石川一郎）・・ 2～6
| 気狂ひ夢談義（伊東利夫）・・・・・・・・・・・・・ 6～8
| 探偵文学は何処へ（竹村久仁夫）・・・・ 8～11
| 悪口雑言（大蛇鰐太郎）・・・・・・・・・・ 12～14
| 七月抄（中島親）・・・・・・・・・・・・・・・・・・ 15～18
| 夢鬼〈3〉《小説》（蘭郁二郎）・・・・・・ 18～24
| 花の匂ひから《小説》（左頭弦馬）・・ 25～35
| 編輯後記（伴, 白生, 中島生, SD）・・・・・・ 36

第1巻第6号　所蔵あり
1935年9月1日発行　30頁　10銭
| 鉄骨のはなし（大下宇陀児）・・・・・・・・・・ 2～3
| 夢鬼〈4〉《小説》（蘭郁二郎）・・・・・・・・ 4～9
| 死刑《小説》（加藤久明）・・・・・・・・・ 10～14
| ねずみ《小説》（伴白胤）・・・・・・・・・・ 15～19
| 給仕の功労章《脚本》（常盤元六）・・ 20～22
| 緑風閑想記（中島親）・・・・・・・・・・・・・ 23～25
| 日本探偵文学の再認識〈2〉（伊志田郎）
| ・・・・・・・・・・・・・・・・・・・・・・・・・・・・・ 26～30
| 編輯後記・・・・・・・・・・・・・・・・・・・・・・・・・・・ 後1

第1巻第7号　所蔵あり
1935年10月1日発行　40頁　10銭
| 幻の詩《詩》（左頭弦馬）・・・・・・・・・・・・・・・ 1
| 豆沢山鬼は外（小栗虫太郎）・・・・・・・・・・ 2～3
| 鬼の経営する病院（江戸川乱歩）・・・・・ 4～5
| 小栗君に就いての発見（大下宇陀児）・・ 5～6

| 蒼竜窟主人遠雷恐怖之図（水谷準）・・・・ 7～8
| 虫太郎を覗く（海野十三）・・・・・・・・・・ 9～11
| 小栗虫太郎論（木々高太郎）・・・・・・・ 11～15
| 小栗さんの印象など（大阪圭吉）・・・ 15～17
| 「完全犯罪」に就いて（三浦純一）・・ 18～19
| 『白蟻』随感（伊志田郎）・・・・・・・・ 20～23
| 探偵作家くせ列伝〈1〉（中風老人）・・・・ 23
| 虫太郎印象（相沢和男）・・・・・・・・・・・ 24～27
| ゴシップ・・・・・・・・・・・・・・・・・・・・・・・・・・・・・・・ 27
| 虫太郎・断想《くだのぞき、おちぐりつき》（中島親）・・・・・・・・・ 28～30
| ざつくばらん鏡（四魔荘主人）・・・・・・ 31～32
| 小栗虫太郎・作品目録（編輯部）・・・・・・・・・ 33
| 夢鬼〈5・前編完〉《小説》（蘭郁二郎）
| ・・・・・・・・・・・・・・・・・・・・・・・・・・・・・・・・・ 34～40
| 編輯後記（中島生, 和郎, 伴生）・・・・・・・・ 後1

第1巻第8号　所蔵あり
1935年11月1日発行　32頁　10銭
| 同人独言抄（中島親）・・・・・・・・・・・・・・・・・・・ 1
| 同人独言抄（蘭郁二郎）・・・・・・・・・・・・・・・・・ 1
| このところ省畊無用（山下平八郎）・・・・ 2～3
| 日本探偵小説の分類（伴白胤）・・・・・・・・ 4～7
| 十月抄（中島親）・・・・・・・・・・・・・・・・・・・・ 8～10
| 『夢鬼』について（伊志田郎）・・・・・ 11～12
| 刺青《小説》（中島親）・・・・・・・・・・・・・ 13～16
| ゴシップ・・・・・・・・・・・・・・・・・・・・・・・・・・ 13～15
| 或る変質者の話《小説》（唐九太）・・ 16～19
| 探偵作家くせ列伝〈2〉（中風老人）・・ 16～17
| 街角の恋《小説》（蘭郁二郎）・・・・・・ 20～21
| 偶像の女《小説》（平塚白銀）・・・・・・ 22～26
| 執念《小説》（荻一之介）・・・・ 27～32, 18～19
| 編輯後記（中島生, 白銀, 伴）・・・・・・・・・・ 後1

第1巻第9号　所蔵あり
1935年12月1日発行　32頁　10銭
| 同人独語抄（村正朱鳥）・・・・・・・・・・・・・・・・・ 1
| 同人独語抄（蘭郁二郎）・・・・・・・・・・・・・・・・・ 1
| 蝕眠譜《小説》（蘭郁二郎）・・・・・・・・・・ 2～10
| 娯楽トシテの殺人（カスリーン・フラートン・シ
| エランド〔著〕, 大慈宗一郎〔訳〕）
| ・・・・・・・・・・・・・・・・・・・・・・・・・・・・・・・ 10～13
| 探偵小説の芸術美（相沢和男）・・・・・ 13～16
| 明暗《小説》（中島親）・・・・・・・・・・・・・ 17～18
| 輸血《小説》（篠田浩）・・・・・・・・・・・・・ 18～19
| 日本探偵文学の再認識〈3〉（伊志田郎）
| ・・・・・・・・・・・・・・・・・・・・・・・・・・・・・・・ 20～24
| 昭和十年『探偵文学』総目録・・・・・・・ 25～26
| 投稿作品評（編輯部）・・・・・・・・・・・・・・・・・・・ 26
| 日本探偵小説の分類に就て（伴白胤）・・・・ 27
| 発禁は怖い・・・・・・・・・・・・・・・・・・・・・・・・・・・・ 27

12 『探偵文学』『シュピオ』

探偵作家くせ列伝〈3〉(中風老人) ……… 27
深夜の悲報《脚本》(山下平八郎) …… 28～31
編輯後記(K生、鈴木生) ……………… 32

第1巻第10号　所蔵あり
1936年1月1日発行　40頁　10銭

雪空《小説》(大慈宗一郎) …………… 2～13
ハガキ回答《アンケート》
　昭和十一年度の探偵文壇に
　一、貴下が最も望まれる事
　二、貴下が最も嘱望される新人の名
　　(妹尾アキ夫) ……………………… 14
　　(高田義一郎) ……………………… 14
　　(大阪圭吉) ………………………… 14
　　(延原謙) …………………………… 14
　　(山下平八郎) ……………………… 14
　　(国枝史郎) ………………………… 14
　　(城昌幸) …………………………… 14
　　(江戸川乱歩) …………………… 14～15
　　(田中早苗) ………………………… 15
　　(川崎備寛) ………………………… 15
　　(角田喜久雄) ……………………… 15
　　(夢野久作) ………………………… 15
　　(橋本五郎) ……………………… 15～16
　　(大倉燁子) ………………………… 16
　　(大森洪太) ………………………… 16
　　(勝伸枝) …………………………… 16
　　(井上良夫) ………………………… 16
　　(木々高太郎) ……………………… 16
　　(大下宇陀児) ……………………… 16
　　(水谷準) …………………………… 16
　　(海野十三) ………………………… 16
　　(西尾正) …………………………… 16
大衆文芸と探偵小説(角田喜久雄) …… 17～18
幸福《脚本》(村正朱鳥) ……………… 18～22
新刊グリンプス(中島親) ……………… 23～24
「ABC殺人事件」「西班牙岬の秘密」
(S・D) ……………………………………… 24
日本探偵文学の再認識〈4・完〉(伊志田和
　郎) ………………………………… 25～28
初夢(荻一之介) ………………………… 29
懐郷としての探偵文学(伊志田和郎)
　………………………………………… 29～30
進め、探偵文学(中島親) ……………… 30
不可思議(数々寄一) …………………… 30
いゝだろうなあ(伴白胤) …………… 30～31
断片(大慈宗一郎) ……………………… 31
儚(蘭郁二郎) …………………………… 31
[同人随筆](平塚白銀) ………………… 31
創作月評(中島親) …………………… 32～33

薬草園
　毒には毒を(山下平八郎) …………… 34
　毒草園主秋野菊作君への私信(伴白胤)
　………………………………………… 34, 39
木々高太郎氏を囲み三五年度探偵小説合評座
　談会〈1〉《座談会》(中島親、大慈宗一郎、荻
　一之介、伴白胤、平塚白銀、木々高太郎) … 35～39
編輯後記(鈴木生) ……………………… 40

第2巻第1号
欠番

第2巻第2号　所蔵あり
1936年2月1日発行　32頁　10銭

誤解映画《小説》(伴白胤) …………… 2～12
木々高太郎氏を囲み三五年度探偵小説合評
　座談会〈2・完〉《座談会》(中島親、大慈宗
　一郎、木々高太郎、荻一之介、伴白胤、平塚白
　銀) ………………………………… 13～15
創作月評(中島親) …………………… 18～20
霧《小説》(伊志田和郎) …………… 20～22
二束三文(草野将二郎) ……………… 23～25
新刊グリンプス(中島親) …………… 26～27
薬草園(中風老人) ……………………… 27
緑衣の鬼(蘭郁二郎) …………………… 28
皮肉(中島親) …………………………… 28
終つてみた一生(朱鳥生) …………… 28～29
[同人随筆](荻一之介) ………………… 29
『雪空』を読んで(平塚白銀) ………… 29
あの頃(伊志田和郎) …………………… 29
迷歌集《短歌》(中風老人) …………… 30
探鬼病々型研究(三浦純一) …………… 31
編輯後記(鈴木生) ……………………… 32

第2巻第3号　所蔵あり
1936年3月1日発行　29頁　10銭

クリスマス・イヴ《小説》(平塚白銀)
　………………………………………… 2～14
プラス・マイナスの疑惑(相沢和男)
　……………………………………… 15～17
仙竜《川柳》(中風老人) ……………… 17
創作月評(中島親) …………………… 18～19
『モルグ街の殺人』中レスパネ夫人の死体の
　位置に就いて(篠田浩) …………… 20～22
魚と遊ぶ(中島親) ……………………… 23
海《詩》(伊志田和郎) ………………… 23
無題(荻一之介) ……………………… 23, 27
掌篇一品料理《小説》(蘭郁二郎)
　………………………………………… 24～27

98

近頃憂鬱(平塚白銀) ・・・・・・・・・・・・・・・・・・・・ 27
薬草園(中風老人) ・・・・・・・・・・・・・・・・・・・・・・ 28
編輯後記(蘭郁二郎,中島親) ・・・・・・・・・・・・・・ 29

第2巻第4号　所蔵あり
1936年4月1日発行　49頁　20銭
雪合戦礼讃(水谷準) ・・・・・・・・・・・・・・・・・・・ 4〜6
探偵小説漫想(夢野久作) ・・・・・・・・・・・・・・・・ 6〜8
悪戯(延原謙) ・・・・・・・・・・・・・・・・・・・・・・・・ 9〜11
リアリテイ(妹尾アキ夫) ・・・・・・・・・・・・・ 12〜13
近頃読んだもの(伴大矩) ・・・・・・・・・・・・・ 13〜14
広畑中佐の前(橋本五郎) ・・・・・・・・・・・・・ 15〜16
素晴しい記念品(大倉燁子) ・・・・・・・・・・・ 17〜18
世間ばなし(勝伸枝) ・・・・・・・・・・・・・・・・・ 19〜21
八年(角田喜久雄) ・・・・・・・・・・・・・・・・・・・ 21〜23
お玉杓子の話(大坂圭吉) ・・・・・・・・・・・・・ 23〜25
分身(渡辺啓助) ・・・・・・・・・・・・・・・・・・・・・ 25〜27
美神の私生児(城昌幸) ・・・・・・・・・・・・・・・ 28〜29
胡鉄梅氏を探偵する(木々高太郎) ・・・・・ 29〜32
或る日の便より(海野十三) ・・・・・・・・・・・ 32〜35
私の好きな探偵小説を語る
　　Prof. Ohkorochi(荻一之介) ・・・・・・・・・・ 36
　　なつかしき明智よ!(中島親) ・・・・・・・ 36〜37
　　人間味に富んだ探偵を(朱鳥) ・・・・・・・・・ 37
　　好きな探偵二三(伊志田和郎) ・・・・・・ 37〜38
創作月評(中島親) ・・・・・・・・・・・・・・・・・・・ 39〜40
せんりゆう(川柳)(中風老人) ・・・・・・・・・・・・ 40
墳墓《小説》(伊志田和郎) ・・・・・・・・・・・・ 41〜48
編輯後記(郁,親) ・・・・・・・・・・・・・・・・・・・・・・ 49

第2巻第5号　所蔵あり
1936年5月1日発行　46頁　20銭
夢野久作氏を悼みて《短歌》
　　(村正朱鳥) ・・・・・・・・・・・・・・・・・・・・・・・・・ 1
　　(中島親) ・・・・・・・・・・・・・・・・・・・・・・・・・・ 1
　　(蘭郁二郎) ・・・・・・・・・・・・・・・・・・・・・・・・ 1
夢野君余談(江戸川乱歩) ・・・・・・・・・・・・・・ 4〜6
友を喪ふの記(大下宇陀児) ・・・・・・・・・・・・ 7〜9
新人論(中島親) ・・・・・・・・・・・・・・・・・・・・・ 10〜18
故夢野久作氏を弔す
　　その死を悼む(中島親) ・・・・・・・・・・・・・・ 19
　　謎の夢久氏(蘭郁二郎) ・・・・・・・・・・・・ 19〜20
　　その怪物的存在(伊志田和郎) ・・・・・・・・・ 20
　　愚痴になる追憶(村正朱鳥) ・・・・・・・・ 20〜21
出獄《小説》(カレル・チヤペク〔著〕,荻白雲
　　〔訳〕) ・・・・・・・・・・・・・・・・・・・・・・・・ 22〜27
カレル・チヤペクに就きて ・・・・・・・・・・・・・・ 22
毒陣放言(彩倫虫) ・・・・・・・・・・・・・・・・・・・ 22〜29
或る管絃楽指揮者の話《小説》(カレル・チヤベ
　　ク〔著〕,荻白雲〔訳〕) ・・・・・・・・・・ 28〜32
薬草園(中風老人) ・・・・・・・・・・・・・・・・・・・ 31〜32

創作月評(中島親) ・・・・・・・・・・・・・・・・・・・ 33〜34
魔像《小説》(蘭郁二郎) ・・・・・・・・・・・・・・ 35〜45
編輯後記(蔦介,中島) ・・・・・・・・・・・・・・・・・・・ 46

第2巻第6号　未所蔵
1936年6月1日発行　54頁　20銭
叡玉抄 ・・・・・・・・・・・・・・・・・・・・・・・・・・・・・・・・・ 1
たんていぶんがく・こんと
　　タンゴ《小説》(中島親) ・・・・・・・・・・・・ 4〜6
　　テレヴイジヨン《小説》(村正朱鳥)
　　　・・・・・・・・・・・・・・・・・・・・・・・・・・・・・・ 6〜9
　　インチキ《小説》(大慈宗一郎) ・・・・・・ 9〜11
　　ブンゼン・バーナー《小説》(伴白胤)
　　　・・・・・・・・・・・・・・・・・・・・・・・・・・・・・ 11〜13
　　ガス(平塚白銀) ・・・・・・・・・・・・・・・・・・ 13〜17
　　クローバー《小説》(蘭郁二郎) ・・・・・ 17〜19
　　コンパクト《小説》(伊志田和郎)
　　　・・・・・・・・・・・・・・・・・・・・・・・・・・・・・ 20〜22
　　トイレツト・ペーパー《小説》(荻一之介)
　　　・・・・・・・・・・・・・・・・・・・・・・・・・・・・・ 22〜24
創作月評(中島親) ・・・・・・・・・・・・・・・・・・・ 25〜27
農園の殺人《小説》(カレル・チヤペク〔著〕,荻
　　白雲〔訳〕) ・・・・・・・・・・・・・・・・・・・ 28〜36
毒陣放言(彩倫虫) ・・・・・・・・・・・・・・・・・・・ 28〜31
前号の反響 ・・・・・・・・・・・・・・・・・・・・・・・・・ 31〜32
掌篇二題《小説》(霧島籠之介) ・・・・・・・・ 35〜36
夢野久作とその作品(伊志田和郎) ・・・・・ 37〜40
三B殺人事件《小説》(村正朱鳥) ・・・・・・ 41〜53
編輯後記(四魔荘,蔦介) ・・・・・・・・・・・・・・・・・ 54

第2巻第7号　所蔵あり
1936年7月1日発行　48頁　20銭
叡玉抄《小説》 ・・・・・・・・・・・・・・・・・・・・・・・・・・ 1
花園のカイン《小説》(南沢十七) ・・・・・・・ 4〜13
振り出し《小説》(荻一之介) ・・・・・・・・・・ 14〜22
虻の囁き《小説》(蘭郁二郎) ・・・・・・・・・・ 23〜34
蘭郁二郎氏の場合(悪良次郎) ・・・・・・・・・・・・ 35
創作月評(中島親) ・・・・・・・・・・・・・・・・・・・ 36〜37
智慧の翼《小説》(トーマス・トツプハイム〔著〕,
　　篠田浩〔訳〕) ・・・・・・・・・・・・・・・・・・ 38〜46
編輯後記(四魔荘,蔦介) ・・・・・・・・・・・・・・・・・ 48

第2巻第8号　未所蔵
1936年8月1日発行　51頁　20銭
猪狩殺人事件《小説》
　　〈1〉《小説》(覆面作家) ・・・・・・・・・・・ 4〜7
　　〈2〉《小説》(中島親) ・・・・・・・・・・・・ 7〜11
　　〈3〉《小説》(蘭郁二郎) ・・・・・・・・・・ 11〜14
　　〈4〉《小説》(大慈宗一郎) ・・・・・・・・ 14〜16
　　〈5〉《小説》(平塚白銀) ・・・・・・・・・・ 17〜20
　　〈6〉《小説》(村正朱鳥) ・・・・・・・・・・ 20〜23

12 『探偵文学』『シュピオ』

〈7〉《小説》(伴白胤) .... 23〜26
〈8〉《小説》(伊志田和郎) .... 26〜29
〈9・完〉《小説》(荻一之介) ...... 30〜33
陰照妄談(渡辺啓助) .... 34〜36
小さな事件(山本禾太郎) .... 36〜37
毒陣放言(彩倫虫) 38
もつと書ひて貰ひたい(初瀬塔次郎)
　　　　　　　　　............. 38〜41
鬼の部屋 .... 42〜43
作品月評(中島親) .... 44〜45
火死《小説》(伊志田和郎) .... 46〜50
編輯後記(蔦介) 51

第2巻第9号　所蔵あり
1936年9月1日発行　59頁　20銭
ナマの話(小野賢一郎) .... 4〜6
ある自殺事件の顛末《小説》(酒井嘉七)
　　　　　　　　　.............. 7〜10
嘘の町《小説》(左頭弦馬) .... 10〜13
宝島通信《小説》(北町一郎) ...... 13〜16
B君エピソード《小説》(平塚白銀) ... 16〜18
盲目と画家《小説》(マコ・鬼一) ... 19〜21
深夜の光線《小説》(戸田巽) ...... 21〜23
蛆虫《小説》(蒼井雄) .... 23〜26
犯罪可能曲線《小説》(西島亮) .... 26〜28
日記(西尾正) .... 29〜32
「探聖」になり損ねた連作(小栗虫太郎)
　　　　　　　　　............. 33〜34
帯《小説》(武709藤介) .... 35〜37
鬼の部屋 .... 38〜39
作品月評(中島親) .... 40〜41
相木川殺人事件筆記《小説》(檜原黒嶺)
　　　　　　　　　............. 42〜50
花形作家《小説》(林田茜子) ...... 51〜58
編輯後記(蔦介) 59

第2巻第10号　所蔵あり
1936年10月1日発行　68頁　20銭
処女作の思ひ出《小説》
　処女作の事(江戸川乱歩) 4
　処女作の思ひ出(大下宇陀児) ...... 4〜6
　処女作の思ひ出(松本泰) .... 6〜7
　処女作の思ひ出(野村胡堂) .... 7〜8
　夢想(妹尾アキ夫) 8
　処女作の思ひ出(角田喜久雄) ...... 8〜9
　僕の処女作(海野十三) .... 9〜11
　弓の先生(大阪圭吉) .... 11〜12
　稚拙な努力(山下平八郎) .... 12〜14
　盲人の蛇に等し(橋本五郎) .... 14〜15
　処女作の思ひ出(水上呂理) 16
　あの頃のなかま(久山秀子) .... 16〜17

アパート奇談《小説》(伊志田和郎) ..... 18〜19
第百一回目《小説》(林田茜子) .... 19〜20
扮装《小説》(深川節夫) .... 21〜22
迷探偵《小説》(宮城哲) .... 22〜24
鬼と鬼と鬼《小説》(浄心二九五) ...... 24〜26
医師の悩み《小説》(角田候夫) .... 26〜27
鬼の部屋 .... 28〜29
未来の探偵小説(川崎備寛) .... 30〜31
一つの審理(伊東鋭太郎) .... 31〜33
晴雨計(妖畸館主人) 34
投稿作品評(編輯部) 34
取引所殺人事件《小説》(上村源吉) .... 35〜42
血《小説》(前田五百枝) .... 43〜49
白日鬼〈1〉《小説》(蘭郁二郎) ...... 50〜67
編輯後記(蔦介) 68

第2巻第11号　所蔵あり
1936年11月1日発行　64頁　20銭
白日鬼〈2〉《小説》(蘭郁二郎) .... 4〜20
探偵映画のことども(木村太郎) .... 21〜23
分光恋愛(スペクトル・ラヴ)《小説》(平塚白銀) ..... 24〜31
鬼の部屋 .... 32〜33
時計《小説》(森繁太) .... 34〜41
ダウトフル・コント《小説》(村正朱鳥)
　　　　　　　　　.................. 42〜43
晴雨計(妖畸館主人) 44
手紙《小説》(角田候夫) .... 45〜51
夢・探偵趣味時代(上村源吉) .... 45〜49
毒陣放言(彩倫虫) .... 50〜51
激潭《小説》(檜原黒嶺) .... 52〜63
編輯後記(蔦介) 64

第2巻第12号　所蔵あり
1936年12月1日発行　72頁　20銭
白日鬼〈3〉《小説》(蘭郁二郎) .... 4〜26
謹告 26
ぽんかん《小説》(武藤介) .... 27〜29
福助縁起《小説》(北町一郎) .... 30〜41
昭和十一年の探偵文壇を回顧して(中島親)
　　　　　　　　　.................. 42〜45
夢鬼について(伊志田和郎) 45
鬼の部屋 .... 46〜47
映画化された「罪と罰」の罪(木村太郎)
　　　　　　　　　.................. 48〜52
血斑禍《小説》(鐘窓一郎) .... 50〜53
蘭郁二郎氏の再検討(悪良次郎) .... 52〜55
終電車《小説》(大島秘外史) .... 54〜57
探偵文学かいまみるの記(村原泰) ..... 55〜60
悲劇《小説》(綺羅光一郎) .... 57〜59
皮肉の黒点《小説》(山中貢) .... 59〜61
晴雨計(妖畸館主人) 62

12『探偵文学』『シュピオ』

狂つた人々《小説》(波多野狂夢) ……… 63〜72
編輯後記(伊志田和郎, 蘭郁二郎, 蔦介) …… 72

※ 以下、『シュピオ』と改題

第3巻第1号　所蔵あり
1937年1月1日発行　55頁　20銭
宣言(海野十三/小栗虫太郎/木々高太郎)
　………………………………………… 1〜3
反　暗　号　学《アンチクリプトグラフィー》(小栗虫太郎) ……… 4〜10
「三人の双生児」の故郷に帰る(海野十三)
　………………………………………… 11〜14
人体解剖を看るの記(海野十三) …… 15〜22
バヂヤマ《小説》(シンクレア・ルキス〔著〕, 大
　慈宗一郎〔訳〕) ………………… 24〜31
探偵小説の批評について(海野十三)
　………………………………………… 32〜34
圭吉氏と批評(蓑虫) ……………………… 34
作品月評(中島親) …………………… 35〜37
白日鬼〈4〉《小説》(蘭郁二郎) ……… 38〜51
共同雑記
　海十斎楽屋咄(海野十三) …………… 52
　(木々高太郎) …………………… 52〜55
　(小栗虫太郎) ……………………… 55

第3巻第2号　所蔵あり
1937年2月1日発行　57頁　20銭
宣言(海野十三/小栗虫太郎/木々高太郎) …… 1
女と白い蛾《小説》(宮下八枝子) …… 4〜16
きうり先生の推理《小説》(杜しげ太)
　………………………………………… 17〜26
自殺の確からしさについて(木々高太郎)
　………………………………………… 27〜29
原稿を書く場所(海野十三) ………… 30〜34
虫太郎と啓助の作品について(中島親)
　………………………………………… 35〜37
佐野甚七氏の『科学は裁く』を読む(海野十
　三) …………………………………… 38〜40
新しき探偵小説の出現(邦正彦) …… 41〜45
焼芋と十三氏(E) ………………………… 45
諸姦戒語録(小栗虫太郎) …………… 46〜52
共同雑記
　(海野十三) ……………………… 53〜54
　(木々高太郎) …………………… 54〜57
　(小栗虫太郎) ……………………… 57

第3巻第3号　所蔵あり
1937年3月1日発行　111頁　30銭
宣言(海野十三/小栗虫太郎/木々高太郎) …… 1
白日鬼〈5・完〉《小説》(蘭郁二郎) … 4〜81

蘭君に望む(海野十三) ……………… 82〜83
林田茜子女史に就いて(小栗虫太郎) …… 83
作品月評(中島親) …………………… 84〜87
或る感電死の話(海野十三) ………… 88〜95
大正十四年(小栗虫太郎) …………… 96〜98
共同雑記
　(海野十三) ……………………… 99〜102
　(小栗虫太郎) ………………… 102〜103
　(木々高太郎) ………………… 103〜110

第3巻第4号　所蔵あり
1937年5月1日発行　237頁　50銭
宣言(海野十三/小栗虫太郎/木々高太郎) …… 前1
爬虫館事件《小説》(海野十三) ……… 2〜23
海野十三氏〔出発〕〔代表作〕〔著書目録〕
　……………………………………………… 24
義眼《小説》(大下宇陀児) ………… 25〜43
大下宇陀児氏〔出発〕〔代表作〕〔著書目
　録〕 …………………………………… 43
空で唄ふ男《小説》(水谷準) ……… 44〜51
水谷準氏〔出発〕〔代表作〕〔著書目録〕
　……………………………………………… 51
湖泥(『鬼火』抜粋)《小説》(横溝正史)
　………………………………………… 52〜67
横溝正史氏〔出発〕〔代表作〕〔著書目録〕
　……………………………………………… 67
アリバイの話(井上良夫) …………… 68〜71
井上良夫氏〔出発〕〔代表作〕〔著書目録〕
　……………………………………………… 71
木々高太郎論(中島親) ……………… 72〜78
中島親氏〔出発〕〔代表作〕〔著書目録〕 …… 78
戯作者氣質(野上徹夫) ……………… 79〜84
野上徹夫氏〔出発〕〔代表作〕〔著書〕 …… 84
父よ、我も人の子なり(『黒死館殺人事件』抜
　粋)《小説》(小栗虫太郎) ……… 85〜94
小栗虫太郎〔出発〕〔代表作〕〔著書目録〕
　……………………………………………… 94
鉄路《小説》(蘭郁二郎) …………… 95〜106
蘭郁二郎氏〔出発〕〔代表作〕〔著書目録〕
　……………………………………………… 106
死人の手紙(城昌幸) ……………… 107〜111
城昌幸氏〔出発〕〔代表作〕〔著書目録〕
　……………………………………………… 111
燈台鬼《小説》(大阪圭吉) ……… 112〜126
大阪圭吉氏〔出発〕〔代表作〕〔著書目録〕
　……………………………………………… 126
四人の申分なき重罪犯人(西田政治)
　………………………………………… 127〜128
西田政治氏〔出発〕〔代表作〕〔著書目録〕
　……………………………………………… 128

101

12 『探偵文学』『シュピオ』

月夜のドライヴ(『トレント殺人事件』抜
　粋)《小説》(ベントリイ〔著〕, 延原謙
　〔訳〕) ……………………… 129〜156
延原謙氏〔出発〕〔代表作〕〔著書目録〕
　…………………………………… 156
樽の結末(『樽』抜粋)《小説》(クロフツ〔著〕,
　森下雨村〔訳〕) …………… 157〜172
森下雨村氏〔出発〕〔代表作〕〔著書目録〕
　…………………………………… 172
水晶の角玉《小説》(甲賀三郎) 173〜189
甲賀三郎氏〔出発〕〔代表作〕〔著書目録〕
　…………………………………… 189
偽眼のマドンナ《小説》(渡辺啓助)
　……………………………… 190〜203
渡辺啓助氏〔出発〕〔代表作〕〔著書目録〕
　…………………………………… 203
殺人会議《小説》(木々高太郎) 204〜209
木々高太郎氏〔出発〕〔代表作〕〔著書目
　録〕 ……………………………… 209
二癈人《小説》(江戸川乱歩) 210〜220
江戸川乱歩氏〔出発〕〔代表作〕〔著書目
　録〕 ……………………… 220〜221
探偵文壇住所録 …………… 222〜228
共同雑記
　(木々高太郎) ……………… 229〜233
　(海野十三) ………………… 233〜236
　(小栗虫太郎) ……………… 236〜237

第3巻第5号 所蔵あり
1937年6月1日発行　83頁　20銭

宣言(海野十三/小栗虫太郎/木々高太郎) …… 3
DE PROFUNDIS《小説》(古城厚親)
　……………………………………… 4〜35
忘られし画像《小説》(宮下八枝子) …… 36〜46
お問合せ《アンケート》
　一、シユピオ直木賞記念号の読後感
　二、最近お読みになりました小説一篇に
　　つきての御感想
　(江戸川乱歩) ………………………… 47
　(辰野九紫) …………………………… 47
　(伊東鋭太郎) ………………………… 47
　(大江專一) …………………………… 47
　(橋本五郎) ……………………… 47〜48
　(伊志田和郎) ………………………… 48
　(西尾正) ……………………………… 48
　(中島親) ……………………………… 48
　(村正朱鳥) …………………………… 48
　(大倉燁子) ……………………… 48〜49
　(岡戸武平) …………………………… 49
　(大阪圭吉) …………………………… 49
　(水谷準) ……………………………… 49

(吉田貫三郎) ……………………………… 49
(九鬼澹) …………………………………… 49
(井上良夫) ………………………………… 50
(横溝正史) ………………………………… 50
(山本禾太郎) ……………………………… 50
(妹尾アキ夫) ……………………………… 50
(神田澄二) ………………………………… 50
(城昌幸) ……………………………… 50〜51
(宮下八枝子) ……………………………… 51
(角田喜久雄) ……………………………… 51
(渡辺啓助) ………………………………… 51
(保篠竜緒) ………………………………… 51
(荻一之介) ………………………………… 51
(海野十三) …………………………… 51〜52
(大慈宗一郎) ……………………………… 52
(山下平八郎) ……………………………… 52
(左頭弦馬) ………………………………… 52
(伴白胤) …………………………………… 52
(浅野玄府) …………………………… 52〜53
(久生十蘭) ………………………………… 53
(延原謙) …………………………………… 53
(川崎備寛) …………………………… 53〜54
(西田政治) ………………………………… 54
(式場隆三郎)(ママ) ……………………… 54
(矢名氏) ……………………………… 54〜55
(平塚白銀) ………………………………… 55
(酒井嘉七) ………………………………… 55
(水上呂理) ………………………………… 55
(大下宇陀児) ………………………… 55〜56
(田中早苗) ………………………………… 56
諸家作品録 …………………………… 53〜56
移植毒草園(秋野菊作) ……………… 57〜58
標金事件そのほか(海野十三) ……… 59〜65
お、探偵小説よ!(中島親) …………… 66〜70
直木賞賞金の支途(木々高太郎) …… 71〜73
共同雑記
　(海野十三) ………………………… 74〜77
　(木々高太郎) ……………………… 77〜81
　(小栗虫太郎) ……………………… 81〜83

第3巻第6号 所蔵あり
1937年7月1日発行　70頁　20銭

宣言(海野十三/小栗虫太郎/木々高太郎) …… 3
雷《小説》(蘭郁二郎) ………………… 6〜23
夜と女の死《小説》(吉井晴一) ……… 24〜28
不思議の国の殺人《小説》(邦正彦) … 29〜39
移植毒草園(秋野菊作) ……………… 40〜41
標準血清《小説》(草木鴻一郎) ……… 42〜53
リベラリズムの上に立ちて(中島親)
　……………………………………… 54〜57
諸家作品録 …………………………… 54〜55

12『探偵文学』『シュピオ』

二つの身辺探偵事件《海野十三》……… 58〜64
共同雑記
　（海野十三）……………………… 65〜68
　（木々高太郎）…………………… 68〜69
　（小栗虫太郎）……………………… 69

第3号第7号　所蔵あり
1937年9月1日発行　88頁　35銭
宣言（海野十三/小栗虫太郎/木々高太郎）…　前1
躍進宣言（海野十三/小栗虫太郎/木々高太郎）
　…………………………………………… 3
少年と一万円《小説》（山本禾太郎）… 5〜20
十字路へ来る男《小説》（光石介太郎）
　………………………………………… 21〜33
移植毒草園（秋野菊作）……………… 34〜35
女と斧《小説》（吉井晴一）………… 36〜37
火取り虫《小説》（宮下八枝子）…… 38〜48
作品月評（中島親）…………………… 49〜52
諸家作品録…………………………………… 52
他人の自叙伝〈1〉（小栗虫太郎）… 53〜55
ナポレオンのクーデター（古城厚親）
　………………………………………… 56〜63
共同雑記
　（海野十三）……………………… 64〜68
　（小栗虫太郎）…………………… 68〜69
　（木々高太郎）…………………… 69〜70
盲光線事件《脚本》（海野十三〔原作〕，城昌幸
　〔脚色〕）……………………… 71〜88

第3巻第8号
1937年10月1日発行　37頁　20銭
宣言（海野十三/小栗虫太郎/木々高太郎）…　前1
風《小説》（海野十三）………………… 2〜8
諸家作品録……………………………………… 8
四年目の横溝君（江戸川乱歩）……… 9〜11
移植毒草園（秋野菊作）………… 12〜13, 19
AとBの話（中島親）………………… 14〜19
シュピオ棋譜……………………………… 21
薔薇雑記〈1〉（渡辺啓助）………… 20〜21
共同雑記
　（海野十三）……………… 22〜24, 25〜26
　（木々高太郎）…………………… 24〜25
　（小栗虫太郎）………………………… 25
　（蘭郁二郎）…………………………… 26
減頁宣言（海野十三/小栗虫太郎/木々高太郎）
　………………………………………………… 26
タルボイス卿狙撃事件〈1〉《小説》（G・K・
　チェスタートン〔著〕，西田政治〔訳〕）
　………………………………………… 27〜37

第3巻第9号　所蔵あり
1937年11月1日発行　46頁　20銭
宣言（海野十三/小栗虫太郎/木々高太郎）…　前1
指紋《小説》（海野十三）…………… 2〜9
上諏訪三界（横溝正史）…………… 10〜14
タルボイス卿狙撃事件〈2〉《小説》（G・K・
　チェスタートン〔著〕，西田政治〔訳〕）
　………………………………………… 15〜29
薔薇雑記〈2〉（渡辺啓助）………… 30〜31
商品性の汎濫（中島親）……………… 32〜34
シュピオ棋譜………………………… 32〜35
六歩館………………………………… 32〜35
移植毒草園（秋野菊作）……………… 36〜37
共同雑記
　（海野十三）……………………… 38〜40
　（小栗虫太郎）…………………… 40〜41
　（木々高太郎）…………………… 41〜46
　（蘭郁二郎）…………………………… 46
諸家作品録……………………………………… 46

第3巻第10号　所蔵あり
1937年12月1日発行　47頁　20銭
宣言（海野十三/小栗虫太郎/木々高太郎）…　前1
チェホフその他（大下宇陀児）……… 2〜5
薔薇雑記〈3〉（渡辺啓助）………… 6〜7, 27
探偵小説の限界性（邦正彦）………… 8〜11
八歩館……………………………………… 11
タルボイス卿狙撃事件〈3・完〉《小説》（G・
　K・チェスタートン〔著〕，西田政治
　〔訳〕）……………………………… 12〜25
移植毒草園（秋野菊作）……………… 26〜27
作品月評（中島親）…………………… 28〜30
シュピオ十二年度・総目次………… 28〜31
冬日雑感（野上徹夫）………………… 32〜36
共同雑記
　（海野十三）……………………… 37〜38
　（木々高太郎）…………………… 39〜47
　（蘭郁二郎）…………………………… 47
諸家作品録……………………………………… 47

第4巻第1号　所蔵あり
1938年1月1日発行　48頁　20銭
宣言（海野十三/小栗虫太郎/木々高太郎）…　前1
或る光線〈1〉《小説》（木々高太郎）… 2〜11
薔薇雑記〈4〉（渡辺啓助）………… 12〜13
ハガキ回答《アンケート》
　昭和十二年度の気に入つた探偵二三とそ
　の感想
　（辰野九紫）…………………………… 14
　（光石介太郎）………………………… 14
　（妹尾アキ夫）………………………… 14
　（伊志田和郎）……………………… 14〜15

103

12 『探偵文学』『シュピオ』

（神田澄二）･････････････････ 15
（高桐心太郎）･･････････････ 15〜16
（大島敬司）･････････････････ 16
（中島親）･･･････････････････ 16
（九鬼澹）･･･････････････････ 17
（伊東鋭太郎）･･････････････ 17〜18
（式場隆三郎）･･･････････････ 18
（岩佐金次郎）･･････････････ 18〜19
（松岡幸一）･････････････････ 19
（村正朱鳥）････････････････ 19〜20
（鈴木卓蔵）･････････････････ 20
（城昌幸）･･････････････････ 20〜21
（山本禾太郎）･･･････････････ 21
（西田政治）････････････････ 21〜22
（井上良夫）･････････････････ 22
（牧野雅一）････････････････ 22〜23
（大阪圭吉）･････････････････ 23
（吉井晴一）･････････････････ 23
（角田喜久雄）･･････････････ 23〜24
（久生十蘭）････････････････ 24〜25
（上村源吉）････････････････ 25〜26
（マコ鬼一）･････････････････ 26
（西尾正）･･････････････････ 26〜28
（浜谷英夫）････････････････ 28〜29
（宮下八枝子）･･･････････････ 29
（草木鴻一郎）･･･････････････ 29
（野上徹夫）･････････････････ 29
（岡戸武平）･････････････････ 29
（久山秀子）･････････････････ 29
（大慈宗一郎）･･･････････････ 29
（伊藤富有子）･･･････････････ 30
（林定治）･･･････････････････ 30
（渡辺啓助）･････････････････ 30
（林紅子）･･･････････････････ 30
（長谷川好雄）･･･････････････ 30
（延原謙）･･･････････････････ 30
三つのスリル（森下雨村）･･････ 15〜16
探偵小説休業その他（甲賀三郎）･･ 18〜21
時代小説の新分野（角田喜久雄）･･ 21〜22
好みある督戦隊（大阪圭吉）････ 24〜26
冷水（久生十蘭）････････････ 26〜28
おわび（江戸川乱歩）･････････ 28
移植毒草園（秋野菊作）･･･････ 31
大戦時『空中勇士(エース)』七傑集（悟徹徹）
　　　　　　　　　　　　　　32〜33
続AとBの話（中島親）･･･････ 34〜36

シュピオ棋譜････････････････ 34〜35
八歩館･･････････････････････ 36〜37
隣室の女《小説》（蘭郁二郎）･･ 38〜41
共同雑記
　（海野十三）･････････････ 42〜44
　（小栗虫太郎）･･･････････ 44〜45
　（木々高太郎）･･･････････ 45〜48
　（蘭郁二郎）････････････ 48

第4巻第2号　所蔵あり
1938年2月1日発行　44頁　20銭
吸殻《小説》（海野十三）･････ 2〜11
薔薇雑記〈5〉（渡辺啓助）････ 12〜13
いはでもの弁（延原謙）･･････ 16〜17
燃えない焔（水上呂理）･･････ 17
さよなら月評（中島親）･･････ 18〜20
八歩館････････････････････ 18〜20
シュピオ棋譜････････････････ 20
移植毒草園（秋野菊作）･･････ 21
或る光線〈2・完〉《小説》（木々高太郎）
　　　　　　　　　　　　　　22〜39
共同雑記
　（海野十三）･････････････ 40〜42
　（小栗虫太郎）･･･････････ 42
　（木々高太郎）･･･････････ 42〜44
　（蘭郁二郎）････････････ 44

第4巻第3号　所蔵あり
1938年4月1日発行　49頁　30銭
街の探偵《小説》（海野十三）･･ 2〜8
獅子は死せるに非ず（小栗虫太郎）･ 9
柿の木《小説》（紅生姜子）･･･ 10〜28
終刊の辞（木々高太郎）･･････ 29
薔薇雑記〈6・完〉（渡辺啓助）･･ 30〜31, 35
二つのコルト《小説》（吉井晴一）･ 32〜34
聖胎《小説》（蜻蛉）･･･････････ 34〜35
静寂《小説》（エドガア・アラン・ポオ〔著〕, 柳　耿蘭〔訳〕）･･････････････ 36〜38
寄稿総決算（木々高太郎）････ 39〜45
休刊的終刊（蘭郁二郎）･･････ 46, 45
共同雑記
　（海野十三）･････････････ 47
　（小栗虫太郎）･･･････････ 48
　（木々高太郎）･･･････････ 48〜49
　（蘭郁二郎）････････････ 49

13 『クルー』

【刊行期間・全冊数】1935.10-1935.12（3冊）
【刊行頻度・判型】不定期刊，四六判
【発行所】柳香書院
【発行人】福永重勝
【編集人】田内長太郎
【概要】全30巻を予告した「世界探偵名作全集」の付録冊子。結局この全集は5冊しか刊行されなかったが、『クルー』は3号しか確認されていない。

第1輯　未所蔵
1935年10月20日発行　32頁
巻頭言（ロード・バルファ） ……………… 1
探偵小説論〈1〉（S・S・ヴァン・ダイン〔著〕，田
　内長太郎〔訳〕） ………………… 2〜24
監輯者の言葉（江戸川乱歩） ……… 25〜27
「レドメイン」の印象（井上良夫） 28〜29
懸賞課題 舞台裏の死（リプリ） …… 30〜31
読者の声 ………………………………… 32
後記 ……………………………………… 32

第2輯　未所蔵
1935年11月30日発行　32頁
巻頭言（G・K・チェスタトン） …………… 1
探偵小説論〈2〉（S・S・ヴァン・ダイン〔著〕，田
　内長太郎〔訳〕） ………………… 2〜25

監輯者の一人として（森下雨村） …… 26〜27
純文学者の探偵小説 ……………………… 27
秘密のトンネル（妹尾アキ夫） …… 28〜29
懸賞課題 射撃の名手（リプリ） …… 30〜31
読者の声 ………………………………… 32
後記 ……………………………………… 32

第3輯　未所蔵
1935年12月30日発行　32頁
巻頭言（サー・ロバート・アンダスン） …… 1
探偵小説論〈3・完〉（S・S・ヴァン・ダイン〔著〕，
　田内長太郎〔訳〕） ……………… 3〜27
訳者付記（田内長太郎） ………………… 28
奇縁のポワロ（延原） ……………… 29〜30
読者の声 ………………………………… 31
後記 ……………………………………… 32

14『月刊探偵』

【刊行期間・全冊数】1935.12-1936.7（7冊）
【刊行頻度・判型】月刊，菊判
【発行所】黒白書房
【発行人】久野武司
【編集人】久野武司
【概要】1935年9月にスタートした黒白書房版「世界探偵傑作叢書」には、『黒白タイムス』という宣伝チラシが挟まれていた。この雑誌も創刊当初はその叢書の宣伝用と言える内容で、評論や探偵作家の作品リスト、随筆が主だった。1936年5月からは増ページして創作も掲載し、評論も充実し、書店にも並ぶようになったが、ほどなく廃刊となった。

第1巻第1号　所蔵あり
1935年12月1日発行　32頁　10銭

探偵小説入門〈1〉（ロナルド・ノックス〔著〕、
　　甲賀三郎〔訳〕）･･････････････････2〜5
Ronald A. Knox ･････････････････････25
甲賀三郎著作目録 ･････････････････････5
詩に於ける如く（水谷準）････････････6〜7
ネタ探しの話（海野十三）･･･････････7〜9
探偵雑誌の今昔（A・I）････････････････9
「カリオストロの復讐」に就て（岡田真吉）
　　･･････････････････････････････10〜11
オークレイ夫妻（新井無人）･･････････････11
霧の中の二探偵（佐竹新平）････････12〜14
海野十三私観（栗栖二郎）･･････････14〜15
トレントは釣に行つた（宇留木浩）･･16〜17
クヰーンを語る（柳八郎）･･････････････18
「殺人環」前記（川井蕃）････････････････19
浜尾四郎氏を惜しむ（広川一勝）･････････20
名探偵報酬録（浅石温）･･････････････････21
映画 ････････････････････････････････22
換気筒通信（久野武司）･････････････22〜23
鳥瞰・一九三五年（広川一勝）･･････24〜31
編輯後記（A・I）･･････････････････････32

第2巻第1号　所蔵あり
1936年1月1日発行　48頁　10銭

嘘の世界（城昌幸）･･････････････････4〜5
エキゾティシズム（木々高太郎）･････6〜8
作家雑念（大下宇陀児）･･････････････9〜11
by the same author ･････････････････11
私の好きな読みもの（夢野久作）････12〜14
急がば廻れ（角田喜久雄）･････････････15〜17
「殺人環」の読後に（落合隣雄）････18〜19
探偵チヤン氏（青山三猪）････････････20〜21

シメノン登場（柳八郎）･･･････････22〜23
ルパンの序言（アルセエヌ・ルパン〔著〕、岡田
　　真吉〔訳〕）････････････････････24〜25
すくりいん・るぱん ･････････････････25
探偵小説入門〈2〉（ロナルド・ノックス〔著〕、
　　甲賀三郎〔訳〕）･･････････････････26〜29
丙子新年探偵小説陣（A・I）･････････････29
探偵小説突撃隊（大阪圭吉）････････30〜31
自由射撃 ････････････････････････30〜31
出版者の椅子（久野武司）････････････32〜34
??? ･･････････････････････････････････34
新聞と探偵小説（高一郎）････････････････35
ポオの嘘つき（冴枝克示）･････････36, 38, 40
つぎはぎだらけのポオ（新井無人）････36〜39
ガンベッタ氏の方法（佐竹新平）････････40〜41
エドガア・アラン・ポオ（広川一勝）
　　･･････････････････････････････42〜47
編輯後記（A・I）･･･････････････････････48

第2巻第2号　所蔵あり
1936年2月1日発行　48頁　10銭

批評家待望（延原謙）･･････････････････5〜8
by the same author ･････････････････････8
地図と探偵小説（妹尾アキ夫）･･････9〜11
横のものを縦にする話（乾信一郎）･･12〜14
昔懐し飜訳噺（西田政治）･･･････････14〜16
探偵倶楽部のこと（浅野玄府）･･････17〜19
日本探偵作家倶楽部生る ････････････20〜21
亡霊問答（渡辺啓助）････････････････22〜23
二つの謎（島々啓）････････････････24〜26
サッチヤア・コルト紹介（工藤一平）
　　･･････････････････････････････26〜28
探偵ルピック氏（青山三猪）･･････････28〜30
「三幕の悲劇」（河瀬広）･･･････････30〜31

14『月刊探偵』

外界漫筆(広川一勝) ……………… 32〜34
ポオ飜訳書一覧表 ………………… 35
Cinemaと‥ ……………………… 36
新しき航海図(左頭弦馬) ………… 36〜38
贋金つくり(佐竹新平) …………… 38〜42
読者への質問! …………………… 40
自由射撃 …………………………… 41〜45
悪魔の魚(安東茂礼) ……………… 42〜45
夢談(久野武司) …………………… 46〜47
［シメノン、ステーマン作品録］ 46, 47
編輯後記(a) ……………………… 48

第2巻第3号　所蔵あり
1936年4月1日発行　46頁　10銭
創作人物の名前について(夢野久作) … 5〜11
by the same author ……………… 11
探偵劇のこと(山本禾太郎) ……… 12〜13
ポワロ読後(橋本五郎) …………… 14〜16
戯猫探偵文党(小栗虫太郎) ……… 17〜18
探偵小説入門〈3・完〉(ロナルド・ノックス
　〔著〕, 甲賀三郎〔訳〕) ……… 19〜21
「爆弾」と「白色革命」(水谷準) … 22〜23
フランスの探偵小説(岡田真吉) … 23〜25
ドイツの探偵小説(伊東鋭太郎) … 25〜27
当りくじ殺人事件(柳八郎) ……… 28〜29
第二の銃声(人見秀夫) …………… 29〜31
傑作叢書続刊に就いて …………… 32
探偵小説の本質的要件(金来成) … 33〜36
新版名探偵列伝〈1〉(櫛田亮平) … 33〜36
木々氏の挑戦状を読む(朽木更生) … 36〜39
新叢書について(久野武司) ……… 37〜38
映画むだ話(大門一男) …………… 40〜41
News of News …………………… 41
Question Room ………………… 41
彼等四人〈1〉(広川一勝) ………… 42〜45
編輯後記(A・I) ………………… 46

第2巻第4号　所蔵あり
1936年5月1日発行　80頁　20銭
ながうた勧進帳《小説》(酒井嘉七) … 4〜17
案山子探偵《小説》(大阪圭吉) … 18〜30
その夜のドイル(田中早苗) ……… 32〜35
諸家作品録 ………………………… 32〜35
ハムレット型の毒殺(南沢十七) … 35〜38
名探偵列伝〈2〉(櫛田亮平) ……… 35〜38
病窓放談(山下平八郎) …………… 38〜42
掌紋の研究(井上正義) …………… 38〜40
凶器としての匕首に就いて(川村時太郎)
　…………………………………… 40〜43
近事漫録(高田義一郎) …………… 42〜45
書き下ろし探偵小説(中島俊雄) … 43〜44

全集出版と聞いて(曾雌末男) …… 44〜45
長篇探偵小説待望(朽木更生) …… 45〜49
少女が有つ神秘性(金巻よし夫) … 45〜46
「月刊探偵」への注文(植田信彦) … 47〜48
質疑応答 …………………………… 48〜49
夢野久作全集についての覚書(大下宇陀児)
　…………………………………… 50〜51
J・D・カーの密室犯罪の研究(井上良夫)
　…………………………………… 52〜57
彼等四人〈2・完〉(広川一勝) …… 58〜61
『黄色い犬』に就いて(飯島正) … 61〜63
「世紀の犯罪」を読みて(田中松吉) … 63〜64
新人の出ない理由(久野武司) …… 64〜65
夢野久作氏を悼む
　悼惜、辞なし(森下雨村) ……… 66〜67
　故人の二つの仕合せ(江戸川乱歩)
　…………………………………… 67〜69
　思出の夢野久作氏(大下宇陀児)
　…………………………………… 69〜70
　四枚の年賀状(水谷準) ………… 70〜71
　夢の如く出現した彼(青柳喜兵衛)
　…………………………………… 72〜73
　故夢野先生を悼む(紫村一重) … 74〜75
　久作の死んだ日(石井舜耳) …… 76〜79
編輯後記(J・A) ………………… 80

第2巻第5号　所蔵あり
1936年6月1日発行　80頁　20銭
探偵小説に於けるフェーアに就いて(木々高
　太郎) …………………………… 4〜10
木乃伊の殺人 ……………………… 11
雪子さんの泥棒よけ《童話》(夢野久作)
　…………………………………… 12〜13
探偵小説の『探偵』(田内長太郎) … 14〜16
諸家作品録 ………………………… 14〜15
単行本出版目録 …………………… 15〜16
景色の素(山下謙一) ……………… 17〜19
五月号読後(土呂八郎) …………… 17〜21
フアンの不平(千葉静一) ………… 19〜21
朧月夜(松野一夫) ………………… 22〜24
魔童子其の他(角田侁夫) ………… 22〜23
Y・D・Nペンサークル結成さる … 24
夢野久作全集刊行記念祝賀会 …… 24
探偵小説作家の腕前(但し将棋) … 25
めつかち《小説》(西尾正) ……… 26〜34
しもるうゐんける(赤ネクタイの男) … 35
習慣《小説》(武野藤介) ………… 36〜39
夢野久作全集についての覚書(大下宇陀児)
　…………………………………… 40〜41
わかれ(石川一郎) ………………… 42〜43
ヒギンスの頭(柳田勝雄) ………… 44〜45

107

14『月刊探偵』

夜居の僧(幡瀬信一郎)・・・・・・・・・・・・・・・・・ 45～47
イスラエルの女(筑紫狂介)・・・・・・・・・・・ 47～48
泥蔵ざんげ(内田申兵)・・・・・・・・・・・・・・ 49～51
梨園復讐記(六笠六郎)・・・・・・・・・・・・・・ 52～54
カイタケ(正田利男)・・・・・・・・・・・・・・・・・ 54～55
「紅はこべ」とオルツイ夫人(広川一勝)
・・・・・・・・・・・・・・・・・・・・・・・・・・・・・・・・・・・・・・・ 56～58
アンテ英雄的名探偵(高田八馬)・・・・・・ 58～59
「当りくじ殺人事件」を読みて(田中松吉)
・・・・・・・・・・・・・・・・・・・・・・・・・・・・・・・・・・・・・・・ 60～61
支那俱探案「仙城奇案」(橋本五郎)
・・・・・・・・・・・・・・・・・・・・・・・・・・・・・・・・・・・・・・・ 61～62
「廃人団」の作者(柳八郎)・・・・・・・・・・・・・・・ 63
北極の風《小説》(フエリン・フレーザー〔著〕,
酒井嘉七〔訳〕)・・・・・・・・・・・・・・・・・・ 64～75
エトュルタの無名婦人《小説》(ジョルジュ・シムノン〔著〕,大倉燁子〔訳〕)・・・・・・ 76～79
編輯後記(J生)・・・・・・・・・・・・・・・・・・・・・・・・・・・ 80

第2巻第6号　所蔵あり
1936年7月1日発行　80頁　20銭
退院した二人の癩狂患者《小説》(戸田巽)
・・・ 4～13
執念《小説》(蒼井雄)・・・・・・・・・・・・・・・・ 14～28
しもるうゐんける(赤ネクタイの男)
・・・・・・・・・・・・・・・・・・・・・・・・・・・・・・・・・・・・・・・ 28～29
英米の科学探偵小説(広川一勝)・・・・・ 30～34
「無名島」を想ふ(馬場堅吉)・・・・・・・・・ 34～35
めりけんものは?(柳八郎)・・・・・・・・・・・ 35～36
レビウ殺人事件を読む(川北有一)・・・・・・・ 37
煙の中(左頭弦馬)・・・・・・・・・・・・・・・・・・ 38～39

探偵小説私感(宮城哲)・・・・・・・・・・・・・・・・・・ 39
「こんとらすと」(舞木一朗)・・・・・・・・ 39～41
ETWAS NEUESを求める男の日記(西島
亮)・・・・・・・・・・・・・・・・・・・・・・・・・・・・・・ 41～42
たまらない話(中山狂太郎)・・・・・・・・・・・・・・ 42
おとぎ噺(前田郁美)・・・・・・・・・・・・・・・・・・・・・ 43
小鬼の夢(上村源吉)・・・・・・・・・・・・・・・・ 43～44
霖雨の汚点(蘭郁二郎)・・・・・・・・・・・・・ 44～45
機械と探偵小説(東風如月)・・・・・・・・・ 45～46
沈黙(篠田浩)・・・・・・・・・・・・・・・・・・・・・・ 46～47
探偵小説は芸術也(佐々木寛)・・・・・・・・・・ 47
人間記録の一つの絶顛(三上於菟吉)・・・ 47
竹稜亭放談(海野十三)・・・・・・・・・・・・・ 50～52
諸家作品録・・・・・・・・・・・・・・・・・・・・・・・・ 50～51
六月号礼讚(寺沢昌市)・・・・・・・・・・・・・ 51～53
モリアーテイ教授(西田政治)・・・・・・・ 53～55
懐旧の探偵映画(武浪薫)・・・・・・・・・・・ 53～55
卓上の書物から(井上英三)・・・・・・・・・ 55～58
探偵小説の読者(浦上悟朗)・・・・・・・・・ 57～59
仏心(本位田準一)・・・・・・・・・・・・・・・・・ 58～61
恐ろしき少女(佐藤かをる)・・・・・・・・・ 59～60
初めて小栗虫太郎を(楠本真一)・・・・・ 60～61
お知らせ三ツ・・・・・・・・・・・・・・・・・・・・・・・・・・・ 61
探偵小説春秋(柳桜楓)・・・・・・・・・・・・・ 62～63
壁に口あり《小説》(アヂス・アラマ〔著〕,辰
野紫〔訳〕)・・・・・・・・・・・・・・・・・・・・・ 64～67
琵琶歌探偵作家筆名詮議・・・・・・・・・・・ 68～69
天国の自動車《小説》(J・M・バイヤア)
・・・・・・・・・・・・・・・・・・・・・・・・・・・・・・・・・・・・・・・ 70～78
G・K・チエスタトンを悼む・・・・・・・・ 78～79
編輯後記(J生)・・・・・・・・・・・・・・・・・・・・・・・・・・・ 80

15 『探偵春秋』

【刊行期間・全冊数】1936.10-1937.8（11冊）
【刊行頻度・判型】月刊，菊判
【発行所】春秋社
【発行人】神田澄二（第1巻第1号～第2巻第8号）
【編集人】神田澄二（第1巻第1号～第2巻第8号）
【概要】1935年刊の夢野久作『ドグラ・マグラ』を皮切りに、探偵小説を精力的に出版するようになった春秋社が、その年、創作探偵小説の募集を行った。一席に入選したのは蒼井雄『船富家の惨劇』だったが、その単行本に挟み込まれていたのが、選考経過報告を掲載した小冊子『探偵春秋』である。さらに、二席入選作ほか続刊の単行本にも挟み込まれていたのが発展し、雑誌として独立した。したがって、当時としてはもっとも商業誌らしい。

そのため、出版と連動しての宣伝記事が目立つものの、ガードナーやシムノンの長編を一挙掲載し、柳田泉など探偵作家以外の寄稿も多く、他誌とはひと味違った内容となっている。ただ、探偵小説の単行本の売れ行きは芳しくなく、『探偵春秋』も1年足らずで廃刊となった。なお、1938年から翌年にかけて、甲賀三郎、大下宇陀児、木々高太郎の三人の傑作選集を刊行した際にも、『探偵春秋』と題した小冊子が挟み込まれている。

第1巻第1号　所蔵あり
1936年10月1日発行　104頁　20銭

探偵小説芸術論（木々高太郎）	2～5
探偵小説十講〈1〉（甲賀三郎）	6～9
深夜の東京散歩（海野十三）	10～11
竹橋事件（大木繁）	12, 11
吉野朝時代のスパイ（鷲尾雨工）	13～14
江戸小噺撰	14
探偵小説の読始（柳田泉）	15～16
猫守（乾信一郎）	17～18
江戸時代の探偵小説（海音寺潮五郎）	19～20
大下宇陀児さんへ（吉田貫三郎）	21～22
南京城陥落秘話〈1〉（A・B・C）	23～24
蔵の中から〈1〉（江戸川乱歩）	25～26
映画スター・性の悲劇（トマス・F・リーガン〔著〕，丸茂四郎〔訳〕）	27～44
マン・ホール（遠路志内）	27～31
ヨーヨー（N・B・C）	32～35
艦鐘の謎	36～39
深夜にスケートする人々〈詩〉（ブランデン）	39～40
スモーキングルーム	40～44
ラクガキ帖	
江戸川乱歩（鴨長明）	45～46
海野十三（樺山透）	46～47
批評への希望・感謝・抗議（大下宇陀児）	48～50
道聴塗説（岸忽頓）	51～52
二弗	51
啓蒙説教	51～52
あくもの喰ひ/反対訊問	52
三十四万ループリ盗奪事件（北野富雄）	53～58, 84
外国作家素描（延原謙）	59～60
体育館殺人事件〈小説〉（ロナルド・ノックス〔著〕，黒沼健〔訳〕）	61～67
復讐神の壺〈小説〉（サックス・ローマ〔著〕，井上良夫〔訳〕）	68～80
作家論と名著解説〈1〉（井上良夫）	81～84
クロス・アイ	85
日本探偵作家評伝（水谷準）	86～87
血のロビンソン〈小説〉（渡辺啓助）	88～103
編輯だより（S・K, G・Y）	104

第1巻第2号　所蔵あり
1936年11月1日発行　142頁　20銭

紫館殺人事件〈1〉〈小説〉（S・S・ヴァン・ダイン〔著〕，露下弾〔訳〕）	1～98
犯人当て懸賞規定	98
W・H・ライトさんのこと（露下弾）	99

15『探偵春秋』

夏と写楽(小栗虫太郎)･･････････ 100～101
シメノンの芸術(永戸俊雄)･･･････ 101～103
放浪者の血(奥村五十嵐)･･･････ 103～104
ニッポン女学生(椋鳩十)･･････････ 105～106
海外短信 ･･････････････････････ 106
探偵春秋(中島親)･･････････････ 107
蔵の中から〈2〉(江戸川乱歩)････ 108～109
マン・ホール(遠路志内)･･･････ 110～111
らくがき
　大下宇陀児(黒木しづか)･･････････ 112
　熊谷晃一(夢喰之助)･･････････ 113
濡衣返上の辞(K・H生)･･･････ 114～115
クレーグ・ケネデイの死 ････････ 114～115
あちらの便り(多田武羅夫)･････ 116～117
アムステルダムの貴婦人誘拐《小説》(ハンス・リーバウ)
　･･････････････････････ 118～124
警部長フレンチ(F・W・クロフツ〔著〕,山本和男〔訳〕)･･･････ 118～123
ラブ・レター ･･････････････････ 124
クロス・アイ ･･････････････････ 125
探偵小説心理学(赛治人)･･････ 126～129
ヨーヨー(N・B・C)･････････････ 131
作家論と名著解説〈2〉(井上良夫)
　･･････････････････････ 132～135
探偵小説十講〈2〉(甲賀三郎)･ 136～140
編輯だより(S・K)･････････････ 142

第1巻第3号　所蔵あり
1936年12月1日発行　125頁　20銭

江戸川乱歩・杉山平助一問一答《対談》
　････････････････････････ 2～30
あちらの便り(多田武羅夫)･･････ 30～31
幾年か蛇を見つめて(谷寛)･･････ 32～34
吾が探偵雑誌の思ひ出(松本泰)･ 34～35
Jacques Futrellのこと(黒沼健)･ 35～36
探偵春秋(中島親)･････････････ 37
新泉録〈1〉(木々高太郎)････････ 38～41
××賞時代(X・Y・Z)･･････････ 41
検屍第一課(太田千鶴夫)･･･････ 42～46
ヨー・ヨー(N・B・C)･････････ 47
随筆探偵小説史稿〈1〉(柳田泉)･ 48～52
木々高太郎著「決鬪の相手」読後感(林房雄)
　･･････････････････････････ 52
らくがき　甲賀三郎を肴にして呑む(酒尾呑太)
　･･････････････････････････ 55
今日の科学と探偵小説〈1〉(佐野昌一)
　･････････････････････････ 56～57
クロス・アイ ･･････････････････ 58
らくがき　情熱の騎士木々高太郎(由左門)
　･･････････････････････････ 59
蔵の中から〈3〉(江戸川乱歩)････ 60～61

マン・ホール(遠路志内)･･･････ 62～63
言ふ可き言葉なく/たゞ事ならぬ/知識は食へない/この手で ･････････ 63
作家論と名著解説〈3〉(井上良夫)･ 64～72
探偵小説十講〈3〉(甲賀三郎)･･ 74～78
放浪作家の冒険《小説》(西尾正)･ 79～96
紫館殺人事件《2・完》《小説》(S・S・ヴァンダイン〔著〕, 露下弾〔訳〕)･･ 97～123
編輯だより(S・K)･････････････ 125

第2巻第1号　所蔵あり
1937年1月1日発行　247頁　40銭

無罪の判決《小説》(木々高太郎)･ 2～28
お風呂の話(吉成節三)･････････ 28
皿山の異人屋敷《小説》(光石介太郎)
　･･････････････････････ 29～41
探偵小説の芸術化(野上徹夫)･･ 42～56
探偵春秋(中島親)････････････ 57
あちらの便り(多田武羅夫)･････ 58～59
聖林の監督さん珍癖奇行集 ････ 59
展望(胡鉄梅)･････････････････ 60～62
ヨー・ヨー(N・B・C)･････････ 63
翻訳回顧(井上良夫)･･････････ 64～65
探偵小説は何故最高の文学ではないか(中島親)
　･････････････････････････ 66～67
諸家の感想《アンケート》
　一、創作、翻訳の傑作各三篇
　二、最も傑出せる作への御感想
　三、本年への御希望？
　　(北町一郎)････････････ 68
　　(本田緒生)････････････ 68
　　(蒼井雄)････････････ 68～69
　　(角田喜久雄)･･････････ 69
　　(西田政治)････････････ 69
　　(木村毅)････････････ 69～70
　　(大江専一)････････････ 70
　　(蘭郁二郎)････････････ 70
　　(田内長太郎)･･････････ 70
　　(酒井嘉七)･･････････ 70～71
　　(黒沼健)････････････ 71
　　(中島親)････････････ 71
　　(西尾正)････････････ 71～72
　　(小栗虫太郎)･･････････ 72
　　(大阪圭吉)･･････････ 72～73
　　(渡辺啓助)････････････ 73
　　(江戸川乱歩)･･････････ 73
蔵の中から〈4〉(江戸川乱歩)･･ 74～76
らくがき　小栗虫太郎(青桐七郎)･ 77
随筆探偵小説史稿〈2〉(柳田泉)･ 78～82
らくがき　大阪圭吉(鴉黒平)･･･ 83
マン・ホール(遠路志内)･･････ 84～85

15『探偵春秋』

嘘つき砲台 ・・・・・・・・・・・・・・・・・・・・・・・・・ 85
欧米探偵作家名簿
　英・米篇(大江専一/西田政治)
　・・・・・・・・・・・・・・・・・・・・・・・・・・・・ 86〜100
　仏篇(岡田真吉) ・・・・・・・・・・・・・・・ 100〜102
　独篇(伊東鋭太郎) ・・・・・・・・・・・・・ 102〜104
クロス・アイ ・・・・・・・・・・・・・・・・・・・・・・・ 105
作家論と名著解説〈4〉(井上良夫)
　・・・・・・・・・・・・・・・・・・・・・・・・・・・ 106〜115
探偵映画 ・・・・・・・・・・・・・・・・・・・・・・・・・ 116
探偵小説十講〈4〉(甲賀三郎) ・・・・ 117〜121
遁げたお嬢さん《小説》(中村篤九)
　・・・・・・・・・・・・・・・・・・・・・・・・・・・ 122〜134
ステーブリイ・グレンヂの怪光《小説》(サッ
　パア〔著〕,井上良夫〔訳〕) ・・・・ 135〜155
リエージュの踊子《小説》(ジョルジュ・シメノ
　ン〔著〕,伊東鋭太郎/大崎希一〔訳〕)
　・・・・・・・・・・・・・・・・・・・・・・・・・・・ 157〜246
編輯だより(S・K) ・・・・・・・・・・・・・・・・ 247

第2巻第2号　所蔵あり
1937年2月1日発行　122頁　20銭
探偵小説の構成と技術(大下宇陀児) ・・・・・ 2〜10
探偵春秋(中島親) ・・・・・・・・・・・・・・・・・・・・・ 11
悪魔と論理(野上徹夫) ・・・・・・・・・・・・・ 12〜17
新泉録〈2〉(木々高太郎) ・・・・・・・・・・ 18〜19
あちらの便り(多田武羅夫) ・・・・・・・・・・ 20〜21
探偵小説用科学読本〈2〉(佐野昌一)
　・・・・・・・・・・・・・・・・・・・・・・・・・・・・・ 22〜24
流石はドイツ ・・・・・・・・・・・・・・・・・・・・・・・・ 24
らくがき 水谷准(金剛不平) ・・・・・・・・・・・・ 25
蔵の中から〈5〉(江戸川乱歩) ・・・・・・・ 26〜30
職人の喜び(伊賀四郎) ・・・・・・・・・・・・・・・・ 30
らくがき 蒼井雄(青地流介) ・・・・・・・・・・・ 31
マン・ホール(遠路市内) ・・・・・・・・・・・ 32〜33
懸賞入選の新作/セイヤズ女子の近況/文学
　の缶詰/一万弗のポー詩集 ・・・・・・・・・・ 33
恐ろしい東京(夢野久作) ・・・・・・・・・・・ 34〜35
蘇格蘭ヤードの話(吉祥寺梧太郎)
　・・・・・・・・・・・・・・・・・・・・・・・・・・・・・ 36〜38
寸話 ・・・・・・・・・・・・・・・・・・・・・・・・・・・ 36〜37
ヨー・ヨー(N・B・C) ・・・・・・・・・・・・・・・ 39
ポーの大学生活(大島豊) ・・・・・・・・・・・ 40〜46
そっと読むべし素人性相学 ・・・・・・・・・・ 47〜49
作家論と名著解説〈5〉(井上良夫) ・・・・ 50〜58
クロス・アイ ・・・・・・・・・・・・・・・・・・・・・・・・ 59
お妾無用論《小説》(中村篤九) ・・・・・・・ 60〜74
バウムが楽園を発見 ・・・・・・・・・・・・・・・・・・ 74
ヘンリイ・ドーの完全犯罪《小説》(ロイ・ヴィッ
　カース〔著〕,井上良夫〔訳〕)
　・・・・・・・・・・・・・・・・・・・・・・・・・・・・・ 75〜93

作家志願《小説》(北町一郎) ・・・・・・・・ 94〜120
編輯だより ・・・・・・・・・・・・・・・・・・・・・・・・・ 122

第2巻第3号　所蔵あり
1937年3月1日発行　122頁　20銭
戯作者気質(野上徹夫) ・・・・・・・・・・・・・・ 2〜9
新泉録〈3〉(木々高太郎) ・・・・・・・・・・ 10〜12
探偵春秋(中島親) ・・・・・・・・・・・・・・・・・・・・ 13
探偵小説は人生の阿呆が書くか(木村太郎)
　・・・・・・・・・・・・・・・・・・・・・・・・・・・・・ 14〜20
ヨー・ヨー(N・B・C) ・・・・・・・・・・・・・・・ 21
蔵の中から〈6〉(江戸川乱歩) ・・・・・・・ 22〜24
ゴルキーの研究所 ・・・・・・・・・・・・・・・・・・・・ 24
らくがき 森下雨村(大方宗太郎) ・・・・・・・・ 25
随筆探偵小説史稿〈3〉(柳田泉) ・・・・・ 26〜29
ロンドン便り(須藤蘭童) ・・・・・・・・・・・ 30〜31
失恋した印刷屋の小僧さん ・・・・・・・・・・・・ 31
らくがき 横溝正史(水上嘉太) ・・・・・・・・・・ 32
町の同志達(他和衛) ・・・・・・・・・・・・・・・ 33〜38
能・歌舞伎・探偵小説(喜多実) ・・・・・・ 39〜41
青帮と紅帮(上海通人) ・・・・・・・・・・・・・ 41〜43
マン・ホール(遠路市内) ・・・・・・・・・・・ 44〜45
探偵トレント(E・C・ベントリー) ・・・・ 46〜52
エラリイ・クヰーンの秘密(エラリイ・クヰー
　ン) ・・・・・・・・・・・・・・・・・・・・・・・・・ 46〜52
大酒や愛煙の原因 ・・・・・・・・・・・・・・・・・・・・ 52
作家論と名著解説〈6〉(井上良夫) ・・・・ 53〜56
僕のミステリ詩集(小杉謙后) ・・・・・・・・ 57〜63
血痕の下に《小説》(W・E・R・クロフツ〔著〕,
　石川一郎〔訳〕) ・・・・・・・・・・・・・・・ 64〜69
九人目の殺人《小説》(白須賀六郎) ・・・ 70〜85
鱗粉《小説》(蘭郁二郎) ・・・・・・・・・・・ 87〜121
編輯だより(S・K) ・・・・・・・・・・・・・・・・・・ 122

第2巻第4号　所蔵あり
1937年4月1日発行　278頁　50銭
手〈口絵〉 ・・・・・・・・・・・・・・・・・・・・・・・・・・・ 1
春日遅々・銀座八丁〈口絵〉 ・・・・・・・・・・・ 2〜3
日本で最初のタキシイドとお振袖の映画試
　写会〈口絵〉 ・・・・・・・・・・・・・・・・・・・・・・ 4
法律事務所の奇妙な客《小説》(E・S・ガアド
　ナー〔著〕,井上良夫〔訳〕) ・・・・・・ 6〜110
ポーランドの猫劇 ・・・・・・・・・・・・・・・・・・・ 110
探偵春秋(中島親) ・・・・・・・・・・・・・・・・・・・ 111
空に消えた男《小説》(酒井嘉七) ・・・・ 112〜127
遅過ぎた解読《小説》(酒井嘉七) ・・・・ 128〜139
ロンドン便り(須藤蘭童) ・・・・・・・・・・ 140〜141
新懸賞 作家はなまけもの ・・・・・・・・・・ 142〜145
蔵の中から〈7〉(江戸川乱歩) ・・・・・・ 146〜147
新泉録〈4〉(木々高太郎) ・・・・・・・・・ 148〜149

111

15 『探偵春秋』

随筆探偵小説史稿〈4〉(柳田泉)	150〜153
町の噂(A・T・T)	154〜155
キノ・キノ・キノ	156〜157
「君の仕事は済んだ!」(井上良夫)	158〜163
ジョルジュ・シメノンといふ男(伊東鋭太郎〔訳〕)	164
木々高太郎〈1〉(野上徹夫)	165〜168
あゝそれなのに禍《小説》(中村篤九)	169〜175
狂嵐《小説》(S・A・ステーマン〔著〕、黒木健吉〔訳〕)	176〜277
編輯だより(S・K)	278

第2巻第5号　未所蔵
1937年5月1日発行　165頁　30銭

鼻の先の自由〈口絵〉	1
築地界隈〈口絵〉	2〜5
ピエル・マツコルラン〈口絵〉	6
桜花と黒鷲《小説》(伊吹浩)	11〜34
案山子にされた男《小説》(伊吹浩)	35〜52
探偵春秋(中島親)	53
木々高太郎〈2・完〉(野上徹夫)	54〜59
作家論と名著解説〈7〉(井上良夫)	60〜66
旧友《小説》(ハインリッヒ・シュワルツ)	67〜68
夢野久作氏とその作品(江戸川乱歩)	69〜84
新泉録〈5〉(木々高太郎)	85〜86
蔵の中から〈8〉(江戸川乱歩)	87〜88
南の風が吹く頃は《小説》(ヨゼフ・ハラー)	89〜90
髭の犯人?《小説》(中村篤九)	91〜102
懸賞「作家はなまけもの」解答発表	102
貞操を食べた山羊《小説》(小杉謙后)	103〜109
キノ・キノ・キノ	110〜111
町の噂(A・T・T)	113〜114
レヴイウ・オブ・レヴイウ R・O・R　(B・D・D)	115〜116
話題解剖	119〜134
空の竜《小説》(エラリー・クィーン〔著〕、酒井嘉七〔訳〕)	135〜164
編輯だより	165

第2巻第6号　所蔵あり
1937年6月1日発行　146頁　30銭

エンコの微苦笑〈口絵〉	前1〜前4
カラーセクション(中村篤九)	前5〜前12
HE・DE・HO	2
京鹿子娘道成寺《小説》(酒井嘉七)	3〜33
HE・DE・HO	33
人間分析《小説》(前田魏)	34〜56
霊魂始末書《小説》(前田魏)	57〜70
死《小説》(下斗健)	71〜80
壺と女《小説》(蘭郁二郎)	81〜94
ホテルの広間で人を待てば《小説》(ヨーハンス・レースラー)	95〜96
探偵春秋(中島親)	97
蔵の中から〈9〉(江戸川乱歩)	98〜102
立読欄(野上徹夫)	98〜109
作家論と名著解説〈8〉(井上良夫)	102〜111
スポーツ	110〜113
新泉録〈6〉(木々高太郎)	111〜113
R・O・R(伊藤彰夫)	114〜115
近頃映画談義(上野一郎)	116〜119
映画採点簿(P・D・R)	116〜119
政治警察と新聞	120〜126
山岳犯罪雑話(土屋英麿)	120〜124
二つの話題	120〜130
異国作家が見た「日本」(尾瀬敬止)	125〜130
安重根の背後関係	126〜130
決闘史談(吉原公平)	132〜145
編輯後記	146

第2巻第7号　所蔵あり
1937年7月1日発行　208頁　40銭

深川と洲崎〈口絵〉	前2〜前5
マンガの頁(中村篤九)	前9〜前16
半歳の収穫を顧みて(青面獣)	2〜6
悪魔性の矛盾律(射和俊介)	7〜9
西洋裁判奇譚(吉原公平)	10〜42
琉球夜話(恵谷信)	43〜50
あの頃(山本禾太郎)	50〜53
僕の横浜地図(マコ・鬼一)	53〜58
阪神探偵作家噂話(灘桃太郎)	58〜61
作家巡り(真日歩人)	62〜63
随筆探偵小説史稿〈5〉(柳田泉)	64〜67
シメノンの偉業(ロベール・ブラジヤック〔著〕、永戸俊雄〔訳〕)	68〜70
心理の恐ろしさ(江戸川乱歩)	70
スガスガしいシメノン(水谷準)	70〜71
シメノンのよさ(神田澄二)	71〜72
作家論と名著解説〈9〉(井上良夫)	73〜79
マンハッタン便り(多田武羅夫)	80〜81
近頃映画談義(上野一郎)	82〜85
探偵春秋(向後不言)	86
文学青年《小説》(小杉謙后)	87〜113
月光殺人譜《小説》(ナイゲル・モーランド〔著〕、西田政治〔訳〕)	114〜120

112

黒手組余話《小説》(アーサー・モリスン〔著〕,
　　石川一郎〔訳〕)･･････････････ 122～142
　R・O・R　(伊藤彰夫) ･･･････ 143～144
霧しぶく山〈1〉《小説》(蒼井雄)
　･･････････････････････････････ 145～188
債権《小説》(木々高太郎)･･････････ 189～207
編輯だより(S・K, 神田生)･･････････ 208

第2巻第8号　所蔵あり
1937年8月1日発行　160頁　30銭

唐土偵探瑣話(狩野駿)･････････････ 2～8
国際都市風土記(守安麗之助) ･･････ 9～14
紅帮仁義(白須賀六郎) ･･･････････ 14～19
女は男を知ってゐるが男は女を知らないの
　　(H・ターシン) ･･･････････ 19～22
随筆探偵小説史稿〈6〉(柳田泉)･････ 23～28

作家論と名著解説〈10〉(井上良夫)
　･･････････････････････････････ 29～35
　R・O・R　(伊藤彰夫)･････････ 36～37
近頃映画談義(上野一郎) ･･････････ 38～42
チットモ・オカシカネエ！ ･･････････ 38～42
木々高太郎を喜ぶ会 ･･････････････ 42
座談会《座談会》(林房雄, 木々高太郎, 野上徹
　　夫) ････････････････････････ 43～57
マンハッタン便り(多田武羅夫) ･････ 58～59
天網恢々《小説》(アンソニー・ギッチンス〔著〕,
　　坂英二〔訳〕)･･････････････ 60～65
腐つた蜉蝣《小説》(蘭郁二郎)･･････ 66～90
霧しぶく山〈2・完〉《小説》(蒼井雄)
　･･････････････････････････････ 91～140
痣《小説》(J・D・ベレスフオード〔著〕, 黒沼健
　　〔訳〕) ･･･････････････････ 142～159
編輯だより(S・K) ･･････････････ 160

16『ロック』

【刊行期間・全冊数】1946.3-1949.8（27冊）
【刊行頻度・判型】月刊、B6判（第1巻第1号～第2巻第10号）、A5判（第3巻第1号～第4巻第3号）
【発行所】筑波書林
【発行人】成田義雄
【編集人】成田義雄
【概要】太平洋戦争が終わっていち早く創刊された月刊の探偵雑誌。誌名は鍵（LOCK）に由来し、奥付での誌名の表記は「探偵雑誌LOCK」である。創刊時の実際の編集長は山崎哲也で、編集経験がなかったものの、水谷準ほか作家からのアドヴァイスや、『探偵文学』の同人だった大慈宗一郎や中島親の協力を得て、しだいに専門誌らしくなった。横溝正史『蝶々殺人事件』や角田喜久雄『奇蹟のボレロ』の連載のほか、江戸川乱歩と木々高太郎の論争も話題となる。また、北洋や紗原砂一らの新人を送り出した。

1948年から市川道雄が編集長となり、判型を大きくし、野村胡堂『笑う悪魔』の連載ほか小説中心となった。また、懸賞小説を企画し、薔薇小路棘磨（のちの鮎川哲也）や水上幻一郎が、入選なしの次点して紹介された。しかし、1949年は2号出たところで半年ほど発行が遅滞する。8月、別冊として岡田鯱彦『噴火口上の殺人』ほかの懸賞小説当選作を発表したあと、『情艶小説』と改題、大衆小説雑誌として翌年まで刊行されたが、ここにはその別冊までの目次を示した。そのほか、ロック編輯部撰の『探偵小説傑作集』やロック別冊を謳った『季刊ミステリイ』も発行されている。

第1巻第1号　所蔵あり
1946年3月1日発行　64頁　1円50銭
女優の怪死事件〈1〉《小説》（G・D・H&M・コール〔著〕，大木一夫〔訳〕）‥‥‥ 2～16
殺人犯を絞首す《小説》（マーク・トゥエン〔著〕，杜伶〔訳〕）‥‥‥‥‥‥‥‥ 17～27
彼と類人猿《小説》（小田原誠）‥‥‥‥ 28～35
醒睡笑 ‥‥‥‥‥‥‥‥‥‥‥‥‥‥ 36～40
少年デートリッヒの話 ‥‥‥‥‥‥‥ 39～42
一人のカリカチュア《詩》（川添匡）‥‥‥ 43
これでも生きてゐる（杜伶二）‥‥‥‥ 44～49
首賞紛失事件《小説》（橋爪彦七）‥‥‥ 50～59
蛇性の姪〈1〉《小説》（上田秋成〔著〕，武田邦造〔訳〕）‥‥‥‥‥‥‥‥‥‥ 60～64

第1巻第2号　所蔵あり
1946年4月1日発行　64頁　2円
刺青された男《小説》（横溝正史）‥‥‥ 1～19
矛盾 ‥‥‥‥‥‥‥‥‥‥‥‥‥‥‥‥ 19
悪霊《小説》（小栗虫太郎）‥‥‥‥‥ 20～27
遺作『悪霊』について（海野十三）‥‥‥ 28～31
小栗虫太郎君（江戸川乱歩）‥‥‥‥‥‥ 32
虫太郎の追憶（海野十三）‥‥‥‥‥‥‥ 33

女優怪死事件〈2〉《小説》（G・D・H&M・コール〔著〕，大木一夫〔訳〕）‥‥‥ 34～50
『ロック』笑話 ‥‥‥‥‥‥‥‥‥‥ 51～55
赤い豹《小説》（丘十郎）‥‥‥‥‥‥ 52～53
アメリカの探偵雑誌（江戸川乱歩）‥‥ 54～55
哀しき錯覚《小説》（オー・ヘンリー〔著〕，荘司達人〔訳〕）‥‥‥‥‥‥‥‥ 56～59
蛇性の姪〈2〉《小説》（上田秋成〔著〕，武田邦造〔訳〕）‥‥‥‥‥‥‥‥‥‥ 60～64
編輯後記（黄金虫）‥‥‥‥‥‥‥‥‥ 後1

第1巻第3号　所蔵あり
1946年5月1日発行　64頁　2円
蝶々殺人事件〈1〉《小説》（横溝正史）‥‥‥‥‥‥‥‥‥‥‥‥‥‥‥‥ 2～19
蝶々殺人事件に就いて（横溝正史）‥‥‥ 17
証明つき/密輸出 ‥‥‥‥‥‥‥‥‥‥ 19
クイーンの大手品（江戸川乱歩）‥‥‥ 20～21
幽霊島通信《小説》（渡辺啓助）‥‥ 22～35, 47
湖畔亭事件《小説》（丘丘十郎）‥‥‥ 36～38
六さんとHIT・SONG《小説》（サトウ・ハチロー）‥‥‥‥‥‥‥‥‥‥‥‥ 39～46

114

16 『ロック』

ロック・ロビイ ················ 48〜49
スターの怪死事件〈3〉《小説》(M・コール
　〔著〕,大木一夫〔訳〕)········· 50〜59, 64
蛇性の姪〈3・完〉《小説》(上田秋成〔著〕,武
　田邦造〔訳〕)················ 60〜64
編集後記(中島,S・D,黄金虫)············ 後1

第1巻第4号　所蔵あり
1946年8月1日発行　64頁　3円
ロック大学 ························· 1
電撃責任者《小説》(丘丘十郎)·········· 2〜22
雑想記録(西田政治)················ 22〜24
蝶々殺人事件〈2〉《小説》(横溝正史)
　····························· 25〜41, 59
ロック・ロビイ ··················· 42〜43
金色の悪魔《小説》(中島親)·········· 44〜58
あゝ、そうとは知らずに ·············· 58
二十一番街の客《小説》(女銭外二)···· 60〜63
編集後記(黄金虫)····················· 64

第1巻第5号(第5号)　所蔵あり
1946年10月1日発行　128頁　5円
桜桃八号《小説》(木々高太郎)········· 2〜23
トリックの重要性について(江戸川乱歩)
　······························ 24〜28
焼跡の神話《小説》(渡辺啓助)········ 29〜39
読者の声 ···························· 39
川柳泥棒風景(川上三太郎)············ 40〜41
花粉《小説》(横溝正史)·············· 42〜57
探偵小説の謎とトリック(大下宇陀児)
　······························ 58〜64
海外ニュース(宇田仁一)··············· 64
偶然《漫画》(風間新人)··············· 65
ロック・ロビイ ···················· 66〜67
海水浴場事件の習作《小説》(丘丘十郎)
　······························ 68〜73
探偵小説やーい(水谷準)·············· 74〜77
ロック・ノート ······················ 77
写真解読者《小説》(北洋)············ 78〜92
観水亭唐幸(城昌幸)················ 93〜104
小鳥のさゝやき/ボヘミアン/失敗/スピード
　怪獣 ····························· 104
LOCK大学(阿知波五郎)············· 105〜109
寸鉄科学 ··························· 109
蝶々殺人事件〈3〉《小説》(横溝正史)
　······························ 110〜126
編集後記(黄金虫)···················· 128

第1巻第6号(第6号)　所蔵あり
1946年12月1日発行　96頁　4円50銭
緑亭の首吊男《小説》(角田喜久雄)······ 2〜27

ロック・ノート ······················ 27
事実と小説(大下宇陀児)············ 28〜29
ロック・ノート ······················ 29
名探偵アキレスケン氏《漫画》(塩田英二郎)
　······························ 30〜31
屍体の眼(青江耿介)················ 32〜37
LOCK大学(阿知波五郎)·············· 38〜39
或る出獄者の話《小説》(花園守平)···· 40〜46
海外ニュース(S・D)·················· 47
真偽奇談《小説》(乾信一郎)·········· 48〜57
ロック・ロビイ ···················· 58〜61
猟奇亭夜話(野沢純)················ 62〜69
私ぢやない《小説》(フレンツ・モルナー〔著〕,
　青江耿介〔訳〕)················· 70〜71
暗示《小説》(大空青児)············· 72〜75
紺戸博士の機智《小説》(秋野菊作)···· 76〜77
蝶々殺人事件〈4〉《小説》(横溝正史)
　······························ 78〜95
編集後記(黄金虫)····················· 96

第2巻第1号(第7号)　所蔵あり
1947年1月1日発行　128頁　8円
R夫人の横顔《小説》(水谷準)········· 4〜19
ドイルの逸話 ························ 20
海外ニュース(S・D)··················· 21
新泉録〈1〉(木々高太郎)············ 22〜25
ロックノート ···················· 22〜23
読者の声 ···························· 24
信じられている嘘 ···················· 25
黒苺《小説》(妹尾韶夫)······ 26〜37, 53
名探偵アキレスケン氏《漫画》(塩田英二郎)
　······························ 38〜41
声音誘導《小説》(青江耿介)·········· 42〜53
コントアルバム
　名案《小説》(海野十三)············ 54〜58
　第一級・蛇の話《小説》(松井翠声)
　······························ 58〜61
襟飾《小説》(土岐雄三)············ 61〜66
密告者《小説》(アンリ・デユエルノア〔著〕,
　青江耿介〔訳〕)················· 66〜71
神ぞ知る《小説》(乾信一郎)·········· 71〜75
シャーロック氏の冒険《漫画》(風間新人)
　·································· 77
LOCK大学(阿知波五郎)·············· 78〜79
身替り結婚《小説》(勝伸枝)·········· 80〜85
ロック・ロビイ ···················· 86〜89
鼠と遊ぶ男(森下雨村)··············· 90〜92
豹助謎を解く《小説》(九鬼澹)···· 99〜111, 75
蝶々殺人事件〈5〉《小説》(横溝正史)
　······························ 112〜127
編集便り(黄金虫)···················· 128

115

16 『ロック』

第2巻第2号（第8号）　所蔵あり
1947年2月1日発行　104頁　8円
天誅《小説》（森下雨村）・・・・・・・・・・・・・・・　4～23
一人の芭蕉の問題（江戸川乱歩）・・・・・・　24～29
魚の国記録〈1〉《小説》（紗原砂一）
　・・・・・・・・・・・・・・・・・・・・・・・・・・・・・・・・・・・　30～44
著者紹介（黄金虫）・・・・・・・・・・・・・・・・・・・　44
海外ニュース（K・A）・・・・・・・・・・・・・・・・・　45
ロック・ロビイ・・・・・・・・・・・・・・・・・・・・・・・　46～49
印度手品《小説》（女銭外二）・・・・・・・・・　50～58
湖畔の廃屋《小説》（中島親）・・・・・・　59～67, 58
探偵作家余技集
　余技の余技（木々高太郎）・・・・・・・・　68～69
　（大下宇陀児）・・・・・・・・・・・・・・・・・・・・・・　70
　梅雨述懐《短歌,俳句》（横溝正史）・・・・・　70
　作曲（水谷準）・・・・・・・・・・・・・・・・・・・・・・　70
　奇術師と帽子《漫画》（角田喜久雄）・・・　71
　探偵の宿命《詩》（渡辺啓助）・・・・・・・・・　71
シムノンの新作（井上英三）・・・・・・・・・　72～73
倫敦の殺人魔（青江耿介）・・・・・・・・・・・　74～81
LOCK大学（阿知波五郎）・・・・・・・・・・・　82～83
蝶々殺人事件〈6〉《小説》（横溝正史）
　・・・・・・・・・・・・・・・・・・・・・・・・・・・・・・・・・・　84～103
ロック・ノート・・・・・・・・・・・・・・・・・・・・・・・　103
編輯便り（黄金虫）・・・・・・・・・・・・・・・・・・・　104

第2巻第3号（第9号）　所蔵あり
1947年3月1日発行　132頁　15円
二本の調味料《小説》（段紗児）・・・・・・・・　4～22
吸血鬼の話（T・N）・・・・・・・・・・・・・・・・・・　23
新泉録〈2〉（木々高太郎）・・・・・・・・・・　24～29
実話コント・・・・・・・・・・・・・・・・・・・・・・・・・・　29
完全殺人《小説》（井上英三）・・・・・・・・　30～40
海外ニュース（K・A）・・・・・・・・・・・・・・・・・　41
コント探偵の手帖《小説》（栗須亭）・・・・　42～43
時計爆弾《漫画》（小野佐世男）・・・・・・　44～47
巴里のコマ切事件（青江耿介）・・・・・・　48～56
豆論壇（中島親）・・・・・・・・・・・・・・・・・・・・　56
シャーロック氏の冒険《漫画》（風間新人）
　・・・・・・・・・・・・・・・・・・・・・・・・・・・・・・・・・・・・　57
標準型脱獄法（石川賛）・・・・・・・・・・・・　58～61
仏像の盗難《小説》（森谷隆男）・・・・　58～59, 98
科学と常識・・・・・・・・・・・・・・・・・・・・・・・・　60～61
ルシタニア号事件《小説》（北洋）・・・・・　62～75
ロック・ロビイ・・・・・・・・・・・・・・・・・・・・・・・　76～79
魚の国記録〈2・完〉《小説》（紗原砂一）
　・・・・・・・・・・・・・・・・・・・・・・・・・・・・・・・・・・・　80～95
動詞の活用／確かな証拠・・・・・・・・・・・・　95
殺人広告《小説》（岩須俊之輔）・・・・・・　96～99
ロックノート・・・・・・・・・・・・・・・・・・・・・・・　96～97
LOCK大学（阿知波五郎）・・・・・・・・・　100～102

診察無用／無関係・・・・・・・・・・・・・・・・・・　102
蝶々殺人事件〈7〉《小説》（横溝正史）
　・・・・・・・・・・・・・・・・・・・・・・・・・・・・・・・・・　103～131
編輯便（黄金虫）・・・・・・・・・・・・・・・・・・・・　132

第2巻第4号（第10号）　所蔵あり
1947年4月1日発行　128頁　18円
新ラッキー・・・・・・・・・・・・・・・・・・・・・・・・・・　2
不思議な母《小説》（大下宇陀児）・・・・・・　4～27
探偵小説の宿命について再説（江戸川乱歩）
　・・・・・・・・・・・・・・・・・・・・・・・・・・・・・・・・・・・　28～31
天眼鏡《小説》（北町一郎）・・・・・・・・・・　32～38
ロックノート・・・・・・・・・・・・・・・・・・・・・・・　38～39
あらかると・・・・・・・・・・・・・・・・・・・・・・・・・・　39
桃色の食慾《小説》（渡辺啓助）・・・・・・　40～51
民主的狩猟法・・・・・・・・・・・・・・・・・・・・・・・　51
ロック・ロビイ・・・・・・・・・・・・・・・・・・・・・・・　52～55
ダンサーの怪死（関根稔）・・・・・・・・・・・　56～62
シャーロック氏の冒険《漫画》（風間新人）
　・・・・・・・・・・・・・・・・・・・・・・・・・・・・・・・・・・・・　63
盗難の記（古賀残星）・・・・・・・・・・・・・・・　64～66
海外ニュース（K・A）・・・・・・・・・・・・・・・・・　67
恐怖の丘《小説》（土英雄）・・・・・・・・・・　68～77
LOCK大学（阿知波五郎）・・・・・・・・・・・　78～79
調書の謎《小説》（松井翠声）・・・・・・・・　80～77
化石の眼《小説》（小田和夫）・・・・・・・・・　81
蝶々殺人事件〈8・完〉《小説》（横溝正史）
　・・・・・・・・・・・・・・・・・・・・・・・・・・・・・・・・・・　82～123
探偵映画トリオ（江戸川乱歩）・・・・・・・・　124
『蝶々殺人事件』の映画化について（横溝正
　史）・・・・・・・・・・・・・・・・・・・・・・・・・・・・　125～126
編輯便り（山崎生）・・・・・・・・・・・・・・・・・・　128

第2巻第5号（第11号）　所蔵あり
1947年5月1日発行　120頁　18円
奇蹟のボレロ〈1〉《小説》（角田喜久雄）
　・・・・・・・・・・・・・・・・・・・・・・・・・・・・・・・・　4～19, 39
新泉録〈3〉（木々高太郎）・・・・・・・・・・　20～24
ロック・ノート・・・・・・・・・・・・・・・・・・・・・・　20～21
世間話・・・・・・・・・・・・・・・・・・・・・・・・・・・・・　22～23
骨董品泥棒は誰だ?（松井翠声）・・・・・　25, 83～84
シャーロック氏の冒険《漫画》（風間新人）
　・・・・・・・・・・・・・・・・・・・・・・・・・・・・・・・・・・・・　26
失楽園《小説》（北洋）・・・・・・・・・・・・・・　26～39
姿なき殺人《小説》（藤井松太郎）・・・・・　40～41
亜砒酸の悲劇（青江耿介）・・・・・・・・・・・　42～50
衣料不足／ごもっとも／論より証拠・・・・・　50
海外ニュース（K・A）・・・・・・・・・・・・・・・・・　51
スピード映画《小説》（葉川秋二）・・・・・　52～55
宿命の双生児・・・・・・・・・・・・・・・・・・・・・・・　52～54
三つの運命

116

16 『ロック』

白骨美人《小説》(土岐雄三) ……… 56〜61
骨が鳴らす円舞曲《小説》(渡辺啓助)
　……………………………………… 61〜68
鉄の扉《小説》(紗原幻一郎) ……… 68〜72
帆村荘六探偵の手紙《小説》(海野十三)
　……………………………………… 72〜76
謎々テキスト ……………………………… 76
奇蹟のボレロ寸話(黄金虫) …………… 77
名探偵アキレスケン氏《漫画》(塩田英二郎)
　……………………………………… 78〜81
ポオの逸話(Q) …………………… 80〜82
ロック大学(阿知波五郎) ………… 83〜82
あ・ら・か・る・と ……………… 84〜85
未知界からの触手《小説》(北村小松)
　……………………………………… 86〜99
ロック・ロビイ ………………… 100〜103
緋色の女《小説》(今井達夫) … 104〜118
幸運の奇蹟 ……………………………… 119
編輯便り(山崎) ………………………… 120

第2巻第6号（第12号）　所蔵あり
1947年6月1日発行　64頁　12円
青春の悪魔《小説》(水谷準) ……… 2〜18
これだけは是非 ………………………… 18
海外ニュース(K・A) ………………… 19
論議の新展回を(江戸川乱歩) …… 20〜23
名探偵アキレスケン氏《漫画》(塩田英二郎)
　……………………………………… 24〜25
トランプ物語《小説》(北町一郎) … 26〜29
芸術的犯罪 ……………………… 26〜27
ロック・ノート ………………… 28〜29
ロック・ロビイ ………………… 30〜31
死の仮面(青江耿介) …………… 32〜37
雉子も啼かずば《小説》(土岐雄三)
　………………………… 38〜40, 42〜43
ロック大学(阿知波五郎) ……… 40〜42
奇蹟のボレロ〈2〉《小説》(角田喜久雄)
　……………………………………… 44〜63
編輯便り(山崎生) …………………… 64

第2巻第7号（第13号）　所蔵あり
1947年7月1日発行　48頁　10円
無音音譜《小説》(木々高太郎) … 2〜14, 48
探偵茶話(横溝正史) …………… 15〜19
ロック・ノート ………………………… 18
ロック知識 ……………………………… 19
名探偵アキレスケン氏《漫画》(塩田英二郎)
　……………………………………… 20〜21
神に近い人々《小説》(土岐雄三) … 22〜25
雨の夜《小説》(風野又三郎) …… 26〜28
海外ニュース(K・A) ………………… 29

LOCK大学(阿知波五郎) ……………… 30
検事の脆計 ……………………………… 31
ロック・ロビイ ………………… 32〜33
奇蹟のボレロ〈3〉《小説》(角田喜久雄)
　……………………………………… 34〜48
編輯便り(山崎生) …………………… 48

第2巻第8号（第14号）　所蔵あり
1947年9月1日発行　63頁　15円
蝙蝠と蛞蝓《小説》(横溝正史) …… 2〜18
E・クィーンコンテスト受賞作品の面影(青江耿介)
　……………………………………… 19〜29
探偵川柳あれこれ ……………………… 29
名探偵アキレスケン氏《漫画》(塩田英二郎)
　……………………………………… 30〜31
木場の火事《小説》(三苗千秋) … 32〜45
微笑の国 ………………………………… 45
ロック・ロビイ ………………… 46〜47
山東京伝と法医学の話(白髪鬼) … 48〜49
ロック・ノート ………………………… 48
奇蹟のボレロ〈4〉《小説》(角田喜久雄)
　……………………………………… 50〜63

第2巻第9号（第15号）　所蔵あり
1947年10月1日発行　64頁　15円
みささぎ盗賊《小説》(山田風太郎) … 2〜15
これはこれは ……………………………… 7
密室 ………………………………………… 8
推理テスト ……………………… 14〜15
名探偵アキレスケン氏《漫画》(塩田英二郎)
　……………………………………… 16〜17
猟奇館スフィンクス《小説》(香山滋)
　……………………………………… 18〜29
アルパカ氏の場合《小説》(水谷準) … 30〜31
髑髏の面影(青江耿介) ………… 32〜35
ロック・ロビイ ………………… 36〜37
静かな沼《小説》(乾信一郎) …… 38〜45
Yの喜劇《小説》(古川建) ……… 46〜48
ロック・ノート ………………… 46〜47
海外ニュース(K・A) ………………… 49
奇蹟のボレロ〈5〉《小説》(角田喜久雄)
　……………………………………… 50〜63
遺言綺聞 ………………………………… 53
満点 ……………………………………… 57
成る程簡単 ……………………………… 59
出過ぎもの ……………………………… 63
編輯便り(山崎生) …………………… 64

第2巻第10号（第16号）　所蔵あり
1947年12月1日発行　96頁　20円
智慧の環《小説》(高木卓) ………… 2〜17

117

16『ロック』

名探偵アキレスケン氏《漫画》(塩田英二郎)
　　‥‥‥‥‥‥‥‥‥‥‥‥‥‥‥　18〜19
死の協和音(ハーモニックス)《小説》(北洋)　‥‥‥‥‥　20〜32
海外ニュース(K・A)　‥‥‥‥‥‥‥‥‥　33
ネオ・イソップ物語《小説》(乾信一郎)
　　‥‥‥‥‥‥‥‥‥‥‥‥‥‥‥　34〜45
燈籠屋敷《小説》(今井達夫)　‥‥‥‥‥　46〜56
電球で捉つた話　‥‥‥‥‥‥‥‥‥‥　56〜57
蝶々殺人事件映画化　‥‥‥‥‥‥‥‥　58〜59
シンシンの二万年(青江耿介)　‥‥‥‥　60〜63
ロック・ロビイ　‥‥‥‥‥‥‥‥‥‥　64〜65
探偵茶話(横溝正史)　‥‥‥‥‥‥‥‥　66〜69
K・K・Kの話　‥‥‥‥‥‥‥‥‥‥　66〜67
ロック・ノート　‥‥‥‥‥‥‥‥‥‥　68〜69
豆智識　‥‥‥‥‥‥‥‥‥‥‥‥‥‥　69
謎の黒猫《漫画》(杉山しげる/横山泰三)
　　‥‥‥‥‥‥‥‥‥‥‥‥‥‥‥　70〜71
奇蹟のボレロ〈6〉《小説》(角田喜久雄)
　　‥‥‥‥‥‥‥‥‥‥‥‥‥‥‥　72〜95
これはこれは失礼　‥‥‥‥‥‥‥‥‥　77
大違ひ　‥‥‥‥‥‥‥‥‥‥‥‥‥‥　87
編輪(ママ)便り(山崎生)　‥‥‥‥‥‥‥‥　96

第3巻第1号(第17号)　所蔵あり
1948年1月1日発行　80頁　25円
8・1・8《小説》(島田一男)　‥‥‥‥　4〜17
霊界通信　‥‥‥‥‥‥‥‥‥‥‥‥‥　6
八丁あらし　‥‥‥‥‥‥‥‥‥‥‥‥　10
世間話　‥‥‥‥‥‥‥‥‥‥‥‥‥‥　17
盗まれた手紙《漫画》(村山しげる/横山泰三)
　　‥‥‥‥‥‥‥‥‥‥‥‥‥‥‥　18〜19
月魄《小説》(那珂川透)　‥‥‥‥‥‥　20〜25
海外ニュース(K・A)　‥‥‥‥‥‥‥‥‥
ロック・ロビイ　‥‥‥‥‥‥‥‥‥‥　26〜27
異形の妖精《小説》(北洋)　‥‥‥‥‥　28〜36
ロック科学　‥‥‥‥‥‥‥‥‥‥‥‥　36
自動車内の屍体　‥‥‥‥‥‥‥‥‥‥　37
海外傑作コント・アルバム
　ナスルと驢馬《小説》(テウフィック)
　　‥‥‥‥‥‥‥‥‥‥‥‥‥‥‥　38〜40
　死相《小説》(レルモントフ)　‥‥‥　40〜43
　開かずの間《小説》(インゲマン)
　　‥‥‥‥‥‥‥‥‥‥‥‥‥‥‥　43〜47
蜘蛛の糸《小説》(橋本哲男)　‥‥‥‥　48〜56
お気の毒さま　‥‥‥‥‥‥‥‥‥‥‥　52
恐ろしき夢魔(富田常雄)　‥‥‥‥‥‥　54〜55
監獄の歯車止(青江耿介)　‥‥‥‥‥‥　57〜61
ロック・ノート　‥‥‥‥‥‥‥‥‥‥　60〜61
奇蹟のボレロ〈7・完〉《小説》(角田喜久雄)
　　‥‥‥‥‥‥‥‥‥‥‥‥‥‥‥　62〜80
青春の墓物語　‥‥‥‥‥‥‥‥‥‥‥　66〜67

さては役得　‥‥‥‥‥‥‥‥‥‥‥‥　69

第3巻第2号(第18号)　所蔵あり
1948年3月1日発行　64頁　25円
帖木児(チムール)の紅玉《小説》(西川満)　‥‥‥‥　2〜14
鉄に溶けた男《小説》(戸田巽)　‥‥‥　15〜22
絢爛たる殺人《小説》(マイリンク〔著〕,青江
　耿介〔訳〕)　‥‥‥‥‥‥‥‥‥‥　23〜27
懸賞探偵小説第一回予選通過作品　‥‥　27
官費旅行《小説》(北町一郎)　‥‥‥‥　28〜29
小倉の色紙《小説》(三好一光)　‥‥‥　30〜39
清滝川の惨劇〈1〉《小説》(北洋)　‥‥　40〜48
銃弾の秘密《小説》(鬼怒川浩)　‥‥‥　49〜64

第3巻第3号(第19号)　所蔵あり
1948年5月1日発行　80頁　30円
毒殺魔《小説》(木村荘十)　‥‥‥‥‥　2〜16, 27
女賊と少年《小説》(香山滋)　‥‥‥‥　17〜27
墓標に絡む女《小説》(永瀬三吾)　‥‥　28〜35
万太郎の耳《小説》(山田風太郎)　‥‥　36〜45
三下り半七《漫画》(センバ太郎)　‥‥　46〜47
或る夜の冒険《小説》(玉川一郎)　‥‥　48〜54
清滝川の惨劇〈2・完〉《小説》(北洋)
　　‥‥‥‥‥‥‥‥‥‥‥‥‥‥‥　55〜63
恋愛遊戯《小説》(三上紫郎)　‥‥‥‥　64〜66
切枝帖　‥‥‥‥‥‥‥‥‥‥‥‥‥‥　64〜66
菊五郎巡査《小説》(村上元三)　‥‥‥　67〜80
編輯後記　‥‥‥‥‥‥‥‥‥‥‥‥‥　80
※表紙は1948年4月1日発行

第3巻第4号(第20号)　所蔵あり
1948年8月1日発行　64頁　30円
白い紙《小説》(北村小松)　‥‥‥‥‥　2〜11
日本におけるスレイター事件《小説》(妹尾韶
　夫)　‥‥‥‥‥‥‥‥‥‥‥‥‥‥　12〜19
情熱の遺稿《小説》(中沢堅夫)　‥‥‥　20〜30
夢を狙う男〈1〉《小説》(永瀬三吾)　‥　31
殺人三角くじ《小説》(西村治一郎)　‥　41〜45
迷探偵スットンロック氏《漫画》(ヲノ・サセ
　オ)　‥‥‥‥‥‥‥‥‥‥‥‥‥‥　46〜47
懸賞探偵小説審査結果発表
　選評(水谷準)　‥‥‥‥‥‥‥‥‥　48
　選評(海野十三)　‥‥‥‥‥‥‥‥　48〜49
　評言(角田喜久雄)　‥‥‥‥‥‥‥　49
　選評(木々高太郎)　‥‥‥‥‥‥‥　49
蛇と猪《小説》(薔薇小路棘麿)　‥‥‥　50〜64, 45

第3巻第5号(第21号)　所蔵あり
1948年9月1日発行　64頁　35円
火山観測所殺人事件《小説》(水上幻一郎)
　　‥‥‥‥‥‥‥‥‥‥‥‥‥‥‥　2〜18

清栄製作所《小説》(鹿島孝二)········ 19〜25
目撃者《小説》(赤沼三郎)············ 26〜32
三百万円奇談《小説》(海野十三)······ 33〜37
白い不義《小説》(武野藤介)·········· 38〜44
夢を狙う男〈2〉《小説》(永瀬三吾)····· 45
思う壺の鬼《小説》(南沢十七)········ 55〜64
※本文奥付に巻号数表記なし

第3巻第6号 所蔵あり
1948年10月1日発行　64頁　35円
ロック特集秋のマンガ展《漫画》···· 前1〜前4
果樹園春秋《小説》(正木不如丘)······ 2〜14
夢を狙う男〈3〉《小説》(永瀬三吾)····· 15
あの顔《小説》(大倉燁子)············ 24〜33
ロック・ロビイ······················ 34〜35
遺書《小説》(伴道平)················ 36〜49
アブサラの微笑《小説》(奥野椰子夫)
 ································· 50〜55
午前零時の訪問客《小説》(宇井無愁)
 ································· 56〜63
編集後記(I)························· 64
※本文奥付に巻号数表記なし。第21号と誤記

第3巻第7号 所蔵あり
1948年11月1日発行　64頁　40円
結婚三十症《漫画》(加藤芳郎)········ 前1〜前3
恐怖王の死《小説》(寒川光太郎)······ 2〜13
偉大なるかな発見!《小説》(乾信一郎)
 ································· 14〜15
後家横丁の事件〈1〉《小説》(葛山二郎)
 ································ 16〜23, 63
ロック・ロビー······················ 24〜25
探偵映画あれこれ(高岩肇)············ 26〜29
競馬場殺人事件《小説》(三好信義)···· 30〜39
お吉初手柄《小説》(九鬼澹)·········· 40〜41
夢を狙う男〈4・完〉《小説》(永瀬三吾)
 ································· 42
秋競馬のホープ(根津志郎)············ 50〜52
AD二〇〇〇の殺人〈1〉《小説》(木々高太郎)
 ································· 53〜63
編輯後記(市川)······················ 64
※本文奥付に巻号数表記なし

第3巻第8号 所蔵あり
1948年12月1日発行　64頁　40円
ロック忘念会《漫画》················ 前1〜前8
血と砂《小説》(富沢有為男)·········· 2〜13
花男の秘密《小説》(鬼怒川浩)········ 14〜20
モダン青年手帳(南部僑一郎)·········· 21
毒蝶と薔薇《小説》(渡辺啓助)········ 22〜39

新女性聖書(市川サブロー)············ 35
米推理小説の新人達(栗栖貞)·········· 40〜41
後家横丁の事件〈2・完〉《小説》(葛山二郎)
 ································· 42〜49
新女性聖書(市川サブロー)············ 47
ロック・ロビイ······················ 50〜51
笑う悪魔〈1〉《小説》(野村胡堂)······ 52〜64
作者の言葉·························· 55
編輯後記(市川)······················ 64
※本文奥付に巻号数表記なし

第4巻第1号 未所蔵
1949年2月1日発行　88頁　55円
ダイヤモンド〈1〉《絵物語》(フレッチャー
 〔原作〕)·························· 2〜7
神の矢〈1〉《小説》(横溝正史)········ 8〜23
まぼろし令嬢《小説》(山田風太郎)···· 24〜33
嫁が君奇談《小説》(長崎抜天)········ 34〜35
苦い湖《小説》(秋永芳郎)············ 36〜45
災厄の黄昏〈1〉《小説》(島田一男)
 ································· 46〜53
ロック・ロビイ······················ 54〜55
愛は科学を超えて《小説》(香山滋)···· 56〜66
現代青年手帳(南部僑一郎)············ 67
刑事の手《小説》(蘭郁二郎)·········· 68〜77
あとがき(海野十三)·················· 77
笑う悪魔〈2〉《小説》(野村胡堂)······ 78〜87
大いに慾望すべし···················· 87
編輯後記(市川)······················ 88

第4巻第2号 未所蔵
1949年5月1日発行　96頁　65円
ダイヤモンド〈2〉《絵物語》(フレッチャー
 〔原作〕)·························· 2〜7
私立探偵の部屋《漫画》(金親堅太郎)·· 8
神の矢〈2〉《小説》(横溝正史)········ 9〜21
櫛とヘヤーピン《小説》(J・ハリス〔著〕,辰野
 太郎〔訳〕)······················· 22〜30
モダン青年心得帳(南部僑一郎)········ 31
恐怖《小説》(土岐雄三)·············· 32〜35
災厄の黄昏〈2〉《小説》(島田一男)
 ································· 36〜43
ロック・ロビイ······················ 44〜45
雨の夜と二人の女《小説》(倉光俊夫)
 ································· 46〜57
上海の夜に雨ぞ降る《小説》(鵜殿泰介)
 ································· 58〜64
思い出すまゝに(堀崎捜査課長)········ 65
試写室殺人事件《小説》(戸川貞雄)···· 66〜75
神の死骸《小説》(水上幻一郎)········ 76〜85
笑う悪魔〈3〉《小説》(野村胡堂)······ 86〜95

16『ロック』

編集後記(市川) ……………………… 96

第4巻第3号　別冊 所蔵あり
1949年8月1日発行　128頁　75円
噴火口上の殺人《小説》(岡田鯱彦) …… 4〜35
ちやつかり坊主 ……………………… 9
機先を制す …………………………… 21
やられたツ‼ ………………………… 33
懸賞探偵小説審査結果発表
　選評(江戸川乱歩) ………………… 36〜38
　選評(横溝正史) …………………… 38〜40
　選評(坂口安吾) …………………… 40
　編集部より ………………………… 41
物も言い様で ………………………… 40
踏絵呪縛《小説》(蟹海太郎) ……… 42〜54
好機逸すべからず …………………… 51
新当麻寺縁起《小説》(藻波逸策) …… 55〜82
浮かばれぬ …………………………… 65
名言 …………………………………… 73
熱さめぬ! …………………………… 82
賢者の毒薬《小説》(村正治) ……… 83〜101
何となれば …………………………… 89
失礼なツ ……………………………… 95
飛行する死人《小説》(青池研吉) … 102〜128
編集後記(MI生) ……………………… 128

17『宝石』

【刊行期間・全冊数】1946.3-1964.5（251冊）
【刊行頻度・判型】月刊、A5判、B5判（第1巻第2号、第1巻第3号）
【発行所】岩谷書店（第1巻第1号～第11巻第8号）、宝石社（第11巻第9号～第19巻第7号）
【発行人】岩谷満（第1巻第1号～第8巻第1号）、稲並昌幸（第8巻第2号～第19巻第7号）
【編集人】岩谷満（第1巻第1号～第8巻第1号）、稲並昌幸（第8巻第2号～第19巻第7号）
【概要】終戦直後のブームのなか、次々と創刊された探偵雑誌のなかで、もっとも長く続いた雑誌である。創刊にかかわった岩谷満、城昌幸（本名・稲並昌幸）、武田武彦は詩を通じての知り合いで、編集主幹の城は探偵作家としてすでに名を成していただけに、その人脈で、横溝正史『本陣殺人事件』の連載ほか、創刊号から充実した内容だった。
　いち早く試みた懸賞小説からは、香山滋、島田一男、山田風太郎といった人気作家がデビューし、用紙不足が解消されてページが増えていくと、創作、評論・研究、時評、随筆、そして翻訳とますます充実し、探偵小説界の中心的雑誌となった。
　ただ、発行部数は創刊直後がもっとも多く、出版の不振もあって、経営的にはしだいに苦しくなり、創刊三周年で企画した百万円コンクールの賞金や、原稿料の支払いが滞るようになった。1956年には新会社に発行を移して、累積債務を解消するような事態となる。それでも執筆陣の協力によってその地位は揺るがなかったが、しだいに誌面に清新さが薄れ、再び訪れつつあったミステリーのブームに乗り遅れていた。
　そこに乗り出したのが江戸川乱歩で、1957年8月から編集長を引き受けると、内容を大幅に刷新し、新人や探偵文壇以外の作家を積極的に起用、コラムや対談などヴァラエティに富んだ誌面として読者を増やした。また、経営面でも私財で援助している。
　その情熱は全ページから伝わってくるが、病気によって乱歩が編集長を降りると、専門誌としての編集にも限界があって、ミステリー・ブームの終焉とともに、19年余りでその歴史に幕を閉じた。探偵小説から推理小説やミステリーに変貌していった戦後の斯界の動きを、ヴィヴィッドに反映していた雑誌である。

第1巻第1号　　所蔵あり
1946年3月25日発行　　64頁　　2円80銭
［江戸川乱歩］（武田武彦）・・・・・・・・・・・・・・・前1
宝石詩抄《詩》（北園克衛）・・・・・・・・・・・・・・・・・1
本陣殺人事件〈1〉《小説》（横溝正史）
　・・・・・・・・・・・・・・・・・・・・・・・・・・・・・・・・・・・・2～15
アメリカ探偵小説の二人の新人（江戸川乱歩）・・・・・・・・・・・・・・・・・・・・・・・・・・・・・・4～5
人間椅子《絵物語》（江戸川乱歩〔原作〕、武田武彦〔脚色〕）
　・・・・・・・・・・7, 9, 13, 14, 16, 21, 25, 29, 31, 33
密林荘殺人事件《小説》（丘丘十郎）　15～17
談話館　・・・・・・・・・・・・・・・・・・・・・・・・・・・18～19
ウイルソン夫人の化粧室《小説》（水谷準）
　・・・・・・・・・・・・・・・・・・・・・・・・・・・・・・・・・20～26
一分間!探偵小説!!（仮面の作者）・・・・・・・26～27
名探偵借します《小説》（乾信一郎）・・・・28～33
サロン放談
　茶色の服の男（水谷準）・・・・・・・・・・・・・・・・34
　探偵小説への饑餓（横溝正史）・・・・・・・・・35
　野心（城昌幸）・・・・・・・・・・・・・・・・・・・・・・・35
うら表《小説》（城昌幸）・・・・・・・・・・・・・36～41
美人殺人事件〈1〉《漫画》（小南弗人〔案〕、輪戸素人〔漫画〕）・・・・・・・・・・・・・・・・・42～43
探偵小説壇　・・・・・・・・・・・・・・・・・・・・・・42～43
とむらい饅頭《脚本》（武田武彦）・・・・・44～49
手袋と葉巻《詩》（武田武彦）・・・・・・・・・・・・50
指の連想《詩》（岩谷健司）・・・・・・・・・・・・・・50
探偵小説談義（岩佐東一郎）・・・・・・・・・・・・・51
宝石倶楽部　・・・・・・・・・・・・・・・・・・・・・52～53

17 『宝石』

髪《小説》(大下宇陀児) ･･････････ 54～63
宝石函(武田, 岩谷, 城) ･･･････････ 64
※表紙は1946年4月1日発行

第1巻第2号　所蔵あり
1946年5月25日発行　48頁　3円50銭
くちなしの花《詩》(近藤東) ･････････ 前1
ライス夫人の「すばらしき犯罪」(江戸川乱
　歩) ････････････････････････ 1～3
新月《小説》(木々高太郎) ･･･････ 2～9
昆虫男爵《絵物語》(大下宇陀児〔原作〕, 武田武
　彦〔脚色〕)
　　　･･･ 5, 7, 9, 11, 13, 15, 17, 19, 21, 23
昭和天一坊 ･･････････････････････ 9
美の秘密《詩》(笹沢美明) ･･････････ 10
サロン放談
　寸感(大下宇陀児) ･･････････････ 11
　探偵小説へ希望のこと(佐野昌一) ･･ 11
伯爵夫人の寝台《小説》(渡辺啓助) 12～17
詩人の殺人《詩》(岩谷健司) ････････ 18
アルセーヌ・ルパン《詩》(武田武彦) ･･ 18
乳母車《小説》(氷川瓏) ･･･････････ 18
タットル大尉を囲む探偵作家の座談会《座談
　会》(タットル大尉, 江戸川乱歩, 大下宇陀児,
　木々高太郎, 水谷準, 丘丘十郎, 角田喜久雄,
　渡辺啓助, 城昌幸, 岩谷健司, 武田武彦) 19～21
談語館 ･･････････････････････ 22～23
探偵小説壇 ･･････････････････ 22～23
探偵小説いろは辞典〈1〉(秋野菊作)
　　　････････････････････ 24～27
夜の虹《小説》(赤沼三郎) ･････ 28～32, 17
美人殺人事件〈2〉《漫画》(小南弗人〔作〕, 輪
　戸素人〔画〕) ･･････････････････ 33
ラビリンス《小説》(城昌幸) ･････ 34～35
沈香事件《小説》(丘丘十郎) ････ 36～40
宝石倶楽部 ･････････････････････ 41
本陣殺人事件〈2〉《小説》(横溝正史)
　　　････････････････････ 42～48
アメリカでは一流探偵小説が二万しか売れ
　ないの? ････････････････････ 48
宝石函(岩谷, 武田, 城) ･････････････ 48

第1巻第3号　所蔵あり
1946年6月25日発行　48頁　4円
疎開先の庭(横溝正史) ･･････････ 前1
麦畑のアリバイ《詩》(小林善雄) ･･････ 1
逆立小僧《小説》(角田喜久雄) ････ 2～10
お化師匠《絵物語》(岡本綺堂〔原作〕, 武田武彦
　〔脚色〕)
　　　･･･ 5, 7, 9, 11, 15, 17, 19, 23, 25, 27
『とむらい饅頭』放送さる(水谷準) ･････ 10

空想夫人《小説》(豊島要) ･･･････････ 11
春色眉かくし《小説》(横溝正史) 12～18
サロン放談
　二つの条件(木々高太郎) ････････ 18
　変り花一茎(渡辺啓助) ･････････ 18
　一つの提唱(角田喜久雄) ･････････ 19
探偵小説いろは辞典〈2〉(秋野菊作)
　　　･･････････････････ 20～21, 27
お市観音《小説》(納попов恭平) ････ 22～27
談語館 ･･････････････････････ 28～29
探偵小説壇 ･･････････････････ 28～29
暗闇まつり《小説》(城昌幸) ････ 30～35
王冠の宝石 ････････････････････ 35
萩原博士の手術《小説》(花園守平) ･･ 36～38
月蟻《詩》(武田武彦) ･･･････････ 39
梟と夕暮《詩》(岩谷健司) ･･･････ 39
明治の指環 ･･･････････････････ 39
探偵評論家ヘイクラフト(江戸川乱歩)
　　　････････････････････ 40～41
本陣殺人事件〈3〉《小説》(横溝正史)
　　　････････････････････ 42～47
美人殺人事件〈3・完〉《漫画》(小南弗人〔作〕,
　輪戸素人〔画〕) ･･･････････････ 48
宝石函(城, 武田, 岩谷) ･･･････････ 48

第1巻第4号　所蔵あり
1946年7月25日発行　68頁　4円
〔大下宇陀児〕(武田武彦) ･･･････ 前1
庭園事件《詩》(長田恒雄) ･････････ 1
写真に依る一分間探偵
　女優殺人(城昌幸) ･･･････････････ 2
　アトリエ殺人事件(剣次郎) ･････････ 3
アスパラガス《小説》(水谷準) ････ 4～12
ルパンの結婚《絵物語》(モーリス・ルブラン〔原
　作〕, 武田武彦〔脚色〕)
　　　･･ 7, 9, 11, 13, 17, 21, 23, 25, 27, 29
真珠 ････････････････････････ 13
探偵小説いろは事典〈3〉(秋野菊作)
　　　････････････････････ 14～17
妻の艶書《小説》(丘丘十郎) ･･･ 18～29
当り籤は接吻です《脚本》(武田武彦)
　　　････････････････････ 30～35
談語館 ････････････････････ 36～37
鷺娘《小説》(大倉燁子) ･･･････ 38～46
詭弁にあらず(奥村五十嵐) ･･･････ 47
断頭台綺譚《小説》(リイルアダン〔著〕, 矢野
　目源一〔訳〕) ････････････ 48～54
夜半の銃声《詩》(岩谷健司) ･････ 55
毛虫《詩》(武田武彦) ･･････････ 55
探偵小説壇 ･･････････････････ 55
新人翹望《小説》(江戸川乱歩) ･･ 56～58

17『宝石』

本陣殺人事件〈4〉《小説》(横溝正史)
.... 59〜67
宝石函(岩谷,武田,城).................... 68

第1巻第5号　所蔵あり
1946年8月25日発行　84頁　5円
［水谷準］(武田武彦)..................... 前1
幕間《詩》(岩佐東一郎)................... 1
二廃人《脚本》(江戸川乱歩〔原作〕,樋口十一
　〔脚色〕)............................... 4〜15
文学少女《絵物語》(木々高太郎〔原作〕,武田武
　彦〔脚色〕)
　　　.. 7, 9, 11, 13, 19, 23, 25, 27, 29, 31
参つた!!/それならさうと 15
探偵小説いろは辞典〈4〉(秋野菊作)
　..................................... 16〜19
お年貢金五百両〔脚本〕(城昌幸〔原作〕,中西
　掬夫〔脚色〕)........................ 20〜31
どうだ参つたか/止せやい 32
罹災地に聴く《小説》(モリス・ルナール〔著〕,
　石川一郎〔訳〕)...................... 32〜33
白蠟少年〔脚本〕(横溝正史〔原作〕,武田武彦
　〔脚色〕)............................. 34〜44
海外探偵小説作家消息 44
拾つた蹄鉄《小説》(アンリ・ヂヤンヌ〔著〕,石
　川一郎〔訳〕)........................... 45
談語館 .... 46〜47
被害者陳述《詩》(岩谷健司).............. 48
夏花変化《詩》(武田武彦)................ 48
鏡《小説》(アルバン・ド・ポレ〔著〕,石川一郎
　〔訳〕)............................... 48〜49
海外作家消息 49
幻影城通信〈1〉(江戸川乱歩).......... 50〜51
キヤラコさん〔脚本〕(久生十蘭〔原作〕,井上
　徳郎〔脚色〕)........................ 52〜63
闇の裏《小説》(佐川春風)............. 64〜74
本陣殺人事件〈5〉《小説》(横溝正史)
　..................................... 75〜83
宝石函(岩谷,武田,城).................... 84

第1巻第6・7号　所蔵あり
1946年10月25日発行　84頁　6円
［木々高太郎］(武田武彦)................ 前1
巴里の夜《口絵》........................ 1〜4
夢のパノラマ《詩》(岩谷健司)............. 4
われは犯罪王《詩》(武田武彦)............. 5
盲目人魚〈1〉《小説》(渡辺啓助)...... 6〜23
シヤーロック・ホームズ物語《絵物語》(コナ
　ン・ドイル〔原作〕,氷川瓏〔脚色〕)
　　　 11, 13, 15, 17, 19, 21, 23, 33, 35, 37
さてはかつら/それが分相応 23

探偵小説いろは辞典〈5〉(秋野菊作)
　..................................... 24〜26
円朝怪談双絶(正岡容)..................... 27
応募作品について(編輯部)................. 27
藪蛇物語〈1〉《小説》(ビェル・ヴェリイ〔著〕,
　石川一郎〔訳〕)..................... 28〜39
廃園の悲劇《詩》(村野四郎)........... 38〜39
真珠 39
沼の精《小説》(城昌幸)................ 40〜42
家出《小説》(モリス・ルヴェル〔著〕,石川一郎
　〔訳〕)................................. 43
談語館 .... 44〜45
良心の叫び《小説》(園田調夫).......... 46〜52
新案探偵術《小説》(万三平)............... 53
孤島綺談《小説》(守友恒)............. 54〜62
本陣殺人事件〈6〉《小説》(横溝正史)
　..................................... 63〜73
幻影城通信〈2〉(江戸川乱歩).......... 74〜75
闇の裏《小説》(佐川春風)............. 76〜83
宝石函(岩谷,武田,城).................... 84

第1巻第8号　所蔵あり
1946年11月25日発行　84頁　7円
［海野十三］(武田武彦)................. 前1
舞踏会《詩》(木原孝一)................... 5
第四の場合《小説》(野村胡堂)........... 6〜16
俘囚《絵物語》(海野十三〔原作〕,武田武彦〔脚
　色〕)
　　　　 11, 13, 15, 19, 25, 27, 29, 31, 33, 35
探偵小説いろは辞典〈6〉(秋野菊作)
　..................................... 17〜19
盲目人魚〈2・完〉《小説》(渡辺啓助)
　..................................... 20〜37
談語館 .... 38〜39
宿雨催晴《小説》(妹尾韶夫)............ 40〜49
秋風殺人事件調書《詩》(岩谷健司)......... 49
地獄歌《詩》(武田武彦)................... 49
藪蛇物語〈2〉《小説》(ビェル・ヴェリイ〔著〕,
　石川一郎〔訳〕)..................... 50〜59
湖底の宝石袋《小説》(海野十三)
　................................. 60〜62, 39
三万法《小説》(フイシエ兄弟〔著〕,石川一郎
　〔訳〕)................................. 63
闇の裏〈3・完〉《小説》(佐川春風)
　..................................... 64〜68
『嘘を発見する機械』の実験報告(剣次郎)
　..................................... 69
幻影城通信〈3〉(江戸川乱歩).......... 70〜71
本陣殺人事件〈7〉《小説》(横溝正史)
　..................................... 72〜83

123

17『宝石』

宝石函(岩谷,武田,城)･････････ 84

第1巻第9号　所蔵あり
1946年12月25日発行　86頁　8円
［乾信一郎］(武田武彦)･････････････ 前1
モンテ・カルロ《口絵》･･････････ 3～6
蜘蛛と探偵《詩》(武田武彦)･･････････ 7
気の弱い殺人《小説》(乾信一郎)････ 8～17
メヂューサの首《絵物語》(小酒井不木〔原作〕,
　武田武彦〔脚色〕)
　　　　11, 13, 15, 17, 21, 23, 27, 29, 33, 41
サンキユウ氏と記憶箱《小説》(北村一郎)
　･････････････････････････ 18～25
うつくしい骸《詩》(福田律郎)･･････ 25
探偵小説いろは辞典〈7〉(秋野菊作)
　･････････････････････････ 26～29
雪達磨事件《小説》(武田武彦)･･･ 30～36
譲り受けたし《小説》(江戸川乱歩)･･ 36
ベスト・テン(江戸川生)･･････････ 37
新人登場奇譚《小説》(土岐雄三)･ 38～44
談語館･･････････････････････ 46～47
応募作品所感(江戸川乱歩)･･････ 48～49
応募作品所感(水谷準)･･････････ 49～50
第一回予選通過作品････････････ 52～53
藪蛇物語〈3・完〉《小説》(ピエル・ヴェリイ
　〔著〕,石川一郎〔訳〕)･････････ 54～61
ばらと小刀《詩》(竹内てるよ)･････ 61
幻影城通信〈4〉(江戸川乱歩)････ 62～63
獄門島　作者の言葉(横溝正史)･･････ 64
本陣殺人事件〈8・完〉《小説》(横溝正史)
　･････････････････････････ 65～85
宝石函(岩谷,武田,城)･････････････ 86

第2巻第1号　所蔵あり
1947年1月25日発行　130頁　12円
獄門島〈1〉《小説》(横溝正史)････ 6～19
あやかしの鼓《絵物語》(夢野久作〔原作〕,氷
　川瓏〔脚色〕)
　　　・9, 11, 13, 15, 17, 21, 25, 27, 29, 31
探偵小説の地位の向上(木々高太郎)
　･････････････････････ 20～21, 109
新春探偵小説討論会《座談会》(江戸川乱歩,大
　仏次郎,野村胡堂,城昌幸,武田武彦,岩谷健
　司,水谷準)･･････････････････ 22～31
少女紛失《小説》(渡辺啓助)･････ 32～40
探偵小説いろは辞典〈8〉(秋野菊作)
　･････････････････････････ 41～43
第十二人目の男《小説》(大下宇陀児)
　･････････････････････････ 44～49
犯罪の場《小説》(飛鳥高)････････ 50～62
幻覚《詩》(武田武彦)･･････････････ 62

双生児《小説》(角田喜久雄)･････ 63～65
告白《小説》(水谷準)･････････ 66～69
談語館･･････････････････････ 70～71
達磨峠の事件《小説》(山田風太郎)･ 72～85
殺人電波《小説》(武田武彦)･････ 86～89
水草《小説》(久生十蘭)･･････････ 88～89
幻想唐岬《小説》(城昌幸)･･････ 90～95
手切金(P・ヴベ〔著〕,石川賛〔訳〕)
　･････････････････････････ 96～97
成金気質･････････････････････ 96
まさかソレホド･･･････････････ 96～97
天才は天才らしく/やつぱり最後は ･･････ 97
英人落語家ブラックの探偵小説(正岡容)
　･････････････････････････ 98～99
東の風晴れ《小説》(黒沼健)･･･ 100～109
幻影城通信〈5〉(江戸川乱歩)･･ 110～111
検事さんと探偵作家の提携(大島十九郎)
　････････････････････････････ 112
鞄らしくない鞄の話《小説》(海野十三)
　･････････････････････････ 113～129
宝石函(武田,城)･････････････････ 130

第2巻第2号　所蔵あり
1947年3月25日発行　98頁　15円
霊魂の足〈1〉《小説》(角田喜久雄)･･ 6～23
詰碁新題(坂田栄男)･････････････ 23
不思議な国の犯罪《小説》(天城一)･ 24～29
談語館･････････････････････ 30～31
肉体の火山《小説》(式場隆三郎)･ 32～41
あんまり飲みすぎて･･････････････ 33
飛び出す悪魔《小説》(西田政治)･ 42～48
告白《詩》(武田武彦)････････････ 48
片眼鏡事件《小説》(土岐雄三)･･････ 49
網膜物語《小説》(独多甚九)････ 50～61
幻影城通信〈6〉(江戸川乱歩)･･･ 62～67
殺人演出《小説》(島田一男)････ 68～82
探偵小説いろは辞典〈9〉(秋野菊作)
　･････････････････････････ 83～85
獄門島〈2〉《小説》(横溝正史)･･ 86～97
宝石函(城,武田)･･･････････････ 98
※表紙は1947年2月25日発行

第2巻第3号　所蔵あり
1947年4月25日発行　202頁　50円
渡辺啓助氏(武田武彦)･････････････ 前1
屋根裏夜曲《口絵》･･････････ 7～10
生き葬ひ《小説》(野村胡堂)･････ 12～27
伊那節《小説》(徳川夢声)･･････ 28～32
オラン・ペンデクの復讐《小説》(香山滋)
　･････････････････････････ 33～47
亡者ごろし《小説》(城昌幸)････ 48～57

17『宝石』

詰将棋新題（塚田正夫）・・・・・・・・・・・・・・・・・・ 57	
詰碁新題（坂田栄男）・・・・・・・・・・・・・・・・・・ 57	
白羽の矢《小説》（横溝正史）・・・・・・・・・ 58～69	
黒髪怨念《小説》（納言恭平）・・・・・・・・・ 70～78	
春の盗賊《詩》（武田武彦）・・・・・・・・・・・・・・ 78	
探偵小説いろは辞典〈10〉（秋野菊作）	
・・・・・・・・・・・・・・・・・・・・・・・・・・・・・・・・・・ 79～81	
鸚鵡裁判《小説》（鬼怒川浩）・・・・・・・・・ 82～97	
談語館 ・・・・・・・・・・・・・・・・・・・・・・・・・・・・・ 98～99	
砥石《小説》（岩田賛）・・・・・・・・・・・・・・ 100～113	
幻の女《小説》（武田武彦）・・・・・・・・・・ 114～115	
地獄の声《小説》（大倉燁子）・・・・・・・・ 116～123	
音の謎《小説》（伊那勝彦）・・・・・・・・・・ 124～132	
獄門島〈3〉《小説》（横溝正史）・・・・ 133～146	
探偵小説の目やす（大下宇陀児）・・・・・・・・ 147	
四階の老人《小説》（妹尾韶夫）・・・・・ 148～157	
屋根裏夜曲《小説》（水谷準）・・・・・・・・・・ 157	
霊魂の足〈2・完〉《小説》（角田喜久雄）	
・・・・・・・・・・・・・・・・・・・・・・・・・・・・・・・・ 158～175	
竹流し三千両《小説》（額田六福）・・ 176～183	
幻影城通信〈7〉（江戸川乱歩）・・・・・ 184～185	
柳下家の真理〈1〉《小説》（大下宇陀児）	
・・・・・・・・・・・・・・・・・・・・・・・・・・・・・・・・ 186～201	
宝石函（城，武田）・・・・・・・・・・・・・・・・・・・・ 202	

第2巻第4号　所蔵あり
1947年5月25日発行　64頁　15円

柳下家の真理〈2・完〉《小説》（大下宇陀児）	
・・・・・・・・・・・・・・・・・・・・・・・・・・・・・・・・・・ 4～21	
談語館 ・・・・・・・・・・・・・・・・・・・・・・・・・・・・・ 22～23	
アメリカの探偵小説（マリーン・サンダース	
〔著〕，武田武彦〔訳〕）・・・・・・・・・・ 24～26	
礼儀 ・・・・・・・・・・・・・・・・・・・・・・・・・・・・・・・・・・・・・ 26	
ハンモック殺人事件《小説》（土岐雄三） ・・ 27	
海鰻荘奇談〈1〉《小説》（香山滋）・・・・ 28～35	
凍つた湖〈脚本〉（城昌幸）・・・・・・・・・・ 36～38	
詰将棋新題（塚田正夫）・・・・・・・・・・・・・・・・・・ 38	
詰碁新題（坂田栄男）・・・・・・・・・・・・・・・・・・ 38	
探偵小説いろは辞典〈11・完〉（秋野菊作）	
・・・・・・・・・・・・・・・・・・・・・・・・・・・・・・・・・・ 39～41	
名優殺し《小説》（海野十三）・・・・・・・・ 42～44	
妖精《詩》（武田武彦）・・・・・・・・・・・・・・・・・・ 44	
名犬失踪事件《小説》（土岐雄三）・・・・・・・・ 45	
天国《小説》（赤沼三郎）・・・・・・・・・・・・ 46～53	
幻影城通信〈8〉（江戸川乱歩）・・・・・・ 54～55	
獄門島〈4〉《小説》（横溝正史）・・・・ 56～63	
宝石函（城，武田）・・・・・・・・・・・・・・・・・・・・・・ 64	

第2巻第5号
欠番

第2巻第6号　所蔵あり
1947年6月25日発行　64頁　15円

紫陽花の青〈1〉《小説》（木々高太郎）	
・・・・・・・・・・・・・・・・・・・・・・・・・・・・・・・・・・・・ 2～15	
詰将棋新題（塚田正夫）・・・・・・・・・・・・・・・・・・ 15	
詰碁新題（坂田栄男）・・・・・・・・・・・・・・・・・・ 15	
談語館 ・・・・・・・・・・・・・・・・・・・・・・・・・・・・・・ 16～17	
私の探偵小説（坂口安吾）・・・・・・・・・・・・ 18～19	
ボアゴベについて（木村毅）・・・・・・・・・・ 19～21	
他山の石（丹羽文雄）・・・・・・・・・・・・・・・・ 22～23	
黒真珠《小説》（島田一夫）〔ママ〕・・・・・・・・・・ 24～30	
素晴しき番犬事件《小説》（土岐雄三）・・・・・・ 31	
金庫破り《小説》（海野十三）・・・・・・・・ 32～34	
ロオラとベデリア（双葉十三郎）・・・・・ 34～35	
舌は囁く《小説》（武田武彦）・・・・・・・・ 36～47	
獄門島〈5〉《小説》（横溝正史）・・・・ 48～54	
探偵小説質疑応答 ・・・・・・・・・・・・・・・・・・・・・・・・ 55	
幻影城通信〈9〉（江戸川乱歩）・・・・・ 56～57	
海鰻荘奇談〈2〉《小説》（香山滋）・・・・ 58～63	
宝石函（城）・・・・・・・・・・・・・・・・・・・・・・・・・・・・ 64	

第2巻第7号　所蔵あり
1947年7月25日発行　64頁　18円

紫陽花の青〈2・完〉《小説》（木々高太郎）	
・・・・・・・・・・・・・・・・・・・・・・・・・・・・・・・・・・・・ 2～16	
怪談 田中河内之介《小説》（徳川夢声）	
・・・・・・・・・・・・・・・・・・・・・・・・・・・・・・・・・・ 17～21	
詰碁新題（坂田栄男）・・・・・・・・・・・・・・・・・・ 21	
城下の町にて（田中冬二）・・・・・・・・・・・ 22～23	
送電線幽霊《小説》（海野十三）・・・・・・ 24～28	
蝦蟇供養《小説》（武田武彦）・・・・・・・・ 29～31	
顔《小説》（納言恭平）〔ママ〕・・・・・・・・・・・・ 32～33	
怪談亭楽時代（野村胡堂）・・・・・・・・・・・ 34～35	
談語館 ・・・・・・・・・・・・・・・・・・・・・・・・・・・・・・ 36～37	
楕円の肖像画《小説》（エドガー・アラン・ポオ	
〔著〕，島田謹二〔訳〕）・・・・・・・・・・ 38～41	
獄門島〈6〉《小説》（横溝正史）・・・・ 42～49	
幻影城通信〈10〉（江戸川乱歩）・・・・ 50～51, 64	
海鰻荘奇談〈3・完〉《小説》（香山滋）	
・・・・・・・・・・・・・・・・・・・・・・・・・・・・・・・・・・ 52～63	
宝石函（城）・・・・・・・・・・・・・・・・・・・・・・・・・・・・ 64	

第2巻第8号　所蔵あり
1947年9月25日発行　64頁　18円

絵物語特集	
酒と女と殺人とあん蜜と《絵物語》（塩田英	
二郎〔作〕）・・・・・・・・・・・・・・・・・・・・・・ 2～3	
ダンサー殺人事件《絵物語》（小野佐世男	
〔作〕）・・・・・・・・・・・・・・・・・・・・・・・・・・ 4～5	

125

17『宝石』

アッシャ家の崩壊《絵物語》（ポオ〔原作〕）
.... 6～7
死のサーカス《漫画》（池田仙三郎）
.... 8～9
探偵作家志望《小説》（乾信一郎）...... 10～17
あぐりのダイヤ《小説》（東郷青児）...... 18～25
談語館 .... 26～27
撞球室の幽霊《小説》（岩田賛）...... 28～35
鬼《小説》（黒沼健）...................... 36～44
探偵小説渉猟記〈1〉（西田政治）...... 45～47
むだがき（西条八十）........................ 48
正義の勝利（林房雄）........................ 49
幻影城通信〈11〉（江戸川乱歩）...... 50～53, 64
獄門島〈7〉《小説》（横溝正史）...... 54～63
宝石函（城）.................................... 64

第2巻第9号　所蔵あり
1947年10月25日発行　64頁　20円

血をしたゝらす白蛾《小説》（渡辺啓助）
.... 2～12
殺し場と幽霊（正岡容）...................... 12
手相《小説》（山田風太郎）............... 13～19
飢餓《小説》（妹尾韶夫）................... 20～27
談語館 .... 28～29
白氏残恨《小説》（東震太郎）............ 30～37
春妖記《小説》（氷川瓏）................... 38～42
軍鶏《小説》（永瀬三吾）................... 43～51
だから化物/スワといえば/わるく思ふな/止
せばいゝのに 51
幻影城通信〈12〉（江戸川乱歩）...... 52～53
獄門島〈8〉《小説》（横溝正史）...... 54～62
第一回予選通過作品 63
宝石函（城）.................................... 64

第2巻第10号　所蔵あり
1947年12月25日発行　64頁　20円

サンタクロス殺人事件《小説》（乾信一郎）
.... 2～9
降誕祭殺人事件《小説》（土岐雄三）... 10～16
戦後版「黒死館殺人事件」（江戸川乱歩）
.... 17
表は死し裏は生く《小説》（井上英三）
.... 18～25
談語館 .... 26～27
魂の喘ぎ《小説》（大倉燁子）............ 28～35
探偵小説渉猟記〈2〉（西田政治）...... 36～41
犯罪者の心理《小説》（蒼井雄）......... 42～51
探偵小説質疑応答 51
幻影城通信〈13〉（江戸川乱歩）...... 52～55
獄門島〈9〉《小説》（横溝正史）...... 56～63
宝石函（城）.................................... 64

第3巻第1号　所蔵あり
1948年1月25日発行　72頁　30円

新春お好み演芸
　ゆうもあ・姓名判断（沖鏡太郎）...... 2～3
　当不当八掛善哉（矢野目源一）......... 2～3
　盗まれた手紙《講談》（アラン・ポオ〔原作〕，
　　大島椿山〔演〕）............................ 4
　無根殺人事件《漫談》（丘咲八郎）... 5
　風呂敷包み《落語》（桂小団次）...... 6
　白二宮《小説》（袁随園）.................. 7
冬の月光《小説》（木々高太郎）......... 10～21
私の探偵小説（坂口安吾）................... 22～23
個性と探偵小説（大下宇陀児）............ 23～25
蜥蜴の島《小説》（香山滋）............... 26～35
談語館 36
製塩王死す《小説》（海野十三）......... 38～40
まぼろし《小説》（城昌幸）............... 41～43
猫《小説》（角田喜久雄）................... 44～59
幻影城通信〈14〉（江戸川乱歩）...... 60～61
懸賞作選評
　入選作なし（江戸川乱歩）............... 62
　選評（水谷準）................................ 62
獄門島〈10〉《小説》（横溝正史）..... 63～71
宝石函（城）.................................... 72

第3巻第2号　所蔵あり
1948年3月25日発行　64頁　25円

明治の老探偵〈1〉《小説》（長谷川伸）
.... 2～17
夢の医者《小説》（式場隆三郎）...... 18～27, 17
談語館 .... 28～29
湾仔の魔神《小説》（北村小松）......... 30～38
探偵小説質疑応答 39
翡翠のブローチ《小説》（海野十三）
.... 40～41, 64
稲江夜曲《小説》（西川満）............... 42～49
獄門島〈11〉《小説》（横溝正史）..... 50～58
探偵小説渉猟記〈3〉（西田政治）...... 59～61
幻影城通信〈15〉（江戸川乱歩）...... 62～64
※表紙は1948年2月1日発行

第3巻第3号　所蔵あり
1948年4月1日発行　64頁　30円

パノラマ島綺譚《絵物語》（江戸川乱歩〔原
　作〕）................................... 前1～前3
フー吉とポン《漫画》（丸茂文雄）...... 前4
獄門島〈12〉《小説》（横溝正史）..... 2～9
金箔師《小説》（水谷準）................... 10～16
紙幣束《小説》（土岐雄三）............... 17～26
最後の一手《小説》（保篠竜緒）......... 19～26

126

「獄門島」についての訂正 (作者) ……… 26
談語館 ……………………… 27～28
星のさゝやき《小説》(妹尾韶夫) …… 29～38
探偵小説渉猟記〈4〉(西田政治) …… 39～41
闇魔《小説》(武田武彦) ………… 42～45
幻影城通信〈16〉(江戸川乱歩) …… 46～47
明治の老探偵〈2・完〉《小説》(長谷川伸)
　　　　　　　　　　　　　　　 48～64
※表紙は1948年4月25日発行

第3巻第4号　所蔵あり
1948年5月1日発行　64頁　30円
古燈の秘密《絵物語》(ルブラン〔原作〕)
　　　　　　　　　　　　　　　 1～3
フー吉とポン《漫画》(丸茂文雄) …… 4
誰が殺したか《小説》(守友恒) …… 6～20
探偵小説渉猟記〈5〉(西田政治) …… 21～23
深夜の冒険〈1〉《小説》(森下雨村)
　　　　　　　　　　　　　　　 24～33
談語館 ……………………… 34～35
星屑(スタアダスト)殺人事件《小説》(双葉十三郎)
　　　　　　　　　　　　　　　 36～43
幽霊消却法《小説》(海野十三) …… 44～54
獄門島〈13〉《小説》(横溝正史) …… 55～64

第3巻第5号　所蔵あり
1948年6月1日発行　64頁　30円
モルグ街の殺人《絵物語》(エドガー・アラン・ポー〔原作〕) ……………… 1～3
フー吉とポン《漫画》(丸茂文雄) …… 4
押入の中の沈黙者《小説》(木々高太郎)
　　　　　　　　　　　　　　　 6～16
蜃気楼《小説》(山田風太郎) …… 17～25
談語館 ……………………… 26～27
深夜の冒険〈2〉《小説》(森下雨村)
　　　　　　　　　　　　　　　 28～36
探偵小説質疑応答 …………… 37
獄門島〈14〉《小説》(横溝正史) …… 38～45
幻影城通信〈17〉(江戸川乱歩) …… 46～47
誰が殺したか〈2・完〉《小説》(守友恒)
　　　　　　　　　　　　　　　 48～64
※背表紙は第5巻第4号と誤記

第3巻第6号　所蔵あり
1948年8月1日発行　64頁　35円
無花果《絵物語》(木々高太郎〔原作〕) … 1～3
フー吉とポン《漫画》(丸茂文雄) …… 4
天狗《小説》(大坪砂男) …… 6～13
夜の扉《小説》(大下宇陀児) …… 14～17
奇妙な仮面劇《小説》(宇井無愁) …… 18～25
談語館 ……………………… 26～27

三次郎は考へる《小説》(玉川一郎) …… 28～35
探偵小説渉猟記〈6〉(西田政治) …… 36～37
昨日の蛇《小説》(永瀬三吾) …… 38～45
獄門島〈15〉《小説》(横溝正史) …… 46～55
幻影城通信〈18〉(江戸川乱歩) …… 56～57
深夜の冒険〈3・完〉《小説》(森下雨村)
　　　　　　　　　　　　　　　 58～64

第3巻第7号　所蔵あり
1948年9月1日発行　64頁　35円
鬼火《絵物語》(横溝正史〔原作〕) …… 1～3
ソロモンの桃〈1〉《小説》(香山滋) … 4～16
フー吉とポン《漫画》(丸茂文雄) …… 17
談語館 ……………………… 18～19
二つの盗難事件(島田正吾) …… 20～24
首飾り紛失事件(竹久千恵子) …… 20～22
孔雀の眼《小説》(鬼怒川浩) …… 25～31
サーカスの絵《小説》(乾信一郎) …… 32～39
料理店の殺人者《小説》(海野十三)
　　　　　　　　　　　　　　　 40～41, 49
声なき迫害《小説》(大倉燁子) …… 42～49
幻影城通信〈19〉(江戸川乱歩) …… 50～51
探偵小説渉猟記〈7〉(西田政治) …… 52～54
獄門島〈16〉《小説》(横溝正史) …… 55～64

第3巻第8号　所蔵あり
1948年10月1日発行　60頁　50円
義眼《絵物語》(大下宇陀児〔原作〕) …… 1～3
天鵞絨のカラをつけた夫人《小説》(ウォシントン・アーヴィング〔著〕、長谷川修二〔訳〕) …………………… 4～8
僕の探偵小説(辰巳柳太郎) …… 9～11
紙幣二百万円盗難事件(市川小太夫)
　　　　　　　　　　　　　　　 10～13
談語館 ……………………… 14～15
フー吉とポン《漫画》(丸茂文雄) …… 16
壁の中の男(渡辺啓助) …… 18～31
「深夜の冒険」犯人正解者発表 …… 31
舞台で消えた男《小説》(徳川夢声) …… 32～39
悲しき双生児《小説》(土岐雄三) …… 40～42
怪しき公衆電話《漫画》(横山泰三) …… 43
胴切り人魚《小説》(黒沼健) …… 44～50
探偵小説質疑応答 …………… 51
幻影城通信〈20〉(江戸川乱歩) …… 52～53
ソロモンの桃〈2〉《小説》(香山滋)
　　　　　　　　　　　　　　　 54～60
獄門島〈17・完〉《小説》(横溝正史)
　　　　　　　　　　別付1～別付26

第3巻第9号　所蔵あり
1948年12月1日発行　88頁　50円

17『宝石』

ゴルドン・ピムの冒険《絵物語》(エドガー・アラン・ポー〔原作〕) .... 1～3
白い外套の女《小説》(氷川瓏) .... 4～8
石の下の記録〈1〉《小説》(大下宇陀児)
.... 10～20
冒険映画の思い出(双葉十三郎) 21
西瓜畑の物語作者《小説》(火野葦平)
.... 22～29
幽霊写真研究家《小説》(海野十三) .... 30～33
聖誕祭前夜《小説》(島田一男) .... 34～40
美貌の死《小説》 41
永却回帰《小説》(山田風太郎) .... 42～47
新人書下し探偵小説合評会《座談会》(江戸川乱歩、木々高太郎、水谷準、城昌幸、武田武彦、岩谷社長) .... 48～52
運命の降誕祭《小説》(九鬼澹) .... 53～57
宝石ニュース 57
スタイリスト《小説》(城昌幸) .... 58～59
ソロモンの桃〈3〉《小説》(香山滋)
.... 60～66
一九四八年度ベスト・テン評(天邪鬼) 67
幻影城通信〈21〉(江戸川乱歩) .... 68～71
断崖《脚本》(武田武彦) .... 72～74
懸賞小説第三回予選発表 75
鑢《小説》(楠田匡介) .... 76～77
韓夫人の神様〈1〉《小説》(辛島驍)
.... 78～87
編集部だより(武田、城) 88

第4巻第1号　所蔵あり
1949年1月1日発行　100頁　80円

老人と看護の娘《小説》(木々高太郎) .... 4～13
黒子《小説》(大坪砂男) .... 14～26
銀二の秘密通信《小説》 27
宝石クラブ .... 28～29
ソロモンの桃〈4〉《小説》(香山滋)
.... 30～36
石の下の記録〈2〉《小説》(大下宇陀児)
.... 37～46
政界陰謀事件 47
雪の山の怪《漫画》(小野佐世男) 48
病体手帳(海野十三) 49
双頭の人《小説》(山田風太郎) .... 50～57
定石を破れ(渡辺紳一郎) .... 58～59, 13
韓夫人の神様〈2・完〉《小説》(辛島驍)
.... 60～70
「韓夫人の神様」について(著者) 70
ある恋文《小説》(城昌幸) .... 71～73
「刺青殺人事件」を評す(坂口安吾) ...... 74～76
王者の趣味(黒沼健) 77

幻影城通信〈22〉(江戸川乱歩) .... 78～79
白雪姫〈1〉《小説》(高木彬光) .... 80～99
編集部だより(武田、城) 100
宝石函
最新米英探偵小説傑作集(黒沼健〔梗概〕)
　暁の誤算　カーター・ディクソン .... 別付2～別付3
　硝子扉の彼方　ヘレン・マクロイ .... 別付8～別付9
　悪運殺人事件　クレイグ・ライス .... 別付14～別付15
　第八十一標石の謎　T・S・ストリブリング .... 別付20～別付21
　弾道学　コーネル・ウールリッチ .... 別付30～別付31
　世界犯罪参考品館(土岐雄三〔構成〕)
.... 別付4～別付5
　犯罪小噺(土岐雄三〔構成〕)
.... 別付10～別付11
　一分間推理館(土岐雄三〔構成〕)
.... 別付16～別付17
　トリック・コント(土岐雄三〔構成〕)
.... 別付22～別付23
　欧米珍事件館(土岐雄三〔構成〕)
.... 別付26～別付27
　編集後記(武田) 別付32

第4巻第2号　所蔵あり
1949年2月1日発行　68頁　55円

本塁打殺人事件《小説》(水谷準) .... 1～3
恐しき貞女《小説》(角田喜久雄) .... 6～10
海外探偵・話の泉(KKK) 11
白雪姫〈2・完〉《小説》(高木彬光)
.... 12～23, 45
宝石クラブ .... 24～25
立春大吉《小説》(大坪砂男) .... 26～34
ソロモンの桃〈5〉《小説》(香山滋)
.... 35～41
探偵映画よもやま話《座談会》(久松静児、宇佐美淳、上原謙、水戸光子、及川千代、南部僑一郎) .... 42～45
第三回懸賞小説選評
　依然低調(江戸川乱歩) 46
　猟人空しく帰る(水谷準) .... 46～47
人ちがひ《小説》(オノレ・ド・バルザック〔著〕、高橋邦太郎〔訳〕) .... 48～54, 10
幻影城通信〈23〉(江戸川乱歩) .... 56～57
石の下の記録〈3〉《小説》(大下宇陀児)
.... 58～67
編集部だより(武田、城) 68

17 『宝石』

「二重密室の謎」について《小説》(水谷準)
.... 別付前1
二重密室の謎《小説》(山村正夫)
.... 別付1～別付26

第4巻第3号　所蔵あり
1949年3月1日発行　196頁　85円
ちゃりんこコダイラ《漫画》(塩田英二郎) ‥‥ 3
妖術師《小説》(南洋一郎) ‥‥‥‥‥‥‥ 4～11
わが女学生時代の犯罪〈1〉《小説》(木々高太郎) ‥‥‥‥‥‥‥‥‥‥‥‥‥‥‥ 13～19
恐ろしき貞女《小説》(角田喜久雄) ‥‥ 20～31
宝石クラブ ‥‥‥‥‥‥‥‥‥‥‥‥‥ 32～33
カメレオン黄金虫《小説》(椿八郎) ‥‥ 34～50
箱《漫画》(小野佐世男) ‥‥‥‥‥‥‥‥‥ 51
涅槃雪《小説》(大坪砂男) ‥‥‥‥‥‥ 52～61
塩をまかれた話(乾信一郎) ‥‥‥‥‥‥‥‥ 62
翻訳愚痴ばなし(西田政治) ‥‥‥‥‥‥‥‥ 63
蠟人形の秘密《小説》(保篠竜緒) ‥‥‥ 64～72
新版「とりかへばや」《小説》(伊馬春部)
.... 73～77
「肉体の門」殺人事件《小説》(由利湛)
.... 78～89
ソロモンの桃〈6〉《小説》(香山滋)
.... 90～103
石の下の記録〈4〉《小説》(大下宇陀児)
.... 104～114
たばこ人生《漫画》(島田啓三) ‥‥‥‥‥ 115
幻影城通信〈24〉(江戸川乱歩) ‥‥ 116～117
「鯉沼家の悲劇」を推す(江戸川乱歩) ‥‥ 118
宮野叢子を推す(木々高太郎) ‥‥‥‥‥‥ 118
鯉沼家の悲劇《小説》(宮野叢子) ‥‥ 119～195
編集部だより(武田,城) ‥‥‥‥‥‥‥‥ 196

第4巻第4号　所蔵あり
1949年4月1日発行　216頁　95円
オレは名人《漫画》(小野佐世男) ‥‥‥‥‥ 4
宝石マンガコンクール《漫画》(漫画集団)
.... 5～8
独立祭の夜の殺人《小説》(立川賢) ‥‥ 10～30
死の部屋のブルース《小説》(ジェームス・ハリス〔著〕, 高木彬光〔訳〕) ‥‥‥‥ 31～35
わが女学生時代の犯罪〈2〉《小説》(木々高太郎) ‥‥‥‥‥‥‥‥‥‥‥‥‥‥‥ 36～45
京の夢《小説》(宮崎博史) ‥‥‥‥‥‥ 46～55
団子館 ‥‥‥‥‥‥‥‥‥‥‥‥‥‥‥ 56～57
廃墟の山彦《小説》(難山稲平) ‥‥‥‥ 58～71
三面鏡 ‥‥‥‥‥‥‥‥‥‥‥‥‥‥‥ 72～73
ソロモンの桃〈7〉《小説》(香山滋)
.... 74～80
麻酔魔《漫画》(横山泰三) ‥‥‥‥‥‥‥ 81

宝石クラブ ‥‥‥‥‥‥‥‥‥‥‥‥‥ 82～83
石の下の記録〈5〉《小説》(大下宇陀児)
.... 84～93
幻影城通信〈25〉(江戸川乱歩) ‥‥‥ 94～95
カーのドイル伝(KKK) ‥‥‥‥‥‥‥‥ 96
能面殺人事件《小説》(高木彬光) ‥‥ 97～215
編集部だより(武田, 城) ‥‥‥‥‥‥‥‥ 216

第4巻第5号　所蔵あり
1949年5月1日発行　208頁　95円
浅草のバナナ《漫画》(小野佐世男) ‥‥ 4～7
妖婦の宿《小説》(高木彬光)
.... 10～38, 76～84
空気座の「獄門島」を評す(武田武彦) ‥‥ 38
探偵小説と純粋理性批判(白石潔) ‥‥‥‥ 39
蠟人形《小説》(ジェームス・ハリス〔著〕, 高木彬光〔訳〕) ‥‥‥‥‥‥‥‥‥‥ 42～58
ソロモンの桃〈8・完〉《小説》(香山滋)
.... 59～65
宝石クラブ ‥‥‥‥‥‥‥‥‥‥‥‥‥ 66～67
わが女学生時代の犯罪〈3〉《小説》(木々高太郎) ‥‥‥‥‥‥‥‥‥‥‥‥‥‥‥ 68～75
猫の顔《小説》(阿部主計) ‥‥‥‥‥‥‥ 85
幻影城通信〈26〉(江戸川乱歩) ‥‥‥ 86～87
石の下の記録〈6〉《小説》(大下宇陀児)
.... 88～100
婦鬼系図《小説》(島田一男) ‥‥‥ 101～207
編集部だより(城, 武田) ‥‥‥‥‥‥‥‥ 208

第4巻第6号　所蔵あり
1949年6月1日発行　104頁　60円
呪縛の家〈1〉《小説》(高木彬光) ‥‥‥ 4～16
私刑《小説》(大坪砂男) ‥‥‥‥‥‥‥ 18～41
白昼夢《小説》(香山滋) ‥‥‥‥‥‥‥ 42～43
ヘルメスの謎《小説》(北村竜一郎) ‥‥ 46～63
団子館 ‥‥‥‥‥‥‥‥‥‥‥‥‥‥‥ 64～65
レスプリ・デスカリエ《小説》(椿八郎)
.... 66～67
わが女学生時代の犯罪〈4〉《小説》(木々高太郎) ‥‥‥‥‥‥‥‥‥‥‥‥‥‥‥ 68～74
時計紛失事件《小説》(土岐雄三) ‥‥‥‥ 75
桃源《小説》(城昌幸) ‥‥‥‥‥‥‥‥ 76～77
三面鏡(長田恒雄) ‥‥‥‥‥‥‥‥‥‥ 78～79
若き正義《小説》(宮野叢子) ‥‥‥‥‥ 80～89
幻影城通信〈27〉(江戸川乱歩) ‥‥‥ 90～91
青い部屋《小説》(宮下八枝子) ‥‥‥‥ 92～94
石の下の記録〈7〉《小説》(大下宇陀児)
.... 95～103
編集部だより(武田, 城) ‥‥‥‥‥‥‥‥ 104

第4巻第7号　所蔵あり

129

17 『宝石』

1949年7月1日発行　100頁　65円

水族館の殺人《小説》(香山滋) ………… 4〜20
ミイラつき貸家〈1〉《小説》(渡辺啓助)
　　………………………………… 22〜33
スピロヘータ氏来朝記《小説》(山田風太郎)
　　………………………………… 36〜50
宝石クラブ …………………………… 52〜53
わが女学生時代の犯罪〈5〉《小説》(木々高太
　　郎) …………………………… 54〜60
まづ一服……《小説》(朝島雨之助) …… 61
悪魔の顱音《小説》(氷川瓏) ………… 62〜69
　　　トリル
三面鏡(恒雄) ………………………… 70〜71
石の下の記録〈8〉《小説》(大下宇陀児)
　　………………………………… 72〜81
手術《小説》(砧一郎) ………………… 82〜85
幻影城通信〈28〉(江戸川乱歩) ……… 86〜89
呪縛の家〈2〉《小説》(高木彬光) …… 90〜99
編輯部だより(武田, 城) ………………… 100

臨時増刊　所蔵あり
1949年7月5日発行　368頁　170円

銀座阿片窟《漫画》(横山泰三) ………… 4〜7
森の惨劇《詩》(MORI) ………………… 9
小草の夢《小説》(佐藤春夫) ………… 10〜27
柿の木《小説》(宮野叢子) …………… 28〜58
人魚の恋《漫画》(関しげる) ………… 59
拳銃と香水《小説》(島田一男) ……… 60〜79
少女誘拐篇《小説》(田中英光) ……… 80〜97
真夏の夜の怪《漫画》(佐久間晃) …… 97
按摩の笛《(ジェイムズ・ハリス〔著〕, 辰
　　野яю〔訳〕) …………………… 98〜120
二人組《漫画》(杉山しげる) ………… 121
ウササラーマの錠《小説》(山田風太郎)
　　……………………………… 122〜127
緑の刺青《小説》(青田健) …………… 127
くすり指《小説》(椿八郎) …………… 128〜141
椿八郎と「くすり指」(木々高太郎) … 131
珈琲くどき《小説》(本間田麻誉) …… 142〜158
加害妄想狂《漫画》(荻原賢次) ……… 159
茶色の上着《小説》(坪田宏) ………… 160〜205
「茶色の上着」を推す(水谷準) ……… 163
好きずき帖〈4〉(黒部竜二) ………… 206〜207
疑問の指環《小説》(鷲尾三郎) ……… 208〜236
「疑問の指環」について(江戸川乱歩) … 211
髭の生える女《漫画》(片岡敏夫) …… 237
赤い眼 硝子の眼《小説》(北村竜一郎)
　　……………………………… 238〜251
ロマノフカ《小説》(胡桃沢耕吉) …… 252〜263
胡桃沢竜吉君を推薦す(佐藤春夫) …… 255
引導(M) ……………………………… 263

太陽は輝けど《小説》(妹尾アキヲ)
　　……………………………… 264〜273
下界《小説》(納言恭平) ……………… 274〜283
桃色の木馬《小説》(武田武彦) ……… 284〜292
統一般文壇と探偵小説(江戸川乱歩)
　　……………………………… 293〜301
盲目が来たりて笛を吹く《小説》(岡村雄輔)
　めくら
　　……………………………… 302〜332
灰色の犯罪《小説》(守友恒) ………… 333〜368

第4巻第8号　所蔵あり
1949年8月1日発行　104頁　65円

怪談京土産《小説》(城昌幸) …………… 4〜8
海の薔薇《詩》(木原孝一) ……………… 9
心霊研究会の怪(海野十三) …………… 10〜17
六万円懸賞新人コンクール当選発表 …… 17
海野十三氏追悼集
　深夜の海野十三(江戸川乱歩) …… 18〜19
　海野十三の夢(大下宇陀児) ……… 19
　少年文学への功績(森下雨村) …… 19〜20
　追悼(野村胡堂) …………………… 20
　ガデン・インスイ(水谷準) ……… 20
　追悼(角田喜久雄) ………………… 20〜21
　何よりも悲しい(木々高太郎) …… 21
　佐野君を憶ふ(埴原一郎) ………… 21〜22
　襖の絵の印象(西田政治) ………… 22
　思ひ出(城昌幸) …………………… 22〜23
　しやつくりをする蝙蝠(横溝正史) … 23
ミイラつき貸家〈2・完〉《小説》(渡辺啓助)
　　………………………………… 24〜31
団子館 ………………………………… 32〜33
毒茸《小説》(椿八郎) ………………… 34〜58
わが女学生時代の犯罪〈6〉《小説》(木々高太
　　郎) …………………………… 59〜65
クイーン雑誌のコンテスト(島田一男)
　　………………………………… 66〜67
夢路を巡る《小説》(大坪砂男) ……… 68〜81
王様乞食 ……………………………… 81
宝石クラブ
　新進探偵作家印象記 ………………… 82
　記録的探偵小説を(槙俊介) ……… 83
　鬼問応答(XYZ) …………………… 82〜83
呪縛の家〈3〉《小説》(高木彬光) …… 84〜93
幻影城通信〈29〉(江戸川乱歩) ……… 94〜95
石の下の記録〈9〉《小説》(大下宇陀児)
　　……………………………… 96〜103
編輯部だより(武田, 城) ………………… 104

臨時増刊第2号　所蔵あり
1949年9月20日発行　304頁　140円

魔都・東京の世は更けて(野崎昇) …… 5〜8

17『宝石』

あはれな探偵《詩》（中桐雅夫）・・・・・・・・・ 9
毒婦役ベラドンナ《小説》（渡辺啓助）
　・・・・・・・・・・・・・・・・・・・・・・・・・・・・・・ 10～33
蔵の中にて（剣次郎）・・・・・・・・・・・・・・・・ 34
二枚の借用証書（楠田匡介）・・・・・・・・・・ 35
遊軍記者《小説》（島田一男）・・・・・・ 36～69
ゆうもらすういんどう
　動物風流譚（赤城研二）・・・・・・・・ 70～71
　指環・・・・・・・・・・・・・・・・・・・・・・・・・・・・ 70
黒い影《小説》（宮野叢子）・・・・・・・・ 72～88
ベエカー街二二一番地乙・・・・・・・・・・・・・ 87
怪盗ゼラチン《漫画》（関しげる）・・・・・・ 89
横溝正史論（白石潔）・・・・・・・・・・・・ 90～95
酔余譫語（椿八郎）・・・・・・・・・・・・・・・・・・ 96
乗物恐怖症診断書（高木彬光）・・・・・・・・ 97
天使の犯罪《小説》（氷川瓏）・・・・・ 98～129
ジャブジャブストーリイ・・・・・・・・ 130～131
探偵小説愛好者座談会《座談会》（兼常清佐、一竜斉貞山、木俣清史、只野栄、秋山桂子、城昌幸、武田武彦）・・・・・・・・・・・・・・・ 132～138
冗談劇場・思ひ出の名画祭・・・・・・・・・・ 136
冗談劇場・思ひ出の名画祭・・・・・・・・・・ 137
霧夫人の恋《小説》（武田武彦）・・ 140～147
浅草ッ子（九鬼澹）・・・・・・・・・・・・・・・・ 148
さらば青春（渡辺健治）・・・・・・・・・・・・ 149
殺人許可証《小説》（永瀬三吾）・・ 150～169
すきずき帖（黒色竜二）・・・・・・・・・ 170～172
密偵の顔《小説》（大坪砂男）・・・・ 172～197
溶炉殺人《小説》（青田健）・・・・・・・・・ 197
指名犯人《脚本》（高岩肇）・・・・・・ 200～238
冗談劇場・思ひ出の名画祭・・・・・・・・・・ 208
冗談劇場・思ひ出の名画祭・・・・・・・・・・ 214
冗談劇場・思ひ出の名画祭・・・・・・・・・・ 226
冗談劇場・思ひ出の名画祭・・・・・・・・・・ 234
冗談劇場・思ひ出の名画祭・・・・・・・・・・ 236
冗談劇場・思ひ出の名画祭・・・・・・・・・・ 237
伊達姿秋乃夜話（香山滋）・・・・・・・・・・ 239
倒叙探偵小説再説（江戸川乱歩）・・ 240～252
小噺集・・・・・・・・・・・・・・・・・・・・・・・・・・・ 252
霧の中の男（武田武彦）・・・・・・・・・・・・ 253
帆船ジュノーの遭難《小説》（アレキサンドル・デューマ〔著〕, 妹尾アキ夫〔訳〕）
　・・・・・・・・・・・・・・・・・・・・・・・・・・・・ 254～303
紹介（妹尾アキ夫）・・・・・・・・・・・・・・・・ 257
編集後記（武田、城）・・・・・・・・・・・・・・ 304

第4巻第9号　所蔵あり
1949年10月1日発行　200頁　95円

ワクワクコント（CCC）・・・・・・・・・・・・・・ 5
斬られた着物《漫画》（片岡敏夫）・・・・ 6～7
亡霊園遊会（蘭妖子）・・・・・・・・・・・・・・ 6～7

柳湯の事件《漫画》（片岡敏夫）・・・・・・・・ 8
ミデアンの井戸の七人の娘《小説》（岡村雄輔）・・・・・・・・・・・・・・・・・・・・・・・・・・・ 9～62
怪盗ゼラチン氏《漫画》（関滋）・・・・・・・・ 63
ユダの窓（覆面紳士）・・・・・・・・・・・・・ 64～65
「探偵小説」対談会《対談》（横溝正史、江戸川乱歩）・・・・・・・・・・・・・・・・・・・・・・・・ 66～72
社会部長《小説》（島田一男）・・・・・・ 74～92
探偵作家筆名由来記（剣次郎）・・・・・・・・ 96
団子館・・・・・・・・・・・・・・・・・・・・・・・・・ 98～99
ユダの遺書《小説》（岩田賛）・・・・ 100～115
負傷した中尉（島田一男）・・・・・・・・ 116～117
わが女学生時代の犯罪〈7〉《小説》（木々高太郎）・・・・・・・・・・・・・・・・・・・・・・・ 118～124
三面鏡・・・・・・・・・・・・・・・・・・・・・・・ 126～127
花の死《小説》（宮野叢子）・・・・・・ 128～146
目明しアブ八親分《漫画》（S.S.）・・・・ 147
宝石クラブ
　山田風太郎論（霧隠佐助）・・・・・・・・ 148
　鬼問応答（XYZ生）・・・・・・・・・・ 148～149
　推理的ニュースの実現（石田民之介）
　・・・・・・・・・・・・・・・・・・・・・・・・・・・・・ 149
幽界通信《小説》（蟹海太郎）・・・・ 150～159
「幽界通信」について（江戸川乱歩）・・ 153
探偵小説月評（幽鬼太郎）・・・・・・・・ 160～161
石の下の記録〈10〉《小説》（大下宇陀児）
　・・・・・・・・・・・・・・・・・・・・・・・・・・ 162～171
大講義《漫画》（関しげる）・・・・・・・・・ 171
流行作家《小説》（由利湛）・・・・・・ 172～184
由利湛君を推す（大下宇陀児）・・・・・・・ 175
或る蒐集《小説》（鬼怒宏）・・・・・・・・・ 184
幻影城通信〈30〉（江戸川乱歩）・・ 186～187
呪縛の家〈4〉《小説》（高木彬光）
　・・・・・・・・・・・・・・・・・・・・・・・・・・ 190～199
編輯部だより（武田、城）・・・・・・・・・・ 200

第4巻第10号　所蔵あり
1949年11月1日発行　316頁　130円

抱擁《詩》（木原孝一）・・・・・・・・・・・・・・・・ 5
連載長篇作家カメラ訪問
　二つの顔（木々高太郎）・・・・・・・・・・・・ 6
　我が顔（大下宇陀児）・・・・・・・・・・・・・・ 7
この手あり《漫画》（東村尚治）・・・・・・・・ 9
名文広告/腕くらべ・・・・・・・・・・・・・ 10～11
ワクワクコント《小説》・・・・・・・・・・・・・・ 12
告発（田村隆一）・・・・・・・・・・・・・・・・・・・ 13
かくれんぼ殺人事件《小説》（甘木さん子）
　・・・・・・・・・・・・・・・・・・・・・・・・・・・・ 14～66
薔薇屋敷《絵物語》（黒沼健〔作〕）
　・・・・・・・・・・ 19, 25, 29, 35, 43, 47, 53, 61
怪盗ゼラチン《漫画》（関しげる）・・・・・・ 67

131

17『宝石』

探偵小説月評《幽鬼太郎》............ 68～69
新聞記者《小説》（島田一男）.......... 70～97
わが女学生時代の犯罪〈8〉《小説》（木々高太郎）
　.................................... 98～113
宝石クラブ
　鬼問応答（XYZ生）............... 114～115
　『記録的探偵小説論』批判（鶴見博猛）
　.................................... 116
　ステージドア..................... 116～117
廻廊を歩く女《小説》（岡村雄輔）..... 118～134
「空飛ぶ円盤」後日譚................ 135
石の下の記録〈11〉《小説》（大下宇陀児）
　.................................... 136～149
零人《小説》（大坪砂男）............. 150～167
日輪荘の女《小説》（赤沼三郎）....... 168～183
幻影城通信〈31〉《小説》（江戸川乱歩）
　.................................... 184～185
呪縛の家〈5〉《小説》（高木彬光）
　.................................... 188～200
ポオ百年祭記念怪奇探偵小説傑作選
　赤き死の仮面《小説》（ポオ〔著〕、江戸川乱歩〔訳〕）................ 202～206
　エドガア・ポオ小伝
　　........ 205, 208, 216, 222, 237, 241, 250,
　　　　　　262, 272, 297, 305, 311
　影《小説》（ポオ〔著〕、佐々木直次郎〔訳〕） 207
　　　～208, 211
　沈黙《小説》（ポオ〔著〕、佐々木直次郎〔訳〕）.................... 209～211
　アッシャア家の崩没《小説》（ポオ〔著〕、竜胆寺旻〔訳〕）................. 212～230
　探偵作家としてのE・A・ポー（江戸川乱歩）
　　.................................. 232～245
　ワルデマル氏事件の真相《小説》（ポオ〔著〕、吉田両耳〔訳〕）.......... 246～253
　ポオ翻訳書一覧表............... 254～255
セイヤーズ探偵小説を断念......... 255
ウイリヤム・ウイルスン《小説》（ポオ〔著〕、平林初之輔〔訳〕）........ 256～274
犯罪メルヘン集...................... 274
黒猫《小説》（ポオ〔著〕、城昌幸〔訳〕）
　.................................... 275～281
犯罪メルヘン集...................... 281
月世界旅行記《小説》（ポオ〔著〕、氷川瓏〔訳〕）........................ 282～315
編輯部だより（武田、城）........... 316

第4巻第11号　所蔵あり
1949年12月1日発行　364頁　120円
作者の言葉（横溝正史）............. 4
盲獣《絵物語》（江戸川乱歩〔原作〕）...... 5～8
弟子の腕前《漫画》（久保よしひこ）....... 9
恋のクリスマス《漫画》（東村尚治）.... 10～11
見世物奇談（蘭妖子）................. 10～11
妖怪巷談 生臭坊主（紙狂介）............ 12
今年のサンタクロース《詩》（門田ゆたか）
　.................................... 13
黒い扇を持つ女《小説》（渡辺啓助）... 14～57
三十年目のXマス《小説》（朝島雨之助）
　............... 19, 23, 27, 31, 35, 39, 43, 47
げら!!げら!!げら!!.................... 58～59
クリスマス島綺談《小説》（香山滋）... 60～75
石の下の記録〈12〉《小説》（大下宇陀児）
　.................................... 76～92
動物メモ（那須辰造）.................. 93
夜毎に父と逢う女《小説》（岡村雄輔）
　.................................... 94～132
令嬢誘拐事件《漫画》（久保よしひこ）.... 133
わが女学生時代の犯罪〈9〉《小説》（木々高太郎）
　.................................... 134～146
自爆男シモン君....................... 147
探偵小説月評（幽鬼太郎）........... 148～149
北堂氏満貫を打こむ《小説》（黒沼健）
　.................................... 150～166
ワッフル探偵社《漫画》（黒谷太郎）...... 167
道化役《小説》（城昌幸）............. 168～174
私は誰でせう?《小説》（土岐雄三）
　.................................... 175～177
談語館............................... 178～179
花粉霧《小説》（蟻浪五郎）.......... 180～200
宝石クラブ
　鬼問応答（XYZ生）............... 202～203
　岡村雄輔氏のプロフイル（緒原荘介）
　.................................... 203
　ステージドア..................... 204
川柳祭宝石句集（含宙軒夢声）....... 206～211
呪縛の家〈6〉《小説》（高木彬光）
　.................................... 212～238
幻影城通信〈32〉（江戸川乱歩）..... 240～243
地獄島物語《小説》（三沢正一）..... 244～363
編輯部だより（武田、城）........... 364

第5巻第1号　所蔵あり
1950年1月1日発行　536頁　160円
日本探偵作家写真名鑑《口絵》........ 5～8
宝石館（朝島雨之助〔構成〕）........... 9～24
探偵作家《詩》（武田武彦）........... 25
悪魔は尾をもつてるか《小説》（木々高太郎）
　.................................... 26～48
小さな冒険《絵物語》（乾信一郎〔作〕）
　............... 28, 32, 34, 36, 40, 42, 44, 46
告白（江戸川乱歩）................... 49

17『宝石』

新しき年の夢(大下宇陀児)・・・・・・・・・・・ 50
いよいよ本格長篇を(木々高太郎)・・・・・ 51
マンデイ・バナス《小説》(佐藤春夫)
・・・・・・・・・・・・・・・・・・・・・・・・・・・・・ 52〜66
陳謝をかねて(横溝正史)・・・・・・・・・・・・ 67
げら!!げら!!げりら!・・・・・・・・・・・・ 68〜69
抱負(角田喜久雄)・・・・・・・・・・・・・・・・・・ 70
さまよへるユダヤ人(渡辺啓助)・・・・・・ 71
石の下の記録〈13〉《小説》(大下宇陀児)
・・・・・・・・・・・・・・・・・・・・・・・・・・・・・ 72〜86
モノロギア・カプリチオ(水谷準)・・・・ 87
期待のない期待(城昌幸)・・・・・・・・・・・・ 88
話のわかる話(乾信一郎)・・・・・・・・・・・・ 89
天国荘綺談《小説》(山田風太郎)・・・・・ 90〜149
素晴らしい長篇を!(保篠竜緒)・・・・・・ 150
三十年前(西田政治)・・・・・・・・・・・・・・・・ 151
東西映画スター(双葉十三郎)・・・・・ 152〜156
水上乱舞《漫画》(東村尚治)・・・・・・・・・ 157
コント・コントン《小説》(大坪砂男)
・・・・・・・・・・・・・・・・・・・・・・・・・・・・ 158〜161
夢の豪華版(香山滋)・・・・・・・・・・・・・・・・ 162
夢は果しなく(島田一男)・・・・・・・・・・・・ 163
孤独の断崖《小説》(香山滋)・・・・・・・ 164〜199
法螺の吹初め(山田風太郎)・・・・・・・・・・ 200
探偵小説禁作の辞(高木彬光)・・・・・・・・ 201
街にある港《脚本》(甲賀三郎)・・・・・ 202〜213
讃へよ青春!(大坪砂男)・・・・・・・・・・・・ 214
生きた人間を(宮野叢子)・・・・・・・・・・・・ 215
探偵小説月評(幽鬼太郎)・・・・・・・・・ 216〜217
死人に口なし〈1〉《小説》(島田一男)
・・・・・・・・・・・・・・・・・・・・・・・・・・・・ 218〜254
今年の野心(岩田賛)・・・・・・・・・・・・・・・・ 256
白髪懺悔(椿八郎)・・・・・・・・・・・・・・・・・・ 257
その夜《小説》(城昌幸)・・・・・・・・・・・ 258〜263
暦、新らたなれど(守友恒)・・・・・・・・・・ 263
文学的蕩ათ(永瀬三吾)・・・・・・・・・・・・・・ 263
夢よもう一度(九鬼澹)・・・・・・・・・・・・・・ 264
スポーツ界への希望(茂津有人)・・・・ 266〜270
偽説睡魔誘惑総裁医譚《小説》(椿八郎)
・・・・・・・・・・・・・・・・・・・・・・・・・・・・ 271〜275
天意の殺人《小説》(岩田賛)・・・・・・ 276〜314
キャメルと馬刀(赤沼三郎)・・・・・・・・・・ 315
七色の虹(妹尾アキ夫)・・・・・・・・・・・・・・ 316
わが一九五〇年の抱負(黒沼健)・・・・・・ 317
歯《小説》(坪田宏)・・・・・・・・・・・・・・ 318〜350
海底探偵志願(森下雨村)・・・・・・・・・・・・ 349
耳で聴く図書館/双生児の悲願・・・・・・・ 351
棒ほどのねがい(土岐雄三)・・・・・・・・・・ 352
今年の抱負(大倉燁子)・・・・・・・・・・・・・・ 353
彼は何故地球を棄てたか《漫画》(久保よしひこ)
・・・・・・・・・・・・・・・・・・・・・・・・・・・・・・・ 357

今年の抱負(本間田麻誉)・・・・・・・・・・・・ 358
人生的な味(由利湛)・・・・・・・・・・・・・・・・ 359
宝石クラブ
　鬼問応答(XYZ生)・・・・・・・・・・・・ 360〜361
　賭博館の女主人(ヒロイン)《小説》(二瓶寛)
　・・・・・・・・・・・・・・・・・・・・・・・・・・・ 362〜363
　宝石クラブニュース・・・・・・・・・・・・・・ 362
劇壇あれこれ(戸板康二)・・・・・・・・・・ 364〜368
恋人探偵小説(岡田鯱彦)・・・・・・・・・・・・ 370
ことしの抱負(岡村雄輔)・・・・・・・・・・・・ 371
呪縛の家〈7〉《小説》(高木彬光)
・・・・・・・・・・・・・・・・・・・・・・・・・・・・ 372〜384
殺人動機の探究へ(氷川瓏)・・・・・・・・・・ 385
黒い翼(北村竜一郎)・・・・・・・・・・・・・・・・ 386
暗合と魔術師(鬼怒川浩)・・・・・・・・・・・・ 387
幻影城通信〈33〉(江戸川乱歩)・・・・・ 388〜391
われは手品師(武田武彦)・・・・・・・・・・・・ 392
素晴しき犯罪《小説》(クレイグ・ライス〔著〕,兼井連〔訳〕)・・・・・・・・・・・・・・・・・・ 393〜535
ライス女史のこと(江戸川乱歩)・・・・・・ 396
夜のプロフイル・・・・・・・・・・・・・・・・・・・・ 405
夜のプロフイル・・・・・・・・・・・・・・・・・・・・ 413
夜のプロフイル・・・・・・・・・・・・・・・・・・・・ 419
夜のプロフイル・・・・・・・・・・・・・・・・・・・・ 427
夜のプロフイル・・・・・・・・・・・・・・・・・・・・ 439
夜のプロフイル・・・・・・・・・・・・・・・・・・・・ 449
夜のプロフイル・・・・・・・・・・・・・・・・・・・・ 457
夜のプロフイル・・・・・・・・・・・・・・・・・・・・ 465
夜のプロフイル・・・・・・・・・・・・・・・・・・・・ 477
夜のプロフイル・・・・・・・・・・・・・・・・・・・・ 491
編輯だより(武田、城)・・・・・・・・・・・・・・ 536

第5巻第2号　所蔵あり
1950年2月1日発行　348頁　120円

探偵作家幽霊屋敷へ行く《口絵》・・・・・・ 5〜8
電話騒動《小説》(蘭妖子)・・・・・・・・・・・・ 9
竜介探偵帖《漫画》(東村尚治)・・・・・・ 10〜11
スリラー小咄・・・・・・・・・・・・・・・・・・・・・・ 12
氷上幻想《詩》(嵯峨信之)・・・・・・・・・・・・ 13
刺青人生《小説》(モーリス・ルブラン〔著〕,保篠竜緒〔訳〕)・・・・・・・・・・・・・・・・・・・ 14〜81
探偵屋さん《絵物語》(武田武彦〔作〕)
　・・・・ 23, 31, 33, 41, 43, 49, 57, 61
探偵作家幽霊屋敷へ行く《座談会》(江戸川乱歩、
　大下宇陀児、香山滋、島田一男、高木彬光、岡
　村雄輔、城昌幸、武田武彦、逸見利和)・ 82〜93
死人に口なし〈2・完〉《小説》(島田一男)
・・・・・・・・・・・・・・・・・・・・・・・・・・・・・ 94〜95
霧の中の男《小説》(九鬼澹)・・・・・・・ 96〜123
げら!!げら!!げりら!・・・・・・・・・・・・ 124〜126

133

17『宝石』

アプレゲール新国語辞典（朝島雨之助）
　………………………………… 124～125
わが女学生時代の犯罪〈10〉《小説》（木々高
　太郎）………………………… 126～134
モダン小噺 …………………………… 134
不眠症の女《漫画》（東村尚治）……… 135
二つの遺書《小説》（坪田宏）…… 136～168
黄泉帰り（高木彬光）…………… 170～171
寧古塔の火事《小説》（胡桃沢竜吉）
　………………………………… 172～188
映画とアイリッシュ …………………… 189
探偵小説月評（幽鬼太郎）……… 190～191
切れた紐《小説》（宮野叢子）…… 192～228
のぼせたポリ君《漫画》（久保よしひこ）…… 229
妻の妖術《小説》（大倉燁子）…… 230～241
石の下の記録〈14〉《小説》（大下宇陀児）
　………………………………… 242～257
宝石クラブ
　岡村雄輔論（松岡広之）……… 258～259
　三沢正一論（鶴見博猛）……………… 259
　蟻浪五郎論（蟹江夢人）……………… 260
　高木彬光論（加賀文雄）……… 260～261
　鬼問応答（XYZ生）…………… 260～261
　宝石クラブニュース ………… 262～263
地獄の一瞥《小説》（岡田鯱彦）… 264～284
思いがけぬ怪盗《漫画》（山崎一敏）…… 285
心霊殺人事件《小説》（片桐童二）… 286～322
「マリー・ロージェ事件」の真相（島田謹二）
　………………………………… 324～329
幻影城通信〈34〉（江戸川乱歩）… 330～333
呪縛の家〈8〉《小説》（高木彬光）
　………………………………… 334～347
編集部だより（武田, 城）……………… 348

第5巻第3号　所蔵あり
1950年3月1日発行　332頁　95円
「災厄の町」について（江戸川乱歩）…… 7～8
勝負アッタ《漫画》（久保よしひこ）………… 9
刺青大殺人事件《漫画》（東村尚治）… 10～11
翡翠湖の悲劇《小説》（赤沼三郎）… 14～59
合掌秘譚《絵物語》（十和田操〔作〕）
　………………… 23, 27, 31, 35, 39, 43, 47, 49
椿八郎氏のこと（島一男）……… 60～61
新版孟嘗君が一奇才（椿八郎）… 62～63
石の下の記録〈15〉《小説》（大下宇陀児）
　………………………………… 64～76
動物メモ（那須民造）…………………… 77
人を殺した女《小説》（守友恒）… 78～96
岩田賛氏に寄す（高木彬光）…………… 97
高木彬光論（岩田賛）…………… 98～99
顕微鏡像綺談《小説》（椿八郎）… 100～118

宮野叢子に寄する抒情（大坪砂男）
　………………………………… 119～121
奇妙な恋文（宮野叢子）………… 122～123
わが女学生時代の犯罪〈11〉《小説》（木々高
　太郎）………………………… 124～131
探偵小説月評（幽鬼太郎）……… 132～133
十三人《小説》（チャールズ・ディケンズ〔著〕,
　妹尾アキ夫〔訳〕）……………… 134～142
信天翁通信〈1〉（木々高太郎）………… 143
げらげら!げらげら!! ……………… 144～145
原城十字軍《小説》（蟹海太郎）… 146～167
宝石クラブ
　「素晴しき犯罪」のことなど（宗野弾
　　正）…………………………… 168～169
　「探偵雑誌」の在り方（浅井啓一郎）
　………………………………………… 169
　探偵小説のミス（丘和三）…… 170～171
　探偵映画雑感（大木々貴）…………… 171
　宝石クラブニュース ………… 172～173
呪縛の家〈9〉《小説》（高木彬光）
　………………………………… 174～185
読者諸君への挑戦（高木彬光）… 180～181
幻影城通信〈35〉（江戸川乱歩）… 186～189
化石の町エカラカ ……………………… 190
災厄の町《小説》（エラリー・クイン〔著〕,
　妹尾アキ夫〔訳〕）……………… 191～331
風流動物譚 …………………………… 265
風流動物譚 …………………………… 269
風流動物譚 …………………………… 277
風流動物譚 …………………………… 281
風流動物譚 …………………………… 289
風流動物譚 …………………………… 293
風流動物譚 …………………………… 301
笑話 …………………………………… 305
笑話 …………………………………… 313
笑話 …………………………………… 317
笑話 …………………………………… 325
編集部だより（武田, 城）……………… 332

第5巻第4号　所蔵あり
1950年4月1日発行　396頁　120円
私の好きな女性《口絵》………………… 5～7
ルミちゃん（江戸川乱歩）………………… 5
マダムの美（大下宇陀児）………………… 6
春子によす（木々高太郎）………………… 7
びっくり箱殺人事件《口絵》……………… 8
こみっくさろん《漫画》…………………… 9
牟家殺人事件《小説》（魔子鬼一）
　………………………………… 14～108
偽説黄椿亭由来記《絵物語》（椿八郎〔作〕）
　………………… 27, 37, 45, 53, 65, 75, 83, 91

17『宝石』

笑話 ………………………… 96
海外短信 ……………………… 109
されど生理現象を如何にせん!《漫画》(南船北
　馬) ……………………… 110～111
王座よさらば《小説》(岡村雄輔) … 112～140
こんな術もある《漫画》(久保よしひこ) …… 141
義手の指紋《小説》(坪田宏) …… 142～182
びつくり箱殺人事件《脚本》(横溝正史〔原作〕,
　武田武彦〔脚色〕) ………… 184～192
マダム・ガミガミ《漫画》(久保よしひこ)
　……………………………… 193
大蛇物語《小説》(宮野叢子) …… 194～207
げら!!げら!!げりら!!(朝島雨之助) … 208～209
石の下の記録〈16〉《小説》(大下宇陀
　児) ……………………… 210～222
翻訳小説の新時代を語る《座談会》(江戸川乱
　歩, 水谷準, 城昌幸, 岩上啓一, 武田武彦)
　…………………………… 223～233
探偵小説月評(幽鬼太郎) ……… 234～235
盲点(藤森章) ………………… 236～239
心臓花《小説》(香山滋) ……… 240～251
宝石クラブ
　「本陣」現地報告(石邨茂夫)
　…………………………… 252～255
　ルブラン談義(宗野弾正) …… 254～255
談語館 ………………………… 258～259
名画《漫画》(イカニ・セン) … 260～261
呪縛の家〈10〉《小説》(高木彬光)
　…………………………… 262～274
ふたゝび読者諸君への挑戦(高木彬光) … 263
ニュー・ルック!《漫画》(イカニ・セン)
　……………………………… 275
わが女学生時代の犯罪〈12〉《小説》(木々高
　太郎) ……………………… 276～283
クラブ賞について(水谷準) ……………… 283
幻影城通信〈36〉(江戸川乱歩) … 284～292
薫大将と匂の宮《小説》(岡田鯱彦)
　…………………………… 293～394
笑話 ………………………… 297
笑話 ………………………… 307
笑話 ………………………… 315
笑話 ………………………… 323
笑話 ………………………… 331
笑話 ………………………… 339
笑話 ………………………… 349
笑話 ………………………… 359
笑話 ………………………… 367
笑話 ………………………… 375
笑話 ………………………… 383
編輯部だより(武田, 城) ………… 396

第5巻第5号　所蔵あり
1950年5月1日発行　364頁　120円
春山は招く《口絵》 ……………… 5～7
熊の湯回想(角田喜久雄) …………… 5
白根越え(水谷準) …………………… 6
大興安小興安(島田一男) …………… 7
入選に輝く人々
　〔略歴〕(土屋隆夫) ………………… 8
　〔略歴〕(日影丈吉) ………………… 8
　〔略歴〕(川島郁夫) ………………… 8
湖底の囚人〈1〉《小説》(島田一男) … 9～29
死の宝石箱《絵物語》(保篠竜緒〔原作〕)
　…… 11, 15, 17, 21, 23, 27, 29, 51
モンゴル怪猫伝《小説》(渡辺啓助) … 32～51
詰将棋新題(高柳敏夫) ………………… 51
げら!!げら!!げりら!!(朝島雨之助) … 52～53
外道の言葉《小説》(土屋隆夫) …… 54～75
木笛を吹く馬《小説》(日影丈吉) … 76～94
新聞と探偵小説と犯罪《座談会》(江戸川乱歩,
　大下宇陀児, 野村胡堂, 木々高太郎, 水谷準,
　渡辺紳一郎, 白石潔, 池田太郎, 木村登, 長岡
　隆一郎, 橋本乾三, 城昌幸, 岩谷満) ‥ 96～107
或る自白《小説》(川島郁夫) …… 108～133
探偵小説月評(幽鬼太郎) ……… 134～135
「抜打座談会」を評す(江戸川乱歩)
　…………………………… 136～141
百万円懸賞探偵小説コンクールC級作品入選
　発表
　銓衡所感(江戸川乱歩) …… 142～144
　「三十六人集」の選に伍して(水谷準)
　…………………………… 144～145
　銓衡委員会の経過について …… 145～149
石の下の記録〈17・完〉《小説》(大下宇陀児)
　…………………………… 150～170
わが女学生時代の犯罪〈13〉《小説》(木々高
　太郎) ……………………… 171～178
宝石クラブ
　トニイ・モレリ(加藤嘉七雄)
　…………………………… 180～181
　探偵作家プロフィル二三(宗野弾正)
　…………………………… 182～183
花嫁卒倒《小説》(鳥居竜男) …………… 184
名探偵のいたづら《小説》(松尾幸平)
　……………………………………… 184
本番《小説》(金子一) …………………… 184
幻影城通信〈37〉(江戸川乱歩) … 186～190
幻の女《小説》(ウィリアム・アイリッシュ〔著〕,
　黒沼健〔訳〕) ……………… 191～363
"幻の女"について(江戸川乱歩) ……… 193
四度目の結婚 …………………………… 271

135

17 『宝石』

事実はツマラン ………………………	277
探偵小説の作り方(高木彬光) ………	284〜320
年増の美しさ ………………………	285
接吻の相手 …………………………	295
こわい税金 …………………………	301
さらばハリウッドよ ………………	307
レコードの映画化 …………………	317
一人のトリオ ………………………	321
小粒の人気者 ………………………	327
中味がいい …………………………	331
ゲテモノ趣味 ………………………	337
編集後記(武田、城) ………………	364

第5巻第6号　所蔵あり
1950年6月1日発行　328頁　120円

油絵《詩》(関口修) …………………	2
作者より(江戸川乱歩) ……………	8
断崖《小説》(江戸川乱歩) ………	8〜25
宝石犯罪集〈1〉(森下雨村) ………	26〜29
火星への道〈1〉《小説》(香山滋)	30〜51
信天翁通信〈2〉(木々高太郎) ……	52〜53
湖底の囚人〈2〉《小説》(島田一男) ………………………	54〜75
大下メイ人対高柳八段観戦記(水谷準) ………………………	76〜79
人造人間欲情す《小説》(朝島雨之助) ………………………	80〜85
猫じゃ猫じゃ事件《小説》(土岐雄三) ………………………	86〜101
探偵小説月評(幽鬼太郎) …………	102〜103
呪縛の家〈11・完〉《小説》(高木彬光) ………………………	104〜142
盗み異聞《小説》(乾信一郎) ……	143〜149
幻影城通信〈38〉(江戸川乱歩) …	150〜155
現代の犯罪捜査を語る《座談会》(石森勲夫、柴田武、長谷川瀏、江戸川乱歩、江後田源治、城昌幸) ………………	156〜166
甘美なる殺人《小説》(クレイグ・ライス〔著〕、長谷川修二〔訳〕) ………………	167〜317
江戸小噺集 …………………………	175
江戸小噺集 …………………………	181
江戸小噺集 …………………………	185
江戸小噺集 …………………………	191
江戸小噺集 …………………………	195
江戸小噺集 …………………………	201
江戸小噺集 …………………………	205
江戸小噺集 …………………………	211
江戸小噺集 …………………………	215
探偵小説と探偵雑誌の今昔〈1〉(巨勢詢一郎) ………………………	220〜233
江戸小噺集 …………………………	225

江戸小噺集 …………………………	235
江戸小噺集 …………………………	245
古代美食漫談(夏山緑) ……………	250〜255
江戸小噺集 …………………………	255
江戸小噺集 …………………………	255
煙草伝来奇談(夏山緑) ……………	272〜277
江戸小噺集 …………………………	275
江戸小噺集 …………………………	285
江戸小噺集 …………………………	295
江戸小噺集 …………………………	305
「災厄の町」翻訳雑感(平出禾) …	318〜322
宝石クラブ	
「災厄の町」読後感(岩淵二郎) …	324
クレイグ・ライス待望(赤城守太郎) ………………………	324〜325
坪田宏氏に寄す(和田尤三) ……	326
編輯後記(武田、城) ………………	328

第5巻第7号　所蔵あり
1950年7月1日発行　264頁　100円

あなたは占われてゐる《口絵》 …	5〜7
誌上封切《口絵》 ……………………	8
海の嘆き《詩》(木原孝一) ………	9
風原博士の奇怪な実験《小説》(氷川瓏) ………………………	10〜36
無題《漫画》(江久須清澄) ………	36
弱き者の勝利《漫画》(野口哲) …	37
湖底の囚人〈3〉《小説》(島田一男) ………………………	38〜57
宝石犯罪集〈2〉(森下雨村) ………	58〜63
江戸小噺集 …………………………	62
江戸小噺集 …………………………	63
蛍《小説》(黒沼健) ………………	64〜76
悪魔買い《小説》(永瀬三吾) ……	77〜81
編輯部通信 …………………………	81
赤煉瓦の家《小説》(宮野叢子) …	82〜87
影の路《小説》(城昌幸) …………	88〜92
漢字と暗号〈1〉(辛島驍) ………	93〜102
死の標灯《小説》(岩田賛) ………	104〜119
探偵小説月評(幽鬼太郎) …………	120〜121
易占と推理性を語る座談会《座談会》(諸口悦久、池田穣慶、田島喜八堂、中込貴志人、石井由紀、片桐童二) ……………	122〜133
げら!!げら!げりら!! ………………	134〜135
「犯人探し」の解答を読んで(高木彬光) ………………………	136〜137
警察学校漫画視記(紙左馬) ……	138〜141
戦後フランスの探偵小説(ロマン・ポリシエ) ………	142〜145
チャイコフスキーは殺人犯? ………	144〜145
宝石クラブ	

17『宝石』

探偵作家の忍術研究会開かる
.... 146〜147
翻訳小説雑感（加藤嘉七雄）............. 148
探偵作家服飾考〔スタイルブック〕................ 150
信天翁通信〈3〉（木々高太郎）...... 151〜153
スモーク・スキートクラブ .... 154〜155
わが喫煙哲学（江戸川乱歩）............. 154
句読点のごとく吸ふ（城昌幸）............. 154
愛用のパイプ（香山滋）................. 154
男は負ける（井上公）................... 155
ニコチン氏の手帳（朝島雨之助）.......... 155
火星への道〈2〉《小説》（香山滋）
.... 156〜173
幻影城通信〈39〉（江戸川乱歩）.... 174〜179
フオクス家殺人事件〈1〉《小説》（エラリー・クイン〔著〕,妹尾アキ夫〔訳〕）
.... 180〜263
探偵小説と探偵雑誌の今昔〈2・完〉（巨勢詢一郎）........................ 200〜218
編集後記（武田,城）................... 264

第5巻第8号　所蔵あり
1950年8月1日発行　264頁　100円

宝石サルーン（伊達瓶九〔構成〕）......... 1〜4
落日《詩》（武田武彦）..................... 9
火星への道〈3〉《小説》（香山滋）..... 10〜22
緑色の蠍《小説》（J・ハリス）......... 21〜50
信天翁通信〈4〉（木々高太郎）............. 51
逢びきの部屋《小説》（岡村雄輔）...... 52〜64
宝石犯罪集《小説》（森下雨村）........ 65〜71
首吊り道成寺《小説》（宮原竜雄）...... 72〜86
眼・耳・口（春名三郎）................... 87
好き好き手帖（黒部竜二）............. 88〜91
生きてゐる人形《小説》（鷲尾三郎）
.... 92〜114
黒岩涙香について（江戸川乱歩）.......... 115
海底の重罪《小説》（黒岩涙香）...... 116〜119
巨魁来《小説》（黒岩涙香）.......... 120〜123
海外探偵小説放談《座談会》（江戸川乱歩,木々高太郎,長岡隆一郎,木村登,渡辺紳一郎,水谷準,橋本乾三,高橋邦太郎,野村胡堂,城昌幸,武田武彦）................ 124〜134
漢字と暗号〈2〉（辛島驍）.......... 136〜143
「蜘蛛の街」とスリラー（江戸川乱歩）.... 143
日本探偵小説思想史〈1〉（白石潔）
.... 144〜149
湖底の囚人〈4〉《小説》（島田一男）
.... 152〜165
げら!!げら!!げりら!! .... 166〜167
宝石クラブ

「呪縛の家」解決篇を読みて（谿渓太郎）................................ 168〜169
探偵小説月評（幽鬼太郎）............ 172〜173
幻影城通信〈40〉（江戸川乱歩）.... 174〜179
フオクス家殺人事件〈2・完〉《小説》（エラリー・クイン〔著〕,妹尾アキ夫〔訳〕）
.... 180〜262
冥府の便り 187
前車の轍 189
女は魔物 191
理の理なり 193
物も断りよう 197
無理もない 199
効果なし 201
聖なるナヤミ 203
安全第一 207
子供は正直 209
エロテイカ・デイクシヨナリー
.. 211, 213, 217, 219, 221, 223, 227, 229, 231, 233
名探偵画讃
... 237, 239, 241, 243, 247, 249, 251, 253, 257, 259
社内日記 263
編集後記（武田,城）................... 264

第5巻第9号　所蔵あり
1950年9月1日発行　266頁　100円

黒衣の花嫁〈1〉《小説》（コーネル・ウールリッチ〔著〕,黒沼健〔訳〕）............. 7〜95
七つの宝石《絵物語》（ルブラン〔原作〕）
.... 13, 15, 17, 19, 23, 25, 27, 29
OFF LIMITS 93
白日の夢《小説》（朝山鯖一）........ 97〜109
膽石の指輪《小説》（湯浅輝夫）..... 110〜129
中国の探偵小説を語る《座談会》（グーリック,江戸川乱歩,辛島驍,魚返善雄,島田一男,椿八郎,城昌幸,武田武彦）........ 130〜147
湖《小説》（飛島高）............... 148〜166
風流殺人事件《絵物語》（伊達瓶九〔作〕）
.... 167〜170
漢字と暗号〈3〉（辛島驍）.......... 171〜178
一口噺 178
日本探偵小説思想史〈2〉（白石潔）
.... 182〜187
この女に正当防衛を認むべきか（橋本乾三）
.... 188〜193
宝石クラブ
谿氏にこたへて（高木彬光）...... 194〜195
『幻の女』雑感（吉岡芳兼）............. 195

137

17『宝石』

"渦潮"遠藤桂子氏作(別冊9号)を読んで(谷康宏) ……………… 196～197
別冊九号"渦潮"を評す(S生) ………… 197
翻訳小説待望(柏崎融) ……………… 198
手に触ったもの《小説》(フィッツ＝ジェームズ・オブライエン〔著〕, 長谷川修二〔訳〕) ……………… 200～211
社内日記 ……………………………… 211
百万円懸賞探偵小説B級作品入選誌上発表
《座談会》(城昌幸, 江戸川乱歩, 大下宇陀児, 木々高太郎, 渡辺啓助, 木村登, 長岡隆一郎, 白石潔, 高橋邦太郎, 水谷準, 橋本乾三, 武田武彦) ……………… 212～213
B級入選作品の感想(木村登) …… 214～215
霧の夜の惨劇 ………………………… 214
フラの腰みの ………………………… 215
探偵小説月評(幽鬼太郎) ………… 216～217
わが女学生時代の犯罪〈14〉《小説》(木々高太郎) ……………… 218～230
因果はめぐる《漫画》(鈴木厚) ……… 231
湖底の囚人〈5〉《小説》(島田一男) ……………… 232～245
小口噺 ………………………………… 243
幻影城通信〈41〉(江戸川乱歩) … 246～251
火星への道〈4〉《小説》(香山滋) ……………… 252～264
編集後記(武田, 城) ………………… 266

第5巻第10号 所蔵あり
1950年10月1日発行　268頁　100円
捕物作家の表情《口絵》 ……………… 5～8
影《詩》(木原孝一) …………………… 9
黒衣の花嫁〈2・完〉《小説》(コーネル・ウールリッチ〔著〕, 黒沼健〔訳〕) …… 11～72
夜のエピソード(S)
　‥ 17, 19, 21, 23, 27, 29, 31, 33, 37, 39, 41
漢江悲恋《小説》(白新村) ……… 73～90
探偵映画の棲家(高岩肇) ………… 91～93
火山島の初夜《小説》(蟻浪五郎) … 94～136
壜の中の手紙《小説》(黒羽新) … 138～139
日本探偵小説思想史〈3〉(白石潔) ……………… 140～145
消えた足跡《小説》(F・ブラウン〔著〕, 平井喬〔訳〕) ……………… 146～157
我また鬼なりき ……………………… 156
お好み捕物帳座談会《座談会》(野村胡堂, 横溝正史, 城昌幸, 水谷準, 武田彦, 白石潔) ……………… 159～168
DON.Q探偵《漫画》(小島功) … 169～172
からくり駕籠《小説》(横溝正史) … 174～189
紫頭巾《小説》(水谷準) ………… 190～204

両国橋 天満橋《小説》(城昌幸) … 206～218
げらげらげりら!!(朝島雨之助) ……… 219
平次人別調べ(野村胡堂) ……… 220～223
探偵小説月評(幽鬼太郎) ……… 224～225
宝石クラブ
　トリックの現実性に関する試論(谿渓太郎) ……………… 226～228
　完全探偵小説論(悪竜介) …… 228～232
火星への道〈5・前篇完〉《小説》(香山滋) ……………… 234～246
幻影城通信〈42〉(江戸川乱歩) … 248～253
湖底の囚人〈6〉《小説》(島田一男) ……………… 254～266
一口噺 ………………………………… 266
編集後記(武田, 城) ………………… 268

第5巻第11号 所蔵あり
1950年11月1日発行　236頁　85円
聖林フエンシング学校《口絵》 ……… 5～8
新人漫画集《漫画》 ………………… 9～12
八つ墓村 続篇《小説》(横溝正史) … 14～47
パイプ伝綺(夏山緑) ……………… 48～49
夢でみた顔《小説》(ディケンズ〔著〕, 妹尾アキ夫〔訳〕) ……………… 50～59
地獄から来た天使《小説》(土屋隆夫) ……………… 60～87
探偵小説月評(幽鬼太郎) ………… 88～89
わが女学生時代の犯罪〈15〉《小説》(木々高太郎) ……………… 90～97
チャタレイ部落《小説》(武田武彦) ……………… 98～102
日本探偵小説思想史〈4〉(白石潔) ……………… 103～107
四桂《小説》(岡沢孝雄) ………… 108～137
贋造犯人《小説》(椿八郎) ……… 138～149
バック・ミラー《小説》(緑川潤) … 150～161
悪魔の酒樽《小説》(フレデリック・マリヤット〔著〕, 阿野従丗〔訳〕) ……… 162～172
宝石クラブ
　谷氏並びにS氏に答えて(遠藤桂子) ……………… 178
　作品の相似性に就て(佐々木一郎) ……………… 180～181
　探偵小説と詩(大関勝也) ………… 181
　異端の弟子《小説》(陀々野梵十) ……………… 182～183
脱走患者《小説》(坪田宏) ……… 184～217
幻影城通信〈43〉(江戸川乱歩) … 218～223
湖底の囚人〈7〉《小説》(島田一男) ……………… 224～235
編集後記(武田, 城) ………………… 236

第5巻第12号　所蔵あり
1950年12月1日発行　236頁　95円
鉛筆一本で犯人を逮捕する男《口絵》…… 5〜8
クリスマス漫画デコレーション《漫画》(赤川
　　童太) …………………………… 9〜12
パリーから来た男《小説》(ジョン・ディクソン・
　　カー〔著〕，阿部主計〔訳〕) ……… 14〜42
薬り売りのねえさん《漫画》(KY) ……… 43
宝石座クリスマスショー …………… 44〜47
犠牲者《小説》(飛鳥高) …………… 48〜68
奇妙な決闘《小説》(伊達瓶九) …… 70〜71
妖奇の鯉魚《小説》(岡田鯱彦) …… 72〜83
探偵雑誌興亡記(中島河太郎) ……… 84〜85
花結び《小説》(城昌幸) …………… 86〜89
げら!!げら!!げりら!! ………………… 90〜91
鬼胎《小説》(鷲尾三郎) …………… 92〜123
百万円懸賞A級入選発表
　最後の岩谷大学(木村登) ……… 124〜126
銀座の幽霊《脚本》(武田武彦) …… 127〜129
薔薇の処女《小説》(宮原叢子) …… 130〜140
私の好きな探偵小説(岡田八千代)
　　…………………………………… 142〜143
影絵《小説》(三橋一夫) …………… 144〜151
探偵小説月評(幽鬼太郎) …………… 152〜153
浴室《小説》(氷川瓏) ……………… 154〜159
下り終電車《小説》(坪田宏) ……… 160〜187
宝石クラブ
　宝石あちらこちら(屋田博) …… 188〜189
　カー傑作集に寄す(大石青牙)
　　…………………………………… 190〜191
日本探偵小説思想史〈5・完〉《小説》(白石
　　潔) ……………………………… 194〜199
ツータンカメン王への贈物《小説》(椿八郎)
　　…………………………………… 200〜205
幻影城通信〈44〉(江戸川乱歩) …… 206〜212
眼・耳・口(春名三郎) ………………… 213
湖底の囚人〈8〉《小説》(島田一男)
　　…………………………………… 214〜226
編輯後記(武田，城) ………………… 236

第6巻第1号　所蔵あり
1951年1月1日発行　272頁　100円
粧える女・マルタの鷹《口絵》 ……… 5〜8
宝石セレクション(伊達瓶九〔構成〕)
　　…………………………………… 9〜15
蝋人形館の殺人〈1〉《小説》(ディクソン・カー
　　〔著〕，妹尾アキ夫〔訳〕) ……… 17〜37
探偵小説月評(隠岐弘) ……………… 56〜57
心眼《小説》(木々高太郎) ………… 58〜75
不思議な求婚《小説》(香山滋) …… 76〜79
我もし探偵なりせば

浴室殺人事件(土岐雄三) …………… 80〜81
ホームズの正直(乾信一郎) ………… 81〜82
『ある夜の出来事』(玉川一郎)
　　…………………………………… 82〜83
黒い扉《小説》(ヘンリー・ノートン〔著〕，平井
　　以作〔訳〕) ……………………… 84〜93
警部殺害事件《小説》(ウイリアム・ホールダー
　　〔著〕，藤江三千〔訳〕) ………… 94〜103
好き〳〵帖(黒部竜二) ……………… 104〜105
暗い海白い花《小説》(岡村雄輔) … 106〜118
若さま侍捕物帖 ……………………… 119
鬱金色の女《小説》(日影丈吉) …… 120〜129
五つの紐《小説》(宮原竜雄) ……… 130〜139
田茂井先生老いにけり《小説》(川島郁夫)
　　…………………………………… 140〜151
白い野獣《小説》(島久平) ………… 152〜161
金閣炎上《小説》(錫薊二) ………… 162〜169
湖底の囚人〈9〉《小説》(島田一男)
　　…………………………………… 170〜183
幻影城通信〈45〉(江戸川乱歩) …… 184〜187
マルタの鷹《映画物語》(ダシエル・ハメット〔原
　　作〕，楠敏郎〔編訳〕) …………… 188〜199
むしめがね(春名三郎) ………………… 200
え・はっぴいにゆ・いあ! …………… 202〜203
宝石クラブ
　ペトロフ事件に就いて其他(中川透)
　　…………………………………… 204〜205
　評論のエチケット(豊田宏一郎) … 205
　"筆名の問題など"(佐々木一郎) … 206
八つ墓村 解決篇《小説》(横溝正史)
　　…………………………………… 208〜271
編輯後記(YO) ………………………… 272
前号『パリーから来た男』について訂正(阿
　　部主計) ………………………… 272

第6巻第2号　所蔵あり
1951年2月1日発行　208頁　85円
郷愁《口絵》 ………………………… 5〜8
エロティカ特集(伊達瓶九〔構成〕) … 9〜16
蝋人形館の殺人〈2〉《小説》(ディクソン・カー
　　〔著〕，妹尾アキ夫〔訳〕) ……… 17〜37
完璧な探偵小説(大下宇陀児) ……… 38〜41
虚影《小説》(大坪砂男) …………… 42〜45
考へる蛇《小説》(宮原叢子) ……… 46〜55
子供の日記《小説》(松本恵子) …… 56〜65
ある推理小説《小説》(川島美与子) … 66〜77
恐怖《小説》(矢野類) ……………… 78〜87
ある対話《小説》(司馬貞子) ……… 88〜96
探偵小説月評(隠岐弘) ……………… 98〜99
湖底の囚人〈10〉《小説》(島田一男)
　　…………………………………… 100〜113

139

17『宝石』

豆もやしスポーツ談義《水谷準》	114～115
三角粉《小説》（丘美丈二郎）	116～125
異常嗅覚《小説》（埴輪史郎）	126～137
宝石クラブ	
探偵小説の立場と討論・評論・所感〈1〉（丘美丈二郎）	138～139
幻想会館《詩》（宗野弾正）	138～139
蟻浪五郎へ苦言（小松良夫）	140～141
亡者の言（曉野夢人）	141
天上の花《小説》（バルザック〔著〕，堀口大学〔訳〕）	142～207
編輯後記（YO）	208

第6巻第3号　所蔵あり
1951年3月1日発行　208頁　95円

映画特集《口絵》	5～8
ペテンの園（伊達瓶九〔構成〕）	9～16
東京魔法街《小説》（山田風太郎）	17～43
探偵小説月評（隠岐弘）	44～45
春情狸噺《小説》（大坪砂男）	46～56
むしめがね（春名三郎）	57
探偵小説30年〈1〉（江戸川乱歩）	58～62
ハーバード・ブリーンの作品、イネスの近作、訂正二件（江戸川乱歩）	62～63
蠟人形館の殺人〈3〉《小説》（ディクスン・カー〔著〕，妹尾アキ夫〔訳〕）	64～92
ギョロサン《漫画》（吉崎耕一）	94～95
孤独《小説》（飛鳥高）	96～105
不思議な世界の死《小説》（朝山蜻一）	106～115
つばくら《小説》（角田実）	116～131
海外小咄集	132～133
影なき男の帰還《映画物語》（ダシエル・ハメット〔原作〕）	134～145
新映画紹介	146～147
ニウルンベルグ《小説》（椿八郎）	148～155
湖底の囚人〈11・完〉《小説》（島田一男）	156～173
宝石クラブ	
探偵小説の立場と討論・評論・所感〈2・完〉（丘美丈二郎）	174～176
機関銃小　説（佐々木一郎）	174～175
雑感少々（宗野弾正）	176～176
探偵コント集（朝田成司）	178～179
WH氏の肖像《小説》（オスカー・ワイルド〔著〕，長谷川修二〔訳〕）	180～207
訳者の辞	182～183
編輯後記（城，津川）	208

第6巻第4号　所蔵あり
1951年4月1日発行　208頁　100円

探偵作家将棋大手合《口絵》	5～8
探偵作家将棋大手合（江戸川乱歩）	5
すべてこの世の商売も（伊達瓶九〔構成〕）	9～16
猫屋敷《小説》（横溝正史）	17～32
むしめがね（春名三郎）	33
文学たらんとする捕物帳（白石潔）	34～35
火星への道 後篇〈1〉《小説》（香山滋）	36～51
探偵小説月評（隠岐弘）	52～53
或日の平次と八五郎《小説》（野村胡堂）	54～57
花見ながれ《小説》（城昌幸）	58～75
ギョロサン《漫画》（吉崎耕一）	76～77
A・A・ミルンの態度を中心として（長沼弘毅）	78～83
E・Q・M・Mフランス版のこと（飯島正）	84～85
神かくしの娘《小説》（高木彬光）	86～99
夜行列車《小説》（土屋隆夫）	100～109
探偵棋壇案内（水谷準）	110～111
恒例将棋大手合観戦記（松下研三）	112～113
村芝居三人吉三《小説》（岡田八千代）	114～121
地獄の迎ひ《小説》（水谷準）	122～135
夢中問答《小説》（大坪砂男）	136～139
探偵小説30年〈2〉（江戸川乱歩）	140～145
唇紅鉄砲《小説》（島田一男）	146～163
私の好きな江戸小咄（市川小太夫）	164～165
良心の断層《小説》（永瀬三吾）	166～179
横溝正史の作品について（高木彬光）	180～183
宝石クラブ	
幸運の手紙《小説》（戸田隆雄）	184～185
怪談（鳥居竜男）	186
豪遊（原菊雄）	186
蠟人形館の殺人〈4〉《小説》（ディクスン・カー〔著〕，妹尾アキ夫〔訳〕）	188～207
編輯後記（城，津川）	208

第6巻第5号　所蔵あり
1951年5月1日発行　208頁　120円

東京夜色《口絵》	5～7
東京夜色《詩》（木原孝一）	7
新映画《口絵》	8
盗賊版迷作ダイジェスト（伊達瓶九〔構成〕）	9～16

17『宝石』

わが一高時代の犯罪〈1〉《小説》（高木彬光）
　　　　　　　　　　　　　　　　　　17〜39
へんしふざんげ（水谷準）………　40〜41
探偵小説月評（隠岐弘）…………　42〜43
火星への道 後篇〈2〉《小説》（香山滋）
　　　　　　　　　　　　　　　　　　44〜57
探偵小説30年〈3〉（江戸川乱歩）……　58〜63
キッド船長と宝島（志摩達夫）………　64〜69
痴人の宴《小説》（千代有三）
　　　　　　　　　　　　70〜85, 178〜181
『宝石』読者への挑戦（千代有三）…………　71
犯人当て奨励（大井広介）…………　86〜87
楡の木荘の殺人《小説》（中川透）……　90〜113
奇妙な12時《小説》（九鬼澹）……　114〜124
翻訳余談〈1〉（黒沼健）…………　126〜129
或る対話（高沼肇）…………………　130〜131
「月世界征服」を観る（香山滋）……　132〜133
映画化された「幻の女」（双葉十三郎）
　　　　　　　　　　　　　　　　134〜135
陽春の日本映画（黒部竜二）……　136〜139
白い封筒《小説》（飯島正）………　140〜157
暗号解読（辛島驍）………………　158〜164
フイルムに聴け《小説》（夢座海二）
　　　　　　　　　　　　　　　　166〜177
宝石クラブ
　探偵小説の心理について（谿溪太郎）
　　　　　　　　　　　　　　　　182〜184
蠟人形館の殺人〈5〉《小説》（ディクソン・カー〔著〕，妹尾アキ夫〔訳〕）………　186〜207
編輯後記（城，津川）………………　208

第6巻第6号　所蔵あり
1951年6月1日発行　208頁　120円

東京の黄昏・東京の谷間《口絵》………　5〜7
新映画《口絵》………………………………　8
盗賊版迷作ダイジェスト（伊達瓶九〔構成〕）
　　　　　　　　　　　　　　　　　9〜16
わが一高時代の犯罪〈2・完〉《小説》（高木彬光）
　　　　　　　　　　　　　　　　17〜65
探偵小説月評（隠岐弘）……………　66〜67
探偵作家クラブ賞について（水谷準）
　　　　　　　　　　　　　　　　68〜69
邪悪な眼《小説》（椿八郎）………　70〜81
探偵小説三十年〈4〉（江戸川乱歩）…　82〜86
文学的探偵小説集、バートランド・ラッセル
　（江戸川乱歩）……………………　86〜87
近代人の夢と冒険（香山滋）………　88〜89
影ある男《小説》（守友恒）………　90〜101
戦後のシムノン（飯島正）…………　102〜103
二重の恋文《小説》（佐々木杜太郎）
　　　　　　　　　　　　　　　　104〜115

すき〴〵帖（黒部竜二）……………　116〜117
斜陽の小径《小説》（岡村雄輔）……　118〜135
ぐうたら守衛《小説》（乾信一郎）……　136〜142
翻訳余談〈2〉（黒沼健）……………　143〜147
指紋《小説》（藤雪夫）………………　148〜163
探偵映画と私（保篠竜緒）……………　164〜165
火星への道 後篇〈3〉《小説》（香山滋）
　　　　　　　　　　　　　　　　166〜179
探偵小説と西部小説（双葉十三郎）
　　　　　　　　　　　　　　　　180〜182
外国映画紹介………………………　182〜183
五月の日本映画（黒部竜二）………　184〜185
宝石クラブ
　各人各説（佐々木一郎）……………　186〜188
　ディクソン・カーに対する不満（丘美丈二郎）……………………………………　188
蠟人形館の殺人〈6〉《小説》（ディクソン・カー〔著〕，妹尾アキ夫〔訳〕）………　191〜207
編輯後記（城，津川）…………………　207

第6巻第7号　所蔵あり
1951年7月1日発行　208頁　120円

夏の女《口絵》………………………………　5
受賞の喜び（大下宇陀児）…………………　6
ブン屋ものについて（島田一男）…………　7
西部劇二題《口絵》………………………　8
探偵活劇迷画祭（フォーカス・ポーカーズ〔構成〕）…………………………………　9〜15
恐風〈1〉（島田一男）………………　17〜41
探偵小説月評（隠岐弘）……………　44〜45
探偵小説のあり方を語る座談会《座談会》（大下宇陀児，島田一男，江戸川乱歩，木々高太郎，水谷準，城昌幸）……………　46〜57
江戸時代の探偵趣味（暉峻康隆）……　58〜59
火星への道 後篇〈4〉《小説》（香山滋）
　　　　　　　　　　　　　　　　60〜73
探偵小説三十年〈5〉（江戸川乱歩）…　74〜79
探偵小説のギャラップ輿論調査（江戸川乱歩）………………………………………　79
孤蝶追慕（奥野信太郎）………………　80〜81
探偵小説の周囲（十返肇）………………　82〜85
動脈瘤《小説》（椿八郎）………………　86〜95
巨人の復讐《小説》（黒沼健）………　96〜117
賞金六千四百八十万円!（乾信一郎）
　　　　　　　　　　　　　　　　118〜119
自転車泥棒《小説》（朝島雨之助）……　122〜125
雨男・雪女《小説》（大坪砂男）……　126〜132
下山事件の三年忌（塩沢充治）……　133〜135
溺女《小説》（蟹海太郎）……………　136〜149
心臓を貫け《小説》（黒井蘭）………　150〜152

141

パラソルをふる女《小説》（角田実）
　　　　　　　　　　　　　　　　152～153
時計二重奏《小説》（永瀬三吾）‥‥‥　154～164
メイ探偵となりぬ（高木彬光）‥‥‥　165～169
泥棒たちと夫婦たち《小説》（朝山蜻一）
　　　　　　　　　　　　　　　　170～181
日本映画六月の二大作（黒部竜二）
　　　　　　　　　　　　　　　　182～183
宝石クラブ
　探偵小説論〈1〉（二瓶寛）‥‥‥　184～185
　モダン小咄（鳥居竜男）‥‥‥‥‥　186～187
翻訳余談〈3〉（黒沼健）‥‥‥‥‥　188～190
蠟人形館の殺人〈7・完〉《小説》（ディクソン・
　カー〔著〕、妹尾アキ夫〔訳〕）
　　　　　　　　　　　　　　　　191～207
編集後記（城、津川）‥‥‥‥‥‥‥　208

第6巻第8号　　所蔵あり
1951年8月1日発行　208頁　120円
探偵作家の表情（江戸川乱歩）《口絵》
　　　　　　　　　　　　　　　　　5～7
新映画《口絵》‥‥‥‥‥‥‥‥‥‥‥　8
冷汗三斗真相怪談話（ほうかすぼうかあず同人
　〔構成〕）‥‥‥‥‥‥‥‥‥‥‥　9～16
メフィストの誕生《小説》（水谷準）‥　17～40
探偵小説月評（隠岐弘）‥‥‥‥‥‥　42～43
探偵小説の新領域（埴谷雄高）‥‥‥　44～47
探偵小説三十年〈6〉（江戸川乱歩）‥　48～53
「幻影城」の正鵠（江戸川乱歩）‥‥‥　53
犯人は誰だ？
　運動シャツ事件《脚本》（島田一男）
　　　　　　　　　　　　　　　　　54～57
　レビュー殺人事件《脚本》（楠田匡介）
　　　　　　　　　　　　　　　　　57～60
　仙人掌事件《脚本》（大下宇陀児）
　　　　　　　　　　　　　　　　　60～63
　山荘の殺人事件《脚本》（黒井蘭）
　　　　　　　　　　　　　　　　　63～66
戦後異常犯罪の解剖《座談会》（木々高太郎、
　古畑種基、南博、城昌幸）‥‥‥　67～75
空想科学小説について（双葉十三郎）
　　　　　　　　　　　　　　　　　76～77
白い拷問《小説》（渡辺啓助）‥‥‥　78～97
翻訳余談〈4〉（黒沼健）‥‥‥‥‥　98～101
火星への道　後篇〈2〉《小説》（香山滋）
　　　　　　　　　　　　　　　　102～115
ギョロサン《漫画》（吉崎耕一）‥　116～117
その家《小説》（城昌幸）‥‥‥‥　118～124
ナフタリン《小説》（宮野叢子）‥　125～127
「怪談入門」補遺（阿知波五郎）‥　128～131
ギョロサン《漫画》（吉崎耕一）‥　132～133

執念《小説》（楡俊平）‥‥‥‥‥　134～136
夜のオパール《小説》（那須九里）‥‥　136～137
悪魔が笑う《小説》（中川透）‥‥‥　138～157
超高速ジェット機事件（鳳泰信）‥　158～163
シヤァロック・ホウムズから来た手紙（乾信
　一郎）‥‥‥‥‥‥‥‥‥‥‥‥　164～166
新映画‥‥‥‥‥‥‥‥‥‥‥‥‥‥　167
七月の日本映画（黒部竜二）‥‥‥　168～169
宝石クラブ
　探偵小説論〈2・完〉（二瓶寛）
　　　　　　　　　　　　　　　　170～172
知性と情熱（鈴木幸夫）‥‥‥‥‥　176～179
"幻影城"への敬意（大下宇陀児）‥‥　177
人名索引を礼讃する（椿八郎）‥‥‥　179
孤城と出城と（永瀬三吾）‥‥‥‥‥　180
悪魔の海底《漫画》（吉崎耕一）‥‥‥　181
恐風〈2・完〉《小説》（島田一男）
　　　　　　　　　　　　　　　　182～207
編集後記（城、津川）‥‥‥‥‥‥‥　208

第6巻第9号　所蔵あり
1951年9月1日発行　208頁　120円
都会の影《口絵》‥‥‥‥‥‥‥‥‥‥　5
探偵作家の表情（大下宇陀児）《口絵》
　　　　　　　　　　　　　　　　　6～7
新映画《口絵》‥‥‥‥‥‥‥‥‥‥‥　8
戦慄怪談とくしゅう（フォーカス・ポーカス同
　人〔構成〕）‥‥‥‥‥‥‥‥‥‥　9～16
岩塊〈1〉《小説》（大下宇陀児）‥‥　17～43
白夜妄想記〈1〉（水谷準）‥‥‥‥　44～45
閑雅な殺人《小説》（大坪沙男）‥‥　46～49
探偵小説月評（隠岐弘）‥‥‥‥‥‥　50～51
探偵小説三十年〈7〉（江戸川乱歩）‥　52～57
座談会「宝石」を狙上にのせる《座談会》（白
　石潔、高木彬光、城昌幸）‥‥‥　58～65
窓《小説》（氷川瓏）‥‥‥‥‥‥　66～75
フランスの探偵作家（飯島正）‥‥　76～77
本朝桜陰比事《小説》（西鶴〔著〕、暉峻康隆
　〔訳〕）‥‥‥‥‥‥‥‥‥‥‥　78～84
〔無題〕（訳者）‥‥‥‥‥‥‥‥‥‥　79
浅茅が宿《小説》（岡田鯱彦）‥‥‥　86～92
四重奏《小説》（角田実）‥‥‥‥‥　94～95
暗い坂《小説》（飛鳥高）‥‥‥‥　96～113
掘り出し物の話（乾信一郎）‥‥‥　114～116
犯人は誰だ？
　ダンスパーティと強盗《脚本》（水谷準）
　　　　　　　　　　　　　　　　117～120
　誕生日の殺人《脚本》（鷲尾三郎）
　　　　　　　　　　　　　　　　120～123
　高利貸殺人事件《脚本》（香住春作）
　　　　　　　　　　　　　　　　124～126

17『宝石』

```
ダイヤモンドの行方《脚本》（椿八郎）
　　　　　　　　　　　　‥‥‥‥　126～129
好きずき帖（黒部竜二）‥‥‥‥‥　130～131
扉〈小説〉（椿八郎）‥‥‥‥‥‥　132～148
翻訳余談〈5〉（黒沼健）‥‥‥‥　149～151
二十世紀英米文学と探偵小説〈1〉（鈴木幸夫）
　　　　　　　　　　　　‥‥‥‥　152～158
金田一探偵の見解（島田一男）‥‥　160～162
灰土夫人〈小説〉（守友恒）‥‥‥　164～183
ギョロサン〈漫画〉（吉崎耕一）‥　184～185
八月の日本映画（黒部竜二）‥‥‥　188～189
宝石クラブ
　　ソリンゲンのナイフ（陀々野梵十）
　　　　　　　　　　　　‥‥‥‥　190～192
火星への道 後篇〈6〉〈小説〉（香山滋）
　　　　　　　　　　　　‥‥‥‥　194～207
編集後記（城、津川）‥‥‥‥‥‥　208

第6巻第10号　　所蔵あり
1951年10月1日発行　336頁　150円
探偵作家の表情（水谷準）〈口絵〉‥‥‥‥　5
探偵作家クラブ対挿絵画家・大野球
　戦〈口絵〉‥‥‥‥‥‥‥‥‥‥‥‥‥　6
『わが一高時代の犯罪』映画化〈口絵〉‥‥　7
探偵寸劇「ユリエ殺し」記念写真〈口絵〉
　　　　　　　　　　　　‥‥‥‥‥‥‥　8
異次元の世界（フォーカス・ポーカーズ同人〔構
　成〕）‥‥‥‥‥‥‥‥‥‥‥‥　9～16
さらば愛しき女よ〈1〉〈小説〉（R・チャンド
　ラー〔著〕、清水俊二〔訳〕）‥‥　17～48
チャンドラーのこと‥‥‥‥‥‥‥‥‥　21
探偵小説の構想（横溝正史）‥‥‥　50～53
探偵小説月評（隠岐弘）‥‥‥‥‥　54～55
火星への道 後篇〈7・完〉〈小説〉（香山滋）
　　　　　　　　　　　　‥‥‥‥　56～70
白夜妄想記〈2〉（水谷準）‥‥‥　72～73
探偵小説三十年〈8〉（江戸川乱歩）‥　74～79
座談会ラジオ・スター大いに語る《座談会》（石
　黒敬七、大下宇陀児、八田裕一、藤倉修一、渡
　辺紳一郎、渡辺富美子、城昌幸）‥　80～87
社会部第一線記者の見た現代怪人物印象記
　　親殺しの坂本周作（加藤祥二）‥　88～90
　　八宝亭事件の山口常雄（増田滋）
　　　　　　　　　　　　‥‥‥‥　90～93
　　女中殺し事件の福田忠雄（鈴木滋）
　　　　　　　　　　　　‥‥‥‥　93～96
　　ウイスキー毒殺犯 蓮見敏（矢田喜美雄）
　　　　　　　　　　　　‥‥‥‥　96～98
金果記〈小説〉（日影丈吉）‥‥‥　100～111
新宿幻想〈小説〉（朝山蜻一）‥‥　112～121
幻女〈小説〉（木村竜彦）‥‥‥‥　122～128
```

```
ギョロサン《漫画》（吉崎耕一）‥‥‥　130～131
ヴァイラス〈小説〉（丘美丈二郎）‥‥　132～143
暴力〈小説〉（川島郁夫）‥‥‥‥‥　144～153
奇妙な事件〈小説〉（香住春吾）‥‥‥　154～164
怪談が怪談でなくなつた怪談（岡田鯱彦）
　　　　　　　　　　　　　‥‥‥‥　165
πの文学（大坪沙男）‥‥‥‥‥‥‥　166～169
改名由来の記（大坪沙男）‥‥‥‥‥　167
二十世紀英米文学と探偵小説〈2〉（鈴木幸夫）
　　　　　　　　　　　　　‥‥‥‥　170～175
犯人は誰だ？
　首なし人形事件《脚本》（宮野叢子）
　　　　　　　　　　　　　‥‥‥‥　176～179
　自殺殺人事件《脚本》（守友恒）
　　　　　　　　　　　　　‥‥‥‥　179～182
　消えた小太刀《脚本》（黒沼健）
　　　　　　　　　　　　　‥‥‥‥　182～184
　カフエーの殺人《脚本》（九鬼澹）
　　　　　　　　　　　　　‥‥‥‥　185～188
映画「白い恐怖」をめぐつて《座談会》（木々
　高太郎、高木彬光、島田一男、双葉十三郎）
　　　　　　　　　　　　　‥‥‥‥　189～191
映画「わが一高時代の犯罪」について（高木
　彬光）‥‥‥‥‥‥‥‥‥‥‥‥‥‥　190
本格派探偵小説論（荒正人）‥‥‥‥　192～196
白魔〈小説〉（鷲尾三郎）‥‥‥‥‥　198～215
壮大なる釣りの話（乾信一郎）‥‥‥　216～218
探偵作家クラブ対挿絵画家大野球戦‥‥　219
幻想肢〈小説〉（阿知波五郎）‥‥‥　220～233
問題映画紹介‥‥‥‥‥‥‥‥‥‥‥　234～235
五・三・〇――われ追求す〈小説〉（夢座海二）
　　　　　　　　　　　　　‥‥‥‥　236～262
問題映画紹介‥‥‥‥‥‥‥‥‥‥‥　263
翻訳余談〈6〉（黒沼健）‥‥‥‥‥　264～267
雪姫〈小説〉（中川淳一）‥‥‥‥‥　268～277
座談会お笑い怪談《座談会》（玉川一郎、三遊亭
　小金馬、都家かつ江、鶯春亭梅橋、城昌幸）
　　　　　　　　　　　　　‥‥‥‥　278～285
九月の日本映画（黒部竜二）‥‥‥‥　286～287
鋏〈小説〉（島久平）‥‥‥‥‥‥‥　288～307
宝石クラブ
　「大いなる眠り」寸感（佐々木一郎）
　　　　　　　　　　　　　‥‥‥‥　308～309
岩塊〈2・完〉〈小説〉（大下宇陀児）
　　　　　　　　　　　　　‥‥‥‥　312～335
編輯後記（城、津川）‥‥‥‥‥‥‥　336

第6巻第11号　増刊　所蔵あり
1951年10月10日発行　240頁　140円
秋の名洋画集〈口絵〉‥‥‥‥‥‥‥　6～8
```

143

17 『宝石』

夜歩く《小説》(J・ディクソン・カー〔著〕, 西田政治〔訳〕) ………… 9〜152
海外探偵小説を語る《座談会》(江戸川乱歩, 植草甚一, 大井広介, 木村登, 清水俊二, 長谷川修二, 双葉十三郎, 城昌幸) …… 154〜169
アンケート《アンケート》
　1 放送探偵劇「灰色の部屋」「犯人は誰だ?」をお聞きですか その御感想と.
　2 欧米探偵作家の誰れのものを御愛読なさいますか? その後感想と.
　　(守友恒) ……………………… 170
　　(江戸川乱歩) ………………… 170
　　(長沼弘毅) …………………… 170
　　(横溝正史) …………………… 170
　　(香住春吾) ………………… 170〜171
　　(黒沼健) ……………………… 171
　　(妹尾アキ夫) ………………… 171
　　(大坪沙男) …………………… 171
　　(宮野叢子) ………………… 171〜172
　　(白石潔) ……………………… 172
　　(平出禾) ……………………… 172
　　(鈴木幸夫) …………………… 172
　　(大倉燁子) …………………… 172
　　(椿八郎) …………………… 172〜173
　　(島田一男) …………………… 173
　　(島久平) ……………………… 173
　　(大下宇陀児) ………………… 173
　　(渡辺啓助) …………………… 173
　　(岡村雄輔) …………………… 174
　　(延原謙) ……………………… 174
　　(水谷準) ……………………… 174
　　(高木卓) ……………………… 174
　　(森下雨村) …………………… 174
　　(岡田鯱彦) ………………… 174〜175
　　(永瀬三吾) …………………… 175
　　(双葉十三郎) ………………… 175
　　(市川小太夫) ………………… 175
　　(香山滋) ……………………… 175
若さま侍捕物手帖《脚本》(城昌幸)
　　　　　　　　　　　　　　　178〜206
翡翠のナイフ《脚本》(コーネル・ウールリッチ〔原作〕, 石川年〔脚色〕) …… 207〜240

第6巻第12号　所蔵あり
1951年11月1日発行　240頁　120円
探偵作家の表情(横溝正史)《口絵》 …… 5〜7
問題映画紹介《口絵》 …………………… 8
宝石館(フォーカス・ポーカス同人〔構成〕)
　　　　　　　　　　　　　　　　　9〜16
悪魔が来りて笛を吹く〈1〉《小説》(横溝正史)
　　　　　　　　　　　　　　　　17〜31

探偵小説とわたし(柳田泉) ………… 32〜35
探偵小説月評(隠岐弘) ……………… 36〜37
入江の悲劇《小説》(岡村雄輔) …… 38〜66
トンネルの中の悪魔(渡辺啓助) …… 68〜69
二十万円懸賞短篇第一回予選通過作品
　　　　　　　　　　　　　　　　70〜72
放送探偵劇を語る《座談会》(久保田万次郎, 八田裕一, 石川年, 湯浅辰男, 加納米一, 城昌幸) ……………………………… 74〜82
白夜妄想記〈3〉(水谷準) ………… 84〜85
雨《小説》(松本恵子) ……………… 86〜96
ギョロサン《漫画》(吉崎耕一) …… 98〜99
犯人は誰だ?
　蜜蜂マヤ子の死《脚本》(武田武彦)
　　　　　　　　　　　　　　　100〜103
　四谷怪談事件《脚本》(渡辺啓助)
　　　　　　　　　　　　　　　103〜106
　謎のラジオ《脚本》(岡田鯱彦)
　　　　　　　　　　　　　　　106〜110
　サーカスの殺人《脚本》(氷川瓏)
　　　　　　　　　　　　　　　111〜114
眼《小説》(黒沼健) ……………… 115〜125
宝石試写室 ………………………… 126〜127
『インクエスト』について(橋本乾三)
　　　　　　　　　　　　　　　128〜130
花びらと黙否権《小説》(永瀬三吾)
　　　　　　　　　　　　　　　132〜146
翡翠の発見(樋口清之) …………… 148〜151
名探偵ルー女史の推理《小説》(谷口照子)
　　　　　　　　　　　　　　　152〜157
二十世紀英米文学と探偵小説〈3〉(鈴木幸夫)
　　　　　　　　　　　　　　　158〜163
光秀忌《小説》(蟹海太郎) ……… 164〜176
問題映画紹介 ……………………… 177
十月の日本映画(黒部竜二) …… 178〜179
骸骨屋(乾信一郎) ………………… 180〜183
絆《小説》(土屋隆夫) …………… 184〜197
探偵小説三十年〈9〉(江戸川乱歩)
　　　　　　　　　　　　　　　198〜203
翻訳余談〈7〉(黒沼健) ………… 204〜206
宝石クラブ
　大下宇陀児論(相馬陽一) …… 208〜209
　さらば愛しき女よ〈2〉《小説》(レイモンド・チャンドラー〔著〕, 清水俊二〔訳〕)
　　　　　　　　　　　　　　　212〜239
編輯後記(城) ……………………… 240

第6巻第13号　所蔵あり
1951年12月1日発行　240頁　120円
探偵作家の表情(木々高太郎)《口絵》
　　　　　　　　　　　　　　　　　5〜7

17 『宝石』

映画「八つ墓村」《口絵》・・・・・・・・・・ 8
X'MAS特集 聖なる夜(フォーカス・ポーカズ
　同人〔構成〕)・・・・・・・・・・・・・・・・・・・・ 9〜16
逆流《小説》(島田一男)・・・・・・・・・・・・ 17〜39
探偵小説月評(隠岐弘)・・・・・・・・・・・・ 40〜41
朔太郎の探偵詩(渡辺啓助)・・・・・・・・ 42〜44
わが女学生時代の犯罪〈16・完〉《小説》(木々
　高太郎)・・・・・・・・・・・・・・・・・・・・・・・・ 46〜74
二十万円懸賞短篇第二回予選通過作品 ・・・・・ 75
その後のシムノン(飯島正)・・・・・・・・ 76〜78
Merry Xmas
　意外の饗応(石黒敬七)・・・・・・・・・・ 80〜81
　クリスマスからの連想(松野一夫)
　　・・・・・・・・・・・・・・・・・・・・・・・・・・・・・ 81〜83
　オトナのサンタクロース(乾信一郎)
　　・・・・・・・・・・・・・・・・・・・・・・・・・・・・・ 83〜84
　食い合せ(玉川一郎)・・・・・・・・・・・・ 85〜86
悪魔が来りて笛を吹く〈2〉《小説》(横溝正史)
　　88〜103
「クイーンの定員」その他(江戸川乱歩)
　　・・・・・・・・・・・・・・・・・・・・・・・・・・・ 104〜109
十一月の日本映画(黒部竜二)・・・・・ 110〜111
幻想殺人事件《小説》(須田刀太郎)
　　・・・・・・・・・・・・・・・・・・・・・・・・・・・ 112〜122
奇妙な旅(山田風太郎)・・・・・・・・・・ 123〜127
ハッタリ屋NO・1(乾信一郎)・・・・・ 128〜131
翻訳余談〈8〉(黒沼健)・・・・・・・・・・ 132〜134
秘密兵器1号《小説》(岡讓二)・・・・・ 135〜150
二十世紀英米文学と探偵小説〈4〉(鈴木幸
　夫)・・・・・・・・・・・・・・・・・・・・・・・・・ 152〜157
犯人はだれだ?
　遊園地の事件《脚本》(千代有三)
　　・・・・・・・・・・・・・・・・・・・・・・・・・・・ 158〜161
　湯島天神捕物の事《脚本》(佐々木杜太郎)
　　・・・・・・・・・・・・・・・・・・・・・・・・・・・ 161〜163
　脅迫業者の死《脚本》(島久平)
　　・・・・・・・・・・・・・・・・・・・・・・・・・・・ 164〜166
　トンネル内の事件《脚本》(朝山蜻一)
　　・・・・・・・・・・・・・・・・・・・・・・・・・・・ 167〜170
　将棋をさす男《脚本》(九鬼澹)
　　・・・・・・・・・・・・・・・・・・・・・・・・・・・ 170〜172
死者は語るか《小説》(岡田鯱彦)・・・・ 174〜203
宝石クラブ
　魔術師の魅力(詩村映二)・・・・・・・ 204〜205
　モダン小咄(佐々木一郎)・・・・・・・・・・・・ 206
　好きずき帖(黒部竜二)・・・・・・・・・ 208〜209
　さらば愛しき女よ〈3〉《小説》(レイモンド・
　　チヤンドラー〔著〕, 清水俊二〔訳〕)
　　・・・・・・・・・・・・・・・・・・・・・・・・・・・ 210〜239
編輯後記(城)・・・・・・・・・・・・・・・・・・・・・・ 240

第7巻第1号　所蔵あり
1952年1月1日発行　336頁　150円
新春ア・ラ・カルト《口絵》・・・・・・・・・・・ 5〜8
1952年元旦 白書ン集(フォーカス・ポーカス同
　人〔構成〕)・・・・・・・・・・・・・・・・・・・・・・ 9〜16
夜光《小説》(木々高太郎)・・・・・・・・・ 18〜36
探偵小説月評(隠岐弘)・・・・・・・・・・・・ 38〜39
ホオムズ余談(長沼弘毅)・・・・・・・・・・ 40〜47
砂丘の家《小説》(香山滋)・・・・・・・・・ 48〜80
アンケート《アンケート》
　1 今年のお仕事の上では、どんなことをお
　　遣りになりたいとお考えですか 又
　　何かご計画がおありでしょうか?
　2 御生活又は御趣味の上で、今年にはお遣
　　りになつてみたいとお思いの事乃
　　至は御実行なさろうとすることが
　　ございますか?
　(香山滋)・・・・・・・・・・・・・・・・・・・・・・・・・ 81
　(永瀬三吾)・・・・・・・・・・・・・・・・・・・・・・・ 81
　(水谷準)・・・・・・・・・・・・・・・・・・・・・・・・・ 81
　(佐々木杜太郎)・・・・・・・・・・・・・・・・ 81〜82
　(乾信一郎)・・・・・・・・・・・・・・・・・・・・・・・ 82
　(松本恵子)・・・・・・・・・・・・・・・・・・・・・・・ 82
　(阿知波五郎)・・・・・・・・・・・・・・・・・・・・・ 82
　(黒沼健)・・・・・・・・・・・・・・・・・・・・・・・・・ 82
　(椿八郎)・・・・・・・・・・・・・・・・・・・・・・・・・ 82
　(楠田匡介)・・・・・・・・・・・・・・・・・・・・ 82〜83
　(本間田麻誉)・・・・・・・・・・・・・・・・・・・・・ 83
　(大下宇陀児)・・・・・・・・・・・・・・・・・・・・・ 83
　(新田司馬英)・・・・・・・・・・・・・・・・・・・・・ 83
　(千代有三)・・・・・・・・・・・・・・・・・・・・ 83〜84
　(山田風太郎)・・・・・・・・・・・・・・・・・・・・・ 84
　(朝山蜻一)・・・・・・・・・・・・・・・・・・・・・・・ 84
　(武田武彦)・・・・・・・・・・・・・・・・・・・・・・・ 84
　(保篠竜緒)・・・・・・・・・・・・・・・・・・・・・・・ 84
　(日影丈吉)・・・・・・・・・・・・・・・・・・・・・・・ 84
　(島久平)・・・・・・・・・・・・・・・・・・・・・・ 84〜85
　(川島美代子)・・・・・・・・・・・・・・・・・・・・・ 85
　(大坪沙男)・・・・・・・・・・・・・・・・・・・・・・・ 85
　(香住春吾)・・・・・・・・・・・・・・・・・・・・・・・ 85
　(守友恒)・・・・・・・・・・・・・・・・・・・・・・・・・ 85
　(宮野叢子)・・・・・・・・・・・・・・・・・・・・・・・ 85
　(中川透)・・・・・・・・・・・・・・・・・・・・・・ 85〜86
　(渡辺啓助)・・・・・・・・・・・・・・・・・・・・・・・ 86
　(九鬼澹)・・・・・・・・・・・・・・・・・・・・・・・・・ 86
　(土屋隆夫)・・・・・・・・・・・・・・・・・・・・・・・ 86
　(司馬貞子)・・・・・・・・・・・・・・・・・・・・・・・ 86
　(長谷川修二)・・・・・・・・・・・・・・・・・・ 86〜87
　(蟹海太郎)・・・・・・・・・・・・・・・・・・・・・・・ 87
　(西田政治)・・・・・・・・・・・・・・・・・・・・・・・ 87
　(妹尾アキ夫)・・・・・・・・・・・・・・・・・・・・・ 87

145

17 『宝石』

　　（藤雪夫）･･････････････ 87
　　（大倉燁子）････････････ 87
　　（岡田鯱彦）････････････ 87～88
　　（丘美丈二郎）･･････････ 88
　　（矢野類）･･････････････ 88
　　（木々高太郎）･･････････ 88
　　（岩田賛）･･････････････ 88
　　（谿溪太郎）････････････ 88
　　（木村竜彦）････････････ 88～89
　　（三橋一夫）････････････ 89
　　（高木彬光）････････････ 89
　　（氷川瓏）･･････････････ 89
　　（鷲尾三郎）････････････ 89
　　（植草甚一）････････････ 89
　　（宮原竜雄）････････････ 89
　　（須田刀太郎）･･････････ 89～90
　　（夢座海二）････････････ 90
　　（岡村雄輔）････････････ 90
　　（飛鳥高）･･････････････ 91
　　（埴輪史郎）････････････ 91
　　（江戸川乱歩）･･････････ 91
　　（延原謙）･･････････････ 91
　　（島田一男）････････････ 91
　　（白石潔）･･････････････ 91
　　（野村胡堂）････････････ 91
ブン屋銘々伝（島田一男）･･････ 92～96
聖ジョン学院の悪魔《小説》（渡辺啓助）
　･･････････････････････ 98～122
犯人はだれだ？
　パパの靴《脚本》（締野譲治）･･ 124～127
　安藤家の首飾り《脚本》（黒沼健）
　･･････････････････････ 127～130
　夕飯前の事件《脚本》（永瀬三吾）
　･･････････････････････ 130～132
　ハイキングの事件《脚本》（黒井蘭）
　･･････････････････････ 132～135
ギョロサン《漫画》（吉崎耕一）････ 136～137
賓客皆秀才《小説》（大坪沙男）････ 138～139
風《小説》（守友恒）･････････ 144～164
座談会飛躍する宝石《座談会》（水谷準, 木村登,
　小山内徹, 大慈宗一郎, 岩谷満, 城昌幸)
　･･････････････････････ 165～171
シャンダラル事件（高木彬光）･･ 172～187
紫煙の影 ･････････････････ 187
何も知つちやいない話（乾信一郎）
　･･････････････････････ 188～191
まつりの花束《小説》（大倉燁子）･･ 192～204
宝石映写室 ･･･････････････ 205
短篇二ツ《小説》（城昌幸）････････ 208～210
悪魔が来りて笛を吹く〈3〉《小説》（横溝正史）
　･･････････････････････ 211～225

二十世紀英米文学と探偵小説〈5〉（鈴木幸夫）
　･･････････････････････ 226～231
翻訳余談余滴〈1〉（黒沼健）･･ 232～233
神の餌食《小説》（永瀬三吾）････ 234～247
償い《小説》（井上公）･･････････ 248～249
紫煙の影 ･････････････････ 249
相剋の図絵《小説》（宮野叢子）････ 250～265
紫煙の影 ･････････････････ 265
十二月の日本映画（黒部竜二）･･ 266～267
黄薔薇殺人事件《小説》（岡村雄輔）
　･･････････････････････ 268～294
宝石映写室 ･･･････････････ 295
探偵小説三十年〈10〉（江戸川乱歩）
　･･････････････････････ 296～301
宝石クラブ
　論文派の誕生（丘美丈二郎）････ 302～304
さらば愛しき女よ〈4〉《小説》（レイモンド・
　チャンドラー〔著〕, 清水俊二〔訳〕)
　･･････････････････････ 306～335
編輯後記（城）････････････････ 336

第7巻第2号　所蔵あり
1952年2月1日発行　208頁　100円

私は誰でしょう？《口絵》 ････････ 5～7
［映画紹介］《口絵》 ･･････････････ 8
長篇探偵迷作小説選（フォーカス・ポーカーズ
　同人〔構成〕) ･････････････ 9～16
さらば愛しき女よ〈5〉《小説》（レイモンド・
　チャンドラー〔著〕, 清水俊二〔訳〕)
　･･････････････････････ 17～48
アマとプロ（水谷準）･･････････ 50～51
探偵小説月評（隠岐弘）････････ 52～53
記憶なき殺人《小説》（九鬼澹）････ 54～76
消えた聖女（乾信一郎）････････ 77～79
壬生の長者物語《小説》（山村正夫）･･ 80～90
翻訳余談余滴〈2〉（黒沼健）･･ 91～93
甲賀さんのうしろ姿（岡村雄輔）･･ 94～95
つぶし《小説》（岡譲二）････････ 96～111
アヴェ・マリヤ《小説》（椿八郎）･･ 112～122
宝石映写室（関口銀太郎）････ 123
超音速の世界（鳳泰信）･･････ 124～128
加多英二の死《小説》（飛鳥高）･･ 128～142
風にそよぐもの《小説》（大河内常歩）
　･･････････････････････ 143～153
二十世紀英米文学と探偵小説〈6〉（鈴木幸夫）
　･･････････････････････ 154～157
警部夫人《小説》（新田司馬英）･･ 158～167
春の洋風散策（津田幸夫）････ 168～169
今月の日本映画（黒部竜二）･･ 170～171
犯人は誰だ？
　歩く死体《脚本》（山村正夫）････ 172～174

146

17『宝石』

ユリ子さんの結婚《脚本》(大倉燁子)
.... 175〜177
殺された花嫁《脚本》(角田実)
.... 177〜181
三つの扉《脚本》(天城一) ...... 181〜183
探偵小説三十年〈11〉(江戸川乱歩)
.... 184〜189
宝石クラブ
　疑惑《小説》(樋口晋輔) .... 190〜192
　モダン小咄(有藻亜煙) 193
悪魔が来りて笛を吹く〈4〉《小説》(横溝正史) .... 194〜207
編集後記(城, 津川) 208

第7巻第3号　所蔵あり
1952年3月1日発行　204頁　100円
新映画《口絵》 .... 6〜8
クィズィカルコント《口絵》(ホーカス・ポーカーズ同人〔構成〕) .... 9〜12
20万円懸賞短篇コンクール詮衡座談会《座談会》(江戸川乱歩, 水谷準, 城昌幸)
.... 14〜23
20万円懸賞短篇コンクール当選者発表 21
さらば愛しき女よ〈6・完〉《小説》(レイモンド・チャンドラア〔著〕, 清水俊二〔訳〕)
.... 24〜41
探偵小説月評(隠岐弘) .... 42〜43
サファイア奇聞《小説》(飯島正) ...... 44〜65
怪奇製造の限界(大坪沙男) .... 66〜67
ギョロサン《漫画》(吉崎耕一) ...... 68〜69
妖女の足音《小説》(楠田匡介) ...... 70〜79
男の曲(島久平) .... 80〜90
ワトスンの負傷(長沼弘毅) .... 86〜87
叩き起された偉人(乾信一郎) ...... 91〜93
呪いの壺《小説》(天城一) .... 94〜103
靴のサイズ(妹尾アキ夫) .... 96〜97
三つボタンの上衣《小説》(夢座海二)
.... 104〜114
浪曲風流滑稽譚(松浦泉三郎) .... 115〜119
尾行《小説》(香住春吾) .... 120〜127
ムダニズム《漫画》(新漫画会) ...... 128〜131
科学者の慣性《小説》(阿知波五郎)
.... 132〜142
翻訳余談余滴〈3〉(黒沼健) ...... 143〜145
満月と二十日鼠《小説》(朝島雨之助)
.... 146〜152
映画『天上桟敷の人々』を語る座談会《座談会》(内村直也, 長沼弘毅, 木々高太郎, 香山滋, 永瀬三吾, 筈見恒夫) ...... 153〜155
探偵小説三十年〈12〉(江戸川乱歩)
.... 156〜161

犯人は誰だ?
　小町娘失踪《脚本》(諏訪三郎)
.... 162〜165
　火星美人消失《脚本》(香山滋)
.... 166〜169
　大篝騒動《脚本》(黒沼健) ...... 169〜171
　宝くじ紛失事件《脚本》(大下宇陀児)
.... 172〜175
宝石試写室 .... 176〜177
宝石クラブ
　探偵小説と詰将棋(高原寛) ...... 178〜180
　杉《小説》(清水山彦) .... 180〜181
二十世紀英米文学と探偵小説〈7〉(鈴木幸夫) .... 182〜186
悪魔が来りて笛を吹く〈5〉《小説》(横溝正史) .... 187〜203
編集後記(城, 津川) 204

第7巻第4号　所蔵あり
1952年4月1日発行　332頁　145円
20万円懸賞短篇コンクール受賞者《口絵》
.... 6〜8
〔略歴〕(狩久) 6
〔略歴〕(由良啓一) 6
〔略歴〕(山沢晴雄) 6
〔略歴〕(池田紫星) 7
〔略歴〕(黒津富二) 7
〔略歴〕(愛川純太郎) 7
〔略歴〕(宮原竜雄) 8
〔略歴〕(緒方心太郎) 8
現代逆行史(フォーカス・ポーカーズ同人〔構成〕) .... 9〜12
ネメアの獅子《小説》(アガサ・クリスティ〔著〕, 妹尾アキ夫〔訳〕) ...... 14〜38
探偵小説月評(隠岐弘) .... 40〜41
北京淑女(レディ)(渡辺啓助) ...... 42〜45
魔女マレーザ《小説》(水谷準) ...... 46〜58
カルタの城《小説》(由良啓一) ...... 60〜67
ひまつぶし《小説》(狩久) .... 68〜78
知盛《小説》(宮原竜雄) .... 80〜87
からす貝の秘密《小説》(池田紫星) .... 88〜97
神技《小説》(山沢晴雄) .... 98〜106
スタジオ《小説》(愛川純太郎) ...... 108〜115
心の襞《小説》(緒方心太郎) ...... 116〜122
山猿殺人事件《小説》(黒津富二) ... 124〜136
宝石映写室(弥) 137
「宝石」専科優等生へ(木村登) ...... 138〜139
探偵作家探偵小説を裁る《座談会》(水谷準, 香山滋, 大坪沙男, 山田風太郎, 島田一男)
.... 140〜148
猟銃《小説》(城昌幸) .... 150〜153

147

17『宝石』

殺人乱数表《小説》(永瀬三吾) ······ 154〜165
アタイは犯人を知ってるヨ《小説》(鸚鵡十九)
　················· 166〜175
ギョロサン《漫画》(吉崎耕一) ····· 176〜177
小酒井不木博士のこと(江戸川乱歩)
　················· 178〜180
闘争《小説》(小酒井不木) ········· 181〜196
宝石映写室(弥) ················ 197
ジンギスカンの馬(乾信一郎) ····· 198〜201
北京原人《小説》(香山滋) ········· 202〜240
翻訳余談余滴〈4〉(黒沼健) ······ 241〜243
殺人現場を追って〈1〉(長谷川公之)
　················· 244〜247
ムダニズム《漫画》(新漫画会) ····· 248〜251
犯人は誰だ?
　太鼓の音《脚本》(永瀬三吾) ······ 252〜255
　マネキン人形事件《脚本》(飛鳥高)
　················· 255〜258
　急行列車の殺人《脚本》(鷲尾三郎)
　················· 259〜261
　霧の中の銃声《脚本》(黒井蘭)
　················· 262〜265
宝石試写室 ················· 266〜267
二十世紀英米文学と探偵小説〈8〉(鈴木幸夫)
　················· 268〜273
殺人乱数表 解決篇《小説》(永瀬三吾)
　················· 274〜277
十三分間《小説》(鬼怒川浩) ····· 278〜285
勲章《小説》(坪田宏) ············ 286〜307
フランス探偵小説界の現状(江戸川乱歩)
　················· 308〜313
宝石クラブ
　探偵小説文学論(新田司馬英)
　················· 314〜316
　モダン小咄(田口三貴) ········· 317
　悪魔が来りて笛を吹く〈6〉《小説》(横溝正史)
　················· 318〜331
編集後記(城) ················ 332

第7巻第5号　所蔵あり
1952年5月1日発行　224頁　100円

宝石特選色刷漫画特集《漫画》 ······ 5〜11
3Y時代(フォーカース・ポーカーズ同人〔構成〕)
　················· 13〜16
九頭の蛇《小説》(アガサ・クリスティ〔著〕,妹尾アキ夫〔訳〕) ······ 18〜37
探偵小説月評(隠岐弘) ··········· 38〜39
Xスパイダー《小説》(香山滋) ······ 40〜50
変男化女《小説》(水谷準) ········· 52〜62
お人好しの悪漢《小説》(乾信一郎) ·· 64〜71
犯罪時評(大下宇陀児) ··········· 72〜73

黒衣マリ《小説》(渡辺啓助) ······· 74〜86
翻訳余談余滴〈5〉(黒沼健) ······ 88〜91
チャンバラ論争(黒部竜二) ······· 88〜91
大扇風器の蔭で《小説》(日影丈吉)
　················· 92〜100
犯人は誰だ?
　吹雪の夜《脚本》(渡辺啓助) ····· 101〜104
　積荷《脚本》(朝山蜻一) ········· 104〜107
南赤道海流《小説》(埴輪史郎) ····· 108〜117
一九五二年度探偵作家クラブ賞銓衡事情
　銓衡所感(江戸川乱歩) ········· 119〜120
　クラブ賞感想(大下宇陀児) ····· 120
　水谷と大下を(木々高太郎) ····· 120〜121
　無期徒刑囚の言葉(水谷準) ····· 121
　「ある決闘」を推す(香山滋)
　················· 121〜122
　感想(高木彬光) ··············· 122
　『三十年』に敬礼(山田風太郎)
　················· 122〜123
　意義ある授賞(大坪沙男) ······· 123
ある決闘《小説》(水谷準) ········· 124〜136
魔女を許すな《小説》(朝山蜻一) ··· 138〜155
切見世の女《小説》(戸川貞雄) ····· 156〜166
探偵作家熱海に遊ぶ(岡田鯱彦) ···· 167
ギョロサン《漫画》(吉崎耕一) ····· 168〜169
殺されるのは嫌だ!《小説》(三橋一夫)
　················· 170〜180
パリからの第三信(江戸川乱歩) ···· 182〜187
宝石クラブ
　探偵小説の鑑賞方法に就いて(丘美丈二郎)
　················· 188〜191
ムダニズム《漫画》(新漫画会) ····· 192〜193
死火山《小説》(島田一男) ········· 194〜223
編集後記(城) ················ 224

第7巻第6号　所蔵あり
1952年6月1日発行　240頁　100円

宝石特選色刷漫画特集《漫画》 ······ 5〜15
平和賞(フォーカース・ポーカーズ) ·· 13〜16
毒唇《小説》(島田一男) ··········· 18〜43
探偵小説月評(隠岐弘) ··········· 44〜45
花妖《小説》(香山滋) ············ 46〜55
題「屋上風景」《小説》(乾信一郎) ··· 56〜62
ぼら・かんのん《小説》(水谷準) ··· 64〜77
犯罪時評(大下宇陀児) ··········· 78〜79
アルカディアの鹿《小説》(アガサ・クリスティ〔著〕,妹尾アキ夫〔訳〕) ··· 80〜95
ぢれった結び《小説》(北条誠) ····· 96〜107
ギョロサン《漫画》(吉崎耕一) ····· 108〜110
動物商売往来(山町帆三) ········· 110〜112
翻訳余談余滴〈6〉(黒沼健) ······ 113〜117

17『宝石』

奇怪なる場面の数々（黒部竜二）····· 113〜117
贋シメオン《小説》（渡辺啓助）······ 118〜135
お花見茶番《小説》（戸川貞雄）······ 136〜148
犯人はだれだ？
　満月と猫《脚本》（武田武彦）······ 149〜152
　バスを待つ間《脚本》（楠田匡介）
　······························· 152〜155
　いじめられた女《小説》（土屋隆夫）
　······························· 156〜163
　勇敢なる彼女《小説》（鹿島孝二）··· 164〜174
新映画紹介 ························· 175
恐怖の石塊《小説》（丘美丈二郎）···· 176〜183
自己批判座談会《座談会》（水谷準，永瀬三吾，岡
　田鯱彦，椿八郎，宮野叢子）······· 184〜191
椿姫《小説》（島久平）············· 192〜199
おもがわり《小説》（田岡典夫）······ 200〜213
探偵小説三十年〈13〉（江戸川乱歩）
　······························· 214〜219
宝石クラブ
　探偵小説は懐古の文学か（宗野弾正）
　······························· 220〜221
　脅迫状？！《小説》（樋口晋輔）····· 222〜223
悪魔が来りて笛を吹く〈7〉《小説》（横溝正
　史）···························· 224〜239
編集後記（城，津川）················· 240

第7巻第7号　所蔵あり
1952年7月1日発行　368頁　130円
特選漫画《漫画》··················· 5〜12
胎児の夢（伊達瓶九〔構成〕）········ 13〜16
鞍歌〈1〉（高木彬光）·············· 18〜39
探偵小説月評（隠岐弘）············· 40〜47
蠟燭売り《小説》（香山滋）·········· 42〜62
吸血亀《小説》（戸川貞雄）·········· 64〜76
新映画紹介 ························· 77
半七捕物帖を捕る（山田風太郎）····· 78〜83
色情《小説》（渡辺啓助）············ 84〜97
犯罪時評（大下宇陀児）············· 98〜99
エリマンシアの猪《小説》（アガサ・クリスティ
　〔著〕，妹尾アキ夫〔訳〕）······· 100〜117
高柳又四郎《小説》（笹本寅）······· 118〜132
翻訳余談余滴〈7〉（黒沼健）········ 133〜137
現代劇の材料さま〳〵〈1〉（黒部竜二）
　······························· 133〜137
ハチの家の主《小説》（乾信一郎）··· 138〜146
ムダニズム《漫画》（吉崎耕一）····· 147
夢野久作の人と作品（大下宇陀児）
　······························· 148〜149
鉄鎚《小説》（夢野久作）··········· 150〜175
負け犬《小説》（柴田錬三郎）······· 176〜187
犯人は誰だ？

ダイヤの指輪《脚本》（千代有三）
　······························· 188〜190
十円の行方《脚本》（九鬼澹）······· 191〜193
女人狙上《小説》（ジョゼフ・ペトリゥス・ボレ
　ル〔著〕，大久保洋〔訳〕）······· 194〜204
ジョゼフ・ペトリゥス・ボレルについて
　······························· 195
あり得ない話がある話（山町帆三）
　······························· 205〜209
魔弓《小説》（島田一男）··········· 210〜245
李将軍《小説》（日影丈吉）········· 246〜255
ぬすまれたレール《小説》（錫蔚二）
　······························· 256〜264
新映画紹介 ························· 265
悪魔が来りて笛を吹く〈8〉《小説》（横溝正
　史）···························· 266〜279
「鬼」新会員募集（鬼クラブ）······· 279
ムダニズム《漫画》（榎不）········· 281
探偵小説三十年〈14〉（江戸川乱歩）
　······························· 282〜287
宝石クラブ
　探偵小説礼讃（高原寛）··········· 288〜290
　"怖るべき女"妙（有藻亜郎）······· 291
黒水仙《小説》（藤雪夫）··········· 292〜367
編集後記（城）····················· 368

第7巻第8号　所蔵あり
1952年8月1日発行　272頁　100円
特選漫画《漫画》··················· 5〜12
推理の夕（朝島雨之助〔構成〕）······ 13〜16
シャト・エル・アラブ《小説》（香山滋）
　······························· 18〜29
探偵小説月評（隠岐弘）············· 30〜31
水着ひらめく《小説》（渡辺啓助）···· 32〜45
オージャスの牛小屋《小説》（アガサ・クリステ
　イ〔著〕，妹尾アキ夫〔訳〕）····· 46〜60
幻の射手《小説》（水谷準）········· 62〜75
犯罪時評（大下宇陀児）············· 76〜77
鞍歌〈2〉（高木彬光）·············· 78〜99
恐妻家に捧ぐ（山町帆三）·········· 100〜103
宝石殺人事件《小説》（千代有三）··· 104〜115
新映画紹介 ······················· 116〜117
接穂《小説》（大江賢次）·········· 118〜133
キケン女子《小説》（乾信一郎）···· 134〜142
翻訳余談余滴〈8〉（黒沼健）······· 143〜147
現代劇の材料さまざま〈2〉（黒部竜二）
　······························· 143〜147
土鼠と窮鼠《小説》（戸川貞雄）···· 148〜161
ギョロサン《漫画》（吉崎耕一）···· 162〜163
リラの香のする手紙《小説》（妹尾アキ夫）
　······························· 164〜182

149

17 『宝石』

新映画紹介 ………………………… 183
幽鬼警部《小説》(鬼怒川浩)……… 184～214
新映画紹介 ………………………… 215
犯人は誰だ？
　座談会殺人事件《脚本》(本間田麻誉)
　　…………………………… 216～219
　オルゴール時計《脚本》(鷲尾三郎)
　　…………………………… 219～221
悪魔が来りて笛を吹く〈9〉《小説》(横溝正史)
　…………………………………… 222～237
探偵小説三十年〈15〉(江戸川乱歩)
　…………………………………… 238～243
宝石クラブ
　「野球殺人事件」について(中島浅太郎) ………………………… 244～245
　「亜流探偵小説」について(黒津富二)
　　…………………………………… 246
　続"怖るべき女"妙 ………………… 247
刑吏《小説》(島田一男) ……… 248～271
編集後記(城，永瀬三吾) ……………… 272

第7巻第9号　所蔵あり
1952年10月1日発行　336頁　117円
特選漫画《漫画》…………………… 5～12
四つのコエの物語(伊達瓶九〔構成〕)
　…………………………………… 13～16
幻想曲《小説》(木々高太郎)……… 18～45
探偵小説月評(隠岐弘) …………… 46～47
手錠と女《小説》(香山滋) ……… 48～61
輓歌〈3〉《小説》(高木彬光) ……… 62～81
「新鋭二十二人集」選後感
　短篇純探偵小説の不利について(江戸川乱歩) …………………………… 84～85
　感想(水谷準) ………………………… 85
　総括寸評(長沼弘毅) …………… 85～86
　本格に責任を(白石潔) ………… 86～87
　探偵文壇への新風(隠岐弘) …… 87～88
コンクール選評座談会《座談会》(江戸川乱歩，水谷準，長沼弘毅，白石潔，隠岐弘，城昌幸，永瀬三吾) …………… 89～101
ねんねんころり風《小説》(戸川貞雄)
　…………………………………… 102～114
日曜日の朝《小説》(大坪沙男) … 116～117
邂逅《小説》(新田潤) …………… 118～136
探偵作家クラブ機構改革 …………… 136
翻訳余談余滴〈9〉(黒沼健) …… 137～141
ワイセツなる芸術(黒部竜二) … 137～141
谷底の眼《小説》(渡辺啓助) …… 142～153
犯罪時評(大下宇陀児) …………… 154～155
不吉な鳥《小説》(アガサ・クリステイ〔著〕，妹尾アキ夫〔訳〕) ……………… 156～174

新映画紹介〈S〉……………………… 175
宝石殺人事件〈2〉《小説》(千代有三)
　…………………………………… 176～188
探偵作家の見た「第三の男」《座談会》(木々高太郎，水谷準，香山滋，椿八郎，清水晶)
　…………………………………… 189～193
サムの女嫌い《小説》(J・マッカレー〔著〕, 坂本義雄〔訳〕) ………………… 194～205
実験魔術師《小説》(W・L・アルデン)
　…………………………………… 206～215
ペギーちやん《小説》(P・G・ウッドハウス〔著〕, 乾信一郎〔訳〕) …………… 206～231
小さな大秘密《小説》(乾信一郎) … 232～240
犯人は誰だ？
　きもだめし会《脚本》(朝島雨之助)
　　…………………………… 241～244
　バラ盗み競争《脚本》(宮野叢子)
　　…………………………… 244～247
「完全犯罪」危機打者物語(水谷準)
　…………………………………… 248～249
完全犯罪《小説》(小栗虫太郎) … 250～285
悪魔が来りて笛を吹く〈10〉《小説》(横溝正史) ……………………………… 286～302
内外近事一束(江戸川乱歩) …… 304～309
宝石クラブ
　探偵小説の方向(新田司馬英)
　　…………………………… 310～313
　新人論(中村正堯) …………… 312～313
腐屍《小説》(島田一男) ……… 314～335
編集後記(城，永瀬) ………………… 336

第7巻第10号　増刊　所蔵あり
1952年10月30日発行　316頁　117円
特選新人漫画集《漫画》…………… 9～12
人でなしの恋《小説》(江戸川乱歩) … 14～30
名探偵姓名判断 半七(洞勢院竹筮) … 31
寄木細工の家《小説》(横溝正史) … 32～44
名探偵姓名判断 金田一耕助 大心地博士(洞勢院竹筮) ………………………… 43
ご愛用品紛失事件《小説》(椿八郎) … 45
痣《小説》(大下宇陀児) ………… 46～59
おさしみお市《小説》(戸川貞雄) … 60～71
ストリップ殺人事件《小説》(水谷準)
　…………………………………… 72～85
名探偵姓名判断 明智小五郎 右門(洞勢院竹筮) ………………………………… 85
探偵小説に現われたエロティシズム(中島河太郎) ………………………… 86～89
印度林檎《小説》(角田喜久雄) … 90～103
写真魔《小説》(渡辺啓助) …… 104～117
月世界の女《小説》(高木彬光) … 118～136

150

17『宝石』

文学のエロティシズム〈千代有三〉
　‥‥‥‥‥‥‥‥‥‥‥‥‥‥　137～139
喪服夫人《小説》（香山滋）‥‥‥‥　140～151
女死刑囚《小説》（山田風太郎）‥‥‥　152～175
投げかんざし《小説》（永瀬三吾）‥‥　176～189
狂人の掟《小説》（島田一男）‥‥‥‥　190～200
名探偵姓名判断 銭形平次（洞勢院竹筮）
　‥‥‥‥‥‥‥‥‥‥‥‥‥‥‥‥　200
現場抹殺人事件《小説》（椿八郎）‥‥‥　201
福助女房《小説》（耶止説夫）‥‥‥　202～213
名探偵姓名判断 人形左七 若様侍（洞勢院竹
　筮）‥‥‥‥‥‥‥‥‥‥‥‥‥‥　213
猫と庄造と二人の女《小説》（楠田匡介）
　‥‥‥‥‥‥‥‥‥‥‥‥‥‥　214～231
ハイ，合格‥‥‥‥‥‥‥‥‥‥‥　231
新映画紹介〈好〉‥‥‥‥‥‥‥　232～233
南京玉《小説》（椿八郎）‥‥‥‥　234～245
寸計別田《小説》（大坪砂男）‥‥‥　246～255
SUPERETTA
電気死者を甦らす‥‥‥‥‥‥‥‥　253
大脳手術《小説》（海野十三）‥‥‥　256～271
新薬奇効事件《小説》（椿八郎）‥‥‥　272
少女暴行事件《小説》（椿八郎）‥‥‥　273
老衰《小説》（城昌幸）‥‥‥‥‥　274～277
小唄大評定《小説》（野村胡堂）‥‥　278～293
オハイオの白人奴隷／誘拐者の仁義‥‥　293
印度大麻《小説》（木々高太郎）‥‥　294～316

第7巻第11号　所蔵あり
1952年11月1日発行　206頁　98円
新人漫画コンクール《漫画》‥‥‥‥　7～10
宝石バーレスク（伊達瓶九〔構成〕）‥‥　11～14
邪霊〈1〉《小説》（島田一男）‥‥‥　16～34
探偵小説月評（小原俊一）‥‥‥‥‥　35
氷倉《小説》（渡辺啓助）‥‥‥‥‥　36～51
毒婦伝《小説》（戸川貞雄）‥‥‥‥　52～64
お詫び（編集部）‥‥‥‥‥‥‥‥　63
策略の神話《小説》（乾信一郎）‥‥‥　66～74
《すとりっぷと・まい・しん》について（狩
　久）‥‥‥‥‥‥‥‥‥‥‥‥‥　73
探偵小説辞典〈1〉（中島河太郎）‥‥　75～78
愛慾島《小説》（朝山鯖一）‥‥‥‥　79～105
電気死刑《小説》（コナン・ドイル〔著〕，谷口王
　華〔訳〕）‥‥‥‥‥‥‥‥‥　106～111
十万ポンド《小説》（L・J・ビーストン〔著〕，妹
　尾аキ夫〔訳〕）‥‥‥‥‥‥　112～123
クリートの牡牛《小説》（アガサ・クリスティ
　〔著〕，妹尾アキ夫〔訳〕）‥‥‥　125～145
刀匠《小説》（大河内常平）‥‥‥　146～165
キキモラ《小説》（香山滋）‥‥‥　166～187
探偵小説三十年〈16〉（江戸川乱歩）
　‥‥‥‥‥‥‥‥‥‥‥‥‥　188～193

悪魔が来りて笛を吹く〈11〉《小説》（横溝正
　史）‥‥‥‥‥‥‥‥‥‥‥　195～205
［社長辞任挨拶］（岩谷満）‥‥‥‥‥　206
［社長就任挨拶］（城昌幸）‥‥‥‥‥　206
編集後記（永瀬）‥‥‥‥‥‥‥‥　206

第7巻第12号　所蔵あり
1952年12月1日発行　268頁　110円
新人漫画集《漫画》‥‥‥‥‥‥‥　5～8
黄色コント集（朝見雨之助〔構成〕）‥‥　9～12
邪霊〈2・完〉《小説》（島田一男）‥‥　14～28
推理小説の原理（大坪砂男）‥‥‥　29～31
菊合せ《小説》（水谷準）‥‥‥‥　32～43
夢遊病者《小説》（渡辺啓助）‥‥‥　44～56
最後の晩餐〈1〉《小説》（永瀬三吾）
　‥‥‥‥‥‥‥‥‥‥‥‥‥‥　58～70
小説の読み方（哲）‥‥‥‥‥‥‥　69
蛙の顔にも（哲）‥‥‥‥‥‥‥‥　69
犯人当て解答を選んで（千代有三）‥‥　71
ギョロサン《漫画》（吉崎耕一）‥‥‥　72～73
聖夜夢《小説》（夢座海二）‥‥‥‥　74～83
鐘は鳴らず《小説》（坪田宏）‥‥‥　84～93
緊褌殺人事件《小説》（埴輪史郎）‥‥　94～103
我が小鬼物語《小説》（隠岐弘）‥‥　104～105
女と猫《小説》（香山滋）‥‥‥‥　106～117
宝石殺人事件〈3・完〉《小説》（千代有三）
　‥‥‥‥‥‥‥‥‥‥‥‥‥　118～124
探偵小説辞典〈2〉（中島河太郎）‥‥　125～128
怪盗ココニアリ《小説》（乾信一郎）
　‥‥‥‥‥‥‥‥‥‥‥‥‥　129～137
妖婦《小説》（今井達夫）‥‥‥‥　138～157
ワシの話（山町帆三）‥‥‥‥‥　158～161
スキー土産《小説》（南達夫）‥‥　162～171
空間の断口《小説》（丘美丈二郎）‥‥　172～179
サンタクローズの饗宴《小説》（錫薊二）
　‥‥‥‥‥‥‥‥‥‥‥‥‥　180～188
今年の探偵映画（黒部竜二）‥‥‥　190～191
吸血鬼《小説》（アガサ・クリスティ〔著〕，妹
　尾アキ夫〔訳〕）‥‥‥‥‥‥　192～208
20万円懸賞短篇第1回予選通過作品
　‥‥‥‥‥‥‥‥‥‥‥‥‥　209～211
探偵小説三十年〈17〉（江戸川乱歩）
　‥‥‥‥‥‥‥‥‥‥‥‥‥　212～216
アメリカ探偵作家クラブからメッセージ（江
　戸川乱歩）‥‥‥‥‥‥‥‥‥　216～217
お詫び〔編集部〕‥‥‥‥‥‥‥‥　217
宝石クラブ
　或る新人の弁（丘美丈二郎）‥‥　218～220
　探偵小説寸感（犀虎児）‥‥‥‥‥　219
黒い花《小説》（狩久）‥‥‥‥　222～242
小林一茶《漫画》（吉崎耕一）‥‥‥　243

151

17『宝石』

私は今日消えてゆく《小説》（土屋隆夫）
　　　　　　　　　　　　　　　　244～267
編集後記（城, 永瀬）・・・・・・・・・・・・・　268

第8巻第1号　所蔵あり
1953年1月1日発行　272頁　110円

新人漫画《漫画》・・・・・・・・・・・・・・・　5～8
宝石バーレスク（伊達瓶九〔構成〕）・・・・・　9～12
悪の相《小説》（香山滋）・・・・・・・・・・　14～36
瓶の中の胎児《小説》（渡辺啓助）・・・・・　38～51
屠蘇機嫌春永ばなし
　私の蒐集癖（江戸川乱歩）・・・・・・・・　52～53
　勝負事訓話（大下宇陀児）・・・・・・・・　53～55
　漢詩阿寒湖（木々高太郎）・・・・・・・・　55～57
　われ神を見たり（水谷準）・・・・・・・・　57～59
　悪魔の唇（渡辺啓助）・・・・・・・・・・　59～61
訳者よりお詫び（桂英二）・・・・・・・・・　　61
愛の殺人《小説》（岡田鯱彦）・・・・・・・　62～98
正月の幽霊ばなし（金子光晴）・・・・・　99～103
最後の晩餐〈2〉《小説》（永瀬三吾）
　　　　　　　　　　　　　　　　104～115
世話のやけるお巡りさん・・・・・・・・・　115
熊《小説》（戸川貞雄）・・・・・・・・・　116～126
翻訳余談余滴〈10〉（黒沼健）・・・・・　127～129
危い曲り角《小説》（緒方心太郎）・・・　130～152
探偵小説辞典〈3〉（中島河太郎）・・・　153～156
漫画色ページ《漫画》・・・・・・・・・　157～160
自分を追想する（大下宇陀児）・・・・・　161～163
祖母《小説》（大下宇陀児）・・・・・・　164～177
日本探偵小説界創世期を語る《座談会》（森下
　雨村, 江戸川乱歩, 水谷準, 松野一夫, 保篠竜
　緒, 城昌幸, 永瀬三吾）・・・・・・・　178～187
ギョロサン《漫画》（吉崎耕一）・・・・　188～189
まがまがしい心《小説》（水谷準）・・・　190～197
ヒポリータの帯《小説》（アガサ・クリスティ
　〔著〕, 妹尾アキ夫〔訳〕）・・・・・　198～211
我が密室物語（隠岐弘）・・・・・・・・　212～213
遊園地の胸像について《小説》（乾信一郎）
　　　　　　　　　　　　　　　　214～223
5-1=4《小説》（島久平）・・・・・・・　224～248
探偵小説三十年〈18〉（江戸川乱歩）
　　　　　　　　　　　　　　　　250～254
英仏からメッセージ（江戸川乱歩）
　　　　　　　　　　　　　　　　254～255
宝石クラブ
　探偵小説のあり方（渕毅）・・・・・・　　256
　クリスティーの二つのもの〈1〉（梶竜
　　雄）・・・・・・・・・・・・・・　257～259
悪魔が来りて笛を吹く〈12〉《小説》（横溝正
　史）・・・・・・・・・・・・・・・　260～271

無罪放免/へまな泥棒/保険会社泣かせ
　　　　　　　　　　　　　　　　　　271
編集後記（城）・・・・・・・・・・・・・　272

第8巻第2号　所蔵あり
1953年3月1日発行　272頁　110円

探偵作家商売見立て《口絵》（松野一夫）
　　　　　　　　　　　　　　　　　5～8
探偵作家クラブ五周年記念祭・・・・・・　9～12
宝石バークレスク（伊達瓶九〔構成〕）
　　　　　　　　　　　　　　　　13～17
妖精の指〈1〉《小説》（島田一男）・・・・　18～31
夜歩く虫《小説》（渡辺啓助）・・・・・　32～45
桃の湯事件《小説》（水谷準）・・・・・　46～60
青い光〈1〉《小説》（A・フレデリックス〔著〕,
　保篠竜緒〔訳〕）・・・・・・・・・・　62～75
ハゲタカ《小説》（香山滋）・・・・・・　76～87
静かになつた奥様《小説》（乾信一郎）
　　　　　　　　　　　　　　　　88～96
探偵小説辞典〈4〉（中島河太郎）・・・　97～100
逃避行《小説》（大坪沙男）・・・・・　101～103
猿《小説》（戸川貞雄）・・・・・・・　104～117
ゲリオンの外套《小説》（アガサ・クリスティ
　〔著〕, 妹尾アキ夫〔訳〕）・・・・・　118～134
エドガー・ウォレス（大田黒元雄）
　　　　　　　　　　　　　　　　135～139
最後の晩餐〈3・完〉《小説》（永瀬三吾）
　　　　　　　　　　　　　　　　140～145
デンキ・イス（山町帆三）・・・・・・　146～151
黒館の主《小説》（コナン・ドイル〔著〕, 谷口王
　華〔訳〕）・・・・・・・・・・・・　152～161
翻訳余談余滴〈11〉（黒沼健）・・・・　162～164
悪魔が来りて笛を吹く〈13〉《小説》（横溝正
　史）・・・・・・・・・・・・・・・　166～177
探偵小説三十年〈19〉（江戸川乱歩）
　　　　　　　　　　　　　　　　178～183
宝石クラブ
　探偵小説の大衆性（久保和友）
　　　　　　　　　　　　　　　　184～185
　「月長石」なる題名について（山渓渉）
　　　　　　　　　　　　　　　　186～187
美の悲劇〈1〉《小説》（木々高太郎）
　　　　　　　　　　　　　　　　189～271
友よ, キホテに従つて（木々高太郎）・・　190
編集後記（城, 永瀬）・・・・・・・・・・　272

第8巻第4号[ママ]　増刊　所蔵あり
1953年3月25日発行　352頁　120円

新人漫画六人集《漫画》・・・・・・・・　9～12
鬼《小説》（江戸川乱歩）・・・・・・・　14～42
三つの傷痕《小説》（大下宇陀児）・・・　44～62

152

17『宝石』

ダイヤの襟止《脚本》(保篠竜緒) ...... 63〜65
緑色の目《小説》(木々高太郎) .... 66〜81
愛情分光器《小説》(永瀬三吾) .... 82〜98
大探偵と小探偵《脚本》(朝島雨之助)
.... 99〜101
恐怖劇場《小説》(島田一男) ...... 102〜128
玉子《脚本》(永瀬三吾) .... 129〜131
「鬼」について(江戸川乱歩) 132
犯人探しということ(大下宇陀児) 133
犯人当ての小説(中島河太郎) ...... 134〜136
愉しい哉、犯人当て小説(渡辺剣次)
.... 136〜137
クイーズの色々(島田一男) .... 138〜139
民主主義殺人事件《小説》(土屋隆夫)
.... 140〜157
白い蛇《小説》(鷲尾三郎) .... 158〜178
三太とモールス信号《脚本》(黒沼健)
.... 179〜181
原爆の歌姫《小説》(川島郁夫) ... 182〜205
幽霊西へ行く《小説》(高木彬光) 206〜240
心理試験(八田裕之) .... 241〜243
迷路の花嫁《小説》(横溝正史) ... 244〜269
狂い恋《小説》(城昌幸) .... 270〜311
解決篇
　鬼《小説》(江戸川乱歩) .... 314〜320
　三つの傷痕《小説》(大下宇陀児)
.... 320〜323
　恐怖劇場《小説》(島田一男) ... 323〜328
　緑色の目《小説》(木々高太郎)
.... 328〜329
　白い蛇《小説》(鷲尾三郎) ...... 329〜332
　幽霊西へ行く《小説》(高木彬光)
.... 333〜338
　迷路の花嫁《小説》(横溝正史)
.... 338〜349
　狂い恋《小説》(城昌幸) .... 349〜352

第8巻第3号[ママ] 所蔵あり
1953年4月1日発行　268頁　110円
宝石新人マンガ《漫画》 .... 5〜8
宝石インチキ大放送(伊達瓶九[構成])
.... 9〜12
青い光〈2〉《小説》(アーノルド・フレデリックス[著], 保篠竜緒[訳]) ...... 14〜26
二十万円懸賞募集作品入選発表 27
求婚者は鏡の中に居た《小説》(渡辺啓助)
.... 28〜45
探偵小説月評(小原俊一) .... 46〜47
烤鴨子[カオヤーズ]《小説》(香山滋) ... 48〜59
妖精の指〈2〉《小説》(島田一男) ... 60〜75

入賞作品詮衡座談会《座談会》(江戸川乱歩, 水谷準, 隠岐弘, 城昌幸) .... 76〜89
入賞作詮衡経過 .... 90〜91
麒麟火事《小説》(水谷準) .... 92〜105
ヘスペリデスの林檎《小説》(アガサ・クリスティ[著], 妹尾韶夫[訳]) ...... 106〜120
探偵小説昔ばなし(安成二郎) ...... 122〜123
野良犬《小説》(戸川貞雄) .... 124〜137
ギョロサン《漫画》(吉崎耕一) ... 138〜139
幸福なる人種《小説》(乾信一郎) 140〜148
探偵小説辞典〈5〉(中島河太郎) 149〜152
翻訳余談余滴〈12〉(黒沼健) ...... 154〜155
サムの自動車《小説》(マツカレー[著], 坂本義雄[訳]) .... 156〜165
馬の脚物語《小説》(E・P・バトラー[著], 乾信一郎[訳]) .... 166〜175
禁煙綺譚《小説》(P・G・ウッドハウス[著], 乾信一郎[訳]) .... 176〜185
願望《詩》(大坪沙男) 185
稀代の古本《小説》(ハリス・バーランド[著], 妹尾アキ夫[訳]) ...... 186〜196
大陸が行方不明になつた話(山町帆三)
.... 198〜201
悪魔が来りて笛を吹く〈14〉《小説》(横溝正史) .... 202〜211
探偵小説三十年〈20〉(江戸川乱歩)
.... 212〜217
宝石クラブ
　謎解き興味の解剖(丘美丈二郎)
.... 218〜221
　新人二十五人集を読みて(秋山孝夫)
.... 218〜219
　探偵小説の新感覚について(淵毅)
.... 220〜221
美の悲劇〈2〉《小説》(木々高太郎)
.... 223〜267
編集後記(城, 永瀬) 268

第8巻第5号　所蔵あり
1953年5月1日発行　268頁　110円
漫画アラカルト《漫画》 .... 5〜8
アナタはかつぎませんか?(伊達瓶九[構成])
.... 9〜12
恐ろしき恋人《小説》(渡辺啓助) ... 14〜28
初恋《小説》(大坪沙男) .... 29〜35
我が名はヴィヨン《小説》(錫薊二) 36〜45
脱獄者《小説》(香山滋) .... 46〜70
料理コンクール《漫画》(青木久利) 71
美の悲劇〈3〉《小説》(木々高太郎) ... 72〜85
山城屋事件《小説》(戸川貞雄) ...... 86〜99
起し屋《小説》(乾信一郎) .... 100〜108

153

17『宝石』

天人飛ぶ《小説》(朝山蜻一)‥‥‥‥ 110～125
ギョロサン《漫画》(吉崎耕一)‥‥‥ 126～127
妖精の指〈3〉《小説》(島田一男)
‥‥‥‥‥‥‥‥‥‥‥‥‥‥ 128～142
探偵小説辞典〈6〉(中島河太郎)‥‥ 143～146
回想の浜尾四郎(木々高太郎)‥‥‥ 147～150
黄昏の告白《小説》(浜尾四郎)‥‥‥ 150～167
座つて待つていたお金持(山町帆三)
‥‥‥‥‥‥‥‥‥‥‥‥‥‥ 168～172
探偵小説月評(小原俊一)‥‥‥‥‥ 173
青い光〈3〉(A・フレデリックス〔著〕,
保篠竜緒〔訳〕)‥‥‥‥‥‥ 174～185
食 卓の十三人《小説》(ダンセニ)
　テーブル
‥‥‥‥‥‥‥‥‥‥‥‥‥‥ 186～195
リンウッド倶楽部事件《小説》(エディリン・マーシャル)‥‥‥‥‥‥‥‥ 196～212
僕にもお火を《漫画》(信田力夫)‥‥‥ 213
地獄の番犬《小説》(アガサ・クリスティ〔著〕,
妹尾アキ夫〔訳〕)‥‥‥‥‥ 214～237
毒殺魔(南波杢三郎)‥‥‥‥‥‥ 238～244
探偵小説三十年〈21〉(江戸川乱歩)
‥‥‥‥‥‥‥‥‥‥‥‥‥‥ 246～249
海外消息(江戸川乱歩)‥‥‥‥‥ 250～253
宝石クラブ
喰わず嫌いの弁(宗野弾正)‥‥‥ 254～255
悪魔が来りて笛を吹く〈15〉《小説》(横溝正史)‥‥‥‥‥‥‥‥‥‥‥ 256～267
編集後記(城,永瀬)‥‥‥‥‥‥‥‥ 268

第8巻第6号　所蔵あり
1953年6月1日発行　268頁　110円
マンガロータリー《漫画》‥‥‥‥‥ 5～8
宝石デパートメント(伊達瓶九〔構成〕)
‥‥‥‥‥‥‥‥‥‥‥‥‥‥‥ 9～12
ヴェスタ・グランデ《小説》(香山滋)
‥‥‥‥‥‥‥‥‥‥‥‥‥‥‥ 14～27
難　船　者島《小説》(夢座海二)‥‥‥ 28～45
　キャスタウェイ
屍島のイブ《小説》(魔子鬼一)‥‥‥ 46～61
極南魔海《小説》(埴輪史郎)‥‥‥ 62～79
永遠の植物《小説》(村上信彦)‥‥‥ 80～94
霧の夜の殺人鬼〈1〉《小説》(イズレイル・ザングウイル〔著〕,妹尾アキ夫〔訳〕)
‥‥‥‥‥‥‥‥‥‥‥‥‥‥‥ 96～105
ザングウイルについて(訳者)‥‥‥‥ 98
美の悲劇〈4〉《小説》(木々高太郎)
‥‥‥‥‥‥‥‥‥‥‥‥‥ 106～117
鞍歌〈4・完〉《小説》(高木彬光)
‥‥‥‥‥‥‥‥‥‥‥‥‥ 118～137
おわびの言葉(高木彬光)‥‥‥‥‥‥ 121
岩魚の生霊《小説》(水谷準)‥‥‥ 138～152
探偵小説辞典〈7〉(中島河太郎)‥‥ 153～156

宇陀児大いに語る(渡辺剣次)‥‥‥ 157～163
妖精の指〈4〉《小説》(島田一男)
‥‥‥‥‥‥‥‥‥‥‥‥‥‥ 164～178
探偵小説月評(小原俊一)‥‥‥‥ 179～180
不安ファン《小説》(乾信一郎)‥‥‥ 180～188
アンケート《アンケート》
私の好きな(愛読する)日本の探偵作家又
はその作―その理由‥‥‥‥‥‥ 189
私の好きな(愛読する)欧米の探偵作家又
はその作―その理由‥‥‥‥‥‥ 189
(植草甚一)‥‥‥‥‥‥‥‥‥‥ 189
(長沼弘毅)‥‥‥‥‥‥‥‥‥‥ 189
(船山馨)‥‥‥‥‥‥‥‥‥‥‥ 189
(内村直也)‥‥‥‥‥‥‥‥‥‥ 189
(清水俊二)‥‥‥‥‥‥‥‥‥‥ 189
(古川緑波)‥‥‥‥‥‥‥‥‥‥ 189
(木村毅)‥‥‥‥‥‥‥‥‥‥‥ 190
(川上三太郎)‥‥‥‥‥‥‥‥‥ 190
(松井翠声)‥‥‥‥‥‥‥‥‥‥ 190
(平出禾)‥‥‥‥‥‥‥‥‥‥‥ 190
(堀田善衛)‥‥‥‥‥‥‥‥‥‥ 190
(戸川行男)‥‥‥‥‥‥‥‥‥‥ 190
(古畑種基)‥‥‥‥‥‥‥‥‥‥ 190
(秦豊吉)‥‥‥‥‥‥‥‥‥‥‥ 191
(比佐芳武)‥‥‥‥‥‥‥‥‥‥ 191
(中村芝鶴)‥‥‥‥‥‥‥‥‥‥ 191
(野間宏)‥‥‥‥‥‥‥‥‥‥‥ 191
三弗と五弗/氷の中に三十九年‥‥‥‥ 191
女学校事件《小説》(ウッドハウス)
‥‥‥‥‥‥‥‥‥‥‥‥‥‥ 192～204
ヌケられます(山町帆三)‥‥‥‥ 205～209
ギョロサン《漫画》(吉崎耕一)‥‥ 210～211
大日講由来《小説》(戸川貞雄)‥‥ 212～224
手帳の六字(南波杢三郎)‥‥‥‥ 225～233
青い光〈4〉《小説》(A・フレデリックス〔著〕,
保篠竜緒〔訳〕)‥‥‥‥‥‥ 234～245
探偵小説三十年〈22〉(江戸川乱歩)
‥‥‥‥‥‥‥‥‥‥‥‥‥‥ 246～253
涙香「鉄仮面」の原作(江戸川乱歩)
‥‥‥‥‥‥‥‥‥‥‥‥‥‥ 252～253
宝石クラブ
女性探小フアンの嘆き(深尾登美子)
‥‥‥‥‥‥‥‥‥‥‥‥‥‥‥ 254
悪魔が来りて笛を吹く〈16〉《小説》(横溝正史)‥‥‥‥‥‥‥‥‥‥‥ 256～267
編集後記(城,永瀬)‥‥‥‥‥‥‥‥ 268

第8巻第7号　所蔵あり
1953年7月1日発行　268頁　110円
紙上彩大のショウ《漫画》(マンガマンクラブ)‥‥‥‥‥‥‥‥‥‥‥‥‥‥ 5～8

17『宝石』

道楽について（伊達瓶九〔構成〕）……… 9～12
霧の夜の殺人鬼〈2〉《小説》（ザングウィル
　〔著〕，妹尾アキ夫〔訳〕）……… 14～22
材木の下（袂春信）…………… 24～37
坩堝《小説》（大河内常平）………… 38～50
私は誰でしょう？《漫画》（かまえ・つねいち）
　…………………………………… 51
亜耶子を救ふために《小説》（狩久）…… 52～64
肉体定価表《小説》（渡辺啓助）…… 66～77
青皿の河童《小説》（水谷準）…… 78～91
探偵小説月評（小原俊一）…… 92～93
妖精の指〈5〉《小説》（島田一男）… 94～108
刺青と能面と、甲冑（渡辺剣次）… 109～115
犯人探し大懸賞入選発表……… 116～117
作者のレクリエーション（土屋隆夫）…… 117
愛情分光器《小説》（永瀬三吾）… 119～122
民主主義殺人事件《小説》（土屋隆夫）
　…………………………… 122～126
原爆の歌姫《小説》（川島郁夫）… 126～129
美の悲劇〈5〉《小説》（木々高太郎）
　…………………………… 130～142
刺青殺人事件（好）……………… 143
死と少女《小説》（香山滋）…… 144～155
ミッキイ・スピレーンの横顔（黒沼健）
　…………………………… 156～161
造宮使長官の死《小説》（中沢堅夫）
　…………………………… 162～185
騒ぐことはない話（山町帆三）… 186～189
睡蓮夫人《小説》（氷川瓏）…… 190～201
幽霊問答《小説》（乾信一郎）… 202～210
続魚河岸の石松（好）…………… 211
御神木記《小説》（戸川貞雄）… 212～225
青い光〈5〉《小説》（A・フレデリックス〔著〕，
　保篠竜緒〔訳〕）……… 226～235
連鎖《小説》（ホセー・フランセース）
　…………………………… 236～247
探偵小説三十年〈23〉（江戸川乱歩）
　…………………………… 248～253
宝石クラブ
　探偵小説の幾何学的解剖（淵毅）
　…………………………… 254～255
　私は探偵作家志願者（植木等）……… 255
悪魔が来りて笛を吹く〈17〉《小説》（横溝正
　史）……………………… 258～267
編集後記（城，永瀬）…………… 268

第8巻第8号　増刊　所蔵あり
1953年7月10日発行　340頁　120円
漫画モダニズム《漫画》………… 5～8
風流読本（朝島靖之助〔構成〕）…… 9～12
石を投げる男《小説》（岡田鯱彦）… 14～56

青酸加里（椿八郎）……………… 57
ニッポン・海鷹《小説》（宮原竜雄）
　…………………………… 58～113
モモ子モモ子《小説》（島久平）… 114～157
我もし生けてありなば（天国座談会）
　…………………………… 158～164
眼鏡（椿八郎）…………………… 165
暁の決闘《小説》（川島郁夫）… 166～203
スパイ《小説》（坪田宏）……… 204～236
洋服（椿八郎）…………………… 237
鉛の小函《小説》（丘美丈二郎）… 238～340
編集後記（永瀬）……………… 340

第8巻第9号　所蔵あり
1953年8月1日発行　300頁　110円
マンガ・サロン《漫画》………… 5～11
やっぱり笑夏笑夏に限るです（伊達瓶九〔構
　成〕）…………………… 9～12
美の悲劇〈6〉《小説》（木々高太郎）… 14～23
熱風《小説》（香山滋）………… 24～42
ひつじや物語《小説》（朝山蜻一）… 44～53
蟋蟀の歌《小説》（大坪砂男）… 54～56
筆名もとへ戻る（大坪砂男）……… 55
帽子（椿八郎）…………………… 57
長城に殺される《小説》（永瀬三吾）… 58～73
探偵小説月評（小原俊一）…… 74～75
S・F（サイエンス・フィクション）の鬼（江戸川乱歩）… 76～81
遠い吹矢《小説》（今井ную夫）… 82～103
ギョロサン《漫画》（吉崎耕一）… 104～105
挑戦探偵小説について（大下宇陀児）
　…………………………… 106～111
按摩屋敷《小説》（水谷準）…… 112～126
新映画………………………… 127
海鰻荘の秘密（渡辺剣次）…… 128～133
経営経済学殺人事件《小説》（角田実）
　…………………………… 134～135
妖精の指〈6〉《小説》（島田一男）
　…………………………… 136～149
たくましき商魂祭（乾信一郎）… 150～158
探偵小説辞典〈8〉（中島河太郎）… 159～164
江戸小伝馬町牢屋敷を覗く（丸茂武重）
　…………………………… 165～171
青い光〈6〉《小説》（A・フレデリックス〔著〕，
　保篠竜雄〔訳〕）……… 172～183
兄と妹《小説》（戸川貞雄）…… 184～197
アブク物語（山町帆三）……… 198～202
霧の夜の殺人鬼〈3〉《小説》（イズレイル・ザ
　ングウィル〔著〕，妹尾アキ夫〔訳〕）
　…………………………… 204～211
人間の嗅覚《小説》（スティシー・オーモニア）
　…………………………… 212～220

155

17『宝石』

犯人は誰だ？
　稲穂の簪《脚本》(黒沼健) ……… 221～223
　紙魚双題(妹尾アキ夫) ……… 224～229
　悪魔が来りて笛を吹く〈18〉《小説》(横溝正
　　史) ……………………………… 230～240
　新映画(好) ……………………………… 241
　探偵小説三十年〈24〉(江戸川乱歩)
　　………………………………… 242～247
　宝石クラブ
　　歌舞伎劇の探偵小説味(月岡弦)
　　………………………………… 248～249
　　窓によせる幻(深尾登美子) …… 249～250
　　探偵小説と私(曽我マリ) ……… 250～251
　靄の中《小説》(守友恒) ………… 252～299
　編集後記(城、永瀬) …………………… 300

第8巻第10号　所蔵あり
1953年9月1日発行　300頁　110円
まんが・あら・べすく《漫画》 ………… 5～8
怪談アジャー版(伊達瓶九〔構成〕) … 9～12
　　　　　　　シェルシェ・ラ・ファム
女　を　探　せ《小説》(玉川一郎) …… 14～23
棒にあたった話《小説》(乾信一郎) … 24～34
陽気な細菌《小説》(北町一郎) ……… 36～48
朧夜と運転手《小説》(椿八郎) ……… 50～58
類別トリック集成〈1〉(江戸川乱歩)
　　…………………………………… 59～73
探偵小説月評(小原俊一) …………… 74～75
美の悲劇〈7〉《小説》(木々高太郎) … 76～85
二体一人《小説》(水谷準) …………… 86～99
スピレーン前夜祭(黒沼健) ……… 102～103
老踏切番《小説》(香山滋) ……… 104～116
フィン・シャンパニュウ・コニャック(椿八
　郎) ……………………………………… 117
天から地へ《小説》(三橋一夫) … 118～129
ギョロサン《漫画》(吉崎耕一) … 130～132
妖精の指〈7〉《小説》(島田一男)
　　………………………………… 132～146
探偵小説辞典〈9〉(中島河太郎) … 147～150
角田先生とスリラア問答(渡辺剣次)
　　………………………………… 151～155
女を探せ《小説》(渡辺啓助) …… 156～170
新映画(好) ……………………………… 171
死神騒動《小説》(戸川貞雄) …… 172～185
青い光〈7〉《小説》(A・フレデリックス〔著〕、
　保篠竜緒〔訳〕) ………………… 186～196
探偵作家の見た映画「落ちた偶像」《座談会》
　(江戸川乱歩、大下宇陀児、香山滋、千代有三、
　清水晶) ………………………… 197～199
ボートの三人《小説》(ジラム・ケイ・ジェロー
　ム) ……………………………… 200～228
新映画(好) ……………………………… 229

霧の夜の殺人鬼〈4〉《小説》(イズレイル・ザ
　ングウイル〔著〕、妹尾アキ夫〔訳〕)
　　………………………………… 230～237
悪魔が来りて笛を吹く〈19〉《小説》(横溝正
　史) ……………………………… 238～248
宝石クラブ ……………………………… 249
探偵小説三十年〈25〉(江戸川乱歩)
　　………………………………… 250～255
魔女を投げた男《小説》(北村竜一郎)
　　………………………………… 256～299
編集後記(城、永瀬) …………………… 300

第8巻第11号　所蔵あり
1953年10月1日発行　412頁　150円
漫画えとせとら《漫画》 ………………… 5～8
宝石亭 富貴寄席台(伊達瓶九〔構成〕)
　　……………………………………… 9～12
畸形の天女〈1〉《小説》(江戸川乱歩)
　　…………………………………… 14～35
東崎氏の冒険《小説》(香山滋) …… 36～48
宝石(椿八郎) …………………………… 49
落橋余聞《小説》(戸川貞雄) ……… 50～63
美しい青春《小説》(渡辺啓助) …… 64～77
『連作について』の座談会《座談会》(江戸川
　乱歩、角田喜久雄、木々高太郎、大下宇陀児、
　城昌幸、永瀬三吾) ……………… 78～87
美の悲劇〈8〉《小説》(木々高太郎) … 88～98
類別トリック集成〈2・完〉(江戸川乱歩)
　　………………………………… 100～120
探偵小説月評(小原俊一) …………… 121
あきれた正直者《小説》(乾信一郎)
　　………………………………… 122～129
新妻の秋《小説》(梶竜雄) ……… 130～135
蝶螺《小説》(山村正夫) ………… 136～141
雁行くや《小説》(島久平) ……… 142～154
新映画(好) ……………………………… 155
変身《小説》(夢座海二) ………… 156～167
ギョロサン《漫画》(吉崎耕一) … 168～169
妖精の指〈8〉《小説》(島田一男)
　　………………………………… 170～184
探偵小説辞典〈10〉(中島河太郎)
　　………………………………… 185～190
実説若さま侍(渡辺剣次) ………… 191～197
トリック社興亡史《小説》(土屋隆夫)
　　………………………………… 198～210
新映画(好) ……………………………… 211
気が知れない話(山町帆三) ……… 212～215
青い光〈8・完〉《小説》(A・フレデリックス
　〔著〕、保篠竜雄〔訳〕) ………… 216～227

17『宝石』

霧の夜の殺人鬼〈5〉《小説》(イズレイル・ザングウィル〔著〕,妹尾アキ夫〔訳〕)
.... 228〜237
悪魔が来りて笛を吹く〈20〉《小説》(横溝正史)............................ 238〜248
粘膜(椿八郎).............................. 249
探偵小説三十年〈26〉(江戸川乱歩)
.... 250〜255
宝石クラブ
　探偵の証言(怪論生).................. 256
エヂプト十字架の秘密《小説》(エレリイ・クヰーン〔著〕,平井喬〔訳〕)..... 258〜411
編集後記(城,永瀬).................... 412

第8巻第12号　増刊　所蔵あり
1953年10月10日発行　364頁　130円
笑いの陰に女あり《漫画》............ 5〜8
アライヤンナイト物語(伊達瓶九〔構成〕)
.... 9〜12
覆面の舞踏者《小説》(江戸川乱歩)... 14〜30
最後の接吻《小説》(朝島靖之助)....... 31
笑ふ悪魔《小説》(野村胡堂)....... 32〜50
猫(椿八郎)................................ 51
いちぢく《小説》(木々高太郎)..... 52〜70
鏡の涯《小説》(冬村砂男)............. 71
吸血鬼《小説》(城昌幸)............ 72〜83
東方のヴィーナス《小説》(水谷準)
.... 84〜102
新映画(好).............................. 103
七日間の貞操《小説》(大坪砂男)... 104〜117
ぎやまん姫《小説》(高木彬光).... 118〜137
色魔《小説》(山田風太郎)........ 138〜152
新映画(好).............................. 153
尻尾《小説》(朝山蜻一).......... 154〜167
陰影《小説》(耶止説夫).......... 168〜183
魔性の女《小説》(大河内常平).... 184〜199
深夜の厚化粧《小説》(戸川貞雄).. 200〜213
艶獣《小説》(香山滋)............ 214〜230
新映画(好).............................. 231
嘱託殺人《小説》(島田一男)...... 232〜245
加害者か被害者か《小説》(永瀬三吾)
.... 246〜271
マダム・チュツソオ館怪死事件《小説》(椿八郎)........................ 272〜302
結婚二重奏《小説》(渡辺啓助)... 290〜302
スリラー談義(桂英二)................ 303
小指のない女《小説》(角田喜久雄)
.... 304〜320
新映画.................................. 321
白蠟少年《小説》(横溝正史)...... 322〜343
悪党元一《小説》(大下宇陀児).... 344〜364
編集後記(永瀬)........................ 364

第8巻第13号　所蔵あり
1953年11月1日発行　316頁　120円
漫画ムダニズム《漫画》............ 5〜8
風流名月まつり(伊達瓶九〔構成〕)... 9〜12
畸形の天女〈2〉《小説》(大下宇陀児)
.... 14〜34
手配写真《小説》(渡辺啓助)...... 36〜50
扉(椿八郎).............................. 51
鳩時計が鳴く時《小説》(日影丈吉). 52〜63
自殺した犬の話《小説》(香住春吾). 64〜75
見えない足跡《小説》(狩久)...... 76〜87
腹話術《小説》(袂春信)........... 88〜98
金解禁(椿八郎)......................... 99
捕物の知識(佐々木杜太郎)........ 100〜105
比翼塚《小説》(戸川貞雄)........ 106〜120
スリラーの浪漫性(千代有三)...... 121〜125
霧の夜の殺人鬼〈6〉《小説》(イズレイル・ザングウィル〔著〕,妹尾アキ夫〔訳〕)
.... 126〜137
映画「飾窓の女」《座談会》(木々高太郎,楠田匡介,大坪砂男,鷲尾三郎,朝山蜻一,永瀬三吾)............................ 138〜139
ネンゴ・ネンゴ《小説》(香山滋)... 140〜150
探偵小説辞典〈11〉(中島河太郎)
.... 151〜154
短篇探偵小説懸賞第1回予選通過作品
.... 155〜157
絶壁の彼方《小説》(朝島靖之助)... 158〜159
耳飾りの女《小説》(丘美丈二郎).. 160〜188
新映画(好).............................. 189
木石《小説》(冬村砂男).......... 190〜191
新聞・テンポ・殺人(渡辺剣次).... 192〜197
ギョロサン《漫画》(吉崎耕一)..... 198〜199
妖精の指〈9〉《小説》(島田一男)
.... 200〜213
探偵小説三十年〈27〉(江戸川乱歩)
.... 214〜219
悪魔が来りて笛を吹く〈21・完〉《小説》(横溝正史)..................... 220〜230
オランダの犯罪《小説》(ジョルジュ・シムノン〔著〕,都筑道夫〔訳〕,松村喜雄〔訳〕)
.... 231〜315
編集後記(城,永瀬).................... 316

第8巻第14号　所蔵あり
1953年12月1日発行　316頁　120円
漫画げんめつ祭《漫画》............ 5〜8
クリスマスプレゼント(伊達瓶九〔構成〕)
.... 9〜12

157

17『宝石』

畸形の天女〈3〉《小説》(角田喜久雄)
　　……………………………　14〜43
田螺骨董店《小説》(香山滋)　………　44〜57
探偵小説月評(小原俊一)　…………　58〜59
ユラリウム《小説》(城昌幸)　………　60〜62
新映画(好)　……………………………　63
夫人の恐怖《小説》(南川潤)　………　64〜86
新映画(好)　……………………………　87
隆鼻術白書《小説》(渡辺啓助)　……　88〜101
ギョロサン《漫画》(吉崎耕一)　……　102〜103
黄色い下宿人《小説》(山田風太郎)
　　……………………………　104〜127
妖精の指〈10〉《小説》(島田一男)
　　……………………………　128〜138
新映画(好)　……………………………　139
胡蝶の行方《小説》(大坪砂男)　……　140〜148
探偵小説辞典〈12〉(中島河太郎)
　　……………………………　149〜152
シメノンのこと(松村喜雄)　…………　153〜155
シメノンの作品の出来るまで(大奈尚)
　　……………………………　154〜155
お紋の死《小説》(戸川貞雄)　………　156〜170
宝石クラブ　……………………………　171
十億ドル盗まれた男(山町帆三)　……　172〜175
ルパン就縛《小説》(島田一男)　……　176〜185
雪崩《小説》(鷲尾三郎)　……………　186〜225
アラン・ポーの末裔(渡辺剣次)　……　226〜231
クレタ島の花嫁《小説》(高木彬光)
　　……………………………　232〜249
美の悲劇〈9〉《小説》(木々高太郎)
　　……………………………　250〜257
探偵小説三十年〈28〉(江戸川乱歩)
　　……………………………　258〜263
霧の夜の殺人鬼〈7・完〉《小説》(ザングイル〔著〕,妹尾アキ夫〔訳〕)　………　264〜315
編集後記(城,永瀬)　……………………　316

第9巻第1号　所蔵あり
1954年1月1日発行　412頁　160円

マンガ・ムダニズム《漫画》(YYクラブ同人)
　　………………………………　5〜8
法話門奇椅子(伊達瓶九〔構成〕)　………　9〜12
畸形の天女〈4・完〉《小説》(木々高太郎)
　　………………………………　14〜59
擬似新年(大下宇陀児)　………………　60〜63
夜の階段《小説》(水谷準)　…………　64〜75
探偵小説月評(小原俊一)　……………　76〜77
美しき尻の物語《小説》(渡辺啓助)　　78〜90
塔の判官《小説》(高木彬光)　………　92〜116
新映画　…………………………………　117

わからんことはワカラン話(山町帆三)
　　……………………………　118〜121
影《小説》(城昌幸)　…………………　122〜126
新映画(好)　……………………………　127
火星人はサハラがお好き《小説》(香山滋)
　　……………………………　128〜142
贋作楽屋噺(大坪砂男)　………………　143〜145
桂井助教授探偵日記
　幻影の踊り子《小説》(永瀬三吾)
　　……………………………　146〜161
犯人はその時現場にいた《小説》(楠田匡介)
　　……………………………　162〜179
表紙解説(永田力)　……………………　179
美の悲劇〈10〉《小説》(木々高太郎)
　　……………………………　180〜186
探偵小説辞典〈13〉(中島河太郎)
　　……………………………　187〜190
ガードナア瞥見(渡辺剣次)　…………　191〜192
ガードナーを推す(横溝正史)　………　192〜193
盲魚荘事件《小説》(岡村雄輔)　……　194〜238
新映画(好)　……………………………　239
僕はちんころ(朝山蜻一)　……………　240〜257
銀色のカーテン《小説》(ディスクン・カー〔著〕,妹尾アキ夫〔訳〕)　………　258〜273
薔薇と悪魔の詩人(渡辺剣次)　………　274〜279
妖精の指〈11〉《小説》(島田一男)
　　……………………………　280〜289
探偵小説三十年〈29〉(江戸川乱歩)
　　……………………………　290〜295
夢遊病者の姪《小説》(E・S・ガードナー〔著〕,宇野利泰〔訳〕)　………………　296〜411
編集後記(城,永瀬)　……………………　412
欧米探偵小説ベストテン解説と鑑賞
　はしがき(江戸川乱歩)　……　別付3〜4
　解説(江戸川乱歩)
　　……　別付5〜6, 12〜13, 20〜21, 28〜
　　29, 35〜37, 44〜45, 51〜52, 59〜60, 67〜
　　68, 75
　鑑賞(氷川瓏)
　　……　別付6〜11, 13〜19, 21〜27, 29〜
　　34, 37〜43, 45〜50, 52〜58, 60〜66, 68〜
　　74, 75〜80

第9巻第2号　所蔵あり
1954年2月1日発行　316頁　120円

マンガ・ムダニズム《漫画》(YYクラブ同人)
　　………………………………　5〜8
3話は小ツブで(伊達瓶九〔構成〕)　………　9〜12
ナイトクラブの女《小説》(レイモンド・チャンドラア〔著〕,宇野利泰〔訳〕)　……　14〜47
替え玉《小説》(水谷準)　……………　48〜51

17『宝石』

美悪の果〈1〉《小説》(千代有三) …… 52〜69
手錠《小説》(夢座海二) ………… 70〜84
鼠(椿八郎) ………………………………… 85
桂井助教授探偵日記
　謎の銃声《小説》(大河内常平)
　　…………………………………… 86〜103
　密蜂《小説》(山村正夫) ………… 104〜122
新映画 …………………………………… 123
チョコレートの箱《小説》(スタクプール〔著〕,
　妹尾アキ夫〔訳〕) ……………… 124〜138
探偵小説辞典〈14〉(中島河太郎)
　……………………………………… 139〜142
数寄屋橋《小説》(耶止説夫) …… 144〜179
表紙解説(永田力) ………………………… 179
残雪《小説》(川島郁夫) ………… 180〜196
新映画(好) ……………………………… 197
品治の女性《小説》(池田紫星) … 198〜213
共犯者《小説》(狩久) …………… 214〜231
死は歯医者の椅子に《小説》(ウィリアム・アイ
　リッシュ〔著〕,平井喬〔訳〕)
　……………………………………… 232〜245
妖精の指〈12〉《小説》(島田一男)
　……………………………………… 246〜260
新映画(好) ……………………………… 261
探偵小説三十年〈30〉(江戸川乱歩)
　……………………………………… 262〜267
宝石クラブ
　探小雑誌の気韻(月岡弦) ……… 268〜269
情炎《小説》(岡田鯱彦) ………… 270〜315
編集後記(城,永瀬) ……………………… 316

第9巻第3号　所蔵あり
1954年3月1日発行　316頁　120円
シャンソン物語《漫画》(YYクラブ同人)
　………………………………………… 5〜8
フール・ファッショ・ショウ(伊達瓶九〔構
　成〕) ………………………………… 9〜12
第三の手紙《小説》(サッパー〔著〕,訳者)
　……………………………………… 14〜29
〔サッパー紹介〕(訳者) ………………… 16
探偵小説月評(小原俊一) ………… 30〜32
ごむまり《小説》(朝島靖之助) ………… 33
夢魔〈1〉《小説》(岡田鯱彦) ……… 34〜57
ジュランとボク(水谷準) ………… 58〜59
表紙解説(永田力) ……………………… 59
海豹島《小説》(久生十蘭) ………… 60〜87
桂井助教授探偵日記 …………………… 88
古井戸《小説》(永瀬三吾) ……… 88〜102
身の上相談・煙突men(長沼弘毅) … 103〜105
美悪の果〈2・完〉《小説》(千代有三)
　……………………………………… 106〜113

火の山《小説》(飛鳥高) ………… 114〜150
新映画(好) ……………………………… 151
希望《小説》(城昌幸) …………… 152〜154
どうしてこんなに違うか ……… 152〜153
探偵小説辞典〈15〉(中島河太郎)
　……………………………………… 155〜158
亡命世話業(山町帆三) …………… 159〜163
冬の薔薇《小説》(日影丈吉) …… 164〜173
「文芸」特集推理小説を推理する(千代有三)
　……………………………………… 174〜175
愛鼠チー公《小説》(梶竜雄) …… 176〜196
血液試験《小説》(冬村温) ……………… 197
五三年の探偵文壇回顧(渡辺剣次)
　……………………………………… 198〜201
"五段目"の殺人《小説》(宮原竜雄)
　……………………………………… 202〜220
夢魔〈2・完〉《小説》(岡田鯱彦)
　……………………………………… 221〜223
妖精の指〈13〉《小説》(島田一男)
　……………………………………… 224〜237
探偵小説三十年〈31〉(江戸川乱歩)
　……………………………………… 238〜243
断崖の家〈1〉《小説》(アガサ・クリスティー
　〔著〕,田中良雄〔訳〕) ………… 244〜315
訳者の言葉 …………………………… 246
編輯後記(城,永) ……………………… 316

第9巻第4号　増刊　所蔵あり
1954年3月10日発行　364頁　130円
エロチック・サスペンス《漫画》(独立漫画同
　人) …………………………………… 5〜8
愛と死の戯れ(サンデークラブ同人) … 9〜12
白昼夢《小説》(江戸川乱歩) …… 14〜19
大名の倅《小説》(野村胡堂) …… 20〜33
かひやぐら物語《小説》(横溝正史) … 34〜47
睡り人形《小説》(木々高太郎) … 48〜71
フランス粋艶集(水谷準〔訳〕) ………… 69
人花《小説》(城昌幸) …………… 72〜81
恐るべき手術《小説》(角田喜久雄) … 82〜110
フランス粋艶集(水谷準〔訳〕) ………… 109
新映画(好) ……………………………… 111
白夜の決闘《小説》(島田一男) … 112〜131
無名の手紙《小説》(高木彬光) … 132〜144
仲たがい(水谷準〔訳〕) ………………… 145
蒼い湖《小説》(朝山蜻一) ……… 146〜161
無の犯罪《小説》(島久平) ……… 162〜176
愛の定義(水谷準〔訳〕) ………………… 177
鸚鵡《小説》(袂春信) …………… 178〜193
美しき証拠《小説》(大坪砂男) … 194〜211
柿の実《小説》(坪田宏) ………… 212〜226
指の怪我(水谷準〔訳〕) ………………… 227

17『宝石』

春は崩れる《小説》(永瀬三吾) ……… 228〜250
連発・歳月(水谷準〔訳〕) …………… 251
欲望の島《小説》(山田風太郎) ……… 252〜285
電話(水谷準〔訳〕) …………………… 286〜287
湖上祭の女《小説》(渡辺啓助) ……… 288〜307
接吻事件《小説》(水谷準) …………… 308〜313
情婦マリ《小説》(大下宇陀児) ……… 314〜333
フランス粋艶集 ………………………… 331
恋の蠟人形師《小説》(香山滋) ……… 334〜364
フランス粋艶集 ………………………… 361

第9巻第5号　所蔵あり
1954年4月10日発行　412頁　150円
四月のムダニズム《漫画》(YYクラブ同人)
　……………………………………… 5〜8
今様四月馬鹿(相良陣六〔構成〕) …… 9〜12
月に戯れるな《小説》(香山滋) ……… 14〜31
見知らぬ電車《小説》(渡辺紳一郎) … 32〜49
フランス粋艶集 ………………………… 47
クラブ賞の将来(大下宇陀児) ………… 50〜52
探偵小説月評(小原俊一) ……………… 53
銭鬼〈1〉《小説》(山田風太郎) ……… 54〜65
フランス粋艶集 ………………………… 65
短篇懸賞募集作品入賞発表 …………… 66〜68
入賞作品選衡座談会《座談会》(江戸川乱歩, 水谷準, 隠松弘, 城昌幸) …………… 70〜86
新映画(好) ……………………………… 87
懸賞犯人探し応募入選者発表 ………… 88〜89
作者からの挨拶(千代有三) …………… 89
探偵小説界新年消息 …………………… 89
外套《小説》(大坪砂男) ……………… 90〜102
白鯨綺譚(岩佐東一郎) ………………… 103〜105
眼に見えぬ男《小説》(G・チェスタトン〔著〕,
　鈴木雪夫〔訳〕) ………………… 106〜119
赤・黄・青(彦坂元二) ………………… 120〜121
プロアの時計《小説》(高橋邦太郎)
　…………………………………… 122〜136
昔の狼, 今の狼(山町帆三) …………… 137〜141
ギョロサン《漫画》(吉崎耕一) ……… 142〜143
奇妙な部屋《小説》(アイリッシュ〔著〕, 平井イサク〔訳〕) ……………… 144〜186
粟播事件《小説》(武野藤介) ………… 187〜189
明日のための犯罪《小説》(天城一)
　…………………………………… 190〜206
探偵小説辞典〈16〉(中島河太郎)
　…………………………………… 207〜210
美しい久作の夢(大下宇陀児) ………… 211
瓶詰地獄《小説》(夢野久作) ………… 212〜221
まんくす猫《小説》(リン・ドイル)
　…………………………………… 222〜230
新映画 …………………………………… 231

幽霊屋敷《小説》(和田操) …………… 232〜233
酒仙悲しや《小説》(朝島靖之助) …… 234〜250
フランス粋艶集 ………………………… 249
新映画(好) ……………………………… 251
異境の涯《小説》(潮寒二) …………… 252〜264
情熱の泉(渡辺剣次) …………………… 265〜271
K28《小説》(ディクソン・カー〔著〕, 妹尾アキ夫〔訳〕) ………………… 272〜287
桂井助教授探偵日誌
　窓に殺される《小説》(楠田匡介)
　…………………………………… 288〜310
妖精の指〈14〉《小説》(島田一男)
　…………………………………… 312〜326
探偵小説三十年〈32〉(江戸川乱歩)
　…………………………………… 328〜333
宝石クラブ
　科学小説は面白い(矢野徹) ……… 334〜335
　私と其の影ぼうしの対話(深尾登美子)
　…………………………………… 336〜337
断崖の家〈2・完〉《小説》(アガサ・クリスティー〔著〕, 田中良雄〔訳〕) … 338〜411
表紙解説(永田力) ……………………… 412
編輯後記(永瀬) ………………………… 412
※表紙は1954年5月1日発行

第9巻第6号　所蔵あり
1954年5月1日発行　316頁　120円
2色の部屋《漫画》(独立漫画同人) … 5〜8
サロンMAY亭のひとびと(伊達瓶九〔構成〕)
　……………………………………… 9〜12
ビアスについて ………………………… 14〜15
月光の道《小説》(アンブローズ・ビアス〔著〕,
　妹尾アキ夫〔訳〕) ……………… 16〜23
心理的遭難《小説》(アンブローズ・ビアス〔著〕,
　妹尾アキ夫〔訳〕) ……………… 24〜27
ある夏の夜《小説》(アンブローズ・ビアス〔著〕,
　妹尾アキ夫〔訳〕) ……………… 28〜29
ジョン・モートンスンの葬《小説》(アンブローズ・ビアス〔著〕, 妹尾アキ夫〔訳〕)
　……………………………………… 30〜31
表紙解説(永田力) ……………………… 31
銭鬼〈2〉《小説》(山田風太郎) ……… 32〜44
黒岩涙香 三十三周年紀念特集
　暗黒星《小説》(シモン・ニューカム〔著〕, 黒岩涙香〔訳〕) ………… 46〜68
　「暗黒星」について(江戸川乱歩) … 69
　黒岩涙香を偲ぶ座談会《座談会》(江戸川乱歩, 木村毅, 鈴木珠子, 白石下子, 野村胡堂, 柳原緑風) ……………… 70〜89
フランス粋艶集 ………………………… 85

160

17『宝石』

ある推理《小説》(マーテイン・アームストロン
　グ〔著〕,水谷準〔訳〕)・・・・・・・・・ 92〜95
奨励賞受賞の感想(丘美丈二郎)・・・・・・・・ 96
九年目の春(氷川瓏)・・・・・・・・・・・・・ 96〜97
受賞寸感(鷲尾三郎)・・・・・・・・・・・・・ 97
探偵作家クラブ会報から・・・・・・・・ 96〜97
空坊主事件《小説》(丘美丈二郎)・・・ 98〜123
寝台車(大森啓助)・・・・・・・・・・・ 124〜127
夜走曲《小説》(今日泊蘭二)・・・・・・ 128〜136
探偵小説月評(小原俊一)・・・・・・・・・・ 137
きせる娘《小説》(島田一男)
　・・・・・・・・・・・・・・・・・・・ 138〜154
探偵小説辞典〈17〉(中島河太郎)
　・・・・・・・・・・・・・・・・・・・ 155〜158
新映画(好)・・・・・・・・・・・・・・・・・ 159
死神に憑かれた男《小説》(鷲尾三郎)
　・・・・・・・・・・・・・・・・・・・ 160〜179
フランス粋艶集・・・・・・・・・・・・・・・ 179
桂井助教授探偵日誌
　愛神《小説》(山村正夫)・・・・・・・ 180〜205
フエリシテ嬢《小説》(モリス・ルヴェル〔著〕,
　松村喜雄〔訳〕)・・・・・・・・・・・ 206〜209
三味線殺人事件《小説》(岡田鯱彦)
　・・・・・・・・・・・・・・・・・・・ 210〜234
新映画(好)・・・・・・・・・・・・・・・・・ 235
探偵小説三十年〈33〉(江戸川乱歩)
　・・・・・・・・・・・・・・・・・・・ 236〜241
宝石クラブ・・・・・・・・・・・・・・ 242〜244
毒入りチョコレート殺人事件〈1〉《小説》
　(アンソニー・バークレー〔著〕,所丈太郎
　〔訳〕)・・・・・・・・・・・・・・・ 245〜315
フランス粋艶集・・・・・・・・・・・・・・・ 313
編輯後記(城,永瀬)・・・・・・・・・・・・・ 316

第9巻第7号　所蔵あり
1954年6月1日発行　316頁　120円

アクセサリー・オブ・ユー《漫画》・・・・・ 5〜8
世界は対立する(伊達瓶九〔構成〕)・・・・ 9〜12
私は殺される《小説》(大下宇陀児)・・・ 14〜56
探偵小説月評(小原俊一)・・・・・・・・・・・ 57
狂つた人々《小説》(香山滋)・・・・・・・ 58〜80
ガラスの目玉《小説》(ウィリアム・アイリッシュ
　〔著〕,黒沼健〔訳〕)・・・・・・・・・ 82〜110
新映画(好)・・・・・・・・・・・・・・・・・ 111
にゃんこん騒動《小説》(水谷準)・・・・ 112〜127
銭鬼〈3・完〉《小説》(山田風太郎)
　・・・・・・・・・・・・・・・・・・・ 128〜142
探偵小説辞典〈18〉(中島河太郎)
　・・・・・・・・・・・・・・・・・・・ 143〜146
新映画(好)・・・・・・・・・・・・・・・・・ 147
望郷《小説》(A・セラフィモウィッチ〔著〕,妹
　尾アキ夫〔訳〕)・・・・・・・・・・・ 148〜159

宗歩忌《小説》(山沢晴雄)・・・・・・・ 160〜173
偶然の魔《小説》(井上鋠)・・・・・・・ 174〜192
葱坊主の死《小説》(武野藤介)・・・・・ 193〜195
嫉妬《小説》(山上笙介)・・・・・・・・ 196〜215
桂井助教授探偵日誌
　西洋剃刀《小説》(大河内常平)
　・・・・・・・・・・・・・・・・・・・ 216〜233
喫茶店「ロマノフ」《小説》(鳳太郎)
　・・・・・・・・・・・・・・・・・・・ 234〜255
妖精の指〈15・完〉《小説》(島田一男)
　・・・・・・・・・・・・・・・・・・・ 256〜281
探偵小説三十年〈34〉(江戸川乱歩)
　・・・・・・・・・・・・・・・・・・・ 282〜287
宝石クラブ
　読者から見た作家クラブ賞(柏木英夫)
　・・・・・・・・・・・・・・・・・・・ 288〜289
毒入りチョコレート殺人事件〈2〉《小説》
　(アンソニー・バークレー〔著〕,所丈太郎
　〔訳〕)・・・・・・・・・・・・・・・ 290〜315
表紙解説(永田力)・・・・・・・・・・・・・・ 316
編輯後記(永瀬)・・・・・・・・・・・・・・・ 316

第9巻第8号　所蔵あり
1954年7月1日発行　316頁　120円

笑核反応エックス《漫画》・・・・・・・・・ 5〜8
ウソに関する八百章(サンデークラブ同人)
　・・・・・・・・・・・・・・・・・・・・ 9〜11
病院横町の首縊りの家〈1〉《小説》(横溝正
　史)・・・・・・・・・・・・・・・・・・ 14〜26
探偵小説月評(小原俊一)・・・・・・・・・ 27〜27
キュラサオの首《小説》(渡辺啓助)・・・ 28〜43
地下潜行者の心理(大坪砂男)・・・・・・ 44〜45
男女道成寺《小説》(島田一男)・・・・・ 46〜63
フランス粋艶集・・・・・・・・・・・・・・・・ 61
文字合はせ錠《小説》(R・オースティン・フリー
　マン〔著〕,永井信一〔訳〕)・・・・・・ 66〜84
R・オースティン・フリーマン・・・・・・・・ 69
世にも不思議な物語〈1〉(黒沼健)・・・ 85〜87
桂井助教授探偵日誌
　遺言フォルテシモ《小説》(永瀬三吾)
　・・・・・・・・・・・・・・・・・・・・ 88〜103
心霊現象のはなし(家谷正雄)・・・・・・ 104〜107
蔵を開く《小説》(香住春吾)・・・・・・ 108〜132
新映画(好)・・・・・・・・・・・・・・・・・ 133
眠り男羅次郎《小説》(弘田喬太郎)
　・・・・・・・・・・・・・・・・・・・ 134〜148
フランス粋艶集・・・・・・・・・・・・・・・ 147
探偵小説辞典〈19〉(中島河太郎)
　・・・・・・・・・・・・・・・・・・・ 149〜152
新映画(好)・・・・・・・・・・・・・・・・・ 153
砂丘にて《小説》(白家太郎)・・・・・・ 154〜172

17『宝石』

探偵小説ファン資格適性検査 ……… 173～175
「悪魔が来りて笛を吹く」を評す
　病作家の精進に脱帽(江戸川乱歩) …… 176
　行書の傑作(高木彬光) ……………… 176～177
五十六番《小説》(カチュール・マンデス〔著〕,
　妹尾アキ夫〔訳〕)………………… 178～217
マンデスに就いて ………………………… 180
ブリカブラックのコーヒータイム(平野威馬
　雄)………………………………… 218～221
底深き街《小説》(朝山蜻一) ……… 222～245
ばけの皮の話(山町帆三) …………… 246～249
黒の血統《小説》(三橋一夫) ……… 250～267
探偵小説三十年〈35〉(江戸川乱歩)
　…………………………………… 268～273
宝石クラブ ………………………… 274～275
毒入りチョコレート事件〈3・完〉《小説》
　(アンソニー・バークレー〔著〕,所丈太郎
　〔訳〕) ………………………… 276～315
表紙解説(永田力) ………………………… 316
編輯後記(永瀬) ………………………… 316

第9巻第9号　所蔵あり
1954年8月1日発行　316頁　120円

呆世紀マンガ《漫画》 ………………… 5～8
大東京の丑満時(サンデークラブ同人)
　……………………………………… 9～12
崖下の小屋《小説》(香山滋) ………… 14～27
海外近事(江戸川乱歩) ……………… 28～36
探偵小説月評(小原俊一) ………………… 37
比丘尼裁き《小説》(島田一男) ……… 38～63
「病院横町の首縊りの家」中止について(横
　溝正史) ……………………………… 53
大坪砂男氏立つ! ………………………… 53
ブリカブラックのコーヒータイム(平野威馬
　雄) ………………………………… 59～63
音を見る話その他(家谷正雄) ……… 64～67
緑のペンキ缶《小説》(坪田宏) …… 68～93
「黄金虫」のリアリズム(佐伯新一郎)
　………………………………………… 94～95
黄金の竪琴(山町帆三) ……………… 96～99
桂井助教授探偵日誌
　狙われた代議士《小説》(楠田匡介)
　……………………………………… 100～118
探偵小説辞典〈20〉(中島河太郎)
　……………………………………… 119～122
新映画(好) ………………………………… 123
赤い線《小説》(オスカー・シスゴール〔著〕,保
　篠竜緒〔訳〕) ……………………… 124～164
円盤を狙撃した話(黒沼健) ………… 165～167
お支度!!《漫画》(吉崎耕一) ……… 168～169
誘いの網《小説》(足柄左右太) …… 170～183

薔薇の木に《小説》(明内桂子) …… 184～202
影を慕いて《漫画》(安岡あきら) ……… 203
魔術師ダルボ《小説》(岩佐東一郎)
　…………………………………… 204～207
義足をつけた犬《小説》(ウィリアム・アイリッ
　シュ〔著〕,黒沼健〔訳〕) ……… 208～255
フランス粋艶集 ………………………… 255
探偵小説三十年〈36〉(江戸川乱歩)
　…………………………………… 256～261
宝石クラブ
　顔《小説》(滝峠仙之助) ………… 262～263
幻女殺人事件〈1〉《小説》(岡村雄輔)
　…………………………………… 264～315
表紙解説(永田力) ………………………… 316
編集後記(永瀬) ………………………… 316

第9巻第10号　増刊　所蔵あり
1954年8月10日発行　332頁　120円

エロチック・サスペンス《漫画》 ……… 5～8
ア・ラ・ドーシマ・ショウ(サンデークラブ同
　人) ……………………………… 9～12
火星の運河《小説》(江戸川乱歩) … 14～20
獺《小説》(大下宇陀児) …………… 22～41
フランス粋艶集 ………………………… 41
女写真師《小説》(横溝正史) ……… 42～59
フランス粋艶集 ………………………… 59
吸血鬼《小説》(水谷準) …………… 60～78
エロと探偵小説(木々高太郎) ……… 80～82
探偵小説に現れた同性愛(中島河太郎)
　……………………………………… 82～85
美女と赤蟻《小説》(香山滋) ……… 86～108
フランス粋艶集 ………………………… 107
裸女観音《小説》(岡田鯱彦) …… 110～133
仇き同志《小説》(永瀬三吾) …… 134～142
コンコン・ハウス《小説》(夢座海二)
　…………………………………… 144～149
花園心中《小説》(朝山蜻一) …… 150～163
人魚《小説》(A・トルストイ) … 164～172
デルタの犯罪《小説》(島久平) … 174～190
真夏の夜の恋《小説》(大河内常平)
　…………………………………… 192～205
港々に女はあれど《小説》(魔子鬼一)
　…………………………………… 206～213
黄色斑点《小説》(大坪砂男) …… 214～226
新映画(好) ……………………………… 227
神の手《小説》(島田一男) ……… 228～242
二人《小説》(山田風太郎) ……… 244～264
フランス粋艶集 ………………………… 263
赤靴をはいたリル《小説》(冬村温)
　…………………………………… 266～273

素晴らしい新手《小説》（B・ブース）
　　　　　　　　　　　　　274～284
黒い天使の寝台《小説》（渡辺啓助）
　　　　　　　　　　　　　286～305
晶杯(さかずき)《小説》（城昌幸）･･････　306～313
父性《小説》（木々高太郎）･･････　314～332

第9巻第11号　所蔵あり
1954年9月1日発行　316頁　120円
宝石ミステリィマンガ《漫画》･･･････　5～8
美術入門（サンデークラブ同人）･･････　9～12
兇器《小説》（江戸川乱歩）･･････　14～28
れんぎょうの花散る《小説》（木々高太郎）
　　　　　　　　　　　　　　30～43
金魚は死んでいた《小説》（大下宇陀児）
　　　　　　　　　　　　　　44～57
フランス粋艶集 ･････････････････　57
一服か一本かの話（山町帆三）･･････　58～61
ある晩の空想《小説》（レナド・メリク〔著〕，妹尾アキ夫〔訳〕）･･･････　62～91
メリクについて ･････････････････　63
盲人の驚くべき能力（家谷正雄）･････　92～95
探偵小説気狂(マニア)《小説》（梶竜雄）･･････　96～130
フランス粋艶集 ････････････････　127
新映画（好）････････････････････　131
陽気な不具者（黒沼健）･･････　132～135
蛞蝓妄想譜（潮寒二）････････　136～144
探偵小説辞典〈21〉（中島河太郎）
　　　　　　　　　　　　　145～148
新映画（好）････････････････････　149
See-Saw, See-Saw《小説》（今井達夫）
　　　　　　　　　　　　　150～173
姑の頓死《小説》（武野藤介）･･　174～177
桂井助教授探偵日記
　　八百長競馬《小説》（大河内常平）
　　　　　　　　　　　　　178～197
ブリカブラックのコーヒータイム（平野威馬雄）･･････････････････　198～203
月はバンジョオ《小説》（日影丈吉）
　　　　　　　　　　　　　204～223
セロハン氏《漫画》（赤川童太）･･　224～225
男ありけり《小説》（朝島靖之助）･･　226～229
郊外事務所殺人事件 ･･････････　230～231
闇を縫う急行《小説》（クロフツ〔著〕，妹尾アキ夫〔訳〕）･････････　232～251
探偵小説三十年〈37〉（江戸川乱歩）
　　　　　　　　　　　　　252～257
宝石クラブ ････････････････　258～259
幻女殺人事件〈2・完〉《小説》（岡村雄輔）
　　　　　　　　　　　　　260～315
表紙解説（永田力）･･････････････　316

編集後記（永瀬）････････････････　316

第9巻第12号　所蔵あり
1954年10月1日発行　364頁　130円
笑気の沙汰《漫画》･････････････　5～8
その前夜（サンデークラブ同人）････　9～12
キング・コブラ《小説》（香山滋）････　14～28
探偵小説月評（小原俊一）･････････　29
人外秘境〈1〉《小説》（ロスニ〔著〕，水谷準〔訳〕）･･････････････････　30～45
女レスリング奇譚《小説》（渡辺啓助）
　　　　　　　　　　　　　　46～63
フランス粋艶集 ･････････････････　63
新会長木々高太郎に「聞いたり聞かせたり」の座談会《座談会》（木々高太郎，中島河太郎，渡辺剣次，千代有三，大坪砂男）･･･　64～79
死人の座〈1〉《小説》（千代有三）･････　80～98
思出と冒険〈1〉（コナン・ドイル〔著〕，延原謙〔訳〕）････････････････　99～103
マーラ・クラの唄《小説》（石川年）
　　　　　　　　　　　　　106～123
肌冷たき妻《小説》（川島郁夫）　124～133
破れ船の話（山町帆三）････････　134～137
消えた運転手《小説》（サッパー〔著〕，妹尾アキ夫〔訳〕）･････････　138～154
探偵小説辞典〈22〉（中島河太郎）
　　　　　　　　　　　　　155～158
新映画（好）････････････････････　159
河豚の皿《小説》（楠田匡介）･･　160～183
異常記憶の話（家谷正雄）･････　184～187
三本脚の悪鬼《小説》（緒方心太郎）
　　　　　　　　　　　　　188～196
フランス粋艶集 ････････････････　195
鯨に呑まれた話（黒沼健）･････　197～199
最後の女学生《小説》（明内桂子）･･　200～216
新映画（好）････････････････････　217
愛する《小説》（土屋隆夫）･････　218～235
フランス粋艶集 ････････････････　235
ブリカブラックのコーヒータイム（平野威馬雄）･･････････････････　237～241
桂井助教授探偵日記
　　洋裁学院《小説》（山村正夫）･･　242～263
探偵小説三十年〈38〉（江戸川乱歩）
　　　　　　　　　　　　　264～269
宝石クラブ ････････････････　270～271
ブラック・コーヒー〔脚本〕（アガサ・クリスティ〔著〕，長沼弘毅〔訳〕）････　272～363
解説（訳者）･･････････････････　275
表紙解説（永田力）･･････････････　364
編集後記（永瀬）････････････････　364

17 『宝石』

第9巻第13号　所蔵あり
1954年11月1日発行　316頁　120円
秋笑狼狽《漫画》･････････････ 5〜8
懸賞時代(サンデークラブ同人)･･･ 9〜12
病院横町の首縊りの家 解決篇《小説》(岡田鯱彦)････････････････････ 14〜58
エドガー・ウォレスのこと(柳田泉)･･････ 59
探偵小説月評(小原俊一)･････････ 60〜61
病院横町の首縊りの家 完結篇《小説》(岡村雄輔)･･･････････････････ 82〜92
木々高太郎先生へ(朝山蜻一)･････････ 93
朝山さん、大へんむずかしいおたずねです(木々高太郎)･････････････ 93
ステリー・フレミングの幻覚《小説》(アンブローズ・ビアス〔著〕、妹尾アキ夫〔訳〕)･･･････････････････ 94〜96
ヴアン・ダインの妙味(千代有三)･･ 97〜99
裏窓《小説》(ウィリアム・アイリッシュ〔著〕、大門一男〔訳〕)･････ 100〜130
思出と冒険〈2〉(コナン・ドイル〔著〕、延原謙〔訳〕)････････････ 131〜137
桂井助教授探偵日記
　地獄の同伴者《小説》(朝山蜻一)
　･････････････････････ 138〜152
探偵小説辞典〈23〉(中島河太郎)
　･････････････････････ 153〜156
夢の船宿《小説》(島田一男)･･･ 158〜181
二千年のあいだ貯蔵されていた人間(島正三)･････････････････ 182〜183
鞭の痕《小説》(R・コナー〔著〕、氷川瓏〔訳〕)･･････････････ 184〜187
人外秘境〈2〉《小説》(ロスニ〔著〕、水谷準〔訳〕)･････････････ 188〜206
POST ROOM(夢座海二)･･･････････ 207
POST ROOM(大坪砂男)･･･････････ 207
死人の座〈2・完〉《小説》(千代有三)
　･････････････････････ 208〜214
新映画･････････････････････ 215
宝石クラブ･･････････････････ 216〜217
指《小説》(吉野賛十)･･･････ 218〜232
ニュールンベルグの孤児(黒沼健)
　･････････････････････ 234〜239
鑢〈1〉《小説》(フィリップ・マクドナルド〔著〕、黒沼健〔訳〕)････ 240〜315
表紙解説(永田力)･･････････････ 316
編集後記(永瀬)････････････････ 316

第9巻第14号　所蔵あり
1954年12月1日発行　316頁　120円
オープン・ザ・ドア《漫画》････ 5〜8
歳末非情警戒(サンデークラブ)･･ 9〜12

売国奴《小説》(永瀬三吾)･････ 14〜59
人外秘境〈3・完〉《小説》(ロスニ〔著〕、水谷準〔訳〕)････････････ 60〜78
探偵小説月評(小原俊一)･････････ 79
ブリカブラックのコーヒータイム(平野威馬雄)････････････････ 80〜85
クリスマスの翳に《小説》(大河内常平)
　･････････････････････ 86〜98
硝子障子《小説》(武野藤介)･･･ 99〜101
緋牡丹懺悔《小説》(島田一男)･ 102〜123
彼と私と霊魂(徳川夢声)･･･････････ 123
桂井助教授探偵日誌
　アト欣の死《小説》(楠田匡介)
　･････････････････････ 124〜140
氷の上に祈る《小説》(弘田喬太郎)
　･････････････････････ 142〜148
探偵小説辞典〈24〉(中島河太郎)
　･････････････････････ 149〜152
新映画(好)････････････････････ 153
心理試験《小説》(ブリトン・オースチン〔著〕、妹尾アキ夫〔訳〕)･･ 154〜177
オースチンの追想(訳者)･････････ 156
南泉斬猫《小説》(宮原竜雄)･･ 178〜198
思出と冒険〈3〉(コナン・ドイル〔著〕、延原謙〔訳〕)･･･････ 199〜205
神様にも間違ひはある《小説》(魔子鬼一)
　･････････････････････ 206〜214
探偵小説三十年〈39〉(江戸川乱歩)
　･････････････････････ 216〜221
鑢〈2・完〉《小説》(フィリップ・マクドナルド〔著〕、黒沼健〔訳〕)･･ 222〜315
表紙解説(永田力)･･････････････ 316
編集後記(永瀬)････････････････ 316

第10巻第1号　所蔵あり
1955年1月1日発行　432頁　150円
新春の大下宇陀児先生《口絵》････ 1〜3
還暦祝賀会場の乱歩先生《口絵》････ 4
1955謹賀新年《漫画》･･･････････ 5〜12
魔術《詩》(木原孝一)･･･････････ 13
化人幻戯〈2〉《小説》(江戸川乱歩)･･ 14〜37
虹の女《小説》(大下宇陀児)･･ 38〜59
煙草と探偵趣味(桂英二)･････････ 60〜63
女性と探偵小説の座談会《座談会》(石川由起、大谷藤子、小山いと子、松原一枝、永瀬編集長)･･･････････････ 64〜78
探偵小説月評(小原俊一)･････････ 79
千草の曲《小説》(木々高太郎)･･ 80〜98
復讐の時は来れり《漫画》(坂みのる)
　･････････････････････ 100〜101
崖《小説》(如月十三雄)･････ 102〜105

17『宝石』

クレオパトラとサロメ《小説》(渡辺啓助)
　………………………… 106〜125
ケースの謎《小説》(武野藤介) …… 126〜129
探偵小説愛読者資格試験問題 …… 126〜129
扉の後《小説》(香山滋) ………… 130〜142
PLAYER(永井三三男) …………… 143
フランス粋艶集 ………………… 143
ブリカブラックのコーヒータイム(平野威馬
　雄) ………………………… 144〜148
千代有三作「死人の座」懸賞犯人探し入賞者
　発表 ………………………… 149
大陸秘境見聞記〈1〉(島田一男) … 150〜161
江戸川乱歩先生還暦祝賀会の記(黒部竜二)
　………………………… 162〜163
妻恋岬の密室事件《小説》(川島郁夫)
　………………………… 164〜180
新映画(好) ……………………… 181
間歇性夢遊性癲癇症《小説》(和田操)
　………………………… 182〜185
きょう おうさか
　京都(臼井喜之介) ……………… 186
　大阪(竜) ……………………… 186〜187
五ツの窓の物語《小説》(楠田匡介)
　………………………… 188〜204
気狂い部落怪遊記(サンデークラブ同人)
　………………………… 205〜208
探偵小説辞典〈25〉(中島河太郎)
　………………………… 209〜212
流行は風のごとしか(松井直樹) ……… 213
宣伝ビラ《小説》(ウィリアム・ホワイト〔著〕,
　妹尾アキ夫〔訳〕) …………… 214〜227
一九五四年度探偵小説募集第一回予選通過
　作品 ………………………… 228〜229
裏道《小説》(夢座海二) ………… 230〜242
心の影《小説》(土屋隆夫) ……… 244〜259
雲散霧消した話(黒沼健) ………… 260〜263
赤い夜《小説》(日影丈吉) ……… 264〜286
そして二人は死んだ《小説》(狩久)
　………………………… 288〜299
ドン・ファンの約束《小説》(彦坂元二)
　………………………… 300〜301
文珠の罠《小説》(鷲尾三郎) …… 302〜336
新映画(好) ……………………… 337
探偵小説三十年〈40〉(江戸川乱歩)
　………………………… 338〜342
最後の乾杯《漫画》(安岡あきら) … 343
宝石クラブ ……………………… 344
猫の手《小説》(ロージャー・スカーレット〔著〕,
　宇野利泰〔訳〕) ……………… 345〜431
表紙解説(力) …………………… 432
編集後記(永瀬) ………………… 432

第10巻第2号　増刊　所蔵あり
1955年1月5日発行　392頁　150円

冬のアクセント《漫画》 …………… 5〜8
モーゼの杖《小説》(鈴木七七) …… 10〜24
選後余言(中島河太郎) …………… 25
序章なき青春《小説》(水町浩一郎) … 26〜37
ロマネスクな女《小説》(津賀敬) … 38〜49
便乗殺人事件《小説》(港星太郎) … 50〜61
目撃者《小説》(渡辺一郎) ……… 62〜78
私の予選と感想(黒部竜二) ……… 79
筋書殺人事件《小説》(鰓井九印) … 80〜93
X橋付近《小説》(高城高) ……… 94〜110
足音《小説》(深尾登美子) ……… 111〜125
曲つた部屋《小説》(座間美郎) … 126〜140
新映画(好) ……………………… 141
軸《小説》(安永一郎) ………… 142〜152
重殺の川《小説》(辻堂まさる) … 153〜169
白いドレス《小説》(折口達也) … 170〜189
釣糸《小説》(安藤千枝夫) …… 190〜205
予選雑感(阿部主計) ……………… 205
重園《小説》(今村三之介) …… 206〜217
お金捜し《小説》(平井昌三) … 218〜230
寄居虫《小説》(能美米太郎) … 231〜247
N駅着信越線九時三十分《小説》(坂井薫)
　………………………… 248〜266
編集部から(永瀬三吾) …………… 267
黄昏の女《小説》(木島圭四郎) … 268〜283
殺意《小説》(狂家四鬼) ……… 284〜300
新映画(好) ……………………… 301
旅行鞄《小説》(志木征四郎) … 302〜317
選後雑感(渡辺剣次) ……………… 317
その夜の有利子《小説》(灰沼樵) … 318〜331
片目の女《小説》(中川光二) … 332〜345
大学生の死《小説》(原宏) …… 346〜360
人形荘綺譚《小説》(花浦みさ子) … 361〜375
鉄の処女《小説》(袂春信) …… 376〜392

第10巻第3号　所蔵あり
1955年2月1日発行　316頁　120円

日本探偵作家クラブ会長木々高太郎氏《口
　絵》 ………………………… 1〜3
探偵作家クラブ忘年会《口絵》 …… 4
ジャズ・サスペンス《漫画》 …… 5〜8
30オンパレード(サンデークラブ同人)
　………………………… 9〜12
脱獄囚《詩》(中桐雅夫) ………… 13
化人幻戯〈3〉《小説》(江戸川乱歩) … 14〜37
推理小説と科学(会田軍太夫) …… 38〜40
探偵小説月評(小原俊一) ………… 41

165

17『宝石』

全能の島《小説》（ネルスン・ボンド〔著〕，桂英
　二〔訳〕）･････････････････････ 42～59
竜神吼えの怪《小説》（丘美丈二郎）･････ 60～74
科学小説の面白さ（北村小松）････････ 75～77
M博士の生物発見《小説》（会田軍太夫）
　･･･････････････････････････････ 78～90
TOKYO ･･････････････････････････ 91
きょう おうさか
　京都（臼井喜之介）･･････････････ 92～93
　大阪（山下竜二）････････････････････ 93
地球よさらば《小説》（夢座海二）･････ 94～105
新しい英米の科学小説（矢野徹）････ 106～109
冥王星への道《小説》（ウォーレス・ウエスト
　〔著〕，平井喬〔訳〕）････････････ 110～122
ビガーズについて（小山内徹）･････ 123～125
ランソン防御幕《小説》（アーサー・L・ザガー
　ド〔著〕，平井イサク〔訳〕）････ 126～144
PLAYER（永井三三男）･･･････････････ 145
ロビイ《小説》（アイザック・アシモフ〔著〕，多
　村雄二〔訳〕）･････････････････ 146～162
ロビイ解題 ･･･････････････････････ 149
探偵小説辞典〈26〉（中島河太郎）
　･･････････････････････････････ 163～166
この道は験し命は短し（松井直樹）････････ 167
雲に乗る《小説》（飛鳥高）･･････ 168～211
ぶりかぶらつくのこおひいタイム（平野威馬
　雄）･････････････････････････ 212～219
坪田宏小論（中島河太郎）･･････ 220～221
大陸秘境見聞記〈2〉（島田一男）･･･ 222～233
五四年の探偵文壇回顧（渡辺剣次）
　･･････････････････････････････ 234～237
老刑事の春《小説》（梶竜雄）･････ 238～253
探偵小説三十年〈41〉（江戸川乱歩）
　･･････････････････････････････ 254～259
タイム・マシン《小説》（H・G・ウェルズ〔著〕，
　宇野利泰〔訳〕）･･･････････････ 260～313
タイム・マシンについて（訳者）･･････ 313
宝石クラブ ････････････････････ 314～315
表紙解説（永田力）･･････････････････ 316
編集後記（永瀬）･･･････････････････ 316

第10巻第4号　所蔵あり
1955年3月1日発行　316頁　120円
探偵作家クラブ副会長 角田喜久雄氏《口絵》
　････････････････････････････････････ 1
角田氏昇段祝賀将棋会《口絵》･･････ 2～3
カメラを持つ高木彬光氏《口絵》･･･････ 4
ジキルとハイド《漫画》････････････ 5～8
ムダン・タイムズ（サンデークラブ同人）
　･･････････････････････････････････ 9～12
悪霊《詩》（鶴岡冬一）･･･････････････ 13

復讐鬼〈1〉《小説》（高木彬光）･････ 14～64
作者の言葉（高木彬光）････････････････ 63
探偵小説月評（小原俊一）･････････････ 65
サムの東京見物《小説》（水谷準）･･ 66～75
きょう おうさか
　京都（臼井喜之介）･･････････････ 76～77
　大阪（山下竜二）････････････････ 76～77
雪の夜の出来事《小説》（南川潤）･･ 78～99
ドゥーゼ追憶（江戸川乱歩）･･･････ 100～101
冬眠している金《小説》（ウルリッチ〔著〕，妹
　尾アキ夫〔訳〕）･････････････ 102～136
新映画（好）･･･････････････････････ 137
灰の水曜日《小説》（日影丈吉）･･･ 138～149
地獄から来た女《小説》（岡田鯱彦）
　･･････････････････････････････ 150～163
幽霊ピクニック事件（ウォルター・ディーン
　〔著〕，福島仲一〔訳〕）･･････ 164～166
探偵小説辞典〈27〉（中島河太郎）
　･･････････････････････････････ 167～170
新映画（好）･･･････････････････････ 171
海女殺人事件《小説》（朝山蜻一）･ 172～214
探偵小説三十年〈42〉（江戸川乱歩）
　･･････････････････････････････ 216～221
「はと」列車の忘れ物《小説》（夢座海二）
　･･････････････････････････････ 222～239
大陸秘境見聞記〈3〉（島田一男）･･ 240～252
TOKYO（善之助）･･･････････････････ 253
誰も知らない《小説》（楠田匡介）･ 254～278
幽霊慾情《小説》（和田操）･･････ 280～282
新映画（好）･･･････････････････････ 283
ぶりかぶらつくのこおひいタイム（平野威馬
　雄）･････････････････････････ 284～290
宝石クラブ ･･･････････････････････ 291
化人幻戯〈4〉《小説》（江戸川乱歩）
　･･････････････････････････････ 294～315
表紙解説（力）･･････････････････････ 316
編集後記（永瀬）･･･････････････････ 316

第10巻第5号　増刊　所蔵あり
1955年3月10日発行　332頁　120円
流行性ヤブレカブレ《漫画》････････ 5～8
ミス・エロチック・コンテスト（サンデー・ク
　ラブ同人）･････････････････････ 9～12
薔薇に《詩》（岩谷健司）･･･････････････ 13
木馬は廻る《小説》（江戸川乱歩）･ 14～26
臨終の告白《小説》（今村浜子）･･････ 27
麻酔《小説》（木々高太郎）･･････ 28～37
かめれおん《小説》（横溝正史）･･ 38～54
或る贈物について《小説》（毛利亜鈴）･･ 55
接吻の副賞《小説》（水谷準）････ 56～65
天草哀歌《小説》（渡辺啓助）････ 66～82

17 『宝石』

新映画(好) ································ 83
聖妖女《小説》(島田一男)············ 84～97
被虐の果てに《小説》(香山滋)······· 98～113
君の名は女《小説》(武野藤介)····· 114～117
可愛いロークを殺した奴《小説》(モーパッサン〔著〕,平野威馬雄〔訳〕)···· 118～138
新映画(好) ································ 139
人形の森《小説》(朝島靖之助)···· 140～149
死霊《小説》(朝山蜻一)·············· 150～162
異説浅草寺縁起《小説》(岡田鯱彦)
··· 164～175
妻が絵馬《小説》(日影丈吉)······· 176～184
新映画(好) ································ 185
セックスの犯罪《小説》(島久平)·· 186～203
フランス粋艶集 ···························· 201
奈落の男女《小説》(耶止説夫)···· 204～217
色即是空《小説》(大河内常平)···· 218～233
春の凍死者《小説》(永瀬三吾)···· 234～248
女の島《小説》(山田風太郎)······· 254～274
フランス粋艶集 ···························· 273
春情狸噺《小説》(大坪砂男)······· 276～305
フランス粋艶集 ···························· 287
逃走する男《小説》(冬村温)······· 306～307
死人の手紙《小説》(城昌幸)······· 308～312
宇宙線の情熱《小説》(大下宇陀児)
··· 314～332

第10巻第6号 所蔵あり
1955年4月1日発行 336頁 120円
フランス生まれの瓢庵先生 水谷準氏〔口絵〕
··· 5～6
犯人当ての会/「新人二十五人集」の選者
〔口絵〕 ····································· 7
エンピツ会同人展〔口絵〕 ················· 8
ヨカバツ展〔漫画〕 ····················· 9～12
悪趣味アンデパンダン(サンデークラブ同人)
·· 13～16
ある朝の記憶〔詩〕(平林敏彦) ········ 17
掌中の鳥《小説》(E・S・ガードナー〔著〕,妹尾アキ夫〔訳〕) ················ 18～49
鐘楼の鳩《小説》(モーリス・ルブラン〔著〕,保篠龍緒〔訳〕) ·········· 50～62
PLAYER(永井三三男) ··················· 63
機械は誤る《小説》(チェスタートン〔著〕,阿部主計〔訳〕) ············ 64～79
或る犯罪の話《小説》(アントン・チェホフ〔著〕,宇野利泰〔訳〕) ······ 80～100
解説 ··· 99
真夏の夜の惨劇《小説》(マージェリイ・アリンガム〔著〕,横田尚三〔訳〕) ·· 101～111
マージェリイ・アリンガム ············ 108

赤い自転車《小説》(ジョン・コリアー〔著〕,多村雄二〔訳〕) ············ 112～117
坂口安吾の思出(江戸川乱歩)····· 118～120
探偵作家・坂口安吾(中島河太郎)
··· 121～123
短篇懸賞募集作品入賞者発表
感想(高城高) ························ 125～126
嬉しくて……(深尾登美子) ········· 126
入賞作品詮衡座談会《座談会》(江戸川乱歩,水谷準,岡岐弘,城昌幸)
··· 127～147
きょう おうさか
京都(臼井喜之介) ················· 148～149
大阪(山下竜二) ························· 149
兇銃ものがたり《小説》(フランク・グルーバー〔著〕,阿部主計〔訳〕) ········· 150～167
フランク・グルーバー ················· 165
噂の男《小説》(カレル・チャペック〔著〕,都筑道夫〔訳〕) ·············· 168～174
カレル・チャペック ···················· 173
探偵小説辞典〈28〉(中島河太郎)
··· 175～178
TOKYO ································ 179
化人幻戯〈5〉《小説》(江戸川乱歩)
··· 180～200
切り裂き・ジヤック秘譚(黒沼健)
··· 202～209
青白き花園の散歩者(松井直樹)··· 202～209
巧に織つた証拠《小説》(ディートリッヒ・テーデン〔著〕,平井喬〔訳〕) ······· 210～222
新映画(好) ································ 223
裏切行為(ウォルター・ディーン〔著〕,福島仲一〔訳〕) ··················· 224～226
新映画(好) ································ 227
エンピツ会第一回展 ················· 228～229
大陸秘境見聞記〈4〉(島田一男)·· 230～242
新映画(好) ································ 243
ぶりかぶらつくのコーヒータイム(平野威馬雄) ······························· 244～249
鎌鼬《小説》(岡村雄輔) ············ 250～265
探偵小説三十年〈43〉(江戸川乱歩)
··· 266～269
宝石クラブ
宝石題名物語(岡田楽京) ········ 270～271
復讐鬼〈2〉《小説》(高木彬光)··· 272～335
表紙解説(永田力) ······················ 336
編集後記(永瀬) ························· 336

第10巻第7号 所蔵あり
1955年5月1日発行 368頁 130円
十周年を迎えた城社長〔口絵〕 ·········· 5

167

17『宝石』

永瀬三吾探偵作家クラブ賞を受く《口絵》
　････････････････････････････ 6～7
宝石十年の歩み《口絵》････････････ 8
13番地付近《漫画》･････････････ 9～12
探偵笑説《サンデークラブ同人》･･ 13～16
夢のなかのミステリー《詩》（長江道太郎）
　･････････････････････････････････ 17
首《小説》（横溝正史）････････････ 18～57
死恋《小説》（木々高太郎）･･･････ 58～64
一昔前の想い出（水谷準）･･･････ 65～66
Ｓ・Ｆと宝石（丘美丈二郎）･･････ 66～68
懐しきホーム・グランド（鬼怒川浩）
　･････････････････････････････ 68～69
回顧は愉し（岩田賛）････････････････ 69
香魔記《小説》（渡辺啓助）･･･････ 70～84
新映画（好）･･････････････････････ 85
波の音《小説》（城昌幸）････････ 90～95
玉ざんげ〈1〉《小説》（アルヌー・ガロパン〔著〕,
　水谷準〔訳〕）･･･････････････ 96～108
十年を願いみて（大下宇陀児）･･････ 109
「宝石」への望み（飛鳥高）････ 109～110
現代の千夜一夜物語（岡村雄輔）･･ 110～112
お喋り損（楠田匡介）･･････････ 112～113
化人幻戯〈6〉《小説》（江戸川乱歩）
　････････････････････････････ 114～134
新映画（好）･･････････････････････ 135
第一回江戸川乱歩賞･･････････ 136～137
金環《小説》（香山滋）････････ 138～150
宝石十年（渡辺啓助）･････････････ 151
讃へ、かつ批判す（白石潔）････ 151～152
不思議な時代（香住春吾）･････ 152～154
「宝石」十周年の想い（黒島竜二）･･ 154～155
お祝い（島久平）･････････････････ 155
十年目《小説》（夢座海二）････ 156～163
十年目《小説》（狩久）････････ 164～167
十年目《小説》（朝島靖之助）･･ 168～172
探偵小説辞典〈29〉（中島河太郎）
　････････････････････････････ 173～176
PLAYER（永井三三男）････････････ 177
鯉幟《小説》（香住春吾）･･････ 178～199
「宝石」と捕物帖（戸川貞雄）･･ 200～201
お祝いの言葉と（双葉十三郎）･･ 201～202
聖ミシエル号のごとく（赤沼三郎）
　････････････････････････････ 202～203
子飼いの塾生（山村正夫）･････ 203～204
永瀬三吾論（中島河太郎）･････ 205～207
身代金《小説》（ダシル・ハメット〔著〕, 妹尾アキ夫〔訳〕）･･････････････ 208～223
海女の悲歌《小説》（朝山蜻一）･･ 224～238
TOKYO（狂）････････････････････ 239

片腕の士官事件（ウォルター・ディーン〔著〕,
　福島仲一〔訳〕）･････････････ 240～243
黒い土（保篠竜緒）････････････ 244～245
あの頃のこと（黒沼健）････････ 245～246
老鬼のたわごと（大慈宗一郎）････ 246
十年目の歳月（津川溶々）･････ 246～247
「宝石」創刊当時の思い出（氷川瓏）
　････････････････････････････ 247～248
新映画（好）･･････････････････････ 249
偽装強盗殺人事件《小説》（岡田鯱彦）
　････････････････････････････ 250～263
ぶりかぶらつくのコーヒータイム（平野威馬雄）･････････････････････ 264～271
晩餐後からの物語《小説》（W・アイリッシュ〔著〕, 草加信介〔訳〕）････ 272～302
探偵小説三十年〈44〉（江戸川乱歩）
　････････････････････････････ 304～309
坂口君はクラブ賞を悦んでいた（江戸川乱歩）････････････････････････ 309
復讐鬼〈3・完〉《小説》（高木彬光）
　････････････････････････････ 310～367
表紙解説（永田力）･･･････････････ 368
編集後記（永瀬）･････････････････ 368

第10巻第8号　　所蔵あり
1955年6月1日発行　336頁　120円

デテクチーブ・パック《漫画》････ 9～12
幽霊笑ボート（サンデー・クラブ）･･ 13～16
鸚鵡《詩》（嵯峨信之）･････････････ 17
発狂者《小説》（永瀬三吾）････ 18～35
玉ざんげ〈2〉《小説》（アルヌー・ガロパン〔著〕, 水谷準〔訳〕）････････ 36～49
探偵小説月評（小原俊一）･････ 50～51
流れぬ河《小説》（千代有三）･･ 52～67
時計《小説》（山沢晴雄）･･････ 68～79
仲の姫《小説》（袂春信）･･････ 80～92
PLAYER（永井三三男）････････････ 93
兄弟《小説》（飛鳥高）･･････ 94～105
わたしは飛ぶよ《小説》（島久平）･･ 106～120
生きている巨竜（黒沼健）････ 121～125
蝶のやどり《小説》（日影丈吉）･･ 126～137
消失《小説》（鷲尾三郎）････ 138～150
TOKYO（狂）････････････････････ 151
教会裏の娼家《小説》（梶竜雄）･･ 152～168
探偵小説辞典〈30〉（中島河太郎）
　････････････････････････････ 169～173
屍体を抱いて《小説》（魔子鬼一）･･ 174～187
麻耶子《小説》（狩久）･･････ 188～199
きょう　おうさか
　京都（臼井喜之介）････････････ 200
　大阪（山下竜二）･････････ 200～201

168

17『宝石』

畸形児《小説》（山村正夫）………… 202〜217
不思議の国のマヤ夫人《小説》（深尾登美子）
　…………………………………… 218〜235
モンタージュ写真（保篠竜緒）　236〜239
ある偶然《小説》（土屋隆夫）… 240〜252
探偵小説三十年〈45〉（江戸川乱歩）
　…………………………………… 254〜259
泥棒と老嬢《小説》（川島郁夫）…… 260〜270
新映画（好）………………………………… 271
巧弁《小説》（岡田鯱彦）……… 272〜286
新映画（好）………………………………… 287
その男《小説》（角田実）……… 288〜298
大陸秘境見聞録〈5〉（島田一男）　300〜312
ぶりかぶらつくのコーヒータイム（平野威馬
　雄）………………………………… 313〜317
宝石クラブ
　女性読者の皆様へ（深尾登美子）……… 318
　女性とD・S（明内桂子）……… 318〜319
化人幻戯〈7〉《小説》（江戸川乱歩）
　…………………………………… 320〜335
表紙解説（永田力）…………………………… 336
編集後記（永瀬）……………………………… 336

第10巻第9号　増刊　所蔵あり
1955年6月10日発行　428頁　150円
BOSC特集《漫画》…………………… 5〜8
世界一周読本（サンデークラブ）……… 9〜12
押絵と旅する男《小説》（江戸川乱歩）
　……………………………………… 14〜31
三三六番地の秘密《小説》（大下宇陀児）
　……………………………………… 32〜39
黄髪の女《小説》（角田喜久雄）……… 40〜53
焙烙の刑《小説》（横溝正史）… 54〜75
フランス粋艶集………………………………… 75
アガサ・クリスティ小論（長沼弘毅）
　……………………………………… 76〜87
天使魚《小説》（水谷準）……… 88〜100
死刑執行人《小説》（高木彬光）… 102〜117
不思議な盗難《小説》（アガサ・クリスティ〔著〕，
　森川吾郎〔訳〕）……………… 118〜157
明治忠臣蔵《小説》（山田風太郎）… 158〜182
わが創作法（渡辺啓助）……… 183〜186
怪奇を生む鍵（香山滋）……… 186〜187
釘と鎮魂歌《小説》（C・デイリイ・キング〔著〕，
　平井イサク〔訳〕）…………… 188〜208
C・デイリイ・キング………………………… 207
破小屋《小説》（楠田匡介）…… 210〜223
目撃者《小説》（岡田鯱彦）…… 224〜238
ロードスの三角形《小説》（アガサ・クリスティ
　〔著〕，田中良夫〔訳〕）…… 240〜264

キャッスル版文学百科事典 探偵小説（リチャー
　ド・ハル〔著〕，千代有三〔訳〕）
　…………………………………… 264〜268
アリバイ上演さる…………………………… 267
珍らしい帽子《小説》（永瀬三吾）…… 269〜275
フランス粋艶集……………………………… 275
米を盗む《小説》（香住春吾）… 276〜292
フランス粋艶集……………………………… 291
紫の髭《小説》（チェスタートン〔著〕，阿部主計
　〔訳〕）………………………… 293〜305
オーソドックス強盗団《小説》（スズキ・フラン
　ク）……………………………… 306〜307
復活の霊液《小説》（城昌幸）… 308〜316
医学生の催眠術《小説》（木々高太郎）
　…………………………………… 318〜332
クリスティーの文学性（千代有三）
　…………………………………… 334〜335
ナイル河上の殺人《脚本》（アガサ・クリスティ
　〔著〕，長沼弘毅〔訳〕）…… 336〜428

第10巻第10号　所蔵あり
1955年7月1日発行　318頁　120円
第一回江戸川乱歩賞の中島河太郎氏《口絵》
　………………………………………………… 5
「探偵小説と煙草」座談会《口絵》………… 6
探偵作家クラブ関西支部の集い《口絵》…… 6
ニコマニズム《漫画》（独立漫画派同人）
　……………………………………… 7〜10
女の専制時代（サンデークラブ同人）…… 11〜14
鍵穴《詩》（木原孝一）……………………… 15
ワルドシュタインの死《小説》（丘美丈二郎）
　……………………………………… 16〜37
中島河太郎氏の「探偵小説辞典」…………… 37
故海野十三氏追悼会………………………… 37
玉ざんげ〈3〉《小説》（アルヌー・ガロパン〔著〕，
　水谷準〔訳〕）………………… 38〜51
裸足のポー（佐伯新一郎）……… 52〜58
事件屋商売《小説》（レイモンド・チャンドラー
　〔著〕，都筑道夫〔訳〕）…… 60〜107
TOKYO（温）……………………………… 108
KYOTO（臼井喜之介）……………………… 109
相剋《小説》（大河内常平）…… 110〜121
新・残酷物語（黒沼健）……… 122〜126
「閑雅な殺人」読後（中島河太郎）……… 127
さらば愛しの者よ《小説》（坂井薫）
　…………………………………… 128〜153
煙草と探偵小節《座談会》（石田吉男，内藤敏男，
　磯野正俊，江戸川乱歩，角田喜久雄，城昌幸，
　隠岐弘，永瀬編集長）……… 154〜164
探偵小説辞典〈31〉（中島河太郎）
　…………………………………… 165〜168

169

17『宝石』

PLAYER(永井三三男)･･････････ 169
虱師《小説》(宮原竜雄)･･････････ 170〜201
巡査殺害事件(保篠竜緒)･･････････ 202〜207
師父のおとぎばなし《小説》(チェスタートン〔著〕,阿部主計〔訳〕)･･････････ 208〜221
探偵小説三十年〈46〉(江戸川乱歩)
･･････････ 222〜227
和蘭馬《小説》(阿知波五郎)･･････････ 228〜245
ヌーン街で逢つた男《小説》(レイモンド・チャンドラー〔著〕,平井イサク〔訳〕)
･･････････ 246〜283
桃の林の中で《小説》(楡喬介)･･････････ 284〜297
宝石クラブ
　告白《小説》(浜元博)･･････････ 298〜299
化人幻戯〈8〉《小説》(江戸川乱歩)
･･････････ 300〜317
表紙解説(永田力)･･････････ 318
編集後記･･････････ 318

第10巻第11号　所蔵あり
1955年8月1日発行　318頁　120円

江戸川乱歩賞授与式《口絵》･･････････ 5
故海野十三氏追悼会《口絵》･･････････ 6
真夏のデザイン《漫画》･･････････ 7〜10
夏休の宿題帖(サンデークラブ同人)･･････････ 11〜14
新しい事件《詩》(上林猷夫)･･････････ 15
ツタの脅威《小説》(D・H・ケラー〔著〕,辻恭介〔訳〕)･･････････ 16〜34
探偵小説月評(小原俊一)･･････････ 35
風船売り《小説》(香山滋)･･････････ 36〜47
推理劇アリバイを演出して(木村鈴吉)
･･････････ 48〜49
ユーディの原理《小説》(フレドリック・ブラウン〔著〕,平井イサク〔訳〕)･･････････ 50〜60
KYOTO(臼井喜之介)･･････････ 61
玉ざんげ〈4〉《小説》(アルヌー・ガロパン〔著〕,水谷準〔訳〕)･･････････ 62〜73
失われた過去を求めて《小説》(A・E・ヴァンヴォクト〔著〕,平井喬〔訳〕)
･･････････ 74〜97
傑作は読まれたか(田村良宏)･･････････ 98〜101
ハロウビー館のぬれごと《小説》(ジョン・K・バングズ〔著〕,阿部主計〔訳〕)
･･････････ 102〜111
実説エラリー誕生(永井三郎)･･････････ 112〜119
化人幻戯〈9〉《小説》(江戸川乱歩)
･･････････ 120〜138
OSAKA(山下竜二)･･････････ 139
大陸秘境見聞記〈6〉(島田一男)･･････････ 140〜150
探偵小説辞典〈32〉(中島河太郎)
･･････････ 151〜154

悪魔の黙示《小説》(池田紫星)･･････････ 156〜183
ぶりかぶらつくのコーヒータイム(平野威馬雄)･･････････ 184〜188
TOKYO(黒部渓三)･･････････ 189
猛犬《小説》(レイモンド・チャンドラー〔著〕,妹尾アキ夫〔訳〕)･･････････ 190〜224
新映画(好)･･････････ 225
探偵小説三十年〈47〉(江戸川乱歩)
･･････････ 226〜229
アラン・グリーンが日本文を朗読した(江戸川乱歩)･･････････ 229〜231
宝石クラブ
　作家の希望する評論のあり方(丘美丈二郎)
･･････････ 232〜235
　　探偵小説の翻訳について(河田軸村)
･･････････ 235
ミセス・カミングス殺人事件《小説》(松原安里)･･････････ 236〜317
表紙解説(永田力)･･････････ 318
編集後記(永瀬)･･････････ 318

第10巻第12号　増刊　所蔵あり
1955年8月10日発行　316頁　120円

ピンクの呆石箱《漫画》･･････････ 5〜8
売春等処罰法案(サンデークラブ同人)
･･････････ 9〜12
お勢登場《小説》(江戸川乱歩)･･････････ 14〜27
人事不省《小説》(木々高太郎)･･････････ 28〜35
踊り子の二つの死《小説》(水谷準)･･････････ 36〜49
光彩ある絶望《小説》(城昌幸)･･････････ 50〜56
幽霊はお人好し《小説》(大坪砂男)･･････････ 58〜79
フランス粋艶集･･････････ 79
完全なる変装《小説》(スズキ・フランク)
･･････････ 80〜81
これが法律だ《小説》(高木彬光)･･････････ 82〜97
フランス粋艶集･･････････ 97
楽しい夏の想出《小説》(朝山蜻一)
･･････････ 98〜110
特急二十三時発《小説》(島田一男)
･･････････ 112〜126
流木《小説》(山村正夫)･･････････ 128〜141
ヌードの因果《小説》(夢座海二)･･････････ 142〜155
花粉と毒薬《小説》(狩久)･･････････ 156〜166
新映画(好)･･････････ 167
暖房装置の秘密《小説》(ウォルター・ディーン)･･････････ 167〜171
悪魔ミステーク《小説》(永瀬三吾)･･････････ 172〜179
かわうそ《小説》(岡田鯱彦)･･････････ 180〜191
フランス粋艶集･･････････ 191
果し合い《小説》(楡喬介)･･････････ 192〜207

| バババ《小説》（明内桂子）·············· 208〜223
窓の半身像《小説》（渡辺啓助）······ 224〜236
蛸つぼ《小説》（深尾登美子）········ 237〜255
妖術師の恋《小説》（香山滋）········ 256〜268
新映画（好）······························· 269
真夏の殺人《脚本》（大下宇陀児）···· 270〜291
フランス粋艶集······························ 291
孔雀屏風《小説》（横溝正史）········ 292〜316

第10巻第13号　所蔵あり
1955年9月1日発行　316頁　120円

フランス漫画特集《漫画》················· 5〜8
秋風立ちそめ申候（サンデークラブ同人）
·· 9〜12
人間解体《詩》（柴田元男）·············· 13
偶然は裁く《小説》（A・バークリ〔著〕，延原謙
〔訳〕）···································· 14〜28
訳者付記······································ 28
探偵小説月評（小原俊一）················ 29
銀仮面《小説》（ヒュー・ウォルポール〔著〕，山
村正夫〔訳〕）·························· 30〜45
ズームドルフ事件《小説》（M・D・ポウスト
〔著〕，宇野利泰〔訳〕）············ 46〜58
KYOTO（臼井喜之介）····················· 59
二瓶のソース《小説》（ダンセニイ〔著〕，横田
尚三〔訳〕）···························· 60〜75
TOKYO（KK）································ 77
私のベスト・テンについて（江戸川乱歩）
·· 78〜79
十三号監房の秘密《小説》（ジャック・フットレ
ル〔著〕，多村雄二〔訳〕）········ 80〜110
PLAYER（永井三三男）···················· 111
ぶりかぶらつくのコーヒータイム（平野威馬
雄）···································· 112〜117
玉ざんげ〈5〉《小説》（アルヌー・ガロパン〔著〕，
水谷準〔訳〕）······················· 118〜130
新映画（好）·································· 131
大陸秘境見聞記〈7〉（島田一男）·· 132〜143
探偵小説辞典〈33〉（中島河太郎）
·· 145〜148
新映画（好）·································· 149
化人幻戯〈10〉《小説》（江戸川乱歩）
·· 150〜167
僧服の人《小説》（朝山蜻一）······ 168〜199
あーむ・ちえあー（渡辺剣次）····· 200〜203
三文アリバイ《小説》（島久平）··· 204〜222
OSAKA（山下竜二）······················· 223
チヤルシヤフの女《小説》（川島郁夫）
·· 224〜240
新映画（好）·································· 241

種馬という男《小説》（丘美丈二郎）
·· 242〜273
探偵小説三十年〈48〉（江戸川乱歩）
·· 274〜279
宝石クラブ······························· 280〜281
六人の肥つた女《小説》（E・S・ガードナー〔著〕，
妹尾アキ夫〔訳〕）················· 282〜315
表紙解説（永田力）························ 316
編集後記（永瀬）··························· 316

第10巻第14号　所蔵あり
1955年10月1日発行　348頁　130円

僕の画帖《漫画》（安岡あきら）········· 5〜8
宝石大運動会（サンデークラブ同人）··· 9〜12
予感《詩》（木原孝一）····················· 13
密室の予言者《小説》（ロナルド・ノックス〔著〕，
黒沼健〔訳〕）························ 14〜25
茶の葉《小説》（E・ジェプスン/R・ユーステス
〔著〕，桂英二〔訳〕）·············· 26〜40
ベストテンの後半について（江戸川乱歩）
·· 42〜43
オスカー・ブロドスキー事件《小説》（オース
チン・フリーマン〔著〕，小山内徹〔訳〕）
·· 44〜82
KYOTO（臼井喜之介）····················· 83
変てこな足音《小説》（G・チェスタートン〔著〕，
朝野完二〔訳〕）······················ 84〜101
探偵小説月評（石羽文彦）··········· 102〜103
放心家組合《小説》（ロバート・バー〔著〕，宇
野利泰〔訳〕）························ 104〜134
天網恢恢疎でない話（槙悠人）···· 135〜141
玉ざんげ〈6〉《小説》（アルヌー・ガロパン〔著〕，
水谷準〔訳〕）······················· 142〜154
PLAYER（永井三三男）···················· 156
間貫子の死《小説》（香住春吾）··· 156〜185
あーむ・ちえあー（渡辺剣次）····· 186〜187
化人幻戯〈11・完〉《小説》（江戸川乱歩）
·· 188〜200
新映画（好）·································· 201
探偵小説辞典〈34〉（中島河太郎）
·· 203〜206
TOKYO《小説》（K・K）················· 207
大陸秘境見聞記〈8〉（島田一男）··· 208〜219
狐の鶏《小説》（日影丈吉）········ 220〜252
OSAKA（山下竜二）······················· 253
東北弁殺人事件《小説》（楡喬介）· 254〜272
ぶりかぶらつくのコーヒータイム（平野威馬
雄）···································· 273〜279
出羽の鬼姫《小説》（黒部渓三）··· 280〜294
新映画（好）·································· 295
幽霊見損い《小説》（渡辺啓助）··· 296〜311

17『宝石』

探偵小説三十年〈49〉（江戸川乱歩）
　………………………………　312～317
宝石クラブ
　「チャンドラーへの疑問」解決（都筑道
　夫）…………………………………　318
凍る独立祭《小説》（ガードナー〔著〕，妹尾ア
　キ夫〔訳〕）………………………　320～347
表紙解説（永田力）……………………　348
編集後記（永瀬）………………………　348

第10巻第15号　所蔵あり
1955年11月1日発行　316頁　120円

私のスケッチ《漫画》（鮎川万）………　5～8
おなじみ毒書週間（サンデークラブ同人）
　………………………………………　9～12
オネスト・ジョン《詩》（嵯峨信之）………　13
柳《小説》（アルジャノン・ブラックウッド〔著〕，
　宇野利泰〔訳〕）…………………　14～56
KYOTO（臼井喜之介）…………………　57
探偵小説月評（石羽文彦）…………　58～59
幻の馬車《小説》（アメリア・B・エドワァズ〔著〕，
　小山内徹〔訳〕）…………………　60～72
緑玉の袋《小説》（ダンセニー卿〔著〕，桂英二
　〔訳〕）……………………………　73～75
デッドロック《小説》（W・W・ジェイコブズ〔著〕，
　都筑道夫〔訳〕）…………………　76～88
ぶりかぶらつくのコーヒータイム（平野威馬
　雄）………………………………　89～95
美女と贄《小説》（フレデリック・マリヤット
　〔著〕，黒羽新〔訳〕）………………　96～114
TOKYO（K・K）………………………　115
深夜の特急《小説》（アルフレド・ノイズ〔著〕，
　阿部主計〔訳〕）………………　116～123
エーリッヒ・ツァンの音楽《小説》（H・P・ラ
　ブクラフト〔著〕，多村雄二〔訳〕）
　……………………………………　124～132
新映画（好）……………………………　133
ギロチン《小説》（スズキ・フランク）
　……………………………………　134～135
大陸秘境見聞記（9）（島田一男）…　138～149
白い断崖《小説》（岡田鯱彦）……　150～170
盛装せる屍体《小説》（楠田匡介）…　176～190
新映画（好）……………………………　191
乳豚《小説》（明内桂子）…………　192～204
探偵小説辞典〈35〉（中島河太郎）
　……………………………………　205～210
新映画（好）……………………………　211
傷だらけの街《小説》（土屋隆夫）…　212～243
囮《小説》（大河内常平）…………　244～258
カラス《小説》（ウォルター・ディーン〔著〕，福
　島伸一〔訳〕）……………………　259～261

玉ざんげ〈7〉《小説》（アルヌー・ガロパン〔著〕，
　水谷準〔訳〕）……………………　262～274
PLAYER（永井三三男）…………………　275
探偵小説三十年〈50〉（江戸川乱歩）
　……………………………………　276～281
宝石クラブ
　「ミセス・カミングス」殺人事件を読んで
　松原安里さんに期待する（深尾登美
　子）………………………………　282～284
蝿取り紙《小説》（ダシル・ハメット〔著〕，能島
　武文〔訳〕）………………………　286～315
表紙解説（永田力）……………………　316
編集後記（永瀬）………………………　316

第10巻第16号　増刊　所蔵あり
1955年11月10日発行　324頁　120円

NOエローゼ《漫画》（独立漫画派合作）……　5～8
憂うべき芸術家（サンデークラブ同人）
　………………………………………　9～13
一人二役《小説》（江戸川乱歩）……　14～20
ふらんす粋艶集…………………………　21
薔薇より薊へ《小説》（横溝正史）……　22～37
フランス粋艶集…………………………　37
教授と足《小説》（大下宇陀児）……　38～55
フランス粋艶集…………………………　43
フランス粋艶集…………………………　55
シャンプオオル氏事件の顚末《小説》（城昌
　幸）………………………………　56～67
胴切り師《小説》（渡辺啓助）………　68～82
「すごい美人」事件《小説》（スズキ・フラン
　ク）………………………………　83～85
小指のない魔女《小説》（高木彬光）
　……………………………………　86～105
怪談・ひとり者の卵《小説》（日影丈吉）
　……………………………………　106～115
最後の晩餐《小説》（山田風太郎）…　116～137
フランス粋艶集…………………………　137
盗癖《小説》（朝山蜻一）…………　138～151
フランス粋艶集…………………………　151
喫煙車の怪事件《小説》（ウォルター・ディーン
　〔著〕，福島伸一〔訳〕）……………　152～155
師父ブラウンの独り言《小説》（大坪砂男）
　……………………………………　156～167
覗かれた女《小説》（梶竜雄）………　168～177
毒盃《小説》（島田一男）…………　178～190
不思議な巷《小説》（大河内常平）…　192～203
罠《小説》（弘田喬郎）……………　204～219
鷗聴く深夜《小説》（永瀬三吾）……　220～239
情人《小説》（深尾登美子）………　240～258
新映画（好）……………………………　259
小妖女《小説》（香山滋）…………　260～273

17『宝石』

フランス粋艶集 ……………………… 273
景子と二人の男《小説》(宮原竜雄)
　………………………………… 274〜296
新映画(好) …………………………… 297
暗闇の女狼《小説》(角田喜久雄) … 298〜309
黒い扉《小説》(木々高太郎)……… 310〜324
フランス粋艶集 ……………………… 323

第10巻第17号　所蔵あり
1955年12月1日発行　316頁　120円
不安な季節《漫画》(加藤八郎) ……… 5〜11
呆年クリスマス(サンデークラブ同人)
　……………………………………… 9〜12
神話《詩》(中村千尾) ………………… 13
いかさま博奕《小説》(レスリイ・チャーテリス
　〔著〕, 宇野利泰〔訳〕) ……………… 14〜31
サムとうるさがた《小説》(J・マッカレー〔著〕,
　乾信一郎〔訳〕) ……………………… 32〜41
探偵小説月評(石羽文彦) …………… 42〜43
盗まれたロムニー《小説》(エドガー・ウォーレ
　ス〔著〕, 谷崎修平〔訳〕) ………… 44〜51
祭典のスポーツ《小説》(E・W・ホーニング〔著〕,
　阿部津奈夫〔訳〕) ………………… 52〜62
KYOTO(臼井喜之介) ………………… 63
案山子《小説》(モーリス・ルブラン〔著〕, 保篠
　竜緒〔訳〕) ………………………… 64〜76
貴方の金庫は狙われている(槇悠人)
　……………………………………… 77〜87
クレイ少佐の死《小説》(大河内常平)
　…………………………………… 88〜120
TOKYO(K・K) ……………………… 121
ソヴエトの推理小説(袋一平) …… 122〜123
変身《小説》(日影丈吉) ………… 124〜129
波紋の広告主《小説》(松原安里) … 130〜163
ぷりかぷらつくのコーヒータイム(平野威馬
　雄) ……………………………… 164〜172
探偵小説辞典〈36〉(中島河太郎)
　………………………………… 173〜176
一九五五年度探偵小説募集第一回予選通過
　作品 …………………………… 177〜179
桃ゴロ部落の犯罪《小説》(楡喬介)
　………………………………… 180〜213
三人のM《小説》(ウオルター・デイーン〔著〕,
　福島仲一〔訳〕) ……………… 214〜217
さようなら峠《小説》(弘田喬太郎)
　………………………………… 218〜237
文化財団盗難事件《小説》(スズキ・フラン
　ク) ……………………………… 238〜239
大陸秘境見聞記〈10〉(島田一男)
　………………………………… 240〜251
PLAYER(永井三三男) ……………… 252

OSAKA(山下竜二) …………………… 253
玉ざんげ〈8〉《小説》(アルヌー・ガロパン〔著〕,
　水谷準〔訳〕) ………………… 254〜264
新映画(好) …………………………… 265
探偵小説三十年〈51〉(江戸川乱歩)
　………………………………… 266〜271
宝石クラブ ……………………… 272〜274
新映画(好) …………………………… 275
いたずらな七つの帽子《小説》(E・S・ガード
　ナー〔著〕, 妹尾アキ夫〔訳〕)
　………………………………… 276〜315
表紙解説(永田力) …………………… 316
編集後記(永瀬) ……………………… 316

第11巻第1号　所蔵あり
1956年1月1日発行　364頁　130円
仏・伊マンガ傑作集《漫画》 ………… 5〜8
まんずおめでとう御ザル(サンデークラブ同
　人) ………………………………… 9〜12
ちいさな瞳《詩》(北村太郎) ………… 13
詩人の死《小説》(木々高太郎) …… 14〜26
KYOTO(臼井喜之介) ………………… 27
自殺倶楽部《脚本》(城昌幸) ……… 28〜39
乱歩の脱皮(大下宇陀児) ………… 40〜43
コルネリヤ殺し《小説》(渡辺啓助) … 44〜59
玉ざんげ〈9〉《小説》(アルヌー・ガロパン〔著〕,
　水谷準〔訳〕) …………………… 60〜71
探偵小説月評(石羽文彦) ………… 72〜73
開いた窓《小説》(サキ〔著〕, 都筑道夫〔訳〕)
　……………………………………… 74〜77
歳末と新年《アンケート》
　1 歳末新年をいかにお暮らしですか
　2 越年楽しかつた苦しかつた思い出
　3 年読んだ忘れがたき作品
　甲賀三郎の悲鳴(森下雨村) ………… 78
　歳末と新年(江戸川乱歩) …………… 79
　お年玉の話(水谷準) …………… 79〜80
　"死の接吻・その他"(土屋隆
　　夫) ……………………………… 80
　ある新年の思い出(氷川瓏) …… 80〜81
　裏町のホテルにて(渡辺啓助) … 81〜82
　新年のこと(三橋一夫) ………… 82〜83
　敗戦直後の新年(日影丈吉) ………… 83
　侘しい話(千代有三) …………… 83〜84
　お答えします(保篠竜緒) ……… 84〜85
　回顧と展望(中島河太郎) ……… 85〜86
　新年崩壊(妹尾アキ夫) ……………… 86
　執筆旅行(朝山蜻一) …………… 86〜87
　年末ならびに新年の予定(島久
　　平) ……………………………… 87
　歳の瀬に(夢座海二) …………… 87〜87

173

17 『宝石』

探偵小説をかいた正月（隠岐弘）……………………… 88〜89
新年初頭の感想（岡田鯱彦）…… 89〜90
透明な空間の中にあつて（大坪砂男）………………………… 90〜91
スタジオ暮し（香住春吾）………… 91
いつも思うばかり（松本清張）…… 91
予定も思い出も（高木彬光）……… 297
部長刑事物語《小説》（島田一男）…… 92〜105
もう一人の絞刑吏《小説》（カーター・ディクスン〔著〕，宇野利泰〔訳〕）……… 106〜121
地球喪失〈1〉《小説》（香山滋）…… 122〜134
TOKYO（M・S）………………… 135
学生と探偵小説《座談会》（田村良宏，関義一郎，磯野英樹，青木秀夫，清水司郎，前島英男，河野哲子，永瀬編集長）……… 136〜150
八人のギャング《小説》（ウォルター・ディーン〔著〕，福島伸一〔訳〕）……… 151〜153
黒子《小説》（今井達夫）……… 154〜172
新映画（好）………………………… 173
白眼鬼〈1〉《小説》（永瀬三吾）…… 174〜190
探偵小説辞典〈37〉（中島河太郎）……………………… 191〜194
火曜日の夜の集い《小説》（アガサ・クリスティ〔著〕，阿部主計〔訳〕）…… 195〜205
懸賞小説第二次予選通過作 ………… 205
白鳥の秘密《小説》（梶竜雄）…… 206〜237
彼らは殴りあうだけではない（都筑道夫）……………………… 238〜241
「魔婦の足跡」感想（渡辺剣次）… 238〜241
古城の棲息者《小説》（マリアンヌ・モン〔著〕，伊東鎮太郎〔訳〕）……… 242〜261
「森林火災探偵」の手柄話（槙悠人）……………………… 262〜269
悪の火華《小説》（朝山蜻一）…… 270〜281
幽霊《小説》（ヘンリイ・カットナア〔著〕，横田尚三〔訳〕）……… 282〜297
探偵小説の定義（中島河太郎）…… 298〜302
OSAKA（山下竜二）……………… 303
茶色のオーバーを敷けー《小説》（島久平）……………………… 304〜327
探偵小説三十年〈52〉（江戸川乱歩）……………………… 328〜330
祖先と古里の発見（江戸川乱歩）… 330〜333
夜はあばく《小説》（W・アイリッシュ〔著〕，草加信介〔訳〕）……… 334〜363
探偵小説の挿画（永田二）………… 364
編集後記（永瀬）…………………… 364

第11巻第2号　増刊　所蔵あり
1956年1月5日発行　386頁　140円

1956年アホニズム《漫画》……… 5〜8
霧後の夜の殺人《小説》（鳳太郎）… 10〜22
選後余筆（中島河太郎）…………… 23
河吉の話《小説》（安永一郎）…… 24〜37
灯り《小説》（藤井政彦）………… 38〜51
深淵の底《小説》（土英雄）……… 52〜66
災厄は忘れた頃に来る《小説》（桂恵）……………………… 67〜81
骸骨への恋《小説》（竹谷正）…… 82〜95
内大臣昇天のこと《小説》（中山昌八）……………………… 96〜110
黄いろい道しるべ《小説》（白家太郎）……………………… 111〜125
検体X《小説》（坂西明）………… 126〜140
予選を終えて（黒部竜二）………… 141
十三夜事件《小説》（新田英）…… 142〜155
冷い雨《小説》（高城高）………… 156〜171
選後感想（渡辺剣次）……………… 171
とつぷ塔婆《小説》（新井澄男）… 172〜186
予選者として（阿部主計）………… 187
消えた街《小説》（川野京輔）…… 188〜201
魔女の足あと《小説》（大島薫）… 202〜216
新映画（好）………………………… 217
誰が私を殺したか《小説》（宝生吾郎）……………………… 218〜233
幾之進の死《小説》（長房夫）…… 234〜248
新映画（好）………………………… 249
松葉杖の男《小説》（桐野利郎）… 250〜261
盲魚《小説》（貴理万次郎）……… 262〜276
月の光《小説》（利根安里）……… 277〜291
流氷《小説》（倉田映郎）………… 292〜305
第九ステージの殺人《小説》（瀬良透）……………………… 306〜321
編集部の感想（永瀬三吾）………… 321
予言の街《小説》（野村泰次）…… 322〜336
梔子の花《小説》（小式部蛍佑）… 337〜351
落ちる《小説》（白家太郎）……… 352〜367
拳銃と毒薬《小説》（膳哲之助）… 368〜386

第11巻第3号　所蔵あり
1956年2月1日発行　316頁　120円

スリラー四人集《漫画》…………… 5〜8
音楽笑事典（サンデークラブ同人）… 9〜12
無題《詩》（鳥見迅彦）…………… 13
まだ死にきつてはいない《小説》（レックス・スタウト〔著〕，平井イサク〔訳〕）……… 14〜68
KYOTO（臼井喜之介）…………… 69
探偵小説月評（石羽文彦）………… 70〜71

17『宝石』

にせのサイン《小説》(アナトーリ・ベズーグロフ〔著〕, 袋一平〔訳〕)　　72～82
ヒッチコックのエロチック・ハラア(江戸川乱歩)　　83～89
お詫び(江戸川乱歩)　　87
ヒッチコックと会う(木々高太郎)　　89～91
月神の廟《小説》(アガサ・クリスティ〔著〕, 阿部主計〔訳〕)　　92～105
闇の中で《小説》(エディス・ネスビット〔著〕, 福島仲一〔訳〕)　　106～113
玉ざんげ〈10〉《小説》(アルヌー・ガロパン〔著〕, 水谷準〔訳〕)　　114～126
探偵小説辞典〈38〉(中島河太郎)　　127～130
PLAYER(永井三三男)　　131
焔の心理《小説》(夢座海二)　　132～172
OSAKA(山下竜二)　　173
詰将棋《小説》(ウオルター・ディーン)　　174～177
地球喪失〈2〉《小説》(香山滋)　　178～190
新映画(好)　　191
ジヤパン・テリブル!《小説》(阿知波五郎)　　192～217
五万円の小切手《小説》(吉野賛十)　　218～228
二つの声《小説》(楠田匡介)　　230～249
探偵小説の本格と変格(中島河太郎)　　250～254
白眼鬼〈2〉《小説》(永瀬三吾)　　256～272
新映画(好)　　273
宝石クラブ　　274～275
黒い道化師《小説》(角田実)　　276～315
表紙解説(永田力)　　316
編集後記(ながせ)　　316

第11巻第4号　　所蔵あり
1956年3月1日発行　316頁　120円

3人の漫画《漫画》　　5～8
文学笑事典(サンデークラブ同人)　　9～12
青髯と六人目の妻《詩》(水田喜一朗)　　13
枯野《小説》(日影丈吉)　　14～48
PLAYER(永井三三男)　　49
探偵小説月評(石羽文彦)　　50～51
玉ざんげ〈11〉《小説》(アルヌー・ガロパン〔著〕, 水谷準〔訳〕)　　52～63
「不可能派作家の研究」(江戸川乱歩)　　64～76
OSAKA(山下竜二)　　77
霧雨の山峡《小説》(宮原竜雄)　　78～99
一石二鳥《小説》(F・W・クロフツ〔著〕, 福島仲一〔訳〕)　　100～104

スタイル(松井直樹)　　105
白眼鬼〈3〉《小説》(永瀬三吾)　　106～121
「上を見るな」と「金紅樹の秘密」(黒部竜二)　　122～123
悪魔の映像《小説》(渡辺剣次)　　124～149
探偵小説界新年消息　　147, 266
絢爛たる殺人(北村栄三)　　150～155
風邪薬《小説》(大河内常平)　　156～168
お詫び(江戸川乱歩)　　167
探偵小説辞典〈39〉(中島河太郎)　　169～172
KYOTO　　173
厄介な真珠《小説》(R・チャンドラー〔著〕, 妹尾アキ夫〔訳〕)　　174～209
犬と口紅《小説》(ウオルター・ディーン)　　210～213
番傘《小説》(弘田喬太郎)　　214～228
新映画(好)　　229
古城《小説》(砂原彰三)　　230～245
宝石クラブ　　246～247
地球喪失〈3〉《小説》(香山滋)　　248～260
TOKYO(K・K)　　261
犬と馬と人と《小説》(ヴォルテール〔著〕, 福島仲一〔訳〕)　　262～266
妨害者《小説》(原元)　　262～266
新映画(好)　　267
少年殺人犯《小説》(ワルタア・エーベルト〔著〕, 伊東鎮太郎〔訳〕)　　269～315
表紙解説(永田力)　　316
編集後記(永瀬)　　316

第11巻第5号　増刊　所蔵あり
1956年3月10日発行　332頁　120円

M線上のW《漫画》　　5～8
あなたはオンナがやめられる(サンデークラブ同人)　　9～12
毒草《小説》(江戸川乱歩)　　13～18
みんなの見ている前で《小説》(永井夢二)　　19
クリスマスの酒場《小説》(横溝正史)　　20～35
月曜猿《小説》(渡辺啓助)　　36～53
落花《小説》(木々高太郎)　　54～68
新映画(好)　　69
雨夜の鬼《小説》(島田一男)　　70～81
万人坑《小説》(山田風太郎)　　82～93
沙漠の魔術師《小説》(香山滋)　　94～107
劉氏の奇妙な犯罪《小説》(朝島靖之助)　　108～119
野獣《小説》(夢座海二)　　120～149

175

17 『宝石』

犯人を見た犯人《小説》(永瀬三吾)
　　　　　　　　　　　　　　 150〜164
湖に死す《小説》(深尾登美子) ‥‥‥ 165〜177
刈枝殺し《小説》(朝山蜻一) ‥‥‥ 178〜193
ある男対女《小説》(四季桂子) ‥‥‥ 194〜207
ドマン通り《小説》(耶止説夫) ‥‥‥ 208〜219
嘘《小説》(楡喬介) ‥‥‥‥‥‥‥ 220〜237
死美人劇場《小説》(高木彬光) ‥‥‥ 238〜261
ロマンス・グレイ《小説》(大河内常平)
　　　　　　　　　　　　　　 262〜275
満月の記録《小説》(水谷準) ‥‥‥ 276〜286
ふらんす粋艶集 ‥‥‥‥‥‥‥‥‥ 287
五月闇《小説》(城昌幸) ‥‥‥‥‥ 288〜291
五人の子供《小説》(角田喜久雄) ‥‥ 292〜301
現場写真売ります《小説》(大坪砂男)
　　　　　　　　　　　　　　 302〜316
新映画(好) ‥‥‥‥‥‥‥‥‥‥‥ 317
未開匣《小説》(大下宇陀児) ‥‥‥ 318〜332

第11巻第6号　所蔵あり
1956年4月1日発行　316頁　120円

ゴ冗談デ・ショウ《漫画》‥‥‥‥‥ 5〜8
気象学笑辞典(サンデークラブ同人) ‥‥ 9〜12
寓話4《詩》(山本太郎) ‥‥‥‥‥‥ 13
ハルピン・フレイザーの死《小説》(A・ビアズ
　〔著〕, 妹尾アキ夫〔訳〕) ‥‥‥ 14〜28
自分を発見した男《小説》(A・ビアズ〔著〕, 妹
　尾アキ夫〔訳〕) ‥‥‥‥‥‥‥ 28〜33
マクスンの作品《小説》(A・ビアズ〔著〕, 妹
　尾アキ夫〔訳〕) ‥‥‥‥‥‥‥ 34〜43
マカーガー峡谷の秘密《小説》(A・ビアズ〔著〕,
　妹尾アキ夫〔訳〕) ‥‥‥‥‥‥ 43〜49
探偵小説月評(石羽文彦) ‥‥‥‥‥ 50〜51
細川あや夫人の手記《小説》(大坪砂男)
　　　　　　　　　　　　　　 52〜70
OSAKA(山下竜二) ‥‥‥‥‥‥‥ 71
地球喪失〈4〉《小説》(香山滋) ‥‥ 72〜84
スタイル(松井直樹) ‥‥‥‥‥‥‥ 85
裁かれぬ人《小説》(朝島靖之助) 86〜108
新映画(好) ‥‥‥‥‥‥‥‥‥‥‥ 109
短篇懸賞募集作品入賞者発表
　入賞者感想(土英雄) ‥‥‥‥ 111〜112
　入賞者感想(白家太郎) ‥‥‥‥‥ 112
　入賞作品詮衡座談会《座談会》(江戸川乱歩,
　　水谷準, 城昌幸, 隠岐弘)
　　　　　　　　　　　　　　 113〜132
　　隠岐氏の(バンコックからの手紙)(隠岐
　　弘) ‥‥‥‥‥‥‥‥‥‥‥‥ 119
KYOTO(臼井喜之介) ‥‥‥‥‥‥ 133
白バラと長剣と《小説》(阿波波五郎)
　　　　　　　　　　　　　　 134〜141

トッカピー《小説》(丘美丈二郎) ‥‥ 142〜162
叩けば埃の出る話(槙悠人) ‥‥‥‥ 163〜169
玉ざんげ〈12〉《小説》(アルヌー・ガロパン
　〔著〕, 水谷準〔訳〕) ‥‥‥‥‥ 170〜182
新映画(好) ‥‥‥‥‥‥‥‥‥‥‥ 183
午前二時の裸婦《小説》(宮原竜雄)
　　　　　　　　　　　　　　 184〜215
天使にはなれない《小説》(深尾登美子)
　　　　　　　　　　　　　　 216〜245
探偵小説三十五年〈1〉(江戸川乱歩)
　　　　　　　　　　　　　　 246〜249
宝石クラブ ‥‥‥‥‥‥‥‥‥‥ 250〜251
白眼鬼〈4〉《小説》(永瀬三吾) ‥‥ 252〜266
王様商売《小説》(ダシール・ハメット〔著〕, 小
　山内徹〔訳〕) ‥‥‥‥‥‥‥‥ 267〜315
編集後記(永瀬) ‥‥‥‥‥‥‥‥‥ 316

第11巻第7号　所蔵あり
1956年5月1日発行　320頁　120円

野郎どもと動物たち ‥‥‥‥‥‥‥ 9〜12
貴方の記憶力テスト ‥‥‥‥‥‥‥ 13〜16
海外作家の横顔 E・S・ガードナー ‥‥ 17
奇妙な隊商《小説》(日影丈吉) ‥‥‥ 18〜28
ふらんすコント(鮎川万) ‥‥‥‥‥ 26
TOKYO(K・K) ‥‥‥‥‥‥‥‥ 29
クラブ賞を頂いて(日影丈吉) ‥‥‥ 30〜31
スクイーズ・プレイ《小説》(レオナード・トム
　プスン〔著〕, 田中潤司〔訳〕) ‥‥ 32〜55
作者トムプスンの横顔 ‥‥‥‥‥‥ 33
死のクリスマス・プレゼント(北村栄三)
　　　　　　　　　　　　　　 56〜63
玉ざんげ〈13・完〉《小説》(アルヌー・ガロパ
　ン〔著〕, 水谷準〔訳〕) ‥‥‥‥ 64〜74
新映画(好) ‥‥‥‥‥‥‥‥‥‥‥ 75
鑑識課かけ歩く記(鮎川万) ‥‥‥‥ 76〜79
影の部分《小説》(土英雄) ‥‥‥‥ 80〜97
スリッパ《小説》(ウオルター・デイーン)
　　　　　　　　　　　　　　 98〜101
逃げられる《小説》(楠田匡介) ‥‥ 102〜121
君がその犯人だ!!(虫明亜呂無) ‥‥ 122〜128
セブン・S
　スタイル(松井直樹) ‥‥‥‥‥‥ 129
　スクリーン ‥‥‥‥‥‥‥‥ 130〜131
　ステージ ‥‥‥‥‥‥‥‥‥ 130〜131
　スポーツ ‥‥‥‥‥‥‥‥‥ 132〜133
　ソング ‥‥‥‥‥‥‥‥‥‥ 132〜133
　サイエンス ‥‥‥‥‥‥‥‥ 134〜135
　セックス ‥‥‥‥‥‥‥‥‥ 134〜135
都落ち《小説》(朝山蜻一) ‥‥‥‥ 136〜150
ふらんすコント(鮎川万) ‥‥‥‥‥ 144
大阪(山下竜二) ‥‥‥‥‥‥‥‥‥ 151

176

探偵小説三十五年〈2〉(江戸川乱歩)
　　　　　　　　　　　　　152～157
白眼鬼〈5〉《小説》(永瀬三吾)……158～175
ふらんすコント(鮎川万)…………173
探偵小説月評《小説》(石羽文彦)…176～177
蛍雪寮事件《小説》(大河内常平)…178～200
新映画(好)………………………201
一千万ドルを引揚げた男(槙悠人)
　　　　　　　　　　　　　202～208
地球喪失〈5〉《小説》(香山滋)…210～223
ふらんすコント(鮎川万)…………212
夕刊《小説》(ウォルター・ディーン)
　　　　　　　　　　　　　224～227
マンガの季節《漫画》(鈴木義司)…228～229
人皮装釘《小説》(兼田三郎)……230～243
宝石クラブ…………………244～249
指紋の知識《小説》(砂江良)……250～253
猫《小説》(白家太郎)……………254～274
新映画(好)………………………275
あーむ・ちぇあー(渡辺剣次)……276～277
手は目より速し《小説》(E・S・ガードナー〔著〕,
　　妹尾アキ夫〔訳〕)……278～316
編集後記(永瀬)…………………316
探偵小説辞典〈40〉(中島河太郎)
　　　　　　　　　　　　　317～320

第11巻第8号　所蔵あり
1956年6月1日発行　320頁　120円
商売さまざま(サンデー・クラブ)……9～12
貴方の博才テスト…………………13～16
海外作家の横顔　アガサ・クリスティー…17
四つ辻にて《小説》(アガサ・クリスティー〔著〕,
　　田中潤司〔訳〕)……………18～40
「四つ辻にて」について……………21
TOKYO(K・K)…………………41
論なき理論(大下宇陀児)…………42～47
どんたく囃子《小説》(夢座海二)…48～65
探偵小説月評(石羽文彦)…………66～67
バラしてくれる(佐藤みどり)……68～75
海外綺談……………………………71
雨は裁く《小説》(ウォルター・ディーン)
　　　　　　　　　　　　　76～79
地球喪失〈6〉《小説》(香山滋)…80～94
探偵小説三十五年〈3〉(江戸川乱歩)
　　　　　　　　　　　　　96～99
前田君の修士論文通過(江戸川乱歩)
　　　　　　　　　　　　　99～99
まだ朝が来ないのに《小説》(土屋隆夫)
　　　　　　　　　　　　　100～133
大下宇陀児氏の「虚像」出版記念会……109
願いは天にとどいた話(槙悠人)…110～141

海外綺談……………………………140
偶然のかたき《小説》(岡田鯱彦)…142～158
セブン・S
　スタイル……………………………159
　スクリーン…………………160～161
　ステージ……………………160～161
　スポーツ……………………162～163
　ソング………………………162～163
　サイエンス…………………164～165
　セックス……………………164～165
探偵小説新論争《座談会》(江戸川乱歩, 木々高
　　太郎, 大下宇陀児, 角田喜久雄, 中島河太郎,
　　春田俊郎, 大坪砂男)………166～179
"今晩は、お泥棒です"(神楽逸平)
　　　　　　　　　　　　　180～186
海外綺談……………………………183
長命酒伝《小説》(四季桂子)……187～211
詰将棋(土居市太郎)……………197
クリスティの放送劇(長沼弘毅)…212～217
往生ばなし《小説》(阿知波五郎)…218～223
宝石クラブ
　S・Fの二つの行き方(丘美丈二郎)
　　　　　　　　　　　　　226～227
白眼鬼〈6〉《小説》(永瀬三吾)…228～241
マンガ国家バンザーイ《漫画》(鈴木義司)
　　　　　　　　　　　　　242～243
新水爆殺人事件《小説》(ミヒヤエル・グラーフ・
　　ゾルチコフ〔著〕,伊東鎮太郎〔訳〕)
　　　　　　　　　　　　　244～316
編集後記(永瀬)…………………316
探偵小説辞典〈41〉(中島河太郎)
　　　　　　　　　　　　　317～320

第11巻第9号　所蔵あり
1956年7月1日発行　312頁　120円
恐るべき子供たち……………………9～12
ハレム見聞録………………………13～17
血笑島にて《小説》(渡辺啓助)…18～39
パイプ(toto)………………………29
フランス粋艶集………………………34
古い箱《小説》(フレッチャー〔著〕,妹尾アキ夫
　　〔訳〕)…………………………40～51
フレッチャーについて………………43
探偵小説ブウムについて(長沼弘毅)
　　　　　　　　　　　　　52～55
澄んだ眼《小説》(白家太郎)……56～74
フランス粋艶集………………………72
麦酒物語(下田鮎太)………………75
片目鏡の秘密《小説》(J・S・フレッチャー〔著〕,
　　福島仲一〔訳〕)……………76～82

17『宝石』

被害者は誰だ《座談会》(学芸部記者,一ファン) ·········· 83〜85
地球喪失〈7〉《小説》(香山滋) ········ 86〜99
マレンドン事件《小説》(J·S·フレッチャー〔著〕,妹尾アキ夫〔訳〕) ········ 100〜115
風来坊と軍事探偵《小説》(清水正二郎) ········ 116〜141
探偵小説月評(那須六郎) ········ 142〜143
泥棒日記《小説》(M·G·ゾルチコフ〔著〕,伊東鋹太郎〔訳〕) ········ 144〜151
恐ろしい容疑(北村栄三) ········ 152〜159
金貨(toto) ········ 155
望遠鏡(toto) ········ 159
白眼鬼〈7〉《小説》(永瀬三吾) ········ 160〜176
セブン·S
　スタイル ········ 177
　スクリーン ········ 178〜179
　ステイジ ········ 178〜179
　スポーツ ········ 180〜181
　ソング ········ 180〜181
　サイエンス ········ 182〜183
　セックス ········ 182〜183
風俗時評 ········ 184
新映画(好) ········ 185
赤いペンキを買つた女《小説》(葛山二郎) ········ 186〜211
水さし《小説》(ウオルター·デイーン) ········ 212〜215
一秒スリル《小説》 ········ 215
海から来た少年《小説》(梶竜雄) ········ 216〜228
KYOTO(臼井喜之介) ········ 229
探偵小説三十五年〈4〉(江戸川乱歩) ········ 230〜235
二十三号室の謎《小説》(ヒュー·ペントコースト〔著〕,田中潤司〔訳〕) ········ 236〜256
ペントコーストについて ········ 238〜239
SCREEN(井上敏雄) ········ 258〜259
宝石クラブ
　探偵小説芸術論(吉岡元) ········ 260〜262
　実在する金紅樹(宮原竜雄) ········ 263
殉教記《小説》(長房夫) ········ 264〜308
モナコ(toto) ········ 276
モンテ·カルロ(toto) ········ 292
編集後記(永瀬) ········ 308
探偵小説辞典〈42〉(中島河太郎) ········ 309〜312

第11巻第10号　増刊　所蔵あり
1956年7月15日発行　304頁　120円

粋な征服者《漫画》 ········ 9〜12
ひねくれクイズ帖(サンデークラブ同人) ········ 13〜16
ネクタイ綺談《小説》(横溝正史) ········ 18〜29
カレー·ライス(t) ········ 21
フランス粋艶集 ········ 26〜27
魔笛《小説》(高木彬光) ········ 30〜47
恐怖映画(T) ········ 46
墓掘人《小説》(山田風太郎) ········ 48〜64
ミミズに食われた話(三木清伍) ········ 65
祖母と猫《小説》(木々高太郎) ········ 66〜73
竜涎香(t) ········ 72
丹下夫妻の秘密《小説》(朝島靖之助) ········ 74〜87
驢馬修業《小説》(大坪砂男) ········ 88〜91
硬骨に罪あり《小説》(大坪砂男) ········ 91〜94
兇器 ········ 94
麦酒物語(下田鮎太) ········ 95
模型《小説》(城昌幸) ········ 96〜101
フィナーレの間《小説》(朝山蜻一) ········ 102〜115
三人後家《小説》(島田一男) ········ 116〜133
フランス粋艶集 ········ 132〜133
花びらと黙秘権《小説》(永瀬三吾) ········ 134〜151
倫敦(toto) ········ 137
最後の有髪人種《小説》(和田操) ········ 152〜157
刺青の人魚《小説》(水谷準) ········ 158〜168
薔薇 ········ 161
廃墟《小説》(大河内常平) ········ 170〜179
罠《小説》(大下宇陀児) ········ 180〜193
海賊(toto) ········ 186
女にだけ好かれた男《小説》(久保幸男) ········ 194〜198
ウイスキー物語(下田鮎太) ········ 199
窓を開けておくのは《小説》(青木正治) ········ 200〜218
毒薬 ········ 202
新映画(好) ········ 219
幽霊は移動した《講談》(田辺南鶴) ········ 220〜229
制服の魔女《小説》(香山滋) ········ 230〜245
香水の名前さまざま(t) ········ 233
人皮装釘《漫画》(長新太) ········ 246〜247
姿なき花嫁《小説》(渡辺啓助) ········ 248〜260
盗まれたパンティ《小説》(平井昌三) ········ 262〜273
芋虫《小説》(江戸川乱歩) ········ 274〜290
新映画(好) ········ 291
鳥は見ていた《小説》(角田喜久雄) ········ 292〜304

※表紙は1956年7月10日発行

第11巻第11号　所蔵あり
1956年8月1日発行　312頁　120円

世はさまざま ························· 9～12
むだなスペース(サンデークラブ) ······ 13～16
海外作家の横顔 マーガレット・ミラー ··· 17
尾行《小説》(T・S・ストリブリング〔著〕,田中潤司〔訳〕) ···················· 18～37
ミステリイと警官(T) ····················· 33
ストリブリングとポジオリ教授(潤)
　·························· 37～38
OSAKA(山下竜二) ······················· 39
金塊物語《小説》(アガサ・クリスティ〔著〕,阿部主計〔訳〕) ······················· 40～52
三枚の写真《小説》(ウォルター・ディーン)
　·························· 53～57
地球喪失〈8〉《小説》(香山滋) ········· 58～71
モワロン《小説》(ギ・ド・モーパッサン〔著〕,三宅繁〔訳〕) ···················· 72～79
薔薇(T) ······························· 75
ルカの歩いた道《小説》(深尾登美子)
　························· 80～111
ひまわり(T) ···························· 95
探偵小説月評(那須六郎) ··········· 112～113
色魔を追つて(北村栄三) ··········· 114～125
Xの追求《小説》(井上鋭) ·········· 126～142
ホームズ物語掲載誌一覧表(田中潤司)
　························ 143～147
煙突奇談《小説》(地味井平造) ······ 148～163
毛は口ほどに物をいう話(槙悠人)
　························ 164～171
色彩(N) ······························ 167
山小屋の生霊《小説》(サミュアル・ホプキンス・アダムズ〔著〕,桂英二〔訳〕)
　························ 172～176
セブン・S
　STYLE ····························· 177
　SCREEN ························ 178～179
　STAGE ························· 178～179
　SPORT ························· 180～181
　SONG ·························· 180～181
　SCIENCE ······················· 182～183
　SEX ··························· 182～183
風俗時評 ····························· 184
KYOTO(臼井喜之介) ···················· 185
白眼鬼〈2〉(永瀬三吾) ············ 186～193
探偵小説三十五年〈5〉(江戸川乱歩)
　························ 200～205
ロケット地球に帰る《小説》(潮寒二)
　························ 206～231
宝石クラブ

第11巻第12号　所蔵あり
1956年9月1日発行　328頁　120円

アメリカの探偵クラブ賞《小説》(都筑道夫) ······················· 234～235
カインの末裔《小説》(マリー・ルイゼ・フィッシャー〔著〕,伊東鏡太郎〔訳〕)
　························ 236～308
シャーベット(T) ······················ 246
汽車(T) ······························ 267
お腹の中の文学(T) ···················· 293
アイスクリーム(T) ···················· 305
探偵小説辞典〈44〉(中島河太郎)
　························ 309～312

Pink・Lady ························ 9～12
クイズ恐怖症時代(サンデークラブ)
　··························· 13～16
海外作家の横顔 G・シメノン ············· 17
ポアロの探索《小説》(アガサ・クリスティー〔著〕,田中潤司〔訳〕) ·········· 18～44
ポアロの探索について(潤) ·········· 20～21
インキュナブラ(t) ····················· 33
KYOTO(臼井喜之介) ····················· 45
彼奴が私の絵を破った《小説》(島久平)
　··························· 46～67
決斗(T) ······························· 51
挿絵に描かれたホームズ〈1〉(田中潤司)
　··························· 68～72
海外綺談 ······························ 70
ウイスキー物語(下田鮎太) ·············· 73
地球喪失〈9〉《小説》(香山滋) ······· 74～87
空中殺人事件《小説》(M・G・ゾルチコフ〔著〕,伊東鏡太郎〔訳〕) ·········· 88～123
ゾルチコフ ···························· 89
薔薇(t) ····························· 101
空飛ぶ円盤(t) ························ 123
探偵小説月評(那須六郎) ·········· 124～125
ダイヤと女達《小説》(梶竜雄) ····· 126～156
暑くなる地球(t) ······················ 143
クイズ ······························ 155
海外誌から(永瀬委託) ············ 158～159
白眼鬼〈9〉《小説》(永瀬三吾) ···· 160～176
ミスタア・ヒッチコック(t) ············ 168
セブン・S
　スタイル ··························· 177
　スクリーン ···················· 178～179
　ステイジ ······················ 178～179
　スポーツ ······················ 180～181
　ソング ························ 180～181
　サイエンス ···················· 182～183
　セックス ······················ 182～183

17 『宝石』

風俗時評 ……………………………… 184
黄金の惨劇《小説》（ウオルター・デイーン）
　……………………………… 185〜189
探偵小説三十五年〈6〉（江戸川乱歩）
　……………………………… 190〜194
小酒井、平林両家の催し（江戸川乱歩）
　……………………………… 194〜195
SCREEN（井上敏雄）……………… 196〜199
乾三九郎の犯罪《小説》（宮原竜雄）
　……………………………… 200〜228
再びカレー・ライスについて（t）…… 209
航空災害探偵の話（植悠人）…… 230〜237
刺青 ……………………………… 233
匂い ……………………………… 237
宝石クラブ
　探小に於ける明日の課題（関口弘）
　……………………………… 238〜241
黒い蘭《小説》（レックス・スタウト〔著〕，長谷
　川修二〔訳〕）…………… 242〜324
スパイの「虎の巻」（t）……………… 249
白鳥（t）………………………………… 260
初版本（t）……………………………… 279
バーボン・ウイスキー（t）…………… 290
探偵小説辞典〈44〉（中島河太郎）
　……………………………… 325〜328

第11巻第13号　増刊　所蔵あり
1956年9月15日発行　320頁　120円

スリラー喫茶《漫画》………………… 9〜12
大人の童話（サンデークラブ同人）…… 13〜16
モノグラム《小説》（江戸川乱歩）…… 18〜31
山屋敷秘図《小説》（山田風太郎）…… 32〜57
あるふぁべっと事典 ………………… 41
泥棒たちと夫婦たち《小説》（朝山蜻一）
　……………………………… 58〜75
あるふぁべっと事典 ………………… 67
フランス粋艶集 ……………………… 75
薔薇の刺青《小説》（高木彬光）…… 76〜91
密室のヴイナス《小説》（渡辺啓助）
　……………………………… 92〜122
あるふぁべっと事典 ………………… 109
フランス粋艶集 ……………… 120〜121
葡萄酒物語（下田鮎太）……………… 123
人間寝台《小説》（朝島靖之助）… 124〜139
あるふぁべっと事典 ………………… 133
霧の夜の話（島田一男）…… 140〜154
無用心中《小説》（武野藤介）……… 155
影の運命《小説》（城昌幸）…… 156〜163
夢を描くキッス《小説》（大河内常平）
　……………………………… 164〜175
相似人間《小説》（岡田鯱彦）…… 176〜191

あるふぁべっと事典 ………………… 191
淫獣昇天図《小説》（永瀬三吾）… 192〜213
フランス粋艶集 ……………… 212〜213
獣人《小説》（横溝正史）…… 214〜237
あるふぁべっと事典 ………………… 223
銀座三原橋《小説》（耶止説夫）… 238〜251
あるふぁべっと事典 ………………… 251
妖夢の宿《小説》（香山滋）… 252〜266
あるふぁべっと事典 ………………… 265
無音音譜《小説》（木々高太郎）… 270〜284
フランス粋艶集 ……………………… 281
接吻殺人《小説》（武野藤介）……… 285
女形《小説》（楠田匡介）…… 286〜307
フランス粋艶集 ……………… 304〜305
ネクタイ事件《小説》（水谷準）… 308〜320

第11巻第14号　所蔵あり
1956年10月1日発行　328頁　120円

世はさまざま ………………………… 9〜12
SCREEN（井上敏雄）………………… 13〜16
海外作家の横顔　レックス・スタウト …… 17
悪魔の嘲笑〈1〉《小説》（高木彬光）
　……………………………… 18〜67
フランス粋艶集 ……………………… 30
フランス粋艶集 ……………………… 50
作者の言葉（高木彬光）……………… 67
探偵小説の世界的交歓（江戸川乱歩）
　……………………………… 68〜77
真昼の十字路《小説》（宮原竜雄）… 78〜91
どろつく物語〈1〉《小説》（モーリス・デコブ
　ラ〔著〕，水谷準〔訳〕）…… 92〜100
休載お詫び …………………………… 100
人工脳《小説》（阿知波五郎）… 102〜128
KYOTO（臼井喜之介）………………… 129
挿絵に描かれたホームズ〈2・完〉（田中潤
　司）……………………… 130〜135
達也が笑う《小説》（鮎川哲也）… 136〜165
笑いの階段（t）………………………… 147
宝石とミステリイ（t）………………… 154
あとがき（鮎川哲也）………………… 165
柘榴病《小説》（瀬下耽）…… 166〜175
セブン・S
　スタイル ……………………… 177
　スクリーン ………………… 178〜179
　ステイジ …………………… 178〜179
　スポーツ …………………… 180〜181
　ソング ……………………… 180〜181
　サイエンス ………………… 182〜183
　セックス …………………… 182〜183
風俗時評 ……………………………… 184
新映画（好）…………………………… 185

17『宝石』

貴様を二度は縊れない《小説》(ダシェル・ハメット〔著〕,田中潤司〔訳〕)‥‥ 186〜201
ハメット・&・スペイド(潤)‥‥‥ 200〜201
サーカス(t)‥‥‥‥‥‥‥‥‥‥‥ 201
大下先生入院とその後(S生)‥‥ 202〜203
最後の赤線《小説》(朝山蜻一)‥‥ 204〜218
ピストル談義(下田鮎太)‥‥‥‥‥ 219
探偵小説三十五年〈7〉(江戸川乱歩)
‥‥‥‥‥‥‥‥‥‥‥‥‥‥‥ 220〜225
江戸川賞長篇募集‥‥‥‥‥‥‥‥ 221
津軽屋帰る《小説》(猪股聖吾)‥‥ 226〜245
VOGUE(t)‥‥‥‥‥‥‥‥‥‥‥ 245
波《小説》(丘美丈二郎)‥‥‥‥‥ 246〜261
メリイゴーラウンド(t)‥‥‥‥‥‥ 256
食中毒《小説》(夢座海二)‥‥‥‥ 262〜276
オパール(t)‥‥‥‥‥‥‥‥‥‥‥ 271
宝石物語(下田まり)‥‥‥‥‥‥‥ 277
血に染んだ舗道《小説》(アガサ・クリスティ〔著〕,阿部主計〔訳〕)‥‥‥‥ 278〜289
宝石クラブ
　探小の読み方(丘美丈二郎)‥‥ 290〜293
白眼鬼〈10・完〉《小説》(永瀬三吾)
‥‥‥‥‥‥‥‥‥‥‥‥‥‥‥ 294〜324
お月さまのロマンス(t)‥‥‥‥‥‥ 308
探偵小説辞典〈45〉(中島河太郎)
‥‥‥‥‥‥‥‥‥‥‥‥‥‥‥ 325〜328

第11巻第15号　所蔵あり
1956年11月1日発行　312頁　120円
世はさまざま(中野徹郎)‥‥‥‥‥ 9〜12
冬来たりなば‥‥‥‥‥‥‥‥‥‥ 13〜15
海外作家の横顔 ジョン・ディクスン・カー
‥‥‥‥‥‥‥‥‥‥‥‥‥‥‥‥‥ 17
地球喪失〈10〉《小説》(香山滋)‥‥ 18〜31
海の墓は閉されず《小説》(渡辺啓助)
‥‥‥‥‥‥‥‥‥‥‥‥‥‥‥‥ 32〜68
トッパーズ(t)‥‥‥‥‥‥‥‥‥‥‥ 45
ドタバタ喜劇論(井上敏雄)‥‥‥‥‥ 69
ワトスンの二度めの傷(田中潤司)‥ 70〜73
どろつく物語〈2〉《小説》(モーリス・デコブラ〔著〕,水谷準〔訳〕)‥‥‥‥‥ 74〜85
鉛筆(t)‥‥‥‥‥‥‥‥‥‥‥‥‥‥ 78
氷原下の秘密基地(槙悠人)‥‥‥‥ 86〜93
こびと‥‥‥‥‥‥‥‥‥‥‥‥‥‥ 89
悪魔の嘲笑〈2〉《小説》(高木彬光)
‥‥‥‥‥‥‥‥‥‥‥‥‥‥‥ 94〜137
探偵バレエ(t)‥‥‥‥‥‥‥‥‥‥ 105
フランス粋艶集‥‥‥‥‥‥‥‥‥ 108
もみじ(t)‥‥‥‥‥‥‥‥‥‥‥‥ 117
空飛ぶ円盤‥‥‥‥‥‥‥‥‥ 138〜139

復讐は闇の中で《小説》(猪股聖吾)
‥‥‥‥‥‥‥‥‥‥‥‥‥‥‥ 140〜152
SCREEN(井上敏雄)‥‥‥‥‥‥ 153〜155
小さな鬼たち《小説》(土屋隆夫)‥ 156〜175
真夜中のジャズ(t)‥‥‥‥‥‥‥‥ 165
KYOTO(臼井喜之介)‥‥‥‥‥‥‥ 176
セブン・S
　スタイル‥‥‥‥‥‥‥‥‥‥‥‥ 177
　スクリーン‥‥‥‥‥‥‥‥‥ 178〜179
　ステイジ‥‥‥‥‥‥‥‥‥‥ 178〜179
　スポーツ‥‥‥‥‥‥‥‥‥‥ 180〜181
　ソング‥‥‥‥‥‥‥‥‥‥‥ 180〜181
　サイエンス‥‥‥‥‥‥‥‥‥ 182〜183
　セックス‥‥‥‥‥‥‥‥‥‥ 182〜183
風俗時評‥‥‥‥‥‥‥‥‥‥‥‥ 184
鉛筆《小説》(ウオルター・ディーン)
‥‥‥‥‥‥‥‥‥‥‥‥‥‥‥ 185〜189
詰連珠新題(萩原素石)‥‥‥‥‥‥ 186
ビフテキとハンバーガー《小説》(P・クエンティン〔著〕,田中潤司〔訳〕)‥‥ 190〜206
おしどり探偵登場‥‥‥‥‥‥‥ 206〜207
運命‥‥‥‥‥‥‥‥‥‥‥‥‥‥ 207
谷川岳の猟奇死体(大月良美)‥‥ 208〜213
コールサイン殺人事件《小説》(川野京輔)
‥‥‥‥‥‥‥‥‥‥‥‥‥‥‥ 214〜229
探偵小説三十五年〈8〉(江戸川乱歩)
‥‥‥‥‥‥‥‥‥‥‥‥‥‥‥ 230〜235
太つちよの三平《小説》(朝山蜻一)
‥‥‥‥‥‥‥‥‥‥‥‥‥‥‥ 236〜249
タオルを捜せ(北村栄三)‥‥‥‥ 250〜261
宝石クラブ
　探小読者の走り書き(平井義雄)
‥‥‥‥‥‥‥‥‥‥‥‥‥‥‥ 262〜263
　探小の評価(宮島実)‥‥‥‥ 263〜265
あやかしの鼓《小説》(夢野久作)‥ 266〜308
編集後記‥‥‥‥‥‥‥‥‥‥‥‥ 308
探偵小説辞典〈46〉(中島河太郎)
‥‥‥‥‥‥‥‥‥‥‥‥‥‥‥ 309〜312

第11巻第16号　所蔵あり
1956年12月1日発行　312頁　120円
Merry Christmas‥‥‥‥‥‥‥‥‥ 9〜12
SCREEN(井上敏雄)‥‥‥‥‥‥‥ 13〜15
長波短波‥‥‥‥‥‥‥‥‥‥‥‥‥ 16
海外作家の横顔 ロックリッジ‥‥‥‥ 17
地球喪失〈11・完〉《小説》(香山滋)
‥‥‥‥‥‥‥‥‥‥‥‥‥‥‥‥ 18〜32
居酒屋(t)‥‥‥‥‥‥‥‥‥‥‥‥‥ 32
悪魔の嘲笑〈3〉《小説》(高木彬光)
‥‥‥‥‥‥‥‥‥‥‥‥‥‥‥‥ 34〜55
シュークリーム(t)‥‥‥‥‥‥‥‥‥ 45

181

17『宝石』

フランス粋艶集 ・・・・・・・・・・・・・・・・・・・・・ 50～51
メトロのライオン(t) ・・・・・・・・・・・・・・・ 55
どろつく物語〈3〉《小説》（モーリス・デコブラ〔著〕，水谷準〔訳〕）・・・・・・・・・・・ 56～66
ホームズの事件簿（田中潤司）・・・・・・ 67～73
新橋烏森広場《小説》（園田てる子）・・・・・ 74～90
筆者の言葉（島田一男）・・・・・・・・・・・・・・ 91
一九五六年度探偵小説募集第一回予選通過
　　者発表 ・・・・・・・・・・・・・・・・・・・・・・・・ 92～95
剃りかけた髭《小説》（レオナード・トムプスン〔著〕，田中潤司〔訳〕）・・・・・・ 96～120
エスカレイター(t) ・・・・・・・・・・・・・・・・・ 100
少年作家の第二作（潤）・・・・・・・・・ 118～119
KYOTO（臼井喜之介）・・・・・・・・・・・・・・ 121
ムー大陸の笛《小説》（大河内常平）
　　・・・・・・・・・・・・・・・・・・・・・・・・・・ 122～147
毒薬と貴婦人（森乾）・・・・・・・・・・・・ 148～153
妻の立場《小説》（梶竜雄）・・・・・・ 154～175
煙草(t) ・・・・・・・・・・・・・・・・・・・・・・・・・・ 163
セブン・S
　スタイル ・・・・・・・・・・・・・・・・・・・・・・・ 177
　スクリーン ・・・・・・・・・・・・・・・ 178～179
　ステイジ ・・・・・・・・・・・・・・・・・ 178～179
　スポーツ ・・・・・・・・・・・・・・・・・ 180～181
　ソング ・・・・・・・・・・・・・・・・・・・ 180～181
　サイエンス ・・・・・・・・・・・・・・・ 182～183
　セックス ・・・・・・・・・・・・・・・・・ 182～183
風俗時評 ・・・・・・・・・・・・・・・・・・・・・・・・ 184
二人のキム《小説》（ウオルター・デイーン）
　　・・・・・・・・・・・・・・・・・・・・・・・・・・ 185～189
詰連珠新題（坂田吾朗）・・・・・・・・・・・・ 186
動機か機会か《小説》（アガサ・クリスティ〔著〕，阿部主計〔訳〕）・・・・・・・・・ 190～203
探偵小説三十五年〈9〉（江戸川乱歩）
　　・・・・・・・・・・・・・・・・・・・・・・・・・・ 204～209
剥製工場《漫画》（加藤八郎）・・・・ 210～211
欧州探偵小説界を歩く（木々高太郎）
　　・・・・・・・・・・・・・・・・・・・・・・・・・・ 212～223
ヒマラヤ挽歌《小説》（清水正二郎）
　　・・・・・・・・・・・・・・・・・・・・・・・・・・ 224～247
豆本(t) ・・・・・・・・・・・・・・・・・・・・・・・・・ 229
私家版(t) ・・・・・・・・・・・・・・・・・・・・・・・ 243
辞書(t) ・・・・・・・・・・・・・・・・・・・・・・・・・ 246
捜査用のオートメーション《小説》（槙悠人）
　　・・・・・・・・・・・・・・・・・・・・・・・・・・ 248～253
宝石クラブ
　子供と探偵小説（田中はるお）
　　・・・・・・・・・・・・・・・・・・・・・・・・・・ 254～255
　探小文学論私感（九竜平）・・・・ 255～257
　「達也が笑う」について（朴木正）
　　・・・・・・・・・・・・・・・・・・・・・・・・・・・・・ 257

大晦日の夜の殺人《小説》（Q・パトリック〔著〕，田中潤司〔訳〕）・・・・・・・・・・・ 258～308
快癒御挨拶（大下宇陀児）・・・・・・・・・・ 303
訂正お詫び（宝石編集部）・・・・・・・・・・ 308
探偵小説辞典〈47〉（中島河太郎）
　　・・・・・・・・・・・・・・・・・・・・・・・・・・ 309～312

第12巻第1号　所蔵あり
1957年1月1日発行　392頁　150円

ベッドのある風景（伊那冬十）・・・・・・・ 9～12
文字型詰連珠（坂田吾朗）・・・・・・・・・・・ 13
賀笑（サンデークラブ）・・・・・・・・・・ 13～16
名探偵紳士録　明智小五郎 ・・・・・・・・・ 17
その灯を消すな〈1〉《小説》（島田一男）
　　・・・・・・・・・・・・・・・・・・・・・・・・・・・・ 18～48
蜜柑(t) ・・・・・・・・・・・・・・・・・・・・・・・・・・ 23
フランス粋艶集 ・・・・・・・・・・・・・・・・・ 42～43
銀行(t) ・・・・・・・・・・・・・・・・・・・・・・・・・・ 45
大阪（山下竜二）・・・・・・・・・・・・・・・・・・・ 49
運命の決闘《小説》（J・J・ベル〔著〕，妹尾韶夫〔訳〕）・・・・・・・・・・・・・・・・ 50～58
J・J・ベルに就いて ・・・・・・・・・・・・・・・ 53
小切手《小説》（J・J・ベル〔著〕，妹尾韶夫〔訳〕）・・・・・・・・・・・・・・・・・・・・ 58～64
午前三時《小説》（J・J・ベル〔著〕，妹尾韶夫〔訳〕）・・・・・・・・・・・・・・・・・・・・ 64～71
犯罪心理小説の提唱（白石潔）・・・・ 72～73
通り魔《小説》（岡村雄輔）・・・・・・・ 74～97
S(t) ・・・・・・・・・・・・・・・・・・・・・・・・・・・・・ 83
比較文学的解剖（塁十郎）・・・・・・・・ 98～107
ある幽霊《小説》（三橋一夫）・・・・ 108～127
ダイヤ・安く売ります（槙悠人）・・ 128～136
ソ連と中共の近況（江戸川乱歩）・・ 137～140
尾籠譚（下田鮎太）・・・・・・・・・・・・・・・・ 141
悪魔の嘲笑〈4〉《小説》（高木彬光）
　　・・・・・・・・・・・・・・・・・・・・・・・・・・ 142～161
三行広告 ・・・・・・・・・・・・・・・・・・・・・・・・ 153
どろつく物語〈4〉《小説》（モーリス・デコブラ〔著〕，水谷準〔訳〕）・・・・・・ 162～176
忍術(t) ・・・・・・・・・・・・・・・・・・・・・・・・・ 167
南極探検譚（下田鮎太）・・・・・・・・・・・・ 177
ものの影《小説》（城昌幸）・・・・・・ 178～181
栄光の手《小説》（フランク・キング〔著〕，田中潤司〔訳〕）・・・・・・・・・・・ 182～205
トルコ石(t) ・・・・・・・・・・・・・・・・・・・・・ 186
ファド(t) ・・・・・・・・・・・・・・・・・・・・・・・ 193
二つの星（北町一郎）・・・・・・・・・・・・・・ 200
三人キング（潤）・・・・・・・・・・・・・・・・・・ 205
セブン・S
　スタイル ・・・・・・・・・・・・・・・・・・・・・・・ 209
　スクリーン ・・・・・・・・・・・・・・・ 210～211

182

17 『宝石』

ステイジ	210～211
スポーツ	212～213
ソング	212～213
サイエンス	214～215
セックス	214～215
珍盗伝《漫画》（加藤八郎）	216
完全毒殺犯《小説》（尾高只雄）	217～221
体力	221
もとすり横丁の洋裁店《小説》（渡辺啓助）	222～238
サボ(t)	227
京都に関する十二章〈1〉（臼井喜之介）	239
東天紅《小説》（日影丈吉）	240～252
掏摸(t)	244
怪盗ストック《小説》（ウオルター・デイーン）	253～257
詰連珠新題（坂田吾朗）	254
法医学の歴史（平島侃一）	258～262
不思議な水たまり《漫画》（安島アキラ）	263
白兎《小説》（F・G・ユンガー〔著〕，前川道介〔訳〕）	264～281
サンタ・クローズ(t)	273
SCREEN（井上敏雄）	282～285
マンガ個展《漫画》（久里洋二）	286～287
灰色の柩《小説》（宮原竜雄）	288～317
イヴ・モンタン(t)	293
探偵小説三十五年〈10〉（江戸川乱歩）	318～323
宝石クラブ	
探偵小説論（岸本正二）	324～326
自分の顔(ON)	326
夜の蝶〈1〉《小説》（フランク・ブラウン〔著〕，伊東鋳太郎〔訳〕）	328～388
作者の経歴	329
宝石泥棒(t)	366
探偵小説辞典〈48〉（中島河太郎）	389～392

第12巻第2号　増刊　所蔵あり
1957年1月15日発行　320頁　120円

チョット失礼《漫画》	9～12
歳末非常警戒（サンデークラブ同人）	13～16
算盤が恋を語る話《小説》（江戸川乱歩）	18～26
心中(t)	25
泰西色豪譚（下田鮎太）	27
この残酷なもの《小説》（木々高太郎）	28～58
ペチコート《小説》(t)	37
泰西色豪譚（下田鮎太）	59
月夜の信夫翁《小説》（水谷準）	60～73
カマト(t)	69
ドン・ファン怪談《小説》（山田風太郎）	74～95
くらげ(t)	79
回春の秘虫《小説》（清水正二郎）	96～107
河童寺《小説》（大坪砂男）	108～116
におい(t)	115
色事師（臼井喜之介）	117～127
連込み旅館殺人事件《小説》（大河内常平）	128～139
罰せられざる罪《小説》（城昌幸）	140～147
氷河の人魚《小説》（渡辺啓助）	148～167
若いツバメ(t)	157
寝台(t)	167
魔女の落し子《小説》（香山滋）	168～177
女体クリスマス《小説》（耶止求夫）	178～189
凧(t)	183
目撃者一万人《小説》（永瀬三吾）	190～198
四等女製造販売人《小説》（朝山蜻一）	200～215
誘拐犯人《小説》（大下宇陀児）	216～225
手袋(t)	222
邪教の神《小説》（高木彬光）	226～262
長波短波	260～261
おんなのしたぎのはなし（下田まり）	263
くらげ殺人事件《小説》（岸秀）	264～273
世界艶笑秘史〈1〉（丸木砂土）	274～285
百日紅の下にて《小説》（横溝正史）	286～309
長波短波	291
Kappa(t)	308
白豹《小説》（島田一男）	310～320

第12巻第3号　所蔵あり
1957年2月1日発行　272頁　100円

貧血症《漫画》（井上洋介）	9～12
SCREEN TERRACE（井上敏雄）	13～16
名探偵紳士録　俵岩男	17
私の殺した男《小説》（高木彬光）	18～35
毒(t)	27
霊魂博士《小説》（梁取三義）	36～59
マカロン(t)	45
どろつく物語〈5〉《小説》（モーリス・デコブラ〔著〕，水谷準〔訳〕）	60～72
京都に関する十二章〈2〉（臼井喜之介）	73
探偵小説三十五年〈11〉（江戸川乱歩）	74～79
狐憑き《小説》（猪股聖吾）	80～101
薔薇(t)	89

183

17 『宝石』

黒岩涙香の遺稿（江戸川乱歩）‥‥‥ 102〜103
探偵譚に就て（黒岩涙香）‥‥‥‥‥ 103
人外境（黒岩涙香）‥‥‥‥‥‥‥ 103〜105
今秋来るシメノン（佐々木孝丸）‥‥ 104
その灯を消すな〈2〉《小説》（島田一男）
　‥‥‥‥‥‥‥‥‥‥‥‥‥‥ 106〜126
チーズ(t)‥‥‥‥‥‥‥‥‥‥‥ 117
自動車古今東西（下田鮎太）‥‥‥‥ 127
紅毛星占術考（槙悠人）‥‥‥‥ 128〜135
渦（弘田喬太郎）‥‥‥‥‥‥ 136〜148
証拠物件の観察〈1〉（平島侃一）‥ 150〜153
聖汗山（ウルゲ）の悲歌《小説》（中村美与子）
　‥‥‥‥‥‥‥‥‥‥‥‥‥‥ 154〜175
ミモザ(t)‥‥‥‥‥‥‥‥‥‥‥ 163
中村美与子氏追悼（中島河太郎）‥ 172〜173
二人の男《小説》（梶竜雄）‥‥ 176〜203
洋灯（ランプ）(t)‥‥‥‥‥‥‥‥‥‥ 185
赤い小匣（森乾）‥‥‥‥‥‥ 204〜209
夜の蝶〈2・完〉《小説》（フランク・ブラウン〔著〕, 伊東鋏太郎〔訳〕）‥ 210〜268
探偵小説辞典〈49〉（中島河太郎）
　‥‥‥‥‥‥‥‥‥‥‥‥‥‥ 269〜272

第12巻第4号　所蔵あり
1957年3月1日発行　272頁　100円

外国の殺人《漫画》（長新太）‥‥‥‥ 9〜12
SCREEN TERRACE(toto)‥‥‥‥ 13〜15
長波短波‥‥‥‥‥‥‥‥‥‥‥‥ 16
名探偵紳士録 大心池章次‥‥‥‥‥ 17
ハウエル大尉の失踪《小説》（アガサ・クリスティ〔著〕, 邦枝輝夫〔訳〕）‥ 18〜35
検事側の証人《小説》（A・クリスティ〔著〕, 中村定〔訳〕）‥‥‥‥‥‥‥‥ 36〜62
梅‥‥‥‥‥‥‥‥‥‥‥‥‥‥ 45
「検事側の証人」後註‥‥‥‥‥‥ 61
各駅停車（臼井喜之介）‥‥‥‥‥ 63
クリスティの舞台劇（長沼弘毅）‥ 64〜68
toi et moi‥‥‥‥‥‥‥‥‥‥‥ 69
聖ピータの拇指紋《小説》（アガサ・クリスティ〔著〕, 阿部主計〔訳〕）‥‥ 70〜84
ミイラの呪《小説》（アガサ・クリスティ〔著〕, 田中潤司〔訳〕）‥‥‥ 85〜103
奇妙な偶然（潤）‥‥‥‥‥‥‥ 90〜91
可哀そうな女たち《小説》（朝山蜻一）
　‥‥‥‥‥‥‥‥‥‥‥‥‥‥ 104〜116
置時計《小説》（ウォルター・ディーン）
　‥‥‥‥‥‥‥‥‥‥‥‥‥‥ 117〜121
詰連珠新題（坂田吾朗）‥‥‥‥‥ 118
悪魔の嘲笑〈5〉《小説》（高木彬光）
　‥‥‥‥‥‥‥‥‥‥‥‥‥‥ 122〜141
ブロンディ(t)‥‥‥‥‥‥‥‥‥ 133

証拠物件の観察〈2・完〉（平島侃一）
　‥‥‥‥‥‥‥‥‥‥‥‥‥‥ 142〜149
どろつく物語〈6〉《小説》（モーリス・デコブラ〔著〕, 水谷準〔訳〕）‥‥ 150〜162
迷宮(t)‥‥‥‥‥‥‥‥‥‥‥‥ 161
猿が人間に化けた話（槙悠人）‥ 163〜169
その灯を消すな〈3〉《小説》（島田一男）
　‥‥‥‥‥‥‥‥‥‥‥‥‥‥ 170〜197
ホテル(t)‥‥‥‥‥‥‥‥‥‥‥ 179
エレガント・パズル‥‥‥‥‥‥‥ 194
探偵小説三十五年〈12〉（江戸川乱歩）
　‥‥‥‥‥‥‥‥‥‥‥‥‥‥ 198〜203
宝石クラブ
　本格探偵小説の将来（森譲）‥ 204〜206
　短篇懸賞募集作品入選発表‥‥ 208〜209
歓喜魔符《小説》（夢座海二）‥ 210〜268
犬(t)‥‥‥‥‥‥‥‥‥‥‥‥‥ 215
泥棒(t)‥‥‥‥‥‥‥‥‥‥‥‥ 267
編集後記（永瀬）‥‥‥‥‥‥‥ 268
探偵小説辞典〈50〉（中島河太郎）
　‥‥‥‥‥‥‥‥‥‥‥‥‥‥ 269〜272

第12巻第5号　所蔵あり
1957年4月1日発行　272頁　100円

洗濯挟みと女《漫画》（久里洋二）‥ 9〜12
スクリーンテラス（井上敏雄）‥‥ 13〜15
長波短波‥‥‥‥‥‥‥‥‥‥‥‥ 16
名探偵紳士緑 金田一耕助‥‥‥‥‥ 17
悪魔の嘲笑〈6〉《小説》（高木彬光）
　‥‥‥‥‥‥‥‥‥‥‥‥‥‥ 18〜39
どろつく物語〈7〉《小説》（モーリス・デコブラ〔著〕, 水谷準〔訳〕）‥‥ 40〜53
鍵(t)‥‥‥‥‥‥‥‥‥‥‥‥‥ 43
クリスマス・イヴの殺人《小説》（田中潤司）
　‥‥‥‥‥‥‥‥‥‥‥‥‥‥ 54〜87
マットとジェフ(t)‥‥‥‥‥‥‥ 73
入賞作品選考座談会《座談会》（江戸川乱歩, 水谷準, 木村登, 城昌幸）‥‥ 88〜107
入選者の言葉（椰子力）‥‥‥ 105〜106
入選者の言葉（安永一郎）‥‥ 106〜107
入選者の言葉（守門賢太郎）‥‥‥ 107
霊媒殺人事件《小説》（梁取三義）‥ 108〜122
探偵小説三十五年〈13〉（江戸川乱歩）
　‥‥‥‥‥‥‥‥‥‥‥‥‥‥ 124〜129
夜の国境《小説》（カール・ヒルシュフェルド〔著〕, 伊東鋏太郎〔訳〕）‥ 130〜141
映画白昼夢を見る《座談会》（田石南鶴, 田中潤司, 清水正二郎, 永瀬三吾, 山村正夫, 斎藤安代）‥‥‥‥‥‥‥‥‥‥‥ 142〜143
その灯を消すな〈4〉《小説》（島田一男）
　‥‥‥‥‥‥‥‥‥‥‥‥‥‥ 144〜162

立川文庫(t) ・・・・・・・・・・・・・・・・・・・・・・・ 153
石切場の銃声《小説》(ウォルター・ディーン)
　　　　　　　　　　　　　　　　 163〜167
詰連珠新題(萩原素石) ・・・・・・・・・・・・・・・ 164
自動車泥棒の親玉(槇悠人) ・・・・・・・ 168〜177
失恋発疹《小説》(渡辺啓助) ・・・・・・ 178〜191
キズのあれこれ〈1〉(平島侃一) ・・・ 192〜195
爆発《小説》(梶竜雄) ・・・・・・・・・・・ 196〜211
サンドウィッチ伯爵(t) ・・・・・・・・・・・・・・ 211
宝石クラブ
　乱歩氏のベスト10私見(清水一郎)
　　　　　　　　　　　　　　　　 212〜214
　立派な『文学』(梅谷てる子)
　　　　　　　　　　　　　　　　 214〜215
赤い道化師《小説》(ジョンストン・マッカレイ
　〔著〕,妹尾アキ夫〔訳〕) ・・・ 216〜268
チューリップ(t) ・・・・・・・・・・・・・・・・・・・ 229
編集後記(永) ・・・・・・・・・・・・・・・・・・・・・・ 268
探偵小説辞典〈51〉(中島河太郎)
　　　　　　　　　　　　　　　　 269〜272

第12巻第6号　増刊　所蔵あり
1957年4月20日発行　348頁　120円
裸婦四題《口絵》 ・・・・・・・・・・・・・・・・・・ 9〜12
屋根裏の散歩者《小説》(江戸川乱歩)
　　　　　　　　　　　　　　　　　　 14〜43
お茶と同情(t) ・・・・・・・・・・・・・・・・・・・・・・ 31
愛の箴言集 ・・・・・・・・・・・・・・・・・・・・・・・・ 39
六条執念《小説》(木々高太郎) ・・・・・・ 44〜63
仕立屋トム(t) ・・・・・・・・・・・・・・・・・・・・・・ 53
愛の箴言集 ・・・・・・・・・・・・・・・・・・・・・・・・ 61
山野先生の死《小説》(大下宇陀児) ・ 64〜73
愛の箴言集 ・・・・・・・・・・・・・・・・・・・・・・・・ 71
みそさざい《小説》(水谷準) ・・・・・・・ 74〜86
新婚旅行心得帖(下田鮎太) ・・・・・・・・・・ 87
喜劇は終つた《小説》(岸秀) ・・・・・・ 88〜103
お色気クイズ ・・・・・・・・・・・・・・・・・・・・・・ 101
おもかげ《小説》(香山滋) ・・・・・・・ 104〜117
姫君何処におらすか《小説》(山田風太郎)
　　　　　　　　　　　　　　　　 118〜136
愛の箴言集 ・・・・・・・・・・・・・・・・・・・・・・・ 135
泰西色豪譚(下田鮎太) ・・・・・・・・・・・・・ 137
何故と訊くなかれ《小説》(耶止説夫)
　　　　　　　　　　　　　　　　 138〜147
お色気クイズ ・・・・・・・・・・・・・・・・・・・・・・ 146
恐ろしき耳飾《小説》(渡辺啓助) 148〜160
お色気クイズ ・・・・・・・・・・・・・・・・・・・・・・ 153
泰西色豪譚(下田鮎太) ・・・・・・・・・・・・・ 161
女ドン・ファン《小説》(島田一男)
　　　　　　　　　　　　　　　　 162〜197
オチャッピイ(t) ・・・・・・・・・・・・・・・・・・・ 171

トリックを使った女達
　人工妊娠(武野藤介) ・・・・・・・・・・ 198〜201
　色好みの平中(冬村温) ・・・・・・・・ 201〜203
　真珠区の若者(戸山一彦) ・・・・・・ 203〜207
悪女礼讃《小説》(朝島靖之助) ・・・ 208〜223
髯の美について《小説》(大坪砂男)
　　　　　　　　　　　　　　　　 224〜235
愛の箴言集 ・・・・・・・・・・・・・・・・・・・・・・・ 228
針尖の血痕《小説》(永瀬三吾) ・・・ 236〜251
午後五時の影(t) ・・・・・・・・・・・・・・・・・・・ 245
都会の神秘(城昌幸) ・・・・・・・・・・・・ 252〜257
棘《小説》(深尾姜美子) ・・・・・・・・ 258〜277
面影草紙《小説》(横溝正史) ・・・・・ 278〜291
女の手《小説》(高木彬光) ・・・・・・ 292〜311
赤い手袋に殺された《小説》(宮原竜雄)
　　　　　　　　　　　　　　　　 312〜346
未亡人(t) ・・・・・・・・・・・・・・・・・・・・・・・・・ 321

第12巻第7号　所蔵あり
1957年5月1日発行　272頁　100円
hahihuheho《漫画》(安岡アキラ) ・・・・・ 9〜12
スクリーン・テラス(井上敏雄) ・・・・ 13〜16
名探偵紳士録 加賀美敬介 ・・・・・・・・・・・・ 17
悪魔の嘲笑〈7・完〉《小説》(高木彬光)
　　　　　　　　　　　　　　　　　　 18〜48
糸車の歌(t) ・・・・・・・・・・・・・・・・・・・・・・・・ 29
作者の言葉(横溝正史) ・・・・・・・・・・・・・・ 49
ヒーローの死《小説》(白家太郎) ・・ 50〜71
どろつく物語〈8〉《小説》(モーリス・デコブラ
　〔著〕,水谷準〔訳〕) ・・・・・・・・・・ 72〜83
キズのあれこれ〈2・完〉(平島侃一)
　　　　　　　　　　　　　　　　　　 84〜89
妄執《小説》(土英雄) ・・・・・・・・・・・ 90〜106
ボス(t) ・・・・・・・・・・・・・・・・・・・・・・・・・・・・ 99
ハンカチーフの挿話(エピソード)(下田鮎太) ・・・ 107
お次ぎの質問は?《小説》(フランク・グルーバー
　〔著〕,田中潤司〔訳〕) ・・・・・・ 108〜129
人間百科辞典の登場(潤) ・・・・・・・・・・・・ 111
ジャージー物語 ・・・・・・・・・・・・・・・・・・・・ 119
団兵船の聖 女達(マドンナ)《小説》(川野京輔)
　　　　　　　　　　　　　　　　 130〜152
アメリカの雑誌の発行部数(t) ・・・・・・・ 139
銀行強盗《小説》(ウオルター・ディーン)
　　　　　　　　　　　　　　　　 153〜157
詰連珠新題(萩原素石) ・・・・・・・・・・・・・ 154
月光魔像《小説》(守門賢太郎) ・・・ 158〜183
暗号解読の推理〈1〉(秋山正美) 184〜189
動物に油断するな(伊東錬太郎) ・・ 190〜206
toi et moi ・・・・・・・・・・・・・・・・・・・・・・・・・ 207
探偵小説三十五年〈14〉(江戸川乱歩)
　　　　　　　　　　　　　　　　 208〜213

17『宝石』

その灯を消すな〈5〉《小説》（島田一男）
　　　　　　　　　　　　　　　214〜227
松本清張氏へ探偵作家クラブ賞　………　225
宝石クラブ
　　回想横溝正史（K生）　…………　228
　　批判の批判（丘美丈二郎）　……　228〜231
ビーバーを捕えろ《小説》（岡村雄輔）
　　　　　　　　　　　　　　　232〜268
ブロンドとブルネット（t）　…………　241
文字型詰連珠新題（坂田吾朗）　………　261
編集後記　……………………………　268
探偵小説辞典〈52〉（中島河太郎）
　　　　　　　　　　　　　　　269〜272

第12巻第8号　所蔵あり
1957年6月1日発行　272頁　100円

自転車と私《漫画》（久里洋二）　……　9〜12
スクリーン・テラス（井上敏雄）　……　13〜16
名探偵紳士録　神津恭介　………………　17
その灯を消すな〈6〉《小説》（島田一男）
　　　　　　　　　　　　　　　18〜31
名投手《小説》（安永一郎）　…………　32〜47
鈴蘭（t）　………………………………　41
どろつく物語〈9・完〉《小説》（モーリス・デ
　　コブラ〔著〕，水谷準〔訳〕）　……　48〜60
ビスケット（t）　………………………　59
toi et moi　………………………………　61
瓢と鯰《小説》（宮原竜雄）　……　62〜108
蝶（t）　…………………………………　81
奇妙な武器ブーメラン（槙悠人）
　　　　　　　　　　　　　　　109〜113
スザン・デアの推理《小説》（ミニョン・エバハー
　　ト〔著〕，田中潤司〔訳〕）　……　114〜135
エバハートについて　……………………　117
マカロニ（t）　…………………………　129
探偵小説三十五年〈15〉（江戸川乱歩）
　　　　　　　　　　　　　　　136〜141
帰らざる刑事《小説》（潮寒二）　…　142〜179
ヒッチコックと卵（t）　………………　153
クロフツ追悼
　　惚れこんだ作家（長谷川修二）
　　　　　　　　　　　　　　　180〜181
　　クロフツの死（黒部竜二）　………　181
　　クロフツ略歴　……………………　181
このユダヤ人を見よ《小説》（ヘンリー・ウェイ
　　ド〔著〕，妹尾アキ夫〔訳〕）　…　182〜198
お詫び　……………………………………　197
砂金袋《小説》（ウォルター・ディーン）
　　　　　　　　　　　　　　　199〜203
文字型詰連珠新題（坂田吾朗）　………　200
窒息さまざま〈1〉（平島偲一）　……　204〜205

暗号解読の推理〈2〉（秋山正美）　……　206〜213
任右衛門島の朝やけ《小説》（朝山蜻一）
　　　　　　　　　　　　　　　214〜268
牡蠣（t）　………………………………　225
お茶の時間（t）　………………………　253
編集後記（永瀬）　………………………　268
探偵小説辞典〈53〉（中島河太郎）
　　　　　　　　　　　　　　　269〜272

第12巻第9号　所蔵あり
1957年7月1日発行　272頁　100円

マダムパターン《漫画》（伊達圭次）　…　9〜12
スクリーン・テラス（井上敏雄）　……　13〜16
名探偵紳士録　南郷次郎　…………………　17
吸血鬼考《小説》（渡辺啓助）　………　18〜39
索溝《小説》（フェリイ・ロッカー〔著〕，伊東鋹
　　太郎〔訳〕）　………………………　40〜73
ラス・ヴエガス（t）　……………………　73
呪われた女《小説》（弘田喬太郎）　…　74〜93
探偵小説三十五年〈16〉（江戸川乱歩）
　　　　　　　　　　　　　　　94〜99
四人の滞在客《小説》（L・J・ビーストン〔著〕，
　　妹尾アキ夫〔訳〕）　…………　100〜112
タイプライター（t）　…………………　111
武器よさらば《小説》（ウォルター・ディーン）
　　　　　　　　　　　　　　　113〜117
文字型詰連珠新題（坂田吾朗）　………　114
暫日の命《小説》（大河内常平）　…　118〜135
再度のお詫び　……………………………　132
「影の会」誕生　…………………………　135
マダム・タッソーの蠟人形館（九重年支子）
　　　　　　　　　　　　　　　136〜141
コント・クイズ　…………………………　138
青い指紋《小説》（スチュアート・パーマー〔著〕，
　　田中潤司〔訳〕）　…………　142〜158
スチュアート・パーマーについて（潤）
　　　　　　　　　　　　　　　　　157
toi et moi　………………………………　159
自白心理《小説》（夢野久作）　………　160〜169
犬（t）　…………………………………　169
暗号読解の推理〈3〉（秋山正美）　……　170〜176
窒息さまざま〈2・完〉（平島偲一）
　　　　　　　　　　　　　　　178〜187
探偵小説とスリラー映画《座談会》（双葉十三
　　郎，江戸川乱歩，角田喜久雄，日影丈吉）
　　　　　　　　　　　　　　　188〜197
黄色い花《小説》（仁木悦子）　………　200〜222
慶応義塾大学推理小説同好会　………　220〜221
ハメリンの恐怖（槙悠人）　……　223〜231
宝石クラブ
　　翻訳家への希望（安永一郎）　……　232〜233

ホームズ物と動物(実吉達郎)	
・・・・・・・・・・・・・・・・・・・・・・・・・・・	233～235
その灯を消すな〈7・完〉《小説》(島田一男)	
・・・・・・・・・・・・・・・・・・・・・・・・・・・	236～268
ノートル・ダム(t) ・・・・・・・・・・・・・	253
編集後記(谷井正澄) ・・・・・・・・・・・	268
御挨拶(永瀬三吾) ・・・・・・・・・・・・・	268
探偵小説辞典〈54〉(中島河太郎)	
・・・・・・・・・・・・・・・・・・・・・・・・・・・	269～272

第12巻第10号　所蔵あり
1957年8月1日発行　310頁　130円

探偵作家カメラ自叙伝《口絵》 ・・・・・	15～21
悪魔の手鞠唄〈1〉《小説》(横溝正史)	
・・・・・・・・・・・・・・・・・・・・・・・・・・・	24～37
久々の本舞台(R) ・・・・・・・・・・・・・・	27
ビショップ氏殺人事件《小説》(曾野綾子)	
・・・・・・・・・・・・・・・・・・・・・・・・・・・	38～62
女流作家の処女探偵小説(R) ・・・・・	40
アンケート《アンケート》	
1 日頃、探偵小説又はミステリー小説をど	
うお考えになつておりますか。	
2 今までお読みになつた、内外の探偵小説	
又はミステリー小説で、印象に残	
つている作品を、二、三おしるし下	
さい。そして寸感をお書き添え願います。	
(榊山潤) ・・・・・・・・・・・・・・・・・・・・	58
(埴谷雄高) ・・・・・・・・・・・・・・・・・・	58～59
(青野季吉) ・・・・・・・・・・・・・・・・・・	59
(菅原通済) ・・・・・・・・・・・・・・・・・・	72
(長田幹彦) ・・・・・・・・・・・・・・・・・・	72
(高橋新吉) ・・・・・・・・・・・・・・・・・・	72～73
(三角寛) ・・・・・・・・・・・・・・・・・・・・	73
(小島政二郎) ・・・・・・・・・・・・・・・・	120
(十返肇) ・・・・・・・・・・・・・・・・・・・・	120～121
(田代光) ・・・・・・・・・・・・・・・・・・・・	121
(獅子文六) ・・・・・・・・・・・・・・・・・・	121
(安部公房) ・・・・・・・・・・・・・・・・・・	154
(高木卓) ・・・・・・・・・・・・・・・・・・・・	154
(摂津茂和) ・・・・・・・・・・・・・・・・・・	154～155
(細田民樹) ・・・・・・・・・・・・・・・・・・	155
(火野葦平) ・・・・・・・・・・・・・・・・・・	206
(堀口大学) ・・・・・・・・・・・・・・・・・・	206～207
(長沼弘毅) ・・・・・・・・・・・・・・・・・・	207
(平林たい子) ・・・・・・・・・・・・・・・・	207
(平野謙) ・・・・・・・・・・・・・・・・・・・・	216
(森田たま) ・・・・・・・・・・・・・・・・・・	216～217
(波多野完治) ・・・・・・・・・・・・・・・・	217
(日夏耿之介) ・・・・・・・・・・・・・・・・	233
(石川欣一) ・・・・・・・・・・・・・・・・・・	233
(古川緑波) ・・・・・・・・・・・・・・・・・・	233
(北村小松) ・・・・・・・・・・・・・・・・・・	260
(徳川夢声) ・・・・・・・・・・・・・・・・・・	260～261
(渡辺紳一郎) ・・・・・・・・・・・・・・・・	261
(小山いと子) ・・・・・・・・・・・・・・・・	261
(呉茂一) ・・・・・・・・・・・・・・・・・・・・	268
(浜本浩) ・・・・・・・・・・・・・・・・・・・・	268～269
(松井翠声) ・・・・・・・・・・・・・・・・・・	269
(戸板康二) ・・・・・・・・・・・・・・・・・・	269
翻訳ものについて(R) ・・・・・・・・・・・	63
動機《小説》(ロナルド・ノックス〔著〕,妹尾韶	
夫〔訳〕) ・・・・・・・・・・・・・・・・・・・・	64～76
宝石の文化史〈1〉(春山行夫) ・・・・・	77～81
幸田露伴と探偵小説《対談》(江戸川乱歩, 幸田	
文) ・・・・・・・・・・・・・・・・・・・・・・・・	82～96
露伴先生はシャーロック・ホームズであつた	
(R) ・・・・・・・・・・・・・・・・・・・・・・・・	84
飾燈《小説》(日影丈吉) ・・・・・・・・・・	98～117
イルミネーションの郷愁(R) ・・・・	98, 117
わが船頭(長沼弘毅) ・・・・・・・・・・・・	118～121
賭《小説》(アントン・チェーホフ〔著〕, 中村白	
葉〔訳〕) ・・・・・・・・・・・・・・・・・・・・	122～127
カブキの悪人(戸板康二) ・・・・・・・・	128～131
五つの時計《小説》(鮎川哲也) ・・・・・	132～151
完全アリバイがどうして破られたか?(R)	
・・・・・・・・・・・・・・・・・・・・・・・・・・・	134
スリのロマンス(長谷川瀏) ・・・・・・	152～155
おしゃれ問答《座談会》(山田真二, 椿八郎, 長谷	
川修二) ・・・・・・・・・・・・・・・・・・・・	156～164
忌憚なく語る(中島河太郎) ・・・・・・	165～167
奇妙な殺人犯《小説》(ベン・ヘクト〔著〕, 宇	
野利泰〔訳〕) ・・・・・・・・・・・・・・・・	168～177
猫町《小説》(萩原朔太郎) ・・・・・・・・	178～187
無可有郷(R) ・・・・・・・・・・・・・・・・・・	181
文壇作家「探偵小説」を語る《座談会》(梅崎	
春生, 曾野綾子, 中村真一郎, 福永武彦, 松本	
清張, 江戸川乱歩) ・・・・・・・・・・・	188～203
「影の会」(R) ・・・・・・・・・・・・・・・・・・	190
探偵小説のたのしみ(植草甚一) ・・	204～209
異次元の人《小説》(L・P・ラヴクラフト〔著〕,	
平井呈一〔訳〕) ・・・・・・・・・・・・・・	210～217
探偵小説月評(H・M) ・・・・・・・・・・・	218～219
死して漂う《小説》(有馬頼義) ・・・・・	220～234
プールの謎(R) ・・・・・・・・・・・・・・・・	222
酒痴(尾崎士郎) ・・・・・・・・・・・・・・・・	235～237
海外近事(江戸川乱歩) ・・・・・・・・・・	238～243
男のおしゃれ(椿八郎) ・・・・・・・・・・	244～247
宝石クイズ(高木重朗) ・・・・・・・・・・	248～249
フレイザー夫人の消失《小説》(ベイジル・トム	
スン〔著〕, 田中潤司〔訳〕) ・・・・・	250～264
ずばぬけた奇抜さ(R) ・・・・・・・・・・・	251
音楽 ・・・・・・・・・・・・・・・・・・・・・・・・・・	258

17 『宝石』

スリラー映画の「型」について(双葉十三
　郎) ················· 265～269
人肉調理書(黒沼健) ········· 270～275
映画 ·························· 275
樹のごときもの歩く〈1〉《小説》(坂口安吾)
　························ 276～303
三つ巴挑戦探偵小説(R) ············ 285
その頃の思い出(坂口三千代) ···· 304～305
編集を終つて(江戸川乱歩) ········· 306
探偵小説辞典〈55〉(中島河太郎)
　························ 307～310

第12巻第11号　増刊　所蔵あり
1957年8月10日発行　348頁　120円

裸婦三態《口絵》 ················ 9～12
紫色灯の処女《小説》(大下宇陀児) ··· 14～35
天国の計算 ······················ 19
コンデ公の饗宴《小説》(高木彬光)
　························· 36～49
接吻《小説》(江戸川乱歩) ········ 50～57
アルファベット事典 ············ 56～57
妖鳥記《小説》(香山滋) ·········· 58～70
泰西色豪譚(下田鮎太) ············· 71
地獄からの使者《小説》(水谷準) ··· 72～89
好機熟す! ······················ 81
デカという恋人《小説》(朝山蜻一)
　························ 90～109
恐水病患者《小説》(角田喜久雄) ·· 110～121
青鮫は千尋の底へ《小説》(朝島靖之助)
　························ 122～137
少女の臀に礼する男《小説》(木々高太郎)
　························ 138～161
愛の箴言集 ···················· 147
アルファベット事典 ·········· 160～161
女獣医師《小説》(梁取三義) ···· 162～187
ハッとした話 ················· 175
大無法人《小説》(山田風太郎) ·· 188～206
ひめやかな条件 ················ 197
アルファベット事典 ·········· 204～205
おんなのしたぎのはなし(下田マリ) ·· 207
盗賊《小説》(山村正夫) ······· 208～227
愛の箴言集 ··················· 217
炎の夢《小説》(城昌幸) ······· 228～245
結婚の真理 ··················· 237
アルファベット事典 ············ 244
官能夫人《小説》(島久平) ····· 246～261
義歯と弾痕《小説》(島田一男) · 262～279
唇紋《小説》(永瀬三吾) ······· 280～289
氷島の靴下留《小説》(渡辺啓助) 290～307
売買ゲーム《小説》(大河内常平) 308～319
奇妙な薬草(椿八郎) ··········· 320～322

ある人妻の抵抗(寺田文次郎) ···· 322～324
整形と女気質(梅沢文雄) ······· 324～326
もののあわれ(古沢嘉夫) ······· 326～329
猿と死美人《小説》(横溝正史) ·· 330～350
アルファベット事典 ············ 346

第12巻第12号　所蔵あり
1957年9月1日発行　314頁　130円

深夜・犯罪を猟む《口絵》 ········ 11～17
覆面時代のエラリー・クイーン ······ 19
四次元の目撃者〈1〉《小説》(高木彬光)
　························· 20～45
宙にひらく扉(R) ················ 23
MUSIC ·························· 41
電話事件《小説》(加田伶太郎) ···· 46～66
文壇本格派(R) ·················· 49
物理学者「探偵小説」を語る《座談会》(辻二
　郎、坪井忠二、和達清夫、木々高太郎)
　·························· 68～81
完全犯罪《小説》(ベン・レイ・レドマン〔著〕、
　村上啓夫〔訳〕) ·············· 82～98
どんづまりの探偵小説(R) ·········· 84
ある脱獄(楠田匡介) ············ 99～101
樹のごときもの歩く〈2〉《小説》(坂口安吾)
　························ 102～132
宝石の文化史〈2〉(春山行夫) ·· 133～137
芸術的殺人鑑賞会 ·············· 136
若き税務署員の死《小説》(長谷健)
　························ 138～153
諷刺犯罪小説(R) ················ 141
アンケート《アンケート》
　1 日頃、探偵小説又はミステリー小説をど
　　うお考えになつておりますか。
　2 今までにお読みになつた、内外の探偵又は
　　ミステリー小説で、印象に残つて
　　いる作品を、二、三おしるし下さ
　　い。そして寸感をお書き添え願います。
　(佐藤観次郎) ················· 152
　(古畑種基) ··················· 153
　(高木健夫) ··················· 153
　(坂西志保) ··················· 153
　(中川善之助) ················· 172
　(戸川貞雄) ··················· 173
　(式場隆三郎) ················· 173
　(今官一) ················ 296～297
　(飯島正) ···················· 297
探偵小説月評(H・M) ·········· 154～155
UFOに乗つたという四人(北村小松)
　························ 156～159
船室B十三号《脚本》(ジョン・ディクスン・カー
　〔著〕、田中潤司〔訳〕) ······ 160～173

188

17『宝石』

人間消失奇談(R) ‥‥‥‥‥‥‥‥‥ 163
セメント樽の中の手紙《小説》(葉山嘉樹)
　‥‥‥‥‥‥‥‥‥‥‥‥‥ 174～177
プロレタリア怪奇文学(R) ‥‥‥‥‥ 175
クリスティーの訪米 ‥‥‥‥‥‥‥ 177
スリラー漫画《漫画》‥‥‥‥‥ 179～186
スリラー漫画について(伊藤逸平)
　‥‥‥‥‥‥‥‥‥‥‥‥‥ 187～191
探偵小説三十五年〈17〉(江戸川乱歩)
　‥‥‥‥‥‥‥‥‥‥‥‥‥ 192～197
江戸川賞長篇選考の遅延についてお詫び(江
　戸川乱歩) ‥‥‥‥‥‥‥‥‥‥‥ 193
月蝕に消ゆ《小説》(鷲尾三郎) ‥‥ 198～217
トリック発明家(R) ‥‥‥‥‥‥‥ 201
猫雑筆(乾信一郎) ‥‥‥‥‥‥ 218～219
男のおしゃれ(長谷川修二) ‥‥‥ 220～223
火星人の空間ステーション(原田三夫)
　‥‥‥‥‥‥‥‥‥‥‥‥‥ 224～227
ヴァン・ダインは一流か五流か《対談》(小林
　秀雄、江戸川乱歩) ‥‥‥‥‥ 228～240
スレドニ・ヴァシュタール《小説》(サキ〔著〕、
　宇野利泰〔訳〕) ‥‥‥‥‥‥ 241～245
「奇妙な味」の一例(R) ‥‥‥‥‥‥ 242
宝石クイズ(高木重朗) ‥‥‥‥ 246～247
悪魔の手毬唄〈2〉《小説》(横溝正史)
　‥‥‥‥‥‥‥‥‥‥‥‥‥ 248～263
T.V. ‥‥‥‥‥‥‥‥‥‥‥‥‥ 263
STAGE ‥‥‥‥‥‥‥‥‥‥‥‥ 263
パリの夜にきく話〈1〉(薩摩治郎八)
　‥‥‥‥‥‥‥‥‥‥‥‥‥ 264～267
深夜・犯罪を猟る(江戸川乱歩) ‥‥ 268～274
魔術師〈1〉《小説》(サマセット・モーム〔著〕、
　田中西二郎〔訳〕) ‥‥‥‥‥ 276～309
モームの怪奇小説!!(R) ‥‥‥‥ 278～279
SPORTS ‥‥‥‥‥‥‥‥‥‥‥‥ 307
編集後記(江戸川乱歩) ‥‥‥‥‥‥ 310
探偵小説辞典〈56〉(中島河太郎)
　‥‥‥‥‥‥‥‥‥‥‥‥‥ 311～314

第12巻第13号　所蔵あり
1957年10月1日発行　314頁　130円

スリラー・ショウ誌上展《口絵》‥‥ 12～17
百舌鳥〈1〉《小説》(大下宇陀児) ‥‥ 20～33
ロマンティック・リアリズム(R) ‥‥‥ 23
師匠《小説》(梅崎春生) ‥‥‥‥‥ 34～41
日本流「奇妙な味」(R) ‥‥‥‥‥‥‥ 37
負債《小説》(コーネル・ウールリッチ〔著〕、村
　上啓夫〔訳〕) ‥‥‥‥‥‥‥‥ 42～57
ウールリッチ特集(R) ‥‥‥‥‥‥‥ 45
SPORTS ‥‥‥‥‥‥‥‥‥‥‥‥‥ 54
クレイグ・ライス死す ‥‥‥‥‥‥‥ 57

ルアン紀行(長沼弘毅) ‥‥‥‥‥ 58～61
悪魔の手毬唄〈3〉《小説》(横溝正史)
　‥‥‥‥‥‥‥‥‥‥‥‥‥‥ 62～76
詰将棋新題(土居市太郎) ‥‥‥‥‥ 75
お化けとの対決(渡辺啓助) ‥‥‥‥ 77～81
アンケート《アンケート》
「探偵作家になるまで、なつてから」寸感を
　お書き下さい。
　(江戸川乱歩) ‥‥‥‥‥‥‥‥‥ 80
　(岡村雄輔) ‥‥‥‥‥‥‥‥ 80～81
　(大下宇陀児) ‥‥‥‥‥‥‥‥‥ 106
　(岡田鯱彦) ‥‥‥‥‥‥‥ 106～107
　(角田喜久雄) ‥‥‥‥‥‥‥‥‥ 124
　(朝山蜻一) ‥‥‥‥‥‥‥ 124～125
　(宮原竜雄) ‥‥‥‥‥‥‥‥‥‥ 125
　(大坪砂男) ‥‥‥‥‥‥‥‥‥‥ 136
　(楠田匡介) ‥‥‥‥‥‥‥ 136～137
　(香住春吾) ‥‥‥‥‥‥‥‥‥‥ 137
　(山田風太郎) ‥‥‥‥‥‥ 280～281
　(夢座海二) ‥‥‥‥‥‥‥‥‥‥ 281
　(九鬼紫郎) ‥‥‥‥‥‥‥ 304～305
　(飛鳥高) ‥‥‥‥‥‥‥‥‥‥‥ 305
探訪記者《小説》(コーネル・ウールリッチ〔著〕、
　橋本福夫〔訳〕) ‥‥‥‥‥‥ 82～107
MUSIC ‥‥‥‥‥‥‥‥‥‥‥‥‥ 85
アイウエオ
海海海海海 ‥‥‥‥‥‥‥‥‥‥‥ 105
私と探偵小説(村岡花子) ‥‥‥‥ 108～110
梅崎氏の推理読書 ‥‥‥‥‥‥‥ 109
樽の中に住む話《座談会》(佐藤春夫、城昌幸、江
　戸川乱歩) ‥‥‥‥‥‥‥‥ 112～125
羨まれる日本作家 ‥‥‥‥‥‥‥ 117
「探偵小説の魅力について」‥‥‥‥ 117
四次元の目撃者〈2・完〉《小説》(高木彬光)
　‥‥‥‥‥‥‥‥‥‥‥‥‥ 126～155
「探偵小説の魅力について」‥‥‥‥ 155
現代のスリルを語る《座談会》(石原慎太郎、谷
　川俊太郎、黛敏郎、山村正夫、江戸川乱歩)
　‥‥‥‥‥‥‥‥‥‥‥‥‥ 156～171
幽霊船 ‥‥‥‥‥‥‥‥‥‥‥‥ 169
一人二役の死〈1〉《小説》(木々高太郎)
　‥‥‥‥‥‥‥‥‥‥‥‥‥ 172～178
無類の不可能興味(R) ‥‥‥‥‥‥ 175
イギリス少年少女の愛読書 ‥‥‥‥ 178
スリラー漫画《漫画》(チャールズ・アダムズ
　〔著〕) ‥‥‥‥‥‥‥‥‥‥ 179～186
T・V ‥‥‥‥‥‥‥‥‥‥‥‥‥ 187
SCREEN ‥‥‥‥‥‥‥‥‥‥‥‥ 187
売店開業始末記《小説》(三浦朱門)
　‥‥‥‥‥‥‥‥‥‥‥‥‥ 188～205
本格プロット派(R) ‥‥‥‥‥‥‥ 191
逞しき哉人間!(黒沼健) ‥‥‥‥ 206～209

189

17『宝石』

宝石クイズ(高木重朗) ………… 210〜211
死者とすごす一夜《小説》(コーネル・ウールリッチ〔著〕,中村能三〔訳〕) …… 212〜231
ソ連のベストセラー …………… 231
宝石の文化史〈3〉(春山行夫) … 232〜235
樹のごときもの歩く〈3〉《小説》(坂口安吾)
　　　　　　　　　　　　　　236〜250
toi et moi ……………………… 251
探偵小説三十五年〈18〉(江戸川乱歩)
　　　　　　　　　　　　　　252〜257
男のおしゃれ(椿八郎) ………… 258〜261
犯人万歳《小説》(永瀬三吾) … 262〜281
豊富な前歴の持主(R) ………… 265
STAGE ………………………… 271
パリの夜にきく話〈2〉(薩摩治郎八)
　　　　　　　　　　　　　　282〜285
人工生命の創造近し …………… 284
宝石クラブ
　森下雨村氏より(森下雨村) … 286
　延原謙氏より(延原謙) ……… 286
　佐藤みどりさんより(佐藤みどり) … 286
　武田武彦氏より(武田武彦) … 286
魔術師〈2〉《小説》(サマセット・モーム〔著〕,田中西二朗〔訳〕) ……… 288〜309
編集後記(乱歩) ………………… 310
探偵小説辞典〈57〉(中島河太郎)
　　　　　　　　　　　　　　311〜314

第12巻第14号　所蔵あり
1957年11月1日発行　310頁　130円

「探偵作家」童心に帰る(大河内常平)
　　　　　　　　　　　　　　　12〜17
笑い殺し《漫画》 ………………… 19〜22
粘土の犬《小説》(仁木悦子) … 24〜39
女性本格作家現る(R) ………… 26〜27
「謎」の作家 ……………………… 39
百舌鳥〈2・完〉《小説》(大下宇陀児)
　　　　　　　　　　　　　　　40〜58
MUSIC ………………………… 57
ソポクレスとアガサ・クリスティ(中川竜一) ……………………………… 59〜61
煙の庭《小説》(G・K・チェスタートン〔著〕,橋本福夫〔訳〕) ……… 62〜80
「孔雀の樹」の姉妹篇(R) ……… 65
SCREEN ……………………… 75
鵜のまね ………………………… 79
宝石の文化史〈4〉(春山行夫) … 81〜85
樹のごときもの歩く〈4〉《小説》(坂口安吾)
　　　　　　　　　　　　　　　86〜98
江戸川乱歩賞発表 ……………… 99
変な話(北村小松) ……………… 100〜103

アンケート《アンケート》
「探偵作家になるまで、なつてから」寸感をお書き下さい。
　(香山滋) ……………………… 102
　(土屋隆夫) …………………… 103
　(城昌幸) ……………………… 103
　(日影丈吉) …………………… 122
　(永瀬三吾) …………………… 122
　(鷲尾三郎) …………………… 123
　(木々高太郎) ………………… 150
　(朝島靖之助) ………………… 150
　(椿八郎) ……………………… 151
脱獄を了えて《小説》(楠田匡介) … 104〜119
トリック研究家(R) …………… 107
一人旅の愉しさ(佐藤みどり) … 120〜123
あごひげのある女《小説》(エラリー・クイーン〔著〕,宇野利泰〔訳〕) … 124〜147
ヒゲおんな(R) ………………… 126
SPORTS ……………………… 133
ミラー女史の言葉 ……………… 146
無鉄砲捕鳥記(福田蘭童) ……… 148〜154
探偵小説辞典〈58〉(中島河太郎)
　　　　　　　　　　　　　　155〜158
奇蹟を撒く男《小説》(角田実) … 159〜161
足の下に気をつけろ《小説》(朝山蜻一)
　　　　　　　　　　　　　　162〜181
文学愛好家(R) ………………… 165
T.V. …………………………… 171
男のおしゃれ(高橋圭三) ……… 182〜185
象の今昔 ………………………… 185
評論家の目《座談会》(荒正人,大井広介,江戸川乱歩) …………………… 186〜198
詰将棋新題(金易二郎) ………… 195
一人二役の死〈2〉《小説》(富士前研二)
　　　　　　　　　　　　　　200〜207
最後の一葉《小説》(O・ヘンリー〔著〕,坂本三春〔訳〕) ……………… 208〜212
哀愁のスリル(R) ……………… 210
ヒッチコック劇場への拍手(渡辺剣次)
　　　　　　　　　　　　　　213〜215
悪魔の手毬唄〈4〉《小説》(横溝正史)
　　　　　　　　　　　　　　216〜229
不思議の国のマリス …………… 228
宝石クイズ(高木重朗) ………… 230〜231
非安静療法《小説》(サキ〔著〕,中村能三〔訳〕) ……………………… 232〜237
文芸的おとし話(R) …………… 233
たそがれ《小説》(サキ〔著〕,中村能三〔訳〕)
　　　　　　　　　　　　　　238〜241
パリの夜にきく話〈3〉(薩摩治郎八)
　　　　　　　　　　　　　　242〜245

17 『宝石』

レモンの味覚 ‥‥‥‥‥‥‥‥‥‥‥‥ 244
セキストラ《小説》(星新一) ‥‥‥‥ 246～253
性的未来小説(R) ‥‥‥‥‥‥‥‥‥ 249
南米奇談(丹下キヨ子) ‥‥‥‥‥‥ 254～255
警官が来た!《小説》(J・J・ファージョン〔著〕,
　　邦枝輝夫〔訳〕) ‥‥‥‥‥‥‥ 256～263
珍らしやファージョン(R) ‥‥‥‥‥ 257
STAGE ‥‥‥‥‥‥‥‥‥‥‥‥‥‥ 262
探偵小説三十五年〈19〉(江戸川乱歩)
　　‥‥‥‥‥‥‥‥‥‥‥‥‥‥ 264～269
獅子《小説》(山村正夫) ‥‥‥‥‥‥ 270～291
「神童」の大成を祈る(R) ‥‥‥‥‥ 273
宝石クラブ
　西田政治氏より(西田政治) ‥‥‥‥ 292
　土屋隆夫氏より(土屋隆夫) ‥‥‥‥ 292
魔術師〈3〉《小説》(サマセット・モーム〔著〕,
　　田中西二郎〔訳〕) ‥‥‥‥‥ 294～309
編集後記(江戸川乱歩) ‥‥‥‥‥‥‥ 310

第12巻第15号　増刊　所蔵あり
1957年11月15日発行　364頁　130円

スクリーンからこぼれたエロティズム《口
　　絵》 ‥‥‥‥‥‥‥‥‥‥‥‥‥ 9～12
生ける死仮面《小説》(横溝正史) ‥‥ 14～52
サイン ‥‥‥‥‥‥‥‥‥‥‥‥‥‥ 23
愛の箴言集 ‥‥‥‥‥‥‥‥‥‥‥‥ 31
アルファベット事典 ‥‥‥‥‥‥‥‥ 49
さ・え・ら ‥‥‥‥‥‥‥‥‥‥‥‥ 53
悲劇の触手《小説》(水谷準) ‥‥‥‥ 54～69
ストリッパー殺人事件《小説》(朝山蜻一)
　　‥‥‥‥‥‥‥‥‥‥‥‥‥‥‥ 70～86
愛の箴言集 ‥‥‥‥‥‥‥‥‥‥‥‥ 83
アルファベット事典 ‥‥‥‥‥‥‥‥ 84
眠れる美女《小説》(高木彬光) ‥‥‥ 88～111
アルファベット事典 ‥‥‥‥‥‥‥‥ 108
第三の性《小説》(木々高太郎) ‥‥‥ 112～134
靴の警報 ‥‥‥‥‥‥‥‥‥‥‥‥‥ 121
さ・え・ら ‥‥‥‥‥‥‥‥‥‥‥‥ 135
奇妙な情死者《小説》(永瀬三吾) ‥‥ 136～147
貞女《小説》(山村正夫) ‥‥‥‥‥‥ 148～169
パリの女 ‥‥‥‥‥‥‥‥‥‥‥‥‥ 157
猿智慧《小説》(城昌幸) ‥‥‥‥‥‥ 170～180
姉女房(宮野村子) ‥‥‥‥‥‥‥‥‥ 181～182
珍人往来(佐藤みどり) ‥‥‥‥‥‥‥ 182～184
止まると泊まる(佐々木久子) ‥‥‥‥ 184～185
一九九九年《小説》(山田風太郎) ‥‥ 186～212
ヒゲソリ ‥‥‥‥‥‥‥‥‥‥‥‥‥ 195
無用百科事典 ‥‥‥‥‥‥‥‥‥‥‥ 212～213
悪魔の窓《小説》(渡辺啓助) ‥‥‥‥ 214～232
Toi et moi ‥‥‥‥‥‥‥‥‥‥‥‥‥ 233

恐ろしき錯誤《小説》(江戸川乱歩)
　　‥‥‥‥‥‥‥‥‥‥‥‥‥‥ 234～257
愛の箴言集 ‥‥‥‥‥‥‥‥‥‥‥‥ 243
不具の妖精《小説》(香山滋) ‥‥‥‥ 258～269
アルファベット事典 ‥‥‥‥‥‥‥‥ 268
恋愛観測年《小説》(大河内常平) ‥‥ 270～283
三行広告《小説》(島田一男) ‥‥‥‥ 284～319
人類救済 ‥‥‥‥‥‥‥‥‥‥‥‥‥ 293
愛の箴言集 ‥‥‥‥‥‥‥‥‥‥‥‥ 309
ぎん子の靴下《小説》(大下宇陀児)
　　‥‥‥‥‥‥‥‥‥‥‥‥‥‥ 320～333
愛の箴言集 ‥‥‥‥‥‥‥‥‥‥‥‥ 329
貞操試験の殺人《小説》(石野径一郎)
　　‥‥‥‥‥‥‥‥‥‥‥‥‥‥ 334～364
クリスマス ‥‥‥‥‥‥‥‥‥‥‥‥ 355

第12巻第16号　所蔵あり
1957年12月1日発行　310頁　130円

「蚤の市」誌上店《口絵》
　渡辺紳一郎コレクション ‥‥‥‥‥ 11～13
　石黒敬七コレクション ‥‥‥‥‥‥ 14～15
映画「魔術師」誌上展《口絵》 ‥‥‥ 16～17
漫画のコレクション《漫画》 ‥‥‥‥ 19～22
裸体派《小説》(渡辺啓助) ‥‥‥‥‥ 24～55
新浪漫派讃(R) ‥‥‥‥‥‥‥‥‥‥ 26～27
STAGE ‥‥‥‥‥‥‥‥‥‥‥‥‥‥ 51
影なき男《小説》(遠藤周作) ‥‥‥‥ 56～67
現代浮世物語(R) ‥‥‥‥‥‥‥‥‥ 58
探偵ものの翻訳回数 ‥‥‥‥‥‥‥‥ 67
鍵のかかつた部屋《小説》(J・ディクスン・カー
　　〔著〕,砧一郎〔訳〕) ‥‥‥‥ 68～84
蝙蝠とコーヒーとタバコ(R) ‥‥‥‥ 70
MUSIC ‥‥‥‥‥‥‥‥‥‥‥‥‥‥ 82
東西の裁判劇いろいろ(中川竜一) ‥‥ 85～89
SCREEN ‥‥‥‥‥‥‥‥‥‥‥‥‥ 87
一人二役の死〈3〉《小説》(浜青二)
　　‥‥‥‥‥‥‥‥‥‥‥‥‥‥‥ 90～97
「新青年」歴代編集長座談会《座談会》(森下
　　雨村,横溝正史,延原謙,水谷準,松野一夫,
　　城昌幸,本位田準一,江戸川乱歩) ‥‥ 98～119
よろめく青春 ‥‥‥‥‥‥‥‥‥‥‥ 104
一寸法師の死《小説》(マーク・コンネリ〔著〕,
　　光田柿二〔訳〕) ‥‥‥‥‥‥ 120～124
「遅延成長」の悲劇(R) ‥‥‥‥‥‥ 121
宝石の文化史〈5〉(春山行夫) ‥‥‥ 125～129
最愛の危機 ‥‥‥‥‥‥‥‥‥‥‥‥ 126
詰将棋新題(土居市太郎) ‥‥‥‥‥‥ 129
電話《小説》(吉行淳之介) ‥‥‥‥‥ 130～137
吉行さんのこと(R) ‥‥‥‥‥‥‥‥ 132
T.V. ‥‥‥‥‥‥‥‥‥‥‥‥‥‥‥ 136
推理映画今昔譚(筈見恒夫) ‥‥‥‥‥ 138～141

191

17『宝石』

[まえがき](R) ……………………… 138
鍵穴 ………………………………… 140
雨の土曜日《小説》（ジョン・コリア〔著〕, 村上啓夫〔訳〕）……………… 142〜150
ジョン・コリアについて(R) ……… 145
惚れ薬の次には《小説》（ジョン・コリア〔著〕, 村上啓夫〔訳〕）…… 150〜153
男のおしゃれ（長谷川修二）… 154〜157
柿 …………………………………… 157
樹のごときもの歩く〈5〉《小説》（高木彬光）
　……………………………… 158〜169
[まえがき](R) ……………………… 158
若い娘 ……………………………… 162
SPORTS …………………………… 166
ホオムズと煙草（長沼弘毅）… 170〜182
雪の山小屋《小説》（久生十蘭）… 184〜201
思い出の名作(R) …………………… 186
ロマンス・グレイ ………………… 200
久生十蘭の横顔（水谷準）…… 201〜203
探偵小説三十五年〈20〉（江戸川乱歩）
　……………………………… 204〜209
宝石クイズ（高木重朗）……… 210〜211
安房国住広正《小説》（大河内常平）
　……………………………… 212〜233
戦後派と古典趣味(R) ……………… 214
聖職者の醜聞《小説》（J・G・カズンズ〔著〕, 厚木淳〔訳〕）………… 234〜237
ウイッテイーな詐欺小説(R) ……… 235
ドライブ …………………………… 236
悪魔の手毬唄〈5〉《小説》（横溝正史）
　……………………………… 238〜251
完全な侵略《小説》（今日泊亜蘭）… 252〜261
またもやSFの新人(R) …………… 254
詰将棋新題（前田陳爾）…………… 261
パリの夜にきく話〈4〉（薩摩治郎八）
　……………………………… 262〜265
X（クリスマス）と七面鳥 ……………………… 264
宝石クラブ …………………… 266〜267
作吐（島田一男）……………… 268〜280
盲女執念 …………………………… 270
探偵小説辞典〈59〉（中島河太郎）… 281〜284
魔術師〈4〉《小説》（サマセット・モーム〔著〕, 田中西二郎〔訳〕）… 285〜309
コーヒー奇談 ……………………… 307
編集後記（江戸川乱歩）…………… 310

第13巻第1号　所蔵あり
1958年1月1日発行　358頁　150円
探偵作家動物見立て（松野一夫〔画〕）
　………………………………… 11〜18
1957年回顧《口絵》…………… 20〜21

妖蝶記《小説》（香山滋）……… 24〜49
昆虫恋愛怪談(R) …………………… 27
SPORTS …………………………… 43
白い密室《小説》（鮎川哲也）… 50〜69
カーへの挑戦(R) ……………… 52〜53
シベリヤ追放 ……………………… 68
嘲笑うゴリラ《脚本》（中村真一郎）… 70〜79
諷刺探偵喜劇(R) …………………… 73
綺麗な眼《小説》（城昌幸）…… 80〜81
リスタデール卿の秘密《小説》（アガサ・クリスティー〔著〕, 妹尾韶夫〔訳〕）… 82〜97
童話的ミステリ小説(R) …………… 85
手紙《小説》（宮野村子）…… 98〜116
運命の悲劇(R) ……………………… 101
煙草と探偵小説（隠岐弘）…… 117〜123
MUSIC ……………………………… 123
詫び証文《小説》（火野葦平）… 124〜137
然諾(R) ……………………… 127〜129
宝石の文化史〈6〉（春山行夫）… 138〜141
悪魔の手毬唄〈6〉《小説》（横溝正史）
　……………………………… 142〜149
デイト ……………………………… 148
探偵小説三十五年〈21〉（江戸川乱歩）
　……………………………… 150〜155
本年度の江戸川賞長篇探偵小説募集について（江戸川乱歩）……………… 153
汽車の中で会った人（玉川一郎）… 156〜157
重たい影《小説》（土屋隆夫）… 158〜175
地方作家のホープ(R) ……………… 161
探偵作家の専売公社訪問《座談会》（江戸川乱歩, 大下宇陀児, 香山滋, 渡辺啓助, 木々高太郎, 松隈秀雄, 萩原昇, 森三郎, 隠岐弘）…………………… 176〜179
ゴムのラッパ《小説》（ロイ・ヴィカーズ〔著〕, 山田摩耶〔訳〕）…… 180〜195
奇妙な倒叙短篇(R) …………… 182〜183
パリの夜にきく話〈5〉（薩摩治郎八）
　……………………………… 196〜199
スタイリスト ……………………… 198
女性と探偵小説《座談会》（扇谷正造, 池島郁子, 江戸川乱歩）…… 200〜218
道順 ………………………………… 213
商魂 ………………………………… 214
おしどり夫婦 ……………………… 216
男のおしゃれ（椿八郎）……… 220〜223
旅愁《小説》（日影丈吉）…… 224〜242
異様な抽象料理(R) …………… 226〜227
素直な花嫁 ………………………… 238
探偵小説辞典〈60〉（中島河太郎）
　……………………………… 243〜246

一人二役の死〈4・完〉《小説》(竹早糸二)
　　　　　　　　　　　　　　248〜255
樹のごとくもの歩く〈6〉《小説》(高木彬光)
　　　　　　　　　　　　　　256〜272
慕情　　　　　　　　　　　　　270
批評の方法(村山徳五郎) ······ 274〜279
五十二インチ　　　　　　　　　278
二粒の真珠《小説》(飛鳥高) ····· 282〜299
思いきったトリック(R) ········　285
STAGE ····························　288
ミンクのコート ·····················　298
宝石クイズ(高木重朗) ············ 300〜301
怪異投法寺《小説》(山田風太郎) ·· 302〜319
風狂の作家(R) ·····················　305
一家の秘密　　　　　　　　　　318
宝石クラブ ·····················　320〜322
魔術師〈5〉《小説》〔サマセット・モーム〔著〕,
　田中西二郎〔訳〕〕············　323〜357
T.V.　　　　　　　　　　　　　347
エチケット　　　　　　　　　　　352
編集後記(江戸川乱歩) ············　358

第13巻第2号　増刊　所蔵あり
1958年1月20日発行　348頁　130円
BBのすべて《口絵》 ··············　9〜12
鏖光さま《小説》(大下宇陀児) ···· 14〜32
愛の箴言集　　　　　　　　　　　23
お国じまん　　　　　　　　　　　31
きよしこの肌《小説》(朝山蜻一) ·· 34〜48
出生地　　　　　　　　　　　　　44
詰連珠新題(萩原素石) ············　47
男子専科　　　　　　　　　　　　49
蜘蛛と百合《小説》(横溝正史) ···· 50〜77
愛の箴言集　　　　　　　　　　　59
裏窓冬景色　　　　　　　　　　　67
月は七色《小説》(高木彬光) ······ 78〜96
室内遊戯　　　　　　　　　　　　87
戦慄のドライヴ(真崎重人) ······· 97〜101
なぜ夫を殺す?(香山滋) ·········· 102〜113
悲恋《小説》(山村正夫) ·········· 114〜127
十万ドル生命保険　　　　　　　　125
殺人街ニューヨーク(崎山五郎) ··· 128〜133
各駅停車　　　　　　　　　　　　133
赤と黒の狂想曲《小説》(水谷準) ·· 134〜159
よろめきセレナーデ　　　　　　　143
黒鷲退散　　　　　　　　　　　　155
黒ずくめ(椿八郎) ················· 160〜161
紅真珠《小説》(大河内常平) ······ 162〜174
桃割れモデル(神保朋世) ·········· 175〜177
剣鬼と遊女《小説》(山田風太郎) ·· 178〜195
なおうらめしき朝ぼらけ ···········　187

運命を搬ぶ者《小説》(城昌幸) ···· 198〜205
冬の月光《小説》(木々高太郎) ···· 206〜218
女子専科　　　　　　　　　　　　219
靴で蹴った娼婦《小説》(永瀬三吾)
　　　　　　　　　　　　　　220〜235
悪魔のぶらんこ《小説》(渡辺啓助)
　　　　　　　　　　　　　　236〜261
名器(川原久仁於) ················· 262〜263
拳銃貸します《小説》(島田一男) ·· 264〜294
恋とカクテル　　　　　　　　　　279
かまぼこ板(武野藤介) ············ 295〜297
陰の虫《小説》(日影丈吉) ········ 298〜306
柘榴《小説》(江戸川乱歩) ········ 307〜348
舞台裏　　　　　　　　　　　　　327

第13巻第3号　所蔵あり
1958年2月1日発行　354頁　150円
ミステリ好きの女性《口絵》 ······· 11〜15
大塚道子(木々高太郎) ············　11
波野久枝(角田喜久雄) ············　12
川路立美(高木彬光) ···············　13
僕のファン(渡辺啓助) ············　14
森 美智代(島田一男) ··············　15
売春巷談(大下宇陀児) ············ 20〜48
角のある馬(R) ···················· 22〜23
シェクスピアの謎 ·················　47
児島多平が二人いる〈1〉《小説》(村上元三)
　　　　　　　　　　　　　　　 50〜59
「ウイリアム・ウイルスン」テーマ(R) ···　53
知らざりき　　　　　　　　　　　58
かあちゃんは犯人じゃない《小説》(仁木悦
　子) ···························· 60〜82
ベストセラー作家(R) ············· 62〜63
SPORTS ····························　79
鎧袖一触　　　　　　　　　　　　80
Juke・box《小説》(鹿島孝二) ··· 84〜95
異国のピエロ(R) ··················　87
宝石の文化史〈7〉(春山行夫) ···· 96〜99
一人二役の死〈5・完〉《小説》(木々高太郎)
　　　　　　　　　　　　　　100〜113
三重勝のマダム(玉川一郎) ······· 114〜115
猫《小説》(グロリア・ノイシュタート・ビグズ
　〔著〕, 妹尾韶夫〔訳〕) ········· 116〜127
問題にあらず ·····················　122
MUSIC ····························　127
水中花《小説》(石原慎太郎) ······ 128〜147
石原さんの本格探偵小説(R) ······ 130〜131
二つの探偵小説評論(江戸川乱歩)
　　　　　　　　　　　　　　148〜151
早春に死す《小説》(鮎川哲也) ···· 152〜172
日本不可能派(R) ················· 154〜155

17『宝石』

二つの訃報	171
殉教《小説》(星新一)	173〜179
［まえがき］(R)	173
探偵と怪奇を語る三人の女優《座談会》(淡路恵子,重山規子,川路立美,髙木彬光,江戸川乱歩)	180〜198
パリの夜にきく話〈6・完〉(薩摩治郎八)	199〜201
ある脅迫《小説》(白家太郎)	202〜215
最も無気味な脅迫	205
東京に現れたハインライン(矢野徹)	216〜219
巨人の足《小説》(ロバート・コクラン〔著〕,光田柿二〔訳〕)	220〜225
加速度	224
賭ける《小説》(高城高)	226〜241
ロマンチック「ハードボイルド」(R)	229
不安《小説》(幸田露伴)	242〜249
探偵小説と幸田露伴(塩谷賛)	250〜253
［まえがき］(R)	250
STAGE	253
縋られたアクロバット《小説》(エラリイ・クイーン〔著〕,宇野利泰〔訳〕)	254〜276
新型	275
男のおしゃれ(長谷川修二)	277〜279
探偵小説三十五年〈22〉(江戸川乱歩)	280〜285
「週刊朝日」と共同にて短篇探偵小説募集(「宝石」編集部)	281
樹のごときもの歩く〈7〉《小説》(髙木彬光)	286〜302
挑戦の言葉(髙木彬光)	302〜303
宝石クラブ 土屋隆夫氏より(土屋隆夫)	304
黒の博物館《小説》(ステュアート・パーマ〔著〕,砧一郎〔訳〕)	306〜324
パーマについて	307
探偵小説辞典〈61〉(中島河太郎)	325〜328
魔術師〈6〉《小説》(サマセット・モーム〔著〕,田中西二郎〔訳〕)	329〜353
役目	352
編集後記(江戸川生)	354

第13巻第4号　所蔵あり
1958年3月1日発行　338頁　150円

ミステリ好きの女性《口絵》	11〜16
戸川ユマ(大下宇陀児)	11
杉村春子(松本清張)	12
宮城まり子(城昌幸)	13
若尾文子(江戸川乱歩)	14
佐々木久子(香山滋)	15
塩原愛子(水谷準)	16
零の焦点〈1〉《小説》(松本清張)	20〜38
待望の新連載(R)	22〜23
物足らぬ	37
月にひそむ影《小説》(千代有三)	40〜54
内面独白の手法も(R)	43
宝石の文化史〈8〉(春山行夫)	55〜59
長沼弘毅とクリスティ	59
魔術師〈7・完〉《小説》(サマセット・モーム〔著〕,田中西二郎〔訳〕)	60〜79
愛に朽ちなん《小説》(鮎川哲也)	80〜99
［まえがき］(R)	80
皇帝の茸《小説》(ジェームズ・ヤッフェ〔著〕,妹尾韶夫〔訳〕)	100〜110
御婦人用	106
シャァロック・ホォムズと犬〈1〉(長沼弘毅)	112〜117
本格もの不振の打開策について《対談》(花森安治,江戸川乱歩)	118〜131
物価変動	123
据え膳	127
STAGE	131
児島多平が二人いる〈2・完〉《小説》(村上元三)	132〜139
欧州の探偵文学(稲木勝彦)	140〜143
鈍魚の歌《小説》(宮原竜雄)	144〜166
［まえがき］(R)	144
SPORTS	165
男のオシャレ(日影丈吉)	167〜169
複数の私《小説》(菊村到)	170〜183
一歩奥深いもの(R)	172〜173
探偵小説三十五年〈23〉(江戸川乱歩)	184〜189
アメリカ探偵作家クラブ会報より	189
消えた花嫁《小説》(北町一郎)	190〜203
ユーモア・ミステリー(R)	193
T.V.	201
系図	202
オックスフォード街のカウボーイ《小説》(ロイ・ヴィカーズ〔著〕,村上啓夫〔訳〕)	204〜220
そんな筈では	216
探偵小説辞典〈62〉(中島河太郎)	221〜224
泥まみれ《小説》(島田一男)	226〜240
読者評論をつのる(乱歩)	241
宝石クラブ 有馬頼義氏より(有馬頼義)	241
桂馬《小説》(守門賢太郎)	242〜257
［まえがき］(R)	242

194

17 『宝石』

詰碁新題(雁金準一) ･････････････ 257
クリスティの映画「情婦」を語る《座談会》(長沼弘毅, 双葉十三郎, 田中潤司, 江戸川乱歩) ････････････ 258〜267
クレオパトラの涙《小説》(小沼丹)
　･･････････････････････ 268〜283
ユーモア・ミステリ(R) ･･････････ 270
針の孔から《小説》(安永一郎) ･･･ 284〜295
[まえがき](R) ･･････････････ 285
宝石クイズ(高木重朗) ･･･････ 296〜297
灰色の手袋《小説》(仁木悦子) ･･ 298〜323
"猫は知っていた"英訳のこと(R) ･･･ 301
MUSIC ･････････････････････ 307
悪魔の手毬唄〈7〉《小説》(横溝正史)
　･･････････････････････ 324〜337
編集後記(乱歩) ･････････････････ 338

第13巻第5号　所蔵あり
1958年4月1日発行　338頁　150円

新喜劇の舞台を踏む探偵作家《口絵》
　･････････････････････････ 12〜15
仁木悦子さんの東京見物(仁木悦子)
　･････････････････････････ 13〜14
田舎医師《小説》(日影丈吉) ･････ 20〜51
[まえがき](R) ･･････････････ 20
舞台のせりふ(木々高太郎) ･････････ 51
弾丸は飛びだした《小説》(仁木悦子)
　･････････････････････････ 52〜72
[まえがき](R) ･･････････････ 52
角田喜久雄氏にクラブ賞 ･･････････ 71
ザ・ストリッパー《小説》(H・H・ホームズ〔著〕, 中村能三〔訳〕) ･･･････ 74〜86
シヤアロック・ホオムズと犬〈2〉(長沼弘毅) ････････････････ 87〜91
朱　色《小説》(楠田匡介) ･･･････ 92〜109
[まえがき](R) ･･････････････ 92
悪魔の手毬唄〈8〉《小説》(横溝正史)
　････････････････････ 110〜124
ミステリーと幸田露伴(塩谷賛) ･･ 125〜127
スリラー映画の三人《座談会》(島耕二, 井上梅次, 渡辺剣次, 江戸川乱歩) ･･ 128〜149
袋ちがい ･･････････････････････ 134
アンケート《アンケート》
　「宝石」最近号で印象に残つた作品
　　(平野謙) ･･････････････ 141
　　(妹尾アキ夫) ･･････････ 141
　　(大下宇陀児) ･･････････ 200
　　(荒正人) ･････････････ 200
　　(小山勝治) ･･････････ 200〜201
　　(有馬頼義) ･･････････ 201
　　(森下雨村) ･･････････ 201

STAGE ･･････････････････････ 147
立派な夫人《小説》(玉川一郎) ･･････ 150〜151
笛吹けば人が死ぬ《小説》(角田喜久雄)
　････････････････････ 152〜168
イタリーでもスピレイン流行 ･････ 167
松本清張論(中島河太郎) ･･････ 169〜173
プレトリウス博士拝見(阿部主計) ･･･ 173
あなたはタバコがやめられる《小説》(南達彦) ･････････････････ 174〜184
ママゴト《小説》(城昌幸) ･････ 186〜187
探偵小説三十五年〈24〉(江戸川乱歩)
　････････････････････ 188〜193
零の焦点〈2〉《小説》(松本清張)
　････････････････････ 194〜202
探偵小説辞典〈63〉(中島河太郎)
　････････････････････ 203〜206
短篇懸賞募集作品入賞者発表 ･････ 207
「新人二十五人集」入選作品選評座談会《座談会》(江戸川乱歩, 城昌幸, 水谷準, 隠岐弘) ･････････････ 208〜229
入選の感想(竹村直伸) ･･････ 214〜215
入選に際して(山本稲夫) ･････････ 221
常夏のハワイから(隠岐弘) ･･･ 228〜229
秘宝罪あり(菅原通済) ･･････ 230〜235
T.V. ･････････････････････ 235
男のおしやれ(椿八郎) ･･････ 236〜239
けもの騒ぎ《小説》(弘田喬太郎) ･･ 240〜255
[まえがき](R) ･･････････････ 241
逃亡者《小説》(角田実) ･･････ 256〜257
盗まれた大憲章《小説》(リリアン・ド・ラ・トーレ〔著〕, 橋本福夫〔訳〕) ･･ 258〜279
千匁の功 ･･････････････････････ 266
宝石の文化史〈9〉(春山行夫) ･･ 280〜283
新刊展望台(小城魚太郎) ･････ 284〜285
樹のごときもの歩く〈8・完〉《小説》(高木彬光) ･････････････ 286〜301
MUSIC ････････････････････ 299
宝石クラブ
　原田康子さんから(原田康子) ･･･ 302
　宮原竜雄氏から(宮原竜雄) ････ 304
悪魔の教科書《小説》(香山滋) ･･ 306〜337
SPORTS ･･････････････････ 333
似すぎてる ････････････････････ 334
編集後記(乱歩) ･････････････････ 338

第13巻第6号　所蔵あり
1958年5月1日発行　338頁　150円

MYSTERY MAGAZINE コレクション《口絵》(田中潤司〔解説〕) ･･･････ 11〜15
探偵作家捕物控《口絵》 ･･････ 16〜18

195

17『宝石』

成吉思汗の秘密〈1〉《小説》(高木彬光)
　　　　　　　　　　　　　　　　20～47
[まえがき](R) ‥‥‥‥‥‥‥‥‥‥‥　20
詰碁新題(前田陳爾) ‥‥‥‥‥‥‥‥‥　37
道化師の檻《小説》(鮎川哲也) ‥‥‥　48～75
[まえがき](R) ‥‥‥‥‥‥‥‥‥‥‥　48
一番バス九時間遅れ《小説》(ハーバート・ブ
　リーン〔著〕, 砧一郎〔訳〕) ‥‥‥　76～93
STAGE ‥‥‥‥‥‥‥‥‥‥‥‥‥‥　91
零の焦点〈3〉《小説》(松本清張) ‥‥　94～105
降誕祭の奇蹟《小説》(玉川一郎) ‥‥　106～107
財界の巨頭探偵小説を語る《座談会》(原安三
　郎, 水野成夫, 長沼弘毅, 江戸川乱歩)
　　　　　　　　　　　　　　　　108～125
月にうたう《小説》(鹿島孝二) ‥‥‥　126～136
[まえがき](R) ‥‥‥‥‥‥‥‥‥‥　126
MUSIC ‥‥‥‥‥‥‥‥‥‥‥‥‥‥　132
『樹のごときもの』懸賞選評(高木彬光)
　　　　　　　　　　　　　　　　137～139
黒い木の葉《小説》(白家太郎) ‥‥‥　140～155
[まえがき](R) ‥‥‥‥‥‥‥‥‥‥　140
探偵小説三十五年〈25〉(江戸川乱歩)
　　　　　　　　　　　　　　　　156～161
空家《小説》(渡辺啓助) ‥‥‥‥‥‥　162～186
[まえがき](R) ‥‥‥‥‥‥‥‥‥‥　162
探偵小説辞典〈64〉(中島河太郎)
　　　　　　　　　　　　　　　　187～190
宝石の文化史〈10〉(春山行夫) ‥‥‥　191～195
T・V ‥‥‥‥‥‥‥‥‥‥‥‥‥‥‥　192
笑う像《小説》(メイ・フットレル〔著〕, 山田摩
　耶〔訳〕) ‥‥‥‥‥‥‥‥‥‥　196～207
[まえがき](R) ‥‥‥‥‥‥‥‥‥‥　196
因遠 ‥‥‥‥‥‥‥‥‥‥‥‥‥‥‥　200
あつた筈の家《小説》(ジャック・フットレル
　〔著〕, 長谷川修二〔訳〕) ‥‥‥‥　208～218
フットレルについて(R) ‥‥‥‥‥‥　211
シネ・ガイド ‥‥‥‥‥‥‥‥‥‥‥　220～221
文壇の探偵小説論争
　前書き(R) ‥‥‥‥‥‥‥‥‥‥‥　222～223
　ノンプロ探偵小説論(中村真一郎)
　　　　　　　　　　　　　　　　223～225
　これからの探偵小説(有馬頼義)
　　　　　　　　　　　　　　　　225～227
　推理小説に知性を(松本清張)
　　　　　　　　　　　　　　　　227～228
　スリラー映画・何故つまらない(松本清張)
　　　　228～229
　文壇外文学と読者(荒正人) ‥‥‥　229～230
　推理小説の独創性(松本清張)
　　　　　　　　　　　　　　　　230～231
ボッコちゃん《小説》(星新一) ‥‥‥　232～234

[まえがき](R) ‥‥‥‥‥‥‥‥‥‥　232
空への門《小説》(星新一) ‥‥‥‥‥　234～235
狩衣の血をなめる女《小説》(藤井千鶴子)
　　　　　　　　　　　　　　　　236～253
[まえがき](R) (木々高太郎) ‥‥‥‥　236
新刊展望台(小城魚太郎) ‥‥‥‥‥‥　254～255
孤独な殺人者《小説》(土屋隆夫) ‥‥　256～274
[まえがき](R) ‥‥‥‥‥‥‥‥‥‥　256
背広服の型(日影丈吉) ‥‥‥‥‥‥‥　275～277
シヤアロック・ホオムズと犬〈3〉(長沼弘
　毅) ‥‥‥‥‥‥‥‥‥‥‥‥‥　278～287
宝石クラブ ‥‥‥‥‥‥‥‥‥‥‥‥　288～289
悪魔の手毬唄〈9〉《小説》(横溝正史)
　　　　　　　　　　　　　　　　290～303
SPORTS ‥‥‥‥‥‥‥‥‥‥‥‥‥　302
内外切抜き帳 ‥‥‥‥‥‥‥‥‥‥‥　305～307
人間の死はすべて他殺《小説》(木々高太郎)
　　　　　　　　　　　　　　　　308～337
[まえがき](R) ‥‥‥‥‥‥‥‥‥‥　308
詰連珠新題(萩原素石) ‥‥‥‥‥‥‥　319
そうとは知らず ‥‥‥‥‥‥‥‥‥‥　326
編集後記(乱歩) ‥‥‥‥‥‥‥‥‥‥　338

第13巻第7号　増刊　所蔵あり
1958年5月20日発行　348頁　130円

初夏に奏でる《口絵》 ‥‥‥‥‥‥‥　9～12
美女貸し屋《小説》(山田風太郎) ‥‥　14～30
二人のための暮しの手帳 ‥‥‥‥‥‥　31
悪魔のアラビア《小説》(大下宇陀児)
　　　　　　　　　　　　　　　　32～45
静かなる男 ‥‥‥‥‥‥‥‥‥‥‥‥　42～43
詰連珠新題
牝鴨《小説》(香山滋) ‥‥‥‥‥‥‥　46～65
ドレメ家の落紙 ‥‥‥‥‥‥‥‥‥‥　52
平和を ‥‥‥‥‥‥‥‥‥‥‥‥‥‥　65
消えたニーナ《小説》(九鬼紫郎) ‥‥　66～92
地上より永遠に ‥‥‥‥‥‥‥‥‥‥　75
その色は ‥‥‥‥‥‥‥‥‥‥‥‥‥　89
二人のための暮しの手帳 ‥‥‥‥‥‥　93
着衣の裸像《小説》(高木彬光) ‥‥‥　94～109
必死の逃亡者 ‥‥‥‥‥‥‥‥‥‥‥　99
魂の殺人《小説》(城昌幸) ‥‥‥‥‥　110～133
男というものは ‥‥‥‥‥‥‥‥‥‥　122
聖虫記《小説》(山村正夫) ‥‥‥‥‥　134～158
歴史 ‥‥‥‥‥‥‥‥‥‥‥‥‥‥‥　143
殺人許可証《小説》(永瀬三吾) ‥‥‥　159～173
第二の男《小説》(水谷準) ‥‥‥‥‥　174～185
死者に礼を ‥‥‥‥‥‥‥‥‥‥‥‥　185
バラ盗人《小説》(弘田喬太郎) ‥‥‥　186～204
アスパラガス ‥‥‥‥‥‥‥‥‥‥‥　201
二人のための暮しの手帳 ‥‥‥‥‥‥　205

17 『宝石』

深夜の獣魂病者《小説》(渡辺啓助)
　　　　　　　　　　　　　　　・・・ 206〜225
男性の弱点(玉川一郎) ・・・・・・・・・・ 226〜227
座席番号13《小説》(島田一男) ・・・・ 228〜245
政治家の死 ・・・・・・・・・・・・・・・・・・・・・・・ 237
文字型詰連珠新題(坂田吾朗) ・・・・・・・ 245
伊井のひめごと(川原久仁於) ・・・・ 246〜247
女性心理(吉沢嘉夫) ・・・・・・・・・・・・ 247〜248
恋の歌怒りの歌(宮尾しげを) ・・・・ 248〜249
弁慶のエロ(木俣清史) ・・・・・・・・・・ 249〜251
男女室を同じうす《小説》(鹿島孝二)
　　　　　　　　　　　　　　　・・・ 252〜263
赤い鼻 ・・・・・・・・・・・・・・・・・・・・・・・・・・・ 256
桃色の部屋の中で《小説》(大河内常平)
　　　　　　　　　　　　　　　・・・ 264〜279
のつぺらぼう ・・・・・・・・・・・・・・・・・・・・・ 279
奇妙な仲人(椿八郎) ・・・・・・・・・・・・ 280〜283
黒手組《小説》(江戸川乱歩) ・・・・・・ 284〜303
栓 ・・・・・・・・・・・・・・・・・・・・・・・・・・・・・・・ 295
すり御用心 ・・・・・・・・・・・・・・・・・・・・・・・ 300
いいわけ夫人(玉川一郎) ・・・・・・・・ 304〜305
酒場のムードを語るマダム三人《座談会》(石
　井波留、坂口三千代、渡辺栄子、佐々木久
　子) ・・・・・・・・・・・・・・・・・・・・・・・・ 306〜322
悪夢《小説》(朝山蜻一) ・・・・・・・・・・ 323〜335
呪縛《小説》(木々高太郎) ・・・・・・・・ 336〜348
※表紙は1958年5月15日発行

第13巻第8号　所蔵あり
1958年6月1日発行　338頁　150円
ある探偵作家の一日　木々高太郎氏〔口絵〕
　　　　　　　　　　　　　　　・・・・・ 11〜16
成吉思汗の秘密〈2〉(高木彬光)　20〜47
MUSIC ・・・・・・・・・・・・・・・・・・・・・・・・・・・ 45
古い画の家《小説》(小沼丹) ・・・・・・ 48〜63
［まえがき］(R) ・・・・・・・・・・・・・・・・・・・・ 48
恐ろしき弱さ《小説》(宮野村子) ・・・・ 64〜82
［まえがき］(R) ・・・・・・・・・・・・・・・・・・・・ 64
少しは必要 ・・・・・・・・・・・・・・・・・・・・・・・・ 72
みずからいう ・・・・・・・・・・・・・・・・・・・・・・ 81
淋しい草原に《小説》(高城高) ・・・ 84〜103
［まえがき］(R) ・・・・・・・・・・・・・・・・・・・・ 84
容量 ・・・・・・・・・・・・・・・・・・・・・・・・・・・・・・・ 94
詰将棋新題(金易二郎) ・・・・・・・・・・・・ 101
ナイル河上の殺人 ・・・・・・・・・・・・・・・・・ 103
新刊展望台(小城魚太郎) ・・・・・・・ 104〜105
シヤアロック・ホオムズと犬〈4・完〉(長沼
　弘毅) ・・・・・・・・・・・・・・・・・・・・・・ 106〜114
宝石の文化史〈11〉(春山行夫) ・・ 115〜119
SPORTS ・・・・・・・・・・・・・・・・・・・・・・・・・ 119
五月祭前後《小説》(北町一郎) ・・・ 120〜137

［まえがき］(R) ・・・・・・・・・・・・・・・・・・・ 120
盗んだ筈 ・・・・・・・・・・・・・・・・・・・・・・・・・ 128
深海妖異伝(槙悠人) ・・・・・・・・・・・ 138〜143
ミス・マープルの話《小説》(アガサ・クリスティ
　〔著〕,村上啓夫〔訳〕) ・・・・・・・ 144〜154
［まえがき］(R) ・・・・・・・・・・・・・・・・・・・ 144
T.V. ・・・・・・・・・・・・・・・・・・・・・・・・・・・・・ 150
探偵小説辞典〈65〉(中島河太郎)
　　　　　　　　　　　　　　　・・・ 155〜158
内外切抜き帳 ・・・・・・・・・・・・・・・・・ 159〜163
髭のある自画像《小説》(宮原竜雄)
　　　　　　　　　　　　　　　・・・ 164〜191
［まえがき］(R) ・・・・・・・・・・・・・・・・・・・ 164
惜しいところ ・・・・・・・・・・・・・・・・・・・・・ 172
夏の住居《小説》(玉川一郎) ・・・・ 192〜193
数字?《小説》(ミリアム・アリン・デフォード〔著〕,
　妹尾韶夫〔訳〕) ・・・・・・・・・・・・・ 194〜203
探偵小説三十五年〈26〉(江戸川乱歩)
　　　　　　　　　　　　　　　・・・ 204〜209
逃げる者《小説》(飛鳥高) ・・・・・・ 210〜231
［まえがき］(R) ・・・・・・・・・・・・・・・・・・・ 210
詰碁新題(中村勇太郎) ・・・・・・・・・・・・ 219
STAGE ・・・・・・・・・・・・・・・・・・・・・・・・・・ 231
宝石クイズ(高木重朗) ・・・・・・・・・ 232〜233
銀の匙《小説》(鷲尾三郎) ・・・・・・ 234〜255
［まえがき］(R) ・・・・・・・・・・・・・・・・・・・ 234
推理小説早慶戦《座談会》(木々高太郎、川村尚
　敬、磯野英樹、桑原稷一、鈴木幸夫、田中潤司、
　寺島正展、持丸容子、江戸川乱歩) ・ 256〜273
男のおしゃれ(高橋邦太郎) ・・・・・・ 274〜277
同類 ・・・・・・・・・・・・・・・・・・・・・・・・・・・・・ 260
切たくば ・・・・・・・・・・・・・・・・・・・・・・・・・ 266
零の焦点〈4〉《小説》(松本清張)
　　　　　　　　　　　　　　　・・・ 278〜283
お詫び(松本清張) ・・・・・・・・・・・・・・・・・ 283
冬の春画《小説》(膳哲之助) ・・・・ 284〜294
［まえがき］(R) ・・・・・・・・・・・・・・・・・・・ 285
墓の中から《小説》(嘉門真) ・・・・ 295〜309
［作者紹介］(木々高太郎) ・・・・・・・・・・ 297
宝石クラブ
　西田政治氏より(西田政治) ・・・・・・・ 310
　土屋隆夫氏より(土屋隆夫) ・・・・ 310〜311
指男《小説》(J&H・プリンス〔著〕,千代有三
　〔訳〕) ・・・・・・・・・・・・・・・・・・・・・・ 314〜329
［まえがき］(R) ・・・・・・・・・・・・・・・・・・・ 315
悪魔の手毬唄〈10〉《小説》(横溝正史)
　　　　　　　　　　　　　　　・・・ 330〜337
編集後記(江戸川乱歩) ・・・・・・・・・・・・ 338

第13巻第9号　所蔵あり
1958年7月1日発行　338頁　150円

17『宝石』

酒場「シヤアロック・ホオムズ」《口絵》（長沼弘毅〔解説〕）・・・・・・・・・・・・・・・・ 12〜17	
悪魔の小さな土地《小説》（菊村到） 20〜42	
［まえがき］(R) ・・・・・・・・・・・・・・・・・・・・・・ 20	
MUSIC ・・・・・・・・・・・・・・・・・・・・・・・・・・・・・・ 34	
はいり方 ・・・・・・・・・・・・・・・・・・・・・・・・・・・・ 38	
車引殺人事件《小説》（戸板康二）・・・・・・ 44〜59	
［まえがき］(R) ・・・・・・・・・・・・・・・・・・・・・・ 44	
著名人愛好家の一人(R) ・・・・・・・・・・・・・ 46〜47	
SPORTS ・・・・・・・・・・・・・・・・・・・・・・・・・・・・・ 59	
ラ・クカラチャ《小説》（高城高）・・・・・・ 60〜75	
［まえがき］(R) ・・・・・・・・・・・・・・・・・・・・・・ 60	
高城さんの略歴(R) ・・・・・・・・・・・・・・・・・・ 62〜63	
この親にして ・・・・・・・・・・・・・・・・・・・・・・・・ 68	
詰碁新題（中村勇太郎）・・・・・・・・・・・・・・・・・ 75	
赤い痕《小説》（仁木悦子）・・・・・・・・・・・・ 76〜89	
［まえがき］(R) ・・・・・・・・・・・・・・・・・・・・・・ 76	
酒場「シヤアロック・ホオムズ」（長沼弘毅） ・・・・・・・・・・・・・・・・・・・・・・・・・・・・・・ 90〜93	
夢橋《小説》（千代有三）・・・・・・・・・・・・・ 94〜112	
［まえがき］(R) ・・・・・・・・・・・・・・・・・・・・・・ 95	
それが大切 ・・・・・・・・・・・・・・・・・・・・・・・・・ 108	
魔法小説と幸田露伴（塩谷賛）・・・・・・・ 113〜115	
成吉思汗の秘密〈3〉《小説》（高木彬光） ・・・・・・・・・・・・・・・・・・・・・・・・・・・・・ 116〜143	
それは困る ・・・・・・・・・・・・・・・・・・・・・・・・・ 132	
誠意が通じない（玉川一郎）・・・・・・・・・ 144〜145	
天使と悪魔《小説》（ジョン・コリア〔著〕，村上啓夫〔訳〕） ・・・・・・・・・・・・・・・・ 146〜151	
［まえがき］(R) ・・・・・・・・・・・・・・・・・・・・・ 146	
コリアについて(R) ・・・・・・・・・・・・・・・・ 148〜149	
夜! 青春! パリ! 月!《小説》（ジョン・コリア〔著〕，村上啓夫〔訳〕）・・・・・・・ 152〜156	
［まえがき］(R) ・・・・・・・・・・・・・・・・・・・・・ 152	
宝石の文化史〈12〉（春山行夫）・・・・・ 157〜161	
卵《小説》（斎藤哲夫）・・・・・・・・・・・・・ 162〜172	
［まえがき］(R) ・・・・・・・・・・・・・・・・・・・・・ 162	
牧歌 ・・・・・・・・・・・・・・・・・・・・・・・・・・・・・・・ 170	
探偵小説辞典〈66〉（中島河太郎） ・・・・・・・・・・・・・・・・・・・・・・・・・・・・・ 173〜176	
死者と生者《小説》（城昌幸）・・・・・・・ 177〜179	
［まえがき］(R) ・・・・・・・・・・・・・・・・・・・・・ 177	
笑う男《小説》（多岐川恭）・・・・・・・・・ 180〜194	
［まえがき］(R) ・・・・・・・・・・・・・・・・・・・・・ 180	
男のおしゃれ（長谷川修二）・・・・・・・・・ 195〜197	
これからの探偵小説《対談》（松本清張，江戸川乱歩）・・・・・・・・・・・・・・・・・・・・ 198〜201	
利口なアメリカ人たち《小説》（コーネル・ウールリッチ〔著〕，砧一郎〔訳〕） ・・・・・・・・・・・・・・・・・・・・・・・・・・・・・ 202〜221	
［まえがき］(R) ・・・・・・・・・・・・・・・・・・・・・ 203	
シネ・ガイド（双葉十三郎）・・・・・・・・ 222〜223	
探偵小説三十五年〈27〉（江戸川乱歩） ・・・・・・・・・・・・・・・・・・・・・・・・・・・・・ 224〜227	
二通人の翻訳縦横談《座談会》（渡辺紳一郎，植草甚一，江戸川乱歩）・・・・・・・・・・ 228〜245	
詰将棋新題（金易二郎）・・・・・・・・・・・・・・・ 243	
自動車強盗（島田一男）・・・・・・・・・・・・・ 246〜248	
内外切抜き帳 ・・・・・・・・・・・・・・・・・・・・・ 249〜257	
悪魔の手毬唄〈11〉《小説》（横溝正史） ・・・・・・・・・・・・・・・・・・・・・・・・・・・・・ 258〜271	
新刊展望台（小城魚太郎）・・・・・・・・・・ 272〜273	
パーカー万年筆余談《小説》（南達彦） ・・・・・・・・・・・・・・・・・・・・・・・・・・・・・ 274〜284	
［まえがき］(R) ・・・・・・・・・・・・・・・・・・・・・ 274	
STAGE ・・・・・・・・・・・・・・・・・・・・・・・・・・・・ 280	
宝石クラブ ・・・・・・・・・・・・・・・・・・・・・・ 286〜289	
野獣死すべし《小説》（大藪春彦）・・ 290〜337	
［まえがき］(R) ・・・・・・・・・・・・・・・・・・・・・ 291	
色変り ・・・・・・・・・・・・・・・・・・・・・・・・・・・・・ 300	
差引なし ・・・・・・・・・・・・・・・・・・・・・・・・・・・ 314	
編集後記(R) ・・・・・・・・・・・・・・・・・・・・・・・・ 338	

第13巻第10号　所蔵あり
1958年8月1日発行　338頁　150円

エラリー・クイーンと指環《口絵》・・・・ 12〜17	
ある日の探偵作家《口絵》・・・・・・・・・・・・・・ 18	
ヒッチコック頁への序文（ヒッチコック） ・・・・・・・・・・・・・・・・・・・・・・・・・・・・・・・・・・・ 19	
薔薇荘殺人事件（問題篇）《小説》（鮎川哲也）・・・・・・・・・・・・・・・・・・・・・・・・・・・・ 20〜45	
まえがき(R) ・・・・・・・・・・・・・・・・・・・・・・・・・ 20	
比例 ・・・・・・・・・・・・・・・・・・・・・・・・・・・・・・・・ 24	
なかがき(R) ・・・・・・・・・・・・・・・・・・・・・・・・・ 45	
黒いエース《小説》（高城高）・・・・・・・・ 46〜60	
［まえがき］《小説》(R) ・・・・・・・・・・・・・・ 47	
日本の人魚（内田恵太郎）・・・・・・・・・・・・ 61〜63	
場所さえなければ ・・・・・・・・・・・・・・・・・・・・ 62	
成吉思汗の秘密〈4〉《小説》（高木彬光） ・・・・・・・・・・・・・・・・・・・・・・・・・・・・・・・ 64〜91	
容れものだけ ・・・・・・・・・・・・・・・・・・・・・・・・ 68	
それほど利くなら ・・・・・・・・・・・・・・・・・・・・ 90	
女争い《小説》（鹿島孝二）・・・・・・・・・ 92〜105	
［まえがき］(R) ・・・・・・・・・・・・・・・・・・・・・・ 92	
STAGE ・・・・・・・・・・・・・・・・・・・・・・・・・・・・ 105	
チャンドラー以後のハードボイルド派につ（大藪春彦）・・・・・・・・・・・・・・・・・・・ 106〜113	
T.V. ・・・・・・・・・・・・・・・・・・・・・・・・・・・・・・・ 113	
沼の中の家《小説》（楠田匡介）・・・・ 114〜129	
［まえがき］(R) ・・・・・・・・・・・・・・・・・・・・・ 114	
MUSIC ・・・・・・・・・・・・・・・・・・・・・・・・・・・・ 129	

198

探偵小説三十五年〈28〉(江戸川乱歩)	
⋯⋯⋯⋯⋯⋯⋯⋯⋯⋯⋯⋯⋯ 130〜135	
薔薇荘殺人事件(解決篇)《小説》(鮎川哲也)	
⋯⋯⋯⋯⋯⋯⋯⋯⋯⋯⋯⋯⋯ 136〜152	
薔薇荘殺人事件(解決篇)《小説》(花森安治)	
⋯⋯⋯⋯⋯⋯⋯⋯⋯⋯⋯⋯⋯ 136〜152	
仕掛花火《小説》(菱形伝次) ⋯⋯⋯ 153〜168	
[まえがき](R) ⋯⋯⋯⋯⋯⋯⋯⋯⋯ 153	
探偵小説辞典〈67〉(中島河太郎)	
⋯⋯⋯⋯⋯⋯⋯⋯⋯⋯⋯⋯⋯ 169〜172	
宝石の文化史〈13〉(春山行夫) ⋯ 173〜177	
氷上の乱舞 ⋯⋯⋯⋯⋯⋯⋯⋯⋯⋯⋯ 176	
スーツ・ケース《小説》(玉川一郎)	
⋯⋯⋯⋯⋯⋯⋯⋯⋯⋯⋯⋯⋯ 178〜192	
[まえがき](R) ⋯⋯⋯⋯⋯⋯⋯⋯⋯ 178	
SPORTS ⋯⋯⋯⋯⋯⋯⋯⋯⋯⋯⋯⋯ 191	
新刊展望台(小城魚太郎) ⋯⋯⋯⋯ 193〜195	
謙信の死《小説》(伊東詢) ⋯⋯⋯ 196〜208	
歴史小説と推理小説(木々高太郎) ⋯⋯ 197	
シネ・ガイド(双葉十三郎) ⋯⋯⋯ 210〜213	
徹底的欺瞞者《小説》(角田実) ⋯ 214〜215	
男のおしゃれ(椿八郎) ⋯⋯⋯⋯⋯ 216〜219	
シムノンの人と映画《座談会》(植草甚一,双葉十三郎,江戸川乱歩) ⋯⋯ 220〜236	
内外切りき帖 ⋯⋯⋯⋯⋯⋯⋯⋯⋯ 237〜253	
宝石クラブ	
七月号批評(土屋隆夫) ⋯⋯⋯⋯⋯ 254	
悪魔の手毬唄〈12〉《小説》(横溝正史)	
⋯⋯⋯⋯⋯⋯⋯⋯⋯⋯⋯⋯⋯ 260〜274	
ヒッチコック・ミステリーズ	
ガラスの橋《小説》(ロバート・アーサー[著],田中潤司[訳]) ⋯⋯⋯⋯⋯ 276〜291	
亡霊《小説》(ドナルド・ホーニグ[著],佐伯新一郎[訳]) ⋯⋯⋯ 292〜305	
庭の花《小説》(マーチン・ブルック[著],妹尾韶夫[訳]) ⋯⋯⋯⋯⋯⋯⋯ 306〜317	
フィリシアの棺《小説》(マイクル・ズロイ[著],宇野利泰[訳])	
⋯⋯⋯⋯⋯⋯⋯⋯⋯⋯⋯⋯⋯ 318〜321	
双生児(ふたご)の相続人《小説》(C・B・ギルフォード[著],村上啓夫[訳])	
⋯⋯⋯⋯⋯⋯⋯⋯⋯⋯⋯⋯⋯ 322〜337	
とんだ傷 ⋯⋯⋯⋯⋯⋯⋯⋯⋯⋯⋯⋯ 304	
二人坊主 ⋯⋯⋯⋯⋯⋯⋯⋯⋯⋯⋯⋯ 337	
編集後記(乱歩) ⋯⋯⋯⋯⋯⋯⋯⋯ 338	

第13巻第11号 増刊　所蔵あり
1958年8月15日発行　332頁　130円

ノイローゼ殺人事件《小説》(島田一男)	
⋯⋯⋯⋯⋯⋯⋯⋯⋯⋯⋯⋯⋯⋯ 14〜37	
きもを冷やす ⋯⋯⋯⋯⋯⋯⋯⋯⋯⋯ 33	

殺人病患者《小説》(大下宇陀児) ⋯ 38〜59
浮動価格 ⋯⋯⋯⋯⋯⋯⋯⋯⋯⋯⋯⋯ 54
ラジオ自動車(玉川一郎) ⋯⋯⋯⋯ 60〜61
人妖《小説》(高木彬光) ⋯⋯⋯⋯⋯ 62〜84
行動の自由 ⋯⋯⋯⋯⋯⋯⋯⋯⋯⋯⋯ 83
二人のための暮しの手帳 ⋯⋯⋯⋯⋯ 85
母の遺書《小説》(木々高太郎) ⋯⋯ 86〜97
仇討綺譚(玉川一郎) ⋯⋯⋯⋯⋯⋯ 98〜99
迷路の三人《小説》(横溝正史) ⋯ 100〜119
女の匂いは《小説》(楠田匡介) ⋯ 120〜139
それは困る ⋯⋯⋯⋯⋯⋯⋯⋯⋯⋯⋯ 129
秘画地獄(神保順世) ⋯⋯⋯⋯⋯⋯ 140〜143
腹話術師の恋《小説》(渡辺啓助) ⋯ 144〜159
絵巻物《小説》(山村正夫) ⋯⋯⋯ 160〜169
写真屋の妻(玉川一郎) ⋯⋯⋯⋯⋯ 170〜171
殺人クラブ《小説》(水谷準) ⋯⋯ 172〜183
民間療法 ⋯⋯⋯⋯⋯⋯⋯⋯⋯⋯⋯⋯ 182
湯ぶねのそばで《小説》(朝山蜻一)
⋯⋯⋯⋯⋯⋯⋯⋯⋯⋯⋯⋯⋯ 184〜198
二人のための暮しの手帳 ⋯⋯⋯⋯⋯ 199
魔女の乳房《小説》(香山滋) ⋯⋯ 200〜218
情事の演出(中山保江) ⋯⋯⋯⋯⋯ 219〜221
人間椅子《小説》(江戸川乱歩) ⋯ 222〜237
労働時間 ⋯⋯⋯⋯⋯⋯⋯⋯⋯⋯⋯⋯ 230
ねじれ鼻の男《小説》(弘田喬太郎)
⋯⋯⋯⋯⋯⋯⋯⋯⋯⋯⋯⋯⋯ 238〜255
アノネ・オッサン《漫画》(勝見茂)
⋯⋯⋯⋯⋯⋯⋯⋯⋯⋯⋯⋯⋯ 256〜257
不破洲堂の恋《小説》(城昌幸) ⋯ 258〜274
二人のための暮しの手帳 ⋯⋯⋯⋯⋯ 275
鵙の来歴《小説》(日影丈吉) ⋯⋯ 276〜293
幽霊売春街《小説》(大河内常平) ⋯ 294〜311
春本太平記《小説》(山田風太郎) ⋯ 312〜332

第13巻第12号　所蔵あり
1958年9月1日発行　338頁　150円

ある探偵作家の一日　高木彬光〔口絵〕
⋯⋯⋯⋯⋯⋯⋯⋯⋯⋯⋯⋯⋯⋯ 12〜17
巴須博士の研究《小説》(伊之内緒斗子/大下宇陀児) ⋯⋯⋯⋯⋯⋯⋯⋯⋯ 20〜46
[まえがき](R) ⋯⋯⋯⋯⋯⋯⋯⋯⋯ 20
悪魔の手毬唄〈13〉《小説》(横溝正史)
⋯⋯⋯⋯⋯⋯⋯⋯⋯⋯⋯⋯⋯⋯ 47〜61
あれこれ始末書〈1〉(徳川夢声) ⋯⋯ 62〜69
[まえがき](R) ⋯⋯⋯⋯⋯⋯⋯⋯⋯ 62
「あれこれ始末書」について(R) ⋯ 64〜65
ズボン ⋯⋯⋯⋯⋯⋯⋯⋯⋯⋯⋯⋯⋯ 66
T.V. ⋯⋯⋯⋯⋯⋯⋯⋯⋯⋯⋯⋯⋯⋯ 69
月あかり《小説》(日影丈吉) ⋯⋯ 70〜81
[まえがき](R) ⋯⋯⋯⋯⋯⋯⋯⋯⋯ 70
一日にして成る ⋯⋯⋯⋯⋯⋯⋯⋯⋯ 76

17『宝石』

Kへの手紙(仁木悦子) ・・・・・・・ 82～83
男惚れ《小説》(鹿島孝二) ・・・・・・・ 84～99
[まえがき](R) ・・・・・・・・・・・・・ 84
探偵小説三十五年〈29〉(江戸川乱歩)
・・・・・・・・・・・・・・・・・・ 100～105
女は突然変異する《小説》(朝山蜻一)
・・・・・・・・・・・・・・・・・・ 106～129
[まえがき](R) ・・・・・・・・・・・・ 106
一石四鳥 ・・・・・・・・・・・・・・・ 124
切断《小説》(土英雄) ・・・・・・・ 130～139
[まえがき](R) ・・・・・・・・・・・・ 130
宝石の文化史〈14〉(春山行夫) 140～143
犬と剃刀《小説》(香山滋) ・・・ 144～154
[まえがき](R) ・・・・・・・・・・・・ 144
MUSIC ・・・・・・・・・・・・・・・・・ 153
光と影の謎(木々高太郎) ・・・ 155～157
悪いことは二度ある ・・・・・・・ 156
宝石クイズ(高木重朗) ・・・・・ 158～159
寝衣《小説》(渡辺啓助) ・・・・ 160～177
[まえがき](R) ・・・・・・・・・・・・ 160
叩き棒 ・・・・・・・・・・・・・・・・・ 176
男のおしゃれ(渡辺紳一郎) ・・ 178～181
零の焦点〈5〉《小説》(松本清張)
・・・・・・・・・・・・・・・・・・ 182～191
宝石―週刊朝日共同募集探偵小説入選候補作品 ・・・・・・・・・・・・・・・・・ 191
新刊展望台(小城魚太郎) ・・・ 192～193
嘔吐《小説》(斎藤哲夫) ・・・・ 194～206
[まえがき](R) ・・・・・・・・・・・・ 194
違いない ・・・・・・・・・・・・・・・ 205
内外切抜き帳 ・・・・・・・・・・・ 207～211
眼科医アーサー・コナン・ドイル(椿八郎)
・・・・・・・・・・・・・・・・・・ 212～217
結局おなじ ・・・・・・・・・・・・・ 216
宝石クラブ ・・・・・・・・・・・・ 218～223
「死刑台のエレベーター」を見る《座談会》(飯島正，植草甚一，江戸川乱歩) ・・・・ 224～239
詰碁新題(前田陳爾) ・・・・・・・ 237
シネ・ガイド(双葉十三郎) ・・ 240～243
成吉思汗の秘密〈5・完〉《小説》(高木彬光)
・・・・・・・・・・・・・・・・・・ 244～276
詰将棋新題(斎藤銀次郎) ・・・・・ 273
橋がある ・・・・・・・・・・・・・・・ 274
ヒッチコック・ミステリーズ
　好もしい一家《小説》(ロバート・アーサー〔著〕，長谷川修二〔訳〕)
・・・・・・・・・・・・・・・・・・ 278～289
　わが麗しからぬ君《小説》(ガイ・カリングフォード〔著〕，橋本福夫〔訳〕)
・・・・・・・・・・・・・・・・・・ 290～301
　十月のゲーム《小説》(レイ・ブラッドベリー〔著〕，砧一郎〔訳〕)
・・・・・・・・・・・・・・・・・・ 302～311
　ペン・フレンド《小説》(O・H・レスリイ/ジェイ・フォルブ〔著〕，宇野利泰〔訳〕) ・・・・・・・・・・・・ 312～321
　三角の週末《小説》(C・B・ギルフォード〔著〕，青田勝〔訳〕) ・・・・・・ 322～337
六引く二 ・・・・・・・・・・・・・・・ 308
毛生薬 ・・・・・・・・・・・・・・・・・ 298
手は雄弁 ・・・・・・・・・・・・・・・ 336
SPORTS ・・・・・・・・・・・・・・・ 311
うぬぼれ ・・・・・・・・・・・・・・・ 318
編集後記(江戸川乱歩) ・・・・・・ 338

第13巻第13号　所蔵あり
1958年10月1日発行　338頁　150円

アガサ・クリスティーの近況《口絵》・・・・・ 11
ミステリ・クラブ信濃路を行く《口絵》
・・・・・・・・・・・・・・・・・・・ 12～13
初秋の東京港一周《口絵》 ・・・・・・ 14～15
探偵小説入選者賞金授与式《口絵》 ・・・・ 16
新劇人ミステリーを語る《口絵》 ・・・・・ 17
銅婚式《小説》(佐野洋) ・・・・・・ 20～45
[まえがき](R) ・・・・・・・・・・・・・ 20
宝石・週刊朝日共同募集探偵小説入選作決定
　入選の感想(仁科透) ・・・・・・・・ 47
　「銅婚式について」(佐野洋) ・・ 47～48
　選者の言葉(荒正人) ・・・・・・・ 48～49
　妄言を謝す(江戸川乱歩) ・・・・ 50～51
　選評にかえて(扇谷正造) ・・・・ 51～52
　読者代表として(戸塚文子) ・・ 52～53
　週刊朝日の選について(木々高太郎)
・・・・・・・・・・・・・・・・・・・・ 53
　選後感(中島河太郎) ・・・・・・・・ 54
首《小説》(山田風太郎) ・・・・・ 56～77
[まえがき](R) ・・・・・・・・・・・・・ 56
ホオムズとコカイン(長沼弘毅) ・・ 78～85
二ノ宮心中《小説》(鮎川哲也) ・・ 86～105
[まえがき](R) ・・・・・・・・・・・・・ 86
あれこれ始末書〈2〉(徳川夢声) ・・・・ 106～112
おーいでてこーい《小説》(星新一)
・・・・・・・・・・・・・・・・・・ 113～115
[まえがき](R) ・・・・・・・・・・・・ 113
ホームズ庵老残記(延原謙) ・・・ 116～117
暗い海深い霧《小説》(高城高) 118～144
[まえがき](R) ・・・・・・・・・・・・ 119
22ガ4 ・・・・・・・・・・・・・・・・・ 122
宝石の文化史〈15〉(春山行夫) ・・ 145～149
東洋の神秘《小説》(鹿島孝二) ・・ 150～163
[まえがき](R) ・・・・・・・・・・・・ 150

17 『宝石』

MUSIC ······································ 163
新刊展望台（小城魚太郎）········· 164〜165
狐狗狸の夕べ《座談会》（三島由紀夫、杉村春子、
　芥川比呂志、松浦竹夫、山村正夫、江戸川乱
　歩）···································· 166〜179
男のおしゃれ（高橋邦太郎）········ 180〜181
悪魔の手毬唄〈14〉《小説》（横溝正史）
　······································· 182〜196
探偵小説辞典〈68〉（中島河太郎）
　······································· 197〜200
指紋は変えられる（椿八郎）········ 201〜203
宝石クラブ······························ 204〜207
物体嬢《脚本》（飯沢匡）············ 208〜243
［まえがき］（R）······················· 208
RUBRIC ··································· 213
シネ・ガイド（双葉十三郎）········ 244〜247
探偵小説三十五年〈30〉（江戸川乱歩）
　······································· 248〜253
零の焦点〈6〉《小説》（松本清張）
　······································· 254〜263
STAGE ···································· 261
婉曲話法································· 262
内外切抜き帳··························· 264〜273
ソヴェートの探偵小説（原卓也）···· 274〜277
クリスティーの近況（エディ・ギルモア〔著〕、
　田中潤司〔訳〕）···················· 278〜282
T.V. ······································ 280
ヒッチコック・ミステリーズ
　エルドンの決闘《小説》（ロイ・キャロル〔著〕、
　　妹尾留夫〔訳〕）··············· 284〜297
　［まえがき］（ヒッチコック）············· 284
　面会人《小説》（ハロルド・ジョージ・シャッド
　　〔著〕、村上啓夫〔訳〕）
　　································· 298〜301
　［まえがき］（ヒッチコック）············· 298
　第四の男《小説》（ホリイ・ロース〔著〕、田
　　中小実昌〔訳〕）············· 302〜317
　［まえがき］（ヒッチコック）············· 302
　何処か判らぬところ《小説》（チャールズ・マー
　　ゲンダー〔著〕、西田政治〔訳〕）
　　································ 318〜323
　［まえがき］（ヒッチコック）············· 318
　死者は笑う《小説》（ロバート・アーサー〔著〕、
　　阿部主計〔訳〕）············· 324〜337
　［まえがき］（ヒッチコック）············· 324
SPORTS ··································· 297
編集後記（江戸川生）····················· 338

第13巻第14号　所蔵あり
1958年11月1日発行　338頁　150円

ある探偵作家の一日　大下宇陀児《口絵》
　··· 11〜17
死絶えた家に少年ひとりのこる《小説》（木々
　高太郎）······························· 20〜45
［まえがき］（R）···························· 20
STAGE ······································ 45
尊像紛失事件《小説》（戸板康二）···· 46〜65
［まえがき］（R）···························· 46
習慣··· 62
私は死んでいる《小説》（多岐川恭）··· 66〜83
［まえがき］（R）···························· 66
あれこれ始末書〈3〉（徳川夢声）···· 84〜90
宝石の文化史〈16〉（春山行夫）······ 91〜95
T.V. ·· 95
二つの遺書《小説》（伊吹わか子）···· 96〜118
［まえがき］（R）···························· 96
靴のせい··································· 112
MUSIC ····································· 116
トランプ・パズル（藤堂幸三郎）····· 120〜123
悪魔の掌の上で《小説》（樹下太郎）
　·· 124〜147
［まえがき］（R）···························· 124
SPORTS ···································· 144
探偵小説三十五年〈31〉（江戸川乱歩）
　·· 148〜153
埋葬班長《小説》（膳哲之助）········ 154〜179
［まえがき］（R）···························· 154
くせ··· 178
シネ・ガイド（双葉十三郎）········· 180〜183
スピード・科学・ミステリー《座談会》（桶谷
　繁雄、木々高太郎、江戸川乱歩）
　·· 184〜197
ヒッチコックを訪ねて（伊勢寿雄）
　·· 198〜201
RECORD ··································· 201
男の世界《小説》（宮野村子）········ 202〜218
［まえがき］（R）···························· 202
江戸川乱歩賞入選作選考事情とその選評
　報告と感想（江戸川乱歩）········ 220〜222
　新しい文章の魅力（荒正人）······ 222〜223
　乱歩賞選考感想（大下宇陀児）
　　····································· 223〜224
　やっと一つあつた（木々高太郎）········ 224
　乱歩賞選考後記（長沼弘毅）············· 225
零の焦点〈7〉《小説》（松本清張）
　·· 226〜235
風流遠眼鏡································ 233〜235
男のおしゃれ（椿八郎）················ 236〜239
金髪娘《小説》（鹿島孝二）············ 240〜251
［まえがき］（R）···························· 240
宝石クラブ······························· 252〜255

17『宝石』

悪魔の手毬唄〈15〉《小説》(横溝正史)
　　　　　　　　　　　　　　256〜269
むかでの靴　　　　　　　　　　266
探偵小説辞典〈69〉(中島河太郎)
　　　　　　　　　　　　　　271〜274
内外切抜き帳　　　　　　　　275〜281
「共犯者」合評会《座談会》(松本清張、田中重雄、塚口一雄、高岩肇、根上淳、高松郎、叶順子、加賀四郎、江戸川乱歩、城昌幸) 282〜288
ヒッチコック・ミステリーズ
　すんでの事で!《小説》(O・H・レスリー〔著〕、長谷川修二〔訳〕)　　　　　290〜301
　［まえがき］(ヒッチコック)　　　　290
　二十五語以内で《小説》(ジェイ・フォルブ〔著〕、砧一郎〔訳〕)　　　302〜309
　［まえがき］(ヒッチコック)　　　　302
　人形はささやく《小説》(ロバート・アーサー〔著〕、村上啓夫〔訳〕)
　　　　　　　　　　　　　　310〜323
　［まえがき］(ヒッチコック)　　　　310
　殺してごらん《小説》(C・B・ギルフォード〔著〕、田中潤司〔訳〕)
　　　　　　　　　　　　　　324〜337
　［まえがき］(ヒッチコック)　　　　324
申告に及ばず　　　　　　　　　　336
編集後記(江戸川乱歩)　　　　　　338

第13巻第15号　所蔵あり
1958年12月1日発行　338頁　150円

新劇を愉しむ《口絵》　　　　　　11〜17
クリスティ劇について(江戸川乱歩)
　　　　　　　　　　　　　　12〜13
初めての新劇(山田風太郎)　　　16〜17
悪魔の手毬唄〈16〉《小説》(横溝正史)
　　　　　　　　　　　　　　20〜33
死体に触れるな《小説》(宮原竜雄)　34〜53
　［まえがき］(R)　　　　　　　　34
宇宙混血《小説》(斎藤哲夫)　　　54〜74
　［まえがき］(R)　　　　　　　　54
同じ理窟　　　　　　　　　　　　68
千一夜社員《小説》(南達彦)　　　76〜89
　［まえがき］(R)　　　　　　　　76
宝石の文化史〈17〉(春山行夫)　90〜93
黒い牧師《小説》(水城顕)　　　94〜117
　［まえがき］(木々高太郎)　　　　94
STAGE　　　　　　　　　　　　117
探偵小説三十五年〈32〉(江戸川乱歩)
　　　　　　　　　　　　　118〜123
明治自由亭《小説》(宇井無愁)　124〜139
　［まえがき］(R)　　　　　　　124
あれこれ始末書〈4〉(徳川夢声)　140〜147

新刊展望台(小城魚太郎)　　　148〜151
奇妙な再会《小説》(土屋隆夫)　152〜172
　［まえがき］(R)　　　　　　　152
内外切り抜き帳　　　　　　　173〜179
狸と狐《小説》(北町一郎)　　　180〜196
　［まえがき］(R)　　　　　　　180
探偵小説辞典〈70〉(中島河太郎)
　　　　　　　　　　　　　197〜200
私は雪男を見た(槙悠人)　　　201〜205
屍臭を追う男《小説》(島田一男)　206〜229
　［まえがき］(R)　　　　　　　206
T.V.　　　　　　　　　　　　229
シネ・ガイド(双葉十三郎)　　230〜233
三人の独乙男《小説》(鹿島孝二)　234〜245
　［まえがき］(R)　　　　　　　234
男のおしゃれ(長谷川修二)　　246〜249
旅と俳句とミステリー《座談会》(中村汀女、戸塚文子、江戸川乱歩、田中潤司)
　　　　　　　　　　　　　250〜267
逆も真なり　　　　　　　　　　260
宝石クラブ　　　　　　　　　268〜271
零の焦点〈8〉《小説》(松本清張)
　　　　　　　　　　　　　272〜278
ヒッチコック・ミステリーズ
　悪夢《小説》(ロバート・アーサー〔著〕、妹尾韶夫〔訳〕)　　　　　　280〜291
　［まえがき］(ヒッチコック)　　　280
　ハーマン夫人とケンモア夫人《小説》(ドナルド・ホーニグ〔著〕、田中潤司〔訳〕)　　　　　　　　　292〜297
　［まえがき］(ヒッチコック)　　　292
　そんなことをしてはいけない《小説》(ブライス・ウォルトン〔著〕、橋本福夫〔訳〕)　　　　　　　　　　298〜311
　［まえがき］(ヒッチコック)　　　298
　ブリル事件《小説》(ハロルド・R・ダニャルズ〔著〕、阿部主計〔訳〕)
　　　　　　　　　　　　　312〜323
　［まえがき］(ヒッチコック)　　　312
　五十二の重大事件《小説》(ロイ・カロル〔著〕、宇野利泰〔訳〕)　324〜337
いうにや及ぶ　　　　　　　　　286
それは無理　　　　　　　　　　304
MUSIC　　　　　　　　　　　　308
SPORTS　　　　　　　　　　　323
場所ちがい　　　　　　　　　　330
原因と結果　　　　　　　　　　334
編集後記(江戸川乱歩)　　　　　338

第13巻第16号　増刊　所蔵あり
1958年12月25日発行　392頁　150円

血とミルク《小説》（志保田泰子）‥‥‥‥ 9〜23
2465人の子供の母 ‥‥‥‥‥‥‥‥‥ 22
ヘッド・ライト《小説》（江川乱児）‥‥ 24〜37
予選感想（阿部主計）‥‥‥‥‥‥‥‥ 37
四段目の踏板《小説》（田中万三記） 38〜52
静かなる復讐《小説》（福田鮭二） 53〜67
余儀ない罪《小説》（濠黄八） 68〜83
小細工《小説》（高津琉一） 84〜99
復讐墓参《小説》（安永一郎） 100〜115
予選おぼえ書（黒部竜二） 112〜113
動機《小説》（杉山冴子） 116〜131
古井戸《小説》（渡辺トク） 132〜145
選後余筆（中島河太郎）‥‥‥‥‥‥‥ 143
清風荘事件《小説》（角免栄児） 146〜161
歯楊子の風習 ‥‥‥‥‥‥‥‥‥‥‥ 160
東海村殺人事件《小説》（黒木曜之助）
‥‥‥‥‥‥‥‥‥‥‥‥‥‥ 162〜176
千三つ《小説》（鷹野宏） 177〜191
長い雨《小説》（猪股聖吾） 192〜205
週給90ドル ‥‥‥‥‥‥‥‥‥‥‥‥ 204
銃声《小説》（植村次郎） 206〜221
選後雑感（村山徳五郎） 220〜221
鶴《小説》（吉田千秋） 222〜237
血とミルク《小説》（木俣恵右） 238〜253
灰色の思い出《小説》（山村直樹） 254〜269
目撃《小説》（川口幻人） 270〜283
深草少将の死《小説》（西川斗志也）
‥‥‥‥‥‥‥‥‥‥‥‥‥‥ 284〜298
九人目の犠牲者《小説》（笹沢佐保）
‥‥‥‥‥‥‥‥‥‥‥‥‥‥ 299〜313
炎の犬《小説》（夏木蜻一） 314〜328
白い死面《小説》（古銭信二） 329〜343
闇の中の伝言《小説》（笹沢佐保） 344〜361
或るモデルの死《小説》（山浦好作）
‥‥‥‥‥‥‥‥‥‥‥‥‥‥ 362〜376
痣《小説》（朝倉三郎） 377〜392

第14巻第1号　所蔵あり
1959年1月1日発行　374頁　160円

探偵作家カメラ腕自慢《口絵》‥‥‥ 10〜18
［カメラ腕自慢］（松本清張）‥‥‥‥‥ 10
朝（角田喜久雄）‥‥‥‥‥‥‥‥‥‥ 11
犬（大下宇陀児）‥‥‥‥‥‥‥‥‥‥ 12
猫族（島田一男）‥‥‥‥‥‥‥‥‥‥ 13
私の夢（渡辺啓助）‥‥‥‥‥‥‥‥‥ 14
女の顔（高木彬光）‥‥‥‥‥‥‥‥‥ 15
旅先にて（山田風太郎）‥‥‥‥‥‥‥ 16
ゲイジツ写真（城昌幸）‥‥‥‥‥‥‥ 17
明るい仁木さん（江戸川乱歩）‥‥‥‥ 18
林の中の家〈1〉《小説》（仁木悦子）
‥‥‥‥‥‥‥‥‥‥‥‥‥‥‥ 24〜51

［まえがき］（R）‥‥‥‥‥‥‥‥‥‥ 25
T.V. ‥‥‥‥‥‥‥‥‥‥‥‥‥‥‥ 51
オラン・ベンデク射殺事件《小説》（香山滋）
‥‥‥‥‥‥‥‥‥‥‥‥‥‥‥ 52〜67
［まえがき］（R）‥‥‥‥‥‥‥‥‥‥ 52
妻を殺す《小説》（竹村直伸） 68〜87
［まえがき］（R）‥‥‥‥‥‥‥‥‥‥ 69
長さについて ‥‥‥‥‥‥‥‥‥‥‥ 87
ミニアチュア（水谷準） 88〜89
悪魔はここに《小説》（鮎川哲也） 90〜124
［まえがき］（R）‥‥‥‥‥‥‥‥‥‥ 90
STAGE ‥‥‥‥‥‥‥‥‥‥‥‥‥ 123
成吉思汗余話（高木彬光） 125〜127
吉備津の釜《小説》（日影丈吉） 128〜139
［まえがき］（R）‥‥‥‥‥‥‥‥‥ 128
あれこれ始末書〈5〉（徳川夢声）‥‥ 140〜146
自分は違う ‥‥‥‥‥‥‥‥‥‥‥‥ 142
洞察 ‥‥‥‥‥‥‥‥‥‥‥‥‥‥‥ 144
治療《小説》（星新一） 148〜157
［まえがき］（R）‥‥‥‥‥‥‥‥‥ 148
新刊展望台（小城魚太郎） 158〜159
破獄教科書《小説》（楠田匡介） 160〜181
［まえがき］（R）‥‥‥‥‥‥‥‥‥ 161
みすてりい・ガイド（類十兵衛） 182〜183
ホオムズの変装〈1〉（長沼弘毅） 184〜190
アラン・ポーの小屋（火野葦平） 192〜195
空中の足あと《小説》（カーター・ディクスン
　〔著〕、田中潤司〔訳〕） 196〜211
金ののべ棒の話（角田喜久雄） 212〜215
MUSIC ‥‥‥‥‥‥‥‥‥‥‥‥‥ 215
悪魔の手毬唄〈17・完〉《小説》（横溝正史）
‥‥‥‥‥‥‥‥‥‥‥‥‥‥ 216〜241
［まえがき］（R）‥‥‥‥‥‥‥‥‥ 217
透視力 ‥‥‥‥‥‥‥‥‥‥‥‥‥‥ 220
泥棒を捕まえるには《小説》 242〜243
探偵小説三十五年〈33〉（江戸川乱歩）
‥‥‥‥‥‥‥‥‥‥‥‥‥‥ 244〜249
メリケン若衆《小説》（鹿島孝二） 250〜261
シネ・ガイド（双葉十三郎） 262〜265
創作ノート（松本清張） 266〜279
小説の素（R）‥‥‥‥‥‥‥‥‥‥‥ 266
お詫びの弁（松本清張）‥‥‥‥‥‥‥ 269
男のおしゃれ（椿八郎） 280〜284
探偵小説辞典〈72〉（中島河太郎）
‥‥‥‥‥‥‥‥‥‥‥‥‥‥ 285〜288
探偵小説・回顧と展望《座談会》（大井広介、小
　山勝治、中島河太郎、城昌幸） 290〜303
宝石クラブ ‥‥‥‥‥‥‥‥‥‥ 304〜307
虹の中の女《小説》（島田一男） 308〜322
［まえがき］（R）‥‥‥‥‥‥‥‥‥ 309
内外切抜き帳 ‥‥‥‥‥‥‥‥‥ 323〜329

17『宝石』

宝石の文化史〈18〉(春山行夫) ····· 330～334
表紙「赤い実」(山田智三郎) ············· 333
ヒッチコック・ミステリーズ
 とつておきの料理《小説》(チャールズ・マーゲンダール〔著〕，田中小実昌〔訳〕) ················ 336～345
  ［まえがき］(ヒッチコック) ············· 336
 暗殺《小説》(ダイオン・ヘンダソン〔著〕，長谷川修二〔訳〕) ············· 346～353
  ［まえがき］(ヒッチコック) ············· 346
 処刑の日《小説》(ヘンリー・スレザール〔著〕，砧一郎〔訳〕) ············· 354～363
  ［まえがき］(ヒッチコック) ············· 354
 似合いの夫婦《小説》(ロバート・アーサー〔著〕，高橋泰邦〔訳〕)
················ 364～373
  ［まえがき］(ヒッチコック) ············· 364
SPORTS ················ 343
やつぱりそうか ················ 352
類型 ················ 372
編集後記(江戸川乱歩) ················ 374

第14巻第2号　所蔵あり
1959年2月1日発行　338頁　150円

探偵作家カメラ腕自慢《口絵》 ····· 9～16
［カメラ腕自慢］(有馬頼義) ················ 9
古寺幻想(香山滋) ················ 10
これはなんでしょう?(水谷準) ················ 11
ミロのヴィーナス達(鮎川哲也) ················ 12
ハルビンの風船売り(椿八郎) ················ 13
静止写真(日影丈吉) ················ 14
中年姉妹(木々高太郎) ················ 15
クラムン洞窟《小説》(渡辺啓助) ····· 20～49
 ［まえがき］(R) ················ 20
林の中の家〈2〉《小説》(仁木悦子)
················ 50～73
処刑《小説》(星新一) ················ 74～88
 ［まえがき］(R) ················ 74
STAGE ················ 85
夜のパトロール(菊村到) ················ 89～91
雨の露地で《小説》(大藪春彦) ····· 92～108
 ［まえがき］(R) ················ 92
ホオムズの変装〈2〉(長沼弘毅) ····· 109～116
巴里太助《小説》(鹿島孝二) ····· 118～129
SPORTS ················ 129
彷徨《小説》(城昌幸) ················ 130～136
 ［まえがき］(R) ················ 130
みすてりい・ガイド(類十兵衛) ····· 137～139
あれこれ始末書〈6〉(徳川夢声) ····· 140～146
大福帳 ················ 142
つんぼ桟敷 ················ 144

宝石の文化史〈19〉(春山行夫) ····· 147～151
表紙「嫉妬」(山田智三郎) ············· 151
断頭台《小説》(山村正夫) ················ 152～172
 ［まえがき］(R) ················ 152
探偵小説三十五年〈34〉(江戸川乱歩)
················ 174～179
新刊展望台(小城魚太郎) ················ 180～181
微かなる弔鐘《小説》(高城高) ····· 182～211
 ［まえがき］(R) ················ 183
「影」《対談》(有馬頼義，双葉十三郎)
················ 212～220
テープコーダー(田辺茂一) ················ 221～223
男のおしゃれ(長谷川修二) ················ 224～227
素足の悪魔《小説》(島田一男) ····· 228～242
探偵小説辞典〈72・完〉(中島河太郎)
················ 243～246
「悪魔の手毬唄」楽屋話(横溝正史)
················ 247～249
消えた動機《小説》(中原弓彦) ····· 250～263
 ［まえがき］(R) ················ 250
実験 ················ 254
いのり釘(新田次郎) ················ 264～265
内外切抜き帳 ················ 266～273
宝石クラブ ················ 274～277
零の焦点〈9〉《小説》(松本清張)
················ 278～283
持ちが良い筈 ················ 282
そんなのないデス《小説》 ················ 284～285
葉巻にご注意《小説》 ················ 286～287
絶対絶命《対談》(双葉十三郎，江戸川乱歩)
················ 288～296
ヒッチコック・ミステリーズ
 女が殺された《小説》(マーガレット・マナーズ〔著〕，妹尾韶夫〔訳〕)
················ 298～315
  ［まえがき］(ヒッチコック) ············· 298
 いとも愉しき毒殺の話《小説》(フレッチャー・フロラ〔著〕，村上啓夫〔訳〕)
················ 316～323
  ［まえがき］(ヒッチコック) ············· 316
 広告のうしろの屍体《小説》(C・B・ギルフォード〔著〕，西田政治〔訳〕)
················ 324～337
  ［まえがき］(ヒッチコック) ············· 324
MUSIC ················ 337
編集後記(江戸川乱歩) ················ 338

第14巻第3号　所蔵あり
1959年3月1日発行　338頁　150円

「影の会」カメラ腕自慢《口絵》 ····· 10～15
牛車に題す(福永武彦) ················ 10

17『宝石』

パキスタンの花（曾野綾子）・・・・・・・・・	11
カメラの極意（遠藤周作）・・・・・・・・・・・	12
八ケ岳登攀（梅崎春生）・・・・・・・・・・・・・	13
私の処女作（藤原審爾）・・・・・・・・・・・・・	14
時代の象徴（椎名麟三）・・・・・・・・・・・・・	15
雪がくれ観音〈脚本〉（多岐川恭）・・・	20〜45
［まえがき］（R）・・・・・・・・・・・・・・・・・・	20
多岐川君の作品（R）・・・・・・・・・・・・・・・・	23
某月某日（渡辺啓助）・・・・・・・・・・・・・・・	43
SPORTS ・・・・・・・・・・・・・・・・・・・・・・・・・・	45
奴隷《小説》（星新一）・・・・・・・・・・・・	46〜51
［まえがき］（R）・・・・・・・・・・・・・・・・・・	46
三位一体・・・・・・・・・・・・・・・・・・・・・・・・・・	48
林の中の家〈3〉《小説》（仁木悦子）	
・・・・・・・・・・・・・・・・・・・・・・・・・・・・・・・・・	52〜83
盲らと石仏（草野心平）・・・・・・・・・・	84〜85
雪のなかの標的《小説》（宮原竜雄）	
・・・・・・・・・・・・・・・・・・・・・・・・・・・・・・・	86〜112
［まえがき］（R）・・・・・・・・・・・・・・・・・・	86
出ているか・・・・・・・・・・・・・・・・・・・・・・・・	90
ホオムズの変装〈3・完〉（長沼弘毅）	
・・・・・・・・・・・・・・・・・・・・・・・・・・・・・・	113〜121
京都の冬（曾野綾子）・・・・・・・・・・	122〜123
立女形失踪事件《小説》（戸板康二）	
・・・・・・・・・・・・・・・・・・・・・・・・・・・・・・	124〜141
［まえがき］（R）・・・・・・・・・・・・・・・・・	124
日常性の再発見（椎名麟三）・・・	142〜143
あれこれ始末書〈7〉（徳川夢声）・・	144〜153
エドガー・ポオの生と死（江戸川乱歩）	
・・・・・・・・・・・・・・・・・・・・・・・・・・・・・・	154〜157
新刊展望台（小城魚太郎）・・・・・	158〜159
さらば厭わしきものよ《小説》（佐野洋）	
・・・・・・・・・・・・・・・・・・・・・・・・・・・・・・	160〜184
［まえがき］（R）・・・・・・・・・・・・・・・・・	162
立派な親戚・・・・・・・・・・・・・・・・・・・・・・・	182
みすてりい・ガイド（類十兵衛）・・	185〜187
探偵小説三十五年〈35〉（江戸川乱歩）	
・・・・・・・・・・・・・・・・・・・・・・・・・・・・・・	188〜193
指間の後光《小説》（鹿島孝二）・・	194〜205
某月某日《小説》（香山滋）・・・・・・・・・	205
ミステリ小説を脅かす退屈（ジャック・バーザン）・・・・・・・・・・・・・・・・・・・・・	206〜210
まえがき（乱歩）・・・・・・・・・・・・・・・・・	206
シネ・ガイド（双葉十三郎）・・・・・	212〜213
白い影《小説》（成瀬圭次郎）・・・・	214〜231
［まえがき］（木々高太郎）・・・・・・・・	214
男のおしゃれ（鴨居羊子）・・・・・	232〜236
内外切抜き帳・・・・・・・・・・・・・・・・・	237〜247
二つの額縁《小説》（桶谷繁雄）・	248〜266
［まえがき］（R）・・・・・・・・・・・・・・・・・	248
桶谷博士の「二つの額縁」について（R）	
・・・・・・・・・・・・・・・・・・・・・・・・・・・・・・	250〜251
宝石の文化史〈20〉（春山行夫）・・	267〜271
宝石クラブ ・・・・・・・・・・・・・・・・・・・	272〜275
新春の感想（春日彦二）・・・・・・・・・・・	273
お客は常に正しい?（戸塚文子）・・	276〜281
零の焦点〈10〉《小説》（松本清張）	
・・・・・・・・・・・・・・・・・・・・・・・・・・・・・・	282〜288
表紙「埴輪」（山田智三郎）・・・・・・・・	285
ヒッチコック・ミステリーズ	
キャッシュ氏の棺《小説》（ロバート・アーサー〔著〕，青田勝〔訳〕）	
・・・・・・・・・・・・・・・・・・・・・・・・・・・・・・	290〜307
［まえがき］（ヒッチコック）・・・・・・	290
チャタートン氏の犠牲《小説》（レックス・バー〔著〕，早川節夫〔訳〕）	
・・・・・・・・・・・・・・・・・・・・・・・・・・・・・・	308〜315
［まえがき］（ヒッチコック）・・・・・・	308
音は偽らず《小説》（スティーヴ・オドネル〔著〕，阿部主計〔訳〕）・・	316〜323
［まえがき］（ヒッチコック）・・・・・・	316
デブおとうちやま《小説》（デヴィッド・アレクザンダー〔著〕，砧一郎〔訳〕）	
・・・・・・・・・・・・・・・・・・・・・・・・・・・・・・	324〜337
［まえがき］（ヒッチコック）・・・・・・	324
MUSIC ・・・・・・・・・・・・・・・・・・・・・・・・・・	305
STAGE ・・・・・・・・・・・・・・・・・・・・・・・・・・	307
T.V. ・・・・・・・・・・・・・・・・・・・・・・・・・・・・	307
原因 ・・・・・・・・・・・・・・・・・・・・・・・・・・・・	334
編集後記（乱歩）・・・・・・・・・・・・・・・・・・	338

第14巻第4号　所蔵あり
1959年4月1日発行　338頁　150円

「翻訳家」カメラ腕自慢《口絵》・・・・・	10〜15
珍資料（黒沼健）・・・・・・・・・・・・・・・・・	10
年寄りのヒヤ水（村上啓夫）・・・・・・・	11
造園記（長谷川修二）・・・・・・・・・・・・・	12
食事（延原謙）・・・・・・・・・・・・・・・・・・・	13
芸術写真（双葉十三郎）・・・・・・・・・・・	14
写歴四十年（高橋邦太郎）・・・・・・・・・	15
林の中の家〈4〉《小説》（仁木悦子）	
・・・・・・・・・・・・・・・・・・・・・・・・・・・・・・・	20〜42
宝石の文化史〈21〉（春山行夫）・・・	43〜47
某月某日（山田風太郎）・・・・・・・・・	44〜45
リヤン王の明察《小説》（小沼丹）・	48〜63
［まえがき］・・・・・・・・・・・・・・・・・・・・・・	48
読者のことなど（中村真一郎）・・・・	64〜65
夕ロの死《小説》（竹村直伸）・・・・・	66〜87
［まえがき］（R）・・・・・・・・・・・・・・・・・・	66
RUBRIC（R）・・・・・・・・・・・・・・・・・・・・	68〜69
伸びも伸びたり ・・・・・・・・・・・・・・・・・・	82

205

17『宝石』

SPORTS	87
似合わない指輪《小説》（竹村直伸）	88〜107
坊やも見たい	104
霧の中で《小説》（竹村直伸）	108〜126
みすてりいガイド（類十兵衛）	127〜129
ひとりストライキ《小説》（玉川一郎）	130〜143
［まえがき］（R）	130
推理癖（有吉佐和子）	144〜145
愛と憎しみと《小説》（楠田匡介）	146〜165
［まえがき］（R）	146
表紙「孤独」（山田智三郎）	151
あれこれ始末書〈8〉（徳川夢声）	166〜172
離婚の仕方	170
男のおしゃれ（椿八郎）	173〜175
護符《小説》（宮野村子）	176〜193
［まえがき］（R）	176
某月某日（村上菊一郎）	192〜193
泥靴の死神《小説》（島田一男）	194〜211
昭和34年度短篇懸賞募集入選発表	
「新人二十五人集」入選作品選評座談会	
《座談会》（江戸川乱歩，水谷準，城昌幸，隠岐弘）	212〜233
感想（山村直樹）	219
感想（安永一郎）	225
シネガイド（双葉十三郎）	234〜235
英語と日本語（古田博之）	236〜241
新刊展望台（小城魚太郎）	242〜243
夜空に船が浮かぶとき《小説》（樹下太郎）	244〜274
［まえがき］（R）	245
宝石クラブ	275〜279
ほろびるつもり（有馬頼義）	280〜281
探偵小説三十五年〈36〉（江戸川乱歩）	282〜285
零の焦点〈11〉《小説》（松本清張）	286〜292
内外切抜き帳	293〜300
ヒッチコック・ミステリーズ	
おれ死んでるんだよ《小説》（O・H・レスリー〔著〕，妹尾韶夫〔訳〕）	302〜312
［まえがき］（ヒッチコック）	302
笑いの要素《小説》（マン・ルービン〔著〕，邦枝輝夫〔訳〕）	314〜323
［まえがき］（ヒッチコック）	314
ハヴァーシャム夫人の復讐《小説》（ヘレン・ニールセン〔著〕，村上啓夫〔訳〕）	324〜337
［まえがき］（ヒッチコック）	324

MUSIC	313
STAGE	313
T.V.	337
編集後記（乱歩）	338

第14巻第5号　所蔵あり
1959年5月1日発行　338頁　150円

「挿画画家」カメラ腕自慢〈口絵〉	10〜15
ボクもおじいちゃん（松野一夫）	10
絶対イカス（太田大八）	11
写ればいいんでしょう（土井栄）	12
巷のピエロ（三芳悌吉）	13
捕物ごっこ（油野誠一）	14
家庭劇（永田力）	15
偶然は作られる《小説》（大下宇陀児）	20〜33
［まえがき］（R）	20
被害者は誰だ《小説》（邱永漢）	34〜53
［まえがき］（R）	34
不思議な男（安岡章太郎）	54〜55
林の中の家〈5〉《小説》（仁木悦子）	56〜70
表紙「凝視」（山田智三郎）	65
月夜蟹（日影丈吉）	72〜88
［まえがき］（R）	73
某月某日（永田力）	81
宝石の文化史〈22〉（春山行夫）	89〜93
STAGE	93
無駄な殺人《小説》（香山滋）	94〜107
［まえがき］（R）	94
一円と一万円（源氏鶏太）	108〜109
海の財宝地図（黒沼健）	110〜116
みすてりい・ガイド（類十兵衛）	117〜119
貸借《小説》（桶谷繁雄）	120〜137
［まえがき］（R）	120
某月某日（高木彬光）	136〜137
フランスの探偵小説（飯島正）	138〜141
たんぽぽ物語《小説》（狩久）	142〜173
［まえがき］（R）	142
探偵小説三十五年〈37〉（江戸川乱歩）	174〜179
等々力座殺人事件《小説》（戸板康二）	180〜199
［まえがき］（R）	180
某月某日（戸川エマ）	188〜189
シネ・ガイド（双葉十三郎）	200〜201
アイ・スクリーム《小説》（高城高）	202〜219
［まえがき］（R）	202
新刊展望台（小城魚太郎）	220〜221

推理小説と文学《座談会》(松本清張, 平野謙, 江戸川乱歩)･･････････････	222～237
男のおしゃれ(長谷川修二)･･････････	238～241
あれこれ始末書〈9〉(徳川夢声)････	242～248
T.V. ･･････････････････････････････	249
MUSIC ･･････････････････････････	249
新譜紹介(直)･･････････････････････	250～251
零の焦点〈12〉《小説》(松本清張)	
･･････････････････････････････････	252～258
内外切抜き帳 ････････････････････	259～270
指輪《小説》(角田実)･･････････････	271～274
宝石クラブ ･･････････････････････	275～279
黒い爪痕《小説》(島田一男) ･･････	280～294
ヒッチコック・ミステリーズ	
完全に無痛です《小説》(ジョン・ゴーディー〔著〕, 高橋泰邦〔訳〕)	
･･････････････････････････････････	296～305
［まえがき］(ヒッチコック) ･･････	296
短刀《小説》(リチャード・クラッパトン〔著〕, 市川英子〔訳〕) ･････	306～309
［まえがき］(ヒッチコック) ･･････	306
退屈な夫《小説》(ロバート・ブレイト〔著〕, 阿部主計〔訳〕)･･････	310～317
［まえがき］(ヒッチコック) ･･････	310
愚かなるものよ、用心したまえ《小説》(チャールズ・アインスタイン〔著〕, 田中潤司〔訳〕) ･････	318～323
［まえがき］(ヒッチコック) ･･････	318
毀れた人形《小説》(C・B・ギルフォード〔著〕, 長谷川修二〔訳〕)	
･･････････････････････････････････	324～337
［まえがき］(ヒッチコック) ･･････	324
やはり名人上手 ･･････････････････	298
SPORTS ････････････････････････	317
編集後記(乱歩) ･･････････････････	338

第14巻第6号　所蔵あり
1959年6月1日発行　338頁　150円

評論家カメラ腕自慢《口絵》 ･････････	9～14
決定的瞬間(花田清) ･･････････････	9
奈良(中島河太郎) ････････････････	10
ホノルルのお婆さん(隠岐弘) ････	11
ある風景(長沼弘毅) ･･････････････	12
運河のある風景(十返肇) ･･････････	13
七つのポオ像《口絵》 ･･････････････	14～15
林の中の家〈6・完〉《小説》(仁木悦子)	
･･････････････････････････････････	20～47
［まえがき］(R) ･････････････････	21
溶岩《小説》(楠田匡介) ･･････････	48～68
［まえがき］(R) ･････････････････	48
某月某日(鈴木幸夫) ･･････････････	66～67

あれこれ始末書〈10〉(徳川夢声)････	70～75
不運な旅館《小説》(佐野洋) ･･･････	76～97
［まえがき］(R) ･････････････････	76
茶々の恋人(井上靖) ･･････････････	98～99
海底散歩者《小説》(渡辺啓助) ････	100～130
［まえがき］(R) ･････････････････	100
MUSIC ･･････････････････････････	129
みすてりい・ガイド(類十兵衛) ･･	131～133
探偵小説三十五年〈38〉(江戸川乱歩)	
･･････････････････････････････････	134～139
退潮《小説》(斎藤哲夫) ･･････････	140～151
［まえがき］(R) ･････････････････	140
ガードナーの読み方(古田博之) ･･	152～155
金魚の裏切り《小説》(飛鳥高) ････	156～171
［まえがき］(R) ･････････････････	156
七つのポオ像(椿八郎) ････････････	172～175
表紙「凝視」(山田智三郎) ････････	175
人形の脚(玉川一郎) ･･････････････	176～177
キリシタン如来騒動《小説》(野口赫宙)	
･･････････････････････････････････	178～195
［まえがき］(R) ･････････････････	179
シネ・ガイド(双葉十三郎) ･･･････	196～197
聖徳太子の災難《小説》(北町一郎)	
･･････････････････････････････････	198～212
［まえがき］(R) ･････････････････	198
推理小説五つの悪口(谷川俊太郎)	
･･････････････････････････････････	213～215
新刊展望台(小城魚太郎) ･･････････	216～217
古い毒《小説》(多岐川恭) ････････	218～242
［まえがき］(R) ･････････････････	218
宝石の文化史〈23〉(春山行夫) ･･･	243～247
気の乗らぬ話(藤原審爾) ･･････････	248～249
現代人と推理小説《座談会》(関根弘, 曾野綾子, 山川方夫, 江藤淳) ･･	250～267
宝石クラブ ･･････････････････････	268～269
シムノンの横顔(大沢謙作) ･･･････	270～275
零の焦点〈13〉《小説》(松本清張)	
･･････････････････････････････････	276～283
コント ･･････････････････････････	280
無人列車《小説》(神戸登) ････････	284
内外切抜き帳 ････････････････････	285～294
ヒッチコック・ミステリーズ	
完全な結末《小説》(ダン・ロス〔著〕, 阿部主計〔訳〕) ･･････････	296～301
［まえがき］(ヒッチコック) ･･････	296
予感《小説》(チャールズ・マーゲンダール〔著〕, 村上啓夫〔訳〕) ･･	302～311
［まえがき］(ヒッチコック) ･･････	302
刺のある目《小説》(イザベル・カピート〔著〕, 妹尾韶夫〔訳〕) ･･	312～317
［まえがき］(ヒッチコック) ･･････	312

17 『宝石』

最後のバーチ夫人《小説》(ブライス・ウォル
　トン〔著〕,西田政治〔訳〕)
　　　　　　　　　　　　　　318〜327
　［まえがき］(ヒッチコック) ………… 318
無心さ加減《小説》(ヘレン・ニールセン〔著〕,
　早川節夫〔訳〕) ……………… 328〜337
　［まえがき］(ヒッチコック) ………… 328
SPORTS ……………………………… 311
某月某日(九重年支子) ………… 324〜325
T.V. …………………………………… 327
編集後記(江戸川乱歩) ………………… 338
社中つれづれ草 ………………………… 338

第14巻第7号　増刊　所蔵あり
1959年6月25日発行　246頁　150円

熱々の金《小説》(ディクスン・カー〔著〕,長谷
　川修二〔訳〕) …………………… 8〜19
絞首人は待ってくれない《脚本》(ディクスン・
　カー〔著〕,喜多孝良〔訳〕) …… 20〜36
RUBRIC ………………………………… 23
カー私抄(中島河太郎) …………… 37〜40
楽屋の死体《小説》(ディクスン・カー〔著〕,市
　川英子〔訳〕) …………………… 41〜54
カー著作目録(田中潤司〔編〕) … 55〜57
消えた女《小説》(ディクスン・カー〔著〕,邦枝
　輝夫〔訳〕) ……………………… 58〜69
客間へどうぞ《脚本》(ディクスン・カー〔著〕,
　砧一郎〔訳〕) …………………… 70〜85
カー問答(江戸川乱歩) …………… 86〜99
黒い密室《小説》(ディクスン・カー〔著〕,妹尾
　韶夫〔訳〕) …………………… 100〜246
RUBRIC ………………………………… 243

第14巻第8号　所蔵あり
1959年7月1日発行　314頁　150円

長篇連載小説現場写真集《口絵》 ……… 9〜15
シネマ・プロムナード(荻昌弘) … 20〜23
アクセサリーの選び方(諸岡美津子)
　　　　　　　　　　　　　　　24〜25
雪の札幌(松本清張) ……………………… 27
黒い白鳥〈1〉《小説》(鮎川哲也) 28〜62
　［まえがき］(R) …………………………… 28
TV(品田雄吉) …………………………… 63
松王丸変死事件《小説》(戸板康二) 64〜84
　［まえがき］(R) …………………………… 64
宝石の文化史〈24〉(春山行夫) … 85〜89
最後の銃声《小説》(大藪春彦) … 90〜109
　［まえがき］(R) …………………………… 90
探偵小説三十五年〈39〉(江戸川乱歩)
　　　　　　　　　　　　　　110〜115
砂漠の黄金都市(黒沼健) ……… 116〜125

ぼくと探偵小説(遠藤周作) …… 126〜127
懲役五年《小説》(邱永漢) ……… 128〜146
　［まえがき］(R) ………………………… 128
STAGE(中谷輝雄) ……………………… 147
からみ合い〈1〉《小説》(南条範夫)
　　　　　　　　　　　　　　148〜164
　［まえがき］(R) ………………………… 148
作者の言葉(南条範夫) ………………… 151
河野修吉の戯れ《小説》(南達彦) 166〜175
　［まえがき］(R) ………………………… 166
不渡手形的な感想(十返肇) …… 176〜177
男を記憶するな《小説》(永瀬三吾)
　　　　　　　　　　　　　　178〜193
　［まえがき］(R) ………………………… 178
新刊展望台(小城魚太郎) ……… 194〜195
あれこれ始末書〈11〉(徳川夢声)
　　　　　　　　　　　　　　196〜202
雨夜の悪霊《小説》(島田一男) … 204〜219
指紋かアリバイか〈1〉(古畑種基)
　　　　　　　　　　　　　　220〜225
　［まえがき］(R) ………………………… 220
今月の読み物(大内茂男) ……… 226〜227
零の焦点〈14〉《小説》(松本清張)
　　　　　　　　　　　　　　228〜234
表紙「赤い花」(山田智三郎) …………… 231
暁に帰る …………………………………… 234
内外切抜き帳 …………………… 235〜247
みすてりい・ガイド(類十兵衛) 248〜249
世界探偵小説地誌〈1〉《対談》(渡辺紳一郎,井
　上勇) …………………………… 250〜265
某月某日(高橋邦太郎) …………………… 265
宝石クラブ ……………………… 266〜267
遺贈《小説》(コーネル・ウールリッチ〔著〕,宇
　野利泰〔訳〕) ………………… 268〜282
S・Fの文体(花田清輝) ………… 283〜285
マイケル・マグーンの三月十五日《小説》(エ
　ラリイ・クイーン〔著〕,宇野利泰〔訳〕)
　　　　　　　　　　　　　　286〜313
あとがき(江戸川乱歩) ………………… 314
社中つれづれ草 ………………………… 314

第14巻第9号　所蔵あり
1959年8月1日発行　314頁　150円

コオナン・ドイル生誕百年記念《口絵》
　　　　　　　　　　　　　　　10〜13
ヒッチコックマガジン創刊祝賀パーティ《口
　絵》 …………………………………… 14〜15
シネマ・プロムナード(荻昌弘) … 20〜23
男のおしゃれ(三木晶) …………… 24〜25
女のおしゃれ(諸岡美津子) ……… 24〜25
旅のスケッチ(松本清張〔画〕) ………… 27

からみ合い〈2〉《小説》(南条範夫)
・・・・・・・・・・・・・・・・・・・・・・・・・ 28～47
某月某日(椿八郎)・・・・・・・・・・・・ 46～47
世木氏・最後の旅《小説》(宮原竜雄)
・・・・・・・・・・・・・・・・・・・・・・・・・ 48～73
　[まえがき](R)・・・・・・・・・・・・・・・ 48
今月の走査線(大内茂男)・・・・・・・ 74～75
あれこれ始末書〈12〉(徳川夢声)・・・・ 76～85
探偵小説三十五年〈40〉(江戸川乱歩)
・・・・・・・・・・・・・・・・・・・・・・・・・ 86～91
事故《小説》(桶谷繁雄)・・・・・・・・ 92～109
　[まえがき](R)・・・・・・・・・・・・・・・ 92
名画祭(小沼丹)・・・・・・・・・・・・・ 110～111
誰が？何時？(北村小松)・・・・・・・ 112～119
幻の花火
　廃墟《小説》(星新一)・・・・・・・・ 120～123
　たのしみ《小説》(星新一)・・・・・・ 123～127
　泉《小説》(星新一)・・・・・・・・・ 127～130
　患者《小説》(星新一)・・・・・・・・ 130～131
　[まえがき](R)・・・・・・・・・・・・・・ 120
みすてりい・ガイド(スコット貝谷)
・・・・・・・・・・・・・・・・・・・・・・・・・ 132～133
特集・ドイル生誕百年
　ドイル生誕百年(長沼弘毅)・・・・・ 134～143
　外野席にて(平田次三郎)・・・・・・ 144～145
　紳士ワトソン(椎名麟三)・・・・・・ 147～149
　初めての手術《小説》(コナン・ドイル[著],
　　延原謙[訳])・・・・・・・・・・・・・ 150～154
食べある記(日影丈吉)・・・・・・・・・ 149
TV(品田雄吉)・・・・・・・・・・・・・・ 155
黒い白鳥〈2〉《小説》(鮎川哲也)
・・・・・・・・・・・・・・・・・・・・・・・・・ 156～193
みみずのはなし(吉行淳之介)・・・・・ 194～195
アメリカ探検記〈1〉(木々高太郎)
・・・・・・・・・・・・・・・・・・・・・・・・・ 196～200
某月某日(宮野村子)・・・・・・・・・・ 198～199
指紋かアリバイか〈2〉(古畑種基)
・・・・・・・・・・・・・・・・・・・・・・・・・ 201～207
新刊展望台(小城魚太郎)・・・・・・・ 208～209
ある脱獄《小説》(楠田匡介)・・・・・・ 210～229
　[まえがき](R)・・・・・・・・・・・・・・ 210
立腹記(中村武志)・・・・・・・・・・・ 230～231
大凶の夜《小説》(島田一男)・・・・・ 232～248
表紙「瞳――No1」(山田智三郎)・・ 241
宝石クラブ・・・・・・・・・・・・・・・ 246～247
宝石の文化史〈25〉(春山行夫)・・・・ 249～253
新人作家の抱負《座談会》(多岐川恭、樹下太郎、
　竹村直伸、佐野洋、斎藤哲夫、星新一、江戸川
　乱歩、城昌幸)・・・・・・・・・・・・・ 254～274
　[まえがき](R)・・・・・・・・・・・・・・ 254
探究反対《小説》(斎藤哲也)・・・・・・ 276～287

[まえがき](R)・・・・・・・・・・・・・・・ 276
内外切抜き帳・・・・・・・・・・・・・・ 287～296
RECORD(N・O)・・・・・・・・・・・・ 297
NO.16の謎《小説》(A・クリスティー[著]、村
　上啓夫[訳])・・・・・・・・・・・・・・・ 298～313
あとがき(江戸川乱歩)・・・・・・・・・ 314
社中つれづれ草・・・・・・・・・・・・ 314

第14巻第10号　所蔵あり
1959年9月1日発行　314頁　150円

食《口絵》(遠藤周作[文])・・・・・・・ 10～15
シネマ・プロムナード(荻昌弘)・・・・ 20～23
男のおしゃれ(三木晶)・・・・・・・・・ 24～25
男のおしゃれ(諸岡美津子)・・・・・・ 24～25
高瀬川(松本清張)・・・・・・・・・・・ 27
三人目の椅子《小説》(佐野洋)・・・・ 28～76
　[まえがき](R)・・・・・・・・・・・・・・ 28
探偵小説について(林房雄)・・・・・・ 77～79
窓は開けてあつた《小説》(新田次郎)
・・・・・・・・・・・・・・・・・・・・・・・・・ 80～87
　[まえがき](R)・・・・・・・・・・・・・・ 80
ホームズ庵毒舌録〈1〉(延原謙)・・・・ 88～89
からみ合い〈3〉《小説》(南条範夫)
・・・・・・・・・・・・・・・・・・・・・・・・・ 90～108
TV(品田雄吉)・・・・・・・・・・・・・・ 109
アマゾナスの王(黒沼健)・・・・・・・ 110～118
宝石の文化史〈26〉(春山行夫)・・・・ 119～123
盲女殺人事件《小説》(戸板康二)・・・ 124～143
　[まえがき](R)・・・・・・・・・・・・・・ 125
今月の走査線(大内茂男)・・・・・・・ 144～145
黒い白鳥〈3〉《小説》(鮎川哲也)
・・・・・・・・・・・・・・・・・・・・・・・・・ 146～174
某月某日(長谷川修二)・・・・・・・・ 172～173
みすてりい・ガイド(スコット貝谷)
・・・・・・・・・・・・・・・・・・・・・・・・・ 175～177
古い長持《小説》(城昌幸)・・・・・・・ 178～179
アメリカ探検記〈2〉(木々高太郎)
・・・・・・・・・・・・・・・・・・・・・・・・・ 180～184
食べある記(下宇宇陀児)・・・・・・・ 183
指紋かアリバイか〈3・完〉(古畑種基)
・・・・・・・・・・・・・・・・・・・・・・・・・ 185～191
表紙「埴輪」(山田智三郎)・・・・・・・ 191
ねずみ《小説》(日影丈吉)・・・・・・・ 192～207
　[まえがき](R)・・・・・・・・・・・・・・ 192
「車引殺人事件」出版祝いの会・・・・ 207
土屋隆夫のこと(平野謙)・・・・・・・ 208～209
探偵小説三十五年〈41〉(江戸川乱歩)
・・・・・・・・・・・・・・・・・・・・・・・・・ 210～215
花島の死《小説》(土岐雄三)・・・・・・ 216～221
　[まえがき](R)・・・・・・・・・・・・・・ 216
新刊展望台(小城魚太郎)・・・・・・・ 222～223

17 『宝石』

世界探偵小説地誌〈2〉《座談会》(大田黒元雄,
　　藤倉修一, 田中潤司) ・・・・・・・・ 224〜241
宝石・週刊朝日共同募集 入選作決定発表
　　　　　　　　　　　　　　　　　　 239
S・Fと思想(花田清輝) ・・・・・・・・ 242〜243
あれこれ始末書〈13〉(徳川夢声)
　　　　　　　　　　　　　　　 244〜250
RECORD(植草甚一) ・・・・・・・・・・・・・ 251
零の焦点〈15〉《小説》(松本清張)
　　　　　　　　　　　　　　　 252〜259
内外切抜き帳 ・・・・・・・・・・・・・・・ 260〜269
成吉思汗という名の秘密(仁科東子)
　　　　　　　　　　　　　　　 270〜275
註記(高木彬光) ・・・・・・・・・・・・・・・・ 273
危険な猟獣《小説》(リチャード・コンネル〔著〕,
　　高橋泰邦〔訳〕) ・・・・・・・・・ 276〜295
宝石クラブ ・・・・・・・・・・・・・・・・・・ 296〜297
桃色真珠の事件《小説》(A・クリスティ〔著〕,
　　村上啓夫〔訳〕) ・・・・・・・・・ 298〜313
あとがき(江戸川乱歩) ・・・・・・・・・・ 314

第14巻第11号　所蔵あり
1959年10月1日発行　314頁　150円

衣《口絵》(中村武志〔文〕) ・・・・・・ 9〜16
シネマ・プロムナード(荻昌弘) ・・ 20〜23
男のおしゃれ(三木晶) ・・・・・・・・・ 24〜25
女のおしゃれ(諸岡美津子) ・・・・・・ 24〜25
飲む・打つ・買わない(山田風太郎〔画〕)
　　　　　　　　　　　　　　　　　　　 27
玩物の果てに《小説》(久能恵二) ・・ 28〜51
宝石・週刊朝日共同募集入選作決定発表
　入選の感想(芦川澄子) ・・・・・・・ 52〜53
　選に入って(久能恵二) ・・・・・・・・・ 53
　選評(江戸川乱歩) ・・・・・・・・・・・ 54〜56
　選評(荒正人) ・・・・・・・・・・・・・・ 56〜57
　選評(中島河太郎) ・・・・・・・・・・ 57〜58
　選評(戸塚文子) ・・・・・・・・・・・・ 58〜59
からみ合い〈4〉《小説》(南条範夫)
　　　　　　　　　　　　　　　　 60〜79
暗い蛇行《小説》(高城高) ・・・・・・ 80〜95
［まえがき］(R) ・・・・・・・・・・・・・・・・ 80
今月の走査線(大内茂男) ・・・・・・・ 96〜97
間違い電話に気をつけろ《小説》(関戸和子)
　　　　　　　　　　　　　　　　 98〜108
某月某日(大河内常平) ・・・・・・・・ 106〜107
夜のプリズム放送用短篇推理小説発表
　選者の言葉(江戸川乱歩) ・・・・ 109〜110
　選者の言葉(阿木翁助) ・・・・・・・・ 110
　選者の言葉(長沼弘毅) ・・・・・・ 110〜111
　選者の言葉(中島河太郎) ・・・・・・・ 111
　選考経過(谷井正澄) ・・・・・・・・・・ 111

石のきのこ奇談(北村小松) ・・・・ 112〜120
ホームズ庵毒舌録〈2〉(延原謙)
　　　　　　　　　　　　　　　 122〜123
黒い白鳥〈4〉《小説》(鮎川哲也)
　　　　　　　　　　　　　　　 124〜156
宝石の文化史〈27〉(春山行夫) ・・ 157〜161
恐喝者《小説》(邱永漢) ・・・・・・・ 162〜183
新刊展望台(小城魚太郎) ・・・・・・ 184〜185
あれこれ始末書〈14〉(徳川夢声)
　　　　　　　　　　　　　　　 186〜194
T・V(品田雄吉) ・・・・・・・・・・・・・・ 195
探偵小説三十五年〈42〉(江戸川乱歩)
　　　　　　　　　　　　　　　 196〜201
マンドラカーリカ《小説》(香山滋)
　　　　　　　　　　　　　　　 202〜222
日本の指紋法〈1〉(古畑種基) ・・・ 223〜227
南アルプスの珍味(角田喜久雄) ・・ 224〜225
事件記者はハードボイルドがお好き《座談会》
　　(島田一男, 永井智雄, 原保美, 滝田裕介, 園
　　井啓介, 清村耕次, 高城淳一, 若林一
　　郎) ・・・・・・・・・・・・・・・・・・ 228〜241
世界探偵作家クラブ(木々高太郎)
　　　　　　　　　　　　　　　 242〜248
夢ありき(水谷準) ・・・・・・・・・・・ 249〜251
零の焦点〈16〉《小説》(松本清張)
　　　　　　　　　　　　　　　 252〜258
優等生《小説》(音上達雄) ・・・・・ 258〜259
内外切抜き帳 ・・・・・・・・・・・・・・・ 260〜268
みすてりい・ガイド(スコット貝谷)
　　　　　　　　　　　　　　　 269〜271
「悪魔の接吻」問題篇 ・・・・・・・・ 272〜273
奥殿の怪《小説》(宮野村子) ・・・ 274〜291
宝石クラブ ・・・・・・・・・・・・・・・・ 292〜293
十一人目の陪審員《小説》(ヴィンセント・スター
　　レット〔著〕, 高橋泰邦〔訳〕)
　　　　　　　　　　　　　　　 294〜312
あとがき(江戸川乱歩) ・・・・・・・・・・ 314

第14巻第12号　増刊　所蔵あり
1959年10月10日発行　180頁　140円

世界の推理小説ベスト・テン及びお好きな
　探偵 ・・・・・・・・・・・・・・・・・・・・・・ 6〜7
猫とねずみの関係(関根弘) ・・・・・・ 8〜11
ハードボイルド礼讃(村松剛) ・・・・ 12〜15
ノン・プロ推理小説論(大内茂男) ・・ 16〜19
MYSTERY EXAMINATION ・・・・・・・・ 20
「紳士諸君」の傑作集(江戸川乱歩) ・・ 21
夕照《小説》(大岡昇平) ・・・・・・・・ 22〜35
大岡昇平 ・・・・・・・・・・・・・・・・・・・・・・ 25
片瀬氏の不幸と幸福《小説》(菊村到)
　　　　　　　　　　　　　　　　 36〜45

17『宝石』

菊村到	39
四人の罪深き、さむらい	43
不可能な逢引《小説》(中村真一郎)	46〜55
中村真一郎	49
巨大なカナブンになった遠藤周作	53
女人焚死《小説》(佐藤春夫)	56〜79
佐藤春夫	59
一分間知能テスト	64
黄色い汗《小説》(椎名麟三)	80〜100
椎名麟三	83
資金に悩む探偵作家クラブ	100
空飛ぶ円盤《小説》(曾野綾子)	101〜107
曽野綾子	103
バルセロナの書盗《小説》(小沼丹)	108〜120
小沼丹	111
日本の推理小説を語る《対談》(花田清輝, 平野謙)	121〜127
眠りの誘惑《小説》(加田伶太郎)	128〜149
加田伶太郎	131
現行犯《小説》(有馬頼義)	150〜164
有馬頼義	153
ジョーク・プロムナード	165
ミステリー映画あれこれ(双葉十三郎)	166〜167
脅迫者(L・J・ビーストン)	168〜169
フィシングという変な映画(草野心平)	170〜171
日本推理小説の曲り角(十返肇)	172〜173
ソクラテス的主人公とユリシイズ的主人公(植草甚一)	174〜175
アメリカ探偵小説鳥瞰(都筑道夫)	176〜178
最近のフランス推理小説(稲ава由紀)	178〜179
ぶっく・がいど(中原弓彦)	180
編集後記(大坪直行)	後2

第14巻第13号　所蔵あり
1959年11月1日発行　314頁　150円

住《口絵》(土岐雄三〔文〕)	11〜17
シネマ・プロムナード(荻昌弘)	20〜23
女のおしゃれ(諸岡美津子)	24〜25
男のおしゃれ(三木晶)	24〜25
日夜机上にありてわが惰を睨む(山田風太郎〔画〕)	27
併殺《ダブルプレイ》《小説》(新章文子)	28〜53
第五回江戸川乱歩賞選評	
選後評(長沼弘毅)	56〜57
有望な女性作家(江戸川乱歩)	54〜56
私の感想(大下宇陀児)	57〜58

TV(品田雄吉)	59
からみ合い〈5〉《小説》(南条範夫)	60〜80
宝石の文化史〈28〉(春山行夫)	82〜87
飲み計算(城昌幸)	87
チューバを吹く男《小説》(多岐川恭)	88〜110
ちっちゃな探偵(佐藤みどり)	98〜99
日本の指紋法〈2〉(古畑種基)	111〜113
ロベングラの宝(黒沼健)	114〜122
みすてりいガイド(スコット・貝谷)	123〜125
黒い白鳥〈5〉《小説》(鮎川哲也)	126〜160
うつかり義平《小説》(酒井義男)	161〜163
宝石・面白倶楽部共済懸賞募集『推理コント』当選発表	
選後評(江戸川乱歩)	164〜165
選後評(中島河太郎)	165
仮説《小説》(桶谷繁雄)	166〜183
探偵小説三十五年〈43〉(江戸川乱歩)	184〜187
あれこれ始末書〈15〉(徳川夢声)	188〜196
今月の走査線(大内茂男)	198〜199
不良少女《小説》(楠田匡介)	200〜220
星ありき(水谷準)	221〜225
零の焦点〈17〉《小説》(松本清張)	226〜243
新刊展望台(小城魚太郎)	244〜245
計画完了せり《小説》(村木昭)	246〜256
パット・マガーをめぐつて(植草甚一)	257〜259
宝石クラブ	260〜261
猛鳥《小説》(ジョン・コリア〔著〕, 村上啓夫〔訳〕)	262〜271
ファンタジーとサタイヤの詩人コリア(訳者)	265
紺のマフラー《小説》(ジョン・コリア〔著〕, 村上啓夫〔訳〕)	272〜278
内外切抜き帳《小説》	279〜283
かれらの小さな世界《小説》(菊村到)	284〜313
編集者より(乱歩)	314

第14巻第14号　所蔵あり
1959年12月1日発行　314頁　150円

江戸川乱歩氏のプライヴェート・ルーム訪問《口絵》(江戸川乱歩〔文〕)	15〜16
シネマ・プロムナード(荻昌弘)	20〜23
男のおしゃれ(三木晶)	24〜25

211

17『宝石』

女のおしゃれ（諸岡美津子）・・・・・・・ 24〜25
殺人の進歩（山田風太郎〔画〕）・・・・・・ 27
からみ合い〈6・完〉《小説》（南条範夫）
　・・・・・・・・・・・・・・・・・・・・・・・・・・・・ 28〜52
TV（品田雄吉）・・・・・・・・・・・・・・・・・ 53
団十郎切腹事件《小説》（戸板康二）・・・・ 54〜73
宝石の文化史〈29〉（春山行夫）・・・・・ 74〜79
師走のカラッ風（榎本健一）・・・・・・・・ 76〜77
古傷《小説》（飛鳥高）・・・・・・・・・・・ 80〜93
今月の走査線（大内茂男）・・・・・・・・・・ 94〜95
ゴウイング・マイ・ウェイ《小説》（河野典生）・・・・・・・・・・・・・・・・・・・・・・・・・ 96〜110
みすてりいガイド（スコット・貝谷）
　・・・・・・・・・・・・・・・・・・・・・・・・・・ 111〜113
北極をめぐる怪（北村小松）・・・・・・ 114〜121
泥棒先生の置土産（若尾文子）・・・・・ 122〜123
黒い白鳥〈6・完〉《小説》（鮎川哲也）
　・・・・・・・・・・・・・・・・・・・・・・・・・・ 124〜161
物の味（玉川一郎）・・・・・・・・・・・・・・ 141
唄ありき（水谷準）・・・・・・・・・・・ 162〜165
憂しと見し世（吉本明光）・・・・・・・ 164〜165
あれこれ始末書〈16〉（徳川夢声）
　・・・・・・・・・・・・・・・・・・・・・・・・・・ 166〜175
シムノンの短篇集をよんで（遠藤周作）
　・・・・・・・・・・・・・・・・・・・・・・・・・・ 176〜177
テーブル火災《小説》（南達彦）・・・・ 178〜189
探偵小説三十五年〈44〉（江戸川乱歩）
　・・・・・・・・・・・・・・・・・・・・・・・・・・ 190〜195
零点五《小説》（野口赫宙）・・・・・・・ 196〜217
新刊展望台（小城魚太郎）・・・・・・・ 218〜219
零の焦点〈18〉《小説》（松本清張）
　・・・・・・・・・・・・・・・・・・・・・・・・・・ 220〜246
RECORD（O）・・・・・・・・・・・・・・・・・ 247
燈台下暗し《小説》（安永一郎）・・・・ 248〜250
電話《小説》（山口清次郎）・・・・・・ 251〜253
宝石クラブ・・・・・・・・・・・・・・・・・ 254〜255
毛唐の死《小説》（佃実夫）・・・・・・ 256〜281
内外切抜き帳・・・・・・・・・・・・・・・ 282〜288
日本の指紋法〈3〉（古畑種基）・・・・ 289〜291
大統領の五仙貨《小説》（エラリー・クイーン
　〔著〕、宇野利泰〔訳〕）・・・・・・・ 292〜313
編集者より（江戸川乱歩）・・・・・・・・・・ 314

第14巻第15号　増刊　所蔵あり
1959年12月10日発行　202頁　120円

第四ピーク作家総出演（江戸川乱歩）・・・・ 3
恋人の魅力《小説》（佐野洋）・・・・・・・ 7〜21
略歴（佐野洋）・・・・・・・・・・・・・・・・・・ 9
昼さがりの情婦《小説》（宮原竜雄）・・ 22〜45
略歴（宮原竜雄）・・・・・・・・・・・・・・・・ 25
ペット《小説》（星新一）・・・・・・・・・ 46〜60

略歴（星新一）・・・・・・・・・・・・・・・・・・ 49
空間の港《小説》（斎藤哲夫）・・・・・・ 61〜84
略歴（斎藤哲夫）・・・・・・・・・・・・・・・・ 62
新しい人たちへ（下宇陀児）・・・・・・・・・ 85
ある老婆の死《小説》（新章文子）・・ 86〜102
略歴（新章文子）・・・・・・・・・・・・・・・・ 89
歯には歯を《小説》（大藪春彦）・・・ 103〜116
略歴（大藪春彦）・・・・・・・・・・・・・・・・ 105
そろそろ（有馬頼義）・・・・・・・・・・・・ 117
散歩する霊柩車《小説》（樹下太郎）
　・・・・・・・・・・・・・・・・・・・・・・・・・・ 118〜131
略歴（樹下太郎）・・・・・・・・・・・・・・・・ 120
汚い波紋《小説》（高城高）・・・・・・ 132〜149
略歴（高城高）・・・・・・・・・・・・・・・・・ 135
見事な女《小説》（竹村直伸）・・・・・ 150〜167
略歴（竹村直伸）・・・・・・・・・・・・・・・・ 153
溺死クラブ《小説》（河野典生）・・・ 168〜182
略歴（河野典生）・・・・・・・・・・・・・・・・ 171
死体の喜劇《小説》（多岐川恭）・・・ 183〜198
略歴（多岐川恭）・・・・・・・・・・・・・・・・ 185
新人群像（中島河太郎）・・・・・・・・・ 198〜202

第15巻第1号　所蔵あり
1960年1月1日発行　342頁　160円

1959年の回顧〔口絵〕・・・・・・・・・・ 11〜13
シネマ・プロムナード（荻昌弘）・・・・ 16〜19
男のおしゃれ（三木晶）・・・・・・・・・・ 20〜21
女のおしゃれ（諸岡美津子）・・・・・・・ 20〜21
三国の絵馬（島田一男〔画〕）・・・・・・・・ 23
貞操試験〈1〉《小説》（佐野洋）・・・ 24〜49
からす《小説》（日影丈吉）・・・・・・・ 50〜59
ミステリー散歩（船山馨）・・・・・・・・ 60〜61
みずほ荘殺人事件《小説》（仁木悦子）
　・・・・・・・・・・・・・・・・・・・・・・・・・・・ 62〜89
忘れる（市川小太夫）・・・・・・・・・・・ 88〜89
今月の走査線（大内茂男）・・・・・・・・ 90〜91
入れ歯《小説》（桶谷繁雄）・・・・・・ 92〜102
TV（品田雄吉）・・・・・・・・・・・・・・・・ 103
鬼《小説》（星新一）・・・・・・・・・・ 104〜110
みすてりい・がいど（中原弓彦）・・・ 111〜113
マリ子の秘密《小説》（芦川澄子）・・ 114〜131
宝石の文化史〈30〉（春山行夫）・・・ 132〜137
主食と副食（木々高太郎）・・・・・・・・・ 135
みちざね東京に行く《小説》（小沼丹）
　・・・・・・・・・・・・・・・・・・・・・・・・・・ 138〜158
マメちゃん（久慈あさみ）・・・・・・・ 156〜157
日本の指紋法〈4〉（古畑種基）・・・・ 159〜161
青い火花《小説》（黒岩重吾）・・・・・ 162〜188
詩人特集
　探偵電子計算機《小説》（谷川俊太郎）
　・・・・・・・・・・・・・・・・・・・・・・・・・・ 190〜192

盗作《小説》(寺山修司) ‥‥‥‥ 192～194
死んだ鼠《小説》(関根弘) ‥‥‥‥ 194～196
RECORD(O) ‥‥‥‥‥‥‥‥‥‥‥ 197
見ると見られている(亀井勝一郎)
　‥‥‥‥‥‥‥‥‥‥‥‥‥‥ 198～199
野毛の山から《小説》(鹿島孝二) 200～214
あれこれ始末書〈17〉(徳川夢声)
　‥‥‥‥‥‥‥‥‥‥‥‥‥‥ 218～224
宝石昭和34年度作品ベスト・10《アンケート》
　(荒正人) ‥‥‥‥‥‥‥‥‥‥‥ 225
　(大内茂男) ‥‥‥‥‥‥‥‥‥‥ 225
　(関根弘) ‥‥‥‥‥‥‥‥‥‥‥ 225
　(千代有三) ‥‥‥‥‥‥‥‥‥‥ 225
　(十返肇) ‥‥‥‥‥‥‥‥‥‥‥ 225
　(中島河太郎) ‥‥‥‥‥‥‥‥‥ 225
　(平野謙) ‥‥‥‥‥‥‥‥‥‥‥ 225
探偵小説三十五年〈45〉(江戸川乱歩)
　‥‥‥‥‥‥‥‥‥‥‥‥‥‥ 226～231
勲章《小説》(笹沢佐保) ‥‥‥‥ 232～260
内外切抜き帳 ‥‥‥‥‥‥‥‥ 261～265
大学教授とミステリ《座談会》(成田成寿, 加納
　秀夫, 福田陸太郎, 大内茂男, 江戸川乱歩)
　‥‥‥‥‥‥‥‥‥‥‥‥‥‥ 266～283
新刊展望台(小城魚太郎) ‥‥‥ 284～285
零の焦点〈19・完〉《小説》(松本清張)
　‥‥‥‥‥‥‥‥‥‥‥‥‥‥ 286～322
宝石クラブ ‥‥‥‥‥‥‥‥‥ 324～325
パラドックス・ロースト《小説》(フレドリック・
　ブラウン〔著〕, 都筑道夫〔訳〕)
　‥‥‥‥‥‥‥‥‥‥‥‥‥‥ 326～341
編集者より(江戸川乱歩) ‥‥‥‥‥‥ 342

第15巻第2号　所蔵あり
1960年2月1日発行　310頁　150円
カメラ訪問/横溝正史《口絵》 ‥‥‥ 11～14
シネマ・プロムナード(荻昌弘) ‥‥ 16～19
男のおしゃれ(三木晶) ‥‥‥‥‥ 20～21
女のおしゃれ(諸岡美津子) ‥‥‥ 20～21
作並こけし(島田一男) ‥‥‥‥‥‥‥ 23
コミック三篇
　酔つた仲間《小説》(多岐川恭) ‥ 24～32
　憎いやつ《小説》(多岐川恭) ‥‥ 32～41
　悪運《小説》(多岐川恭) ‥‥‥‥ 41～49
トラとネコ(高木彬光) ‥‥‥‥‥‥‥ 49
恐山《小説》(渡辺啓助) ‥‥‥‥ 50～78
日本の指紋法〈5〉(古畑種基) ‥ 79～81
遺品《小説》(星新一) ‥‥‥‥‥ 82～86
MOVIE(品田雄吉) ‥‥‥‥‥‥‥‥‥ 87
時間《小説》(桶谷繁雄) ‥‥‥‥ 88～103
今月の走査線(大内茂男) ‥‥‥ 104～105
貞操試験〈2〉《小説》(佐野洋) ‥ 106～129

竜頭無尾の物語(山田風太郎) ‥‥ 130～134
みすてりい・がいど(中原弓彦) ‥ 135～137
七滝温泉《小説》(鹿島孝二) ‥‥ 138～152
RECORD(O) ‥‥‥‥‥‥‥‥‥‥‥ 153
あれこれ始末書〈18〉(徳川夢声)
　‥‥‥‥‥‥‥‥‥‥‥‥‥‥ 154～159
新刊展望台(小城魚太郎) ‥‥‥ 160～161
鍾道殺人事件《小説》(縄田厚) ‥ 162～189
分身《小説》(城昌幸) ‥‥‥‥‥ 190～191
探偵小説三十五年〈46〉(江戸川乱歩)
　‥‥‥‥‥‥‥‥‥‥‥‥‥‥ 192～194
腐つたオリーブ《小説》(河野典生)
　‥‥‥‥‥‥‥‥‥‥‥‥‥‥ 196～213
十三年《小説》(山川方夫) ‥‥‥ 214～216
ビルのほとり《小説》(坂上弘) ‥ 216～217
宝石の文化史〈31〉(春山行夫) ‥ 218～223
初乗り(菅原通済) ‥‥‥‥‥‥ 220～221
「みずほ荘殺人事件」解決篇《小説》(仁木悦
　子) ‥‥‥‥‥‥‥‥‥‥‥‥ 224～228
「みずほ荘殺人事件」解決答案(平野謙)
　‥‥‥‥‥‥‥‥‥‥‥‥‥‥ 229～233
ウールリッチと「黒いアリバイ」(稲葉由紀)
　234～235
燃ゆる軍港《小説》(高原弘吉) ‥ 236～260
内外切抜き帳 ‥‥‥‥‥‥‥‥ 261～263
視線と刃物《小説》(邱永漢) ‥‥ 264～285
宝石クラブ ‥‥‥‥‥‥‥‥‥ 286～287
二十日鼠殺人事件《小説》(ロバート・アーサー
　〔著〕, 永井淳〔訳〕) ‥‥‥‥ 288～309
死刑を見る(永瀬三吾) ‥‥‥‥ 294～295
クリスチイ劇満七年(長沼弘毅) ‥‥‥ 303
編集者より(江戸川乱歩) ‥‥‥‥‥‥ 310

第15巻第3号　増刊　所蔵あり
1960年2月20日発行　378頁　150円
意志の声《小説》(縄田厚) ‥‥‥‥ 11～25
暗い廊下《小説》(田中万三記) ‥‥ 26～41
おんな《小説》(柴田啓子) ‥‥‥‥ 42～56
内職の帳尻《小説》(上本光由) ‥‥ 57～69
空席《小説》(半田薫次郎) ‥‥‥‥ 70～81
奇術師《小説》(土岐到) ‥‥‥‥ 82～95
恐怖《小説》(矢納倫一) ‥‥‥‥ 96～110
選後雑感(村山徳五郎) ‥‥‥‥‥‥ 109
初釜《小説》(藤井礼子) ‥‥‥‥ 111～125
妙な経緯《小説》(中山昌八) ‥‥ 126～141
これが僕の最後の梗概だ《小説》(今村三之
　介) ‥‥‥‥‥‥‥‥‥‥‥‥ 142～156
門扉堅くして広し(黒部竜二) ‥‥‥‥ 157
死んでいる時間《小説》(高津琉一)
　‥‥‥‥‥‥‥‥‥‥‥‥‥‥ 158～172
投書《小説》(阿賀井亮三) ‥‥‥ 173～185

17『宝石』

カックー・カックー《小説》（吉田千秋）	
………………………………	186〜202
その娘《小説》（木田圭子）………	203〜217
女と子供《小説》（藤木靖子）……	218〜232
海鳴り《小説》（福田鮭二）………	233〜247
花の無い季節《小説》（朱蘭子）…	248〜259
失語症《小説》（大林淳男）………	260〜275
紙屑は屑籠に《小説》（猪股聖吾）	276〜287
毒薬《小説》（上田薫）……………	288〜299
予道感（阿部主計）…………………	299
自動信号機一〇二号《小説》（角免栄児）	
………………………………	300〜317
あきれす腱《小説》（江波あき）…	318〜331
紅い月《小説》（滝井峻三）………	332〜348
愛の証言《小説》（佐々喬）………	349〜363
矢車の音《小説》（田中哉太）……	364〜378

第15巻第4号　所蔵あり
1960年3月1日発行　310頁　150円

直木賞（第42回）を受けた戸板康二氏《口絵》	
………………………………	12〜13
シネマ・プロムナード（荻昌弘）…	16〜19
男のおしゃれ（三木晶）……………	20〜21
女のおしゃれ（諸岡美津子）………	20〜21
博多の鬼すべ（島田一男）…………	23
六スタ殺人事件《小説》（戸板康二）	24〜45
直木賞直後（戸板康二）……………	46〜47
総合手配《小説》（土屋隆夫）……	48〜63
高知だより（森下雨村）……………	60〜61
1959年回顧（中島河太郎）…………	64〜67
最高と最低（渡辺紳一郎）…………	67
みのむし（香山滋）…………………	68〜86
静かなる暴風雨（木村義雄）………	84〜85
探偵小説三十五年〈47〉（江戸川乱歩）	
………………………………	88〜93
貞操試験〈3〉《小説》（佐野洋）	94〜117
今月の走査線（大内茂男）…………	118〜119
冬の蝶《小説》（星新一）…………	120〜124
MOVIE（品田雄吉）………………	125
完全脱獄《小説》（楠田匡介）……	126〜144
レコード（O）………………………	145
シリル・ヘアーの本格探偵小説論（中原弓彦）	
………………………………	146〜149
オブジェ《小説》（鹿島孝二）……	150〜163
犯人当て推理小説の条件（平野謙）	
………………………………	164〜168
平野謙氏への御返事とミステリ・マニアへの質問（仁木悦子）……	168〜171
感謝の方法《小説》（樹下太郎）…	172〜187
フランク・グルーバーと私（双葉十三郎）	
………………………………	188〜189

E・Pマシン《小説》（佐野洋）	
………………………	190〜204, 252〜254
宝石の文化史〈32〉（春山行夫）…	206〜211
老将軍（保篠竜緒）…………………	208〜209
新刊展望台（小城魚太郎）…………	212〜213
あれこれ始末書〈19〉（徳川夢声）	
………………………………	214〜220
内外切抜き帳………………………	221〜225
女樹《小説》（斎藤哲夫）…………	226〜231
印度魔術の解明〈1〉（阿部主計）	232〜237
絢爛たる殺人（福田陸太郎）………	238〜239
日本の指紋法〈6〉（古畑種基）…	240〜244
錯覚《小説》（黛敏郎）……………	246〜248
白い道《小説》（武満徹）…………	248〜251
みすてりい・がいど（中原弓彦）…	255〜257
暗い独房《小説》（山村正夫）……	258〜277
凍る尿(いばり)《小説》（柿大介）……………	278〜281
星の上の殺人《小説》（斎藤栄）…	281〜283
無間地獄《小説》（レイ・ブラッドベリー〔著〕，高橋泰邦〔訳〕）	
………………………………	284〜295
宝石クラブ…………………………	296〜297
消えた少年《小説》（レイ・ブラッドベリー〔著〕，永井淳〔訳〕）………	298〜309
編集者より（江戸川乱歩）…………	310

第15巻第5号　所蔵あり
1960年4月1日発行　310頁　150円

カメラ訪問/藤原審爾《口絵》……	12〜13
宝石函	
シネマ・プロムナード（飯島正）	
………………………………	16〜19
推理暦4月…………………………	20〜21
「からす」（日影丈吉）……………	23
三人の遺産相続人〈1〉《小説》（藤原審爾）	
………………………………	24〜37
藤原審爾氏…………………………	27
時代《小説》（日影丈吉）…………	38〜47
宝石の文化史〈33〉（春山行夫）…	48〜53
女と子供《小説》（藤木靖子）……	54〜69
マイクル・ギルバートのスリラー論(中原弓彦)	
………………………………	70〜73
貞操試験〈4〉《小説》（佐野洋）	74〜97
鯨と微風（堀口大学）………………	96〜97
今月の走査線（大内茂男）…………	98〜99
開拓者たち《小説》（星新一）……	100〜104
おたね《小説》（仁木悦子）………	106〜118
ありふれた死因《小説》（芦川澄子）	
………………………………	118〜133
春夏秋冬《小説》（新章文子）……	134〜145
愛憎の果て《小説》（宮野村子）…	146〜164
ゴルフ場の味（水谷準）……………	163

214

お役所気質（木々高太郎）………… 166〜167
不完全犯罪《小説》（鮎川哲也）…… 168〜192
「鼠落とし」の陰のひと（長沼弘毅）
　………………………………………… 192〜193
日本の指紋法〈7〉（古畑種基）…… 194〜197
鶏舎の復讐《小説》（鹿島孝二）…… 198〜212
MOVIE（品田雄吉）………………… 213
baby dolls《小説》（谷川俊太郎）… 214〜215
かわいい娘《小説》（河野典生）…… 215〜217
ホームズ庵毒舌録（延原謙）………… 218〜219
あれこれ始末書〈20〉（徳川夢声）
　………………………………………… 220〜226
今月のスイセン盤（O）……………… 227
内外切抜き帳………………………… 228〜233
みすてりい・がいど（中原弓彦）…… 234〜236
昭和35年度宝石賞選評座談会《座談会》（江戸
　川乱歩、水谷準、城昌幸、中島河太郎）
　………………………………………… 238〜256
昭和35年度宝石賞入選発表
　　入選者感想（藤木靖子）………… 258〜259
　　入選者感想（吉田千秋）………… 258〜259
新刊展望台（小城魚太郎）…………… 260〜261
猫じゃ猫じゃ《小説》（古銭信二）… 262〜288
宝石クラブ…………………………… 289〜291
私はあなたの切裂きジャック《小説》（ロバー
　ト・ブロック〔著〕, 都筑道夫〔訳〕）
　………………………………………… 292〜309
孤独な怪奇作家……………………… 295
編集者より（江戸川乱歩）…………… 310

第15巻第6号　所蔵あり
1960年5月1日発行　310頁　150円
'60 宝石賞受賞風景《口絵》………… 11
第十三回日本探偵作家クラブ賞《口絵》
　………………………………………… 12〜13
宝石函
　シネマ・プロムナード（飯島正）
　………………………………………… 16〜19
　推理暦5月 ………………………… 20〜21
「ねずみ」（日影丈吉）……………… 23
お墓に青い花を《小説》（樹下太郎）… 24〜35
白い幻影《小説》（樹下太郎）……… 36〜46
噂《小説》（樹下太郎）……………… 48〜56
教祖と泥棒《小説》（邱永漢）……… 58〜78
エリオットとスリラー（加納秀夫）… 79〜81
貞操試験《小説》（佐野洋）………… 82〜104
MOVIE（品田雄吉）………………… 105
天使考《小説》（星新一）…………… 106〜112
宝石の文化史〈34〉（春山行夫）…… 113〜117
狂熱のデュエット《小説》（河野典生）
　………………………………………… 118〜136

日本の指紋法〈8・完〉（古畑種基）
　………………………………………… 137〜139
塔《小説》（三浦朱門）……………… 140〜158
大阪たべある記（香住春吾）………… 157
J・シモンズの犯罪小説論（中原弓彦）
　………………………………………… 159〜161
殺し屋失格《小説》（竹村直伸）…… 162〜179
探偵小説三十五年〈48〉（江戸川乱歩）
　………………………………………… 180〜185
測って下さい《小説》（寺山修司）… 186〜188
鍵《小説》（関根弘）………………… 188〜190
テレビ（多口充一）………………… 191
マダム殺し《小説》（青山光二）…… 192〜214
著者略歴……………………………… 194
あれこれ始末書〈21〉（徳川夢声）
　………………………………………… 216〜222
みすてりい・がいど（中原弓彦）…… 223〜225
回帰《小説》（斎藤哲夫）…………… 226〜232
今月のスイセン盤…………………… 233
今月の走査線（大内茂男）…………… 234〜235
かつら《小説》（鹿島孝二）………… 236〜250
ミステリー癖（西田政治）…………… 248〜249
ポオのブロンズ像（椿八郎）………… 251〜253
新刊展望台（小城魚太郎）…………… 254〜255
満足した社長《小説》（飛鳥高）…… 256〜272
印度魔術の解明〈2〉（阿部主計）… 273〜277
ある勝負《小説》（角田実）………… 278〜281
クラブ賞江戸川賞受賞リスト……… 280〜281
内外切抜き帳………………………… 282〜286
宝石クラブ…………………………… 288〜289
ケントの告白《小説》（L・J・ビーストン〔著〕,
　妹尾韶夫〔訳〕）…………………… 290〜299
ビーストンについて（乱）…………… 292〜293
絶壁《小説》（L・J・ビーストン〔著〕, 妹尾韶夫
　〔訳〕）……………………………… 300〜309
編集者より（江戸川乱歩）…………… 310

第15巻第7号　増刊　所蔵あり
1960年5月25日発行　358頁　150円
謀殺のカルテ《小説》（有馬頼義）… 8〜35
仮父《小説》（木々高太郎）………… 36〜50
ねじれた吸殻《小説》（樹下太郎）… 52〜69
殺人請負業者《小説》（楠田匡介）… 70〜86
二度目の手術《小説》（佐野洋）…… 87〜99
事件記者《小説》（島田一男）……… 100〜125
笑の素………………………………… 122〜123
邪教の神《小説》（高木彬光）……… 126〜155
井戸のある家《小説》（多岐川恭）… 156〜165
笑の素………………………………… 165
肌の告白《小説》（土屋隆夫）……… 166〜184
笑の素………………………………… 183

17 『宝石』

私は誰だ《小説》（角田喜久雄） …… 186〜210
笑の素 …………………………… 209
萎れた花《小説》（日影丈吉） …… 211〜221
狂風図《小説》（山田風太郎） …… 222〜241
黒蘭姫《小説》（横溝正史） …… 242〜268
ペトロフ事件《小説》（鮎川哲也） …… 269〜358
※表紙は1960年5月20日発行

第15巻第8号　所蔵あり
1960年6月1日発行　310頁　150円

来日したスリラーの巨匠!《口絵》 …… 11〜13
宝石函
　シネマ・プロムナード（飯島正）
　　……………………………… 16〜19
　推理暦6月 …………………… 20〜21
「吉備津の釜」（日影丈吉） …… 23
非常階段〈1〉《小説》（日影丈吉） …… 24〜55
英雄になった瞬間（池田弥三郎） …… 36〜37
絶望の書《小説》（木々高太郎） …… 56〜72
探偵小説の一効用について（丸谷才一）
　……………………………………… 74〜76
アルフレッド・ヒッチコックを求めて（中原弓彦）
　……………………………………… 77〜81
伊豆の伊勢エビ（島田一男） …… 81
死んでもCM《小説》（戸板康二） …… 82〜98
銃に賭ける男（中原弓彦） …… 100〜105
追いつめられて《小説》（高城高） …… 106〜122
殺人者《小説》（河野典生） …… 124〜144
草競馬で逢おうぜ《小説》（寺山修司）
　……………………………………… 146〜163
アメリカ風景（関野準一郎） …… 156〜157
夜明けまで《小説》（大藪春彦） …… 164〜178
今月の走査線（大内茂男） …… 180〜181
運河《小説》（星新一） …… 182〜184
MOVIE（品田雄吉） …… 185
宝石の文化史〈35〉（春山行夫） …… 186〜190
みすてりい・がいど（編集部） …… 191
ある恋の物語《小説》（中田耕治） …… 192〜195
死球《小説》（高橋泰邦） …… 195〜197
GO AHEAD!《小説》（都筑道夫） …… 197〜199
指紋は偽造できるか（古畑種基） …… 200〜202
今月のスイセン盤（大木順行） …… 203
探偵小説三十五年〈49・完〉（江戸川乱歩）
　……………………………………… 204〜207
あれこれ始末書〈22〉（徳川夢声）
　……………………………………… 208〜214
テレビ（多口充一） …… 215
貞操試験〈6・完〉《小説》（佐野洋）
　……………………………………… 216〜237
ポアロの微笑（佐藤東洋磨） …… 238〜243

推理小説評論の難かしさ《座談会》（中島河太郎, 大内茂男, 村松剛） …… 244〜252
雑感（平野謙） …… 246〜247
第1回宝石評論賞発表 …… 252
内外切抜き帳 …… 253〜257
新刊展望台（小城魚太郎） …… 258〜259
朱い橋《小説》（鹿島孝二） …… 260〜275
宝石クラブ …… 276〜277
ぎろちん《小説》（コーネル・ウールリッチ〔著〕, 稲葉由紀〔訳〕） …… 278〜309
ウールリッチのこと（訳者） …… 281
編集者より（乱歩） …… 310

第15巻第9号　所蔵あり
1960年7月1日発行　310頁　150円

今月の横顔《口絵》 …… 12〜13
宝石函
　シネマ・プロムナード（飯島正）
　　……………………………… 16〜19
　推理暦7月 …………………… 20〜21
マリン・スノーの図（邱永漢） …… 23
安らかな眠り《小説》（飛鳥高） …… 24〜35
こわい眠り《小説》（飛鳥高） …… 36〜49
疲れた眠り《小説》（飛鳥高） …… 50〜61
恋人《小説》（藤木靖子） …… 62〜78
ぼくのミステリ論（三浦つとむ） …… 80〜85
離婚学入門《小説》（土屋隆夫） …… 86〜103
意外な犯人（戸塚文子） …… 102〜103
宝石の文化史〈36〉（春山行夫） …… 104〜109
美味いものはうまい（山川方夫） …… 107
排気《小説》（桶谷繁雄） …… 110〜125
推理は突然に訪れる（植草甚一） …… 124〜125
一九六〇年七月七日（椿八郎） …… 126〜129
坊主頭《小説》（結城昌治） …… 130〜141
今月の走査線（大内茂男） …… 142〜143
逃避《小説》（香山滋） …… 144〜161
勝手にしやがれ《小説》（品田雄吉）
　……………………………………… 162〜164
MAMMY-O《小説》（小泉太郎） …… 165〜167
死への扉《小説》（中原弓彦） …… 168〜170
指紋の人類学的価値〈1〉（古畑種基）
　……………………………………… 171〜173
お地蔵さまのくれた熊《小説》（星新一）
　……………………………………… 174〜176
STAGE（オカール・モリナロ） …… 177
黒い渦《小説》（野口赫宙） …… 178〜202
MOVIE（品田雄吉） …… 203
現代作家の不振（中原弓彦） …… 204〜205
あれこれ始末書〈23〉（徳川夢声）
　……………………………………… 206〜213
奈良のみ仏《小説》（鹿島孝二） …… 214〜228

17『宝石』

MYSTERY T.V.(多口充一) ・・・・・・・・・ 229
内外切抜き帳 ・・・・・・・・・・・・・ 230〜233
推理小説の新しい道《座談会》(中島河太郎,日
　影丈吉,佐野洋) ・・・・・・・・・ 234〜245
三人の遺産相続人〈2〉《小説》(藤原審爾)
　・・・・・・・・・・・・・・・・・・・ 246〜258
今月のスイセン盤(大木順行) ・・・・・・・ 259
新刊展望台(小城魚太郎) ・・・・・ 260〜261
非常階段〈2〉《小説》(日影丈吉)
　・・・・・・・・・・・・・・・・・・・ 262〜287
宝石クラブ ・・・・・・・・・・・・・ 288〜290
コーキイの芸術的生涯《小説》(P・G・ウッド
　ハウス〔著〕,大木澄夫〔訳〕)
　・・・・・・・・・・・・・・・・・・・ 292〜309
なつしきジーヴズ登場 ・・・・・・・・・・・ 295
ウッドハウス略伝(江戸川乱歩) ・・・ 296〜297
編集者より(江戸川乱歩) ・・・・・・・・・ 310

第15巻第10号　所蔵あり
1960年8月1日発行　310頁　150円
今月の横顔《口絵》 ・・・・・・・・・・ 11〜13
宝石函
　シネマ・プロムナード(飯島正)
　・・・・・・・・・・・・・・・・・・・・ 16〜19
　推理暦8月 ・・・・・・・・・・・・・・ 20〜21
犀川のほとり(邱永漢) ・・・・・・・・・・・ 23
蛍《小説》(大下宇陀児) ・・・・・・・ 24〜41
神さんの料理(楠田匡介) ・・・・・・・・・・ 39
ある絵解き《小説》(戸板康二) ・・・・ 42〜57
黒魔術の手帖〈1〉(渋沢竜彦)
　・・・・・・・・・・・・・・・・・・・・ 58〜65
アレグザンダーのテレビ・スリラー観(中原
　弓彦) ・・・・・・・・・・・・・・・・ 66〜69
NULL ・・・・・・・・・・・・・・・・・・ 70〜73
相撲喪失《小説》(筒井俊隆) ・・・・・ 74〜78
二つの家《小説》(筒井正隆) ・・・・・ 78〜84
お助け《小説》(筒井康隆) ・・・・・・ 84〜89
急行出雲《小説》(鮎川哲也) ・・・・ 90〜116
MYSTERY T・V《小説》(多口充一) ・・・ 117
あなたも海底散歩ができる〈1〉(渡辺啓助)
　・・・・・・・・・・・・・・・・・・ 118〜123
モームと探偵小説(田中睦夫) ・・・ 124〜127
意識不明《小説》(佐野洋) ・・・・・ 128〜143
モスクワの左腕(中野淳) ・・・・・・ 142〜143
あれこれ始末書〈24〉(徳川夢声)
　・・・・・・・・・・・・・・・・・・ 144〜150
STAGE(オカール・モリナロ) ・・・・・・・ 151
殺すひと、殺されるひと《小説》(新章文子)
　・・・・・・・・・・・・・・・・・・ 152〜169
受験生よ迷うな(加賀谷三十五) ・・・・・・ 167
米英仏新刊紹介

アメリカ(山下諭一) ・・・・・・・・ 170〜171
イギリス(大原寿人) ・・・・・・・・ 170〜171
フランス(稲葉由紀) ・・・・・・・・ 170〜171
宝石の文化史〈37〉(春山行夫) ・・・ 172〜177
おとっつぁんの英語《小説》(猪股聖吾)
　・・・・・・・・・・・・・・・・・・ 178〜190
感傷の効用(権田万治) ・・・・・・・ 192〜198
MOVIE(品田雄吉) ・・・・・・・・・・・・ 199
凝視《小説》(星新一) ・・・・・・・ 200〜203
わたしの阿片(水谷準) ・・・・・・・ 204〜205
放談「ぼくらの推理小説」《対談》(水上勉,大
　藪春彦) ・・・・・・・・・・・・・ 206〜214
今月の走査線(大内茂男) ・・・・・・ 216〜217
非常階段〈3〉《小説》(日影丈吉)
　・・・・・・・・・・・・・・・・・・ 218〜243
探偵作家クラブの空中査察 ・・・・・・・・ 243
MR.USUPERAIの最後《小説》(やなせたか
　し) ・・・・・・・・・・・・・・・ 244〜245
耳《小説》(久里洋二) ・・・・・・・ 246〜247
怪電話《小説》(真鍋博) ・・・・・・ 248〜249
指紋の人類学的価値〈2〉(古畑種基)
　・・・・・・・・・・・・・・・・・・ 250〜253
失神夫人《小説》(鹿島孝二) ・・・・ 254〜269
新刊展望台(小城魚太郎) ・・・・・・ 270〜271
アメリカ探偵作家クラブ賞決定(中原弓彦)
　・・・・・・・・・・・・・・・・・・ 272〜274
今月のスイセン集(大木順行) ・・・・・・・ 275
内外切抜き帳 ・・・・・・・・・・・ 276〜279
三人の遺産相続人〈3〉《小説》(藤原審爾)
　・・・・・・・・・・・・・・・・・・ 280〜287
不審訊問(山村正夫) ・・・・・・・・ 284〜285
宝石クラブ ・・・・・・・・・・・・ 288〜289
ジーヴズと招かれざる客《小説》(P・G・ウッ
　ドハウス〔著〕,村上啓夫〔訳〕)
　・・・・・・・・・・・・・・・・・・ 290〜309
編集者より(江戸川乱歩) ・・・・・・・・・ 310

第15巻第11号　所蔵あり
1960年9月1日発行　310頁　150円
今月の横顔《口絵》 ・・・・・・・・・・ 11〜13
［水上勉］(松本清張) ・・・・・・・・・・・ 13
宝石函
　シネマ・プロムナード(飯島正)
　・・・・・・・・・・・・・・・・・・・・ 16〜19
　推理暦9月 ・・・・・・・・・・・・・・ 20〜21
タヌキ(邱永漢) ・・・・・・・・・・・・・・ 23
爪〈1〉《小説》(水上勉) ・・・・・・・ 24〜44
略歴 ・・・・・・・・・・・・・・・・・・・ 43
飢渇の果《小説》(南条範夫) ・・・・・ 46〜72
好奇心《小説》(水谷準) ・・・・・・・ 74〜85
相似人間(池田仙三郎) ・・・・・・・・ 84〜85

217

17 『宝石』

英米仏新刊紹介
　イギリス(大原寿人)・・・・・・・・・・・86〜87
　アメリカ(山下諭一)・・・・・・・・・・・86〜87
　フランス(稲葉由紀)・・・・・・・・・・・86〜87
弱点《小説》(星新一)・・・・・・・・・・・・・88〜94
黒魔術の手帖〈2〉(渋沢竜彦)
　・・・・・・・・・・・・・・・・・・・・・・・・・・・・・・・96〜104
王様《小説》(小沼丹)・・・・・・・・・・・105〜125
フォース・アウト《小説》(猪股聖吾)
　・・・・・・・・・・・・・・・・・・・・・・・・・・・・・126〜135
模範踏切警手《小説》(南達彦)・・・136〜147
わが食べ歩き?(鵜沼弘毅)・・・・・・146〜147
北海道余燼(十返肇)・・・・・・・・・・・148〜149
宝石の文化史〈38〉(春山行夫)・・・150〜155
ばーてぃ・じょーくす・・・・・・・・・156〜157
あれこれ始末書〈25〉(徳川夢声)
　・・・・・・・・・・・・・・・・・・・・・・・・・・・・・158〜164
八月は残酷な月《小説》(河野典生)
　・・・・・・・・・・・・・・・・・・・・・・・・・・・・・166〜180
二つの全集のスタート(中原弓彦)
　・・・・・・・・・・・・・・・・・・・・・・・・・・・・・181〜183
死んだ男《小説》(ベネット・サーフ〔著〕, 大木澄男〔訳〕)・・・・・・・・・184〜187
死人のドレス《小説》(ベネット・サーフ〔著〕, 大木澄男〔訳〕)・・・187〜188
呪われた家《小説》(ベネット・サーフ〔著〕, 大木澄男〔訳〕)・・・188〜189
おれは一体誰だ?《小説》(ベネット・サーフ〔著〕, 大木澄男〔訳〕)・・189〜191
海草《小説》(ベネット・サーフ〔著〕, 大木澄男〔訳〕)・・・・・・・191〜193
壁《小説》(ベネット・サーフ〔著〕, 大木澄男〔訳〕)・・・・・・・・・193〜194
名医《小説》(ベネット・サーフ〔著〕, 大木澄男〔訳〕)・・・・・・・194〜196
MOVIE(品田雄吉)・・・・・・・・・・・・・・・197
指紋の人類学的価値〈3・完〉(古畑種基)
　・・・・・・・・・・・・・・・・・・・・・・・・・・・・・198〜201
ギプス(巖谷大四)・・・・・・・・・・・・・202〜203
あなたも海底散歩ができる〈2〉(渡辺啓助)
　・・・・・・・・・・・・・・・・・・・・・・・・・・・・・204〜209
日没《小説》(武満徹)・・・・・・・・・・210〜212
愛国者《小説》(林光)・・・・・・・・・・213〜215
今月の走査線(大内茂男)・・・・・・・216〜217
博多人形(鹿島孝二)・・・・・・・・・・・218〜231
村正の祟り(大河内常平)・・・・・・・232〜234
STAGE(オカール・モリナロ)・・・・・・・235
非常階段〈4・完〉《小説》(日影丈吉)
　・・・・・・・・・・・・・・・・・・・・・・・・・・・・・236〜271
新刊展望台(小城魚太郎)・・・・・・・272〜273

三人の遺産相続人〈4・完〉《小説》(藤原審爾)
　・・・・・・・・・・・・・・・・・・・・・・・・・・・・・274〜282
内外切抜き帳・・・・・・・・・・・・・・・283〜287
宝石クラブ・・・・・・・・・・・・・・・・・288〜289
ジーヴズとしまりや公爵《小説》(P・G・ウッドハウス)・・・・・・・・・・・・・290〜309
裸女、街をゆく(太田大八)・・・・・306〜307
編集者より(江戸川乱歩)・・・・・・・・・・310

第15巻第12号　所蔵あり
1960年10月1日発行　310頁　150円
今月の横顔《口絵》・・・・・・・・・・・・・12〜13
佐野さんのリズム(樹下太郎)・・・・・・・・12
樹下太郎さんについて(佐野洋)・・・・・・13
宝石函
　シネマ・プロムナード(飯島正)
　・・・・・・・・・・・・・・・・・・・・・・・・・・・・・・16〜19
　推理暦10月(井上敏雄)・・・・・・・・20〜21
　燈台(戸板康二)・・・・・・・・・・・・・・・・・・23
金属ама病事件《小説》(佐野洋)・・・・24〜65
ケムシを食う(筒井嘉隆)・・・・・・・・62〜63
黄昏よ・とまれ《小説》(樹下太郎)
　・・・・・・・・・・・・・・・・・・・・・・・・・・・・・・66〜104
うらない気違い(久里洋二)・・・・・102〜103
爪〈2〉《小説》(水上勉)・・・・・・・106〜121
アガサ・クリスティーの横顔(東郷青児)
　・・・・・・・・・・・・・・・・・・・・・・・・・・・・・122〜126
MOVIE(品田雄吉)・・・・・・・・・・・・・・・127
重大な誤植《小説》(水谷準)・・・・128〜141
黒魔術の手帖〈3〉(渋沢竜彦)
　・・・・・・・・・・・・・・・・・・・・・・・・・・・・・142〜149
英米仏新刊紹介
　イギリス(山下諭一)・・・・・・・・・150〜151
　アメリカ(大原寿人)・・・・・・・・・150〜151
　フランス(稲葉由紀)・・・・・・・・・150〜151
親善キッス《小説》(星新一)・・・・152〜156
宝石の文化史〈39〉(春山行夫)・・・157〜161
ひとりずもう《小説》(香山滋)・・162〜175
二葉亭と警察(高木健夫)・・・・・・・176〜177
角のホテル《小説》(川上宗薫)・・178〜180
ロンリー・マン《小説》(山川方夫)
　・・・・・・・・・・・・・・・・・・・・・・・・・・・・・181〜183
今月の走査線(大内茂男)・・・・・・・184〜185
あれこれ始末書〈26〉(徳川夢声)
　・・・・・・・・・・・・・・・・・・・・・・・・・・・・・186〜192
STAGE(オカール・モリナロ)・・・・・・・193
めぐりあい《小説》(結城昌治)・・194〜206
酔わなかった船(双葉十三郎)・・・204〜205
同名の二つの作品(中原弓彦)・・・207〜209
ばーてぃ・じょーくす・・・・・・・・210〜211

あなたも海底散歩ができる〈3・完〉(渡辺啓助)・・・・・・・・・・・・・・・・・・ 212～218
第6回江戸川乱歩賞選考発表と来年度募集・・・・・・・・・・・・・・・・・・・・・・・・・・・・・ 220
第六回江戸川乱歩賞選評
　経過報告と私の感想(江戸川乱歩)・・・・・・・・・・・・・・・・・・・・・・・・ 220～222
　「すれ違った死」の作者の将来性を(荒正人)・・・・・・・・・・・・・・・・・・・ 222～223
　辞引きを買いなさい(大下宇陀児)・・・・・・・・・・・・・・・・・・・・・・・ 223～224
　マジョリティに従う(木々高太郎)・・・・・・・・・・・・・・・・・・・・・・・・ 224～225
　三篇を評す(長沼弘毅)・・・ 225～226
今月のスイセン盤(油井正一)・・・・・ 227
内外切抜き帳・・・・・・・・・・・・・・・・ 228～233
座談会「私だけが知っている」《座談会》(徳川夢声、池田弥三郎、杉葉子、鮎川哲也)・・・・・・・・・・・・・・・・・・・・・・・・・・・・ 234～246
白骨死体の身許鑑別(古畑種基)・・・・ 247～249
鼠はにっこりこ《小説》(飛鳥高)・・・ 250～265
新刊展望台(小城魚太郎)・・・・・・・ 266～267
ホテル探し《小説》(鹿島孝二)・・・・ 268～283
別離(渡辺剣次)・・・・・・・・・・・・ 282～283
宝石クラブ・・・・・・・・・・・・・・・・・ 284～285
ジーヴズとビッフィー事件《小説》(P・G・ウッドハウス〔著〕、村上啓夫〔訳〕)・・・・・・・・・・・・・・・・・・・・・・・ 286～309
編集者より(江戸川乱歩)・・・・・・・・ 310

第15巻第13号　所蔵あり
1960年11月1日発行　310頁　150円
どちらが本職?〈口絵〉・・・・・・・・・・・ 11
今月の横顔〈口絵〉・・・・・・・・・・・ 12～13
多岐川さんの人柄(竹村直伸)・・・・・・ 12
ミステリアスなムードの持主(多岐川恭)・・・・・・・・・・・・・・・・・・・・・ 13
宝石函
　シネマ・プロムナード(飯島正)・・・・・・・・・・・・・・・・・・・・・・・・ 16～19
　推理暦11月(井上敏雄)・・・・・ 20～21
　赤レンガ(戸板康二)・・・・・・・・・ 23
悪人の眺め《小説》(多岐川恭)・・・ 24～61
消えたバス《小説》(竹村直伸)・・ 62～92
MOVIE(品田雄吉)・・・・・・・・・・・ 93
動機(水谷準)・・・・・・・・・・・・ 94～105
断崖にて《小説》(笹沢佐保)・・ 106～118
パークマン博士殺しと歯(古畑種基)・・・・・・・・・・・・・・・・・・・・・ 119～121
生活維持省《小説》(星新一)・・ 122～128
今月のスイセン盤(油井正一)・・・・・ 129

英米仏新刊紹介
　イギリス(大原寿人)・・・・・・・ 130～131
　アメリカ(山下諭一)・・・・・・ 130～131
　フランス(稲葉由紀)・・・・・・ 130～131
踏切《小説》(高城高)・・・・・・ 132～151
地団駄ふんだ松本清張・・・・・・・・・・・ 151
クイーンのアンソロジー(中原弓彦)・・・・・・・・・・・・・・・・・・・・・ 152～153
黒魔術の手帖〈4〉(渋沢竜彦)・・・・・・・・・・・・・・・・・・・・・ 154～162
MYSTERY T・V(多口充一)・・・・・・ 163
ある密室の設定《小説》(宮原竜雄)・・・・・・・・・・・・・・・・・・・・・ 164～183
ばーてい・じょーくす・・・・・・・ 184～185
宝石の文化史〈40〉(春山行夫)・・ 186～191
音《小説》(楠田匡介)・・・・・・・ 192～207
ナボコフの「闇に嗤うもの」について(伊東鍈太郎)・・・・・・・・・・・・・・・ 208～209
あれこれ始末書〈27〉(徳川夢声)・・・・・・・・・・・・・・・・・・・・・ 210～219
今月の走査線(大内茂男)・・・・・ 220～221
爪〈3〉《小説》(水上勉)・・・・・ 222～238
STAGE(オカール・モリナロ)・・・・・ 239
「スリラー劇場」懸賞ラジオ・ドラマ選考経過報告・・・・・・・・・・・・・・ 240～241
内外切抜き帳・・・・・・・・・・・・ 242～247
新刊展望台(小城魚太郎)・・・・・ 248～249
鼻が見える《小説》(鹿島孝二)・・ 250～265
宝石クラブ・・・・・・・・・・・・・・・・ 266～267
わらう肉屋《小説》(フレドリック・ブラウン〔著〕、稲葉由紀〔訳〕)・・・・ 268～285
ブラウン「笑う肉屋」解説・・・・・・・・・ 271
京の夢・霊の夢(千代有三)・・・・ 284～285
シッピーの禁固事件《小説》(P・G・ウッドハウス〔著〕、村上啓夫〔訳〕)・・・・ 286～309
急性オッチョコイ氏病(やなせ・たかし)・・・・・・・・・・・・・・・・・・・・・ 306～307
編集者より(江戸川乱歩、大坪直行)・・・・・・ 310

第15巻第14号　所蔵あり
1960年12月1日発行　310頁　150円
他殺クラブ監察医務院見学〈口絵〉・・・・・・ 11
今月の横顔〈口絵〉・・・・・・・・・・・ 12～13
断章・黒岩重吾氏(土屋隆夫)・・・・・・ 12
土屋さんについて(黒岩重吾)・・・・・・ 13
宝石函
　シネマ・プロムナード(飯島正)・・・・・・・・・・・・・・・・・・・・・・・・ 16～19
　推理暦12月(井上敏雄)・・・・・ 20～21
長崎(戸板康二)・・・・・・・・・・・・・ 23

17『宝石』

セクシー・セクシー《小説》(菊村到)
.... 24～39
白いハイヒール(森山加代子) ...... 36～37
判事よ自らを裁け《小説》(土屋隆夫)
.... 40～73
さざえの壺焼き(横溝正史) 71
青い枯葉《小説》(黒岩重吾) ...... 74～115
英米仏新刊紹介
　イギリス(大原寿人) .... 116～117
　アメリカ(山下諭一) .... 116～117
　フランス(稲葉由紀) .... 116～117
黒魔術の手帖〈5〉(渋沢竜彦)
.... 118～127
加納座実説《小説》(戸板康二) .... 128～143
宝石の文化史〈41〉(春山行夫) .... 144～147
ごきげん！カーター・ブラウン(中原弓彦)
.... 148～150
SCIENCE FICTIONへの招待
　最後の事業《小説》(星新一) .... 152～156
　磯浜駅にて《小説》(小隅黎) .... 156～158
　略歴 157
　狂ったロボット《小説》(都筑道夫)
.... 158～162
　愛《小説》(宮崎惇) .... 162～167
　略歴 163
　帰郷《小説》(筒井康隆) .... 168～170
　錆びついた機械《小説》(加納一朗)
.... 171～183
　略歴 173
毒魚《小説》(渡辺啓助) .... 184～197
私の幽霊《小説》(アントニイ・バウチャー
〔著〕、大木澄夫〔訳〕) .... 198～212
MOVIE(品田雄吉) 213
あれこれ始末書〈28〉(徳川夢声)
.... 214～220
探偵作家クラブ討論会《座談会》(多岐川恭、新章文子、佐野洋、樹下太郎、山村正夫〔司会〕) .... 222～235
今月の走査線(大内茂男) .... 236～237
内外切抜き帳 .... 238～240
八番目の花嫁《小説》(水谷準) .... 242～252
STAGE(オカール・モリナロ) 253
絞死と縊死〈1〉(古畑種基) ...... 254～255
銀婚旅行《小説》(鹿島孝二) ...... 256～269
新刊展望台(小城魚太郎) .... 270～271
爪〈4〉(水上勉) .... 272～286
今月のスイセン盤(油井正一) 287
宝石クラブ .... 288～289
フレッディーにキスして！《小説》(P・G・ウッドハウス〔著〕、村上啓夫〔訳〕)
.... 290～309

有罪・無罪(瀬戸内晴美) .... 306～307
編集者より(大坪直行) 310

第15巻第15号　増刊　所蔵あり
1960年12月20日発行　358頁　150円

不毛の設計《小説》(佐野洋) .... 8～31
警笛《小説》(木々高太郎) .... 32～49
渋柿事件《小説》(島田一男) ...... 50～58
貸しボート13号《小説》(横溝正史) .. 59～75
わるい日《小説》(多岐川恭) ...... 76～85
汚れたハンケチ《小説》(角田喜久雄)
.... 86～110
ある墜落死《小説》(飛鳥高) .... 111～119
ノラ失踪事件《小説》(戸板康二) .. 120～129
白い木柵《小説》(日影丈吉) .... 130～142
脱獄囚《小説》(楠田匡介) ...... 143～161
真夏の女《小説》(樹下太郎) .... 162～173
歯《小説》(水上勉) .... 174～204
他殺にしてくれ《小説》(鮎川哲也)
.... 205～219
賭博学体系《小説》(山田風太郎) .. 220～235
空家の少年《小説》(有馬頼義) .. 236～249
浮気な死神《小説》(高木彬光) .. 250～262
"硝子の家"特別解説(中島河太郎) 263
硝子の家《小説》(島久平) ...... 264～358

第16巻第1号　所蔵あり
1961年1月1日発行　310頁　150円

今月の横顔《口絵》 .... 12～13
河野典生氏のひげ(結城昌治) 12
結城昌治氏(河野典生) 13
宝石函
　シネマ・プロムナード(飯島正)
.... 16～19
　推理パズル〈1〉(藤村幸三郎) .. 20～21
　ペット(多岐川恭) 23
死んでから笑え《小説》(結城昌治) .. 24～61
晩酌のツマミ(大薮春彦) 59
ミステリイと女性〈1〉(中田耕治) .. 62～65
アスファルトの上《小説》(河野典生)
.... 66～93
ショート・ショート(谷川俊太郎) .. 92～93
西部小説入門(三浦朱門) .... 94～96
MOVIE(品田雄吉) 97
花弁をひき毟るもの《小説》(木々高太郎)
.... 98～121
英米仏新刊紹介
　イギリス(大原寿人) .... 122～123
　アメリカ(山下諭一) .... 122～123
　フランス(稲葉由紀) .... 122～123

17 『宝石』

黒魔術の手帖〈6〉(渋沢竜彦)
　………………………… 124〜132
STAGE(オカール・モリナロ)………… 133
スポーツ点描(十返肇)………… 134〜135
猫の泉《小説》(日影丈吉)…… 136〜152
1960年翻訳推理小説ベスト5(中原弓彦)
　………………………… 153〜155
宝石の文化史〈42〉(春山行夫)… 156〜159
スラング講座〈1〉(大沢新也)… 160〜161
テレビショー《小説》(星新一)… 162〜167
小さな罠(丸谷才一)…………… 168〜169
幽霊町で逢いましょう《小説》(渡辺啓助)
　　　170〜187
ねじれた鎖〈1〉《小説》(山村正夫)
　………………………… 188〜209
小さな鍵(大内茂男)…………… 210〜211
あれこれ始末書〈29〉(徳川夢声)
　………………………… 212〜217
根の無い話3篇《小説》(城昌幸)… 218〜223
絞死と縊死〈2・完〉(古畑種基)… 224〜226
今月のスイセン盤(油井正一)………… 227
内外切抜き帳 ………………… 228〜230
経済黒書《小説》(南達彦)…… 234〜245
新刊展望台(小城魚太郎)……… 246〜247
爪〈5・完〉《小説》(水上勉)… 248〜293
宝石クラブ …………………… 294〜295
アフリカのある殺人事件《小説》(ロアルド・ダール〔著〕、村上啓夫〔訳〕)… 296〜309
冷凍の刺身(草野心平)………… 306〜307
編集者より(江戸川乱歩、大坪直行)…… 310

第16巻第2号　所蔵あり
1961年2月1日発行　378頁　180円
現代の素顔《口絵》 …………… 11〜17
ワルティング・マチルダ(多岐川恭)……… 19
刺のある樹〈1〉《小説》(仁木悦子)
　……………………………… 20〜47
欧州の探偵小説界(桶谷繁雄)…… 48〜49
一人が残る《小説》(多岐川恭)… 50〜67
英米仏新刊紹介
　イギリス(大原寿人)………… 68〜69
　アメリカ(山下論一)………… 68〜69
　フランス(稲葉由紀)………… 68〜69
推理小説を読みましょう《小説》(佐野洋)
　………………………………… 70〜80
MOVIE(品田雄吉)…………………… 81
視線《小説》(結城昌治)……… 82〜92
西部に生きる男《小説》(星新一)… 94〜99
黒魔術の手帖〈7〉(渋沢竜彦)
　………………………… 100〜107

十五年は長すぎる《小説》(笹沢佐保)
　………………………… 108〜121
西部小説入門(三浦朱門)……… 122〜124
三人の新鋭作家とハードボイルド(権田万治)………………… 125〜129
結婚前奏幻想曲《小説》(黒岩重吾)
　………………………… 130〜134
Stage(オカール・モリナロ)………… 135
推理パズル〈2〉(藤村幸三郎)… 136〜139
悪い峠《小説》(新章文子)…… 140〜155
ミステリイと女性〈2〉(中田耕治)
　………………………… 156〜159
今月のベスト3(篠田一士)…… 160〜161
宝石の文化史〈43〉(春山行夫)… 162〜165
白い空間《小説》(樹下太郎)… 166〜178
シネマ・プロムナード(飯島正)… 180〜183
新版アメリカ風土記(清水俊二)… 184〜185
クリスティの懐しのメロディ(中原弓彦)
　………………………… 187〜189
裁くのは誰《小説》(谷川俊太郎)… 190〜193
離乳食《小説》(谷川俊太郎)… 194〜197
或る神学《小説》(谷川俊太郎)… 198〜200
今月のスイセン盤(油井正一)………… 201
わが家のスリラー(杉葉子)…… 202〜203
ハーバート・ブリーン会見記(旗森義郎)
　………………………… 204〜207
くたばれ!アート・ブレイキー《小説》(河野典生)……………………… 208〜218
圧死事件と樺美智子さんの死因〈1〉(古畑種基)……………………… 219〜221
小さな罠(丸谷才一)…………… 222〜223
三人目《小説》(竹村直伸)…… 224〜239
七年目の水上勉氏 ………………… 237
ニッポン(園田てる子)………… 238〜239
スラング講座〈2〉(大沢新也)… 240〜241
ころし屋《小説》(加納一朗)… 242〜253
スポーツ点描(十返肇)………… 254〜255
銀色の卵《小説》(斎藤哲夫)… 256〜263
女中さん入用(広池秋子)……… 262〜263
ぱーてぃー・じょーくす ……… 264〜265
ねじれた鎖〈2・完〉《小説》(山村正夫)
　………………………… 266〜273
小さな鍵(大内茂男)…………… 274〜275
あれこれ始末書〈30〉(徳川夢声)
　………………………… 276〜282
内外切抜き帳 ………………… 283〜285
宝石クラブ …………………… 286〜287
昨年度の推理小説界を顧みて《座談会》(大内茂男、中島河太郎、十返肇、中田耕治、村松剛)………………………… 288〜304
コーネル・ウーリッチ特集

17 『宝石』

味わいのある文章(稲葉由紀) ･･････････ 305
天使の顔《小説》(コーネル・ウールリッチ
　〔著〕, 稲葉由紀〔訳〕) ･･････ 306〜333
午後三時《小説》(コーネル・ウールリッチ
　〔著〕, 中田耕治〔訳〕) ･･････ 334〜361
万年筆《小説》(コーネル・ウールリッチ〔著〕,
　遠川宇〔訳〕) ･････････････ 362〜377
デイト(高橋泰邦) ･･･････････････ 376〜377
編集者より(大坪直行) ･･･････････････ 378

第16巻第3号　増刊　所蔵あり
1961年2月20日発行　378頁　150円

ラサン・クロッシング《小説》(田中万三記)
　･･････････････････････････ 12〜25
黒い凶器《小説》(縄田厚) ･･････････ 26〜41
確率と運命《小説》(青島左京) ･･････ 42〜57
タカ坊、さよなら《小説》(秋遠里) ･･ 58〜71
作者と選者の真剣勝負(黒部竜二) ･･････ 71
殺そうとした《小説》(広瀬正) ･･････ 72〜83
湖畔の死《小説》(高安健次郎) ･･････ 84〜99
報酬は一割《小説》(荘野忠雄) ･･･ 100〜113
誤植《小説》(西川斗志也) ･･･････ 114〜128
蟻塚《小説》(川辺豊三) ･････････ 130〜144
黒の記憶《小説》(西村京太郎) ･･･ 145〜158
選後寸評(村山徳五郎) ･･････････････ 159
氷塊《小説》(上田薫) ･･････････ 160〜169
或る殺人《小説》(高田公三) ････ 170〜182
感想(渡辺剣次) ･･････････････････ 181
屍衛兵《小説》(蒼社廉三) ･･･････ 183〜197
教授の飼犬《小説》(田中万三記) ･ 198〜213
夜はつぶやく《小説》(小林泰彦) ･ 214〜226
体育館殺人事件《小説》(勝田鋭太郎)
　････････････････････････ 227〜239
錬金術《小説》(会津史郎) ･･･････ 240〜255
薔薇の翳《小説》(冬木喬) ･･･････ 256〜271
くかだち《小説》(神鳥統夫) ････ 272〜287
選後余言(中島河太郎) ･･････････････ 287
抒情の殺人《小説》(福田鮭二) ･･ 288〜303
遠い死《小説》(森田定治) ･････ 304〜318
ぼかした葉《小説》(赤木幸一) ･ 319〜333
不良少年《小説》(谷山久) ･････ 334〜347
神々の悪事《小説》(灰谷健次郎) ･ 348〜363
長い長い殺し屋の話《小説》(古島一雄)
　････････････････････････ 364〜378

第16巻第4号　所蔵あり
1961年3月1日発行　310頁　150円

今月の横顔(口絵) ･･････････････ 11〜13
引越の記録(高木彬光) ･･････････ 12〜13
二つの帽子(多岐川恭) ････････････････ 15
誘拐〈1〉《小説》(高木彬光) ･･････ 16〜58

ブラック・マジック
黒魔術の手帖〈8〉(渋沢竜彦)
　･･････････････････････････ 60〜68
movie(品田雄吉) ･･･････････････････ 69
誰かが——父を《小説》(南条範夫) ･･･ 70〜88
女編集者(真鍋博) ･･････････････ 86〜87
宝石の文化史〈44〉(春山行夫) ･････ 90〜93
ベルリン・アレクサンダー広場(佐貫亦男)
　･･････････････････････････ 94〜95
ヘレン・テレスの家《小説》(戸板康二)
　･････････････････････････ 96〜111
ハメット死す(田中西二郎) ･･･････ 112〜113
あれこれ始末書〈31〉(徳川夢声)
　････････････････････････ 114〜120
stage(オカール・モリナロ) ････････････ 121
英米仏新刊紹介
　イギリス(大原寿人) ･･･････ 122〜123
　アメリカ(山下諭一) ･･･････ 122〜123
　フランス(稲葉由紀) ･･･････ 122〜123
十万弗の魚料理《小説》(香山滋) ･ 124〜142
南を夢みつつ(鹿島孝二) ･･････････････ 141
シネマ・プロムナード(飯島正) ･･ 144〜147
新版アメリカ風土記(清水俊二) ･･ 148〜149
推理パズル〈3〉(藤村幸三郎) ････ 152〜155
小さな罠(丸谷才一) ･･･････････ 156〜157
夜のプラカード《小説》(飛鳥高) ･ 158〜193
スポーツ点描(十返肇) ･････････ 194〜195
圧死事件と樺美智子さんの死因〈2・完〉(古
　畑種基) ･･････････････････ 196〜199
スラング講座〈3〉(大沢新也) ････ 200〜201
証人《小説》(星新一) ･････････ 202〜206
今月のスイセン盤(油井正一) ････････ 207
バウチャーのベスト15ほか(中原弓彦)
　････････････････････････ 208〜211
西部小説入門(三浦朱門) ･･･････ 212〜214
内外切抜き帳 ･･････････････････ 216〜219
島《小説》(渡辺啓助) ･････････ 220〜239
小さな鍵(大内茂男) ･･･････････ 240〜241
ミステリイと女性〈3〉(中田耕治)
　････････････････････････ 242〜245
ぱーてぃー・じょーくす ･･･････ 246〜247
刺のある樹〈2〉《小説》(仁木悦子)
　････････････････････････ 248〜268
モデル嬢と三人の男(津神久三) ･･ 266〜267
今月のベスト3(篠田一士) ･･･････ 270〜271
宝石クラブ ････････････････････ 272〜273
スミス氏バケツを蹴る《小説》(フレドリック・
　ブラウン〔著〕, 大木澄夫〔訳〕)
　････････････････････････ 274〜286
イーデン・フィルポッツ死す
　立派な例外(荒正人) ･･･････ 287〜289

222

エデン・フィルポッツのこと（横溝正
　　史）・・・・・・・・・・・・・・・・・・・・・・290〜291
カンガの王様《小説》（E・フィルポッツ〔著〕,
　永井淳〔訳〕）・・・・・・・・・・・・・・292〜309
編集者より（大坪直行）・・・・・・・・・・・・・310

第16巻第5号　所蔵あり
1961年4月1日発行　310頁　150円

今月の横顔《口絵》・・・・・・・・・・・・・・・12〜13
笹沢さんのこと（星新一）・・・・・・・・・・・・12
星さんのこと（笹沢佐保）・・・・・・・・・・・・13
　シシャモ（佐野洋）・・・・・・・・・・・・・・15
穴《小説》（笹沢佐保）・・・・・・・・・・・・16〜43
英米仏新刊紹介
　イギリス（大原寿人）・・・・・・・・・・・44〜45
　アメリカ（山下諭一）・・・・・・・・・・・44〜45
　フランス（日暮良）・・・・・・・・・・・・44〜45
奥さまは今日も《小説》（新章文子）・・・・46〜59
黒魔術の手帖〈9〉（渋沢竜彦）
　・・・・・・・・・・・・・・・・・・・・・・・・・・・60〜68
手紙と女《小説》（藤木靖子）・・・・・・・70〜85
宝石の文化史〈45〉（春山行夫）・・・・・86〜89
眼は口ほどに……《小説》（芦川澄子）
　・・・・・・・・・・・・・・・・・・・・・・・・・・90〜114
movie（品田雄吉）・・・・・・・・・・・・・・・・115
狙われた休日（旗森義郎）・・・・・・・・116〜119
野菜売りの少年《小説》（宮野村子）
　・・・・・・・・・・・・・・・・・・・・・・・・120〜133
小さな鍵（大内茂男）・・・・・・・・・・・134〜135
あれこれ始末書〈32〉（徳川夢声）
　・・・・・・・・・・・・・・・・・・・・・・・・136〜142
黒猫《絵物語》（ポオ〔原作〕,中野好夫〔訳〕）
　・・・・・・・・・・・・・・・・・・・・・・・・143〜150
推理パズル〈4〉（藤村幸三郎）・・・・152〜154
シネマ・プロムナード（飯島正）・・・・156〜158
新版アメリカ風土記（清水俊二）・・・・160〜161
stage（オカール・モリナロ）・・・・・・・・・・163
B級作の勢ぞろい（中原弓彦）・・・・・164〜166
性に関する法医学〈1〉（古畑種基）
　・・・・・・・・・・・・・・・・・・・・・・・・167〜169
毛利夫人の浮気《小説》（水谷準）・・・170〜183
西部小説入門（三浦朱門）・・・・・・・・184〜186
猫と鼠《小説》（星新一）・・・・・・・・・188〜191
小さな罠（丸谷才一）・・・・・・・・・・・192〜193
女優《小説》（日影丈吉）・・・・・・・・・194〜210
今月のスイセン盤（油井正一）・・・・・・・・・211
今月のベスト3（篠田一士）・・・・・・・212〜213
昭和36年度宝石賞入選発表
　感想（川辺豊三）・・・・・・・・・・・・214〜215
　略歴・・・・・・・・・・・・・・・・・・・・・・・・・215

　感想（蒼社廉三）・・・・・・・・・・・・・・・215
　略歴・・・・・・・・・・・・・・・・・・・・・・・・・215
昭和36年度宝石賞選考座談会《座談会》（水
　谷準,中島河太郎,大内茂男,城昌幸）
　・・・・・・・・・・・・・・・・・・・・・・・・216〜233
スポーツ点描（十返肇）・・・・・・・・・・234〜235
誘拐〈2〉《小説》（高木彬光）・・・・・・236〜276
内外切抜き帳・・・・・・・・・・・・・・・・・277〜279
刺のある樹〈3〉《小説》（仁木悦子）
　・・・・・・・・・・・・・・・・・・・・・・・・280〜297
宝石クラブ・・・・・・・・・・・・・・・・・・・298〜299
ブレーメン号の水夫《小説》（アーウィン・ショ
　ウ〔著〕,大原寿人〔訳〕）・・・・・・300〜309
"ブレーメン号の水夫"について《小説》（大原
　寿人）・・・・・・・・・・・・・・・・・・・・・・・303
編集者より（大坪直行）・・・・・・・・・・・・・310

第16巻第6号　所蔵あり
1961年5月1日発行　310頁　150円

今月の横顔《口絵》・・・・・・・・・・・・・・・・・11
三好徹のこと《小説》（佐野洋）・・・・・・・・・11
二つの受賞風景《口絵》・・・・・・・・・・・12〜13
手工業（佐野洋）・・・・・・・・・・・・・・・・・・15
青い密室《小説》（鮎川哲也）・・・・・・・16〜34
老境愚考（松野一夫）・・・・・・・・・・・・36〜37
恐いもの見たさ（篠田正浩）・・・・・・・・37〜38
movie（品田雄吉）・・・・・・・・・・・・・・・・・39
秘密組織《小説》（佐野洋）・・・・・・・・40〜57
MEIN KAMPE（河野典生）・・・・・・・・56〜57
英米仏新刊紹介
　イギリス（大原寿人）・・・・・・・・・・・58〜59
　アメリカ（山下諭一）・・・・・・・・・・・58〜59
　フランス（日暮良）・・・・・・・・・・・・58〜59
黒魔術の手帖〈10〉（渋沢竜彦）
　・・・・・・・・・・・・・・・・・・・・・・・・・・・60〜68
推理パズル〈5〉（藤村幸三郎）・・・・・・69〜71
異説・松本清張論（ヨシダ・ヨシエ）
　・・・・・・・・・・・・・・・・・・・・・・・・・・・72〜84
stage（オカール・モリナロ）・・・・・・・・・・・85
良心の問題《小説》（三好徹）・・・・・・86〜103
宝石の文化史〈46〉（春山行夫）・・・104〜107
小さな鍵（大内茂男）・・・・・・・・・・・108〜109
屍衛兵《小説》（蒼社廉三）・・・・・・・110〜125
蟻塚《小説》（川辺豊三）・・・・・・・・・126〜142
シネマ・プロムナード（飯島正）・・・・144〜147
新版アメリカ風土記（清水俊二）・・・・148〜149
西部小説入門（三浦朱門）・・・・・・・・152〜154
スポーツ点描（十返肇）・・・・・・・・・・156〜157
嗅ぎ屋《小説》（渡辺啓助）・・・・・・・158〜177
ぱーてぃー・じょーくす・・・・・・・・・178〜179

17 『宝石』

あれこれ始末書〈33〉(徳川夢声) ‥‥‥ 180～187
小さな罠(丸谷才一) ‥‥‥‥‥‥‥ 188～189
待機《小説》(星新一) ‥‥‥‥‥‥ 190～195
たのしめる「死の退場」ほか(中原弓彦)
　　　　　　　　　　　　　　 196～198
今月のスイセン盤(油井正一) ‥‥‥‥ 199
スラング講座〈4〉(大沢新也) ‥‥ 200～201
誘拐〈3〉《小説》(高木彬光) ‥‥ 202～242
性に関する法医学〈2〉(古畑種基)
　　　　　　　　　　　　　　 243～245
今月のベスト3(篠田一士) ‥‥‥ 246～247
刺のある樹〈4〉(仁木悦子) ‥‥ 248～268
内外切抜き ‥‥‥‥‥‥‥‥‥ 269～271
宝石クラブ ‥‥‥‥‥‥‥‥‥ 272～273
殺人助手《小説》(ダシエル・ハメット〔著〕,稲葉由紀〔訳〕) ‥‥‥‥‥‥ 274～309
世界一の醜男(訳者) ‥‥‥‥‥‥‥ 277
編集者より(大坪直行) ‥‥‥‥‥‥ 310

第16巻第7号　所蔵あり
1961年6月1日発行　378頁　180円

四人の直木賞作家《口絵》 ‥‥‥‥ 11～13
雨もり(佐野洋) ‥‥‥‥‥‥‥‥‥ 15
幻の門《小説》(木々高太郎) ‥‥‥ 16～35
英米仏新刊紹介
　イギリス(大原寿人) ‥‥‥‥‥ 36～37
　アメリカ(山下諭一) ‥‥‥‥‥ 36～37
　フランス(日暮良) ‥‥‥‥‥‥ 36～37
路傍《小説》(多岐川恭) ‥‥‥‥ 38～54
見えない人の眼(伊藤信吉) ‥‥‥ 56～58
「ヒッチコック劇場」雑感(木曾山康治)
　　　　　　　　　　　　　　　 58～59
黒魔術の手帖〈11〉(渋沢竜彦)　［ブラック・マジック］
　　　　　　　　　　　　　　　 60～68
movie(品田雄吉) ‥‥‥‥‥‥‥‥‥ 69
ラッキー・シート《小説》(戸板康二)
　　　　　　　　　　　　　　　 70～87
スポーツ点描(十返肇) ‥‥‥‥‥ 88～89
宝石の文化史〈47〉(春山行夫) ‥ 90～93
神経科と温宮氏《小説》(黒岩重吾)
　　　　　　　　　　　　　　 94～110
アッシャー家の崩壊《絵物語》(ポオ〔原作〕,佐々木直次郎〔訳〕) ‥‥ 111～118
凍った太陽《小説》(高城高) ‥‥ 120～156
推理パズル〈6〉(藤村幸三郎) ‥ 157～159
スタイロールの犯罪〈1〉《小説》(樹下太郎)
　　　　　　　　　　　　　　 160～168
小さな鍵(大内茂男) ‥‥‥‥‥ 170～171
黒幕《小説》(星新一) ‥‥‥‥ 172～179
新版アメリカ風土記(清水俊二) ‥ 180～181

シネマ・プロムナード(飯島正) ‥ 182～185
ぱーてぃー・じょーくす ‥‥‥ 186～187
遠い海、遠い夏《小説》(河野典生)
　　　　　　　　　　　　　　 188～202
stage(オカール・モリナロ) ‥‥‥‥ 203
今月のベスト3(篠田一士) ‥‥‥ 204～205
西部小説入門(三浦朱門) ‥‥‥ 206～208
防犯ベル《小説》(田島哲夫) ‥‥ 210～224
国家統御室《小説》(加納一朗) ‥ 226～237
小さな罠(丸谷才一) ‥‥‥‥‥ 238～239
あれこれ始末書〈34〉(徳川夢声)
　　　　　　　　　　　　　　 240～246
怪物・水上勉(川上宗薫) ‥‥‥ 247～249
世界スリラー博拝見 ‥‥‥‥‥‥‥ 250
或る作家の周囲〈1〉　水上勉篇
　水上勉論(佐藤俊) ‥‥‥‥‥ 252～259
　水上勉の周囲(大本俊司) ‥‥ 260～270
　水上勉氏とニンジロゲ(菊村到) ‥ 267
　水上勉のこと(中村真一郎) ‥‥‥ 269
今月のスイセン盤(油井正一) ‥‥‥ 271
性に関する法医学〈3〉(古畑種基)
　　　　　　　　　　　　　　 272～273
白夢《小説》(城昌幸) ‥‥‥‥ 274～275
墓地《小説》(小滝光郎) ‥‥‥ 276～279
昼食《小説》(筒井俊隆) ‥‥‥ 280～282
直木賞作家大いに語る《座談会》(戸板康二,多岐川恭,黒岩重吾) ‥‥‥ 283～293
MWAのカクテル・パーティ(旗森義郎)
　　　　　　　　　　　　　　 294～297
レベルの高い「レベル3」ほか(中原弓彦)
　　　　　　　　　　　　　　 298～299
誘拐〈4〉《小説》(高木彬光) ‥ 300～338
刺のある樹〈5〉《小説》(仁木悦子)
　　　　　　　　　　　　　　 340～357
某月某日(吉行淳之介) ‥‥‥‥ 356～357
内外切抜き帳 ‥‥‥‥‥‥‥‥ 358～361
宝石クラブ ‥‥‥‥‥‥‥‥‥ 362～363
イアリングの神《小説》(フレドリック・ブラウン〔著〕,邦枝輝夫〔訳〕) ‥ 364～377
編集者より(大坪直行) ‥‥‥‥‥‥ 378

第16巻第8号　所蔵あり
1961年7月1日発行　310頁　150円

ロレンス・トリート氏来日スナップ《口絵》
　　　　　　　　　　　　　　　　　 12
星新一のすべて《口絵》 ‥‥‥‥‥‥ 13
男と女《扉絵》(河野典生)
変てこな葬列《小説》(土屋隆夫) ‥ 16～44
movie(品田雄吉) ‥‥‥‥‥‥‥‥‥ 45
英米仏新刊紹介
　イギリス(大原寿人) ‥‥‥‥‥ 46～47

224

アメリカ（山下諭一）・・・・・・・・・・・ 46～47
フランス（日暮良）・・・・・・・・・・・・ 46～47
随筆の書けなくなったわけ（都筑道夫）
　　　　　　　　　　　　　　　　48～50
風変りな人達（富久進次郎）・・・・・・・ 50～51
百年町《小説》（川辺豊三）・・・・・・・・ 52～69
気品のあるMWA親睦使節 ・・・・・・・ 70～71
黒魔術の手帖〈12〉（渋沢竜彦）
　　　　　　　　　　　　　　　　72～79
砂漠地帯《小説》（蒼社廉三）・・・・・・ 80～100
推理パズル〈7〉（藤沢幸三郎）・・・・ 101～103
エドガー賞授賞晩餐会（旗森義郎）
　　　　　　　　　　　　　　　104～109
シネマ・プロムナード（古波蔵保好）
　　　　　　　　　　　　　　　112～115
新版アメリカ風土記（清水俊二）・・・ 116～117
或る作家の周囲〈2〉 星新一篇
　　残酷な招待者（ヨシダ・ヨシエ）
　　　　　　　　　　　　　　　120～123
　　地上30mのモノローグ（大本俊司）
　　　　　　　　　　　　　　　124～134
　　にがい味（谷川俊太郎）・・・・・・・・ 129
　　星新一のオナラ（矢野徹）・・・・・・・ 133
stage（オカール・モリナロ）・・・・・・・・ 135
マネー・エイジ《小説》（星新一）・・・ 136～141
宝石の文化史〈48〉（春山行夫）・・・ 142～145
ぱーてぃー・じょーくす ・・・・・・・ 146～147
西部小説入門（三浦朱門）・・・・・・・ 148～150
あれこれ始末書〈35〉（徳川夢声）
　　　　　　　　　　　　　　　152～159
追跡《小説》（渡辺啓助）・・・・・・・ 160～179
今月の翻訳雑誌評（権田万治）・・・ 180～181
スタイロールの犯罪〈2〉（樹下太郎）
　　　　　　　　　　　　　　　182～190
性に関する法医学〈4〉（古畑種基）
　　　　　　　　　　　　　　　191～193
「殺人四重奏」ほか（中原弓彦）・・・ 194～195
今月の創作評《座談会》（中島河太郎，篠田一士，大内茂男）・・・・・・ 196～206
今月のスイセン盤（油井正一）・・・・・・ 207
スポーツ点描（十返肇）・・・・・・・ 208～209
誘拐〈5・完〉《小説》（高木彬光）
　　　　　　　　　　　　　　　210～260
内外切抜き帳 ・・・・・・・・・・・・ 261～263
刺のある樹〈6・完〉《小説》（仁木悦子）
　　　　　　　　　　　　　　　264～287
宝石クラブ ・・・・・・・・・・・・・ 288～289
殺したのはあなただ!《小説》（ブルーノ・フィッシャー〔著〕，邦枝輝夫〔訳〕）
　　　　　　　　　　　　　　　290～309
決断の日（品田雄吉）・・・・・・・・ 308～309
編集者より（大坪直行）・・・・・・・・・ 310

第16巻第9号　所蔵あり
1961年8月1日発行　310頁　150円

黒岩重吾氏のある一日《口絵》・・・・・ 11～13
卵の中（河野典生）・・・・・・・・・・・・ 15
孤愁の起点〈1〉《小説》（笹沢左保）
　　　　　　　　　　　　　　　　16～49
英米仏新刊紹介
　　イギリス（大原寿人）・・・・・・・・・ 50
　　アメリカ（山下諭一）・・・・・・・・・ 50
　　フランス（日暮良）・・・・・・・・・・ 50
フィレモンとバウキス《小説》（谷川俊太郎）
　　　　　　　　　　　　　　　　52～53
レダ《小説》（谷川俊太郎）・・・・・・・ 54～55
男の城《小説》（日影丈吉）・・・・・・・ 56～81
黒魔術の手帖〈13〉（渋沢竜彦）
　　　　　　　　　　　　　　　　82～90
貝は黙っていた《小説》（香山滋）・・・ 92～112
或る作家の周囲〈3〉 黒岩重吾篇
　　現代のシジフォス（権田万治）
　　　　　　　　　　　　　　　114～120
　　孤独を愛する苦労人（大本俊司）
　　　　　　　　　　　　　　　121～129
　　黒岩重吾という人（清水正二郎）・・・ 127
推理パズル〈8〉（藤村幸三郎）・・・ 130～132
movie（品田雄吉）・・・・・・・・・・・ 133
情熱《小説》（星新一）・・・・・・・ 134～139
スポーツ点描（十返肇）・・・・・・・ 140～141
サロン・ド・シネマ（古波蔵保好）
　　　　　　　　　　　　　　　144～147
新版アメリカ風土記（清水俊二）・・・ 148～149
火葬場の客《小説》（竹村直伸）・・・ 152～165
ハンドバッグ（篠原信夫）・・・・・・ 164～165
宝石の文化史〈49〉（春山行夫）・・・ 166～169
ぱーてぃー・じょーくす ・・・・・・ 170～171
うすい壁《小説》（藤木靖子）・・・・ 172～189
今月の翻訳雑誌評（権田万治）・・・ 190～191
あれこれ始末書〈36〉（徳川夢声）
　　　　　　　　　　　　　　　192～199
西部小説入門（三浦朱門）・・・・・・ 200～202
二つの推理小説（青山光二）・・・・・ 204～206
一切是空（津川溶々）・・・・・・・・ 206～207
不良娘たち《小説》（楠田匡介）・・・ 208～221
性に関する法医学〈5〉（古畑種基）
　　　　　　　　　　　　　　　222～224
今月のスイセン盤（油井正一）・・・・・・ 225
「探偵小説・成長と時代」を推す（中原弓彦）
　　　　　　　　　　　　　　　226～227

17『宝石』

早耳のガンジー《小説》(猪股聖吾)
　　　　　　　　　　　　　　228〜239
今月の創作評《座談会》(荒正人, 中島河太郎, 大内茂男)　　　　　　　　　　240〜252
内外切抜き帳 ・・・・・・・・・・・・・・・・・・ 253〜255
スタイロールの犯罪〈3〉《小説》(樹下太郎)
　　　　　　　　　　　　　　256〜264
stage(オカール・モリナロ) ・・・・・・・ 265
宝石クラブ ・・・・・・・・・・・・・・・・・・・・ 266〜267
魔法使いの弟子《小説》(ロバート・ブロック〔著〕, 稲葉由紀〔訳〕)　　　　　268〜279
非常階段《小説》(コーネル・ウールリッチ〔著〕, 大木澄夫〔訳〕) ・・・・・・・・ 280〜309
休日と忘れ物(大橋猛敏) ・・・・・・・・ 308〜309
編集者より(大坪直行) ・・・・・・・・・・・・ 310

第16巻第10号　所蔵あり
1961年9月1日発行　310頁　150円

「探偵小説四十年」出版記念会《口絵》 ・・・・ 11
多岐川恭氏訪問《口絵》 ・・・・・・・ 12〜13
他殺クラブ賞(河野典生) ・・・・・・・・・・ 15
殺意の影《小説》(新章文子) ・・・・・・ 16〜51
英米仏新刊紹介
　イギリス(大原寿人) ・・・・・・・・ 52〜53
　アメリカ(山下諭一) ・・・・・・・・ 52〜53
　フランス(日暮良) ・・・・・・・・・・ 52〜53
葬式紳士《小説》(結城昌治) ・・・・ 54〜65
黒　魔　術の手帖〈14〉(渋沢竜彦)
ブラック・マジック
　　　　　　　　　　　　　　66〜74
立入禁止《小説》(加納一朗) ・・・・・・ 76〜110
キープ・アウト
洋上の朝風(椿八郎) ・・・・・・・・ 108〜109
サロン・ド・シネマ・サロン(古波蔵保好)
　　　　　　　　　　　　　　112〜115
新版アメリカ風土記(清水俊二) ・・ 116〜117
推理パズル〈9〉(藤村幸三郎) ・・・・ 120〜122
或る作家の周囲〈4〉　多岐川恭篇
　多岐川恭論(ヨシダ・ヨシエ)
　　　　　　　　　　　　　　124〜130
　静かなる作家(大本俊司) ・・・・ 131〜144
　多岐川さんのこと(佐野洋) ・・・・ 135
　孤独な教授(宮良高夫) ・・・・・・・・ 139
「黒岩重吾の周囲」訂正(黒岩重吾) ・・・・ 144
宝石の文化史〈50〉(春山行夫) ・・・・ 146〜149
ぱーてぃー・じょーくす ・・・・・・・・ 150〜151
悪魔島を見てやろう《小説》(渡辺啓助)
　　　　　　　　　　　　　　152〜171
天国《小説》(星新一) ・・・・・・・・ 172〜175
スポーツ点描(十返肇) ・・・・・・・・ 176〜177
あれこれ始末書〈37〉(徳川夢声)
　　　　　　　　　　　　　　178〜185
西部小説入門(三浦朱門) ・・・・・・ 186〜188

movie(品田雄吉) ・・・・・・・・・・・・ 189
大佐の家《小説》(城昌幸) ・・・・ 190〜207
法廷に立つ(高木彬光) ・・・・・・・・ 208〜210
土の下(坂上弘) ・・・・・・・・・・・・ 211〜212
性に関する法医学〈6〉(古畑種基)
　　　　　　　　　　　　　　213〜215
今月の翻訳雑誌評(権田万治) ・・・・ 216〜217
スタイロールの犯罪〈4〉《小説》(樹下太郎)
　　　　　　　　　　　　　　218〜226
stage(オカール・モリナロ) ・・・・・・・ 227
今月の創作評《座談会》(大井広介, 中島河太郎, 大内茂男)　　　　　　　　　　228〜239
宝石クラブ ・・・・・・・・・・・・・・・・ 240〜241
孤愁の起点〈2〉(笹沢左保) ・・・・ 242〜276
今月のスイセン盤(油井正一) ・・・・・・ 277
「現代推理小説の歩み」の面白さ(中原弓彦)
　　　　　　　　　　　　　　278〜279
内外切抜き帳 ・・・・・・・・・・・・・・ 280〜284
幽　霊ハント《小説》(H・R・ウェイクフィールド〔著〕, 邦枝輝夫〔訳〕) ・・・・ 285〜291
ゴースト
小さな暗殺者《小説》(レイ・ブラッドベリイ〔著〕, 柳泰雄〔訳〕) ・・・・ 292〜309
編集者より(大坪直行) ・・・・・・・・・・ 310

第16巻第11号　所蔵あり
1961年10月1日発行　374頁　180円

佐野洋氏の新居《口絵》 ・・・・・・・・ 11〜12
女の爪(新章文子) ・・・・・・・・・・・・ 15
地の塩《小説》(三好徹) ・・・・・・ 16〜58
最後の密室《小説》(土屋隆夫) ・・・・ 60〜72
英米仏新刊紹介
　イギリス(大原寿人) ・・・・・・・・ 74〜75
　アメリカ(山下諭一) ・・・・・・・・ 74〜75
　フランス(日暮良) ・・・・・・・・・・ 74〜75
密室の裏切り《小説》(佐野洋) ・・ 76〜95
黒　魔　術の手帖〈15〉(渋沢竜彦)
ブラック・マジック
　　　　　　　　　　　　　　96〜103
密室の鎧《小説》(戸板康二) ・・ 104〜121
密室作法(天城一) ・・・・・・・・・・ 122〜139
密室クイズ・コーナー
　　　　　　　　　　　124〜137, 143〜145
密室論(佐藤俊) ・・・・・・・・・・ 140〜146
密室の魅力(中島河太郎) ・・・・ 148〜150
マイケル・ギルバートの「密室」ヴァリエーショ(植草甚一) ・・・・・・・・ 150〜151
今月の翻訳雑誌評(権田万治) ・・・・ 152〜153
宝石の文化史〈51〉(春山行夫) ・・・・ 154〜157
砂とくらげと《小説》(鮎川哲也) ・・ 158〜174
movie(品田雄吉) ・・・・・・・・・・・・ 175
細すぎた脚《小説》(飛鳥高) ・・・・ 176〜192

ポーリー《小説》(星新一) ‥‥‥‥‥ 194～198
stage(オカール・モリナロ) ‥‥‥‥‥ 199
廃墟《小説》(筒井康隆) ‥‥‥‥‥ 200～203
西部小説入門(三浦朱門) ‥‥‥‥‥ 204～206
あま酒売り《絵物語》(岡本綺堂〔原作〕,稲葉由紀〔脚色〕) ‥‥‥‥‥ 207～214
第七回江戸川乱歩賞入選発表と来年度募集
‥‥‥‥‥ 215
第七回江戸川乱歩賞選考経過・選後評
　秀作を得て欣快(江戸川乱歩)
‥‥‥‥‥ 217～218
　満場一致(木々高太郎) 218～219
　よい収穫(大下宇陀児) 219～220
　選後評(長沼弘毅) ‥‥‥‥‥ 220～221
狂生員《小説》(陳舜臣) 222～237
受賞のことば(陳舜臣) 225
ぱーてぃー・じょーくす 238～239
あれこれ始末書〈38〉(徳川夢声)
‥‥‥‥‥ 240～246
サロン・ド・シネマ(古波蔵保好)
‥‥‥‥‥ 248～251
新版アメリカ風土記(清水俊二) 252～253
或る作家の周囲〈5〉 佐野洋篇
　佐野洋論(河上雄三) ‥‥‥‥ 256～263
　ミステリー・コースに進路を取れ(大本俊司) ‥‥‥‥ 264～279
　佐野さんズバリ(樹下太郎) 269
　神様・丸山一郎(日野啓三) 277
スポーツ点描(十返肇) 280～281
スタイロールの犯罪〈5〉(樹下太郎)
‥‥‥‥‥ 282～291
今月の創作評《座談会》(平野謙,中島河太郎,大内茂男) 292～307
推理パズル〈10〉(藤村幸三郎) 308～310
今月のスイセン盤(油井正一) ‥‥‥‥ 311
孤愁の起点〈3〉《小説》(笹沢左保)
‥‥‥‥‥ 312～341
「スポンサーから一言」ほか(中原弓彦)
‥‥‥‥‥ 342～343
内外切抜き帳 ‥‥‥‥‥ 344～348
性に関する法医学〈7〉(古畑種基)
‥‥‥‥‥ 349～351
宝石クラブ ‥‥‥‥‥ 352～353
特殊拷問(ヒュー・ペンティコースト〔著〕,柳泰雄〔訳〕) ‥‥‥‥ 354～373
ペンティコーストについて 357
編集者より(大坪直行) ‥‥‥‥ 374

第16巻第12号　所蔵あり
1961年11月1日発行　310頁　150円
信州で気を吐く土屋隆夫氏《口絵》‥‥ 11～13

死体湮滅器(新章文子) ‥‥‥‥‥ 15
新羅王館最後の日《小説》(野口赫宙)
‥‥‥‥‥ 16～45
英米仏新刊紹介
　イギリス(大原寿人) 46～47
　アメリカ(山下諭一) 46～47
　フランス(日暮良) 46～47
動く標点《小説》(井上鋭) 48～83
黒魔術の手帖〈16・完〉(渋沢竜彦)
（ブラック・マジック）
‥‥‥‥‥ 84～90
movie(品田雄吉) ‥‥‥‥‥ 91
或る作家の周囲〈6〉 土屋隆夫篇
　土屋隆夫論(権田万治) 92～98
　海抜七二〇メートルで気を吐く作家(大塚直久) ‥‥‥‥ 99～106
　土屋さん(鮎川哲也) 103
推理パズル〈11〉(藤村幸三郎) ‥‥‥ 108～110
サロン・ド・シネマ(古波蔵保好)
‥‥‥‥‥ 112～115
新版アメリカ風土記(清水俊二) ‥‥‥ 116～117
山田太郎の記録《小説》(河野典生)
‥‥‥‥‥ 120～133
宝石の文化史〈52〉(春山行夫) 134～137
ポーの家(成田成寿) 138～139
複製人間《小説》(森田有郎) 140～160
忙中忙(長沼弘毅) 158～159
stage(オカール・モリナロ) ‥‥‥‥ 161
殉職《小説》(星新一) 162～165
ぱーてぃー・じょーくす 166～167
崖《小説》(渡辺啓助) 168～192
内外切抜き帳 ‥‥‥‥‥ 193～195
あれこれ始末書〈39〉(徳川夢声)
‥‥‥‥‥ 196～203
今月の翻訳雑誌評(権田万治) ‥‥‥ 204～205
スタイロールの犯罪〈6〉《小説》(樹下太郎)
‥‥‥‥‥ 206～215
スポーツ点描(十返肇) 216～217
今月の創作評《座談会》(十返肇,中島河太郎,大内茂男) 218～231
秀作「わが子は殺人者」ほか(中原弓彦)
‥‥‥‥‥ 232～233
西部小説入門(三浦朱門) 234～236
今月のスイセン盤(油井正一) ‥‥‥ 237
宝石クラブ 238～239
孤愁の起点〈4・完〉《小説》(笹沢左保)
‥‥‥‥‥ 240～283
ダシール・ハメット特集
　ハメットについて ‥‥‥‥‥ 283
　軽はずみ《小説》(ダシール・ハメット〔著〕,稲葉由紀〔訳〕) ‥‥‥‥ 284～289

17『宝石』

タルク街の家《小説》(ダシール・ハメット〔著〕,邦枝輝夫〔訳〕) ………… 290〜309
編集者より(大坪直行) ………… 310

第16巻第13号　所蔵あり
1961年12月1日発行　314頁　150円

多岐川恭氏箱根へ行く《口絵》 ………… 11
霧の会《口絵》 ………… 12〜13
浜松南基地探訪の探偵作家クラブ会員《口絵》 ………… 14
本格の孤塁を守る偉才《口絵》 ………… 15〜17
クリスマスイブにもらった名なしの手紙(新章文子) ………… 19
処刑〈1〉《小説》(多岐川恭) ………… 20〜44
今月の翻訳雑誌評(権田万治) ………… 46〜47
名も知らぬ夫《小説》(新章文子) ………… 48〜74
movie(品田雄吉) ………… 75
千佳子の勝敗《小説》(藤木靖子) ………… 76〜103
悪女昇天《小説》(南部きみ子) ………… 104〜131
大阪の肌ざわり(水谷準) ………… 130〜131
雨の夜《小説》(宮野村子) ………… 132〜151
一勝負(新田次郎) ………… 152〜153
或る作家の周囲〈7〉鮎川哲也篇
　一〇一の偽瞞術(河田陸村) ………… 154〜161
　わが道を行く苦労人(大江久史) ………… 162〜168
　鮎川さんと髭(土屋隆夫) ………… 167
推理パズル〈12〉(藤村幸三郎) ………… 170〜172
おしゃべり心臓 ………… 173
ぱーてぃー・じょーくす ………… 174〜175
西部小説入門(三浦朱門) ………… 176〜178
サロン・ド・シネマ(古波蔵保好) ………… 180〜183
新版アメリカ風土記(清水俊二) ………… 184〜185
宝石の文化史〈53〉(春山行夫) ………… 188〜191
人間昆虫《小説》(香山滋) ………… 192〜211
あれこれ始末書〈40〉(徳川夢声) ………… 214〜221
ある誤報《小説》(高城高) ………… 222〜236
stage(オカール・モリナロ) ………… 237
老後の仕事《小説》(星新一) ………… 238〜241
露出の味覚(長谷川竜生) ………… 242〜243
今月の創作評《対談》(中田耕治,中島河太郎,大内茂男) ………… 244〜261
スポーツ点描(十返肇) ………… 262〜263
内外切抜き帳 ………… 264〜268
ごきげんな「おんな」そのほか(中原弓彦) ………… 270〜271
スタイロールの犯罪〈7・完〉(樹下太郎) ………… 272〜280

今月のスイセン盤(油井正一) ………… 281
宝石クラブ ………… 282〜283
クリスマスと人形《小説》(エラリー・クイーン〔著〕,宇野利泰〔訳〕) ………… 284〜313
編集者より(大坪直行) ………… 314

第17巻第1号　所蔵あり
1962年1月1日発行　346頁　170円

紫綬褒章に輝やく江戸川乱歩氏《口絵》 ………… 12〜16
陳舜臣氏《口絵》 ………… 17
ねじれた首(樹下太郎) ………… 19
二人の良人《小説》(南条範夫) ………… 20〜46
推理岡目八目(十返肇) ………… 48〜51
一人二役《小説》(戸板康二) ………… 52〜79
推理小説の歴史〈1〉(A・E・マーチ〔著〕,妹尾韶夫〔訳〕) ………… 80〜88
焚火(日影丈吉) ………… 90〜105
毒薬の手帖〈1〉(渋沢竜彦) ………… 106〜113
メーグレの周辺〈1〉(桶谷繁雄) ………… 114〜118
movie(品田雄吉) ………… 119
或る作家の周囲〈8〉　江戸川乱歩篇
　江戸川乱歩論(中島河太郎) ………… 120〜129
　紫綬褒章に輝やく大御所(大江久史) ………… 130〜145
　太郎さんのこと(中川善之助) ………… 133
　中学時代の江戸川乱歩(谷川徹三) ………… 135
　学生時代の思い出(渡辺有仁) ………… 137
　慶祝(森下雨村) ………… 139
　愛される男(角田喜久雄) ………… 141
　「新青年」と江戸川乱歩氏(水谷準) ………… 143
　「パノラマ島」と「陰獣」(横溝正史) ………… 145
パノラマ島奇談《絵物語》(江戸川乱歩〔原作〕) ………… 147〜154
獣心図〈1〉《小説》(陳舜臣) ………… 156〜179
宝石の文化史〈54〉(春山行夫) ………… 180〜183
サロン・ド・シネマ(古波蔵保好) ………… 184〜189
新版アメリカ風土記(清水俊二) ………… 190〜191
昨年度推理小説界を顧みる《座談会》(大井広介,中島河太郎,平野謙) ………… 192〜204
stage(オカール・モリナロ) ………… 205
結婚《小説》(鮎川哲也) ………… 206〜209
フラグランテ・デリクト〈1〉(植草甚一) ………… 210〜216
The Review Of New Books アメリカ(山下諭一) ………… 217
今月の翻訳雑誌評(権田万治) ………… 218〜219
煉瓦とパン《小説》(猪股聖吾) ………… 220〜233

あれこれ始末書〈41〉（徳川夢声）
　　‥‥‥‥‥‥‥‥‥‥‥　234〜240
今月のスイセン盤（油井正一）‥‥‥‥　241
オナンの弟子（土屋隆夫）‥‥　242〜244
私だけが知っている（十返千鶴子）
　　‥‥‥‥‥‥‥‥‥‥‥　244〜245
日本推理小説史〈1〉（中島河太郎）
　　‥‥‥‥‥‥‥‥‥‥‥　246〜252
性に関する法医学〈8〉（古畑種基）
　　‥‥‥‥‥‥‥‥‥‥‥　253〜255
ぱーてぃー・じょーくす‥‥　256〜257
遺言《小説》（竹村直伸）‥‥　258〜268
sports（K）‥‥‥‥‥‥‥　272〜273
music（Y）‥‥‥‥‥‥‥　272〜273
今月の創作評《座談会》（村松剛，中島河太郎，大内茂男）‥‥‥‥‥‥　274〜287
推理パズル〈13〉（藤村幸三郎）‥　288〜290
内外切抜き帳　‥‥‥‥‥‥　291〜293
処刑〈2〉《小説》（多岐川恭）‥　294〜317
冒険趣味の「地下洞」ほか（中原弓彦）
　　‥‥‥‥‥‥‥‥‥‥‥　318〜319
宝石クラブ　‥‥‥‥‥‥‥　320〜321
夢《小説》（アガサ・クリスティー〔著〕，柳泰雄〔訳〕）‥‥‥‥‥‥　322〜345
鏡の中の顔（大空真弓）‥‥‥　344〜345
編集者より（大坪直行）‥‥‥‥‥　346

第17巻第2号　増刊　所蔵あり
1962年1月15日発行　394頁　170円

火の鳥《小説》（新羽精之）‥‥　12〜25
日かげの花《小説》（鈴木う郎）‥　26〜39
定期預金のすすめ《小説》（嬉野寛夫）
　　‥‥‥‥‥‥‥‥‥‥‥‥　40〜54
第八艦隊の贈物《小説》（朝倉三郎）‥　55〜69
大金庫《小説》（高津琉一）‥‥　70〜83
釜の底《小説》（倉田典平）‥‥　84〜97
週期《小説》（石崎紀男）‥‥　98〜112
遺書《小説》（雫石三郎）‥‥　113〜127
灰色の扉《小説》（芦沢美佐夫）‥　128〜142
或る情事の果て《小説》（後藤幸次郎）
　　‥‥‥‥‥‥‥‥‥‥‥　144〜157
再生協会《小説》（立見明）‥　158〜171
親友《小説》（天藤真）‥‥‥　172〜184
むしろ好んで鴉を招き《小説》（田中万三記）
　　‥‥‥‥‥‥‥‥‥‥‥　185〜199
宝石候補作を選考して《座談会》（村山徳五郎，渡辺剣次，黒部竜二，中島河太郎）
　　‥‥‥‥‥‥‥‥‥‥‥　200〜208
白い蝶《小説》（久保田能里夫）‥　210〜223
冬の夜の事件《小説》（篠山幸作）‥　224〜237
囚《小説》（久坂四郎）‥‥‥　238〜252

進化論の問題《小説》（新羽精之）‥‥　253〜265
翳《小説》（谷山久）‥‥‥‥　266〜279
炎のうた《小説》（福田鮭二）‥　280〜293
だれにしようかな《小説》（小野昇）
　　‥‥‥‥‥‥‥‥‥‥‥　294〜316
花痕《小説》（阿貝井亮三）‥‥　317〜331
死にゆくものへの釘《小説》（田中万三記）
　　‥‥‥‥‥‥‥‥‥‥‥　332〜347
自殺禁止令《小説》（正木俊）‥　348〜361
死後経過約二時間《小説》（来栖阿佐子）
　　‥‥‥‥‥‥‥‥‥‥‥　362〜377
白い悪徳《小説》（藤原宰）‥　378〜394

第17巻第3号　所蔵あり
1962年2月1日発行　378頁　180円

推理小説に情熱をもやす作家《口絵》
　　‥‥‥‥‥‥‥‥‥‥‥‥　11〜16
江戸川乱歩氏紫綬褒章祝賀会《口絵》
　　‥‥‥‥‥‥‥‥‥‥‥‥　17〜18
ダンプでいこう！（樹下太郎）‥‥‥　19
銀の十字架《小説》（木々高太郎）‥　20〜43
うさぎと豚と人間と《小説》（仁木悦子）
　　‥‥‥‥‥‥‥‥‥‥‥‥　44〜62
毒薬の手帖〈2〉（渋沢竜彦）‥‥　64〜71
予定《小説》（星新一）‥‥‥‥　72〜76
movie（品田雄吉）‥‥‥‥‥‥‥‥　77
ふたりの妻《小説》（佐野洋）‥‥　78〜99
推理小説の歴史〈2〉（A・E・マーチ〔著〕，妹尾韶夫〔訳〕）‥‥‥‥‥‥　100〜108
高校三年生《小説》（三浦朱門）‥　110〜125
宝石の文化史〈55〉（春山行夫）‥　126〜129
無分別《小説》（樹下太郎）‥　130〜147
或る作家の周囲〈9〉　高木彬光篇
　　高木彬光論（倉持功）‥‥　148〜157
　　情熱に生きる作家（志村五郎）
　　‥‥‥‥‥‥‥‥‥‥‥　158〜178
　　信念に徹する人（中島河太郎）‥　161
　　三つの肖像（海渡英祐）‥‥‥　165
　　高木さんの原動力（山田風太郎）‥　169
　　過去・現在（島田一男）‥‥‥　173
　　高木彬光特別弁護人（正木ひろし）‥‥　175
サロン・ド・シネマ（古波蔵保好）
　　‥‥‥‥‥‥‥‥‥‥‥　180〜183
新版アメリカ風土記（清水俊二）‥‥　184〜185
推理パズル〈14〉（藤村幸三郎）‥　187〜189
かたち《小説》（宮崎惇）‥‥　190〜193
メーグレの周辺〈2〉（桶谷繁雄）‥　194〜199
今月の翻訳雑誌評（権田万治）‥　200〜201
あれこれ始末書〈42〉（徳川夢声）
　　‥‥‥‥‥‥‥‥‥‥‥　202〜209
刎頸の友《小説》（三好徹）‥‥　210〜225

17『宝石』

日本推理小説史〈2〉(中島河太郎) .... 226〜234
stage(オカール・モリナロ) 235
推理岡目八目(十返肇) .... 236〜239
sports(K) .... 240〜241
music(Y) .... 240〜241
追う人《小説》(加納一朗) .... 242〜265
ゴーギャンの謎(瀬木慎一) .... 266〜268
知的ゲームの栄光(木原孝一) .... 268〜269
フラグランテ・デリクト〈2〉(植草甚一)
.... 270〜278
今月のスイセン盤(油井正一) 279
ぱーてぃー・じょーくす .... 280〜281
今月の創作評《対談》(関根弘、中島河太郎、大内茂男) .... 282〜298
性に関する法医学〈9〉(古畑種基)
.... 299〜301
マシマロ夫人とピアノ《小説》(猪股聖吾)
.... 302〜315
三つのユーモア・ハードボイルド(中原弓彦)
316〜317
処刑〈3〉《小説》(多岐川恭) .... 318〜341
内外切抜き帳 .... 342〜344
宝石クラブ .... 346〜347
四人のめくら《小説》(フレドリック・ブラウン〔著〕,青田勝〔訳〕) .... 348〜357
もう一度のどを切ってやる《小説》(フレドリック・ブラウン〔著〕,邦枝輝夫〔訳〕)
.... 358〜377
夜間飛行(吉原澄悦) .... 374〜375
編集者より(大坪直行) 378

第17巻第4号　所蔵あり
1962年3月1日発行　310頁　150円
還暦を迎える本格派の巨匠《口絵》 ..... 11〜13
塔(樹下太郎) 15
暗い傾斜〈1〉《小説》(笹沢左保) ..... 16〜32
それは雨の夜だった《小説》(菊村到)
.... 34〜45
かんじんな時間《小説》(寺内大吉) .... 46〜56
今月の翻訳雑誌評(権田万治) .... 58〜59
毒薬の手帖〈3〉(渋沢竜彦) .... 60〜66
movie(品田雄吉) 67
或る作家の周囲〈10〉 横溝正史篇
　横溝正史論(仁賀克雄) .... 68〜79
　日本推理小説界の支柱(大野宗昭)
.... 80〜95
　神戸時代の横溝君(西田政治) 83
　寝物語(江戸川乱歩) 87
　蚊やり線香(長谷川修二) 90
　成城まいり(高木彬光) 92

「文倶」と横溝さん(真野律太) 94
悪夢のような傑作「嫌疑」ほか(中原弓彦)
.... 96〜97
憎悪のかたち《小説》(河野典生) ...... 98〜134
推理パズル〈15〉(藤村幸三郎) .... 135〜137
宝石の文化史〈56〉(春山行夫) .... 138〜141
サロン・ド・シネマ(古波蔵保好)
.... 144〜147
新版アメリカ風土記(清水俊二) .... 148〜149
獣心図〈2・完〉《小説》(陳舜臣)
.... 151〜154
推理小説の歴史〈3〉(A・E・マーチ〔著〕,妹尾韶夫〔訳〕) .... 156〜166
stage(オカール・モリナロ) 167
一九六二年二月四日(北村小松) .... 168〜170
ほんやくということ(乾信一郎) .... 170〜172
我も亦オナンの弟子たらん(角田喜久雄)
.... 172〜173
ボディガード《小説》(飛鳥高) .... 174〜193
music .... 192〜193
メーグレの周辺〈3〉(桶谷繁雄) ...... 194〜199
あれこれ始末書〈43〉(徳川夢声)
.... 200〜207
日本推理小説史〈3〉(中島河太郎)
.... 208〜214
おしゃべり心臓 215
今月の創作評《座談会》(木原孝一、中島河太郎、大内茂男) .... 216〜231
処刑〈4〉《小説》(多岐川恭) .... 232〜256
今月のスイセン盤(油井正一) 257
フラングランテ・デリクト〈3〉(植草甚一)
.... 258〜266
内外切抜き帳 .... 267〜271
推理岡目八目(十返肇) .... 272〜275
僕の伯父さん(猪股聖吾) .... 276〜288
性に関する法医学〈10〉(古畑種基)
.... 289〜291
宝石クラブ .... 292〜293
ささやかな嘘《小説》(フレドリック・ブラウン〔著〕,大原寿人〔訳〕) ...... 294〜309
sports .... 308〜309
編集者より(大坪直行) 310

第17巻第5号　所蔵あり
1962年4月1日発行　342頁　170円
永遠の青年の横顔《口絵》 .... 12〜13
旅がらす(菊村到) 15
処刑〈5・完〉《小説》(多岐川恭) .... 16〜45
今月の翻訳雑誌評(権田万治) .... 46〜47
暗い傾斜〈2〉《小説》(笹沢左保) .... 48〜80
死ぬほど愛して《小説》(結城昌治) ... 82〜93

奇妙な家〈轟夕起子〉･････････ 92～93
毒薬の手帖〈4〉（渋沢竜彦）･･････ 94～100
movie（品田雄吉）･･････････････ 101
推理小説の歴史〈4〉（A・E・マーチ〔著〕，妹
　尾韶夫〔訳〕）････････････ 102～111
宝石の文化史〈57〉（春山行夫）･･･ 112～115
或る作家の周囲〈11〉 木々高太郎篇
　永遠の青年の横顔（鈴木令二）
　　････････････････････ 116～131
　木々先生のこと（松本清張）･････ 119
　木々さんは果報者（大下宇陀児）･･ 123
　酒の愛しかた（永瀬三吾）･･･････ 127
　木々高太郎論（権田万治）･･･ 132～142
サロン・ド・シネマ（古波蔵保好）
　････････････････････････ 144～147
新版アメリカ風土記（清水俊二）･･ 148～149
昭和37年度〈宝石賞〉入選発表
　受賞の感想（田中万三記）･･･････ 151
　受賞の感想（新羽精之）････････ 151
死にゆくものへの釘〈小説〉（田中万三記）
　････････････････････････ 152～171
sports ･･････････････････････ 170～171
進化論の問題〈小説〉（新羽精之）･ 172～187
〈宝石賞〉選考座談会《座談会》（江戸川乱歩，
　水谷準，中島河太郎，城昌幸）･･ 188～210
stage（オカール・モリナロ）･･････ 211
囚人〈小説〉（星新一）･･･････ 212～219
ぱーてぃー・じょーくす ･････ 220～221
あれこれ始末書〈44〉（徳川夢声）
　････････････････････････ 222～230
今月のスイセン盤（油井正一）････ 231
日本推理小説史〈4〉（中島河太郎）
　････････････････････････ 232～239
メーグレの周辺〈4〉（桶谷繁雄）･ 240～245
軽サスペンス小説「不許複製」その他（中原
　弓彦）･･･････････････････ 246～247
澄んだ視線〈小説〉（加納一朗）･･ 248～258
性に関する法医学〈11〉（田畑種基）
　････････････････････････ 259～261
冥府がえり（呉茂一）･･･････ 262～263
もう一人のシャーロック・ホームズ（平井呈
　一）････････････････････ 263～266
知的な、高級な遊び（西村孝次）･ 266～267
おしゃべり心臓
　気になったので（新章文子）･ 268～269
今月の創作評《対談》（田中融二，中島河太郎）
　････････････････････････ 270～281
隣りの夫婦〈小説〉（左右田謙）･ 282～291
推理パズル〈16〉（藤村幸三郎）･ 292～295
フラグランテ・デリクト〈4〉（植草甚一）
　････････････････････････ 296～304

内外切抜き帳 ･･･････････････ 305～307
推理岡目八目（十返肇）･･････ 308～311
後を向いて歩こう（猪股聖吾）･ 312～323
宝石クラブ ････････････････ 324～325
消えた花嫁《脚本》（J・ディクスン・カー〔著〕，
　邦枝輝夫〔訳〕）････････････ 326～341
music ･･･････････････････ 340～341
編集者より（大坪直行）･････････ 342

第17巻第6号　所蔵あり
1962年5月1日発行　342頁　170円
二つの授賞式《口絵》･･･････････ 11
「人間派」を説く長老《口絵》･･ 12～13
馬について（菊村到）･･････････ 15
影の告発〈1〉《小説》（土屋隆夫）･ 16～35
今月の翻訳雑誌評（権田万治）･ 36～37
扉の後に蹲るもの《小説》（田中万三記）
　････････････････････････ 38～57
sports ･･････････････････････ 56～57
美容学の問題《小説》（新羽精之）･ 58～73
毒薬の手帖〈5〉（渋沢竜彦）･･ 74～80
推理パズル〈17〉（藤村幸三郎）･ 81～83
或る作家の周囲〈12〉　大下宇陀児篇
　大下宇陀児論（大内茂男）･･･ 84～93
　〈人間派〉を説く長老（曾根忠穂）
　　････････････････････ 94～107
　　兄貴の如く（角田喜久雄）･････ 97
　　大下先生のこと（星新一）････ 101
　　側面観（城昌幸）････････････ 105
ぱーてぃー・じょーくす ･････ 108～109
宝石の文化史〈58〉（春山行夫）･ 110～113
日本推理小説史〈5〉（中島河太郎）
　････････････････････････ 114～120
movie（品田雄吉）･･･････････････ 121
海野十三と徳島と私たち（佃実夫）
　････････････････････････ 122～125
絶望を恋する話《小説》（渡辺啓助）
　････････････････････････ 126～142
某月某日（西川満）････････ 140～141
サロン・ド・シネマ（古波蔵保好）
　････････････････････････ 144～147
新版アメリカ風土記（清水俊二）･ 148～149
天使《小説》（山村正夫）･････ 152～199
music ･･･････････････････ 198～199
推理岡目八目（十返肇）････ 200～202
stage（オカール・モリナロ）･･････ 203
推理小説の歴史〈5〉（A・E・マーチ〔著〕，妹
　尾韶夫〔訳〕）････････････ 204～212
内外切抜き帳 ･･･････････････ 213～215
天狗考（稲垣足穂）･･･････ 216～218

17『宝石』

わが親愛なる怪物たち（手塚治虫）
　・・・・・・・・・・・・・・・・・・・・・・　218〜219
殺されるまで《小説》（松本孝）・・・・・　220〜245
フラングランテ・デリクト〈5〉（植草甚一）
　・・・・・・・・・・・・・・・・・・・・・・　246〜254
今月のスイセン盤（油井正一）・・・・・　255
好調のC・ブラウンほか（中原弓彦）
　・・・・・・・・・・・・・・・・・・・・・・　256〜257
暗号小説入門〈1〉（レイモンド・T・ボンド〔著〕，井上一夫〔訳〕）・・・・　258〜269
今月の創作評《対談》（石川喬司、中島河太郎、大内茂男）・・・・　270〜283
エアポケット・タイマー（猪股聖吾）
　・・・・・・・・・・・・・・・・・・・・・・　284〜295
あれこれ始末書〈45〉（徳川夢声）
　・・・・・・・・・・・・・・・・・・・・・・　296〜303
メーグレの周辺〈5〉（桶谷繁雄）・・・　304〜308
おしゃべり心臓・・・・・・・・・・・・・・・・・　309
宝石クラブ・・・・・・・・・・・・・・・・・・・・・　310〜311
暗い傾斜〈3〉《小説》（笹沢左保）・・　312〜341
編集者より（大坪直行）・・・・・・・・・・・　342

第17巻第7号　所蔵あり
1962年6月1日発行　378頁　190円

睡眠3時間の作家《口絵》・・・・・・・・・　12〜17
琉球の女（菊村到）・・・・・・・・・・・・・・・　19
船とこうのとり《小説》（青砥一二郎）
　・・・・・・・・・・・・・・・・・・・・・・　20〜53
青砥一二郎氏略歴・・・・・・・・・・・・・・・　23
今月の翻訳雑誌評（権田万治）・・・・　54〜55
黒いレジャー《小説》（多岐川恭）・・　56〜67
毒薬の手帖〈6〉（渋沢竜彦）・・・・・・　68〜75
部外秘《小説》（戸板康二）・・・・・・・　76〜87
music ・・・・・・・・・・・・・・・・・・・・・・・・　86〜87
推理岡目八目（十返肇）・・・・・・・・・・　88〜91
雪子・夫《小説》（樹下太郎）・・・・・　92〜102
かいだん（若尾文子）・・・・・・・・・・・　100〜101
movie（品田雄吉）・・・・・・・・・・・・・・　103
或る作家の周囲〈13〉笹沢左保篇
　犯人への愛について（佐野洋）
　・・・・・・・・・・・・・・・・・・・・・・　104〜111
　ロマンと社会性の本格派（青柳尚之）
　・・・・・・・・・・・・・・・・・・・・・・　112〜122
　　天性の本格派（中島河太郎）・・・・・　115
　　子を見ること（笹沢美明）・・・・・・　116
　　笹沢左保氏の少年時代（吉田栄夫）・　119
　　新時代の文人気質?（江戸川乱歩）・　120
利益《小説》（星新一）・・・・・・・　122〜125
宝石の文化史〈59〉（春山行夫）・・　126〜129
半月組〈1〉《小説》（陳舜臣）・・・・　130〜145
新版アメリカ風土記（清水俊二）・・　148〜149

ミステリ百科〈1〉（新井克朗）・・・・・　150〜153
翻訳界の長老妹尾韶夫氏を悼む
　第一期「新青年」グループの先輩（江戸川乱歩）・・・・・・・・・・・・・・　155〜156
　翻訳、創作そして月評（中島河太郎）・　156
　妹尾君を悼む（延原謙）・・・・・・・・　156〜157
　古酒の味（水谷準）・・・・・・・・・・・・　157
　最初と最後—妹尾君を悼む—（森下雨村）・　157
推理小説の歴史〈6〉（A・E・マーチ〔著〕，妹尾韶夫〔訳〕）・・・・　158〜173
メーグレの周辺〈6〉（桶谷繁雄）・・・　174〜178
stage（オカール・モリナロ）・・・・・・　179
最終列車《小説》（加納一朗）・・・・・　180〜189
サロン・ド・シネマ（古波蔵保好）
　・・・・・・・・・・・・・・・・・・・・・・　190〜193
人形芝居《小説》（河野典生）・・・・　194〜204
今月のスイセン盤（油井正一）・・・・　205
推理劇雑感（尾崎宏次）・・・・・・・・・　206〜209
あれこれ始末書〈46〉（徳川夢声）
　・・・・・・・・・・・・・・・・・・・・・・　210〜217
札幌に来た二人《小説》（高城高）・・　218〜235
日本推理小説史〈6〉（中島河太郎）
　・・・・・・・・・・・・・・・・・・・・・・　236〜241
ぱーてぃー・じょーくす・・・・・・・・　242〜243
奇蹟《小説》（南達彦）・・・・・・・・・　244〜253
フラグランテ・デリクト〈6〉（植草甚一）
　・・・・・・・・・・・・・・・・・・・・・・　254〜261
道づれ《小説》（芦川澄子）・・・・・・　262〜281
sports ・・・・・・・・・・・・・・・・・・・・・・　280〜281
今月の創作評《座談会》（荒正人、渡辺剣次、中島河太郎）・・・・　282〜292
推理パズル〈18〉（藤村幸三朗）・・　293〜295
半月組〈2・完〉《小説》（陳舜臣）
　・・・・・・・・・・・・・・・・・・・・・・　296〜302
内外切抜き帳・・・・・・・・・・・・・・・・・　303〜305
スイートホームへの最後の挨拶（猪股聖吾）
　・・・・・・・・・・・・・・・・・・・・・・　306〜318
作者のことば（横溝正史）・・・・・・・　319
挿画を描くにあたって（松野一夫）・・　319
カーター・ブラウンの佳作「ストリッパー」（中原弓彦）・・・・・・・　320〜321
影の告発〈2〉《小説》（土屋隆夫）
　・・・・・・・・・・・・・・・・・・・・・・　322〜343
おしゃべり心臓
　あえて一言（黒岩重吾）・・・・・・・・　344
　「動く標点」・瀬戸刑事の弁解（井上銕）
　・・・・・・・・・・・・・・・・・・・・・・　344
暗い傾斜〈4〉《小説》（笹沢左保）
　・・・・・・・・・・・・・・・・・・・・・・　346〜367

宝石クラブ ………………… 368〜369
キャロウェイの暗号《小説》(O・ヘンリイ〔著〕,
　大木澄夫〔訳〕) ………………… 370〜377
訳者のことば ………………… 373
編集者より(大坪直行) ………………… 378

第17巻第8号　増刊　所蔵あり
1962年6月15日発行　390頁　190円

塔の家の三人の女《小説》(天藤真) …… 8〜49
進駐の人《小説》(陶文祥) ………… 50〜77
女だけの部屋《小説》(斎藤栄) …… 78〜119
濁ったいずみ《小説》(麓昌平) …… 120〜149
妙な季節《小説》(陣場洋助) …… 150〜189
第一回宝石中篇賞候補作を銓衡して《座談会》
　(中島河太郎, 黒部竜二, 阿部主計, 氷川
　瓏) ………………… 190〜195
交叉する線《小説》(草野唯雄) …… 196〜235
横を向く墓標《小説》(黒木曜之助)
　………………… 236〜275
折焚く柴の記《小説》(稲垣一城) … 276〜313
ガラスの鎖《小説》(夏樹しのぶ) … 314〜353
第三の犠牲《小説》(二条節夫) …… 354〜390

第17巻第9号　所蔵あり
1962年7月1日発行　322頁　170円

二人の新鋭異色作家《口絵》 ………… 12〜13
しゃれのめした会員証《口絵》 ………… 14
旅と動物を愛する作家《口絵》 ……… 15〜17
古代ギリシャの夢〈1〉(山村正夫) ……… 19
仮面舞踏会〈1〉《小説》(横溝正史)
　………………… 20〜35
誰が卵を四角に切ったか《小説》(島田一男)
　………………… 36〜74
或る作家の周囲〈14〉　島田一男篇
　我が道を行く庶民の作家(芳賀伸二)
　………………… 76〜89
　島田さんのこと(高木彬光) ……………… 79
　新聞記者時代の島田君(相沢要) ………… 83
　島田一男の横顔(中沢不二雄) …………… 85
　島田一男論(権田万治) ……………… 90〜96
movie(品田雄吉) ……………………………… 97
毒薬の手帖〈7〉(渋沢竜彦) ……… 98〜105
推理小説の歴史〈7〉(A・E・マーチ〔著〕, 村
　上啓夫〔訳〕) ………………… 106〜113
赤い月餅《小説》(野口赫宙) …… 114〜146
サロン・ド・シネマ(古波蔵保好)
　………………… 148〜151
ミステリ講座〈2〉(新井克朗) …… 152〜155
新版アメリカ風土記 ………………… 156〜157
ぱーてぃー・じょーくす ………… 158〜161
凝り性《小説》(香山滋) ………… 164〜179

推理小説岡目八目(十返肇) ……… 180〜183
宝石の文化史〈60〉(春山行夫) ………… 184
フラグランテ・デリクト〈7〉(植草甚一)
　………………… 188〜198
stage(オカール・モリナロ) ………………… 199
ある船の殺人《小説》(高橋泰邦) … 200〜211
sports ………………… 212〜213
music ………………… 212〜213
日本推理小説史〈7〉(中島河太郎)
　………………… 214〜219
今月の翻訳雑誌評(権田万治) …… 220〜221
昔と般若と竜と河童(金森馨) …… 222〜225
祖国喪失《小説》(海渡英祐) …… 226〜236
あれこれ始末書〈47〉(徳川夢声)
　………………… 238〜245
今月の創作評《座談会》(大内茂男, 中島河太郎,
　渡辺剣次) ………………… 246〜259
文章をたのしめる「女豹」・そのほか(中原弓
　彦) ………………… 260〜261
推理パズル〈19〉(藤村幸三郎) … 262〜264
推薦盤(油井正一) ………………… 265
暗い傾斜〈5〉《小説》(笹沢左保)
　………………… 266〜285
メーグレの周辺〈7〉(桶谷繁雄) … 286〜290
内外切抜き帳 ………………… 291〜293
宝石クラブ ………………… 294〜295
影の告発〈3〉《小説》(土屋隆夫)
　………………… 296〜321
にせ札(佐野洋) ………………… 320〜321
編集者より(大坪直行) ………………… 322

第17巻第10号　所蔵あり
1962年8月1日発行　354頁　190円

奇想とユーモアの異色作家《口絵》 … 12〜15
還暦を迎えた四人の推理作家《口絵》
　………………… 16〜17
古代ギリシャの夢〈2〉(山村正夫) ……… 19
仮面舞踏会〈2〉《小説》(横溝正史)
　………………… 20〜35
レコードのジンクス(海渡英祐) …… 34〜35
狂った記録《小説》(飛鳥高) ……… 36〜55
sports ………………… 54〜55
横溝・渡辺・黒沼・永瀬四氏還暦祝賀会報告
　(夢座海二) ………………… 56〜57
毒薬の手帖〈8〉(渋沢竜彦) ……… 58〜65
今月の翻訳雑誌評(権田万治) ……… 66〜67
或る作家の周囲〈15〉　山田風太郎篇
　山田風太郎論(ヨシダ・ヨシエ)
　………………… 68〜76
　奇想とユーモアの異色作家(曾根忠穂)
　………………… 78〜88

17『宝石』

麻雀と奇病と山田さん（大塚雅春）……… 81
奔放不羈の人（江戸川乱歩）………………… 83
出藍の誉（高木彬光）………………………… 84
movie（品田雄吉）…………………………… 89
推理小説の歴史〈8〉（A・E・マーチ〔著〕, 村上啓夫〔訳〕）……………………… 90〜98
海野十三の文学碑 …………………………… 97
泣かない未亡人《小説》（佐野洋）…… 100〜113
music ………………………………… 112〜113
学校出てから（小笠原豊樹）………… 114〜115
セールスマンと奥さま《小説》（新章文子）
　……………………………………… 116〜130
stage（オカール・モリナロ）……………… 131
推理パズル〈20〉（藤村幸三郎）…… 132〜135
シャーロッキアン異聞（長沼弘毅）
　……………………………………… 136〜146
サロン・ド・シネマ（古波蔵保好）
　……………………………………… 148〜151
新版アメリカ風土記（清水俊二）…… 152〜153
ミステリ講座〈3〉（新井克朗）……… 154〜159
ぱーてぃー・じょーくす …………… 160〜161
宝石の文化史〈61〉（春山行夫）…… 164〜167
恐怖小説講義（紀田順一郎）………… 168〜177
金魚《小説》（渡辺啓助）…………… 178〜193
アマゾン海（黒沼健）………………… 194〜205
午後の出来事《小説》（星新一）…… 206〜210
告白風の告白（坂みのる）…………… 212〜213
メーグレの周辺〈8〉（桶谷繁雄）… 214〜220
MODERN JAZZ RECORD REVIEW（油井正一）……………………………………… 221
日本推理小説史〈8〉（中島河太郎）
　……………………………………… 222〜228
フラグランテ・デリクト〈8〉（植草甚一）
　……………………………………… 229〜235
今月の創作評《座談会》（大井広介, 渡辺剣次, 中島河太郎）……………………… 236〜249
五ドルの微笑《小説》（藤木靖子）… 250〜261
星の光の降る夜は（おおば比呂司）
　……………………………………… 262〜263
あれこれ始末書〈48〉（徳川夢声）
　……………………………………… 264〜271
殺してやる《小説》（松本孝）……… 272〜290
推理小説岡目八目（十返肇）………… 294〜297
影の告発〈4〉《小説》（土屋隆夫）
　……………………………………… 298〜317
一読の価値ある『名探偵は死なず』（中原弓彦）……………………………… 318〜319
暗い傾斜〈6〉《小説》（笹沢左保）
　……………………………………… 320〜338
内外切抜き帳 ………………………… 339〜343
宝石クラブ …………………………… 344〜345

無人島の大都会《小説》（S・オーモニア〔著〕, 妹尾韶夫〔訳〕）……………… 346〜355
編集者より（大垣直行）…………………… 356

第17巻第11号　所蔵あり
1962年9月1日発行　322頁　170円

ロマンと幻想の道を歩む作家《口絵》
　………………………………………… 12〜15
私の中学時代（木々高太郎）……………… 16
私の中学時代（黒岩重吾）………………… 17
古代ギリシヤの夢〈3・完〉（山村正夫）… 19
暗い傾斜〈7・完〉《小説》（笹沢左保）
　………………………………………… 20〜47
今月の翻訳雑誌評（権田万治）………… 48〜49
ラスト・シーン《小説》（戸板康二）… 50〜76
毒薬の手帖〈9〉（渋沢竜彦）………… 78〜86
movie（品田雄吉）………………………… 87
あいつも隠した《小説》（黒岩重吾）… 88〜99
或る作家の周囲〈16〉　香山滋篇
　香山滋論（間羊太郎）……………… 100〜113
　ロマンと幻想の詩人（田中文雄）
　……………………………………… 114〜124
　温厚篤実の作家（山村正夫）…………… 116
　海鰻荘の主人と私（山名文夫）………… 119
　義兄弟?の弁（山田信治）……………… 120
　「ゴジラ」と香山さん（円谷英二）…… 123
メーグレの周辺〈9〉（桶谷繁雄）… 126〜131
推理小説の歴史〈9〉（A・E・マーチ〔著〕, 村上啓夫〔訳〕）……………… 132〜140
stage（オカール・モリナロ）……………… 141
宝石の文化史〈62〉（春山行夫）…… 142〜145
シネマ・ド・サロン（古波蔵保好）
　……………………………………… 148〜151
新版アメリカ風土記（清水俊二）…… 152〜153
ミステリ講座〈4〉（新井克朗）……… 154〜159
ぱーてぃー・じょーくす …………… 160〜161
第一回宝石中篇賞入選発表
　入選の感想（草野唯雄）………………… 163
　昭和37年度第一回宝石中篇賞選考座談会《座談会》（江戸川乱歩, 水谷準, 大内茂男）……………………………… 164〜177
不動のおん眼《小説》（鹿島孝二）
　……………………………………… 178〜189
music ………………………………… 188〜189
推理パズル〈21〉（藤村幸三郎）…… 190〜192
あれこれ始末書〈49〉（徳川夢声）
　……………………………………… 194〜202
左ぎっちょの告白（村上菊一郎）…… 203〜205
メスの恐怖（室淳介）………………… 205〜207
影の滝《小説》（加納一朗）………… 208〜221

日本推理小説史〈9〉（中島河太郎）
　‥‥‥‥‥‥‥‥‥‥‥‥‥　222〜225
アトランティス（黒沼健）‥‥　226〜236
〈OH YEAH〉（河野典生）‥‥　234〜235
内外切抜き帳　‥‥‥‥‥‥‥　237〜241
本格物の佳作『幽霊の2/3』（中原弓彦）
　‥‥‥‥‥‥‥‥‥‥‥‥‥　242〜243
今月の創作評《座談会》（平野謙、中島河太郎、大内茂男）　‥‥‥‥‥‥　244〜258
MODERN JAZZ RECORD REVIEW（油井正一）　‥‥‥‥‥‥‥‥‥‥‥　259
フラグランテ・デリクト〈9〉（植草甚一）
　‥‥‥‥‥‥‥‥‥‥‥‥‥　260〜267
仮面舞踏会〈3〉《小説》（横溝正史）
　‥‥‥‥‥‥‥‥‥‥‥‥‥　268〜283
推理小説岡目八目（十返肇）‥‥　284〜287
影の告発〈5〉《小説》（土屋隆夫）
　‥‥‥‥‥‥‥‥‥‥‥‥‥　288〜311
宝石クラブ　‥‥‥‥‥‥‥‥　312〜313
蠟人形《小説》（M・ボンテンペリ〔著〕、妹尾韶夫〔訳〕）　‥‥‥‥‥‥　314〜321
訳者のことば　‥‥‥‥‥‥‥‥　318
sports　‥‥‥‥‥‥‥‥‥‥　320〜321
編集者より（大坪直行）‥‥‥‥　322

第17巻第12号　増刊　所蔵あり
1962年9月15日発行　310頁　180円

黒潮殺人事件《小説》（蒼井雄）‥　8〜30
三つの樽《小説》（宮原竜雄）‥　32〜48
恐風《小説》（島田一男）‥‥‥　50〜97
木箱《小説》（愛川純太郎）‥‥　100〜117
ギルバート・マレル卿の絵《小説》（V・L・ホワイトチャーチ〔著〕、中村能三〔訳〕）
　‥‥‥‥‥‥‥‥‥‥‥‥‥　120〜132
純本格派の作家たち《座談会》（中島河太郎、田中潤司）　‥‥‥‥‥‥‥　134〜144
黒いトランク《小説》（鮎川哲也）‥　146〜303

第17巻第13号　所蔵あり
1962年10月1日発行　354頁　190円

本格の道を歩む女流作家《口絵》‥　12〜15
喜びの二氏《口絵》‥‥‥‥‥　16〜17
魔除けの面（加納一朗）‥‥‥‥　19
二五〇キロ一橋梁〈1〉《小説》（島田一男）
　‥‥‥‥‥‥‥‥‥‥‥‥‥　20〜46
今月の翻訳雑誌評（権田万治）‥　48〜49
梨の花《小説》（陳舜臣）‥‥‥　50〜73
毒薬の手帖〈10〉（渋沢竜彦）‥　74〜79
移りゆく影《小説》（草野唯雄）‥　80〜110
ある作家の周囲〈17〉　仁木悦子篇

仁木悦子のありとあらゆること（大伴秀司）
　112〜125
　意志の人（新章文子）‥‥‥‥　116
　稀有の人（江戸川乱歩）‥‥‥　118
　仁木悦子のこと（寺山修司）‥　120
仁木悦子論（須永誠一）‥‥‥‥　126〜134
もしもあの時（津川溶々）‥‥‥　124〜125
movie（品田雄吉）‥‥‥‥‥‥　135
第八回江戸川乱歩賞入選発表
　受賞のことば（戸川昌子）‥‥　136
　感想（佐賀潜）‥‥‥‥‥‥‥　137
第八回江戸川乱歩受賞選評
　選考経過・異例の二篇入選（江戸川乱歩）
　‥‥‥‥‥‥‥‥‥‥‥‥‥　138〜140
　今年度以後の募集規定の一部変更について（江戸川乱歩）‥‥‥‥‥　140〜141
　「虚無への供物」を推す（荒正人）
　‥‥‥‥‥‥‥‥‥‥‥‥‥　141
　「大いなる幻影」を推す（江戸川乱歩）
　‥‥‥‥‥‥‥‥‥‥‥‥‥　141〜143
　乱歩賞作品選後感（大下宇陀児）
　‥‥‥‥‥‥‥‥‥‥‥‥‥　143〜144
　二つの賞はよかった（木々高太郎）
　‥‥‥‥‥‥‥‥‥‥‥‥‥　144〜145
　一篇を読む（長沼弘毅）‥‥‥　145〜146
肥りたる野花のかげに《小説》（田中万三記）
　‥‥‥‥‥‥‥‥‥‥‥‥‥　148〜165
傷痕（稲田植樹）‥‥‥‥‥‥‥　166〜167
ロンリーマン《小説》（新羽精之）‥　168〜177
サロン・ド・シネマ（品田雄吉）‥　180〜183
新版アメリカ風土記（清水俊二）‥　184〜185
ミステリ講座〈5〉（新井克朗）‥　186〜189
ぱーてぃー・じょーくす　‥‥　190〜193
推理パズル〈22〉（藤村幸三郎）‥　195〜197
宝石の文化史〈63〉（春山行夫）‥　199〜201
父と子《小説》（高城高）‥‥‥　202〜215
sports　‥‥‥‥‥‥‥‥‥‥　214〜215
推理小説岡目八目（十返肇）‥‥　216〜219
推理小説の歴史〈10〉（A・E・マーチ〔著〕、村上啓夫〔訳〕）‥‥‥‥‥　220〜229
メーグレの周辺〈10〉（桶谷繁雄）
　‥‥‥‥‥‥‥‥‥‥‥‥‥　230〜235
大ウイグール帝国（黒沼健）‥‥　236〜246
stage（オカール・モリナロ）‥‥　247
内外切抜き帳　‥‥‥‥‥‥‥　248〜252
三年目の生活《小説》（星新一）‥　254〜258
MODERN JAZZ RECORD REVIEW（油井正一）　‥‥‥‥‥‥‥‥‥‥‥　259
今月の創作評《座談会》（石川喬司、中島河太郎、大内茂男）　‥‥‥‥‥　260〜277

17『宝石』

フラグランテ・デリクト〈10〉（植草甚一） ‥‥‥‥‥‥‥‥‥‥ 278〜285	
自殺倶楽部《小説》（田島哲夫） ‥‥‥‥ 286〜295	
日本推理小説史〈10〉（中島河太郎） ‥‥‥‥‥‥‥‥‥‥ 296〜301	
カーター・ブラウンのヒット作「しなやかに歩く魔女」（中原弓彦） ‥‥‥‥‥ 302〜303	
あれこれ始末書〈50〉（徳川夢声） ‥‥‥‥‥‥‥‥‥‥ 304〜311	
宝石クラブ ‥‥‥‥‥‥‥‥‥‥ 312〜313	
仮面舞踏会〈4〉《小説》（横溝正史) ‥‥‥‥‥‥‥‥‥‥ 314〜327	
J・シモンズの圧縮推理小説史（江戸川乱歩) ‥‥‥‥‥‥‥‥‥‥ 328〜333	
影の告発〈6〉《小説》（土屋隆夫) ‥‥‥‥‥‥‥‥‥‥ 334〜353	
music ‥‥‥‥‥‥‥‥‥‥ 352〜353	
編集者より（大坪直行） ‥‥‥‥‥‥ 354	

第17巻第14号　所蔵あり
1962年11月1日発行　322頁　170円

歌舞伎の世界を歩む本格派《口絵》 ‥‥ 12〜15	
二つの授賞式《口絵》 ‥‥‥‥‥‥‥ 16〜17	
二つの顔（加納一朗） ‥‥‥‥‥‥‥‥ 19	
盗み《小説》（多岐川恭） ‥‥‥‥‥ 20〜38	
今月の翻訳雑誌評（権田万治） ‥‥ 40〜41	
太平洋に陽が沈む《小説》（蒼社廉三) ‥‥‥‥‥‥‥‥‥‥ 42〜64	
毒薬の手帖〈11〉（渋沢竜彦) ‥‥ 66〜73	
銭《小説》（佐賀潜） ‥‥‥‥‥‥ 74〜90	
movie（品田雄吉） ‥‥‥‥‥‥‥‥‥ 91	
推理小説の歴史〈11〉（A・E・マーチ〔著〕,村上啓夫〔訳〕) ‥‥‥‥‥‥‥ 92〜98	
ある作家の周囲〈18〉　戸板康二篇	
ニッポン・バーナビー・ロス氏の生活と意見（大伴秀司） ‥‥‥‥ 100〜111	
戸板さんを口説いた話（江戸川乱歩) ‥‥‥‥‥‥‥‥‥‥‥‥ 102	
教えられたこと（市川門之助） ‥‥‥ 104	
酒豪に転向していた（尾崎宏次） ‥‥ 107	
戸板康二論（小村寿） ‥‥‥‥ 112〜120	
stage（オカール・モリナロ） ‥‥‥‥ 121	
宝石の文化史〈64〉（春山行夫) ‥ 122〜125	
推理小説耳八目（十返肇） ‥‥‥ 126〜129	
秋の夜は長い（岡本喜八） ‥‥‥ 130〜131	
推理小説の映画化（石井輝男） ‥ 132〜133	
騎士出発す（木々高太郎） ‥‥‥ 134〜147	
サロン・ド・シネマ（品田雄吉) ‥ 148〜151	
新版アメリカ風土記（清水俊二) ‥ 152〜153	
ミステリ講座〈6〉（新井克朗) ‥ 154〜157	
ぱーてぃー・じょーくす ‥‥‥‥ 158〜161	
女《小説》（樹下太郎） ‥‥‥‥ 163〜171	
メーグレの周辺〈11〉（桶谷繁雄) ‥‥‥‥‥‥‥‥‥‥ 172〜177	
日本推理小説史〈11〉（中島河太郎) ‥‥‥‥‥‥‥‥‥‥ 178〜183	
フラグランテ・デリクト〈11〉（植草甚一) ‥‥‥‥‥‥‥‥‥‥ 184〜191	
推理パズル〈23〉（藤村幸三郎) ‥ 192〜195	
少女と血（新章文子） ‥‥‥‥‥ 196〜208	
新人の頃（織井茂子） ‥‥‥‥‥‥‥ 207	
今月の創作評《座談会》（十返肇, 中島河太郎, 権田万治) ‥‥‥‥‥‥‥ 210〜228	
MODERN JAZZ RECORD REVIEW（油井正一) ‥‥‥‥‥‥‥‥‥‥‥‥ 229	
目前の事実《小説》（眉村卓) ‥‥ 230〜237	
music ‥‥‥‥‥‥‥‥‥‥ 236〜237	
シャーロッキアンの旅（長沼弘毅) ‥‥‥‥‥‥‥‥‥‥ 238〜244	
失われた古代インド（黒沼健) ‥ 245〜255	
あれこれ始末書〈51〉（徳川夢声) ‥‥‥‥‥‥‥‥‥‥ 256〜264	
影の告発〈7〉《小説》（土屋隆夫) ‥‥‥‥‥‥‥‥‥‥ 266〜289	
今月もカーター・ブラウンですみません／「あばずれ」（中原弓彦／田中潤司) ‥‥‥‥‥‥‥‥‥‥ 290〜291	
仮面舞踏会〈5〉《小説》（横溝正史) ‥‥‥‥‥‥‥‥‥‥ 292〜306	
内外切抜き帳 ‥‥‥‥‥‥‥‥‥ 307〜311	
宝石クラブ ‥‥‥‥‥‥‥‥‥‥ 312〜313	
童話のプリンス《小説》（L・メリック〔著〕, 妹尾韶夫〔訳〕) ‥‥‥‥‥ 314〜321	
訳者のことば ‥‥‥‥‥‥‥‥‥‥‥ 317	
sports ‥‥‥‥‥‥‥‥‥‥ 320〜321	
編集者より（大坪直行） ‥‥‥‥‥‥ 322	

第17巻第15号　増刊　所蔵あり
1962年11月15日発行　394頁　190円

雪の下《小説》（水上勉） ‥‥‥‥ 12〜22	
夜を旅する女《小説》（黒岩重吾) ‥ 23〜37	
天上縊死《小説》（結城昌治) ‥‥‥ 38〜50	
懸賞小説《小説》（佐野洋） ‥‥‥ 51〜61	
第三の被害者《小説》（笹沢左保) ‥ 62〜79	
二階の他人《小説》（多岐川恭) ‥‥ 80〜93	
創作「ヒント帖」から（松本清張) ‥ 94〜101	
沖縄の犯罪（千代有三） ‥‥‥ 102〜103	
吉川英治氏と娘キャディ（水谷準) ‥‥‥‥‥‥‥‥‥‥ 103〜104	
ポンポン堂の自動車（黒沼健) ‥ 104〜105	
サテ何処へ行くか（渡辺啓助) ‥ 105〜106	
大銀盃をもらう（椿八郎） ‥‥‥ 106〜107	

ポオの翻訳(城昌幸)	107〜108
読書について(大下宇陀児)	108〜109
近況(江戸川乱歩)	109〜110
ばかばかしいお笑いを一席(山田風太郎)	110〜111
とみに英語づく(寺内大吉)	111〜113
山荘無精記(横溝正史)	113〜114
アルバカーキ(長沼弘毅)	114〜115
火の疑惑《小説》(菊村到)	116〜142
盲目の奇蹟《小説》(高木彬光)	143〜165
二枚の百円札《小説》(土屋隆夫)	166〜179
思索販売業《小説》(星新一)	180〜184
決定符《小説》(島田一男)	185〜199
死体挿話《小説》(樹下太郎)	200〜208
暗い河《小説》(鮎川哲也)	209〜219
こわい女《小説》(新章文子)	220〜233
回想死《小説》(陳舜臣)	234〜248
ダアリン(日影丈吉)	249〜257
戦後推理小説を語る《座談会》(角田喜久雄,中島河太郎,黒部竜二,大河内常平)	258〜272
雪原を突っ走れ《小説》(高城高)	273〜287
月を摑む手《小説》(飛鳥高)	288〜299
金ぴかの鹿《小説》(仁木悦子)	300〜314
篤行の極致《小説》(戸板康二)	315〜329
陽光の下、若者は死ぬ《小説》(河野典生)	330〜340
誰が、わたしを?《小説》(香山滋)	341〜353
巴旦杏《小説》(山村正夫)	354〜365
虚報《小説》(加納一朗)	366〜385
クレオパトラの眼《小説》(都筑道夫)	386〜394

第17巻第16号　所蔵あり
1962年12月1日発行　322頁　170円

豊富な経験を生かす元古参サラリーマン作家《口絵》	12〜15
死界航路《小説》	16〜17
アンチ・ロマン人形(加納一朗)	19
再婚旅行〈1〉《小説》(佐野洋)	20〜32
今月の翻訳雑誌評《小説》(権田万治)	34〜35
影の告発〈8・完〉《小説》(土屋隆夫)	36〜63
毒薬の手帖〈12〉(渋沢竜彦)	64〜71
暗い日曜日《小説》(仁木悦子)	72〜95
ある作家の周囲〈19〉　樹下太郎篇	
元サラリーマンその詩情とユーモア(大伴秀司)	96〜108
無類のサスペンス(中島河太郎)	98
「夜に別れを告げる夜」論(星新一)	100
十年の歳月(森永武治)	102
樹下太郎論(仁賀克雄)	109〜117
臨時停留所《小説》(戸板康二)	118〜133
推理小説の歴史〈12〉(A・E・マーチ〔著〕,村上啓夫〔訳〕)	134〜140
movie(品田雄吉)	141
メーグレの周辺〈12・完〉(桶谷繁雄)	142〜146
サロン・ド・シネマ(古波蔵保好)	148〜151
新版アメリカ風土記(清水俊二)	152〜153
ミステリ講座〈7〉(新井克朗)	154〜157
ぱーてぃー・じょーくす	158〜161
推理パズル〈24〉(藤村幸三郎)	163〜165
抑制心《小説》(星新一)	166〜167
「けだもの」的ということ(今泉吉典)	168〜169
犯罪講師《小説》(天藤真)	170〜183
sports	182〜183
宝石の文化史〈65〉(春山行夫)	184〜187
日本推理小説史〈12〉(中島河太郎)	188〜193
視線《小説》(戸川昌子)	194〜209
music	208〜209
推理小説周目八目(十返肇)	210〜213
あれこれ始末書〈52〉(徳川夢声)	214〜221
二五〇キロ橋梁〈2・完〉《小説》(島田一男)	222〜244
stage(オカール・モリナロ)	245
2+2=0《小説》(城昌幸)	246〜248
フラグランテ・デリクト〈12〉(植草甚一)	250〜257
古代の科学の秘密(黒岩健)	258〜267
今月の創作評《座談会》(中田耕治,中島河太郎,権田万治)	268〜284
MODERN JAZZ RECORD REVIEW(油井正一)	285
大雨と猫《小説》(千葉倫子)	286〜298
作者略歴	289
とんち余談(春風亭柳橋)	296〜297
内外切抜き帳	299〜301
卓抜したブラウンの着想(中原弓彦)	302〜303
宝石クラブ	304〜305
仮面舞踏会〈6〉《小説》(横溝正史)	306〜321
編集者より(大坪直行)	322

17『宝石』

第18巻第1号　所蔵あり
1963年1月1日発行　322頁　180円

推理小説界の彦左《口絵》・・・・・・・・・11～14
顔（佐賀潜）・・・・・・・・・・・・・・・15
生かす（長安周一）・・・・・・・・・・・・16～17
古代アフリカの謎を訪ねて（西江雅之）
　・・・・・・・・・・・・・・・・・・・17～18
ロンドンにて（林万里子）・・・・・・・・・19～20
毛（須藤武雄）・・・・・・・・・・・・・・20～22
指紋探偵小説"幻燈"のこと（椿八郎）
　・・・・・・・・・・・・・・・・・・・22～25
鋳匠（三好徹）・・・・・・・・・・・・・・26～51
電話で一問一答　松本清張・・・・・・・・・35
電話で一問一答　大下宇陀児・・・・・・・・51
アッシジの女《小説》（木々高太郎）・・・・52～65
電話で一問一答　木々高太郎・・・・・・・・61
今月の翻訳雑誌評（権田万治）・・・・・・・66～67
シルクロード裏通り《小説》（渡辺啓助）
　・・・・・・・・・・・・・・・・・・・68～87
電話で一問一答　黒岩重吾・・・・・・・・・85
ある作家の周囲〈20〉　渡辺啓助篇
　秘境に賭ける情熱の作家（大伴秀司）
　・・・・・・・・・・・・・・・・・・・88～102
　彫りの深い横顔（水谷準）・・・・・・・・91
　親愛すべき会長（山村正夫）・・・・・・・93
　渡辺先生の一面（星新一）・・・・・・・・95
　渡辺啓助論（権田万治）・・・・・・・・・103～109
宝石の文化史〈66〉（春山行夫）・・・・・・110～113
俘囚《小説》（海野十三）・・・・・・・・・114～132
「俘囚」について（中島河太郎）・・・・・・118～119
電話で一問一答　水上勉・・・・・・・・・・121
海野十三「俘囚」（木々高太郎）・・・・・・130
海野十三氏の処女作（横溝正史）・・・・・・131
MODERN JAZZ RECORD REVIEW（油井
　正一）・・・・・・・・・・・・・・・・133
推理小説岡目八目〈十返肇〉・・・・・・・・134～138
推理パズル〈25〉（藤村幸三郎）・・・・・・139～141
私流推理小説論（黒岩重吾）・・・・・・・・144～147
新版アメリカ風土記（清水俊二）・・・・・・148～149
ぱーてぃー・じょーくす・・・・・・・・・・150～151
黒い手帖（永田明正）・・・・・・・・・・・152～153
サロン・ド・シネマ（品田雄吉）・・・・・・154～156
冬宿〈1〉《小説》（草野唯雄）・・・・・・164～183
電話で一問一答　仁木悦子・・・・・・・・・183
日本推理小説史〈13〉（中島河太郎）
　・・・・・・・・・・・・・・・・・・・184～187
一九六二年の推理小説界を顧みて《座談会》（荒
　正人、中島河太郎、十返肇）・・・・・・・188～205
猫ババ野郎《小説》（加納一朗）・・・・・・206～216
フラグランテ・デリクト〈13〉（植草甚一）
　・・・・・・・・・・・・・・・・・・・220～228

ある罪悪感《小説》（筒井康隆）・・・・・・229～233
推理小説の歴史〈13〉（A・E・マーチ〔著〕，
　村上啓夫〔訳〕）・・・・・・・・・・・・234～243
あれこれ始末書〈53〉（徳川夢声）
　・・・・・・・・・・・・・・・・・・・244～251
仮面舞踏会〈7〉《小説》（横溝正史）
　・・・・・・・・・・・・・・・・・・・252～261
ミステリ百科事典〈1〉（間羊太郎〔編〕）
　・・・・・・・・・・・・・・・・・・・262～271
再婚旅行〈2〉《小説》（佐野洋）・・・・・272～285
電話で一問一答　佐野洋・・・・・・・・・・283
ヴィカーズの代表短篇集ほか（中原弓彦）
　・・・・・・・・・・・・・・・・・・・286～287
宝石クラブ・・・・・・・・・・・・・・・・288～289
今月の創作評《座談会》（村松剛、中島河太郎、権
　田万治）・・・・・・・・・・・・・・・290～305
内外切抜き帳・・・・・・・・・・・・・・・306～312
死刑《小説》（ジョルジュ・シムノン〔著〕，日暮
　良〔訳〕）・・・・・・・・・・・・・・313～321
電話で一問一答　樹下太郎・・・・・・・・・319
編集者より（大坪直行）・・・・・・・・・・322

第18巻第2号　増刊　所蔵あり
1963年1月15日発行　378頁　190円

いびつな歳月《小説》（陶文祥）・・・・・・12～26
邪恋といわないで《小説》（渡辺和生）
　・・・・・・・・・・・・・・・・・・・27～41
ある溺死《小説》（会津史郎）・・・・・・・42～53
贅沢な殺人《小説》（青木昌之）・・・・・・54～67
影絵《小説》（川口青二）・・・・・・・・・68～80
葉鶏頭を持って来た女《小説》（秋遠里）
　・・・・・・・・・・・・・・・・・・・81～93
二枚の納品書《小説》（大貫進）・・・・・・94～107
事故《小説》（真木俊之介）・・・・・・・・108～121
午後二時の波《小説》（志保田泰子）
　・・・・・・・・・・・・・・・・・・・122～136
つるばあ《小説》（石沢英太郎）・・・・・・137～151
土壇場《小説》（奥野光信）・・・・・・・・152～165
男が死んで《小説》（黒沢勇）・・・・・・・166～180
煉獄の日《小説》（大寺佑昌）・・・・・・・182～195
《宝石短篇賞》候補作を選考して《座談会》（阿
　部主計、黒部竜二、村山徳五郎、氷川瓏）
　・・・・・・・・・・・・・・・・・・・196～210
鷹と鳶《小説》（天藤真）・・・・・・・・・212～226
金の卵《小説》（滝井峻三）・・・・・・・・227～243
或る老後《小説》（千葉淳平）・・・・・・・244～258
カギ《小説》（緒方良志）・・・・・・・・・260～274
毒入り牛乳事件《小説》（有村智志）
　・・・・・・・・・・・・・・・・・・・275～289
散る桜と《小説》（鈴木五郎）・・・・・・・290～303

17『宝石』

ユダの窓はどれだ《小説》（千葉淳平）
・・・・・・・・・・・・・・・・・・・・・・・・・・・ 304〜318
蝶《小説》（高橋光子）・・・・・・・・・ 319〜330
生意気な鏡の物語《小説》（桂真佐喜）
・・・・・・・・・・・・・・・・・・・・・・・・・・・ 331〜337
メバル《小説》（斎藤栄）・・・・・・・・ 338〜351
ある放浪記《小説》（大江圭介）・・・・ 352〜365
キチキチ《小説》（田中文雄）・・・・・・ 366〜378

第18巻第3号　所蔵あり
1963年2月1日発行　332頁　190円

深夜活躍する交通パトカー《口絵》・・・ 12〜13
走る狂気（樹下太郎）・・・・・・・・・・・・ 12〜13
二つの文字（佐賀潜）・・・・・・・・・・・・・・・ 15
作家の講演あとさき（千代有三）・・・ 16〜17
難破船（久里洋二）・・・・・・・・・・・・・・ 17〜19
沈んでいく夜（長新太）・・・・・・・・・・ 19〜20
衣裳ノイローゼ（真鍋博）・・・・・・・・ 20〜21
作品・死の跡《小説》（笹沢左保）・・ 22〜31
火の周辺《小説》（陳舜臣）・・・・・・・ 32〜49
今月の翻訳雑誌評（権田万治）・・・・・ 50〜51
NG作戦《小説》（都筑道夫）・・・・・・ 52〜65
シャーロッキアン通信（長沼弘毅）・・ 66〜72
腐った海《小説》（河野典生）・・・・・・ 74〜85
ミステリ百科事典〈2〉（間羊太郎〔編〕）
・・・・・・・・・・・・・・・・・・・・・・・・・・・・・ 86〜99
虎口《小説》（樹下太郎）・・・・・・ 100〜110
サロン・ド・シネマ（品田雄吉）・・ 112〜115
新版アメリカ風土記（清水俊二）・・ 116〜117
フラグランテ・デリクト〈14〉（植草甚一）
・・・・・・・・・・・・・・・・・・・・・・・・・・ 120〜127
宝石の文化史〈67〉（春山行夫）・・ 128〜131
推理小説の歴史〈14〉（A・E・マーチ〔著〕,
　村上啓夫〔訳〕）・・・・・・・・・・・・ 132〜139
町のマタハリ《小説》（藤木靖子）・・ 140〜150
ある作家の周囲〈21〉　新章文子篇
　柔にして剛（中島河太郎）・・・・・・ 152〜153
　新章文子論（今村昭）・・・・・・・・・ 155〜163
　妻として作家として（大伴秀司）
・・・・・・・・・・・・・・・・・・・・・・・・・・ 164〜175
　あたたかく やさしく 美しく（仁木悦
　子）・・・・・・・・・・・・・・・・・・・・・・・・・ 167
　新章文子さんのこと（三木澄子）・・・・・・ 169
　妻を語る（安田重夫）・・・・・・・・・・・・・ 171
　新章文子 作品・著書・評論随筆リスト（島
　崎博〔編〕）・・・・・・・・・・・・・・・ 176〜177
日本推理小説史〈14〉（中島河太郎）
・・・・・・・・・・・・・・・・・・・・・・・・・・ 178〜183
紅海《小説》（渡辺啓助）・・・・・・ 184〜206
MODERN JAZZ RECORD REVIEW（油井
　正一）・・・・・・・・・・・・・・・・・・・・・・・ 207

推理パズル〈26〉（藤村幸三郎）・・・・ 208〜209
推理小説岡目八目（十返肇）・・・・・・ 210〜213
黒い手帖（永田明正）・・・・・・・・・・ 214〜215
内外切抜き帳・・・・・・・・・・・・・・・・・・ 216〜218
「紅毛傾城」について（中島河太郎）・・・・・ 221
紅毛傾城《小説》（小栗虫太郎）・・ 222〜241
虫太郎を惜しむ（大下宇陀児）・・・・ 241〜242
小栗虫太郎さんのこと（水谷準）・・・・・・・ 242
宝石クラブ・・・・・・・・・・・・・・・・・・・・・・・ 243
スポーツ・・・・・・・・・・・・・・・・・・・・・・ 244〜245
スナップ・インタビュー　北川芳男投手
・・・・・・・・・・・・・・・・・・・・・・・・・・・・・・・ 245
あれこれ始末書〈54〉（徳川夢声）
・・・・・・・・・・・・・・・・・・・・・・・・・・ 246〜253
今月の創作評《座談会》（渡辺剣次, 権田万治, 中
　島河太郎）・・・・・・・・・・・・・・・・・ 254〜267
終戦直後のジャズ界と推理小説界〈1〉（福田
　一郎）・・・・・・・・・・・・・・・・・・・・ 268〜269
獣の森《小説》（後藤信夫）・・・・・・ 270〜295
クロフツの倒叙ものほか（中原弓彦）
・・・・・・・・・・・・・・・・・・・・・・・・・・ 296〜297
再婚旅行〈3〉《小説》（佐野洋）・・ 298〜317
仮面舞踏会〈8〉《小説》（横溝正史）
・・・・・・・・・・・・・・・・・・・・・・・・・・ 318〜331
編集者より（大坪直行）・・・・・・・・・・・・ 332

第18巻第4号　所蔵あり
1963年3月1日発行　314頁　180円

ひげのある作家気質《口絵》・・・・・・・ 12〜13
手（佐賀潜）・・・・・・・・・・・・・・・・・・・・・・ 15
時間（根本進）・・・・・・・・・・・・・・・・・ 16〜17
若がえり正月（杉山吉良）・・・・・・・・・ 17〜18
東京の空から鳥がいなくなる、か（寺山修
　司）・・・・・・・・・・・・・・・・・・・・・・・ 18〜19
祭のゆかた（稲田清助）・・・・・・・・・・ 19〜20
草野球（霜野二一彦）・・・・・・・・・・・・ 20〜21
そこに女がいた《小説》（菊村到）・・ 22〜36
現代呪法《小説》（日影丈吉）・・・・・・ 38〜53
松野敬吉の場合《小説》（結城昌治）・・ 54〜66
MODERN JAZZ RECORD REVIEW（油井
　正一）・・・・・・・・・・・・・・・・・・・・・・・・ 67
爆発《小説》（多岐川恭）・・・・・・・・・ 68〜78
日本推理小説史〈15〉（中島河太郎）
・・・・・・・・・・・・・・・・・・・・・・・・・・・・ 79〜83
推理小説岡目八目（十返肇）・・・・・・・・ 84〜87
女雛〈小説〉（山村正夫）・・・・・・・・・ 88〜110
サロン・ド・シネマ（品田雄吉）・・ 112〜115
新版アメリカ風土記（清水俊二）・・ 116〜117
冬宿〈2・完〉《小説》（草野唯雄）
・・・・・・・・・・・・・・・・・・・・・・・・・・ 120〜123
宝石の文化史〈68〉（春山行夫）・・ 124〜127

17 『宝石』

ある作家の周囲〈22〉 結城昌治篇
　結城昌治論(島崎博)・・・・・・・・・128〜133
　結城昌治 作品・著書リスト(島崎博〔編〕)
　　133〜135
　自己のペースをくずさぬひげのある男(大伴秀司)・・・・・・・・・136〜147
　清瀬時代(石田波郷)・・・・・・・・・139
　結城昌治の野次(佐野洋)・・・・・・・・・141
　痩躯の開拓者(中島河太郎)・・・・・・・・・143
殺人者《小説》(小滝光郎)・・・・・・148〜152
ミステリ百科事典〈3〉(間羊太郎)・・・・・・・・・153〜165
古戦場の迷魂《小説》(南達彦)・・・・166〜176
推理パズル〈27〉(藤村幸三郎)・・・・177〜179
今月の翻訳雑誌評(権田万治)・・・・・180〜181
動かぬ鯨群《小説》(大阪圭吉)・・・・182〜199
「動かぬ鯨群」について(中島河太郎)
　・・・・・・・・・188〜189
推理小説の歴史〈15〉(A・E・マーチ〔著〕,
　村上啓夫〔訳〕)・・・・・・・・・200〜208
SFの佳作2篇ほか《小説》(中原弓彦)
　・・・・・・・・・209〜211
あれこれ始末書〈55〉(徳川夢声)
　・・・・・・・・・212〜219
推理劇「そして誰もいなくなった」　219
今月の創作評《座談会》(田中潤司,中島河太郎,
　権田万治)・・・・・・・・・220〜241
終戦直後のジャズ界と推理小説界〈2〉(福田一郎)・・・・・・・・・242〜243
フラグランテ・デリクト〈15〉(植草甚一)
　・・・・・・・・・244〜249
ぱーてぃー・じょーくす・・・・・・250〜251
逃亡者の島《小説》(渡辺啓助)・・・・252〜274
黒い手帖(永田明正)・・・・・・・・・276〜277
再婚旅行〈4〉《小説》(佐野洋)・・・・278〜296
内外切抜き帳・・・・・・・・・297〜299
宝石クラブ・・・・・・・・・300〜301
開いた窓《小説》(ジョルジュ・シムノン〔著〕,
　日暮良〔訳〕)・・・・・・・・・302〜313
編集者より(大坪直行)　314

第18巻第5号　所蔵あり
1963年4月1日発行　312頁　180円

私のレジャー〈口絵〉・・・・・・・・・12〜13
　[麻雀](藤原審爾)　12
　[編物](横溝正史)　13
とげ(仁木悦子)　15
片言隻句(奥野信太郎)・・・・・・・・・16〜17
詩人の復讐(佐藤輝夫)・・・・・・・・・17〜18
ケープタウンのブランデー(木崎甲子郎)
　・・・・・・・・・18〜19

一行のキリヌキ(藤浦洸)・・・・・・・19〜20
二つの電車(山本嘉次郎)・・・・・・・20〜21
丘の上の白い館《小説》(南条範夫)・・22〜38
女類《小説》(藤原康雄)・・・・・・・40〜49
隣家の消息《小説》(戸板康二)・・・・50〜66
ミステリ百科事典〈4〉(間羊太郎)・・・67〜77
今月の翻訳雑誌評(権田万治)・・・・・78〜79
もずが枯木で鳴いている《小説》(蒼社漢三)
　・・・・・・・・・80〜103
日本推理小説史〈16〉(中島河太郎)
　・・・・・・・・・104〜109
サロン・ド・シネマ(品田雄吉)・・・112〜115
新版アメリカ風土記(清水俊二)・・・116〜117
推理パズル〈28〉(藤村幸三郎)・・・119〜121
昭和38年度宝石短篇賞入選発表
　受賞者感想(天藤真)・・・・・・・122〜123
　受賞者感想(千葉淳平)　123
昭和38年度宝石短篇賞選考委員会《座談会》
　(水谷準,中島河太郎,城昌幸,江戸川乱歩)・・・・・・・・・124〜141
鷹と鳶《小説》(天藤真)・・・・・・142〜157
或る老後《小説》(千葉淳平)・・・・158〜173
最悪の日の周辺(三好徹)・・・・・・174〜175
宝石の文化史〈69〉(春山行夫)・・・176〜179
年下の亭主《小説》(新章文子)・・・180〜191
フラグランテ・デリクト〈16〉(植草甚一)
　・・・・・・・・・192〜199
推理小説岡目八目〈十返肇〉・・・・・200〜203
円顔の男《小説》(左右田謙)・・・・204〜214
「殺された天一坊」について(中島河太郎)
　・・・・・・・・・217
殺された天一坊《小説》(浜尾四郎)
　・・・・・・・・・218〜229
浜尾さんの思い出(大下宇陀児)・・・230〜231
浜尾さんの横顔(水谷準)　231
終戦直後のジャズ界と推理小説界〈3〉(福田一郎)・・・・・・・・・232〜233
超能力《小説》(筒井康隆)・・・・・234〜237
推理小説の歴史〈16〉(A・E・マーチ〔著〕,
　村上啓夫〔訳〕)・・・・・・・・・238〜245
黒い手帖(永田明正)・・・・・・・・246〜247
今月の創作評《座談会》(平野謙,中島河太郎,権田万治)・・・・・・・・・248〜265
あれこれ始末書〈56〉(徳川夢声)
　・・・・・・・・・266〜273
クロフツのサスペンス物　その他(中原弓彦)・・・・・・・・・274〜275
内外切抜き帳・・・・・・・・・276〜282
MODERN JAZZ RECORD REVIEW(油井正一)・・・・・・・・・283
宝石クラブ・・・・・・・・・284〜285

再婚旅行〈5〉《小説》(佐野洋) ‥‥‥ 286〜300
雀蜂の巣《小説》(アガサ・クリスティー〔著〕,
　柳泰雄〔訳〕) ‥‥‥‥‥‥‥‥ 301〜311
編集者より(大坪直行) ‥‥‥‥‥‥‥ 312

第18巻第6号　増刊　所蔵あり
1963年4月15日発行　442頁　200円

不知火海沿岸《小説》(水上勉) ‥‥‥ 12〜51
一抹の誇り(水上勉) ‥‥‥‥‥‥‥‥ 17
お安く片づけます《小説》(都筑道夫)
　‥‥‥‥‥‥‥‥‥‥‥‥‥‥‥ 52〜61
処女作なし(都筑道夫) ‥‥‥‥‥‥‥ 57
かむなぎうた《小説》(日影丈吉) ‥‥ 62〜76
現代語の疑古文(日影丈吉) ‥‥‥‥‥ 67
X橋付近《小説》(高城高) ‥‥‥‥‥ 77〜92
大切な作品(高城高) ‥‥‥‥‥‥‥‥ 81
良心の問題《小説》(三好徹) ‥‥‥ 93〜107
縁というもの(三好徹) ‥‥‥‥‥‥‥ 97
セキストラ《小説》(星新一) ‥‥ 108〜115
「宇宙塵」のころ(星新一) ‥‥‥‥‥ 113
女と子供《小説》(藤木靖子) ‥‥ 116〜129
鉄筆だこ(藤木靖子) ‥‥‥‥‥‥‥‥ 121
犯罪の場《小説》(飛鳥高) ‥‥‥ 130〜142
江戸川先生の予言(飛鳥高) ‥‥‥‥‥ 135
車引殺人事件《小説》(戸板康二) ‥ 143〜155
11日会のパーティ(戸板康二) ‥‥‥‥ 147
錆びついた機械《小説》(加納一朗)
　‥‥‥‥‥‥‥‥‥‥‥‥‥‥ 156〜167
未来へ逃げたい(加納一朗) ‥‥‥‥‥ 161
狂生員《小説》(陳舜臣) ‥‥‥‥ 168〜180
早く書いた作品(陳舜臣) ‥‥‥‥‥‥ 173
悪魔の掌の上で《小説》(樹下太郎)
　‥‥‥‥‥‥‥‥‥‥‥‥‥‥ 181〜201
たのしかった!(樹下太郎) ‥‥‥‥‥ 185
死の札の女《小説》(黒岩重吾) ‥ 202〜218
あの頃の私(黒岩重吾) ‥‥‥‥‥‥‥ 207
二十五人のさむらいたち(青柳尚之)
　‥‥‥‥‥‥‥‥‥‥‥‥‥‥ 219〜225
見知らぬ顔《小説》(石原慎太郎) ‥ 226〜240
解けぬことの本当を(石原慎太郎) ‥‥ 231
乗合い仲間《小説》(南条範夫) ‥ 241〜247
「乗合い仲間」について(南条範夫) ‥‥ 246
野獣死すべし《小説》(大藪春彦) ‥ 248〜289
下宿の片隅から(大藪春彦) ‥‥‥‥‥ 251
複数の私《小説》(菊村到) ‥‥‥ 290〜302
複数の私(菊村到) ‥‥‥‥‥‥‥‥‥ 295
銅婚式《小説》(佐野洋) ‥‥‥‥ 303〜325
三十才の記念(佐野洋) ‥‥‥‥‥‥‥ 309
みかん山《小説》(多岐川恭) ‥‥ 326〜339
「みかん山」その他(多岐川恭) ‥‥‥‥ 331
併殺(ダブルプレイ)《小説》(新章文子) ‥‥‥‥ 340〜362

嬉しさと、不安と(新章文子) ‥‥‥‥ 345
黄色い花《小説》(仁木悦子) ‥‥ 363〜379
あのころのこと(仁木悦子) ‥‥‥‥‥ 367
ゴウイング・マイ・ウェイ《小説》(河野典
　生) ‥‥‥‥‥‥‥‥‥‥‥‥ 380〜393
ある会話(河野典生) ‥‥‥‥‥‥‥‥ 385
「罪ふかき死」の構図《小説》(土屋隆夫)
　‥‥‥‥‥‥‥‥‥‥‥‥‥‥ 394〜407
全くの偶然(土屋隆夫) ‥‥‥‥‥‥‥ 399
寒中水泳《小説》(結城昌治) ‥‥ 408〜423
「寒中水泳」(結城昌治) ‥‥‥‥‥‥‥ 413
闇の中の伝言《小説》(笹沢左保) ‥ 424〜441
昔はいいもの(笹沢左保) ‥‥‥‥‥‥ 429

第18巻第7号　所蔵あり
1963年5月1日発行　312頁　180円

二人の受賞作家《口絵》 ‥‥‥‥ 12〜13
[無題](千葉淳平) ‥‥‥‥‥‥‥‥‥ 12
[無題](天藤真) ‥‥‥‥‥‥‥‥‥‥ 13
五月(仁木悦子) ‥‥‥‥‥‥‥‥‥‥ 15
お話三つ(清水崑) ‥‥‥‥‥‥‥‥‥ 16
雨と雨傘(秋元松代) ‥‥‥‥‥‥ 17〜18
おたずね者(木原孝一) ‥‥‥‥‥ 18〜19
小ばなし(扇谷正造) ‥‥‥‥‥‥ 19〜21
乗車拒否(朝倉摂) ‥‥‥‥‥‥‥‥‥ 21
盗作の風景〈1〉《小説》(覆面作家)
　‥‥‥‥‥‥‥‥‥‥‥‥‥‥‥ 22〜32
宿縁《小説》(陳舜臣) ‥‥‥‥‥‥ 34〜51
穴物語《小説》(天藤真) ‥‥‥‥‥ 52〜87
同じ星の下の二人《小説》(千葉淳平)
　‥‥‥‥‥‥‥‥‥‥‥‥‥‥‥ 88〜110
サロンド・シネマ(品田雄吉) ‥‥ 112〜115
新版アメリカ風土記(清水俊二) ‥ 116〜117
ミステリ百科事典〈5〉(間羊太郎)
　‥‥‥‥‥‥‥‥‥‥‥‥‥‥ 119〜129
パリが死を招く《小説》(三好徹) ‥ 130〜140
推理パズル〈29〉(藤村幸三郎) ‥ 141〜143
推理小説の歴史〈17〉(A・E・マーチ〔著〕,
　村上啓夫〔訳〕) ‥‥‥‥‥‥ 144〜151
今月の翻訳雑誌評(権田万治) ‥‥ 152〜153
すっぽん《小説》(香山滋) ‥‥‥ 154〜168
MODERN JAZZ RECORD REVIEW(油井
　正一) ‥‥‥‥‥‥‥‥‥‥‥‥‥‥ 169
宝石の文化史〈70〉(春山行夫) ‥ 170〜173
推理小説岡目八目(十返肇) ‥‥‥ 174〜177
あれこれ始末書〈57〉(徳川夢声)
　‥‥‥‥‥‥‥‥‥‥‥‥‥‥ 178〜186
黒い手帖(永田明正) ‥‥‥‥‥‥ 188〜189
灰色狼《小説》(渡辺啓助) ‥‥‥ 190〜214
「瓶詰地獄」について(中島河太郎) ‥‥ 217
瓶詰地獄《小説》(夢野久作) ‥‥ 218〜226

17 『宝石』

詩人・夢野久作(大下宇陀児) …… 224
夢野久作を語る(石井桑耳) …… 225
懐しのボルチモア〈1〉(椿八郎)
　　　　　　　　　　　……228〜231
フラグランテ・デリクト〈17〉(植草甚一)
　　　　　　　　　　　……232〜237
今月の創作評《座談会》(大井広介, 中島河太郎,
　権田万治) ……………… 238〜253
終戦直後のジャズ界と推理小説界〈4〉(福田
　一郎) …………………… 254〜255
日本推理小説史〈17〉(中島河太郎)
　　　　　　　　　　　……256〜261
シェクリイの面目を示す『無限がいっぱい』
　(中原弓彦) ……………… 262〜263
宝石クラブ …………………… 264〜265
再婚旅行〈6〉《小説》(佐野洋) …… 266〜280
内外切抜き帳 ………………… 281〜284
用心深い警部さん《小説》(チャールズ・B・チャ
　イルド〔著〕, 柳456雄〔訳〕)
　　　　　　　　　　　……285〜298
こびと《小説》(レイ・ブラッドベリー〔著〕, 宇
　野利泰〔訳〕) …………… 299〜311
編集者より(大坪直行) ……… 312

第18巻第8号　所蔵あり
1963年6月1日発行　348頁　190円

喜びの天藤・千葉両氏《口絵》 …… 12〜13
せき(仁木悦子) ……………………… 15
動物好き(五島美代子) ……………… 16〜17
フレミング以後(三国一朗) ………… 17〜18
死に様(瀬戸内晴美) ………………… 18〜19
骸骨の笑い(十返千鶴子) …………… 19〜20
爆発と推理(崎川範行) ……………… 20〜21
殺意という名の家畜〈1〉《小説》(河野典生)
　………………………………………… 22〜56
代作者《小説》(多岐川恭) ………… 58〜70
ミステリ百科事典〈6〉(間羊太郎) … 71〜83
お天気次第《小説》(飛鳥高) ……… 84〜94
宝石の文化史〈71〉(春山行夫) …… 95〜97
推理小説岡目八目〈十返肇〉 ……… 98〜101
推理小説の歴史〈18〉(A・E・マーチ〔著〕,
　村上啓夫〔訳〕) ……………… 102〜110
ある作家の周囲〈23〉　松本清張篇
　『一人の芭蕉』松本清張《グラビア》
　………………………………… 111〜113
　松本清張論(権田万治) ……… 115〜123
　アンケート《アンケート》 …… 124〜125
　　①松本清張の魅力について …… small
　　②松本清張の印象に残る作品三つ
　　③松本清張の今後に望むこと …… small
　　(仲代達矢) ……………………… 124

　　(古畑種基) ……………………… 124
　　(戸塚文子) ……………………… 124
　　(山名文夫) ……………………… 124
　　(徳川夢声) ……………………… 124
　　(新珠三千代) …………………… 124
　　(扇谷正造) ……………………… 124
　　(進藤純孝) …………………… 124〜125
　　(吉村公三郎) …………………… 125
　　(桶谷繁雄) ……………………… 125
　　(桑原武夫) ……………………… 125
　　(木村義雄) ……………………… 125
　　(升田幸三) ……………………… 125
　「一人の芭蕉」松本清張(青柳尚之)
　　………………………………… 126〜147
　松本さんのこと(橋本忍) …………… 129
　正義のひと(樹下太郎) ……………… 131
　松本清張さんのこと(山本薩夫) …… 133
　その人間的魅力(笹沢左保) ………… 137
　時代推理長篇を(多岐川恭) ………… 139
　松本清張 作品・著書リスト(島崎博
　　〔編〕) ……………………… 150〜156
　松本清張を語る《座談会》(木々高太郎, 荒正
　　人, 中島河太郎, 田中潤司)
　　………………………………… 158〜178
サロン・ド・シネマ(品田雄吉) … 180〜183
新版アメリカ風土記(清水俊二) … 184〜185
推理パズル〈30・完〉(藤村幸三郎)
　………………………………… 187〜189
その瞬間《小説》(高橋泰邦) …… 190〜218
日本推理小説史〈18〉(中島河太郎)
　………………………………… 219〜221
今月の翻訳雑誌評(権田万治) …… 222〜223
灰と女たち《小説》(笹沢左保) … 224〜226
あした天気に《小説》(仁木悦子) 227〜235
終戦直後のジャズ界と推理小説界〈5〉(福田
　一郎) …………………………… 236〜237
異常心理ものの佳作「マーニイ」(中原弓
　彦) ……………………………… 238〜239
盗作の風景〈2〉《小説》(覆面作家)
　………………………………… 240〜250
「黒い手帳」について(中島河太郎) … 253
黒い手帳《小説》(久生十蘭) …… 254〜269
阿部君のこと(薄田研二) ………… 270〜271
すでに半世紀(水谷準) ……………… 271
あれこれ始末書〈58〉(徳川夢声)
　………………………………… 272〜279
黒い手帖(永田明正) ……………… 280〜281
第一回推理作家協会賞 土屋隆夫氏の「影の
　告発」に
　受賞の夜(土屋隆夫) …………… 282〜283
　本格物を(松本清張) …………… 283〜284

242

協会賞選評(中島河太郎) ……… 284
感想(平野謙) …………… 284〜285
選後感(横溝正史) ……………… 285
フラグランテ・デリクト〈18〉(植草甚一)
　………………………… 286〜293
飛べない天使《小説》(高城高) … 294〜305
懐しのボルチモア〈2〉(椿八郎)
　………………………… 306〜308
内外切抜き帳 ……………… 309〜311
今月の創作評《座談会》(関根弘、中島河太郎、権田万治) ……………… 312〜328
MODERN JAZZ RECORD REVIEW(油井正一) ……………………… 329
宝石クラブ ………………… 330〜331
再婚旅行〈7〉《小説》(佐野洋) … 332〜346
編集者より(大坪直行) …………… 348

第18巻第9号　所蔵あり
1963年7月1日発行　310頁　180円
小説の山河をゆく《口絵》 ………… 8〜11
そして誰もいなくなった《口絵》 …… 12
幻の家(三好徹) …………………… 15
私の推理(山下肇) …………… 16〜17
白猪と女(宇能鴻一郎) ……… 17〜18
推理とわたし(富安風生) …… 18〜19
夏の花(安達瞳子) …………… 19〜20
幸福な奴(丸尾長顕) ………… 20〜21
美少年の死《小説》(戸板康二) … 22〜38
今月の翻訳雑誌評(権田万治) … 40〜41
通夜の女《小説》(結城昌治) … 42〜53
本年度アメリカ探偵作家クラブ賞決定
　…………………………… 54〜55
二度死ぬ《小説》(樹下太郎) … 56〜65
ミステリ百科事典〈7〉(間羊太郎) … 66〜77
終戦直後のジャズ界と推理小説界〈6〉(福田一郎) …………………… 78〜79
ある作家の周囲〈24〉有馬頼義篇
　文学の山河をゆく(大伴秀司) … 80〜96
　有馬義氏(堀田善衛) …………… 83
　彼の一面(細川俊夫) …………… 85
　初心忘れず(吉行淳之介) ……… 89
　処女出版の頃(三神茂) ………… 91
　有馬さんと野球(苅田久徳) …… 95
　有馬頼義論(間羊太郎) …… 97〜105
　有馬頼義 作品・著書リスト(島崎博〔編〕)
　………………………… 106〜110
サロン・ド・シネマ(品田雄吉) … 112〜115
新版アメリカ風土記(清水俊二) … 116〜117
宝石の文化史〈72・完〉(春山行夫)
　………………………… 119〜121
窓《小説》(星新一) ………… 122〜128

MODERN JAZZ RECORD REVIEW(油井正一) ……………………… 129
ウルー《小説》(斎藤哲夫) … 130〜139
サイボーグ《小説》(森田有彦) … 140〜159
推理小説岡目八目(十返肇) … 160〜163
日本推理小説史〈19〉(中島河太郎)
　………………………… 164〜169
白猫マシロ《小説》(新章文子) … 170〜179
あれこれ始末書〈59〉(徳川夢声)
　………………………… 180〜187
フラグランテ・デリクト〈19〉(植草甚一)
　………………………… 188〜193
今月の創作評《座談会》(村松剛、中島河太郎、権田万治) ……………… 194〜215
推理小説の歴史〈19〉(A・E・マーチ〔著〕, 村上啓夫〔訳〕) …………… 216〜226
内外切抜き帳 ……………… 227〜229
殺意という名の家畜〈2〉《小説》(河野典生)
　………………………… 230〜263
黒い手帖(永田明正) ………… 264〜265
盗作の風景〈3〉《小説》(覆面作家)
　………………………… 266〜275
"異色作家"中の異色「壁抜け男」(中原弓彦) ……………………… 276〜277
再婚旅行〈8・完〉《小説》(佐野洋)
　………………………… 278〜291
宝石クラブ ………………… 292〜293
悪魔のマント《小説》(ロバート・ブロック〔著〕, 志摩隆〔訳〕) ……… 294〜309
編集者より(大坪直行) …………… 310

第18巻第10号　増刊　所蔵あり
1963年7月5日発行　374頁　190円
烏賊《小説》(萩原良則) ………… 8〜46
離れた家《小説》(山沢晴雄) … 47〜89
戦国主従《小説》(鈴木五郎) … 90〜115
宝石中篇賞候補作を詮衛して(権田万治)
　…………………………………… 115
殺人列車《小説》(渡島太郎) … 116〜153
アルミに殺される《小説》(早川四郎)
　………………………… 154〜195
中篇予選を終って(黒部竜二) …… 195
予選雑感(阿部主計) ……………… 195
策謀の果て《小説》(宗田容平) … 196〜235
宝石中篇賞応募作を詮衛して(氷川瓏) … 235
選後寸評(村山徳五郎) …………… 235
機密《小説》(斎藤栄) ……… 236〜275
無関心な少年《小説》(辻五郎) … 276〜313
白い翼の郷《小説》(田中文雄) … 314〜341
翠水館説話《小説》(早奈也人) … 342〜374

第18巻第11号　所蔵あり

17 『宝石』

1963年8月1日発行　314頁　180円

スポーツ・カーを飛ばす作家たち〈口絵〉
　　　　　　　　　　　　　　　　　12～13
［無題］笹沢左保 ……………………… 12
［無題］佐野洋 ………………………… 12～13
［無題］大藪春彦 ……………………… 13
多才でタフな三割打者南条範夫氏〈口絵〉
　　　　　　　　　　　　　　　　　14～16
詩人と美女（三好徹） ………………… 19
静かなる蒲焼（高橋義孝） …………… 20～21
西洋賭博（宮田重雄） ………………… 21～22
弱むしたち（山川方夫） ……………… 22～23
ゴルフあれこれ（土井栄） …………… 23～24
山形の旅（室生朝子） ………………… 24～25
戦艦金剛《小説》（蒼社廉三） ……… 26～73
今月の翻訳雑誌評（権田万治） ……… 74～75
脚光の伝説《小説》（加納一朗） …… 76～101
ミステリ百科事典〈8〉（間羊太郎）
　　　　　　　　　　　　　　　　102～115
秘密の裏側《小説》（南条範夫） …… 116～126
ある作家の周囲〈25〉南条範夫篇
　　南条範夫論（小村寿） ………… 128～135
　　二刀流を駆使する秀才作家（青柳尚之）
　　　　　　　　　　　　　　　　136～145
　　　古賀英正くん（永美幸雄） … 139
　　　始終秀才（山根東明） ……… 141
　　　驚かす男（小沢太郎） ……… 143
　　　天分と才能（木村荘十） …… 145
サロン・ド・シネマ（品田雄吉） … 148～151
新版アメリカ風土記（清水俊二） … 152～153
よわむし天使《小説》（藤木靖子） … 155～161
推理小説の歴史〈20〉（A・E・マーチ〔著〕，
　　村上啓夫〔訳〕） ……………… 162～173
黒い手帖（永田明正） ……………… 174～175
C・ルメラの死体《小説》（田中万三記）
　　　　　　　　　　　　　　　　176～199
あれこれ始末書〈60〉（徳川夢声）
　　　　　　　　　　　　　　　　200～207
フラグランテ・デリクト〈20〉（植草甚一）
　　　　　　　　　　　　　　　　208～214
今月の創作評《座談会》（大内茂男，中島河太郎，
　　権田万治） ……………………… 216～237
日本推理詳説史〈20〉（中島河太郎）
　　　　　　　　　　　　　　　　238～243
内外切抜き帳 ………………………… 244～248
MODERN JAZZ RECORD REVIEW（油井
　　正一） …………………………… 249
抜群のハードボイルド「殺しあい」ほか（中
　　原弓彦） ………………………… 250～251
盗作の風景〈4〉《小説》（覆面作家）
　　　　　　　　　　　　　　　　252～262
宝石クラブ …………………………… 264～265
殺意という名の家畜〈3・完〉《小説》（河野典
　　生） ……………………………… 266～313
編集者より（大坪直行） …………… 314

第18巻第12号　所蔵あり
1963年9月1日発行　314頁　180円

格調ある純本格作家〈口絵〉 ……… 12～15
十五年後に得た江戸川乱歩賞〈口絵〉 …… 16
シャモとカモ（三好徹） ……………… 19
オリンピックとテッポウと（三橋達也）
　　　　　　　　　　　　　　　　20～21
ドッペル・ゲンゲル（式場隆三郎） … 21～22
私の欠点（仁戸田六三郎） …………… 22～23
生命力（山口瞳） ……………………… 23～24
カストリ焼酎（中村立行） …………… 24～25
天の上の天〈1〉《小説》（陳舜臣） … 26～64
若狭姥捨考〈1〉（水上勉） ………… 65～68
第9回江戸川乱歩賞発表
　　受賞のことば（藤村正太） …… 69
　　第九回江戸川乱歩賞選考委員会《座談会》
　　　（江戸川乱歩，大下宇陀児，木々高太郎，
　　　荒正人，長沼弘毅） ………… 70～78
海のみえる部屋で《小説》（藤村正太）
　　　　　　　　　　　　　　　　80～93
ある作家の周囲〈26〉陳舜臣篇
　　陳舜臣論（権田万治） ………… 94～98
　　"本格の長城"を築く作家　陳舜臣（安西晴衛）
　　　　　　　　　　　　　　　100～111
　　　学者肌の陳君（沢英三） …… 103
　　　変らぬ人間性（笹川正博） … 107
　　　神戸っ子の陳サン（西田政治） … 109
　　　陳舜臣 作品・著書リスト（島崎博
　　　　〔編〕） …………………… 111
　　　陳さんのこと（司馬遼太郎） … 111
今月の翻訳雑誌評（権田万治） …… 112～113
ミステリ百科事典〈9〉（間羊太郎）
　　　　　　　　　　　　　　　114～127
推理小説の歴史〈21〉（A・E・マーチ〔著〕，
　　村上啓夫〔訳〕） ……………… 128～139
ハードボイルドは死滅する（中田耕治）
　　　　　　　　　　　　　　　140～146
サロン・ド・シネマ（品田雄吉） … 148～151
新版アメリカ風土記（清水俊二） … 152～153
昭和38年度宝石中篇賞選考結果発表
　　受賞感想（斎藤栄） …………… 155
　　昭和三十八年度宝石中篇賞選考委員会《座
　　談会》（佐野洋，平野謙，多岐川恭）
　　　　　　　　　　　　　　　156～172
五円の剃刀《小説》（新章文子） …… 174～190

244

MODERN JAZZ RECORD REVIEW（油井正一）	191
顔紋《小説》（佐賀潜）	192～209
黒い手帖（永田明正）	210～211
闇の中から《小説》（戸川昌子）	212～228
日本推理小説史〈21〉（中島河太郎）	229～233
スパイ＆スパイ（柳泰雄）	234～243
反逆罪	237
アイクの訪日中止とCIA	239
薄給のスパイ	240～241
いなくなったクロンボたち《小説》（南部きみ子）	244～251
あれこれ始末書〈61〉（徳川夢声）	252～259
異色の出来ばえ"鳥"（中原弓彦）	260～261
今月創作評《座談会》（千代有三，中島河太郎，権田万治）	262～281
フラグランテ・デリクト〈21〉（植草甚一）	282～287
内外切抜き帳	288～289
宝石クラブ	290～291
終幕《小説》（フレドリック・ブラウン〔著〕，山口尚〔訳〕）	292～302
盗作の風景〈5〉《小説》（《覆面作家》）	304～313
編集者より（大坪直行）	314

第18巻第13号 所蔵あり
1963年10月1日発行　378頁　200円

重厚な文章の持主《口絵》	12～15
覆面作家は私です《口絵》	16
一日一悪二善（藤原審爾）	19
ヒッチ・ハイク（東郷青児）	20～21
旅の読物（戸塚文子）	21～22
ハンサムな「宇宙人」（倉橋由美子）	22～23
悪い趣味（椿八郎）	23～24
夢の話（大島渚）	24～25
夜の賎しさ《小説》（邦光史郎）	26～56
桐と藍《小説》（海渡英祐）	58～81
ノアの鳩《小説》（中薗英助）	82～101
今月の翻訳雑誌評（権田万治）	102～103
推理小説の歴史〈22・完〉（A・E・マーチ〔著〕，村上啓夫〔訳〕）	104～114
ミステリ百科事典〈10〉（間羊太郎）	115～127
八人目の寺子《小説》（戸板康二）	128～145
サロン・ド・シネマ（品田雄吉）	148～151
新版アメリカ風土記（清水俊二）	152～153
饅頭軍談《小説》（日影丈吉）	156～181

ある作家の周囲〈27〉　日影丈吉篇	
日影丈吉小論（城辰也）	182～193
若さと重厚な文章の秘密（青柳尚之）	194～202
日影文学の基盤（角田喜久雄）	195
日影先生のこと（村上信夫）	197
作品体型考（加納一朗）	199
わが途を行く（中島河太郎）	201
日影丈吉作品著書リスト（島崎博〔編〕）	203～205
シャーロッキアンの旅報告（長沼弘毅）	206～212
MODERN JAZZ RECORD REVIEW（油井正一）	213
黒い手帖（永田明正）	214～215
偶発戦争への危機（野原勉）	216～224
核戦争の被害白書	219
原子力潜水艦の威力	221
安全地帯	223
従犯の女《小説》（多岐川恭）	225～237
フラグランテ・デリクト〈22〉（植草甚一）	238～245
推理師六段《小説》（樹下太郎）	246～255
終戦直後のジャズ界と推理小説界〈7〉（福田一郎）	256～257
不幸な女《小説》（佐野洋）	258～265
日本推理小説史〈22〉（中島河太郎）	266～271
危険な年代《小説》（星新一）	272～277
今月の創作評《座談会》（石川喬司，中島河太郎，権田万治）	278～293
モンコちゃん《小説》（宮野村子）	294～301
ハードボイルド派の発生とその推移（小鷹信光）	302～307
真打の貫禄＝アンブラー（中原弓彦）	308～309
天の上の天〈2〉《小説》（陳舜臣）	310～352
内外切抜き帳	353～357
若狭姥捨考〈2〉（水上勉）	358～363
宝石クラブ	364～365
盗作の風景〈6〉《小説》（笹沢左保）	366～376
編集者より（大坪直行）	378

第18巻第14号　増刊 所蔵あり
1963年10月10日発行　410頁　200円

証言《小説》（松本清張）	12～21
鼻の差《小説》（戸板康二）	22～33
犯行以後《小説》（結城昌治）	34～48
お天気次第《小説》（飛鳥高）	49～57

17『宝石』

年下の亭主《小説》(新章文子) ………	58～67
素晴らしい夜《小説》(樹下太郎) ……	68～86
死ぬ者貧乏《小説》(島田一男) ………	87～97
午後の出来事《小説》(星新一) ……	98～101
殺意の成立《小説》(三好徹) ………	102～124
純愛碑《小説》(笹沢左保) ………	125～147
真夏の昼の夢(香山滋) ………	148
酒量(横溝正史) ………	148～149
時代と本質(木々高太郎) ………	149
痴話げんか(千代有三) ………	149～150
SF的に(城昌幸) ………	150～151
不逞な空想(水谷準) ………	151
世紀の大行進(渡辺啓助) ………	151～152
合法的不法(山田風太郎) ………	152～153
贋札今昔(角田喜久雄) ………	153～154
猫ババ野郎《小説》(加納一朗) ………	155～163
かあちゃんは犯人じゃない《小説》(仁木悦子) ………	164～183
離婚学入門《小説》(土屋隆夫) ………	184～197
断頭台《小説》(山村正夫) ………	198～216
憎悪のかたち《小説》(河野典生) ………	217～247
推理作家協会18年の歩み《座談会》(江戸川乱歩, 大下宇陀児, 大河内常平, 中島河太郎) ………	248～257
深夜の競走《小説》(黒岩重吾) ………	258～272
五ドルの微笑《小説》(藤木靖子) ………	273～281
真徳院の火《小説》(水上勉) ………	282～292
焚火《小説》(日影丈吉) ………	293～305
梨の花《小説》(陳舜臣) ………	306～325
駐車禁止《小説》(佐野洋) ………	326～339
NG作戦《小説》(都筑道夫) ………	340～351
二重の陰画《小説》(高木彬光) ………	352～380
白い盲点《小説》(鮎川哲也) ………	381～395
路傍《小説》(多岐川恭) ………	396～410

第18巻第15号　所蔵あり
1963年11月1日発行　330頁　180円

「霧の会」コーラス旅行《口絵》 ……	12～13
[無題](戸川昌子) ………	12
円熟した力を内に秘める人《口絵》 ………	14～16
真の人(藤原審爾) ………	19
小田原の思い出(大木惇夫) ………	20～21
ぼくはミステリー・ファン(三木鶏郎) ………	21～22
木更津情話未遂事件(佐々木久子) ………	22～23
田舎に暮らして思うこと(倉持俊一) ………	23～24
むさゝび(水原秋桜子) ………	24～25
年輪《小説》(角田喜久雄) ………	26～47
今月の翻訳雑誌評(権田万治) ………	48～49
夜のバラード《小説》(中田耕治) ………	50～85
ミステリ百科事典〈11〉(間羊太郎) ………	88～99
廃銃《小説》(大藪春彦) ………	100～113
爆発《小説》(河野典生) ………	114～122
MODERN JAZZ RECORD REVIEW(油井正一) ………	123
星の岬《小説》(高城高) ………	124～133
日本推理小説史〈23〉(中島河太郎) ………	134～139
魔王と母親《小説》(戸川昌子) ………	140～146
サロン・ド・シネマ(品田雄吉) ………	148～151
新版アメリカ風土記(清水俊二) ………	152～153
ある作家の周囲〈28〉　角田喜久雄篇	
作家生活四十数年の巨匠(青柳尚之) ………	156～165
学生紳士(佐藤虎夫) ………	157
水路部の頃、浅草の頃(鈴木政太郎) ………	159
角田君を恋した女(大下宇陀児) ………	161
角田喜久雄作品・著書リスト(島崎博[編]) ………	162
彼はなぜゴルフをやらないか?(水谷準) ………	163
角田喜久雄論(仁賀克雄) ………	166～174
フラグランテ・デリクト〈23〉(植草甚一) ………	175～181
燃える四月《小説》(斎藤栄) ………	182～223
ハードボイルドなど死滅しようが(稲葉由紀) ………	224～227
カラス《小説》(田島哲夫) ………	228～231
終戦直後のジャズ界と推理小説界〈8〉(福田一郎) ………	232～233
今月の創作評《座談会》(畔上道雄, 中島河太郎, 権田万治) ………	234～249
黒い手帖(永田明正) ………	250～251
そこが爆発する(梶原浩) ………	252～260
消防署は不手際/長い復讐 ………	254
ユダヤ人脅迫事件 ………	256～257
とんでもない子供 ………	259
若狭姥捨考〈3〉(水上勉) ………	261～265
SFが独走する気配(中原弓彦) ………	266～267
盗作の風景〈7〉《小説》(笹沢左保) ………	268～278
内外切抜き帳 ………	279～283
宝石クラブ ………	284～285
天の上の天〈3〉《小説》(陳舜臣) ………	286～329
編集者より(大坪直行) ………	330

第18巻第16号　所蔵あり
1963年12月1日発行　314頁　180円

推理小説は私の趣味《口絵》‥‥‥‥ 12～14
第二回宝石中篇賞授賞式行わる《口絵》
‥‥‥‥‥‥‥‥‥‥‥‥‥‥ 16～17
問うてみること（藤原審爾）‥‥‥‥‥ 19
西近江のこと（山本健吉）‥‥‥‥ 20～21
越後の馬鹿雪（亀倉雄策）‥‥‥‥ 21～22
津軽の旅にて（向井潤吉）‥‥‥‥ 22～23
隅田川を守ろう（内村直也）‥‥‥ 23～24
めりけん・とみー（富田英三）‥‥ 24～25
天の上の天〈4・完〉《小説》（陳舜臣）
‥‥‥‥‥‥‥‥‥‥‥‥‥‥ 26～67
今月の翻訳雑誌評（権田万治）‥‥ 68～69
アリクイ《小説》（香山滋）‥‥‥ 70～87
ある作家の周囲〈29〉飛鳥高篇
　飛鳥高ノート（小池亮）‥‥‥‥ 88～95
　趣味こそわが生命（青柳尚之）‥ 96～104
　飛鳥さんに望む（荒正人）‥‥‥‥‥ 97
　飛鳥さんのこと（小島政二郎）‥‥‥ 99
　道ひとすじ（島田一男）‥‥‥‥‥‥ 101
　飛鳥高作品著書リスト（島崎博〔編〕）
‥‥‥‥‥‥‥‥‥‥‥‥‥ 102～104
　不断の歩み（中島河太郎）‥‥‥‥‥ 103
ミステリ百科事典〈12〉（間羊太郎）
‥‥‥‥‥‥‥‥‥‥‥‥‥ 105～117
トーヘルス事件《小説》（樹下太郎）
‥‥‥‥‥‥‥‥‥‥‥‥‥ 118～127
空前絶後、意外な結末（都筑道夫）
‥‥‥‥‥‥‥‥‥‥‥‥‥ 128～146
サロン・ド・シネマ（品田雄吉）‥ 148～151
新版アメリカ風土記（清水俊二）‥ 152～153
共謀者《小説》（天藤真）‥‥‥‥ 156～170
MODERN JAZZ RECORD REVIEW（油井
　正一）‥‥‥‥‥‥‥‥‥‥‥‥‥ 171
座敷ぼっこ《小説》（筒井康隆）‥ 172～177
黒い手帖（永田明正）‥‥‥‥‥‥ 178～179
日本推理小説史〈24〉（中島河太郎）
‥‥‥‥‥‥‥‥‥‥‥‥‥ 180～185
服部氏の霊界研究《小説》（南達彦）
‥‥‥‥‥‥‥‥‥‥‥‥‥ 186～196
宇宙のどこかで《小説》（戸倉正三）
‥‥‥‥‥‥‥‥‥‥‥‥‥ 197～199
告白的ハードボイルド論（河野典生）
‥‥‥‥‥‥‥‥‥‥‥‥‥ 200～203
ハードボイルドであろうがなかろうが（大薮
　春彦）‥‥‥‥‥‥‥‥‥‥ 203～209
親不孝の弁（高城高）‥‥‥‥‥‥ 205～206
大坪編集長への手紙（中田耕治）‥ 206～209
終戦直後のジャズ界と推理小説界〈9・完〉（福
　田一郎）‥‥‥‥‥‥‥‥‥ 210～211
今月の創作評《対談》（中島河太郎、権田万治）
‥‥‥‥‥‥‥‥‥‥‥‥‥ 212～227

二人の旅行者《小説》（草野唯雄）‥ 228～245
カーター・ブラウンの人気（中原弓彦）
‥‥‥‥‥‥‥‥‥‥‥‥‥ 246～247
悪魔の黒《クロヤミ》《小説》（田中万三記）‥ 248～258
実験材料《小説》（新羽精之）‥‥ 259～269
フラグランテ・デリクト〈24〉（植草甚一）
‥‥‥‥‥‥‥‥‥‥‥‥‥ 270～278
出会い（眉村卓）‥‥‥‥‥‥‥‥‥ 279
マフィアは潜行する（梶原浩）‥‥ 280～289
世界のマフィア（山下諭一）‥‥‥‥ 283
バラキ証言（山下諭一）‥‥‥‥‥ 284～285
シナトラとマフィア（山下諭一）‥‥ 286
盗作の風景〈8〉《小説》（笹沢左保）
‥‥‥‥‥‥‥‥‥‥‥‥‥ 290～300
内外切抜き帳‥‥‥‥‥‥‥‥‥‥ 301～305
宝石クラブ‥‥‥‥‥‥‥‥‥‥‥ 306～307
若狭姥捨考〈4〉（水上勉）‥‥‥ 308～313
編集者より（大坪直行）‥‥‥‥‥‥ 314

第19巻第1号　所蔵あり
1964年1月1日発行　314頁　200円
自然を愛する作家《口絵》‥‥‥‥ 12～14
私のレジャー《口絵》‥‥‥‥‥‥ 14～15
［私のレジャー］（河野典生）‥‥‥‥ 14
［私のレジャー］（戸川昌子）‥‥‥‥ 15
登竜門（日影丈吉）‥‥‥‥‥‥‥‥ 17
けちな旅二題（土屋文明）‥‥‥‥ 20～21
述懐（三浦哲郎）‥‥‥‥‥‥‥‥ 21～22
或る泥坊の物語り（服部良一）‥‥ 22～23
ヒトラーは生きている！（吉原澄悦）‥ 23～24
北上山地の旅（山本太郎）‥‥‥‥ 24～25
詐欺師神口悟郎〈1〉《小説》（黒岩重吾）
‥‥‥‥‥‥‥‥‥‥‥‥‥‥ 26～36
死者を笞打て〈1〉《小説》（鮎川哲也）
‥‥‥‥‥‥‥‥‥‥‥‥‥‥ 38～60
ミステリ百科事典〈13〉（間羊太郎）
‥‥‥‥‥‥‥‥‥‥‥‥‥‥ 61～73
悪魔の賭け《小説》（多岐川恭）‥ 74～100
ある作家の周囲〈30〉　新田次郎篇
　新田次郎論（小村寿）‥‥‥‥ 101～109
　一回一回が勝負だ！（青柳尚之）
‥‥‥‥‥‥‥‥‥‥‥‥‥ 110～119
　尊敬すべき人（戸川幸夫）‥‥‥‥ 113
　科学少年カンジン君（阿木翁助）‥ 115
　新田次郎作品著書リスト（島崎博〔編〕）
‥‥‥‥‥‥‥‥‥‥‥‥‥ 115～25
　私の兄貴（中村八朗）‥‥‥‥‥‥ 117
日本推理小説史〈25〉（中島河太郎）
‥‥‥‥‥‥‥‥‥‥‥‥‥ 120～125
警官ぎらい《小説》（佐野洋）‥‥ 126～146
PLAY CLUB

17 『宝石』

冗談じゃない ・・・・・・・・・・・・・・・・・・ 147
新映画公判(双葉十三郎) ・・・・・ 148〜151
おしゃれ講座〈1〉(穂積和夫) ・・・・・・・ 154
消える人間(中山光義) ・・・・・・・ 155〜157
Uボート《小説》(蒼社廉三) ・・・ 158〜181
聖人の影響(渡辺啓助) ・・・・・・・・・・・・ 181
今月の創作雑誌から(ヨシダ・ヨシエ)
　　　　　　　　　　　　　　・・・・・ 182〜185
終末の日《小説》(星新一) ・・・・・ 186〜189
なかきよの……《小説》(山川方夫)
　　　　　　　　　　　　　　・・・・・ 190〜194
はかなさ《小説》(城昌幸) ・・・・・ 195〜197
今月の翻訳雑誌から(大内茂男) ・・ 198〜199
ホワイトカラーの犯罪(小鷹信光)
　　　　　　　　　　　　　　・・・・・ 200〜212
盗聴(A) ・・・・・・・・・・・・・・・・ 202〜203
盗作(A) ・・・・・・・・・・・・・・・・・・・・・・ 204
保険詐欺(A) ・・・・・・・・・・・・・・・・・・ 204
情報(A) ・・・・・・・・・・・・・・・・・・・・・・ 208
使込(A) ・・・・・・・・・・・・・・・・・・・・・・ 211
海外の窓 ・・・・・・・・・・・・・・・・・・・・・ 213
今月のミステリー(中島河太郎) ・・・ 214〜217
殺人案内《小説》(久能啓二) ・・・・ 218〜234
久能啓二氏略歴 ・・・・・・・・・・・・・・・・・ 219
わたしの推薦する新鋭作家(鮎川哲也) ・・ 219
内外切抜き帳 ・・・・・・・・・・・・・・ 235〜237
二人で犯罪を《対談》(村田宏雄, 佐野洋)
　　　　　　　　　　　　　　・・・・・ 238〜242
はだしのタロー(樹下太郎) ・・・・・ 243〜247
夜の炎《小説》(斎藤栄) ・・・・・・・ 248〜265
フラグランテ・デリクト〈25〉(植草甚一)
　　　　　　　　　　　　　　・・・・・ 266〜273
若狭姥捨考〈5〉(水上勉) ・・・・・・ 274〜279
ミステリー天気図(権田万治) ・・・・ 280〜281
盗作の風景〈9〉《小説》(笹沢左保)
　　　　　　　　　　　　　　・・・・・ 282〜299
宝石クラブ ・・・・・・・・・・・・・・・ 300〜301
下水道《小説》(レイ・ブラッドベリー〔著〕, 稲葉明雄〔訳〕) ・・・・・・・・・・・ 305〜313
食べある記 ・・・・・・・・・・・・・・・・・・・ 311
編集者より(大坪直行) ・・・・・・・・・・・・ 314

第19巻第2号　増刊　所蔵あり
1964年1月10日発行　362頁　200円

陸の孤島《小説》(緒方七郎) ・・・・・・ 12〜25
米の煮えるまで《小説》(木村嘉孝) ・・ 26〜39
絡みあい《小説》(坂本秀夫) ・・・・・・ 40〜49
オランウータン殺人事件《小説》(久保高靖)
　　　　　　　　　　　　　　・・・・・・・ 50〜63
断崖《小説》(高橋光子) ・・・・・・・・・ 64〜76
ひとこと(黒部竜二) ・・・・・・・・・・・・・・ 77

岳州の影《小説》(玉虫三郎) ・・・・・・ 78〜91
吉かんしょ《小説》(稲沢静穂) ・・・・ 92〜105
邂逅《小説》(筑摩五郎) ・・・・・・・ 106〜119
ガレ沢心中《小説》(渡島太郎) ・・・ 120〜133
冷たい恋人たち(権田万治) ・・・・・・・・ 133
殺される智慧《小説》(坂花太郎) ・・ 134〜145
死とネーブル《小説》(沢有紀) ・・・ 146〜159
鬘《小説》(三嶋潔) ・・・・・・・・・・ 160〜173
自殺《小説》(杉本英雄) ・・・・・・・ 174〜186
予選後語(中島河太郎) ・・・・・・・・・・・ 187
白鳥扼殺《小説》(早川四郎) ・・・・ 188〜201
買った家《小説》(山浦正為) ・・・・ 202〜215
指名手配《小説》(緒方直四) ・・・・ 216〜229
勝カチ山《小説》(鈴木五郎) ・・・・ 230〜242
予選を終えて(氷川瓏) ・・・・・・・・・・・ 243
枕頭の青春《小説》(大貫進) ・・・・ 244〜257
笞刑《小説》(冬木喬) ・・・・・・・・ 258〜271
天網恢恢《小説》(勝田鋭太郎) ・・・ 272〜285
仲の良い兄弟《小説》(桂真佐喜) ・・ 286〜301
選評(村山徳五郎) ・・・・・・・・・・・・・・ 301
孤独な名草《小説》(渡島太郎) ・・・ 302〜315
たわむれの果て《小説》(有村智賀志)
　　　　　　　　　　　　　　・・・・・ 316〜328
予選雑感(阿部主計) ・・・・・・・・・・・・ 329
嘯かされた少年《小説》(辻五郎) ・・ 330〜343
宝石短篇賞選外優秀者 ・・・・・・・・ 344〜345
盲点《小説》(萩原良則) ・・・・・・・ 346〜362

第19巻第3号　所蔵あり
1964年2月1日発行　322頁　200円

成功した推理劇《口絵》 ・・・・・・・・・・・ 12
才媛号飛ぶ《口絵》 ・・・・・・・・・・・・ 13〜15
私のレジャー《口絵》 ・・・・・・・・・・ 16〜17
［私のレジャー］(水上勉) ・・・・・・・・・ 16
［私のレジャー］(大藪春彦) ・・・・・・・・ 17
謎(山川方夫) ・・・・・・・・・・・・・・・・・ 19
男嫌いの夫という男(仲谷昇) ・・・・・・・ 20
魚毒(末広恭雄) ・・・・・・・・・・・・・・ 21〜22
ふんどしの印(田辺貞之助) ・・・・・・・ 22〜23
テレパシーと絵との関係(谷内六郎)
　　　　　　　　　　　　　　・・・・・・ 23〜24
美しさの価値(中原淳一) ・・・・・・・・ 24〜25
盗作の風景〈10・完〉《小説》(笹沢左保)
　　　　　　　　　　　　　　・・・・・・ 26〜61
穴の設計書(土屋隆夫) ・・・・・・・・・・ 62〜91
迷える子羊から(多岐川恭) ・・・・・・・ 92〜97
縮む男《小説》(南条範夫) ・・・・・・ 98〜112
食べある記 ・・・・・・・・・・・・・・・・・・・ 111
ミステリ百科事典〈14〉(間羊太郎)
　　　　　　　　　　　　　　・・・・・ 113〜125
今月の翻訳雑誌から(大内茂男) ・・・ 126〜127

ある作家の周囲〈31〉 曽野綾子篇
　小学校時代から作家志望の才女(青柳尚
　　之)・・・・・・・・・・・・・・・・・・・・・・・・・・・・ 128～133
　すべてに恵まれて(仁木悦子)・・・・・・・ 129
　曽野綾子作品・著書リスト(島崎博
　　〔編〕)・・・・・・・・・・・・・・・・・・・・・・・・・ 134～137
　あまりに魅力的な(梶山季之)・・・・・・・ 135
　メチエ・正義感・隼の眼光(小池亮)
　　・・・・・・・・・・・・・・・・・・・・・・・・・・・・・・ 138～146
PLAY CLUB
　冗談じゃない・・・・・・・・・・・・・・・・・・・・・・ 147
　新映画公判(双葉十三郎)・・・・・・ 148～151
　レジャー案内・・・・・・・・・・・・・・・・・・ 154～155
二人で裁判を《対談》(高木常七, 佐野洋)
　・・・・・・・・・・・・・・・・・・・・・・・・・・・・・・・・・・ 156～161
おしゃれ講座〈2〉(穂積和夫)・・・・・・・・ 162
海の当り屋《小説》(高橋泰邦)・・・・ 163～183
死亡記事が先に出た(中山光義)・・ 184～187
気ちがい《小説》(結城昌治)・・・・・・ 188～203
宝石函・・・・・・・・・・・・・・・・・・・・・・・・・・・・・・ 202
臆病な日々《小説》(坂上弘)・・・・・・ 204～208
今月の創作雑誌から(ヨシダ・ヨシエ)
　・・・・・・・・・・・・・・・・・・・・・・・・・・・・・・・・・ 210～213
三の酉《小説》(日影丈吉)・・・・・・・・ 214～225
日本推理小説史〈26〉(中島河太郎)
　・・・・・・・・・・・・・・・・・・・・・・・・・・・・・・・・・ 226～229
眼《小説》(三好徹)・・・・・・・・・・・・・・・ 230～239
ミステリー天気図(権田万治)・・・・ 240～241
過去《小説》(加納一朗)・・・・・・・・・ 242～252
ストック・ナーゲル(椿八郎)・・・・・ 250～251
ご存じですか・・・・・・・・・・・・・・・・・・・・・・・・ 253
世界の秘密警察(青木日出夫)・・・・ 254～263
ヨーゼフ・メンゲル・・・・・・・・・・・・・・・・・・ 257
ゲジュタポ・・・・・・・・・・・・・・・・・・・・・・ 258～259
CIAとKGB・・・・・・・・・・・・・・・・・・・・・・・・ 263
今月のミステリー(田中潤司)・・・・ 264～265
詐欺師神口悟郎〈2〉《小説》(黒岩重吾)
　・・・・・・・・・・・・・・・・・・・・・・・・・・・・・・・・・ 266～276
内外切抜き帳・・・・・・・・・・・・・・・・・・・・ 277～279
死者を笞打て〈2〉《小説》(鮎川哲也)
　・・・・・・・・・・・・・・・・・・・・・・・・・・・・・・・・・ 280～297
宝石クラブ・・・・・・・・・・・・・・・・・・・・・ 298～299
若狭姥捨考〈6〉(水上勉)・・・・・・・・ 300～305
フラグランテ・デリクト〈26〉(植草甚一)
　・・・・・・・・・・・・・・・・・・・・・・・・・・・・・・・・・ 306～312
群衆《小説》(レイ・ブラッドベリイ〔著〕, 柳泰
　雄〔訳〕)・・・・・・・・・・・・・・・・・・・・・・ 313～321
編集者より(大坪直行)・・・・・・・・・・・・・・ 322

第19巻第4号　所蔵あり
1964年3月1日発行　322頁　200円

私のレジャー《口絵》・・・・・・・・・・・・・・ 12～13
［私のレジャー］(都筑道夫)・・・・・・・・・・ 12
［私のレジャー］(海渡英祐)・・・・・・・・・・ 13
ときどき考えること(樹下太郎)・・・・・・・ 15
無い家(山本善次郎)・・・・・・・・・・・・・・ 16～17
習性(木村荘十)・・・・・・・・・・・・・・・・・・ 17～18
花で語れ(三宅艶子)・・・・・・・・・・・・・・ 18～19
旅と文学碑(福田清人)・・・・・・・・・・・・ 19～20
犬の首(川上三太郎)・・・・・・・・・・・・・・ 20～21
魔女の槌《小説》(邦光史郎)・・・・・・・ 22～47
社長はおびえた《小説》(陳舜臣)・・・ 48～67
人の厭がる(楠田匡介)・・・・・・・・・・・・・・ 67
日本推理小説史〈27〉(中島河太郎)
　・・・・・・・・・・・・・・・・・・・・・・・・・・・・・・・・・・ 68～72
ミステリ百科事典〈15〉(間羊太郎)
　・・・・・・・・・・・・・・・・・・・・・・・・・・・・・・・・・・ 73～87
分工場《小説》(星新一)・・・・・・・・・・・ 88～95
ミステリー天気図(権田万治)・・・・・・ 96～97
赤いガウン《小説》(藤村正太)・・・・ 98～110
PLAY CLUB
　冗談じゃない・・・・・・・・・・・・・・・・・・・・・・ 111
　新映画公判(双葉十三郎)・・・・・・ 112～115
　レジャー案内・・・・・・・・・・・・・・・・・・ 116～117
二人で変貌を《対談》(梅沢文雄, 佐野洋)
　・・・・・・・・・・・・・・・・・・・・・・・・・・・・・・・・・ 120～125
おしゃれ講座〈3〉(穂積和夫)・・・・・・・・ 126
ヒマラヤの謎(中山光義)・・・・・・・・・ 127～133
片道特急券《小説》(小島直記)・・・・ 134～149
今月のミステリー(田中潤司)・・・・ 150～151
フラグランテ・デリクト〈27〉(植草甚一)
　・・・・・・・・・・・・・・・・・・・・・・・・・・・・・・・・・ 152～158
多才な二十代作家 河野典生氏《グラビア》
　・・・・・・・・・・・・・・・・・・・・・・・・・・・・・・・・・ 159～162
海鳴り《小説》(河野典生)・・・・・・・・ 163～171
食べある記・・・・・・・・・・・・・・・・・・・・・・・・ 171
ある作家の周囲〈32〉 河野典生篇
　河野典生論(山口剛)・・・・・・・・・・・・ 172～179
　わが道を来りわが道を行く(大伴秀司)
　　・・・・・・・・・・・・・・・・・・・・・・・・・・・・・・ 180～190
　家畜という名の孤独(植草甚一)・・・・・ 181
　二十才の頃の河野さん(山口洋子)・・・ 185
　河野典生作品・著書リスト(島崎博
　　〔編〕)・・・・・・・・・・・・・・・・・・・・・・・・ 188～190
　河野典生 八つの顔(寺山修司)・・・・・・ 189
密輸に国境はない〈1〉(青木日出夫)
　・・・・・・・・・・・・・・・・・・・・・・・・・・・・・・・・・ 192～201
イタリヤのガルディア・ディ・フィナンザ
　・・・・・・・・・・・・・・・・・・・・・・・・・・・・・・・・・・・ 195
人形の秘密・・・・・・・・・・・・・・・・・・・・・・・・ 200
宝石函・・・・・・・・・・・・・・・・・・・・・・・・・・・・ 201
墜ちた男《小説》(谷川俊太郎)・・・・ 202～205

17『宝石』

今月の翻訳雑誌から（大内茂男）····· 206〜207
海とミステリー（高橋泰邦）········ 208〜211
推理小説評は成立つか《座談会》（中島河太郎、
　大内茂男、権田万治、田中潤司、大坪直行）
　································ 212〜223
内外切抜き帳 ····················· 224〜226
若狭姥捨考〈7〉（水上勉）·········· 227〜231
今月の創作雑誌から（ヨシダ・ヨシエ）
　································ 232〜235
詐欺師神口悟郎〈3〉《小説》（黒岩重吾）
　································ 236〜246
御存知ですか ······················· 247
死者を笞打て〈3〉《小説》（鮎川哲也）
　································ 248〜266
宝石クラブ ······················· 268〜269
踊るサンドウィッチ（フレドリック・ブラウン
　〔著〕、小西宏〔訳〕）············· 270〜321
編集者より（大坪直行）·············· 322

第19巻第5号　所蔵あり
1964年4月1日発行　322頁　200円
他殺クラブのボーリング大会《口絵》
　································· 12〜14
処刑（星新一）······················· 15
工場と中卒娘（古谷武網）············ 16〜17
消耗品時代の人間喪失（高田博厚）···· 17〜18
百年先の美人（坂井泰子）············ 18〜19
ナマとカンヅメ（石川甫）············ 19〜20
テレビを予言（高橋邦太郎）·········· 20〜21
ねむい季節《小説》（仁木悦子）······ 22〜59
今月のミステリー（田中潤司）········ 60〜61
深い水《小説》（小泉喜美子）········ 62〜73
フラグランテ・デリクト〈28〉（植草甚一）
　································· 74〜79
雪どけ《小説》（戸川昌子）·········· 80〜92
御存知ですか ······················· 91
ミステリー百科事典〈16〉（間羊太郎）
　································· 93〜105
日本推理小説史〈28〉（中島河太郎）
　································ 106〜110
PLAY CLUB
　冗談じゃない ····················· 111
　新映画公判（双葉十三郎）········ 112〜115
　レジャー案内 ·················· 116〜117
二人で現場を《対談》（下田丹次郎、佐野洋）
　································ 120〜125
おしゃれ講座〈4〉（穂積和夫）········ 126
疫病《小説》（山村正夫）·········· 128〜166
昭和39年度第五回宝石短篇賞入選発表
　受賞の言葉（冬木喬）··············· 167
　受賞の言葉（大貫進）··············· 167

第五回宝石短篇賞選考座談会《座談会》（城
　昌幸、中島河太郎、笹沢左保）
　································ 168〜189
かくれんぼ《小説》（寺山修司）······ 190〜193
ミステリー天気図（権田万治）······ 194〜195
可能性への手さぐり（加納一朗）···· 196〜199
密輸に国境はない〈2・完〉（青木日出夫）
　································ 200〜209
アパラチン会談 ····················· 203
新銘柄マリファナ煙草 ··············· 207
『ジョゼット』宛の誕生日祝電 ········· 208
食べある記 ························· 209
ある作家の周囲〈33〉　藤木靖子篇
　藤木靖子論（権田万治）·········· 210〜213
　よき隣人、よき作家藤木靖子（大伴昌
　司）··························· 214〜222
　ホーム・ミステリーの藤木さん（城昌
　幸）······························ 215
　マシマロさん（新章文子）··········· 217
　藤木靖子作品・著書リスト（島崎博
　〔編〕）························ 221〜222
"周囲"の訂正（河野典生）············ 222
女と子供《グラビア》················ 223
私のレジャー《グラビア》·········· 224〜225
［私のレジャー］（中田耕治）·········· 224
［私のレジャー］（高橋泰邦）·········· 225
「みすてりい」出版記念会《グラビア》··· 226
恐竜が生きている？（中山光義）···· 227〜233
物体O《小説》（小松左京）········ 234〜261
今月の創作雑誌から（ヨシダ・ヨシエ）
　································ 262〜265
虱《小説》（田中万三記）·········· 266〜279
内外切抜き帳 ··················· 280〜281
死者を笞打て〈4〉《小説》（鮎川哲也）
　································ 282〜299
今月の翻訳雑誌から（大内茂男）···· 300〜301
詐欺師神口悟郎〈4〉《小説》（黒岩重吾）
　································ 302〜312
真夜中の声（千代有三）············ 310〜311
宝石クラブ ······················ 314〜315
若狭姥捨考〈8〉（水上勉）·········· 316〜321
編集者より（大坪直行）·············· 322

第19巻第6号　増刊　所蔵あり
1964年4月15日発行　266頁　200円
死に急ぐもの《小説》（鮎川哲也）····· 12〜35
消えた女《小説》（佐野洋）·········· 36〜54
帽子をかぶった猫《小説》（都筑道夫）
　································· 55〜65
黒い牛・青い山羊《小説》（河野典生）
　································· 66〜81

250

飛ばない風船《小説》(山田風太郎)‥‥ 82〜93
乾燥時代《小説》(星新一)‥‥‥‥‥ 94〜99
バシーの波《小説》(飛島高)‥‥‥‥ 100〜113
心中未遂《小説》(樹下太郎)‥‥‥‥ 114〜125
殺意《小説》(多岐川恭)‥‥‥‥‥‥ 126〜144
多過ぎる犯人《小説》(南条範夫)‥‥ 146〜162
渦潮《小説》(遠藤桂子)‥‥‥‥‥‥ 164〜266
「渦潮」特別解説(中島河太郎)‥‥ 166〜167

第19巻第7号 所蔵あり
1964年5月1日発行　354頁　220円
私のレジャー《口絵》‥‥‥‥‥‥‥ 12〜13
酒(安部公房)‥‥‥‥‥‥‥‥‥‥‥ 12
街あるき(樹下太郎)‥‥‥‥‥‥‥‥ 13
宝石(城昌幸)‥‥‥‥‥‥‥‥‥‥‥ 15
狭い道(大和球士)‥‥‥‥‥‥‥‥‥ 16〜17
ハートのエース(月丘千秋)‥‥‥‥‥ 17〜18
「イタリア映画祭」こぼれ話(竹内清和)
‥‥‥‥‥‥‥‥‥‥‥‥‥‥‥‥ 18〜19
或るスクープ(伊藤牧夫)‥‥‥‥‥‥ 19〜20
「カール・アラン賞」のこと(赤羽八重子)
‥‥‥‥‥‥‥‥‥‥‥‥‥‥‥‥ 20〜21
遠すぎる証言者《小説》(笹沢左保)‥ 22〜32
不老保険(佐野洋)‥‥‥‥‥‥‥‥‥ 34〜42
レモンを顔に塗っても美しくならない‥ 41
ミステリ百科事典〈17〉(間羊太郎)
‥‥‥‥‥‥‥‥‥‥‥‥‥‥‥‥ 43〜51
張りぼて機《小説》(多岐川恭)‥‥‥ 54〜63
四人組《小説》(樹下太郎)‥‥‥‥‥ 64〜73
ナルスジャックを肴に(結城昌治)‥‥ 74〜77
ミステリー天気図(権田万治)‥‥‥‥ 78〜79
五輪の蔭で《小説》(大藪春彦)‥‥‥ 80〜89
とっておきの話《小説》(三好徹)‥‥ 90〜99
御存知ですか‥‥‥‥‥‥‥‥‥‥‥ 99
極楽案内《小説》(天藤真)‥‥‥‥‥ 100〜110
撮り魔横行(大河内常平)‥‥‥‥‥‥ 109
PLAY CLUB
　冗談じゃない‥‥‥‥‥‥‥‥‥‥ 111
　新映画公判(双葉十三郎)‥‥‥‥‥ 112〜115
　レジャー案内‥‥‥‥‥‥‥‥‥‥ 118〜119
二人で奇術を《対談》(高木重朗, 佐野洋)
‥‥‥‥‥‥‥‥‥‥‥‥‥‥‥‥ 120〜125
おしゃれ講座〈5〉(穂積和夫)‥‥‥ 126

死の舞台《小説》(星新一)‥‥‥‥‥ 127〜133
肥った犯人《小説》(坂上弘)‥‥‥‥ 134〜137
トーチカ《小説》(筒井康隆)‥‥‥‥ 138〜143
チャンピオンのニンクス《小説》(新羽精之)
‥‥‥‥‥‥‥‥‥‥‥‥‥‥‥‥ 144〜148
甘すぎたキッス《小説》(須田節)‥‥ 149〜153
AとB《小説》(城昌幸)‥‥‥‥‥‥ 154〜155
黒白の間《小説》(冬木喬)‥‥‥‥‥ 156〜166
御存じですか‥‥‥‥‥‥‥‥‥‥‥ 167
暁の討伐隊《小説》(大貫進)‥‥‥‥ 168〜178
上品な老人《小説》(高城高)‥‥‥‥ 180〜190
19才でデビューの偉才《グラビア》
‥‥‥‥‥‥‥‥‥‥‥‥‥‥‥‥ 191〜193
二人異色新人の受賞式《グラビア》‥ 194
ある作家の周囲〈34・完〉　高城高篇
　霧笛と流木の国の叙事詩人(小池亮)
‥‥‥‥‥‥‥‥‥‥‥‥‥‥‥‥ 195〜201
　　五稜郭に彷徨する「群集の人」(小池
　　亮)‥‥‥‥‥‥‥‥‥‥‥‥‥ 202〜208
　高城高作品・著書リスト(島崎博〔編〕)
‥‥‥‥‥‥‥‥‥‥‥‥‥‥‥‥ 207〜208
非行少年を衝く(青木日出夫)‥‥‥‥ 210〜219
安保デモ学生は非行少年‥‥‥‥‥‥ 214
非行少年の同性愛犯罪‥‥‥‥‥‥‥ 217
ロシヤの非行少年‥‥‥‥‥‥‥‥‥ 218
云いたい放題(案山子)‥‥‥‥‥‥‥ 220〜221
青い耳《小説》(斎藤栄)‥‥‥‥‥‥ 222〜272
故郷に還ってきた死体(中山光義)
‥‥‥‥‥‥‥‥‥‥‥‥‥‥‥‥ 274〜279
ミンダナオ島の殺人《小説》(田中万三記)
‥‥‥‥‥‥‥‥‥‥‥‥‥‥‥‥ 280〜302
フラグランテ・デリクト〈29〉(植草甚一)
‥‥‥‥‥‥‥‥‥‥‥‥‥‥‥‥ 303〜309
今月の翻訳雑誌から(大内茂男)‥‥‥ 310〜311
詐欺師神口悟郎〈5〉《小説》(黒岩重吾)
‥‥‥‥‥‥‥‥‥‥‥‥‥‥‥‥ 312〜322
若狭姥捨考〈9・完〉(水上勉)‥‥‥ 323〜327
内外切抜き帳‥‥‥‥‥‥‥‥‥‥‥ 328〜331
宝石クラブ‥‥‥‥‥‥‥‥‥‥‥‥ 332〜333
死者を笞打て〈5〉《小説》(鮎川哲也)
‥‥‥‥‥‥‥‥‥‥‥‥‥‥‥‥ 334〜353
編集者より(大坪直行)‥‥‥‥‥‥‥ 354

18『トップ』

【刊行期間・全冊数】1946.5-1949.6?（15冊?）
【刊行頻度・判型】月刊、B5判
【発行所】前田出版社（第1巻第1号～第2号）、トップ社（第1巻第3号～第13号）、東京書館（第4巻第2号）
【発行人】前田豊秀（第1巻第1号～第9号）、金井冬子（第10号～第13号）、伊藤寿子（第4巻第2号）
【編集人】前田豊秀（第1巻第1号～第1巻第2号）、尾作二三男（第1巻第3号）、前田房次（第4巻～第13号）、伊藤寿子（第4巻第2号）
【概要】創刊当初は大衆文化雑誌と謳っていたが、創刊2年目からは「探偵・犯罪・実話」を表紙に謳い、探偵小説や犯罪実話を多く掲載し、江戸川乱歩解説・氷川瓏・鑑賞の「欧米傑作長篇探偵小説の解説と鑑賞」を連載した。物故探偵作家を特集しての増刊号も出している。編集には、みずからも探偵小説を書いていた三谷祥介や大月恒志が携わっていた。半年ほどの休刊ののち、発行所の変わった第4巻は、探偵雑誌とは言えない内容となっている。

第1巻第1号　未所蔵
1946年5月1日発行　34頁　2円

政治の後手と先手（佐々弘雄） ……………………… 3
みんな生きてる〈1〉《小説》（南川潤）
　　　　　　　　　　　　　　　　…………… 4～8
映画界の冬眠（ABC生） …………………………… 9
世話先生《小説》（乾信一郎） ………………… 10～13
これから生れる赤ン坊問答（中正夫）
　　　　　　　　　　　　　　　　………… 14～15
編輯局便り（F・O生） …………………………… 15
新聞時評（那須野庵主人） ………………………… 16
天皇制問題と国民の声（江崎利雄） ……………… 17
ひかへ目に就て（武者小路実篤） ……………… 18～19
議論をせよ（徳永直） ………………………… 19～20
舶来笑話 …………………………………………… 20
消費組合と婦人（松田解子） ………………… 21～23
ゴシップ
小松女史行状記《小説》（北林透馬） ………… 24～27
放送と民主々義（堀江林之助） …………………… 27
高利翁事件《小説》（丘丘十郎） ………… 28～33, 16
地球廻転（田谷すみ子） …………………………… 34
あのころこのころ

第1巻第2号　未所蔵
1946年7月1日発行　35頁　2円50銭

夏《口絵》 …………………………………………… 1
アーニイ・パイルとその芸術家達《口絵》
　　　　　　　　　　　　　　　　………………… 2
道遠し《小説》（大庭さち子） ………………… 3～9
現代風景（植木敏） ………………………………… 7

トランペット ……………………………………… 9
現代風景（植木敏） ………………………………… 9
待ちぼうけの女《映画物語》 ……………………… 10
カサブランカ《映画物語》 ………………………… 11
解説 ………………………………………………… 11
或る就職《小説》（玉川一郎） ……………… 12～17
桃色の旅行鞄 ……………………………………… 15
女性の脚を美しくする方法（新井友好）
　　　　　　　　　　　　　　　　………… 16～17
鳥なき里（四谷左門） ……………………………… 18
逞しき文化の母胎（大下順） ……………………… 19
魔女の宴《小説》（柴田錬三郎） ……………… 20～27
クロスワード ……………………………………… 23
舶来笑話 …………………………………………… 27
新妻と妊娠（川添俊策） …………………………… 28
映画新人評 ………………………………………… 29
みんな生きてる〈2〉《小説》（南川潤）
　　　　　　　　　　　　　　　　………… 30～34
現代風景（植木敏） ………………………………… 33
編輯後記（月、竹、綾子） ………………………… 35

第1巻第3号　未所蔵
1946年10月1日発行　50頁　5円

進駐軍家族宿舎パレツ・ハイツ写真訪問記
　（本誌記者） …………………………………… 3～6
わが歌に翼ありせば《小説》（貴司山治）
　　　　　　　　　　　　　　　　………… 7～11
放談倶楽部《小説》（阿田和男） ………………… 12
昔の恋人《小説》（城昌幸） …………………… 13～19

18『トップ』

風俗時計(岩佐東一郎)	14〜17
あちらの話題(中正夫)	18〜19
世相明暗	19
芸能新人訪問記 池真理子の巻(大月恒志)	20〜21, 19
動くスタイル・ブック(武田俊一)	22〜23
日本野球随想(杉立宜夫)	22〜23
蛸芝居(田中英光)	24〜28
話のやうな話	24〜25
覗き眼鏡	26〜29
撮影所内外	28
又鬼と熊〈1〉(和泉竜生)	29〜30
芸能界余話	30
秋立つ《グラビア》	31
東京の横顔《グラビア》(柴田錬三郎〔文〕)	32〜33
スポーツシーズン酣《グラビア》	34
花のパラドツクス《小説》(工藤幸一)	35〜38
東西賭博談義 Dog Race(渋沢秀雄)	39〜40
よおろツぱの賭場(大屋久寿雄)	41〜43
人目を惹くには(真木小太郎〔談〕)	44〜45, 12
みんな生きてる〈3〉《小説》(南川潤)	46〜49
トップの楽屋	50
SOSOKKA TAKOSAN《漫画》(YOSHITAKA TERAO)	後1

第4号(第2巻第1号)　未所蔵
1947年4月10日発行　70頁　20円

いもり館《小説》(海野十三)	4〜11
敗戦と犯罪(新居格)	10〜11
前科者を囲む防犯座談会《座談会》(須野切三, 秋須行雄, 暗野道行, 女星売太郎)	12〜17
殺人魔小平の人相を観る(高嶋象山)	18〜19
犯罪都市	19
強盗がに松の告白(三谷祥介)	20〜24
浴槽の花嫁(絵物語)(牧逸馬〔原作〕)	23, 25, 27, 29, 31, 33, 35, 37, 39, 41
自殺(小谷剛)	24〜25
国民生活とヤミ法令	25
阿部さだ逮捕まで(松本三五)	26〜31
モデルざんげ(渓川鶯子)	32〜39
温泉場綺譚(金井景義)	38〜40
街の雨(藤沢愛三)	40〜41
遊びの今昔(槙金一)	41〜42
ヒトラーの最期の真相	42
一瞬に消えた卅七人(中正夫)	43
犯罪語辞典〈1〉	44〜45, 43
日本暗殺年譜	45
恋と牢獄《小説》(大月恒志)	46〜51
従軍娼婦《小説》(加藤美希雄)	52〜56
アメリカ猟奇譚(篠原正)	56〜57
遺骨の謎《小説》(角浩一)	58〜63
豪華な盗難(中正夫)	60〜61
早熟娘と妊娠(川添俊策)	62〜63
青春《小説》(北条誠)	64〜68
炎の恋《詩》(中野住人)	68
信じられぬ事実(中正夫)	69
編輯後記(月)	70
SOSOKKA TAKOSAN《漫画》(寺尾よしたか)	後1

第5号(第2巻第2号)　未所蔵
1947年5月20日発行　68頁　25円

犯罪者と血液型	2
蔦のある家《小説》(角田喜久雄)	4〜11
悪戯《小説》(甲賀三郎)	10〜13
春と犯罪(大槻憲二)	14〜15
春の犯罪を語る刑事の座談会《座談会》(松井三五郎, 友田芳造, 坂口仙之助, 平山猪太郎, 宇野善七, 三谷祥介, 大月恒志)	16〜24
初代狸御前の人相を観る(高嶋象山)	25
残された指紋(三谷祥介)	26〜30
同性愛殺人事件	29, 31, 33, 35, 37, 39, 41, 43, 45, 47
甲賀三郎君のこと(江戸川乱歩)	31
男娼宿の一夜(石川仰山)	32〜35, 13
実話片々(大下宇陀児)	36〜37
地下鉄の銃声(中正夫)	38〜39
髑髏鑑定法	39
映画の性的心理実験法	39
夜の大統領ついに死す(松本三五)	40〜41
探偵小説研究会会員募集	41
色彩と恋愛(折竹新吾)	42〜46
璽光尊事件秘聞(栗原兵馬)	44〜47
犯罪語辞典〈2・完〉	48〜49
ふえた精神病者	49
犯人は誰か?《小説》(大月恒志)	50〜54
「鳩の街」見聞記(竹橋凡児)	55〜59
盗まれた糸巻《小説》(大倉燁子)	56〜61, 30
どこまでも《小説》(穂積純太郎)	62〜68
編輯後記(月)	後1

臨時増刊(第2巻第3号)　未所蔵
1947年6月25日発行　68頁　25円

253

18『トップ』

完全犯罪《小説》(小栗虫太郎)	4〜27
なれそめの記(水谷準)	12〜13
手術《小説》(小酒井不木)	28〜30
小酒井さんのこと(江戸川乱歩)	30〜31
裸女を眺めて七万弗/切手珍談	31
緑色の犯罪《小説》(甲賀三郎)	32〜41
島原絵巻《小説》(浜尾四郎)	42〜49
浜尾四郎君を想う(大下宇陀児)	48〜49
さすがは持てる国/大事な忘れもの	49
鉄鎚《小説》(夢野久作)	50〜65
夢野久作君を想う(大下宇陀児)	58〜59
甲賀三郎の思い出(木々高太郎)	66〜67
一ねむり廿五弗	67
珍談サロン	67
タコサン迷探偵《漫画》(寺尾よしたか)	後1

※表紙は5月25日発行

第7号(第2巻第4号)　未所蔵
1947年8月25日発行　34頁　15円

八路軍と饅頭の話《小説》(貴司山治)	3〜8
百万弗の行方《絵物語》	
5, 7, 11, 13, 15, 17, 19, 21, 23, 25	
アメリカにおける警察と民間の協力	8
デパートの殺人〈1〉(三谷祥介)	9〜13
学習院生徒の思想傾向調査	13
性と犯罪と予防(大槻憲二)	14〜15
実話片々(大下宇陀児)	16〜17
夏と不良青年(二見靖美)	17〜18
容貌の美醜と犯罪(松本三五)	18〜19
探偵小説と犯罪(江戸川乱歩)	20〜22
大都会の奇人(中正夫)	22〜24
最近の犯罪捜査とその実例(橋本乾三)	
	24〜25
舌切り娘とメイ探偵(佐次たかし)	
	26〜27, 15
警察便覧	27
贋者《小説》(不破新吾)	28
タコサン探偵《漫画》(寺尾よしたか)	29
アメリカの婦人警官	29
祭りの夜《小説》(土岐雄三)	30〜34
探偵タコサン《漫画》(テラオ・ヨシタカ)	
	後1

第8号(第2巻第5号)　未所蔵
1947年9月25日発行　32頁　18円

運命の茶房《小説》(森下雨村)	1〜5
街の名探偵《絵》(角田喜久雄)	6〜9
罪と罰〈1〉《絵物語》(ドストエフスキー〔原作〕, 大月恒志〔文〕)	
・ 7, 9, 11, 13, 15, 17, 19, 21, 23, 25	
罪と罰の原作者	9

氷霊《小説》(白間立太郎)	10〜13
世相録音	13
腹を立ち割られた女(島海彦)	14〜17
シャルロッテの復讐(吉良運平)	18〜19
欧米傑作長篇探偵小説の解説と鑑賞〈1〉(江戸川乱歩〔解説〕, 氷川瓏〔鑑賞〕)	
	20〜26
描き出された犯人(加久幸一)	26〜27
トップ・トピック	26〜27
デパートの殺人〈2・完〉(三谷祥介)	
	28〜32
編集後記	32
タコサン迷探偵《漫画》(寺尾よしたか)	後1

第9号(第2巻第6号)　未所蔵
1947年11月25日発行　32頁　20円

茖薔の真理〈1〉《小説》(大下宇陀児)	1〜5
仙女堂事件(角浩一)	6〜11
河童《小説》(鈴木五郎)	10〜11
犯罪いんねん話(堀敬介)	12〜13
罪と罰〈2〉《絵物語》(ドストエフスキー〔原作〕, 大月恒志〔文〕)	
13, 15, 17, 19, 21, 23, 25, 27, 29, 31	
西洋小平	13
阿部定の真相(武井三也)	14〜17, 11
阿部定の昔と今(安達梅蔵)	16
やくざは何処へ行く(松田芳子)	18〜19
貝は天国にあそぶ《小説》(三谷祥介)	
	20〜25
殺人請負師(栗原兵馬)	22〜25
欧米傑作長篇探偵小説の解説と鑑賞〈2〉(江戸川乱歩〔解説〕, 氷川瓏〔鑑賞〕)	
	26〜32
読者通信	28
双生児奇談(中正夫)	32

第10号(第3巻第1号)　未所蔵
1948年1月25日発行　48頁　25円

性的犯罪者と指紋《口絵》	1〜3
茖薔の真理〈2・完〉《小説》(大下宇陀児)	
	4〜8
血を綴る楓《小説》(尾竹二三男)	9〜16, 21
一万円懸賞「犯人は誰か」審査発表	
選評(大下宇陀児)	11
小平は何人殺したか(松本三吾)	16〜21
罪と罰〈3〉《絵物語》(ドストエフスキー〔原作〕, 大月恒志〔文〕)	
19, 21, 23, 25, 27, 29, 31, 33, 35, 37	
「罪と罰」の原作者	21
新興宗教母性教とは何か(尾張敬介)	
	22〜24

254

18『トップ』

スリラー劇団宝石座ガイド（紙左馬）
　………………………………… 24〜27
少女殺人魔（中野並助）………… 26〜29
トップ・トピック ………………………… 29
ねぎられた貞操料（妻木新平）… 30〜31
世はあげて強盗時代《座談会》（三谷祥介, 山本寅吉, 渡辺久寿秀, 岸三郎, 田中栄吉）
　………………………………… 32〜36
は・な・し・の・た・ね ……………… 36〜37
ヤミの女は体刑 …………………………… 37
欧米傑作長篇探偵小説の解説と鑑賞〈3〉（江戸川乱歩〔解説〕, 氷川瓏〔鑑賞〕）
　………………………………… 38〜42
指紋でわかる性格と運命（鈴木白雲）
　………………………………… 43〜47
夜の天使分布図 …………………………… 47
犯罪用語辞典〈1〉………………………… 48
編集後記 …………………………………… 48

第11号（第3巻第2号）　未所蔵
1948年2月25日発行　48頁　25円
犯罪者は誰がつくるか？《口絵》…… 前1
望郷《小説》（貴司山治）…………… 2〜7
人肉変電所〈1〉《小説》（壇達二）… 8〜11
選砿場の女《小説》（菊童梨夏）… 12〜15
産児制限の実態調査 ……………………… 15
東京妖婦新話（執行真普）……… 16〜19
生きているジーキル・ハイド（篠原正）
　………………………………………… 17
罪と罰〈4〉《絵物語》（ドストエフスキー〔原作〕, 大月恒志〔文〕）
　…………… 19, 21, 23, 25, 27, 29, 31
名詐欺師の最後（中正夫）……… 20〜21
夢遊乗馬／将軍は女なりき ……………… 21
夜の女王実体調査録（鈴木鳥雄）… 22〜24
理由なき殺人（X・Y・Z）……………… 25
デスクの蔭から …………………………… 25
世相の裏をのぞく　質屋さん座談会《座談会》（藤井恒夫, 田村伊平衛, 射水市之助, 長瀬秀夫, 山本武蔵）………… 26〜27
かつぎ屋の台詞（栗井金助）…… 28〜29
取締られているパリの夜の花 …………… 29
映画女優の愛恋物語（南部僑一郎）… 30〜32
映画女優閻魔鏡 …………………………… 33
欧米傑作長篇探偵小説の解説と鑑賞〈4〉（江戸川乱歩〔解説〕, 氷川瓏〔鑑賞〕）
　……………………………… 34〜39, 32
蛆《小説》（鈴木五郎）………… 40〜41
野球殺人事件《小説》（海野十三）… 42〜47
犯罪用語辞典〈2〉………………………… 48

第12号（第3巻第3号）　未所蔵
1948年4月1日発行　52頁　30円
神曲地獄篇《口絵》………………… 1〜3
イスラムの娘《小説》（貴司山治）… 4〜11
人肉変電所〈2〉《小説》（壇達二）… 12〜15
罪と罰〈5〉《絵物語》（ドストエフスキー〔原作〕, 大月恒志〔文〕）……… 16〜19
人間鬼（稲垣紅毛）……………… 20〜23
伝助トバク講義（門田与志）…… 24〜26
トップ・トピック ………………………… 26
情死物語（田谷スミ子）…………………… 27
性病学講座〈1〉（高多義郎）…… 28〜29
東京パンパン風土記（紙左馬）… 30〜31
密室の犯罪《小説》（角浩一）… 32〜36
撲り殺された拳闘家《小説》（尾竹二三男）
　………………………………… 37〜39
女詐欺師エデサ奇談（中正夫）… 40〜41
欧米傑作長篇探偵小説の解説と鑑賞〈5・完〉（江戸川乱歩〔解説〕, 氷川瓏〔鑑賞〕）
　………………………………… 42〜46
強盗《小説》（甲賀三郎）……… 47〜51
編集者の言葉（月）……………………… 52
俺はギャングだッ！《漫画》（梅林平八郎）
　………………………………………… 後1

第13号（第3巻第4号）　未所蔵
1948年7月1日発行　46頁　30円
写真で語る江戸川乱歩先生の半生《口絵》
　………………………………… 3〜6
ルージユの女《小説》（大宇陀児）… 7〜12
忘られぬ女（福田定吉）……… 11〜13, 17
人肉変電所〈3〉《小説》（壇達二）… 14〜17
罪と罰〈6・完〉《絵物語》（ドストエフスキー〔原作〕, 大月恒志〔文〕）… 18〜21
貰い子殺し事件（栗原兵馬）…… 22〜25
独身婦人の数 ……………………………… 25
嬰児殺問答（中野並助）………… 26〜27
東京パンパン風土記（紙左馬）… 28〜29
手相でわかる恋愛運命（永島真雄）
　………………………………… 30〜31, 25
麻縄の怪盗〈1〉（三谷祥介）… 32〜35
男が知りたい女の話 ……………………… 35
結婚初夜の珍談奇談（大野俊吉）… 36〜37
モナリザの死（中正夫）………… 36〜37
ご存知ですか ……………………………… 37
潮の呪い〈小説〉（鬼怒川浩）… 38〜40
トップトピック …………………………… 41
謎は謎ならず〈1〉（妻木新平）… 42〜46
善悪二筋道《漫画》（梅林平八郎）… 後1

255

18『トツプ』

第4巻第1号　未所蔵
未見

第4巻第2号　未所蔵
1949年6月1日発行　48頁　50円
肉体に山河あり《口絵》 .... 3〜6
淫婦一代女地獄〈1〉《小説》（庭甚造）
　　　　　　　.......................... 8〜20
桃色グループの実態（萱野信介）...... 21〜24
流行作家恋愛あらべすく（南部僑一郎）
　　　　　　　.......................... 25〜27
情婦と淫する幽霊《小説》（永松浅造）
　　　　　　　.................... 28〜29, 27
人面淫獣《絵物語》（大月桓志〔作〕）.... 30〜33
のんき節製作熟練工（石田一松）...... 34〜35
処女幕の真相（浅田一）.............. 36〜37
男女の同性愛（宮武外骨）............ 38〜39
転落する肉体《小説》（高原鶏介）...... 40〜43
第三の林檎〈2〉《小説》（守友恒）...... 44〜48

19『ぷろふいる』『仮面』

【刊行期間・全冊数】1946.7-1948.8（12冊）
【刊行頻度・判型】季刊→月刊、B6判
【発行所】熊谷書房（神戸、第1巻第1号～第2巻第2号）、ぷろふいる社（神戸、第2巻第3号）、ぷろふいる社（第3巻第1号～夏の増刊）、八千代書院（臨時増刊）
【発行人】熊谷市郎（第1巻第1号、第1巻第2号、第2巻第3号、第3巻第1号）、矢田利男（第2巻第1号）、白川四朗（第2巻第2号）、竹之内貞和（第3巻第2号～臨時増刊）、
【編集人】森本紫郎
【概要】戦前に京都で『ぷろふいる』を発行していた熊谷晃一（市郎）が、戦後、神戸にて出版活動を再開し、『ぷろふいる』も復刊した。第1巻第1号の奥付には「（再刊）第一号」とある。編集部は東京に置き、九鬼澹（のちに九鬼紫郎）の名で小説を発表した森本紫郎が携わった。発行人と編集人の多彩な人脈から、限られたページのなかに小説、随筆、評論、時評といろいろと盛り込まれていた。第3巻から『仮面』と誌名を変え、発行所を東京に移したのは、やはり財政難のためだという。それからは時代小説が多くなり、月刊に近い発行ペースとなったが、1年も続かなかった。

第1巻第1号　所蔵あり
1946年7月5日発行　48頁　4円
宿蟹（戸田巽） ・・・・・・・・・・・・・・・・・・・・・・・・・・・ 1
二銭銅貨《小説》（江戸川乱歩） ・・・・・・・・・・ 2～11
［作者の言葉］（江戸川乱歩） ・・・・・・・・・・ 11
カナリヤの秘密《小説》（甲賀三郎） ・・・・ 12～24
［作品解説］（江戸川乱歩） ・・・・・・・・・・・・ 24
豹助、町を驚かす《小説》（九鬼澹）
・・・・・・・・・・・・・・・・・・・・・・・・・・・・・・・ 25～30
守宮の眼《小説》（西尾正） ・・・・・・・・・ 31～34
時評（蜻蛉信助） ・・・・・・・・・・・・・・・・・・・・ 35
フダニット随想（江戸川乱歩） ・・・・・・ 36～38
小栗虫太郎の考へてゐたこと（海野十三）
・・・・・・・・・・・・・・・・・・・・・・・・・・・・・・・・・・・ 39
作家としての愛情（大下宇陀児） ・・・・ 40～41
密室の問題（角田喜久雄） ・・・・・・・・・・ 41～42
探偵小説思ひ出話（山本禾太郎） ・・・・ 42～43
甲賀先生追憶記（九鬼澹） ・・・・・・・・・・ 43～44
深夜の巴里（小西茂也） ・・・・・・・・・・・・ 45～47
書評（J・N・B） ・・・・・・・・・・・・・・・・・・・・ 48
編輯後記（Q） ・・・・・・・・・・・・・・・・・・・・・・ 48

第1巻第2号　所蔵あり
1946年12月1日発行　49頁　5円
なめくぢ綺譚《小説》（大下宇陀児） ・・・ 2～9
［作者の言葉］（大下宇陀児） ・・・・・・・・・・ 9
［作者の言葉］（海野十三） ・・・・・・・・・・・・ 9
電気風呂の怪死事件《小説》（海野十三）
・・・・・・・・・・・・・・・・・・・・・・・・・・・・ 10～17, 9

灯座の踊子《小説》（渡辺啓助） ・・・・・ 18～25
　（ランタアン）
豹助、巨人と戦ふ《小説》（九鬼澹） ・・・ 26～31
酒場で遭ふた男《小説》（西田政治） ・・・ 32～35
カー覚書（江戸川乱歩） ・・・・・・・・・・・・ 36～37
ビロードの小函《小説》（戸田巽） ・・・ 38～39
我が一日の生活（森下雨村） ・・・・・・・・ 38～39
アメリカ探偵映画の潮流（宇多仁一）
・・・・・・・・・・・・・・・・・・・・・・・・・・・・・・・ 40～41
レター・オブ・ラブ《小説》（安藤静雄）
・・・・・・・・・・・・・・・・・・・・・・・・・・・・・・・ 42～43
私の好きな作家（井上英三） ・・・・・・・・ 42～43
探偵小説の評論について（木々高太郎） ・・・ 44
探偵小説闇黒時代（横溝正史） ・・・・・・・・ 45
二十年前（城昌幸） ・・・・・・・・・・・・・・・・・・ 46
バルザック（小西茂也） ・・・・・・・・・・・・ 47～48
海外展望（J・U） ・・・・・・・・・・・・・・・・・・・・ 49
編輯後記（Q） ・・・・・・・・・・・・・・・・・・・・・・ 49

第2巻第1号　所蔵あり
1947年4月1日発行　47頁　15円
能面殺人事件《小説》（青鷺幽鬼） ・・・・・・ 2～8
作家点描（植草甚一） ・・・・・・・・・・・・・・・・・・ 8
暗号時計《小説》（丸山竜児） ・・・・・・・・ 9～13
我が一日の生活（西田政治） ・・・・・・・・・・・・ 13
豹助、都へ行く《小説》（九鬼澹） ・・・ 14～19
画室の犯罪《小説》（横溝正史） ・・・・・ 20～27
［作者の言葉］（横溝正史） ・・・・・・・・・・・・ 27
文学青年《小説》（青山五郎） ・・・・・・・ 28～29
月光の中の男（J・K） ・・・・・・・・・・・・・・・・ 28

19 『ぷろふいる』『仮面』

魔薬酩酊記〈戸川行男〉	30〜31
我が愛する作家〈黒沼健〉	31
堕落〈伊志田和郎〉	32〜33
シカゴ殺人事件集〈Y・H〉	32
探偵小説と犯罪事件〈海野十三〉	34
ドイルを感嘆させた男〈角田喜久雄〉	34〜35
日本人ばなれの喜七さん〈山本禾太郎〉	36
鎌倉病床記〈西尾正〉	36
恋文〈小説〉〈矢作京一〉	37
田園日記〈横溝正史〉	38
虹よ、いつの日に〈中島親〉	39
稀有の犯罪〈高橋鉄〉	40〜41
H・G・ウエルズ〈吉田甲子太郎〉	42〜43
類聚ベスト・テン〈江戸川乱歩〉	44〜46
海外展望〈Y・H〉	47
編輯後記〈Q〉	47

第2巻第2号　所蔵あり
1947年8月10日発行　49頁　20円

昇降機殺人事件〈小説〉〈青鷺幽鬼〉	2〜7
黒い決闘〈小説〉〈黒野太郎〉	8〜9
我が一日の生活〈角田喜久雄〉	8〜9
メサックの探偵小説論〈石川讃〉	10〜11
掏摸の金さん〈小説〉〈小金井雷〉	12〜13
私の好きな作家〈海野十三〉	12〜13
批評の遅発性〈江戸川乱歩〉	14〜15
復讐鬼〈小説〉〈花園守平〉	16〜18
屍体を運ぶ〈小説〉〈戸田巽〉	19〜21
尾崎紅葉〈西田政治〉	22〜24
新作家紹介〈吉良運平〉	24〜25
豹助、恋をする〈小説〉〈九鬼澹〉	26〜31
日本探偵映画雑感〈双葉十三郎〉	32
続鎌倉病床記〈西尾正〉	33
誰彼のこと〈九鬼澹〉	34
湖畔の殺人〈小説〉〈小熊二郎〉	35〜48
海外展望〈G〉	49
編輯後記〈Q〉	49

第2巻第3号　所蔵あり
1947年12月10日発行　49頁　20円

Sの悲劇〈小説〉〈水上幻一郎〉	2〜16
海外展望〈G〉	16
証拠製造〈小説〉〈井上英三〉	17〜21
不老長生薬〈小説〉〈小金井雷〉	22〜23
ノックスの探偵小説論〈斗内有吉〉	22〜23
妖花〈小説〉〈小熊二郎〉	24〜29
シヤグラン倶楽部〈森下雨村〉	30〜31
イタリーの三人の作家〈吉良運平〉	32
phantom poe〈渡辺啓助〉	33〜35
真夏の犯罪〈小説〉〈中村美与子〉	34〜35

豹助、翻弄さる〈小説〉〈九鬼澹〉	36〜40
位牌と犯人〈中村義正〉	41
病中偶話〈江戸川乱歩〉	42〜43
人魚岩の悲劇〈小説〉〈西尾正〉	44〜49
編輯後記〈Q〉	49

※ 以下、『仮面』と改題

第3巻第1号　所蔵あり
1948年2月1日発行　49頁　25円
物故探偵作家慰霊祭"講演と探偵劇の夕"　　　前1

暗号の役割〈小説〉〈海野十三〉	2〜8
僕は検事である〈小説〉〈九鬼澹〉	9〜13
盗まれた殺人事件〈小説〉〈黒沼健〉	14〜19
黒猫〈小説〉〈妹尾韶夫〉	20〜25
舞台の二人〈小説〉〈荒木田潤〉	26
夢見つつ〈小説〉〈団寿庵〉	26〜27
欧米推理小説の募集に就て〈江戸川乱歩〉	28〜29
美貌の果〈小説〉〈小熊二郎〉	30〜33
鈴蘭村事件〈小説〉〈花園守平〉	34〜39
二重殺人事件〈小説〉〈水上幻一郎〉	40〜49
編輯後記〈Q〉	49

第3巻第2号　所蔵あり
1948年3月20日発行　49頁　25円

黒眼鏡の男〈小説〉〈大下宇陀児〉	1〜6
貝殻島殺人事件〈小説〉〈水上幻一郎〉	7〜9
自分を惨殺した男〈青江耿介〉	10〜11
カメレオンの足跡〈小説〉〈香山滋〉	12〜15
キャラメル殺人〈小説〉〈黒野太郎〉	16〜17
三十分会見記　坂口安吾氏の巻	16〜17
サブの女難〈小説〉〈中村美与子〉	18〜21
パンパン嬢座談会〈座談会〉	22〜25
お前が犯人だ〈絵物語〉〈ポー〔原作〕、森竜蘭〔文〕〉	22〜25
推理娯楽室	26〜27
新選笑話集	28〜29
YES or NO	28
モダン落語	29
浴槽の恐怖〈小説〉〈若松秀雄〉	30〜33
バラに棘ありや〈小説〉〈伊志田和郎〉	34〜35
はがきあんけーと〈アンケート〉	
私の好きなもの三つ 私の嫌いなもの三つ	
〈舟橋聖一〉	34
〈玉川一郎〉	34
〈野村胡堂〉	34
〈林房雄〉	34

258

19 『ぷろふいる』『仮面』

　　（辰己柳太郎）・・・・・・・・・・・・・34
　　（徳川夢声）・・・・・・・・・・・・・・34
　　（並木路子）・・・・・・・・・・・・・・34
チェスタートンの探偵小説論（斗南有吉）
　　・・・・・・・・・・・・・・・・・・・35
心霊殺人事件〈1〉《小説》（覆面作者）
　　・・・・・・・・・・・・・・・・36〜42
南蛮格子《小説》（城昌幸）・・・・・43〜48
探偵小説講座〈1〉（江戸川乱歩）・・46〜47
編輯後記（Q）・・・・・・・・・・・・・・49

春の増刊　所蔵あり
1948年4月15日発行　48頁　35円
梅雨の紅蜘蛛《小説》（角田喜久雄）・・1〜6
急行列車転覆魔（海野十三）・・・・・・7〜11
焦げた聖書《小説》（甲賀三郎）・・・12〜21
旗本失踪記《小説》（納言恭平）・・・22〜27
一人二役《小説》（江戸川乱歩）・・・28〜31
蘭園殺人事件《小説》（水上幻一郎）
　　・・・・・・・・・・・・・・32〜40, 27
幽霊妻《小説》（九鬼澹）・・・・・・41〜48
※表紙は1948年4月10日発行

第3巻第3号　所蔵あり
1948年5月1日発行　49頁　30円
悲恋《小説》（森下雨村）・・・・・・・1〜6
誰が殺したか《小説》（九鬼澹）・・7〜11, 49
女性犯罪座談会《座談会》（犯罪研究家、犯罪記
　者、某探偵小説家）・・・・・・・・12〜15
古今奇談英草紙（森竜蘭）・・・・・・12〜15
和製椿姫《小説》（大倉燁子）・・・・16〜20
三呪文の恐怖（阿蘭陀八郎）・・・・・21〜23
奇妙な足跡《小説》（風野又三郎）・・24〜25
三十分会見記　塚田名人の巻・・・・・24〜25
西洋将棋講座〈1〉（R・O）・・・・・・・26
　チェス
仮面娯楽匣・・・・・・・・・・・・・・・27
新選笑話集・・・・・・・・・・・・・28〜29
YES or NO ・・・・・・・・・・・・・・・28
モダン落語・・・・・・・・・・・・・・・29
心霊殺人事件〈2〉《小説》（覆面作者）
　　・・・・・・・・・・・・・・・・30〜35
8号室の女《小説》（安藤静雄）・・・36〜37
探偵小説講座〈2〉（江戸川乱歩）
　　・・・・・・・・・・・・・・36〜37, 15
湖上の殺人《小説》（戸田巽）・・・・38〜41
呪殺葵小僧《小説》（角田喜久雄）・・42〜48
編輯後記（Q）・・・・・・・・・・・・・・49

第3巻第4号　所蔵あり
1948年6月1日発行　49頁　30円
寝台下の奇譚《小説》（海野十三）・・・1〜5

手のない女《小説》（島田一男）・・・6〜9, 49
アムステルダムの水夫《絵物語》（アポリネエル
　〔原作〕、森竜蘭〔文〕）・・・・・10〜13
危機一髪座談会《座談会》（大関直夫、近藤春吉、
　岡本治助、井上保）・・・・・・・・10〜13
サブとハリケン《小説》（中村美与子）
　　・・・・・・・・・・・・・・・・14〜17
30分間インタビュー　角田喜久雄氏の巻
　　・・・・・・・・・・・・・・・・18〜19
マイナスの詐欺《小説》（大木悦二）・18〜19
青鬚の密室《小説》（水上幻一郎）・・20〜25
西洋将棋講座〈2〉（R・O）・・・・・・・26
　チェス
仮面娯楽匣・・・・・・・・・・・・・・・27
新選笑話集・・・・・・・・・・・・・28〜29
YES or NO ・・・・・・・・・・・・・・・28
モダン落語・・・・・・・・・・・・・・・29
心霊殺人事件〈3〉《小説》（覆面作者）
　　・・・・・・・・・・・・・・・・30〜36
毒殺魔（阿蘭陀八郎）・・・・・・・・37〜39
悲鳴《小説》（千嶋潔志）・・・・・・40〜41
新人無駄話（香山滋）・・・・・・・・40〜41
弁天松の怪死《小説》（納言恭平）・・42〜48
探偵小説講座〈3〉（中島河太郎）・・46〜47
編輯後記（Q）・・・・・・・・・・・・・・49

夏の増刊　所蔵あり
1948年6月15日発行　49頁　40円
荒野の亡魂《小説》（角田喜久雄）・・・1〜6
猫と小平次《小説》（納言恭平）・・・・7〜11
幽霊楽屋《小説》（村松駿吉）・・・・12〜17
幽霊駕籠《小説》（城昌幸）・・・・・18〜26
恐ろしき誤診《小説》（大下宇陀児）
　　・・・・・・・・・・・・・・27〜33, 39
悲運の美女《小説》（星川周太郎）・・34〜39
呪ひの女《小説》（上田初太郎）・・・40〜43
妖婆《小説》（岡本綺堂）・・・・・・44〜49

臨時増刊　所蔵あり
1948年8月1日発行　49頁　40円
怪談一夜草紙《絵物語》（岡本綺堂〔原作〕）
　　・・・・・・・・・・・・・・・前1〜前6
白羽の箭《小説》（野村胡堂）・・・・・1〜8
隠密奉行《小説》（山手樹一郎）・・・・9〜15
江戸の小話・・・・・・・・・・・・・・・15
江戸橋小町《小説》（九鬼澹）・・・・16〜21
双面黄楊の小櫛《小説》（城昌幸）・・22〜27
江戸の小話・・・・・・・・・・・・・・・27
女の首《小説》（星川周太郎）・・・・28〜33
江戸の小話・・・・・・・・・・・・・・・33
呪ひの短冊《小説》（村上元三）
　　・・・・・・・・・・・・・・34〜39, 32〜33

259

19『ぷろふいる』『仮面』

いなり娘《小説》(横溝正史) ‥‥‥‥‥ 40〜48　　※表紙は別冊、1948年8月5日発行
後記《小説》(Q) ‥‥‥‥‥‥‥‥‥‥‥‥ 49

20『探偵よみもの』

【刊行期間・全冊数】1946.11-1950.8（10冊）
【刊行頻度・判型】不定期刊、B5判
【発行所】新日本社（第30号、第32号）、国際文化社（第33号～第39号）、協和出版社（第40号）
【発行人】田内正男（第30号、第32号）、趙文行（第33号～第35号）、松浦忠三（第36号～第39号）、石関文行（第40号）
【編集人】田内正男（第30号、第32号）、趙文行（第33号～第35号）、松浦忠三（第36号、第37号）、古味信夫（第38号、第39号）、石関文行（第40号）
【概要】『新日本』の探偵よみもの号として最初の2号が出たため、号数が途中から始まっている。探偵小説と実話が中心だが、著名作家の作品は再録が多い。38号から増ページして、当時の雑誌として読み応えのあるものとなるが、時代小説が多くなった。1年以上間が空いて出た40号で廃刊になったと思われる。

新日本第30号 探偵よみもの号　所蔵あり
1946年11月5日発行　34頁　4円
世相と探偵眼（大下宇陀児）・・・・・・・・・・・・4～5
Koto, kokorozasi to……./Dotira ga yugande
……?/Ren'aibyo-kanzya/Kokoku-zidai　4
Aisureba koso……!/Nokogirisuto/1 tai 1/Oki
ni mesu mama・・・・・・・・・・・・・・・・・・・・・・5
花神の殺人《小説》（城昌幸）・・・・・・・・6～9
U・S・A フォト・ニュース・・・・・・・・・・・8～9
愛するボーヤー《小説》（淀橋三郎）・・・・10～13
ジーキルとハイド・・・・・・・・・・・・・・・・・・・・12
U・S・A フォト・ニュース・・・・・・・・・・・・13
赤貝親分捕物帖《漫画》（横井福次郎）
・・・・・・・・・・・・・・・・・・・・・・・・・・・・・14～15
林檎園開く《小説》（渡辺啓助）・・・・・・・16～24
あなたは狙はれてゐる《アンケート》
　もし、深夜の焼跡で強盗に襲はれた、としたら如何なさいますか？ 賢明なる撃退法なり防禦法その他御回答下されば幸です
　（榎本健一）・・・・・・・・・・・・・・・・・・・・・・18
　（北条誠）・・・・・・・・・・・・・・・・・・・・・・・・18
　（内海突破）・・・・・・・・・・・・・・・・・・・・・・18
　（松旭斉天勝）・・・・・・・・・・・・・・・・・・・・20
　（河村黎吉）・・・・・・・・・・・・・・・・・・・・・・20
　（新居格）・・・・・・・・・・・・・・・・・・・・・・・・20
　（阿部真之助）・・・・・・・・・・・・・・・・・・・・20
　（北町一郎）・・・・・・・・・・・・・・・・・・・・・・20
　（益田喜頓）・・・・・・・・・・・・・・・・・・・・・・22
　（柳家権太桜）・・・・・・・・・・・・・・・・・・・・22
　（伊馬う平）・・・・・・・・・・・・・・・・・・・・・・22
　（薄田研二）・・・・・・・・・・・・・・・・・・・・・・22
　（太宰治）・・・・・・・・・・・・・・・・・・・・・・・・22
　（兼常清佐）・・・・・・・・・・・・・・・・・・・・・・22
おせん転がし（辻本浩太郎）・・・・・・・・・・・・25
男の純情後日譚（滝柳太郎）・・・・・・・・26～27
敗戦と犯罪（原潤一郎）・・・・・・・・・・・・26～27
詰将棋《小説》（横溝正史）・・・・・・・・・28～34
牧歌《詩》（深尾須磨子）・・・・・・・・・・・30～31
※表紙は1946年11月1日発行

新日本第32号 探偵よみもの　未所蔵
1947年7月20日発行　35頁　15円
暗闇の女狼《小説》（角田喜久雄）・・・・・・・4～11
新編『結婚の生態』・・・・・・・・・・・・・・・・6～7
ワガミヲバ喰ラフ唄《詩》（入江元彦）
・・・・・・・・・・・・・・・・・・・・・・・・・・・・・10～11
笑短波・・・・・・・・・・・・・・・・・・・・・・・・・・・・11
探偵作家と実際の犯罪事件（江戸川乱歩）
・・・・・・・・・・・・・・・・・・・・・・・・・・・・・12～13
古い手紙《小説》（火田濃）・・・・・・14～19, 35
探偵小説の理想（木々高太郎）・・・・・・18～19
死刑囚の妻と子（清閑寺健）・・・・・・・・20～25
活火山曇る《詩》（入江元彦）・・・・・・・24～25
のんきな母ァさん《漫画》（秋好馨）・・・・26～27
電気捕魚《小説》（海野十三）・・・・・・・28～34
赤貝親分捕物帖《漫画》（横井福次郎）
・・・・・・・・・・・・・・・・・・・・・・・・・・・・・32～33
当世やくざ仁義・・・・・・・・・・・・・・・・・・34～35
編集後記（T）・・・・・・・・・・・・・・・・・・・・・・35

第33号　未所蔵
1947年10月15日発行　34頁　20円

20『探偵よみもの』

風流探偵譚《漫画》(塩田英二郎)・・・・・・・ 2
断層顔《小説》(海野十三)・・・・・・・・・ 4〜13
三人の母親を持つ女(K・T)・・・・・・・ 8〜9
毒薬物語〈1〉(島百太郎)・・・・・・・・ 12
掏摸を憂鬱にさせた男(角田喜久雄)
・・・・・・・・・・・・・・・・・・・・・・・・・・・・・ 14〜15
鴛鴦の契・・・・・・・・・・・・・・・・・・・・・・・・ 15
老婆三態《小説》(大下宇陀児)・・・・ 16〜22
三本の草花(A・Y)・・・・・・・・・・・・ 20〜21
探偵映画について(津村秀夫)・・・・・ 22〜25
殺人電車・・・・・・・・・・・・・・・・・・・・・ 24〜25
ちよつと風変りな探偵小説(花森安治)
・・・・・・・・・・・・・・・・・・・・・・・ 26〜27, 34
太陽の下を歩И《小説》(九鬼澹)・・ 28〜34
あとがき(編集部)・・・・・・・・・・・・・・・・ 後1

第34号　未所蔵
1947年12月1日発行　34頁　20円
クレタ島の迷宮事件(A・Y)・・・・・・・・ 前1
影の女《小説》(城昌幸)・・・・・・・・・・ 4〜9
応募小話・・・・・・・・・・・・・・・・・・・・・・・・ 6
むかでの足音《小説》(大倉燁子)・・ 10〜15
かまぼこ《小説》(大下宇陀児)・・・・ 16〜17
病的人の犯罪(式場隆三郎)・・・・・・・ 18〜21
緑林舌耕録(正岡容)・・・・・・・・・・・ 20〜21
秋風の子守唄《小説》(玉川一郎)・・ 22〜23
探偵が美人になつた話《漫画》(塩田英二郎)
・・・・・・・・・・・・・・・・・・・・・・・・・・・・・ 24〜25
ラク町のパンパン婆(隅田文平)・・・・ 24〜25
滲透捜査〈1〉《小説》(三角寛)・・ 26〜34
毒薬物語〈2〉(嶋百太郎)・・・・・・ 30, 34
編集後記(編集部)・・・・・・・・・・・・・・・ 34
※表紙は1947年12月1日発行

第35号　未所蔵
1948年5月15日発行　46頁　35円
独房に叫ぶ《口絵》・・・・・・・・・・・・・・ 3〜5
滲透捜査〈2〉《小説》(三角寛)・・ 6〜14
呪いの毒針《小説》(海野十三)・・・・ 10〜14
毒薬物語〈3〉(島百太郎)・・・・・・ 14〜15
カイロの金塊事件(A・Y)・・・・・・・ 15, 37
エジプト王女失踪事件《小説》(ジヤック・ロン
ドン・バークエヴィル, 安野/土井〔訳〕)
・・・・・・・・・・・・・・・・・・・・・・・・・・・・・ 16〜27
乳房朦想記《小説》(黒木狂)・・・・・・ 20〜30
バラバラ三人殺し顚末記(黒田寒平)
・・・・・・・・・・・・・・・・・・・・・・・・・・・・・ 30〜34
十七少年の情痴殺人事件(大木竹郎)
・・・・・・・・・・・・・・・・・・・・・・・・・・・・・ 34〜37
スリラー音楽(服部正)・・・・・・・・ 38〜39, 28
浮世風呂の変態狂(牧野太郎)・・・・・・ 40〜41

お夏の死《小説》(赤沼三郎)・・・・・・ 42〜46
編輯後記(M生)・・・・・・・・・・・・・・・・・ 後1

第36号　未所蔵
1948年9月1日発行　46頁　35円
燃える拳銃《小説》(アーネスト・ホーブライ
ト)・・・・・・・・・・・・・・・・・・・・・・・・・・・ 3〜9
波濤の蔭に《小説》(北野瑞)・・・・・・ 10〜14
終りのない話《小説》(乾信一郎)
・・・・・・・・・・・・・・・・・・・・・・・・ 15〜18, 29
ダマスクスの密室事件(要矮)・・・・・ 17〜18
宝石紛失事件《小説》(寺尾よしたか)
・・・・・・・・・・・・・・・・・・・・・・・・・・・・・ 19〜22
悪夜の幽霊穴(川口直樹)・・・・・・・・ 23〜29
罠《小説》(杉田律)・・・・・・・・・・・・ 30〜33
血ぬられた爪《小説》(大月恒志)・・ 34〜39
毒薬物語〈4〉(島百太郎)・・・・・・・・・ 38
滲透捜査〈3〉《小説》(三角寛)・・ 40〜46
記者室だより(編集部)・・・・・・・・・・・・ 後1
※表紙は1948年8月25日発行

第37号　所蔵あり
1948年11月10日発行　46頁　35円
防犯協力《漫画》(さん漫画クラブ)・・ 2, 後1
芍薬の墓《小説》(島田一男)・・・・・・ 4〜10
桃李亭の女《小説》(三鬼竜)・・・・・・ 11〜15
幽哭城通信(木々高太郎)・・・・・・・・ 14〜15
地下室の誘惑《小説》(御手洗海人)
・・・・・・・・・・・・・・・・・・・・・・・・ 16〜21, 24
アレッポの金貨横領事件(要矮)・・・・ 18〜19
泣虫坊主の死(花町九一郎)・・・・・・ 22〜24
保険外交員の死《小説》(西沢七郎)
・・・・・・・・・・・・・・・・・・・・・・・・ 25〜28, 15
毒薬物語〈5〉(島百太郎)・・・・・・・・・ 26
大下宇陀児先生訪問記・・・・・・・・・・・・ 29
色彩と幻想〈1〉《小説》(香山滋)・・ 30〜36
わが生涯の最悪の日(小泉紫郎)・・・・・ 33
いかもの喰い(丸山乙郎)・・・・・・・・・・ 35
『コント』二題・・・・・・・・・・・・・・・・・・ 36
江戸時代風俗の考証〈1〉(公坊幾美)
・・・・・・・・・・・・・・・・・・・・・・・・・・・・・ 37〜38
男と女(わか・よたれ)・・・・・・・・・・・・ 37
滲透捜査〈4・完〉《小説》(三角寛)
・・・・・・・・・・・・・・・・・・・・・・・・・・・・・ 39〜46
編集後記・・・・・・・・・・・・・・・・・・・・・・・・ 46
※表紙は1948年11月20日発行

第38号　未所蔵
1949年1月1日発行　96頁　80円
琥珀のパイプ《絵物語》(甲賀三郎〔原作〕)
・・・・・・・・・・・・・・・・・・・・・・・・・・・・・・ 2〜6

262

20『探偵よみもの』

人でなしの恋《小説》（江戸川乱歩）	12〜22
酒場の殺人事件	19
一室のビーナス	22
魔術師の嘆き《小説》（水谷準）	23〜28
影なき侵入者（S・A）	26〜27
悪女の深情《小説》（大下宇陀児）	28〜37
江戸小咄	37
まぼろし夫人《小説》（赤沼三郎）	38〜44
父と子《小説》	44
色刷娯楽版（S・M・C同人）	45〜52
魔怖化粧《小説》（北野瑞枝）	53〜59, 73
江戸時代風俗の考証	55
江戸時代風俗の考証	57
江戸時代風俗の考証	59
柿色の紙風船《小説》（海野十三）	60〜69
江戸時代風俗の考証	61
江戸時代風俗の考証	63
江戸時代風俗の考証	65
盗癖止めの妙薬	66
江戸時代風俗の考証	67
江戸時代風俗の考証	69
色彩と幻想《2・完》《小説》（香山滋）	70〜73
江戸時代風俗の考証	71
幽哭城通信（木々高太郎）	72
毒薬物語〈6〉（島百太郎）	73
江戸時代風俗の考証	73
死の乱舞《小説》（西丘二朗）	74〜81, 92
江戸時代風俗の考証	75
槿花一朝の夢	78
美女水《小説》（公坊幾美）	80〜86
聞きわけのない/人の振り見て	83
殺人道楽	86
猿智恵《小説》（城昌幸）	87〜92
こゝろの犯罪記《小説》（波瀾春恵）	93〜96
編集後記（F生）	96

第39号　未所蔵
1949年6月1日発行　144頁　90円

呪いの銀簪《絵物語》（野村胡堂〔原作〕）	2〜8
世界探偵名作集《口絵》	9〜12
小夜霧の敬介《講談》（長谷川伸〔原作〕，宝井馬琴〔脚色〕）	16〜23
過去のきず《小説》（大倉燁子）	24〜29
毒薬物語〈7〉（島百太郎）	29
血を吸う女《小説》（九鬼澹）	30〜41
人面師梅朱芳《小説》（赤沼三郎）	42〜51
トランクの死体《小説》（ミルトン・K・オザキ）	52〜64

新三しぐれ《小説》（山手樹一郎）	65〜73
変化渦巻島《小説》（岸田靖一）	74〜83
夢の講釈師《講談》（三流斉貞草）	78〜79
上海の松《小説》（乾信一郎）	84〜87
我楽喰多顔洗版（二十世紀ユーモアクラブ）	89〜95
妖かしの川《小説》（島田一男）	96〜104
緋鹿の子縛り《小説》（大仁環）	105〜109
呪ひの画筆《小説》（西森茂樹）	110〜113
緋色の死《小説》（藤原独夢）	114
粗忽長屋《落語》（蝶花桜馬楽）	115〜118
情の捕縄《小説》（林田光人）	119〜122
夜叉姫人形《小説》（奈加泉一郎）	123〜130
頸飾り《小説》（覆面作家）	131〜137
夢遊病者の死《小説》（江戸川乱歩）	138〜144

第40号　所蔵あり
1950年8月15日発行　144頁　90円

滲透捜査《絵物語》（三角寛〔原作〕）	2〜5
受胎倶楽部《漫画》（ヲノ・サセオ）	10〜11
死体昇天《小説》（角田喜久雄）	13〜22
笑話	22
債権《小説》（木々高太郎）	23〜34
密室の殺人《漫画》（佐次たかし）	35
安南の夢《小説》（島田一男）	36〜44
ほとほと不如帰《漫画》（志村つね平）	53
童の花《小説》（九鬼澹）	45〜52
乳房の蜘蛛《小説》（潮寒二）	55〜65
洛陽荘殺人事件《小説》（梅谷てる子）	66〜72
糸瓜荘殺人事件《小説》（太田元）	73〜77
漫画ショウ《漫画》（さん漫画クラブ）	78
舞姫を狙ふ悪魔《小説》（北原竜）	79〜84
呪はれたヴァイオリン《小説》（伊豆実）	84〜93
麝香の匂ひ《小説》（春日千秋）	94〜103
ホームスパン探偵《漫画》（よしたか）	104
咽喉仏のある女《小説》（森信）	105〜109
目撃者《漫画》（西塔子郎）	110
風雨の戦慄《小説》（犬伏卓）	111〜114
血染の指紋《小説》（今井元）	115〜119
針金強盗（菅重雄）	120〜124
村の殺人事件《小説》（島久平）	126〜130, 34
腕立て無用《小説》（覆面作家）	131〜138
ほゝゑむ屍《小説》（大倉燁子）	139〜144
編集後記（RK生）	後1

263

21 『黒猫』

【刊行期間・全冊数】1947.4-1948.9（11冊）
【刊行頻度・判型】不定期刊, B6判
【発行所】イヴニング・スター社
【発行人】伊藤逸平
【編集人】伊藤逸平
【概要】号数は第1巻第1号からの通算である。太平洋戦争が終わっていち早く海外の文化を紹介していた、イヴニング・スター社の伊藤逸平専務が探偵小説好きで、将来的には翻訳探偵小説雑誌とする思惑をもって創刊された。戦前派から新鋭までの小説に、江戸川乱歩らの評論と、専門誌らしい充実した内容だったが、ページ数が少なく、発行ペースの一定しないこともあって、大きな成果は得られないまま廃刊となった。なお、発足間もない頃の探偵作家倶楽部の事務局は、イヴニング・スター社にあった。

第1巻第1号　所蔵あり
1947年4月1日発行　80頁　10円
最後の運転《小説》（岩崎久）・・・・・・・・・ 2～11
ホームズの情人（江戸川乱歩）・・・・・・・・ 12～17
早い話が/洋の東西を問はず・・・・・・・・・ 17
犯罪隠語解・・・・・・・・・・・・・・・・・・・・・・・・ 17, 44
名探偵ホークショー《漫画》（WATSO）
　・・・・・・・・・・・・・・・・・・・・・・・・・・・・・・・・ 18～19
クロフツとクリスチ女史（渡辺紳一郎）
　・・・・・・・・・・・・・・・・・・・・・・・・・・・・・・・・ 20～28
前科者《小説》（トーマス・マック〔著〕，武富明〔訳〕）・・・・・・・・・・・・・・・・・・・・・・・ 29～44
指紋《小説》（保篠竜緒）・・・・・・・・・・・・ 45～53
名探偵ホークショー《漫画》（WATSO）
　・・・・・・・・・・・・・・・・・・・・・・・・・・・・・・・・ 54～55
ぽっと・らっく・・・・・・・・・・・・・・・・・・・・ 56～57
法医学と探偵小説（木々高太郎）・・・・・ 58～61
蝙蝠屋敷《小説》（東海次郎）・・・・・・・・ 62～70
「黒猫」発刊に添へて（上村甚四郎）・・・ 71
ガス燈（田村幸彦）・・・・・・・・・・・・・・・・ 72～73
海外探偵小説四方山話《座談会》（江戸川乱歩，木々高太郎，水谷準）・・・・・・・・ 74～79
［編集後記］（山脇）・・・・・・・・・・・・・・・・ 80

第1巻第2号　所蔵あり
1947年6月1日発行　64頁　15円
黒いカーテン《小説》（薄風之助）・・・・・ 2～8
不思議な拾ひ物《漫画》（風間新人）・・・ 9
憂愁の人《小説》（城昌幸）・・・・・・・・・・ 10～21
名探偵ホークショー《漫画》（WATSO）
　・・・・・・・・・・・・・・・・・・・・・・・・・・・・・・・・ 22～23

デイケンズの推理短篇（江戸川乱歩）
　・・・・・・・・・・・・・・・・・・・・・・・・・・・・・・・・ 24～25
楽しみの為の殺人（リチャード・ヒューズ）
　・・・・・・・・・・・・・・・・・・・・・・・・・・・・・・・・ 26～31
ぽっと・らっく・・・・・・・・・・・・・・・・・・・・ 32～33
名探偵ホークショー《漫画》（WATSO）
　・・・・・・・・・・・・・・・・・・・・・・・・・・・・・・・・ 34～35
怪樹《小説》（志摩夏次郎）・・・・・・・・・・ 36～42
名探偵アリババ《小説》（栗須亭）・・・・・ 43～44
謎の下宿人（田村幸彦）・・・・・・・・・・・・ 45～47
四七年度のベスト・ジヤズ（野川香文）
　・・・・・・・・・・・・・・・・・・・・・・・・・・・・・・・・ 45～46
推理試験・・・・・・・・・・・・・・・・・・・・・・・・ 47
三つ姓名の女《小説》（水谷準）・・・・・・ 48～63
［編集後記］（山脇）・・・・・・・・・・・・・・・・ 64
※表紙は1947年5月31日発行

第1巻第3号　所蔵あり
1947年9月1日発行　48頁　13円
死の接吻《小説》（木々高太郎）・・・・・・ 2～13
黒猫QUIZ（渡辺紳一郎）・・・・・・・・・・・ 12
名探偵ホークショー《漫画》（WATSO）
　・・・・・・・・・・・・・・・・・・・・・・・・・・・・・・・・ 14～15
毒薬《小説》（武田武彦）・・・・・・・・・・・・ 16～17
因果関係・・・・・・・・・・・・・・・・・・・・・・・・ 17
音の秘密《小説》（ホフマン〔著〕，石川道雄〔訳〕）・・・・・・・・・・・・・・・・・・・・・・・・・ 18～23
名探偵ホークショー《漫画》（WATSO）
　・・・・・・・・・・・・・・・・・・・・・・・・・・・・・・・・ 24～25
奇術師探偵（江戸川乱歩）・・・・・・・・・・ 26～28
名探偵アリババ《小説》（栗須亭）・・・・・ 29～30

所変われば／余程の勇気／こつちこそ／こまか
　い／一本参る ………………………… 30
二つの実話
　「トスポット」テッドは死んだか?(ドクタ
　　ー・ワットソン・ヂュニア)
　　　　　　　　　　　　　　　……… 31〜35
　間違つて死刑になつた男(ドクター・ワッ
　　トソン・ヂュニア〔著〕,数寄屋虎太
　　〔訳〕) ……………………………… 36〜41
影なき殺人(田村幸彦) ………………… 42
近代探偵小説論〈1〉(リチャード・ヒュー
　ズ〔著〕) …………………………… 43〜47
〔編集後記〕(山脇) ……………………… 48
※表紙は1947年8月1日発行

第1巻第4号　所蔵あり
1947年10月1日発行　56頁　16円
窓の半身像《小説》(渡辺啓助) ……… 2〜15
二つの寓話
　影《小説》(エドガア・アラン・ポオ〔著〕,島
　　田謹二〔訳〕) …………………… 16〜18
　沈黙《小説》(エドガア・アラン・ポオ〔著〕,
　　島田謹二〔訳〕) ………………… 19〜22
三つめの棺《小説》(蒼井雄) ………… 23〜33
湖中の女(伊丹欽也) ………………… 34〜35
ジャズの新しい傾向(野川香文) ……… 35
QUIZ …………………………………… 35〜36
講演と探偵劇の会 ……………………… 36
スリラー劇場風景(石見為雄) ………… 37〜39
名探偵ホークショー《漫画》(WATSO)
　　　　　　　　　　　　　　　……… 40〜41
趙_{チャオシャオリエン}少濂の遺書《小説》(東震太郎)
　　　　　　　　　　　　　　　……… 42〜47
大いなる時計(江戸川乱歩) …………… 48〜50
御難／「黒猫」 ………………………… 50
近代探偵小説論〈2・完〉(リチャード・ヒュー
　ズ〔著〕,斎藤寅郎〔訳〕) ………… 51〜55
後記(山脇) ……………………………… 56

第1巻第5号　所蔵あり
1947年12月1日発行　80頁　25円
失われた週末《口絵》 ………………… 前1〜前3
瞑る屍体《小説》(耶止説夫) ………… 2〜13,80
風車《小説》(岩田賛) ………………… 14〜23
十ケ月／ちよつと変／こいつ／いたちごつこ／
　え?／なになに?／そこまでは ……… 23
巴里の地下街を往く(石見為雄) ……… 24〜25
名探偵ホークショー《漫画》(WATSO) … 26
密室の魔術師《小説》(双葉十三郎)
　　　　　　　　　　　　　　　……… 27〜38,55

歌姫綺譚《小説》(ゲーテ〔著〕,石川道雄
　〔訳〕) ……………………………… 39〜45
女性と推理小説(江戸川乱歩) ………… 46〜48
舞踏会の女(武田武彦) ……………… 49〜51,55
白い蝶《小説》(氷川瓏) …………… 52〜55
ものはとりよう／なる程／年中無休 … 54
別々 …………………………………… 55
米英女流探偵小説作家を探偵する〈1〉(二宮
　栄三) ……………………………… 56〜59
鉄砲横丁殺人事件(Dr.ワトソン・ジュニア
　〔著〕,数奇屋虎太〔訳〕) ………… 60〜78
失はれた週末(伊丹欽也) ……………… 79
後記(山脇) ……………………………… 80
※表紙は1948年1月1日発行

第2巻第6号　所蔵あり
1948年2月1日発行　48頁　20円
ブタ箱の扉《漫画》(谷内六郎) ……… 前1
ベデリア《口絵》 ……………………… 前2〜前5
死人には口がある《小説》(リチャード・ヒュー
　ズ〔著〕,吉田健一〔訳〕) ………… 2〜8
鬼面の犯罪《小説》(天城一) ………… 9〜16
黒死館の怪奇二つ(木々高太郎) ……… 18〜19
街の殺人事件(島久平) ………………… 20〜25
ダイヤと国際列車(吉良運平) ………… 26〜29
二十の扉のかんと推理(大下宇陀児)
　　　　　　　　　　　　　　　……… 30〜31
探偵小説話の泉(江戸川乱歩) ……… 32〜33,48
四次元の犯人《小説》(島田一男)
　　　　　　　　　　　　　　　……… 34〜45,17
米英女流探偵小説家を探偵する〈2〉(二宮栄
　三) ………………………………… 46〜47
ベデリア(東海次郎) …………………… 48
後記(英) ………………………………… 48

第2巻第7号　所蔵あり
1948年5月1日発行　60頁　25円
ダウンハッチ《漫画》(横山隆一) …… 前1〜前4
天_{かみきり}牛《小説》(香山滋) ……………… 2〜17
些細な事ほど大事である(R・ヒューズ〔著〕,
　吉田健一〔訳〕) …………………… 18〜22
名探偵ホークショー(WATSO) ……… 23
桃源郷 …………………………………… 24〜27
民国裁判一くち話(夏目原人) ………… 24〜27
世界の牢獄を破つた男(青江耿介) …… 28〜36
バンゴ《小説》(アーネスト・ホープライト〔著〕,
　中井勲〔訳〕) ……………………… 37〜43
ねおやぱにか ……………………………… 43
ヘイクラフト「推理小説史」(江戸川乱歩)
　　　　　　　　　　　　　　　……… 44〜47
失われたアリバイ《小説》(天城一) … 47

21 『黒猫』

然らば告げん/健忘症/本意に非ず/遂に失恋/実相報告書/封鎖預金/男女同権 ‥‥ 47
三人と一人の殺人《小説》（大下宇陀児）
‥‥‥‥‥‥‥‥‥‥‥‥‥‥‥ 48〜60

第2巻第8号　所蔵あり
1948年6月1日発行　64頁　25円

ダウンハッチ《漫画》（横山隆一）‥‥‥ 1〜4
青い眼の男《小説》（ギイ・ド・モォパッサン）
‥‥‥‥‥‥‥‥‥‥‥‥‥‥‥ 6〜11
地下鉄交響楽《小説》（高松一彦）‥ 12〜19
列車で ‥‥‥‥‥‥‥‥‥‥‥‥‥‥ 19
シヤアロック・ホウムズの矛盾(山中長七郎) ‥‥‥‥‥‥‥‥‥‥‥‥‥ 20〜23
桃源郷 ‥‥‥‥‥‥‥‥‥‥‥‥ 24〜27
完全な冤罪（R・ヒューズ）‥‥‥ 28〜33
遺産をつぐもの《小説》（乾信一郎）‥ 34〜40
座ブトン ‥‥‥‥‥‥‥‥‥‥‥‥‥ 40
微視的探偵法〈1〉（江戸川乱歩）‥ 41〜43
そんなのないわ ‥‥‥‥‥‥‥‥‥‥ 43
鴨《小説》（ハロウエイ・ホーン）‥ 44〜45
鼻《小説》（徳川夢声）‥‥‥‥‥ 46〜62
探偵小説話の泉解答（江戸川乱歩）‥‥ 63
後記（H・H）‥‥‥‥‥‥‥‥‥‥‥ 64

第2巻第9号　所蔵あり
1948年7月1日発行　64頁　25円

オタスケビギヴギ《漫画》（横山泰三）‥ 1〜4
夢見る《小説》（城昌幸）‥‥‥‥‥ 6〜15
探偵小説を截る（坂口安吾）‥‥‥ 16〜18
探偵ホークショー《漫画》（WATSO）‥ 19
英国探偵コント
　上陸作戦《小説》（ホロウエイ・ホーン）
‥‥‥‥‥‥‥‥‥‥‥‥‥‥‥ 20〜22
　知らぬが仏《小説》（ミッチエル・ジエコツト）
‥‥‥‥‥‥‥‥‥‥‥‥‥‥‥ 22〜23
　最後の死刑囚 ‥‥‥‥‥‥‥‥ 20〜23
人間修繕《小説》（乾信一郎）
‥‥‥‥‥‥‥‥‥‥ 24〜30, 62〜63
屍体のない殺人 ‥‥‥‥‥‥‥‥ 31〜32
屍体のない殺人を読んで(松下幸徳)
‥‥‥‥‥‥‥‥‥‥‥‥‥‥‥ 32〜33
この女を見よ ‥‥‥‥‥‥‥‥‥‥‥ 33
桃源郷（隅田渉）‥‥‥‥‥‥‥‥ 34〜35
セイント病院殺人事件《小説》（高松一彦）
‥‥‥‥‥‥‥‥‥‥‥‥‥‥‥ 36〜42
透視的探偵法〈2〉（江戸川乱歩）‥ 43〜45
有翼人〈1〉《小説》（香山滋）‥ 46〜62
高嶺の花 ‥‥‥‥‥‥‥‥‥‥‥‥‥ 63
後記 ‥‥‥‥‥‥‥‥‥‥‥‥‥‥‥ 64
※奥付は第1巻第9号と誤記

第2巻第10号　所蔵あり
1948年8月1日発行　64頁　25円

僧犬《漫画》（横山隆一）‥‥‥‥‥ 1〜4
蟹の足〈1〉《小説》（大下宇陀児）‥ 6〜17
高等数学?/安いもんだ/云はぬが花 ‥‥ 17
英国探偵掌篇特集
　幸運の落書《小説》（キヤサリン・ヘウイツト）‥‥‥‥‥‥‥‥‥‥‥ 18〜20
　広場の一隅で──《小説》（F・C・メンツェンガー）‥‥‥‥‥‥‥‥‥ 20〜22
　小さな正義《小説》（ノラ・ロイド）
‥‥‥‥‥‥‥‥‥‥‥‥‥‥‥ 22〜25
　反射鏡《小説》（G・C・ソンプソン）
‥‥‥‥‥‥‥‥‥‥‥‥‥‥‥ 25〜28
　空とぶ円盤《小説》（ジョン・フライド）
‥‥‥‥‥‥‥‥‥‥‥‥‥‥‥ 28〜29
ねお・やばにか ‥‥‥‥‥‥‥‥‥‥ 29
微視的探偵法〈3・完〉（江戸川乱歩）
‥‥‥‥‥‥‥‥‥‥‥ 30〜33, 63
桃源郷（隅田渉）‥‥‥‥‥‥‥‥ 30〜33
満月の記録《小説》（水谷準）‥‥ 34〜45
真実薬 ‥‥‥‥‥‥‥‥‥‥‥‥‥‥ 45
眼パタキの頻度 ‥‥‥‥‥‥‥‥‥‥ 46
有翼人〈2〉《小説》（香山滋）‥ 47〜63
後記（H・S・K）‥‥‥‥‥‥‥‥‥ 64

第2巻第11号　所蔵あり
1948年9月1日発行　96頁　35円

紙魚殺人事件《漫画》（村山しげる）‥ 1〜4
蟹の足〈2〉《小説》（大下宇陀児）‥ 6〜18
数の遊び ‥‥‥‥‥‥‥‥‥‥‥‥‥ 18
名探偵ホークショー《漫画》（WATSO）‥ 19
肉体論と犯罪（田村泰次郎）‥‥‥ 20〜23
美人の運命《小説》（北町一郎）‥ 24〜36
大人になつたモナコ ‥‥‥‥‥‥‥‥ 30
錠剤生活は可能か? ‥‥‥‥‥‥‥‥ 31
英国の曝刑 ‥‥‥‥‥‥‥‥‥‥‥‥ 37
きのことローマ皇帝（XYZ）‥‥ 38〜41
ヴイアル夫人の幽霊の出現(田内長太郎)
‥‥‥‥‥‥‥‥‥‥‥‥‥‥‥ 42〜49
ふざけるな ‥‥‥‥‥‥‥‥‥‥‥‥ 49
桃源郷 ‥‥‥‥‥‥‥‥‥‥‥‥ 50〜53
英国探偵コント
　謎の下宿人《小説》（ホロウエイ・ホーン）‥‥‥‥‥‥‥‥‥‥‥ 54〜57
　リアリスト《小説》（J・フアージョン）
‥‥‥‥‥‥‥‥‥‥‥‥‥‥‥ 58〜59
　夢の夢《小説》（ロージヤー・ウツデイズ）
‥‥‥‥‥‥‥‥‥‥‥‥‥‥‥ 60〜63

ロカルノの乞食女《小説》(クライスト〔著〕,石川道雄〔訳〕) …………… 64〜67	捜査と失踪の闘争(轡田三郎) ……… 76〜77
裸婦と壺《小説》(東震太郎) ………… 68〜75	有翼人〈3・完〉《小説》(香山滋) …… 78〜95
恋愛必携 …………………………… 74〜75	後記(H) ……………………………… 96
	名探偵ホークショー《漫画》(WATSO) …… 後1

22 『新探偵小説』

【刊行期間・全冊数】1947.4-1948.7（8冊）
【刊行頻度・判型】不定期刊、A5判
【発行所】新探偵小説社（名古屋）
【発行人】服部元正（第1巻第1号〜第1巻第3号）、高田将伍（第4号、第5号）、磯貝栄三（第2巻第2号〜第2巻第4号）
【編集人】福田照雄（第1巻第1号〜第1巻第3号）、福田祥男（第4号、第5号）、服部元正（第2巻第2号〜第2巻第4号）
【概要】戦前の『ぷろふいる』の寄稿者で名古屋在住の、服部元正、福田照雄（祥男）、若松秀雄が集って創刊した。創作は関西在住の作家が多い。大阪圭吉の遺稿「幽霊妻」が掲載され、井上良夫の遺稿評論も連載されている。江戸川乱歩の随筆「子不語随筆」が連載されるなど、愛好家の編集だけに内容は充実していた。第2巻第2号から社内体制を刷新して月刊ペースとなったものの、ほどなく廃刊となっている。『恐怖の家』と題する井上良夫の遺稿長編の連載が予告されたが、残念ながら掲載はされなかった。

第1巻第1号　所蔵あり
1947年4月10日発行　64頁　15円

幻想の魔窟《小説》（西尾正）‥‥‥‥‥ 2〜18
土曜会記事 ‥‥‥‥‥‥‥‥‥‥‥‥‥ 18
雑草花園（秋野菊作）‥‥‥‥‥‥‥‥‥ 19
星空《小説》（杉山平一）‥‥‥‥‥ 20〜22
スリラー「断崖」のこと（長谷川郁三郎）
　‥‥‥‥‥‥‥‥‥‥‥‥‥‥‥‥ 23〜25
情熱の燃焼に就いて（和田光夫）‥‥ 26〜27
ストランド誌の表紙（妹尾韶夫）‥‥ 28〜29
軽気球
　腹が立つ記（河童三平）‥‥‥‥‥‥ 30
　「聖フオリアン寺院の首吊男」（氏家昭二）‥‥‥‥‥‥‥‥‥‥‥‥‥‥ 30〜31
　探偵雑誌総まくり（贅info絵一）‥‥‥ 31
井上良夫追悼特輯
　名古屋・井上良夫・探偵小説（江戸川乱歩）‥‥‥‥‥‥‥‥‥‥‥‥‥‥ 32〜35
　彼、今在らば―（森下雨村）‥‥‥ 35〜36
　灰燼の彼方の追憶（西田政治）‥‥‥ 37
　井上良夫の死（服部元正）‥‥‥‥ 38〜39
　A君への手紙（井上良夫）‥‥‥‥ 40〜44
色鉛筆 ‥‥‥‥‥‥‥‥‥‥‥‥‥‥‥ 44
完全証拠《小説》（若松秀雄）‥‥‥ 45〜63
社中偶語（福田照雄）‥‥‥‥‥‥‥‥‥ 64

第1巻第2号　所蔵あり
1947年6月10日発行　64頁　18円

手袋《小説》（瀬下耽）‥‥‥‥‥‥‥ 4〜11
雑草花園（秋野菊作）‥‥‥‥‥‥‥‥‥ 12
ギャング牧師《小説》（戸田巽）‥‥ 13〜22
色鉛筆 ‥‥‥‥‥‥‥‥‥‥‥‥‥‥‥ 22
創刊号に寄す
　（江戸川乱歩）‥‥‥‥‥‥‥‥‥‥ 23
　（森下雨村）‥‥‥‥‥‥‥‥‥‥‥ 23
　（杉山平一）‥‥‥‥‥‥‥‥‥ 23〜24
　（九鬼澹）‥‥‥‥‥‥‥‥‥‥‥‥ 24
　（西田政治）‥‥‥‥‥‥‥‥‥‥‥ 24
　（本田緒生）‥‥‥‥‥‥‥‥‥‥‥ 24
　（西尾正）‥‥‥‥‥‥‥‥‥‥ 24〜25
　（武田武彦）‥‥‥‥‥‥‥‥‥‥‥ 25
　（大下宇陀児）‥‥‥‥‥‥‥‥ 25〜26
　（角田喜久雄）‥‥‥‥‥‥‥‥‥‥ 26
　（岡戸武平）‥‥‥‥‥‥‥‥‥‥‥ 27
　（城昌幸）‥‥‥‥‥‥‥‥‥‥‥‥ 27
　（水谷準）‥‥‥‥‥‥‥‥‥ 27〜28
　（海野十三）‥‥‥‥‥‥‥‥‥‥‥ 28
理智と情念について（和田光夫）‥‥ 25〜28
子不語随筆〈1〉（江戸川乱歩）‥‥‥ 29〜32
軽気球
　腹の立つ記（河童三平）‥‥‥‥‥ 33〜34
　［無題］（団道雄）‥‥‥‥‥‥‥‥ 34
世界名作研究〈1〉（井上良夫）‥‥‥ 35〜38
作家印象記
　関東の巻（福田記者）‥‥‥‥‥‥ 39〜40
　関西の巻（横山記者）‥‥‥‥‥‥‥ 40
あちらの小咄 ‥‥‥‥‥‥‥‥‥‥‥‥ 40
幽霊妻《小説》（大阪圭吉）‥‥‥‥ 41〜50

22『新探偵小説』

闇に葬むられた話《小説》(服部元正)
　　　　　　　　　　　　　　　　51～64
社中偶語(M・H, 福田)・・・・・・・・・・・後1

第1巻第3号　所蔵あり
1947年7月20日発行　64頁　18円

黒潮殺人事件《小説》(蒼井雄)・・・・・4～23
青バス五人男(辰野九紫)・・・・・・・24～26
雑草花園(秋野菊作)・・・・・・・・・・・・27
子不語随筆〈2〉(江戸川乱歩)・・・・28～31
「蝶々殺人事件」覚書(横溝正史)・・・32～33
猫と犬(大倉燁子)・・・・・・・・・・・33～34
色エンピツ・・・・・・・・・・・・・・・・・34
構成力について(和田光夫)・・・・・・35～37
ブックスフーズフー
　悪魔の紋章(正木健裕)・・・・・・・35～36
　遺書の誓ひ(多々羅三郎)・・・・・・36～37
　幻影の城主(氏家昭二)・・・・・・・・・37
言ひたいコト言ふページ
　腹の立つ記(河童三平)・・・・・・・・・・38
　創刊号を斬る(栗栖二郎)・・・・・・38～39
　花は何処に咲く(甲田俊二)・・・・・・・39
　我が毒舌(佐藤文武)・・・・・・・・・・・39
オールウエイヴ(宮野四郎)・・・・・・・・40
世界名作研究〈2〉(井上良夫)・・・・41～46
鯉ケ池の奇蹟《小説》(矢作京一)・・・47～56
赤いネクタイ《小説》(杉山平一)・・・57～64
社中偶話(T・R・O)・・・・・・・・・・後1

第4号　所蔵あり
1947年10月1日発行　48頁　17円

X盗難事件《漫画》(片田敏夫)・・・・・・前1
幻想《詩》(坂原新一)・・・・・・・・・・・1
子不語随筆〈3〉(江戸川乱歩)・・・・・2～4
天使との争ひ《小説》(北洋)・・・・・5～11
作者紹介・・・・・・・・・・・・・・・・・・5
砂浜の秘密《小説》(島田一男)・・・・12～18
作者紹介・・・・・・・・・・・・・・・・・12
野心の構図(和田光夫)・・・・・・・・18～19
日本にもグラン・ギニヨル座を(丸木砂土)
　　　　　　　　　　　　　　　　20～21
臆説二三(野上徹夫)・・・・・・・・・21～22
おばけ座(阿知波五郎)・・・・・・・・22～23
ベーカー街・・・・・・・・・・・・・・・・23
言ひたいコトを言ふページ
　探偵小説創作論(弱法師光)・・・・・・・24
　偽装死(林大寒)・・・・・・・・・・24～25
　ローソク譚(甲田俊二)・・・・・・・・・25
　新探偵小説待望!(河原三十二)・・・・・25
渡舟場にて《小説》(西村浩)・・・・・26～27
手紙対面

本田君に久潤を舒す(江戸川乱歩)・・・・・28
江戸川乱歩様(本田緒生)・・・・・・・28～29
ドロシイ・L・セイヤアズのこと(宮野正郎)
　　　　　　　　　　　　　　　　30～31
世界名作研究〈3〉(井上良夫)・・・・32～37
色エンピツ・・・・・・・・・・・・・・・・38
雑草花園(秋野菊作)・・・・・・・・・・・39
紅バラ白バラ《小説》(西尾正)・・・・40～47
孝なんと欲せば/あの手はいけず/この野
　郎!/おちつき/人三化七・・・・・・・・・47
告知板・・・・・・・・・・・・・・・・・・47
編輯後記(福田祥男)・・・・・・・・・・・48

第5号　未所蔵
1948年2月1日発行　48頁　20円

ラムール《小説》(江戸川乱歩/小酒井不木)
　　　　　　　　　　　　　　　　　2～5
探偵トピック(宮野四郎)・・・・・・・・・6
殺人舞台《小説》(耶止說夫)・・・・・7～15
不木先生のことども(岡戸武平)・・・・16～17
雑草花園(秋野菊作)・・・・・・・・・・・18
こがね虫の証人《小説》(北洋)・・・・19～27
奇蹟の犯罪《小説》(天城一)・・・・・28～37
温故録〈1〉(森下雨村)・・・・・38～40, 27
慄へる独楽《小説》(服部元正)・・・・41～47
編輯後記(M・H)・・・・・・・・・・・・48

第2巻第2号(第6号)　所蔵あり
1948年5月1日発行　48頁　22円

旧円勿忘草《小説》(辰野九紫)・・・・・2～10
恋を賭ける《小説》(九鬼澹)・・・・・11～19
二十の扉は何故悲しいか《小説》(香住春作)
　　　　　　　　　　　　　　　　19～26
趣味人訪問記 喜多村緑郎氏の巻(本誌記者)
　　　　　　　　　　　　　　　　27～28
風見鶏・・・・・・・・・・・・・・・・・・28
温故録〈2〉(森下雨村)・・・・・29～32, 10
泉探偵自身の事件《小説》(山田風太郎)
　　　　　　　　　　　　　　　　33～47
風見鶏・・・・・・・・・・・・・・・・・・47
雑草花園(秋野菊作)・・・・・・・・・・・48
編輯後記(服部)・・・・・・・・・・・・後1
※表紙は第2巻第6号と表記

第2巻第3号(第7号)　未所蔵
1948年6月1日発行　48頁　27円

金鶏《小説》(香山滋)・・・・・・・・2～14
風見鶏・・・・・・・・・・・・・・・・・・14
エコオル語事件《小説》(宮野正郎)・・・15～25
雑草花園(秋野菊作)・・・・・・・・・・・26
狂恋の花束(花園守平)・・・・・・・・27～31

22 『新探偵小説』

希望訪問記 横溝正史氏の巻(阿知波五郎)
　……………………………… 32〜33
温故録〈3〉(森下雨村) …………… 34〜38
感情の動き《小説》(蒼井雄) ………… 39〜48
編集後記(服部) ……………………… 後1
※表紙は第2巻第7号と表記

第2巻第4号(第8号)　所蔵あり
1948年7月1日発行　48頁　27円
惨劇を告げる電話《小説》(若松秀雄)
　……………………………… 2〜13
手紙地獄《小説》(西田政治) ……… 14〜20
風見鶏 ……………………………… 20
雲の殺人事件《小説》(島久平) …… 21〜26
雑草花園(秋野菊作) ……………… 27
人妻怪死事件(弘田勝) …………… 28〜31
風見鶏 ……………………………… 31
温故録〈4〉(森下雨村) ……… 32〜34, 31
怪奇作家《小説》(西尾正) ……… 35〜後1
編集後記(M・H) …………………… 後1
※表紙は第2巻第8号と表記

23 『真珠』

【刊行期間・全冊数】1947.4-1948.8（7冊）
【刊行頻度・判型】不定期刊, B5判
【発行所】探偵公論社
【発行人】橋本善次郎
【編集人】橋本善次郎
【概要】号数は第1巻第1号からの通算。戦前の『ぷろふいる』に寄稿していた会計士の橋本善次郎が創刊した探偵雑誌で、編集には『探偵文学』の同人だった上村源吉が携わっている。いかにも探偵小説らしい怪奇味を強調した編集だが、多彩な随筆が探偵文壇の様子を伝えている。蘭郁二郎の遺稿が掲載されたりしたものの、小説は再録も多かった。不規則な発行ペースからも、営業的には成り立たなかったことが明らかである。

第1号　所蔵あり
1947年4月28日発行　34頁　10円

絞刑に処せられた犬	2
嬰児の復讐《小説》（篠田浩）	4～6
最後の瞬間《小説》（荻一之介）	6～7
好人物（大倉燁子）	7
吉田貫三郎探偵小説挿絵傑作集	8～9
自画像（中島親）	10
詰将棋（江賀井陀）	10
探偵Q氏《小説》（近藤儀）	10～12
蛾《小説》（篠崎淳之介）	12～13
探偵小説か?推理小説か?（黒沼健）	14
ひと昔（戸田巽）	14
面白い話（女銭外二）	15～16
乳房嬌談（智樹院太郎）	16
首なし美人「考」（高橋鉄）	16～17
一つの倫理（城昌幸）	18
わが探偵小説観（海野十三）	18
息を止める男《小説》（蘭郁二郎）	19～20
黄色の部屋	20
探偵小説読書案内（江戸川乱歩）	21～22
私の野心（横溝正史）	22～23
探鬼庵漫筆（西田政治）	23～26
作品月評（砂糖をなめる男）	27～29
真珠塔（八重野潮路）	28～29
路地の瑞れ《小説》（西尾正）	30～後1
鬼社の窓から（贅頭絵一）	後1
探偵劇評（備瓦斯）	後1
春の探偵映画（J・F）	後2

第2号　所蔵あり
1947年10月1日発行　50頁　20円

講演と探偵劇の会	2
朱楓林の没落《小説》（女銭外二）	4～9
脚・影・ハイド（高橋鉄）	10～15
探偵文壇新いろは歌留多（秋野菊作）	12～13
ハート痣のある足《小説》（団寿庵）	14～15
背信《小説》（花園守平）	16～21
月蝕について（山本禾太郎）	20～21
メーグレの人間性（黒沼健）	22
ガス燈（JF）	23, 42
幽霊船の中の男《小説》（渡辺啓助）	24～28
強盗推参《小説》（丘丘十郎）	26～28
浅草松竹座の「レヴユー殺人事件」（R・K生）	28
真珠塔（八重野潮路）	29
竹中英太郎探偵小説挿絵傑作集	30～31
探偵茶話（横溝正史）	32～33
枕頭風景（江戸川乱歩）	34～35
作品饒舌録（砂糖をなめる男）	36～41
海外通信（植草甚一）	38～42
落ちてきた花束《小説》（戸田巽）	43～49
神戸の二作家（河原三十二）	50
鬼社の窓から	50

第3号　所蔵あり
1947年12月28日発行　64頁　30円

耽奇博物館（高橋鉄）	前1～前4
二科展出品画の秘密《小説》（戸田巽）	4～13
兇器と性器の夢診断（高橋鉄）	14～15
生ける屍《小説》（城昌幸）	16～19
探偵小説の面白さと面白くなさ（女銭外二）	19

271

23『真珠』

完全殺人《小説》(武田武彦) ………… 20～23
探偵茶話(横溝正史) ……………………… 24～25
探偵文壇新いろは歌留多(秋野菊作)
　　　　　　　　　　　　　　　　　　24～27
幽霊と指紋《小説》(海野十三) ………… 26～27
平塚の怪《小説》(団寿庵) ………… 28～29, 31
探偵医談(阿波五郎) ………………………… 28～30
八月の狂気《小説》(西尾正) ……………… 30～31
復活(福田照雄) ……………………………………… 31
御誂演映幽霊譚(南部僑一郎) ………………… 32～33
探偵小説の思ひ出(木々高太郎) ……………… 34
閑古鳥の呟き(山下平八郎) …………………… 34～35
『とんとん』(大下宇陀児) ……………………… 35
天の鬼《小説》(蘭妖子) ………………………… 36～39
真珠塔(八重野潮路) ……………………………… 36～37
時評(砂糖をなめる男) ………… 38～39, 49～56
墓場《小説》(西尾正) …………………… 40～45, 49
探鬼庵漫筆(西田政治) …………………………… 44～45
喉《小説》(井上幻) ……………………………… 46～49
気の弱い男《小説》(百村浩) ………………… 50～54
火星の使者《小説》(香山滋) ………………… 57～63
鬼社の窓から(贅頭絵一) ……………………………… 64
探偵小説・殺人・法医学(黒部竜二)
　　　　　　　　　　　　　　　　　後1～後3
「月光殺人事件」舞台裏の記(R・K) ……… 後4

第2巻第4号　所蔵あり
1948年3月1日発行　38頁　25円

江戸刑罰写真集《口絵》 ………………………………… 2
処女水《小説》(香山滋) ……………………… 4～10
探偵文壇五人男川柳《川柳》(花園守平) …… 10
真珠塔(八重野潮路) ……………………………… 11
女湯の刀掛《小説》(黄表紙哲輔) …… 12～14
幻影を追ふて(森下雨村) ……………………… 15～18
ピムリコの悲劇(黒沼健) ……………………… 19～21
ペルツァー兄弟(妹尾韶夫) …………………… 22～25
水口屋騒動《小説》(耶止説夫) ……………… 26～29
医博漫筆(阿波五郎) ……………………………… 29
薔薇雑記〈1〉(渡辺啓助) ……………………… 30～31
竹流亭通信(海野十三) ………………………… 30～31
ぶらぶら小袖《小説》(城昌幸) ……………… 32～37
月評(砂糖をなめる男) ………………………………… 38
真珠筺より(上村源吉) …………………………………… 38

第2巻第5号　所蔵あり
1948年4月28日発行　42頁　30円

船長殺人事件《漫画》(片岡敏夫) …… 前1, 後1
遠眼鏡《小説》(耶止説夫) …………………… 4～7, 9
カメレオン《小説》(水谷準) …………………… 8～9
春宵風流犯罪奇談《座談会》(平山蘆江, 加藤辰
　己, 中川孤牛, 大木笛我, 島崎英治, 杉原残

華, 高島栄太郎, 吉住福次郎, 片桐千春〔司
　会〕) ……………………………………………… 10～14
『探偵』《川柳》(大木笛我〔選〕) ………………… 14
探偵文壇通《川柳》(花園守平) ………………… 14
虚相・真相(高橋鉄) ……………………………… 15～18
牢破りの男《脚本》(武田武彦) ……… 19～20, 23
二個の死体《小説》(蘭妖子) ………………… 21～23
的の裸女《小説》(花園守平) …………… 24～26, 28
建築家の死《小説》(横溝正史) ……………… 27～28
薔薇雑記〈2〉(渡辺啓助) ……………………… 29～31
投稿作品第一次発表(編集部) …………………… 30
乱歩寄席登場(笛色幡作) ……………………… 30～31
風流お笑い草紙(矢野日源一) …………………… 31
探偵文壇通《川柳》(花園守平) ……………………… 31
復活《小説》(伊志田和郎) ……………………… 32～41
真珠と缶詰《小説》(法水小五郎) …………… 34～39
長篇探偵小説雑感(砂糖をなめる男)
　　　　　　　　　　　　　　　　　　41～42
編輯後記(上村) ……………………………………… 42

第2巻第6号　所蔵あり
1948年6月1日発行　44頁　30円

幻の怪盗《漫画》(片岡敏夫) ………… 前1, 後1
パンテオン殺人事件《小説》(覆面作家)
　　　　　　　　　　　　　　　　　　　6～10
首と女《小説》(中島親) ……………………… 11～13
色眼鏡《小説》(戸田巽) ……………………………… 13
風流噺落語風景《座談会》(宇野信夫, 鈴木みち
　を, 中川工司, 古今亭燕輔, 柳亭路路, 桂文
　一, 片桐千春〔司会〕) ……………………… 14～18
大道詰将棋選(宮本弓彦) ………………………… 18
真珠函 ……………………………………………………… 19
山がら事件《小説》(蘭妖子) ………………… 20～22
真珠塔(八重野潮路) ……………………………… 22
月評(砂糖をなめる男) ………………………………… 23
風流お笑い草紙(矢野日源一) ……………… 24～25
古井戸《小説》(蘭龍二郎) …………………… 26～31
『古井戸』の作者のこと(海野十三) …… 30～31
加賀美の帰国(角田喜久雄) ……………………… 32
ロード・ピーターの趣味と教養(黒沼健)
　　　　　　　　　　　　　　　　　　32～33
愛すべき師父ブラウン(西田政治) ……………… 33
酔つ払ひ好色探偵クレーン(栗栖貞) ………… 34
帰郷《小説》(妹尾韶夫) ……………………… 35～44
編集後記 ……………………………………………………… 44

第2巻第7号　所蔵あり
1948年8月20日発行　36頁　30円

妖虫記《小説》(香山滋) ………………………… 4～10
薔薇雑記〈3〉(渡辺啓助) ……………………… 10～11
大道詰将棋選(宮本弓彦) ……………………………… 11

23 『真珠』

石古路町奇談《小説》(辰野九紫) …… 12～14
風流有頂天物語(矢野目源一) …………… 15
鳩の街の彼女たち《座談会》(敬子, 一穂, みな子, とみ, まつみ, 片桐千春〔司会〕)
　　…………………………………… 16～20
時評(砂糖をなめる男) ……………… 20～21
アパート異変《小説》(玉川一郎)
　　……………………………… 22～23, 29
課題小説

真珠《小説》(香住春作) …………… 24～25
黒猫《小説》(島久平) ……………… 25～26
宝石《小説》(矢作京一) …………… 26～27
仮面《小説》(花園守平) …………… 28～29
探偵小説名作川柳(花園守平) …………… 27
美神座の踊り子《小説》(九鬼澹) …… 30～35
真珠函 …………………………………… 36
ラブレター《漫画》(片岡敏夫) ………… 後1

24 『妖奇』『トリック』

【刊行期間・全冊数】1947.7-1953.4（72冊）
【刊行頻度・判型】月刊，B6判（第1巻第1号～第1巻第2号），B5判（第1巻第3号～第7巻第4号）
【発行所】オール・ロマンス社
【発行人】本多喜久夫
【編集人】本多喜久夫
【概要】創刊当初は戦前の『新青年』に掲載された作品を中心に、再録作品で誌面を埋めていた。その作品選択の良さが読者に歓迎され、『宝石』などほかの探偵雑誌が足元にも及ばないほど売れていたという。当時の探偵雑誌には珍しく、月刊の発行ペースが守られていた。しかし、旧作にも限りがあり、創刊3年目からは新作が中心となっていく。ただ、投稿作品に頼っていたらしく、尾久木弾歩、香山風太郎、華村タマ子といった、他誌ではほとんど作品を見かけない作家が活躍していた。高木彬光、島久平、島本春雄、潮寒二らも作品を発表しているが、雑誌を特徴付けていたのは、正体不明の無名作家による通俗的な探偵小説だった。

同時期に創刊された探偵雑誌が次々と廃刊するなかで、月刊ペースが維持され、愛読者の集まりとして「妖奇探偵クラブ」も結成されるほどだった。だが、無名作家中心の編集には限界があったようで、第6巻第11号から『トリック』と改題し、セイヤーズなど翻訳作品も掲載されるようになった。しかしそれも再録で、誌面刷新は功を奏さず、ほどなく廃刊となる。

第1巻第1号　所蔵あり
1947年7月1日発行　64頁　12円
白蛇お由の死《小説》（海野十三）……… 1～14
ア・ラ・カルト ………………………… 14～15
十四人目の乗客《小説》（大下宇陀児）
　…………………………………………… 16～27
怪奇の創造《小説》（城昌幸）……… 28～37
面〈1〉《小説》（横溝正史）……… 28～37
　（マスク）
魔の池事件〈1〉《小説》（甲賀三郎）
　…………………………………………… 38～51
恋愛劇場〈1〉《小説》（華村タマ子）… 52～64
現場不在証明/申上げる程の/重宝至極/出来したぞ ……………………………………… 64
編輯室 ………………………………………… 後1

第1巻第2号　所蔵あり
1947年8月1日発行　64頁　15円
呪はれた日記《小説》（黒沼健）…… 1～11
ねむり妻〈1〉《小説》（木々高太郎）… 12～19
魔の池事件〈2・完〉《小説》（甲賀三郎）
　…………………………………………… 20～28
恋愛劇場〈2〉《小説》（華村タマ子）… 29～43
面〈2・完〉《小説》（横溝正史）…… 44～50
　（マスク）

さあこれから ………………………………… 50
閉鎖を命ぜられた妖怪館《小説》（山本禾太郎）…………………………………… 51～63
編集室（本多生）………………………………… 64

第1巻第3号　所蔵あり
1947年9月15日発行　32頁　20円
心中歌さばき《小説》（城昌幸）……… 1～9
丘の家の殺人《小説》（大下宇陀児）… 5～9
敗戦ないない尽し …………………………… 9
ア・ラ・カルト ……………………………… 9
ねむり妻〈2・完〉《小説》（木々高太郎）
　…………………………………………… 10～14
真夜の秋《俳句》（浜田紅児）……………… 14
陰影《小説》（耶止説夫）……………… 15～18
恋愛劇場〈3〉《小説》（華村タマ子）… 19～23
隣りの未亡人《小説》（大倉燁子）… 22～26
窓〈1〉《小説》（山本禾太郎）……… 26～31
編集雑筆（本多生）…………………………… 32

第1巻第4号　所蔵あり
1947年10月10日発行　32頁　20円
ココナットの実〈1〉《小説》（夢野久作）
　……………………………………………… 1～5

24 『妖奇』『トリック』

蜘蛛の夢〈1〉《小説》(岡本綺堂) ……… 6〜9
貴方の今月の運勢は? ……………………… 8
蒼白い誘惑《小説》(黒沼健) ………… 10〜14
妖鬼《小説》(輪堂寺耀) …………… 15〜17
恋愛劇場〈4・完〉《小説》(華村タマ子)
　　　　　　　　　　　　　　　　　18〜22
ア・ラ・カルト ……………………………… 22
窓〈2〉《小説》(山本禾太郎) ……… 23〜26
裸女殺人事件〈1〉《小説》(覆面作家)
　　　　　　　　　　　　　　　　　27〜32

第1巻第5号　所蔵あり
1947年11月10日発行　32頁　20円
殺人と白猫《小説》(甲賀三郎) ………… 1〜5
蜘蛛の夢〈2〉《小説》(岡本綺堂) …… 6〜9
ココナットの実〈2・完〉《小説》(夢野久作)
　　　　　　　　　　　　　　　　　10〜13
仙人ケ池の悲劇《小説》(竹谷十三) … 14〜17
裸女殺人事件〈2〉《小説》(覆面作家)
　　　　　　　　　　　　　　　　　18〜23
ア・ラ・カルト ……………………………… 23
屍くづれ〈1〉《小説》(渡辺啓助) … 24〜28
窓〈3〉《小説》(山本禾太郎) ……… 29〜32

第1巻第6号　所蔵あり
1947年12月1日発行　34頁　20円
恋愛忠臣蔵〈1〉《小説》(丸木砂土) …… 3〜6
隻眼荘燃ゆ《小説》(九鬼澹) ………… 7〜10
眼 ……………………………………………… 10
蜘蛛の夢〈3・完〉《小説》(岡本綺堂)
　　　　　　　　　　　　　　　　　11〜14
虫時雨《俳句》(浜田紅児) ………………… 14
屍くづれ〈2〉《小説》(渡辺啓助)
　　　　　　　　　　　　　　　　　15〜18
完全犯罪《小説》(角田実) ………………… 19
裸女殺人事件〈3〉《小説》(覆面作家)
　　　　　　　　　　　　　　　　　20〜25
窓〈4・完〉《小説》(山本禾太郎) … 26〜29
後光殺人事件〈1〉《小説》(小栗虫太郎)
　　　　　　　　　　　　　　　　　30〜34
耳/口 ………………………………………… 34

第2巻第1号　所蔵あり
1948年1月1日発行　52頁　30円
揮発した踊子《小説》(野村胡堂) ……… 5〜14
メデュサの首《小説》(小酒井不木) … 10〜16
花形女優殺し〈1〉《小説》(黒沼健)
　　　　　　　　　　　　　　　　　17〜21
西鶴捕物帳(額田六福) …… 19, 21, 23, 25
a la carte …………………………………… 20
良人を探る〈1〉《小説》(大下宇陀児)
　　　　　　　　　　　　　　　　　22〜27

恋愛忠臣蔵〈2〉《小説》(丸木砂土)
　　　　　　　　　　　　　　　　　27〜30
島原絵巻〈1〉《小説》(浜尾四郎) … 31〜34
後光殺人事件〈2・完〉《小説》(小栗虫太郎)
　　　　　　　　　　　　　　　　　35〜40
奇抜な血闘《小説》(森山四郎) ……… 38〜43
裸女殺人事件〈4〉《小説》(覆面作家)
　　　　　　　　　　　　　　　　　41〜45
人間椅子《小説》(江戸川乱歩) ……… 46〜52
妖奇掲載作品一覧表 ………………………… 後1
編集雑筆(本多きくを) ……………………… 後1

臨時増刊　所蔵あり
1948年2月1日発行　46頁　30円
恋文道中記《小説》(野村胡堂) ………… 3〜46
※巻号表記なし

第2巻第3号　所蔵あり
1948年2月1日発行　34頁　20円
愛慾埃及学《小説》(渡辺啓助) ………… 3〜11
島原絵巻〈2・完〉《小説》(浜尾四郎)
　　　　　　　　　　　　　　　　　　8〜11
花形女優殺し〈2・完〉《小説》(黒沼健)
　　　　　　　　　　　　　　　　　12〜15
良人を探る〈2・完〉《小説》(大下宇陀児)
　　　　　　　　　　　　　　　　　16〜19
貴方の今月の運勢は? ……………………… 18
裸女殺人事件〈5〉《小説》(覆面作家)
　　　　　　　　　　　　　　　　　20〜25
球場の殺人《小説》(角田実) ……………… 24
恋愛忠臣蔵〈3〉《小説》(丸木砂土)
　　　　　　　　　　　　　　　　　26〜29
a ra carte ………………………………… 28
帯解けお喜美〈1〉《小説》(三角寛)
　　　　　　　　　　　　　　　　　30〜33
編集雑筆(本多きくを) ……………………… 34
※表紙は第2巻第2号と表記

第2巻第4号　所蔵あり
1948年3月1日発行　36頁　20円
慈悲心鳥《小説》(岡本綺堂) …………… 5〜13
恋愛忠臣蔵〈4・完〉《小説》(丸木砂土)
　　　　　　　　　　　　　　　　　10〜13
小笛事件〈1〉《小説》(山本禾太郎)
　　　　　　　　　　　　　　　　　14〜19
逗子物語〈1〉《小説》(橘外男) …… 20〜27
裸女殺人事件〈6・完〉《小説》(覆面作家)
　　　　　　　　　　　　　　　　　24〜29
吹雪心中《小説》(正木不如丘) ……… 30〜33
帯解けお喜美〈2〉《小説》(三角寛)
　　　　　　　　　　　　　　　　　34〜36

275

24 『妖奇』『トリック』

編集雑筆(本多きくを)・・・・・・・・・・・・・ 後1
※表紙は第2巻第3号と表記

第2巻第5号　所蔵あり
1948年4月1日発行　36頁　20円
乳房を摑む手《小説》(土師清二)・・・・・・・ 5〜9
怪奇果樹園物語〈1〉《小説》(甲賀三郎)
　　　　　　　　　　　　　　　　　　10〜13
帯解けおombre美〈3・完〉《小説》(三角寛)
　　　　　　　　　　　　　　　　　　14〜16
小笛事件〈2〉《小説》(山本禾太郎)・・ 17〜21
逗子物語〈2〉《小説》(橘外男)・・・・・ 22〜29
貞操の門《小説》(三田早苗)・・・・・・・ 26〜29
裸の自画像《小説》(みどり川シロー)
　　　　　　　　　　　　　　　　　　29〜31
珍客《小説》(森下雨村)・・・・・・・・・・・ 32〜36
編集雑筆(本多きくを)・・・・・・・・・・・・・ 後1
※表紙は第2巻第4号と表記

第2巻第6号　所蔵あり
1948年5月1日発行　36頁　25円
血妖〈1〉《小説》(大下宇陀児)・・・・・・・ 5〜12
薔薇悪魔の話《小説》(渡辺啓助)・・・・ 8〜13
探偵俳句《俳句》(浜田紅児〔選〕)・・・・ 11
怪奇果樹園物語〈2・完〉《小説》(甲賀三郎)
　　　　　　　　　　　　　　　　　　14〜19
南一号室《小説》(正木不如丘)・・・・・ 18〜19
小笛事件〈3〉《小説》(山本禾太郎)・・ 20〜25
「小笛事件」に寄す(江戸川乱歩)・・・・ 20
手に残つた髪の毛《小説》(黒頭巾)・・ 24〜25
逗子物語〈3・完〉《小説》(橘外男)
　　　　　　　　　　　　　　　　　　26〜32
木兎の目ざんげ〈1〉《小説》(三木岳四郎)
　　　　　　　　　　　　　　　　　　28〜32
蛇男《小説》(角田喜久雄)・・・・・・・・・ 33〜36
編集雑筆(本多生)・・・・・・・・・・・・・・・・ 後1
※表紙は第2巻第5号と表記

第2巻第7号　所蔵あり
1948年6月1日発行　36頁　25円
三文歌舞伎(オペラ)《小説》(小栗虫太郎)・・ 5〜9
童貞〈1〉《小説》(夢野久作)・・・・・・・ 10〜13
血妖〈2・完〉《小説》(大下宇陀児)・・ 14〜17
女郎蜘蛛《小説》(水上幻一郎)・・・・・ 18〜23
木兎の目ざんげ〈2〉《小説》(三木岳四郎)
　　　　　　　　　　　　　　　　　　20〜27
白妖〈1〉《小説》(大阪圭吉)・・・・・・・ 26〜29
小笛事件〈4〉《小説》(山本禾太郎)・・ 30〜35
代理殺人〈1〉《脚本》(長谷川伸)・・・ 34〜36
編集雑筆(本多きくを)・・・・・・・・・・・・・ 後1

※表紙は第2巻第6号と表記

第2巻第8号　所蔵あり
1948年7月1日発行　44頁　30円
四つの眼《小説》(森下雨村)・・・・・・・ 5〜13
情鬼〈1〉《小説》(大下宇陀児)・・・・・ 8〜12
最後の接吻〈1〉《小説》(野村胡堂)
　　　　　　　　　　　　　　　　　　13〜16
妖奇・俳壇《俳句》(浜田紅児〔編〕)・・ 16
泥絵殺人譜(伊藤晴雨)・・・・・・・・・・・・ 17〜21
童貞〈2・完〉《小説》(夢野久作)・・・・ 20〜23
木兎の目ざんげ〈3・完〉《小説》(三木岳四郎)・・・・・・・・・・・・・・・・・・・・・・・・・・ 22〜33
代理殺人〈2・完〉《脚本》(長谷川伸)
　　　　　　　　　　　　　　　　　　24〜27
小笛事件〈5〉《小説》(山本禾太郎)・・ 28〜35
白妖〈2・完〉《小説》(大阪圭吉)・・・・ 36〜38
美しき皮膚病《小説》(渡辺啓助)・・・・ 39〜43
編集雑筆(本多きくを)・・・・・・・・・・・・・ 44
※表紙は第2巻第7号と表記

第2巻第9号　所蔵あり
1948年8月1日発行　44頁　30円
殺人リレー《小説》(夢野久作)・・・・・・ 5〜15
春画の行方《小説》(正岡容)・・・・・・・ 10〜15
最後の接吻〈2・完〉《小説》(野村胡堂)
　　　　　　　　　　　　　　　　　　16〜21
探偵俳句《俳句》(浜田紅児〔選〕)・・・・ 18
情鬼〈2〉《小説》(大下宇陀児)・・・・・ 20〜24
復讐の戯れ《小説》(小暇蒼介)・・・・・ 25〜27
小笛事件〈6〉《小説》(山本禾太郎)・・ 28〜33
刺青の男《小説》(若松秀雄)・・・・・・・ 34〜38
人胆質入裁判(小栗虫太郎)・・・・・・・・ 39〜43
編集雑筆(本多きくを)・・・・・・・・・・・・・ 44
※表紙は第2巻第8号と表記

第2巻第10号　所蔵あり
1948年9月1日発行　44頁　30円
いろは義賊《小説》(土師清二)・・・・・ 5〜11
古名刺奇譚〈1〉《小説》(甲賀三郎)・・ 8〜13
妖奇俳壇《俳句》(浜田紅児〔選〕)・・・・ 13
墨東奇譚《小説》(秦賢助)・・・・・・・・・ 14〜17
小笛事件〈7〉《小説》(山本禾太郎)・・ 18〜24
情鬼〈3・完〉《小説》(大下宇陀児)・・ 25〜27
姦婦《小説》(築地三郎)・・・・・・・・・・・ 28〜35
黒猫十三《小説》(大倉燁子)・・・・・・・ 36〜43
抱擁《小説》(輪堂寺耀)・・・・・・・・・・・ 42〜44
※表紙は第2巻第9号と表記

第2巻第11号　所蔵あり
1948年10月1日発行　52頁　35円

24 『妖奇』『トリック』

虹《漫画》（オノサセオ）・・・・・・・・・・・・・・・ 2
名探偵カルメヤキ氏《漫画》（さんマンガクラブ）・・・・・・・・・・・・・・・・・・・・・・・・・・・ 3〜10
血笑婦《小説》（渡辺啓助）・・・・・・・・・・・・・ 14〜19
秋の亡霊《小説》（角田喜久雄）・・・・・・・・ 20〜24
古名刺奇譚〈2・完〉《小説》（甲賀三郎）
　　　　　　　　　　　　　　　　　　　　　　25〜31
誤診物語（正木不如丘）・・・・・・・・・・・・・・・ 27〜31
生きていた死体《小説》（井川敏雄）・・・ 32〜36
妖奇俳壇《俳句》（浜田紅児〔選〕）・・・・・・ 36
小笛事件〈8〉《小説》（山本禾太郎）・・・ 37〜43
五年目の殺人事件《小説》（島久平）・・・ 44〜47
ウインク《小説》（ギ・ドゥ・モーパッサン〔著〕，
　　　月光寺清〔訳〕）・・・・・・・・・・・・・・・・ 48〜52
笑ひの扉 ・・・・・・・・・・・・・・・・・・・・・・・・・・・・ 52
※表紙は第2巻第10号と表記

第2巻第12号　所蔵あり
1948年11月1日発行　52頁　35円

虹《漫画》（オノサセオ）・・・・・・・・・・・・・・・ 2
徳川天一坊《漫画》（さん漫画クラブ）・・ 3〜10
方子と末起《小説》（小栗虫太郎）・・・・・ 14〜20
山から来た男の話《小説》（正木不如丘）
　　　　　　　　　　　　　　　　　　　　　　21〜27
恐ろしき偶然《小説》（黒沼健）・・・・・・・ 24〜29
顔のない屍体《小説》（島田鹿雄）・・・・・ 30〜32
探偵俳句《俳句》（浜田紅児〔選〕）・・・・・・ 32
小笛事件〈9〉《小説》（山本禾太郎）・・・ 33〜39
青酸加里殺人事件〈1〉《小説》（水上幻一郎）
　　　　　　　　　　　　　　　　　　　　　　40〜46
妖奇千一夜　　　　　　　42, 43, 44, 45, 46
変質者の復讐《小説》（甲賀三郎）・・・・・ 47〜52
※表紙は第2巻第11号と表記

第2巻第13号　所蔵あり
1948年12月1日発行　52頁　40円

虹《漫画》（オノサセオ）・・・・・・・・・・・・・・・ 2
ダイヤモンド紛失事件《漫画》（さん漫画クラブ）・・・・・・・・・・・・・・・・・・・・・・・・・・・ 3〜10
白菊《小説》（夢野久作）・・・・・・・・・・・・・ 14〜20
燈台鬼《小説》（大阪圭吉）・・・・・・・・・・・ 21〜27
妖奇俳壇《俳句》（浜田紅児〔選〕）・・・・・・ 27
御詠歌《小説》（正木不如丘）・・・・・・・・・ 28〜30
青酸加里殺人事件〈2・完〉《小説》（水上幻一郎）・・・・・・・・・・・・・・・・・・・・・・・・・・ 31〜35
小笛事件〈10〉《小説》（山本禾太郎）
　　　　　　　　　　　　　　　　　　　　　　36〜37
化け猫奇談《小説》（香住春作）・・・・・・・ 38〜43
妖猫ミミ《小説》（輝井玲一）・・・・・・・・・ 44〜47
跫音《小説》（石井源一郎）・・・・・・・・・・・ 48〜52
編輯余筆（本多きくを）・・・・・・・・・・・・・・・ 52

※表紙は第2巻第12号と表記

第3巻第1号　所蔵あり
1949年1月1日発行　71頁　55円

虹《漫画》（オノサセオ）・・・・・・・・・・・・・・・ 2
初笑い弥次喜多双六話《漫画》（さん漫画クラブ）・・・・・・・・・・・・・・・・・・・・・・・・・・・ 3〜10
女・あの手この手《口絵》・・・・・・・・・・・・ 11〜13
あなたは犯罪を犯してゐないか《口絵》・・・・ 14
罠《小説》（大下宇陀児）・・・・・・・・・ 16〜21, 28
悪魔の指《小説》（渡辺啓助）・・・・・・・・・ 22〜27
明白なる自殺《小説》（甲賀三郎）・・・・・ 29〜35
ルナパークの盗賊《小説》（正岡容）・・・ 34〜37
金網模様の青空《小説》（サトウハチロー）
　　　　　　　　　　　　　　　　　　　　　　38〜43
肉体の破損《小説》（永瀬三吾）・・・・・・・ 44〜49
小笛事件〈11〉《小説》（山本禾太郎）
　　　　　　　　　　　　　　　　　　　　　　50〜55
一瞬間の恐怖《小説》（大倉燁子）・・・・・ 56〜59
悪魔祈禱書《小説》（夢野久作）・・・・・・・ 60〜65
上海燐寸と三寸虫《小説》（長谷川伸）
　　　　　　　　　　　　　　　　　　　　　　66〜71
探偵俳句《俳句》（浜田紅児〔選〕）・・・・・・ 67
初日《俳句》（浜田紅児）・・・・・・・・・・・・・・ 68
編集雑筆（本多きくを）・・・・・・・・・・・・・・・ 71

第3巻第2号　所蔵あり
1949年2月1日発行　55頁　45円

虹《漫画》（オノサセオ）・・・・・・・・・・・・・・・ 2
港ブルース《漫画》（さん漫画クラブ）・・ 3〜10
人造麗人の魅惑《口絵》・・・・・・・・・・・・・・ 11〜14
人間腸詰《小説》（夢野久作）・・・・・・・・・ 16〜24
大蛇ヶ池の秘密《小説》（小林増太）・・・ 25〜31
天の獏《小説》（正木不如丘）・・・・・・・・・ 30〜32
二重試験《小説》（二平莞）・・・・・・・・・・・ 33〜41
妖婦手帳《小説》（守安新二郎）・・・・・・・ 36〜40
小笛事件〈12・完〉《小説》（山本禾太郎）
　　　　　　　　　　　　　　　　　　　　　　41〜47
妖奇俳壇《俳句》（浜田紅児〔選〕）・・・・・・ 43
夜半の声《小説》（黒沼健）・・・・・・・・・・・ 48〜49
連続殺人事件〈1〉《小説》（覆面作家）
　　　　　　　　　　　　　　　　　　　　　　50〜55
笑ひの花束 ・・・・・・・・・・・・・・・・・・・・・・・・・ 54

第3巻第3号　所蔵あり
1949年3月1日発行　59頁　50円

虹《漫画》（オノサセオ）・・・・・・・・・・・・・・・ 2
続肉体の門《口絵》・・・・・・・・・・・・・・・・・・ 3〜5
あなたは犯罪を犯してゐないか?《口絵》・・・・ 6
台風一家《漫画》（さん漫画クラブ）・・・・ 7〜10
恋慕《小説》（木々高太郎）・・・・・・・・・・・ 12〜19

| 妖奇俳壇《俳句》（浜田紅児〔選〕）・・・・・・ 19
| 地獄横町《小説》（渡辺啓助）・・・・・・・ 20〜25
| 実説夜嵐お絹（田村西男）・・・・・・・・・ 26〜29
| 動かぬ鯨群《小説》（大阪圭吉）・・・・・・ 30〜36
| 蠟人形《小説》（大木喬太郎）・・・・・・・ 37〜39
| 褌越しの睦言《小説》（左川佑）・・・・・・ 38
| 物言ふ白骨（荻原秀夫）・・・・・・・・・・ 40〜43
| 連続殺人事件〈2〉《小説》（覆面作家）
| ・・・・・・・・・・・・・・・・・・・・ 44〜51
| 穢された女身像（ヌウド）《小説》（篠原ふゆき）
| ・・・・・・・・・・・・・・・・・・・・ 48〜49
| 襟巻騒動《小説》（森下雨村）・・・・・・・ 52〜59
| 夢占ひ ・・・・・・・・・・・・・・・・・ 54〜55

第3巻第4号　所蔵あり
1949年4月1日発行　67頁　55円
| 虹《漫画》（オノサセオ）・・・・・・・・・ 2
| 肉体の祭典・裸線の饗宴《口絵》・・・・・・ 3〜6
| サーカス誘拐事件《漫画》（さん漫画クラブ）
| ・・・・・・・・・・・・・・・・・・・・ 7〜10
| 手錠《小説》（大下宇陀児）・・・・・・・・ 12〜17
| アクロバテイツク談義（的場徹）・・・・・・ 17
| 愛慾の悪魔《小説》（秦賢助）・・・・・・・ 18〜23
| 復讐鬼《小説》（高作太郎）・・・・・・・・ 22〜25
| 連続殺人事件〈3〉《小説》（覆面作家）
| ・・・・・・・・・・・・・・・・・・・・ 26〜31
| 相模屋異聞《小説》（中田孝一）・・・・・・ 32〜35
| 妖奇俳壇《俳句》（浜田紅児〔選〕）・・・・ 33
| 栗の並木路で《小説》（マルキ・ド・サド）
| ・・・・・・・・・・・・・・・・・・・・ 35
| 道化師《小説》（エドガア・アラン・ポー〔著〕，
| 輪堂寺耀〔訳〕）・・・・・・・・・・・・ 36〜39
| 振返らぬ男《小説》（黒沼健）・・・・・・・ 40〜43
| サデイストの妻《小説》（マルキ・ド・サド）
| ・・・・・・・・・・・・・・・・・・・・ 42〜43
| お化けの世界《小説》（滝保吉）・・・・・・ 44〜49
| 謎・謎・謎（左川佑）・・・・・・・・・・・ 46
| しつぺ返し《小説》（マルキ・ド・サド）・・ 49
| 案山子恐怖症（鬼怒川浩）・・・・・・・・・ 50〜53
| 蛇女《小説》（津軽良）・・・・・・・・・・ 54〜57
| 肉体の異変《小説》（小栗虫太郎）・・・・・ 58〜67
| 編集雑筆（本多きくを）・・・・・・・・・・ 67

第3巻第5号　所蔵あり
1949年5月1日発行　67頁　55円
| 虹《漫画》（オノサセオ）・・・・・・・・・ 2
| 銀瓶梅《漫画》（さん漫画クラブ）・・・・・ 4〜7
| モルグ街の殺人事件《小説》〔エドガア・アラン・
| ポウ〕・・・・・・・・・・・・・・・・・ 8〜16
| 変身術師《小説》（渡辺啓助）・・・・・・・ 17〜21
| 馬券奇聞《小説》（西美川一人）・・・・・・ 22〜26

| 甦える愛《小説》（黒沼健）・・・・・・・・ 27〜29
| 春情蝶《小説》（及川英雄）・・・・・・・・ 30〜33
| 妖奇俳壇《俳句》（浜田紅児〔選〕）・・・・ 32
| 深海の囚虜《小説》（小栗虫太郎）・・・・・ 34〜42
| 連続殺人事件〈4〉《小説》（覆面作家）
| ・・・・・・・・・・・・・・・・・・・・ 43〜48
| 妖奇千一夜 ・・・・・・・・・・・・・・・ 45
| 銀煙管《小説》（石井源一郎）・・・・・・・ 49〜56
| 笑ひの泉 ・・・・・・・・・・・・・・・・ 54
| 深夜の百貨店《小説》（森田草平）・・・・・ 56〜67
| 結婚初夜のこと《小説》（マルキ・ド・サド）
| ・・・・・・・・・・・・・・・・・・・・ 66
| 編集余筆（本多）・・・・・・・・・・・・・ 67

第3巻第6号　所蔵あり
1949年6月1日発行　67頁　60円
| 虹《漫画》（オノサセオ）・・・・・・・・・ 2
| 獄門島《口絵》・・・・・・・・・・・・・・ 3〜5
| 春宵浮世絵色鑑《口絵》・・・・・・・・・・ 6
| 黒猫（ブラツクキヤツト）《小説》（エドガア・アラン・ポウ）
| ・・・・・・・・・・・・・・・・・・・・ 8〜13
| 白日夢《小説》（北川千代三）・・・・・・・ 14〜23
| 妖奇俳壇《俳句》（浜田紅児〔選〕）・・・・ 23
| お小夜はここに《小説》（稲垣史生）・・・・ 24〜28
| 長襦袢《小説》（山本禾太郎）・・・・・・・ 29〜36
| ヨウキア・ラ・カルト ・・・・・・・・・・ 36
| カンカン虫殺人事件《小説》（大阪圭吉）
| ・・・・・・・・・・・・・・・・・・・・ 37〜41
| 連続殺人事件〈5〉《小説》（覆面作家）
| ・・・・・・・・・・・・・・・・・・・・ 42〜47
| 失楽園殺人事件《小説》（小栗虫太郎）
| ・・・・・・・・・・・・・・・・・・・・ 48〜54
| 流産《小説》（島田あき子）・・・・・・・・ 55〜58
| 壺供養《小説》（北原哲哉）・・・・・・・・ 59〜67
| 編集だより（本多きくを）・・・・・・・・・ 67
※本文奥付は第3巻第5号と誤記

第3巻第7号　別冊　所蔵あり
1949年6月1日発行　90頁　80円
| 読売瓦版口上（ぷろうぐ）（南部僑一郎）・・ 5〜6
| 自由の女《小説》（井上友一郎）・・・・・・ 11〜18
| 羽根のない天使《小説》（東郷青児）・・・・ 19〜26
| 拾った女《小説》（野一色幹夫）・・・・・・ 27〜34
| 三味線祭り《小説》（平山蘆江）・・・・・・ 35〜42
| 失はれた設計《小説》（寒川光太郎）・・・・ 43〜49
| 肉体の寂寥《小説》（帆田春樹）・・・・・・ 50〜57
| 男役の果《小説》（古川真治）・・・・・・・ 58〜66
| 銀座の柳《小説》（北条誠）・・・・・・・・ 67〜74
| 劇痛《小説》（木崎恭三）・・・・・・・・・ 75〜82
| 媚薬《小説》（柴田錬三郎）・・・・・・・・ 83〜90

第3巻第8号　所蔵あり
1949年7月1日発行　99頁　85円
古今見世物めぐり〈1〉《口絵》（伊藤晴雨〔文〕）・・・・・・・・・・・・・・・・・・・・・・ 3～6
続アクロバティック・ダンス・アルバム《口絵》・・・・・・・・・・・・・・・・・・・・・・ 7～10
狂気の白夜《小説》（柴田錬三郎）・・・・・・ 11～22
混血児ガリーフ・杉《小説》（酒井浜夫）
・・・・・・・・・・・・・・・・・・・・・・・・・・・・・・ 23～34
三河屋三姉妹《小説》（北川千代三）・・・ 35～47
脂肪の塊《小説》（小野孝二）・・・・・・・・ 48～58
夜情列車《小説》（帆田春樹）・・・・・・・・ 59～70
連続殺人事件〈6〉《小説》（覆面作家）
・・・・・・・・・・・・・・・・・・・・・・・・・・・・・・ 71～76
死の仮面舞踏会《小説》（エドガア・アラン・ポオ）・・・・・・・・・・・・・・・・・・・・・・・・・・ 77～80
妖奇俳壇《俳句》（浜田紅児〔選〕）・・・・・・ 80
巫術《小説》（久生十蘭）・・・・・・・・・・・・・ 81～87
花婿に靴を磨かせた花嫁《小説》（佐藤祐多朗）・・・・・・・・・・・・・・・・・・・・・・・・・・・ 82～85
蒲団《小説》（橘外男）・・・・・・・・・・・・・・・ 88～99
編集余滴（本多きくを）・・・・・・・・・・・・・・・・・ 99

第3巻第9号　所蔵あり
1949年8月1日発行　67頁　60円
古今見世物めぐり〈2〉《口絵》（伊藤晴雨〔文〕）・・・・・・・・・・・・・・・・・・・・・・・・・・・ 3～6
犯された女《口絵》・・・・・・・・・・・・・・・・・・・・ 7
春情鳩の街《口絵》・・・・・・・・・・・・・・・・・・ 8～9
獄門島《口絵》・・・・・・・・・・・・・・・・・・・・・・・・ 10
屍蠟〈1〉《小説》（小栗虫太郎）・・・・・・ 11～19
古今見世物めぐり・補遺（伊藤晴雨）・・・ 15
妖奇俳壇《俳句》（浜田紅児〔選〕）・・・・・・ 19
一炊の夢《小説》（楠一定）・・・・・・・・・・ 20～25
いたづら鴉《小説》（黒沼健）・・・・・・・・ 26～30
悪魔の招宴《小説》（二平芫）・・・・・・・・ 31～35
高鳴る心臓《小説》（エドガア・アラン・ポオ）
・・・・・・・・・・・・・・・・・・・・・・・・・・・・・・ 36～38
幽霊ありやなしや《小説》（マルキ・ド・サド）39
運命の煙草《小説》（高崎三郎）・・・・・・ 40～45
黄金の猿鍔《小説》（島本春雄）・・・・・・ 46～55
裸体モデルの死《小説》（名村すみえ）
・・・・・・・・・・・・・・・・・・・・・・・・・・・・・・ 54～55
連続殺人事件〈7〉《小説》（覆面作家）
・・・・・・・・・・・・・・・・・・・・・・・・・・・・・・ 56～61
謎の女《小説》（甲賀三郎）・・・・・・・・・・ 62～67
編集だより（本多きくを）・・・・・・・・・・・・・・・・ 67

第3巻第10号　所蔵あり
1949年9月1日発行　67頁　60円
裸女スイング・バンド《口絵》・・・・・・・・・ 3～6
古今見世物めぐり〈3・完〉《口絵》（伊藤晴雨〔文〕）・・・・・・・・・・・・・・・・・・・・・・ 7～10
タクラマカンの妖女《小説》（稲垣史生）
・・・・・・・・・・・・・・・・・・・・・・・・・・・・・・ 11～27
屍蠟〈2〉《小説》（小栗虫太郎）・・・・・・ 28～37
狂乱の画室(アトリエ)《小説》（稲本芳秋）・・・ 38～43
妖奇俳壇《俳句》（浜田紅児〔選〕）・・・・・・ 40
蝙蝠軍扇《小説》（島本春雄）・・・・・・・・ 44～53
幽霊夫人《小説》（水上幻一郎）・・・・・・ 48～53
連続殺人事件〈8〉《小説》（覆面作家）
・・・・・・・・・・・・・・・・・・・・・・・・・・・・・・ 54～58
窃やかな犯罪《小説》（徳田秋声）・・・ 59～67

第3巻第11号　所蔵あり
1949年10月1日発行　75頁　60円
南国の女神《口絵》・・・・・・・・・・・・・・・・・・・・ 3
巨人軍対映画女優軍の熱戦《口絵》・・・・・ 4～5
さすらい人/恐るべき老女達/盲蛇《口絵》
・・・・・・・・・・・・・・・・・・・・・・・・・・・・・・・・・・・ 7
古今犯罪記録《口絵》（伊藤晴雨〔文〕）
・・・・・・・・・・・・・・・・・・・・・・・・・・・・・・ 7～10
灰色の家《小説》（八戸茂）・・・・・・・・・・ 11～37
髑髏香の恐怖《小説》（島本春雄）・・・ 38～44
屍蠟〈3〉《小説》（小栗虫太郎）・・・・・・ 45～53
妖奇俳壇《俳句》（浜田紅児〔選〕）・・・・・・ 49
淫花《小説》（篠鉄夫）・・・・・・・・・・・・・・ 54～59
浴槽鬼《小説》（鬼怒川浩）・・・・・・・・・・ 60～65
楕円形の画像《小説》（E・A・ポウ）・・・ 62～63
連続殺人事件〈9・完〉《小説》（覆面作家）
・・・・・・・・・・・・・・・・・・・・・・・・・・・・・・ 66～70
決死の御城碁《小説》（甲賀三郎）・・・ 71～75

第3巻第12号　所蔵あり
1949年11月1日発行　75頁　60円
仮面を捨てたモデル私生活《口絵》・・・・・ 3～6
古今犯罪記録《口絵》（伊藤晴雨〔文〕）
・・・・・・・・・・・・・・・・・・・・・・・・・・・・・・ 7～10
爬虫館殺人事件《小説》（覆面作家）・ 11～36
東洋鬼(トンヤンキー)《小説》（足柄伝次）・・・ 37～41
幽霊銭《小説》（島本春雄）・・・・・・・・・・ 42～53
刑務所における座談会《座談会》（上山案夫、山田新二、高梨晴満、上田吉二郎、山城英二、波乗越生）・・・・・・・・・・・・・・・・・・・・・・・・・・ 54～56
肉体の晩歌《小説》（東恭一）・・・・・・・・ 57～59
屍蠟〈4〉《小説》（小栗虫太郎）・・・・・・ 60～66
赤い窓ガラス《小説》（蜂屋大作）・・・ 67～69
反対訊問《小説》（山本禾太郎）・・・・・・ 70～75
妖奇俳壇《俳句》（浜田紅児〔選〕）・・・・・・ 73

第3巻第13号　所蔵あり

24 『妖奇』『トリック』

1949年12月1日発行　83頁　70円
- 獄門島〈口絵〉 ････････････････ 3〜6
- 野獣四つ乳房《小説》（篠鉄夫）････ 8〜24
- 妖奇俳壇《俳句》（浜田紅児〔選〕）････ 24
- 大水槽(アクアリウム)の裸女《小説》（稲垣芳秋）･ 25〜33
- 乳房魔《小説》（島本春雄） ･･････ 34〜43
- 肉体の陥穽《小説》（並木行夫） ･･ 44〜52
- アモンチラドの酒樽《小説》〔エドガア・アラン・ポオ〔著〕、輪堂寺耀〔訳〕〕 ････････････ 53〜59
- 強姦魔（山内達） ･･････････････ 56〜61
- 屍蠟〈5・完〉《小説》（小栗虫太郎）･ 62〜68
- 昌楽寺殺人事件《小説》（伴陀允） 69〜83
- 撮影所殺人事件《小説》（角田実） 82

第4巻第1号　所蔵あり
1950年1月1日発行　141頁　100円
- 懸賞!私は何でしょう?〈口絵〉 ･･･ 3〜6
- 決闘介添人《小説》（大下宇陀児） 9〜26
- ア・ラ・カルト ･･････････････････ 26
- 永遠の女囚《小説》（木々高太郎） 27〜35
- 屍腐《小説》（延原謙） ･･････････ 36〜41
- 死の接吻《小説》（小酒井不木） ･ 42〜47
- 夢男《小説》（水谷準） ･･････････ 48〜53
- 美しき白鬼《小説》（角田喜久雄）･ 54〜63
- 蠟人《小説》（横溝正史） ････････ 64〜76
- 浮囚《小説》（海野十三） ･･･････ 77〜84
- 聖悪魔《小説》（渡辺啓助） ････ 85〜93
- 野球殺人事件《小説》（角田実） ･ 92
- 娘八卦沢火華《小説》（城昌幸） 94〜99
- 寝言レコード《小説》（蘭郁二郎） 100〜105
- 心の狐〈1〉《小説》（山本禾太郎） ･･････････････ 106〜114
- 救はれた男《小説》（森下雨村） 115〜118
- 妖光殺人事件《小説》（甲賀三郎） 119〜131
- 妖奇俳壇《俳句》（浜田紅児〔選〕）･ 130
- 何者〈1〉《小説》（江戸川乱歩）132〜141

第4巻第2号　所蔵あり
1950年2月1日発行　83頁　70円
- 伊藤晴雨画伯のアトリエ拝見〈口絵〉 3〜6
- 戦艦武蔵への幻想《小説》（稲垣史生） ･･････････････････ 8〜21
- 初雪《小説》（高木彬光） ･･････ 22〜30
- 小柄縫ひの屍体《小説》（並木行夫） 31〜36
- 妖艶な殺人鬼《小説》（帆田春樹） 37〜45
- 心の狐〈2〉《小説》（山本禾太郎）46〜54
- 血蜘蛛狙矢《小説》（島本春雄） 55〜67
- 濡れる肉体《小説》（山居藤美） 68〜73
- 何者〈2・完〉《小説》（江戸川乱歩） 74〜83
- 妖奇俳壇《俳句》（浜田紅児〔選〕）･ 82

第4巻第3号　所蔵あり
1950年3月1日発行　83頁　70円
- "獄門島"懸賞・真犯人は誰か?当選者発表　選者の言葉（比佐芳武） ････････ 2
- 懸賞!私は何でしょう?〈口絵〉 ･･･ 3〜6
- ズロオス殺人事件《小説》（綾香四郎） ･･････････････････ 8〜20
- 妖奇俳壇《俳句》（浜田紅児〔選〕）･ 20
- 河豚《小説》（貝原江童） ･･････ 21〜29
- 肉仮面殺人事件〈1〉《小説》（覆面作家） ･･････････････････ 30〜38
- 這ひ寄る精虫《小説》（海野小太郎） 39〜50
- 心の狐〈3〉《小説》（山本禾太郎） 51〜57
- 幽霊飛車《小説》（島本春雄） ･･ 58〜71
- 海豹島《小説》（久生十蘭） ････ 72〜83

第4巻第4号　所蔵あり
1950年4月1日発行　93頁　70円
- 男子禁制・尼僧学校の生態を探る〈口絵〉 ･･････････････････ 5〜8
- 般若面の秘密〈1〉《小説》（尾久木弾歩） ･･････････････････ 9〜22
- 狂痴絵巻《小説》（篠鉄夫） ････ 23〜31
- オベタイ・ブルブル事件《小説》（徳川夢声） ･･････････････････ 32〜35
- 肉仮面殺人事件〈2・完〉《小説》（覆面作家） ･･････････････････ 36〜42
- 一週一夜物語《小説》（小栗虫太郎）43〜47
- 女地獄《小説》（並木行夫） ････ 48〜54
- 心の狐〈4・完〉《小説》（山本禾太郎） ･･････････････････ 55〜63
- 妖奇俳壇《俳句》（浜田紅児〔選〕）･ 62
- 冥土ого曲《小説》（夢野久作） ･ 64〜76
- 猫の人殺し《小説》（松尾幸平） ･ 76
- 東京拳銃往来《小説》（向井種夫） 77〜84
- 競輪殺人事件《小説》（西村恵皓） 85〜93

第4巻第5号　所蔵あり
1950年5月1日発行　93頁　70円
- 懸賞!私は何でしょう?〈口絵〉 ･･･ 5〜8
- 女人国淫遊記〈1〉《小説》（稲垣史生） ･･････････････････ 10〜24
- 河豚とメチール《小説》（蟹海太郎） 25〜29
- コント集 ･･････････････････････ 27
- 屍人駕籠《小説》（島本春雄） ･･ 30〜42
- 本牧殺人事件《小説》（石井源一郎） 43〜51
- ゴリラ放送事件《小説》（黒沼健） 52〜55
- 探偵小説作家の死《小説》（浜尾四郎） ･･････････････････ 56〜67
- 活仏往生《小説》（竹内節夫） ･･ 68〜72
- 半身の復讐《小説》（斉藤智雄） 73〜76

奪われた女《小説》(桜井竜之介) ……… 77〜81
怪異鐘乳洞《小説》(前田勇) ……… 82〜88
般若面の秘密〈2〉《小説》(尾久木弾歩)
　……… 89〜93
妖奇俳壇《俳句》(浜田紅児〔選〕) ……… 90
編集後記(本多きくを) ……… 93

第4巻第6号　所蔵あり
1950年6月1日発行　93頁　70円
人生に役得あり《口絵》 ……… 5〜8
魔女の青薬《小説》(篠鉄夫) ……… 10〜27
二つの鍵《小説》(関根文助) ……… 28〜33
復讐《小説》(甲賀三郎) ……… 34〜41
女人国淫遊記〈2・完〉《小説》(稲垣史生)
　……… 42〜50
妖奇俳壇《俳句》(浜田紅児〔選〕) ……… 50
煙突奇譚《小説》(宇桂三郎) ……… 51〜56
般若面の秘密〈3〉《小説》(尾久木弾歩)
　……… 57〜63
地獄飛脚《小説》(島本春雄) ……… 64〜81
幻影《小説》(山村英明) ……… 74〜75
聖コルソ島の復讐〈1〉《小説》(橘外男)
　……… 82〜93
ストリップショウ奇譚《小説》(吉村明) ……… 92
編集後記(本多きくを) ……… 93

第4巻第7号　所蔵あり
1950年7月1日発行　141頁　90円
謎の殺人事件《漫画》(東村尚治) ……… 2
探偵作家のお住居拝見 江戸川乱歩氏の巻
　《口絵》 ……… 5〜8
怪盗「六ツ星」〈1〉《小説》(魔子鬼一)
　……… 10〜20
章魚《小説》(木村竜彦) ……… 21〜28
妖奇俳壇《俳句》(浜田紅児〔選〕) ……… 28
般若小判《小説》(島本春雄) ……… 29〜37
青鬚の密室《小説》(水上幻一郎) ……… 38〜43
写真魔《小説》(渡辺啓助) ……… 44〜50
化けもの市場《小説》(足柄伝次) ……… 51〜55
聖コルソ島の復讐〈2・完〉《小説》(橘外男)
　……… 56〜63
死者同行《小説》(百村浩) ……… 64〜73
消えた屍体《小説》(浅倉俊朗) ……… 74〜78
女体アルバム《小説》(織田不乱) ……… 79〜84
墓地展望亭〈1〉《小説》(久生十蘭)
　……… 85〜90
犯罪河岸《小説》(蟹海太郎) ……… 91〜96
毒殺魔(阿蘭陀八郎) ……… 97〜99
生理学者の殺人《小説》(正木不如丘)
　……… 100〜111

殺人指輪(石戸良) ……… 108〜112
般若面の秘密〈4〉《小説》(尾久木弾歩)
　……… 113〜118
銀座女探偵《小説》(小野孝二) ……… 119〜126
アカシヤ荘の惨劇〈1〉《小説》(帆田春樹)
　……… 127〜132
魔のホテル《小説》(埴原一亟) ……… 133〜141
編集後記(本多きくを) ……… 141

第4巻第8号　所蔵あり
1950年8月1日発行　95頁　70円
探偵作家のお住居拝見 大下宇陀児氏の巻
　《口絵》 ……… 3〜6
動く屍体《小説》(九鬼澹) ……… 8〜29
二人小町乳房入墨《小説》(島本春雄)
　……… 30〜38
妖奇俳壇《俳句》(浜田紅児〔選〕) ……… 35
怪盗「六ツ星」〈2〉《小説》(魔子鬼一)
　……… 39〜46
豹女リジェの犯罪(阿蘭陀八郎) ……… 47〜50
墓地展望亭〈2〉《小説》(久生十蘭)
　……… 51〜56
蛇師《小説》(小泉純) ……… 57〜62
コント集 ……… 59
黄因白果伝《小説》(楠一定) ……… 63〜67
アカシヤ荘の惨劇〈2〉《小説》(帆田春樹)
　……… 68〜73
般若面の秘密〈5〉《小説》(尾久木弾歩)
　……… 74〜81
証言《小説》(稲本芳秋) ……… 76〜80
三十三番の札《小説》(伴陀允) ……… 82〜95
編集後記(本多きくを) ……… 95

第4巻第9号　所蔵あり
1950年9月1日発行　95頁　70円
探偵作家のお住居拝見 木々高太郎氏の巻
　《口絵》 ……… 3〜6
悪魔の貞操帯《小説》(香山風太郎) ……… 8〜19
アカシヤ荘の惨劇〈3〉《小説》(帆田春樹)
　……… 20〜25
黒衣女族《小説》(岩淵誠一郎) ……… 26〜29
墓地展望亭〈3〉《小説》(久生十蘭)
　……… 30〜36
火葬場小町《小説》(名村すみえ) ……… 37〜39
ア・ラ・カルト ……… 39
怪盗「六ツ星」〈3〉《小説》(魔子鬼一)
　……… 40〜47
珠を抱いて罪あり(阿蘭陀八郎) ……… 48〜51
妖奇俳壇《俳句》(浜田紅児〔選〕) ……… 50
執念の呪殺面《小説》(島本春雄) ……… 52〜60
般若面の秘密〈6〉《小説》(尾久木弾歩)
　……… 61〜68

渦紋《小説》(華村タマ子)・・・・・・・・ 69～95
編集後記(本多きくを)・・・・・・・・・・・・・ 95

第4巻第10号　所蔵あり
1950年10月1日発行　95頁　70円
探偵作家のお住居拝見 橘外男氏の巻《口絵》
・・・・・・・・・・・・・・・・・・・・・・・・・・・・・・・・・ 3～6
人喰い蝦蟇《小説》(辰巳隆司)・・・・ 8～19
妖奇俳壇《俳句》(浜田紅児〔選〕)・・ 19
紅裸女地獄《小説》(島本春雄)・ 20～29
運命の陥穽《小説》(百村浩)・・・ 30～36
怪盗「六ツ星」〈4〉《小説》(魔子鬼一)
・・・・・・・・・・・・・・・・・・・・・・・・・・・・・・・ 37～44
観月荘殺人事件《小説》(杉山清詩)・・・・ 45～54
アカシヤ荘の惨劇〈4〉《小説》(帆田春樹)
・・・・・・・・・・・・・・・・・・・・・・・・・・・・・・・ 55～60
毒婦マリア(阿蘭陀八郎)・・・・・・ 60～64
墓地展望亭〈4・完〉《小説》(久生十蘭)
・・・・・・・・・・・・・・・・・・・・・・・・・・・・・・・ 65～71
悪霊伝〈1〉《小説》(九鬼澹)・・・ 72～77
般若面の秘密〈7〉《小説》(尾久木弾歩)
・・・・・・・・・・・・・・・・・・・・・・・・・・・・・・・ 78～86
幻覚《小説》(沖野白帆)・・・・・・・ 78～86
裸体写真を蒐集する男《小説》(香山風太郎)
・・・・・・・・・・・・・・・・・・・・・・・・・・・・・・・ 87～95

第4巻第11号　所蔵あり
1950年11月1日発行　95頁　70円
旗本退屈男捕物控《口絵》・・・・・・・ 3～6
マンガン殺人事件《小説》(北林透馬)
・・・・・・・・・・・・・・・・・・・・・・・・・・・・・・・ 8～21
暹羅畸型の鬼《小説》(香山風太郎)・ 22～31
妖奇俳壇《俳句》(浜田紅児〔選〕)・・ 30
アカシヤ荘の惨劇〈5〉《小説》(帆田春樹)
・・・・・・・・・・・・・・・・・・・・・・・・・・・・・・・ 32～37
盲目鬼《小説》(島本春雄)・・・・・ 38～46
怪盗「六ツ星」〈5〉《小説》(魔子鬼一)
・・・・・・・・・・・・・・・・・・・・・・・・・・・・・・・ 47～54
蝙蝠男《小説》(西海祐太郎)・・・ 55～60
妖奇倶楽部・開設・・・・・・・・・・・・・・・・ 60
痴呆の如く(三木喜久)・・・・・・・・ 61～63
悪霊伝〈2〉《小説》(九鬼澹)・・・ 64～69
老博士と大蛇《小説》(向井種人)・ 70～75
般若面の秘密〈8〉《小説》(尾久木弾歩)
・・・・・・・・・・・・・・・・・・・・・・・・・・・・・・・ 76～81
死刑執行五分前〈1〉《小説》(華村タマ子)
・・・・・・・・・・・・・・・・・・・・・・・・・・・・・・・ 82～95
編集後記(本多きくを)・・・・・・・・・・・・ 95

第4巻第12号　所蔵あり
1950年12月1日発行　95頁　70円

東京ファイル212《口絵》・・・・・・・・ 3～6
女形地獄《小説》(稲垣史生)・・・ 8～22
死刑執行五分前〈2〉《小説》(華村タマ子)
・・・・・・・・・・・・・・・・・・・・・・・・・・・・・・・ 23～35
想思風の曲(シヤンスウフオン)《小説》(堀弥一)・・・ 36～39
怪盗「六ツ星」〈6・完〉《小説》(魔子鬼一)
・・・・・・・・・・・・・・・・・・・・・・・・・・・・・・・ 40～47
妖奇俳壇《俳句》(浜田紅児〔選〕)・・ 46
振袖島の秘密《小説》(島本春雄)・ 48～57
妖奇倶楽部・・・・・・・・・・・・・・・・・・・・・・ 57
アカシヤ荘の惨劇〈6・完〉《小説》(帆田春樹)
・・・・・・・・・・・・・・・・・・・・・・・・・・・・・・・ 58～63
悪霊伝〈3・完〉《小説》(九鬼澹)・ 64～69
般若面の秘密〈9・完〉《小説》(尾久木弾歩)
・・・・・・・・・・・・・・・・・・・・・・・・・・・・・・・ 70～82
月夜の幌馬車(梶田実)・・・・・・・・ 80～81
殺人画占術《小説》(大木喬太郎)・ 82～85
淫婦ラモナ《小説》(南町富子)・ 86～95
編集後記(本多きくを)・・・・・・・・・・・・ 95

第5巻第1号　所蔵あり
1951年1月1日発行　139頁　85円
新年前夜(ニウ・イヤーズ・イヴ)祭殺人事件《小説》(北林透馬)
・・・・・・・・・・・・・・・・・・・・・・・・・・・・・・・ 8～25
はつわらひ・・・・・・・・・・・・・・・・・・・・・・ 24
吸血鬼《小説》(柴田錬三郎)・・・ 26～34
あ・ら・ア・ラ・カルト・・・・・・・・・・ 33
生首殺人事件〈1〉《小説》(尾久木弾歩)
・・・・・・・・・・・・・・・・・・・・・・・・・・・・・・・ 35～49
笑ひの花束・・・・・・・・・・・・・・・・・・・・・・ 48
妖奇俳壇《俳句》(浜田紅児〔選〕)・・ 49
札(さつ)を喰ふ男《小説》(蟹海太郎)・・ 50～54
切支丹小町《小説》(島本春雄)・ 55～66
天使と悪魔《小説》(大倉燁子)・ 67～73
妖奇倶楽部・・・・・・・・・・・・・・・・・・・・・・ 72
警視庁漫画ルポ(紙左馬)・・・・・・ 74～77
紅蜥蜴殺人事件〈1〉《小説》(高木竜二)
・・・・・・・・・・・・・・・・・・・・・・・・・・・・・・・ 78～85
双頭髑髏の恐怖《小説》(香山風太郎)
・・・・・・・・・・・・・・・・・・・・・・・・・・・・・・・ 86～96
美しき被術者《小説》(百村浩)・ 97～99
春雨に烟るシグナル《小説》(夏樹紅児)
・・・・・・・・・・・・・・・・・・・・・・・・・・・・・・・ 97～99
死刑執行五分前〈3〉《小説》(華村タマ子)
・・・・・・・・・・・・・・・・・・・・・・・・・・・・・ 100～115
密室殺人事件《小説》(山村英明)・ 112～113
まぼろし荘の女たち《小説》(九鬼澹)
・・・・・・・・・・・・・・・・・・・・・・・・・・・・・ 116～125
さうとは知らず/気分・・・・・・・・・・・・ 125
両性具犯罪《小説》(岡田三郎)・・・・ 126～139

第5巻第2号　所蔵あり
1951年2月1日発行　142頁　85円
妖奇特選世界名作画廊《口絵》・・・・・・・・・　7～10
卵生人間《小説》（阿久津謙介）・・・・・　14～24
ホモ・オビパーレ
妖奇俳壇《俳句》（浜田紅児〔選〕）・・・・・・　24
人形妻《小説》（吉室満穂）・・・・・・・・・　25～31
縁眼の死魔像《小説》（香山風太郎）・・　32～40
打紐《小説》（石井源一郎）・・・・・・・　41～48
生首殺人事件〈2〉《小説》（尾久木弾歩）
　・・・・・・・・・・・・・・・・・・・・・・・・・・・・　49～63
犯人を探し出した方に賞金五万円を！(尾久木
　弾歩）・・・・・・・・・・・・・・・・・・・・・・・・・・　51
江戸笑話・・・・・・・・・・・・・・・・・・・・・・・・・・　63
地獄の鬼の犯罪《小説》（石邨茂夫）・・・・　64～72
おにび《小説》（浅倉俊朗）・・・・・・・・　73～79
ア・ラ・カルト・・・・・・・・・・・・・・・・・・・・　79
舞姫の秘密《小説》（潮寒二）・・・・・・　80～89
紅蜥蜴殺人事件〈2〉《小説》（高木竜二）
　・・・・・・・・・・・・・・・・・・・・・・・・・・・・　90～99
笑ひの泉・・・・・・・・・・・・・・・・・・・・・・・・・・　99
幽鬼館《小説》（西村恵皓）・・・・・　100～105
死刑執行五分前〈4・完〉《小説》（華村タマ子）
　106～121
狐と狸《小説》（角田実）・・・・・・・・・・　120
魔笛小姓《小説》（島本春雄）・・・　122～131
二重死体事件《小説》（九鬼澹）・・・　132～142
妖奇倶楽部・・・・・・・・・・・・・・・・・・・・・・・・　139

第5巻第3号　所蔵あり
1951年3月1日発行　126頁　80円
妖奇特選世界名作画廊《口絵》・・・・・・・・　4～5
大奥秘戯図鑑《小説》（稲垣史生）・・・　14～24
笑話・・・・・・・・・・・・・・・・・・・・・・・・・・・　22～24
競輪に運を賭ける女《小説》（大倉燁子）
　・・・・・・・・・・・・・・・・・・・・・・・・・・・・　25～34
恋の脱獄囚《小説》（茂波三郎）・・・・・　35～40
紅蜥蜴殺人事件〈3〉《小説》（高木竜二）
　・・・・・・・・・・・・・・・・・・・・・・・・・・・・　41～50
笑話・・・・・・・・・・・・・・・・・・・・・・・・・・・・・・　49
夢遊病者《小説》（松尾幸平）・・・・・・　51～53
ア・ラ・カルト・・・・・・・・・・・・・・・・・・・・　54
白狐呪法《小説》（島本春雄）・・・・・・　56～65
妖奇俳壇《俳句》（浜田紅児〔選〕）・・・・・・　65
強姦魔の手記《小説》（細見破治夢）・・　66～69
妖奇倶楽部・・・・・・・・・・・・・・・・・・・・・　66～69
雪中鬼《小説》（谿渓太郎）・・・・・・・・　70～79
4大事件の公判と判決（瀬戸口寅雄）・・　80～83
仮面の鬼《小説》（西海祐太郎）・・・・・　84～93
生首殺人事件〈3〉《小説》（尾久木弾歩）
　・・・・・・・・・・・・・・・・・・・・・・・・・・　94～103

犯人を探し出した方に賞金五万円を！(尾久木
　弾歩）・・・・・・・・・・・・・・・・・・・・・・・・・・　95
愛の特赦《小説》（南川清）・・・・・・　104～112
八月六日に殺される〈1〉《小説》（華村タマ
　子）・・・・・・・・・・・・・・・・・・・・・・　113～126
編集雑筆・・・・・・・・・・・・・・・・・・・・・・・・　126

第5巻第4号　所蔵あり
1951年4月1日発行　126頁　80円
妖奇特選世界名作画廊《口絵》・・・・・・・・　4～5
蠢く女体《小説》（潮寒二）・・・・・・・・　14～19
ア・ラ・カルト・・・・・・・・・・・・・・・・・・・・　19
謎の花札《小説》（貝原江童）・・・・・・　20～31
わらひのいづみ・・・・・・・・・・・・・・・・・・・・　30
妖奇俳壇《俳句》（浜田紅児〔選〕）・・・・・・　31
金獅子の飾盒《小説》（香山風太郎）・・　32～39
八月六日に殺される〈2〉《小説》（華村タマ子）
　40～51
頓珍漢問答・・・・・・・・・・・・・・・・・・・・・・・・　51
鳴独楽伝奇《小説》（島本春雄）・・・・・　52～62
ア・ラ・カルト・・・・・・・・・・・・・・・・・・・・　62
アリバイ《小説》（悪魚介）・・・・・・・・　63～69
牢獄内の性生活（宮下俊）・・・・・・・・・・　70～73
生首殺人事件〈4〉《小説》（尾久木弾歩）
　・・・・・・・・・・・・・・・・・・・・・・・・・・・・　74～84
犯人を探し出した方に賞金五万円を！(尾久木
　弾歩）・・・・・・・・・・・・・・・・・・・・・・・・・・　75
妖奇倶楽部・・・・・・・・・・・・・・・・・・・・・・・・　81
笑ふ部屋《小説》（角田実）・・・・・・・・　85～87
死の瞬間《小説》（松尾勇）・・・・・・・・　86～87
吸血魔女《小説》（九鬼澹）・・・・・・・・　88～96
紅蜥蜴殺人事件〈4〉《小説》（高木竜二）
　・・・・・・・・・・・・・・・・・・・・・・・・・・・　97～105
氷の宿《小説》（百村浩）・・・・・・・　106～111
渡月荘の一夜《小説》（津軽良）・・　112～126

第5巻第5号　所蔵あり
1951年5月1日発行　126頁　85円
東京温泉《口絵》・・・・・・・・・・・・・・・・・　7～10
妖女シアスマ《小説》（南町富子）・・・　14～23
愛憎の十字路《小説》（細見破治夢）・・　24～29
コン畜生・・・・・・・・・・・・・・・・・・・・・・・・　26
妖奇俳壇《俳句》（浜田紅児〔選〕）・・・・・・　29
義眼《小説》（岡田信二）・・・・・・・・・・　30～35
八月六日に殺される〈3〉《小説》（華村タマ子）
　36～47
紅鶴堤燈《小説》（島本春雄）・・・・・・・　48～57
戯れの恋の終り《小説》（稲本芳秋）・・　58～65
レプラの饗宴《小説》（向井種夫）・・・　66～72
のぞき《小説》（筑紫三平）・・・・・・・・　74～76
生首殺人事件〈5〉《小説》（尾久木弾歩）
　・・・・・・・・・・・・・・・・・・・・・・・・・・・・　77～85

283

24 『妖奇』『トリック』

好色殺人鬼〈瀬戸口寅雄〉・・・・・・・・・86〜91
盲人の謎《小説》〈蟹海太郎〉・・・・・・・・92〜98
紅蜥蜴殺人事件〈5〉《小説》〈高木竜二〉
　　　　　　　　　　　　　　　　99〜108
死のサーカス《小説》〈山村英明〉・・・106〜107
墓穴を出た男《小説》〈沖林松吉〉・・・109〜115
人魚の魔窟《小説》〈覆面作家〉・・・・116〜126
妖奇倶楽部・・・・・・・・・・・・・・・・・・・・・・・・123

第5巻第6号　所蔵あり
1951年6月1日発行　126頁　85円

日本唯一の芸妓学校《口絵》・・・・・・・・・・7〜10
西蔵（チベット）の淫魔《小説》〈稲垣史生〉・・15〜22
軽口商売・・・・・・・・・・・・・・・・・・・・・・・・・21
八宝亭の惨劇〈瀬戸口寅雄〉・・・・・・・・23〜29
妖奇俳壇《俳句》〈浜田紅児〔選〕〉・・・・・・・28
麝香薔薇の秘密《小説》〈堀弥一〉・・・・・30〜36
八月六日に殺される〈4〉《小説》〈華村タマ子〉
　　　　　　　　　　　　　　　　　37〜55
猿だけが知つてゐた〈秦賢助〉・・・・・・・50〜55
執念の手《小説》〈黒井影男〉・・・・・・・・56〜61
手品師のお稲〈松本作蔵〉・・・・・・・・・・62〜67
笑へば天国〈X・Y・Z〉・・・・・・・・・・・・・・64
強姦児《小説》〈浜崎尋美〉・・・・・・・・・・68〜70
生首殺人事件〈6〉《小説》〈尾久木弾歩〉
　　　　　　　　　　　　　　　　　71〜83
駅にて《小説》〈百村浩〉・・・・・・・・・・・・84〜85
紅水仙〈榊原巌〉・・・・・・・・・・・・・・・・・86〜91
笑ひのいづみ・・・・・・・・・・・・・・・・・・・90〜91
破魔下駄変化《小説》〈島本春雄〉・・・・92〜102
江戸小噺・・・・・・・・・・・・・・・・・・・・・・・・99
紅蜥蜴殺人事件〈6〉《小説》〈高木竜二〉
　　　　　　　　　　　　　　　　103〜112
トランプ殺人鬼《小説》〈児島恵介〉
　　　　　　　　　　　　　　　　113〜126
妖奇倶楽部・・・・・・・・・・・・・・・・・・・・・・125

第5巻第7号　所蔵あり
1951年7月1日発行　142頁　95円

浅草の踊り子《口絵》・・・・・・・・・・・・・・7〜10
弁天湯事件《小説》〈貝原江童〉・・・・・・14〜22
贋札旋風〈瀬戸口寅雄〉・・・・・・・・・・・23〜29
コント〈六無斉〉・・・・・・・・・・・・・・・・・26〜27
八月六日に殺される〈5〉《小説》〈華村タマ子〉
　　　　　　　　　　　　　　　　　30〜41
妖鏡伝《小説》〈島本春雄〉・・・・・・・・・42〜49
二つの美人殺人事件〈平川弥吉〉・・・・50〜55
妖奇俳壇《俳句》〈浜田紅児〔選〕〉・・・・・・・54
生首殺人事件〈7〉《小説》〈尾久木弾歩〉
　　　　　　　　　　　　　　　　　56〜64
戦慄の一夜《小説》〈吉崎秀明〉・・・・・・・・63

黄金乳房《小説》〈香山風太郎〉・・・・・・65〜73
美貌の尼殺し〈安東健一〉・・・・・・・・・・74〜79
物云ふ地蔵《小説》〈松尾勇〉・・・・・・・・・・79
紅蜥蜴殺人事件〈7・完〉《小説》〈高木竜二〉
　　　　　　　　　　　　　　　　　80〜87
箱詰の黒い死体〈与野久作〉・・・・・・・・88〜93
妖奇倶楽部・・・・・・・・・・・・・・・・・・・・・・93
悪魔の口紅《小説》〈華村タマ子〉・・・・94〜142

第5巻第8号　所蔵あり
1951年8月1日発行　126頁　85円

アクロバットの生態《口絵》・・・・・・・・・・7〜10
爪《小説》〈稲田儂〉・・・・・・・・・・・・・・14〜21
蛞蝓と淫臭《小説》〈潮寒二〉・・・・・・・・22〜31
お艶殺人事件〈横山清三〉・・・・・・・・・32〜37
死者が殺す《小説》〈百村浩〉・・・・・・・・38〜45
生首殺人事件〈8〉《小説》〈尾久木弾歩〉
　　　　　　　　　　　　　　　　　46〜59
呪ひの蛇娘《小説》〈大江勇〉・・・・・・・・60〜66
呪はれた結婚《小説》〈真賀部九一〉・・67〜73
妖奇倶楽部・・・・・・・・・・・・・・・・・・・・・・73
西願寺四人殺し〈都築清吉〉・・・・・・・・74〜79
輪姦魔跳梁〈今泉吉松〉・・・・・・・・・・・80〜85
妖奇俳壇《俳句》〈浜田紅児〔選〕〉・・・・・・・84
八月六日に殺される〈6〉《小説》〈華村タマ子〉
　　　　　　　　　　　　　　　　86〜101
殺人社長〈神崎浩〉・・・・・・・・・・・・・102〜107
赤い紙包み《小説》〈輪堂寺耀〉・・・・・・・105
怪異火箭梟《小説》〈島本春雄〉・・・・108〜117
黒子（ほくろ）〈1〉《小説》〈山本禾太郎〉・・118〜126

第5巻第9号　所蔵あり
1951年9月1日発行　126頁　85円

モダン蛇姫様《口絵》・・・・・・・・・・・・・・7〜10
妖夢《小説》〈佐藤友昭〉・・・・・・・・・・・14〜25
人生乞食街道〈宮下俊〉・・・・・・・・・・・22〜28
妖奇俳壇《俳句》〈浜田紅児〔選〕〉・・・・・・・28
花街殺人事件秘話《小説》〈葉山研一〉
　　　　　　　　　　　　　　　　　29〜35
怪奇花火師《小説》〈九鬼濔〉・・・・・・・36〜43
妖奇笑話・・・・・・・・・・・・・・・・・・・・・・・・43
八月六日に殺される〈7〉《小説》〈華村タマ子〉
　　　　　　　　　　　　　　　　　44〜59
老醜《小説》〈野北淑子〉・・・・・・・・・・・60〜67
黒子（ほくろ）〈2・完〉《小説》〈山本禾太郎〉・・68〜79
紅蜘蛛のお鈴《小説》〈大東三郎〉・・・・78〜83
妖奇倶楽部・・・・・・・・・・・・・・・・・・・・・・83
伊東の惨劇〈瀬戸口寅雄〉・・・・・・・・・84〜89
生首殺人事件〈9・完〉《小説》〈尾久木弾歩〉
　　　　　　　　　　　　　　　　90〜101

284

三寸針《小説》(楠田稔)・・・・・・・・・ 102〜107
仁術/贋札・・・・・・・・・・・・・・・・・・・・・・ 104
天保尼僧変《小説》(島本春雄) 108〜117
月光殺人事件《小説》(伴陀允) 118〜122
間貸し(六無斉)・・・・・・・・・・・・・・・・・・ 123
トンネル・・・・・・・・・・・・・・・・・・・・・・・・ 123

第5巻第10号　所蔵あり
1951年10月1日発行　126頁　85円
橋下の風太郎生活《口絵》・・・・・・・ 7〜10
死のアスピリン《小説》(尾久木弾歩)
・・・・・・・・・・・・・・・・・・・・・・・・・・・・・ 14〜36
脱走兵《小説》(南町富子)・・・・・・ 37〜43
ア・ラ・カルト・・・・・・・・・・・・・・・・・ 43〜47
あんこと太郎(豊田春湖)・・・・・・・ 44〜47
裸体姫殺人事件《小説》(楠田匡介)
　ストリッパー
・・・・・・・・・・・・・・・・・・・・・・・・・・・・・ 48〜64
近代女性は狙われている(岩崎繁) 62〜63
新聞記者と、アメリカ百満長者との会見記/
命の恩人・・・・・・・・・・・・・・・・・・・・・・・・・・ 64
宝石泥棒《小説》(真木てる子)・・ 65〜70
妖奇俳壇《俳句》(浜田紅児〔選〕)・・・ 70
八月六日に殺される〈8〉《小説》(華村タマ
子)・・・・・・・・・・・・・・・・・・・・・・・・・・・ 71〜87
完全なる証明《小説》(善狂兵)・・ 84〜85
菰包の美人死体(松浦忠吉)・・・・・ 88〜93
妖奇倶楽部・・・・・・・・・・・・・・・・・・・・・・・・ 93
乳房地獄《小説》(島本春雄)・・・ 94〜104
あなたの家庭は油断がないか?(真杉春作)
・・・・・・・・・・・・・・・・・・・・・・・・・・・・・ 100〜101
夢殿殺人事件〈1〉《小説》(覆面作家)
・・・・・・・・・・・・・・・・・・・・・・・・・・・・・ 105〜116
迷路の悪魔《小説》(足柄伝次) 117〜126

第5巻第11号　所蔵あり
1951年11月1日発行　134頁　90円
流れゆく劇団《口絵》・・・・・・・・・・・ 7〜10
処女鬼《小説》(須川マリ子)・・・・ 14〜25
女ばかりの留置場をのぞく(本誌記者)
・・・・・・・・・・・・・・・・・・・・・・・・・・・・・・ 26〜27
生きている瘋《小説》(小泉修)・・ 28〜39
踊る幽霊《小説》(石邨茂夫)・・・・ 38〜39
強姦から女が身を護る術はこうすればよい
(辻堂剛二)・・・・・・・・・・・・・・・・・・・ 40〜41
慾情殺人事件《小説》(沖林松吉) 42〜48
歪んだ顔《小説》(山村英明)・・・・・・・・ 45
肌着のない女《小説》(岡田信二) 49〜53
夫に殺された妻・二つの例(林登志子)
・・・・・・・・・・・・・・・・・・・・・・・・・・・・・・ 54〜55
夢殿殺人事件〈2〉《小説》(覆面作家)
・・・・・・・・・・・・・・・・・・・・・・・・・・・・・・ 56〜69

　　アブアンゲール
戦前派《小説》(百村浩)・・・・・・・・ 70〜71
　　カンボジヤホウ
東浦棻宝《小説》(大江勇)・・・・・・ 72〜79
妖奇俳壇《俳句》(浜田紅児〔選〕)・・・ 78
涙の実子殺し(白取健)・・・・・・・・・ 80〜85
希猟の花瓶/真黒・・・・・・・・・・・・・・・・・・ 85
或る駅の怪事件《小説》(蟹海太郎) 86〜93
少年期《小説》(船屋猿児)・・・・・・ 92〜93
注意しなければならぬ男性五ヶ条(岩崎繁)
・・・・・・・・・・・・・・・・・・・・・・・・・・・・・・ 94〜95
八月六日に殺される〈9〉《小説》(華村タマ
子)・・・・・・・・・・・・・・・・・・・・・・・・・・ 96〜110
赤い舌《小説》(吉川三成)・・・・・・・・・ 111
変化花魁《小説》(島本春雄)・・ 112〜121
女暴力団の首領になる迄(坂上敏枝)
・・・・・・・・・・・・・・・・・・・・・・・・・・・・・ 122〜123
電話の声《小説》(北林透馬〔作〕) 124〜134
妖奇倶楽部・・・・・・・・・・・・・・・・・・・・・・・ 131

第5巻第12号　所蔵あり
1951年12月1日発行　134頁　90円
美の創造《口絵》・・・・・・・・・・・・・・・ 7〜10
獣人《小説》(九鬼澹)・・・・・・・・・・ 14〜22
嫉妬《小説》(酒井浜夫)・・・・・・・・ 23〜29
妖奇俳壇《俳句》(浜田紅児〔選〕)・・・ 28
こんな女性は狙われる(辻堂剛二) 30〜31
恨みの贅《小説》(大江勇)・・・・・・ 32〜38
死の哄笑《小説》(松尾勇)・・・・・・・・・ 36
ぎっちょ部落《小説》(鬼怒川浩) 39〜47
ミステリオソ《小説》(山村英明) 46〜47
悪魔の書《小説》(渡辺八郎)・・・・ 48〜53
幽霊《小説》(角田実)・・・・・・・・・・ 54〜55
男が金を貸すといふ場合(岩崎繁) 56〜57
麝香如来《小説》(島本春雄)・・・・ 58〜67
八月六日に殺される〈10・完〉《小説》(華村
タマ子)・・・・・・・・・・・・・・・・・・・・・・ 68〜81
　ほりもの
刺青殺人鬼〈1〉《小説》(香山風太郎)
・・・・・・・・・・・・・・・・・・・・・・・・・・・・・・ 82〜91
注意しなければならない男性(林登志子)
・・・・・・・・・・・・・・・・・・・・・・・・・・・・・・ 92〜93
夢殿殺人事件〈3・完〉《小説》(覆面作家)
・・・・・・・・・・・・・・・・・・・・・・・・・・・・・ 94〜106
妖奇倶楽部・・・・・・・・・・・・・・・・・・・・・・・ 105
人猿相姦《小説》(尾久木弾歩) 107〜134
作品月旦(妖奇編集部)・・・・・・・・ 132〜133

第6巻第1号　所蔵あり
1952年1月1日発行　150頁　100円
刺青の世界《口絵》・・・・・・・・・・・・・ 7〜10
人間掛軸〈1〉《小説》(尾久木弾歩)・・・ 14〜26
嬌声《小説》(東禅寺明)・・・・・・・・ 27〜33

24 『妖奇』『トリック』

性的悪戯から性犯罪に進む(小橋健)
　………………………………………… 34〜35
性転換工場《小説》(覆面作家) ……… 36〜43
作品月旦(編集部) ……………………… 42〜43
浮気・死すとも止まじ《小説》(華村タマ子)
　………………………………………… 44〜60
通り魔《小説》(邦枝完二) …………… 61〜69
深夜の夢《小説》(高村政行) ………… 66〜67
少年犯罪の増加(辻堂剛二) …………… 70〜71
小説江戸川乱歩《小説》(並木行夫) … 72〜79
刺青殺人鬼〈2・完〉《小説》(香山風太郎)
　………………………………………… 80〜89
妖奇倶楽部 ……………………………… 89
日本刑罰の変遷(柳亭新七) …………… 90〜95
逢魔侍《小説》(島本春雄) …………… 96〜105
エロトマニヤの調書《小説》(真木てる子)
　………………………………………… 106〜111
女囚懺悔(瀬戸口寅雄) ………………… 112〜119
妖奇俳壇《俳句》(浜田紅児〔選〕) … 118
駅の告知板につられた犯罪(築地暁子)
　………………………………………… 120〜121
賭博場のぞ記(宮下俊) ………………… 122〜126
毛切石《小説》(大江勇) ……………… 127〜133
妖奇笑話 ………………………………… 133
半面鬼〈1〉《小説》(大下宇陀児)
　………………………………………… 134〜150
痴漢《小説》(西村恵皓) ……………… 142〜143

第6巻第2号　所蔵あり
1952年2月1日発行　150頁　100円

おんな剣劇うらおもて《口絵》 ……… 7〜10
連続情死事件〈1〉《小説》(華村タマ子)
　………………………………………… 14〜28
忌中札を貼る男《小説》(香山風太郎)
　………………………………………… 29〜37
はちもんの女《小説》(大江勇) ……… 38〜43
最近どうして青少年の性犯罪が多いか(小橋健)
　………………………………………… 44〜45
半面鬼〈2〉《小説》(大下宇陀児) … 46〜61
妖・奇・ア・ラ・カルト ……………… 60
人間掛軸〈2〉《小説》(尾久木弾歩) … 62〜71
密会の危機!(築地暁子) ……………… 72〜73
呪ひの家《小説》(大倉燁子) ………… 74〜82
作品月旦(編集部) ……………………… 79
小説大下宇陀児《小説》(並木行夫) … 83〜90
妖奇俳壇《俳句》(浜田紅児〔選〕) … 88
神葵小姓《小説》(島本春雄) ………… 91〜109
幽霊俥《小説》(百村浩) ……………… 110〜116
妻を賭ける男達(宮下俊) ……………… 117〜121
蛇を抱く女〈1〉《小説》(柊心平)
　………………………………………… 122〜129

埃及屋敷の惨劇《小説》(覆面作家)
　………………………………………… 130〜139
海の城塞《小説》(竜瞻寺雄) ………… 140〜150
妖奇倶楽部 ……………………………… 147

第6巻第3号　所蔵あり
1952年3月1日発行　134頁　90円

モデルの世界を覗く《口絵》 ………… 7〜10
水母〈1〉《小説》(楠田匡介) ……… 14〜27
海底の魔像《小説》(和田操) ………… 28〜36
妖奇俳壇《俳句》(浜田紅児〔選〕) … 33
連続情死事件〈2〉《小説》(華村タマ子)
　………………………………………… 37〜49
水こぼしの六《小説》(大江勇) ……… 50〜55
女の内股ばかりを狙ふ男(辻堂剛二)
　………………………………………… 56〜57
復讐鬼《小説》(南川清) ……………… 58〜63
小説野村胡堂《小説》(並木行夫) …… 64〜71
掏摸の告白(安城忠) …………………… 65〜67
妖怪作品月旦(編集部) ………………… 70〜71
人間掛軸〈3〉《小説》(尾久木弾歩) … 72〜84
妖奇倶楽部 ……………………………… 81
怪盗新助市五郎(覆面居士) …………… 85〜91
嫦天下/戦後派 ………………………… 88
浴室の惨劇《小説》(和田操) ………… 90〜91
押掛花嫁《小説》(島本春雄) ………… 92〜101
蛇を抱く女〈2〉《小説》(柊心平)
　………………………………………… 102〜109
性器を咥へた死美人《小説》(東禅寺明)
　………………………………………… 110〜119
半面鬼〈3・完〉《小説》(大下宇陀児)
　………………………………………… 120〜134
探偵作家見立てずし …………………… 132

第6巻第4号　所蔵あり
1952年4月1日発行　134頁　90円

男娼の生態《口絵》 …………………… 7〜10
爬虫人間《小説》(潮寒二) …………… 14〜24
妖奇作品月旦(編集部) ………………… 20〜21
地獄から来た男《小説》(高木竜二) … 25〜35
紳士は何を狙ったか?《小説》(中村獏) … 34
水母〈2・完〉《小説》(楠田匡介) … 36〜49
妖奇ア・ラ・カルト …………………… 49
折鶴地獄《小説》(島本春雄) ………… 50〜59
コンスタンス・ケント事件(森下雨村)
　………………………………………… 60〜66
四月の微笑 ……………………………… 66
連続情死事件〈3〉《小説》(華村タマ子)
　………………………………………… 67〜80
毛虫《小説》(和田操) ………………… 81〜87

罠《小説》(黒洲刻夫)	88～89
妖奇倶楽部	88～89
小説木々高太郎《小説》(並木行夫)	90～96
人間掛軸〈4〉《小説》(尾久木弾歩)	
	97～105
末通女判断《小説》(大江勇)	106～111
窃盗と強盗(瀬戸口寅雄)	112～113
蛇を抱く女〈3・完〉《小説》(柊心平)	
	114～121
青色鞏膜《小説》(木々高太郎)	122～134
妖奇俳壇《俳句》(浜田紅児〔選〕)	130

第6巻第5号 所蔵あり
1952年5月1日発行　134頁　90円

牛肉が出来る迄 モー君始末記《口絵》	
	7～10
黄金の歓喜仏〈1〉《小説》(魔子鬼一)	
	14～27
人魚の里(カンボン・デュゴン)《小説》(江川勝彦)	28～35
女豹〈1〉《小説》(覆面作家)	36～47
妖奇作品月旦(編集部)	46
妖棺伝《小説》(島本春雄)	48～57
連続情死事件〈4〉《小説》(華村タマ子)	
	58～66
妖奇倶楽部	67
小説橘外男《小説》(並木行夫)	68～74
因果地獄《小説》(大江勇)	75～81
目撃者《小説》(戸沢寛)	80～81
かくて遊星は亡びぬ〈1〉《小説》(和田操)	
	82～91
強姦の限界点(瀬戸口寅雄)	92～93
脱獄《小説》(百村浩)	94～99
妖奇・笑話	98～99
人間掛軸〈5〉《小説》(尾久木弾歩)	
	100～111
猛烈すぎた接吻(酒井義男)	111
秘密の袋《小説》(東禅寺明)	112～115
痴漢《小説》(利根洋)	115
畜生道《小説》(日暮倒行)	116～121
ある未亡人の悲劇《小説》(山邑日出明)	120
ベイラの獅子像《小説》(橘外男)	122～134

第6巻第6号 所蔵あり
1952年6月1日発行　134頁　90円

午前零時の大東京《口絵》	7～10
神霊(アントゥ)の戒律《小説》(阿久津謙介)	14～22
狂気館の戦慄《小説》(香山風太郎)	23～33
屑《小説》(酒井義雄)	28～29
妖奇作品月旦(編集部)	32～33
連続情死事件〈5〉《小説》(華村タマ子)	
	34～43

産婦の犯罪(瀬戸口寅雄)	44～45
女豹〈2・完〉《小説》(覆面作家)	46～57
山姫様《小説》(島本春雄)	58～67
黄金の歓喜仏〈2・完〉《小説》(魔子鬼一)	
	68～77
小説森下雨村《小説》(並木行夫)	78～85
推理詰将棋問題(大橋虚士)	83
恋の制動機(ブレーキ)《小説》(山邑日出明)	84～85
かくて遊星は亡びぬ〈2〉《小説》(和田操)	
	86～95
或る夫婦の場合《小説》(大石操)	94～95
武蔵野殺人事件《小説》(北城健太郎)	
	96～102
妖奇倶楽部	99
妖奇俳壇《俳句》(浜田紅児〔選〕)	102
人間掛軸〈6・完〉《小説》(尾久木弾歩)	
	103～113
牛娘《小説》(大江勇)	114～119
渡月橋家殺人事件《小説》(宇桂三郎)	
	120～134

第6巻第7号 所蔵あり
1952年7月1日発行　166頁　100円

猛獣に挑む人生!《口絵》	7～10
妖奇館	
地獄から来た手紙《小説》(利根洋)	
	12～13
新東京名所案内	12
奇妙な心中	14
妖奇コント集	14～15
怪盗"黒い影"	15
妖奇館あらべすく	16～17
最後に来た男	17
東京千一夜	18
推理詰将棋問題(大橋虚士)	18
妖魔〈1〉《小説》(大下宇陀児)	22～28
墓地の令嬢《小説》(善狂兵)	29～33
百貨店の鬼《小説》(蟹海太郎)	34～39
狼家の恐怖〈1〉《小説》(尾久木弾歩)	
	40～54
夢と死の間《小説》(山村英明)	53
猿妻《小説》(緑春太郎)	55～59
夜歩き般若《小説》(島本春雄)	60～69
ある復響《小説》(高村正行)	66～67
妻の責任(瀬戸口寅雄)	70～72
妖奇倶楽部	71
連続情死事件〈6〉《小説》(華村タマ子)	
	73～81
海老屋兄弟《小説》(永井エリ子)	82～87
妖奇俳壇《俳句》(浜田紅児〔選〕)	87

287

24 『妖奇』『トリック』

絃音殺人《小説》(町田昌介) ・・・・・・・ 88～93
かくて遊星は亡びぬ《3・完》《小説》(和田操) ・・・・・・・・・・・・・・・・・・ 94～104
千年に一度ある話《小説》(酒井義男) ・・ 102
左乳房を嚙む男(浜田昭平) ・・・・・ 105～107
畜生弁天《小説》(大江勇) ・・・・・・ 108～113
人間ハンモック《小説》(隠伸太郎) ・・・・・・・・・・・・・・・・・・・・・・ 114～119
鬼女洞《小説》(東禅寺明) ・・・・・ 120～131
変幻骸骨島〈1〉《小説》(九鬼澹) ・・・・・・・・・・・・・・・・・・・・・・ 132～144
妖奇作品月旦(編集部) ・・・・・・・ 142～143
人くひザメ異聞《小説》(帆田春樹) ・・・・・・・・・・・・・・・・・・・・・・ 145～147
貴方の今月の運勢は? ・・・・・・・・・ 146
結婚問答《小説》(木々高太郎) ・・・・ 148～166

第6巻第8号　所蔵あり
1952年8月1日発行　138頁　90円

夏と温泉《口絵》 ・・・・・・・・・・・・・・ 7～14
晦宴《小説》(橘外男) ・・・・・・・・・・ 18～30
大陰茎人ホモ・ステエト《小説》(潮寒二) ・・・・・・ 31～39
掏摸変化《小説》(藤本一路) ・・・・・・ 38～39
渦状星雲《小説》(覆面作家) ・・・・・・ 40～55
妖奇倶楽部 ・・・・・・・・・・・・・・・・・・ 54
変幻骸骨島〈2〉《小説》(九鬼澹) ・・・・ 56～62
被虐殺人事件《小説》(久留米美) ・・ 63～67
狼家の恐怖〈2〉《小説》(尾久木弾歩) ・・・・・・・・・・・・・・・・・・・・・・・・ 68～77
好色人形師《小説》(並木行夫) ・・・・ 78～85
運命は皮肉《小説》(山村英明) ・・・・ 84～85
魔手を脱れた女(瀬戸口寅雄) ・・・・ 86～87
指骨と首飾《小説》(和田操) ・・・・・・ 88～93
連続情死事件〈7・完〉《小説》(華村タマ子) ・・・・・・・・・・・・・・・・・・・・・・ 94～103
脱獄囚の表情(潮マリ) ・・・・・・・ 102～107
水妖鬼《小説》(島本春雄) ・・・・・ 108～117
推理詰将棋問題(大橋虚士) ・・・・・・ 112
二つの遺書《小説》(芳賀智史) ・・・ 118～130
妖奇作品月旦(編集部) ・・・・・・・・・・ 129
妖魔〈2〉《小説》(大下宇陀児) ・・・ 131～138
妖奇俳壇《俳句》(浜田紅児〔選〕) ・・・・ 137

第6巻第9号　所蔵あり
1952年9月1日発行　142頁　90円

裸ストリツプ・ガール役者の楽屋生活を覗く《口絵》 ・・・・・・・・・・・・・・・・・・・・・・・・・ 7～11
乞食の宿・探訪記《口絵》 ・・・・・ 12～14
妖奇館
　妖奇館デパート ・・・・・・・・・ 16～19
　妖奇娯楽版 ・・・・・・・・・・・・ 20～21

妖奇館あらべすく ・・・・・・・・・・・・ 22
犯罪写真蒐集家《小説》(香山風太郎) ・・・・・・・・・・・・・・・・・・・・・・・・ 23～32
誰も知らない《小説》(酒井義男) ・・・ 30～31
人間花筒《小説》(東禅寺明) ・・・・・・ 33～41
三味線の謎《小説》(大林清) ・・・・・・ 42～52
推理詰将棋問題(大橋虚士) ・・・・・・ 48～49
海賊マラッカの汪《小説》(矢木武夫) ・・・・・・・・・・・・・・・・・・・・・・・・ 53～59
狼家の恐怖〈3〉《小説》(尾久木弾歩) ・・・・・・・・・・・・・・・・・・・・・・・・ 60～71
銃声一発《小説》(阿部光一) ・・・・・・ 72～77
変幻骸骨島〈3・完〉《小説》(九鬼澹) ・・・・・・・・・・・・・・・・・・・・・・・・ 78～89
手品師《小説》(山村英明) ・・・・・・・・ 89
水屋敷の恐怖《小説》(河原浪路) ・・ 90～96
妖奇倶楽部 ・・・・・・・・・・・・・・・・・・ 93
秘宝呪叫《小説》(和田操) ・・・・・・ 97～105
堕胎罪《小説》(瀬戸口寅雄) ・・・・ 106～107
紙《小説》(大江勇) ・・・・・・・・・ 108～113
警棒日誌《小説》(石井源一郎) ・・ 114～125
妖奇作品月旦(編集部) ・・・・・・・・・・ 124
妖奇・笑話 ・・・・・・・・・・・・・・・・・・ 125
妖異二人小町《小説》(島本春雄) ・・ 126～135
妖奇俳壇《俳句》(浜田紅児〔選〕) ・・・・ 134
妖魔〈3〉《小説》(大下宇陀児) ・・・ 136～142

第6巻第10号　所蔵あり
1952年10月1日発行　142頁　90円

大東京の横顔《口絵》 ・・・・・・・・・・ 7～12
〔洋画〕《口絵》 ・・・・・・・・・・・・・ 12～14
妖奇館 ・・・・・・・・・・・・・・・・・・・ 15～22
淫獣〈1〉《小説》(橘外男) ・・・・・・ 23～32
獄門橋《小説》(石邨茂夫) ・・・・・・ 33～39
海の見えるベランダで《小説》(渡辺八郎) ・・・・・・・・・・・・・・・・・・・・・・・・ 38～39
鬼火ヶ浦事件《小説》(鬼怒川浩) ・・・・・・・・・・・・・・・・・・・・・・・・ 40～51
霧の夜のロンドン殺人事件(伴陀允) ・・・・・・・・・・・・・・・・・・・・・・・・ 52～53
妖奇笑話 ・・・・・・・・・・・・・・・・・・ 53
短冊の謎《小説》(村上元三) ・・・・・・ 54～61
推理詰将棋問題(大橋虚士) ・・・・・・ 58
濡手で粟《小説》(山村英明) ・・・・・・ 61
狼家の恐怖〈4〉《小説》(尾久木弾歩) ・・・・・・・・・・・・・・・・・・・・・・・・ 62～73
恩赦《小説》(田村彰良) ・・・・・・ 74～75
死人明神《小説》(島本春雄) ・・・・・・ 76～84
私刑リンチ《小説》(阪久三) ・・・・・・・・ 85～89
生きていた幽霊《小説》(及川英雄) ・・ 90～95
妖奇倶楽部 ・・・・・・・・・・・・・・・・・・ 93

くさい事件(瀬戸口寅雄)	96～97
白昼の悪魔〈1〉《小説》(華村タマ子)	
	98～105
予感《小説》(山村英明)	105
姦夫姦婦《小説》(相沢久夫)	106～107
妖奇作品月旦(編集部)	106～107
妖魔〈4〉《小説》(大下宇陀児)	108～114
三本手の男《小説》(飯田光子)	115～117
怪談のある風景《小説》(酒井義男)	116
長浜ちりめん《小説》(安城虫)	118～123
妖奇俳壇〈俳句〉(浜田紅児〔選〕)	123
屍骸来訪《小説》(百村浩)	124～134
一文銭殺人事件〈1〉《小説》(林房雄)	
	135～142

※以下、『トリック』と改題

第6巻第11号　所蔵あり
1952年11月1日発行　150頁　90円

拷問と人生〈口絵〉	7～11
秋の洋画陣〈口絵〉	12～14
奇談クラブ	15～22
山吹・はだかにて死す《小説》(魔子鬼一)	
	23～33
海底軍行路〈1〉《小説》(本多喜久夫)	
	34～41
一文銭殺人事件〈2〉《小説》(林房雄)	
	42～46
射たぬ拳銃《小説》(潮寒二)	47～53
激増するアメリカの強姦罪(伴危允)	
	54～55
闇太閤《小説》(島本春雄)	56～65
推理詰将棋問題(大橋虚士)	63
淫獣〈2〉《小説》(橘外男)	66～73
トリック作品月旦(編集部)	73
執念《小説》(米沢渉)	74～76
トリック・ルーム	74～75
狼家の恐怖〈5〉《小説》(尾久木弾歩)	
	77～89
家出娘の運命　瀬戸口寅雄	90～91
内股の黒子《小説》(大江勇)	92～97
トリック・笑話	97
妖魔〈5〉《小説》(大下宇陀児)	98～103
猫とらんちゅうと宝石《小説》(山本正春)	
	104～107
白昼の悪魔〈2〉《小説》(華村タマ子)	
	108～115
空似《小説》(叺角流登代人)	114～115
異説南蛮皿《小説》(大林勇)	116～123
盲点《小説》(酒井義男)	122

タンタラスの呪い皿《小説》(渡辺啓助)	
	124～132
迷路の十三人《小説》(ジョン・ミラード〔著〕,	
黒沼健〔訳〕)	133～150
編集者の言葉	150

第6巻第12号　所蔵あり
1952年12月1日発行　150頁　90円

大阪の横顔〈口絵〉	7～9
水上生活者の実態〈口絵〉	10～11
秋の洋画陣〈口絵〉	12～14
奇談クラブ	15～22
人造人間《小説》(竜胆寺雄)	23～30
力作	30
狐待ちの男《小説》(和田操)	31～40
一文銭殺人事件〈3〉《小説》(林房雄)	
	41～45
乳房《小説》(山村英明)	42～43
探偵作家の死《小説》(隠伸太郎)	46～53
推理詰将棋問題(大橋虚士)	53
猫なき娘《小説》(島本春雄)	54～63
女賊お里の半世紀(倉持信夫)	64～66
体育館殺人事件《小説》(ロナルド・ノックス	
〔著〕, 黒沼健〔訳〕)	67～71
狼家の恐怖〈6〉《小説》(尾久木弾歩)	
	72～78
幻想狂乱《小説》(高師良夫)	74～75
無形弾《小説》(東禅寺明)	79～87
妖魔〈6〉《小説》(大下宇陀児)	88～93
亡者追跡《小説》(足柄伝次)	94～103
トリック作品月旦(編集部)	100～101
強姦は防げる(瀬戸口寅雄)	104～105
淫獣〈3〉《小説》(橘外男)	106～111
トリック・ルーム	111
娘角力の番付《小説》(大江勇)	112～117
白昼の悪魔〈3・完〉《小説》(華村タマ子)	
	118～122
魔人《小説》(九鬼澹)	123～132
トリック作品月旦(編集部)	128～129
海底軍行路〈2〉《小説》(本田喜久夫)	
	133～142
嗤う跫音《小説》(ドロシー・セイヤーズ〔著〕,	
黒沼健〔訳〕)	143～150

第7巻第1号　所蔵あり
1953年1月1日発行　182頁　100円

嗤えない人間喜劇!〈口絵〉	7～13
海外新作映画紹介〈口絵〉	14
トリック・カラーセクション	15～22
黒い鞄《小説》(水谷準)	23～41
トリック〈1〉《小説》(華村タマ子)	42～51

24 『妖奇』『トリック』

推理詰将棋問題〈大橋虚士〉・・・・・・・51
まむし《小説》(百村浩)　　52～60
妖魔〈7〉《小説》(大下宇陀児)　61～67
自殺者殺人事件《小説》(和田操)　64～66
歯《小説》(渡辺八郎)　　68～75
見世物綺譚《小説》(大江勇)　76～81
訣別の朝霧《小説》(潮寒二)　82～90
一文銭殺人事件〈4・完〉《小説》(林房雄)
　　　　　　　　　　　　　91～95
トリック・ルーム　　　　　　　95
瓦斯《小説》(カール・クローゼン［著］,黒沼健［訳］)・・・・・・・・・・96～99
トリック・笑話　　　　　　　　98
海底軍行路〈3〉《小説》(本多喜久夫)
　　　　　　　　　　　　100～113
日本探偵小説史〈1〉(水谷準)　114～115
鬼火〈1〉《小説》(杉山清詩)　116～125
トリック展望台(野village薫)　120～127
淫獣〈4・完〉《小説》(橘外男)　126～132
トリック作品月旦(編集部)　　133
十二円で懲役十年(瀬戸口寅雄)　134～135
浮浪少女《小説》(竜胆寺雄)　136～144
猫嫌い《小説》(松尾公平)　　　143
狼家の恐怖〈7〉《小説》(尾久木弾歩)
　　　　　　　　　　　　145～157
警察官時代〈1〉(長船渡)　　158～159
予言した男《小説》(香山風太郎)　160～169
トリック・ア・ラ・カルト　　　165
九つの鍵〈1〉《小説》(J・J・コニントン［著］,黒沼健［訳］)・・・・・・170～182

第7巻第2号　所蔵あり
1953年2月1日発行　214頁　120円

穴狂族まかり通る《口絵》・・・・・・7～9
下水と云う名のトンネル工事《口絵》
　　　　　　　　　　　　・・・・10～11
新春洋画陣《口絵》　　　　15～22
トリック・カラーセクション　15～22
最後の証人〈1〉《小説》(尾久木弾歩)
　　　　　　　　　　　　　23～34
木乃伊博士《小説》(九鬼澹)　35～49
恐怖の裸女《小説》(谿谿太郎)　50～59
生首七福神《小説》(島本春雄)　60～71
トリック・ルーム　・・・・・・・・71
本船過失致死事件《小説》(隠伸太郎)
　　　　　　　　　　　　　72～80
幻想《小説》(久保和友)　　　　80
トリック〈2・完〉《小説》(華村タマ子)
　　　　　　　　　　　　　81～90
八尺の天狗《小説》(村上元三)　91～97
推理詰将棋問題(大橋虚士)・・・・97

日本探偵小説史〈2〉(水谷準)・・・・98～99
奈落《小説》(和田操)　　　100～105
妖魔〈8〉《小説》(大下宇陀児)　106～113
耳と目と話(X・Y・Z)　　　113
警察官時代〈2〉(長船渡)　　114～115
海底軍行路〈4〉《小説》(本多喜久夫)
　　　　　　　　　　　　116～131
笑い声《小説》(淵先毅)　　124～125
めくら判/遠慮は無用/一唱三嘆　130
トリック作品月旦(編集部)　　131
無頼漢(潮寒二)　　　　　132～145
九つの鍵〈2〉《小説》(J・J・コニントン［著］,黒沼健［訳］)・・・・146～159
鬼火〈2〉《小説》(杉山清詩)　160～169
正月の犯罪(瀬戸口寅雄)　　170～171
消えた死人《小説》(大江勇)　172～177
狼家の恐怖〈8〉《小説》(尾久木弾歩)
　　　　　　　　　　　　178～185
北極第五番街《小説》(渡辺啓助)　186～198
探偵小説《小説》(相沢久夫)　194～195
海外探偵コント傑作集
　真珠の首飾《小説》(ビル・ビーム)
　　　　　　　　　　　・・200～201
　或る男の死《小説》(ミルワード・ケネデイ)・・・・・・・・・・・201～203
　指輪《小説》(ハンス・リーバウ)
　　　　　　　　　　　・・203～204
　お化け屋敷《小説》(A・A・ミルン)
　　　　　　　　　　　・・204～205
　歯痛《小説》(J・C・ビータース)
　　　　　　　　　　　・・205～207
　物いふ足趾《小説》(テレザ・フイリップス)・・・・・・・・・207～208
　休職《小説》(マーク・ヘリンジヤー)
　　　　　　　　　　　・・208～209
　香水の戯れ《小説》(ドロシイ・セイヤーズ)・・・・・・・・・209～213
　蠱惑《小説》(ハンス・リーバウ)
　　　　　　　　　　　・・210～211
　糊《小説》(U・V・ウイルコツクス)
　　　　　　　　　　　・・・214

第7巻第3号　所蔵あり
1953年3月1日発行　150頁　90円

"捕物まつり"の文士劇《口絵》　7～11
［洋画］《口絵》　　　　　　12～14
トリック・カラーセクション　15～22
運命線の予告《小説》(和田操)　23～28
姿なき殺人事件〈1〉《小説》(華村タマ子)
　　　　　　　　　　　　　29～37
トリックメンタルテスト・・・・・37～47

24 『妖奇』『トリック』

明神礁の謎《小説》(潮寒二)…………	38〜45
捕物祭舞台裏(瀬戸口寅雄)…………	46〜47
最後の証人〈2〉《小説》(尾久木弾歩)	
…………………………………	48〜62
推理詰将棋問題(大橋虚士)…………	61
妖魔〈9・完〉《小説》(大下宇陀児)…	63〜67
女郎蜘蛛《小説》(東禅寺明)…………	68〜73
伝想犯罪綺譚《小説》(渡辺正義)……	74〜75
黒い影《小説》(松尾勇)……………	74〜75
狼家の恐怖〈9〉《小説》(尾久木弾歩)	
…………………………………	76〜87
醜貌旗本《小説》(島本春雄)…………	88〜97
日本探偵小説史〈3〉(水谷準)……	98〜101
妖鬼《小説》(相沢久夫)……………	100〜101
九つの鍵〈3〉《小説》(J・J・コニントン〔著〕、	
黒沼健〔訳〕)…………………	102〜110
トリック・ルーム…………………	108〜109
トリック作品月旦(編集部)…………	111
鬼火〈3・完〉《小説》(杉山清詩)	
…………………………………	112〜121
非情輪廻《小説》(大江勇)…………	122〜127
海底軍行路〈5〉《小説》(本多喜久夫)	
…………………………………	128〜140
悪魔の壷《小説》(阿久津謙介)……	141〜150

第7巻第4号　増刊　所蔵あり

1953年4月1日発行　170頁　90円

執念の呪殺面《小説》(島本春雄)……	11〜19
紅裸女地獄《小説》(島本春雄)……	20〜29
屍人駕籠《小説》(島本春雄)…………	30〜42
般若小判《小説》(島本春雄)…………	43〜51
最近どうして青少年の性犯罪が多いか(小橋健)	
…………………………………	52〜53
乳房魔《小説》(島本春雄)……………	54〜63
地獄飛脚《小説》(島本春雄)…………	64〜81
幻影《小説》(山村英明)……………	74〜75
秘密の袋《小説》(東禅寺明)…………	82〜85
痴漢《小説》(利根洋)………………	85
盲目鬼《小説》(島本春雄)……………	86〜94
二人小町乳房入墨《小説》(島本春雄)	
…………………………………	95〜103
妖奇俳壇《俳句》(浜田紅児〔選〕)……	100
魔笛小姓《小説》(島本春雄)…………	104〜113
トリック笑話……………………	113
密会の危機!(築地暁子)……………	114〜115
怪異火箭梟《小説》(島本春雄)……	116〜125
切支丹小町《小説》(島本春雄)……	126〜137
窃盗と強盗(瀬戸口寅雄)……………	138〜139
破魔下駄変化《小説》(島本春雄)…	140〜150
江戸小噺……………………………	147
妖棺伝《小説》(島本春雄)……………	151〜160
紅鶴提燈《小説》(島本春雄)…………	161〜170

291

25 『Gメン』『X』

【刊行期間・全冊数】1947.10-1950.3（28冊）
【刊行頻度・判型】月刊、B5判
【発行所】Gメン社（第1巻第1号〜第2巻第10号）、中央雑誌社（第2巻第11号〜第3巻第10号）、文映社（第3巻第11号〜第4巻第2号）
【発行人】小林隆治（第1巻第1号〜第2巻第10号）、酒井堯（第2巻第11号〜第3巻第10号）、橋爪彦七（第3巻第11号〜第4巻第2号）
【編集人】小島正一（第1巻第1号）、小林隆治（第1巻第2号〜第2巻第7号）、酒井堯（第2巻第8号〜第3巻第10号）、宮地博明（第3巻第11号〜第4巻第2号）
【概要】GメンとはGovernment menもしくはGun menの略で、アメリカ合衆国の連邦検察局に所属する秘密警察官のことだが、転じて秘密裡に行動する捜査官全般を指すようになった。それを誌名としただけに、当初の『Gメン』は防犯を強く意識した編集で、終戦直後の混乱期らしい雑誌である。ルパン物が連載されるなど、しだいに探偵小説中心となり、『X』と改題した第3巻からは、よりスリルと怪奇を中心とした雑誌になった。とくに、かつて横溝正史が江戸川乱歩名義で発表した短編を再録し、その執筆事情を明らかにしたのは貴重である。
　さらに香山滋や橘外男の連載もあり、探偵小説傑作選の増刊も出したが、ほどなく探偵小説以外が多くなり、1950年4月に『エックス』と再度改題されると、巻号数は引き継がれたものの、探偵雑誌とは言えなくなった。ここには『エックス』の目次は示していない。

第1巻第1号　所蔵あり
1947年10月1日発行　38頁　20円

Gメン誕生（藤田次郎）…………………… 3
性犯罪を語る座談会《座談会》（金原光夫、小野林蔵、木村正一、後藤徳蔵）………… 4〜7
性と犯罪（大宅壮一）………………… 8〜11
経済Gメンは如何に活躍しているか?（小栗三条）…………………………………… 10〜11
吸血鬼《小説》（保篠竜緒）………… 12〜16
指紋の話（阿部重造）………………… 17
まぼろしの掏摸《小説》（水谷準）…… 18〜19
ハガキ回答《アンケート》
　Ｘ この文字から、あなたは何を連想なさいますか?
　　（海野十三）……………………… 18
　　（乾信一郎）……………………… 18
　　（大下宇陀児）…………………… 18
　　（山崎徹也）…………………… 18〜19
　　（北町一郎）……………………… 19
　　（大月桓志）……………………… 19
　　（横溝正史）……………………… 19
　　（城昌幸）………………………… 22
　　（大倉燁子）……………………… 22
　　（森下雨村）……………………… 22
　　（徳川夢声）……………………… 22
　　（山脇貞次）……………………… 23
　　（福田照雄）……………………… 23
　　（九鬼澹）………………………… 23
犯罪事件と探偵小説対談《対談》（堀崎捜査第一課長、江戸川乱歩）………… 20〜23
アメリカの科学捜査室（ヘンリー・S・イート）…………………………………… 24〜25
小平の魔手を逃れた話（大庭コトノ）
　……………………………………… 26〜29
赤ん坊の闇《小説》（大倉燁子）…… 30〜31
その後の世間を驚かした話題の主（由利高志）………………………………… 32〜33
靴下をぬぐ女〈1〉（三谷祥介）……… 34〜38
後記 ……………………………………… 38

第1巻第2号　所蔵あり
1947年11月1日発行　42頁　20円

狸問答《対談》（豊沢一馬、徳川夢声）… 4〜11
Gメンとは?（寺ür芳隆）…………… 12〜15
賭博と犯罪（大宅壮一）……………… 12〜15
情熱《小説》（城昌幸）……………… 14〜15
輸入小話 ………………………………… 15
防犯試合《小説》（海野十三）……… 16〜21

アトラクション ･･････････････････ 20〜21
輸入小話 ･･････････････････････････ 21
顕微鏡で見た犯罪(西山誠二郎) ･･ 22〜23
輸入小話 ･･････････････････････････ 23
湖のニンフ《小説》(渡辺啓助) ･･ 24〜28
輸入小話 ･･････････････････････････ 28
モサ狩り四天王座談会《座談会》(出沢光亥, 飯山正巳, 曾根正人, 広瀬近吉) ･････ 29〜33
関根親分追跡秘話(野口議) ･･････ 33〜35
帰つてきた男《小説》(土岐雄三) ･･ 34〜35
夜の女王妖花「夜嵐の明美」と語る(由利高志) ･･････････････････････ 36〜37
輸入小話 ･･････････････････････････ 37
靴下をぬぐ女〈2〉(三谷祥介) ･･ 38〜42
輸入小話 ･･････････････････････････ 42

第1巻第3号　所蔵あり
1947年12月1日発行　42頁　20円
月光殺人事件《脚本》(城昌幸) ･･ 4〜9
東京千一夜《座談会》(坂口安吾, 松井翠声, 淡谷のり子, 小野佐世男, 大下宇陀児)
　･･････････････････････････････ 10〜15
後楽紫園 ･････････････････････ 14〜15
キヤスリン嬢の死《小説》(式場隆三郎)
　･･････････････････････････････ 16〜20
誰かになりたい(小野堀三) ････････ 20
男女川探偵を探偵する(紙左馬) ･･ 21〜23
輸入小話 ･･････････････････････････ 23
消える男(森下雨村) ･･･････････ 24〜27
詐欺百面相(礒山春夫) ･･････････ 28〜29
酒とライター《小説》(北町一郎) ･･ 30〜31
果樹園の火《小説》(北村小松) ･･ 32〜36
少女の生態(伊藤六不) ･･････････ 37〜38
靴下をぬぐ女〈3・完〉(三谷祥介) ･･ 39〜42

第2巻第1号　所蔵あり
1948年1月1日発行　46頁　25円
防犯浮世かるた(南義郎/杉浦幸雄) ･･ 3〜6
探偵話の泉座談会《座談会》(江戸川乱歩, 大下宇陀児, 木々高太郎, 角田喜久雄, 水谷準)
　････････････････････････････････ 8〜14
スクーター探偵《漫画》(佐次たかし) ･･ 15
鋪道《小説》(北条誠) ･･････････ 16〜21
阿部定という女(坂口安吾) ････････ 20〜21
輸入小話 ･･････････････････････････ 21
『あわや』心理学(大宅壮一) ････ 22〜25
輸入小話 ･･････････････････････････ 25
微笑する瞳《小説》(木村荘十) ･･ 26〜31
東京の裏(藤田次郎) ･･･････････ 32〜33
肉体の誘惑《対談》(浜田百合子, 後藤綾子)
　････････････････････････････ 34〜37

平尾氏の金庫《小説》(乾信一郎) ････ 38〜39
義賊夜のパール《漫画》(小野佐世男)
　････････････････････････････ 40〜41
刺身《小説》(牧野吉晴) ･･････ 42〜46

第2巻第2号　所蔵あり
1948年2月1日発行　50頁　25円
花輪家の舞踏会《小説》(水準準) ････ 4〜9
水晶の花《小説》(式場隆三郎) ･･ 10〜15
吹雪の夜の終電車《小説》(倉光俊夫)
　････････････････････････････ 16〜21
黒猫館の秘密《小説》(渡辺啓助)
　････････････････････････ 22〜27, 15
探偵作家ばかりの二十の扉《座談会》(大下宇陀児, 角田喜久雄, 木々高太郎, 江戸川乱歩)
　････････････････････････････ 28〜31
栗栖氏復活の真相《小説》(土岐雄三)
　････････････････････････････ 32〜36, 41
宇宙にいない男(大林清) ･･････ 37〜41
銀貨と宝石(北village一郎) ･･････ 42〜46
勝負《小説》(森下雨村) ･･････ 47〜50, 21

第2巻第3号　所蔵あり
1948年3月1日発行　50頁　25円
説教をする強盗《対談》(妻木松吉, 三谷祥介)
　･･････････････････････････････ 4〜10
艶獣〈1〉《小説》(山岡荘八) ･･ 11〜15
霊感透視術(石川雅章) ･･･････････････ 15
死体怪奇夜話《小説》(海野十三) ･･ 16〜19
輸入小話 ･･････････････････････････ 19
秘密通信(保篠竜緒) ･･･････････ 20〜21
犯罪と科学《対談》(野老山鑑識課長, 木々高太郎) ･･････････････････ 22〜26
ルドルフの失踪(内田誠) ･･････ 26〜27
色めがね《小説》(東震太郎) ･･ 28〜31
続浮世かるた(紅夢三春吟並〔選〕) ･･ 28〜31
夜のパール《漫画》(小野佐世男) ･･ 32〜33
髪《小説》(奥村五十嵐) ･･････ 34〜37
肉体の街《対談》(ラク町のお時, 藤倉アナウンサー) ･･････････････････ 38〜43
灰皿の秘密《小説》(土岐雄三) ･･ 44〜45
勝負《小説》(北条誠) ･･･････････ 46〜50

第2巻第4号　所蔵あり
1948年4月1日発行　50頁　30円
電話の声《絵物語》(伊藤竜雄) ････ 3〜7
女の犯罪を語る座談会《座談会》(式場隆三郎, 丸木砂土, 池田慶三郎, 加藤ひさ, 邦枝完二) ･･････････････････ 8〜13, 43
艶獣〈2〉《小説》(山岡荘八) ･･ 14〜18
寝室の令嬢(妻木松吉) ･･･････････ 19〜23

293

25 『Gメン』『X』

輸入小話 ・・・・・・・・・・・・・・・・・・・・ 23
人喰男の秘密《小説》(留伴亭) ・・・・ 24～25
密月と殺人《小説》(倉光俊夫) ・・・・ 26～30
探偵小説とエロ・グロ(木々高太郎)
　・・・・・・・・・・・・・・・・・・・・・・・・・ 30～31
犯人は誰か？(沢隆児) ・・・・・・・・・ 30～31
夜のパール《漫画》(小野佐世男) ・・・・ 32～33
インチキ百面相《座談会》(石黒敬七, 高橋邦太郎, 石川雅章) ・・・・・・・・・・・・・・ 34～39
流離の姫君(角田喜久雄) ・・・・・・・・ 40～43
犯罪と嫉妬妄想夢遊病(小酒井喜久夫)
　・・・・・・・・・・・・・・・・・・・・・・・・・ 44～45
匂う密室《小説》(双葉十三郎) ・・・・ 46～50

第2巻第5号　別巻　所蔵あり
1948年4月5日発行　68頁　35円
メリーウイドウ殺人事件《小説》(水谷準)
　・・・・・・・・・・・・・・・・・・・・・・・・・・ 4～21
犯人は誰か？(沢隆児) ・・・・・・・・・・・・ 21
ルパン登場《小説》(モーリス・ルブラン〔著〕,
　保篠竜緒〔訳〕) ・・・・・・・・・・・・・ 22～28
第三の男《小説》(モーリス・ルブラン〔著〕, 保篠竜緒〔訳〕) ・・・・・・・・・・・ 29～33
犯人は誰か？(沢隆児) ・・・・・・・・・・・・ 33
鳩つかい《小説》(大倉燁子) ・・・・・・ 34～41
モルグ街の殺人《小説》(エドガア・アラン・ポウ〔著〕, 寺沢芳隆〔訳〕) ・・・・・ 42～47
二銭銅貨《小説》(江戸川乱歩) ・・・・ 48～57
犯人は誰か？(沢隆児) ・・・・・・・・・・ 56～57
D坂殺人事件《小説》(江戸川乱歩) ・・ 58～68
犯人は君だ!《漫画》(小泉紫郎) ・・・・・・ 後1

第2巻第6号　所蔵あり
1948年5月1日発行　50頁　30円
黄金魔〈1〉《小説》(モーリス・ルブラン〔著〕,
　保篠竜緒〔訳〕) ・・・・・・・・・・・・・・ 4～11
指紋(桑原伸介) ・・・・・・・・・・・・・・・・ 11
世界の魔窟を語る座談会《座談会》(東郷青児, 古賀政男, 松井翠声, 渋沢秀雄) ・・ 12～17
空想犯罪(大宅壮一) ・・・・・・・・・・・・ 18～21
殺人《小説》(姿小夜子) ・・・・・・・・・・ 18～19
絞首台(沢隆児) ・・・・・・・・・・・・・・・ 20～21
毒紅茸奇談《小説》(香山滋) ・・・・・・ 22～27
探偵遊戯(小酒井喜久夫) ・・・・・・・・・ 28～29
艶獣〈3〉《小説》(山岡荘八) ・・・・・・ 30～35
リュックサックの秘密《小説》(留伴亭)
　・・・・・・・・・・・・・・・・・・・・・・ 36～37, 19
愛情の炎《小説》(大倉燁子) ・・・・・・ 38～42
スリ狩随行記(本誌記者) ・・・・・・・・・ 43～45
刑事と令嬢《小説》(大平陽介) ・・・・・ 46～50

第2巻第7号　所蔵あり
1948年6月1日発行　50頁　30円
黄金魔〈2〉《小説》(モーリス・ルブラン〔著〕,
　保篠竜緒〔訳〕) ・・・・・・・・・・・・ 4～10, 21
未亡人と肉屋カルコ(東郷青児) ・・・・ 11～13
謎のSOS(古賀政男) ・・・・・・・・・・ 14～18, 29
火を吹く二丁拳銃(市川段四郎) ・・・・ 19～21
読者通信 ・・・・・・・・・・・・・・・・・・・・ 21
銀座奇遇《座談会》(弁天おさと, 出沢光亥, 宇都城新八) ・・・・・・・・・・・・・・・・ 22～27
ユーモア辞典/ユーモア金言/ユーモア長生法 ・・・・・・・・・・・・・・・・・・・・・・・・・ 27
性的犯罪綺談(小酒井喜久夫) ・・・・・・ 28～29
六十五人の裸女《小説》(三谷祥介) ・・ 30～34
盗人(渋沢秀雄) ・・・・・・・・・・・・・・・ 35～37
五月二日午前一時 ・・・・・・・・・・・・・・ 37
伴奏者の秘密(留伴亭) ・・・・・・・・・・ 38～39
艶獣〈4〉《小説》(山岡荘八) ・・・・ 40～44, 50
クリッペン事件顛末(高橋邦太郎) ・・・・ 45～50

第2巻第8号　所蔵あり
1948年7月1日発行　48頁　30円
怪藻境《小説》(海野十三) ・・・・・・・・ 2～12, 21
十二時前後《漫画》(佐次たかし) ・・・・・・ 13
10万円のお土産《絵物語》(丸茂文雄〔作〕)
　・・・・・・・・・・・・・・・・・・・・・・・・・ 14～15
艶獣〈5〉《小説》(山岡荘八) ・・・・・・ 16～21
ポール・アルバニーの秘密《小説》(留伴亭)
　・・・・・・・・・・・・・・・・・・・・・・・・・ 22～25
儲かる犯罪と儲からない犯罪(大宅壮一)
　・・・・・・・・・・・・・・・・・・・・・・・・・ 24～27
ラムネの誘惑《小説》(石川雅章) ・・・・ 26～27
憎らしい男《小説》(渡辺啓助) ・・・・・・ 28～33
一千万円の男(荻原秀夫) ・・・・・・・・・ 34～37
黄金魔〈3〉《小説》(モーリス・ルブラン〔著〕,
　保篠竜緒〔訳〕) ・・・・・・・・・・・・・ 38～43
楽書《小説》(土岐雄三) ・・・・・・・・・ 44～48

第2巻第9号　所蔵あり
1948年9月1日発行　48頁　35円
世界の大秘境を語る座談会《座談会》(小倉清太郎, 布利秋, 尾崎竜夫, 丸山静雄, 飯塚羚児) ・・・・・・・・・・・・・・・・・・・・・ 4～9
Gメンの手帖 ・・・・・・・・・・・・・・・・・・ 9
人物川柳《川柳》(紅夢吟) ・・・・・・・・ 10～11
好蟲八丁《小説》(水谷準) ・・・・・・・・ 12～20
南北米のショウ(古賀政男) ・・・・・・・・ 21～22
各国の会露商(石黒敬七) ・・・・・・・・・ 22～23
新ロビンソン漂流実記(柴垣一夫) ・・・・ 24～29
あなただったらどうしますか？ ・・・・・・ 26～27
運転手の推理/ショウと舞踏会 ・・・・・・・・ 29

294

黄金魔〈4〉《小説》(モーリス・ルブラン〔著〕,
　保篠竜緒〔訳〕)・・・・・・・・・・・・・・・・・30～41
私はパンパンじゃない《小説》(池田みち子)
　・・・・・・・・・・・・・・・・・・・・・・・・・・・・・・・・・・・・・・37～41
恋の冷凍《小説》(荻原秀夫)・・・・・・・・・・　41
眠り魔の秘密《小説》(留伴亭)・・・・・・42～43
艶獣〈6〉《小説》(山岡荘八)・・・・・・・・・・44～48

第2巻第10号　所蔵あり
1948年10月1日発行　48頁　35円
毒薬と老嬢《口絵》・・・・・・・・・・・・・・・・・・・・・・　1
一寸法師《映画物語》・・・・・・・・・・・・・・・・・2～7
Gメン《映画物語》・・・・・・・・・・・・・・・・・・・・8～10
毒薬と老嬢《映画物語》・・・・・・・11～13, 27
未亡人の秘密〈1〉(三谷祥介)・・・・・・14～18
染め毛の謎(黒沼健)・・・・・・・・・・・・・・・・19～24
Gメンの手帖・・・・・・・・・・・・・・・・・・・・・・・・・・・　24
シロップ瓶の秘密《小説》(留伴亭)・・25～27
黄金魔〈5〉《小説》(モーリス・ルブラン〔著〕,
　保篠竜緒〔訳〕)・・・・・・・・・・・・・・・・・28～33
性慾異常のいろいろ(金子準二)・・・・・34～36
音なき弾奏(青江耿介)・・・・・・・・・・・・・・37～41
夜のパール《漫画》(小野佐世男)・・・・42～43
艶獣〈7〉《小説》(山岡荘八)・・・・・・・・・・44～48

第2巻第11号　所蔵あり
1948年11月1日発行　56頁　60円
恐怖島〈1〉《小説》(香山滋)・・・・・・・・・6～11
恐怖島について(香山滋)・・・・・・・・・・・・・・・　11
アメリカ大新聞の特ダネ戦《座談会》(アーネ
　スト・ホーブライト, レイ・フォーク, 高田
　市太郎)・・・・・・・・・・・・・・・・・・・・・・・・・12～17
未亡人の秘密〈2〉(三谷祥介)・・・・・・18～22
宝籤と帝銀犯人《小説》(川原久仁於)
　・・・・・・・・・・・・・・・・・・・・・・・・・・・・・・・・・・・・23～27
マーケット殺人事件《小説》(森九又)
　・・・・・・・・・・・・・・・・・・・・・・・・・・・・・・・・・・・・28～29
S子像綺談《小説》(東震太郎)・・・・・・30～34
教え子暴行事件の真相(竜玲太郎)・・・35～37
黄金魔〈6〉《小説》(モーリス・ルブラン〔著〕,
　保篠竜緒〔訳〕)・・・・・・・・・・・・・・38～43, 48
平沢貞通〈1〉(三谷祥介)・・・・・・・・・・44～49
艶獣〈8〉《小説》(山岡荘八)・・・・・・・・50～56
世界の毒殺事件(高橋邦太郎)・・・・・・・54～55
帝銀 毒殺事件の全貌・・・・・・・・・・・・・別付2～35
捜査内幕座談会《座談会》(菅野長元, 山崎稔,
　松太郎, 鈴木滋, 神林春夫, 若月五郎, 塚原正
　直)・・・・・・・・・・・・・・・・・・・・・・・・・・・別付36～41
事件の翌日(武井久雄)・・・・・・・・・別付42～43
平沢に面会して(アーネスト・ホーブライト)
　・・・・・・・・・・・・・・・・・・・・・・・・・・・・・・・別付43～44

あの頃のこと(三角寛)・・・・・・・・・・・・・別付44
平沢は果たして犯人か？
　(山田義雄)・・・・・・・・・・・・・・・・別付45～47
　(高村厳)・・・・・・・・・・・・・・・・・・・・・・別付48

※ 以下、『X』と改題

第3巻第1号　未所蔵
1949年1月1日発行　60頁　60円
幸福な男《漫画》(秋好馨)・・・・・・・・・・・・・前1
おらくるカレンダー(高島象山)・・・・・・・1～2
あなたの今年の運勢は？(高島象山)・・・3～4
花形珍内閣《漫画》(西塔子郎)・・・・・・・・6～7
山口淑子紅恋秘話(若林虎雄)・・・・・・・・8～11
恐怖島〈2〉《小説》(香山滋)・・・・・・・・12～17
疑獄保険株式会社(大宅壮一)・・・・・・・18～20
地獄の歌姫《小説》(島田一男)・・・・・・21～25
平沢貞通〈2・完〉(三谷祥介)・・・・・・・26～31
黄金魔〈7〉《小説》(モーリス・ルブラン〔著〕,
　保篠竜緒〔訳〕)・・・・・・・・・・・・・・・・・32～37
日野原社長行状記・・・・・・・・・・・・・・・・・・38～42
未亡人の秘密〈3・完〉(三谷祥介)・・・43～47
今月の運勢(高島象山)・・・・・・・・・・・・・48～49
神響《小説》(守友恒)・・・・・・・・・・・・・・50～55
艶獣〈9〉《小説》(山岡荘八)・・・・・・・・56～60
裸一貫金儲けの虎の巻(河田栄)・・・別付2～36

第3巻第2号　未所蔵
1949年2月1日発行　84頁　60円
ナンキン墓の夢《小説》(吉川英治)・・・・2～3
幻女《小説》(渡辺啓助)・・・・・・・・・・・・・4～15
覆面の舞踏会《小説》(江戸川乱歩)・・・16～23
恐怖島〈3〉《小説》(香山滋)・・・・24～29, 37
地獄の魔術師《小説》(青江耿介)・・・・30～37
妖鬼飛行《小説》(牧野吉晴)・・・・・・・・38～43
はしがき〈1〉(牧野吉晴)・・・・・・・・・・・・・　38
黄金魔〈8〉《小説》(モーリス・ルブラン〔著〕,
　保篠竜緒〔訳〕)・・・・・・・・・・・・・・・・・44～48
生きてゐる腸《小説》(海野十三)・・・・49～54
艶獣〈10・完〉《小説》(山岡荘八)・・・・56～61
猿取先生《漫画》(時次郎)・・・・・・・・・・・・・62
屍の盛装《小説》(木村荘十)・・・・・・・・63～70
今月の運勢(高島象山)・・・・・・・・・・・・・68～69
血液銀行《小説》(式場隆三郎)・・・・・・71～75
ナンキン墓の夢《小説》(吉川英治)・・・76～84

第3巻第3号　未所蔵
1949年3月1日発行　60頁　50円
甘い仲《漫画》(西川辰美)・・・・・・・・・・・・前1
銀幕の秘密《小説》(江戸川乱歩/横溝正史)
　・・・・・・・・・・・・・・・・・・・・・・・・・・・・・・・・・・・・4～12

25 『Gメン』『X』

夜霧の街《若林虎雄》・・・・・・・・・・ 13〜18
百万円当籤者《小説》（森九又）・・・ 16〜17
消え失せた姿（北村小松）・・・・・・・ 19〜23
花嫁を取りかえる男（三谷祥介）・・ 24〜29
黄金魔〈9・完〉《小説》（モーリス・ルブラン
　〔著〕，保篠竜緒〔訳〕）・・・・・・・ 30〜35
第二の失恋《小説》（大倉燁子）・・・ 36〜39
今月の運勢（高島象山）・・・・・・・・・ 38〜39
女囚の生態（池田みち子）・・・・・・・ 40〜43
金儲大学（河田栄）・・・・・・・・・・・・・ 42〜43
ハンド・バックの中味《小説》（姿小夜子）
　・・・・・・・・・・・・・・・・・・・・・・・・・・ 44〜45
恐怖島〈4〉《小説》（香山滋）・・・・・ 46〜51
猿取先生《漫画》（時次郎）・・・・・・・ 52
愛は犯罪なり《小説》（武野藤介）・・ 53〜55
妖鬼飛行〈2〉《小説》（牧野吉晴）・・ 56〜60
※奥付は第1巻第3号と誤記

第3巻第4号　別冊　未所蔵
1949年3月20日発行　82頁　70円
犯罪を猟る男《小説》（江戸川乱歩/横溝正史）
　・・・・・・・・・・・・・・・・・・・・・・・・・・ 2〜11
怪盗消失《小説》（モーリス・ルブラン〔著〕，保
　篠竜緒〔訳〕）・・・・・・・・・・・・・・ 12〜18
私の特ダネ 花形実話集
　雪の夜の狂犬（山田五十鈴）・・・ 19〜20
　血色の蜘蛛（市川猿之助）・・・・・ 20〜22
　四馬路で会つた男（淡谷のり子）
　・・・・・・・・・・・・・・・・・・・・・・・・・・ 21〜23
　財布を掏つた女（三船敏郎）・・・ 23〜24
　涙の独唱会（藤原義江）・・・・・・・ 25〜26
邪恋の人妻殺し（山岡荘八）・・・・・ 27〜32
血妖夫人《小説》（富士鷹太郎）・・ 33〜40
探偵を探偵する女《小説》（荻原秀夫）
　・・・・・・・・・・・・・・・・・・・・・・・・・・ 41〜45
ムードンの女（東郷青児）・・・・・・・ 46〜49
眼中になし ・・・・・・・・・・・・・・・・・・・ 49
毛沢東とはいかなる男か?（立石功）・・ 50〜54
狂う悪魔（夏416）・・・・・・・・・・・・ 55〜61
海外実話 ・・・・・・・・・・・・・・・・・・・・ 61
その夜の出来事《小説》（大倉燁子）
　・・・・・・・・・・・・・・・・・・ 62〜65，72
黄色い花束（横沢千秋）・・・・・・・・・ 66〜72
恐るべき教師《小説》（大下宇陀児）・・ 73〜82

第3巻第5号　未所蔵
1949年4月1日発行　68頁　60円
花形写真自叙伝《口絵》・・・・・・・・ 1〜4
映画界の内幕
　ニューフェースを裸にする（佐々笹男）
　・・・・・・・・・・・・・・・・・・・・・・・・・・ 5〜8

銀座街頭を歩く ・・・・・・・・・・・・・・・ 7
映画宣伝あの手この手（姿小夜子）
　・・・・・・・・・・・・・・・・・・・・・・・・・・ 8〜11
接吻女優 ・・・・・・・・・・・・・・・・・・・・ 8〜9
映画で儲けるのは誰か? ・・・・・・・・ 10
京王映画はたして幽霊か?（津坂幸）
　・・・・・・・・・・・・・・・・・・・・・・・・・・ 11〜13
スター税金調べ ・・・・・・・・・・・・・・・ 12〜13
長谷川一夫売出し秘話（大平双虹）
　・・・・・・・・・・・・・・・・・・・・・・・・・・ 13〜15
宮城最後の日《小説》（岩崎栄）・・ 16〜23
唇紋《小説》（永瀬三吾）・・・・・・・・ 24〜28
猿取先生《漫画》（時次郎）・・・・・・ 29
恐怖島〈5〉《小説》（香山滋）・・・・ 30〜35
死の浴槽（高橋邦太郎）・・・・・・・・・ 36〜37
ホルモンの謎（小酒井喜久雄）・・・ 38〜43
今月の運勢（高島象山）・・・・・・・・・ 42〜43
妖鬼飛行〈3〉《小説》（牧野吉晴）・・ 44〜48
秘密クラブ（矢野目源一）・・・・・・・ 49〜51
悪魔の護符《小説》（高木彬光）・・ 52〜58
蛇指輪（島田正吾）・・・・・・・・・・・・・ 59〜63
金儲大学（河田栄）・・・・・・・・・・・・・ 62〜63
角男《小説》（江戸川乱歩/横溝正史）・・ 64〜68
代作ざんげ（横溝正史）・・・・・・・・・ 66
作者返上（江戸川乱歩）・・・・・・・・・ 68

第3巻第6号　未所蔵
1949年5月1日発行　68頁　60円
季節の女《口絵》・・・・・・・・・・・・・・ 1〜4
スポーツ界の内幕
　プロ野球ウラのウラ（城南球人）・・ 5〜7
　その後の女野球 ・・・・・・・・・・・・・ 7
　競馬インチキ物語（ダービー沢）・・ 8〜10
　拳闘選手は儲かるか?（荻野貞行）・・ 10
　相撲界を牛耳るのは誰か?（国木寛）
　・・・・・・・・・・・・・・・・・・・・・・・・・・ 11〜13
　スポーツファン百面相（姿小夜子）
　・・・・・・・・・・・・・・・・・・・・・・・・・・ 14〜16
恋の別所投手（東田一朔）・・・・・・・ 17〜19
類人猿の母〈1〉《小説》（橘外男）・・ 20〜27
ソ連抑留記（芦谷光久）・・・・・・・・・ 28〜29
地獄船の女《小説》（西川満）・・・・ 30〜34
猿取先生《漫画》（時次郎）・・・・・・ 35
麻薬団急襲!（荻原秀夫）・・・・・・・・ 36〜39
恐怖島〈6・前篇完〉《小説》（香山滋）
　・・・・・・・・・・・・・・・・・・・・・・・・・・ 40〜45
野球ファン熱狂座談会《座談会》（大仏次郎，賀
　陽恒憲，館田直光，灰田勝彦，水谷準，山根寿
　子，田中比左良）・・・・・・・・・・・・ 46〜50
ロバトカの狼《小説》（寒川光太郎）・・ 51〜55
静かなる決闘《小説》（森九又）・・ 54〜55

296

踊る神様の正体(石川雅章) ……… 56～57
未完成自殺術(橋爪彦七) ……… 58～63
天使魚〈1〉《小説》(牧野吉晴)
　………………………… 64～68
今月の運勢(高島象山) ……… 66～67

第3巻第7号　未所蔵
1949年6月1日発行　68頁　60円
明暗東京ニュールック《口絵》 ……… 1～4
芸界の内幕
　流行歌手のウラおもて(小波音子)
　………………………… 5～7
　男娼劇事件の真相 ……………… 7
　てんやわんやの役者稼業(市川虎之助)
　………………………… 8～10
　ハダカレビューを裸にする(花村文吉)
　………………………… 11～13
　見世物人間ポンプ ……………… 13
　芸人楽屋のぞき(寿家長助) … 14～16
　肉体の灯(亀谷競三) ………… 17～20
類人猿の母〈2〉《小説》(橘外男) … 21～29
手紙の秘密《小説》(森九又) … 26～27
私は生きている!(清水正二郎) … 30～31
男は獣にあらず《小説》(式場隆三郎)
　………………………… 32～37
天使魚〈2〉《小説》(牧野吉晴)
　………………………… 38～42
女子共産党員の恋《小説》(田中英光)
　………………………… 43～47
花乳房(恐怖島後篇)〈1〉《小説》(香山滋)
　………………………… 48～53
二度自殺した男(寺沢隆児) … 54～55
うまいものは?《対談》(本山荻舟, 渋沢秀雄)
　………………………… 56～59
女優《小説》(大平野虹) ……… 60～68
金儲大学(河田栄) ……………… 66～67

第3巻第8号　未所蔵
1949年7月1日発行　100頁　80円
迷作マンガコンクール《漫画》 ……… 2～5
こわいものは ……………………… 8
　地震(松井翠声) ………………… 8
　雷(武野藤介) …………………… 9
　火事(武野藤介) ………………… 10
　おやじ(乾信一郎) ……………… 11
青鬍の妻《小説》(高木彬光) … 12～30
天使魚〈3〉《小説》(牧野吉晴)
　………………………… 31～35
長屋の初恋うちあけ座談会《落語》(三遊亭歌笑)
　………………………… 36～37

タンゴの歌姫(古賀政男) ……… 38～40
アラビヤンナイト《小説》(矢野目源一)
　………………………… 40～41
女狼《小説》(守安新二郎) …… 42～46
密輸船の女《小説》(木谷新治) 47～51
私は結婚相談にだまされた(石川きぬ子)
　………………………… 52～53
花乳房〈2〉《小説》(香山滋) … 54～59
妖女の壁(香月三平) …………… 60～65
恋の空巣《小説》(富田英三) … 66～71
レディ・ファースト《漫才》(内海突破・並木一路)
　………………………… 70～71
夏魔鬼理物語(徳川夢声) ……… 72～75
誰が拳銃を《小説》(九鬼澹) … 76～81
診療室の殺人(小酒井喜久夫) … 82～83
身の上相談博士《小説》(佐々木邦) 84～92
類人猿の母〈3〉《小説》(橘外男) 93～100

第3巻第9号　未所蔵
1949年8月1日発行　68頁　65円
裸体天国《口絵》 ………………… 2～5
珍婚千夜一夜(沢隆児) ………… 8～9
刺された日のこと(山崎敬子) … 10～11, 20
肉慾の果て《小説》(田中英光) … 12～20
その後の英光(山崎敬子) ……… 20
変な女《小説》(東震太郎) …… 21～23
決死の樺太脱出(本誌記者) …… 24～25
類人猿の母〈4〉《小説》(橘外男) 26～33
アメリカで会った人たち(高田市太郎)
　………………………… 34～35
花乳房〈3〉《小説》(香山滋) … 36～41
懸賞小説予選発表 ……………… 41
幽霊を喰っている商売(石川雅章) 42～43
天使魚〈4〉《小説》(牧野吉晴)
　………………………… 44～48
回春読本(松本茂) ……………… 49～68
閨房戦術(鶴亀仙人) …………… 54～58
性力をつける食物(小酒井喜久夫) 62～66

第3巻第10号　未所蔵
1949年9月1日発行　70頁　65円
首相官邸襲わる!(迫水久常) … 6～16
偉大なる奇蹟(迫水久常) ……… 7
二・二六事件日誌 ……………… 16
日本暗殺物語(永松浅造) ……… 17～22
世界大暗殺事件(高橋邦太郎) … 19～22
笑話 ……………………………… 22
猿取先生《漫画》(時次郎) …… 23
花乳房〈4〉《小説》(香山滋) … 24～29

25 『Ｇメン』『Ｘ』

鉄のカーテン《映画物語》(津田幸夫)
　　　　　　　　　　　　　　　　30〜34
ハダカ映画を裸にすれば(佐々笹男)‥‥　35
変態性慾者(小酒井喜久雄)‥‥‥‥36〜38
就職戦術あの手この手(鹿島健治)‥38〜39
大本営暗号室《小説》(能坂利雄)‥40〜45
未婚女性の性生活(沢隆児)‥‥‥‥46〜47
天　使　魚〈5〉《小説》(牧野吉晴)
　エンゼルフィッシュ
　　　　　　　　　　　　　　　　48〜51
樺　太《小説》(寒川光太郎)‥‥‥52〜70
　サガレン
女は罪深し《詩》(小林学人)‥‥‥‥　70

第3巻第11号　未所蔵
1949年10月1日発行　86頁　75円
X面白館
　恋のトランプ占い(石川雅章)‥‥‥8〜9
　初耳《漫才》(リーガル千太・万吉)
　　　　　　　　　　　　　　　　10〜11
　私は誰ですか(北町一郎)‥‥‥‥12〜13
　人肉の市《小説》(滋野井隆)‥‥14〜25
　恋染め峠《小説》(橋爪彦七)‥‥26〜33
　逃げる男《小説》(森健二)‥‥‥34〜39
　映画界うらばなし‥‥‥‥‥‥‥‥　39
　恋の色盲学《小説》(荻原秀夫)‥40〜45
　海外珍聞奇聞‥‥‥‥‥‥‥‥‥‥　45
　水祝いお琴忠兵衛《小説》(白雲斉楽山)
　　　　　　　　　　　　　　　　46〜51
　愛慾流転《小説》(篠崎愛子)‥‥52〜58
　ご存じですか(稲見園子)‥‥‥‥‥　58
　猿取先生《漫画》(時次郎)‥‥‥‥　59
　緋鹿子千鳥《小説》(黒部渓三)‥60〜65
　留守居屋《落語》(月の家円鏡)‥66〜67
　冥途から‥‥‥‥‥‥‥‥‥‥‥‥　67
　皇后に恋をした男《小説》(能坂利雄)
　　　　　　　　　　　　　　　　68〜75
　花乳房〈5・完〉《小説》(香山滋)76〜85
　休載のお詫び(牧野吉晴)‥‥‥‥‥　86
　※表紙は1949年11月1日発行

第3巻第12号　未所蔵
1949年12月1日発行　104頁　75円
X面白館
　握手読心術(石川雅章)‥‥‥‥‥‥　10
　伏魔殿《小説》(能坂利雄)‥‥‥16〜27
　真昼の円舞曲‥‥‥‥‥‥‥‥‥‥　21
　真昼の円舞曲‥‥‥‥‥‥‥‥‥‥　25
　生きてゐる椿姫《小説》(鮎沢浩)28〜35
　真昼の円舞曲‥‥‥‥‥‥‥‥‥‥　35
　小鬘の丁太郎《小説》(小泉安)‥36〜43
　真昼の円舞曲‥‥‥‥‥‥‥‥‥‥　43
　おしのちゃん《小説》(日野岩太郎)44〜45

　怨みの雪原《小説》(影山稔雄)‥46〜52
　真昼の円舞曲‥‥‥‥‥‥‥‥‥‥　51
　私の抗議(木暮実千代)‥‥‥‥‥‥　54
　下田夜曲《小説》(原九)‥‥‥‥56〜61
　いろは仁義《小説》(穂積驚)‥‥62〜67
　真昼の円舞曲‥‥‥‥‥‥‥‥‥‥　67
　浜町河岸《小説》(横沢千秋)‥‥68〜73
　真昼の円舞曲‥‥‥‥‥‥‥‥‥‥　73
　炭鉱節《小説》(亀谷競三)‥‥‥74〜77
　大利根月夜《小説》(月光洗三)‥78〜82
　家庭笑話‥‥‥‥‥‥‥‥‥‥‥‥　83
　萱野三平《小説》(竹林斉斗山)‥84〜89
　美男纏《小説》(壇達二)‥‥‥‥90〜94
　小噺‥‥‥‥‥‥‥‥‥‥‥‥‥‥　94
　ちゃりんこの金太《漫画》(たざわ・茂)‥　95
　洛陽栄あり《小説》(橋爪彦七)‥96〜104

第4巻第1号　未所蔵
1950年1月1日発行　90頁　70円
　今年のあなたの運勢(観雲学人)‥11〜13
　人気花形愛妻くらべ(水上啓一)‥16〜17
　お正月室内遊び(石川雅章)‥‥‥‥　18
　慾情日記〈1〉《小説》(滋野井隆)20〜33
　千坂兵部《小説》(橋爪彦七)‥‥34〜41
　冬の蜜蜂《小説》(吉田武三)‥‥42〜48
　初夢《落語》‥‥‥‥‥‥‥‥‥49〜51
　笑話‥‥‥‥‥‥‥‥‥‥‥‥‥‥　50
　毒婦白狐のお滝《小説》(穂積驚)52〜59
　一口落語‥‥‥‥‥‥‥‥‥‥‥‥　56
　女親分お辰《小説》(月光洗三)‥60〜65
　一寸した事ですが‥‥‥‥‥‥‥‥　65
　明月情けの草蛙《小説》(星川周太郎)
　　　　　　　　　　　　　　　　66〜71
　流行歌を作る人々訪問記(松坂直美)
　　　　　　　　　　　　　　　　72〜75
　乳房への哀傷《小説》(青木春三)76〜81
　沢田正二郎《小説》(村松駿吉)‥83〜89
　好取組‥‥‥‥‥‥‥‥‥‥‥‥‥　89

第4巻第2号　未所蔵
1950年3月1日発行　86頁　65円
　爆笑洪笑漫画傑作展《漫画》‥‥‥2〜6
　だしぬけ訪問‥‥‥‥‥‥‥‥‥10〜13
　サトウ・ハチロー先生(松坂直美)10〜11
　ブギの王様・服部良一(松坂直美)12〜13
　新妻非常線《小説》(村松駿吉)‥16〜27
　皆さまの銀行‥‥‥‥‥‥‥‥‥‥　27
　あさ妻舟《小説》(富樫左門)‥‥28〜34
　川柳くせ判断(石川雅章)‥‥‥‥‥　34
　猿取先生《漫画》(時次郎)‥‥‥‥　35
　愛慾時雨唄《小説》(鮎沢浩)‥‥36〜39

25 『Ｇメン』『Ｘ』

情炎変相図（慾情日記改題）〈2〉《小説》（滋野井隆） ……………… 40〜47
霞のお美代《小説》（白雲斉楽山） ……… 48〜53
涙の更正感激実話集 ……………… 54〜67
未亡人倶楽部解散（亀谷競三） ……… 54〜58
明るき墓場（千秋八郎） ……………… 59〜63

肉体の悪夢（桜田和夫） ……………… 64〜67
人情放浪者《小説》（鯱城一郎） ……… 68〜71
桃中軒雲右衛門《小説》（大平野虹） …… 72〜84
ものしり帖 ……………………………… 84
トロイカ《小説》（影山稔雄） ……………… 85

26『フーダニット』

【刊行期間・全冊数】1947.11-1948.8（6冊）
【刊行頻度・判型】不定期刊, B5判
【発行所】犯罪科学研究所
【発行人】鈴木保里
【編集人】鈴木保里
【概要】Who done it?（誰が犯人か）とはいかにも探偵雑誌らしい誌名だが、実際の犯罪についての記事が多い。しだいに探偵小説が増えたとはいえ、毎号2、3編が掲載されただけであった。

第1巻第1号　所蔵あり
1947年11月1日発行　36頁　23円
時の流れと人の身は…〈口絵〉 ………… 1
浮世片々〈口絵〉 ……………………… 2〜3
力と美〈口絵〉 ………………………… 4
首途に寄せて（門叶宗雄） ……………… 5
赤い国の秘密 恋・金・慾（久木順郎） … 6〜8
科学捜査と紳士 アメリカFBIのGメン（高松棟一郎） ……………………………… 9〜10
今外国にはどんな犯罪が起きているか（安地善助） ………………………………… 11〜12
ウソ発見器とはこんなもの（野老山幸風） … 12〜13
学生強盗の告白（成迫忠儀） …………… 14〜15
隠語解説〈1〉（須合豊） ……………… 15
涙で語るパンパンのざんげ（武田弘） … 16〜19
隠語解説〈2〉（須合豊） ……………… 17
隠語解説〈3〉（須合豊） ……………… 19
スリ捕縛競技会から ……………………… 21
犯罪と歌舞伎（三宅周太郎） …………… 22〜23
新聞記者の手帖から（北一夫） ………… 23
刑事の六感（滝田幸夫） ………………… 24〜27
年犯に死刑（阿部真之助） ……………… 26〜27
野性の誘惑（今井佐久弥） ……………… 28〜31
街のスタイル（小野佐世男） …………… 30〜31
殺人舞台（浦和登） ……………………… 32〜33
探偵小説〈小説〉（北村小松） ………… 34〜36
編集後記（N） …………………………… 36

第2巻第1号　未所蔵
1948年1月1日発行　44頁　25円
指紋〈口絵〉 …………………………… 1
玲子を殺したのは誰か? ………………… 2〜3
アッ、金が、札が、百円札が!〈口絵〉 … 4
法の達人（黒川武雄） …………………… 5

死刑される日まで《座談会》（川上悍, 石田隆信, 柴田四郎, 相馬隆, 青木貞夫, 相原てつよ, 田中伊一, 佐藤長敏） ……………………… 6〜9
悪の双葉（高石覚三郎） ………………… 9〜11
隠語解説〈4〉（須合豊） ……………… 11
年末・年始に多いスリの手口（桐山真） … 12〜14
隠語解説〈5〉（須合豊） ……………… 13
検挙面から見た新憲法と犯罪 …………… 14
隠語解説〈6〉（須合豊） ……………… 15
南国紀州の風紀犯罪（門丸太郎） ……… 15〜16
僕の円タク日記（吾町八四郎） ………… 17〜19
隠語解説〈7・完〉（須合豊） ………… 19
"源氏"殺人事件（小笠原宗明） ………… 20〜24
この道ぬけられません …………………… 24
黄色い部屋（アカインコ） ……………… 25
ベッシー殺人事件〈1〉（百川一郎） … 26〜28
兇悪犯罪の取締（阿部真之助） ………… 29
街のスタイル（小野佐世男） …………… 30〜31
荒野の郷愁（今井太久弥） ……………… 32〜37
近ごろ乗客心理（麻生豊） ……………… 35
新版おほたら教 …………………………… 37
殺人の跫音〈小説〉（城昌幸） ………… 38〜44
ポイント ………………………………… 39〜43
編集後記（N） …………………………… 44

第2巻第2号　未所蔵
1948年3月1日発行　44頁　30円
理想の乳房〈口絵〉 …………………… 1
見栄を煙にする人〈口絵〉 …………… 2〜3
春の裏道〈口絵〉 ……………………… 4
エノケンと説教強盗の対談〈対談〉（榎本健一, 妻木松吉） ……………………………… 5〜11
八九三ざんげ（松田芳子） ……………… 10〜12
犯罪と性慾（阿部真之助） ……………… 13

火葬場の謎〈1〉《小説》(今井太久弥)
　　　　　　　　　　　　　　　　14〜17
宝クジ百万円を追つて(千葉覚) ‥‥‥ 18〜20
せいて事を仕損ずる ‥‥‥‥‥‥‥‥‥‥ 21
ポイント ‥‥‥‥‥‥‥‥‥‥‥‥‥‥‥ 21
第二の「二つの顔を持つ男」(久木順郎)
　　　　　　　　　　　　　　　　22〜25
お医者様でも草津の湯でも ‥‥‥‥‥‥‥ 25
街のスタイル(小野佐世男) ‥‥‥ 26〜27
黄色い部屋(アカインコ) ‥‥‥‥‥‥‥ 28
ベッシー殺人事件〈2〉(百川一郎) 29〜31
世を愚うという者は ‥‥‥‥‥‥‥‥‥‥ 30
吉原病院探訪記(清田潤市) ‥‥‥ 32〜34
ルリ子失踪事件《小説》(大下宇陀児)
　　　　　　　　　　　　　　　　35〜38
エロレヴュウ・エロ芝居(O生) ‥‥‥‥ 39
灯《小説》(楠田匡介) ‥‥‥‥‥ 40〜44
楠田匡介君に就いて(江戸川乱歩) ‥‥‥ 40
新版浮世風呂 ‥‥‥‥‥‥‥‥‥‥‥‥‥ 44
目的《漫画》(南義郎) ‥‥‥‥‥‥‥ 後1

第2巻第3号　　未所蔵
1948年5月1日発行　36頁　30円
悪魔の足跡《口絵》‥‥‥‥‥‥‥‥ 1〜4
浅草の感覚(小野佐世男) ‥‥‥‥‥ 5〜7
百円札馬鹿野郎(椎名二郎) ‥‥‥‥ 8〜11
消えた白足袋の男(小笠原宗明) ‥ 10〜13
夢の中の裸の女(松村英男) ‥‥‥ 14〜17
ポイント ‥‥‥‥‥‥‥‥‥‥‥‥‥‥‥ 17
WHO DONE IT?《小説》(北村小松)
　　　　　　　　　　　　　　　　18〜20
黄色い部屋(アカインコ) ‥‥‥‥‥‥‥ 21
火葬場の謎〈2〉《小説》(今井太久弥)
　　　　　　　　　　　　　　　　22〜25
偶話掌篇二遺(志田伊勢翁) ‥‥‥ 26〜27
西瓜の誘惑《小説》(志田伊勢翁) ‥‥‥ 26
宿命《小説》(志田伊勢翁) ‥‥‥‥‥‥ 27
ベッシー殺人事件〈3・完〉(百川一郎)
　　　　　　　　　　　　　　　　28〜30
月山殺人事件《小説》(大下宇陀児) 31〜34
火星の運河《小説》(江戸川乱歩) 34〜36
小噺 ‥‥‥‥‥‥‥‥‥‥‥‥‥‥‥‥ 後1

第2巻第4号　　未所蔵

1948年7月15日発行　42頁　30円
東京裏道の特ダネ探し(小野佐世男)
　　　　　　　　　　　　　　　3〜7, 37
????《漫画》‥‥‥‥‥‥‥‥‥‥ 8〜9
小噺 ‥‥‥‥‥‥‥‥‥‥‥‥‥‥‥‥‥ 10
幽霊の手紙《小説》(黒川真之助) ‥ 11〜13
火葬場の謎〈3・完〉《小説》(今井太久弥)
　　　　　　　　　　　　　　　　14〜16
軽演劇の内幕(北里康夫) ‥‥‥‥ 16〜18
環〈1〉《小説》(楠田匡介) ‥‥‥ 19〜26
序(江戸川乱歩) ‥‥‥‥‥‥‥‥‥‥‥ 20
死ぬのは今のうち ‥‥‥‥‥‥‥‥‥‥‥ 26
黄色い部屋(アカインコ) ‥‥‥‥‥‥‥ 27
蛍殺人事件《小説》(大下宇陀児) 28〜32
農村太平記(山埜紙左馬) ‥‥‥‥ 32〜35
ポイント ‥‥‥‥‥‥‥‥‥‥‥‥ 32〜35
石渡刑事の話《小説》(志田伊勢翁) 36〜39
犯罪話の泉(本誌編集部選) ‥‥‥ 38〜35
二証人《小説》(海野十三) ‥‥‥ 40〜42
窓の進化論 ‥‥‥‥‥‥‥‥‥‥‥‥‥‥ 42
小噺 ‥‥‥‥‥‥‥‥‥‥‥‥‥‥‥‥ 後1
※表紙は第3巻第5号と誤記

第2巻第5号　　未所蔵
1948年8月15日発行　42頁　35円
漫画防犯展《漫画》‥‥‥‥‥‥‥‥ 3〜5
東京裏道の特ダネ探し(小野佐世男) ‥ 6〜9
人気作家　太宰治　情死行の真相(端出美代)
　　　　　　　　　　　　　　　　11〜15
頭の良さ、悪さ、がすぐわかる頁 ‥ 14〜15
お化けのスト宣言(刈野撲助) ‥‥ 16〜18
ポイント ‥‥‥‥‥‥‥‥‥‥‥‥ 16〜18
こゝにかなしい恋がある(志摩隆) ‥‥‥ 19
電気椅子の影に四十年(中原達也) 20〜21
環〈2〉《小説》(楠田匡介) ‥‥‥ 22〜26
犯罪・話の泉 ‥‥‥‥‥‥‥‥‥‥‥‥‥ 27
当世五人男(曾良勇吉) ‥‥‥‥‥ 28〜29
犯罪落語考〈1〉(藻岩豊平) ‥‥‥ 30〜31
吾輩は婦人科医である(山野紙左馬)
　　　　　　　　　　　　　　　　32〜34
「深夜の東京地図」訪問記(本誌N記者)
　　　　　　　　　　　　　　　　35〜39
勝利の論告(久木順郎) ‥‥‥‥ 40〜42, 30
小噺 ‥‥‥‥‥‥‥‥‥‥‥‥‥‥ 42〜後1

27『別冊宝石』

【刊行期間・全冊数】1948.1-1964.5（130冊）
【刊行頻度・判型】不定期→季刊→不定期→月刊→隔月刊→月刊, A5判、B5判（第3巻第2号、第3巻第3号）、B6判（第5巻第4号）
【発行所】岩谷書店（第1号～第9巻第5号）、宝石社（第9巻第6号～第17巻第6号）
【発行人】岩谷満（第1号～第5巻第10号）、城昌幸（第6巻1号～第17巻第6号）
【編集人】城昌幸（第1号、第6巻1号～第17巻第6号）、岩谷満（第2号～第5巻第10号）
【概要】別項『宝石』の兄弟雑誌だが、創刊号は、表紙に『宝石』の名を謳ってはいたものの、雑誌サイズのアンソロジーだった。それが好評だったのか、第2号からは『別冊宝石』となり、新鋭の作品や懸賞小説の候補作を掲載している。後者は「二十五人集」と呼ばれ、多くの新人が紹介された（一時期、『宝石』の増刊として発行）。
やがて、翻訳の「世界探偵小説全集」、捕物帳、ガイドブック的な「探偵小説全書」、人気作家の読本、「江戸川乱歩還暦記念」や「探偵作家クラブ賞受賞作家集」のようなテーマ・アンソロジーと、特輯に工夫こらしてほぼ月刊ペースの刊行となる。さらには『宝石』の増刊で人気のあった「エロティック・ミステリー」も加わり、多彩な編集で内外の名作が紹介されていった。また、「現代推理作家シリーズ」のような資料性の高い特集があり、SFやショート・ショートを取り上げたりと斬新な編集を見せたが、『宝石』と同時に廃刊となった。通し番号の57号は欠番。

巻号数記載なし　所蔵あり
1948年1月15日発行　128頁　45円
青銭と鍵《小説》（野村胡堂）………… 4～16
探偵作家訪問記 江戸川乱歩氏の巻 ……… 17
オランペンデク後日譚《小説》（香山滋）
　　　　　　　　　　　　　　　…… 18～36
湯たんぽ事件《小説》（土岐雄三）………… 37
通夜化粧《小説》（島田一男）……… 38～53
探偵作家訪問記 大下宇陀児氏の巻 ……… 54
探偵作家訪問記 木々高太郎氏の巻 ……… 55
尻取り経文《小説》（城昌幸）……… 56～67
宝石棚 ……………………………… 68～69
探偵作家訪問記 水谷準氏の巻 …………… 70
探偵作家訪問記 海野十三氏の巻 ………… 71
鎮魂曲殺人事件《小説》（岩田賛）… 72～87
探偵作家訪問記 角田喜久雄氏の巻 ……… 88
探偵作家訪問記 城昌幸氏の巻 …………… 89
眼中の悪魔《小説》（山田風太郎）… 90～113
回答（渡辺啓助）………………………… 114
夜は何のためにあるか（横溝正史）…… 115
狸の長兵衛《小説》（横溝正史）… 116～128

第2号　所蔵あり
1948年7月10日発行　128頁　50円
ペトルーシュカ《小説》（香山滋）…… 2～21
探偵作家お道楽帳 江戸川乱歩氏の弁 …… 22
探偵作家お道楽帳 大下宇陀児氏の弁 …… 23
赤恥の女《小説》（大坪砂男）……… 24～49
探偵作家お道楽帳 木々高太郎氏の弁 …… 50
真言秘密の自分の道楽（横溝正史）……… 51
テニスコートの殺人《小説》（岩田賛）
　　　　　　　　　　　　　　　…… 52～59
モシモシ亀さん／負けろものか ………… 59
笑波放送 …………………………… 60～61
無花果の女《小説》（島田一男）…… 62～69
探偵作家お道楽帳 海野十三氏の弁 ……… 70
探偵作家お道楽帳 角田喜久雄氏の弁 …… 71
楽園悲歌《小説》（赤沼三郎）……… 72～87
好きずき帖（黒部竜二）……………… 88～89
探偵作家お道楽帳 水谷準氏の弁 ………… 90
探偵作家お道楽帳 城昌幸氏の弁 ………… 91
犯罪者の戒律《小説》（本間田麻誉）… 92～114
探偵作家お道楽帳 いつも万愚節（渡辺啓助）
　　　　　　　　　　　　　　　…… 115, 114
朧ろ夜《小説》（黒沼健）………… 116～127
よく聞け怦／たまげたよ ……………… 127
※表紙は1948年7月5日発行

第1巻第3号　所蔵あり
1949年1月5日発行　160頁　70円
大ごうもん《漫画》（横山隆一）……… 2～3

27 『別冊宝石』

鍵穴《漫画》(塩田英二郎) ・・・・・・・・・・・・・・ 4
大師誕生《小説》(大坪砂男) ・・・・・・・・・ 6〜42
大宝石《漫画》(横山泰三) ・・・・・・・・・・・・・・ 43
探偵作家クラブM君の探偵作家寸描
・・・・・・・・・・・・・・・・・・・・・・・・・・・・・・・ 44〜45
第三の解答《小説》(高木彬光) ・・・・・・ 46〜59
美貌幻想《小説》(鬼怒川浩) ・・・・・・・・ 60〜64
かどの交番《漫画》(センバ太郎) ・・・・・・・・ 65
地獄太夫《小説》(山田風太郎) ・・・・・・ 66〜78
歌を唄う質札《小説》(岩田賛) ・・・・・・ 79〜85
好きずき帖(黒部竜二) ・・・・・・・・・・・・・ 86〜87
恋と青酸加里との戯れ《小説》(三上謙介)
・・・・・・・・・・・・・・・・・・・・・・・・・・・・・・・ 88〜100
コンダクター殺人事件《漫画》(村山しげる)
・・・・・・・・・・・・・・・・・・・・・・・・・・・・・・・・・・・ 101
黒い天文台《小説》(島田一男) ・・・・・ 102〜111
月ぞ悪魔《小説》(香山滋) ・・・・・・・・ 112〜127
罪 な 指《小説》(本間田麻誉) 128〜159
シン・フィンガー
つける薬がない／ホメ切れぬ ・・・・・・・・・・・ 159

第2巻第1号　所蔵あり
1949年4月5日発行　216頁　95円
特選色刷漫画 ・・・・・・・・・・・・・・・・・・・・・・ 4〜8
夜 の 明 星《詩》(TAKEDA) ・・・・・・・・・・・ 9
イヴニング・スター
雪をんな《小説》(高木彬光) ・・・・・・・・ 10〜23
私の好きな探偵小説(江戸川乱歩) ・・・・・・・ 25
御存じのカー好み(横溝正史) ・・・・・・・・・・・ 25
紅鱒館の惨劇《小説》(岡村雄輔) ・・・・ 26〜57
雨の挿話《小説》(蟻浪五郎) ・・・・・・・・ 60〜79
営業妨害(松浦泉三郎) ・・・・・・・・・・・・・・・・ 79
「赤毛」と「樽」(森下雨村) ・・・・・・・・・・・・ 80
マシヤールその他(水谷準) ・・・・・・・・・・・・ 80
チェスタートンもの礼讃(西田政治) ・・・・・ 81
私の好きな探偵小説(黒沼健) ・・・・・・・・・・・ 81
カロリン海盆《小説》(香住春作) ・・・ 82〜106
好きずき帖(黒部竜二) ・・・・・・・・・・・ 108〜109
感　傷 誤解事件《小説》(宇留木圭)
センチメント
・・・・・・・・・・・・・・・・・・・・・・・・・・・・・・・ 110〜127
妖鬼の咒言《小説》(岡田鯱彦) ・・・・・ 128〜162
僕の好きなもの(渡辺啓助) ・・・・・・・・・・・・ 163
五人の作者(香山滋) ・・・・・・・・・・・・・・・・・ 163
鬼の湯の女《小説》(武田武彦) ・・・・ 164〜165
ネペンテス恐怖事件《小説》(女々良修)
・・・・・・・・・・・・・・・・・・・・・・・・・・・・・・・ 166〜198
実験学派の印／新版六無斎／引力の新法則
・・・・・・・・・・・・・・・・・・・・・・・・・・・・・・・・・・・ 197
三月十三日午前二時《小説》(大坪砂男)
・・・・・・・・・・・・・・・・・・・・・・・・・・・・・・・ 199〜216
※表紙は1949年5月5日発行

第2巻第2号　所蔵あり
1949年8月5日発行　200頁　95円
探偵文壇★明日への表情《口絵》 ・・・・・・ 5〜8
悪夢(死刑囚の手帖から)《詩》(TAKEDA)
・・・・・・・・・・・・・・・・・・・・・・・・・・・・・・・・・・・・・・ 9
四月馬鹿の悲劇《小説》(岡田鯱彦)
エイプリル・フール
・・・・・・・・・・・・・・・・・・・・・・・・・・・・・・・・・ 10〜32
「人の世界」を擬視する(香山滋) ・・・・・・・ 33
うるっぷ草の秘密《小説》(岡村雄輔)
・・・・・・・・・・・・・・・・・・・・・・・・・・・・・・・・ 34〜63
復讐《小説》(青田健) ・・・・・・・・・・・・・・・・・ 63
宿命論者の手記(高木彬光) ・・・・・・・・・・・・ 64
旅路のはじまり(山田風太郎) ・・・・・・・・・・ 65
『俳諧殺人』の創意(江戸川乱歩) ・・・・ 66〜68
『獄門島』について(高木彬光) ・・・・・・ 68〜69
ふしぎな破獄《小説》(大倉燁子) ・・・・ 70〜76
惚れる勉強(島田一男) ・・・・・・・・・・・・・・・・ 77
猿神の贄《小説》(本間田麻誉) ・・・・・ 79〜118
天狗縁起(大坪砂男) ・・・・・・・・・・・・・・・・・ 119
屍は囁く《小説》(J・ハリス) ・・・・・ 120〜132
怪盗ゼラチン《漫画》(関滋) ・・・・・・・・・・ 133
事実プラス夢の小説(J・ハリス) ・・・・・・ 134
宿命(宮野叢子) ・・・・・・・・・・・・・・・・・・・・・ 135
野獣の夜《小説》(島田一男) ・・・・・・ 136〜200
編集後記(武田、城) ・・・・・・・・・・・・・・・・・ 200

第2巻第3号（6号）　所蔵あり
1949年12月5日発行　616頁
もし百万円貰ったら《漫画》(東村尚治)
・・・・・・・・・・・・・・・・・・・・・・・・・・・・・・・・・・ 4〜8
赤は紫の中に隠れている《小説》(夢座海二)
・・・・・・・・・・・・・・・・・・・・・・・・・・・・・・・・・ 10〜30
卒業《小説》(椿八郎) ・・・・・・・・・・・・・・ 31〜45
処女生殖《小説》(北村一夫) ・・・・・・・・ 46〜63
黄色の輪《小説》(川島郁夫) ・・・・・・・・ 64〜84
科学者と探偵小説 ・・・・・・・・・・・・・・・・・・・・ 81
HAPPYニャーYEAR《漫画》(関しげる)
・・・・・・・・・・・・・・・・・・・・・・・・・・・・・・・・・・・・・ 85
女王と探偵ごっこ《小説》(沖五十二)
・・・・・・・・・・・・・・・・・・・・・・・・・・・・・・・ 88〜103
邯鄲《小説》(朝島雨之助) ・・・・・・・・・・・・ 109
東洋風の女《小説》(宗像幻一) ・・・・ 110〜123
目撃者《小説》(百村浩) ・・・・・・・・・・ 124〜142
無題《漫画》(東村尚治) ・・・・・・・・・・・・・・ 143
悪魔の愛情《小説》(島久平) ・・・・・・ 144〜155
百万円懸賞(C級)第一回予選通過作品
・・・・・・・・・・・・・・・・・・・・・・・・・・・・・・・ 156〜157
トリック自殺事件《小説》(牧池隆)
・・・・・・・・・・・・・・・・・・・・・・・・・・・・・・・ 158〜175
「罪ふかき死」の構図《小説》(土屋隆夫)
・・・・・・・・・・・・・・・・・・・・・・・・・・・・・・・ 176〜190

303

27 『別冊宝石』

自殺殺人事件《小説》(須田刀太郎)
　‥‥‥‥‥‥‥‥‥‥‥　192～211
げら!!げら!!げりら!　‥‥‥‥‥‥　212～213
卵城奇談《小説》(青木英)　214～226
女盗転向《漫画》(久保よしひこ)　227
綺譚会事件《小説》(飛島星象)　228～243
緑毛の秘密《小説》(乳月霞子)　244～259
三行広告《小説》(横内正男)　260～274
その手なら《漫画》(東村尚治)　275
クイーン・コンテストの決算書(島田一男)
　‥‥‥‥‥‥‥‥‥‥‥　275～277
発光人間《小説》(矢野類)　‥‥　278～293
ラヂオ放送中の殺人《小説》(蘭戸辻)
　‥‥‥‥‥‥‥‥‥‥‥　294～307
かむなぎうた《小説》(日影丈吉)　‥‥　308～323
好きずき帖《小説》(黒部竜二)　324～325
虫田博士の手術《小説》(伊勢夏之助)
　‥‥‥‥‥‥‥‥‥‥‥　326～339
綴方集《小説》(渋谷芳雄)　340～356
連レ(込ミ)《漫画》(関しげる)　357
くびられた隠者《小説》(朝山蜻一)
　‥‥‥‥‥‥‥‥‥‥‥　358～370
地虫《小説》(中川淳一)　‥‥　372～392
手裡剣徳《小説》(冴田月太郎)　393～407
弥太ッペ君の絶対《小説》(木村竜彦)
　‥‥‥‥‥‥‥‥‥‥‥　408～426
ソロモンの宝《漫画》(久保よしひこ)　‥‥‥　427
I老人の話《小説》(司氏紹珊奈)　428～442
片眼になった幽霊《小説》(沖五十二)
　‥‥‥‥‥‥‥‥‥‥‥　443～457
"獄門島"の映画化　‥‥‥‥‥　458～459
三つの樽《小説》(宮原竜雄)　460～474
或る摂理の記録《小説》(柚木順太郎)
　‥‥‥‥‥‥‥‥‥‥‥　476～491
凍れる太陽《小説》(大串雅美)　492～508
幽霊の殺人《小説》(高作太郎)　509～527
探偵小説小論(荒正人)　‥‥‥　528～530
公然排泄罪《漫画》(関しげる)　531
接吻物語《小説》(川島郁夫)　532～551
餓狼《小説》(百村浩)　‥‥‥　552～572
鼻下長氏と女スリ《漫画》(久保よしひこ)
　‥‥‥‥‥‥‥‥‥‥‥　573
翡翠荘綺談《小説》(丘美丈二郎)　574～593
黄色の女　‥‥‥‥‥‥‥‥‥　593
東風荘の殺人《小説》(谿渓太郎)　594～615
予選銓衡後記　‥‥‥‥‥‥‥　616

第3巻第1号 (7号)　所蔵あり
1950年2月20日発行　552頁　160円

名作探偵小説ワン・シーン物語　‥‥　5～8
魔の宝石《小説》(深草蛍五)　‥　10～57

非情線の女《小説》(坪田宏)　‥‥　58～82
真実追求家《小説》(岡田鯱彦)　‥　84～119
笑話　‥‥‥‥‥‥‥‥‥‥‥　119
冗談について《小説》(錫薊二)　120～142
つい読み入って《漫画》(久保よしひこ)　‥‥　143
マダム・ブランシエ《小説》(青木英)
　‥‥‥‥‥‥‥‥‥‥‥　144～170
二十世紀の怪談《小説》(丘美丈二郎)
　‥‥‥‥‥‥‥‥‥‥‥　172～207
選書節　‥‥‥‥‥‥‥‥‥‥　207
盛装《小説》(川島郁夫)　‥‥　208～251
静かなソロ《小説》(川島美代子)　252～279
好きずき帖(黒部竜二)　‥‥　280～281
山荘殺人事件《小説》(角田実)　282～308
市議殺人事件《小説》(高林清治)　309～338
空色の女　‥‥‥‥‥‥‥‥‥　338
海底の墓場《小説》(埴輪史郎)　‥　339～371
葛城悲歌《小説》(永田政雄)　374～402
広告塔の女《小説》(浜田史郎)　403～434
銀座巴里《小説》(矢田洋)　435～460
百万円懸賞(B級)第一回予選通過作品
　‥‥‥‥‥‥‥‥‥‥‥　461
誰も私を信じない《小説》(夢童海二)
　‥‥‥‥‥‥‥‥‥‥‥　462～493
勝部良平のメモ《小説》(丘美丈二郎)
　‥‥‥‥‥‥‥‥‥‥‥　494～551
予選銓衡後記　‥‥‥‥‥‥‥　552

第3巻第2号 (8号)　所蔵あり
1950年4月20日発行　326頁　150円

新映画誌上封切(口絵)　‥‥‥‥　4～6
ペトロフ事件《小説》(中川透)　‥　8～65
探偵映画の変遷(双葉十三郎)　66～67
黒猫《漫画》(丸茂文雄)　‥‥　68～69
帰って来た男《小説》(大牟田次郎)　‥　70～119
処女作のころ(木々高太郎)　‥　120～121
警視庁記者クラブ(白川俊介)　122～125
紅い頸巻(マフラー)《小説》(岡田鯱彦)　‥　126～186
細菌恐怖(椿八郎)　‥‥‥‥　187～189
新人探偵作家を語る《座談会》(阿部主計, 黒部
　竜二, 剣次郎, 二宮栄三, 中島河太郎, 城昌
　幸, 武田武彦)　‥‥‥‥‥　190～195
流行る商売　‥‥‥‥‥‥‥‥　191
仲違い　‥‥‥‥‥‥‥‥‥‥　192
探偵作家　‥‥‥‥‥‥‥‥‥　194
探偵作家クラブ賞　‥‥‥‥‥　195
想ひ出(角田喜久雄)　‥‥‥　196～197
松葉杖の音《小説》(大河内常平)　198～254
競輪てんやわんや　‥‥‥‥‥　255
呉清源と藤沢庫之助(安永一)　256～257
百万円懸賞当選作をめぐって

芸術としての探偵小説(野村胡堂)……… 258
卅六人集感想(白石潔)…………… 258〜259
僕のみた岩谷大学学芸会(木村登)
　　　　　　　　　　　　…………… 259〜260
探偵小説のナゾ(池田太郎)………… 260
読む苦労(渡辺紳一郎)……………… 260〜261
御存知名探偵……………………………… 259
舶来小咄………………………………… 260〜261
硝子の家《小説》(島久平)………… 262〜324
百万円懸賞(A級)第一回予選通過作品
　　　　　　　　　　　　……………………… 325
予選銓衡後記…………………………… 326
A級第二回予選通過作品 …………… 326

第3巻第3号(9号)　所蔵あり
1950年6月20日発行　214頁　120円
新映画特輯《口絵》………………………… 4〜6
加里岬の踊子《小説》(岡村雄輔)……… 8〜57
南への憧れ(香山滋)………………… 56〜57
三ツ児の魂(天下甲宇陀児)………… 58〜59
赤い塩殺人事件《小説》(新田司馬英)
　　　　　　　　　　　　……………… 61〜111
路次の灯(水谷準)…………………… 112〜113
宝石スナック・クラブ(伊達瓶九〔演出〕)
　　　　　　　　　　　　……………… 114〜115
探偵映画おぼえ書(黒部竜二)……… 116〜117
渦潮《小説》(遠藤桂子)…………… 119〜181
サロン・パンプキン・ヘッド………… 182〜183
ピストルと私(椿八郎)……………… 184〜189
若さま侍の時代(城昌幸)…………… 188〜189
完全犯罪《小説》(アーサー・ウィリアムズ〔著〕,
　　桂英二〔訳〕)……………………… 190〜197
屍体の謎《小説》(ロイ・ヴィカーズ〔著〕, 馬込
　　東四郎〔訳〕)……………………… 198〜203
緑金の撚り糸《小説》(フィリプ・マクドナルド
　　〔著〕, 阿部主計〔訳〕)…………… 204〜213
小咄特輯 …………………………………… 211
百万円懸賞(A級)第一回予選通過作品
　　　　　　　　　　　　……………… 212〜213
編集後記 ………………………………………… 214

第3巻第4号(10号)　所蔵あり
1950年8月10日発行　392頁　200円
マダム・タッソオの蠟人形館《口絵》…… 5〜8
カア問答(江戸川乱歩)………………… 9〜23
帽子蒐集狂殺人事件《小説》(デイクソン・カア
　　〔著〕, 高木彬光〔訳〕)…………… 24〜193
カアへの情熱(高木彬光)…………… 192〜193
官界財界アマチュア探偵小説放談座談会《座
　　談会》(長沼弘毅, 櫛田光男, 藤山愛一郎, 原

安三郎, 江戸川乱歩, 木村登, 城昌幸, 岩谷
　　満)……………………………………… 194〜201
黒死荘殺人事件《小説》(デイクソン・カア〔
　　岩田賛〔訳〕)………………………… 202〜298
カアの面白さ(岩田賛)……………… 296〜297
新映画 …………………………………… 300〜301
赤後家怪事件《小説》(デイクソン・カア〔著〕,
　　島田一男〔訳〕)……………………… 302〜391
翻訳の弁(島田一男)…………………… 391
編集後記(T)……………………………… 392

第3巻第5号(11号)　所蔵あり
1950年10月10日発行　328頁　160円
映画紹介《口絵》…………………………… 5〜7
チャンドラアについて(江戸川乱歩)… 9〜11
茹で過ぎ卵(島田一男)……………… 12〜13
聖林殺人事件《小説》(レイモンド・チャンド
　　ラア〔著〕, 清水俊二〔訳〕)……… 14〜112
チャンドラアのハリウッド地図(清水俊二)
　　　　　　　　　　　　……………… 113〜115
愛すべき創作探偵談(白石潔)……… 116〜121
ハイ・ウィンドオ《小説》(R・チャンドラア〔著〕,
　　萩明二〔訳〕)……………………… 124〜219
探偵小説論(横溝正史)……………… 220〜223
フェル博士神津恭介架空会見記(高木彬光)
　　　　　　　　　　　　……………… 224〜230
湖中の女《小説》(レイモンド・チャンドラア
　　〔著〕, 二宮佳景〔訳〕)…………… 232〜327
編集後記(T)……………………………… 328

第3巻第6号(12号)　所蔵あり
1950年12月10日発行　296頁　160円
新映画特輯《口絵》………………………… 6〜8
両作家の最も特異なる名作(江戸川乱歩)
　　　　　　　　　　　　………………… 9〜11
皇帝の嗅煙草入《小説》(デイクソン・カア〔著〕,
　　西田政治〔訳〕)……………………… 12〜140
探偵小説論(横溝正史)……………… 142〜146
クウリエ・ド・フランス(O.Q.)……… 147〜149
大時計《映画物語》(井坂正一〔訳〕)
　　　　　　　　　　　　……………… 150〜161
創作探偵考現学(白石潔)…………… 162〜169
クロイドン発12時30分《小説》(F・W・クロフ
　　ツ〔著〕, 平井イサク〔訳〕)……… 170〜295
編集後記(T)……………………………… 296

第4巻第1号(13号)　所蔵あり
1951年8月10日発行　248頁　160円
夏の洋画集《口絵》………………………… 5〜8
大いなる眠り《小説》(レイモンド・チャンドラ
　　ア〔著〕, 双葉十三郎〔訳〕)……… 10〜137

チャンドラアの特殊性〈双葉十三郎〉
　　　　　　　　　　　　　　　138～140
翻訳道楽三十年〈西田政治〉 ……… 142～143
翻訳者の立場から〈黒沼健〉 ……… 143～145
思い出ばなし〈岩田賛〉 …………… 145～146
私の小さいミステリー〈妹尾アキ夫〉
　　　　　　　　　　　　　　　146～147
地窖の妖女バルワイヤ〈大久保敏雄〔編〕〉
　　　　　　　　　　　　　　　148～153
原爆映画『戦慄の七日間』をめぐる座談会
　《座談会》〈阿部主計、香山滋、楠田匡介、黒部竜二、鈴木幸夫、高木彬光、武田武彦、椿八郎、永瀬三吾、筈見恒夫〉…… 154～159
ワイルドについて〈江戸川乱歩〉 … 160～162
科学捜査エピソード〈夏山緑〉 …… 163～165
インクエスト《小説》〈P・ワイルド〔著〕、橋本乾三〔訳〕〉 ………………………… 166～248

第4巻第2号（14号）　所蔵あり
1951年12月10日発行　404頁　180円
絢爛たる新春の洋画陣《口絵》 ……… 5～8
ムダニズム《漫画》 ………………… 9～12
新納の棺《小説》〈宮原竜雄〉 ……… 14～26
その前夜《小説》〈川島郁夫〉 ……… 28～48
砧最初の事件《小説》〈山沢晴雄〉 … 50～65
黒髪はなぜ編まれる《小説》〈夢座海二〉
　　　　　　　　　　　　　　　　66～85
白と黒の幻想《小説》〈万菜麗〉 …… 86～101
奇妙な招待状《小説》〈土屋隆夫〉 … 102～118
二人のための五人のバンド《小説》〈朝島雨之助〉
　　　　　118, 189, 275, 291, 328, 342, 343, 378
新春の洋画界 ………………………… 119
佐門谷《小説》〈丘美丈二郎〉 ……… 120～131
墓《小説》〈楢木重太郎〉 …………… 132～146
正月の日本映画〈関口弥太郎〉 …… 147
悪　夢《小説》〈つの・たかし〉 …… 148～162
　ナイト・メア
独立プロの異色作〈関口弥太郎〉 … 163
実平会《小説》〈沢山常恵〉 ………… 164～175
雨棲類《小説》〈佐藤稔〉 …………… 176～189
氷山《小説》〈狩久〉 ………………… 190～199
断層《小説》〈川島郁夫〉 …………… 200～217
瘴気《小説》〈緒方心太郎〉 ………… 218～226
仮面《小説》〈山沢晴雄〉 …………… 228～242
盛り場歩き ……………………………… 243
売れる原稿を書く秘訣《小説》〈万菜麗〉
　　　　　　　　　　　　　　　244～258
盛り場歩き ……………………………… 259
狂血の記録《小説》〈谷正之介〉 …… 260～275
プラットホーム《小説》〈武内近茂〉
　　　　　　　　　　　　　　　276～279

氷塊《小説》〈由良啓一〉 …………… 280～291
木箱《小説》〈愛川純太郎〉 ………… 292～307
背信《小説》〈南達夫〉 ……………… 308～328
太神楽異妖《小説》〈池田紫星〉 …… 330～342
井桁模様殺人事件《小説》〈黒津富二〉
　　　　　　　　　　　　　　　344～363
落石《小説》〈狩久〉 ………………… 364～378
生きているピエロ《小説》〈矢田洋〉
　　　　　　　　　　　　　　　379～404
銓考を終えて〈編集部〉 ……………… 404

第5巻第1号（15号）　所蔵あり
1952年1月10日発行　236頁　100円
捕物まつり《口絵》 …………………… 6～7
新人漫画集《漫画》 …………………… 9～12
万燈屋の娘《小説》〈土師清二〉 …… 14～29
八五郎婿入《小説》〈野村胡堂〉 …… 30～33
運命の草《小説》〈覆面ユーモア作家〉
　　　　　　　　33, 133, 165, 201, 235
殺し菩薩《小説》〈谷屋充〉 ………… 34～49
捕物帖往来〈白石潔〉 ………………… 50～56
不条理捕物帳《小説》〈朝島雨之助〉 … 57
蛇の目después《小説》〈島田一男〉 … 58～72
無宿、股旅、仁義その他〈野沢純〉 … 73～79
班猫《小説》〈三好一光〉 …………… 80～95
耽奇異食会《小説》〈九鬼澹〉 ……… 96～110
講談つれづれ草〈神田越山〉 ……… 111～115
雪わり草《小説》〈永瀬三吾〉 ……… 116～133
それを見た男《小説》〈北園孝吉〉 … 134～148
江戸から東京へ《小説》〈朝島雨之助〉 … 149
天狗騒動《小説》〈水谷準〉 ………… 150～165
女一人の死《小説》〈瀬戸口寅ুুু次〉 166～179
船まくら花嫁《小説》〈佐々木杜太郎〉
　　　　　　　　　　　　　　　180～202
鳥追ひ噺《小説》〈城昌幸〉 ………… 203～215
相撲の仇討《小説》〈横溝正史〉 …… 216～236

第5巻第2号（16号）　所蔵あり
1952年2月10日発行　210頁　100円
雪の高原《口絵》 ……………………… 5～6
新映画特輯《口絵》 …………………… 7
ムダニズム《漫画》〈新漫画会〉 …… 7～10
不知火《小説》〈宮原竜雄〉 ………… 12～46
スクール殺人事件《小説》〈角田実〉 … 48～75
好きずき帖〈黒部竜二〉 ……………… 76～77
肌の一夜《小説》〈千代有三〉 ……… 78～110
今月の洋画〈津田幸夫〉 ……………… 112～113
幽冥荘の殺人《小説》〈岡田鯱彦〉 … 114～210

第5巻第3号（17号）　所蔵あり
1952年4月10日発行　234頁　165円

新映画紹介《口絵》	3, 6
米国で流行の空想科学映画《口絵》	4～5
むだにずむ《口絵》（新漫画会）	7～10
ジョン・バッカンのこと（松本恵子）	12～13
三十九夜《小説》（ジョン・バッカン〔著〕，松本恵子〔訳〕）	14～95
今月の洋画（津田幸夫）	96～97
レイモンド・ポストゲイト（江戸川乱歩）	98～99
十二人の評決《小説》（レイモンド・ポストゲート〔著〕，黒沼健〔訳〕）	100～234

第5巻第4号（18号） 所蔵あり
1952年5月5日発行　292頁　85円

西部の冒険《小説》（岩田賛）	1～16
二色マンガ《漫画》（吉崎耕一）	17～28
地獄の魔王（島田一男）	38～57
怪盗どくろ指紋《小説》（横溝正史）	58～59
ものしりとんち博士（高根三郎）	67
ものしりとんち博士（高根三郎）	73
なぞなぞ	79
犬とおばけと探偵と《小説》（乾信一郎）	80～94
大投手の指輪《小説》（津川溶々）	96～111
黄金魔城《小説》（武田武彦）	112～127
ものしりとんち博士（高根三郎）	120
なぞなぞ	127
不安な航空路《小説》（海野十三）	129～149
ものしりとんち博士（高根三郎）	131
ものしりとんち博士（高根三郎）	138
笑話	149
なぞなぞ	149
バイト探偵《漫画》（T.OYAMA）	150～153
野獣王国《小説》（香山滋）	154～180
宝島《小説》（R・L・スチヴンスン〔著〕，平井イサク〔訳〕）	181～197
ものしりとんち博士（高根三郎）	197
花びらと怪盗《小説》（大下宇陀児）	198～215
笑話	205
ものしりとんち博士（高根三郎）	213
ナイス・ボール!《小説》（朝島雨之助）	216～227
ものしりとんち博士（高根三郎）	218
謎の家《小説》（ルブラン〔著〕，保篠竜緒〔訳〕）	228～241
人形館の殺人《小説》（高木彬光）	242～257
笑話	257
熱球の歌《小説》（大木浩）	258～272
しびれなまず（松田健）	261
ものしりとんち博士（高根三郎）	265
ものしりとんち博士（高根三郎）	269
ものしりとんち博士（高根三郎）	270
怪人二十面相物語《小説》（江戸川乱歩〔原作〕，矢田洋〔文〕）	273～292
編集後記	292

第5巻第5号（19号） 所蔵あり
1952年6月10日発行　248頁　85円

マゲモノ特選漫画集	4～5, 8～9
古証文《小説》（野村胡堂）	18～36
新映画紹介	37
紅勘殺し《小説》（土師清二）	38～53
六本木の仇討《小説》（戸川貞雄）	54～66
新映画紹介	67
へんてこ長屋《小説》（水谷準）	68～81
矢一筋《小説》（中沢巠夫）	82～107
御存知鼠小僧（永瀬英一）	96～107
ノボテイの怪《小説》（三好一光）	108～130
「銀座巴里」松竹で映画化	129
あやめ尽《小説》（永瀬三吾）	131～143
唐わたり飛竜の剣《小説》（西川満）	144～153
戯作者の死《小説》（楠田匡介）	154～168
トリックと盲点《漫画》（松下昭典）	169
岡辰浮世旅《小説》（野沢純）	170～186
旗本火事《小説》（橋爪彦七）	187～200
はだか大名	201
南蛮鋳物師《小説》（佐々木杜太郎）	202～215
ろくろッ首《小説》（城昌幸）	216～228
蝶合戦《小説》（横溝正史）	230～248

第5巻第6号（20号） 所蔵あり
1952年6月20日発行　332頁　120円

戦前探偵雑誌創刊号表紙集《口絵》	5, 8
解説（江戸川乱歩）	5, 8
新鋭二十二人集賞者大コンクール執筆陣《口絵》	6～7
天仙宮の審判日《小説》（日影丈吉）	10～23
パチンコと沈丁花《小説》（丘美丈二郎）	24～34
検便盗難事件《小説》（錫蒟二）	35～45
ヒマラヤの鬼 神《小説》（埴輪史郎）	46～61
イブの片足《小説》（池田紫星）	62～77
傀儡《小説》（由良啓一）	78～88
巫女《小説》（藤山蜻一）	89～103
嫉妬《小説》（角田実）	104～113
犯罪の握手《小説》（島久平）	114～129
第三の意志《小説》（須田刀太郎）	130～143
好きずき帖（黒部竜二）	144～145

27 『別冊宝石』

厄日《小説》（山沢晴雄）・・・・・・・・・146～160
青い帽子の物語《小説》（土屋隆夫）
　・・・・・・・・・・・・・・・・・・・・・・・・・・・162～175
赤い月《小説》（大河内常平）・・・176～191
四番ホーム《小説》（愛川純太郎）192～200
すとりっぷと・まい・しん《小説》（狩久）
　・・・・・・・・・・・・・・・・・・・・・・・・・・・205～217
法律《小説》（川島郁夫）・・・・・・218～233
俺は生きている《小説》（坪田宏）234～249
今月の洋画（津田幸夫）・・・・・・・250～251
亜流「探偵小説」（黒津富二）
　・・・・・・・・・・・・・・・・・・・・・・・・・・・252～269
灰色の犬《小説》（宮原竜雄）・・・270～283
深淵《小説》（緒方心太郎）・・・・284～301
辰砂《小説》（藤雪夫）・・・・・・・・302～315
死の時《小説》（夢座海二）・・・・316～332

第5巻第7号（21号）　所蔵あり
1952年7月15日発行　284頁　115円

空翔ける殺人《小説》（夢座海二）・・14～50
新映画紹介（弥）・・・・・・・・・・・・・・・・・・51
『動機のない動機』の魅力（宮原竜雄）
　・・・・・・・・・・・・・・・・・・・・・・・・・・・・・52～53
灰になった男《小説》（坪田宏）・・・54～85
女神の下着《小説》（狩久）・・・・・・・86～87
私の好きな探偵小説（丘美丈二郎）88～89
自殺の歌《小説》（島久平）・・・・・・90～120
新映画紹介（弥）・・・・・・・・・・・・・・・・121
私の好きな探偵小説（須田刀太郎）
　・・・・・・・・・・・・・・・・・・・・・・・・・・・122～123
エロスの悲歌《小説》（千代有三）124～155
知られざる読者（日影丈吉）・・・156～157
青鷺はなぜ羽搏くか《小説》（岡村雄輔）
　・・・・・・・・・・・・・・・・・・・・・・・・・・・160～284

第5巻第8号（22号）　所蔵あり
1952年8月10日発行　220頁　85円

怨みの振袖《小説》（一竜斉貞山）・・14～27
双っ面女白浪《小説》（黒部渓三）・・28～43
女勘助七変化《小説》（永瀬英一）・・44～57
黄金仏事件《漫画》（MATUSITA）・・58～59
幻ごろし《小説》（城昌幸）・・・・・・・60～70
喧嘩安兵衛・・・・・・・・・・・・・・・・・・・・・・71
盗人源之丞《小説》（楠田匡介）・・・72～85
卍影法師《小説》（野瀬探風）・・・・86～102
忍術虎の巻《漫画》（吉崎耕一）・・103～104
侠盗縁瞳子《小説》（朝島雨之助）104～119
深川染雨夜大河《小説》（松浦泉三郎）
　・・・・・・・・・・・・・・・・・・・・・・・・・・・120～134
歌くらべ　荒神山・・・・・・・・・・・・・・・135
二人巾着切《小説》（神田越山）136～149

幽霊半之丞《小説》（中野隆介）・・150～163
極悪村井長庵《小説》（松林燕雀）164～179
おすわどん《落語》（杉林憲治）・・180～185
赤星十三郎《小説》（宝井貞水）・・186～199
海の怪談二つ《小説》（城昌幸）・・200～204
牡丹燈籠《小説》（大乗寺三郎）・・206～220

第5巻第9号（23号）　所蔵あり
1952年10月10日発行　343頁　150円

アガサ・クリスティー（江戸川乱歩）・・・1
ABC殺人事件《小説》（アガサ・クリスティ〔著〕,
　伴大矩〔訳〕）・・・・・・・・・・・・・・・5～109
スタイルズ事件《小説》（アガサ・クリスティ〔原
　作〕,宇野利泰/桂英二〔訳〕）
　・・・・・・・・・・・・・・・・・・・・・・・・・・・111～229
そして誰もいなくなつた《小説》（アガサ・ク
　リスティ〔著〕,清水俊二〔訳〕）
　・・・・・・・・・・・・・・・・・・・・・・・・・・・231～343

第5巻第10号（24号）　所蔵あり
1952年12月10日発行　416頁　155円

コミック・クラブ《漫画》（吉崎耕一）・・5～8
象牙の塔の人々《小説》（俵正）・・・10～29
自殺者の計画《小説》（隠伸太郎）・・30～59
私は誰でしょう《小説》（足柄左右太）
　・・・・・・・・・・・・・・・・・・・・・・・・・・・・・46～59
白い路《小説》（梶竜雄）・・・・・・・・・60～70
予選の感想（渡辺健治）・・・・・・・・・・・・67
編集部から（永瀬三吾）・・・・・・・・・・・・71
絵馬裏の遺書《小説》（森山俊平）・・72～87
乗車券を買わない男《小説》（堀内弘）
　・・・・・・・・・・・・・・・・・・・・・・・・・・・・88～103
幽霊荘事件《小説》（吉田真砂人）104～119
条件《小説》（桐野利郎）・・・・・・・120～131
消えた男《小説》（鳥井及策）・・・132～145
夕焼けと白いカクテル《小説》（藤雪夫）
　・・・・・・・・・・・・・・・・・・・・・・・・・・・146～162
選後感（中島河太郎）・・・・・・・・・・・・163
細菌は知ってる《小説》（鈴木四七）
　・・・・・・・・・・・・・・・・・・・・・・・・・・・164～175
ニヒリスト《小説》（大石青牙）・・176～192
小説を書く態度の問題（黒部竜二）・・193
砒素の谷《小説》（栗理一）・・・・・194～209
銀智慧の輪《小説》（山沢晴雄）・・210～229
死の影と生の光りと《小説》（豊田寿秋）
　・・・・・・・・・・・・・・・・・・・・・・・・・・・230～245
或る特攻隊員《小説》（川島郁夫）246～263
耳《小説》（袂春信）・・・・・・・・・・・264～279
習性/どうせ払わない!/新金色夜叉・・279
細谷兄弟《小説》（里ту但一）・・・280～295
激流《小説》（川下米一）・・・・・・296～312

27『別冊宝石』

犯罪の環《小説》(土英雄) ・・・・・・・・・ 313〜329
天の斧《小説》(藤山貴一郎) ・・・・・・ 330〜346
三等記者《小説》(岸信一) ・・・・・・・・・ 347〜361
青の斑点《小説》(梶田八郎) ・・・・・・ 362〜377
銀杏返しの女《小説》(久留島譲次)
　　　　　　　　　　　　　　・・・・・・ 378〜394
応募短編銓衡感想(阿部主計) ・・・・・・・・ 395
夏の光《小説》(南達夫) ・・・・・・・・・・ 396〜416

第6巻第1号(25号)　所蔵あり
1953年1月10日発行　302頁　100円
恒例捕物祭り《口絵》 ・・・・・・・・・・・・・ 11〜14
お紋の悩み《小説》(野村胡堂) ・・・・・・ 16〜32
捕物版清水港《漫画》(寺尾よしたか)
　　　　　　　　　　　　　　・・・・・・・・ 33, 113
首吊り座頭《小説》(戸川貞雄) ・・・・・・ 34〜47
案山子屋敷《小説》(永瀬英一) ・・・・・・ 48〜62
色形の親分《漫画》(中島逸平) ・・・・・・・・ 63
御直参縛始末《小説》(橋爪彦七) ・・ 64〜79
鏡のない家《小説》(大倉燁子) ・・・・・・ 80〜95
瓢庵遂電す《小説》(水谷準) ・・・・・・ 96〜112
捕らずの弥七《小説》(野沢純七) 114〜131
猫姫様《小説》(横溝正史) ・・・・・・・ 132〜153
師走小判《小説》(黒部渓三) ・・・・・・ 154〜170
当世《漫画》(鮎沢まこと) ・・・・・・・・・・・・ 171
竹細工《小説》(楠田匡介) ・・・・・・・ 172〜190
正月の新映画(好) ・・・・・・・・・・・・・・・・・・ 191
一寸寄道恋辻占《小説》(渡辺啓助)
　　　　　　　　　　　　　　・・・・・・ 192〜207
鷺娘《小説》(西川満) ・・・・・・・・・・・ 208〜221
南都騒動記《小説》(耶止説夫) ・・・ 222〜238
スリ物語《小説》(中山光義) ・・・・・・ 239〜243
眼の媚《小説》(松波治郎) ・・・・・・・ 244〜257
殺された梳子《小説》(土師清二) ・ 258〜269
淫ら者ぞろい《小説》(永瀬三吾) ・ 270〜288
謎文東海道土産《脚本》(城昌幸〔原案〕, 佐々
　木杜太郎・陣出達朗〔脚色〕) ・・・ 289〜302

第6巻第2号(25号)　所蔵あり
1953年2月25日発行　360頁　150円
クロフツについて(江戸川乱歩) ・・・・・・・・ 4
ポンスン事件《小説》(F・W・クロフツ〔著〕,
　井上良夫〔訳〕) ・・・・・・・・・・・・・ 5〜130
樽《小説》(F・W・クロフツ〔著〕, 森下雨村
　〔訳〕) ・・・・・・・・・・・・・・・・・・・・ 131〜254
フレンチ警部最大の事件《小説》(F・W・クロ
　フツ〔著〕, 平井イサク〔訳〕)
　　　　　　　　　　　　　　・・・・・・ 255〜360
※表紙は1953年2月20日発行

第6巻第3号(27号)　所蔵あり
1953年5月15日発行　476頁　165円
探偵小説希覯本《口絵》 ・・・・・・・・・・・ 5, 12
探偵作家入門《口絵》 ・・・・・・・・・・・・ 6〜11
赤い部屋《小説》(江戸川乱歩) ・・・・・ 14〜35
赤い部屋(中島河太郎) ・・・・・・・・・・・・・・・ 17
「赤い部屋」回顧(江戸川乱歩) ・・・・・・・・ 33
妄想の原理《小説》(木々高太郎) ・・・ 36〜57
妄想の原理(中島河太郎) ・・・・・・・・・・・・・ 39
自選の理由(木々高太郎) ・・・・・・・・・・・・・ 55
底無沼《小説》(角田喜久雄) ・・・・・・ 58〜66
底無沼(中島河太郎) ・・・・・・・・・・・・・・・・・ 61
底無沼の頃(角田喜久雄) ・・・・・・・・・・・・・ 65
習慣《漫画》(河合正) ・・・・・・・・・・・・・・・・ 67
探偵小説の五つの型と代表作(江戸川乱歩)
　　　　　　　　　　　　　　・・・・・・・・ 68〜71
探偵小説入門(木々高太郎) ・・・・・・・・ 72〜75
爬虫館事件《小説》(海野十三) ・・・・・ 76〜99
爬虫館事件(中島河太郎) ・・・・・・・・・・・・・ 79
生ける屍《小説》(甲賀三郎) ・・・・・・ 100〜114
生ける屍(中島河太郎) ・・・・・・・・・・・・・・ 103
吸血花《小説》(渡辺啓助) ・・・・・・・ 116〜129
吸血花(中島河太郎) ・・・・・・・・・・・・・・・・ 119
吸血花について(渡辺啓助) ・・・・・・・・・・ 123
恋人を喰べる話《小説》(水谷準) ・ 130〜138
恋人を喰べる話(中島河太郎) ・・・・・・・・ 133
自選の理由(水谷準) ・・・・・・・・・・・・・・・・ 133
日本探偵小説史素描(中島河太郎) ・・・・ 147
猟奇商人《小説》(城昌幸) ・・・・・・・ 148〜158
猟奇商人(中島河太郎) ・・・・・・・・・・・・・・ 151
略歴(城昌幸) ・・・・・・・・・・・・・・・・・・・・・・ 151
自選の理由(城昌幸) ・・・・・・・・・・・・・・・・ 155
黒い虹《小説》(島田一男) ・・・・・・・ 160〜181
黒い虹(中島河太郎) ・・・・・・・・・・・・・・・・ 163
略歴(島田一男) ・・・・・・・・・・・・・・・・・・・・ 163
修業一筋道(島田一男) ・・・・・・・・・・・・・・ 177
探偵小説の読み方(黒部竜二) ・・・・ 182〜189
恐しき馬鹿《小説》(高木彬光) ・・・ 190〜213
恐しき馬鹿(中島河太郎) ・・・・・・・・・・・・ 193
略歴(高木彬光) ・・・・・・・・・・・・・・・・・・・・ 213
探偵作家メモランダム(水谷準) ・・ 214〜224
暴力女給《漫画》(信田力夫) ・・・・・・・・・ 225
死後の恋《小説》(夢野久作) ・・・・・ 226〜248
死後の恋(中島河太郎) ・・・・・・・・・・・・・・ 229
明治大正期探偵本表紙集解説(江戸川乱歩)
　　　　　　　　　　　　　　・・・・・・・・・・ 249
江戸川乱歩先生とトリック問答(渡辺剣次)
　　　　　　　　　　　　　　・・・・・・ 250〜257
時計二重奏《小説》(永瀬三吾) ・・・ 258〜273
時計二重奏(中島河太郎) ・・・・・・・・・・・・ 261
自選の理由(永瀬三吾) ・・・・・・・・・・・・・・ 271
虚像淫楽《小説》(山田風太郎) ・・・ 274〜298

309

27 『別冊宝石』

虚像淫楽(中島河太郎)･････････ 277
ふられ男《漫画》(青木久利)･････ 299
花束《小説》(大坪沙男)･･･ 300〜326
花束(中島河太郎)･････････････ 303
[略歴](大坪沙男)･･･････････ 303
『花束』の作意に就いて(大坪沙男) 321
海底降下三千呎《小説》(香山滋)･･･ 326〜349
海底降下三千呎(中島河太郎)･････ 329
自選の理由(香山滋)･････････ 347
鼯《小説》(横溝正史)･････ 350〜377
鼯(中島河太郎)･････････････ 353
死の倒影《小説》(大下宇陀児)･･･ 378〜403
死の倒影(中島河太郎)･････････ 381
自選の理由(大下宇陀児)･･･････ 401
略歴(大下宇陀児)･････････ 401
世界探偵小説概観(二ノ宮栄三)･･･ 404〜413
発く心臓《小説》(E・A・ポオ)･･･ 414〜421
真紅の肩掛《小説》(モーリス・ルブラン〔著〕, 保篠竜緒〔訳〕) ･･････ 422〜437
ルブランとルパン(保篠竜緒)･････ 425
唇の捻れた男《小説》(コナン・ドイル〔著〕, 延原謙〔訳〕)･･････ 438〜461
ドイルの作品(延原謙)･････････ 461
二つの髯を持つ男《小説》(G・K・チェスタトン) ･･･････ 462〜474
編集後記(永瀬)････････ 476

第6巻第4号(28号) 所蔵あり
1953年6月15日発行 302頁 100円

まんがドジリズム《漫画》(マンガマンクラブ) ･････････ 11〜14
千両富《小説》(野村胡堂) ･････ 16〜31
狐の裁判《小説》(横溝正史) ･･･ 32〜50
スポットまんが《漫画》(信田力夫) 51
別れ言葉《小説》(城昌幸) ･････ 52〜65
名刀紛失《小説》(朝島靖之助)･･･ 52〜67
木兎組異聞《小説》(水谷準) ･･･ 68〜83
捕物帖裏の裏座談会《座談会》(野村胡堂, 土師清二, 佐々木杜太郎, 陣出達朗, 城昌幸)
 ･･･････ 84〜93
影《小説》(黒部渓三) ･････ 94〜113
月に祈る娘《小説》(陣出達朗) ･･･ 114〜128
河豚《落語》(山下亭可笑) ････ 129
鮮血人形噺《小説》(渡辺啓助) ･･･ 130〜147
天狗の憑いた女《小説》(戸川貞雄)
 ･･････ 148〜161
蛇の噛み歯《小説》(谷屋充) ･･･ 162〜180
素浪人奉行(好) ･･･････ 181
難波裸供養《小説》(耶止説夫) ･･･ 182〜197
濡れ鼠一党《小説》(永瀬三吾) ･･･ 198〜218
忠犬八ッ房《脚本》(黒沼健) ･･･ 219〜221

青痣の三人息子《小説》(佐々木杜太郎)
 ･･･････ 222〜237
獅子《落語》(山下亭可笑) ･･･ 238
女賊と岡っ引き《漫画》(青木久利) 239
矢取り女《小説》(島田一男) ･･･ 240〜253
品川も江戸の内(由美女) ･･･ 254〜255
殺された名医《小説》(土師清二) ･･･ 256〜269
夏蜜柑の謎《小説》(朝島靖之助) ･･･ 270〜271
業病長者《小説》(高木彬光) ･･･ 272〜301
編集後記 ･･･････ 302
※表紙は1953年6月10日発行

第6巻第5号(29号) 所蔵あり
1953年8月10日発行 328頁 150円

フィルポッツについて(江戸川乱歩) ･･･ 4
赤毛のレドメイン《小説》(E・フィルポッツ〔著〕, 井上良夫〔訳〕) ･･･ 5〜136
密室の守銭奴《小説》(イードン・フィルポッツ〔著〕, 桂英二〔訳〕)･･･ 137〜208
医者よ自分を癒せ《小説》(E・フィルポッツ〔著〕, 宇野利泰〔訳〕) ･･･ 209〜328

第6巻第6号(30号) 所蔵あり
1953年9月5日発行 290頁 100円

奇々怪々まんが《漫画》(マンガマン合作)
 ･････････ 11〜14
黄表紙怪談捕物帖(朝島靖之助〔構成〕)
 ･･･････ 15〜18
旗本三人組《小説》(野村胡堂) ･･･ 20〜35
江戸川川柳《川柳》(横田準)
 ･･ 29, 45, 65, 107, 137, 163, 177, 201, 207, 227
火焔罪障記《小説》(戸川貞雄) ･･･ 36〜50
江戸時代の怨霊(丸茂武重) ･･･ 51〜53
顔が無い幽霊《小説》(土師清二) ･･･ 54〜66
贋作牡丹燈籠《小説》(朝島靖之助)･･･ 67
雨夜の尋ね人《小説》(城昌幸) ･･･ 68〜81
魃られた魔像《小説》(佐々木杜太郎)
 ･････ 82〜96
真説蛇性の淫《小説》(朝島靖之助) ･･･ 97
生きていない幽霊《小説》(陣出達朗)
 ･･････ 98〜113
墓石くずし《小説》(水谷準) ･･･ 114〜127
方恋命かぎり《小説》(谷屋充) ･･･ 128〜142
今は昔吉原廓ばなし(橘家円蔵) ･･･ 143〜149
毒《小説》(黒部渓三) ･･･ 150〜165
功徳四万六千日《小説》(永瀬三吾)
 ･････ 166〜179
怪談どろどろ話《座談会》(神田松鯉, 小金井芦洲, 田辺南鶴, 邑井貞吉) ･･･ 180〜191
伏見裸女祭《小説》(耶止説夫) ･･･ 192〜207

27『別冊宝石』

捕物帳吟味〈渡辺剣次〉･･･････ 208〜211
天一坊召捕《小説》（田辺南鶴）･･･ 212〜234
明治時代の新聞屋回顧（篠田鉱造）
　･････････････････････ 236〜241
猫じゃらし《小説》（島田一男）･･ 242〜262
盗人酒〈落語〉（名和青郎）････ 264〜267
三日月おせん《小説》（横溝正史）･･ 268〜290
編集後記〈永〉････････････････ 290

第6巻第7号（31号）　所蔵あり
1953年9月15日発行　325頁　150円
チェスタートン寸言〈江戸川乱歩〉････ 3
ビーストンに就いて〈妹尾アキ夫〉･･･ 6
緑色の部屋《小説》（L・J・ビーストン〔著〕，妹尾アキ夫〔訳〕）･･････････ 7〜17
鬱陶しいプロログ《小説》（L・J・ビーストン〔著〕，妹尾アキ夫〔訳〕）･･････ 18〜27
夜の雨《小説》（L・J・ビーストン〔著〕，妹尾アキ夫〔訳〕）･････ 28〜38
悪漢ヴォルシャム《小説》（L・J・ビーストン〔著〕，妹尾アキ夫〔訳〕）････ 39〜49
過去の影《小説》（L・J・ビーストン〔著〕，妹尾アキ夫〔訳〕）･････ 50〜58
東方の宝《小説》（L・J・ビーストン〔著〕，妹尾アキ夫〔訳〕）･････ 59〜66
軋る階段《小説》（L・J・ビーストン〔著〕，妹尾アキ夫〔訳〕）････ 67〜73
五千ポンドの告白《小説》（L・J・ビーストン〔著〕，妹尾アキ夫〔訳〕）･･ 74〜81
地球はガラス《小説》（L・J・ビーストン〔著〕，妹尾アキ夫〔訳〕）････ 82〜88
約束の刻限《小説》（L・J・ビーストン〔著〕，妹尾アキ夫〔訳〕）････ 89〜98
決闘《小説》（L・J・ビーストン〔著〕，妹尾アキ夫〔訳〕）･･････ 99〜104
犯罪の氷の道《小説》（L・J・ビーストン〔著〕，妹尾アキ夫〔訳〕）･･ 105〜114
敵《小説》（L・J・ビーストン〔著〕，妹尾アキ夫〔訳〕）･･････ 115〜125
人間豹《小説》（L・J・ビーストン〔著〕，妹尾アキ夫〔訳〕）･･ 126〜135
パイプ《小説》（L・J・ビーストン〔著〕，妹尾アキ夫〔訳〕）･･ 136〜146
頓馬な悪漢《小説》（L・J・ビーストン〔著〕，妹尾アキ夫〔訳〕）･･ 147〜157
青い十字架《小説》（G・チェスタートン〔著〕，朝野完二〔訳〕）･･････ 160〜177
変てこな跫音《小説》（G・チェスタートン〔著〕，朝野完二〔訳〕）･･････ 178〜193
太陽神の眼《小説》（G・チェスタートン〔著〕，朝野完二〔訳〕）･･････ 194〜208

ヒルシュ博士の決闘《小説》（G・チェスタートン〔著〕，朝野完二〔訳〕）･･････ 209〜222
サラディン公爵の罪《小説》（G・チェスタートン〔著〕，朝野完二〔訳〕）･･････ 223〜238
法官邸の広間鏡《小説》（G・チェスタートン〔著〕，朝野完二〔訳〕）･･････ 239〜252
邪悪な形《小説》（G・チェスタートン〔著〕，朝野完二〔訳〕）････ 253〜268
盗賊の楽園《小説》（G・チェスタートン〔著〕，朝野完二〔訳〕）････ 269〜281
神の鉄鎚《小説》（G・チェスタートン〔著〕，朝野完二〔訳〕）････ 282〜296
燈台の二つの眼《小説》（G・チェスタートン〔著〕，朝野完二〔訳〕）･･････ 297〜310
園丁ゴーの誉《小説》（G・チェスタートン〔著〕，朝野完二〔訳〕）････ 311〜324

第6巻第8号（32号）　所蔵あり
1953年11月15日発行　294頁　140円
フランスの探偵小説〈水谷準〉･･･････ 6
鎖の環《小説》（A・マシャール〔著〕，水谷準〔訳〕）･･･････････ 8〜138
或る精神異常者《小説》（モーリス・ルヴェル〔著〕，田中早苗〔訳〕）････ 140〜143
麻酔剤《小説》（モーリス・ルヴェル〔著〕，田中早苗〔訳〕）･････ 144〜147
犬舎《小説》（モーリス・ルヴェル〔著〕，田中早苗〔訳〕）････ 148〜152
誰?《小説》（モーリス・ルヴェル〔著〕，田中早苗〔訳〕）････ 153〜156
生さぬ児《小説》（モーリス・ルヴェル〔著〕，田中早苗〔訳〕）････ 157〜161
碧眼《小説》（モーリス・ルヴェル〔著〕，田中早苗〔訳〕）････ 162〜166
乞食《小説》（モーリス・ルヴェル〔著〕，田中早苗〔訳〕）････ 167〜171
青蠅《小説》（モーリス・ルヴェル〔著〕，田中早苗〔訳〕）････ 172〜174
暗中の接吻《小説》（モーリス・ルヴェル〔著〕，田中早苗〔訳〕）････ 175〜178
ペルゴレーズ街の殺人事件《小説》（モーリス・ルヴェル〔著〕，田中早苗〔訳〕）
　･････････････････････ 179〜184
情状酌量《小説》（モーリス・ルヴェル〔著〕，田中早苗〔訳〕）････ 185〜190
集金係《小説》（モーリス・ルヴェル〔著〕，田中早苗〔訳〕）････ 191〜195
父と子《小説》（モーリス・ルヴェル〔著〕，田中早苗〔訳〕）････ 196〜200
10時50分の急行《小説》（モーリス・ルヴェル〔著〕，田中早苗〔訳〕）･･････ 201〜204

27 『別冊宝石』

サン・フォリアン寺院の首吊人《小説》(ジョルジュ・シメノン〔著〕,水谷準〔訳〕)
　‥‥‥‥‥‥‥‥‥‥‥　206〜293

第6巻第9号（33号）　所蔵あり
1953年12月10日発行　408頁　150円

漫画ムダニズム《漫画》（YYクラブ）	5〜8
晴れて今宵は…《小説》（鳥井及策）	10〜31
予選を終りて一筆（黒部竜二）	31
悲しき自由《小説》（隠伸太郎）	32〜47
死の黙劇《小説》（山沢晴雄）	48〜67
三つの手紙《小説》（津賀敬）	68〜87
日の果て《小説》（水原章）	88〜105
砒素《小説》（木下義夫）	106〜120
選後感（中島河太郎）	121
復讐《小説》（上野友夫）	122〜131
伝貧馬《小説》（明内桂子）	132〜147
月蝕《小説》（桐里寿ས）	148〜160
新風を求めて（渡辺剣次）	161
千秋楽《小説》（白井竜三）	162〜175
書くに適さぬ犯罪《小説》（吉田千秋）	176〜191
鞠と紅い女下駄《小説》（自雷也宗平）	192〜207
みかん山《小説》（白家太郎）	208〜222
新映画（好）	223
何故に穴は掘られるか《小説》（井上錬）	224〜237
蓮沼物語《小説》（楡喬介）	238〜251
笑い鬼《小説》（袂春信）	252〜267
天意《小説》（渡辺一郎）	268〜283
絶壁《小説》（桐野利郎）	284〜298
かげぼうし《小説》（大島薫）	300〜317
業《小説》（辻堂まさる）	318〜331
ある青春《小説》（木島王四郎）	332〜347
居眠り天使《小説》（深尾登美子）	348〜363
金髪孤児《小説》（山本徹）	364〜380
編集部から（永瀬三吾）	381
アルルの秋《小説》（鳳太郎）	382〜391
真剣な戯れ《小説》（山上笙介）	392〜408

第7巻第1号（34号）　所蔵あり
1954年1月10日発行　326頁　100円

野村胡堂氏近影《口絵》	2
恒例捕物祭り《口絵》	11〜14
好敵手捕物帖《漫画》	15〜18
異本捕物帳全集（相良陣六〔構成〕）	19〜22
大盗懺悔《小説》（野村胡堂）	23〜41
逃げた花嫁《小説》（土師清二）	42〜57
江戸の正月（丸茂武重）	58〜61
紅屋後家《小説》（島田一男）	62〜79
その夜の次郎吉《小説》（渡辺啓助）	80〜94
山岡鉄舟（松波治郎）	95〜99
捕物帳お噂書（渡辺剣次）	100〜101
乙女の瞳《小説》（城昌幸）	102〜116
新映画（好）	117
伽羅の美男壺《小説》（佐々木杜太郎）	118〜131
二人銀次郎《小説》（高木彬光）	132〜148
千葉周作（笹本寅）	149〜153
合羽大仏《小説》（永瀬三吾）	154〜168
武芸もろもろ座談会《座談会》（清水隆次，杉野嘉男，並木忠太郎）	169〜181
片腕痴談（神保朋世）	182〜183
鼻占ひ《小説》（谷屋充）	184〜199
女湯の怪《小説》（楠田匡介）	200〜214
近藤　勇（左文字勇策）	215〜219
をんな屋敷《小説》（陣出達朗）	220〜234
めでたい仲間《落語》（名和青朗）	236〜239
ギョロサン《漫画》（吉崎耕一）	240〜241
鈴鹿鬼退治《小説》（耶止説夫）	242〜258
窮すれば通じる（木俣清史）	259〜261
新眼鏡江戸図絵（田井真孫）	262〜267
香盒の行方《小説》（戸川貞雄）	268〜283
丹塗りの箱《小説》（水谷準）	284〜298
新映画（好）	299
通り魔《小説》（横溝正史）	300〜325
編集後記（永）	326

第7巻第2号（35号）　所蔵あり
1954年2月10日発行　356頁　150円

ガードナア小伝（江戸川乱歩）	4
カナリイの爪《小説》（E・S・ガードナー〔著〕,阿部主計〔訳〕)	5〜115
幸運の脚《小説》（E・S・ガードナー〔著〕,平井イサク〔訳〕)	116〜259
偽証する鸚鵡《小説》（E・S・ガードナー〔著〕,宇野利泰〔訳〕)	261〜356

第7巻第3号（36号）　所蔵あり
1954年4月10日発行　308頁　100円

捕物作家クラブはやし唄《小唄》（城昌幸〔作詞〕）	2〜3
沢正二十五周年記念公演余興《口絵》	9〜12
GOYŌGOYŌ《漫画》（独立漫画同人）	13〜16
新作立川文庫（相良陣六〔構成〕）	17〜20
瓢箪供養《小説》（野村胡堂）	22〜44
捕物小唄	45
蕎麦切包丁《小説》（土師清二）	46〜59
藤棚の女《小説》（水谷準）	60〜74

捕物小唄 ･････････････････････ 75
清水次郎長(左文字勇策) ･････ 76〜79
火事師《小説》(戸川貞雄) ････ 80〜93
金が敵の峠道《小説》(野沢純) 94〜109
捕物小唄 ･････････････････････ 111
国定忠次(橋爪彦七) ･････････ 112〜115
春佳襖下張《小説》(陣出達朗) 116〜135
桜折る猿《小説》(永瀬三吾) 136〜151
笹川繁蔵(田辺南鶴) ･････････ 152〜157
鐚銭殺し《小説》(楠田匡介) 158〜173
亀山六万石《小説》(耶止説夫) 174〜189
おいらん漫語(田辺禎一) ････ 190〜195
捕物地名考(紙魚老人) ･･･････ 191〜195
駈落ち青井戸《小説》(佐々木杜太郎)
　････････････････････････････ 196〜208
捕物小唄 ･････････････････････ 209
宗俊牢屋ばなし《小説》(高木彬光)
　････････････････････････････ 210〜226
捕物小唄 ･････････････････････ 227
春宵首の抜買《小説》(渡辺啓助) 228〜247
茶見世行燈《小説》(北園孝吉) 248〜261
座長ドロン(松村駿吉) ･･･････ 262〜264
捕物小僧《落語》(名和青朗) 265〜269
糸くつ感状《小説》(城昌幸) 270〜283
捕物帳吟味(渡辺剣次) ･･･････ 284〜285
夜歩き姉妹《小説》(横溝正史) 286〜308

第7巻第4号(37号)　所蔵あり
1954年5月10日発行　340頁　150円
クイーン略伝(江戸川乱歩) ････････ 4
シャム兄弟の秘密《小説》(エラリイ・クイーン
　〔著〕,延原謙〔訳〕) ･････････ 5〜95
琉球かしどりの秘密《小説》(エラリイ・クイー
　ン〔著〕,平井イサク〔訳〕) ････ 96〜153
ギリシヤ棺の秘密《小説》(エラリイ・クイーン
　〔著〕,横田尚三〔訳〕) ･････ 153〜340

第7巻第5号(38号)　所蔵あり
1954年6月10日発行　430頁　150円
まだらの紐(絵物語)《小説》(コナン・ドイル
　〔原作〕,氷川瓏〔訳〕) ････････ 2〜6
耐乏生活 衣食住読本(サンデークラブ同人)
　････････････････････････････ 11〜14
鏡地獄《小説》(江戸川乱歩) ････ 16〜33
「鏡地獄」について(江戸川乱歩) ･･･ 19
神楽太夫《小説》(横溝正史) ････ 34〜49
「「神楽太夫」について(横溝正史) ･･ 37
新月《小説》(木々高太郎) ･･･････ 50〜65
「新月」について(木々高太郎) ････ 53
ヂャマイカ氏の実験《小説》(城昌幸)
　････････････････････････････ 66〜77

「ヂャマイカ氏の実験」について(城昌幸)
　････････････････････････････ 69
フランス粋艶集 ･･････････････ 77
手軽な殺人芸術(レイモンド・チャンドラー
　〔著〕,水曜曜太〔訳〕) ･････ 78〜85
怪奇を抱く壁《小説》(角田喜久雄) ････ 86〜111
「怪奇を抱く壁」について(角田喜久雄) ･･･ 89
フランス粋艶集 ･･････････････ 109
ダブリン事件《小説》(オルツイ夫人〔著〕,横
　田尚三〔訳〕) ････････････ 112〜125
オルツイ夫人 ････････････････ 123
蜜月号事件《小説》(水谷準) 126〜145
「蜜月号事件」について(水谷準) ･･ 129
フランス粋艶集 ･･････････････ 141
「密室」の原理(不二身晴夫) 146〜150
一人二役の魅力(渡辺剣次) 150〜153
兇器雑考(妹尾アキ夫) ･････ 154〜155
海から来た妖精《小説》(香山滋) 156〜174
「海から来た妖精」について(香山滋) ･･ 159
探偵映画について(黒部竜二) 175〜179
オッタモール氏の手《小説》(トーマス・バーク
　〔著〕,黒沼健〔訳〕) ････････ 180〜197
トーマス・バーク ･･･････････ 195
フランス粋艶集 ･･････････････ 197
鼠の贄《小説》(高木彬光) 198〜226
鼠の贄(高木彬光) ･･････････ 201
探偵小説年代記(中島河太郎) 228〜233
レントン荘盗難事件《小説》(アーサー・モリソ
　ン〔著〕,多村雄二〔訳〕) 234〜253
アーサー・モリソン ･･････････ 249
追われる人《小説》(夢座海二) 254〜275
密室の犯罪《小説》(島久平) 276〜298
人間性の必要(ドロシイ・セイヤーズ〔著〕,宇
　野利泰〔訳〕) ････････････ 300〜305
万太郎の耳《小説》(山田風太郎) 306〜319
帰らぬ夢(山田風太郎) ･････････ 309
検事調査《小説》(大坪砂男) 320〜333
短篇形式について(大坪砂男) ･･ 323
昨日の蛇《小説》(永瀬三吾) 334〜346
「昨日の蛇」について(永瀬三吾) ･･ 337
風船魔《小説》(島田一男) 348〜379
古きを捨てて(島田一男) ･･･････ 351
タンタラスの呪ひ皿《小説》(渡辺啓助)
　････････････････････････････ 380〜397
セトモノ(渡辺啓助) ････････ 383
フランス粋艶集 ･･････････････ 395
五人の射撃手《小説》(大下宇陀児)
　････････････････････････････ 398〜417
覚え書(大下宇陀児) ････････ 401
フランス粋艶集 ･･････････････ 417

27 『別冊宝石』

ズームドルフ事件《小説》（M・D・ポウスト〔著〕，宇野利泰〔訳〕）・・・・・・・・ 418～430
メルヴヰル・ダビソン・ポウスト ・・・・・・・ 429

第7巻第6号（39号）　所蔵あり
1954年7月10日発行　276頁　130円

白魔《小説》（ロージャー・スカーレット〔著〕，森下雨村〔訳〕）・・・・・・・・・・・・ 5～99
ヘキストとスカーレット（江戸川乱歩）・・・・・・・・・・・・・・・・・・・・・・・・・・・・・・ 100～102
怪物《小説》（ハリングトン・ヘキスト〔著〕，宇野利泰〔訳〕）・・・・・・・・・・・ 103～263
目ざまし時計《小説》（J・S・フレッチャアー〔著〕，森下雨村〔訳〕）・・・・・・・ 265～276

第7巻第7号（40号）　所蔵あり
1954年9月10日発行　368頁　120円

特選浮世絵《口絵》・・・・・・・・・・・・・ 2～5
御用漫画（漫画）・・・・・・・・・・・・・・・ 9～12
花競べ捕物カーニバル（サンデークラブ同人）・・・・・・・・・・・・・ 13～16
美男番付《小説》（野村胡堂）・・・・ 18～35
江戸好色川柳（日下香之助）
　　27, 89, 187, 201, 215, 231, 255, 329, 339, 351, 365
贋金道楽《小説》（土師清二）・・・ 36～49
鮫魚《小説》（水谷準）・・・・・・・・・ 50～65
釣り女郎《小説》（神保朋世）・・・・ 66～69
幽霊の風車《小説》（島田一男）・・ 70～90
西鶴浮世草子《小説》（岡田鯱彦）・ 92～111
筆者より……（岡田鯱彦） ・・・・・・・・ 111
通り魔《小説》（戸川貞雄）・・・ 112～126
銭形平次死す！《小説》（朝島靖之助）・・・・・・・・・・・・・・・・・・・・・・・ 127～133
白蠟処女《小説》（佐々木杜太郎）・ 134～143
新映画（好）・・・・・・・・・・・・・・・・・・ 149
夏姿人形供養《小説》（耶止説夫）・ 150～165
水情女車《小説》（島久平）・・ 166～182
夫婦どろ（落語）（名和青朗）・・ 183～189
千両火消し《小説》（黒部渓三）・ 190～205
謎の夢茶屋《小説》（野沢純）・ 206～216
ごろつき首《小説》（山本湖太郎）・ 218～232
伝馬町以後（丸茂武重）・・・・・ 233～237
捕物帳身の上相談（洞勢院竹筮）・ 233～237
たのまれ河童《小説》（永瀬三吾）・ 238～255
いざよい遊女《小説》（北園孝吉）・ 256～272
笛の座《小説》（谷屋充）・・・・ 274～289
姦氷《小説》（陣出達朗）・・・・ 290～305
江戸時代の色道刑（佐々木杜太郎）・・・・・・・・・・・・・・・・・・・・・・・・ 306～311
幽霊笛《小説》（渡辺啓助）・・ 312～329

幽霊船《小説》（横溝正史）・・・・ 330～353
好色罪有り《小説》（城昌幸）・・ 354～365

第7巻第8号（41号）　所蔵あり
1954年10月10日発行　368頁　150円

誘拐殺人事件《小説》（S・S・ヴァンダイン〔著〕，延原謙〔訳〕）・・・・・・・・・ 5～132
ヴァン・ダイン小伝（江戸川乱歩）・・・・・・・・・・・・・・・・・・・・・・・・・・・・・・・・ 133～135
グレイシイ・アレン《小説》（S・S・ヴァンダイン〔著〕，植草甚一〔訳〕）・ 136～197
巨竜殺人事件《小説》（S・S・ヴァンダイン〔著〕，宇野利泰〔訳〕）・・・・・ 198～368

第7巻第9号（42号）　所蔵あり
1954年11月10日発行　334頁　130円

江戸川乱歩60年《口絵》・・・・・・・・ 11～14
化人幻戯〈1〉《小説》（江戸川乱歩）・ 16～34
乱歩分析（大下宇陀児）・・・・・・ 36～42
乱歩万華鏡
　中学の先輩として（谷川徹三）・ 43～44
　江戸川乱歩先生（原安三郎）・・ 44～45
　正歩の大人（山岡荘八）・・・・ 45～46
　太郎さんのいいところ（本位田準一）・・・・・・・・・・・・・・・・・・・・・・・ 46～48
　プロフェッソール江戸川（隠岐弘）・・・・・・・・・・・・・・・・・・・・・・・・・ 48～49
　嘘と間違い（平出禾）・・・・・・ 49～50
　対乱歩随筆（阿部主計）・・・・ 50～51
　宝島《小説》（水谷準）・・・・・ 52～57
　沼垂の女《小説》（角田喜久雄）・ 58～70
乱歩万華鏡
　探偵小説の読者として六十年（野村胡堂）・・・・・・・・・・・・・・・・・・・・・・・ 71～72
　乱歩全集の行方（小野金次郎）・ 72～73
　探偵小説と講談（川上三太郎）・ 73～74
　祝言（短歌）（秀しげ子）・・・・・・・ 73
　巨人への七つの花束（岡村雄輔）・・・・・・・・・・・・・・・・・・・・・・・・ 74～75
　我が子まで（大河内常平）・・ 75～77
　顔について（今井達夫）・・・・・・・ 77
江戸川乱歩論（荒正人）・・・・・・ 78～83
アカーキ・アカキエヴッチの生霊《小説》（渡辺啓助）・・・・・・・・・・・・・・・・・・ 84～101
乱歩文学の鳥瞰（中島河太郎）・ 102～107
乱歩万華鏡
　乱歩氏へのお願ひ（柳田泉）・・・・ 108
　トヤ部屋の客（長谷川伸）・・ 109～111
　本邦探偵小説の支柱（大井広介）・・・・・・・・・・・・・・・・・・・・・・・・ 110～111

27『別冊宝石』

髭と芝居とその他と《黒沼健》
　　　　　　　　　　　　111～112
還暦を祝ひて《俳句》（井上光華）……… 111
回顧『乱歩の灸』（石井舜耳）……… 113
世界的な作家の一人（中河与一）……… 114
狩猟者（山村正夫）……… 114～115
夫を語る（平井隆子）……… 116～117
或る暴走記録《小説》（島田一男）…… 118～142
三十六年前（森下雨村）……… 143～145
海鰻荘後日譚《小説》（香山滋）…… 146～162
大乱歩の精神分析（高橋鉄）…… 163～165
乱歩万華鏡
　探偵小説と定跡（木村義雄）……… 166
　乱歩の新旧印象記（白井喬二）……… 167
　江戸川乱歩さんの還暦を祝す（古畑種基）……… 167～169
　江戸川先生還暦を祝して《俳句》（渡辺素江）……… 169
　無題（飛鳥高）……… 169～170
　長唄と河内山の笑い（神保朋世）
　　　　　　　　　　　　170～172
　几帳面（楠田匡介）……… 172～173
　大人乱歩（鹿島孝二）……… 173～174
　文献愛など（島田譲二）……… 174
思ひの乱歩随筆集
　恋と神様（江戸川乱歩）……… 177～179
　スリルの説（江戸川乱歩）……… 179～189
　もくづ塚（江戸川乱歩）……… 189～195
　三つのくせのものがたり《漫画》（鈴木義司）
　　　　　　　　　　　　196～197
妖瞳記《小説》（山田風太郎）…… 198～216
乱歩万華鏡
　私の告白（早川雪洲）……… 218～219
　僕らの旅順海戦館（稲垣足穂）
　　　　　　　　　　　　219～220
　大作家の風容（田辺茂一）…… 220～221
　乱歩大人の還暦を祝いて《短歌》（田中御幸）……… 220
　牛鍋（妹尾アキ夫）……… 221～222
　よく褒める乱歩氏（佐々木杜太郎）
　　　　　　　　　　　　222～224
　探偵小説即人生（氷川瓏）…… 224～225
　緋色のジヤンパー（椿八郎）…… 225～226
　明智小五郎の事件簿（渡辺剣次）…… 227～233
　妻の見た殺人《小説》（永瀬三吾）…… 234～251
乱歩万華鏡
　むかしの想出（喜多村緑郎）……… 252
　本を汲われた話（春山行夫）…… 252～253
　乱歩に期待する（原久一郎）…… 253～255
　父子二代の影響（筈見恒夫）…… 255～256
　乱歩大人とぼく（戸田貞雄）…… 256～257

恐ろしき身の毛もよだち…（梅崎春生）
　　　　　　　　　　　　258
　乱歩への期待（天城一）……… 258～259
　最初の印象（大倉燁子）……… 259～260
　小説江戸川乱歩《小説》（高木彬光）
　　　　　　　　　　　　262～289
乱歩万華鏡
　太郎さんのこと（中川善之助）
　　　　　　　　　　　　290～291
　耽綺社の頃（土師清二）……… 292
　世界的になりゆく乱歩（木村毅）
　　　　　　　　　　　　292～293
　乱歩さんのカード（乾信一郎）
　　　　　　　　　　　　293～294
　乱歩健在（式場隆三郎）……… 294～295
　江戸川先生と明智小五郎（朝山蜻一）
　　　　　　　　　　　　295～296
　心ばかりの花束（岡田鯱彦）…… 296～298
中有の世界《脚本》（城昌幸）…… 300～309
春草夢《小説》（木々高太郎）…… 310～334

第7巻第10号（43号）　所蔵あり
1954年12月10日発行　336頁　150円

さらば愛しき女よ《小説》（レイモンド・チャンドラア〔著〕，清水俊二〔訳〕）…… 5～154
チャンドラーのこと（江戸川乱歩）
　　　　　　　　　　　　155～157
スマート＝アレック・キル《小説》（レイモンド・チャンドラア〔著〕，平井イサク〔訳〕）……… 158～195
単純なる殺人芸術（レイモンド・チャンドラー〔著〕，桂英二〔訳〕）…… 196～204
大いなる眠り《小説》（レイモンド・チャンドラア〔著〕，双葉十三郎〔訳〕）…… 205～336

第8巻第1号（44号）　所蔵あり
1955年1月10日発行　398頁　120円

捕物ニ関スルガラクタ市《漫画》……… 7～10
あべこべ捕物帖（あまからクラブ〔構成〕）
　　　　　　　　　　　　11～14
弓矢貞女《小説》（野村胡堂）…… 16～29
江戸古川柳（日下香之助）
　　　25, 29, 59, 187, 189, 205, 239, 273
宮城野信夫《小説》（土師清二）…… 30～45
夕焼富士《小説》（水谷準）……… 46～61
三つ巴討ち《小説》（城昌幸）…… 62～74
仇討万華鏡（佐々木杜太郎）…… 75～81
俵星酔槍伝（黒部渓三）……… 82～95
白梅香《小説》（戸川貞雄）…… 96～109
からくり語り《小説》（北園孝吉）…… 110～126
叱られ半次《小説》（都筑道夫）……… 127

315

27 『別冊宝石』

天人お駒《講談》(田辺南鶴) ………	128～146
江戸城刃傷記(丸茂武重) …………	147～151
高木騒動《小説》(左文字勇策) ……	152～168
あまりに名人《小説》(冬村温) ……	169
傾世判官《小説》(太田恒三朗) ……	170～191
仇討吉原ばなし《小説》(中沢堅夫)	
	192～206
新映画(好) ………………………	207
だまされ菊五郎《小説》(永瀬三吾)	
	208～223
鮫柄の血刀《小説》(佐々木杜太郎)	224～239
仇討随筆(笹本寅) ………………	240～245
勘平の女の死《小説》(谷屋充) ……	246～260
新映画(好) ………………………	261
敵討娘諸共《小説》(楠田匡介) ……	262～273
私は殺される《小説》(朝島靖之助)	
	274～287
鍵屋の辻《小説》(長田午狂) ……	288～301
安兵衛の婿入《小説》(小島健三) …	302～314
新映画(好) ………………………	315
臍の下《小説》(陣出達朗) ………	316～332
寝盗られ女房《小説》(野沢純) ……	334～349
富貴楼おくら実記(大磯良エ) ……	350～351
妻敵討《小説》(島田一男) ………	352～373
宝船殺人事件《小説》(横溝正史) …	374～398

第8巻第2号(45号) 所蔵あり
1955年2月10日発行 350頁 150円

鍵のない家《小説》(E・D・ビガーズ〔著〕, 小山内徹〔訳〕) …………	5～202
ビガーズのこと(江戸川乱歩) ……	203
五十本の蠟燭《小説》(E・D・ビガズ〔著〕, 宇野利泰〔訳〕) ………	204～251
黒い駱駝《小説》(E・D・ビガズ〔著〕, 乾信一郎〔訳〕) …………	252～349

第8巻第3号(46号) 所蔵あり
1955年4月10日発行 356頁 150円

孔雀の羽根《小説》(ディクソン・カー〔著〕, 妹尾アキ夫〔訳〕) …………	5～163
カー小伝と邦訳目録(江戸川乱歩)	
	164～166
めくら頭巾《小説》(ディクソン・カー〔著〕, 阿部主計〔訳〕) …………	166～184
読者よ欺かるる勿れ《小説》(ディクソン・カー〔著〕, 宇野利泰〔訳〕) ……	185～347

第8巻第4号(47号) 所蔵あり
1955年5月10日発行 320頁 100円

寄稿諸先生花の巣顔《口絵》 ………	1, 4
遠山金さん百年祭《口絵》 ………	2～3
捕物あ・ら・かると《漫画》(独立マンガ派)	
	5～12
捕物大学(サンデー・クラブ同人) …	13～16
死の踊り子《小説》(野村胡堂) ……	18～37
少女と目明し《小説》(冬村温) ……	37
はだか弁天《小説》(島田一男) ……	38～57
江戸川柳(鹿島天平) ……… 57, 125, 141, 183
藤吉功名噺《小説》(玉川一郎) ……	58～73
遠山金四郎百年祭(青木春三) ……	74～75
土蔵祝言《小説》(角田喜久雄) ……	76～94
本所七不思議(小林栄) ……………	95～97
焰の白痴娘《小説》(佐々木杜太郎) …	98～111
太政官札《小説》(土師清二) ……	112～126
新映画(好) ………………………	127
柿兵衛やぐら《小説》(北園孝吉) …	128～143
南蛮猿《小説》(楠田匡介) ………	144～158
吉原土手《小説》(小林栄) ………	159～163
月の路地《小説》(山手樹一郎) ……	164～184
新映画(好) ………………………	185
むすめ変身《小説》(青木春三) ……	186～199
恋の人形師《小説》(朝島靖之助) …	200～214
お犬様暗殺さる《小説》(永井夢二) …	215
灸痕のある女《小説》(瀬戸口寅雄)	
	216～229
坊主の髷《小説》(永瀬三吾) ……	230～243
二人三千歳《小説》(高木彬光) ……	244～259
生き損いの女《小説》(村上元三) …	260～278
新映画(好) ………………………	279
敵討つ討たん物語《小説》(白井喬二)	
	280～288
浄玻璃の鏡《小説》(横溝正史) …	290～305
蝦蛄は恐い《小説》(陣出達朗) ……	306～320

第8巻第5号(48号) 所蔵あり
1955年7月10日発行 356頁 150円

死体を探せ《小説》(D・L・セイヤアズ〔著〕, 宇野利泰〔訳〕) ……	5～214
セイヤーズのこと(江戸川乱歩) …	215～217
ピーター卿乗り出す《小説》(D・L・セイヤーズ〔著〕, 小山内徹〔訳〕) ……	218～351

第8巻第6号(49号) 所蔵あり
1955年9月10日発行 332頁 100円

五つの鍵《漫画》(独立漫画派) ……	5～8
捕物相談所(あまからクラブ〔構成〕) …	9～12
忍術指南《小説》(野村胡堂) ……	14～35
江戸川柳(鹿島天平)	
	33, 91, 109, 155, 171, 283
敵討走馬燈《小説》(横溝正史) ……	36～56
色懺悔《落語》(名和青朗) ………	57～59

あま酒《小説》（土師清二）	60〜75
暗魔天狗《小説》（水谷準）	76〜91
吉良没落《小説》（角田喜久雄）	92〜111
武士道伝（笹本寅）	112〜115
伊太郎殺し《小説》（大林清）	116〜138
宗俊烏鷺合戦《小説》（山田風太郎）	
	140〜155
怪盗さそり《小説》（陣出達朗）	156〜172
新映画（好）	173
実説日本左衛門（左文字雄策）	174〜177
拝領馬の死《小説》（谷屋充）	178〜192
新映画（好）	193
花小紋殺し模様《小説》（永瀬三吾）	
	194〜211
牡丹燈異変《小説》（日影丈吉）	212〜226
新映画（好）	227
はだか幽霊《落語》（名和青朗）	228〜230
妖魅雛人形《小説》（高木彬光）	232〜247
幽霊殺人事件《小説》（戸川貞雄）	248〜261
軽気球の殺人《小説》（村上元三）	262〜269
祭りと喧嘩（田井真孫）	280〜283
まんじ笠《小説》（城昌幸）	284〜332
※本文奥付は第8巻第4号と誤記	

第8巻第7号（50号） 所蔵あり
1955年10月10日発行　327頁　150円

矮人殺人事件《小説》（クレイグ・ライス〔著〕，平井イサク〔訳〕）	5〜170
クレイグ・ライスについて（江戸川乱歩）	
	171〜173
幸運な死体《小説》（クレイグ・ライス〔著〕，平井喬〔訳〕）	174〜327

第8巻第8号（51号） 所蔵あり
1955年12月10日発行　340頁　150円

恋はからくり《小説》（J・M・ケイン〔著〕，平井イサク〔訳〕）	5〜100
ハードボイルドについて（江戸川乱歩）	
	101〜103
ネヴァダ・ガス《小説》（R・チャンドラー〔著〕，長谷川修二〔訳〕）	104〜140
スペインの血《小説》（R・チャンドラー〔著〕，能島武文〔訳〕）	141〜178
笑う狐《小説》（フランク・グルウバア〔著〕，小山内徹〔訳〕）	179〜338

第9巻第1号（52号） 所蔵あり
1956年1月10日発行　368頁　130円

受賞した作家たち《口絵》	5〜8
新月《小説》（木々高太郎）	10〜22
クラブ賞受賞者とその作品（中島河太郎）	
	23〜25
原子病患者《小説》（高木彬光）	26〜41
感想（高木彬光）	27
能面の秘密《小説》（坂口安吾）	42〜60
フランス粋艶集	61
ある決闘《小説》（水谷準）	62〜77
「ある決闘」について（水谷準）	63
日本探偵小説の系譜（江戸川乱歩）	78〜91
道楽の余得（江戸川乱歩）	79
眼中の悪魔《小説》（山田風太郎）	92〜121
「眼中の悪魔」について（山田風太郎）	93
涅槃雪《小説》（大坪砂男）	122〜134
新人らしく生真面目に（大坪砂男）	123
新映画（好）	135
殺人乱数表《小説》（永瀬三吾）	136〜153
うらばなし（永瀬三吾）	137
海鰻荘奇談（香山滋）	154〜184
感想（香山滋）	155
睡蓮夫人《小説》（氷川瓏）	185〜197
幻想小説の道《小説》（氷川瓏）	186
戦士への星《小説》（M・W・ウェルマン〔著〕，宇野利泰〔訳〕）	198〜217
E・Q・M・M賞に就て（宇野利泰）	201
雪崩《小説》（鷲尾三郎）	218〜262
「雪崩」（鷲尾三郎）	219
新映画（好）	263
佐門谷《小説》（丘美丈二郎）	264〜278
新映画（好）	279
社会部記者《小説》（島田一男）	280〜307
ブン屋諸兄へ感謝（島田一男）	281
泣虫小僧《小説》（横溝正史）	308〜329
柳下家の真理《小説》（大下宇陀児）	
	330〜368
「柳下家の真理」覚書（大下宇陀児）	331
発刊の理由	368

第9巻第2号（53号） 所蔵あり
1956年2月10日発行　332頁　150円

伯母の死《小説》（C・H・B・キッチン〔著〕，宇野泰〔訳〕）	5〜128
三人の英作家（江戸川乱歩）	129〜131
孔雀の樹《小説》（G・H・チェスタトン〔著〕，小酒井不木〔訳〕）	132〜178
証拠の問題《小説》（ニコラス・ブレーク〔著〕，小山内徹〔訳〕）	179〜332

第9巻第3号（54号） 所蔵あり
1956年4月15日発行　285頁　140円

突然アリスは消えた《小説》（アイリッシュ〔著〕，清水俊二〔訳〕）	5〜36

27 『別冊宝石』

コカイン《小説》（アイリッシュ〔著〕，妹尾アキ
　夫〔訳〕）‥‥‥‥‥‥‥‥‥‥‥　37〜72
ウールリッチ＝アイリッシュについて(江戸川
　乱歩)‥‥‥‥‥‥‥‥‥‥‥‥‥‥‥　73
夜の真珠《小説》（アイリッシュ〔著〕，妹尾アキ
　夫〔訳〕）‥‥‥‥‥‥‥‥‥‥‥　74〜102
夜は千の眼を持つ《小説》（アイリッシュ〔著〕，
　平井喬〔訳〕）‥‥‥‥‥‥‥‥　103〜285

第9巻第4号(55号)　所蔵あり
1956年5月15日発行　366頁　150円

大空の死《小説》（アガサ・クリスティ〔著〕，小
　山内徹〔訳〕）‥‥‥‥‥‥‥‥‥　5〜163
クリスチー略伝(江戸川乱歩)‥‥‥‥　164〜165
負け犬《小説》（アガサ・クリスティ〔著〕，都筑
　道夫〔訳〕）‥‥‥‥‥‥‥‥‥　166〜214
なぜエヴァンスに頼まなかつたんだ?《小説》
　（アガサ・クリスティ〔著〕，平井イサク
　〔訳〕）‥‥‥‥‥‥‥‥‥‥‥　215〜366

第9巻第5号(56号)　所蔵あり
1956年6月15日発行　408頁　150円

二銭銅貨《小説》（江戸川乱歩）‥‥‥　10〜25
琥珀のパイプ《小説》（甲賀三郎）‥‥　26〜39
金口の巻煙草《小説》（大下宇陀児）‥　40〜52
風車《小説》‥‥‥‥‥‥‥‥‥‥‥‥　51
ある鎮魂曲《小説》（服部修太郎）‥‥‥‥　53
シャンプオル氏事件の顛末《小説》（城昌
　幸）‥‥‥‥‥‥‥‥‥‥‥‥‥　54〜62
月光の部屋《小説》（水谷準）‥‥‥‥　64〜73
泥棒(T)‥‥‥‥‥‥‥‥‥‥‥‥‥‥　72
監獄部屋《小説》（羽志主水）‥‥‥‥　74〜79
夜間飛行(T)‥‥‥‥‥‥‥‥‥‥‥‥　77
山名耕作の不思議な生活《小説》（横溝正史）
　‥‥‥‥‥‥‥‥‥‥‥‥‥‥‥　80〜93
可哀そうな姉《小説》（渡辺温）‥‥　94〜101
鏡(T)‥‥‥‥‥‥‥‥‥‥‥‥‥‥　101
闘争《小説》（小酒井不木）‥‥‥　102〜118
雨に笑う《小説》（服部修太郎）‥‥‥‥　119
正義《小説》（浜尾四郎）‥‥‥‥　120〜137
振動魔《小説》（海野十三）‥‥‥　138〜152
トランプ(T)‥‥‥‥‥‥‥‥‥‥‥　151
愛慾埃及学《小説》（渡辺啓助）‥　154〜164
カーニバル(T)‥‥‥‥‥‥‥‥‥‥　163
白菊《小説》（夢野久作）‥‥‥‥　166〜177
とむらい機関車《小説》（大阪圭吉）
　‥‥‥‥‥‥‥‥‥‥‥‥‥‥　178〜193
オフェリヤ殺し《小説》（小栗虫太郎）
　‥‥‥‥‥‥‥‥‥‥‥‥‥‥　194〜219
虹の囁き《小説》（蘭郁二郎）‥‥　220〜231
鬼秋《小説》（角田喜久雄）‥‥‥　232〜246

KYOTO(臼井喜之介)‥‥‥‥‥‥‥　247
黒い手帳《小説》（久生十蘭）‥‥　248〜263
鍵(T)‥‥‥‥‥‥‥‥‥‥‥‥‥‥　261
永遠の女囚《小説》（木々高太郎）　264〜279
モノクル(T)‥‥‥‥‥‥‥‥‥‥‥　277
鯵屋敷の秘密《小説》（香山滋）‥　280〜292
天狗《小説》（大坪砂男）‥‥‥‥　294〜301
虚像淫楽《小説》（山田風太郎）‥　302〜319
社会部記者《小説》（島田一男）‥　320〜341
葡萄酒‥‥‥‥‥‥‥‥‥‥‥‥‥‥　339
殺意《小説》（高木彬光）‥‥‥‥　342〜351
長城に殺される《小説》（永瀬三吾）
　‥‥‥‥‥‥‥‥‥‥‥‥‥‥　352〜364
猫(T)‥‥‥‥‥‥‥‥‥‥‥‥‥‥　363
心霊殺人事件《小説》（坂口安吾）　366〜387
赤い夜《小説》（日影丈吉）‥‥‥　388〜404
三十五年間の秀作(中島河太郎)‥‥　405〜408
編集後記(永瀬)‥‥‥‥‥‥‥‥‥‥　408

57号
欠番

第9巻第6号(58号)　所蔵あり
1956年8月15日発行　356頁　150円

15人の名料理長《小説》（レックス・スタウト
　〔著〕，平井イサク〔訳〕）‥‥‥‥　5〜154
スタウトについて(江戸川乱歩)‥‥　155〜157
死の招待《小説》（レックス・スタウト〔著〕，長
　谷川修二〔訳〕）‥‥‥‥‥‥‥　158〜217
語らぬ講演者《小説》（レックス・スタウト〔著〕，
　千代有三〔訳〕）‥‥‥‥‥‥‥　218〜355

第9巻第7号(59号)　所蔵あり
1956年10月15日発行　340頁　150円

短気な娘《小説》（E・S・ガードナア〔著〕，田
　中潤司〔訳〕）‥‥‥‥‥‥‥‥‥　5〜160
ガードナア雑記(江戸川乱歩)‥‥‥　161〜165
白い羽根《小説》（E・S・ガードナア〔著〕，妹
　尾留夫〔訳〕）‥‥‥‥‥‥‥‥　166〜199
検事・燭を掲ぐ《小説》（E・S・ガードナア〔著〕，
　小山内徹〔訳〕）‥‥‥‥‥‥‥　200〜340

第9巻第8号(60号)　所蔵あり
1956年11月15日発行　360頁　130円

狐とキリスト《小説》（有馬頼義）‥　10〜25
限定版(t)‥‥‥‥‥‥‥‥‥‥‥‥‥　22
そんな筈がない《小説》（藤沢桓夫）‥　26〜44
銀座の柳(下田まり)‥‥‥‥‥‥‥‥　45
人間競馬《小説》（船山馨）‥‥‥‥　46〜78
薔薇の秘密《小説》（林房雄）‥‥‥　80〜109

318

27 『別冊宝石』

深夜の虹《小説》（火野葦平）‥‥‥‥　110～143
予言《小説》（久生十蘭）‥‥‥‥‥　144～154
続・ピストル談義（下田鮎太）‥‥‥‥‥‥‥　155
岬の白い洋館《小説》（今井達夫）　156～172
ちょっとした探偵《漫画》（加藤八郎）‥‥　173
黄色い鞄《小説》（井上靖）‥‥‥　174～188
石像《小説》（小山いと子）‥‥‥　190～209
薔薇（t）‥‥‥‥‥‥‥‥‥‥‥‥‥‥‥　207
シャーシャー漫画《漫画》（久里洋二）
‥‥‥‥‥‥‥‥‥‥‥‥‥‥‥　210～213
反射《小説》（松本清張）‥‥‥‥　214～230
地図（t）‥‥‥‥‥‥‥‥‥‥‥‥‥‥‥　229
ババア悪魔《漫画》（長新太）‥‥‥‥‥‥　231
夫人の恐怖《小説》（南川潤）‥‥　232～249
救いを求める声《小説》（中村真一郎）
‥‥‥‥‥‥‥‥‥‥‥‥‥‥‥　250～261
春の夜の出来事《小説》（大岡昇平）
‥‥‥‥‥‥‥‥‥‥‥‥‥‥‥　262～269
影のない犯人《小説》（坂口安吾）270～279
恐怖王の死《小説》（寒川光太郎）280～291
鉛筆（t）‥‥‥‥‥‥‥‥‥‥‥‥‥‥‥　289
陳述《小説》（佐藤春夫）‥‥‥‥　292～312
罪なき罪《小説》（椎名麟三）‥‥　314～333
ゴルフ（t）‥‥‥‥‥‥‥‥‥‥‥‥‥‥　331
ゴーストップ《小説》（武田泰淳）334～343
十一郎会事件《小説》（梅崎春生）344～356
ベストセラー（t）‥‥‥‥‥‥‥‥‥‥‥　352
聖書（t）‥‥‥‥‥‥‥‥‥‥‥‥‥‥‥　355

第9巻第9号（61号）　所蔵あり
1956年12月15日発行　308頁　150円
かくして殺人へ《小説》（デイクソン・カー〔著〕,
　長谷川修二〔訳〕）‥‥‥‥‥‥‥　5～151
カーについて（江戸川乱歩）‥‥‥　152～153
二つの死《小説》（デイクソン・カー〔著〕,宇野
　利泰〔訳〕）‥‥‥‥‥‥‥‥‥　154～168
新透明人間《小説》（デイクソン・カー〔著〕,邦
　枝輝夫〔訳〕）‥‥‥‥‥‥‥‥　169～180
銀色のカーテン《小説》（デイクソン・カー〔著〕,
　妹尾韶夫〔訳〕）‥‥‥‥‥‥‥　181～194
盲目の理髪師〈1〉《小説》（デイクソン・カー
　〔著〕,北村栄三〔訳〕）‥‥‥‥　195～306

第10巻第1号（62号）　所蔵あり
1957年1月5日発行　392頁　140円
不幸な姉弟《小説》（坂井薫）‥‥‥‥　10～26
ジゴマ（t）‥‥‥‥‥‥‥‥‥‥‥‥‥‥　25
石弓と茶色の逆説《小説》（茶須田屯）
‥‥‥‥‥‥‥‥‥‥‥‥‥‥‥‥　27～41
ネクタイ（t）‥‥‥‥‥‥‥‥‥‥‥‥‥　41

われら集いて死者を悼む《小説》（膳哲之助）
‥‥‥‥‥‥‥‥‥‥‥‥‥‥‥‥　42～55
画布と胸像《小説》（高原虹路）‥‥　56～67
いやな事件《小説》（鈴木五郎）‥‥　68～79
知らなかった男《小説》（服部洋）‥　80～93
幻影の窓《小説》（栄田杏太郎）‥　94～107
唖の女《小説》（西川斗志也）‥‥　108～121
遍路《小説》（上岡健）‥‥‥‥‥　122～136
夜光虫《小説》（重賀幸雄）‥‥‥　137～151
予選者曰く（阿部主計）‥‥‥‥‥‥‥‥　151
自動車殺人事件《小説》（仏三吉）152～167
新映画（関口）‥‥‥‥‥‥‥‥‥‥‥‥　167
恐ろしき風説《小説》（糸伊川秀雄）
‥‥‥‥‥‥‥‥‥‥‥‥‥‥‥　168～183
予選の感想（黒部竜二）‥‥‥‥‥　182～183
新進作家殺人事件《小説》（守門賢太郎）
‥‥‥‥‥‥‥‥‥‥‥‥‥‥‥　184～199
ダイヤモンド協会《小説》（八木史夫）
‥‥‥‥‥‥‥‥‥‥‥‥‥‥‥　200～214
わたしも言えない《小説》（長房夫）
‥‥‥‥‥‥‥‥‥‥‥‥‥‥‥　215～229
鉄の棒で《小説》（矢島義雄）‥‥　230～244
暦（t）‥‥‥‥‥‥‥‥‥‥‥‥‥‥‥　241
クレオパトラの毒蛇《小説》（黒木曜之助）
‥‥‥‥‥‥‥‥‥‥‥‥‥‥‥　245～259
ボタン（t）‥‥‥‥‥‥‥‥‥‥‥‥‥‥　259
画商殺人事件《小説》（真木俊之介）
‥‥‥‥‥‥‥‥‥‥‥‥‥‥‥　260～274
恋愛勘定《小説》（鋭頭薄利）‥‥　275～289
乱反射《小説》（真継二郎）‥‥‥　290～306
呪いの夜《小説》（智山安宏）‥‥　307～321
オブジエ殺人事件《小説》（竹谷正）
‥‥‥‥‥‥‥‥‥‥‥‥‥‥‥　322～337
入選洩れの方々へ（永瀬三吾）‥‥　336～337
旅の男《小説》（安永一郎）‥‥‥　338～352
二千円に纏る物語《小説》（松原佳成）
‥‥‥‥‥‥‥‥‥‥‥‥‥‥‥　353～367
戦慄と笑いの漫画家アダムス（t）‥‥‥‥　367
悪魔のような女《小説》（椰子力）‥　368～392

第10巻第2号（63号）　所蔵あり
1957年2月15日発行　383頁　150円
この眼で見たんだ《小説》（デイクソン・カー
　〔著〕,長谷川修二〔訳〕）‥‥‥‥　5～148
盲目の理髪師〈2・完〉《小説》（デイクソン・
　カー〔著〕,北村栄三〔訳〕）‥‥　149～234
一角獣殺人事件《小説》（デイクソン・カー〔著〕,
　田中潤司〔訳〕）‥‥‥‥‥‥‥　235～383

第10巻第3号（64号）　所蔵あり
1957年3月10日発行　342頁　150円
横溝正史アルバム《口絵》‥‥‥‥‥‥　4～6

319

27 『別冊宝石』

黒猫亭事件《小説》(横溝正史) ········ 7〜65
廃園の鬼《小説》(横溝正史) ········ 66〜95
1/3世紀前の思い出(水谷準) ····· 96〜99
蠟美人《小説》(横溝正史) ······· 100〜140
横溝正史氏略歴(久保友江) ············ 141
恐ろしきエイプリル・フール《小説》(横溝正史) ························· 142〜145
鴉《小説》(横溝正史) ··········· 146〜173
横溝正史論(中島河太郎) ········ 174〜178
獄門島《小説》(横溝正史) ······· 179〜338

第10巻第4号(65号)　所蔵あり
1957年4月15日発行　332頁　150円

呪われた週末《小説》(P・クェンティン〔著〕, 平井イサク〔訳〕) ··········· 5〜139
三作家小伝(江戸川乱歩) ········ 140〜142
トロイの馬《小説》(P・A・テイラー〔著〕, 邦枝輝夫〔訳〕) ············· 143〜184
舞台稽古殺人事件《小説》(F・&R・ロックリッジ〔著〕, 小山内徹〔訳〕) ····· 185〜330

第10巻第5号(66号)　所蔵あり
1957年5月15日発行　308頁　150円

墜ちた雀《小説》(ドロシー・ヒューズ〔著〕, 北村栄三〔訳〕) ··············· 5〜170
情熱の殺人《小説》(ドロシー・ヒューズ〔著〕, 邦枝輝夫〔訳〕) ············ 171〜179
ドロシイ・ヒューズについて(江戸川乱歩) ························· 180〜181
影なき恐怖《小説》(ドロシー・ヒューズ〔著〕, 平井喬〔訳〕) ············· 182〜304

第10巻第6号(67号)　所蔵あり
1957年6月15日発行　366頁　150円

大下宇陀児アルバム《口絵》 ········· 4〜6
鉄の舌《小説》(大下宇陀児) ········ 7〜109
嘘つきアパート《小説》(大下宇陀児) ························· 110〜123
探偵小説懸賞募集(「宝石」編集部) ······· 123
昔々あるところに(水谷準) ······· 124〜126
親友《小説》(大下宇陀児) ······· 127〜143
大下宇陀児論(中島河太郎) ······· 144〜151
怪異の変装者《小説》(大下宇陀児) ························· 152〜174
青ライオン《小説》(大下宇陀児) ··· 175〜181
大下宇陀児を語る《座談会》(黒部竜二, 阿部主計, 楠田匡介, 大下宇陀児, 永瀬三吾) ························· 182〜190
悪党元一《小説》(大下宇陀児) ···· 191〜206
青春無頼《小説》(大下宇陀児) ···· 208〜227
大下宇陀児氏略歴(久保友江) ····· 228〜232

金色藻《小説》(大下宇陀児) ······· 233〜366

第10巻第7号(68号)　所蔵あり
1957年7月15日発行　340頁　150円

水車場の秘密《小説》(マージェリー・アリンガム〔著〕, 村崎敏郎〔訳〕) ········· 5〜168
三女流作家の小伝(江戸川乱歩) ····· 169〜171
西洋の星《小説》(アガサ・クリスティー〔著〕, 田中潤司〔訳〕) ············· 172〜189
病院殺人事件《小説》(ナイオ・マーシュ〔著〕, 妹尾韶夫〔訳〕) ············· 192〜340

第10巻第8号(69号)　所蔵あり
1957年8月15日発行　334頁　150円

島田一男アルバム《口絵》 ··········· 4〜6
錦絵殺人事件《小説》(島田一男) ····· 7〜117
天使の手《小説》(島田一男) ······ 118〜131
十三度目の女《小説》(島田一男) ··· 132〜145
無花果屋敷《小説》(島田一男) ···· 146〜156
信号は赤だ《小説》(島田一男) ···· 157〜180
島田一男作品目録(中島河太郎〔編〕) ························· 181〜183
島田一男を語る《座談会》(島田一男, 中島河太郎, 黒部竜二) ············· 184〜189
疲れをしらぬ機関車(山田風太郎) ························· 200〜201
失われたペダントリー(高木彬光) ························· 201〜203
島田一男氏略歴(久保友江) ············ 203
アリバイ売ります《小説》(島田一男) ························· 204〜220
島田一男論(中島河太郎) ········ 221〜226
東京暗黒街《小説》(島田一男) ···· 228〜330

第10巻第9号(70号)　所蔵あり
1957年9月15日発行　332頁　150円

殺人と半処女《小説》(ブレット・ハリデー〔著〕, 小山内徹〔訳〕) ············· 5〜127
ダイヤのジャック《小説》(Q・パトリック〔著〕, 田中潤司〔訳〕) ············· 128〜175
百万ドルの動機《小説》(ブレット・ハリデー〔著〕, 長谷川修二〔訳〕) ······· 176〜191
三作家の横顔(江戸川乱歩) ······· 192〜194
九人と死人で十人だ《小説》(カーター・ディクスン〔著〕, 旗森真太郎〔訳〕) ························· 195〜332

第10巻第10号(71号)　所蔵あり
1957年10月15日発行　332頁　150円

悪魔を見た処女《小説》(E・デリコ〔著〕, 江杉寛〔訳〕) ················· 5〜95

山には犯罪なし《小説》(レイモンド・チャンドラー〔著〕,砧一郎〔訳〕) ……… 96〜152
黄金の二十(エラリー・クイーン〔著〕,厚木淳〔訳〕) …………………… 153〜159
正反対《小説》(E・S・ガードナー〔著〕,妹尾韶夫〔訳〕) ……………… 160〜191
闇のなかの顔《小説》(L・T・ミード/R・ユー〔著〕,佐伯新一郎〔訳〕) … 192〜206
フランス探小界展望 ……………… 205
本号の九作家について(江戸川乱歩)
　　　　　　　　　　　　　　　207〜209
三つのレンブラント《小説》(ジョルジュ・シムノン〔著〕,水谷準〔訳〕) … 210〜215
争いの元《小説》(ドロシー・L・セイヤーズ〔著〕,長谷川修二〔訳〕) …… 216〜261
盗まれたネックレス《小説》(アガサ・クリスティー〔著〕,田中潤司〔訳〕) … 262〜276
夢なら醒めよ《小説》(コーネル・ウールリッチ〔著〕,小山内徹〔訳〕) …… 278〜330

第10巻第11号(72号)　所蔵あり
1957年12月15日発行　378頁　150円
木々高太郎アルバム《口絵》 ……… 4〜8
看護婦殺人事件《小説》(木々高太郎)
　　　　　　　　　　　　　　　　12〜26
恋の痛手 ……………………………… 24
秘密思考《小説》(木々高太郎) …… 27〜36
孤島のキリスト《小説》(木々高太郎)
　　　　　　　　　　　　　　　　37〜39
人生遊戯《小説》(木々高太郎) …… 40〜49
デイト ………………………………… 48
合理主義とヒューマニズム(関義一郎)
　　　　　　　　　　　　　　　　50〜57
科学者の智恵と文学者の智恵(川村尚敬)
　　　　　　　　　　　　　　　　58〜63
シグナル ……………………………… 61
ロマンス・グレイ ……………………… 63
借金鬼《小説》(碧川浩一) ………… 64〜83
碧川浩一(木々高太郎) ……………… 65
消えぬ過去《小説》(嘉門真) …… 84〜106
嘉門 真(木々高太郎) ……………… 87
成仏《小説》(成瀬圭次郎) ……… 107〜123
成瀬圭次郎(木々高太郎) …………… 111
紅吹雪《小説》(伊東詢) ………… 124〜133
伊東 詢(木々高太郎) ……………… 125
火傷《小説》(藤井千鶴子) ……… 134〜156
藤井千鶴子(木々高太郎) …………… 137
兄弟たちは去った《小説》(水城顕)
　　　　　　　　　　　　　　　157〜175
水城 顕(木々高太郎) ……………… 158

六人の新人を推薦する(木々高太郎)
　　　　　　　　　　　　　　　174〜175
木々高太郎論(中島河太郎) ……… 176〜183
一つの態度(大下宇陀児) ………… 184〜185
俳優座での印象(楢田薫) ………… 185〜187
木々高太郎さんのこと(有馬頼義)
　　　　　　　　　　　　　　　187〜189
還暦おめでとうございます(永井一夫)
　　　　　　　　　　　　　　　189〜190
木々さんの将棋(角田喜久雄) …… 190〜191
個性スペクトル(富田恒男) ……… 191〜193
木々さんのデビュー(水谷準) …… 193〜194
華甲の先生(栖原六郎) …………… 194〜195
三つの関係(江戸川乱歩) ………… 195〜197
詩集《詩》(佐和浜次郎) ………… 198〜209
わが女のイニシアル《脚本》(佐和浜次郎)
　　　　　　　　　　　　　　　210〜264
木々高太郎年譜(永瀬三吾〔編〕) … 265〜273
彼の求める影《小説》(木々高太郎)
　　　　　　　　　　　　　　　274〜378

第11巻第1号(73号)　所蔵あり
1958年1月15日発行　340頁　150円
死の殻《小説》(ニコラス・ブレーク〔著〕,長谷川修二〔訳〕) …………… 5〜162
三人が招いた死《小説》(アーヴィン・S・コップ〔著〕,田中小実昌〔訳〕) … 163〜178
医師とその妻と時計《小説》(A・K・グリーン〔著〕,川島節夫〔訳〕) …… 179〜216
誰でも彼でも《小説》(ダシエル・ハメット〔著〕,砧一郎〔訳〕) ………… 218〜233
堕天使の冒険《小説》(パーシヴァル・ワイルド〔著〕,橋本福夫〔訳〕) …… 234〜269
二つの左靴《小説》(アーネスト・ブラーマ〔著〕,宇野利泰〔訳〕) ……… 270〜295
八人の探偵作家(江戸川乱歩) …… 296〜300
鋼鉄の部屋の秘密《小説》(トーマス・W・ハンシュウ〔著〕,西田政治〔訳〕)
　　　　　　　　　　　　　　　302〜317
第二のドラ《小説》(アガサ・クリスティー〔著〕,田中潤司〔訳〕) ……… 318〜338

第11巻第2号(74号)　所蔵あり
1958年2月15日発行　392頁　150円
ボンソワァル・ムッシュウ《小説》(大門健)
　　　　　　　　　　　　　　　　10〜21
戦後感(中島河太郎) ………………… 21
五人のマリア《小説》(菱形伝次) …… 22〜34
母子像 ………………………………… 35
美人のメード ………………………… 51
昇華した男《小説》(迫羊太郎) …… 52〜64
宝石と幻想《小説》(山浦正為) …… 66〜81

サルドニクスの笑《小説》(鷹野宏) ‥‥ 82～95
好古学 ‥‥‥‥‥‥‥‥‥‥‥‥‥‥ 94
急行電車殺人事件《小説》(藤岡策太郎)
‥‥‥‥‥‥‥‥‥‥‥‥‥‥ 96～110
恐怖の報酬 ‥‥‥‥‥‥‥‥‥‥‥ 109
戸の隙間《小説》(猪股聖吾) ‥‥ 111～125
兄と妹の話《小説》(山本稲夫) ‥‥ 126～143
予選者の一人として(阿部主計) ‥‥‥ 141
二号炉の殺人《小説》(新井澄男) ‥ 144～159
風の便り《小説》(竹村直伸) ‥‥ 160～173
狙われた女《小説》(川野京輔) ‥‥ 174～188
第三の男 ‥‥‥‥‥‥‥‥‥‥‥‥ 187
夕闇はすべてを包む《小説》(大坪零子)
‥‥‥‥‥‥‥‥‥‥‥‥‥‥ 189～205
予選を終えて(黒部竜二) ‥‥‥‥‥ 205
両刃の短剣《小説》(小日向隆) ‥‥ 206～221
闇は死を招く《小説》(加藤邦雄) ‥ 222～239
未完の遺書《小説》(茂利樹夫) ‥‥ 240～255
暗い雨期の記憶《小説》(後藤幸次郎)
‥‥‥‥‥‥‥‥‥‥‥‥‥‥ 256～268
地から湧いた男《小説》(黒木曜之助)
‥‥‥‥‥‥‥‥‥‥‥‥‥‥ 269～283
黒衣の女《小説》(谷山久) ‥‥‥ 284～297
計画の通り《小説》(松崎泰二) ‥‥ 298～311
選後感想(渡辺剣次) ‥‥‥‥‥‥‥ 311
靴屋の小僧《小説》(矢島義雄) ‥‥ 312～327
黒の罠《小説》(膳哲之助) ‥‥‥ 328～343
スタジオ殺人事件《小説》(湯谷晃)
‥‥‥‥‥‥‥‥‥‥‥‥‥‥ 344～359
予告された死《小説》(鈴木五郎) ‥ 360～374
ホラフキ村 ‥‥‥‥‥‥‥‥‥‥‥ 373
よみがえるブリック・トップ《小説》(吉田千秋)
‥‥‥‥‥‥‥‥‥‥‥‥‥‥ 376～392

第11巻第3号(75号)　　所蔵あり
1958年3月15日発行　340頁　150円

青いゼラニウム《小説》(アガサ・クリスティ
〔著〕, 阿部主計〔訳〕)‥‥‥‥‥ 6～21
目撃者《小説》(ロバート・アーサ〔著〕, 長谷川
修二〔訳〕) ‥‥‥‥‥‥‥‥ 22～35
西部から来た叔母さん《小説》(ステュアート・
パーマー〔著〕, 田中小実昌〔訳〕)
‥‥‥‥‥‥‥‥‥‥‥‥‥‥ 36～47
玄関の鍵《小説》(フレデリック・I・アンダスン
〔著〕, 砧一郎〔訳〕)‥‥‥‥‥ 48～65
黄金のカップ《小説》(フランク・グルウバー〔著〕,
西田政治〔訳〕)‥‥‥‥‥ 66～75
三つのR《小説》(エラリイ・クイーン〔著〕, 宇
野利泰〔訳〕) ‥‥‥‥‥‥‥ 76～96
定期巡視《小説》(ジエイムズ・B・ヘンドリクス
〔著〕, 桂英二〔訳〕) ‥‥‥‥ 97～109

葬儀屋モンタルバ氏の冒険《小説》(H・F・ハード
〔著〕, 田路千年〔訳〕) ‥‥‥ 110～131
白いカーネーション《小説》(Q・パトリック
〔著〕, 山田摩耶〔訳〕) ‥‥‥ 132～146
地下鉄《小説》(ウィリアム・アイリッシュ〔著〕,
小山内徹〔訳〕) ‥‥‥‥‥ 147～163
大統領殺人事件《小説》(ミシェル・ジョルジュ・
ミシェル〔著〕, 水谷準〔訳〕)
‥‥‥‥‥‥‥‥‥‥‥‥‥‥ 164～196
カーほか十一作家の作品(江戸川乱歩)
‥‥‥‥‥‥‥‥‥‥‥‥‥‥ 197～199
絞首台の謎《小説》(ジョン・ディクスン・カー
〔著〕, 田中潤司〔訳〕) ‥‥‥ 200～336

第11巻第4号(76号)　　所蔵あり
1958年4月15日発行　326頁　150円

角田喜久雄アルバム《口絵》 ‥‥‥‥ 4～8
虹男《小説》(角田喜久雄) ‥‥‥‥ 7～187
四つの殺人《小説》(角田喜久雄) ‥ 188～202
怪奇を抱く壁《小説》(角田喜久雄)
‥‥‥‥‥‥‥‥‥‥‥‥‥‥ 204～221
沼垂の女《小説》(角田喜久雄) ‥‥ 222～231
角田喜久雄論(中島河太郎) ‥‥‥ 232～237
二月の悲劇《小説》(角田喜久雄) ‥ 238～251
悪魔のような女《小説》(角田喜久雄)
‥‥‥‥‥‥‥‥‥‥‥‥‥‥ 252～267
角田君への期待(大下宇陀児) ‥‥ 268～269
投書, 将棋, ゴルフ(水谷準) ‥‥ 269～270
背骨のある優等生(江戸川乱歩) ‥ 270～272
湯ケ島の将棋(萱原宏一) ‥‥‥ 272～273
恐しき貞女《小説》(角田喜久雄) ‥ 274～287
角田喜久雄略歴並びに作品目録 ‥‥ 288～289
霊魂の足《小説》(角田喜久雄) ‥ 290～326

第11巻第5号(77号)　　所蔵あり
1958年6月15日発行　332頁　150円

チャーリイは今夜もいない《小説》(コーネル・
ウールリッチ〔著〕, 田中小実昌〔訳〕)
‥‥‥‥‥‥‥‥‥‥‥‥‥‥ 6～31
ちょっとした不思議な事件《小説》(E・C・ベン
トレイ〔著〕, 西田政治〔訳〕)
‥‥‥‥‥‥‥‥‥‥‥‥‥‥ 32～45
踏切《小説》(フリーマン・ウィルズ・クロフツ
〔著〕, 長谷川修二〔訳〕) ‥‥‥‥‥ 46～59
女は魔もの《小説》(ブレット・ハリデー〔著〕,
早川節夫〔訳〕) ‥‥‥‥‥‥ 60～70
ワトスンは女性であつた(レックス・スタウト
〔著〕, 黒田弘子〔訳〕) ‥‥‥ 71～79
あとがき(長沼弘毅) ‥‥‥‥‥‥‥ 79
五千ポンドの接吻《小説》(レスリー・チャーテ
リス〔著〕, 山田摩耶〔訳〕) ‥‥ 80～93

殺された猫《小説》（エラリイ・クイーン〔著〕，宇野利泰〔訳〕）・・・・・・・・・・ 94〜114
三本の蠟燭の家《小説》（E・S・ガードナー〔著〕，長沼弘毅〔訳〕）・・・・・・ 116〜123
影《小説》（ベン・ヘクト〔著〕，厚木淳〔訳〕）・・・・・・・・・・・・・・・・・・・・・・ 124〜139
二重自殺事件《小説》（ピエール・ボアロオ〔著〕，水谷準〔訳〕）・・・・・・・ 140〜155
相伴婦《小説》（アガサ・クリスティ〔著〕，阿部主計〔訳〕）・・・・・・・・・・・ 156〜172
夜の明ける前に《小説》（エリック・アンブラー〔著〕，小山内徹〔訳〕）・・・・・・・ 173〜330

第11巻第6号（78号）　所蔵あり
1958年7月15日発行　362頁　150円
久生十蘭・夢野久作アルバム《口絵》・・・・・・・・・・・・・・・・・・・・・・・・・・・・・ 7〜10
金狼《小説》（久生十蘭）・・・・・・・・・ 11〜89
巡査辞職《小説》（夢野久作）・・・・・ 90〜117
ハムレット《小説》（久生十蘭）・・・・ 118〜143
亡き父・夢野久作を偲んで（杉山竜丸）・・・・・・・・・・・・・・・・・・・・・・・・・・・ 144〜147
夢野久作回想（喜多実）・・・・・・・・・・ 147〜148
母子像《小説》（久生十蘭）・・・・・・・ 149〜155
人間腸詰《小説》（夢野久作）・・・・・ 156〜173
久生十蘭と夢野久作（中島河太郎）・・・・・・・・・・・・・・・・・・・・・・・・・・・・・・・ 174〜179
鈴木主水《小説》（久生十蘭）・・・・・ 180〜192
悪魔祈祷書《小説》（夢野久作）・・・ 193〜203
あの日（久生幸子）・・・・・・・・・・・・・・ 204〜205
十蘭憶い出すまま（今日出海）・・・・ 205〜207
墓地展望亭《小説》（久生十蘭）・・・ 208〜253
二人の鬼才を偲ぶ《座談会》（大下宇陀児，水谷準，土岐雄三）・・・・・・・・・・・ 254〜267
湖畔《小説》（久生十蘭）・・・・・・・・・ 268〜288
久生十蘭略歴（久生幸子）・・・・・・・・ 289
夢野久作略歴（杉山竜丸）・・・・・・・・ 290〜291
氷の涯《小説》（夢野久作）・・・・・・・ 292〜362

第11巻第7号（79号）　所蔵あり
1958年9月15日発行　264頁　150円
鼻かけ三重殺人事件《小説》（ヒュー・オースチン〔著〕，水谷準〔訳〕）・・・ 9〜79
人と作品・・・・・・・・・・・・・・・・・・・・・・・ 15
一つの論理的結末《小説》（E・S・ガードナー〔著〕，樺山楠夫〔訳〕）・・・・・ 80〜95
人と作品・・・・・・・・・・・・・・・・・・・・・・・ 83
暗闇から来た女《小説》（ダシェル・ハメット〔著〕，乾信一郎〔訳〕）・・・・・ 96〜112
痣《小説》（J・D・ベリスフォード〔著〕，黒沼健〔訳〕）・・・・・・・・・・・・・・ 114〜124

人と作品・・・・・・・・・・・・・・・・・・・・・・・ 117
塵除け眼鏡《小説》（M・D・ポースト〔著〕，西田政治〔訳〕）・・・・・・・・・ 125〜131
人と作品・・・・・・・・・・・・・・・・・・・・・・・ 127
獅子の顎《小説》（T・W・ハンシュー〔著〕，田中潤司〔訳〕）・・・・・・・・・ 132〜148
人と作品・・・・・・・・・・・・・・・・・・・・・・・ 134〜135
ヌウチ《小説》（ジョルジュ・シムノン〔著〕，静波尋〔訳〕）・・・・・・・・・・・ 150〜155
人と作品・・・・・・・・・・・・・・・・・・・・・・・ 153
サキソフォン・ソロ《小説》（G・R・マロック〔著〕，邦枝輝夫〔訳〕）・・・ 156〜174
人と作品・・・・・・・・・・・・・・・・・・・・・・・ 159
藪をつつく《小説》（E・V・ノックス〔著〕，宮園義郎〔訳〕）・・・・・・・・・ 175〜181
人と作品・・・・・・・・・・・・・・・・・・・・・・・ 177
アルミニュームの短剣《小説》（オースチン・フリーマン〔著〕，妹尾韶夫〔訳〕）・・・・・・・・・・・・・・・・・・・・・・ 182〜196
人と作品《小説》・・・・・・・・・・・・・・・・ 185
蜘蛛《小説》（H・H・エーヴェルス〔著〕，斎藤和久〔訳〕）・・・・・・・・・・・ 197〜215
人と作品・・・・・・・・・・・・・・・・・・・・・・・ 199
感謝祭の老紳士《小説》（オー・ヘンリ〔著〕，坂本三春〔訳〕）・・・・・・・・・ 216〜219
人と作品・・・・・・・・・・・・・・・・・・・・・・・ 217
Q《小説》（スティーヴン・リイコック〔著〕，佐伯新一郎〔訳〕）・・・・・・・・ 220〜227
人と作品・・・・・・・・・・・・・・・・・・・・・・・ 223
野球場殺人事件《小説》（エラリー・クイーン〔著〕，小山内徹〔訳〕）・・・・ 228〜238
人と作品・・・・・・・・・・・・・・・・・・・・・・・ 231
ゼロ《小説》（S・A・ステーマン〔著〕，水谷準〔訳〕）・・・・・・・・・・・・・・・ 239〜264
人と作品・・・・・・・・・・・・・・・・・・・・・・・ 241

第11巻第8号（80号）　所蔵あり
1958年10月15日発行　360頁　150円
鉛の虫《小説》（大下宇陀児）・・・・・ 10〜22
探偵小説作家《小説》（楠田匡介）・ 23〜39
窓は敲かれず《小説》（水谷準）・・・ 40〜54
廃園の扉《小説》（宮野村子）・・・・・ 56〜71
蔦のある家《小説》（角田喜久雄）・ 72〜85
鶏の腸《小説》（朝山蜻一）・・・・・・・ 86〜99
防空壕《小説》（江戸川乱歩）・・・・・ 100〜112
指《小説》（山村正夫）・・・・・・・・・・・ 113〜129
三十六人の乗客《小説》（有馬頼義）・・・・・・・・・・・・・・・・・・・・・・・・・・・・・・・ 130〜147
断崖《小説》（永瀬三吾）・・・・・・・・・ 148〜161
処女水《小説》（香山滋）・・・・・・・・・ 162〜173
魔女物語《小説》（渡辺啓助）・・・・・ 174〜195

27 『別冊宝石』

遺書《小説》（大河内常平）………… 196〜209
司祭館の殺人《小説》（山田風太郎）
　………………………………………… 210〜229
戦後探偵小説の鳥瞰図（中島河太郎）
　………………………………………… 230〜233
木曜日の女《小説》（日影丈吉）…… 234〜254
艶隠者《小説》（城昌幸）…………… 256〜263
太陽の眼《小説》（島田一男）……… 264〜279
女臭《小説》（鷲尾三郎）…………… 280〜295
生ける人形《小説》（横溝正史）…… 296〜307
死の湖畔《小説》（岡田鯱彦）……… 308〜319
共犯者《小説》（松本清張）………… 320〜336
二重人格《小説》（木々高太郎）…… 338〜360

第11巻第9号（81号）　所蔵あり
1958年11月15日発行　264頁　150円
口をきいた壜《小説》（エラリー・クィーン〔著〕,
　田中小実昌〔訳〕）………………… 9〜27
Ellery Queenとその作品 …………………… 11
中年夫人の事件《小説》（アガサ・クリスティー
　〔著〕,林峻一郎〔訳〕）…………… 28〜38
Agatha Christieとその作品 ………………… 31
冷血保安官《小説》（ロバート・アーサー〔著〕,
　長谷川修二〔訳〕）………………… 39〜43
Robert Arthurとその作品 …………………… 41
ダイヤの隠し場所《小説》（パーシヴァル・ワイ
　ルド〔著〕,橋本福夫〔訳〕）……… 44〜67
Percival・Wildeとその作品 ………………… 47
奇妙な遺産《小説》（レスリー・チヤーテリス
　〔著〕,水谷準〔訳〕）……………… 68〜81
Leslie Charterisとその作品 ………………… 71
洞窟の蜘蛛《小説》（L・J・ビーストン〔著〕,妹
　尾韶夫〔訳〕）……………………… 82〜91
L.J.Beestonとその作品 ……………………… 85
ある男と置時計《小説》（A・E・W・メイスン
　〔著〕,乾信一郎〔訳〕）…………… 92〜102
A.E.W. Masonとその作品《小説》………… 95
車ですか、お客さん？《小説》（コーネル・ウー
　ルリッチ〔著〕,小山内徹〔訳〕）
　………………………………………… 103〜121
C.Woolrichとその作品 ……………………… 105
人間が多すぎる《小説》（ダシエル・ハメット
　〔著〕,高橋泰邦〔訳〕）…………… 122〜137
Dashiell Hammettとその作品 ……………… 125
アストリア・ホテルの爆弾《小説》（ジョルジュ・
　シムノン〔著〕,松村喜雄〔訳〕）
　………………………………………… 138〜143
ベナレスへの道《小説》（T・S・ストリブリング
　〔著〕,宇野利泰〔訳〕）…………… 144〜171
T.S.Striblingとその作品 …………………… 147
あとがき ……………………………………… 171

何とした、オフィリヤ《小説》（クレイグ・ライ
　ス〔著〕,邦枝輝夫〔訳〕）………… 172〜187
Craig Riceとその作品 ……………………… 175
宝石サロン …………………………………… 188〜189
第三の弾丸《小説》（デイクスン・カー〔著〕,田
　中潤司〔訳〕）……………………… 190〜264
J.D. Carrとその作品《小説》……………… 195

第11巻第10号（82号）　所蔵あり
1958年12月15日発行　354頁　130円
フォート・クイズ《口絵》…………… 13〜14
無題（亀井勝一郎）…………………………… 15
中折帽子にいろけありや（長谷川春子）
　………………………………………… 16〜18
女の欲望（望月衛）…………………… 18〜19
マノンに似た女（浅原六朗）………… 19〜21
肥後ずいき綺談（加賀谷林之助）…… 21〜23
女の研究（藤秀彦）…………………… 23〜25
くさい怪談（小西得郎）……………… 25〜27
太陽と長襦袢（鴨居羊子）…………… 28〜29
猫が教える（玉川一郎）……………… 29〜31
医師と美形（川原久仁於）…………………… 31
性痴《小説》（高木彬光）…………… 32〜53
頭陀袋 …………………………………………… 43
誤殺《小説》（島田一男）…………… 54〜67
生松茸騒ぎ《小説》（陣出達朗）…… 68〜86
江戸巷談 ……………………………………… 76
東京おーるうえーぶ ………………………… 87
食人鬼《小説》（日影丈吉）………… 88〜101
さつき晴れ《小説》（城昌幸）……… 102〜115
江戸巷談 ……………………………………… 106
カタツムリ《小説》（梅崎春生）…… 116〜125
ヌード・センター …………………………… 120
金さんと岡っ引《小説》（山手樹一郎）
　………………………………………… 126〜158
江戸巷談 ……………………………………… 136
影と戯れる女《小説》（香山滋）…… 159〜170
頭陀袋 ………………………………………… 161
頭陀袋 ………………………………………… 164
ヨーロッパの若い星（井上敏雄）…… 171〜173
椰子林の吸血鬼（鳥井秀徳）………… 174〜183
ヌード・センター …………………………… 177
女の三面鏡《小説》（日夏由起夫）… 184〜192
山荘の一夜《小説》（Q・カムパア・グリーン）
　………………………………………… 194〜205
試運転 ………………………………………… 201
女体はささやく《グラビア》……… 207〜210
旅行鞄 ………………………………………… 211
愛撫《小説》（藤原審爾）…………… 212〜227
頭陀袋 ………………………………………… 221
因果応報 ……………………………………… 227

324

男性滅亡《小説》(山田風太郎) …… 228〜246
十一人めの殺し(檜山茂雄) ……… 248〜257
性愛問答 ………………………… 256〜257
花園の悪魔《小説》(横溝正史) …… 258〜285
窮地を脱す ………………………… 266
おせじ ……………………………… 272
屋根裏のダブルベット(佐賀芳男)
　…………………………………… 286〜296
ヌード・センター ………………… 290
話のタネ …………………………… 297
変な男《小説》(広池秋子) ………… 298〜311
ヌード・センター ………………… 303
頭陀袋 ……………………………… 307
美加殺し《小説》(大下宇陀児) …… 312〜325
頭陀袋 ……………………………… 319
陰獣〈1〉《小説》(江戸川乱歩) …… 326〜354
ヌード・センター ………………… 333
ヌード・センター ………………… 344
編集後記 …………………………… 354

第12巻第1号(83号)　所蔵あり
1959年1月15日発行　264頁　150円
屍_{ミューズ}街の殺人《小説》(アガサ・クリスティ〔著〕,
　早川節夫〔訳〕) ………………… 10〜55
アガサ・クリスティとエルキュール・ポア
　ロ ……………………………… 16〜17
最後の降霊会《小説》(アガサ・クリスティ〔著〕,
　長谷川修二〔訳〕) ………… 56〜68
クリスティと怪談 ………………… 59
クリスティの推理ドラマ(長沼弘毅)
　…………………………………… 69〜73
消えた淑女《小説》(アガサ・クリスティ〔著〕,
　高橋泰邦〔訳〕) …………… 74〜85
トミーとタッペンス ……………… 77
海から来た男《小説》(アガサ・クリスティ〔著〕,
　妹尾節夫〔訳〕) …………… 86〜108
論理、詩情、怪談 ………………… 89
事故《小説》(アガサ・クリスティ〔著〕, 田中小
　実昌〔訳〕) ………………… 109〜117
犯罪ものの傑作 …………………… 111
幸福は購い得る《小説》(アガサ・クリスティ
　〔著〕, 小山内徹〔訳〕) …… 118〜130
パーカー・パイン氏の横顔 ……… 121
クリスティ女史のこと(江戸川乱歩)
　…………………………………… 131〜135
四人の容疑者《小説》(アガサ・クリスティ〔著〕,
　阿部主計〔訳〕) …………… 136〜149
ミス・マープル …………………… 139
クリスマスの悲劇《小説》(アガサ・クリスティ
　〔著〕, 桂英二〔訳〕) ……… 150〜165

猟人荘の怪事件《小説》(アガサ・クリスティ
　〔著〕, 宇野利泰〔訳〕) …… 166〜179
宝石サロン ………………………… 180〜182
クリスティ著作目録(田中潤司〔編〕)
　…………………………………… 183〜187
第四の男《小説》(アガサ・クリスティ〔著〕, 市
　川英子〔訳〕) ……………… 188〜201
死人の鏡《小説》(アガサ・クリスティ〔著〕, 田
　中潤司〔訳〕) ……………… 202〜264

第12巻第2号(84号)　所蔵あり
1959年2月15日発行　336頁　130円
お風呂からはみだした美女《口絵》 13〜16
歌謡曲の聴き方(吉本明光) ……… 18〜19
暗やみの憂し待ち(池田弥三郎) … 19〜21
夜這い(宮尾しげを) ……………… 21〜23
夫人点描(森本ヤス子) …………… 23〜25
ペケス談義(市川小太夫) ………… 25〜27
ジャワの女(玉川一郎) …………… 27〜29
銀杏秘事(富田千秋) ……………… 29
秘められた乳房《小説》(香山滋) … 30〜49
浮かぶグラマー《小説》(日影丈吉) … 50〜65
狼をくつた話 ……………………… 54
墜ちる《小説》(狩久) ……………… 66〜97
素敵なペット ……………………… 72
紅顔《小説》(藤原審爾) …………… 98〜109
絞首台綺譚《小説》(山田風太郎) … 110〜131
頭陀袋 ……………………………… 113
薬指《小説》(長谷川潔) …………… 132〜146
頭陀袋 ……………………………… 137
ヌード・センター ………………… 140
誤解の罪 …………………………… 142
喜劇は帰ってくる……?(井上敏雄)
　…………………………………… 147〜149
復讐(日夏由起夫) ………………… 150〜159
女怪《小説》(高木彬光) …………… 160〜173
ほおずき《小説》(永瀬三吾) ……… 174〜182
愛情相談(編集部) ………………… 183〜189
恋の指針 …………………………… 188〜189
緋牡丹の夢《小説》(山手樹一郎) … 190〜203
江戸巷談 …………………………… 199
男難の相《小説》(広池秋子) ……… 204〜211
別れの曲《小説》(木々高太郎) …… 212〜225
美しき毛虫《小説》(大下宇陀児) … 226〜245
頭陀袋 ……………………………… 231
旅行鞄 ……………………………… 246
黒い虹《小説》(島田一男) ………… 248〜263
指輪《小説》(阿賀田優子) ………… 264〜269
頭陀袋 ……………………………… 269
肉体に物いわすソ連の女スパイ(馬淵進)
　…………………………………… 270〜279

27『別冊宝石』

ヌード・センター ･････････････････････ 274
君知るや赤道直下の逢引（知恵保夫）
　　　　　　　　　　　　　　　280～289
ヌード・センター ･････････････････････ 285
虐げられた結婚指環（池西得郎）････ 290～293
ヌード・センター ･････････････････････ 295
やろーずこーなー ･････････････････････ 299
陰獣〈2・完〉《小説》（江戸川乱歩）
　　　　　　　　　　　　　　　301～336
編集後記（Z記者）･････････････････････ 336

第12巻第3号（85号） 所蔵あり
1959年3月15日発行　264頁　150円

黄色の王様（キング）《小説》（レイモンド・チャンドラー
　〔著〕, 式根靖男〔訳〕）････････ 10～49
Raymond Chandler ･･････････････････ 15
智の限界《小説》（ロイ・ヴィカース〔著〕, 阿部
　主計〔訳〕）･･･････････････････ 50～65
Roy Vickers ･･･････････････････････ 53
折れた足の謎《小説》（クレイトン・ロースン
　〔著〕, 邦枝輝夫〔訳〕）････ 66～69, 113
Clayton Rawson ･････････････････････ 69
二本立て《小説》（コーネル・ウールリッチ〔著〕,
　田中潤司〔訳〕）･･･････････････ 70～86
Conell Woolrich ･････････････････････ 73
干き潮《小説》（フリーマン・W・クロフツ〔著〕,
　高橋泰邦〔訳〕）･･･････････････ 87～91
干き潮 やはり犯人であつた ･･･････････ 89
やはり犯人はいた《小説》（マージェリイ・アリ
　ンガム〔著〕, 田中小実昌〔訳〕）
　　　　　　　　　　　　　　　　92～97
黄色いアイリス《小説》（アガサ・クリスティ
　〔著〕, 静波尋〔訳〕）･･････････ 98～112
Agatha Christie ･････････････････････ 101
宝石サロン ･･････････････････････ 114～117
悪魔の報酬《小説》（エラリー・クイーン〔著〕,
　長谷川修二〔訳〕）････････････ 118～264
Ellery Queen（訳者）･･････････････････ 125

第12巻第4号（86号） 所蔵あり
1959年4月15日発行　336頁　130円

季節のメモ（井上敏雄）･･････････････ 10～12
'59 イヴのいちじゅく《口絵》････ 13～16
点滴 ･････････････････････････････････ 17
湯槽談義（吉田謙吉）････････････････ 18～19
あぶない言葉（加賀谷林之助）･････････ 20～21
アイヌの貞操帯（万里昌代）･････････ 21～23
赤いベレー（福田蘭童）･････････････ 23～24
猫（村松正俊）･････････････････････ 24～26
女菩薩たち（古田保）･･･････････････ 26～27
女狩《小説》（山田風太郎）･････････ 28～49

お若いです ･････････････････････････ 42
ごメイ答 ･･･････････････････････････ 48
裸（ヌード）を売る娘《小説》（大林清）････ 50～64
旅行鞄 ･････････････････････････････ 65
麦笛の歌《小説》（片野純恵）･･････ 66～81
頭陀袋 ･････････････････････････････ 77
面（マスク）《小説》（横溝正史）････････ 82～94
ヌード・センター ･･････････････････ 89
魅惑のおばさまたち（toto）････････ 95～96
ワン・カット ･････････････････････ 97
特選ニューズストーリー
　使いわける三つの顔 ･･････････ 98～101
　妹犯して性病うつす ･････････ 102～106
　女ほしさに盗人稼業 ･････････ 107～111
ヌード・センター ････････････････ 106
頭陀袋 ･･･････････････････････････ 108
生きている腸《小説》（海野十三）･･ 112～125
コトバのいわれ ･････････････････････ 114
頭陀袋 ･･･････････････････････････ 117
頭陀袋 ･･･････････････････････････ 121
近世侠客伝《小説》（子母沢寛）･･ 126～143
江戸巷談 ･････････････････････ 134～135
男をエサにして稼ぐインドの女どろぼう（石
　丸梧郎）････････････････････ 144～155
ヌード・センター ････････････････ 151
灯籠屋敷《小説》（今井達夫）････ 156～166
ヌード・センター ････････････････ 159
ただ一度の醜聞 ･････････････････････ 162
お尻をつめる話 ･････････････････････ 166
おんなごころ《小説》（日夏由起夫）
　　　　　　　　　　　　　　167～173
乗合い仲間《小説》（南条範夫）･･ 174～181
指《小説》（城昌幸）･･････････････ 182～188
赤い夢よ, もう一度《小説》（新田理）
　　　　　　　　　　　　　　190～206
頭陀袋 ･･･････････････････････････ 195
愛情相談（編集部）･･････････････ 207～213
水族館にて《小説》（吉行淳之介）･･ 214～223
頭陀袋 ･･･････････････････････････ 219
狂気ホテル《小説》（大下宇陀児）･･ 224～242
頭陀袋 ･･･････････････････････････ 233
ボクは共犯 ･････････････････････････ 236
東京おーるうえーぶ ････････････････ 243
同性愛がもたらしたヤキモチ焼の大惨劇（泉
　七郎）･･････････････････････ 244～253
2人っきりの部屋 ･･･････････････ 254～255
隣りの女《小説》（大野あき子）･･ 256～267
女であること ･････････････････････ 261
夜の花道《小説》（山手樹一郎）･･ 268～286
江戸巷談 ･････････････････････････ 274

27 『別冊宝石』

11人の蛮女に犯され首を斬られた宣教師(来島仁) ………… 288～298
ヌード・センター ………… 293
毛ぶとんの怪《小説》(陣出達朗) ……… 300～315
話のサロン(M・R) ………… 316～319
こぼればなし ………… 318～319
ヌード・センター ………… 319
芋虫《小説》(江戸川乱歩) ……… 320～335
ヌード・センター ………… 329
編集後記(Q) ………… 336

第12巻第5号(87号) 所蔵あり
1959年5月15日発行　262頁　150円

殺人物語《小説》(C・ウールリッチ〔著〕, 田中小実昌〔訳〕) ……… 8～31
ケイタラー氏の打たれた釘《小説》(ダシール・ハメット〔著〕, 砧一郎〔訳〕) ……… 32～56
求む、影武者《小説》(レックス・スタウト〔著〕, 邦枝輝夫〔訳〕) ……… 57～91
Rex Stoutとネロ・ウルフ ………… 59
宝石サロン ………… 92～93
誰が駒鳥を殺したか?《小説》(イーデン・フィルポッツ〔著〕, 小山内徹〔訳〕) ………… 94～256
Eden Philpottsとコック・ロビンについて ………… 99

第12巻第6号(88号) 所蔵あり
1959年6月15日発行　338頁　130円

季節のメモ(井上敏雄) ………… 12～14
恋の表情 ………… 15
ロング・ヘア(吉江まき子) ……… 16～17
女犯恵比寿(宮尾しげを) ……… 17～19
ネグリジェは着るな(石山文恵) ……… 19～21
ロケ先のお風呂(若尾文子) ……… 21～23
文豪荷風の死(木俣清史) ………… 23
きまぐれな人《小説》(藤原審爾) ……… 24～41
頭陀袋 ………… 31
医学生と首《小説》(木々高太郎) ……… 42～56
頭陀袋 ………… 56
旅行鞄 ………… 57
落城秘聞《小説》(南条範夫) ……… 58～71
江戸巷談 ………… 64～65
ミドリの素性《小説》(広池秋子) ……… 72～82
5秒ゴシップ ………… 76～77
さすがは専門家 ………… 78
東京おーる・うえーぶ ………… 83
裸女猛犬と戯むる(井原仁) ……… 84～95
ヌード・センター ………… 87
ヌード・センター ………… 91

何処かで見た女《小説》(香山滋) ……… 96～115
頭陀袋 ………… 115
愛の黄八丈《小説》(山手樹一郎) ……… 116～133
江戸巷談(Q) ………… 126～127
頭陀袋 ………… 130
2人っきりの部屋 ………… 134～135
愛情相談(編集部) ……… 136～142
短すぎた彼のシャツ《グラビア》 ……… 143～146
一番新しいエネルギー(toto) ……… 147～148
ワン・カット ………… 149
特選ニューズストーリー
　血染めの乳房 ………… 150～155
　猟銃に罪あり ………… 155～160
　偽装心中の謎 ………… 160～163
　娘十六盗み心 ………… 163～167
浮草の街《小説》(大林清) ……… 168～185
5秒ゴシップ ………… 173
椰子林に踊る乳房(小野八町) ……… 186～195
ヌード・センター ………… 190
ラヴ・シーン今昔物語(南部僑一郎) ……… 196～202
曝される女の職業 ……… 204～213
緑の奇蹟《小説》(大下宇陀児) ……… 214～229
5秒ゴシップ ………… 218
頭陀袋 ………… 225
麦秋《小説》(直良三樹子) ……… 230～251
世はさまざま ………… 234～235
頭陀袋 ………… 243
スポーツ粘膜風流譚(椿八郎) ……… 252～258
ハカリン《小説》(山田風太郎) ……… 260～273
頭陀袋 ………… 264
頭陀袋 ………… 269
欲情鬼アガタ夫人(三宅邦彦) ……… 274～285
ヌード・センター ………… 277
ヌード・センター ………… 281
萌芽の頃(大野あき子) ……… 286～295
特ダネ売り《小説》(島田一男) ……… 296～320
赤い部屋《小説》(江戸川乱歩) ……… 321～338

第12巻第7号(89号) 所蔵あり
1959年7月15日発行　278頁　150円

検死《小説》(C・ウールリッチ〔著〕, 田中小実昌〔訳〕) ……… 8～32
火星人襲来す《小説》(H・G・ウエルズ〔著〕, 早川節夫〔訳〕) ……… 34～50
いれずみ男の謎《小説》(クレイトン・ロースン〔著〕, 邦枝輝夫〔訳〕) ……… 51～53
ありそうでない動機の謎《小説》(クレイトン・ロースン〔著〕, 邦枝輝夫〔訳〕) ……… 54～57

327

27 『別冊宝石』

夏小屋の悪魔《脚本》(ジョン・ディクスン・カー
　〔著〕,砧一郎〔訳〕) ············· 58〜72
死体を愛する男《小説》(レイ・ブラッドベリ―
　〔著〕,高橋泰邦〔訳〕) ············· 74〜81
かさなった三角形《脚本》(エラリイ・クイーン
　〔著〕,宇野利泰〔訳〕) ············· 82〜99
フローテ公園殺人事件《小説》(F・W・クロフ
　ツ〔著〕,長谷川修二〔訳〕)
　　　　　　　　　　100〜196, 202〜278
宝石サロン ····················· 198〜201

第12巻第8号(90号)　所蔵あり
1959年8月15日発行　336頁　130円

季節のメモ(井上敏雄) ············· 10〜12
若い裸身(口絵) ··················· 13〜16
くすり指(Q) ····················· 17
愛宕山綺談(吉本明光) ············· 18〜20
言葉かわあれば(大寺三平) ········· 20〜21
モデル嬢秘事(川原久仁於) ········· 21〜23
さまづくし(長谷川春子) ··········· 23〜25
ゴーイング・マイ・ウェイ(三原葉子)
　　　　　　　　　　　　　　　　 25〜26
幻獏亭由来記(椿八郎) ············· 27〜29
将軍家御寝の掟(名和岩内) ········· 29
陰茎人《小説》(山田風太郎) ······· 30〜50
情事の宿《小説》(中山あい子) ····· 52〜63
特選ニューズ・ストーリー
　娘三人実父を殺す ··············· 64〜70
　謎のキッス・マーク ············· 70〜75
　三対一不潔な情事 ··············· 75〜80
　問題のお腹の始末 ··············· 80〜85
暴君ネロ《小説》(山村正夫) ······· 87〜105
ヌード・センター ················· 97
夢と石蕗の間《小説》(今井達夫) ··· 106〜120
頭陀袋 ·························· 120
ゴシップ雑貨店 ·················· 121〜123
女の兵隊《小説》(藤原審爾) ······· 124〜141
頭陀袋 ·························· 133
頭陀袋 ·························· 141
スカートのなかの流行(下田鮎太)
　　　　　　　　　　　　　　　142〜148
東京おーる・うぇーぷ ············· 149
涙を拭くもの《小説》(高原きち) ··· 150〜161
頭陀袋 ·························· 161
市太郎とたん瘤《小説》(大下宇陀児)
　　　　　　　　　　　　　　　162〜178
頭陀袋 ·························· 171
旅行鞄 ·························· 179
蠟の首《小説》(横溝正史) ········· 180〜191
天の火《小説》(山手樹一郎) ······· 192〜212
江戸巷談(Q) ····················· 202〜203

頭陀袋 ·························· 212
魔炎《小説》(高木彬光) ··········· 214〜237
五秒ゴシップ ···················· 231
美しき女奴隷《小説》(香山滋) ····· 238〜255
頭陀袋 ·························· 243
五秒ゴシップ ···················· 250〜251
意地《小説》(子母沢寛) ··········· 256〜269
鏡《小説》(杉原登喜子) ··········· 270〜280
五秒ゴシップ ···················· 274〜275
ある日あるとき(日夏由起夫) ······· 281〜287
嵐の中の女《小説》(榊山潤) ······· 288〜303
江戸巷談(Q) ····················· 292〜293
灯を消すな《小説》(大林清) ······· 304〜322
ヌード・センター ················· 309
双生児《小説》(江戸川乱歩) ······· 323〜336
ヌード・センター ················· 326
ヌード・センター ················· 328
五秒ゴシップ ···················· 335

第12巻第9号(91号)　所蔵あり
1959年9月15日発行　262頁　150円

闇の殺人《小説》(アンソニー・バウチャー〔著〕,
　砧一郎〔訳〕) ··················· 8〜22
戸棚の中の死体《小説》(Q・パトリック〔著〕,
　高橋泰邦〔訳〕) ················· 24〜33
双面神クラブの秘密《小説》(エラリー・クイー
　ン〔著〕,宇野利泰〔訳〕) ········ 34〜57
明日の殺人《小説》(スチュアート・パーマー
　〔著〕,妹尾韶夫〔訳〕) ··········· 58〜69
死の第三ラウンド《小説》(コーネル・ウールリッ
　チ〔著〕,田中小実昌〔訳〕) ······ 70〜83
寝台の老嬢《小説》(C・S・フォレスタ〔著〕,阿
　部主計〔訳〕) ··················· 84〜86
真珠の首飾り《小説》(D・L・セイヤーズ〔著〕,
　早川節夫〔訳〕) ················· 87〜95
家蠅とカナリヤ《小説》(ヘレン・マクロイ〔著〕,
　邦枝輝夫〔訳〕) ················· 96〜255
ヘレン・マクロイ ················· 101
探偵小説の名作リスト(荒井道雄)
　　　　　　　　　　　　　　　256〜262

第12巻第10号(92号)　所蔵あり
1959年10月15日発行　304頁　130円

季節のメモ(井上敏雄) ············· 10〜12
秋風と/女と/唄(口絵) ············· 13〜16
夜逢って朝別れる(焉太郎) ········· 17
春画の咄(伊藤晴雨) ··············· 18〜20
バタビヤの娘(玉川一郎) ··········· 20〜22
多きは劣情興さざる(加賀谷林之助)
　　　　　　　　　　　　　　　　 22〜23
二枚の寝台券(市川小太夫) ········· 23〜25

まちがい電話〔古田保〕	25〜27
女のポイント〔長瀬幸子〕	27〜29
憎くまれ口〔鮫ケ井一鷹〕	29
欺かれた女《小説》〔藤原審爾〕	30〜47
頭陀袋	35
薔薇と蠟人形《小説》〔横溝正史〕	48〜67
頭陀袋	55
刑法第百七十五条《小説》〔片野純恵〕	68〜82
ヌード・センター	75
東京おーる・うえーぶ	83
血妖《小説》〔大下宇陀児〕	84〜101
弁天小僧《小説》〔子母沢寛〕	102〜125
田之助の臨終〔鳶太郎〕	125
罠《小説》〔向あい子〕	126〜134
頭陀袋	134
旅行鞄	135
狂った乳房《小説》〔香山滋〕	136〜151
頭陀袋	141
特選ニューズストーリー	
ここに色男あり	152〜158
情婦を兼る養女	158〜163
逸物がまる坊主	163〜168
こわや女の物慾	169〜173
ヌード・センター	156
ネグリジェさん こんばんは〔下田鮎太〕	174〜180
いえろう・せくしよん〔3Sグループ〕	181〜188
ドタバタばんざい〔toto〕	189〜191
ワン・カット	191
愛憎の秘密〔沢田章治〕	192〜203
ヌード・センター	198
愛情相談〔編集部〕	204〜209
頭陀袋	208
たそがれの人《小説》〔大林清〕	210〜222
チャーム・スクール	223
お臍に光るダイヤ〔狩高正夫〕	224〜236
童貞試験《小説》〔山田風太郎〕	238〜247
頭陀袋	243
最低の淑女《小説》〔広池秋子〕	248〜257
灼熱下の性病検査〔黒井紋太〕	258〜271
ヌード・センター	268
ヌード・センター	269
ヌード・センター	270
黒い瞳の焔《小説》〔今井達夫〕	272〜287
蘇える裸婦像《小説》〔斧一杉〕	288〜296
ヌード・センター	293
妖虫〈1〉《小説》〔江戸川乱歩〕	297〜304

第12巻第11号（93号）　　所蔵あり
1959年11月15日発行　262頁　150円

シンデレラと、ギャングと、《小説》〔コーネル・ウールリッチ〔著〕, 砧一郎〔訳〕〕	8〜39
つるつるの指《小説》〔ダシール・ハメット〔著〕, 小山内徹〔訳〕〕	40〜49
後ろからの声《小説》〔フレドリック・ブラウン〔著〕, 長谷川修二〔訳〕〕	50〜57
三代目ハードボイルド〔田中小実昌〕	58〜61
デイリ・キングの"オベリストもの"など〔早川節夫〕	62〜65
熱い現金《小説》〔トーマス・ウォルシュ〔著〕, 田中小実昌〔訳〕〕	66〜81
悪魔の足跡《小説》〔メルヴィル・ダヴッソン・ポースト〔著〕, 西田政治〔訳〕〕	82〜93
マジョルカの休暇《小説》〔アガサ・クリスティ〔著〕, 津川素〔訳〕〕	94〜108
AMERICAN JOKES	110〜111
癲狂院殺人事件《小説》〔パトリック・クェンティン〔著〕, 高橋泰邦〔訳〕〕	112〜258

第12巻第12号（94号）　　所蔵あり
1959年12月15日発行　312頁　130円

季節のメモ〔井上敏雄〕	10〜12
ミュージックホールの幕があいた《口絵》	13〜16
愛の動作と表情	17
当て馬悲歌（エレジー）〔小堀孝二〕	18〜19
ずるい世の中〔宮尾しげを〕	20〜22
ブラ・パッド四題〔吉江まき子〕	22〜24
髪をつかむ白鬼〔指方竜二〕	24〜26
何だろう？（ナンジャモ）〔大寺三平〕	26〜28
いわでものこと〔野代真一〕	28〜29
賭場の殺人《小説》〔青山光二〕	30〜44
頭陀袋	35
頭陀袋	43
旅行鞄	45
東京阿呆宮《小説》〔山田風太郎〕	46〜69
頭陀袋	51
頭陀袋	57
登場者《小説》〔石部ゆたか〕	70〜81
頭陀袋	79
頭陀袋	81
さむらい絵図《小説》〔山手樹一郎〕	82〜99
成政の姦通裁き〔鳶太郎〕	90〜91
CSガール《小説》〔藤原審爾〕	100〜116
ヌード・センター	103
頭陀袋	111

27 『別冊宝石』

ベッド物語〈下田鮎太〉・・・・・・・・・ 117～123
何が彼女を発狂させたか〈緑川貢〉
　・・・・・・・・・・・・・・・・・・・・・・・・・・ 124～135
ヌード・センター ・・・・・・・・・・・・・・・ 127
ヌード・センター ・・・・・・・・・・・・・・・ 134
いろ女ごっこ〈蔦千代〉 ・・・・・・ 136～144
屁をひるも風流〈真〉 ・・・・・・・・・・・・ 139
いえろう・せくしょん〈3Sグループ〔構成〕〉
　・・・・・・・・・・・・・・・・・・・・・・・・・・ 145～152
東京おーる・うえーぶ ・・・・・・・・・・・ 153
堰かれた事情《小説》〈緒野和子〉・・・ 154～167
頭陀袋 ・・・・・・・・・・・・・・・・・・・・・・・・・ 157
頭陀袋 ・・・・・・・・・・・・・・・・・・・・・・・・・ 167
何が下腹に刺青させたか〈加賀谷三十五〉
　・・・・・・・・・・・・・・・・・・・・・・・・・・ 168～175
ヌード・センター ・・・・・・・・・・・・・・・ 171
ヌード・センター ・・・・・・・・・・・・・・・ 174
生きていた吉良上野《小説》〈榊山潤〉
　・・・・・・・・・・・・・・・・・・・・・・・・・・ 176～189
緋縮面事件《小説》〈大下宇陀児〉・・・ 190～208
すくらっぷ ・・・・・・・・・・・・・・・・・・・・・ 199
チャーム・スクール ・・・・・・・・・・・・・ 209
人妻学校殺人事件のナゾ〈鳥居逸郎〉
　・・・・・・・・・・・・・・・・・・・・・・・・・・ 210～222
ヌード・センター ・・・・・・・・・・・・・・・ 221
月夜《小説》〈森本ヤス子〉・・・・・・・・ 224～239
特選ニューズストーリー
　ふた股かけた恋 ・・・・・・・・・・・・ 240～245
　バレタ完全犯罪 ・・・・・・・・・・・・ 245～250
　放火し愛人強奪 ・・・・・・・・・・・・ 250～255
本所松坂町《小説》〈尾崎士郎〉・・・ 256～283
訝かし三絃の音色〈真〉 ・・・・・・・・・・ 265
愛情相談〈編集部〉 ・・・・・・・・・・・・ 284～289
妖虫〈2〉《小説》〈江戸川乱歩〉・・・・・ 290～312

第13巻第1号（95号）　所蔵あり
1960年1月15日発行　261頁　150円

探偵を探せ！《小説》〈パット・マガー〔著〕，井上一夫〔訳〕〉・・・・・・・・・・・・ 8～127
Pat Mcgerr略歴 ・・・・・・・・・・・・・・・・・・ 37
パット・マガーについて〈十返肇〉
　・・・・・・・・・・・・・・・・・・・・・・・・・・ 128～131
キャンヌの七層屋〈木々高太郎〉 ・・・・ 132～134
クリスチアナ・ブランド論〈関根弘〉
　・・・・・・・・・・・・・・・・・・・・・・・・・・ 135～139
愉しきかな翻訳探偵小説〈大井広介〉
　・・・・・・・・・・・・・・・・・・・・・・・・・・ 140～145
推理小説の「余分」〈花田清輝〉 ・・・ 146～147
わかれ《小説》〈レイ・ブラッドベリー〔著〕，久慈波之介〔訳〕〉・・・ 148～151

町を求む《小説》〈フレドリック・ブラウン〔著〕，遠川宇〔訳〕〉・・・・・・・・・・・・・ 151～154
落ちたエレベーター《小説》〈ベネット・サーフ〔著〕，福士季夫〔訳〕〉・・・・・・・・ 154～155
メグレ対怪盗《小説》〈ジョルジュ・シムノン〔著〕，稲葉由紀〔訳〕〉・・・・・ 156～260
Georges〈Joseph-Christian〉Simenon ・・・・・ 239
編集後記〈大坪直行〉・・・・・・・・・・・・ 261

第13巻第2号（96号）　所蔵あり
1960年2月15日発行　312頁　130円

EMカレンダー〈toto club〔構成〕〉・・・・ 10～12
そよ風とわたし《口絵》 ・・・・・・・・・ 13～16
師匠と弟子〈長谷川春子〉 ・・・・・・・・ 18～19
ある役者の回想〈吉田保〉 ・・・・・・・・ 20～21
Hのヒップ禍〈川原久仁於〉 ・・・・・・ 22～23
富士の狂歌〈市川小太夫〉 ・・・・・・・・ 24～25
耳相〈本位田作洲〉 ・・・・・・・・・・・・・ 26～27
殺してやる《小説》〈藤原審爾〉 ・・・・ 28～47
芥子はなぜ赤い《小説》〈金子きみ〉・・・ 48～63
頭陀袋 ・・・・・・・・・・・・・・・・・・・・・・・・・ 53
恋のお釣り《小説》〈向あい子〉・・・・・ 64～74
頭陀袋 ・・・・・・・・・・・・・・・・・・・・・・・・・ 69
頭陀袋 ・・・・・・・・・・・・・・・・・・・・・・・・・ 73
チャーム・スクール ・・・・・・・・・・・・・ 75
暗転《小説》〈斎藤葉津〉 ・・・・・・・・・ 76～88
旅行鞄 ・・・・・・・・・・・・・・・・・・・・・・・・・ 89
鴬の寝台《小説》〈山田風太郎〉・・・・・ 90～104
東京おーる・うえーぶ ・・・・・・・・・・・ 105
栄冠涙あり《小説》〈大林清〉・・・・ 106～121
ある履歴書《小説》〈長谷川清〉・・・ 122～140
愛情相談〈編集部〉 ・・・・・・・・・・・・ 141～144
いえろう・せくしょん〈3Sグループ〉
　・・・・・・・・・・・・・・・・・・・・・・・・・・ 145～152
めくら地獄《小説》〈大下宇陀児〉・・・ 153～175
頭陀袋 ・・・・・・・・・・・・・・・・・・・・・・・・・ 175
ヤリ襖の中で……〈中村雄一〉 ・・・ 176～179
ヌード・センター ・・・・・・・・・・・・・・・ 178
ヌード・センター ・・・・・・・・・・・・・・・ 179
ハズが許す女房の浮気〈大西梯二〉
　・・・・・・・・・・・・・・・・・・・・・・・・・・ 180～189
次郎吉ざんげ〈子母沢寛〉 ・・・・・・ 190～199
すくらっぷ ・・・・・・・・・・・・・・・・・・・・・ 193
町から村から ・・・・・・・・・・・・・・・・・・・ 197
惨劇はついにきたれり〈川勝俊一〉
　・・・・・・・・・・・・・・・・・・・・・・・・・・ 200～207
女ざかり《小説》〈青山光二〉・・・・ 208～222
頭陀袋 ・・・・・・・・・・・・・・・・・・・・・・・・・ 213
すくらっぷ ・・・・・・・・・・・・・・・・・・・・・ 219
水揚げも愉し〈みつ豆〉 ・・・・・・・・ 224～233
花蔭の座《小説》〈今井達夫〉・・・・ 234～248

頭陀袋 ・・・・・・・・・・・・・・・・・・・・・・・・ 239
特選ニューズストーリー
　山番小屋の中の情事 ・・・・・・・・・・・・ 250〜256
　世の中は金がカタキ ・・・・・・・・・・・・ 256〜261
　挑掛るチンピラ色男 ・・・・・・・・・・・・ 261〜265
鬼曹長は混血娘が好き〔鮎沢三郎〕
　　・・・・・・・・・・・・・・・・・・・・・・・・ 266〜275
ヌード・センター ・・・・・・・・・・・・・・・・・・ 271
アルバイト・サロン白書（本誌特派記者）
　　・・・・・・・・・・・・・・・・・・・・・・・・ 276〜287
ヌード・センター ・・・・・・・・・・・・・・・・・・ 279
ヌード・センター ・・・・・・・・・・・・・・・・・・ 287
恋愛戦術作戦講座（峯八郎）・・・・ 288〜292
妖虫〈3〉《小説》（江戸川乱歩）・・・・ 293〜312

第13巻第3号（97号） 所蔵あり
1960年3月15日発行　262頁　150円

錠前なら俺にまかせろ（フランク・グルーバー
　〔著〕，小山内徹〔訳〕）・・・・・・ 8〜107
フランク・グルーバー論（都筑道夫）
　　・・・・・・・・・・・・・・・・・・・・・・・・ 108〜111
醜悪な自殺《小説》（ヘンリー・ケーン〔著〕，中
　田耕治〔訳〕）・・・・・・・・・・・・・・ 112〜140
フランク・グルーバー紹介《小説》（中原弓
　彦）・・・・・・・・・・・・・・・・・・・・・・・・・・・ 141
レコードは囁いた……《小説》（フランク・グ
　ルーバー〔著〕，大木澄夫〔訳〕）
　　・・・・・・・・・・・・・・・・・・・・・・・・ 142〜261
編集後記（大坪直行）・・・・・・・・・・・・・・・・・ 262

第13巻第4号（98号） 所蔵あり
1960年4月15日発行　312頁　130円

EMカレンダー（toto club〔構成〕）・・・・ 10〜12
ヨーロッパの熱い肌〔口絵〕 ・・・・・・・・ 13〜16
あぶな絵談義（神保朋世） ・・・・・・・・・・ 18〜20
ハバカリさま（吉江まき子） ・・・・・・・・ 20〜21
あゝローソク病（名取弘） ・・・・・・・・・・ 22〜24
立ち上つた時（平野千枝子）・・・・・・・・ 24〜25
流行唄今昔（宮尾しげを）・・・・・・・・・・ 25〜27
未亡人は泣いている（是輪堂太） ・・・・・・・ 27
春の洪水《小説》（林房雄）・・・・・・・・ 28〜40
放火地帯《小説》（大下宇陀児）・・・・ 42〜63
暗室での話 ・・・・・・・・・・・・・・・・・・・・・・・・・・ 46
町から村から ・・・・・・・・・・・・・・・・・・・・・・・・ 57
鏨《小説》（青山光二）・・・・・・・・・・・・ 64〜79
すくらつぷ ・・・・・・・・・・・・・・・・・・・・・・・・・・ 79
鏡の中の眉《小説》（今井達夫） ・・・・ 80〜93
甦った肉体《小説》（緑川貢）・・・・・・ 94〜109
頭陀袋 ・・・・・・・・・・・・・・・・・・・・・・・・・・・・・ 101
双面獣《小説》（島田一男）・・・・・・ 110〜127
頭陀袋 ・・・・・・・・・・・・・・・・・・・・・・・・・・・・・ 113

頭陀袋 ・・・・・・・・・・・・・・・・・・・・・・・・ 123
お女郎村《小説》（山田風太郎）・・・・ 128〜144
頭陀袋 ・・・・・・・・・・・・・・・・・・・・・・・・ 137
頭陀袋 ・・・・・・・・・・・・・・・・・・・・・・・・ 144
いえろう・せくしょん（3Sグループ〔構成〕）
　　・・・・・・・・・・・・・・・・・・・・・・・・ 145〜152
3人の殺し屋《漫画》（菅沼恭）・・・・ 153〜155
私は百万長者の淫売婦（杉原清助）
　　・・・・・・・・・・・・・・・・・・・・・・・・ 156〜163
特選ニューズストーリー
　うば桜さん横恋慕 ・・・・・・・・・・・・ 164〜169
　愛人の舌を嚙切る ・・・・・・・・・・・・ 169〜174
　ヤキモチ男の末路 ・・・・・・・・・・・・ 174〜179
　村の愚連隊五人組 ・・・・・・・・・・・・ 179〜183
夢のなかの肌《小説》（中田瑠津子）
　　・・・・・・・・・・・・・・・・・・・・・・・・ 184〜192
東京おーる・うえーぶ ・・・・・・・・・・・・・・・ 193
妖僧美女に襲いかかる（筑紫逸郎）
　　・・・・・・・・・・・・・・・・・・・・・・・・ 194〜205
ヌード・センター ・・・・・・・・・・・・・・・・・・ 199
呆子エプタメロン《小説》（野代真一）
　　・・・・・・・・・・・・・・・・・・・・・・・・ 206〜209
家康と築山殿《小説》（榊山潤）・・・・ 210〜222
大雅堂の貧窮（魔） ・・・・・・・・・・・・・・・・・・ 218
妻の情事《小説》（大林清）・・・・・・ 224〜240
スカートは濡れている（色川大助）・・ 242〜251
心中併殺《小説》（長谷川清）　〔ダブルプレイ〕 ・・ 252〜267
新版マネービル読本〈1〉（吉村郁）
　　・・・・・・・・・・・・・・・・・・・・・・・・ 268〜270
恋愛戦術作戦講座（峯八郎）・・・・・・ 271〜275
断末魔の影《小説》（広池秋子）・・・・ 276〜291
愛情相談（編集部）・・・・・・・・・・・・・・ 292〜296
妖虫〈4〉《小説》（江戸川乱歩）・・・・ 297〜312

第13巻第5号（99号） 所蔵あり
1960年5月15日発行　326頁　180円

黒いアリバイ《小説》（C・ウールリッチ〔著〕，
　久慈波之助〔訳〕）・・・・・・・・・・・・ 8〜144
暗闇の接吻《小説》（ロバート・アーサー〔著〕，
　山口歓〔訳〕）・・・・・・・・・・・・・・ 145〜148
コーネル・ウールリッチ長篇作品表 ・・・・ 148
H・H・ホームズについて（都筑道夫）
　　・・・・・・・・・・・・・・・・・・・・・・・・ 149〜151
H・H・ホームズのこと（江戸川乱歩）
　　・・・・・・・・・・・・・・・・・・・・・・・・ 152〜153
"幻の女"を訳した頃（黒沼健） ・・・・ 154〜155
ウールリッチ・ノート（中原弓彦）
　　・・・・・・・・・・・・・・・・・・・・・・・・ 156〜159
密室の魔術師《小説》（H・H・ホームズ〔著〕，
　高橋泰邦〔訳〕）・・・・・・・・・・・・ 160〜326

27 『別冊宝石』

リーダーズ・ルーム ……………… 326
編集後記（大坪直行）…………… 326

第13巻第6号（100号）　所蔵あり
1960年6月15日発行　312頁　130円

EMカレンダー（toto club〔構成〕）…… 10～12
裸婦三題〔口絵〕 ……………… 13～16
末摘花祭り（加賀谷三十五）…… 18～19
「ショート・ヘヤズ」（長谷川修二）… 19～21
前後賞（玉川一郎）……………… 21～23
ワイフにするならヌードさん（丘かおる）
　……………………………… 23～24
二つのモラル（南部僑一郎）…… 24～25
ゆがんだ抵抗〈小説〉（藤原審爾）… 26～40
東京おーるうえーぶ ………………… 41
お兄ちゃま〈小説〉（今井達夫）… 42～60
巡業劇団〈小説〉（大下宇陀児）… 62～82
心理手帳 ………………………… 70～71
暗室での話 …………………………… 82
火の恋〈小説〉（大林清）……… 84～96
海のむこうのはなし ………………… 97
ボントック収容所〈小説〉（江崎誠致）
　……………………………… 98～114
6月の旅 ……………………… 115～117
それからどうしたの? ………… 118～119
再会〈小説〉（杉原登喜子）… 120～139
町から村から ……………………… 129
恋愛戦術講座（峯八郎）……… 140～144
いえろう・せくしょん ………… 145～152
愛情相談（編集部）…………… 153～157
特選ニューズストーリー
　　おいらはニワカ按摩 …… 158～163
　　男の股間に出刃包丁 …… 164～169
　　部落民ゆえのヒガミ …… 169～174
　　五十八才の老売春婦 …… 174～179
空転〈小説〉（向あい子）…… 180～189
あなたの能力（ポテント）を試すわ（草壁四郎）
　……………………………… 190～199
墨股一夜城〈小説〉（尾崎士郎）… 200～218
盗まれた裸像〈小説〉（島田一男）… 220～232
頭陀袋 …………………………… 232
首斬り淫獣まかり通る（緑川貢）… 234～240
殺人契約〈1〉〈小説〉（青山光二）
　……………………………… 242～263
新版マネービル読本〈2〉（吉村郁）
　……………………………… 264～267
男15人に女180人（渡大鋤）… 268～278
ヌード・センター ……………… 275
妖説血屋敷〈小説〉（横溝正史）… 280～298
妖虫〈5〉〈小説〉（江戸川乱歩）… 299～312

第13巻第7号（101号）　所蔵あり
1960年7月15日発行　261頁　150円

悪徳の街〈小説〉（フレドリック・ブラウン〔著〕,
　永井淳〔訳〕）……………… 9～127
一級の名人芸（稲葉由紀）…… 128～131
ALAN GREEN NOTE（Editotirl staff）
　……………………………… 132～133
健康法教祖の死〈小説〉（アラン・グリーン〔著〕,
　井上一夫〔訳〕）…………… 134～261
編集後記（大坪直行）…………… 261

第13巻第8号（102号）　所蔵あり
1960年9月15日発行　262頁　150円

ビール工場殺人事件〈小説〉（ニコラス・ブレイク〔著〕,
　永井淳〔訳〕）……………… 9～162
ニコラス・ブレイクおぼえがき（大原寿人）
　……………………………… 163～166
世界連邦〈小説〉（レイ・ブラッドベリイ〔著〕,
　須永浩二〔訳〕）…………… 167～175
危険な交叉点〈小説〉（ベネット・サーフ〔著〕,
　大木澄夫〔訳〕）…………… 176～177
ブルーノ・フィッシャーについて（山下諭一）
　……………………………… 178～179
狂った手〈小説〉（ブルーノ・フィッシャー〔著〕,
　山下諭一〔訳〕）…………… 180～261
リーダーズ・ルーム ……………… 262
編集後記（大坪直行）…………… 262

第13巻第9号（103号）　所蔵あり
1960年11月15日発行　262頁　150円

二つの密室〈小説〉（F・W・クロフツ〔著〕,宇野利泰〔訳〕）… 8～165
クロフツのリアリズム（大原寿人）
　……………………………… 166～171
五ドル紙幣〈小説〉（ベネット・サーフ〔著〕,大木澄夫〔訳〕）… 172～173
シムノンの内面をのぞく（稲葉由紀）
　……………………………… 174～177
ニュー・ファウンドランドで逢おう〈小説〉
　（ジョルジュ・シムノン〔著〕,稲葉由紀〔訳〕）… 178～261
リーダーズ・ルーム ……………… 262
編集後記（編集部）……………… 262

第14巻第1号（104号）　所蔵あり
1961年1月15日発行　326頁　180円

密室の百万長者〈小説〉（ロナルド・A・ノックス〔著〕,丸本聰明〔訳〕）… 8～148
発電所〈小説〉（レイ・ブラッドベリイ〔著〕,永井淳〔訳〕）… 150～158

黒人・大男ボー《小説》（レイ・ブラッドベリイ
　〔著〕，野木慎二〔訳〕）……… 160〜170
ヴァルニスの剣士《小説》（クライヴ・ジャクソ
　ン〔著〕，大貫正堯〔訳〕）…… 172〜173
Ｒ・Ａ・ノックスとＨ・Ｈ・ホームズ（大塚勘
　治）……………………………… 174〜179
死体置場行ロケット《小説》（Ｈ・Ｈ・ホームズ
　〔著〕，高橋泰邦〔訳〕）……… 180〜323

第14巻第2号（105号）　所蔵あり
1961年3月15日発行　262頁　150円
首をきられた死体《小説》（クリストファ・ブッ
　シュ〔著〕，沖山昌三〔訳〕）……… 8〜119
死の特ダネ《小説》（フランク・ケーン〔著〕，山
　下諭一〔訳〕）………………… 120〜130
アメリカおなじみの悲劇《小説》（ジョン・コリ
　ア〔著〕，稲葉由紀〔訳〕）…… 131〜137
最後の心霊術《小説》（アガサ・クリスティ〔著〕，
　汎田怜〔訳〕）………………… 138〜149
ヒルダ・ローレンス・ノート（大原寿人）
　……………………………………… 150〜153
クリストファ・ブッシュについて（山下諭
　一）……………………………… 154〜155
四本の手の恐怖《小説》（ヒルダ・ローレンス
　〔著〕，久里瀬いと〔訳〕）……… 156〜262

第14巻第3号（106号）　所蔵あり
1961年5月15日発行　358頁　150円
赤い裟裟《小説》（水上勉）………… 8〜29
殺してやりたい《小説》（笹沢佐保）… 30〜45
海辺の悲劇《小説》（鮎川哲也）…… 46〜62
きずな《小説》（多岐川恭）………… 63〜77
内部の敵《小説》（佐野洋）………… 78〜101
無能な犬《小説》（樹下太郎）……… 102〜111
女の匂いは高くつく《小説》（結城昌治）
　……………………………………… 112〜128
鬼《小説》（日影丈吉）……………… 129〜139
死刑執行人《小説》（高木彬光）…… 140〜151
第三の現場《小説》（有馬頼義）…… 152〜176
殺人現場写真《小説》（島田一男）… 177〜189
夏の終り《小説》（戸板康二）……… 190〜201
宇宙の友人たち《小説》（星新一）… 202〜205
霧の山荘《小説》（横溝正史）……… 206〜220
黒い鳥《小説》（黒岩重吾）………… 221〜239
死者の呼ぶ声《小説》（山田風太郎）
　……………………………………… 240〜259
顔のない裸《小説》（角田喜久雄）
　……………………………………… 260〜272
加里岬の踊子　特別解説（中島河太郎）…… 273

加里岬の踊り子《小説》（岡村雄輔）
　……………………………………… 274〜358

第14巻第4号（107号）　所蔵あり
1961年7月15日発行　262頁　150円
鏡《小説》（星新一）………………… 8〜14
悪循環《小説》（星新一）…………… 15〜19
ツキ計画《小説》（星新一）………… 20〜25
狙われた星《小説》（星新一）……… 25〜26
開業《小説》（星新一）……………… 27〜29
指《小説》（江戸川乱歩）…………… 30〜32
兵隊の死《小説》（渡辺温）………… 33〜34
機嫌買いの機械《小説》（都筑道夫）… 36〜39
機会がうんだ機械《小説》（都筑道夫）
　……………………………………… 39〜42
三匹の目あきの鼠Ⅰ/過去の鼠《小説》（都筑道
　夫）……………………………… 43〜46
三匹の目あきの鼠Ⅱ/現在の鼠《小説》（都筑
　道夫）…………………………… 46〜49
三匹の目あきの鼠Ⅲ/未来の鼠《小説》（都筑
　道夫）…………………………… 49〜53
さよなら《小説》（都筑道夫）……… 53〜57
夜に別れを告げる夜《小説》（樹下太郎）
　……………………………………… 58〜63
かわいい娘《小説》（河野典生）…… 64〜67
親のかたき《小説》（結城昌治）…… 68〜73
お守り《小説》（山川方夫）………… 74〜83
箱の中のあなた《小説》（山川方夫）… 84〜88
ロンリー・マン《小説》（山川方夫）… 89〜91
十三年《小説》（山川方夫）………… 92〜94
ショート・ショート作法（中原弓彦）
　……………………………………… 96〜102
わが国最初のアンソロジー（編集部）…… 103
あなたもショート・ショートが書ける！（大原
　寿人）…………………………… 104〜107
ショート・ショート亡国論（稲葉由紀）
　……………………………………… 108〜109
ショート・ショートのすべてその本質とは《座
　談会》（山川方夫, 星新一, 都筑道夫）
　……………………………………… 110〜124
猟銃《小説》（城昌幸）……………… 126〜132
スタイリスト《小説》（城昌幸）…… 133〜136
絶壁《小説》（城昌幸）……………… 136〜140
MR.USUPPERAIの最期《小説》（やなせ・た
　かし）…………………………… 140〜142
りんご《小説》（泉十郎）…………… 143〜144
探偵電子計算機《小説》（谷川俊太郎）
　……………………………………… 146〜149
離乳食《小説》（谷川俊太郎）……… 149〜155
眠れ我が子よ《小説》（谷川俊太郎）
　……………………………………… 155〜158

27 『別冊宝石』

相撲喪失《小説》(筒井俊隆) ……… 159～164
くり返し《小説》(眉村卓) ………… 165～166
殺しの報酬《小説》(中河悦朗) …… 167～168
プラーグで行き逢った男《小説》(ギヨーム・アポリネール〔著〕, 窪田般弥〔訳〕)
　　……………………………… 170～183
オノレ・シュブラックの失踪《小説》(ギヨーム・アポリネール〔著〕, 窪田般弥〔訳〕)
　　……………………………… 183～189
アムステルダムの船員《小説》(ギヨーム・アポリネール〔著〕, 窪田般弥〔訳〕)
　　……………………………… 189～194
父と子《小説》(モーリス・ルヴェル〔著〕, 田中早苗〔訳〕) ……… 196～203
犬舎《小説》(モーリス・ルヴェル〔著〕, 田中早苗〔訳〕) ……… 203～211
青蠅《小説》(モーリス・ルヴェル〔著〕, 田中早苗〔訳〕) ……… 212～216
暗中の接吻《小説》(モーリス・ルヴェル〔著〕, 田中早苗〔訳〕) …… 216～222
二十年後《小説》(O・ヘンリイ〔著〕, 飯島淳秀〔訳〕) …………… 224～228
決闘《小説》(L・J・ビーストン〔著〕, 妹尾韶夫〔訳〕) ………… 229～236
夜! 青春! パリ! 月!《小説》(ジョン・コリア〔著〕, 村上啓夫〔訳〕) …… 237～244
たそがれ《小説》(サキ〔著〕, 中村能三〔訳〕)
　　……………………………… 245～250
落ちたエレベーター《小説》(ベネット・サーフ〔著〕, 福士吉夫〔訳〕) … 251～252
わかれ《小説》(レイ・ブラッドベリイ〔著〕, 久慈波之助〔訳〕) …… 253～257
町を求む《小説》(フレドリック・ブラウン〔著〕, 遠川宇〔訳〕) …… 258～262

第14巻第5号(108号)　所蔵あり
1961年10月15日発行　262頁　150円

秘密礼拝式《小説》(アルジャナン・ブラックウッド〔著〕, 森郁夫〔訳〕) …… 8～35
子供にはお菓子を《小説》(ロバート・ブロック〔著〕, 稲葉由紀〔訳〕) …… 36～43
アムワース夫人《小説》(E・F・ベンスン〔著〕, 村上啓夫〔訳〕) ……… 44～57
考える機械《小説》(A・ビアーズ〔著〕, 永井淳〔訳〕) …………………… 58～66
ハーボトル判事《小説》(J・S・ル・ファヌ〔著〕, 井上一夫〔訳〕) ……… 68～94
井戸《小説》(W・W・ジェイコブズ〔著〕, 森郁夫〔訳〕) ………………… 95～105
アメリカからきた紳士《小説》(マイクル・アレン〔著〕, 宇野利泰〔訳〕) … 106～123

牝猫《小説》(ブラム・ストーカー〔著〕, 井上一夫〔訳〕) ………………… 124～134
夏の夜の恐怖を語る《座談会》(渡辺啓助, 双葉十三郎, 星新一) …………… 135～149
マグナス伯爵《小説》(モンタギュー・ローズ・ジェイムズ〔著〕, 丸本聰明〔訳〕)
　　……………………………… 150～161
怪毛《小説》(A・J・アラン〔著〕, 永井淳〔訳〕) ……………………… 162～169
噛む《小説》(アンソニイ・バウチャー〔著〕, 長町一郎〔訳〕) …………… 170～181
ビールジーなんているもんか(ジョン・コリア〔著〕, 青木雄造〔訳〕) …… 181～186
ダンシング・パートナー《小説》(ジェローム・K・ジェローム〔著〕, 井上一夫〔訳〕)
　　……………………………… 186～191
故エルヴシャム氏の話《小説》(H・G・ウェルズ〔著〕, 久里瀬いと〔訳〕) … 192～208
冷房装置の悪夢《小説》(H・P・ラヴクラフト〔著〕, 志摩隆〔訳〕) ……… 210～218
開いた窓(サキ〔著〕, 中村能三〔訳〕)
　　……………………………… 219～221
唖妻《小説》(トーマス・バーク〔著〕, 久里瀬いと〔訳〕) ………………… 222～231
遙かなる隣人たち《小説》(ロード・ダンセニー〔著〕, 久里瀬いと〔訳〕) … 232～258

第14巻第6号(109号)　所蔵あり
1961年11月15日発行　294頁　170円

瀬戸内海の惨劇《小説》(蒼井雄) ……… 8～117
「瀬戸内海の惨劇」解説(中島河太郎)
　　……………………………… 118～119
瀬戸内海の惨劇をめぐって《座談会》(江戸川乱歩, 横溝正史, 蒼井雄) … 120～135
蒼井雄と私(大内茂男) ……………… 136～137
清潔な運動会を《小説》(P・G・ウッドハウス〔著〕, 久里瀬いと〔訳〕) … 138～153
科学的合理性を身につけた男(編集部) …… 157
オシリスの眼《小説》(オースチン・フリーマン〔著〕, 二宮佳景〔訳〕) … 158～289

第15巻第1号(110号)　所蔵あり
1962年2月15日発行　360頁　170円

案山子《小説》(水上勉) ……………… 10～19
美しくかなしい話(水上勉) …………… 13
おたね《小説》(仁木悦子) …………… 20～31
おたね(仁木悦子) ……………………… 23
前向きの殺人《小説》(佐野洋) ……… 32～48
「前向きの殺人」(佐野洋) …………… 35
ボッコちゃん《小説》(星新一) ……… 49～51
自選の言葉(星新一) …………………… 51

334

27 『別冊宝石』

偉大なる作家江戸川乱歩(松本清張)
.... 52〜55
おとなしい妻《小説》(多岐川恭) ... 56〜72
「おとなしい妻」について(多岐川恭) 59
余暇の女《小説》(笹沢左保) ...... 73〜83
自選のことば(笹沢左保) 75
青い帽子の物語《小説》(土屋隆夫) .... 84〜98
結びつき(土屋隆夫) 87
うまい話《小説》(結城昌治) ...... 99〜109
「うまい話」自選の言葉(結城昌治) ... 101
天仙宮の審判日《小説》(日影丈吉)
.... 110〜124
自選のことば(日影丈吉) 113
万華鏡(山村正夫) .... 125〜127
等々力座殺人事件《小説》(戸板康二)
.... 128〜146
自選の言葉(戸板康二) 131
猟奇商人《小説》(城昌幸) ...... 147〜153
自選の弁(城昌幸) 149
探偵小説《小説》(横溝正史) ...... 154〜173
自選のことば(横溝正史) 157
悪魔のような女《小説》(角田喜久雄)
.... 174〜189
悪魔のような女(角田喜久雄) 177
江戸川乱歩の紫綬褒章受章をめぐって《座談
会》(水谷準, 大下宇陀児, 横溝正史)
.... 190〜201
散歩する霊柩車《小説》(樹下太郎)
.... 202〜215
可愛い豚児ども(樹下太郎) 205
ロンドン塔の判官《小説》(高木彬光)
.... 216〜238
ロンドン塔への郷愁(高木彬光) 219
錆びた恋《小説》(新章文子) ... 239〜253
準本格物(新章文子) 241
ミアンダリング(植草甚一) ...... 254〜255
不思議な母《小説》(大下宇陀児) ... 256〜273
作者として(大下宇陀児) 259
タンタラスの呪い皿《小説》(渡辺啓助)
.... 274〜287
自選のことば(渡辺啓助) 277
冬の月光《小説》(木々高太郎) ... 288〜299
私の作品はむずかしいか(木々高太郎) 291
五つの時計《小説》(鮎川哲也) ... 300〜319
自選のことば(鮎川哲也) 303
うつし世は夢(大河内常平) ... 320〜321
環状隧道《小説》(島田一男) ... 322〜360
　ループ・トンネル
可愛い道楽息子(島田一男) 325

第15巻第2号(111号)　所蔵あり
1962年4月15日発行　358頁　180円

甦った殺人鬼《小説》(クレイトン・ロースン
〔著〕, 邦枝輝夫〔訳〕) .... 8〜100
奇術師ロースン(高木重朗) ...... 102〜105
最初に犬が《小説》(ブルーノ・フィッシャー〔著〕,
稲葉由紀〔訳〕) .... 106〜125
シーリーについて(妹尾韶夫) ...... 128〜129
耳すます家《小説》(メーベル・シーリー〔著〕,
妹尾韶夫〔訳〕) .... 130〜358

第15巻第3号(112号)　所蔵あり
1962年8月15日発行　326頁　170円

おびえる女《小説》(M・R・ラインハート〔著〕,
妹尾韶夫〔訳〕) .... 8〜163
ラインハート・ノート(江戸川乱歩)
.... 165〜167
ペンティコーストについて(大木澄夫)
.... 168〜169
狂気のかげ《小説》(ヒュウ・ペンティコースト
〔著〕, 久里瀬いと〔訳〕) ...... 170〜325

第15巻第4号(113号)　所蔵あり
1962年10月15日発行　342頁　180円

レスター・リースの映画教育《小説》(E・S・
ガードナー〔著〕, 邦枝輝夫〔訳〕)
.... 8〜27
レスター・リースの素人芝居《小説》(E・S・
ガードナー〔著〕, 邦枝輝夫〔訳〕)
.... 28〜49
レスター・リースのX線カメラ《小説》(E・S・
ガードナー〔著〕, 邦枝輝夫〔訳〕)
.... 50〜90
叫ぶ燕《小説》(E・S・ガードナー〔著〕, 邦枝
輝夫〔訳〕) .... 92〜135
消えた目撃者《小説》(E・S・ガードナー〔著〕,
邦枝輝夫〔訳〕) .... 136〜176
ゼロ人間《小説》(E・S・ガードナー〔著〕, 秋
篠桂子〔訳〕) .... 177〜219
タフなおじさんE・S・ガードナー(田中小実
昌) .... 220〜225
E・S・ガードナー作品目録(田中潤司〔編〕)
.... 226〜229
ドアのかげの秘密《小説》(ルーファス・キング
〔著〕, 延原謙〔訳〕) ...... 230〜342

第15巻第5号(114号)　所蔵あり
1962年12月15日発行　280頁　180円

鬼才　水上勉《口絵》 .... 5〜8
銀の川《小説》(水上勉) .... 10〜99
うつぼの筏舟《小説》(水上勉) ...... 100〜121
蜘蛛飼い《小説》(水上勉) .... 122〜131

335

27 『別冊宝石』

水上勉を語る《座談会》(吉田健一, 十返肇, 中島河太郎) ………… 132～146
水上勉のすべて
　水上勉論(佐藤俊) ………… 148～154
　水上勉の周囲(大伴秀司) ………… 156～171
　「フライパンの歌」のころ(水上勉)
　　………… 172～173
　社会派のレッテル(水上勉) ………… 173～174
　私の推理小説(水上勉) ………… 174～175
　万年床で旅の話(水上勉) ………… 175～177
　雁帰る(水上勉) ………… 177～178
　作品で追う昔の饑鬼(水上勉)
　　………… 179～180
　人間味あふれた法廷(水上勉) ………… 180
　水上勉その作品評 ………… 182～197
　直木賞受賞その切抜帖 ………… 198～201
杉森京子の崩壊《小説》(水上勉) ………… 202～246
棺の花《小説》(水上勉) ………… 248～280

第16巻第1号(115号)　所蔵あり
1963年1月15日発行　266頁　180円
人間の裏を鋭くつく情熱家《口絵》 ………… 7～10
腐った太陽《小説》(黒岩重吾) ………… 12～128
黒岩重吾氏のこと
　(多岐川恭) ………… 129
　(樹下太郎) ………… 129
　(笹沢左保) ………… 129
　(仁木悦子) ………… 129
　(河野典生) ………… 129
　(渡辺啓助) ………… 157
　(山村正夫) ………… 157
　(星新一) ………… 157
　(佐野洋) ………… 157
　(木々高太郎) ………… 173
　(新章文子) ………… 173
　(海渡英祐) ………… 173
生きた造花《小説》(黒岩重吾) ………… 130～142
黒岩重吾のすべて
　現代のシジフォス(権田万治)
　　………… 144～150
　私と小児マヒ(黒岩重吾) ………… 151～152
　ただいま修業中(黒岩重吾) ………… 152～153
　犯罪も国際水準に(黒岩重吾)
　　………… 153～154
　わが小説(黒岩重吾) ………… 154～155
　孤独を愛する苦労人(大伴秀司)
　　………… 158～170
　黒岩重吾という人(清水正二郎) ………… 165
　黒岩重吾　作品・著書・随筆評論リスト(島崎博〔編〕) ………… 170～173
　黒岩重吾 その作品評 ………… 174～183

黒岩重吾を語る《座談会》(扇谷正造, 中島河太郎, 寺内大吉) ………… 184～197
口なしの女達《小説》(黒岩重吾) ………… 198～224
双恋の蜘蛛《小説》(黒岩重吾) ………… 225～240
青い火花《小説》(黒岩重吾) ………… 242～266

第16巻第2号(116号)　所蔵あり
1963年2月15日発行　262頁　180円
十番目の手掛り《小説》(ダシエル・ハメット〔著〕, 狩久〔訳〕) ………… 8～32
銀仮面の男《小説》(E・S・ガードナー〔著〕, 西田政治〔訳〕) ………… 34～64
私は殺される《小説》(ダシエル・ハメット〔著〕, 能島武文〔訳〕) ………… 66～93
クリスティーの新作(田中潤司) ………… 94～99
ストリッパーの推理小説(邦枝輝夫)
　………… 102～104
Gストリング殺人事件《小説》(ジプシー・ローズ・リー〔著〕, 黒沼健〔訳〕)
　………… 106～262
Gストリング(黒沼健) ………… 106

第16巻第3号(117号)　所蔵あり
1963年3月15日発行　282頁　180円
夜は千の眼を持つ《口絵》 ………… 7～10
落ちる《小説》(多岐川恭) ………… 12～28
頼れる人(新章文子) ………… 19
ライバル《小説》(多岐川恭) ………… 30～45
トリック功者?(結城昌治) ………… 37
おとなしい妻《小説》(多岐川恭) ………… 46～62
実のあるひと(戸川昌子) ………… 53
蝶《小説》(多岐川恭) ………… 64～80
白家太郎から多岐川恭へ(江戸川乱歩) ………… 71
多岐川恭のすべて
　静かなる作家(大伴秀司) ………… 82～96
　多岐川さんのこと(佐野洋) ………… 87
　孤独な教授(宮良高夫) ………… 91
　多岐川恭 その作品評 ………… 97～106
　多岐川恭 直木賞ア・ラ・カルト
　　決選投票で同点 ………… 123
　　前途祝福 ………… 123
　　直木賞を受賞して(多岐川恭) ………… 124
　　「落ちる」戦後スリラーの佳作(十返肇) ………… 125
　　病院行き(多岐川恭) ………… 126～127
　　わが小説「異郷の帆」(多岐川恭)
　　　………… 127～128
　孤独な〈共犯者〉・多岐川恭(ヨシダ・ヨシエ) ………… 129～134
　多岐川恭 作品・著書リスト(島崎博〔編〕) ………… 135～137

336

27 『別冊宝石』

夜は千の目を持つ（多岐川恭）‥‥‥ 107〜112
"罪ある追憶"の掟《小説》（折原淳）‥‥‥‥ 113
多才な作家多岐川恭《座談会》（十返肇、中島河
　太郎、樹下太郎）‥‥‥‥‥‥ 114〜122
悪人の眺め《小説》（多岐川恭）‥‥‥ 138〜173
冷静な目（仁木悦子）‥‥‥‥‥‥‥‥‥ 153
多岐川氏のネクタイ（河野典生）‥‥‥‥‥ 163
私の愛した悪党《小説》（多岐川恭）
　‥‥‥‥‥‥‥‥‥‥‥‥‥ 174〜282
多岐川恭の長編（大内茂男）‥‥‥‥‥‥ 181
多岐川恭と直木賞（木々高太郎）‥‥‥‥ 197
親しいひと（城山三郎）‥‥‥‥‥‥‥‥ 229
記者時代の多岐川さん（日下学）‥‥‥‥ 245
学ぶべき先輩（佐賀潜）‥‥‥‥‥‥‥‥ 277

第16巻第4号（118号） 所蔵あり
1963年5月15日発行　346頁　190円
雨の六本木《口絵》‥‥‥‥‥‥‥‥‥ 7〜10
霧に溶ける《小説》‥‥‥‥‥‥‥‥ 12〜156
タフな流行児（多岐川恭）‥‥‥‥‥‥‥‥ 31
子を見るめ（笹沢美明）‥‥‥‥‥‥‥‥‥ 51
一度あいたい（黒岩重吾）‥‥‥‥‥‥‥‥ 71
笹沢左保 その作品評 ‥‥‥‥‥‥ 157〜161
技巧派の四番打者・笹沢左保《座談会》（荒正
　人、梶山季之、中島河太郎）‥‥ 162〜170
ロマンと社会性の本格派（青柳尚之）
　‥‥‥‥‥‥‥‥‥‥‥‥‥ 172〜179
犯人への愛について（佐野洋）‥‥‥ 180〜187
プロ野球残酷物（笹沢左保）‥‥‥‥ 188〜195
六本木心中《小説》（笹沢左保）‥‥ 196〜220
「死の跡」の風景《小説》（折原淳）
　‥‥‥‥‥‥‥‥‥‥‥‥‥ 221〜223
十五年は長すぎる《小説》（笹沢左保）
　‥‥‥‥‥‥‥‥‥‥‥‥‥ 224〜237
結婚って何さ《小説》（笹沢左保）‥‥ 238〜343
笹沢左保の少年時代（吉田栄夫）‥‥‥‥ 247
天性の本格派（中島河太郎）‥‥‥‥‥‥ 267
新時代の文人気質？（江戸川乱歩）‥‥‥ 289
笹沢左保 作品・著書リスト（島崎博〔編〕）
　‥‥‥‥‥‥‥‥‥‥‥‥‥ 344〜346

第16巻第5号（119号） 所蔵あり
1963年6月15日発行　326頁　190円
夜の監視《小説》（ジュリアス・ファスト〔著〕、
　永井淳〔訳〕）‥‥‥‥‥‥‥‥ 9〜130
やぶへび《小説》（ローレンス・G・ブロックマン
　〔著〕、志摩隆〔訳〕）‥‥‥‥ 131〜143
［作品紹介］（田中潤司）‥‥‥‥‥‥‥ 139
M・W・A十八年の歩み（田中潤司）
　‥‥‥‥‥‥‥‥‥‥‥‥‥ 144〜152

地平線の男《小説》（ヘレン・ユースティス〔著〕、
　久里瀬いと〔訳〕）‥‥‥‥‥‥ 153〜325
別冊だより（関信博）‥‥‥‥‥‥‥‥‥ 326

第16巻第6号（120号） 所蔵あり
1963年7月15日発行　298頁　180円
高木彬光＝その四つの顔《口絵》‥‥‥‥ 7〜10
わが一高時代の犯罪《小説》（高木彬光）
　‥‥‥‥‥‥‥‥‥‥‥‥‥‥ 12〜75
影なき女《小説》（高木彬光）‥‥‥‥ 76〜101
妖婦の宿《小説》（高木彬光）‥‥‥ 102〜136
自信に満ちた開拓者（小村寿）‥‥‥ 137〜145
原子病患者《小説》（高木彬光）‥‥‥ 146〜159
信念に徹する人（志村五郎）‥‥‥‥ 160〜172
熱情の車（山田風太郎）‥‥‥‥‥‥‥‥ 169
「人蟻」で冷汗（高木彬光）‥‥‥‥ 173〜174
マイカーの記（高木彬光）‥‥‥‥‥ 174〜175
再び、神津恭介を…《座談会》（飛鳥高、大内茂
　男、海渡英祐）‥‥‥‥‥‥‥ 176〜185
ハスキル人《小説》（高木彬光）‥‥‥ 186〜291
高木彬光 作品・著書リスト（島崎博〔編〕）
　‥‥‥‥‥‥‥‥‥‥‥‥‥ 292〜298

第16巻第7号（121号） 所蔵あり
1963年8月15日発行　294頁　180円
人みな銃をもつ《小説》（リチャード・S・ブレ
　イザー〔著〕、井上一夫〔訳〕）‥‥ 9〜126
ホームズ伝・その他（田中潤司）‥‥ 128〜131
行動派探偵紳士録（青木秀夫）‥‥‥ 132〜137
ハードボイルド派の末裔たち（権田万治）
　‥‥‥‥‥‥‥‥‥‥‥‥‥ 138〜143
ブロンズの扉《小説》（レイモンド・チャンドラー
　〔著〕、稲葉由紀〔訳〕）‥‥‥ 144〜169
白い一本のタバコ（瀬木文夫）‥‥‥‥‥ 171
待っている《小説》（レイモンド・チャンドラー
　〔著〕、稲葉由紀〔訳〕）‥‥‥ 172〜187
マーロウの周囲（稲葉由紀）‥‥‥‥ 188〜190
しらみ野郎の死《小説》（ジョン・シェファード
　〔著〕、永井淳〔訳〕）‥‥‥‥ 191〜293
別冊だより（関信博）‥‥‥‥‥‥‥‥‥ 294

第16巻第8号（122号） 所蔵あり
1963年9月15日発行　362頁　200円
私は火星《小説》（レイ・ブラッドベリ〔著〕、久
　里瀬いと〔訳〕）‥‥‥‥‥‥‥‥ 12〜23
レイ・ブラッドベリ ‥‥‥‥‥‥‥‥‥‥ 19
SFアンソロジイの数々 ‥‥‥‥‥‥ 22〜23
虫が好かない《小説》（佐野洋）‥‥‥‥ 24〜31
歴史学校教程《小説》（アーサー・C・クラーク
　〔著〕、足立楓〔訳〕）‥‥‥‥‥ 32〜39
アーサー・C・クラーク ‥‥‥‥‥‥‥‥ 35

337

27 『別冊宝石』

発見《小説》(結城昌治) ………… 40～43
お気に召すことうけあい《小説》(アイザック・アシモフ〔著〕, 木下洋〔訳〕)… 44～59
アイザック・アシモフ ………… 49
アメリカのSF専門誌 ………… 58～59
SF・20世紀《小説》(伊藤典夫) … 60～66
暗示《小説》(星新一) ………… 68～71
選り好みなし《小説》(アルフレッド・ベスター〔著〕, 稲葉由紀〔訳〕) … 72～85
アルフレッド・ベスター ………… 75
影の影《小説》(眉村卓) ………… 86～93
最後の解答《小説》(クリフォード・D・シマック〔著〕, 矢野浩三〔訳〕) … 94～108
クリフォード・D・シマック ………… 99
苦の世界《小説》(都筑道夫) … 110～116
音《小説》(ヴァン・ヴォート〔著〕, 緒妻星一〔訳〕) ………… 116～137
ヴァン・ヴォート ………… 119
人工衛星空を飛ぶ〈1〉………… 136～137
日本のSF作家たち(柴野拓美) … 138～139
群猫(筒井康隆) ………… 140～147
人工衛星空を飛ぶ〈2〉………… 146～147
マリア《小説》(平井和正) ………… 148～155
人工衛星空を飛ぶ〈3〉………… 154～155
未来への賛美(ヴァン・ヴォート〔著〕, 折原聡〔訳〕) ………… 156～159
ミュータント《小説》(ヘンリー・カットナー〔著〕, 水沢亜梨須〔訳〕) … 160～187
ヘンリー・カットナー ………… 163
SFの流行について(村松剛) … 188～194
SFに夢中の中学生 ………… 195～196
明日の現代劇(山田武彦) … 197～200
テーマ別 戦後公開SF映画表(山田武彦〔編〕) ………… 201～207
旅路の果て(加納一朗) ………… 208～212
オン・ザ・ダブル《小説》(広瀬正) ………… 214～218
選択《小説》(W・ヒルトン・ヤング〔著〕, I〔訳〕) ………… 219
野生の児《小説》(ポール・アンダースン〔著〕, 邦枝輝夫〔訳〕) … 220～239
ポール・アンダースン ………… 223
人工衛星空を飛ぶ〈4・完〉… 238～239
科学はここまで来ている《座談会》(木々高太郎, 原田三夫, 日下実男) … 240～252
金魚鉢《小説》(ロバート・A・ハインライン〔著〕, 志摩隆〔訳〕) … 254～283
ロバート・A・ハインライン ………… 261
レミングとの対話《小説》(ジェイムス・サーバー〔著〕, I〔訳〕) … 282～283
女か怪物か《小説》(小松左京) … 284～295

恋人たち《小説》(フィリップ・ホセ・ファーマー〔著〕, 一条佳之〔訳〕) ………… 296～361
フィリップ・ホセ・ファーマー … 299
別冊だより(関信博) ………… 362

第16巻第9号(123号) 所蔵あり
1963年10月15日発行 334頁 200円

銀幕の名探偵たち《口絵》 ………… 7～14
フェアウェルの殺人《小説》(ダシール・ハメット〔著〕, 稲葉由紀〔訳〕) … 16～51
ダシール・ハメット ………… 18～19
ペリイ・メイスンの世界(邦枝輝夫) ………… 46～48
列車にご用心《小説》(エドマンド・クリスピン〔著〕, 村上啓夫〔訳〕) … 52～64
エドマンド・クリスピン ………… 54～55
アル・ウィーラーとダニー・ボイドのこと(山下諭一) ………… 62～64
停車――五十一分間《小説》(ジョルジュ・シムノン〔著〕, 遠川宇〔訳〕) … 66～78
ジョルジュ・シムノン ………… 68～69
鉄の心臓に犀の皮をかぶった男(権田万治) ………… 74～76
輝かしき女探偵たち(邦枝輝夫) … 79
最後の晩餐《小説》(ロイ・ヴィカーズ〔著〕, 瀬木文夫〔訳〕) … 80～87
ロイ・ヴィカーズ ………… 82～83
指紋《小説》(フリーマン・ウイルス・クロフツ〔著〕, 丸本聡明〔訳〕) … 88～93
死は電波にのる《小説》(ナイオ・マーシュ〔著〕, 永井淳〔訳〕) … 94～122
ナイオ・マーシュ ………… 96～97
ホームズの事件簿〈1〉(田中潤司) ………… 123～127
身から出た錆《小説》(レックス・スタウト〔著〕, 井上一夫〔訳〕) … 128～174
レックス・スタウト ………… 132～133
口髭《小説》(アガサ・クリスティ〔著〕, 久里瀬いと〔訳〕) … 176～190
アガサ・クリスティ ………… 178～179
ジェームス・ボンドの仲間たち(井上一夫) ………… 188～190
ポーカー・フェイス《小説》(マイケル・イネス〔著〕, 志摩隆〔訳〕) … 192～202
マイケル・イネス ………… 194～195
赤い風《小説》(レイモンド・チャンドラー〔著〕, 稲葉由紀〔訳〕) … 203～245
レイモンド・チャンドラー … 206～207
ペントハウスの謎《小説》(エラリイ・クイーン〔著〕, 矢野浩三〔訳〕) … 246～333
エラリイ・クイーン ………… 250～251

338

27『別冊宝石』

V字型の男のこと(稲葉由紀) ……… 278～279
赤毛のタフ・ガイ(柳泰雄) ……… 288～299
87分署の刑事たち(静波尋) ……… 308～309
万能のフラナール、ヴァンス(中島河太郎)
　……………………………………… 318～320
別冊だより(関信博) ……………………… 334

第16巻第10号　増刊　所蔵あり
1963年11月1日発行　246頁　200円
ホリス教授の優雅な生涯《小説》(C・B・ギル
　フォード〔著〕, 丸本聰明〔訳〕)
　……………………………………… 12～33
［まえがき］(ヒッチコック) ……………… 12
J・S氏V・M夫人を愛す《小説》(リチャード・
　ハードウィック〔著〕, 稲葉由紀〔訳〕)
　……………………………………… 34～42
［まえがき］(ヒッチコック) ……………… 34
海外ミステリーの近況《座談会》(植草甚一, 都
　筑道夫, 田中潤司) ……………… 44～57
蛇の足(田中潤司) ……… 46, 48, 50, 52, 54
冷めたい晩餐《小説》(フレッチャー・フローラ
　〔著〕, 足立楓〔訳〕) ……………… 59～77
［まえがき］(ヒッチコック) ……………… 60
死の余波《小説》(タルメッジ・パウエル〔著〕,
　後藤安彦〔訳〕) ………………… 78～83
［まえがき］(ヒッチコック) ……………… 78
死のノックアウト・パンチ《小説》(エド・レ
　イシイ〔著〕, 永井淳〔訳〕) …… 84～103
［まえがき］(ヒッチコック) ……………… 84
詩人の魂《小説》(ドナルド・ホーニグ〔著〕, 瀬
　木文夫〔訳〕) …………………… 104～107
［まえがき］(ヒッチコック) …………… 104
囮《小説》(ジャック・リッチー〔著〕, 矢野浩三
　郎〔訳〕) ………………………… 108～131
［まえがき］(ヒッチコック) …………… 108
先祖を信じるなかれ《小説》(マイケル・ズロイ
　〔著〕, 志摩隆〔訳〕) …………… 132～146
［まえがき］(ヒッチコック) …………… 132
思いやりの殺人《小説》(ネドラ・タイヤー〔著〕,
　井上一夫〔訳〕) ………………… 148～155
［まえがき］(ヒッチコック) …………… 148
刷新《小説》(ブライス・ウォルトン〔著〕, 久里
　瀬いと〔訳〕) …………………… 156～170
［まえがき］(ヒッチコック) …………… 156
復讐の矢《小説》(アーサー・ポージス〔著〕, 市
　川新一〔訳〕) …………………… 172～179
［まえがき］(ヒッチコック) …………… 172
映画とミステリ(柳泰雄) ………… 180～183
死はスキーにのって《小説》(パトリック・クエ
　ンティン〔著〕, 邦枝輝夫〔訳〕)
　…………………………………… 186～246

多彩な作家(田中潤司) …………… 190～191
静寂《小説》(レイ・ブラッドベリ〔著〕, 一条佳
　之〔訳〕) ………………………… 226～231

第16巻第11号(124号)　所蔵あり
1963年12月15日発行　346頁　200円
禁煙法《小説》(多岐川恭) ………… 12～28
温厚さとエネルギーと …………………… 15
デジャ・ヴュ《小説》(田中万三記) … 30～49
保健所長兼作家 …………………………… 33
裏目の男《小説》(竹村直伸) ……… 50～67
ニヒルなユーモア ………………………… 53
学校の階段《小説》(藤木靖子) …… 68～87
ママはちゃっか …………………………… 71
人みな欲望をもつ《小説》(草野唯雄)
　…………………………………… 88～107
第一回宝石中篇賞 ………………………… 91
三つの悪い芽《小説》(斎藤栄) …… 108～125
もうひとりの社会派 …………………… 111
スターリン・グラード《小説》(蒼社廉三)
　………………………………… 126～143
軍隊ミステリー ………………………… 129
シャドー《小説》(猪股聖吾) …… 144～161
「意馬心猿綺譚」のユーモア ………… 147
消えた家《小説》(日影丈吉) …… 162～175
ミステリーとポエジーと ……………… 165
天然色アリバイ《小説》(天藤真) … 176～196
ユーモア作家 …………………………… 179
宝石店、昼下りの物語《小説》(奥野光信)
　………………………………… 197～215
宝石賞を逸す …………………………… 200
偶像再興《小説》(黒木曜之助) … 216～240
記者の目 ………………………………… 219
13/18・8《小説》(千葉淳平) …… 241～261
"密室"の作家《小説》 ………………… 243
素晴しき老年《小説》(新羽精之) … 262～281
健康なユーモア ………………………… 265
はれもの《小説》(川辺豊三) …… 282～300
デリケートな心理描写 ………………… 285
癌《小説》(藤village正太) ……… 302～314
見事なカムバック ……………………… 305
宝石賞の歴史(青柳尚之) ………… 316～317
アリバイ奪取《小説》(笹沢左保) … 318～344
新しい文人気質 ………………………… 321
別冊だより(関信博) …………………… 345
※本文奥付は第16巻第10号

第17巻第1号(125号)　所蔵あり
1964年1月15日発行　330頁　200円
間氏の愚直《小説》(多岐川恭) …… 12～22

話しておくれ 可愛いいベイビー《小説》(シルヴィア・バッシュ〔著〕,広田純〔訳〕) ･･････････････････････ 24〜29
行動命令《小説》(ウォルター・M・ミラー〔著〕,足立楓〔訳〕) ････････････････ 30〜47
キャロル・リードの「逃げる男」とシェリー・スミスの「逃げる男のバラード」 ･･････････････････････ 34〜35
確証《小説》(三好徹) ･･･････････ 48〜61
命がけのスクープ《小説》(ジョージ・ハーモン・コックス〔著〕,横山繁子〔訳〕) ･･････････････････････ 62〜87
手袋のうらも手袋《小説》(都筑道夫) ･･････････････････････ 88〜102
愚問《小説》(ロバート・シェクリイ〔著〕,久里瀬いと〔訳〕) ･････････ 103〜111
ホームズの事件簿〈2・完〉(田中潤司) ･･････････････････････ 112〜116
海外ニュース ････････････････ 116〜117
検事と弁護士《小説》(佐賀潜) ･･ 118〜133
仮面の殺人《小説》(ローレンス・トレート〔著〕,泉信也〔訳〕) ･･･････････ 134〜153
檻のなか《小説》(加納一朗) ････ 154〜165
極秘親展《小説》(ダイアン・フレイザー〔著〕,井上一夫〔訳〕) ･･･････････ 166〜174
サービス《小説》(菊村到) ･･････ 176〜187
鍵《小説》(ハロルド・ゴールドマン〔著〕,邦枝輝夫〔訳〕) ･･･････････ 188〜195
周囲の眼《小説》(笹沢左保) ････ 196〜205
最初の出会い《小説》(チャド・オリヴァー〔著〕,一条佳之〔訳〕) ･･･････ 206〜217
ちょっぴりしあわせ《小説》(樹下太郎) ･･････････････････････ 218〜228
死人の口《小説》(ヒュー・ペンティコースト〔著〕,志摩隆〔訳〕) ･･･ 230〜284
こぶと利害関係(黒岩重吾) ･････ 242〜243
ノスタルジーなし(中原弓彦) ･･･ 270〜271
サラリーマンと時間(佐野洋) ･･･ 280〜281
のるか・そるか《小説》(E・S・ガードナー〔著〕,柳泰雄〔訳〕) ･････････ 286〜329
若い日のガードナー ･･･････････ 288〜289
若い日の一途さ(土屋隆夫) ･････ 300〜301
過渡期にただよう(小泉太郎) ･･･ 310〜311

第17巻第2号(126号) 所蔵あり
1964年2月15日発行 362頁 200円

長い暗い冬《小説》(曾野綾子) ･･ 12〜23
曾野綾子さんへ(村松剛) ･･･････ 14〜15
空巣専門《小説》(原田康子) ････ 24〜42
原田康子さまへ(笹沢左保) ･････ 26〜27
一日先の男《小説》(仁木悦子) ･･ 43〜53
仁木悦子さま(都筑道夫) ･･･････ 45〜47
青い壺の秘密《小説》(アガサ・クリスティ〔著〕,瀬木文夫〔訳〕) ･･･････････ 54〜70
アガサ・クリスティ女史へ(関信博) ･･････････････････････ 58〜59
蘇生《小説》(ウイルマー・H・シラス) ･･････････････････････ 71〜77
負け犬の目《小説》(南部樹未子) ･ 78〜93
南部樹未子さんへ(海渡英祐) ････ 80〜81
鼬《小説》(芦川澄子) ･････････ 94〜114
芦川澄子さんへ(中島河太郎) ････ 98〜99
マンハッタンの屋根《小説》(ヒルダ・ローレンス〔著〕,高橋泰邦〔訳〕) ･･ 116〜135
ヒルダ・ローレンスさま(千代有三) ･･････････････････････ 118〜120
毒虫《小説》(宮野村子) ･･･････ 136〜153
宮野村子さんへ(間羊太郎) ･････ 138〜139
三人の殺人者《小説》(クレイグ・ライス〔著〕,邦枝輝夫〔訳〕) ･･････ 154〜171
クレイグ・ライスさんへ(邦枝輝夫) ･･････････････････････ 156〜157
合致《小説》(水芦光子) ･･･････ 172〜181
水芦光子さんへ(杉森久英) ･････ 174〜175
学生心中《小説》(園田てる子) ･ 182〜194
園田てる子さんへ(大河内常平) ･ 184〜185
枕《小説》(マーガレット・セント・クレア〔著〕,永井淳〔訳〕) ･･･････････ 196〜207
社会奉仕《小説》(中山あい子) ･ 208〜223
中山あい子さんへ(青柳尚之) ･･･ 210〜211
友だち同士の殺人《小説》(ネドラ・タイヤー〔著〕,森崎潤一郎〔訳〕) ･ 224〜232
N・タイヤーさんへ(柳泰雄) ････ 226〜227
女流作家の休暇《小説》(三好徹) ･ 234〜247
透明作戦《小説》(藤木靖子) ････ 248〜254
藤木靖子さんへ(権田万治) ･････ 250〜251
SFと女流作家(伊藤典夫) ･･････ 255〜257
窓辺の老人《小説》(マージェリイ・アリンガム〔著〕,久里瀬いと〔訳〕) ･ 258〜278
M・アリンガムさんへ(静波寿) ･ 260〜261
若い清算《小説》(広池秋子) ････ 280〜291
広池秋子さんへ(菊村到) ･･･････ 282〜283
生存者の船《小説》(ジュディス・メリル〔著〕,足立楓〔訳〕) ･･･････ 292〜299
ルボワ氏の冒険《小説》(戸川昌子) ･･････････････････････ 300〜309
戸川昌子さんへ(多岐川恭) ･････ 302〜303
ある女と男《小説》(新章文子) ･ 310〜320
新章文子さんへ(原田裕) ･･･････ 312〜313
危険な旅《小説》(ヘレン・ライリイ〔著〕,矢野浩三郎〔訳〕) ･･････････････ 321〜361

27『別冊宝石』

ヘレン・ライリイ様へ(黒川八郎)
　　　　　　　　　　………… 324〜325
別冊だより(関信博) ………… 362

第17巻第3号(127号)　所蔵あり
1964年3月15日発行　362頁　200円

化石の街《小説》(広瀬正) ………… 12〜28
遥かなりカシオペヤの女《小説》(今日泊亜
　蘭) …………………………… 30〜43
人類最後の男《小説》(エドマンド・ハミルトン
　〔著〕,永井淳〔訳〕) ………… 44〜58
恋の鎮魂曲《小説》(豊田有恒) ……… 60〜64
下の世界《小説》(筒井康隆) ……… 66〜79
わが手のわざ《小説》(C・M・コーンブルース
　〔著〕,浅倉久志〔訳〕) ……… 80〜95
C・M・コーンブルース ………………… 93
弘安四年《小説》(光瀬竜) ………… 96〜111
闇からの声《小説》(平井和正) ……… 112〜119
C斜溝にて《小説》(アイザック・アシモフ〔著〕,久
　里瀬いと〔訳〕) ………… 120〜154
露路の奥《小説》(半村良) ………… 156〜166
黄金珊瑚《小説》(光波耀子) ……… 168〜182
愚行の輪《小説》(小松左京) ……… 184〜196
悪夢の果て《小説》(眉村卓) ……… 198〜210
セールスマンの厄日《小説》(フリッツ・ライ
　バー〔著〕,志摩隆〔訳〕) … 212〜218
孤独な星《小説》(マレイ・ラインスター〔著〕,
　井上一夫〔訳〕) ………… 220〜245
時は裏切り者《小説》(アルフレッド・ベスター
　〔著〕,伊藤典夫〔訳〕) ……… 246〜266
星の花嫁《小説》(アンソニー・バウチャー〔著〕,
　瀬木文夫〔訳〕) ………… 268〜271
流刑囚《小説》(都筑道夫) ……… 272〜280
われらの未来《小説》(ロバート・A・ハインライン〔著〕,
　一条佳之〔訳〕) ………… 281〜288
努力《小説》(T・L・シャーレッド〔著〕,足立楓
　〔訳〕) …………………… 289〜335
日本のSFはこれでいいのか《座談会》(荒正人,
　福島正実,石川喬司) ……… 336〜361
蛇の足(田中潤司)
　　　… 341, 343, 345, 347, 349, 351, 353, 355
別冊だより(関信博) ………………… 362

第17巻第4号(128号)　所蔵あり
1964年4月15日発行　330頁　200円

くたばれ! 推理小説評論家(権田万治)
　　　　　　　　　　…………… 12〜19
人を呪わば《小説》(田中万三記) … 20〜37
クロロフォルムの清潔な匂い …………… 35
檻《小説》(地主金悟) ……………… 38〜56
意欲的な新人 ………………………… 55

昼の花火《小説》(斎藤栄) ………… 57〜77
宝石中篇賞作家の珠玉作 ……………… 75
流れる海《小説》(草野唯雄) ……… 78〜181
香港横丁《小説》(田島哲夫) ……… 182〜195
ミステリーの新人たち(田中潤司)
　　　　　　　　　　………… 196〜201
幻想の系譜《小説》(新羽精之) …… 202〜219
一徹な人物のかもすユーモア ………… 208
シヴァの微笑《小説》(後藤信夫) … 220〜320
遊戯の本質(稲葉明雄) …………… 321〜329
別冊だより(関信博) ………………… 330

第17巻第5号　増刊　所蔵あり
1964年4月30日発行　234頁　200円

駆けだしコレクターのオモチャ談義(都筑道
　夫) …………………………… 6〜10
第二の評決《小説》(ヘンリー・スレッサー〔著〕,
　邦枝輝夫〔訳〕) …………… 11〜33
やさしい女たち《小説》(フイリップ・ケチャム
　〔著〕,永井淳〔訳〕) ……… 34〜44
月夜の狂宴《小説》(リチャード・ハードウィッ
　ク〔著〕,森崎潤一郎〔訳〕) … 46〜69
[まえがき](ヒッチコック) …………… 46
ちゃっかりした女《小説》(リチャード・デミン
　グ〔著〕,志摩隆〔訳〕) …… 70〜82
[まえがき](ヒッチコック) …………… 71
図書室の怪《小説》(オーガスト・ダーレス〔著〕,
　森郁夫〔訳〕) ……………… 83〜101
[まえがき](ヒッチコック) …………… 83
名探偵の復活(田中潤司) ………… 102〜107
海外ニュース ……………………… 104〜107
ブルケを売る男《小説》(ハル・エルソン〔著〕,
　後藤安彦〔訳〕) ………… 108〜114
[まえがき](ヒッチコック) ………… 109
タキシード・ジャンクション《小説》(エド・レ
　イシイ〔著〕,丸本聡明〔訳〕)
　　　　　　　　　　………… 115〜121
[まえがき](ヒッチコック) ………… 115
銀行を狙ったら《小説》(ドナルド・ホーニグ
　〔著〕,久里瀬いと〔訳〕) … 122〜127
[まえがき](ヒッチコック) ………… 122
二人の女《小説》(C・B・ギルフォード〔著〕,泉
　真也〔訳〕) ……………… 128〜140
あせっちゃう! ほんものレジャー(山際史
　高) ………………………… 141〜145
美しきブロンド《小説》(マエヴァ・パーク〔著〕,
　市川新一〔訳〕) ………… 146〜153
[まえがき](ヒッチコック) ………… 146
死は暗室で待つ《小説》(ケリー・ルース〔著〕,
　井上一夫〔訳〕) ………… 154〜210

341

27 『別冊宝石』

沈黙は金《小説》(ジャック・リッチー〔著〕, 柳泰雄〔訳〕)・・・・・・・・・・・・・・・ 211～215
［まえがき］(ヒッチコック)・・・・・・・・・・・・・・・ 211
悪事千里《小説》(ジョナサン・クレイグ〔著〕, 静波尋〔訳〕)・・・・・・・・・・・・・・・ 216～226
ハリウッドの作家たち(レイモンド・チャンドラー〔著〕, 稲葉明雄〔訳〕)・・・・ 228～234

第17巻第6号(129号)　所蔵あり
1964年5月15日発行　289頁　200円
流しの下の骨を見ろ《小説》(斎藤栄)
・・・・・・・・・・・・・・・・・・・・・・・・・・・・・・ 12～50

きみ、安井昭平の平穏な一日《小説》(草野唯雄)・・・・・・・・・・・・・・・・・・・・・・・・・ 51～69
紋章と白服《小説》(眉村卓)・・・・・・・・・・ 70～84
海賊船《小説》(新羽精之)・・・・・・・・・・・ 85～101
犯罪横丁《小説》(リチャード・S・ブレイザー〔著〕, 永井淳〔訳〕)・・・・・・・・・・ 102～130
逃げ道なし《小説》(田中万三記)・・・・・ 131～146
鷹の子《小説》(広瀬正)・・・・・・・・・・・・・ 147～160
「射殺せよ」《小説》(ウェイド・ミラー〔著〕, 井上一夫〔訳〕)・・・・・・・・・・・・・・・・ 162～289

28 『影』

【刊行期間・全冊数】1948.7(1冊)
【刊行頻度・判型】不明, B5判
【発行所】京都新星社(京都)
【発行人】山中栄裕
【編集人】益川進
【概要】京都の映画関係者が中心だったと言われる。1号のみと思われる。

未所蔵
1948年7月10日発行　42頁　35円

新風待望(野上徹夫) ……………… 前1
魔天楼都市のナイト・クラブ《口絵》(中野五
　郎〔文〕) ………………… 4～7, 30～31
雷雨の馬車《口絵》(亜土寝奢〔文〕)
　……………………………… 8～9, 34
聖林の肉体《口絵》 ………………… 10
日本にも『黄金時代』を(江戸川乱歩)
　……………………………… 12～13
句会殺人事件《小説》(村上忠久) …… 14～20
神の灯(村上忠久) ………………… 21
幻滅《小説》(城昌幸) …………… 22～23
作られた殺人《小説》(悒愁亭主人) …… 23
いれずみ奇談 女性の部(須江摘花) …… 24～25
新聞広告《小説》(北町一郎) ……… 26～27
死体の足音《小説》(双葉十三郎) …… 28～29
新釈日常語辞典(悒愁亭主人) ……… 29
ハリウッド昔話 …………………… 31
恐ろしきイートン帽《小説》(岩田賛)
　……………………………… 32～33
あくびの一頁(いねむり編輯部) ……… 35
盗まれた手《小説》(北洋) ……… 36～42
※表紙は1948年6月15日発行

29 『探偵趣味』（戦後版）

【刊行期間・全冊数】1949.1（1冊）
【刊行頻度・判型】不明, B5判
【発行所】真珠文庫
【発行人】橋本善次郎
【編集人】西村圭三
【概要】『真珠』を発行した橋本善次郎が、その廃刊の翌年に出したものだが、1号のみと思われる。奥付に「新花形読切傑作集」とあるので、雑誌として継続的に発行するつもりではなかったのかもしれない。

未所蔵
1949年1月28日発行　51頁　40円

傀儡人形《小説》（城昌幸）	前1〜1
密室のロミオ《小説》（赤沼三郎）	3〜10
恋愛は探偵に禁物	5
焦げる女肉（法水小五郎）	8〜9
俳優の人気	10
洪水裁判《小説》（笛色幡作）	11〜17
「罪と罰」も仲間入り	15
風流有頂天物語（矢野目源一）	16〜17
嗅ぐや姫《小説》（城戸礼）	18〜20
田中絹代の貞操	20
氷《小説》（楠田匡介）	21〜27
探偵小説の一本道	25
フアン・ダンサーの馬（栗栖貞）	26〜27
詰将棋古今名作集（棋仙老人）	27
野菊《小説》（若松秀雄）	28〜34, 40
猫と云へば黒猫	29
活弁と女賊（玉虫三四郎）	32〜34
シュプールは語る《小説》（瀬下耽）	35〜39
育ての親は森下雨村	39
文壇怪奇⑴屍物語（千）	40
朧夜の幻想《小説》（島田一男）	41〜45
乱歩の随筆「探偵小説」	43
名古屋も一城	44
火も凍らん（栗栖貞）	46
夜の殺人事件《小説》（島久平）	47〜51
楽団異聞（れこーどのうわさ）	51
文壇怪奇?傑物譚	51
恐怖博物館	後1

30 『恐怖街』

【刊行期間・全冊数】1949.10（1冊）
【刊行頻度・判型】不明, B5判
【発行所】記載なし
【発行人】記載なし
【編集人】記載なし
【概要】出版社等の詳細は不明。1号のみと思われる。小説の一部は『読物春秋』（1949.1）からの再録。

未所蔵
1949年10月1日発行　50頁　50円

人形師の幻想《小説》（木々高太郎）……… 4〜13
パリの鶴と牝鶏（渡辺紳一郎）……… 14〜15
七十三の恋《小説》（城島喬）……………… 16
寝室の裸女《小説》（中川武一）……… 17〜19
愛憎歌仁義《小説》（村上元三）……… 20〜35
アマチュア推理の扉 …………………… 36
あの世この世《小説》（ジョージ・オート）
………………………………………… 37
霧海の底《小説》（島田一男）………… 39〜50
男ならば …………………………………… 50

31『スリーナイン』

【刊行期間・全冊数】1950.11（1冊）
【刊行頻度・判型】不明, B40
【発行所】高風館
【発行人】笹川昭朗
【編集人】江口雅夫
【概要】判型が新書判なのが珍しい。誌名はロンドン警視庁の緊急呼び出し番号から取られていて、探偵雑誌らしい内容だが、1号で終わったと思われる。

所蔵あり
1950年11月1日発行　86頁　30円

熱情殺人事件《小説》（沙原砂一）
　............................ 3～42, 47
損害賠償《小説》（D・ドナルド） .... 12～14
速達便《小説》（A・アロウ） .... 28～30
［無題］（水谷準） 43
欲望の砂漠 .... 44～45
［無題］（宮野叢子） 46
脱獄譚（水谷準） .... 48～53
サブと車券《小説》（原謙二郎） .... 54～61
ビルオスカアの話《小説》（W・ウィルソン）
　.................................... 62～70
悲しき錯誤《小説》（宮野叢子） .... 71～86

32『怪奇探偵クラブ』『探偵クラブ』『探偵倶楽部』

【刊行期間・全冊数】1950.5-1959.2（106冊）
【刊行頻度・判型】月刊、A5判、B5判（第3巻第11号）
【発行所】共栄社
【発行人】赤石喜平（第1号～第3巻第2号）、中村博（第3巻第3号～第4巻第12号）、竜野誠一郎（第5巻第1号～第8巻第13号）、中村博（第9巻第1号～第10巻第2号）
【編集人】中村博（第1号～第8巻第13号）、今井晴男（第9巻第1号～第10巻第2号）
【概要】第1号と第2号が『オール読切』の別冊の『怪奇探偵クラブ』として発行された後、1951年8月に『探偵クラブ』として独立した。1951年一杯は表紙等で『怪奇探偵クラブ』とも記されている。

　探偵小説と実話や告白読物を中心に、従来にないインテリ大衆の娯楽雑誌を目指した。小説は戦前派作家と『宝石』出身作家が多く、ベテランから新鋭まで、当時の探偵小説界を反映した誌面となっている。戦前作家の久山秀子がここで復活したのは特筆される。一方で、新人投稿も募ったが、注目すべき作品は現われていない。

　1952年5月に『探偵倶楽部』と誌名を改め、翻訳探偵小説の紹介に積極的となった。英米作品だけでなく、欧州や共産圏からも作品をピックアップし、翻訳だけの増刊を出したこともある。

　しかし、ほどなく再び実話中心となり、小説は執筆陣が固定化する。1958年10月からは、「耽奇ミステリーよみもの」と表紙に謳い、煽情的な作品が目立ってくる。もはやインテリの娯楽雑誌とはいえなくなって廃刊となった。

オール読切別冊　所蔵あり
1950年5月15日発行　294頁　85円

ジェキル博士とハイド《絵物語》（R・スチブンソン〔原作〕, 佐野孝〔文〕） 11～18
海の征服者《映画物語》 19～22
獄門島物語《映画物語》 23～34
中原強盗自殺事件（間坂四郎） 35～38
獺峠の殺人《小説》（岡田鯱彦） 40～62
銀座温泉《絵物語》（小野佐世男〔作〕）
　　　　　　　　　　43, 47, 51, 55, 57, 61, 62
謎の鍵（星野辰雄） 63～65
蝶々美人の怪死（梶田実） 66～73
バタフライ
十字架おむら《小説》（香山滋） 74～90
もう一つの裏《小説》（城昌幸） 91～100
ねむり男騒動／婦人警官と結婚すれば 100
戦後派結婚《漫画》（寺尾よしたか） 101
失はれた過去《小説》（角田喜久雄）
　　　　　　　　　　　　　　　102～114
アメリカ犯罪の生態（高羅俊平） 115～117
拳闘賭博師（梶間正夫） 118～129
白粉刺青の女（貴司山治） 130～113
ぼくろ
不法妊娠《小説》（寿々喜多呂九平）
　　　　　　　　　　　　　　　144～155

夜の黒真珠《小説》（モーリス・ルブラン〔著〕, 保篠竜緒〔訳〕） 156～169
謎の狂人（関川周） 170～185
紺屋の白はかま／中国のスリ 185
地獄の兄妹《小説》（永瀬三吾） 186～199
怪奇の家（香山滋） 200～202
勘定高い女房 202
犯罪解剖座談会《座談会》（藤井安雄, 大和安市, 和田四郎次, 中村博） 203～210
首狩り島の流刑者（戸伏太兵） 212～227
アリゾナの狼《小説》（北林透馬）
ウルフ
　　　　　　　　　　　　　　　228～243
スター殺人事件 244～247
腕（三谷祥介） 248～264
結婚の傷痕（ジョン・テレル〔著〕, 宮田峯一〔訳〕） 265～294
編集だより 294

オール読切別冊第2号　所蔵あり
1950年6月25日発行　294頁　85円

モンテ・クリスト伯《絵物語》（アレキサンドル・デュマ〔著〕, 北富三郎〔文〕）
　　　　　　　　　　　　　　　　11～18

347

32 『怪奇探偵クラブ』『探偵クラブ』『探偵倶楽部』

アマゾンの美女《映画物語》・・・・・・・ 19〜22
黒猫《絵物語》（エドガー・アラン・ポオ〔原作〕，
　佐野孝〔文〕）・・・・・・・・・・・・・・・ 23〜30
海の刑務所カメラ探訪《口絵》・・・・・・ 31〜35
目撃者《漫画》（西塔子郎）・・・・・・・・ 36〜37
紫苑屋敷の謎《小説》（宮野叢子）・・・ 40〜67
スキャンダル《漫画》（小泉紫郎）・・・ 68〜69
亡霊館の案内人（関川周）・・・・・・・・ 70〜75
　　ミステリーハウス　ガイド
太陽魔法の奇談（戸伏太兵）・・・・・・・ 76〜87
第四次元の女《小説》（大下宇陀児）・・・ 88〜104
蠅の殺人（タカラ ジュン）・・・・・・・ 105〜107
影のなき犯人（モートン・フエーバ〔著〕，宮田
　峯一〔訳〕）・・・・・・・・・・・・・・・ 108〜119
競輪インチキアレコレばなし（岡田五郎）
　・・・・・・・・・・・・・・・・・・・・・・・ 120〜121
赤い牢獄（寺島柾史）・・・・・・・・・・ 122〜135
悪魔は窓の中に《小説》（渡辺啓助）
　・・・・・・・・・・・・・・・・・・・・・・・ 136〜151
モダントピック（Y.S.M.）・・・・・・・ 152〜154
失踪船フェレット号（志摩達夫）・・・ 156〜168
戦後のスパイ戦《座談会》（木村毅，松尾邦之助，
　与謝野秀）・・・・・・・・・・・・・・・ 169〜177
吸血紅蝙蝠《小説》（モーリス・ルブラン〔著〕，
　保篠竜緒〔訳〕）・・・・・・・・・・・・ 178〜191
死のノックアウト（梶間正夫）・・・・ 192〜197
湖畔の犯罪（香山滋）・・・・・・・・・・ 198〜221
獣人ギギ《小説》（寒川光太郎）・・・ 222〜241
クレオパトラの眼《小説》（岡田鯱彦）
　・・・・・・・・・・・・・・・・・・・・・・・ 242〜265
珍訴訟 ・・・・・・・・・・・・・・・・・・・・・ 265
アプレゲール風俗史《漫画》（早瀬二郎）
　・・・・・・・・・・・・・・・・・・・・・・・ 266
狂人の罠（ルービー・ウオレン〔著〕，宮田峯一
　〔訳〕）・・・・・・・・・・・・・・・・・ 267〜294
編輯局より ・・・・・・・・・・・・・・・・・・ 294

※ 以下、『探偵クラブ』と改題

第1巻第1号　未所蔵
1950年8月1日発行　294頁　85円

スペードの女王《映画物語》・・・・・・・・ 14
探偵クラブの新鋭探偵作家《口絵》・・・・ 22
〔近況〕（香山滋）・・・・・・・・・・・・・・ 22
〔近況〕（魔子鬼一）・・・・・・・・・・・・・ 23
〔近況〕（楠田匡介）・・・・・・・・・・ 23〜24
〔近況〕（宮野叢子）・・・・・・・・・・・・ 24
〔近況〕（岡田鯱彦）・・・・・・・・・・・・ 25
ガンジュ公爵夫人惨殺始末《絵物語》（アレキサ
　ンダー・デュマ〔著〕，新井栄三郎〔訳〕） 26
初秋の惨劇（間坂四郎）・・・・・・・・・・ 34

二つの穴《小説》（楠田匡介）・・・・・・ 40〜76
西洋珍談 ・・・・・・・・・・・・・・・・・・・・ 77
因果者（関川周）・・・・・・・・・・・・・ 78〜95
収賄勝手たるべし ・・・・・・・・・・・・・・ 95
サロン珍文館 ・・・・・・・・・・・・・・・ 96〜97
不可能犯罪《小説》（岡田鯱彦）・・・ 98〜116
征服されざる山（ラム・シンサン）
　・・・・・・・・・・・・・・・・・・・・・・・ 117〜120
犯人は誰か ・・・・・・・・・・・・・・・・・・ 121
鷲岡俊吾の最後（寿々喜多呂九平）
　・・・・・・・・・・・・・・・・・・・・・・・ 122〜141
国民指紋の話（井上泰宏）・・・・・・・ 142〜143
黄金太陽神廟《小説》（戸伏太兵）・・・ 144〜165
モダントピック ・・・・・・・・・・・・・・ 166〜167
水棲人《小説》（香山滋）・・・・・・・・ 168〜181
美女の自尊心（藤介）・・・・・・・・・・・・ 181
告白を笑ふ仮面《小説》（永瀬三吾）
　・・・・・・・・・・・・・・・・・・・・・・・ 182〜200
ハイキング《小説》（角田実）・・・・・ 201〜205
女海賊アン・ボニイ（志摩達夫）・・・ 206〜217
秘密島《小説》（城昌幸）・・・・・・・・ 218〜233
かしこい女中（藤介）・・・・・・・・・・・・ 232
脛に傷もつ女（藤介）・・・・・・・・・・・・ 233
名宝紛失事件《小説》（モーリス・ルブラン〔著〕，
　保篠竜緒〔訳〕）・・・・・・・・・・・・ 234〜250
密輸入あの手この手 ・・・・・・・・・・・・・ 251
三人の夫を殺した女《小説》（水谷準）
　・・・・・・・・・・・・・・・・・・・・・・・ 252〜267
ある囚人の自殺（P・T・X）・・・・・ 268〜269
猫の舌（藤介）・・・・・・・・・・・・・・・・ 269
父帰らざりせば（リー・アンダソン〔著〕，宮田
　峯一〔訳〕）・・・・・・・・・・・・・・・ 270〜293
編輯局より皆様へ ・・・・・・・・・・・・・・ 294

第1巻第2号　所蔵あり
1950年10月1日発行　294頁　85円

バグダッド《映画物語》・・・・・・・・・ 11〜18
海のGメン《口絵》・・・・・・・・・・・ 19〜22
クラリモンド《絵物語》（テオフィル・ゴーチエ
　〔原作〕，佐野孝〔文〕）・・・・・・・ 23〜30
見知らぬ仲間（間坂四郎）・・・・・・・ 31〜35
鼻紛失事件《漫画》（赤川童太）・・・ 36〜37
怪猫カモン《小説》（渡辺啓助）・・・ 40〜62
徽章（村木欣平）・・・・・・・・・・・・・ 63〜65
ジェロームの喧嘩《小説》（北林透馬）
　・・・・・・・・・・・・・・・・・・・・・・・ 66〜74
ギョス探偵行状記《漫画》（東村尚治）・・・ 75
誘惑する女（ジョニー・ハリス〔著〕，宮田峯一
　〔訳〕）・・・・・・・・・・・・・・・・・ 76〜99
モダントピック ・・・・・・・・・・・・・ 100〜101
銀座令嬢組合《小説》（島田一男）・・・ 102〜116

348

32 『怪奇探偵クラブ』『探偵クラブ』『探偵倶楽部』

犯罪と科学の眼(長姫城太郎) ……… 117〜119
掏摸の隠語 ……………………………… 119
猟奇園殺人事件《小説》(魔子鬼一)
　　　　　　　　　　　　　　　　120〜137
犯罪者のいれずみ(井上泰宏) …… 138〜139
浮貸屋心中(三谷祥介) …………… 140〜156
脱獄(佐山英太郎) ………………… 158〜171
善い教訓(藤介) ………………………… 171
猛獣の檻(福田三郎) ……………… 172〜175
赤い蜘蛛〈1〉《小説》(モーリス・ルブラン〔著〕,
　　保篠竜緒〔訳〕) ……………… 176〜191
『赤い蜘蛛』について(保篠竜緒) …… 179
やきもち(藤介) ………………………… 191
共産党とスパイを語る元特高刑事座談会《座
　談会》(伊東元広,伊原浩太,服部久雄,三谷
　祥介) ……………………………… 192〜201
新版ジキルとハイド《漫画》(小泉紫朗)
　　　　　　　　　　　　　　　　202〜203
ダニューブの悲劇(北島文子) …… 204〜217
破談の理由(藤介) ……………………… 216
密室の殺人《小説》(岡田鯱彦) … 218〜235
海賊モントパール(志摩達夫) …… 236〜246
拳銃綺談(早崎淳) ……………………… 247
妖術師《小説》(香山滋) ………… 248〜262
ふんどし騒動《小説》(森比呂志)
　　　　　　　　　　262, 277, 283, 291, 293
水中の恋愛(川名武) ……………… 263〜265
金鉱区の殺人魔(トム・ベリー〔著〕,宮田峯一
　〔訳〕) …………………………… 266〜294
編輯だより ……………………………… 294

第1巻第3号　未所蔵
1950年11月1日発行　290頁　90円
ボヴァリー夫人《映画物語》 ……… 15〜22
動物の表情《口絵》 ………………… 23〜26
自殺倶楽部《絵物語》(R・スチブンソン〔原
　作〕) ………………………………… 27〜34
東京ゴリラ伝〈1〉《小説》(渡辺啓助)
　　　　　　　　　　　　　　　　　36〜53
結婚奇談 …………………………………… 53
サーカス殺人事件《漫画》(小泉紫朗)
　　　　　　　　　　　　　　　　　54〜55
白百合とコスモス《小説》(松井玲子)
　　　　　　　　　　　　　　　　　56〜63
泥棒にもユーモア(宮山三郎) ……… 64〜65
夫は姉を殺したか(ジーン・ウッツ〔著〕,田
　峯一〔訳〕) ………………………… 66〜93
海のギャング(川名武) ……………… 94〜95
光頭連盟《小説》(岡田鯱彦) …… 96〜110
妻を忘れた男/八十女の老婆の性慾 …… 110
クモの性生活(植村利夫) ………… 111〜113

きざまれる生命《小説》(椿八郎) … 114〜127
誰にでも出来る簡単な暗号(長姫城太郎)
　　　　　　　　　　　　　　　　128〜131
いたずら小僧《小説》(宮野叢子) 132〜157
国宝盗難事件《漫画》(信田力夫) 158〜159
赤い蜘蛛〈2〉《小説》(モーリス・ルブラン〔著〕,
　　保篠竜緒〔訳〕) ……………… 160〜176
モダントピック
　　結婚シーズン(T・K) ……… 177〜178
　　ワイシャツのお洒落(A・N)
　　　　　　　　　　　　　　　　178〜180
　　メリケン・スラング(T・K)
　　　　　　　　　　　　　　　　180〜181
呪いの指輪《小説》(香山滋) …… 182〜196
狸と狐《漫画》(杉本三郎) …………… 197
お伝召捕り(木村錦花) …………… 198〜216
奇術の話(S・S) ………………… 217〜219
美人麻酔劇(メリー・デーヴィス〔著〕,宮田峯
　一〔訳〕) ………………………… 220〜247
無毛症心中事件(間坂四郎) ……… 248〜249
頸飾事件とヴァーレンヌの悲劇(松尾邦之
　助) ………………………………… 250〜255
鶏が証人 …………………………… 256〜257
とどいつ ………………………………… 257
湖底の聖地(メッカ)《小説》(戸伏太兵) 258〜289
編輯だより ……………………………… 290

第1巻第4号　所蔵あり
1950年12月1日発行　286頁　90円
マノン・レスコオ《映画物語》 …… 11〜18
ストリップ・ティザー《口絵》 …… 19〜22
ヴェニスの商人《絵物語》(ウィリアム・シェー
　ク〔原作〕,赤江柿太〔文〕) ……… 23〜30
一夜の冒険(エリザベス・バトン〔著〕,宮田峯
　一〔訳〕) …………………………… 32〜49
暦漫談(前山仁郎) …………………… 50〜51
東京ゴリラ伝〈2〉《小説》(渡辺啓助)
　　　　　　　　　　　　　　　　　52〜67
破鏡《小説》(佐々木眸) …………… 68〜69
赤い蜘蛛〈3〉《小説》(モーリス・ルブラン〔著〕,
　　保篠竜緒〔訳〕) ………………… 70〜86
モダントピック(T・K) …………… 87〜89
生不動ズボン《小説》(岡田鯱彦) … 90〜102
紫色燈の処女《小説》(大下宇陀児)
　　　　　　　　　　　　　　　　104〜126
科学捜査座談会《座談会》(藤井文雄,大和安市,
　　村上盛一,井出光正,北林透馬)
　　　　　　　　　　　　　　　　127〜139
東西捕物スリラー映画(茂見義勝)
　　　　　　　　　　　　　　　　140〜143
水槽の殺人《小説》(橘外男) …… 144〜167

349

32 『怪奇探偵クラブ』『探偵クラブ』『探偵倶楽部』

Gメンの話(井上泰宏) ･････････････ 168～169
ラーモンの宝石《小説》(秋永芳郎)
　････････････････････････････････ 170～190
結婚奇談 ･････････････････････････････････ 190
妻を交換するエスキモ(ラム・シンサン)
　････････････････････････････････ 191～195
阿片窟の女《小説》(北林透馬) ･･･ 196～215
ヤクザとボンクラ(大宅壮一) ･････ 216～217
九官鳥と死女《小説》(女々良修) ･ 218～250
冬の自然界から(植村利夫) ･･･････ 251～253
未亡人の死体《小説》(武野藤介) ･ 254～264
牧師に化けた悪魔(トム・ベリー〔著〕,宮田峯一〔訳〕) ･･････････････ 266～285
編輯だより ･････････････････････････････ 286

第2巻第1号　所蔵あり
1951年1月1日発行　290頁　90円

嵐ヶ丘《映画物語》 ････････････････ 15～22
何でしよう？《口絵》 ･･････････････ 23～26
知られざる傑作《絵物語》(オノレ・ド・バルザック〔原作〕) ･････････ 27～34
自殺の部屋《小説》(島田一男) ･･･ 36～64
いかさまエクトル(水谷準) ･･････････ 65～67
人肉硝子《小説》(楠田匡介) ･･･････ 68～82
女共産党員の告白(ルース・ハレット〔著〕,宮田峯一〔訳〕) ････････ 83～103
羅生門の鬼《小説》(岡田鯱彦) ･･ 104～111
赤い蜘蛛〈4〉《小説》(モーリス・ルブラン〔著〕,保篠竜緒〔訳〕)
　･･････････････････････････････････ 112～129
福運を撒く女《小説》(永瀬三吾) 130～140
手長猿(福田三郎) ･･･････････････ 141～143
お人違ひ(藤介) ･･･････････････････････ 143
放送局の歌姫殺し(エレン・バース〔著〕,宮田峯一〔訳〕) ････････ 144～161
くじらの性生活(梶野悳三) ･････ 162～163
千両箱泥棒くらべ《小説》(貴司山治)
　･･････････････････････････････････ 164～180
雨の所有権(伊坂達孝) ･･････････ 181～183
野天風呂で逢つた女《小説》(深草蛍五)
　･･････････････････････････････････ 184～202
体臭《小説》(女々良修) ････････ 203～209
明治探偵小説二題(江戸川乱歩) ･ 210～215
東京ゴリラ伝〈3〉《小説》(渡辺啓助)
　･･････････････････････････････････ 216～231
モダントピック(S・K) ･･･････ 232～235
弱きものは男 ･････････････････････････ 235
怪事件名捜査対談会《対談》(堀崎繁喜,大下宇陀児) ････････････････ 236～246
原稿料のはなし(X・Y) ････････････ 246
名画失踪事件《漫画》(赤川童太) ･･･ 247

ミラボオとドン・フアンの冒険(松尾邦之助)
　･･････････････････････････････････ 248～254
追跡《漫画》(杉本三郎) ･･････････････ 255
炎の島《小説》(香山滋) ････････ 256～289
編輯局から皆さまへ ･････････････････ 290

第2巻第2号　所蔵あり
1951年2月1日発行　254頁　95円

バルムの僧院《映画物語》 ･･･････････ 3～10
港の一夜《口絵》 ･･････････････････ 19～22
罪と罰《絵物語》(ドストエフスキイ〔原作〕)
　････････････････････････････････････ 23～30
観光列車V12号《小説》(香山滋) ･ 32～44
嘘はこうして発見する(堀川直義) ･ 45～47
人魚殺人事件《小説》(魔子鬼一) ･ 48～68
罠《小説》(宮野叢子) ････････････ 69～75
深海魚のはなし(川名武) ････････ 76～77
私は復讐を誓った(グアンダルー・ゴンザレス〔著〕,宮田峯一〔訳〕) ･ 78～97
モダントピック(S・K) ････････ 98～99
橋の下の同僚(三谷祥介) ･･････ 100～111
名判決 ････････････････････････････････ 111
赤い蜘蛛〈5・完〉《小説》(モーリス・ルブラン〔著〕,保篠竜緒〔訳〕) ･ 112～126
モデルの奇蹟(北富三郎) ･･････ 127～129
賭博談義対談会《対談》(茂見義勝,大宅壮一)
　･･････････････････････････････････ 130～137
ヌリト族最後の人《小説》(寒川光太郎)
　･･････････････････････････････････ 138～159
一九八〇年の殺人《小説》(九鬼澹)
　･･････････････････････････････････ 160～170
御前様の猟(赤尾好夫) ･･･････ 171～173
万里長沙《小説》(戸伏太兵) ･ 174～184
コニヤックという酒(長倉義夫) ･･･ 184
熊に食はれぬ男(寺島柾史) ･･ 185～187
決闘始末記《小説》(新田司馬英) 188～205
将棋・奇術・探偵小説(木村義雄)
　･･････････････････････････････････ 206～209
東京ゴリラ伝〈4・完〉《小説》(渡辺啓助)
　･･････････････････････････････････ 210～230
探偵社長とアプレ娘と中年女(広瀬弘)
　･･････････････････････････････････ 231～233
夫の敵と結婚した女(ポーラ・ポーター〔著〕,宮田峯一〔訳〕) ････ 234～254
編輯だより ･････････････････････････････ 254

第2巻第3号　所蔵あり
1951年4月1日発行　254頁　95円

死せる恋人に捧げる悲歌《映画物語》 ･ 3～10
警察犬《口絵》 ･････････････････････ 19～22
アメリカ漫画傑作特集《漫画》 ････ 23～30

32『怪奇探偵クラブ』『探偵クラブ』『探偵倶楽部』

どろんこ令嬢〈1〉《小説》(大下宇陀児)
　　　　　　　　　　　　　　　　32～45
芸術殺人鬼《小説》(アレキサンドル・デューマ
　〔著〕, 新井栄三郎〔訳〕)‥‥‥‥　46～59
ほんとうかね/占ひ者身知らず‥‥‥‥‥　59
屍臭の人(三木真治)‥‥‥‥‥‥‥‥　60～68
動物園の性生活(福田三郎)‥‥‥‥‥　69～71
奇怪な風景《小説》(香山滋)‥‥‥‥　72～83
鼻《小説》(山田風太郎)‥‥‥‥　84～104
『モナリザ』を盗んだ男(ラム・シンサン)
　　　　　　　　　　　　　　　　105～111
娘師三日月伝吉《小説》(貴司山治)
　　　　　　　　　　　　　　　　112～127
気がながい/神よ返し給へ‥‥‥‥‥‥　127
北海の惨劇船《小説》(山田克郎)‥128～144
科学の目捜査の足(長姫城太郎)‥‥145～147
踊り子の二つの死《小説》(水谷準)
　　　　　　　　　　　　　　　　148～161
密室談義《対談》(江戸川乱歩, 田辺平学)
　　　　　　　　　　　　　　　　162～171
死の脅迫状《小説》(岡田鯱彦)‥‥172～182
極北小人島奇談(寺島柾史)‥‥‥‥183～194
海を渡つた象(古賀忠道)‥‥‥‥‥195～197
海の騎士ジョンソン(志摩達夫)‥‥198～209
与太公物語《小説》(大河内常平)‥210～229
嘘!嘘!嘘!(クレーア・クラーク〔著〕, 宮田峯一
　〔訳〕)‥‥‥‥‥‥‥‥‥‥‥230～253
怪談裸形菩薩《小説》(小野佐世男)
　　　　　　　　　233, 237, 239, 243, 247, 249, 251
編輯だより‥‥‥‥‥‥‥‥‥‥‥‥‥254

第2巻第4号　所蔵あり
1951年6月1日発行　252頁　100円

情炎の海《映画物語》‥‥‥‥‥‥‥　3～10
スリの手口御用心《口絵》‥‥‥‥‥　21～24
表と裏《漫画》(独立マンガ派)‥‥‥　25～28
どろんこ令嬢〈2〉《小説》(大下宇陀児)
　　　　　　　　　　　　　　　　　30～41
国際賭博狂(歌古川文鳥)‥‥‥‥‥‥42～43
拳銃と女《小説》(島田一男)‥‥‥‥44～49
唇紋《小説》(香山滋)‥‥‥‥‥‥‥50～59
亀に聞いた話《小説》(永瀬三吾)‥‥60～66
宿命《小説》(城昌幸)‥‥‥‥‥‥‥67～73
悪魔の火焔《小説》(谿溪太郎)‥‥‥74～95
モダントピック‥‥‥‥‥‥‥‥‥‥96～97
ノートン一世(阿蘭陀郎)‥‥‥‥‥98～107
地獄の控へ室《小説》(渡辺啓助)‥108～121
奇術とは(長谷山智)‥‥‥‥‥‥‥122～125
動物界の恋愛(植村利夫)‥‥‥‥‥126～128

麻薬談義《座談会》(元満州国長官秘書, 元蒙古政
　府専門顧問, 元興安総省警務部長, 元北支政
　権顧問, 厚生省麻薬Gメン)‥‥‥129～135
犯人をかばう女(エレン・バース〔著〕, 宮田峯
　一〔訳〕)‥‥‥‥‥‥‥‥‥‥136～155
放送局の歌姫殺し(香住春作)‥‥‥156～160
編輯局から皆さまへ‥‥‥‥‥‥‥‥‥160
魚の変わつた話(川名武)‥‥‥‥‥161～163
印度婦人の日傘《小説》(摩耶雁六)
　　　　　　　　　　　　　　　　164～175
詰将棋新題(向ケ丘棋人)‥‥‥‥‥‥‥175
スパイとスパイ(志摩達夫)‥‥‥‥176～183
自殺倶楽部《小説》(角田実)‥‥‥184～190
飛騨の湯女《小説》(加藤博二)‥‥191～196
鶴のひと声(高島春雄)‥‥‥‥‥‥197～199
灰色の青年《小説》(松井玲子)‥‥200～206
寝床/妻の悩み/湯の町エレジー‥‥‥‥206
最近の探偵映画とスリラー映画(筈見恒夫)
　　　　　　　　　　　　　　　　207～209
墓石小屋事件《小説》(今井達夫)‥210～252

第2巻第5号　所蔵あり
1951年7月1日発行　230頁　100円

レベッカ《映画物語》‥‥‥‥‥‥‥17～20
G山荘の絞刑吏〈1〉《小説》(島田一男)
　　　　　　　　　　　　　　　　　24～51
死人に口あり《小説》(武野藤介)‥‥52～57
三本指の村正《小説》(大河内常平)‥58～73
亭主を殺した女《小説》(貴司山治)‥74～88
殺人長靴(ラムシンサン)‥‥‥‥‥‥‥89
良人の秘密《小説》(酒井義男)‥‥‥90～93
密輸団の金髪娘(ウィリアム・スモール〔著〕,
　宮田峯一〔訳〕)‥‥‥‥‥‥‥‥94～116
浴槽の死美人(大久保敏雄)‥‥‥‥118～128
人魚を抱いた話《小説》(タレブヤ・ニイコ)
　　　　　　　　　　　　　　　　129～131
安珍清姫殺人事件《小説》(宮野叢子)
　　　　　　　　　　　　　　　　132～149
シヤムの双生児(ラムシンサン)‥‥150～151
雪原の妄執《小説》(志摩達夫)‥‥152～162
口笛を吹く悪魔《小説》(水谷準)‥163～166
まぼろし《小説》(守友恒)‥‥‥‥167～181
スリラー映画の面白さ(筈見恒夫)
　　　　　　　　　　　　　　　　182～184
潜水座談会《座談会》(高田郷三, 梶野春夫, 菅原
　　正明)‥‥‥‥‥‥‥‥‥‥‥185～193
モダントピック(晶)‥‥‥‥‥‥‥194～195
東西珍根譚‥‥‥‥‥‥‥‥‥‥‥196～197
色情狂の島(歌古川文鳥)‥‥‥‥‥198～204
証拠《小説》(島久平)‥‥‥‥‥‥205～213
僧侶の恋‥‥‥‥‥‥‥‥‥‥‥‥214～215

351

32 『怪奇探偵クラブ』『探偵クラブ』『探偵倶楽部』

どろんこ令嬢〈3〉《小説》(大下宇陀児)
　　　　　　　　　　　　　　　216～230
編集室から皆さまへ ………………　230

第2巻第6号　所蔵あり
1951年8月1日発行　228頁　100円

別働隊《映画物語》 ………………　13～20
地獄の同伴者〈1〉《小説》(楠田匡介)
　　　　　　　　　　　　　　　　22～37
豪快な曳釣り(日高基裕) ……………　38～39
グラウンド・フロア物語(マックス・シヤルマン〔著〕，宮田丈二〔訳〕) …　40～58
魔薬決闘事件《小説》(山本正春) ……　59～61
どろんこ令嬢〈4〉《小説》(大下宇陀児)
　　　　　　　　　　　　　　　　62～75
赤い氷河(関川周) ……………………　76～77
鉄棺峡の彼方へ《小説》(香山滋) ……　78～99
モダントピック ……………………　100～101
夏の軽装エチケット ………………　100～101
いかさま師《小説》(大河内常平) …　102～116
最後のモヒカン《小説》(フエニモア・クーバ〔著〕，延原謙〔訳〕) ………　117～131
欧米怪談映画(筈見恒夫) ……………　132～133
おんな《小説》(角田実) ……………　134～137
レンズの幻し ………………………　137
幽霊島《小説》(渡辺啓助) …………　138～149
バウンテイ峡水路(パページ)の追跡《小説》(戸伏太兵)
　　　　　　　　　　　　　　　150～160
山男大いに語る《座談会》(関訓之助、一柳又郎、宮下清五郎、黒田幸助) …　161～167
クレモナの秘密(立川賢) ……………　168～181
摩天楼のジム(ラム・シンサン) ……　182～185
熱砂の呪ひ(黒沼健) …………………　186～199
砂漠の人(梶間正夫) …………………　200～203
詰将棋新題(向ヶ丘棋人) ……………　203
G山荘の絞刑吏〈2〉《小説》(島田一男)
　　　　　　　　　　　　　　　204～228
編集局から ……………………………　228

第2巻第7号　増刊　未所蔵
1951年8月20日発行　276頁　130円

パノラマ島奇談《絵物語》(江戸川乱歩〔原作〕)
　　　　　　　　　　　　　　　　2～7
探偵作家アルバム《口絵》 …………　17～20
昆虫男爵《小説》(大下宇陀児) ……　22～50
山女魚《小説》(岩田賛) ……………　51～58
焔のごとく《小説》(守友恒) ………　59～69
女の復讐《小説》(木々高太郎) ……　70～79
黒い巾着《小説》(野村胡堂) ………　80～94
夜のパトロール《漫画》(信田力夫) …　95
花髑髏《小説》(横溝正史) …………　96～125

美神座の踊り子《小説》(九鬼澹) …　126～133
美しき山猫(リンクス)《小説》(香山滋) …　134～158
匂う電話機《小説》(永瀬三吾) ……　159～165
編集局から皆さまへ …………………　165
天狗の仇討《小説》(高木彬光) ……　166～178
芙蓉《小説》(水谷準) ………………　179～188
動物珍談/アルコホル漬になつた猫 …　188
雪女《小説》(山田風太郎) …………　189～198
からくり蠟燭《小説》(城昌幸) ……　199～206
ものぐさ物語《小説》(大坪砂男) …　208～217
夢の中の血痕《小説》(島田一男) …　218～231
モンゴル怪猫伝《小説》(渡辺啓助)
　　　　　　　　　　　　　　　232～248
私は誰でしよう(黒部竜二) …………　249～252
十八作家　代表作リスト ……………　252～255
緑亭の首吊男《小説》(角田喜久雄)
　　　　　　　　　　　　　　　256～276
読者皆さまへ(中村) …………………　276

第2巻第8号　所蔵あり
1951年9月1日発行　234頁　100円

アプレモード《漫画》(小野佐世男) …　6～7
海底の闘争《口絵》 …………………　15～18
アンナ・カレニナ《映画物語》 ……　19～25
底流(ポーラ・ネグリ〔著〕，宮田丈二〔訳〕)
　　　　　　　　　　　　　　　　28～45
ペテンの園 ……………………………　46～47
どろんこ令嬢〈5〉《小説》(大下宇陀児)
　　　　　　　　　　　　　　　　48～60
解剖台夜話(藤佐太郎) ………………　61～63
深夜の目撃者《小説》(魔子鬼一) …　64～84
謎の指紋(下平融) ……………………　85～90
お顔のスタイルブツク(Y記者) ……　90
南海の兄弟《小説》(志摩達夫) ……　91～100
ヴィナスの丘《小説》(千代有三) …　101～111
今秋のスリラー映画(筈見恒夫) ……　112～113
坂本竜馬殺害者の告白《小説》(貴司山治)
　　　　　　　　　　　　　　　114～126
第七感 …………………………………　127
おめかけ組合《小説》(宮崎博史) …　128～139
虎狩対談《対談》(赤尾好夫、徳川義親)
　　　　　　　　　　　　　　　140～150
桑港(サンフランシスコ)の支那街(チヤイナタウン)(ラム・シンサン)
　　　　　　　　　　　　　　　151～155
解決(おとしまえ)《小説》(大河内常平) …　156～169
G山荘の絞刑吏〈3・完〉《小説》(島田一男)
　　　　　　　　　　　　　　　170～201
診断書殺人事件《小説》(喜狂兵) …　200～201
ダイヤモンド(松野一夫) ……………　202～207
法窓奇聞 ………………………………　207

32 『怪奇探偵クラブ』『探偵クラブ』『探偵倶楽部』

地獄の同伴者〈2・完〉《小説》(楠田匡介)
……………………………… 208〜234
編集局より ……………………… 234

第2巻第9号　所蔵あり
1951年10月1日発行　238頁　100円
スリラー映画名作集《口絵》(筈見恒夫〔監修〕) ……………………… 15〜33
暗黒の恐怖《映画物語》 …………… 34〜38
白鷺の沼(マーガレット・スチュワート〔著〕, 宮田丈二〔訳〕) ……… 39〜60
落鮎(日高基裕) ……………………… 61
ぎやまん姫《小説》(高木彬光) …… 62〜77
ステッキ(宮崎寿) ………………… 77
西部劇の魅力(筈見恒夫) ………… 78〜79
赤い髑髏《小説》(香山滋) ……… 80〜87
マリネッチ氏の決闘《小説》(水谷準)
……………………………………… 88〜96
鰐の聖殿《小説》(戸伏太兵) …… 97〜112
深夜の客《小説》(大志一夫) … 113〜115
豹の眼をもつ女《小説》(松井玲子)
…………………………………… 116〜121
どろんこ令嬢〈6〉《小説》(大下宇陀児)
…………………………………… 122〜134
男のオシヤレ頁 ……………… 135〜142
ある奇術師の一生《小説》(関川周)
…………………………………… 144〜161
詰将棋二題 ……………………… 161
金庫破り(宮崎寿) ……………… 162〜163
愛読者通信 ……………………… 163
密航密輸を語る《座談会》(飯田忠雄, 伊藤一夫, 島田一男) ………… 164〜172
第七感 …………………………… 173
三日魔法〈1〉《小説》(シャーロット・アームストロング〔著〕, 宮田丈二〔訳〕)
…………………………………… 174〜189
世相のぞきめがね(宮崎博史) … 190〜193
密告《小説》(大河内常平) …… 194〜209
ブーケ・ダムール ……………… 206〜207
暴風と海難物語(川名武) ……… 210〜211
暗黒の階段〈1〉《小説》(谿溪太郎)
…………………………………… 212〜238
読者のみなさまへ(中村) ……… 238

第2巻第10号　所蔵あり
1951年11月1日発行　236頁　100円
絶壁の彼方《映画物語》 ………… 13〜20
ハダカ天国《漫画》(小野佐世男) … 21〜24
講話日本女体パレード《漫画》(津田穣)
……………………………………… 25〜28
神の裁き《小説》(宮野叢子) …… 29〜48

明智小五郎略伝(江戸川乱歩) …… 49〜51
探偵へのお詫びの手紙(大下宇陀児)
……………………………………… 51〜53
三日魔法〈2〉《小説》(シャーロット・アームストロング〔著〕, 宮田丈二〔訳〕)
……………………………………… 54〜68
はぜ釣り(日高基裕) ……………… 69
検屍医《小説》(島田一男) ……… 70〜85
追っかけ映画の面白さ(筈見恒夫) … 86〜87
どろんこ令嬢〈7〉《小説》(大下宇陀児)
……………………………………… 88〜101
第七感 …………………………… 100〜101
世相のぞきめがね(宮崎博史) … 102〜105
花火(藤代与三郎) ……………… 106〜107
暗黒の階段〈2〉《小説》(谿溪太郎)
…………………………………… 108〜124
白い恐怖《映画物語》 ………… 125〜132
特ダネ座談会《座談会》(丸山四郎, 村上盛二, 小椋留吉) …………… 133〜143
獄窓の良人(エルシー・ベカ〔著〕, 宮田丈二〔訳〕) ………………… 144〜163
男のおしゃれページ ………… 164〜167
金日成(藤原克巳) …………… 168〜184
金庫破りの兇賊(三谷祥介) … 185〜193
民間放送(大宅壮一) ………… 194〜195
鷗聴く深夜《小説》(永瀬三吾) 196〜215
ペテンの園 …………………… 216〜217
白蠟少年《小説》(横溝正史) 218〜236
編集だより …………………… 236

第3巻第1号　所蔵あり
1952年1月1日発行　236頁　100円
悪魔の美しさ《映画物語》 ………… 3〜10
クリスマス異聞《漫画》(小野佐世男)
……………………………………… 11〜13
情炎《映画物語》 ………………… 23〜30
黄色いりぼん《映画物語》 ……… 31〜36
どろんこ令嬢〈8〉《小説》(大下宇陀児)
……………………………………… 38〜52
常識読本 ………………………… 53
死刑囚第一号《小説》(貴司山治) 54〜71
ジャマナリズム ………………… 70〜71
スターリン令嬢をめぐる男達(藤原克巳)
……………………………………… 72〜90
轢死経験者《小説》(永瀬三吾) … 91〜95
暗黒の階段〈3〉《小説》(谿溪太郎)
……………………………………… 96〜105
鯛と鯛釣り(日高基裕) ………… 106〜108
検事さんのアメリカ見物《対談》(橋本乾三, 宮野叢子) ……………… 109〜116
世相のぞきめがね(宮崎博史) … 117〜121

353

32 『怪奇探偵クラブ』『探偵クラブ』『探偵倶楽部』

三日魔法〈3〉《小説》(シヤーロット・アームストロング〔著〕,宮田丈二〔訳〕) ……………… 122〜137
勝負の世界(木村義雄) ……………… 138〜141
風流食卓漫談《座談会》(永瀬三吾,大下宇陀児,木々高太郎,江戸川乱歩,水谷準,中村博) ……………… 142〜153
クレールの「ファウスト」(筈見恒夫) ……………… 154〜156
近頃映画館エチケット風景 ……………… 156
写真の秘密《小説》(モーリス・ルブラン〔著〕,保篠竜緒〔訳〕) ……………… 157〜169
日本男子に望む(黒須りゆ子) ……………… 168〜169
丹夫人の化粧台《小説》(横溝正史) ……………… 170〜185
鏡地獄《小説》(江戸川乱歩) ……………… 186〜199
赤髪組合《小説》(コナン・ドイル〔著〕,延原謙〔訳〕) ……………… 200〜211
Yの悲劇《小説》(角田喜久雄) ……………… 212〜236
編集局だより(中村) ……………… 236

第3巻第2号 所蔵あり
1952年2月1日発行 238頁 100円
バグダッドの盗賊《映画物語》 ……………… 2〜9
四枚の羽《映画物語》 ……………… 19〜22
オペラの怪人《映画物語》 ……………… 23〜30
私は殺される《小説》(高木彬光) ……………… 31〜64
キングソロモン ……………… 64
若い女の貞操について《対談》(橋本乾三,宮野叢子) ……………… 65〜68
新春映画問答(筈見恒夫) ……………… 68〜69
悪魔の魂《小説》(宮野叢子) ……………… 70〜77
偉大なる話《小説》(百村浩) ……………… 78〜79
世相のぞきめがね(宮崎博史) ……………… 80〜83
どろんこ令嬢〈9〉《小説》(大下宇陀児) ……………… 84〜98
三日魔法〈4〉《小説》(シヤーロット・アームストロング〔著〕,宮田丈二〔訳〕) ……………… 99〜108
冬のトピック ……………… 106〜107
神のみぞ知る《小説》(詩村映二) ……………… 109〜118
暗黒の階段〈4〉《小説》(谿溪太郎) ……………… 119〜135
茶色の油のしみ《小説》(前川信夫) ……………… 136〜151
やきもち女(桜町静夫) ……………… 152〜153
誰も知らない《小説》(香山滋) ……………… 154〜168
編集局だより ……………… 168
犯罪の底《小説》(大志和男) ……………… 169〜181
邦人 街の命知らず《小説》(北林透馬) ……………… 182〜197

妻を入質した話(代々木眸) ……………… 198〜199
真実の恐怖(ミルドレッド・コンウエイ〔著〕,宮田丈二〔訳〕) ……………… 200〜215
毛沢東暗殺事件の真相《小説》(楠田匡介) ……………… 216〜238

第3巻第3号 所蔵あり
1952年3月1日発行 242頁 98円
血と砂《映画物語》 ……………… 2〜10
三銃士《映画物語》 ……………… 19〜25
情無用の街《映画物語》 ……………… 26〜29
怪船シーホーネット《映画物語》 ……………… 30〜34
どろんこ令嬢〈10〉《小説》(大下宇陀児) ……………… 35〜48
アパートの動物たち(水谷準) ……………… 49〜51
ポスト・ボーイ(夏川黎人) ……………… 52〜55
三日魔法〈5・完〉《小説》(シヤーロット・アームストロング〔著〕,宮田丈二〔訳〕) ……………… 56〜77
私立探偵夜話(細田新吉) ……………… 78〜81
長篇天井桟敷の人々(筈見恒夫) ……………… 82〜83
厚木航空隊最後の日(篠崎磯次) ……………… 84〜111
世相のぞきめがね(宮崎博史) ……………… 112〜115
寒バヤと寒ヤマベ(日高基裕) ……………… 116〜118
『探偵小説』《小説》(楠田匡介) ……………… 119〜134
囚人島アルカトラツ島《対談》(橋本乾三,宮野叢子) ……………… 135〜139
幽霊はお人好し《小説》(大坪沙男) ……………… 140〜161
霧笛の港《小説》(島田一男) ……………… 162〜177
日本の男つて(黒須りう子) ……………… 176〜177
ガード下《小説》(香住春吾) ……………… 178〜187
暗黒の階段〈5・完〉《小説》(谿溪太郎) ……………… 188〜203
クリーム博士事件(花村喬) ……………… 204〜213
奇術道楽六十年(田中仙樵) ……………… 214〜217
人間を二人も《小説》(大河内常平) ……………… 218〜242
編集局より ……………… 242

第3巻第4号 所蔵あり
1952年4月1日発行 242頁 98円
ホフマン物語《映画物語》 ……………… 2〜10
ガミガミ親父《漫画》(島) ……………… 11
キングソロモン《映画物語》 ……………… 19〜25
マクベス《映画物語》 ……………… 26〜31
我が心の呼ぶ声《映画物語》 ……………… 32〜34
白妖鬼〈1〉《小説》(高木彬光) ……………… 35〜47
運命の宝石《小説》(島久平) ……………… 48〜50
春の磯釣り(日高基裕) ……………… 51〜53
狙撃《小説》(大河内常平) ……………… 54〜57

354

32 『怪奇探偵クラブ』『探偵クラブ』『探偵倶楽部』

死は恋のごとく《小説》(千代有三) ‥‥ 58～61
「狐城の怪」について(佐々木杜太郎) ‥‥‥ 61
春芽ぐむ三月のスクリーン(黒部竜二)
　‥‥‥‥‥‥‥‥‥‥‥‥‥‥‥‥ 62～65
死者の紋章《小説》(島田一男) ‥‥‥ 66～97
ルビーのお絹《小説》(関川周) ‥‥‥ 98～101
暴力の街を語る《対談》(石田昇, 三谷祥介)
　‥‥‥‥‥‥‥‥‥‥‥‥‥‥‥ 102～109
世相のぞきめがね(宮崎博史) ‥‥‥ 110～113
嬰蘭姫暗殺事件(藤原克巳) ‥‥‥ 114～129
代議士の鞄《小説》(モーリス・ルブラン〔著〕,
　保篠竜緒〔訳〕) ‥‥‥‥‥‥ 130～146
森の中の池《小説》(角田実) ‥‥‥ 147～152
妖花(ジョージ・バークマン〔著〕, 大久保敏雄
　〔訳〕) ‥‥‥‥‥‥‥‥‥‥‥ 153～164
探偵小説への挑戦(中島河太郎) ‥‥ 165～167
浮世絵師芳国の犯罪《小説》(貴司山治)
　‥‥‥‥‥‥‥‥‥‥‥‥‥‥‥ 168～184
幽霊は何処へも行かない(コーラ・シュエン)
　‥‥‥‥‥‥‥‥‥‥‥‥‥‥‥ 185～187
背なかの愛情《小説》(渡辺啓助) ‥ 188～191
自分を葬むる穴(アドレード〔著〕, 宮田丈二
　〔訳〕) ‥‥‥‥‥‥‥‥‥‥‥ 192～210
動かぬ証拠《小説》(長銀城太郎) ‥ 211～215
熱泥地獄の夜(戸伏太兵) ‥‥‥‥ 216～224
毒薬と踊子《小説》(矢田洋) ‥‥‥ 225～229
どろんこ令嬢〈11〉《小説》(大下宇陀児)
　‥‥‥‥‥‥‥‥‥‥‥‥‥‥‥ 230～242
編集だより ‥‥‥‥‥‥‥‥‥‥‥‥ 242

※ 以下、『探偵倶楽部』と改題

第3巻第5号　所蔵あり
1952年5月1日発行　242頁　98円

銀の靴《映画物語》 ‥‥‥‥‥‥‥‥ 2～10
犯罪ブーム《漫画》(真崎隆) ‥‥‥‥‥‥ 11
地球の静止する日《映画物語》 ‥‥‥ 19～23
スリルの瞬間《口絵》 ‥‥‥‥‥‥‥ 24～26
未成年者の輪姦強盗(三谷祥介) ‥‥‥ 27～30
年増美人の情夫殺し(福田正道) ‥‥‥ 31～34
白妖鬼〈2〉《小説》(高木彬光) ‥‥‥‥ 36～69
顔のない死体(江戸川乱歩) ‥‥‥‥‥ 70～75
死の接吻《小説》(深草蛍五) ‥‥‥‥ 76～95
探偵漫画集《漫画》(中島河太郎) ‥‥‥ 96～97
怪奇漫画集《漫画》(Ito Akihiko) ‥‥‥ 98～99
倉の中の殺人《小説》(貴司山治) ‥‥ 100～116
書けない話(楠田匡介) ‥‥‥‥‥‥ 117～119
青い指輪《小説》(新田司馬英) ‥‥‥ 120～135
銀狐《小説》(大坪沙男) ‥‥‥‥‥ 136～137

皇帝の恋文《小説》(モーリス・ルブラン〔著〕,
　保篠竜緒〔訳〕) ‥‥‥‥‥‥ 138～153
世相のぞきメガネ(宮崎博史) ‥‥‥ 154～157
仇き同志《小説》(永瀬三吾) ‥‥‥ 158～165
喫煙家のエチケット ‥‥‥‥‥‥‥‥ 165
最近の銀幕だより(黒部竜二) ‥‥‥ 166～169
鑑識とカンを語る《座談会》(井上泰宏, 岩田正
　義, 鈴木和信, 都丸盛政, 保篠竜緒)
　‥‥‥‥‥‥‥‥‥‥‥‥‥‥‥ 170～178
乗つ込み鮒(日高基裕) ‥‥‥‥‥ 179～181
どろんこ令嬢〈12〉《小説》(大下宇陀児)
　‥‥‥‥‥‥‥‥‥‥‥‥‥‥‥ 182～193
千五百年後の犯罪(香山滋) ‥‥‥ 194～197
内海刑事(松波治郎) ‥‥‥‥‥‥ 198～209
さすがは名刑事 ‥‥‥‥‥‥‥‥‥‥ 209
恐怖の古城《小説》(佐々木杜太郎)
　‥‥‥‥‥‥‥‥‥‥‥‥‥‥‥ 210～242
作者の言葉 ‥‥‥‥‥‥‥‥‥‥‥‥ 211

第3巻第6号　所蔵あり
1952年6月1日発行　350頁　130円

緑眼虫《絵物語》(角田喜久雄〔原作〕) ‥‥ 2～7
断崖《小説》(江戸川乱歩) ‥‥‥‥‥ 16～27
江戸川乱歩氏(楠田匡介) ‥‥‥‥‥‥‥ 19
愛読者みな様へ ‥‥‥‥‥‥‥‥‥‥‥ 27
乳斬り船《小説》(島田一男) ‥‥‥‥ 28～44
島田一男氏(楠田匡介) ‥‥‥‥‥‥‥‥ 31
目撃者一万人《小説》(永瀬三吾) ‥‥ 45～53
永瀬三吾氏(楠田匡介) ‥‥‥‥‥‥‥‥ 47
姿なき生活者《小説》(大倉燁子) ‥‥ 54～65
大倉燁子氏(楠田匡介) ‥‥‥‥‥‥‥‥ 57
人魚《小説》(香山滋) ‥‥‥‥‥‥ 66～78
香山滋氏(楠田匡介) ‥‥‥‥‥‥‥‥‥ 69
武姫伝《小説》(大坪沙男) ‥‥‥‥ 79～90
大坪沙男氏(楠田匡介) ‥‥‥‥‥‥‥‥ 81
巡業劇団《小説》(大下宇陀児) ‥‥ 92～109
大下宇陀児氏(楠田匡介) ‥‥‥‥‥‥‥ 95
くすり指《小説》(椿八郎) ‥‥‥‥ 110～125
椿八郎氏(楠田匡介) ‥‥‥‥‥‥‥‥ 113
江戸橋小町《小説》(九鬼澹) ‥‥‥ 126～137
九鬼澹氏(楠田匡介) ‥‥‥‥‥‥‥‥ 129
山猫来たり住む《小説》(渡辺啓助)
　‥‥‥‥‥‥‥‥‥‥‥‥‥‥‥ 138～150
渡辺啓助氏(楠田匡介) ‥‥‥‥‥‥‥ 141
これが本当の本塁打 ‥‥‥‥‥‥‥‥ 150
八人目の男《小説》(宮野叢子) ‥‥ 151～163
宮野叢子氏(楠田匡介) ‥‥‥‥‥‥‥ 153
殺人披露宴《小説》(水谷準) ‥‥‥ 164～176
水谷準氏(楠田匡介) ‥‥‥‥‥‥‥‥ 167
幽霊の顔《小説》(高木彬光) ‥‥‥ 177～193
高木彬光氏(楠田匡介) ‥‥‥‥‥‥‥ 179

355

32 『怪奇探偵クラブ』『探偵クラブ』『探偵倶楽部』

紅筆手紙《小説》（野村胡堂）	194〜207
野村胡堂氏（楠田匡介）	197
自殺倶楽部《小説》（城昌幸）	208〜212
城昌幸氏（楠田匡介）	209
泥棒仁義/迷宮事件?/盗まれて大儲け/いびきと法律/	213
蜘蛛と百合《小説》（横溝正史）	214〜238
横溝正史氏（楠田匡介）	217
人を殺した女《小説》（守友恒）	239〜256
守友恒氏（楠田匡介）	241
ヘリコプターで通勤/接吻の時間/アメリカの農村	256
里見夫人の衣裳鞄《小説》（岩田賛）	257〜266
岩田賛氏（楠田匡介）	259
ハリウッドの声優/多産のレコード/断食のレコード/モダン花言葉	267
奇蹟屋《小説》（山田風太郎）	268〜281
山田風太郎氏（楠田匡介）	271
戦後探偵小説界展望（中島河太郎）	282〜285
噴火口上の殺人《小説》（岡田鯱彦）	286〜319
岡田鯱彦氏（楠田匡介）	289
角田喜久雄氏（楠田匡介）	316
不死身/アメリカ人の棒給	317
彼の求める影《小説》（木々高太郎）	320〜350
木々高太郎氏（楠田匡介）	323
愛読者の皆さまへ	350

第3巻第7号　所蔵あり
1952年8月1日発行　284頁　98円

殴り込み一家《映画物語》	13〜17
白銀の嶺《映画物語》	18〜20
国技館はてんやわんや《口絵》	21〜28
白妖鬼〈3〉《小説》（高木彬光）	29〜60
手品師と怪盗《漫画》（河合正）	61
世相のぞきめがね（宮崎博史）	62〜65
白日鬼語《小説》（黒沼健）	66〜79
オーミステーク	79
虎徹を盗んだ犯人《小説》（貴司山治）	80〜89
探偵小説の前進（中島河太郎）	90〜91
黒覆面のLL《ハイマー・シュミット〔著〕，大久保敏雄〔訳〕》	92〜103
古川柳のエロチシズム（可味鯨児）	104〜106
孤独への道《小説》（永瀬三吾）	107〜113
現代のアメリカ雑誌の傾向（宮田峯一）	114〜116
サングラスの伊達なかけ方	114〜115
矯艶曼姿《川柳》（津津穣三〔選〕）	117
金満家になる法	117
怖れの絆《小説》（百村浩）	118〜131
千円紙幣（伊座利進）	132〜133
鬼火《小説》（守友恒）	134〜150
アメリカ探偵小説界漫話（桂英二）	151〜155
トランプ《小説》（M・ルブラン〔著〕，保篠竜緒〔訳〕）	156〜170
白鱚（日高基裕）	171
今季の三大試合観戦記	
吉松の宿願達成（松本鳴絃朗）	172〜176
東富士対吉葉山（大須猛三）	177〜179
リングの王者（梶間正夫）	180〜183
詰将棋新題（萩原淳）	183
氷河の人魚《小説》（渡辺啓助）	184〜202
日本攻略作戦を語る《座談会》（読売新聞軍事記者）	204〜215
初夏銀幕の大作（黒部竜二）	208〜213
どろんこ令嬢〈13・完〉《小説》（大下宇陀児）	216〜239
初夜の長襦袢（武野藤介）	241〜247
パリエルの手紙（中村幸子）	248〜253
自殺か? 他殺か?（サジ・カツミ）	254
巡艦「名取」の最後（久保保久）	255〜284
将棋名人続出(?)/合作清遊(?)	282
編輯だより	284

第3巻第8号　所蔵あり
1952年9月1日発行　292頁　98円

おなじみ作家訪問《口絵》	13〜15
犬と猫と絵図（島田一男）	13
私の賭（高木彬光）	14
私は魔術師?（香山滋）	15
鯨奇談（梶野悪三）	16〜20
美女ありき《映画物語》	21〜25
女群西部へ!《映画物語》	26〜28
あっきれたうん	29〜36
第三の男《映画物語》	29〜36
黒蘭亭綺談《小説》（香山滋）	38〜55
黒鯛釣り（日高基裕）	54〜55
金参謀の復讐（小山春樹）	56〜73
雨の日のエチケット	72〜73
白妖鬼〈4〉《小説》（高木彬光）	74〜102
潜水漫談（梶野春夫）	103〜109
恋文の取り返し/もの云わぬ動物/安月給	108
彫刻した半身像	108〜109

32 『怪奇探偵クラブ』『探偵クラブ』『探偵倶楽部』

最も卑劣なこと/友人の水死を知らせる友/
　持参金 ………………………………… 109
白い手袋《小説》(M・ルブラン〔著〕,保篠竜緒
　〔訳〕) ………………………………… 110～125
木材鑑定人(井上泰宏) ……………… 126～127
鬼の腕《小説》(河原浪路) ………… 128～138
詰将棋新題(萩原淳) ………………… 137
首なし屍体(田谷栗助) ……………… 139～144
宋美鈴暗殺団〈1〉(藤原克巳) ……… 146～165
スリラー映画とスリラー小説《対談》(江戸川
　乱歩,筈見恒夫) …………………… 166～175
探偵小説の新生面(中島河太郎) …… 170～175
希望通りに就職/一本参つた ……… 172
魔宝島の女王(クイーン)(南沢十七) ……… 176～192
探偵小説と怪奇小説の歴史(宮田峯一)
　……………………………………… 193～195
大金庫の死美人(ハイマー・シュミット〔著〕,
　甲斐敏雄〔訳〕) …………………… 196～205
世相のぞきめがね(宮崎博史) ……… 206～209
地獄からの使者《小説》(水谷準) …… 210～225
海の十字路《小説》(戸伏太兵) …… 226～237
無税の新商売/気持ちがわかる …… 237
月光を砕く男《小説》(鬼怒川浩) …… 238～247
颶風の眼《小説》(摩耶雁六) ……… 248～262
盛夏の外国映画(黒部竜二) ………… 263～265
国境の白狼《小説》(寒川光太郎) … 266～292
編輯後記 ……………………………… 292

第3巻第9号　所蔵あり
1952年10月1日発行　288頁　98円

東西探偵コンクール《漫画》(近代漫画派)
　……………………………………… 13～16
街は自衛する《映画物語》 ………… 17～21
検察官閣下《映画物語》 …………… 22～24
新鋭機グラフ(野沢誠一郎) ………… 25～29
アリューシャン初出漁同乗記(矢田貴美雄)
　……………………………………… 30～32
夜の魚《小説》(宮野叢子) ………… 34～49
安宅下宇陀児! ………………………… 50～51
宋美鈴暗殺団〈2〉(藤原克巳) ……… 52～71
無法者ディリンジャー(井上泰宏) … 72～82
初春銀幕のシーズン開き(黒部竜二)
　……………………………………… 74～82
中国青年(勝伸枝) …………………… 83～98
羽田空港の密輸団(中尾三郎) ……… 99～105
間宮海峡(小山春樹) ………………… 106～121
三筋の金髪《小説》(水谷準) ……… 122～133
刑事の手帳から(由利英) …………… 134～139
帝都防衛特攻隊(簗島庄平) ………… 140～159
子宝/一番善良な人/経済問題/独身者と妻帯
　者/相手によりけり/裸一貫 ……… 149

日本をめぐる米ソ謀略戦《座談会》(井崎喜代
　太,曾野明,今井武夫,三田和夫,中村博)
　……………………………………… 160～174
よみがえる軍港
　佐世保の巻(坂東一一) …………… 175～180
　横須賀の巻(山口貞雄) …………… 180～185
ダイヤと元皇族(貴司山治) ………… 186～213
世相のぞきめがね(宮崎博史) ……… 214～217
魔獣の道〈1〉《小説》(戸伏太兵)
　……………………………………… 218～232
二十九人の美女を鑑定した話(細田新吉)
　……………………………………… 233～242
犯人はお前だ《小説》(エドガー・アラン・ポー
　〔著〕,宮田峯一〔訳〕) …………… 243～249
巨星墜つ将棋名人戦(中村完一) …… 250～256
中盤攻撃の手筋(萩原淳) …………… 257
ソーダ釣り(日高基裕) ……………… 258～259
救国女性(しづを) …………………… 258～259
白妖鬼〈5〉《小説》(高木彬光) …… 260～288

第3巻第10号　所蔵あり
1952年11月1日発行　288頁　98円

ならずず《映画物語》 ……………… 13～15
陽のあたる場所《映画物語》 ……… 16～17
処女オリヴィア《映画物語》 ……… 18～20
笑倒タイムス(近代漫画派) ………… 21～25
一銭銅貨(田谷栗助) ………………… 26～32
新宿火焔広場《小説》(夢座海二) … 34～64
グランデェ宝石店(由利英) ………… 65～67
恋文/節約/婚約解消 ………………… 67
黄昏の決闘《小説》(大河内常平) … 68～79
秋のイナ釣り(日高基裕) …………… 80～81
無名の艶書《小説》(水谷準) ……… 82～94
スターの改名(可味鯨児) …………… 95～97
魔獣の道〈2〉《小説》(戸伏太兵) … 98～113
新花荘の心中事件(佐藤照次) ……… 114～119
宋美鈴暗殺団〈3〉(藤原克巳) ……… 120～134
世相のぞき目鏡(宮崎博史) ………… 135～138
花形スター貞操合戦(長門康夫) …… 139～144
脂肪の塊《小説》(モオパッサン) … 145～160
離婚珍談(佐治克巳) ………………… 161
白妖鬼〈6・完〉《小説》(高木彬光)
　……………………………………… 162～188
ヨコハマ娘の生態(北林透馬) ……… 190～197
詰将棋新題(萩原淳) ………………… 197
「天霧」の歌(山口寛二) …………… 198～213
仲秋を飾る洋画陣(黒部竜二) ……… 214～216
小ばなし集 …………………………… 217
日本人ロザリオ市長(貴司山治) …… 218～237
船室の殺人(間坂四郎) ……………… 238～243
水豊爆撃行前夜(小山春樹) ………… 244～260

357

32 『怪奇探偵クラブ』『探偵クラブ』『探偵倶楽部』

ストリップショウの裏側(KY生)
　　　　　　　　　　　　　　　261〜263
東京細菌戦始末記(三田和夫) ……　264〜288
編集局より ………………………………　288

第3巻第11号　増刊　所蔵あり
1952年11月15日発行　252頁　140円

地獄の門《映画物語》………………　13〜20
［まえがき］(大下宇陀児) ……………　21
人面瘡《小説》(横溝正史) …………　22〜39
汗を流して(横溝正史) …………………　25
男性週期律《小説》(山田風太郎) …　40〜57
奇小説に関する駄弁(山田風太郎) ……　43
半陰陽　　　　　　　　　　　　　　　47
海蛇の島《小説》(香山滋) …………　58〜64
滅びゆく民族の悲哀(香山滋) …………　61
鬼《小説》(江戸川乱歩) ……………　65〜83
鬼の頃(江戸川乱歩) ……………………　67
二番目/君子の泣声　　　　　　　　　　77
二つの影を持つ男《小説》(水谷準)
　　　　　　　　　　　　　　　84〜105
着想(水谷準) ……………………………　86
お道具/江戸っ児　　　　　　　　　　　89
隠れん坊 ………………………………　98
霊魂の足《小説》(角田喜久雄) …　106〜129
新潟の町(角田喜久雄) ………………　108
親友/張子のマツタケ　　　　　　　　117
白雪姫《小説》(高木彬光) ………　130〜152
感想(高木彬光) ………………………　133
仁田の四郎/能狂言　　　　　　　　　141
夢遊病　　　　　　　　　　　　　　　147
風流網舟漫談《座談会》(江戸川乱歩, 水谷準, 島
　　田一男, 渡辺一夫, 中村博) …　153〜157
柳下家の真理《小説》(大下宇陀児)
　　　　　　　　　　　　　　158〜179
柳下家の真理(大下宇陀児) …………　160
亡霊　　　　　　　　　　　　　　　　164
初夢　　　　　　　　　　　　　　　　175
鼻の長兵衛/穴ちがい　　　　　　　　179
二重殺人《小説》(木々高太郎) …　180〜200
旧作について(木々高太郎) …………　183
警察医《小説》(島田一男) ………　201〜209
書物を参照 ……………………………　202
わが親友(島田一男) …………………　203
男色/鎧の赤貝　　　　　　　　　　　209
ロジェ街の殺人《小説》(マルセル・ベルヂエ
　　［著］, 延原謙［訳］) ………　210〜225
懸賞詰将棋新題(萩原淳) ……………　220
ユダヤの古燈《小説》(M・ルブラン［著］, 保
　　篠竜緒［訳］) ………………　226〜252
読者のみなさまへ ……………………　252

第3巻第12号　所蔵あり
1952年12月1日発行　296頁　98円

ミラノの奇蹟《映画物語》 …………　13〜15
反逆《映画物語》 ……………………　16〜20
リスの赤ちゃんと仲よしのワン公《口絵》
　　　　　　　　　　　　　　　21〜24
アホダラルーム ………………………　25〜28
南京の悪夢《口絵》 …………………　29〜32
ティエラ・エル・ブランカ《小説》(香山滋)
　　　　　　　　　　　　　　　34〜57
影なき男の影《小説》(鬼怒川浩) …　58〜69
性の学校 …………………………………　68〜69
逃亡者(井村幸男) ……………………　70〜84
攻防の手筋(萩原淳) …………………　85
宋美鈴暗殺団〈4・完〉(藤原克巳)
　　　　　　　　　　　　　　　86〜104
人獣(中尾三郎) ……………………　105〜109
不死身の話 ……………………………　109
成層圏空中戦(野沢誠一郎) ………　110〜129
『反逆』をみる《座談会》(香山滋, 朝山蜻一, 宮
　　野叢生, 桑原俊, 荒尾豊年, 城昭子) …　130〜133
荒木, 鳥尾, 豊田(荒尾豊年) ……　134〜141
それを早く云つてくれ ………………　141
濡れたラブレターの秘密(細田新吉)
　　　　　　　　　　　　　　142〜151
動乱の朝鮮から(金清国) …………　152〜160
［まえがき］(諏訪三郎) ……………　153
一人で六十九人生む …………………　160
女狐《映画物語》 …………………　161〜168
日本の国防はこれだ《座談会》(土居明夫, 篠崎
　　磯次, 諏訪三郎, 中村編輯長) …　169〜181
赤色日本軍(藤原克巳) ……………　182〜214
落鮒(日高基裕) ……………………　198〜199
黒衣の幽霊《小説》(谿渓太郎) …　215〜221
芝生の上の亡者(水谷準) …………　222〜223
死霊の唄《小説》(島田一男) ……　224〜258
キンタマ異聞/卵巣移植の話 ………　235
くつみがき(由利英) ………………　259〜261
世相のぞき眼鏡(宮崎博史) ………　262〜265
夜の東京都長官(三田和夫) ………　266〜296
読者みなさまへ ………………………　296

第4巻第1号　所蔵あり
1953年2月1日発行　288頁　98円

超音ジェット機《映画物語》 ………　11〜15
白熱《映画物語》 ……………………　16〜17
ジョークサロン ………………………　19〜24
悪魔の唇〈1〉《小説》(渡辺啓助)
　　　　　　　　　　　　　　　26〜41
炬燵が知つている(大下宇陀児) …　42〜45

32『怪奇探偵クラブ』『探偵クラブ』『探偵倶楽部』

月夜の淫獣(ハイマー・シュミット〔著〕,大久保敏雄〔訳〕)	46〜59
長篇探偵小説を慕う(木々高太郎)	60〜62
寸鉄警句	62
隠坊塚代参《小説》(南蛮寺尚)	63〜82
大愚と大賢	76〜77
魔獣の道〈3〉《小説》(戸伏太兵)	83〜90
反撃の手筋(萩原淳)	91
政界五人男(松波治郎)	92〜100
島の波(赤尾好夫)	101〜110
断食のレコード/変つた求婚広告	109
パチンコ騒動《漫画》(真崎隆)	111
四つの殺意《小説》(楠田匡介)	112〜142
映画界引抜き話(KKK)	143
風流川柳四題《川柳》	143
世相のぞきめがね(宮崎博史)	144〜147
探偵小説に対するアンケート《アンケート》	
問1お読みなつた探偵小説の中で、今迄最も残つた作品と、作者の名前を三人あげて下さい。	
問2来年度の探偵小説界に対する希望、どの作家に一番期待をかけますか。	
問3探偵小説を書いてみたいと思いますか。その場合どんな探偵小説を書きますか。	
問4探偵雑誌に対する御注文	
(村上元三)	148
(白井喬二)	148
(山田風太郎)	148
(佐々木杜太郎)	148
(宮本幹也)	148
(妹尾アキ夫)	148〜149
(北条誠)	149
(双葉十三郎)	149
(保篠竜緒)	149
(貴司山治)	149
(香住春吾)	149〜150
(竹田敏彦)	150
(岡田鯱彦)	150
(長田幹彦)	150
(中島河太郎)	150
(白石潔)	150
(水谷準)	150
(氷川瓏)	150〜151
(北町一郎)	151
(乾信一郎)	151
(張赫宙)	151
(北林透馬)	151
(香山滋)	151
(木々高太郎)	151
(黒沼健)	151〜152
(山岡荘八)	152
(大下宇陀児)	152
飛び出す眼玉/音楽肛門	152
哀愁のモンテカルロ《映画物語》	153〜160
変身願望(江戸川乱歩)	161〜165
世界麻薬王(梶間正夫)	166〜180
すりと警官(由利英)	181〜183
カルカッタの敗北(黒沼健)	184〜201
新宿花園町界隈(永井七郎)	202〜207
婦人警官におしやれは禁物/七人の妻に六人ずつ	207
納屋(花小路倩三)	208〜209
幽霊部隊(西海祐太郎)	210〜223
新版昭和水滸伝(服部静雄)	224〜229
屁ひり上﨟	230〜231
夢の中の顔《小説》(宮野叢子)	232〜251
寒鮒(日高基裕)	252〜253
女優嫌い	253
赤色日本人師団(藤原克巳)	254〜288
流行歌あれこれ(QQQ)	284〜285
風流川柳五題《川柳》	285
編輯後記	288

第4巻第2号　所蔵あり
1953年3月1日発行　296頁　98円

花咲ける騎士道《映画物語》	9〜16
娯楽ルーム	17〜24
遺言映画《小説》(夢座海二)	26〜62
名医/おとなしくなつた男/銃を持たない軍人	43
長谷川裕見子の敷布(長門康夫)	63〜68
ヌーラン氏の不貞《小説》(メリック〔著〕,妹尾アキ夫〔訳〕)	69〜79
馬の長期妊娠/睾丸移植の話	79
黄土に耀く五つの赤い星(宮鉄生)	80〜89
離婚珍聞	89
避雷針《小説》(大河内常平)	90〜108
藤山一郎殺人事件(井村幸男)	109〜114
中盤攻防の秘訣(萩原淳)	115
詰将棋新題(萩原淳)	115
殺人天使(黒沼健)	116〜129
寒バヤ(日高基裕)	128〜129
血染めの靴跡《小説》(水谷準)	130〜143
驚異の無名歌手(梶正夫)	144〜145
女中尉アンゼリカ(三田和夫)	146〜176
青髯と猫(梶間雅夫)	177〜181
南海の殉国碑(小山寛二)	182〜202
白井を倒すのは誰?(郡司信夫)	203〜205
ケルチの石切場(シモーノフ)	206〜215
影との戯れ《小説》(山村正夫)	216〜232
社長はお人好し《漫画》(真崎隆)	233

359

32 『怪奇探偵クラブ』『探偵クラブ』『探偵倶楽部』

台湾青年密輸日記(胡竜) ………… 234～243
世相のぞき眼鏡(宮崎博史) ……… 244～249
貧しきミレー ……………………… 248～249
生きている日本陸軍(藤原克巳) … 250～275
大野議長の俳句(志崎芳次郎) …… 276～277
悪魔の唇〈2〉《小説》(渡辺啓助)
　〔デヴイルズリツプス〕
　　　　　　　　　　　　　　　　 278～296

第4巻第3号　所蔵あり
1953年4月1日発行　288頁　98円

アマゾン奥地を拓く《口絵》 ……… 9～13
文化果つるところ《映画物語》 …… 14～16
放言境 ……………………………… 17～24
囚人都市《小説》(寒川光太郎) … 26～41
世相のぞき眼鏡(宮崎博史) ……… 42～45
悪魔の唇〈3〉《小説》(渡辺啓助)
　〔デヴイルズリツプス〕
　　　　　　　　　　　　　　　　 46～62
拳闘界あれこれ(郡司信夫) ……… 63～65
空とぶ円盤人種(黒沼健) ………… 66～85
乳房(篠崎礒次) …………………… 86～91
吸血獣記(ハイマー・シユミツト〔著〕,大久保
　敏雄〔訳〕) …………………… 92～107
流行歌をしのぐジヤズレコード(松坂直美)
　　　　　　　　　　　　　　　 108～109
一卵性双生児《小説》(貴司山治) … 110～131
酒と俳人(志崎芳次郎) …………… 132～133
とんがらしのお辰《小説》(南蛮寺尚)
　　　　　　　　　　　　　　　 134～152
土俵外の勝負 ……………………… 150～151
探偵物語《映画物語》 …………… 153～160
大岡越前の庭石(瀬戸口寅雄) …… 161～167
ホホカム神殿の秘密(志摩達夫) … 168～183
攻防の手筋(萩原淳) ……………… 184
内外映画面白帖(黒部竜二) ……… 185～192
男色《小説》(大慈寺弘) ………… 193～214
世界武者修業〈1〉(竜崎賛吉) … 215～223
世界珍聞 …………………………… 224～225
運命の決闘《小説》(S・サッパー〔著〕,妹尾ア
　キ夫〔訳〕) ………………… 228～240
椿姫ヨシワラへ戻る(細田新吉) … 241～251
鶴(新田司馬英) …………………… 252～263
黄色二人組(五味健) ……………… 264～273
女房よりも犬 ……………………… 271
アッチラ王物語 …………………… 272～273
昼なき男〈1〉《小説》(島田一男)
　　　　　　　　　　　　　　　 274～288
ヘラ鮒(米森魚衣) ………………… 284～285
大躍進をめざして愛読者のみなさまへ
　　　　　　　　　　　　　　　 288

第4巻第4号
欠番

第4巻第5号　所蔵あり
1953年5月1日発行　338頁　100円

若き美と力を探る!《口絵》 ……… 11～18
芸者の二十四時間《口絵》 ……… 19～22
キヤバレーの生態《口絵》 ……… 23～26
ユーモア・トランク ……………… 27～34
昼なき男〈2〉《小説》(島田一男) … 36～53
空想地帯(大下宇陀児) …………… 54～56
引揚妻の悲劇(矢沢友明) ………… 57～63
混血児の母の物語(尾竹二三男) … 64～74
家出娘御用心 ……………………… 75
特務機関(小山春樹) ……………… 76～93
朝鮮従軍戦記(魏巍) ……………… 94～97
探偵作家と警察署長の座談会《座談会》(松井
　吉衛,神部実夫,萩原光雄,大下宇陀児,江戸
　川乱歩,島田一男,大坪沙男,渡辺竜治,城昌
　幸,朝山蜻一,椿八郎,夢座海二,永願三吾,
　月村澄男,平島倪一) …………… 98～112
独身者はドイツへ/相手にされぬ女 … 113
無人機航空戦(野沢誠一郎) ……… 114～125
探偵新聞
　探偵作家に望むもの(佐々木一郎)
　　　　　　　　　　　　　　　 126～127
　探偵小説ダイジエスト(中島河太郎)
　　　　　　　　　　　　　　　 126～129
　探偵作家クラブ賞 ……………… 130
見知らぬ乗客《映画物語》 ……… 131～138
内外映画面白帳(黒部竜二) ……… 139～146
暴力の街に挑む《座談会》(福岡良二,三田和夫,
　真島栄一郎,中村博) …………… 147～158
流行歌手の情死事件(青江八郎) … 159～163
保険魔は躍る(黒沼健) …………… 164～182
くしやみ《漫画》(真崎隆) ……… 183
日本地下政府(藤原克巳) ………… 184～197
刑務所日記(大慈寺弘) …………… 198～210
怪魚シーラカンス(香山滋) ……… 212～231
名優の迷演技(笹川三郎) ………… 232～233
緑色ダイヤ〈1〉《小説》(アーサー・モリスン
　〔著〕,延原謙〔訳〕) ……… 234～252
嬰児殺し(佐藤皓一) ……………… 253～259
遊夢病娼婦 ………………………… 260～261
悪魔の唇〈4〉《小説》(渡辺啓助)
　〔デヴイルズリツプス〕
　　　　　　　　　　　　　　　　 262～281
犯罪科学捜査講座
　科学捜査の勝利(古屋亨) ……… 282～285
　新機械の偉力(三宅修一) ……… 285～287
　ピストルの指紋(堀崎繁喜) …… 287～289

32 『怪奇探偵クラブ』『探偵クラブ』『探偵倶楽部』

柔道界うら話(竜崎賛吉)	290～293
秘境ボルネオのダイヤ《小説》(大河内常平)	
	294～313
花鯛(日高基裕)	312～313
陸奥宗光と花魁瀬川	314～315
夢魂〈1〉《小説》(山村正夫)	316～338

第4巻第6号　所蔵あり
1953年6月1日発行　314頁　100円

青葉のリズム《口絵》	11
颯爽、新横綱土俵入り《口絵》	12～13
立体映画の知識《口絵》	14～18
探偵川柳《川柳》(川柳文芸普及会)	19～22
怪死事件《小説》(保篠竜緒)	23～26
ジョーク・タウン	27～34
引揚船から消えた男(夢座海二)	35～53
探偵新聞	
探偵倶楽部に望む(秋田太吉)	54
日本選手と外人選手(郡司信夫)	58～59
昼なき男〈3〉《小説》(島田一男)	60～75
モツアルトの死	75
針ノ木地蔵《小説》(潮寒二)	76～91
ゴシップ	92～93
週刊雑誌編集長座談会《座談会》(石井貞二、扇谷正造、大河内敏夫、小野田政、中村博)	
	94～103
偶然の奇蹟《小説》(M.ルブラン〔著〕、保篠竜緒〔訳〕)	104～121
柔道世界武者修業〈2〉(竜崎賛吉)	
	122～130
殺人者《映画物語》	131～139
突然の恐怖《映画物語》	140～142
双頭の鷲《映画物語》	143～146
内外映画面白帖	147～154
第十六回目のバラバラ事件(神山栄三)	
	155～162
将棋攻防の手筋(萩原淳)	163
クィーン・エリザベス物語(厨子三郎)	
	164～176
噂にのぼる右翼の人々(五味田謙)	
	177～179
奈落《小説》(楠田匡介)	180～186
ヘリオトロープ《小説》(宮野叢子)	
	187～193
探偵小説と実際の犯罪《座談会》(松井吉衛、神部真夫、朝山蜻一、江戸川乱歩、大下宇陀児、大坪沙男、城昌幸、武田武彦、月村澄男、椿八郎、永瀬三吾、平島侃一、夢座海二、渡辺健治)	194～203
生きてる猿飛佐助(黒沼健)	204～218
花嫁の告白(ルービー・オルスン)	219～233

緑色ダイヤ〈2〉《小説》(アーサー・モリスン〔著〕、延原謙〔訳〕)	234～252
心霊《小説》(大河内常平)	253～259
夢魂〈2〉《小説》(山村正夫)	260～277
悪魔の唇(デヴィルズリップス)〈5〉《小説》(渡辺啓助)	
	278～295
死刑までの五日間(藤原克巳)	296～314

第4巻第7号　所蔵あり
1953年7月1日発行　310頁　98円

夏来る《口絵》	11～18
靴とブローチ《小説》(楠田匡介)	19～22
ジョーダン・サロン	23～30
保安隊は狙われている!(藤原克巳)	31～49
石の下の記録《絵物語》(大下宇陀児〔原作〕)	
	33, 37, 41, 45, 47, 61, 63, 67, 70, 72
探偵新聞	
新鮮・快感・美的(妹尾アキ夫)	50
六月号を読んで(松川八十松)	50～51
悲劇の結末《小説》(アーネスト・ブラマー)	
	54～73
教団の姫君たち(尾竹二三男)	74～81
探偵川柳《川柳》	80
芸者座談会《座談会》(大下宇陀児、市代、とく子、小千代、蓼胡津留)	82～89
巴里の女郎蜘蛛(大久保敏夫)	90～99
死の列車《小説》(マルセル・シュオップ〔著〕、今野八郎〔訳〕)	100～103
悪魔の唇(デヴィルズリップス)〈6〉《小説》(渡辺啓助)	
	104～121
魅せられた女《座談会》(朝山蜻一、宮野叢子、大坪沙男、香山滋、楠田匡介、鷲尾三郎、山村正夫)	122～126
悪人と美女《映画物語》	127～133
オリヴァ・ツイスト《映画物語》	134～137
ガラスの城《映画物語》	138～142
内外映画面白帳	143～150
ショスコム荘《小説》(コナン・ドイル〔著〕、延原謙〔訳〕)	151～167
禿鷹(コンドル)の舞うところ(梶間雅夫)	168～184
一億円の大詐欺師	185
独居房殺人事件(大慈寺弘)	186～205
赤い札《小説》(オシップ・カレンター)	
	206～211
夢魂〈3〉《小説》(山村正夫)	212～231
川セイゴ(佐々木三郎)	228～229
たかりの名人(中村敏郎)	232～234
幽霊船《小説》(ジャック・クロウ〔著〕、志摩達夫〔訳〕)	235～245

361

32 『怪奇探偵クラブ』『探偵クラブ』『探偵倶楽部』

飛行機は幾らで買えるか(野沢誠一郎)
　　　　　　　　　　　　　　　246〜249
昼なき男〈4〉《小説》(島田一男)
　　　　　　　　　　　　　　　250〜265
将棋攻防の手筋(萩原淳)　　　264〜265
偶然は裁く《小説》(A・バークリー)
　　　　　　　　　　　　　　　266〜281
歴代捜査、鑑識課長座談会《座談会》(浦島正平、志賀船、武田勲、野老山幸風、堀崎繁喜、三宅修一、星野辰男)　　　　282〜291
白井勝つ(郡司信夫)　　　　　292〜293
緑色ダイヤ〈3〉《小説》(アーサー・モリスン〔著〕,延原謙〔訳〕)　　294〜310

第4巻第8号　所蔵あり
1953年8月1日発行　286頁　98円

我が敵いずこ《口絵》　　　　　　11〜15
夜の街《口絵》　　　　　　　　　16〜17
ストリップ芸術祭《口絵》　　　　19〜23
海《口絵》　　　　　　　　　　　24〜25
作家訪問 木々高太郎《口絵》　　　　26
ストリッパーの死《小説》(永瀬三吾)
　　　　　　　　　　　　　　　　27〜30
ユーモア・タイムス(テンテン・クラブ)
　　　　　　　　　　　　　　　　31〜38
密輸漂流記(寒川光太郎)　　　　40〜57
ある決闘《絵物語》(水谷準〔原作〕)
　　　　　41, 43, 47, 51, 55, 65, 67, 71, 73, 77
世相のぞき眼鏡(宮崎博史)　　　58〜61
悪魔の唇〈7〉《小説》(渡辺啓助)
　　　　　　　　　　　　　　　　62〜78
密輸の関門 神戸港(神山栄三)　79〜85
地球は狙われて居る(黒沼健)　　86〜97
隠し方のトリック(江戸川乱歩)　98〜102
密航者《小説》(カルピオ)　　103〜109
スターリンはこうして死んだ(大久保敏雄)
　　　　　　　　　　　　　　　110〜123
紫水晶の秘密(矢沢友明)　　　124〜134
内外映画面白帖　　　　　　　135〜142
刺青殺人事件《映画物語》　　　143〜149
ゼンダ城の虜《映画物語》　　　150〜153
真紅の盗賊《映画物語》　　　　154〜158
夢魂〈4〉《小説》(山村正夫)　159〜167
基地県民(高松孝二)　　　　　168〜175
緑色ダイヤ〈4〉《小説》(アーサー・モリスン〔著〕,延原謙〔訳〕)　176〜194
渓流魚の味(大森魚衣)　　　　192〜193
東京売春白書(荻原秀夫)　　　195〜201
無惨絵(神保朋世)　　　　　　202〜203

空の旅《座談会》(郡捷夫、ウイリアム・クラーク、奈良橋一郎、植田栄子、野沢誠一郎)
　　　　　　　　　　　　　　　204〜217
偽装自殺(荻原秀夫)　　　　　218〜219
タイの拳闘選手(郡司信夫)　　220〜221
轟音《小説》(宮野叢子)　　　222〜241
黒いカーテン(フランクリン・ミラー〔著〕,妹尾アキ夫〔訳〕)　　　　242〜252
攻防の手筋(萩原淳)　　　　　　　253
雪の城《小説》(香山滋)　　　254〜267
電気椅子(安部摂津)　　　　　268〜273
映画噂話　　　　　　　　　　272〜273
昼なき男〈5〉《小説》(島田一男)
　　　　　　　　　　　　　　　274〜286

第4巻第9号　所蔵あり
1953年9月1日発行　286頁　98円

パトロールカー《口絵》　　　　　11〜15
自転車姉妹《口絵》　　　　　　　16〜17
作家訪問 江戸川乱歩《口絵》　　　　18
美しき毒蛇《小説》(宮野叢子)　19〜21
ユーモア・デパート(近代まんが派)
　　　　　　　　　　　　　　　　22〜30
殺されるのもまた愉し《小説》(木々高太郎)
　　　　　　　　　　　　　　　　31〜51
私刑《絵物語》(大坪砂男〔原作〕)
　　　　　33, 35, 39, 41, 43, 45, 47, 49, 50, 51
探偵新聞
　探偵作家に待望す(小室清)　　　　52
アメリカ本土での捕虜生活(佐藤国夫)
　　　　　　　　　　　　　　　　54〜56
新作探偵小説ダイジェスト(渡辺剣次)
　　　　　　　　　　　　　　　　57〜59
緑色ダイヤ〈5〉《小説》(アーサー・モリスン〔著〕,延原謙〔訳〕)　　60〜71
麻薬と密輸を語る《座談会》(長浜正六、橋口三郎、馬場鋭)　　　　　　　72〜88
自動車強盗白書(荻原秀夫)　　　89〜91
昼なき男〈6〉《小説》(島田一男)92〜107
ゴシップ街道　　　　　　　　108〜109
悪魔の唇〈8〉《小説》(渡辺啓助)
　　　　　　　　　　　　　　　110〜126
落ちた偶像《映画物語》　　　　127〜131
情炎の女サロメ《映画物語》　　132〜137
ヨーロッパ一九五一年《映画物語》
　　　　　　　　　　　　　　　138〜142
悲恋の獅子《小説》(谿谿太郎)　143〜149
洞窟の獣人(大慈歩弘)　　　　150〜165
幽霊句会(神保朋世)　　　　　166〜167
見えぬ殺人者(藤原克巳)　　　168〜183
嵐の夜の女《小説》(鷲尾三郎)184〜197

落鮎（日高基裕）	198～199
アリババの呪文《小説》（D・セイヤーズ〔著〕，黒沼健〔訳〕）	200～224
手拭い（志村栄）	225～229
海の伊達男アベリー（志摩達夫）	230～245
世相のぞき眼鏡（宮崎博史）	246～249
サーカスの女《小説》（大河内常平）	250～263
特飲街の殺人（広小路一夫）	264～268
尾上九朗右衛門（守田豊）	269～271
阪妻という男	272～273
豆批評	272～273
今月の新人	274
夢魂〈5〉《小説》（山村正夫）	275～286
隠語解説	280～281

第4巻第10号　所蔵あり
1953年10月1日発行　270頁　98円

死の代役《小説》（鷲尾三郎）	11～14
作家訪問　大下宇陀児《口絵》	15
米機動部隊《口絵》	16～19
アトミックガールズ《口絵》	20～21
冗談サロン（近代まんが派）	23～26
吹きまくる冗談台風（冗談クラブ同人）	27～30
昼なき男〈7〉《小説》（島田一男）	31～45
秋のヤマベ（日高基裕）	42～43
世相のぞき眼鏡（宮崎博史）	46～49
Z号事件（伊藤一夫）	50～65
悪魔の唇〈9〉《小説》（渡辺啓助）	66～83
詰将棋新題（萩原淳）	78
ヤミ煙草取締り座談会《座談会》（島田一男，中津川安孝，住谷誠，秋山清一，山ノ内三男，静原快夫，市川茂）	84～99
御存知ですか	92
たばことニコチン	94
猫入らずを飲んだ女（佐藤皓一）	100～105
悪魔ミステーク《小説》（永瀬三吾）	106～113
映画短評	113
ある中共スパイの最後（鶴田三郎）	114～126
真夜中の愛情《映画物語》	127～132
禁じられた遊び《映画物語》	133～136
犯罪都市《映画物語》	137～140
ゴシップ	140
新スタア紹介	141
ゴシップ	142
人肉ソーセイジ事件（高松孝二）	143～150
自動車洪水	150
読者通信	151
銀杏屋敷の秘密《小説》（宮野叢子）	152～177
犯罪者の隠語	172～173
チャンピオンの横顔（郡司信夫）	178～179
常識読本	179
針金強盗の告白（大慈寺弘）	180～193
人間・場所の隠語	187
緑色ダイヤ〈6〉《小説》（アーサー・モリスン〔著〕，延原謙〔訳〕）	194～205
新作探偵小説ダイジェスト（渡辺剣次）	206～209
義賊と俠黒児（志摩達夫）	210～225
縫針の怪（工藤豊美）	226～231
文晁贋物ばなし（神保朋世）	232～233
占領軍将校殺人事件《小説》（M・スチールンステット〔著〕，道本清一郎〔訳〕）	234～270
能面殺人事件《絵物語》（高木彬光〔原作〕）	237, 239, 241, 243, 245, 249, 251, 255, 257, 261, 263
東京数字千一夜	264～266
編輯後記	270

第4巻第11号　所蔵あり
1953年11月1日発行　290頁　100円

作家訪問　高木彬光《口絵》	11
犯罪《口絵》	12～13
三文オペラ《口絵》	14
孔雀夫人の死《小説》（山村正夫）	15～18
昼なき男〈8〉《小説》（島田一男）	19～33
断崖《絵物語》（江戸川乱歩〔原作〕）	21, 23, 27, 29, 33, 69, 71, 75, 77, 81
世相のぞき眼鏡（宮崎博史）	34～37
契約愛人《小説》（川島郎夫）	38～51
身代り結婚（アラン・ハインド）	54～65
悪魔の唇〈10〉《小説》（渡辺啓助）	66～81
死絵（神保朋世）	82～83
青線女性生態座談会《座談会》（朝山蜻一，文子，有子，みどり，リリー）	84～93
宗谷岬に漂うソ連兵の死体（世田雅也）	95～101
緑色ダイヤ〈7〉《小説》（アーサー・モリスン〔著〕，延原謙〔訳〕）	102～114
綱渡りの男《映画物語》	115～118
江戸姿一番手柄《映画物語》	119～123
裸の拍車《映画物語》	124～128
"封鎖作戦"について《座談会》（朝島雨之助，朝山蜻一，楠田匡介，宮野叢子，鷲尾三郎，梅谷うた子）	128～130
生体ミイラ事件（大久保敏雄）	131～139

32 『怪奇探偵クラブ』『探偵クラブ』『探偵倶楽部』

感に生きる(静原快夫) ……… 140～141
探偵小説作家《小説》(楠田匡介) … 142～159
落鮒(日高基裕) ……………… 158～159
ラヂャーの後宮(黒沼健) …… 160～177
詰将棋新題(萩原淳) ………………… 177
探偵小説ダイジェスト(渡辺剣次)
　　　　　　　　　　　　 178～181
魔虫《小説》(潮寒二) ………… 182～194
二人の毒殺魔(志村栄) ……… 195～203
ボン中の町(佐藤皓一) ……… 204～213
映画ものしり学 …………… 212～213
骸骨《小説》(鷲尾三郎) ……… 214～231
勘三郎と扇雀(左右田登) …………… 231
八年間死んでいた男(永松浅造) … 232～244
探偵新聞
　旅窓雑感(大下宇陀児) …… 246～247
　D・S地方同人雑誌に就いて(蓮池一邦)
　　　　　　　　　　　　 247～248
［まえがき］(江戸川乱歩) ………… 249
幕を閉じてから《小説》(ジョルジュ・シムノン
　〔著〕, 松村喜雄/都築道夫〔訳〕)
　　　　　　　　　　　　 249～290
編輯だより …………………………… 290

第4巻第12号　所蔵あり
1953年12月1日発行　290頁　100円

隠す人・探す人《口絵》 ……… 11～13
砂漠の決斗《口絵》 ……………………… 14
女芸人の死《小説》(戸川貞雄) … 15～18
十三の階段〈1〉《小説》(山田風太郎)
　　　　　　　　　　　　 　19～37
海鰻荘奇談《絵物語》(香山滋〔原作〕)
　　21, 23, 27, 29, 33, 59, 63, 67, 69, 70
「汽車を見送る男」批評座談会《座談会》(江
　戸川乱歩, 大下宇陀児, 木々高太郎, 中村博)
　　　　　　　　　　　　 　38～41
二冊のノート《小説》(宮野叢子) … 42～53
探偵新聞 …………………………… 54～55
昼なき男〈9〉《小説》(島田一男) … 56～70
鬼看護婦(井上泰宏) ………… 72～77
詰将棋新題(萩原淳) ………………… 77
『サカサクラゲ』の実態を探る(川原久仁於)
　　　　　　　　　　　　 　78～83
悪魔の唇〈11・完〉《小説》(渡辺啓助)
　　　　　　　　　　　　 　84～101
スパイ十二号の告白(鶴田三郎) … 102～108
口をきいたランプ(工藤豊美) … 109～114
恋路《映画物語》 …………… 115～118
雷鳴の湾《映画物語》 ……… 119～122
飾窓の女《映画物語》 ……… 123～127
ジョー区笑転街 …………… 128～130

看守座談会《座談会》(神山栄三〔文責〕)
　　　　　　　　　　　　 131～139
劇場の手摺《小説》(ハーマン・ランドン)
　　　　　　　　　　　　 140～155
密輸綺譚(静原快夫) ………… 156～157
緑色ダイヤ〈8〉《小説》(アーサー・モリスン
　〔著〕, 延原謙〔訳〕) ……… 158～171
「さしえ」受難(神保朋世) …… 172～173
呪いの遺書《小説》(河原浪路) … 174～186
血と肉と《小説》(梶竜雄) …… 187～197
世相のぞき眼鏡(宮崎博史) … 198～201
邪悪な日曜〈1〉《小説》(大下宇陀児)
　　　　　　　　　　　　 202～215
ゴシップ ……………………………… 214
老刑事(工藤豊美) …………… 216～221
飢渇地獄《小説》(志摩達夫) … 222～231
やくざ女難《小説》(大河内常平) … 232～245
ゴシップ ……………………………… 239
草刈乙女惨殺事件(穴川玄八) … 246～253
へんな夜《小説》(狩久) …… 254～267
ケタの子持鱶(日高基裕) …… 266～267
探偵小説ダイジェスト(渡辺剣次)
　　　　　　　　　　　　 268～270
南阿のヒットラー(伊東鏡太郎) … 271～290

第5巻第1号　所蔵あり
1954年1月1日発行　330頁　120円

カラコルムの想い出《口絵》(ウイリアム・ク
　ラーク〔文〕) ……………… 11～14
プリマドンナ殺し《小説》(鷲尾三郎)
　　　　　　　　　　　　 　15～18
初笑い漫画出初式《漫画》 …… 19～26
邪悪な日曜〈2〉《小説》(大下宇陀児)
　　　　　　　　　　　　 　27～39
世相のぞき眼鏡(宮崎博史) …… 40～43
ブラックの谷《小説》(潮寒二) … 44～61
冬薔薇《小説》(水谷準) ……… 62～65
皮砥幽霊(渡辺啓助) ………… 65～67
謎の銀針(彦坂元二) ………… 68～74
有情の詰(高木彬光) ………… 75～78
妖談三号館(九鬼澹) ………… 79～81
十三の階段〈2〉《小説》(島田一男)
　　　　　　　　　　　　 　82～97
榾榾火《小説》(木々高太郎) … 98～102
双生児《小説》(角田喜久雄) … 102～105
贋金づくり《小説》(山田風太郎) … 105～109
驢馬修業《小説》(大坪砂男) … 109～112
痩せ我慢《小説》(城昌幸) …… 112～115
ナフタリン《小説》(宮野叢子) … 115～118
馬頭辻のお信《小説》(南蛮寺尚) … 120～135

32 『怪奇探偵クラブ』『探偵クラブ』『探偵倶楽部』

巡査・強盗・二重人格〈三谷祥介〉	136〜140
義足《小説》（鷲尾三郎）	141〜142
敵討《小説》（氷川瓏）	142〜143
再会《小説》（大倉燁子）	143〜145
幽霊の出る家《小説》（香住春吾）	145〜146
手術《小説》（島久平）	146〜147
監禁された判事《小説》（ジョセフ・ロリガン）	148〜154
深夜の告白《映画物語》	155〜159
最近の探偵映画	160
ゴシップ	160
非常線《映画物語》	161〜165
ホンキイトンク《映画物語》	166〜170
豪壮華麗を誇る歴史劇スペクタル続々誕生	170
昼なき男〈10〉《小説》（島田一男）	171〜181
探偵新聞	180〜181
青童《小説》（角田実）	182〜183
バアス館宝石盗難事件《小説》（椿八郎）	184〜186
嘱託恋愛《小説》（岡田鯱彦）	187〜190
人間コマ切り事件《小説》（安藤礼夫）	191〜197
秘戯画《小説》（神保朋世）	198〜200
川柳街の春《川柳》	200
鏡の中の悪魔（K・リスター）	202〜209
アパートの窓《小説》（鷲尾三郎）	210〜218
新達君の奇術《小説》（夢座海二）	219〜220
女と貝殻《小説》（香山滋）	220〜221
死の麻雀《小説》（大河内常平）	221〜223
義歯《小説》（大下宇陀児）	223〜224
磨かれた爪《小説》（楠田匡介）	224〜225
一分間の猶予《小説》（W・ホーナング）	226〜233
探偵小説ダイジェスト（渡辺剣次）	232〜233
緑色ダイヤ〈9・完〉《小説》（アーサー・モリスン〔著〕, 延原謙〔訳〕）	234〜251
寒バヤ釣り（日高基裕）	250〜251
メルヘン《小説》（山村正夫）	252〜254
幽霊探し《小説》（永瀬三吾）	254〜256
有翼人を尋ねて《小説》（香山滋）	257〜274
群集の中のロビンソン（江戸川乱歩）	275〜276
刃傷の街《小説》（朝山蜻一）	276〜277
幻術自来也《小説》（大坪砂男）	278〜286
姿なき殺人者《小説》（A・レルネット＝ホレニア〔著〕, 伊東鋠太郎〔訳〕）	287〜330
原作者について（伊東鋠太郎）	287
読者皆さまへ	330

第5巻第2号　所蔵あり
1954年2月1日発行　298頁　100円

裸の青春《口絵》	11〜13
科学捜査《口絵》	14
宝石と落葉《小説》（渡辺啓助）	15〜18
スリラー漫画《漫画》	19〜22
ジョー区笑転街	23〜25
ニヤリズム《漫画》（真崎隆）	26
昼なき男〈11〉《小説》（島田一男）	27〜41
公魚礼賛（日高基裕）	38〜39
世相のぞき眼鏡（宮崎博史）	42〜45
シネマの頁	46〜47
指紋なき男の三重犯罪（大久保敏雄）	48〜54
出羽ヶ嶽（佐藤皓一）	56〜61
「深夜の告白」映画批評座談会《座談会》（江戸川乱歩, 大下宇陀児, 大坪砂男, 高木彬光）	62〜64
親子心中事件（木田国雄）	65〜74
善さん《漫画》（真崎隆）	75
死体隠匿事件（府川寿男）	76〜82
忘れられたパンチ（郡司信夫）	83〜89
邪悪な日曜〈3〉《小説》（大下宇陀児）	90〜103
春宵秘画譚（神保朋世）	104〜105
十三の階段〈3〉《小説》（岡田鯱彦）	106〜122
二つの世界の男《映画物語》	123〜127
六代目人間報告	128〜129
命を賭けて《映画物語》	130〜134
内部の男《映画物語》	135〜138
りんご裁判《小説》（土屋隆夫）	139〜147
盲僧秘帖〈1〉《小説》（山田風太郎）	148〜163
旅行女秘書（川原久仁於）	164〜169
救われぬ女《小説》（永瀬三吾）	170〜183
出獄者座談会《座談会》（伊田仙二, 石川一郎, 尾崎正平, 宮野政一, 内藤健助, 中平修司, 大慈寺弘）	184〜189
炯眼氏《漫画》（鮎沢まこと）	190〜191
炎を求めて《小説》（狩久）	192〜203
六代目人間報告	202〜203
復讐鬼（大慈寺弘）	204〜218
死人を殺した女（道本清一郎）	219〜225
三包の粉薬《小説》（夢座海二）	226〜239
六代目人間報告	238〜239
やくざ未練《小説》（大河内常平）	240〜254
不良少年の隠語	253
怪盗ルトン《小説》（ジョルジュ・シメノン〔著〕, 松村喜雄/都築道夫〔訳〕）	255〜298

365

32 『怪奇探偵クラブ』『探偵クラブ』『探偵倶楽部』

第5巻第3号　所蔵あり
1954年3月1日発行　298頁　100円
犯罪と科学〈口絵〉 ················· 11〜14
死のドライブ〈小説〉(伊藤昭彦) ······ 15〜18
探偵作家ペンネーム由来記〈1〉(渡辺剣次)
　　　　　　　　　　　　　　　　 19〜22
内外映画面白帳 ···················· 23〜26
邪悪な日曜〈4〉〈小説〉(大下宇陀児)
　　　　　　　　　　　　　　　　 27〜39
敵わない/理くつだね/お世辞/神さまでも
　　　　　　　　　　　　　　　　　　39
世相のぞき眼鏡(宮崎博史) ·········· 40〜43
暗殺者の群(藤原克巳) ·············· 44〜58
わが国最初の外人捕物(安ράいしお礼夫) ····· 59〜63
学生やくざ〈小説〉(大河内常平) ····· 64〜77
昼なき男〈12〉〈小説〉(島田一男) ··· 78〜91
探偵新聞 ·························· 88〜89
山家育ちの淫婦〈小説〉(山村尚太郎)
　　　　　　　　　　　　　　　　 92〜106
盲僧秘帖〈2〉〈小説〉(山田風太郎)
　　　　　　　　　　　　　　　　108〜119
パストリウス事件(道本清一) ······· 120〜154
私は告白する〈映画物語〉 ········· 155〜159
オリーヴの下に平和はない〈映画物語〉 ···· 160
眠りなき街〈映画物語〉 ··········· 161〜164
我れ暁に死す〈映画物語〉 ········· 165〜169
隠語辞典 ·························· 169
菊五郎の人間味 ···················· 170
邪魔者は殺せ(ひかる・さかえ) ···· 172〜185
舶来幻術師(日影丈吉) ············ 186〜199
女帝と一兵卒〈小説〉(渡辺啓助) ·· 200〜215
心中令嬢尾行(川原久仁於) ········ 216〜221
自信/親なればこそ/トンチンカン/どうして
　　/最新療法/慾の皮 ·············· 221
刑事弁護士の智慧(松田三郎) ······ 222〜230
十三の階段〈4〉〈小説〉(高木彬光)
　　　　　　　　　　　　　　　　232〜249
人を殺さなかった話(伏木敏行) ···· 250〜263
鮒婆(日高基裕) ·················· 262〜263
二重生活者の悲劇〈小説〉(オシップ・シュービン〔著〕, 伊東鎰太郎〔訳〕) ····· 264〜298
原作者について(伊東鎰太郎) ·········· 267
愛読者みなさまへ ···················· 298

第5巻第4号　所蔵あり
1954年4月1日発行　298頁　100円
原子力潜水艦完成〈口絵〉 ·········· 11〜13
春来りなば〈口絵〉 ··················· 14
暗室殺人事件〈小説〉(谷村義春) ···· 15〜18

ギャグ・ルーム
　探偵作家ペンネーム由来記〈2・完〉(渡辺
　　剣次) ························ 20〜23
　詰将棋新題(萩原淳) ················· 23
　スクリーンからこぼれた話 ······· 24〜25
俺が法律だ〈1〉〈小説〉(鷲尾三郎)
　　　　　　　　　　　　　　　　 27〜59
世相のぞき眼鏡(宮崎博史) ·········· 60〜63
邪悪な日曜〈5〉〈小説〉(大下宇陀児)
　　　　　　　　　　　　　　　　 64〜77
山女魚の怪(日高基裕) ·············· 76〜77
大雪に消えた足跡(南部良太) ········ 78〜86
人間勘定〈小説〉(城昌幸) ·········· 87〜89
十三の階段〈5・完〉〈小説〉(高木彬光)
　　　　　　　　　　　　　　　　 90〜107
影なき殺人者(藤原克己) ·········· 108〜119
さゝやかな復讐〈小説〉(土屋隆夫)
　　　　　　　　　　　　　　　　120〜122
戦慄の七日間〈映画物語〉 ········ 123〜125
第十七捕虜収容所〈映画物語〉 ···· 126〜130
禁断の木の実〈映画物語〉 ········ 131〜135
女優と香水 ························ 135
路上の夜〈映画物語〉 ············ 136〜137
ハリウッドNo.1物語 ················ 138
昼なき男〈13・完〉〈小説〉(島田一男)
　　　　　　　　　　　　　　　　139〜154
暗黒の接吻売場(川原久仁於) ······ 158〜163
濡れた手紙〈小説〉(香山滋) ······ 164〜167
涙の滴〈小説〉(オブンハイム〔著〕, 妹尾アキオ
　〔訳〕) ······················ 168〜184
犯人は誰だ?〈小説〉(水谷準) ···· 185〜187
女体変幻(神戸登) ················ 188〜196
牛刀〈小説〉(朝山蜻一) ·········· 197〜199
悪魔の瞳〈小説〉(宮野叢子) ······ 200〜216
インチキ広告の内幕話(中井向学)
　　　　　　　　　　　　　　　　217〜219
淫楽の価〈小説〉(夢座海二) ······ 220〜233
誕生日の贈物〈小説〉(狩久) ······ 234〜236
競馬競輪必勝法 ·················· 237〜241
ワンマン/救いなし/まさか ············ 241
盲僧秘帖〈3〉〈小説〉(山田風太郎)
　　　　　　　　　　　　　　　　242〜254
ドイツ間諜物語
　踊り子タマラ(道本清一) ········ 256〜272
　ワルソー始発列車(道本清一)
　　　　　　　　　　　　　　　　276〜286
　ギリシヤの秘密放送局(道本清一)
　　　　　　　　　　　　　　　　288〜298
奇妙な証拠〈小説〉(楠田匡介) ···· 273〜275
アベックと強盗と〈漫画〉(菅節也) ···· 287
詰将棋新題(萩原淳) ················ 298

第5巻第5号　所蔵あり
1954年5月1日発行　298頁　100円

闘〈口絵〉	11～14
迷作探偵小説怪説〈漫画〉	15～18
遊閑タイムス〈漫画〉（真崎隆）	19～22
こぼれニュース	23
お笑い捕物ショウ（伊加あきひこ）	24～26
邪悪な日曜〈6〉〈小説〉（大下宇陀児）	27～40
パパ恋人が欲しいの/これでオゴリましょう	40
自殺者殺人事件〈小説〉（和田操）	41～43
世相のぞき眼鏡（宮崎博史）	44～47
盲僧秘帖〈4〉〈小説〉（山田風太郎）	48～60
カナリヤ籠の中で（尾竹二三男）	61～65
不法越境者（道本清一）	66～78
絞首台は待たせておけ〈小説〉（ガボリオ〔著〕，松村喜雄/都筑道夫〔訳〕）	79～122
解説（松村喜雄）	81
映画お色気攻勢	120～121
トランペットなんか	122
アスファルト・ジャングル〈映画物語〉	123～127
スクリーンからこぼれた話	128～129
魔術の恋〈映画物語〉	130～133
目撃者は誰だ〈映画物語〉	134～137
「金色夜叉」映画化の歴史	138
ママさん控帳（左川みどり）	139～143
当然だ	141
歯医者	141
女を食う吸血鬼	
婚約の手紙に飛びついた女達（高田宏）	144～150
結婚媒介所に巣くう男（三谷光男）	150～155
百廿四人の女を売った男（小池良平）	156～163
老いて今尚華やかに スクリーンの恋人メリ	162
まだ続くモンロー旋風	163
獄門にされた文耕（神田竜）	164～165
蛞蝓お由〈小説〉（潮寒二）	166～174
女よ眠れ〈小説〉（狩久）	175～183
妖霊夫人〈小説〉（ハンス・ハインツ・エーウェルス）	184～203
なんで九百万円持ち逃げしたか（永田松男）	204～207
モナコの日本人〈小説〉（関川周）	208～227
近頃運ちゃん行状記（伏木敏行）	228～240
阿波騒動の立役者（中沢堅夫）	242～244
切断された拇指（宮田峯一）	245～255
やくざ流浪〈小説〉（大河内常平）	256～263
鈴ケ森刑場跡（佐野孝）	264～267
ドル箱十代スタアの顔触れ	267
俺が法律だ〈2〉〈小説〉（鷲尾三郎）	268～298
怪鯉談（日高基裕）	294～295

第5巻第6号　所蔵あり
1954年6月1日発行　298頁　100円

アスファルトジャングル〈口絵〉	11～14
召捕から獄門まで（島田正郎）	15～18
お笑い深夜放送	19～26
ビキニの灰〈小説〉（夢野海二）	27～40
スクリーンからこぼれた話	41
盲僧秘帖〈5・完〉〈小説〉（山田風太郎）	42～55
世相のぞき眼鏡（宮崎博史）	56～59
人罠〈小説〉（関川周）	60～75
ロシヤの女（小池良平）	76～81
「裸の島」いよ〜六月公開	82
ローマの休日のオウドリー・ヘプバァン	83
狂った季節〈小説〉（土屋隆夫）	84～93
奇妙な遺産〈小説〉（レスリー・チヤーテリス〔著〕，水谷準〔訳〕）	96～111
野獣の夜〈1〉〈小説〉（島田一男）	112～122
印度の星〈映画物語〉	123～125
語らざる男〈映画物語〉	126～128
摩天楼の影〈映画物語〉	129～132
ゴールデンアワー	133～138
騒がしき夜の闇〈小説〉（E・W・ホーナング〔著〕，松村喜雄/都筑道夫〔訳〕）	140～158
詰将棋新題（萩原淳）	158
良心〈漫画〉（マザキ・リウ）	159
爆弾事件（保篠竜緒）	160～165
比島バラバラ事件（大久保敏雄）	166～173
邪悪な日曜〈7〉〈小説〉（大下宇陀児）	174～184
動物の性生活（泉厚夫）	185～189
初夏川柳〈川柳〉	189
銀　狼事件（道本清一）	190～203
誰も知らない〈小説〉（梶竜雄）	204～214
汚職?〈漫画〉（マザキ・リウ）	215
霊媒と結婚した女（モーリン・トムソン）	216～231
鮎珍談（日高基裕）	232～233
霊魂を呼びよせる人々（黒沼健）	234～245
大アマゾンの半魚人	245

32 『怪奇探偵クラブ』『探偵クラブ』『探偵倶楽部』

日本最初の警察犬捕物（安藤礼夫）
　　　　　　　　　　　　　　　246〜249
傘やのお芳（南蛮寺尚）………… 250〜265
赤ちゃんは生んでも艶色おとろえぬ秘訣／燃
　えてうづける尻を振るウトネ ……… 265
異常心理と犯罪（志摩久平）…… 266〜269
俺が法律だ〈3・完〉《小説》（鷲尾三郎）
　　　　　　　　　　　　　　　271〜298
［まえがき］（江戸川乱歩）………………… 271

第5巻第7号　所蔵あり
1954年7月1日発行　298頁　100円

捕具と刑具《口絵》（島田正郎〔監修〕）
　　　　　　　　　　　　　　　　11〜13
探偵作家の名優ぶり《口絵》 ……………… 14
赤き死の仮面《絵物語》（エドガア・アラン・ポ
　ウ〔原作〕）………………………… 15〜18
つり ……………………………… 19〜21
傑作スリラーまんが《漫画》……… 22〜26
スリラーコント（伊藤あきひこ）………… 25
邪悪な日曜〈8〉《小説》（大下宇陀児）
　　　　　　　　　　　　　　　　27〜41
納涼釣談義（日高基裕）…………… 42〜43
小妖女（香山滋）…………………… 44〜57
野獣の夜〈2〉《小説》（島田一男）… 58〜67
イラン公使館付武官の謎（道本清一）
　　　　　　　　　　　　　　　　68〜82
旧中国の刑罰（田村敏郎）………… 83〜89
密封列車《小説》（関川周）……… 90〜103
世相のぞき眼鏡（宮崎博史）…… 104〜107
明治の青髯《小説》（日影丈吉）… 108〜122
女の獄舎《映画物語》…………… 123〜127
この身を我等に《映画物語》…… 128〜131
東西花形女優物語 ……………… 132〜133
カーニバルの女《映画物語》…… 134〜138
他人の家《小説》（E・W・ホーナング）
　　　　　　　　　　　　　　139〜153
五后拾時の喜劇《小説》（笹出晃一）
　　　　　　　　　　　　　　154〜157
黒猫《小説》（山村正夫）………… 158〜172
鳥の恋愛（泉厚夫）……………… 173〜175
秘密を売つた女（フランシス・ハーバ）
　　　　　　　　　　　　　　176〜186
殺人広告《小説》（牧竜介）……… 187〜189
高原の惨劇（杉田清一）………… 190〜198
やくざ懺悔（大河内常平）……… 199〜208
狐と狸《小説》（和田操）………… 209〜211
老婆占師の死〈1〉《小説》（木々高太郎）
　　　　　　　　　　　　　　212〜220
処刑できぬ殺人魔（永田松男）… 221〜229
女間諜ヴイオラ（伊豆凡太郎）… 230〜240

東京よさらば《小説》（鷲尾三郎）… 242〜253
フランスのカポネ（保篠竜緒）… 254〜262
汝の敵を愛せよ …………………………… 263
恐怖飛行《小説》（ツツサン・サマ〔著〕,淡路瑛
　一〔訳〕）………………………… 264〜298

第5巻第8号　所蔵あり
1954年8月1日発行　298頁　100円

橋《口絵》…………………………… 11〜14
早過ぎた埋葬《絵物語》（エドガア・アラン・ポー
　〔原作〕）…………………………… 15〜18
映画トリック読本 ………………… 19〜22
レスリング＆ボクシング ………… 23〜25
マンガ三題《漫画》（真崎隆）……………… 26
野獣の夜〈3〉《小説》（島田一男）… 27〜39
世相のぞき眼鏡（宮崎博史）……… 40〜43
邪悪な日曜〈9〉《小説》（大下宇陀児）
　　　　　　　　　　　　　　　　44〜58
地獄の大使〈1〉《小説》（ルネ・ビュジオル〔著〕,
　淡路瑛一〔訳〕）…………………… 59〜76
海賊王ヘンリー・モルガン（志摩達夫）
　　　　　　　　　　　　　　　　78〜90
ハリウッド・ラブ・ロマンス …… 88〜89
復讐抄《小説》（桐野利郎）………… 91〜95
テームズ河の秘密（保篠竜緒）… 96〜105
幽霊買い度し《小説》（日影丈吉）… 106〜122
カスバの恋《映画物語》………… 123〜126
謎のモルグ街《映画物語》……… 127〜131
波止場《映画物語》……………… 132〜134
恐怖の報酬《映画物語》………… 136〜138
老婆占師の死〈2・完〉《小説》（木々高太郎）
　　　　　　　　　　　　　　139〜150
女王への贈物《小説》（E・W・ホーナング）
　　　　　　　　　　　　　　151〜169
深山独釣譜（日高基裕）………………… 170
愛のテープレコーダー《漫画》（真崎隆）
　　　　　　　　　　　　　　　　　171
旅客機の誘拐魔（道本清一）…… 172〜185
黙約《小説》（淵先穀）…………… 186〜193
傾城音羽滝《小説》（神田竜）…… 194〜218
血紅の帷《小説》（バルベイ・ドオルヴィリイ）
　　　　　　　　　　　　　　219〜235
解説 ………………………………………… 234
暗い日曜日《小説》（山村正夫）… 236〜239
死の電話（佐々城白鳳）………… 240〜255
鳥の恋愛（泉厚夫）……………… 256〜259
諸国噂噺 …………………………………… 259
暴かれた秘密放送（伊東鎮太郎）… 260〜277
誰れが殺したか《小説》（山本正春）
　　　　　　　　　　　　　　278〜279
毛髪《脚本》（魔子鬼一）………… 280〜298

32 『怪奇探偵クラブ』『探偵クラブ』『探偵倶楽部』

諸国噂噺 ……………………… 296
諸国噂噺 ……………………… 297
編集だより …………………… 298

第5巻第9号　所蔵あり
1954年9月1日発行　298頁　100円

北極基地《口絵》 ……………… 11〜13
罎の中から出た手記《絵物語》(エドガア・アラン・ポー〔原作〕) ………… 15〜18
スモーキング・ルーム
　ミス・タンテー《漫画》(伊藤あきひこ)
　　　　　　　　　　　　　　　　　 19
　ゲテ物映画大流行(本田慶一郎)
　　　　　　　　　　　　　　　 20〜22
　ジャムセッション(出岸邪児) …… 23
　奇術漫談(長谷川智) …………… 24〜25
　スリラー・コント(伊藤あきひこ) … 25
クリスマス・イーヴの悪魔〈1〉《小説》(鷲尾三郎) ……………………… 27〜41
世相のぞき眼鏡(宮崎博史) …… 42〜45
極楽鳥の魔王(玉虫夜光) ……… 46〜56
邪悪な日曜〈10〉《小説》(大下宇陀児)
　　　　　　　　　　　　　　 57〜68
名刑事山下平八さん(三谷祥介) … 70〜79
魅せられた男《小説》(森田恵世子) … 80〜97
海賊亭の女《小説》(河原浪二) … 98〜100
ジュネーブ秘密放送局(伊東鑅太郎)
　　　　　　　　　　　　　　101〜122
テキサス街道《映画物語》 …… 123〜127
雪原の追跡《映画物語》 …… 128〜131
妖僧ラスプーチン《映画物語》… 132〜134
青い麦《映画物語》 ………… 135〜138
地獄の大使〈2・完〉《小説》(ルネ・ビユジオル〔著〕,淡島瑛一〔訳〕) … 139〜157
誰もいなくなつた《小説》(和田操)
　　　　　　　　　　　　　 158〜161
鬼の眼の娘《小説》(朝山蜻一) 162〜175
軟体人間《小説》(潮寒二) …… 178〜189
影に追われる男《小説》(土屋隆夫)
　　　　　　　　　　　　　 190〜192
安楽死事件(バーク・ホルダー) 193〜202
潜行一万哩(道本清一) ……… 203〜235
やくざ双六(大河内常平) …… 236〜245
野獣の夜〈4〉《小説》(島田一男)
　　　　　　　　　　　　　 246〜258
オペラの怪人《小説》(ガストン・ルルウ〔著〕,海野雄吉〔訳〕) … 259〜298

第5巻第10号　所蔵あり
1954年10月1日発行　298頁　100円

ドリアン・グレーの肖像《絵物語》(オスカー・ワイルド〔原作〕) ………… 11〜14
スモーキング・ルーム
　カード当て(長谷川智) ………… 18
　ジューク・ボックス(出岸邪児) … 19
　タクシィ心得帖(宮田正幸) …… 20〜21
ボルジア家の毒薬《小説》(高木彬光)
　　　　　　　　　　　　　　 27〜53
秋はスリラー映画で一杯です ……… 53
世相のぞき眼鏡(宮崎博史) …… 54〜57
これはまた …………………………… 57
ギャングと女たち(尾竹二三男) 58〜62
新星紹介 ……………………………… 61
野獣の夜〈5〉《小説》(島田一男) … 63〜76
謎の離婚状(道本清一) ………… 77〜88
"東京租界"の顔役たち(南部良太) … 89〜93
ニューヨークの波止場(伊東鑅太郎)
　　　　　　　　　　　　　　 94〜101
クリスマス・イーヴの悪魔〈2〉《小説》(鷲尾三郎) ……………………… 102〜122
ダイヤルMを廻せ《映画物語》… 123〜132
ケイン号の叛乱《映画物語》 … 133〜138
麻薬取締りの実相報告(朝倉義臣)
　　　　　　　　　　　　　 139〜143
恋の陽の下に《小説》(E・W・ホーナング〔著〕,松村喜雄/都筑道夫〔訳〕) 144〜160
読者サロン ……………………… 161
足《小説》(和田操) …………… 162〜165
雪《小説》(楠田匡介) ………… 166〜193
秋釣礼讃(日高基裕) ………… 194〜195
地獄からの犬声(谷京至) …… 196〜205
異説・蝶々夫人《小説》(日影丈吉)
　　　　　　　　　　　　　 208〜221
街頭へ出た酩酊鑑識器(斎藤篤) 222〜225
映画ゴシップ ………………… 226〜227
覚醒剤の恐ろしさ(林暲) …… 228〜233
邪悪な日曜〈11〉《小説》(大下宇陀児)
　　　　　　　　　　　　　 234〜247
希代の淫虐魔を追う父子二代の探偵(三谷祥介) ……………………… 248〜256
影絵《小説》(ジョルジュ・シメノン〔著〕,松村喜雄〔訳〕) ……… 257〜298
編輯だより(HN) ………………… 298

第5巻第11号　所蔵あり
1954年11月1日発行　298頁　100円

新しい消防《口絵》 …………… 11〜13
笑顔に題す《口絵》 ………………… 14
自殺倶楽部《絵物語》(スティーヴンソン〔原作〕) ……………………… 15〜18
モダン・タイムス

369

32 『怪奇探偵クラブ』『探偵クラブ』『探偵倶楽部』

安上りのお洒落（三木晶）・・・・・・・・・・ 20～21
追いつめる《小説》（楠田匡介）・・・・・・ 27～54
浴槽の生首《小説》（河原浪路）・・・・・・ 55～57
世相のぞき眼鏡（宮崎博史）・・・・・・・・ 58～61
野獣の夜〈6〉《小説》（島田一男）・・・・・ 62～76
犯罪月評（田中博）・・・・・・・・・・・・・・・・ 78～83
影は消せるか《小説》（潮寒二）・・・・・・ 84～96
怪談《小説》（山村正夫）・・・・・・・・・・・ 97～101
十一時の貴婦人《小説》（ピエル・アベステギュイ〔著〕, 海野雄吉〔訳〕）・・・・・・ 102～121
記念写真《漫画》（杉本三郎）・・・・・・・ 122
明日に別れの接吻を《映画物語》・・・ 123～135
オードリイ・ヘップバーンのすべて
・・・・・・・・・・・・・・・・・・・・・・・・・・・・・・・・ 130～131
シエークスピア五度銀幕へ・・・・・・・・・ 133
西部劇読本・・・・・・・・・・・・・・・・・・・・・・ 136～137
聖林夜話・・・・・・・・・・・・・・・・・・・・・・・・ 138
五つの死《小説》（桐野利郎）・・・・・・・ 139～141
コンデ公の饗宴《小説》（高木彬光）
・・・・・・・・・・・・・・・・・・・・・・・・・・・・・・・・ 142～157
貞操論・・・・・・・・・・・・・・・・・・・・・・・・・・ 155
夫を告発した妻の告白（カザリン・バクスター）・・・・・・・・・・・・・・・・・・・・・・・・・ 158～169
魔薬禍レポート（千葉松男）・・・・・・・・ 170～173
クリスマス・イーヴの悪魔〈3・完〉《小説》
（鷲尾三郎）・・・・・・・・・・・・・・・・・・ 174～189
電話の声（保篠竜緒）・・・・・・・・・・・・・ 192～200
あの人は強盗だつた《小説》（梶竜雄）
・・・・・・・・・・・・・・・・・・・・・・・・・・・・・・・・ 201～203
梟雄プリイヘイズ（志摩達夫）・・・・・・ 204～215
鬼の会話（渡辺剣次）・・・・・・・・・・・・・ 216～217
邪悪な日曜〈12〉《小説》（大下宇陀児）
・・・・・・・・・・・・・・・・・・・・・・・・・・・・・・・・ 218～231
落魚愁嘆（日高基裕）・・・・・・・・・・・・・ 230～231
函の中の恋《小説》（朝山蜻一）・・・・・ 232～235
ルシイ情報（道本清一）・・・・・・・・・・・ 236～247
最近の探偵映画（黒部竜二）・・・・・・・ 248～249
洋モク取締珍談奇談座談会《座談会》（大下宇陀児、静原快夫、福田直紀、中村加寿男、松本とみ、花沢光江、岡村愛子、市川茂、秋山清一）・・・・・・・・・・・・・・・・・・・・・・・ 250～262
碁どろ《落語》（志ん介）・・・・・・・・・・・ 263～265
デザイナア姐御・・・・・・・・・・・・・・・・・・ 264
クーパーと漫画・・・・・・・・・・・・・・・・・・ 265
ヨーン博士西独脱出記（伊東鎰太郎）
・・・・・・・・・・・・・・・・・・・・・・・・・・・・・・・・ 266～276
死神《小説》（土屋隆夫）・・・・・・・・・・・ 277～279
血《脚本》（魔子鬼一）・・・・・・・・・・・・・ 280～298
編輯だより・・・・・・・・・・・・・・・・・・・・・・ 298

第5巻第12号　所蔵あり
1954年12月1日発行　298頁　100円
名優乱歩《口絵》・・・・・・・・・・・・・・・・・ 11～13
笑顔に題す《口絵》・・・・・・・・・・・・・・・ 14
屋根裏の散歩者《絵物語》（江戸川乱歩〔原作〕）・・・・・・・・・・・・・・・・・・・・・・・・・ 15～18
洒落曜会
　外套のいらない冬のスタイル（三木晶）
・・・・・・・・・・・・・・・・・・・・・・・・・・・・・・・・ 20～23
　歳晩釣遊行（日高基裕）・・・・・・・・・ 26
江戸川乱歩《小説》（中島河太郎）・・・ 28～45
江戸川乱歩作品目録・・・・・・・・・・・・・ 36～37
世相のぞき眼がね（宮崎博史）・・・・・ 46～49
テープ・レコードは告白す《小説》（鷲尾三郎）・・・・・・・・・・・・・・・・・・・・・・・・・・ 50～62
未亡人クラブ探偵記（大河内常平）・・ 63～67
邪悪な日曜〈13・完〉《小説》（大下宇陀児）
・・・・・・・・・・・・・・・・・・・・・・・・・・・・・・・・ 68～84
おれもお前も私立探偵（高田公一）・・ 85～89
乱歩さんと私（角田喜久雄）・・・・・・・・ 90～91
花井お梅《小説》（笹本寅）・・・・・・・・・ 92～108
松沢病院見聞記（楠田匡介）・・・・・・・ 109～113
ダンチヒ公の奥方〈1〉《小説》（高木彬光）
・・・・・・・・・・・・・・・・・・・・・・・・・・・・・・・・ 114～134
川間の嵐（静原快夫）・・・・・・・・・・・・・ 135～137
当世錬金術（日影丈吉）・・・・・・・・・・・ 138～154
裏窓《映画物語》・・・・・・・・・・・・・・・・・ 155～163
探偵物語《映画物語》・・・・・・・・・・・・・ 164～169
スタアは辛い 一流となると命がけ・・・・・ 170
野獣の夜〈7〉《小説》（島田一男）
・・・・・・・・・・・・・・・・・・・・・・・・・・・・・・・・ 171～180
血の足型（三谷祥介）・・・・・・・・・・・・・ 181～190
犯罪月評（田中博）・・・・・・・・・・・・・・・ 191～195
門《小説》（椿八郎）・・・・・・・・・・・・・・・ 196～197
ハリウッド殺人事件（保篠竜緒）・・・・ 198～208
死体解剖一千体（山村正夫）・・・・・・・ 209～213
鬼の会話（渡辺剣次）・・・・・・・・・・・・・ 214～215
薔薇薔薇事件《小説》（渡辺啓助）・・・ 216～232
と角談義（水谷準）・・・・・・・・・・・・・・・ 233
乱歩氏を祝う《座談会》（江戸川乱歩, 木々高太郎, 戸川貞雄, 城昌幸, 中村編輯長）
・・・・・・・・・・・・・・・・・・・・・・・・・・・・・・・・ 234～242
ヘンな訪問者（北林透馬）・・・・・・・・・ 244～254
山峡の夜《小説》（ジョルジュ・シメノン〔著〕, 伊東鎰太郎〔訳〕）・・・・・・・・・・ 255～298

第6巻第1号　所蔵あり
1955年1月1日発行　298頁　100円
名匠ヒッチコックとその作品《口絵》
・・・・・・・・・・・・・・・・・・・・・・・・・・・・・・・・ 11～13
笑顔に題す《口絵》・・・・・・・・・・・・・・・ 14

370

32 『怪奇探偵クラブ』『探偵クラブ』『探偵倶楽部』

クラリモンド《絵物語》（ゴーチエ〔原作〕）
･････････････････････････ 15〜18
モダン・ア・ラカルト ････････････ 19〜26
薔薇仮面〈1〉《小説》（水谷準） ････ 27〜39
六十年に一度（江戸川乱歩） ････････ 40〜41
世相のぞき眼鏡（宮崎博史） ････････ 42〜45
空気男爵《小説》（渡辺啓助） ･･････ 46〜86
女のさそい《小説》（千代有三） ････ 87〜93
鬼の会話（渡辺剣次） ･･････････････ 94〜95
ダンチヒ公の奥方〈2・完〉《小説》（高木彬光）
･････････････････････････ 96〜103
窓《小説》（鷲尾三郎） ････････････ 104〜115
待っている女（吉田史郎） ････････ 116〜120
山林地帯の恐怖（宮本吉次） ･･････ 121〜131
スフィンクスは拒む《小説》（香山滋）
･････････････････････････ 132〜135
高橋お伝《小説》（笹本寅） ･･････ 136〜154
赤と黒《映画物語》 ････････････ 155〜159
恐怖のサーカス《映画物語》 ････ 160〜163
初釣（日基裕） ･･････････････････ 164〜165
黒い骰子《映画物語》 ･･････････ 166〜169
乱歩先生還暦祝賀会ニュース ･････ 170
野獣の夜〈8〉《小説》（島田一男）
･････････････････････････ 171〜185
美人の膝（大下宇陀児） ････････ 186〜187
変面術師《小説》（朝山蜻一） ･･ 188〜199
江戸川乱歩賞（木々高太郎） ････ 200〜201
新春双面神《小説》（日影丈吉） ･･ 202〜215
洋パン君探訪記（大河内常平） ･･ 216〜221
闇にひそむ顔《小説》（パトリック・ハンター〔著〕，都筑道夫〔訳〕） ････ 222〜234
犯罪月評（田中博） ･･････････ 235〜237
人民裁判を裁く（藤原克巳） ････ 238〜250
冷凍美人の首（牧竜介） ････････ 251〜257
魔の夜間飛行《小説》（ネヴィル・シユーツ〔著〕，伊東鋲太郎〔訳〕）････ 258〜298
編輯だより ･･･････････････････････ 298

第6巻第2号 所蔵あり
1955年2月1日発行 306頁 100円

ふるさとの芸能《口絵》 ････････ 11〜13
笑顔に題す《口絵》 ････････････････ 14
スペードの女王《絵物語》（プーシキン〔原作〕）･･････････････････ 15〜18
二人でお茶を
　探偵お洒落講座（三木あきら） ････ 20〜21
野獣の夜〈9〉《小説》（島田一男） ･･ 27〜40
恐ろしき文集《小説》（土屋隆夫） ･･ 41〜43
黒骰子の話（関川周） ･･････････････ 44〜55
世相のぞき眼鏡（宮崎博史） ････････ 56〜59
遺花《小説》（木々高太郎） ････････ 60〜72

ナイト・ガウンの女《小説》（梶竜雄）
･････････････････････････ 73〜75
国際機密情報（道本清一） ･･････････ 76〜85
犯罪月評（田中博） ････････････････ 86〜89
右京の閑日月《小説》（日影丈吉） ･･ 90〜102
Q病菌患者《小説》（谿溪太郎） ･･ 103〜107
聖骨筐の秘密《小説》（渡辺啓助） ･･ 108〜123
米兵捕虜始末記（山岡栄一） ･･････ 126〜143
鬼の会話（渡辺剣次） ･･･････････ 144〜145
伝法寺西瓜（沢田清） ･･･････････ 146〜154
妄執の影《映画物語》 ･･･････････ 155〜158
六つの橋を渡る男《映画物語》 ･･ 159〜162
あすは赤城を越えてゆく（斎藤恭助）
･････････････････････････ 163〜170
薔薇仮面〈2〉《小説》（水谷準） ･･ 171〜185
人生の裏街道を行く人たち
　秘密ショウ（吉川洋二） ･････ 186〜189
　結婚媒介所の内幕（富永健） ･･ 190〜194
　艶本業者の裏おもて（寺尾良一）
･････････････････････････ 194〜198
名人夜話 ･･････････････････････････ 189
覆面ギャング（保篠竜緒） ･･････ 200〜205
干からびた幸福《小説》（潮寒二） ･･ 206〜217
ゆきうさぎ《小説》（久山秀子） ･･ 218〜228
久山秀子君を推す（大下宇陀児） ････ 219
鬚と仔猫《小説》（牧竜介） ･･････ 229〜233
水竜と恐竜蘭沼《小説》（玉虫夜光）
･････････････････････････ 234〜251
執行猶予（楠田匡介） ･･･････････ 254〜266
慾望の港《小説》（レイモンド・シルヴァ〔著〕，淡路瑛一〔訳〕） ････ 267〜306
編輯だより ･･････････････････････ 306

第6巻第3号 所蔵あり
1955年3月1日発行 306頁 100円

原子力はかく平和のために《口絵》 ･･ 11〜13
笑顔に題す《口絵》 ････････････････ 14
パルムの僧院《絵物語》（スタンダール〔原作〕）･･････････････････ 15〜18
スモーキングルーム ･･････････････ 19〜26
お嬢様お手をどうぞ《小説》（渡辺啓助）
･････････････････････････ 27〜41
堕ちた女《小説》（朝山蜻一） ････ 42〜44
野獣の夜〈10〉《小説》（島田一男） ･･ 45〜57
東久邇宮の密使と名乗る男（藤原克巳）
･････････････････････････ 58〜68
足《小説》（潮寒二） ･･･････････ 69〜71
開化隠形変《小説》（日影丈吉） ･･ 72〜85
鬼の会話（渡辺剣次） ･･･････････ 86〜87
虫めずる姫《小説》（山村正夫） ･･ 88〜100

371

32 『怪奇探偵クラブ』『探偵クラブ』『探偵倶楽部』

雪の悪戯《小説》（O・A・クライン〔著〕,三島武夫〔訳〕）………………	101〜109
血闘（鷲尾三郎）………………	110〜123
色仕掛の殺人（宮本吉次）………………	124〜131
岬の白い洋館〈小説〉（今井達夫）………………	132〜154
怪傑紅はこべ《映画物語》………………	155〜158
トコリの橋《映画物語》………………	159〜163
春待釣（日高基裕）………………	164〜165
ユリシーズ《映画物語》………………	166〜170
殺人煙草（谿溪太郎）………………	171〜173
薔薇仮面〈3〉《小説》（水谷準）………………	174〜187
隠匿奇談（中島煌峯）………………	188〜191
夜光虫の女《小説》（土師清二）………………	192〜211
思春期の性犯罪	
三日間狙つた（保篠竜緒）………………	212〜216
監禁三十時間（保篠竜緒）………………	216〜219
恋と死の維也納（大下宇陀児）………………	220〜235
世相のぞき眼鏡（宮崎博史）………………	236〜239
法律殺人事件	
悪魔の悪戯（道本清一）………………	240〜249
突刺す目を持つた男（道本清一）………………	250〜259
蟻地獄《小説》（夢座海二）………………	260〜274
民族意識《小説》（城昌幸）………………	275
犯罪月評（田中博）………………	276〜278
白妖姫《小説》（ガイ・ブースビイ〔著〕,海野雄吉〔訳〕）………………	279〜306

第6巻第4号　所蔵あり
1955年4月1日発行　306頁　100円

夢をつくる人《口絵》………………	11〜13
笑顔に題す《口絵》………………	14
雨月物語《絵物語》（上田秋成〔原作〕）………………	15〜18
スモーキング・ルーム	
赤と黒の流行（三木晶）………………	23〜25
原子魔獣《小説》（L・ハンシユタイン〔著〕,南沢十七〔訳〕）………………	27〜57
世相のぞき眼鏡（宮崎博史）………………	58〜61
暹羅猫夫人《小説》（渡辺啓助）………………	62〜78
薔薇仮面〈4〉《小説》（水谷準）………………	79〜92
犯罪月評（田中博）………………	93〜95
愛妻の記（高木彬光）………………	96〜97
野獣の夜〈11〉《小説》（島田一男）………………	98〜111
ビル荒らしの兇賊（宮本吉次）………………	112〜118
共犯者《小説》（A・ワアウイツク〔著〕,蓮池和邦〔訳〕）………………	119〜121
終幕殺人事件《小説》（谿溪太郎）………………	122〜139
鬼の会話（渡辺剣次）………………	140〜141
美わしき女人像《小説》（松井玲子）………………	142〜154
現金に手を出すな《映画物語》………………	155〜161
春釣礼賛（日高基裕）………………	156〜157
一寸法師《映画物語》………………	162〜170
食通談義	
ハイカラ右京の洋食夜話（日影丈吉）………………	171〜174
牛の○○を食う（北富三郎）………………	175〜177
原始食料（水谷準）………………	177〜178
蜥蜴と鰐の話（富田千秋）………………	178〜180
怪しからぬ話（大下宇陀児）………………	180〜182
釣りと料理………………	182
猟人の料理（赤尾鈴子）………………	183〜186
薔薇と毒薬〈1〉《小説》（ハンス・ホイエル〔著〕,伊藤鑠太郎〔訳〕）………………	187〜202
貞操実験《小説》（土屋隆夫）………………	203〜205
石膏詰めの死体（谷京至）………………	206〜213
象の腸に手を入れる（福田信正）………………	214〜217
不整形《小説》（吉village賛十）………………	218〜236
社員募集のカラクリ（村山正夫）………………	237〜241
旅客機による大量殺人事件（永井三郎）………………	242〜249
囚われ人は何を食べているか（天草平八郎）………………	250〜253
絞刑吏《小説》（山村正夫）………………	254〜269
殺人学者と魔女《小説》（河原浪路）………………	270〜273
スペードのキング《小説》（ピーター・フレミング〔著〕,むねのだんじよう〔訳〕）………………	274〜279
白い男〈1〉《小説》（関川周）………………	280〜306

第6巻第5号　所蔵あり
1955年5月1日発行　362頁　120円

刺青《口絵》………………	11〜13
ニュース・フラッシュ《口絵》………………	14
コール・ガール殺人事件《小説》（渡辺剣次）………………	15〜18
牡丹燈記《絵物語》（瞿宗吉〔原作〕）………………	19〜22
スモーキング・ルーム………………	23〜26
野獣の夜〈12〉《小説》（島田一男）………………	27〜41
世相のぞき眼鏡（宮崎博史）………………	42〜45
半月街の娘殺し《小説》（ヴァン・グーリック〔著〕,池田越子〔訳〕）………………	46〜58
解説………………	49
放火犯の心理（稲垣進也）………………	59〜65
二人容疑者（山城健治）………………	66〜79
ドミニシ事件（保篠竜緒）………………	80〜88
薔薇仮面〈5〉《小説》（水谷準）………………	90〜103

32『怪奇探偵クラブ』『探偵クラブ』『探偵倶楽部』

学者の足《小説》(狩久) .... 104～105
スーダン守備隊《小説》(川野京輔)
　　　　　　　　　　　　　　106～121
白い男〈2〉《小説》(関川周) 122～145
媚薬殺人事件(川田敏彦) 146～154
埋もれた青春《映画物語》 155～161
三つ数えろ《映画物語》 162～170
二百万円の写真《小説》(梶竜雄) 171～173
薔薇と毒薬〈2・完〉《小説》(ハンス・ホイエル〔著〕, 伊東鎮太郎〔訳〕) 174～199
怪異八笑人(日影丈吉) 200～213
私の食べたいもの(木々高太郎) 214～215
鬼の会話(渡辺剣次) 214～215
女間諜Z三十一号の最期(道本清一)
　　　　　　　　　　　　　　216～227
説変強盗始末記(宮本吉次) 228～234
紙巻入《脚本》(魔子鬼一) 236～251
ミンスキイ効果《小説》(エ・クラムスキイ〔著〕, 南沢十七〔訳〕) 252～271
幽霊は餃子(チャオツ)がお好き(渡辺啓助) 272～273
押入れの男は?(ヘンリ・テーラー〔著〕, 桜木茂〔訳〕) 274～283
蝶の恥(神保朋世) 284～285
誰がための手紙《小説》(むねのだんじょう)
　　　　　　　　　　　　　　286～288
黒いカーテン《小説》(コーネル・ウールリッチ〔著〕, 宇野利泰〔訳〕) 289～362

第6巻第6号　所蔵あり
1955年6月1日発行　290頁　100円

死刑囚2455号《口絵》 .... 11～13
第一回江戸川賞は中島河太郎氏へ 14
拳銃買います《小説》(渡辺剣次) 15～18
探偵うどん《絵物語》 .... 19～22
スモーキングルーム
　とかく世の中は? アンバランスの巻(三木晶) 23～25
月光と脱獄囚《小説》(木々高太郎) 27～44
海外探偵小説展望(中島河太郎) 45～47
人造運命の支配者《小説》(E・ヤーシンスキイ〔著〕, 南沢十七〔訳〕) 48～65
女王の横顔《小説》(都筑道夫) 66～67
恩讐畜生道《小説》(久山秀子) 68～79
犯罪月評(田中博) 80～83
二度目の埋葬(山城健治) 84～92
三人の殺人者死刑について語る 91
女唐手綺譚《小説》(渡辺啓助) 93～110
二つの顔《小説》(鶴川匠介) 111
沙漠の水槽(プール)《小説》(鹿島健二) 112～117
釣らぬ客《小説》(日高基裕) 118～125

マネキンさん今晩は《小説》(コーネル・ウールリッチ〔著〕, 都筑道夫〔訳〕)
　　　　　　　　　　　　　　126～154
夜の新東京地図(赤坂慧) 155～162
探偵映画展望(黒部竜二) 158～161
蒸暑い夜《小説》(結城勉) 163
野獣の夜〈13〉《小説》(島田一男)
　　　　　　　　　　　　　　164～175
世相のぞき眼鏡(宮崎博史) 176～179
怖ろしき一夜《小説》(インゲボルグ・フィーゲン〔著〕, 伊東鎮太郎〔訳〕) 180～203
白い男〈3・完〉《小説》(関川周)
　　　　　　　　　　　　　　206～228
ポーズ写真《漫画》(真崎隆) 229
薔薇仮面〈6〉《小説》(水谷準) 230～243
鬼の会話(渡辺剣次) 244～245
殺されたのは誰か(桜木茂) 246～252
紅いロバ〈1〉《小説》(ジョルジュ・シメノン〔著〕, 松村喜雄〔訳〕) 253～290
編輯だより 290

第6巻第7号　所蔵あり
1955年7月1日発行　290頁　100円

思い出すま、《口絵》 .... 11～13
文化市長出現 14
怪談マンガ集《漫画》 .... 15～26
湯の町の殺人《小説》(渡辺剣次) 19～22
夏のお洒落 .... 23～26
美女解体《小説》(渡辺啓助) 28～45
世相のぞき眼鏡(宮崎博史) 46～49
ガダルカナルの脱走兵(山岡栄一) 50～66
世界珍味往来(日高基裕) 67～69
殺人のお知らせ《小説》(土屋隆夫) 70～80
伯林のマタ・ハリ(道本清一) 82～103
発掘された骸骨(宮本吉次) 104～109
僧院の秘密《小説》(ヴァン・グーリック〔著〕, 池田越子〔訳〕) 110～122
青い靴(保篠竜緒) 123～133
目撃者はいた《小説》(桐野利郎) 134～139
その拳銃に弾はない《小説》(鹿島健二)
　　　　　　　　　　　　　　140～154
夜の新東京地図(赤坂慧) 155～162
人違い 159
義手であつたとは/ズバリ同志 160
妙な感激/君子危うきに/研究論文 161
世界珍発見珍発明 162
ぼくは見世物 .... 163～165
薔薇仮面〈7〉《小説》(水谷準) 166～179
銃声《小説》(淡路瑛一) 180～181
踊り子モンテシの死(山城健治) 182～194
謎の沈没船(能美米太郎) 195～201

373

32 『怪奇探偵クラブ』『探偵クラブ』『探偵倶楽部』

落選殺人事件《小説》(夢座海二) ····· 202〜217
犯罪月評(田中博) ············· 218〜221
くすり指《小説》(今日泊亜蘭) ····· 222〜236
戦後探偵小説傑作選(中島河太郎) ·········· 237〜239
赤いロバ《2》《小説》(ジョルジュ・シメノン〔著〕, 松村喜雄〔訳〕) ········· 240〜249
野獣の夜〈14〉《小説》(島田一男) ·········· 252〜257
人の死に行く道《小説》(松岡夏彦) ·········· 258〜259
遺言書《小説》(シャーロット・カウフマン〔著〕, 伊東鎮太郎〔訳〕) ········· 261〜290

第6巻第8号　所蔵あり
1955年8月1日発行　410頁　140円

青い大陸〈口絵〉 ············· 11〜13
江戸川乱歩賞授賞式と海野十三の法会《口絵》 ··········· 14
アリババと盗賊〈絵物語〉 ········ 15〜18
堕ちたドン・ファン《小説》(渡辺剣次) ············· 19〜22
盛夏の紳士の服装(三木晶) ······ 23〜25
笑話 ············· 26
クリシイ街の遺書《小説》(モーリス・ルナール〔著〕, 向原明〔訳〕) ·········· 28〜46
世相のぞき眼鏡(宮崎博史) ······ 48〜51
妖虫《小説》(E・F・ベンソン〔著〕, 今日泊亜蘭〔訳〕) ············· 52〜59
狂つた時計《小説》(山村正夫) ····· 60〜75
電話のベルは「死ね」と呼ぶ《小説》(ウィリアム・アイリッシュ〔著〕, 都筑道夫〔訳〕) ············· 76〜82
X印の靴跡(谷京至) ············ 83〜93
雪男(朝水かんぢ) ············ 94〜108
スノーマン
探偵綺譚《小説》(O・ヘンリ〔著〕, 貝弓子〔訳〕) ············· 109〜115
探偵小説の革命(中島河太郎) ···· 116〜119
影を売った男《小説》(エーエウオルス〔著〕, 南沢十七〔訳〕) ············· 120〜141
銅版画《小説》(モンテーブ・R・ゼームス〔著〕, 今日泊亜蘭〔訳〕) ············· 142〜151
開化百物語《小説》(日影丈吉) ···· 152〜166
別荘の怪《小説》(水谷準) ········ 167〜173
猿の足《小説》(W・W・ジャコブス〔訳〕) ············· 174〜188
皺の手《小説》(木々高太郎) ······ 189〜193
赤いロバ〈3・完〉《小説》(ジョルジュ・シメノン〔著〕, 松村喜雄〔訳〕) ····· 194〜212
食人樹《小説》(W・スタイネツル〔著〕, 南沢十七〔訳〕) ············· 213〜219

あやめ姿《小説》(城昌幸) ········ 220〜229
幽霊船《小説》(リチャード・ミルトン〔著〕, 今日泊亜蘭〔訳〕) ············· 230〜241
この大きな夢/気になる ············ 241
薔薇仮面〈8〉《小説》(水谷準) ····· 242〜253
マタ・ハリとその娘(道本清一) ····· 254〜257
女怪の島《小説》(香山滋) ········ 258〜283
犯罪月評(田中博) ············· 284〜287
血のロビンソン《小説》(渡辺啓助) ·········· 288〜301
目撃者《小説》(谿渓太郎) ········ 302〜319
弁護士の夜ばなし(大原六郎) ···· 320〜327
魔法街《小説》(大下宇陀児) ······ 328〜349
恐怖の街(保篠竜緒) ············ 350〜361
野獣の夜〈15・完〉《小説》(島田一男) ·········· 362〜378
探偵小説雑感(宗野弾正) ········ 379〜381
塀の向側の二人の女《小説》(R・A・ヴェーラア〔著〕, 伊東鎮太郎〔訳〕) ····· 382〜410

第6巻第9号　所蔵あり
1955年9月1日発行　354頁　120円

ワニの生態〈口絵〉 ············· 11〜13
日影丈吉氏 ············· 14
鉄仮面〈絵物語〉(ボアゴベ〔原作〕, 伊藤あきひこ〔文〕) ············· 15〜18
死者の囁き《小説》(渡辺剣次) ····· 19〜22
秋の紳士服装(三木晶) ·········· 23〜26
妖鳥記《小説》(香山滋) ·········· 28〜43
愛の言葉集 ············· 41
世相のぞき眼鏡(宮崎博史) ······ 44〜47
死刑囚《小説》(谿渓太郎) ········ 48〜61
薔薇仮面〈9〉《小説》(水谷準) ····· 62〜75
愛の言葉集 ············· 75
魔笛《小説》(アンニー・フランセ・ハルラー) ············· 76〜81
つり鐘の秘密《小説》(ヴァン・グーリック〔著〕, 池田越子〔訳〕) ············· 82〜96
凶弾捕物陣(保篠竜緒) ·········· 97〜105
矮人博士の犯罪《小説》(朝山蜻一) ·········· 106〜123
こびと
海の怪物エイとの格闘(ホルストデゲン・ハウゼン) ············· 124〜127
私は告白する(ハインツ・オットー・クイツ〔著〕, 道本清一) ············· 128〜151
探偵文壇の三人(中島河太郎) ···· 152〜155
事件は終りぬ《小説》(ウイルヘムス・スパイヤー/パウル・フランク〔著〕, 伊東鎮太郎〔訳〕) ············· 156〜186
悪魔のような女〈映画物語〉 ······ 187〜191
自由の悩み/娘に耳あり ············ 191

32『怪奇探偵クラブ』『探偵クラブ』『探偵倶楽部』

恐怖の土曜日《映画物語》・・・・・・・・・ 192～194
探偵小説随想（宗野弾正）・・・・・・・・・ 195～197
女空気男爵《小説》（渡辺啓助）・・・・ 198～217
噛み取られた鼻裁判（E・ベッスル）
　・・・・・・・・・・・・・・・・・・・・・・・・・・ 212～215
解答適切 ・・・・・・・・・・・・・・・・・・・・・・・ 217
呼ぶと逃げる犬《小説》（狩久）・・・・ 218～231
ある正確な共通・・・・・・・・・・・・・・・・ 231
マンボ・アフリカ物語《小説》（E・V・ナウレ
　ンダー）・・・・・・・・・・・・・・・・・・・・ 232～252
笑話 ・・・・・・・・・・・・・・・・・・・・・・・・・・ 253
硫黄島脱出記（舟木重仁）・・・・・・・・ 254～270
犯罪月評（田中博）・・・・・・・・・・・・・・ 271～273
由兵衛黒星《小説》（久山秀子）・・・・ 274～286
不運な殺人者《小説》（サーリル・ヘーヤ）
　・・・・・・・・・・・・・・・・・・・・・・・・・・ 288～293
白夜の星座のもと（ア・ウアロージア〔著〕，南
　沢十七〔訳〕）・・・・・・・・・・・・・・・ 294～318
弁護士の夜ばなし（大原六郎）・・・・ 319～323
紫陽花の青〈1〉《小説》（木々高太郎）
　・・・・・・・・・・・・・・・・・・・・・・・・・・ 324～354
編輯局より ・・・・・・・・・・・・・・・・・・・・ 354

第6巻第10号　所蔵あり
1955年10月1日発行　350頁　120円
科学の驚異《口絵》・・・・・・・・・・・・・・ 11～13
鷲尾三郎氏 ・・・・・・・・・・・・・・・・・・・・ 14
おたのしみ教養娯楽サロン
　M+Wの服装の巻（三木晶）・・・・・ 15～18
　レストラン通いの心得帖の巻（ジヤンノカ
　　ア）・・・・・・・・・・・・・・・・・・・・・・ 19～22
非情の女《小説》（永瀬三吾）・・・・・・ 24～37
ごもっとも ・・・・・・・・・・・・・・・・・・・・ 37
世相のぞき眼鏡（宮崎博史）・・・・・・ 38～41
危険な男《小説》（フレデリック・ブラウン〔著〕，
　梶竜夫〔訳〕）・・・・・・・・・・・・・・・ 42～51
［まえがき］（江戸川乱歩）・・・・・・・・ 42
薔薇仮面〈10〉《小説》（水谷準）・・ 52～65
心理スリラー読後（中島河太郎）・・ 66～69
骸骨武者《小説》（永田政雄）・・・・・・ 70～78
鬼女《小説》（桐野利郎）・・・・・・・・・・ 80～83
北を向いている顔《小説》（吉野賛十）
　・・・・・・・・・・・・・・・・・・・・・・・・・・ 84～93
恐妻家御中《小説》（久山秀子）・・ 94～100
警察夜話（三谷祥介）・・・・・・・・・・・・ 101
地底の呼声（蓮池一郎）・・・・・・・・・ 102～117
私立探偵に訊く《座談会》（酒井健一朗，梅津富
　士雄，中山保江）・・・・・・・・・・・・ 118～125
昆虫王国《小説》（潮寒二）・・・・・・・・ 126～142
犯罪月評（田中博）・・・・・・・・・・・・・・ 143～145
警察夜話（三谷祥介）・・・・・・・・・・・・ 145

深夜の跫音《小説》（ヘルムート・ザンデル〔著〕，
　伊東鋲太郎〔訳〕）・・・・・・・・・・・・ 146～182
暴力教室《映画物語》・・・・・・・・・・・・ 183～187
男の争い《映画物語》・・・・・・・・・・・・ 188～190
一億円のワルツ（保篠竜緒）・・・・・・ 191～199
警察夜話（三谷祥介）・・・・・・・・・・・・ 193
警察夜話（三谷祥介）・・・・・・・・・・・・ 194
警察夜話（三谷祥介）・・・・・・・・・・・・ 197
帰らざる刑事《小説》（蟹海太郎）・・ 200～213
黒い痣《小説》（フエルヂナンド・コレル〔著〕，
　伊東鋲太郎〔訳〕）・・・・・・・・・・・・ 214～239
暁の拳銃戦（谷京至）・・・・・・・・・・・・ 240～249
十三の凶札 ・・・・・・・・・・・・・・・・・・・・ 249
鰡の女《小説》（岡田鯱彦）・・・・・・・・ 250～265
夜の雷雨〈1〉《小説》（L・サモイロフ＝ヴィリ
　ン〔著〕，袋一平〔訳〕）・・・・・・ 266～285
ソヴェト推理小説の動向（袋一平）・・ 271
弁護士の夜ばなし（大原六郎）・・・・ 286～289
暗い曲り角〈1〉《小説》（鷲尾三郎）
　・・・・・・・・・・・・・・・・・・・・・・・・・・ 290～307
警察夜話（三谷祥介）・・・・・・・・・・・・ 305
葬送行進曲《小説》（山村正夫）・・・・ 308～311
黄色いナメクジ《小説》（H・C・ベイリー〔著〕，
　姫野種子／山下暁三郎／松本一夫〔訳〕）
　・・・・・・・・・・・・・・・・・・・・・・・・・・ 312～350
作者について ・・・・・・・・・・・・・・・・・・ 315
※本文奥付は第9巻第10号と誤記

第6巻第11号　所蔵あり
1955年11月1日発行　350頁　120円
メキシコ《口絵》・・・・・・・・・・・・・・・・ 11～13
おたのしみ教養娯楽サロン
　セーターで洒落る（三木晶）・・・・・ 15～18
　レストラン通いの心得帖の巻（ジヤンノカ
　　ア）・・・・・・・・・・・・・・・・・・・・・・ 19～22
薔薇仮面〈11〉《小説》（水谷準）・・ 24～36
火災報知機のいたずら ・・・・・・・・・・ 33
犯罪お笑い模様 ・・・・・・・・・・・・・・・・ 37
世相のぞき眼鏡（宮崎博史）・・・・・・ 38～41
セントルイスブルース《小説》（ウィリアム・ア
　イリッシュ〔著〕，都筑道夫〔訳〕）
　・・・・・・・・・・・・・・・・・・・・・・・・・・ 42～55
警察夜話（三谷祥介）・・・・・・・・・・・・ 53
地上最高の山《小説》（ウイリアム・ローガン
　〔著〕，梶竜雄〔訳〕）・・・・・・・・・ 56～59
あいびき《小説》（新田司馬英）・・・・ 60～75
犯罪お笑い模様 ・・・・・・・・・・・・・・・・ 71
魂神のお松 ・・・・・・・・・・・・・・・・・・・・ 72
高橋お伝 ・・・・・・・・・・・・・・・・・・・・・・ 75
中堅作家論（中島河太郎）・・・・・・・・ 76～79

375

32 『怪奇探偵クラブ』『探偵クラブ』『探偵倶楽部』

ある夜のこと《小説》(ピエル・ミル〔著〕,松村喜雄〔訳〕)･･････････････ 80～87
切下げおのぶ ･･････････････････････ 87
暗い曲り角〈2〉《小説》(鷲尾三郎) ･･････････････････････････････････ 88～106
ボロウォエ殺人事件(袋一平) 107～111
踊子ジュリア・ラザリ(S・モーム〔著〕,山城健治〔訳〕) ････････････ 112～125
へのへのも平次(漫画)(大内守成) ･･････････････････････････････････ 126～127
暗躍する北鮮スパイ団(福島達夫) ･･･････････････････････････････ 128～136
雲霧お辰 ････････････････････････ 135
弁護士の夜ばなし(大原六郎) 137～141
沈黙の叫び《小説》(フレドリック・ブラウン〔著〕,梶竜雄〔訳〕) ････ 142～147
犯罪お笑い模様 ･･････････････ 148～149
教養も難し/批評の奥の手 ･･････････ 148
科学捜査の勝利(荻原秀夫) ･･･ 150～155
犯罪お笑い模様 ････････････････ 156～157
鳥追お松 ････････････････････････ 157
ヒトラーは生きている?(蓮池一郎) ･･････････････････････････････････ 158～182
無警察地帯《映画物語》 ･･････ 183～187
泥棒お金《映画物語》 ･･･････ 188～190
魔女再生《小説》(永田政雄) 191～197
動物愛護 ････････････････････････ 197
夜の雷〈2・完〉《小説》(L・サモイロフ=ヴィリン〔著〕,袋一平〔訳〕) ････ 198～221
探偵映画よも山座談会《座談会》(木々高太郎,飯島正,黒部竜二) ･･･ 222～232
ダイヤの巨盗(保篠竜緒) ･････ 233～241
二人牧師《小説》(ジェームス・ヘルビック〔著〕,永井三郎〔訳〕) ･･･ 242～254
夜嵐お絹 ････････････････････････ 254
カメラが見ていた《小説》(フランク・グルーバー〔著〕,都筑道夫〔訳〕) 255～257
香港NO.5酒場〈1〉(ワルター・トッド〔著〕,伊東鎮太郎〔訳〕) ･･ 258～288
警察夜話 ････････････････････････ 269
警察夜話 ････････････････････････ 277
犯罪月評(田中博) ･･････････ 289～291
真昼の喪服《小説》(谿渓太郎) 292～309
明治女 蝮のお政 ････････････････ 309
祭の夜の火事《小説》(山村正夫) 310～312
マリイ・ガラント号の謎《小説》(ジョルジュ・シメノン〔著〕,松村喜雄〔訳〕) ････････････････････ 313～350
犯罪お笑い模様 ････････････････ 345
※本文奥付は第9巻第11号と誤記

第6巻第12号 所蔵あり
1955年12月1日発行 350頁 120円
「真実は壁を透して」《口絵》･････ 11～13
素人ラジオ探偵局《口絵》･･････････ 14
おたのしみ教養娯楽サロン
　冬支度のお洒落手帖(三木晶) 15～18
　レストラン通いの心得帖の巻(ジヤンカア) ･･････････････････････ 19～22
薔薇仮面〈12〉《小説》(水谷準) 24～35
世相のぞき眼鏡(宮崎博史) ････ 36～39
接吻は血を拭いてから《小説》(アラン・リード〔著〕,結城勉〔訳〕) ･････ 40～61
明治の毒婦 ････････････････････ 49
ユーモア犯罪実話 ････････････････ 61
吸血夫人の寝室《小説》(渡辺啓助) 64～82
贋物奇談《小説》(黒岩姫太郎) 83～87
毒蛾《小説》(F・ブラウンハイム〔著〕,南沢十七〔訳〕) ･････････ 88～102
クリスマス・プレゼント《小説》(ジェフ・エヴァンス〔著〕,都筑道夫〔訳〕) ･････････････････････ 103～105
大蛸と闘う(能美米太郎) ･････ 106～112
恐しさの掘り下げ ･････････････････ 112
踊る眼《小説》(グスターブ・レンケル〔著〕,南沢十七〔訳〕) ･････ 113～119
正統派作家論(中島河太郎) ･･ 120～123
暗い曲り角〈3・完〉《小説》(鷲尾三郎) ･････････････････････････ 124～134
愛しき妻のために《小説》(アーノルド・マーモア〔著〕,谷京至〔訳〕) ･･･ 135～138
ユーモア犯罪実話 ･･････････････ 138
ひとりぼっち《小説》(モリス・ルヴエル〔著〕,松村喜雄〔訳〕) ･･ 139～143
愛と死と《小説》(梶竜雄) ･･ 144～149
将軍暁に死す《小説》(ジョルジュ・シメノン〔著〕,松村喜雄〔訳〕) ･･ 150～182
解説(訳者) ････････････････････ 153
洪水の前《映画物語》 ･･･････ 183～187
恐喝の町《映画物語》 ･･･････ 188～190
小切手と弾丸《小説》(ウィリアム・アイリッシュ〔著〕,宇野利泰〔訳〕) ･･ 191～219
娘と質草《小説》(朝山蜻一) 220～222
悪魔を味方にした男(谷京至) 223～229
香港NO.5酒場〈2〉(ワルター・トッド〔著〕,伊東鎮太郎〔訳〕) ･･ 230～247
罪の意識《小説》(フィリス・マクゴワン) ･･････････････････････ 248～249
悪達者《小説》(アントン・チシシコフ〔著〕,南沢十七〔訳〕) ････ 250～254
盲人その日その日(吉野贇十) ･･ 255～257

32 『怪奇探偵クラブ』『探偵クラブ』『探偵倶楽部』

米ソ戦略爆撃戦《座談会》(土居明夫,浅井勇,入村松一)･････････ 258～271
犯罪月評(田中博)･････････ 272～275
埃だらけの抽斗《小説》(ハリー・ミュヒイム〔著〕,永井三郎〔訳〕)･････ 276～291
潔白は証明された(酒井健一朗)･･･ 292～297
スペードの2(リチャード・フィネガン)･････････････ 298～299
因果《小説》(大河内常平)･････ 300～311
裏庭の死骸《小説》(鶴田匡介)･･ 312～313
白薔薇《小説》(シュテファン・ツアイグ〔著〕,木村毅〔訳〕)･････ 314～350
編輯だより ･･････････････ 350

第7巻第1号　所蔵あり
1956年1月1日発行　350頁　120円

江戸川乱歩生誕地記念碑《口絵》････ 11
本誌連載陣の三作家《口絵》･･ 12～14
[作者の言葉](木々高太郎)･････ 14
おたのしみ教養娯楽サロン
　アメリカで流行のコンミューター・ルック(三木晶)･･････ 15～18
　レストラン通いの心得帖の巻(ジャン カア)･･････････ 19～22
幻影の町〈1〉《小説》(木々高太郎)･･･ 24～35
世相のぞき眼鏡(宮崎博史)･･ 36～39
あの幽霊を追いかけろ〈1〉《小説》(E・S・ガードナー〔著〕,都筑道夫〔訳〕) ･･･････ 40～73
電気椅子に腰かけた人々 ････････ 72
電気椅子に腰かけた人々 ････････ 73
探偵小説・一九五六年(中島河太郎)･････････････ 74～76
雪やこんこん《小説》(梶竜雄)･･ 78～87
駒のそら音(高木彬光)･････ 88～90
罔両《小説》(永田政雄)･･････ 91～97
香港NO.5酒場〈3〉(ワルター・トッド)･････････ 98～111
ユーモア犯罪実話 ･･････ 112～113
末路《小説》(鷲尾三郎)･･･ 114～126
探偵小説史講話〈1〉(木村毅)･･･ 127～131
刺戟を求めた女(エレン・ウイルトン)･････････ 132～146
姿なき殺人者(保篠竜緒)･･ 147～149
麦畑のなかで《小説》(モリス・ルヴェル〔著〕,松村喜雄〔訳〕)･･ 150～154
経験は語る ･･････････････ 154
ユーモア犯罪実話 ･･････････ 155
地底の墓場《小説》(夢座海二)･ 156～178
電気椅子に腰かけた人々 ･････ 179

探偵小説ブームは果して来るか来ないか《座談会》(朝山蜻一,大河内常平,黒部竜二,都筑道夫,中島河太郎,永瀬三吾,日影丈吉,山村正夫,夢座海二,渡辺啓助)･････ 180～182
犯人は誰か《映画物語》 ････ 183～186
蜘蛛の巣《映画物語》 ･･････ 187～190
明日の夕刊《小説》(フィリス・マクゴワン)･････････ 191～193
知らぬが仏 ････････････ 193
髑髏城〈1〉《小説》(ディクスン・カー〔著〕,宇野利泰〔訳〕)･････ 194～216
犯罪月評(田中博)･･････ 217～219
ソヴェト裁判実話
　母と身分証明書(袋一平)･ 220～223
　人間の価値(袋一平)･･･ 223～226
　アパート騒動記(袋一平)･ 226～230
その一発《小説》(ジェフ・エヴァンス〔著〕,都筑道夫)････ 232～235
狂人に鏡/交通事故族とは? ････ 234
薔薇仮面〈13・完〉《小説》(水谷準)･････････ 236～249
ユーモア犯罪実話 ･･････ 250～251
笑話 ･･･････････････ 251
お聖人のギャング征伐《小説》(レスリイ・チャーテリス〔著〕,今日泊亜蘭〔訳〕)･････････ 252～267
「お聖人」について(今日泊亜蘭)･･ 253
電気椅子に腰かけた人々 ･････ 267
観相の神秘(高島呑象次)･･ 268～271
妻盗人《小説》(土屋隆夫)･･ 272～287
大学生と探偵作家あれこれ問答《座談会》(江戸川乱歩,大下宇陀児,木々高太郎,慶応義塾大学推理小説同好会)･････ 288～294
スパイ戦線《小説》(渡辺剣次)･ 295～297
聖像を刻む殺人者(道本清一)･ 298～313
消失三人女《小説》(ジョルジュ・シメノン〔著〕,松村喜雄〔訳〕)････････ 314～350

第7巻第2号　所蔵あり
1956年2月1日発行　350頁　120円

文楽の楽屋《口絵》･･････ 11～13
捲土重来の古強者 ･･････ 14
レストラン通いの心得帖の巻(ジヤン カア)･････････ 15～18
おたのしみ教養娯楽サロン
　和製セビロに対する意見(三木晶) ･････････ 19～21
幻影の町〈2〉《小説》(木々高太郎)･･ 24～31
世相のぞき眼鏡(宮崎博史)･･ 32～35
髑髏城〈2〉《小説》(ディクスン・カー〔著〕,宇野利泰〔訳〕)･････ 36～58

377

32 『怪奇探偵クラブ』『探偵クラブ』『探偵倶楽部』

犯罪月評(田中博) ‥‥‥‥‥‥ 59～61
読心術《小説》(山村正夫) ‥‥‥‥ 62～77
ユーモア犯罪実話 ‥‥‥‥‥‥ 78～79
疑惑《小説》(大河内常平) ‥‥‥ 80～95
夜盗とリウマチス《小説》(O・ヘンリ〔著〕, 貝弓子〔訳〕) ‥‥‥‥‥‥‥ 96～99
蠟いろの顔《小説》(コリンス/ヂッケンス〔著〕, 今日泊亜蘭〔訳〕) ‥‥‥ 100～109
電気椅子の囚人 ‥‥‥‥‥‥‥ 109
ジエット機《小説》(潮寒二) ‥‥ 110～123
名コンビはかくして(高島呑象次)
‥‥‥‥‥‥‥‥‥‥‥‥‥ 124～127
香港NO.5酒場〈4・完〉(ワルター・トッド〔著〕, 伊東鎮太郎〔訳〕) ‥ 128～146
アミーバになった女《小説》(狩久)
‥‥‥‥‥‥‥‥‥‥‥‥‥ 148～158
探偵小説変貌論のその後(中島河太郎)
‥‥‥‥‥‥‥‥‥‥‥‥‥ 159～161
あの幽霊を追いかけろ〈2〉《小説》(E・S・ガードナー〔著〕, 都筑道夫〔訳〕)
‥‥‥‥‥‥‥‥‥‥‥‥‥ 162～182
ハリーの災難《映画物語》 ‥‥ 183～186
わが青春時代 ‥‥‥‥‥‥‥‥ 186
その顔をかせ《映画物語》 ‥‥ 187～190
弁護士の夜ばなし(大原六郎) ‥ 191～195
自分を追跡する男《小説》(パウルス・ショッテ)
‥‥‥‥‥‥‥‥‥‥‥‥‥ 196～234
天才画家射殺さる(谷京至) ‥ 235～243
蛾眉の小菩薩《小説》(葉多黙太郎)
‥‥‥‥‥‥‥‥‥‥‥‥‥ 244～257
中学生の味覚(宮崎博史) ‥‥ 258～261
民族と食物 ‥‥‥‥‥‥‥‥‥ 261
白き爪牙《小説》(今日泊亜蘭) 262～286
三人の男友達《小説》(朝山蜻一) 287～289
帰らざるUボート(蓮池一郎) ‥ 290～305
小使の髯《小説》(黒岩姫太郎) 306～314
細菌培養士96号《小説》(A・デフレスネ〔著〕, 伊東鎮太郎〔訳〕) ‥ 315～350
原作者について《小説》(伊東鎮太郎) ‥ 317

第7巻第3号　未所蔵
1956年3月1日発行　350頁　120円

驚異の科学捜査《口絵》 ‥‥‥‥ 11～13
楠田匡介氏 ‥‥‥‥‥‥‥‥‥‥ 14
おたのしみ教養娯楽サロン
　背広をつくるための手引(三木晶)
‥‥‥‥‥‥‥‥‥‥‥‥‥‥ 15～18
　レストラン通いの心得帖の巻(ジヤン カア) ‥‥‥‥‥‥‥‥‥‥ 19～22
幻影の町〈3〉《小説》(木々高太郎) ‥ 24～32
世相のぞき眼鏡(宮崎博史) ‥‥ 34～37

俺の躰はどこへ行った《小説》(フレッチャ・ブラット〔著〕, 松岡春雄〔訳〕) ‥‥ 38～52
カーとガードナー(中島河太郎) ‥ 53～55
心霊は乱れ飛ぶ〈1〉《小説》(九鬼紫郎)
‥‥‥‥‥‥‥‥‥‥‥‥‥‥ 56～85
探偵小説史講話〈2〉(木村毅) ‥ 86～91
あの幽霊を追いかけろ〈3〉《小説》(E・S・ガードナー〔著〕, 都筑道夫〔訳〕)
‥‥‥‥‥‥‥‥‥‥‥‥‥‥ 92～115
青頭巾《小説》(岡田鯱彦) ‥‥ 116～126
牧師未亡人殺害事件(小西次郎) 127～135
心中片割月《小説》(久山秀子) 136～143
隠亡小屋《小説》(新田司馬英) 144～155
癌の薬 ‥‥‥‥‥‥‥‥‥‥‥ 154
アデナウアー脱獄す(道本清一) ‥ 156～177
弁護士夜ばなし(大原六郎) ‥ 178～182
必死の逃亡者《映画物語》 ‥ 183～187
海賊島《映画物語》 ‥‥‥‥ 188～190
髑髏城〈3〉《小説》(ディクスン・カー〔著〕, 宇野利泰〔訳〕) ‥‥ 191～216
薬品改良 ‥‥‥‥‥‥‥‥‥‥ 216
観相実話(高島呑象次) ‥‥‥ 217～221
石油槽の美人(藤田恒夫) ‥ 222～235
犯罪月評(田中博) ‥‥‥‥‥ 236～237
ほやと美女《小説》(明内桂子) 238～249
お聖人の探偵征伐《小説》(レスリイ・チャーテリス〔著〕, 今日泊亜蘭〔訳〕)
‥‥‥‥‥‥‥‥‥‥‥‥‥ 250～267
薬の誇大広告に御注意 ‥‥‥‥ 267
よごれた青春日記(バーバラ・トムソン〔著〕, 宮田峯一〔訳〕) ‥ 270～281
黄色い靴の男《小説》(フレッチャー・フローラ〔著〕, 貝弓子〔訳〕) ‥ 282～287
追われる目撃者《小説》(梶竜雄) 288～308
自動車に注意 ‥‥‥‥‥‥‥‥ 309
死の帰郷《小説》(鷲尾三郎) ‥ 310～312
マルセィユ特急《小説》(ジョルジュ・シメノン〔著〕, 松村喜雄〔訳〕) ‥ 313～350
解説 ‥‥‥‥‥‥‥‥‥‥‥‥ 315

第7巻第4号　所蔵あり
1956年4月1日発行　414頁　150円

妖霊夫人《絵物語》(ハンス・ハインツ・エー〔原作〕) ‥‥‥‥‥‥‥ 11～14
おたのしみ教養娯楽サロン
　サラリーマンのためのアクセサリイ豆読本(三木晶) ‥‥‥‥‥‥ 15～18
　レストラン通いの心得帖の巻(ジヤン カア) ‥‥‥‥‥‥‥‥‥‥ 19～22
父の犯罪《小説》(ウィリアム・アイリッシュ〔著〕, 梶竜雄〔訳〕) ‥‥ 24～46

犯罪月評(田中博)・・・・・・・・・・・・・・・47〜49
午前三時路上に死す《小説》(ダシエル・ハメット〔著〕,都筑道夫〔訳〕)・・・・・50〜74
弁護士夜ばなし(大原六郎)・・・・・・・・・75〜78
ヴァンツェ氏の不思議な生活(伊東鋹太郎)・・・・・・・・・・・・・・・・・・・79〜87
歪んだ家《小説》(ロバート・ハインライン〔著〕,村西義夫〔訳〕)・・・・・・・・・・88〜108
探偵小説入門(中島河太郎)・・・・・・・109〜111
抜け穴《小説》(コーネル・ウールリッチ〔著〕,松岡春夫〔訳〕)・・・・・・・・112〜139
エラリー・クイーン・・・・・・・・・・・139
拳銃の裁き《小説》(マクロード・レーン〔著〕,海野雄吉〔訳〕)・・・・・140〜151
パシイ河に死す《小説》(レイモン・デコルタ〔著〕,貝弓子〔訳〕)・・・・・152〜164
探偵小説史講話〈3〉(木村毅)・・・・・165〜169
リー・ゴードン夫人の失踪《小説》(アガサ・クリステイ〔著〕,槙悠人〔訳〕)・・・・・・・・・・・・・・・・・170〜181
幻影の町〈4〉《小説》(木々高太郎)・・・・・・・・・・・・・・・・・・182〜191
追跡〈1〉(エフゲニー・リャプチコフ〔著〕,袋一平〔訳〕)・・・・・・192〜214
スリラー漫画読本《漫画》・・・・・215〜222
人花《小説》(ジョン・コリア〔著〕,村西義夫〔訳〕)・・・・・・・・・・・223〜237
米英探偵小説の新傾向(江戸川乱歩)・・・・・・・・・・・・・・・・・・238〜241
髑髏城〈4〉《小説》(ディクスン・カー〔著〕,宇野利泰〔訳〕)・・・・・242〜251
駅馬車《小説》(A・ヘイコックス〔著〕,南町一夫〔訳〕)・・・・・・・・・252〜271
クリスティー・・・・・・・・・・・・・271
世相のぞき眼鏡(宮崎博史)・・・・・272〜275
あの幽霊を追いかけろ〈4〉《小説》(E・S・ガードナー〔著〕,都筑道夫〔訳〕)・・・・・・・・・・・・・・・・・・276〜281
流れてきた屍体(保篠竜緒)・・・・・282〜289
海外作家略伝(中島河太郎)・・・・・290〜291
プウセット《小説》(モリス・ルヴエル)・・・・・・・・・・・・・・・・・・292〜296
忘れられた殺人《小説》(スタンリイ・ガードナー〔著〕,足立泰〔訳〕)・・・・・298〜414
編輯後記・・・・・・・・・・・・・・・414

第7巻第5号　所蔵あり
1956年5月1日発行　350頁　120円
機雷と闘う海の男《口絵》・・・・・・・・11〜13
探偵作家クラブ賞は日影丈吉氏に《口絵》・・・・・・・・・・・・・・・・・・・・14

32『怪奇探偵クラブ』『探偵クラブ』『探偵倶楽部』

おたのしみ教養娯楽サロン
　スポーツ・ウエア読本(三木晶)・・・・・・・・・・・・・・・・・・・・15〜18
　レストラン通いの心得帖の巻(ジヤン カア)・・・・・・・・・・・・・・・19〜22
偽装魔《小説》(夢座海二)・・・・・・24〜55
世相のぞき眼鏡(宮崎博史)・・・・・・56〜59
あの幽霊を追いかけろ〈5〉《小説》(E・S・ガードナー〔著〕,都筑道夫〔訳〕)・・・・・・・・・・・・・・・・・・・60〜86
新薬の花形・・・・・・・・・・・・・・86
一般文学者と探偵小説(中島河太郎)・・・・・・・・・・・・・・・・・・・87〜89
幻影の町〈5〉《小説》(木々高太郎)・・・90〜98
世界の珍聞・・・・・・・・・・・・・・99
お聖人の長者征伐《小説》(レスリイ・チャーテリス〔著〕,今日泊亜蘭〔訳〕)・・・・・・・・・・・・・・・・・100〜114
若しも人間に尻尾があつたら《漫画》(大内守成)・・・・・・・・・・・・・・・・・115
カンの話(吉野贊十)・・・・・・・・116〜119
殺人契約《小説》(新田司馬英)・・・・120〜133
ギヤング娘の生態(川田敏彦)・・・・134〜146
新薬の苦心談・・・・・・・・・・・・147
潜水奇談(能美水太郎)・・・・・・148〜153
タブイ島奇談(伊東鋹太郎)・・・・154〜182
のんびりした話・・・・・・・・・・・182
理由なき反抗《映画物語》・・・・・183〜186
悪の対決《映画物語》・・・・・・・187〜190
紐育の戦慄(小西次郎)・・・・・・191〜199
髑髏城〈5〉《小説》(ディクスン・カー〔著〕,宇野利泰〔訳〕)・・・・・200〜213
マンデン・バルタザールの妖術(ア・エザノフ〔著〕,アライ・キミ〔訳〕)・・・・214〜221
追跡〈2・完〉(エフゲニー・リャプチコフ〔著〕,袋一平〔訳〕)・・・・・・・・・・・・・・・222〜243
世界珍聞奇聞・・・・・・・・・・244〜245
愛の魔力(カザリン・カーネー〔著〕,宮田峯一・・・・・・・・・・・・・・・246〜260
犯罪月評(田中博)・・・・・・・・261〜263
世直し会社《小説》(ヴアレンチネ〔著〕,谷京至〔訳〕)・・・・・・・・・・・・264〜278
死者の呼ぶベル《小説》(谿渓太郎)・・・・・・・・・・・・・・・・・279〜283
鬚のある女《小説》(エラリイ・クイーン〔著〕,飯島卓夫〔訳〕)・・・・・・・284〜307
女を見なかつた男/首切代御相談に応じます・・・・・・・・・・・・・・・・・307
一時間の冒険《小説》(ダシエル・ハメット〔著〕,杉本エリザ〔訳〕)・・・・・・308〜318
伝奇小説提唱(宗野弾正)・・・・・319〜321

379

見当違い ・・・・・・・・・・・・・・・・・・・・・・・ 320
心霊は乱れ飛ぶ〈2〉《小説》(九鬼紫郎)
・・・・・・・・・・・・・・・・・・・・・・・ 322〜350

第7巻第6号　所蔵あり
1956年6月1日発行　350頁　120円
失われた大陸〈口絵〉・・・・・・・・・・・・・ 11〜13
探偵作家でない探偵作家「夢座海二氏」
・・・・・・・・・・・・・・・・・・・・・・・・・・・・・・・・ 14
おたのしみ教養娯楽サロン
　雨の日の服装読本(三木晶) ・・・・・・ 15〜18
　レストラン通いの心得帖の巻(ジヤン カア) ・・・・・・・・・・・・・・・・・・・・・・・ 19〜22
替えられた顔《小説》(楠田匡介) ・・・ 24〜56
人工天気 ・・・・・・・・・・・・・・・・・・・・・・・・・・ 55
虚名《小説》(ドン・マーキス〔著〕,南町一夫〔訳〕)・・・・・・・・・・・・・・・・・・・・ 57〜67
霧(ネーベル)夫人《小説》(シユンメル・フアルケナウ〔著〕,南沢十七〔訳〕)・・・・・・・・・・ 68〜89
トロッキーの暗殺者「影なき男」(蓮池一郎) ・・・・・・・・・・・・・・・・・・・・・・・・ 90〜97
幻影の町〈6〉《小説》(木々高太郎)
・・・・・・・・・・・・・・・・・・・・・・・・・・・・ 98〜106
犯罪月評(田中博) ・・・・・・・・・・・・ 107〜109
髑髏城〈6〉《小説》(ディクスン・カー〔著〕,宇野利泰〔訳〕) ・・・・・・・ 110〜122
兜賊は現職教員(宮本吉次) ・・・ 123〜128
耳飾《小説》(ツーン・リユーグロック〔著〕,南沢十七〔訳〕)・・・・・・・・ 130〜137
探偵小説の本質(木々高太郎) ・・・ 138〜144
木々氏の探偵小説新論(中島河太郎)
・・・・・・・・・・・・・・・・・・・・・・・・・・・・ 145〜148
三人で一人/十八年の代金百十万円也 ・・・ 148
クロスワード・パズルの悲劇《小説》(カミ〔著〕,松村喜雄〔訳〕) ・・・・・・ 149〜151
ウインザー公をめぐる連続殺人事件(道本清一) ・・・・・・・・・・・・・・・・・・・・ 152〜182
悪者は地獄へ行け〈映画物語〉 ・・・ 183〜186
アメリカの戦慄〈映画物語〉 ・・・・・ 187〜190
二挺拳銃ギヤング(小西次郎) ・・・ 191〜201
ヒル町の刑罰(A・T・ウエグナー〔著〕,南沢十七〔訳〕) ・・・・・・・・・・・・・ 202〜207
心霊は乱れ飛ぶ〈3〉《小説》(九鬼紫郎)
・・・・・・・・・・・・・・・・・・・・・・・・・・・・ 208〜239
弁護士の夜ばなし(大原六郎) ・・・ 240〜243
あの幽霊を追いかけろ〈6〉《小説》(E・S・ガードナー〔著〕,都筑道夫〔訳〕)
・・・・・・・・・・・・・・・・・・・・・・・・・・・・ 244〜263
モーテル小屋の死体(糸長健) ・・・ 264〜265
美人通り魔《小説》(日影丈吉) ・・・ 266〜281

忘れられない顔《小説》(宗野弾正)
・・・・・・・・・・・・・・・・・・・・・・・・・・・・ 282〜285
銀の鞍《小説》(トマス・ソンプソン〔著〕,海野雄二〔訳〕) ・・・・・・・・・・・・・・・ 286〜303
神の施術《小説》(ジエイムズ・キヤロライン〔著〕,蓮池一郎〔訳〕) ・・・・・ 304〜310
奇病とテレパシイ(高島呑象次) ・・・・・ 311〜313
クラス・エベンフイス事件《小説》(A・M・ワルタール〔著〕,南沢十七〔訳〕)
・・・・・・・・・・・・・・・・・・・・・・・・・・・・ 314〜322
下宿人《小説》(ジョルジュ・シメノン〔著〕,山城健治〔訳〕) ・・・・・・・・・・・・・・ 323〜350

第7巻第7号　増刊　所蔵あり
1956年6月15日発行　412頁　150円
屍体泥棒〈絵物語〉(R・L・スチブンソン〔原作〕) ・・・・・・・・・・・・・・・・・・・・・・ 9〜12
誌上探偵教室(丸茂文雄) ・・・・・・・ 13〜20
花火の夜の殺人《小説》(C・S・フォレスター〔著〕,陶山密〔訳〕) ・・・・・ 21〜91
著者について(訳者) ・・・・・・・・・・・・・・ 23
世界最高の呑嗇家 ・・・・・・・・・・・・・・・・・・ 91
細工は粒々《小説》(デミトリイ・ヴンズ)
・・・・・・・・・・・・・・・・・・・・・・・・・・・・・・ 92〜95
一瞬の危機《小説》(A・リーマ) ・・・ 96〜97
世界最大の女詐欺師 ・・・・・・・・・・・・・・・・ 97
消えた銀行家(バンカー)《小説》(アガサ・クリスティー〔著〕,木村美加〔訳〕) ・・・・・・ 98〜111
鳥は飛び去つた《小説》(G・バーナード)
・・・・・・・・・・・・・・・・・・・・・・・・・・・・ 112〜113
オオマイパパ ・・・・・・・・・・・・・・・・・・・・・ 113
うろつくシャム人《小説》(ダシエル・ハメット〔著〕,都筑道夫〔訳〕) ・・・・・ 114〜128
原著者について ・・・・・・・・・・・・・・・・・・ 117
それは、それでも《小説》(G・ジョーンズ)
・・・・・・・・・・・・・・・・・・・・・・・・・・・・ 129〜131
毒蛇と同衾 ・・・・・・・・・・・・・・・・・・・・・・ 131
脅迫者は撃たず《小説》(レイモンド・チャンドラア〔著〕,谷京至〔訳〕) ・・・ 132〜173
レエモンド・チャンドラーについて ・・・ 169
阿片の吸いかた ・・・・・・・・・・・・・・・・・・ 173
海のヒーロー《小説》(G・フイリップ)
・・・・・・・・・・・・・・・・・・・・・・・・・・・・ 174〜175
金剛石(ダイヤ)のレンズ《小説》(F・J・オブライエン〔著〕,蘭世史〔訳〕) ・・・ 176〜195
香港の賭博 ・・・・・・・・・・・・・・・・・・・・・・ 195
我が道をゆく《小説》(ジョジ・ハーマン・コックス〔著〕,貝弓子〔訳〕) ・・・ 196〜211
ハーモン・コックスについて ・・・・・・・ 207
智慧獣 ・・・・・・・・・・・・・・・・・・・・・・・・・・ 211
傑作漫画読本〈漫画〉 ・・・・・・・・・・ 213〜220

32 『怪奇探偵クラブ』『探偵クラブ』『探偵倶楽部』

推薦状《小説》（ジェイムス・ヤング）
　………………………………　221～223
公園の見知らぬ男《小説》（トーマス・ウォルシュ〔著〕,平井イサク〔訳〕）………　224～237
トーマス・ウォルシュ ………………　237
巴里に行つたら ………………………　239
情無用の街《小説》（アーネスト・ヘイコックス〔著〕,三谷幸夫〔訳〕）　………　240～256
鉄の足を持つ男 ………………………　251
ロマンティックな宵を《小説》（フランク・ヤロー ン）………………………………　257～259
電気心中 ………………………………　259
脅やかされたスタア《脚本》（エラリー・クイーン〔著〕,黒羽新〔訳〕）………　260～274
鸚鵡の名探偵 …………………………　274
マッチをする女《小説》（アール・スタンリー・ガードナー〔著〕,辻泰介〔訳〕）
　………………………………　275～281
世界最長の映画 ………………………　281
お前にや金庫は破れねえ《小説》（フランク・グルーバー〔著〕,小山内徹〔訳〕）
　………………………………　282～302
フランク・グルーバー …………………　301
アリバイ《小説》（エドガー・ウオレスー）
　………………………………　303～305
蛇の舌《小説》（ジョン・スタインベック〔著〕,都筑道夫〔訳〕）………　306～315
原著者について ………………………　313
悲劇の四つ葉のクローヴア ……………　315
探偵小説の用語（中島河太郎）………　316～319
草原の銃声《小説》（ビル・ポスト〔著〕,海野雄吉〔訳〕）　………………　320～335
ハンブルグ冒険譚《小説》（H・H・エエヴェルス）　………………………　336～341
眠れる花嫁 ……………………………　341
ミシシッピイの賭博師《小説》（ノーマン・フォックス）　………………………　342～355
偽装爆弾《小説》（レックス・スタウト〔著〕,佐々木和一〔訳〕）　…………　356～412
編輯から ………………………………　412

第7巻第8号　所蔵あり
1956年7月1日発行　324頁　120円

犯罪と鑑識《口絵》　……………………　9～11
大下宇陀児氏『虚像』出版記念会《口絵》
　………………………………………… 12
幻影の町〈7〉《小説》（木々高太郎）…　14～23
指紋を残さぬ犯人 ……………………… 21
非合法組織の国際連絡 ………………… 22
現代のシヤロック・ホルムス …………… 23
男の化粧読本（三木晶）　………………　24～25

百五号船室の怪《小説》（F・M・クロフォード〔著〕,都筑道夫〔訳〕）………　26～44
人間の追求（山村正夫）　………………　45～47
アプレ時代《小説》（大河内常平）　……　48～59
私は保釈中の娘（メリー・アントン）　…　60～67
米国警察の捜査方法 …………………… 67
日本の探偵映画（黒部竜二）　…………　68～69
あの幽霊を追いかけろ〈7〉《小説》（E・S・ガードナー〔著〕,都筑道夫〔訳〕）
　………………………………　70～92
ショット・ガンに就て …………………… 91
古代海賊都市（川辺敏彦）　……………　93～99
心霊は乱れ飛ぶ〈4・完〉《小説》（九鬼紫郎）
　………………………………　100～132
アメリカの商売女（黒須勘太）　………　134～137
レストラン通い心得帳（ジヤン カー）
　………………………………　138～139
ローマは一日なしてならず　……………… 139
海賊島《小説》（ジョルジュ・シメノン〔著〕,松村喜雄〔訳〕）　…………　140～172
陽の当らぬ場所 ………………………… 170
江戸川乱歩賞は早川書房へ　…………… 172
瓶の底《映画物語》　……………………　173～175
新映画ファッション・ブック　……………　174～177
六番目の男《映画物語》　………………　176～179
シャーロック・ホームズ像　……………… 180
ジヤングル・フレンド（H・J・タイロール）
　………………………………　181～185
治外法権殺人事件（荻原秀夫）　………　186～191
髑髏城〈7〉《小説》（ディクスン・カー〔著〕,宇野利泰〔訳〕）………　192～204
弁護士の夜話（大原六郎）　……………　205～207
かがり火《小説》（山村正夫）　…………　208～223
生命がけの祭り　………………………… 223
偽装心中事件（尾竹二三男）　…………　224～231
仮面を剥がれたドンファン（道本清一）
　………………………………　232～250
犯罪月評（田中博）　……………………　251～253
悪魔詩人《小説》（マックス・スタイナー〔著〕,南沢十七〔訳〕）………　254～273
拳銃ものがたり（藤原克巳）　…………　274～288
話のタネ ………………………………… 289
一夜の恐怖《小説》（マルセル・シヤンタン〔著〕,三谷光彦〔訳〕）………　290～297
男後生楽またおいで ……………………　297
火星放浪記《小説》（スタンレー・ワインバウム〔著〕,村西義夫〔訳〕）　…　298～324

第7巻第9号　所蔵あり
1956年8月1日発行　382頁　140円

381

32 『怪奇探偵クラブ』『探偵クラブ』『探偵倶楽部』

人間椅子《絵物語》(江戸川乱歩〔原作〕)
 ·················· 11～14
誌上探偵教室 ·············· 15～22
幻影の町〈8〉《小説》(木々高太郎) 24～32
怪奇小説随想(中島河太郎) ···· 33～35
ダイヤモンド袖釦《小説》(グレント・アレン〔著〕, 足立泰〔訳〕) ··· 36～53
死の魔峰征服(黒須勘太) ······ 54～59
髑髏城〈8〉《小説》(ディクスン・カー〔著〕, 宇野利泰〔訳〕) ····· 60～69
思い出はかくの如し《小説》(A・ヴィレット) ············ 70～71
他国者は殺せ(尾竹二三男) ···· 72～81
狙われた不死身の男(小栗常太郎) 82～91
白井のあとをつぐ者は誰か(郡司信夫) ················ 92～95
亡霊に導かれた復讐者(山城健治) ··· 96～104
黒き悲哀(花小路侑三) ······ 105～109
サットン物語(鹿島健二) ···· 110～117
運命の十字路《小説》(ビル・ガリック〔著〕, 南町一夫〔訳〕) ·········· 118～127
競馬場の詐欺 ················ 127
愉快なユーレイ君《漫画》(真崎隆)
 ···················· 128～129
あの幽霊を追いかけろ〈8・完〉《小説》(E・S・ガードナー〔著〕, 都筑道夫〔訳〕)
 ···················· 130～145
洗脳とは? ···················· 145
黄金の騾馬《小説》(D・ムネロ) 146～150
犯罪月評(田中博) ·········· 151～153
臆病な殺人者《小説》(ウィリアム・アイリッシュ〔著〕, 谷京至〔訳〕) ··· 154～182
皆さん御存知ですか? ·········· 165
想い出の探偵映画戦後傑作選《グラビア》
 ···················· 183～190
舶来インチキ道中記《小説》(O・ヘンリー〔著〕, 足立泰〔訳〕) ·········· 191～196
殺人鬼と暮した十ヶ月(伊東鎮太郎) 197～206
幽霊駕籠《小説》(キップリング〔著〕, 松島浩二〔訳〕) ············ 208～218
死の急行列車《小説》(M・シュオップ〔著〕, 松木信〔訳〕) ············ 219～223
十四人目の乗客《小説》(大下宇陀児) 224～235
皆さん御存知ですか? ·········· 234
まだ死ぬものか《小説》(ブルーノ・フィッシャー〔著〕, 都筑道夫〔訳〕) ··· 236～255
ブルーノ・フィッシャーのこと(訳者) 253
盗まれた骨《小説》(カミ) ··· 256～257

霧笛の港《小説》(島田一男) 258～271
噛む者《小説》(アンソニイ・バウチアー〔著〕, 南町一夫〔訳〕) ·········· 272～285
アンソニイ・バウチアについて ····· 275
木笛を吹く馬《小説》(日影丈吉)
 ···················· 286～305
皆さん御存知ですか? ·········· 304
観相記(高島呑象次) ········ 306～307
魅魍の島《小説》(A・ブラックウッド〔著〕, 西川恒〔訳〕) ·········· 308～322
皆さん御存知ですか? ·········· 321
皆さん御存知ですか? ·········· 322
水妖記《小説》(香山滋) ···· 324～335
マカオの海賊 ················ 335
信号手《小説》(チャールズ・ディケンズ〔著〕, 松岡春夫〔訳〕) ·········· 336～347
皆さん御存知ですか? ·········· 347
雪女《小説》(山田風太郎) ·· 348～361
怪人狼《小説》(ジオフリイ・ハウスキールド〔著〕, 南町一夫〔訳〕) ··· 362～382
自由は証拠にならない ·········· 379
警察の拷問 ···················· 380
後記 ·························· 382

第7巻第10号　所蔵あり
1956年9月1日発行　342頁　120円

グレン隊殺人事件《小説》(朝山鯖一)
 ······················ 11～14
口紅殺人事件《映画物語》 ···· 15～17
渡欧の木々高太郎氏 ············ 18
乱歩賞に輝く早川清氏 ············ 18
幻影の町〈9〉《小説》(木々高太郎) 20～28
一人二役のいろいろ(中島河太郎) 29～31
眠り預金《小説》(コーネル・ウールリッチ〔著〕, 能島武文〔訳〕) ········ 32～71
押絵と旅する男《絵物語》(江戸川乱歩〔原作〕)
 ··· 37, 45, 53, 61, 135, 137, 139, 143, 145, 147
世相のぞき眼鏡(宮崎博史) ··· 72～75
キプロスの狼(山城健治) ····· 76～82
十五才の同級生殺し(川村滋) · 83～87
小菅へ帰る男《小説》(夢座海二) 88～99
つくられた「太陽族」(梓川一郎)
 ···················· 100～103
ビリー・ザ・キッド(松村喜雄) 104～111
探偵ニュース ············ 112～113
アメリカ版女太陽族(黒河惣) 114～120
犯罪月評(田中博) ········ 121～123
芸者は売春婦か(尾竹二三男) 124～129
夏の女性の服装(三木晶) ·· 130～131
赤い海《小説》(四季桂子) · 132～178

32 『怪奇探偵クラブ』『探偵クラブ』『探偵倶楽部』

| 携帯用飛行機《グラビア》 ･････････ 179
| あ!危ない《グラビア》 ･･････････ 180〜181
| 誘拐《グラビア》 ･･････････････ 182
| 諜報ギャング団(南沢十七) ･････ 183〜189
| 髑髏城〈9〉《小説》(ディクスン・カー〔著〕,
| 宇野利泰〔訳〕) ･･････････ 190〜209
| ソ連軍艦スパイ事件の真相(道本清一)
| ･･････････････････････ 210〜215
| 基(キリスト)督復活《小説》(山村正夫) ･･ 216〜231
| 弁護士夜話(大原六郎) ･･････････ 232〜235
| グリムショウ博士の精神病院《小説》(フレッ
| チャア・プラット〔著〕,西村義夫〔訳〕)
| ･･････････････････････ 236〜249
| 黒い手帖の秘密(久保泰) ･････････ 250〜257
| タピントンの幽霊《小説》(R・H・ブラーム〔著〕,
| 黒羽新〔訳〕) ･････････････ 258〜274
| 0頭身《漫画》(大内守成) ･･･････････ 275
| 睡たい男《小説》(梶竜雄) ･･････ 276〜286
| げに恐るべき ･････････････････････ 285
| 遂に正体不明の空飛ぶ円盤の話(花房逸鳳)
| ･･････････････････････ 288〜293
| アモック殺人者《小説》(ステフアン・ツワイク
| 〔著〕,江馬寿〔訳〕) ･･････ 294〜342
| 編輯だより ･･････････････････････ 342

第7巻第11号　所蔵あり
1956年10月1日発行　342頁　120円

| そこを動くな《映画物語》 ･････････ 10〜13
| アメリカの誇る大型空母《口絵》 ･･･････ 14
| いづみは死んだ《小説》(梶竜雄) ･･ 15〜18
| 眠り妻事件《小説》(渡辺啓助) ･･･ 19〜42
| 法曹界の人物 ･･････････････････････ 43
| 世相のぞき眼鏡(宮崎博史) ･････････ 44〜47
| 髑髏城〈10〉《小説》(ディクスン・カー〔著〕,
| 宇野利泰〔訳〕) ･･････････････ 48〜62
| お笑いスリラー ････････････････････ 61
| 朝の映画館で《小説》(M・バーンズ〔著〕,貝
| 弓子〔訳〕) ･･････････････ 63〜65
| 欧旅通信〈1〉(木々高太郎) ･････ 66〜69
| 女王さまも楽でない(山城健治) ･･ 70〜74
| 渡り者《小説》(R・S・スウエンソン〔著〕,貝
| 弓子〔訳〕) ･･････････････ 75〜79
| お笑いアラカルト ･････････････････ 79
| もう一つの鍵《小説》(H・バウムガルテン〔著〕,
| 道本清一〔訳〕) ･･････････ 80〜110
| 新涼書談(中島河太郎) ･････････ 111〜113
| 人間部品株式会社(南沢十七) ･･ 114〜121
| 探偵ニュース ･････････････････ 122〜123
| 秘術《小説》(岡田鯱彦) ･･･････ 124〜136
| 法曹界の人物 ･････････････････････ 137

| かりそめに恋はすまじ(佐藤みどり)
| ･･････････････････････ 138〜141
| 焦げた顔《小説》(ダシェル・ハメット〔著〕,谷
| 京至〔訳〕) ･････････････ 142〜173
| 屋根裏の散歩者《絵物語》(江戸川乱歩〔原作〕)
| ･･ 147, 155, 161, 169, 289, 299, 309,
| 319, 327, 333
| 赤坂芸妓おどり《グラビア》 ･･････ 174〜182
| お宮の松の悲劇(陶山密) ･････････ 183〜190
| 諜報と激情《小説》(シヤーロット・カウフマン
| 〔著〕,伊東鎮太郎〔訳〕) ･･ 192〜214
| 法曹界の人物 ･････････････････････ 215
| 弁護士夜話(大原六郎) ･･･････････ 216〜218
| 恐怖の麻薬売春宿(本田順) ･･････ 219〜228
| 法曹界の人物 ･････････････････････ 229
| 何が盗まれたか《小説》(E・ロタージャート
| ン) ･････････････････ 230〜231
| 愛人の良人を殺して無罪になった男(足立
| 泰) ････････････････････ 232〜245
| サラリーマンの背広(三木晶) ････ 246〜247
| 川の中の男《小説》(新田司馬英) ･ 248〜262
| 犯罪月評(田中博) ････････････････ 263〜265
| 英国女教員強姦殺事件(保篠竜緒) ･ 266〜277
| 誘拐《小説》(ジヤック・リッチー〔著〕,谷京
| 至〔訳〕) ･･･････････････ 278〜281
| 殺人設計図《小説》(楠田匡介) ･･ 282〜342
| 編輯だより ･･････････････････････ 342

第7巻第12号　所蔵あり
1956年11月1日発行　338頁　120円

| 狙われた女《映画物語》 ･････････ 10〜13
| 探偵文壇のホープ 朝山蜻一氏 ･･････ 14
| 胃の中の金曜石《小説》(魔子鬼一) ･･ 16〜60
| 黄色い部屋《絵物語》(ガストン・ルルー〔原作〕)
| ･･ 23, 33, 43, 51, 59, 89, 93, 119, 125,
| 129
| 法曹界の人物 ･････････････････････ 61
| 世相のぞき眼鏡(宮崎博史) ･････ 62〜65
| 高速自動車道路の死体(南沢十七) ･ 66〜75
| 天来の殺意《小説》(朝山蜻一) ･･ 76〜94
| 別途に用法あり ･･････････････････ 94
| 惨たり日本ボクシング(郡司信夫) ･ 95〜99
| SEVEN TEENの青い猫(川田敏彦)
| ･･････････････････････ 100〜110
| 法曹界の人物 ･･･････････････････ 111
| 髑髏城〈11〉《小説》(ディクスン・カー〔著〕,
| 宇野利泰〔訳〕) ･･･････ 114〜129
| 笑 ･･････････････････････････ 128
| 中国輸入のスリラー物語《小説》(中野一郎)
| ･･････････････････････ 130〜133

383

32 『怪奇探偵クラブ』『探偵クラブ』『探偵倶楽部』

ピユリシユケキチ太公のトランク《小説》（ア・エザノフ〔著〕，荒井浩〔訳〕）
　‥‥‥‥‥‥‥‥‥‥‥‥　134～141
落ちた自動車《小説》（楠田匡介）　142～143
犯罪世相漫談《対談》（江戸川乱歩，堀崎繁喜）
　‥‥‥‥‥‥‥‥‥‥‥‥　144～154
奇怪な恋 仇（ライバル）《小説》（谿渓太郎）　155～159
お聖人の市庁征伐《小説》（レスリー・チャーテリス〔著〕，今日泊亜蘭〔訳〕）
　‥‥‥‥‥‥‥‥‥‥‥‥　160～174
カメラルポ ソビエト《グラビア》　‥‥　175～177
話題の新洋画　‥‥‥‥‥‥‥‥‥‥　178
催眠術の虜になった女（コーラ・スノーデイン）　‥‥‥‥‥‥‥‥‥‥‥　179～187
指紋と探偵小説（中島河太郎）　‥‥　188～191
胸がはりさける《小説》（クレイグ・ライス〔著〕，能島武文〔訳〕）‥‥　192～219
ゾルゲの死刑は嘘だ（道本清一）　‥　220～223
青い天使怪死事件（伊東鋱太郎）　224～234
法曹界の人物　‥‥‥‥‥‥‥‥‥‥　235
泰山鳴動事件の顚末《小説》（オースチン・フリーマン〔著〕，槇悠人〔訳〕）　236～247
ナイロンの洋傘　‥‥‥‥‥‥‥‥‥　247
雨靴の男（荻原秀夫）　‥‥‥‥‥　248～257
裸女への晩歌《小説》（ジョナサン・クライグ〔著〕，谷京至〔訳〕）‥‥　258～274
車中の恐怖《小説》（グランド・コルビイ〔著〕，貝弓子〔訳〕）　‥‥　275～277
婦人警官捕物帖（小栗常太郎）　‥　278～283
幽霊狂騒曲《小説》（九鬼紫郎）　‥　284～296
ジェームス・ディーンは生きている？（山城健治）　‥‥‥‥‥‥‥‥‥　298～300
犯罪月評（田中博）　‥‥‥‥‥　301～303
甘いペテン師《小説》（ダシェル・ハメット〔著〕，平井イサク〔訳〕）　304～338
島田一男の人気　‥‥‥‥‥‥‥‥　333
お笑いスリラー　‥‥‥‥‥‥‥‥　337
編集局より　‥‥‥‥‥‥‥‥‥‥　338

第7巻第13号　未所蔵
1956年12月1日発行　338頁　120円

居酒屋《映画物語》　‥‥‥　2～3, 10～13
最年少の天才 山村正夫氏　‥‥‥‥　14
誰かが見ている《小説》（鷲尾三郎）　‥　16～59
世相のぞき眼鏡（宮崎博史）　‥‥　60～63
密告電報の秘密《小説》（S・ストリブリング〔著〕，足立泰〔訳〕）　‥　64～75
欧旅通信〈2〉（木々高太郎）　‥‥　76～80
コントOYAOYA　‥‥‥‥‥‥‥‥　80
ピミエンタの揚げ菓子《小説》（O・ヘンリ〔著〕，貝弓子〔訳〕）　‥　81～89

クイズ狂!?　‥‥‥‥‥‥‥‥‥‥　89
ケイン家奇談《脚本》（エラリイ・クイーン〔著〕，能島武文〔訳〕）　‥　90～109
男の香水（幹）　‥‥‥‥‥‥‥‥　109
ポーリンの赤い日記（陶山密）　‥　110～117
邪神の魔力に御用心《小説》（ロバート・バイク）　‥‥‥‥‥‥‥‥‥　118～121
お聖人の慈善家征伐《小説》（レスリイ・チャーテリス〔著〕，今日泊亜蘭〔訳〕）
　‥‥‥‥‥‥‥‥‥‥‥‥　122～139
吸血蝙蝠は本当にいる　‥‥‥‥‥　139
チャンピオンの系図（郡司信夫）　140～143
百号室殺人事件（荻原秀夫）　‥　144～151
髑髏城〈12・完〉《小説》（ディクスン・カー〔著〕，宇野利泰〔訳〕）　152～174
亡びゆく片隅の芸術《グラビア》　‥　175～177
話題の新洋画　‥‥‥‥‥‥‥‥‥　178
大統領の懐刀ソーダー博士（槇悠人）
　‥‥‥‥‥‥‥‥‥‥‥‥　179～181
双児の復讐《小説》（日影丈吉）　‥　182～201
ヤースナヤ・パリヤーナ訪ずるの記（原久一郎）　‥‥‥‥‥‥‥‥‥　202～206
法曹界の人物　‥‥‥‥‥‥‥‥‥　207
私の埋葬《小説》（ハンス・エチ・エーヴァース〔著〕，江馬寿〔訳〕）　208～218
犯罪月評（田中博）　‥‥‥‥‥　219～221
笑つて済ませろ《小説》（シャーロット・アームストロング〔著〕，上田浩〔訳〕）
　‥‥‥‥‥‥‥‥‥‥‥‥　222～239
ロンドンのやくざ渡世（保篠竜緒）
　‥‥‥‥‥‥‥‥‥‥‥‥　240～246
法曹界の人物　‥‥‥‥‥‥‥‥‥　247
酔いどれ幽霊《小説》（ジュリアス・ファースト〔著〕，福島伸一〔訳〕）　248～260
ライオンと柔道した男　‥‥‥‥‥　259
法曹界の人物　‥‥‥‥‥‥‥‥‥　261
ズボンのプレス（三木晶）　‥‥　262～263
白いパイプ《小説》（宮野村子）　‥　264～280
鬼《絵物語》（江戸川乱歩〔原作〕）‥
　267, 273, 279, 297, 303, 309, 315, 321, 329, 337
生きたまゝの火葬（小栗常太郎）‥　281～289
赤い風《小説》（レイモンド・チャンドラー〔著〕，都筑道夫〔訳〕）　‥　292～338
編集局より　‥‥‥‥‥‥‥‥‥‥　338

第8巻第1号　所蔵あり
1957年1月1日発行　338頁　120円

外国の陰謀《映画物語》　‥‥‥‥　10～13
街の仁義《口絵》　‥‥‥‥‥‥‥　14
零号租界〈1〉《小説》（島田一男）‥　16～31

384

32 『怪奇探偵クラブ』『探偵クラブ』『探偵倶楽部』

世相のぞき眼鏡(宮崎博史) ………… 32〜35
悪魔の眼《小説》(ジャック・リッチイ〔著〕, 貝弓子〔訳〕) ………… 36〜43
コントOYAOYA ………… 42
亡者の会 ………… 43
ボアゴベ考〈1〉(木村毅) ………… 44〜45
幻影の町〈10〉《小説》(木々高太郎) ………… 46〜57
赤い小箱《小説》(S・アレフィエフ〔著〕, 袋一平〔訳〕) ………… 58〜75
地獄から来た二人の女(陶山密) ………… 76〜85
女怪《小説》(楠田匡介) ………… 86〜107
少女惨殺事件(花房逸調) ………… 108〜117
恐怖の一夜《小説》(岡田鯱彦) ………… 118〜132
飛行機に酔った操縦士の話 ………… 131
東洋チヤンピオンの系図(郡司信夫) ………… 133〜137
フェヤウェル殺人事件《小説》(ダシエル・ハメット〔著〕, 能島武文〔訳〕) ………… 138〜174
系図/売り切れ/それが気になる ………… 173
欧旅アルバム《グラビア》 ………… 175〜177
女流作家のホープ 宮野村子女史 ………… 178
探偵小説一九五七年(中島河太郎) ………… 179〜181
火薬《小説》(山村正夫) ………… 182〜212
法曹界の人物 ………… 213
血に染んだ復活祭(イースター)(若林栄) ………… 214〜222
コントOYAOYA ………… 222
弁護士夜話(大原六郎) ………… 223〜227
お笑い ………… 227
屍と死の三日間(小栗常太郎) ………… 228〜236
法曹界の人物 ………… 237
肖像画《小説》(木村毅〔訳〕) ………… 238〜246
法曹界の人物 ………… 247
名刑事伝〈1〉(保篠竜緒) ………… 248〜259
犯罪月評(田中博) ………… 260〜263
裸祭前後《小説》(渡辺啓助) ………… 264〜285
鏡地獄《絵物語》(江戸川乱歩〔原作〕) ………… 269, 275, 281, 285, 289, 301, 315, 321, 325, 335
バタヤ部落の男(荻原秀夫) ………… 286〜292
誰にでもある過《小説》(チャールズ・マーゲンダール〔著〕, 花房逸調〔訳〕) ………… 293〜295
猫と靴《小説》(ウィリアム・アイリッシュ〔著〕, 谷京至〔訳〕) ………… 296〜338
拳斗界の暗黒面 ………… 337
編集局だより(H・N生) ………… 338

第8巻第2号　所蔵あり
1957年3月1日発行　306頁　120円

暗黒街は俺のものだ!《映画物語》 ………… 10〜14
将来を嘱望される大河内常平氏 ………… 14
見なれぬ顔〈1〉《小説》(日影丈吉) ………… 16〜33
それは大変 ………… 33
世相のぞき眼鏡(宮崎博史) ………… 34〜37
消えた貸車《小説》(夢座海二) ………… 38〜51
詐欺 ………… 51
テーブル・マナーの真髄(三木晶) ………… 52〜53
天馬(ペガサス)の謎《小説》(イマジナリ・マンカインド〔著〕, 遺麗秀己〔訳〕) ………… 54〜68
ボアゴベのこと〈2〉(木村毅) ………… 69〜71
鍵をかけない女(足立泰) ………… 72〜79
猫には鈴がなかつた《小説》(朝山蜻一) ………… 80〜101
西部の殺人鬼ハーバー兄弟(松村喜雄) ………… 102〜108
犯罪月評(田中博) ………… 109〜111
幻影の町〈11〉《小説》(木々高太郎) ………… 112〜121
零号租界〈2〉《小説》(島田一男) ………… 122〜133
笑・笑・笑 ………… 133
美貌の女写真師(ホリー・カースン〔著〕, 宮田峯一〔訳〕) ………… 134〜173
法曹界の人物 ………… 174
海外トピックス《グラビア》 ………… 175〜177
ジャイアンツ《グラビア》 ………… 178
探偵小説の新星(中島河太郎) ………… 179〜181
絵のない絵本《小説》(鮎川哲也) ………… 182〜203
伝奇小説論(宗野弾正) ………… 204〜207
月の雫《小説》(ロバート・マクレア〔著〕, 潮寒二〔訳〕) ………… 208〜219
胎児《小説》(四季桂子) ………… 220〜233
花井お梅(大塚彦七) ………… 234〜240
アメリカ大使毒殺の陰謀(道本清一) ………… 241〜243
とても噛めない/なお悪い/好機をのがすな/独占したい/恋は片道 ………… 243
死の前に《小説》(レックス・スタウト〔著〕, 能島武文〔訳〕) ………… 244〜306
白昼夢《絵物語》(江戸川乱歩〔原作〕) ………… 249, 255, 261, 267, 273, 277, 285, 291, 295, 301
オール留守 ………… 293

第8巻第3号　所蔵あり
1957年4月1日発行　306頁　120円

悪い種子《映画物語》 ………… 10〜14
幻影の町〈12〉《小説》(木々高太郎) ………… 16〜25

385

32 『怪奇探偵クラブ』『探偵クラブ』『探偵倶楽部』

『鉄仮面』の原作について(江戸川乱歩)
・・・・・・・・・・・・・・・・・・・・・・・・・・・・・・・・ 22〜23
世相のぞき眼鏡(宮崎博史) ・・・・・・・・・・ 26〜29
米スパイに葬られたヨルダン皇后(伊東鍈太郎) ・・・・・・・・・・・・・・・・・・・・・・・・・・・・・・・・ 30〜35
零号租界〈3〉《小説》(島田一男) ・・・・・ 36〜45
麻薬ルートを追う国際警察(道本清一)
・・・・・・・・・・・・・・・・・・・・・・・・・・・・・・・・ 46〜56
死斗する麻薬密売業者(本田順) ・・・・・・ 57〜61
マチネー泥棒《小説》(ローランド・グレブス〔著〕, 前川信夫〔訳〕) ・・・・・・・・・・・・・・・ 62〜71
智能犯あれこれ(川端浩) ・・・・・・・・・・・・ 72〜75
日本娘巴里に死す(白木誠一郎) ・・・・・・ 76〜83
かばんの金(袋一平) ・・・・・・・・・・・・・・・・ 84〜87
八丈流刑人の霊魂《小説》(九鬼紫郎)
・・・・・・・・・・・・・・・・・・・・・・・・・・・・・・ 88〜105
売春防止法のあとにくるもの(山口武夫)
・・・・・・・・・・・・・・・・・・・・・・・・・・・・・ 106〜109
リキュール ・・・・・・・・・・・・・・・・・・・・・・・・・・・ 109
名刑事伝〈2〉(保篠竜緒) ・・・・・・・・・ 110〜123
お笑い下さい ・・・・・・・・・・・・・・・・・・・・・・・・・・ 122
弁護士夜話(大原六郎) ・・・・・・・・・・・ 124〜127
赤髪女殺人事件(ミネ・ミヤタ) ・・・・・ 128〜141
小話 ・・・・・・・・・・・・・・・・・・・・・・・・・・・・・・・・・・ 141
張りめぐらされたソ連の諜報網(永松浅三)
・・・・・・・・・・・・・・・・・・・・・・・・・・・・・ 142〜149
白線とはこんなもの(山村正夫) ・・・・・ 150〜153
見なれぬ顔〈2〉《小説》(日影丈吉)
・・・・・・・・・・・・・・・・・・・・・・・・・・・・・ 154〜171
煙突の上《小説》(ラルフ・ブランマー〔著〕, 早川節夫〔訳〕) ・・・・・・・・・・・・・・・・ 172〜174
鮎川哲也氏 ・・・・・・・・・・・・・・・・・・・・・・・・・・・・ 175
生命の神秘《グラビア》 ・・・・・・・・・・・・・・・・・・ 176〜177
お茶と同情《グラビア》 ・・・・・・・・・・・・・・・・・・・ 178
犯罪月評(田中博) ・・・・・・・・・・・・・・・ 179〜181
謎の王国消失事件(更谷甲二) ・・・・・・ 182〜189
殺人セレナード《小説》(岡村雄輔)
・・・・・・・・・・・・・・・・・・・・・・・・・・・・・ 190〜206
殺した男が殺された男だつた(島崎俊二)
・・・・・・・・・・・・・・・・・・・・・・・・・・・・・ 207〜213
首斬族の中を行く(ジャン・テッシー)
・・・・・・・・・・・・・・・・・・・・・・・・・・・・・ 214〜223
はしがき(記者) ・・・・・・・・・・・・・・・・・・・・・・ 215
酒の智識 ・・・・・・・・・・・・・・・・・・・・・・・・・・・・・・ 223
新版鸚鵡石《小説》(久山秀子) ・・・・・ 224〜230
新人王の系図(郡司信夫) ・・・・・・・・・・ 231〜235
新興宗教かスパイ団か(黒羽新) ・・・・・ 236〜244
踊る一寸法師《絵物語》(江戸川乱歩〔原作〕)
・・ 239, 251, 253, 259, 263, 267, 277, 285, 293, 301
探偵小説界近事(中島河太郎) ・・・・・・ 245〜247

71人の死刑囚(東聞也) ・・・・・・・・・・・ 248〜255
酒のみのエチケット ・・・・・・・・・・・・・・・・・・・・ 255
裏庭で焼かれる人妻(小栗常太郎)
・・・・・・・・・・・・・・・・・・・・・・・・・・・・・ 256〜263
悪夢の町《小説》(ダシェール・ハメット〔著〕, 谷京至〔訳〕) ・・・・・・・・・・・・・・・・ 264〜306
編集者の独語 ・・・・・・・・・・・・・・・・・・・・・・・・・・ 306

第8巻第4号　所蔵あり
1957年5月1日発行　306頁　120円

雪は汚れていた《映画物語》 ・・・・・・・・・・ 10〜14
零号租界〈4〉《小説》(島田一男) ・・・ 16〜25
砂のキリスト像《小説》(マツキンレイ・カンター〔著〕, 西田政治〔訳〕) ・・・・・・・・ 26〜29
てんやわんやのテレビ界の内幕を探る(大木澄) ・・・・・・・・・・・・・・・・・・・・・・・・・・ 30〜35
ソ連にもこんな裁判官がいる(袋一平)
・・・・・・・・・・・・・・・・・・・・・・・・・・・・・・・・ 36〜39
幻影の町〈13・完〉《小説》(木々高太郎)
・・・・・・・・・・・・・・・・・・・・・・・・・・・・・・・・ 40〜49
世相のぞき眼鏡(宮崎博史) ・・・・・・・・・・ 50〜53
"?王国"の駐日領事(三田和夫) ・・・・・・ 54〜63
熱いタオル《小説》(ウィリアム・アイリッシュ〔著〕, 谷京至〔訳〕) ・・・・・・・・・・ 64〜80
モンテージは性的昂奮の絶頂で死んだ(陶山密) ・・・・・・・・・・・・・・・・・・・・・・・・・・ 81〜91
犯罪者の天国 ・・・・・・・・・・・・・・・・・・・・・・・・・・・ 88
防犯メモ ・・・・・・・・・・・・・・・・・・・・・・・・・・・・・・・・ 91
人権は護られているか(尾竹二三男)
・・・・・・・・・・・・・・・・・・・・・・・・・・・・・・・・ 92〜98
犯罪月評(田中博) ・・・・・・・・・・・・・・・・ 99〜101
見なれぬ顔〈3〉《小説》(日影丈吉)
・・・・・・・・・・・・・・・・・・・・・・・・・・・・・ 102〜115
アダムとイブの裁判 ・・・・・・・・・・・・・・・・・・・・ 113
暗黒のドヤ街(田口修一) ・・・・・・・・・・ 116〜119
赤児を呑む怪獣の島(更谷甲二) ・・・・・ 120〜129
弁護士夜話(大原六郎) ・・・・・・・・・・・ 130〜133
追跡する女《小説》(コリンナ・ライニング〔著〕, 伊東鍈太郎〔訳〕) ・・・・・・・・・・・ 134〜169
獅子を殴りたおした男 ・・・・・・・・・・・・・・・・・・ 163
風船爆弾の正体(関口文平) ・・・・・・・・・ 170〜174
一分間試写室 ・・・・・・・・・・・・・・・・・・・・・・ 172〜173
松本清張氏 ・・・・・・・・・・・・・・・・・・・・・・・・・・・・ 175
白い山脈《グラビア》 ・・・・・・・・・・・・・・・・・ 176〜177
海外ニュース《グラビア》 ・・・・・・・・・・・・・・・・・ 178
一一〇番を呼ぶ!!(東聞也) ・・・・・・・・ 179〜185
シワキリホテルの毒蛇《小説》(H・G・スターガールト〔著〕, 白城健一〔訳〕)
・・・・・・・・・・・・・・・・・・・・・・・・・・・・・ 186〜191
超現実主義の探偵小説(山村正夫)
・・・・・・・・・・・・・・・・・・・・・・・・・・・・・ 192〜193

32 『怪奇探偵クラブ』『探偵クラブ』『探偵倶楽部』

赤皮の短靴(保篠竜緒)	194～201
私は3千人の虐殺を見た(青山吉郎)	202～207
トレンク男爵の脱獄(福島仲一)	208～217
教室へ躍り込んだ悪魔(星野辰男)	218～225
大きな設計図《小説》(谿渓太郎)	226～234
クラブ賞と松本氏(中島河太郎)	235～237
血に汚された聖像(陶山密)	238～247
地獄の4トン(足立泰)	248～255
激化する米ソ諜報戦(永松浅三)	256～263
誰の死体か《小説》(鮎川哲也)	264～306
一分間試写室	269
一分間試写室	277
一分間試写室	285
一分間試写室	291
一分間試写室	295
一分間試写室	301
読者皆さまへ	306

第8巻第5号　所蔵あり
1957年6月1日発行　306頁　120円

旅券八二四一の女《映画物語》	10～14
黒眼鏡の貞女《小説》(宮野村子)	16～28
雉も鳴かずば射たれまじ	27
腹ぐろマックス《小説》(オクタパス・R・コーヘン〔著〕, 西田政治〔訳〕)	29～31
百三十回結婚した男の記録(道本清一)	32～43
世相のぞき眼鏡(宮崎博史)	44～47
零号租界〈5〉《小説》(島田一男)	48～59
名刑事伝〈3〉(保篠竜緒)	60～70
一分間試写室	69
犯罪月評(田中博)	71～73
麻薬と密輸	73
コールガール物語(陶山密)	74～79
ケネス・ホフト事件(関川周)	80～86
横浜の人食男(若杉栄)	87～94
将軍と姫百合部隊(萩原之行)	95～101
地上最大の毒殺魔アダムス博士(伊東鎮太郎)	102～109
一分間試写室	105
一分間試写室	107
死者と生者(蓮池一郎)	110～119
ユーモアクラブ	
よってたかって囚人にされた私(ドロシイ・ノヴァク〔著〕, 小山内徹〔訳〕)	120～127
人間ラスプーチンの悲劇(工藤精一郎)	128～139
甲賀三郎その人と作品〈1〉(九鬼紫郎)	140～143
ユーモアクラブ	143
空間に舞う《小説》(岡田鯱彦)	144～174
自殺倶楽部《絵物語》(スティヴンスン〔原作〕)	155, 163, 174
麻薬と覚せい剤《グラビア》	175～178
あれはどうなった?(東開也)	179～183
空の悪魔《小説》(オスカー・シスコール〔著〕, 宗野彈正〔訳〕)	184～197
毒ウイスキイ事件(井上豊)	198～201
コロラドの響尾蛇(足立泰)	202～210
ユーモアクラブ	209
暴力掏摸団せん滅(荻原秀夫)	211～219
見なれぬ顔〈4〉《小説》(日影丈吉)	220～238
壜の中から出た手記《絵物語》(エドガー・アラン・ポー〔原作〕)	225, 231, 233
二十世紀のアフリカ	237
殺人鬼まかり通る(袋一平)	239～243
二点の血痕(ミネ・ミヤタ)	244～253
ユーモアクラブ	253
黄金城伝説(更谷甲二)	254～261
一分間試写室	257
弁護士夜話(大原六郎)	262～265
金魚《小説》(レイモンド・チャンドラー〔著〕, 久慈波之介〔訳〕)	266～306
一分間試写室	271
一分間試写室	277
一分間試写室	285
一分間試写室	293
一分間試写室	299
ユーモアクラブ	302～303
編集局より	306

第8巻第6号　所蔵あり
1957年7月1日発行　306頁　120円

間違えられた男《映画物語》	10～14
零号租界〈6〉《小説》(島田一男)	16～28
片隅の老紳士〈1〉(木々高太郎)	29～31
白い肉体の密輸団(山城健治)	32～38
海と山の"七つの謎"	39
私はこうして女奴隷になった(ネリー・ファンデイク〔著〕, 道本清一〔訳〕)	40～44
犯罪月評(田中博)	45～47
訴えません《小説》(永瀬三吾)	48～60
【表紙の人】ダイアナ・ドース	51
手足の利かぬ男《小説》(マツキンレイ・カンター〔著〕, 西田政治〔訳〕)	61～65
名刑事伝〈4〉(保篠竜緒)	66～76
海と山の"七つの謎"	77

387

32『怪奇探偵クラブ』『探偵クラブ』『探偵倶楽部』

世相のぞき眼鏡（宮崎博史） ………… 78〜81
求愛の歴史/おゝ民主々義! ………… 81
見なれぬ顔〈5〉《小説》（日影丈吉）
　　　　　　　　　　　　　　　82〜96
恐ろしい氷の亀裂 ………………… 95
生きた幽霊はどこにもいる（袋一平）
　　　　　　　　　　　　　　　97〜101
ハリウッドの三大暗黒事件（陶山密）
　　　　　　　　　　　　　　　102〜115
78才の抵抗（田口修一） ………… 116〜119
足跡を嗅ぐ男（荻原秀夫） ……… 120〜128
七つの海の謎 …………………… 129
ロンドンの密室殺人事件（南沢十七）
　　　　　　　　　　　　　　　130〜138
甲賀三郎人と作品〈2・完〉（九鬼紫郎）
　　　　　　　　　　　　　　　139〜141
災厄異聞（更谷甲二） …………… 142〜149
謎のブローチ（中島孝一） ……… 150〜153
甦つた影《小説》（大河内常平） … 154〜174
一分間試写室 …………………… 157
一分間試写室 …………………… 157
一分間試写室 …………………… 157
一分間試写室 …………………… 157
西蔵（チベット）の奇習 ………… 173
犯罪と科学捜査《グラビア》 …… 175〜178
太陽に背を向ける少年たち（東聞也）
　　　　　　　　　　　　　　　179〜185
ユーモアクラブ ………………… 181
高血圧の話 ……………………… 185
緑の地獄で六ヶ年（ジョウジ・レプナル〔著〕，足立泰〔訳〕） ……… 186〜209
一分間試写室 …………………… 207
一分間試写室 …………………… 209
一発必沈の人間魚雷の秘密（大津俊一）
　　　　　　　　　　　　　　　210〜216
海と山の"七つの謎" …………… 216〜217
死体と共に十三年（関川周） …… 218〜225
キヤベロ島の秘密（E・ミウラー〔著〕，南沢十七〔訳〕） ………… 226〜240
女中部屋の惨劇（堀崎繁喜） …… 241〜245
トダルの駱駝卓き（根岸茂〔訳〕） 246〜253
コントOYA・OYA ……………… 249
獄中三十五年（福島仲一） ……… 254〜263
歩けぬはず ……………………… 261
洗い髪のお妻（大塚彦七） ……… 264〜271
証拠の髪の毛《小説》（ステフェン・リーコック） ………………… 271
幽霊を見る一家（水上準也） …… 272〜279
東京ホテル合戦（納富康之） …… 280〜285
ユーモアクラブ ………………… 283

生き方は変えられない《小説》（トオマス・ウオルシュ〔著〕，能島武文〔訳〕）
　　　　　　　　　　　　　　　286〜306
一分間試写室 …………………… 291
一分間試写室 …………………… 299
上には上が ……………………… 305
編輯だより ……………………… 306

第8巻第7号　増刊　未所蔵
1957年7月15日発行　280頁　100円

寄席の怪談（佐野孝） …………… 9〜16
ロンドンの幽霊屋敷（藤沢衛彦） 18〜36
バロス港の幽霊 ………………… 23
死神の馬車 ……………………… 29
殺した十三人の幽霊に悶死（天草平八郎）
　　　　　　　　　　　　　　　37〜41
離魂鬼記（水上準也） …………… 42〜62
幽霊楼塚の由来 ………………… 63
屍体泥棒《小説》（R・L・スチブンソン〔著〕，佐治浩〔訳〕） ……… 64〜71
怨霊の布団（荻原秀夫） ………… 72〜75
首のすげ替え（佐々木君江） …… 76〜79
豊島屋怪談《小説》（伊東典凌） 80〜93
地獄からきた悪霊 ……………… 87
首なし娘 ………………………… 93
密告する幽霊（フレック・バーカー〔著〕，黒羽新〔訳〕） ………… 94〜102
少年鼓手の執念（藤島温） ……… 103〜105
怖ろしき復讐《小説》（ゴーゴリ〔著〕，工藤精一郎〔訳〕） ……… 106〜121
どじようの幽霊 ………………… 117
白狼怪《小説》（F・マリアット〔著〕，吉岡春樹〔訳〕） …………… 122〜136
殴られた幽霊 …………………… 133
ストラットフオードの魔女（陶山密）
　　　　　　　　　　　　　　　137〜144
怪奇映画名場面集《グラビア》 145〜152
春駒殺しの怪異（陶山密） ……… 153〜157
白蛇と青魚《小説》（江戸川欣也） 158〜181
便所の妖かし …………………… 173
船幽霊 …………………………… 177
シユブラックの減身《小説》（アポリネエル〔著〕，松沢松次〔訳〕） 182〜187
幽霊の子を妊む ………………… 187
吸血姫《小説》（テオフィル・ゴーチエ〔著〕，星野大六〔訳〕） …… 188〜202
牢内の火の玉 …………………… 199
怪談小幡小平次 ………………… 203
飯をほしがる幽霊（中野露鳥） … 204〜207
メトロノームの怪《小説》（オーガスト・ダーレス〔著〕，福島仲一〔訳〕） ……………………… 208〜213

32 『怪奇探偵クラブ』『探偵クラブ』『探偵倶楽部』

呪いの護符《小説》(W・W・ジヤコブス〔著〕,
　中野春美〔訳〕)･･････････ 214〜227
白いワンピースの青い丸顔(小松太門)
　･･････････････････････････ 228〜231
西部の幽鬼《小説》(フランク・グルーバー〔著〕,
　黒田一男〔訳〕)･･･････････ 232〜251
白蝶の怪 ･･･････････････････････ 241
四谷怪談《小説》(佐野孝) ･････ 252〜280
死人の手 ･･･････････････････････ 257
人情噺の四谷怪談 ････････････････ 263
音羽屋と四谷怪談 ････････････････ 269
魔女の復讐 ･････････････････････ 273

第8巻第8号　所蔵あり
1957年8月1日発行　306頁　120円
赤い灯をつけるな《映画物語》 ･･････ 10〜14
見なれぬ顔〈6〉《小説》(日影丈吉)
　･････････････････････････････ 16〜31
世相のぞき眼鏡(宮崎博史) ････････ 32〜35
二度生きた男(道本清一) ･･････････ 36〜42
依然ナゾの「積石山」 ････････････ 42〜43
モスクワぐれん隊顛末記(袋一平) ･･ 44〜51
怪船マリー・セレスト号(志摩達夫)
　･････････････････････････････ 52〜57
花の肌(宮野村子) ･･････････････ 58〜76
番人の影《小説》(マツキンレイ・カンター〔著〕,
　西田政治〔訳〕) ･･････････････ 77〜79
泥人形部隊(山田栄三) ･･･････････ 80〜90
定義 ･･･････････････････････････ 90
名医の診断《小説》(ホロウエイ・ホーン〔著〕,
　西田政治〔訳〕) ･･････････････ 91〜95
赤線は地下へもぐるか(納富康之) 96〜101
罪と罰《小説》(鮎川哲也) ･････ 102〜119
首狩種族よりの逃走(足立泰) ･･ 120〜128
ナゾの海賊史 ･･････････････････ 129
暴力はごめんだ(東聞也) ･･････ 130〜135
死を蒔く男《小説》(今日泊亜蘭) 136〜174
近代化された水上警察《グラビア》
　･･････････････････････････ 175〜178
片隅の老紳士〈2〉(木々高太郎) 179〜181
天晴れブロンディ《小説》(マックス・ブランド
　〔著〕,福島伸一〔訳〕) ････ 182〜196
生きているホームズ ････････････ 189
人肉を喰べた人たち ････････････ 191
仮面の銀行強盗(槙悠人) ･･････ 197〜203
恐怖の般若面(荻原秀夫) ･･････ 204〜212
犯罪月評(田中博) ････････････ 213〜215
生みの苦しみ ･･････････････････ 215
空中亡命した密輪王(山城健二) ･ 216〜225
鯨に呑まれて助かった話(中島孝一)
　･･････････････････････････ 226〜229

最近の犯罪世相を語る《座談会》(東京新聞A氏,
　毎日新聞B氏,読売新聞C氏)
　･･････････････････････････ 230〜241
謎の未亡人殺し(石原浩) ･･････ 242〜247
零号租界〈7〉《小説》(島田一男)
　･･････････････････････････ 248〜261
一分間試写室 ･････････････････ 257
一分間試写室 ･････････････････ 259
一分間試写室 ･････････････････ 260
一分間試写室 ･････････････････ 261
世界の三大完全犯罪事件(陶山密)
　･･････････････････････････ 262〜275
死の手錠《小説》(ミリアム・アレン・デフォー
　ド〔著〕,西田政治〔訳〕) ･ 276〜281
氷錐の殺人《小説》(W・アイリッシュ〔著〕,
　久慈波之介〔訳〕) ･･･････ 282〜306
一分間試写室 ･････････････････ 287
一分間試写室 ･････････････････ 293
一分間試写室 ･････････････････ 301
一分間試写室 ･････････････････ 305
編輯だより ･･･････････････････ 306

第8巻第9号　未所蔵
1957年9月1日発行　306頁　120円
殺人狂想曲《映画物語》 ････････ 10〜14
零号租界〈8〉《小説》(島田一男) ･ 16〜30
ユーモアくらぶ ･･････････････ 22〜23
片隅の老紳士〈3〉(木々高太郎) 31〜33
東西ドイツの諜報団長(黒木健三) 34〜41
黒い恋の女(星野辰男) ･･･････ 42〜55
至言 ･････････････････････････ 55
世相のぞき眼鏡(宮崎博史) ････ 56〜59
毒薬と女性(陶山密) ･････････ 60〜74
リンカーンの住家を盗んだものは誰か
　･････････････････････････ 74〜75
ゆっくりやること《小説》(R・J・シエイ〔著〕,
　前川信夫〔訳〕) ････････ 76〜79
まゝならぬ ･･････････････････ 79
女スパイの最後(南沢十七) ･･･ 80〜87
ヒッチコック二題 ････････････ 86
見なれぬ顔〈7・完〉《小説》(日影丈吉)
　･････････････････････････ 88〜103
ユーモアクラブ ･･･････････････ 101
ニュー・スペインの虐殺(足立泰)
　･････････････････････････ 104〜113
数億年前の生物は今もいるか ････ 113
名刑事伝〈5〉(保篠竜緒) ･･･ 114〜124
刺青(納富康之) ･･･････････ 125〜129
太平洋を浮動する謎の島(更谷甲二)
　･････････････････････････ 130〜137

389

32 『怪奇探偵クラブ』『探偵クラブ』『探偵倶楽部』

夫婦別れはしたけれど（袋一平）・・・・・ 138～141
法廷記者座談会《座談会》（東京新聞，読売新聞，共同通信）・・・・・・・・・・・・・・・ 142～153
残念至極なり ・・・・・・・・・・・・・・・・・・・・ 151
伝説が科学に勝つた話 ・・・・・・・・・・・・ 152
北極洋尊い犠牲者たち ・・・・・・・・・・・・ 153
馬妖物語《小説》（楠田匡介）・・・・・・ 154～171
一分間試写室 ・・・・・・・・・・・・・・・・・・・・ 167
一分間試写室 ・・・・・・・・・・・・・・・・・・・・ 170
一分間試写室 ・・・・・・・・・・・・・・・・・・・・ 171
恐怖の木蜂（ターサ〔著〕，福島仲一〔訳〕）
 ・・・・・・・・・・・・・・・・・・・・・・・・・・・・・ 172～174
深夜の運転手殺し《グラビア》 ・・・・ 175～178
海と山をけがすものは誰だ（東聞也）
 ・・・・・・・・・・・・・・・・・・・・・・・・・・・・・ 179～183
前警察署長逮捕さる（福島仲一）・・・・ 184～192
解けぬ帆船の謎 ・・・・・・・・・・・・・・・・・・ 192～193
五日間の花嫁（秦賢助）・・・・・・・・・・・・ 194～200
霧の中の女《小説》（A・ブラックウツド〔著〕，西田政治〔訳〕）・・・・・・・ 201～207
さもありなん ・・・・・・・・・・・・・・・・・・・・ 205
警官射殺事件記録（荻原秀夫）・・・・ 208～215
裁かれる夜と霧の首魁（伊東鋳太郎）
 ・・・・・・・・・・・・・・・・・・・・・・・・・・・・・ 216～219
第二回特別攻撃隊の勇士達（永松浅造）
 ・・・・・・・・・・・・・・・・・・・・・・・・・・・・・ 220～225
弁護士夜話（大原六郎）・・・・・・・・・・・・ 226～231
謎に包まれた諜報局長の死（山城健治）
 ・・・・・・・・・・・・・・・・・・・・・・・・・・・・・ 232～236
埠頭の災厄《小説》（ビリイ・ローズ〔著〕，西田政治〔訳〕）・・・・・・・ 237～239
怪異の船 ・・・・・・・・・・・・・・・・・・・・・・・・ 239
美貌の妻を持つ勿れ（ミネ・ミヤタ）
 ・・・・・・・・・・・・・・・・・・・・・・・・・・・・・ 240～251
アルプスの"手入れ人組合"の縁起 ・・・ 251
動かぬ大発（山田栄三）・・・・・・・・・・・・ 252～260
犯罪月評（田中博）・・・・・・・・・・・・・・・・ 261～263
地球に着陸した火星人（道本清一）
 ・・・・・・・・・・・・・・・・・・・・・・・・・・・・・ 264～268
《だれが？》 ・・・・・・・・・・・・・・・・・・・・・・ 267
泡立ち《小説》（J・ベントン）・・・・ 269
絞首台は待つていた《小説》（ダシエル・ハメツト〔著〕，久慈波之介〔訳〕）・・・・・ 270～306
どうでもよろしい ・・・・・・・・・・・・・・・・ 275
一分間試写室 ・・・・・・・・・・・・・・・・・・・・ 279
一分間試写室 ・・・・・・・・・・・・・・・・・・・・ 287
一分間試写室 ・・・・・・・・・・・・・・・・・・・・ 291
一分間試写室 ・・・・・・・・・・・・・・・・・・・・ 295
一分間試写室 ・・・・・・・・・・・・・・・・・・・・ 297

第8巻第10号 所蔵あり

1957年10月1日発行　302頁　120円

探偵小説という特殊な文学（木々高太郎）・・・・ 5
OSSと呼ばれる男《映画物語》・・・・・・・・ 15～18
快き復讐〈1〉《小説》（木々高太郎）・・・・ 19～28
整形外科手術（エドモンド・スミルトン〔著〕，西田政治〔訳〕）・・・・・・・ 29～35
世相のぞき眼鏡（宮崎博史）・・・・・・・・ 36～39
ぼくらとおなじ/有りえない ・・・・・・・・ 39
女殺しボッソリール（黒島新）・・・・・・ 40～47
混血児は売られている（東聞也）・・・・ 48～53
がらがら蛇の眼の男（保篠竜緒）・・・・ 54～59
扇風機（ロバート・ウオーレス〔著〕，西田政治〔訳〕）・・・・・・・・・・・・・・ 60～61
あの世で会おう（小田耕三）・・・・・・・・ 62～71
必ず死ぬ残酷な決闘 ・・・・・・・・・・・・・・ 71
犯罪月評（田中博）・・・・・・・・・・・・・・・・ 72～75
盲人の手紙《小説》（エミール・テッパーマン〔著〕，西田政治〔訳〕）・・・・・ 76～79
トリック ・・・・・・・・・・・・・・・・・・・・・・・・ 79
海賊と聖書（関川周）・・・・・・・・・・・・・・ 80～87
雪男について ・・・・・・・・・・・・・・・・・・・・ 86～87
零号租界〈9〉《小説》（島田一男）・・・・ 88～103
世界最初の拳斗家 ・・・・・・・・・・・・・・・・ 103
大相撲はどうなる？（国枝寛）・・・・ 104～107
夫殺し（陶山密）・・・・・・・・・・・・・・・・ 108～125
ゆうもあくらぶ ・・・・・・・・・・・・・・・・・・ 125
ソ連将校の舌を噛み切る（渡辺道雄）
 ・・・・・・・・・・・・・・・・・・・・・・・・・・・・・ 126～133
チブス菌饅頭事件（秦賢助）・・・・・・・・ 134～140
汚職の味 ・・・・・・・・・・・・・・・・・・・・・・・・ 139
死刑（葛城喬夫）・・・・・・・・・・・・・・・・ 141～145
急行列車の怪盗（荻原秀夫）・・・・・・・・ 146～153
印度の蛇使い学校 ・・・・・・・・・・・・・・・・ 153
扉の裏に《小説》（パーシヴァル・ワイルド〔著〕，福島仲一〔訳〕）・・・・ 154～157
俺は殺される《小説》（九鬼紫郎）・・・・ 158～178
一分間試写室 ・・・・・・・・・・・・・・・・・・・・ 161
一分間試写室 ・・・・・・・・・・・・・・・・・・・・ 167
一分間試写室 ・・・・・・・・・・・・・・・・・・・・ 169
ゆうもあくらぶ ・・・・・・・・・・・・・・・・・・ 177
活躍する海上Gメン《グラビア》 ・・・・ 179～182
パミールの黄金洞窟（袋一平）・・・・・・ 183～187
死の九連宝燈《小説》（守門賢太郎）
 ・・・・・・・・・・・・・・・・・・・・・・・・・・・・・ 188～207
歌謡学校浪曲道場民謡教室（川田光夫）
 ・・・・・・・・・・・・・・・・・・・・・・・・・・・・・ 208～213
諜報の神様ルシイ（伊東鋳太郎）・・・・ 214～220
ゆうもあ・くらぶ ・・・・・・・・・・・・・・・・ 220
アラスカにあつた「死の黄金王国」（更谷甲二）・・・・・・・・・・・・・・・・・・・・・・・・・・ 221～227
海のギャング達（梅原照夫）・・・・・・・・ 228～237

32 『怪奇探偵クラブ』『探偵クラブ』『探偵倶楽部』

悪人ローガンの最期(福島仲一) ····· 238〜247
ゆうもあ・くらぶ ············ 247
日本は麻薬魔の好餌だ(本田順) 248〜252
ゆうもあくらぶ ············ 251
追跡《小説》(デイル・クラーク〔著〕, 西田政治〔訳〕) ··········· 253〜257
パイから飛びだした人間 ········ 256
原住民の抵抗(山田栄三) ······ 258〜267
マザルニ河のダイヤ鉱(足立泰) ··· 268〜278
ゆうもあくらぶ ············ 277
狼少年少女列伝(中島孝一) ···· 279〜281
ならず者の妻《小説》(ダシエル・ハメット〔著〕, 谷京至〔訳〕) ········ 282〜302
一分間試写室 ············· 285
一分間試写室 ············· 291
一分間試写室 ············· 295
一分間試写室 ············· 299
訳者より ··············· 300
編集だより ·············· 302

第8巻第11号　所蔵あり
1957年11月1日発行　302頁　120円
探偵小説はモダン・ライフに於ける詩(G・K・チェスタート) ············ 3
目撃者《映画物語》 ·········· 15〜18
ベッドの未亡人《小説》(鮎川哲也) ·· 19〜38
逃走《小説》(トム・バイパー〔著〕, 早川節夫〔訳〕) ············ 39〜41
世相のぞき眼鏡(宮崎博史) ······ 42〜45
機銃のコス(保ész竜緒) ········ 46〜57
探偵作家殺人犯を救う(槙悠人) ··· 58〜63
快く復讐〈2〉《小説》(木々高太郎) · 64〜72
江戸川乱歩賞発表 ··········· 73
女は誰が殺したか(陶山密) ····· 74〜89
ゆうもあくらぶ ············ 79
至言 ················· 87
月下のカヌー戦(山田栄三) ····· 90〜99
背に腹はかえられぬ ·········· 98
電気死刑を実見した話 ········· 99
呪いの青ダイヤ(道本清一) ···· 100〜104
惨虐な笞刑杖刑(葛城喬夫) ···· 105〜107
最後の笑顔(C・C・アンドリユース〔著〕, 西田政治〔訳〕) ········ 108〜121
赤線地帯の寄席芝居(布施隆) ·· 122〜127
ゆうもあくらぶ ············ 127
ニューヨークを震撼させた爆弾男(谷京至) ············· 128〜143
ゆうもあくらぶ ············ 143
四千円で三人殺し(東闇也) ···· 144〜148
犯罪月評(田中博) ········· 149〜151

廃屋の秘密《小説》(アガサ・クリスティー〔著〕, 福島仲一〔訳〕) ····· 152〜170
ゆうもあくらぶ ············ 167
刺青《グラビア》 ·········· 171〜174
婦人相談所は出来たけれど(灘波秀人) ·················· 175〜179
ジェフ・ランターの報復(ハーマン・ランドン〔著〕, 西田政治〔訳〕) ···· 180〜189
うなぎ・しじみ・ふぐ(清水桂一) ·················· 190〜193
外国にも生霊がある ·········· 192
死体と七年間, 暮した男 ········ 193
アマゾンの死の国(足立泰) ···· 194〜201
中年男をねらう五人の桃色窃盗団(南条俊助) ············· 202〜205
一分間試写室 ············· 205
一分間試写室 ············· 205
ふとん包屍体事件(荻原秀夫) ·· 206〜215
婦人探偵の推理眼《小説》(レフ・シェイニン〔著〕, 袋一平〔訳〕) ···· 216〜223
悪魔の魚(梅原照夫) ······· 224〜233
カチンの森の大惨劇(伊東鐐太郎) ·················· 234〜245
ゆうもあくらぶ ············ 243
ゆうもあくらぶ ············ 245
恐ろしい誤算(ジェームス・ピット〔著〕, 黒羽新〔訳〕) ········ 246〜252
プロレスの元祖について ······· 252
密輸者同志《小説》(オクタバス・ロイ・コーヘン〔著〕, 西田政治〔訳〕) ·· 253〜255
運命の足音《小説》(宮野村子) · 256〜271
人間虎事件(中島孝一) ······ 272〜275
死刑囚(アーサー・サヴェージ〔著〕, 西田政治〔訳〕) ········ 276〜279
やっぱり仲間だ《小説》(トオマス・ウオルシュ〔著〕, 久慈波之介〔訳〕) ·· 280〜302
一分間試写室 ············· 285
一分間試写室 ············· 291
一分間試写室 ············· 297

第8巻第12号　増刊　所蔵あり
1957年11月15日発行　342頁　140円
木々高太郎氏を讃う(日影丈吉) ····· 15
新かぐや姫《小説》(山田風太郎) · 16〜39
一升瓶と缶詰と麻雀(大河内常平) ···· 35
鉛の虫《小説》(大下宇陀児) ···· 40〜51
雑司ケ谷の大親分(大河内常平) ····· 50
二月の悲劇《小説》(角田喜久雄) · 52〜67
秘境埋蔵金の権威(大河内常平) ····· 63
まがまがしい心《小説》(水谷準) · 68〜75

391

32 『怪奇探偵クラブ』『探偵クラブ』『探偵倶楽部』

探偵文壇きってのスポーツマン(大河内常平) …………………………………… 75
三人甚内《小説》(城昌幸) ……… 76～87
黄昏れの銀座ゆく詩人(大河内常平) …… 85
川柳〈川柳〉 ………………………………… 87
奇妙な代役《小説》(木々高太郎) … 88～115
還暦を迎えられた会長(大河内常平) … 113
直侍雪の夜話《小説》(高木彬光) … 116～129
カメラとともに(大河内常平) ………… 121
平家部落の亡霊《小説》(柴田錬三郎)
  ………………………………… 130～159
ハードボイルドはお嫌い(大河内常平) … 159
発狂者《小説》(永瀬三吾) ……… 160～174
体験豊富の人(大河内常平) …………… 173
探偵小説豆辞典(九鬼紫郎) ……… 175～182
どんたく囃子《小説》(夢座海二) … 183～195
シネマスコープ的作風(大河内常平) … 190
変身術《小説》(岡田鯱彦) ……… 196～213
温ధの江戸っ児(大河内常平) ………… 213
防空壕《小説》(江戸川乱歩) …… 214～225
よるの夢こそまこと(大河内常平) …… 223
木曜日の女《小説》(日影丈吉) … 226～243
フランス料理の味(大河内常平) ……… 243
権八の罪《小説》(野村胡堂) …… 244～254
バッハ・シユーベルトと銭形平次(大河内常平) …………………………………… 253
戦後探偵小説の史的意義(中島河太郎)
  ………………………………… 255～257
謹厳のうちにユーモアあり(大河内常平)
  …………………………………………… 257
魔女物語《小説》(渡辺啓助) …… 258～275
薔薇と詩の想出(大河内常平) ………… 275
ふたご弁天《小説》(島田一男) … 276～285
博愛犬族三代におよぶ(大河内常平) … 285
朧夜と運転手《小説》(椿八郎) … 286～293
お洒落者の親玉(大河内常平) ………… 293
匂いのある夢《小説》(宮野村子) … 294～311
可愛い猫(大河内常平) ………………… 311
心臓花(香山滋) ………………… 312～321
宇宙とトカゲの大家(大河内常平) …… 321
鳥追人形《小説》(横溝正史) …… 322～342
散歩とテレビ(大河内常平) …………… 335

第8巻第13号　所蔵あり
1957年12月1日発行　302頁　120円

探偵小説の意欲(江戸川乱歩) …………… 3
豹の爪《映画物語》 ……………… 15～18
快き復讐〈3〉《小説》(木々高太郎) … 19～28
最後の弾丸《小説》(アヴイン・ジョンストン〔著〕，西田政治〔訳〕) …… 29～33
世相のぞき眼鏡(宮崎博史) ……… 34～37

白昼、街中の斗牛 ………………………… 37
二度目の挑戦《小説》(マツキンレイ・カンター〔著〕，西田政治〔訳〕) …… 38～46
仁木悦子さんを訪ねて(山村正夫/大河内常平)
  47～51
離婚はしたけれど(ヘレン・グリフィン)
  ………………………………… 52～71
一分間試写室 …………………………… 57
一分間試写室 …………………………… 63
千にひとつの偶然《小説》(藤原宰) … 72～79
市長は殺人淫魔(黒木憲一) ……… 80～84
ご存知ですか? ………………………… 84
訪ずれた死体《小説》(E・F・ラッセル〔著〕，福島仲一〔訳〕) ……… 85～94
こぼればなし …………………………… 94
食欲の秋(清水桂一) ……………… 95～97
ロンドン骸骨事件(槙悠人) ……… 98～103
北大西洋の墓場 ………………………… 103
千里眼と殺人者(潮寒二) ……… 104～111
聖林スター桃色行状記(陶山密) … 112～126
外人部隊に志願した男(関川周) … 127～133
私は前科十八犯(白河喜作) …… 134～141
風船騒動《小説》(ローランド・クレブス)
  ………………………………… 142～147
海辺の殺人《小説》(岡田鯱彦) … 148～170
一分間試写室 …………………………… 153
一分間試写室 …………………………… 165
七六六件の殺人〈グラビア〉 …… 171～173
乱歩賞に輝く仁木悦子女史 ………… 174
犯罪月評(田中博) ……………… 175～177
ドル不足は当然です …………………… 177
零号租界〈10〉《小説》(島田一男)
  ………………………………… 178～191
死と麻薬(本田順) ……………… 192～195
化け蟻征伐《小説》(レスリー・チャーテリス〔著〕，今日泊亜蘭〔訳〕) …… 196～213
一分間試写室 …………………………… 201
一分間試写室 …………………………… 203
素晴しきクリスマス …………………… 213
密林漂流記(山田栄三) ………… 214～225
黒人兵は妾のベッドで死んだ(高橋とよ)
  ………………………………… 226～236
失明した男(マツキンレイ・カンター〔著〕，西田政治〔訳〕) …………… 237～239
新刊 ……………………………………… 239
銀行強盗を捕う(福島仲一) …… 240～247
実話雑誌はこうして作られる(陶山密)
  ………………………………… 248～258
結婚相談所という名の売春クラブ(東聞也)
  ………………………………… 259～263
リフト殺人事件(山城健治) …… 264～268

32 『怪奇探偵クラブ』『探偵クラブ』『探偵倶楽部』

死を乗せたタクシー《小説》(エド・ライベック〔著〕,久慈波之介〔訳〕)……… 269〜302
一分間試写室 ……………………… 273
一分間試写室 ……………………… 281
一分間試写室 ……………………… 289
一分間試写室 ……………………… 293
一分間試写室 ……………………… 299

第9巻第1号　所蔵あり
1958年1月1日発行　308頁　130円

地下水道《映画物語》………… 2〜3, 9〜12
銀仮面の男《小説》(E・S・ガードナー〔著〕,西田政治〔訳〕)………………… 13〜49
ガードナーの小自伝(堺義男)……… 16〜17
南部の反逆児《映画物語》
　………………… 25, 33, 39, 61, 83, 109
駝鳥の羽根扇《小説》(アリスン・バークス〔著〕,西田政治〔訳〕)……… 50〜53
殺さなかった証拠になる《小説》(レックス・スタウト〔著〕,丹滋〔訳〕)……… 54〜98
多芸多才の探偵ネロ・ウルフ(江戸川乱歩)
　………………………………… 56〜57
六番目の犠牲者《小説》(ロバート・ブレーン〔著〕,西田政治〔訳〕)…… 99〜103
十番目の手掛り《小説》(ダシエル・ハメット〔著〕,狩久〔訳〕)………… 104〜135
ハメットについて(中島河太郎)… 106〜107
サヨナラ《映画物語》
　………………… 117, 125, 151, 157, 173, 183
君は生きているのか?《小説》(スタニスラフ・レム〔著〕,袋一平〔訳〕)…… 136〜141
レムについて …………………………… 139
花形記者の死《小説》(フランク・ケイン〔著〕,久慈波之助〔訳〕)…… 142〜160
フランク・ケインについて(久慈波之介)
　………………………………………… 147
テーブルの死体《小説》(S・H・アダムス〔著〕,福島伸一〔訳〕)…… 161〜165
ナイト・クラブの銃声《小説》(レイモンド・チャンドラー〔著〕,多村雄二〔訳〕)
　………………………………… 166〜205
チャンドラーのこと(宇野利泰)……… 169
胸に輝く星《映画物語》…… 191, 201, 223, 232
階下に住む男《小説》(リン・デイカー〔著〕,西田政治〔訳〕)………… 206〜215
お聖人の学校征伐《小説》(レスリイ・チャーテリス〔著〕,今日泊亜蘭〔訳〕)
　………………………………… 216〜235
変つた経歴の持主(今日泊亜蘭)……… 219
国際列車の怪盗事件《小説》(アガサ・クリスティー〔著〕,中島孝一〔訳〕)… 236〜248

クリスティー礼讃(大下宇陀児)… 238〜239
つきまとう男《小説》(エドワード・ホック〔著〕,西田政治〔訳〕)……… 249〜251
二つの死《小説》(デイクスン・カー〔著〕,宇野利泰〔訳〕)………… 252〜267
カーの特長について(佐々木弘一)…… 257
戦場にかける橋《映画物語》
　………………… 260, 261, 264, 265
拳銃は鋼鉄製だ《小説》(クラーク・ヴォーン〔著〕,西田政治〔訳〕)… 268〜271
伯爵夫人殺害事件《小説》(ジョルジュ・シムノン〔著〕,松村喜雄〔訳〕)… 272〜308
女ごろし五人男《映画物語》
　………………… 279, 287, 291, 299
シムノンと夫人に(木々高太郎)……… 293

第9巻第2号　所蔵あり
1958年2月1日発行　302頁　120円

川柳艶魔帳《川柳》(藤田小次郎)……… 2
ミステリー小説の断面(ベン・レイ・レドマン) ……………………………………… 3
至極簡単 ………………………………… 4
情けは人の ……………………………… 13
木々高太郎還暦記念特集アルバム《口絵》
　………………………………… 15〜18
ホーゼ事件顛末《小説》(日影丈吉)… 20〜33
世相のぞき眼鏡(宮崎博史)………… 34〜37
ベントレーの死刑をやめろ!(福島仲一)
　………………………………… 38〜45
身代り《小説》(ガイ・グレンヴイル〔著〕,西田政治〔訳〕)……………… 46〜53
街の女怪死事件(ミネ・ミヤタ)… 54〜63
アメリカ・スパイの告白(住田伸二)
　………………………………… 64〜75
札束《小説》(朝山蜻一)…………… 76〜86
時効九時間前に逮捕(納富康之)… 87〜93
艶聞・醜聞ハリウッド(陶山密)… 94〜107
海底の友情《小説》(トミカエル・ダビツド〔著〕,西田政治〔訳〕)…… 108〜113
快き復讐(4)《小説》(木々高太郎)
　………………………………… 114〜122
ミシガン湖畔の「鎧通し」(大門正人)
　………………………………… 123〜129
名刑事物語〈6〉(保篠竜緒)…… 130〜141
ラスヴェガスの妖婦(大久保敏雄)
　………………………………… 142〜149
若者の栄光《小説》(ヘンリー・ケイン〔著〕,林峻一郎〔訳〕)………… 150〜170
現金に体を張れ《映画物語》…… 171〜175
早春のたべもの(清水桂一)……… 176〜177
玩具の家《小説》(宮野村子)…… 178〜193

393

32 『怪奇探偵クラブ』『探偵クラブ』『探偵倶楽部』

女ギャングの最期(谷京至) ……… 194〜205
デパート妖談(穂坂爾郎) ………… 206〜209
屍体置場の男《小説》(ロバート・アーサー〔著〕,
　三谷光彦〔訳〕) ………………… 210〜223
ロンドン警視庁の憂鬱(星野辰夫)
　……………………………………… 224〜236
犯罪月評(田中博) ………………… 237〜239
零号租界〈11〉《小説》(島田一男)
　……………………………………… 240〜253
大統領の死と殺人者(黒木憲三) …… 254〜257
歌姫殺傷事件《小説》(ウィルヘルム・ハウフ
　〔著〕,江馬寿〔訳〕) …………… 258〜302
ウイルヘルム・ハウフについて(江馬寿)
　……………………………………… 260〜261
いとしの殿方《映画物語》 …… 271, 279, 295

第9巻第3号　所蔵あり
1958年3月1日発行　302頁　120円

探偵小説の愛読者は(ヴァン・ダイン) …… 3
見知らぬ渡り者《映画物語》 ……… 15〜18
零号租界〈12〉《小説》(島田一男) … 19〜29
シンガポールの刺青ギャング(保篠竜緒)
　………………………………………… 30〜33
どっちが真物か《小説》(ヒュー・ペンテコスト
　〔著〕,三谷光彦〔訳〕) ………… 34〜47
頓狂探偵《小説》(L・ラムアー〔著〕,蓮池一郎
　〔訳〕) …………………………… 48〜66
広場の天使《映画物語》 ……… 55, 65, 89, 93
犯罪月評(田中博) ………………… 67〜69
四発の拳銃弾《小説》(デイヴィッド・X・マナー
　ズ〔著〕,久慈波之介〔訳〕) ……… 70〜75
快き復讐〈5〉《小説》(木々高太郎) … 76〜83
戸棚のなかに屍が三つ《小説》(ダシエル・ハメ
　ット〔著〕,黒羽新〔訳〕) ……… 84〜100
時計が十二を打てば《小説》(ジョン・B・スター
　〔著〕,久慈波之介〔訳〕) ……… 101〜103
銀造の死(山村正夫) ……………… 104〜118
早春の料理(清水桂一) …………… 119〜121
危険な贈り物《小説》(L・G・ブロックマン〔著〕,
　西田政治〔訳〕) ………………… 122〜125
地下室の怪死体《小説》(マクナイ・マルマー
　〔著〕,福島仲一〔訳〕) ………… 126〜138
国際的になった刺青《グラビア》 … 139〜142
おすもうさんハダカ考現学(国枝寛)
　……………………………………… 143〜147
艶聞醜聞ハリウッド(陶山密) …… 148〜161
しようのない亭主(カミ) ………… 162〜163
足を見せるな《小説》(楠田匡介) … 164〜179
翼に賭ける命《映画物語》
　………………………… 169, 177, 205, 213

現代アメリカ探偵小説入門(ハワード・ヘイク
　ラフト〔著〕,林峻一郎〔訳〕)
　……………………………………… 180〜187
金庫破りの天才兄弟(道本清一) … 188〜195
世相のぞき眼鏡(宮崎博史) ……… 196〜199
トルコ風呂殺人事件《小説》(E・ジエプソン
　〔著〕,増田益夫〔訳〕) ………… 200〜217
女殺し易者地獄(大谷晴俊) ……… 218〜226
花嫁連続怪死事件(中島孝一) …… 227〜229
クイズ殺人事件《小説》(新田司馬英)
　……………………………………… 230〜247
3年目に捕つた列車強盗(海野三平)
　……………………………………… 248〜255
戦争花嫁事件《小説》(M・G・ゾルチコフ〔著〕,
　伊東鎮太郎〔訳〕) ……………… 256〜302
ゾルチコフについて(伊東鎮太郎) ……… 259
崖《映画物語》 ……… 261, 269, 277, 285, 293

第9巻第4号　所蔵あり
1958年4月1日発行　302頁　120円

知恵の勝利の文学《口絵》(木々高太郎) …… 3
虫がよすぎる? ……………………………… 4
混線 ………………………………………… 13
美人製造の秘法公開《口絵》 ……… 15〜18
暗黒の旋律《絵物語》(秋吉巒〔構成〕)
　………………………………………… 19〜26
快き復讐〈6〉《小説》(木々高太郎) … 27〜35
人喰虎の復讐(梅原照夫) …………… 36〜45
ハリウッドの桃色だより(陶山密) … 46〜51
十戒《映画物語》 …………………… 49, 55
春と回春食(清水桂一) ……………… 61〜63
山のアダム《小説》(K・H・ワッゲル〔著〕,宗
　野弾正〔訳〕) …………………… 64〜73
煙草の火《小説》(オーガスタス・ミュアー〔著〕,
　西田政治〔訳〕) ………………… 74〜79
血みどろ淫魔の告白(ピーター・ヒューゲッセ
　ン) ………………………………… 80〜87
ハット・ピンの秘密《小説》(D・B・オルスン
　〔著〕,三谷光彦〔訳〕) ………… 88〜106
青春物語《映画物語》 ……………… 93, 97
彼女は心霊に殺された?(足立泰)
　……………………………………… 107〜113
殺人はごめんだ(本田順) ………… 114〜121
海底に消える《小説》(夢座海二) … 122〜138
対決の一瞬《映画物語》 …… 127, 133, 135
この目でみたソ連《グラビア》 … 139〜142
犯罪月評(田中博) ………………… 143〜145
紫夫人《小説》(宮野村子) ……… 146〜163
眼には眼を《映画物語》 …… 149, 155, 161
世界のはてを逃げる青鬚(更谷甲二)
　……………………………………… 164〜170

32 『怪奇探偵クラブ』『探偵クラブ』『探偵倶楽部』

いま・むかし百万円の夢 ……………… 171
恐怖の二十八分間(道本清一) …… 172〜179
マンガと笑話 ……………………… 179
彼女たちはどこへ行く《座談会》(東京新聞M氏、毎日新聞K氏、読売新聞C氏)
　………………………………… 180〜190
見えない理由/聞きすてならぬ ………… 189
殺した男と殺された男(久慈波之助)
　………………………………… 192〜193
零号租界〈13〉《小説》(島田一男)
　………………………………… 194〜203
血に狂う兇弾(保篠竜緒) ……… 204〜214
カラマゾフの兄弟《映画物語》 …… 207, 211
アガサ・クリスティの"情婦" ………… 215
美貌の死刑囚(若林栄) ………… 216〜227
第二次大戦の悲劇《映画物語》 …… 219, 223
首狩種族の性器強大祭典(大和三平)
　………………………………… 228〜235
世相のぞき眼鏡(宮崎博史) …… 236〜239
茶色の小瓶《小説》(岡田鯱彦) … 240〜255
海の壁《映画物語》 ……………… 245, 251
死をもたらす丸薬《小説》(ルイス・エステ〔著〕,久慈波之介〔訳〕) ……… 256〜259
監獄から屍体置場へ《小説》(中島孝一) … 260〜267
私は殺される《小説》(ダシル・ハメット〔著〕,能島武文〔訳〕) ……… 268〜302
白夜《映画物語》 ……… 273, 281, 289, 297

第9巻第5号　増刊　所蔵あり
1958年4月15日発行　364頁　150円

虚像淫楽《小説》(山田風太郎) …… 18〜37
殺意《小説》(高木彬光) …………… 38〜47
天仙宮の審判日《小説》(日影丈吉)
　…………………………………… 48〜63
何でも一番《小説》(リチャード・コンネル〔著〕,谷京至〔訳〕) ……… 64〜67
二重死体事件《小説》(九鬼紫郎) … 68〜85
蝶螺《小説》(山村正夫) …………… 86〜91
冷凍人間《小説》(鮎川哲也) …… 92〜109
押絵と旅する男《小説》(江戸川乱歩)
　………………………………… 110〜124
男が出たら電話を切れ《小説》(ダニエル・フクス〔著〕,谷京至〔訳〕) … 125〜127
ヂャマイカ氏の実験《小説》(城昌幸)
　………………………………… 128〜137
売春巷談《小説》(大下宇陀児) … 138〜168
スマート漫画集《漫画》(宮田茂) … 169〜172
大正昭和探偵小説名作百選集について(中島河太郎) ……………………… 173〜175
キキモラ《小説》(香山滋) ……… 176〜197
木犀香る家《小説》(宮野村子) … 198〜221

恋慕《小説》(木々高太郎) ……… 222〜236
雪の夜語り《小説》(岡田鯱彦) … 237〜247
寒中水泳の秘密《小説》(シオドア・ベントリイ〔著〕,久慈波之介〔訳〕) … 248〜251
逃げられる《小説》(楠田匡介) … 252〜266
赤い月《小説》(大河内常平) …… 267〜283
瓶詰地獄《小説》(夢野久作) …… 284〜289
G山荘の絞刑史《小説》(島田一男)
　………………………………… 290〜364

第9巻第6号　所蔵あり
1958年5月1日発行　302頁　120円

お若いの! ………………………………… 4
いうとおりに…… ………………………… 13
盛り場に拾う、女の稼ぎ《口絵》 …… 15〜18
宝石に依る前奏曲〈1〉《絵物語》(秋吉巒〔構成〕) ……………………… 19〜26
妖塔記《小説》(鮎川哲也) ………… 27〜45
女は一回勝負する《映画物語》 …… 30, 37
極地の呪文師(関川周) …………… 46〜53
にがい勝利《映画物語》 …………… 49, 51
絶好のチャンス《小説》(J・W・アアロン〔著〕,西田政治〔訳〕) ……… 54〜60
二十ドルの借り《小説》(ローレンス・トリート〔著〕,福島伸一〔訳〕) … 61〜69
聖女と仮面《小説》(藤井千鶴子) … 70〜85
荒野の追跡《映画物語》 …………… 75, 81
人喰いライオンと斗う(梅原照夫) … 86〜94
滑走巻き恋愛事件(袋一平) ……… 95〜99
地獄で結ばれた恋(足立泰) …… 100〜107
死の脚光(フットライト)《小説》(W・アイリッシュ〔著〕,久慈波之介〔訳〕) … 108〜138
ウールリッチとアイリッシュ(中島河太郎)
　…………………………………………… 113
魅惑の巴里《映画物語》 …… 127, 133, 135
出口なき犯行《映画物語》 ……… 139〜141
探偵作家クラブ賞は角田喜久雄氏《グラビア》
　…………………………………………… 142
犯罪月評(田中博) ………………… 143〜145
零号租界〈14〉《小説》(島田一男)
　………………………………… 146〜155
ベルギーの完全犯罪(星野辰夫) … 156〜161
名刑事物語〈7〉(保篠竜緒) …… 162〜169
艶聞・醜聞ハリウッド(陶山密) … 170〜184
ナポレオンの帽子《小説》(M・コムロフ)
　………………………………… 185〜187
盛り場の恐怖を語る《座談会》(東京新聞・社会部記者) ……………………… 188〜195
逃げる被害者《小説》(永瀬三吾) … 196〜211
抱擁《映画物語》 ………………… 203, 207
入場お断わり(松野下勇) ………… 212〜216

395

32 『怪奇探偵クラブ』『探偵クラブ』『探偵倶楽部』

季節の味(清水桂一) ・・・・・・・・・・・ 217〜219
閣僚とコール・ガール(黒木憲三)
　・・・・・・・・・・・・・・・・・・・・・・・・・・・・・ 220〜224
わけなく儲かる法《小説》(ピート・マスターズ
　〔著〕,久慈波之介〔訳〕)・・・・・・ 225〜227
燈台守綺談《小説》(J・S・フレッチヤー〔著〕,
　西田政治〔訳〕)・・・・・・・・・・・・・・ 228〜235
世相のぞき眼鏡(宮崎博史) ・・・・・・ 236〜239
別れた情婦に突出された犯人(納富康之)
　・・・・・・・・・・・・・・・・・・・・・・・・・・・・・ 244〜250
桃色トルコ風呂を探る(南条俊助)
　・・・・・・・・・・・・・・・・・・・・・・・・・・・・・ 251〜255
死の谷に48時間(谷京至) ・・・・・・・・ 256〜267
さまよう青春《映画物語》・・・・・・ 259, 263
牡蠣のシチウ《小説》(アル・ブロムレイ〔著〕,
　西田政治〔訳〕)・・・・・・・・・・・・・・ 268〜271
ブリンクス商会の大金庫破り(伊東鎮太郎)
　・・・・・・・・・・・・・・・・・・・・・・・・・・・・・ 272〜302
武器よさらば《映画物語》・・・・・・・ 289, 295
※本文奥付は2月15日発行と誤記

第9巻第7号　所蔵あり
1958年6月1日発行　302頁　120円

探偵小説と環境(シーボン) ・・・・・・・・・・・ 3
腑におちぬ話 ・・・・・・・・・・・・・・・・・・・・・・・・ 4
英語をしゃべらぬ ・・・・・・・・・・・・・・・・・・・ 22
ソ連アクロバット革命(口絵) ・・・・・・ 23〜26
快き復讐〈7〉《小説》(木々高太郎) ・・・ 28〜37
拳銃魔キッドの幽霊(松村喜雄) ・・・・ 38〜47
江戸時代の公娼制度(田島明春) ・・・・ 48〜51
時効《小説》(新田英) ・・・・・・・・・・・・ 52〜69
縄張り《映画物語》 ・・・・・・・・・・・・・・ 61, 65
アマゾンの恐怖(C・スティーヴンスン〔著〕,
　梅原照夫〔訳〕) ・・・・・・・・・・・・・・・ 70〜79
掠奪者の群《映画物語》 ・・・・・・・・・・ 75, 79
インドの古切手《小説》(朝山蜻一) ・・ 80〜95
女優志願《映画物語》 ・・・・・・・・・・・・ 91〜79
ハリウッド桃色だより(陶山密) ・・・ 96〜109
ハイヒール《小説》(コーネル・ウールリッチ
　〔著〕,久慈波之介〔訳〕) ・・・・・・ 110〜138
悲しみよこんにちは《映画物語》
　・・・・・・・・・・・・・・・・・・・ 121, 127, 133, 137
スパイ《映画物語》 ・・・・・・・・・・・・・ 139〜142
犯罪月評(田中博) ・・・・・・・・・・・・・・ 143〜145
殺人街道《小説》(荻原秀夫) ・・・・・ 146〜174
西部の旅がらす《映画物語》 ・・・・・ 165, 171
あゆ・かつお・筍(清水桂一) ・・・・ 175〜177
外人犯罪をアバク《座談会》(金子治司,三田和
　夫,平野裕) ・・・・・・・・・・・・・・・・・ 178〜186
覚醒《小説》(J・S・フレッチヤー〔著〕,西田政
　治〔訳〕) ・・・・・・・・・・・・・・・・・・・ 187〜193

世界を震撼させた完全脱獄(更谷甲二)
　・・・・・・・・・・・・・・・・・・・・・・・・・・・・・ 194〜198
霧の中の銃殺《小説》(ウイレット・ストッカー
　ド〔著〕,西田政治〔訳〕)・・・・・・ 199〜205
骨《小説》(藤原宰) ・・・・・・・・・・・・・ 206〜227
鮫と小魚《映画物語》 ・・・・・・・・・・・・・・・・ 217
名馬リピツィアネリの運命(黒木憲三)
　・・・・・・・・・・・・・・・・・・・・・・・・・・・・・ 228〜233
世相のぞき眼鏡(宮崎博史) ・・・・・・ 234〜237
海底の死都(足立泰) ・・・・・・・・・・・・ 238〜245
ペイスレイ郵便局の襲撃事件(谷京至)
　・・・・・・・・・・・・・・・・・・・・・・・・・・・・・ 246〜258
月光と殺人(伊東鎮太郎) ・・・・・・・・ 259〜261
伯父をこの手で殺した(小野勘次)
　・・・・・・・・・・・・・・・・・・・・・・・・・・・・・ 262〜269
非情の選手(ジャック・コウフォード〔著〕,久
　慈波之介〔訳〕) ・・・・・・・・・・・・・ 270〜273
戦慄の午后三時《小説》(ウィリアム・アイリッ
　シュ〔著〕,谷京至〔訳〕)・・・・・・ 274〜302
生きていた男《映画物語》 ・・・・ 279, 287, 293

第9巻第8号　所蔵あり
1958年7月1日発行　294頁　120円

三人の男 ・・・・・・・・・・・・・・・・・・・・・・・・・・・・ 4
双葉より香ばし… ・・・・・・・・・・・・・・・・・・・ 13
鮮血の第三楽章《絵物語》(秋吉轡〔構成〕)
　・・・・・・・・・・・・・・・・・・・・・・・・・・・・・・・ 15〜22
零号租界〈15〉《小説》(島田一男) ・・ 23〜32
二都物語《映画物語》 ・・・・・・・・・・ 27, 31, 47
二十日鼠《小説》(チヤールズ・グリーン〔著〕,
　三谷光彦〔訳〕) ・・・・・・・・・・・・・・・ 33〜37
喪服のシンデレラ姫《小説》(大島薫)
　・・・・・・・・・・・・・・・・・・・・・・・・・・・・・・・ 38〜58
怪盗往来《小説》(ケネス・ダイヤー)
　・・・・・・・・・・・・・・・・・・・・・・・・・・・・・・・ 59〜61
幽霊階段をゆく《小説》(リチヤード・サール
　〔著〕,前川信夫〔訳〕)・・・・・・・・・・ 62〜75
地獄の旅券〈1〉《小説》(鷲尾三郎)
　・・・・・・・・・・・・・・・・・・・・・・・・・・・・・・ 76〜101
泥棒部落の五人組女スリ(納富康之)
　・・・・・・・・・・・・・・・・・・・・・・・・・・・・・ 102〜107
足《小説》(新田英) ・・・・・・・・・・・・・ 108〜120
昨年度の犯罪を分析して(田中博)
　・・・・・・・・・・・・・・・・・・・・・・・・・・・・・ 121〜123
ねじれた輪《小説》(日影丈吉) ・・・ 124〜137
バラの肌着 ・・・・・・・・・・・・・・・・・・・・・・ 129, 135
死者の復讐(足立泰) ・・・・・・・・・・・・ 138〜144
世相のぞき眼鏡(宮崎博史) ・・・・・・ 148〜151
魚肉《小説》(町田信) ・・・・・・・・・・・ 152〜162
夏魚の味(清水桂一) ・・・・・・・・・・・・ 163〜165
変貌する東京歓楽地図

32『怪奇探偵クラブ』『探偵クラブ』『探偵倶楽部』

デパート・ガールにのびる桃色の誘惑（小木曾要）　　　　　　　　166～170
タツパレO・K氾濫の街（松永六郎）　　　　　　　　　　　　　171～177
ミス・スタジオは潜航する（木崎重雄）　　　　　　　　　　　　175～177
六人の妾に殺された男（野見真介）　　　　　　　　　　　　　　178～183
オックスフォード街の殺人《小説》（グレンビル・ロビンス〔著〕，西田政治〔訳〕）　　184～187
ニューヨークよ，さらば《小説》（コーネル・ウールリッチ〔著〕，丹滋〔訳〕）　　188～209
相馬の檜山《小説》（久山秀子）　　210～215
オダムズを殺した男《小説》（ダシエル・ハメット〔著〕，福島伸一〔訳〕）　216～227
オランダの探偵小説（W・G・キエルドルフ）　　　　　　　　　228～231
或る情死《小説》（狩久）　　　　　　232～239
執念の麻薬（本田順）　　　　　　　　240～248
めぐりあい《小説》（J・F・S・ロス）　　　　　　　　　　　　249～251
氷壁の宙吊り死体《小説》（潮寒二）　　　　　　　　　　　　　252～265
冤罪二十年（中島孝一）　　266～273
お前も殺される《小説》（フランク・グルーバー〔著〕，能島武文〔訳〕）　274～294

第9巻第9号　増刊　未所蔵
1958年7月15日発行　300頁　130円

黒い罠《映画物語》（秋吉轡〔構成〕）　　　　　　　　　　　　13～20
お熱いことで《漫画》　　　　　　　　21～28
蠟人《小説》（山田風太郎）　　　　　30～51
世界最高の客蓄家　　　　　　　　　　49
車中の恐怖《小説》（グランド・コルビイ）　　　　　　　　　　　52～55
赤い屍体《小説》（青柳淳郎）　　　　56～63
笑う死骸《小説》（九鬼紫郎）　　　　64～74
金髪の小娘《小説》（W・P・マックギヴァーン〔著〕，谷京至〔訳〕）　75～81
運命の十字路《絵物語》（ビル・ガリック〔作〕）　　　　　　　　　　　　82～89
春画殺人事件《小説》（楠田匡介）　　90～96
写真の女（足立泰）　　　　　　　　97～104
無花果屋敷《小説》（島田一男）　　106～116
街を行く殺人狂《小説》（ノバート・デイビス）　　　　　　　　　　　　　117～120
電話のベルは「死ぬ」と呼ぶ《小説》（ウィリアム・アイリッシュ〔著〕，都筑道夫〔訳〕）　　　　　　　　　　　　　121～127

巴里のホテル　　　　　　　　　　　126
暗礁の白い花《小説》（大門正人）　128～135
姿なき殺人事件《小説》（荻原秀夫）　　　　　　　　　　　　　136～145
黒魔の船《小説》（ジャック・クロウ）　　　　　　　　　　　　146～156
佐賀の夜桜《絵物語》（橋爪彦七〔作〕）　　　　　　　　　　　157～164
手錠と女《小説》（香山滋）　　　　165～179
裏切り者《小説》（ジャック・リッチィー）　　　　　　　　　　　180～183
悪夢の鞄《小説》（潮田麒一郎）　　184～192
決闘街《小説》（大下字陀児）　　　194～208
小夜衣草紙《絵物語》（壇達二〔作〕）　　　　　　　　　　　　209～216
恐喝業者《小説》（ブランドン・フレミング〔著〕，西田政治〔訳〕）　217～225
復讐鬼《小説》（レオ・ガレン〔著〕，ケン・シバタ〔訳〕）　226～234
タンタラスの呪い皿《小説》（渡辺啓助）　　　　　　　　　　　236～251
ワニ裁判　　　　　　　　　　　　　251
死体の呪《小説》（C・S・フォルスター〔著〕，谷京至〔訳〕）　252～261
妻を殺したが《小説》（都筑道夫）　262～273
電話の声《小説》（ジヤック・ベイビイ）　　　　　　　　　　　274～275
もつとも危険な野獣　　　　　　　　275
お岩執念《小説》（桃川三平）　　　276～292
小人と象の裁判　　　　　　　　　　286
西部の幽鬼《絵物語》（フランク・グルーバー）　　　　　　　　　293～300

第9巻第10号　所蔵あり
1958年8月1日発行　336頁　150円

殺人鬼を罠にかけろ《映画物語》　　13～16
インドの秘宝《小説》（E・S・ガードナー〔著〕，増田益夫〔訳〕）　18～54
軍曹さんは暇がない《映画物語》　29, 37, 47
毒酒《小説》（リチャード・レノックス〔著〕，西田政治〔訳〕）　55～57
待たされた男《小説》（トマス・ウオルシュ〔著〕，浅沼由美〔訳〕）　58～75
黒い石鹸《小説》（ジョルジュ・シムノン〔著〕，久慈波之介〔訳〕）　76～81
「赤い後家さん」事件（ブルース・グレイム〔著〕，陶山密〔訳〕）　82～109
赤い後家さん事件（訳者）　　　　　　85
大遠征軍《映画物語》　　　87, 95, 107
医師の場合《小説》（モーリス・ルブエル〔著〕，西田政治〔訳〕）　110～112

397

32 『怪奇探偵クラブ』『探偵クラブ』『探偵倶楽部』

戯れに賭はすまじ《小説》（コーネル・ウールリッチ〔著〕，久慈波之介〔訳〕）
………………………………… 114～135
第四の男《小説》（L・J・ビーストン〔著〕，増田益夫〔訳〕） ……………… 136～147
遥かなる道《小説》（ヘンリー・ケイン〔著〕，林峻一郎〔訳〕） ……………… 148～185
遠い道《映画物語》 ………… 159, 171, 175
一千ドル《小説》（O・ヘンリー〔著〕，貝弓子〔訳〕） ……………………… 186～191
不吉な旅行鞄《小説》（モーリス・ルヴェル〔著〕，西田政治〔訳〕） ……… 192～199
キャンタービル家の幽霊《小説》（オスカー・ワイルド〔著〕，増田益夫〔訳〕）
………………………………… 200～225
ゴーストタウンの決斗《映画物語》
………………………………… 211, 219
尾行者《小説》（ホンキイ・トンク〔著〕，黒羽新〔訳〕） ……………………… 226～240
君がエリザベスを殺したのだ《小説》（ブレット・ハリディ〔著〕，三谷光彦〔訳〕）
………………………………… 242～261
俺は生きてる《小説》（W・ブラシンガム〔著〕，桂英二〔訳〕） …………… 262～280
先生のお気に入り《映画物語》 … 273, 277
知りすぎた男《小説》（エルンスト・シユムツカア〔著〕，道本清一〔訳〕） … 281～285
目撃者を葬れ《小説》（レイモンド・チャンドア〔著〕，久慈波之介〔訳〕） … 286～336
バファロウ平原《映画物語》
………………………… 295, 303, 311, 319

第9巻第11号　所蔵あり
1958年9月1日発行　290頁　120円
吸血鬼ドラキュラ《映画物語》 ……… 15～18
零号租界〈16・完〉《小説》（島田一男）
………………………………… 20～35
手術魔《小説》（ピーター・チヤンス〔著〕，西田政治〔訳〕） …………………… 38～43
街の女獣たち（村木欣平） …………… 44～55
金の盃《小説》（フランク・グルーバー〔著〕，久慈波之介〔訳〕） ………… 56～66
濠の家の秘密（中島孝一） …………… 67～69
厄介なプレゼント《小説》（ダシエル・ハメット〔著〕，久慈波之介〔訳〕） … 70～79
歩く死体（梅原照夫） ………………… 80～83
黒い帽子の男《小説》（マイクル・フィツシヤー〔著〕，三谷光彦〔訳〕） …… 84～91
ルフランソア事件《小説》（ジユヨルジユ・シムノン〔著〕，松村喜雄〔訳〕） … 92～97

コンクリート・ジャングル（足立泰）
………………………………… 98～111
千三百人を殺した男 …………………… 100
犯行以前《小説》（トオマス・ウオルシュ〔著〕，能島武文〔訳〕） ………… 112～131
ご存じですか? …………………………… 129
空気を喰う男《小説》（角田実） …… 132～133
麻薬売春街《小説》（潮田騏一郎） … 134～146
人が死ぬのを忘れた日《小説》（都筑道夫）
………………………………… 147～153
日光浴の殺人《小説》（藤原宰） …… 154～171
地獄の旅券〈2〉《小説》（鷲尾三郎）
………………………………… 172～197
俺の死ぬ日《小説》（セント・ジョン〔著〕，前川信夫〔訳〕） ……………… 198～209
オットセイの大脱走記 ………………… 209
平安群盗伝《小説》（上野又一郎） … 210～227
悪の王者ディリンジャア（陶山密）
………………………………… 228～238
トラブルは俺の稼業《小説》（レーモンド・チヤンドラー〔著〕，都筑道夫〔訳〕）
………………………………… 240～290
地獄の道連れ《映画物語》
………………………… 249, 255, 259, 269

第9巻第12号　所蔵あり
1958年10月1日発行　328頁　130円
赤い蝙蝠《絵物語》（秋吉巒〔構成〕） … 12～20
とらわれの女《口絵》 ………………… 21～24
武器密売線《小説》（潮田騏一郎） …… 26～41
見えました ……………………………… 33
コーヒーは有害か無害か ……………… 40
血を吸う墓《小説》（橋爪прав七） … 42～49
死者の弥撒曲（足立泰） ……………… 50～60
炎となる慕情《小説》（香山滋） …… 62～81
茄で卵の秘密 …………………………… 75
描きかけたR《小説》（野沢純） …… 82～91
詐術《小説》（ベルタ・ブリュックナア〔著〕，伊東鎮太郎〔訳〕） ………… 92～95
午前二時のささやき《小説》（青柳淳郎）
………………………………… 96～103
おめでたい男 …………………………… 103
ベルトで泣かせて《小説》（アル・デ・フラメンコ） ……………………… 106～119
ごもっとも ……………………………… 116
老いてさかんなら ……………………… 118
美女解体《小説》（渡辺啓助） ……… 120～137
スパイ狩りに必要な素質 ……………… 123
ふたり雪娘《小説》（島田一男） …… 138～152
キッスの現金 …………………………… 148

32『怪奇探偵クラブ』『探偵クラブ』『探偵倶楽部』

クラリモンド《絵物語》(ゴーチエ〔原作〕)
………………………………… 153〜156
カラー漫画"秋"《漫画》(サワダ・ハチロー)
………………………………… 157〜160
幽霊の家《小説》(関川周)………… 161〜167
深夜の対決《小説》(紅東一)……… 168〜183
一目惚れ …………………………………… 171
隠れ里の美女《小説》(藤沢衛彦)… 184〜187
白い手をした「殺し屋」たち《小説》(大門正人)
………………………………… 188〜201
女は裸でそこにいた《小説》(ケーリイ・S・フィルド)
………………………………… 202〜211
ハマの麻薬密売(本田順)………… 212〜215
この親にしてこの子あり/軍縮主義 …… 215
疑問の女《小説》(藤井千鶴子)…… 216〜227
偽証の鸚鵡《小説》(E・S・ガードナー)
………………………………… 228〜231
地獄の旅券〈3〉《小説》(鷲尾三郎)
………………………………… 232〜244
裸体画の秘密《小説》(黒岩姫太郎)
………………………………… 245〜249
乳房に赤い血が吹く《小説》(荻原秀夫)
………………………………… 250〜267
亀に歌を聞かせる乙女 …………………… 253
さらば美しきものよ《小説》(レイモンド・チャンドラー)
………………………………… 268〜271
檻褸と骨《小説》(ヒラリー・ワウフ〔著〕,陶山密〔訳〕)
………………………………… 272〜283
別れはつらい …………………………… 275
ヒロポン地獄《小説》(朝山蜻一)… 284〜297
例え火の中水の中 ……………………… 294
他国者は死ね〈1〉《小説》(ミッキー・スピレーン〔著〕,谷京至〔訳〕) 298〜319
ミッキイ・スピレイン ………………… 301
交歓室(編集部)……………………… 320
花井お梅《絵物語》(東桂史〔構成〕)
………………………………… 321〜328

第9巻第13号　所蔵あり
1958年11月1日発行　312頁　130円
追跡《絵物語》(秋吉轡〔構成〕)…… 12〜21
パラソルと娘《口絵》……………… 22〜24
化粧ケースの秘密《小説》(大門正人)
…………………………………… 26〜33
午前零時の男《小説》(紅東一)……… 34〜49
両手両足のない男が猛虎を射殺 ………… 45
女優醜聞事件《小説》(レイモンド・チャンドラー)
　　　50〜51, 78〜79, 108〜109, 182〜183
夜の妖婦《小説》(青柳淳郎)………… 52〜62
気の長い話 ………………………………… 59

眠れる花嫁 ………………………………… 62
月齢一の幽霊船(大田正子)……………… 63
伊那の蛍姫《小説》(島田一男)……… 64〜77
夜の鶯《小説》(木々高太郎)………… 80〜87
地獄のパスポート〈4〉《小説》(鷲尾三郎)
………………………………… 88〜107
殺したのは誰だ《小説》(宇田川浩)
………………………………… 110〜121
精力のつく「銀杏」(清水桂一)……… 121
稀代のベストセラー作家(江戸川乱歩)
………………………………… 122〜123
探偵文壇さま〜 ……………………… 122〜123
深夜のロボット《小説》(関川周)… 124〜135
汚された天使《小説》(潮田駛一郎)
………………………………… 136〜146
とんだ実演 ……………………………… 143
海草《絵物語》(金森達〔構成〕)… 147〜149
秘密賭博場《小説》(羽田英太郎)… 150〜159
そして賭場はなくなった ……………… 160〜161
胞衣料理《小説》(清水桂一)……… 162〜168
アムステルダムの水夫《絵物語》(ギョーム・アポリネール〔原作〕)
………………………………… 169〜172
マンガのページ《漫画》…………… 173〜176
他人の女房に手をだすときは《小説》(カールトン・ロス〔著〕,久慈波之介〔訳〕)
………………………………… 177〜181
恐ろしき誤算《小説》(香山滋)…… 184〜199
ライオンを喰い殺す犬 ………………… 187
死者の弥撒《小説》(足立泰)……… 200〜201
死のための接吻(大久保敏雄)……… 202〜211
真犯人はニワトリ ……………………… 207
ビルの谷間の紅い花《小説》(菊池正和)
………………………………… 212〜227
猫口過剰 ………………………………… 219
生命通う桜《小説》(藤沢衛彦)…… 228〜231
殺人鬼は彼奴だ《小説》(荻原秀夫)
………………………………… 232〜240
精力のつくのは豚の脂身か牛肉か(清水桂一)
………………………………… 239
男狩りの裸女《小説》(飯島豊吉)… 242〜252
夜ごとの夢《小説》(ジョン・デフォー〔著〕,足立泰〔訳〕) ……………… 253〜255
無理心中《小説》(弘田喬太郎)…… 256〜263
いまいましき二本指《小説》(ビック・ゲート)
………………………………… 264〜269
死後に咲く花《小説》(守門賢太郎)
………………………………… 270〜279
他国者は死ね〈2〉《小説》(ミッキー・スピレーン〔著〕,谷京至〔訳〕) 280〜304
プールの底に三十一時間 ……………… 297

399

32 『怪奇探偵クラブ』『探偵クラブ』『探偵倶楽部』

後記 …………………………………… 304
曲馬団を追う刑事《絵物語》(女々良修〔作〕)
　　　　　　　　　　　　　　　　305～312

第9巻第14号　所蔵あり
1958年12月1日発行　312頁　130円
白蛇夫人の敗北《小説》(飯田一狼)
　　　2～3, 62～63, 88～89, 128～129, 158～159
はずれた蝶番《絵物語》(秋吉巒〔構成〕)
　　　　　　　　　　　　　　　　　12～21
女は下着で作られる《口絵》………… 22～25
怨霊小町絵図《絵物語》(東桂史〔構成〕)
　　　　　　　　　　　　　　　　　26～32
濡れた少女《小説》(今官一) ……… 34～46
バファロー・ビルの正体 ………………… 37
朝顔の刺青(峰岸義一) ……………… 47～49
鱗《小説》(潮寛二) ………………… 50～61
巧妙なダイヤ泥棒 ………………………… 57
ボリショイの熊《小説》(楠田匡介) 64～77
お尻で豹を退治した話 …………………… 67
女房に油断するな《小説》(ダグラス・ケント
　〔著〕, 久慈波之介〔訳〕) ……… 78～87
のんびりした話 …………………………… 85
愛らしき悪女《小説》(大門正人) … 90～97
熱沙の涯《小説》(香山滋) ……… 98～111
銀座迷路《小説》(荻原秀夫) …… 112～119
猿の指紋 ………………………………… 115
夢を作る男《小説》(青木憲一) … 120～127
かしこい大熊 …………………………… 123
地獄のパスポート〈5・前篇完〉《小説》(鷲尾
　三郎) ………………………………… 130～149
夜ög骨 ………………………………… 147
現金はあとで払う《小説》(ボリス・ナバロ〔著〕,
　久慈波之介〔訳〕) …………… 150～157
毒唇《小説》(岡田鯱彦) ……… 160～176
鮫と鯱の血斗 …………………………… 165
ヒッチコックのめまい《映画物語》
　　　　　　　　　　　　　　　177～180
ドッとイカすぜ《漫画》 ……… 181～184
本場の殺し屋 …………………………… 185
蛇王城の復讐姫《小説》(飯田豊吉)
　　　　　　　　　　　　　　　186～197
鰐の穴狩り ……………………………… 189
輪の中の女《小説》(朝山蜻一) 198～209
男装して総監督官になった女 ………… 201
放射線殺人事件《ハイマー・シュミット〔著〕,
　大久保敏雄〔訳〕) …………… 210～219
残酷な行為 ……………………………… 215
血みどろ芝居《小説》(宮野村子) 220～231
緑衣の女妖《小説》(弘田喬太郎) 234～241
蛇捕りの姥《小説》(島一男) … 242～256

地獄の用心棒を《小説》(潮田騏一郎)
　　　　　　　　　　　　　　　258～267
死人のアパート(足立泰) ……… 268～277
情死の或るカーズス《小説》(木々高太郎)
　　　　　　　　　　　　　　　278～289
遠距離乗馬旅行の世界最高記録 ……… 281
他国者は死ね〈3・完〉《小説》(ミッキー・ス
　ピレーン〔著〕, 谷京至〔訳〕)
　　　　　　　　　　　　　　　290～312
編輯を了えて …………………………… 312

第10巻第1号　所蔵あり
1959年1月1日発行　312頁　130円
消え失せたオッパイ《小説》(潮寛二)
　　　　　　　　　　　2～3, 178～183
緑の蜘蛛《絵物語》(香山滋〔原作〕, 秋吉巒〔構
　成〕) …………………………… 13～22
女の陥穽《口絵》 ………………… 23～24
クリッペン殺人事件(陶山密) … 25～32
無国籍者《小説》(紅東一) …… 34～49
野性の男《小説》(パウル・フェアマン)
　　　　　　　　　　　　　　　　50～53
魔法使《小説》(山村正夫) …… 54～63
ナチュラマ島奇談《小説》(日影丈吉)
　　　　　　　　　　　　　　　　64～79
六十本のバナナを食った男 …………… 71
吸血鬼《小説》(宮野村子) …… 80～91
「ある」と「ない」では大違い … 92～93
銀座の女奴隷市《小説》(飯田豊吉)
　　　　　　　　　　　　　　　　94～105
死神をみた男《小説》(足立泰) 106～110
豚の猿轡(陶山密) …………………… 111
刺青《小説》(青木憲一) ……… 112～121
ヴェニスの計算狂《小説》(木々高太郎)
　　　　　　　　　　　　　　　124～135
ゴー・ステーデイとテデイ・ボーイ
　　　　　　　　　　　　　　　136～137
肌に描いたラブレター《小説》(大門正人)
　　　　　　　　　　　　　　　138～151
八百万ドルの豪華ミステリTV番組 … 143
ハイ・ボール …………………… 152～153
暗い寝台《小説》(狩久) ……… 154～162
世界で一番年寄りの運転手 …………… 157
ヘッドシュランク(陶山密) ………… 163
沈める鐘《小説》(矢野徹) …… 164～176
北米の野牛を絶滅させたのは ………… 167
にやりい・こんと ……………………… 177
にやりい・こんと ……………………… 184
やくざを打ち殺せ《小説》(朝山蜻一)
　　　　　　　　　　　　　　　185～195

32 『怪奇探偵クラブ』『探偵クラブ』『探偵倶楽部』

殺人十字路《小説》(荻原秀夫) ...... 196〜215
完全犯罪もお尻の傷跡でオジャン 209
山の神とカマキリ《小説》(藤沢衛彦)
　...... 216〜219
裏返しの靴下《小説》(藤井千鶴子)
　...... 220〜231
巡査の仕事 227
その足にのるな《小説》(今官一) ...... 232〜244
街の前科者《小説》(青柳淳郎) ...... 246〜253
他人の血《小説》(嘉門真) ...... 254〜265
ドブ鼠来襲す 261
塩原高尾《小説》(島田一男) ...... 266〜280
怪奇な話(D・ムネノ) ...... 281〜283
ニューヨークの午前二時《小説》(ウィリアム・アイリッシュ〔著〕,谷京至〔訳〕)
　...... 284〜312
共産国でもホームズ物が大流行 297

第10巻第2号　所蔵あり
1959年2月1日発行　296頁　130円
開化百物語《絵物語》(日影丈吉〔原作〕)
　...... 13〜20
新聞とおんな《口絵》(ヨシダ・ヨシエ〔詩〕)
　...... 21〜24
怖ろしき復讐《絵物語》(ゴーゴリ〔原作〕)
　...... 25〜32
地獄への階段《小説》(紅東一) ...... 34〜49
"0"についての広言学 ...... 50〜51
ヒット・アンド・ラン《小説》(岡田鯱彦)
　...... 52〜63
幻の老婆たち(足立泰) ...... 64〜71
木乃伊(ミイラ)の母《小説》(香山滋) ...... 72〜83
花嫁の失踪もヘイチャラ 77

目撃者《小説》(鷹峰靖) ...... 84〜99
とんだ野郎 ...... 100〜101
真夜中のパリジエンヌ《小説》(ウィリアム・アイリッシュ〔著〕,谷京至〔訳〕)
　...... 102〜128
猿の手《絵物語》(W・W・ジェイコブス〔原作〕)
　...... 129〜132
女は怖い…《漫画》(真崎隆) ...... 133〜136
椿姫ものがたり《小説》(大倉燁子)
　...... 137〜143
恐ろしき賭け《小説》(潮田騏一郎)
　...... 144〜155
柿の王様 155
信州皿屋敷《小説》(島田一男) ...... 156〜167
コタンの処女《小説》(鹿火屋一彦)
　...... 168〜181
納税美談 171
"0"についての広言学 ...... 182〜183
女は殺せ《小説》(藤原宰) ...... 184〜197
聖女の吸血鬼(コーリー・ブライアン〔著〕,大久保敏雄〔訳〕) ...... 198〜207
地球の周囲を回止いた男 203
鼻のない男《小説》(荻原秀夫) ...... 210〜224
前科百四十犯 213
西部劇は人間の夢 ...... 226〜227
女の鍵《小説》(今官一) ...... 228〜237
コキュ忘れ得べし《小説》(大門正人)
　...... 238〜251
完全犯罪はあり得ない(J・ブース〔著〕,前川信夫〔訳〕) ...... 252〜253
美貌は悪女《小説》(朝山蜻一) ...... 254〜264
若い火花《小説》(山村正夫) ...... 266〜296
運の悪い男 287

401

33『探偵実話』

【刊行期間・全冊数】1950.5-1953.8,1954.1-1962.10（170冊）
【刊行頻度・判型】月刊、A5判、B6判（第1集〜第2巻第9号、第7巻第2号、第7巻第8号）、B5判（第3巻第11号、第5巻第11号、第11巻第15号）
【発行所】世界社（第1集〜第4巻第9号）、世文社（第5巻第1号〜第13巻第12号）
【発行人】土田喜三
【編集人】清水栄治郎（第1集〜第2巻第8号）、土田喜三（第2巻第9号〜第5巻第2号、第6巻第7号〜第8巻第6号）、山田晋輔（第5巻第3号〜第5巻第13号）、山田信治（第6巻第1号〜第6巻第6号）、奈良八郎（第8巻第7号〜第12巻第3号）、石橋麟三（第12巻第4号〜第13巻第12号）
【概要】最初は「実話講談の泉」の別冊あるいは増刊の形で第5集まで発行され、第1巻第6号から独立した雑誌となった（第6集の表記もあり）。発行元の倒産でいったん休刊したものの、編集者が新たに出版社を興して復刊した。なお、第5巻以降、通常号で15日発行の場合、発行月の翌月が、表紙や奥付での月号表記となっている。

当初は、誌名の通り犯罪実話も多かったが、しだいに小説中心となる。復刊後の1954年には、複数の作家でリレーして執筆する連作をたびたび掲載し、「鬼クラブ」のメンバーによる読切連作「怪盗七面相」を企画するなど、探偵小説誌としての意欲を見せた。また、潮寒二（寛二）、永田政雄、村上信彦、吉野賛十、中川透（のちの鮎川哲也）らの作品を積極的に掲載し、斯界の中心にあった『宝石』とはまた違った、独自の誌面となっている。

しかし、1950年代後半のミステリー・ブームには対応できず、再び実話中心となっていく。ただ、その発行期間は『宝石』に次ぐ長さで、月刊が維持されていたこともあって、当時の新鋭作家にとっては貴重な発表の場だった。

第1集 未所蔵
1950年5月15日発行　286頁　75円
新婚川柳漫画風景《口絵》……………… 15〜18
危険な年齢《映画物語》………………… 19〜22
恋の脱獄囚《小説》（香山滋）…………… 24〜39
名刑事捕物座談会《座談会》（中野為助、曾根正人、室岡堯巳）……………… 40〜54
鈴ヶ森お春殺し（瀬戸口寅雄）………… 55〜73
手錠《小説》（立川賢）……………………… 74〜87
競馬の穴《漫才》（飛田バッター・早井ランナー）…………………………………… 88〜89
妻よ！家を護れ（荻原秀夫）…………… 90〜105
中尊寺事件（本堂平四郎）……………… 106〜131
水鬼《小説》（大平陽介）………………… 132〜149
寄稿家うわさ話　挿画家の巻………… 150
面白いばなし……………………………… 151
職業婦人オカメ八目《漫画》…………… 152〜155
百円札一枚でどれだけ楽しめるか？（藤瀬雅夫）…………………………………… 156〜157
未遂箱根心中（大村嘉代子）…………… 160〜175

決死冒険屋（梶間正夫）………………… 177〜189
菊之丞前（飛鳥鏡二郎）………………… 190〜205
むつつり紋平（石井splayed夫）………… 206〜224
命を弄ぶ人々（青柳隆）………………… 225〜233
戦後芸者（竹越和夫）…………………… 234〜245
長屋の幽霊《落語》（柳家小三治）…… 246〜252
佐賀の夜桜《講談》（田辺南竜）……… 253〜285
編集便り（S）……………………………… 286

第2集 未所蔵
1950年7月15日発行　286頁　75円
拳銃の前に立つ母《映画物語》……… 19〜22
死相の予言者《小説》（渡辺啓助）… 24〜49
出獄仁義《小説》（城戸礼）…………… 50〜69
最近兇悪犯罪の実相《座談会》（堀崎捜査課長、野老山丸ノ内署長、安達原築地署長、三谷祥介）…………………………………… 70〜82
転落のミス東京（小松丘彦）………… 84〜97
神蛇苑の殺人（高山貞政）…………… 98〜119
首無し花嫁《小説》（河合北禅）…… 120〜135

33『探偵実話』

看護婦の替玉(三谷祥介) ……… 136〜150
冗談教室 閑人大学 ………… 151〜158
競輪ボス(小笠原宗明) ……… 159〜170
一寸一服 ……………………… 170
極悪な裏切者(チヤールス・ボスウエル〔著〕、
　宮田峯一〔訳〕) …………… 172〜187
人面鬼(浅井竜三) …………… 188〜205
血を繋ぐ刃《小説》(永瀬三吾) … 206〜224
一寸一服 ……………………… 224
情恨五十年(飛鳥鏡二郎) …… 225〜245
アベック殺人魔(安達次郎) … 246〜257
名探偵ドン・ギル《小説》(小山荘一郎)
　　　　　　　　　　　　　258〜286

第3集　未所蔵
1950年8月15日発行　254頁　70円
海賊島《映画物語》 …………… 15〜18
黒猫《絵物語》(エドガー・A・ポー〔原作〕)
　　　　　　　　　　　　　　19〜22
蛇姫殺人事件《小説》(香山滋) … 24〜43
都会娘か田舎娘か(ヒユー・レイン〔著〕、宮田
　峯一〔訳〕) …………………… 44〜63
一寸一服 ……………………… 63
青髭に泣く女(青山秀一) …… 64〜75
謎のヘヤーピン《小説》(川島郁夫) … 76〜91
空襲下幽霊坂の捕物(大平陽介) … 92〜117
閑人大学(東条あきら〔構成〕) … 119〜126
地下鉄三四郎〈1〉《小説》(城戸礼)
　　　　　　　　　　　　　127〜151
土蔵の怪人《小説》(今井鯛三) … 152〜165
緑地の結婚《小説》(蟹海太郎) … 166〜181
貞操泥棒(浅井竜三) ………… 182〜193
東京ジャングル
　妖鬼漂う男娼の町(黒田淳) … 194〜201
　ルンペンと桃色ハウス(山中信夫)
　　　　　　　　　　　　　201〜207
　一夜妻の魅力土曜夫人(小笠原宗明)
　　　　　　　　　　　　　207〜211
踊る色魔教(安達次郎) ……… 212〜222
一寸一服 ……………………… 222
明治大正昭和大犯罪大事件(永松浩造〔編〕)
　　　　　　　　　　　　　223〜254

第4集　未所蔵
未見

第5集　未所蔵
1950年10月15日発行　254頁　70円
暁の追跡《映画物語》 ………… 15〜18
大渦の底《絵物語》(エドガー・A・ポー〔原
　作〕) …………………………… 19〜22

夜の署長《小説》(小野孝二) … 24〜43
首無し十三死体の恐怖(シーモア・エトマン)
　　　　　　　　　　　　　　44〜63
シベチヤの亡者部落《小説》(関川周)
　　　　　　　　　　　　　　64〜80
拳銃射手試験《小説》(岡田鯱彦) … 81〜101
地下鉄三四郎〈3〉《小説》(城戸礼)
　　　　　　　　　　　　　102〜119
短剣地獄《小説》(長田午狂) … 120〜137
殺人輸送部隊長(村木欣平) … 138〜150
探偵スリラー特選漫画《漫画》 … 151〜158
東京ジャングル
　ナイトクラブのひととき(山中信夫)
　　　　　　　　　　　　　159〜165
尼僧と仏像師(中田順) ……… 166〜187
転落の花詩集
　女掏摸の日記(内田尊子) … 188〜193
　女靴磨きの告白(吉野伊都子)
　　　　　　　　　　　　　193〜198
　誘惑されたダンサーの手記(黒川美代)
　　　　　　　　　　　　　198〜202
　或る看護婦の遺書(鮎川千代)
　　　　　　　　　　　　　202〜207
悲運の偽学生(安達次郎) …… 208〜219
無効? ………………………… 219
教祖復活《小説》(志摩竜治) … 220〜241
原爆機密漏洩事件(鹿島健治) … 242〜254

第1巻第6号　未所蔵
1950年11月15日発行　254頁　70円
海峡の鮫《映画物語》 ………… 15〜18
手《絵物語》(モオパッサン〔原作〕) … 19〜22
波止場のリンチ《小説》(北林透馬) … 24〜41
マダム兄貴行状記(小笠原宗明) … 42〜58
つみな月光《漫画》(久保よしひこ) … 59
聖女犯(北里俊夫) …………… 60〜81
日大ギャング愛慾記(安達次郎) … 82〜95
不能地獄（インポ）(多賀勢宏) … 96〜113
地下鉄三四郎〈4〉《小説》(城戸礼)
　　　　　　　　　　　　　114〜133
宝くじ殺人事件《小説》(坪田宏) … 134〜150
閑人大学 ……………………… 151〜158
女師匠殺人事件(村木欣平) … 159〜171
売笑婦取引会社（ぽんびきかいしや）(南条実) … 172〜185
東京ジャングル
　未亡人クラブ入会記(山中信夫)
　　　　　　　　　　　　　186〜192
"桃色広場"密行記(黒田淳) … 192〜197
怨讐送り狼《小説》(荻原秀夫) … 198〜215
台湾義勇兵物語(大平陽介) … 216〜227

403

33『探偵実話』

血の畳針《小説》(高山貞政) ……… 228〜254

第2巻第1号　未所蔵
1950年12月15日発行　278頁　75円
偽れる盛装《映画物語》 ………… 15〜18
恐怖《絵物語》(モオパッサン〔原作〕)
　　　　　　　　　　　　　　　　19〜22
電気椅子《小説》(ジェームス・ハリス)
　　　　　　　　　　　　　　　　24〜42
妻の就職《漫画》(すゞき厚) ………… 43
十字架の鬼《小説》(青山秀一) … 44〜57
死の湖畔《小説》(岡田鯱彦) …… 58〜73
賭場の暴風《小説》(潮寒二) …… 76〜93
地下鉄三四郎〈5〉《小説》(城戸礼)
　　　　　　　　　　　　　　　94〜115
幸運の初手柄(住江秀五郎) …… 116〜121
若妻凌辱《小説》(荻原秀夫) … 122〜138
麻薬密売《漫画》(すゞき厚) ……… 139
ケープハーツの小平事件(林耕三)
　　　　　　　　　　　　　　140〜157
暴行部落(村松呂久良) ……… 158〜173
戦後派乱世を語る座談会《座談会》(山中信夫、黒田淳、村木欣平、小松丘彦、安食次郎)
　　　　　　　　　　　　　　174〜185
中華街の殺人《小説》(安田樹四郎)
　　　　　　　　　　　　　　186〜202
瞽女姫お美代《小説》(三角寛) 204〜262
犯罪探偵隠語辞典 …………… 263〜278

第2巻第2号　増刊　未所蔵
1951年1月15日発行　254頁　75円
愛と憎しみの彼方へ《映画物語》… 15〜18
緋文字《絵物語》(ナサニエル・ホーソーン〔原作〕) ……………………… 19〜22
白痴の女《小説》(佐藤皓一) …… 24〜48
恐怖の日曜日《小説》(ジェームス・ハリス)
　　　　　　　　　　　　　　　　50〜63
おちょろ船《小説》(水上尋) …… 64〜81
女風呂の捕物(錦間勘次) ……… 82〜89
地下鉄三四郎〈6〉《小説》(城戸礼)
　　　　　　　　　　　　　　　90〜109
網走監獄の美少年(中田順) … 110〜133
新宿乞食谷《小説》(北園孝吉) 134〜150
特選娯楽館 …………………… 151〜157
特選詰将棋(向ケ丘棋人) ………… 158
東京ジャングル
　桃色少女(ピンクガール)のアルバイト(黒田淳)
　　　　　　　　　　　　　　159〜163
　暴力女給遭遇記(山中信夫) 164〜169
　女ゲテモノ記(小牧恵介) … 169〜173
灰色の壁《小説》(荻原秀夫) … 174〜191

筈見敏子殺害事件《小説》(川島郁夫)
　　　　　　　　　　　　　　192〜211
田虫男娼殺し《小説》(魔亨鬼一) 214〜231
牛を斬つた女《小説》(三角寛) 232〜254

第2巻第3号　未所蔵
1951年2月15日発行　238頁　70円
地獄の決闘《映画物語》 ………… 15〜18
モルグ街の殺人《絵物語》(エドガー・A・ポー〔原作〕) ………………… 19〜22
栗の木の下の惨劇《小説》(ジェームス・ハリス) …………………………… 24〜43
闇の殺人魔《小説》(岡田鯱彦) … 44〜59
女教員愛慾航路(永松浅造) …… 60〜77
女は恐い!《漫画》(久保よしひこ) 78〜79
腕斬りお小夜《小説》(三角寛) 80〜103
古銭の悲劇《小説》(高山貞政) 104〜129
男装の二挺拳銃《小説》(長田午狂)
　　　　　　　　　　　　　　130〜150
閑人帖(宇治川竜〔構成〕) … 151〜158
涙にくもつた刑事の感(赤石嘉平)
　　　　　　　　　　　　　　159〜165
地下鉄三四郎〈7〉《小説》(城戸礼)
　　　　　　　　　　　　　　166〜186
佐渡の箱詰死体事件(天草平八郎)
　　　　　　　　　　　　　　188〜203
犯罪アラカルト ……………… 204〜205
上野界隈犯罪地図(大平陽介) 206〜219
淫獣昇天図(永瀬三吾) ……… 220〜238

第2巻第4号　未所蔵
1951年3月15日発行　238頁　75円
検察官《小説》(ゴーゴリ〔原作〕) 15〜18
鉄の爪《映画物語》 …………… 19〜22
下山総裁は俺たちが殺したのだ!(成瀬亘)
　　　　　　　　　　　　　　　24〜44
女体罪あり《小説》(北林透馬) … 45〜57
美女と硫酸(安達次郎) ………… 68〜82
女は強し《漫画》(すずき・厚) …… 83
奈落の吸血鬼(Y・U・アーノルド〔著〕、大久保裕雄〔訳〕) ……………… 84〜96
春宵桃色犯罪座談会《座談会》(上田つる、佐藤武市郎、山口フジ、黒川マツ、河野健次、上林文子) …………………………… 97〜105
やくざの掟《小説》(佐藤皓一) 106〜125
愛読者のページ ……………… 126〜127
地下鉄三四郎〈8〉《小説》(城戸礼)
　　　　　　　　　　　　　　128〜150
閑人帖(伊達瓶九〔構成〕) … 151〜157
犯罪スリラー特選漫画《漫画》 158〜159
色師の筆《小説》(三角寛) … 160〜181

犯罪アラカルト ・・・・・・・・・・・・・・ 182〜183
西洋天一坊事件（信定滝太郎）・・・・・・ 184〜187
地獄の虹《小説》（丸尾長顕）・・・・・・・・ 188〜206
降つてきた裸の女（布留川勇次）・・・ 207〜211
蠟人形《小説》（ジェームス・ハリス）
・・・・・・・・・・・・・・・・・・・・・・・・・・ 212〜238

第2巻第5号　未所蔵
1951年4月15日発行　222頁　75円
ちんば蛙《絵物語》（エドガー・A・ポー〔原作〕）
・・・・・・・・・・・・・・・・・・・・・・・・・・ 15〜18
赤い鍵《映画物語》 ・・・・・・・・・・・・・ 19〜22
平沢は帝銀犯人ではない（竹内理一）
・・・・・・・・・・・・・・・・・・・・・・・・・・ 24〜34
生き残りの見解（竹内正子）・・・・・・ 34〜39
怪奇なる画伯《小説》（大河内常平）40〜61
菊花の約《小説》（岡田鯱彦）・・・・・ 62〜73
築地四人殺し捜査秘録（永瀬留夫）74〜93
悲願千人斬り《小説》（永松浅造）94〜113
人肉嗜食《小説》（永田政雄）・・・ 114〜129
按摩の笛《小説》（ジェームス・ハリス）
・・・・・・・・・・・・・・・・・・・・・・・・ 130〜150
閑人帖（伊達瓶九〔構成〕）・・・・・・ 151〜159
鍵のない部屋（ホクロ女史）・・・・・ 159
地下鉄三四郎〈9〉《小説》（城戸礼）
・・・・・・・・・・・・・・・・・・・・・・・・ 160〜181
女探偵ばかりの座談会《座談会》（荻原欣子，岩崎政子，小林智恵子，中山保江）
・・・・・・・・・・・・・・・・・・・・・・・・ 182〜193
犯罪アラカルト ・・・・・・・・・・・・・・ 192〜193
美女地獄《小説》（三角寛）・・・・・・ 194〜222

第2巻第6号　未所蔵
1951年5月15日発行　222頁　75円
脂肪の塊《絵物語》（モオパッサン〔原作〕）
・・・・・・・・・・・・・・・・・・・・・・・・・・ 15〜18
虎の牙《映画物語》 ・・・・・・・・・・・・・ 19〜22
強制狂人にされた大学教授の手記（滝沢喜子雄）・・・・・・・・・・・・・・・・・・・・・・ 24〜53
狙われた処女肌（ハイマー・シュミット〔著〕，大久保敏雄〔訳〕）・・・・・・・・ 54〜67
人間案山子《小説》（ジェームス・ハリス）
・・・・・・・・・・・・・・・・・・・・・・・・・・ 68〜86
二代目出歯亀罷り通る（長野伴右エ門）
・・・・・・・・・・・・・・・・・・・・・・・・・・ 87〜91
宿敵《小説》（角田実）・・・・・・・・・・ 92〜103
ヒロポン窟の子供たち（村松呂久良）
・・・・・・・・・・・・・・・・・・・・・・・・ 104〜119
推理詰将棋（向ヶ丘棋人）・・・・・・ 119
血のこぼれ刃（荻原秀夫）・・・・・・ 120〜135
転落の婦人警官（小松丘彦）・・・・ 136〜150

閑人帖（伊達瓶九〔構成〕）・・・・・・ 151〜158
結婚白書（長谷川新作）・・・・・・・・・ 159〜165
犯罪アラカルト ・・・・・・・・・・・・・・ 164〜165
地下鉄三四郎〈10〉《小説》（城戸礼）
・・・・・・・・・・・・・・・・・・・・・・・・ 166〜189
偽りの蜜月旅行（安達次郎）・・・・ 190〜201
鍵のない部屋 ・・・・・・・・・・・・・・・・ 202〜203
直実と妙蓮《小説》（三角寛）・・・ 204〜222
あとがき ・・・・・・・・・・・・・・・・・・・・ 222

第2巻第7号　未所蔵
1951年6月15日発行　222頁　75円
吉備津の釜《絵物語》（上田秋成〔原作〕，岡田鯱彦〔文〕）・・・・・・・・・・・・・ 15〜18
白痴《映画物語》 ・・・・・・・・・・・・・・ 19〜23
深山の秘密部落《小説》（関川周）24〜45
下山事件と謎の男（宮崎青竜）・・ 46〜57
母も娘も乗れ《小説》（杢吸太）・・ 58〜75
麻薬Gメン座談会《座談会》（大橋彦次郎，金子憲作，山田正吾）・・・・・・・・・・ 76〜87
処女体を狙う血染めの爪型（大久保敏雄〔訳〕，ゴーメンハイツ）・・・・・・・・・・ 88〜102
三面記事拡大鏡《座談会》（黒田淳，山中信夫，小松丘彦，安達次郎）・・・・ 103〜113
廓の復讐（向井種夫）・・・・・・・・・・ 114〜127
地下鉄三四郎〈11〉《小説》（城戸礼）
・・・・・・・・・・・・・・・・・・・・・・・・ 128〜150
閑人帖（伊達瓶九〔構成〕）・・・・・・ 151〜158
浴槽の死美人事件（久原義成）・・ 159〜164
犯罪アラカルト ・・・・・・・・・・・・・・ 165
恋がたき《小説》（ジェームス・ハリス）
・・・・・・・・・・・・・・・・・・・・・・・・ 166〜181
鍵のない部屋 ・・・・・・・・・・・・・・・・ 182〜183
堕胎殺人僧《小説》（青山秀一）・・ 184〜197
山猿と百合吉《小説》（三角寛）・・ 198〜222

第2巻第8号　未所蔵
1951年7月15日発行　222頁　75円
閑人帖（伊達瓶九〔構成〕）・・・・・・ 15〜22
耳無芳一《絵物語》（小泉八雲〔原作〕）
・・・・・・・・・・・・・・・・・・・・・・・・・・ 23〜26
霧の夜の恐怖《映画物語》 ・・・・・・ 27〜30
悪霊島〈1〉《小説》（香山滋）・・・・ 32〜49
液体癌の戦慄《小説》（川島郁夫）50〜73
犯罪ノート ・・・・・・・・・・・・・・・・・・ 63
女囚大いに語る（永松浅造）・・・・ 74〜91
犯罪ノート ・・・・・・・・・・・・・・・・・・ 77
魔の池の惨劇《小説》（角田実）・・ 92〜104
猟奇夜の芝公園（中村獏）・・・・・・ 105〜111
解剖台の焼却美人（石橋無事）・・ 112〜128
犯罪ノート ・・・・・・・・・・・・・・・・・・ 117

33 『探偵実話』

犯罪ノート ……………………… 123
水着の死美人（大友隆治）……… 129〜134
犯罪アラカルト ………………… 134〜135
地下鉄三四郎〈12〉《小説》（城戸礼）
　　　　　　　　　　　　　　 136〜159
三面記事拡大鏡《座談会》（社会部記者）
　　　　　　　　　　　　　　 160〜169
好色拳銃魔（城戸信太）………… 170〜183
南海の海賊王《小説》（北林透馬） 184〜201
鍵のない部屋 …………………… 202〜203
死の罠《小説》（ジェームス・ハリス）
　　　　　　　　　　　　　　 204〜222

第2巻第9号　未所蔵
1951年8月15日発行　222頁　75円
閑人帖（伊達瓶九〔構成〕）……… 15〜22
幽霊滝の話《絵物語》（小泉八雲〔原作〕）
　　　　　　　　　　　　　　 23〜26
牝犬《映画物語》 ………………… 27〜30
現場不在証明（アリバイ）《小説》（J・ハリス） 32〜50
三面記事拡大鏡《座談会》（社会部記者）
　　　　　　　　　　　　　　 51〜59
悪霊島〈2〉《小説》（香山滋） …… 60〜77
暴行部落探訪記（永松浅造）…… 78〜93
曼珠沙華《小説》（永田政雄） …… 94〜113
白竜教秘話《小説》（石原有政） … 114〜131
鍵のない部屋 …………………… 132〜133
女掏摸一代記《小説》（松山長） … 134〜149
葵部落潜入記（宮崎清隆）……… 150〜155
マラッカお蝶《小説》（北林透馬） 156〜175
丑の刻詣り（中田順） …………… 178〜199
地下鉄三四郎〈13・完〉《小説》（城戸礼）
　　　　　　　　　　　　　　 200〜222

第2巻第10号　未所蔵
1951年9月15日発行　200頁　85円
執筆者の横顔（大河内常平氏）…… 8
秋の洋画《口絵》 ………………… 9〜12
閑人帖（伊達瓶九〔構成〕）……… 13〜20
人間椅子《絵物語》（江戸川乱歩〔原作〕）
　　　　　　　　　　　　　　 21〜24
蛙夫人《小説》（大河内常平）…… 26〜63
血液型一夕話（浅田一）………… 31
ハヤマール号大秘録（杠国義） … 64〜75
鵠沼雑記（渡辺紳一郎）………… 76〜77
怪盗七面相 怪盗誕生の巻《小説》（島田一男）
　　　　　　　　　　　　　　 78〜97
しりくらべ《小説》（風流隠士） … 92〜97
アナタハン島野獣記（田中秀吉） 98〜113
獅子の咬る時刻《小説》（永瀬三吾）
　　　　　　　　　　　　　　 114〜129

名刑事殊勲座談会《座談会》（古内寅雄、鈴木清、
　岩田政義、坂和道五郎）……… 130〜149
探偵学校入学試験問題（林耕三）
　・135, 136〜137, 139, 141, 142〜143, 145,
146〜147
推理詰将棋講座（山川次彦）…… 149
私は共犯者です（スタンリー・オースチン〔著〕、
　宮田丈二〔訳〕） ………………… 150〜165
アメリカ犯罪版 ………………… 157
悪霊島〈3〉《小説》（香山滋） …… 166〜179
冗句 ……………………………… 169
夜うめく扉《小説》（渡辺啓助） … 182〜200
犯人の脱糞（荻原秀夫）………… 196〜197

第2巻第11号　未所蔵
1951年10月15日発行　216頁　85円
執筆者の横顔（高木彬光氏）…… 8
秋の洋画《口絵》 ………………… 9〜12
閑人帖（伊達瓶九〔構成〕）……… 13〜20
血妖《絵物語》（大下宇陀児〔原作〕） 21〜24
赤い蝙蝠《小説》（高木彬光）…… 26〜57
小便小僧（渡辺紳一郎）………… 58〜59
怪事件回顧録（正力松太郎）…… 60〜75
樹の上に御用心《小説》（風流隠士） 76〜81
『冷ヤッ!!』とする話（西宮金三郎） 81
怪盗七面相 三人天一坊《小説》（香住春吾）
　　　　　　　　　　　　　　 82〜95
推理詰将棋講座（山川次彦）…… 95
七十二時間前《小説》（飛鳥高） … 98〜115
推薦の辞（江戸川乱歩）………… 99
盲愛への判決（ジャック・ダーン〔著〕、宮田丈
　二〔訳〕） ………………………… 116〜129
犯人の微笑《小説》（朝島雨之助） 130〜135
それが気になる …………………… 135
食われたる女肉〈1〉《小説》（橘外男）
　　　　　　　　　　　　　　 136〜167
いかさま師（黒田淳）…………… 146〜147
最新の科学捜査を語る座談会《座談会》（景山
　二郎、村上忠男、西山誠二郎、由利英）
　　　　　　　　　　　　　　 168〜182
窓ガラスは語る（林耕三）
　170, 170〜171, 172〜173, 174〜175, 176
〜177, 178〜179
ドラム缶密封殺人事件（村松駿吉）
　　　　　　　　　　　　　　 183〜191
夜の真珠夫人《小説》（小野孝二） 192〜203
悪霊島〈4〉《小説》（香山滋） …… 204〜216
血液型一夕話（浅田一）………… 211

第2巻第12号　未所蔵
1951年11月15日発行　216頁　85円

406

33 『探偵実話』

執筆者の横顔（楠田匡介氏）・・・・・・・・・・・・・ 8
秋の銀幕を飾る外国映画（津田幸夫）・・・・・ 9～12
閑人帖（伊達瓶九〔構成〕）・・・・・・・・・・ 13～20
就眠儀式《絵物語》（木々高太郎〔原作〕）
・・・・・・・・・・・・・・・・・・・・・・・・・・・・・・・・・ 21～24
上げ潮《小説》（楠田匡介）・・・・・・・・・・ 26～45
探偵適性検査問題（林耕三）・・・・・・・・・・ 42～43
ナナの不思議な犯罪《小説》（武田武彦）
・・・・・・・・・・・・・・・・・・・・・・・・・・・・・・・・・ 46～57
エチケット（渡辺紳一郎）・・・・・・・・・・・・ 58～59
怪盗七面相 黄金唐獅子の巻《小説》（三橋一夫）・・・・・・・・・・・・・・・・・・・・・・・・・・・ 60～74
宝玉翡翠ザクザク譚（夏川黎人）・・・・・・・ 75～79
裁判打明け座談会《座談会》（鈴木忠五,沼里運吉,正木ひろし,高木彬光）・・ 80～93
怪事件回顧録（三角寛）・・・・・・・・・・・・・ 94～123
あてはずれ《小説》（風流隠士）・・・・・・ 124～129
ネロへの報復（G・B・モーリス〔著〕,大久保敏雄〔訳〕）・・・・・・・・・・・・・・ 130～143
血液型と気質（浅田一）・・・・・・・・・・・・・・ 133
湯気の中の謎《小説》（ジェームス・ハリス）
・・・・・・・・・・・・・・・・・・・・・・・・・・・・・・ 144～157
食われたる女肉〈2〉《小説》（橘外男）
・・・・・・・・・・・・・・・・・・・・・・・・・・・・・・ 158～179
推理詰将棋講座（山川次彦）・・・・・・・・・・・ 179
社長さんはメイ探偵《小説》（朝島雨之助）
・・・・・・・・・・・・・・・・・・・・・・・・・・・・・・ 180～185
秋蛇《小説》（長田午狂）・・・・・・・・・・・ 186～201
冗句・・・・・・・・・・・・・・・・・・・・・・・・・・・・・・・・・ 197
悪霊島〈5〉《小説》（香山滋）・・・・・・・・ 204～216

第3巻第1号　所蔵あり
1951年12月15日発行　266頁　100円
執筆者の横顔（島田一男氏）・・・・・・・・・・・・・ 6
封切待たれる外国映画（津田幸夫）・・・・・ 7～10
かひやぐら物語《絵物語》（横溝正史〔原作〕）
・・・・・・・・・・・・・・・・・・・・・・・・・・・・・・・・・ 11～14
閑人帖（伊達瓶九〔構成〕）・・・・・・・・・・ 15～22
黒い旋風《小説》（島田一男）・・・・・・・・ 28～53
幻影の人《小説》（朝島雨之助）・・・・・・ 54～59
リンドバーグ事件（中野五郎）・・・・・・・・ 60～99
ホーデン放談（渡辺紳一郎）・・・・・・・・・ 100～101
善悪人《小説》（長崎一郎）・・・・・・・・ 102～115
川の中《小説》（風流隠士）・・・・・・・・ 116～121
浦島捜査課長大いに語る大捕物座談会《座談会》（浦島正平,今村茂春,小島太助,須合豊）・・・・・・・・・・・・・・・・・・・・・・・・・・ 122～135
探偵学校入学試験問題（林耕三）・・・・ 128～135
老社会部記者の思い出（松丘伸）・・・・ 136～137
怪盗七面相 仮装舞踏会の巻《小説》（高木彬光）・・・・・・・・・・・・・・・・・・・・・・・・ 138～149

血盟団と五・一五事件（木内曾益）
・・・・・・・・・・・・・・・・・・・・・・・・・・・・・・ 150～161
悪霊島〈6〉《小説》（香山滋）・・・・・・・・ 162～175
推理詰将棋講座（山川次彦）・・・・・・・・・・ 175
三人の妻を持つ屍体《小説》（魔子鬼一）
・・・・・・・・・・・・・・・・・・・・・・・・・・・・・・ 178～196
刺青師の話〈1〉（彫宇之）・・・・・・・・・ 197～201
悪魔の呼ぶ声《小説》（秋永芳郎）・・・・ 202～219
美橋実員殊勲談（三角寛）・・・・・・・・・・ 220～233
大本営秘話（松村秀透）・・・・・・・・・・・・ 234～241
もろこし大凾（須合豊）・・・・・・・・・・・・ 240～241
食われたる女肉〈3・完〉《小説》（橘外男）
・・・・・・・・・・・・・・・・・・・・・・・・・・・・・・ 242～253
二度のチャンスはなきものか!（ジョイス・スパーリング〔著〕,宮田丈二〔訳〕）
・・・・・・・・・・・・・・・・・・・・・・・・・・・・・・ 254～266

第3巻第2号　所蔵あり
1952年2月15日発行　266頁　100円
執筆者の横顔（角田実氏）・・・・・・・・・・・・・・ 10
封切近き傑作西部劇特集（津田幸夫）
・・・・・・・・・・・・・・・・・・・・・・・・・・・・・・・・・ 11～14
閑人帖（伊達瓶九〔構成〕）・・・・・・・・・・ 15～22
愛慾埃及学《絵物語》（渡辺啓助〔原作〕）
・・・・・・・・・・・・・・・・・・・・・・・・・・・・・・・・・ 23～26
奇妙な自白《小説》（角田実）・・・・・・・・ 28～51
怪盗七面相 浅草女剣戟の巻《小説》（武田武彦）・・・・・・・・・・・・・・・・・・・・・・・・・ 52～65
和製ガリバー（渡辺紳一郎）・・・・・・・・・・ 66～67
妖婦菊江の物語〈1〉（三角寛）・・・・・・ 68～89
しつぺ返し《小説》（風流隠士）・・・・・・ 90～95
鴉の告発《小説》（柯藍〔著〕,本多謙〔訳〕）
・・・・・・・・・・・・・・・・・・・・・・・・・・・・・・ 96～111
一本の手杖（佐藤皓一）・・・・・・・・・・・・ 112～117
推理詰将棋講座（山川次彦）・・・・・・・・・・ 117
悪霊島〈7〉《小説》（香山滋）・・・・・・・ 118～129
刺青師の話〈2〉（彫宇之）・・・・・・・・・ 130～134
不完全人工流産致死事件（石橋無事）
・・・・・・・・・・・・・・・・・・・・・・・・・・・・・・ 135～143
警視庁詰め（松丘伸）・・・・・・・・・・・・・・ 144～145
鸚鵡が見ていた《小説》（朝島雨之助）
・・・・・・・・・・・・・・・・・・・・・・・・・・・・・・ 146～151
怪事件回顧録（橋本清吉）・・・・・・・・・・ 152～165
はしがき（K記者）・・・・・・・・・・・・・・・・ 152～155
探偵学校アチーブメント・テスト（林耕三）
・・・・・・・・・・・・・・・・・・・・・・・・・・・・・・ 166～167
心理試験《小説》（江戸川乱歩）・・・・ 170～191
網膜脈視症《小説》（木々高太郎）・・ 192～207
情獄《小説》（大下宇陀児）・・・・・・・・ 208～232
空で唄ふ男の話《小説》（水谷準）・・ 234～241
蠟人《小説》（横溝正史）・・・・・・・・・・ 242～266

407

33 『探偵実話』

第3巻第3号　未所蔵
1952年3月15日発行　266頁　90円

執筆者の横顔（永田政雄氏）・・・・・・・・・ 10
今月の映画（津田幸夫）・・・・・・・ 11～14
閑人帖（伊達瓶九〔構成〕）・・・・・・・ 15～22
その夜《絵物語》（城昌幸）・・・・・・・ 23～26
相姦図絵《小説》（永田政雄）・・・・・ 28～64
推理詰将棋講座（山川次彦）・・・・・・・・ 64
十二の傷の物語〈1〉《小説》（木々高太郎）
　・・・・・・・・・・・・・・・・・・・・・・・・・・ 66～76
七十世紀の大予言（黒沼健）・・・・・・ 77～87
ウンチク東西比較論考（渡辺紳一郎）
　・・・・・・・・・・・・・・・・・・・・・・・・・・ 88～89
怪事件回顧録（藤沼庄平）・・・・・ 90～102
スキーの跡《小説》（宮下幻一郎）・・・・ 104～121
影武者と桃の花《小説》（朝島雨之助）
　・・・・・・・・・・・・・・・・・・・・・・・・ 122～127
ハルビンの妖女《小説》（埴輪史郎）
　・・・・・・・・・・・・・・・・・・・・・・・・ 128～148
刺青師の話〈3・完〉（彫字之）・・・・ 149～153
怪盗七面相 青い月の秘密の巻《小説》（島久平）・・・・・・・・・・・・・・・・・・・ 154～167
発光人間《小説》（百村浩）・・・・・ 168～185
悪霊島〈8〉《小説》（香山滋）・・・・ 186～198
妖婦菊江の物語〈2〉（三角寛）・・・ 200～219
女牢番《小説》（風流隠士）・・・・・・ 220～225
地底の獣国《小説》（久生十蘭）・・・ 228～266

第3巻第4号　増刊　所蔵あり
1952年3月31日発行　302頁　130円

横顔〔口絵〕・・・・・・・・・・・・・・・・・・・ 7～14
押絵と旅する男《小説》（江戸川乱歩）
　・・・・・・・・・・・・・・・・・・・・・・・・・・ 16～29
『押絵と旅する男』について（武田武彦）・・・ 29
琥珀のパイプ《小説》（甲賀三郎）・・・ 30～45
『琥珀のパイプ』について（武田武彦）・・・・ 45
蠟人《小説》（山田風太郎）・・・・・・ 46～65
『蠟人』について（武田武彦）・・・・・・・・・・ 65
愛慾禍《小説》（大下宇陀児）・・・・・ 66～81
『愛慾禍』について（武田武彦）・・・・・・・・ 81
恋愛曲線《小説》（小酒井不木）・・・ 82～93
『恋愛曲線』について（武田武彦）・・・・・・ 93
魔笛《小説》（高木彬光）・・・・・・ 94～108
『魔笛』について（武田武彦）・・・・・・・・ 108
宝石《小説》（城昌幸）・・・・・・・ 109～113
『宝石』について（武田武彦）・・・・・・・・ 113
妖虫記《小説》（香山滋）・・・・・ 114～123
『妖虫〔ママ〕』について（武田武彦）・・・・・ 123
地獄横丁《小説》（渡辺啓助）・・・ 124～134
『地獄横丁』について（武田武彦）・・・・・ 134
永遠の女囚《小説》（木々高太郎）・・・ 135～151

『永遠の女囚』について（武田武彦）・・・・・ 151
面影草紙《小説》（横溝正史）・・・・ 152～163
『面影草紙』について（武田武彦）・・・・・ 163
殺人演出《小説》（島一男）・・・・ 164～179
『殺人演出』について（武田武彦）・・・・・ 179
黒い手帳《小説》（久生十蘭）・・・・ 180～195
『黒い手帖』について（武田武彦）・・・・・ 195
爬虫館事件《小説》（海野十三）・・・ 196～212
『爬虫館事件』について（武田武彦）・・・・ 212
探偵小説三十年《座談会》（江戸川乱歩, 水谷準,
　大下宇陀児, 萱原宏一）・・・・・ 213～223
死後の恋《小説》（夢野久作）・・・・ 224～239
『死後の恋』について（武田武彦）・・・・・ 239
探偵小説蒐集狂（中島河太郎）・・・ 240～241
聖アレキセイ寺院の惨劇《小説》（小栗虫太
　郎）・・・・・・・・・・・・・・・・・・・・ 242～267
『セントアレキセイ寺院の惨劇』について
　（武田武彦）・・・・・・・・・・・・・・・・・・・ 267
蔦のある家《小説》（角田喜久雄）・・・ 268～278
『蔦のある家』について（武田武彦）・・・・ 278
探偵作家交友録（松野一夫）・・・・ 279～289
窓は敲かれず《小説》（水谷準）・・・ 290～302
『窓は敲かれず』について（武田武彦）・・・・ 302
解説について（武田武彦）・・・・・・・・・・ 302

第3巻第5号　所蔵あり
1952年4月15日発行　250頁　95円

執筆者の横顔（渡辺啓助氏）・・・・・・・・・ 10
今月の洋画〔口絵〕（津田幸夫）・・・ 11～14
閑人帖（伊達瓶九〔構成〕）・・・・・・・ 15～22
悪魔の夜宴《絵物語》（水谷準〔原作〕）
　・・・・・・・・・・・・・・・・・・・・・・・・・・ 23～26
北京猿人《小説》（渡辺啓助）・・・・・ 28～59
蛭《小説》（大河内常平）・・・・・・・ 60～75
魚臭《小説》（鷲尾三郎）・・・・・・・ 76～84
「魚臭」推薦の辞（江戸川乱歩）・・・・・・・ 77
硫黄島は生きている（大野利彦）・・・ 86～95
推理詰将棋講座（山川次彦）・・・・・・・・・ 95
死の一夜《小説》（三橋一夫）・・・・ 96～107
乱倫の涯（永松浅造）・・・・・・・ 108～117
怪盗七面相 完結篇 諸行無常の巻《小説》（山
　田風太郎）・・・・・・・・・・・・・・・ 118～133
南阿の獣人《小説》（橘外男）・・・・ 134～165
悪霊島〈9・完〉《小説》（香山滋）
　・・・・・・・・・・・・・・・・・・・・・・・・ 166～177
探偵作家相学論（天眼子）・・・・・ 178～181
十二の傷の物語〈2〉《小説》（木々高太郎）
　・・・・・・・・・・・・・・・・・・・・・・・・ 182～191
馬になりたや《小説》（風流隠士）・・・ 192～197
妖婦菊江の物語〈3・完〉（三角寛）
　・・・・・・・・・・・・・・・・・・・・・・・・ 198～215

408

チャン・イ・ミヤオ博士の罪(牧逸馬)
　………………………………218～250

第3巻第6号　所蔵あり
1952年5月15日発行　250頁　95円
執筆者の横顔(岡田鯱彦氏)………… 10
履歴詩(岡田鯱彦)………………………… 10
今月の洋画(口絵)(津田幸夫)… 11～14
おなじみ閑人帖(伊達瓶九〔構成〕)… 15～22
新妻の恐怖(絵物語)(角田喜久雄〔原作〕)
　………………………………23～26
遠隔窃聴狂《小説》(岡田鯱彦)… 28～51
猫の義眼《小説》(松前治作)… 52～65
五つの遺書《小説》(楠田匡介)… 66～84
十二の傷の物語〈3〉《小説》(木々高太郎)
　………………………………86～96
二人貞女《小説》(風流隠士)… 98～103
血染めの機密書類(ジョン・レオポルト〔著〕,
　大久保康雄〔訳〕)………… 104～115
白馬の怪《小説》(飛鳥高)… 116～137
推理詰将棋講座(山川次彦)…………… 137
誰も知らない《小説》(守友恒)… 138～157
花嫁の致命的蜜月旅行(ルイス・トムスン〔著〕,
　宮田丈二〔訳〕)…………… 158～172
姿なき脅迫者(林耕三)……… 173～175
白昼の銀行ギャング(鈴木孝二)… 176～185
肉体の代償(安田源四郎)…… 186～199
片目君と宝くじ《小説》(香住春吾)
　……………………………200～205
列車強盗《小説》(佐藤皓一)… 206～223
替玉姉妹《小説》(宮下幻一郎)… 226～242
モンテカルロの乞食《小説》(関川周)
　……………………………243～250

第3巻第7号　所蔵あり
1952年6月15日発行　250頁　95円
執筆者の横顔(香山滋氏)……………… 10
今月の映画(津田幸夫)……… 11～14
おなじみ閑人帖(伊達瓶九〔構成〕)… 15～22
狩り込み見学記《小説》(中村獏)… 23～26
コンワンの復讐《小説》(水谷準)… 28～39
十二の傷の物語〈4〉《小説》(木々高太郎)
　…………………………………40～51
執念〈1〉《小説》(大下宇陀児/楠田匡介)
　…………………………………52～63
探偵小説入門(江戸川乱歩)… 64～71
魔女とアルバイト《小説》(渡辺啓助)
　…………………………………72～91
パチンコ地獄《小説》(大河内常平)… 92～107
推理詰将棋講座(山川次彦)…………… 107

井戸端捜査会議《小説》(鳴山草平)
　……………………………108～121
死の影《小説》(鷲尾三郎)… 122～129
人鬼《小説》(三橋一夫)…… 130～140
追い銭《小説》(城昌幸)…… 142～149
女は据膳を繰返さず(安田源四郎)
　……………………………150～167
哀しき脅迫者《小説》(椿八郎)… 168～180
十風庵鬼語(横溝正史)……… 181～185
刺青執《小説》(角田実)…… 186～197
アロハ新撰組《小説》(島久平)… 198～212
女食人族《小説》(香山滋)… 214～250
編集余白……………………………… 250
※本文奥付は第3巻第6号と誤記

第3巻第8号　所蔵あり
1952年7月15日発行　250頁　95円
執筆者の横顔(山田風太郎氏)………… 10
初夏を飾る映画(津田幸夫)… 11～14
おなじみ閑人帖(伊達瓶九〔構成〕)… 15～22
留置場風景《小説》(中村獏)… 23～26
恋罪〈1〉《小説》(山田風太郎)… 28～40
カマキリ夫人《小説》(魔子鬼一)… 42～61
汽車を招く少女《小説》(丘美丈二郎)
　…………………………………62～77
山女魚《小説》(狩久)……… 78～92
死体の声(安田源四郎)……… 93～101
未亡人と夜盗《小説》(水谷準)… 102～113
狸尼僧《小説》(宮下幻一郎)… 114～131
執念〈2・完〉《小説》(大下宇陀児/楠田匡介)
　……………………………132～148
長持の中の男《小説》(鷲尾三郎)… 150～163
湖畔の殺人(林耕三)………… 164～165
桃色BTA《小説》(北町一郎)… 166～176
解剖夜話(鶴田亘璋)………… 177～179
十二の傷の物語〈5〉《小説》(木々高太郎)
　……………………………180～190
三面記事拡大鏡(座談会)(山中信夫、黒田淳、小
　松丘彦、鈴木孝二)………… 191～195
新牡丹燈籠《小説》(永瀬三吾)… 196～207
文ちがい《小説》(風流隠士)… 208～213
青衣の画像《小説》(村上信彦)… 214～250
村上信彦君を推す(木々高太郎)……… 217

第3巻第9号　未所蔵
1952年8月15日発行　250頁　95円
執筆者の横顔(鷲尾三郎氏)…………… 10
今月の映画(津田幸夫)……… 11～14
おなじみ閑人帖(伊達瓶九〔構成〕)… 15～18
漫画の街(漫画)………………… 19～22
恋罪〈2・完〉《小説》(山田風太郎)… 24～37
御存知豪傑節《小説》(島久平)… 38～51

33 『探偵実話』

「鬼」新会員募集 ‥‥‥‥‥‥‥‥‥ 51
悪霊の美女《小説》（武田武彦）‥‥ 52〜63
十二の傷の物語《6》《小説》（木々高太郎）
　‥‥‥‥‥‥‥‥‥‥‥‥‥‥‥ 64〜73
妻に知らすな《小説》（風流隠士）　74〜79
マドロスの恋（安田源四郎）‥‥‥ 80〜93
推理詰将棋（山川次彦）‥‥‥‥‥‥‥ 93
炎の女《小説》（永田政雄）‥‥‥ 94〜105
三面記事拡大鏡《座談会》（山中信夫、黒田淳、小松丘彦、鈴木孝二）‥‥‥‥‥ 106〜112
解剖夜話（鶴田亘璋）‥‥‥‥‥ 113〜115
旧家の狐女《小説》（仰蛙庵主人）116〜125
吸血の美女（胡竜）‥‥‥‥‥‥ 126〜134
夏の夜ばなし
　会いに来た船長（近江俊郎）‥‥‥ 135
　ギョッとした話（三田庸子）‥‥‥ 136
　五寸釘の怪（小月冴子）‥‥‥‥‥ 137
　怪談会での出来事（平山蘆江）
　　‥‥‥‥‥‥‥‥‥‥‥‥‥ 137〜138
名刑事兼子道弘（永松浅造）‥‥ 140〜151
蛆《小説》（潮寒二）‥‥‥‥‥ 152〜165
幽霊と寝た後家《小説》（宮下幻一郎）
　‥‥‥‥‥‥‥‥‥‥‥‥‥‥ 166〜182
路上の殺人《小説》（大牟田次郎）184〜194
パチンコ綺譚（香住春吾）‥‥‥ 196〜203
裸の姉妹（椋鳩十）‥‥‥‥‥‥ 204〜217
三人の未亡人（林耕三）‥‥‥‥ 218〜219
生きている屍《小説》（鷲尾三郎）220〜250

第3巻第10号　所蔵あり
1952年9月15日発行　250頁　95円

執筆者の横顔（永瀬三吾氏）‥‥‥‥‥ 10
拳銃45《映画物語》（津田幸夫）‥ 11〜14
探偵作家動物園（松野一夫〔画〕）15〜18
漫画の街《漫画》‥‥‥‥‥‥‥‥ 19〜22
蛍光燈《小説》（島田一男）‥‥‥ 24〜49
逆縁婚《小説》（村上信彦）‥‥‥ 52〜69
濡れ紙《小説》（鷲尾三郎）‥‥‥ 70〜87
ムラー旦那《小説》（関川周）‥‥ 88〜97
宝の山《小説》（今日泊二）‥‥‥ 98〜99
姦通罪《小説》（鬼怒川浩）‥‥ 100〜110
魔法の指輪《小説》（風流隠士）‥112〜117
釜鳴女房《小説》（宮下幻一郎）‥118〜134
おなじみの閑人帖（伊達瓶九〔構成〕）
　‥‥‥‥‥‥‥‥‥‥‥‥‥‥ 135〜138
諜報専門家（ベテラン）の機密日誌《座談会》（日高富明、恒吉淑智、宮元利直）‥‥‥ 140〜153
老嬢マリア《小説》（魔子鬼一）‥154〜159
推理詰将棋（山川次彦）‥‥‥‥‥‥ 160
オリンピック‥‥‥‥‥‥‥‥‥ 166〜167
怪犯人牛若丸《小説》（島久平）‥168〜180

三面記事拡大鏡《対談》（山中信夫、黒田淳、小松丘彦）‥‥‥‥‥‥‥‥‥ 181〜185
人生の係蹄（安田源四郎）‥‥‥ 186〜199
動物園の殺人（林耕三）‥‥‥‥ 200〜201
下手人昇天《小説》（九鬼澹）‥ 202〜214
女の化身法《小説》（川原久仁於）215〜223
浴槽の女《小説》（村瀬茂克）‥ 224〜227
麻薬を吸う女《小説》（永瀬三吾）228〜250
編集余白（T）‥‥‥‥‥‥‥‥‥‥ 250

第3巻第11号　増刊　所蔵あり
1952年9月30日発行　220頁　130円

『探偵怪奇恐怖小説名作集』について（江戸川乱歩）‥‥‥‥‥‥‥‥‥‥‥‥ 13
人面疽《小説》（谷崎潤一郎）‥‥ 14〜23
［解説］（中島河太郎）‥‥‥‥‥‥‥ 14
十四人目の乗客《小説》（大下宇陀児）
　‥‥‥‥‥‥‥‥‥‥‥‥‥‥‥ 24〜29
［解説］（中島河太郎）‥‥‥‥‥‥‥ 24
処女水《小説》（香山滋）‥‥‥‥ 30〜35
［解説］（中島河太郎）‥‥‥‥‥‥‥ 30
面（マスク）《小説》（横溝正史）‥ 36〜42
［解説］（中島河太郎）‥‥‥‥‥‥‥ 36
階段《小説》（大坪沙男）‥‥‥‥ 43〜45
［解説］（中島河太郎）‥‥‥‥‥‥‥ 43
瓶詰地獄《小説》（夢野久作）‥‥ 46〜49
［解説］（中島河太郎）‥‥‥‥‥‥‥ 46
逗子物語《小説》（橘外男）‥‥‥ 50〜66
［解説］（中島河太郎）‥‥‥‥‥‥‥ 50
記録にある怪奇‥‥‥‥‥‥‥‥‥‥ 66
その暴風雨《小説》（城昌幸）‥‥ 67〜69
［解説］（中島河太郎）‥‥‥‥‥‥‥ 67
諸国奇譚‥‥‥‥‥‥‥‥‥‥‥ 68〜69
塗込められた洋次郎《小説》（渡辺啓助）
　‥‥‥‥‥‥‥‥‥‥‥‥‥‥‥ 70〜76
［解説］（中島河太郎）‥‥‥‥‥‥‥ 70
柘榴病《小説》（瀬下耽）‥‥‥‥ 77〜81
［解説］（中島河太郎）‥‥‥‥‥‥‥ 77
芋虫《小説》（江戸川乱歩）‥‥‥ 82〜89
［解説］（中島河太郎）‥‥‥‥‥‥‥ 82
手術《小説》（小酒井不木）‥‥‥ 90〜93
［解説］（中島河太郎）‥‥‥‥‥‥‥ 90
TTJ娯楽番組‥‥‥‥‥‥‥‥‥ 92〜93
万人抗（ワンインクワン）《小説》（山田風太郎）‥ 94〜99
［解説］（中島河太郎）‥‥‥‥‥‥‥ 94
悪戯（いたづら）《小説》（甲賀三郎）‥ 100〜103
［解説］（中島河太郎）‥‥‥‥‥‥ 100
海豹島《小説》（久生十蘭）‥‥ 104〜118
［解説］（中島河太郎）‥‥‥‥‥‥ 104
蛇男《小説》（角田喜久雄）‥‥ 119〜123

410

［解説］(中島河太郎)・・・・・・・・・119
親友トクロポント氏《小説》(三橋一夫)
　・・・・・・・・・・・・・・・・・・124～131
［解説］(中島河太郎)・・・・・・・・・124
振動魔《小説》(海野十三)・・・・・・132～140
［解説］(中島河太郎)・・・・・・・・・132
草履虫《小説》(水谷準)・・・・・・141～145
［解説］(中島河太郎)・・・・・・・・・141
怪談・恐怖談《座談会》(徳川夢声, 江戸川乱歩, 水谷準)・・・・・・・・・・・・146～150
老編集者の思い出(森下雨村)・・151～155
妖奇の鯉魚《小説》(岡田鯱彦)・・156～163
［解説］(中島河太郎)・・・・・・・・・156
医学生と首《小説》(木々高太郎)・・164～171
［解説］(中島河太郎)・・・・・・・・・164
梅雨夫人《小説》(島田一男)・・172～177
［解説］(中島河太郎)・・・・・・・・・172
生きてゐる人形《小説》(鷲尾三郎)
　・・・・・・・・・・・・・・・・・・178～189
［解説］(中島河太郎)・・・・・・・・・178
鼠の贄《小説》(高木彬光)・・190～201
［解説］(中島河太郎)・・・・・・・・・190
七時〇三分《小説》(牧逸馬)・・202～219
［解説］(中島河太郎)・・・・・・・・・202
編集余白・・・・・・・・・・・・・・・・・・220

第3巻第12号　所蔵あり
1952年10月15日発行　250頁　95円
執筆者の横顔(川島郁夫)・・・・・・・・・10
誰が為に鐘は鳴る《映画物語》(津田幸夫)
　・・・・・・・・・・・・・・・・・・11～14
漫画の街《漫画》・・・・・・・・・15～18
おなじみの閑人帖(伊達瓶九〔構成〕)
　・・・・・・・・・・・・・・・・・・19～22
武蔵野病棟記《小説》(川島郁夫)・・24～61
十二の傷の物語〈7〉《小説》(木々高太郎)
　・・・・・・・・・・・・・・・・・・62～69
狂痴の告白《小説》(潮寒二)・・70～83
秋風五丈原《小説》(島久平)・・84～97
運ちゃんと女難《小説》(筐竜彦)・・98～107
作者の略歴・・・・・・・・・・・・・・・・・・98
アオイ旅館の女将(諏訪三郎)・・108～121
人面瘡《小説》(渡辺啓助)・・122～134
怪奇譚
　田中河内之助の怪(徳川夢声)
　・・・・・・・・・・・・・・・・・・135～137
　お狐さん(佐野周二)・・137～138
　生垣にたゝずむ女(淡谷のり子)・・138
欲ばり強盗《漫画》(森本哲夫)・・・139
好色地蔵《小説》(宮下幻一郎)・・140～155
白髪鬼(鼓五平太)・・・・・・156～168

奇妙な義侠心《小説》(城崎竜子)・・170～183
三面記事拡大鏡《対談》(小松丘彦, 黒田淳, 鈴木孝二)・・・・・・・・・・・・184～189
蝉《小説》(登史草兵)・・・・・・190～201
作者の略歴・・・・・・・・・・・・・・・・・・190
ヨシユア神父物語(林耕三)・・202～203
王様の女婿となって(村松駿吉)・・204～217
　（サルタン）
推理詰将棋(山川次彦)・・・・・・・・・217
女郎蜘蛛《小説》(井口正憲)・・218～233
作者の略歴・・・・・・・・・・・・・・・・・・218
人妻番人(安田源四郎)・・234～250
編集余白・・・・・・・・・・・・・・・・・・250

第3巻第13号　所蔵あり
1952年11月15日発行　250頁　95円
執筆者の横顔(村上信彦氏)・・・・・・10
五本の指《映画物語》(津田幸夫)・・11～14
漫画の街《漫画》・・・・・・・・・15～18
おなじみ閑人放送局(伊達瓶九〔構成〕)
　・・・・・・・・・・・・・・・・・・19～22
哀妻記《小説》(村上信彦)・・24～46
仮面《小説》(狩久)・・・・・・48～62
　（マスク）
小便小僧《漫画》(中島逸平)・・・・・・63
きょうだい《小説》(鷲尾三郎)・・64～77
アスク金山詐欺事件の顛末(安田源四郎)
　・・・・・・・・・・・・・・・・・・78～99
十二の傷の物語〈8〉《小説》(木々高太郎)
　・・・・・・・・・・・・・・・・・・100～109
断崖の決闘《小説》(夢座海二)・・110～123
暴虐中共の内幕(彭昭賢)・・124～134
漫画の街《漫画》・・・・・・・・・135～138
靴痕の不思議(小南通)・・140～148
北海道の古代文字(駒井和愛)・・149～151
贋札使い《小説》(城崎竜子)・・152～165
推理詰将棋(山川次彦)・・・・・・・・・165
覇也子の誕生日《小説》(筐竜彦)
　（バース・デイ）
　・・・・・・・・・・・・・・・・・・166～175
三面記事拡大鏡《対談》(小松丘彦, 黒田淳, 鈴木孝二, 山中信夫)・・176～181
蝮の敏《小説》(島久平)・・182～195
狂女は知つていた《小説》(村尾勇)
　・・・・・・・・・・・・・・・・・・196～201
恐喝者(林耕三)・・・・・・202～203
憑かれた殺人鬼(大平陽介)・・204～213
名医シャモカイ《小説》(風流隠士)
　・・・・・・・・・・・・・・・・・・214～219
呪いのトーテム・ポール(水島欣也)
　・・・・・・・・・・・・・・・・・・220～232
テゴタエアリ!《漫画》(森本哲夫)・・233
馬小町《小説》(宮下幻一郎)・・234～250

33 『探偵実話』

編集余白 ・・・・・・・・・・・・・・・・・・・・・・・・ 250

第3巻第14号　未所蔵
1952年12月15日発行　250頁　95円

執筆者の横顔（潮寒二氏）・・・・・・・・・・・・ 10
今月の洋画（津田幸夫）・・・・・・・・・・・ 11～14
漫画の街《漫画》・・・・・・・・・・・・・・・・・・ 15～18
おなじみ閑人帖（伊達瓶九〔構成〕）・・ 19～20
影絵《小説》（鷲尾三郎）・・・・・・・・・・・ 24～48
四人の滞在客《小説》（ビーストン〔著〕，妹尾アキ夫〔訳〕）・・・・・・・・・・・・・・・・・ 49～61
マリアの丘《小説》（土屋隆夫）・・・・・・ 62～76
執念深い男（中島逸平）・・・・・・・・・・・・・・・・ 77
密室《小説》（楠田匡介）・・・・・・・・・・・ 78～93
金と力（安田源四郎）・・・・・・・・・・・・・ 94～113
五つの卵《小説》（風流隠士）・・・・・・ 114～119
疾走する死神《小説》（島久平）・・・・ 120～134
漫画の街《漫画》・・・・・・・・・・・・・・・・ 135～138
探偵作家見たり聞いたり・・・・・・・・・・・・・・ 139
地獄船（福地二郎）・・・・・・・・・・・・・・ 140～151
推理詰将棋（山川次彦）・・・・・・・・・・・・・・・ 151
風流人形ばなし（西沢笛畝）・・・・・・ 152～153
無代進呈《小説》（城崎竜子）・・・・・・ 154～165
三面記事拡大鏡《座談会》（山中信夫，黒田淳，小松丘彦，鈴木孝二）・・・・・・・・・・・・・ 166～171
裏切者《小説》（香住春吾）・・・・・・・・ 172～181
熊の宿《小説》（宮下幻一郎）・・・・・・ 182～198
探偵物語（菅生十余）・・・・・・・・・・・・・・・・ 199
恋愛病院（永松浅造）・・・・・・・・・・・・ 200～212
御曹子武勇伝《小説》（篁竜彦）・・・・ 214～223
相愛荘事件?（林耕三）・・・・・・・・・・・ 224～225
犬畜生《小説》（潮寒二）・・・・・・・・・・ 226～250
愛読者のページ ・・・・・・・・・・・・・・・・・・・・ 243
編集余白 ・・・・・・・・・・・・・・・・・・・・・・・・・・ 250

第4巻第1号　所蔵あり
1953年1月15日発行　300頁　100円

執筆者の横顔（狩久氏）・・・・・・・・・・・・・・・・ 12
ある日のお馴染執筆家《口絵》・・・・・・ 13～16
漫画の街《漫画》・・・・・・・・・・・・・・・・・・ 17～24
今月の洋画（津田幸夫）・・・・・・・・・・・ 25～28
おなじみ閑人帖（伊達瓶九〔構成〕）・・ 29～36
恋囚《小説》（狩久）・・・・・・・・・・・・・・・ 38～71
吉田御殿《小説》（渡辺啓助）・・・・・・・ 72～85
ジョーンズ事件（林耕三）・・・・・・・・・・ 86～87
名刑事・名記者新春殊勲を語る座談会《座談会》（坂和道五郎，平塚八兵衛，大島勝義，長谷川一富，牧内良樹，鹿子田耕三）・・ 88～101
八つの手紙《小説》（バレージ〔著〕，妹尾アキ夫〔訳〕）・・・・・・・・・・・・・・・・・・ 102～105
金神大王《小説》（宮下幻一郎）・・・・ 106～119

十二の傷の物語〈9〉《小説》（木々高太郎）・・・・・・・・・・・・・・・・・・・・・・・・・・・・ 120～129
推理詰将棋（山川次彦）・・・・・・・・・・・・・・・ 129
機転女房《小説》（風流隠士）・・・・・・ 130～135
名宝紛失《小説》（城崎竜子）・・・・・・ 136～148
トランプ独り占い（観雲学人）・・・・・・・・・・ 149
人間改造の話（梅沢文雄）・・・・・・・・ 150～151
数字のパズル ・・・・・・・・・・・・・・・・・・・・・・ 152
穴ぐら人生《漫画》（中島逸平）・・・・・・・・ 153
漫画の街《漫画》・・・・・・・・・・・・・・・・ 154～156
覗く眼《小説》（瀬下耽）・・・・・・・・・・・ 157～163
黒化粧の怪漢（小南通）・・・・・・・・・・・ 164～179
新年カルタ会《小説》（篁竜彦）・・・・ 180～188
侍行進曲《小説》（島久平）・・・・・・・・ 190～203
生き埋めは叫ぶ（安田源四郎）・・・・ 204～217
対談稼業アレコレ話（徳川夢声）・・・・ 218～225
長恨白ゆり隊（村松駿吉）・・・・・・・・ 226～243
六瓢の帯止（大平陽介）・・・・・・・・・・ 244～256
謎の人妻絞殺事件（花村香）・・・・・・ 258～268
爐辺夜話（喜多村緑郎）・・・・・・・・・・ 269～275
本誌（十二月号）の反響・・・・・・・・・・・・・・ 273
探偵作家見たり聞いたり・・・・・・・・・・ 274～275
極悪人の女像《小説》（鷲尾三郎）・・ 278～300
編集余白 ・・・・・・・・・・・・・・・・・・・・・・・・・・ 300

第4巻第2号　増刊　所蔵あり
1953年1月30日発行　226頁　100円

東西風流小咄集 ・・・・・・・・・・・・・・・・・・ 11～18
風流古川柳百花撰 ・・・・・・・・・・・・・・・・ 19～22
みんなはお茶のテーブルで《詩》（ハイネ〔著〕，大木惇夫〔訳〕）・・・・・・・・・・・・・・・ 23
金剛遍照《小説》（獅子文六）・・・・・・・ 24～36
バルコニー ・・・・・・・・・・・・・・・・・・・・・・ 36～37
若い娘《小説》（石坂洋次郎）・・・・・・・ 38～49
マジナヒ懺悔《小説》（志智双六）・・・・ 50～66
象の卵《小説》（火野葦平）・・・・・・・・・ 68～78
ノアの洪水《小説》（石井哲夫）・・・・・・ 79～93
チンドン屋 ・・・・・・・・・・・・・・・・・・・・・・・・・・ 85
人妻物語《小説》（林房雄）・・・・・・・・ 94～105
ブル吉行状記（佐藤垢石）・・・・・・・・ 106～111
はだか弁天《小説》（宮下幻一郎）・・ 112～127
神霊ホルモン《小説》（北町一郎）・・ 128～134
粋人閑話
　女犯恵比須（宮尾しげを）・・・・・・ 135～136
　千人斬（本山荻舟）・・・・・・・・・・・・ 136～137
　鏡餅騒動（平山蘆江）・・・・・・・・・・ 137～139
風流山国ばなし《小説》（棟田博）・・ 140～155
素性吟味《小説》（井伏鱒二）・・・・・・ 156～169
江戸小ばなし ・・・・・・・・・・・・・・・・・・ 168～169
ワイ文学を叱る（徳川夢声）・・・・・・・ 170～174

33『探偵実話』

ソーセージ綺譚《小説》(宮本幹也)	
………………………………	175〜189
道やひとすじ《小説》(小田嶽夫) ……	190〜203
巡礼浮世噺《小説》(バルザック〔著〕, 小西茂也〔訳〕)	
………………………………	204〜209
あちらのさくら音頭 ……………………	209
ホーデン侍従《小説》(尾崎士郎) ……	210〜226
編集後記 …………………………………	226

第4巻第3号　所蔵あり
1953年2月15日発行　250頁　100円

執筆者の横顔(山村正夫氏) …………	10
今月の洋画(津田幸夫) ………………	11〜14
漫画の街《漫画》 ………………………	15〜18
おなじみ閑人帖(伊達瓶九〔構成〕) …	19〜22
幸福と夢《詩》(ゲーテ〔著〕, 高橋健二〔訳〕)	
………………………………	23
受験生《小説》(山村正夫) …………	24〜55
山村正夫君に期待す(横溝正史) ……	24〜25
妖蜂《小説》(黒沼健) ………………	56〜71
乳房《小説》(鷲尾三郎) ……………	72〜86
十二の傷の物語〈10〉《小説》(木々高太郎)	
………………………………	88〜96
水かけ女《小説》(風流隠士) ………	98〜103
ふぐ毒殺事件《小説》(仰蛙庵主人)	
………………………………	104〜114
流されゆく老舗(諏訪三郎) …………	116〜125
盛り場署長記(石田昇) ………………	126〜134
漫画の街《漫画》 ………………………	135〜138
霊媒(常安田鶴子) ………………………	139〜143
遺されていた歯型(花村香樹) ………	144〜154
鹿地亘騒動記(小松丘彦) ……………	155〜157
愛は民族を超えて《小説》(安田源四郎)	
………………………………	158〜173
銀座に現われた"女王蜂"(佐久間純)	
………………………………	174〜179
推理詰将棋(山川次彦) ………………	179
悲恋マイト心中《小説》(志摩達夫)	
………………………………	180〜193
不貞女《小説》(魔子鬼一) …………	194〜209
夢の金壺《小説》(宮下幻一郎) ……	210〜222
自由党という名の集団(黒田淳) ……	223〜225
夜のドライブ《小説》(童竜彦) ……	226〜235
アダムス翁の怪死(林耕三) …………	236〜237
姉御の敗北《小説》(城崎竜子) ……	238〜250
編集後記 …………………………………	250

第4巻第4号　未所蔵
1953年3月15日発行　250頁　100円

執筆者の横顔(黒沼健氏) ……………	14
世界の笑点《漫画》 ……………………	15〜18
探偵クイズ(朝島雨之助) ……………	19〜22
完全犯罪《小説》(村上信彦) ………	24〜39
紅い手帳《小説》(角田寛英) ………	40〜53
不貞《小説》(鷲尾三郎) ……………	54〜70
計略《小説》(坪田宏) ………………	72〜85
二十年前の手紙《小説》(ウイリアムソン〔著〕, 妹尾アキ夫〔訳〕)	
………………………………	86〜87
葦《小説》(登史草兵) ………………	88〜99
推理詰将棋(山川次彦) ………………	99
悪口公子《小説》(風流隠士) ………	100〜105
悪夢(小南通) ……………………………	106〜120
さいど凧《小説》(宮下幻一郎) ……	121〜134
漫画の街《漫画》 ………………………	135〜138
探偵作家見たり聞いたり ………………	139
天晴れ運ちゃん《小説》(童彦) ……	140〜150
恋の死刑囚(永松浅造) ………………	152〜163
男を恋する男《小説》(井口正憲) …	164〜176
ガス自殺事件(林耕三) ………………	178〜179
「126」の秘密《小説》(城崎竜子) …	180〜192
三面記事拡大鏡《座談会》(黒田淳, 小松丘彦, 鈴木孝二)	
………………………………	193〜197
屋根をとぶ怪盗(大平陽介) …………	198〜205
お銀さま《小説》(南蛮寺尚) ………	206〜222
雪洞に燃ゆる恋《小説》(村松呂久良)	
………………………………	224〜229
白い異邦人《小説》(黒沼健) ………	230〜250
編集後記 …………………………………	250

第4巻第5号　所蔵あり
1953年4月15日発行　258頁　100円

執筆者の横顔(土屋隆夫氏) …………	10
鑵詰殺人事件《小説》(伴大作) ……	11〜14
今月の洋画(津田幸夫) ………………	15〜18
閑人帖(伊達瓶九〔構成〕) ……………	19〜22
日本の笑点《漫画》(蓮見亘) ………	23〜26
推理の花道《小説》(土屋隆夫) ……	28〜51
牛若丸《小説》(鷲尾三郎) …………	52〜65
妻の恋人《小説》(岡田鯱彦) ………	66〜78
犯罪御存じ帖 ……………………………	69
犯罪御存じ帖 ……………………………	73
遺骨引揚《漫画》(関屋陸児) ………	79
不正入学《小説》(大河内常平) ……	80〜93
犯罪御存じ帖 ……………………………	83
犯罪御存じ帖 ……………………………	91
行李詰めの皇帝(桑島主計) …………	94〜105
探偵作家見たり聞いたり ………………	105
歓喜菩薩《小説》(宮下幻一郎) ……	106〜119
三面記事拡大鏡《座談会》(黒田淳, 小松丘彦, 鈴木孝二)	
………………………………	120〜123
青春三羽烏《小説》(童竜彦) ………	124〜133
賭け将棋インチキ伝(花村元司) ……	134〜138

413

33『探偵実話』

推理詰将棋（山川次彦）・・・・・・・・・・・ 137
浅草の実態《座談会》（毛呂紹助、八木西次、羽田ヨシエ、中野華子、山中信夫）・・・・ 139〜146
漫画アンデパンダン《漫画》・・・・・・・・・ 147〜149
戦犯の妻は去りゆく《小説》（諏訪三郎）
・・・・・・・・・・・・・・・・・・・・・ 150〜161
犯罪御存じ帖・・・・・・・・・・・・・・・・ 153
犯罪御存じ帖・・・・・・・・・・・・・・・・ 157
アプレ破戒僧（花村香樹）・・・・・・・・・ 162〜173
鬼の独り言（中島河太郎）・・・・・・・・・ 174〜175
天保探偵登場《小説》（城崎竜子）・・・・・ 176〜188
はりがね強盗始末記（三谷祥介）・・・・・・ 190〜200
瓔珞羅の冬吉《小説》（南蛮寺尚）・・・・・ 202〜219
西八坊岬の悲劇《小説》（土英雄）・・・・・ 220〜231
長屋騒動（林耕三）・・・・・・・・・・・・ 232〜233
桜の下の死体《小説》（朝島雨之助）
・・・・・・・・・・・・・・・・・・・・・ 234〜239
川柳殺人事件《小説》（東禅寺明）・・・・・ 242〜258

第4巻第6号　未所蔵
1953年5月15日発行　252頁　98円

今月の洋画（津田幸夫）・・・・・・・・・・・ 9〜12
歴史的マンガ《漫画》（蓮見亘）・・・・・・・ 13〜16
交番日記（中村獏）・・・・・・・・・・・・・ 17〜20
善良な悪魔達《小説》（魔子鬼一）・・・・・・ 22〜39
泥濘《小説》（鷲尾三郎）・・・・・・・・・・ 40〜55
某名士の告白《小説》（大河内常平）・・・・・ 56〜71
天狗の卵《小説》（宮下幻一郎）・・・・・・・ 72〜87
たき壺の人生《小説》（坪田宏）・・・・・・・ 88〜101
三面記事拡大鏡《座談会》（小松丘彦、鈴木孝二、黒田淳）・・・・・・・・・・・・・・ 102〜106
姿なき脅迫者《小説》（城崎竜子）・・・・・ 108〜120
米国大使館の金庫を破った男（伊東鐐太郎）
・・・・・・・・・・・・・・・・・・・・・ 121〜132
東京租界の実態を語る《座談会》（山中信夫、山村一郎、竹田六助、M・アルバート）
・・・・・・・・・・・・・・・・・・・・・ 133〜140
石鹸の紛失《小説》（蕫竜彦）・・・・・・・ 142〜152
暴力女給《漫画》（関屋陸児）・・・・・・・・ 153
鬼の独り言（中島河太郎）・・・・・・・・・ 154〜155
灰色の青春（是安洋子）・・・・・・・・・・ 156〜165
輿論殺人事件（林耕三）・・・・・・・・・・ 166〜167
へちゃもくれん《小説》（深草蛍五）
・・・・・・・・・・・・・・・・・・・・・ 168〜179
贋札を追う（三谷祥介）・・・・・・・・・・ 182〜192
女犯罪御存じ帖・・・・・・・・・・・・・・ 185
女犯罪御存じ帖・・・・・・・・・・・・・・ 189
護身術流行《漫画》（すずき厚）・・・・・・・ 193
三度目のボタン（柴山兼四郎）・・・・・・・ 194〜197
ある二世スパイの回想（糊沢竜吉）
・・・・・・・・・・・・・・・・・・・・・ 198〜213

推理詰将棋（山川次彦）・・・・・・・・・・・ 213
公庫住宅内明暗記（夏川洗石）・・・・・・・ 214〜217
未来戦を決定するもの（横井俊幸）
・・・・・・・・・・・・・・・・・・・・・ 218〜229
焔の曲《小説》（二階堂彪）・・・・・・・・ 230〜252
編集後記・・・・・・・・・・・・・・・・・ 252

第4巻第7号　所蔵あり
1953年6月15日発行　256頁　100円

今月の洋画（津田幸夫）・・・・・・・・・・・ 9〜12
ステッキガール繁昌記（中村獏）・・・・・・・ 13〜16
頭に来る季節・・・・・・・・・・・・・・・ 17〜20
漫画アンデパンダン《漫画》・・・・・・・・・ 21〜24
殺人狂詩曲《小説》（角田実）・・・・・・・・ 26〜37
風穴《小説》（鷲尾三郎）・・・・・・・・・・ 38〜54
復讐への壁《小説》（梶竜雄）・・・・・・・・ 56〜71
コント・デルタの秘密（伊東虎太郎）
・・・・・・・・・・・・・・・・・・・・・・ 72〜85
ある一軍人の回想（河辺庄四郎）・・・・・・・ 86〜93
河童の手紙《小説》（宮下幻一郎）・・・・・ 94〜107
名人位争奪の血戦（香亭棋人）・・・・・・・ 108〜109
運命の神秘（高島呑象次）・・・・・・・・・ 110〜119
ばくち狂時代《小説》（大河内常平）
・・・・・・・・・・・・・・・・・・・・・ 120〜136
外人記者のみた東京の夜を語る座談会《座談会》（ロベール・ギラン、レオナード・フアーマン、中野五郎）・・・・・・・・・・・ 137〜144
混血の子は誰のもの！（小笠原宗明）
・・・・・・・・・・・・・・・・・・・・・ 146〜156
キッス殺人事件（林耕三）・・・・・・・・・ 156〜157
失われた妻の座席（村松呂久良）・・・・・・ 158〜171
怪猫奇譚・・・・・・・・・・・・・・・・・ 170〜171
修道院の十二号室（安田源四郎）・・・・・・ 172〜183
かくて邪の恋は終りぬ（永松浅造）
・・・・・・・・・・・・・・・・・・・・・ 184〜196
ギャングとあんまの物語《漫画》（菅節也）
・・・・・・・・・・・・・・・・・・・・・・・ 197
殺された人間の亡霊（三谷祥介）・・・・・・ 198〜211
三面記事拡大鏡《座談会》（小松丘彦、鈴木孝二、黒田淳）・・・・・・・・・・・・・ 212〜217
天保探偵失踪す《小説》（城崎竜子）
・・・・・・・・・・・・・・・・・・・・・ 218〜231
テート・ベーシュ《小説》（村上信彦）
・・・・・・・・・・・・・・・・・・・・・ 234〜256
推理詰将棋（山川次彦）・・・・・・・・・・・ 255
編集後記・・・・・・・・・・・・・・・・・・ 256

第4巻第8号　未所蔵
1953年7月15日発行　258頁　100円

今月の洋画（津田幸夫）・・・・・・・・・・・ 9〜12
ポンビキ日記（中村獏）・・・・・・・・・・・ 13〜16

33『探偵実話』

夏の笑《漫画》	17〜20
漫画の街《漫画》	21〜24
東条暗殺計画(牛島辰熊)	25〜41
胴切り師(渡辺啓助)	42〜56
やくざワルツ《小説》(大河内常平)	58〜72
もやい舟《小説》(宮下幻一郎)	74〜85
鬼の独り言(中島河太郎)	86〜87
海峡の放浪者(安田源四郎)	88〜103
二十年目の復讐《小説》(和田操)	104〜115
好色変性(矢野目源一)	116〜123
ああ法廷に涙あり(永松浅造)	124〜136
東京アジャパー風景《座談会》	137〜144
美人宝石商殺し(三谷祥介)	146〜157
姉御の幸福《小説》(城崎竜子)	158〜170
世紀の拳闘タイトル・マッチ(郡司信夫)	172〜173
夢で見た顔《小説》(サツパー〔著〕,妹尾アキ夫〔訳〕)	174〜181
探偵作家高木彬光氏の運命 観相の記(高島呑象次)	182〜184
探偵作家高木彬光氏の運命 占われの記(高木彬光)	185〜189
湯殿殺人事件《小説》(東禅寺明)	190〜206
三面記事拡大鏡《座談会》(鈴木孝二,小松丘彦,黒田淳)	207〜211
推理詰将棋(山川次彦)	211
チャンドラ・ボースと光機関(中野五郎)	212〜224
鯨 血染の漂流船―発端篇―《小説》(島田一男)	225〜235
鯨 血しぶく美臭―捜査篇―《小説》(鷲尾三郎)	236〜247
鯨 血ぬられたる血潮―解決篇―《小説》(岡田鯱彦)	248〜258

第4巻第9号　所蔵あり
1953年8月1日発行　240頁　100円

今月の洋画(津田幸夫)	9〜12
東京ガイド日記(中村獏)	13〜16
笑熱地帯《漫画》	17〜20
冗談冷やんそん集(冗談くらぶ同人)	21〜16
涎《小説》(潮寒二)	26〜43
霧の中の大入道	43
幽霊船メリー・セレスト号事件(中野五郎)	44〜63
犯罪御forじ帖(伴大作)	62〜63
黒い血《小説》(魔子鬼一)	64〜78
アナク・クラカトア《小説》(香山滋)	80〜94
死体が立上つた話(岡本三郎)	94〜95
鬼の独り言(中島河太郎)	96〜97
初夜勤行《小説》(宮下幻一郎)	98〜111
夏のおしゃれ・エチケット(O・S・R)	112〜113
幽霊(小野佐世男)	114〜119
曲馬団殺人事件(伴大作)	120〜121
菅間徳太郎懺悔録(永松浅造)	122〜136
客よせ戦術あの手この手《座談会》(山下春子,伊藤豊子,鈴木和江,井田鶴江,徳田一郎)	137〜144
ピストル密輸団の追跡(三谷祥介)	146〜159
国際謀略と麻薬(小松丘彦)	159
アジヤパアー《小説》(大河内常平)	160〜173
ダイヤ異変	173
奇妙な贈物《小説》(林ny三)	174〜179
人蛾物語《小説》(角田実)	180〜191
推理詰将棋講座(山川次彦)	191
A級戦犯遺家族後日譚(河原敏明)	192〜197
闇黒の世にそむきて《小説》(清水三郎)	198〜208
肥える料理・痩せる料理(小日向光翁)	209
運ちゃん廃業《小説》(童竜彦)	210〜220
ベビー科学教室	221
テレビジョンの知識(代々木雅宏)	222〜223
Q夫人と猫《小説》(鷲尾三郎)	224〜240

※表紙は1953年8月15日発行

第5巻第1号　所蔵あり
1954年1月15日発行　254頁　100円

お歴々歓談《座談会》(江戸川乱歩,大下宇陀児,木々高太郎,角田喜久雄,水谷準)	8〜9
リルの漫画《漫画》	11〜14
女の性生活(林ny三)	15〜22
女妖 前篇《小説》(江戸川乱歩)	24〜35
女妖 中篇《小説》(香山滋)	35〜46
女妖 後篇《小説》(鷲尾三郎)	46〜61
鬼の独り言(中島河太郎)	62〜63
結婚の練習《小説》(狩久)	64〜81
電気死刑をめぐる話(中野五郎)	82〜85
通気性ビニール	85
ビル街の戯れ《小説》(大河内常平)	86〜101
保全経済会の悲劇(竹内理一)	102〜113
熊射ち四十年(高橋与七)	114〜117
真珠 湾の秘密(中野五郎)〈パール・ハーバー〉	118〜129
押売撃退《小説》(市之瀬平六)	130〜137
炉辺夢話(木々高太郎)	138〜141
海女と秘仏《小説》(北町一郎)	142〜150

415

33 『探偵実話』

家を建てたくないですか?(本誌編集部調査)
　‥‥‥‥‥‥‥‥‥‥‥‥‥‥‥‥　151～154
有料トイレ見学記(中村獏)‥‥‥‥‥　155～158
メッカ殺人事件の顛末(鈴木太三郎)
　‥‥‥‥‥‥‥‥‥‥‥‥‥‥‥‥　160～173
たすけ舟《小説》(宮下幻一郎)‥‥‥　174～185
阿呆腕 ‥‥‥‥‥‥‥‥‥‥‥‥‥‥‥‥　185
伯林赤毛布(徳川夢声)‥‥‥‥‥‥‥　186～189
盗まれた裸像《小説》(島田一男)‥‥　190～203
勝負の世界 野球(ピンチ筆太)‥‥‥‥‥‥　204
勝負の世界 将棋(高鳶)‥‥‥‥‥‥‥‥‥　205
ぬい女物語《小説》(風流隠士)‥‥‥　206～211
戦慄の愛慾少年団(三谷祥介)‥‥‥‥　212～224
世界の女(落合文吉)‥‥‥‥‥‥‥‥‥‥‥　223
おやじ(羆のこと)(中山正男)‥‥‥‥　224～225
東京に仙人がいる(吉崎耕一)‥‥‥‥　226～229
陰獣〈1〉(橘外男)‥‥‥‥‥‥‥‥　230～253
編集後記(土田喜三)‥‥‥‥‥‥‥‥‥‥　254

第5巻第2号　所蔵あり
1954年2月15日発行　256頁　100円

流罪の古跡《口絵》‥‥‥‥‥‥‥‥‥　10～12
君の名は《漫画》‥‥‥‥‥‥‥‥‥‥　13～16
アプレ女学生の性態(林耕三)‥‥‥‥　17～24
魔法と聖書(前篇)小心な悪魔《小説》(大下宇陀児)‥‥‥‥‥‥‥‥‥‥‥　26～35
魔法と聖書(中篇)五階の人々《小説》(島田一男)‥‥‥‥‥‥‥‥‥‥‥‥‥　36～47
魔法と聖書(後篇)三つ巴の闘い《小説》(岡田鯱彦)‥‥‥‥‥‥‥‥‥‥‥‥　47～65
桂馬《小説》(永田政雄)‥‥‥‥‥‥　66～72
勝負の世界 相撲(高鳶)‥‥‥‥‥‥‥‥‥　73
天狗の鼻《小説》(宮下幻一郎)‥‥‥　74～87
鬼の独り言(中島河太郎)‥‥‥‥‥‥　88～89
兜町狂燥曲《小説》(川島郁夫)‥‥‥　90～109
捨てた男《小説》(三橋一夫)‥‥‥‥　110～123
踊る原爆スパイ伝(中野五郎)‥‥‥‥　124～135
彼も人の子(三角寛)‥‥‥‥‥‥‥‥　136～152
冗談でこもの集(冗談クラブ同人)
　‥‥‥‥‥‥‥‥‥‥‥‥‥‥‥‥　153～156
ロシヤ女のお産に立会った話(中村獏)
　‥‥‥‥‥‥‥‥‥‥‥‥‥‥‥‥　157～160
勝負の世界 将棋(高鳶)‥‥‥‥‥‥‥‥‥　161
陰獣〈2〉《小説》(橘外男)‥‥‥‥　162～181
穴道湖心中(村松呂久良)‥‥‥‥‥‥　182～191
魔窟《小説》(大河内常平)‥‥‥‥‥　192～205
猫師匠《小説》(風流隠士)‥‥‥‥‥　206～211
女給入浴(国井紫香)‥‥‥‥‥‥‥‥　212～213
社会へ怨みの死の抗議(清水三郎)
　‥‥‥‥‥‥‥‥‥‥‥‥‥‥‥‥　214～223
黄いろ二題(中山正男)‥‥‥‥‥‥‥　224～225

試験結婚《小説》(村上信彦)‥‥‥‥　226～256

第5巻第3号　未所蔵
1954年3月15日発行　280頁　100円

私は殺される《口絵》‥‥‥‥‥‥‥‥‥　9～12
世にも不思議な夢物語《漫画》‥‥‥‥　13～16
お花見四月馬鹿読本(冗談クラブ同人)
　‥‥‥‥‥‥‥‥‥‥‥‥‥‥‥‥　17～20
バタ日日記(広瀬竹雄)‥‥‥‥‥‥‥　21～24
薔薇と注射針(前篇)薔薇と五月祭《小説》(木々高太郎)‥‥‥‥‥‥‥‥‥　26～32
薔薇と注射針(中篇)七人目の訪客《小説》(渡辺啓助)‥‥‥‥‥‥‥‥‥‥　33～52
薔薇と注射針(後篇)ヴィナス誕生《小説》(村上信彦)‥‥‥‥‥‥‥‥‥‥　53～69
鬼の独り言(中島河太郎)‥‥‥‥‥‥　70～71
桃色会社《小説》(大河内常平)‥‥‥　72～87
碧い眼《小説》(潮寒二)‥‥‥‥‥‥　88～105
横綱・吉葉山(高鳶)‥‥‥‥‥‥‥‥　106～107
ふしだら娘《小説》(三橋一夫)‥‥‥　108～123
勝負と時間制 ‥‥‥‥‥‥‥‥‥‥‥‥‥　123
盲獣《小説》(鷲尾三郎)‥‥‥‥‥‥　124～136
無痛分娩《漫画》(関屋陸児)‥‥‥‥‥‥　137
口を割らぬ男(中野五郎)‥‥‥‥‥‥　138～151
畜妾屋敷《小説》(宮下幻一郎)‥‥‥　152～167
長生きしたくないですか?(冷や水生) ‥‥‥　167
箱根の一夜(国井紫香)‥‥‥‥‥‥‥　168～169
鼻《小説》(吉野賛十)‥‥‥‥‥‥‥　170～184
吉野君の「鼻」を推薦する(木々高太郎)
　‥‥‥‥‥‥‥‥‥‥‥‥‥‥‥‥‥‥　171
黒帯のお嬢さん《小説》(中村獏)‥‥　186～194
パトロール(川田順一)‥‥‥‥‥‥‥　195～197
陰獣〈3〉《小説》(橘外男)‥‥‥‥　198～223
生きていた自殺男(村松駿吉)‥‥‥‥　224～236
どもり交友録(中山正男)‥‥‥‥‥‥　236～237
屍臭《小説》(山村正夫)‥‥‥‥‥‥　238～249
催春剤(?)コカコーラ ‥‥‥‥‥‥‥‥　249
悪魔の備忘録(大久保敏雄〔訳〕)‥‥　250～259
美女と盗賊《小説》(西野常子)‥‥‥　260～263
カラブウ内親王殿下(牧逸馬)‥‥‥‥　264～279
ショトタイム ‥‥‥‥‥‥‥‥‥‥‥‥‥　279
編集後記(T)‥‥‥‥‥‥‥‥‥‥‥‥‥　280

第5巻第4号　所蔵あり
1954年4月15日発行　280頁　100円

空から降った謀略《口絵》‥‥‥‥‥‥　9～12
妻軍備時代《漫画》‥‥‥‥‥‥‥‥‥　13～16
アメリカ男女共学の性態(林耕三)‥‥　17～23
動物の性性活 ‥‥‥‥‥‥‥‥‥‥‥‥　20～21
長外套の客《漫画》(関屋陸児)‥‥‥‥‥‥　24

33『探偵実話』

毒環（前篇）プロローグ《小説》（横溝正史） ………… 26〜37	蜥蜴の島《小説》（香山滋） ………… 64〜73
毒環（中篇）アセトン・シアン・ヒドリン《小説》（高木彬光） ………… 37〜50	作品解説（中島河太郎） ………… 64
毒環（後篇）青髯と二人の女《小説》（山村正夫） ………… 51〜71	蔵の中《小説》（横溝正史） ………… 74〜93
鉄の扉《小説》（狩久） ………… 72〜82	作品解説（中島河太郎） ………… 74
番頭のたのしみ《漫画》（関屋陸児） ………… 83	決闘記《小説》（渡辺啓助） ………… 94〜106
夜行列車《小説》（大河内常平） ………… 84〜98	作品解説（中島河太郎） ………… 94
誌上アンケート《アンケート》	老人と看護の娘《小説》（木々高太郎） ………… 108〜117
あなたは一日に百万円、消費せねばならなくなつたら、どうなさいますか？	作品解説（中島河太郎） ………… 108
（内海突破） ………… 99	人肉の詩集《小説》（楠田匡介） ………… 118〜129
（三遊亭金馬） ………… 99	作品解説（中島河太郎） ………… 118
（高木彬光） ………… 99	美貌術師《小説》（城昌幸） ………… 130〜138
（トニー谷） ………… 99	作品解説（中島河太郎） ………… 130
（大下宇陀児） ………… 99	無花果の女《小説》（島田一男） ………… 139〜147
限定本の虫《小説》（武田武彦） ………… 100〜108	作品解説（中島河太郎） ………… 139
金詰り世相のカラクリ（山田義夫） ………… 109〜115	妖鬼の咒言《小説》（岡田鯱彦） ………… 148〜181
日本殖産金庫の内幕（二木里孝次郎） ………… 116〜123	作品解説（中島河太郎） ………… 148
娶妻物語（笛吹吟児） ………… 124〜127	魚臭《小説》（鷲尾三郎） ………… 182〜189
変質の街《小説》（魔子鬼一） ………… 128〜140	作品解説（中島河太郎） ………… 182
勝負の世界 野球（ピンチ筆太） ………… 141	幽霊の顔《小説》（高木彬光） ………… 190〜205
隠れ嫁《小説》（宮下幻一郎） ………… 142〜158	作品解説（中島河太郎） ………… 190
勝負の世界 将棋（高竃） ………… 159	睡蓮夫人《小説》（氷川瓏） ………… 206〜215
薄情者《小説》（三橋一夫） ………… 160〜174	作品解説（中島河太郎） ………… 206
生残りの石器時代人（黒沼健） ………… 176〜191	探偵小説あれこれ《座談会》（江戸川乱歩、喜多村緑郎、渡辺紳一郎） ………… 216〜222
鬼の独り言（中島河太郎） ………… 192〜193	三月十三日午前二時《小説》（大坪砂男） ………… 223〜237
情痴兄妹心中（清水三郎） ………… 194〜206	作品解説（中島河太郎） ………… 223
淋友会総裁（中山正男） ………… 206〜207	軍鶏《小説》（永瀬三吾） ………… 238〜247
空から降つた日米謀略宣伝ビラ（中野五郎） ………… 208〜223	作品解説（中島河太郎） ………… 238
力道山（倉本正） ………… 224〜226	ハムレット《小説》（久生十蘭） ………… 248〜272
芸者秀駒（藤平忠三） ………… 226〜227	作品解説（中島河太郎） ………… 248
駐留軍の置土産（松井明） ………… 228〜242	氷山《小説》（狩久） ………… 273〜283
冗談五月読本（冗談クラブ同人） ………… 243〜246	作品解説（中島河太郎） ………… 273
催淫術《小説》（西野常子） ………… 247〜251	恐ろしき貞女《小説》（角田喜久雄） ………… 284〜297
続 運命の神秘（高島呑象次） ………… 252〜255	作品解説（中島河太郎） ………… 284
陰獣〈4〉《小説》（橘外男） ………… 256〜280	青衣の画像《小説》（村上信彦） ………… 298〜329
	作品解説（中島河太郎） ………… 298
第5巻第5号　増刊　所蔵あり	液体癌《小説》（川島郁夫） ………… 330〜343
1954年4月30日発行　400頁　150円	作品解説（中島河太郎） ………… 330
作者近影《口絵》 ………… 2〜16	女妖《小説》（山田風太郎） ………… 344〜356
現代探偵小説名作全集について（大下宇陀児） ………… 17	作品解説（中島河太郎） ………… 344
柘榴《小説》（江戸川乱歩） ………… 18〜50	白日の夢《小説》（朝山蜻一） ………… 357〜367
作品解説（中島河太郎） ………… 18	作品解説（中島河太郎） ………… 357
ある決闘《小説》（水谷準） ………… 51〜63	陸軍衛戌刑務所《小説》（大河内常平） ………… 368〜379
作品解説（中島河太郎） ………… 51	作品解説（中島河太郎） ………… 368
	危険なる姉妹《小説》（大下宇陀児） ………… 380〜400
	作品解説（中島河太郎） ………… 380

33 『探偵実話』

第5巻第6号 所蔵あり
1954年5月15日発行　280頁　100円

試写室より《口絵》	9〜12
写真《小説》（和田操）	13〜16
内外傑作マンガ選《漫画》	18〜20
冗談大学講義録（冗談クラブ同人）	21〜24
生きている影（前篇）瓜二つの男《小説》（角田喜久雄）	26〜35
生きている影（中篇）影法師の血《小説》（山田風太郎）	35〜45
生きている影（後篇）影(シルエット)の悲劇《小説》（大河内常平）	45〜60
肉屋の娘《小説》（伴大作）	61〜62
青春ギタア《小説》（中村獏）	63〜70
煙草幻想《小説》（狩久）	71〜82
名人戦たけなわなり（高鳶）	82〜83
ローマの休日《映画物語》（中村大八）	84〜98
手吊(ハンカチーフ)《小説》（角田実）	99〜101
引揚船《小説》（坪田宏）	102〜109
隼三四郎〈1〉《小説》（城戸礼）	110〜123
顔《小説》（吉野賛十）	124〜138
藁結びとうなぎ（中山正男）	138〜139
私は知らない《小説》（潮寒二）	140〜153
くやし涙《小説》（西野常子）	155〜159
高圧線にひつかゝつた男（天野静人）	160〜171
伊倉栄太郎（三谷祥介）	172〜185
狸先生〈1〉《小説》（宮下幻一郎）	186〜206
蛇の店（山田恵三）	207〜209
陰獣〈5・完〉《小説》（橘外男）	210〜227
犬《小説》（七条勉）	228〜230
観相百話（高島呑象次）	231〜233
雉（李文環）	234〜245
鬼の独り言（中島河太郎）	246〜247
もしも日本が勝っていたら《小説》（木村荘十）	248〜279
編集後記（Y生）	280

第5巻第7号 所蔵あり
1954年6月15日発行　280頁　100円

今月の洋画《口絵》	9〜12
十二時間の恋人《小説》（狩久）	13〜16
内外マンガ傑作選《漫画》	18〜24
火星の男（前篇）二匹の野獣《小説》（水谷準）	26〜37
火星の男（中篇）地上の渦巻《小説》（永瀬三吾）	38〜49
火星の男（後篇）虜われ星《小説》（夢座海二）	50〜64
西と東	63
衆寡敵せず《小説》（西野常子）	65〜69
崖《小説》（淵先毅）	70〜75
影法師《小説》（中川透）	76〜88
嵐に扮く女《映画物語》（狩久）	89〜102
野球（ピンチ筆太）	103
角膜乾燥症《小説》（潮寒二）	104〜115
鬼の独り言（中島河太郎）	116〜117
田中新十郎（三谷祥介）	118〜132
鏡《小説》（宮川豊）	133〜135
高校女生徒の失踪事件（村松呂久良）	136〜146
ピンク・ルーム	146
勝負の世界　将棋（高鳶）	147
三M事件（永松浅造）	148〜161
ピンク・ルーム	159
ピンク・ルーム	161
不良少女の実態	
戦後派(アプレ)の戦慄（古内寅雄）	162〜168
アメリカの不良少年少女（林耕三）	168〜174
怪談特集	
按摩《小説》（南里章一）	175〜179
男を呼ぶ女の火《小説》（新納民雄）	179〜183
呪いの振袖《小説》（清水三郎）	184〜188
午前二時の女《小説》（山田恵三）	188〜191
隼三四郎〈2〉《小説》（城戸礼）	192〜205
天国と地獄（大辺麦波）	206〜207
死後の恐怖《小説》（永田政雄）	208〜220
狸先生〈2〉《小説》（宮下幻一郎）	222〜239
ピンク・ルーム	237
観相百話（高島呑象次）	240〜243
孫七漂流記（宮本吉次）	244〜279
編集後記（Y生）	280

第5巻第8号 所蔵あり
1954年7月15日発行　280頁　100円

今月の洋画《口絵》	9〜12
悠子の海水着《小説》（高梨宏）	13〜16
マンガカーニバル《漫画》	18〜24
原子病の妻《小説》（川島郁夫）	26〜43
愛の設計図《小説》（中村獏）	44〜47
煙草と女《小説》（貝弓子）	48〜58
ピンク・ルーム	51
当世たばこ雑話（葵八郎）	56〜58
紙幣束《小説》（魚村知也）	59

418

33 『探偵実話』

慎吾の女《小説》(梶竜雄) ･･････ 60〜71
ピンク・ルーム ･････････････ 71
仏壇を大きくしたようなもの(中山正男)
　････････････････････ 72〜73
可愛いモモコ《小説》(深尾登美子) ････ 74〜87
ピンク・ルーム ･････････････ 85
ドン・フアンの死(天野静人) ････ 88〜100
望遠鏡《小説》(斑鳩鵬介) ･･････････ 101
あの手この手《映画物語》(木下志津夫)
　････････････････････ 102〜114
噂天下《小説》(西野常子) ････ 115〜119
姿なき恐怖(ジエン・ウイットモアー)
　････････････････････ 120〜133
ピンク・ルーム ･････････････ 127
夏のおしゃれ ･･･････････････ 131
観相百話(高島呑象次) ･･･････ 134〜137
隼三四郎〈3〉《小説》(城戸礼) ･･･ 138〜150
ピンク・ルーム ･････････････ 141
パイプ・スモーカー《小説》(マーテイン・アームストロング〔著〕,百合野和子〔訳〕)
　････････････････････ 152〜162
古本蒐集狂《小説》(川上鉄) ･････････ 163
紳士図(?)への公開状(宮崎清隆)
　････････････････････ 164〜167
鬼の独り言(中島河太郎) ･････ 168〜169
狸先生〈3〉《小説》(宮下幻一郎)
　････････････････････ 170〜183
ピンク・ルーム ･････････････ 181
なおみの幸運《小説》(狩久) ･･ 184〜185
鳶色の色魔(竜宮乙彦) ･･･････ 186〜197
背の高い女《小説》(ミッチェル・アヴァローネ〔著〕,谷京至〔訳〕) ････ 199〜223
天国と地獄(大辺麦波) ･･･････ 224〜225
安藤謙造(三谷祥介) ･････････ 226〜238
アメリカに於ける特殊児童の実態(林耕三)
　････････････････････ 239〜245
人外境《小説》(高木彬光) ････ 246〜279
はしがき(高木) ････････････ 246〜247
編集後記(Y生) ･･････････････ 280

第5巻第9号　所蔵あり
1954年8月15日発行　280頁　100円

今月の洋画《口絵》 ･････････ 9〜12
ユミ夫人の誕生日《絵物語》(藤原あや子〔作〕) ････････････････ 13〜16
内外マンガ傑作選《漫画》 ･･････ 18〜24
白鬼屋敷〈1〉《小説》(鉄仮面) ･･ 26〜40
ピンク・ルーム ･･････････････ 33
石《小説》(魚村知也) ･････････ 41
緑色の扉《小説》(O・ヘンリイ〔著〕,貝弓子〔訳〕) ･･････････････ 42〜49

盲女《小説》(角田実) ･････････ 50〜64
ピンク・ルーム ･････････････ 57
不在証明(アリバイ)《小説》(梶竜雄) ･････ 65
コンクリートの中の男(中西一夫) ･･ 66〜68
病少女《小説》(桐野利郎) ････ 70〜82
ピンク・ルーム ･････････････ 73
勝負の世界 野球(高鳶) ･･･････ 83
隼三四郎〈4〉《小説》(城戸礼) ･･ 84〜96
ピンク・ルーム ･････････････ 87
大人になつた京子《小説》(酒井義男) ･ 97
遣らずの雨《小説》(大河内常平) ･ 98〜111
鬼の独り言(中島河太郎) ･････ 112〜113
赤線街の女強盗(三谷祥介) ･･･ 114〜125
一流の心臓(中山正男) ･･･････ 126〜127
狸先生〈4〉《小説》(宮下幻一郎)
　････････････････････ 128〜141
ピンク・ルーム ･････････････ 131
水爆(日本文化人会議科学者団) ･ 142〜146
勝負の世界 将棋(鱗) ････････ 147
天国と地獄(大辺麦波) ･･･････ 148〜149
密猟島のカチューシャ(氷川浩) ･ 150〜160
ピンク・ルーム ･････････････ 157
江戸川乱歩還暦記念特集
　乱歩さんの初期の作と僕(水谷準)
　････････････････････ 162〜164
　子不語(白石潔) ･････････ 165〜169
　処女作まで(江戸川乱歩) ･･ 170〜177
　二銭銅貨《小説》(江戸川乱歩)
　････････････････････ 178〜194
観相百話(高島呑象次) ･･･････ 196〜199
仏印戦線従軍手記(藤村郁夫) ･ 200〜229
ピンク・ルーム ･････････････ 209
ピンク・ルーム ･････････････ 223
筆者紹介 ････････････････････ 229
蜜柑山の首斬り事件(天野静人) ･ 230〜240
似たもの夫婦《小説》(西野常子) ･ 241〜245
赤い密室《小説》(中川透) ････ 246〜279
編集後記(Y生) ･･･････････････ 280

第5巻第10号　所蔵あり
1954年9月15日発行　288頁　100円

今月の洋画《口絵》 ･････････ 9〜12
記憶の中の女《小説》(Q・ハント) ･･･ 13〜16
内外マンガ傑作選《漫画》 ････ 18〜24
侍医タルムドの遺書《小説》(木々高太郎)
　･･････････････････････ 26〜41
白鬼屋敷〈2〉《小説》(鉄仮面) ･ 42〜58
ピカドンマダム《小説》(太井正人) ･･ 59
拳銃への魅力《小説》(梶竜雄) ･ 60〜73
ピンク・ルーム ･････････････ 63
ピンク・ルーム ･････････････ 69

419

33 『探偵実話』

壁を這う虫《小説》(潮寒二) ………… 76〜89
ピンク・ルーム ……………………… 83
山荘の一夜《小説》(Q・カムバァ・グリーン〔著〕, 中川透〔訳〕) ……………… 90〜103
鬼の独り言(中島河太郎) ………… 104〜105
隼三四郎〈5〉《小説》(城戸礼) … 106〜119
ピンク・ルーム ……………………… 115
栄冠の蔭に(田上信) ……………… 120〜123
零号夫人の告白(三村露子) ……… 124〜135
ピンク・ルーム ……………………… 131
ピンク・ルーム ……………………… 134
ゲーテの酢のもの(中山正男) …… 136〜137
盛り場の壁蝨(三谷祥介) ………… 138〜150
怪我の功名《小説》(西野常子) … 151〜155
時計は何故止まる《小説》(貴理万次郎) ……………………… 156〜170
勝負の世界 野球(高鳶) …………… 171
狸先生〈5〉《小説》(宮下幻一郎) ……………………… 172〜184
ピンク・ルーム ……………………… 181
十夜一夜クラブ …………………… 185〜191
天国と地獄 ………………………… 192
勝負の世界 将棋(麟) ……………… 193
監禁ギヤング顛末記(永松浅造) … 194〜207
観相百話(高島呑象次) …………… 208〜211
発情期のイヴ(杉並二郎) ………… 212〜220
ダイヤルMを廻せ《映画物語》(中川透) ……………………… 222〜233
重役夫人殺害事件(天野静人) …… 234〜245
二度死んだ男(伊東鎮太郎) ……… 246〜255
或る実験《小説》(狩久) ………… 256〜287
編集後記(Y生) …………………… 288

第5巻第11号　増刊　所蔵あり
1954年9月15日発行　260頁　150円
おなじみ伊達男勢揃い《口絵》 …… 10〜11
探偵、捕物小説の面白さ(白石潔) … 13
黒手組《小説》(江戸川乱歩) …… 14〜23
狸の長兵衛《小説》(横溝正史) … 24〜30
泥濘の街《小説》(島田一男) …… 31〜37
呪われた花嫁《小説》(山手樹一郎) … 38〜46
原子病患者《小説》(高木彬光) … 47〜55
捕らず物語《小説》(土師清二) … 56〜69
緑亭の首吊男《小説》(角田喜久雄) … 70〜83
船思案《小説》(白井喬二) ……… 84〜91
愁香《小説》(木々高太郎) ……… 92〜96
偽片輪美女仇討《小説》(城昌幸) … 97〜103
西条家の通り魔《小説》(山田風太郎) ……………………… 104〜113
肩衣ざんげ《小説》(三好一光) … 114〜122
赤痣の女《小説》(大坪砂男) …… 123〜139

ほら・かんのん《小説》(水谷準) … 140〜146
つばさ蛇《小説》(陣出達朗) …… 147〜151
捨公方《小説》(久生十蘭) ……… 152〜161
変身術師《小説》(渡辺啓助) …… 162〜167
殺され語り《小説》(北園孝吉) … 168〜174
女斬取り事件(三角寛) …………… 175〜194
銑の匂い《小説》(谷屋充) ……… 195〜201
美しき獣《小説》(香山滋) ……… 202〜207
小唄恋仏《小説》(村上元三) …… 208〜213
墓標に絡む女《小説》(永瀬三吾) … 214〜218
千両供養《小説》(九鬼紫郎) …… 219〜227
銀座綺譚《小説》(大下宇陀児) … 228〜233
朝の殺人 …………………………… 232〜233
剣の鬼《小説》(佐々木杜太郎) … 234〜242
赤膏薬(岡本綺堂) ………………… 242〜243
生不動ズボン《小説》(岡田鯱彦) … 244〜250
系図の刺青《小説》(野村胡堂) … 251〜260
編集後記 …………………………… 260

第5巻第12号　所蔵あり
1954年10月15日発行　288頁　100円
今月の洋画《口絵》 ………………… 9〜12
或る犯罪《小説》(酒井義男) …… 13〜16
内外マンガ傑作選《漫画》 ……… 18〜24
通り魔《小説》(香山滋) ………… 26〜38
麗しのサブリナ《映画物語》(清水三郎) ……………………… 39〜49
白鬼屋敷〈3〉《小説》(鉄仮面) … 50〜64
勝負の世界 将棋(高鳶) …………… 64〜65
耳《小説》(吉野賛十) …………… 66〜79
鬼の独り言(中島河太郎) ………… 80〜81
カンニング(大久保善弥) ………… 82〜91
隼三四郎〈6〉《小説》(城戸礼) … 92〜104
早実対小倉の決戦(新納民雄) …… 105〜107
日本版『罪と罰』(村松呂久良) … 108〜120
油断大敵《小説》(西野常子) …… 121〜125
火はいよいよ消えず(中山正男) … 126〜127
まぼろし不良団(三谷祥介) ……… 128〜139
あけみ夫人の不機嫌《小説》(狩久) ……………………… 140〜148
三呎の墓穴《小説》(ロイ・ヴィッカー〔著〕, 百合野和子〔訳〕) ……… 149〜159
女給殺人事件(天野静人) ………… 160〜167
観相百話(高島呑象次) …………… 168〜171
狸先生行状記〈6〉《小説》(宮下幻一郎) ……………………… 172〜184
十夜一夜クラブ(谷京至〔構成〕) … 185〜191
天国と地獄 ………………………… 192
下水溝の死美人(ウイリヤム・リストン〔著〕, 村松駿吉〔訳〕) ……… 194〜204
人面獣(氷川浩) …………………… 205〜219

33『探偵実話』

殺人鬼ヴオアルボ《牧竜介》・・・・・・・ 220〜228
密室の恐怖《船山慧》・・・・・・・・・・・ 229〜242
夜匂う花《奥村源太郎》・・・・・・・・・ 244〜259
アリバイ《小説》《藤雪夫》・・・・・・・ 260〜287
編集後記・・・・・・・・・・・・・・・・・・・・・・・ 288

第5巻第13号　所蔵あり
1954年11月15日発行　288頁　100円

今月の洋画《口絵》・・・・・・・・・・・・・ 9〜12
クリスマス・プレゼント《小説》《魚村知也》
・・・・・・・・・・・・・・・・・・・・・・・・・・・ 13〜16
内外マンガ傑作選《漫画》・・・・・・・ 18〜24
幻の怪人《小説》《スーヴェストル＆アラン〔著〕，中川透〔訳〕）・・・・・・・・・・・・・ 26〜51
白鬼屋敷《4》《小説》《高木彬光》 54〜65
結婚物語《小説》《伊藤秀雄》・・・・ 66〜81
著者略歴・・・・・・・・・・・・・・・・・・・・・・ 81
名寄岩の生活と意見《新納民雄》・ 82〜83
地獄への階段《小説》《貴理万次郎》 84〜97
鬼の独り言《中島河太郎》・・・・・・・ 98〜99
百万人の首飾《沢田謙》・・・・・・ 100〜109
「ロミオとジュリエット」の監督カステラーニ《小説》《中西一夫》・・・・・ 110〜111
狸先生行状記《7》《小説》《宮下幻一郎》
・・・・・・・・・・・・・・・・・・・・・・・ 112〜125
関東医療少年院《本誌記者》・・ 126〜127
娼婦の部屋《由良桂一》・・・・・・ 128〜143
観相百話《高島呑象次》・・・・・・ 144〜147
隼三四郎《7》《小説》《城戸礼》 148〜160
たそがれの女心《映画物語》《清水三郎》
・・・・・・・・・・・・・・・・・・・・・・・ 162〜173
変態ストリッパーの死《杉並二郎》
・・・・・・・・・・・・・・・・・・・・・・・ 174〜184
十夜一夜クラブ《谷京至〔構成〕》 185〜191
天国と地獄・・・・・・・・・・・・・・・・・・ 192
馬券はあたらず《中山正男》・・ 193〜195
引揚げぬ男《永松浅造》・・・・・・ 196〜212
勝負の世界《高鳶》・・・・・・・・・・ 212〜213
魔の氷山《我忘利夫》・・・・・・・・ 214〜217
魔窟の電話《ロバート・ケニイ〔著〕，村松駿吉〔訳〕）・・・・・・・・・・・・・・・・・・ 218〜224
強盗奇譚（海外版）《谷京至》・ 224〜225
酒　精漬の美女《氷川浩》・・・・ 226〜235
アルコール
応募原稿について・・・・・・・・・・・・・ 236
メルツェルの将棋指し《青井久利》
・・・・・・・・・・・・・・・・・・・・・・・ 236〜237
夢魔殺人事件《小説》《島田一男》 238〜250
ゆきずりの女《小説》《矢口喬》・・・・ 251
深夜の虹《小説》《火野葦平》・・ 252〜288
後記・・・・・・・・・・・・・・・・・・・・・・・・ 288

第6巻第1号　所蔵あり
1954年12月15日発行　308頁　100円

正月の洋画《口絵》・・・・・・・・・・・ 10〜12
ギャグ・アンド・ギャグ《漫画》《YYクラブ同人》・・・・・・・・・・・・・・・・・・・・・・ 13〜16
祭典の美《口絵》・・・・・・・・・・・・ 18〜19
ロビン・フッド《映画物語》《今井正文》
・・・・・・・・・・・・・・・・・・・・・・・・ 21〜24
お色気千一夜《谷京至〔構成〕》 25〜28
雪の夜語り《小説》《岡田鯱彦》 30〜43
蓮華盗賊《小説》《山田風太郎》 44〜61
廃墟《小説》《大河内常平》・・・・ 62〜71
バス標識《小説》《角田実》・・・・ 72〜75
麻矢子の死《小説》《狩久》・・・・ 76〜88
勝負の世界《ピンチ筆太》・・・・・・・ 89
白鬼屋敷《5》《小説》《高木彬光》 90〜94
声《小説》《吉野賛十》・・・・・・・ 96〜109
鬼の独り言《中島河太郎》・・・ 110〜111
狸先生行状記《8》《小説》《宮下幻一郎》
・・・・・・・・・・・・・・・・・・・・・・・ 112〜126
或るSの犯罪《小説》《明角桂子》 128〜141
著者紹介・・・・・・・・・・・・・・・・・・・ 131
素人探偵捕物帖《新納民雄》・・ 142〜143
隼三四郎《8》《小説》《城戸礼》 144〜156
新春風流譚十人集
　深夜の速達《中山正男》・・・・ 158〜159
　昔ばなし《古今亭しん生》・・ 159〜160
　ある老妓の語れる《大谷光三》
・・・・・・・・・・・・・・・・・・・・・・・ 161〜162
　犬は語らず《大林清》・・・・・・ 162〜163
　独楽の話《中江良夫》・・・・・・ 163〜165
　お茶漬けの味《烏帽子三六》 165〜166
　あちらのオッパイ小僧《宇井無愍》
・・・・・・・・・・・・・・・・・・・・・・・ 166〜168
　ハリン《海音寺潮五郎》・・・・ 168〜169
　貸した品《山田研三》・・・・・・・・ 170
　忍耐力コンテスト《潮寒二》 171〜172
美少女を殺した支配人《中野五郎》
・・・・・・・・・・・・・・・・・・・・・・・ 174〜189
ナイト・クラブの怪人《永松浅造》
・・・・・・・・・・・・・・・・・・・・・・・ 190〜203
血漬の美女《李文環》・・・・・・・・ 204〜213
アメリカ犯罪アラカルト《忘我利夫》
・・・・・・・・・・・・・・・・・・・・・・・ 208〜209
ダム殺人事件《天野静人》・・・・ 214〜223
黒い吸血鬼《氷川浩》・・・・・・・・ 224〜236
観相百話《高島呑象次》・・・・・・ 237〜241
隠語・特殊用語字典・・・・・・・・ 242〜243
天国と地獄・・・・・・・・・・・・・・・・・ 244

421

33『探偵実話』

情慾のカーニヴァル〈1〉《小説》(フレドリック・ブラウン〔著〕,谷京至/貝弓子〔訳〕) ……… 245〜273
黄金狂《小説》(江戸川乱歩) ……… 274〜307
編集後記(Y生) ……… 308

第6巻第2号　未所蔵
1955年1月15日発行　296頁　100円

新春の洋画《口絵》 ……… 10〜11
ギャグ・アンド・ギャグ《漫画》(YYクラブ同人) ……… 13〜16
透明人間《映画物語》(美弥久徳〔構成〕) ……… 17〜20
傑作マンガ選《漫画》 ……… 21〜24
紅燈慕情《小説》(大河内常平) ……… 26〜39
失われた過去《小説》(角田喜久雄) ……… 40〜53
乳房《小説》(村上信彦) ……… 54〜75
殺人狂の彫刻家(中野五郎) ……… 76〜93
悪貨《小説》(港星太郎) ……… 94〜108
著者略歴 ……… 97
霧の三又路《小説》(貴理万次郎) ……… 110〜123
情慾のカーニヴァル〈2・完〉《小説》(フレドリック・ブラウン〔著〕,谷京至/貝弓子〔訳〕) ……… 124〜151
白鬼屋敷〈6〉《小説》(高木彬光) ……… 152〜164
ガチヤンコ暗黒街(菊池和夫) ……… 166〜177
坂田三吉氏との血戦(土居市太郎) ……… 178〜187
鬼の独り言(中島河太郎) ……… 188〜189
隼三四郎〈9〉《小説》(城戸礼) ……… 190〜201
相撲協会の内幕(和久田三郎) ……… 202〜203
ヒロポンと赤い羽の鸚鵡(三谷祥介) ……… 204〜216
デフレ世相のぞき眼鏡 ……… 217〜232
狸先生行状記〈9〉《小説》(宮下幻一郎) ……… 234〜249
私はアメリカの主婦になつた(奥富寿江) ……… 250〜253
天国に昇るバス(天野静人) ……… 254〜261
ネクタイの謎(イワン・ハンドレイ〔著〕,村松駿吉〔訳〕) ……… 262〜272
観相百話(高島呑象次) ……… 273〜277
女賊記《小説》(海音寺潮五郎) ……… 278〜296
編集後記 ……… 296

第6巻第3号　増刊　所蔵あり
1955年2月15日発行　352頁　130円

一寸法師《口絵》 ……… 9〜12
上野《口絵》 ……… 13〜16
めくら地獄《小説》(大下宇陀児) ……… 18〜39

人間華《小説》(山田風太郎) ……… 40〜49
浴場殺人事件《小説》(渡辺啓助) ……… 50〜63
踊る一寸法師《小説》(江戸川乱歩) ……… 64〜72
アンケート《アンケート》
　探偵小説で印象に残っているもの
　　(茂木茂) ……… 72
　　(常安田鶴子) ……… 72
　　(有馬頼義) ……… 72〜73
　　(赤尾好夫) ……… 73
　　(高木健夫) ……… 73
　　(三遊亭金馬) ……… 73
　　(徳川夢声) ……… 73
　　(小野詮造) ……… 73
　　(トニー谷) ……… 73
　　(三谷祥介) ……… 73
　　(萱原宏一) ……… 73
　　(松野一夫) ……… 73
茨の目《小説》(大坪砂男) ……… 74〜87
怪恋の指無男《小説》(城昌幸) ……… 88〜93
濡れ紙《小説》(鷲尾三郎) ……… 94〜109
少女の臀に礼する男《小説》(木々高太郎) ……… 110〜129
不具の妖精《小説》(香山滋) ……… 130〜140
靴をぬがされた女(三谷祥介) ……… 141〜157
ぎやまん姫《小説》(高木彬光) ……… 158〜173
丹夫人の化粧台《小説》(横溝正史) ……… 174〜188
新妻の恐怖《小説》(角田喜久雄) ……… 189〜203
52番目の密室《小説》(岡田鯱彦) ……… 204〜223
地底の囚人《小説》(水谷準) ……… 224〜237
誤れる妻への遺書《小説》(大河内常平) ……… 238〜250
バラバラ事件裏面史(三角寛) ……… 251〜267
女殺陣師《小説》(島田一男) ……… 268〜283
腕だめし詰将棋(向ヶ丘棋人) ……… 283
テート・ベーシュ《小説》(村上信彦) ……… 284〜303
蛆《小説》(潮寒二) ……… 304〜315
リンドバーグ事件(中野五郎) ……… 316〜352
編集後記 ……… 352

第6巻第4号　所蔵あり
1955年3月15日発行　284頁　100円

ヨシワラ春宵(栗田登) ……… 9〜12
スリラーサイレント《漫画》 ……… 13〜16
偽装愛国詐欺事件《口絵》 ……… 17〜19
淪落の舗道《小説》(潮寒二) ……… 22〜35
世紀の赤ん坊を盗んだ大工(中野五郎) ……… 36〜61
二又道《小説》(吉野賛十) ……… 62〜76
相手が悪い《漫画》(酒寄寛一) ……… 77

33『探偵実話』

朝香宮詐欺事件(大平陽介)	78～91
贋弁護士(木田汪太郎)	92～105
幽霊ホテル一泊《小説》(渡辺啓助)	106～124
催淫薬《小説》(西野常子)	125～129
英文日記《小説》(春日彦二)	132～150
著者紹介	135
黒子の女《小説》(多賀勢宏)	152～167
狸先生行状記〈10・完〉《小説》(宮下幻一郎)	168～182
物いう楓の葉(谷江二)	183～185
子宮掠奪魔(西川浩)	186～197
隼三四郎〈10〉《小説》(城戸礼)	198～212
後家の相と悲運の相(黒田淳)	213～216
観相百話(高島呑象次)	216～220
引揚母子草(小松丘彦)	222～229
鬼の独り言(中島河太郎)	230～231
愛慾怪盗伝〈1〉(三谷祥介)	232～245
ドブロク部落探訪記(新納民雄)	246～247
姦婦の人気(山中信夫)	248～249
密林の情獄《小説》(橘外男)	250～284
編集後記	284

第6巻第5号　未所蔵
1955年4月15日発行　268頁　100円

刺戟の商人《小説》(斎藤軌)	2～7
浅草(栗田登)	13～16
スリラーサイレント《漫画》	17～20
女子プロレス誕生記(本誌記者)	21～23
九十九里浜の奇妙な事件《小説》(楠田匡介)	26～55
詐欺王ミーンズ(中野五郎)	56～78
良人を探る(大下宇陀児)	79～97
硫黄島脱出実記(永松浅造)	98～115
隼三四郎〈11〉《小説》(城戸礼)	116～129
祖父の秘密《小説》(能美米太郎)	130～147
愛慾怪盗伝〈2〉(三谷祥介)	148～160
とんだ碁会《小説》(一木暢太)	161～163
米兵妾記(礼門伸)	164～168
ヤポンスキー・市次郎《小説》(能阿弥篤)	170～185
女の墓をあばく男(李文環)	186～200
高校生のキンゼイ報告	202～203
観相百話(高島呑象次)	205～209
鬼の独り言(中島河太郎)	210～211
勝負の鬼《小説》(倉島竹二郎)	212～233
遺書(牧竜竹)	234～245
氷の国(尾山節男)	246～268

第6巻第6号　未所蔵
1955年5月15日発行　268頁　100円

鏡《小説》(夢木冬花)	9～12
不夜城新宿(栗田登)	13～16
マンガマンボ《漫画》	17～20
今月の洋画《口絵》	21～24
落胤の恐怖《小説》(吉野賛十)	26～45
千万長者を毒殺した弁護士(中野五郎)	46～68
骰子《小説》(伊倉晃祐)	69～71
犯罪の足跡《小説》(岡田鯱彦)	72～91
甘美な夜《小説》(谷口日出夫)	92～113
作者紹介	93
囚人皇帝(川野京輔)	114～121
愛慾怪盗伝〈3〉(三谷祥介)	122～135
白い腋毛《小説》(潮寒二)	136～147
死体製造人(氷川浩)	148～159
愛憎嬰児殺し(小松丘彦)	160～167
観相百話(高島呑象次)	168～173
蜜月記(秋田和式)	174～184
隼三四郎〈12〉《小説》(城戸礼)	186～200
春から夏へかけての性的犯罪手口	201～204
私は死んだ《小説》(梶竜雄)	205
恐るべき倦怠期(永松浅造)	206～217
鬼の独り言(中島河太郎)	218～219
手術室の幽霊《小説》(今井鯛三)	220～235
女流作家《小説》(角田実)	236～268
編集後記	268

第6巻第7号　所蔵あり
1955年6月15日発行　280頁　100円

あるシンデレラ姫《小説》(斑鳩鵬介)	2～5
素人艶歌師(栗田登)	13～16
マンガサンマーショー《漫画》	17～20
初夏の洋画誌上試写会《口絵》	21～23
第一回 江戸川乱歩賞に輝く中島河太郎氏《口絵》	24
壁に塗込められた大学生(谷海太郎)	26～35
キリシタン埋蔵金(能阿弥篤)	36～47
アメリカの支那人狩り(ゲーリー・安田)	48～61
埃及を震撼したジュウドウ(八幡良一)	62～75
ある脱走者の手記	76～77
神兵の悲劇(大河内常平)	78～95
天才か悪魔か(稲垣紅毛)	96～117
好色伯爵殺し(氷川浩)	118～131
ブキコンボンの夜語り(黒田淳)	132～137
ローラ・バー事件(中野五郎)	138～159
汚職殺人(長崎豊吉)	160～180
犯罪実話史考(中島河太郎)	182～183

423

33 『探偵実話』

俺の拳銃は凄いぞ!!(ラッキー・レーン〔著〕, 城戸礼〔訳〕)	184～205
真犯人は俺じゃない!(石田吉松〔述〕, 山中信夫〔記〕)	206～218
白猫	219
復讐の拳銃鬼(姫野譲二)	220～232
毒・血・自白薬	232～233
愛岩山の白虎隊(永गs浅造)	234～251
愛慾怪盗伝〈4〉(三谷祥介)	252～263
隼三四郎〈13・完〉《小説》(城戸礼)	266～280

第6巻第8号　未所蔵
1955年7月15日発行　268頁　100円

ある復讐(由木京亮)	2～5
シブヤ(栗田登)	13～16
四つの眼《漫画》	17～20
今月の洋画《口絵》	21～23
アナスターシヤ姫事件〈1〉(湯原九郎)	24～44
泣虫小僧〈1〉《小説》(鷲尾三郎)	46～63
東京都庁汚職の全貌(黒田淳)	64～69
電気椅子への謎(稲垣紅毛)	70～89
れんげ草《小説》(伊藤秀雄)	90～102
夜行列車の見知らぬ乗客《小説》(川野京輔)	103～109
悪の系譜《小説》(吉野賛十)	110～125
越後路に山窩を訪ねて(高橋まさ美)	126～133
男の泣く時(水島欣也)	134～145
愛慾怪盗伝〈5〉(三谷祥介)	146～157
未決監房(K県議〔述〕, 蓮池一郎〔記〕)	158～168
観相百話(高島呑象次)	173～179
鬼の独り言(中島河太郎)	180～181
酒の大使(松井次郎)	182～190
放火の発明者	190～191
鬼譚(李文環)	192～207
英雄の如く死すか(松井次郎)	208～218
東京駅の首myśl暗殺(長崎豊吉)	219～227
悪魔のような女(小松丘彦)	228～239
逃げる女《小説》(村上信彦)	240～268
編集後記	268

第6巻第9号　所蔵あり
1955年8月15日発行　320頁　120円

銀座四丁目午後二時三十分《小説》(狩久)	2～7
古武道(栗田登)	13～16
スリラー漫画《漫画》	17～20
映画誌上封切《口絵》	21～24

黄色い悪魔《小説》(中川透)	25～59
濃縮ユーモア	60～61
アナスターシヤ姫事件〈2〉(湯原九郎)	62～81
月下の人影《小説》(木々高太郎)	82～97
泣虫小僧〈2〉《小説》(鷲尾三郎)	98～114
深夜の怪紳士(小松丘彦)	115～119
七百万ドルの相続人(中野五郎)	120～143
赤い闘士の恋(長崎豊吉)	144～155
アメリカの女青鬚(稲垣紅毛)	156～167
タコ部屋仕末記(高橋まさ美)	168～175
玄海のカポネ(伊藤一夫)	176～189
刺　青のある女(水島欣也)	190～200
観相百話(高島呑象次)	201～205
愛慾怪盗伝〈6〉(三谷祥介)	206～216
東南西北	217
風来坊《小説》(大河内常平)	218～231
鬼の独り言(中島河太郎)	232～233
愛読者ルーム	234～235
タポーチョお奈津《小説》(宮本幹也)	236～282
リンドバーグ事件(中野五郎)	284～320
編集後記	320

第6巻第10号　未所蔵
1955年9月15日発行　280頁　100円

邂逅《小説》(由木京亮)	2
女探偵を探偵する(栗田登)	13～17
濃縮ユーモア《漫画》	21～24
泣虫小僧〈3〉《小説》(鷲尾三郎)	26～42
白い発狂者《小説》(山村正夫)	44～62
酒合戦姓名珍談	63
濁水渦(李文環)	64～79
朝めし御用心《小説》(中川透)	80～93
拳骨三四郎〈1〉《小説》(城戸礼)	94～110
観相百話(高島呑象次)	111～115
お洒落尼(杉並二郎)	116～131
蟻地獄《小説》(明内桂子)	132～143
緑色の自転車(稲垣紅毛)	144～161
怪獣見世物師《小説》(香山滋)	162～175
外人の手品詐欺師(黒田淳)	176～177
人骨処理組合《小説》(永田政雄)	178～191
愛慾怪盗伝〈7〉(三谷祥介)	192～207
スリにやられた話(中野五郎)	208～209
水着の貞操《小説》(狩久)	210～221
鬼の独り言(中島河太郎)	222～223
愛と憎しみの起伏(小松丘彦)	224～233
事件日誌	232～233
愛読者ルーム	234～235
世紀の大賭博師(福田清人)	236～280
編集後記	280

33 『探偵実話』

第6巻第11号　所蔵あり
1955年10月15日発行　280頁　100円

アトランタ姫《小説》（中川透）・・・・・・・・・・　2〜7
怪奇探偵お化け哲学の夕《口絵》・・・・・　13〜16
人工笑星（伊達瓶九〔編〕）・・・・・・・・・・　18〜19
映画誌上封切《口絵》・・・・・・・・・・・・・・　21〜24
聞くや恋人《詩》（国木田独歩）・・・・・・・　25
白い鯛《小説》（川島郁夫）・・・・・・・・　26〜42
映画・・・・・・・・・・・・・・・・・・・・・・・・・・・・・　43
泣虫小僧〈4〉《小説》（鷲尾三郎）・　44〜61
見たのは誰だ《小説》（飛鳥高）・・　62〜74
動く壁（氷川浩）・・・・・・・・・・・・・・・　75〜87
愛慾怪盗伝〈8〉（三谷祥介）・・・・・　88〜101
鬼の独り言（中島河太郎）・・・・・・・　102〜103
ウオーレス事件〈1〉（稲垣紅毛）・・　104〜125
宮崎伝左衛門の横顔（長崎豊吉）・　126〜131
拳骨三四郎〈2〉《小説》（城戸礼）
　・・・・・・・・・・・・・・・・・・・・・・・・・・・・・　132〜147
漫画風流奇談（高橋まさ美）・・・・・　148〜155
密猟者《小説》（大河内常平）・・・・・　156〜169
古代まがたま（勾玉）再流行か？・・・　169
白昼の銀行ギャング（永松浅造）・・　170〜185
蚯蚓の恐怖《小説》（潮寒二）・・・・・　188〜203
事件日誌・・・・・・・・・・・・・・・・・・・・・　204〜206
東西南北・・・・・・・・・・・・・・・・・・・・・・　206
観相百話（高島呑象次）・・・・・・・・　208〜213
まことにいただける人物（佐留美哉）
　・・・・・・・・・・・・・・・・・・・・・・・・・・・・・　214〜215
アナスターシヤ姫事件〈3〉（湯原九郎）
　・・・・・・・・・・・・・・・・・・・・・・・・・・・・・　216〜233
愛読者ルーム・・・・・・・・・・・・・・・・　234〜235
戦艦大和の最期（吉田満）・・・・・・　236〜280

第6巻第12号　増刊　所蔵あり
1955年10月20日発行　400頁　150円

作者近影《口絵》・・・・・・・・・・・・・・・・　9〜16
防空壕《小説》（江戸川乱歩）・・・・・　18〜31
ハカリン《小説》（山田風太郎）・・・　32〜44
蝶蝶《小説》（山村正夫）・・・・・・・・　45〜51
青春無頼《小説》（大下宇陀児）・・　52〜75
完全犯罪《小説》（村上信彦）・・・・　76〜92
怪奇の壺《小説》（渡辺啓助）・・・・　93〜109
完全アリバイ《小説》（木々高太郎）
　・・・・・・・・・・・・・・・・・・・・・・・・・・・・・　110〜125
泣虫小僧《小説》（横溝正史）・・・・　126〜147
虚影《小説》（大坪砂男）・・・・・・・・　148〜151
禿鷹《小説》（香山滋）・・・・・・・・・　152〜163
カナカナ姫《小説》（水谷準）・・・・・　164〜179
女臭《小説》（鷲尾三郎）・・・・・・・・　180〜195
長城に殺される《小説》（永瀬三吾）
　・・・・・・・・・・・・・・・・・・・・・・・・・・・・・　196〜211

風船魔《小説》（島田一男）・・・・・　212〜238
破れぬアリバイ《小説》（F・W・クロフツ〔著〕、茅野藤夫〔訳〕）・・・・・・・・・・・・・・・・　239〜253
蛇と猪《小説》（中川透）・・・・・・・・　254〜274
戦後十年の探偵小説を語る座談会《座談会》（江戸川乱歩、島田一男、中島河太郎）
　・・・・・・・・・・・・・・・・・・・・・・・・・・・・・　275〜287
僕はちんころ《小説》（朝山蜻一）・　288〜304
落石《小説》（狩久）・・・・・・・・・・・　305〜323
妖女の足音《小説》（楠田匡介）・・　324〜336
猟銃《小説》（城昌幸）・・・・・・・・・　337〜341
裸女観音《小説》（岡田鯱彦）・・・・　342〜361
解　決《小説》（大河内常平）・・・・　362〜375
Yの悲劇《小説》（角田喜久雄）・・　376〜400
編集余白・・・・・・・・・・・・・・・・・・・・・　400

第6巻第13号　所蔵あり
1955年11月15日発行　280頁　100円

十年目の月《小説》（由木京亮）・　2〜7
女子プロレス選手《口絵》・・・・・・　13〜16
人工笑星（伊達瓶九〔編〕）・・・・・・　18〜19
映画誌上封切《口絵》・・・・・・・・・・　21〜24
緋紋谷事件《小説》（中川透）・・・・　26〜73
なぜ濡れていた《小説》（楠田匡介）・・　74〜93
3スリラー
　白い犬《小説》（狩久）・・・・・・・・　94〜96
　妖婆《小説》（曲木六郎）・・・・・・　96〜100
　卵と女《小説》（篠鉄夫）・・・・・・　100〜103
鬼の独り言（中島河太郎）・・・・・・・　104〜105
怨念《小説》（潮寒二）・・・・・・・・・　106〜119
愛慾怪盗伝〈9〉（三谷祥介）・・・・・　120〜133
生きていた死骸（杉並二郎）・・・・・　134〜157
刑務所雑記（高橋まさ美）・・・・・・・　158〜165
口笛殺人事件・・・・・・・・・・・・・・・・　165
泣虫小僧〈5〉《小説》（鷲尾三郎）
　・・・・・・・・・・・・・・・・・・・・・・・・・・・・・　166〜182
観相百話（高島呑象次）・・・・・・・・　183〜189
アナスターシヤ姫事件〈4〉（湯原九郎）
　・・・・・・・・・・・・・・・・・・・・・・・・・・・・・　190〜209
都会の黄昏《小説》（大河内常平）・　210〜223
悪魔教師《小説》（安達二郎）・・・・　224〜231
拳骨三四郎〈3〉《小説》（城戸礼）
　・・・・・・・・・・・・・・・・・・・・・・・・・・・・・　232〜247
恋の女ターザン（長谷亮）・・・・・・・　248〜257
愛読者ルーム・・・・・・・・・・・・・・・・　258〜259
ウオーレス事件〈2・完〉（稲垣紅毛）
　・・・・・・・・・・・・・・・・・・・・・・・・・・・・・　260〜280
編集後記・・・・・・・・・・・・・・・・・・・・・　280

第7巻第1号　未所蔵
1955年12月15日発行　320頁　120円

425

33 『探偵実話』

茶店漫歩《口絵》・・・・・・・・・・・・・・・・	11～16
問答不猶予(伊達瓶九〔構成〕)・・・・・	18～19
チャタレイ夫人の恋人《映画物語》・・・・	23～26
今月の映画《口絵》・・・・・・・・・・・・・	27～28
テレビ塔の殺人《小説》(岡田鯱彦)・・・	30～45
南蛮秘宝伝〈1〉《小説》(伊勢三郎)	
・・・・・・・・・・・・・・・・・・・・・・・・・	46～67
あちらの社会面・・・・・・・・・・・・・・・・	67
恐妻綺譚《小説》(大河内常平)・・・・	68～81
新春閑談《座談会》(市川猿之助、林藤、戸川貞雄)・・・・・・・・・・・・・・・・・・・・・・・	82～95
地球と人間は如何して出来たか?(安達太郎)	
・・・・・・・・・・・・・・・・・・・・・・・・・	96～99
ぼく知ってるよ《小説》(潮寒二)・・・・	100～113
バイウオータ＝トムプスン事件(稲垣紅毛)	
・・・・・・・・・・・・・・・・・・・・・・・・・	114～139
泣虫小僧〈6〉《小説》(鷲尾三郎)	
・・・・・・・・・・・・・・・・・・・・・・・・・	140～156
男性美の創造・・・・・・・・・・・・・・・・	157～160
観相百話(高島呑象次)・・・・・・・・・・	161～167
誰が彼女を殺したか(中野五郎)・・・・	168～199
鬼の独り言(中島河太郎)・・・・・・・・	200～201
留学生殺人事件(村田二郎)・・・・・・	202～211
拳骨三四郎〈4〉《小説》(城戸礼)	
・・・・・・・・・・・・・・・・・・・・・・・・・	212～226
ヒロポンのいたずら(高橋静男)・・・・	227～231
アナスターシヤ姫事件〈5〉(湯原九郎)	
・・・・・・・・・・・・・・・・・・・・・・・・・	232～249
消えてなくなった山(桜井薫)・・・・・・	250～252
愛読者ルーム・・・・・・・・・・・・・・・・	254～255
原稿魔《小説》(匿名作者)・・・・・・	256～265
愛慾怪盗伝〈10・完〉(三谷祥介)	
・・・・・・・・・・・・・・・・・・・・・・・・・	266～279
人獣チケル《小説》(篠鉄夫)・・・・・・	280～320
編集後記・・・・・・・・・・・・・・・・・・・	320

第7巻第2号　増刊　未所蔵
1955年12月25日発行　352頁　85円

ドクトル女優(佐留美哉)・・・・・・・・	29～32
給料日の出来事《小説》(古沢好一郎)	
・・・・・・・・・・・・・・・・・・・・・・・・・	34～52
覆面バタヤ(高輪健)・・・・・・・・・・・	53～59
波止場のリンチ《小説》(北林透馬)	60～77
冒されたヌード(高田健一)・・・・・・・	78～82
夜の署長(小野孝二)・・・・・・・・・・	84～103
貞操泥棒(浅井竜三)・・・・・・・・・・	104～114
おちよろ船《小説》(水上尋)・・・・・・	116～133
牛を斬った女《小説》(三角寛)・・・・	136～158
東京千夜一夜	
ナイトクラブのひととき(山中信夫)	
・・・・・・・・・・・・・・・・・・・・・・・・・	159～165

桃色少女のアルバイト(黒田淳)	
・・・・・・・・・・・・・・・・・・・・・・・・・	165～169
聖女犯《小説》(北里俊夫)・・・・・・	170～191
空襲下幽霊坂の捕物(大平陽介)・・・	192～217
十字架の鬼《小説》(青山秀一)・・・	218～231
姿なき殺人者(潮寒二)・・・・・・・・	232～249
尼僧と仏像師(中田順)・・・・・・・・	250～271
ケープハートの小平事件(林耕三)	
・・・・・・・・・・・・・・・・・・・・・・・・・	272～289
死の饗宴《小説》(志摩竜治)・・・・	290～307
平手将棋の指方(北楯修哉)・・・・・	308～309
土蔵の怪人《小説》(今井鯛三)・・・	310～323
面白ポスト(佐藤哲男)・・・・・・・・	324～325
謎の畳針(高山貞政)・・・・・・・・・	326～352

第7巻第3号　所蔵あり
1956年1月15日発行　280頁　110円

字で描いた漫画クイズ《漫画》(高橋まさ美)	
・・・・・・・・・・・・・・・・・・・・・・・・・	3
ギャングの眼《漫画》(ギャングクラブ同人)	
・・・・・・・・・・・・・・・・・・・・・・・・・	9～12
コング氏の日本日記《口絵》・・・・・・	13～16
問答不猶予(伊達瓶九〔構成〕)・・・・	17～20
試写室だより《口絵》・・・・・・・・・・	21～24
鴎《小説》(中川透)・・・・・・・・・・	26～39
百万長者の夫を射殺した妻(中野五郎)	
・・・・・・・・・・・・・・・・・・・・・・・・・	40～52
さまよえる湖(桜井薫)・・・・・・・・	53～55
ナスを買ってなぜおかしい《小説》(黒木徹)	
・・・・・・・・・・・・・・・・・・・・・・・・・	56～70
死の饗宴(永田政雄)・・・・・・・・・	71～77
拳骨三四郎〈5〉《小説》(城戸礼)	78～93
プロレスのさむらいたち(栗田登)・・	94～97
コンスタンス・ケント事件〈1〉(稲垣紅毛)	
・・・・・・・・・・・・・・・・・・・・・・・・・	98～119
東京女漫歩(菅義之)・・・・・・・・・	120～123
お定ざんげ《対談》(三角寛,阿部定)	
・・・・・・・・・・・・・・・・・・・・・・・・・	124～139
情怨宝石王〈1〉(三谷祥介)・・・・	140～151
エミネとの奇妙な恋《小説》(川島郁夫)	
・・・・・・・・・・・・・・・・・・・・・・・・・	152～162
観相百話(高島呑象次)・・・・・・・・	163～169
泣虫小僧〈7〉《小説》(鷲尾三郎)	
・・・・・・・・・・・・・・・・・・・・・・・・・	170～187
変態極楽(高輪健)・・・・・・・・・・	188～196
銀幕のチヤーリイ・チヤン(児玉数夫)	
・・・・・・・・・・・・・・・・・・・・・・・・・	197～201
犬も歩けば《小説》(大河内常平)・・	202～215
鬼の独り言(中島河太郎)・・・・・・	216～217
アナスターシヤ姫事件〈6〉(湯原九郎)	
・・・・・・・・・・・・・・・・・・・・・・・・・	218～235

33『探偵実話』

愛読者ルーム ……………………… 236〜237
聖なる悪魔《小説》(里見映子) …… 238〜252
あちらとこちら …………………… 253
南蛮秘宝伝〈2〉《小説》(伊勢三郎)
　　　　　　　　　　　　　　　254〜280

第7巻第4号　所蔵あり
1956年2月15日発行　284頁　110円
エロチックミステリィ《漫画》 ……… 9〜12
アクロバットダンサー《口絵》 …… 13〜16
試写室だより ……………………… 17〜20
気まぐれバス《口絵》 …………… 21〜23
問答不猶予(伊達瓶九〔構成〕) …… 26〜27
コンビスリラークイズ …………… 28
ゆがんだ絵《小説》(土屋隆夫) … 30〜52
華厳の滝のなぞ …………………… 53
東京女漫歩(高橋まさ美) ………… 54〜57
暴行された看護婦(中野五郎) …… 58〜75
「仏の銭八」殺される(高輪健) … 76〜83
鬼の独り言(中島河太郎) ………… 84〜85
泣虫小僧〈8・完〉《小説》(鷲尾三郎)
　　　　　　　　　　　　　　　86〜101
情怨宝石王〈2〉(三谷祥介) … 102〜114
石を砕く男(青木和夫) ………… 115〜121
南蛮秘宝伝〈3〉《小説》(伊勢三郎)
　　　　　　　　　　　　　　122〜143
拳骨三四郎〈6〉《小説》(城戸礼)
　　　　　　　　　　　　　　144〜159
砂の下の町(桜井薫) …………… 160〜163
コンスタンス・ケント事件〈2・完〉(稲垣紅毛) ……………………… 164〜189
30年前のヒチコック映画(児玉数夫)
　　　　　　　　　　　　　　190〜193
さよなら《小説》(四季桂子) … 194〜214
観相百話(高島呑象次) ………… 215〜219
愛読者ルーム …………………… 220〜221
アナスターシヤ姫事件〈7〉(湯原九郎)
　　　　　　　　　　　　　　222〜238
計画《小説》(ビル・オブライアン〔著〕,林耕三〔訳〕) ……………… 239〜241
一時一〇分《小説》(中川透) … 242〜243
編集後記 ………………………… 284

第7巻第5号　増刊　未所蔵
1956年3月1日発行　400頁　150円
近代探偵作家写真名鑑《口絵》 … 9〜16
新しい炎ふき出でよ(木々高太郎) … 17
恒春閣の殺人《小説》(大下宇陀児) … 18〜36
恐しき馬鹿《小説》(高木彬光) … 37〜53
トリック社興亡史《小説》(土屋隆夫)
　　　　　　　　　　　　　　　54〜65

神楽太夫《小説》(横溝正史) …… 66〜79
顔のある車輪《小説》(島田一男) … 80〜97
死人に口あり《小説》(木々高太郎) … 98〜109
東方のヴイーナス《小説》(水谷準)
　　　　　　　　　　　　　　110〜125
かむなぎうた《小説》(日影丈吉) … 126〜141
沼垂の女《小説》(角田喜久雄) … 142〜154
言葉の殺人《小説》(岡田鯱彦) … 155〜167
刀匠《小説》(大河内常平) …… 168〜186
探偵作家印象記(中島河太郎) … 187〜193
すとりっぷと・まい・しん《小説》(狩久)
　　　　　　　　　　　　　　194〜205
寝台物語《小説》(山田風太郎) … 206〜219
間雅な殺人《小説》(大坪砂男) … 220〜223
地虫《小説》(中川透) ………… 224〜245
悪魔の凾《小説》(鷲尾三郎) … 246〜262
絶壁《小説》(城昌幸) ………… 263〜265
仇き同志《小説》(永瀬三吾) … 266〜273
探偵文壇放談録《座談会》(大坪砂男,大河内常平,長谷川卓也,渡辺剣次) … 274〜287
洋裁学院《小説》(山村正夫) … 288〜303
ネンゴ・ネンゴ《小説》(香山滋) … 304〜314
探偵小説作家《小説》(楠田匡介) … 315〜329
蛞蝓妄想譜《小説》(潮寒二) … 330〜337
巫女《小説》(朝山蜻一) ……… 338〜353
谷底の眼《小説》(渡辺啓助) … 354〜363
虫《小説》(江戸川乱歩) ……… 364〜399
編集後記 ………………………… 400

第7巻第6号　所蔵あり
1956年3月15日発行　284頁　110円
springroom《漫画》 ……………… 9〜12
女のボディビル(栗田登) ………… 13〜16
試写室だより ……………………… 17〜20
十字路映画化《口絵》 …………… 21〜24
問答不猶予(伊達瓶九〔構成〕) … 26〜27
本年度探偵作家クラブ賞決定 …… 28
狂った町《小説》(大河内常平) … 30〜45
情怨宝石王〈3〉(三谷祥介) … 46〜61
秘密結社KKK団の色魔王(中野五郎)
　　　　　　　　　　　　　　　62〜81
さびれゆく南京街(家石かずお) … 82〜85
クレオパトラ《小説》(木々高太郎) … 86〜101
子供をかえしてくれ!!(伊藤祐治) … 102〜119
ブルドッグ・ドラモンド(児玉数夫)
　　　　　　　　　　　　　　120〜123
オスカー・スレーター事件(稲垣紅毛)
　　　　　　　　　　　　　　124〜145
鬼の独り言(中島河太郎) ……… 146〜147
東京租界の外人強盗(高輪健) … 148〜157
指《小説》(山村正夫) ………… 158〜175

427

33『探偵実話』

砂漠にある寒国(桜井薫)	176～179
孤独〈小説〉(狩久)	180～189
日本最初の血指紋事件(杉並二郎)	190～211
観相百話(高島呑象次)	212～217
アナスターシヤ姫事件〈8〉(湯原九郎)	218～237
寝棺の花嫁(池久緒)	238～245
「災厄の樹」について(大下宇陀児)	244～245
愛読者ルーム	246～247
拳骨三四郎〈7〉〈小説〉(城戸礼)	248～263
南蛮秘宝伝〈4〉〈小説〉(伊勢三郎)	264～284

第7巻第7号　所蔵あり
1956年4月15日発行　284頁　110円

剣豪時代〈口絵〉	13～16
試写室だより	17～20
マンガ・デパート〈漫画〉	21～24
問答不猶予(伊達瓶九〔構成〕)	26～27
探偵文壇ニュース	28
ある日の探偵作家 大下宇陀児氏訪問〈口絵〉	30～41
災厄の樹〈1〉〈小説〉(大下宇陀児)	30～41
死体に化けた男(中野五郎)	42～58
探偵小説についての新論(木々高太郎)	59～63
召集失恋(宮田洋容)	64～67
首を持ったサロメ〈小説〉(渡辺啓助)	68～84
升田と大山(加藤治郎)	85～87
藪医者綺譚〈小説〉(大河内常平)	88～101
姿なき密夫(永田政雄)	102～107
ベツツイ博士の買物〈小説〉(R・オブライエン〔著〕, 蓮池一郎〔訳〕)	108～118
宣伝時代〈漫画〉(深堀哲夫)	119
情怨宝石王〈4〉(三谷祥介)	120～129
世界あちらこちら	129
英雄の如く打つ(水島欽也)	130～141
影なき男(児玉数夫)	142～145
雪の足跡(高輪健)	146～153
盗まれた接吻〈小説〉(駒林太郎)	154～167
陽春放談録〈座談会〉(徳川夢声, 宮田東峰, 高島呑象次, 小室恵市, 青木敏郎, 河上敬子, 不二幸江)	168～181
裸にされた女教師(安達二郎)	182～189
「浴槽の花嫁」殺人事件〈1〉(稲垣紅毛)	190～215
鬼の独り言(中島河太郎)	216～217
拳骨三四郎〈8〉〈小説〉(城戸礼)	218～232
カラハリの自然と民族(桜井薫)	233～237
南蛮秘宝伝〈5〉〈小説〉(伊勢三郎)	238～259
海外うわさ話	259
ストリップの素顔(望月一虎)	260～263
愛読者ルーム	264～265
アナスターシヤ姫事件〈9〉(湯原九郎)	266～284

第7巻第8号　増刊　未所蔵
1956年4月25日発行　352頁　85円

お娯しみ映画誌上封切〈口絵〉	13～20
白い裸魚〈口絵〉	21～24
女の花道(佐留美哉)	25～29
遊侠奇譚〈小説〉(大河内常平)	30～45
友情の三重奏(水島欽也)	46～56
白夫人の妖恋(佐賀八郎)	57～59
筈見敏子殺害事件〈小説〉(川島郁夫)	60～79
ドロ棒家族(高輪健)	80～85
動いた死体〈小説〉(魔子鬼一)	86～103
川柳みだれ箱〈漫画〉(すずき厚)	104～105
青髭に泣く女(青山秀一)	106～117
教祖復活〈小説〉(志摩竜治)	118～139
賭場の暴風〈小説〉(潮寒二)	140～156
マンガコンクール〈漫画〉	157～161
日曜日の出来事〈小説〉(古沢好一郎)	162～175
網走監獄の美少年(中田順)	176～199
新宿乞食谷〈小説〉(北園孝吉)	200～216
春情撮影所夜話(高田小太郎)	217～223
人面鬼(浅井竜三)	224～245
悪魔につかれた文学青年(大町九一)	242～245
手型の傷痕(高山貞政)	246～272
美女参上(安達二郎)	274～283
亭主族は訴えぬ	276～277
拳銃に叫ぶ女(青山秀一)	284～299
未亡人クラブ入会記(山中信夫)	300～306
情恨五十年(飛鳥鏡二郎)	307～327
白痴の女〈小説〉(佐藤皓一)	328～352

第7巻第9号　所蔵あり
1956年5月15日発行　284頁　110円

WARAI NO MANGA〈漫画〉	9～12
女形酒場〈口絵〉	13～16
試写室だより	17～20
文士経営の映画館〈口絵〉	22～23
問答不猶予(伊達瓶九〔構成〕)	26～27
探偵文壇ニュース	28

災厄の樹〈2〉《小説》(大下宇陀児)	30〜41
見知らぬ恋人《小説》(狩久)	42〜57
砂漠に棲む原始民族(桜井薫)	58〜61
「浴槽の花嫁」殺人事件〈2〉(稲垣紅毛)	62〜87
拳骨三四郎〈9〉《小説》(城戸礼)	88〜102
裸のマルゴ女王《小説》(日影丈吉)	104〜117
手套(杉並二郎)	118〜135
鬼の独り言(中島河太郎)	136〜137
銀座不連続殺人事件《小説》(大河内常平)	138〜157
情怨宝石王〈5〉(三谷祥介)	158〜172
探偵映画と喜劇(児玉数夫)	173〜177
美人詐欺師の行状(高輪健)	178〜185
南蛮秘宝伝〈6〉《小説》(伊勢三郎)	188〜209
死刑と金塊(伊東鐐太郎)	210〜223
観相百話(高島呑象次)	224〜228
試写室だより	229
生き返る絞死体(永田雄夫)	230〜235
猫の手紙《小説》(岡沢孝雄)	236〜251
蛙《小説》(寺島珠雄)	252〜264
避妊薬殺人事件(安達二郎)	265〜269
愛読者ルーム	270〜271
結婚相談所	272〜275
アナスターシヤ姫事件〈10〉(湯原九郎)	276〜284

第7巻第10号　未所蔵
1956年6月15日発行　284頁　110円

温泉ブーム《口絵》	9〜12
試写室だより	13〜16
太陽の笑点《漫画》	17〜20
あ・た・ま・の・も・ん・だ・い	22〜23
探偵文壇ニュース	24
災厄の樹〈3〉《小説》(大下宇陀児)	26〜37
真犯人は僕です!(永松浅造)	38〜53
巨像の島(桜井薫)	54〜57
それを見ていた女《小説》(吉野賛十)	58〜71
十年で一億長者(村松駿吉)	72〜85
南蛮秘宝伝〈7〉《小説》(伊勢三郎)	86〜105
人魚女(永田政雄)	106〜112
反対男《漫画》(古谷栄華)	113
拳骨三四郎〈10〉《小説》(城戸礼)	114〜129
ネロ・ウルフとダンカン・マクレイン(児玉数夫)	130〜133
血液を売る人々(鈴木和夫)	134〜144

人妻教員の死(高輪健)	146〜152
大阪暗黒街(栗田登)	153〜159
新宿青線地帯界隈(小泉紫郎)	160〜167
棺桶の秘密(杉並二郎)	168〜187
志津子の災難(安達二郎)	188〜195
夜行列車の見知らぬ客(宮田洋容)	196〜203
鬼の独り言(中島河太郎)	204〜205
桔梗物語《小説》(寺島珠雄)	206〜217
観相百話(高島呑象次)	218〜223
情怨宝石王〈6〉(三谷祥介)	226〜239
愛読者ルーム	240〜241
公僕綺譚《小説》(大河内常平)	242〜255
「浴槽の花嫁」殺人事件〈3〉(稲垣紅毛)	256〜284

第7巻第11号　増刊　所蔵あり
1956年7月1日発行　400頁　150円

ミステリー天国《漫画》(安岡アキラ)	9〜12
小粋な巴里人(伊達瓶九/吉崎耕一)	13〜16
柳湯の事件《小説》(谷崎潤一郎)	18〜35
解説(中島河太郎)	18
消すな蠟燭《小説》(横溝正史)	36〜52
解説(中島河太郎)	36
愚者の毒《小説》(島田一男)	54〜66
解説(中島河太郎)	54
X重量《小説》(木々高太郎)	67〜79
解説(中島河太郎)	67
月ぞ悪魔《小説》(香山滋)	80〜95
解説(中島河太郎)	80
遺伝《小説》(小酒井不木)	96〜99
解説(中島河太郎)	96
毒爪《小説》(大下宇陀児)	100〜119
解説(中島河太郎)	100
赤い翼《小説》(鷲尾三郎)	120〜131
解説(中島河太郎)	120
血蝙蝠《小説》(渡辺啓助)	132〜145
解説(中島河太郎)	132
神の餌食《小説》(永瀬三吾)	146〜159
解説(中島河太郎)	146
棚田裁判長の死《小説》(橘外男)	160〜179
解説(中島河太郎)	160
大鴉《小説》(高木彬光)	180〜195
解説(中島河太郎)	180
難船小僧《小説》(夢野久作)	196〜215
解説(中島河太郎)	196
爬虫人間《小説》(潮寒二)	216〜231
解説(中島河太郎)	216
底無沼《小説》(角田喜久雄)	232〜239
解説(中島河太郎)	232
永遠の植物《小説》(村上信彦)	240〜252

33 『探偵実話』

解説(中島河太郎)	240
屋根裏の亡霊《小説》(水谷準)	253〜265
解説(中島河太郎)	253
黒檜姉妹《小説》(山田風太郎)	266〜282
解説(中島河太郎)	266
水棲人《小説》(小栗虫太郎)	283〜299
解説(中島河太郎)	283
墓地展望亭《小説》(久生十蘭)	300〜342
解説(中島河太郎)	300
盲妹《小説》(大坪砂男)	343〜355
解説(中島河太郎)	343
秘密島《小説》(城昌幸)	356〜367
解説(中島河太郎)	356
赤い月《小説》(大河内常平)	368〜383
解説(中島河太郎)	368
目羅博士の不思議な犯罪《小説》(江戸川乱歩)	384〜400
解説(中島河太郎)	384
編集後記	400

第7巻第12号 所蔵あり
1956年7月15日発行 284頁 110円

海女《口絵》	9〜13
あ・た・ま・の・も・ん・だ・い	14〜15
探偵文壇ニュース	16
カギの叫び《漫画》	17〜20
試写室だより	21〜24
災厄の樹〈4〉《小説》(大下宇陀児)	26〜37
鶏の腸《小説》(朝山一一)	38〜51
夜菫《小説》(篠鉄夫)	52〜67
白骨は語る(杉並二郎)	68〜89
フー・マンチュー博士(児玉数夫)	90〜93
拳骨三四郎〈11〉《小説》(城戸礼)	94〜110
天眼鏡から覗いた森繁久弥《対談》(高島呑象次、森繁久弥)	111〜117
小指をせがむ男(鹿喰栄太郎)	118〜125
鬼の独り言(中島河太郎)	126〜127
終夜喫茶(望月一虎)	128〜131
黒い月《小説》(藤雪夫)	132〜145
映画評	139
骸骨家系(永田政雄)	146〜152
港ヨコハマの表情(栗田登)	153〜158
海浜の妖精(本誌記者)	159
情怨宝石王〈7〉(三谷祥介)	160〜172
海に沈んだ大陸(桜井薫)	174〜177
南蛮秘宝伝〈8・完〉《小説》(伊勢三郎)	178〜197
「浴槽の花嫁」殺人事件〈4〉(稲垣紅毛)	198〜220
埋蔵金のゆくえ(水島鉄也)	222〜233
白い魔術師について(鮎川哲也)	233
アナスターシヤ姫事件〈11〉(湯原九郎)	234〜247
マンガ・ガーデン《漫画》	248〜249
悪魔のような女(高輪健)	250〜257
愛読者ルーム	258〜259
白昼の悪魔《小説》(中川透)	260〜284

第7巻第13号 未所蔵
1956年8月15日発行 284頁 110円

マヌカン《口絵》	13〜15
あ・た・ま・の・も・ん・だ・い(石川雅章)	18〜19
探偵文壇ニュース	20
忙しいアメリカ人(伊達瓶九/吉崎耕一)	25〜28
死者は訴えない《小説》(土屋隆夫)	30〜53
溶解魔(西江原辰雄)	54〜65
狂い咲き女教員の邪恋(梶野圭三郎)	66〜71
小さな死体《小説》(島久平)	72〜87
人喰人種のいる島(桜井薫)	88〜93
災厄の樹〈5〉《小説》(大下宇陀児)	94〜105
拳骨三四郎〈12・完〉《小説》(城戸礼)	106〜119
フー・マンチュー博士(児玉数夫)	120〜123
嬰児《小説》(潮寒二)	124〜142
観相百話(高島呑象次)	143〜149
りら荘事件〈1〉《小説》(鮎川哲也)	150〜170
色悪人(橋本銀蔵)	172〜184
ピンク氏行状記《漫画》(松田てるを)	185
鬼の独り言(中島河太郎)	186〜187
「浴槽の花嫁」殺人事件〈5・完〉(稲垣紅毛)	188〜217
殺意の条件(鹿喰栄二)	218〜224
浅草ぶらっ記(安岡アキラ)	226〜229
情怨宝石王〈8〉(三谷祥介)	230〜239
替玉帰国事件(高輪健)	240〜247
愛読者ルーム	248〜249
遺書が語る自殺者の心理(水島欣也)	250〜257
身をつくしてぞ《小説》(鷲尾三郎)	258〜284

第7巻第14号 未所蔵
1956年9月15日発行 300頁 120円

われ本日浴場す《口絵》	9〜12
懸賞探偵クイズ	13〜15
探偵文壇ニュース	16

33 『探偵実話』

性の旋律《漫画》(吉崎耕一) …………	17〜20
デカ長と科学陣《口絵》 …………	21〜24
試写室だより …………	25〜28
屠殺場《小説》(山村正夫) …………	30〜49
鬼の独り言(中島河太郎) …………	50〜51
刺青の妖女(永松浅造) …………	52〜67
一番槍《小説》(風流隠士) …………	68〜79
海から来た女《小説》(狩久) …………	80〜90
マヤ文明の秘密(桜井薫) …………	91〜95
一本道の殺人《小説》(松原安里) …	96〜110
ピンク氏行状記《漫画》(松田てるを) …	111
名探偵シャーロック・ホームズ(児玉数夫)	
…………	112〜115
流転《小説》(大河内常平) …………	116〜129
情怨宝石王《9・完》(三谷祥介) …	130〜143
りら荘事件《2》《小説》(鮎川哲也)	
…………	144〜156
太陽族罷り通る(深堀哲夫) …………	157〜159
プリチャード博士事件(稲垣紅毛)	
…………	160〜185
観相百話(高島呑象次) …………	186〜189
鼈甲縁の男(杉並二郎) …………	190〜211
驀進三四郎《1》《小説》(城戸礼)	
…………	212〜227
桃子と丑子の証言(橋本銀蔵) ………	228〜244
長篇傑作の登場を促す(江戸川乱歩) …	245
科学の怪談《座談会》(大坪砂男、今日泊阿蘭、都	
築道夫、矢野徹) …………	246〜254
※ママ	
愛読者ルーム …………	256〜257
肉獣《小説》(橘外男) …………	258〜300

第7巻第15号　所蔵あり
1956年10月15日発行　300頁　120円

アクロバットの学校《口絵》(栗田登)	
…………	9〜12
懸賞探偵クイズ? …………	13〜16
秋の笑い《漫画》(吉崎耕一) …………	17〜20
舞妓さん《口絵》 …………	21〜24
試写室だより …………	25〜29
殺人請負業者《小説》(楠田匡介) …	30〜53
生と死の凄む家(桜井薫) …………	54〜59
柳行李の謎(天野静人) …………	60〜67
奇妙な眼科医《小説》(港星太郎) …	68〜84
ピンク氏行状記《漫画》(松田てるを) …	85
ヤクザ人斬り松の血闘(橋本銀蔵)	85〜100
探偵文壇ニュース …………	101
狂い咲きの若者たち(安達二郎) …	102〜109
渦巻温泉殺人事件《小説》(朝山蜻一)	
…………	110〜125
驀進三四郎《2》《小説》(城戸礼)	
…………	126〜140

娘を喰う香具師(高輪健) …………	142〜151
ニシパ《小説》(四季桂子) …………	152〜168
法廷の暗殺(鹿喰栄二) …………	169〜173
風流お好み焼き《小説》(風流隠士)	
…………	174〜185
踏絵実録(三谷祥介) …………	186〜193
街獣《小説》(蓮池一郎) …………	194〜207
鬼の独り言(中島河太郎) …………	208〜209
クリッペン事件(稲垣紅毛) …………	210〜239
警察写真は楽じゃない(石川光陽)	
…………	240〜243
りら荘事件《3》《小説》(鮎川哲也)	
…………	244〜255
愛読者ルーム …………	256〜257
擬態殺人事件(杉並二郎) …………	258〜277
名探偵シヤーロック・ホームズ(児玉数夫)	
…………	278〜281
青岩鐘乳洞《小説》(潮寒二) ………	282〜300

第7巻第16号　増刊　所蔵あり
1956年11月1日発行　384頁　150円

ある断層《口絵》 …………	9〜16
友田と松永の話《小説》(谷崎潤一郎)	
…………	18〜69
解説(中島河太郎) …………	18
R夫人の横顔《小説》(水谷準) …	70〜83
解説(中島河太郎) …………	70
猫《小説》(角田喜久雄) …………	84〜98
解説(中島河太郎) …………	84
奇妙な夫婦《小説》(島田一男) …	99〜113
解説(中島河太郎) …………	99
疑惑《小説》(江戸川乱歩) …………	114〜133
解説(中島河太郎) …………	114
面白い話《小説》(城昌幸) …………	134〜143
解説(中島河太郎) …………	134
キユラサオの首《小説》(渡辺啓助)	
…………	144〜157
解説(中島河太郎) …………	144
妖刀記《小説》(大河内常平) ………	158〜169
解説(中島河太郎) …………	158
人間腸詰《小説》(夢野久作) ………	170〜187
解説(中島河太郎) …………	170
探偵小説《小説》(横溝正史) ………	188〜207
解説(中島河太郎) …………	188
発狂者《小説》(永瀬三吾) …………	208〜222
解説(中島河太郎) …………	208
四次元の断面《小説》(甲賀三郎) …	223〜239
解説(中島河太郎) …………	223
妖術師《小説》(香山滋) …………	240〜251
解説(中島河太郎) …………	240
嘘つき娘《小説》(高木彬光) ………	252〜268

431

33『探偵実話』

解説（中島河太郎）・・・・・・・・・・・	252
大浦天主堂《小説》（木々高太郎）・・・・	269〜281
解説（中島河太郎）・・・・・・・・・・・	269
霧月党《小説》（山田風太郎）・・・・・・	282〜301
解説（中島河太郎）・・・・・・・・・・・	282
海風《小説》（鷲尾三郎）・・・・・・・・	302〜314
解説（中島河太郎）・・・・・・・・・・・	302
間貫子の死《小説》（香住春吾）・・・・・	315〜339
解説（中島河太郎）・・・・・・・・・・・	315
いじめられた女《小説》（土屋隆夫）・・・・・・・・・・・・・・・・・・・	340〜347
解説（中島河太郎）・・・・・・・・・・・	340
風船殺人《小説》（大下宇陀児）・・・・・	348〜384
解説（中島河太郎）・・・・・・・・・・・	348
編集後記・・・・・・・・・・・・・・・	384

第7巻第17号　所蔵あり
1956年11月15日発行　300頁　120円

島原遊郭小車太夫《口絵》・・・・・・・・	9〜12
懸賞探偵クイズ？・・・・・・・・・・・	13〜16
冗談じゃないよ《漫画》（吉崎耕一）・・・	17〜20
これもスーパーレディ《口絵》・・・・・・	21〜24
試写室だより・・・・・・・・・・・・・	25〜28
蠕曳《小説》（鷲尾三郎）・・・・・・・・	30〜47
殺人鬼西谷の秘密（永松浅造）・・・・・・	48〜59
第三の男《小説》（風流隠士）・・・・・・	60〜73
僧衣の強盗（神三平）・・・・・・・・・	74〜80
北極ものがたり（桜井薫）・・・・・・・	81〜87
水兵勝の最期（佐藤皓一）・・・・・・・	88〜100
地獄の釜（高橋まさ美）・・・・・・・・	101〜105
巴旦杏《小説》（山村正夫）・・・・・・	106〜121
性の餌食（秋月文平）・・・・・・・・・	122〜127
災厄の樹〈6〉《小説》（大下宇陀児）・・・・・・・・・・・・・・・・・・・	128〜135
作者の言葉（三谷祥介）・・・・・・・・	135
ウェブスター教授殺人事件（稲垣紅毛）・・・・・・・・・・・・・・・・・・・	136〜157
通天閣に哭く女（東百合子）・・・・・・	158〜168
まえがき（赤見六郎太）・・・・・・・・	158
ミスターピンク行状記《漫画》（松田てるを）・・・・・・・・・・・・・・・・・	169
花咲くか拳闘界の若武者たち（郡司信夫）・・・・・・・・・・・・・・・・・・	170〜175
りら荘事件〈4〉《小説》（鮎川哲也）・・・・・・・・・・・・・・・・・・・	176〜186
ある女スリの告白（水島欣也）・・・・・	188〜197
破綻の同性愛（高輪健）・・・・・・・・	198〜204
鬼の独り言（中島河太郎）・・・・・・・	206〜207
消えた令嬢（杉並二郎）・・・・・・・・	208〜229
珈琲をのむ娼婦《小説》（日影丈吉）・・・・・・・・・・・・・・・・・・・	230〜239
鯨宴会（三谷祥介）・・・・・・・・・・	240〜247
愛読者ルーム・・・・・・・・・・・・・	248〜249
棺前結婚《小説》（橘外男）・・・・・・	250〜300
探偵文壇ニュース・・・・・・・・・・・	288〜289

第8巻第1号　所蔵あり
1956年12月15日発行　316頁　120円

チラリズム《口絵》・・・・・・・・・・	9〜11
探偵作家《口絵》・・・・・・・・・・・	12〜13
モデルと画家《口絵》・・・・・・・・・	14〜16
懸賞探偵クイズ？・・・・・・・・・・・	17〜20
銀嶺は笑う《漫画》（吉崎耕一）・・・・・	21〜24
試写室だより・・・・・・・・・・・・・	25〜26
その夜の曲り角《小説》（渡辺啓助）・・・	30〜48
赤い痣のある女《小説》（風流隠士）・・・	50〜63
ペンフレンド御用心（安達二郎）・・・・・	64〜71
この死刑は誤判である！（永松浅造）・・・	72〜85
G線上のアリア《小説》（村上信彦）・・・	86〜98
生きているマネキン（高橋まさ美）・・・	99〜103
骨を盗む男《小説》（港星太郎）・・・・	104〜120
毛人、有尾人、首長女（桜井薫）・・・・	121〜127
法医学と探偵小説《対談》（古畑種基、江戸川乱歩）・・・・・・・・・・・・・・	128〜137
りら荘事件〈5〉《小説》（鮎川哲也）・・・・・・・・・・・・・・・・・・・	138〜150
谷洋子のサヨナラゲーム（南川厚）・・・・・・・・・・・・・・・・・・・	151〜153
探偵小説 ケンブリッジとオックスフォード（木々高太郎）・・・・・・・・・・・	154〜159
メイブリック夫人殺人事件（稲垣紅毛）・・・・・・・・・・・・・・・・・・・	160〜189
奇術師の女《小説》（西野常子）・・・・	190〜197
鬼の独り言（中島河太郎）・・・・・・・	198〜199
世にも不思議なセックスの神秘《座談会》（河上敬子, 緑川雅美, 高島呑象次）・・・・・・・・・・・・・・・・・・・	200〜209
驀進三四郎〈3〉《小説》（城戸礼）・・・・・・・・・・・・・・・・・・・	210〜225
愛慾と金慾の谷間〈1〉（三谷祥介）・・	226〜243
愛読者ルーム・・・・・・・・・・・・・	244〜245
みんな愛したら《小説》（久生十蘭）・・・・・・・・・・・・・・・・・・・	246〜310
ミスターピンク行状記《漫画》（松田てるを）・・・・・・・・・・・・・・・・・	311
注射一本で君の身体が思いのまゝ（村上聖三）・・・・・・・・・・・・・・・・	312〜316

第8巻第2号　増刊　所蔵あり
1957年1月1日発行　304頁　120円

昭和のヒロイン《口絵》・・・・・・・・	9〜16

432

33『探偵実話』

朝鮮美女マリヤ殺し(三角寛)	18～32
貴婦人怪盗物語(関口由三)	33～43
戦慄の圭子ちゃん殺し(鈴木清)	44～53
メッカ殺人事件の顛末(鈴木太三郎)	54～67
椒(はじかみ)事件の公判記録(長崎豊治)	68～84
大阪「お定」事件(杉並二郎)	85～93
女流槍投選手の性転換事件(山岡鉄二)	94～103
勝美夫人の裁判記録(酒井勉三郎)	104～113
千住の醤油屋殺し(北条清一)	114～125
情痴の兄妹心中(清水三郎)	126～136
長恨白ゆり隊(村松駿吉)	138～153
『滝の白糸』戦後版(宮野佐夫雄)	154～165
井出村の徳市(三谷祥介)	166～183
アベックの戦慄(黒田渡)	184～192
監禁ギャング顛末記(永松浅造)	194～207
天狗橋殺人事件(奥田壮史郎)	208～209
殺人犯誤認事件(小松丘彦)	210～220
犯罪アラカルト	220～221
学生のアルバイ詐欺(山田昌介)	222～223
女子大生の火だるま事件(秋永三郎)	224～232
文士の賭博検挙事件(三田仙三)	233～235
謎を残す老婆画家殺し(吉野登喜夫)	236～243
ベルゲンランド号上の藤村事件(三木康治)	244～254
宿命の混血児(小笠原宗明)	255～263
零号夫人の悲劇(安達二郎)	264～271
下関の小平事件(中江耀吉)	272～281
「オオミスティク」事件(山中信久)	282～291
昭和テロ事件(永松浅造)	292～304

第8巻第3号　所蔵あり
1957年1月15日発行　316頁　120円

抵抗族《口絵》	9～13
女工哀史《口絵》	14～16
懸賞探偵クイズ?	17～20
新春笑景《漫画》(吉崎耕一)	21～24
試写室だより	25～28
天女(土屋隆夫)	30～46
社会部記者のノート	47
ある売春婦の復讐(高輪健)	48～55
天然磁石(ロードストーン)におゝわれた孤島(川崎弘文)	56～63
潮見崎博士の失踪《小説》(大河内常平)	64～77
戦艦大和を売る男(曾山直盛)	78～90

ミスターピンク行状記《漫画》(松田てるを)	91
女神冒瀆《小説》(風流隠士)	92～103
外人専用の赤線白書(白神京二)	104～110
銀色の薔薇《小説》(川島郁夫)	112～128
ミンドロ島十年兵の生活と記録(永松浅造)	130～145
鬼の独り言(中島河太郎)	146～147
夢の三百万両(伊添広)	148～151
魔薬《小説》(弘田喬太郎)	152～164
愛慾と金慾の谷間〈2〉(三谷祥介)	166～179
壁の中の女《小説》(狩久)	180～189
驀進三四郎〈4〉《小説》(城戸礼)	190～205
犬の仲人さん《小説》(中村獏)	206～217
焼けビル座《小説》(島久平)	218～231
作者の言葉(中村獏)	231
窓にいる女《小説》(湖山一美)	232～233
りら荘事件〈6〉《小説》(鮎川哲也)	234～247
毒薬のある小包(神三平)	248～256
不可思議な荷物《漫画》(小野強)	257
巴怨記《小説》(李文環)	258～272
待合室	273
果実の譜《小説》(山村正夫)	274～288
愛読者ルーム	290～291
ブラヴォー毒殺事件の謎(稲垣紅毛)	292～316

第8巻第4号　所蔵あり
1957年2月15日発行　300頁　120円

酒は飲め飲め《口絵》	9～13
ロック・アンド・ルール《口絵》	14～15
大下氏の二十の扉《口絵》	16
懸賞探偵クイズ?	17～20
動物の出てくる漫画《漫画》(吉崎耕一)	21～24
試写室だより	25～28
影を持つ女〈1〉《小説》(鷲尾三郎)	30～47
隣りの奥さん《小説》(風流隠士)	48～59
レンズの蔭の殺人《小説》(吉野賛十)	60～73
二つの性に生きる女(秋月文平)	74～81
顔による女性の性運判断〈1〉(山本光養)	82～85
スカートをはいたお巡りさん〈1〉《小説》(中村獏)	86～96
ピンク氏行状記《漫画》(松田てるを)	97
驀進三四郎〈5〉《小説》(城戸礼)	98～114

433

33 『探偵実話』

死の階段《小説》(深尾登美子) …… 116～126
女房仙人《小説》(椋鳩十) ………… 128～141
地球の尻・南極大陸の謎(桜井薫)
　　　　　　　　　　　　　　142～149
臀にえくぼのある女《小説》(楠田匡介)
　　　　　　　　　　　　　　150～170
鬼の独り言(中島河太郎) ………… 172～173
災厄の樹〈7〉《小説》(大下宇陀児)
　　　　　　　　　　　　　　174～185
夜盗王チャールズ・ピース〈1〉(稲垣紅毛)
　　　　　　　　　　　　　　186～209
女子大生殺人事件(安達二郎) …… 212～219
りら荘事件〈7〉《小説》(鮎川哲也)
　　　　　　　　　　　　　　220～235
劣等マンガ集《漫画》(望月一虎) ……… 237
愛慾と金慾の谷間〈3〉(三谷祥介)
　　　　　　　　　　　　　　238～251
宇都宮釣天井の謎(御手洗弘) …… 252～259
女嫌い《小説》(矢野徹) …………… 260～273
愛読者ルーム …………………… 274～275
人肌地図《小説》(渡辺啓助) ……… 276～300

第8巻第5号　増刊　所蔵あり
1957年3月1日発行　400頁　150円

思い出の写真集《口絵》 ………………… 9～16
探偵作家とその作品(中島河太郎) … 17～19
或る少年の怯れ《小説》(谷崎潤一郎)
　　　　　　　　　　　　　　 20～58
オカアサン《小説》(佐藤春夫) …… 59～69
双生児《小説》(江戸川乱歩) ……… 70～82
猟奇商人《小説》(城昌幸) ………… 83～89
黒衣の聖母《小説》(山田風太郎) … 90～107
顔のない女《小説》(高木彬光) … 108～125
逃亡の歴史《小説》(島田一男) … 126～142
悪魔祈祷書《小説》(夢野久作) … 143～153
青色鞏膜《小説》(木々高太郎) … 154～173
人間灰《小説》(海野十三) ……… 174～189
薔薇と蜃気楼《小説》(水谷準) … 190～200
亀に聞いた話《小説》(永瀬三吾) 201～209
悪女《小説》(大下宇陀児) ……… 210～227
奇声山《小説》(甲賀三郎) ……… 228～235
白魔《小説》(鷲尾三郎) ………… 236～254
W・B・会綺譚《小説》(小栗虫太郎)
　　　　　　　　　　　　　　255～265
雪《小説》(楠田匡介) …………… 266～290
探偵作家ヘボ棋譚(松野一夫) … 291～293
ペトルーシュカ《小説》(香山滋) 294～314
闘争《小説》(小酒井不木) ……… 315～331
貝殻館綺譚《小説》(横溝正史) … 332～347
三銃士《小説》(角田喜久雄) …… 348～357
亡霊の情熱《小説》(渡辺啓助) … 358～369

雨男・雪女《小説》(大坪砂男) … 370～377
相剋《小説》(大河内常平) ……… 378～387
殺された天一坊《小説》(浜尾四郎)
　　　　　　　　　　　　　　388～400

第8巻第6号　所蔵あり
1957年3月15日発行　300頁　120円

わが道を行く《口絵》 ……………………… 9～13
消えゆく数寄屋橋《口絵》 …………… 14～16
懸賞探偵クイズ? ……………………… 17～20
エープリルフールに寄せて《漫画》(吉崎耕一)
　　　　　　　　　　　　　　 21～24
試写室だより …………………………… 25～28
災厄の樹〈8〉《小説》(大下宇陀児) … 30～43
浮気旅行《小説》(風流隠士) ……… 44～55
売春婦克子の反抗(加宮貴三) …… 56～60
夜の扮装《小説》(朝山蜻一) ……… 62～77
娘を姦殺される兇悪漢(村松駿吉) 78～91
天眼鏡から世相を予言する(高島呑象次)
　　　　　　　　　　　　　　 92～99
スカートをはいたお巡りさん〈2〉《小説》(中村獏) …………………… 100～111
世界の毒蛇さまざま〈1〉(桜井薫)
　　　　　　　　　　　　　　112～120
ピンク氏行状記《漫画》(松田てるを) … 121
りら荘事件〈8〉《小説》(鮎川哲也)
　　　　　　　　　　　　　　122～135
鬼の独り言(中島河太郎) ……… 136～137
マースト川の美人死体(池久緒) 138～147
復讐の魔針(杉並二郎) ………… 148～173
愛慾と金慾の谷間〈4〉(三谷祥介)
　　　　　　　　　　　　　　174～187
窖地獄《小説》(永田政雄) ……… 188～202
顔による女性の性運判断〈2〉(山本光養)
　　　　　　　　　　　　　　203～205
影を持つ女〈2・完〉《小説》(鷲尾三郎)
　　　　　　　　　　　　　　206～221
実演奇談《小説》(湖山一美) … 222～227
川底(須田京子) ………………… 228～237
贋物綺譚《小説》(黒岩姫太郎) 238～245
驀進三四郎〈6〉《小説》(城戸礼)
　　　　　　　　　　　　　　246～261
愛読者ルーム …………………… 262～263
少女の眼《小説》(牧竜介) …… 266～279
夜盗王チャールズ・ピース〈2・完〉(稲垣紅毛) ………………… 280～300

第8巻第7号　所蔵あり
1957年4月15日発行　292頁　120円

春の踊り子《口絵》 ……………………… 9～12
作家酒蔵へ行く《口絵》 ………………… 13～15

33 『探偵実話』

探偵作家クラブ賞授賞《口絵》･･････ 16
懸賞探偵クイズ?･････････････ 17～20
サドの眼《漫画》(井上洋介)･････ 21～24
試写室だより ･･･････････････ 25～28
災厄の樹〈9〉《小説》(大下宇陀児) 30～39
情炎の果?運命の混血児裁判!(倉田一三)
 ･･････････････････････････ 40～53
貞操試験《小説》(風流隠士)････ 54～65
りら荘事件〈9〉《小説》(鮎川哲也)
 ･･････････････････････････ 66～80
川島芳子と象牙の拳銃(黒田墨)･･ 81～87
黒堀の中の饗宴(秋月文平)････ 88～93
天皇を売る男(曾山直盛)･･････ 94～110
私はドライな寝室に寝た(高輪健)
 ･･････････････････････････ 112～119
驀進三四郎〈7〉《小説》(城戸礼)
 ･･････････････････････････ 120～133
鬼の独り言(中島河太郎) ･･････ 134～135
新妻荒らし(天野静人) ･･･････ 136～147
世界の毒蛇さまざま〈2・完〉(桜井薫)
 ･･････････････････････････ 148～156
がらくた読本(ナンデモ・クラブ)
 ･･････････････････････････ 157～160
春風漫画パラダイス《漫画》･･･ 161～164
裏窓の社会面 ･･･････････････ 165～167
スカートをはいたお巡りさん〈3〉《小説》(中村獏)
 ･･････････････････････････ 168～179
臀舐の島《小説》(潮寒二) ････ 180～200
顔による女性の性運判断〈3・完〉(山本光養)
 ･･････････････････････････ 201～203
グラー未亡人硫酸投注事件(稲垣紅毛)
 ･･････････････････････････ 204～229
深夜の女客《小説》(湖山一美)･･ 230～233
酒のむな《小説》(大河内常平) 234～247
暗号を食った男(秋山正美)････ 248～255
愛慾と金慾の谷間〈5〉(三谷祥介)
 ･･････････････････････････ 256～269
愛読者ルーム ･･･････････････ 270～271
獣෗奇人譚《小説》(橘外男) ･･ 272～292

第8巻第8号 増刊 所蔵あり
1957年5月1日発行 288頁 120円
話題の主演者たち《口絵》 ････ 9～12
檻の中の女学校《口絵》 ･･･････ 13～16
天皇暗殺団の女首魁(三谷祥介)･･ 18～35
濡れかゝつたドライ娘 ･･････････ 35
女郎蜘蛛のような女(和田芳雄)･･ 36～46
翻弄された刑事(今井岐路人) ･･ 47～57
二人の女強盗(旗幹郎) ････････ 58～67
名刹建仁寺炎上秘聞(長崎豊治)･･ 68～77
偽装女給殺人事件(天野静人)･･ 78～85

女教員をめぐる愛欲惨劇(宮崎佐喜雄)
 ･･････････････････････････ 86～97
深谷愛子「射つわよ!」事件(中野路鳥)
 ･･････････････････････････ 98～107
死神のような女(杉並二郎) ････ 108～114
赤線街の女強盗(江口吉次) ･･ 115～125
公爵愛人の結婚詐欺(北条清一) 126～131
恐怖のお歯黒溝(黒田淳) ･･ 132～144
天理教と話題の女 ･･･････････ 144
女と犯罪を語る座談会《座談会》(江戸川乱歩,鈴木清,出牛安太郎,中村文市,福岡良二,松崎茂実,北条清一) ･･･････ 145～160
犯罪の蔭におどつた女たち(安達二郎)
 ･･････････････････････････ 146～160
有閑マダムの嬰児殺し(伊倉栄太郎)
 ･･････････････････････････ 161～173
丑の刻詣り(中田順) ･･･････ 174～187
乱淫の妖婦(北条清一) ･･･････ 188～196
犯罪アラカルト ･･･････････････ 197
一億長者射殺事件(小松丘彦) 198～207
古銭の悲劇(高山貞政) ･･･････ 208～223
土佐の女獣(黒岩姫太郎) ･･･ 224～238
トランク犯罪《漫画》(山路久) ･･ 239
山谷の奥様行状記(高輪健) ･･ 240～247
主犯になった姦婦(天草八郎) 248～258
女殺し二俣川(三角寛) ･･･････ 259～288
あとがき ･････････････････････ 288

第8巻第9号 所蔵あり
1957年5月15日発行 292頁 120円
メカニズム造形《口絵》････････ 9～13
チヤンバラ学校《口絵》･･････ 14～16
試写室だより ･･･････････････ 17～20
ミステリーandヒステリー《漫画》(井上洋介) ･･････････････ 21～24
ガラクタ読本(ナンデモクラブ) ･･ 25～28
天和《小説》(高柳敏夫/山村正夫) 30～61
作者の言葉(山村正夫)･･････････ 31
特集 売春婦
 キャバレーという名の売春街(佐留美哉) ･･････････････ 62～64
 今は昔一吉原創世記(倉田一三)
 ･･････････････････････ 65～69
 赤線の女給さん赤線を語る!!《座談会》(飯島己之松,山田菊枝,竹尾静子,常川つね,小畑ぎん) ･････････ 70～79
 私達は娼婦をやめられない(近藤秀夫)
 ･･････････････････････ 80～81
 青い眼の外人娼婦(高輪健) ･･ 82～87
 ドライ売春婦報告書(坂達也) 88～91
殺人遊戯《小説》(大河内常平) 92～107

435

33『探偵実話』

惨!!人を呑んだジェット機!!(松田梨平)
・・・・・・・・・・・・・・・・・・・・・・・ 108～112
マアいやらしい!〈漫画〉(吉松八重樹) ・・・・・・ 113
愛慾と金慾の谷間〈6〉(三谷祥介)
・・・・・・・・・・・・・・・・・・・・・・・ 114～126
筆者の後記(三谷祥介)・・・・・・・・・・・・ 126
嵐寛と天皇と映画(高島呑象次) ・・・・・ 127～131
りら荘事件〈10〉《小説》(鮎川哲也)
・・・・・・・・・・・・・・・・・・・・・・・ 132～145
誰れの子《小説》(風流隠士) ・・・・・・ 146～156
懸賞探偵クイズ? ・・・・・・・・・・・・・ 157～159
薫風漫画パラダイス《漫画》・・・・・・ 160～163
裏窓の社会面 ・・・・・・・・・・・・・・・ 165～167
ローゼンタール暗殺事件(稲垣紅毛)
・・・・・・・・・・・・・・・・・・・・・・・ 168～193
鬼の独り言(中島河太郎) ・・・・・・・・ 194～195
災厄の樹〈10〉《小説》(大下宇陀児)
・・・・・・・・・・・・・・・・・・・・・・・ 196～205
暴行魔は丘にいた(加宮周三) ・・・・・ 206～210
殺人の運命にある女(白神義夫) ・・・ 211～215
スカートをはいたお巡りさん〈4〉《小説》(中村獏) ・・・・・・・・・・・・・・・・・ 216～227
朝鮮ゲリラ隊秘録(川野京輔) ・・・・・ 228～239
驀進三四郎〈8・完〉《小説》(城戸礼)
・・・・・・・・・・・・・・・・・・・・・・・ 240～256
愛読者ルーム ・・・・・・・・・・・・・・・・・ 257
去り行く女《小説》(飛鳥高) ・・・・・・ 258～271
女強盗弁天お仲の生涯(北条清一)
・・・・・・・・・・・・・・・・・・・・・・・ 272～292

第8巻第10号　未所蔵
1957年6月15日発行　292頁　120円

夏の蠱惑〈口絵〉 ・・・・・・・・・・・・・・・ 9～13
闘い〈口絵〉 ・・・・・・・・・・・・・・・・・ 14～16
試写室だより ・・・・・・・・・・・・・・・・ 17～20
ウーマン《漫画》(井上洋介) ・・・・・・ 21～24
金言古諺辞典(湖山一美) ・・・・・・・・ 25～28
夢の足跡《小説》(土屋隆夫) ・・・・・ 30～49
誰にもある精神病の素質(倉田一三)
・・・・・・・・・・・・・・・・・・・・・・・・・ 50～57
精神病者の実態はこうだ!!(立原道子)
・・・・・・・・・・・・・・・・・・・・・・・・・ 58～68
灰色天国(望月一虎) ・・・・・・・・・・・ 70～75
災厄の樹〈11〉《小説》(大下宇陀児)
・・・・・・・・・・・・・・・・・・・・・・・・・ 76～85
悲劇の肉体男(阿部太郎) ・・・・・・・・ 86～87
空気に抵抗する男たち(川代継男) ・・ 88～95
小菅の裏口差し入れ屋(角山容一) ・ 96～101
掏摸師仕立屋銀次の全貌はこうだ!!(杉並二郎) ・・・・・・・・・・・・・・・・・・ 102～109

よしきた!!三四郎〈1〉《小説》(城戸礼)
・・・・・・・・・・・・・・・・・・・・・・・ 110～125
学生淫売婦の日記(坂洋二) ・・・・・ 126～131
りら荘事件〈11〉《小説》(鮎川哲也)
・・・・・・・・・・・・・・・・・・・・・・・ 132～147
百万坪の地主《小説》(湖山一美) ・・・・ 148～149
特飲街捕物帖(天野静人) ・・・・・・・・ 150～156
懸賞探偵クイズ? ・・・・・・・・・・・・・ 157～159
ガラクタ読本(ナンデモクラブ) ・・・ 160～164
ある日のプロ野球選手 ・・・・・・・・・・・ 165
裏窓の社会面 ・・・・・・・・・・・・・・・・ 166～169
月蝕の夜《小説》(川島郁夫) ・・・・・ 170～185
出羽ノ海騒動の内幕(郡山五郎) ・・・ 186～189
ロゼッタ石の秘密(川崎弘文) ・・・・・ 190～195
鬼の独り言(中島河太郎) ・・・・・・・・ 196～197
愛慾と金慾の谷間〈7・完〉(三谷祥介)
・・・・・・・・・・・・・・・・・・・・・・・ 198～212
ストリップ教まかり通る(高橋まさ美)
・・・・・・・・・・・・・・・・・・・・・・・ 214～217
廻る小車《小説》(風流隠士) ・・・・・ 218～226
スリラーを書く映画俳優《対談》(高島呑象次、岡譲二) ・・・・・・・・・・・・・・・ 227～231
そして戦は終った《小説》(矢野徹)
・・・・・・・・・・・・・・・・・・・・・・・ 232～247
自動車もある窃盗団(加宮周三) ・・・ 248～253
スカートをはいたお巡りさん〈5〉《小説》(中村獏) ・・・・・・・・・・・・・・・ 254～265
海底の秘密暗号文書(秋山正美) ・・・ 266～273
愛読者ルーム ・・・・・・・・・・・・・・・・・ 273
露帝一家殺害の真相(F・A・マッケンジー〔著〕,稲垣紅毛〔訳〕) ・・・・・・・ 274～292

第8巻第11号　所蔵あり
1957年7月15日発行　292頁　120円

山窩生きている〈口絵〉 ・・・・・・・・・・ 9～13
シスターボーイ〈口絵〉 ・・・・・・・・・ 14～16
試写室だより ・・・・・・・・・・・・・・・・ 17～20
神経《漫画》(井上洋介) ・・・・・・・・・ 21～24
緑蔭マンガアラベスク《漫画》 ・・・・ 25～28
夕顔の繁る盆地に《小説》(大河内常平)
・・・・・・・・・・・・・・・・・・・・・・・・・ 30～57
50万ドル相続した男(戸山一彦) ・・・ 58～69
災厄の樹〈12〉《小説》(大下宇陀児)
・・・・・・・・・・・・・・・・・・・・・・・・・ 70～79
私はこう思う《座談会》(大河内常平、中島河太郎、村山正夫、日影丈吉) ・・・ 80～89
未開人の性(セックス)伝承綺譚〈1〉(松沢向介)
・・・・・・・・・・・・・・・・・・・・・・・・・ 90～95
殺人はそこで行われた《小説》(門武蘭)
・・・・・・・・・・・・・・・・・・・・・・・ 96～108
下から上まで ・・・・・・・・・・・・・・・・・ 109

33 『探偵実話』

暗黒街ギャング団の女王(武田秀三) ············ 110〜119	
よしきた!!三四郎〈2〉《小説》(城戸礼) ············ 120〜133	
鬼の独り言(中島河太郎) ············ 134〜135	
サンバラ髪の女(杉並二郎) ············ 136〜147	
妻のアルバイト《小説》(風流隠士) ············ 148〜156	
ガラクタ読本(ナンデモクラブ) ····· 157〜160	
珍釈道路交通取締法会(湖山一美) ············ 161〜164	
精神力の川田晴久(栗田登) ····· 165	
少年性犯罪集計表(倉田一三) 166〜171	
真夏の漁色者たち(平谷皓一郎) 172〜177	
ブリジット・バルドオ物語(柏木光雄) ············ 178〜185	
りら荘事件〈12〉《小説》(鮎川哲也) ············ 186〜201	
都君の読唇術《小説》(湖山一美) 200〜201	
海蛇の怪神秘(桜井薫) ······ 202〜209	
スカートをはいたお巡りさん〈6〉《小説》(中村獏) ············ 210〜219	
裏窓の社会面 ············ 220〜223	
キャンプデン怪事件(稲垣紅毛) 224〜241	
江戸川乱歩氏の「蜘蛛男」映画化(鈴木和夫) ············ 244〜249	
毒殺魔はわらう(三谷祥介) 250〜257	
むかしの女《小説》(黒岩姫太郎) 258〜264	
陛下は女性にましませば《小説》(橘外男) ············ 266〜292	

第8巻第12号　所蔵あり
1957年8月15日発行　292頁　120円

浪曲学校《口絵》 ············ 9〜12	
パノラマ島綺譚上演《口絵》 ·········· 13	
警察参考館《口絵》 ············ 14〜16	
試写室だより ············ 17〜20	
奇妙な世界見聞録《漫画》(井上洋介) ············ 21〜24	
涼風マンガ・アンデパンダン《漫画》 ············ 25〜28	
虚実の間《小説》(楠田匡介) 30〜45	
冒険船長の奇怪な体験(桜井薫) 46〜53	
災厄の樹〈13〉《小説》(大下宇陀児) ············ 54〜64	
割り切れない心中の現場(三谷祥介) ············ 65〜75	
遺書のある刀傷事件(三輪機雷) 76〜81	
鬼の独り言(中島河太郎) 82〜83	
強制される肉体アルバイト(春山登美子) ············ 84〜91	
渓流愛慾殺人事件(黒岩姫太郎) ····· 92〜109	
五寸釘と少年(天野静人) ············ 110〜117	
よしきた!!三四郎〈3〉《小説》(城戸礼) ············ 118〜132	
北アフリカの人間狩(佐藤真智夫) ············ 134〜142	
私立探偵裏ばなし(中島幾久男) 143〜149	
紳士の恋人キム・ノヴァクの真実(柏木光雄) ············ 150〜156	
がらくた読本(ナンデモクラブ) ····· 157〜161	
児童憲章珍訳(湖山一美) ············ 162〜164	
北海道を舞台の国際諜報戦(井田二郎) ············ 165〜169	
どぶ鼠《小説》(潮寒二) ······ 170〜184	
恐怖の電話 ····· 185	
スカートをはいたお巡りさん〈7〉《小説》(中村獏) ············ 186〜195	
未開人の性(セックス)伝承綺譚〈2・完〉(松沢向介) ············ 196〜201	
ユダヤ人富豪殺害事件(稲垣紅毛) ············ 202〜227	
三太の災難《小説》(風流隠士) 228〜235	
同志(タワーリシチ)と帰国の掟(ダモイ)《小説》(秦賢助) ············ 236〜250	
ふじ子はなぜ死んだ(南桃平) 251〜257	
りら荘事件〈13〉《小説》(鮎川哲也) ············ 258〜270	
戦果の報酬《小説》(石野径一郎) 272〜292	

第8巻第13号　所蔵あり
1957年9月15日発行　292頁　120円

ザ・オリエンタル・ダンス《口絵》 ····· 9〜11	
激闘!! 黒人レスラーとの対決《口絵》 ············ 12〜13	
海を渡る曲芸師《口絵》 ············ 14〜16	
試写室だより ············ 17〜20	
無言劇《漫画》(井上洋介) 21〜24	
亡妻の遺骨《漫画》(小泉紫朗) 25〜28	
播かぬ種は生えぬ《小説》(鷲尾三郎) ············ 30〜55	
50人の女を強姦した青髭(大野恒夫) ············ 56〜63	
人身売買王の罪状(坂田洋二) ····· 64〜69	
殺人兵に無罪の判決(加宮周三) 70〜73	
呪われた沼《小説》(南桃平) 74〜87	
理由なき壊胎(古矢光夫) ············ 88〜93	
谷中墓地の怪屍体(杉並二郎) 94〜107	
鬼の独り言(中島河太郎) ············ 108〜109	
白日の浜辺で《小説》(大河内常平) ············ 110〜124	
放射能魔《小説》(飛鳥高) ············ 125〜139	

437

33『探偵実話』

天ぷら狸御殿と伯爵夫人（柊次郎）
　‥‥‥‥‥‥‥‥‥‥‥‥‥‥‥140〜147
非兄妹《小説》（風流隠士）‥‥‥148〜156
ガラクタ読本（ナンデモクラブ）‥157〜160
銃砲刀剣類等所持取締令（湖山一美）
　‥‥‥‥‥‥‥‥‥‥‥‥‥‥‥161〜164
裏窓の社会面 ‥‥‥‥‥‥‥‥‥165〜167
霊魂は死後も生きている？（久野尚美）
　‥‥‥‥‥‥‥‥‥‥‥‥‥‥‥168〜173
災厄の樹〈14〉《小説》（大下宇陀児）
　‥‥‥‥‥‥‥‥‥‥‥‥‥‥‥174〜183
よしきた!!三四郎〈4〉《小説》（城戸礼）
　‥‥‥‥‥‥‥‥‥‥‥‥‥‥‥184〜199
海に燃える不思議な火（桜井薫）‥200〜207
スカートをはいたお巡りさん〈8〉《小説》（中
　村獏）‥‥‥‥‥‥‥‥‥‥‥‥208〜218
薄気味の悪い白骨事件（三谷祥介）
　‥‥‥‥‥‥‥‥‥‥‥‥‥‥‥220〜229
りら荘事件〈14〉《小説》（鮎川哲也）
　‥‥‥‥‥‥‥‥‥‥‥‥‥‥‥230〜244
ある危機の日の世界メシヤ教（伊集院明）
　‥‥‥‥‥‥‥‥‥‥‥‥‥‥‥245〜249
マッカーサー元帥を狙った男（松沢向介）
　‥‥‥‥‥‥‥‥‥‥‥‥‥‥‥250〜255
アニタ・エクバーグ（柏木光雄）‥256〜262
洋画ゴシップ手帖 ‥‥‥‥‥‥‥‥‥‥263
マドレーネ・スミス毒殺事件の謎（稲垣紅
　毛）‥‥‥‥‥‥‥‥‥‥‥‥‥264〜292
編集後記 ‥‥‥‥‥‥‥‥‥‥‥‥‥‥292

第8巻第14号　所蔵あり
1957年10月15日発行　292頁　120円
秋の魅力《口絵》‥‥‥‥‥‥‥‥‥‥9〜16
試写室だより ‥‥‥‥‥‥‥‥‥‥‥17〜20
二人のムード《漫画》（井上洋介）‥21〜24
秋色漫画風景《漫画》‥‥‥‥‥‥‥25〜28
幽霊の血《小説》（高木彬光）‥‥‥30〜57
上野東宝同僚惨殺事件（高輪健）‥‥58〜65
試写室だより ‥‥‥‥‥‥‥‥‥‥‥‥‥61
試写室だより ‥‥‥‥‥‥‥‥‥‥‥‥‥63
試写室だより ‥‥‥‥‥‥‥‥‥‥‥‥‥65
スカートをはいたお巡りさん〈9〉《小説》（中
　村獏）‥‥‥‥‥‥‥‥‥‥‥‥‥66〜76
試写室だより ‥‥‥‥‥‥‥‥‥‥‥‥‥69
試写室だより ‥‥‥‥‥‥‥‥‥‥‥‥‥73
青い麦は恐い（千葉新太）‥‥‥‥‥78〜83
ナチス治下の暗殺兵団（秋山正美）‥84〜97
災厄の樹〈15〉《小説》（大下宇陀児）
　‥‥‥‥‥‥‥‥‥‥‥‥‥‥‥‥98〜107
鬼の独り言（中島河太郎）‥‥‥‥108〜109
三通の遺書《小説》（土屋隆夫）‥110〜123

話題 ‥‥‥‥‥‥‥‥‥‥‥‥‥‥‥‥123
海の底の不思議を探る（桜井薫）‥124〜133
伏せられた犯人（氷川浩）‥‥‥‥134〜147
裏窓の社会面 ‥‥‥‥‥‥‥‥‥‥148〜151
殺意は愛を超えて（加宮周三）‥‥152〜156
がらくた読本（ナンデモクラブ）‥157〜160
野球規則集珍釈（湖山一美）‥‥‥161〜164
江戸川乱歩賞発表 ‥‥‥‥‥‥‥‥‥‥165
蝕まれた巷《小説》（大河内常平）‥165〜179
戦慄の通り魔（花田千禾夫）‥‥‥180〜187
ダイアナ・ドースとはこんな女だ（木下太
　郎）‥‥‥‥‥‥‥‥‥‥‥‥‥188〜195
秋の漫画《漫画》（山路久）‥‥‥‥‥‥196
毒殺魔パーマー事件（稲垣紅毛）‥198〜222
医学博士の令嬢暴行事件（古矢光夫）
　‥‥‥‥‥‥‥‥‥‥‥‥‥‥‥223〜229
美貌の母《小説》（川島郁夫）‥‥230〜243
りら荘事件〈15〉《小説》（鮎川哲也）
　‥‥‥‥‥‥‥‥‥‥‥‥‥‥‥244〜258
こんなこともあります ‥‥‥‥‥‥‥‥259
よしきた!!三四郎〈5〉《小説》（城戸礼）
　‥‥‥‥‥‥‥‥‥‥‥‥‥‥‥260〜273
食人鬼ビーン（篠鉄夫）‥‥‥‥‥274〜292

第8巻第15号　所蔵あり
1957年11月1日発行　376頁　150円
山谷ドヤ街ルポ ‥‥‥‥‥‥‥‥‥‥9〜16
タンポポの生えた土蔵《小説》（木々高太郎）
　‥‥‥‥‥‥‥‥‥‥‥‥‥‥‥‥18〜35
温室事件《小説》（加田伶太郎）‥‥36〜57
蝙蝠と蛞蝓《小説》（横溝正史）‥‥58〜72
デカと思いこまれる（T）‥‥‥‥‥‥‥‥72
髭を描く鬼《小説》（角田喜久雄）‥73〜81
出獄《小説》（高木彬光）‥‥‥‥‥82〜99
不思議な母《小説》（大下宇陀児）100〜118
ノイローゼ《小説》（島田一男）‥119〜133
女だけのドヤ（T）‥‥‥‥‥‥‥‥‥‥133
探偵小説界の展望（中島河太郎）‥134〜135
流木《小説》（山村正夫）‥‥‥‥136〜147
月に戯れるな《小説》（香山滋）‥148〜159
悪魔の夜宴《小説》（水谷準）‥‥160〜170
波の音《小説》（城昌幸）‥‥‥‥171〜175
贋シメオン《小説》（渡辺啓助）‥176〜189
不思議な世界の死《小説》（朝山蜻一）
　‥‥‥‥‥‥‥‥‥‥‥‥‥‥‥190〜199
八百長競馬《小説》（大河内常平）200〜213
愛する《小説》（土屋隆夫）‥‥‥214〜227
良心の断層《小説》（永瀬三吾）‥228〜242
探偵文壇の戦後派グループ（山村正夫）
　‥‥‥‥‥‥‥‥‥‥‥‥‥‥‥243〜247
逃げられる《小説》（楠田匡介）‥248〜263

文珠の罠《小説》(鷲尾三郎) ‥‥‥ 264〜293
消えた奇術師《小説》(鮎川哲也) ‥‥‥ 294〜306
月はバンジョオ《小説》(日影丈吉)
　　　　　　　　　　　　　　　307〜321
芍薬屋夫人《小説》(山田風太郎) ‥ 322〜342
月と手袋《小説》(江戸川乱歩) ‥ 343〜376
後記 ‥‥‥‥‥‥‥‥‥‥‥‥‥ 376

第8巻第16号　未所蔵
1957年11月15日発行　292頁　120円
来日した碧の女形《口絵》‥‥‥‥ 9〜12
2色の笑《漫画》(井上洋介) ‥‥‥ 13〜16
目撃者《映画物語》‥‥‥‥‥‥‥ 17〜20
懸賞探偵クイズ? ‥‥‥‥‥‥‥‥ 21
マンガ・アラカルト《漫画》‥‥‥ 22〜28
サラマンダーの怒り《小説》(鷲尾三郎)
　　　　　　　　　　　　　　　30〜47
試写室だより ‥‥‥‥‥‥‥‥‥ 35
試写室だより ‥‥‥‥‥‥‥‥‥ 39
試写室だより ‥‥‥‥‥‥‥‥‥ 41
試写室だより ‥‥‥‥‥‥‥‥‥ 45
平沢獄中の手記(森川哲郎) ‥‥ 48〜59
帝銀事件の鑑識はかくなされた(野老山幸風) ‥‥‥‥‥‥‥‥‥‥‥‥ 60〜69
ミナト横浜の三悪を衝く!!《座談会》(安田樹四郎, まさ子, のぶ江, 三辻猪之吉, 笠原寛)
　　　　　　　　　　　　　　　70〜80
試写室だより ‥‥‥‥‥‥‥‥‥ 75
光と踊子の死(朝山蜻一) ‥‥‥ 82〜97
よろめく未亡人の生態(森川太平) 98〜107
獄中に蜜月を遂げた女囚(香取清夫)
　　　　　　　　　　　　　　108〜115
災厄の樹〈16・完〉《小説》(大下宇陀児)
　　　　　　　　　　　　　　116〜129
鬼の独り言(中島河太郎) ‥‥ 130〜131
スカートをはいたお巡りさん〈10〉《小説》(中村獏) ‥‥‥‥‥‥‥‥‥‥ 132〜141
処刑の部屋を主催した男(海野悦志)
　　　　　　　　　　　　　　142〜147
パチンコ女房《小説》(風流隠士) 148〜156
ガラクタ読本(ナンデモクラブ) 157〜160
珍釈消防法令集(湖山一美) ‥ 161〜164
人工衛星は今日も飛ぶ(美) ‥‥‥ 165
喪服《小説》(山村正夫) ‥‥ 166〜181
魔都に舞う雌蝶(芦山一平) ‥ 182〜187
隠亡物語《小説》(黒岩姫太郎) 188〜207
牧師館の美人女中殺害事件(稲垣紅毛)
　　　　　　　　　　　　　　208〜221
或る墜落死《小説》(飛鳥高) ‥ 222〜234
宇宙の神秘をさぐる(桜井薫) ‥ 235〜243

33『探偵実話』

よしきた!!三四郎〈6〉《小説》(城戸礼)
　　　　　　　　　　　　　　244〜257
ユダヤ人の復讐殺人事件(浅間容)
　　　　　　　　　　　　　　258〜263
りら荘事件〈16・完〉《小説》(鮎川哲也)
　　　　　　　　　　　　　　264〜292

第9巻第1号　所蔵あり
1957年12月15日発行　318頁　130円
スリラー作家の撮影所訪問《口絵》‥ 9〜14
バレリーナの寒行《口絵》‥‥‥ 15〜18
試写室だより ‥‥‥‥‥‥‥‥ 19〜22
1958year初春色模様《漫画》‥ 23〜26
男はそれを我慢できない(ナンデモクラブ)
　　　　　　　　　　　　　　　27〜30
懸賞探偵クイズ? ‥‥‥‥‥‥‥ 31
新春漫画アラベスク《漫画》‥‥ 32〜34
二枚の百円札《小説》(土屋隆夫) 36〜55
試写室だより ‥‥‥‥‥‥‥‥‥ 39
試写室だより ‥‥‥‥‥‥‥‥‥ 41
試写室だより ‥‥‥‥‥‥‥‥‥ 45
試写室だより ‥‥‥‥‥‥‥‥‥ 47
試写室だより ‥‥‥‥‥‥‥‥‥ 51
女浅間山の美少女殺しの真相(森川哲郎)
　　　　　　　　　　　　　　　56〜68
プロ野球の楽屋裏 ‥‥‥‥‥‥‥ 69
地獄鴉《小説》(香山滋) ‥‥‥ 70〜84
将棋界の展望 ‥‥‥‥‥‥‥‥ 84〜85
無法街の銃撃戦(戸山一彦) ‥‥ 86〜93
良人が私を殺すのだ!!(香取清夫) ‥ 94〜102
スターと結婚 ‥‥‥‥‥‥‥‥‥ 103
旋律の殺人《小説》(大河内常平)
　　　　　　　　　　　　　　104〜118
赤いネクタイ《小説》(狩久) ‥ 119〜129
駐在日記《小説》(楠田匡介) ‥ 130〜155
誌上アンケート《アンケート》
一、探偵小説はお好きですか
二、初めて読まれた探偵小説名と作者名
　そのお年頃
三、以前読まれたものの中で特に記憶に残っている作品名—と作者名
四、御自分で体験されたスリラー
　(三遊亭金馬) ‥‥‥‥‥‥‥‥ 134
　(江戸川乱歩) ‥‥‥‥‥‥ 134〜135
　(長沼弘毅) ‥‥‥‥‥‥‥‥ 135
　(木村義雄) ‥‥‥‥‥‥‥ 135〜136
　(木々高太郎) ‥‥‥‥‥‥‥‥ 136
　(香山滋) ‥‥‥‥‥‥‥‥ 136〜137
　(川上三太郎) ‥‥‥‥‥‥‥‥ 138
　(乾信一郎) ‥‥‥‥‥‥‥ 138, 140
　(徳川夢声) ‥‥‥‥‥‥‥‥‥ 140

33 『探偵実話』

　　（水谷準）・・・・・・・・・・・・・・　140
　　（角田喜久雄）・・・・・・・・・・　140～141
　　（古畑種基）・・・・・・・・・・・・・　141
鬼に喰われた十三才の売春婦（岩淵春男）
　　　　　　　　　　　　　　　156～159
地でいつた"悪の楽しさ"（岩淵春男）
　　　　　　　　　　　　　　　160～163
熊と道づれ裸道中（中山正男）・・　164～172
スカートをはいたお巡りさん〈11〉《小説》（中村獏）・・・・・・・・・・・・・・・・・・・・　174～183
惑星から来た女《小説》（堀763赤万）
　　　　　　　　　　　　　　　184～210
よしきた!!三四郎〈7〉《小説》（城戸礼）
　　　　　　　　　　　　　　　212～226
シャックリ氏・ビックリ氏《漫画》（高橋まさ美）　　　　　　　　　　　　　　　227
こんなはなし（阿部太郎）・・・・　228～229
乳房の人類学（桜井薫）・・・・・・　230～237
拷問と誤判の実情《座談会》（正木ひろし，三谷祥介，森川哲郎）・・・・・・・・・・・　238～247
鬼の独り言（中島河太郎）・・・・　250～251
樫村ゆり子の供述（三谷祥介）・・　252～265
ピンボケおやじ《漫画》（曾我五郎）
　　　　　　　　　　　　　　　266～277
急行列車の死の乗客（稲垣紅毛）・・　268～285
女性アナウンサー着任せず《小説》（川野京輔）・・・・・・・・・・・・・・・・・・・・・　286～297
雪原に旅する男《小説》（橘外男）　298～318

第9巻第2号　増刊　所蔵あり
1958年1月1日発行　282頁　120円

グラマースターアルバム《口絵》・　9～14
娘虚無僧《口絵》・・・・・・・・・・・・・　15～18
昼下りの情事日本版《漫画》（高橋まさ美）
　　　　　　　　　　　　　　　19～22
不徳のよろめき《漫画》（望月一虎）・・　23～26
東京租界ナルコチック31（菊野愛夫）
　　　　　　　　　　　　　　　28～35
青い果実をむさぼる福祉係（花村香樹）
　　　　　　　　　　　　　　　36～47
パラソルだけは知っていた!（今井岐路人）
　　　　　　　　　　　　　　　48～59
少女窃盗団長の同性愛（南桃平）・　60～71
犯罪市場の若者たち
　　四十年間姿を晦す（阿部太郎）・　72～73
　　半陰陽秘話（旗竿造）・・・・・・・　73～74
　　色事師御用（大月恒志）・・・・・・　75
変態性殺人事件（小輪健）・・・・・　76～83
穴よりの招待状《漫画》（石川カヂオ）
　　　　　　　　　　　　　　　84～87
偽装された無理心中（清水静一）・　88～100

女死刑囚もと子の場合（三谷祥介）
　　　　　　　　　　　　　　　102～115
尼寺の情痴（杉並二郎）・・・・・・　116～131
屍体に恋慕する男（旗幹郎）・・・　132～138
共犯と本犯（黒坂今朝次郎）・・・　139～150
狂った花売り娘（開閉五郎）・・・　151～157
セイラー服のイヴ（氷川浩）・・・　158～164
投書時代《漫画》（酒寄寛一）・・　165
折られた山百合（天野静人）・・・　166～175
トランク詰め女スパイ（本田一郎）
　　　　　　　　　　　　　　　176～181
闇に消える愛の結晶（吉祥寺恒）　182～187
モデル女と妻女（弘田喬太郎）・・　188～199
六年後に自供した姦殺犯（天草平八郎）
　　　　　　　　　　　　　　　200～211
野火を弄ぶ強姦少年団（千田五郎）
　　　　　　　　　　　　　　　212～224
ある街娼（倉田次郎）・・・・・・・・　224
ある宵アキの告白（長崎豊吉）・・　226～238
三助日記（城西三平）・・・・・・・・　239～241
処女の抵抗（森川哲郎）・・・・・・　242～253
バスコンビ心中事件（堤三郎）・・　254～261
古井戸の底の情炎（黒岩姫太郎）　262～269
鸚鵡と支那服の女（大木二三夫）　270～282

第9巻第3号　所蔵あり
1958年1月15日発行　292頁　120円

巡礼二世娘《口絵》・・・・・・・・・・・　9～13
モデルクラブ探訪《口絵》・・・・・　14～15
絵を描くアクロバット《口絵》・・　16
試写室だより・・・・・・・・・・・・・・　17～20
女と暖房《漫画》・・・・・・・・・・・・　21～24
懸賞探偵クイズ？・・・・・・・・・・・　25
マンガ・アラカルト《漫画》（朝山蜻一）
　　　　　　　　　　　　　　　26～29
薄いガラス《小説》（青山蜻一）・・　30～45
愛新覚羅一族の悲劇（森川哲郎）　46～56
シャックリ氏・ビックリ氏《漫画》（高橋まさ美）・・・・・・・・・・・・・・・・・・・・・　57
非情の慾望《小説》（渡辺啓助）・・　58～69
青竹にすがって自首した殺人魔（練木達生）
　　　　　　　　　　　　　　　70～81
試写室だより・・・・・・・・・・・・・・　77
試写室だより・・・・・・・・・・・・・・　80
試写室だより・・・・・・・・・・・・・・　81
闇に躍る人身売買（早川紀夫）・・　82～88
未亡人殺害事件（中村純三）・・・　89～97
キャバレー殺人事件《小説》（永田政雄）
　　　　　　　　　　　　　　　98～109
抹殺者は誰か!!（秋月文平）・・・　110～119
男装美少女と性の秘密（天野静人）
　　　　　　　　　　　　　　　120～125

テキサスの吸血魔女〈槙悠人〉…… 126〜135
鬼の独り言〈中島河太郎〉………… 136〜137
スカートをはいたお巡りさん〈12〉《小説》（中村獏）……………………… 138〜147
囮《小説》〈潮寒二〉……………… 148〜156
スポーツ誌上匿名座談会《座談会》
　　　　　　　　　　　　　　157〜164
芸界ナンバーワン物語 ……………… 165
女優殺し捜査記録〈1〉〈三谷祥介〉
　　　　　　　　　　　　　　166〜181
乳房の形態学〈桜井薫〉…………… 182〜189
仮面の貞操《小説》〈川島郁夫〉… 190〜205
アベックスリ団横行記〈高輪健〉… 206〜213
よしきた!!三四郎〈8〉《小説》〈城戸礼〉
　　　　　　　　　　　　　　214〜229
ギャングスターNo.ワンの顔を観る《対談》（高島呑象次、高松英郎）……… 230〜235
横山君炎上〈小説〉〈田代継男〉… 236〜246
翠琴譚〈小説〉〈エレノア・J・クリスト〔著〕、青山秀一〔訳〕〉…………… 248〜258
謎の香水〈杉並二郎〉………………… 260〜277
斬殺魔釈放さる〈稲垣紅毛〉……… 278〜292

第9巻第4号　所蔵あり
1958年2月15日発行　292頁　120円
アメリカ兵と女たち《口絵》
　　　　　　　　　　　　　　　9〜11
メーキャップ屋という名の男《口絵》
　　　　　　　　　　　　　　　12〜13
空手では帰れない《口絵》………… 14〜16
求婚者《小説》〈坂田吾郎〉……… 17〜24
試写室だより……………………… 25〜28
懸賞探偵クイズ?………………………… 29
ピンボケおやじ《漫画》〈曾我五郎〉… 30〜31
クロちゃん物語《漫画》〈望月一虎〉… 32〜35
逃げた科学者《小説》〈矢野徹〉… 38〜51
二ヵ月間の仮出獄〈南桃平〉……… 52〜59
女体の悪魔殺人《小説》〈寺council珠雄〉… 60〜72
女三十一人を殺した青髯事件〈稲垣紅毛〉
　　　　　　　　　　　　　　　74〜89
スカートをはいたお巡りさん〈13〉《小説》（中村獏）…………………… 90〜99
盲人色ざんげ《小説》〈黒岩姫太郎〉
　　　　　　　　　　　　　　100〜115
高島忠夫を観相する《対談》（高島呑象次、高島忠夫）…………………… 116〜121
七才の告白〈土屋隆夫〉………… 122〜134
聖書は殺人を命じたもうた〈梶貫太郎〉
　　　　　　　　　　　　　　136〜145
木更津芸者とアメリカ兵《座談会》（町田とみ、明石清三、木部一治）…… 146〜155
升田・大山の対決〈向ヵ丘棋人〉… 156〜157

マンホールの情事〈早川紀夫〉…… 158〜163
よしきた!!三四郎〈9〉《小説》〈城戸礼〉
　　　　　　　　　　　　　　164〜179
見えない狙撃者《小説》〈狩久〉… 180〜195
女優殺し捜査記録〈2〉〈三谷祥介〉
　　　　　　　　　　　　　　196〜210
探偵と犯罪者〈今井岐路人〉…… 211〜221
G大生の女給殺し事件《小説》〈岡田鯢彦〉
　　　　　　　　　　　　　　222〜239
鬼に独り言〈中島河太郎〉………… 240〜241
死刑囚怒りの獄中日記〈森川哲郎〉
　　　　　　　　　　　　　　242〜255
乳房の民俗巷談〈1〉〈桜井薫〉… 256〜265
地獄の罠〈1〉《小説》〈鷲尾三郎〉
　　　　　　　　　　　　　　266〜292
※本文奥付は1月15日発行と誤記

第9巻第5号　増刊　所蔵あり
1958年3月1日発行　282頁　120円
天城山山中悲劇のプリンセス《口絵》
　　　　　　　　　　　　　　　11〜14
人生のフィナーレ《口絵》………… 15〜18
まんが心中史〈長崎豊治〉………… 19〜25
プリンセスの受難〈森川哲郎〉…… 28〜43
大森海岸『極楽』無理心中〈今井岐路人〉
　　　　　　　　　　　　　　　44〜55
坂田山心中〈岩森伝〉……………… 56〜67
三原山の名と共に〈池上清子〉…… 68〜75
年上の女〈遠山生朗〉……………… 76〜86
街かげに咲く恋〈天野静人〉……… 87〜95
桜上水のニヒリスト〈水島欣也〉… 96〜105
東郷青児心中未遂事件〈勝田稲吉〉
　　　　　　　　　　　　　　106〜117
小指をつめられた情死事件〈鹿喰栄太郎〉
　　　　　　　　　　　　　　118〜125
雪の大鰐心中〈中村純三〉……… 126〜137
歌舞伎俳優の後追い心中〈大庭圭三〉
　　　　　　　　　　　　　　138〜139
悲恋ダイナマイト心中〈志摩達夫〉
　　　　　　　　　　　　　　140〜152
邪恋に焼かれた五重の塔〈高輪健〉
　　　　　　　　　　　　　　153〜157
琴寿地蔵由来記〈北条清一〉…… 158〜167
京都嵐山　稚児ヶ渕の花嵐〈開聞五郎〉
　　　　　　　　　　　　　　168〜174
心中の大家名鑑〈中村十三夫〉…… 175
偽られた愛慾〈立松由正夫〉…… 176〜184
自殺の名所と心中の名所〈梶貫太郎〉… 185
両手に花を離さぬ男〈五反田愛雄〉
　　　　　　　　　　　　　　186〜196

441

33 『探偵実話』

おいら江戸っ子だい《漫画》(曾我五郎)
　‥‥‥‥‥‥‥‥‥‥‥‥‥‥ 197
丸坊主にされた伯爵夫人(三谷祥介)
　‥‥‥‥‥‥‥‥‥‥‥‥ 198～213
競輪に負けた夫婦(堤三郎) 214～223
宍道湖心中(村松呂久良) 224～233
通り魔死のダイビング(永松浅造)
　‥‥‥‥‥‥‥‥‥‥‥‥ 234～245
死へ誘われた十三才の少女(鎌田健一)
　‥‥‥‥‥‥‥‥‥‥‥‥ 246～253
地獄への階段(柵義三) 254～260
心中の時代相　　　　　　261
静かに消えていった男(南桃平) 262～268
蛇姫の君と有島武郎(永松浅造) 270～282

第9巻第6号　所蔵あり
1958年3月15日発行　292頁　120円
狙われた花婿(鷹島大二郎) ‥‥‥ 2～6
牧場とストリッパー《口絵》‥‥ 13～16
探偵作家新劇出演《口絵》‥‥‥ 17～20
有楽夫人行状記《漫画》(菅節也) 21～24
試写室だより ‥‥‥‥‥‥‥‥ 25～28
売春婦は何処へ行く(小泉紫郎) 29～36
懸賞探偵クイズ? ‥‥‥‥‥‥‥‥ 37
奥の道　　　　　　　　　　 38
未完成な殺人《小説》(山村正夫) 40～58
病みつき(山村正夫) 59～61
女はこうして下着を脱ぐ(東錬造) 62～77
処刑の部屋にいた少女たち(西海敏郎)
　‥‥‥‥‥‥‥‥‥‥‥‥‥ 78～87
三十娘の奇妙な失踪(寺島珠雄) 88～97
鬼の独り言(中島河太郎) 98～99
青い実を摘む大学生(赤坂慧) 100～107
スカートをはいたお巡りさん〈14〉《小説》(中村獏)
　‥‥‥‥‥‥‥‥‥‥‥ 108～117
予言された殺人(白神義夫) ‥‥ 118～123
女優殺し捜査記録〈3〉(三谷祥介)
　‥‥‥‥‥‥‥‥‥‥‥ 124～138
魔性の妖婦《小説》(篠鉄夫) 139～145
屋根裏からの情事(弘田喬太郎) 146～158
よしきた!!三四郎〈10〉《小説》城戸礼
　‥‥‥‥‥‥‥‥‥‥‥ 160～174
黒線親子丼(柵義三) 175～181
女子高校生逢引殺人事件(稲垣紅毛)
　‥‥‥‥‥‥‥‥‥‥‥ 182～207
乳房民俗巷談〈2・完〉(桜井薫)
　‥‥‥‥‥‥‥‥‥‥‥ 208～217
手斧をふるつた十七娘(村上桓夫)
　‥‥‥‥‥‥‥‥‥‥‥ 218～227
女体密輸の外人紳士(森川哲郎) 228～241
蘇つた女《小説》(小揺木潮) 242～255

探実愛読者ルーム ‥‥‥‥‥ 256～257
トソ酒の上の愛欲殺人(岩淵春男)
　‥‥‥‥‥‥‥‥‥‥‥ 258～263
地獄の罠〈2〉《小説》(鷲尾三郎)
　‥‥‥‥‥‥‥‥‥‥‥ 264～292
※本文奥付は1958年2月15日発行と誤記

第9巻第7号　所蔵あり
1958年4月15日発行　292頁　120円
濃硫酸の甕《小説》(秋沢静一) ‥‥ 2～6
女剣劇の卵《口絵》‥‥‥‥‥ 13～16
女体の美化作業《口絵》‥‥‥ 17～20
試写室だより ‥‥‥‥‥‥‥‥ 21～24
黒線地帯《漫画》(望月一虎) 25～28
殺人・性魔・犯罪奥の奥《座談会》(芝川五郎、大田義三、真門恒夫)
　‥‥‥‥‥‥‥‥‥‥‥‥ 29～36
懸賞探偵クイズ? ‥‥‥‥‥‥‥‥ 37
奥の道　　　　　　　　　　 38
地底の美肉〈1〉《小説》(橘外男) 40～63
嵐の夜の密会(森山太平) 64～75
雨が夫を殺すのだ《小説》(島久平) 76～89
惨殺船"千代丸"事件(中村純三) 90～103
愛憎旅役者殺し(高輪健) 104～111
よしきた!!三四郎〈11〉《小説》(城戸礼)
　‥‥‥‥‥‥‥‥‥‥‥ 112～127
血ぬられたハイテーン(荒道茂) 128～139
山上の女中殺し(氷川浩) 140～155
「大番氏」の人相を観る《対談》(高島呑象次、加東大介)
　‥‥‥‥‥‥‥‥‥‥‥ 156～161
悪魔の申し子《小説》(潮寒二) 162～175
姦夫惨殺死体遺棄事件(稲垣紅毛)
　‥‥‥‥‥‥‥‥‥‥‥ 176～195
吸血鬼に躍らされた東京ワイフ(森川哲郎)
　‥‥‥‥‥‥‥‥‥‥‥ 196～209
女の着物を着た殺人魔(宮本吉次)
　‥‥‥‥‥‥‥‥‥‥‥ 210～221
棋界展望(向ケ丘棋人) 222～223
スカートをはいたお巡りさん〈15・完〉《小説》(中村獏) 224～233
鬼の独り言(中島河太郎) 234～235
女優殺し捜査記録〈4〉(三谷祥介)
　‥‥‥‥‥‥‥‥‥‥‥ 236～251
地獄の罠〈3・完〉《小説》(鷲尾三郎)
　‥‥‥‥‥‥‥‥‥‥‥ 252～289
探実愛読者ルーム 290～292

第9巻第8号　増刊　所蔵あり
1958年5月1日発行　282頁　120円
蠱惑のワルツ《口絵》‥‥‥‥ 11～14
女体のムード《口絵》‥‥‥‥ 15～18

33『探偵実話』

女体をめぐる社会の裏窓《座談会》(芝川五郎,
　大田義三, 真門恒夫)・・・・・・・・・ 19～25
おしゃもじ奥さん《漫画》・・・・・・・・・ 26
十四億円焦げつかせた女社長(池上清子)
　・・・・・・・・・・・・・・・・・・・・・・・・・・・・ 28～37
姦通二重奏(今井岐路人)・・・・・・・ 38～49
あべ川おさだ《漫画》(望月一虎)・・ 50～51
刺青の妖女(永松浅造)・・・・・・・・・ 52～67
禁断の部屋の情婦(菊野愛夫)・・・ 68～77
同性を喰い荒らす女ボス(高輪健)・ 78～88
鬼のような女(筏七郎)・・・・・・・・・ 90～93
刺青美人詐話師(野村暁夫)・・・・・ 94～101
強制猥褻罪の少女(北保夫)・・・・・ 102～109
男装の女詐欺師(筑紫郎)・・・・・・ 110～111
湯の町の妾殺し(黒岩涙太郎)・・・ 112～121
執念の子持ち尼僧(三谷祥介)・・・ 122～133
美人局開業(南桃平)・・・・・・・・・・ 134～141
女借金王たんぽ夫人《漫画》(さかま四郎)
　・・・・・・・・・・・・・・・・・・・・・・・・・・ 142～143
硫酸浴びた好色大佐(森川哲郎)・ 144～154
消え失せた女体(黒木俊男)・・・・・ 155～159
女車券師(楳邦好)・・・・・・・・・・・・ 160～169
白線殺人事件(湖山一美)・・・・・・・ 170～177
東京を駈ける女(鎌田健一)・・・・・ 178～185
三十八才の処女(梶野圭三郎)・・・ 186～191
牝豹起つ(梅川五郎)・・・・・・・・・・ 192～200
昭和五人女(長崎豊治)・・・・・・・・ 201～207
偽装凌辱事件(小松丘彦)・・・・・・・ 208～217
本妻殺しの家政婦(黒田淳)・・・・・ 218～227
月に吠える女(若松謙三)・・・・・・・ 228～237
女スリ前科十八犯(水島欣也)・・・ 238～247
夫婦地獄(山中信夫)・・・・・・・・・・ 248～256
奥の細道・・・・・・・・・・・・・・・・・・・ 257
棺桶の中の罪と罰(開閣五郎)・・・ 258～264
偽りの避妊薬(安達二郎)・・・・・・・ 265～269
色あせた孔雀(杉並二郎)・・・・・・・ 270～282

第9巻第9号　所蔵あり
1958年5月15日発行　292頁　120円

舞い降りた女体《小説》(堤三郎)・・・ 2～6
探美の姿体《口絵》・・・・・・・・・・・・ 13～17
探偵作家武芸帳《口絵》・・・・・・・・ 18～20
試写室だより・・・・・・・・・・・・・・・・ 21～24
太陽ノイローゼ《漫画》(望月一虎)・ 25～28
奈落を選んだアバンチュール(梶拉太郎)
　・・・・・・・・・・・・・・・・・・・・・・・・・・ 29～36
懸賞探偵クイズ?・・・・・・・・・・・・・ 37
奥の細道・・・・・・・・・・・・・・・・・・・ 38
地底の美肉〈2〉《小説》(橘外男)・・ 40～65
美貌の仇(天野静人)・・・・・・・・・・ 66～75
貞操を尾行する男《小説》(狩久)・・ 76～89

異常な皮膚の怪奇(桜井薫)・・・・・ 90～96
強姦魔白書(柵義三)・・・・・・・・・・ 98～105
ゆきちがい葬送曲《小説》(朝山蜻一)
　・・・・・・・・・・・・・・・・・・・・・・・・・・ 106～121
小名木川の裸女死体(杉並二郎)・ 122～133
人肉ハム製造者(氷川浩)・・・・・・ 135～137
血ぬられた古寺の惨劇(宮本吉次)
　・・・・・・・・・・・・・・・・・・・・・・・・・・ 138～148
深夜の貴婦人さまざま(小泉紫郎)
　・・・・・・・・・・・・・・・・・・・・・・・・・・ 149～153
解決《小説》(弘田喬太郎)・・・・・・ 154～167
忘れ得ぬ女難(黒岩姫太郎)
　・・・・・・・・・・・・・・・・・・・・・・・・・・ 168～173
よしきた!!三四郎《12・完》《小説》(城戸礼)
　174～193
性悪女《小説》(潮寛二)・・・・・・・・ 194～207
未亡人を毒牙にかけた女美容師(稲垣紅毛)
　・・・・・・・・・・・・・・・・・・・・・・・・・・ 208～227
湖畔の惨殺魔(永松浅造)・・・・・・ 228～243
拷問ものがたり(鈴木和夫)・・・・・ 244～251
鬼の独り言(中島河太郎)・・・・・・・ 252～253
女教師の死(佐野一平)・・・・・・・・ 254～263
ピンボケおやじ《漫画》(曾我五郎)
　・・・・・・・・・・・・・・・・・・・・・・・・・・ 264～265
舌先三寸氏罷り通る(荒道茂)・・・ 266～273
女優殺し捜査記録〈5〉(三谷祥介)
　・・・・・・・・・・・・・・・・・・・・・・・・・・ 274～288
探実愛読者ルーム・・・・・・・・・・・・ 290～292
編集だより(N)・・・・・・・・・・・・・・・ 292

第9巻第10号　所蔵あり
1958年6月15日発行　292頁　120円

麻薬列車異常なし《小説》(新田夏樹)・・・ 2～6
湯あみのムード《口絵》・・・・・・・・・ 13～16
「地獄の罠」誌上公開《口絵》・・・・ 17～20
試写室だより・・・・・・・・・・・・・・・・ 21～24
女は一回半勝負する!《漫画》(望月一虎)
　・・・・・・・・・・・・・・・・・・・・・・・・・・ 25～28
暑さの性ではないわよ!《漫画》(まんがくらぶ
　合作)・・・・・・・・・・・・・・・・・・・・・ 29～32
懸賞探偵クイズ?・・・・・・・・・・・・・ 33
レデイクイーン《漫画》(曾我五郎)・ 34～35
奥の細道・・・・・・・・・・・・・・・・・・・ 36
地底の美肉〈3〉《小説》(橘外男)・・ 38～61
貞操を強奪された人妻(今井岐路人)
　・・・・・・・・・・・・・・・・・・・・・・・・・・ 62～73
密会を狙う十代の情痴殺人魔(光井雄二郎)
　・・・・・・・・・・・・・・・・・・・・・・・・・・ 74～83
義姉の手袋《小説》(川島郁夫)・・・ 84～101

443

33 『探偵実話』

楽天地の少年やくざ行状記《小説》(霞京介)
　　　　　　　　　　　　　　　　102〜109
スリに転落した売春婦(奥沢茂) ‥‥ 110〜117
脱獄囚《小説》(楠田匡介) ‥‥‥‥ 118〜138
江利チエミの結婚行進曲(佐野一平) ‥‥ 139
鬼の独り言(中島河太郎) ‥‥‥‥ 140〜141
潜航マダム《漫画》(山路久) ‥‥ 142〜145
戦い敗れし性と血と(柵義三) ‥‥ 146〜152
呪われた純潔(南桃平) ‥‥‥‥‥ 153〜159
少年殺人鬼(杉並二郎) ‥‥‥‥‥ 160〜174
中日のシルバーボーイ森徹選手(栗田登)
　　　　　　　　　　　　　　　　　　175
女将に恋した強盗(若柳薫) ‥‥‥ 176〜183
彼女は時報に殺される《小説》(川野京輔)
　　　　　　　　　　　　　　　　184〜195
よろめき女房(筑紫鯉志) ‥‥‥‥ 196〜207
女優殺し捜査記録〈6・完〉(三谷祥介)
　　　　　　　　　　　　　　　　208〜220
名人戦の死闘(向ケ丘棋人) ‥‥‥ 221〜225
置引き女の秘密(五反田愛雄) ‥‥ 226〜234
水源地の怪美人《小説》(黒岩姫太郎)
　　　　　　　　　　　　　　　　235〜241
虹の日の殺人《小説》(藤雪夫) 242〜257
これから勝負をする女(芳明) ‥‥ 258〜262
奪い去られた花嫁衣裳(宮本吉次)
　　　　　　　　　　　　　　　　264〜275
亭主集団毒殺事件の真相(稲垣紅毛)
　　　　　　　　　　　　　　　　276〜289
探実愛読者ルーム ‥‥‥‥‥‥‥ 290〜292
編集だより ‥‥‥‥‥‥‥‥‥‥‥‥ 292

第9巻第11号　所蔵あり
1958年7月15日発行　292頁　120円

山の死刑執行人《小説》(黒岩姫太郎) ‥ 9〜16
試写室だより ‥‥‥‥‥‥‥‥‥‥ 17〜20
バレリーナのがまん会《口絵》 ‥‥ 21〜24
探偵作家の舞台出演《口絵》 ‥‥‥ 25〜28
女はこうして情事の相手となる(羽田英太郎)
　　　　　　　　　　　　　　　　　29〜36
アリバイと48人の女《漫画》(山路久)
　　　　　　　　　　　　　　　　　37〜40
悪魔の囁き《小説》(狩久) ‥‥‥‥ 42〜54
探実電報クイズ ‥‥‥‥‥‥‥‥‥‥‥ 55
グレン隊に討たれた青年社長(光井雄二郎)
　　　　　　　　　　　　　　　　　56〜68
奥の細道 ‥‥‥‥‥‥‥‥‥‥‥‥‥‥ 69
地底の美肉〈4〉《小説》(橘外男) ‥ 70〜97
外人紳士の肉体攻撃(菊島三太) ‥ 98〜106
偽装された人妻の殺人(宮本吉次)
　　　　　　　　　　　　　　　　108〜119

犯人(ホシ)は声を残した《小説》(吉野賛十)
　　　　　　　　　　　　　　　　120〜135
邪恋アベック強盗(加宮周三) ‥‥ 136〜145
作者のことば(城戸礼) ‥‥‥‥‥‥‥ 145
性に飢えるサラリーガール(湖山一美)
　　　　　　　　　　　　　　　　146〜155
悪童色ざんげ(千田敏知) ‥‥‥‥ 156〜164
女闘士は肉体で闘つた(三谷祥介)
　　　　　　　　　　　　　　　　165〜175
好色おさすり女房(筑紫鯉志) ‥‥ 176〜187
鬼の独り言(中島河太郎) ‥‥‥‥ 188〜189
吠詰め八つ切り事件(五反田愛雄)
　　　　　　　　　　　　　　　　190〜201
猟奇犯罪の舞台うら《座談会》(三笠吉太郎、仲田修、渡部潤三) ‥‥‥‥‥‥‥ 202〜211
ローティーンの灰色の思春期(千葉一朗)
　　　　　　　　　　　　　　　　212〜219
ニセ札製造人の秘密(氷川浩) ‥‥ 220〜236
血液は魔術師である(桜井薫) ‥‥ 238〜245
そのアリバイ待った?《小説》(永田政雄)
　　　　　　　　　　　　　　　　246〜265
升田大山の宿命の決戦(向ケ丘棋人)
　　　　　　　　　　　　　　　　266〜269
帆走船殺人事件〈1〉(稲垣紅毛) ‥ 270〜289
探実愛読者ルーム ‥‥‥‥‥‥‥ 290〜291
編集だより ‥‥‥‥‥‥‥‥‥‥‥‥ 291

第9巻第12号　所蔵あり
1958年8月15日発行　292頁　120円

女薬剤師殺しの現場はこうだ!!《口絵》
　　　　　　　　　　　　　　　　　11〜14
夏の妖精《口絵》 ‥‥‥‥‥‥‥‥ 15〜16
試写室だより ‥‥‥‥‥‥‥‥‥‥ 17〜20
恍　惚(エクスタシイ)に魅入った死魔(三間田譲) ‥ 21〜32
殺し文句がいのち取り(野中次郎) ‥‥‥ 32
地底の美肉〈5・完〉《小説》(橘外男)
　　　　　　　　　　　　　　　　　34〜65
女薬剤師殺し(奥沢茂) ‥‥‥‥‥‥ 66〜76
探実電報クイズ ‥‥‥‥‥‥‥‥‥‥‥ 77
儲(ヌス)まれた一日《小説》(狩久) ‥‥‥ 78〜89
ゴシップ野郎と女優たち(奔涛太郎)
　　　　　　　　　　　　　　　　　90〜95
屍体に尾行された情事(弘田喬太郎)
　　　　　　　　　　　　　　　　 96〜107
夜行列車殺人事件《小説》(川野京輔) ‥ 108
桃色グレン隊の血斗(南桃平) ‥‥ 120〜127
悪魔だけしか知らぬこと《小説》(飛鳥高)
　　　　　　　　　　　　　　　　128〜142
妊娠した幽霊《小説》(閉門二郎) ‥ 144〜159
好色させもせ風(筑紫鯉志) ‥‥‥ 160〜172

テン子さん《漫画》(さかま四郎)	174～175
睡魔をあやつる女(三谷祥介)	176～187
おとなは引っこんでろ(菊野愛夫)	188～197
豪快三四郎〈1〉《小説》(城戸礼)	198～213
鬼の独り言(中島河太郎)	214～215
暴力に初夜を許すな(成山聖二)	216～221
零の誘惑《小説》(山村正夫)	222～235
レデイクイーン《漫画》(曾我五郎)	236～237
息を吹き返した女体(今井岐路人)	238～249
殺し屋"118"号(小山和三)	250～261
升田、名人位を守る(向ケ丘棋人)	262～265
若妻殺人事件(森川太平)	266～273
帆走船殺人事件〈2・完〉(稲垣紅毛)	274～289
探実愛読者ルーム	290～292

第9巻第13号　所蔵あり
1958年9月15日発行　292頁　120円

少女を狩り歩く男《小説》(黒岩姫太郎)	2～6
夜の女はこうして殺された!!《口絵》	13～16
世紀の巨人現る!《口絵》	17～20
試写室だより	21～24
素晴らしき女性《漫画》(望月一虎)	25～28
日本人南方説《漫画》(山路久)	29～32
探実電報クイズ	33
グラマークイーン《漫画》(望月一虎)	34～35
奥の細道(佐野一平)	36
羽田発一時〇分《小説》(岡田鯱彦)	38～55
湖畔に笑う殺人鬼(東冬樹)	56～66
女体はなぜ拒む(奥沢茂)	68～75
アメリカ兵の貞操(草間真一)	76～84
痴漢天国は花ざかり《座談会》(三間瀬譲, 沼田章, 野中次郎)	85～91
椎の木陰で消された女(岩淵春男)	92～100
そのボートに乗るな(村松妙)	102～107
ゲイボーイを解剖する(凡種平)	108～117
俺は殺さない(角田実)	118～139
女子高校生の赤信号(南桃平)	140～147
芸者と濡れた幼童物語《小説》(閉門二郎)	148～163
好色後家あらし《小説》(筑紫鯉志)	164～176
俳優さんの肉体派(奔涛太郎)	177～183
少女を手に入れた監督(芳明)	184～187
自動車爆破殺人事件(稲垣和毛)	188～207
よろめく女体の神秘(小山和三)	208～217
白い肌に誘われた紳士(光井雄二郎)	218～225
豪快三四郎〈2〉《小説》(城戸礼)	226～239
好色旅芸人の終着駅(今井岐路人)	240～251
女の声が犯人を割つた(宮本吉次)	252～263
鬼の独り言(中島河太郎)	264～265
蒼い黴〈1〉《小説》(鷲尾三郎)	266～289
探実愛読者ルーム	290～292
編集だより(N)	292

第9巻第14号　増刊　所蔵あり
1958年10月1日発行　336頁　130円

小松川女子高校生殺し《口絵》	9～10
探偵作家の船あそび《口絵》	11～12
鬼の子孫が住む部落	13～16
断崖《小説》(江戸川乱歩)	18～30
死者の呼び声《小説》(島田一男)	31～42
踊り子はなぜ死んだ?(昭田章)	43～51
愛慾禍《小説》(大下宇陀児)	52～69
小松川女子高校生殺し(奥沢茂)	70～79
冥府の使者《小説》(高木彬光)	80～97
ノイローゼ《小説》(山田風太郎)	98～112
夫のからだは譲れない!(三間瀬譲)	113～121
暗闇の女狼《小説》(角田喜久雄)	122～133
人喰い芋虫《小説》(鮎川哲也)	134～150
卑劣漢《小説》(水谷準)	151～155
おかしな祈祷師《小説》(大河内常平)	156～165
桃色テンガロー事件(三谷祥介)	166～173
獣人《小説》(横溝正史)	174～194
幽霊《小説》(城昌幸)	195～201
二人っきりの秘密(山中俊夫)	202～213
変身《小説》(日影丈吉)	214～219
小さな娼婦《小説》(渡辺啓助)	220～231
死刑囚の奇怪な告白《小説》(橘外男)	232～336

第9巻第15号　未所蔵
1958年10月15日発行　292頁　120円

三十五才の処女《小説》(黒岩姫太郎)	2～6
トルコ娘殺し《口絵》	13～16
秋色にいる妖精《口絵》	17～20
試写室だより	29～32
探実電報クイズ	33

33 『探偵実話』

- ボクサーと女(川田恒一) ・・・・・・・・・・ 36
- 獄衣の抹殺者《小説》(楠田匡介) ・・・・・・ 38〜53
- 血塗られた愛欲(沼田章) ・・・・・・・・・・ 54〜61
- あなたの嬌声は売られている(早川紀夫) ・・・・・・・・・・・・・・・・・・・・ 62〜68
- コウリ詰殺人事件の真相(岩淵春男) ・・・・・・・・・・・・・・・・・・・・ 69〜75
- 完全な殺人計画《小説》(狩久) ・・・・・・ 76〜88
- プロ野球四つの秘密(相田寧) ・・・・・・ 89〜95
- 肉体を詐取した男(五反田愛雄) ・・・・・・ 96〜103
- 妖かしの刀〈1〉《小説》(大河内常平) ・・・・・・・・・・・・・・・・・・・・ 104〜129
- 人妻をあさる猟色殺人鬼(天草平八郎) ・・・・・・・・・・・・・・・・・・・・ 130〜140
- 按摩夜話《小説》(大西紀二) ・・・・・・ 141〜145
- 第2の初夜に崩れた未亡人(矢掛充男) ・・・・・・・・・・・・・・・・・・・・ 146〜151
- 豪快三四郎〈3〉《小説》(城戸礼) ・・・・・・・・・・・・・・・・・・・・ 152〜167
- ボス顔役を裏切るな(光井雄二郎) ・・・・・・ 168〜177
- 鬼の独り言(中島河太郎) ・・・・・・ 178〜179
- 蒼い徽〈2〉《小説》(鷲尾三郎) ・・・・・・ 180〜203
- 強姦魔表彰さる(今井岐路人) ・・・・・・ 204〜214
- 深夜喫茶の裏窓(種瓜平) ・・・・・・ 215〜221
- 性世界秘密情報《対談》(由紀義一、野中次郎) ・・・・・・・・・・・・・・・・・・・・ 222〜230
- 岸恵子の秘められた情炎(本濤太郎) ・・・・・・・・・・・・・・・・・・・・ 231〜235
- 軌道にのつた男(漫画)(山路久) ・・・・・・ 236〜239
- 続・芸者と濡れた幼童物語〈1〉《小説》(閉門二郎) ・・・・・・・・・・・・・・・・・・・・ 240〜253
- 神様が間違えて作ったもの(桜井薫) ・・・・・・・・・・・・・・・・・・・・ 254〜261
- 好色一寸法師の女難(筑紫鯉志) ・・・・・・ 262〜271
- 殺人強盗専門宿屋事件(稲垣紅毛) ・・・・・・・・・・・・・・・・・・・・ 272〜289
- 探実愛読者ルーム ・・・・・・・・・・・・ 290〜292
- 編集だより ・・・・・・・・・・・・・・・・ 292

第9巻第16号　所蔵あり
1958年11月15日発行　292頁　120円

- 貞操を知らない美女《小説》(黒岩姫太郎) ・・・・・・・・・・・・・・・・・・・・ 2〜6
- 情婦を狙った望遠レンズ(口絵) ・・・・・・ 13〜17
- 探偵作家の舞台姿(口絵) ・・・・・・・・・・ 18〜20
- 男の死骸と暮らした姉女房(沼田章) ・・・・・・・・・・・・・・・・・・・・ 21〜28
- ベル付乳バット《漫画》(山路久) ・・・・・・ 29〜30
- 試写室だより ・・・・・・・・・・・・・・・・ 31〜34
- レデイクイーン《漫画》(曾我五郎) ・・・・ 35〜36

- 妖かしの刀〈2〉《小説》(大河内常平) ・・・・・・・・・・・・・・・・・・・・ 38〜61
- 渇き妻と切られた少年店員(三間瀬譲) ・・・・・・・・・・・・・・・・・・・・ 62〜73
- 情事を乗せた夜行列車(湖山一美) ・・・・・・ 74〜84
- 探実電報クイズ ・・・・・・・・・・・・・・ 85
- "おわび"に殺された?信者(最田茂一) ・・・・・・・・・・・・・・・・・・・・ 86〜91
- 不倫の報酬《小説》(弘田喬太郎) ・・・・・・ 92〜102
- ドサ廻りの肉体娘《対談》(緑初穂、檜直美、宇和三馬) ・・・・・・・・・・・・・・・・・・・・ 103〜109
- 一億円稼いだ少年ノビ師(櫑義三) ・・・・・・・・・・・・・・・・・・・・ 110〜117
- ブリキ罐の中の人間臓物(三谷祥介) ・・・・・・・・・・・・・・・・・・・・ 118〜125
- シスターボーイ殺人事件《小説》(朝山晴一) ・・・・・・・・・・・・・・・・・・・・ 126〜139
- 鬼の独り言(中島河太郎) ・・・・・・ 140〜141
- 素直な悪女たち(光井雄二郎) ・・・・・・ 142〜153
- 応募探偵小説について(本誌編集部記者) ・・・・・・・・・・・・・・・・・・・・ 151
- 続・芸者と濡れた幼童物語〈2〉《小説》(閉門二郎) ・・・・・・・・・・・・・・・・・・・・ 154〜166
- 未亡人二十日間の情炎(矢掛節夫) ・・・・・・・・・・・・・・・・・・・・ 167〜173
- 豪快三四郎〈4〉《小説》(城戸礼) ・・・・・・・・・・・・・・・・・・・・ 174〜188
- プロ野球知られざる特ダネ(相田寧) ・・・・・・・・・・・・・・・・・・・・ 189〜195
- 偽せ者良人身代り帰還事件(稲垣紅毛) ・・・・・・・・・・・・・・・・・・・・ 196〜214
- 濁流に乗った一時間の恐怖(佐留美哉) ・・・・・・・・・・・・・・・・・・・・ 215〜221
- 学生情婦の役割(五反田愛雄) ・・・・・・ 222〜228
- 女体を嘲笑する男(天野静人) ・・・・・・ 229〜238
- 呪われたハプスブルグ家の唇・他(桜井薫) ・・・・・・・・・・・・・・・・・・・・ 240〜247
- 好色未通女の奸計(筑紫鯉毛) ・・・・・・ 248〜259
- 蒼い徽〈3・完〉《小説》(鷲尾三郎) ・・・・・・・・・・・・・・・・・・・・ 260〜289
- 探実愛読者ルーム ・・・・・・・・・・・・ 290〜292
- 編集だより(N) ・・・・・・・・・・・・・・ 292

※表紙は第9巻第15号と誤記

第10巻第1号　所蔵あり
1958年12月15日発行　292頁　120円

- モデル女の欲望《小説》(貝弓子) ・・・・・・ 2〜6
- エロ宗教に殺された夫婦(沼瀬朗) ・・・・・・ 13〜16
- 部屋の中の妖精(口絵) ・・・・・・・・・・ 17〜20
- 喰いちぎられる女体(沼田章) ・・・・・・ 21〜28
- 試写室だより ・・・・・・・・・・・・・・・・ 29〜32

33『探偵実話』

愛は愛金は金《漫画》	33～36
妖かしの刀〈3〉《小説》（大河内常平）	38～59
接吻殺人事件てんまつ記（三間瀬譲）	60～71
女は金で飼え!《小説》（狩久）	72～83
血ぬられた青年巡査の情事（天草八郎）	84～95
白昼の姑殺人事件（天野静人）	96～105
全く俺はツイてない《漫画》（望月一虎）	106～109
未亡人はそれを我慢出来ない（湖山一美）	110～121
野球界秘密情報（相田寧）	122～127
借りはベッドで返せ!《小説》（守門賢太郎）	128～140
探実電報クイズ	141
若い世代の不倫（光井雄二郎）	142～152
奥の細道（佐留美哉）	153
豪快三四郎〈5〉《小説》（城戸礼）	154～167
ハンサムミッキー《漫画》（曾我五郎）	168～169
囀り過ぎた強姦魔（今井岐路人）	170～180
スリラーコント	181
性を惑わす怪異（桜井薫）	182～189
女に復讐された無実の男囚（稲垣紅毛）	190～212
スター恋愛白書（奔涛太郎）	213～215
啞美人の税務署員殺し（三谷祥介）	216～227
続・芸者と濡れた幼童物語〈3〉《小説》（閉門二郎）	228～239
童貞先生奮戦録（黒岩姫太郎）	240～251
好色煩悩男の最期（筑紫鯉志）	252～262
探小愛好者をテストする	263
鬼の独り言（中島河太郎）	264～265
水の尾屋敷綺譚〈1〉《小説》（橘外男）	266～289
探実愛読者ルーム	290～292
編集室だより（N）	292

第10巻第2号　増刊　所蔵あり
1959年1月1日発行　282頁　120円

東京の恐怖	11～14
魅力のリズム《口絵》	15～18
女体を取引するサムライたち《座談会》（千波万郎, 音仁菊也, 物部立男）	19～26
観光ホテルを焼く女（三間瀬譲）	28～37
美人メイド殺し（坂和道五郎）	38～49
河の中の嬰児死体（今井岐路人）	50～63
横恋慕の暴力（矢掛充男）	64～71
男性をもとめて《漫画》（有吉まこと）	72～75
女子高校生とスリの大学生（三谷祥介）	76～89
新版「武蔵野夫人」（杉並二郎）	90～98
診察台の情事（由紀俊郎）	99～107
若過ぎる妻（花村香樹）	108～117
おはま後家生けどらる（黒岩姫太郎）	118～124
高校三年生の集団恋愛（野中次郎）	125
女子高校生の抵抗（佐野一平）	126～133
生首を背負った女（氷川浩）	134～140
高校三年生の集団恋愛（野中次郎）	141
ある女犯常習者の告白（村松呂久良）	142～152
誘惑された税務署員（鳥越力太）	153～161
女易者と大盗の愛憎（永松浅造）	162～174
ばらばら事件《漫画》（井出由紀）	175
白線街の女カポネ（光井雄二郎）	176～184
弁天荘情痴の惨劇（木村喬）	185～193
嫉妬に狂った兇刃（宮本吉次）	194～204
叔父を指名手配せよ（沼田章）	205～215
女の浮気はおそろしい!《漫画》（望月一虎）	216～219
奈落に死んだ花形女優（徳田純宏）	220～234
肉体市場のその後（小泉紫郎）	235～239
美少年と心中する人妻（五反田愛雄）	240～250
世相あ・ら・か・る・と（韮田五平）	251
結核菌を注射した女医（閉門二郎）	252～265
尼殺し連続犯（三角寛）	266～282

第10巻第3号　所蔵あり
1959年1月15日発行　292頁　120円

逃げられた女体《小説》（黒岩姫太郎）	2～6
邪恋に殺されたマダム《口絵》	13～14
ピストル所持の逃走犯は恐ろしい《口絵》	15～16
魅惑の妖精《口絵》	17～20
情死は情痴の手段だった（三間瀬譲）	21～28
試写室だより	29～32
亭主はしょせん弱いもの《漫画》（望月一虎）	33～36
妖かしの刀〈4・完〉《小説》（大河内常平）	38～63
第三の初夜に殺された人妻（永松浅造）	64～73

447

33 『探偵実話』

邪恋に死んだ美人マダム（岩淵春男）
　　　　　　　　　　　　　　　74〜81
死臭に包まれた情痴（柏村裕介）　82〜91
新妻の嬰児殺し（今井岐路人）　92〜102
探実電報クイズ ………………………… 103
重役夫人の恐るべき情事（目黒明）
　　　　　　　　　　　　　　　104〜111
殺人計画指令せよ！《小説》（日影丈吉）
　　　　　　　　　　　　　　　112〜137
大薪割を振った孕み女（坂和道五郎）
　　　　　　　　　　　　　　　138〜149
続・芸者と濡れた幼童物語〈4〉《小説》（閉門二郎） ………………………… 150〜161
英国陸軍少将夫人射殺事件（稲垣紅毛）
　　　　　　　　　　　　　　　162〜176
男を襲った女強盗（三谷伸男）　177〜183
警視庁の「殺し屋」記者（門茂男）
　　　　　　　　　　　　　　　184〜191
映画界秘話（奔濤太郎） ……………… 191
孤閨の人妻殺し（氷川浩）　192〜203
ストーブリーグ知られざる秘密（相田寧）
　　　　　　　　　　　　　　　204〜209
豪快三四郎〈6〉《小説》（城戸礼）
　　　　　　　　　　　　　　　210〜224
寝巻のままの街頭の姐御たち（野中次郎） ………………………………… 225
すりかえられた情事（湖山一美）　226〜236
上馬の令嬢殺し（三谷祥介）　238〜255
秘密クラブの踊り子（近藤俊夫）　256〜266
外国にいた日本人売春婦（佐留美哉）　267
水の尾屋敷綺譚〈2〉《小説》（橘外男）
　　　　　　　　　　　　　　　268〜289
探実愛読者ルーム ……………… 290〜292
編集だより ………………………… 292

第10巻第4号　所蔵あり
1959年2月15日発行　292頁　120円
恋に去られたマダム《小説》（黒岩姫太郎）
　　　　　　　　　　　　　　　　2〜6
江戸川の人妻殺し（岩淵春男）　13〜16
「女吸血鬼」誌上公開《口絵》　17〜20
狂った姉を殺す亭主と妹（井上淳）　21〜27
ポン引き氏善根を積む ………………… 28
試写室だより ……………………… 29〜32
女難の相あり《漫画》（望月一虎）　33〜36
分譲地0番地〈1〉《小説》（楠田匡介）
　　　　　　　　　　　　　　　　38〜57
淫魔小平義雄の足跡〈1〉（坂和道五郎）
　　　　　　　　　　　　　　　　58〜71
蛭を買う情事《小説》（守門賢太郎）　72〜85
重役夫人強殺強姦事件（成山聖二）　86〜92

探実電報クイズ …………………………… 93
女体に復讐する廃嫡子（近藤俊夫）　94〜101
女武芸者只今参上!!（種瓜平）　102〜107
あの女は俺が殺したのだ（今井岐路人）
　　　　　　　　　　　　　　　108〜118
新米記者『のどちんこ』騒動（門茂男）
　　　　　　　　　　　　　　　119〜127
女医の若嫁殺人事件（稲塚紅毛）　128〜144
女子高校生のY談（野中次郎） ……… 145
江戸川の人妻殺し（岩淵春男）　146〜154
鬼の独り言（中島紀太郎）　156〜157
覗かれた女中部屋（早川紀夫）　158〜167
豪快三四郎〈7〉《小説》（城戸礼）
　　　　　　　　　　　　　　　168〜181
遺書を書く殺人犯（島田太一）　182〜187
続・芸者と濡れた幼童物語〈5〉《小説》（閉門二郎） ………………………… 188〜200
ストーブリーグうらの特ダネ（相田寧）
　　　　　　　　　　　　　　　201〜205
真昼の若妻殺し（佐橘五郎）　206〜215
悪魔の祝日《小説》（島本春雄）　216〜229
二人の情夫を待つ女（筑紫鯉志）　230〜239
悪魔の創った双生児たち（桜井薫）
　　　　　　　　　　　　　　　240〜249
刑事に化けた殺人魔（三谷祥介）　250〜257
色欲高利貸の最期（矢掛充男）　258〜267
水の尾屋敷綺譚〈3〉《小説》（橘外男）
　　　　　　　　　　　　　　　268〜289
探実愛読者ルーム ……………… 290〜292
編集だより ………………………… 292

第10巻第5号　所蔵あり
1959年3月15日発行　292頁　120円
船上のヌードショウ《小説》（黒岩姫太郎）
　　　　　　　　　　　　　　　　2〜6
女給殺しをめぐる四人の男《口絵》（岩淵春男） ………………………………… 13〜16
凶悪殺人犯指名手配せよ!! …… 17〜20
六つの魅力に狂う愛欲（沼田章）　21〜28
試写室だより ……………………… 29〜32
ダークエンゼル《漫画》（望月一虎）　33〜36
分譲地0番地〈2・完〉《小説》（楠田匡介）
　　　　　　　　　　　　　　　　38〜57
アルサロ女給殺し事件の真相（岩淵春男）
　　　　　　　　　　　　　　　　58〜69
漁色家に復讐する妾（永松翠風）　70〜81
淫魔小平義雄の足跡〈2〉（坂和道五郎）
　　　　　　　　　　　　　　　　82〜93
狙われた獣《小説》（鷲尾三郎）　94〜116
女優さんの情事はこうだ!!（森浅太郎）
　　　　　　　　　　　　　　　117〜119

偽りの女体(柏村裕介)・・・・・・・・・ 120〜130
売春婦のアイデア競争(水野三太)・・・・・・・・ 131
愛欲を立て通した女(三谷祥介)・・・ 132〜143
スリラーブームは来ている《座談会》(大河内常平,楠田匡介,中島河太郎,日影丈吉,鷲尾三郎)・・・・・・・・・・・・・・・・・・・ 144〜151
邪悪な影絵《小説》(山村正夫)・・・・・ 152〜167
恐るべき人体の畸形(桜井薫)・・・・・ 168〜175
情事を盗んだ録音テープ事件(門茂男)
・・・・・・・・・・・・・・・・・・・・・・・・・・・・・・ 176〜184
ペレスと闘って・・・・・・・・・・・・・・・・・・・ 185
旦那を斬った祇園芸者(近藤俊夫)
・・・・・・・・・・・・・・・・・・・・・・・・・・・・・・ 186〜197
尾行されたコールガールの情事(光井雄二郎)・・・・・・・・・・・・・・・・・・・・・・・ 198〜207
豪快三四郎〈8〉《小説》(城戸礼)
・・・・・・・・・・・・・・・・・・・・・・・・・・・・・・ 208〜221
続・芸者と濡れた幼童物語〈6〉《小説》(閉門二郎)・・・・・・・・・・・・・・・・・・・・ 222〜234
探実電報クイズ・・・・・・・・・・・・・・・・・・ 235
二重アリバイ殺人放火事件(稲垣紅毛)
・・・・・・・・・・・・・・・・・・・・・・・・・・・・・・ 236〜255
素裸で寝ていた殺人鬼(今井岐路人)
・・・・・・・・・・・・・・・・・・・・・・・・・・・・・・ 256〜266
ペレス打倒をめぐるプロ拳闘界の内幕(吉崎真次)・・・・・・・・・・・・・・・・・・・ 267〜269
水の尾屋敷綺譚〈4・完〉《小説》(橘外男)
・・・・・・・・・・・・・・・・・・・・・・・・・・・・・・ 270〜289
探実愛読者ルーム・・・・・・・・・・・・ 290〜292
探実日記・・・・・・・・・・・・・・・・・・・・・・・・ 292
編集だより・・・・・・・・・・・・・・・・・・・・・・ 292

第10巻第6号　増刊　未所蔵
1959年4月1日発行　282頁　120円

性犯罪の登場人物たち《口絵》・・・・・・ 11〜18
美女大安売り時代《座談会》(貝田久成,早乙女是清,貝田北三樹)・・・・・・・・・・ 19〜26
地獄行特急三〇三号バス(三間瀬譲)
・・・・・・・・・・・・・・・・・・・・・・・・・・・・・・・・ 28〜38
全スト物語《漫画》(石川カヂオ)・・・ 39〜41
女教師宇野富美子の犯罪記録(坂和道五郎)
・・・・・・・・・・・・・・・・・・・・・・・・・・・・・・・・ 42〜63
死へ追い込まれた邪恋妻(林田ひろし)
・・・・・・・・・・・・・・・・・・・・・・・・・・・・・・・・ 64〜71
燃え落ちる片割れ月(柏村裕介)・・ 72〜81
エレベーターガールの昇天(吉野弘)
・・・・・・・・・・・・・・・・・・・・・・・・・・・・・・・・ 82〜91
宝石を盗んだ情痴女犯(矢掛充男)・・ 92〜99
熊野灘心中の人妻教員(天草平八郎)
・・・・・・・・・・・・・・・・・・・・・・・・・・・・・・ 100〜112

33『探偵実話』

犯人は刑務所在《漫画》(望月一虎)
・・・・・・・・・・・・・・・・・・・・・・・・・・・・・・ 113〜115
神宮外苑の静子殺し(三谷祥介)・・・ 116〜135
麻薬ボスの裸女饗宴(湖山一美)・・・ 136〜147
公団アパートの痴漢(亀井治)・・・・ 148〜156
戦前派と戦後派のドライくらべ(野中次郎)
・・・・・・・・・・・・・・・・・・・・・・・・・・・・・・ 157
私は夜を持ちたくない!(柳田良男)
・・・・・・・・・・・・・・・・・・・・・・・・・・・・・・ 158〜166
聖書を持った人獣(中村純三)・・・・ 167〜177
美人局!!女は魔物!!(佐野一平)・・・・ 178〜186
純情なるがゆえに(島田太一)・・・・ 188〜195
少女を狙う常習魔(今井岐路人)・・・ 196〜207
風俗営業恐喝グループ(川端甚六)
・・・・・・・・・・・・・・・・・・・・・・・・・・・・・・ 208〜213
南硫黄島漂流綺譚(黒岩姫太郎)・・・ 214〜225
海女モデル殺害さる(近藤俊夫)・・・ 226〜235
旅役者と女パトロン(守田柳太郎)
・・・・・・・・・・・・・・・・・・・・・・・・・・・・・・ 236〜243
殴り込み真田山の血戦(沼田章)・・・ 244〜254
秘密映画出演の純情女(佐藤五郎)
・・・・・・・・・・・・・・・・・・・・・・・・・・・・・・ 255〜263
美人床屋殺し(杉並二郎)・・・・・・・・ 264〜282

第10巻第7号　所蔵あり
1959年4月15日発行　292頁　120円

犯人を割った情事(黒岩姫太郎)・・・・・・ 2〜6
情痴が殺した教師の妻の犯罪(岩淵春男)
・・・・・・・・・・・・・・・・・・・・・・・・・・・・・・・・ 13〜17
スパイの技術《口絵》・・・・・・・・・・・・ 18〜20
四角関係は血で償え!(沼田章)・・・・ 21〜27
肩で風切るオミナの都(Q)・・・・・・・・・・ 28
スキダ博士の研究《漫画》(吉松八重樹)
・・・・・・・・・・・・・・・・・・・・・・・・・・・・・・・・ 29〜30
レディと三人の男《漫画》(山路久)
・・・・・・・・・・・・・・・・・・・・・・・・・・・・・・・・ 31〜32
試写室だより・・・・・・・・・・・・・・・・・・・・ 33〜36
腐肉の基地〈1〉《小説》(大河内常平)
・・・・・・・・・・・・・・・・・・・・・・・・・・・・・・・・ 38〜57
転落の手記《漫画》(山路久)・・・・・・ 58〜61
死を選んだ看護婦の情事(高田杉男)
・・・・・・・・・・・・・・・・・・・・・・・・・・・・・・・・ 62〜69
淫魔小平義雄の足跡〈3〉(坂和道五郎)
・・・・・・・・・・・・・・・・・・・・・・・・・・・・・・・・ 70〜82
探実電報クイズ・・・・・・・・・・・・・・・・・・・・ 83
「殺し」の現場はこうだ!!(岩淵春男)
・・・・・・・・・・・・・・・・・・・・・・・・・・・・・・・・ 84〜99
女を利用した強盗団(湖山一美)・・・ 100〜109
黒い部屋の欲望《小説》(狩久)・・・・ 110〜120
奥さま族はズバリが勝手自(野中次郎)・・・・ 121
告訴された貞操(今井岐路人)・・・・ 122〜132

449

33 『探偵実話』

殺人を演じた人妻の邪恋（陣屋達郎）
・・・・・・・・・・・・・・・・・・・・・・・・・・・・・・ 133〜139
米国暗黒街にいた怪日本人（光井雄二郎）
・・・・・・・・・・・・・・・・・・・・・・・・・・・・・・ 140〜151
悪魔は死なない《小説》（守門賢太郎）
・・・・・・・・・・・・・・・・・・・・・・・・・・・・・・ 152〜164
旅役者に入れあげた女（目黒明）・・・・ 165〜171
殺人か!? コエ溜の中の死体（門茂男）
・・・・・・・・・・・・・・・・・・・・・・・・・・・・・・ 172〜181
豪快三四郎〈9〉《小説》（城戸礼）
・・・・・・・・・・・・・・・・・・・・・・・・・・・・・・ 182〜195
少女の白骨は叫ぶ（戸祭五郎）・・・・・ 196〜200
泣く子と放送局には勝てない話（柳田国男）
・・・・・・・・・・・・・・・・・・・・・・・・・・・・・・ 201〜205
女将が殺した女（三谷祥介）・・・・ 206〜219
プロ野球の冷たい戦争（楢崎健）・ 220〜223
大晦日の夜怪死を遂げた夫（稲垣紅毛）
・・・・・・・・・・・・・・・・・・・・・・・・・・・・・・ 224〜243
続・芸者と濡れた幼童物語〈7〉《小説》（閉門二郎）
・・・・・・・・・・・・・・・・・・・・・・・・・・・・・・ 244〜253
公金横領の愛欲（番衆幸雄）・・・・ 254〜261
雇われマダムのガス室（佐橋五郎）
・・・・・・・・・・・・・・・・・・・・・・・・・・・・・・ 262〜268
王座にしがみつくペレスの醜態（熊田猛夫）
・・・・・・・・・・・・・・・・・・・・・・・・・・・・・・ 269〜271
発かれた獣性《小説》（鷲尾三郎） 272〜289
探実愛読者ルーム・・・・・・・・・・・・・・ 290〜292
探実珍日記・・・・・・・・・・・・・・・・・・・・・・・・・ 292
編集だより・・・・・・・・・・・・・・・・・・・・・・・・・ 292

第10巻第8号　所蔵あり
1959年5月15日発行　292頁　120円

初夏の妖精《口絵》・・・・・・・・・・・・・・・・ 9〜12
凶悪犯を迷宮入りさせるなッ・・・・・ 13〜16
裸か馬にまたがった娘《小説》（黒岩姫太郎）
・・・・・・・・・・・・・・・・・・・・・・・・・・・・・・・・ 17〜22
オーバー・ランでした!《口絵》（望月一虎）
・・・・・・・・・・・・・・・・・・・・・・・・・・・・・・・・ 23〜24
二十娘に狂う残り火の惨劇（三間瀬譲）
・・・・・・・・・・・・・・・・・・・・・・・・・・・・・・・・ 25〜32
試写室だより・・・・・・・・・・・・・・・・・・・・・ 33〜36
腐肉の基地〈2〉《小説》（大河内常平）
・・・・・・・・・・・・・・・・・・・・・・・・・・・・・・・・ 38〜60
猟銃をよぶ赤いマフラー（沼田章）・・・ 61〜69
葬られた女〈1〉《小説》（鷲尾三郎）
・・・・・・・・・・・・・・・・・・・・・・・・・・・・・・・・ 70〜85
青線酒場の元手を洗え（柏村裕介）・ 86〜93
淫魔小平義雄の爪痕〈4〉（坂和道五郎）
・・・・・・・・・・・・・・・・・・・・・・・・・・・・・・ 94〜106
凶悪犯は何処に居る!《座談会》（今井介、坂和道五郎、小薬羅太郎）・・・・・ 107〜117

ブタ箱に入った殺し屋記者（門茂男）
・・・・・・・・・・・・・・・・・・・・・・・・・・・・・・ 118〜127
男の舌をかむ女《小説》（島久平） 128〜139
豪快三四郎〈10〉《小説》（城戸礼）
・・・・・・・・・・・・・・・・・・・・・・・・・・・・・・ 140〜153
操られた情事（鳥越力太）・・・・・・ 154〜161
変死人放送（今井岐路人）・・・・・・ 162〜172
探実電報クイズ・・・・・・・・・・・・・・・・・・・・・ 173
非情なる殺人者《小説》（朝山蜻一）
・・・・・・・・・・・・・・・・・・・・・・・・・・・・・・ 174〜191
プロ野球六つの特ダネ（小野田源司）
・・・・・・・・・・・・・・・・・・・・・・・・・・・・・・ 192〜195
PTA夫人は赤信号（近藤俊夫）・・ 196〜204
狂笑《小説》（島本春雄）・・・・・・ 205〜213
死体をバラ撒いた男（稲垣紅毛）・ 214〜230
窃盗犯にされた女高生（目黒明）・ 231〜237
祇園のなぶり殺し事件（吉野弘）・ 238〜247
前科者の三重結婚（番衆幸雄）・・ 248〜257
続・芸者と濡れた幼童物語〈8〉《小説》（閉門二郎）
・・・・・・・・・・・・・・・・・・・・・・・・・・・・・・ 258〜270
第一回懸賞入選探偵小説 入選発表（編集部）
・・・・・・・・・・・・・・・・・・・・・・・・・・・・・・・・・・ 271
おはぐろどぶのバラバラ事件（三谷祥介）
・・・・・・・・・・・・・・・・・・・・・・・・・・・・・・ 272〜286
古狸コシイの告白（熊田猛夫）・・ 287〜289
探実愛読者ルーム・・・・・・・・・・・・・・ 290〜292
探実珍日記・・・・・・・・・・・・・・・・・・・・・・・・・ 292
編集だより（X）・・・・・・・・・・・・・・・・・・・・ 292
※表紙は第10巻第7号と誤記

第10巻第9号　所蔵あり
1959年6月15日発行　292頁　120円

偽装する女体《小説》（黒岩姫太郎）・・・ 2〜6
警視庁セックスGメンの捜査（岩淵春男）
・・・・・・・・・・・・・・・・・・・・・・・・・・・・・・・・ 13〜16
涼風と裸女《口絵》・・・・・・・・・・・・・・・・ 17〜20
きまぐれ天使《漫画》（望月一虎）・・ 21〜24
女にされた人妻（三間瀬譲）・・・・・・ 25〜32
試写室だより・・・・・・・・・・・・・・・・・・・・・ 33〜36
腐肉の基地〈3〉《小説》（大河内常平）
・・・・・・・・・・・・・・・・・・・・・・・・・・・・・・・・ 38〜57
初夜を賭けた女（永松翠風）・・・・・・ 58〜69
淫魔小平義雄の爪痕〈5〉（坂和道五郎）
・・・・・・・・・・・・・・・・・・・・・・・・・・・・・・・・ 70〜83
ある男と女のはなし《漫画》・・・・・・ 84〜85
死者の贈物《小説》（青丘盾男）・・ 86〜97
世はアイデア時代・・・・・・・・・・・・・・・・・・・・ 97
ニセ刑事の強姦犯（今井岐路人）・ 98〜108
野球選手と魔性の女性・・・・・・・・・・・・・・ 109
エロプロダクションは全滅した!!（岩淵春男）
・・・・・・・・・・・・・・・・・・・・・・・・・・・・・・ 110〜117

33 『探偵実話』

あずま男を訴えた京女(近藤俊夫)
　‥‥‥‥‥‥‥‥‥‥　118〜126
血を呼んだ三十女の邪恋(鳥越力太)
　‥‥‥‥‥‥‥‥‥‥　128〜136
モデルは知つていた(吉野弘)　137〜139
奪われた日本娘の貞操(日高昇)　140〜145
夜の姫君の厚生施設(種瓜平)　146〜152
午後九時三十分の目撃者《小説》(守門賢太郎)　‥‥‥‥‥‥‥‥‥‥　154〜168
空想と現実《漫画》(望月一虎)　169
少女売春婦殺し(時枝紋二郎)　170〜177
菅原謙二との破局の真相(本濤太郎)
　‥‥‥‥‥‥‥‥‥‥　178〜181
砂風呂のお春殺し(三谷祥介)　182〜197
仕組まれた情夫の逢引(筑紫鯉志)
　‥‥‥‥‥‥‥‥‥‥　198〜209
露国皇太子傷害事件の真相〈1〉(稲垣紅毛)
　‥‥‥‥‥‥‥‥‥‥　210〜226
バクチ好きな記者クラブ(門茂男)
　‥‥‥‥‥‥‥‥‥‥　228〜235
ハンドバッグの使用法　‥‥‥‥　235
続・芸者と濡れた幼童物語〈9〉《小説》(閉門二郎)　‥‥‥‥‥‥‥‥　236〜247
鬼の独り言(中島河太郎)　‥‥　248〜249
豪快三四郎〈11・完〉《小説》(城戸礼)
　‥‥‥‥‥‥‥‥‥‥　250〜264
そのサンダルを探せ(見富政平)　265〜269
葬られた女〈2〉《小説》(鷲尾三郎)
　‥‥‥‥‥‥‥‥‥‥　270〜287
探実愛読者ルーム　‥‥‥‥　290〜292
探実珍日記　‥‥‥‥‥‥‥‥　292

第10巻第10号　増刊　所蔵あり
1959年7月1日発行　400頁　150円

女殺陣師ごめんあそばせ《口絵》　‥　9〜16
白昼鬼語《小説》(谷崎潤一郎)　18〜72
楷梯火《小説》(木々高太郎)　73〜77
死者は鏡の中に住む《小説》(多岐川恭)
　‥‥‥‥‥‥‥‥‥‥　78〜93
瓶詰めの拷問《小説》(島田一男)　94〜107
玄界灘を渡つた人魂(玉川一郎)　107
友人から聞いた話(野口赫宙)　107
心臓花《小説》(香山滋)　108〜117
堀越捜査一課長殿《小説》(江戸川乱歩)
　‥‥‥‥‥‥‥‥‥‥　118〜145
冬の薔薇《小説》(日影丈吉)　146〜155
紫の恐怖《小説》(高木彬光)　156〜167
他殺にしてくれ《小説》(鮎川哲也)
　‥‥‥‥‥‥‥‥‥‥　168〜181
紅座の庖厨《小説》(大下宇陀児)　182〜193

西瓜畑の物語作者《小説》(火野葦平)
　‥‥‥‥‥‥‥‥‥‥　194〜201
双頭の人《小説》(山田風太郎)　202〜210
"事件記者"はなぜヒットした?《座談会》(島田一男、若林一郎、永井智雄、清村耕次、滝田裕介、川口知子、原保美、八木千枝)‥　211〜221
外道の言葉《小説》(土屋隆夫)　222〜241
死霊《小説》(朝山蜻一)　242〜253
恐怖怪奇の経験
　(三遊亭金馬)　‥‥‥‥‥‥　253
　(中村信一)　‥‥‥‥‥‥‥　253
　(浅沼稲次郎)　‥‥‥‥‥‥　253
殺人淫楽《小説》(城昌幸)　254〜259
絞刑吏《小説》(山村正夫)　260〜273
かいやぐら物語《小説》(横溝正史)
　‥‥‥‥‥‥‥‥‥‥　274〜284
恋愛試験《漫画》(トチボリ・茂)　285
骸骨《小説》(鷲尾三郎)　286〜301
海底の情鬼《小説》(大河内常平)　302〜313
二月の悲劇《小説》(角田喜久雄)　314〜327
五十一番目の夫《小説》(橘外男)　328〜341
幻影の部屋《小説》(楠田匡介)　342〜352
諸作家あまから採点《座談会》(覆面作家)
　‥‥‥‥‥‥‥‥‥‥　353〜360
救われぬ女《小説》(永瀬三吾)　361〜371
悪魔の指《小説》(渡辺啓助)　372〜383
雨の露地で《小説》(大藪春彦)　384〜400

第10巻第11号　所蔵あり
1959年7月15日発行　292頁　120円

妻を盗まれた男《小説》(黒岩姫太郎)　‥‥‥　2〜6
光ヵ丘団地殺人事件(岩淵春男)　‥‥　13〜15
釘を打込まれた情婦の写真《口絵》　‥　16〜17
ビキニスタイルと淑女《口絵》　‥‥　18〜20
男女サマザマ《漫画》(有吉まこと)　‥‥　21〜24
試写室だより　‥‥‥‥‥‥‥　25〜28
釘を打込まれた情婦の写真(三間瀬譲)
　‥‥‥‥‥‥‥‥‥‥　29〜36
シャベルと鶴嘴《小説》(山村正夫)　38〜52
魔の大烏賊《小説》(東一郎)　53〜57
元警視庁巡査のヤクザ殺し(岩淵春男)
　‥‥‥‥‥‥‥‥‥‥　58〜67
酒乱の後妻殺し(柏";裕介)　‥‥　68〜75
黄色い水着《小説》(狩久)　‥‥　76〜87
淫魔小平義雄の爪痕〈5・完〉(坂和道五郎)
　‥‥‥‥‥‥‥‥‥‥　88〜102
ヌードモデル御用心　‥‥‥‥‥　103
妻を殺した聖者(氷川浩)　‥‥　104〜114
七つの海の女たち(佐々木六郎)　‥‥　115〜119
ステッキボーイに化けた事件記者(門茂男)
　‥‥‥‥‥‥‥‥‥‥　120〜128

451

33『探偵実話』

恩知らず《漫画》(有吉まこと)・・・・・・129
嫁殺しのやもめ男(天草平八郎)・・・・130～141
腐肉の基地〈4〉《小説》(大河内常平)
　・・・・・・・・・・・・・・・・・142～151
女いつでも勝負する《漫画》(吉松八重樹)
　・・・・・・・・・・・・・・・・・・・152
ある日のカミソリ魔《漫画》(吉松八重樹)
　・・・・・・・・・・・・・・・・・・・153
なぐさめ屋《漫画》(有吉まこと)・・・154～155
有楽町○番地の夜(小泉四郎)・・・156～159
怪人物田島氏の正体(光井雄二郎)
　・・・・・・・・・・・・・・・・・160～169
露国皇太子傷害事件の真相〈2・完〉(稲垣紅毛)・・・・・・・・・・・・・・170～185
0番街の狼《小説》(新沼孝夫)・・・186～203
続・芸者と濡れた幼童物語〈10〉《小説》(閉門二郎)・・・・・・・・・・・204～211
鬼の独り言(中島河太郎)・・・・・212～213
『強盗亀』のピストル行脚(三谷祥介)
　・・・・・・・・・・・・・・・・・214～227
人形を弄んだ男(今井岐路人)　228～237
猛鷲三四郎〈1〉《小説》(城戸礼)
　・・・・・・・・・・・・・・・・・238～251
恐るべき魔女(島田清)・・・・・・252～256
升田・大山宿命の対決(向ケ丘棋人)
　・・・・・・・・・・・・・・・・・257～261
伝言板は知っている(湖山一美)・262～271
葬られた女〈3〉《小説》(鷲尾三郎)
　・・・・・・・・・・・・・・・・・272～287
乾杯!われらの探実《座談会》(村松実哉, 吉岡安三郎, 伊藤幸一, 風早弘進, 徳江和夫, 東一郎, 奈良八郎, 竹原豊二, 中村文子)　288～292

第10巻第12号　所蔵あり
1959年8月15日発行　292頁　120円

海に監禁された女《小説》(黒岩姫太郎)
　・・・・・・・・・・・・・・・・・・2～6
海辺の惑星《口絵》・・・・・・・・・13～16
緑風荘愛欲殺人事件(岩淵春男)・・・17～20
黒いドレスの女《漫画》(有吉まこと)
　・・・・・・・・・・・・・・・・・・21～23
彼女はミステリー人生《漫画》(有吉まこと)
　・・・・・・・・・・・・・・・・・・・24
試写室だより・・・・・・・・・・・25～28
血を呼ぶ足入れ妻(三間瀬譲)・・・・29～36
脱走者《小説》(楠田匡介)・・・・・38～53
緑風荘愛欲殺人事件(岩淵春男)・・・54～61
裏切られた情事(時枝紋二郎)・・・・62～69
学生やくざのヌード売春(近藤俊夫)
　・・・・・・・・・・・・・・・・・・70～79

コールガールサンドラの場合(日高昇一郎)
　・・・・・・・・・・・・・・・・・・80～87
肉獣《小説》(水沢彪)・・・・・・・88～99
強いられた誘惑(森田広二)　100～106
風呂帰りを狙われた人妻(芝野洋)
　・・・・・・・・・・・・・・・・・107～113
小男の愛慾《小説》(島田太一)・・・114～121
完全犯罪を狙った獣医師(今井岐路人)
　・・・・・・・・・・・・・・・・・122～132
セクシー・ピンク・・・・・・・・・・・133
ナイロン・シュミーズの女(門茂男)
　・・・・・・・・・・・・・・・・・134～141
腐肉の基地〈5〉《小説》(大河内常平)
　・・・・・・・・・・・・・・・・・142～161
俺は知らないぜ(妻木入次)・・・・162～171
猛鷲三四郎〈2〉《小説》(城戸礼)
　・・・・・・・・・・・・・・・・・172～184
刑事を誘惑する女(坂和道五郎)・・・186～201
犯罪季 節異状あり《座談会》(太田寿, 黒岩義一, 日高大作)・・・・・・・・・・・202～209
橘外男の一生(尾久木弾歩)・・・210～219
恐妻族の女中殺し(三谷祥介)・・・220～233
婚約者を殺して埋めた男(稲垣紅毛)
　・・・・・・・・・・・・・・・・・234～251
人生到るところに穴あり(影山稔雄)
　・・・・・・・・・・・・・・・・・252～255
続・芸者と濡れた幼童物語〈11〉《小説》(閉門二郎)・・・・・・・・・・・256～263
女性を狙う若い獣(林田ひろし)　264～269
鬼の独り言(中島河太郎)・・・・・270～271
葬られた女〈4〉《小説》(鷲尾三郎)
　・・・・・・・・・・・・・・・・・272～289
探実愛読者ルーム・・・・・・・・290～292
探実日記・・・・・・・・・・・・・・・292
編集だより・・・・・・・・・・・・・・292

第10巻第13号　未所蔵
1959年9月15日発行　292頁　120円

美女の人工妊娠《小説》(黒岩姫太郎)・・2～6
九十九人の生娘《口絵》・・・・・・・27～30
兇悪犯の素顔《口絵》・・・・・・・・31～36
兇銃《小説》(大藪春彦)・・・・・・38～54
夜のバスガイド(沼田章)・・・・・・56～65
血で守りぬいた妻の座(小島真人)・・66～72
ルポタージュ落書帖(種風平)・・・・73～77
留置場の練鑑ブルース(岬晴夫)・・・78～88
ヨサコイ親爺《漫画》(望月一虎)・・・・89
ガイドという名のコールガール(島田太一)
　・・・・・・・・・・・・・・・・・・90～95
北九州のぐれん隊(天草平八郎)・・・96～107

452

33『探偵実話』

二重まる殺人事件《小説》(野口赫宙)
・・・・・・・・・・・・・・・・・・・ 108〜126
事件記者の写真騒動(門茂男) 127〜135
八重州口の女給殺人事件(坂和道五郎)
・・・・・・・・・・・・・・・・・・・ 136〜153
パリの天才女詐欺師(稲垣紅毛)・・・・ 154〜169
娘殺しの真犯人(柏村裕介)・・・・・・・ 170〜177
死体を釣った男《小説》(守門賢太郎)
・・・・・・・・・・・・・・・・・・・ 178〜193
寛永寺坂死の童謡踊り(小粟縫太郎)
・・・・・・・・・・・・・・・・・・・ 194〜205
続・芸者と濡れた幼童物語〈12〉(閉門二郎)
206〜214
人体に残る退化器官〈1〉(桜井薫)
・・・・・・・・・・・・・・・・・・・ 215〜221
猛鷲三四郎〈3〉《小説》(城戸礼)
・・・・・・・・・・・・・・・・・・・ 222〜235
腐肉の基地〈6〉《小説》(大河内常平)
・・・・・・・・・・・・・・・・・・・ 236〜247
東西スタア色模様(三宅順平) 250〜253
略奪結婚で懲役三年に(吉野弘)・・・ 254〜255
セクシピンク《漫画》(有吉まこと)
・・・・・・・・・・・・・・・・・・・ 256〜257
天沼の後妻殺し(三谷祥介) 260〜273
葬られた女〈5〉《小説》(鷲尾三郎)
・・・・・・・・・・・・・・・・・・・ 274〜289
探実愛読者ルーム 290〜292
探実日記 292
編集だより 292

第10巻第14号　所蔵あり
1959年10月15日発行　292頁　120円

女体を狙う三毛猫《小説》(黒岩姫太郎)
・・・・・・・・・・・・・・・・・・・・・・・・ 2〜6
美術の秋来る!《口絵》・・・・・・・ 13〜16
ダイナマイト心中事件!(美農ひろし)
・・・・・・・・・・・・・・・・・・・・・ 17〜20
人妻へ暴発した情鬼の二連銃(三間瀬譲)
・・・・・・・・・・・・・・・・・・・・・ 21〜28
女読むべからず集《漫画》(グループ・パンチ)・・・・・・・・・・・・・・・・ 29〜32
試写室だより ・・・・・・・・・・・ 33〜36
腐肉の基地〈7・完〉《小説》(大河内常平)
・・・・・・・・・・・・・・・・・・・・・ 38〜61
狂った情痴の終着駅(今井岐路人) 62〜73
赤い娼婦にされた女(杉並二郎) 74〜81
覗かれた犯罪《小説》(狩久) 82〜92
ヨサコイ親爺《漫画》(望月一虎) 93
硫酸を浴びた情婦(檜原彰) 94〜101
情事を賭けた女子学生(斉藤久一)
・・・・・・・・・・・・・・・・・・・ 102〜111

犯行0アワー《漫画》(有吉まこと)
・・・・・・・・・・・・・・・・・・・ 112〜113
江戸川のカメラ商殺し(坂和道五郎)
・・・・・・・・・・・・・・・・・・・ 114〜125
関西にいた色事師(天草平八郎)・・・ 126〜137
密室白昼の死闘(稲垣紅毛) 138〜155
蠱惑の女給殺し(柏村裕介) 156〜163
碧い眼の桃色行状記(安芸礼太) 164〜175
死を招く邪恋(番衆幸雄) 176〜183
断崖《小説》(野口赫宙) 184〜201
続・芸者と濡れた幼童物語〈13・完〉《小説》
　(閉門二郎) 202〜214
足音を立てる幽霊(近藤俊夫) 216〜225
猛鷲三四郎〈4〉《小説》(城戸礼)
・・・・・・・・・・・・・・・・・・・ 226〜239
素ぱぬかれた特ダネ(門茂男) 240〜248
人体に残る退化器官〈2・完〉(桜井薫)
・・・・・・・・・・・・・・・・・・・ 250〜257
将棋戦線異状あり(向ガ丘棋人) 258〜259
疑惑の穴《小説》(島久平) 260〜271
葬られた女〈6〉《小説》(鷲尾三郎)
・・・・・・・・・・・・・・・・・・・ 272〜289
探実愛読者ルーム ・・・・・・・・・ 290〜292
探実日記 292
編集だより 292

第10巻第15号　増刊　未所蔵
1959年11月1日発行　282頁　120円

志摩半島のセックスの掟《口絵》・・・・・ 11〜14
通り魔強盗殺人事件《口絵》・・・・・ 15〜18
マダム色事師の裏おもて《座談会》(来村記者, 井田記者,大阪記者) 19〜26
桃色グループの私刑(近藤俊夫) 28〜37
私の名は新宿のお姐さん(沼田章)・・・ 38〜45
元警察官の赤線女給殺し(中村純三)
・・・・・・・・・・・・・・・・・・・・・ 46〜57
舞踏師母娘の裸屍体(三谷祥介)・・・ 58〜71
セールスマンが犯人だ!!(武田高夫) 72〜79
望遠鏡があばいた情事(外山雅夫) 80〜90
法廷の華頂公爵令嬢(吉野弘) 92〜100
嵐をよぶ麻薬(雅) 101
偽大学生惚れるべからず(時枝紋二郎)
・・・・・・・・・・・・・・・・・・・ 102〜109
弱い者はやっぱり弱い《漫画》(望月一虎)
・・・・・・・・・・・・・・・・・・・ 110〜111
ハワイ富豪誘拐詐欺事件(中谷洋一)
・・・・・・・・・・・・・・・・・・・ 112〜124
純情男の水難記(雅) 125
ハイティーン女賊(天草平八郎)・・・・ 126〜139
娘を狙う暴行班(西田順平) 141〜147
狂恋の本妻殺し(川端甚六) 148〜155

453

33 『探偵実話』

骨肉に咲く黒い花（杉並二郎）‥‥‥ 156～163
強殺犯のサラリーマン（三間瀬譲）
　　　　　　　　　　　　　　　　164～175
滝の川内閣印刷局の女殺し（小薬縫太郎）
　　　　　　　　　　　　　　　　176～188
生ける美女の情況証拠（浦島太郎）
　　　　　　　　　　　　　　　　189～191
親子売春婦の貯金帳（内海晃）‥‥ 192～200
あきれたサービストリオ（雅）‥‥‥ 201
おとなを"カツアゲ"する少女（番衆幸雄）
　　　　　　　　　　　　　　　　202～210
その後のおアソビ（雅）‥‥‥‥‥‥ 211
偽りの情炎（水島淳）‥‥‥‥‥ 212～219
台風はねらっている《漫画》（金子久子）
　　　　　　　　　　　　　　　　220～221
男女同権の桃色カーテン（能登次郎）
　　　　　　　　　　　　　　　　222～227
似た者親子《漫画》（トチボリ・茂）
　　　　　　　　　　　　　　　　228～229
福笑いの女を殺せ（今井岐路人）‥‥ 230～241
縊首は絞首にあらず（吉野弘）‥‥ 242～243
辻堂海岸の無理心中事件（佐橋五郎）
　　　　　　　　　　　　　　　　244～251
地獄の女王蜂（柏村裕介）‥‥‥ 252～259
切る!!《漫画》（有吉まこと）‥‥ 260～261
ニセ実業家夫人の豪遊（島田太一）
　　　　　　　　　　　　　　　　262～269
指紋対照の誤算事件（坂和道五郎）
　　　　　　　　　　　　　　　　270～282

第10巻第16号　未所蔵
1959年11月15日発行　292頁　120円

偽りの情事《小説》（黒岩姫太郎）‥‥‥ 2～6
良人に復讐する女（佐橋五郎）‥‥ 25～32
市松人形殺人事件《小説》（野口赫宙）
　　　　　　　　　　　　　　　　38～57
偽りの女体を消せ（岬晴夫）‥‥‥ 58～65
肉体で支払う女（柏村裕介）‥‥‥ 66～72
アゲの十三犯の女 ‥‥‥‥‥‥‥‥ 73
年上の女（檜原彰）‥‥‥‥‥‥ 74～81
トランク詰めの養女（坂和道五郎）‥ 82～97
殺人計画完了《小説》（響庭俊憲）‥ 98～110
ヌード写真に集る男たち ‥‥‥‥‥ 111
情婦と少年（天草平八郎）‥‥‥ 112～122
コールガールのおセックス拝見 ‥‥‥ 123
若妻殺人事件（東冬樹）‥‥‥‥ 124～131
背徳の部屋《小説》（守門賢太郎）‥ 132～147
狂った女子社員の貞操（矢田五郎）
　　　　　　　　　　　　　　　　148～154
百円ホテルの情炎（彩田蒔夫）‥‥ 156～164

ピストルを持った色事師（番衆幸雄）
　　　　　　　　　　　　　　　　165～171
離婚に踏み切れなかった女（三谷祥介）
　　　　　　　　　　　　　　　　172～180
不倫の殺人（林田寛）‥‥‥‥‥ 182～189
プロレスラー大暴れ（門茂男）‥‥ 190～198
邪恋に殺された高校生（矢掛充男）
　　　　　　　　　　　　　　　　199～205
砂漠の白髪鬼《小説》（潮寛二）‥ 206～219
洋裁師の内妻殺し（今井岐路人）‥ 222～232
桃色マダムの秘密セリ市（近藤俊夫）
　　　　　　　　　　　　　　　　234～242
質屋はつらい商売である ‥‥‥‥‥ 243
アメリカ女学生誘拐殺人事件（稲垣紅毛）
　　　　　　　　　　　　　　　　244～261
生れる子は男か？女か？（桜井薫）‥ 262～270
スタアは醜聞で作られる（遠山一郎）
　　　　　　　　　　　　　　　　271～275
葬られた女《7・完》《小説》（鷲尾三郎）
　　　　　　　　　　　　　　　　276～289
探実愛読者ルーム ‥‥‥‥‥‥ 290～292
探実珍日記 ‥‥‥‥‥‥‥‥‥‥‥ 292

第11巻第1号　所蔵あり
1959年12月15日発行　292頁　120円

情事に殺された男《小説》（黒岩姫太郎）
　　　　　　　　　　　　　　　　　2～6
新春の妖精《口絵》‥‥‥‥‥‥ 13～16
売られる東京娘（沼田章）‥‥‥ 17～20
今年も漫画でおめでとう《漫画》（グループ・パンチ）
　　　　　　　　　　　　　　　　21～24
試写室だより ‥‥‥‥‥‥‥‥ 25～28
娘をばらす情痴の肉塊（三間瀬譲）‥ 29～35
死の家の記録《1》《小説》（楠田匡介）
　　　　　　　　　　　　　　　　38～62
芸界おセックス講義（星巷三）‥‥‥ 63
忘れ得ぬ年上の女（檜原彰）‥‥ 64～70
ムチャ子《漫画》（有吉まこと）‥‥ 71
情事に消された女（岬晴夫）‥‥ 72～78
女は魔物だ（森川太平）‥‥‥‥ 80～88
ヨサコイおやじ《漫画》（望月一虎）‥ 89
秩父の愛慾娘街（佐橋五郎）‥‥ 90～96
銀座の女給は馬鹿では出来ぬ（林田五平）
　　　　　　　　　　　　　　　　　97
雪の夜の二人の客《小説》（狩久）‥ 98～111
おれは女を憎む（坂和道五郎）‥ 112～123
未亡人殺しの若い情夫（島田太一）
　　　　　　　　　　　　　　　　124～133
ズベ公情婦と強殺犯（今井岐路人）
　　　　　　　　　　　　　　　　134～143

454

33 『探偵実話』

スリルを売るコールガール《座談会》(東すみ江, 松山登志子, 遠藤久男)	144～152
ドサ芝居はつらい!	153
白い肉獣《小説》(朝山鯖一)	154～168
ニセ婦警の愛慾倒錯(天草平八郎)	169～179
脅迫された人妻の邪恋(彩田蒔夫)	180～187
名家女中惨殺事件(稲垣紅毛)	188～205
護送される女スリ(三谷祥介)	206～217
仮面をぬがされた婦人科医(門茂男)	218～226
女を利用する詐欺魔(目黒明)	227～235
男腹と女腹の話(桜井薫)	236～245
女と金をサギした男(近藤俊夫)	246～255
情痴に殺された人妻(杉並二郎)	256～266
探偵親子《漫画》(吉松八重樹)	267
小坂館殺人事件《小説》(野口赫宙)	268～288
俺はメデタイ《漫画》(トチボリ茂)	289
探実愛読者ルーム	290～292
探実日記	292
編集だより	292

第11巻第2号 増刊 所蔵あり
1960年1月1日発行 290頁 120円

痴情犯を追う捜査陣	11～14
東京都の流刑人の島	15～18
薩摩女の古里温泉(幹田洵)	19～27
火星より先には行くな《漫画》(望月一虎)	28～31
雪女出現《漫画》(トチボリ茂)	32～33
全くりこうな犬である《漫画》(吉松八重樹)	34
情婦はロープウェイで死ね!!(三間瀬讓)	36～48
賢婦《漫画》(種瓜平)	49
人妻の殺意の瞬間(島田多一)	50～57
女給に憑かれた獣人(小葉雛太郎)	58～67
ヌードモデルにされた令嬢(浜野生太郎)	68～79
ある「幻想殺人」事件(吉野弘)	80～87
呪いの全身舞踏病(中村純三)	88～101
殺し屋少年と鎌倉夫人(三谷祥介)	102～119
狂恋の切腹事件(内海晃)	120～128
美人お目見得師罷り通る(今井岐路人)	130～141
生きている迷信(吉野弘)	141
サナトリウムにゃ鬼が出る(外山雅夫)	142～147
密輸基地から来た誘拐魔(大隈肇)	148～170
肉親七人を焼く青年(畑中一平)	171～177
半陽男の連続殺人事件(佐橋五郎)	178～189
土佐男の執念(黒岩姫太郎)	190～202
痴恋に生きる詐欺女(矢田五郎)	203～207
デパートガールの情事(天草平八郎)	208～220
旭川公園の水死体(時枝紋二郎)	222～229
変態亭主と三人姉妹(西田順平)	230～242
雷族と酔っぱらい娘《座談会》(早川一作, 竜田覚, 成瀬繁子, 久良波津江)	243～250
磯舟の中の裸女(柏村裕介)	251～257
邪恋の終着駅(杉並二郎)	258～267
あねさん女房の悲劇(中村純三)	268～275
マダム宝石商殺し(坂和道五郎)	276～290

第11巻第3号 所蔵あり
1960年1月15日発行 292頁 120円

情事と戦争と未亡人《小説》(黒岩姫太郎)	2～6
うすぎぬをまとう女《口絵》	13～16
殺人現場はこうだ《口絵》	17～20
よろず相談所《漫画》(グループ・バンチ)	21～24
試写室だより	25～26
女体に踊らされた前科者(三間瀬讓)	29～35
死の家の記録〈2〉《小説》(楠田匡介)	38～65
京女キラーの色事師(天草平八郎)	66～77
若妻殺しの少年(佐橋五郎)	78～85
貞操を賭けた就職(番衆幸雄)	86～93
裏切者《小説》(潮寛二)	94～105
女体に狂わされた殺人者(林田ひろし)	106～112
ヨサコイおやじ《漫画》(望月一虎)	113
赤線女と兇悪犯(坂和道五郎)	114～125
疑惑の井戸《小説》(武田武彦)	126～145
よろめきマダムのオセックス探訪(種瓜平)	146～152
芸界お色気談義(星巷三)	153
情事に殺された女性(島田太一)	154～160
探偵親子《漫画》(吉松八重樹)	161
現場はこうだった(東冬樹)	162～171
お妾アパートと記者クラブ(門茂男)	172～180
新式ダブルベッドをどうぞ(林田五平)	181
元気の出るオクスリの話(林田五平)	181
第三の抱擁(清原夏生)	182～190

455

33『探偵実話』

俺はメデタイ《漫画》(トチボリ茂) ·······	191
脅_{カツアゲ}喝されたコールガール(近藤俊夫)	
·················	192～201
ナイヤガラ殺人事件〈1〉(稲垣紅毛)	
·················	202～219
ハイティーンは犯罪がお好き?(森川哲朗)	
·················	220～227
良人の知らない奥様掏摸(檜原彰)	
·················	228～235
雪の夜の妖術師《小説》(守山賢太郎)	
·················	236～253
毒殺を試みた慾情(杉並二郎) ·····	254～260
売春婦をあやつる女(矢田五郎) ···	262～267
死者の勝利《小説》(野口赫宙) ····	268～289
探偵愛読者ルーム ················	290～292
探実日記 ·······················	292
編集だより ·····················	292

第11巻第4号　所蔵あり
1960年2月15日発行　292頁　120円

奇妙な懐胎《小説》(黒岩姫太郎) ···	2～6
犯罪を予告した若妻愛慾殺人事件(岩淵春男)	
·················	13～15
早春のムード《口絵》 ·············	16～20
ワッハハ春がやってきた《漫画》 ···	21～24
試写室だより ···················	25～28
義妹に脅迫される入婿(三間瀬譲) ··	29～35
死の家の記録〈3〉《小説》(楠田匡介)	
·················	38～65
聖女の貞操(天草平八郎) ··········	66～76
芸界お色気談義(星巷三) ··········	77
肉体を売り込む情婦(番衆幸雄) ····	78～85
爆発した情事(津木狂介) ··········	86～93
野犬と女優《小説》(御手洗徹) ·····	94～110
二世ムスメの桃色行状白書(増久土満)	
·················	111～117
大崎の若妻殺人事件(坂和道五郎)	
·················	118～133
売春婦千枝の場合(杉並二郎) ······	134～144
王将戦の珍勝負(向ヵ丘棋人) ······	145～149
ナイアガラ殺人事件〈2・完〉(稲垣紅毛)	
·················	150～162
関取は変つたけれど ··············	163
ホシはそこにいる(岬晴夫) ·······	164～171
女体と金を横領した男(矢田五郎)	
·················	172～178
セックス・バレエ団の饗宴(清原夏生)	
·················	179～185
女給漫行学生始末譚(門茂男) ······	186～192
俺はメデタイ《漫画》(トチボリ茂)	193

多摩霊園の少女殺し(今井岐路人)	
·················	194～203
裕次郎羽田空港の大芝居 ··········	205
第六番目の人妻(三谷祥介) ········	206～219
東京白魔街(光井雄二郎) ··········	220～227
処女の生血を吸う男(柏村裕介) ····	228～235
猟銃を乱射する狂恋少年(佐橋五郎)	
·················	236～248
よさこい親爺《漫画》(望月一虎) ···	249
探偵犬と女訓練士(種瓜平) ········	250～255
情痴に消された十代娘(岩淵春男)	
·················	256～266
探偵親子《漫画》(吉松八重樹) ·····	267
墜落者《小説》(野口赫宙) ·········	268～288
探実愛読者ルーム ················	290～292
探実日記 ·······················	292
編集だより ·····················	292

第11巻第5号　増刊　所蔵あり
1960年3月1日発行　288頁　120円

都郊の二つの猟奇事件

南林間都市の女給殺し(村上淳也)	
·················	9～13
町田市の墓地発掘事件(水島淳三)	
·················	14～15
パンティ七色ばなし(外山雅夫) ····	17～23
ある夜の出来事《漫画》(トチボリ茂)	
·················	24～27
ヤイ裸になれ《漫画》(吉松八重樹)	28～29
義賊水入り話《漫画》(望月一虎) ···	28～32
血に呪われた女(国分三郎) ········	34～49
重役夫人とインテリ三人組(坂和道五郎)	
·················	50～70
小間使いを襲う魔風(鈴木太三郎) ··	72～84
嫉妬と欲の女覆面強盗(小薬鑓太郎)	
·················	86～94
湯島天神下の女中殺し(今井岐路人)	
·················	96～107
密輸暗号は女体に訊け(大隈肇) ····	108～125
春の漫画展《漫画》 ···············	126～127
小樽の箱詰め美人(柏村裕介) ······	128～138
死を選んだ義母の残り火(島田太一)	
·················	139～145
陸奥女の花巻温泉郷(幹田洶) ······	146～151
人妻を毒殺したのは誰?(水島淳三)	
·················	152～155
美女80人も弄んだ歯医者(近藤俊夫)	
·················	156～165
女房も妹も地獄行きだッ(川端甚六)	
·················	166～176

33 『探偵実話』

セクシイ・ピンクの拳銃(内海晃)	177～181
運命の生理日(中村純三)	182～193
カミナリ族は唄う(佐野一平)	194～199
雑木林の中の裸女(村上淳也)	200～210
ニコヨン女の吸血鬼(杉並二郎)	211～217
怨念の花嫁衣裳(黒岩姫太郎)	218～232
バーテンのガス殺人(芝野洋)	233～239
別れ妻の蠱惑(畑中一平)	240～247
聖夜（イブ）の高利貸し殺し(天草平八郎)	248～260
せむしだつて男なんだ(西田順平)	262～269
女体製造販売会社の全貌(佐橋五郎)	270～288

第11巻第6号　所蔵あり
1960年3月15日発行　292頁　120円

演出された情事《小説》(黒岩姫太郎)	2～6
続発する愛慾殺人事件	13～16
春の日の麗女《口絵》	17～20
四月の恋の物語《漫画》	21～24
試写室だより	25～28
新妻を弄んだ拳銃魔(三間瀬譲)	29～35
女妖の館《小説》(狩久)	38～52
ムチャ子《漫画》(有吉まこと)	53
不貞妻殺人事件(天草平八郎)	54～65
娼婦と人妻(島田太一)	66～73
二号を殺した町会議長(佐橋五郎)	74～84
ゼニのかゝるお楽しみの話	85
死の家の記録〈4〉《小説》(楠田匡介)	86～111
殺しはそこで行われた!(檜原彰)	112～119
三河島の三味線師匠殺し(坂和道五郎)	120～133
肉体で勝負した芸妓(杉並二郎)	134～140
ローカル温泉お色気探訪記(村野成年)	141～145
不倫の杖《小説》(日暮風太郎)	146～159
戦慄の交通事故(門茂男)	160～168
俺はメデタイ《漫画》(トチボリ茂)	168
色事師と三人の女(番衆幸雄)	170～178
よさこい親爺《漫画》(望月一虎)	179
婦人科医の深夜の診察(三谷祥介)	180～197
女体を奪った婚約者(柏村裕介)	198～206
女の裸は金になる(種瓜平)	207～211
死体無き殺人事件(稲垣紅毛)	212～229
覗かれたベッド(林田寛)	230～237
作者の言葉(中村獏)	237
横領亭主を訴える美容師(今井岐路人)	238～248
探偵親子《漫画》(吉松八重樹)	249
海外犯罪ダイジェスト(清原夏生)	250～251
手斧を振うう若マダム(上田五平)	252～258
望郷の殺人〈1〉《小説》(野口赫宙)	260～289
探実愛読者ルーム	290～292
探実日記	292
編集だより(編集部)	292

第11巻第7号　未所蔵
1960年4月15日発行　292頁　120円

「殺し屋」と女体行商人《小説》(黒岩姫太郎)	2～6
春に踊る女《口絵》	13～16
横浜の美人マダム殺し《口絵》	17～20
物騒な春《漫画》(山路久)	21～24
試写室だより	25～28
通り魔が置き忘れた血液型(佐橋五郎)	29～35
死の家の記録〈5〉《小説》(楠田匡介)	38～55
裏切られた貞操(永松翠風)	56～67
痴情に狂った殺人現場(村上淳也)	68～72
探偵親子《漫画》(吉松八重樹)	73
目黒のアベック殺人事件(坂和道五郎)	74～84
大道将棋屋の裏表(向ケ丘棋人)	85～89
海外犯罪ダイジェスト(清原夏生)	90～91
白い肌の女(寺島珠雄)	92～110
俺はメデタイ《漫画》(トチボリ茂)	111
不倫に狂った若妻(島田太一)	112～118
青山京子の貞操(本濤太郎)	119
邪恋に消された娼婦(杉並二郎)	120～131
密通妻を蹴殺した男(吉野弘)	132～133
無法巡査伝〈1〉《小説》(中村獏)	134～147
ある日の探偵作家(鮎沢まこと)	148～149
『殺し』の科学(種瓜平)	150～155
良人と実子を毒殺した女(稲垣紅毛)	156～169
奇妙な殺人計画《小説》(島久平)	170～180
タバコを利用する悪事	181
悲劇を呼んだ人妻の邪恋(川原衛門)	182～187
強殺犯のスイート・ホーム(三谷祥介)	188～201

457

33 『探偵実話』

異常性格者の犯罪(門茂男)・・・・・・・・ 202〜209
殺意ある抱擁《小説》(朝山蜻一)・・・・ 210〜226
よさこい親爺《漫画》(望月一虎)・・・・・・ 227
女体を奪い合う中年男(柏村裕介)
　　　　　　　　　　　　　　　228〜236
美女谷温泉お色気探訪記(村野成年)
　　　　　　　　　　　　　　　238〜241
完全犯罪を仕組んだ若夫婦(志多摩和郎)
　　　　　　　　　　　　　　　242〜247
童貞を踏み荒らす淑女(今井岐路人)
　　　　　　　　　　　　　　　248〜259
望郷の殺人〈2〉《小説》(野口赫宙)
　　　　　　　　　　　　　　　260〜289
探実愛読者ルーム ・・・・・・・・・・・・ 290〜292
探実日記 ・・・・・・・・・・・・・・・・・・・・・・ 292
編集だより ・・・・・・・・・・・・・・・・・・・・ 292

第11巻第8号　所蔵あり
1960年5月15日発行　292頁　120円
盗まれた女体《小説》(黒岩姫太郎)・・・ 2〜6
初夏の妖精《口絵》・・・・・・・・・・・・・・ 13〜16
大都会の真空地帯の犯罪 ・・・・・・・・ 17〜19
オーッそれ見ヨ!《漫画》(上田一平) 21〜22
セクシー・ムード《漫画》(関屋陸児)
　　　　　　　　　　　　　　　　 23〜24
試写室だより ・・・・・・・・・・・・・・・・ 25〜28
長男に後妻を奪われた男(三間瀬譲)
　　　　　　　　　　　　　　　　 29〜35
ぬうど・ふいるむ物語《小説》(狩久)
　　　　　　　　　　　　　　　　 38〜53
覗かれた寝室(天草平八郎)・・・・・・ 54〜64
よさこい親爺《漫画》(望月一虎)・・・・・ 65
慾望に消された女(杉並二郎)・・・・ 66〜78
俺はメデタイ《漫画》(トチボリ・茂)・・ 78
鉄道公安官の連続暴行事件(村上淳也)
　　　　　　　　　　　　　　　　 80〜87
死の家の記録〈6・完〉《小説》(楠田匡介)
　　　　　　　　　　　　　　　 88〜112
海外犯罪ダイジェスト(清原夏生)
　　　　　　　　　　　　　　 114〜115
目黒のアベック殺人事件の犯人(坂和道五郎)
　　　　　　　　　　　　　　 116〜125
男女の慾望という名の話(三井一馬)
　　　　　　　　　　　　　　 126〜130
探偵親子《漫画》(吉松八重樹)・・・・・ 131
強盗に殺された若妻と社長(柏村裕介)
　　　　　　　　　　　　　　 132〜141
愛児殺しの狂った愛慾(岬晴夫) 142〜149
無法巡査伝〈2〉《小説》(中村獏)
　　　　　　　　　　　　　　 150〜165

芸者と高飛びする強殺犯(三谷祥介)
　　　　　　　　　　　　　　 166〜177
電気椅子の戦慄(稲垣紅毛)・・・・ 178〜195
毒薬を調合する女教員(吉野弘)・・ 196〜205
庭にとびおりた色男 ・・・・・・・・・・・・・ 201
自筆遺言状《小説》(守門賢太郎) 206〜233
美女群の裏の裏(種瓜平)・・・・・・ 234〜237
ハイティーンの愛慾殺人(志多摩一夫)
　　　　　　　　　　　　　　 238〜243
飲み助記者武勇伝(門茂男)・・・・ 244〜250
恐るべき加藤一二三(向ケ丘棋人)
　　　　　　　　　　　　　　 251〜255
曾山寺温泉お色気探訪記(村野成年)
　　　　　　　　　　　　　　 256〜259
望郷の殺人〈3〉《小説》(野口赫宙)
　　　　　　　　　　　　　　 260〜289
探実愛読者ルーム ・・・・・・・・・・・・ 290〜292
探実日記 ・・・・・・・・・・・・・・・・・・・・・・ 292
編集だより ・・・・・・・・・・・・・・・・・・・・ 292

第11巻第9号　所蔵あり
1960年6月15日発行　292頁　120円
網をかけられた女体《小説》(黒岩姫太郎)
　　　　　　　　　　　　　　　　　2〜6
愛慾の内妻殺し(柏村裕介)・・・・・・ 13〜14
横須賀火薬庫爆発事件の真相(岬晴夫)
　　　　　　　　　　　　　　　　 15〜16
夏にいる裸女《口絵》・・・・・・・・・・ 17〜20
すれすれ夫人《漫画》(関屋陸児) 21〜24
試写室だより ・・・・・・・・・・・・・・・・ 25〜28
人妻と自衛隊員の愛慾(佐橋五郎) 29〜35
殺意のある口笛《小説》(日暮風太郎)
　　　　　　　　　　　　　　　　 38〜53
易を見る色事師(天草平八郎)・・・・ 54〜64
よさこい親爺《漫画》(望月一虎)・・・・・ 65
女祈祷師の情事殺人(内海晃)・・・・ 66〜73
府中の美人マダム殺し(坂和道五郎)
　　　　　　　　　　　　　　　　 74〜84
みんな落着かない《漫画》(有吉まこと)・ 85
無法巡査伝〈3〉《小説》(中村獏) 86〜100
探偵親子《漫画》(吉松八重樹)・・・・・ 101
愛慾の内妻殺し(柏村裕介)・・・・ 102〜106
四十三才違った愛慾(常盤恒一) 107〜111
容疑者は自殺か?逃亡か?(岬晴夫)
　　　　　　　　　　　　　　 112〜116
俺はメデタイ《漫画》(トチボリ・茂)・・ 117
山中の愛慾(山上純)・・・・・・・・・・ 118〜126
質屋を襲った強姦魔(今井岐路人)
　　　　　　　　　　　　　　 128〜138
築城のイケニエになった人柱(志多摩一夫)
　　　　　　　　　　　　　　 139〜141

33『探偵実話』

拳銃の鳴る抱擁《小説》(逆木忽介)
　‥‥‥‥‥‥‥‥‥‥‥‥‥142〜153
剣豪作家色道刃傷事件(門茂男)‥‥ 154〜161
飯山温泉お色気探訪記(村野成年)
　‥‥‥‥‥‥‥‥‥‥‥‥‥162〜165
或る自殺予告書《小説》(寺島珠雄)
　‥‥‥‥‥‥‥‥‥‥‥‥‥166〜179
秘法ヨガの修行者探訪(種瓜平)‥‥ 180〜185
地引網にかゝった片腕(三谷祥介)
　‥‥‥‥‥‥‥‥‥‥‥‥‥186〜197
一筆見参(鮎沢まこと)‥‥‥‥‥ 198〜199
連続毒殺を試みた姦婦(稲垣紅毛)
　‥‥‥‥‥‥‥‥‥‥‥‥‥200〜220
海外犯罪ダイジェスト(清原夏生)
　‥‥‥‥‥‥‥‥‥‥‥‥‥222〜223
ズキズキズキするはなし(三井一馬)
　‥‥‥‥‥‥‥‥‥‥‥‥‥224〜227
クマさんの秘密写真(栗田登)‥‥ 228〜233
親馬鹿一代《漫画》(上田一平)‥‥ 234〜236
大山・加藤激戦展開(向ヶ丘棋人)
　‥‥‥‥‥‥‥‥‥‥‥‥‥237〜241
悪と愛慾に賭けた男(舌間一夫)‥ 242〜247
真紅のブラジャー(彩田蒔夫)‥‥ 248〜259
望郷の殺人〈4〉《小説》(野口赫宙)
　‥‥‥‥‥‥‥‥‥‥‥‥‥260〜289
探実愛読者ルーム ‥‥‥‥‥‥ 290〜292
探実日記 ‥‥‥‥‥‥‥‥‥‥‥‥ 292
編集だより ‥‥‥‥‥‥‥‥‥‥‥ 292

第11巻第10号　所蔵あり
1960年7月15日発行　292頁　120円

女の手は血に濡れない《小説》(黒岩姫太郎)
　‥‥‥‥‥‥‥‥‥‥‥‥‥‥‥ 2〜6
江東の人妻殺し ‥‥‥‥‥‥‥‥ 13〜15
祈り殺された10代娘 ‥‥‥‥‥‥‥ 16
真夏の憩《口絵》‥‥‥‥‥‥‥‥ 17〜19
すれすれ夫人《漫画》(関屋陸児)‥ 21〜24
試写室だより ‥‥‥‥‥‥‥‥‥ 25〜28
女体を手に入れた演出(淀橋太一)‥ 29〜35
喪服を着た埴輪〈1〉《小説》(山村正夫)
　‥‥‥‥‥‥‥‥‥‥‥‥‥‥ 38〜58
ある夏の風景《漫画》‥‥‥‥‥‥ 59〜61
邪恋に消された年上の女(天草平八郎)
　‥‥‥‥‥‥‥‥‥‥‥‥‥‥ 62〜73
女と拳銃と破戒僧(海atkins悦志)‥ 74〜81
黒い誘惑《小説》(寺島珠雄)‥‥‥ 82〜95
人妻に手を出した男(甲斐太郎)‥ 96〜103
"やとな"の東京版(種瓜平)‥‥ 104〜109
無法巡査伝〈4〉《小説》(中村獏)
　‥‥‥‥‥‥‥‥‥‥‥‥‥‥110〜124
探偵親子《漫画》(吉松八重樹)‥‥‥ 125

不倫をゆるした殺人(佐橋五郎)‥ 126〜134
俺はメデタイ《漫画》(トチボリ・茂)‥‥ 135
流木の女《小説》(狩久)‥‥‥‥ 136〜150
よさこい親爺《漫画》(望月一虎)‥‥ 151
初夜の嬌曳(三谷祥介)‥‥‥‥ 152〜160
村長和田平助氏の好色譚(三井一馬)
　‥‥‥‥‥‥‥‥‥‥‥‥‥162〜169
女と犯罪と慾望《座談会》(山崎悟郎、斎木義一、
　茂田正夫)‥‥‥‥‥‥‥‥‥170〜178
てんやわんや教会《漫画》(陸児)‥‥ 179
一筆見参(鮎沢まこと)‥‥‥‥ 180〜181
田無の運転手殺し(坂和道五郎)‥ 182〜193
可部温泉お色気探訪記(望月一虎)
　‥‥‥‥‥‥‥‥‥‥‥‥‥194〜198
ハワイ少年誘拐殺害事件(稲垣紅毛)
　‥‥‥‥‥‥‥‥‥‥‥‥‥200〜217
偽りの肉体に狂った少年(今井岐路人)
　‥‥‥‥‥‥‥‥‥‥‥‥‥218〜229
拳銃を捨てろ《小説》(逆木忽介) 230〜239
ジャズで殺された男(舌間一夫)‥ 240〜246
女は自家用車でモノにしろ(西田順平)
　‥‥‥‥‥‥‥‥‥‥‥‥‥248〜255
水着可愛や可愛や水着《漫画》(上田一平)
　‥‥‥‥‥‥‥‥‥‥‥‥‥256〜259
少女の日記が招いた殺人(鵠藤介)
　‥‥‥‥‥‥‥‥‥‥‥‥‥260〜265
海外犯罪ダイジェスト(清原夏生)
　‥‥‥‥‥‥‥‥‥‥‥‥‥266〜267
望郷の殺人〈5・完〉《小説》(野口赫宙)
　‥‥‥‥‥‥‥‥‥‥‥‥‥268〜289
探実愛読者ルーム ‥‥‥‥‥‥ 290〜292
探実日記 ‥‥‥‥‥‥‥‥‥‥‥‥ 292
編集だより ‥‥‥‥‥‥‥‥‥‥‥ 292

第11巻第11号　増刊　未所蔵
1960年8月1日発行　400頁　150円

片眼《小説》(三橋一夫)‥‥‥‥‥ 2〜6
ストリップ・カクテイル《口絵》‥ 17〜20
涼風を呼ぶスリル!《口絵》‥‥‥ 29〜32
最後の銃声《小説》(大藪春彦)‥‥ 34〜55
あいつの眼《小説》(山田風太郎)‥ 56〜70
ゴネル氏《漫画》(レコボイ)‥‥‥‥ 71
恐怖の蜜月旅行《小説》(大隈敏)‥ 72〜87
怪人本山茂久(村上淳也)‥‥‥‥ 90〜98
狂恋の魔都《小説》(木村荘十)‥ 100〜119
性犯罪の恐怖と捜査《対談》(安達梅蔵、鈴木太
　三郎)‥‥‥‥‥‥‥‥‥‥‥120〜130
陽の当らぬ男《漫画》(上田一平)‥ 132〜135
性痴《小説》(高木彬光)‥‥‥‥ 138〜157
場所をふさげる《小説》(大下宇陀児)
　‥‥‥‥‥‥‥‥‥‥‥‥‥160〜170

33『探偵実話』

風流女怪伝《小説》(三井一馬) ⋯⋯⋯	171〜177
三角の家《小説》(関川周) ⋯⋯⋯⋯⋯	178〜194
ある旅役者の色ざんげ《小説》(黒岩姫太郎)	
	196〜205
淫獣《小説》(城戸礼) ⋯⋯⋯⋯⋯⋯⋯	206〜224
海の怪奇・山の神秘《座談会》(大畑久三、山岸	
友雄、小島政也、上代敬作、竜野春三)	
	225〜234
当世離婚案内(種瓜平) ⋯⋯⋯⋯⋯⋯	235〜239
ゴネル氏《漫画》(レコボイ) ⋯⋯⋯⋯⋯	240
二組いた殺人犯(八幡丈郎) ⋯⋯⋯⋯⋯	241〜245
鉄腕涙あり(大河内常平) ⋯⋯⋯⋯⋯⋯	246〜267
生きて居って良かった(伊藤正) ⋯⋯⋯	268〜277
廿一号室の女《小説》(瀬戸口寅雄)	
	278〜286
虫めずる姫《小説》(山村正夫) ⋯⋯⋯	287〜297
仕組くまれた完全犯罪(山上純) ⋯⋯⋯	298〜305
第三の殺人《小説》(森川哲郎) ⋯⋯⋯	306〜315
西洋の怪談(阿部主計) ⋯⋯⋯⋯⋯⋯⋯	316〜323
圭子ちゃん誘拐惨殺さる(坂和道五郎)	
	324〜331
髑髏を抱く男《小説》(栗田信) ⋯⋯⋯	332〜350
血を吹いた愛欲(杉並二郎) ⋯⋯⋯⋯⋯	352〜360
愚痴っぽい幽霊《小説》(日影丈吉)	
	362〜379
怪談千鳥の曲《小説》(三谷羊介) ⋯⋯	380〜385
熱帯魚《小説》(島田一男) ⋯⋯⋯⋯⋯	386〜399
身近なスリラー(T生) ⋯⋯⋯⋯⋯⋯⋯	400

第11巻第12号　所蔵あり
1960年8月15日発行　292頁　120円

奇妙な復讐《小説》(黒岩姫太郎) ⋯⋯⋯	2〜6
天狗の久子ちゃん《口絵》 ⋯⋯⋯⋯⋯	17〜20
試写室だより ⋯⋯⋯⋯⋯⋯⋯⋯⋯⋯	21〜24
女体に復讐した年上の女房(佐橋五郎)	
	25〜31
すれすれ夫人《漫画》(関屋陸児) ⋯⋯	33〜36
俺はお山のシイチョウ野郎《漫画》(上田一	
平)	
	37〜40
喪服を着た埴輪〈2〉《小説》(山村正夫)	
	42〜62
一筆見参(鮎沢まこと) ⋯⋯⋯⋯⋯⋯⋯	63
三十四人目の女体(天草平八郎) ⋯⋯⋯	64〜75
奪われた初夜(湖山一美) ⋯⋯⋯⋯⋯⋯	76〜86
探偵親子《漫画》(吉松八重樹) ⋯⋯⋯	87
女妖の小屋《小説》(日暮風太郎) ⋯⋯	88〜104
よさこい親爺《漫画》(望月一虎) ⋯⋯	105
女給を消した十七少年(今井岐路人)	
	106〜117
女体に火をつけた男(清原夏生) ⋯⋯⋯	118〜126

筑波温泉お色気探訪記(望月一虎)	
	127〜131
人妻の肉体を奪った青年(六峰山人)	
	132〜135
悪女に倖せがくる《小説》(朝山蜻一)	
	136〜151
女中に殺された邪恋の男(西田順平)	
	152〜158
珍野先生おピンク診療譚《小説》(三井一馬)	
	159〜167
無法巡査伝〈5〉《小説》(中村獏) ⋯⋯	168〜182
鉛の弾丸をぶちかませ(海野悦志)	
	184〜191
現職巡査殺しの好色役人(坂和道五郎)	
	192〜203
女性がオンナを語るとき《座談会》(高野綾子、	
坂口正二、山岡千代、米倉静子)	
	204〜214
文学賞殺人事件《小説》(寺島珠雄)	
	216〜229
胡麻原山の人妻殺人事件(川原衛門)	
	230〜234
俺はメデタイ《漫画》(トチボリ茂) ⋯⋯	235
情事の報酬(甲斐太郎) ⋯⋯⋯⋯⋯⋯⋯	236〜241
顧客を持つ万引女(佃山隆) ⋯⋯⋯⋯⋯	242〜246
一夫多妻の桃色ノビ師(村上淳也)	
	247〜251
本庁づめ記者の初仕事(門茂男) ⋯⋯⋯	252〜260
街にいる刺青師(種瓜平) ⋯⋯⋯⋯⋯⋯	261〜267
天狗のチヤ子ちゃん ⋯⋯⋯⋯⋯⋯⋯⋯	268〜269
雅樹ちゃん事件秘められた真相(山崎悟郎)	
	270〜273
銀行家誘拐ギャング事件の真相(稲垣紅毛)	
	274〜288
女体よ永遠に ⋯⋯⋯⋯⋯⋯⋯⋯⋯⋯	279
探偵実話愛読者ルーム ⋯⋯⋯⋯⋯⋯⋯	290〜292
探実日記 ⋯⋯⋯⋯⋯⋯⋯⋯⋯⋯⋯⋯	292
編集だより ⋯⋯⋯⋯⋯⋯⋯⋯⋯⋯⋯	292

第11巻第13号　所蔵あり
1960年9月15日発行　292頁　120円

犯人のいない殺人事件《小説》(黒岩姫太郎)	
	2〜6
初秋の粧《口絵》 ⋯⋯⋯⋯⋯⋯⋯⋯	13〜16
崖からつき落された女(佐橋五郎) ⋯⋯	17〜28
フィルム・ガイド ⋯⋯⋯⋯⋯⋯⋯⋯	29〜32
お散歩セクシーガール《漫画》(上田一平)	
	33〜34
すれすれ夫人《漫画》(関屋陸児) ⋯⋯	37〜40

33 『探偵実話』

恋は太陽の下で《漫画》(宮本チュウ) ……… 41〜42	晩秋の海《口絵》 ……… 9〜12
秋のカクテル《漫画》 ……… 43〜44	情痴殺人の現場はこうだ!!《口絵》 …… 13〜16
黒い陽の下で〈1〉《小説》(河野典生)	女だけが知っている《小説》(黒岩姫太郎)
……… 46〜59	……… 17〜21
昼下りの初夜(天草平八郎) ……… 60〜71	フイルム・ガイド ……… 23〜26
時効7分前の殺人者(川原衛門) ……… 72〜78	恍惚境で殺された女体(高輪健) ……… 27〜32
よさこい親爺《漫画》(望月一虎) ……… 79	女はそれは待つている《漫画》(上田一平)
画かれた慾望《小説》(島久平) ……… 80〜92	……… 33〜36
探偵親子《漫画》(吉松八重樹) ……… 93	すれすれ夫人《漫画》(関屋陸児) ……… 37〜40
秘密を持つ女(海野悦志) ……… 94〜101	黒い陽の下で〈2〉《小説》(河野典生)
愛児を死へ追いやつた妻の不倫(岬晴夫)	……… 42〜57
……… 102〜108	年上の女体は渇いていた(氷川浩) ……… 58〜64
夜の淫獣(杉立二郎) ……… 109〜115	しおからマダム《漫画》(望月一虎) ……… 65
少年と社長夫人の愛慾(氷川浩) ……… 116〜123	ボク"結婚詐欺"趣味デス!!(甲斐太郎)
兇悪犯の情事(浜野生太郎) ……… 124〜131	……… 66〜72
偉大なる女人放屁《小説》(三井一馬)	邪魔者は殺せ《小説》(狩久) ……… 74〜87
……… 132〜139	芸能人は花柳界がお好き(浪江洋二)
心霊殺人事件《小説》(森川哲郎) ……… 140〜158	……… 88〜93
十二才の抵抗 ……… 157	部長刑事好色失敗譚〈1〉(門茂男)
俺はメデタイ《漫画》(トチボリ・茂) ……… 159	……… 94〜101
卵で足のついた強姦魔(志多摩一夫)	仮出獄《小説》(寺島珠雄) ……… 102〜116
……… 160〜165	インサイドベースボール ……… 117
連続婦女暴行殺害事件(稲垣紅毛)	コールガールは生きている(秋元重男)
……… 166〜182	……… 118〜128
裸の天国見いちっち(種瓜平) ……… 184〜189	ぐっと精のつくげてもの料理(種瓜平)
情婦を消した男(今井岐路人) ……… 190〜201	……… 130〜136
脅喝《小説》(藤川健) ……… 202〜214	十五才の妻と情死した男(西川由紀夫)
映画界お色気スターレポート(本濤太郎)	……… 137〜143
……… 215〜219	海外犯罪(清原夏生) ……… 144〜145
殺し屋記者誕生(門茂男) ……… 220〜228	良人を撲殺した不倫妻(天草平八郎)
偽りの情事(甲斐太郎) ……… 230〜237	……… 146〜155
夜の狼 ……… 237	一筆見参(鮎沢まこと) ……… 156〜157
炎加世子の生きがい(X・Y・Z) ……… 238〜239	無法巡査伝〈7〉《小説》(中村獏)
一筆見参(鮎沢まこと) ……… 240〜241	……… 158〜172
無法巡査伝〈6〉《小説》(中村獏)	俺はメデタイ《漫画》(トチボリ・茂) ……… 173
……… 242〜256	午前零時の情痴(坂和道五郎) ……… 174〜183
女の上と下《漫画》(大場隆) ……… 257	白い悪魔の矢《小説》(守門賢太郎)
浅草の自動車運転手殺し(坂和道五郎)	……… 184〜199
……… 258〜267	鶴巻温泉お色気探訪記(望月一虎)
街でひろった話 ……… 268〜269	……… 200〜203
喪服を着た埴輪〈3〉《小説》(山村正夫)	欲望の街《小説》(海原鱗太郎) ……… 204〜218
……… 272〜289	探偵親子《漫画》(吉松八重樹) ……… 219
高い空から"酒よこせッ!" ……… 289	殴り込みをかけた三助(佃山隆) ……… 220〜224
探実愛読者ルーム ……… 290〜292	娘を死に追いやった淫獣(佐橘五郎)
探実日記 ……… 292	……… 225〜231
編集だより ……… 292	ドイツに初めて起こった誘拐殺人事件(稲垣
	紅毛) ……… 234〜251
第11巻第14号　所蔵あり	白昼の殺人魔(今井岐路人) ……… 252〜263
1960年10月15日発行　292頁　120円	人工受精の話題(桜井薫) ……… 264〜271
	自動車強盗は女だった ……… 272〜279

461

33 『探偵実話』

喪服を着た埴輪〈4〉《小説》(山村正夫)	
	280～289
探実愛読者ルーム	290～292
探実日記	292
編集だより	292

第11巻第15号　増刊　未所蔵
未見

第11巻第16号　未所蔵
1960年11月15日発行　292頁　120円

枯葉《口絵》	9～16
疑われた人妻《小説》(黒姫太郎)	17～21
フイルム・ガイド	23～26
嫉妬の生んだ女体殺人(浜野生太郎)	
	27～32
黒い陽の下で〈3〉《小説》(河野典生)	
	42～57
寮を焼いた女工員の同性愛(生田五郎)	
	58～63
女体で詐欺する女(木月寛)	64～71
妖しき情熱《小説》(清水正二郎)	72～79
恐るべき殺人魔(今井岐路人)	80～91
二つの生命を持つ男(湖山一美)	92～103
鮮血のプラット・ホーム(坂和道五郎)	
	104～111
寝室で消された人妻(山上純)	112～122
俺はメデタイ《漫画》(トチボリ・茂)	113
男を渡りあるいた女の肌(天草平八郎)	
	124～133
ポートランドの少年強姦魔(稲垣紅毛)	
	134～150
探偵親子《漫画》(吉松八重樹)	151
嫉妬と妄想で妻を丸坊主にした夫(甲斐太郎)	152～157
深夜に紙を喰べる新妻(海原鱗太郎)	
	158～159
空飛ぶタクシー(種瓜平)	160～165
宝石殺人事件《小説》(森川哲郎)	166～189
新時代の出産の科学(桜井薫)	190～196
しおからマダム《漫画》(望月一虎)	197
女を殺し死体を溶解した淫魔(清原夏生)	
	198～205
デカ長の婦女暴行事件の真相(門茂男)	
	206～214
無法巡査伝〈8・完〉《小説》(中村獏)	
	216～230
家出娘と情夫(西田順平)	232～239
肉体は知っている《小説》(潮寛二)	
	240～251

自動車の中の不倫(杉並二郎)	252～257
巨陽物語(三井一馬)	258～263
暗殺はこうして行われた《座談会》(梅谷芳光、斉藤富太郎、三谷祥介)	264～269
ビートさん仲間に入れて!(鮎沢まこと)	
	270～273
エロ映画を3カ月で千巻製造	274～277
喪服を着た埴輪〈5〉《小説》(山村正夫)	
	278～289
探実愛読書ルーム	290～292
探実日記	292
編集だより	292

第12巻第1号　所蔵あり
1961年1月15日発行　292頁　130円

洞窟の彫刻家《口絵》	9～12
白いムード《口絵》	13～16
セクシーコーナー《漫画》	17～20
フイルム・ガイド	21～24
愛ス助ート《漫画》(佐東正夫)	25～26
正月そうそうついていない!《漫画》(浜田貫太郎)	27～28
不倫な関係(西川由紀夫)	29～35
情慾の踊り《小説》(関川周)	38～53
人妻の肌に誘われた男(鷲田平三)	54～64
ハガキ随筆	
一、あなたの健康法は	
一、お好な食べ物は	
(小島正雄)	63
(徳川夢声)	71
(林家三平)	157
(東福義雄)	215
爪をかくした男装の女(坂和道五郎)	
	66～72
盲目の射手《小説》(寺門賢太郎)	74～89
水門の美女死体(門茂男)	90～98
藤色のネグリジェ《小説》(寺島珠雄)	
	100～115
やるか!くたばるか!《漫画》(上田一平)	
	116～119
一筆見参(鮎沢まこと)	120～121
義父と娘の情事(柏村裕介)	122～129
誇り高き強殺犯(稲垣紅毛)	130～148
子供を産むのに男性はいらない(桜井薫)	
	150～158
浮気のウーさん《漫画》(望月一虎)	159
会計係りを消したアベック強盗(今井岐路人)	160～172
肉体パトロール	173
十三人目の客《小説》(栗田信)	174～193

462

33『探偵実話』

壁に消えた未亡人《小説》(X・Y・Z)
・・・・・・・・・・・・・・・・・・ 180〜185
裸体の教育《小説》(清水正二郎)・・・・ 194〜201
屋根裏は安全でなかった《小説》(朝山蜻一)
・・・・・・・・・・・・・・・・・・ 202〜219
黒い欲望の逆襲(杉並二郎)・・・・・・・ 220〜225
一千万円稼いだ昭和のネズミ小僧(甲斐太郎)
・・・・・・・・・・・・・・・・・・ 226〜231
詩を書く殺人犯(等々力健)・・・・・・・ 232〜243
セクシー旦那《漫画》(関屋陸児)・・・・ 244〜245
酒蔵殺人事件《小説》(川野京輔)・・・・ 246〜260
海外犯罪ダイジェスト・・・・・・・・・ 261
女ばかりの万引師(常盤恒一)・・・・・・ 262〜267
ライフル銃の話(布安木太郎)・・・・・・ 268〜269
いのしし料理ふぐ料理(種瓜平)・・・・・ 270〜275
喪服を着た埴輪(6)《小説》(山村正夫)
・・・・・・・・・・・・・・・・・・ 276〜289
探実愛読者ルーム・・・・・・・・・・・ 290〜292
探実日記・・・・・・・・・・・・・・・ 292
編集だより・・・・・・・・・・・・・・ 292
※表紙は1960年12月15日発行

第12巻第2号 増刊 所蔵あり
1961年2月1日発行 280頁 140円

作者近影《口絵》・・・・・・・・・・・ 9〜16
世のおじょうさんがたよこんな男に御用心
《漫画》(トチボリ茂)・・・・・・・・ 17
男ならやって見ろ《漫画》(上田一平)
・・・・・・・・・・・・・・・・・・ 18〜21
たき火異聞《漫画》(関根公三)・・・・・ 22
黒い大きなソフト《漫画》(石川カヂオ)・ 23
うちのパパうちのママ《漫画》(関屋陸児)
・・・・・・・・・・・・・・・・・・ 24
緋紋谷事件《小説》(鮎川哲也)・・・・・ 26〜73
殺しの押売り《小説》(佐野洋)・・・・・ 74〜84
草の中の女《小説》(多岐川恭)・・・・・ 85〜97
妊婦の檻《小説》(島田一男)・・・・・・ 98〜115
狂った季節《小説》(土屋隆夫)・・・・・ 116〜125
テロリストの歌《小説》(大藪春彦)
・・・・・・・・・・・・・・・・・・ 126〜137
闇に歌えば《小説》(日影丈吉)・・・・・ 138〜147
殺人登録台帳《小説》(清水正二郎)
・・・・・・・・・・・・・・・・・・ 148〜161
盲目の蟷螂《小説》(山村正夫)・・・・・ 162〜172
血染めの万刀《小説》(大河内常平)
・・・・・・・・・・・・・・・・・・ 173〜185
娑婆風四十八時間《小説》(栗田信)
・・・・・・・・・・・・・・・・・・ 186〜197
四つの殺意《小説》(楠田匡介)・・・・・ 198〜223
望遠鏡の中の美女《小説》(鷲尾三郎)
・・・・・・・・・・・・・・・・・・ 224〜230

夢遊病者《小説》(渡辺啓助)・・・・・・ 232〜242
かわいい娘《小説》(河野典生)・・・・・ 243〜245
赤い密室《小説》(鮎川哲也)・・・・・・ 246〜279
編集後記・・・・・・・・・・・・・・・ 280

第12巻第3号 所蔵あり
1961年1月25日発行 292頁 140円

野郎ッ!拳銃でこいッ!《口絵》・・・・・ 9〜12
炎の女《口絵》・・・・・・・・・・・・ 13〜16
若者のすべて《漫画》・・・・・・・・・ 17〜22
うまい話に気をつけろ!《漫画》(浜田貫太郎)
・・・・・・・・・・・・・・・・・・ 21〜22
退屈親爺《漫画》(佐東正夫)・・・・・・ 23〜24
殺し屋0氏《漫画》(宮本チユウ)・・・・ 25
フイルム・ガイド・・・・・・・・・・・ 27〜30
人妻に魅せられた海の男(大森清二)
・・・・・・・・・・・・・・・・・・ 31〜36
裸婦の部屋《小説》(狩久)・・・・・・・ 38〜48
義父に奪われた嫁の貞操(横塚清)・・・・ 50〜57
黒い陽の下で〔4〕《小説》(河野典生)
・・・・・・・・・・・・・・・・・・ 58〜73
俺はやさしい女が欲しかった(甲斐太郎)
・・・・・・・・・・・・・・・・・・ 74〜82
殺意ある情事《小説》(春日彦二)・・・・ 84〜95
歌手宮内紀久江の履歴書《小説》(寺島珠雄)
・・・・・・・・・・・・・・・・・・ 96〜108
芸妓さんはお相撲さんがお好き(浪江洋二)
・・・・・・・・・・・・・・・・・・ 110〜116
肉体パトロール(東冬樹)・・・・・・・・ 117
水車小屋殺人事件(宮本吉次)・・・・・・ 118〜127
尾行《小説》(角田実)・・・・・・・・・ 128〜131
食味漫訪(種咲二)・・・・・・・・・・・ 132〜136
女体は何故拒まない(木月寛)・・・・・・ 138〜145
殺人の譜《小説》(潮寛二)・・・・・・・ 146〜161
少年スーパーマンの殺人(今井岐路人)
・・・・・・・・・・・・・・・・・・ 162〜173
七人の容疑者(坂和道五郎)・・・・・・・ 174〜183
皓い誘惑《小説》(大隈敏)・・・・・・・ 184〜196
浮気のウーさん《漫画》(望月一虎)・・・ 197
水門の美女死体(門茂男)・・・・・・・・ 198〜206
一筆見参(鮎沢まこと)・・・・・・・・・ 208〜209
ズンドコ人生《漫画》(上田一平)・・・・ 210〜213
淫らなパアテイ《小説》(清水正二郎)
・・・・・・・・・・・・・・・・・・ 214〜221
花井お梅の犯罪(黒岩姫太郎)・・・・・・ 222〜229
五十男を誘拐した十六娘(稲垣紅毛)
・・・・・・・・・・・・・・・・・・ 230〜245
おピンク親娘《漫画》(吉松八重樹)
・・・・・・・・・・・・・・・・・・ 246〜247
冬の山・若者は死ぬ・・・・・・・・・・ 248〜249

463

33『探偵実話』

男と女を自由に産むには〈桜井薫〉
　‥‥‥‥‥‥‥‥‥‥‥‥‥‥250～256
盗まれた姿体〈氷川浩〉‥‥‥‥258～264
セクシー旦那《漫画》〈関屋陸児〉266～267
埋められていた裸女〈海野悦志〉268～275
狂った親子たち《漫画》〈宮本チュウ〉
　‥‥‥‥‥‥‥‥‥‥‥‥‥‥276～277
喪服を着た埴輪〈7〉《小説》〈山村正夫〉
　‥‥‥‥‥‥‥‥‥‥‥‥‥‥278～288
探実愛読者ルーム‥‥‥‥‥‥290～292
探実日記‥‥‥‥‥‥‥‥‥‥‥‥292
編集後記‥‥‥‥‥‥‥‥‥‥‥‥292

第12巻第4号　所蔵あり
1961年3月1日発行　292頁　130円

明日ひらく花《口絵》‥‥‥‥‥‥9～13
かさと女《口絵》‥‥‥‥‥‥‥14～16
指名手配《漫画》〈グループ・ワッ〉17～20
ギターを弾く男!《漫画》〈宮本チュウ〉21
セクシー旦那《漫画》〈関屋陸児〉22～23
フイルム・ガイド‥‥‥‥‥‥‥25～28
邪欲に狂った六十男〈立野伍郎〉29～36
黒い陽の下で〈5〉《小説》〈河野典生〉
　‥‥‥‥‥‥‥‥‥‥‥‥‥‥‥38～52
秘密を持つ人妻〈大森清〉‥‥‥54～61
時刻表を恨む奴《小説》〈寺島基雄〉62～76
ズンドコ人生《漫画》〈上田一平〉77～80
肉体パトロール〈東冬樹〉‥‥‥‥‥81
情事の中の殺人〈吉野弘〉‥‥‥82～90
みどりいろのかお《小説》〈日暮風太郎〉
　‥‥‥‥‥‥‥‥‥‥‥‥‥‥92～109
地獄から来た男〈海野悦志〉‥110～119
山女魚になった女《小説》〈三井一馬〉
　‥‥‥‥‥‥‥‥‥‥‥‥‥120～126
浮気なウーさん《漫画》〈望月一虎〉‥127
映画館で消された女〈今井岐路人〉
　‥‥‥‥‥‥‥‥‥‥‥‥‥128～139
千円で消された未亡人〈北山道夫〉
　‥‥‥‥‥‥‥‥‥‥‥‥‥140～144
フーテン松の死《小説》〈海原鱗太郎〉
　‥‥‥‥‥‥‥‥‥‥‥‥‥146～159
記憶なき殺人〈杉並二郎〉‥‥160～173
目撃者《小説》〈藤川健〉‥‥174～188
誇り高き西部劇マニアたち〈根本忠〉
　‥‥‥‥‥‥‥‥‥‥‥‥‥190～191
幇間・茶ら平師匠の異色人生記〈浪江洋二〉
　‥‥‥‥‥‥‥‥‥‥‥‥‥192～199
一筆見参〈鮎沢まこと〉‥‥‥200～201
神戸港の海賊〈湖山一美〉‥‥202～209
若宮温泉お色気探訪記〈望月一虎〉
　‥‥‥‥‥‥‥‥‥‥‥‥‥210～213

百六十一人の一夜妻〈岬晴夫〉214～225
裏切り者の印《小説》〈清水正二郎〉
　‥‥‥‥‥‥‥‥‥‥‥‥‥226～233
人の遺伝質を自由に変えられるか〈桜井薫〉
　‥‥‥‥‥‥‥‥‥‥‥‥‥234～242
吹上佐太郎の一生〈黒岩姫太郎〉244～253
死体を愛撫する男〈稲垣紅毛〉254～271
喪服を着た埴輪〈8・完〉《小説》〈山村正夫〉
　‥‥‥‥‥‥‥‥‥‥‥‥‥272～289
探実愛読者ルーム‥‥‥‥‥‥290～292
探実日記‥‥‥‥‥‥‥‥‥‥‥‥292
編集後記‥‥‥‥‥‥‥‥‥‥‥‥292

第12巻第5号　所蔵あり
1961年4月1日発行　292頁　130円

拳法娘《口絵》‥‥‥‥‥‥‥‥9～13
春のいこい《口絵》‥‥‥‥‥‥14～16
おのろけ説法《漫画》〈グループ・ワッ〉
　‥‥‥‥‥‥‥‥‥‥‥‥‥‥17～20
浮気なウーさん《漫画》〈望月一虎〉‥21
春はモヤモヤ《漫画》〈浜田貫太郎〉22～23
ピンク氏《漫画》〈宮本チュウ〉24～25
フイルム・ガイド‥‥‥‥‥‥‥27～30
患者を犯した産婦人科医〈西田順平〉
　‥‥‥‥‥‥‥‥‥‥‥‥‥‥31～36
湖上の不死鳥〈1〉《小説》〈野口赫宙〉
　‥‥‥‥‥‥‥‥‥‥‥‥‥‥38～56
箱根山のターザン夫婦〈天草平八郎〉
　‥‥‥‥‥‥‥‥‥‥‥‥‥‥58～69
係蹄《小説》〈潮寛二〉‥‥‥‥70～75
ズンドコ人生《漫画》〈上田一平〉76～79
お葬式には注意なさい!!〈湖山一美〉80～88
セクシー旦那《漫画》〈関屋陸児〉90～91
酔いどれに声をかけるな!〈早見一夫〉
　‥‥‥‥‥‥‥‥‥‥‥‥‥‥92～93
蜜柑の秘密《小説》〈西田靖〉94～106
破れた旅館女将の完全犯罪〈横塚清〉
　‥‥‥‥‥‥‥‥‥‥‥‥‥108～116
猫を咬む鼠〈1〉《小説》〈鷲尾三郎〉
　‥‥‥‥‥‥‥‥‥‥‥‥‥118～134
かわいた性交〈河野典生〉‥‥‥‥135
一筆見参〈鮎沢まこと〉‥‥‥136～137
姿なき殺人〈杉並二郎〉‥‥‥138～147
番場大五郎好色譚〈門茂男〉‥148～159
からむ《漫画》〈矢の徳〉‥‥160～161
美女の贈り物《小説》〈清水正二郎〉
　‥‥‥‥‥‥‥‥‥‥‥‥‥162～170
魔海の男《小説》〈栗田信〉‥172～185
高橋お伝の生涯〈黒岩姫太郎〉186～198
男女の生み分けは可能か〈桜井薫〉
　‥‥‥‥‥‥‥‥‥‥‥‥‥200～208

464

少年は母親を斧で殺したか?(稲垣紅毛)
.... 210〜225
地獄のエレベーター《小説》(春日彦二)
.... 226〜239
桜川ピン助芸道裏ばなし(浪江洋二)
.... 240〜250
女給にされた中学生(木月寛) 252〜260
肉体パトロール(X・Y・Z)......... 261
ベットから消えた女(坂和道五郎)
.... 262〜271
黒い陽の下で〈6・完〉《小説》(河野典生)
.... 272〜289
探実愛読者ルーム............ 290〜292
編集後記(石橋)..................... 292

第12巻第6号 増刊　所蔵あり
1961年4月15日発行　284頁　130円

お色気チャビオン《口絵》.......... 2〜10
花と長刀《漫画》(一虎)............... 17
ありがたや三度笠《漫画》(上田一平)
.... 18〜19
ヒップは金だ!《漫画》(やまし・Q)... 21〜22
ピンク・ムードショー《漫画》(緒方寿人)
.... 23〜24
死を招いた母娘売春婦の愛欲(原達也)
.... 25〜28
狂った殺人計画(湖山一美)........ 30〜57
拳銃は俺にまかせろ!!(海原鱗太郎) 58〜69
情炎地獄(海野悦志)............... 70〜80
情艶に狂つた愛慾図絵(関根久雄) 82〜89
ただいまチン火《漫画》(佐東正夫) 90〜91
美人を詐欺する男(木月寛)....... 92〜100
ハート型の夢《漫画》(望月一虎)...... 101
犯された九人の処女(横山賢一) 102〜113
売春婦みよ子のこと(高柳正夫) 114〜122
悋気の灸(筑紫鯉志)............ 124〜130
ある痴漢の告白(大森清)........ 132〜140
万能小型車《漫画》(望月一虎)........ 141
深川木場の材木商殺し(坂和道五郎)
.... 142〜152
変ったおじいチャン《漫画》(陸児)... 153
谷川に消えた青春(浜野生太郎) 154〜162
邪魔を消して情事に暴走!(早見一夫)
.... 164〜173
女の闘牛《漫画》(加藤一平)..... 174〜175
倉座敷(大池真佐雄)............ 176〜181
ファッションモデルと純情社長の箱根心中(高
　輪健)........................ 182〜189
よろめきの惨劇(西川由紀夫)... 190〜200
どこかで狂つてる《漫画》(上田一平)... 201

死ぬのはいや!もう一度抱いて…(中村純三)
.... 202〜212
殺人鬼に間違えられた男(川原衛門)
.... 214〜222
美少女を狙った集団暴行グループ(今井岐路
人)........................... 224〜235
玉肌のお万《漫画》(関屋陸児)..... 236〜237
底辺にうごめく女たち(岬晴夫) 238〜245
ナホトカに咲いた灼熱の恋(秋月文平)
.... 246〜251
たらい回しなんていや!(菰竜一郎)
.... 252〜262
水車小屋の惨事(志摩由紀夫) 264〜270
美人マダム殺人事件(本堂春彦) 272〜284

第12巻第7号　所蔵あり
1961年5月1日発行　292頁　130円

ブドウ畑の青空温泉《口絵》........ 9〜13
女体はかおる《口絵》............. 14〜16
妻は若い《漫画》(宮本チュウ)..... 17〜19
コールガール《漫画》(柴田達成)....... 20
水溜り《漫画》(矢の徳)............... 21
セクシー旦那《漫画》(関屋陸児)... 22〜23
ボクは大人だぜ《漫画》(やましQ) 24〜25
浮気なウーさん《漫画》(望月一虎).... 26
フイルム・ガイド................ 27〜30
私もそれはいやだ!(原達也)....... 31〜36
猫を咬む鼠〈2〉《小説》(鷲尾三郎)
.... 38〜54
ケーヤク結婚《漫画》(トチボリ茂)..... 55
赤いアドバルーン《小説》(松村喜彦)
.... 56〜69
スプリング・コート殺人事件(今井岐路人)
.... 70〜81
一筆見参(鮎沢まこと)............ 82〜83
狙われた女高生の肉体(木月寛).... 84〜92
墓から死体をあばく男(津久波敬三)
.... 94〜106
恩讐のこっち側(天池真佐雄).... 108〜111
暗い廊下《小説》(谷暉我)....... 112〜121
軍用の変型女性《小説》(清水正二郎)
.... 122〜130
砂浜で発見された裸女(白河洵) 132〜139
世にも驚くべき自白(稲垣紅毛) 140〜159
ズンドコ人生《漫画》(上田一平) 160〜163
セックス爺さん(天草平八郎)... 164〜175
夜の暴力《漫画》(加藤一平)..... 176〜177
二等寝台殺人事件《小説》(川野京輔)
.... 178〜195
インスタント芸者(浪江洋二)... 196〜205
日本閣の女(大森清)............ 206〜216

33 『探偵実話』

歌舞伎しるこ〈種咲二〉・・・・・・・・・ 216
肉体パトロール〈夏冬樹〉・・・・・・・・ 217
妊・不妊の背景〈桜井薫〉・・・・・ 218〜225
死美人と寝た男〈門茂男〉・・・・・ 226〜238
乞食に化けた殺人犯〈海野悦志〉・・ 240〜248
若者たち《漫画》（宮本チユウ）・・・・・ 249
白子屋おくまとその一味〈黒岩姫太郎〉
・・・・・・・・・・・・・・・・・・・・・・・・・・・・ 250〜267
湖上の不死鳥〈2〉《小説》（野口赫宙）
・・・・・・・・・・・・・・・・・・・・・・・・・・・・ 268〜289
探実愛読者ルーム・・・・・・・・・・ 290〜292
編集後記（I）・・・・・・・・・・・・・・・・ 292

第12巻第8号　所蔵あり
1961年6月1日発行　292頁　130円
お色気メーカーズ《口絵》・・・・・・・・ 9〜12
湯あがりの女《口絵》・・・・・・・・・・ 13〜16
ピンクムズムズムード《漫画》・・・・ 17〜20
浮気なウーさん《漫画》（望月一虎）・・・・・ 21
タイムマシンで来た男《漫画》（浜田貫太郎）
・・・・・・・・・・・・・・・・・・・・・・・・・・・・・・ 22〜23
セクシー旦那《漫画》（関屋陸児）・・ 24〜25
フイルム・ガイド・・・・・・・・・・・・・・ 26〜30
縮れ毛が教えてくれた（原達也）・・ 31〜36
黒い奇蹟〈1〉《小説》（大河内常平）・ 38〜61
人間椅子《小説》（鯱城一郎）・・・・・ 62〜75
マイアミの情事《小説》（清水正二郎）
・・・・・・・・・・・・・・・・・・・・・・・・・・・・・・ 76〜84
ワイセツ罪《漫画》（トチボリ茂）・・・・ 85
死の乾杯（西田靖）・・・・・・・・・・・・ 86〜99
ピンク娘と殺し屋《漫画》（加藤一平）
・・・・・・・・・・・・・・・・・・・・・・・・・・・ 100〜101
まゆ泥棒〈天池真佐雄〉・・・・・・・・ 102〜106
Hobby ・・・・・・・・・・・・・・・・・・・・・・・ 107
夜の蝶はその朝死んでいた（大森清）
・・・・・・・・・・・・・・・・・・・・・・・・・・・ 108〜116
不妊の原因は男に多い？（桜井薫）
・・・・・・・・・・・・・・・・・・・・・・・・・・・ 118〜125
一筆見参（鮎沢まこと）・・・・・・・・ 126〜127
ズンドコ人生《漫画》（上田一平）・ 128〜131
場所荒す蒼い女豹（辻街一夫）・・ 132〜137
勘兵衛酒場〈種咲二〉・・・・・・・・・・・・ 137
予報《漫画》（緒方ジュン）・・・・・・・・ 138
残らずいただかれた女（川原衛門）
・・・・・・・・・・・・・・・・・・・・・・・・・・・ 140〜147
草津温泉お色気探訪記（望月一虎）
・・・・・・・・・・・・・・・・・・・・・・・・・・・ 148〜151
静かな決闘（向ケ丘棋人）・・・・・ 152〜153
殺し屋と情報屋と新聞記者（門茂男）
・・・・・・・・・・・・・・・・・・・・・・・・・・・ 154〜162
愛《漫画》（矢の徳）・・・・・・・・・・・・・・ 163

私の名刺（ロバート・ベネット〔著〕，岡倉忠夫
〔訳〕）・・・・・・・・・・・・・・・・・・・・ 164〜169
湖上の不死鳥〈3〉《小説》（野口赫宙）
・・・・・・・・・・・・・・・・・・・・・・・・・・・ 170〜189
今日もどこかで《漫画》（柴田達成）
・・・・・・・・・・・・・・・・・・・・・・・・・・・ 190〜191
絶倫男と女ども（横塚清）・・・・・・ 192〜204
母の身代りに肉体を強いられた十四才の少
女（飯島提吉）・・・・・・・・・・・・・・ 206〜216
私は尼僧《漫画》（柴田達成）・・・・・・ 217
愛人を殺した現職警官（西川由紀夫）
・・・・・・・・・・・・・・・・・・・・・・・・・・・ 218〜227
わたしは二人の夫が欲しい（名越欽也）
・・・・・・・・・・・・・・・・・・・・・・・・・・・ 228〜236
死刑を12年延ばした男（稲垣紅毛）
・・・・・・・・・・・・・・・・・・・・・・・・・・・ 238〜256
0の焦点《漫画》（宮本チユウ）・・・・・ 257
色豪を手玉に取った旗本娘（黒岩姫太郎）
・・・・・・・・・・・・・・・・・・・・・・・・・・・ 258〜269
悪女の季節《漫画》（ホリオ剣）・・ 270〜271
猫を咬む鼠〈3〉《小説》（鷲尾三郎）
・・・・・・・・・・・・・・・・・・・・・・・・・・・ 272〜289
探実愛読者ルーム・・・・・・・・・・ 290〜292
編集後記（I）・・・・・・・・・・・・・・・・ 292

第12巻第9号　所蔵あり
1961年7月1日発行　292頁　130円
HiKARiのムード《口絵》・・・・・・・・・ 9〜16
ショッキングショウ《漫画》（柴田達成）・・ 17
気に入ったデザイン《漫画》（宮本チユウ）
・・・・・・・・・・・・・・・・・・・・・・・・・・・・・・ 18〜20
セクシー旦那《漫画》（関屋陸児）・・ 21〜22
なつかしのメロデイ集《漫画》（グループパン
チ）・・・・・・・・・・・・・・・・・・・・・・・・・ 23〜26
早射ちガンファイター《漫画》（菅沼恭）
・・・・・・・・・・・・・・・・・・・・・・・・・・・・・・ 27〜28
フイルム・ガイド・・・・・・・・・・・・・・ 29〜32
拳銃・断面図（国村至）・・・・・・・・・ 33〜36
黒い奇蹟〈2〉《小説》（大河内常平）・ 38〜60
口はワザワイのもと《漫画》（上田一平）・・ 61
極楽おとし《小説》（守門賢太郎）・・ 62〜78
汗《漫画》（矢の徳）・・・・・・・・・・・・・・ 79
赤いネグリジェの女（南雲克己）・・ 80〜90
株女房《漫画》（緒方ジュン）・・・・・・・ 91
薫風マンガ大会《漫画》・・・・・・・・・ 92〜93
ビザールに招かれた推理作家《小説》（藤川
健）・・・・・・・・・・・・・・・・・・・・・・・ 94〜113
拳銃を喰う女《漫画》（加藤一平）・ 114〜115
美貌の英雄《小説》（清水正二郎）・ 116〜124
猫を咬む鼠〈4〉《小説》（鷲尾三郎）
・・・・・・・・・・・・・・・・・・・・・・・・・・・ 126〜142

466

33 『探偵実話』

売春する舞妓（浪江洋二）………… 144～151	ウェスタンの店をのぞく（西川由紀夫）
そこに大豆が生えていた（川野京輔）	…………… 98～103
…………… 152～162	女性と拳銃（森啓子）………… 104～108
プチン《漫画》（トチボリ茂）………… 163	何よりもGUNを愛す（古今亭朝太）
スクリーンの裏側（天池真佐雄） 164～167	…………… 110～113
浮気なウーさん《漫画》（望月一虎）… 168	GUNを作るひとびと（栗山豊）… 114～118
淫女死すべし（原達也）……… 169～174	ガン追放《漫画》（菅原睦夫）……… 119
飼育係《漫画》（矢の徳）…………… 175	拳銃ばなし（海原凪太郎）…… 120～129
名人戦の死闘（向ケ丘棋人）… 176～178	満員電車《漫画》（山路久）… 130～131
きまぐれ道中用心棒《漫画》（柴田達成）	私は殺人スターになりたい（原達也）
…………… 179～181	…………… 132～140
愛と殺意の限界（西田順平）… 182～188	ジェスはいいおとこだ（ガク・ナカムラ）
女性不妊の原因と治療（桜井薫）190～197	…………… 142
ローカル温泉お色気めぐり（望月一虎）	ポケット拳銃の総覧 ………… 143～152
…………… 198～201	口笛を吹く男《小説》（谷暉生）154～168
真夏の女（峠十吉）…………… 202～211	整形ガン《漫画》（吉松八重樹）…… 169
一筆見参（鮎沢まこと）……… 212～213	このスケ一千万円也《漫画》（宮本チュウ）
二人の側室（黒岩姫太郎）…… 214～224	…………… 170～173
現代の恋《漫画》（菅沼恭）………… 230	優しい罠《小説》（逆木介）… 174～186
女の殺し屋《漫画》（ホリオ剣）…… 231	西部と無法者（K・K）……………… 187
銀座男爵〈1〉（ロバート・ベネット〔著〕, 城	男と女の対決《漫画》（加藤一平）188～189
庸資〔訳〕）…………… 232～237	銀貨と拳銃《小説》（川野京輔）190～202
ズンドコ人生《漫画》（上田一平）… 238～241	行水の期節《漫画》（トチボリ茂）… 203
浴槽で殺されたレディーキラー（稲垣紅毛）	それだけは止めて《小説》（栗田信）
…………… 242～256	…………… 204～213
星占い《漫画》（有吉まこと）……… 257	散々銃の男《漫画》（緒ジュン）214～215
マグロとゴミ（門茂男）……… 258～267	0の焦点《漫画》（宮本チュウ）…… 216
抜け目のない女（関屋陸児）……… 263	クラブ・ジローの男たち《小説》（松村喜彦）
弾丸よとびだせ《漫画》（加藤一平）	…………… 218～229
…………… 268～269	殺し屋スター人別帳 ………………… 230
湖上の不死鳥〈4〉《小説》（野口裕宙）	編集後記（石橋）……………………… 230
…………… 270～289	
探実愛読者ルーム …………… 290～292	**第12巻第11号　所蔵あり**
編集後記（石橋）……………………… 292	**1961年8月1日発行　292頁　130円**
	五人の姉妹芸者登場《口絵》……… 13～16
第12巻第10号　増刊　所蔵あり	グリーンのかぜ《口絵》……… 17～20
1961年7月15日発行　230頁　130円	歌えバカモノ！《漫画》（宮本チユウ）… 21
世界国別拳銃総図鑑 …………… 7～38	ガメツイです《漫画》（柴田達成）22～23
西部劇におおわれた日本（根本忠）40～48	粗品進呈《漫画》（浜田貫太郎）24～25
不発弾夫婦《漫画》（望月一虎）…… 49	フィルム・ガイド ……………… 27～30
拳銃犯罪史（森山哲郎）………… 50～63	ポーリンのSEX日記（原達也）… 31～36
火をふくピストル物語（檜原彰）64～69	猫を咬む鼠〈5〉《小説》（鷲尾三郎）
天国に結ぶ恋《漫画》（山路久）70～71	…………… 38～55
羊を殺せ（河野典生）…………… 72～77	ガンはガンでも《漫画》（宮本チユウ）
フル・オートマチック ………………… 77	…………… 56～57
拳銃と警察官（中村獏）……………… 78	オパールの指環《小説》（松村喜彦）58～69
オトコの拳銃（中村獏）………… 80～87	銀座男爵〈2・完〉（ロバート・ベネット〔著〕,
素晴らしき実弾《漫画》（山路久）… 88	城庸資〔訳〕）…………… 70～75
西部の銃豪伝（湖山一美）……… 89～92	愛のいけにえ《小説》（清水正三郎）76～83
映画と「二挺拳銃」（K・K）……… 93	ズンドコ人生《漫画》（上田一平）84～87
ろくでなし稼業《漫画》（上田一平）94～97	宝石《小説》（吉野贅十）…… 88～101

33 『探偵実話』

五〇四号室の男（南雲克己）……… 102〜111
浮気なウーさん《漫画》（望月一虎）…… 112
あたしが原爆芸者第一号ヨ！（浪江洋二）
　　　　　　　　　　　　　　113〜119
人妻とおおかみと（西田順平）… 120〜128
真夏の夜のユメ《漫画》（柴田達成）… 129
ローカル温泉お色気めぐり（望月一虎）
　　　　　　　　　　　　　　130〜134
遅配《漫画》（柴田達成）……………… 135
縮れ毛四万二千円也（門茂男）… 136〜145
ヒモなしの女（関屋陸児）……………… 142
定期的な流血現象について（桜井薫）
　　　　　　　　　　　　　　146〜152
湖上の不死鳥〈5〉《小説》（野口赫宙）
　　　　　　　　　　　　　　154〜175
セクシー旦那《漫画》（関屋陸児）… 174〜175
シュミーズ、ブラジャー、そしてパンティ（横塚満）
　　　　　　　　　　　　　　176〜185
単車で飛ばそう（かわの きょうすけ）
　　　　　　　　　　　　　　186〜187
幽霊部落を行く（湖山一美）…… 188〜197
山の妖婦《小説》（初山駿太郎）… 198〜207
死のザイル《小説》（関川周）… 208〜221
掏模の神さま（黒岩姫太郎）…… 222〜233
只今3対3（天池真佐雄）………… 234〜238
パリかぶれ《漫画》（柴田達成）……… 239
自動車と共に消え失せた母子（稲垣紅毛）
　　　　　　　　　　　　　　240〜253
流れ者の来る街《漫画》（宮本チュウ）… 254
吉原にいた女（峠十吉）………… 256〜265
女難！《漫画》（宮本チュウ）…… 266〜267
黒い奇蹟〈3〉《小説》（大河内常平）
　　　　　　　　　　　　　　268〜289
探実愛読者ルーム ……………… 290〜292
編集後記（石橋）………………………… 292

第12巻第12号　所蔵あり
1961年9月1日発行　260頁　130円

世界拳銃大鑑 ……………………… 13〜60
日本にガン・ブームが来るまでの歩み（根本忠）
　　　　　　　　　　　　　　　56〜60
ピンクの虫がいっぱい《漫画》（柴田達成）
　　　　　　　　　　　　　　　　　61
俺は西部の"GAN"野郎《漫画》（上田一平）
　　　　　　　　　　　　　　　62〜63
ズビズビ虫《漫画》（宮本チュウ）……… 64
フイルム・ガイド ………………… 65〜68
黒い奇蹟〈4〉《小説》（大河内常平）… 70〜91
別れるのはいや《小説》（狩久）… 92〜104
プロ野球の監督を採点する（日比野球児）
　　　　　　　　　　　　　　105〜109

ズンドコ人生《漫画》（上田一平）… 110〜113
爛れた女の断面（南雲克己）…… 114〜125
つりばし《小説》（三井一馬）… 126〜135
南国情緒夜もすがら（天池真佐雄）
　　　　　　　　　　　　　　136〜140
猫を咬む鼠〈6〉《小説》（鷲尾三郎）
　　　　　　　　　　　　　　142〜159
単車で飛ばそう（かわの きょうすけ）
　　　　　　　　　　　　　　160〜161
真夏の夜空の下で《小説》（谷冷子）
　　　　　　　　　　　　　　162〜167
浮気なウーさん《漫画》（望月一虎）… 169
狂恋の機関銃（原達也）………… 170〜175
先生……もっと教えて！（飯島提吉）
　　　　　　　　　　　　　　176〜187
早射ちジョン《漫画》（浜田貫太郎）
　　　　　　　　　　　　　　188〜189
山口マリの謎の死（調府太郎）… 190〜199
気取つた女（関屋陸児）………………… 197
男を買った女（坂上春夫）……… 200〜211
情慾の指導者《小説》（清水正二郎）
　　　　　　　　　　　　　　212〜220
人魚の涙（日下昇一郎）………… 222〜223
池袋の女（峠十吉）……………… 224〜235
湖上の不死鳥〈6・完〉《小説》（野口赫宙）
　　　　　　　　　　　　　　236〜257
ベテラン《漫画》（柴田達成）………… 258
探実愛読者ルーム ……………… 259〜260
編集後記（石橋）………………………… 260

第12巻第13号　所蔵あり
1961年10月1日発行　238頁　130円

ウエスタン・フェスティバル …… 7〜22
芸のない男《漫画》（宮本チュウ）……… 23
ガン横丁《漫画》（宮本チュウ）… 24〜25
女の肌が恋しい夜《漫画》（柴田達成）…… 26
浮気なウーさん《漫画》（望月一虎）…… 28
フイルム・ガイド ………………… 29〜32
鋼鉄の乳房（原達也）……………… 33〜38
猫を咬む鼠〈7〉《小説》（鷲尾三郎）
　　　　　　　　　　　　　　　40〜57
水は流れていたか《小説》（守門賢太郎）
　　　　　　　　　　　　　　　58〜69
一筆見参（鮎沢まこと）…………… 70〜71
死点の十字架（南雲克己）………… 72〜83
ズンドコ人生《漫画》（上田一平）… 84〜87
大いなる遺産《小説》（春日彦二）… 88〜99
柏戸と大鵬（細島喜美）………… 100〜105
スクスク《漫画》（トチボリ茂）… 106〜107
ジャケット・ミステリー集《小説》（逆木忩介）
　　　　　　　　　　　　　　108〜112

33 『探偵実話』

ウエット・ドリームの怪異《小説》(島久平) ……… 114〜125	片道切符(大森清) ……… 86〜93
霊と語る男《小説》(中村獏) ……… 126〜134, 143〜144	裏切り者《漫画》(関屋陸児) ……… 94〜95
ウエスタン・スタイル・コンテスト《グラビア》 ……… 135〜138	夜這いの朝女は死んだ(横塚清) 96〜104
初秋のムード《グラビア》 ……… 139〜142	つい調子にのって!《漫画》(はら たいら) ……… 105
ヒニ木クレ次郎《漫画》(はら・たいら) …… 145	全国温泉芸者案内帳(浪江洋二) …… 106〜112
女を隔離する風習(桜井薫) ……… 146〜153	あばずれ学級《漫画》(はら・たいら) ……… 113
妻よ天国で会おう(中村純三) ……… 154〜161	心中の秘密(海野悦志) ……… 114〜119
五十円の人情劇(浪江洋二) ……… 162〜167	ヌード鑑賞強盗(氷川浩) ……… 120〜123
ジャズ・あらかると(金子修) ……… 168〜171	夢の恋人《漫画》(菅沼恭) ……… 124〜125
原田おきぬの生涯(黒岩姫太郎) ……… 172〜183	髭をはやして怒っている(かわの きょうすけ) ……… 126〜129
詰将棋名局集(文京棋人) ……… 183	セイ部の男は60.9秒《漫画》(加藤一平) ……… 130〜131
単車で飛ばそう(かわの きょうすけ) ……… 186〜187	秋の旅館は情事がいっぱい(芦田一平) ……… 134〜138
裸像の検定《小説》(清水正二郎) ……… 188〜196	初子を俺によこせ(秋山清) ……… 140〜149
にょたいの美(中村獏) ……… 197〜201	アリガタ氏《漫画》(やまし・Q) ……… 150〜151
幽霊と婚約した男(横塚清) ……… 202〜212	自動車に乗せてもらったばかりに!!(早見一夫) ……… 152〜156
捨てる神あり拾う神あり(日比野球児) ……… 213	脚線美(中村恵) ……… 158〜162
女の牙《漫画》(加藤一平) ……… 214〜215	主客てんとう《漫画》(望月一虎) ……… 163
在日アメリカ人のSEXの生態(若山三郎) ……… 216〜222	セックスの要塞(原達也) ……… 164〜171
あの娘がいいのに《漫画》(はら・たいら) ……… 223	仮死の処女を犯した野獣(西川由起夫) ……… 172〜181
黒い奇蹟〈5〉《小説》(大河内常平) ……… 224〜235	スリラー悲喜劇《漫画》(宮本チュウ) ……… 182〜183
探実愛読者ルーム ……… 236〜238	真昼の情事《漫画》(ホリオ剣) ……… 184
編集後記(石橋) ……… 238	現代娘の異常な性の体験告白
	私は不良なんかじゃない(大場洋子) ……… 186〜191
第12巻第14号 増刊 所蔵あり	不倫と知りつつ私の肉体が許さないの(今井江美子) ……… 192〜196
1961年10月15日発行 226頁 140円	山中湖畔で女になつた(村中ゆみ子) ……… 197〜200
カーテンと女《口絵》 ……… 11〜13	私の体内に獣の血が棲む(小山恵美子) ……… 200〜205
乳房の型による分け方(中村恵) ……… 14〜18	絶倫の女詐欺師(佐賀憲) ……… 206〜212
ステキな新手《漫画》(宮本チュウ) ……… 19〜21	冬の月《小説》(初山駿太郎) ……… 213
あいつとわたし《漫画》(上田一平) ……… 22〜23	馬鹿げた話《漫画》(トチボリ・茂) ……… 214〜215
とろりんマダム《漫画》(望月一虎) ……… 24	ふとん包み殺人事件の裏面(吉野弘) ……… 216〜226
もてたもてた《漫画》(柴田達成) ……… 25	
ムネにおぼえのあるまんが《漫画》(矢の徳) ……… 26	**第12巻第15号 所蔵あり**
映画に現われた濃厚シーン ……… 27〜34	**1961年11月1日発行 238頁 140円**
東海道お色気めぐり(南多摩夫) ……… 36〜51	原爆温泉《口絵》 ……… 7〜10
精力物語《漫画》(柴田達成) ……… 52〜53	そんなに見つめないでネ《口絵》 ……… 11〜14
ある男娼の告白(西田順平) ……… 54〜62	恐妻一代《漫画》(はら・たいら) ……… 15
隣り合わせの色と罪(関屋陸児) ……… 62〜63	おかしげな関係《漫画》(上田一平) ……… 16
ツイてねえや!《漫画》(加藤一平) ……… 64〜65	禅に生きる者《漫画》(上田一平) ……… 17
ユキ子に手をつけたのはお前か(飯島提吉) ……… 66〜72	
ジョージのジョー一家《漫画》(トチボリ茂) ……… 73〜75	
私は消されそこなつた(山上純) ……… 76〜84	

469

33『探偵実話』

男は意地!《漫画》(宮本チユウ) ・・・・・・・ 19
フラレバナシ青春日記《漫画》(加藤一平)
　・・・・・・・・・・・・・・・・・・・・・・・・・・・・・・・・・・ 20
フイルム・ガイド ・・・・・・・・・・・・・・・ 21〜24
死人がおれを殺す(原達也) ・・・・・・・ 25〜30
黒い奇蹟〈6〉《小説》(大河内常平) ・・・ 32〜52
万国共通語《漫画》(トチボリ・茂) ・・・・・・ 53
水曜日の女《小説》(松村喜彦) ・・・・・ 54〜65
一筆見参(鮎沢まこと) ・・・・・・・・・・ 66〜67
女体スパイ戦《小説》(清水正二郎) ・・ 68〜75
青年会長の偽装心中(西川由紀夫) ・・ 78〜87
観光地図にない原爆温泉(西田靖) ・・ 88〜92
ヒニ木クレ次郎《漫画》(はら・たいら) ・・・ 93
事件を起した事件記者(門茂男) ・・・ 94〜103
詰将棋名局集(文京棋人) ・・・・・・・・・・・ 103
単車で飛ばそう(かわの きょうすけ)
　・・・・・・・・・・・・・・・・・・・・・・・・・・・・・ 104〜105
月経期の禁忌(タブー)について(桜井薫) ・・ 106〜113
霧の中の霧《小説》(守門賢太郎) ・・ 114〜126
あなたはキット…強くなる《漫画》(宮本チユウ)
　・・・・・・・・・・・・・・・・・・・・・・・・・・・・・・ 127〜129
ズンドコ人生《漫画》(上田一平) ・・ 130〜133
サイズ《漫画》(柴田達成) ・・・・・・・ 134〜135
睡眠薬あそび《漫画》(柴田達成) ・・ 136〜137
傑作マンガ展《漫画》(トチボリ茂)
　・・・・・・・・・・・・・・・・・・・・・・・・・・・・・・ 138〜139
第三の弾丸《漫画》(加藤一平) ・・・ 140〜141
白人を憎んだジェロニモ(湖山一美) ・・・・・ 143
遠島になつた淫婦〈1〉(黒岩姫太郎)
　・・・・・・・・・・・・・・・・・・・・・・・・・・・・・・ 144〜154
ワイルド・ビル・ヒコック売り出す(高田永行)
　・・・・・・・・・・・・・・・・・・・・・・・・・・・・・・ 155〜157
権藤博という男(細島喜美) ・・・・・・ 158〜160
SEXに憑かれた男(杉並二郎) ・・・・ 161〜167
奇人譚(天池真佐雄) ・・・・・・・・・・ 168〜170
男の死因(佐賀憲) ・・・・・・・・・・・・ 171〜174
南北戦争と維新戦争(湖山一美) ・・・・・・・ 175
ご機嫌な夜〈1〉《小説》(川野京輔)
　・・・・・・・・・・・・・・・・・・・・・・・・・・・・・・ 176〜187
情事を目撃したのさ(飯島提吉) ・・・ 188〜196
あばずれハイテーン《漫画》(はら・たいら)
　・・・・・・・・・・・・・・・・・・・・・・・・・・・・・・・・・・ 197
新鋭の三関脇(雑司十郎) ・・・・・・・ 198〜199
童女の告白(南雲克己) ・・・・・・・・・ 200〜212
猫を咬む鼠〈8〉《小説》(鷲尾三郎)
　・・・・・・・・・・・・・・・・・・・・・・・・・・・・・・ 214〜235
探実愛読者ルーム ・・・・・・・・・・・・ 236〜238
編集後記(石橋) ・・・・・・・・・・・・・・・・・・ 238

第12巻第16号　未所蔵
1961年12月1日発行　230頁　140円

東京の踊り子《口絵》 ・・・・・・・・・・・・ 9〜14
湯あみのムード《口絵》 ・・・・・・・・・・ 15〜22
花嫁修業 ・・・・・・・・・・・・・・・・・・・・・・・・ 23
お笑いコーナー《漫画》 ・・・・・・・・・・ 24〜28
フイルム・ガイド ・・・・・・・・・・・・・・・ 29〜32
傷だらけのセックス(原達也) ・・・・・・ 33〜38
猫を咬む鼠〈9・完〉《小説》(鷲尾三郎)
　・・・・・・・・・・・・・・・・・・・・・・・・・・・・・・・ 40〜61
ご機嫌な夜〈2・完〉《小説》(川野京輔)
　・・・・・・・・・・・・・・・・・・・・・・・・・・・・・・・ 62〜76
ひろめ《漫画》(トチボリ茂) ・・・・・・・・・・・ 77
大道詰将棋のうらおもて〈1〉(鶴田天外)
　・・・・・・・・・・・・・・・・・・・・・・・・・・・・・・・ 78〜79
詰将棋名局集(文京棋人) ・・・・・・・・・・・・ 79
慰安用女性《小説》(清水正二郎) ・・・ 82〜90
人妻が浮気する気になるとき ・・・・・ 91〜98
ちいさくなれ小さくなれ《漫画》(加藤一平)
　・・・・・・・・・・・・・・・・・・・・・・・・・・・・・・・・・・ 99
最後の一週間《小説》(南雲克己) ・・・ 100〜111
俺は酒にや強いはず《漫画》(トチボリ茂)
　・・・・・・・・・・・・・・・・・・・・・・・・・・・・・・ 112〜113
天城山に散った姉妹とその恋人(前川章三)
　・・・・・・・・・・・・・・・・・・・・・・・・・・・・・・ 114〜122
ヌード観賞(天池真佐雄) ・・・・・・・・ 124〜127
愛人を奪われた執念の男(西川由紀夫)
　・・・・・・・・・・・・・・・・・・・・・・・・・・・・・・ 128〜136
やりくり夫婦《漫画》(望月一虎) ・・・・・・・ 137
大学講師と女教師の狂恋始末記(横塚清)
　・・・・・・・・・・・・・・・・・・・・・・・・・・・・・・ 138〜150
犯罪のない推理(山中信夫) ・・・・・・ 152〜158
ウッフン夫婦《漫画》(加藤一平) ・・・・・・・ 159
血清療法を見る(西田靖) ・・・・・・・・ 160〜163
記者クラブ花札騒動記(門茂男) ・・・ 164〜173
一筆見参(鮎沢まこと) ・・・・・・・・・・ 174〜175
ズンドコ人生《漫画》(上田一平) ・・ 176〜179
遠島になった淫婦〈2・完〉(黒岩姫太郎)
　・・・・・・・・・・・・・・・・・・・・・・・・・・・・・・ 180〜191
恋人たち!《漫画》(はら・たいら) ・・・ 192〜193
単車で飛ばそう(かわの きょうすけ)
　・・・・・・・・・・・・・・・・・・・・・・・・・・・・・・ 194〜195
八号の鍵《小説》(坂上春夫) ・・・・・ 196〜209
黒い奇蹟〈7・完〉《小説》(大河内常平)
　・・・・・・・・・・・・・・・・・・・・・・・・・・・・・・ 210〜227
探実愛読者ルーム ・・・・・・・・・・・・ 228〜230
編集後記 ・・・・・・・・・・・・・・・・・・・・・・・ 230

第13巻第1号　所蔵あり
1962年1月1日発行　230頁　140円

パリの踊り子《口絵》 ・・・・・・・・・・・・ 7〜14
舞扇と女《口絵》 ・・・・・・・・・・・・・・・ 15〜22
やりくり夫婦《漫画》(望月一虎) ・・・・・・・ 23

33『探偵実話』

せっしゃは武ゲイ者《漫画》(上田一平) ………………………………	24～25
とかくこの世は忙がしい!!《漫画》(トチボリ茂)	26
拾いもの《漫画》(宮本チュウ) …………	27
夜の訪問者《漫画》(すずきあつし) ………	28
フイルム・ガイド …………………………	29～32
熱い貞操帯(原達也) ………………………	33～38
魔性の団地〈1〉《小説》(清水三郎) ………………………………	40～60
作者の言葉(清水三郎) …………………	42
黄色の斜面《小説》(春日彦二) …………	62～79
のぞき《漫画》(宮本チュウ) ………………	80
固い女《漫画》(宮本チュウ) ………………	81
いやーンバカー(天池真佐雄) …………	82～87
血を呼んだ飯場の女王蜂(飯島提吉) ………………………………	88～97
仙女のヤキモチ《漫画》(加藤一平) ……	98～99
女体の連絡《小説》(清水正二郎) ……	100～107
明日なき十代《漫画》(はら・たいら) …	108
禿の心配はもう無用(西川由紀夫) ………………………………	110～113
ある放火魔のSEX(調布太郎) ……	114～123
中年女の肉体に火がつけられて(海野悦志) ………………………………	124～130
現代B・Gのセックス処理法 ………	132～140
単車で飛ばそう(かわの きょうすけ) ………………………………	141～143
奇怪な妊娠(初山駿太郎) …………	144～149
白いマダムの黒い罠《小説》(辻街一夫) ………………………………	150～157
経血は毒と魔力を持つ(桜井薫) ……	158～165
夜の炎(南雲克己) ……………………	166～177
乱交グループの女王 山上美津子(津久波敬三) ………………………………	178～185
おといれと女性(松村喜彦) …………	188～194
足くせの悪い男《漫画》(はら・たいら) …	195
温泉の好きな女(峠十吉) …………	195～211
ズンドコ人生《漫画》(上田一平) ……	212～213
尼寺荒らしの殺魔(黒岩姫太郎) …	214～223
ある街角で《漫画》(トチボリ・茂) ………………………………	224～227
探実愛読者ルーム ……………………	228～230
編集後記 ………………………………	230

第13巻第2号　増刊　所蔵あり
1962年1月15日発行　230頁　140円

女体美鑑賞《口絵》 …………………	3～18
でたらめがいっぱい《漫画》 …………	23～25
冬は静かにやってくる《漫画》(上田一平) ………………………………	26～27
風邪にご注意を《漫画》(宮本チュウ) ………………………………	28～29
野郎はお若い《漫画》(加藤一平) ……	30～31
一押し二押し《漫画》(関屋陸児) ……	32～33
老警視M氏《漫画》(トチボリ茂) ……	34～35
今年の立てはじめ《漫画》(望月一虎) ………………………………	36～37
とも稼ぎ《漫画》(はら・たいら) ……	38
四十一年間の秘密(南雲克己) ……	40～49
死体と寝ていた事件記者(岩淵春男) ………………………………	50～60
歓喜と殺意の織りなす恋(天草平八郎) ………………………………	61～71
殊勲刑事の奇怪な自殺(三谷祥介)	72～85
好色殺人鬼(山上純) …………………	86～97
白衣の天使犯される(村松駿吉) …	98～113
殺人破戒僧(花村香樹) ……………	114～123
女医倉持桃子の犯罪(和田芳雄)	124～135
暁強盗逮捕始末記(小薬鑵太郎)	136～143
本場顔負けのギャング事件(永松浅造) ………………………………	144～155
店員難《漫画》(上田一平) …………	156
元警官の小梅殺し(横山政雄) ……	157～165
トラブルの中の三人の自殺事件(西田靖) ………………………………	166～175
亡霊が出る蒲団(今井岐路人) ……	176～186
一心同体《漫画》(望月一虎) ………	187
程ヶ谷の逆お定(三角寛) …………	188～217
折れたナイフが知っている!!(横塚清) ………………………………	220～230

第13巻第3号　所蔵あり
1962年2月1日発行　230頁　140円

明日にかける夢と情熱《口絵》 ……	7～14
早春のムード《口絵》 ………………	15～22
笑いに強くなる漫画迷作展《漫画》(宮本チュウ) ………………………………	23～25
ズンドコ人生《漫画》(上田一平) ……	26～27
やりくり夫婦《漫画》(望月一虎) ……	28
フイルム・ガイド ……………………	29～32
暗黒のパンテイ(原達也) ……………	33～38
両刀の女《小説》(朝山蜻一) ………	40～56
盲目夫婦の死《小説》(吉野賛十) …	58～71
焼き殺してやる(等々力健) …………	72～83
教授夫人の悪徳(中尾章) …………	84～93
松風楼の女たち(峠十吉) …………	94～105
かき初め《漫画》(上田一平) ………	106
単車で飛ばそう(かわの きょうすけ) ………………………………	107～109
女殺しの神《小説》(三井一馬) ……	110～120
夜間パトロール《漫画》(トチボリ茂) ……	121

471

33『探偵実話』

金髪の美青年《小説》(清水正二郎)	
・・・・・・・・・・・・・・・・・・・・	122～129
大道棋のウラとオモテ〈2〉(鶴田天外)	
・・・・・・・・・・・・・・・・・・・・	130～131
詰将棋名局集(文京棋人)・・・・・・・・・・	131
焼けこがされた欲情(湖山一美)	132～140
美人局局長の独白(小貝裕康)	142～151
新春花街お遊び案内一覧表(浪江洋二)	
・・・・・・・・・・・・・・・・・・・・	152～159
好色男の最後《小説》(松村喜彦)・・・・	160～173
毒茸のような女(黒岩姫太郎) ・・・・	176～190
カウボーイについて(根本忠)・・・・・・	192～195
騙された女の弱点(南雲克己)・・・・	196～207
魔性の団地〈2〉《小説》(清水三郎)	
・・・・・・・・・・・・・・・・・・・・	208～228
探実愛読者ルーム ・・・・・・・・・・・	229～230

第13巻第4号　所蔵あり
1962年3月1日発行　230頁　140円

伊豆の湯宿の24時《口絵》・・・・・・・	7～14
裸でドライブ《口絵》・・・・・・・・・・・・	15～22
ヤリクリ夫婦《漫画》(望月一虎)	23～25
女は欲ぶかい《漫画》(関屋陸児)	26～27
そいつァ弱い《漫画》(トチボリ茂)	28
フイルム・ガイド ・・・・・・・・・・・・	29～32
爆弾とペニスと(原達也)・・・・・・・・	33～38
魔性の団地〈3〉《小説》(清水三郎)	
・・・・・・・・・・・・・・・・・・・・	40～60
ピンクよりも《漫画》(はら・たいら)	61
睡眠薬遊びの果て(飯島提吉) ・・・・	62～72
つつもたせ《漫画》(すずきあつし)	73
大道詰将棋のうらおもて〈3〉(鶴田天外)	
・・・・・・・・・・・・・・・・・・・・	74～75
詰将棋名局集(文京棋人)・・・・・・・・・・	75
女同志のつつもたせ(佐賀憲)	76～83
丸正事件の黒い真相(森川哲郎)	84～95
都会の谷間の青い野獣たち(横塚清)	
・・・・・・・・・・・・・・・・・・・・	96～107
家出娘のセックス報告書 ・・・・・・・	109～118
騎兵隊物語(根本忠)・・・・・・・・・・・・	119～123
仕置場の女たち(若宮大治郎) ・・・・	124～132
マンガ探訪温泉記(島田太一) ・・・・	133～137
教室で行われた複数情事(氷川浩)	
・・・・・・・・・・・・・・・・・・・・	138～145
ある非行少女の生活記録(福永啓介)	
・・・・・・・・・・・・・・・・・・・・	146～153
スレスレ坊や《漫画》(加藤一平)	154～155
浮気の哀しみ(峠十吉)・・・・・・・・・・	156～167
怒りの猟銃で精算した三角関係(西田順平)	
・・・・・・・・・・・・・・・・・・・・	170～179

鬼はどこから来るかしら《漫画》(上田一平)	
・・・・・・・・・・・・・・・・・・・・	180～181
死人の指紋(初山駿太郎) ・・・・・・・	182～189
単車で飛ばそう(かわの きょうすけ)	
・・・・・・・・・・・・・・・・・・・・	190～192
悪魔の呟き〈1〉《小説》(黒岩姫太郎)	
・・・・・・・・・・・・・・・・・・・・	194～204
冬はコタツで《漫画》(はら・たいら)	205
満ち足りた欲情《小説》(清水正三郎)	
・・・・・・・・・・・・・・・・・・・・	206～213
警報機が鳴っている!!《小説》(川野京輔)	
・・・・・・・・・・・・・・・・・・・・	214～227
診療異常あり《漫画》(すずきあつし)	228
探実愛読者ルーム ・・・・・・・・・・・	229～230
編集後記(I) ・・・・・・・・・・・・・・・・	230

第13巻第5号　所蔵あり
1962年4月1日発行　230頁　140円

浅草《口絵》・・・・・・・・・・・・・・・・・・	7～14
テレビとおんな《口絵》・・・・・・・・・	15～22
空腹《漫画》(望月一虎) ・・・・・・・・・	24
充たされない夫妻《漫画》(宮本チュウ)	25
春は温泉《漫画》(関屋陸児)	26～27
ミス・カマトト《漫画》(はら・たいら)	28
フイルム・ガイド ・・・・・・・・・・・・	29～32
黒い鏡(原達也)・・・・・・・・・・・・・・・	33～38
電話ボックスの女《小説》(島久平) ・・・	40～52
充たされない性活《漫画》(宮本チュウ)	53
殺人者は誰だ!(東冬樹)・・・・・・・・・	54～67
ズンドコ人生《漫画》(上田一平)	68～69
愛への出発《小説》(清水正二郎)	70～77
映画に登場してきたインディアン(根本忠)	
・・・・・・・・・・・・・・・・・・・・	78～83
現場写真(小貝裕康) ・・・・・・・・・・・	84～95
白衣の女(関屋陸児)・・・・・・・・・・・・	95
大道詰将棋のうらおもて〈4〉(鶴田天外)	
・・・・・・・・・・・・・・・・・・・・	96
詰将棋名局集(文京棋人)・・・・・・・・・・	97
明日ない若者たち《小説》(御室幸男)	
・・・・・・・・・・・・・・・・・・・・	98～109
手数料は申受けません《小説》(西崎寿)	
・・・・・・・・・・・・・・・・・・・・	110～111
青い悪魔(虎田八郎)・・・・・・・・・・・・	112～120
漫画探訪温泉記(望月一虎) ・・・・・・	121～125
おかみさん(関屋陸児) ・・・・・・・・・	125
ももの木《小説》(春日彦二) ・・・・・	126～137
ヤリクリ夫婦《漫画》(望月一虎)	138～140
若者たち《漫画》(はら・たいら)	141
土地ブームに狂う農家のセックス(中尾章)	
・・・・・・・・・・・・・・・・・・・・	142～149

472

33『探偵実話』

単車で飛ばそう(かわの きょうすけ)
　………………………… 150〜151
P・M八時一分(福永啓介)　152〜161
愛の薬としての月経(桜井薫)　164〜170
悪魔の呟き〈2・完〉《小説》(黒岩姫太郎)
　………………………… 172〜183
セックスに飢えた女(志多摩一夫)
　………………………… 184〜190
ついちゃいないね《漫画》(山路九) ……… 191
奥様は画がお好き《漫画》(すずき厚) …… 192
十八年目の浮気(峠十吉) ……… 194〜205
魔性の団地〈4〉《小説》(清水三郎)
　………………………… 206〜225
ガンコ親父《漫画》(スズキ大和) ……… 226
ピンアップの女《漫画》(上田一平) ……… 227
探実愛読者ルーム　228〜230
編集後記(I)　230

第13巻第6号　未所蔵
1962年5月1日発行　246頁　140円
親分の跡目相続《口絵》　7〜10
娘お神楽師《口絵》　11〜14
わたしのペット《口絵》　15〜22
荒れた墓標《小説》(楠田匡介)　24〜44
おそるべきハイティーン《漫画》(宮本チュウ)
　………………………… 46〜47
フイルム・ガイド　48〜51
犬が吠えた美女の生首(志多摩一夫)
　………………………… 52〜59
男のかずをふやせ《小説》(朝山蜻一)
　………………………… 60〜71
やめられない《漫画》(上田一平) …… 72〜73
女が眠る時(原達也)　74〜79
九十七番目の指紋(山中信夫)　80〜90
フロンティア・スピリット(根本忠)
　………………………… 91〜93
複数情事の果てに(虎田八郎)　94〜101
妻の座とおんなの座(峠十吉)　102〜115
性転換のストリッパー(江見仙吉)
　………………………… 116〜119
指名手配(杉正美)　120〜131
探実愛読者ルーム　132〜133
赤ん坊誘拐事件(稲垣紅毛)　134〜146
漫画探訪温泉記(望月一虎)　147〜149
肉の罠《小説》(上司行夫)　150〜162
大道詰将棋(鶴田天外)　163
詰将棋名局集(文京棋人)　163
価値ある男(本原鱗太郎)　164〜173
テキサスのドラ息子《小説》(清水正二郎)
　………………………… 174〜181

単車で飛ばそう(かわの きょうすけ)
　………………………… 182〜183
立花調査事務所日報《小説》(寺島珠雄)
　………………………… 184〜196
画伯夫人を夢みたインテリ女給(西田順平)
　………………………… 198〜206
昼下がり《漫画》(トチボリ茂) ………… 207
ピンクのパンティ消失す(海野悦志)
　………………………… 210〜217
女臭強盗(黒岩姫太郎)　218〜226
魔性の団地〈5〉《小説》(清水三郎)
　………………………… 228〜246

第13巻第7号　未所蔵
1962年6月1日発行　246頁　180円
南の春北の春《口絵》　………………… 7〜12
こけしの故里なるご《口絵》　13〜18
防犯大博覧会開く《口絵》　19〜22
天国の構図《小説》(寺島珠雄)　24〜35
背徳のレンズ(原達也)　36〜41
夜の会話《小説》(舟知慧)　42〜53
嫁殺しアメリカの鬼姿(稲垣紅毛) …… 56〜67
この魔術師のような老婆(東伏斎) …… 68〜71
しつこい霊魂《小説》(逆木介二)　72〜79
フイルム・ガイド　80〜81
泉都熱海の伏魔殿(岬晴夫)　82〜91
ペンの笑劇場《漫画》　92〜95
返品けっこう《漫画》(加藤一平)　96〜97
単車で飛ばそう(かわの きょうすけ)
　………………………… 98〜99
エイトの女(南雲克己)　100〜109
処女を散らす《小説》(清水正二郎)
　………………………… 112〜118
或る田舎芸妓の話(峠十吉)　120〜130
脱走兵の兇行(中村純三)　132〜143
悪いこと《漫画》(トチボリ茂) ………… 145
ニセ留学生クロワッサノ(西川由紀夫)
　………………………… 146〜150
愛読者ルーム　152〜153
死神のパーティ(福永啓介)　154〜160
謎ときショート《小説》(若宮大路郎)
　………………………… 164〜170
特別手配第一号(山中信夫)　172〜182
サイミン術《漫画》(はら・たいら) …… 183
ツイストツツモタセ《漫画》(トチボリ茂)
　………………………… 184〜185
魔性の団地〈6〉《小説》(清水三郎)
　………………………… 186〜204
むせきにん地帯　205〜207
妖術のすすめ(比根苦麗太)　208〜211
コルソ島の復讐《小説》(橘外男) …… 212〜246

473

33『探偵実話』

第13巻第8号　増刊　所蔵あり
1962年6月15日発行　336頁　180円

作者の横顔〈口絵〉	9～16
黒い鳥《小説》(黒岩重吾)	18～42
付いてるね《漫画》(スズキ大和)	43
悪い峠《小説》(新章文子)	44～58
お次の方どうぞ《小説》(樹下太郎)	59～67
奇妙な再会《小説》(土屋隆夫)	68～87
夫は生きている《小説》(笹沢佐保)	88～101
薔薇の刺青《小説》(高木彬光)	102～114
上を向いて歩こう《漫画》(関屋陸児)	115
春の水浴《小説》(多岐川恭)	116～125
絶望の書《小説》(木々高太郎)	126～141
青いエチュード《小説》(鮎川哲也)	142～161
死斑の剣《小説》(大河内常平)	162～175
決定符(きめて)《小説》(島田一男)	176～193
木曜日の女《小説》(日影丈吉)	194～209
笛を吹く犯罪《小説》(山田風太郎)	210～228
汚れたハンケチ《小説》(角田喜久雄)	232～246
小さき恐喝《漫画》(トチボリ茂)	247～249
替えられる《小説》(楠田匡介)	250～278
読心術《小説》(山村正夫)	280～293
古傷《小説》(飛鳥高)	294～307
みずほ荘殺人事件《小説》(仁木悦子)	308～336

第13巻第9号　所蔵あり
1962年7月1日発行　272頁　150円

犬猿の仲をとりもつ裸おやじ〈口絵〉	9～12
水の季節〈口絵〉	13～16
死者の指《小説》(森川哲郎)	18～34
十三才の貞操(南雲克己)	35～43
天国島綺談(和巻耿介)	44～57
運命をさぐる美人占師(東伏斎)	58～61
重すぎた罰・深すぎた愛《小説》(寺島珠雄)	62～74
追いつめられて(小貝裕康)	75～85
美人患者の死(原達也)	86～91
海辺の悲劇《小説》(鮎川哲也)	92～111
単車で飛ばそう(かわの きょうすけ)	112～113
春と桜とデモ隊と《小説》(清水正二郎)	114～121
詰将棋名局集(文京棋人)	121
二つの潜在指紋(山中信夫)	122～135
蛇《小説》(吉野賛十)	137～145
フイルム・ガイド	146～147
魔性の団地〈7・完〉《小説》(清水三郎)	148～167
機動強盗団(横塚清)	168～177
地方記者(岬晴夫)	179～183
よみがえった白骨(海野悦志)	184～193
さようなら(峠十吉)	194～207
殺せばいいじゃないの(志多摩一夫)	208～215
中根与吉の生涯(黒岩姫太郎)	216～229
謎ときショート《小説》(若宮大路郎)	230～237
姦夫姦婦共謀の良人殺し(稲垣紅毛)	240～251
愛読者ルーム	252～253
屍体置場(モルグ)の招待状《小説》(栗田信吾)	254～272

第13巻第10号　未所蔵
1962年8月1日発行　272頁　150円

信州追分宿〈口絵〉	9～12
日本髪のガイド娘〈口絵〉	13～16
孤影の舞台〈1〉《小説》(山村正夫)	18～37
霊媒殺人事件(原達也)	38～43
女と女《小説》(笹沢左保)	44～59
待伏せ街道《小説》(飛鳥高)	60～76
女を落とすには《漫画》(関屋陸児)	77
黒い隆線(山中信夫)	78～89
長嶋選手に幸運を向けた男(東伏斎)	90～94
ガード下の女(峠十吉)	96～108
白い洞窟《小説》(関川周)	110～128
ゴカイもいいとこ《漫画》(トチボリ茂)	131～133
落下の怪異《小説》(島久平)	134～147
鬼女の子守唄(小貝裕康)	148～161
詰将棋名局選(文京棋人)	152
8番街の客《小説》(春日彦二)	162～172
むせきにん地帯	173～179
フイルム・ガイド	180～181
濡れた死体(津久波歌三)	182～189
価値ある復讐《漫画》(上田一平)	192～193
奪うものと奪われたもの《小説》(古寿木淳)	194～203
夢の熱海行(本誌記者)	204～205
悩ましきツイスト《小説》(清水正二郎)	206～212
宮野幸江の犯罪計画(南多摩夫)	214～225
森に消えた26人の妻(三田一夫)	226～234

33『探偵実話』

儲けるコツ《漫画》（トチボリ茂）・・・・・・・・・ 235
黒靴下の女《小説》（寺島珠雄）・・・・・・ 238～248
やっかい女房《漫画》（はら・たいら）・・・・・・ 249
愛読者ルーム ・・・・・・・・・・・・・・・・・・・・・・ 250～251
双頭の鬼《小説》（栗田信）・・・・・・・・・ 252～272
温泉風景・二題 ・・・・・・・・・・・・・・・・・・・・ 266～267

第13巻第11号　未所蔵
1962年9月1日発行　272頁　150円

名刀を試みる推理作家《口絵》・・・・・・・ 9～13
名刀拝見（山村正夫）・・・・・・・・・・・・・・・ 10～11
夏をうたう乙女《口絵》・・・・・・・・・・・・・・・ 14～16
孤影の舞台〈3〉《小説》（山村正夫）
　　　　　　　　　　　　　　　　　　　　18～35
自供を売る男（原達也）・・・・・・・・・・・・・・ 38～43
フイルム・ガイド ・・・・・・・・・・・・・・・・・・・・・ 44～45
殺すひと殺されるひと《小説》（新章文子）
　　　　　　　　　　　　　　　　　　　　46～63
関係の成立《小説》（寺島珠雄）・・・・・・ 64～76
白い罠（湖山一美）・・・・・・・・・・・・・・・・・ 78～88
神秘! 生霊死霊を自由に呼ぶ男（東伏斎）
　　　　　　　　　　　　　　　　　　　　90～94
放浪無限（峠十吉）・・・・・・・・・・・・・・・ 98～110
オレは近眼《漫画》（はら・たいら）・・・・・・ 111
くずれたアリバイ《小説》（鷲尾三郎）
　　　　　　　　　　　　　　　　　　112～130
貞女の切札（古曳木淳）・・・・・・・・・・ 132～140
なかにはこんな奴もいる《漫画》（トチボリ茂）・・・・・・・・・・・・・・・・・・・・・・・・・・ 141～143
死神《小説》（飯島提吉）・・・・・・・・・ 144～150
死体ゆずります《小説》（吉野賛十）
　　　　　　　　　　　　　　　　　　152～165
愛読者ルーム ・・・・・・・・・・・・・・・・・・ 166～167
モナリザのいる風景《小説》（三井一馬）
　　　　　　　　　　　　　　　　　　168～172
酒と女と出刃と（海野悦志）・・・・・・・ 174～182
むせきにん地帯 ・・・・・・・・・・・・・・・・ 183～188
父性愛《漫画》（トチボリ茂）・・・・・・・・・・・ 189
二十代のスーパー女将（浪江洋二）
　　　　　　　　　　　　　　　　　　190～195
謎ときショート（若宮大路郎）
　　　　　　　　　　　　　　　　　　196～204
完全犯罪者の詩《小説》（森川哲郎）
　　　　　　　　　　　　　　　　　　206～218
ある街角で《漫画》（トチボリ茂）・・・・・・・ 219
ある娼婦の死（岬晴夫）・・・・・・・・・・ 220～234
ビキニは大好き《小説》（清水正二郎）
　　　　　　　　　　　　　　　　　　236～243
篭坂峠の殺人（西川由紀夫）・・・・・・ 244～255
死骸でいっぱい《小説》（朝山蜻一）
　　　　　　　　　　　　　　　　　　258～272

第13巻第12号　未所蔵
1962年10月1日発行　272頁　150円

よさこい節の土佐高知《口絵》・・・・・・・・ 9～12
ドイツ三亀松《口絵》・・・・・・・・・・・・・・・・ 13～16
孤影の舞台〈3〉《小説》（山村正夫）
　　　　　　　　　　　　　　　　　　　　18～34
ボンサン《漫画》（山路九）・・・・・・・・・・・・・ 35
死神のデート（永川浩）・・・・・・・・・・・・ 42～47
ずるい奴ら（湖山一美）・・・・・・・・・・・・ 48～62
性の相談所《すずき厚》・・・・・・・・・・・・・・・ 63
棒うらない《漫画》（はら・たいら）・・・・・・・・ 65
熱海に新名所をつくる男（江見仙吉）
　　　　　　　　　　　　　　　　　　　　66～68
くすりの効目《漫画》（すずき厚）・・・・・・・・・ 69
現実はスリラーより奇なり《漫画》（宮本チュウ）・・・・・・・・・・・・・・・・・・・・・・・・・・・・ 70～71
結び毛（木村錦之助）・・・・・・・・・・・・・・ 72～85
失恋攻防戦《漫画》（はら・たいら）・・・・ 86～87
がんだ沼の首なし屍体（山中信夫）・・ 88～97
輸血禍《小説》（春日彦二）・・・・・・・・ 98～110
第七騎兵隊の敗因（湖山一美）・・・・・・・ 111
マンガ秋の大会《漫画》・・・・・・・・・・ 112～123
女の笑顔は高くつく《小説》（逆木怠介）
　　　　　　　　　　　　　　　　　　124～137
お風呂の神様（浪江洋二）・・・・・・・・ 140～145
うるさい隣《小説》（よこやま ゆきを）
　　　　　　　　　　　　　　　　　　146～148
仮埋葬の女（黒岩姫太郎）・・・・・・・・ 150～163
悪漢ジョロモ《漫画》（S.Tochibori）・・・ 164
奇跡の『めぐり占い師』（東伏斎）
　　　　　　　　　　　　　　　　　　166～170
商一家四人殺しの謎（横塚清）・・・・・ 171～179
ある麻薬密売人の告白（小貝裕康）
　　　　　　　　　　　　　　　　　　180～193
母なる鹿の物語《小説》（三井一馬）
　　　　　　　　　　　　　　　　　　194～200
むせきにん地帯 ・・・・・・・・・・・・・・・・ 202～206
鰐の餌にされた情婦たち（原達也）
　　　　　　　　　　　　　　　　　　208～214
僕は適齢期《漫画》（はら・たいら）・・・・・・ 215
原色の迷路《小説》（栗田信）・・・・・・ 216～234
ボク探五郎《漫画》（トチボリ茂）・・・・・・・ 235
白い炎（浜野生太郎）・・・・・・・・・・・・ 236～244
かくて二人は《漫画》（すずき・厚）・・・・・・ 245
消えた死体（海野悦志）・・・・・・・・・・ 246～254
愛読者ルーム ・・・・・・・・・・・・・・・・・・ 255～257
マミーで待ちます《小説》（寺島珠雄）
　　　　　　　　　　　　　　　　　　258～272

34 『鬼』

【刊行期間・全冊数】1950.7-1953.9（9冊）
【刊行頻度・判型】不定期刊, A5判
【発行所】鬼クラブ
【発行人】白石潔（第1号、第3号、第7号〜第9号）、高木彬光（第2号）、島田一男（第4号）、香山滋（第5号）、山田風太郎（第6号）
【編集人】白石潔（第1号、第3号、第7号〜第9号）、高木彬光（第2号）、島田一男（第4号）、香山滋（第5号）、山田風太郎（第6号）
【概要】戦後デビューの作家と評論家が集った鬼クラブの会誌。非売品だが、年会費100円、1部30円で会員を募った。香山滋、香住春作（香住春吾）、高木彬光、武田武彦、山田風太郎、三橋一夫、白石潔、島田一男、島久平が当初の同人で、本格探偵小説の牙城を守ると宣言していた。斯界の動向を伝えるエッセイ中心だったが、第7号からさらに同人を増やしていき、創作が毎号掲載されるようになった。会費も年200円、1部50円となる。第9号は6作を並べて創作特集と銘打ったが、それが最終号となった。戦後では珍しいプロ作家の集った同人誌である。

第1号 所蔵あり
1950年7月1日発行　16頁
修羅の言葉 1
探偵小説のブルジョアジー性（白石潔）
　　　　　　　　　　　　　　　　2〜3
善鬼悪鬼（江戸川乱歩）.................. 3
双頭人の言葉（山田風太郎）......... 4〜5
推理小説とは何ぞや（高木彬光）..... 6〜7
無題（城昌幸）........................... 7
無題（西田政治）........................ 7
私のエンマ帳（香山滋）............... 8〜9
「鬼」には髭があるか？（水谷準）..... 9
推理小説廃止論（香住春作）........ 10〜11
処女地（島久平）................... 11〜12
小鬼の寝言（三橋一夫）............ 13〜14
無題（横溝正史）........................ 14
四ツの処女作（島田一男）.......... 15〜16
編輯後記（武田武彦）................... 16

第2号 所蔵あり
1950年11月28日発行　16頁
鬼同人の選んだ海外長篇ベストテン〈1〉《アンケート》
　　（武田武彦）........................ 前1
　　（白石潔）.......................... 前1
　　（高木彬光）....................... 前1
修羅の言葉 1
最初の新聞記者探偵（江戸川乱歩）... 2〜3
幽鬼太郎のこと（白石潔）........... 4〜5

「鬼」を祝ふ（森下雨村）................ 5
枯草熱私語（椿八郎）.................... 6
随感談描（島田一男）.................... 7
オオ・ミステイク（武田武彦）......... 8
怪談に就いて（三橋一夫）.............. 9
なつかしの映画（香山滋）............ 10
亡者始末書（小閻魔）.................. 11
合作第一報（山田風太郎）......... 12〜13
探偵小説の一元化（香住春作）..... 13〜15
「鬼」に寄す（大下宇陀児）............ 15
カアと探偵小説（島久平）......... 15〜16
編輯後記（高木彬光）.................. 16

第3号 所蔵あり
1951年3月15日発行　16頁
鬼同人の選んだ海外長篇ベスト・テン〈2〉
　《アンケート》
　　（香住春作）...................... 前1
　　（島田一男）...................... 前1
　　（山田風太郎）................... 前1
修羅の言葉 1
編集者と作家（水谷準）............. 2〜3
トリック創造の秘密（高木彬光）... 4〜5
小閻魔の弁（小閻魔）................. 5
海鰻荘主人日記帖（香山滋）......... 6
越年雑感（島田一男）.................. 7
新春雑記（武田武彦）.................. 8
まほろし部落はどこに行つてしまつたか（三橋一夫）................................ 9
高木彬光論（山田風太郎）........ 10〜11

476

34『鬼』

「関西クラブ」あれこれ（香住春作）……… 12
インチキ翻訳談義（西田政治）……………… 13
扉《小説》（島久平）………………… 14〜16
編輯後記（白石潔）……………………… 16

第4号　所蔵あり
1951年6月15日発行　16頁

鬼同人の選んだ海外長篇ベスト・テン〈3・完〉
　《アンケート》
　　（島久平）………………………… 前1
　　（香山滋）………………………… 前1
同人ベストテン（一九五一年度）……… 1
トリック再用論（大下宇陀児）……… 2〜3
我が作風を語る
　わが道を往く（高木彬光）………… 4〜5
　好みの頑迷（香山滋）……………… 5〜6
　自縛の縄（山田風太郎）…………… 6〜7
本格物の需要について（飛鳥高）……… 8
探偵小説に野営の火を（白石潔）……… 9
少年探偵小説論（武田武彦）…………… 10
探偵小説の面白さ（島久平）…………… 11
探偵小説のモラルに就いて（三橋一夫）… 12
四ツ当り（香住春作）…………………… 13
金田一探偵に訊く……………………… 14〜16
編集後記（島田一男）…………………… 16

第5号　所蔵あり
1951年11月20日発行　16頁

鬼同人の選んだ海外短篇ベスト・テン〈1〉
　《アンケート》
　　（白石潔）………………………… 前1
　　（香山滋）………………………… 前1
鬼のかたこと ……………………………… 1
『怪談』などに就いて（城昌幸）…… 2〜3
探偵小説の構成
　殺人動機について（高木彬光）…… 4〜5
　形式と後味（島田一男）…………… 5〜6
　探偵小説の『結末』に就て（山田風太郎）
　　………………………………………… 6〜7
「密室」を詮議する（白石潔）……… 8〜9
「曲つた蝶番」の魅力（武田武彦）……… 9
自動車泥棒《小説》（香住春吾）……… 10
雪の夜《小説》（島久平）……………… 11
周辺点綴（川島郁夫）…………………… 12
酩胆亭随想（三橋一夫）………………… 13
探偵雑誌を解剖する
　「宝石」の体臭（永瀬三吾）………… 14
　「探偵実話」十月号批評（楠田匡介）
　　……………………………………… 15
　侏儒の願い（山村正夫）……………… 16
編集後記（香山滋）……………………… 16

第6号　所蔵あり
1952年3月1日発行　16頁

鬼同人の選んだ海外短篇ベスト・テン〈2〉
　《アンケート》
　　（高木彬光）……………………… 前1
　　（武田武彦）……………………… 前1
鬼のかたこと ……………………………… 1
創意の限度について（江戸川乱歩）… 2〜3
文章修業（横溝正史）……………… 4〜5
『湖底の囚人』を評す（高木彬光）… 6〜7
『一高時代』に就て（島田一男）…… 7〜8
「怪奇性」の取扱について（香山滋）… 9〜10
虫太郎研究の資材（白石潔）……… 10〜11
探偵雑誌の将来性（武田武彦）………… 12
探偵小説（島久平）……………………… 13
探偵小説文章論（香住春吾）……… 14〜15
悪人論（三橋一夫）………………… 15〜16

第7号　所蔵あり
1952年7月30日発行　48頁

鬼同人の選んだ海外短篇ベスト・テン〈3〉
　《アンケート》
　　（島田一男）……………………… 前1
　　（山田風太郎）…………………… 前1
道化師《小説》（山村正夫）……… 4〜13
山村正夫君を推す（香山滋）…………… 13
自著「探偵小説郷愁論」の改訂（白石潔）
　………………………………………… 14〜15
評の評（高木彬光）………………… 15〜18
二通の手紙（天城一）…………… 16, 29
ある雨の日の午後（武田武彦）…… 18〜20
洋書注文予定書（黒沼健）………… 20〜21
葡萄《小説》（角田実）…………… 22〜25
角田実君を推す（白石潔）……………… 23
オッス（三橋一夫）……………………… 26
探偵小説とラジオドラマ〈1〉（香住春吾）
　………………………………………… 27〜29
黄金魚（香山滋）…………………… 30〜32
情婦・探偵小説（山田風太郎）…… 32〜33
天城一という男（香住春吾）…………… 33
探偵小説に関する疑問（飛鳥高）… 34〜36
歓迎飛鳥高氏（島田一男）……………… 35
「参 画の探偵小説」（川島郁夫）… 36〜37
　　アンガージェ
川島郁夫君を推す（高木彬光）………… 37
賭博 やくざ インチキ（大河内常平）… 38〜41
与太公物の作者（武田武彦）…………… 41
名探偵尾行記―金田一耕助の巻―（島久平）
　………………………………………… 42〜43
鬼ニュース ……………………………… 43
英米の探偵小説書評（江戸川乱歩）… 44〜47

477

34 『鬼』

編集後記(S・T) ……………………… 48

第8号　所蔵あり
1953年1月31日発行　48頁
鬼同人プロフィル ……………………… 前1
江戸川乱歩論(白石潔) ……………… 4〜12
書けざるの記(島田一男) …………… 13〜14
うたたね大衆小説論(山田風太郎) …… 15〜16
ストーリー・バイ・シゲル・カヤマ(香山滋) ………………………………… 16〜18
清少納言と兄人の則光(岡田鯱彦) …… 18〜19
鬼ニュース ……………………………… 19
ギャングの帽子《小説》(飛鳥高) … 20〜21
鬼の診断書(高木彬光) ……………… 22〜23
探偵小説の背景(武田武彦) ………… 24〜26
鬼回覧板(赤鬼,青鬼,白鬼) ………… 27〜32
鬼論語(彬子) …………………………… 32
探偵小説とラジオドラマ〈2〉(香住春吾) …………………………………… 33〜34
名探偵尾行記―神津恭介の巻―(島久平) ……………………………………… 35
前衛的探偵小説(山村正夫) ………… 36〜38
徒然探偵小説ノート(大河内常平) … 38〜39
夏の夜がたり《小説》(角田実) …… 40〜47

鬼ニュース ……………………………… 48
編集後記(山村) ………………………… 48

第9号　所蔵あり
1953年9月30日発行　52頁
鬼同人プロフィール …………………… 前1
矢《小説》(飛鳥高) ………………… 4〜12
シャーロック・ホームズ氏と夏目漱石氏(山田風太郎) ……………………………… 13
第三の男(香山滋) ……………………… 14
高木彬光君に与ふ(松下研三) ………… 15
魅力ある文学形式(武田武彦) ……… 16〜17
けむり《小説》(山村正夫) ………… 18〜27
兇器《小説》(島久平) ……………… 28〜32
川口氏の「雨月物語」(岡田鯱彦) …… 33
真知子《小説》(川島郁夫) ………… 34〜35
ある晴れた日に《小説》(天城一) … 36〜41
敗戦五首短歌《短歌》(香山滋) ……… 41
探偵小説とラジオドラマ〈3〉(香住春吾) …………………………………… 42〜43
IGAISEIについて《短歌》(角田実) ……… 44
廃墟《小説》(大河内常平) ………… 45〜51
詰将棋の筋について(高柳敏夫) ……… 52
編集後記(黒鬼) ………………………… 52

35『エロティック・ミステリー』『エロチック・ミステリー』『ミステリー』

【刊行期間・全冊数】1960.8-1964.5（46冊）
【刊行頻度・判型】月刊, A5版（第1巻第1号〜第3巻第5号）、B5判（第3巻第6号〜第5巻第5号）
【発行所】宝石社
【発行人】稲並昌幸
【編集人】稲並昌幸
【概要】もともとは1952年10月を最初に、『宝石』の増刊として不定期に発行されていた。1958年12月の18集からは『別冊宝石』として不定期に発行されたが、その名のとおり、エロティシズムが雑誌のコンセプトである。売れ行きは良かったそうで、27集まで出たあと、『エロティック・ミステリー』として独立した。したがって、『別冊宝石』から引きつがれた連載がある。

　小説は再録作品が中心だったが、ミステリー専門作家以外の作品も多く、『宝石』や『別冊宝石』とはひと味違った誌面となっていた。編集に携わった真野律太が『新青年』の元編集者だったせいか、随筆や読物もモダンなものが多かったものの、やがて性犯罪や性科学に関係したものが中心となる。

　1962年6月から判型を大きくし、誌名を『エロチック・ミステリー』と改題すると、「旅と推理小説」を副題に、旅行関連の記事が多くなった。しかし、その誌面刷新はうまくいかなかったようで、1963年からは高橋鉄の性風俗読物や関連グラビアが巻等を飾っている。小説では『宝石』の懸賞小説入選作家がよく登場したのが特徴的だった。1964年2月には『ミステリー』と改題したが、誌面に変わりはなく、『宝石』や『別冊宝石』とともに廃刊となる。

第1巻第1号　所蔵あり
1960年8月1日発行　312頁　130円
e.m. calendar（toto club〔構成〕）……　10〜12
女読むべからず夏の夜話〈1〉（林房雄）
　…………………………………………　18〜31
裏切られた女たち《小説》（藤原審爾）
　…………………………………………　32〜48
昼の花《小説》（榛葉英治）…………　50〜69
静かなる犯罪《小説》（根岸茂）……　70〜80
いえろう・せくしょん …………………　81〜88
東京おーる・うえーぶ ……………………　89
拗ね小町《小説》（山手樹一郎）……　90〜103
大学生とあね女房 …………………　104〜107
青犬亭《小説》（東郷青児）………　108〜121
頭陀袋 ……………………………………　117
金と力はなけれど ……………………　122〜125
悪魔の洋裁師《小説》（渡辺啓助）　126〜141
こんなとき貴女は捨てられます ……　132〜133
女ごころと秋の空 ……………………　142〜145
次郎太川止め《小説》（子母沢寛）…　146〜163

若い女性はゼニが好き ………………　154〜155
黒い心火（ほむら）《小説》（加藤薫）……　164〜166
おじいさんの眼《小説》（加藤薫）…　166〜167
世襲《小説》（加藤薫）………………　167〜168
許された情事《小説》（加藤薫）……　168〜169
十五両奇譚《小説》（城昌幸）………　170〜174
暗室での話 ……………………………………　174
海のむこうのはなし …………………………　175
ペスト菌が取持つ欲情（浦島次郎）
　…………………………………………　176〜185
ヌード・センター ……………………………　181
毒盃《小説》（大林清）………………　186〜198
頭陀袋 ……………………………………………　189
新版マネービル読本〈3〉（吉村郁）
　…………………………………………　200〜203
後家さんクラブ〈1〉《小説》（福田蘭童）
　…………………………………………　204〜215
空中花嫁《小説》（島田一男）………　216〜232
うらめしの夜這い ……………………　234〜237

35 『エロティック・ミステリー』『エロチック・ミステリー』『ミステリー』

世界一おやこ美人局団（窪井京太）
.... 238〜247
殺人契約〈2〉《小説》（青山光二）
.... 248〜267
動機は大人のY談 .... 268〜271
このドラ息子地獄へ行け（緑川貢）
.... 272〜279
仙吉《小説》（向あい子）...... 280〜292
推理川柳片々 287
妖虫〈6〉《小説》（江戸川乱歩）... 293〜312

第1巻第2号　所蔵あり
1960年9月1日発行　312頁　130円
e.m. calendar（toto club〔構成〕）..... 10〜12
刺青パーテイ（口絵）............ 13〜16
女読むべからず夏の夜話〈2〉（林房雄）
.... 18〜45
真偽不保証（うそかもしれぬ）............. 45
天衣無縫《小説》（山田風太郎）... 46〜70
猫の舌《小説》（島田一男）... 72〜85
歴史は夜つくられる〈1〉（高木健夫）
.... 86〜99
角瓶の中の処女《小説》（今官一）... 100〜115
活人画のハナ（東郷青児）... 116〜118
道頓堀変相図（宮尾しげを）... 118〜120
上から下と下から上（吉江まき子）
.... 120〜122
御本尊が膨れる咄（川原久仁於）... 122〜123
さかさッ子（久保友子）...... 124〜125
漱石と汁粉（野代真一）...... 125〜126
度胸とは?（英五楼）.................. 127
新版マネービル読本〈4〉（吉村郁）
.... 128〜131
秀吉と秀次《小説》（榊山潤）... 132〜144
e.m.雑貨店 145
ぼくのおしゃれ あたしのおしゃれ
.... 146〜147
ふとったオトコがおヨメをもらった《漫画》
（井上洋介）...................... 148〜149
9月の旅 .... 150〜152
東京おーる・うえーぶ 153
魂の初夜《小説》（大林清）... 154〜165
閨房禁令《小説》（南条範夫）... 166〜183
賭博は血で支払うもの（緑川貢）... 184〜190
動機は母と情夫の寝物語 ...... 192〜195
生ける人形《小説》（横溝正史）... 196〜206
後家さんクラブ〈2・完〉《小説》（福田蘭童）
.... 207〜215
それからどうしたの? .... 216〜217
不義はなぜたのしい（霧島春彦）... 218〜227

殺人契約〈3〉《小説》（青山光二）
.... 228〜243
いやがる女の局部刺す .... 244〜248
海のむこうのはなし 249
魔女の踊《小説》（榛葉英治）... 250〜267
ここに女性の大敵あり .... 268〜272
石女（うまずめ）《小説》（加藤薫）...... 273〜274
過ぎた者《小説》（加藤薫）... 274〜275
ドリーム・アイ《小説》（加藤薫）... 275〜276
救われた《小説》（加藤薫）... 276〜277
十字架を頂けない墓（畑中陽三）
.... 278〜283
愛情相談（編集部）............... 284〜287
可哀そうだよ嫁いびり .... 288〜292
妖虫〈7・完〉《小説》（江戸川乱歩）
.... 293〜312
〔編集後記〕（M）.......................... 312

第1巻第3号　所蔵あり
1960年10月1日発行　312頁　130円
e.m. calendar（toto club〔構成〕）..... 10〜12
インドの赤線地区（口絵）... 13〜15
ホーデン侍従〈1〉《小説》（尾崎士郎）
.... 18〜34
虚栄と慾と死《小説》（藤原審爾）... 36〜52
海のむこうのはなし 53
花園の毒虫《小説》（大下宇陀児）... 54〜72
初めての世界《漫画》（井上洋介）... 73〜75
歴史は夜つくられる〈2〉（高木健夫）
.... 76〜95
情痴の指《小説》（今井達夫）... 96〜113
頭陀袋 101
いろざんげ（東郷青児）...... 114〜125
新版マネービル読本〈5〉（吉村郁）
.... 126〜129
女読むべからず夏の夜話〈3〉（林房雄）
.... 130〜144
e.m.雑貨店
　ぼくのおしゃれ あたしのおしゃれ
.... 146〜147
　一ツ窓のビル《漫画》（矢の徳）
.... 148〜149
　今月の旅（t）................. 150〜152
東京おーる・うえーぶ 153
流れ木《小説》（子母沢寛）... 154〜189
戦争は女が駆りたてる（殿井春行）
.... 190〜198
ヌード・センター 195
あかつきの抱合い心中 .... 199〜201
その夜の曲り角《小説》（渡辺啓助）
.... 202〜218
頭陀袋 207

480

35『エロティック・ミステリー』『エロチック・ミステリー』『ミステリー』

ぬるぬる物語り(押鐘篤) ……… 220～224
屁っぴり輿(福田蘭童) ……… 224～227
おれこそ強盗の見本だ(倉敷権太)
　　　　　　　　　　　　……… 228～233
乗つからられた女アンマ ……… 234～237
ロボット《小説》(中山あい子) ……… 238～256
殺人契約〈4〉《小説》(青山光二)
　　　　　　　　　　　　……… 258～273
爛れた三十後家の肉体 ……… 274～277
中央線夜色《小説》(田村泰次郎) ……… 278～292
一寸法師〈1〉《小説》(江戸川乱歩)
　　　　　　　　　　　　……… 293～312
後記(M) ……………………… 312

第1巻第4号　所蔵あり
1960年11月1日発行　312頁　130円
e.m. calendar(toto club〔構成〕) …… 10～12
海外傑作ヌード選《口絵》 ……… 13～16
ホーデン侍従〈2〉《小説》(尾崎士郎)
　　　　　　　　　　　　……… 18～40
無明逆流れ《小説》(南条範夫) ……… 42～59
黒い運河《小説》(大林清) ……… 60～73
ダッチ・ワイフ《小説》(渡辺啓助) ……… 74～85
特効薬(寺田文次郎) ……… 86～89
女形という名の男たち(堀井章吾) ……… 89～91
女性の体孔(押鐘篤) ……… 91～94
馬車の旅(指方竜二) ……… 95～96
東京おーる・うえーぶ ……… 97
土産首《小説》(加賀淳子) ……… 98～113
それからどうしたの？ ……… 114～115
多年草《小説》(大野あき子) ……… 116～127
さよならニッポン《小説》(藤原審爾)
　　　　　　　　　　　　……… 128～144
e.m.雑貨店
　ぼくのおしゃれ あたしのおしゃれ
　　　　　　　　　　　　……… 146～147
　絶品《漫画》(矢の徳) ……… 148～149
　今月の旅(井上敏雄) ……… 150～152
煙が眼にしみる《小説》(今官一) ……… 153～163
ポエマ・タンゴ《小説》(加藤薫) ……… 164～166
傷に殺される《小説》(加藤薫) ……… 166～168
男である《小説》(加藤薫) ……… 169～170
笑いよおごるな《小説》(加藤薫) ……… 170～172
残されたもの《小説》(加藤薫) ……… 173～174
役者気質《小説》(加藤薫) ……… 174～175
女よ悲鳴あげるなかれ ……… 176～179
久米の仙人《小説》(榊山潤) ……… 180～195
惨劇孕む不能者の性交(緑川貢) ……… 196～205
風流殿さま/氏子の勤め ……… 205
新版マネービル読本〈6〉(吉村郁)
　　　　　　　　　　　　……… 206～209

禍福の寝床《小説》(野田開作) ……… 210～217
焼モチ女房の亭主殺し(相良基一)
　　　　　　　　　　　　……… 218～222
生首美人《小説》(ボアゴベ〔著〕，水谷準〔訳〕) ……… 224～255
性格改造機《漫画》(井上洋介) ……… 256～258
草の褥に歓喜のうめき ……… 260～263
殺人契約〈5〉《小説》(青山光二)
　　　　　　　　　　　　……… 264～287
スケベエ女は金がすき ……… 288～291
一寸法師〈2〉《小説》(江戸川乱歩)
　　　　　　　　　　　　……… 292～312

第1巻第5号　所蔵あり
1960年12月1日発行　312頁　130円
e.m. calendar(toto club〔構成〕) …… 10～12
聖夜《口絵》 ……… 13～16
第4船倉を開けるな《小説》(今官一)
　　　　　　　　　　　　……… 18～36
男性周期律《小説》(山田風太郎) ……… 38～63
殺人契約〈6〉《小説》(青山光二) ……… 64～83
世紀の売笑婦ロージィ(緑川貢) ……… 84～91
妻という名の女《小説》(榛葉英治)
　　　　　　　　　　　　……… 92～105
黒い翼《小説》(横溝正史) ……… 106～134
新版マネービル読本〈7〉(吉村郁)
　　　　　　　　　　　　……… 136～139
月はなんでも知ってる(相良基一)
　　　　　　　　　　　　……… 140～144
e.m.雑貨店
　それからどうしたの？ ……… 146～147
　変なユウレイ《漫画》(矢の徳)
　　　　　　　　　　　　……… 148～149
　今月の旅(t) ……… 150～152
海のむこうのはなし ……… 153
雲のいずこに《小説》(大林清) ……… 154～168
勇者《小説》(加藤薫) ……… 170～171
女猿《小説》(加藤薫) ……… 171～172
昨夜わたしは《小説》(加藤薫) ……… 173～175
静かなる観客《小説》(加藤薫) ……… 175～177
魚皮族の呪婆《小説》(島田一男) ……… 178～185
小野小町《小説》(榊山潤) ……… 186～200
北斎のタンカ(馬太郎) ……… 201
宿なし男と大トラ女房 ……… 202～205
ホーデン侍従〈3・完〉《小説》(尾崎士郎)
　　　　　　　　　　　　……… 206～233
風が吹くと《小説》(大下宇陀児) ……… 234～257
結婚夜のベッドコーチ(高橋鉄) ……… 258～277
高橋先生の横顔(M) ……… 258
旦那様を欲ばりすぎて ……… 278～281

481

35 『エロティック・ミステリー』『エロチック・ミステリー』『ミステリー』

情痴《小説》（今井達夫）・・・・・・・・ 282〜296
一寸法師〈3〉《小説》（江戸川乱歩）
・・・・・・・・・・・・・・・・・・・・・・・・・・・・・・・ 297〜312

第2巻第1号　所蔵あり
1961年1月1日発行　312頁　130円

灯《口絵》・・・・・・・・・・・・・・・・・・・・・・・ 13〜16
日付のない遺書《小説》（樹下太郎）・・・・ 18〜35
十号室の裸婦《小説》（宮原竜雄）・・・・・ 36〜53
千姫《小説》（南条範夫）・・・・・・・・・・・ 54〜87
嘘がまことか《小説》（大林清）・・・・・・ 88〜100
吝嗇の真理《小説》（大下宇陀児）・・・・ 102〜121
節操《小説》（加藤薫）・・・・・・・・・・・・ 122〜124
悪党よ、よみがえれ《小説》（加藤薫）
・・・・・・・・・・・・・・・・・・・・・・・・・・・・・・・ 125〜126
切り札《小説》（加藤薫）・・・・・・・・・・・ 126〜128
話中です《小説》（加藤薫）・・・・・・・・・ 129〜133
おっちょこちょい《小説》（加藤薫）
・・・・・・・・・・・・・・・・・・・・・・・・・・・・・・・ 133〜137
下級大学生と人妻の不倫（緑川貢）
・・・・・・・・・・・・・・・・・・・・・・・・・・・・・・・ 138〜144
EM雑貨店
　トオキョウテレタイプ・・・・・・・・ 146〜147
　芸術の呪い《漫画》（矢の徳）・・・・ 148〜149
　今月の旅(t)・・・・・・・・・・・・・・・・・ 150〜152
怪物の背中《漫画》（井上洋介）・・・・ 153〜155
新版マネービル読本〈8〉（吉村郁）
・・・・・・・・・・・・・・・・・・・・・・・・・・・・・・・ 156〜159
東京のアベック広場・・・・・・・・・・・・ 160〜167
夜鷹《小説》（長谷川伸）・・・・・・・・・・ 168〜184
薄紅《小説》（今井達夫）・・・・・・・・・・ 186〜197
福の神行状《小説》（城昌幸）・・・・・・ 198〜209
隠れ蓑コムプレクス（高橋鉄）・・・・・ 210〜211
胸毛の神秘（寺田文次郎）・・・・・・・・ 211〜212
エテ吉殺害事件（市川小太夫）・・・・・ 213〜214
P太公伝《小説》（尾崎士郎）・・・・・・ 216〜231
落札された花嫁《小説》（竹村直伸）
・・・・・・・・・・・・・・・・・・・・・・・・・・・・・・・ 232〜250
日曜日の女《小説》（河野典生）・・・・ 252〜269
殺人契約〈7・完〉《小説》（青山光二）
・・・・・・・・・・・・・・・・・・・・・・・・・・・・・・・ 270〜286
寝室のバイブル・・・・・・・・・・・・・・・・ 287〜299
一寸法師〈4〉《小説》（江戸川乱歩）
・・・・・・・・・・・・・・・・・・・・・・・・・・・・・・・ 300〜312

第2巻第2号　所蔵あり
1961年2月1日発行　312頁　130円

裸身《口絵》・・・・・・・・・・・・・・・・・・・・ 13〜16
女性のためのSEX教室〈1〉（高橋鉄）
・・・・・・・・・・・・・・・・・・・・・・・・・・・・・・・・ 18〜31
切られ与三郎（市川寿海）・・・・・・・・・・ 32〜34

ある芸者の趣味（南部僑一郎）・・・・・・ 34〜37
石川啄木と春本（岡田甫）・・・・・・・・・・ 37〜39
女は三回勝負する《小説》（今官一）・・ 40〜53
風の神お宿（城昌幸）・・・・・・・・・・・・・ 54〜66
海のむこうのはなし・・・・・・・・・・・・・・・・ 67
狸画狛と河童書生《小説》（福田蘭童）
・・・・・・・・・・・・・・・・・・・・・・・・・・・・・・・・ 68〜80
EM雑貨店
　音の呪い《漫画》（矢の徳）・・・・・・ 82〜83
　それからどうしたの?・・・・・・・・・・・ 84〜85
　今月の旅(t)・・・・・・・・・・・・・・・・・・・ 86〜88
売春動員《小説》（藤原審爾）・・・・・・ 90〜101
東京暴力団《小説》（島田一男）・・・・ 102〜125
七彩の蝶《小説》（大林清）・・・・・・・・ 126〜143
信康とお松の方《小説》（榊山潤）・・ 144〜159
ヤキモチは女の武器よ・・・・・・・・・・・ 160〜163
おんな日本史〈1〉（高木健夫）・・・・・ 164〜177
君知るセックス学校（衣川均）・・・・・ 178〜184
理屈にならぬ一宿一飯・・・・・・・・・・・ 186〜189
脅迫状《小説》（加藤薫）・・・・・・・・・・ 190〜192
黒い轍《小説》（加藤薫）・・・・・・・・・・ 192〜193
批評家《小説》（加藤薫）・・・・・・・・・・ 194〜195
策に溺れた《小説》（加藤薫）・・・・・・ 195〜197
新版マネービル読本〈9〉（吉村郁）
・・・・・・・・・・・・・・・・・・・・・・・・・・・・・・・ 198〜201
酒はナミダか気狂いか（森繁行）・・・・ 202〜208
むかしの夢《小説》（村上元三）・・・・ 210〜225
ひと、妻という《小説》（今井達夫）
・・・・・・・・・・・・・・・・・・・・・・・・・・・・・・・ 226〜241
R岬の悲劇《小説》（大下宇陀児）・・ 242〜265
雷電〈1〉《小説》（尾崎士郎）・・・・・・ 266〜290
一寸法師〈5・完〉《小説》（江戸川乱歩）
・・・・・・・・・・・・・・・・・・・・・・・・・・・・・・・ 292〜312

第2巻第3号　所蔵あり
1961年3月1日発行　312頁　130円

傑作ヌード写真選《口絵》・・・・・・・・・・ 13〜16
女性のためのSEX教室〈2〉（高橋鉄）
・・・・・・・・・・・・・・・・・・・・・・・・・・・・・・・・ 18〜28
テーマはユキ《漫画》（井上洋介）・・・・ 29〜31
最終の欲情《小説》（今官一）・・・・・・・ 32〜47
おんなの日本史〈2〉（高木健夫）・・・・ 48〜65
同性愛を探がす女（多根徳夫）・・・・・・ 66〜71
新版マネービル読本〈10〉（吉村郁）
・・・・・・・・・・・・・・・・・・・・・・・・・・・・・・・・ 72〜75
愛情相談（編集部）・・・・・・・・・・・・・・・ 76〜80
EM雑貨店
　カー・コーナー・・・・・・・・・・・・・・・ 82〜85
　今月の旅・・・・・・・・・・・・・・・・・・・・ 86〜88
O嬢の物語《小説》（ポアリイヌ・レアージュ
〔著〕, 清水正二郎〔訳〕）・・・・・・・・ 89〜101

482

35『エロティック・ミステリー』『エロチック・ミステリー』『ミステリー』

逆流《小説》（島田一男）・・・・・・・・・・	102～124
庄兵衛稲荷《小説》（司馬遼太郎）・・・・・	126～144
不貞調査《小説》（佐野洋）・・・・・・・・・・	146～161
女スパイはベッドで取引する（壱岐透）	
	162～173
屍くずれ《小説》（渡辺啓助）・・・・・・・・	174～189
悲恋の刺青《小説》（福田蘭童）・・・・・・	190～202
雷電〈2〉《小説》（尾崎士郎）・・・・・・・	204～234
銀座の空の下で《小説》（大林清）・・・・	236～253
春雨娘《小説》（城昌幸）・・・・・・・・・・・	254～266
殺し屋は女にもてます（上司浩二）	
	268～277
消えた男（指方竜二）・・・・・・・・・・・・・・	278～279
影男〈1〉《小説》（江戸川乱歩）・・・・・	280～312

第2巻第4号　所蔵あり
1961年4月1日発行　312頁　130円

生きている性の神々《口絵》・・・・・・・・	13～16
彼女はなぜ素裸で寝る（開田，ハンフリー）	
	18～23
浴身風俗（高建子）・・・・・・・・・・・・・・・・	24～25
オナンの法（加賀谷三十五）・・・・・・・・	25～27
馬琴と悪妻（志道軒）・・・・・・・・・・・・・・	27～28
梢風さんの思い出（真野律太）・・・・・・	28～29
性毛珍氏伝（南部僑一郎）・・・・・・・・・・	30～33
女性のためのSEX教室〈3〉（高橋鉄）	
	34～44
狙われた名刀《小説》（山手樹一郎）・	46～61
オンリー《小説》（藤原審爾）・・・・・・・	62～77
殺人名簿《小説》（島田一男）・・・・・・・	78～99
女のリスト《小説》（今官一）・・・・・・・	100～112
EM雑貨店	
女体観光案内・・・・・・・・・・・・・・・・・・	114～115
場所の呪い《漫画》（矢の徳）・・・・	116～117
今月の旅（t）・・・・・・・・・・・・・・・・・・	118～120
首なし結婚写真《小説》（福田蘭童）	
	122～131
夜の陽炎《小説》（大林清）・・・・・・・・・	132～145
一、二、三、で行こう《小説》（加藤薫）	
	146～147
インスタント殺人《小説》（加藤薫）	
	147～149
まごころ《小説》（加藤薫）・・・・・・・・・	149～151
黒い病葉《小説》（加藤薫）・・・・・・・・・	151～155
雷電〈3〉《小説》（尾崎士郎）・・・・・・・	156～187
若いツバメに夫を消させた淫婦（多根徳夫）	
	188～197
露出狂奇譚《小説》（山田風太郎）・・・	198～210
この強精法百円也（野代真一）・・・・・・	212～215
おんなの日本史〈3〉（高木健夫）・・・	216～228

知らぬは亭主ばかりなり（壱岐透）	
	230～239
新版マネービル読本〈11〉（吉村郁）	
	240～243
若者よ人妻に肌身を許すなかれ（上司浩二）	
	244～249
仙人仙薬《小説》（城昌幸）・・・・・・・・・	250～260
俺は死なない《小説》（野田開作）・・・	262～273
インスタントSEX（編集部）・・・・・・・	275～283
影男〈2〉《小説》（江戸川乱歩）・・・・・	285～312

第2巻第5号　所蔵あり
1961年5月1日発行　312頁　130円

猫はみていた《口絵》・・・・・・・・・・・・・・	13～16
夜の花が落ちた《小説》（黒岩重吾）・	18～37
拳銃貸します《小説》（島田一男）・・・	38～62
女性のためのSEX教室〈4〉（高橋鉄）	
	64～75
金百両如来《小説》（長谷川伸）・・・・・	76～89
新版マネービル読本〈12〉（吉村郁）	
	90～93
スケコマシ罷り通る（壱岐透）・・・・・・	94～103
うちの宿六を消せ（加藤美希雄）・・・・	104～112
今月の旅（toto club）・・・・・・・・・・・・・	113～117
時の呪い《漫画》（矢の徳）・・・・・・・・・	118～119
春の東京SEXライン（編集部）・・・・・	121～131
獺《小説》（大下宇陀児）・・・・・・・・・・・	132～147
囮《小説》（加藤薫）・・・・・・・・・・・・・・・	148～151
檻の中の芝居《小説》（加藤薫）・・・・・	151～153
夫を殺して《小説》（加藤薫）・・・・・・・	153～154
眼のある顔《小説》（加藤薫）・・・・・・・	154～155
雷電〈4〉《小説》（尾崎士郎）・・・・・・・	156～185
おんなの日本史〈4〉（高木健夫）・・・	186～198
男性強姦時代来る（開田，ハンフリー）	
	200～206
恋慕ごろし《小説》（城昌幸）・・・・・・・	208～221
ホルモン綺譚（寺田文次郎）・・・・・・・・	222～224
作家と右翼の人（指方竜二）・・・・・・・・	224～226
悟道軒幽霊草紙（小織羊一郎）・・・・・・	226～228
深川の昼酒（真野律太）・・・・・・・・・・・・	228～229
恋罪《小説》（山田風太郎）・・・・・・・・・	230～250
憎い夫の死屍を愛撫（緑川杏太郎）	
	252～259
鈴慕流し《小説》（福田蘭童）・・・・・・・	260～273
不在（中山あい子）・・・・・・・・・・・・・・・・	274～283
性器から見た女体と性感（西島実）	
	284～288
影男〈3〉《小説》（江戸川乱歩）・・・・・	289～312

第2巻第6号　所蔵あり
1961年6月1日発行　312頁　130円

483

35 『エロティック・ミステリー』『エロチック・ミステリー』『ミステリー』

ヌード・コーナー〈口絵〉 …………	13〜16
女性のためのSEX教室〈5〉（高橋鉄）	
	17〜29
顔役〈小説〉（島田一男）	30〜45
おんなの日本史〈5〉（高木健夫）	46〜58
ヒットラーにまつわる二つのレポート	
〝わが闘争〟の残虐秘話（山本和彦）	
	60〜69
供出された未亡人（南小路友隆）	
…………	69〜81
女を探せ〈小説〉（高木彬光）	82〜96
死の栄養剤三十錠（加藤美希雄）……	98〜107
弾丸は背中を貫いてる（車田ジョー）	
	108〜112
今月の旅 …………	116〜120
処刑場曲芸〈小説〉（長谷川伸）	121〜133
雷電〈5〉〈小説〉（尾崎士郎）	134〜166
新版マネービル読本〈13〉（吉村郁）	
	168〜171
その名もナポレオン洞窟（大江春房）	
	172〜178
強盗行状記〈小説〉（福田蘭童）	180〜191
黒檜姉妹〈小説〉（山田風太郎）	192〜210
好色のいましめ（岡本文弥）	212〜213
人殺し六十三回（矢野庄介）	213〜215
エロチック酔虎伝（細島喜美）	215〜217
ヌード・モデル（吉江まき子）	217〜218
永井荷風抄（真野律太）	219
日本の「西部劇」（今国一）	220〜223
エロ写真囮りに処女を翻弄（緑川杏太郎）	
	224〜228
待てないの〈小説〉（加藤薫）	229〜230
現代の美徳〈小説〉（加藤薫）	230〜231
リハーサル〈小説〉（加藤薫）	232〜233
崖のある道〈小説〉（加藤薫）	233〜235
女は中年増を狙え（三村司郎）	236〜242
浮草の女〈小説〉（大林清）	243〜253
おちよ影二ツ〈小説〉（城昌幸）	254〜266
カムオン・ボーイ（園田てる子）	268〜271
生きている情艶史（高橋鉄）	272〜281
この不思議なる鉄拳〈小説〉（北見昭夫）	
	282〜292
影男〈4〉〈小説〉（江戸川乱歩）	293〜312

第2巻第7号　所蔵あり
1961年7月1日発行　312頁　130円

ナイトクラブの女王〈口絵〉 …………	13〜16
未決囚の絶食（長谷川伸）	17〜20
阿安紅梅（大下宇陀児） …………	20〜22
真昼間論と振コウ術（北条晃）	22〜23

「雲」の臨終（放牛舎満） …………	24〜25
フクロ清談（名取弘） …………	25〜27
我来也（小織羊一郎） …………	27〜29
尾燈〈小説〉（島田一男）	30〜52
花のバリーの青姦大将（鷲尾友行）	54〜60
女性のためのSEX教室〈6〉（高橋鉄）	
	61〜73
ある撮影所の劫火〈小説〉（福田蘭童）	
	74〜80
空間の呪い〈漫画〉（矢の徳）	84〜85
今月の旅（toto）	86〜88
死骸俳優〈小説〉（渡辺啓助）	89〜101
若様ギャング罷り通る（鮎沢尭爾）	
	102〜109
天の炎〈小説〉（大林清）	110〜125
雷電〈6〉〈小説〉（尾崎士郎）	126〜159
夜会巻の殺人淫楽女（加藤美希雄）	
	160〜170
おんなの日本史〈6〉（高木健夫）	172〜186
ながれ舟〈小説〉（城昌幸）	188〜199
ぐうたら男を亭主にもてば（浪花太郎）	
	200〜208
誰よりも愛す〈小説〉（加藤薫）	210〜217
興行〈小説〉（加藤薫）	213〜214
狂気の設定〈小説〉（加藤薫）	215〜216
親分稼業〈小説〉（加藤薫）	216〜217
泣ぐむ埴輪〈小説〉（樹下太郎）	218〜231
時節柄子堕し談義（真野律太）	232〜237
七助の水塔〈小説〉（長谷川伸）	238〜250
新版マネービル読本〈14〉（吉村郁）	
	252〜255
死の愛慾〈小説〉（大下宇陀児）	256〜271
あなたの身の下相談 …………	268〜270
カムオン・ボーイ（園田てる子）	272〜274
あまかった禁断の木の実（熊原信之）	
	276〜280
影男〈5・完〉〈小説〉（江戸川乱歩）	
	282〜312

第2巻第8号　所蔵あり
1961年8月1日発行　312頁　130円

女体ア・ラ・カルト〈口絵〉 …………	13〜16
穴医者（押鐘篤）	17〜20
麻薬と媚薬（寺田文次郎）	20〜23
間の宿（城昌幸）	23〜25
けんちゅう売り（玉川一郎）	25〜27
京の夢（南部儀一郎）	27〜29
「同時横綱」の話（小織梓）	29〜30
円朝と情事（真野律太）	30〜31
霧海の底〈小説〉（島田一男）	32〜51

484

35『エロティック・ミステリー』『エロチック・ミステリー』『ミステリー』

右に姉さ左りにいもと娘〈宮下幻鬼〉	52～59
遥かなるサンタルチア《小説》〈今官一〉	60～71
祭囃子《小説》〈大林清〉	72～86
坊や寝かせたアトが楽しみ〈伊達勇〉	88～95
新版マネービル読本〈15〉〈吉村郁〉	96～99
三人甚内《小説》〈城昌幸〉	100～112
殖の呪い《漫画》〈矢の徳〉	116～117
女体観光案内	118～120
女性のためのSEX教室〈7〉〈高橋鉄〉	121～134
知性《小説》〈加藤薫〉	135～137
大穴を当てた《小説》〈加藤薫〉	137～138
甘い親《小説》〈加藤薫〉	139～140
ある完全犯罪《小説》〈加藤薫〉	140～141
雷電〈7〉《小説》〈尾崎士郎〉	142～174
おんなの日本史〈7〉〈高木健夫〉	176～192
処女観賞会《小説》〈日影丈吉〉	194～208
他人のそら似《小説》〈木々高太郎〉	210～223
強盗氏再び現る《小説》〈福田蘭童〉	224～234
家政婦に現抜かすなかれ〈小野大町〉	235～239
魔性の女《小説》〈大下宇陀児〉	240～251
絵のないマンガ	250～251
車に乗った裸婦《小説》〈宮原竜雄〉	252～271
クリスチャンの不義女房〈野瀬緑也〉	272～277
明月悪念仏《小説》〈長谷川伸〉	278～292
闇に蠢く〈1〉《小説》〈江戸川乱歩〉	293～312

第2巻第9号　所蔵あり
1961年9月1日発行　278頁　130円

誘惑〈口絵〉	11～14
残虐への郷愁〈江戸川乱歩〉	15～16
ペーパー・ドクター〈橋爪檳榔子〉	17～20
昔の同級生〈長谷川修二〉	20～22
見きわめ〈吉江まき子〉	22～23
常陸山と梅ヶ丘〈細島喜美〉	23～25
トイレণ話〈真野律太〉	25～27
酒匂川心中《小説》〈有馬頼義〉	28～43
ハート・ブレイク・ホテル《小説》〈今官一〉	44～56
色の道教えます〈1〉〈高橋鉄〔評訳〕〉	58～73

赤いブドウ酒の謎〈板谷中〉	74～83
罪の黄昏《小説》〈木々高太郎〉	84～96
毒薬の行方《小説》〈山手樹一郎〉	97～117
絵のないマンガ	106～107
新版マネービル読本〈16〉〈吉村郁〉	118～121
女は下半身で勝負する〈加藤美希雄〉	122～132
完全なるボディ・ガード《小説》〈加藤薫〉	133～134
誇り高き賢夫人《小説》〈加藤薫〉	135～139
喰いっぱぐれのない男たち《小説》〈加藤薫〉	139～141
幻想買います《小説》〈加藤薫〉	141～142
呪いの呪い《漫画》〈矢の徳〉	146～147
世界性風俗小辞典〈1〉〈野田開作〉	148～149
雷電〈8・完〉《小説》〈尾崎士郎〉	152～183
おんなの日本史〈8〉〈高木健夫〉	184～201
尺八二等兵《小説》〈福田蘭童〉	202～215
助平医博まかり通る〈壱岐透〉	216～227
秋草幽霊《小説》〈城昌幸〉	228～241
白い日の彼女たち《小説》〈榛葉英治〉	242～256
闇に蠢く〈2〉《小説》〈江戸川乱歩〉	257～278

第2巻第10号　所蔵あり
1961年10月1日発行　278頁　130円

傑作ヌード写真選〈口絵〉	11～14
唐人お吉と四人の女〈長谷川伸〉	15～17
二重人格と分身の怪談〈江戸川乱歩〉	18～20
釜ヶ崎瞥見〈青山光二〉	20～22
ストリップ馬鹿囃子〈南部僑一郎〉	22～24
風流浪花節〈吉野夫二郎〉	24～26
夜はいじわる〈北条晃〉	26～28
遊女隠匿罪〈加藤美希雄〉	28～29
「鳴かせる」咄〈真野律太〉	29～31
おれは不服だ《小説》〈大下宇陀児〉	32～57
世界は性にシビレている〈開田, ハンフリー〉	58～64
賽ころ飯《小説》〈長谷川伸〉	65～77
絵のないマンガ	72～73
蠟人《小説》〈山田風太郎〉	78～99
新版マネービル読本〈17〉〈吉村郁〉	100～103
殺すなら劇的にゆこうぜ〈三田達夫〉	106～110
悲恋《漫画》〈矢の徳〉	114～115

485

35 『エロティック・ミステリー』『エロチック・ミステリー』『ミステリー』

世界性風俗小辞典〈2〉(野田開作)
　‥‥‥‥‥‥‥‥‥‥‥‥‥　116〜118
色の道教えます〈2〉(高橋鉄〔評釈〕)
　‥‥‥‥‥‥‥‥‥‥‥‥‥　120〜137
顔のない美女《小説》(今官一)　138〜151
怪人対巨人〈1〉《小説》(モーリス・ルブラン
　〔著〕, 保篠竜緒〔訳〕) ‥‥‥　152〜171
恋の生首《小説》(城昌幸)‥‥‥　172〜184
あなたの身の上相談(長瀬雅則)‥‥　184〜185
おんなの日本史〈9〉(高木健夫)　186〜201
女だけの業《小説》(藤原審爾) 202〜220
大観画伯と蛸踊り《小説》(福田蘭童)
　‥‥‥‥‥‥‥‥‥‥‥‥‥　222〜231
現代の怪談《小説》(加藤薫)　232〜234
何十分の一《小説》(加藤薫)　234〜235
サァ地獄へ行こう(加藤美希雄)　236〜245
静かなる涙《小説》(中山あい子)　246〜255
闇に蠢く〈3〉《小説》(江戸川乱歩)
　‥‥‥‥‥‥‥‥‥‥‥‥‥　256〜278

第2巻第11号　所蔵あり
1961年11月1日発行　278頁　130円

艶姿浮世絵抄《口絵》‥‥‥‥‥　11〜14
つやダネ書き(長谷川伸) ‥‥‥‥　15〜19
けしけし祭(福田蘭童) ‥‥‥‥‥　19〜21
おんな相撲(細島喜久) ‥‥‥‥‥　21〜23
書かない作家(指方竜二) ‥‥‥‥　23〜25
弥助鮨の誰れ(真野律太)‥‥‥‥　25〜26
近代助平伝(南部僑一郎)‥‥‥‥　26〜29
花電車第一号(小村二郎) ‥‥‥‥　30〜31
女上位階級考(高橋鉄)‥‥‥‥‥　32〜39
本朝女上位事始(岡田甫)‥‥‥‥　40〜49
避妊と性交姿勢について(馬島僩) 50〜55
法医学夜話(平島侃一) ‥‥‥‥‥　56〜61
決定符(きめて)(島田一男) ‥‥‥‥　62〜81
濹の半男半女殺し(板谷中) ‥‥‥　82〜88
性の裏窓記者がのぞいた世界痴図(三田達夫)
　‥‥‥‥‥‥‥‥‥‥‥‥‥‥‥　90〜97
赤い目《小説》(藤原審爾) ‥‥　98〜135
絵のないマンガ ‥‥‥‥‥‥　102〜103
あなたの身の上相談 ‥‥‥‥　136〜137
殺し屋ドラッキイ(開田, ハンフリー)
　‥‥‥‥‥‥‥‥‥‥‥‥‥　138〜142
THE HUNT(矢の徳) ‥‥‥‥　146〜147
プロ野球・ドタン場にきた監督の顔
　巨人〔セ〕(F) ‥‥‥‥‥‥　148〜149
　南海〔パ〕(Q) ‥‥‥‥‥‥　148〜149
　東映〔パ〕(Q) ‥‥‥‥‥‥　148〜149
　大洋〔セ〕(Z) ‥‥‥‥‥‥　148〜149
世界性風俗小辞典〈3〉(野田開作) ‥‥‥　150

色は匂へど去りぬるを《小説》(福田蘭童)
　‥‥‥‥‥‥‥‥‥‥‥‥‥　151〜157
ちぎら亭《小説》(村上元三) ‥　158〜170
月夜の薔薇《小説》(角田喜久雄) 172〜194
色の道教えます〈3〉(高橋鉄〔評釈〕)
　‥‥‥‥‥‥‥‥‥‥‥‥‥　196〜211
怪人対巨人〈2〉《小説》(モーリス・ルブラン
　〔著〕, 保篠竜緒〔訳〕) ‥‥‥　212〜229
女はなぜ金に強い(加藤美希雄) 230〜237
十六剣通し《小説》(城昌幸) ‥　238〜254
新版マネービル読本〈18〉(吉村郁)
　‥‥‥‥‥‥‥‥‥‥‥‥‥　256〜259
闇に蠢く〈4〉《小説》(江戸川乱歩)
　‥‥‥‥‥‥‥‥‥‥‥‥‥　260〜278

第2巻第12号　所蔵あり
1961年12月1日発行　278頁　130円

ブロックとヌード《口絵》 ‥‥‥　11〜14
憚(はばかりながら)口上(M) ‥‥‥‥‥‥‥‥‥　15
いろ手本忠臣蔵(高橋鉄) ‥‥‥‥　16〜24
裏から見た赤穂義士(高木健夫) ‥　26〜33
配分
塩の利権(室井馬琴) ‥‥‥‥‥‥　34〜35
大石と櫪の木(加賀淳子) ‥‥‥‥　35〜37
推理忠臣蔵(守田勘弥) ‥‥‥‥‥　37〜39
討入り前後のスパイ(真野律太) ‥　40〜41
むかしの恋人《小説》(藤原審爾) 42〜55
壁の中の指《小説》(渡辺啓助) ‥　56〜71
世界を股にかけた性の豪商たち(三田達夫)
　‥‥‥‥‥‥‥‥‥‥‥‥‥‥‥　72〜82
鈴木主水《小説》(長谷川伸) ‥‥　83〜95
始まり集 ‥‥‥‥‥‥‥‥‥‥‥‥　95
男がキス・マークを見た時(加藤美希雄)
　‥‥‥‥‥‥‥‥‥‥‥‥‥‥　96〜103
愛すればこその惨劇(板谷中) 104〜110
旅行 ‥‥‥‥‥‥‥‥‥‥‥‥‥‥　111
ある娘が男性研究のため裸になった!!《漫画》
　(矢の徳) ‥‥‥‥‥‥‥‥　112〜113
名器《漫画》(阿里芸太) ‥‥　116〜117
色の道教えます〈4〉(高橋鉄〔評釈〕)
　‥‥‥‥‥‥‥‥‥‥‥‥‥　120〜137
新版マネービル読本〈19〉(吉村郁)
　‥‥‥‥‥‥‥‥‥‥‥‥‥　138〜141
怪人対巨人〈3〉《小説》(モーリス・ルブラン
　〔著〕, 保篠竜緒〔訳〕) ‥‥　142〜159
濡れ衣神《小説》(城昌幸) ‥　160〜170
娘たちは怖い《小説》(大下宇陀児)
　‥‥‥‥‥‥‥‥‥‥‥‥‥　174〜191
おそかった《小説》(加藤薫) 192〜194
この一万円《小説》(加藤薫) 194〜196

35 『エロティック・ミステリー』『エロチック・ミステリー』『ミステリー』

ほんとにいい話なんです《小説》(加藤蕙)
　‥‥‥‥‥‥‥‥‥‥‥　196〜199
これからもだまされよう《小説》(加藤蕙)
　‥‥‥‥‥‥‥‥‥‥‥　200〜201
屍体を呼びだせ《小説》(日影丈吉)
　‥‥‥‥‥‥‥‥‥‥‥　202〜219
あなたの身の上相談(長瀬雅則)‥‥　222〜223
肉体の爪痕《小説》(大林清)‥‥‥　224〜239
絵のないマンガ ‥‥‥‥‥‥‥　228〜229
いのしし娘《小説》(福田蘭童)‥‥　240〜249
おんなの屈辱史
　日本ムスメの防波堤(糸井しげ子)
　‥‥‥‥‥‥‥‥‥‥‥　250〜257
　二度目のお客(木村まき子)　258〜264
闇に蠢く〈5・完〉《小説》(江戸川乱歩)
　‥‥‥‥‥‥‥‥‥‥‥　265〜278

第3巻第1号　所蔵あり
1962年1月1日発行　286頁　150円

東西巨匠名作ギヤラリイ《口絵》‥‥　7〜10
特集・人間乱歩を分析する
　大乱歩の精神分析(高橋鐵)‥‥　11〜14
　怪奇美への耽溺(大下宇陀児)‥‥　14〜20
　トヤ部屋の客(長谷川伸)‥‥‥　21〜22
　太郎さんのいいとこ(本位田準一)
　‥‥‥‥‥‥‥‥‥‥‥　22〜24
　「新青年」と江戸川乱歩(真野律太)
　‥‥‥‥‥‥‥‥‥‥‥　24〜27
人間椅子《小説》(江戸川乱歩)‥‥　28〜41
おさん茂右衛門《小説》(藤原審爾)　42〜65
性的不能者よ、かれらの行く道はバクチかギャングだ！(三田達夫)‥‥‥‥　66〜74
名作への誘い(高橋鐵)‥‥‥‥‥　79〜82
灰色に見える猫《小説》(高木彬光)
　‥‥‥‥‥‥‥‥‥‥‥　84〜108
南方艶歌夜這い見聞記(田辺尚雄)
　‥‥‥‥‥‥‥‥‥‥‥　110〜117
逃げた女〈1〉《小説》(城昌幸)‥　118〜129
怪人対巨人〈4〉《小説》(モーリス・ルブラン〔著〕, 保篠竜緒〔訳〕)‥　130〜146
夫殺しも旅役者ゆえ‥‥‥(加藤美希雄)
　‥‥‥‥‥‥‥‥‥‥‥　147〜153
新版マネービル読本〈20〉(吉村郁)
　‥‥‥‥‥‥‥‥‥‥‥　154〜157
死刑台横丁《小説》(島田一男)‥‥　158〜169
占い随筆〈1〉(高木彬光)‥‥‥　170〜174
T・V・プログラム ‥‥‥‥‥　175〜182
ある男の死《漫画》(矢の徳)‥‥　186〜187
あなたの身の上相談(長瀬雅則)‥‥　188〜189
今月の旅(加藤蕙)‥‥‥‥‥‥　190〜197

色の道教えます〈5・完〉(高橋鐵〔評釈〕)
　‥‥‥‥‥‥‥‥‥‥‥　198〜213
刺青《小説》(田村泰次郎)‥‥‥‥　216〜230
開発奉行《小説》(山手樹一郎)‥‥　231〜247
ペット・ショップ・R〈1〉《小説》(香山滋)
　‥‥‥‥‥‥‥‥‥‥‥　248〜259
喪妻記《小説》(福田鮭二)‥‥‥‥　260〜286

第3巻第2号　所蔵あり
1962年2月1日発行　278頁　150円

東西性風俗画選《口絵》‥‥‥‥　11〜14
チャタレイ夫人の性行為(高橋鐵)　15〜27
処女鑑定器(南部僑一郎)‥‥‥‥　28〜30
秘伝「かげ」遊び(小織羊一郎)‥　30〜32
珍宝綺譚(細島喜美)‥‥‥‥‥　32〜33
よろず寸法づくめ(真野律太)‥‥　33〜35
美女共有の島を彷徨う〈1〉《小説》(山田風太郎)
　‥‥‥‥‥‥‥‥‥‥‥　36〜57
性の狂乱地帯を行く(三田達夫)‥　58〜67
あの世に就職しろ(加藤美希雄)‥　68〜75
四人旅前後《小説》(長谷川伸)‥　79〜95
吸血河岸《小説》(島田一男)‥‥　96〜107
雨外套の女《小説》(渡辺啓助)‥　108〜125
棺桶は柳行季だ(板谷中)‥‥‥‥　126〜131
ペット・ショップ・R〈2〉《小説》(香山滋)
　‥‥‥‥‥‥‥‥‥‥‥　132〜142
改良《漫画》(矢の徳)‥‥‥‥　146〜147
あなたの身の上相談(長瀬雅則)‥　148〜149
今月の旅(加藤蕙)‥‥‥‥‥‥　150〜155
新版マネービル読本〈21〉(吉村郁)
　‥‥‥‥‥‥‥‥‥‥‥　156〜159
或る男の災難《小説》(会津史郎)　160〜172
狂女《小説》(大下宇陀児)‥‥‥　174〜186
T・Vプログラム ‥‥‥‥‥‥　187〜194
女は粘膜動物である(押鐘篤)‥‥　195〜197
占い随筆〈2〉(高木彬光)‥‥‥　198〜202
いたずらな妖精《小説》(縄田厚)　204〜223
逃げた女〈2・完〉《小説》(城昌幸)
　‥‥‥‥‥‥‥‥‥‥‥　224〜235
木馬は廻る《小説》(江戸川乱歩)　236〜246
新牡丹燈籠《小説》(福田蘭童)‥　248〜257
怪人対巨人〈5〉《小説》(モーリス・ルブラン〔著〕, 保篠竜緒〔訳〕)‥　258〜277
余白 ‥‥‥‥‥‥‥‥‥‥‥‥　278

第3巻第3号　所蔵あり
1962年3月1日発行　278頁　150円

閨房に花を!!《口絵》‥‥‥‥‥　11〜14
サドは無罪だ! その理由(高橋鐵)　16〜24
無題氏行状記《口絵》(阿里芸太)‥　25
文化発展裏面史(横井直一)‥‥‥　26〜28
「放浪記」の作者と笛(指方竜二)‥　28〜30

487

35 『エロティック・ミステリー』『エロチック・ミステリー』『ミステリー』

タバコ談義〈煙山杳太郎〉	30〜31
女が男になった話〈細島喜美〉	31〜33
才牛の横死〈真野律太〉	33〜35
情無用の街《小説》〈島田一男〉	36〜49
ペット・ショップ・R〈3〉《小説》〈香山滋〉	50〜61
オレンジ・スリップ《小説》〈樹下太郎〉	62〜73
占い随筆〈3〉〈高木彬光〉	74〜78
悪趣味だなんてトンデモナイ！〈口絵〉〈矢の徳〉	82〜83
あなたの身の上相談〈長瀬雅則〉	84〜85
今月の旅〈加藤薫〉	86〜91
破れた偽装殺人〈加藤美希雄〉	92〜99
黄色い手帳《小説》〈黒木曜之助〉	100〜117
赤い靴のナゾ〈福田蘭童〉	118〜127
色女房《小説》〈田村泰次郎〉	128〜137
戯文〈岡田甫〉	138〜144
闇の礫《小説》〈村上元三〉	145〜157
美女共有の島を彷徨う〈2・完〉《小説》〈山田風太郎〉	158〜177
新版マネービル読本〈22〉〈吉村郁〉	178〜181
落語家変相図《小説》〈大下宇陀児〉	182〜197
三味線弾き殺し〈板谷中〉	198〜206
猥談人性学〈高橋鉄〉	207〜221
灰神楽《小説》〈江戸川乱歩〉	224〜237
黒い日本人〈1〉《小説》〈青山光二〉	238〜256
怪人対巨人《小説》〈6〉〈モーリス・ルブラン〔著〕，保篠竜緒〔訳〕〉	260〜278
後記	278

第3巻第4号　所蔵あり
1962年4月1日発行　278頁　150円

僕のコレクション〈口絵〉〈高橋鉄〉	11〜14
「めがね」と秘戯図〈椿八郎〉	15〜18
推理小説穴さがし〈加太こうじ〉	18〜20
サセ子年代記〈南部僑一郎〉	20〜23
四十年前の朝鮮〈玉川一郎〉	23〜24
お粗相さま〈吉江まき子〉	24〜26
後　見は哀し〈小織羊一郎〉プロムプター	26〜27
性科学・話の泉100題〈1〉〈高橋鉄〉	28〜34
とんずら《小説》〈山田風太郎〉	36〜55
血染めの白タク〈板谷中〉	56〜63
暗闇十字路《小説》〈島田一男〉	64〜76
白い鯉《小説》〈田村泰次郎〉	77〜88
涙痕二代《小説》〈長谷川伸〉	89〜103

オトコ万才・奇習の旅〈福田蘭童〉	104〜110
T・V・プログラム	111〜118
胃の中のスブタ《小説》〈鈴木五郎〉	122〜141
文使い姫〈1〉《小説》〈城昌幸〉	142〜153
京都観光案内〈山瀬四郎〉	154〜161
京都あまから行脚〈臼井喜之介〉	162〜165
京都ぶらぶら〈城昌幸〉	166〜169
怪人対巨人〈7〉《小説》〈モーリス・ルブラン〔著〕，保篠竜緒〔訳〕〉	170〜191
新版マネービル読本〈23〉〈吉村郁〉	192〜195
ペット・ショップ・R〈4〉《小説》〈香山滋〉	196〜207
戯文〈岡田甫〉	208〜213
今月の旅〈加藤薫〉	216〜221
血ぬられたエロス《小説》〈海渡英祐〉	222〜234
占い随筆〈4〉〈高木彬光〉	235〜239
東京伝説巡り〈1〉〈真野律太〉	240〜245
黒い日本人〈2〉《小説》〈青山光二〉	246〜260
黒手組《小説》〈江戸川乱歩〉	261〜278

第3巻第5号　所蔵あり
1962年5月1日発行　278頁　150円

春のそよ風〈口絵〉	11〜14
起死回生〈水谷準〉	15〜17
「そうろう」にて候〈河野比露三〉	17〜19
東京の淫祠など〈原比露志〉	19〜21
入れ歯瑣談〈野代真一〉	21〜22
「暴力」のいろいろ〈北条晃〉	22〜24
こっちは癩鷹〈酒元竹馬〉	24〜25
地獄波止場《小説》〈島田一男〉	26〜37
性科学・話の泉100題〈2〉〈高橋鉄〉	38〜46
人間夜色《小説》〈田村泰次郎〉	48〜65
伊豆の温泉〈城昌幸〉	66〜67
伊豆路を往く〈加藤薫〉	68〜78
T・V・プログラム	79〜86
危険なる姉妹《小説》〈大下宇陀児〉	87〜109
ペット・ショップ・R〈5〉《小説》〈香山滋〉	110〜121
赤い夕陽に殺された娘〈加藤美希雄〉	122〜129
明治十二年の雨《小説》〈長谷川伸〉	130〜149
新版マネービル読本〈24・完〉〈吉村郁〉	150〜153

35 『エロティック・ミステリー』『エロチック・ミステリー』『ミステリー』

鬼さんこちら《小説》(山田風太郎)
・・・・・・・・・・・・・・・・・・・・・・ 154〜173
益子焼(能登広道)・・・・・・・・・ 174〜179
桟敷の下の貴族(福田蘭童)
・・・・・・・・・・・・・・・・・・・・・・ 180〜191
文使い姫〈2・完〉《小説》(城昌幸)
・・・・・・・・・・・・・・・・・・・・・・ 192〜204
占い随筆〈5〉(高木彬光)・・・ 205〜209
東京伝説巡り〈2〉(真野律太)・・・ 210〜215
黒い日本人〈3〉《小説》(青山光二)
・・・・・・・・・・・・・・・・・・・・・・ 216〜231
怪人対巨人〈8・完〉《小説》(モーリス・ルブラン〔著〕、保篠竜緒〔訳〕)・・・・ 232〜255
戯文(岡田甫)・・・・・・・・・・・・・ 256〜263
ブザーが二度鳴った《小説》(根岸茂一)
・・・・・・・・・・・・・・・・・・・・・・ 266〜278

※ 以下、『エロチック・ミステリー』と改題

第3巻第6号　所蔵あり
1962年6月1日発行　138頁　100円
浴泉抄《詩》(田中冬二)・・・・・・・・・・・・ 2
小咄 ・・・・・・・・・・・・・・・・・・・・・・・・ 4〜5
夢幻風景(向井潤吉)・・・・・・・・・・・・・・ 6
四重婚(江戸川乱歩)・・・・・・・・・・・・・・ 7
新緑の光に千年の古都を訪ねて(臼井喜之介)・・・・・・・・・・・・・・・・・・・・・・ 8〜11
五月の誘惑(臼井喜之介)・・・・ 12〜13
京女四態(北村ただし)・・・・・・ 12〜13
くたびれた縄《小説》(陳舜臣)・・ 14〜23
口 ・・・・・・・・・・・・・・・・・・・・・・・・・・・・ 23
現代忍者考〈1〉《小説》(日影丈吉)
・・・・・・・・・・・・・・・・・・・・・・・ 24〜34
本棚 ・・・・・・・・・・・・・・・・・・・・・・・・・・・ 29
各駅停車 ・・・・・・・・・・・・・・・・・・・・・・・ 30
お色気描写《漫画》(坂みのる)・・・・・ 31
新緑の高原をゆく(田中冬二)・・・ 36〜37
京の夏(志村立美)・・・・・・・・・・・・・・ 38
三河・遠州路を往く《グラビア》 40〜41
古銭(鮎川哲也)・・・・・・・・・・・・ 42〜53
赤鉛筆 ・・・・・・・・・・・・・・・・・・・・・・・・・ 51
脱入獄事件《小説》(楠田匡介)・・ 54〜63
各駅停車 ・・・・・・・・・・・・・・・・・・・・・・・ 56
各駅停車 ・・・・・・・・・・・・・・・・・・・・・・・ 62
結婚記念日《小説》(木原孝一)・・ 64〜71
本棚 ・・・・・・・・・・・・・・・・・・・・・・・・・・・ 67
ぼくは原始人(大下宇陀児)・・・・・・・・ 72
辻軍曹の話(玉川一郎)・・・・・・・・・・・・ 73
雪月花殺し《小説》(陣出達朗) 74〜85
赤鉛筆 ・・・・・・・・・・・・・・・・・・・・・・・・・ 77
口 ・・・・・・・・・・・・・・・・・・・・・・・・・・・・ 85

キャッチ・フレーズ《小説》(藤原宰)
・・・・・・・・・・・・・・・・・・・・・・・ 86〜95
各駅停車 ・・・・・・・・・・・・・・・・・・・・・・・ 88
本棚 ・・・・・・・・・・・・・・・・・・・・・・・・・・・ 92
三河・遠州路を往く(加藤薫)・・ 96〜100
ガイドくん《漫画》(北村ただし)・・ 101
旅行心得不心得 ・・・・・・・・・・・ 102〜103
風への墓碑銘《小説》(高城高) 104〜113
本棚 ・・・・・・・・・・・・・・・・・・・・・・・・・・ 106
「春色木曾開道」評釈〈1〉(高橋鉄)
・・・・・・・・・・・・・・・・・・・・・・ 114〜117
高士の旅(山田風太郎)・・・・・・・・・・・ 118
熱海を見直す(古田保)・・・・・・・・・・・ 119
ペット・ショップ・R〈6〉《小説》(香山滋)
・・・・・・・・・・・・・・・・・・・・・・ 120〜128
口 ・・・・・・・・・・・・・・・・・・・・・・・・・・・ 123
君知るや山桃の恋(岡田喜秋)・・ 128〜129
どんどろ舟《小説》(城昌幸)・・ 130〜138
編集だより(D)・・・・・・・・・・・・・・・・・ 138
伊豆長岡・韮山(本誌記者)・・・・・・・ 後1

第3巻第7号　所蔵あり
1962年7月1日発行　138頁　100円
旅のアルバム(角田喜久雄)・・・・・・・・ 2
小咄 ・・・・・・・・・・・・・・・・・・・・・・・・ 4〜5
駒ヶ岳(井上長三郎)・・・・・・・・・・・・・・ 6
ベイカー・ストリート異聞(長沼弘毅)・・ 7
日本周遊〈1〉(島田一男)・・・・・ 8〜13
厳島の七不思議(真)・・・・・・・・・・・・・ 13
波天連の島・天草を探る(渡辺啓助)
・・・・・・・・・・・・・・・・・・・・・・・ 14〜18
そのウラをかけ《漫画》(坂みのる)・・ 19
画伯の長寿 ・・・・・・・・・・・・・・・・・・・・ 19
拾った名刺《小説》(飛鳥高)・・ 20〜32
本棚(真)・・・・・・・・・・・・・・・・・・・・・・ 23
障子のそと(浜口和夫)・・・・・・・ 26〜27
一分停車 ・・・・・・・・・・・・・・・・・・・・・・ 28
衣裳美学〈1〉(長谷川修二)・・・・・・ 33
現代忍者考〈2〉《小説》(日影丈吉)
・・・・・・・・・・・・・・・・・・・・・・・ 34〜44
本棚(真)・・・・・・・・・・・・・・・・・・・・・・ 37
一分停車 ・・・・・・・・・・・・・・・・・・・・・・ 40
本棚(真)・・・・・・・・・・・・・・・・・・・・・・ 42
完全殺人失敗記《漫画》(森哲郎)・・ 45
ご存じですか ・・・・・・・・・・・・・・・・・・ 45
怪物《小説》(島久平)・・・・・・・・ 46〜55
8ミリ解説(真)・・・・・・・・・・・・・・・・・ 48
運勢相談(長瀬雅則)・・・・・・・・・ 54〜55
緑深き京の寺々(臼井喜之介)・・ 56〜57
あがた祭ほか二題(北村ただし) 56〜57
ひきずった縄《小説》(陳舜臣)・・ 58〜66

489

35 『エロティック・ミステリー』『エロチック・ミステリー』『ミステリー』

8ミリ解説(M)	60
旅は夏(土師清二)	67
真夜中の出来事《小説》(S・リーコック〔著〕, 長谷川修二〔訳〕)	68〜69
先斗町の舞妓(神保朋世)	70〜71
飛騨路を往く《グラビア》	72〜73
いで湯のニンフ《グラビア》	74
みちのくに香る(佐々木久子)	75
武州浅川事件《小説》(左文字雄策)	76〜84
一分停車	78
峠の湯エッチ(千代有三)	85
飛騨路の渓谷(加藤薫)	86〜91
葦のなかの犯罪《小説》(宮原竜雄)	92〜99
赤鉛筆	94
旅行心得不心得	100〜101
ミステリィ夫人《漫画》(八島一夫)	102〜103
昔噺雪女房《小説》(山村正夫)	104〜114
赤鉛筆(真)	106
一分停車	114
ガイドくん《漫画》(北村ただし)	115
「春色木曾開道」評釈〈2〉(高橋鉄)	116〜118
日本のハワイへ(大河内常平)	119
さつき闇《小説》(城昌幸)	120〜128
深部のエロ(木々高太郎)	128〜129
ペット・ショップ・R〈7〉《小説》(香山滋)	130〜138
8ミリ解説(真)	133
編集後記(A, B, C)	138

第3巻第8号　所蔵あり
1962年8月1日発行　138頁　100円

小咄	4〜5
賤しき読書家(横溝正史)	7
日本周遊(島田一男)	8〜12
パンツ一枚の女(渡辺啓助)	13
金は金ならず《小説》(加納一朗)	14〜21
運勢相談(長瀬則則)	16〜17
奥さまと推理小説《小説》(新章文子)	22〜33
8ミリ解説(真)	25
一分停車	26
スターの噂	31
縄の繃帯《小説》(陳舜臣)	34〜43
赤鉛筆	36
8ミリ解説	40
七月の年中行事	42〜43
離れ島の白い浜と、娘(おねえさん)と…(井上敏雄)	44〜47

現代忍者考〈3〉《小説》(日影丈吉)	48〜58
本棚	51
一分停車	54
本棚	56
永遠に君を愛す《漫画》(森哲郎)	59
金より大切なもの/眼病/因果関係	59
ジュースと紙幣《小説》(鷲尾三郎)	60〜68
本棚(真)	63
一分停車	64
ガイドくん《漫画》(北村ただし)	69
京の舞妓(清水三重三)	70〜71
白の幻想《グラビア》	72〜73
二つのローカル線《グラビア》	74
ざれうた(樹下太郎)	75
祇園囃子は招く(白井喜介)	76〜77
京の涼線(北村ただし)	76〜77
舌の糞《小説》(長谷川伸)	78〜85
本棚(真)	84
九州の俗物趣味(近藤東)	86〜87
薩摩の味覚(中島河太郎)	88
意外千万!/負けず劣らず/鉢あわせ/どっちもどっち	88
芦原温泉の一夜(椿八郎)	89
2+2=0/敵は本能寺/二十年計画/大侮辱	89
占い随筆〈6〉(高木彬光)	90〜91
ローカル線情調(加藤薫)	92〜97
乳房の秘密《漫画》(八島一夫)	98〜99
女難かなわ面《小説》(城昌幸)	100〜108
衣裳美学〈2〉(長谷川修二)	109
夜汽車の人々《小説》(藤木靖子)	110〜119
本棚	113
盗み食い《小説》(浜口和夫)	114〜115
真夏の探偵秘話《小説》(S・リーコック〔著〕, 長谷川修二〔訳〕)	120〜121
旅行心得不心得	122〜123
「春色木曾開道」評釈〈3・完〉(高橋鉄)	124〜127
天使《小説》(木原孝一)	127
旅とアンマ(玉川一郎)	128
ランプの宿(永瀬三吾)	129
ペット・ショップ・R〈8〉《小説》(香山滋)	130〜138
本棚(真)	133
編集便り(A, B, C, D)	138

第3巻第9号　所蔵あり
1962年9月1日発行　138頁　100円

うっかり云えない/気にいらねえ	4
持参金/末おそろしい	5

35『エロティック・ミステリー』『エロチック・ミステリー』『ミステリー』

雨竜湖(神保朋世)	6
ミステリーズ　ミステリー	7
日本周遊〈3〉(島田一男)	8〜12
ガイドくん(北村ただし)《漫画》	12〜13
世話焼き久作《小説》(多岐川恭)	14〜18
東西南北(真)	19
わしが国さ	20〜21
東西南北(真)	24
勿体ないガイド嬢(森下雨村)	30〜31
お化け温泉「定義」(伊能孝)	32〜33
湖畔の死《小説》(後藤寅次郎)	34〜41
本棚	36
一分停車	38
彼女の手は泥塗れ《小説》(渡辺啓助)	42〜53
東西南北(真)	45
坊さん簪買うを見た(真)	47
東西南北(真)	48
やわ肌霞む露天風呂(井上敏雄)	54〜57
現代忍者考〈4〉《小説》(日影丈吉)	58〜69
一分停車	62
運勢相談(長瀬雅則)	64〜65
ご同様に/以って思うべし/なんの事だ/痛いところ/なるほど/おやおや?	66
のんき旅(山田風太郎)	70
尤も千万/あてちがい/あいさつ	70
野天風呂ご案内《グラビア》	72〜73
寝ごと/カナリヤと猫/ご名答/百万円/女房の健康のために	75
樹上の海女《小説》(岡村雄輔)	76〜84
本棚	78
一分停車	80
ムスメ1970年(坂みのる)	85
消える話(阿部主計)	86〜87
生存の意志《小説》(新羽精之)	88〜92
本棚(真)	91
衣裳美学〈3〉(長谷川修二)	93
占い随筆〈7〉(高木彬光)	94〜95
封殺《小説》(黒style="text-decoration:inherit;"}谷渓三)	96〜103
一分停車	100
大文字の哀愁(白井喜之介)	104〜105
京の怪談(北村ただし)	104〜105
野天風呂のある旅情(加藤薫)	106〜111
幻覚と葬式《小説》(A・ビヤーズ〔著〕、長谷川修二〔訳〕)	112〜113
旅芝居駄話(真野律太)	114
小咄	114〜115
湯ガ島紀行(天池一雄)	115
ペット・ショップ・R〈9〉《小説》(香山滋)	116〜124
本棚(真)	118
一分停車	122
よき古きところ(乾信一郎)	125
旅行心得不心得	126〜127
恐山寺の一夜(峠十吉)	128〜129
生霊ばなし《小説》(城昌幸)	130〜138
東西南北	133
八月年中行事	136〜137
編集便り(A, B, C)	138

第3巻第10号　所蔵あり
1962年10月1日発行　138頁　100円

心配ご無用/その通り!	4
ヌケメなし/常客	5
ミステリーズ　ミステリー	7
ちんぴら《小説》(河野典生)	8〜16
東西南北(真)	10
東西南北(真)	12
世紀の大芸術(小村二郎)	17
鏡をダシに……/作家の坊や	17
濁った知恵《小説》(竹村直伸)	18〜26
わしが国さ(真)	20〜21
東西南北	22
ガイドくん《漫画》(北村ただし)	27
アルジェの日本人《小説》(海渡英祐)	28〜35
本棚(真)	30
今月の運勢	32〜33
こけしのある湯治場情景(井上敏雄)	36〜39
消えた殺意《小説》(永瀬三吾)	40〜48
一分停車	42
本棚(真)	43
東山から裏磐梯へ(木俣清史)	49
現代忍者考〈5〉《小説》(日影丈吉)	50〜60
本棚	54
ヨルバイトの尼	56〜57
衣裳美学〈4〉(長谷川修二)	61
孤独な逃亡者《小説》(加納一朗)	62〜70
一分停車	64
東西南北(真)	66
夏の帽子《Photo Story》(鳥居良禅)	71〜74
日本周遊〈4〉(島田一男)	75〜79
牡丹の雨《小説》(土師清二)	80〜89
旅なればこそ……こんな話もございます	89
伊勢路ドライビング(加藤薫)	90〜95
舞妓はんと遊ぶには……(臼井喜之介)	96〜97
京都の月(北村ただし)	96〜97

491

35 『エロティック・ミステリー』『エロチック・ミステリー』『ミステリー』

別の旅(神尾重砲) ……………………… 98
俺たちの選ぶ道《小説》(O・ヘンリー〔著〕、長谷川修二〔訳〕) ……………… 99〜101
魔女《小説》(木原孝一) …………………… 101
裃裟懸け榎《小説》(城昌幸) ……… 102〜109
破れた生贄《小説》(田中万三記) … 110〜118
美人客に注意 ………………………… 112〜113
郷愁に泣く女囚(稲田政男) ……………… 119
不孝は孝のもと/深すぎる/なすな恋/食うのが好き ……………………………… 119
隣のウッフン《漫画》(八島一夫) … 120〜121
なんとなんと《小説》(天藤真) …… 122〜129
本棚(真) …………………………………… 124
わしが国さ(真) ……………………… 126〜127
ペット・ショップ・R〈10〉《小説》(香山滋) ……………………………… 130〜138
編集便り ……………………………………… 138

第3巻第11号　所蔵あり
1962年11月1日発行　138頁　100円

さてこそ/経験 ……………………………… 4
ガッチリ屋/道理で ………………………… 5
ミステリーズ ミステリー ………………… 7
風の岬《小説》(高城高) ………………… 8〜17
東西南北(真) ……………………………… 10
本棚(真) …………………………………… 12
湯紋《小説》(楠田匡介) ……………… 18〜26
わしが国さ(真) …………………………… 20〜21
バリの旅から(名取弘) …………………… 27
見知らぬ男《小説》(A・ビーヤス〔著〕、長谷川修二〔訳〕) ……………… 28〜30
浅間温泉の"馬刺身"(橋本広介) … 30〜31
木曾路の秋を往く(加藤薫) …………… 32〜37
擬似性健忘症《小説》(来栖阿佐子) … 38〜46
東西南北 ……………………………………… 42
清貧遊行記(十和田操) …………………… 47
処女・非処女をためすす祠(山内雄敏) ……………………………… 48〜49
花瓶と台風《小説》(加納一朗) ……… 50〜58
東西南北 ……………………………………… 52
一分停車 ……………………………………… 54
ガイドくん《漫画》(北村ただし) ………… 59
姑の眼《小説》(藤原宰) ……………… 60〜70
本棚(真) …………………………………… 62
一分停車 ……………………………………… 66
夏だけの女《Photo Story》(鳥居良禅) ……………………………… 71〜74
日本周遊〈5〉(島田一男) ……………… 75〜79
ペット・ショップ・R〈11〉《小説》(香山滋) ……………………………… 80〜87
えびす目出鯛《小説》(北園孝吉) …… 88〜96

本棚(真) …………………………………… 92
衣裳美学〈5〉(長谷川修二) …………… 97
先斗町の哀愁……(臼井喜之介) …… 98〜99
京の松茸狩り(北村ただし) ………… 98〜99
シャワー・ヌード《小説》(千代有三) ……………………………… 100〜107
本棚(真) …………………………………… 103
わしが国さ(真) ……………………… 106〜107
新婚さん温泉旅行ガイド …………… 108〜111
占い随筆〈8〉(高木彬光) …………… 112〜114
"都おどり"から(本位田準一) …………… 115
色とりどり/正直すぎる …………………… 115
味の散歩(曾羅宗哉) ………………… 116〜117
悪洒落ごろし《小説》(城昌幸) …… 118〜125
東西南北 …………………………………… 120
殺し屋ご難《漫画》(八島一夫) …… 126〜127
現代忍者考〈6〉《小説》(日影丈吉) ……………………………… 128〜138
本棚 ………………………………………… 131
運勢相談(長瀬雅則) ………………… 134〜135

第3巻第12号　所蔵あり
1962年12月1日発行　136頁　100円

遠い下町《詩》(高田敏子) ……………… 2
季節の窓 …………………………………… 5
狂気の海《小説》(飛鳥高) …………… 6〜15
世界の窓(真) ……………………………… 8〜9
本棚 ………………………………………… 12
紫陽花の女《小説》(木原孝一) …… 16〜25
東西南北(真) ……………………………… 18
本棚(真) …………………………………… 19
世界の窓 …………………………………… 22〜23
一分停車 …………………………………… 24
結婚記念日《小説》(山村正夫) …… 26〜33
一分停車 …………………………………… 28
南伊豆紀行(加藤薫) ………………… 34〜39
秋から冬へ(臼井喜之介) …………… 40〜41
京の"顔見世"(北村ただし) ………… 40〜41
ペット・ショップ・R〈12・完〉《小説》(香山滋) ……………………………… 42〜50
インスタント・ガイド ……………………… 44
松山の一日(橋本広介) ……………… 50〜51
盲妓の島《小説》(加納一朗) ………… 52〜61
パトロール ………………………………… 54〜55
パトロール ………………………………… 56
新婚かつぎ屋旅行(古田保) …………… 62
とんでもねえ/友情/あの頃この頃 ……… 62
それでも新婚旅行(玉川一郎) …………… 63
高くなったワケ/大ウソ/胸は高鳴る ……… 63
七年間の相思相愛(野間武義) ……… 64〜67
インスタント・ガイド ……………………… 65

35 『エロティック・ミステリー』『エロチック・ミステリー』『ミステリー』

衣裳美学〈6〉(長谷川修二) ‥‥‥‥ 68
新婚旅行《グラビア》‥‥‥‥‥‥ 69～72
日本周遊〈6〉(島田一男) ‥‥‥‥ 73～77
ミイテリーベスト69《漫画》(八島一夫)
‥‥‥‥‥‥‥‥‥‥‥‥‥‥ 78～79
色豪伝《小説》(城昌幸) ‥‥‥‥ 80～87
ハイキング・ガイド ‥‥‥‥‥‥ 88～91
タコとカステラ《小説》(新羽精之) ‥‥ 92～99
わしが国さ(真) ‥‥‥‥‥‥‥ 94～95
一分停車 ‥‥‥‥‥‥‥‥‥‥ 98
大井川の露天風呂(久保和友) ‥‥ 100～101
常識旅行(今井達夫) ‥‥‥‥‥ 102
占い随筆〈9〉(高木彬光) ‥‥‥ 103～105
運勢相談(長瀬雅則) ‥‥‥‥‥ 104～105
山の麓の歌《小説》(福田鮭二) ‥‥ 106～115
東西南北(真) ‥‥‥‥‥‥‥ 108
本棚(真) ‥‥‥‥‥‥‥‥‥ 110
東西南北(真) ‥‥‥‥‥‥‥ 112
私は離さない《小説》(会津史郎) ‥‥ 116～124
東西南北 ‥‥‥‥‥‥‥‥‥ 118
本棚 ‥‥‥‥‥‥‥‥‥‥‥ 120
東西南北(真) ‥‥‥‥‥‥‥ 122
各駅停車 ‥‥‥‥‥‥‥‥‥ 123
落語家夫婦(三笑亭笑三) ‥‥‥ 125
現代忍者考〈7〉《小説》(日影丈吉)
‥‥‥‥‥‥‥‥‥‥‥‥‥‥ 126～136
本棚(真) ‥‥‥‥‥‥‥‥‥ 129
雪をくぐつた肌の白さ(真壁仁) ‥‥‥ 後1

第4巻第1号　所蔵あり
1963年1月1日発行　138頁　100円

性愛博物館《口絵》(高橋鉄〔解説〕) ‥‥ 3～10
性風俗・女人郷めぐり(高橋鉄) ‥‥ 12～18
東北六県の結婚奇習(高田嘉太) ‥‥ 20～25
笹島局九九〇九番《小説》(鮎川哲也)
‥‥‥‥‥‥‥‥‥‥‥‥‥‥ 26～37
東西南北 ‥‥‥‥‥‥‥‥‥ 28
あの世から《アンケート》 ‥‥‥‥ 32
あちらの小咄 ‥‥‥‥‥‥‥‥ 32
一分停車 ‥‥‥‥‥‥‥‥‥ 36
あの世から《アンケート》 ‥‥‥‥ 32
女妖《小説》(山田風太郎) ‥‥‥ 38～46
いつわりの花《小説》(藤木靖子) ‥‥ 48～55
熊と娘と炭焼き男(池田三郎) ‥‥ 56～57
東西南北(真) ‥‥‥‥‥‥‥ 57
夜霧追分《小説》(村上元三) ‥‥ 58～66
演芸耳塵集(真野津太) ‥‥‥‥ 66～67
幻の女《小説》(黒木曜之助) ‥‥ 68～78
怪異こそ命(小織羊一郎) ‥‥‥ 79～81
三越王国を裸にする(伊集院豪) ‥‥ 82～88

馬鹿にしないで/有名無名?/芳紀まさに
‥‥‥‥‥‥‥‥‥‥‥‥‥‥ 87
アト味の悪い新婚旅行(中野淳) ‥‥ 89
脱出屋 No.2《小説》(今官一) ‥‥ 90～100
ガイドくん《漫画》(北村ただし) ‥‥ 101
火事泥作戦《小説》(草野唯雄) ‥‥ 102～109
御存じですか ‥‥‥‥‥‥‥ 104～105
一分停車 ‥‥‥‥‥‥‥‥‥ 108
御松茸御用《小説》(城昌幸) ‥‥ 110～115
バスで行く南の楽園(伊能孝) ‥‥ 116～117
誤診《小説》(牧竜介) ‥‥‥‥ 118～119
山寺のおすべり(伊能孝) ‥‥‥ 120～121
そりゃ無理だ ‥‥‥‥‥‥‥ 120
ハンディキャップ ‥‥‥‥‥‥ 120～121
当世娘気質/なある……/頑固 ‥‥ 121
えきぞちか・ミナト神戸(寺島珠雄)
‥‥‥‥‥‥‥‥‥‥‥‥‥‥ 122～124
日本周遊〈7〉(島田一男) ‥‥‥ 125～129
現代忍者考〈8〉《小説》(日影丈吉)
‥‥‥‥‥‥‥‥‥‥‥‥‥‥ 130～138

第4巻第2号　未所蔵
1963年2月1日発行　142頁　100円

性のおしえ《口絵》(高橋鉄〔解説〕) ‥‥ 2～6
東海道五十三陰《口絵》(高橋鉄〔解説〕)
‥‥‥‥‥‥‥‥‥‥‥‥‥‥ 7～14
飛島始から小豆粥へ(高橋鉄) ‥‥ 16～20
ユーモア語源集(真) ‥‥‥‥‥ 21
陰部のない女《小説》(今官一) ‥‥ 22～31
シャレことば ‥‥‥‥‥‥‥ 25
脱獄者はなぜ模範囚か(楠田匡介) ‥‥ 32～36
女はやくざに強い?(真) ‥‥‥‥ 37
亡者ごころ《小説》(長谷川伸) ‥‥ 38～51
枕売りの話(真) ‥‥‥‥‥‥ 40
アンケート(あの世から) ‥‥‥‥ 42
魚と幻想《小説》(新羽精之) ‥‥ 52～60
囲碁奇聞集 ‥‥‥‥‥‥‥‥ 61
妻、夫を知る矣/今からかにそれが…/物は
とりよう/ごあいさつ ‥‥‥‥‥ 61
最後の鶏飯(野代真一) ‥‥‥‥ 62～63
嘘は雪達磨の如く《小説》(中山あい子)
‥‥‥‥‥‥‥‥‥‥‥‥‥‥ 64～70
遺言/ご名答 ‥‥‥‥‥‥‥‥ 67
立春大吉の歌 ‥‥‥‥‥‥‥ 71
平家部落「祖谷渓」を訪う(伊能孝)
‥‥‥‥‥‥‥‥‥‥‥‥‥‥ 72～75
推理川柳(真) ‥‥‥‥‥‥‥ 75
家庭災害保険《小説》(今井達夫) ‥‥ 76～79
デイトクラブの女《小説》(加納一朗)
‥‥‥‥‥‥‥‥‥‥‥‥‥‥ 80～88
早すぎる/ホント? ‥‥‥‥‥‥ 83

493

35 『エロティック・ミステリー』『エロチック・ミステリー』『ミステリー』

お笑い都々逸	87
ドン・ホァン(真)	89
夫婦悪日《小説》(天藤真)	90〜97
アンケート(あの世から)	92
アンケート(あの世から)	93
江戸女《小説》(城昌幸)	98〜104
小便組	101
泣き女	104
わが師浄観(神尾重砲)	105
島倉千代子残酷抄(浪江洋二)	106〜109
アンケート(あの世から)	109
羞恥は死よりも強し(池田三郎)	110〜111
旦那の事故《漫画》(小島一夫)	112〜113
裏切者《小説》(牧竜介)	114〜121
生きてる形見	119
団十郎殺し(真野律太)	122〜123
榎本健一君へ(真)	122〜123
伊香保の泡ショー(下地幹)	124
ヨーションの恥(古田保)	124〜125
かきすて(城昌幸)	125〜126
トイレの枠(中原弓彦)	126
一身同咳(玉川一郎)	126〜127
顧みられぬ妻(真)	127
間男さばき(黒井紋太)	128〜131
犬/純情とは?	131
朝の速達便《小説》(黒木曜之助)	132〜142
己れを知る	139

第4巻第3号　未所蔵
1963年3月1日発行　142頁　100円

野性のラーラ《口絵》	3〜6
情艶千一夜《口絵》	7〜14
乳房 お臀 毛の向上(高橋鉄)	16〜20
好色一代男〈1〉《小説》(井原西鶴〔原作〕,板谷中〔狂訳〕)	21〜27
目の毒《小説》(千葉淳平)	28〜35
新潟美人は大鞄(原比露志)	36〜37
殺人蔵《小説》(山田風太郎)	38〜47
アンケート(あの世から)	
その瞬間お屁一発(池田三郎)	48〜50
おいで、おいで(久比佐夫)	51
現代忍者考〈9・完〉《小説》(日影丈吉)	52〜62
題字集	54
修善寺の子守唄	58
飛んでもない!/気になる	62
娘でかした「蛸」だとサ(真)	63
敗戦小曲《小説》(陶文祥)	64〜70
旅僧に痛い一喝(小織羊一郎)	71
文政縮緬騒動《小説》(土師清二)	72〜80
禁酒について	75

浴槽の無理心中(浪江洋二)	81
四十年一日の如し(RM生)	82〜84
客室にマイク(天野弱九)	85
夫の恋愛と妻の火遊び(高木健夫)	86〜89, 90〜94
知らぬは恥だ(真)	86〜87
物のはじまり集(真)	88〜93
うぐいの洗い	90
塩辛の黒作り	90〜91
五平餅	91〜92
しもつかり	92〜93
あなたのサイズ(真)	94
男のシンボル(大坪直行)	95
感激屋のカン子《漫画》(のげ・はっぺい)	96〜97
スリル求めて《小説》(モーリス・ルヴェル〔著〕, 田中早苗〔訳〕)	100〜101
鳥羽僧正の戯画(真)	100〜101
指無しの権次《小説》(細島喜美)	102〜109
屁の都々逸	104
酌は北国美人サカナは塩ウニ(関)	109
福井の名物二、三	109
一日駕籠屋《小説》(城昌幸)	110〜114
奴丹前の始まり(真野律太)	116〜117
夢かうつつか	116
フランスの俳諧	116〜117
父をたずねて	117
手軽な殺人《小説》(大江圭介)	118〜125
朝寝、朝酒の東山(伊能孝)	126〜127
東京のジャングル《小説》(中山あい子)	128〜142

第4巻第4号　所蔵あり
1963年4月1日発行　142頁　100円

愛慾場面集《口絵》	3〜6
女優ナナの楽屋《口絵》	7〜14
万年新婚者の秘訣(高橋鉄)	16〜21
「ワイセツ」無用論(押鐘篤)	22〜27
濡れてみたけりゃ(間十三郎)	27
堕ちた偶像《小説》(黒木曜之助)	28〜40
強すぎた常陸山(島村晃)	41
性神はどこにもある〈1〉(高田嘉太)	42〜45
男はいつも被害者だ《小説》(中山あい子)	46〜58
おやじ調べ	49
猫三題	59
川柳絵とき	59
山の生き霊《小説》(細島喜美)	60〜70
美女を征服した人々(高木健夫)	72〜76

35 『エロティック・ミステリー』『エロチック・ミステリー』『ミステリー』

好色一代男〈2・完〉〈小説〉(井原西鶴〔原作〕,
　板谷中〔狂訳〕) ･････････ 77〜84
隣室のマダムと(細島喜美) ･･･････ 85
不徳の旅(草野唯雄) ･･････････ 86〜93
深川若衆〈小説〉(城昌幸) ･･･ 94〜102
女が女を強姦(池田三郎) ･･･ 104〜106
"忘却"も愉し(岩間潔) ･･･････ 107
違ってる〈小説〉(戸川昌子) ･･･ 108〜112
感激屋のカン子〈漫画〉(のげ・はっぺい)
　･･･････････････････ 113, 141
三時間に暴行十数回(楠田匡介) ･･ 114〜121
団十郎兜をぬぐ(真野律太) ･･ 122〜123
あくびどめ ･･････････････ 122〜123
尼僧殺し大米竜雲(黛香太郎) ･ 124〜125
強姦魔吹上佐太郎(市松謙三) ･ 126〜127
やわ肌に焼ひばし(板谷中) ･ 128〜129
性毛の神秘 ･･････････････ 130〜131
バクチとセムシ/甘えぞ/世界の大火事/友
　情 ････････････････････ 131
新とりかえばや物語〈小説〉(来栖阿佐子)
　････････････････････ 132〜140
編集断語(真野) ･･････････････ 142

第4巻第5号　未所蔵
1963年5月1日発行　142頁　100円

娘の夢その他〈口絵〉 ･････････ 3〜6
大奥のためいき〈口絵〉 ･･･････ 7〜14
東西"シタバキ"沿革史(高橋鉄) ･･ 16〜23
靴のヒモ〈小説〉(島久平) ･･････ 24〜31
真夜中の犯罪 ･･･････････････ 31
斯道の天才(大下宇陀児) ･･････ 32〜34
文化とは文の化物 ････････････ 35
山刀（ウメアイ）まつり〈小説〉(細島喜美) ･･ 36〜43
こんど生れたら? ････････････ 39
二人の未亡人〈小説〉(横溝正史) ･ 44〜49
白梅紅梅〈小説〉(山手樹一郎) ･ 50〜60
人相でもわかる男女秘所の優劣(高田道夫)
　･･････････････････････ 62〜63
青い鳥〈小説〉(加納一朗) ･･････ 64〜71
アンケート(あの世から) ･･････ 67
温泉芸者残酷物語(浪江洋二) ･ 72〜76
蠅 ･･･････････････････････ 74
性神はどこにもある〈2〉(高田嘉太)
　･･････････････････････ 78〜81
吉川英治苦闘伝(福田清人) ･･ 82〜88
功労者 ････････････････････ 88
脅迫者〈小説〉(黒木曜之助) ･･ 90〜97
こ・ぼ・れ・話 ･･････････････ 91
坂〈小説〉(新羽精之) ･･･････ 98〜105

半分幽霊〈小説〉(城昌幸) ･･ 106〜113
今夜は亭主留守(池田三郎) ･ 114〜116
ヒッチコックの啖呵(真) ･････ 117
臀肉切り野口男三郎(板谷中) ･ 118〜125
現代流行病 ････････････････ 120
折れ歯を呑む(真野律太) ･･･ 126〜127
くすくすっと ･････････････ 126〜127
汚職日本史(高木健夫) ･･････ 128〜134
くすくすっと ･･････････････ 135
呪術〈小説〉(田中万三記) ･ 136〜142
スター言抄 ････････････････ 138

第4巻第6号　所蔵あり
1963年6月1日発行　138頁　100円

人生カラクリ〈口絵〉(野代真一〔解説〕)
　･･･････････････････････ 3〜10
強盗・強姦は性欲の不満から(高橋鉄)
　･･････････････････････ 12〜17
四十八手は間違っている(原比露志)
　･･････････････････････ 18〜24
細君と牡牛 ････････････････ 20
蟻の穴〈小説〉(島久平) ･･････ 26〜36
夜の女親分 ･･････････････････ 37
三つのこと ･･････････････････ 37
裸叩き〈小説〉(細島喜美) ･････ 38〜45
民謡に現われた性的シンボル(高橋鉄)
　･･････････････････････ 46〜49
殿様〈小説〉(山田風太郎) ･････ 50〜60
誓えるワケ ････････････････ 53
飾窓（ショーウインドウ）に罪あり ･･････････ 61
前者の轍 ･･････････････････ 61
南紀州に夜這の遺風をさぐる(高田道夫)
　･･････････････････････ 62〜64
義眼〈小説〉(大下宇陀児) ･････ 66〜75
幇間残酷物語(浪江洋二) ･････ 76〜81
窃視狂〈小説〉(楠田匡介) ･････ 84〜89
断崖の女〈小説〉(葉糸修祐) ･ 90〜101
発汗剤 ････････････････････ 91
期間は短い ････････････････ 92
静かなる妻を求む ･･･････････ 93
こ・ぽ・れ・話 ･･･････････････ 94
挨拶 ･･････････････････････ 99
日本おめかけ裏面史(高木健夫) ･ 102〜106
首つり榎〈小説〉(城昌幸) ･ 108〜115
「歌舞伎十八番」を制定(真野律太)
　････････････････････ 116〜117
超変態魔増淵倉吉(市松謙三) ･ 118〜119
所えらばず夫に挑む(伊能響平) ･ 120〜121
殺人鬼小平義雄(板谷中) ･ 122〜127
頓馬野郎 ･･････････････････ 123

495

35 『エロティック・ミステリー』『エロチック・ミステリー』『ミステリー』

湯ぶねで囁く熱川温泉の女(峠十吉)
.... 128〜129
被害者《小説》(藤原宰) .... 130〜138
編集断語(真野) 138

第4巻第7号　所蔵あり
1963年7月1日発行　137頁　100円
小芝居も愉し《口絵》 .... 2〜5
服飾品の性的象徴(シンボル)を暴く(高橋鉄) .... 12〜17
人はなぜ盗みをするか(小酒井不木)
.... 18〜24
三味線の棹(稲音家六重郎) 25
長性語 25
割礼(高田道夫) .... 26〜29
夜のアリバイ《小説》(葉糸修祐) .... 30〜39
岩塊〈1〉《小説》(大下予陀児) .... 40〜54
君子危うきに 43
胡堂氏の一面(城昌幸) 54
かげろう娘《小説》(細島喜美) .... 56〜63
亭主以上 61
手が物言うとき 63
江戸時代の太陽族と愚連隊(高木健夫)
.... 64〜67
負ぶさった死霊 67
タバコの葉っぱ(瀬木文夫) .... 68〜70
お色気温泉めぐり〈1〉(浪江洋二) .... 72〜75
市民と犬/蛇は寸にして 67
白い山の上《小説》(島久平) .... 78〜85
赤い湯煙《小説》(村上元三) .... 86〜95
性神はどこにでもある〈3〉(高田嘉太)
.... 96〜100
サカナの夫婦生活(榊川辺一) .... 102〜106
女性と嗅覚 106
呪えば穴二つ《小説》(城昌幸) .... 108〜114
スリは大盗以上の知恵者(M) 115
おれは雑魚蝦(真野律太) .... 116〜117
斑猫お初《小説》(加藤美希雄) .... 118〜123
羊とライオン 123
窃盗の暗合(真野歓三郎) .... 124〜128
忠臣蔵十段目 125
親しい他人《小説》(藤原靖子) .... 130〜136
愚連隊と旅人 後1
編集断語(真野) 後1

第4巻第8号　所蔵あり
1963年8月1日発行　138頁　100円
ヌード四態《口絵》 .... 3〜6
情艶千一夜《口絵》 .... 7〜10
続・服飾品の性的象徴(シンボル)を暴く(高橋鉄)
.... 12〜18
オフェリアの死《小説》(木原孝一) .... 20〜27

不具者の犯罪はなぜ残酷か(小酒井不木)
.... 28〜33
笑説新選組《小説》(陶文祥) .... 34〜41
知らぬは亭主ばかり/気が知れない 41
戯れ《小説》(草野唯雄) .... 42〜51
ホクロの女《小説》(葉糸修祐) .... 52〜61
高橋お伝蛇姪鏡(加藤美希雄) .... 62〜67
板になりたや(江見仙吉) .... 68〜69
山の人魚《小説》(細島喜美) .... 70〜77
岩塊〈2・完〉《小説》(大下予陀児) ..... 78〜92
近代文豪の侫(真野律太) .... 93〜95
性神はどこにもある〈4〉(高田嘉太)
.... 96〜99
あくびどめ 99
川供養《小説》(城昌幸) .... 100〜107
お色気温泉めぐり〈2〉(浪江洋二) ......
.... 108〜112
ちゃぶすい・るうむ 113
水の中《小説》(島久平) .... 114〜121
東西貞操無情史(瀬木文夫) .... 122〜126
なすな恋/似たりよったり/あわて雷 126
接吻と匕首〈1〉《小説》(黒木曜之助)
.... 128〜136
長谷川伸氏を悼む(真野律太) 137
或る旅とミステリー風景 138

第4巻第9号　所蔵あり
1963年9月1日発行　140頁　100円
女体歌抄《口絵》 .... 3〜6
女賊捕物《口絵》 .... 7〜12
世界の性具を暴く(高橋鉄) .... 14〜18
歌合せ 18
泥棒とユーモア(真) 19
硫酸投注(ヴィトリオラージ)(小酒井不木) .... 20〜26
歪められた構図《小説》(葉糸修祐) .... 28〜35
日本艶色人物考〈1〉(銀田味一) .... 36〜39
考えさせられる話 .... 36〜39
浪士慕情《小説》(南条範夫) .... 40〜50
川の字/その時! 51
バット・マン《小説》(島久平) .... 52〜59
性神はどこにもある〈5〉(高田嘉太)
.... 60〜63
六十九殺人事件《小説》(楠田匡介) ...... 64〜69
尻叩き祭と鍋祭(真) 69
ケレン師北斎(真野律太) .... 70〜74
雲の上/二匹の犬/恋の思い出/しかけ/例外
.... 74
臍と雷/メスとオス 75
お色気温泉めぐり〈3〉(浪江洋二) ...... 76〜80
こわい夢(ヤスオ・タカギ〔構成〕) 81

35 『エロティック・ミステリー』『エロチック・ミステリー』『ミステリー』

誘拐《小説》(藤原宰) ……………… 82〜92
俺だけが知ってる(ヤスオ・タカギ〔構成〕)
　………………………………………… 93
場所をふさげる《小説》(大下宇陀児)
　………………………………………… 94〜101
五両執念《小説》(城昌幸) ……… 102〜108
民族えろちしずむ(高橋鉄) ……… 109
あなたも殺してみない?(瀬木文夫)
　………………………………………… 110〜114
花は女性のヨニ ……………………… 110〜114
柳は女心の象徴 ……………………… 111
松竹梅のモラル ……………………… 112
蓮の花はペニス ……………………… 112〜113
桃に二重の意味 ……………………… 113〜114
松茸とハマグリ ……………………… 114
兄キの女を慰さんで指をつめられたが……
　(池田三郎) ………………………… 116〜117
旅人に女房貸します ………………… 118〜121
猛烈な哺乳類のセックス(武蔵十吉)
　………………………………………… 122〜123
女形(おやま)岩井半四郎《小説》(巌谷真一)
　………………………………………… 124〜127
媚薬を娯しもう(桑田雅夫) ……… 128〜130
民族えろちしずむ(高橋鉄) ……… 131
接吻と匕首《2・完》《小説》(黒木曜之助)
　………………………………………… 132〜139

第4巻第10号　所蔵あり
1963年10月1日発行　140頁　100円
肉体歌抄《口絵》 ……………………… 5〜8
死刑囚断末魔の声(伝法院鎌五郎) … 14〜19
日本絞首台の始まり(真野律太) …… 20〜21
嘘をつけ! …………………………… 21
女死刑囚の恋《小説》(山田風太郎) … 22〜36
"毒の手紙"とは? ……………………… 37
毛泥棒始末記(池田三郎) …………… 38〜40
女スパイ残酷抄(瀬木文夫) ………… 41〜43
万燈屋の娘《小説》(土church清二) … 44〜52
害悪の予言者 ………………………… 53
スポーツ・ミステリー
　サイン《小説》(島久平) ………… 54〜55
　親指《小説》(島久平) …………… 55〜56
　ガン・マニア《小説》(島久平) … 56〜57
　犯人は馬だ《小説》(島久平) …… 57〜58
　ヒスイの腕輪《小説》(島久平) … 58〜59
　1+1=2《小説》(島久平) ………… 59
異国幽靄抄 …………………………… 54〜59
舟こそ女性々々/矢になった男性 …… 59
人でなしの恋《小説》(江戸川乱歩) … 60〜70
ミステリー・ププ(ヤスオ・タカギ〔構成〕)
　………………………………………… 71

浮世絵に隠された歌麿の謎(高橋鉄)
　………………………………………… 72〜78
男子禁制《小説》(来栖阿佐子) …… 80〜87
太鼓鰻本店《小説》(大下宇陀児) … 88〜91
艶色人物志(銀田味一) ……………… 92〜96
盲人の守護神 ………………………… 97
薔薇園の凌辱《小説》(宇井要子) … 98〜107
江戸のパンパン ……………………… 107
猫の弁当《小説》(城昌幸) ………… 108〜114
ミステリー・ププ(ヤスオ・タカギ〔構成〕)
　………………………………………… 115
君よ知るや「足入れ婚」(武蔵十吉)
　………………………………………… 116〜117
お色気温泉めぐり《4》(浪江洋二)
　………………………………………… 118〜122
カンガルーとキリン ………………… 123
悲恋の地獄谷《小説》(細島喜美) … 124〜131
女の素顔《小説》(葉糸修祐) ……… 132〜140

第4巻第11号　所蔵あり
1963年11月1日発行　144頁　100円
女体歌抄《口絵》 ……………………… 9〜12
古川柳の謎(高橋鉄) ………………… 14〜19
離婚式はいかが(高田道夫) ………… 20〜23
三くだり半ご無用(邦沢司史) ……… 24〜28
なぜ"離婚式"は流行る?(原田亮) … 29
殺し八年間に二〇〇(徳町保三) …… 30〜34
おさしみお市《小説》(戸川貞雄) … 36〜44
映画セクション(編集部) …………… 45〜48
臀部の探美学(東無宿) ……………… 49〜51
印度大麻(木々高太郎) ……………… 52〜65
スポーツ・ミステリー
　名ゴルファー《小説》(島久平) … 66〜67
　神風《小説》(島久平) …………… 67〜68
　リングサイド《小説》(島久平) … 68〜69
　大男と小男《小説》(島久平) …… 69
　張り手《小説》(島久平) ………… 70
知らぬと損する ……………………… 66〜70
娘の評定 ……………………………… 71
富士田吉次(真野律太) ……………… 72〜73
七夕のムラサキ/火はむしろホト …… 72
用心棒《小説》(城昌幸) …………… 74〜80
御存じですか ………………………… 81
ネグリジェ要らず《小説》(黒木曜之助)
　………………………………………… 82〜89
強姦罪は成りたつか(池田三郎) …… 90〜91
性神はどこにもある《6》(高田嘉太)
　………………………………………… 92〜95
山の狐火《小説》(細島喜美) ……… 96〜103
助演者《小説》(水川悠子) ………… 104〜115

497

35 『エロティック・ミステリー』『エロチック・ミステリー』『ミステリー』

こけし人形愛玩/犬張子のご利益/食器と性器の謎 ……… 115
お色気温泉めぐり〈5〉(浪江洋二)
　　　　　　　　　　　　　　 116〜120
自雷流"幻霞"の術《小説》(加納一朗)
　　　　　　　　　　　　　　 122〜128
生きもの《小説》(村山明子) ……… 130〜143

第4巻第12号　所蔵あり
1963年12月1日発行　144頁　100円
女体歌抄《口絵》 ……………… 7〜10
宮廷女粋伝(高木健夫) ………… 14〜17
日本性犯罪者列伝(高橋鐵) …… 18〜23
"青鬚(ブルーベアド)"残虐史(小酒井不木) … 24〜31
座頭の執念《小説》(戸川貞雄) … 32〜41
スポーツ・ミステリー
　死球《小説》(島久平) ……… 42〜43
　氷の上《小説》(島久平) …… 43〜44
　地球最大の犯人《小説》(島久平) … 44
　スポーツのスリル《小説》(島久平) … 45
　名人竿徳《小説》(島久平) … 45〜46
読まぬと損する ……………… 42〜46
喪服の女《小説》(黒木曜之助) … 48〜54
ダタイか? 殺人か(池田三郎) … 56〜57
肌の臭いと性慾(銀田味一) …… 58〜61
お色気温泉めぐり〈6〉(浪江洋二) … 62〜66
嘘つきアパート《小説》(大下宇陀児)
　　　　　　　　　　　　　　 68〜77
酒井仲(真野律太) ……………… 78〜79
童子女(うない)松原《小説》(鈴木五郎) … 80〜88
性神はどこにもある〈7〉(高田嘉太)
　　　　　　　　　　　　　　 90〜93
罪つくり《小説》(城昌幸) …… 94〜99
診療簿余白《小説》(高田道夫) … 100〜104
出でたりなコケシ人形《小説》(とんだ助平)
　　　　　　　　　　　　　　 105〜106
Yの闇将高師直 ………………… 108
映画セクション(編集部) …… 109〜112
兇賊か密偵か(菱沼八郎) …… 113〜117
ヒスはなぜ相手を選ぶ?露出症は男にもある!
　(邦沢司史) ………………… 118〜121
砂の影《小説》(葉糸修祐) … 122〜143

第5巻第1号　所蔵あり
1964年1月1日発行　208頁　150円
本所の七不思議《口絵》 ……… 5〜8
カラーセクション
　"二号さん"アレコレ集(名和岩内)
　　　　　　　　　　　　　　 14〜15
国体の性化(高木健夫) ………… 18〜22
沖縄に残る愛情奇習(釘川更作) … 23〜25

夫は知らないわ《小説》(島久平) … 26〜35
歌舞伎脚本の艶笑味(花咲一男) … 36〜42
二重人格者(小酒井不木) ……… 44〜48
氷柱《小説》(大江圭介) ……… 50〜57
天愚孔平(真野律太) …………… 58〜59
静かなる復讐《小説》(千葉淳平) … 60〜67
戯談 大いにやるべし(原比露志) … 68〜71
夜の脅迫者《小説》(葉糸修祐) … 72〜77
現代"性商"物語(池田三郎) …… 78〜80
お色気温泉めぐり〈7〉(江見仙吉) … 82〜86
マドンナの微笑《小説》(新羽精之)
　　　　　　　　　　　　　　 88〜100
相模女は今でも浮気か(井松源) 101〜103
不毛の地で《小説》(田中万三記) 104〜111
日本艶画家銘々伝(原浩三) …… 112〜117
全国御祭礼風土記(浪江洋二) … 118〜124
乳《小説》(滝川万次郎) …… 126〜129
昔恋しい女相撲(東無宿) …… 130〜135
ひったくり事件《小説》(草野唯雄)
　　　　　　　　　　　　　　 136〜143
嫁盗み考(板谷中) …………… 144〜147
旅の恥掻キクケコ《座談会》(小照、一春、高奴、由良子、花柳輔夫、湯葉家半八、浪江洋二)
　　　　　　　　　　　　　　 148〜151
風の神お宿《小説》(城昌幸) … 152〜159
サンパウロの冥婚《小説》(高橋鐵)
　　　　　　　　　　　　　　 160〜173
石川五右衛門の仙術(加賀淳子) 176〜180
敵討恋陣立《小説》(野代真一) 182〜189
今からでも(高橋鐵〔談〕) …… 191
性学辞典〈1〉(ウイーン性科学研究所〔編〕,高橋鐵〔訳〕) … 193〜208

※ 以下、『ミステリー』と改題

第5巻第2号　所蔵あり
1964年2月1日発行　176頁　130円
新映画セクション(編集部) …… 9〜16
クレオパトラの肉体研究(高田道夫)
　　　　　　　　　　　　　　 18〜21
誘拐者《小説》(天藤真) ……… 22〜30
東西やくざ仁義(桐影八夫) …… 32〜37
女妖毒殺魔(銀田味一) ………… 38〜44
覆面《小説》(渡辺まこと) ……… 45
あちゃら版"春琴抄"(大海原浩) 46〜49
血痕の秘密《小説》(葉糸修祐) … 50〜65
伊藤博文 ………………………… 61
星亨 ……………………………… 63
爪垢《小説》(真野律太) ……… 66〜74
お色気温泉めぐり〈8〉(浪江洋二) 76〜80

35 『エロティック・ミステリー』『エロチック・ミステリー』『ミステリー』

おんなの呼名	80
柳里恭（野代真一）	82〜83
おんなの呼名	83
吾輩は浦島太郎《小説》（高橋鉄）	84〜93
穴《小説》（新羽精之）	94〜101
古墳は囁く《小説》（萩原良則）	102〜113
佐久間象山	105
木村益二郎	111
人化け狸《小説》（城昌幸）	114〜120
ふぐは食いたし命は惜しし（凡太郎）	121〜123
ペン・フレンド《小説》（倉野庄三）	128〜138
逆立ち花嫁の話（諸橋三郎）	139
昔の芸妓・今のゲイシャ《座談会》（蒔田耕、巳佐吉、綾之介、秀柳、円子、雅子、浪江洋二）	140〜143
甚兵衛山《小説》（藤井祐治）	144〜153
走る"密室"で《小説》（渡島太郎）	156〜167
性学辞典〈2〉（ウイーン性科学研究所〔編〕、高橋鉄〔訳〕）	169〜175

第5巻第3号　所蔵あり
1964年3月1日発行　176頁　130円

新映画セクション（編集部）	9〜16
イカス男・イカレル女（銀田味一）	18〜25
日本金豪・色豪列伝〈1〉（山本三生）	26〜31
美貌禍《小説》（藤原宰）	32〜45
近代恋愛表情術（源香一郎）	46〜47
怪船"人魚号"《小説》（高橋鉄）	48〜58
連歌のミステリー（真）	59
花見茶番《小説》（城昌幸）	60〜66
ホテルのバアのみある記（ABC）	67
青田師の事件《小説》（土井稔）	68〜79
賭け《小説》（西原民雄）	80〜91
開化寄席気分（真野律太）	92〜95
お色気温泉めぐり〈9〉（浪江洋二）	96〜99
象牙のホルダー《小説》（梶野淳治）	100〜111
橋本左内	107
お角の蟹彫り（色亭艶朝）	112〜114
邦楽千一夜〈1〉（稀音家六重郎）	115
大江戸ストリップ残酷史（高田道夫）	116〜119
不幸な女《小説》（渡島太郎）	120〜128
高知紀行（住川忠郎）	129
ライバルの死《小説》（有村智賀志）	130〜141
女のスラング	140
道後の女（住川忠郎）	141
罠《小説》（新羽精之）	142〜147
千一夜、イン・ジャパン《小説》（賀茂端明）	148〜151
松山にて（住川忠郎）	152
馬上失礼！（野代真一）	154〜155
俺は殺されんぞ《小説》（島久平）	156〜164
日本百年目バラバラ事件簿	164
性学辞典〈3〉（ウイーン性科学研究会〔編〕、高橋鉄〔訳〕）	169〜176

第5巻第4号　未所蔵
1964年4月1日発行　172頁　130円

フロイド《口絵》	5〜7
映画セクション	9〜12
鬼となり蛇となる（小酒井不木）	14〜19
殺し屋志願《小説》（山口勝久）	20〜31
虐げられて嬉し泣き（邦沢司史）	32〜37
宇和島の宵（住川忠郎）	37
小児にも性本能あり！（高橋鉄）	38〜40
宮島へ（住川忠郎）	41
太陽の破片《小説》（守門賢太郎）	42〜55
ゴキブリ反乱《小説》（土井稔）	56〜68
走査線《小説》（萩原良則）	70〜79
開化寄席気分〈1〉（野代真一）	80〜83
血液買います《小説》（藤原宰）	84〜87
日本百年目バラバラ事件簿（鴨寿保）	87〜92
伝説は生きている〈1〉（真野律太）	88〜92
異国幽霊犯罪抄（とっくにユーモア）（小酒井不木）	93〜95
幕末墨客伝《小説》（湊川巴稜）	96〜101
小部屋の変態客（桐影八夫）	102〜105
う・ぶるぶる物語《小説》（鳥井及策）	106〜117
高知の宿（住川忠郎）	117
毒殺魔メッサリナ（銀田味一）	118〜124
ある復讐《小説》（藤井佑治）	128〜136
かいやぐら《小説》（城昌幸）	138〜153
お色気温泉案内〈10〉（浪江洋二）	154〜158
日本金豪・色豪列伝〈2〉（山本三生）	159〜163
蕃女の涙石（タンギワイ）《小説》（高橋鉄）	164〜172
一茶の度胸	172

第5巻第5号　未所蔵
1964年5月1日発行　171頁　130円

舞台と現実《口絵》	5〜8
新映画セクション（XYZ）	9〜12
黙阿彌と"悪の讃美"（小酒井不木）	14〜22
やわ肌は招く《小説》（有村智賀志）	23〜30

499

35『エロティック・ミステリー』『エロチック・ミステリー』『ミステリー』

邦楽千一夜〈2〉(稀音家六重郎) ……… 31
私は世界一の宝石女賊です(ダイヤモンド・メイ〔著〕, 椿田津夫〔訳〕) ……… 32〜38
黒い桜んぼ《小説》(渡島太郎) ……… 40〜51
嘆きの天使《小説》(高橋鉄) ……… 52〜65
日本百年目バラバラ事件簿(鴨寿保) ……… 65
或る冤罪(ジョン・スミス) ……… 66〜67
春信えがく《小説》(城昌幸) ……… 68〜75
お色気温泉案内〈11〉(浪江洋二) ……… 76〜79
西大久保出歯亀事件(原比露志) ……… 80〜89
大阪発13時20分(住川忠郎) ……… 89
虚妄《小説》(西東登) ……… 90〜102
宮島にて(住川忠郎) ……… 103

二人分の遺書《小説》(高橋寿一) ……… 104〜114
猫と女(住川忠郎) ……… 115
伝説は生きている〈2・完〉(真野律太) ……… 116〜119
殺し屋泣かせ《小説》(山口勝久) ……… 120〜128
沈黙は金か ……… 129
冥土ってイカスね《小説》(浅見文吉) ……… 130〜140
らんちゅう秘聞《小説》(佳岡寛篤) ……… 144〜155
蛇美人主従《小説》(本田晃) ……… 156〜162
性学辞典〈4〉(ウイーン性科学研究会〔編〕, 高橋鉄〔訳〕) ……… 163〜171

執筆者名索引

【あ】

アアロン，J・W
　絶好のチャンス《小説》
　　　　　　　　32「探偵倶楽部」9(6)'58.5 p54
愛川 純太郎
　木箱《小説》　　27「別冊宝石」4(2)'51.12 p292
　［略歴］　　　　17「宝石」7(4)'52.4 p7
　スタジオ《小説》　17「宝石」7(4)'52.4 p108
　四番ホーム《小説》　27「別冊宝石」5(6)'52.6 p192
　木箱《小説》　　17「宝石」17(12)'62.9増 p100
藍川 陽子
　ニヒルの呂律《小説》　　06「猟奇」4(4)'31.6 p13
相沢 和男
　ワン・ダインその他
　　　　　　　　11「ぷろふいる」2(6)'34.6 p133
　あくび　　　　11「ぷろふいる」2(8)'34.8 p119
　「伊奈邸殺人事件」について
　　　　　　　　11「ぷろふいる」2(9)'34.9 p111
　味を知れ　　　11「ぷろふいる」2(11)'34.11 p71
　味を知れ（つづき）
　　　　　　　　11「ぷろふいる」2(12)'34.12 p76
　我もし作家なりせば
　　　　　　　　11「ぷろふいる」2(12)'34.12 p105
　盗人《小説》　　11「ぷろふいる」3(8)'35.8 p109
　虫太郎印象　　12「探偵文学」1(7)'35.10 p24
　探偵小説の芸術美　12「探偵文学」1(9)'35.12 p13
　二つの意識　　11「ぷろふいる」4(2)'36.2 p127
　プラス・マイナスの疑惑
　　　　　　　　12「探偵文学」2(3)'36.3 p15
　探偵小説か探偵文学か
　　　　　　　　11「ぷろふいる」4(5)'36.5 p119
　空想文学の革命　11「ぷろふいる」5(4)'37.4 p44
相沢 要
　新聞記者時代の島田君　17「宝石」17(9)'62.7 p83
相沢 久夫
　姦夫姦婦《小説》　24「妖奇」6(10)'52.10 p106
　探偵小説《小説》　24「トリック」7(2)'53.2 p194
　妖鬼《小説》　　24「トリック」7(3)'53.3 p100
相沢 等
　鰐の刺青　　　07「探偵」1(7)'31.11 p148
アイス，エゴン
　焼鳥を食べるナイル《小説》
　　　　　　　　11「ぷろふいる」1(8)'33.12 p85
会田 軍太夫
　推理小説と科学　17「宝石」10(3)'55.2 p38
　M博士の生物発見《小説》
　　　　　　　　17「宝石」10(3)'55.2 p78
相田 寧
　プロ野球四つの秘密
　　　　　　　　33「探偵実話」9(15)'58.10 p89
　プロ野球知られざる特ダネ
　　　　　　　　33「探偵実話」9(16)'58.11 p189
　野球界秘密情報　33「探偵実話」10(1)'58.12 p122

ストーブリーグ知られざる秘密
　　　　　　　　33「探偵実話」10(3)'59.1 p204
ストーブリーグうらの特ダネ
　　　　　　　　33「探偵実話」10(4)'59.2 p201
会津 史郎
　錬金術《小説》　17「宝石」16(3)'61.2増 p240
　或る男の災難《小説》
　　　　　　　　35「エロティック・ミステリー」3(2)'62.2 p160
　私は離さない《小説》
　　　　　　　　35「エロティック・ミステリー」3(12)'62.12 p116
　ある溺死　　　17「宝石」18(2)'63.1増 p42
相原 てつよ
　死刑される日まで《座談会》
　　　　　　　　26「フーダニット」2(1)'48.1 p6
アイリッシュ，ウィリアム　→ウールリッチ，コーネル
　幻の女《小説》　17「宝石」5(5)'50.5 p191
　死は歯医者の椅子に《小説》
　　　　　　　　17「宝石」9(2)'54.2 p232
　奇妙な部屋《小説》　17「宝石」9(5)'54.4 p144
　ガラスの目玉《小説》　17「宝石」9(7)'54.6 p82
　義足をつけた犬《小説》　17「宝石」9(9)'54.8 p208
　裏窓《小説》　　17「宝石」9(13)'54.11 p100
　晩餐後からの物語《小説》
　　　　　　　　17「宝石」10(7)'55.5 p272
　電話のベルは「死ね」と呼ぶ《小説》
　　　　　　　　32「探偵倶楽部」6(8)'55.8 p76
　セントルイスブルース《小説》
　　　　　　　　32「探偵倶楽部」6(11)'55.11 p42
　小切手と弾丸《小説》
　　　　　　　　32「探偵倶楽部」6(12)'55.12 p191
　夜はあばく《小説》　17「宝石」11(1)'56.1 p334
　父の犯罪《小説》　32「探偵倶楽部」7(4)'56.4 p24
　突然アリスは消えた《小説》
　　　　　　　　27「別冊宝石」9(3)'56.4 p5
　コカイン《小説》　27「別冊宝石」9(3)'56.4 p37
　夜の真珠《小説》　27「別冊宝石」9(3)'56.4 p74
　夜は千の眼を持つ《小説》
　　　　　　　　27「別冊宝石」9(3)'56.4 p103
　臆病な殺人者《小説》　32「探偵倶楽部」7(9)'56.8 p154
　猫と靴《小説》　32「探偵倶楽部」8(1)'57.1 p296
　熱いタオル《小説》
　　　　　　　　32「探偵倶楽部」8(4)'57.5 p64
　氷錐の殺人《小説》　32「探偵倶楽部」8(8)'57.8 p282
　地下鉄《小説》　27「別冊宝石」11(3)'58.3 p147
　死の脚光《小説》　32「探偵倶楽部」9(6)'58.5 p108
　戦慄の午后三時《小説》
　　　　　　　　32「探偵倶楽部」9(7)'58.6 p274
　電話のベルは「死ぬ」と呼ぶ《小説》
　　　　　　　　32「探偵倶楽部」9(9)'58.7増 p121
　ニューヨークの午前二時《小説》
　　　　　　　　32「探偵倶楽部」10(1)'59.1 p284
　真夜中のパリジエンヌ《小説》
　　　　　　　　32「探偵倶楽部」10(2)'59.2 p102
アインスタイン，チャールス
　愚かなるものよ、用心したまえ《小説》
　　　　　　　　17「宝石」14(5)'59.5 p318
アヴァローネ，ミッチェル
　背の高い女《小説》　33「探偵実話」5(8)'54.7 p199

あうい　執筆者名索引

アーヴイン, ブライマン
狂憤《小説》　　　09「探偵小説」2(8)'32.8 p201

アーヴィング, ウォシントン
天鷲絨のカラをつけた夫人《小説》
　　　　　　　　　17「宝石」3(8)'48.10 p4

響庭 俊憲
殺人計画完了《小説》　33「探偵実話」10(16)'59.11 p98

青井 久利　→鮎川哲也
メルツェルの将棋指し
　　　　　　　　　33「探偵実話」5(13)'54.11 p236

青井 素人
ヒヤリとした話　　11「ぷろふいる」1(2)'33.6 p32
銃殺した女《小説》　11「ぷろふいる」1(2)'33.6 p64
甲賀三郎を語る　　11「ぷろふいる」1(3)'33.7 p15
幻影の映画　　　　11「ぷろふいる」1(4)'33.8 p72

葵 八郎
当世たばこ雑話　　33「探偵実話」5(8)'54.7 p56

蒼井 雄
狂繰曲殺人事件《小説》11「ぷろふいる」2(9)'34.9 p22
作者の言葉　　　　11「ぷろふいる」2(9)'34.9 p24
ソル・グルクハイマー殺人事件G、絞られた網
　　　　　　　　　11「ぷろふいる」2(11)'34.11 p97
執念《小説》　　　14「月刊探偵」2(6)'36.7 p14
「瀬戸内海の惨劇」について
　　　　　　　　　11「ぷろふいる」4(7)'36.7 p20
瀬戸内海の惨劇〈1〉《小説》
　　　　　　　　　11「ぷろふいる」4(8)'36.8 p48
蛆虫《小説》　　　12「探偵文学」2(9)'36.9 p23
瀬戸内海の惨劇〈2〉《小説》
　　　　　　　　　11「ぷろふいる」4(9)'36.9 p94
瀬戸内海の惨劇〈3〉
　　　　　　　　　11「ぷろふいる」4(10)'36.10 p58
盲腸と探偵小説　　11「ぷろふいる」4(10)'36.10 p112
瀬戸内海の惨劇〈4〉《小説》
　　　　　　　　　11「ぷろふいる」4(11)'36.11 p88
瀬戸内海の惨劇〈5〉《小説》
　　　　　　　　　11「ぷろふいる」4(12)'36.12 p90
諸家の感想《アンケート》
　　　　　　　　　15「探偵春秋」2(1)'37.1 p68
瀬戸内海の惨劇〈6〉《小説》
　　　　　　　　　11「ぷろふいる」5(1)'37.1 p163
瀬戸内海の惨劇〈7・完〉《小説》
　　　　　　　　　11「ぷろふいる」5(2)'37.2 p130
ハガキ回答《アンケート》
　　　　　　　　　11「ぷろふいる」5(4)'37.4 p46
霧しぶく山〈1〉《小説》
　　　　　　　　　15「探偵春秋」2(7)'37.7 p145
霧しぶく山〈2・完〉《小説》
　　　　　　　　　15「探偵春秋」2(8)'37.8 p91
黒潮殺人事件《小説》
　　　　　　　　　22「新探偵小説」1(3)'47.7 p4
三つめの棺《小説》　21「黒猫」1(4)'47.10 p23
犯罪者の心理《小説》17「宝石」2(10)'47.12 p42
感情の動き《小説》　22「新探偵小説」2(3)'48.6 p39
瀬戸内海の惨劇《小説》
　　　　　　　　　27「別冊宝石」14(6)'61.11 p8
瀬戸内海の惨劇をめぐって《座談会》
　　　　　　　　　27「別冊宝石」14(6)'61.11 p120
黒潮殺人事件《小説》17「宝石」17(12)'62.9増 p8

青海 水平
リングの死《小説》　11「ぷろふいる」2(1)'34.1 p77
田舎饅頭《小説》　　11「ぷろふいる」2(7)'34.7 p121

青江 耿介
屍体の眼　　　　　16「ロック」1(6)'46.12 p32
声音誘導《小説》　　16「ロック」2(1)'47.1 p42
倫敦の殺人魔　　　16「ロック」2(2)'47.2 p74
巴里のコマ切事件　16「ロック」2(3)'47.3 p48
亜砒酸の悲劇　　　16「ロック」2(5)'47.5 p42
死の仮面　　　　　16「ロック」2(6)'47.6 p32
E・クイーンコンテスト受賞作品の面影
　　　　　　　　　16「ロック」2(8)'47.9 p19
髑髏の面影　　　　16「ロック」2(9)'47.10 p32
シンシンの二万年　16「ロック」2(10)'47.12 p60
監獄の歯車止　　　16「ロック」3(1)'48.1 p57
自分を惨殺した男　16「仮面」3(2)'48.2 p38
世界の牢獄を破つた男　21「黒猫」2(7)'48.5 p28
音なき弾奏　　　　25「Gメン」2(10)'48.10 p37
地獄の魔術師《小説》25「X」3(2)'49.2 p30

青江 八郎
流行歌手の情死事件
　　　　　　　　　32「探偵倶楽部」4(5)'53.5 p159

青丘 盾男
死者の贈物《小説》　33「探偵実話」10(9)'59.6 p86

青鬼
鬼回覧板　　　　　34「鬼」8 '53.1 p27

仰蛙庵主人
旧家の狐女《小説》　33「探偵実話」3(9)'52.8 p116
ふぐ毒殺事件《小説》
　　　　　　　　　33「探偵実話」4(3)'53.2 p104

青木 英
卵城奇談《小説》　　27「別冊宝石」2(3)'49.12 p214
マダム・ブランシエ《小説》
　　　　　　　　　27「別冊宝石」3(1)'50.2 p144

青木 和夫
石を砕く男　　　　33「探偵実話」7(4)'56.2 p115

青木 惠一
夢を作る男《小説》　32「探偵倶楽部」9(14)'58.12 p120
刺青《小説》　　　　32「探偵倶楽部」10(1)'59.1 p112

青木 貞夫
死刑される日まで《座談会》
　　　　　　　　　26「フーダニット」2(1)'48.1 p6

青木 純二
屍の泳ぐ池《小説》　07「探偵」1(5)'31.9 p163

青木 春三
乳房への哀傷《小説》25「X」4(1)'50.1 p76
遠山金四郎百年祭　27「別冊宝石」8(4)'55.5 p74
むすめ変身　　　　27「別冊宝石」8(4)'55.5 p186

青木 敏郎
陽春放談録《座談会》
　　　　　　　　　33「探偵実話」7(7)'56.4 p168

青木 秀夫
　学生と探偵小説《座談会》
　　　　　　　　　　17「宝石」11(1)'56.1 p136
　行動派探偵紳士録　27「別冊宝石」16(7)'63.8 p132
青木 日出夫
　世界の秘密警察　　17「宝石」19(3)'64.2 p254
　密輸に国境はない〈1〉
　　　　　　　　　　17「宝石」19(4)'64.3 p192
　密輸に国境はない〈2・完〉
　　　　　　　　　　17「宝石」19(5)'64.4 p200
　非行少年を衝く　　17「宝石」19(7)'64.5 p210
青木 正治
　窓を開けておくのは《小説》
　　　　　　　　　　17「宝石」11(10)'56.7増 p200
青木 昌之
　贅沢な殺人《小説》　17「宝石」18(2)'63.1増 p54
青木 保夫
　鉄梯子《小説》　　04「探偵趣味」18 '27.4 p71
青桐 七郎
　らくがき 小栗虫太郎　15「探偵春秋」2(1)'37.1 p77
青鷺 幽鬼　→角田喜久雄
　能面殺人事件《小説》
　　　　　　　　　　19「ぷろふいる」2(1)'47.4 p2
青鷺 幽鬼　→海野十三
　昇降機殺人事件《小説》
　　　　　　　　　　19「ぷろふいる」2(2)'47.8 p2
青島 左京
　確率と運命《小説》　17「宝石」16(3)'61.2増 p42
青田 健
　緑の刺青《小説》　　17「宝石」― '49.7増 p127
　復讐《小説》　　　　27「別冊宝石」2(2)'49.8 p63
　溶炉殺人《小説》　　17「宝石」― '49.9増 p197
青玉 光
　所謂芸術派排斥論　　11「ぷろふいる」4(6)'36.6 p125
青池 研吉
　飛行する死人《小説》
　　　　　　　　　　16「ロック」4(3)'49.8別 p102
青地 流介　→平塚白銀
　「探偵小説は大衆文芸か」に就いて
　　　　　　　　　　11「ぷろふいる」2(7)'34.7 p120
　「血液型殺人事件」を読んで
　　　　　　　　　　11「ぷろふいる」2(8)'34.8 p122
　夏日花譜抄　　　　11「ぷろふいる」2(10)'34.10 p100
　春閑毒舌録　　　　11「ぷろふいる」3(3)'35.3 p121
　乱歩破像　　　　　12「探偵文学」1(2)'35.4 p31
　らくがき 蒼井雄　　15「探偵春秋」2(2)'37.2 p31
青砥 一二郎　→光石介太郎
　船とこうのとり《小説》　17「宝石」17(7)'62.6 p20
青野 季吉
　アンケート《アンケート》
　　　　　　　　　　17「宝石」12(10)'57.8 p59
青葉 若葉
　女性と犯罪　　　　01「新趣味」17(5)'22.5 p223
青柳 喜兵衛
　夢の如く出現した彼　14「月刊探偵」2(4)'36.5 p72
青柳 淳郎
　赤い屍体《小説》　　32「探偵倶楽部」9(9)'58.7増 p56

午前二時のささやき《小説》
　　　　　　　　　　32「探偵倶楽部」9(12)'58.10 p96
　夜の妖婦《小説》　　32「探偵倶楽部」9(13)'58.11 p52
　街の前科者《小説》
　　　　　　　　　　32「探偵倶楽部」10(1)'59.1 p246
青柳 隆
　命を弄ぶ人々　　　33「探偵実話」1 '50.5 p225
青柳 尚之
　ロマンと社会性の本格派
　　　　　　　　　　17「宝石」17(7)'62.6 p112
　二十五人のさむらいたち
　　　　　　　　　　17「宝石」18(6)'63.4増 p219
　ロマンと社会性の本格派
　　　　　　　　　　27「別冊宝石」16(7)'63.5 p172
　「一人の芭蕉」松本清張
　　　　　　　　　　17「宝石」18(8)'63.6 p126
　二刀流を駆使する秀才作家
　　　　　　　　　　17「宝石」18(11)'63.8 p136
　若さと重厚な文章の秘密
　　　　　　　　　　17「宝石」18(13)'63.10 p194
　作家生活四十数年の巨匠
　　　　　　　　　　17「宝石」18(15)'63.11 p156
　趣味こそわが生命　17「宝石」18(16)'63.12 p96
　宝石賞の歴史　　　27「別冊宝石」16(11)'63.12 p316
　一回一回が勝負だ!　17「宝石」19(1)'64.1 p110
　小学校時代から作家志望の才女
　　　　　　　　　　17「宝石」19(3)'64.2 p128
　中山あい子さんへ　27「別冊宝石」17(2)'64.2 p210
青山 惠
　ルンペン犯罪座談会《座談会》
　　　　　　　　　　07「探偵」1(4)'31.8 p84
青山 光二
　賭場の殺人《小説》
　　　　　　　　　　27「別冊宝石」12(12)'59.12 p30
　女ざかり《小説》　　27「別冊宝石」13(2)'60.2 p208
　鑿《小説》　　　　27「別冊宝石」13(4)'60.4 p64
　マダム殺し《小説》　17「宝石」15(6)'60.5 p192
　殺人契約〈1〉《小説》
　　　　　　　　　　27「別冊宝石」13(6)'60.6 p242
　殺人契約〈2〉《小説》
　　　　　　　　　　35「エロティック・ミステリー」1(1)'60.8 p248
　殺人契約〈3〉《小説》
　　　　　　　　　　35「エロティック・ミステリー」1(2)'60.9 p228
　殺人契約〈4〉《小説》
　　　　　　　　　　35「エロティック・ミステリー」1(3)'60.10 p258
　殺人契約〈5〉《小説》
　　　　　　　　　　35「エロティック・ミステリー」1(4)'60.11 p264
　殺人契約〈6〉《小説》
　　　　　　　　　　35「エロティック・ミステリー」1(5)'60.12 p64
　殺人契約〈7・完〉《小説》
　　　　　　　　　　35「エロティック・ミステリー」2(1)'61.1 p270
　二つの推理小説　　17「宝石」16(9)'61.8 p204
　釜ヶ崎瞥見
　　　　　　　　　　35「エロティック・ミステリー」2(10)'61.10 p20
　黒い日本人〈1〉《小説》
　　　　　　　　　　35「エロティック・ミステリー」3(3)'62.3 p238
　黒い日本人〈2〉《小説》
　　　　　　　　　　35「エロティック・ミステリー」3(4)'62.4 p246
　黒い日本人〈3〉《小説》
　　　　　　　　　　35「エロティック・ミステリー」3(5)'62.5 p216

あおや

青山 五郎
- 文学青年《小説》　19「ぷろふいる」2(1)'47.4 p28

青山 三猪
- 探偵チヤン氏　14「月刊探偵」2(1)'36.1 p20
- 探偵ルビック氏　14「月刊探偵」2(2)'36.2 p28

青山 秀一
- 青髭に泣く女　33「探偵実話」3 '50.8 p64
- 十字架の鬼《小説》　33「探偵実話」2(1)'50.12 p44
- 堕胎殺人僧《小説》　33「探偵実話」2(7)'51.6 p184
- 十字架の鬼《小説》
　　　33「探偵実話」7(2)'55.12増 p218
- 青髭に泣く女　33「探偵実話」7(8)'56.4増 p106
- 拳銃に叫ぶ女　33「探偵実話」7(8)'56.4増 p284

青山 吉郎
- 私は3千人の虐殺を見た
　　　32「探偵倶楽部」8(4)'57.5 p202

青山 緑人
- 運命論者　01「新趣味」17(7)'22.7 p117

青山 倭文二
- 幸運《小説》　11「ぷろふいる」3(9)'35.9 p54

阿賀井 亮三
- 投書《小説》　17「宝石」15(3)'60.2増 p173
- 花痕《小説》　17「宝石」17(2)'62.1増 p317

赤石 嘉平
- 涙にくもつた刑事の感
　　　33「探偵実話」2(3)'51.2 p159

アカインコ
- 黄色い部屋　26「フーダニット」2(1)'48.1 p25
- 黄色い部屋　26「フーダニット」2(2)'48.3 p28
- 黄色い部屋　26「フーダニット」2(3)'48.6 p21
- 黄色い部屋　26「フーダニット」2(4)'48.7 p27

赤尾 鈴子
- 猟人の料理　32「探偵倶楽部」6(4)'55.4 p183

赤尾 好夫
- 御前様の猟　32「探偵クラブ」2(2)'51.2 p171
- 虎狩対談《対談》　32「探偵クラブ」2(8)'51.9 p104
- 島の波　32「探偵倶楽部」4(1)'53.2 p101
- アンケート《アンケート》
　　　33「探偵実話」6(3)'55.2増 p73

赤鬼
- 鬼回覧板　34「鬼」8 '53.1 p27

赤城 研二
- 動物風流譚　17「宝石」― '49.9増 p70

赤木 幸一
- ぼかした葉《小説》　17「宝石」16(3)'61.2増 p319

赤城 守太郎
- クレイグ・ライス待望　17「宝石」5(6)'50.6 p324

赤坂 慧
- 夜の新東京地図　32「探偵倶楽部」6(7)'55.7 p155
- 青い実を摘む大学生
　　　33「探偵実話」9(6)'58.3 p100

赤坂 慧
- 夜の新東京地図　32「探偵倶楽部」6(6)'55.6 p155

明石 清三
- 木更津芸者とアメリカ兵《座談会》
　　　33「探偵実話」9(4)'58.2 p146

明石 富久夫
- 乱歩論ラビリンス　12「探偵文学」1(2)'35.4 p24

明石 久子
- 舞台より観客へ《アンケート》
　　　01「新趣味」17(3)'22.3 p128

赤田 鉄平
- 追ひつめられた男《脚本》
　　　11「ぷろふいる」2(8)'34.8 p81
- 空気男《小説》　11「ぷろふいる」2(12)'34.12 p80

阿賀田 優子
- 指輪《小説》　27「別冊宝石」12(2)'59.2 p264

赤玉 閃
- でいてくてくてくてぶ
　　　11「ぷろふいる」3(10)'35.10 p93
- 九月の騎士《猟奇譚》
　　　11「ぷろふいる」3(10)'35.10 p142
- 余りに暗いぞ!　11「ぷろふいる」3(11)'35.11 p109
- わが探偵小説論　11「ぷろふいる」4(2)'36.2 p126
- 二人を叱る　11「ぷろふいる」4(4)'36.4 p130
- わが『論戦』　11「ぷろふいる」4(6)'36.6 p124

赤沼 三郎
- 夜の虹《小説》　17「宝石」1(2)'46.5 p4
- 天国《小説》　17「宝石」2(4)'47.5 p46
- お夏の死《小説》　20「探偵よみもの」35 '48.5 p42
- 楽園悲歌《小説》　27「別冊宝石」2 '48.7 p72
- 目撃者《小説》　16「ロック」3(5)'48.9 p26
- まぼろし夫人《小説》
　　　20「探偵よみもの」38 '49.1 p38
- 密室のロミオ《小説》
　　　29「探偵趣味」(戦後版)'49.1 p3
- 人面師梅朱芳《小説》
　　　20「探偵よみもの」39 '49.6 p42
- 日輪荘の女《小説》　17「宝石」4(10)'49.11 p168
- キャメルと馬刀　17「宝石」5(1)'50.1 p315
- 翡翠湖の悲劇《小説》　17「宝石」5(3)'50.3 p14
- 聖ミシエル号のごとく　17「宝石」10(7)'55.5 p202

赤ネクタイの男
- しもるうゐんける　14「月刊探偵」2(5)'36.6 p35
- しもるうゐんける　14「月刊探偵」2(6)'36.7 p28

赤野 十路
- 「ビックトレイル」　06「猟奇」4(4)'31.6 p47

赤羽 八重子
- 「カール・アラン賞」のこと
　　　17「宝石」19(7)'64.5 p20

赤見 六郎太
- まえがき　33「探偵実話」7(17)'56.11 p158

阿木 翁助
- 選者の言葉　17「宝石」14(11)'59.10 p110
- 科学少年カンジン君　17「宝石」19(1)'64.1 p115

秋 遠里
- タカ坊、さよなら《小説》
　　　17「宝石」16(3)'61.2増 p58
- 葉鶏頭を持って来た女《小説》
　　　17「宝石」18(2)'63.1増 p81

安芸 礼太
- 碧い眼の桃色行状記
　　　33「探偵実話」10(14)'59.10 p164

あきや

秋川 三郎
菊池寛と甲賀三郎空想対談記
　　　　　　　　11「ぷろふいる」5(4)'37.4 p146

秋沢 静一
濃硫酸の甕《小説》　33「探偵実話」9(7)'58.4 p2

秋須 行雄
前科者を囲む防犯座談会《座談会》
　　　　　　　　18「トップ」2(1)'47.4 p12

秋田 和弌
蜜月記　　　　　　33「探偵実話」6(6)'55.5 p174

秋田 太吉
探偵倶楽部に望む　32「探偵倶楽部」4(6)'53.6 p54

秋田 不泣
花骨牌の秘密《小説》
　　　　　　　　11「ぷろふいる」3(7)'35.7 p45

秋月 文平
性の餌食　　　　　33「探偵実話」7(17)'56.11 p122
二つの性に生きる女　33「探偵実話」8(2)'57.2 p74
黒堀の中の饗宴　　33「探偵実話」8(7)'57.4 p88
抹殺者は誰か!!　　33「探偵実話」9(3)'58.1 p110
ナホトカに咲いた灼熱の恋
　　　　　　　　33「探偵実話」12(6)'61.4増 p246

秋月 玲瓏
悪の華　　　　　　11「ぷろふいる」2(1)'34.1 p82

秋永 三郎
女子大生の火だるま事件
　　　　　　　　33「探偵実話」8(2)'57.1増 p224

秋永 芳郎
苦い湖《小説》　　16「ロック」4(1)'49.2 p36
ラーモンの宝石《小説》
　　　　　　　　32「探偵クラブ」1(4)'50.12 p170
悪魔の呼ぶ声《小説》
　　　　　　　　33「探偵実話」3(1)'51.12 p202

秋野 菊作 →西田政治
雑草庭園　　　　　11「ぷろふいる」1(4)'33.8 p44
英米探偵趣味の会　11「ぷろふいる」1(7)'33.11 p36
雑草庭園　　　　　11「ぷろふいる」2(1)'34.1 p121
雑草庭園　　　　　11「ぷろふいる」2(2)'34.2 p55
雑草庭園　　　　　11「ぷろふいる」2(4)'34.4 p81
雑草庭園　　　　　11「ぷろふいる」2(10)'34.10 p97
雑草庭園　　　　　11「ぷろふいる」2(11)'34.11 p110
雑草庭園　　　　　11「ぷろふいる」2(12)'34.12 p61
雑草庭園　　　　　11「ぷろふいる」3(1)'35.1 p71
雑草庭園　　　　　11「ぷろふいる」3(2)'35.2 p101
雑草庭園　　　　　11「ぷろふいる」3(3)'35.3 p133
雑草庭園　　　　　11「ぷろふいる」3(8)'35.8 p119
探偵小説ファンの手帖
　　　　　　　　11「ぷろふいる」3(9)'35.9 p124
毒草園　　　　　　11「ぷろふいる」3(12)'35.12 p41
毒草園　　　　　　11「ぷろふいる」4(1)'36.1 p61
毒草園　　　　　　11「ぷろふいる」4(2)'36.2 p125
毒草園　　　　　　11「ぷろふいる」4(3)'36.3 p70
毒草園　　　　　　11「ぷろふいる」4(4)'36.4 p71
毒草園　　　　　　11「ぷろふいる」4(5)'36.5 p67
毒草園　　　　　　11「ぷろふいる」4(6)'36.6 p113
毒草園　　　　　　11「ぷろふいる」4(7)'36.7 p61
毒草園　　　　　　11「ぷろふいる」4(8)'36.8 p47
毒草園　　　　　　11「ぷろふいる」4(9)'36.9 p23
毒草園　　　　　　11「ぷろふいる」4(10)'36.10 p33
毒草園　　　　　　11「ぷろふいる」4(11)'36.11 p29
毒草園　　　　　　11「ぷろふいる」4(12)'36.12 p55
象牙柄小刀事件《小説》
　　　　　　　　11「ぷろふいる」4(12)'36.12 p70
ドラモンド・キース中尉の転宅
　　　　　　　　11「ぷろふいる」5(3)'37.3 p84
移植毒草園　　　　12「シュピオ」3(5)'37.6 p57
移植毒草園　　　　12「シュピオ」3(6)'37.7 p40
移植毒草園　　　　12「シュピオ」3(7)'37.9 p34
移植毒草園　　　　12「シュピオ」3(8)'37.10 p12
移植毒草園　　　　12「シュピオ」3(9)'37.11 p36
移植毒草園　　　　12「シュピオ」3(10)'37.12 p26
移植毒草園　　　　12「シュピオ」4(1)'38.1 p31
移植毒草園　　　　12「シュピオ」4(2)'38.2 p21
探偵小説いろは辞典〈1〉
　　　　　　　　17「宝石」1(2)'46.5 p24
探偵小説いろは辞典〈2〉
　　　　　　　　17「宝石」1(3)'46.6 p20
探偵小説いろは事典〈3〉
　　　　　　　　17「宝石」1(4)'46.7 p14
探偵小説いろは辞典〈4〉
　　　　　　　　17「宝石」1(5)'46.8 p16
探偵小説いろは辞典〈5〉
　　　　　　　　17「宝石」1(6・7)'46.10 p24
探偵小説いろは辞典〈6〉
　　　　　　　　17「宝石」1(8)'46.11 p17
紺戸博士の機智《小説》
　　　　　　　　16「ロック」1(6)'46.12 p76
探偵小説いろは辞典〈7〉
　　　　　　　　17「宝石」1(9)'46.12 p26
探偵小説いろは辞典〈8〉
　　　　　　　　17「宝石」2(1)'47.1 p41
探偵小説いろは辞典〈9〉
　　　　　　　　17「宝石」2(2)'47.3 p83
雑草花園　　　　　22「新探偵小説」1(1)'47.4 p19
探偵小説いろは辞典〈10〉
　　　　　　　　17「宝石」2(3)'47.4 p79
探偵小説いろは辞典〈11・完〉
　　　　　　　　17「宝石」2(4)'47.5 p39
雑草花園　　　　　22「新探偵小説」1(2)'47.6 p12
雑草花園　　　　　22「新探偵小説」1(3)'47.7 p27
探偵文壇新いろは歌留多
　　　　　　　　23「真珠」2 '47.10 p22
雑草花園　　　　　22「新探偵小説」4 '47.10 p39
探偵文壇新いろは歌留多
　　　　　　　　23「真珠」3 '47.12 p24
雑草花園　　　　　22「新探偵小説」5 '48.2 p18
雑草花園　　　　　22「新探偵小説」2(2)'48.5 p48
雑草花園　　　　　22「新探偵小説」2(3)'48.6 p26
雑草花園　　　　　22「新探偵小説」2(4)'48.7 p27

秋本 晃之介
廃園挿話《小説》　04「探偵趣味」24 '27.10 p2
リヒテンベルゲル氏の一恋愛《小説》
　　　　　　　　04「探偵趣味」4(6)'28.6 p86

秋元 重男
コールガールは生きている
　　　　　　　　33「探偵実話」11(14)'60.10 p118

秋元 松代
雨と雨傘　　　　　17「宝石」18(7)'63.5 p17

秋山 清
初子を俺によこせ
　　　　　　　　33「探偵実話」12(14)'61.10増 p140

秋山 桂子
　探偵小説愛好者座談会《座談会》
　　　　　　　　　　　17「宝石」― '49.9増 p132
秋山 珊作
　探偵論壇不振矣　　11「ぷろふいる」3(11) '35.11 p107
　面白くなりそうである
　　　　　　　　　　　11「ぷろふいる」3(12) '35.12 p89
秋山 清一
　ヤミ煙草取締り座談会《座談会》
　　　　　　　　　　　32「探偵倶楽部」4(10) '53.10 p84
　洋モク取締珍談奇談座談会《座談会》
　　　　　　　　　　　32「探偵倶楽部」5(11) '54.11 p250
秋山 孝夫
　新人二十五人集を読みて
　　　　　　　　　　　17「宝石」8(3) '53.4 p218
秋山 正美
　暗号を食った男　　33「探偵実話」8(7) '57.4 p248
　暗号解読の推理〈1〉　17「宝石」12(7) '57.5 p184
　暗号解読の推理〈2〉　17「宝石」12(8) '57.6 p206
　海底の秘密暗号文書
　　　　　　　　　　　33「探偵実話」8(10) '57.6 p266
　暗号読解の推理〈3〉　17「宝石」12(9) '57.7 p170
　ナチス治下の暗殺兵団
　　　　　　　　　　　33「探偵実話」8(14) '57.10 p84
晶
　モダントピック　　32「探偵クラブ」2(5) '51.7 p194
あきら・みや
　剔られた臀肉〈1〉　06「猟奇」1(1) '28.5 p18
　臀肉事件〈2〉　　　06「猟奇」1(2) '28.6 p10
悪 竜介
　完全探偵小説論　　17「宝石」5(10) '50.10 p228
　アリバイ《小説》　　24「妖奇」5(4) '51.4 p63
悪 次郎
　あんち・まあだあ・けえす
　　　　　　　　　　　11「ぷろふいる」3(10) '35.10 p96
　あんち、あかだまいずむ
　　　　　　　　　　　11「ぷろふいる」4(3) '36.3 p14
　あい、あむ、そりい
　　　　　　　　　　　11「ぷろふいる」4(5) '36.5 p119
　蘭郁二郎氏の場合　12「探偵文学」2(7) '36.7 p35
　病床雑記　　　　　11「ぷろふいる」4(10) '36.10 p135
　蘭郁二郎氏の再検討
　　　　　　　　　　　12「探偵文学」2(12) '36.12 p52
芥川 比呂志
　狐狗狸のタベ《座談会》
　　　　　　　　　　　17「宝石」13(13) '58.10 p166
阿久津 謙介
　卵生人間《小説》　　24「妖奇」5(2) '51.2 p14
　神霊の戒律《小説》　24「妖奇」6(6) '52.6 p14
　悪魔の童《小説》　　24「トリック」7(3) '53.3 p141
悪筆生
　「狂躁曲殺人事件」について
　　　　　　　　　　　11「ぷろふいる」2(10) '34.10 p103
悪良 長郎
　にゅう・すたいる、でいてくていぶ・すとうりい
　　　　　　　　　　　11「ぷろふいる」3(9) '35.9 p102

朱 蘭子
　花の無い季節《小説》
　　　　　　　　　　　17「宝石」15(3) '60.2増 p248
明智 朽平
　探偵作家の自意識と反省
　　　　　　　　　　　11「ぷろふいる」4(9) '36.9 p130
暁野 夢人
　亡者の言　　　　　17「宝石」6(2) '51.2 p141
アーサー, ロバート
　屍体置場の男《小説》
　　　　　　　　　　　32「探偵倶楽部」9(2) '58.2 p210
　目撃者《小説》　　　27「別冊宝石」11(3) '58.3 p22
　ガラスの橋《小説》　17「宝石」13(10) '58.8 p276
　好もしい一家《小説》17「宝石」13(12) '58.9 p278
　死者は笑う《小説》　17「宝石」13(13) '58.10 p324
　人形はささやく《小説》
　　　　　　　　　　　17「宝石」13(14) '58.11 p310
　冷血保安官《小説》　27「別冊宝石」11(9) '58.11 p39
　悪夢《小説》　　　　17「宝石」13(15) '58.12 p280
　似合いの夫婦《小説》17「宝石」14(1) '59.1 p364
　キャッシュ氏の棺《小説》
　　　　　　　　　　　17「宝石」14(3) '59.3 p290
　二十日鼠殺人事件《小説》
　　　　　　　　　　　17「宝石」15(2) '60.2 p288
　暗闇の接吻《小説》　27「別冊宝石」13(5) '60.5 p145
浅井 啓一郎
　「探偵雑誌」の在り方　17「宝石」5(3) '50.3 p169
浅井 勇
　米ソ戦略爆撃戦《座談会》
　　　　　　　　　　　32「探偵倶楽部」6(12) '55.12 p258
浅井 竜三
　人面鬼　　　　　　33「探偵実話」2 '50.7 p188
　貞操泥棒　　　　　33「探偵実話」3 '50.8 p182
　貞操泥棒　　　　　33「探偵実話」7(2) '55.12増 p104
　人面鬼　　　　　　33「探偵実話」7(8) '56.4増 p224
浅石 温
　名探偵報酬録　　　14「月刊探偵」1(1) '35.12 p21
浅川 神歌　→広川一勝
　「探偵趣味」問答《アンケート》
　　　　　　　　　　　04「探偵趣味」4 '26.1 p54
　帰国《小説》　　　　04「探偵趣味」19 '27.5 p78
　翻訳探偵小説一瞥見〈1〉
　　　　　　　　　　　04「探偵趣味」4(1) '28.1 p90
　翻訳探偵小説一瞥見〈2・完〉
　　　　　　　　　　　04「探偵趣味」4(2) '28.2 p66
　創作探偵小説全表　04「探偵趣味」4(3) '28.3 p38
　金曜会について　　04「探偵趣味」4(3) '28.3 p63
浅川 博
　探偵小説の転換期　11「ぷろふいる」3(12) '35.12 p91
朝霧 探太郎
　噴水塔　　　　　　11「ぷろふいる」5(1) '37.1 p102
　噴水塔　　　　　　11「ぷろふいる」5(2) '37.2 p74
　噴水塔　　　　　　11「ぷろふいる」5(3) '37.3 p40
　噴水塔　　　　　　11「ぷろふいる」5(4) '37.4 p26

朝倉 三郎
痣《小説》	17「宝石」13(16)'58.12増 p377
第八艦隊の贈物《小説》	
	17「宝石」17(2)'62.1増 p55

朝倉 摂
乗車拒否	17「宝石」18(7)'63.5 p21

浅倉 俊朗
消えた屍体《小説》	24「妖奇」4(7)'50.7 p74
おにび《小説》	24「妖奇」5(2)'51.2 p73

朝倉 義臣
麻薬取締りの実相報告
32「探偵倶楽部」5(10)'54.10 p139

朝里 勉
失恋術!《小説》	06「猟奇」2(9)'29.9 p29

朝島 雨之助 →朝島靖之助
まづ一服……《小説》	17「宝石」4(7)'49.7 p61
三十年目のXマス《小説》	

17「宝石」4(11)'49.12 p19, 23, 27, 31, 35, 39, 43, 47
邯鄲《小説》	27「別冊宝石」2(3)'49.12 p109
アプレゲール新語辞典	
	17「宝石」5(2)'50.2 p124
げら!げら!げりら!!	17「宝石」5(4)'50.4 p208
げら!げら!げりら!!	17「宝石」5(5)'50.5 p52
人造人間欲情す《小説》	
	17「宝石」5(6)'50.6 p80
ニコチン氏の手帳	17「宝石」5(7)'50.7 p155
げら!げら!げりら!!	17「宝石」5(10)'50.10 p219
自転車泥棒	17「宝石」6(7)'51.7 p22
犯人の微笑《小説》	
	33「探偵実話」2(11)'51.10 p130
社長さんはメイ探偵《小説》	
	33「探偵実話」2(12)'51.11 p180
二人のための五人のバンド《小説》	

27「別冊宝石」4(2)'51.12 p118, 189, 275, 291, 328, 342, 343, 378
幻影の人《小説》	33「探偵実話」3(1)'51.12 p54
不条理捕物帳《小説》	
	27「別冊宝石」5(1)'52.1 p57
江戸から東京へ《小説》	
	27「別冊宝石」5(1)'52.1 p149
鸚鵡が見ていた《小説》	
	33「探偵実話」3(2)'52.2 p146
満月と二十日鼠《小説》	17「宝石」7(3)'52.3 p146
影武者と桃の花《小説》	
	33「探偵実話」3(3)'52.3 p122
ナイス・ボール!《小説》	
	27「別冊宝石」5(4)'52.5 p216
侠盗緑瞳子《小説》	27「別冊宝石」5(8)'52.8 p104
きもだめし会《脚本》	
	17「宝石」7(9)'52.10 p241
探偵クイズ	33「探偵実話」4(4)'53.3 p19
大探偵と小探偵《脚本》	17「宝石」8(4)'53.3増
桜の下の死体《小説》	
	33「探偵実話」4(5)'53.4 p234
"封鎖作戦"について《座談会》	
	32「探偵倶楽部」4(11)'53.11 p128

朝島 靖之助 →朝島雨之助
名刀紛失《小説》	27「別冊宝石」6(4)'53.6 p52
夏蜜柑の謎《小説》	27「別冊宝石」6(4)'53.6 p270
贋作牡丹燈籠《小説》	
	27「別冊宝石」6(6)'53.9 p67

真説蛇性の淫《小説》	
	27「別冊宝石」6(6)'53.9 p97
最後の接吻《小説》	17「宝石」8(12)'53.10増 p31
絶壁の彼方《小説》	17「宝石」8(13)'53.11 p158
ごむまり《小説》	17「宝石」9(3)'54.3 p33
酒仙悲しや《小説》	17「宝石」9(5)'54.4 p234
男ありけり《小説》	17「宝石」9(11)'54.9 p226
銭形平次死す!《小説》	
	27「別冊宝石」7(7)'54.9 p127
私は殺される《小説》	
	27「別冊宝石」8(1)'55.1 p274
人形の森《小説》	17「宝石」10(5)'55.3増 p140
十年目《小説》	17「宝石」10(8)'55.5 p66
恋の人形師《小説》	27「別冊宝石」8(4)'55.5 p200
劉氏の奇妙な犯罪《小説》	
	17「宝石」11(5)'56.3増 p108
裁かれぬ人《小説》	17「宝石」11(6)'56.4 p86
丹下夫妻の秘密《小説》	
	17「宝石」11(10)'56.7増 p74
人間寝台《小説》	17「宝石」11(13)'56.9増 p124
悪女礼讃《小説》	17「宝石」12(6)'57.4 p208
青鮫は千尋の底へ《小説》	
	17「宝石」12(11)'57.8増 p122
アンケート《アンケート》	
	17「宝石」12(14)'57.11 p150

浅田 香保留
鋏は映画を決定する 06「猟奇」3(2)'30.3 p14

朝田 成司
探偵コント集 17「宝石」6(3)'51.3 p178

浅田 一
科学的犯人捜索法の進歩	
	04「探偵趣味」14 '26.12 p26
怪二三	04「探偵趣味」16 '27.2 p44
レーニン遺骸に関する土産話の訂正及追加	
	04「探偵趣味」4(3)'28.3 p59
「霊の審判」の人血鑑定	
	04「探偵趣味」4(4)'28.4 p40
余談二つ	04「探偵趣味」4(5)'28.5 p49
処女幕の真相	18「トップ」4(2)'49.6 p36
血液型一夕話	33「探偵実話」2(11)'51.9 p31
血液型一夕話	33「探偵実話」2(11)'51.10 p211
血液型と気質	33「探偵実話」2(12)'51.11 p133

浅沼 稲次郎
恐怖怪奇の経験 33「探偵実話」10(10)'59.7増 p253

浅野 玄府
クローズ・アップ《アンケート》	
	04「探偵趣味」13 '26.11 p32
クローズ・アップ《アンケート》	
	04「探偵趣味」14 '26.12 p39
翻訳座談会《座談会》	
	04「探偵趣味」4(2)'28.2 p30
独逸探偵、猟奇小説瞥見	
	04「探偵趣味」4(5)'28.5 p61
羹こぼして珍罰を受けた女の話	
	09「探偵小説」2(3)'32.3 p38
奥方の従僕に化け込んだ娘の話	
	09「探偵小説」2(3)'32.3 p40
旅の歌唄ひと薬種屋の妻の話	
	09「探偵小説」2(3)'32.3 p42

あさは

裁判官を摺らした強たか女の話
　　　　　　　09「探偵小説」2(3)'32.3 p44
俄かの孕み女となつた猶太女の話
　　　　　　　09「探偵小説」2(3)'32.3 p46
娘をだまして鶏姦した僧侶の話
　　　　　　　09「探偵小説」2(4)'32.4 p234
盗賊に化けた悧巧な妻女の話
　　　　　　　09「探偵小説」2(4)'32.4 p236
女の替玉になつたアラビア人の話
　　　　　　　09「探偵小説」2(4)'32.4 p238
美しい未亡人と一人の兵士の話
　　　　　　　09「探偵小説」2(4)'32.4 p240
結婚初夜にして嬰児をあげた女の話
　　　　　　　09「探偵小説」2(4)'32.4 p242
探偵倶楽部のこと　14「月刊探偵」2(2)'36.2 p17
お問合せ《アンケート》
　　　　　　　12「シュピオ」3(5)'37.6 p52

浅原　六朗
マノンに似た女　27「別冊宝石」11(10)'58.12 p19

浅間　容
ユダヤ人の復讐殺人事件
　　　　　　　33「探偵実話」8(16)'57.11 p258

浅見　文吉
冥土ってイカスね《小説》
　　　　　　　35「ミステリー」5(5)'64.5 p130

朝水　かんぢ
雪男　　　　　32「探偵倶楽部」6(8)'55.8 p94

朝山　蜻一
くびられた隠者《小説》
　　　　　　　27「別冊宝石」2(3)'49.12 p358
白日の夢《小説》17「宝石」5(9)'50.9 p97
不思議な世界の死《小説》
　　　　　　　17「宝石」6(3)'51.3 p106
泥棒たちと夫婦たち《小説》
　　　　　　　17「宝石」6(7)'51.7 p170
新宿幻想《小説》17「宝石」6(10)'51.10 p112
トンネル内の事件《脚本》
　　　　　　　17「宝石」6(13)'51.12 p167
アンケート《アンケート》
　　　　　　　17「宝石」7(1)'52.1 p84
積荷《脚本》　　17「宝石」7(5)'52.5 p104
魔女を許すな《小説》17「宝石」7(5)'52.5 p138
巫女《小説》　27「別冊宝石」5(6)'52.6 p89
愛慾島《小説》　17「宝石」7(11)'52.11 p79
『反逆』をみる《座談会》
　　　　　　　32「探偵倶楽部」3(12)'52.12 p130
探偵作家と警察署長の座談会《座談会》
　　　　　　　32「探偵倶楽部」4(5)'53.5 p98
天人飛ぶ《小説》17「宝石」8(5)'53.5 p110
探偵小説と実際の犯罪《座談会》
　　　　　　　32「探偵倶楽部」4(6)'53.6 p194
魅せられた女《座談会》
　　　　　　　32「探偵倶楽部」4(7)'53.7 p122
ひつじや物語《小説》17「宝石」8(9)'53.8 p44
尻尾《小説》　　17「宝石」8(12)'53.10 p154
青線女性生態座談会《座談会》
　　　　　　　32「探偵倶楽部」4(11)'53.11 p84
"封鎖作戦"について《座談会》
　　　　　　　32「探偵倶楽部」4(11)'53.11 p128

映画「飾窓の女」《座談会》
　　　　　　　17「宝石」8(13)'53.11 p138
僕はちんころ《小説》17「宝石」9(1)'54.1 p240
刃傷の街《小説》32「探偵倶楽部」5(1)'54.1 p276
蒼い湖《小説》　17「宝石」9(4)'54.3増 p146
牛刀《小説》　32「探偵倶楽部」5(4)'54.4 p197
白日の夢《小説》33「探偵実話」5(5)'54.4増 p357
底深き街《小説》17「宝石」9(8)'54.7 p222
花園心中《小説》17「宝石」9(10)'54.8増 p150
鬼の眼の娘《小説》
　　　　　　　32「探偵倶楽部」5(9)'54.9 p162
木々高太郎先生へ　17「宝石」9(13)'54.11 p93
地獄の同伴者《小説》17「宝石」9(13)'54.11 p138
函の中の恋《小説》
　　　　　　　32「探偵倶楽部」5(11)'54.11 p232
江戸川先生と明智小五郎
　　　　　　　27「別冊宝石」7(9)'54.11 p295
変面術師《小説》32「探偵倶楽部」6(1)'55.1 p188
堕ちた男《小説》17「宝石」6(3)'55.3 p42
海女殺人事件《小説》17「宝石」10(4)'55.3 p172
死霊《小説》　　17「宝石」10(5)'55.3増 p150
海女の悲歌《小説》17「宝石」10(7)'55.5 p224
楽しい夏の想出《小説》
　　　　　　　17「宝石」10(12)'55.8増 p98
矮人博士の犯罪
　　　　　　　32「探偵倶楽部」6(9)'55.9 p106
僧服の人《小説》17「宝石」10(13)'55.9 p168
僕はちんころ《小説》
　　　　　　　33「探偵実話」6(12)'55.10増 p288
盗癖《小説》　　17「宝石」10(16)'55.11増 p138
娘と質草《小説》
　　　　　　　32「探偵倶楽部」6(12)'55.12 p220
執筆旅行　　　　17「宝石」11(1)'56.1 p86
探偵小説ブームは果て来るか来ないか《座談会》
　　　　　　　32「探偵倶楽部」7(1)'56.1 p180
悪の火華《小説》17「宝石」11(1)'56.1 p270
三人の男友達《小説》
　　　　　　　32「探偵倶楽部」7(2)'56.2 p287
刈枝殺し《小説》17「宝石」11(5)'56.3増 p178
巫女《小説》　33「探偵実話」7(5)'56.3増 p338
都落ち《小説》　17「宝石」11(7)'56.5 p136
鶏の腸《小説》　33「探偵実話」7(12)'56.7 p38
フィナーレの間《小説》
　　　　　　　17「宝石」11(10)'56.7増 p102
グレン隊殺人事件《小説》
　　　　　　　32「探偵倶楽部」7(10)'56.9 p11
泥棒たちと夫婦たち《小説》
　　　　　　　17「宝石」11(13)'56.9増 p58
最後の赤線《小説》17「宝石」11(14)'56.10 p204
渦巻温泉殺人事件《小説》
　　　　　　　33「探偵実話」7(15)'56.10 p110
天来の殺意《小説》
　　　　　　　32「探偵倶楽部」7(12)'56.11 p76
太つちよの三平《小説》
　　　　　　　17「宝石」11(15)'56.11 p236
四等女製造販売人《小説》
　　　　　　　17「宝石」12(1)'57.1増 p200
猫には鈴がなかつた
　　　　　　　32「探偵倶楽部」8(2)'57.3 p80
可哀そうな女たち《小説》
　　　　　　　17「宝石」12(4)'57.3 p104

あすか

夜の扮装《小説》　33「探偵実話」8(6)'57.3 p62
任右衛門島の朝やけ《小説》
　　　17「宝石」12(8)'57.6 p214
デカという恋人《小説》
　　　17「宝石」12(11)'57.8増 p90
アンケート《アンケート》
　　　17「宝石」12(13)'57.10 p124
足の下に気をつけろ《小説》
　　　17「宝石」12(14)'57.11 p162
不思議な世界の死《小説》
　　　33「探偵実話」8(15)'57.11 p190
光と踊子の死　33「探偵実話」8(16)'57.11 p82
ストリッパー殺人事件《小説》
　　　17「宝石」12(15)'57.11増 p70
薄いガラス《小説》　33「探偵実話」9(3)'58.1 p30
きよしこの肌《小説》　17「宝石」13(2)'58.1増 p34
札束《小説》　32「探偵倶楽部」9(2)'58.2 p76
ゆきちがい葬送曲《小説》
　　　33「探偵実話」9(9)'58.5 p106
悪夢《小説》　17「宝石」13(7)'58.5増 p323
インドの古切手《小説》
　　　32「探偵倶楽部」9(7)'58.6 p80
湯ぶねのそばで《小説》
　　　17「宝石」13(11)'58.8増 p184
女は突然変異する《小説》
　　　17「宝石」13(12)'58.9 p106
ヒロポン地獄《小説》
　　　32「探偵倶楽部」9(12)'58.10 p284
鶏の腸《小説》　27「別冊宝石」11(8)'58.10 p86
シスターボーイ殺人事件《小説》
　　　33「探偵実話」9(16)'58.11 p126
輪の中の女《小説》
　　　32「探偵倶楽部」9(14)'58.12 p198
やくざを打ち殺せ《小説》
　　　32「探偵倶楽部」10(1)'59.1 p185
美貌は悪女《小説》
　　　32「探偵倶楽部」10(2)'59.2 p254
非情なる殺人者《小説》
　　　32「探偵倶楽部」10(8)'59.5 p174
死霊《小説》　33「探偵実話」10(10)'59.7増 p242
白い肉獣《小説》　33「探偵実話」11(1)'59.12 p154
殺意ある抱擁《小説》
　　　33「探偵実話」11(7)'60.4 p210
悪女に倖せがくる《小説》
　　　33「探偵実話」11(12)'60.8 p136
屋根裏は安全でなかった《小説》
　　　33「探偵実話」12(1)'61.1 p202
両刀の女《小説》　33「探偵実話」13(3)'62.2 p40
男のかずをふやせ《小説》
　　　33「探偵実話」13(6)'62.5 p60
死骸でいっぱい《小説》
　　　33「探偵実話」13(11)'62.9 p258

足柄 左右太　→川辺豊三
私は誰でしょう《小説》
　　　27「別冊宝石」5(10)'52.12 p46
誘いの網《小説》　17「宝石」9(9)'54.8 p170

足柄 伝次　→川辺豊三
東洋鬼《小説》　24「妖奇」3(12)'49.11 p37
化けもの市場《小説》　24「妖奇」4(7)'50.7 p51
迷路の悪魔《小説》　24「妖奇」5(10)'51.10 p117
亡者追跡《小説》　24「トリック」6(12)'52.12 p94

芦川 澄子
入選の感想　　　17「宝石」14(11)'59.10 p52
マリ子の秘密《小説》　17「宝石」15(1)'60.1 p114
ありふれた死因《小説》
　　　17「宝石」15(5)'60.4 p118
眼は口ほどに……《小説》
　　　17「宝石」16(5)'61.4 p90
道づれ《小説》　17「宝石」17(7)'62.6 p262
鵐《小説》　27「別冊宝石」17(2)'64.2 p94

芦沢 美佐夫
灰色の扉《小説》　17「宝石」17(2)'62.1増 p128

芦田 一平
魔都に舞う雌蝶　33「探偵実話」8(16)'57.11 p182
秋の旅館は情事がいっぱい
　　　33「探偵実話」12(14)'61.10増 p134

芦田 健次
『探偵趣味』問答《アンケート》
　　　04「探偵趣味」4 '26.1 p56

芦谷 光久
ソ連抑留記　　　25「X」3(6)'49.5 p28

アシモフ, アイザック
ロビイ《小説》　17「宝石」10(3)'55.2 p146
お気に召すことうけあい《小説》
　　　27「別冊宝石」16(8)'63.9 p44
C斜溝《小説》　27「別冊宝石」17(3)'64.3 p120

飛鳥 明子
タダ一つ神もし許し賜はゞ……《アンケート》
　　　06「猟奇」4(3)'31.5 p71

飛鳥 鏡二郎
菊之丞面　　　33「探偵実話」1 '50.5 p190
情恨五十年　　　33「探偵実話」2 '50.7 p225
情恨五十年　　　33「探偵実話」7(8)'56.4増 p307

飛鳥 高
犯罪の場《小説》　17「宝石」2(1)'47.1 p50
湖《小説》　　17「宝石」5(9)'50.9 p148
犠牲者《小説》　17「宝石」5(12)'50.12 p48
孤独《小説》　17「宝石」6(3)'51.3 p96
本格物の需要について　34「鬼」4 '51.6 p8
暗い坂《小説》　17「宝石」6(9)'51.9 p96
七十二時間前《小説》
　　　33「探偵実話」2(11)'51.10 p98
アンケート《アンケート》
　　　17「宝石」7(1)'52.1 p91
加多英二の死《小説》　17「宝石」7(2)'52.2 p128
マネキン人形事件《脚本》
　　　17「宝石」7(4)'52.4 p255
白馬の怪《小説》　33「探偵実話」3(6)'52.5 p116
探偵小説に関する疑問　34「鬼」7 '52.7 p34
ギャングの帽子　　34「鬼」8 '53.1 p20
矢《小説》　　34「鬼」9 '53.9 p4
火の山《小説》　17「宝石」9(3)'54.3 p114
無題　　27「別冊宝石」7(9)'54.11 p169
雲と屍《小説》　17「宝石」10(3)'55.2 p168
「宝石」への望み　17「宝石」10(7)'55.5 p109
兄弟《小説》　17「宝石」10(8)'55.6 p94
見たのは誰だ《小説》
　　　33「探偵実話」6(11)'55.10 p62
去り行く女《小説》　33「探偵実話」8(9)'57.5 p258
放射能魔《小説》　33「探偵実話」8(13)'57.9 p125

511

あすさ

アンケート《アンケート》
　　　　　　　　17「宝石」12(13)'57.10 p305
或る墜落死《小説》
　　　　　　　　33「探偵実話」8(16)'57.11 p222
二粒の真珠《小説》　　17「宝石」13(1)'58.1 p282
逃げる者《小説》　　　17「宝石」13(8)'58.6 p210
悪魔だけしか知らぬこと《小説》
　　　　　　　　33「探偵実話」9(12)'58.8 p128
金魚の裏切り《小説》　17「宝石」14(6)'59.6 p156
古傷《小説》　　　　　17「宝石」14(14)'59.12 p80
満足せる社長《小説》　17「宝石」15(6)'60.5 p256
安らかな眠り《小説》　17「宝石」15(9)'60.7 p24
こわい眠り《小説》　　17「宝石」15(9)'60.7 p36
疲れた眠り《小説》　　17「宝石」15(9)'60.7 p50
鼠はにっこりこ《小説》
　　　　　　　　17「宝石」15(12)'60.10 p250
ある墜落死《小説》
　　　　　　　　17「宝石」15(15)'60.12増 p111
夜のプラカード《小説》
　　　　　　　　17「宝石」16(4)'61.3 p158
細すぎた脚《小説》　17「宝石」16(11)'61.10 p176
ボディガード《小説》　17「宝石」17(4)'62.3 p174
古傷《小説》　　33「探偵実話」13(8)'62.6増 p294
拾った名刺《小説》
　　　　　35「エロチック・ミステリー」3(7)'62.7 p20
狂った記録《小説》　17「宝石」17(10)'62.8 p36
待伏せ街道《小説》
　　　　　　　　33「探偵実話」13(10)'62.8 p60
月を摑む手《小説》
　　　　　　　　17「宝石」17(15)'62.11増 p288
狂気の海《小説》
　　　　　35「エロチック・ミステリー」3(12)'62.12 p6
犯罪の場《小説》　　17「宝石」18(6)'63.4増 p130
江戸川先生の予言　　17「宝石」18(6)'63.4 p135
お天気次第《小説》　　17「宝石」18(8)'63.6 p84
再び、神津恭介を…《座談会》
　　　　　　　27「別冊宝石」16(6)'63.7 p176
お天気次第《小説》　17「宝石」18(14)'63.10増 p49
バシーの波《小説》　　17「宝石」19(6)'64.4 p100

梓川 一郎
つくられた「太陽族」
　　　　　　　32「探偵倶楽部」7(10)'56.9 p100

東 一郎
魔の大烏賊《小説》
　　　　　　　　33「探偵実話」10(11)'59.7 p53
乾杯！われらの探実《座談会》
　　　　　　　　33「探偵実話」10(11)'59.7 p288

東 震太郎
趙少濂の遺書《小説》　21「黒猫」1(4)'47.10 p42
白氏残恨《小説》　　　17「宝石」2(9)'47.10 p30
色めがね《小説》　　　25「Gメン」2(3)'48.3 p4
裸婦と壷《小説》　　　21「黒猫」2(11)'48.9 p68
S子像綺談《小説》　　25「Gメン」2(11)'48.11 p30
変な女《小説》　　　　25「X」3(9)'49.8 p21

東 すみ江
スリルを売るコールガール《座談会》
　　　　　　　　33「探偵実話」11(1)'59.12 p144

東 日出子
舞台より観客へ《アンケート》
　　　　　　　　01「新趣味」17(3)'22.3 p122

東 浩
狐火　　　　　　11「ぷろふいる」1(4)'33.8 p81
探偵月評　　　　11「ぷろふいる」2(4)'34.4 p58

畔上 道雄
今月の創作評《座談会》
　　　　　　　　17「宝石」18(15)'63.11 p234

麻生 豊
近ごろ乗客心理　26「フーダニット」2(1)'48.1 p35

阿田 和男
放送倶楽部《小説》　　18「トップ」1(3)'46.10 p12

安達 梅蔵
阿部定の昔と今　　　　18「トップ」2(6)'47.11 p16
性犯罪の恐怖と捜査《対談》
　　　　　　　33「探偵実話」11(11)'60.8増 p120

安達 次郎
アベック殺人魔　　　　33「探偵実話」2'50.7 p246
踊る色魔教　　　　　　33「探偵実話」3'50.8 p212
悲運の偽学生　　　　　33「探偵実話」5'50.10 p208
日大ギャング愛慾記
　　　　　　　　33「探偵実話」1(6)'50.11 p82
戦後派乱世を語る座談会《座談会》
　　　　　　　　33「探偵実話」2(1)'50.12 p174
美女と硫酸　　　　　33「探偵実話」2(4)'51.3 p68
偽りの蜜月旅行　　　33「探偵実話」2(6)'51.5 p190
三面記事拡大鏡《座談会》
　　　　　　　　33「探偵実話」2(7)'51.6 p103

安達 二郎
悪魔教師　　　　　33「探偵実話」6(13)'55.11 p224
裸にされた女教師　　33「探偵実話」7(7)'56.4 p182
美女参上　　　　　33「探偵実話」7(8)'56.4増 p274
避妊薬殺人事件　　　33「探偵実話」7(9)'56.5 p265
志津子の災難　　　33「探偵実話」7(10)'56.6 p188
狂い咲きの若者たち
　　　　　　　　33「探偵実話」7(15)'56.10 p102
ペンフレンド御用心
　　　　　　　　33「探偵実話」8(1)'56.12 p64
零号夫人の悲劇　　33「探偵実話」8(2)'57.1増 p264
女子大生殺人事件　33「探偵実話」8(4)'57.2 p212
犯罪の蔭におどつた女たち
　　　　　　　　33「探偵実話」8(5)'57.5増 p146
偽りの避妊薬　　　33「探偵実話」9(8)'58.5増 p265

安達 太郎
地球と人間は如何して出来たか?
　　　　　　　　33「探偵実話」7(1)'55.12 p96

安達 瞳子
夏の花　　　　　　　　17「宝石」18(9)'63.7 p19

足立 泰
愛人の良人を殺して無罪になつた男
　　　　　　　32「探偵倶楽部」7(11)'56.10 p232
鍵をかけない女　32「探偵倶楽部」8(2)'57.3 p72
地獄の4トン　　32「探偵倶楽部」8(4)'57.5 p248
コロラドの響尾蛇　32「探偵倶楽部」8(5)'57.6 p202
首狩種族よりの逃走
　　　　　　　32「探偵倶楽部」8(8)'57.8 p120
ニュー・スペインの虐殺
　　　　　　　32「探偵倶楽部」8(9)'57.9 p104
マザルニ河のダイヤ鉱
　　　　　　　32「探偵倶楽部」8(10)'57.10 p268

アマゾンの死の国		穴川 玄八	
	32「探偵倶楽部」8(11)'57.11 p194	草刈乙女惨殺事件	
彼女は心霊に殺された?			32「探偵倶楽部」4(12)'53.12 p246
	32「探偵倶楽部」9(4)'58.4 p107	アーネンス, リア	
地獄で結ばれた恋	32「探偵倶楽部」9(6)'58.5 p100	白ろい夫人〈小説〉	06「猟奇」4(7)'31.12 p42
海底の死都	32「探偵倶楽部」9(7)'58.6 p238	アーノルド, Y・U	
死者の復讐	32「探偵倶楽部」9(8)'58.7 p138	奈落の吸血鬼	33「探偵実話」2(4)'51.3 p84
写真の女	32「探偵倶楽部」9(9)'58.7増 p97	油小路 俊雄	
コンクリート・ジャングル		独逸の盗賊団	07「探偵」1(4)'31.8 p104
	32「探偵倶楽部」9(11)'58.9 p98	女スパイ	07「探偵」1(5)'31.9 p120
死者の弥撒曲	32「探偵倶楽部」9(12)'58.10 p50	不夜の妖窟 墨西哥のモンテカルロ	
死者の弥撒〈小説〉			07「探偵」1(6)'31.10 p127
	32「探偵倶楽部」9(13)'58.11 p200	独逸漂泊民の犯罪	07「探偵」1(7)'31.11 p153
死人のアパート	32「探偵倶楽部」9(14)'58.12 p268	阿部 主計	
死神をみた男〈小説〉		猫の顔〈小説〉	17「宝石」4(5)'49.5 p85
	32「探偵倶楽部」10(1)'59.1 p106	新人探偵作家を語る〈座談会〉	
幻の老婆たち	32「探偵倶楽部」10(2)'59.2 p64		27「別冊宝石」3(2)'50.4 p190
安達原築地署長		前号『バリーから来た男』について訂正	
最近兇悪犯罪の実相〈座談会〉			17「宝石」6(1)'51.1 p272
	33「探偵実話」2 '50.7 p70	原爆映画『戦慄の七日間』をめぐる座談会〈座談会〉	
アダムズ, サミユアル・ホプキンス			27「別冊宝石」4(1)'51.8 p154
山小屋の生霊〈小説〉	17「宝石」11(11)'56.8 p172	応募短編銓衡感想	
アダムズ, S・H			27「別冊宝石」5(10)'52.12 p395
テーブルの死体〈小説〉		対乱歩随筆	27「別冊宝石」7(9)'54.11 p50
	32「探偵倶楽部」9(1)'58.1 p161	予選雑感	17「宝石」10(2)'55.1増 p205
阿知波 五郎　→楢木重太郎		予選者として	17「宝石」11(6)'56.11増 p187
LOCK大学	16「ロック」1(5)'46.10 p105	予選者日く	27「別冊宝石」10(1)'57.1 p151
LOCK大学	16「ロック」1(6)'46.12 p38	大下宇陀児を語る〈座談会〉	
LOCK大学	16「ロック」2(1)'47.1 p78		27「別冊宝石」10(6)'57.6 p182
LOCK大学	16「ロック」2(2)'47.2 p82	予選者の一人として	
LOCK大学	16「ロック」2(3)'47.3 p100		27「別冊宝石」11(2)'58.2 p141
LOCK大学	16「ロック」2(4)'47.4 p78	プレトリウス博士拝見	17「宝石」13(5)'58.4 p245
ロック大学	16「ロック」2(5)'47.5 p83	予選感想	17「宝石」13(16)'58.12増 p37
ロック大学	16「ロック」2(6)'47.6 p40	予選感	17「宝石」15(3)'60.2 p299
LOCK大学	16「ロック」2(7)'47.7 p30	印度魔術の解明〈1〉	17「宝石」15(4)'60.3 p232
おばけ座	22「新探偵小説」4 '47.10 p22	印度魔術の解明〈2〉	17「宝石」15(6)'60.5 p273
探偵医談	23「真珠」3 '47.12 p28	西洋の怪談	33「探偵実話」11(11)'60.8 p316
医博漫筆	23「真珠」2(4)'48.3 p29	第一回宝石中篇賞候補を銓衡して〈座談会〉	
希望訪問記 横溝正史氏の巻			17「宝石」17(8)'62.6 p190
	22「新探偵小説」2(3)'48.6 p32	消える話	
「怪談入門」補遺	17「宝石」6(8)'51.8 p128		35「エロチック・ミステリー」3(9)'62.9 p86
幻想肢〈小説〉	17「宝石」6(10)'51.10 p220	《宝石短篇賞》候補作を選考して〈座談会〉	
アンケート〈アンケート〉			17「宝石」18(2)'63.1増 p196
	17「宝石」7(1)'52.1 p82	予選雑感	17「宝石」18(10)'63.7増 p195
科学者の慣性〈小説〉	17「宝石」7(3)'52.3 p132	予選雑感	17「宝石」19(2)'64.1増 p329
和蘭馬〈小説〉	17「宝石」10(10)'55.7 p228	阿部 光一	
ジヤパン・テリブル!〈小説〉		銃声一発〈小説〉	24「妖奇」6(9)'52.9 p72
	17「宝石」11(3)'56.2 p192	安部 公房	
白バラと長剣と〈小説〉		アンケート〈アンケート〉	
	17「宝石」11(6)'56.4 p134		17「宝石」12(10)'57.8 p154
往生ばなし〈小説〉	17「宝石」11(8)'56.6 p218	酒	17「宝石」19(7)'64.5 p12
人工脳〈小説〉	17「宝石」11(14)'56.10 p102	阿部 金剛	
アツシエルベ		浜尾四郎氏の横顔	10「探偵クラブ」9 '33.3 p17
スターリング夫人の宝石〈小説〉		阿部 定	
	09「探偵小説」2(7)'32.7 p104	お定ざんげ〈対談〉	33「探偵実話」7(1)'56.1 p124
あづま・しげる		阿部 重造	
黒枠〈詩〉	06「猟奇」1(7)'28.12 p25	指紋の話	25「Gメン」1(1)'47.10 p17
アドレード		阿部 庄	
自分を葬むる穴	32「探偵クラブ」3(4)'52.4 p192	ンガ・ビュウの呪術	07「探偵」1(4)'31.8 p97

血掌紋　　　　　07「探偵」1(7)'31.11 p140
阿部 真之助
　犯罪学のあるページ〈1〉
　　　　　　　　04「探偵趣味」2 '25.10 p1
　犯罪者の心理〈2〉　04「探偵趣味」3 '25.11 p13
　尼院の吸血鬼　　09「探偵小説」2(4)'32.4 p206
　あなたは狙はれてゐる《アンケート》
　　　　　　　　20「探偵よみもの」30 '46.11 p20
　年犯に死刑　　　26「フーダニット」1(1)'47.11 p26
　兇悪犯罪の取締　26「フーダニット」2(1)'48.1 p29
　犯罪と性慾　　　26「フーダニット」2(2)'48.3 p13
安部 摂津
　電気椅子　　　32「探偵倶楽部」4(8)'53.8 p268
阿部 太郎
　悲劇の肉体男　33「探偵実話」8(10)'57.6 p86
　こんなはなし　33「探偵実話」9(1)'57.12 p228
　四十年間姿を晦す 33「探偵実話」9(2)'58.1増 p72
アベステギュイ, ピエル
　十一時の貴婦人《小説》
　　　　　　　 32「探偵倶楽部」5(11)'54.11 p102
信天翁 三太郎
　名所案内　　　11「ぷろふいる」4(12)'36.12 p133
アポリネール, ギヨーム
　獄中歌《詩》　03「探偵文芸」1(1)'25.3 前1
　アムステルダムの水夫〔原作〕《絵物語》
　　　　　　　　　19「仮面」3(4)'48.6 p10
　シュブラックの滅身《小説》
　　　　　　　32「探偵倶楽部」8(7)'57.7増 p182
　アムステルダムの水夫〔原作〕《絵物語》
　　　　　　　32「探偵倶楽部」9(13)'58.11 p169
　プラーグで行き逢った男《小説》
　　　　　　　　27「別冊宝石」14(4)'61.7 p170
　オノレ・シュブラックの失踪《小説》
　　　　　　　　27「別冊宝石」14(4)'61.7 p183
　アムステルダムの船員《小説》
　　　　　　　　27「別冊宝石」14(4)'61.7 p189
天池 一雄
　湯ガ島紀行
　　　　35「エロチック・ミステリー」3(9)'62.9 p115
甘木 さん子
　かくれんぼ殺人事件《小説》
　　　　　　　　17「宝石」4(10)'49.11 p14
天城 一
　不思議な国の犯罪《小説》
　　　　　　　　17「宝石」2(2)'47.3 p24
　鬼面の犯罪《小説》　21「黒猫」2(6)'48.2 p9
　奇蹟の犯罪《小説》22「新探偵小説」5 '48.2 p28
　失われたアリバイ《小説》
　　　　　　　　21「黒猫」2(7)'48.5 p47
　三つの扉《脚本》　17「宝石」7(2)'52.2 p181
　呪いの壺《小説》　17「宝石」7(3)'52.3 p94
　二通の手紙　　　34「鬼」7 '52.7 p16, 29
　ある晴れた日に《小説》34「鬼」9 '53.9 p36
　明日のための犯罪《小説》
　　　　　　　　17「宝石」9(5)'54.4 p190
　乱歩への期待　27「別冊宝石」7(9)'54.11 p258
　密室作法　　　17「宝石」16(11)'61.10 p122

天草 平八郎
　佐渡の箱詰死体事件
　　　　　　　　33「探偵実話」2(3)'51.2 p188
　囚われ人は何を食っているか
　　　　　　　　32「探偵倶楽部」6(4)'55.4 p250
　主犯になった姦婦 33「探偵実話」8(8)'57.5増 p248
　殺した十三人の幽霊に悶死
　　　　　　　　32「探偵倶楽部」8(7)'57.7増 p37
　六年後に自供した姦殺犯
　　　　　　　　33「探偵実話」9(2)'58.1増 p200
　人妻をあさる猟色殺人鬼
　　　　　　　　33「探偵実話」9(15)'58.10 p130
　血ぬられた青年巡査の情事
　　　　　　　　33「探偵実話」10(1)'58.12 p84
　熊野灘心中の人妻教員
　　　　　　　　33「探偵実話」10(6)'59.4増 p100
　嫁殺しのやもめ男
　　　　　　　　33「探偵実話」10(11)'59.7 p130
　北九州のぐれん隊 33「探偵実話」10(13)'59.9 p96
　関西にいた色事師
　　　　　　　　33「探偵実話」10(14)'59.10 p126
　情痴と少年　　33「探偵実話」10(16)'59.11 p112
　ハイティーン女賊 33「探偵実話」10(15)'59.11増 p126
　ニセ婦警の愛慾倒錯
　　　　　　　　33「探偵実話」11(1)'59.12 p169
　京女キラーの色事師
　　　　　　　　33「探偵実話」11(3)'60.1 p66
　デパートガールの情夫
　　　　　　　　33「探偵実話」11(2)'60.1増 p208
　聖女の貞操　　33「探偵実話」11(4)'60.2 p66
　不貞妻殺人事件 33「探偵実話」11(6)'60.3 p54
　聖夜の高利貸し殺し
　　　　　　　　33「探偵実話」11(5)'60.3増 p248
　覗かれた寝室　33「探偵実話」11(8)'60.5 p54
　易を見る色事師 33「探偵実話」11(9)'60.6 p54
　邪恋に消された年上の女
　　　　　　　　33「探偵実話」11(10)'60.7 p62
　三十四人目の女体 33「探偵実話」11(12)'60.8 p64
　昼下りの初夜　33「探偵実話」11(13)'60.9 p60
　良人を撲殺した不倫妻
　　　　　　　　33「探偵実話」11(14)'60.10 p146
　男を渡りあるいた女の肌
　　　　　　　　33「探偵実話」11(16)'60.11 p124
　箱根山のターザン夫婦
　　　　　　　　33「探偵実話」12(5)'61.4 p58
　セックス爺さん　33「探偵実話」12(7)'61.5 p164
　歓喜と殺意の織りなす恋
　　　　　　　　33「探偵実話」13(2)'62.1増 p61
天池 真佐雄
　倉座敷　　　33「探偵実話」12(6)'61.4増 p176
　恩讐のこっち側 33「探偵実話」12(7)'61.5 p108
　まゆ泥棒　　　33「探偵実話」12(8)'61.6 p102
　スクリーンの裏側 33「探偵実話」12(9)'61.7 p
　只今3対3　　33「探偵実話」12(11)'61.8 p234
　南国情緒夜もすがら
　　　　　　　　33「探偵実話」12(12)'61.9 p136
　奇人譚　　　33「探偵実話」12(15)'61.11 p168
　ヌード観賞　33「探偵実話」12(16)'61.12 p124
　いやーンバカー 33「探偵実話」13(1)'62.1 p82

天野 弱九
　客室にマイク
　　　　　35「エロチック・ミステリー」4(3)'63.3 p85
天野 静人
　高圧線にひつかゝつた男
　　　　　33「探偵実話」5(6)'54.5 p160
　ドン・フアンの死
　　　　　33「探偵実話」5(8)'54.7 p88
　蜜柑山の首斬り事件
　　　　　33「探偵実話」5(9)'54.8 p230
　重役夫人殺害事件　33「探偵実話」5(10)'54.9 p234
　女給殺人事件　　　33「探偵実話」5(12)'54.10 p160
　ダム殺人事件　　　33「探偵実話」6(1)'54.12 p214
　天国に昇るバス　　33「探偵実話」6(2)'55.1 p254
　柳行李の謎　　　　33「探偵実話」7(15)'56.10 p60
　新妻荒らし　　　　33「探偵実話」8(7)'57.4 p136
　偽装女給殺人事件　33「探偵実話」8(8)'57.5増 p78
　特飲街捕物帖　　　33「探偵実話」8(10)'57.6 p150
　五寸釘と少年　　　33「探偵実話」8(12)'57.8 p110
　男装美少女と性の秘密
　　　　　33「探偵実話」9(3)'58.1 p120
　折られた山百合　　33「探偵実話」9(2)'58.1増 p166
　街かげに咲く恋　　33「探偵実話」9(5)'58.3増 p87
　美貌の仇　　　　　33「探偵実話」9(9)'58.5 p66
　女体を嘲笑する男
　　　　　33「探偵実話」9(16)'58.11 p229
　白昼の姑殺人事件　33「探偵実話」10(1)'58.12 p96
天邪鬼
　一九四八年度ベスト・テン評
　　　　　17「宝石」3(9)'48.12 p67
雨宮 二郎
　蛙の崇《小説》　　01「新趣味」18(5)'23.5 p152
アームストロング, シャーロット
　三日魔法〈1〉《小説》
　　　　　32「探偵クラブ」2(9)'51.10 p174
　三日魔法〈2〉《小説》
　　　　　32「探偵クラブ」2(10)'51.11 p54
　三日魔法〈3〉《小説》
　　　　　32「探偵クラブ」3(1)'52.1 p122
　三日魔法〈4〉《小説》
　　　　　32「探偵クラブ」3(2)'52.2
　三日魔法〈5・完〉《小説》
　　　　　32「探偵クラブ」3(3)'52.3 p56
　笑つて済ませろ《小説》
　　　　　32「探偵倶楽部」7(13)'56.12 p222
アームストロング, マーテイン
　ある推理《小説》　17「宝石」9(6)'54.5 p92
　パイプ・スモーカー《小説》
　　　　　33「探偵実話」5(8)'54.7 p152
雨宮 辰三
　骨畸形《小説》　　11「ぷろふいる」4(1)'36.1 p46
　略歴　　　　　　　11「ぷろふいる」4(1)'36.1 p60
綾井 樹
　法律相談　　　　　03「探偵文芸」1(3)'25.5 p123
綾香 四郎　→魔子鬼一
　ズロオス殺人事件《小説》
　　　　　24「妖奇」4(3)'50.3 p8
綾木 素人
　「赤垣源蔵」　　　06「猟奇」4(4)'31.6 p47
綾木 誠
　小酒井不木論　　　06「猟奇」4(6)'31.9 p40

猟奇派・1931年　　06「猟奇」4(7)'31.12 p12
れうきうた《アンケート》
　　　　　06「猟奇」4(7)'31.12 p27
猟奇戦線・1932　　06「猟奇」5(1)'32.1 p20
綾木 実
　暗号について　　　06「猟奇」1(1)'28.5 p9
　円太郎綺譚《小説》06「猟奇」1(2)'28.6 p22
　合評・一九二八年《座談会》
　　　　　06「猟奇」1(1)'28.12 p14
　老婆狂騒曲　　　　06「猟奇」4(2)'31.4 p34
綾之介
　昔の芸妓・今のゲイシャ《座談会》
　　　　　35「ミステリー」5(2)'64.2 p140
亜山 過作
　新青年から出た作家
　　　　　11「ぷろふいる」5(1)'37.1 p158
鮎川 千代
　或る看護婦の遺書　33「探偵実話」5 '50.10 p202
鮎川 哲也　→青井久利, グリーン, Q・カムバア, 中川
　淳一, 中川透, 那珂川透, 薔薇小路棘麿
　白い魔術師について
　　　　　33「探偵実話」7(12)'56.7 p233
　りら荘事件〈1〉《小説》
　　　　　33「探偵実話」7(13)'56.8 p150
　りら荘事件〈2〉《小説》
　　　　　33「探偵実話」7(14)'56.9 p144
　達也が笑う《小説》17「宝石」11(14)'56.10 p136
　あとがき　　　　　17「宝石」11(14)'56.10 p165
　りら荘事件〈3〉《小説》
　　　　　33「探偵実話」7(15)'56.10 p244
　りら荘事件〈4〉《小説》
　　　　　33「探偵実話」7(17)'56.11 p176
　りら荘事件〈5〉《小説》
　　　　　33「探偵実話」8(1)'56.12 p138
　りら荘事件〈6〉《小説》
　　　　　33「探偵実話」8(3)'57.1 p234
　りら荘事件〈7〉《小説》
　　　　　33「探偵実話」8(4)'57.2 p220
　絵のない絵本《小説》
　　　　　32「探偵倶楽部」8(4)'57.3 p182
　りら荘事件〈8〉《小説》
　　　　　33「探偵実話」8(6)'57.3 p122
　りら荘事件〈9〉《小説》
　　　　　33「探偵実話」8(7)'57.4 p66
　誰の死体か《小説》32「探偵倶楽部」8(4)'57.5 p264
　りら荘事件〈10〉《小説》
　　　　　33「探偵実話」8(9)'57.5 p132
　りら荘事件〈11〉《小説》
　　　　　33「探偵実話」8(10)'57.6 p132
　りら荘事件〈12〉《小説》
　　　　　33「探偵実話」8(11)'57.7 p186
　罪と罰《小説》　　32「探偵倶楽部」8(8)'57.8 p102
　五つの時計《小説》17「宝石」12(10)'57.8 p132
　りら荘事件〈13〉《小説》
　　　　　33「探偵実話」8(12)'57.8 p258
　りら荘事件〈14〉《小説》
　　　　　33「探偵実話」8(13)'57.9 p230
　りら荘事件〈15〉《小説》
　　　　　33「探偵実話」8(14)'57.10 p244

ベッドの未亡人《小説》
　　　　　32「探偵倶楽部」8(11)'57.11 p19
消えた奇術師《小説》
　　　　　33「探偵実話」8(15)'57.11 p294
りら荘事件〈16・完〉《小説》
　　　　　33「探偵実話」8(16)'57.11 p264
白い密室《小説》　　17「宝石」13(1)'58.1 p50
早春に死す《小説》　17「宝石」13(3)'58.2 p152
愛に朽ちなん《小説》17「宝石」13(4)'58.3 p80
冷凍人間《小説》　32「探偵倶楽部」9(5)'58.4増 p92
妖塔記《小説》　　32「探偵倶楽部」9(6)'58.5 p27
道化師の檻《小説》　17「宝石」13(6)'58.5 p48
薔薇荘殺人事件（問題篇）《小説》
　　　　　　　　　17「宝石」13(10)'58.8 p20
薔薇荘殺人事件（解決篇）《小説》
　　　　　　　　　17「宝石」13(10)'58.8 p136
二ノ宮心中《小説》　17「宝石」13(13)'58.10 p86
人喰い芋虫《小説》
　　　　　33「探偵実話」9(14)'58.10増 p134
悪魔はここに《小説》17「宝石」14(1)'59.1 p90
ミロのヴィーナス達　17「宝石」14(2)'59.2 p12
黒い白鳥〈1〉《小説》17「宝石」14(8)'59.7 p28
他殺にしてくれ《小説》
　　　　　33「探偵実話」10(10)'59.7 p168
黒い白鳥〈2〉《小説》17「宝石」14(9)'59.8 p156
黒い白鳥〈3〉《小説》
　　　　　　　　　17「宝石」14(10)'59.9 p146
黒い白鳥〈4〉《小説》
　　　　　　　　　17「宝石」14(11)'59.10 p124
黒い白鳥〈5〉《小説》
　　　　　　　　　17「宝石」14(13)'59.11 p126
黒い白鳥〈6・完〉《小説》
　　　　　　　　　17「宝石」14(14)'59.12 p124
不完全犯罪《小説》　17「宝石」15(5)'60.4 p168
ペトロフ事件《小説》
　　　　　　　　　17「宝石」15(7)'60.5 p269
急行出雲《小説》　　17「宝石」15(10)'60.8 p90
座談会「私だけが知っている」《座談会》
　　　　　　　　　17「宝石」15(12)'60.10 p234
他殺にしてくれ《小説》
　　　　　　　17「宝石」15(15)'60.12増 p205
緋紋谷事件《小説》
　　　　　33「探偵実話」12(2)'61.2増 p26
赤い密室《小説》33「探偵実話」12(2)'61.2増 p246
青い密室《小説》　　17「宝石」16(6)'61.5 p16
海辺の悲劇《小説》　27「別冊宝石」14(3)'61.5 p46
砂とくらげと《小説》
　　　　　　　　　17「宝石」16(11)'61.10 p158
土屋さん　　　　　17「宝石」16(12)'61.11 p103
結婚《小説》　　　　17「宝石」17(1)'62.1 p206
五つの時計《小説》　27「別冊宝石」15(1)'62.2 p300
自選のことば　　　27「別冊宝石」15(1)'62.2 p303
古銭《小説》
　　　35「エロティック・ミステリー」3(6)'62.6 p42
青いエチュード《小説》
　　　　　33「探偵実話」13(8)'62.6 p142
海辺の悲劇《小説》33「探偵実話」13(9)'62.7 p92
黒いトランク《小説》
　　　　　　　　　17「宝石」17(12)'62.9 p146
暗い河《小説》　　17「宝石」17(15)'62.11増 p209

笹島局九九〇九番《小説》
　　　35「エロティック・ミステリー」4(1)'63.1 p26
白い盲点《小説》　　17「宝石」18(14)'63.10増 p381
死者を笞打て〈1〉《小説》
　　　　　　　　　17「宝石」19(1)'64.1 p38
わたしの推薦する新鋭作家
　　　　　　　　　17「宝石」19(1)'64.1 p219
死者を笞打て〈2〉《小説》
　　　　　　　　　17「宝石」19(3)'64.2 p280
死者を笞打て〈3〉《小説》
　　　　　　　　　17「宝石」19(4)'64.3 p248
死者を笞打て〈4〉《小説》
　　　　　　　　　17「宝石」19(5)'64.4 p282
死に急ぐもの《小説》17「宝石」19(6)'64.4増 p12
死者を笞打て〈5〉《小説》
　　　　　　　　　17「宝石」19(7)'64.5 p334
鮎川 万
ふらんすコント　　　17「宝石」11(7)'56.5 p26
鑑識課かけ歩る記　　17「宝石」11(7)'56.5 p76
ふらんすコント　　　17「宝石」11(7)'56.5 p144
ふらんすコント　　　17「宝石」11(7)'56.5 p173
ふらんすコント　　　17「宝石」11(7)'56.5 p212
鮎沢 莞爾
若様ギャング罷り通る
　　　35「エロティック・ミステリー」2(7)'61.7 p102
鮎沢 三郎
鬼曹長は混血娘が好き
　　　　　　　　27「別冊宝石」13(2)'60.2 p266
鮎沢 浩
生きてゐる椿姫《小説》　25「X」3(12)'49.11 p28
愛慾時雨唄《小説》　　　25「X」4(2)'50.3 p36
鮎沢 まこと
ある日の探偵作家　33「探偵実話」11(7)'60.4 p148
一筆見参　　　　33「探偵実話」11(9)'60.6 p198
一筆見参　　　33「探偵実話」11(10)'60.7 p180
一筆見参　　　　33「探偵実話」11(12)'60.8 p63
一筆見参　　　33「探偵実話」11(13)'60.9 p240
一筆見参　　　33「探偵実話」11(14)'60.10 p156
ビートさん仲間に入れて!
　　　　　　　33「探偵実話」11(16)'60.11 p270
一筆見参　　　　33「探偵実話」12(1)'61.1 p120
一筆見参　　　　33「探偵実話」12(3)'61.1 p208
一筆見参　　　　33「探偵実話」12(4)'61.3 p136
一筆見参　　　　33「探偵実話」12(5)'61.4 p136
一筆見参　　　　　33「探偵実話」12(7)'61.5 p82
一筆見参　　　　33「探偵実話」12(8)'61.6 p126
一筆見参　　　　33「探偵実話」12(9)'61.7 p212
一筆見参　　　33「探偵実話」12(12)'61.10 p70
一筆見参　　　33「探偵実話」12(15)'61.11 p66
一筆見参　　　33「探偵実話」12(16)'61.12 p174
荒 正人
探偵小説小論　　　27「別冊宝石」2(3)'49.12 p528
本格派探偵小説論　　17「宝石」6(10)'51.10 p192
江戸川乱歩論　　　　17「宝石」7(9)'54.11 p78
評論家の目《座談会》
　　　　　　　　　17「宝石」12(14)'57.11 p186
アンケート《アンケート》
　　　　　　　　　17「宝石」13(5)'58.4 p200
文壇外文学と読者　　17「宝石」13(6)'58.5 p229
選者の言葉　　　　17「宝石」13(13)'58.10 p48

新しい文章の魅力　　　17「宝石」13(14)'58.11 p222
選評　　　　　　　　　17「宝石」14(11)'59.10 p56
宝石昭和３４年度作品ベスト・１０《アンケート》
　　　　　　　　　　　17「宝石」15(1)'60.1 p225
「すれ違った死」の作者の将来性を
　　　　　　　　　　　17「宝石」15(12)'60.10 p222
立派な例外　　　　　　17「宝石」16(4)'61.3 p287
今月の創作評《座談会》
　　　　　　　　　　　17「宝石」16(9)'61.8 p240
今月の創作評《座談会》
　　　　　　　　　　　17「宝石」17(7)'62.6 p282
「虚無への供物」を推す
　　　　　　　　　　　17「宝石」17(13)'62.10 p141
一九六二年の推理小説界を顧みて《座談会》
　　　　　　　　　　　17「宝石」18(1)'63.1 p188
技巧派の四番打者・笹沢左保《座談会》
　　　　　　　　　　　27「別冊宝石」16(4)'63.5 p162
松本清張を語る《座談会》
　　　　　　　　　　　17「宝石」18(8)'63.6 p158
第九回江戸川乱歩賞選考委員会《座談会》
　　　　　　　　　　　17「宝石」18(12)'63.9 p70
飛鳥さんに望む　　　　17「宝石」18(16)'63.12 p97
日本のSFはこれでいいのか《座談会》
　　　　　　　　　　　27「別冊宝石」17(3)'64.3 p336
新井　克朗
　ミステリ百科〈1〉　　17「宝石」17(7)'62.6 p150
　ミステリ講座〈2〉　　17「宝石」17(9)'62.7 p152
　ミステリ講座〈3〉　　17「宝石」17(10)'62.8 p154
　ミステリ講座〈4〉　　17「宝石」17(11)'62.9 p154
　ミステリ講座〈5〉　　17「宝石」17(13)'62.10 p186
　ミステリ講座〈6〉　　17「宝石」17(14)'62.11 p154
　ミステリ講座〈7〉　　17「宝石」17(16)'62.12 p154
新井　澄男
　とつき塔婆《小説》　　17「宝石」11(2)'56.1増 p172
　二号炉の殺人《小説》
　　　　　　　　　　　27「別冊宝石」11(2)'58.2 p144
荒井　道雄
　探偵小説の名作リスト
　　　　　　　　　　　27「別冊宝石」12(9)'59.9 p256
新井　無人
　オークレイ夫妻　　　14「月刊探偵」1(1)'35.12 p11
　つぎはぎだらけのボオ
　　　　　　　　　　　14「月刊探偵」2(1)'36.1 p36
新井　友好
　女性の脚を美しくする方法
　　　　　　　　　　　18「トップ」1(2)'46.7 p16
荒尾　豊年
　荒木、鳥尾、豊田
　　　　　　　　　　　32「探偵倶楽部」3(12)'52.12 p134
荒木　貞夫
　ハガキ回答《アンケート》
　　　　　　　　　　　11「ぷろふいる」4(6)'36.6 p96
荒木　十三郎　　→橋本五郎, 金銭外二
　やけ敬の話　　　　　04「探偵趣味」11 '26.8 p33
　狆《小説》　　　　　04「探偵趣味」11 '26.8 p58
　素敵な素人下宿の話《小説》
　　　　　　　　　　　04「探偵趣味」23 '27.9 p8
　叮嚀左門《小説》　　11「ぷろふいる」2(6)'34.6 p32

骨碑三千石《小説》
　　　　　　　　　　　11「ぷろふいる」2(7)'34.7 p52
荒木　直範
　各国舞踏の特色　　　01「新趣味」17(1)'22.1 p98
荒木田　潤
　舞台の二人《小説》　19「仮面」3(1)'48.2 p26
嵐　哂子
　蒼井雄氏を裁く　　　11「ぷろふいる」2(10)'34.10 p104
　所謂新進作家に言ふ
　　　　　　　　　　　11「ぷろふいる」2(11)'34.11 p67
新珠　三千代
　アンケート《アンケート》
　　　　　　　　　　　17「宝石」18(8)'63.6 p124
新延　春樹
　血液型とは何か？　　11「ぷろふいる」4(12)'36.12 p70
アラマ，アヂス
　壁に口あり《小説》　14「月刊探偵」2(6)'36.7 p64
荒道　茂
　血ぬられたハイテーン
　　　　　　　　　　　33「探偵実話」9(4)'58.4 p128
　舌先三寸氏罷り通る
　　　　　　　　　　　33「探偵実話」9(9)'58.5 p266
アラン，A・J
　怪毛《小説》　　　　27「別冊宝石」14(5)'61.10 p162
亜里　三太郎
　エ、エ、ア、シ、イ、ツ、ポ、ン《小説》
　　　　　　　　　　　06「猟奇」4(2)'31.4 p14
有賀　文雄
　金髪のアニタ　　　　06「猟奇」5(4)'32.4 p28
有子
　青線女性生態座談会《座談会》
　　　　　　　　　　　32「探偵倶楽部」4(11)'53.11 p84
蟻浪　五郎　　→青池研吉
　雨の挿話　　　　　　27「別冊宝石」2(1)'49.4 p60
　花粉霧《小説》　　　17「宝石」4(11)'49.12 p180
　火山島の初夜《小説》17「宝石」5(10)'50.10 p94
有馬　純雄
　近藤勇を逮捕するまで
　　　　　　　　　　　01「新趣味」18(1)'23.1 p314
有馬　頼義
　アンケート《アンケート》
　　　　　　　　　　　33「探偵実話」6(3)'55.2増 p72
　狐とキリスト《小説》
　　　　　　　　　　　27「別冊宝石」9(8)'56.11 p10
　死して漂う《小説》　17「宝石」12(10)'57.8 p220
　木々高太郎さんのこと
　　　　　　　　　　　27「別冊宝石」10(11)'57.12 p187
　有馬頼義氏より　　　17「宝石」13(4)'58.3 p241
　アンケート《アンケート》
　　　　　　　　　　　17「宝石」13(5)'58.4 p201
　これからの探偵小説　17「宝石」13(6)'58.5 p225
　三十六人の乗客《小説》
　　　　　　　　　　　27「別冊宝石」11(8)'58.10 p130
　［カメラ腕自慢］　　17「宝石」14(2)'59.2 p9
　「影」《対談》　　　17「宝石」14(2)'59.2 p212
　ほろびるつもり　　　17「宝石」14(11)'59.10 p56
　現行犯《小説》　　　17「宝石」14(12)'59.10増 p150
　そろそろ　　　　　　17「宝石」14(15)'59.12増 p117

謀殺のカルテ《小説》　　17「宝石」15(7)'60.5増 p8
空家の少年《小説》
　　　　　　　17「宝石」15(15)'60.12増 p236
第三の現場《小説》　　27「別冊宝石」14(3)'61.5 p152
酒匂川心中《小説》
　　　　　35「エロティック・ミステリー」2(9)'61.9 p28
有村 智賀志
　毒入り牛乳事件《小説》　17「宝石」18(2)'63.1増 p275
　たわむれの果て《小説》　17「宝石」19(2)'64.1増 p316
　ライバルの死《小説》　35「ミステリー」5(3)'64.3 p130
　やわ肌は招く《小説》　35「ミステリー」5(5)'64.5 p23
有藻 亜郎
　モダン小咄　　　　　　17「宝石」7(2)'52.2 p193
　"怖るべき女"妙　　　　17「宝石」7(7)'52.7 p291
有吉 佐和子
　推理癖　　　　　　　　17「宝石」14(4)'59.4 p144
有吉 まこと
　犯行0アワー《漫画》　33「探偵実話」10(14)'59.10 p112
　切る!!《漫画》　33「探偵実話」10(15)'59.11増 p260
アリンガム、マージェリー
　真夏の夜の惨劇《小説》
　　　　　　　　　　　17「宝石」10(6)'55.4 p101
　水車場の秘密《小説》
　　　　　　　　27「別冊宝石」10(7)'57.7 p5
　やはり犯人はいた《小説》　27「別冊宝石」12(3)'59.3 p92
　窓辺の老人《小説》
　　　　　　　　27「別冊宝石」17(2)'64.2 p258
アルデン、W・L
　実験魔術師《小説》　　17「宝石」7(9)'52.10 p206
アルナツク、マルセル
　旅先の妹《小説》　　09「探偵小説」2(4)'32.4 p106
アルハト、M
　東京租界の実態を語る《座談会》
　　　　　　　　33「探偵実話」4(6)'53.5 p133
アレクザンダー、デヴィッド
　デブおとうちやま《小説》
　　　　　　　　　　17「宝石」14(3)'59.3 p324
アレフィエフ、S
　赤い小箱《小説》　　32「探偵倶楽部」8(1)'57.1 p58
アレン、グレント
　ダイヤモンド袖釦《小説》
　　　　　　　　　32「探偵倶楽部」7(9)'56.8 p36
アレン、マイクル
　アメリカからきた紳士《小説》
　　　　　　　　27「別冊宝石」14(5)'61.10 p106
アロウ、A
　速達便《小説》　　31「スリーナイン」'50.11 p28
淡路 瑛一　→都筑道夫
　銃声《小説》　　32「探偵倶楽部」6(7)'55.7 p180

淡路 恵子
　探偵と怪奇を語る三人の女優《座談会》
　　　　　　　　　17「宝石」13(3)'58.2 p180
淡路 比呂志
　恋を猟う女　　　　　06「猟奇」5(5)'32.5 p32
アワースラー、シー・エフ
　深紅の腕《小説》　　01「新趣味」17(6)'22.6 p154
あわぢ生　→本田緒生
　美の誘惑《小説》　　01「新趣味」17(12)'22.12 p237
淡谷 のり子
　東京千一夜《座談会》　25「Gメン」1(3)'47.12 p10
　四馬路で会つた男　25「X」3(4)'49.3別 p21
　生垣にたヽずむ女
　　　　　　　　33「探偵実話」3(12)'52.10 p138
安西 晴衛
　"本格の長城"を築く作家 陳舜臣
　　　　　　　　　17「宝石」18(12)'63.9 p100
安城 虫
　掏摸の告白　　　　　24「妖奇」6(3)'52.3 p65
　長浜ちりめん《小説》　24「妖奇」6(10)'52.10 p118
アンダスン、サー・ロバート
　巻頭言　　　　　　　13「クルー」3 '35.12 p1
アンダスン、フレデリック・I
　玄関の鍵《小説》　　27「別冊宝石」11(3)'58.3 p48
アンダースン、ポール
　野生の児《小説》　　27「別冊宝石」16(8)'63.9 p220
アンダスン、リー
　父帰らざりせば　32「探偵クラブ」1(1)'50.8 p270
安東 健一
　美貌の尼殺し　　　　24「妖奇」5(7)'51.7 p74
安藤 静雄
　レター・オブ・ラブ《小説》
　　　　　　　　19「ぷろふぃる」1(2)'46.12 p42
　8号室の女《小説》　19「仮面」3(3)'48.5 p36
安藤 千枝夫
　釣糸《小説》　　　　17「宝石」10(2)'55.1増 p190
安東 茂礼
　悪魔の魚　　　　　14「月刊探偵」2(2)'36.2 p42
安藤 礼夫
　人間コマ切り事件　32「探偵倶楽部」5(1)'54.1 p191
　わが国最初の外人捕物
　　　　　　　　32「探偵倶楽部」5(3)'54.3 p59
　日本最初の警察犬捕物
　　　　　　　　32「探偵倶楽部」5(6)'54.6 p246
アンドリュース、C・C
　最後の笑顔　32「探偵倶楽部」8(11)'57.11 p108
アンドルウス
　マリー・セレスト号事件　06「猟奇」1(4)'28.9 p2
アントン、メリー
　私は保釈中の娘　32「探偵倶楽部」7(8)'56.7 p60
暗野 道行
　前科者を囲む防犯座談会《座談会》
　　　　　　　　　18「トップ」2(1)'47.4 p12
アンブラー、エリック
　夜の明ける前に《小説》
　　　　　　　　27「別冊宝石」11(5)'58.6 p173

【い】

糸伊川 秀雄
　恐ろしき風説《小説》
　　　　　　　　　　27「別冊宝石」10(1)'57.1 p168
飯木 餅太
　新版娼婦買手引き　　06「猟奇」1(1)'28.5 p19
飯沢 匡
　物体嬢《脚本》　　　17「宝石」13(13)'58.10 p208
飯島 正
　探偵映画小論　　　　05「探偵・映画」1(1)'27.10 p66
　目撃者《小説》　　　07「探偵」1(1)'31.5 p76
　戸締りは厳重に!《小説》
　　　　　　　　　　10「探偵クラブ」7'32.12 p32
　『黄色い犬』に就いて
　　　　　　　　　　14「月刊探偵」2(4)'36.5 p61
　E・Q・M・Mフランス版のこと
　　　　　　　　　　17「宝石」6(4)'51.4 p84
　白い封筒《小説》　　17「宝石」6(5)'51.5 p140
　戦後のシムノン　　　17「宝石」6(6)'51.6 p102
　フランスの探偵作家　17「宝石」6(9)'51.9 p76
　その後のシムノン　　17「宝石」6(13)'51.12 p76
　サファイア奇聞《小説》17「宝石」7(3)'52.3 p44
　探偵映画よも山座談会《座談会》
　　　　　　　　　　32「探偵倶楽部」6(11)'55.11 p222
　アンケート《アンケート》
　　　　　　　　　　17「宝石」12(12)'57.9 p297
　「死刑台のエレベーター」を見る《座談会》
　　　　　　　　　　17「宝石」13(12)'58.9 p224
　フランスの探偵小説　17「宝石」14(5)'59.5 p138
　シネマ・プロムナード　17「宝石」15(5)'60.4 p16
　シネマ・プロムナード　17「宝石」15(6)'60.5 p16
　シネマ・プロムナード　17「宝石」15(8)'60.6 p16
　シネマ・プロムナード　17「宝石」15(9)'60.7 p16
　シネマ・プロムナード　17「宝石」15(10)'60.8 p16
　シネマ・プロムナード　17「宝石」15(11)'60.9 p16
　シネマ・プロムナード
　　　　　　　　　　17「宝石」15(12)'60.10 p16
　シネマ・プロムナード
　　　　　　　　　　17「宝石」15(13)'60.11 p16
　シネマ・プロムナード
　　　　　　　　　　17「宝石」15(14)'60.12 p16
　シネマ・プロムナード　17「宝石」16(1)'61.1 p16
　シネマ・プロムナード　17「宝石」16(2)'61.2 p180
　シネマ・プロムナード　17「宝石」16(4)'61.3 p156
　シネマ・プロムナード　17「宝石」16(5)'61.4 p156
　シネマ・プロムナード　17「宝石」16(6)'61.5 p144
　シネマ・プロムナード　17「宝石」16(7)'61.6 p182
飯島 提吉
　母の身代りに肉体を強いられた十四才の少女
　　　　　　　　　　33「探偵実話」12(8)'61.6 p206
　先生……もっと教えて!
　　　　　　　　　　33「探偵実話」12(12)'61.9 p176
　ユキ子に手をつけたのはお前か
　　　　　　　　　　33「探偵実話」12(14)'61.10増 p66

　情事を目撃したのさ
　　　　　　　　　　33「探偵実話」12(15)'61.11 p188
　血を呼んだ飯場の女王蜂
　　　　　　　　　　33「探偵実話」13(1)'62.1 p88
　睡眠薬遊びの果て　33「探偵実話」13(4)'62.3 p62
　死神《小説》　　　33「探偵実話」13(11)'62.9 p144
飯島 己之松
　赤線の女給さん赤線を語る!!《座談会》
　　　　　　　　　　33「探偵実話」8(9)'57.5 p70
飯田 一狼
　白蛇夫人の敗北《小説》
　　　　　　　　　　32「探偵倶楽部」9(14)'58.12 p2
飯田 心美
　新映画案内　　　　11「ぷろふいる」1(7)'33.11 p58
　仮面の男　　　　　11「ぷろふいる」1(8)'33.12 p96
飯田 忠雄
　密航密輸を語る《座談会》
　　　　　　　　　　32「探偵クラブ」2(9)'51.10 p164
飯田 徳太郎
　クローズ・アップ《アンケート》
　　　　　　　　　　04「探偵趣味」13'26.11 p34
飯田 豊吉
　男狩りの裸女《小説》
　　　　　　　　　　32「探偵倶楽部」9(13)'58.11 p242
　蛇王城の復讐姫《小説》
　　　　　　　　　　32「探偵倶楽部」9(14)'58.12 p186
　銀座の女奴隷市《小説》
　　　　　　　　　　32「探偵倶楽部」10(1)'59.1 p94
飯田 光子
　三本手の男《小説》　24「妖奇」6(10)'52.10 p115
飯塚 羚児
　世界の大秘境を語る座談会《座談会》
　　　　　　　　　　25「Gメン」2(9)'48.9 p4
飯野 三一
　衣服の好みに表はれた関東人と関西人
　　　　　　　　　　01「新趣味」17(1)'22.1 p21
飯山 正巳
　モサ狩り四天王座談会《座談会》
　　　　　　　　　　25「Gメン」1(2)'47.11 p29
家石 かずお
　さびれゆく南京街　33「探偵実話」7(6)'56.3 p82
家谷 正雄
　心霊現象のはなし　17「宝石」9(8)'54.7 p104
　音を見る話その他　17「宝石」9(9)'54.8 p64
　盲人の驚くべき能力　17「宝石」9(11)'54.9 p92
　異常記憶の話　　　17「宝石」9(12)'54.10 p184
伊賀 四郎
　職人の喜び　　　　15「探偵春秋」2(2)'37.2 p30
伊賀 英彦
　作者の言葉　　　　11「ぷろふいる」2(8)'34.8 p60
　実験犯罪《小説》　11「ぷろふいる」2(8)'34.8 p60
　我もし人間なりせば
　　　　　　　　　　11「ぷろふいる」2(12)'34.12 p88
筏 七郎
　鬼のような女　　　33「探偵実話」9(8)'58.5増 p90
斑鳩 鵬介
　望遠鏡《小説》　　33「探偵実話」5(8)'54.7 p101

いかわ

井川 敏雄
あるシンデレラ姫《小説》
　　　　　33「探偵実話」6(7)'55.6 p2
生きていた死体《小説》
　　　　　24「妖奇」2(11)'48.10 p32

生江沢 速雄
百円の価値　　09「探偵小説」2(4)'32.4 p161

生田 葵
帝劇花形女優総まくり
　　　　　01「新趣味」17(3)'22.3 p112
女肌の指紋《小説》　07「探偵」1(5)'31.9 p62
独逸女の堕胎と避妊　07「探偵」1(8)'31.12 p104

生田 五郎
寮を焼いた女工員の同性愛
　　　　　33「探偵実話」11(16)'60.11 p58

生田 八城
探偵月評　　11「ぷろふいる」2(9)'34.9 p68

生田 もとを
偏愛《小説》　　04「探偵趣味」8 '26.5 p6

井口 清波
雑感　　11「ぷろふいる」3(12)'35.12 p90

井口 正憲
女郎蜘蛛《小説》33「探偵実話」3(12)'52.10 p218
男を恋する男《小説》
　　　　　33「探偵実話」4(4)'53.3 p164

井汲 清治
アマチユアー・デイテクテイーヴ
　　　　　04「探偵趣味」7 '26.4 p7
クローズ・アップ《アンケート》
　　　　　04「探偵趣味」15 '27.1 p60

伊倉 栄太郎
有閑マダムの嬰児殺し
　　　　　33「探偵実話」8(8)'57.5増 p161

伊倉 晃祐
骰子《小説》　33「探偵実話」6(6)'55.5 p69

池 久緒
寝棺の花嫁　　33「探偵実話」7(6)'56.3 p238
マースト川の美人死体
　　　　　33「探偵実話」8(6)'57.3 p138

井蛙生
六十年の冬眠《小説》
　　　　　01「新趣味」18(3)'23.3 p115
間一髪　　01「新趣味」18(6)'23.6 p157

池内 祥三
クローズ・アップ《アンケート》
　　　　　04「探偵趣味」13 '26.11 p33

池上 清子
三原山の名と共に 33「探偵実話」9(5)'58.3増 p68
十四億円焦げつかせた女社長
　　　　　33「探偵実話」9(8)'58.5増 p28

池島 郁子
女性と探偵小説《座談会》
　　　　　17「宝石」13(1)'58.1 p200

池田 慶三郎
女の犯罪を語る座談会《座談会》
　　　　　25「Gメン」2(4)'48.4 p8

池田 三郎
熊と娘と炭焼き男
　　　　　35「エロチック・ミステリー」4(1)'63.1 p56
羞恥は死よりも強し
　　　　　35「エロチック・ミステリー」4(2)'63.2 p110
その瞬間お屁一発
　　　　　35「エロチック・ミステリー」4(3)'63.3 p48
女が女を強姦
　　　　　35「エロチック・ミステリー」4(4)'63.4 p104
今夜は亭主留守
　　　　　35「エロチック・ミステリー」4(5)'63.5 p114
兄キの女を慰さんで指をつめられたが……
　　　　　35「エロチック・ミステリー」4(9)'63.9 p116
毛泥棒始末記
　　　　　35「エロチック・ミステリー」4(10)'63.10 p38
強姦罪は成りたつか
　　　　　35「エロチック・ミステリー」4(11)'63.11 p90
ダタイか? 殺人か
　　　　　35「エロチック・ミステリー」4(12)'63.12 p56
現代"性面"物語
　　　　　35「エロチック・ミステリー」5(1)'64.1 p78

池田 三平
ブラボー　　11「ぷろふいる」3(12)'35.12 p89

池田 紫星
太神楽異妖《小説》27「別冊宝石」4(2)'51.12 p330
[略歴]　　　　　17「宝石」7(4)'52.4 p7
からす貝の秘密《小説》17「宝石」7(4)'52.4 p88
イブの片足《小説》 27「別冊宝石」5(6)'52.6 p62
品治の女性《小説》 17「宝石」9(2)'54.2 p198
悪魔の黙示《小説》 17「宝石」10(11)'55.8 p156

池田 穰慶
易占と推理性を語る座談会《座談会》
　　　　　17「宝石」5(7)'50.7 p122

池田 仙三郎
相似人間　　17「宝石」15(11)'60.9 p84

池田 忠雄
準といふ男　　10「探偵クラブ」5 '32.10 p8

池田 太郎
探偵小説のナゾ 27「別冊宝石」3(2)'50.4 p260
新聞と探偵小説と犯罪《座談会》
　　　　　17「宝石」5(5)'50.5 p96

池田 みち子
私はパンパンじやない《小説》
　　　　　25「Gメン」2(9)'48.9 p37
女囚の生態　　25「X」3(3)'49.3 p40

池田 弥三郎
暗やみの愛し待ち 27「別冊宝石」12(2)'59.2 p19
英雄になった瞬間 17「宝石」15(8)'60.6 p36
座談会「私だけが知っている」《座談会》
　　　　　17「宝石」15(12)'60.10 p234

池永 浩久
タダ一つ神もし許し賜はゞ……《アンケート》
　　　　　06「猟奇」4(3)'31.5 p66

池西 得郎
虐げられた結婚指環
　　　　　27「別冊宝石」12(2)'59.2 p290

いしか

池部 鈞
東京者と上方者　　　01「新趣味」17(1)'22.1 p142
趣味の黄金化　　　　01「新趣味」17(3)'22.3 p208

池山 雪子
［れふきうた］《獵奇歌》　06「獵奇」5(2)'32.2 p26
［れふきうた］《獵奇歌》　06「獵奇」5(3)'32.3 p8
二月の「うた」　　　06「獵奇」5(3)'32.3 p9

伊坂 達幸
雨の所有権　　　　32「探偵クラブ」2(1)'51.1 p181

井崎 喜代太
日本をめぐる米ソ謀略戦《座談会》
　　　　　　　　　32「探偵倶楽部」3(9)'52.10 p160

伊皿子 鬼一
探偵月評　　　　　11「ぷろふいる」2(1)'34.1 p112
明智小五郎　　　　11「ぷろふいる」2(2)'34.2 p79
手塚竜太　　　　　11「ぷろふいる」2(3)'34.3 p23
帆村荘六　　　　　11「ぷろふいる」2(4)'34.4 p37
法水麟太郎　　　　11「ぷろふいる」2(5)'34.5 p87
郷英夫　　　　　　11「ぷろふいる」2(6)'34.6 p85
花堂琢磨　　　　　11「ぷろふいる」2(7)'34.7 p63

伊座利 進
千円紙幣　　　　　32「探偵倶楽部」3(7)'52.8 p132

石井 源一郎
跫音《小説》　　　24「妖奇」2(13)'48.12 p48
銀煙管《小説》　　　24「妖奇」3(5)'49.5 p49
本牧殺人事件《小説》　24「妖奇」4(5)'50.5 p43
打紙《小説》　　　24「妖奇」5(2)'51.2 p41
警棒日誌《小説》　　24「妖奇」6(9)'52.9 p114

石井 貞二
週刊雑誌編集長座談会《座談会》
　　　　　　　　　32「探偵倶楽部」4(6)'53.6 p94

石井 舜耳
怪物夢久の解剖〈1〉
　　　　　　　　　11「ぷろふいる」4(2)'36.2 p70
怪物夢久の解剖〈2・完〉
　　　　　　　　　11「ぷろふいる」4(3)'36.3 p127
久作の死んだ日　　14「月刊探偵」2(4)'36.5 p76
転居御通知―夢野久作―
　　　　　　　　　11「ぷろふいる」4(8)'36.8 p100
回顧『乱歩の炎』　27「別冊宝石」7(9)'54.11 p113
夢野久作を語る　　17「宝石」18(7)'63.5 p225

石井 哲夫
むつつり紋平　　　33「探偵実話」1 '50.5 p206
ノアの洪水《小説》　33「探偵実話」4(2)'53.1増 p79

石井 輝男
推理小説の映画化　17「宝石」17(14)'62.11 p132

石井 波留
酒場のムードを語るマダム三人《座談会》
　　　　　　　　　17「宝石」13(7)'58.5増 p306

石井 由紀
易占と推理性を語る座談会《座談会》
　　　　　　　　　17「宝石」5(7)'50.7 p122

石川 一郎
「探偵文学」さ・え・ら
　　　　　　　　　12「探偵文学」1(5)'35.7 p2
マヂェステック事件
　　　　　　　　　11「ぷろふいる」4(1)'36.1 p62

夢野さんの逝った日
　　　　　　　　　11「ぷろふいる」4(5)'36.5 p92
わかれ　　　　　　14「月刊探偵」2(5)'36.5 p42
近頃読んだもの　　11「ぷろふいる」4(8)'36.8 p69
探偵小説と地方色　11「ぷろふいる」4(12)'36.12 p78
出獄者座談会《座談会》
　　　　　　　　　32「探偵倶楽部」5(2)'54.2 p184

石川 雅章
霊感透視術　　　　25「Gメン」2(3)'48.3 p15
インチキ百面相《座談会》
　　　　　　　　　25「Gメン」2(4)'48.4 p34
ラムネの誘惑《小説》　25「Gメン」2(8)'48.7 p26
踊る神様の正体　　25「X」3(6)'49.5 p56
幽霊を喰つている商売
　　　　　　　　　25「X」3(9)'49.8 p42
恋のトランプ占い　25「X」3(11)'49.10 p8
握手読心術　　　　25「X」3(12)'49.11 p10
お正月室内遊び　　25「X」4(1)'50.1 p18
川柳くせ判断　　　25「X」4(2)'50.3 p34

石川 きぬ子
私は結婚相談にだまされた　25「X」3(8)'49.7 p52

石川 仰山
男娼宿の一夜　　　18「トップ」2(2)'47.5 p32

石川 欣一
アンケート《アンケート》
　　　　　　　　　17「宝石」12(10)'57.8 p233

石川 光陽
警察写真は楽じゃない
　　　　　　　　　33「探偵実話」7(15)'56.10 p240

石川 讃
メサツクの探偵小説論
　　　　　　　　　19「ぷろふいる」2(2)'47.8 p10

石川 賛
標準型脱獄法　　　16「ロック」2(3)'47.3 p58

石川 大策
ベルの怪異《小説》　01「新趣味」17(10)'22.10 p51
空家の死骸《小説》
　　　　　　　　　01「新趣味」17(11)'22.11 p123
謎のM・I・《小説》
　　　　　　　　　01「新趣味」17(12)'22.12 p167
［作者の言葉］　　01「新趣味」17(12)'22.12 p189
蜜柑箱の怪《小説》　01「新趣味」18(1)'23.1 p162
宗社党を助けた女《小説》
　　　　　　　　　01「新趣味」18(2)'23.2 p102
深夜の怪電《小説》　01「新趣味」18(3)'23.3 p141
疑問の一発《小説》　01「新趣味」18(4)'23.4 p272
指紋の匂ひ《小説》　01「新趣味」18(5)'23.5 p86
謎の告知板《小説》　01「新趣味」18(6)'23.6 p202
残る半分《小説》　01「新趣味」18(7)'23.7 p88
アラビンダの行方《小説》
　　　　　　　　　01「新趣味」18(8)'23.8 p168
老博士の死《小説》　01「新趣味」18(9)'23.9 p164
懸賞犯人《小説》　01「新趣味」18(10)'23.10 p182

石川 喬司
今月の創作評《座談会》
　　　　　　　　　17「宝石」17(13)'62.10 p260
今月の創作評《座談会》
　　　　　　　　　17「宝石」18(13)'63.10 p278

いしか

日本のSFはこれでいいのか《座談会》
　　　　　　　27「別冊宝石」17(3)'64.3 p336
石川　年
　翡翠のナイフ《脚本》
　　　　　　　17「宝石」6(11)'51.10増 p207
　放送探偵劇を語る《座談会》
　　　　　　　17「宝石」6(12)'51.11 p74
　マーラ・クラの唄《小説》
　　　　　　　17「宝石」9(12)'54.10 p106
石川　甫
　ナマとカンヅメ　　17「宝石」19(5)'64.4 p19
石川　雅章
　あ・た・ま・の・も・ん・だ・い
　　　　　　　33「探偵実話」7(13)'56.8 p18
石河　道之介
　合評・一九二八年《座談会》
　　　　　　　06「猟奇」1(7)'28.12 p14
石川　由起
　女性と探偵小説の座談会《座談会》
　　　　　　　17「宝石」10(1)'55.1 p64
石黒　敬七
　インチキ百面相《座談会》
　　　　　　　25「Gメン」2(4)'48.4 p34
　各国の会露商　　　25「Gメン」2(9)'48.9 p22
　座談会ラジオ・スター大いに語る《座談会》
　　　　　　　17「宝石」6(10)'51.10 p80
　意外の饗応　　　　17「宝石」6(13)'51.12 p80
石子　紘三
　千社札《小説》　11「ぷろふいる」2(10)'34.10 p79
石坂　洋次郎
　若い娘《小説》　33「探偵実話」4(2)'53.1増 p38
石崎　紀男
　涸期《小説》　　　17「宝石」17(2)'62.1増 p98
石沢　英太郎
　つるばあ《小説》　17「宝石」18(2)'63.1増 p137
石沢　十郎
　地下の囚人《小説》
　　　　　　　11「ぷろふいる」3(1)'35.1 p83
　作者の言葉　　11「ぷろふいる」3(1)'35.1 p95
　幽霊ベル《小説》11「ぷろふいる」3(8)'35.8 p38
　鐘楼の怪人《小説》
　　　　　　　11「ぷろふいる」3(11)'35.11 p10
　略歴　　　　　11「ぷろふいる」3(11)'35.11 p13
石沢　浩
　謎の未亡人殺し　32「探偵倶楽部」8(8)'57.8 p242
石田　一松
　のんき節製作熟練工　18「トップ」4(2)'49.6 p34
伊志田　和郎
　思ふまゝに　　12「探偵文学」1(1)'35.3 p30
　暗闇行進曲《小説》12「探偵文学」1(3)'35.5 p9
　日本探偵文学の再認識《1》
　　　　　　　12「探偵文学」1(4)'35.6 p22
　日本探偵文学の再認識《2》
　　　　　　　12「探偵文学」1(6)'35.9 p26
　『白蟻』随感　12「探偵文学」1(7)'35.10 p20
　『夢鬼』について　12「探偵文学」1(8)'35.11 p11
　同人独語抄　　12「探偵文学」1(9)'35.12 p1

　日本探偵文学の再認識《3》
　　　　　　　12「探偵文学」1(9)'35.12 p20
　日本探偵文学の再認識《4・完》
　　　　　　　12「探偵文学」1(10)'36.1 p25
　懐郷としての探偵文学
　　　　　　　12「探偵文学」1(10)'36.1 p29
　姿なき作家《小説》
　　　　　　　11「ぷろふいる」4(1)'36.1 p118
　霧《小説》　　12「探偵文学」2(2)'36.2 p21
　あの頃　　　　12「探偵文学」2(2)'36.2 p29
　海《詩》　　　12「探偵文学」2(3)'36.3 p23
　好きな探偵二三　12「探偵文学」2(4)'36.4 p37
　墳墓《小説》　12「探偵文学」2(4)'36.4 p41
　その怪物的存在　12「探偵文学」2(5)'36.5 p20
　コンパクト《小説》12「探偵文学」2(6)'36.6 p20
　夢野久作とその作品
　　　　　　　12「探偵文学」2(6)'36.6 p37
　猪狩狼人事件〈8〉《小説》
　　　　　　　12「探偵文学」2(8)'36.8 p26
　火死《小説》　12「探偵文学」2(8)'36.8 p46
　アパート奇談《小説》
　　　　　　　12「探偵文学」2(10)'36.10 p18
　夢鬼について　12「探偵文学」2(12)'36.12 p45
　お問合せ《アンケート》
　　　　　　　12「シュピオ」3(5)'37.6 p48
　ハガキ回答《アンケート》
　　　　　　　12「シュピオ」4(1)'38.1 p14
　堕落《小説》　19「ぷろふいる」2(1)'47.4 p32
　バラに棘ありや《小説》19「仮面」3(2)'48.3 p34
　復活《小説》　　　23「真珠」2(5)'48.4 p32
石田　勝三郎
　貝鍋　　　　　　03「探偵文芸」2(8)'26.8 p45
石田　隆信
　死刑される日まで《座談会》
　　　　　　　26「フーダニット」2(1)'48.1 p6
石田　民之介
　推理的ニュースの実現　17「宝石」4(9)'49.10 p149
石田　昇
　暴力の街を語る《対談》
　　　　　　　32「探偵クラブ」3(4)'52.4 p102
　盛り場署長記　　33「探偵実話」4(3)'53.2 p126
石田　波郷
　清瀬時代　　　　17「宝石」18(4)'63.3 p139
石田　吉男
　煙草と探偵小節《座談会》17「宝石」10(10)'55.7 p154
石田　吉松
　真犯人は俺じゃない！
　　　　　　　33「探偵実話」6(7)'55.6 p206
石戸　良
　殺人指輪　　　　24「妖奇」4(7)'50.7 p108
石野　径一郎
　戦果の報酬《小説》33「探偵実話」8(12)'57.8 p272
　貞操試験の殺人《小説》
　　　　　　　17「宝石」12(15)'57.11増 p334
石羽　文彦　→中島河太郎
　探偵小説月評　　17「宝石」10(14)'55.10 p102
　探偵小説月評　　17「宝石」10(15)'55.11 p58
　探偵小説月評　　17「宝石」10(17)'55.12 p42

探偵小説月評	17「宝石」11(1)'56.1 p72		
探偵小説月評	17「宝石」11(3)'56.2 p70		
探偵小説月評	17「宝石」11(4)'56.3 p50		
探偵小説月評	17「宝石」11(6)'56.4 p50		
探偵小説月評《小説》	17「宝石」11(7)'56.5 p176		
探偵小説月評	17「宝石」11(8)'56.6 p66		

石川 喬司
今月の創作評《対談》　　17「宝石」17(6)'62.5 p270

石橋 無事
解剖台の焼却美人　　33「探偵実話」2(8)'51.7 p112
不完全人工流産致死事件
　　　　　　　　　　33「探偵実話」3(2)'52.2 p135

石橋 蜂石
作家とその余暇　　04「探偵趣味」4 '26.1 p16

石浜 金作
『創作探偵小説選集』断想
　　　　　　　　　　04「探偵趣味」19 '27.5 p41

石浜 知行
ハガキ回答《アンケート》
　　　　　　　　　　11「ぷろふいる」4(6)'36.6 p98

石原 慎太郎
現代のスリルを語る《座談会》
　　　　　　　　　　17「宝石」12(13)'57.10 p156
水中花《小説》　　17「宝石」13(3)'58.2 p128
見知らぬ顔《小説》　17「宝石」18(6)'63.4増 p226
解けぬことの本当を　17「宝石」18(6)'63.4増 p231

石原 宥政
白竜教秘話《小説》　33「探偵実話」2(9)'51.8 p114

石部 ゆたか
登場者《小説》　　27「別冊宝石」12(12)'59.12 p70

石丸 梧郎
男をエサにして稼ぐインドの女どろぼう
　　　　　　　　　　27「別冊宝石」12(4)'59.4 p144

石見 為雄
スリラー劇場風景　　21「黒猫」1(4)'47.10 p37
巴里の地下街を往く　21「黒猫」1(5)'47.12 p24

石光 琴作　→九鬼澹
ニセモノ・通行止　　11「ぷろふいる」3(3)'35.3 p111
古典綺話 二篇　　　11「ぷろふいる」4(1)'36.1 p129
文壇G・P・Uの偏狭性
　　　　　　　　　　11「ぷろふいる」4(2)'36.2 p129
短篇への考察　　　　11「ぷろふいる」4(3)'36.3 p135
理論を截る　　　　　11「ぷろふいる」4(6)'36.6 p127
探偵小説の尺度計—平林初之輔—
　　　　　　　　　　11「ぷろふいる」4(8)'36.8 p102
愛情　　　　　　　　11「ぷろふいる」4(10)'36.10
匿名批評につき　　　11「ぷろふいる」4(11)'36.11 p86

石邨 茂夫
「本陣」現地報告　　17「宝石」5(4)'50.4 p252
地獄の鬼の犯罪《小説》24「妖奇」5(2)'51.2 p64
踊る幽霊《小説》　　24「妖奇」5(11)'51.11 p38
獄門橋《小説》　　　24「妖奇」6(10)'52.10 p33

石森 熏夫
現代の犯罪捜査を語る《座談会》
　　　　　　　　　　17「宝石」5(6)'50.6 p156

石山 文恵
ネグリジェは着るな
　　　　　　　　　　27「別冊宝石」12(6)'59.6 p19

伊集院 明
ある危機の日の世界メシヤ教
　　　　　　　　　　33「探偵実話」8(13)'57.9 p245

伊集院 豪
三越王国を裸にする
　　　　　　　　　　35「エロチック・ミステリー」4(1)'63.1 p82

石割 松太郎
首斬浅右衛門　　　　04「探偵趣味」6 '26.3 p21
クローズ・アップ《アンケート》
　　　　　　　　　　04「探偵趣味」13 '26.11 p30

伊豆 凡太郎
女間諜ヴイオラ　　　32「探偵倶楽部」5(7)'54.7 p230

伊豆 実
呪はれたヴァイオリン《小説》
　　　　　　　　　　20「探偵よみもの」40 '50.8 p84

出射 黒人
年俸五千円《小説》
　　　　　　　　　　03「探偵文芸」2(11)'26.11 p70
夜釣り《小説》　　　03「探偵文芸」2(12)'26.12 p11

泉 厚夫
動物の性生活　　　　32「探偵倶楽部」5(6)'54.6 p185
鳥の恋愛　　　　　　32「探偵倶楽部」5(7)'54.7 p173
鳥の恋愛　　　　　　32「探偵倶楽部」5(8)'54.8 p256

泉 幸夫
舞台裏から　　　　　06「猟奇」1(5)'28.10 p27
或る説明者の話《小説》06「猟奇」1(6)'28.11 p36
合評・一九二八年《座談会》
　　　　　　　　　　06「猟奇」1(7)'28.12 p14
俺は白いショールを呪ふ《小説》
　　　　　　　　　　06「猟奇」2(6)'29.6 p36

泉 七郎
同性愛がもたらしたヤキモチ焼の大惨劇
　　　　　　　　　　27「別冊宝石」12(4)'59.4 p244

泉 十四郎
りんご《小説》　　　27「別冊宝石」14(2)'61.7 p143

泉 創一郎
カット・アウト・アウト
　　　　　　　　　　06「猟奇」1(7)'28.12 p30

和泉 竜生
又鬼と熊〈1〉　　　18「トップ」1(3)'46.10 p29

伊勢 三郎　→左右田謙
南蛮秘宝伝〈1〉《小説》
　　　　　　　　　　33「探偵実話」7(1)'55.12 p46
南蛮秘宝伝〈2〉《小説》
　　　　　　　　　　33「探偵実話」7(4)'56.1 p254
南蛮秘宝伝〈3〉《小説》
　　　　　　　　　　33「探偵実話」7(4)'56.2 p122
南蛮秘宝伝〈4〉《小説》
　　　　　　　　　　33「探偵実話」7(6)'56.3 p264
南蛮秘宝伝〈5〉《小説》
　　　　　　　　　　33「探偵実話」7(7)'56.4 p238
南蛮秘宝伝〈6〉《小説》
　　　　　　　　　　33「探偵実話」7(9)'56.5 p188
南蛮秘宝伝〈7〉《小説》
　　　　　　　　　　33「探偵実話」7(10)'56.6 p86
南蛮秘宝伝〈8・完〉《小説》
　　　　　　　　　　33「探偵実話」7(12)'56.7 p178

いせ　　　　　　　　　　　　　執筆者名索引

伊勢 寿雄
ヒッチコックを訪ねて
　　　　　　　17「宝石」13(14)'58.11 p198

伊勢 夏之助
虫田博士の手術《小説》
　　　　　　　27「別冊宝石」2(3)'49.12 p326

伊添 広
夢の三百万両　　33「探偵実話」8(5)'57.1 p148

磯野 正俊
煙草と探偵小節《座談会》
　　　　　　　17「宝石」10(10)'55.7 p154

磯野 英樹
学生と探偵小説《座談会》
　　　　　　　17「宝石」11(1)'56.1 p136
推理小説早慶戦《座談会》
　　　　　　　17「宝石」13(8)'58.6 p256

五十部 強
れふきうた《猟奇歌》　06「猟奇」4(7)'31.12 p26
[猟奇の歌]《猟奇歌》　06「猟奇」5(1)'32.1 p19
[れふきうた]《猟奇歌》06「猟奇」5(2)'32.2 p27
[れふきうた]《猟奇歌》06「猟奇」5(3)'32.3 p8

礒山 春夫
詐欺百面相　　　25「Gメン」1(3)'47.12 p28

井田 二郎
北海道を舞台の国際諜報戦
　　　　　　　33「探偵実話」8(12)'57.8 p165

伊田 仙二
出獄者座談会《座談会》
　　　　　　　32「探偵倶楽部」5(2)'54.2 p184

井田 鶴江
客よせ戦術あの手この手《座談会》
　　　　　　　33「探偵実話」4(9)'53.8 p137

井田 敏行
彼の失敗《小説》　　04「探偵趣味」15 '27.1 p23

井田記者
マダム色事師の裏おもて《座談会》
　　　　　　　33「探偵実話」10(15)'59.11増 p19

伊丹 欽也
湖中の女　　　　　21「黒猫」1(4)'47.10 p34
失はれた週末　　　21「黒猫」1(5)'47.12 p79

板合 中
赤いブドウ酒の謎
　　　　35「エロチック・ミステリー」2(9)'61.9 p74
墨の半男半女殺し
　　　　35「エロチック・ミステリー」2(11)'61.11 p82
愛すればこその惨劇
　　　　35「エロチック・ミステリー」2(12)'61.12 p104
棺桶は柳行李だ
　　　　35「エロチック・ミステリー」3(2)'62.2 p126
三味線弾き殺し
　　　　35「エロチック・ミステリー」3(3)'62.3 p198
血染めの白タク
　　　　35「エロチック・ミステリー」3(4)'62.4 p56
やわ肌に焼ひばし
　　　　35「エロチック・ミステリー」4(4)'63.4 p128
臀肉切り野口男三郎
　　　　35「エロチック・ミステリー」4(5)'63.5 p118

殺人鬼小平義雄
　　　　35「エロチック・ミステリー」4(6)'63.6 p122
嫁盗み考
　　　　35「エロチック・ミステリー」5(1)'64.1 p144

市川 猿之助
新しい舞踊の前途　01「新趣味」17(2)'22.2 p94
タダ一つ神もし許し賜はゞ‥‥《アンケート》
　　　　　　　　06「猟奇」4(3)'31.5 p70
血色の蜘蛛　　　　25「X」3(4)'49.3別 p20
新春閑談《座談会》33「探偵実話」7(1)'55.12 p82

市川 小太夫 →小納戸容
私と探偵小説　　11「ぷろふいる」1(5)'33.9 p63
ハガキ回答《アンケート》
　　　　　　　11「ぷろふいる」3(12)'35.12 p46
探偵劇座談会《座談会》
　　　　　　　11「ぷろふいる」4(5)'36.5 p88
紙幣二百万円盗難事件 17「宝石」3(8)'48.10 p10
私の好きな江戸小咄　17「宝石」6(4)'51.4 p164
アンケート《アンケート》
　　　　　　　17「宝石」6(11)'51.10増 p175
ベケス談義　　　27「別冊宝石」12(2)'59.2 p25
二枚の寝台券　　27「別冊宝石」12(10)'59.10 p23
忘れる　　　　　17「宝石」15(1)'60.1 p88
富士の狂歌　　　27「別冊宝石」13(2)'60.2 p24
エテ吉殺害事件
　　　　35「エロチック・ミステリー」2(1)'61.1 p213

市川 寿海
切られ与三郎
　　　　35「エロチック・ミステリー」2(2)'61.2 p32

市川 サブロー
新女性聖書　　　　16「ロック」3(8)'48.12 p35
新女性聖書　　　　16「ロック」3(8)'48.12 p47

市川 茂
ヤミ煙草取締り座談会《座談会》
　　　　　　32「探偵倶楽部」4(10)'53.10 p84
洋モク取締珍談奇談座談会《座談会》
　　　　　　32「探偵倶楽部」5(11)'54.11 p250

市川 段四郎
火を吹く二丁拳銃　25「Gメン」2(7)'48.6 p19

市川 虎之助
てんやわんやの役者稼業　25「X」3(7)'49.6 p8

市川 門之助
教えられたこと　　17「宝石」17(14)'62.11 p104

一木 暢太
とんだ碁会《小説》33「探偵実話」6(5)'55.4 p161

壱岐 透
女スパイはベッドで取引する
　　　　35「エロチック・ミステリー」2(3)'61.3 p162
知らぬは亭主ばかりなり
　　　　35「エロチック・ミステリー」2(4)'61.4 p230
スケコマシ罷り通る
　　　　35「エロチック・ミステリー」2(5)'61.5 p94
助平医博まかり通る
　　　　35「エロチック・ミステリー」2(9)'61.9 p216

一条 栄子 →小流智尼
平野川殺人事件《小説》
　　　　　　　04「探偵趣味」23 '27.9 p65
フラー氏の昇天《小説》
　　　　　　　05「探偵・映画」1(1)'27.10 p82

いとう

本年度印象に残れる作品、来年度ある作家への希望
《アンケート》
04「探偵趣味」26 '27.12 p62
千眼禅記《小説》　　04「探偵趣味」4(5)'28.5 p16
私の好きな一偶《アンケート》
06「猟奇」1(2)'28.6 p29
進軍《詩》　　　　　06「猟奇」1(7)'28.12 p24
ベチ! アムボス〈1〉《小説》
06「猟奇」2(5)'29.5 p12
ベチー・アムボス〈2・完〉《小説》
06「猟奇」2(6)'29.6 p56

伊地知 軍司
牡丹燈記《小説》　07「探偵」1(5)'31.9 p139

一ノ木 千代
西部戦線一九一八年　　06「猟奇」4(3)'31.5 p59
緑と・売笑婦の帰郷《小説》
06「猟奇」4(4)'31.6 p10

一ノ木 長賢
ぷろふいるに寄する言葉
11「ぷろふいる」1(1)'33.5 p41

市之瀬 平六
押売撃退《小説》　33「探偵実話」5(1)'54.1 p130

一春
旅の恥掻キクケコ《座談会》
35「エロティック・ミステリー」5(1)'64.1 p148

市松 謙三
強姦魔吹上佐太郎
35「エロティック・ミステリー」4(4)'63.4 p126
超変態魔増淵倉吉
35「エロティック・ミステリー」4(6)'63.6 p118

一柳 又郎
山男大いに語る《座談会》
32「探偵クラブ」2(6)'51.8 p161

市代
芸者座談会《座談会》
32「探偵倶楽部」4(7)'53.7 p82

一竜斉 貞山
探偵小説愛好者座談会《座談会》
17「宝石」— '49.9増 p132
怨みの振袖《小説》　27「別冊宝石」5(8)'52.8 p14

逸見 貫
探偵小説の夢に就いて
11「ぷろふいる」4(1)'36.1 p178

逸見 利和
探偵作家幽霊屋敷へ行く《座談会》
17「宝石」5(2)'50.2 p82

逸名氏
XYZ事件作者推定　04「探偵趣味」24 '27.10 p49

井出 光正
科学捜査座談会《座談会》
32「探偵クラブ」1(4)'50.12 p127

井出 義行
東海道五十三次雑記　06「猟奇」2(2)'29.2 p21

出沢 光亥
モサ狩り四天王座談会《座談会》
25「Gメン」1(2)'47.11 p29
銀座奇遇《座談会》25「Gメン」2(7)'48.6 p22

糸井 しげ子
日本ムスメの防波堤
35「エロティック・ミステリー」2(12)'61.12 p250

伊藤 彰夫
R・O・R　　　　　15「探偵春秋」2(6)'37.6 p114
R・O・R　　　　　15「探偵春秋」2(7)'37.7 p143
R・O・R　　　　　15「探偵春秋」2(8)'37.8 p36

伊藤 あきひこ
スリラーコント　32「探偵倶楽部」5(7)'54.7 p25
スリラー・コント　32「探偵倶楽部」5(9)'54.9 p25

伊藤 昭彦
死のドライブ《小説》
32「探偵倶楽部」5(3)'54.3 p15

伊藤 逸平
スリラー漫画について
17「宝石」12(12)'57.9 p187

伊東 鋲
クレラ・バウを語る　06「猟奇」2(4)'29.4 p24
イブリン・ブレントを語る
06「猟奇」2(5)'29.5 p51

伊東 鋲太郎
米国大使館の金庫を破った男
33「探偵実話」4(6)'53.5 p121
コント・デルタの秘密
33「探偵実話」4(7)'53.6 p72
南阿のヒットラー
32「探偵倶楽部」4(12)'53.12 p271
原作者について　32「探偵倶楽部」5(1)'54.1 p287
原作者について　32「探偵倶楽部」5(3)'54.3 p267
暴かれた秘密放送　32「探偵倶楽部」5(8)'54.8 p260
ジュネーブ秘密放送局
32「探偵倶楽部」5(9)'54.9 p101
二度死んだ男　33「探偵実話」5(10)'54.9 p246
ニューヨークの波止場
32「探偵倶楽部」5(10)'54.10 p94
ヨーン博士西独脱出記
32「探偵倶楽部」5(11)'54.11 p266
原作者について《小説》
32「探偵倶楽部」7(2)'56.2 p317
ヴァンツェ氏の不思議な生活
32「探偵倶楽部」7(4)'56.4 p79
タブイ島奇談　32「探偵倶楽部」7(5)'56.5 p154
死刑囚と金塊　33「探偵実話」7(9)'56.5 p210
殺人鬼と暮した十ケ月
32「探偵倶楽部」7(9)'56.8 p197
青い天使怪死事件
32「探偵倶楽部」7(12)'56.11 p224
米スパイに葬られたヨルダン皇后
32「探偵倶楽部」8(3)'57.4 p30
動物に油断するな　17「宝石」12(7)'57.5 p190
地上最大の毒殺魔アダムス博士
32「探偵倶楽部」8(5)'57.6 p102
裁かれる夜と霧の首魁
32「探偵倶楽部」8(9)'57.9 p216
諜報の神様ルシイ
32「探偵倶楽部」8(10)'57.10 p214
カチンの森の大惨劇
32「探偵倶楽部」8(11)'57.11 p234
ゾルチコフについて
32「探偵倶楽部」9(3)'58.3 p259

ブリンクス商会の大金庫破り
　　　　　　　　32「探偵倶楽部」9(6)'58.5 p272
月光と殺人　　　32「探偵倶楽部」9(7)'58.6 p259
ナボコフの「闇に嗤うもの」について
　　　　　　　　17「宝石」15(13)'60.11 p208

伊東 鋭太郎
　復讐《小説》　　　　　　07「探偵」1(2)'31.6
　元居留地の殺人《小説》　07「探偵」1(3)'31.7 p145
　第一突堤の異状《小説》　07「探偵」1(5)'31.9 p75
　籐の洋杖《小説》　　　　07「探偵」1(6)'31.10 p133
　間隙に堕ちた妃殿下《小説》
　　　　　　　　11「ぷろふいる」1(7)'33.11 p60
　シドニイ殺人事件 11「ぷろふいる」4(3)'36.3 p72
　ドイツの探偵小説　14「月刊探偵」2(3)'36.4 p25
　半島毒殺変ホ調　 11「ぷろふいる」4(6)'36.6 p84
　一つの審理　　　 12「探偵文学」2(10)'36.10 p31
　近頃読んだもの 11「ぷろふいる」4(12)'36.12 p127
　独篇　　　　　　15「探偵春秋」2(1)'37.1 p102
　お問合せ《アンケート》
　　　　　　　　　12「シュピオ」3(5)'37.6 p47
　ハガキ回答《アンケート》
　　　　　　　　　12「シュピオ」4(1)'38.1 p17

伊藤 一夫
　密航密輸を語る《座談会》
　　　　　　　　　32「探偵クラブ」2(9)'51.10 p164
　Z号事件　　　　32「探偵倶楽部」4(10)'53.10 p50
　玄海のカポネ　　33「探偵実話」6(9)'55.8 p176

伊藤 渓水
　少年の行衛《小説》　01「新趣味」18(6)'23.6 p120

井東 憲
　ある大工の幻想《小説》
　　　　　　　　　03「探偵文芸」2(3)'26.3 p16
　「戦争」準備〈1〉《小説》
　　　　　　　　　07「探偵」1(1)'31.5 p61
　戦争準備〈2〉《小説》　07「探偵」1(2)'31.6 p120
　戦争準備〈3〉《小説》　07「探偵」1(3)'31.7 p118
　戦争準備〈4・完〉《小説》
　　　　　　　　　07「探偵」1(4)'31.8 p72

伊藤 幸一
　乾杯!われらの探実《座談会》
　　　　　　　　　33「探偵実話」10(11)'59.7 p288

伊東 詢
　紅吹雪《小説》　27「別冊宝石」10(11)'57.12 p124
　謙信の死《小説》　17「宝石」13(10)'58.8 p196

伊藤 信六
　見えない人の眼　17「宝石」16(7)'61.6 p56

伊藤 晴雨
　泥絵殺人譜　　　24「妖奇」2(8)'48.7 p17
　古今見世物めぐり・補遺　24「妖奇」3(9)'49.8 p15
　春廟の呎　　　　27「別冊宝石」12(10)'59.10 p18

伊藤 貴麿
　旅先きの実話　　04「探偵趣味」10 '26.7 p53
　クローズ・アップ《アンケート》
　　　　　　　　　04「探偵趣味」13 '26.11 p34

伊藤 正
　生きて居って良かった
　　　　　　　　　33「探偵実話」11(11)'60.8増 p268

伊藤 竜雄
　電話の声〔原作〕《絵物語》
　　　　　　　　　25「Gメン」2(4)'48.4 p3

伊藤 親清
　臨床上から女性の犯罪を覗く
　　　　　　　　　11「ぷろふいる」3(12)'35.12 p65

伊東 典凌
　豊島屋怪談《小説》
　　　　　　　　　32「探偵倶楽部」8(7)'57.7増 p80

伊東 時雄
　エドガ・ポオの墓　04「探偵趣味」4(4)'28.4 p45

伊東 利夫
　寝言の寄せ書 11「ぷろふいる」2(8)'34.8 p70
　急行列車の女〈連作小説A1号 6〉《小説》
　　　　　　　　　11「ぷろふいる」2(9)'34.9 p79
　神戸探偵倶楽部寄せ書
　　　　　　　　　11「ぷろふいる」2(10)'34.10
　映画評 絢爛たる殺人
　　　　　　　　　11「ぷろふいる」2(11)'34.11 p88
　「鉄の爪」の試写を見て
　　　　　　　　　11「ぷろふいる」2(12)'34.12 p82
　気狂ひ夢談義　　12「探偵文学」1(5)'35.7 p6

伊藤 豊子
　客よせ戦術あの手この手《座談会》
　　　　　　　　　33「探偵実話」4(9)'53.8 p137

伊藤 典夫
　SF・20世紀《小説》　27「別冊宝石」16(8)'63.9 p60
　SFと女流作家　　27「別冊宝石」17(2)'64.2 p256

伊藤 秀雄
　結婚物語《小説》　33「探偵実話」5(13)'54.11 p66
　れんげ草《小説》　33「探偵実話」6(8)'55.7 p90

伊藤 富有子
　ハガキ回答《アンケート》
　　　　　　　　　12「シュピオ」4(1)'38.1 p30

伊藤 牧夫
　或るスクープ　　17「宝石」19(7)'64.5 p19

伊藤 松雄
　怪奇劇・探偵劇　04「探偵趣味」11 '26.8 p21
　クローズ・アップ《アンケート》
　　　　　　　　　04「探偵趣味」15 '27.1 p50
　猟奇劇　　　　　05「探偵・映画」1(1)'27.10 p24
　京都みやげ　　　04「探偵趣味」25 '27.11 p42
　本年度印象に残れる作品、来年度ある作家への希望
　　《アンケート》
　　　　　　　　　04「探偵趣味」26 '27.12 p61
　探偵劇の梗概　　07「探偵」1(3)'31.7 p114
　古風な露台《小説》07「探偵」1(5)'31.9 p107
　昭和の陰影〈1〉　07「探偵」1(6)'31.10 p172
　昭和の陰影〈2〉　07「探偵」1(7)'31.11 p162
　昭和の陰影〈3・完〉　07「探偵」1(8)'31.12 p130
　欧米探偵劇　　　09「探偵小説」2(6)'32.6 p201

伊東 元広
　共産党とスパイを語る元特高刑事座談会《座談会》
　　　　　　　　　32「探偵クラブ」1(2)'50.10 p192

伊藤 靖
　表札　　　　　　04「探偵趣味」7 '26.4 p17
　不幸にして　　　04「探偵趣味」9 '26.6 p12

伊藤 祐治
　子供をかえしてくれ!!
　　　　　　　　　33「探偵実話」7(6)'56.3 p102
伊藤 六不
　少女の生態　　　25「Gメン」1(3)'47.12 p37
糸長 健
　モーテル小屋の死体
　　　　　　　　　32「探偵倶楽部」7(6)'56.6 p264
イートン，ヘンリー・S
　アメリカの科学捜査室
　　　　　　　　　25「Gメン」1(1)'47.10 p24
伊那 勝彦
　音の謎〈小説〉　17「宝石」2(3)'47.4 p124
伊那 冬十
　ベッドのある風景　17「宝石」12(1)'57.1 p9
稲垣 一城
　折焚く柴の記〈小説〉
　　　　　　　　　17「宝石」17(8)'62.6増 p276
稲垣 紅毛
　人間鬼　　　　　18「トップ」3(3)'48.4 p20
　天才か悪魔か　　33「探偵実話」6(7)'55.6 p96
　電気椅子への謎　33「探偵実話」6(8)'55.7 p70
　アメリカの女吸鬼　33「探偵実話」6(9)'55.8 p156
　緑色の自転車　　33「探偵実話」6(10)'55.9 p144
　ウオーレス事件〈1〉
　　　　　　　　　33「探偵実話」6(11)'55.10 p104
　ウオーレス事件〈2・完〉
　　　　　　　　　33「探偵実話」6(13)'55.11 p260
　バイウオータ＝トムブスン事件
　　　　　　　　　33「探偵実話」7(1)'55.12 p114
　コンスタンス・ケント事件〈1〉
　　　　　　　　　33「探偵実話」7(3)'56.1 p98
　コンスタンス・ケント事件〈2・完〉
　　　　　　　　　33「探偵実話」7(4)'56.2 p164
　オスカー・スレーター事件
　　　　　　　　　33「探偵実話」7(6)'56.3 p124
　「浴槽の花嫁」殺人事件〈1〉
　　　　　　　　　33「探偵実話」7(7)'56.4 p190
　「浴槽の花嫁」殺人事件〈2〉
　　　　　　　　　33「探偵実話」7(9)'56.5 p62
　「浴槽の花嫁」殺人事件〈3〉
　　　　　　　　　33「探偵実話」7(10)'56.6 p256
　「浴槽の花嫁」殺人事件〈4〉
　　　　　　　　　33「探偵実話」7(12)'56.7 p198
　「浴槽の花嫁」殺人事件〈5・完〉
　　　　　　　　　33「探偵実話」7(13)'56.8 p188
　プリチャード博士事件
　　　　　　　　　33「探偵実話」7(14)'56.9 p160
　クリッペン事件　33「探偵実話」7(15)'56.10 p210
　ウェブスター教授殺人事件
　　　　　　　　　33「探偵実話」7(17)'56.11 p136
　メイブリック夫人殺人事件
　　　　　　　　　33「探偵実話」8(1)'56.12 p160
　ブラヴォー毒殺事件の謎
　　　　　　　　　33「探偵実話」8(3)'57.1 p292
　夜盗王チャールズ・ピース〈1〉
　　　　　　　　　33「探偵実話」8(4)'57.2 p186
　夜盗王チャールズ・ピース〈2・完〉
　　　　　　　　　33「探偵実話」8(6)'57.3 p280
　グラー未亡人硫酸投注事件
　　　　　　　　　33「探偵実話」8(7)'57.4 p204
　ローゼンタール暗殺事件
　　　　　　　　　33「探偵実話」8(9)'57.5 p168
　キャンプデン怪事件
　　　　　　　　　33「探偵実話」8(11)'57.7 p224
　ユダヤ人富豪殺害事件
　　　　　　　　　33「探偵実話」8(12)'57.8 p202
　マドレーヌ・スミス毒殺事件の謎
　　　　　　　　　33「探偵実話」8(13)'57.9 p264
　毒殺魔パーマー事件
　　　　　　　　　33「探偵実話」8(14)'57.10 p198
　牧師館の美人女中殺害事件
　　　　　　　　　33「探偵実話」8(16)'57.11 p208
　急行列車の死の乗客
　　　　　　　　　33「探偵実話」9(1)'57.12 p268
　斬殺魔釈放さる　33「探偵実話」9(3)'58.1 p278
　女三十一人を殺した青髯事件
　　　　　　　　　33「探偵実話」9(4)'58.2 p74
　女子高校生逢引殺人事件
　　　　　　　　　33「探偵実話」9(6)'58.3 p182
　姦夫惨殺死体遺棄事件
　　　　　　　　　33「探偵実話」9(7)'58.4 p176
　未亡人を毒牙にかけた女美容師
　　　　　　　　　33「探偵実話」9(9)'58.5 p208
　亭主集団毒殺事件の真相
　　　　　　　　　33「探偵実話」9(10)'58.6 p276
　帆走船殺人事件〈1〉
　　　　　　　　　33「探偵実話」9(11)'58.7 p270
　帆走船殺人事件〈2・完〉
　　　　　　　　　33「探偵実話」9(12)'58.8 p274
　自動車爆破殺人事件
　　　　　　　　　33「探偵実話」9(13)'58.9 p188
　殺人強盗専門宿屋事件
　　　　　　　　　33「探偵実話」9(15)'58.10 p272
　偽せ者良人身代り帰還事件
　　　　　　　　　33「探偵実話」9(16)'58.11 p196
　女に復讐された無実の男囚
　　　　　　　　　33「探偵実話」10(1)'58.12 p190
　英国陸軍少将夫人射殺事件
　　　　　　　　　33「探偵実話」10(3)'59.1 p162
　女医の若嫁殺人事件
　　　　　　　　　33「探偵実話」10(4)'59.2 p128
　二重アリバイ殺人放火事件
　　　　　　　　　33「探偵実話」10(5)'59.3 p236
　大晦日の夜怪死を遂げた夫
　　　　　　　　　33「探偵実話」10(7)'59.4 p224
　死体をバラ撒いた男
　　　　　　　　　33「探偵実話」10(8)'59.5 p214
　露国皇太子傷害事件の真相〈1〉
　　　　　　　　　33「探偵実話」10(9)'59.6 p210
　露国皇太子傷害事件の真相〈2・完〉
　　　　　　　　　33「探偵実話」10(11)'59.7 p170
　婚約者を殺して埋めた男
　　　　　　　　　33「探偵実話」10(12)'59.8 p234
　パリの天才女詐欺師
　　　　　　　　　33「探偵実話」10(13)'59.9 p154
　密室白昼の死闘　33「探偵実話」10(14)'59.10 p138
　アメリカ女学生誘拐殺人事件
　　　　　　　　　33「探偵実話」10(16)'59.11 p244

名家女中惨殺事件
　　　　　　　33「探偵実話」11(1)'59.12 p188
ナイヤガラ殺人事件〈1〉
　　　　　　　33「探偵実話」11(3)'60.1 p202
ナイアガラ殺人事件〈2・完〉
　　　　　　　33「探偵実話」11(4)'60.2 p150
死体無き殺人事件　33「探偵実話」11(6)'60.3 p212
良人と実子を毒殺した女
　　　　　　　33「探偵実話」11(7)'60.4 p156
電気椅子の戦慄　33「探偵実話」11(8)'60.5 p178
連続毒殺を試みた姦婦
　　　　　　　33「探偵実話」11(9)'60.6 p200
ハワイ少年誘拐殺害事件
　　　　　　　33「探偵実話」11(10)'60.7 p200
銀行家誘拐ギャング事件の真相
　　　　　　　33「探偵実話」11(12)'60.8 p274
連続婦女暴行殺害事件
　　　　　　　33「探偵実話」11(13)'60.9 p166
ドイツに初めて起こった誘拐殺人事件
　　　　　　　33「探偵実話」11(14)'60.10 p234
ポートランドの少年強姦魔
　　　　　　　33「探偵実話」11(16)'60.11 p134
誇り高き強殺犯　33「探偵実話」12(1)'61.1 p130
五十男を誘拐した十六娘
　　　　　　　33「探偵実話」12(3)'61.1 p230
死体を愛撫する男　33「探偵実話」12(4)'61.3 p254
少年は母親を斧で殺したか？
　　　　　　　33「探偵実話」12(5)'61.4 p210
世にも驚くべき自白
　　　　　　　33「探偵実話」12(7)'61.5 p140
死刑を12年延ばした男
　　　　　　　33「探偵実話」12(8)'61.6 p238
浴槽で殺されたレディーキラー
　　　　　　　33「探偵実話」12(9)'61.7 p242
自動車と共に消え失せた母子
　　　　　　　33「探偵実話」12(11)'61.8 p240
赤ん坊誘拐事件　33「探偵実話」13(6)'62.5 p134
嫁殺しアメリカの鬼姿
　　　　　　　33「探偵実話」13(7)'62.6 p56
姦夫姦婦共謀の良人殺し
　　　　　　　33「探偵実話」13(9)'62.7 p240

稲垣　史生
　お小夜はここに〈小説〉　24「妖奇」3(6)'49.6 p24
　タクラマカンの妖女〈小説〉
　　　　　　　　24「妖奇」3(10)'49.9 p11
　戦艦武蔵への幻想〈小説〉　24「妖奇」4(2)'50.2 p8
　女人国淫遊記〈1〉〈小説〉
　　　　　　　　24「妖奇」4(5)'50.5 p10
　女人国淫遊記〈2・完〉〈小説〉
　　　　　　　　24「妖奇」4(6)'50.6 p42
　女形地獄〈小説〉　24「妖奇」4(12)'50.12 p8
　大奥秘戯図鑑〈小説〉　24「妖奇」5(3)'51.3 p14
　西蔵の淫魔〈小説〉　24「妖奇」5(6)'51.6 p15

稲垣　進也
　放火犯の心理　32「探偵倶楽部」6(5)'55.5 p59

稲垣　足穂
　甲虫の事　04「探偵趣味」7 '26.4 p19
　クローズ・アップ〈アンケート〉
　　　　　　　04「探偵趣味」13 '26.11 p35
　僕らの旅順海戦館　27「別冊宝石」7(9)'54.11 p219

天狗考　　　　17「宝石」17(6)'62.5 p216
稲川　勝二郎
　或る出来事　04「探偵趣味」8 '26.5 p32
稲木　勝ース
　欧州の探偵文学　17「宝石」13(4)'58.3 p140
稲沢　静穂
　吉かんしょ〈小説〉　17「宝石」19(2)'64.1増 p92
稲田　植樹
　傷痕　　　　17「宝石」17(13)'62.10 p166
稲田　僥
　爪〈小説〉　　24「妖奇」5(8)'51.8 p14
稲田　広之介
　赤ら顔の男〈小説〉
　　　　　　　03「探偵文芸」2(12)'26.12 p12
稲田　清助
　祭のゆかた　17「宝石」18(4)'63.3 p19
稲田　政男
　郷愁に泣く女囚
　　　　　　　35「エロチック・ミステリー」3(10)'62.10 p119
稲葉　明雄　→稲葉由紀
　遊戯の本質　27「別冊宝石」17(4)'64.4 p321
稲葉　由紀　→稲葉明雄
　最近のフランス推理小説
　　　　　　　17「宝石」14(12)'59.10増 p178
　ウールリッチと「黒いアリバイ」
　　　　　　　17「宝石」15(2)'60.2 p234
　ウールリッチのこと　17「宝石」15(8)'60.6 p281
　一級の名人芸　27「別冊宝石」13(7)'60.7 p128
　米英仏新刊紹介　フランス
　　　　　　　17「宝石」15(10)'60.8 p170
　英米仏新刊紹介　フランス
　　　　　　　17「宝石」15(11)'60.9 p86
　英米仏新刊紹介　フランス
　　　　　　　17「宝石」15(12)'60.10 p150
　英米仏新刊紹介　フランス
　　　　　　　17「宝石」15(13)'60.11 p130
　シムノンの内面をのぞく
　　　　　　　27「別冊宝石」13(9)'60.11 p174
　英米仏新刊紹介　フランス
　　　　　　　17「宝石」15(14)'60.12 p116
　英米仏新刊紹介　フランス
　　　　　　　17「宝石」16(1)'61.1 p122
　英米仏新刊紹介　フランス
　　　　　　　17「宝石」16(2)'61.2 p68
　味わいのある文章　17「宝石」16(2)'61.2 p305
　英米仏新刊紹介　フランス
　　　　　　　17「宝石」16(4)'61.3 p122
　世界一の醜男　17「宝石」16(6)'61.5 p277
　ショート・ショート亡国論
　　　　　　　27「別冊宝石」14(4)'61.7 p108
　マーロウの周囲　27「別冊宝石」16(3)'63.8 p188
　V字型の男のこと　27「別冊宝石」16(9)'63.10 p278
　ハードボイルドなど死滅しようが
　　　　　　　17「宝石」18(15)'63.11 p224
伊波　邦三
　XYZ事件作者推定　04「探偵趣味」24 '27.10 p42
井並　貢二
　硝子〈小説〉　08「探偵趣味」（平凡社版）7 '31.11 p23

執筆者名索引　　　　　　　　　　　　　　　　　　　　　　　いのう

稲見 園子
　ご存じですか　　　　25「X」3(11)'49.10 p58
伊波 那三
　重い忘れ物　　　　　04「探偵趣味」4(5)'28.5 p56
稲本 芳秋
　狂乱の画室《小説》　　24「妖奇」3(10)'49.9 p38
　大水槽の裸女《小説》　24「妖奇」3(13)'49.12 p25
　証言《小説》　　　　24「妖奇」4(8)'50.8 p76
　戯れの恋の終り《小説》24「妖奇」5(5)'51.5 p58
乾 信一郎
　薄茶の外套《小説》
　　　　　　　　　　　11「ぶろふいる」1(8)'33.12 p56
　横のものを縦にする話
　　　　　　　　　　　14「月刊探偵」2(2)'36.2 p12
　猫守　　　　　　　　15「探偵春秋」1(1)'36.10 p17
　名探偵借します《小説》17「宝石」1(1)'46.3 p28
　世話先生《小説》　　18「トップ」1(1)'46.5 p10
　真偽奇談《小説》　　16「ロック」1(6)'46.12 p48
　気の弱い殺人　　　　17「宝石」1(9)'46.12 p8
　神ぞ知る《小説》　　16「ロック」2(1)'47.1 p71
　探偵作家志望《小説》17「宝石」2(8)'47.9 p10
　ハガキ回答《アンケート》
　　　　　　　　　　　25「Gメン」1(1)'47.10 p18
　静かな沼《小説》　　16「ロック」2(9)'47.10 p38
　ネオ・イソップ物語《小説》
　　　　　　　　　　　16「ロック」2(10)'47.12 p34
　サンタクロース殺人事件《小説》
　　　　　　　　　　　17「宝石」2(10)'47.12 p2
　平尾氏の金庫《小説》25「Gメン」2(1)'48.1 p38
　遺産をつぐもの《小説》21「黒猫」2(8)'48.7 p2
　人間修繕《小説》　　21「黒猫」2(9)'48.7 p24
　終りのない話　　　　20「探偵よみもの」36 '48.9 p15
　サーカスの絵《小説》17「宝石」3(7)'48.9 p32
　偉大なるかな発見!《小説》
　　　　　　　　　　　16「ロック」3(7)'48.11 p14
　塩をまかれた話　　　17「宝石」4(3)'49.3 p62
　上海の松《小説》　　20「探偵よみもの」39 '49.6 p84
　おやじ　　　　　　　25「X」3(8)'49.7 p11
　小さな冒険〔原作〕《絵物語》
　　　　　　　　17「宝石」5(1)'50.1 p28, 32, 34, 36, 40, 42, 44, 46
　話のわかる話　　　　17「宝石」5(1)'50.1 p89
　盗人異聞《小説》　　17「宝石」5(6)'50.6 p143
　ホームズの正直　　　17「宝石」6(1)'51.1 p81
　ぐうたら守衛《小説》17「宝石」6(1)'51.6 p136
　賞金六千四百八十万円!《小説》
　　　　　　　　　　　17「宝石」6(7)'51.7 p118
　シヤァロック・ホウムズから来た手紙
　　　　　　　　　　　17「宝石」6(8)'51.8 p164
　掘り出し物の話　　　17「宝石」6(9)'51.9 p114
　壮大なる釣りの話　　17「宝石」6(10)'51.10 p216
　骸骨通　　　　　　　17「宝石」6(12)'51.11 p180
　オトナのサンタクロース
　　　　　　　　　　　17「宝石」6(13)'51.12 p83
　ハッタリ屋NO・1　　17「宝石」6(13)'51.12 p128
　アンケート《アンケート》
　　　　　　　　　　　17「宝石」7(1)'52.1 p82
　何も知つちやいない話17「宝石」7(1)'52.1 p188
　消えた聖女　　　　　17「宝石」7(2)'52.2 p77
　叩き起された偉人　　17「宝石」7(3)'52.3 p91
　ジンギスカンの馬　　17「宝石」7(4)'52.4 p198

　お人好しの悪漢《小説》17「宝石」7(5)'52.5 p64
　犬とおばけと探偵と《小説》
　　　　　　　　　　　27「別冊宝石」5(4)'52.5 p80
　題「屋上風景」《小説》17「宝石」7(6)'52.6 p56
　ハチの家の主《小説》17「宝石」7(7)'52.7 p138
　キケン女子《小説》　17「宝石」7(8)'52.8 p134
　小さな大秘密《小説》17「宝石」7(9)'52.10 p232
　策略の神話《小説》　17「宝石」7(11)'52.11 p66
　怪盗ココニアリ《小説》
　　　　　　　　　　　17「宝石」7(12)'52.12 p129
　遊園地の胸像について《小説》
　　　　　　　　　　　17「宝石」8(1)'53.1 p214
　探偵小説に対するアンケート《アンケート》
　　　　　　　　　　　32「探偵倶楽部」4(1)'53.2 p151
　静かになつた奥様《小説》
　　　　　　　　　　　17「宝石」8(2)'53.3 p88
　幸福なる人種《小説》17「宝石」8(3)'53.4 p140
　起し屋《小説》　　　17「宝石」8(5)'53.5 p100
　不安ファン《小説》　17「宝石」8(6)'53.6 p180
　幽霊問答《小説》　　17「宝石」8(7)'53.7 p202
　たくましき商魂祭　　17「宝石」8(9)'53.8 p150
　棒にあたった話《小説》17「宝石」8(10)'53.9 p24
　あきれた正直者《小説》
　　　　　　　　　　　17「宝石」8(11)'53.10 p122
　乱歩さんのカード　　27「別冊宝石」7(9)'54.11 p293
　猫雑筆　　　　　　　17「宝石」12(12)'57.9 p218
　誌上アンケート《アンケート》
　　　　　　　　　　　33「探偵実話」9(1)'57.12 p138, 140
　ほんやくということ　17「宝石」17(4)'62.3 p170
　よき古きところ
　　　　　　　　　　　35「エロチック・ミステリー」3(9)'62.9 p125
犬伏 卓
　風雨の戦慄《小説》　20「探偵よみもの」40 '50.8 p111
イネス, マイケル
　ポーカー・フェイス《小説》
　　　　　　　　　　　27「別冊宝石」16(9)'63.10 p192
いねむり編輯部
　あくびの一頁　　　　28「影」'48.7 p35
伊能 響平
　所えらばず夫に挑む
　　　　　　　　　　　35「エロチック・ミステリー」4(6)'63.6 p120
伊能 孝
　お化け温泉「定義」
　　　　　　　　　　　35「エロチック・ミステリー」3(9)'62.9 p32
　バスで行く南の楽園
　　　　　　　　　　　35「エロチック・ミステリー」4(1)'63.1 p116
　山寺のおすべり
　　　　　　　　　　　35「エロチック・ミステリー」4(1)'63.1 p120
　平家部落「祖谷渓」を訪う
　　　　　　　　　　　35「エロチック・ミステリー」4(2)'63.2 p72
　朝寝、朝酒の東山
　　　　　　　　　　　35「エロチック・ミステリー」4(3)'63.3 p126
井上 勇
　世界探偵小説地誌〈1〉《対談》
　　　　　　　　　　　17「宝石」14(8)'59.7 p250
井上 梅次
　スリラー映画の三人《座談会》
　　　　　　　　　　　17「宝石」13(5)'58.4 p128

いのう

井上 英三
卓上の書物から　　　14「月刊探偵」2(6)'36.7 p55
近頃読んだもの　　　11「ぷろふいる」4(12)'36.12 p25
ハガキ回答《アンケート》
　　　　　　　　　　11「ぷろふいる」5(4)'37.4 p44
私の好きな作家　　　19「ぷろふいる」1(2)'46.12 p42
シムノンの新作　　　16「ロック」2(2)'47.2 p72
完全殺人《小説》　　16「ロック」2(3)'47.3 p30
証拠製造《小説》　　19「ぷろふいる」2(3)'47.12 p17
表は死し裏は生く《小説》
　　　　　　　　　　17「宝石」2(10)'47.12 p18

井上 一男
黒髪事件《小説》　　04「探偵趣味」17'27.3 p72

井上 一夫
ジェームス・ボンドの仲間たち
　　　　　　　　　　27「別冊宝石」16(9)'63.10 p188

井上 勝喜
探偵問答《アンケート》　04「探偵趣味」1'25.9 p27
江戸川乱歩氏の横顔　10「探偵クラブ」6'32.11 p27

井上 幻
喉《小説》　　　　　23「真珠」3'47.12 p46

井上 剣花坊
目明文吉　　　　　　04「探偵趣味」10'26.7 p39

井上 公
男は負ける　　　　　17「宝石」5(7)'50.7 p155
償い《小説》　　　　17「宝石」7(1)'52.1 p248

井上 淳
狂った姉を殺す亭主と妹
　　　　　　　　　　33「探偵実話」10(4)'59.2 p21

井上 爾郎
探偵小説としての『マリー・ローヂエ』
　　　　　　　　　　04「探偵趣味」1'25.9 p7

井上 保
危機一髪座談会《座談会》
　　　　　　　　　　19「仮面」3(4)'48.6 p10

井上 長三郎
駒ケ岳　　35「エロチック・ミステリー」3(7)'62.7 p6

井上 鋲
何故に穴は掘られるか《小説》
　　　　　　　　　　27「別冊宝石」6(9)'53.12 p224
偶然の魔《小説》　　17「宝石」9(7)'54.6 p174
Xの追求《小説》　　17「宝石」11(11)'56.8 p126
動く標点《小説》　　17「宝石」16(2)'61.11 p48
「動く標点」・瀬戸刑事の弁解
　　　　　　　　　　17「宝石」17(7)'62.6 p344

井上 徳郎
キャラコさん《脚本》　17「宝石」1(5)'46.8 p52

井上 敏雄
SCREEN　　　　　　17「宝石」11(9)'56.7 p258
SCREEN　　　　　　17「宝石」11(12)'56.9 p196
SCREEN　　　　　　17「宝石」11(14)'56.10 p13
ドタバタ喜劇論　　　17「宝石」11(15)'56.11 p69
SCREEN　　　　　　17「宝石」11(15)'56.11 p153
SCREEN　　　　　　17「宝石」11(16)'56.12 p13
SCREEN TERRACE　17「宝石」12(3)'57.2 p13
スクリーンテラス　　17「宝石」12(5)'57.4 p13
スクリーン・テラス　17「宝石」12(7)'57.5 p13
スクリーン・テラス　17「宝石」12(8)'57.6 p13
スクリーン・テラス　17「宝石」12(9)'57.7 p13
ヨーロッパの若い星
　　　　　　　　　　27「別冊宝石」11(10)'58.12 p171
喜劇は帰ってくる……?
　　　　　　　　　　27「別冊宝石」12(2)'59.2 p147
季節のメモ　　　　　27「別冊宝石」12(4)'59.4 p10
季節のメモ　　　　　27「別冊宝石」12(6)'59.6 p12
季節のメモ　　　　　27「別冊宝石」12(9)'59.8 p10
季節のメモ　　　　　27「別冊宝石」12(10)'59.10 p10
季節のメモ　　　　　27「別冊宝石」12(12)'59.12 p10
推理暦10月　　　　　17「宝石」15(12)'60.10 p20
推理暦11月　　　　　17「宝石」15(13)'60.11 p20
今月の旅
　　　　　　　35「エロティック・ミステリー」1(4)'60.11 p150
推理暦12月　　　　　17「宝石」15(14)'60.12 p20
離れ島の白い浜と、娘と…
　　　　　　　35「エロチック・ミステリー」3(8)'62.8 p44
やわ肌霞む露天風呂
　　　　　　　35「エロチック・ミステリー」3(9)'62.9 p54
こけしのある湯治場情景
　　　　　　　35「エロチック・ミステリー」3(10)'62.10 p36

井上 豊一郎
探偵小説の芸術性　　04「探偵趣味」4'26.1 p37

井上 正義
掌紋の研究　　　　　14「月刊探偵」2(4)'36.5 p38

井上 靖　→冬木荒之介
黄色い鞄《小説》　　27「別冊宝石」9(8)'56.11 p174
茶々の恋人　　　　　17「宝石」14(6)'59.6 p98

井上 泰宏
国民指紋の話　　　　32「探偵クラブ」1(1)'50.8 p142
犯罪者のいれずみ　　32「探偵クラブ」1(2)'50.10 p138
Gメンの話　　　　　32「探偵クラブ」1(4)'50.12 p168
鑑識とカンを語る《座談会》
　　　　　　　　　　32「探偵倶楽部」3(5)'52.5 p170
木材鑑定人　　　　　32「探偵倶楽部」3(8)'52.9 p126
無法者ディリンジャー
　　　　　　　　　　32「探偵倶楽部」3(9)'52.10 p72
鬼看護婦　　　　　　32「探偵倶楽部」4(12)'53.12 p72

井上 友一郎
自由の女《小説》　　24「妖奇」3(7)'49.6別 p11

井上 豊
毒ウイスキイ事件　　32「探偵倶楽部」8(5)'57.6 p198

井上 良夫
名探偵を葬れ!　　　11「ぷろふいる」1(4)'33.8 p16
英米探偵小説のプロフィル〈1〉
　　　　　　　　　　11「ぷろふいる」1(5)'33.9 p26
英米探偵小説のプロフィル〈2〉
　　　　　　　　　　11「ぷろふいる」1(6)'33.10 p74
英米探偵小説のプロフィル〈3〉
　　　　　　　　　　11「ぷろふいる」1(7)'33.11 p78
英米探偵小説のプロフィル〈4〉
　　　　　　　　　　11「ぷろふいる」1(8)'33.12 p78
英米探偵小説のプロフィル〈5〉
　　　　　　　　　　11「ぷろふいる」2(1)'34.1 p108
英米探偵小説のプロフィル〈6〉
　　　　　　　　　　11「ぷろふいる」2(2)'34.2 p92
英米探偵小説のプロフィル〈7〉
　　　　　　　　　　11「ぷろふいる」2(3)'34.3 p94

英米探偵小説のプロフイル〈8〉
　　　　　　　11「ぷろふいる」2(4)'34.4 p58
探偵小説論　　11「ぷろふいる」2(4)'34.4 p82
英米探偵小説のプロフイル〈9〉
　　　　　　　11「ぷろふいる」2(5)'34.5 p120
英米探偵小説のプロフイル〈10・完〉
　　　　　　　11「ぷろふいる」2(6)'34.6 p74
傑作探偵小説吟味〈1〉
　　　　　　　11「ぷろふいる」2(7)'34.7 p64
傑作探偵小説吟味〈2〉
　　　　　　　11「ぷろふいる」2(8)'34.8 p91
傑作探偵小説吟味〈3〉
　　　　　　　11「ぷろふいる」2(9)'34.9 p60
神戸探偵倶楽部寄せ書
　　　　　　　11「ぷろふいる」2(10)'34.10
傑作探偵小説吟味〈4〉
　　　　　　　11「ぷろふいる」2(10)'34.10 p40
探偵小説の研究書　11「ぷろふいる」3(1)'35.1 p51
日本探偵小説界の為めに！
　　　　　　　11「ぷろふいる」3(2)'35.2 p49
作品月評　　　11「ぷろふいる」3(5)'35.5 p114
作品月評　　　11「ぷろふいる」3(6)'35.6 p84
アガサ・クリステイの研究〈1〉
　　　　　　　11「ぷろふいる」3(6)'35.6 p90
アガサ・クリステイの研究〈2〉
　　　　　　　11「ぷろふいる」3(7)'35.7 p102
作品月評　　　11「ぷろふいる」3(7)'35.7 p126
「黒死館殺人事件」を読んで
　　　　　　　11「ぷろふいる」3(8)'35.8 p64
アガサ・クリステイの研究〈3・完〉
　　　　　　　11「ぷろふいる」3(8)'35.8 p120
作品月評　　　11「ぷろふいる」3(9)'35.9 p84
「白蟻」を読む　11「ぷろふいる」3(10)'35.10 p88
作品月評　　　11「ぷろふいる」3(10)'35.10 p110
「レドメイン」の印象　　13「クルー」1'35.10 p28
作品月評　　　11「ぷろふいる」3(11)'35.11 p76
探偵小説の本格的興味
　　　　　　　11「ぷろふいる」3(11)'35.11 p87
ハガキ回答《アンケート》
　　　　　　　11「ぷろふいる」3(12)'35.12 p45
昭和十年度の翻訳探偵小説
　　　　　　　11「ぷろふいる」3(12)'35.12 p107
作品月評　　　11「ぷろふいる」3(12)'35.12 p120
ハガキ回答《アンケート》
　　　　　　　12「探偵文学」1(10)'36.1 p16
木々高太郎氏の長篇その他
　　　　　　　11「ぷろふいる」4(4)'36.4 p113
J・D・カーの密室犯罪の研究
　　　　　　　14「月刊探偵」2(4)'36.5 p52
三つの棺 その他　11「ぷろふいる」4(6)'36.6 p100
ドロシイ・セイアーズのスケッチ
　　　　　　　11「ぷろふいる」4(7)'36.7 p90
船富家の惨劇　11「ぷろふいる」4(7)'36.7 p132
作家論と名著解説〈1〉
　　　　　　　15「探偵春秋」1(1)'36.10 p81
未熟者の歎きなど
　　　　　　　11「ぷろふいる」4(10)'36.10 p114
外道の批評　　11「ぷろふいる」4(11)'36.11 p86
作家論と名著解説〈2〉
　　　　　　　15「探偵春秋」1(2)'36.11 p132

作家論と名著解説〈3〉
　　　　　　　15「探偵春秋」1(3)'36.12 p64
翻訳回顧　　　15「探偵春秋」2(1)'37.1 p64
作家論と名著解説〈4〉
　　　　　　　15「探偵春秋」2(1)'37.1 p106
探偵小説時評〈1〉
　　　　　　　11「ぷろふいる」5(1)'37.1 p118
作家論と名著解説〈5〉
　　　　　　　15「探偵春秋」2(2)'37.2 p50
A・K・グリーンに就いて
　　　　　　　11「ぷろふいる」5(2)'37.2 p95
探偵小説時評〈2〉
　　　　　　　11「ぷろふいる」5(2)'37.2 p128
作家論と名著解説〈6〉
　　　　　　　15「探偵春秋」2(3)'37.3 p53
探偵小説時評〈3〉
　　　　　　　11「ぷろふいる」5(3)'37.3 p120
探偵小説時評〈4・完〉
　　　　　　　11「ぷろふいる」5(4)'37.4 p118
「君の仕事は済んだ！」
　　　　　　　15「探偵春秋」2(4)'37.4 p158
作家論と名著解説〈7〉
　　　　　　　15「探偵春秋」2(5)'37.5 p60
アリバイの話　　12「シュピオ」3(4)'37.5 p68
お問合せ《アンケート》
　　　　　　　12「シュピオ」3(5)'37.6 p50
作家論と名著解説〈8〉
　　　　　　　15「探偵春秋」2(6)'37.6 p102
作家論と名著解説〈9〉
　　　　　　　15「探偵春秋」2(7)'37.7 p73
作家論と名著解説〈10〉
　　　　　　　15「探偵春秋」2(8)'37.8 p29
ハガキ回答《アンケート》
　　　　　　　12「シュピオ」4(1)'38.1 p22
A君への手紙　22「新探偵小説」1(1)'47.4 p40
世界名作研究〈1〉　22「新探偵小説」1(2)'47.6 p35
世界名作研究〈2〉　22「新探偵小説」1(3)'47.7 p41
世界名作研究〈3〉　22「新探偵小説」4'47.10 p32
伊之内 緒斗子　→大下宇陀児
巴須博士の研究《小説》
　　　　　　　17「宝石」13(12)'58.9 p20
猪股 聖吾
津軽屋帰る《小説》
　　　　　　　17「宝石」11(14)'56.10 p226
復讐は闇の中で《小説》
　　　　　　　17「宝石」11(15)'56.11 p140
狐憑き《小説》　17「宝石」12(3)'57.2 p80
戸の隙間《小説》　27「別冊宝石」11(2)'58.2 p111
長い雨《小説》　17「宝石」13(16)'58.12増 p192
紙屑は屑籠に《小説》
　　　　　　　17「宝石」15(3)'60.2増 p276
おとっつぁんの英語《小説》
　　　　　　　17「宝石」15(10)'60.8 p178
フォース・アウト《小説》
　　　　　　　17「宝石」15(11)'60.9 p126
早耳のガンジー《小説》
　　　　　　　17「宝石」16(9)'61.8 p228
煉瓦とパン《小説》　17「宝石」17(1)'62.1 p220
マシマロ夫人とピアノ《小説》
　　　　　　　17「宝石」17(3)'62.2 p302
僕の伯父さん　17「宝石」17(4)'62.3 p276
後を向いて歩こう　17「宝石」17(5)'62.4 p312

エアポケット・タイマー
　　　　　　17「宝石」17(6)'62.5 p284
スイートホームへの最後の挨拶
　　　　　　17「宝石」17(7)'62.6 p306
シャドー《小説》
　　　　　　27「別冊宝石」16(11)'63.12 p144
伊原 浩太
　共産党とスパイを語る元特高刑事座談会《座談会》
　　　　　　32「探偵クラブ」1(2)'50.10 p192
井原 西鶴　→西鶴
　好色一代男〈1〉《小説》
　　　　　　35「エロチック・ミステリー」4(3)'63.3 p21
　好色一代男〈2・完〉《小説》
　　　　　　35「エロチック・ミステリー」4(4)'63.4 p77
井原 仁
　裸女猛犬と戯むる　27「別冊宝石」12(6)'59.6 p84
茨木 仲平
　探偵作家鏡花　　　04「探偵趣味」8 '26.5 p39
井武 瀬清
　昭和国鉄騒動裏表　06「猟奇」4(5)'31.7 p22
　お琴就縛!《小説》　06「猟奇」4(6)'31.9 p16
伊吹 浩
　桜花と黒鷲《小説》
　　　　　　15「探偵春秋」2(5)'37.5 p11
　案山子にされた男《小説》
　　　　　　15「探偵春秋」2(5)'37.5 p35
伊吹 わか子
　二つの遺書《小説》
　　　　　　17「宝石」13(14)'58.11 p96
井伏 鱒二
　素性吟味《小説》　33「探偵実話」4(2)'53.1増 p156
イーベル, コレット
　豪傑病《小説》　　01「新趣味」17(8)'22.8 p216
伊馬 う平
　あなたは狙はれてゐる《アンケート》
　　　　　　20「探偵よみもの」30 '46.11 p22
伊馬 春部
　新版「とりかへばや」《小説》
　　　　　　17「宝石」4(3)'49.3 p73
今井 江美子
　不倫と知りつつ私の肉体が許さないの
　　　　　　33「探偵実話」12(14)'61.10増 p192
今井 介
　凶悪犯は何処に居る!《座談会》
　　　　　　33「探偵実話」10(8)'59.5 p107
今井 亀之助
　死者か生者か　　　01「新趣味」17(11)'22.11 p222
今井 岐路人
　翻弄された刑事　　33「探偵実話」8(8)'57.5増 p47
　パラソルだけは知っていた!
　　　　　　33「探偵実話」9(2)'58.1増 p48
　探偵と犯罪者　　　33「探偵実話」9(4)'58.2 p211
　大森海岸『極楽』無理心中
　　　　　　33「探偵実話」9(5)'58.3増 p44
　姦通二重奏　　　　33「探偵実話」9(8)'58.5増 p38
　貞操を強奪された人妻
　　　　　　33「探偵実話」9(10)'58.6 p62
　息を吹き返した女体
　　　　　　33「探偵実話」9(12)'58.8 p238

好色旅芸人の終着駅
　　　　　　33「探偵実話」9(13)'58.9 p240
強姦魔表彰さる　　　33「探偵実話」9(15)'58.10 p204
囀り過ぎた強姦魔
　　　　　　33「探偵実話」10(1)'58.12 p170
新妻の嬰児殺し　　　33「探偵実話」10(3)'59.1 p92
河の中の嬰児死体　　33「探偵実話」10(2)'59.1増 p50
あの女は俺が殺したのだ
　　　　　　33「探偵実話」10(4)'59.2 p108
素裸で寝ていた殺人鬼
　　　　　　33「探偵実話」10(5)'59.3 p256
告訴された貞操　　　33「探偵実話」10(7)'59.4 p122
少女を狙う常習魔
　　　　　　33「探偵実話」10(6)'59.4増 p196
変死人放送　　　　　33「探偵実話」10(8)'59.5 p162
ニセ刑事の強姦犯　　33「探偵実話」10(9)'59.6 p98
人形を弄んだ男　　　33「探偵実話」10(11)'59.7 p228
完全犯罪を狙った獣医師
　　　　　　33「探偵実話」10(12)'59.8 p122
狂った情痴の終着駅　33「探偵実話」10(13)'59.10 p62
洋裁師の内妻殺し
　　　　　　33「探偵実話」10(16)'59.11 p222
福笑いの女を殺せ
　　　　　　33「探偵実話」10(15)'59.11増 p230
ズベ公情婦と強殺犯
　　　　　　33「探偵実話」11(1)'59.12 p134
美人お目見得師罷り通る
　　　　　　33「探偵実話」11(2)'60.1増 p130
多摩霊園の少女殺し　33「探偵実話」11(4)'60.2 p194
横領亭主を訴える美容師
　　　　　　33「探偵実話」11(6)'60.3 p238
湯島天神下の女中殺し
　　　　　　33「探偵実話」11(5)'60.3増 p96
童貞を踏み荒らす淑女
　　　　　　33「探偵実話」11(7)'60.4 p248
質屋を襲った強姦魔
　　　　　　33「探偵実話」11(9)'60.6 p72
偽りの肉体に狂った少年
　　　　　　33「探偵実話」11(10)'60.7 p218
女給を消した十七少年
　　　　　　33「探偵実話」11(12)'60.8 p106
情婦を消した男　　　33「探偵実話」11(13)'60.9 p190
白昼の殺人魔　　　　33「探偵実話」11(14)'60.10 p252
恐るべき殺人魔　　　33「探偵実話」11(16)'60.11 p80
会計係りを消したアベック強盗
　　　　　　33「探偵実話」12(1)'61.1 p160
少年スーパーマンの殺人
　　　　　　33「探偵実話」12(3)'61.1 p162
映画館で消された女
　　　　　　33「探偵実話」12(4)'61.3 p128
美少女を狙った集団暴行グループ
　　　　　　33「探偵実話」12(6)'61.4増 p224
スプリング・コート殺人事件
　　　　　　33「探偵実話」12(7)'61.5 p70
亡霊が出る蒲団　　　33「探偵実話」13(2)'62.1増 p176
今井 元
　血染の指紋《小説》
　　　　　　20「探偵よみもの」40 '50.8 p115

今井 鯛三
土蔵の怪人《小説》　　　33「探偵実話」3 '50.8 p152
手術室の幽霊《小説》
　　　　　　　　33「探偵実話」6(6) '55.5 p220
土蔵の怪人《小説》
　　　　　　　　33「探偵実話」7(2) '55.12増 p310

今井 太久弥
野性の誘惑　　　26「フーダニット」1(1) '47.11 p28
荒野の郷愁　　　26「フーダニット」2(1) '48.1 p32
火葬場の謎〈1〉《小説》
　　　　　　　　26「フーダニット」2(2) '48.3 p14
火葬場の謎〈2〉《小説》
　　　　　　　　26「フーダニット」2(3) '48.6 p22
火葬場の謎〈3・完〉《小説》
　　　　　　　　26「フーダニット」2(4) '48.7 p14

今井 武夫
日本をめぐる米ソ謀略戦《座談会》
　　　　　　　　32「探偵倶楽部」3(9) '52.10 p160

今井 達夫
緋色の女《小説》　　16「ロック」2(5) '47.5 p104
燈籠屋敷《小説》　　16「ロック」2(10) '47.12 p46
墓石小屋事件《小説》
　　　　　　　　32「探偵クラブ」2(4) '51.6 p210
妖婦《小説》　　　　17「宝石」7(12) '52.12 p138
遠い吹矢《小説》　　17「宝石」8(9) '53.8 p82
See-Saw, See-Saw《小説》
　　　　　　　　17「宝石」9(11) '54.9 p150
顔について　　　　27「別冊宝石」7(9) '54.11 p77
岬の白い洋館《小説》
　　　　　　　　32「探偵倶楽部」6(3) '55.3 p132
黒子《小説》　　　　17「宝石」11(1) '56.1 p154
岬の白い洋館《小説》
　　　　　　　　27「別冊宝石」9(8) '56.11 p156
灯籠屋敷　　　　27「別冊宝石」12(4) '59.4 p156
萼と石蕗の間《小説》
　　　　　　　　27「別冊宝石」12(8) '59.8 p106
黒い瞳の焔《小説》
　　　　　　　27「別冊宝石」12(10) '59.10 p272
花薇の座《小説》　27「別冊宝石」13(2) '60.2 p234
鏡の中の眉《小説》　27「別冊宝石」13(4) '60.4 p80
お兄ちゃま《小説》　27「別冊宝石」13(6) '60.6 p42
情痴の指《小説》
　　　　35「エロティック・ミステリー」1(3) '60.10 p96
情痴《小説》
　　　　35「エロティック・ミステリー」1(5) '60.12 p282
薄紅《小説》
　　　　35「エロティック・ミステリー」2(1) '61.1 p186
ひと、妻という《小説》
　　　　35「エロティック・ミステリー」2(2) '61.2 p226
常識旅行
　　　　35「エロティック・ミステリー」3(12) '62.12 p102
家庭災害保険《小説》
　　　　35「エロティック・ミステリー」4(2) '63.2 p76

今井 正文
ロビン・フッド《映画物語》
　　　　　　　　33「探偵実話」6(1) '54.12 p21

今泉 吉典
「けだもの」的ということ
　　　　　　　　17「宝石」17(16) '62.12 p168

今泉 吉松
輪姦魔跳梁　　　　24「妖奇」5(8) '51.8 p80

今田 藤四郎
童偽奇電影伝来　　05「探偵・映画」1(1) '27.10 p68

井松 源
相模女は今でも浮気か
　　　　35「エロチック・ミステリー」5(1) '64.1 p101

今村 昭
新章文子論　　　　17「宝石」18(3) '63.2 p155

今村 茂春
浦島捜査課長大いに語る大捕物座談会《座談会》
　　　　　　　　33「探偵実話」3(1) '51.12 p122

今村 浜子
臨終の告白《小説》　17「宝石」10(5) '55.3増 p27

今村 三之介
重園《小説》　　　17「宝石」10(2) '55.1増 p206
これが僕の最後の梗概だ《小説》
　　　　　　　　17「宝石」15(3) '60.2増 p142

井村 幸男
逃亡者　　　　　32「探偵倶楽部」3(12) '52.12 p70
藤山一郎殺人事件　32「探偵倶楽部」4(2) '53.3 p109

入江 元彦
ワガミヲバ喰ラフ唄《詩》
　　　　　　　20「探偵よみもの」32 '47.7 p10
活火山曇る《詩》　20「探偵よみもの」32 '47.7 p24

入村 松一
米ソ戦略爆撃戦《座談会》
　　　　　　　32「探偵倶楽部」6(12) '55.12 p258

射水 市之助
世相の裏をのぞく 質屋さん座談会《座談会》
　　　　　　　　18「トップ」3(2) '48.2 p26

色川 大助
スカートは濡れている
　　　　　　　27「別冊宝石」13(4) '60.4 p242

色亭 艶朝
お角の蟹彫り　　　35「ミステリー」5(3) '64.3 p112

岩上 啓一
翻訳小説の新時代を語る《座談会》
　　　　　　　　17「宝石」5(4) '50.4 p223

岩佐 金次郎
ハガキ回答《アンケート》
　　　　　　　　12「シュピオ」4(1) '38.1 p18

岩佐 東一郎
探偵小説談義　　　17「宝石」1(1) '46.3 p51
幕間《詩》　　　　17「宝石」1(5) '46.8 p1
風俗時計　　　　18「トップ」3(1) '46.10 p14
白鯨綺譚　　　　　17「宝石」9(5) '54.4 p103
魔術師ダルボ《小説》17「宝石」9(9) '54.8 p204

岩崎 栄
宮城最後の日《小説》　25「X」3(5) '49.4 p16

岩崎 繁
近代女性は狙われている
　　　　　　　　24「妖奇」5(10) '51.10 p62
注意しなければならぬ男性五ケ条
　　　　　　　　24「妖奇」5(11) '51.11 p94
男が金を貸すといふ場合
　　　　　　　　24「妖奇」5(12) '51.12 p56

いわさ

岩崎 俊之輔
殺人広告《小説》　　　16「ロック」2(3)'47.3 p96

岩崎 久
最後の運転《小説》　　21「黒猫」1(1)'47.4 p2

岩崎 政子
女探偵ばかりの座談会《座談会》
　　　　　　　　33「探偵実話」2(5)'51.4 p182

岩田 贅
砥石《小説》　　　　　17「宝石」2(3)'47.7 p100
撞球室の幽霊《小説》　17「宝石」2(8)'47.9 p28
風車《小説》　　　　　21「黒猫」1(5)'47.12 p14
鎮魂曲殺人事件《小説》
　　　　　　　27「別冊宝石」— '48.1 p72
恐ろしきイートン帽《小説》　28「影」'48.7 p32
テニスコートの殺人《小説》
　　　　　　　27「別冊宝石」2 '48.7 p52
歌を唄う質札《小説》
　　　　　　　27「別冊宝石」1(3)'49.1 p79
ユダの遺書《小説》　　17「宝石」4(9)'49.10 p100
今年の野心　　　　　　17「宝石」5(1)'50.1 p256
天意の殺人《小説》　　17「宝石」5(1)'50.1 p276
高木彬光論　　　　　　17「宝石」5(3)'50.3 p98
死の標灯《小説》　　　17「宝石」5(7)'50.7 p104
カアの面白さ　　　　27「別冊宝石」3(4)'50.8 p296
思い出ばなし　　　　27「別冊宝石」4(1)'51.8 p145
山女魚《小説》　　　32「探偵クラブ」2(7)'51.8増 p51
アンケート《アンケート》
　　　　　　　　　　　17「宝石」7(1)'52.1 p88
西部の冒険《小説》　27「別冊宝石」5(4)'52.5 p2
里見夫人の衣裳鞄《小説》
　　　　　　　32「探偵倶楽部」3(6)'52.6 p257
回顧は愉し　　　　　　17「宝石」10(7)'55.5 p69

岩田 準一
男色温故雑話　　　09「探偵小説」2(4)'32.4 p282

岩田 豊雄
ハガキ回答《アンケート》
　　　　　　　　11「ぷろふいる」4(6)'36.6 p102

岩田 豊行
環境の刺戟から　　　04「探偵趣味」6 '26.3 p4

岩田 政義
名刑事案勲座談会《座談会》
　　　　　　　　33「探偵実話」2(10)'51.9 p130

岩田 正義
鑑識とカンを語る《座談会》
　　　　　　　32「探偵倶楽部」3(5)'52.5 p170

岩淵 二郎
「災厄の町」読後感　　17「宝石」5(6)'50.6 p324

岩淵 誠一郎
黒衣女族《小説》　　　24「妖奇」4(9)'50.9 p26

岩淵 春男
鬼に喰われた十三才の売春婦
　　　　　　　　33「探偵実話」9(1)'57.12 p156
地でいつた"悪の楽しさ"
　　　　　　　　33「探偵実話」9(1)'57.12 p160
トソ酒の上の愛欲殺人
　　　　　　　　33「探偵実話」9(6)'58.3 p258
椎の木陰で消された女
　　　　　　　　33「探偵実話」9(13)'58.9 p92

コウリ詰殺人事件の真相
　　　　　　　　33「探偵実話」9(15)'58.10 p69
邪恋に死んだ美人マダム
　　　　　　　　33「探偵実話」10(3)'59.1 p74
江戸川の人妻殺し　　33「探偵実話」10(4)'59.2 p13
江戸川の人妻殺し　　33「探偵実話」10(4)'59.2 p146
アルサロ女給殺し事件の真相
　　　　　　　　33「探偵実話」10(5)'59.3 p58
情痴が殺した教師の妻の犯罪
　　　　　　　　33「探偵実話」10(7)'59.4 p13
「殺し」の現場はこうだ!!
　　　　　　　　33「探偵実話」10(7)'59.4 p84
警視庁セックスGメンの捜査
　　　　　　　　33「探偵実話」10(9)'59.6 p13
エロプロダクションは全滅した!!
　　　　　　　　33「探偵実話」10(9)'59.6 p110
光ヶ丘団地殺人事件
　　　　　　　　33「探偵実話」10(11)'59.7 p13
元警視庁巡査のヤクザ殺し
　　　　　　　　33「探偵実話」10(11)'59.7 p58
緑風荘愛欲殺人事件
　　　　　　　　33「探偵実話」10(12)'59.8 p17
緑風荘愛慾殺人事件
　　　　　　　　33「探偵実話」10(12)'59.8 p54
犯罪を予告した若妻愛慾殺人事件
　　　　　　　　33「探偵実話」11(4)'60.2 p13
情痴に消された十代娘
　　　　　　　　33「探偵実話」11(4)'60.2 p256
死体と寝ていた事件記者
　　　　　　　　33「探偵実話」13(2)'62.1増 p50

岩間 潔
"忘却"も愉し
　　　　　　35「エロチック・ミステリー」4(4)'63.4 p107

岩森 伝
坂田山心中　　　　33「探偵実話」9(5)'58.3増 p56

岩谷 健司　→岩谷社長, 岩谷満
指の連想《詩》　　　　17「宝石」1(1)'46.3 p50
詩人の殺人《詩》　　　17「宝石」1(2)'46.5 p18
タットル大尉を囲む探偵作家の座談会《座談会》
　　　　　　　　　　　17「宝石」1(2)'46.5 p19
梟と夕暮《詩》　　　　17「宝石」1(4)'46.6 p39
夜半の銃声《詩》　　　17「宝石」1(4)'46.7 p55
被害者陳述《詩》　　　17「宝石」1(4)'46.7 p55
夢のパノラマ《詩》　　17「宝石」1(6・7)'46.10 p4
秋風殺人事件調書《詩》17「宝石」1(8)'46.11 p49
新春探偵小説討論会《座談会》
　　　　　　　　　　　17「宝石」2(1)'47.1 p22
薔薇に《詩》　　　　　17「宝石」10(5)'55.3増 p49

岩谷 小波
私の好きな一偶《アンケート》
　　　　　　　　　06「猟奇」1(2)'28.6 p28

巌谷 真一
女形 岩井半四郎《小説》
　　　　　　35「エロチック・ミステリー」4(9)'63.9 p124

巌谷 大四
ギプス　　　　　　　17「宝石」15(11)'60.9 p202

岩谷 社長　→岩谷満
新人書下し探偵小説合評会《座談会》
　　　　　　　　　　　17「宝石」3(9)'48.12 p48

岩谷 満　→岩谷健司
　新聞と探偵小説と犯罪《座談会》
　　　　　　　　　　17「宝石」5(5)'50.5 p96
　官財界アマチュア探偵小説放談座談会《座談会》
　　　　　　　　　　27「別冊宝石」3(4)'50.8 p194
　座談会飛躍する宝石《座談会》
　　　　　　　　　　17「宝石」7(1)'52.1 p165
　[社長辞任挨拶]　17「宝石」7(11)'52.11 p206
インゲマン
　開かずの間《小説》　16「ロック」3(1)'48.1 p43

【う】

宇 桂三郎
　煙突奇譚《小説》　24「妖奇」4(6)'50.6 p51
　渡月橋家殺人事件《小説》
　　　　　　　　　　24「妖奇」6(6)'52.6 p120
ヴァレンチネ
　世直し会社《小説》
　　　　　　　　　　32「探偵倶楽部」7(5)'56.5 p264
ウアロージア，ア
　白夜の星座のもと　32「探偵倶楽部」6(9)'55.9 p294
ヴァン・ヴォクト，A・E
　失われた過去を求めて《小説》
　　　　　　　　　　17「宝石」10(11)'55.8 p74
ヴァン・ダイン，S・S（ヴン・ダイン，S・S）
　探偵小説作法　09「探偵小説」2(7)'32.7 p72
　探偵小説論〈1〉　13「クルー」1 '35.10 p2
　探偵小説論〈2〉　13「クルー」2 '35.11 p2
　探偵小説論〈3・完〉　13「クルー」3 '35.12 p3
　紫館殺人事件〈1〉《小説》
　　　　　　　　　　15「探偵春秋」1(2)'36.11 p1
　紫館殺人事件〈2・完〉《小説》
　　　　　　　　　　15「探偵春秋」1(3)'36.12 p97
　誘拐殺人事件《小説》
　　　　　　　　　　27「別冊宝石」7(8)'54.10 p5
　グレイシイ・アレン《小説》
　　　　　　　　　　27「別冊宝石」7(8)'54.10 p136
　巨竜殺人事件《小説》
　　　　　　　　　　27「別冊宝石」7(8)'54.10 p198
　探偵小説の愛読者は　32「探偵倶楽部」9(3)'58.3 p3
宇井 無愁
　奇妙な仮面劇《小説》　17「宝石」3(6)'48.8 p18
　午前零時の訪問客《小説》
　　　　　　　　　　16「ロック」3(6)'48.10 p56
　あちらのオッパイ小僧
　　　　　　　　　　33「探偵実話」6(1)'54.12 p166
　明治自由亭《小説》　17「宝石」13(15)'58.12 p124
宇井 要子
　薔薇園の凌辱《小説》
　　　　　　　　　　35「エロチック・ミステリー」4(10)'63.10 p98
ヴィカーズ，ロイ
　ヘンリイ・ドーの完全犯罪《小説》
　　　　　　　　　　15「探偵春秋」2(2)'37.2 p75
　屍体の謎《小説》　27「別冊宝石」3(3)'50.6 p198

三呎の墓穴《小説》
　　　　　　　　　　33「探偵実話」5(12)'54.10 p149
　ゴムのラッパ《小説》　17「宝石」13(1)'58.1 p180
　オックスフォード街のカウボーイ《小説》
　　　　　　　　　　17「宝石」13(4)'58.3 p204
　智の限界《小説》　27「別冊宝石」12(3)'59.3 p50
　最後の晩餐《小説》
　　　　　　　　　　27「別冊宝石」16(9)'63.10 p80
ウイットモアー，ジエン
　姿なき恐怖　33「探偵実話」5(8)'54.7 p120
ウィップル，K・D
　鐘乳洞殺人事件《小説》
　　　　　　　　　　09「探偵小説」2(5)'32.5 p248
ヴィニイ，アルフレッド・ドウ
　セン・マール〈1〉《小説》
　　　　　　　　　　01「新趣味」18(4)'23.4 p294
　セン・マール〈2〉《小説》
　　　　　　　　　　01「新趣味」18(5)'23.5 p160
　セン・マール〈3・完〉《小説》
　　　　　　　　　　01「新趣味」18(6)'23.6 p158
ウイリアムズ，F
　都会知らず《小説》　06「猟奇」2(7)'29.7 p6
ウィリアムズ，アーサー
　完全犯罪《小説》　27「別冊宝石」3(3)'50.6 p190
ウィリアムズ，エルマー
　猫イラズ《小説》　02「秘密探偵雑誌」1(3)'23.7 p107
ウ井リアムズ，ラック
　七本ポプラ事件《小説》　06「猟奇」2(7)'29.7 p17
ウィリアムソン
　二十年前の手紙《小説》
　　　　　　　　　　33「探偵実話」4(4)'53.3 p86
ウイリヤムスン，W・H
　瑕瑾《小説》　09「探偵小説」2(7)'32.7 p130
ウイルコックス，U・V
　糊《小説》　24「トリック」7(2)'53.2 p214
ウィルソン，W
　ビルオスカアの話《小説》
　　　　　　　　　　31「スリーナイン」'50.11 p62
ウイルトン，エレン
　刺戟を求めた女　32「探偵倶楽部」7(1)'56.1 p132
ヴィレット，A
　思い出はかくの如し《小説》
　　　　　　　　　　32「探偵倶楽部」7(9)'56.8 p70
ウイン，エー（ワイン，アントニー）
　箱中の蜂　03「探偵文芸」2(5)'26.5 p41
　舞姫　09「探偵小説」2(4)'32.4 p58
ウイーン性科学研究会
　性学辞典〈1〉　35「エロチック・ミステリー」5(1)'64.1 p193
　性学辞典〈2〉　35「ミステリー」5(2)'64.2 p169
　性学辞典〈3〉　35「ミステリー」5(3)'64.3 p169
　性学辞典〈4〉　35「ミステリー」5(5)'64.5 p163
ウエーア，エ・デ
　猫のたたり《小説》　03「探偵文芸」2(6)'26.6 p83
ウェイクフィールド，H・R
　幽霊ハント《小説》　17「宝石」16(10)'61.9 p285

うえい

ウェイド, ヘンリー
　このユダヤ人を見よ《小説》
　　　　　　　　17「宝石」12(8)'57.6 p182

植垣 幸雄
　タダ一つ神もし許し賜はゞ……《アンケート》
　　　　　　　　06「猟奇」4(3)'31.5 p72

植木 等
　私は探偵作家志願者　17「宝石」8(7)'53.7 p255

植木 敏
　現代風景　　　　　18「トップ」1(2)'46.7 p7
　現代風景　　　　　18「トップ」1(2)'46.7 p9
　現代風景　　　　　18「トップ」1(2)'46.7 p33

植草 甚一
　作家点描　　　　　19「ぷろふいる」2(1)'47.4 p8
　海外通信　　　　　23「真珠」2 '47.10 p38
　海外探偵小説を語る《座談会》
　　　　　　　　17「宝石」6(11)'51.10増 p154
　アンケート《アンケート》
　　　　　　　　17「宝石」7(1)'52.1 p89
　アンケート《アンケート》
　　　　　　　　17「宝石」8(6)'53.6 p189
　探偵小説のたのしみ　17「宝石」12(10)'57.8 p204
　二通人の翻訳縦横談《座談会》
　　　　　　　　17「宝石」13(9)'58.7 p228
　シムノンの人と映画《座談会》
　　　　　　　　17「宝石」13(10)'58.8 p220
　「死刑台のエレベーター」を見る《座談会》
　　　　　　　　17「宝石」13(12)'58.9 p224
　RECORD　　　　17「宝石」14(10)'59.9 p251
　ソクラテス的主人公とユリシイズ的主人公
　　　　　　　　17「宝石」14(12)'59.10増 p174
　バット・マガーをめぐつて
　　　　　　　　17「宝石」14(13)'59.11 p257
　推理は突然に訪れる　17「宝石」15(9)'60.7 p124
　マイケル・ギルバートの「密室」ヴァリエーショ
　　　　　　　　17「宝石」16(11)'61.10 p150
　フラグランテ・デリクト〈1〉
　　　　　　　　17「宝石」17(1)'62.1 p210
　フラグランテ・デリクト〈2〉
　　　　　　　　17「宝石」17(3)'62.2 p270
　ミアンダリング　　27「別冊宝石」15(1)'62.2 p62
　フラグランテ・デリクト〈3〉
　　　　　　　　17「宝石」17(4)'62.3 p258
　フラグランテ・デリクト〈4〉
　　　　　　　　17「宝石」17(5)'62.4 p296
　フラグランテ・デリクト〈5〉
　　　　　　　　17「宝石」17(6)'62.5 p246
　フラグランテ・デリクト〈6〉
　　　　　　　　17「宝石」17(7)'62.6 p254
　フラグランテ・デリクト〈7〉
　　　　　　　　17「宝石」17(9)'62.7 p188
　フラグランテ・デリクト〈8〉
　　　　　　　　17「宝石」17(10)'62.8 p229
　フラグランテ・デリクト〈9〉
　　　　　　　　17「宝石」17(11)'62.9 p260
　フラグランテ・デリクト〈10〉
　　　　　　　　17「宝石」17(13)'62.10 p278
　フラグランテ・デリクト〈11〉
　　　　　　　　17「宝石」17(14)'62.11 p184
　フラグランテ・デリクト〈12〉
　　　　　　　　17「宝石」17(16)'62.12 p250
　フラグランテ・デリクト〈13〉
　　　　　　　　17「宝石」18(1)'63.1 p220
　フラグランテ・デリクト〈14〉
　　　　　　　　17「宝石」18(3)'63.2 p120
　フラグランテ・デリクト〈15〉
　　　　　　　　17「宝石」18(4)'63.3 p244
　フラグランテ・デリクト〈16〉
　　　　　　　　17「宝石」18(5)'63.4 p192
　フラグランテ・デリクト〈17〉
　　　　　　　　17「宝石」18(7)'63.5 p232
　フラグランテ・デリクト〈18〉
　　　　　　　　17「宝石」18(8)'63.6 p286
　フラグランテ・デリクト〈19〉
　　　　　　　　17「宝石」18(9)'63.7 p188
　フラグランテ・デリクト〈20〉
　　　　　　　　17「宝石」18(11)'63.8 p208
　フラグランテ・デリクト〈21〉
　　　　　　　　17「宝石」18(12)'63.9 p282
　フラグランテ・デリクト〈22〉
　　　　　　　　17「宝石」18(13)'63.10 p238
　フラグランテ・デリクト〈23〉
　　　　　　　　17「宝石」18(15)'63.11 p175
　海外ミステリーの近況《座談会》
　　　　　　　　27「別冊宝石」16(10)'63.11増 p44
　フラグランテ・デリクト〈24〉
　　　　　　　　17「宝石」18(16)'63.12 p270
　フラグランテ・デリクト〈25〉
　　　　　　　　17「宝石」19(1)'64.1 p266
　フラグランテ・デリクト〈26〉
　　　　　　　　17「宝石」19(3)'64.2 p306
　フラグランテ・デリクト〈27〉
　　　　　　　　17「宝石」19(4)'64.3 p152
　家畜という名の孤独　17「宝石」19(4)'64.3 p181
　フラグランテ・デリクト〈28〉
　　　　　　　　17「宝石」19(5)'64.4 p74
　フラグランテ・デリクト〈29〉
　　　　　　　　17「宝石」19(7)'64.5 p303

ウエグナー, A・T
　ヒッル町の刑罰　32「探偵倶楽部」7(6)'56.6 p202

上島 統一郎
　Phillpottsのことなんど
　　　　　　　　04「探偵趣味」18 '27.4 p26

上島 路之助 →路之助
　探偵小説のドメスティシティー
　　　　　　　　04「探偵趣味」1 '25.9 p11
　宿酔語　　　　　04「探偵趣味」3 '25.11 p33
　『大弓物語』　　04「探偵趣味」4 '26.1 p4

ウエスト, ウォーレス
　冥王星への道《小説》17「宝石」10(3)'55.2 p110

上田 秋成
　蛇性の婬〈1〉《小説》16「ロック」1(1)'46.3 p60
　蛇性の婬〈2〉《小説》16「ロック」1(2)'46.4 p60
　蛇性の婬〈3・完〉《小説》
　　　　　　　　16「ロック」1(3)'46.5 p60
　吉備津の釜〔原作〕《絵物語》
　　　　　　　　33「探偵実話」2(7)'51.6 p15
　雨月物語〔原作〕《絵物語》
　　　　　　　　32「探偵倶楽部」6(4)'55.4 p15

うおる

植田 栄子
　空の旅《座談会》　　　32「探偵倶楽部」4(8)'53.8 p204
上田 薫
　毒薬《小説》　　　　　17「宝石」15(3)'60.2増 p288
　氷塊《小説》　　　　　17「宝石」16(3)'61.2増 p160
上田 吉二郎
　刑務所における座談会《座談会》
　　　　　　　　　　　　24「妖奇」3(12)'49.11 p54
上田 五平
　手斧を振るう若マダム
　　　　　　　　　　　　33「探偵実話」11(6)'60.3 p252
上田 つる
　春宵桃色犯罪座談会《座談会》
　　　　　　　　　　　　33「探偵実話」2(4)'51.3 p97
植田 信彦
　「月刊探偵」への注文
　　　　　　　　　　　　14「月刊探偵」2(4)'36.5 p47
上田 初太郎
　呪ひの女《小説》　　　19「仮面」夏の増刊'48.6 p40
上田 ひさし
　凡賊駄話《小説》　　　03「探偵文芸」1(1)'25.3 p63
上地 寄人
　ある検視　　　　　　　09「探偵小説」2(2)'32.2 p104
上野 一郎
　近頃映画談義　　　　　15「探偵春秋」2(6)'37.6 p116
　近頃映画談義　　　　　15「探偵春秋」2(7)'37.7 p82
　近頃映画談義　　　　　15「探偵春秋」2(8)'37.8 p38
上野 白萩
　松坂屋呉服店の経営振り
　　　　　　　　　　　　01「新趣味」17(1)'22.1 p114
上野 友夫
　復讐《小説》　　　　　27「別冊宝石」6(9)'53.12 p122
上野 虎雄
　詩から散文へ《小説》　03「探偵文芸」2(5)'26.5 p32
上野 又一郎
　平安群盗伝《小説》
　　　　　　　　　　　　32「探偵倶楽部」9(11)'58.9 p210
植原 久和代
　悲壮の感を抱かせるもの
　　　　　　　　　　　　01「新趣味」17(1)'22.1 p41
上原 謙
　探偵映画よもやま話《座談会》
　　　　　　　　　　　　17「宝石」4(2)'49.2 p42
上松 貞夫
　赤い手帳　　　　　　　03「探偵文芸」2(4)'26.4 p73
植松 正
　心理学から見た犯罪の近代的価値
　　　　　　　　　　　　07「探偵」1(6)'31.10 p142
植松 秀之助
　探偵小景《小説》　　　05「探偵・映画」1(2)'27.11 p53
上村 源吉
　団扇《小説》　　　　　11「ぷろふぃる」3(8)'35.8 p95
　小鬼の夢　　　　　　　14「月刊探偵」2(6)'36.7 p43
　"海のエキストラ"《小説》
　　　　　　　　　　　　11「ぷろふぃる」4(9)'36.9 p37

　取引所殺人事件《小説》
　　　　　　　　　　　　12「探偵文学」2(10)'36.10 p35
　夢・探偵趣味時代　　　12「探偵文学」2(11)'36.11 p45
　ハガキ回答《アンケート》
　　　　　　　　　　　　12「シュピオ」4(1)'38.1 p25
　真珠窟より　　　　　　23「真珠」2(4)'48.3 p38
植村 次郎
　銃声《小説》　　　　　17「宝石」13(16)'58.12増 p206
上村 甚四郎
　「黒猫」発刊に添へて　21「黒猫」1(1)'47.4 p71
植村 利夫
　クモの性生活　　　　　32「探偵クラブ」1(3)'50.11 p111
　冬の自然界から　　　　32「探偵クラブ」1(4)'50.12 p251
　動物界の恋愛　　　　　32「探偵クラブ」2(4)'51.6 p126
上本 光由
　内職の帳尻《小説》　　17「宝石」15(3)'60.2増 p57
ヴェーラア, R・A
　塀の向側の二人の女《小説》
　　　　　　　　　　　　32「探偵倶楽部」6(8)'55.8 p382
ヴェリイ, ピェル
　藪蛇物語〈1〉《小説》　17「宝石」1(6・7)'46.10 p28
　藪蛇物語〈2〉《小説》　17「宝石」1(8)'46.11 p50
　藪蛇物語〈3・完〉《小説》17「宝石」1(9)'46.12 p54
ウェルズ, H・G
　バイクラフトの秘密《小説》
　　　　　　　　　　　　04「探偵趣味」21'27.7 p12
　タイム・マシン《小説》17「宝石」10(3)'55.2 p260
　火星人襲来す《小説》
　　　　　　　　　　　　27「別冊宝石」12(7)'59.7 p34
　故エルヴシャム氏の話《小説》
　　　　　　　　　　　　27「別冊宝石」14(5)'61.10 p192
ウェルマン, M・W
　戦士への星《小説》　　27「別冊宝石」9(1)'56.1 p198
ヴェローナ, グイード・ダ
　死女の家《小説》　　　04「探偵趣味」4(9)'28.9 p76
ヴオテル, クレマン
　新進作家宣伝術《小説》
　　　　　　　　　　　　09「探偵小説」1(3)'31.11 p158
ヴォート, ヴァン
　音《小説》　　　　　　27「別冊宝石」16(8)'63.9 p116
　未来への賛美　　　　　27「別冊宝石」16(8)'63.9 p156
魚村 知也
　紙幣束《小説》　　　　33「探偵実話」5(8)'54.7 p59
　石《小説》　　　　　　33「探偵実話」5(9)'54.8 p41
　クリスマス・プレゼント《小説》
　　　　　　　　　　　　33「探偵実話」5(13)'54.11 p13
ウオルシュ, トマス
　公園の見知らぬ男《小説》
　　　　　　　　　　　　32「探偵倶楽部」7(7)'56.6増 p224
　生き方は変えられない《小説》
　　　　　　　　　　　　32「探偵倶楽部」8(6)'57.7 p41
　やつぱり仲間だ《小説》
　　　　　　　　　　　　32「探偵倶楽部」8(11)'57.11 p280
　待たされた男《小説》
　　　　　　　　　　　　32「探偵倶楽部」9(10)'58.8 p58
　犯行以前《小説》　　　32「探偵倶楽部」9(11)'58.9 p112
　熱い現金《小説》　　　27「別冊宝石」12(11)'59.11 p66

うおる　　　　　執筆者名索引

ウオールデイング, G
　指紋《小説》　　　07「探偵」1(6)'31.10 p93

ヴオルテール
　犬と馬と人と《小説》　17「宝石」11(4)'56.3 p262

ウォルトン, ブライス
　そんなことをしてはいけない《小説》
　　　　　　　　17「宝石」13(15)'58.12 p298
　最後のバーチ夫人《小説》
　　　　　　　　17「宝石」14(6)'59.6 p318
　刷新《小説》　27「別冊宝石」16(10)'63.11増 p156

ウオルフ, エドガー
　暴力三銃士《小説》　07「探偵」1(7)'31.11 p96

ウオルポール, ヒユー
　潤池《小説》　11「ぷろふいる」3(9)'35.9 p115
　銀仮面《小説》　17「宝石」10(13)'55.9 p30

ヴォルム, ハアディ
　真夜中の訪問《小説》　11「ぷろふいる」4(9)'36.9 p38

ウォーレス, エドガー
　大学教授の変死《小説》
　　　　　　　　01「新趣味」17(2)'22.2 p190
　血染の鍵〈1〉《小説》
　　　　　　　02「秘密探偵雑誌」1(1)'23.5 付13
　血染の鍵〈2〉《小説》
　　　　　　　02「秘密探偵雑誌」1(2)'23.6 付24
　血染の鍵〈3〉《小説》
　　　　　　　02「秘密探偵雑誌」1(3)'23.7 付21
　血染の鍵〈4〉《小説》
　　　　　　　02「秘密探偵雑誌」1(4)'23.8 付23
　血染の鍵〈5〉《小説》
　　　　　　　02「秘密探偵雑誌」1(5)'23.9 付22
　赤い鍵〈1〉《小説》
　　　　　　　03「探偵文芸」2(12)'26.12 p69
　赤い鍵〈2〉《小説》　03「探偵文芸」3(1)'27.1 p79
　すべてを知れる〈1〉《小説》
　　　　　　　04「探偵趣味」16 '27.2 p83
　すべてを知れる〈2〉《小説》
　　　　　　　04「探偵趣味」17 '27.3 p61
　すべてを知れる〈3〉《小説》
　　　　　　　04「探偵趣味」18 '27.4 p47
　すべてを知れる〈4〉《小説》
　　　　　　　04「探偵趣味」19 '27.5 p82
　すべてを知れる〈5〉《小説》
　　　　　　　04「探偵趣味」20 '27.6 p87
　すべてを知れる〈6〉《小説》
　　　　　　　04「探偵趣味」22 '27.8 p83
　すべてを知れる〈7〉《小説》
　　　　　　　04「探偵趣味」23 '27.9 p82
　すべてを知れる〈8〉《小説》
　　　　　　　04「探偵趣味」24 '27.10 p81
　すべてを知れる〈9・完〉《小説》
　　　　　　　04「探偵趣味」25 '27.11 p85
　赤髭《小説》　07「探偵」1(8)'31.12 p110
　宝を探す《小説》　09「探偵小説」2(4)'32.4 p172
　脱獄《小説》　09「探偵小説」2(8)'32.8 p210
　盗まれたロムニー《小説》
　　　　　　　17「宝石」10(17)'55.12 p44
　アリバイ《小説》
　　　　　　　32「探偵倶楽部」7(7)'56.6増 p303

ウオーレス, ロバート
　扇風機《小説》　32「探偵倶楽部」8(10)'57.10 p60

ウオレン, ルービー
　狂人の罠　　32「怪奇探偵クラブ」2 '50.6 p267

ヴオーン, クラーク
　拳銃は鋼鉄製だ《小説》
　　　　　　　32「探偵倶楽部」9(1)'58.1 p268

宇川
　古典猥談　　　06「猟奇」2(3)'29.3 p18

宇佐美 淳
　探偵映画よもやま話《座談会》
　　　　　　　17「宝石」4(2)'49.2 p42

氏家 昭二
　「聖フオリアン寺院の首吊男」
　　　　　　　22「新探偵小説」1(1)'47.4 p30
　幻影の城主　　22「新探偵小説」1(3)'47.7 p37

潮 寒二　→潮寛二, 紅東一, 城崎竜子
　乳房の蜘蛛
　　　　　　　20「探偵よみもの」40 '50.8 p55
　賭場の暴風《小説》　33「探偵実話」2(1)'50.12 p76
　舞姫の秘密《小説》　24「妖奇」5(2)'51.2 p80
　蠢く女体《小説》　24「妖奇」5(4)'51.4 p14
　蛞蝓と淫臭《小説》　24「妖奇」5(8)'51.8 p22
　爬虫人間《小説》　24「妖奇」6(4)'52.4 p14
　大陰獣人《小説》　24「妖奇」6(8)'52.8 p31
　蛆《小説》　33「探偵実話」3(9)'52.8 p152
　狂痴の告白《小説》
　　　　　　　33「探偵実話」3(12)'52.10 p70
　射たぬ拳銃《小説》
　　　　　　　24「トリック」6(1)'52.11 p47
　犬畜生《小説》　33「探偵実話」3(14)'52.12 p226
　訣別の朝霧《小説》　24「トリック」7(1)'53.1 p82
　無頼漢《小説》　24「トリック」7(2)'53.2 p132
　明神礁の謎《小説》　24「トリック」7(3)'53.3 p38
　針ノ木地蔵《小説》
　　　　　　　32「探偵倶楽部」4(6)'53.6 p76
　誕《小説》　33「探偵実話」4(9)'53.8 p26
　魔虫《小説》　32「探偵倶楽部」4(11)'53.11 p182
　ブラックの谷《小説》
　　　　　　　32「探偵倶楽部」5(1)'54.1 p44
　碧い眼《小説》　33「探偵実話」5(3)'54.3 p88
　異境の涯《小説》　17「宝石」9(5)'54.4 p252
　蛞蝓お由《小説》　32「探偵倶楽部」5(5)'54.5 p166
　私は知らない《小説》　33「探偵実話」5(6)'54.5 p140
　角膜乾燥症《小説》　33「探偵実話」5(7)'54.6 p104
　蛞蝓妄想譜《小説》　17「宝石」9(11)'54.9 p136
　軟体人間《小説》　32「探偵倶楽部」5(9)'54.9 p178
　壁を這う虫《小説》　33「探偵実話」5(10)'54.9 p76
　影は消せるか《小説》
　　　　　　　32「探偵倶楽部」5(11)'54.11 p84
　忍耐力コンテスト　33「探偵実話」6(1)'54.12 p171
　干からびた幸福《小説》
　　　　　　　32「探偵倶楽部」6(2)'55.2 p206
　蛆《小説》　33「探偵実話」6(3)'55.2増 p304
　足《小説》　32「探偵倶楽部」6(3)'55.3 p69
　淪落の舗道《小説》　33「探偵実話」6(4)'55.3 p22
　白い腋毛《小説》　33「探偵実話」6(6)'55.5 p136
　昆虫王国《小説》　32「探偵倶楽部」6(10)'55.10 p126

蚯蚓の恐怖《小説》
　　　　　　　　33「探偵実話」6(11)'55.10 p188
怨念《小説》　　33「探偵実話」6(13)'55.11 p106
ぼく知ってるよ《小説》
　　　　　　　　33「探偵実話」7(1)'55.12 p100
姿なき殺人者《小説》
　　　　　　　33「探偵実話」7(2)'55.12増 p232
ジェット機《小説》
　　　　　　　　32「探偵倶楽部」7(2)'56.2 p110
蛞蝓妄想譜《小説》
　　　　　　　33「探偵実話」7(5)'56.3増 p330
賭場の暴風《小説》
　　　　　　　　33「探偵実話」7(8)'56.4 p140
爬虫人間《小説》33「探偵実話」7(11)'56.7 p216
ロケット地球に帰る《小説》
　　　　　　　　17「宝石」11(11)'56.8 p206
嬰児《小説》　　33「探偵実話」7(13)'56.8 p124
青岩鐘乳洞《小説》
　　　　　　　33「探偵実話」7(15)'56.10 p282
臀舐の島《小説》33「探偵実話」8(7)'57.4 p180
帰らざる刑事《小説》17「宝石」12(8)'57.6 p142
どぶ鼠《小説》　33「探偵実話」8(12)'57.8 p170
千里眼と殺人者　32「探偵倶楽部」8(13)'57.12 p104
囮《小説》　　　33「探偵実話」9(3)'58.1 p148
悪魔の申し子《小説》
　　　　　　　　33「探偵実話」9(7)'58.4 p162
氷壁の宙吊り死体《小説》
　　　　　　　32「探偵倶楽部」9(8)'58.7 p252
潮 寛二　→潮寒二
性悪女《小説》　33「探偵実話」9(9)'58.5 p194
鱗《小説》　　　32「探偵倶楽部」9(14)'58.12 p50
消え失せたオッパイ《小説》
　　　　　　　　32「探偵倶楽部」10(1)'59.1 p2
砂漠の白髪鬼《小説》
　　　　　　　33「探偵実話」10(16)'59.11 p206
裏切者《小説》　33「探偵実話」11(3)'60.1 p94
肉体は知っている《小説》
　　　　　　　33「探偵実話」11(16)'60.11 p240
殺人の譜《小説》33「探偵実話」12(3)'61.1 p146
係蹄《小説》　　33「探偵実話」12(5)'61.4 p70
潮 マリ
脱獄囚の表情　　24「妖奇」6(8)'52.8 p102
潮田 駛一郎
悪夢の鞄《小説》
　　　　　　　32「探偵倶楽部」9(9)'58.7増 p184
麻薬売春街《小説》
　　　　　　　32「探偵倶楽部」9(11)'58.9 p134
武器密売線《小説》
　　　　　　　32「探偵倶楽部」9(12)'58.10 p26
汚された天使《小説》
　　　　　　　32「探偵倶楽部」9(13)'58.11 p136
地獄の用心棒を《小説》
　　　　　　　32「探偵倶楽部」9(14)'58.12 p258
恐ろしき賭け《小説》
　　　　　　　32「探偵倶楽部」10(2)'59.2 p144
牛島 辰熊
東条暗殺計画　　33「探偵実話」4(8)'53.7 p25
生品 新太郎
真夏日の下《詩》01「新趣味」17(1)'22.1 p175

臼井 喜之介
京都　　　　　　17「宝石」10(1)'55.1 p186
京都　　　　　　17「宝石」10(3)'55.2 p92
京都　　　　　　17「宝石」10(4)'55.3 p76
京都　　　　　　17「宝石」10(6)'55.4 p148
京都　　　　　　17「宝石」10(8)'55.6 p200
KYOTO　　　　　17「宝石」10(10)'55.7 p109
KYOTO　　　　　17「宝石」10(11)'55.8 p61
KYOTO　　　　　17「宝石」10(13)'55.9 p59
KYOTO　　　　　17「宝石」10(14)'55.10 p83
KYOTO　　　　　17「宝石」10(15)'55.11 p57
KYOTO　　　　　17「宝石」10(17)'55.12 p63
KYOTO　　　　　17「宝石」11(1)'56.1 p27
KYOTO　　　　　17「宝石」11(3)'56.2 p69
KYOTO　　　　　17「宝石」11(6)'56.4 p133
KYOTO　　　　　27「別冊宝石」9(5)'56.6 p247
KYOTO　　　　　17「宝石」11(9)'56.7 p229
KYOTO　　　　　17「宝石」11(11)'56.8 p185
KYOTO　　　　　17「宝石」11(12)'56.9 p45
KYOTO　　　　　17「宝石」11(14)'56.10 p129
KYOTO　　　　　17「宝石」11(15)'56.11 p176
KYOTO　　　　　17「宝石」11(16)'56.12 p121
京都に関する十二章〈1〉
　　　　　　　　17「宝石」12(1)'57.1 p239
色事師　　　　　17「宝石」12(2)'57.1増 p117
京都に関する十二章〈2〉
　　　　　　　　17「宝石」12(3)'57.2 p73
各駅停車　　　　17「宝石」12(4)'57.3 p63
京都あまから行脚
　　　　35「エロチック・ミステリー」3(4)'62.4 p162
新緑の光に千年の古都を訪ねて
　　　　35「エロチック・ミステリー」3(6)'62.6 p8
五月の誘惑
　　　　35「エロチック・ミステリー」3(6)'62.6 p12
緑深き京の寺々
　　　　35「エロチック・ミステリー」3(7)'62.7 p56
祇園囃子は招く
　　　　35「エロチック・ミステリー」3(8)'62.8 p76
大文字の哀愁
　　　　35「エロチック・ミステリー」3(9)'62.9 p104
舞妓はんと遊ぶには……
　　　　35「エロチック・ミステリー」3(10)'62.10 p96
先斗町の哀愁……
　　　　35「エロチック・ミステリー」3(11)'62.11 p98
秋から冬へ
　　　　35「エロチック・ミステリー」3(12)'62.12 p40
薄田 研二
あなたは狙はれてゐる《アンケート》
　　　　　　　20「探偵よみもの」30'46.11 p22
阿部君のこと　　17「宝石」18(8)'63.6 p270
宇田 仁一
海外ニュース　　16「ロック」1(5)'46.10 p64
宇多 仁一
アメリカ探偵映画の潮流
　　　　　　　　19「ぷろふいる」1(2)'46.12 p40
宇田川 浩
殺したのは誰だ《小説》
　　　　　　　32「探偵倶楽部」9(13)'58.11 p110
歌古川 文鳥
国際賭博狂　　　32「探偵クラブ」2(4)'51.6 p42

色情狂の島　　　　　32「探偵クラブ」2(5)'51.7 p198
ウダル　→大下宇陀児
　［喫茶室］　　　　　04「探偵趣味」13 '26.11 p47
内田 恵太郎
　日本の人魚　　　　　17「宝石」13(10)'58.8 p61
内田 申兵
　泥蔵ざんげ　　　　　14「月刊探偵」2(5)'36.6 p49
内田 尊子
　女掏摸の日記　　　　33「探偵実話」5 '50.10 p188
内田 誠
　ルドルフの失踪　　　25「Gメン」2(3)'48.3 p26
内村 直也
　映画『天上桟敷の人々』を語る座談会《座談会》
　　　　　　　　　　　17「宝石」7(3)'52.3 p153
　アンケート《アンケート》
　　　　　　　　　　　17「宝石」8(6)'53.6 p189
　隅田川を守ろう　　　17「宝石」18(16)'63.12 p23
宇都城 新八
　銀座奇遇《座談会》　25「Gメン」2(7)'48.6 p22
ウッヅ, ジーン
　夫は姉を殺したか　32「探偵クラブ」1(3)'50.11 p66
ウツデイズ, ロージャー
　夢の夢《小説》　　　21「黒猫」2(11)'48.9 p60
ウツド, エス・エ
　木犀草《小説》　　　09「探偵小説」1(3)'31.11 p192
ウッドハウス, P・G
　ベギーちゃん《小説》　17「宝石」7(9)'52.10 p206
　禁煙綺譚《小説》　　17「宝石」8(3)'53.4 p176
　女学校事件《小説》　17「宝石」8(6)'53.6 p192
　コーキイの芸術的生涯《小説》
　　　　　　　　　　　17「宝石」15(9)'60.7 p292
　ジーヴズと招かれざる客《小説》
　　　　　　　　　　　17「宝石」15(10)'60.8 p290
　ジーヴズとしまりや公爵《小説》
　　　　　　　　　　　17「宝石」15(11)'60.9 p290
　ジーヴズとビッフィー事件《小説》
　　　　　　　　　　　17「宝石」15(12)'60.10 p286
　シッピーの禁固事件《小説》
　　　　　　　　　　　17「宝石」15(13)'60.11 p286
　フレッディーにキスして!《小説》
　　　　　　　　　　　17「宝石」15(14)'60.12 p290
　清潔な運動会を《小説》
　　　　　　　　　　　27「別冊宝石」14(6)'61.11 p138
内海 晃
　親子売春婦の貯金帳
　　　　　　　　　33「探偵実話」10(15)'59.11増 p192
　狂恋の切腹事件　　33「探偵実話」11(2)'60.1増 p120
　セクシイ・ピンクの拳銃
　　　　　　　　　　33「探偵実話」11(5)'60.3増 p177
　女祈祷師の情事殺人
　　　　　　　　　　33「探偵実話」11(9)'60.6 p204
内海 蛟太郎　→内海生
　慎めよ、寝言!!　　12「探偵文学」1(1)'35.3 p24
　心中《小説》　　　　11「ぷろふいる」3(5)'35.5 p102
　貉遊戯《小説》　　　11「ぷろふいる」3(8)'35.8 p79
内海 突破
　誌上アンケート《アンケート》
　　　　　　　　　　　33「探偵実話」5(4)'54.4

内海生　→内海蛟太郎
　四月女丙髏殿へ　　　11「ぷろふいる」3(6)'35.6 p112
鵜戸 敏太
　室内遊戯十一種　　　01「新趣味」17(1)'22.1 p76
鵜殿 泰介
　上海の夜に雨ぞ降る《小説》
　　　　　　　　　　　16「ロック」4(2)'49.5 p58
ウートン, エドウイン
　英帝国転覆の陰謀《小説》
　　　　　　　　　　　01「新趣味」18(4)'23.4 p96
海原 凪太郎
　拳銃ばなし　　　　33「探偵実話」12(10)'61.7増 p120
海原 鱗太郎
　欲望の街《小説》
　　　　　　　　　　33「探偵実話」11(14)'60.10 p204
　深夜に紙を喰べる新妻
　　　　　　　　　　33「探偵実話」11(16)'60.11 p158
　フーテン松の死《小説》
　　　　　　　　　　33「探偵実話」12(4)'61.3 p146
　拳銃は俺にまかせろ!!
　　　　　　　　　　33「探偵実話」12(6)'61.4増 p58
宇能 鴻一郎
　白猪と女　　　　　　17「宝石」18(9)'63.7 p17
宇野 浩二
　涙香について　　　　04「探偵趣味」13 '26.11 p50
宇野 善七
　春の犯罪を語る刑事の座談会《座談会》
　　　　　　　　　　　18「トップ」2(2)'47.5 p16
宇野 利夫
　硝子体の男《詩》　　06「猟奇」5(4)'32.4 p8
　猟奇詩《詩》　　　　06「猟奇」5(4)'32.4 p33
　［猟奇歌］《れふきうた》　06「猟奇」5(5)'32.5 p32
宇野 利泰
　タイム・マシンについて
　　　　　　　　　　　17「宝石」10(3)'55.2 p313
　E・Q・M・M賞に就て
　　　　　　　　　　27「別冊宝石」9(1)'56.1 p201
　チャンドラーのこと
　　　　　　　　　　32「探偵倶楽部」9(1)'58.1 p169
宇野 信夫
　風流噺落語風景《座談会》
　　　　　　　　　　23「真珠」2(6)'48.6 p14
ヴベ, P
　手切金　　　　　　　17「宝石」2(1)'47.1 p96
海野 小太郎
　這ひ寄る精虫《小説》　24「妖奇」4(3)'50.3 p39
梅川 五郎
　牝豹起つ　　　　　33「探偵実話」9(8)'58.5増 p192
梅崎 春生
　恐ろしき身の毛もよだち…
　　　　　　　　　　27「別冊宝石」7(9)'54.11 p258
　十一郎会事件《小説》
　　　　　　　　　　27「別冊宝石」9(8)'56.11 p344
　文壇作家「探偵小説」を語る《座談会》
　　　　　　　　　　17「宝石」12(10)'57.8 p188
　師匠《小説》　　　　17「宝石」12(13)'57.10 p34

カタツムリ《小説》
　　　　　　　　27「別冊宝石」11(10)'58.12 p116
　八ヶ岳登攀　　　　17「宝石」14(3)'59.3 p13
梅沢 文雄
　人間改造の話　　33「探偵実話」4(1)'53.1 p150
　整形と女気質　17「宝石」12(11)'57.8増 p324
　二人で変貌を《対談》17「宝石」19(4)'64.3 p120
梅谷 うた子
　"封鎖作戦"について《座談会》
　　　　　　　　32「探偵倶楽部」4(11)'53.11 p128
梅谷 てる子
　立派な『文学』　　17「宝石」12(5)'57.4 p214
梅谷 芳光
　暗殺はこうして行われた《座談会》
　　　　　　　　33「探偵実話」11(16)'60.11 p264
梅津 富士雄
　私立探偵に訊く《座談会》
　　　　　　　　32「探偵倶楽部」6(10)'55.10 p118
梅出 章
　墜落《小説》　　　06「猟奇」3(4)'30.5 p10
梅林 芳朗
　消える妻《小説》　04「探偵趣味」4(9)'28.9 p65
梅林 芳郎
　手切れ《小説》　　04「探偵趣味」4(4)'28.4 p14
梅原 照夫
　海のギャング達　32「探偵倶楽部」8(10)'57.10 p228
　悪魔の魚　　　32「探偵倶楽部」8(11)'57.11 p224
　人喰虎の復讐　　32「探偵倶楽部」9(4)'58.4 p36
　人喰いライオンと斗う
　　　　　　　　32「探偵倶楽部」9(6)'58.5 p86
　歩く死体　　　32「探偵倶楽部」9(11)'58.9 p80
梅原 北明
　探偵小説万能来　04「探偵趣味」9 '26.6 p6
　予言的中　　　　04「探偵趣味」17 '27.3 p42
梅谷 てる子
　洛陽荘殺人事件《小説》
　　　　　　　　20「探偵よみもの」40 '50.8 p66
浦上 悟朗
　探偵小説の読者　14「月刊探偵」2(6)'36.7 p57
浦島 三太郎
　掏摸座談会!《座談会》06「猟奇」4(4)'31.6 p62
浦島 正平
　浦島捜査課長大いに語る大捕物座談会《座談会》
　　　　　　　　33「探偵実話」3(1)'51.12 p122
　歴代捜査、鑑識課長座談会《座談会》
　　　　　　　　32「探偵倶楽部」4(7)'53.7 p282
浦島 次郎
　ペスト菌が取持つ欲情
　　　　　　　　35「エロティック・ミステリー」1(1)'60.8 p176
浦島 太郎
　生ける美女の情況証拠
　　　　　　　　33「探偵実話」10(15)'59.11増 p189
浦和 登
　殺人舞台　　26「フーダニット」1(1)'47.11 p32
宇留木 圭
　感傷誤解事件《小説》
　　　　　　　　27「別冊宝石」2(1)'49.4 p110

宇留木 浩
　トレントは釣に行つた
　　　　　　　　14「月刊探偵」1(1)'35.12 p16
ウールリッチ, コーネル →アイリッシュ, ウィリアム
　黒衣の花嫁〈1〉《小説》17「宝石」5(9)'50.9 p7
　黒衣の花嫁〈2・完〉《小説》
　　　　　　　　17「宝石」5(10)'50.10 p11
　翡翠のナイフ《脚本》
　　　　　　　　17「宝石」6(11)'51.10増 p207
　冬眠している金《小説》17「宝石」10(4)'55.3 p102
　黒いカーテン《小説》
　　　　　　　　32「探偵倶楽部」6(5)'55.5 p289
　マネキンさん今晩は《小説》
　　　　　　　　32「探偵倶楽部」6(6)'55.6 p126
　抜け穴《小説》　32「探偵倶楽部」7(4)'56.4 p112
　眠り預金《小説》32「探偵倶楽部」7(10)'56.9 p32
　負債《小説》　　17「宝石」12(13)'57.10 p42
　探訪記者《小説》17「宝石」12(13)'57.10 p82
　死者とすごす一夜《小説》
　　　　　　　　17「宝石」12(13)'57.10 p212
　夢なら醒めよ《小説》
　　　　　　　　27「別冊宝石」10(10)'57.10 p278
　ハイヒール《小説》
　　　　　　　　32「探偵倶楽部」9(7)'58.6 p110
　チャーリイは今夜もいない
　　　　　　　　27「別冊宝石」11(5)'58.6 p6
　ニューヨークよ、さらば《小説》
　　　　　　　　32「探偵倶楽部」9(8)'58.7 p188
　利口なアメリカ人たち《小説》
　　　　　　　　17「宝石」13(9)'58.7 p202
　戯れに賭はすまじ《小説》
　　　　　　　　32「探偵倶楽部」9(10)'58.8 p114
　車ですか、お客さん?《小説》
　　　　　　　　27「別冊宝石」11(9)'58.11 p103
　二本立て《小説》27「別冊宝石」12(3)'59.3 p70
　殺人物語《小説》27「別冊宝石」12(5)'59.5 p4
　遺贈《小説》　　17「宝石」14(8)'59.7 p268
　検死《小説》　　27「別冊宝石」12(7)'59.7 p8
　死の第三ラウンド《小説》
　　　　　　　　27「別冊宝石」12(9)'59.9 p70
　シンデレラと、ギャングと、《小説》
　　　　　　　　27「別冊宝石」12(11)'59.11 p8
　黒いアリバイ《小説》
　　　　　　　　27「別冊宝石」13(5)'60.5 p8
　ぎろちん《小説》17「宝石」15(8)'60.6 p278
　天使の顔《小説》17「宝石」16(2)'61.2 p306
　午後三時《小説》17「宝石」16(2)'61.2 p334
　万年筆《小説》　17「宝石」16(2)'61.2 p362
　非常階段《小説》17「宝石」16(9)'61.8 p280
嬉野 寛夫
　定期預金のすすめ《小説》
　　　　　　　　17「宝石」17(2)'62.1増 p40
宇和 三馬
　ドサ廻りの肉体娘《対談》
　　　　　　　　33「探偵実話」9(16)'58.11 p103
ヴンズ, デミトリイ
　細工は粒々《小説》
　　　　　　　　32「探偵倶楽部」7(7)'56.6増 p92

海野 悦志

処刑の部屋を主催した男
　　33「探偵実話」8(16)'57.11 p142
女と拳銃と破戒僧　33「探偵実話」11(10)'60.7 p74
鉛の弾丸をぶちかませ
　　33「探偵実話」11(12)'60.8 p184
秘密を持つ女　　　33「探偵実話」11(13)'60.9 p94
埋められていた裸女
　　33「探偵実話」12(3)'61.1 p268
地獄から来た男　　33「探偵実話」11(3)61.3 p110
情炎地獄　　　　　33「探偵実話」12(6)'61.4増 p70
乞食に化けた殺人犯
　　33「探偵実話」12(7)'61.5 p240
心中の秘密　　　33「探偵実話」12(14)'61.10増 p114
中年女の肉体に火がつけられて
　　33「探偵実話」13(1)'62.1 p124
ピンクのパンティ消失す
　　33「探偵実話」13(6)'62.5 p210
よみがえった白骨　33「探偵実話」13(9)'62.7 p184
酒と女と出刃と　　33「探偵実話」13(11)'62.9 p174
消えた死体　　　　33「探偵実話」13(12)'62.10 p246

海野 三平

3年目に捕うた列車強盗
　　32「探偵倶楽部」9(3)'58.3 p248

海野 十三　→青鷺幽鬼, 丘丘十郎, 佐野昌一

仲々死なぬ彼奴《小説》　07「探偵」1(3)'31.7 p155
地上の生物鏖殺し　　　07「探偵」1(5)'31.9 p83
本格と通俗との平行　09「探偵小説」2(4)'32.4 p81
科学探偵　　　　　　10「探偵クラブ」1 '32.4 p20
幸運の黒子《小説》　　10「探偵クラブ」2 '32.5 p26
六四七麻雀　　　　　10「探偵クラブ」7 '32.12 p13
浜尾四郎氏の作風　　10「探偵クラブ」8 '33.1 p30
ぶろふいるに寄する言葉
　　11「ぶろふいる」1(1)'33.5 p40
探偵実演記　　　11「ぶろふいる」2(1)'34.1 p106
蠅〈1〉《小説》　　11「ぶろふいる」2(2)'34.2 p44
蠅〈2・完〉《小説》
　　11「ぶろふいる」2(3)'34.3 p8
恐怖について　　11「ぶろふいる」2(5)'34.5 p98
顔《小説》　　　11「ぶろふいる」2(10)'34.10 p6
不思議なる空間断層《小説》
　　11「ぶろふいる」3(4)'35.4 p20
乱歩氏の懐し味　　12「探偵文学」1(2)'35.4 p6
作者の憂鬱　　　11「ぶろふいる」3(6)'35.6 p86
本格探偵小説観　　11「ぶろふいる」1(4)'35.6 p2
虫太郎を覗く　　　12「探偵文学」1(7)'35.10 p9
ネタ探しの話　　　14「月刊探偵」1(1)'35.12 p7
ハガキ回答《アンケート》
　　11「ぶろふいる」3(12)'35.12 p43
ハガキ回答《アンケート》
　　12「探偵文学」1(10)'36.1 p16
探偵小説論ノート　11「ぶろふいる」4(1)'36.1 p109
『鉄鎖』か『殺人鬼』か?
　　11「ぶろふいる」4(1)'36.1 p137
或る日の日記より　12「探偵文学」2(4)'36.4 p32
探偵小説を萎縮させるな
　　11「ぶろふいる」4(5)'36.5 p56
竹稜亭放談　　　14「月刊探偵」2(6)'36.7 p50
「キリストの脳髄」を読む
　　11「ぶろふいる」4(7)'36.7 p131

僕の処女作　　　12「探偵文学」2(10)'36.10 p9
深夜の東京散歩　　15「探偵春秋」1(1)'36.10 p10
宣言　　　　　　　12「シュピオ」3(1)'37.1 p1
「三人の双生児」の故郷に帰る
　　12「シュピオ」3(1)'37.1 p11
人体解剖を看るの記　12「シュピオ」3(1)'37.1 p15
棺桶の花嫁〈1〉《小説》
　　11「ぶろふいる」5(1)'37.1 p28
探偵小説の批評について
　　12「シュピオ」3(1)'37.1 p32
海十斎楽屋咄　　　12「シュピオ」3(1)'37.1 p52
明日の探偵小説を語る座談会《座談会》
　　11「ぶろふいる」5(1)'37.1 p56
宣言　　　　　　　12「シュピオ」3(2)'37.2 p1
原稿を書く場所　　12「シュピオ」3(2)'37.2 p30
棺桶の花嫁〈2〉《小説》
　　11「ぶろふいる」5(2)'37.2 p34
佐野甚七氏の『科学は裁く』を読む
　　12「シュピオ」3(2)'37.2 p38
共同雑記　　　　　12「シュピオ」3(2)'37.2 p53
共同雑記　　　　　12「シュピオ」3(3)'37.3
宣言　　　　　　　12「シュピオ」3(3)'37.3 p1
棺桶の花嫁〈3・完〉《小説》
　　11「ぶろふいる」5(3)'37.3 p30
探偵小説の風下に立つ
　　11「ぶろふいる」5(3)'37.3 p82
蘭君に望む　　　　12「シュピオ」3(3)'37.3 p82
或る感電死の話　　12「シュピオ」3(3)'37.3 p88
宣言　　　　　　　12「シュピオ」3(4)'37.5 前1
爬虫館事件《小説》　12「シュピオ」3(4)'37.5 p233
共同雑記　　　　　12「シュピオ」3(4)'37.5 p233
宣言　　　　　　　12「シュピオ」3(5)'37.6 p3
お問合せ《アンケート》
　　12「シュピオ」3(5)'37.6 p51
標金事件そのほか　12「シュピオ」3(5)'37.6 p59
共同雑記　　　　　12「シュピオ」3(5)'37.6 p74
宣言　　　　　　　12「シュピオ」3(6)'37.7 p3
二つの身辺探偵事件　12「シュピオ」3(6)'37.7 p58
共同雑記　　　　　12「シュピオ」3(6)'37.7 p65
宣言　　　　　　　12「シュピオ」3(7)'37.9 前1
躍進宣言　　　　　12「シュピオ」3(7)'37.9 p3
共同雑記　　　　　12「シュピオ」3(7)'37.9 p64
盲光線事件《脚本》　12「シュピオ」3(7)'37.9 p79
宣言　　　　　　　12「シュピオ」3(8)'37.10 前1
風《小説》　　　　12「シュピオ」3(8)'37.10 p2
共同雑記　　　　　12「シュピオ」3(8)'37.10 p26
減頁宣言　　　　　12「シュピオ」3(9)'37.11 前1
指紋《小説》　　　12「シュピオ」3(9)'37.11 p2
共同雑記　　　　　12「シュピオ」3(9)'37.11 p38
宣言　　　　　　　12「シュピオ」3(10)'37.12 前1
共同雑記　　　　　12「シュピオ」3(10)'37.12 p37
宣言　　　　　　　12「シュピオ」4(1)'38.1 前1
共同雑記　　　　　12「シュピオ」4(1)'38.1 p40
吸殻《小説》　　　12「シュピオ」4(2)'38.2 p2
共同雑記　　　　　12「シュピオ」4(2)'38.2 p40
街の秘密《小説》　12「シュピオ」4(3)'38.4 p2
共同雑記　　　　　12「シュピオ」4(3)'38.4 p47
遺作『悪霊』について　16「ロック」1(2)'46.4 p28
虫太郎の追憶　　　16「ロック」1(2)'46.4 p33

小栗虫太郎の考へてみたこと
　　　　　　　　　19「ぷろふいる」1(1)'46.7 p39
俘囚〔原作〕《絵物語》17「宝石」1(8)'46.11 p11, 13,
　19, 25, 27, 29, 31, 33, 35
湖底の宝石袋《小説》　17「宝石」1(8)'46.11 p60
[作者の言葉]　　　19「ぷろふいる」1(2)'46.12 p9
電気風呂の怪死事件《小説》
　　　　　　　　　19「ぷろふいる」1(2)'46.12 p10
名案《小説》　　　　16「ロック」2(1)'47.1 p54
鞄らしくない鞄の話《小説》
　　　　　　　　　17「宝石」2(1)'47.1 p113
探偵小説と犯罪事件
　　　　　　　　　19「ぷろふいる」2(1)'47.4 p34
いもり館《小説》　　18「トップ」2(1)'47.4 p4
わが探偵小説観　　　23「真珠」1 '47.4 p18
帆村荘六探偵の手紙《小説》
　　　　　　　　　16「ロック」2(5)'47.5 p72
名優殺し《小説》　　17「宝石」2(4)'47.5 p42
創刊号に寄す　　　　22「新探偵小説」1(2)'47.6 p28
金庫破り《小説》　　17「宝石」2(6)'47.6 p32
白蛇お由の死《小説》24「妖奇」1(1)'47.7 p1
電気捕魚《小説》　　20「探偵よみもの」32 '47.7 p28
送電線幽霊《小説》　17「宝石」2(7)'47.7 p24
私の好きな作家　　　19「ぷろふいる」2(2)'47.8 p12
ハガキ回答《アンケート》
　　　　　　　　　25「Ｇメン」1(1)'47.10 p18
断層顔《小説》　　　20「探偵よみもの」33 '47.10 p4
防犯試合《小説》　　25「Ｇメン」2(1)'47.11 p16
幽霊と指紋《小説》　23「真珠」3 '47.12 p26
製塩王死す《小説》　17「宝石」3(1)'48.1 p68
暗号の役割《小説》　19「仮面」3(1)'48.2 p2
野球殺人事件《小説》18「トップ」3(2)'48.2 p42
死体怪奇夜話《小説》25「Ｇメン」2(3)'48.3 p16
竹陵亭通信　　　　　23「真珠」3(2)'48.3 p30
翡翠のブローチ《小説》17「宝石」3(2)'48.3 p40
急行列車転覆魔　　　19「仮面」春の増刊 '48.4 p7
幽霊消却法《小説》　17「宝石」3(4)'48.5 p44
呪いの毒針《小説》
　　　　　　　　　20「探偵よみもの」35 '48.5 p10
寝台下の奇譚《小説》19「仮面」3(4)'48.6 p1
『古井戸』の作者のこと23「真珠」2(6)'48.6 p20
怪藻境《小説》　　　25「Ｇメン」2(8)'48.7 p2
二証人《小説》　　　26「フーダニット」2(4)'48.7 p40
選評　　　　　　　　16「ロック」3(4)'48.8 p48
三百万円奇談《小説》16「ロック」3(7)'48.9 p33
料理店の殺人者《小説》17「宝石」3(7)'48.9 p49
幽霊写真研究家《小説》17「宝石」3(9)'48.12 p30
病体手帳　　　　　　17「宝石」4(1)'49.1 p49
柿色の紙風船《小説》
　　　　　　　　　20「探偵よみもの」38 '49.1 p60
生きてゐる腸《小説》25「Ｘ」3(2)'49.2 p49
あとがき　　　　　　16「ロック」4(2)'49.2 p77
心霊研究会の怪　　　17「宝石」4(8)'49.8 p10
浮囚《小説》　　　　24「妖奇」4(1)'50.1 p77
爬虫館事件《小説》
　　　　　　　　　33「探偵実話」3(4)'52.3増 p196
不安な航空路《小説》
　　　　　　　　　27「別冊宝石」5(4)'52.5 p129
振動魔《小説》　　　33「探偵実話」3(11)'52.9増 p132
大脳手術《小説》　　17「宝石」7(10)'52.10 p256
爬虫館事件《小説》　27「別冊宝石」6(3)'53.5 p76

振動魔《小説》　　　27「別冊宝石」9(5)'56.6 p138
人間灰《小説》　　　33「探偵実話」8(5)'57.3増 p174
生きている腸《小説》
　　　　　　　　　27「別冊宝石」12(4)'59.4 p112
俘囚《小説》　　　　17「宝石」18(1)'63.1 p114

【え】

エー, ハンス・ハインツ
　妖霊夫人〔原作〕《絵物語》
　　　　　　　　　32「探偵倶楽部」7(4)'56.4 p11
嬰　矮
　ダマスクスの密室事件
　　　　　　　　　20「探偵よみもの」36 '48.9 p17
　アレッポの金貨横領事件
　　　　　　　　　20「探偵よみもの」37 '48.11 p18
鋭頭　薄利
　恋愛勘定《小説》　27「別冊宝石」10(1)'57.1 p275
エヴァンス, Ｃ・Ｊ
　死の罠《小説》　　11「ぷろふいる」2(11)'34.11 p38
エヴァンス, ジェフ
　クリスマス・プレゼント《小説》
　　　　　　　　　32「探偵倶楽部」6(12)'55.12 p103
　その一発《小説》　32「探偵倶楽部」7(1)'56.1 p232
エーウェルス, ハンス・ハインツ（エーヴァース, ハンス・エチ）
　トプァール花嫁〈1〉《小説》
　　　　　　　　　04「探偵趣味」26 '27.12 p13
　トプァール花嫁〈2〉《小説》
　　　　　　　　　04「探偵趣味」4(1)'28.1 p28
　トプァール花嫁〈3〉《小説》
　　　　　　　　　04「探偵趣味」4(2)'28.2 p84
　トプァール花嫁〈4・完〉《小説》
　　　　　　　　　04「探偵趣味」4(3)'28.3 p29
　サルサの秘密《小説》09「探偵小説」2(7)'32.7 p116
　妖霊夫人《小説》　32「探偵倶楽部」5(5)'54.5 p184
　影を売った男《小説》
　　　　　　　　　32「探偵倶楽部」6(8)'55.8 p120
　ハンブルグ冒険譚《小説》
　　　　　　　　　32「探偵倶楽部」7(7)'56.6増 p336
　私の埋葬《小説》　32「探偵倶楽部」7(13)'56.12 p208
　蜘蛛《小説》　　　27「別冊宝石」11(7)'58.9 p197
江賀井　陀
　詰将棋　　　　　　23「真珠」1 '47.4 p10
江川　勝彦
　人魚の里《小説》　24「妖奇」6(5)'52.5 p28
江川　乱児
　ヘッド・ライト《小説》
　　　　　　　　　17「宝石」13(16)'58.12 p24
江口　吉次
　赤線街の女強盗　　33「探偵実話」8(8)'57.5増 p115
江口　柳城
　或る医師の告白《小説》
　　　　　　　　　03「探偵文芸」3(1)'27.1 p27

江後田 源治
　現代の犯罪捜査を語る《座談会》
　　　　　　　　17「宝石」5(6)'50.6 p156
江崎 誠致
　ボントック収容所《小説》
　　　　　　　　27「別冊宝石」13(6)'60.6 p98
江崎 利雄
　天皇制問題と国民の声　18「トップ」1(1)'46.5 p17
エザノフ, ア
　マンヂン・バルタザールの妖術
　　　　　　　　32「探偵倶楽部」7(5)'56.5 p214
　ピユリシユケチ太公のトランク《小説》
　　　　　　　　32「探偵倶楽部」7(12)'56.11 p134
エステ, ルイス
　死をもたらす丸薬《小説》
　　　　　　　　32「探偵倶楽部」9(4)'58.4 p256
江藤 淳
　現代人と推理小説《座談会》
　　　　　　　　17「宝石」14(6)'59.6 p250
江戸川　→江戸川乱歩
　薄毛の弁　　　04「探偵趣味」7 '26.4 p27
江戸川 欣也
　白蛇と青魚《小説》
　　　　　　　　32「探偵倶楽部」8(7)'57.7増 p158
江戸川 三郎
　探偵作家を打診する
　　　　　　　　11「ぷろふいる」1(5)'33.9 p18
　Q氏との対話　11「ぷろふいる」1(6)'33.10 p52
江戸川 乱歩　→江戸川, 江戸川生, 乱, 乱歩, R
　雑感　　　　　04「探偵趣味」1 '25.9 p14
　探偵問答《アンケート》　04「探偵趣味」1 '25.9 p28
　暗号記法の分類〈1〉　04「探偵趣味」2 '25.10 p24
　上京日誌　　　04「探偵趣味」3 '25.11 p37
　探偵趣味問答《アンケート》
　　　　　　　　04「探偵趣味」3 '25.11 p41
　ある恐怖　　　04「探偵趣味」4 '26.1 p1
　『探偵趣味』問答《アンケート》
　　　　　　　　04「探偵趣味」4 '26.1 p56
　情死《小説》　04「探偵趣味」4 '26.1 p65
　毒草《小説》　03「探偵文芸」2(1)'26.1 p168
　宇野浩二式　　04「探偵趣味」5 '26.2 p23
　病中偶感　　　04「探偵趣味」7 '26.4 p3
　二銭銅貨　　　04「探偵趣味」8 '26.5 p19
　探偵小説合評《座談会》04「探偵趣味」9 '26.6 p56
　お化け人形　　04「探偵趣味」10 '26.7 p32
　旅順開戦記　　04「探偵趣味」11 '26.8 p28
　木馬は廻る《小説》　04「探偵趣味」12 '26.10 p2
　クローズ・アップ《アンケート》
　　　　　　　　04「探偵趣味」15 '27.1 p46
　ある談話家の話　04「探偵趣味」15 '27.1 p59
　一寸法師雑記　04「探偵趣味」18 '27.4 p24
　本年度印象に残れる作品、来年度во作家への希望
　　《アンケート》
　　　　　　　　04「探偵趣味」26 '27.12 p51
　屍を《小説》　04「探偵趣味」4(1)'28.1 p41
　霜月座談会《座談会》
　　　　　　　　04「探偵趣味」4(1)'28.1 p62
　探偵読本〈5〉　私のやり方
　　　　　　　　04「探偵趣味」4(6)'28.6 p32

御返事　　　　　06「猟奇」1(6)'28.11 p23
四つの写真　　　06「猟奇」2(6)'29.6 p9
夢野久作氏　　　06「猟奇」3(3)'30.4 p35
アシ　　　　　　06「猟奇」4(2)'31.4 p7
地獄風景〈1〉《小説》
　　　　　　　　08「探偵趣味」(平凡社版)1 '31. p2
タダ一つ神もし許し賜はゞ‥‥《アンケート》
　　　　　　　　06「猟奇」4(3)'31.5 p72
地獄風景〈2〉《小説》
　　　　　　　　08「探偵趣味」(平凡社版)2 '31.6 p1
応募掌篇読後　08「探偵趣味」(平凡社版)2 '31.6 p18
地獄風景〈3〉《小説》
　　　　　　　　08「探偵趣味」(平凡社版)3 '31.7 p1
黒手組〔原作〕《脚本》
　　　　　　　　08「探偵趣味」(平凡社版)4 '31.8 p1
探偵小説のトリツク　09「探偵小説」1(1)'31.9 p70
地獄風景〈4〉《小説》
　　　　　　　　08「探偵趣味」(平凡社版)5 '31.9 p1
地獄風景〈5〉《小説》
　　　　　　　　08「探偵趣味」(平凡社版)6 '31.10 p2
地獄風景〈6〉《小説》
　　　　　　　　08「探偵趣味」(平凡社版)7 '31.11 p1
地獄風景〈7〉《小説》
　　　　　　　　08「探偵趣味」(平凡社版)8 '31.12 p1
探偵趣味　　　　09「探偵小説」2(1)'32.1
地獄風景〈8〉《小説》
　　　　　　　　08「探偵趣味」(平凡社版)9 '32.1 p2
探偵趣味　　　　09「探偵小説」2(2)'32.2
地獄風景〈9〉《小説》
　　　　　　　　08「探偵趣味」(平凡社版)11 '32.3 p2
騎士道的探偵小説　09「探偵小説」2(4)'32.4 p77
巡り来し長篇時代　10「探偵クラブ」1 '32.4 p2
大下君の長篇小説　10「探偵クラブ」2 '32.5 p33
殺人迷路〈5〉《小説》
　　　　　　　　10「探偵クラブ」5 '32.10 p10
夢野久作氏の作品に就て
　　　　　　　　10「探偵クラブ」7 '32.12 p23
映画になつた「姿なき怪盗」
　　　　　　　　10「探偵クラブ」7 '32.12 p25
探偵小説界の為に惜しむ
　　　　　　　　10「探偵クラブ」10 '33.4 p22
ぷろふいるに寄する言葉
　　　　　　　　11「ぷろふいる」1(1)'33.5 p38
陰獣劇について　11「ぷろふいる」1(5)'33.9 p62
陰獣〈1〉〔原作〕《脚本》
　　　　　　　　11「ぷろふいる」1(5)'33.9 p65
陰獣〈2〉〔原作〕《脚本》
　　　　　　　　11「ぷろふいる」1(6)'33.10 p88
陰獣〈3・完〉〔原作〕《脚本》
　　　　　　　　11「ぷろふいる」1(7)'33.11 p82
野口男三郎と吹上佐太郎
　　　　　　　　11「ぷろふいる」2(1)'34.1 p103
「探偵小説の鬼」その他
　　　　　　　　11「ぷろふいる」3(1)'35.1 p96
探偵小説愛読記　12「探偵文学」1(2)'35.4 p2
鬼の言葉〈1〉　11「ぷろふいる」3(9)'35.9 p10
鬼の経営する病院　12「探偵文学」3(10)'35.10 p4
鬼の言葉〈2〉　11「ぷろふいる」3(10)'35.10 p6
監視者の言葉　　13「クルー」1 '35.10 p25
鬼の言葉〈3〉　11「ぷろふいる」3(11)'35.11 p38

えとか

ハガキ回答《アンケート》	11「ぷろふいる」3(12)'35.12 p44
鬼の言葉〈4〉	11「ぷろふいる」3(12)'35.12 p72
ハガキ回答《アンケート》	12「探偵文学」1(10)'36.1 p14
浜尾氏のこと	11「ぷろふいる」4(1)'36.1 p136
鬼の言葉〈5〉	11「ぷろふいる」4(1)'36.1 p170
鬼の言葉〈6〉	11「ぷろふいる」4(2)'36.2 p96
夢野君余談	11「ぷろふいる」2(5)'36.5 p4
故人の二つの仕合せ	14「月刊探偵」2(4)'36.5 p67
鬼の言葉〈7〉	11「ぷろふいる」4(5)'36.5 p106
処女作の事	12「探偵文学」2(10)'36.10 p4
蔵の中から〈1〉	15「探偵春秋」1(2)'36.11 p108
蔵の中から〈2〉	15「探偵春秋」1(3)'36.12 p60
彼〈1〉	11「ぷろふいる」4(12)'36.12 p62
明日の探偵小説を語る座談会《座談会》	11「ぷろふいる」5(1)'37.1 p56
諸家の感想《アンケート》	15「探偵春秋」2(1)'37.1 p73
蔵の中から〈4〉	15「探偵春秋」2(1)'37.1 p74
蔵の中から〈5〉	15「探偵春秋」2(2)'37.2 p26
彼〈2〉	11「ぷろふいる」5(2)'37.2 p76
蔵の中から〈6〉	15「探偵春秋」2(3)'37.3 p22
彼〈3〉	11「ぷろふいる」5(3)'37.3 p108
彼〈4〉	11「ぷろふいる」5(4)'37.4 p139
蔵の中から〈7〉	15「探偵春秋」2(4)'37.4 p146
夢野久作氏とその作品	15「探偵春秋」2(5)'37.5 p69
蔵の中から〈8〉	15「探偵春秋」2(5)'37.5 p87
二癈人〈小説〉	12「シュピオ」3(4)'37.5 p210
お問合せ《アンケート》	12「シュピオ」3(5)'37.6 p47
蔵の中から〈9〉	15「探偵春秋」2(6)'37.6 p49
心理の恐ろしさ	15「探偵春秋」2(7)'37.7 p70
四年目の横溝君	12「シュピオ」3(8)'37.10 p9
おわび	12「シュピオ」4(1)'38.1 p28
アメリカ探偵小説の二人の新人	17「宝石」1(1)'46.3 p4
人間椅子〔原作〕《絵物語》	17「宝石」1(1)'46.3 p7, 9, 13, 14, 16, 21, 25, 29, 31, 33
小栗虫太郎君	16「ロック」1(2)'46.4 p32
アメリカの探偵雑誌	16「ロック」1(2)'46.4 p54
クィーンの大手品	16「ロック」1(3)'46.5 p20
ライス夫人の「すばらしき犯罪」	17「宝石」1(2)'46.5 p1
タツトル大尉を囲む探偵作家の座談会《座談会》	17「宝石」1(2)'46.5 p19
探偵評論家ヘイクラフト	17「宝石」1(2)'46.6 p40
二銭銅貨〈小説〉	19「ぷろふいる」1(1)'46.7 p2
[作者の言葉]	19「ぷろふいる」1(1)'46.7 p11
[作品解説]	19「ぷろふいる」1(1)'46.7 p24
フダニット随想	19「ぷろふいる」1(1)'46.7 p36
新人翹望〈小説〉	17「宝石」1(4)'46.7 p56
二癈人〔原作〕〈脚本〉	17「宝石」1(5)'46.8 p47
幻影城通信〈1〉	17「宝石」1(5)'46.8 p50
トリックの重要性について	16「ロック」1(5)'46.10 p24
幻影城通信〈2〉	17「宝石」1(6・7)'46.10 p74
幻影城通信〈3〉	17「宝石」1(8)'46.11 p70
カー覚書	19「ぷろふいる」1(2)'46.12 p36
譲り受けたし	17「宝石」1(9)'46.12 p36
応募作品所感	17「宝石」1(9)'46.12 p48
幻影城通信〈4〉	17「宝石」1(9)'46.12 p62
新春探偵小説討論会《座談会》	17「宝石」2(1)'47.1 p22
幻影城通信〈5〉	17「宝石」2(1)'47.1 p110
一人の芭蕉の問題	16「ロック」2(2)'47.2 p24
幻影城通信〈6〉	17「宝石」2(2)'47.3 p62
ホームズの情人	21「黒猫」1(1)'47.4 p4
探偵小説の宿命について再説	16「ロック」2(4)'47.4 p28
類聚ベスト・テン	19「ぷろふいる」2(1)'47.4 p44
海外探偵小説四方山話《座談会》	21「黒猫」1(1)'47.4 p74
探偵映画トリオ	16「ロック」2(4)'47.4 p124
名古屋・井上良夫・探偵小説	22「新探偵小説」1(1)'47.4 p32
幻影城通信〈7〉	17「宝石」2(3)'47.4 p184
探偵小説読書案内	23「真珠」1'47.4 p21
甲賀三郎君のこと	18「トップ」2(2)'47.5 p31
幻影城通信〈8〉	17「宝石」2(4)'47.5 p54
論議の新展回を	16「ロック」2(6)'47.6 p20
デイケンズの推理短篇	21「黒猫」1(2)'47.6 p20
創刊号に寄す	22「新探偵小説」2'47.6 p23
子不語随筆〈1〉	22「新探偵小説」2'47.6 p29
幻影城通信〈9〉	17「宝石」2(6)'47.6 p56
小酒井さんのこと	18「トップ」2(3)'47.6増 p30
探偵作家と実際の犯罪事件	20「探偵よみもの」32'47.7 p12
子不語随筆〈2〉	22「新探偵小説」3'47.7 p12
幻影城通信〈10〉	17「宝石」2(7)'47.7 p50
批評の遅発性	19「ぷろふいる」2(2)'47.8 p14
探偵小説と犯罪	18「トップ」2(4)'47.8 p47
奇術師探偵	21「黒猫」1(3)'47.9 p26
欧米傑作長篇探偵小説の解説と鑑賞〈1〉	18「トップ」2(5)'47.9 p20
幻影城通信〈11〉	17「宝石」2(8)'47.9 p50
子不語随筆〈3〉	22「新探偵小説」4'47.10 p9
犯罪事件と探偵小説対談《対談》	25「Gメン」1(1)'47.10 p20
本田君に久潤を許す	22「新探偵小説」4'47.10 p21
枕頭風景	23「真珠」2'47.10 p34
大いなる時計	21「黒猫」1(4)'47.10 p48
幻影城通信〈12〉	17「宝石」2(9)'47.10 p52
欧米傑作長篇探偵小説の解説と鑑賞〈2〉	18「トップ」2(6)'47.11 p26
女性と推理小説	21「黒猫」1(5)'47.12 p46
病中偶話	19「ぷろふいる」2(3)'47.12 p42
戦後版「黒死館殺人事件」	17「宝石」2(10)'47.12 p17
幻影城通信〈13〉	17「宝石」2(10)'47.12 p52
探偵話の泉座談会《座談会》	25「Gメン」2(1)'48.1 p8
人間椅子〈小説〉	24「妖奇」2(1)'48.1 p46
欧米傑作長篇探偵小説の解説と鑑賞〈3〉	18「トップ」3(1)'48.1 p38
幻影城通信〈14〉	17「宝石」3(1)'48.1 p60
入選作なし	17「宝石」3(1)'48.1 p62
ラムール〈小説〉	22「新探偵小説」5'48.2 p2
欧米推理小説の募集に就て	19「仮面」3(1)'48.2 p28

探偵作家ばかりの二十の扉〈座談会〉	
	25「Gメン」2(2)'48.2 p28
探偵小説話の泉	21「黒猫」2(6)'48.2 p32
欧米傑作長篇探偵小説の解説と鑑賞〈4〉	
	18「トップ」3(2)'48.2 p34
楠田匡介君に就いて	
	26「フーダニット」2(2)'48.3 p40
探偵小説講座〈1〉	19「仮面」3(2)'48.3 p46
幻影城通信〈15〉	17「宝石」3(2)'48.3 p62
パノラマ島綺譚〔原作〕《絵物語》	
	17「宝石」3(3)'48.4 前1
欧米傑作長篇探偵小説の解説と鑑賞〈5・完〉	
	18「トップ」3(3)'48.4 p42
幻影城通信〈16〉	17「宝石」3(3)'48.4 p46
二銭銅貨〈小説〉	25「Gメン」2(5)別'48.4 p48
D坂殺人事件〈小説〉	
	25「Gメン」2(5)別'48.4 p58
一人二役〈小説〉	19「仮面」春の増刊'48.4 p28
「小笛事件」に奇す	24「妖奇」2(6)'48.5 p20
探偵小説講座〈2〉	19「仮面」3(3)'48.5 p36
ヘイクラフト「推理小説史」	
	21「黒猫」2(7)'48.5 p44
火星の運河〈小説〉	
	26「フーダニット」2(3)'48.6 p34
微視的探偵法〈1〉	21「黒猫」2(8)'48.6 p41
幻影城通信〈17〉	17「宝石」3(5)'48.6 p46
探偵小説の泉解答	21「黒猫」2(8)'48.6 p53
透視的探偵法〈2〉	21「黒猫」2(9)'48.7 p43
日本にも「黄金時代」を	28「影」'48.7 p12
序	26「フーダニット」2(4)'48.7 p20
微視的探偵法〈3・完〉	21「黒猫」2(10)'48.8 p30
幻影城通信〈18〉	17「宝石」3(6)'48.8 p56
幻影城通信〈19〉	17「宝石」3(7)'48.9 p50
幻影城通信〈20〉	17「宝石」3(8)'48.10 p52
新人書下し探偵小説合評会〈座談会〉	
	17「宝石」3(9)'48.12 p48
幻影城通信〈21〉	17「宝石」3(9)'48.12 p68
人でなしの恋〈小説〉	
	20「探偵よみもの」38'49.1 p12
幻影城通信〈22〉	17「宝石」4(1)'49.1 p78
覆面の舞踏会〈小説〉	25「X」3(2)'49.2 p16
依然低調	17「宝石」4(2)'49.2 p56
幻影城通信〈23〉	17「宝石」4(2)'49.2 p56
銀幕の秘密〈小説〉	25「X」3(3)'49.3 p4
幻影城通信〈24〉	17「宝石」4(3)'49.3 p116
「鯉沼家の悲劇」を推す	
	17「宝石」4(3)'49.3 p118
犯罪を猟る男〈小説〉	25「X」3(4)'49.3別 p2
角男〈小説〉	25「X」3(5)'49.4 p64
作者返上	25「X」3(5)'49.4 p68
幻影城通信〈25〉	17「宝石」4(4)'49.4 p94
私の好きな探偵小説	27「別冊宝石」2(1)'49.4 p25
幻影城通信〈26〉	17「宝石」4(5)'49.5 p86
幻影城通信〈27〉	17「宝石」4(6)'49.6 p90
夢遊病者の死〈小説〉	
	20「探偵よみもの」39'49.6 p138
幻影城通信〈28〉	17「宝石」4(7)'49.7 p86
「疑問の指環」について	
	17「宝石」—'49.7増 p211
統一般文壇と探偵小説	17「宝石」—'49.7増 p293
深夜の海野十三	17「宝石」4(8)'49.8 p18
幻影城通信〈29〉	17「宝石」4(8)'49.8 p94
『俳諧殺人』の創意	27「別冊宝石」2(2)'49.8 p66
選評	16「ロック」4(3)'49.8別 p36
倒叙探偵小説再説	17「宝石」—'49.9増 p240
「探偵小説」対談会〈対談〉	
	17「宝石」4(9)'49.10 p66
「幽界通信」について	17「宝石」4(9)'49.10 p153
幻影城通信〈30〉	17「宝石」4(9)'49.10 p186
幻影城通信〈31〉〈小説〉	
	17「宝石」4(10)'49.11 p184
探偵作家としてのE・A・ポー	
	17「宝石」4(10)'49.11 p232
盲獣〔原作〕《絵物語》	17「宝石」4(11)'49.12 p5
幻影城通信〈32〉	17「宝石」4(11)'49.12 p240
告白	17「宝石」5(1)'50.1 p49
何者〈1〉〈小説〉	24「妖奇」4(1)'50.1 p132
幻影城通信〈33〉	17「宝石」5(1)'50.1 p388
ライス女史のこと	17「宝石」5(1)'50.1 p396
何者〈2・完〉〈小説〉	24「妖奇」4(2)'50.2 p74
探偵作家幽霊屋敷へ行く《座談会》	
	17「宝石」5(2)'50.2 p82
幻影城通信〈34〉	17「宝石」5(2)'50.2 p330
「災厄の町」について	17「宝石」5(3)'50.3 p7
幻影城通信〈35〉	17「宝石」5(3)'50.3 p186
ルミちゃん	17「宝石」5(4)'50.4 p5
翻訳小説の新時代を語る《座談会》	
	17「宝石」5(4)'50.4 p223
幻影城通信〈36〉	17「宝石」5(4)'50.4 p284
新聞と探偵小説と犯罪《座談会》	
	17「宝石」5(5)'50.5 p96
「抜打座談会」を評す	17「宝石」5(5)'50.5 p136
銓衡所感	17「宝石」5(5)'50.5 p142
幻影城通信〈37〉	17「宝石」5(5)'50.5 p186
"幻の女"について	17「宝石」5(5)'50.5 p193
作者より	17「宝石」5(6)'50.6 p8
断崖〈小説〉	17「宝石」5(6)'50.6 p8
幻影城通信〈38〉	17「宝石」5(6)'50.6 p150
現代の犯罪捜査を語る《座談会》	
	17「宝石」5(6)'50.6 p156
善鬼悪鬼	34「鬼」1'50.7 p3
わが喫煙哲学	17「宝石」5(7)'50.7 p154
幻影城通信〈39〉	17「宝石」5(7)'50.7 p174
黒岩涙香について	17「宝石」5(8)'50.8 p115
海外探偵小説放談《座談会》	
	17「宝石」5(8)'50.8 p124
「蜘蛛の街」とスリラー	
	17「宝石」5(8)'50.8 p143
幻影城通信〈40〉	17「宝石」5(8)'50.8 p174
カア問答	27「別冊宝石」3(4)'50.8 p9
官界財界アマチュア探偵小説放談座談会《座談会》	
	27「別冊宝石」3(4)'50.8 p194
中国の探偵小説を語る《座談会》	
	17「宝石」5(9)'50.9 p130
百万円懸賞探偵小説B級作品入選誌上発表《座談会》	
	17「宝石」5(9)'50.9 p212
幻影城通信〈41〉	17「宝石」5(9)'50.9 p246
幻影城通信〈42〉	17「宝石」5(10)'50.10 p248
チャンドラアについて	
	27「別冊宝石」3(5)'50.10 p9
幻影城通信〈43〉	17「宝石」5(11)'50.11 p218
最初の新聞記者探偵	34「鬼」2'50.11 p2

幻影城通信〈44〉	17「宝石」5(12)'50.12 p206
両作家の最も特異なる名作	
	27「別冊宝石」3(6)'50.12 p9
幻影城通信〈45〉	17「宝石」6(1)'51.1 p184
明治探偵小説二題	32「探偵クラブ」2(1)'51.1 p210
探偵小説30年〈1〉	17「宝石」6(3)'51.3 p58
ハーバード・ブリーンの作品、イネスの近作、訂正二件	
	17「宝石」6(3)'51.3 p62
探偵作家将棋大手合	17「宝石」6(4)'51.4 p5
探偵小説30年〈2〉	17「宝石」6(4)'51.4 p140
密室談義〈対談〉	32「探偵クラブ」2(3)'51.4 p162
探偵小説30年〈3〉	17「宝石」6(5)'51.5 p58
探偵小説三十年〈4〉	17「宝石」6(6)'51.6 p82
文学的探偵小説集、バートランド・ラッセル	
	17「宝石」6(6)'51.6 p82
探偵小説のあり方を語る座談会《座談会》	
	17「宝石」6(7)'51.7 p46
探偵小説三十年〈5〉	17「宝石」6(7)'51.7 p74
探偵小説のギャラップ輿論調査	
	17「宝石」6(7)'51.7 p79
探偵小説三十年〈6〉	17「宝石」6(8)'51.8 p48
「幻影城」の正誤	17「宝石」6(8)'51.8 p53
ワイルドについて	27「別冊宝石」4(1)'51.8 p160
パノラマ島奇談〔原作〕《絵物語》	
	32「探偵クラブ」2(7)'51.8増 p2
探偵小説三十年〈7〉	17「宝石」6(9)'51.9 p52
人間椅子〔原作〕《絵物語》	
	33「探偵実話」2(10)'51.9 p21
探偵小説三十年〈8〉	17「宝石」6(10)'51.10 p74
海外探偵小説を語る《座談会》	
	17「宝石」6(11)'51.10増 p154
アンケート《アンケート》	
	17「宝石」6(11)'51.10増 p170
推薦の辞	33「探偵実話」2(11)'51.10
明智小五郎略伝	32「探偵クラブ」2(10)'51.11 p49
探偵小説三十年〈9〉	17「宝石」6(12)'51.11 p198
「クイーンの定員」その他	
	17「宝石」6(13)'51.12 p104
アンケート《アンケート》	
	17「宝石」7(1)'52.1 p91
風流食卓漫談《座談会》	
	32「探偵クラブ」3(1)'52.1 p142
鏡地獄《小説》	32「探偵クラブ」3(1)'52.1 p186
探偵小説三十年〈10〉	17「宝石」7(1)'52.1 p296
探偵小説三十年〈11〉	17「宝石」7(2)'52.2 p184
心理試験《小説》	33「探偵実話」3(2)'52.2 p170
創意の限度について	34「鬼」6'52.3 p2
20万円懸賞短篇コンクール詮衡座談会《座談会》	
	17「宝石」7(3)'52.3 p14
探偵小説三十年〈12〉	17「宝石」7(3)'52.3 p156
押絵と旅する男《小説》	
	33「探偵実話」3(4)'52.3 p16
探偵小説三十年《座談会》	
	33「探偵実話」3(4)'52.3増 p213
小酒井不木博士のこと	17「宝石」7(4)'52.4 p178
フランス探偵小説界の現状	
	17「宝石」7(4)'52.4 p308
レイモンド・ポストゲイト	
	27「別冊宝石」5(4)'52.4 p98
「魚臭」推薦の辞	33「探偵実話」3(5)'52.4 p77
顔のない死体	32「探偵倶楽部」3(5)'52.5 p70
銓衡所感	17「宝石」7(5)'52.5 p119
パリからの第三信	17「宝石」7(5)'52.5 p182
怪人二十面相物語《小説》	
	27「別冊宝石」5(4)'52.5 p273
断崖《小説》	32「探偵倶楽部」3(5)'52.6 p16
探偵小説三十年〈13〉	17「宝石」7(6)'52.6 p214
探偵小説入門	33「探偵実話」3(6)'52.6 p64
解説	27「別冊宝石」5(6)'52.6 p5, 8
探偵小説三十年〈14〉	17「宝石」7(7)'52.7 p282
英米の探偵小説書評	34「鬼」7'52.7 p44
探偵小説三十年〈15〉	17「宝石」7(8)'52.8 p238
スリラー映画とスリラー小説	
	32「探偵倶楽部」3(8)'52.9 p166
『探偵怪奇恐怖小説名作集』について	
	33「探偵実話」3(11)'52.9増 p13
芋虫《小説》	33「探偵実話」3(11)'52.9増 p82
怪談・恐怖談《座談会》	
	33「探偵実話」3(11)'52.9増 p146
短篇純探偵小説の不利について	
	17「宝石」7(9)'52.10 p84
コンクール選評座談会《座談会》	
	17「宝石」7(9)'52.10 p89
内外近事一束	17「宝石」7(9)'52.10 p304
アガサ・クリスティー	
	27「別冊宝石」5(9)'52.10 p1
人でなしの恋《小説》	17「宝石」7(10)'52.10 p14
探偵小説三十年〈16〉	
	17「宝石」7(11)'52.11 p188
鬼《小説》	32「探偵倶楽部」3(11)'52.11 p65
鬼の頃	32「探偵倶楽部」3(11)'52.11 p67
風流網舟漫談《座談会》	
	32「探偵倶楽部」3(11)'52.11 p153
アメリカ探偵作家クラブからメッセージ	
	17「宝石」7(12)'52.12 p216
探偵小説三十年〈17〉	
	17「宝石」7(12)'52.12 p212
私の蒐集癖	17「宝石」8(1)'53.1 p52
日本探偵小説界創世期を語る《座談会》	
	17「宝石」8(1)'53.1 p178
英仏からメッセージ	17「宝石」8(1)'53.1 p254
探偵小説三十年〈18〉	17「宝石」8(1)'53.1 p250
変身願望	32「探偵倶楽部」4(1)'53.2 p161
クロフツについて	27「別冊宝石」6(2)'53.2 p4
探偵小説三十年〈19〉	17「宝石」8(4)'53.3増 p14
鬼《小説》	17「宝石」8(4)'53.3増 p14
「鬼」について	17「宝石」8(4)'53.3増 p132
鬼《小説》	17「宝石」8(4)'53.3増 p314
入賞作品詮衡座談会《座談会》	
	17「宝石」8(3)'53.4 p76
探偵小説三十年〈20〉	17「宝石」8(3)'53.4 p212
探偵作家と警察署長の座談会《座談会》	
	32「探偵倶楽部」4(4)'53.5 p98
探偵小説三十年〈21〉	17「宝石」8(5)'53.5 p246
海外消息	17「宝石」8(5)'53.5 p250
赤い部屋《小説》	27「別冊宝石」6(3)'53.5 p14
「赤い部屋」回顧	27「別冊宝石」6(3)'53.5 p33
探偵小説の五つの型と代表作	
	27「別冊宝石」6(3)'53.5 p68
明治大正期探偵本表紙集解説	
	27「別冊宝石」6(3)'53.5 p249

えとか

探偵小説と実際の犯罪《座談会》	
32「探偵倶楽部」4(6)'53.6 p194	
探偵小説三十年〈22〉	17「宝石」8(6)'53.6 p246
涙香「鉄仮面」の原作	17「宝石」8(6)'53.6 p252
探偵小説三十年〈23〉	17「宝石」8(7)'53.7 p248
S・Fの鬼	17「宝石」8(9)'53.8 p76
隠し方のトリック	32「探偵倶楽部」4(8)'53.8 p98
探偵小説三十年〈24〉	17「宝石」8(9)'53.8 p242
フィルポッツについて	
	27「別冊宝石」6(5)'53.8 p4
類別トリック集成〈1〉	17「宝石」8(10)'53.9 p59
探偵作家の見た映画「落ちた偶像」《座談会》	
	17「宝石」8(10)'53.9 p197
探偵小説三十年〈25〉	17「宝石」8(10)'53.9 p250
チェスタートン寸言	27「別冊宝石」6(7)'53.9 p3
畸形の天女〈1〉《小説》	
	17「宝石」8(11)'53.10 p14
『連作について』の座談会《座談会》	
	17「宝石」8(11)'53.10 p78
類別トリック集成〈2・完〉	
	17「宝石」8(11)'53.10 p100
探偵小説三十年〈26〉	
	17「宝石」8(11)'53.10 p250
覆面の舞踏者《小説》	
	17「宝石」8(12)'53.10増 p14
断崖〔原作〕《絵物語》	
32「探偵倶楽部」4(11)'53.11 p21, 23, 27, 29, 33, 69, 71, 75, 77, 81	
探偵小説三十年〈27〉	
	17「宝石」8(13)'53.11 p214
［まえがき］	32「探偵倶楽部」4(11)'53.11 p249
「汽車を見送る男」批評座談会《座談会》	
	32「探偵倶楽部」4(12)'53.12 p38
探偵小説三十年〈28〉	
	17「宝石」8(14)'53.12 p258
解説	17「宝石」9(1)'54.1 別付5
はしがき	17「宝石」9(1)'54.1 別付3
群集の中のロビンソン	
	32「探偵倶楽部」5(1)'54.1 p275
探偵小説三十年〈29〉	17「宝石」9(1)'54.1 p290
お歴々歓談《座談会》	33「探偵実話」5(1)'54.1 p8
女妖 前篇《小説》	33「探偵実話」5(1)'54.1 p24
「深夜の告白」映画批評座談会《座談会》	
	32「探偵倶楽部」5(2)'54.2 p62
探偵小説三十年〈30〉	17「宝石」9(2)'54.2 p262
ガードナア小伝	27「別冊宝石」7(2)'54.2 p4
探偵小説三十年〈31〉	17「宝石」9(3)'54.3 p238
白昼夢《小説》	17「宝石」9(4)'54.3増 p14
入賞作品選衡座談会《座談会》	
	17「宝石」9(5)'54.4 p70
探偵小説三十年〈32〉	17「宝石」9(5)'54.4 p328
柘榴《小説》	33「探偵実話」5(5)'54.4 p18
探偵小説あれこれ《座談会》	
	33「探偵実話」5(5)'54.4増 p216
「暗黒星」について	17「宝石」9(6)'54.5 p69
黒岩涙香を偲ぶ座談会《座談会》	
	17「宝石」9(6)'54.5 p70
探偵小説三十年〈33〉	17「宝石」9(6)'54.5 p236
クイーン略伝	27「別冊宝石」7(4)'54.5 p4
［まえがき］	32「探偵倶楽部」5(6)'54.6 p271
探偵小説三十年〈34〉	17「宝石」9(7)'54.6 p482
鏡地獄《小説》	27「別冊宝石」7(5)'54.6 p16
「鏡地獄」について	27「別冊宝石」7(5)'54.6 p19
病作家の精進に脱帽	17「宝石」9(8)'54.7 p176
探偵小説三十年〈35〉	17「宝石」9(8)'54.7 p268
ヘキストとスカーレット	
	27「別冊宝石」7(6)'54.7 p100
海外近事	17「宝石」9(9)'54.8 p28
探偵小説三十年〈36〉	17「宝石」9(9)'54.8 p256
火星の運河《小説》	17「宝石」9(10)'54.8増 p14
処女作まで	33「探偵実話」5(9)'54.8 p170
二銭銅貨《小説》	33「探偵実話」5(9)'54.8 p178
兇器《小説》	17「宝石」9(11)'54.9 p14
探偵小説三十年〈37〉	17「宝石」9(11)'54.9 p252
黒手組《小説》	33「探偵実話」5(11)'54.9増 p14
探偵小説三十年〈38〉	
	17「宝石」9(12)'54.10 p264
ヴァン・ダイン小伝	
	27「別冊宝石」7(8)'54.10 p133
化人幻戯〈1〉《小説》	
	27「別冊宝石」7(9)'54.11 p16
恋と神様	27「別冊宝石」7(9)'54.11 p177
スリルの説	27「別冊宝石」7(9)'54.11 p179
もく塚	27「別冊宝石」7(9)'54.11 p189
屋根裏の散歩者〔原作〕《絵物語》	
	32「探偵倶楽部」5(12)'54.12 p15
探偵小説三十年〈39〉	
	17「宝石」9(14)'54.12 p216
乱歩氏を祝う《座談会》	
	32「探偵倶楽部」5(12)'54.12 p234
チャンドラーのこと	
	27「別冊宝石」7(10)'54.12 p155
黄金狂《小説》	33「探偵実話」6(1)'54.12 p274
化人幻戯〈2〉《小説》	17「宝石」10(1)'55.1 p14
六十年に一度	32「探偵倶楽部」6(1)'55.1 p40
探偵小説三十年〈40〉	17「宝石」10(1)'55.1 p338
化人幻戯〈3〉《小説》	17「宝石」10(2)'55.2 p14
探偵小説三十年〈41〉	17「宝石」10(3)'55.2 p254
ビガーズのこと	27「別冊宝石」8(2)'55.2 p203
踊る一寸法師《小説》	
	33「探偵実話」6(3)'55.2増 p64
ドゥーゼ追憶	17「宝石」10(4)'55.3 p100
探偵小説三十年〈42〉	17「宝石」10(4)'55.3 p216
化人幻戯〈4〉《小説》	17「宝石」10(4)'55.3 p294
木馬は廻る	17「宝石」10(5)'55.3増 p14
坂口安吾の思出	17「宝石」10(6)'55.4 p118
入賞作品詮衡座談会《座談会》	
	17「宝石」10(6)'55.4 p127
化人幻戯〈5〉《小説》	17「宝石」10(6)'55.4 p145
探偵小説三十年〈43〉	17「宝石」10(6)'55.4 p266
カー小伝と邦訳目録	
	27「別冊宝石」8(3)'55.4 p164
化人幻戯〈6〉《小説》	17「宝石」10(7)'55.5 p114
探偵小説三十年〈44〉	17「宝石」10(7)'55.5 p304
坂口君はクラブ賞を悦んでいた	
	17「宝石」10(7)'55.5 p309
探偵小説三十年〈45〉	17「宝石」10(8)'55.6 p254
化人幻戯〈7〉《小説》	17「宝石」10(8)'55.6 p320
押絵と旅する男《小説》	
	17「宝石」10(9)'55.6増 p14
煙草と探偵小節《座談会》	
	17「宝石」10(10)'55.7 p154

探偵小説三十年〈46〉
　　　　　　　　17「宝石」10(10)'55.7 p222
化人幻戯〈8〉《小説》
　　　　　　　　17「宝石」10(10)'55.7 p300
セイヤーズのこと　27「別冊宝石」8(5)'55.7 p216
化人幻戯〈9〉《小説》
　　　　　　　　17「宝石」10(11)'55.8 p120
探偵小説三十年〈47〉
　　　　　　　　17「宝石」10(11)'55.8 p226
アラン・グリーンが日本文を朗読した
　　　　　　　　17「宝石」10(11)'55.8 p229
お勢登場《小説》　17「宝石」10(12)'55.8増 p14
私のベスト・テンについて
　　　　　　　　17「宝石」10(13)'55.9 p78
化人幻戯〈10〉《小説》
　　　　　　　　17「宝石」10(13)'55.9 p150
探偵小説三十年〈48〉
　　　　　　　　17「宝石」10(13)'55.9 p274
ベストテンの後半について
　　　　　　　　17「宝石」10(14)'55.10 p42
［まえがき］　32「探偵倶楽部」6(10)'55.10 p42
化人幻戯〈11・完〉《小説》
　　　　　　　　17「宝石」10(14)'55.10 p188
探偵小説三十年〈49〉
　　　　　　　　17「宝石」10(14)'55.10 p312
クレイグ・ライスについて
　　　　　　　　27「別冊宝石」8(7)'55.10 p171
防空壕《小説》 33「探偵実話」6(12)'55.10増 p18
戦後十年の探偵小説を語る座談会《座談会》
　　　　　　33「探偵実話」6(12)'55.10増 p275
探偵小説三十年〈50〉
　　　　　　　　17「宝石」10(15)'55.11 p276
一人二役《小説》 17「宝石」10(16)'55.11増 p14
探偵小説三十年〈51〉
　　　　　　　　17「宝石」10(17)'55.12 p266
ハードボイルドについて
　　　　　　　　27「別冊宝石」8(8)'55.12 p101
歳末と新年　　　　17「宝石」11(1)'56.1 p79
大学生と探偵作家あれこれ問答《座談会》
　　　　　　　　32「探偵倶楽部」7(1)'56.1 p288
探偵小説三十年〈52〉 17「宝石」11(1)'56.1 p328
祖先と古里の発見　17「宝石」11(1)'56.1 p330
日本探偵小説の系譜　27「別冊宝石」9(1)'56.1 p78
道楽の余得　　　　27「別冊宝石」9(1)'56.1 p79
ヒッチコックのエロチック・ハラ
　　　　　　　　17「宝石」11(3)'56.2 p83
お詫び　　　　　　17「宝石」11(3)'56.2 p87
三人の英作家　　27「別冊宝石」9(2)'56.2 p129
「不可能派作家の研究」
お詫び　　　　　　17「宝石」11(4)'56.3 p64
　　　　　　　　17「宝石」11(4)'56.3 p167
毒草《小説》　　　17「宝石」11(4)'56.3 p167
虫《小説》　　33「探偵実話」7(5)'56.3増 p364
入賞作品詮衡座談会《座談会》
　　　　　　　　17「宝石」11(6)'56.4 p113
米英探偵小説の新傾向
　　　　　　　　32「探偵倶楽部」7(4)'56.4 p238
探偵小説三十五年〈1〉
　　　　　　　　17「宝石」11(6)'56.4 p246
ウールリッチ＝アイリッシュについて
　　　　　　　　27「別冊宝石」9(3)'56.4 p73

探偵小説三十五年〈2〉
　　　　　　　　17「宝石」11(7)'56.5 p152
クリスチー略伝　27「別冊宝石」9(4)'56.5 p164
前田君の修士論文通過　17「宝石」11(8)'56.6
探偵小説三十五年〈3〉　17「宝石」11(8)'56.6 p96
探偵小説新論争《座談会》
　　　　　　　　17「宝石」11(8)'56.6 p166
二銭銅貨《小説》　27「別冊宝石」9(5)'56.6 p10
探偵小説三十五年〈4〉
　　　　　　　　17「宝石」11(9)'56.7 p230
芋虫《小説》　　　17「宝石」11(10)'56.7 p274
目羅博士の不思議な犯罪《小説》
　　　　　　33「探偵実話」7(11)'56.7増 p384
人間椅子〔原作〕《絵物語》
　　　　　　　　32「探偵倶楽部」7(9)'56.8 p11
探偵小説三十五年〈5〉
　　　　　　　　17「宝石」11(11)'56.8 p200
スタウトについて　27「別冊宝石」9(6)'56.8 p155
押絵と旅する男〔原作〕《絵物語》
32「探偵倶楽部」7(10)'56.9 p37, 45, 53, 61, 135, 137,
139, 143, 145, 147
探偵小説三十五年〈6〉
　　　　　　　　17「宝石」11(12)'56.9 p190
小酒井、平林両家の催し
　　　　　　　　17「宝石」11(12)'56.9 p194
長篇傑作の登場を促す
　　　　　　33「探偵実話」7(14)'56.9 p245
モノグラム《小説》 17「宝石」11(13)'56.9増 p18
探偵小説の世界的交歓
　　　　　　　　17「宝石」11(14)'56.10 p68
屋根裏の散歩者〔原作〕《絵物語》
32「探偵倶楽部」7(11)'56.10 p147, 155, 161, 169, 289,
299, 309, 319, 327, 333
探偵小説三十五年〈7〉
　　　　　　　　17「宝石」11(14)'56.10 p220
ガードナア雑記　27「別冊宝石」9(7)'56.10 p161
犯罪世相漫談《対談》
　　　　　　　　32「探偵倶楽部」7(12)'56.11 p144
探偵小説三十五年〈8〉
　　　　　　　　17「宝石」11(15)'56.11 p230
疑惑《小説》　33「探偵実話」7(16)'56.11増 p114
探偵小説三十五年〈9〉
　　　　　　　　17「宝石」11(16)'56.12 p204
鬼〔原作〕《絵物語》
32「探偵倶楽部」7(13)'56.12 p267, 273, 279, 297, 303,
309, 315, 321, 329, 337
法医学と探偵小説《対談》
　　　　　　33「探偵実話」8(1)'56.12 p128
カーについて　　27「別冊宝石」9(9)'56.12 p152
ソ連と中共の近況　17「宝石」12(1)'57.1 p137
鏡地獄〔原作〕《絵物語》
32「探偵倶楽部」8(1)'57.1 p269, 275, 281, 285, 289,
301, 315, 321, 325, 335
探偵小説三十五年〈10〉
　　　　　　　　17「宝石」12(1)'57.1 p318
算盤が恋を語る話《小説》
　　　　　　　　17「宝石」12(2)'57.1増 p18
探偵小説三十五年〈11〉
　　　　　　　　17「宝石」12(3)'57.2 p74
黒岩涙香の遺稿　　17「宝石」12(3)'57.2 p102

549

えとか

探偵小説三十五年〈12〉
　　　　　　　17「宝石」12(4)'57.3 p198
白昼夢〔原作〕《絵物語》
　32「探偵倶楽部」8(2)'57.3 p249, 255, 261, 267, 273, 277, 285, 291, 295, 301
双生児《小説》　　33「探偵実話」8(5)'57.3増 p70
『鉄仮面』の原作について
　　　　　　　32「探偵倶楽部」8(3)'57.4 p22
入賞作品選考座談会《座談会》
　　　　　　　17「宝石」12(5)'57.4 p88
探偵小説三十五年〈13〉
　　　　　　　17「宝石」12(5)'57.4 p124
踊る一寸法師〔原作〕《絵物語》
　32「探偵倶楽部」8(3)'57.4 p239, 251, 253, 259, 263, 267, 277, 285, 293, 301
三作家小伝　　　27「別冊宝石」10(4)'57.4 p140
屋根裏の散歩者《小説》
　　　　　　　17「宝石」12(6)'57.4増 p14
探偵小説三十五年〈14〉
　　　　　　　17「宝石」12(7)'57.5 p208
ドロシイ・ヒューズについて
　　　　　　　27「別冊宝石」10(5)'57.5 p180
女と犯罪を語る座談会《座談会》
　　　　　　　33「探偵実話」8(8)'57.5増 p145
探偵小説三十五年〈15〉
　　　　　　　17「宝石」12(8)'57.6 p136
探偵小説三十五年〈16〉
　　　　　　　17「宝石」12(9)'57.7 p94
探偵小説とスリラー映画《座談会》
　　　　　　　17「宝石」12(9)'57.7 p188
三女流作家の小伝　27「別冊宝石」10(7)'57.7 p169
幸田露伴と探偵小説《対談》
　　　　　　　17「宝石」12(10)'57.8 p82
文壇作家「探偵小説」を語る《座談会》
　　　　　　　17「宝石」12(10)'57.8 p188
海外近事　　　　17「宝石」12(10)'57.8 p238
編集を終つて　　17「宝石」12(10)'57.8 p306
接吻《小説》　　17「宝石」12(11)'57.8増 p50
探偵小説三十五年〈17〉
　　　　　　　17「宝石」12(12)'57.9 p192
江戸川賞長篇選考の遅延についてお詫び
　　　　　　　17「宝石」12(12)'57.9 p193
ヴァン・ダインは一流か五流か《対談》
　　　　　　　17「宝石」12(12)'57.9 p228
深夜・犯罪を猟る　17「宝石」12(12)'57.9 p268
三作家の横顔　　27「別冊宝石」10(9)'57.9 p192
アンケート《アンケート》
　　　　　　　17「宝石」12(13)'57.10 p80
樽の中に住む話《座談会》
　　　　　　　17「宝石」12(13)'57.10 p112
現代のスリルを語る《座談会》
　　　　　　　17「宝石」12(13)'57.10 p156
探偵小説三十五年〈18〉
　　　　　　　17「宝石」12(13)'57.10 p252
本号の九作家について
　　　　　　　27「別冊宝石」10(10)'57.10 p207
評論家の目《座談会》
　　　　　　　17「宝石」12(14)'57.11 p186
探偵小説三十五年〈19〉
　　　　　　　17「宝石」12(14)'57.11 p264
月と手袋《小説》　33「探偵実話」8(15)'57.11 p343

防空壕《小説》
　　　　　　　32「探偵倶楽部」8(12)'57.11増 p214
恐ろしき錯誤《小説》
　　　　　　　17「宝石」12(15)'57.11増 p234
探偵小説の意欲　32「探偵倶楽部」8(13)'57.12 p3
「新青年」歴代編集長座談会《座談会》
　　　　　　　17「宝石」12(16)'57.12 p98
探偵小説三十五年〈20〉
　　　　　　　17「宝石」12(16)'57.12 p204
誌上アンケート《アンケート》
　　　　　　　33「探偵実話」9(1)'57.12 p134
三つの関係　　　27「別冊宝石」10(11)'57.12 p195
多芸多才の探偵ネロ・ウルフ
　　　　　　　32「探偵倶楽部」9(1)'58.1 p56
探偵小説三十五年〈21〉
　　　　　　　17「宝石」13(1)'58.1 p150
本年度の江戸川賞長篇探偵小説募集について
　　　　　　　17「宝石」13(1)'58.1 p153
探偵作家の専売公社訪問記《座談会》
　　　　　　　17「宝石」13(1)'58.1 p176
女性と探偵小説《座談会》
　　　　　　　17「宝石」13(1)'58.1 p200
八人の探偵作家　27「別冊宝石」11(1)'58.1 p296
柘榴《小説》　　17「宝石」13(2)'58.1増 p307
二つの探偵小説評論　17「宝石」13(2)'58.2 p148
探偵と怪奇を語る三人の女優《座談会》
　　　　　　　17「宝石」13(3)'58.2 p180
探偵小説三十五年〈22〉
　　　　　　　17「宝石」13(3)'58.2 p280
若尾文子　　　　17「宝石」13(4)'58.3 p14
本格もの不振の打開策について《対談》
　　　　　　　17「宝石」13(4)'58.3 p118
探偵小説三十五年〈23〉
　　　　　　　17「宝石」13(4)'58.3 p184
クリスティの映画「情婦」を語る《座談会》
　　　　　　　17「宝石」13(4)'58.3 p258
カーほか十一作家の作品
　　　　　　　27「別冊宝石」11(3)'58.3 p197
スリラー映画の三人
　　　　　　　17「宝石」13(5)'58.4 p128
探偵小説三十五年〈24〉
　　　　　　　17「宝石」13(5)'58.4 p188
「新人二十五人集」入選作品選評座談会《座談会》
　　　　　　　17「宝石」13(5)'58.4 p208
背骨のある優等生　27「別冊宝石」11(4)'58.4 p270
押絵と旅する男　32「探偵倶楽部」9(5)'58.4増 p110
財界の巨頭探偵小説を語る《座談会》
　　　　　　　17「宝石」13(6)'58.5 p108
探偵小説三十五年〈25〉
　　　　　　　17「宝石」13(6)'58.5 p156
黒手組《小説》　17「宝石」13(7)'58.5増 p284
探偵小説三十五年〈26〉
　　　　　　　17「宝石」13(8)'58.6 p204
推理小説早慶戦《座談会》
　　　　　　　17「宝石」13(8)'58.6 p256
これからの探偵小説《対談》
　　　　　　　17「宝石」13(9)'58.7 p198
探偵小説三十五年〈27〉
　　　　　　　17「宝石」13(9)'58.7 p224

えとか

二通人の翻訳縦横談《座談会》
　　　　　　17「宝石」13(9)'58.7 p228
探偵小説三十五年〈28〉
　　　　　　17「宝石」13(10)'58.8 p130
シムノンの人と映画《座談会》
　　　　　　17「宝石」13(10)'58.8 p220
人間椅子《小説》　17「宝石」13(11)'58.8増 p222
探偵小説三十五年〈29〉
　　　　　　17「宝石」13(12)'58.9 p100
「死刑台のエレベーター」を見る
　　　　　　17「宝石」13(12)'58.9 p224
妄言を謝すべ　17「宝石」13(13)'58.10 p50
狐狗狸の夕べ《座談会》
　　　　　　17「宝石」13(13)'58.10 p166
探偵小説三十五年〈30〉
　　　　　　17「宝石」13(13)'58.10 p248
防空壕《小説》　27「別冊宝石」11(8)'58.10 p100
断崖《小説》　33「探偵実話」9(14)'58.10増 p18
稀代のベストセラー作家
　　　　　　32「探偵倶楽部」9(13)'58.11 p122
探偵小説三十五年〈31〉
　　　　　　17「宝石」13(14)'58.11 p148
スピード・科学・ミステリー《座談会》
　　　　　　17「宝石」13(14)'58.11 p184
報告と感想　　17「宝石」13(14)'58.11 p220
「共犯者」合評会《座談会》
　　　　　　17「宝石」13(14)'58.11 p282
クリスティ劇について
　　　　　　17「宝石」13(15)'58.12 p12
探偵小説三十五年〈32〉
　　　　　　17「宝石」13(15)'58.12 p118
旅と俳句とミステリー《座談会》
　　　　　　17「宝石」13(15)'58.12 p250
陰獣〈1〉《小説》
　　　　　　27「別冊宝石」11(10)'58.12 p326
明るい仁木さん　17「宝石」14(1)'59.1 p18
探偵小説三十五年〈33〉
　　　　　　17「宝石」14(1)'59.1 p244
クリスティ女史のこと
　　　　　　27「別冊宝石」12(1)'59.1 p131
探偵小説三十五年〈34〉
　　　　　　17「宝石」14(2)'59.2 p174
絶対絶命《対談》　17「宝石」14(2)'59.2 p288
陰獣〈2・完〉《小説》
　　　　　　27「別冊宝石」12(2)'59.2 p301
エドガー・ポオの生と死
　　　　　　17「宝石」14(3)'59.3 p154
探偵小説三十五年〈35〉
　　　　　　17「宝石」14(3)'59.3 p188
「新人二十五人集」入選作品選評座談会《座談会》
　　　　　　17「宝石」14(4)'59.4 p212
探偵小説三十五年〈36〉
　　　　　　17「宝石」14(4)'59.4 p282
芋虫《小説》　27「別冊宝石」12(4)'59.4 p320
探偵小説三十五年〈37〉
　　　　　　17「宝石」14(5)'59.5 p174
推理小説と文学《座談会》
　　　　　　17「宝石」14(5)'59.5 p222
探偵小説三十五年〈38〉
　　　　　　17「宝石」14(6)'59.6 p134
赤い部屋《小説》　27「別冊宝石」12(6)'59.6 p321

カー問答　　　17「宝石」14(7)'59.6増 p86
探偵小説三十五年〈39〉
　　　　　　17「宝石」14(8)'59.7 p110
堀越捜査一課長殿《小説》
　　　　　　33「探偵実話」10(10)'59.7増 p118
探偵小説三十五年〈40〉
　　　　　　17「宝石」14(9)'59.8 p86
新人作家の抱負《座談会》
　　　　　　17「宝石」14(9)'59.8 p254
双生児《小説》　27「別冊宝石」12(8)'59.8 p323
探偵小説三十五年〈41〉
　　　　　　17「宝石」14(10)'59.9 p210
選評　　　　　17「宝石」14(11)'59.10 p54
選者の言葉　　17「宝石」14(11)'59.10 p109
探偵小説三十五年〈42〉
　　　　　　17「宝石」14(11)'59.10 p196
「紳士諸君」の傑作集
　　　　　　17「宝石」14(12)'59.10増 p21
妖虫〈1〉《小説》
　　　　　　27「別冊宝石」12(10)'59.10 p297
有望な女性作家　17「宝石」14(13)'59.11 p54
選後評　　　　17「宝石」14(13)'59.11 p164
探偵小説三十五年〈43〉
　　　　　　17「宝石」14(13)'59.11 p184
探偵小説三十五年〈44〉
　　　　　　17「宝石」14(14)'59.12 p190
第四ピーク作家総出演
　　　　　　17「宝石」14(15)'59.12増 p3
妖虫〈2〉《小説》
　　　　　　27「別冊宝石」12(12)'59.12 p290
探偵小説三十五年〈45〉
　　　　　　17「宝石」15(1)'60.1 p226
大学教授とミステリ《座談会》
　　　　　　17「宝石」15(1)'60.1 p266
探偵小説三十五年〈46〉
　　　　　　17「宝石」15(2)'60.2 p192
妖虫〈3〉《小説》　27「別冊宝石」13(2)'60.2 p293
探偵小説三十五年〈47〉
　　　　　　17「宝石」15(4)'60.3 p88
昭和35年度宝石賞選評座談会《座談会》
　　　　　　17「宝石」15(5)'60.4 p238
妖虫〈4〉《小説》　27「別冊宝石」13(4)'60.4 p297
探偵小説三十五年〈48〉
　　　　　　17「宝石」15(6)'60.5 p180
H・H・ホームズのこと
　　　　　　27「別冊宝石」13(5)'60.5 p152
探偵小説三十五年〈49・完〉
　　　　　　17「宝石」15(8)'60.6 p204
妖虫〈5〉《小説》　27「別冊宝石」13(6)'60.6 p299
ウッドハウス略伝　17「宝石」15(9)'60.7 p296
妖虫〈6〉《小説》
　　　　　　35「エロティック・ミステリー」1(1)'60.8 p293
妖虫〈7・完〉《小説》
　　　　　　35「エロティック・ミステリー」1(2)'60.9 p293
経過報告と私の感想　17「宝石」15(12)'60.10 p220
一寸法師〈1〉《小説》
　　　　　　35「エロティック・ミステリー」1(3)'60.10 p293
一寸法師〈2〉《小説》
　　　　　　35「エロティック・ミステリー」1(4)'60.11 p292
一寸法師〈3〉《小説》
　　　　　　35「エロティック・ミステリー」1(5)'60.12 p297

えとか

一寸法師〈4〉《小説》
　　35「エロティック・ミステリー」2(1)'61.1 p300
一寸法師〈5・完〉《小説》
　　35「エロティック・ミステリー」2(2)'61.2 p292
影男〈1〉《小説》
　　35「エロティック・ミステリー」2(3)'61.3 p280
影男〈2〉《小説》
　　35「エロティック・ミステリー」2(4)'61.4 p285
影男〈3〉《小説》
　　35「エロティック・ミステリー」2(5)'61.5 p289
影男〈4〉《小説》
　　35「エロティック・ミステリー」2(6)'61.6 p293
影男〈5・完〉《小説》
　　35「エロティック・ミステリー」2(7)'61.7 p282
指《小説》　　　　　27「別冊宝石」14(4)'61.7 p30
闇に蠢く〈1〉《小説》
　　35「エロティック・ミステリー」2(8)'61.8 p293
残虐への郷愁
　　35「エロティック・ミステリー」2(9)'61.9 p15
闇に蠢く〈2〉《小説》
　　35「エロティック・ミステリー」2(9)'61.9 p257
二重人格と分身の怪談
　　35「エロティック・ミステリー」2(10)'61.10 p18
秀作を得て欣快　　17「宝石」16(11)'61.10 p217
闇に蠢く〈3〉《小説》
　　35「エロティック・ミステリー」2(10)'61.10 p256
闇に蠢く〈4〉《小説》
　　35「エロティック・ミステリー」2(11)'61.11 p260
瀬戸内海の惨劇をめぐって《座談会》
　　　　　　　　　　27「別冊宝石」14(6)'61.11 p120
闇に蠢く〈5・完〉《小説》
　　35「エロティック・ミステリー」2(12)'61.12 p265
人間椅子《小説》
　　35「エロティック・ミステリー」3(1)'62.1 p28
パノラマ島奇談〔原作〕《絵物語》
　　　　　　　　　　17「宝石」17(1)'62.1 p147
木馬は廻る《小説》
　　35「エロティック・ミステリー」3(2)'62.2 p236
寝物語　　　　　　　17「宝石」17(4)'62.3 p87
灰神楽《小説》
　　35「エロティック・ミステリー」3(3)'62.3 p224
〈宝石賞〉選考座談会《座談会》
　　　　　　　　　　17「宝石」17(5)'62.4 p188
黒手組《小説》
　　35「エロティック・ミステリー」3(4)'62.4 p261
四重婚　　35「エロティック・ミステリー」3(6)'62.6 p7
新時代の文人気質?　17「宝石」17(7)'62.6 p120
第一期「新青年」グループの先輩
　　　　　　　　　　17「宝石」17(7)'62.6 p155
奔放不羈の人　　　17「宝石」17(10)'62.8 p83
ラインハート・ノート
　　　　　　　　　　27「別冊宝石」15(3)'62.8 p165
昭和37年度第一回宝石中篇賞選考座談会《座談会》
　　　　　　　　　　17「宝石」17(11)'62.9 p164
稀有の人　　　　　17「宝石」17(13)'62.10 p118
選考経過・異例の二篇入選
　　　　　　　　　　17「宝石」17(13)'62.10 p138
今年以後の募集規定の一部変更について
　　　　　　　　　　17「宝石」17(13)'62.10 p140
「大いなる幻影」を推す
　　　　　　　　　　17「宝石」17(13)'62.10 p141

J・シモンズの圧縮推理小説史
　　　　　　　　　　17「宝石」17(13)'62.10 p328
戸板さんを口説いた話
　　　　　　　　　　17「宝石」17(14)'62.11 p102
近況　　　　　　　　17「宝石」17(15)'62.11増 p109
白家太郎から多岐川恭へ
　　　　　　　　　　27「別冊宝石」16(3)'63.3 p71
昭和38年度宝石短篇賞選考委員会《座談会》
　　　　　　　　　　17「宝石」18(5)'63.4 p124
新時代の文人気質?
　　　　　　　　　　27「別冊宝石」16(4)'63.5 p289
第九回江戸川乱歩賞選考委員会《座談会》
　　　　　　　　　　17「宝石」18(12)'63.9 p70
人でなしの恋《小説》
　　35「エロティック・ミステリー」4(10)'63.10 p60
推理作家協会18年の歩み《座談会》
　　　　　　　　　　17「宝石」18(14)'63.10増 p248
江戸川生　→江戸川乱歩
　当番制廃止について　04「探偵趣味」12 '26.10 p74
　ベスト・テン　　　　17「宝石」1(9)'46.12 p37
エトマン, シーモア
　首無し十三死体の恐怖　33「探偵実話」5 '50.10 p44
エドワァズ, アメリア・B
　幻の馬車《小説》　　17「宝石」10(15)'55.11 p60
江波 あき
　あきれつ腱《小説》　17「宝石」15(3)'60.2増 p318
榎並 照正
　意識と無意識の境《小説》
　　　　　　　　08「探偵趣味」(平凡社版)12 '32.4 p29
榎本 健一
　あなたは狙はれてゐる《アンケート》
　　　　　　　　　　20「探偵よみもの」30 '46.11 p18
　エノケンと説教強盗の対談《対談》
　　　　　　　　　　26「フーダニット」2(2)'48.3 p5
　師走のカラツ風　　17「宝石」14(14)'59.12 p76
エバハート, ミニヨン
　蜘蛛猿《小説》　　11「ぷろふいる」4(2)'36.2 p76
　スザン・デアの推理《小説》
　　　　　　　　　　17「宝石」12(8)'57.6 p114
えばんたい
　報酬五千円事件評　11「ぷろふいる」4(9)'36.9 p131
エーベルト, ワルタア
　少年殺人犯《小説》　17「宝石」11(4)'56.3 p269
烏帽子 三六
　お茶漬けの味　　　33「探偵実話」6(1)'54.12 p165
江馬 寿
　ウイルヘルム・ハウフについて
　　　　　　　　　　32「探偵倶楽部」9(2)'58.2 p260
江見 仙吉
　性転換のストリッパー
　　　　　　　　　　33「探偵実話」13(6)'62.5 p116
　熱海に新名所をつくる男
　　　　　　　　　　33「探偵実話」13(12)'62.10 p66
　板になりたや
　　35「エロティック・ミステリー」4(8)'63.8 p68
　お色気温泉めぐり〈7〉
　　35「エロティック・ミステリー」5(1)'64.1 p82

江羅 陸薩
　ぷろふいる行進譜
　　　　　　　　　　　11「ぷろふいる」2(12)'34.12 p44
鯉井 九印
　筋書殺人事件《小説》　17「宝石」10(2)'55.1増 p80
エルソン, ハル
　ブルケを売る男《小説》
　　　　　　　　　　27「別冊宝石」17(5)'64.4増 p108
エロ, エルネスト
　秘密《小説》　　　04「探偵趣味」4(6)'28.6 p20
　二十三人目《小説》　09「探偵小説」2(4)'32.4 p100
円子
　昔の芸妓・今のゲイシャ《座談会》
　　　　　　　　　　　35「ミステリー」5(2)'64.2 p140
鶯春亭 梅橘
　座談会お笑ひ怪談《座談会》
　　　　　　　　　　17「宝石」6(10)'51.10 p278
圓城寺 雄
　奇怪な再会《小説》
　　　　　　08「探偵趣味」(平凡社版)9 '32.1 p25
袁随園
　白二宮《小説》　　　17「宝石」3(1)'48.1 p7
焉太郎
　夜逢って朝別れる
　　　　　　　　　27「別冊宝石」12(10)'59.10 p17
　田之助の臨終　27「別冊宝石」12(10)'59.10 p125
　成政の姦通裁き　27「別冊宝石」12(12)'59.12 p90
　北斎のタンカ
　　　　　35「エロティック・ミステリー」1(5)'60.12 p201
遠藤 桂子　→藤雪夫
　渦潮《小説》　　27「別冊宝石」3(3)'50.6 p119
　谷氏並びにS氏に答えて
　　　　　　　　　　　17「宝石」5(11)'50.11 p178
　渦潮《小説》　　　17「宝石」19(6)'64.4増 p164
遠藤 周作
　影なき男《小説》　17「宝石」12(16)'57.12 p56
　カメラの極意　　　17「宝石」14(3)'59.3 p12
　ぼくと探偵小説　　17「宝石」14(8)'59.7 p126
　シムノンの短篇集をよんで
　　　　　　　　　　17「宝石」14(14)'59.12 p176
遠藤 中節
　無言の証人　　　　06「猟奇」4(4)'31.6 p72
遠藤 久男
　スリルを売るコールガール《座談会》
　　　　　　　　　　33「探偵実話」11(1)'59.12 p144
遠路 市内
　マン・ホール　　15「探偵春秋」2(2)'37.2 p32
　マン・ホール　　15「探偵春秋」2(3)'37.3 p44
遠路 志内
　マン・ホール　　15「探偵春秋」1(1)'36.10 p27
　マン・ホール　　15「探偵春秋」1(2)'36.11 p110
　マン・ホール　　15「探偵春秋」1(3)'36.12 p62
　マン・ホール　　15「探偵春秋」2(1)'37.1 p84

【 お 】

及川 千代
　探偵映画よもやま話《座談会》
　　　　　　　　　　　17「宝石」4(2)'49.2 p42
及川 英雄
　春情蝶《小説》　　　24「妖奇」3(5)'49.5 p30
　生きていた幽霊《小説》
　　　　　　　　　　24「妖奇」6(10)'52.10 p90
オウエン
　銀器《小説》　　11「ぷろふいる」4(9)'36.9 p24
扇谷 正造
　週刊雑誌編集長座談会《座談会》
　　　　　　　　　32「探偵倶楽部」4(6)'53.6 p94
　女性と探偵小説《座談会》
　　　　　　　　　　17「宝石」13(1)'58.1 p200
　選評にかえて　　　17「宝石」13(13)'58.10 p51
　黒岩重吾を語る《座談会》
　　　　　　　　　27「別冊宝石」16(1)'63.1 p184
　小ばなし　　　　　17「宝石」18(7)'63.5 p19
　アンケート《アンケート》
　　　　　　　　　　17「宝石」18(8)'63.6 p124
黄金虫
　著者紹介　　　　　16「ロック」2(2)'47.2 p44
近江 俊郎
　会いに来た船長　　33「探偵実話」3(9)'52.8 p135
鸚鵡 十九
　アタイは犯人を知ってるヨ《小説》
　　　　　　　　　　　17「宝石」7(4)'52.4 p166
大井 正
　ソル・グルクハイマー殺人事件A、監禁者の脱出
　　　　　　　　　11「ぷろふいる」2(10)'34.10 p86
大井 広介
　犯人当て奨励　　　17「宝石」6(5)'51.5 p86
　海外探偵小説を語る《座談会》
　　　　　　　　　　17「宝石」6(11)'51.10 p154
　本邦探偵小説の支柱
　　　　　　　　　　27「別冊宝石」7(9)'54.11 p110
　評論家の目《座談会》
　　　　　　　　　　17「宝石」12(14)'57.11 p186
　探偵小説・回顧と展望《座談会》
　　　　　　　　　　17「宝石」14(1)'59.1 p290
　愉しきかな翻訳探偵小説
　　　　　　　　　27「別冊宝石」13(1)'60.1 p140
　今月の創作評《座談会》
　　　　　　　　　　17「宝石」16(10)'61.9 p228
　昨年度推理小説界を顧みて《座談会》
　　　　　　　　　　17「宝石」17(1)'62.1 p192
　今月の創作評《座談会》
　　　　　　　　　　17「宝石」17(10)'62.8 p236
　今月の創作評《座談会》
　　　　　　　　　　17「宝石」18(7)'63.5 p238
大石 克吉
　まんだん・あのころ　06「猟奇」1(6)'28.11 p22

大石 青牙
合評・一九二八年《座談会》
06「猟奇」1(7)'28.12 p14
カー傑作集に寄す　17「宝石」5(12)'50.12 p190
ニヒリスト《小説》
27「別冊宝石」5(10)'52.12 p176

大石 操
或る夫婦の場合《小説》　24「妖奇」6(6)'52.6 p94

大泉 黒石 →黒石
今は昔　05「探偵・映画」1(1)'27.10 p35
譚の塩辛〈1〉　06「猟奇」3(1)'30.1 p30
譚の塩辛〈2〉　06「猟奇」3(9)'30.3 p20
譚の塩辛〈3〉　06「猟奇」3(3)'30.4 p50
タダ一つ神もし許し賜はゞ‥‥《アンケート》
06「猟奇」4(3)'31.5 p69

大磯 良工
富貴楼おくら実記　27「別冊宝石」8(1)'55.1 p350

大内 茂男
今月の読み物　17「宝石」14(8)'59.7 p226
今月の走査線　17「宝石」14(9)'59.8 p74
今月の走査線　17「宝石」14(10)'59.9 p144
今月の走査線　17「宝石」14(11)'59.10 p96
ノン・プロ推理小説論　17「宝石」14(12)'59.10増 p16
今月の走査線　17「宝石」14(13)'59.11 p198
今月の走査線　17「宝石」14(14)'59.12 p94
今月の走査線　17「宝石」15(1)'60.1 p90
宝石昭和34年度作品ベスト・10《アンケート》
17「宝石」15(1)'60.1 p225
大学教授とミステリ《座談会》
17「宝石」15(1)'60.1 p266
今月の走査線　17「宝石」15(2)'60.2 p104
今月の走査線　17「宝石」15(4)'60.3 p118
今月の走査線　17「宝石」15(5)'60.4 p98
今月の走査線　17「宝石」15(6)'60.5 p234
今月の走査線　17「宝石」15(8)'60.6 p180
推理小説評論の難かしさ《座談会》
17「宝石」15(8)'60.6 p244
今月の走査線　17「宝石」15(9)'60.7 p142
今月の走査線　17「宝石」15(10)'60.8 p216
今月の走査線　17「宝石」15(11)'60.9 p216
今月の走査線　17「宝石」15(12)'60.10 p184
今月の走査線　17「宝石」15(13)'60.11 p220
今月の走査線　17「宝石」15(14)'60.12 p236
小さな鍵　17「宝石」16(1)'61.1 p210
小さな鍵　17「宝石」16(2)'61.2 p274
昨年度の推理小説界を顧みて《座談会》
17「宝石」16(2)'61.2 p288
小さな鍵　17「宝石」16(4)'61.3 p240
小さな鍵　17「宝石」16(5)'61.4 p134
昭和36年度宝石賞選考座談会《座談会》
17「宝石」16(5)'61.4 p216
小さな鍵　17「宝石」16(6)'61.5 p108
小さな鍵　17「宝石」16(7)'61.6 p170
今月の創作評《座談会》
17「宝石」16(8)'61.7 p196
今月の創作評《座談会》
17「宝石」16(9)'61.8 p240
今月の創作評《座談会》
17「宝石」16(10)'61.9 p228
今月の創作評《座談会》
17「宝石」16(11)'61.10 p292
今月の創作評《座談会》
17「宝石」16(12)'61.11 p218
蒼井雄と私　27「別冊宝石」14(6)'61.11 p136
今月の創作評《対談》
17「宝石」16(13)'61.12 p244
今月の創作評《座談会》
17「宝石」17(1)'62.1 p274
今月の創作評《対談》
17「宝石」17(3)'62.2 p282
今月の創作評《座談会》
17「宝石」17(4)'62.3 p216
大下宇陀児論　17「宝石」17(6)'62.5 p84
今月の創作評《対談》
17「宝石」17(6)'62.5 p270
今月の創作評《座談会》
17「宝石」17(9)'62.7 p246
昭和37年度第一回宝石中篇賞選考座談会《座談会》
17「宝石」17(11)'62.9 p164
今月の創作評《座談会》
17「宝石」17(11)'62.9 p244
今月の創作評《座談会》
17「宝石」17(13)'62.10 p260
多岐川恭の長編　27「別冊宝石」16(3)'63.3 p181
再び、神津恭介を…《座談会》
27「別冊宝石」16(6)'63.7 p176
今月の創作評《座談会》
17「宝石」18(11)'63.8 p216
今月の翻訳雑誌から　17「宝石」19(1)'64.1 p198
今月の翻訳雑誌から　17「宝石」19(3)'64.2 p126
今月の翻訳雑誌から　17「宝石」19(4)'64.3 p206
推理小説評論は成立つか《座談会》
17「宝石」19(4)'64.3 p212
今月の翻訳雑誌から　17「宝石」19(5)'64.4 p300
今月の翻訳雑誌から　17「宝石」19(7)'64.5 p310

大海原 浩
あちゃら版「春琴抄」
35「ミステリー」5(2)'64.2 p46

大江 勇
呪ひの蛇娘《小説》　24「妖奇」5(8)'51.8 p60
東浦寨宝《小説》　24「妖奇」5(11)'51.11 p72
恨みの賽《小説》　24「妖奇」5(12)'51.12 p32
毛切石《小説》　24「妖奇」6(1)'52.1 p127
はちもんの女《小説》　24「妖奇」6(2)'52.2 p80
水こぼしの六《小説》　24「妖奇」6(3)'52.3 p50
末通女判断《小説》　24「妖奇」6(4)'52.4 p106
因果地獄《小説》　24「妖奇」6(5)'52.5 p75
牛娘《小説》　24「妖奇」6(6)'52.6 p114
畜生弁天《小説》　24「妖奇」6(7)'52.7 p108
紙《小説》　24「妖奇」6(9)'52.9 p108
内股の黒子《小説》
24「トリック」6(11)'52.11 p92
娘角力の番付《小説》
24「トリック」6(12)'52.12 p112
見世物綺譚《小説》　24「トリック」7(1)'53.1 p76
消えた死人《小説》　24「トリック」7(2)'53.2 p172
非情輪廻《小説》　24「トリック」7(3)'53.3 p122

大江 圭介
ある放浪記《小説》　17「宝石」18(2)'63.1増 p352
手軽な殺人《小説》
35「エロチック・ミステリー」4(3)'63.3 p118

氷柱《小説》
　　　　35「エロティック・ミステリー」5(1)'64.1 p50
大江 賢次
　接穂《小説》　　　　17「宝石」7(8)'52.8 p118
大江 專一　→伴大矩
　ハガキ回答《アンケート》
　　　　　　　11「ぷろふいる」3(12)'35.12 p45
　海外探偵雑誌総まくり
　　　　　　　11「ぷろふいる」4(3)'36.3 p124
　近頃読んだもの　11「ぷろふいる」4(6)'36.6 p25
　諸家の感想《アンケート》
　　　　　　　15「探偵春秋」2(1)'37.1 p70
　英・米篇　　　15「探偵春秋」2(1)'37.1 p86
　お問合せ《アンケート》
　　　　　　　12「シュピオ」3(5)'37.6 p47
大江 春房
　その名もナポレオン洞窟
　　　　35「エロティック・ミステリー」2(6)'61.6 p172
大江 久史
　わが道を行く苦労人　17「宝石」16(13)'61.12 p162
　紫綬褒章に輝やく大御所
　　　　　　　17「宝石」17(1)'62.1 p130
大岡 昇平
　春の夜の出来事《小説》
　　　　　　　27「別冊宝石」9(8)'56.11 p262
　夕照《小説》　　17「宝石」14(12)'59.10増 p22
大方 宗太郎
　らくがき 森下雨村　15「探偵春秋」2(3)'37.3 p25
大川 白雨
　江戸時代好色暴露史
　　　　　　　09「探偵小説」2(3)'32.3 p140
　江戸時代女性犯罪種々相
　　　　　　　09「探偵小説」2(4)'32.4 p260
　江戸密偵秘話
　　　　　　　09「探偵小説」2(8)'32.8 p240
大川 平一
　モダン犯罪論　11「ぷろふいる」3(11)'35.11 p51
大川 幸夫
　簾《小説》　　11「ぷろふいる」2(7)'34.7 p123
大木 惇夫
　小田原の思い出　17「宝石」18(15)'63.11 p20
大木 悦二
　マイナスの詐欺《小説》　19「仮面」3(4)'48.6 p18
大木 喬太郎
　蠟人形《小説》　　24「妖奇」3(3)'49.3 p37
　殺人画占術《小説》　24「妖奇」4(12)'50.12 p82
大木 繁
　竹橋事件　　15「探偵春秋」1(1)'36.10 p12, 11
大木 順行
　今月のスイセン盤　17「宝石」15(8)'60.6 p203
　今月のスイセン集　17「宝石」15(10)'60.8 p275
大木 澄
　てんやわんやのテレビ界の内幕を探る
　　　　　　　32「探偵倶楽部」8(4)'57.5 p30
大木 澄夫
　訳者のことば　　17「宝石」17(7)'62.6 p373
　ペンティコストについて
　　　　　　　27「別冊宝石」15(3)'62.8 p168

大木 竹郎
　十七少年の情痴殺人事件
　　　　　　　20「探偵よみもの」35 '48.5 p34
大木 順行
　今月のスイセン盤　17「宝石」15(9)'60.7 p259
大木 浩
　熱球の歌《小説》　27「別冊宝石」5(4)'52.5 p258
大木 笛我
　春宵風流犯罪奇談《座談会》
　　　　　　　23「真珠」2(5)'48.4 p10
大木 二三夫
　鸚鵡と支那服の女　33「探偵実話」9(2)'58.1増 p270
大木々 貴
　探偵映画雑感　　17「宝石」5(3)'50.3 p171
大串 雅美
　凍れる太陽《小説》
　　　　　　　27「別冊宝石」2(3)'49.12 p492
大久保 敏雄
　浴槽の死美人　　32「探偵クラブ」2(5)'51.7 p118
　地窖の妖女バルワイヤ
　　　　　　　27「別冊宝石」4(1)'51.8 p148
　巴里の女郎蜘蛛　32「探偵倶楽部」4(7)'53.7 p90
　スターリンはこうして死んだ
　　　　　　　32「探偵倶楽部」4(8)'53.8 p110
　生体ミイラ事件　32「探偵倶楽部」4(11)'53.11 p131
　指紋なき男の三重犯罪
　　　　　　　32「探偵倶楽部」5(2)'54.2 p48
　比島バラバラ事件　32「探偵倶楽部」5(6)'54.6 p166
　ラスヴェガスの妖婦
　　　　　　　32「探偵倶楽部」9(2)'58.2 p142
　死のための接吻　32「探偵倶楽部」9(13)'58.11 p202
大久保 保雄
　殺人淫虐地獄〈1〉
　　　　　　　09「探偵小説」1(3)'31.11 p201
大久保 善弥
　カンニング《小説》
　　　　　　　33「探偵実話」5(12)'54.10 p82
大倉 燁子
　ハガキ回答《アンケート》
　　　　　　　11「ぷろふいる」3(12)'35.12 p46
　ハガキ回答《アンケート》
　　　　　　　12「探偵文学」1(10)'36.1 p16
　素晴しい記念品　12「探偵文学」2(4)'36.4 p17
　お問合せ《アンケート》
　　　　　　　12「シュピオ」3(5)'37.6 p48
　鷺娘《小説》　　　17「宝石」1(4)'46.7 p38
　地獄の声《小説》　17「宝石」2(3)'47.4 p116
　好人物　　　　　23「真珠」1 '47.4 p7
　盗まれた糸巻《小説》　18「トップ」2(2)'47.5 p56
　猫と犬　　　22「新探偵小説」1(3)'47.7 p33
　隣りの未亡人《小説》　24「妖奇」1(3)'47.9 p22
　ハガキ回答《アンケート》
　　　　　　　25「Gメン」1(1)'47.10 p22
　赤ん坊の闇《小説》　25「Gメン」1(1)'47.10 p30
　むかでの足音《小説》
　　　　　　　20「探偵よみもの」34 '47.12 p10
　魂の喘ぎ《小説》　17「宝石」2(10)'47.12 p28
　鳩つかい《小説》　25「Gメン」2(5)別 '48.4 p34

和製椿姫《小説》	19「仮面」3(3) '48.5 p16	不正入学《小説》	33「探偵実話」4(5) '53.4 p80
愛情の炎《小説》	25「Gメン」2(6) '48.5 p38	秘境ボルネオのダイヤ《小説》	32「探偵倶楽部」4(5) '53.5 p294
黒猫十三《小説》	24「妖奇」2(10) '48.9 p36	某名士の告白	33「探偵実話」4(6) '53.5 p56
声なき迫害《小説》	17「宝石」3(7) '48.9 p42	心霊《小説》	32「探偵倶楽部」4(6) '53.6 p253
あの顔《小説》	16「ロック」3(6) '48.10 p24	ばくち狂時代《小説》	33「探偵実話」4(7) '53.6 p120
一瞬間の恐怖《小説》	24「妖奇」3(1) '49.1 p56	坩堝	17「宝石」8(7) '53.7 p38
第二の失恋《小説》	25「X」3(3) '49.3 p36	やくざワルツ《小説》	33「探偵実話」4(8) '53.7 p58
その夜の出来事《小説》	25「X」3(4) '49.3別 p62	アジヤパアー《小説》	33「探偵実話」4(9) '53.8 p160
過去のきず《小説》	20「探偵よみもの」39 '49.6 p24	サーカスの女《小説》	32「探偵倶楽部」4(9) '53.9 p250
ふしぎな破獄《小説》	27「別冊宝石」2(2) '49.8 p70	廃墟《小説》	34「鬼」9 '53.9 p45
今年の抱負	17「宝石」5(1) '50.1 p353	魔性の女《小説》	17「宝石」8(12) '53.10増 p184
妻の妖術《小説》	17「宝石」5(2) '50.2 p230	やくざ女難《小説》	32「探偵倶楽部」4(12) '53.12 p232
ほゝゑむ屍《小説》	20「探偵よみもの」40 '50.8 p139	死の麻雀《小説》	33「探偵実話」5(1) '54.1 p221
天使と悪魔《小説》	24「妖奇」5(1) '51.1 p67	ビル街の戯れ《小説》	17「宝石」9(2) '54.2 p86
競輪に運を賭ける女《小説》	24「妖奇」5(3) '51.3 p25	謎の銃声《小説》	17「宝石」9(2) '54.2 p86
アンケート《アンケート》	17「宝石」6(11) '51.10増 p172	やくざ未練《小説》	32「探偵倶楽部」5(2) '54.2 p240
アンケート《アンケート》	17「宝石」7(1) '52.1 p87	魔窟《小説》	33「探偵実話」5(2) '54.2 p192
まつりの花束《小説》	17「宝石」7(1) '52.1 p192	学生やくざ	32「探偵倶楽部」5(3) '54.3 p64
呪ひの家《小説》	24「妖奇」6(2) '52.2 p74	桃色会社《小説》	33「探偵実話」5(3) '54.3 p72
ユリ子さんの結婚《脚本》	17「宝石」7(2) '52.2 p175	夜行列車《小説》	33「探偵実話」5(4) '54.4 p84
姿なき生活者《小説》		陸軍衛戍刑務所《小説》	33「探偵実話」5(5) '54.4増 p368
	32「探偵倶楽部」3(6) '52.6 p54	やくざ流浪《小説》	32「探偵倶楽部」5(5) '54.5 p256
鏡のない家《小説》	27「別冊宝石」3(1) '53.1 p80	生きている影(後篇)影の悲劇《小説》	
再会《小説》	32「探偵倶楽部」5(1) '54.1 p143		33「探偵実話」5(6) '54.5 p45
最初の印象	27「別冊宝石」7(9) '54.11 p259	西洋剃刀《小説》	17「宝石」9(7) '54.6 p216
椿姫ものがたり《小説》		やくざ懺悔《小説》	32「探偵倶楽部」5(7) '54.7 p199
	32「探偵倶楽部」10(2) '59.2 p137	真夏の夜の恋《小説》	17「宝石」9(10) '54.8増 p192
大河内 常平		遣らずの雨《小説》	33「探偵実話」5(9) '54.8 p98
松葉杖の音《小説》	27「別冊宝石」3(5) '50.4 p198	八百長競馬《小説》	17「宝石」9(11) '54.9 p178
与太公物語	32「探偵クラブ」2(3) '51.4 p210	やくざ双六《小説》	
怪奇なる画伯《小説》			32「探偵倶楽部」5(9) '54.9 p236
	33「探偵実話」2(5) '51.4 p40	我が子まで	27「別冊宝石」7(9) '54.11 p75
三本指の村正《小説》		未亡人クラブ探偵記	32「探偵倶楽部」5(12) '54.12 p63
	32「探偵クラブ」2(5) '51.7 p58	クリスマスの騒に《小説》	
いかさま師《小説》			17「宝石」9(14) '54.12 p86
	32「探偵クラブ」2(6) '51.8 p102	廃墟《小説》	33「探偵実話」6(1) '54.12 p259
解決《小説》	32「探偵クラブ」2(8) '51.9 p156	洋パン君探訪記	32「探偵倶楽部」6(1) '55.1 p216
蛙夫人《小説》	33「探偵実話」2(10) '51.9 p26	紅燈慕情《小説》	33「探偵実話」6(2) '55.1 p26
密告《小説》	32「探偵クラブ」2(9) '51.10 p194	誤れる妻への遺書《小説》	
風にそよぐもの《小説》	17「宝石」7(2) '52.2 p143		33「探偵実話」6(3) '55.2増 p238
人間を二人も《小説》		色即是空《小説》	17「宝石」10(5) '55.3増 p218
	32「探偵クラブ」3(3) '52.3 p218	神兵の悲劇《小説》	33「探偵実話」6(7) '55.6 p78
狙撃《小説》	32「探偵クラブ」3(4) '52.4 p54	相剋《小説》	17「宝石」10(7) '55.7 p17
蛭《小説》	33「探偵実話」3(5) '52.4 p60	風来坊《小説》	33「探偵実話」6(9) '55.8 p218
パチンコ地獄《小説》		密猟者《小説》	33「探偵実話」6(11) '55.10 p156
	33「探偵実話」3(6) '52.6 p92	解決《小説》	33「探偵実話」6(12) '55.10増 p362
赤い月《小説》	27「別冊宝石」3(6) '52.6 p16		
賭博 やくざ インチキ	34「鬼」7 '52.7 p38		
黄昏の決闘《小説》			
	32「探偵倶楽部」3(10) '52.11 p68		
刀匠《小説》	17「宝石」7(11) '52.11 p146		
徒然探偵小説ノート	34「鬼」8 '53.1 p38		
避雷針《小説》	32「探偵倶楽部」4(2) '53.3 p90		

囮《小説》	17「宝石」10(15)'55.11 p244
不思議な巷《小説》	
	17「宝石」10(16)'55.11増 p192
都会の黄昏《小説》	
	33「探偵実話」6(13)'55.11 p210
クレイ少佐の死《小説》	
	17「宝石」10(17)'55.12 p88
因果《小説》	32「探偵倶楽部」6(12)'55.12 p300
恐妻綺譚《小説》	33「探偵実話」7(1)'55.12 p68
探偵小説ブームは果して来るか来ないか《座談会》	
	32「探偵倶楽部」7(1)'56.1 p180
犬も歩けば《小説》	33「探偵実話」7(3)'56.1 p202
疑惑《小説》	32「探偵倶楽部」7(2)'56.2 p80
風邪薬《小説》	17「宝石」11(4)'56.3 p156
ロマンス・グレイ《小説》	
	17「宝石」11(5)'56.3増 p262
狂った町《小説》	33「探偵実話」7(6)'56.3増 p30
刀匠《小説》	33「探偵実話」7(5)'56.3増 p168
探偵文壇放談録《座談会》	
	33「探偵実話」7(5)'56.3増 p274
藪医者綺譚《小説》	33「探偵実話」7(7)'56.4 p88
遊侠奇譚《小説》	33「探偵実話」7(8)'56.4増 p30
蛍雪寮事件《小説》	17「宝石」11(7)'56.5 p178
銀座不連続殺人事件《小説》	
	33「探偵実話」7(9)'56.5 p138
公僕綺譚《小説》	33「探偵実話」7(10)'56.6 p242
アプレ時代《小説》	
	32「探偵倶楽部」7(8)'56.7 p48
廃墟《小説》	17「宝石」11(10)'56.7増 p170
赤い月《小説》	33「探偵実話」7(11)'56.7 p368
流転《小説》	33「探偵実話」7(14)'56.9 p116
夢を描くキッス《小説》	
	17「宝石」11(13)'56.9増 p164
妖刀記《小説》	33「探偵実話」7(16)'56.11 p158
ムー大陸の笛《小説》	
	17「宝石」11(16)'56.12 p122
潮見崎博士の失踪《小説》	
	33「探偵実話」8(3)'57.1 p64
連込み旅館殺人事件《小説》	
	17「宝石」12(2)'57.1増 p128
相剋《小説》	33「探偵実話」8(5)'57.3 p378
酒のむな《小説》	33「探偵実話」8(7)'57.4 p234
殺人遊戯《小説》	33「探偵実話」8(9)'57.5 p92
暫日の命《小説》	17「宝石」12(9)'57.7 p118
甦った影《小説》	32「探偵倶楽部」8(6)'57.7 p154
夕顔の繁る盆地に《小説》	
	33「探偵実話」8(11)'57.7 p30
私はこう思う《座談会》	
	33「探偵実話」8(11)'57.7 p80
売買ゲーム《小説》	17「宝石」12(11)'57.8増 p308
白日の浜辺で《小説》	
	33「探偵実話」8(13)'57.9 p110
蝕まれた巷《小説》	
	33「探偵実話」8(14)'57.10 p165
「探偵作家」童心に帰る	
	17「宝石」12(14)'57.11 p12
八百長競馬《小説》	
	33「探偵実話」8(15)'57.11 p200
一升瓶と缶詰と麻雀	
	32「探偵倶楽部」8(12)'57.11増 p35
雑司ケ谷の大親分	
	32「探偵倶楽部」8(12)'57.11増 p50
秘境埋蔵金の権威	
	32「探偵倶楽部」8(12)'57.11増 p63
探偵文壇きってのスポーツマン	
	32「探偵倶楽部」8(12)'57.11増 p75
黄昏れの銀座ゆく詩人	
	32「探偵倶楽部」8(12)'57.11増 p85
還暦を迎えられた会長	
	32「探偵倶楽部」8(12)'57.11増 p113
カメラとともに	
	32「探偵倶楽部」8(12)'57.11増 p121
ハードボイルドはお嫌い	
	32「探偵倶楽部」8(12)'57.11増 p159
体験豊富の人	32「探偵倶楽部」8(12)'57.11増 p173
シネマスコープ的作風	
	32「探偵倶楽部」8(12)'57.11増 p190
温顔の江戸ッ児	
	32「探偵倶楽部」8(12)'57.11増 p213
よるの夢こそまこと	
	32「探偵倶楽部」8(12)'57.11増 p223
フランス料理の味	
	32「探偵倶楽部」8(12)'57.11増 p243
バッハ・シユーベルトと銭形平次	
	32「探偵倶楽部」8(12)'57.11増 p253
謹厳のうちにユーモアあり	
	32「探偵倶楽部」8(12)'57.11増 p257
恋愛観測年《小説》	
	17「宝石」12(15)'57.11増 p270
薔薇と詩の想出	
	32「探偵倶楽部」8(12)'57.11増 p275
博愛犬族三代におよぶ	
	32「探偵倶楽部」8(12)'57.11増 p285
お洒落者の親玉	
	32「探偵倶楽部」8(12)'57.11増 p293
可愛い猫	32「探偵倶楽部」8(12)'57.11増 p311
宇宙とトカゲの大家	
	32「探偵倶楽部」8(12)'57.11増 p321
散歩とテレビ	32「探偵倶楽部」8(12)'57.11増 p335
仁木悦子さんを訪ねて	
	32「探偵倶楽部」8(13)'57.12 p47
安房国住広正《小説》	
	17「宝石」12(16)'57.12 p212
旋律の殺人《小説》	
	33「探偵実話」9(1)'57.12 p104
紅真珠《小説》	17「宝石」13(2)'58.1 p162
赤い月《小説》	32「探偵倶楽部」9(5)'58.4増 p267
桃色の部屋の中で《小説》	
	17「宝石」13(7)'58.5 p264
幽霊売春街《小説》	17「宝石」13(11)'58.8 p294
妖かしの刀〈1〉《小説》	
	33「探偵実話」9(15)'58.10 p104
遺書《小説》	27「別冊宝石」11(8)'58.10 p196
おかしな祈祷師	
	33「探偵実話」9(14)'58.10 p156
妖かしの刀〈2〉《小説》	
	33「探偵実話」9(16)'58.11 p38
妖かしの刀〈3〉《小説》	
	33「探偵実話」10(1)'58.12 p38
妖かしの刀〈4・完〉《小説》	
	33「探偵実話」10(3)'59.1 p38

スリラーブームは来ている《座談会》
　　　　　33「探偵実話」10(5)'59.3 p144
腐肉の基地〈1〉《小説》
　　　　　33「探偵実話」10(7)'59.4 p38
腐肉の基地〈2〉《小説》
　　　　　33「探偵実話」10(8)'59.5 p38
腐肉の基地〈3〉《小説》
　　　　　33「探偵実話」10(9)'59.6 p38
腐肉の基地〈4〉《小説》
　　　　　33「探偵実話」10(11)'59.7 p142
海底の情鬼《小説》
　　　　　33「探偵実話」10(10)'59.7増 p302
腐肉の基地〈5〉《小説》
　　　　　33「探偵実話」10(12)'59.8 p142
腐肉の基地〈6〉《小説》
　　　　　33「探偵実話」10(13)'59.9 p236
某月某日　　17「宝石」14(11)'59.10 p106
腐肉の基地〈7・完〉《小説》
　　　　　33「探偵実話」10(14)'59.10 p38
鉄腕涙あり《小説》
　　　　　33「探偵実話」11(11)'60.8増 p246
村正の祟り　17「宝石」15(11)'60.9 p232
血染めの短刀《小説》
　　　　　33「探偵実話」12(2)'61.2増 p173
黒い奇蹟〈1〉《小説》
　　　　　33「探偵実話」12(8)'61.6 p38
黒い奇蹟〈2〉《小説》
　　　　　33「探偵実話」12(9)'61.7 p38
黒い奇蹟〈3〉《小説》
　　　　　33「探偵実話」12(11)'61.8 p268
黒い奇蹟〈4〉《小説》
　　　　　33「探偵実話」12(12)'61.9 p70
黒い奇蹟〈5〉《小説》
　　　　　33「探偵実話」12(12)'61.10 p224
黒い奇蹟〈6〉《小説》
　　　　　33「探偵実話」12(15)'61.11 p32
黒い奇蹟〈7・完〉《小説》
　　　　　33「探偵実話」12(16)'61.12 p210
うつし世は夢　27「別冊宝石」15(1)'62.2 p320
死斑の剣《小説》33「探偵実話」13(8)'62.6増 p162
日本のハワイへ
　　　　　35「エロチック・ミステリー」3(7)'62.7 p119
戦後推理小説を語る《座談会》
　　　　　17「宝石」17(15)'62.11増 p258
推理作家協会18年の歩み《座談会》
　　　　　17「宝石」18(14)'63.10増 p248
園田てる子さんへ　27「別冊宝石」17(2)'64.2 p184
撮り魔横行　17「宝石」19(7)'64.5 p109
大河内 敏夫
週刊雑誌編集長座談会《座談会》
　　　　　32「探偵倶楽部」4(6)'53.6 p94
大阪 圭吉（大坂 圭吉）
花束の虫《小説》11「ぷろふいる」2(4)'34.4 p6
塑像《小説》11「ぷろふいる」2(8)'34.8 p82
とむらひ機関車《小説》
　　　　　11「ぷろふいる」2(9)'34.9 p6
我もし自殺者なりせば
　　　　　11「ぷろふいる」2(12)'34.12 p95
雪解《小説》11「ぷろふいる」3(3)'35.3 p18
小栗さんの印象など
　　　　　12「探偵文学」1(7)'35.10 p15

ハガキ回答《アンケート》
　　　　　11「ぷろふいる」3(12)'35.12 p42
ハガキ回答《アンケート》
　　　　　12「探偵文学」1(10)'36.1 p14
探偵小説突撃隊　14「月刊探偵」2(1)'36.1 p30
闖入者《小説》11「ぷろふいる」4(1)'36.1 p30
お玉杓子の話　12「探偵文学」2(4)'36.4 p23
幻影城の番人　11「ぷろふいる」4(4)'36.4 p58
案山子探偵　14「月刊探偵」2(4)'36.5 p18
近頃読んだもの　11「ぷろふいる」4(9)'36.9 p17
弓の先生　　12「探偵文学」2(10)'36.10 p11
諸家の感想《アンケート》
　　　　　15「探偵春秋」2(1)'37.1 p72
連続短篇回顧　11「ぷろふいる」5(1)'37.1 p128
燈台鬼《小説》12「シュピオ」3(4)'37.5 p112
お問合せ《アンケート》
　　　　　12「シュピオ」3(5)'37.6 p49
ハガキ回答《アンケート》
　　　　　12「シュピオ」4(1)'38.1 p23
好意ある督戦隊　12「シュピオ」4(1)'38.1 p24
幽霊妻《小説》22「新探偵小説」1(2)'47.6 p41
白妖〈1〉《小説》24「妖奇」2(7)'48.6 p26
白妖〈2・完〉《小説》24「妖奇」2(8)'48.7 p36
燈台鬼《小説》24「妖奇」2(13)'48.12 p41
動かぬ鯨群《小説》24「妖奇」3(3)'49.3 p30
カンカン虫殺人事件《小説》
　　　　　24「妖奇」3(6)'49.6 p37
とむらい機関車《小説》
　　　　　27「別冊宝石」9(5)'56.6 p178
動かぬ鯨群《小説》17「宝石」18(4)'63.3 p182
大阪記者
マダム色事師の裏おもて《座談会》
　　　　　33「探偵実話」10(15)'59.11増 p19
大沢 一六
貞操裁判と貞操料　09「探偵小説」2(5)'32.5 p66
大沢 謙作
シムノンの横顔　17「宝石」14(6)'59.6 p270
大沢 新也
スラング講座〈1〉　17「宝石」16(1)'61.1 p160
スラング講座〈2〉　17「宝石」16(2)'61.2 p200
スラング講座〈3〉　17「宝石」16(4)'61.3 p200
スラング講座〈4〉　17「宝石」16(6)'61.5 p200
大鹿 卓
首と胴体《小説》07「探偵」1(2)'31.6 p154
望遠鏡の風景《小説》07「探偵」1(3)'31.7 p166
大下 宇陀児　→伊之内緒斗子, ウダル, XYZ
実験科学探偵法　04「探偵趣味」5 '26.2 p1
蒲鉾《小説》　04「探偵趣味」5 '26.2 p42
栗盗人《小説》04「探偵趣味」7 '26.4 p52
処女作の思出　04「探偵趣味」8 '26.5 p25
探偵小説合評《座談会》04「探偵趣味」9 '26.6 p56
江戸児　　　04「探偵趣味」11 '26.8 p53
クローズ・アップ《アンケート》
　　　　　04「探偵趣味」14 '26.12 p41
悪い対手《小説》04「探偵趣味」14 '26.12 p48
クローズ・アップ《アンケート》
　　　　　04「探偵趣味」15 '27.1 p47
市街自動車〈1〉《小説》
　　　　　04「探偵趣味」16 '27.2 p2

市街自動車〈2〉《小説》	
	04「探偵趣味」17 '27.3 p2
市街自動車〈3〉《小説》	
	04「探偵趣味」18 '27.4 p75
市街自動車〈4〉《小説》	
	04「探偵趣味」19 '27.5 p17
市街自動車〈5〉《小説》	
	04「探偵趣味」20 '27.6 p19
市街自動車〈6〉《小説》	
	04「探偵趣味」21 '27.7 p38
市街自動車〈7〉《小説》	
	04「探偵趣味」22 '27.8 p32
市街自動車〈8〉《小説》	
	04「探偵趣味」23 '27.9 p29
市街自動車〈9・完〉《小説》	
	04「探偵趣味」24 '27.10 p68
作者付記	04「探偵趣味」24 '27.10 p80
罪障懺悔のこと	04「探偵趣味」25 '27.11 p45
本年度印象に残れる作品、来年度ある作家への希望《アンケート》	
	04「探偵趣味」26 '27.12 p50
霜月座談会《座談会》	
	04「探偵趣味」4(1) '28.1 p62
投稿創作感想	04「探偵趣味」4(2) '28.2 p75
探偵読本〈2〉	04「探偵趣味」4(3) '28.3 p46
奇人藤田西湖氏のこと	
	04「探偵趣味」4(6) '28.6 p36
カフエー・銀鼠《小説》	
	04「探偵趣味」4(9) '28.9 p84
近頃寸感	06「猟奇」2(4) '29.4 p32
僕の受難	06「猟奇」2(8) '29.8 p36
癖	06「猟奇」3(4) '30.5 p24
人殺し漫談	09「探偵小説」1(1) '31.9 p77
変死人を看る	07「探偵」1(5) '31.9 p82
「世界観光団の殺人事件」に就て	
	09「探偵小説」1(3) '31.11 p169
屍を見る	10「探偵クラブ」1 '32.4 p2
殺人迷路〈2〉《小説》	10「探偵クラブ」2 '32.5 p7
特異なる美の修業者	10「探偵クラブ」5 '32.10 p27
橋本五郎氏の作品	10「探偵クラブ」6 '32.11 p17
夢野久作氏の横顔	10「探偵クラブ」8 '33.1 p16
佐左木俊郎氏の作品に就て	
	10「探偵クラブ」9 '33.3 p24
亡友佐左木君	10「探偵クラブ」10 '33.4 p29
ぷろふいるに寄する言葉	
	11「ぷろふいる」1(1) '33.5 p49
探偵小説随想	11「ぷろふいる」2(1) '34.1 p97
探偵小説不自然論	11「ぷろふいる」3(1) '35.1 p127
乱歩氏のこと	12「探偵文学」1(2) '35.4 p4
鉄骨のはなし	12「探偵文学」1(6) '35.9 p2
小栗君に就いての発見	
	12「探偵文学」1(7) '35.10 p5
破約の弁	11「ぷろふいる」3(10) '35.10 p109
ハガキ回答《アンケート》	
	11「ぷろふいる」3(12) '35.12 p43
作家雑念	14「月刊探偵」2(1) '36.1 p9
ハガキ回答《アンケート》	
	12「探偵文学」1(0) '36.1 p16
商売打明け話	11「ぷろふいる」4(1) '36.1 p74
浜尾さんを惜しむ	11「ぷろふいる」4(1) '36.1 p136
扉言葉	11「ぷろふいる」4(2) '36.2 p10
ホテル・紅館〈1〉《小説》	
	11「ぷろふいる」4(2) '36.2 p10
ホテル・紅館〈2〉《小説》	
	11「ぷろふいる」4(3) '36.3 p10
ホテル・紅館〈3〉《小説》	
	11「ぷろふいる」4(4) '36.4 p10
友を喪ふの記	12「探偵文学」2(5) '36.5 p7
夢野久作全集についての覚書	
	14「月刊探偵」2(4) '36.5 p50
思出の夢野久作氏	14「月刊探偵」2(4) '36.5 p69
ホテル・紅館〈4〉《小説》	
	11「ぷろふいる」4(5) '36.5 p122
夢野久作全集についての覚書	
	14「月刊探偵」2(5) '36.6 p40
ホテル・紅館〈5〉《小説》	
	11「ぷろふいる」4(6) '36.6 p129
ホテル・紅館〈6〉《小説》	
	11「ぷろふいる」4(7) '36.7 p8
ホテル・紅館〈7〉《小説》	
	11「ぷろふいる」4(8) '36.8 p28
ホテル・紅館〈8〉《小説》	
	11「ぷろふいる」4(9) '36.9 p8
処女作の思い出	12「探偵文学」2(10) '36.10 p4
ホテル・紅館〈9・完〉《小説》	
	11「ぷろふいる」4(10) '36.10 p8
批評への希望・感謝・抗議	
	15「探偵春秋」1(1) '36.10 p48
作家悲喜	11「ぷろふいる」5(1) '37.1 p104
探偵小説の構成と技術	
	15「探偵春秋」2(2) '37.2 p2
義眼《小説》	12「シュピオ」3(4) '37.5 p25
お問合せ《アンケート》	
	12「シュピオ」3(5) '37.6 p55
チェホフその他	12「シュピオ」3(10) '37.12 p7
髻《小説》	17「宝石」1(1) '46.3 p54
昆虫男爵〔原作〕《絵物語》17「宝石」1(2) '46.5 p5,	
7, 9, 11, 13, 15, 17, 19, 21, 23	
寸感	17「宝石」1(2) '46.5 p11
タットル大尉を囲む探偵作家の座談会《座談会》	
	17「宝石」1(2) '46.5 p19
作家としての愛情	19「ぷろふいる」1(1) '46.7 p40
探偵小説の謎とトリック	
	16「ロック」1(5) '46.10 p58
世相と探偵眼	20「探偵よみもの」30 '46.11 p4
なめくぢ綺譚《小説》	
	19「ぷろふいる」1(2) '46.12 p2
〔作者の言葉〕	19「ぷろふいる」1(2) '46.12 p9
事実と小説	16「ロック」1(2) '46.12 p28
第十二人目の男《小説》	17「宝石」2(1) '47.1 p44
探偵作家余技集《アンケート》	
	16「ロック」2(2) '47.2 p70
不思議な母《小説》	16「ロック」2(4) '47.4 p4
探偵小説の目やす	17「宝石」2(3) '47.4 p147
柳下家の真理〈1〉《小説》	
	17「宝石」2(3) '47.4 p186
実話片々	18「トップ」2(2) '47.5 p36
柳下家の真理〈2・完〉《小説》	
	17「宝石」2(4) '47.5 p4
創刊号に寄す	22「新探偵小説」1(2) '47.6 p25
浜尾四郎君を想う	18「トップ」2(3) '47.6増 p48
夢野久作君を想う	18「トップ」2(3) '47.6増 p58

十四人目の乗客《小説》　　24「妖奇」1(1)'47.7 p16
実話片々　　　　　　　　18「トップ」2(4)'47.8 p16
丘の家の殺人《小説》　　24「妖奇」1(3)'47.9 p5
ハガキ回答《アンケート》
　　　　　　　　　　　　25「Gメン」1(1)'47.10 p18
老婆三態《小説》　20「探偵よみもの」33 '47.10 p16
吝嗇の真理〈1〉《小説》
　　　　　　　　　　　　18「トップ」2(6)'47.11 p1
東京千一夜《座談会》　18「Gメン」1(3)'47.12 p10
かまぼこ《小説》　20「探偵よみもの」34 '47.12 p16
『とんとん』　　　　　　23「真珠」3 '47.12 p35
探偵話の泉座談会《座談会》
　　　　　　　　　　　　25「Gメン」2(1)'48.1 p8
良人を探る〈1〉《小説》　24「妖奇」2(1)'48.1 p22
吝嗇の真理〈2・完〉《小説》
　　　　　　　　　　　　18「トップ」3(1)'48.1 p4
選評　　　　　　　　　　18「トップ」3(1)'48.1 p11
個性と探偵小説　　　　17「宝石」3(1)'48.1 p23
良人を探る〈2・完〉《小説》
　　　　　　　　　　　　24「妖奇」2(3)'48.2 p16
探偵作家ばかりの二十の扉《座談会》
　　　　　　　　　　　　25「Gメン」2(2)'48.2 p28
二十の扉のかんと推理　　21「黒猫」2(6)'48.2 p30
ルリ子失踪事件《小説》
　　　　　　　　　　　　26「フーダニット」2(2)'48.3 p35
黒眼鏡の男《小説》　　19「仮面」3(2)'48.3 p1
血妖〈1〉《小説》　　　　24「妖奇」2(6)'48.5 p5
三人と一人の殺人《小説》
血妖〈2・完〉《小説》　　21「黒猫」2(7)'48.5 p48
　　　　　　　　　　　　24「妖奇」2(7)'48.6 p14
月山殺人事件《小説》
　　　　　　　　　　26「フーダニット」2(3)'48.6 p31
恐ろしき誤診《小説》
　　　　　　　　19「仮面」夏の増刊 '48.6 p27
ルージュの女《小説》　18「トップ」3(4)'48.7 p7
情鬼〈1〉《小説》　　　24「妖奇」2(8)'48.7 p8
蛍殺人事件《小説》
　　　　　　　　　　26「フーダニット」2(4)'48.7 p28
蟹の足〈1〉《小説》　　21「黒猫」2(10)'48.8 p6
夜の女《小説》　　　　17「宝石」3(6)'48.8 p14
情鬼〈2〉《小説》　　　24「妖奇」2(9)'48.8 p20
蟹の足〈2〉《小説》　　21「黒猫」2(11)'48.9 p6
情鬼〈3・完〉《小説》　24「妖奇」2(10)'48.9 p25
義眼〔原作〕《絵物語》　17「宝石」3(8)'48.10 p1
石の下の記録〈1〉《小説》
　　　　　　　　　　　　17「宝石」3(9)'48.12 p10
罠《小説》　　　　　　　24「妖奇」3(1)'49.1 p16
悪女の深情《小説》
　　　　　　　　20「探偵よみもの」38 '49.1 p28
石の下の記録〈2〉《小説》
　　　　　　　　　　　　17「宝石」4(1)'49.1 p37
石の下の記録〈3〉《小説》
　　　　　　　　　　　　17「宝石」4(2)'49.2 p58
石の下の記録〈4〉《小説》
　　　　　　　　　　　　17「宝石」4(3)'49.3 p104
恐るべき教師《小説》　25「X」3(4)'49.3別 p73
手錠《小説》　　　　　　24「妖奇」3(4)'49.4 p12
石の下の記録〈5〉《小説》
　　　　　　　　　　　　17「宝石」4(4)'49.4 p84
石の下の記録〈6〉《小説》
　　　　　　　　　　　　17「宝石」4(5)'49.5 p88
石の下の記録〈7〉《小説》
　　　　　　　　　　　　17「宝石」4(6)'49.6 p95
石の下の記録〈8〉《小説》
　　　　　　　　　　　　17「宝石」4(7)'49.7 p72
海野十三の夢　　　　　17「宝石」4(8)'49.8 p19
石の下の記録〈9〉《小説》
　　　　　　　　　　　　17「宝石」4(8)'49.8 p96
石の下の記録〈10〉　　　17「宝石」4(9)'49.10 p162
由利湛君を推す　　　　17「宝石」4(9)'49.10 p175
我が顔　　　　　　　　17「宝石」4(10)'49.11 p7
石の下の記録〈11〉《小説》
　　　　　　　　　　　　17「宝石」4(10)'49.11 p136
石の下の記録〈12〉《小説》
　　　　　　　　　　　　17「宝石」4(11)'49.12 p76
決闘介添人《小説》　　24「妖奇」4(1)'50.1 p9
新しき年の夢　　　　　17「宝石」5(1)'50.1 p50
石の下の記録〈13〉《小説》
　　　　　　　　　　　　17「宝石」5(1)'50.1 p72
探偵作家幽霊屋敷へ行く《座談会》
　　　　　　　　　　　　17「宝石」5(2)'50.2 p82
石の下の記録〈14〉《小説》
　　　　　　　　　　　　17「宝石」5(2)'50.2 p242
石の下の記録〈15〉《小説》
　　　　　　　　　　　　17「宝石」5(3)'50.3 p64
マダムの美　　　　　　17「宝石」5(4)'50.4 p6
石の下の記録〈16〉《小説》
　　　　　　　　　　　　17「宝石」5(4)'50.4 p210
新聞と探偵小説と犯罪《座談会》
　　　　　　　　　　　　17「宝石」5(5)'50.5 p96
石の下の記録〈17・完〉《小説》
　　　　　　　　　　　　17「宝石」5(5)'50.5 p150
三ツ児の魂　　　　　　27「別冊宝石」3(3)'50.6 p58
第四次元の女《小説》　32「怪奇探偵クラブ」2 '50.6 p88
百万円懸賞探偵小説B級作品入選誌上発表《座談会》
　　　　　　　　　　　　17「宝石」5(9)'50.9 p212
「鬼」に寄す　　　　　　34「鬼」2 '50.11 p15
紫燈の処女《小説》
　　　　　　　　　　32「探偵クラブ」1(4)'50.12 p104
怪事件名捜査対談会《対談》
　　　　　　　　　　32「探偵クラブ」2(1)'51.1 p236
完璧な探偵小説　　　　17「宝石」6(2)'51.2 p38
どろんこ令嬢〈1〉《小説》
　　　　　　　　　　32「探偵クラブ」2(3)'51.4 p32
どろんこ令嬢〈2〉《小説》
　　　　　　　　　　32「探偵クラブ」2(4)'51.6 p30
トリック再用論　　　　34「鬼」4 '51.6 p2
受賞の喜び　　　　　　17「宝石」6(7)'51.7 p6
探偵小説のあり方を語る座談会《座談会》
　　　　　　　　　　　　17「宝石」6(7)'51.7 p46
どろんこ令嬢〈3〉《小説》
　　　　　　　　　　32「探偵クラブ」2(5)'51.7 p216
仙人掌事件《脚本》　　17「宝石」6(8)'51.8 p60
どろんこ令嬢〈4〉《小説》
　　　　　　　　　　32「探偵クラブ」2(6)'51.8 p62
"幻影城"への敬意　　　17「宝石」6(8)'51.8 p177
昆虫男爵《小説》　32「探偵クラブ」2(7)'51.8増 p22
岩塊〈1〉《小説》　　　17「宝石」6(9)'51.9 p17
どろんこ令嬢〈5〉《小説》
　　　　　　　　　　32「探偵クラブ」2(8)'51.9 p48

座談会ラジオ・スター大いに語る《座談会》
　　　　　　　　　17「宝石」6(10)'51.10 p80
どろんこ令嬢〈6〉《小説》
　　　　　　　　　32「探偵クラブ」2(9)'51.10 p122
岩塊〈2・完〉《小説》
　　　　　　　　　17「宝石」6(10)'51.10 p312
アンケート《アンケート》
　　　　　　　　　17「宝石」6(11)'51.10増 p173
血妖〔原作〕《絵物語》
　　　　　　　　　33「探偵実話」2(11)'51.10 p21
探偵へのお詫びの手紙
　　　　　　　　　32「探偵クラブ」2(10)'51.11 p51
どろんこ令嬢〈7〉《小説》
　　　　　　　　　32「探偵クラブ」2(10)'51.11 p88
どろんこ令嬢〈8〉《小説》
　　　　　　　　　32「探偵クラブ」3(1)'52.1 p38
アンケート《アンケート》
　　　　　　　　　17「宝石」7(1)'52.1 p83
半面鬼〈1〉《小説》　24「妖奇」6(1)'52.1 p134
風流食卓漫談《座談会》
　　　　　　　　　32「探偵クラブ」3(1)'52.1 p142
半面鬼〈2〉《小説》　24「妖奇」6(2)'52.2 p46
どろんこ令嬢〈9〉《小説》
　　　　　　　　　32「探偵クラブ」3(2)'52.2 p84
情獄《小説》　　　33「探偵実話」3(2)'52.2 p208
どろんこ令嬢〈10〉《小説》
　　　　　　　　　32「探偵クラブ」3(3)'52.3 p35
半面鬼〈3・完〉《小説》
　　　　　　　　　24「妖奇」6(3)'52.3 p120
宝くじ紛失事件《脚本》
　　　　　　　　　17「宝石」7(3)'52.3 p172
愛慾禍《小説》　　33「探偵実話」3(4)'52.3増 p66
探偵小説三十年《座談会》
　　　　　　　　　33「探偵実話」3(4)'52.3増 p213
どろんこ令嬢〈11〉《小説》
　　　　　　　　　32「探偵クラブ」3(4)'52.4 p230
犯罪時評　　　　　17「宝石」7(5)'52.5 p72
クラブ賞感想　　　17「宝石」7(5)'52.5 p120
どろんこ令嬢〈12〉《小説》
　　　　　　　　　32「探偵倶楽部」3(5)'52.5 p182
花びらと怪盗《小説》
　　　　　　　　　27「別冊宝石」5(4)'52.5 p198
犯罪時評　　　　　17「宝石」7(6)'52.6 p78
巡業劇団《小説》　32「探偵倶楽部」3(6)'52.6 p92
執念〈1〉《小説》　33「探偵実話」3(6)'52.6 p52
妖魔〈1〉《小説》　24「妖奇」6(7)'52.7 p22
犯罪時評　　　　　17「宝石」7(7)'52.7 p98
夢野久作の人と作品　17「宝石」7(7)'52.7 p148
執念〈2・完〉《小説》
　　　　　　　　　33「探偵実話」3(8)'52.7 p132
犯罪時評　　　　　17「宝石」7(8)'52.8 p76
妖魔〈2〉《小説》　24「妖奇」6(8)'52.8 p131
どろんこ令嬢〈13・完〉《小説》
　　　　　　　　　32「探偵倶楽部」3(7)'52.8 p216
妖魔〈3〉《小説》　24「妖奇」6(9)'52.9 p136
十四人目の乗客《小説》
　　　　　　　　　33「探偵実話」3(11)'52.9増 p24
安死術　　　　　32「探偵倶楽部」3(9)'52.10 p50
妖魔〈4〉《小説》　24「妖奇」6(10)'52.10 p69
犯罪時評　　　　　17「宝石」7(9)'52.10 p154
痣《小説》　　　　17「宝石」7(10)'52.10 p46
妖魔〈5〉《小説》　24「トリック」6(11)'52.11 p98

［まえがき］　32「探偵倶楽部」3(11)'52.11増 p21
柳下家の真理《小説》
　　　　　　　32「探偵倶楽部」3(11)'52.11増 p158
柳下家の真理　32「探偵倶楽部」3(11)'52.11増 p160
妖魔〈6〉《小説》　24「トリック」6(12)'52.12 p88
勝負事訓話　　　　17「宝石」8(1)'53.1 p53
妖魔〈7〉《小説》　24「トリック」7(1)'53.1 p61
自分を追想する　　17「宝石」8(1)'53.1 p161
祖母《小説》　　　17「宝石」8(1)'53.1 p164
炬燵が知つている　32「探偵倶楽部」4(1)'53.2 p42
妖魔〈8〉《小説》　24「トリック」7(2)'53.2 p106
探偵小説に対するアンケート《アンケート》
　　　　　　　　　32「探偵倶楽部」4(1)'53.2 p152
妖魔〈9・完〉《小説》
　　　　　　　　　24「トリック」7(3)'53.3 p63
三つの傷痕《小説》　17「宝石」8(4)'53.3増 p44
犯人探しということ　17「宝石」8(4)'53.3 p133
三つの傷痕《小説》　17「宝石」8(4)'53.3増 p320
空想地帯　　　　　17「宝石」8(5)'53.5 p54
探偵作家と警察署長の座談会《座談会》
　　　　　　　　　32「探偵倶楽部」4(5)'53.5 p98
死の倒影《小説》　27「別冊宝石」6(3)'53.5 p378
自選の理由　　　　27「別冊宝石」6(3)'53.5 p401
略歴　　　　　　　27「別冊宝石」6(3)'53.5 p401
探偵小説と実際の犯罪《座談会》
　　　　　　　　　32「探偵倶楽部」4(6)'53.6 p194
石の下の記録〔原作〕《絵物語》
32「探偵倶楽部」4(7)'53.7 p33, 37, 41, 45, 47, 61, 63, 67, 70, 72
芸者座談会《座談会》
　　　　　　　　　32「探偵倶楽部」4(7)'53.7 p82
挑戦探偵小説について　17「宝石」8(9)'53.8 p106
探偵作家の見た映画「落ちた偶像」《座談会》
　　　　　　　　　17「宝石」8(10)'53.9 p197
『連作について』の座談会《座談会》
　　　　　　　　　17「宝石」8(11)'53.10 p78
悪党元一《小説》　17「宝石」8(12)'53.10 p344
畸形の天女〈2〉《小説》
　　　　　　　　　17「宝石」8(13)'53.11 p14
旅窓雑感　　32「探偵倶楽部」4(11)'53.11 p246
「汽車を見送る男」批評座談会《座談会》
　　　　　　　　　32「探偵倶楽部」4(12)'53.12 p38
邪悪な日曜〈1〉《小説》
　　　　　　　32「探偵倶楽部」4(12)'53.12 p202
邪悪な日曜〈2〉《小説》
擬似新年　　　　　17「宝石」9(1)'54.1 p60
義歯　　　　　　　32「探偵倶楽部」5(1)'54.1 p224
お歴々歓談《座談会》　33「探偵実話」5(1)'54.1 p8
「深夜の告白」映画批評座談会《座談会》
　　　　　　　　　32「探偵倶楽部」5(2)'54.2 p62
邪悪な日曜〈3〉《小説》
　　　　　　　　　32「探偵倶楽部」5(2)'54.2 p90
魔法と聖書（前篇）小心な悪魔《小説》
　　　　　　　　　33「探偵実話」5(2)'54.2 p26
邪悪な日曜〈4〉《小説》
　　　　　　　　　32「探偵倶楽部」5(3)'54.3 p27
情婦マリ《小説》　17「宝石」9(4)'54.3増 p314
邪悪な日曜〈5〉《小説》
　　　　　　　　　32「探偵倶楽部」5(4)'54.4 p64
クラブ賞の将来　　17「宝石」9(5)'54.4 p50

美しい久作の夢　　17「宝石」9(5)'54.4 p211
誌上アンケート《アンケート》
　　　　　　　　33「探偵実話」5(4)'54.4
現代探偵小説名作全集について
　　　　　　　33「探偵実話」5(5)'54.4増 p17
危険なる姉妹《小説》
　　　　　　33「探偵実話」5(5)'54.4増 p380
邪悪な日曜〈6〉《小説》
　　　　　　32「探偵倶楽部」5(5)'54.5 p27
私は殺される《小説》　17「宝石」9(7)'54.6 p14
邪悪な日曜〈7〉《小説》
　　　　　　32「探偵倶楽部」5(6)'54.6 p174
五人の射撃手《小説》
　　　　　　27「別冊宝石」7(5)'54.6 p398
覚え書　　　27「別冊宝石」7(5)'54.6 p401
邪悪な日曜〈8〉《小説》
　　　　　　32「探偵倶楽部」5(7)'54.7 p27
邪悪な日曜〈9〉《小説》
　　　　　　32「探偵倶楽部」5(8)'54.8 p44
癩《小説》　　17「宝石」9(10)'54.8増 p22
金魚は死んでいた《小説》
　　　　　　　17「宝石」9(11)'54.9 p44
邪悪な日曜〈10〉《小説》
　　　　　　32「探偵倶楽部」5(9)'54.9 p57
銀座綺譚《小説》33「探偵実話」5(11)'54.9増 p228
邪悪な日曜〈11〉《小説》
　　　　　　32「探偵倶楽部」5(10)'54.10 p234
邪悪な日曜〈12〉《小説》
　　　　　　32「探偵倶楽部」5(11)'54.11 p218
洋モク取締珍談奇談座談会《座談会》
　　　　　　32「探偵倶楽部」5(11)'54.11 p250
乱歩分析　　27「別冊宝石」7(9)'54.11 p36
邪悪な日曜〈13・完〉《小説》
　　　　　　32「探偵倶楽部」5(12)'54.12 p68
虹の女《小説》　　17「宝石」10(1)'55.1 p38
美人の膝　　32「探偵倶楽部」6(1)'55.1 p186
久山秀子君を推す　32「探偵倶楽部」6(2)'55.2 p219
めくら地獄《小説》
　　　　　　33「探偵実話」6(3)'55.2増 p18
恋と死の維也納　32「探偵倶楽部」6(3)'55.3 p220
宇宙線の情熱《小説》
　　　　　　　17「宝石」10(5)'55.3増 p314
怪しからぬ話　32「探偵倶楽部」6(4)'55.4 p180
良人を探る　　33「探偵実話」6(5)'55.4 p79
十年を顧みて　　17「宝石」10(7)'55.5 p109
三三六番地の秘密《小説》
　　　　　　　17「宝石」10(9)'55.6増 p32
魔法街《小説》32「探偵倶楽部」6(8)'55.8 p328
真夏の殺人《脚本》17「宝石」10(12)'55.8増 p270
青春無頼《小説》33「探偵実話」6(12)'55.10増 p52
教授と足　　　17「宝石」11(5)'55.11増 p38
乱歩の脱皮　　　17「宝石」11(1)'56.1 p40
大学生と探偵作家あれこれ問答《座談会》
　　　　　　32「探偵倶楽部」7(1)'56.1 p288
柳下家の真理《小説》
　　　　　　27「別冊宝石」9(1)'56.1 p330
「柳下家の真理」覚書
　　　　　　27「別冊宝石」9(1)'56.1 p331
未開匣《小説》　17「宝石」11(5)'56.3増 p318
「災厄の樹」について
　　　　　　33「探偵実話」7(6)'56.3増 p244

恒春閣の殺人《小説》
　　　　　　33「探偵実話」7(5)'56.3増 p18
災厄の樹〈1〉《小説》
　　　　　　33「探偵実話」7(7)'56.4 p30
災厄の樹〈2〉《小説》
　　　　　　33「探偵実話」7(9)'56.5 p30
論なき理論　　　17「宝石」11(8)'56.6 p42
探偵小説新論争《座談会》
　　　　　　　17「宝石」11(8)'56.6 p166
災厄の樹〈3〉《小説》
　　　　　　33「探偵実話」7(10)'56.6 p26
金口の巻煙草《小説》
　　　　　　27「別冊宝石」9(5)'56.6 p40
災厄の樹〈4〉《小説》
　　　　　　33「探偵実話」7(12)'56.7 p26
罠《小説》　　　17「宝石」11(10)'56.7増 p180
毒爪《小説》33「探偵実話」7(11)'56.7増 p100
十四人目の乗客《小説》
　　　　　　32「探偵倶楽部」7(9)'56.8 p224
災厄の樹〈5〉《小説》
　　　　　　33「探偵実話」7(13)'56.8 p94
災厄の樹〈6〉《小説》
　　　　　　33「探偵実話」7(17)'56.11 p128
風船殺人《小説》
　　　　　　33「探偵実話」7(16)'56.11増 p348
快癒御挨拶　　17「宝石」11(16)'56.12 p303
誘拐犯人《小説》17「宝石」12(2)'57.1増 p216
災厄の樹〈7〉《小説》
　　　　　　33「探偵実話」8(4)'57.2 p174
災厄の樹〈8〉《小説》
　　　　　　33「探偵実話」8(6)'57.3 p30
悪女《小説》33「探偵実話」8(5)'57.3増 p210
災厄の樹〈9〉《小説》
　　　　　　33「探偵実話」8(7)'57.4 p30
山野先生の死《小説》17「宝石」12(6)'57.4増 p64
災厄の樹〈10〉《小説》
　　　　　　33「探偵実話」8(9)'57.5 p196
鉄の舌《小説》　27「別冊宝石」10(6)'57.6 p7
災厄の樹〈11〉《小説》
　　　　　　33「探偵実話」8(10)'57.6 p76
嘘つきアパート《小説》
　　　　　　27「別冊宝石」10(6)'57.6 p110
親友《小説》　27「別冊宝石」10(6)'57.6 p127
怪異の変装者《小説》
　　　　　　27「別冊宝石」10(6)'57.6 p152
青ライオン《小説》
　　　　　　27「別冊宝石」10(6)'57.6 p175
大下宇陀児を語る《座談会》
　　　　　　27「別冊宝石」10(6)'57.6 p182
悪党元一　　27「別冊宝石」10(6)'57.6 p191
青春無頼《小説》27「別冊宝石」10(6)'57.6 p208
金色藻《小説》27「別冊宝石」10(6)'57.6 p233
災厄の樹〈12〉《小説》
　　　　　　33「探偵実話」8(11)'57.7 p70
紫色灯の処女《小説》
　　　　　　　17「宝石」12(11)'57.8増 p14
災厄の樹〈13〉《小説》
　　　　　　33「探偵実話」8(12)'57.8 p54
災厄の樹〈14〉《小説》
　　　　　　33「探偵実話」8(13)'57.9 p174
百舌鳥〈1〉《小説》17「宝石」12(13)'57.10 p20

アンケート《アンケート》	17「宝石」12(13)'57.10 p106
災厄の樹〈15〉《小説》	33「探偵実話」8(14)'57.10 p98
百舌鳥〈2・完〉《小説》	17「宝石」12(14)'57.11 p40
不思議な母《小説》	33「探偵実話」8(15)'57.11 p100
災厄の樹〈16・完〉《小説》	33「探偵実話」8(16)'57.11 p116
鉛の虫《小説》	32「探偵倶楽部」8(12)'57.11増 p40
ぎん子の靴下《小説》	17「宝石」12(15)'57.11増 p320
一つの態度	27「別冊宝石」10(11)'57.12 p184
探偵作家の専売公社訪問記《座談会》	17「宝石」13(1)'58.1 p176
クリスティー礼讃	32「探偵倶楽部」9(1)'58.1 p238
璽光さま《小説》	17「宝石」13(2)'58.1 p14
売春巷談《小説》	17「宝石」13(3)'58.2 p20
戸川ユマ	17「宝石」13(4)'58.3 p11
アンケート《アンケート》	17「宝石」13(5)'58.4 p200
角田君への期待	27「別冊宝石」11(4)'58.4 p268
売春巷談《小説》	32「探偵倶楽部」9(5)'58.4増 p138
悪魔のアラビア《小説》	17「宝石」13(7)'58.5増 p32
二人の鬼才を偲ぶ《座談会》	27「別冊宝石」11(6)'58.7 p254
決闘街《小説》	32「探偵倶楽部」9(9)'58.7増 p194
殺人病患者《小説》	17「宝石」13(11)'58.8増 p38
巴須博士の研究《小説》	17「宝石」13(12)'58.9 p20
鉛の虫《小説》	27「別冊宝石」11(8)'58.10 p10
愛慾禍《小説》	33「探偵実話」9(14)'58.10増 p52
乱歩賞選考感想	17「宝石」13(14)'58.11 p223
美加殺し《小説》	27「別冊宝石」11(10)'58.12 p312
犬	17「宝石」14(1)'59.1 p12
美しき毛虫《小説》	27「別冊宝石」12(2)'59.2 p226
狂気ホテル《小説》	27「別冊宝石」12(4)'59.4 p224
偶然は作られる《小説》	17「宝石」14(5)'59.5 p20
緑の奇蹟《小説》	27「別冊宝石」12(6)'59.6 p214
紅座の庖厨《小説》	33「探偵実話」10(10)'59.7増 p182
市太郎とたん瘤《小説》	27「別冊宝石」12(8)'59.8 p162
食べある記	17「宝石」14(10)'59.9 p183
血妖《小説》	27「別冊宝石」12(10)'59.10 p84
私の感想	17「宝石」14(13)'59.11 p57
新しい人たちへ	17「宝石」14(15)'59.12増 p85
緋縮面事件《小説》	27「別冊宝石」12(12)'59.12 p190
めくら地獄《小説》	27「別冊宝石」13(2)'60.2 p153
放火地帯《小説》	27「別冊宝石」13(4)'60.4 p24
巡業劇団《小説》	27「別冊宝石」13(6)'60.6 p62
蛍《小説》	17「宝石」15(10)'60.8 p24
場所をふさげる《小説》	33「探偵実話」11(11)'60.8増 p160
花園の毒虫《小説》	35「エロティック・ミステリー」1(3)'60.10 p54
辞引きを買いなさい	17「宝石」15(12)'60.10 p223
風が吹くと	35「エロティック・ミステリー」1(5)'60.12 p234
吝嗇の真理《小説》	35「エロティック・ミステリー」2(1)'61.1 p102
R岬の悲劇《小説》	35「エロティック・ミステリー」2(2)'61.2 p242
瀬《小説》	35「エロティック・ミステリー」2(5)'61.5 p132
阿安紅梅	35「エロティック・ミステリー」2(7)'61.7 p20
死の愛慾《小説》	35「エロティック・ミステリー」2(7)'61.7 p256
魔性の女《小説》	35「エロティック・ミステリー」2(8)'61.8 p240
おれは不服だ《小説》	35「エロティック・ミステリー」2(10)'61.10 p32
よい収穫	17「宝石」16(11)'61.10 p219
娘たちは怖い《小説》	35「エロティック・ミステリー」2(12)'61.12 p174
怪奇美への耽溺	35「エロティック・ミステリー」3(1)'62.1 p14
狂女《小説》	35「エロティック・ミステリー」3(2)'62.2 p174
江戸川乱歩の紫綬褒章受章をめぐって《座談会》	27「別冊宝石」15(1)'62.2 p190
不思議な母《小説》	27「別冊宝石」15(1)'62.2 p256
作者として	27「別冊宝石」15(1)'62.2 p259
落語家変相図《小説》	35「エロティック・ミステリー」3(3)'62.3 p182
木々さんは果報者	17「宝石」17(5)'62.4 p123
危険なる姉妹《小説》	35「エロティック・ミステリー」3(5)'62.5 p87
ぼくは原始人	35「エロティック・ミステリー」3(6)'62.6 p72
乱歩賞作品選後感	17「宝石」17(13)'62.10 p143
読書について	17「宝石」17(15)'62.11増 p108
虫太郎を惜しむ	17「宝石」18(5)'63.2 p241
浜尾さんの思い出	17「宝石」18(5)'63.4 p230
斯道の天才	35「エロティック・ミステリー」4(5)'63.5 p32
詩人・夢野久作	17「宝石」18(7)'63.5 p224
義眼《小説》	35「エロティック・ミステリー」4(6)'63.6 p66
岩塊〈1〉《小説》	35「エロティック・ミステリー」4(7)'63.7 p40
岩塊〈2・完〉《小説》	35「エロティック・ミステリー」4(8)'63.8 p78
第九回江戸川乱歩賞選考委員会《座談会》	17「宝石」18(12)'63.9 p70
場所をふさげる《小説》	35「エロティック・ミステリー」4(9)'63.9 p94
太鼓鰻本店《小説》	35「エロティック・ミステリー」4(10)'63.10 p88
推理作家協会18年の歩み《座談会》	17「宝石」18(14)'63.10増 p248

おおし

角田君を恋した女　17「宝石」18(15)'63.11 p161
嘘つきアパート《小説》
　　35「エロチック・ミステリー」4(12)'63.12 p68

大下 順
逞しき文化の母胎　　18「トップ」1(2)'46.7 p19

大島 薫
かげぼうし《小説》
　　　　　27「別冊宝石」6(9)'53.12 p300
魔女の足あと《小説》
　　　　　17「宝石」11(2)'56.1増 p202
喪服のシンデレラ姫《小説》
　　　　　32「探偵倶楽部」9(8)'58.7 p38

大島 勝義
名刑事・名記者新春殊勲を語る座談会《座談会》
　　　　　33「探偵実話」4(1)'53.1 p88

大島 敬司
ハガキ回答《アンケート》
　　　　　12「シュピオ」4(1)'38.1 p16

大島 十九郎
検事さんと探偵作家の提携
　　　　　17「宝石」2(1)'47.1 p112

大島 渚
夢の話　　17「宝石」18(13)'63.10 p24

大島 白濤
奇怪な汽艇《小説》
　　　　　01「新趣味」17(10)'22.10 p202

大島 秘外史
終電車《小説》　12「探偵文学」2(12)'36.12 p54

大島 豊
ポーの大学生活　15「探偵春秋」2(2)'37.2 p40

大須 猛三
東富士対吉葉山　32「探偵倶楽部」3(7)'52.8 p177

大隈 肇
密輸基地から来た誘拐魔
　　　　　33「探偵実話」11(2)'60.1増 p148
密輸暗号は女体に訊け
　　　　　33「探偵実話」11(5)'60.3 p108

大隈 敏
恐怖の蜜月旅行《小説》
　　　　　33「探偵実話」11(11)'60.8増 p72
皓い誘惑《小説》　33「探偵実話」12(3)'61.1 p184

大関 勝也
探偵小説と詩　　17「宝石」5(11)'50.11 p181

大関 道夫
危機一髪座談会《座談会》
　　　　　19「仮面」3(4)'48.6 p10

大空 翔
六十九番目の男　11「ぷろふいる」4(4)'36.4 p120

大空 青児
暗示《小説》　　16「ロック」1(6)'46.12 p72

大空 真弓
鏡の中の顔　　17「宝石」17(1)'62.1 p344

大田 義三
殺人・性魔・犯罪奥の奥《座談会》
　　　　　33「探偵実話」9(7)'58.4 p108
女体をめぐる社会の裏窓《座談会》
　　　　　33「探偵実話」9(8)'58.5増 p19

太田 元
糸瓜荘殺人事件《小説》
　　　　　20「探偵よみもの」40 '50.8 p73

太田 寿
犯罪季節異状あり《座談会》
　　　　　33「探偵実話」10(12)'59.8 p202

太田 大八
絶対イカス　　17「宝石」14(5)'59.5 p11
裸女、街をゆく　17「宝石」15(11)'60.9 p306

太田 千鶴夫
検屍第一課　　15「探偵春秋」1(3)'36.12 p42

太田 恒三朗
傾世判官《小説》　27「別冊宝石」8(1)'55.1 p170

大田 正子
月齢一の幽霊船　32「探偵倶楽部」9(13)'58.11 p63

大田黒 元雄（太田黒 元雄）
英国探偵小説作家列伝
　　　　　09「探偵小説」2(3)'32.3 p126
エレリイ・クイーンについて
　　　　　09「探偵小説」2(4)'32.4 p79
魚の降る話　　09「探偵小説」2(5)'32.5 p182
探偵倶楽部の収穫　09「探偵小説」2(7)'32.7 p222
エドガー・ウォレス　17「宝石」8(2)'53.3 p135
世界探偵小説地誌〈2〉《座談会》
　　　　　17「宝石」14(10)'59.9 p224

大竹 憲太郎
女優志願の女　　04「探偵趣味」6 '26.3 p7

尾竹 二三男
血を綴る楓《小説》　18「トップ」3(1)'48.1 p9

大谷 竹次郎
ハガキ回答《アンケート》
　　　　　11「ぷろふいる」4(6)'36.6 p103

大谷 藤子
女性と探偵小説の座談会《座談会》
　　　　　17「宝石」10(1)'55.1 p64

大谷 光三
ある老妓の語れる　33「探偵実話」6(1)'54.12 p161

大津 俊一
一発必沈の人間魚雷の秘密
　　　　　32「探偵倶楽部」8(6)'57.7 p210

大塚 勘治
R・A・ノックスとH・H・ホームズ
　　　　　27「別冊宝石」14(1)'61.1 p174

大塚 直久
海抜七二〇メートルで気を吐く作家
　　　　　17「宝石」16(12)'61.11

大塚 彦七
花井お梅　　32「探偵倶楽部」8(2)'57.3 p234
洗い髪のお妻　32「探偵倶楽部」8(6)'57.7 p264

大塚 雅春
麻雀と奇病と山田さん　17「宝石」17(10)'62.8 p81

大槻 憲二
春と犯罪　　18「トップ」2(2)'47.5 p14
性と犯罪と予防　18「トップ」2(4)'47.8 p14

大月 恒志（大月 桓志）
芸能新人訪問記 池真理子の巻
　　　　　18「トップ」1(3)'46.10 p20

恋と牢獄《小説》　　　18「トップ」2(1) '47.4 p46
春の犯罪を語る刑事の座談会《座談会》
　　　　　　　　　　18「トップ」2(2) '47.5 p16
犯人は誰か？《小説》　18「トップ」2(2) '47.5 p50
ハガキ回答《アンケート》
　　　　　　　　　　25「Gメン」1(1) '47.10 p19
血ぬられた爪《小説》
　　　　　　　　20「探偵よみもの」36 '48.9 p34
人面淫獣［原作］《絵物語》
　　　　　　　　　　18「トップ」4(2) '49.6 p30
色事師御用　　　　33「探偵実話」9(2) '58.1増 p75

大月 良美
　谷川岳の猟奇死体　　17「宝石」11(15) '56.11 p208

大辻 司郎
　ハガキ回答《アンケート》
　　　　　　　　　　11「ぷろふいる」4(6) '36.6 p104

大坪 沙男　→大坪砂男
　閑雅な殺人《小説》　　17「宝石」6(9) '51.9 p46
　πの文学　　　　　　17「宝石」6(10) '51.10 p80
　改名由来の記　　　　17「宝石」6(10) '51.10 p167
　アンケート《アンケート》
　　　　　　　　　　17「宝石」6(11) '51.10増 p171
　アンケート《アンケート》
　　　　　　　　　　　17「宝石」7(1) '52.1 p85
　賓客皆秀才《小説》　　17「宝石」7(1) '52.1 p138
　怪奇製造の限界　　　17「宝石」7(3) '52.3 p66
　幽霊はお人好し《小説》
　　　　　　　　　32「探偵クラブ」3(3) '52.3 p140
　探偵作家探偵小説を裁る《座談会》
　　　　　　　　　　　17「宝石」7(4) '52.4 p140
　意義ある授賞　　　　17「宝石」7(5) '52.5 p123
　銀狐《小説》　　　32「探偵倶楽部」3(5) '52.5 p136
　武姫伝《小説》　　32「探偵倶楽部」3(6) '52.6 p79
　階段《小説》　　　33「探偵実話」3(11) '52.9増 p43
　日曜日の朝《小説》　　17「宝石」7(9) '52.10 p116
　寸計別田《小説》　　17「宝石」7(10) '52.10 p246
　推理小説の原理　　　17「宝石」7(12) '52.12 p29
　逃避行《小説》　　　17「宝石」8(2) '53.3 p101
　願望《詩》　　　　　17「宝石」8(3) '53.4 p185
　初恋《小説》　　　　17「宝石」8(5) '53.5 p29
　探偵作家と警察署長の座談会《座談会》
　　　　　　　　　32「探偵倶楽部」4(5) '53.5 p98
　花束《小説》　　　27「別冊宝石」6(3) '53.5 p300
　［略歴］　　　　　27「別冊宝石」6(3) '53.5 p303
　『花束』の作意に就いて
　　　　　　　　　27「別冊宝石」6(3) '53.5 p321
　探偵小説と実際の犯罪
　　　　　　　　32「探偵倶楽部」4(6) '53.6 p194
　魅せられた女《座談会》
　　　　　　　　32「探偵倶楽部」4(7) '53.7 p122

大坪 砂男　→大坪沙男
　赤痣の女《小説》　　27「別冊宝石」2 '48.7 p24
　天狗《小説》　　　　17「宝石」3(6) '48.8 p6
　黒子《小説》　　　　17「宝石」4(1) '49.1 p14
　大師誕生《小説》　27「別冊宝石」1(3) '49.1 p26
　立春大吉《小説》　　17「宝石」4(2) '49.2 p26
　涅槃雪《小説》　　　17「宝石」4(3) '49.3 p52
　三月十三日午前二時《小説》
　　　　　　　　　27「別冊宝石」2(1) '49.4 p199
　私刑《小説》　　　　17「宝石」4(6) '49.6 p18

　夢路を巡る《小説》　　17「宝石」4(8) '49.8 p68
　天狗縁起　　　　　27「別冊宝石」2(2) '49.8 p119
　密告の顔《小説》　　17「宝石」― '49.9増 p172
　零人《小説》　　　　17「宝石」4(10) '49.11 p150
　コント・コントン《小説》
　　　　　　　　　　17「宝石」5(1) '50.1 p158
　讃へよ青春！　　　　17「宝石」5(1) '50.1 p214
　宮野叢子に寄する抒情　17「宝石」5(3) '50.3 p119
　虚影《小説》　　　　17「宝石」6(2) '51.2 p42
　春情狸噺《小説》　　17「宝石」6(3) '51.3 p46
　夢中問答《小説》　　17「宝石」6(4) '51.4 p136
　雨男・雪女《小説》　　17「宝石」6(7) '51.7 p126
　ものぐさ物語《小説》
　　　　　　　　32「探偵倶楽部」2(7) '51.8増 p208
　蟋蟀の歌《小説》　　17「宝石」8(9) '53.8 p54
　筆名もとへ戻る　　　17「宝石」8(9) '53.8 p55
　私刑［原作］《絵物語》
　　　32「探偵倶楽部」4(9) '53.9 p33, 35, 39, 41, 43, 45, 47,
　　　49, 50, 51
　七日間の貞操《小説》
　　　　　　　　　　17「宝石」8(12) '53.10 p104
　映画「飾窓の女」《座談会》
　　　　　　　　　　17「宝石」8(13) '53.11 p138
　胡蝶の行方《小説》　17「宝石」8(14) '53.12 p140
　驢馬修業《小説》　32「探偵倶楽部」5(1) '54.1 p109
　贋作楽屋噺　　　　　17「宝石」9(1) '54.1 p143
　幻術自来也《小説》
　　　　　　　　32「探偵倶楽部」5(1) '54.1 p278
　「深夜の告白」映画批評座談会《座談会》
　　　　　　　　32「探偵倶楽部」5(2) '54.2 p62
　美しき証拠《小説》　　17「宝石」9(4) '54.3増 p194
　外套《小説》　　　　17「宝石」9(5) '54.4 p90
　三月十三日午前二時《小説》
　　　　　　　　33「探偵実話」5(5) '54.4増 p223
　検事調査《小説》　27「別冊宝石」5(4) '54.6 p320
　短篇形式について　27「別冊宝石」7(5) '54.6 p323
　地下潜行者の心理　　17「宝石」9(8) '54.7 p44
　黄色斑点《小説》　　17「宝石」9(10) '54.8増 p214
　赤痣の女《小説》　33「探偵実話」5(11) '54.9増 p123
　新会長木々高太郎に「聞いたり聞かせたり」の座談
　　会《座談会》
　　　　　　　　　　17「宝石」9(12) '54.10 p64
　POST ROOM　　17「宝石」9(13) '54.11 p207
　茨の目《小説》　　33「探偵実話」6(3) '55.2増 p74
　春情狸噺《小説》　　17「宝石」10(5) '55.3増 p276
　幽霊はお人好し《小説》
　　　　　　　　　　17「宝石」10(12) '55.8増 p58
　虚影《小説》　　33「探偵実話」6(12) '55.10 p148
　師父ブラウンの独り言《小説》
　　　　　　　　　　17「宝石」10(16) '55.11 p156
　透明な空間の中にあつて
　　　　　　　　　　　17「宝石」11(1) '56.1 p90
　涅槃雪《小説》　　27「別冊宝石」9(1) '56.1 p122
　新人らしく生真面目に
　　　　　　　　　27「別冊宝石」9(1) '56.1 p123
　現場写真売ります《小説》
　　　　　　　　　　17「宝石」11(5) '56.3 p302
　間雅な殺人《小説》
　　　　　　　　33「探偵実話」7(5) '56.3増 p220
　探偵文壇放談録《座談会》
　　　　　　　　33「探偵実話」7(5) '56.3増 p274

細川あや夫人の手記《小説》
　　　　　　　　　17「宝石」11(6)'56.4 p52
探偵小説新論争《座談会》
　　　　　　　　　17「宝石」11(8)'56.6 p166
天狗《小説》　　　27「別冊宝石」9(5)'56.6 p294
驢馬修業《小説》　17「宝石」11(10)'56.7増 p88
硬骨に罪あり《小説》
　　　　　　　　　17「宝石」11(10)'56.7増 p91
盲妹《小説》　　　33「探偵実話」7(11)'56.7増 p343
科学の怪談《座談会》
　　　　　　　　　33「探偵実話」7(14)'56.9 p246
河童寺《小説》　　17「宝石」12(2)'57.1 p108
雨男・雪女《小説》33「探偵実話」8(5)'57.3増 p370
臀の美について《小説》
　　　　　　　　　17「宝石」12(6)'57.4 p224
アンケート《アンケート》
　　　　　　　　　17「宝石」12(13)'57.10 p136

大坪 直行
　男のシンボル
　　　　　　35「エロティック・ミステリー」4(3)'63.3 p95
　推理小説評は成立つか《座談会》
　　　　　　　　　17「宝石」19(4)'64.3 p212

大坪 零子
　夕闇はすべてを包む《小説》
　　　　　　　　　27「別冊宝石」11(2)'58.2 p189

大寺 佑昌
　煉獄の日《小説》17「宝石」18(2)'63.1増 p182

大寺 三平
　言葉かわれば　　27「別冊宝石」12(8)'59.8 p20
　何だろう?　　　27「別冊宝石」12(12)'59.12 p26

大伴 秀司　→大伴昌司, 大本俊司
　仁木悦子のありとあらゆること
　　　　　　　　　17「宝石」17(13)'62.10 p112
　ニッポン・バーナビー・ロス氏の生活と意見
　　　　　　　　　17「宝石」17(14)'62.11 p100
　元サラリーマンその詩情とユーモア
　　　　　　　　　17「宝石」17(16)'62.12 p96
　水上勉の周囲　　17「宝石」15(5)'62.12 p156
　秘境に賭ける情熱の作家
　　　　　　　　　17「宝石」18(1)'63.1 p88
　孤独を愛する苦労人
　　　　　　　　　27「別冊宝石」16(1)'63.1 p158
　妻として作家として　17「宝石」18(3)'63.2 p164
　自己のペースをくずさぬひげのある男
　　　　　　　　　17「宝石」18(3)'63.3 p136
　静かなる作家　　27「別冊宝石」16(3)'63.3 p82
　文学の山河をゆく　17「宝石」18(9)'63.7 p80
　わが道を来りわが道を行く
　　　　　　　　　17「宝石」19(4)'64.3 p180

大伴 昌司　→大伴秀司
　よき隣人、よき作家藤木靖子
　　　　　　　　　17「宝石」19(5)'64.4 p214

大友 隆治
　水着の死美人　　33「探偵実話」2(8)'51.7 p129

鳳 太郎
　アルルの秋《小説》
　　　　　　　　　27「別冊宝石」6(9)'53.9 p382

喫茶店「ロマノフ」《小説》
　　　　　　　　　17「宝石」9(7)'54.6 p234
霧の夜の殺人《小説》17「宝石」11(2)'56.1増 p10

鳳 泰信
　超高速ジェット機事件　17「宝石」6(8)'51.8 p158
　超音速の世界　　17「宝石」7(2)'52.2 p124

大奈 尚
　シメノンの作品の出来るまで
　　　　　　　　　17「宝石」8(14)'53.12 p154

大西 梯二
　ハズが許す女房の浮気
　　　　　　　　　27「別冊宝石」13(2)'60.2 p180

大西 登
　記録の中から《小説》　04「探偵趣味」5 '26.2 p36

大西 紀二
　按摩夜話《小説》　33「探偵実話」9(15)'58.10 p141

大仁 環
　緋鹿の子縛り《小説》
　　　　　　　　　20「探偵よみもの」39 '49.6 p105

大貫 進　→藤井礼子
　二枚の納品書　　17「宝石」18(2)'63.1増 p94
　枕頭の青春《小説》17「宝石」19(2)'64.1増 p244
　受賞の言葉　　　17「宝石」19(5)'64.4 p167
　暁の討伐隊《小説》17「宝石」19(7)'64.5 p168

大野 あき子
　隣りの女《小説》　27「別冊宝石」12(4)'59.4 p256
　萌芽の頃《小説》　27「別冊宝石」12(6)'59.6 p286
　多年草《小説》　　35「エロティック・ミステリー」1(4)'60.11 p116

大野 俊吉
　結婚初夜の珍談奇談　18「トップ」3(4)'48.7 p36

大野 恒夫
　50人の女を強姦した青髭
　　　　　　　　　33「探偵実話」8(13)'57.9 p56

大野 利彦
　硫黄島は生きている　33「探偵実話」3(5)'52.4 p86

大野 宗昭
　日本推理小説界の支柱　17「宝石」17(4)'62.3 p80

大野木 繁太郎
　探偵問答《アンケート》　04「探偵趣味」1 '25.9 p26
　女を拾ふ　　　　04「探偵趣味」2 '25.10 p17
　『探偵趣味』問答《アンケート》
　　　　　　　　　04「探偵趣味」4 '26.1 p56
　野馬台詩　　　　04「探偵趣味」6 '26.3 p24
　石塔磨き　　　　04「探偵趣味」8 '26.5 p37
　秘密通信　　　　04「探偵趣味」9 '26.6 p5
　五百人の妻をもつ男　04「探偵趣味」10 '26.7 p60

大庭 圭三
　歌舞伎俳優の後追い心中
　　　　　　　　　33「探偵実話」9(5)'58.3増 p138

大庭 コトノ
　小平の魔手を逃れた話
　　　　　　　　　25「Gメン」1(1)'47.10 p26

大庭 さち子
　道遠し《小説》　　18「トップ」1(2)'46.7 p3

大庭 武年
　旅客機事件《小説》　07「探偵」1(7)'31.11 p78

カジノの殺人事件《脚本》		
	11「ぷろふいる」2(8)'34.8	p17
復讐綺談《小説》		
	11「ぷろふいる」3(11)'35.11	p114
大連と探偵小説	11「ぷろふいる」4(12)'36.12	p78
歌姫失踪事件《小説》		
	11「ぷろふいる」5(3)'37.3	p64

大場 洋子
私は不良なんかじゃない		
	33「探偵実話」12(14)'61.10増	p186

大橋 虚士
推理詰将棋問題	24「妖奇」6(6)'52.6	p83
推理詰将棋問題	24「妖奇」6(7)'52.7	p18
推理詰将棋問題	24「妖奇」6(8)'52.8	p112
推理詰将棋問題	24「妖奇」6(9)'52.9	p48
推理詰将棋問題	24「妖奇」6(10)'52.10	p58
推理詰将棋問題	24「トリック」6(11)'52.11	p63
推理詰将棋問題	24「トリック」6(12)'52.12	p53
推理詰将棋問題	24「トリック」7(1)'53.1	p51
推理詰将棋問題	24「トリック」7(2)'53.2	p97
推理詰将棋問題	24「トリック」7(3)'53.3	p61

大橋 猛敏
休日と忘れ物	17「宝石」16(9)'61.8	p308

大橋 彦次郎
麻薬Gメン座談会《座談会》		
	33「探偵実話」2(7)'51.6	p76

大畑 久三
海の怪奇・山の神秘《座談会》		
	33「探偵実話」11(11)'60.8増	p225

大畠 健三郎
河畔の殺人《小説》		
	11「ぷろふいる」2(3)'34.3	p44
ソル・グルクハイマー殺人事件C、探偵局報告書		
	11「ぷろふいる」2(10)'34.10	p90
西班牙の楼閣《小説》		
	11「ぷろふいる」3(3)'35.3	p52
猟書行脚	11「ぷろふいる」4(7)'36.7	p78
猟書行脚	11「ぷろふいる」4(8)'36.8	p116
猟書行脚	11「ぷろふいる」4(9)'36.9	p74
猟書行脚	11「ぷろふいる」4(10)'36.10	p107
猟書行脚	11「ぷろふいる」4(11)'36.11	p110
猟書行脚	11「ぷろふいる」4(12)'36.12	p37

大林 淳男
失語症《小説》	17「宝石」15(3)'60.2増	p260

大林 勇
異説南蛮皿《小説》		
	24「トリック」6(11)'52.11	p116

大林 清
宇宙にいない男《小説》		
	25「Gメン」2(2)'48.2	p37
三味線の謎《小説》	24「妖奇」6(9)'52.9	p42
犬は語らず	33「探偵実話」6(1)'54.12	p162
伊太郎殺し《小説》	27「別冊宝石」8(6)'55.9	p116
裸を売る娘《小説》	27「別冊宝石」12(4)'59.4	p50
浮草の街《小説》	27「別冊宝石」12(6)'59.6	p168
灯を消すな《小説》		
	27「別冊宝石」12(8)'59.8	p304
たそがれの人《小説》		
	27「別冊宝石」12(10)'59.10	p210
栄冠涙あり《小説》		
	27「別冊宝石」13(2)'60.2	p106
妻の情事《小説》	27「別冊宝石」13(4)'60.4	p224
火の恋《小説》	27「別冊宝石」13(6)'60.6	p84
毒盃《小説》	35「エロティック・ミステリー」1(1)'60.8	p186
魂の初夜《小説》	35「エロティック・ミステリー」1(2)'60.9	p154
黒い運河《小説》	35「エロティック・ミステリー」1(4)'60.11	p60
雲のいずこに《小説》	35「エロティック・ミステリー」1(5)'60.12	p154
嘘がまことか《小説》	35「エロティック・ミステリー」2(1)'61.1	p88
七彩の蝶《小説》	35「エロティック・ミステリー」2(2)'61.2	p126
銀座の空の下で《小説》	35「エロティック・ミステリー」2(3)'61.3	p236
夜の陽炎《小説》	35「エロティック・ミステリー」2(4)'61.4	p132
浮草の女《小説》	35「エロティック・ミステリー」2(6)'61.6	p243
天の炎《小説》	35「エロティック・ミステリー」2(7)'61.7	p110
祭囃子《小説》	35「エロティック・ミステリー」2(8)'61.8	p72
肉体の爪痕《小説》	35「エロティック・ミステリー」2(12)'61.12	p224

大林 美枝雄
易しい暗号課題	03「探偵文芸」2(5)'26.5	p117
直木三十五氏に見参	04「探偵趣味」19'27.5	p38
東京見物	04「探偵趣味」22'27.8	p43
探偵映画漫談	04「探偵趣味」25'27.11	p53
女怪解決篇予想	04「探偵趣味」4(2)'28.2	p46
二賢人《小説》	04「探偵趣味」4(4)'28.4	p21
漫語	04「探偵趣味」4(7)'28.7	p57
春の街	06「猟奇」5(3)'32.3	p32

大原 寿人
米英仏新刊紹介 イギリス		
	17「宝石」15(10)'60.8	p170
英米仏新刊紹介 イギリス		
	17「宝石」15(11)'60.9	p86
ニコラス・ブレイクおぼえがき		
	27「別冊宝石」13(8)'60.9	p163
英米仏新刊紹介 アメリカ		
	17「宝石」15(12)'60.10	p150
英米仏新刊紹介 イギリス		
	17「宝石」15(13)'60.10	p130
クロフツのリアリズム		
	27「別冊宝石」13(9)'60.11	p166
英米仏新刊紹介 イギリス		
	17「宝石」15(14)'60.12	p116
英米仏新刊紹介 イギリス		
	17「宝石」16(1)'61.1	p122
英米仏新刊紹介 イギリス		
	17「宝石」16(2)'61.2	p68
英米仏新刊紹介 イギリス		
	17「宝石」16(4)'61.3	p122
ヒルダ・ローレンス・ノート		
	27「別冊宝石」14(2)'61.3	p150

英米仏新刊紹介 イギリス
　　　　　　　　　　　17「宝石」16(5)'61.4 p44
"ブレーメン号の水夫"について《小説》
　　　　　　　　　　　17「宝石」16(5)'61.4 p303
英米仏新刊紹介 イギリス
　　　　　　　　　　　17「宝石」16(6)'61.5 p58
英米仏新刊紹介 イギリス
　　　　　　　　　　　17「宝石」16(7)'61.6 p36
英米仏新刊紹介 イギリス
　　　　　　　　　　　17「宝石」16(8)'61.7 p46
あなたもショート・ショートが書ける!
　　　　　　　　　　　27「別冊宝石」14(4)'61.7 p104
英米仏新刊紹介 イギリス
　　　　　　　　　　　17「宝石」16(9)'61.8 p50
英米仏新刊紹介 イギリス
　　　　　　　　　　　17「宝石」16(10)'61.9 p52
英米仏新刊紹介 イギリス
　　　　　　　　　　　17「宝石」16(11)'61.10 p74
英米仏新刊紹介 イギリス
　　　　　　　　　　　17「宝石」16(12)'61.11 p46
大原 六郎
　弁護士の夜ばなし　32「探偵倶楽部」6(8)'55.8 p320
　弁護士の夜ばなし　32「探偵倶楽部」6(9)'55.9 p319
　弁護士の夜ばなし
　　　　　　　　　32「探偵倶楽部」6(10)'55.10 p286
　弁護士の夜ばなし
　　　　　　　　　32「探偵倶楽部」6(11)'55.11 p137
　弁護士の夜ばなし　32「探偵倶楽部」7(2)'56.2 p191
　弁護士夜ばなし　　32「探偵倶楽部」7(3)'56.3 p178
　弁護士夜ばなし　　32「探偵倶楽部」7(4)'56.4 p75
　弁護士の夜ばなし　32「探偵倶楽部」7(6)'56.6 p240
　弁護士の夜話　　　32「探偵倶楽部」7(8)'56.7 p205
　弁護士夜話　　　　32「探偵倶楽部」7(10)'56.9 p232
　弁護士夜話　　　32「探偵倶楽部」7(11)'56.10 p216
　弁護士夜話　　　　32「探偵倶楽部」8(1)'57.1 p223
　弁護士夜話　　　　32「探偵倶楽部」8(3)'57.4 p124
　弁護士夜話　　　　32「探偵倶楽部」8(4)'57.5 p130
　弁護士夜話　　　　32「探偵倶楽部」8(5)'57.6 p262
　弁護士夜話　　　　32「探偵倶楽部」8(9)'57.9 p226
おおば比呂司
　星の光の降る夜は　　17「宝石」17(10)'62.8 p262
大平 野虹
　長谷川一夫売出し秘話　25「X」3(5)'49.4 p13
　女優《小説》　　　　　25「X」3(7)'49.6 p60
　桃中軒雲右衛門《小説》　25「X」4(2)'50.3 p72
大平 陽介
　刑事と令嬢《小説》　　25「Gメン」2(6)'48.5 p46
　水鬼《小説》　　　　33「探偵実話」1 '50.5 p132
　空襲下幽霊坂の捕物　33「探偵実話」3 '50.8 p92
　台湾義勇兵物語　　33「探偵実話」1(6)'50.11 p216
　上野界隈犯罪地図　　33「探偵実話」2(3)'51.2 p206
　憑かれた殺人鬼　　33「探偵実話」3(13)'52.11 p204
　六瓢の帯止　　　　33「探偵実話」4(1)'53.1 p244
　屋根をとぶ怪盗　　33「探偵実話」4(4)'53.3 p198
　朝香宮詐欺事件　　33「探偵実話」6(4)'55.3 p78
　空襲下幽霊坂の捕物
　　　　　　　　　33「探偵実話」7(2)'55.12増 p192
大辺 麦波
　天国と地獄　　　　33「探偵実話」5(7)'54.6 p206
　天国と地獄　　　　33「探偵実話」5(8)'54.7 p224
　天国と地獄　　　　33「探偵実話」5(9)'54.8 p148
大股 十歩
　評論壇に人なし　　11「ぷろふいる」4(10)'36.10 p137
大町 九一
　悪魔につかれた文学青年
　　　　　　　　　33「探偵実話」7(8)'56.4増 p242
大牟田 次郎
　帰つて来た男《小説》　27「別冊宝石」3(2)'50.4 p70
　路上の殺人《小説》　33「探偵実話」3(9)'52.8 p184
大村 克人
　洋上の怪奇《小説》　　07「探偵」1(8)'31.12 p165
大村 嘉代子
　未遂箱根心中　　　33「探偵実話」1 '50.5 p160
大本 俊司　→大伴秀司
　水上勉の周囲　　　　17「宝石」16(7)'61.6 p260
　地上30mのモノローグ　17「宝石」16(8)'61.7 p124
　孤独を愛する苦労人　17「宝石」16(9)'61.8 p121
　静かなる作家　　　17「宝石」16(10)'61.9 p131
　ミステリー・コースに進路を取れ
　　　　　　　　　　17「宝石」16(11)'61.10 p264
大森 清
　秘密を持つ人妻　　33「探偵実話」12(4)'61.3 p54
　ある痴漢の告白　33「探偵実話」12(6)'61.4増 p132
　日本閣の女　　　　33「探偵実話」12(7)'61.5 p206
　夜の蝶はその朝死んでいた
　　　　　　　　　33「探偵実話」12(8)'61.6 p108
　片道切符　　　　33「探偵実話」12(14)'61.10増 p86
大森 啓助
　寝台車　　　　　　　17「宝石」9(6)'54.5 p124
大森 洪太
　探偵史上の電報　　09「探偵小説」2(1)'32.1 p153
　ハガキ回答《アンケート》
　　　　　　　　　　12「探偵文学」1(10)'36.1 p16
　ハガキ回答《アンケート》
　　　　　　　　　　11「ぷろふいる」4(6)'36.6
大森 素人
　毒を解く話　　　　03「探偵文芸」2(5)'26.5 p103
大森 清二
　人妻に魅せられた海の男
　　　　　　　　　33「探偵実話」12(3)'61.1 p31
大矢 金雄
　合評・一九二八年《座談会》
　　　　　　　　　　　06「猟奇」1(7)'28.12 p14
大屋 久寿雄
　よろろツばの賭場　　18「トップ」1(3)'46.10 p41
大宅 壮一
　性と犯罪　　　　　25「Gメン」1(1)'47.10 p8
　賭博と犯罪　　　　25「Gメン」1(2)'47.11 p24
　『あわや』心理学　25「Gメン」2(1)'48.1 p24
　空想犯罪　　　　　25「Gメン」2(6)'48.5 p8
　儲かる犯罪と儲からない犯罪
　　　　　　　　　　25「Gメン」2(8)'48.7 p24
　疑獄保険株式会社　　25「X」3(1)'49.1 p18
　ヤクザとボンクラ
　　　　　　　　　32「探偵クラブ」1(4)'50.12 p216
　賭博談義対談会《対談》
　　　　　　　　　32「探偵クラブ」2(2)'51.2 p130

おかさ

民間放送　　　　　32「探偵クラブ」2(10)'51.11 p194
大谷 晴俊
女殺し易者地獄　　32「探偵倶楽部」9(3)'58.3 p218
大八嶋 修
ノアの洪水《小説》
　　　　　　　　　11「ぷろふいる」3(2)'35.2 p77
大藪 春彦
野獣死すべし《小説》　17「宝石」13(9)'58.7 p290
チャンドラー以後のハードボイルド派につ
　　　　　　　　　17「宝石」13(10)'58.8 p106
雨の露地で《小説》　　17「宝石」14(2)'59.2 p92
最後の銃声《小説》　　17「宝石」14(8)'59.7 p90
雨の露地で《小説》
　　　　　　　　33「探偵実話」10(10)'59.7増 p384
兇銃《小説》　　　33「探偵実話」10(13)'59.9 p38
歯には歯を《小説》
　　　　　　　　　17「宝石」14(15)'59.12増 p103
略歴　　　　　　　17「宝石」14(15)'59.12増 p105
夜明けまで《小説》　　17「宝石」15(8)'60.6 p164
放談「ぼくらの推理小説」《対談》
　　　　　　　　　17「宝石」15(10)'60.8 p206
最後の銃声《小説》
　　　　　　　　33「探偵実話」11(11)'60.8増 p34
晩酌のツマミ　　　　17「宝石」16(1)'61.1 p59
テロリストの歌《小説》
　　　　　　　　33「探偵実話」12(2)'61.2増 p126
野獣死すべし《小説》
　　　　　　　　　17「宝石」18(6)'63.4増 p248
下宿の片隅から　　　17「宝石」18(6)'63.4増 p251
廃銃《小説》　　　　17「宝石」18(15)'63.11 p100
ハードボイルドであろうがなかろうが
　　　　　　　　　17「宝石」18(16)'63.12 p203
［私のレジャー］　　　17「宝石」19(3)'64.2 p17
五輪の蔭で《小説》　　17「宝石」19(7)'64.5 p80
大山 一
殺された自殺者　　09「探偵小説」2(4)'32.4 p164
丘 丘十郎　→海野十三
密林荘殺人事件《小説》　17「宝石」1(1)'46.3 p15
高利翁事件《小説》　　18「トップ」1(1)'46.5 p28
湖畔亭事件《小説》　　16「ロック」1(3)'46.5 p36
タットル大尉を囲む探偵作家の座談会《座談会》
　　　　　　　　　17「宝石」1(2)'46.5 p19
沈香事件《小説》　　　17「宝石」1(2)'46.5 p36
妻の艶書《小説》　　　17「宝石」1(4)'46.7 p18
電撃責任者《小説》　　16「ロック」1(4)'46.8 p2
海水浴場事件の習作《小説》
　　　　　　　　　16「ロック」1(5)'46.10 p68
強盗推参《小説》　　　23「真珠」2 '47.10 p26
丘 かおる
ワイフにするならヌードさん
　　　　　　　　　27「別冊宝石」13(6)'60.6 p23
丘 和三
探偵小説のミス　　　17「宝石」5(3)'50.3 p170
丘 虹二
食はず嫌ひ　　　　04「探偵趣味」4 '26.1 p35
『探偵趣味』問答《アンケート》
　　　　　　　　　04「探偵趣味」4 '26.1 p54
岡 咄眼
脚の詩《詩》　　　　06「猟奇」4(2)'31.4 p5

タダ一つ神もし許し賜はゞ……《アンケート》
　　　　　　　　　06「猟奇」4(3)'31.5 p70
われを美女となし給へ　06「猟奇」4(4)'31.6 p21
岡 品子
「吹雪に叫ぶ狼」　　　06「猟奇」4(2)'31.4 p30
丘 十郎
赤い豹《小説》　　　16「ロック」1(2)'46.4 p52
岡 譲二
秘密兵器乙1号《小説》
　　　　　　　　　17「宝石」6(13)'51.12 p136
つぶし《小説》　　　17「宝石」7(2)'52.2 p96
スリラーを書く映画俳優《対談》
　　　　　　　　33「探偵実話」8(10)'57.6 p227
岡 敏江
空気男《小説》　　　06「猟奇」3(1)'30.1 p23
碧い泪《詩》　　　　06「猟奇」3(2)'30.3 p49
百合亜の不思議な経験《小説》
　　　　　　　　　06「猟奇」3(2)'30.3 p50
愛する足《小説》　　06「猟奇」4(2)'31.4 p13
タダ一つ神もし許し賜はゞ……《アンケート》
　　　　　　　　　06「猟奇」4(3)'31.5 p72
緑のプリンス《小説》　06「猟奇」4(3)'31.5 p89
赤い支那服《小説》　　06「猟奇」4(4)'31.6 p15
「スパイ」　　　　　06「猟奇」4(4)'31.6 p49
れふきうた《猟奇歌》　06「猟奇」4(7)'31.12 p27
［猟奇の歌］《猟奇歌》　06「猟奇」5(1)'32.1 p19
［れふきうた］《猟奇歌》06「猟奇」5(2)'32.2 p26
［れふきうた］《猟奇歌》06「猟奇」5(3)'32.3 p9
［れふきうた］《猟奇歌》06「猟奇」5(4)'32.4 p33
魚返 善雄
中国の探偵小説を語る《座談会》
　　　　　　　　　17「宝石」5(9)'50.9 p130
丘上 星二
［れふきうた］《猟奇歌》06「猟奇」5(3)'32.3 p8
岡沢 孝雄
四桂《小説》　　　17「宝石」5(11)'50.11 p108
猫の手紙《小説》　33「探偵実話」7(9)'56.5 p236
小笠原 正太郎
生き延びた鬼熊《小説》
　　　　　　　　11「ぷろふいる」2(9)'34.9 p131
我もし熊なりせば
　　　　　　　　11「ぷろふいる」2(12)'34.12 p89
まづこれからだ！　11「ぷろふいる」4(3)'36.1 p115
仙台風景　　　　11「ぷろふいる」4(2)'36.2 p52
本屋の親爺の寝言　11「ぷろふいる」4(2)'36.2 p129
糲人《小説》　　　11「ぷろふいる」4(8)'36.10 p82
小笠原 豊樹
学校出てから　　　17「宝石」17(10)'62.8 p114
小笠原 宗明
"源氏"殺人事件　　26「フーダニット」2(1)'48.1 p20
消えた白足袋の男
　　　　　　　　26「フーダニット」2(3)'48.6 p10
競輪ボス　　　　33「探偵実話」2 '50.7 p159
一夜妻の魅力土曜夫人 33「探偵実話」3 '50.8 p207
マダム太閤行状記　33「探偵実話」1(6)'50.11 p42
混血の子は誰のもの！
　　　　　　　　33「探偵実話」4(7)'53.6 p146
宿命の混血児　　33「探偵実話」8(2)'57.1増 p255

569

岡田 喜秋
　君知るや山桃の恋
　　　　　35「エロチック・ミステリー」3(6)'62.6 p128
岡田 光一郎
　宝石の中の母《小説》 04「探偵趣味」20 '27.6 p2
岡田 五郎
　競輪インチキアレコレばなし
　　　　　32「怪奇探偵クラブ」2 '50.6 p120
岡田 三郎
　諸家の探偵趣味映画観《アンケート》
　　　　　05「探偵・映画」1(1)'27.10 p65
　両性具怪犯罪《小説》 24「妖奇」5(1)'51.1 p126
緒方 七郎
　陸の孤島《小説》 17「宝石」19(2)'64.1増 p12
岡田 鯱彦
　妖鬼の咒言《小説》 27「別冊宝石」2(1)'49.4 p128
　四月馬鹿の悲劇《小説》
　　　　　27「別冊宝石」2(2)'49.8 p10
　噴火口上の殺人《小説》
　　　　　16「ロック」4(3)'49.8別 p4
　恋人探偵小説 17「宝石」5(1)'50.1 p370
　地獄の一瞥《小説》 17「宝石」5(2)'50.2 p264
　真実追求家《小説》 27「別冊宝石」3(1)'50.2 p84
　薫大将と匂の宮《小説》 17「宝石」5(3)'50.4 p293
　紅い頸巻 27「別冊宝石」3(2)'50.4 p126
　獺峠の殺人《小説》 32「怪奇探偵クラブ」1 '50.5 p40
　クレオパトラの眼《小説》
　　　　　32「怪奇探偵クラブ」2 '50.6 p242
　［近況］ 32「探偵クラブ」1(1)'50.8 p25
　不可能犯罪《小説》
　　　　　32「探偵クラブ」1(1)'50.8 p98
　密室の殺人《小説》
　　　　　32「探偵クラブ」1(2)'50.10 p218
　拳銃射手試験《小説》 33「探偵実話」5 '50.10 p81
　光頭連盟《小説》 32「探偵クラブ」1(3)'50.11 p96
　妖奇の鯉魚《小説》 17「宝石」5(12)'50.12 p72
　生不動ズボン《小説》
　　　　　32「探偵クラブ」1(4)'50.12 p90
　死の湖畔《小説》 33「探偵実話」2(1)'50.12 p58
　羅生門の鬼《小説》 32「探偵クラブ」2(1)'51.1 p104
　闇の殺人魔《小説》 33「探偵実話」2(3)'51.2 p44
　死の脅迫状《小説》
　　　　　32「探偵クラブ」2(3)'51.4 p172
　菊花の約《小説》 33「探偵実話」2(5)'51.4 p62
　浅茅が宿《小説》 17「宝石」6(9)'51.9 p86
　怪談が怪談でなくなつた怪談
　　　　　17「宝石」6(10)'51.10 p165
　アンケート《アンケート》
　　　　　17「宝石」6(11)'51.10増 p174
　謎のラジオ《脚本》 17「宝石」6(12)'51.11 p106
　死者は語るか《小説》 17「宝石」6(13)'51.12 p174
　アンケート《アンケート》
　　　　　17「宝石」7(1)'52.1 p87
　幽冥荘の殺人《小説》
　　　　　27「別冊宝石」5(2)'52.2 p114
　探偵作家熱海に遊ぶ 17「宝石」7(5)'52.5 p167
　履歴詩 33「探偵実話」3(6)'52.5 p10
　遠隔窃聴狂《小説》 33「探偵実話」3(6)'52.5 p28

　自己批判座談会《座談会》
　　　　　17「宝石」7(6)'52.6 p184
　噴火口上の殺人《小説》
　　　　　32「探偵倶楽部」3(6)'52.6 p286
　妖鬼の鯉魚《小説》
　　　　　33「探偵実話」3(11)'52.9増 p156
　愛の殺人《小説》 17「宝石」8(1)'53.1 p62
　清少納言と兄人の則光 34「鬼」8 '53.1 p18
　探偵小説に対するアンケート《アンケート》
　　　　　32「探偵倶楽部」4(1)'53.2 p150
　妻の恋人《小説》 33「探偵実話」4(5)'53.4 p66
　石を投げる男《小説》 17「宝石」8(8)'53.7増 p14
　鯨 血ぬられたる血潮—解決篇—《小説》
　　　　　33「探偵実話」4(8)'53.7 p248
　川口氏の「雨月物語」 34「鬼」9 '53.9 p33
　嘱託恋愛《小説》 32「探偵倶楽部」5(1)'54.1 p187
　十三の階段〈3〉《小説》
　　　　　32「探偵倶楽部」5(2)'54.2 p106
　情炎《小説》 17「宝石」9(2)'54.2 p270
　魔法と聖書（後篇）三つ巴の闘い《小説》
　　　　　33「探偵実話」5(2)'54.2 p47
　夢魔〈1〉《小説》 17「宝石」9(3)'54.3 p34
　夢魔 解決篇《小説》 17「宝石」9(3)'54.3 p221
　妖鬼の咒言《小説》
　　　　　33「探偵実話」5(5)'54.4増 p148
　三味線殺人事件《小説》 17「宝石」9(6)'54.5 p210
　裸女観音《小説》 17「宝石」9(10)'54.8増 p110
　西鶴浮世草子《小説》
　　　　　27「別冊宝石」7(7)'54.9 p92
　筆者より…… 27「別冊宝石」7(7)'54.9 p111
　生不動ズボン《小説》
　　　　　33「探偵実話」5(11)'54.9増 p244
　病院横町の首縊りの家 解決篇《小説》
　　　　　17「宝石」9(13)'54.11 p14
　心ばかりの花束 27「別冊宝石」7(9)'54.11 p296
　雪の夜語り《小説》 33「探偵実話」6(1)'54.12 p30
　52番目の密室《小説》
　　　　　33「探偵実話」6(3)'55.2増 p204
　地獄から来た女《小説》
　　　　　17「宝石」10(4)'55.3 p150
　異説浅草寺縁起《小説》
　　　　　17「宝石」10(5)'55.3増 p164
　偽装強盗殺人事件《小説》
　　　　　17「宝石」10(7)'55.5 p250
　犯罪の足跡《小説》 33「探偵実話」6(6)'55.5 p72
　巧弁《小説》 17「宝石」10(8)'55.6 p272
　目撃者《小説》 17「宝石」10(9)'55.6増 p224
　かわうそ《小説》 17「宝石」10(12)'55.8増 p180
　獺の女《小説》 32「探偵倶楽部」6(10)'55.10 p250
　裸女観音《小説》
　　　　　33「探偵実話」6(12)'55.10増 p342
　白い断崖《小説》 17「宝石」10(15)'55.11 p150
　テレビ塔の殺人《小説》
　　　　　33「探偵実話」7(1)'55.12 p30
　新年初頭の感想 17「宝石」11(1)'56.1 p89
　青頭巾《小説》 32「探偵倶楽部」7(3)'56.3 p116
　言葉の殺人《小説》
　　　　　33「探偵実話」7(5)'56.3増 p155
　偶然のかたき《小説》 17「宝石」11(4)'56.4 p172
　相似人間《小説》 17「宝石」11(13)'56.9増 p176
　秘術《小説》 32「探偵倶楽部」7(11)'56.10 p124

おかみ

恐怖の一夜〈小説〉
　　　　　32「探偵倶楽部」8(1)'57.1 p118
空間に舞う〈小説〉
　　　　　32「探偵倶楽部」8(5)'57.6 p144
アンケート〈アンケート〉
　　　　　17「宝石」12(13)'57.10 p106
変身術〈小説〉
　　　　　32「探偵倶楽部」8(12)'57.11増 p196
海辺の殺人〈小説〉
　　　　　32「探偵倶楽部」8(13)'57.12 p148
G大生の女給殺し事件〈小説〉
　　　　　33「探偵実話」9(4)'58.2 p222
茶色の小瓶〈小説〉
　　　　　32「探偵倶楽部」9(4)'58.4 p240
雪の夜語り〈小説〉
　　　　　32「探偵倶楽部」9(5)'58.4増 p237
羽田発一時○分〈小説〉
　　　　　33「探偵実話」9(13)'58.9 p38
死の湖畔〈小説〉　27「別冊宝石」11(8)'58.10 p308
毒唇〈小説〉
　　　　　32「探偵倶楽部」9(14)'58.12 p160
ヒット・アンド・ラン〈小説〉
　　　　　32「探偵倶楽部」10(2)'59.2 p52

岡田 真吉
「カリオストロの復讐」に就て
　　　　　14「月刊探偵」1(1)'35.12 p10
フランスの探偵小説　14「月刊探偵」2(3)'36.4 p23
仏篇　　　　　　　　15「探偵春秋」2(1)'37.1 p100

岡田 信二
義眼〈小説〉　　　　　24「妖奇」5(5)'51.5 p30
肌着のない女〈小説〉　24「妖奇」5(11)'51.11 p49

緒方 心太郎　→緒方慎太郎
瘴気〈小説〉　　27「別冊宝石」4(2)'51.12 p218
［略歴］　　　　　　17「宝石」7(4)'52.4 p8
心の襞〈小説〉　　　17「宝石」7(4)'52.4 p116
深淵〈小説〉　　27「別冊宝石」5(6)'52.6 p284
危い曲り角〈小説〉　17「宝石」8(1)'53.1 p130
三本脚の悪鬼〈小説〉17「宝石」9(12)'54.10 p188

緒方 慎太郎　→緒方心太郎
探偵映画外国物　　04「探偵趣味」26'27.12 p52
翻訳一考　　　　　04「探偵趣味」4(3)'28.3 p46

岡田 建文
奇怪な亡霊の話　　09「探偵小説」2(5)'32.5 p192

岡田 照木
探偵小説に関する歴史的考察〈1〉
　　　　　07「探偵」1(4)'31.8 p126
探偵小説に関する歴史的考察〈2〉
　　　　　07「探偵」1(5)'31.9 p148
探偵小説に関する歴史的考察〈3〉
　　　　　07「探偵」1(6)'31.10 p111
探偵小説に関する歴史的考察〈4〉
　　　　　07「探偵」1(7)'31.11 p135
探偵小説に関する歴史的考察〈5〉
　　　　　07「探偵」1(8)'31.12 p183
英米近刊探偵小説梗概
　　　　　09「探偵小説」2(1)'32.1 p106
英米近刊探偵小説梗概
　　　　　09「探偵小説」2(2)'32.2 p115

岡田 時彦
馬鹿ツ話　　　　　06「猟奇」2(9)'29.9 p46
渡辺温君のこと　　06「猟奇」3(4)'30.5 p64

緒方 直四
指名手配〈小説〉　17「宝石」19(2)'64.1増 p216

岡田 甫
石川啄木と春本
　　　　　35「エロチック・ミステリー」2(2)'61.2 p37
本朝女上位事始
　　　　　35「エロチック・ミステリー」2(11)'61.11 p40
戯文　35「エロチック・ミステリー」3(3)'62.3 p138
戯文　35「エロチック・ミステリー」3(4)'62.4 p208
戯文　35「エロチック・ミステリー」3(5)'62.5 p256

岡田 八千代
私の好きな探偵小説　17「宝石」5(12)'50.12 p142
村芝居三人吉三〈小説〉17「宝石」6(4)'51.4 p114

岡田 嘉子
"救ひを求むる私"　　06「猟奇」2(8)'29.8 p44

緒方 良志
カギ〈小説〉　　　17「宝石」18(2)'63.1増 p260

岡田 楽京
宝石題名物語　　　17「宝石」10(6)'55.4 p270

岡戸 武平
下駄〈小説〉　　　06「猟奇」2(6)'29.6 p46
温ちゃんの事ども　06「猟奇」3(3)'30.4 p53
凝り屋の乱歩氏　10「探偵クラブ」6'32.11 p28
『其処はおとし穴だよ』―小酒井不木
　　　　　11「ぷろふいる」4(8)'36.8 p104
お問合せ〈アンケート〉
　　　　　12「シュピオ」3(5)'37.6 p49
ハガキ回答〈アンケート〉
　　　　　12「シュピオ」4(1)'38.1 p29
創刊号に寄す　22「新探偵小説」1(2)'47.6 p27
不木先生のことども　22「新探偵小説」5'48.2 p16

岡林 勝彦
「伊奈邸殺人事件」を読みて
　　　　　11「ぷろふいる」2(9)'34.9 p113

丘美 丈二郎
翡翠荘綺談〈小説〉　27「別冊宝石」2(3)'49.12 p574
二十世紀の怪談〈小説〉
　　　　　27「別冊宝石」3(1)'50.2 p172
勝部良平のメモ〈小説〉
　　　　　27「別冊宝石」3(2)'50.2 p494
三角粉〈小説〉　　17「宝石」6(2)'51.2 p116
探偵小説の立場と討論・評論・所感〈1〉
　　　　　17「宝石」6(2)'51.2 p138
探偵小説の立場と討論・評論・所感〈2・完〉
　　　　　17「宝石」6(3)'51.3 p174
ディクソン・カーに対する不満
　　　　　17「宝石」6(6)'51.6 p188
ヴァイラス〈小説〉　17「宝石」5(10)'51.10 p132
佐門谷〈小説〉　27「別冊宝石」4(2)'51.12 p120
アンケート〈アンケート〉
　　　　　17「宝石」7(1)'52.1 p88
論文派の誕生　　　17「宝石」7(1)'52.1 p302
探偵小説の鑑賞方法に就いて
　　　　　17「宝石」7(5)'52.5 p188
恐怖の石塊〈小説〉　17「宝石」7(6)'52.6 p176
パチンコと沈丁花〈小説〉
　　　　　27「別冊宝石」5(6)'52.6 p24

汽車を招く少女《小説》
　　　　　　　　　33「探偵実話」3(8)'52.7 p62
私の好きな探偵小説　27「別冊宝石」5(7)'52.7 p88
空間の断口《小説》　17「宝石」7(12)'52.12 p172
或る新人の弁　　　 17「宝石」7(12)'52.12 p218
謎解き興味の解剖　 17「宝石」8(3)'53.4 p218
鉛の小函《小説》　 17「宝石」8(8)'53.7増 p238
耳飾りの女《小説》 17「宝石」8(13)'53.11 p160
奨励賞受賞の感想　 17「宝石」9(6)'54.5 p96
空坊主事件《小説》 17「宝石」10(3)'55.2 p60
竜神吠えの怪《小説》17「宝石」10(7)'55.5 p66
S・Fと宝石
ワルドシュタインの死《小説》
　　　　　　　　　17「宝石」10(10)'55.7 p16
作家の希望する評論のあり方
　　　　　　　　　17「宝石」10(11)'55.8 p232
種馬という男《小説》17「宝石」10(13)'55.9 p242
佐門谷《小説》　　 27「別冊宝石」9(1)'56.1 p264
トツカピー《小説》 17「宝石」11(6)'56.4 p142
S・Fの二つの行き方 17「宝石」11(6)'56.6 p226
波《小説》　　　　 17「宝石」11(14)'56.10 p246
探小の読み方　　　 17「宝石」11(14)'56.10 p290
批判の批判　　　　 17「宝石」12(7)'57.5 p228
岡村 愛子
洋モク取締珍談奇談座談会《座談会》
　　　　　　　　　32「探偵倶楽部」5(11)'54.11 p250
岡村 一雄
破獄囚の秘密《小説》
　　　　　　　　　01「新趣味」18(3)'23.3 p238
岡村 弘
紅毛国性的奇聞集　 09「探偵小説」2(3)'32.3 p172
岡村 雄輔
紅鱒館の惨劇《小説》
　　　　　　　　　27「別冊宝石」2(1)'49.4 p26
盲目が来たりて笛を吹く《小説》
　　　　　　　　　17「宝石」— '49.7増 p302
うるっぷ草の秘密《小説》
　　　　　　　　　27「別冊宝石」2(2)'49.8 p34
ミデアンの井戸の七人の娘《小説》
　　　　　　　　　17「宝石」4(9)'49.10 p9
廻廊を歩く女《小説》17「宝石」4(10)'49.11 p118
夜毎に父と逢う女《小説》
　　　　　　　　　17「宝石」4(11)'49.12 p94
ことしの抱負　　　 17「宝石」5(1)'50.1 p371
探偵作家幽霊屋敷へ行く《座談会》
王座よさらば《小説》17「宝石」5(2)'50.2 p82
加里岬の踊子　　　 17「宝石」5(4)'50.4 p112
加里岬の踊子　　　 27「別冊宝石」3(3)'50.6 p8
逢びきの部屋《小説》17「宝石」5(8)'50.8 p52
暗い海白い花《小説》17「宝石」6(1)'51.1 p106
斜陽の小径《小説》 17「宝石」6(6)'51.6 p118
アンケート《アンケート》
　　　　　　　　　17「宝石」6(11)'51.10増 p174
入江の悲劇《小説》 17「宝石」6(12)'51.11 p38
アンケート《アンケート》
　　　　　　　　　17「宝石」7(1)'52.1 p90
黄薔薇殺人事件《小説》17「宝石」7(1)'52.1 p268
甲賀さんのうしろ姿 17「宝石」7(2)'52.2 p160
青鷺はなぜ羽搏くか《小説》
　　　　　　　　　27「別冊宝石」5(7)'52.7 p160

盲魚荘事件《小説》 17「宝石」9(1)'54.1 p194
幻女殺人事件〈1〉《小説》
　　　　　　　　　17「宝石」9(9)'54.8 p264
幻女殺人事件〈2・完〉《小説》
　　　　　　　　　17「宝石」9(11)'54.9 p260
病院横町の首縊りの家 完結篇
　　　　　　　　　17「宝石」9(13)'54.11 p82
巨人への七つの花束 27「別冊宝石」7(9)'54.11 p74
鎌鼬《小説》　　　 17「宝石」10(6)'55.4 p250
現代の千夜一夜物語 17「宝石」10(7)'55.5 p110
通り魔《小説》　　 17「宝石」12(1)'57.1 p74
殺人セレナード《小説》
　　　　　　　　　32「探偵倶楽部」8(3)'57.4 p190
ビーバーを捕えろ《小説》
　　　　　　　　　17「宝石」12(7)'57.5 p232
アンケート《アンケート》
　　　　　　　　　17「宝石」12(13)'57.10 p80
加里岬の踊り子《小説》
　　　　　　　　　27「別冊宝石」14(3)'61.5 p274
樹上の海女《小説》 35「エロチック・ミステリー」3(9)'62.9 p76
岡本 綺堂
探偵趣味問答《アンケート》
　　　　　　　　　04「探偵趣味」3'25.11 p40
タダ一つ神もし許し賜はゞ⋯⋯《アンケート》
　　　　　　　　　06「猟奇」4(3)'31.5 p67
これからの探偵小説は 10「探偵クラブ」8'33.1 p2
お化師匠〔原作〕《絵物語》
17「宝石」1(3)'46.6 p5, 7, 9, 11, 15, 17, 19, 23, 25, 27
蜘蛛の夢〈1〉《小説》24「妖奇」1(4)'47.10 p6
蜘蛛の夢〈2〉《小説》24「妖奇」1(5)'47.11 p6
蜘蛛の夢〈3・完〉《小説》
　　　　　　　　　24「妖奇」1(6)'47.12 p11
慈悲心鳥《小説》　 24「妖奇」2(4)'48.3 p5
妖婆《小説》　　　 19「仮面」夏の増刊'48.6 p44
怪談一夜草紙〔原作〕《絵物語》
　　　　　　　　　19「仮面」臨時増刊'48.8 前］
赤膏薬　　　　　　 33「探偵実話」5(11)'54.9増 p242
あま酒売り〔原作〕《絵物語》
　　　　　　　　　17「宝石」16(11)'61.10 p207
岡本 喜八
秋の夜は長い　　　 17「宝石」17(14)'62.11 p130
岡本 三郎
死体が立上つた話　 33「探偵実話」4(9)'53.8 p94
岡本 素貌
第一輯を読んで　　 04「探偵趣味」2'25.10 p32
切断された右腕《小説》04「探偵趣味」6'26.3 p41
岡本 淑郎
モンテ・カルロの名探偵
　　　　　　　　　03「探偵文芸」2(2)'26.2 p64
岡本 治助
危機一髪座談会《座談会》
　　　　　　　　　19「仮面」3(4)'48.6 p10
岡本 文弥
好色のいましめ　　 35「エロチック・ミステリー」2(6)'61.6 p212
丘山 星二
［れふきうた］《猟奇歌》06「猟奇」5(4)'32.4 p33

小河原 幸夫
　近頃読んだもの　　　　　09「探偵小説」1(1)'31.9 p89
沖 五十二
　女王と探偵ごっこ《小説》
　　　　　　　　　　　27「別冊宝石」2(3)'49.12 p88
　片眼になつた幽霊《小説》
　　　　　　　　　　　27「別冊宝石」2(3)'49.12 p443
荻 一之介　→田中謙
　最後の瞬間《小説》
　　　　　　08「探偵趣味」（平凡社版）8 '31.12 p21
　或死刑囚の手記の一節《小説》
　　　　　　08「探偵趣味」（平凡社版）12 '32.4 p21
　四つの聴取書《小説》
　　　　　　　　　　11「ぷろふぃる」2(4)'34.4 p40
　探偵小説と事実　　12「探偵文学」1(1)'35.3 p25
　おみつ《小説》　　 12「探偵文学」1(4)'35.6 p9
　執念《小説》　　　 12「探偵文学」1(8)'35.11 p27
　初夢　　　　　　　12「探偵文学」1(10)'36.1 p29
　木々高太郎氏を囲み三五年度探偵小説合評座談会
　〈1〉《座談会》
　　　　　　　　　　12「探偵文学」1(10)'36.1 p35
　木々高太郎氏を囲み三五年度探偵小説合評座談会〈2
　・完〉《座談会》
　　　　　　　　　　12「探偵文学」2(2)'36.2 p13
　[同人随筆]　　　　12「探偵文学」2(2)'36.2 p29
　無題　　　　　　　12「探偵文学」2(3)'36.3 p23, 27
　Prof. Ohkorochi　 12「探偵文学」2(4)'36.4 p36
　トイレット・ペーパー《小説》
　　　　　　　　　　12「探偵文学」2(6)'36.6 p22
　振り出し《小説》　 12「探偵文学」2(7)'36.7 p14
　猪狩殺人事件〈9・完〉《小説》
　　　　　　　　　　12「探偵文学」2(8)'36.8 p30
　お問合せ《アンケート》
　　　　　　　　　　12「シュピオ」3(5)'37.6 p51
　最後の瞬間《小説》　　　 23「真珠」1 '47.4 p6
沖 鏡太郎
　ゆうもあ・姓名判断　17「宝石」3(1)'48.1 p2
沖 三郎
　極意《小説》　　　　06「猟奇」2(2)'29.2 p8
隠岐 弘
　探偵小説月評　　　 17「宝石」6(1)'51.1 p56
　探偵小説月評　　　 17「宝石」6(2)'51.2 p98
　探偵小説月評　　　 17「宝石」6(3)'51.3 p44
　探偵小説月評　　　 17「宝石」6(4)'51.4 p52
　探偵小説月評　　　 17「宝石」6(5)'51.5 p42
　探偵小説月評　　　 17「宝石」6(6)'51.6 p66
　探偵小説月評　　　 17「宝石」6(7)'51.7 p44
　探偵小説月評　　　 17「宝石」6(8)'51.8 p42
　探偵小説月評　　　 17「宝石」6(9)'51.9 p50
　探偵小説月評　　　 17「宝石」6(10)'51.10 p54
　探偵小説月評　　　 17「宝石」6(12)'51.11 p36
　探偵小説月評　　　 17「宝石」6(13)'51.12 p40
　探偵小説月評　　　 17「宝石」7(1)'52.1 p38
　探偵小説月評　　　 17「宝石」7(2)'52.2 p52
　探偵小説月評　　　 17「宝石」7(3)'52.3 p42
　探偵小説月評　　　 17「宝石」7(4)'52.4 p40
　探偵小説月評　　　 17「宝石」7(5)'52.5 p38
　探偵小説月評　　　 17「宝石」7(6)'52.6 p44
　探偵小説月評　　　 17「宝石」7(7)'52.7 p40
　探偵小説月評　　　 17「宝石」7(8)'52.8 p30

　探偵小説月評　　　 17「宝石」7(9)'52.10 p46
　探偵文壇への新風　 17「宝石」7(9)'52.10 p87
　コンクール選評座談会《座談会》
　　　　　　　　　　17「宝石」7(9)'52.10 p89
　我が小鬼物語　　　 17「宝石」7(12)'52.12 p104
　我が密室物語　　　 17「宝石」8(1)'53.1 p212
　入賞作品詮衡座談会《座談会》
　　　　　　　　　　17「宝石」8(3)'53.4 p76
　入賞作品選衡座談会《座談会》
　　　　　　　　　　17「宝石」9(5)'54.4 p70
　プロフェッソール江戸川
　　　　　　　　　　27「別冊宝石」7(9)'54.11 p48
　入賞作品詮衡座談会《座談会》
　　　　　　　　　　17「宝石」10(6)'55.4 p127
　煙草と探偵小節《座談会》
　　　　　　　　　　17「宝石」10(10)'55.7 p154
　探偵小説をかいた正月　17「宝石」11(1)'56.1 p88
　入賞作品詮衡座談会《座談会》
　　　　　　　　　　17「宝石」11(6)'56.4 p113
　隠岐氏の（バンコツクからの手紙）
　　　　　　　　　　17「宝石」11(6)'56.4 p119
　煙草と探偵小説　　 17「宝石」13(1)'58.1 p117
　探偵作家の専売公社訪問記《座談会》
　　　　　　　　　　17「宝石」13(1)'58.1 p176
　「新人二十五人集」入選作品選評座談会《座談会》
　　　　　　　　　　17「宝石」13(5)'58.4 p208
　常夏のハワイから　 17「宝石」13(5)'58.4 p228
　「新人二十五人集」入選作品選評座談会《座談会》
　　　　　　　　　　17「宝石」14(4)'59.4 p212
　ホノルルのお婆さん　17「宝石」14(6)'59.6 p11
荻 昌弘
　シネマ・プロムナード　17「宝石」14(8)'59.7 p20
　シネマ・プロムナード　17「宝石」14(9)'59.8 p20
　シネマ・プロムナード
　　　　　　　　　　17「宝石」14(10)'59.9 p20
　シネマ・プロムナード
　　　　　　　　　　17「宝石」14(11)'59.10 p20
　シネマ・プロムナード
　　　　　　　　　　17「宝石」14(13)'59.11 p20
　シネマ・プロムナード
　　　　　　　　　　17「宝石」14(14)'59.12 p20
　シネマ・プロムナード　17「宝石」15(1)'60.1 p16
　シネマ・プロムナード　17「宝石」15(2)'60.2 p16
　シネマ・プロムナード　17「宝石」15(4)'60.3 p16
荻野 浪蔵
　群少犯罪註釈　　　 11「ぷろふぃる」4(7)'36.7 p90
小木曾 要
　デパート・ガールにのびる桃色の誘惑
　　　　　　　　　　32「探偵倶楽部」9(8)'58.7 p166
沖田 不二麿
　国宝盗難事件《小説》
　　　　　　　　　　01「新趣味」18(4)'23.4 p137
沖野 岩三郎
　ハガキ回答《アンケート》
　　　　　　　　　　11「ぷろふぃる」4(6)'36.6 p101
荻野 貞行
　拳闘選手は儲かるか？　25「X」3(6)'49.5 p10
沖野 白帆
　幻覚《小説》　　　　24「妖奇」4(10)'50.10 p78

萩野 浪蔵
　京都駅を中心とした犯罪研究座談会 《座談会》
　　　　　　　　11「ぷろふいる」1(3)'33.7 p36

沖林 松吉
　墓穴を出た男 《小説》　24「妖奇」5(5)'51.5 p109
　慾情殺人事件 《小説》　24「妖奇」5(11)'51.11 p42

荻原 欣子
　女探偵ばかりの座談会 《座談会》
　　　　　　　　33「探偵実話」2(5)'51.4 p182

荻原 秀夫
　一千万円の男　　　25「Gメン」2(8)'48.7 p34
　恋の冷凍 《小説》　25「Gメン」2(9)'48.9 p41
　物言ふ白骨　　　　24「妖奇」3(3)'49.3 p40
　探偵を探偵する女 《小説》
　　　　　　　　　　25「X」3(4)'49.3別 p41
　麻薬団急襲!　　　25「X」3(6)'49.5 p36
　恋の色盲学 《小説》25「X」3(11)'49.10 p40
　妻よ! 家を護れ　　33「探偵実話」1 '50.5 p90
　怨霊送り狼 《小説》
　　　　　　　　33「探偵実話」1(6)'50.11 p198
　若妻凌辱 《小説》　33「探偵実話」2(1)'50.12 p122
　灰色の壁　　　　　33「探偵実話」2(2)'51.1 p174
　血のこぼれ刃　　　33「探偵実話」2(6)'51.5 p120
　犯人の脱糞　　　　33「探偵実話」2(10)'51.9 p196
　東京売春白書　　　32「探偵倶楽部」4(8)'53.8 p195
　偽装自殺　　　　　32「探偵倶楽部」4(8)'53.8 p218
　自動車強盗白書　　32「探偵倶楽部」4(9)'53.9 p89
　科学捜査の勝利　　32「探偵倶楽部」6(11)'55.11 p150
　治外法権殺人事件
　　　　　　　　　　32「探偵倶楽部」7(8)'56.7 p186
　雨靴の男　　　　　32「探偵倶楽部」7(12)'56.11 p248
　百号室殺人事件　　32「探偵倶楽部」7(13)'56.12 p144
　バタヤ部落の男　　32「探偵倶楽部」8(1)'57.1 p286
　暴力掏摸団せん滅　32「探偵倶楽部」8(5)'57.6 p211
　足跡を嗅ぐ男　　　32「探偵倶楽部」8(7)'57.7 p120
　怨霊の布団　　　　32「探偵倶楽部」8(7)'57.7増 p72
　恐怖の般若面　　　32「探偵倶楽部」8(8)'57.8 p204
　警官射殺事件記録　32「探偵倶楽部」8(9)'57.9 p208
　急行列車の怪盗　　32「探偵倶楽部」8(10)'57.10 p146
　ふとん包屍体事件
　　　　　　　　　　32「探偵倶楽部」8(11)'57.11 p206
　殺人街道 《小説》　32「探偵倶楽部」9(9)'58.6 p146
　姿なき殺人事件
　　　　　　　　32「探偵倶楽部」9(9)'58.7増 p136
　乳房に赤い血が吹く 《小説》
　　　　　　　　32「探偵倶楽部」9(12)'58.10 p250
　殺人鬼は彼奴だ 《小説》
　　　　　　　　32「探偵倶楽部」9(13)'58.11 p232
　銀座迷路 《小説》
　　　　　　　　32「探偵倶楽部」9(14)'58.12 p112
　殺人十字路 《小説》
　　　　　　　　32「探偵倶楽部」10(1)'59.1 p196
　鼻のない男 《小説》
　　　　　　　　32「探偵倶楽部」10(2)'59.2 p210

奥 好晨
　竜巻を見る　　　　03「探偵文芸」2(11)'26.11 p55, 62
　歳末忙記　　　　　03「探偵文芸」3(1)'27.1 p37, 58

尾久木 弾歩
　般若面の秘密〈1〉 《小説》
　　　　　　　　　　24「妖奇」4(4)'50.4 p9
　般若面の秘密〈2〉 《小説》
　　　　　　　　　　24「妖奇」4(5)'50.5 p89
　般若面の秘密〈3〉 《小説》
　　　　　　　　　　24「妖奇」4(6)'50.6 p57
　般若面の秘密〈4〉 《小説》
　　　　　　　　　　24「妖奇」4(7)'50.7 p113
　般若面の秘密〈5〉 《小説》
　　　　　　　　　　24「妖奇」4(8)'50.8 p74
　般若面の秘密〈6〉 《小説》
　　　　　　　　　　24「妖奇」4(9)'50.9 p61
　般若面の秘密〈7〉 《小説》
　　　　　　　　　　24「妖奇」4(10)'50.10 p78
　般若面の秘密〈8〉 《小説》
　　　　　　　　　　24「妖奇」4(11)'50.11 p76
　般若面の秘密〈9・完〉 《小説》
　　　　　　　　　　24「妖奇」4(12)'50.12 p70
　生首殺人事件〈1〉 《小説》
　　　　　　　　　　24「妖奇」5(1)'51.1 p35
　生首殺人事件〈2〉 《小説》
　　　　　　　　　　24「妖奇」5(2)'51.2 p49
　犯人を探し出した方に賞金五万円を!
　　　　　　　　　　24「妖奇」5(2)'51.2 p51
　生首殺人事件〈3〉 《小説》
　　　　　　　　　　24「妖奇」5(3)'51.3 p94
　犯人を探し出した方に賞金五万円を!
　　　　　　　　　　24「妖奇」5(3)'51.3 p95
　生首殺人事件〈4〉 《小説》
　　　　　　　　　　24「妖奇」5(4)'51.4 p74
　犯人を探し出した方に賞金五万円を!
　　　　　　　　　　24「妖奇」5(4)'51.4 p75
　生首殺人事件〈5〉 《小説》
　　　　　　　　　　24「妖奇」5(5)'51.5 p77
　生首殺人事件〈6〉 《小説》
　　　　　　　　　　24「妖奇」5(6)'51.6 p71
　生首殺人事件〈7〉 《小説》
　　　　　　　　　　24「妖奇」5(7)'51.7 p56
　生首殺人事件〈8〉 《小説》
　　　　　　　　　　24「妖奇」5(8)'51.8 p46
　生首殺人事件〈9・完〉 《小説》
　　　　　　　　　　24「妖奇」5(9)'51.9 p90
　死のアスピリン 《小説》
　　　　　　　　　　24「妖奇」5(10)'51.10 p14
　人猿相姦 《小説》　24「妖奇」5(12)'51.12 p107
　人間掛軸〈1〉 《小説》24「妖奇」6(1)'52.1 p14
　人間掛軸〈2〉 《小説》24「妖奇」6(2)'52.2 p62
　人間掛軸〈3〉 《小説》24「妖奇」6(3)'52.3 p72
　人間掛軸〈4〉 《小説》24「妖奇」6(4)'52.4 p97
　人間掛軸〈5〉 《小説》24「妖奇」6(5)'52.5 p100
　人間掛軸〈6・完〉 《小説》
　　　　　　　　　　24「妖奇」6(6)'52.6 p103
　狼家の恐怖〈1〉 《小説》24「妖奇」6(7)'52.7 p40
　狼家の恐怖〈2〉 《小説》24「妖奇」6(8)'52.8 p68
　狼家の恐怖〈3〉 《小説》24「妖奇」6(9)'52.9 p60
　狼家の恐怖〈4〉 《小説》
　　　　　　　　　　24「妖奇」6(10)'52.10 p62
　狼家の恐怖〈5〉 《小説》
　　　　　　　　　　24「トリック」6(11)'52.11 p77
　狼家の恐怖〈6〉
　　　　　　　　　　24「トリック」6(12)'52.12 p72
　狼家の恐怖〈7〉 《小説》
　　　　　　　　　　24「トリック」7(1)'53.1 p145

執筆者名索引　おくり

最後の証人〈1〉《小説》
　　　　　　　　24「トリック」7(2)'53.2 p23
狼家の恐怖〈8〉《小説》
　　　　　　　　24「トリック」7(2)'53.2 p178
最後の証人〈2〉《小説》
　　　　　　　　24「トリック」7(3)'53.3 p48
狼家の恐怖〈9〉《小説》
　　　　　　　　24「トリック」7(3)'53.3 p76
橘外男の一生　33「探偵実話」10(12)'59.8 p210
奥沢 茂
　スリに転業した売春婦
　　　　　　　　33「探偵実話」9(10)'58.6 p110
　女魔剤師殺し　33「探偵実話」9(12)'58.8 p66
　女体はなぜ拒む　33「探偵実話」9(13)'58.9 p68
　小松川女子高校生殺し
　　　　　　　33「探偵実話」9(14)'58.10増 p70
奥薬 縫太郎
　凶悪犯は何処に居る!《座談会》
　　　　　　　　33「探偵実話」10(8)'59.5 p107
奥田 壮史郎
　天狗橋殺人事件 33「探偵実話」8(2)'57.1増 p208
奥富 寿江
　私はアメリカの主婦になつた
　　　　　　　　33「探偵実話」6(2)'55.1 p250
奥野 信太郎
　孤蝶追慕　　　　17「宝石」6(7)'51.7 p80
　片言隻句　　　　17「宝石」18(5)'63.4 p16
奥野 光信
　土壇場《小説》　17「宝石」18(2)'63.1増 p152
　宝石店、昼下りの物語《小説》
　　　　　　　27「別冊宝石」16(11)'63.12 p197
奥野 椰子夫
　アブサラの微笑《小説》
　　　　　　　　　16「ロック」3(6)'48.10 p50
奥村 五十嵐　→納言恭平
　ネクタイ《小説》10「探偵クラブ」1 '32.4 p29
　風呂屋と散髪屋の挿話 10「探偵クラブ」3 '32.6 p9
　烏山時代の一挿話 10「探偵クラブ」10 '33.4 p27
　放浪者の血　　15「探偵春秋」1(2)'36.11 p103
　詭弁にあらず　　17「宝石」1(4)'46.7 p47
　髪《小説》　　25「Gメン」2(3)'48.3 p34
奥村 源太郎
　夜匂う花　　　33「探偵実話」5(12)'54.10 p244
小倉 浩一郎
　しねまあらかると　06「猟奇」4(3)'31.5 p60
　スタヂオの犯罪 11「ぷろふいる」3(12)'35.12 p68
小倉 清太郎
　世界の大秘境を語る座談会《座談会》
　　　　　　　　　25「Gメン」2(9)'48.9 p4
小倉 武志
　八つ当り映画随筆　06「猟奇」5(5)'32.5 p26
小椋 留吉
　特ダネ座談会《座談会》
　　　　　　32「探偵クラブ」2(10)'51.11 p133
小倉 生
　ルブランの皮肉　04「探偵趣味」3 '25.11 p21
　ぬか喜び　　05「探偵・映画」1(2)'27.11 p64

小栗 三条
　経済Gメンは如何に活躍しているか?
　　　　　　　　　25「Gメン」1(1)'47.10 p10
小栗 常太郎
　狙われた不死身の男
　　　　　　　　32「探偵倶楽部」7(9)'56.8 p82
　婦人警官捕物帖 32「探偵倶楽部」7(12)'56.11 p278
　生きたまゝの火葬
　　　　　　　　32「探偵倶楽部」7(13)'56.12 p281
　屍と死の三日間 32「探偵倶楽部」8(1)'57.1 p228
　裏庭で焼かれる人妻
　　　　　　　　32「探偵倶楽部」8(3)'57.4 p256
小栗 虫太郎　→織田清七, 覆面作家
　作者の言葉　　11「ぷろふいる」1(6)'33.10 p51
　寿命帳〈1〉《小説》
　　　　　　　　11「ぷろふいる」1(7)'33.11 p6
　寿命帳〈2・完〉《小説》
　　　　　　　　11「ぷろふいる」2(1)'34.1 p51
　オッカルトな可怖かなくない話
　　　　　　　　11「ぷろふいる」2(5)'34.5 p90
　合俥夢権妻殺し《小説》
　　　　　　　　11「ぷろふいる」2(6)'34.6 p60
　絶景万国博覧会《小説》
　　　　　　　　11「ぷろふいる」3(1)'35.1 p146
　禿山の一夜　　12「探偵文学」1(2)'35.4 p7
　豆沢山鬼は外　12「探偵文学」1(7)'35.10 p2
　ハガキ回答《アンケート》
　　　　　　　　11「ぷろふいる」3(12)'35.12 p46
　源内焼六術和尚《小説》
　　　　　　　　11「ぷろふいる」4(1)'36.1 p10
　戯猫探偵文党　14「月刊探偵」2(3)'36.4 p17
　三重分身者の弁 11「ぷろふいる」4(4)'36.4 p72
　「探聖」になり損ねた連作
　　　　　　　　12「探偵文学」2(9)'36.9 p33
　「青い鷺」に就いて
　　　　　　　　11「ぷろふいる」4(10)'36.10 p56
　青い鷺〈1〉《小説》
　　　　　　　　11「ぷろふいる」4(11)'36.11 p8
　夏と写楽　　　15「探偵春秋」1(2)'36.11 p100
　青い鷺〈2〉《小説》
　　　　　　　　11「ぷろふいる」4(12)'36.12 p8
　宣言　　　　　12「シュピオ」3(1)'37.1 p1
　反暗号学　　　12「シュピオ」3(1)'37.1 p4
　青い鷺〈3〉《小説》
　　　　　　　　11「ぷろふいる」5(1)'37.1 p14
　共同雑記　　　11「ぷろふいる」5(1)'37.1 p55
　明日の探偵小説を語る座談会《座談会》
　　　　　　　　11「ぷろふいる」5(1)'37.1 p56
　諸家の感想《アンケート》
　　　　　　　　15「探偵春秋」2(1)'37.1 p72
　胡鉄仙人に御慶を申すの記
　　　　　　　　11「ぷろふいる」5(1)'37.1 p112
　宣言　　　　　12「シュピオ」3(2)'37.2 p1
　青い鷺〈4〉《小説》
　　　　　　　　11「ぷろふいる」5(2)'37.2 p10
　諸姦戒語録　　12「シュピオ」3(2)'37.2 p46
　共同雑記　　　11「ぷろふいる」5(2)'37.2 p57
　宣言　　　　　12「シュピオ」3(3)'37.3 p1
　青い鷺〈5〉《小説》
　　　　　　　　11「ぷろふいる」5(3)'37.3 p10

575

おけた

林田茄子女史に就いて
　　　　　　　12「シュピオ」3(3) '37.3 p83
大正十四年　　12「シュピオ」3(3) '37.3 p96
共同雑記　　　12「シュピオ」3(3) '37.3 p102
青い鷺〈6・完〉《小説》
　　　　　　　11「ぷろふいる」5(4) '37.4 p120
宣言　　　　　12「シュピオ」3(4) '37.5 前1
父よ、我も人の子なり(『黒死館殺人事件』抜粋)
《小説》
　　　　　　　12「シュピオ」3(4) '37.5 p85
共同雑記　　　12「シュピオ」3(4) '37.5 p236
宣言　　　　　12「シュピオ」3(5) '37.6 前1
共同雑記　　　12「シュピオ」3(5) '37.6 p81
宣言　　　　　12「シュピオ」3(6) '37.7 前1
共同雑記　　　12「シュピオ」3(6) '37.7 p69
宣言　　　　　12「シュピオ」3(7) '37.9 前1
躍進宣言　　　12「シュピオ」3(7) '37.9 p3
他人の自叙伝〈1〉12「シュピオ」3(7) '37.9 p53
共同雑記　　　12「シュピオ」3(7) '37.9 p68
宣言　　　　　12「シュピオ」3(8) '37.10 前1
共同雑記　　　12「シュピオ」3(8) '37.10 p25
減頁宣言　　　12「シュピオ」3(8) '37.10 p26
宣言　　　　　12「シュピオ」3(9) '37.11 前1
共同雑記　　　12「シュピオ」3(9) '37.11 p40
宣言　　　　　12「シュピオ」3(10) '37.12 前1
宣言　　　　　12「シュピオ」4(1) '38.1 前1
共同雑記　　　12「シュピオ」4(1) '38.1 p44
共同雑記　　　12「シュピオ」4(2) '38.2 p42
獅子は死せるに非ず12「シュピオ」4(3) '38.4 p9
共同雑記　　　12「シュピオ」4(3) '38.4 p48
悪霊《小説》　16「ロック」1(2) '46.4 p20
完全犯罪《小説》18「トップ」2(3) '47.6増 p4
後光殺人事件〈1〉《小説》
　　　　　　　24「妖奇」1(6) '47.12 p30
後光殺人事件〈2・完〉《小説》
　　　　　　　24「妖奇」2(1) '48.1 p35
三文歌舞伎《小説》24「妖奇」2(7) '48.6 p5
人胆買入裁判　24「妖奇」2(9) '48.8 p39
方子と末起　　24「妖奇」2(12) '48.11 p14
肉体の異変　　24「妖奇」3(4) '49.4 p54
深海の囚虜《小説》24「妖奇」3(5) '49.5 p34
失楽園殺人事件《小説》24「妖奇」3(6) '49.6 p48
屍蠟〈1〉《小説》24「妖奇」3(9) '49.8 p11
屍蠟〈2〉《小説》24「妖奇」3(10) '49.9 p28
屍蠟〈3〉《小説》24「妖奇」3(11) '49.10 p45
屍蠟〈4〉《小説》24「妖奇」3(12) '49.11 p60
屍蠟〈5・完〉《小説》24「妖奇」3(13) '49.12 p52
一週一夜物語《小説》24「妖奇」4(4) '50.4 p43
聖アレキセイ寺院の惨劇《小説》
　　　　　　　33「探偵実話」3(4) '52.3増 p242
完全犯罪《小説》17「宝石」7(9) '52.10 p250
オフェリヤ殺し《小説》
　　　　　　　27「別冊宝石」9(5) '56.6 p194
水棲人《小説》33「探偵実話」7(11) '56.7増 p283
W・B・会綺譚《小説》
　　　　　　　33「探偵実話」8(5) '57.3増 p255
紅毛傾城《小説》17「宝石」18(3) '63.2 p222
桶谷 繁雄
スピード・科学・ミステリー《座談会》
　　　　　　　17「宝石」13(14) '58.11 p184
二つの額縁《小説》17「宝石」14(3) '59.3 p248

貸借《小説》　17「宝石」14(5) '59.5 p120
事故《小説》　17「宝石」14(9) '59.8 p92
仮説《小説》　17「宝石」14(13) '59.11 p166
入れ歯《小説》17「宝石」15(1) '60.1 p92
時間《小説》　17「宝石」15(2) '60.2 p88
排気《小説》　17「宝石」15(9) '60.7 p110
欧州の探偵小説界　17「宝石」16(2) '61.2 p48
メーグレの周辺〈1〉17「宝石」17(1) '62.1 p114
メーグレの周辺〈2〉17「宝石」17(3) '62.2 p194
メーグレの周辺〈3〉17「宝石」17(4) '62.3 p194
メーグレの周辺〈4〉17「宝石」17(5) '62.4 p240
メーグレの周辺〈5〉17「宝石」17(6) '62.5 p304
メーグレの周辺〈6〉17「宝石」17(7) '62.6 p174
メーグレの周辺〈7〉17「宝石」17(9) '62.7 p286
メーグレの周辺〈8〉17「宝石」17(10) '62.8 p214
メーグレの周辺〈9〉17「宝石」17(11) '62.9 p126
メーグレの周辺〈10〉
　　　　　　　17「宝石」17(13) '62.10 p230
メーグレの周辺〈11〉
　　　　　　　17「宝石」17(14) '62.11 p172
メーグレの周辺〈12・完〉
　　　　　　　17「宝石」17(16) '62.12 p142
アンケート《アンケート》
　　　　　　　17「宝石」18(8) '63.6 p125
小此木 夢雄
栗栖二郎に促す　11「ぷろふいる」3(8) '35.8 p127
批評合戦　　　11「ぷろふいる」4(11) '36.11 p131
"サーチライト"　11「ぷろふいる」4(12) '36.12 p128
長 房夫
幾之進の死《小説》17「宝石」11(2) '56.1増 p234
殉教記《小説》17「宝石」11(9) '56.7 p264
オザキ, ミルトン・K
トランクの死体《小説》
　　　　　　　20「探偵よみもの」39 '49.6 p52
尾崎 宏次
推理劇雑感　　17「宝石」17(7) '62.6 p206
酒豪に転向していた　17「宝石」17(14) '62.11 p107
尾崎 小太郎
虫の知らせ　　03「探偵文芸」1(4) '25.6 p105
尾崎 士郎
ホーデン侍従《小説》
　　　　　　　33「探偵実話」4(2) '53.1増 p210
酒痴　　　　　17「宝石」12(10) '57.8 p235
本所松坂町《小説》
　　　　　　　27「別冊宝石」12(12) '59.12 p256
墨股一城城　　27「別冊宝石」13(6) '60.6 p200
ホーデン侍従〈1〉《小説》
　　　　　　　35「エロティック・ミステリー」1(3) '60.10 p18
ホーデン侍従〈2〉《小説》
　　　　　　　35「エロティック・ミステリー」1(4) '60.11 p18
ホーデン侍従〈3・完〉《小説》
　　　　　　　35「エロティック・ミステリー」1(5) '60.12 p206
P太公伝《小説》
　　　　　　　35「エロティック・ミステリー」2(1) '61.1 p216
雷電〈1〉《小説》
　　　　　　　35「エロティック・ミステリー」2(2) '61.2 p266
雷電〈2〉《小説》
　　　　　　　35「エロティック・ミステリー」2(3) '61.3 p204

雷電〈3〉《小説》
　　　　35「エロティック・ミステリー」2(4)'61.4 p156
雷電〈4〉《小説》
　　　　35「エロティック・ミステリー」2(5)'61.5 p156
雷電〈5〉《小説》
　　　　35「エロティック・ミステリー」2(6)'61.6 p134
雷電〈6〉《小説》
　　　　35「エロティック・ミステリー」2(7)'61.7 p126
雷電〈7〉《小説》
　　　　35「エロティック・ミステリー」2(8)'61.8 p142
雷電〈8・完〉《小説》
　　　　35「エロティック・ミステリー」2(9)'61.9 p152

尾崎 竜夫
世界の大秘境を語る座談会《座談会》
　　　　　　25「Gメン」2(9)'48.9 p4

尾崎 正平
出獄者座談会《座談会》
　　　　32「探偵倶楽部」5(2)'54.2 p184

長田 午狂
短剣地獄《小説》　　33「探偵実話」5 '50.10 p120
男装の二挺拳銃《小説》
　　　　　　33「探偵実話」2(3)'51.2 p130
秋蛇《小説》　　　33「探偵実話」2(12)'51.11 p186
鍵屋の辻《小説》　　27「別冊宝石」8(1)'55.1 p288

長田 恒雄
庭園事件《詩》　　　17「宝石」1(4)'46.7 p1
三面鏡　　　　　　17「宝石」4(6)'49.6 p78

長田 幹彦
燈台守〈1〉《小説》　01「新趣味」17(1)'22.1 p64
燈台守〈2〉《小説》　01「新趣味」17(2)'22.2 p124
燈台守〈3〉《小説》　01「新趣味」17(4)'22.4 p218
探偵小説に対するアンケート《アンケート》
　　　　32「探偵倶楽部」4(1)'53.2 p150
アンケート《アンケート》
　　　　　　　　　17「宝石」12(10)'57.8 p72

尾佐竹 猛
掏摸の今昔物語　　01「新趣味」17(2)'22.2 p57

小山内 徹
座談会飛躍する宝石《座談会》
　　　　　　　　17「宝石」7(1)'52.1 p165
ビガーズについて　　17「宝石」10(3)'55.2 p123

大仏 次郎
新春探偵小説討論会《座談会》
　　　　　　　　17「宝石」2(1)'47.1 p22
野球ファン熱狂座談会《座談会》
　　　　　　　　25「X」3(6)'49.5 p46

小沢 太郎
驚かす男　　　　　17「宝石」18(11)'63.8 p143

尾沢 豊
春の誘惑《小説》　　06「猟奇」5(2)'32.2 p16

押鐘 篤
ぬるぬる物語り
　　　　35「エロティック・ミステリー」1(3)'60.10 p220
女性の体孔
　　　　35「エロティック・ミステリー」1(4)'60.11 p91
穴医者
　　　　35「エロティック・ミステリー」2(8)'61.8 p17
女は粘膜動物である
　　　　35「エロティック・ミステリー」3(2)'62.2 p195

「ワイセツ」無用論
　　　　35「エロティック・ミステリー」4(4)'63.4 p22

渡島 太郎
殺人列車《小説》　　17「宝石」18(10)'63.7増 p116
ガレ沢心中《小説》　17「宝石」19(2)'64.1増 p120
孤独な名草《小説》　17「宝石」19(2)'64.1増 p302
走る"密室"で《小説》
　　　　　　　35「ミステリー」5(2)'64.2 p156
不幸な女《小説》　　35「ミステリー」5(3)'64.3 p120
黒い桜んぼ《小説》
　　　　　　　35「ミステリー」5(5)'64.5 p40

押山生
新しい封切映画　　01「新趣味」17(3)'22.3 p129

オースチン、スタンリー
私は共犯者です　　33「探偵実話」2(10)'51.9 p150

オースチン、ヒュー
鼻かけ三重殺人事件《小説》
　　　　　　　27「別冊宝石」11(7)'58.9 p9

オースチン、ブリットン（オースチン、ブリテン）
闇の中の殺人《小説》
　　　　　　01「新趣味」17(10)'22.10 p234
宝石の行衛《小説》　03「探偵文芸」1(5)'25.7 p13
悪戯《小説》　　　　04「探偵趣味」13 '26.11 p58
心理試験《小説》　　17「宝石」9(14)'54.12 p154

尾瀬 敬止
異国作家が見た「日本」
　　　　　　　15「探偵春秋」2(6)'37.6 p125

尾関 岩二
文学における工芸品　04「探偵趣味」6 '26.3 p25

小田 和夫
化石の眼《小説》　　16「ロック」2(4)'47.4 p81

小田 耕三
あの世で会おう　　32「探偵倶楽部」8(10)'57.10 p62

小田 獄夫
道やひとすじ《小説》
　　　　　　33「探偵実話」4(2)'53.1増 p190

小田 堪作
夜汽車中の一挿話
　　　　　　03「探偵文芸」2(7)'26.7 p26, 43

織田 清七 →小栗虫太郎
或る検事の遺書《小説》
　　　　　　　04「探偵趣味」24 '27.10 p10

織田 不乱
女体アルバム《小説》　24「妖奇」4(7)'50.7 p79

小田 律
首斬り浅右衛門の手記〈1〉
　　　　　　03「探偵文芸」2(10)'26.10 p21
首斬浅右衛門の話〈2〉
　　　　　　03「探偵文芸」2(11)'26.11 p76
西洋の首斬り浅右衛門の話〈3〉
　　　　　　03「探偵文芸」2(12)'26.12 p52

尾高 只雄
完全毒殺犯《小説》　17「宝石」12(1)'57.1 p217

尾竹 二三男
撲り殺された拳闘家《小説》
　　　　　　　　18「トップ」3(3)'48.4 p37
混血児の母の物語　32「探偵倶楽部」4(5)'53.5 p64

おたわ

教団の姫君たち 32「探偵倶楽部」4(7)'53.7 p74
カナリヤ籠の中で 32「探偵倶楽部」5(5)'54.5 p61
ギャングと女たち
　　　　　　　　 32「探偵倶楽部」5(10)'54.10 p58
偽装心中事件 32「探偵倶楽部」7(8)'56.7 p224
他国者は殺せ 32「探偵倶楽部」7(9)'56.8 p72
芸者は売春婦か 32「探偵倶楽部」7(10)'56.9 p124
人権は護られているか
　　　　　　　　 32「探偵倶楽部」8(4)'57.5 p92

小田原 誠
彼と類人猿《小説》　16「ロック」1(1)'46.3 p28

落合 伍一
クローズ・アップ《アンケート》
　　　　　　　　 04「探偵趣味」15 '27.1 p49

落合 文吉
世界の女　　　 33「探偵実話」5(1)'54.1 p223

落合 隣雄
「殺人環」の読後に　14「月刊探偵」2(1)'36.1 p18

小月 冴子
五寸釘の怪　　 33「探偵実話」3(9)'52.8 p137

オットー
二つの変死事件　09「探偵小説」1(3)'31.11 p162

オッペンハイム, フィリップ
ブラウン氏の秘密〈1〉《小説》
　　　　　　　　 01「新趣味」17(7)'22.7 p2
ブラウン氏の秘密〈2〉《小説》
　　　　　　　　 01「新趣味」17(8)'22.8 p190
ブラウン氏の秘密〈3〉《小説》
　　　　　　　　 01「新趣味」17(9)'22.9 p148
ブラウン氏の秘密〈4〉《小説》
　　　　　　　　 01「新趣味」17(10)'22.10 p172
ブラウン氏の秘密〈5〉《小説》
　　　　　　　　 01「新趣味」17(11)'22.11 p50
ブラウン氏の秘密〈6〉《小説》
　　　　　　　　 01「新趣味」17(12)'22.12 p120
ブラウン氏の秘密〈7〉《小説》
　　　　　　　　 01「新趣味」18(2)'23.2 p256
ブラウン氏の秘密〈8〉《小説》
　　　　　　　　 01「新趣味」18(3)'23.3 p260
ブラウン氏の秘密〈9〉《小説》
　　　　　　　　 01「新趣味」18(4)'23.4 p344
ブラウン氏の秘密〈10・完〉《小説》
　　　　　　　　 01「新趣味」18(5)'23.5 p252
真赤な脳髄《小説》
　　　　　　　　 02「秘密探偵雑誌」1(3)'23.7 p17
真赤な心臓《小説》
　　　　　　　　 02「秘密探偵雑誌」1(4)'23.8 p18
路標の秘密《小説》
　　　　　　　　 02「秘密探偵雑誌」1(9)'23.9 p18
ミカエル悪行記《小説》
　　　　　　　　 03「探偵文芸」1(4)'25.6 p9
怖ろしき復讐《小説》
　　　　　　　　 09「探偵小説」2(2)'32.2 p217
傀儡三人旅〈1〉《小説》
　　　　　　　　 11「ぷろふいる」3(3)'35.3 p134
傀儡三人旅〈2〉
　　　　　　　　 11「ぷろふいる」3(5)'35.5 p116
傀儡三人旅〈3・完〉《小説》
　　　　　　　　 11「ぷろふいる」3(6)'35.6 p115

涙の滴《小説》　 32「探偵倶楽部」5(4)'54.4 p168

オート
あの世こ の世《小説》　30「恐怖街」'49.10 p37

音上 達雄
優等生《小説》　17「宝石」14(11)'59.10 p258

音仁 菊也
女体を取引するサムライたち《座談会》
　　　　　　　　 33「探偵実話」10(2)'59.1増 p19

オドネル, スティーヴ
音は偽らず《小説》　17「宝石」14(3)'59.3 p316

音羽 兼子
舞台より観客へ《アンケート》
　　　　　　　　 01「新趣味」17(3)'22.3 p120

乙葉 辰三
毒物鑑識法　　 03「探偵文芸」2(5)'26.5 p93

小沼 丹
クレオパトラの涙《小説》
　　　　　　　　 17「宝石」13(4)'58.3 p268
古い画の家《小説》17「宝石」13(8)'58.6 p48
リヤン王の明察《小説》17「宝石」14(4)'59.4 p48
名画祭　　　　 17「宝石」14(9)'59.8 p110
バルセロナの書盗《小説》
　　　　　　　　 17「宝石」14(12)'59.10増 p108
みちざね東京に行く《小説》
　　　　　　　　 17「宝石」15(1)'60.1 p138
王様《小説》　 17「宝石」15(11)'60.9 p105

小野 大町
椰子林に踊る乳房　27「別冊宝石」12(6)'59.6 p186
家政婦に現抜かすなかれ
　　　　　　　　 35「エロティック・ミステリー」2(8)'61.8 p235

緒野 和子
堰かれた事情《小説》
　　　　　　　　 27「別冊宝石」12(12)'59.12 p154

小野 勘次
伯父をこの手で殺した　32「探偵倶楽部」9(7)'58.6 p262

小野 金次郎
法興院秘譚《小説》07「探偵」1(4)'31.8 p148
乱歩全集の行方　27「別冊宝石」7(9)'54.11 p72

小野 賢一郎
ナマの話　　　 12「探偵文学」2(9)'36.9 p4

小野 孝二
脂肪の塊《小説》　24「妖奇」3(8)'49.7 p48
銀座女探偵　　 24「妖奇」4(7)'50.7 p119
夜の署長《小説》33「探偵実話」5 '50.10 p24
夜の真珠夫人《小説》
　　　　　　　　 33「探偵実話」2(11)'51.10 p192
夜の署長　　　 33「探偵実話」7(2)'55.12増 p84

小野 佐世男
ダンサー殺人事件〔原作〕《絵物語》
　　　　　　　　 17「宝石」2(8)'47.9 p4
街のスタイル　 26「フーダニット」1(1)'47.11 p30
東京千一夜《座談会》25「Gメン」1(3)'47.12 p10
街のスタイル　 26「フーダニット」2(1)'48.1 p30
街のスタイル　 26「フーダニット」2(2)'48.3 p26
浅草の感覚　　 26「フーダニット」2(3)'48.6 p5
東京裏道の特ダネ探し
　　　　　　　　 26「フーダニット」2(4)'48.7 p3

東京裏道の特ダネ探し
      26「フーダニット」2(5)'48.8 p6
銀座温泉〔原作〕《絵物語》
 32「怪奇探偵クラブ」1 '50.5 p43, 47, 51, 55, 57, 61, 62
怪談裸形菩薩《小説》
 32「探偵クラブ」2(3)'51.4 p233, 237, 239, 243, 247,
  249, 251
 幽霊   33「探偵実話」4(9)'53.8 p114

小野 詮造
 アンケート《アンケート》
      33「探偵実話」6(3)'55.2増 p73

小野 昇
 だれにしようかな《小説》
      17「宝石」17(2)'62.1増 p294

斧 一杉
 蘇える裸婦像《小説》
      27「別冊宝石」12(10)'59.10 p288

小野 堀三
 誰かになりたい 25「Gメン」1(3)'47.12 p20

小野 林蔵
 性犯罪を語る座談会《座談会》
      25「Gメン」1(1)'47.10 p4

小野 霊月
 重罪犯人《小説》 01「新趣味」18(9)'23.9 p136

尾上 梅幸
 舞踊と絵ごころと 01「新趣味」17(2)'22.2 p54

小野瀬 徳寿
 京都駅を中心とした犯罪研究座談会《座談会》
      11「ぷろふぃる」1(3)'33.7 p36

小野田 源司
 プロ野球六つの特ダネ
      33「探偵実話」10(8)'59.5 p192

小野田 政
 週刊雑誌編集長座談会《座談会》
      32「探偵倶楽部」4(6)'53.6 p94

小畑 ぎん
 赤線の女給さん赤線を語る!!《座談会》
      33「探偵実話」8(9)'57.5 p70

小原 俊一 → 妹尾韶夫
 探偵小説月評 17「宝石」7(11)'52.11 p35
 探偵小説月評 17「宝石」8(3)'53.4 p46
 探偵小説月評 17「宝石」8(5)'53.5 p173
 探偵小説月評 17「宝石」8(6)'53.6 p179
 探偵小説月評 17「宝石」8(7)'53.7 p92
 探偵小説月評 17「宝石」8(9)'53.8 p74
 探偵小説月評 17「宝石」8(10)'53.9 p74
 探偵小説月評 17「宝石」8(11)'53.10 p121
 探偵小説月評 17「宝石」8(14)'53.12 p58
 探偵小説月評 17「宝石」9(1)'54.1 p76
 探偵小説月評 17「宝石」9(3)'54.3 p30
 探偵小説月評 17「宝石」9(5)'54.4 p53
 探偵小説月評 17「宝石」9(6)'54.5 p137
 探偵小説月評 17「宝石」9(7)'54.6 p57
 探偵小説月評 17「宝石」9(8)'54.7 p27
 探偵小説月評 17「宝石」9(9)'54.8 p37
 探偵小説月評 17「宝石」9(12)'54.10 p29
 探偵小説月評 17「宝石」9(13)'54.11 p60
 探偵小説月評 17「宝石」9(14)'54.12 p79
 探偵小説月評 17「宝石」10(1)'55.1 p79
 探偵小説月評 17「宝石」10(3)'55.2 p41
 探偵小説月評 17「宝石」10(4)'55.3 p65
 探偵小説月評 17「宝石」10(8)'55.6 p50
 探偵小説月評 17「宝石」10(11)'55.8 p35
 探偵小説月評 17「宝石」10(13)'55.9 p29

緒原 荘介
 岡村雄輔氏のプロフィル
      17「宝石」4(11)'49.12 p203

オブライアン, ビル
 計画《小説》 33「探偵実話」7(4)'56.2 p239

オブライエン, F・J
 手に触ったもの《小説》 17「宝石」5(9)'50.9 p200
 金剛石のレンズ《小説》
      32「探偵倶楽部」7(7)'56.6増 p176

オブライエン, R
 ベッツイ博士の買物《小説》
      33「探偵実話」7(7)'56.4 p108

小村 二郎
 世紀の大芸術
    35「エロチック・ミステリー」3(10)'62.10 p17

御室 幸男
 明日ない若者たち《小説》
      33「探偵実話」13(5)'62.4 p98

オーモニア, スティシー
 葬送行進曲《小説》 03「探偵文芸」2(12)'26.12 p57
 人間の嗅覚《小説》 17「宝石」8(9)'53.8 p212
 無人島の大都会《小説》
      17「宝石」17(10)'62.8 p346

小山 恵美子
 私の体内に獣の血が棲む
      33「探偵実話」12(14)'61.10増 p200

尾山 節男
 氷の国   33「探偵実話」6(5)'55.4 p246

阿蘭陀 八郎
 三呪文の恐怖 19「仮面」3(3)'48.5 p21
 毒殺魔   19「仮面」3(4)'48.6 p37
 毒殺魔   24「妖奇」4(7)'50.7 p97
 豹女リジェの犯罪 24「妖奇」4(8)'50.8 p47
 珠を抱いて罪あり 24「妖奇」4(9)'50.9 p48
 毒婦マリア   24「妖奇」4(10)'50.10 p60
 ノートン一世 32「探偵クラブ」2(4)'51.6 p98

織井 茂子
 新人の頃   17「宝石」17(14)'62.11 p207

オリヴァー, チャド
 最初の出会い《小説》
      27「別冊宝石」17(1)'64.1 p206

折口 達也
 白いドレス《小説》 17「宝石」10(2)'55.1増 p170

折竹 新吾
 色彩と恋愛   18「トップ」2(2)'47.5 p42

折野 浩太郎
 コロシモの謎の死 07「探偵」1(5)'31.9 p56
 もだあん犯罪英語集 07「探偵」1(5)'31.9 p127
 シカゴ暗黒街の解剖 07「探偵」1(6)'31.10 p116
 ブロードウエーの吸血鬼
      07「探偵」1(8)'31.12 p75

おりは

折原 淳
　"罪ある追憶"の掟《小説》
　　　　　　　27「別冊宝石」16(3)'63.3 p113
　「死の跡」の風景《小説》
　　　　　　　27「別冊宝石」16(4)'63.5 p221
オルスン, D・B
　ハット・ピンの秘密《小説》
　　　　　　　32「探偵倶楽部」9(4)'58.4 p88
オルスン, ルービー
　花嫁の告白　32「探偵倶楽部」4(6)'53.6 p219
小流智尼　→一条栄子
　夜の家　　　04「探偵趣味」2 '25.10 p28
　探偵趣味問答《アンケート》
　　　　　　　04「探偵趣味」3 '25.11 p41
　宿業　　　　04「探偵趣味」4 '26.1 p15
　『探偵趣味』問答《アンケート》
　　　　　　　04「探偵趣味」4 '26.1 p57
　無用の犯罪《小説》
　　　　　　　04「探偵趣味」5 '26.2 p50
　手袋《小説》　04「探偵趣味」6 '26.3 p28
　苦労性　　　04「探偵趣味」7 '26.4 p38
　南京街《小説》04「探偵趣味」14 '26.12 p60
　怪談にあらず
　　　　　　　04「探偵趣味」15 '27.1 p50
　クローズ・アップ《アンケート》
　　　　　　　04「探偵趣味」15 '27.1 p53
オルツイ夫人
　ヨークの神秘《小説》
　　　　　　　01「新趣味」18(7)'23.7 p222
　市街鉄道の怪事件《小説》
　　　　　　　01「新趣味」18(8)'23.8 p75
　エリオット嬢事件《小説》
　　　　　　　01「新趣味」18(9)'23.9 p262
　トレマーン事件《小説》
　　　　　　　01「新趣味」18(9)'23.9 p284
　黒金剛石の紛失《小説》
　　　　　　　01「新趣味」18(9)'23.9 p304
　コリニ伯爵の行方《小説》
　　　　　　　01「新趣味」18(9)'23.9 p324
　ダァトムーア・テラスの悲劇《小説》
　　　　　　　01「新趣味」18(9)'23.9 p344
　バーンスデール公爵邸の惨劇《小説》
　　　　　　　01「新趣味」18(9)'23.9 p364
　ノヴェルティ劇場事件《小説》
　　　　　　　01「新趣味」18(10)'23.10 p214
　バーミンガムの殺人《小説》
　　　　　　　01「新趣味」18(11)'23.11 p246
　ナインスコーアの秘密《小説》
　　　　　　　11「ぷろふいる」3(2)'35.2 p92
　フレウキンの縮図《小説》
　　　　　　　11「ぷろふいる」3(3)'35.3 p126
　クリスマス悲劇《小説》
　　　　　　　11「ぷろふいる」3(4)'35.4 p117
　ゼレミア郷の遺言《小説》
　　　　　　　11「ぷろふいる」3(6)'35.6
　ダブリン事件《小説》
　　　　　　　27「別冊宝石」7(5)'54.6 p112
尾張 敬介
　新興宗教母性教とは何か
　　　　　　　18「トップ」3(1)'48.1 p22
温
　TOKYO　　17「宝石」10(10)'55.7 p108

女尾 売太郎
　前科者を囲む防犯座談会《座談会》
　　　　　　　18「トップ」2(1)'47.4 p12

【 か 】

カー, ジョン・ディクスン
　帽子蒐集狂殺人事件《小説》
　　　　　　　27「別冊宝石」3(4)'50.8 p24
　黒死荘殺人事件《小説》
　　　　　　　27「別冊宝石」3(4)'50.8 p202
　赤後家怪事件《小説》
　　　　　　　27「別冊宝石」3(4)'50.8 p302
　パリーから来た男《小説》
　　　　　　　17「宝石」5(12)'50.12 p14
　皇帝の嗅煙草入《小説》
　　　　　　　27「別冊宝石」3(6)'50.12 p12
　蝋人形館の殺人〈1〉《小説》
　　　　　　　17「宝石」6(1)'51.1 p17
　蝋人形館の殺人〈2〉《小説》
　　　　　　　17「宝石」6(2)'51.2 p17
　蝋人形館の殺人〈3〉《小説》
　　　　　　　17「宝石」6(3)'51.3 p64
　蝋人形館の殺人〈4〉《小説》
　　　　　　　17「宝石」6(4)'51.4 p188
　蝋人形館の殺人〈5〉《小説》
　　　　　　　17「宝石」6(5)'51.5 p186
　蝋人形館の殺人〈6〉《小説》
　　　　　　　17「宝石」6(6)'51.6 p191
　蝋人形館の殺人〈7・完〉《小説》
　　　　　　　17「宝石」6(7)'51.7 p191
　夜歩く《小説》17「宝石」6(11)'51.10増 p9
　銀色のカーテン《小説》17「宝石」9(1)'54.1 p258
　K28《小説》　17「宝石」9(5)'54.4 p272
　孔雀の羽根《小説》27「別冊宝石」8(3)'55.4 p5
　めくら頭巾《小説》27「別冊宝石」8(3)'55.4 p166
　読者よ欺かるる勿れ《小説》
　　　　　　　27「別冊宝石」8(3)'55.4 p185
　髑髏城〈1〉《小説》
　　　　　　　32「探偵倶楽部」7(1)'56.1 p194
　髑髏城〈2〉《小説》
　　　　　　　32「探偵倶楽部」7(2)'56.2 p36
　髑髏城〈3〉《小説》
　　　　　　　32「探偵倶楽部」7(3)'56.3 p191
　髑髏城〈4〉《小説》
　　　　　　　32「探偵倶楽部」7(4)'56.4 p242
　髑髏城〈5〉《小説》
　　　　　　　32「探偵倶楽部」7(5)'56.5 p200
　髑髏城〈6〉《小説》
　　　　　　　32「探偵倶楽部」7(6)'56.6 p110
　髑髏城〈7〉《小説》
　　　　　　　32「探偵倶楽部」7(8)'56.7 p192
　髑髏城〈8〉《小説》
　　　　　　　32「探偵倶楽部」7(9)'56.8 p60
　髑髏城〈9〉《小説》
　　　　　　　32「探偵倶楽部」7(10)'56.9 p190
　髑髏城〈10〉《小説》
　　　　　　　32「探偵倶楽部」7(11)'56.10 p48

髑髏城〈11〉《小説》
　　　　　　　32「探偵倶楽部」7(12)'56.11 p114
髑髏城〈12・完〉《小説》
　　　　　　　32「探偵倶楽部」7(13)'56.12 p152
かくして殺人へ《小説》
　　　　　27「別冊宝石」9(9)'56.12 p5
二つの死《小説》27「別冊宝石」9(9)'56.12 p154
新透明人間《小説》
　　　　　27「別冊宝石」9(9)'56.12 p169
銀色のカーテン《小説》
　　　　　27「別冊宝石」9(9)'56.12 p181
盲目の理髪師〈1〉《小説》
　　　　　27「別冊宝石」9(9)'56.12 p195
この眼で見たんだ《小説》
　　　　　27「別冊宝石」10(2)'57.2 p5
盲目の理髪師〈2・完〉《小説》
　　　　　27「別冊宝石」10(2)'57.2 p149
一角獣殺人事件《小説》
　　　　　27「別冊宝石」10(2)'57.2 p235
船室B十三号《脚本》17「宝石」12(12)'57.9 p160
鍵のかかつた部屋《小説》
　　　　　　17「宝石」12(16)'57.12 p68
二つの死《小説》32「探偵倶楽部」9(1)'58.1 p252
絞首台の謎《小説》
　　　　　　17「宝石」11(3)'58.3 p200
第三の弾丸《小説》
　　　　　27「別冊宝石」11(9)'58.11 p190
熱々の金《小説》17「宝石」14(7)'59.6増 p8
絞首人は待ってくれない《脚本》
楽屋の死体《小説》17「宝石」14(7)'59.6増 p20
消えた女《小説》17「宝石」14(7)'59.6増 p41
客間へどうぞ《脚本》17「宝石」14(7)'59.6増 p58
　　　　　　17「宝石」14(7)'59.6増 p70
黒い密室《小説》17「宝石」14(7)'59.6増 p100
夏小屋の悪魔《脚本》
　　　　　27「別冊宝石」12(7)'59.7 p58
消えた花嫁《脚本》17「宝石」17(5)'62.4 p326

カアペ，カーレル
盗まれた殺人事件《小説》
　　　　　　　07「探偵」1(8)'31.12 p88

カアラー，ヒユウ
第三の手《小説》　01「新趣味」18(6)'23.6 p2
幸運な晩《小説》　01「新趣味」18(7)'23.7 p54
怪賊か侠賊か《小説》
　　　　　　　01「新趣味」18(10)'23.10 p203

甲斐 太郎
人妻に手を出した男
　　　　　　　33「探偵実話」11(10)'60.7 p96
情事の報酬　33「探偵実話」11(12)'60.8 p236
偽りの情事　33「探偵実話」11(13)'60.9 p230
ボク"結婚詐欺"趣味デス!!
　　　　　　　33「探偵実話」11(14)'60.10 p66
嫉妬と妄想で妻を丸坊主にした夫
　　　　　　　33「探偵実話」11(16)'60.11 p152
一千万円稼いだ昭和のネズミ小僧
　　　　　　　33「探偵実話」12(1)'61.1 p226
俺はやさしい女が欲しかった
　　　　　　　33「探偵実話」12(3)'61.1 p74

貝 弓子　→狩久
煙草と女《小説》33「探偵実話」5(8)'54.7 p48

モデル女の欲望《小説》
　　　　　　　33「探偵実話」10(1)'58.12 p2

会員
探偵小説紙上リレー「猫の跫音」〈1〉《小説》
　　　　　　　04「探偵趣味」8 '26.5 p16

海音寺 潮五郎
江戸時代の探偵小説
　　　　　　　15「探偵春秋」1(1)'36.10 p19
八リン　　　　33「探偵実話」6(1)'54.12 p168
女賊記《小説》　33「探偵実話」6(2)'55.1 p278

開田
彼女はなぜ素裸で寝る
　　　　　35「エロティック・ミステリー」2(4)'61.4 p18
男性強姦時代来る
　　　　　35「エロティック・ミステリー」2(5)'61.5 p200
世界は性にシビれている
　　　　　35「エロティック・ミステリー」2(10)'61.10 p58
殺し屋ドラッキイ
　　　　　35「エロティック・ミステリー」2(11)'61.11 p138

貝田 久成
美女大安売り時代《座談会》
　　　　　　　33「探偵実話」10(6)'59.4増 p19

貝田北 三樹
美女大安売り時代《座談会》
　　　　　　　33「探偵実話」10(6)'59.4増 p19

海渡 英祐
三つの肖像　　　17「宝石」17(3)'62.2 p165
血ぬられたエロス《小説》
　　　　　35「エロティック・ミステリー」3(4)'62.4 p222
祖国喪失《小説》17「宝石」17(9)'62.7 p226
レコードのジンクス　17「宝石」17(10)'62.8 p34
アルジェの日本人《小説》
　　　　　35「エロティック・ミステリー」3(10)'62.10 p28
黒岩重吾氏のこと　27「別冊宝石」16(1)'63.1 p173
再び，神津恭介を…《座談会》
　　　　　27「別冊宝石」16(6)'63.7 p176
桐と藍《小説》　17「宝石」18(13)'63.10 p58
南部樹未子さんへ　27「別冊宝石」17(2)'64.2 p80
[私のレジャー]　17「宝石」19(4)'64.3 p13

貝原 江童
河豚《小説》　　24「妖奇」4(3)'50.3 p21
謎の花札《小説》24「妖奇」5(1)'51.4 p20
弁天湯事件《小説》24「妖奇」5(7)'51.7 p14

貝原 堺童
その夜の事件《脚本》
　　　　　　　11「ぷろふいる」3(2)'35.2 p126

海原 游
磨鏡　　　　　　06「猟奇」4(3)'31.5 p32
閑語　　　　　　06「猟奇」4(4)'31.6 p49

開聞 五郎
狂った花売り娘　33「探偵実話」9(2)'58.1増 p151
京都嵐山 稚児ケ渕の花嵐
　　　　　　　33「探偵実話」9(5)'58.3増 p168
棺桶の中の罪と罰　33「探偵実話」9(8)'58.5増 p258

怪論生
探偵の証言　　　17「宝石」8(11)'53.10 p256

カウフマン，シャーロット
遺言書《小説》　32「探偵倶楽部」6(7)'55.7 p261

諜報と激情《小説》
　　　　　　32「探偵倶楽部」7(11)'56.10 p192
加賀　淳子
　土産首《小説》
　　　　　　35「エロティック・ミステリー」1(4)'60.11 p98
　大石と櫃の木
　　　　　　35「エロティック・ミステリー」2(12)'61.12 p35
　石川五右衛門の仙術
　　　　　　35「エロティック・ミステリー」5(1)'64.1 p176
加賀　四郎
　「共犯者」合評会《座談会》
　　　　　　17「宝石」13(14)'58.11 p282
加賀　文雄
　高木彬光論　　　17「宝石」5(2)'50.2 p260
案山子
　云いたい放題　　17「宝石」19(7)'64.5 p220
鹿火屋　一彦
　コタンの処女《小説》
　　　　　　32「探偵倶楽部」10(2)'59.2 p168
加賀谷　三十五
　何が下腹に刺青させたか
　　　　　　27「別冊宝石」12(12)'59.12 p168
　末摘花祭り　　　27「別冊宝石」13(6)'60.6 p18
　受験生よ迷うな　17「宝石」15(10)'60.8 p167
　オナンの法
　　　　　　35「エロティック・ミステリー」2(4)'61.4 p25
加賀谷　林之助
　肥後ずいき綺談　27「別冊宝石」11(10)'58.12 p21
　あぶない言葉　　27「別冊宝石」12(4)'59.4 p20
　多きは劣情興さざる
　　　　　　27「別冊宝石」12(10)'59.10 p22
香川　透
　生? 死? リンデイ二世の行衛
　　　　　　09「探偵小説」2(5)'32.5 p134
柿　大介
　凍る尿《小説》　17「宝石」15(4)'60.3 p278
加久　幸一
　描き出された犯人　18「トップ」2(5)'47.9 p26
角　浩一
　遺骨の謎《小説》　18「トップ」2(1)'47.4 p58
角田　菊次郎
　ルンペン犯罪座談会《座談会》
　　　　　　07「探偵」1(4)'31.8 p84
角免　栄児
　清風荘事件《小説》
　　　　　　17「宝石」13(16)'58.12増 p146
　自動信号機一〇二号《小説》
　　　　　　17「宝石」15(3)'60.2増 p300
神楽　逸平
　"今晩は、お泥棒です"　17「宝石」11(8)'56.6 p180
隠　伸太郎　→篁竜彦
　人間ハンモック　24「妖奇」6(7)'52.7 p114
　探偵作家の死《小説》
　　　　　　24「トリック」6(12)'52.12 p46
　自殺者の計画《小説》
　　　　　　27「別冊宝石」5(10)'52.12 p30
　本船過失致死事件《小説》
　　　　　　24「トリック」7(2)'53.2 p72

悲しき自由《小説》　27「別冊宝石」6(9)'53.12 p32
景山　二郎
　最新の科学捜査を語る座談会《座談会》
　　　　　　33「探偵実話」2(11)'51.10 p168
影山　稔雄
　怨みの雪原《小説》　25「X」3(12)'49.11 p46
　トロイカ《小説》　25「X」4(2)'50.3 p85
　人生到るところに穴あり
　　　　　　33「探偵実話」10(12)'59.8 p252
蜻蛉　風助
　時評　　　　　　19「ぷろふいる」1(1)'46.7 p35
笠原　寛
　ミナト横浜の三悪を衝く!!《座談会》
　　　　　　33「探偵実話」8(16)'57.11 p70
梶　貫太郎
　聖書は殺人を命じたもうた
　　　　　　33「探偵実話」9(4)'58.2 p136
　自殺の名所と心中の名所
　　　　　　33「探偵実話」9(5)'58.3増 p185
　奈落を選んだアバンチュール
　　　　　　33「探偵実話」9(9)'58.5 p29
梶　竜雄
　白い路《小説》　27「別冊宝石」5(10)'52.12 p60
　クリスティーの二つのもの〈1〉
　　　　　　17「宝石」8(1)'53.1 p257
　復讐への壁《小説》　33「探偵実話」4(7)'53.6 p56
　新妻の秋《小説》　17「宝石」8(11)'53.10 p130
　血と肉と《小説》
　　　　　　32「探偵倶楽部」4(12)'53.12 p187
　愛鼠チー公《小説》　17「宝石」9(3)'54.3 p176
　誰も知らない《小説》
　　　　　　32「探偵倶楽部」5(6)'54.6 p204
　慎吾の女《小説》　33「探偵実話」5(8)'54.7 p60
　不在証明《小説》　33「探偵実話」5(9)'54.8 p65
　探偵小説気狂　17「宝石」9(11)'54.9 p96
　拳銃への魅力《小説》
　　　　　　33「探偵実話」5(10)'54.9 p60
　あの人は強盗だつた《小説》
　　　　　　32「探偵倶楽部」5(11)'54.11 p201
　ナイト・ガウンの女《小説》
　　　　　　32「探偵倶楽部」6(2)'55.2 p73
　老刑事の春《小説》　17「宝石」10(3)'55.2 p238
　二百万円の写真《小説》
　　　　　　32「探偵倶楽部」6(5)'55.5 p171
　私は死んだ《小説》　33「探偵実話」6(6)'55.5 p205
　教会裏の娼家　　17「宝石」10(8)'55.6 p152
　覗かれた女《小説》
　　　　　　17「宝石」10(16)'55.11増 p168
　愛と死と《小説》
　　　　　　32「探偵倶楽部」6(12)'55.12 p144
　雪やこんこん《小説》
　　　　　　32「探偵倶楽部」7(1)'56.1 p78
　白鳥の秘密《小説》　17「宝石」11(1)'56.1 p206
　追われる目撃者《小説》
　　　　　　32「探偵倶楽部」7(3)'56.3 p288
　海から来た少年　17「宝石」11(9)'56.7 p216
　ダイヤと女達《小説》　17「宝石」11(12)'56.9 p126
　睡たい男《小説》　32「探偵倶楽部」7(10)'56.9 p276

かしむ

いづみは死んだ《小説》
　　　　　32「探偵倶楽部」7(11)'56.10 p15
妻の立場《小説》　17「宝石」11(16)'56.12 p154
二人の男《小説》　17「宝石」12(3)'57.2 p176
爆発《小説》　　　17「宝石」12(5)'57.4 p196
梶 正夫
　驚異の無名歌手　32「探偵倶楽部」4(2)'53.3 p144
梶田 八郎
　青の斑点《小説》 27「別冊宝石」5(10)'52.12 p362
梶田 実
　蝶々美人の怪死　32「怪奇探偵クラブ」1 '50.5 p66
　月夜の幌馬車　　24「妖奇」4(12)'50.12 p80
梶野 圭三郎
　狂い咲き女教員の邪恋
　　　　　　　33「探偵実話」7(13)'56.8 p66
　三十八才の処女　33「探偵実話」9(8)'58.5増 p186
梶野 淳治
　象牙のホルダー《小説》
　　　　　　　35「ミステリー」5(3)'64.3 p100
梶野 惠三
　くじらの性生活　32「探偵クラブ」2(1)'51.1 p162
　鯨奇談　　　　　32「探偵倶楽部」3(8)'52.9 p16
梶野 春夫
　潜水座談会《座談会》
　　　　　　　32「探偵クラブ」2(5)'51.7 p185
　潜水漫談　　　　32「探偵倶楽部」3(8)'52.9 p103
柏木 英夫
　読者から見た作家クラブ賞
　　　　　　　17「宝石」9(7)'54.6 p288
梶原 信一郎
　本年度印象に残れる作品、来年度ある作家への希望
　《アンケート》
　　　　　　　04「探偵趣味」26 '27.12 p60
梶原 浩
　そこが爆発する　17「宝石」18(15)'63.11 p252
　マフィアは潜行する　17「宝石」18(16)'63.12 p280
鹿島 健治
　就職戦術あの手この手　25「X」3(10)'49.9 p38
　原爆機密漏洩事件　33「探偵実話」5 '50.10 p242
鹿島 健二
　沙漠の水槽《小説》
　　　　　　　32「探偵倶楽部」6(6)'55.6 p112
　その拳銃に弾はない《小説》
　　　　　　　32「探偵倶楽部」6(7)'55.7 p140
　サツトン物語　　32「探偵倶楽部」7(9)'56.8 p110
鹿島 孝二
　木賃宿帳の一頁　09「探偵小説」2(2)'32.2 p110
　清栄製作所《小説》16「ロック」3(5)'48.9 p19
　勇敢なる彼女《小説》17「宝石」7(6)'52.6 p164
　大人乱歩　　　　27「別冊宝石」7(9)'54.11 p173
　Juke・box《小説》17「宝石」13(3)'58.2 p84
　月にうたう《小説》17「宝石」13(6)'58.5 p126
　男女室を同じうす《小説》
　　　　　　　17「宝石」13(7)'58.5増 p252
　女争い《小説》　17「宝石」13(10)'58.8 p92
　男惚れ《小説》　17「宝石」13(12)'58.9 p84
　東洋の神秘《小説》17「宝石」13(13)'58.10 p150
　金髪娘《小説》　17「宝石」13(14)'58.11 p240

三人の独乙男《小説》
　　　　　　17「宝石」13(15)'58.12 p234
メリケン若衆《小説》17「宝石」14(1)'59.1 p250
巴里太助《小説》　17「宝石」14(2)'59.2 p118
指間の後光《小説》17「宝石」14(3)'59.3 p194
野毛の山から《小説》17「宝石」15(1)'60.1 p200
七滝温泉《小説》　17「宝石」15(2)'60.2 p138
オブジェ《小説》　17「宝石」15(4)'60.3 p150
鶏舎の復讐《小説》17「宝石」15(5)'60.4 p198
かつら《小説》　　17「宝石」15(6)'60.5 p236
朱い橋《小説》　　17「宝石」15(8)'60.6 p260
奈良のみ仏《小説》17「宝石」15(9)'60.7 p214
失神夫人《小説》　17「宝石」15(10)'60.8 p254
博多人形《小説》　17「宝石」15(11)'60.9 p218
ホテル探し《小説》17「宝石」15(12)'60.10 p268
鼻が見える《小説》17「宝石」15(13)'60.11 p250
銀婚旅行《小説》　17「宝石」15(14)'60.12 p256
南を夢みつつ　　　17「宝石」16(4)'61.3 p141
不動のおん眼《小説》17「宝石」17(11)'62.9 p178
鹿島 天平
　江戸川柳
　　　　　27「別冊宝石」8(4)'55.5 p57, 125, 141, 183
　江戸川柳
　　　　　27「別冊宝石」8(6)'55.9 p33, 91, 109, 155, 171, 283
梶間 雅夫
　青髯と猫　　　　32「探偵倶楽部」4(2)'53.3 p177
　禿鷹の舞うところ　32「探偵倶楽部」4(7)'53.7 p168
梶間 正夫
　拳闘賭博師　　　32「怪奇探偵クラブ」1 '50.5 p118
　決死冒険屋　　　33「探偵実話」1 '50.5 p177
　死のノックアウト
　　　　　　　32「怪奇探偵クラブ」2 '50.6 p192
　砂漠の人　　　　32「探偵クラブ」2(6)'51.8 p200
　リングの王者　　32「探偵倶楽部」3(7)'52.8 p180
　世界麻薬王　　　32「探偵倶楽部」4(1)'53.2 p166
柏村 裕介
　死臭に包まれた情痴
　　　　　　　33「探偵実話」10(3)'59.1 p82
　偽りの女体　　　33「探偵実話」10(5)'59.3 p120
　燃え落ちる片割れ月
　　　　　　　33「探偵実話」10(6)'59.4増 p72
　青線酒場の元手を洗え
　　　　　　　33「探偵実話」10(8)'59.5 p86
　酒乱の後家殺し　33「探偵実話」10(11)'59.7 p68
　娘殺しの真犯人　33「探偵実話」10(13)'59.9 p170
　蠱惑の女給殺し　33「探偵実話」10(14)'59.10 p156
　肉体で支払う女　33「探偵実話」10(15)'59.11 p66
　地獄の女王蜂　　33「探偵実話」10(15)'59.11増 p252
　磯舟の中の裸女　33「探偵実話」11(2)'60.1増 p251
　処女の生血を吸う男
　　　　　　　33「探偵実話」11(4)'60.2 p228
　女体を奪った婚約者
　　　　　　　33「探偵実話」11(6)'60.3 p198
　小樽の箱詰め美人
　　　　　　　33「探偵実話」11(5)'60.3増 p128
　女体を奪い合う中年男
　　　　　　　33「探偵実話」11(7)'60.4 p228
　強盗に殺された若妻と社長
　　　　　　　33「探偵実話」11(8)'60.5 p132
　愛慾の内妻殺し　33「探偵実話」11(9)'60.6 p13

583

かしや

愛慾の内妻殺し　　33「探偵実話」11(9) '60.6 p102
義父と娘の情事　　33「探偵実話」12(1) '61.1 p122

梶山 季之
技巧派の四番打者・笹沢左保《座談会》
　　　　　　　　　　27「別冊宝石」16(4) '63.5 p162
あまりに魅力的な　17「宝石」19(3) '64.2 p135

夏秋 潮
集団犯罪《小説》　11「ぷろふいる」4(2) '36.2 p38
略歴　　　　　　11「ぷろふいる」4(2) '36.2 p41
スパイK・T氏　　11「ぷろふいる」4(4) '36.4 p117
尼川少尉の生存《小説》
　　　　　　　　11「ぷろふいる」4(7) '36.7 p52

香住 春作
二十の扉は何故悲しいか《小説》
　　　　　　　　22「新探偵小説」2(2) '48.5 p19

柏 里夫
陳婦人の落目か?　06「猟奇」4(3) '31.5 p36

柏木 光雄
ブリジット・バルドオ物語
　　　　　　　33「探偵実話」8(11) '57.7 p178
紳士の恋人キム・ノヴァクの真実
　　　　　　　33「探偵実話」8(12) '57.8 p150
アニタ・エクバーグ
　　　　　　　33「探偵実話」8(13) '57.9 p256

柏崎 融
翻訳小説待望　　17「宝石」5(9) '50.9 p198

春日 明子
舞台より観客へ《アンケート》
　　　　　　　　01「新趣味」17(3) '22.3 p128

春日 千秋
麝香の匂ひ《小説》
　　　　　　　　20「探偵よみもの」40 '50.8 p94

春日 彦二　→彦坂元二
英文日記《小説》　33「探偵実話」6(4) '55.3 p21
新春の感想　　　17「宝石」14(3) '59.3 p273
殺意ある情事《小説》
　　　　　　　33「探偵実話」12(3) '61.1 p124
地獄のエレベーター《小説》
　　　　　　　33「探偵実話」12(5) '61.4 p226
大いなる遺産《小説》
　　　　　　　33「探偵実話」12(12) '61.10 p88
黄色の斜面《小説》33「探偵実話」13(1) '62.1 p82
ももの木《小説》　33「探偵実話」13(5) '62.4 p126
8番街の客《小説》33「探偵実話」13(10) '62.8 p162
輸血禍《小説》　33「探偵実話」13(12) '62.10 p98

春日野 緑　→星野竜猪, 緑
探偵小説とは何か?　04「探偵趣味」1 '25.9 p20
探偵問答《アンケート》04「探偵趣味」1 '25.9 p24
子供の犯罪　　　04「探偵趣味」2 '25.10 p13
湊川の狸氏に就て　04「探偵趣味」2 '25.10 p19
ページェントに就て　04「探偵趣味」2 '25.10 p37
探偵趣味叢書の発行について
　　　　　　　　04「探偵趣味」3 '25.11 p12
変装　　　　　　04「探偵趣味」3 '25.11 p19
雑感　　　　　　04「探偵趣味」4 '26.1 p19
『探偵趣味』問答《アンケート》
　　　　　　　　04「探偵趣味」4 '26.1 p58

スポーツと探偵小説の関係
　　　　　　　　04「探偵趣味」5 '26.2 p18
お断り　　　　　04「探偵趣味」5 '26.2 p34
へそくり《小説》　04「探偵趣味」6 '26.3 p35
詐欺広告　　　　04「探偵趣味」7 '26.4 p31
お断りとお願い　　04「探偵趣味」7 '26.4 p41
ソロモンの奇智　　04「探偵趣味」8 '26.5 p45
山と海《小説》　04「探偵趣味」12 '26.10 p40
クローズ・アップ《アンケート》
　　　　　　　　04「探偵趣味」14 '26.12 p38
浮気封じ《小説》　04「探偵趣味」15 '27.1 p16
クローズ・アップ《アンケート》
　　　　　　　　04「探偵趣味」15 '27.1 p59
大阪の探偵趣味　　04「探偵趣味」19 '27.5 p40
クローズ・アップ《アンケート》
　　　　　　　　04「探偵趣味」19 '27.5 p42
青野大五郎の約束《小説》
　　　　　　　　04「探偵趣味」23 '27.9 p25
因縁話　　　　05「探偵・映画」1(2) '27.11 p14
本年度印象に残れる作品、来年度ある作家への希望
《アンケート》
　　　　　　　　04「探偵趣味」26 '27.12 p59
女三題　　　　　06「猟奇」2(1) '29.1 p24
小酒井先生を偲ぶ　06「猟奇」2(6) '29.6 p17
黄金狂時代　　　06「猟奇」2(11) '29.11 p22
ロンドンの女とパリの日本人
　　　　　　　　06「猟奇」3(1) '30.1 p32
福運　　　　　　06「猟奇」3(2) '30.3 p22
しやべらぬ乱歩　06「猟奇」3(3) '30.4 p34
ドンちゃん村島帰之君
　　　　　　　　06「猟奇」4(2) '31.4 p49
猟奇趣味の男《小説》06「猟奇」4(3) '31.5 p49
侠盗ピカルーン　06「猟奇」4(3) '31.5 p49
掏摸座談会!《座談会》06「猟奇」4(4) '31.6 p62
ぷろふいるに寄する言葉
　　　　　　　　11「ぷろふいる」1(1) '33.5 p49

ガススワーチイ, ジヨン
男ごゝろ《小説》　06「猟奇」2(7) '29.7 p8

一穂
鳩の街の彼女たち《座談会》
　　　　　　　　23「真珠」2(7) '48.8 p16

霞 京介
楽天地の少年やくざ行状記《小説》
　　　　　　　33「探偵実話」9(10) '58.6 p102

香住 春吾　→香住春作
奇妙な事件《小説》17「宝石」6(10) '51.10 p154
アンケート《アンケート》
　　　　　　　17「宝石」6(11) '51.10増 p170
怪盗七面相 三人天一坊《小説》
　　　　　　　33「探偵実話」2(11) '51.10 p82
自動車泥棒《小説》34「鬼」5 '51.11 p10
アンケート《アンケート》
　　　　　　　　17「宝石」7(1) '52.1 p85
探偵小説文章論　34「鬼」6 '52.3 p14
尾行《小説》　　17「宝石」7(3) '52.3 p120
ガード下《小説》32「探偵クラブ」3(3) '52.3 p178
片目君と宝くじ《小説》
　　　　　　　33「探偵実話」3(6) '52.5 p200
探偵小説とラジオドラマ〈1〉
　　　　　　　　34「鬼」7 '52.7 p27
天城一という男　34「鬼」7 '52.7 p33

パチンコ綺譚《小説》	33「探偵実話」3(9)'52.8 p196	空想ひとつ	04「探偵趣味」9 '26.6 p16
裏切者《小説》	33「探偵実話」3(14)'52.12 p172	物語的な雑文	04「探偵趣味」11 '26.8 p31
探偵小説とラジオドラマ〈2〉	34「鬼」8 '53.1 p33	**片桐 千春**	
探偵小説に対するアンケート《アンケート》		春宵風流犯罪奇談《座談会》	23「真珠」2(5)'48.4 p10
	32「探偵俱楽部」4(1)'53.2 p149	風流噺落語風景《座談会》	
探偵小説とラジオドラマ〈3〉	34「鬼」9 '53.9 p42		23「真珠」2(6)'48.6 p14
自殺した犬の話《小説》	17「宝石」8(13)'53.11 p64	鳩の街の彼女たち《座談会》	23「真珠」2(7)'48.8 p16
幽霊の出る家《小説》	32「探偵俱楽部」5(1)'54.1 p145	**片桐 童二**	
蔵を開く《小説》	17「宝石」9(8)'54.7 p108	心霊殺人事件《小説》	17「宝石」5(2)'50.2 p286
不思議な時代	17「宝石」10(5)'55.5 p152	易占と推理性を語る座談会《座談会》	
鯉幟《小説》	17「宝石」10(7)'55.5 p178		17「宝石」5(7)'50.7 p122
米を盗む《小説》	17「宝石」10(9)'55.6増 p276	**片野 純恵**	
間貫子の死《小説》	17「宝石」10(14)'55.10 p156	麦笛の歌《小説》	27「別冊宝石」12(4)'59.4 p66
スタジオ暮し	17「宝石」11(1)'56.1 p91	刑法第百七十五条《小説》	
間貫子の死《小説》			27「別冊宝石」12(10)'59.10 p68
	33「探偵実話」7(16)'56.11増 p315	**勝 佐舞呂**	
アンケート《アンケート》		探偵趣味問答《アンケート》	04「探偵趣味」3 '25.11 p43
	17「宝石」12(13)'57.10 p137	**勝 伸枝**	
大阪たべある記	17「宝石」15(6)'60.5 p157	ハガキ回答《アンケート》	
香住 春作 →香住春吾			12「探偵文学」1(10)'36.1 p16
真珠《小説》	23「真珠」2(7)'48.8 p24	世間ばなし	12「探偵文学」2(4)'36.4 p19
化け猫奇談《小説》	24「妖奇」2(13)'48.12 p38	身替り結婚《小説》	16「ロック」2(1)'47.1 p80
カロリン海盆《小説》		中国青年	32「探偵俱楽部」3(9)'52.10 p83
	27「別冊宝石」2(1)'49.4 p82	**香月 三平**	
推理小説廃止論	34「鬼」1 '50.7 p10	妖女の壁	25「X」3(8)'49.7 p60
探偵小説の一元化	34「鬼」2 '50.11 p13	**勝田 稲吉**	
鬼同人の選んだ海外長篇ベスト・テン〈2〉〈前1〉		東郷青児心中未遂事件	
	34「鬼」3 '51.3 前1		33「探偵実話」9(5)'58.3増 p106
「関西クラブ」あれこれ	34「鬼」3 '51.3 p12	**勝田 鋭太郎**	
放送局の歌姫殺し	32「探偵クラブ」2(4)'51.6 p156	体育館殺人事件《小説》	
四つ当り	34「鬼」4 '51.6 p3		17「宝石」16(3)'61.2増 p227
高利貸殺人事件《脚本》	17「宝石」6(9)'51.9 p124	天網恢恢《小説》	17「宝石」19(2)'64.1 p272
カースン, ホリー		**カットナー, ヘンリー**	
美貌の女写真師	32「探偵俱楽部」8(2)'57.3 p134	幽霊《小説》	17「宝石」11(1)'56.1 p282
カズンズ, J・G		ミュータント《小説》	
聖職者の醜聞《小説》			27「別冊宝石」16(8)'63.9 p160
	17「宝石」12(16)'57.12 p234	**河童 三平**	
風野 又三郎		プロフィルを正面から	
雨の夜《小説》	16「ロック」2(7)'47.7 p26		11「ぷろふいる」2(6)'34.6 p135
奇妙な足跡《小説》	19「仮面」3(3)'48.5 p24	小栗虫太郎のことなど	
風早 弘進			11「ぷろふいる」2(7)'34.7 p117
乾杯!われらの探実《座談会》		我もし王者なりせば	
	33「探偵実話」10(11)'59.7 p288		11「ぷろふいる」2(12)'34.12 p96
加太 こうじ		腹が立つ記	22「新探偵小説」1(1)'47.4 p30
推理小説穴さがし		**勝守 竹次郎**	
	35「エロティック・ミステリー」3(4)'62.4 p18	京都駅を中心とした犯罪研究座談会《座談会》	
加田 伶太郎 →福永武彦			11「ぷろふいる」1(3)'33.7 p36
電話事件《小説》	17「宝石」12(12)'57.9 p46	**桂 英二**	
温室事件《小説》	33「探偵実話」8(15)'57.11 p36	アメリカ探偵小説界漫話	
眠りの誘惑《小説》			32「探偵俱楽部」3(7)'52.8 p151
	17「宝石」14(12)'59.10増 p128	訳者よりお詫び	17「宝石」8(1)'53.1 p61
片岡 鉄兵		スリラー談義	17「宝石」8(12)'53.10増 p303
探偵趣味問答《アンケート》		煙草と探偵趣味	17「宝石」10(1)'55.1 p60
	04「探偵趣味」3 '25.11 p40	**桂 思外男**	
		夜中から朝まで	06「猟奇」4(4)'31.6 p20

かつら

桂 茂男
「巴里の屋根の下に」　　06「猟奇」4(4)'31.6 p48
新聞記者商売往来〈1〉　　06「猟奇」4(5)'31.7 p42
新聞記者商売往来〈2〉　　06「猟奇」4(6)'31.9 p36
珍聞記者商売往来　　06「猟奇」5(2)'32.2 p2
[れふきうた]《猟奇歌》　　06「猟奇」5(3)'32.3 p9
上海特急　　06「猟奇」5(4)'32.4 p28
ダグラスの世界一週　　06「猟奇」5(4)'32.4 p29
「タッチ・ダウン」　　06「猟奇」5(4)'32.4 p29
ギヤング親分《猟奇歌》　　06「猟奇」5(4)'32.4 p28
[ふねるむだむ]　　06「猟奇」5(5)'32.5 p28
チヤプリン《猟奇歌》　　06「猟奇」5(5)'32.5 p32
インチキマンダン　　11「ぷろふいる」1(3)'33.7 p34

桂 文一
風流噺落語風景《座談会》　　23「真珠」2(6)'48.6 p14

桂 真佐喜　→辻真先
生意気な鏡の物語《小説》
　　　　17「宝石」18(2)'63.1増 p331
仲の良い兄弟《小説》
　　　　17「宝石」19(2)'64.1増 p286

桂 雅太郎
幽霊殺害事件　　11「ぷろふいる」4(8)'36.8 p106
猿蟹合戦　　11「ぷろふいる」4(12)'36.12 p134

桂 恵
災厄は忘れた頃に来る《小説》
　　　　17「宝石」11(2)'56.1増 p67

葛城 喬夫
死刑　　32「探偵倶楽部」8(10)'57.10 p141
惨虐な笞刑杖刑　　32「探偵倶楽部」8(11)'57.11 p105

葛城 芳夫
キリストの脳髄《小説》
　　　　11「ぷろふいる」4(6)'36.6 p40
略歴　　11「ぷろふいる」4(6)'36.6 p41
暴露電線《小説》　　11「ぷろふいる」4(8)'36.8 p124

ガード、ローレンス・デ
恐怖!《小説》　　06「猟奇」4(3)'31.5 p78

角 浩一
仙女堂事件《小説》　　18「トップ」2(6)'47.11 p6
密室の犯罪《小説》　　18「トップ」3(3)'48.4 p32

門 茂男
警視庁の「殺し屋」記者
　　　　33「探偵実話」10(3)'59.1 p184
新米記者『のどちんこ』騒動
　　　　33「探偵実話」10(4)'59.2 p119
情事を盗んだ録音テープ事件
　　　　33「探偵実話」10(5)'59.3 p176
殺人か!?コエ溜の中の死体
　　　　33「探偵実話」10(7)'59.4 p172
ブタ箱に入った殺し屋記者
　　　　33「探偵実話」10(8)'59.5 p118
バクチ好きな記者クラブ
　　　　33「探偵実話」10(9)'59.6 p228
ステッキボーイに化けた事件記者
　　　　33「探偵実話」10(11)'59.7 p120
ナイロン・シュミーズの女
　　　　33「探偵実話」10(12)'59.8 p134
事件記者の写真騒動
　　　　33「探偵実話」10(13)'59.9 p127

素ばぬかれた特ダネ
　　　　33「探偵実話」10(14)'59.10 p240
プロレスラー大暴れ
　　　　33「探偵実話」10(16)'59.11 p190
仮面をぬがされた婦人科医
　　　　33「探偵実話」11(1)'59.12 p218
お妾アパートと記者クラブ
　　　　33「探偵実話」11(3)'60.1 p172
女給暴行学生始末譚
　　　　33「探偵実話」11(4)'60.2 p186
戦慄の交通事故　　33「探偵実話」11(6)'60.3 p160
異常性格者の犯罪　　33「探偵実話」11(7)'60.4 p202
飲み助記者武勇伝　　33「探偵実話」11(8)'60.5 p244
剣豪作家色道刃傷事件
　　　　33「探偵実話」11(9)'60.6 p154
本庁づめ記者の初仕事
　　　　33「探偵実話」11(12)'60.8 p252
殺し屋記者誕生　　33「探偵実話」11(13)'60.9 p220
部長刑事好色失敗譚〈1〉
　　　　33「探偵実話」11(14)'60.10 p94
デカ長の婦女暴行事件の真相
　　　　33「探偵実話」11(16)'60.11 p206
水門の美女死体　　33「探偵実話」12(1)'61.1 p90
水門の美女死体　　33「探偵実話」12(3)'61.2 p198
番場大五郎好色譚　　33「探偵実話」12(5)'61.4 p148
死美人と寝た男　　33「探偵実話」12(7)'61.5 p226
殺し屋と情報屋と新聞記者
　　　　33「探偵実話」12(8)'61.6 p154
マグロとゴミ　　33「探偵実話」12(9)'61.7 p258
縮れ毛四万二千円也
　　　　33「探偵実話」12(11)'61.8 p136
事件を起した事件記者
　　　　33「探偵実話」12(15)'61.11 p94
記者クラブ花札騒動記
　　　　33「探偵実話」12(16)'61.12 p164

夏冬　→滋岡透
出駄羅目草　　04「探偵趣味」6 '26.3 p32

加藤 嘉七雄
トニイ・モレリ　　17「宝石」5(5)'50.5 p180
翻訳小説雑感　　17「宝石」5(7)'50.7 p148

加藤 寛二郎
検屍綺聞　　09「探偵小説」1(2)'31.10 p120

加藤 邦雄
闇は死を招く《小説》　　27「別冊宝石」11(2)'58.2 p222

河童 三平
腹の立つ記　　22「新探偵小説」1(2)'47.6 p33
腹の立つ記　　22「新探偵小説」1(3)'47.7 p38

夏冬 繁緒　→滋岡透
京都の探偵趣味の会　　04「探偵趣味」15 '27.1 p64
京都探偵趣味の会　　04「探偵趣味」18 '27.4 p43
京都探偵趣味の会　　04「探偵趣味」19 '27.5 p62
京都探偵趣味之会　　04「探偵趣味」20 '27.6 p40
京都の趣味探偵の会　　04「探偵趣味」22 '27.8 p62
猫の戯れ跡　　05「探偵・映画」1(1)'27.10 p54
都会の恐怖　　05「探偵・映画」1(2)'27.11 p26

夏冬 繁生　→滋岡透
小品二篇《小説》　　04「探偵趣味」3 '25.11 p6
六篇《小説》　　04「探偵趣味」8 '26.5 p62

夏冬 茂生　→滋岡透
　猫の戯れ跡　　　　　　04「探偵趣味」5 '26.2 p14
河東 茂生　→滋岡透
　無礼なる餅《小説》　　　06「猟奇」1(2) '28.6 p21
加藤 茂
　探偵趣味問答《アンケート》
　　　　　　　　　　　　04「探偵趣味」3 '25.11 p42
加藤 祥二
　親殺しの坂本周作　　　17「宝石」6(10) '51.10 p88
加藤 治郎
　升田と大山　　　　　　33「探偵実話」7(7) '56.4 p85
加藤 信也
　爆死《小説》　　　　　07「探偵」1(2) '31.6 p113
夏冬生　→滋岡透
　報告二三　　　　　　　04「探偵趣味」4(4) '28.4 p51
加東 大介
　「大番氏」の人相を観る《対談》
　　　　　　　　　　　33「探偵実話」9(7) '58.4 p156
加藤 武雄
　探偵小説雑感　　　　10「探偵クラブ」3 '32.6 p2
加藤 辰巳
　春宵風流犯罪奇談《座談会》
　　　　　　　　　　　　23「真珠」2(5) '48.4 p10
加藤 春彦
　新人の作品について
　　　　　　　　　　11「ぷろふいる」2(5) '34.5 p128
加藤 ひさ
　女の犯罪を語る座談会《座談会》
　　　　　　　　　　　25「Gメン」2(4) '48.4 p8
加藤 久明
　證憑湮滅《小説》　　11「ぷろふいる」3(4) '35.4 p56
　死刑《小説》　　　　12「探偵文学」1(6) '35.9 p10
　所感　　　　　　　11「ぷろふいる」4(1) '36.1 p114
加藤 博二
　飛騨の湯女《小説》　32「探偵クラブ」2(4) '51.6 p191
加藤 美希雄
　従軍娼婦《小説》　　18「トップ」2(1) '47.4 p52
　うちの宿六を消せ
　　　　　　　　35「エロティック・ミステリー」2(5) '61.5 p104
　死の栄養剤三十錠
　　　　　　　　35「エロティック・ミステリー」2(6) '61.6 p98
　夜会巻の殺人淫楽女
　　　　　　　　35「エロティック・ミステリー」2(7) '61.7 p160
　女は下半身で勝負する
　　　　　　　　35「エロティック・ミステリー」2(9) '61.9 p122
　遊女隠匿罪
　　　　　　　　35「エロティック・ミステリー」2(10) '61.10 p28
　サァ地獄へ行こう
　　　　　　　　35「エロティック・ミステリー」2(10) '61.10 p236
　女はなぜ金に強い
　　　　　　　　35「エロティック・ミステリー」2(11) '61.11 p230
　男がキス・マークを見た時
　　　　　　　　35「エロティック・ミステリー」2(12) '61.12 p96
　夫殺しも旅役者ゆえ………
　　　　　　　　35「エロティック・ミステリー」3(1) '62.1 p147
　あの世に就職しろ
　　　　　　　　35「エロティック・ミステリー」3(2) '62.2 p68

　破れた偽装殺人
　　　　　　　　35「エロティック・ミステリー」3(3) '62.3 p92
　赤い夕陽に殺された娘
　　　　　　　　35「エロティック・ミステリー」3(5) '62.5 p122
　斑猫お初《小説》
　　　　　　　　35「エロティック・ミステリー」4(7) '63.7 p118
　高橋お伝蛇婬鏡
　　　　　　　　35「エロティック・ミステリー」4(8) '63.8 p62
加藤 薰
　黒い心火《小説》
　　　　　　　　35「エロティック・ミステリー」1(1) '60.8 p164
　おじいさんの眼《小説》
　　　　　　　　35「エロティック・ミステリー」1(1) '60.8 p166
　世襲《小説》
　　　　　　　　35「エロティック・ミステリー」1(1) '60.8 p167
　許された情事《小説》
　　　　　　　　35「エロティック・ミステリー」1(1) '60.8 p168
　石女《小説》
　　　　　　　　35「エロティック・ミステリー」1(2) '60.9 p273
　過ぎた者《小説》
　　　　　　　　35「エロティック・ミステリー」1(2) '60.9 p274
　ドリーム・アイ《小説》
　　　　　　　　35「エロティック・ミステリー」1(2) '60.9 p275
　救われた《小説》
　　　　　　　　35「エロティック・ミステリー」1(2) '60.9 p276
　ポエマ・タンゴ《小説》
　　　　　　　　35「エロティック・ミステリー」1(4) '60.11 p164
　傷に殺される《小説》
　　　　　　　　35「エロティック・ミステリー」1(4) '60.11 p166
　男である《小説》
　　　　　　　　35「エロティック・ミステリー」1(4) '60.11 p169
　笑いよおごるな《小説》
　　　　　　　　35「エロティック・ミステリー」1(4) '60.11 p170
　残されたもの《小説》
　　　　　　　　35「エロティック・ミステリー」1(4) '60.11 p173
　役者気質《小説》
　　　　　　　　35「エロティック・ミステリー」1(4) '60.11 p174
　勇者《小説》
　　　　　　　　35「エロティック・ミステリー」1(5) '60.12 p170
　女猿《小説》
　　　　　　　　35「エロティック・ミステリー」1(5) '60.12 p171
　昨夜わたしは《小説》
　　　　　　　　35「エロティック・ミステリー」1(5) '60.12 p173
　静かなる観客《小説》
　　　　　　　　35「エロティック・ミステリー」1(5) '60.12 p175
　節操《小説》
　　　　　　　　35「エロティック・ミステリー」2(1) '61.1 p122
　悪党よ、よみがえれ《小説》
　　　　　　　　35「エロティック・ミステリー」2(1) '61.1 p125
　切り札《小説》
　　　　　　　　35「エロティック・ミステリー」2(1) '61.1 p126
　話中です《小説》
　　　　　　　　35「エロティック・ミステリー」2(1) '61.1 p129
　おっちょこちょい《小説》
　　　　　　　　35「エロティック・ミステリー」2(1) '61.1 p133
　脅迫状《小説》
　　　　　　　　35「エロティック・ミステリー」2(2) '61.2 p190
　黒い轍《小説》
　　　　　　　　35「エロティック・ミステリー」2(2) '61.2 p192
　批評家《小説》
　　　　　　　　35「エロティック・ミステリー」2(2) '61.2 p194

策に溺れた《小説》
　　35「エロティック・ミステリー」2(2)'61.2 p195
一、二、三、で行こう《小説》
　　35「エロティック・ミステリー」2(4)'61.4 p146
インスタント殺人《小説》
　　35「エロティック・ミステリー」2(4)'61.4 p147
まごころ《小説》
　　35「エロティック・ミステリー」2(4)'61.4 p149
黒い病葉《小説》
　　35「エロティック・ミステリー」2(4)'61.4 p151
囮《小説》
　　35「エロティック・ミステリー」2(5)'61.5 p148
檻の中の芝居《小説》
　　35「エロティック・ミステリー」2(5)'61.5 p151
夫を殺して《小説》
　　35「エロティック・ミステリー」2(5)'61.5 p153
眼のある顔《小説》
　　35「エロティック・ミステリー」2(5)'61.5 p154
待てないの《小説》
　　35「エロティック・ミステリー」2(6)'61.6 p229
現代の美徳《小説》
　　35「エロティック・ミステリー」2(6)'61.6 p230
リハーサル《小説》
　　35「エロティック・ミステリー」2(6)'61.6 p232
崖のある道《小説》
　　35「エロティック・ミステリー」2(6)'61.6 p233
誰よりも愛す《小説》
　　35「エロティック・ミステリー」2(7)'61.7 p210
興行《小説》
　　35「エロティック・ミステリー」2(7)'61.7 p213
狂気の設定《小説》
　　35「エロティック・ミステリー」2(7)'61.7 p215
親分稼業《小説》
　　35「エロティック・ミステリー」2(7)'61.7 p216
知性《小説》
　　35「エロティック・ミステリー」2(8)'61.8 p135
大穴を当てた《小説》
　　35「エロティック・ミステリー」2(8)'61.8 p137
甘い親《小説》
　　35「エロティック・ミステリー」2(8)'61.8 p139
ある完全犯罪《小説》
　　35「エロティック・ミステリー」2(8)'61.8 p140
完全なるボディ・ガード《小説》
　　35「エロティック・ミステリー」2(9)'61.9 p133
誇り高き賢夫人《小説》
　　35「エロティック・ミステリー」2(9)'61.9 p135
喰いっぱぐれのない男たち《小説》
　　35「エロティック・ミステリー」2(9)'61.9 p139
幻想買います《小説》
　　35「エロティック・ミステリー」2(9)'61.9 p141
現代の怪談《小説》
　　35「エロティック・ミステリー」2(10)'61.10 p232
何十分の一《小説》
　　35「エロティック・ミステリー」2(10)'61.10 p234
おそかった《小説》
　　35「エロティック・ミステリー」2(12)'61.12 p192
この一万円《小説》
　　35「エロティック・ミステリー」2(12)'61.12 p194
ほんとにいい話なんです《小説》
　　35「エロティック・ミステリー」2(12)'61.12 p196

これからもだまされよう《小説》
　　35「エロティック・ミステリー」2(12)'61.12 p200
今月の旅
　　35「エロティック・ミステリー」3(1)'62.1 p190
今月の旅
　　35「エロティック・ミステリー」3(2)'62.2 p150
今月の旅
　　35「エロティック・ミステリー」3(3)'62.3 p86
今月の旅
　　35「エロティック・ミステリー」3(4)'62.4 p216
伊豆路を往く
　　35「エロティック・ミステリー」3(5)'62.5 p68
三河・遠州路を往く
　　35「エロティック・ミステリー」3(6)'62.6 p96
飛騨路の渓谷
　　35「エロチック・ミステリー」3(7)'62.7 p86
ローカル線情調
　　35「エロチック・ミステリー」3(8)'62.8 p92
野天風呂のある旅情
　　35「エロチック・ミステリー」3(9)'62.9 p106
伊勢路ドライビング
　　35「エロチック・ミステリー」3(10)'62.10 p90
木曾路の秋を往く
　　35「エロチック・ミステリー」3(11)'62.11 p32
南伊豆紀行
　　35「エロチック・ミステリー」3(12)'62.12 p34
門田 ゆたか
今年のサンタクロース《詩》
　　　　　　　　17「宝石」4(11)'49.12 p13
門田 与志
伝助トバク講義　　18「トップ」3(3)'48.4 p24
ガードナー，E・S
法律事務所の奇妙な客《小説》
　　　　　　　　15「探偵春秋」2(4)'37.4 p6
夢遊病者の姪《小説》17「宝石」9(1)'54.1 p206
カナリヤの爪《小説》27「別冊宝石」7(2)'54.2 p5
幸運の脚《小説》　27「別冊宝石」7(2)'54.2 p116
偽証する鸚鵡《小説》
　　　　　　　27「別冊宝石」7(2)'54.2 p261
掌中の鳥《小説》　17「宝石」10(6)'55.4 p18
六人の肥つた女《小説》
　　　　　　　　17「宝石」10(13)'55.9 p282
凍る独立祭《小説》17「宝石」10(14)'55.10 p320
いたずらな七つの帽子
　　　　　　　　17「宝石」10(17)'55.12 p276
あの幽霊を追いかけろ〈1〉《小説》
　　　　　　　32「探偵倶楽部」7(1)'56.1 p40
あの幽霊を追いかけろ〈2〉《小説》
　　　　　　　32「探偵倶楽部」7(2)'56.2 p162
あの幽霊を追いかけろ〈3〉《小説》
　　　　　　　32「探偵倶楽部」7(3)'56.3 p92
あの幽霊を追いかけろ〈4〉《小説》
　　　　　　　32「探偵倶楽部」7(4)'56.4 p276
忘れられた殺人《小説》
　　　　　　　32「探偵倶楽部」7(4)'56.4 p298
あの幽霊を追いかけろ〈5〉《小説》
　　　　　　　32「探偵倶楽部」7(5)'56.5 p60
手は目より速し《小説》
　　　　　　　　17「宝石」11(7)'56.5 p278
あの幽霊を追いかけろ〈6〉《小説》
　　　　　　　32「探偵倶楽部」7(6)'56.6 p244

マッチをする女《小説》
　　　　　　　　　　32「探偵倶楽部」7(7)'56.6増 p275
あの幽霊を追いかけろ〈7〉《小説》
　　　　　　　　　　32「探偵倶楽部」7(8)'56.7 p70
あの幽霊を追いかけろ〈8・完〉《小説》
　　　　　　　　　　32「探偵倶楽部」7(9)'56.8 p130
短気な娘《小説》　　27「別冊宝石」9(7)'56.10 p5
白い羽根《小説》　　27「別冊宝石」9(7)'56.10 p166
検事・燭を掲ぐ《小説》
　　　　　　　　　　27「別冊宝石」9(7)'56.10 p200
正反対《小説》　　　27「別冊宝石」10(10)'57.10 p160
銀仮面の男《小説》
　　　　　　　　　　32「探偵倶楽部」9(1)'58.1 p13
三本の蠟燭の家《小説》
　　　　　　　　　　27「別冊宝石」11(5)'58.6 p116
インドの秘宝《小説》
　　　　　　　　　　32「探偵倶楽部」9(10)'58.8 p18
一つの論理的結末《小説》
　　　　　　　　　　27「別冊宝石」11(7)'58.9 p80
偽証の鸚鵡《小説》
　　　　　　　　　　32「探偵倶楽部」9(12)'58.10 p228
レスター・リースの映画教育《小説》
　　　　　　　　　　27「別冊宝石」15(4)'62.10 p8
レスター・リースの素人芝居《小説》
　　　　　　　　　　27「別冊宝石」15(4)'62.10 p28
レスター・リースのX線カメラ《小説》
　　　　　　　　　　27「別冊宝石」15(4)'62.10 p50
叫ぶ燕《小説》　　　27「別冊宝石」15(4)'62.10 p92
消えた目撃者《小説》
　　　　　　　　　　27「別冊宝石」15(4)'62.10 p136
ゼロ人間《小説》　　27「別冊宝石」15(4)'62.10 p177
銀仮面の男《小説》　27「別冊宝石」16(2)'63.2 p34
のるか、そるか《小説》
　　　　　　　　　　27「別冊宝石」17(1)'64.1 p286
門林 寛方
　特に醜い王様に就いて《脚本》
　　　　　　　　　　06「猟奇」2(11)'29.11 p26
門丸 太郎
　南国紀州の風紀犯罪
　　　　　　　　　　26「フーダニット」2(1)'48.1 p15
角山 容一
　小菅の裏口差し入れ屋
　　　　　　　　　　33「探偵実話」8(10)'57.6 p96
香取 清夫
　獄中に蜜月を遂げた女囚
　　　　　　　　　　33「探偵実話」8(16)'57.11 p108
　良人が私を殺すのだ!!
　　　　　　　　　　33「探偵実話」9(1)'57.12 p94
金井 景義
　温泉場綺譚　　　　18「トップ」2(1)'47.4 p38
金巻 よし夫
　少女が有つ神秘性　14「月刊探偵」2(4)'36.5 p45
金森 馨
　昔と般若と竜と河童　17「宝石」17(9)'62.7 p222
蟹 海太郎
　踏絵呪縛《小説》　16「ロック」4(3)'49.8別 p42
　幽界通信《小説》　17「宝石」4(9)'49.10 p150
　原城十字軍《小説》　17「宝石」5(3)'50.3 p146
　河豚とメチール《小説》　24「妖奇」4(5)'50.5 p25

犯罪河岸《小説》　　24「妖奇」4(7)'50.7 p91
緑地の結婚《小説》　33「探偵実話」3'50.8 p166
札を喰らふ男《小説》　24「妖奇」5(1)'51.1 p50
盲人の謎《小説》　　24「妖奇」5(5)'51.5 p92
溺女《小説》　　　　17「宝石」6(7)'51.7 p136
或る駅の怪事件《小説》
　　　　　　　　　　24「妖奇」5(11)'51.11 p86
光秀忌《小説》　　　17「宝石」6(12)'51.11 p164
アンケート《アンケート》
　　　　　　　　　　17「宝石」7(1)'52.1 p87
百貨店の鬼《小説》　24「妖奇」6(7)'52.7 p34
帰らざる刑事《小説》
　　　　　　　　　　32「探偵倶楽部」6(10)'55.10 p200
蟹江 夢人
　蟻浪五郎論　　　　17「宝石」5(2)'50.2 p260
カーネー，カザリン
　愛の魔力　　　　　32「探偵倶楽部」7(5)'56.5 p246
鐘 窓一郎
　天才待望論　　　　11「ぷろふいる」3(8)'35.8 p127
　フェア・プレイ《小説》
　　　　　　　　　　11「ぷろふいる」4(1)'36.1 p117
　百万ナモ・ナゴヤ　11「ぷろふいる」4(3)'36.3 p121
　血斑禍《小説》　　12「探偵文学」2(12)'36.12 p50
金子 修
　ジャズ・あらかると
　　　　　　　　　　33「探偵実話」12(12)'61.10 p168
金子 きみ
　芥子はなぜ赤い《小説》
　　　　　　　　　　27「別冊宝石」13(2)'60.2 p48
金子 憲作
　麻薬Gメン座談会《座談会》
　　　　　　　　　　33「探偵実話」2(7)'51.6 p76
金子 準二
　性慾異常のいろいろ　25「Gメン」2(10)'48.10 p34
金子 治司
　外人犯罪をアバく《座談会》
　　　　　　　　　　32「探偵倶楽部」9(7)'58.6 p178
金子 一
　本番《小説》　　　17「宝石」5(5)'50.5 p184
金子 光晴
　正月の幽霊ばなし　17「宝石」8(1)'53.1
兼田 三郎
　人皮装釘《小説》　17「宝石」11(7)'56.5 p230
金田 六郎
　合評・一九二八年《座談会》
　　　　　　　　　　06「猟奇」1(7)'28.12 p14
金原 光夫
　性犯罪を語る座談会《座談会》
　　　　　　　　　　25「Gメン」1(1)'47.10 p4
カーネル，リチヤード
　いなづまの閃き《小説》
　　　　　　　　　　11「ぷろふいる」4(9)'36.9 p58
加納 一朗　→山田武彦
　錆びついた機械《小説》
　　　　　　　　　　17「宝石」15(14)'60.12 p171
　ころし屋《小説》　17「宝石」16(2)'61.2 p242
　国家統御室《小説》　17「宝石」16(7)'61.6 p226

かのう

立入禁止《小説》　　　17「宝石」16(10)'61.9 p76
追う人《小説》　　　　17「宝石」17(3)'62.2 p242
澄んだ視線《小説》　　17「宝石」17(5)'62.4 p248
最終列車《小説》　　　17「宝石」17(7)'62.6 p180
金は金ならず《小説》
　　　　　35「エロチック・ミステリー」3(8)'62.8 p14
影の滝《小説》　　　　17「宝石」17(11)'62.9 p208
魔除けの面《小説》　　17「宝石」17(13)'62.10 p19
孤独な逃亡者《小説》
　　　　　35「エロチック・ミステリー」3(10)'62.10 p62
二つの顔　　　　　　　17「宝石」17(14)'62.11 p19
花瓶と台風《小説》
　　　　　35「エロチック・ミステリー」3(11)'62.11 p50
虚報《小説》　　　　　17「宝石」17(15)'62.11増 p366
アンチ・ロマン人形　　17「宝石」17(16)'62.12 p19
盲妓の島《小説》
　　　　　35「エロチック・ミステリー」3(12)'62.12 p52
猫ババ野郎《小説》　　17「宝石」18(1)'63.1 p206
デイトクラブの女《小説》
　　　　　35「エロチック・ミステリー」4(2)'63.2 p80
錆びついた機械《小説》
　　　　　　　　　　　17「宝石」18(6)'63.4増 p156
未来へ逃げたい　　　　17「宝石」18(6)'63.4増 p161
青い鳥《小説》
　　　　　35「エロチック・ミステリー」4(5)'63.5 p64
脚光の伝説《小説》　　17「宝石」18(11)'63.8 p76
旅路の果て　　　　　27「別冊宝石」16(8)'63.9 p208
作品体型考　　　　　　17「宝石」18(13)'63.10 p199
猫ババ野郎《小説》
　　　　　　　　　　　17「宝石」18(14)'63.10増 p155
自雷流"幻霞"の術《小説》
　　　　　35「エロチック・ミステリー」4(11)'63.11 p122
檻のなか《小説》　　　27「別冊宝石」17(1)'64.1 p154
過去　　　　　　　　　17「宝石」19(3)'64.2 p242
可能性への手さぐり　　17「宝石」19(5)'64.4 p196

叶 順子
　「共犯者」合評会《座談会》
　　　　　　　　　　　17「宝石」13(14)'58.11 p282

加納 哲
　ヒヤリとした話　　　11「ぷろふぃる」1(2)'33.6 p43
　京都駅を中心とした犯罪研究座談会《座談会》
　　　　　　　　　　　11「ぷろふぃる」1(3)'33.7 p36
　奇怪な遺書　　　　　11「ぷろふぃる」1(4)'33.8 p77
　勇姿《小説》　　　　11「ぷろふぃる」1(8)'33.12 p119
　高雄随行の記　　　　11「ぷろふぃる」3(1)'35.1 p103
　探偵劇座談会《座談会》
　　　　　　　　　　　11「ぷろふぃる」4(5)'36.5 p88

加納 秀夫
　大学教授とミステリ《座談会》
　　　　　　　　　　　17「宝石」15(1)'60.1 p266
　エリオットとスリラー　17「宝石」15(6)'60.5 p79

加納 米一
　放送探偵劇を語る《座談会》
　　　　　　　　　　　17「宝石」6(12)'51.11 p74

鹿子 七郎
　棒切れ《小説》
　　　　　　　08「探偵趣味」(平凡社版)9 '32.1 p26

鹿子田 耕三
　名刑事・名記者新春殊勲を語る座談会《座談会》
　　　　　　　　　　33「探偵実話」4(1)'53.1 p88

樺山 透
　海野十三　　　　　　15「探偵春秋」1(1)'36.10 p46
カピート，イザベル
　刺のある目《小説》　17「宝石」14(6)'59.6 p312
我忘 利夫
　魔の氷山　　　　　33「探偵実話」5(13)'54.11 p214
ガボリオ，エミール
　金庫の謎〈1〉《小説》
　　　　　　　　　　　01「新趣味」17(3)'22.3 p182
　金庫の謎〈2〉《小説》
　　　　　　　　　　　01「新趣味」17(4)'22.4 p295
　金庫の謎〈3〉《小説》
　　　　　　　　　　　01「新趣味」17(5)'22.5 p174
　金庫の謎〈4〉《小説》
　　　　　　　　　　　01「新趣味」17(6)'22.6 p124
　金庫の謎〈5〉《小説》
　　　　　　　　　　　01「新趣味」17(7)'22.7 p120
　金庫の謎〈6〉《小説》
　　　　　　　　　　　01「新趣味」17(8)'22.8 p234
　金庫の謎〈7〉《小説》
　　　　　　　　　　　01「新趣味」17(9)'22.9 p94
　金庫の謎〈8〉《小説》
　　　　　　　　　　　01「新趣味」17(10)'22.10 p130
　金庫の謎〈9〉《小説》
　　　　　　　　　　　01「新趣味」17(11)'22.11 p96
　金庫の謎〈10・完〉《小説》
　　　　　　　　　　　01「新趣味」17(12)'22.12 p36
　人か鬼か《小説》　09「探偵小説」1(4)'31.12 p101
　絞首台は待たせておけ《小説》
　　　　　　　　　　32「探偵倶楽部」5(5)'54.5 p79
鎌田 健一
　死に誘われた十三才の少女
　　　　　　　　　　33「探偵実話」9(5)'58.3増 p246
　東京を駈ける女　　33「探偵実話」9(8)'58.5増 p178
カミ（キャミ）
　運命《脚本》　　　　04「探偵趣味」14 '26.12 p47
　内気者の復讐《小説》
　　　　　　　　　　　05「探偵・映画」1(1)'27.10 p103
　仇討《小説》　　　　04「探偵趣味」4(3)'28.3 p67
　墓穴の秘密《小説》　06「猟奇」2(1)'29.1 p47
　最後の審判《小説》　06「猟奇」2(1)'29.1 p50
　リゴレット　　　　　06「猟奇」2(4)'29.4 p2
　フットブユールの大試合《小説》
　　　　　　　　　　　06「猟奇」2(7)'29.7 p6
　女曲芸師《小説》　　06「猟奇」2(7)'29.7 p14
　黒い天井〈1〉《小説》07「探偵」1(1)'31.5 p192
　女の馬乗《小説》　　07「探偵」1(2)'31.6 p162
　黒い天井〈2〉《小説》07「探偵」1(2)'31.6 p178
　綿密な殺人《小説》　07「探偵」1(4)'31.8 p120
　優しい強盗《小説》　07「探偵」1(8)'31.12 p86
　クロスワード・パズルの悲劇《小説》
　　　　　　　　　　32「探偵倶楽部」7(6)'56.6 p149
　盗まれた骨《小説》
　　　　　　　　　　32「探偵倶楽部」7(9)'56.8 p256
　しようのない亭主　32「探偵倶楽部」9(3)'58.3 p162
紙 狂介
　妖怪巷談 生臭坊主　17「宝石」4(11)'49.12 p12

か

可味 鯨児
古川柳のエロチシズム
　　　　　　　　32「探偵倶楽部」3(7)'52.8 p104
スターの改名　32「探偵倶楽部」3(10)'52.11 p95

紙 左馬
男女川探偵を探偵する
　　　　　　　　25「Gメン」1(3)'47.12 p21
スリラー劇団宝石座ガイド
　　　　　　　　18「トップ」3(1)'48.1 p24
東京パンパン風土記　18「トップ」3(3)'48.4 p30
東京パンパン風土記　18「トップ」3(4)'48.7 p28
警察学校漫画覗記　17「宝石」5(7)'50.7 p138
警視庁漫画ルポ　　24「妖奇」5(1)'51.1 p74

神 三平
僧衣の強盗　　　33「探偵実話」7(17)'56.11 p74
毒薬のある小包　33「探偵実話」8(3)'57.1 p248

神尾 重砲
別の旅　　35「エロティック・ミステリー」3(10)'62.10 p98
わが師浄観
　　　　　35「エロティック・ミステリー」4(2)'63.2 p105

上岡 健
遍路《小説》　　27「別冊宝石」10(1)'57.1 p122

上代 敬作
海の怪奇・山の神秘《座談会》
　　　　　　　33「探偵実話」11(11)'60.8増 p225

上司 浩二
殺し屋は女にもてます
　　　　　35「エロティック・ミステリー」2(3)'61.3 p268
若者よ人妻に肌身を許すなかれ
　　　　　35「エロティック・ミステリー」2(4)'61.4 p244

神谷 茂
京都駅を中心とした犯罪研究座談会《座談会》
　　　　　　　　11「ぷろふいる」1(3)'33.7 p36

加宮 周三
売春婦玖子の反抗　33「探偵実話」8(6)'57.3 p56
暴行魔は丘にいた　33「探偵実話」8(9)'57.5 p206
自動車もある窃盗団
　　　　　　　　33「探偵実話」8(10)'57.6 p248
殺人兵に無罪の判決
　　　　　　　　33「探偵実話」8(13)'57.9 p70
殺意は愛を超えて
　　　　　　　　33「探偵実話」8(14)'57.10 p152
邪恋アベック強盗　33「探偵実話」9(11)'58.7 p136

上山 案夫
刑務所における座談会《座談会》
　　　　　　　　24「妖奇」3(12)'49.11 p54

神山 栄三
第十六回目のバラバラ事件
　　　　　　　　32「探偵倶楽部」4(6)'53.6 p155
密輸の関門 神戸港　32「探偵倶楽部」4(8)'53.8 p79
看守座談会《座談会》
　　　　　　　　32「探偵倶楽部」4(12)'53.12 p131

カミングス, レイ
節約狂《小説》　02「秘密探偵雑誌」1(1)'23.5 p97
心欺く可らず《小説》
　　　　　　　　03「探偵文芸」2(1)'26.1 p16
指紋《小説》　　03「探偵文芸」2(4)'26.4 p141
暗室にて（犯罪篇）《小説》
　　　　　　　　03「探偵文芸」2(8)'26.8 p64
暗室にて《小説》　03「探偵文芸」2(10)'26.10 p26
赤電燈《小説》　　04「探偵趣味」4(7)'28.7 p17
心理試験《小説》　09「探偵小説」2(6)'32.6 p118

亀井 治
公団アパートの痴漢
　　　　　　　　33「探偵実話」10(6)'59.4増 p148

亀井 勝一郎
無題　　　　　27「別冊宝石」11(10)'58.12 p15
見ると見られている　17「宝石」15(1)'60.1 p198

亀倉 雄策
越後の馬鹿雪　　　17「宝石」18(16)'63.12 p21

亀田 啓
影!《小説》　　　06「猟奇」2(9)'29.9 p20

亀谷 競三
肉体の灯　　　　25「X」3(7)'49.6 p17
炭鉱節《小説》　25「X」3(12)'49.11 p74
未亡人倶楽部解散　25「X」4(2)'50.3 p54

亀山 清
乳房のない女　　09「探偵小説」2(6)'32.6 p140

仮面の作者
一分間!探偵小説!!　17「宝石」1(1)'46.3 p26

鴨 長房
江戸川乱歩　　　15「探偵春秋」1(1)'36.10 p45

鴨 寿保
日本百年目バラバラ事件簿
　　　　　　　　35「ミステリー」5(4)'64.4 p87

賀茂 端明
千一夜、イン・ジャパン《小説》
　　　　　　　　35「ミステリー」5(3)'64.3 p148

鴨 寿保
日本百年目バラバラ事件簿
　　　　　　　　35「ミステリー」5(5)'64.5 p65

鴨居 羊子
太陽と長襦袢　　27「別冊宝石」11(10)'58.12 p28
男のおしゃれ　　17「宝石」14(3)'59.3 p232

加茂川 静歩
明智小五郎のスランプ《小説》
　　　　　　　　11「ぷろふいる」3(4)'35.4 p134

鴨川生
老探偵の話　　　01「新趣味」17(5)'22.5 p151

嘉門 真
消えぬ過去《小説》
　　　　　　　　27「別冊宝石」10(11)'57.12 p84
墓の中から《小説》　17「宝石」13(8)'58.6 p295
他人の血《小説》　32「探偵倶楽部」10(1)'59.1 p254

萱野 信介
桃色グループの実態　18「トップ」4(2)'49.6 p21

萱原 宏一
探偵小説三十年《座談会》
　　　　　　　　33「探偵実話」3(4)'52.3増 p213
アンケート《アンケート》
　　　　　　　　33「探偵実話」6(3)'55.2増 p73
湯ケ島の将棋　27「別冊宝石」11(4)'58.4 p272

かやま

香山 滋
オラン・ペンデクの復讐《小説》
　　　　　17「宝石」2(3)'47.4 p33
海鰻荘奇談〈1〉《小説》17「宝石」2(4)'47.5 p28
海鰻荘奇談〈2〉《小説》17「宝石」2(6)'47.6 p58
海鰻荘奇談〈3・完〉《小説》
　　　　　17「宝石」2(7)'47.7 p52
猟奇館スフィンクス《小説》
　　　　　16「ロック」2(9)'47.10 p18
火星の使者《小説》　23「真珠」3'47.12 p57
オランペンデク後日譚《小説》
　　　　　27「別冊宝石」—'48.1 p18
蜥蜴の島《小説》　17「宝石」3(1)'48.1 p26
処女水《小説》　　23「真珠」2(4)'48.3 p4
カメレオンの足跡《小説》
　　　　　19「仮面」3(2)'48.3 p12
天牛《小説》　　　21「黒猫」2(7)'48.5 p4
女賊と少年《小説》16「ロック」2(7)'48.5 p17
毒紅茸奇談《小説》25「Gメン」2(6)'48.5 p22
金鶏《小説》　　22「新探偵小説」2(3)'48.6 p2
新人無駄話　　　19「仮面」3(4)'48.6 p40
有翼人〈1〉《小説》21「黒猫」2(9)'48.7 p46
ベトルーシュカ《小説》27「別冊宝石」2'48.7 p2
有翼人〈2〉《小説》21「黒猫」2(10)'48.8 p47
妖虫記《小説》　　23「真珠」2(7)'48.8 p4
ソロモンの桃〈1〉《小説》
　　　　　17「宝石」3(7)'48.9 p4
有翼人〈3・完〉《小説》
　　　　　21「黒猫」2(11)'48.9 p78
ソロモンの桃〈2〉《小説》
　　　　　17「宝石」3(8)'48.10 p54
恐怖島〈1〉《小説》25「X」2(11)'48.11 p6
恐怖島について　　25「Gメン」2(11)'48.11 p11
色彩と幻想〈1〉《小説》
　　　　　20「探偵よみもの」37'48.11 p30
ソロモンの桃〈3〉《小説》
　　　　　17「宝石」3(9)'48.12 p60
恐怖島〈2〉《小説》25「X」3(1)'49.1 p12
ソロモンの桃〈4〉《小説》
　　　　　17「宝石」4(1)'49.1 p30
色彩と幻想〈2・完〉《小説》
　　　　　20「探偵よみもの」38'49.1 p70
月ぞ悪魔《小説》　27「別冊宝石」1(3)'49.1 p112
恐怖島〈3〉《小説》25「X」3(2)'49.2 p24
ソロモンの桃〈5〉《小説》
　　　　　17「宝石」4(2)'49.2 p35
愛は科学を超えて《小説》
　　　　　16「ロック」4(1)'49.2 p56
恐怖島〈4〉《小説》25「X」3(3)'49.3 p46
ソロモンの桃〈6〉《小説》
　　　　　17「宝石」4(3)'49.3 p90
恐怖島〈5〉《小説》25「X」3(5)'49.4 p30
ソロモンの桃〈7〉《小説》
　　　　　17「宝石」4(4)'49.4 p74
五人の作者　　27「別冊宝石」2(1)'49.4 p163
恐怖島〈6・前篇完〉《小説》
　　　　　25「X」3(6)'49.5 p40
ソロモンの桃〈8・完〉《小説》
　　　　　17「宝石」4(5)'49.5 p59
白昼夢《小説》　17「宝石」4(6)'49.6 p42

花乳房（恐怖島後篇）〈1〉《小説》
　　　　　25「X」3(7)'49.6 p48
水族館の殺人《小説》17「宝石」4(7)'49.7 p4
花乳房〈2〉《小説》25「X」3(8)'49.7 p54
花乳房〈3〉《小説》25「X」3(9)'49.8 p36
「人の世界」を凝視する
　　　　　27「別冊宝石」2(2)'49.8 p33
花乳房〈4〉《小説》25「X」3(10)'49.9 p24
伊達姿秋乃夜話　　17「宝石」—'49.9増 p239
花乳房〈5・完〉《小説》25「X」3(11)'49.10 p76
クリスマス島綺談《小説》
　　　　　17「宝石」4(11)'49.12 p60
夢の豪華版　　　　17「宝石」5(1)'50.1 p162
孤独の断崖《小説》17「宝石」5(1)'50.1 p164
探偵作家幽霊屋敷へ行く《座談会》
　　　　　17「宝石」5(2)'50.2 p82
心臓花《小説》　　17「宝石」5(4)'50.4 p240
恋の脱獄囚《小説》33「探偵実話」1'50.5 p24
十字架おむら《小説》
　　　　　32「怪奇探偵クラブ」1'50.5 p74
怪奇の家　　　32「怪奇探偵クラブ」1'50.5 p200
火星への道〈1〉《小説》17「宝石」5(6)'50.6 p30
南への憧れ　　27「別冊宝石」3(3)'50.6 p56
湖畔の犯罪《小説》
　　　　　32「怪奇探偵クラブ」2'50.6 p198
私のエンマ帳　　　34「鬼」1'50.7 p8
愛用のパイプ　　　17「宝石」5(7)'50.7 p154
火星への道〈2〉　17「宝石」5(7)'50.7 p156
火星への道〈3〉　17「宝石」5(8)'50.8 p10
［近況］　　　　　32「探偵クラブ」1(1)'50.8 p22
水棲人《小説》　32「探偵クラブ」1(1)'50.8 p168
蛇姫殺人事件《小説》33「探偵実話」3'50.8 p24
火星への道〈4〉　17「宝石」5(9)'50.9 p252
火星への道〈5・前編完〉《小説》
　　　　　17「宝石」5(10)'50.10 p234
妖術師《小説》　32「探偵クラブ」1(2)'50.10 p248
呪いの指輪《小説》
　　　　　32「探偵クラブ」1(3)'50.11 p182
なつかしの映画　　34「鬼」2'50.11 p10
不思議な求婚《小説》17「宝石」6(1)'51.1 p76
炎の島《小説》　32「探偵クラブ」2(1)'51.1 p256
観光列車V12号《小説》
　　　　　32「探偵クラブ」2(2)'51.2 p32
海鰻荘主人日記帖　34「鬼」3'51.3 p6
火星への道〈後篇1〉《小説》
　　　　　17「宝石」6(4)'51.4 p36
奇怪な風景《小説》
　　　　　32「探偵クラブ」2(3)'51.4 p72
火星への道〈後篇2〉《小説》
　　　　　17「宝石」6(5)'51.5 p44
「月世界征服」を観る　17「宝石」6(5)'51.5 p132
唇紋《小説》　　32「探偵クラブ」2(5)'51.6 p256
近代人の夢と冒険　17「宝石」6(6)'51.6 p88
火星への道〈後篇3〉《小説》
　　　　　17「宝石」6(6)'51.6 p166
鬼同人の選んだ海外長篇ベスト・テン〈3・完〉《前1》
　　　　　34「鬼」4'51.6 前1
好みの頑迷　　　　34「鬼」4'51.6 p5

かやま

火星への道〈後篇4〉《小説》
　　　　　　　　　17「宝石」6(7)'51.7 p60
悪霊島〈1〉《小説》 33「探偵実話」2(8)'51.7 p32
鉄棺峡の彼方へ《小説》
　　　　　　　32「探偵クラブ」2(6)'51.8 p78
火星への道　〈後篇5〉《小説》
　　　　　　　　　17「宝石」6(8)'51.8 p102
原爆映画『戦慄の七日間』をめぐる座談会《座談会》
　　　　　　　27「別冊宝石」4(1)'51.8 p154
悪霊島〈2〉《小説》 33「探偵実話」2(9)'51.8 p60
美しき山猫《小説》
　　　　　　　32「探偵クラブ」2(7)'51.8増 p134
火星への道　〈後篇6〉《小説》
　　　　　　　　　17「宝石」6(9)'51.9 p194
悪霊島〈3〉《小説》 33「探偵実話」2(10)'51.9 p166
火星への道　〈後篇7・完〉《小説》
　　　　　　　　　17「宝石」6(10)'51.10 p56
赤い髑髏《小説》 32「探偵クラブ」2(9)'51.10 p80
アンケート《アンケート》
　　　　　　　　17「宝石」6(11)'51.10増 p175
悪霊島〈4〉《小説》33「探偵実話」2(11)'51.10 p204
悪霊島〈5〉《小説》33「探偵実話」2(12)'51.11 p204
鬼同人の選んだ海外短篇ベスト・テン〈1〉《前1》
　　　　　　　　　　　34「鬼」5 '51.11 前1
悪霊島〈6〉《小説》
　　　　　　　33「探偵実話」3(1)'51.12 p162
砂丘の家《小説》　　17「宝石」7(1)'52.1 p48
アンケート《アンケート》
　　　　　　　　　17「宝石」7(1)'52.1 p81
誰も知らない《小説》
　　　　　　　　32「探偵クラブ」3(2)'52.2 p154
悪霊島〈7〉《小説》 33「探偵実話」3(2)'52.2 p118
「怪奇性」の取扱について　34「鬼」6 '52.3 p9
映画『天上桟敷の人々』を語る座談会
　　　　　　　　　17「宝石」7(3)'52.3 p153
火星美人消失《脚本》 17「宝石」7(3)'52.3 p166
悪霊島〈8〉《小説》
　　　　　　　 33「探偵実話」3(3)'52.3 p186
妖虫記《小説》33「探偵実話」3(4)'52.3増 p114
探偵作家探偵小説を載る《座談会》
　　　　　　　　　17「宝石」7(4)'52.4 p140
北京原人《小説》　　17「宝石」7(4)'52.4 p202
悪霊島〈9・完〉《小説》
　　　　　　　 33「探偵実話」3(5)'52.4 p166
Xスパイダー《小説》 17「宝石」7(5)'52.5 p40
「ある決闘」を推す　17「宝石」7(5)'52.5 p121
千五百年後の犯罪 32「探偵倶楽部」3(5)'52.5 p194
野獣王国《小説》27「別冊宝石」5(4)'52.5 p154
花妖《小説》　　　　17「宝石」7(6)'52.6 p46
人魚《小説》　32「探偵倶楽部」3(6)'52.6 p66
女食人族《小説》33「探偵実話」3(6)'52.6 p214
蠟燭売り《小説》　　17「宝石」7(7)'52.7 p42
山村正夫君を推す　　34「鬼」7 '52.7 p13
黄金魚　　　　　　　34「鬼」7 '52.7 p30
シャト・エル・アラブ《小説》
　　　　　　　　　 17「宝石」7(8)'52.8 p18
私は魔術師？　32「探偵倶楽部」3(8)'52.9 p15

黒蘭亭綺談《小説》
　　　　　　　32「探偵倶楽部」3(8)'52.9 p38
処女水《小説》 33「探偵実話」3(11)'52.9増 p30
手錠と女《小説》　　17「宝石」7(9)'52.10 p48
探偵作家の見た「第三の男」《座談会》
　　　　　　　　　17「宝石」7(9)'52.10 p189
喪服夫人《小説》　 17「宝石」7(10)'52.10 p140
キキモラ《小説》　 17「宝石」7(11)'52.11 p166
海蛇の島《小説》
　　　　　　 32「探偵倶楽部」3(11)'52.11増 p58
滅びゆく民族の悲哀
　　　　　　 32「探偵倶楽部」3(11)'52.11増 p61
ティエラ・エル・ブランカ
　　　　　　　32「探偵倶楽部」3(12)'52.12 p34
女と猫《小説》　　17「宝石」7(12)'52.12 p106
『反逆』をみる《座談会》3(12)'52.12 p130
悪の相《小説》　　　17「宝石」8(1)'53.1 p14
ストーリー・バイ・シゲル・カヤマ
　　　　　　　　　　　34「鬼」8 '53.1 p16
探偵小説に対するアンケート《アンケート》
　　　　　　　　32「探偵倶楽部」4(1)'53.2 p151
ハゲタカ《小説》　　17「宝石」8(2)'53.3 p76
烤鴨子《小説》　　　17「宝石」8(3)'53.4 p48
脱獄者《小説》　　　17「宝石」8(5)'53.5 p46
怪魚シーラカンス 32「探偵倶楽部」4(5)'53.5 p212
海底降下三千呎《小説》
　　　　　　　27「別冊宝石」6(3)'53.5 p326
自選の理由 　27「別冊宝石」6(3)'53.5 p347
ヴェスタ・グランデ《小説》
　　　　　　　　　17「宝石」8(6)'53.6 p14
魅せられた女《座談会》
　　　　　　　 32「探偵倶楽部」4(7)'53.7 p122
死と少女《小説》　　17「宝石」8(7)'53.7 p144
熱風《小説》　　　　17「宝石」8(9)'53.8 p24
雪の城《小説》32「探偵倶楽部」4(8)'53.8 p254
アナク・クラカトア《小説》
　　　　　　　33「探偵実話」4(9)'53.8 p80
老踏切番《小説》　 17「宝石」8(10)'53.9 p104
探偵作家の見た映画「落ちた偶像」《座談会》
　　　　　　　　 17「宝石」8(10)'53.9 p197
第三の男　　　　　　34「鬼」9 '53.9 p14
東崎氏の冒険《小説》17「宝石」8(11)'53.10 p36
艶獣《小説》　　　17「宝石」8(12)'53.10 p214
ネンゴ・ネンゴ《小説》
　　　　　　　　 17「宝石」8(13)'53.11 p140
海鰻荘奇談〔原作〕《絵物語》
32「探偵倶楽部」4(12)'53.12 p21, 23, 27, 29, 33, 59, 63, 67, 69, 70
田螺骨董店《小説》 17「宝石」8(14)'53.12 p44
火星人はサハラがお好き《小説》
　　　　　　　　　 17「宝石」9(1)'54.1 p128
女と貝殻《小説》32「探偵倶楽部」5(1)'54.1 p220
有翼人を尋ねて《小説》
　　　　　　　32「探偵倶楽部」5(1)'54.1 p257
女妖 中篇《小説》 33「探偵実話」5(1)'54.1 p35
恋の蠟人形館《小説》17「宝石」9(4)'54.3増 p334
濡れた手紙《小説》
　　　　　　　32「探偵倶楽部」5(4)'54.4 p164
月に戯れるな《小説》17「宝石」9(5)'54.4 p14
蜥蜴の島《小説》 33「探偵実話」5(5)'54.4増 p64

狂つた人々《小説》	17「宝石」9(7)'54.6 p58
海から来た妖精《小説》	27「別冊宝石」7(5)'54.6 p156
「海から来た妖精」について	27「別冊宝石」7(5)'54.6 p159
小妖女《小説》	32「探偵倶楽部」5(7)'54.7 p44
崖下の小屋《小説》	17「宝石」9(9)'54.8 p14
美女と赤蟻《小説》	17「宝石」9(10)'54.8増 p86
美しき獣《小説》	33「探偵実話」5(11)'54.9増 p202
キング・コブラ《小説》	17「宝石」9(12)'54.10 p14
通り魔《小説》	33「探偵実話」5(12)'54.10 p26
海鰻荘後日譚《小説》	27「別冊宝石」7(5)'54.11 p146
扉の後《小説》	17「宝石」10(1)'55.1 p130
スフィンクスは拒む《小説》	32「探偵倶楽部」6(1)'55.1 p132
不具の妖精《小説》	33「探偵実話」6(3)'55.2増 p130
被虐の果てに《小説》	17「宝石」10(5)'55.3増 p98
金環《小説》	17「宝石」10(7)'55.5 p138
怪奇を生む鍵	17「宝石」10(9)'55.6 p186
風船売り《小説》	17「宝石」10(11)'55.8 p36
女怪の島《小説》	32「探偵倶楽部」5(8)'55.8増 p258
妖術師の恋《小説》	17「宝石」10(12)'55.8増 p256
妖鳥記《小説》	32「探偵倶楽部」6(9)'55.9 p28
怪獣見世物語	33「探偵実話」6(10)'55.9 p162
禿鷹《小説》	33「探偵実話」6(12)'55.10 p152
小妖女《小説》	17「宝石」10(16)'55.11増 p260
地球喪失〈1〉《小説》	17「宝石」11(1)'56.1 p122
海鰻荘奇談	27「別冊宝石」9(1)'56.1 p154
感想	27「別冊宝石」9(1)'56.1 p155
地球喪失〈2〉《小説》	17「宝石」11(2)'56.2 p178
地球喪失〈3〉《小説》	17「宝石」11(4)'56.3 p248
沙漠の魔術師《小説》	17「宝石」11(5)'56.3増 p94
ネンゴ・ネンゴ《小説》	33「探偵実話」7(5)'56.3増 p304
地球喪失〈4〉《小説》	17「宝石」11(6)'56.4 p72
地球喪失〈5〉《小説》	17「宝石」11(7)'56.5 p210
地球喪失〈6〉《小説》	17「宝石」11(8)'56.6 p80
鯵屋敷の秘密	27「別冊宝石」9(5)'56.6 p280
地球喪失〈7〉《小説》	17「宝石」11(9)'56.7 p86
制服の魔女《小説》	17「宝石」11(10)'56.7増 p230
月ぞ悪魔《小説》	33「探偵実話」7(11)'56.7増 p80
地球喪失〈8〉《小説》	17「宝石」11(11)'56.8 p58
水妖記《小説》	32「探偵倶楽部」7(9)'56.8 p324
地球喪失〈9〉《小説》	17「宝石」11(12)'56.9 p74
妖夢の宿《小説》	17「宝石」11(13)'56.9増 p252
地球喪失〈10〉《小説》	17「宝石」11(15)'56.11 p18
妖術師《小説》	33「探偵実話」7(16)'56.11増 p240
地球喪失〈11・完〉《小説》	17「宝石」11(16)'56.12 p14
魔女の落し子《小説》	17「宝石」12(2)'57.1 p168
ペトルーシユカ《小説》	33「探偵実話」8(5)'57.3増 p294
おもかげ《小説》	17「宝石」12(6)'57.4 p104
妖鳥記《小説》	17「宝石」12(11)'57.8増 p58
アンケート《アンケート》	17「宝石」12(14)'57.11 p102
月に戯れるな《小説》	33「探偵実話」8(15)'57.11 p148
不具の妖精《小説》	17「宝石」12(15)'57.11増 p258
心臓花《小説》	32「探偵倶楽部」8(12)'57.11増 p312
地獄鴉《小説》	33「探偵実話」9(1)'57.12 p70
誌上アンケート《アンケート》	33「探偵実話」9(1)'57.12 p136
妖蝶記《小説》	17「宝石」13(1)'58.1 p24
探偵作家の専売公社訪問記《座談会》	17「宝石」13(1)'58.1 p176
なぜ夫を殺す?《小説》	17「宝石」13(2)'58.1 p102
佐々木久子	17「宝石」13(4)'58.3 p15
悪魔の教科書《小説》	17「宝石」13(5)'58.4 p306
キキモラ《小説》	32「探偵倶楽部」9(5)'58.4増 p176
牝鴨《小説》	17「宝石」13(7)'58.5 p46
手錠と女《小説》	32「探偵倶楽部」9(8)'58.7増 p165
魔女の乳房《小説》	32「探偵倶楽部」9(8)'58.8増 p200
犬と剃刀《小説》	17「宝石」13(12)'58.9 p144
炎となる慕情《小説》	32「探偵倶楽部」9(12)'58.10 p62
処女水《小説》	27「別冊宝石」11(8)'58.10 p162
恐ろしき誤算《小説》	17「宝石」13(13)'58.11 p184
熱沙の涯《小説》	32「探偵倶楽部」9(14)'58.12 p98
影と戯れる女《小説》	27「別冊宝石」11(10)'58.12 p159
緑の蜘蛛〔原作〕《絵物語》	32「探偵倶楽部」10(1)'59.1 p13
オラン・ベンデク射殺事件《小説》	17「宝石」14(1)'59.1 p52
古寺幻想	17「宝石」14(2)'59.2 p10
木乃伊の母《小説》	32「探偵倶楽部」10(2)'59.2 p72
秘められた乳房《小説》	27「別冊宝石」12(2)'59.2 p30
某月某日《小説》	17「宝石」14(3)'59.3 p205
無駄な殺人《小説》	17「宝石」14(5)'59.5 p94
何処かで見た女《小説》	27「別冊宝石」12(6)'59.6 p96
心臓花《小説》	33「探偵実話」10(10)'59.7増 p108
美しき女奴隷《小説》	27「別冊宝石」12(8)'59.8 p238
マンドラカーリカ《小説》	17「宝石」14(11)'59.10 p202
狂った乳房《小説》	27「別冊宝石」12(10)'59.10 p136
みのむし《小説》	17「宝石」15(4)'60.3 p68
逃避《小説》	17「宝石」15(9)'60.7 p144
ひとりずもう《小説》	17「宝石」15(12)'60.10 p162
十万弗の魚料理	17「宝石」16(4)'61.3 p124
貝は黙っていた《小説》	17「宝石」16(9)'61.8 p92
人間昆虫《小説》	17「宝石」16(13)'61.12 p192

ペット・ショップ・R〈1〉《小説》
　　　　35「エロティック・ミステリー」3(1)'62.1 p248
ペット・ショップ・R〈2〉《小説》
　　　　35「エロティック・ミステリー」3(2)'62.2 p132
ペット・ショップ・R〈3〉《小説》
　　　　35「エロティック・ミステリー」3(3)'62.3 p50
ペット・ショップ・R〈4〉《小説》
　　　　35「エロティック・ミステリー」3(4)'62.4 p196
ペット・ショップ・R〈5〉《小説》
　　　　35「エロティック・ミステリー」3(5)'62.5 p110
ペット・ショップ・R〈6〉《小説》
　　　　35「エロチック・ミステリー」3(6)'62.6 p120
ペット・ショップ・R〈7〉《小説》
　　　　35「エロチック・ミステリー」3(7)'62.7 p130
凝り性《小説》　　17「宝石」17(9)'62.7 p164
ペット・ショップ・R〈8〉《小説》
　　　　35「エロチック・ミステリー」3(8)'62.8 p130
ペット・ショップ・R〈9〉《小説》
　　　　35「エロチック・ミステリー」3(9)'62.9 p116
ペット・ショップ・R〈10〉《小説》
　　　　35「エロチック・ミステリー」3(10)'62.10 p130
ペット・ショップ・R〈11〉《小説》
　　　　35「エロチック・ミステリー」3(11)'62.11 p80
誰が、わたしを?《小説》
　　　　17「宝石」17(15)'62.11増 p341
ペット・ショップ・R〈12・完〉《小説》
　　　　35「エロチック・ミステリー」3(12)'62.12 p42
すっぽん《小説》　17「宝石」18(7)'63.5 p154
真夏の昼の夢　　17「宝石」18(14)'63.10増 p148
アリクイ《小説》　17「宝石」18(16)'63.12 p70
香山 史郎
　合評・一九二八年《座談会》
　　　　06「猟奇」1(7)'28.12 p14
香山 風太郎
　悪魔の貞操帯《小説》24「妖奇」4(9)'50.9 p8
　裸体写真を蒐集する男《小説》
　　　　24「妖奇」4(10)'50.10 p87
　猩猩畸型の鬼《小説》24「妖奇」4(11)'50.11 p22
　双頭髑髏の恐怖《小説》24「妖奇」5(1)'51.1 p86
　縁眼の死魔像《小説》24「妖奇」5(2)'51.2 p32
　金獅子の飾盒《小説》24「妖奇」5(4)'51.4 p32
　黄金乳房《小説》　24「妖奇」5(7)'51.7 p65
　刺青殺人鬼〈1〉《小説》
　　　　24「妖奇」5(12)'51.12 p82
　刺青殺人鬼〈2・完〉《小説》
　　　　24「妖奇」6(1)'52.1 p80
　忌中札を貼る男《小説》24「妖奇」6(2)'52.2 p29
　狂気館の戦慄《小説》24「妖奇」6(6)'52.6 p23
　犯罪写真蒐集家《小説》24「妖奇」6(9)'52.9 p23
　予言した男《小説》24「トリック」7(1)'53.1 p160
賀陽 恒憲
　野球ファン熱狂座談会《座談会》
　　　　25「X」3(6)'49.5 p46
唐木 映児郎
　女性犯罪論　　11「ぷろふいる」3(12)'35.12 p48
辛島 驍
　韓夫人の神様〈1〉《小説》
　　　　17「宝石」3(9)'48.12 p78
　韓夫人の神様〈2・完〉《小説》
　　　　17「宝石」4(1)'49.1 p60

「韓夫人の神様」について
　　　　17「宝石」4(1)'49.1 p70
　漢字と暗号〈1〉　17「宝石」5(7)'50.7 p93
　漢字と暗号〈2〉　17「宝石」5(8)'50.8 p136
　中国の探偵小説を語る《座談会》
　　　　17「宝石」5(9)'50.9 p130
　漢字と暗号〈3〉　17「宝石」5(9)'50.9 p171
　暗号解読　　　　17「宝石」6(5)'51.5 p158
鴉 黒平
　らくがき 大阪圭吉　15「探偵春秋」2(1)'37.1 p83
狩 久　→貝弓子，ハント，Q
　氷山《小説》　　27「別冊宝石」4(2)'51.12 p190
　落石《小説》　　27「別冊宝石」4(2)'51.12 p364
　［略歴］　　　　27「別冊宝石」4(2)'51.12 p6
　ひまつぶし《小説》17「宝石」7(4)'52.4 p68
　すとりっぷと・まい・しん《小説》
　　　　27「別冊宝石」5(6)'52.6 p205
　山女魚《小説》　33「探偵実話」3(8)'52.7 p78
　女神の下着《小説》27「別冊宝石」5(7)'52.7 p86
　《すとりっぷと・まい・しん》について
　　　　17「宝石」7(11)'52.11 p73
　仮面《小説》　　33「探偵実話」3(13)'52.11 p48
　黒い花《小説》　17「宝石」7(12)'52.12 p222
　恋囚《小説》　　17「宝石」4(1)'53.1 p38
　亜耶子を救ふために《小説》
　　　　17「宝石」8(7)'53.7 p52
　見えない足跡《小説》17「宝石」8(13)'53.11 p76
　へんな夜《小説》
　　　　32「探偵倶楽部」4(12)'53.12 p254
　結婚の練習《小説》33「探偵実話」5(1)'54.1 p64
　炎を求めて《小説》
　　　　32「探偵倶楽部」5(2)'54.2 p192
　共犯者《小説》　17「宝石」9(2)'54.2 p214
　誕生日の贈物《小説》
　　　　32「探偵倶楽部」5(4)'54.4 p234
　鉄の扉《小説》　33「探偵実話」5(4)'54.4 p72
　氷山《小説》　　33「探偵実話」5(5)'54.4増 p273
　女よ眠れ《小説》33「探偵実話」5(5)'54.5 p175
　煙草幻想《小説》33「探偵実話」5(6)'54.5 p71
　十二時間の恋人《小説》
　　　　33「探偵実話」5(7)'54.6 p13
　嵐に扱く女《映画物語》
　　　　33「探偵実話」5(7)'54.6 p89
　なおみの幸運《小説》33「探偵実話」5(8)'54.7 p184
　或る実験《小説》33「探偵実話」5(10)'54.9 p256
　あけみ夫人の不機嫌《小説》
　　　　33「探偵実話」5(12)'54.10 p140
　麻矢子の死《小説》33「探偵実話」6(1)'54.12 p76
　そして二人は死んだ《小説》
　　　　17「宝石」10(1)'55.1 p288
　学者の足《小説》32「探偵倶楽部」6(1)'55.5 p104
　十年目《小説》　17「宝石」10(5)'55.5 p164
　麻耶子《小説》　17「宝石」10(8)'55.6 p188
　花粉と毒薬《小説》17「宝石」10(12)'55.8増 p156
　銀座四丁目午後二時三十分《小説》
　　　　33「探偵実話」6(9)'55.8 p2
　呼ぶと逃げる犬《小説》
　　　　32「探偵倶楽部」6(9)'55.9 p218
　水着の貞操《小説》
　　　　33「探偵実話」6(10)'55.9 p210

落石《小説》　　　33「探偵実話」6(12)'55.10増 p305
白い犬《小説》　　33「探偵実話」6(13)'55.11 p94
アミーバになった女《小説》
　　　　　　　　　32「探偵倶楽部」7(2)'56.2 p148
孤独《小説》　　　33「探偵実話」7(6)'56.3 p180
すとりっぷと・まい・しん《小説》
　　　　　　　　　33「探偵実話」7(5)'56.3増 p194
見知らぬ恋人《小説》
　　　　　　　　　33「探偵実話」7(9)'56.5 p42
海から来た女《小説》
　　　　　　　　　33「探偵実話」7(14)'56.9 p80
壁の中の女《小説》33「探偵実話」8(3)'57.1 p180
赤いネクタイ《小説》
　　　　　　　　　33「探偵実話」9(1)'57.12 p119
見えない狙撃者《小説》
　　　　　　　　　33「探偵実話」9(4)'58.2 p180
貞操を尾行する男《小説》
　　　　　　　　　33「探偵実話」9(9)'58.5 p76
或る情死《小説》　32「探偵倶楽部」9(8)'58.7増 p232
悪魔の囁き《小説》33「探偵実話」9(11)'58.7 p42
偸まれた一日《小説》
　　　　　　　　　33「探偵実話」9(12)'58.8 p78
完全な殺人計画《小説》
　　　　　　　　　33「探偵実話」9(15)'58.10 p76
女は金で飼え！《小説》
　　　　　　　　　33「探偵実話」10(1)'58.12 p72
暗い寝台《小説》　32「探偵倶楽部」10(1)'59.1 p154
墜ちる《小説》　　27「別冊宝石」12(2)'59.2 p66
黒い部屋の欲望《小説》
　　　　　　　　　33「探偵実話」10(7)'59.4 p110
たんぽぽ物語《小説》17「宝石」14(5)'59.5 p142
黄色い水着《小説》
　　　　　　　　　33「探偵実話」10(11)'59.7 p76
覗かれた犯罪《小説》
　　　　　　　　　33「探偵実話」10(14)'59.10 p82
雪の夜の二人の客《小説》
　　　　　　　　　33「探偵実話」11(1)'59.12 p98
女妖の館《小説》　33「探偵実話」11(6)'60.3 p38
ぬうど・ふいるむ物語《小説》
　　　　　　　　　33「探偵実話」11(8)'60.5 p38
流木の女《小説》　33「探偵実話」11(10)'60.7 p136
邪魔者は殺せ《小説》
　　　　　　　　　33「探偵実話」11(14)'60.10 p74
裸婦の部屋《小説》33「探偵実話」12(3)'61.1 p38
別れるのはいや《小説》
　　　　　　　　　33「探偵実話」12(12)'61.9 p92
雁金 準一
　詰碁新題　　　　17「宝石」13(4)'58.3 p257
苅田 久徳
　有馬さんと野球　17「宝石」18(9)'63.7 p95
狩高 正夫
　お膳に光るダイヤ
　　　　　　　　　27「別冊宝石」12(10)'59.10 p224
ガリック, ビル
　運命の十字路〔原作〕《絵物語》
　　　　　　　　　32「探偵倶楽部」9(9)'58.7増 p82
ガリツク, ビル
　運命の十字路《小説》
　　　　　　　　　32「探偵倶楽部」7(6)'56.8 p118

狩野 駿
　唐土偵探瑣話　　15「探偵春秋」2(8)'37.8 p2
刈野 撲助
　お化けのスト宣言
　　　　　　　　　26「フーダニット」2(5)'48.8 p16
ガーリン, ヂェランド・エフ
　手蹟判断　　　　02「秘密探偵雑誌」1(4)'23.8 p139
カリングフォード, ガイ
　わが麗しからぬ君《小説》
　　　　　　　　　17「宝石」13(12)'58.9 p290
ガルスワシイ, ジヨン
　黒の礼服《小説》　04「探偵趣味」25 '27.11 p19
カルデロン, ヴエントゥラ・ガルシア
　甘蔗畑の十字架《小説》
　　　　　　　　　04「探偵趣味」18 '27.4 p19
カルトル, ヂヨルヂユ・エフ
　贈物　　　　　　04「探偵趣味」4(5)'28.5 p84
　貞操帯綺譚《小説》06「猟奇」2(3)'29.3 p46
　高速度綺譚《小説》06「猟奇」2(4)'29.4 p8
　刑罰異聞《小説》　06「猟奇」3(2)'30.3 p4
カルピオ
　密航者《小説》　　32「探偵倶楽部」4(8)'53.8 p103
ガレン, レオ
　復讐鬼《小説》　　32「探偵倶楽部」9(9)'58.7増 p226
カレンター, オシップ
　赤い札　　　　　　32「探偵倶楽部」4(7)'53.7 p206
カロウエイ, アーテマス
　悪漢の角突合ひ《小説》
　　　　　　　　　01「新趣味」18(8)'23.8 p207
ガロパン, アルヌー
　玉ざんげ〈1〉《小説》17「宝石」10(7)'55.5 p96
　玉ざんげ〈2〉《小説》17「宝石」10(8)'55.6 p36
　玉ざんげ〈3〉《小説》17「宝石」10(10)'55.7 p38
　玉ざんげ〈4〉《小説》17「宝石」10(11)'55.8 p62
　玉ざんげ〈5〉《小説》
　　　　　　　　　17「宝石」10(13)'55.9 p118
　玉ざんげ〈6〉《小説》
　　　　　　　　　17「宝石」10(14)'55.10 p142
　玉ざんげ〈7〉《小説》
　　　　　　　　　17「宝石」10(15)'55.11 p262
　玉ざんげ〈8〉《小説》
　　　　　　　　　17「宝石」10(17)'55.12 p254
　玉ざんげ〈9〉《小説》17「宝石」11(1)'56.1 p60
　玉ざんげ〈10〉《小説》
　　　　　　　　　17「宝石」11(3)'56.2 p114
　玉ざんげ〈11〉《小説》17「宝石」11(4)'56.3 p52
　玉ざんげ〈12〉《小説》
　　　　　　　　　17「宝石」11(6)'56.4 p170
　玉ざんげ〈13・完〉《小説》
　　　　　　　　　17「宝石」11(7)'56.5 p64
カロル, ロイ
　五十二の重大事件《小説》
　　　　　　　　　17「宝石」13(15)'58.12 p324
川井 蕃
　「殺人環」前記　14「月刊探偵」1(1)'35.12 p19
河合 北禅
　首無し花嫁《小説》33「探偵実話」2 '50.7 p120

川勝 俊一
惨劇はついにきたれり
　　　　　　　　27「別冊宝石」13(2) '60.2 p200

川上 悍
死刑される日まで《座談会》
　　　　　　　　26「フーダニット」2(1) '48.1 p6

河上 敬子
陽春放談録《座談会》
　　　　　　　　33「探偵実話」7(7) '56.4 p168
世にも不思議なセックスの神秘《座談会》
　　　　　　　　33「探偵実話」8(1) '56.12 p200

川上 三太郎
川柳泥棒風景　　16「ロック」1(5) '46.10 p40
アンケート《アンケート》
　　　　　　　　17「宝石」8(6) '53.6 p190
探偵小説と講談　27「別冊宝石」7(9) '54.11 p73
誌上アンケート《アンケート》
　　　　　　　　33「探偵実話」9(1) '57.12 p138
犬の首　　　　　17「宝石」19(4) '64.3 p20

川上 宗薫
角のホテル《小説》17「宝石」15(12) '60.10 p178
怪物・水上勉　　17「宝石」16(7) '61.6 p247

川上 鉄
古本蒐集狂《小説》33「探偵実話」5(8) '54.7 p163

川上 元公
ネオン・サインに酔ふ ちんぴら街
　　　　　　　　07「探偵」1(6) '31.10 p122

河上 雄三 →三好徹
佐野洋論　　　　17「宝石」16(11) '61.10 p256

川北 有一
レビウ殺人事件を読む
　　　　　　　　14「月刊探偵」2(6) '36.7 p37

川口 幻人
目撃《小説》　　17「宝石」13(16) '58.12増 p270

川口 青二
影絵《小説》　　17「宝石」18(2) '63.1増 p68

川口 知子
"事件記者"はなぜヒットした?《座談会》
　　　　　　　　33「探偵実話」10(10) '59.7増 p211

川口 直樹
悪夜の幽霊穴　　20「探偵よみもの」36 '48.9 p23

川口 松太郎
探偵小説の滅亡近し　04「探偵趣味」4 '26.1 p3
『探偵趣味』問答《アンケート》
　　　　　　　　04「探偵趣味」4 '26.1 p55
探偵小説の隆盛近し　04「探偵趣味」10 '26.7 p35
本年度印象に残れる作品、来年度ある作家への希望
《アンケート》
　　　　　　　　04「探偵趣味」26 '27.12 p61

革崎 刺激
笑話覚書　　　　03「探偵文芸」2(3) '26.3 p65

川崎 忠勝
泥寧の路《小説》　03「探偵文芸」2(4) '26.4 p63
其夜の幻《小説》　03「探偵文芸」2(4) '26.4 p108
乞食心中《小説》　03「探偵文芸」2(5) '26.5 p70
スリと詐欺の話　　03「探偵文芸」2(6) '26.6 p160

或る冬の夜の話《小説》
　　　　　　　　03「探偵文芸」2(11) '26.11 p73

川崎 備寛
甲賀三郎氏の麻雀を見る
　　　　　　　　10「探偵クラブ」1 '32.4 p17
ハガキ回答《アンケート》
　　　　　　　　12「探偵文学」1(10) '36.1 p15
未来の探偵小説　12「探偵文学」2(10) '36.10 p30
お問合せ《アンケート》
　　　　　　　　12「シュピオ」3(5) '37.6 p53

川崎 弘文
天然磁石にお、われた孤島
　　　　　　　　33「探偵実話」8(3) '57.1 p56
ロゼッタ石の秘密　33「探偵実話」8(10) '57.6 p190

川路 立美
探偵と怪奇を語る三人の女優《座談会》
　　　　　　　　17「宝石」13(3) '58.2 p180

川島 郁夫　→藤村正太
黄色の輪　　　　27「別冊宝石」2(3) '49.12 p64
接吻物語《小説》　27「別冊宝石」2(3) '49.12 p532
盛装《小説》　　27「別冊宝石」3(1) '50.2 p208
[略歴]　　　　　17「宝石」5(5) '50.5 p8
或る自白《小説》　17「宝石」5(5) '50.5 p108
謎のヘヤーピン《小説》33「探偵実話」3 '50.8 p76
田茂井先生老いにけり《小説》
　　　　　　　　17「宝石」6(1) '51.1 p140
筈見敏子殺害事件《小説》
　　　　　　　　33「探偵実話」2(2) '51.1 p192
液体癌の戦慄《小説》
　　　　　　　　33「探偵実話」2(8) '51.7 p50
暴力《小説》　　17「宝石」6(10) '51.10 p144
周辺点綴　　　　34「鬼」5 '51.11 p12
その前夜《小説》　27「別冊宝石」4(1) '51.12 p28
断層《小説》　　27「別冊宝石」4(2) '51.12 p200
法律《小説》　　27「別冊宝石」5(6) '52.6 p218
「参闘の探偵小説」34「鬼」7 '52.7 p36
武蔵野病棟記《小説》
　　　　　　　　33「探偵実話」3(12) '52.10 p24
或る特攻隊員《小説》
　　　　　　　　27「別冊宝石」5(10) '52.12 p246
原爆の歌姫《小説》17「宝石」8(4) '53.3増 p182
原爆の歌姫《小説》17「宝石」8(7) '53.7 p126
暁の決闘《小説》　33「探偵実話」4(8) '53.7 p166
真知子《小説》　　34「鬼」9 '53.9 p34
契約愛人《小説》　32「探偵倶楽部」4(11) '53.11 p38
残雪《小説》　　17「宝石」9(2) '54.2 p180
兜町狂燥曲《小説》33「探偵実話」5(2) '54.2 p92
液体癌《小説》　　33「探偵実話」5(5) '54.4増 p330
原子病の妻《小説》33「探偵実話」5(8) '54.7 p26
肌冷たき妻《小説》17「宝石」9(12) '54.10 p124
妻恋岬の密室事件《小説》
　　　　　　　　17「宝石」10(1) '55.1 p164
泥棒と老嬢《小説》17「宝石」10(8) '55.6 p260
チヤルシヤフの女《小説》
　　　　　　　　17「宝石」10(13) '55.9 p224
白い鯛《小説》　　33「探偵実話」6(11) '55.10 p26
エミネとの奇妙な恋《小説》
　　　　　　　　33「探偵実話」7(3) '56.1 p152
筈見敏子殺害事件《小説》
　　　　　　　　33「探偵実話」7(8) '56.4増 p60

川島 美代子
- 銀色の薔薇《小説》　　　33「探偵実話」8(3)'57.1 p112
- 月蝕の夜《小説》　　　　33「探偵実話」8(10)'57.6 p170
- 美貌の母《小説》　　　　33「探偵実話」8(14)'57.10 p230
- 仮面の貞操《小説》　　　33「探偵実話」9(3)'58.1 p190
- 義姉の手袋《小説》　　　33「探偵実話」9(10)'58.6 p84

川島 美代子
- 静かなソロ《小説》　　　27「別冊宝石」3(1)'50.2 p252
- アンケート《アンケート》
　　　　　　　　　　　　17「宝石」7(1)'52.1 p85

川島 美与子
- ある推理小説《小説》　　17「宝石」6(2)'51.2 p66

川下 米一
- 激流《小説》　　　　　　27「別冊宝石」5(10)'52.12 p296

川代 継男
- 空気に抵抗する男たち
　　　　　　　　　　　　33「探偵実話」8(10)'57.6 p88

河瀬 蘇北
- バロダ王の失踪《小説》　01「新趣味」18(4)'23.4 p70

河瀬 広
- 「三幕の悲劇」　　　　　14「月刊探偵」2(2)'36.2 p30

川添 俊策
- 早熟娘と妊娠　　　　　　18「トップ」2(1)'47.4 p62

川添 匡
- 一人のカリカチュア《詩》
　　　　　　　　　　　　16「ロック」1(1)'46.3 p43

川田 功
- 乗合自転車《小説》　　　04「探偵趣味」5 '26.2 p40
- 赤鬼退治《小説》　　　　04「探偵趣味」7 '26.4 p50
- Aさんの失敗《小説》　　04「探偵趣味」8 '26.5 p60
- 彼女と彼《小説》　　　　04「探偵趣味」9 '26.6 p28
- 探偵小説合評《座談会》　04「探偵趣味」9 '26.6 p56
- 愛を求めて《小説》　　　04「探偵趣味」10 '26.7 p12
- 夜廻り《小説》　　　　　04「探偵趣味」11 '26.8 p56
- クローズ・アップ《アンケート》
　　　　　　　　　　　　04「探偵趣味」14 '26.12 p40
- 夕刊《小説》　　　　　　04「探偵趣味」15 '27.1 p38
- クローズ・アップ《アンケート》
　　　　　　　　　　　　04「探偵趣味」19 '27.5 p31
- 探偵小説の前途に就て
　　　　　　　　　　　　05「探偵・映画」1(1)'27.10 p36
- 本年度印象に残れる作品、来年度ある作家への希望
　《アンケート》
　　　　　　　　　　　　04「探偵趣味」26 '27.12 p61
- 生霊《小説》　　　　　　06「猟奇」1(6)'28.11 p43
- 川田功覚帖　　　　　　　06「猟奇」2(6)'29.6 p53
- 小品二篇《小説》　　　　06「猟奇」2(8)'29.8 p18
- 粗忽な《小説》　　　　　06「猟奇」3(1)'30.1 p18
- 剣塚由来記　　　　　　　06「猟奇」3(2)'30.3 p24
- 乳《小説》　　　　　　　06「猟奇」4(3)'31.5 p84

川田 恒一
- ボクサーと女　　　　　　33「探偵実話」9(15)'58.10 p36

河田 栄
- 裸一貫金儲けの虎の巻　　25「X」3(1)'49.1 別付2
- 金儲大学　　　　　　　　25「X」3(3)'49.3 p42
- 金儲大学　　　　　　　　25「X」3(5)'49.4 p62
- 金儲大学　　　　　　　　25「X」3(7)'49.6 p66

河田 軸村
- 探偵小説の翻訳について
　　　　　　　　　　　　17「宝石」10(11)'55.8 p235

川田 順一
- パトロール　　　　　　　33「探偵実話」5(3)'54.3 p195

川田 敏彦
- 媚薬殺人事件　　　　　　32「探偵倶楽部」6(5)'55.5 p146
- ギャング娘の生態　　　　32「探偵倶楽部」7(5)'56.5 p134
- SEVEN TEENの青い猫
　　　　　　　　　　　　32「探偵倶楽部」7(12)'56.11 p100

川田 光夫
- 歌謡学校浪曲道場民謡教室
　　　　　　　　　　　　32「探偵倶楽部」8(10)'57.10 p208

河田 陸村　→田村良宏
- 一〇一の偽瞞術　　　　　17「宝石」16(13)'61.12 p154

川名 武
- 水中の恋愛　　　　　　　32「探偵クラブ」1(2)'50.10 p263
- 海のギャング　　　　　　32「探偵クラブ」1(3)'50.11 p94
- 深海魚のはなし　　　　　32「探偵クラブ」2(2)'51.2 p76
- 魚の変わった話　　　　　32「探偵クラブ」2(4)'51.6 p161
- 暴風と海獣物語　　　　　32「探偵クラブ」2(9)'51.10 p210

川野 京輔　→かわのきょうすけ
- スーダン守備隊《小説》
　　　　　　　　　　　　32「探偵倶楽部」6(5)'55.5 p106
- 囚人皇帝　　　　　　　　33「探偵実話」6(6)'55.5 p114
- 夜行列車の見知らぬ乗客《小説》
　　　　　　　　　　　　33「探偵実話」6(8)'55.7 p103
- 消えた街《小説》　　　　17「宝石」11(2)'56.1増 p188
- コールサイン殺人事件《小説》
　　　　　　　　　　　　17「宝石」11(15)'56.11 p214
- 団兵船の聖女達《小説》
　　　　　　　　　　　　17「宝石」12(7)'57.5 p130
- 朝鮮ゲリラ隊秘録　　　　33「探偵実話」8(9)'57.5 p228
- 女性アナウンサー着任せず《小説》
　　　　　　　　　　　　33「探偵実話」9(1)'57.12 p286
- 狙われた女《小説》
　　　　　　　　　　　　27「別冊宝石」11(2)'58.2 p174
- 彼女は時報に殺される《小説》
　　　　　　　　　　　　33「探偵実話」9(10)'58.6 p184
- 夜行列車殺人事件《小説》
　　　　　　　　　　　　33「探偵実話」9(12)'58.8 p108
- 酒蔵殺人事件《小説》
　　　　　　　　　　　　33「探偵実話」12(1)'61.1 p246
- 二等寝台殺人事件《小説》
　　　　　　　　　　　　33「探偵実話」12(7)'61.5 p178
- そこに大豆が生えていた
　　　　　　　　　　　　33「探偵実話」12(9)'61.7 p152
- 銀貨と拳銃《小説》
　　　　　　　　　　　　33「探偵実話」12(10)'61.7増 p190
- ご機嫌な夜〈1〉《小説》
　　　　　　　　　　　　33「探偵実話」12(15)'61.11 p176
- ご機嫌な夜〈2・完〉《小説》
　　　　　　　　　　　　33「探偵実話」12(16)'61.12 p62
- 警戒機が鳴っている!!《小説》
　　　　　　　　　　　　33「探偵実話」13(4)'62.3 p214

かわの きょうすけ　→川野京輔
- 単車で飛ばそう　　　　　33「探偵実話」12(11)'61.8 p186
- 単車で飛ばそう　　　　　33「探偵実話」12(12)'61.9 p160
- 単車で飛ばそう　　　　　33「探偵実話」12(12)'61.10 p186

髭をはやして怒っている
　　　　　　　　　33「探偵実話」12(14)'61.10増 p126
単車で飛ばそう　　33「探偵実話」12(15)'61.11 p104
単車で飛ばそう　　33「探偵実話」12(16)'61.12 p194
単車で飛ばそう　　33「探偵実話」13(1)'62.1 p141
単車で飛ばそう　　33「探偵実話」13(3)'62.2 p107
単車で飛ばそう　　33「探偵実話」13(4)'62.3 p190
単車で飛ばそう　　33「探偵実話」13(5)'62.4 p150
単車で飛ばそう　　33「探偵実話」13(6)'62.5 p182
単車で飛ばそう　　33「探偵実話」13(7)'62.6 p98
単車で飛ばそう　　33「探偵実話」13(9)'62.7 p112

川端 勇男 →南沢十七
街で拾つた犯罪媚薬《小説》
　　　　　　　　　09「探偵小説」2(6)'32.6 p96
尖端科学と探偵小説
　　　　　　　　　11「ぷろふいる」4(6)'36.6 p95

川添 俊策
新妻と妊娠　　　　18「トップ」1(2)'46.7 p28

川端 甚六
風俗営業恐喝グループ
　　　　　　　　　33「探偵実話」10(6)'59.4増 p208
狂恋の本妻殺し
　　　　　　　　　33「探偵実話」10(15)'59.11増 p148
女房も妹も地獄行きだッ
　　　　　　　　　33「探偵実話」11(5)'60.3増 p166

川端 浩
智能犯あれこれ　　32「探偵倶楽部」8(3)'57.4 p72

川原 衛門
悲劇を呼んだ人妻の邪恋
胡麻原山の人妻殺人事件
　　　　　　　　　33「探偵実話」11(7)'60.4 p182
　　　　　　　　　33「探偵実話」11(12)'60.8 p230
時効7分前の殺人者
　　　　　　　　　33「探偵実話」11(13)'60.9 p72
殺人鬼に間違えられた男
　　　　　　　　　33「探偵実話」12(6)'61.4増 p214
残らずいただかれた女
　　　　　　　　　33「探偵実話」12(8)'61.6 p140

川原 久仁於
宝籤と帝銀犯人《小説》
　　　　　　　　　25「Gメン」2(11)'48.11 p23
女の化身法《小説》
　　　　　　　　　33「探偵実話」3(10)'52.9 p215
『サカサクラゲ』の実態を探る
　　　　　　　　　32「探偵倶楽部」4(12)'53.12 p78
旅行女秘書　　　　32「探偵倶楽部」5(2)'54.2 p164
心中令嬢尾行　　　32「探偵倶楽部」5(3)'54.3 p216
暗黒の接吻売場　　32「探偵倶楽部」5(4)'54.4 p158
名器　　　　　　　17「宝石」13(2)'58.1増 p262
伊井のひめごと　　17「宝石」13(7)'58.5増 p246
医師と美形　　　　27「別冊宝石」11(10)'58.12 p31
モデル嬢秘事　　　27「別冊宝石」12(8)'59.8 p21
Hのヒップ禍　　　27「別冊宝石」13(2)'60.2 p22
御本尊が眠れる咄
　　　　　　　　　35「エロチック・ミステリー」1(2)'60.9 p122

河原 三十二
探偵月評　　　　　11「ぷろふいる」2(3)'34.3 p94
ふく子夫人《小説》
　　　　　　　　　11「ぷろふいる」3(3)'35.3 p72

来朝したルパン《小説》
　　　　　　　　　11「ぷろふいる」3(4)'35.4 p128
エバアハートの作品
　　　　　　　　　11「ぷろふいる」4(12)'36.12 p131
連続短篇小説　　　11「ぷろふいる」5(1)'37.1 p128
新探偵小説待望!　22「新探偵小説」4(1)'47.10 p25
神戸の二作家　　　23「真珠」2'47.10 p50

河原 敏明
A級戦犯遺家族後日譚
　　　　　　　　　33「探偵実話」4(9)'53.8 p192

河原 浪二
海賊亭の女《小説》
　　　　　　　　　32「探偵倶楽部」5(9)'54.9 p98

河原 浪路
水屋敷の恐怖《小説》　24「妖奇」6(9)'52.9 p90
鬼の腕《小説》　　32「探偵倶楽部」3(8)'52.9 p128
呪いの遺書《小説》
　　　　　　　　　32「探偵倶楽部」4(12)'53.12 p174
浴槽の生首《小説》
　　　　　　　　　32「探偵倶楽部」5(11)'54.11 p55
殺人学者と魔女《小説》
　　　　　　　　　32「探偵倶楽部」6(4)'55.4 p270

川辺 敏彦
古代海賊都市　　　32「探偵倶楽部」7(8)'56.7 p93

川辺 豊三 →足柄左右太, 足柄伝次, 菱形伝次
蟻塚《小説》　　　17「宝石」16(3)'61.2増 p130
感想　　　　　　　17「宝石」16(5)'61.4 p214
蟻塚《小説》　　　17「宝石」16(6)'61.5 p126
百年町《小説》　　17「宝石」16(8)'61.7 p52
はれもの《小説》　27「別冊宝石」16(11)'63.12 p282

河辺 虎四郎
ある一軍人の回想　33「探偵実話」4(7)'53.6 p86

川村 菊枝
舞台より観客へ《アンケート》
　　　　　　　　　01「新趣味」17(3)'22.3 p118

川村 滋
十五才の同級生殺し
　　　　　　　　　32「探偵倶楽部」7(10)'56.9 p83

川村 時太郎
凶器としての匕首に就いて
　　　　　　　　　14「月刊探偵」2(4)'36.5 p40

川村 尚敬
科学者の智恵と文学者の智恵
　　　　　　　　　27「別冊宝石」10(11)'57.11 p58
推理小説早慶戦《座談会》
　　　　　　　　　17「宝石」13(8)'58.6 p256

川村 三千雄
行燈物語　　　　　03「探偵文芸」1(3)'25.5 p111

河村 黎吉
あなたは狙はれてゐる《アンケート》
　　　　　　　　　20「探偵よみもの」30'46.11 p20

川柳 潤之介
裸体美研究《小説》　06「猟奇」2(3)'29.3 p20

菅 重雄
針金強盗　　　　　20「探偵よみもの」40'50.8 p120

観雲学人
今年のあなたの運勢　25「X」4(1)'50.1 p11

かんさ

トランプ独り占い　　　33「探偵実話」4(1)'53.1 p149
神崎 浩
　殺人社長　　　　　24「妖奇」5(8)'51.8 p102
カンター, マツキンレイ
　砂のキリスト像《小説》
　　　　　　　32「探偵倶楽部」8(4)'57.5 p26
　手足の利かぬ男《小説》
　　　　　　　32「探偵倶楽部」8(6)'57.7 p61
　番人の影《小説》 32「探偵倶楽部」8(8)'57.8 p77
　二度目の挑戦《小説》
　　　　　　　32「探偵倶楽部」8(13)'57.12 p38
　失明した男　　32「探偵倶楽部」8(13)'57.12 p237
神田 越山
　講談つれづれ草　　27「別冊宝石」5(1)'52.1 p111
　二人巾着切《小説》27「別冊宝石」5(8)'52.8 p136
神田 松鯉
　怪談どろどろ話《座談会》
　　　　　　　　27「別冊宝石」6(6)'53.9 p180
神田 澄二
　内訳話をする　　11「ぷろふいる」4(10)'36.10 p116
　お問合せ《アンケート》
　　　　　　　　　12「シュピオ」3(5)'37.6 p50
　シメノンのよさ　15「探偵春秋」2(7)'37.7 p71
　ハガキ回答《アンケート》
　　　　　　　　　12「シュピオ」4(1)'38.1 p15
神田 義信
　鰻公の最期　　　07「探偵」1(6)'31.10 p106
神田 竜
　獄門にされた文耕　32「探偵倶楽部」5(5)'54.5 p164
　傾城音羽滝《小説》
　　　　　　　32「探偵倶楽部」5(8)'54.8 p194
含宙軒 夢声
　川柳祭宝石句集　17「宝石」4(11)'49.12 p206
神鳥 統夫
　くかだち《小説》17「宝石」16(3)'61.2増 p272
神林 春夫
　捜査内幕座談会《座談会》
　　　　　　　25「Gメン」2(11)'48.11 別付36
上林 文子
　春宵桃色犯罪座談会《座談会》
　　　　　　　　33「探偵実話」2(4)'51.3 p97
上林 獣夫
　新しい事件《詩》17「宝石」10(11)'55.8 p15
神原 恩
　街・の・歌《小説》06「猟奇」4(7)'31.12 p8
　れいん・こおとの奇蹟《小説》
　　　　　　　　　　　06「猟奇」5(2)'32.2 p28
神原 泰
　消極的探偵小説への一つのヒント
　　　　　　　　　　04「探偵趣味」5 '26.2 p13
神部 正次
　クローズ・アップ《アンケート》
　　　　　　　　　04「探偵趣味」15 '27.1 p52
神戸 寅夫
　探偵作家と警察署長の座談会《座談会》
　　　　　　　32「探偵倶楽部」4(5)'53.5 p98

探偵小説と実際の犯罪《座談会》
　　　　　　　32「探偵倶楽部」4(6)'53.6 p194
神戸 登　　→酒井義男
　女体変幻《小説》32「探偵倶楽部」5(4)'54.4 p188
　無人列車　　　　17「宝石」14(6)'59.6 p284

【 き 】

魏 巍
　朝鮮従軍戦記　　32「探偵倶楽部」4(5)'53.5 p94
木内 曽益
　血盟団と五・一五事件
　　　　　　　　　33「探偵実話」3(1)'51.12 p150
キエルドルフ, W・G
　オランダの探偵小説
　　　　　　　32「探偵倶楽部」9(8)'58.7 p228
キーガン, セリア
　真昼の劇場事件《小説》
　　　　　　　　11「ぷろふいる」4(10)'36.10 p51
木々 高太郎　　→林髞
　江戸川乱歩論　　12「探偵文学」1(2)'35.4 p10
　就眠儀式《小説》11「ぷろふいる」3(6)'35.6 p6
　小栗虫太郎論　　12「探偵文学」1(7)'35.10 p11
　エキゾティシズム 14「月刊探偵」2(1)'36.1 p6
　ハガキ回答《アンケート》
　　　　　　　　　12「探偵文学」1(10)'36.1 p16
　木々高太郎氏を囲み三五年度探偵小説合評座談会
　　〈1〉《座談会》
　　　　　　　　　12「探偵文学」1(10)'36.1 p35
　探偵小説二年生　11「ぷろふいる」4(1)'36.1 p104
　木々高太郎氏を囲み三五年度探偵小説合評座談会〈2
　　・完〉《座談会》
　　　　　　　　　12「探偵文学」2(2)'36.2 p13
　印度大麻《小説》11「ぷろふいる」4(2)'36.2 p20
　愈々甲賀三郎氏に論戦
　　　　　　　　　11「ぷろふいる」4(3)'36.3 p117
　胡鉄梅氏を探偵する 12「探偵文学」2(4)'36.4 p29
　探偵小説に於けるフェアーに就いて
　　　　　　　　　14「月刊探偵」2(5)'36.6 p4
　盲ひた月〈1〉《小説》
　　　　　　　　　11「ぷろふいる」4(8)'36.8 p8
　批評の標準　　　11「ぷろふいる」4(9)'36.9 p18
　探偵小説芸術論　15「探偵春秋」1(1)'36.10 p2
　盲ひた月〈2・完〉《小説》
　　　　　　　　　11「ぷろふいる」4(10)'36.10 p39
　新泉録〈1〉　　15「探偵春秋」1(3)'36.12 p38
　宣言　　　　　　12「シュピオ」3(1)'37.1 p1
　無罪の判決《小説》15「探偵春秋」1(1)'37.1 p1
　共同雑記　　　　12「シュピオ」3(1)'37.1 p52
　明日の探偵小説を語る座談会《座談会》
　　　　　　　　　11「ぷろふいる」5(1)'37.1 p76
　探偵小説三年生　11「ぷろふいる」5(1)'37.1 p105
　宣言　　　　　　12「シュピオ」3(2)'37.2 p1
　新泉録〈2〉　　15「探偵春秋」2(2)'37.2 p18
　自殺の確からしさについて
　　　　　　　　　12「シュピオ」3(2)'37.2 p27
　共同雑記　　　　12「シュピオ」3(2)'37.2 p54

執筆者名索引　きき

宣言	12「シュピオ」3(3)'37.3 p1
新泉録〈3〉	15「探偵春秋」2(3)'37.3 p10
共同雑記	12「シュピオ」3(3)'37.3 p103
蝸牛の足《小説》	11「ぷろふいる」5(4)'37.4 p10
新泉録〈4〉	15「探偵春秋」2(4)'37.4 p148
宣言	12「シュピオ」3(4)'37.5 p1
新泉録〈5〉	15「探偵春秋」2(5)'37.5 p85
殺人会議《小説》	12「シュピオ」3(4)'37.5 p204
共同雑記	12「シュピオ」3(4)'37.5 p229
宣言	12「シュピオ」3(5)'37.6 p3
直木賞賞金の支途	12「シュピオ」3(5)'37.6 p71
共同雑記	12「シュピオ」3(5)'37.6 p77
新泉録〈6〉	15「探偵春秋」2(6)'37.6 p111
宣言	12「シュピオ」3(6)'37.7 p3
共同雑記	12「シュピオ」3(6)'37.7 p68
債権《小説》	15「探偵春秋」2(7)'37.7 p189
座談会《座談会》	15「探偵春秋」2(8)'37.8 p43
宣言	12「シュピオ」3(7)'37.9 前1
躍進宣言	12「シュピオ」3(7)'37.9 p3
共同雑記	12「シュピオ」3(7)'37.9 p69
宣言	12「シュピオ」3(8)'37.10 前1
共同雑記	12「シュピオ」3(8)'37.10 p24
減頁宣言	12「シュピオ」3(8)'37.10 p26
宣言	12「シュピオ」3(9)'37.11 前1
共同雑記	12「シュピオ」3(9)'37.11 p41
宣言	12「シュピオ」3(10)'37.12 前1
共同雑記	12「シュピオ」3(10)'37.12 p39
宣言	12「シュピオ」4(1)'38.1 前1
或る光線〈1〉《小説》	
	12「シュピオ」4(1)'38.1 p2
共同雑記	12「シュピオ」4(1)'38.1 p45
或る光線〈2・完〉《小説》	
	12「シュピオ」4(2)'38.2 p22
共同雑記	12「シュピオ」4(2)'38.2 p42
終刊の辞	12「シュピオ」4(3)'38.4 p29
寄稿総決算	12「シュピオ」4(3)'38.4 p39
共同雑記	12「シュピオ」4(3)'38.4 p48
新月《小説》	17「宝石」1(2)'46.5 p2
タツトル大尉を囲む探偵作家の座談会《座談会》	
	17「宝石」1(2)'46.5 p19
二つの条件	17「宝石」1(3)'46.6 p18
文学少女〔原作〕《絵物語》	17「宝石」1(5)'46.8 p7, 9, 11, 13, 19, 23, 25, 27, 29, 31
桜桃八号《小説》	16「ロック」1(5)'46.10 p2
探偵小説の評論について	
	19「ぷろふいる」1(2)'46.12 p44
新泉録〈1〉	16「ロック」2(1)'47.1 p22
探偵小説の地位の向上	17「宝石」2(1)'47.1 p20
余技の余技	17「宝石」2(2)'47.2 p68
新泉録〈2〉	16「ロック」2(3)'47.3 p24
法医学と探偵小説	21「黒猫」1(1)'47.4 p58
海外探偵小説四方山話《座談会》	
	21「黒猫」1(1)'47.4 p74
新泉録〈3〉	16「ロック」2(5)'47.5 p20
紫陽花の青〈1〉《小説》	17「宝石」2(6)'47.6 p2
甲賀三郎の思い出	18「トップ」2(7)'47.6増 p66
無音音譜《小説》	16「ロック」2(7)'47.7 p2
探偵小説の理想	20「探偵よみもの」32 '47.7 p18
紫陽花の青〈2・完〉《小説》	
	17「宝石」2(7)'47.7 p2
ねむり妻〈1〉《小説》	24「妖奇」1(2)'47.8 p12
死の接吻《小説》	21「黒猫」1(3)'47.9 p2
ねむり妻〈2・完〉《小説》	
	24「妖奇」1(3)'47.9 p10
探偵小説の思ひ出	23「真珠」3 '47.12 p34
探偵話の泉座談会《座談会》	
	25「Gメン」2(1)'48.1 p8
冬の月光《小説》	17「宝石」3(1)'48.1 p10
黒死館の怪奇二つ	21「黒猫」2(6)'48.2 p18
探偵作家ばかりの二十の扉《座談会》	
	25「Gメン」2(2)'48.2 p28
犯罪と科学《対談》	25「Gメン」2(3)'48.3 p22
探偵小説とエロ・グロ	25「Gメン」2(4)'48.4 p30
押入の中の沈黙者《小説》	17「宝石」3(5)'48.6 p6
無花果〔原作〕《絵物語》	17「宝石」3(6)'48.8 p1
選評	16「ロック」3(4)'48.8 p49
AD二〇〇〇の殺人〈1〉《小説》	
	16「ロック」3(7)'48.11 p53
幽哭城通信	20「探偵よみもの」37 '48.11 p14
新人書下し探偵小説合評会《座談会》	
	17「宝石」3(9)'48.12 p48
老人と看護の娘《小説》	17「宝石」4(1)'49.1 p4
幽哭城通信	20「探偵よみもの」38 '49.1 p72
恋慕《小説》	24「妖奇」3(3)'49.3 p12
わが女学生時代の犯罪〈1〉《小説》	
	17「宝石」4(3)'49.3 p13
宮野叢子を推す	17「宝石」4(3)'49.3 p118
わが女学生時代の犯罪〈2〉《小説》	
	17「宝石」4(4)'49.4 p36
わが女学生時代の犯罪〈3〉《小説》	
	17「宝石」4(5)'49.5 p68
わが女学生時代の犯罪〈4〉《小説》	
	17「宝石」4(6)'49.6 p68
わが女学生時代の犯罪〈5〉《小説》	
	17「宝石」4(7)'49.7 p54
椿八郎と「くすり指」	17「宝石」— '49.7増 p131
何よりも悲しい	17「宝石」4(8)'49.8 p21
わが女学生時代の犯罪〈6〉《小説》	
	17「宝石」4(8)'49.8 p59
人形師の幻想《小説》	30「恐怖街」'49.10 p4
わが女学生時代の犯罪〈7〉《小説》	
	17「宝石」4(9)'49.10 p118
二つの顔	17「宝石」4(10)'49.11 p6
わが女学生時代の犯罪〈8〉《小説》	
	17「宝石」4(10)'49.11 p98
わが女学生時代の犯罪〈9〉《小説》	
	17「宝石」4(11)'49.12 p134
悪魔は尾をもつてるか《小説》	
	17「宝石」5(1)'50.1 p26
永遠の女囚《小説》	24「妖奇」5(1)'50.1 p47
いよいよ本格長篇を	17「宝石」5(1)'50.1 p51
わが女学生時代の犯罪〈10〉《小説》	
	17「宝石」5(2)'50.2 p126
わが女学生時代の犯罪〈11〉《小説》	
	17「宝石」5(3)'50.3 p124
信天翁通信〈1〉	17「宝石」5(3)'50.3 p143
春子によす	17「宝石」5(4)'50.4 p7
わが女学生時代の犯罪〈12〉《小説》	
	17「宝石」5(4)'50.4 p276
処女作のころ	27「別冊宝石」3(2)'50.4 p120
新聞と探偵小説と犯罪《座談会》	
	17「宝石」5(5)'50.5 p96

601

きき　　　　　　　　　執筆者名索引

わが女学生時代の犯罪〈13〉《小説》
　　　　　　　　　17「宝石」5(5)'50.5 p171
信天翁通信〈2〉　　　17「宝石」5(6)'50.6 p52
信天翁通信〈3〉　　　17「宝石」5(7)'50.7 p151
信天翁通信〈4〉　　　17「宝石」5(8)'50.8 p51
海外探偵小説放談《座談会》
　　　　　　　　　17「宝石」5(8)'50.8 p124
債権《小説》　　20「探偵よみもの」40 '50.8 p23
百万円懸賞探偵小説B級作品入選誌上発表《座談会》
　　　　　　　　　17「宝石」5(9)'50.9 p212
わが女学生時代の犯罪〈14〉《小説》
　　　　　　　　　17「宝石」5(9)'50.9 p218
わが女学生時代の犯罪〈15〉《小説》
　　　　　　　　　17「宝石」5(11)'50.11 p90
心眼《小説》　　　　17「宝石」6(1)'51.1 p58
探偵小説のあり方を語る座談会《座談会》
　　　　　　　　　17「宝石」6(7)'51.7 p46
戦後異常犯罪の解剖《座談会》
　　　　　　　　　17「宝石」6(8)'51.8 p67
女の復讐《小説》　32「探偵クラブ」2(7)'51.8増 p70
映画「白い恐怖」をめぐつて《座談会》
　　　　　　　　　17「宝石」6(10)'51.10 p189
就眠儀式〔原作〕《絵物語》
　　　　　　　　33「探偵実話」2(12)'51.11 p21
わが女学生時代の犯罪〈16・完〉《小説》
　　　　　　　　　17「宝石」6(13)'51.12 p46
夜光《小説》　　　　17「宝石」7(1)'52.1 p18
アンケート《アンケート》
　　　　　　　　　17「宝石」7(1)'52.1 p88
風流食卓漫談《座談会》
　　　　　　　32「探偵クラブ」3(1)'52.1 p142
網膜脈視症《小説》　33「探偵実話」3(2)'52.2 p192
映画「天上桟敷の人々」を語る座談会《座談会》
　　　　　　　　　17「宝石」7(3)'52.3 p153
十二の傷の物語〈1〉《小説》
　　　　　　　　33「探偵実話」3(3)'52.3 p66
永遠の女囚《小説》
　　　　　　　33「探偵実話」3(4)'52.3増 p135
青色瘧膜《小説》　　24「妖奇」6(4)'52.4 p122
十二の傷の物語〈2〉《小説》
　　　　　　　　33「探偵実話」3(5)'52.4 p182
水谷と大下を　　　　17「宝石」7(5)'52.5 p120
十二の傷の物語〈3〉《小説》
　　　　　　　　33「探偵実話」3(6)'52.5 p86
彼の求める影《小説》
　　　　　　　32「探偵倶楽部」3(6)'52.6 p320
十二の傷の物語〈4〉《小説》
　　　　　　　　33「探偵実話」3(6)'52.6 p40
結婚問答《小説》　　24「妖奇」6(7)'52.7 p148
十二の傷の物語〈5〉《小説》
　　　　　　　　33「探偵実話」3(8)'52.7 p180
村上信彦君を推す　33「探偵実話」3(8)'52.7 p217
十二の傷の物語〈6〉《小説》
　　　　　　　　33「探偵実話」3(9)'52.8 p64
医学生と首《小説》
　　　　　　　33「探偵実話」3(11)'52.9増 p164
幻想曲《小説》　　　17「宝石」7(9)'52.10 p18
探偵作家の見た「第三の男」《座談会》
　　　　　　　　　17「宝石」7(9)'52.10 p189
十二の傷の物語〈7〉《小説》
　　　　　　　　33「探偵実話」3(12)'52.10 p62

印度大麻《小説》　　17「宝石」7(10)'52.10 p294
十二の傷の物語〈8〉《小説》
　　　　　　　　33「探偵実話」3(13)'52.11 p100
二重殺人《小説》
　　　　　　　32「探偵倶楽部」3(11)'52.11増 p180
旧作について　　32「探偵倶楽部」3(11)'52.11増 p183
漢詩阿寒湖　　　　　17「宝石」8(1)'53.1 p55
十二の傷の物語〈9〉《小説》
　　　　　　　　33「探偵実話」4(1)'53.1 p120
長篇探偵小説を慕う
　　　　　　　32「探偵倶楽部」4(1)'53.2 p60
探偵小説に対するアンケート《アンケート》
　　　　　　　32「探偵倶楽部」4(1)'53.2 p151
十二の傷の物語〈10〉《小説》
　　　　　　　　33「探偵実話」4(3)'53.2 p88
美の悲劇〈1〉《小説》　17「宝石」8(2)'53.3 p189
友よ、キホテに従つて　17「宝石」8(2)'53.3 p190
緑色の目《小説》　　17「宝石」8(4)'53.3増 p66
緑色の目《小説》　　17「宝石」8(4)'53.3増 p328
美の悲劇〈2〉《小説》　17「宝石」8(3)'53.4 p223
美の悲劇〈3〉《小説》　17「宝石」8(5)'53.5 p72
回想の浜尾四郎　　　17「宝石」8(5)'53.5 p147
妄想の原理《小説》　27「別冊宝石」6(3)'53.5 p36
自裁の理由　　　　　27「別冊宝石」6(3)'53.5 p47
探偵小説入門　　　　27「別冊宝石」6(3)'53.5 p72
美の悲劇〈4〉《小説》　17「宝石」8(6)'53.6 p106
美の悲劇〈5〉《小説》　17「宝石」8(7)'53.7 p130
美の悲劇〈6〉《小説》　17「宝石」8(9)'53.8 p14
殺されるのもまた愉し《小説》
　　　　　　　32「探偵倶楽部」4(9)'53.9 p31
美の悲劇〈7〉《小説》　17「宝石」8(10)'53.9 p76
『連作について』の座談会《座談会》
　　　　　　　　　17「宝石」8(11)'53.10 p78
美の悲劇〈8〉《小説》　17「宝石」8(11)'53.10 p88
いちじく《小説》　　17「宝石」8(12)'53.10増 p52
映画「飾窓の女」《座談会》
　　　　　　　　　17「宝石」8(13)'53.11 p138
「汽車を見送る男」批評座談会《座談会》
　　　　　　　32「探偵倶楽部」4(12)'53.12 p38
美の悲劇〈9〉《小説》
　　　　　　　　　17「宝石」8(14)'53.12 p250
畸形の天女〈4・完〉《小説》
　　　　　　　　　17「宝石」9(1)'54.1 p14
榾柮火《小説》　32「探偵倶楽部」5(1)'54.1 p98
美の悲劇〈10〉《小説》　17「宝石」9(1)'54.1 p180
お歴々歓談《座談会》　33「探偵実話」5(1)'54.1 p8
炉辺夢話　　　　　33「探偵実話」5(1)'54.1 p138
睡り人形《小説》　　17「宝石」9(4)'54.3増 p48
薔薇と注射針（前篇）薔薇と五月祭《小説》
　　　　　　　　33「探偵実話」5(3)'54.3 p26
吉野君の「鼻」を推薦する
　　　　　　　　33「探偵実話」5(3)'54.3 p171
老人と看護の娘《小説》
　　　　　　　33「探偵実話」5(5)'54.4増 p108
新月《小説》　　　　27「別冊宝石」7(5)'54.6 p50
「新月」について　　27「別冊宝石」7(5)'54.6 p53
老婆占師の死〈1〉《小説》
　　　　　　　32「探偵倶楽部」5(7)'54.7 p212
老婆占師の死〈2・完〉《小説》
　　　　　　　32「探偵倶楽部」5(8)'54.8 p139
エロと探偵小説　　　17「宝石」9(10)'54.8増 p80

父性《小説》　　　　　17「宝石」9(10)'54.8増 p314
れんぎょうの花散る《小説》
　　　　　　　　　　17「宝石」9(11)'54.9 p30
侍医タルムドの遺書《小説》
　　　　　　　　33「探偵実話」5(10)'54.9 p26
愁雲《小説》　　　33「探偵実話」5(11)'54.9増 p92
新会長木々高太郎に「聞いたり聞かせたり」の座談会《座談会》
　　　　　　　　　17「宝石」9(12)'54.10 p64
朝山さん、大へんむずかしいおたずねです
　　　　　　　　　17「宝石」9(13)'54.11 p93
春草夢《小説》　　27「別冊宝石」7(9)'54.11 p310
乱歩氏を祝う《座談会》
　　　　　　　32「探偵倶楽部」5(12)'54.12 p234
千草の曲《小説》　　　17「宝石」10(1)'55.1 p80
江戸川乱歩賞　　32「探偵倶楽部」6(1)'55.1 p200
遺花《小説》　　　32「探偵倶楽部」6(2)'55.2 p60
少女の臀に礼する男《小説》
　　　　　　　　33「探偵実話」6(3)'55.2増 p110
麻酔《小説》　　　　　17「宝石」10(5)'55.3増 p28
死恋《小説》　　　　　17「宝石」10(7)'55.5 p58
私の食べたいもの　32「探偵倶楽部」6(5)'55.5 p214
月光と脱獄囚《小説》
　　　　　　　　　32「探偵倶楽部」6(6)'55.6 p27
医学生の催眠術《小説》
　　　　　　　　　　17「宝石」10(9)'55.6増 p318
蠍の手《小説》　32「探偵倶楽部」6(8)'55.8増 p189
人事不省《小説》　　17「宝石」10(12)'55.8増 p28
月下の人影《小説》　33「探偵実話」6(9)'55.8 p82
紫陽花の青〈1〉《小説》
　　　　　　　　　　17「宝石」10(16)'55.9 p324
完全アリバイ《小説》
　　　　　　　　33「探偵実話」6(12)'55.10増 p110
探偵映画よも山座談会《座談会》
　　　　　　　　32「探偵倶楽部」6(11)'55.11 p222
黒い扉《小説》　　17「宝石」10(16)'55.11増 p310
［作者の言葉］　　32「探偵倶楽部」7(1)'56.1 p14
詩人の死　　　　　　　17「宝石」11(1)'56.1 p14
幻影の町〈1〉《小説》
　　　　　　　　　32「探偵倶楽部」7(1)'56.1 p24
大学生と探偵作家あれこれ問答《座談会》
　　　　　　　　32「探偵倶楽部」7(1)'56.1 p288
新月《小説》　　　　27「別冊宝石」9(1)'56.1 p10
幻影の町〈2〉《小説》
　　　　　　　　　32「探偵倶楽部」7(2)'56.2 p24
ヒッチコックと会う　17「宝石」11(3)'56.2 p89
幻影の町〈3〉《小説》
　　　　　　　　　32「探偵倶楽部」7(3)'56.3 p24
落花《小説》　　　　17「宝石」11(5)'56.3増 p54
クレオパトラ《小説》
　　　　　　　　　33「探偵実話」7(6)'56.3 p86
新しい炎ふき出でよ
　　　　　　　　33「探偵実話」7(5)'56.3増 p17
死人に口あり《小説》
　　　　　　　　33「探偵実話」7(5)'56.3増 p98
幻影の町〈4〉《小説》
　　　　　　　　　32「探偵倶楽部」7(4)'56.4 p182
探偵小説についての新論
　　　　　　　　　33「探偵実話」7(7)'56.4 p59
幻影の町〈5〉《小説》
　　　　　　　　　32「探偵倶楽部」7(5)'56.5 p90

幻影の町〈6〉《小説》
　　　　　　　　　32「探偵倶楽部」7(6)'56.6 p98
探偵小説の本質　　32「探偵倶楽部」7(6)'56.6 p138
探偵小説新論争《座談会》
　　　　　　　　　　17「宝石」11(8)'56.6 p166
永遠の女囚《小説》　27「別冊宝石」9(5)'56.6 p264
幻影の町〈7〉《小説》
　　　　　　　　　32「探偵倶楽部」7(8)'56.7 p14
祖母と猫《小説》　　17「宝石」11(10)'56.7増 p66
X重量《小説》　　33「探偵実話」7(11)'56.7増 p67
幻影の町〈8〉《小説》
　　　　　　　　　32「探偵倶楽部」7(9)'56.8 p24
幻影の町〈9〉《小説》
　　　　　　　　　32「探偵倶楽部」7(10)'56.9 p20
無音音譜《小説》　　17「宝石」11(13)'56.9増 p270
欧旅通信〈1〉　　32「探偵倶楽部」7(11)'56.10 p66
大浦天主堂《小説》
　　　　　　　　33「探偵実話」7(16)'56.11増 p269
欧旅通信〈2〉　　32「探偵倶楽部」7(13)'56.12 p76
欧州探偵小説界を歩く
　　　　　　　　　17「宝石」11(16)'56.12 p212
探偵小説 ケンブリッジとオックスフォード
　　　　　　　　33「探偵実話」8(1)'56.12 p154
幻影の町〈10〉《小説》
　　　　　　　　　32「探偵倶楽部」8(1)'57.1 p46
この残酷なもの《小説》
　　　　　　　　　　17「宝石」12(2)'57.1増 p28
幻影の町〈11〉《小説》
　　　　　　　　　32「探偵倶楽部」8(2)'57.3 p112
青色鞏膜《小説》　33「探偵実話」8(5)'57.3増 p154
幻影の町〈12〉《小説》
　　　　　　　　　32「探偵倶楽部」8(3)'57.4 p16
六条執念《小説》　　17「宝石」12(6)'57.4増 p44
幻影の町〈13・完〉《小説》
　　　　　　　　　32「探偵倶楽部」8(4)'57.5 p40
片隅の老紳士〈1〉　32「探偵倶楽部」8(6)'57.7 p29
片隅の老紳士〈2〉
　　　　　　　　　32「探偵倶楽部」8(8)'57.8 p179
少女の臀に礼する男《小説》
　　　　　　　　　　17「宝石」12(11)'57.8増 p138
片隅の老紳士〈3〉　32「探偵倶楽部」8(9)'57.9 p31
物理学者「探偵小説」を語る《座談会》
　　　　　　　　　　17「宝石」12(12)'57.9 p68
探偵小説という特殊な文学
　　　　　　　　　32「探偵倶楽部」8(10)'57.10 p5
快き復讐〈1〉《小説》
　　　　　　　　　32「探偵倶楽部」8(10)'57.10 p19
一人二役の死〈1〉《小説》
　　　　　　　　　　17「宝石」12(13)'57.10 p172
タンポポの生えた土蔵《小説》
　　　　　　　　　33「探偵実話」8(15)'57.11 p18
快き復讐〈2〉《小説》
　　　　　　　　　32「探偵倶楽部」8(11)'57.11 p64
アンケート《アンケート》
　　　　　　　　　　17「宝石」12(14)'57.11 p150
奇妙な代役《小説》　32「探偵倶楽部」8(12)'57.11増 p88
第三の性《小説》　　17「宝石」12(15)'57.11増 p112
快き復讐〈3〉《小説》
　　　　　　　　　32「探偵倶楽部」8(13)'57.12 p19

看護婦殺人事件《小説》
　　　　　　　27「別冊宝石」10(11)'57.12 p12
秘密思考《小説》　27「別冊宝石」10(11)'57.12 p27
孤島のキリスト《小説》
　　　　　　　27「別冊宝石」10(11)'57.12 p37
人生遊戯《小説》　27「別冊宝石」10(11)'57.12 p40
碧川浩一　　　　27「別冊宝石」10(11)'57.12 p65
嘉門 真　　　　　27「別冊宝石」10(11)'57.12 p87
成瀬圭次郎　　　27「別冊宝石」10(11)'57.12 p111
伊東 詢　　　　　27「別冊宝石」10(11)'57.12 p125
誌上アンケート《アンケート》
　　　　　　　33「探偵実話」9(1)'57.12 p136
藤井千鶴子　　　27「別冊宝石」10(11)'57.12 p137
水城 顕　　　　　27「別冊宝石」10(11)'57.12 p158
六人の新人を推薦する
　　　　　　　27「別冊宝石」10(11)'57.12 p174
彼の求める影《小説》
　　　　　　　27「別冊宝石」10(11)'57.12 p274
探偵作家の専売公社訪問記《座談会》
　　　　　　　17「宝石」13(1)'58.1 p176
シムノンと夫人に　32「探偵倶楽部」9(1)'58.1 p293
冬の月光《小説》　17「宝石」13(2)'58.1増 p206
大塚道子　　　　17「宝石」13(3)'58.2 p11
一人二役の死〈5・完〉《小説》
　　　　　　　17「宝石」13(3)'58.2 p100
快き復讐〈4〉《小説》
　　　　　　　32「探偵倶楽部」9(2)'58.2 p114
快き復讐〈5〉《小説》
　　　　　　　32「探偵倶楽部」9(3)'58.3 p76
快き復讐〈6〉《小説》
　　　　　　　32「探偵倶楽部」9(4)'58.4 p27
舞台のせりふ　　17「宝石」13(5)'58.4 p51
恋慕《小説》　　32「探偵倶楽部」9(5)'58.4増 p222
［まえがき］　　　17「宝石」13(6)'58.5 p236
人間の死はすべて他殺《小説》
　　　　　　　17「宝石」13(6)'58.5 p308
呪縛《小説》　　17「宝石」13(7)'58.5増 p336
快き復讐〈7〉《小説》
　　　　　　　32「探偵倶楽部」9(7)'58.6 p28
推理小説早慶戦《座談会》
　　　　　　　17「宝石」13(8)'58.6 p256
［作者紹介］　　　17「宝石」13(8)'58.6 p297
歴史小説と推理小説　17「宝石」13(10)'58.8 p197
母の遺書《小説》　17「宝石」13(11)'58.8増 p86
光と影の謎　　　17「宝石」13(12)'58.9 p155
週刊朝日の選について
　　　　　　　17「宝石」13(13)'58.10 p53
二重人格《小説》　27「別冊宝石」11(8)'58.10 p338
死絶えた家に少年ひとりのこる《小説》
　　　　　　　17「宝石」13(14)'58.11 p20
夜の鳶《小説》　32「探偵倶楽部」9(13)'58.11 p80
スピード・科学・ミステリー《座談会》
　　　　　　　17「宝石」13(14)'58.11 p184
やつと一つあつた　17「宝石」13(14)'58.11 p224
［まえがき］　　　17「宝石」13(15)'58.12 p94
情死の或るカーズス《小説》
　　　　　　　27「別冊宝石」13(14)'58.12 p278
ヴェニスの計算狂　32「探偵倶楽部」10(1)'59.1 p124
中年姉妹　　　　17「宝石」14(2)'59.2 p15
別れの曲《小説》　27「別冊宝石」12(2)'59.2 p212

［まえがき］　　　17「宝石」14(3)'59.3 p214
医学生と首《小説》　27「別冊宝石」12(6)'59.6 p42
楷樒火《小説》　33「探偵実話」10(10)'59.7増 p73
アメリカ探検記〈1〉　17「宝石」14(9)'59.8 p196
アメリカ探検記〈2〉　17「宝石」14(10)'59.9 p180
世界探偵作家クラブ　17「宝石」15(1)'59.10 p242
主食と副食　　　17「宝石」15(1)'60.1 p135
キャンヌの七層屋　27「別冊宝石」13(1)'60.1 p132
お役所気質　　　17「宝石」15(5)'60.4 p166
仮父《小説》　　17「宝石」15(7)'60.5増 p36
絶望の書《小説》　17「宝石」15(8)'60.6 p56
マジョリティに従う　17「宝石」15(12)'60.10 p224
警笛《小説》　　17「宝石」15(15)'60.12増 p32
花弁をひき裂るもの《小説》
　　　　　　　17「宝石」16(1)'61.1 p98
幻の門《小説》　17「宝石」16(7)'61.6 p16
他人のそら似《小説》
　　　　　　　35「エロティック・ミステリー」2(8)'61.8 p210
罪の黄昏《小説》
　　　　　　　35「エロティック・ミステリー」2(9)'61.9 p84
満場一致　　　　17「宝石」16(11)'61.10 p218
銀の十字架　　　17「宝石」17(3)'62.2 p20
冬の月光《小説》　17「宝石」15(1)'62.2 p288
私の作品はむずかしいか
　　　　　　　27「別冊宝石」15(1)'62.2 p291
絶望の書《小説》　33「探偵実話」13(8)'62.6増 p126
深部のエロ
　　　　　　　35「エロティック・ミステリー」3(7)'62.7 p128
私の中学時代　　17「宝石」17(11)'62.9 p16
二つの賞はよかった　17「宝石」17(12)'62.10 p144
騎士出発す《小説》　17「宝石」17(14)'62.11 p134
アッシジの女《小説》　17「宝石」18(1)'63.1 p52
海野十三「俘囚」　17「宝石」18(1)'63.1 p130
黒岩重吾氏のこと　27「別冊宝石」16(1)'63.1 p173
多岐川恭と直木賞　27「別冊宝石」16(3)'63.3 p197
松本清張を語る《座談会》
　　　　　　　17「宝石」18(8)'63.6 p158
第九回江戸川乱歩賞選考委員会《座談会》
　　　　　　　17「宝石」18(12)'63.9 p70
科学はここまで来ている《座談会》
　　　　　　　27「別冊宝石」16(8)'63.9 p240
時代と本質　　　17「宝石」18(14)'63.10増 p149
印度大麻《小説》
　　　　　　　35「エロティック・ミステリー」4(11)'63.11 p52
菊池 正和
　ビルの谷間の紅い花《小説》
　　　　　　　32「探偵倶楽部」9(13)'58.11 p212
菊島 三太
　外人紳士の肉体攻撃
　　　　　　　33「探偵実話」9(11)'58.7 p98
菊池 和夫
　ガチヤンコ暗黒街　33「探偵実話」6(2)'55.1 p166
菊童 梨夏
　選砿場の女《小説》　18「トップ」3(2)'48.2 p12
菊野 愛夫
　東京租界ナルコチック31
　　　　　　　33「探偵実話」9(2)'58.1増 p28
　禁断の部屋の情婦　33「探偵実話」9(8)'58.5増 p68
　おとなは引っこんでろ
　　　　　　　33「探偵実話」9(12)'58.8 p188

きた

菊村 到
　複数の私《小説》　　　17「宝石」13(4)'58.3 p170
　悪魔の小さな土地《小説》
　　　　　　　　　　　17「宝石」13(9)'58.7 p20
　夜のパトロール　　　17「宝石」14(2)'59.2 p89
　片瀬氏の不幸と幸福《小説》
　　　　　　　　　　17「宝石」14(12)'59.10増 p36
　かれらの小さな世界《小説》
　　　　　　　　　　17「宝石」14(13)'59.11 p284
　セクシー・セクシー《小説》
　　　　　　　　　　17「宝石」15(14)'60.12 p24
　水上勉氏とニンジロゲ　17「宝石」16(7)'61.6 p267
　それは雨の夜だった《小説》
　　　　　　　　　　　17「宝石」17(4)'62.3 p34
　旅がらす　　　　　　17「宝石」17(5)'62.4 p15
　馬について　　　　　17「宝石」17(6)'62.5 p15
　琉球の女　　　　　　17「宝石」17(7)'62.6 p19
　火の疑惑《小説》　　17「宝石」17(15)'62.11 p116
　そこに女がいた《小説》　17「宝石」18(4)'63.3 p22
　複数の私《小説》　　17「宝石」18(6)'63.4増 p290
　複数の私　　　　　　17「宝石」18(6)'63.4増 p295
　サービス《小説》　　27「別冊宝石」17(1)'64.1 p176
　広池秋子さんへ　　　27「別冊宝石」17(2)'64.2 p282

木崎 恭三
　劇痛《小説》　　　　24「妖奇」3(7)'49.6別 p75

木崎 甲子郎
　ケープタウンのブランデー
　　　　　　　　　　　17「宝石」18(5)'63.4 p18

木崎 重雄
　ミス・スタジオは潜航する
　　　　　　　　　　32「探偵倶楽部」9(8)'58.7 p175

如月 十三雄
　崖《小説》　　　　　17「宝石」10(1)'55.1 p102

岸 虹岐　→岸孝義
　呼吸する女門　　　　06「猟奇」4(5)'31.7 p16
　一法医学徒の見た小野小町
　　　　　　　　　　　06「猟奇」5(1)'32.1 p52
　幽霊の指紋　　　　　06「猟奇」5(2)'32.2 p30
　吹雪の夜半の惨劇《小説》　06「猟奇」5(5)'32.5 p2

岸 三郎
　世はあげて強盗時代《座談会》
　　　　　　　　　　　18「トップ」3(1)'48.1 p32

岸 秀
　くらげ殺人事件《小説》
　　　　　　　　　　17「宝石」12(2)'57.1増 p264
　喜劇は終つた《小説》　17「宝石」12(6)'57.4増 p88

岸 信一
　三等記者《小説》　　27「別冊宝石」5(10)'52.12 p347

岸 純江
　らぶ・しいん孝　　　06「猟奇」2(11)'29.11 p22

岸 孝義　→岸虹岐
　法医学の街頭進出に就て　06「猟奇」5(3)'32.3 p42
　ぷろふいるに寄する言葉
　　　　　　　　　　11「ぷろふいる」1(1)'33.5 p51
　指紋の沿革〈1〉　　　11「ぷろふいる」4(4)'36.4 p74
　指紋の沿革〈2・完〉
　　　　　　　　　　11「ぷろふいる」4(5)'36.5 p114

貴司 山治
　わが歌に翼ありせば《小説》
　　　　　　　　　　　18「トップ」1(3)'46.10 p7
　八路軍と饅頭の話《小説》
　　　　　　　　　　　18「トップ」2(4)'47.8 p3
　望郷の歌《小説》　　18「トップ」3(2)'48.2 p2
　イスラムの娘《小説》　18「トップ」3(3)'48.4 p4
　白粉刺青の女　　　32「怪奇探偵クラブ」1'50.5 p130
　千両箱泥棒くらべ《小説》
　　　　　　　　　　32「探偵クラブ」2(1)'51.1 p164
　娘師三日月伝吉《小説》
　　　　　　　　　　32「探偵クラブ」2(3)'51.4 p112
　亭主を殺した女《小説》
　　　　　　　　　　32「探偵クラブ」2(5)'51.7 p74
　坂本竜馬殺害者の告白《小説》
　　　　　　　　　　32「探偵クラブ」2(8)'51.9 p114
　死刑囚第一号《小説》
　　　　　　　　　　32「探偵クラブ」3(1)'52.1 p54
　浮世絵師芳国の犯罪《小説》
　　　　　　　　　　32「探偵クラブ」3(4)'52.4 p168
　倉の中の殺人《小説》
　　　　　　　　　32「探偵倶楽部」3(5)'52.5 p100
　虎徹を盗んだ犯人《小説》
　　　　　　　　　32「探偵倶楽部」3(7)'52.8 p80
　ダイヤと元皇族　32「探偵倶楽部」3(9)'52.10 p186
　日本人ロザリオ市長
　　　　　　　　　32「探偵倶楽部」3(10)'52.11 p218
　探偵小説に対するアンケート《アンケート》
　　　　　　　　　32「探偵倶楽部」4(1)'53.2 p149
　一卵性双生児《小説》
　　　　　　　　　32「探偵倶楽部」4(3)'53.4 p110

岸 忽頓
　道聴塗説　　　　　15「探偵春秋」1(1)'36.10 p51

岸田 和夫
　或る女の憶出　　　　06「猟奇」2(9)'29.9 p45
　アスパラガス《詩》　06「猟奇」2(11)'29.11 p35
　踊る人生　　　　　　06「猟奇」3(2)'30.3 p17

岸田 靖一
　変化渦巻島《小説》
　　　　　　　　　　20「探偵よみもの」39'49.6 p74

木島 王四郎
　ある青春《小説》　　27「別冊宝石」6(9)'53.12 p332

木島 圭四郎
　黄昏の女《小説》　　17「宝石」10(1)'55.1増 p268

岸本 正二
　探偵小説論　　　　　17「宝石」12(1)'57.1 p324

棋仙老人
　詰将棋古今名作集
　　　　　　　　　29「探偵趣味」(戦後版)'49.1 p27

木蘇 毅
　後家殺し《小説》　　07「探偵」1(1)'31.5 p124

木曾山 康治
　「ヒッチコック劇場」雑感
　　　　　　　　　　　17「宝石」16(7)'61.6 p58

木田 汪太郎
　贋弁護士　　　　　　33「探偵実話」6(4)'55.3 p92

喜多 怪堂
　夜嵐お絹　　　　　11「ぷろふいる」3(12)'35.12 p63

605

北 一夫
　新聞記者の手帖から
　　　　　　　　26「フーダニット」1(1)'47.11 p23
木田 国雄
　親子心中事件　　32「探偵倶楽部」5(2)'54.2 p65
木田 圭子
　その娘《小説》　17「宝石」15(3)'60.2増 p203
城田 シユレーダー
　宝石師《小説》　　07「探偵」1(5)'31.9 p172
　珍事《小説》　　　07「探偵」1(6)'31.10 p182
　魔石《小説》　　　07「探偵」1(7)'31.11 p66
　多毛族の来襲《小説》07「探偵」1(8)'31.12 p44
紀田 順一郎
　恐怖小説講義　　17「宝石」17(10)'62.8 p168
北 富三郎
　モデルの奇蹟　　32「探偵クラブ」2(2)'51.2 p127
　牛の○○を食う　32「探偵倶楽部」6(4)'55.4 p175
北 洋
　写真解読者《小説》16「ロック」1(5)'46.10 p78
　ルシタニア号事件《小説》
　　　　　　　　16「ロック」2(3)'47.3 p62
　失楽園《小説》　16「ロック」2(5)'47.5 p26
　天使との争ひ《小説》22「新探偵小説」4 '47.10 p5
　死の協和音《小説》16「ロック」2(10)'47.12 p20
　異形の妖精《小説》16「ロック」3(1)'48.1 p28
　こがね虫の証人《小説》
　　　　　　　　22「新探偵小説」5 '48.2 p19
　清滝川の惨劇〈1〉《小説》
　　　　　　　　16「ロック」3(2)'48.3 p40
　清滝川の惨劇〈2・完〉《小説》
　　　　　　　　16「ロック」3(3)'48.5 p5
　盗まれた手《小説》　28「影」'48.7 p36
喜多 実
　能・歌舞伎・探偵小説
　　　　　　　　15「探偵春秋」2(3)'37.3 p39
　夢野久作回想　27「別冊宝石」11(6)'58.7 p147
北 保夫
　強制猥褻罪の少女 33「探偵実話」9(8)'58.5増 p102
北尾 鐐之助
　ある殺人《脚本》　06「猟奇」2(2)'29.2 p38
　映画のかげにゐる男《小説》
　　　　　　　　06「猟奇」2(10)'29.10 p14
北垣 宗
　京都駅を中心とした犯罪研究座談会《座談会》
　　　　　　　　11「ぷろふいる」1(3)'33.7 p36
北川 千代三
　白日夢《小説》　　24「妖奇」3(6)'49.6 p14
　三河屋三姉妹《小説》24「妖奇」3(8)'49.7 p35
北里 俊夫
　軽演劇の内幕　　26「フーダニット」2(4)'48.7 p16
　聖女犯　　　　33「探偵実話」1(6)'50.11 p60
　聖女犯《小説》　33「探偵実話」7(2)'55.12増 p170
北島 文子
　ダニユーブの悲劇
　　　　　　　　32「探偵クラブ」1(2)'50.10 p204
北城 健太郎
　武蔵野殺人事件《小説》24「妖奇」6(6)'52.6 p96

北園 克衛
　宝石詩抄《詩》　　17「宝石」1(1)'46.3 p1
北園 孝吉
　新宿乞食谷《小説》33「探偵実話」2(2)'51.1 p134
　それを見た男《小説》
　　　　　　　　27「別冊宝石」5(1)'52.1 p134
　茶見野行燈《小説》27「別冊宝石」7(3)'54.4 p248
　いざよい遊女《小説》
　　　　　　　　27「別冊宝石」7(7)'54.9 p256
　殺され語り《小説》
　　　　　　　　33「探偵実話」5(11)'54.9増 p168
　からくり語り《小説》
　　　　　　　　27「別冊宝石」8(1)'55.1 p110
　柿兵衛やぐら《小説》
　　　　　　　　27「別冊宝石」8(4)'55.5 p128
　新宿乞食谷《小説》33「探偵実話」7(8)'56.4増 p200
　えびす目出鯛《小説》
　　　　　　　　35「エロチック・ミステリー」3(11)'62.11 p88
北楯 修哉
　平手将棋の指772　33「探偵実話」7(2)'55.12増 p308
北町 一郎
　あなたは狙はれてゐる《アンケート》
　　　　　　　　20「探偵よみもの」30 '46.11 p20
木谷 新治
　密輸船の女《小説》　25「X」3(8)'49.7 p47
北野 富雄
　三十四万ルーブリ盗奪事件
　　　　　　　　15「探偵春秋」1(1)'36.10 p53
北野 博美
　典型的女性毒殺犯罪者の話
　　　　　　　　03「探偵文芸」1(5)'25.7 p66
　岡引の話　　　03「探偵文芸」2(1)'26.1 p174
　探偵素人眼　　03「探偵文芸」2(3)'26.3 p62
北野 瑞枝
　魔怖化粧《小説》 20「探偵よみもの」38 '49.1 p53
北野 瑞
　波濤の蔭に《小説》
　　　　　　　　20「探偵よみもの」36 '48.9 p10
北林 透馬
　ハガキ回答《アンケート》
　　　　　　　　11「ぷろふいる」4(6)'36.6 p97
　小松女史行状記《小説》
　　　　　　　　18「トップ」1(1)'46.5 p24
　アリゾナの狼《小説》
　　　　　　　　32「怪奇探偵クラブ」1 '50.5 p228
　ジェロームの喧嘩《小説》
　　　　　　　　32「探偵クラブ」1(2)'50.10 p66
　マンガン殺人事件《小説》
　　　　　　　　24「妖奇」4(11)'50.11 p8
　波止場のリンチ《小説》
　　　　　　　　33「探偵実話」1(6)'50.11 p24
　科学捜査座談会《座談会》
　　　　　　　　32「探偵クラブ」1(4)'50.12 p127
　阿片館の女《小説》32「探偵クラブ」1(4)'50.12 p196
　新年前夜祭殺人事件《小説》
　　　　　　　　24「妖奇」5(1)'51.1 p8
　女体罪あり《小説》33「探偵実話」2(4)'51.3 p45

南海の海賊王《小説》
　　　　　　　　　33「探偵実話」2(8)'51.7 p184
マラッカお蝶《小説》
　　　　　　　　　33「探偵実話」2(9)'51.8 p156
電話の声《小説》　　24「妖奇」5(11)'51.11 p124
邦人街の命知らず《小説》
　　　　　　　　　32「探偵クラブ」3(2)'52.2 p182
ヨコハマ娘の生態　32「探偵倶楽部」3(10)'52.11 p190
探偵小説に対するアンケート《アンケート》
　　　　　　　　　32「探偵倶楽部」4(1)'53.2 p151
ヘンな訪問者　　32「探偵倶楽部」5(12)'54.12 p244
波止場のリンチ《小説》
　　　　　　　　　33「探偵実話」7(2)'55.12増 p60
北原 竜
舞姫を狙ふ悪魔《小説》
　　　　　　20「探偵よみもの」40 '50.8 p79
北原 哲哉
壺供養《小説》　　　24「妖奇」3(6)'49.6 p59
北原 白秋
朝立つ虹《詩》　　01「新趣味」17(1)'22.1 p24
北町 一郎
宝島通信《小説》　　12「探偵文学」2(9)'36.9 p13
苦労あのてこのて
　　　　　　11「ぷろふいる」4(10)'36.10 p118
五万円の接吻《小説》
　　　　　　　11「ぷろふいる」4(11)'36.11 p48
福助縁起《小説》　　12「探偵文学」2(12)'36.12 p30
諸家の感想《アンケート》
　　　　　　　　　15「探偵春秋」2(1)'37.1 p68
作家志願《小説》　　15「探偵春秋」2(2)'37.2 p94
天眼鏡《小説》　　　16「ロック」2(4)'47.4 p32
トランプ物語《小説》　16「ロック」2(6)'47.6 p26
ハガキ回答《アンケート》
　　　　　　　　　25「Gメン」1(1)'47.10 p19
酒とライター《小説》　25「Gメン」1(3)'47.12 p30
銀貨と宝石《小説》　25「Gメン」2(2)'48.2 p42
官費旅行《小説》　　16「ロック」3(2)'48.3 p28
新聞広告　　　　　　　　28「影」'48.7 p26
美人の運命《小説》　21「黒猫」1(7)'48.9 p24
私は誰ですか　　　　25「X」3(11)'49.10 p12
桃色BTA《小説》　　33「探偵実話」3(8)'52.7 p166
神霊ホルモン《小説》
　　　　　　　　33「探偵実話」4(2)'53.1増 p128
探偵小説に対するアンケート《アンケート》
　　　　　　　　　32「探偵倶楽部」4(1)'53.2 p151
陽気な細菌《小説》　17「宝石」8(10)'53.9 p36
海女と秘仏《小説》　33「探偵実話」5(1)'54.1 p142
二つの星　　　　　　17「宝石」12(1)'57.1 p200
消えた花嫁《小説》　17「宝石」13(4)'58.3 p190
五月祭前後《小説》　17「宝石」13(8)'58.6 p120
狸と狐《小説》　　　17「宝石」13(15)'58.12 p180
聖徳太子の災難《小説》
　　　　　　　　　17「宝石」14(6)'59.6 p198
北見 昭夫
この不思議なる鉄拳《小説》
　　　　　35「エロチック・ミステリー」2(6)'61.6 p282
北村 一郎
サンキユウ氏と記憶箱《小説》
　　　　　　　　　17「宝石」1(9)'46.12 p18

北村 栄三
絢爛たる殺人　　　　17「宝石」11(4)'56.3 p150
死のクリスマス・プレゼント
　　　　　　　　　17「宝石」11(7)'56.5 p56
恐ろしい容疑　　　　17「宝石」11(9)'56.7 p152
色魔を追つて　　　17「宝石」11(11)'56.8 p114
タオルを捜せ　　　17「宝石」11(15)'56.11 p250
北村 一夫
処女生殖《小説》　　27「別冊宝石」2(3)'49.12 p46
北村 兼子
春に旅立つ　　　　　06「猟奇」2(6)'29.6 p33
北村 小松
タダ一つ神もし許し賜はゞ‥‥《アンケート》
　　　　　　　　　06「猟奇」4(3)'31.5 p73
未知界からの触手《小説》
　　　　　　　　　16「ロック」2(5)'47.5 p86
探偵小説《小説》
　　　　　　　26「フーダニット」1(1)'47.11 p34
果樹園の火《小説》　25「Gメン」1(3)'47.12 p32
湾仔の魔神　　　　　17「宝石」3(2)'48.3 p30
WHO DONE IT?《小説》
　　　　　　　26「フーダニット」2(3)'48.6 p18
白い紙《小説》　　　16「ロック」3(4)'48.8 p2
消え失せた姿　　　　25「X」3(3)'49.3 p19
科学小説の面白さ　　17「宝石」10(3)'55.2 p75
アンケート《アンケート》
　　　　　　　　　17「宝石」12(10)'57.8 p260
UFOに乗つたという四人
　　　　　　　　　17「宝石」12(12)'57.9 p156
変な話　　　　　　17「宝石」12(14)'57.11 p100
誰が？ 何時？　　　17「宝石」14(9)'59.8 p112
石のきのこ奇談　　　17「宝石」14(10)'59.10 p112
北極をめぐる怪　　　17「宝石」14(14)'59.12 p114
一九六二年二月四日　17「宝石」17(4)'62.3 p168
北村 ただし
京女四態
　　　　　35「エロチック・ミステリー」3(6)'62.6 p12
あがた祭ほか二題
　　　　　35「エロチック・ミステリー」3(7)'62.7 p56
京の涼線
　　　　　35「エロチック・ミステリー」3(8)'62.8 p76
京の怪談
　　　　　35「エロチック・ミステリー」3(9)'62.9 p104
京都の月
　　　　　35「エロチック・ミステリー」3(10)'62.10 p96
京の松茸狩り
　　　　　35「エロチック・ミステリー」3(11)'62.11 p98
京の"顔見世"
　　　　　35「エロチック・ミステリー」3(12)'62.12 p40
北村 太郎
ちいさな瞳《詩》　　17「宝石」11(1)'56.1 p13
北村 寿夫
薔薇は紅い《小説》　10「探偵クラブ」3 '32.6 p27
北村 竜一郎
ヘルメスの謎《小説》　17「宝石」4(6)'49.6 p46
赤い眼 硝子の眼《小説》
　　　　　　　　　17「宝石」―'49.7増 p238
黒い翼　　　　　　　17「宝石」5(1)'50.1 p386

魔女を投げた男《小説》
　　　　　　　17「宝石」8(10)'53.9 p256
喜多村 緑郎
　探偵趣味問答《アンケート》
　　　　　　　04「探偵趣味」3 '25.11 p41
　『探偵趣味』問答《アンケート》
　　　　　　　04「探偵趣味」4 '26.1 p50
　爐辺夜話　　33「探偵実話」4(1)'53.1 p269
　探偵小説あれこれ《座談会》
　　　　　　　33「探偵実話」5(5)'54.4増 p216
　むかしの想出　27「別冊宝石」7(9)'54.11 p252
北山 道夫
　千円で消された未亡人
　　　　　　　33「探偵実話」12(4)'61.3 p140
吉祥寺 恒
　闇に消える愛の結晶
　　　　　　　33「探偵実話」9(2)'58.1増 p182
吉祥寺 椙太郎
　蘇格蘭ヤードの話　15「探偵春秋」2(2)'37.2 p36
木月 寛
　女体で詐欺する女
　　　　　　　33「探偵実話」11(16)'60.11 p64
　女体は何故拒まない
　　　　　　　33「探偵実話」12(3)'61.1 p138
　女給にされた中学生
　　　　　　　33「探偵実話」12(5)'61.4 p252
　美人を詐欺する男　33「探偵実話」12(6)'61.4増 p92
　狙われた女高生の肉体
　　　　　　　33「探偵実話」12(7)'61.5 p84
キッチン，C・H・B
　伯母の死《小説》　27「別冊宝石」9(2)'56.2 p5
ギッチンス，アンソニー
　天網恢々《小説》　15「探偵春秋」2(8)'37.8 p60
キップリング
　幽霊駕籠《小説》　32「探偵倶楽部」7(9)'56.8 p208
城戸 信太
　好色拳銃魔　　33「探偵実話」2(8)'51.7 p170
城戸 礼
　嗅ぐや姫《小説》　29「探偵趣味」(戦後版)'49.1 p18
　出獄仁義《小説》　33「探偵実話」2 '50.7 p50
　地下鉄三四郎〈1〉《小説》
　　　　　　　33「探偵実話」3 '50.8 p127
　地下鉄三四郎〈3〉《小説》
　　　　　　　33「探偵実話」5 '50.10 p102
　地下鉄三四郎〈4〉《小説》
　　　　　　　33「探偵実話」1(6)'50.11 p114
　地下鉄三四郎〈5〉《小説》
　　　　　　　33「探偵実話」2(1)'50.12 p94
　地下鉄三四郎〈6〉《小説》
　　　　　　　33「探偵実話」2(2)'51.1 p90
　地下鉄三四郎〈7〉《小説》
　　　　　　　33「探偵実話」2(3)'51.2 p166
　地下鉄三四郎〈8〉《小説》
　　　　　　　33「探偵実話」2(4)'51.3 p128
　地下鉄三四郎〈9〉《小説》
　　　　　　　33「探偵実話」2(5)'51.4 p160
　地下鉄三四郎〈10〉《小説》
　　　　　　　33「探偵実話」2(6)'51.5 p166

　地下鉄三四郎〈11〉《小説》
　　　　　　　33「探偵実話」2(7)'51.6 p128
　地下鉄三四郎〈12〉《小説》
　　　　　　　33「探偵実話」2(8)'51.7 p136
　地下鉄三四郎〈13・完〉《小説》
　　　　　　　33「探偵実話」2(9)'51.8 p200
　隼三四郎〈1〉《小説》
　　　　　　　33「探偵実話」5(6)'54.5 p110
　隼三四郎〈2〉《小説》
　　　　　　　33「探偵実話」5(7)'54.6 p192
　隼三四郎〈3〉《小説》
　　　　　　　33「探偵実話」5(8)'54.7 p138
　隼三四郎〈4〉《小説》
　　　　　　　33「探偵実話」5(9)'54.8 p84
　隼三四郎〈5〉《小説》
　　　　　　　33「探偵実話」5(10)'54.9 p106
　隼三四郎〈6〉《小説》
　　　　　　　33「探偵実話」5(12)'54.10 p92
　隼三四郎〈7〉《小説》
　　　　　　　33「探偵実話」5(13)'54.11 p148
　隼三四郎〈8〉《小説》
　　　　　　　33「探偵実話」6(1)'54.12 p144
　隼三四郎〈9〉《小説》
　　　　　　　33「探偵実話」6(2)'55.1 p190
　隼三四郎〈10〉《小説》
　　　　　　　33「探偵実話」6(4)'55.3 p198
　隼三四郎〈11〉《小説》
　　　　　　　33「探偵実話」6(5)'55.4 p116
　隼三四郎〈12〉《小説》
　　　　　　　33「探偵実話」6(6)'55.5 p186
　隼三四郎〈13・完〉《小説》
　　　　　　　33「探偵実話」6(7)'55.6 p266
　拳骨三四郎〈1〉《小説》
　　　　　　　33「探偵実話」6(10)'55.9 p94
　拳骨三四郎〈2〉《小説》
　　　　　　　33「探偵実話」6(11)'55.10 p132
　拳骨三四郎〈3〉《小説》
　　　　　　　33「探偵実話」6(13)'55.11 p232
　拳骨三四郎〈4〉《小説》
　　　　　　　33「探偵実話」7(1)'55.12 p212
　拳骨三四郎〈5〉《小説》
　　　　　　　33「探偵実話」7(3)'56.1 p78
　拳骨三四郎〈6〉《小説》
　　　　　　　33「探偵実話」7(4)'56.2 p144
　拳骨三四郎〈7〉《小説》
　　　　　　　33「探偵実話」7(6)'56.3 p248
　拳骨三四郎〈8〉《小説》
　　　　　　　33「探偵実話」7(7)'56.4 p218
　拳骨三四郎〈9〉《小説》
　　　　　　　33「探偵実話」7(9)'56.5 p88
　拳骨三四郎〈10〉《小説》
　　　　　　　33「探偵実話」7(10)'56.6 p114
　拳骨三四郎〈11〉《小説》
　　　　　　　33「探偵実話」7(12)'56.7 p94
　拳骨三四郎〈12・完〉《小説》
　　　　　　　33「探偵実話」7(13)'56.8 p106
　驀進三四郎〈1〉《小説》
　　　　　　　33「探偵実話」7(14)'56.9 p212
　驀進三四郎〈2〉《小説》
　　　　　　　33「探偵実話」7(15)'56.10 p126

鷲進三四郎〈3〉《小説》
    33「探偵実話」8(1)'56.12 p210
鷲進三四郎〈4〉《小説》
    33「探偵実話」8(3)'57.1 p190
鷲進三四郎〈5〉《小説》
    33「探偵実話」8(4)'57.2 p98
鷲進三四郎〈6〉《小説》
    33「探偵実話」8(6)'57.3 p246
鷲進三四郎〈7〉《小説》
    33「探偵実話」8(7)'57.4 p120
鷲進三四郎〈8・完〉《小説》
    33「探偵実話」8(9)'57.5 p240
よしきた!!三四郎〈1〉《小説》
    33「探偵実話」8(10)'57.6 p110
よしきた!!三四郎〈2〉《小説》
    33「探偵実話」8(11)'57.7 p120
よしきた!!三四郎〈3〉《小説》
    33「探偵実話」8(12)'57.8 p118
よしきた!!三四郎〈4〉《小説》
    33「探偵実話」8(13)'57.9 p184
よしきた!!三四郎〈5〉《小説》
    33「探偵実話」8(14)'57.10 p260
よしきた!!三四郎〈6〉《小説》
    33「探偵実話」8(16)'57.11 p244
よしきた!!三四郎〈7〉《小説》
    33「探偵実話」9(1)'57.12 p212
よしきた!!三四郎〈8〉《小説》
    33「探偵実話」9(3)'58.1 p214
よしきた!!三四郎〈9〉《小説》
    33「探偵実話」9(4)'58.2 p164
よしきた!!三四郎〈10〉《小説》
    33「探偵実話」9(6)'58.3 p160
よしきた!!三四郎〈11〉《小説》
    33「探偵実話」9(7)'58.4 p112
よしきた!!三四郎〈12・完〉《小説》
    33「探偵実話」9(9)'58.5 p174
作者のことば 33「探偵実話」9(11)'58.7 p145
豪快三四郎〈1〉《小説》
    33「探偵実話」9(12)'58.8 p198
豪快三四郎〈2〉《小説》
    33「探偵実話」9(13)'58.9 p226
豪快三四郎〈3〉《小説》
    33「探偵実話」9(15)'58.10 p152
豪快三四郎〈4〉《小説》
    33「探偵実話」9(16)'58.11 p174
豪快三四郎〈5〉《小説》
    33「探偵実話」10(1)'58.12 p154
豪快三四郎〈6〉《小説》
    33「探偵実話」10(3)'59.1 p210
豪快三四郎〈7〉《小説》
    33「探偵実話」10(4)'59.2 p168
豪快三四郎〈8〉《小説》
    33「探偵実話」10(5)'59.3 p208
豪快三四郎〈9〉《小説》
    33「探偵実話」10(7)'59.4 p182
豪快三四郎〈10〉《小説》
    33「探偵実話」10(8)'59.5 p140
豪快三四郎〈11・完〉《小説》
    33「探偵実話」10(9)'59.6 p250
猛鷲三四郎〈1〉《小説》
    33「探偵実話」10(11)'59.7 p238

猛鷲三四郎〈2〉《小説》
    33「探偵実話」10(12)'59.8 p172
猛鷲三四郎〈3〉《小説》
    33「探偵実話」10(13)'59.9 p222
猛鷲三四郎〈4〉《小説》
    33「探偵実話」10(14)'59.10 p226
淫獣《小説》 33「探偵実話」11(11)'60.8増 p206
鬼怒 宏
 或る蒐集《小説》 17「宝石」4(9)'49.10 p184
鬼怒川 浩
 鸚鵡裁判《小説》 17「宝石」2(3)'47.4 p82
 銃弾の秘密《小説》 16「ロック」3(2)'48.3 p49
 潮の呪い《小説》 18「トップ」3(4)'48.7 p38
 孔雀の眼《小説》 17「宝石」3(7)'48.9 p25
 花男の秘密《小説》 16「ロック」3(8)'48.12 p14
 美貌幻想《小説》 27「別冊宝石」1(3)'49.1 p60
 案山子恐怖症《小説》 24「妖奇」3(4)'49.4 p50
 浴槽鬼《小説》 24「妖奇」3(11)'49.10 p60
 暗合と魔術師 17「宝石」5(1)'50.1 p387
 ぎっちょ部落《小説》 24「妖奇」5(12)'51.12 p39
 十三分間《小説》 17「宝石」7(4)'52.4 p278
 幽鬼警部《小説》 17「宝石」7(8)'52.8 p184
 月光を砕く男《小説》
    32「探偵倶楽部」3(8)'52.9 p238
 姦通罪《小説》 33「探偵実話」3(10)'52.9 p100
 鬼火ケ浦事件《小説》 24「妖奇」6(10)'52.10 p40
 影なき男の影《小説》
    32「探偵倶楽部」3(12)'52.12 p58
 懐しきホーム・グランド
    17「宝石」10(7)'55.5 p68
砧 一郎
 手術《小説》 17「宝石」4(7)'49.7 p82
稀音家 六重郎
 三味線の棹
    35「エロチック・ミステリー」4(7)'63.7 p25
 邦楽千一夜〈1〉 35「ミステリー」5(3)'64.3 p115
 邦楽千一夜〈2〉 35「ミステリー」5(5)'64.5 p31
城崎 竜子　→潮寛二
 奇妙な義侠心《小説》
    33「探偵実話」3(12)'52.10 p170
 贋札使い《小説》 33「探偵実話」3(13)'52.11 p152
 無代進呈《小説》 33「探偵実話」3(14)'52.12 p154
 名宝紛失《小説》 33「探偵実話」4(1)'53.1 p136
 姉御の敗北《小説》 33「探偵実話」4(3)'53.2 p238
 "126"の秘密《小説》
    33「探偵実話」4(4)'53.3 p180
 天保探偵登場《小説》
    33「探偵実話」4(5)'53.4 p176
 姿なき脅迫者《小説》
    33「探偵実話」4(6)'53.5 p108
 天保探偵失踪す《小説》33「探偵実話」4(7)'53.6 p218
 姉御の幸福《小説》 33「探偵実話」4(8)'53.7 p158
木下 志津夫
 あの手この手《映画物語》
    33「探偵実話」5(8)'54.7 p102
木下 竜夫
 探偵趣味問答《アンケート》
    04「探偵趣味」3'25.11 p43

609

きのし

樹下 太郎
悪魔の掌の上で《小説》
　　　　　　　　17「宝石」13(14)'58.11 p124
夜空に船が浮かぶとき《小説》
　　　　　　　　17「宝石」14(4)'59.4 p244
新人作家の抱負《座談会》
　　　　　　　　17「宝石」14(9)'59.8 p254
散歩する霊柩車《小説》
　　　　　　　　17「宝石」14(15)'59.12増 p118
略歴　　　　　　17「宝石」14(15)'59.12増 p120
感謝の方法《小説》17「宝石」15(4)'60.3 p172
お墓に青い花を《小説》17「宝石」15(6)'60.5 p24
白い幻影《小説》　17「宝石」15(6)'60.5 p36
噂《小説》　　　　17「宝石」15(6)'60.5 p48
ねじれた吸殻《小説》17「宝石」15(7)'60.5増 p52
佐野さんのリズム　17「宝石」15(12)'60.10 p12
黄昏よ・とまれ《小説》
　　　　　　　　17「宝石」15(12)'60.10 p66
探偵作家クラブ討論会《座談会》
　　　　　　　　17「宝石」15(14)'60.12 p222
真夏の女《小説》　17「宝石」15(15)'60.12増 p162
日付のない遺書《小説》
　　　　　35「エロティック・ミステリー」2(1)'61.1 p18
白い空間《小説》　17「宝石」16(2)'61.2 p166
無能な犬《小説》　27「別冊宝石」14(3)'61.5 p102
スタイロールの犯罪〈1〉《小説》
　　　　　　　　17「宝石」16(7)'61.6 p160
スタイロールの犯罪〈2〉
　　　　　　　　17「宝石」16(8)'61.7 p182
泪ぐむ埴輪《小説》
　　　　　35「エロティック・ミステリー」2(7)'61.7 p218
夜に別れを告げる夜《小説》
　　　　　　　　27「別冊宝石」14(4)'61.7 p58
スタイロールの犯罪〈3〉《小説》
　　　　　　　　17「宝石」16(9)'61.8 p256
スタイロールの犯罪〈4〉《小説》
　　　　　　　　17「宝石」16(10)'61.9 p218
佐野さんズバリ　　17「宝石」16(11)'61.10 p269
スタイロールの犯罪〈5〉
　　　　　　　　17「宝石」16(11)'61.10 p282
スタイロールの犯罪〈6〉《小説》
　　　　　　　　17「宝石」16(12)'61.11 p206
スタイロールの犯罪〈7・完〉
　　　　　　　　17「宝石」16(13)'61.12 p272
ねじれた首　　　　17「宝石」17(1)'62.1 p19
ダンプでいこう！　17「宝石」17(2)'62.2 p19
無分別《小説》　　17「宝石」17(3)'62.2 p130
散歩する霊柩車　　27「別冊宝石」15(1)'62.2 p202
可愛い豚児ども　　27「別冊宝石」15(1)'62.2 p205
塔　　　　　　　　17「宝石」17(4)'62.3 p15
オレンジ・スリップ《小説》
　　　　　35「エロティック・ミステリー」3(3)'62.3 p62
雪子・夫《小説》　17「宝石」17(7)'62.6 p92
お次の方どうぞ《小説》
　　　　　　　　28「探偵実話」13(8)'62.6増 p59
ざれうた
　　　　　35「エロティック・ミステリー」3(8)'62.8 p75
女《小説》　　　　17「宝石」17(14)'62.11 p163
死体挿話《小説》　17「宝石」17(15)'62.11増 p200
黒岩重吾氏のこと　27「別冊宝石」16(1)'63.1 p129

走る狂気　　　　　17「宝石」18(3)'63.2 p12
虎口　　　　　　　17「宝石」18(3)'63.2 p100
多才な作家多岐川恭《座談会》
　　　　　　　　27「別冊宝石」16(3)'63.3 p114
悪魔の掌の上で《小説》
　　　　　　　　17「宝石」18(6)'63.4増 p181
たのしかった！　　17「宝石」18(6)'63.4増 p185
正義のひと　　　　17「宝石」18(8)'63.6 p131
二度死ぬ《小説》　17「宝石」18(9)'63.7 p56
推理師六段《小説》17「宝石」18(13)'63.10 p246
素晴らしい夜《小説》
　　　　　　　　17「宝石」18(14)'63.10増 p68
トーヘルス事件《小説》
　　　　　　　　17「宝石」18(16)'63.12 p118
はだしのタロー　　17「宝石」19(1)'64.1 p243
ちょっぴりしあわせ《小説》
　　　　　　　　27「別冊宝石」17(1)'64.1 p218
ときどき考えること17「宝石」19(4)'64.3 p15
心中未遂《小説》　17「宝石」19(6)'64.4増 p114
街あるき　　　　　17「宝石」19(7)'64.5 p13
四人組《小説》　　17「宝石」19(7)'64.5 p64

木下 太郎
ダイアナ・ドースとはこんな女だ
　　　　　　　　33「探偵実話」8(14)'57.10 p188

木下 東作
『探偵趣味』問答《アンケート》
　　　　　　　　04「探偵趣味」2 '25.10 p22

木下 義夫
砒素《小説》　　　27「別冊宝石」6(9)'53.12 p106

木原 孝一
舞踏会《詩》　　　17「宝石」1(8)'46.11 p5
海の薔薇《詩》　　17「宝石」4(8)'49.8 p9
抱擁《詩》　　　　17「宝石」4(10)'49.11 p5
海の嘆き《詩》　　17「宝石」5(7)'50.7 p9
影《詩》　　　　　17「宝石」5(10)'50.10 p9
東京夜色《詩》　　17「宝石」6(5)'51.5 p7
魔術《詩》　　　　17「宝石」10(1)'55.1 p13
鍵穴《詩》　　　　17「宝石」10(10)'55.7 p15
予感《詩》　　　　17「宝石」10(14)'55.10 p13
知的ゲームの栄光　17「宝石」17(3)'62.2 p268
今月の創作評《座談会》
　　　　　　　　17「宝石」17(4)'62.3 p216
結婚記念日《小説》
　　　　　35「エロティック・ミステリー」3(6)'62.6 p64
天使《小説》
　　　　　35「エロティック・ミステリー」3(8)'62.8 p127
魔女《小説》
　　　　　35「エロティック・ミステリー」3(10)'62.10 p101
紫陽花の女《小説》
　　　　　35「エロティック・ミステリー」3(12)'62.12 p16
おたずね者　　　　17「宝石」18(7)'63.5 p26
オフェリアの死《小説》
　　　　　35「エロティック・ミステリー」4(8)'63.8 p20

黄表紙 哲輔
女湯の刀掛《小説》23「真珠」2(4)'48.3 p12

木部 一治
木更津芸者とアメリカ兵《座談会》
　　　　　　　　33「探偵実話」9(4)'58.2 p146

木俣 清史
　探偵小説愛好者座談会《座談会》
　　　　　　　　　17「宝石」— '49.9増 p132
　窮すれば通じる　　27「別冊宝石」7(1)'54.1 p259
　弁慶のエロ　　　　17「宝石」13(7)'58.5増 p249
　文豪荷風の死　　　27「別冊宝石」12(6)'59.6 p23
　東山から裏磐梯へ
　　　　　　　35「エロチック・ミステリー」3(10)'62.10 p49
木俣 恵右
　血とミルク《小説》
　　　　　　　　　17「宝石」13(16)'58.12増 p238
木村 毅
　探偵小説の劇化　　10「探偵クラブ」4 '32.8 p3
　ハガキ回答《アンケート》
　　　　　　　　　11「ぷろふいる」4(6)'36.6 p102
　諸家の感想《アンケート》
　　　　　　　　　15「探偵春秋」2(1)'37.1 p69
　ボアゴベについて　17「宝石」2(6)'47.6 p19
　戦後のスパイ戦《座談会》
　　　　　　　　　32「怪奇探偵クラブ」2 '50.6 p169
　アンケート《アンケート》
　　　　　　　　　17「宝石」8(6)'53.6 p190
　黒岩涙香を偲ぶ座談会《座談会》
　　　　　　　　　17「宝石」9(6)'54.5 p70
　世界的になりゆく乱歩
　　　　　　　　　27「別冊宝石」7(9)'54.11 p292
　探偵小説史講話〈1〉
　　　　　　　　　32「探偵倶楽部」7(1)'56.1 p127
　探偵小説史講話〈2〉
　　　　　　　　　32「探偵倶楽部」7(3)'56.3 p86
　探偵小説史講話〈3〉
　　　　　　　　　32「探偵倶楽部」7(4)'56.4 p165
　ボアゴベ考〈1〉　32「探偵倶楽部」8(1)'57.1 p44
　ボアゴベのこと〈2〉
　　　　　　　　　32「探偵倶楽部」8(2)'57.3 p69
木村 錦花
　お伝召捕り　　　　32「探偵クラブ」1(3)'50.11 p198
木村 錦之助
　結び毛　　　　　　33「探偵実話」13(12)'62.10 p72
木村 幸雄
　屍腐現象に就て　　06「猟奇」3(4)'30.5 p54
木村 正一
　性犯罪を語る座談会《座談会》
　　　　　　　　　25「Gメン」1(1)'47.10 p4
木村 次郎
　タダ一つ神もし許し賜はゞ‥‥《アンケート》
　　　　　　　　　06「猟奇」4(3)'31.5 p73
木村 鈴吉
　推理劇アリバイを演出して
　　　　　　　　　17「宝石」10(11)'55.8 p48
木村 荘十
　微笑む瞳《小説》　25「Gメン」2(1)'48.1 p26
　毒殺魔《小説》　　16「ロック」3(3)'48.5 p2
　屍の盛装《小説》　25「X」3(2)'49.2 p63
　もしも日本が勝っていたら《小説》
　　　　　　　　　33「探偵実話」5(6)'54.5 p248
　狂恋の魔都《小説》
　　　　　　　　　33「探偵実話」11(11)'60.8増 p100
　天分と才能　　　　17「宝石」18(11)'63.8 p145

　習性　　　　　　　17「宝石」19(4)'64.3 p17
木村 喬
　弁天荘情痴の惨劇
　　　　　　　　　33「探偵実話」10(2)'59.1増 p185
木村 竜彦
　弥太ッペ君の絶対《小説》
　　　　　　　　　27「別冊宝石」2(3)'49.12 p408
　章魚《小説》　　　24「妖奇」4(7)'50.7 p21
　幻女《小説》　　　17「宝石」6(10)'51.10 p122
　アンケート《アンケート》
　　　　　　　　　17「宝石」7(1)'52.1 p88
木村 太郎
　探偵映画のことども
　　　　　　　　　12「探偵文学」2(11)'36.11 p21
　映画化された「罪と罰」の罪
　　　　　　　　　12「探偵文学」2(12)'36.12 p48
　探偵小説は人生の阿呆が書くか
　　　　　　　　　15「探偵春秋」2(3)'37.3 p14
木村 登
　僕のみた岩谷大学学芸会
　　　　　　　　　27「別冊宝石」3(2)'50.4 p259
　新聞と探偵小説と犯罪《座談会》
　　　　　　　　　17「宝石」5(5)'50.5 p96
　海外探偵小説放談《座談会》
　　　　　　　　　17「宝石」5(8)'50.8 p124
　官界財界アマチュア探偵小説放談座談会《座談会》
　　　　　　　　　27「別冊宝石」3(4)'50.8 p194
　百万円懸賞探偵小説B級作品入選誌上発表《座談会》
　　　　　　　　　17「宝石」5(9)'50.9 p212
　B級入選作品の感想　17「宝石」5(9)'50.9 p214
　最後の岩谷大学　　17「宝石」5(12)'50.12 p124
　海外探偵小説を語る《座談会》
　　　　　　　　　17「宝石」6(11)'51.10増 p154
　座談会飛躍する宝石《座談会》
　　　　　　　　　17「宝石」7(1)'52.1 p165
　「宝石」専科優等生へ　17「宝石」7(4)'52.4 p138
　入賞作品選考座談会《座談会》
　　　　　　　　　17「宝石」12(5)'57.4 p88
木村 まき子
　二度目のお客
　　　　　　　35「エロティック・ミステリー」2(12)'61.12 p258
木村 義雄
　将棋・奇術・探偵小説
　　　　　　　　　32「探偵クラブ」2(2)'51.2 p206
　勝負の世界　　　　32「探偵クラブ」3(1)'52.1 p138
　探偵小説と定跡　　27「別冊宝石」7(9)'54.11 p166
　誌上アンケート《アンケート》
　　　　　　　　　33「探偵実話」9(1)'57.12 p135
　静かなる暴風雨　　17「宝石」15(4)'60.3 p84
　アンケート《アンケート》
　　　　　　　　　17「宝石」18(8)'63.6 p125
木村 嘉孝
　米の煮えるまで《小説》
　　　　　　　　　17「宝石」19(2)'64.1増 p26
来村 記者
　マダム色事師の裏おもて《座談会》
　　　　　　　　　33「探偵実話」10(15)'59.11増 p19
キャロライン, ジェイムズ
　神の施術《小説》　32「探偵倶楽部」7(6)'56.6 p304

キャロル, ロイ
　エルドンの決闘《小説》
　　　　　　　　　　17「宝石」13(13)'58.10 p284
ギュー, ゴム
　樽詰にされた男《小説》　06「猟奇」4(7)'31.12 p43
邱　永漢
　被害者は誰だ《小説》　　17「宝石」14(5)'59.5 p34
　懲役五年《小説》　　　　17「宝石」14(8)'59.7 p128
　恐喝者《小説》　　　　　17「宝石」14(11)'59.10 p162
　視線と刃物《小説》　　　17「宝石」15(2)'60.2 p264
　教祖と泥棒《小説》　　　17「宝石」15(6)'60.5 p58
　マリン・スノーの図　　　17「宝石」15(9)'60.7 p23
　犀川のほとり　　　　　　17「宝石」15(10)'60.8 p23
　タヌキ　　　　　　　　　17「宝石」15(11)'60.9 p23
九　竜平
　探小文学論私感　　17「宝石」11(16)'56.12 p255
吸血　夢想男
　夢久の死と奇歌　11「ぷろふいる」4(5)'36.5 p121
キュビイオ, アントニュース
　愛!!!　　　　　　　　　06「猟奇」4(2)'31.4 p45
ギュンドユス, アカ
　砲撃《小説》　　　　　04「探偵趣味」18 '27.4 p14
狂
　TOKYO　　　　　　　　17「宝石」10(7)'55.5 p239
　TOKYO　　　　　　　　17「宝石」10(8)'55.6 p151
狂家　四鬼
　殺意《小説》　　　　17「宝石」10(2)'55.1増 p284
香亭　棋人
　名人位争奪の血戦　33「探偵実話」4(7)'53.6 p108
共同通信
　法廷記者座談会《座談会》
　　　　　　　　　　32「探偵倶楽部」8(9)'57.9 p142
京都探偵倶楽部
　アーノルド・カーンの裁判
　　　　　　　　　　11「ぷろふいる」2(8)'34.8 p98
京都探偵趣味の会
　難題《小説》　　　　04「探偵趣味」4(2)'28.2 p15
今日泊　亜蘭　→今日泊蘭二
　くすり指《小説》　32「探偵倶楽部」6(7)'55.7 p222
　「お聖人」について
　　　　　　　　　32「探偵倶楽部」7(1)'56.1 p253
　白き爪牙《小説》　32「探偵倶楽部」7(2)'56.2 p262
　科学の怪談《座談会》
　　　　　　　　　　33「探偵実話」7(14)'56.9 p246
　死を蒔く男《小説》
　　　　　　　　　32「探偵倶楽部」8(8)'57.8 p136
　完全な侵略《小説》　17「宝石」12(16)'57.12 p252
　変つた経歴の持主　32「探偵倶楽部」9(1)'58.1 p219
　遥かなりカシオペヤの女《小説》
　　　　　　　　　27「別冊宝石」17(3)'64.3 p30
今日泊　蘭二　→今日泊亜蘭
　宝の山《小説》　　33「探偵実話」3(10)'52.9 p98
　夜走曲《小説》　　　17「宝石」9(6)'54.5 p128
玉泉生
　翡翠の行衛　　　　01「新趣味」18(4)'23.4 p383
清田　潤市
　吉原病院探訪記　　26「フーダニット」2(2)'48.3 p32

清原　健
　掏摸座談会!《座談会》　06「猟奇」4(4)'31.6 p62
　或る対話　　　　　　　06「猟奇」4(5)'31.7 p24
清原　夏生
　第三の抱擁　　　　33「探偵実話」11(3)'60.1 p182
　セックス・バレエ団の饗宴
　　　　　　　　　　33「探偵実話」11(4)'60.2 p179
　海外犯罪ダイジェスト
　　　　　　　　　　33「探偵実話」11(6)'60.3 p250
　海外犯罪ダイジェスト
　　　　　　　　　　33「探偵実話」11(7)'60.4 p90
　海外犯罪ダイジェスト
　　　　　　　　　　33「探偵実話」11(8)'60.5 p114
　海外犯罪ダイジェスト
　　　　　　　　　　33「探偵実話」11(9)'60.6 p222
　海外犯罪ダイジェスト
　　　　　　　　　　33「探偵実話」11(10)'60.7 p266
　女体に火をつけた男
　　　　　　　　　　33「探偵実話」11(12)'60.8 p118
　海外犯罪　　　　　33「探偵実話」11(14)'60.10 p144
　女を殺し死体を溶解した淫魔
　　　　　　　　　　33「探偵実話」11(16)'60.11 p198
清村　耕次
　"事件記者"はなぜヒットした?《座談会》
　　　　　　　　33「探偵実話」10(10)'59.7増 p211
　事件記者はハードボイルドがお好き《座談会》
　　　　　　　　　　17「宝石」14(11)'59.10 p228
吉良　運平
　新作家紹介　　　　　19「ぷろふいる」2(2)'47.8 p24
　シャルロッテの復讐　18「トップ」2(5)'47.9 p18
　イタリーの三人の作家
　　　　　　　　　　19「ぷろふいる」2(3)'47.12 p32
　ダイヤと国際列車　　21「黒猫」2(6)'48.2 p26
綺羅　光一郎
　夢のままに　　　11「ぷろふいる」3(9)'35.9 p103
　殺人事件なきストリイへ
　　　　　　　　　11「ぷろふいる」3(11)'35.11 p110
　悲劇《小説》　　　12「探偵文学」2(12)'36.12 p57
キラ・コウ
　いたずら　　　　11「ぷろふいる」4(11)'36.11 p131
ギラン, ロベール
　外人記者のみた東京の夜を語る座談会《座談会》
　　　　　　　　　　33「探偵実話」4(7)'53.6 p137
貴理　万次郎
　時計は何故止まる《小説》
　　　　　　　　　　33「探偵実話」5(10)'54.9 p156
　地獄への階段《小説》
　　　　　　　　　　33「探偵実話」5(13)'54.11 p84
　霧の三又路《小説》　33「探偵実話」6(2)'55.1 p110
　盲魚《小説》　　　17「宝石」11(2)'56.1増 p262
霧隠　佐助
　山田風太郎論　　　　17「宝石」4(9)'49.10 p148
霧島　春彦
　不義はなぜたのしい
　　　　　　　35「エロティック・ミステリー」1(2)'60.9 p218
霧島　麓之介
　掌篇二題《小説》　　12「探偵文学」2(6)'36.6 p35

桐野 徳次
　女学生殺人犯の獄中手記　　06「猟奇」4(4)'31.6 p68
桐野 利郎
　条件《小説》　　　27「別冊宝石」5(10)'52.12 p120
　絶壁《小説》　　　27「別冊宝石」6(9)'53.12 p284
　復讐抄《小説》　　32「探偵倶楽部」5(8)'54.8 p91
　病少女《小説》　　33「探偵実話」5(9)'54.8 p70
　五つの死《小説》
　　　　　　　　　　32「探偵倶楽部」5(11)'54.11 p139
　目撃者はいた《小説》
　　　　　　　　　　32「探偵倶楽部」6(7)'55.7 p134
　鬼女《小説》　　　32「探偵倶楽部」6(10)'55.10 p80
　松葉杖の男《小説》　17「宝石」11(2)'56.1増 p250
桐谷 狂太郎
　緑藻随想　　　　　11「ぷろふいる」2(7)'34.7 p114
桐山 真
　年末・年始に多いスリの手口
　　　　　　　　　　26「フーダニット」2(1)'48.1 p12
ギルフォード，C・B
　双生児の相続人《小説》
　　　　　　　　　　17「宝石」13(10)'58.8 p322
　三角の週末《小説》　17「宝石」13(12)'58.9 p322
　殺してごらん《小説》
　　　　　　　　　　17「宝石」13(14)'58.11 p324
　広告のうしろの屍体《小説》
　　　　　　　　　　17「宝石」14(2)'59.2 p324
　毀れた人形《小説》　17「宝石」14(5)'59.5 p324
　ホリス教授の優雅な生涯《小説》
　　　　　　　　　　27「別冊宝石」16(10)'63.11増 p12
　二人の女《小説》　27「別冊宝石」17(5)'64.4増 p128
ギルモア，エディ
　クリスティーの近況　17「宝石」13(13)'58.10 p278
金 清国
　動乱の朝鮮から　　32「探偵倶楽部」3(12)'52.12 p152
金 易二郎
　詰将棋新題　　　　17「宝石」12(14)'57.11 p195
　詰将棋新題　　　　17「宝石」13(8)'58.6 p101
　詰将棋新題　　　　17「宝石」13(9)'58.7 p243
金 来成
　楕円形の鏡《小説》　11「ぷろふいる」3(3)'35.3 p32
　作者の言葉　　　　11「ぷろふいる」3(3)'35.3 p35
　探偵小説家の殺人《小説》
　　　　　　　　　　11「ぷろふいる」3(12)'35.12 p10
　略歴　　　　　　　11「ぷろふいる」3(12)'35.12 p14
　書けるか！　　　　11「ぷろふいる」4(1)'36.1 p115
　探偵小説の本質的要件
　　　　　　　　　　14「月刊探偵」2(3)'36.4 p33
キング，C・デイリイ
　アトリエの惨劇《小説》
　　　　　　　　　　11「ぷろふいる」3(5)'35.5 p107
　釘と鎮魂歌《小説》　17「宝石」10(9)'55.6増 p188
キング，フランク
　出口《小説》　　　07「探偵」1(2)'31.6 p196
　栄光の手《小説》　17「宝石」12(1)'57.1 p182
キング，ルーファス
　ドアのかげの秘密《小説》
　　　　　　　　　　27「別冊宝石」15(4)'62.10 p230

キングストン，チヤルス
　眼に口あり《小説》　07「探偵」1(6)'31.10 p97
銀田 味一
　日本艶色人物考〈1〉
　　　　　　　　　　35「エロチック・ミステリー」4(9)'63.9 p36
　艶色人物志　　　　35「エロチック・ミステリー」4(10)'63.10 p92
　肌の臭いと性慾
　　　　　　　　　　35「エロチック・ミステリー」4(12)'63.12 p58
　女妖毒殺魔　　　　35「ミステリー」5(2)'64.2 p38
　イカス男・イカレル女
　　　　　　　　　　35「ミステリー」5(3)'64.3 p18
　毒殺魔メッサリナ　35「ミステリー」5(4)'64.4 p118
銀波生
　止つた腕時計　　　01「新趣味」18(4)'23.4 p95

【く】

クイツ，ハインツ・オットー
　私は告白する　　　32「探偵倶楽部」6(9)'55.9 p128
クイーン，エラリイ
　和蘭陀靴の秘密〈1〉《小説》
　　　　　　　　　　09「探偵小説」2(4)'32.4 p12
　和蘭陀靴の秘密〈2〉《小説》
　　　　　　　　　　09「探偵小説」2(5)'32.5 p10
　和蘭陀靴の秘密〈3〉《小説》
　　　　　　　　　　09「探偵小説」2(6)'32.6 p10
　和蘭陀靴の秘密〈4〉《小説》
　　　　　　　　　　09「探偵小説」2(7)'32.7 p10
　和蘭陀靴の秘密〈5〉《小説》
　　　　　　　　　　09「探偵小説」2(8)'32.8 p10
　探偵小説批判法　　11「ぷろふいる」1(8)'33.12 p73
　ギリシヤ館の秘密〈1〉《小説》
　　　　　　　　　　11「ぷろふいる」2(4)'34.4 p93
　ギリシヤ館の秘密〈2〉《小説》
　　　　　　　　　　11「ぷろふいる」2(5)'34.5 p135
　ギリシヤ館の秘密〈3〉《小説》
　　　　　　　　　　11「ぷろふいる」2(6)'34.6 p97
　ギリシヤ館の秘密〈4〉《小説》
　　　　　　　　　　11「ぷろふいる」2(7)'34.7 p131
　ギリシヤ館の秘密〈5〉《小説》
　　　　　　　　　　11「ぷろふいる」2(8)'34.8 p128
　双頭の犬《小説》　11「ぷろふいる」2(9)'34.9 p95
　恋愛四人男《小説》
　　　　　　　　　　11「ぷろふいる」3(1)'35.1 p111
　黒猫失踪《小説》　11「ぷろふいる」3(7)'35.7 p81
　飾窓の秘密〈1〉《小説》
　　　　　　　　　　11「ぷろふいる」4(1)'36.1 p153
　飾窓の秘密〈2〉《小説》
　　　　　　　　　　11「ぷろふいる」4(2)'36.2 p111
　飾窓の秘密〈3〉《小説》
　　　　　　　　　　11「ぷろふいる」4(3)'36.3 p94
　宝探し《小説》　　11「ぷろふいる」4(4)'36.4 p49
　飾窓の秘密〈4〉《小説》
　　　　　　　　　　11「ぷろふいる」4(4)'36.4 p86
　飾窓の秘密〈5〉《小説》
　　　　　　　　　　11「ぷろふいる」4(5)'36.5 p68

飾窓の秘密〈6・完〉《小説》
　　　　　11「ぷろふぃる」4(6)'36.6 p114
エラリイ・クイーンの秘密
　　　　　15「探偵春秋」2(3)'37.3 p46
空の竜《小説》　15「探偵春秋」2(5)'37.5 p135
災厄の町《小説》　17「宝石」5(3)'50.3 p191
フオクス家殺人事件〈1〉《小説》
　　　　　17「宝石」5(7)'50.7 p180
フオクス家殺人事件〈2・完〉《小説》
　　　　　17「宝石」5(8)'50.8 p180
エヂプト十字架の秘密《小説》
　　　　　17「宝石」8(11)'53.10 p258
シャム兄弟の秘密《小説》
　　　　　27「別冊宝石」7(4)'54.5 p5
琉球かしどりの秘密《小説》
　　　　　27「別冊宝石」7(4)'54.5 p96
ギリシヤ棺の秘密《小説》
　　　　　27「別冊宝石」7(4)'54.5 p153
鬚のある女《小説》
　　　　　32「探偵倶楽部」7(5)'56.5 p284
脅やかされたスタア《脚本》
　　　　　32「探偵倶楽部」7(7)'56.6増 p260
ケイン家奇談《脚本》
　　　　　32「探偵倶楽部」7(13)'56.12 p90
黄金の二十　27「別冊宝石」10(10)'57.10 p153
あごひげのある女《小説》
　　　　　17「宝石」12(14)'57.11 p124
縊られたアクロバット《小説》
　　　　　17「宝石」13(3)'58.2 p254
三つのR《小説》　27「別冊宝石」11(3)'58.3 p76
殺された猫《小説》　27「別冊宝石」11(5)'58.6 p94
野球場殺人事件《小説》
　　　　　27「別冊宝石」11(7)'58.9 p228
口をきいた壜《小説》
　　　　　27「別冊宝石」11(9)'58.11 p9
悪魔の報酬《小説》
　　　　　27「別冊宝石」12(3)'59.3 p118
マイケル・マグーンの三月十五日《小説》
　　　　　17「宝石」14(8)'59.7 p286
かさなった三角形《脚本》
　　　　　27「別冊宝石」12(7)'59.7 p82
双面神クラブの秘密《小説》
　　　　　27「別冊宝石」12(9)'59.9 p34
大統領の五仙貨《小説》
　　　　　17「宝石」14(14)'59.12 p292
クリスマスと人形《小説》
　　　　　17「宝石」16(13)'61.12 p284
ペントハウスの謎《小説》
　　　　　27「別冊宝石」16(9)'63.10 p246
クエンティン，パトリック　→パトリック，Q
ビフテキとハンバーガー《小説》
　　　　　17「宝石」11(15)'56.11 p190
呪われた週末《小説》
　　　　　27「別冊宝石」10(4)'57.4 p5
癲狂院殺人事件《小説》
　　　　　27「別冊宝石」12(11)'59.11 p112
死はスキーにのって《小説》
　　　　　27「別冊宝石」16(10)'63.11増 p186

久木 順郎
赤い国の秘密 恋・金・慾
　　　　　26「フーダニット」1(1)'47.11 p6
第二の「二つの顔を持つ男」
　　　　　26「フーダニット」2(2)'48.3 p22
勝利の論告　26「フーダニット」2(5)'48.8 p40
九鬼 紫郎　→九鬼澹
千両供養《小説》　33「探偵実話」5(11)'54.9増 p219
心霊は乱れ飛ぶ〈1〉《小説》
　　　　　32「探偵倶楽部」7(3)'56.3 p56
心霊は乱れ飛ぶ〈2〉《小説》
　　　　　32「探偵倶楽部」7(5)'56.5 p322
心霊は乱れ飛ぶ〈3〉《小説》
　　　　　32「探偵倶楽部」7(6)'56.6 p208
心霊は乱れ飛ぶ〈4・完〉《小説》
　　　　　32「探偵倶楽部」7(8)'56.7 p100
幽霊狂騒曲《小説》
　　　　　32「探偵倶楽部」7(12)'56.11 p284
八丈流刑人の霊魂《小説》
　　　　　32「探偵倶楽部」8(3)'57.4 p88
甲賀三郎その人と作品〈1〉
　　　　　32「探偵倶楽部」8(5)'57.6 p140
甲賀三郎人と作品〈2・完〉
　　　　　32「探偵倶楽部」8(6)'57.7 p139
俺は殺される《小説》
　　　　　32「探偵倶楽部」8(10)'57.10 p158
アンケート《アンケート》
　　　　　17「宝石」12(13)'57.10 p304
探偵小説豆辞典
　　　　　32「探偵倶楽部」8(12)'57.11増 p175
二重死体事件《小説》
　　　　　32「探偵倶楽部」9(5)'58.4増 p68
消えたニーナ《小説》　17「宝石」13(7)'58.5増 p66
笑う死骸《小説》　32「探偵倶楽部」9(9)'58.7増 p64
九鬼 澹　→石光琴作，九鬼紫郎，覆面作者，三上紫郎
現場不在証明《小説》　07「探偵」1(4)'31.8 p58
探偵小説とヂヤーナリズム
　　　　　11「ぷろふぃる」1(1)'33.5 p58
「体温計殺人事件」を読む
　　　　　11「ぷろふぃる」1(2)'33.6 p36
死はかくして美しい《小説》
　　　　　11「ぷろふぃる」1(3)'33.7 p16
江戸川乱歩を語る　11「ぷろふぃる」1(4)'33.8 p39
「完全犯罪」を読む
　　　　　11「ぷろふぃる」1(5)'33.9 p17
「幻想夜曲」について
　　　　　11「ぷろふぃる」1(7)'33.11 p27
神仙境物語《小説》
　　　　　11「ぷろふぃる」1(7)'33.11 p28
幻想曲《小説》　11「ぷろふぃる」1(8)'33.12 p6
夢野久作論　11「ぷろふぃる」2(1)'34.1 p86
小栗虫太郎論　11「ぷろふぃる」2(3)'34.3 p64
続・小栗虫太郎論　11「ぷろふぃる」2(4)'34.4 p25
密偵往来《連作小説A1号 1》《小説》
　　　　　11「ぷろふぃる」2(5)'34.5 p31
探偵月評　11「ぷろふぃる」2(7)'34.7 p77
寝言の寄せ書　11「ぷろふぃる」2(8)'34.8 p70
探偵小説に関する諸問題
　　　　　11「ぷろふぃる」2(9)'34.9 p70
探偵小説の科学性を論ず
　　　　　11「ぷろふぃる」2(10)'34.10 p47

蒼井君の力作拝見
　　　　　　　　11「ぷろふいる」2(10)'34.10 p72
神戸探偵倶楽部寄せ書
　　　　　　　　11「ぷろふいる」2(10)'34.10 p98
我もし探偵作家なりせば
　　　　　　　　11「ぷろふいる」2(12)'34.12 p102
外国・日本・探偵作家の素描
　　　　　　　　11「ぷろふいる」3(1)'35.1 p62
人工怪奇《小説》　11「ぷろふいる」3(3)'35.3 p79
望郷の譜　　　　11「ぷろふいる」4(2)'36.2 p51
R子爵夫人惨殺事件《小説》
　　　　　　　　11「ぷろふいる」4(4)'36.4 p19
探偵劇座談会《座談会》
　　　　　　　　11「ぷろふいる」4(5)'36.5 p88
報酬五千円事件《小説》
　　　　　　　　11「ぷろふいる」4(8)'36.8 p143
お問合せ《アンケート》
　　　　　　　　12「シュピオ」3(5)'37.6 p49
ハガキ回答《アンケート》
　　　　　　　　12「シュピオ」4(1)'38.1 p17
豹助、町を驚ろかす《小説》
　　　　　　　　19「ぷろふいる」1(1)'46.7 p25
甲賀先生追憶記　19「ぷろふいる」1(1)'46.7 p43
豹助、巨人と戦ふ《小説》
　　　　　　　　19「ぷろふいる」1(2)'46.12 p26
豹助謎を解く《小説》16「ロック」2(1)'47.1
豹助、都へ行く《小説》
　　　　　　　　19「ぷろふいる」2(1)'47.4 p14
創刊号に寄す　　22「新探偵小説」1(2)'47.6 p24
豹助、恋をする《小説》
　　　　　　　　19「ぷろふいる」2(2)'47.8 p26
誰彼のこと　　　19「ぷろふいる」2(2)'47.8 p34
ハガキ回答《アンケート》
　　　　　　　　25「Gメン」1(1)'47.10 p23
太陽の下を歩けり《小説》
　　　　　　　　20「探偵よみもの」33 '47.10 p28
隻眼荘燃ゆ《小説》24「妖奇」1(6)'47.12 p7
豹助、翻弄さる《小説》
　　　　　　　　19「ぷろふいる」2(3)'47.12 p36
僕は検事である《小説》19「仮面」3(1)'48.2 p9
幽霊妻《小説》　19「仮面」春の増刊 '48.4 p41
誰が殺したか《小説》19「仮面」3(3)'48.5 p7
恋を賭ける《小説》
　　　　　　　　22「新探偵小説」2(2)'48.5 p11
江戸橋小町《小説》19「仮面」臨時増刊 '48.8 p16
美神座の踊り子《小説》23「真珠」2(7)'48.8 p30
お吉初手柄《小説》16「ロック」3(7)'48.11 p60
運命の降誕祭《小説》17「宝石」3(9)'48.12 p53
血を吸ふ女《小説》
　　　　　　　　20「探偵よみもの」39 '49.6 p30
誰が拳銃を《小説》25「X」3(8)'49.7 p76
浅草っ子　　　　17「宝石」― '49.9増 p148
夢よもう一度　　17「宝石」5(1)'50.1 p264
霧の中の男《小説》17「宝石」5(2)'50.2 p96
動く屍体《小説》24「妖奇」4(8)'50.8 p8
菫の花《小説》　20「探偵よみもの」40 '50.8 p45
悪霊伝〈1〉《小説》24「妖奇」4(10)'50.10 p72
悪霊伝〈2〉《小説》24「妖奇」4(11)'50.11 p64
悪霊伝〈3・完〉《小説》
　　　　　　　　24「妖奇」4(12)'50.12 p64

まぼろし荘の女たち《小説》
　　　　　　　　24「妖奇」5(1)'51.1 p116
二重死体事件《小説》24「妖奇」5(2)'51.2 p132
一九八〇年の殺人《小説》
　　　　　　　　32「探偵クラブ」2(2)'51.2 p160
吸血魔女《小説》24「妖奇」5(4)'51.4 p88
奇妙な12時《小説》17「宝石」6(5)'51.5 p114
美神座の踊り子《小説》
　　　　　　　　32「探偵クラブ」2(7)'51.8増 p126
怪奇花火師《小説》24「妖奇」5(9)'51.9 p36
カフエーの殺人《脚本》
　　　　　　　　17「宝石」6(10)'51.10 p185
獣人《小説》　　24「妖奇」5(12)'51.12 p14
将棋をさす男《脚本》17「宝石」6(13)'51.12 p170
アンケート《アンケート》
　　　　　　　　17「宝石」7(1)'52.1 p86
耽奇異食会《小説》27「別冊宝石」5(1)'52.1 p96
記憶なき殺人《小説》17「宝石」7(2)'52.2 p54
江戸橋小町《小説》
　　　　　　　　32「探偵倶楽部」3(6)'52.6 p126
変幻骸骨島〈1〉《小説》
　　　　　　　　24「妖奇」6(7)'52.7 p132
十円の行方《脚本》17「宝石」7(7)'52.7 p191
変幻骸骨島〈2〉《小説》24「妖奇」6(8)'52.8 p56
変幻骸骨島〈3・完〉《小説》
　　　　　　　　24「妖奇」6(9)'52.9 p78
下手人昇天《小説》
　　　　　　　　33「探偵実話」3(10)'52.9 p202
魔人《小説》　　24「トリック」6(12)'52.12 p123
木乃伊博士《小説》24「トリック」7(2)'53.2 p35
妖談三号館　　　32「探偵倶楽部」5(1)'54.1 p79
釘川　更作
沖縄に残る愛情奇習
　　　　　　　　35「エロチック・ミステリー」5(1)'64.1 p23
愚教師
或る活動嫌ひの毒舌　01「新趣味」17(2)'22.2 p114
鵠　藤介
少女の日記が招いた殺人
　　　　　　　　33「探偵実話」11(10)'60.7 p260
日下　香之助
江戸好色川柳
　27「別冊宝石」7(7)'54.9 p27, 89, 187, 201, 215, 231, 255, 329, 339, 351, 365
江戸古川柳
27「別冊宝石」8(1)'55.1 p25, 29, 59, 187, 189, 205, 239, 273
日下　実男
科学はここまで来ている《座談会》
　　　　　　　　27「別冊宝石」16(8)'63.9 p240
日下　昇一郎
人魚の涙　　　　33「探偵実話」12(12)'61.9 p222
久坂　四郎
囚《小説》　　　17「宝石」17(2)'62.1増 p238
日下　学
記者時代の多岐川さん
　　　　　　　　27「別冊宝石」16(3)'63.3 p245
草壁　四郎
あなたの能力を試すわ
　　　　　　　　27「別冊宝石」13(6)'60.6 p190

615

草刈 春逸
足の精神病学 　　　　　06「猟奇」4(2)'31.4 p6
課題・精神分析について 　06「猟奇」4(3)'31.5 p6
放火被告人との対話〈1〉
　　　　　　　　　　　06「猟奇」4(5)'31.7 p82
放火被告人との対話〈2・完〉
　　　　　　　　　　　06「猟奇」4(6)'31.9 p72

草川 伸太郎
自殺志願 　　　　　　　06「猟奇」2(12)'29.12 p28

草木 鴻一郎
標準血清《小説》 　　　12「シュピオ」3(6)'37.7 p42
ハガキ回答《アンケート》
　　　　　　　　　　12「シュピオ」4(1)'38.1 p29

草野 将二郎
二束三文 　　　　　12「探偵文学」2(2)'36.2 p23

草野 心平
盲らと石仏 　　　　　17「宝石」14(3)'59.3 p84
フィシングという変な映画
　　　　　　　　　17「宝石」14(12)'59.10増 p170
冷凍の刺身 　　　　　17「宝石」16(1)'61.1 p306

草林 実
芸術を裁判する 　05「探偵・映画」1(1)'27.10 p40
探偵小説の一オベリスク 　06「猟奇」1(2)'28.6 p12
応天門炎上《脚本》 　　06「猟奇」1(6)'28.11 p2
合評・一九二八年《座談会》
　　　　　　　　　　　06「猟奇」1(7)'28.12 p14
裏のその裏 　　　　　06「猟奇」2(2)'29.2 p16

草笛 美子
タダ一つ神もし許し賜はゞ……《アンケート》
　　　　　　　　　　06「猟奇」4(3)'31.5 p70

草 坊
キートンの結婚狂 　　　06「猟奇」3(2)'30.3 p16

草間 真一
アメリカ兵の貞操 　33「探偵実話」9(13)'58.9 p76

草間 八十雄
春と女性の犯罪 　　09「探偵小説」2(4)'32.4 p254

久慈 あさみ
マメちゃん 　　　　　17「宝石」15(1)'60.1 p156

久慈 波之介
フランク・ケインについて
　　　　　　　　32「探偵倶楽部」9(1)'58.1 p147

久慈 波之助
殺した男と殺された男
　　　　　　　　32「探偵倶楽部」9(4)'58.4 p192

櫛田 光男
官界財界アマチュア探偵小説放談座談会《座談会》
　　　　　　　　27「別冊宝石」3(4)'50.8 p194

櫛田 亮平
新版名探偵列伝〈1〉
　　　　　　　　　14「月刊探偵」2(3)'36.4 p33
名探偵列伝〈2〉 　14「月刊探偵」2(4)'36.5 p35

楠井 乙男
探偵問答《アンケート》 　04「探偵趣味」1 '25.9 p24

楠田 薫
俳優座での印象 　27「別冊宝石」10(11)'57.12 p185

楠田 匡介
灯《小説》 　　　26「フーダニット」2(2)'48.3 p40

環〈1〉《小説》 　26「フーダニット」2(4)'48.7 p19
環〈2〉《小説》 　26「フーダニット」2(5)'48.8 p22
鐘《小説》 　　　　　17「宝石」3(9)'48.12 p76
氷《小説》 　　　29「探偵趣味」(戦後版)'49.1 p21
二枚の借用証書 　　　17「宝石」— '49.9増 p35
[近況] 　　　　32「探偵クラブ」1(1)'50.8 p23
二つの穴《小説》 　32「探偵クラブ」1(1)'50.8 p40
人肉硝子《小説》 　32「探偵クラブ」2(1)'51.1 p68
地獄の同伴者〈1〉《小説》
　　　　　　　　32「探偵クラブ」2(6)'51.8 p22
レビュー殺人事件《脚本》
　　　　　　　　　17「宝石」6(8)'51.8 p57
原爆映画『戦慄の七日間』をめぐる座談会《座談会》
　　　　　　　　27「別冊宝石」4(1)'51.8 p154
地獄の同伴者〈2・完〉《小説》
　　　　　　　　32「探偵クラブ」2(8)'51.9 p208
裸体姫殺人事件《小説》
　　　　　　　　　24「妖奇」5(10)'51.10 p48
上げ潮《小説》 　33「探偵実話」2(12)'51.11 p26
「探偵実話」十月号批評 　34「鬼」5 '51.11 p15
アンケート《アンケート》
　　　　　　　　　　17「宝石」7(1)'52.1 p82
毛沢東暗殺事件の真相《小説》
　　　　　　　　32「探偵クラブ」3(2)'52.2 p216
水母〈1〉《小説》 　　24「妖奇」6(3)'52.3 p14
妖女の足音《小説》 　17「宝石」7(3)'52.3 p70
『探偵小説』《小説》
　　　　　　　　32「探偵クラブ」3(3)'52.3 p119
水母〈2・完〉《小説》 　24「妖奇」6(4)'52.4 p36
書けない話 　　32「探偵倶楽部」3(5)'52.5 p117
五つの遺書《小説》 　33「探偵実話」3(6)'52.5 p66
江戸川乱歩氏 　32「探偵倶楽部」3(6)'52.6 p19
島田一男氏 　　32「探偵倶楽部」3(6)'52.6 p31
永瀬三吾氏 　　32「探偵倶楽部」3(6)'52.6 p47
大倉燁子氏 　　32「探偵倶楽部」3(6)'52.6 p57
香山滋氏 　　　32「探偵倶楽部」3(6)'52.6 p69
大坪沙男氏 　　32「探偵倶楽部」3(6)'52.6 p81
大下宇陀児氏 　32「探偵倶楽部」3(6)'52.6 p95
椿八郎氏 　　　32「探偵倶楽部」3(6)'52.6 p113
九鬼澹氏 　　　32「探偵倶楽部」3(6)'52.6 p129
渡辺啓助氏 　　32「探偵倶楽部」3(6)'52.6 p141
バスを待つ間《脚本》 　17「宝石」7(6)'52.6 p152
宮野叢子氏 　　32「探偵倶楽部」3(6)'52.6 p153
水谷準氏 　　　32「探偵倶楽部」3(6)'52.6 p167
高木彬光氏 　　32「探偵倶楽部」3(6)'52.6 p179
野村胡堂氏 　　32「探偵倶楽部」3(6)'52.6 p197
城昌幸氏 　　　32「探偵倶楽部」3(6)'52.6 p209
横溝正史氏 　　32「探偵倶楽部」3(6)'52.6 p217
守友恒夫 　　　32「探偵倶楽部」3(6)'52.6 p241
岩田賛氏 　　　32「探偵倶楽部」3(6)'52.6 p259
山田風太郎氏 　32「探偵倶楽部」3(6)'52.6 p271
岡田鯱彦氏 　　32「探偵倶楽部」3(6)'52.6 p293
角田喜久雄氏 　32「探偵倶楽部」3(6)'52.6 p316
木々高太郎氏 　32「探偵倶楽部」3(6)'52.6 p323
戯作者の死《小説》 　33「探偵実話」3(6)'52.6 p52
執念〈1〉《小説》 　33「探偵実話」3(6)'52.6 p52
執念〈2・完〉《小説》
　　　　　　　　33「探偵実話」3(8)'52.7 p132
盗人源之丞《小説》 　27「別冊宝石」5(8)'52.8 p72
猫と庄造と二人の女《小説》
　　　　　　　　　17「宝石」7(10)'52.10 p214

密室《小説》　　　　33「探偵実話」3(14)'52.12 p78
竹細工《小説》　　　27「別冊宝石」6(1)'53.1 p172
四つの殺意《小説》
　　　　　　32「探偵倶楽部」4(1)'53.2 p112
奈落《小説》　32「探偵倶楽部」4(6)'53.6 p180
靴とブローチ《小説》
　　　　　　32「探偵倶楽部」4(7)'53.7 p19
魅せられた女《座談会》
　　　　　　32「探偵倶楽部」4(7)'53.7 p122
"封鎖作戦"について《座談会》
　　　　　　32「探偵倶楽部」4(11)'53.11 p128
映画「飾窓の女」《座談会》
　　　　　　17「宝石」8(13)'53.11 p138
探偵小説作家《小説》
　　　　　　32「探偵倶楽部」4(7)'53.11 p142
犯人はその時現場にいた《小説》
　　　　　　17「宝石」9(1)'54.1 p162
磨かれた爪《小説》
　　　　　　32「探偵倶楽部」5(1)'54.1 p224
女湯の怪《小説》　27「別冊宝石」7(1)'54.1 p200
奇妙な証拠
　　　　　　32「探偵倶楽部」5(4)'54.4 p273
鐚銭殺し《小説》　27「別冊宝石」7(3)'54.4 p158
窓に殺される《小説》　17「宝石」9(5)'54.4 p288
人肉の詩集《小説》
　　　　　　33「探偵実話」5(5)'54.4増 p118
狙われた代議士《小説》17「宝石」9(9)'54.8 p100
河豚の皿《小説》　　17「宝石」9(12)'54.10 p60
雪《小説》　32「探偵倶楽部」5(10)'54.10 p166
追いつめる《小説》
　　　　　　32「探偵倶楽部」5(11)'54.11 p27
几帳面　　27「別冊宝石」7(9)'54.11 p172
松沢病院見聞記　32「探偵倶楽部」5(12)'54.12 p109
アト欣の死《小説》　17「宝石」9(14)'54.12 p124
五ツの窓の物語《小説》
　　　　　　17「宝石」10(1)'55.1 p188
敵討娘諸共《小説》27「別冊宝石」8(1)'55.1 p262
執行猶予《小説》32「探偵倶楽部」6(2)'55.2 p254
誰も知らない《小説》　17「宝石」10(4)'55.3 p254
九十九里浜の奇妙な事件《小説》
　　　　　　33「探偵実話」6(5)'55.4 p26
お喋り損　　　　　17「宝石」10(5)'55.5 p112
南蛮猿《小説》　　27「別冊宝石」8(4)'55.5 p144
破小屋《小説》　　17「宝石」10(9)'55.6増 p210
妖女の足音《小説》
　　　　　　33「探偵実話」6(12)'55.10増 p324
盛せる屍体《小説》
　　　　　　17「宝石」10(15)'55.11 p176
なぜ濡れていた《小説》
　　　　　　33「探偵実話」6(13)'55.11 p74
二つの声《小説》　　17「宝石」11(3)'56.2 p230
探偵小説作家
　　　　　　33「探偵実話」7(5)'56.3増 p315
逃げられる《小説》　17「宝石」11(7)'56.5 p102
替えられた顔《小説》
　　　　　　32「探偵倶楽部」7(6)'56.6 p24
女形《小説》　　　17「宝石」11(13)'56.9増 p286
殺人設計図《小説》
　　　　　　32「探偵倶楽部」7(11)'56.10 p282
殺人請負業者《小説》
　　　　　　33「探偵実話」7(15)'56.10 p30

落ちた自動車《小説》
　　　　　　32「探偵倶楽部」7(12)'56.11 p142
女怪《小説》　32「探偵倶楽部」8(1)'57.1 p86
臀にえくぼのある女《小説》
　　　　　　33「探偵実話」8(4)'57.2 p150
雪《小説》　33「探偵実話」8(5)'57.3増 p266
大下宇陀児を語る《座談会》
　　　　　　27「別冊宝石」10(6)'57.6 p182
虚実の間《小説》　33「探偵実話」8(12)'57.8 p30
ある脱獄　33「探偵実話」8(12)'57.9
馬妖物語《小説》　32「探偵倶楽部」8(9)'57.9 p154
アンケート《アンケート》
　　　　　　17「宝石」12(13)'57.10 p136
脱獄を了えて《小説》
　　　　　　17「宝石」12(14)'57.11 p104
逃げられる《小説》
　　　　　　33「探偵実話」8(15)'57.11 p248
駐在日記《小説》　33「探偵実話」9(1)'57.12 p130
足を見せるな《小説》
　　　　　　32「探偵倶楽部」9(3)'58.3 p164
朱色《小説》　　　17「宝石」13(5)'58.4 p92
逃げられる《小説》
　　　　　　32「探偵倶楽部」9(5)'58.4増 p252
脱獄囚《小説》　　33「探偵実話」9(10)'58.6 p118
春画殺人事件《小説》
　　　　　　32「探偵倶楽部」9(9)'58.7増 p90
沼の中の家《小説》　17「宝石」13(10)'58.8 p114
女の匂いは《小説》　17「宝石」13(11)'58.8増 p120
探偵小説作家
　　　　　　27「別冊宝石」11(8)'58.10 p23
獄衣の抹殺者《小説》
　　　　　　33「探偵実話」9(15)'58.10 p38
ボリショイの熊《小説》
　　　　　　32「探偵倶楽部」9(14)'58.12 p64
破獄教科書《小説》　17「宝石」14(1)'59.1 p160
分譲地0番地〈1〉《小説》
　　　　　　33「探偵実話」10(4)'59.2 p38
分譲地0番地〈2・完〉《小説》
　　　　　　33「探偵実話」10(5)'59.3 p38
スリラーブームは来ている《座談会》
　　　　　　33「探偵実話」10(5)'59.3 p144
愛と憎しみと《小説》17「宝石」14(4)'59.4 p146
溶岩《小説》　　　17「宝石」14(6)'59.6 p48
幻影の部屋《小説》
　　　　　　33「探偵実話」10(10)'59.7増 p342
ある脱獄《小説》　17「宝石」14(9)'59.8 p210
脱走者《小説》　　33「探偵実話」10(12)'59.8 p38
不良少女《小説》　17「宝石」14(13)'59.11 p200
死の家の記録〈1〉
　　　　　　33「探偵実話」11(1)'59.12 p38
死の家の記録〈2〉《小説》
　　　　　　33「探偵実話」11(3)'60.1 p38
死の家の記録〈3〉《小説》
　　　　　　33「探偵実話」11(4)'60.2 p38
完全脱獄《小説》　17「宝石」15(3)'60.3 p126
死の家の記録〈4〉《小説》
　　　　　　33「探偵実話」11(6)'60.3 p86
死の家の記録〈5〉《小説》
　　　　　　33「探偵実話」11(7)'60.4 p38
死の家の記録〈6・完〉《小説》
　　　　　　33「探偵実話」11(8)'60.5 p88

殺人請負業者《小説》　17「宝石」15(7)'60.5増 p70
神さんの料理　17「宝石」15(10)'60.8 p39
音《小説》　17「宝石」15(13)'60.11 p192
脱獄囚《小説》　17「宝石」15(15)'60.12増 p143
四つの殺意《小説》　33「探偵実話」12(2)'61.2増 p198
不良娘たち《小説》　17「宝石」16(9)'61.8 p208
荒れた墓標《小説》　33「探偵実話」13(6)'62.5 p24
脱入獄事件《小説》　35「エロチック・ミステリー」3(6)'62.6 p54
替えられる《小説》　33「探偵実話」13(8)'62.6増 p250
湯紋《小説》　35「エロチック・ミステリー」3(11)'62.11 p18
脱獄者はなぜ模範囚か　35「エロチック・ミステリー」4(2)'63.2 p32
三時間に暴行十数回　35「エロチック・ミステリー」4(4)'63.4 p114
窃視狂《小説》　35「エロチック・ミステリー」4(6)'63.6 p84
六十九殺人事件《小説》　35「エロチック・ミステリー」4(9)'63.9 p64
人の厭がる　17「宝石」19(4)'64.3 p67

楠田 民夫
女・釣・男《小説》　06「猟奇」2(8)'29.8 p40

楠田 稔
三寸針《小説》　24「妖奇」5(9)'51.9 p102

楠 一定
一炊の夢《小説》　24「妖奇」3(9)'49.8 p20
黄因白果伝《小説》　24「妖奇」4(8)'50.8 p63

楠 敏郎
マルタの鷹《映画物語》　17「宝石」6(1)'51.1 p188

楠本 真一
初めて小栗虫太郎を　14「月刊探偵」2(6)'36.7 p60

葛山 二郎
噂と真相《小説》　01「新趣味」18(9)'23.9 p124
利己主義《小説》　01「新趣味」18(10)'23.10 p144
女と群衆《小説》　10「探偵クラブ」6 '32.11 p35
推薦の書と三面記事《アンケート》
　11「ぷろふいる」3(12)'35.12 p106
後家横丁の事件〈1〉《小説》
　16「ロック」3(7)'48.11 p16
後家横丁の事件〈2・完〉
　16「ロック」3(8)'48.12 p42
赤いペンキを買つた女《小説》
　17「宝石」11(9)'56.7 p186

朽木 更生
木々氏の挑戦状を読む
　14「月刊探偵」2(3)'36.4 p36
長篇探偵小説待望　14「月刊探偵」2(4)'36.5 p45

轡田 三郎
捜査と失踪の闘争　21「黒猫」2(11)'48.9 p76

工藤 一平
サッチヤア・コルト紹介
　14「月刊探偵」2(2)'36.2 p26

工藤 幸一
花のパラドックス《小説》
　18「トップ」1(3)'46.10 p35

工藤 精一郎
人間ラスプーチンの悲劇
　32「探偵倶楽部」8(5)'57.6 p128

工藤 豊美
縫針の怪　32「探偵倶楽部」4(10)'53.10 p226
口をきいたランプ
　32「探偵倶楽部」4(12)'53.12 p109
老刑事　32「探偵倶楽部」4(12)'53.12 p216

久遠 良
傳談と李恵　01「新趣味」17(6)'22.6 p150
蒋常の事　01「新趣味」17(6)'22.6 p151

久留 弘三
機械文化の所為　04「探偵趣味」6 '26.3 p3

邦 正彦
新しき探偵小説の出現
　12「シュピオ」3(2)'37.2 p41
不思議の国の殺人《小説》
　12「シュピオ」3(6)'37.7 p29
探偵小説の限界性　12「シュピオ」3(10)'37.12 p8

国井 紫香
女給入浴　33「探偵実話」5(2)'54.2 p212
箱根の一夜　33「探偵実話」5(3)'54.3 p168

邦枝 完二
河岸の一場面《脚本》　03「探偵文芸」2(4)'26.4 p49
女の犯罪を語る座談会《座談会》
　25「Gメン」2(4)'48.4 p8
通り魔《小説》　24「妖奇」6(1)'52.1 p61

国枝 史郎　→ムニエ、イー・ドニ、マシヤール、デボン
探偵問答《アンケート》　04「探偵趣味」1 '25.9 p24
『探偵趣味』問答《アンケート》
　04「探偵趣味」2 '25.10 p23
探偵小説寸感　04「探偵趣味」3 '25.11 p25
探偵小説を作つて貰ひ度い人々
　04「探偵趣味」4 '26.1 p9
『探偵趣味』問答《アンケート》
　04「探偵趣味」4 '26.1 p51
愚言二十七箇條　04「探偵趣味」5 '26.2 p21
性のせり市　04「探偵趣味」6 '26.3 p1
社会主義に非ず　04「探偵趣味」6 '26.3 p29
二つの作品　04「探偵趣味」7 '26.4 p26
人を呪はば《小説》　04「探偵趣味」8 '26.5 p1
御存与太話　04「探偵趣味」9 '26.6 p17
又復与太話　04「探偵趣味」10 '26.7 p36
クローズ・アップ《アンケート》
　04「探偵趣味」15 '27.1 p51
クローズ・アップ《アンケート》
　04「探偵趣味」19 '27.5 p42
雑草一束　04「探偵趣味」25 '27.11 p36
探偵小説界の傾向と最近の快作
　05「探偵・映画」1(2)'27.11 p54
本年度印象に残れる作品、来年度ある作家への希望
《アンケート》
　04「探偵趣味」26 '27.12 p60
岡引《小説》　04「探偵趣味」4(2)'28.2 p79
妖異むだ言　04「探偵趣味」4(3)'28.3 p55
とりとめ無きこと〈1〉　06「猟奇」1(1)'28.5 p11
とりとめなきこと〈2・完〉
　06「猟奇」1(2)'28.6 p9

私の好きな一偶《アンケート》
　　　　　　　　　　　06「猟奇」1(2)'28.6 p26
思ったまゝを!　　　　06「猟奇」2(1)'29.1 p17
小酒井さんのことゞも　06「猟奇」2(6)'29.6 p10
他界の味其他　　　　　06「猟奇」3(1)'30.1 p36
「猟奇」の再刊に際して　06「猟奇」4(1)'31.3 p4
さまよふ町のさまよふ家のさまよふ人々〈1〉《小説》
　　　　　　　　　　　07「探偵」1(2)'31.6 p64
さまよふ町のさまよふ家のさまよふ人々〈2〉《小説》
　　　　　　　　　　　07「探偵」1(4)'31.8 p44
心臓の弱い妻を殺す　　07「探偵」1(5)'31.9 p83
さまよふ町のさまよふ家のさまよふ人々〈3〉《小説》
　　　　　　　　　　　07「探偵」1(5)'31.9 p88
さまよふ町のさまよふ家のさまよふ人々〈4〉《小説》
　　　　　　　　　　　07「探偵」1(6)'31.10 p146
さまよふ町のさまよふ家のさまよふ人々〈5〉《小説》
　　　　　　　　　　　07「探偵」1(7)'31.11 p208
わかりきつた話　　11「ぷろふいる」3(1)'35.1 p138
ハガキ回答《アンケート》
　　　　　　　　　　　12「探偵文学」1(10)'36.1 p14
邦枝 輝夫　→田中潤司
ストリッパーの推理小説
　　　　　　　　　　　27「別冊宝石」16(2)'63.2 p102
ペリイ・メイスンの世界
　　　　　　　　　　　27「別冊宝石」16(9)'63.10 p46
輝かしき女探偵たち
　　　　　　　　　　　27「別冊宝石」16(9)'63.10 p79
クレイグ・ライスさんへ
　　　　　　　　　　　27「別冊宝石」17(2)'64.2 p156
国枝 寛
大相撲はどうなる?
　　　　　　　　　　32「探偵倶楽部」8(10)'57.10 p104
おすもうさんハダカ考現学
　　　　　　　　　　32「探偵倶楽部」9(3)'58.3 p143
国木 寛
相撲界を牛耳るのは誰か?　25「X」3(6)'49.5 p11
国木田 独歩
聞くや恋人《詩》　　33「探偵実話」6(11)'55.10 p25
邦沢 司史
三くだり半ご無用
　　　　　　　　　35「エロチック・ミステリー」4(11)'63.11 p24
ヒスはなぜ相手を選ぶ?露出症は男にもある!
　　　　　　　　　35「エロチック・ミステリー」4(12)'63.12 p118
虐げられて嬉し泣き
　　　　　　　　　35「ミステリー」5(4)'64.4 p32
国部 景史
科学者の解決　　　　04「探偵趣味」4(6)'28.6 p36
邦光 史郎
夜の賤しさ《小説》　17「宝石」18(13)'63.10 p26
魔女の槌《小説》　　17「宝石」19(4)'64.3 p22
国村 至
拳銃・断面図　　33「探偵実話」12(9)'61.7 p33
久能 啓二　→久能恵二
殺人案内《小説》　　17「宝石」19(1)'64.1 p218
久能 恵二　→久能啓二
玩物の果てに《小説》17「宝石」14(11)'59.10 p28
選に入って　　　　　17「宝石」14(11)'59.10 p53

クーパ, フエニモア
最後のモヒカン《小説》
　　　　　　　　　　　32「探偵クラブ」2(6)'51.8 p117
久原 皎二
果樹園丘事件《小説》　04「探偵趣味」19 '27.5 p6
久保 和友
幻想《小説》　　　24「トリック」7(2)'53.2 p80
探偵小説の大衆性　17「宝石」8(2)'53.3 p184
島田一男氏略歴　　27「別冊宝石」10(8)'57.8 p203
大井川の露天風呂
　　　　　　　　　35「エロチック・ミステリー」3(12)'62.12 p100
久保 幸男
女にだけ好かれた男
　　　　　　　　　17「宝石」11(10)'56.7増 p194
久保 高靖
オランウータン殺人事件《小説》
　　　　　　　　　17「宝石」19(2)'64.1増 p50
窪 利男
義賊《小説》　　　04「探偵趣味」15 '27.1 p9
クロスワーヅ・パズル《小説》
　　　　　　　　　04「探偵趣味」17 '27.3 p21
竹田君の失敗《小説》04「探偵趣味」18 '27.4 p63
最後の手紙《小説》　04「探偵趣味」21 '27.7 p22
作品《小説》　　　04「探偵趣味」23 '27.9 p4
久保 友江
横溝正史氏略歴　　27「別冊宝石」10(3)'57.3 p141
大下宇陀児氏略歴　27「別冊宝石」10(7)'57.6 p228
久保 友子
さかさッ子
　　　　　　　　　35「エロチック・ミステリー」1(2)'60.9 p124
久保 泰
黒い手帖の秘密　32「探偵倶楽部」7(10)'56.9 p250
久保 保久
巡艦『名取』の最後
　　　　　　　　　32「探偵倶楽部」3(7)'52.8 p255
窪井 京太
世界一おやこ美人局団
　　　　　　　　　35「エロチック・ミステリー」1(1)'60.8 p238
公坊 幾美
美女水《小説》　　20「探偵よみもの」38 '49.1 p80
久保田 能里夫
白い蝶《小説》　　17「宝石」17(2)'62.1増 p210
久保田 万次郎
放送探偵劇を語る《座談会》
　　　　　　　　　17「宝石」6(12)'51.11 p74
窪田 縁郎
十把一束感　　　　05「探偵・映画」1(2)'27.11 p58
熊田 猛夫
王座にしがみつくベレスの醜態
　　　　　　　　　33「探偵実話」10(7)'59.4 p269
古狸コシイの告白　33「探偵実話」10(8)'59.5 p287
熊原 信之
あまかった禁断の木の実
　　　　　　　　　35「エロチック・ミステリー」2(7)'61.7 p276
久米 正雄
D・S漫談　　　　04「探偵趣味」12 '26.10 p52

蜘蛛手 緑
　国貞画夫婦刷鶯娘《小説》
　　　　　　　　01「新趣味」18(10)'23.10 p130
久良 波津江
　雷族と酔っぱらい娘《座談会》
　　　　　　　　33「探偵実話」11(2)'60.1増 p243
クラアブント
　猟愛短篇集から《小説》　06「猟奇」5(5)'32.5 p34
クライグ, ジョナサン
　裸女への晩歌《小説》
　　　　　　　　32「探偵倶楽部」7(12)'56.11 p258
クライスト
　ロカルノの乞食女《小説》
　　　　　　　　　　　21「黒猫」2(11)'48.9 p64
クライン, O・A
　雪の悪戯《小説》　32「探偵倶楽部」6(3)'55.3 p101
クラーク, アーサー・C
　歴史学校教程《小説》
　　　　　　　　　27「別冊宝石」16(8)'63.9 p32
クラーク, ウイリアム
　空の旅《座談会》　32「探偵倶楽部」4(8)'53.8 p204
クラーク, クレーア
　嘘!嘘!嘘!　　　32「探偵クラブ」2(3)'51.4 p230
クラーク, ダッドレイ
　市長と探偵《小説》
　　　　　　　　　11「ぷろふいる」4(11)'36.11 p67
クラーク, デイル
　追跡《小説》　　32「探偵倶楽部」8(10)'57.10 p253
クラーク, ローレンス
　囮《小説》　　　11「ぷろふいる」2(2)'34.2 p80
倉敷 権太
　おれこそ強盗の見本だ
　　　　　　35「エロティック・ミステリー」1(3)'60.10 p228
倉島 竹二郎
　勝負の鬼《小説》　33「探偵実話」6(5)'55.4 p212
倉田 映郎
　流氷《小説》　　　17「宝石」11(2)'56.1増 p292
倉田 一三
　情炎の果?運命の混血児裁判!
　　　　　　　　　　33「探偵実話」8(7)'57.4 p40
　今は昔－吉原創世記　33「探偵実話」8(9)'57.5 p65
　誰にもある精神病の素質
　　　　　　　　　　33「探偵実話」8(10)'57.6 p50
　少年性犯罪集計表　33「探偵実話」8(11)'57.7 p166
倉田 次郎
　ある街娼　　　　　33「探偵実話」9(2)'58.1増 p224
倉田 典平
　釜の底《小説》　　17「宝石」17(2)'62.1増 p84
クラッパード, リチャード
　短刀《小説》　　　17「宝石」14(5)'59.5 p306
倉野 庄三
　ベン・フレンド《小説》
　　　　　　　　　35「ミステリー」5(2)'64.2 p128
倉橋 由美子
　ハンサムな「宇宙人」
　　　　　　　　　17「宝石」18(13)'63.10 p22

倉光 俊夫
　吹雪の夜の終電車《小説》
　　　　　　　　　25「Gメン」2(2)'48.2 p16
　密月と殺人《小説》25「Gメン」2(4)'48.4 p26
　雨の夜と二人の女《小説》
　　　　　　　　　16「ロック」4(2)'49.5 p46
クラムスキイ, エ
　ミンスキイ効果《小説》
　　　　　　　　32「探偵倶楽部」6(5)'55.5 p252
倉持 功
　高木彬光論　　　　17「宝石」17(3)'62.2 p148
倉持 俊一
　田舎に暮らして思うこと
　　　　　　　　　17「宝石」18(15)'63.11 p23
倉持 信夫
　女賊お里の半世紀　24「トリック」6(12)'52.12 p64
倉本 正
　力道山　　　　　　33「探偵実話」5(4)'54.4 p224
グラント, ブルース
　地球をめぐる世界魔邪教の暴露
　　　　　　　　　　07「探偵」1(3)'31.7 p82
久里 洋二
　耳なり《小説》　　17「宝石」15(10)'60.8 p246
　うらない気違い　　17「宝石」15(12)'60.10 p102
　難破船　　　　　　17「宝石」18(3)'63.2 p17
グリアソン, エフ・デイ
　マラバー氏事件《小説》
　　　　　　　　　01「新趣味」18(4)'23.4 p128
栗井 光助
　かつら屋の台詞　　18「トップ」3(2)'48.2 p28
栗島 すみ子
　ハガキ回答《アンケート》
　　　　　　　　　11「ぷろふいる」4(6)'36.6
来栖 阿佐子
　死後経過約二時間《小説》
　　　　　　　　　17「宝石」17(2)'62.1増 p362
栗栖 二郎 →水上幻一郎
　喰ふか喰はれるか《小説》
　　　　　　　　　12「探偵文学」1(1)'35.3 p28
　探偵小説の浄化　11「ぷろふいる」3(7)'35.7 p117
　海野十三私観　　14「月刊探偵」1(1)'35.12 p14
　探偵小説雑感　　11「ぷろふいる」3(12)'35.12 p90
　創刊号を斬る　　22「新探偵小説」1(3)'47.7 p38
栗須 亭
　コント探偵の手帖《小説》
　　　　　　　　　16「ロック」2(3)'47.3 p42
　名探偵アリババ《小説》21「黒猫」1(2)'47.6 p43
　名探偵アリババ《小説》21「黒猫」1(3)'47.9 p29
栗栖 亭
　わがエルキュル・ポワロの登場《小説》
　　　　　　　　　11「ぷろふいる」3(4)'35.4 p127
栗栖 貞
　酔っ払ひ好色探偵クレーン
　　　　　　　　　23「真珠」2(6)'48.6 p34
　米推理小説の新人達16「ロック」3(8)'48.12 p40
　フアン・ダンサーの馬
　　　　　　　　　29「探偵趣味」(戦後版)'49.1 p26

くりす

火も凍らん　　　　29「探偵趣味」(戦後版)'49.1 p46
来栖 貞
　「探偵叢話」　　　04「探偵趣味」13 '26.11 p29
クリスティ, アガサ
　クラバムの料理女《小説》
　　　　　　　　03「探偵文芸」1(10)'25.12 p42
　呪はれたる長男《小説》
　　　　　　　　03「探偵文芸」2(1)'26.1 p42
　毒薬《小説》　　03「探偵文芸」2(4)'26.4 p130
　魔法の人《小説》03「探偵文芸」2(11)'26.11 p32
　白鳥の歌《小説》03「探偵文芸」2(11)'26.11 p41
　列車殺人事件〈1〉《小説》
　　　　　　　　　07「探偵」1(4)'31.8 p188
　列車殺人事件〈2〉《小説》
　　　　　　　　　07「探偵」1(5)'31.9 p44
　列車殺人事件〈3〉《小説》
　　　　　　　　　07「探偵」1(6)'31.10 p80
　列車殺人事件〈4〉《小説》
　　　　　　　　　07「探偵」1(7)'31.11 p176
　覆面の貴婦人《小説》
　　　　　　08「探偵趣味」(平凡社版)7 '31.11 p12
　銀行家失踪事件《小説》
　　　　　　08「探偵趣味」(平凡社版)7 '31.11 p16
　仮面舞踏会の殺人事件《小説》
　　　　　　　　09「探偵小説」1(4)'31.12 p2
　列車殺人事件〈5〉《小説》
　　　　　　　　　07「探偵」1(8)'31.12 p64
　バグダッドの箱《小説》
　　　　　　　　09「探偵小説」2(4)'32.4 p84
　黄金墓《小説》　09「探偵小説」2(6)'32.6 p50
　ネメアの獅子《小説》
　　　　　　　　　17「宝石」7(4)'52.4 p14
　九頭の蛇《小説》17「宝石」7(5)'52.5 p18
　アルカディアの鹿《小説》
　　　　　　　　　17「宝石」7(6)'52.6 p80
　エリマンシアの猪《小説》
　　　　　　　　　17「宝石」7(7)'52.7 p100
　オージャスの牛小屋《小説》
　　　　　　　　　17「宝石」7(8)'52.8 p46
　不吉な鳥《小説》17「宝石」7(9)'52.10 p156
　ABC殺人事件《小説》
　　　　　　　　27「別冊宝石」5(9)'52.10 p5
　スタイルズ事件《小説》
　　　　　　　　27「別冊宝石」5(9)'52.10 p111
　そして誰もいなくなつた《小説》
　　　　　　　　27「別冊宝石」5(9)'52.10 p231
　クリートの牡牛《小説》
　　　　　　　　　17「宝石」7(11)'52.11 p125
　吸血の馬《小説》17「宝石」7(12)'52.12 p192
　ヒポリータの帯《小説》17「宝石」8(1)'53.1 p198
　ゲリオンの外套《小説》17「宝石」8(2)'53.3 p118
　ヘスペリデスの林檎《小説》
　　　　　　　　　17「宝石」8(3)'53.4 p106
　地獄の番犬《小説》17「宝石」8(5)'53.5 p214
　断崖の家〈1〉《小説》17「宝石」9(3)'54.3 p244
　断崖の家〈2・完〉《小説》
　　　　　　　　　17「宝石」9(5)'54.4 p338
　ブラック・コーヒー《脚本》
　　　　　　　　　17「宝石」9(12)'54.10 p272
　不思議な盗難《小説》
　　　　　　　　17「宝石」10(9)'55.6増 p118
　ロードスの三角形《小説》
　　　　　　　　17「宝石」10(9)'55.6増 p240
　ナイル河上の殺人《脚本》
　　　　　　　　17「宝石」10(9)'55.6増 p336
　火曜日の夜の集い《小説》
　　　　　　　　　17「宝石」11(1)'56.1 p195
　月神の廟《小説》17「宝石」11(3)'56.2 p92
　リー・ゴードン夫人の失踪《小説》
　　　　　　　　32「探偵倶楽部」7(4)'56.4 p170
　大空の死《小説》27「別冊宝石」9(4)'56.5 p5
　負け犬《小説》　27「別冊宝石」9(4)'56.5 p166
　なぜエヴァンスに頼まなかつたんだ?《小説》
　　　　　　　　27「別冊宝石」9(4)'56.5 p215
　四つ辻にて《小説》17「宝石」11(8)'56.6 p18
　消えた銀行家《小説》
　　　　　　　　32「探偵倶楽部」7(7)'56.6増 p98
　金塊物語《小説》17「宝石」11(11)'56.8 p40
　ポアロの探索《小説》17「宝石」11(12)'56.9 p18
　血に染んだ舗道《小説》
　　　　　　　　　17「宝石」11(14)'56.10 p278
　動機か機会か《小説》
　　　　　　　　　17「宝石」11(16)'56.12 p190
　ハウエル大尉の失踪《小説》
　　　　　　　　　17「宝石」12(4)'57.3 p18
　検事側の証人《小説》17「宝石」12(4)'57.3 p36
　聖ピータの拇指紋《小説》
　　　　　　　　　17「宝石」12(4)'57.3 p70
　ミイラの呪《小説》17「宝石」12(4)'57.3 p85
　西洋の星《小説》27「別冊宝石」10(7)'57.7 p172
　盗まれたネックレス《小説》
　　　　　　　　27「別冊宝石」10(10)'57.10 p262
　廃屋の秘密《小説》
　　　　　　　　32「探偵倶楽部」8(11)'57.11 p152
　リスタデール卿の秘密《小説》
　　　　　　　　　17「宝石」13(1)'58.1 p82
　国際列車の怪盗事件《小説》
　　　　　　　　32「探偵倶楽部」9(1)'58.1 p236
　第二のドラ《小説》
　　　　　　　　27「別冊宝石」11(1)'58.1 p318
　青いゼラニウム《小説》
　　　　　　　　27「別冊宝石」11(3)'58.3 p6
　ミス・マープルの話《小説》
　　　　　　　　　17「宝石」13(8)'58.6 p144
　相伴婦《小説》　27「別冊宝石」11(5)'58.6 p156
　中年夫人の事件《小説》
　　　　　　　　27「別冊宝石」11(9)'58.11 p28
　既街の殺人《小説》27「別冊宝石」12(1)'59.1 p10
　最後の降霊会《小説》
　　　　　　　　27「別冊宝石」12(1)'59.1 p56
　消えた淑女《小説》27「別冊宝石」12(1)'59.1 p74
　海から来た男《小説》
　　　　　　　　27「別冊宝石」12(1)'59.1 p86
　事故《小説》　　27「別冊宝石」12(1)'59.1 p109
　幸福は購い得る《小説》
　　　　　　　　27「別冊宝石」12(1)'59.1 p118
　四人の容疑者《小説》
　　　　　　　　27「別冊宝石」12(1)'59.1 p136
　クリスマスの悲劇《小説》
　　　　　　　　27「別冊宝石」12(1)'59.1 p150
　猟人荘の怪事件《小説》
　　　　　　　　27「別冊宝石」12(1)'59.1 p166

くりす　　　　　　　　　　　執筆者名索引

第四の男《小説》　　27「別冊宝石」12(1)'59.1 p188
死人の鏡《小説》　　27「別冊宝石」12(1)'59.1 p202
黄色いアイリス《小説》
　　　　　　　　　27「別冊宝石」12(3)'59.3 p98
NO.16の謎《小説》　17「宝石」14(9)'59.8 p298
桃色真珠の事件《小説》
　　　　　　　　　17「宝石」14(10)'59.9 p298
マジョルカの休暇《小説》
　　　　　　　　　27「別冊宝石」12(11)'59.11 p94
最後の心霊術《小説》
　　　　　　　　　27「別冊宝石」14(2)'61.3 p138
夢《小説》　　　　　17「宝石」17(1)'62.1 p322
雀蜂の巣《小説》　　17「宝石」18(5)'63.4 p301
口髭《小説》　　　27「別冊宝石」16(9)'63.10 p176
青い壺の秘密《小説》
　　　　　　　　　27「別冊宝石」17(2)'64.2 p54
クリスト，エレノア・J
　翠琴譚《小説》　　33「探偵実話」9(3)'58.1 p248
クリスピン，エドマンド
　列車にご用心《小説》
　　　　　　　　　27「別冊宝石」16(9)'63.10 p52
栗田 信
　髑髏を抱く男《小説》
　　　　　　　　　33「探偵実話」11(11)'60.8増 p332
　十三人目の客《小説》
　　　　　　　　　33「探偵実話」12(1)'61.1 p174
　娑婆風四十八時間《小説》
　　　　　　　　　33「探偵実話」12(2)'61.2増 p186
　魔海の男《小説》　33「探偵実話」12(5)'61.4 p172
　それだけは止めて《小説》
　　　　　　　　　33「探偵実話」12(10)'61.7増 p204
　双頭の鬼《小説》　33「探偵実話」13(10)'62.8 p252
　原色の迷路《小説》
　　　　　　　　　33「探偵実話」13(12)'62.10 p216
栗田 信吾
　屍体置場の招待状《小説》
　　　　　　　　　33「探偵実話」13(9)'62.7 p254
栗田 登
　ヨシワラ春宵　　33「探偵実話」6(4)'55.3 p9
　浅草　　　　　　33「探偵実話」6(5)'55.4 p13
　不夜城新宿　　　33「探偵実話」6(6)'55.5 p13
　素人艶歌師　　　33「探偵実話」6(7)'55.6 p13
　シブヤ　　　　　33「探偵実話」6(8)'55.7 p13
　古武道　　　　　33「探偵実話」6(9)'55.8 p13
　女探偵を探偵する　33「探偵実話」6(10)'55.9 p13
　プロレスのさむらいたち
　　　　　　　　　33「探偵実話」7(3)'56.1 p94
　女のボディビル　33「探偵実話」7(6)'56.3 p14
　大阪暗黒街　　　33「探偵実話」7(10)'56.6 p153
　港ヨコハマの表情　33「探偵実話」7(12)'56.7 p153
　精神力の川田晴久　33「探偵実話」8(11)'57.7 p165
　中日のシルバーボーイ森徹選手
　　　　　　　　　33「探偵実話」9(10)'58.6 p175
　クマさんの秘密写真
　　　　　　　　　33「探偵実話」11(9)'60.6 p228
グーリック，ヴァン
　中国の探偵小説を語る《座談会》
　　　　　　　　　17「宝石」5(9)'50.9 p130
　半月街の娘殺し《小説》
　　　　　　　　　32「探偵倶楽部」6(5)'55.5 p46

僧院の秘密《小説》
　　　　　　　　　32「探偵倶楽部」6(7)'55.7 p110
つり鐘の秘密《小説》
　　　　　　　　　32「探偵倶楽部」6(9)'55.9 p82
栗原 兵馬
　蟇光尊事件秘聞　18「トップ」2(2)'47.5 p44
　殺人請負師　　　18「トップ」2(6)'47.11 p22
　貰い子殺し事件　18「トップ」3(4)'48.7 p22
グリフィン，ヘレン
　離婚はしたけれど
　　　　　　　　　32「探偵倶楽部」8(13)'57.12 p52
栗山 豊
　GUNを作るひとびと
　　　　　　　　　33「探偵実話」12(10)'61.7増 p114
グリーン，Q・カムバア　→鮎川哲也
　山荘の一夜《小説》33「探偵実話」5(10)'54.9 p90
　山荘の一夜《小説》
　　　　　　　　　27「別冊宝石」11(10)'58.12 p194
グリーン，アラン
　健康法教祖の死《小説》
　　　　　　　　　27「別冊宝石」13(7)'60.7 p134
グリーン，アンナ・カサリン
　ラファイエット街の殺人《小説》
　　　　　　　　　11「ぷろふいる」5(2)'37.2 p92
　医師とその妻と時計《小説》
　　　　　　　　　27「別冊宝石」11(1)'58.1 p179
グリーン，ケート
　メダルの紛失《小説》
　　　　　　　　　01「新趣味」17(8)'22.8 p158
グリーン，チャールズ
　二十日鼠《小説》　32「探偵倶楽部」9(8)'58.7 p33
久留 洋美
　被虐殺人事件《小説》　24「妖奇」6(8)'52.8 p63
クルウエット，ヂヤック
　快ველ船紛失事件《小説》
　　　　　　　　　09「探偵小説」2(3)'32.3 p122
久留島 譲次
　銀杏返しの女《小説》
　　　　　　　　　27「別冊宝石」5(10)'52.12 p378
来島 仁
　11人の蛮女に犯され首を斬られた宣教師
　　　　　　　　　27「別冊宝石」12(4)'59.4 p288
クルス，パブロ
　あるじおもひ《小説》　04「探偵趣味」18 '27.4 p10
来栖 阿佐子
　擬似性健忘症《小説》
　　　　　　　　　35「エロチック・ミステリー」3(11)'62.11 p38
　新とりかえばや物語《小説》
　　　　　　　　　35「エロチック・ミステリー」4(4)'63.4 p132
　男子禁制
　　　　　　　　　35「エロチック・ミステリー」4(10)'63.10 p80
グルーバー，フランク
　兇銃ものがたり《小説》
　　　　　　　　　17「宝石」10(6)'55.4 p150
　カメラが見ていた《小説》
　　　　　　　　　32「探偵倶楽部」6(11)'55.11 p255
　笑う狐《小説》　　27「別冊宝石」8(8)'55.12 p179

お前にや金庫は破れねえ《小説》
　　　　　　　32「探偵倶楽部」7(7)'56.6増 p282
お次ぎの質問は?《小説》
　　　　　　　17「宝石」12(7)'57.5 p108
西部の幽鬼《小説》
　　　　　　　32「探偵倶楽部」8(7)'57.7増 p232
黄金のカップ《小説》
　　　　　　　27「別冊宝石」11(3)'58.3 p66
お前も殺される《小説》
　　　　　　　32「探偵倶楽部」9(8)'58.7 p274
西部の幽鬼〔原作〕《絵物語》
　　　　　　　32「探偵倶楽部」9(9)'58.7増 p293
金の盃《小説》　32「探偵倶楽部」9(11)'58.9 p56
錠前なら俺にまかせろ
　　　　　　　27「別冊宝石」13(3)'60.3 p8
レコードは囁いた……《小説》
　　　　　　　27「別冊宝石」13(3)'60.3 p142
来部 花彦
　凸凹艦隊　　06「猟奇」4(3)'31.5 p59
車田 ジョー
　弾丸は背中を貫いてる
　　　　　　　35「エロチック・ミステリー」2(6)'61.6 p108
胡桃沢 竜吉
　ロマノフカ《小説》　17「宝石」—'49.7増 p252
　寧古塔の火事《小説》17「宝石」5(2)'50.2 p172
グルモン, ルミ・ド
　関を越えず《小説》
　　　　　　　02「秘密探偵雑誌」1(2)'23.6 p68
呉 茂一
　アンケート《アンケート》
　　　　　　　17「宝石」12(10)'57.8 p268
　冥府がえり　17「宝石」17(5)'62.4 p262
クレイグ, ジョナサン
　悪等千里《小説》 27「別冊宝石」17(5)'64.4増 p216
呉織 直輝
　雑言　　　　06「猟奇」1(2)'28.6 p20
紅 東一　→潮寒二
　深夜の対決《小説》
　　　　　　　32「探偵倶楽部」9(12)'58.10 p168
　午前零時の男《小説》
　　　　　　　32「探偵倶楽部」9(13)'58.11 p34
　無国籍者《小説》32「探偵倶楽部」10(1)'59.1 p34
　地獄への階段《小説》
　　　　　　　32「探偵倶楽部」10(2)'59.2 p34
グレブス, ローランド (クレブス, ローランド)
　古狸と女狐《小説》01「新趣味」18(11)'23.11 p94
　マチネー泥棒《小説》
　　　　　　　32「探偵倶楽部」8(3)'57.4 p62
　風船騒動《小説》
　　　　　　　32「探偵倶楽部」8(13)'57.12 p142
グレーム, ブルース
　「赤い後家さん」事件
　　　　　　　32「探偵倶楽部」9(10)'58.8 p82
グレンヴィル, ガイ
　身代り《小説》32「探偵倶楽部」9(2)'58.2 p46
黒井 影男
　執念の手《小説》24「妖奇」5(6)'51.6 p56

黒井 九郎
　コケット　　06「猟奇」2(11)'29.11 p24
　夜の華《詩》06「猟奇」2(11)'29.11 p52
　スツリイト・ガアル　06「猟奇」3(2)'30.3 p15
　混線《小説》06「猟奇」3(2)'30.3 p40
　「彼女をこのま、殺していゝのか?」
　　　　　　　06「猟奇」4(4)'31.6 p50
黒井 銅造
　巴里流行情痴小唄　06「猟奇」4(4)'31.4 p22
黒井 紋太
　灼熱下の性病検査
　　　　　　　27「別冊宝石」12(10)'59.10 p258
　間男さばき
　　　　　　　35「エロチック・ミステリー」4(2)'63.2 p128
黒井 蘭
　心臓を貫け《小説》17「宝石」6(7)'51.7 p150
　山荘の殺人事件《脚本》17「宝石」6(8)'51.8 p63
　ハイキングの事件《脚本》
　　　　　　　17「宝石」7(1)'52.1 p132
　霧の中の銃声《脚本》17「宝石」7(4)'52.4 p262
黒岩 義一
　犯罪季節異状あり《座談会》
　　　　　　　33「探偵実話」10(12)'59.8 p202
黒岩 漁郎
　おもひで　　04「探偵趣味」13 '26.11 p25
黒岩 重吾
　青い火花《小説》17「宝石」15(1)'60.1 p162
　土屋さんについて　17「宝石」15(14)'60.12 p13
　青い枯葉《小説》17「宝石」15(14)'60.12 p74
　結婚前奏幻想曲《小説》
　　　　　　　17「宝石」16(2)'61.2 p130
　夜の花が落ちた《小説》
　　　　　　　35「エロチック・ミステリー」2(5)'61.5 p18
　黒い鳥《小説》27「別冊宝石」14(3)'61.5 p221
　神経科と温宮氏《小説》17「宝石」16(6)'61.6 p94
　直木賞作家大いに語る《座談会》
　　　　　　　17「宝石」16(7)'61.6 p283
　「黒岩重吾の周囲」訂正
　　　　　　　17「宝石」16(10)'61.9 p144
　あえて一言　17「宝石」17(7)'62.6 p344
　黒い鳥《小説》33「探偵実話」13(8)'62.6増 p18
　私の中学時代　17「宝石」17(11)'62.9 p17
　あいつも隠した《小説》
　　　　　　　17「宝石」17(11)'62.9 p88
　夜を旅をした女《小説》
　　　　　　　17「宝石」17(15)'62.11増 p23
　私流推理小説論　17「宝石」18(1)'63.1 p144
　腐った太陽《小説》27「別冊宝石」16(1)'63.1 p12
　生きた造花《小説》
　　　　　　　27「別冊宝石」16(1)'63.1 p130
　私と小児マヒ　27「別冊宝石」16(1)'63.1 p151
　ただいま修業中　27「別冊宝石」16(1)'63.1 p152
　犯罪も国際水準に　27「別冊宝石」16(1)'63.1 p153
　わが小説　　27「別冊宝石」16(1)'63.1 p154
　口なしの女達《小説》
　　　　　　　27「別冊宝石」16(1)'63.1 p198
　双恋の蜘蛛《小説》
　　　　　　　27「別冊宝石」16(1)'63.1 p225
　青い火花《小説》27「別冊宝石」16(1)'63.1 p242

死の札の女《小説》　　17「宝石」18(6)'63.4増 p202
あの頃の私　　　　　17「宝石」18(6)'63.4増 p207
一度あいたい　　　27「別冊宝石」16(4)'63.5 p71
深夜の競走《小説》
　　　　　　　17「宝石」18(14)'63.10増 p258
詐欺師神口悟郎〈1〉《小説》
　　　　　　　17「宝石」19(1)'64.1 p26
こぶと利害関係　　27「別冊宝石」17(1)'64.1 p242
詐欺師神口悟郎〈2〉《小説》
　　　　　　　17「宝石」19(3)'64.2 p266
詐欺師神口悟郎〈3〉《小説》
　　　　　　　17「宝石」19(4)'64.3 p236
詐欺師神口悟郎〈4〉《小説》
　　　　　　　17「宝石」19(5)'64.4 p302
詐欺師神口悟郎〈5〉《小説》
　　　　　　　17「宝石」19(7)'64.5 p312

黒岩 姫太郎
贋物奇談《小説》　　32「探偵倶楽部」6(12)'55.12 p83
小使の甥《小説》　　32「探偵倶楽部」7(2)'56.2 p306
贋物綺譚《小説》　　33「探偵実話」8(6)'57.3 p238
土佐の女獣　　　　　33「探偵実話」8(8)'57.5増 p224
むかしの女《小説》　33「探偵実話」8(11)'57.7 p258
渓流愛慾殺人事件　　33「探偵実話」8(12)'57.8 p92
隠亡物語《小説》　　33「探偵実話」8(16)'57.11 p188
古井戸の底の情炎　　33「探偵実話」9(2)'58.1増 p262
盲人色ざんげ《小説》
　　　　　　　33「探偵実話」9(4)'58.2 p100
忘れ得ぬ女難《小説》
　　　　　　　33「探偵実話」9(9)'58.5 p168
湯の町の妾殺し　　33「探偵実話」9(8)'58.5増 p112
水源地の怪美人《小説》
　　　　　　　33「探偵実話」9(10)'58.6 p235
山の死刑執行人《小説》
　　　　　　　33「探偵実話」9(11)'58.7 p9
少女を狩り歩く男《小説》
　　　　　　　33「探偵実話」9(13)'58.9 p2
裸体画の秘密《小説》
　　　　　　32「探偵倶楽部」9(12)'58.10 p245
三十五才の処女《小説》
　　　　　　　33「探偵実話」9(15)'58.10 p2
貞操を知らない美女《小説》
　　　　　　　33「探偵実話」9(16)'58.11 p2
童貞先生奮戦録　　33「探偵実話」10(1)'58.12 p240
逃げられた女体《小説》
　　　　　　　33「探偵実話」10(3)'59.1 p2
おはま後家生けどらる
　　　　　　　33「探偵実話」10(2)'59.1増 p118
恋に去られたマダム《小説》
　　　　　　　33「探偵実話」10(4)'59.2 p2
船上のヌードショウ《小説》
　　　　　　　33「探偵実話」10(5)'59.3 p2
犯人を割った情事　　33「探偵実話」10(7)'59.4 p2
南硫黄島漂流綺譚
　　　　　　　33「探偵実話」10(6)'59.4増 p214
裸か馬にまたがった娘《小説》
　　　　　　　33「探偵実話」10(8)'59.5 p17
偽装する女体《小説》
　　　　　　　33「探偵実話」10(9)'59.6 p2
妻を盗まれた男《小説》
　　　　　　　33「探偵実話」10(11)'59.7 p2

海に監禁された女《小説》
　　　　　　　33「探偵実話」10(12)'59.8 p2
美女の人工妊娠《小説》
　　　　　　　33「探偵実話」10(13)'59.9 p2
女体を狙う三毛猫《小説》
　　　　　　　33「探偵実話」10(14)'59.10 p2
偽りの情事《小説》　33「探偵実話」10(16)'59.11 p2
情事に殺された男《小説》
　　　　　　　33「探偵実話」11(1)'59.12 p2
情事と戦争と未亡人《小説》
　　　　　　　33「探偵実話」11(3)'60.1 p2
土佐男の執念　　　33「探偵実話」11(2)'60.1増 p190
奇妙な懐胎《小説》　33「探偵実話」11(4)'60.2 p2
演出された情事　　　33「探偵実話」11(6)'60.3 p2
怨念の花嫁衣裳　　33「探偵実話」11(5)'60.3増 p218
「殺し屋」と女体行商人《小説》
　　　　　　　33「探偵実話」11(7)'60.4 p2
盗まれた女体《小説》
　　　　　　　33「探偵実話」11(8)'60.5 p2
網をかけられた女体《小説》
　　　　　　　33「探偵実話」11(9)'60.6 p2
女の手は血に濡れない《小説》
　　　　　　　33「探偵実話」11(10)'60.7 p2
奇妙な復讐《小説》　33「探偵実話」11(12)'60.8 p2
ある旅役者の色ざんげ《小説》
　　　　　　　33「探偵実話」11(11)'60.8増 p196
犯人のいない殺人事件《小説》
　　　　　　　33「探偵実話」11(13)'60.9 p2
女だけが知っている《小説》
　　　　　　　33「探偵実話」11(14)'60.10 p17
疑われた人妻《小説》
　　　　　　　33「探偵実話」11(16)'60.11 p17
花井お梅の犯罪　　　33「探偵実話」12(3)'61.1 p222
吹上佐太郎の一生　　33「探偵実話」12(4)'61.3 p244
高橋お伝の生涯　　　33「探偵実話」12(5)'61.4 p186
白子屋おくまとその一味
　　　　　　　33「探偵実話」12(7)'61.5 p250
色豪を手玉に取った旗本娘
　　　　　　　33「探偵実話」12(8)'61.6 p258
二人の側室　　　　　33「探偵実話」12(9)'61.7 p214
掏模の神さま　　　　33「探偵実話」12(11)'61.8 p222
原田おきぬの生涯
　　　　　　　33「探偵実話」12(12)'61.10 p172
遠島になつた淫婦〈1〉
　　　　　　　33「探偵実話」12(15)'61.11 p144
遠島になった淫婦〈2・完〉
　　　　　　　33「探偵実話」12(16)'61.12 p180
尼寺荒らしの殺魔　　33「探偵実話」13(1)'62.1 p214
毒茸のような女　　　33「探偵実話」13(3)'62.2 p176
悪魔の呟き〈1〉《小説》
　　　　　　　33「探偵実話」13(4)'62.3 p194
悪魔の呟き〈2・完〉《小説》
　　　　　　　33「探偵実話」13(5)'62.4 p172
女臭強盗　　　　　　33「探偵実話」13(6)'62.5 p218
中根与吉の生涯　　　33「探偵実話」13(9)'62.7 p216
仮埋葬の女　　　　　33「探偵実話」13(12)'62.10 p150

黒岩 涙香
海底の重罪《小説》　　17「宝石」5(8)'50.8 p116
巨魁来《小説》　　　17「宝石」5(8)'50.8 p120

人外境　　　　　17「宝石」12 (3) '57.2 p103
探偵譚に就て　　17「宝石」12 (3) '57.2 p103
クロウ, ジャック
　幽霊船《小説》　32「探偵倶楽部」4 (7) '53.7 p235
　黒魔の船《小説》
　　　　　　　32「探偵倶楽部」9 (9) '58.7増 p146
クローウエル, ノーマン
　荒野の殺人《小説》
　　　　　　　11「ぷろふいる」4 (8) '36.8 p74
クロウリイ, ミカエル
　自殺した男　　03「探偵文芸」2 (1) '26.1 p32
黒川 真之助
　幽霊の手紙《小説》
　　　　　　　26「フーダニット」2 (4) '48.7 p11
黒河 惣
　アメリカ版女太陽族
　　　　　　　32「探偵倶楽部」7 (10) '56.9 p114
黒川 武雄
　法の達人　　　26「フーダニット」2 (1) '48.1 p5
黒川 八郎
　ヘレン・ライリイ様へ
　　　　　　　27「別冊宝石」17 (2) '64.2 p324
黒川 マツ
　春宵桃色犯罪座談会《座談会》
　　　　　　　33「探偵実話」2 (4) '51.3 p97
黒川 美代
　誘惑されたダンサーの手記
　　　　　　　33「探偵実話」5 '50.10 p198
黒木 狂
　乳房瞑想記《小説》
　　　　　　　20「探偵よみもの」35 '48.5 p20
黒木 憲一
　市長は殺人淫魔　32「探偵倶楽部」8 (13) '57.12 p80
黒木 健三
　東西ドイツの諜報団長
　　　　　　　32「探偵倶楽部」8 (9) '57.9 p34
黒木 憲三
　大統領の死と殺人者
　　　　　　　32「探偵倶楽部」9 (2) '58.2 p254
　閣僚とコール・ガール
　　　　　　　32「探偵倶楽部」9 (6) '58.5 p220
　名馬リビツアネリの運命
　　　　　　　32「探偵倶楽部」9 (7) '58.6 p228
黒木 しづか
　大下宇陀児　　15「探偵春秋」1 (2) '36.11 p112
黒木 徹
　ナスを買ってなぜおかしい《小説》
　　　　　　　33「探偵実話」7 (3) '56.1 p56
黒木 俊男
　消え失せた女体　33「探偵実話」9 (8) '58.5増 p155
黒木 曜之助
　クレオパトラの毒蛇《小説》
　　　　　　　27「別冊宝石」10 (1) '57.1 p245
　地から湧いた男《小説》
　　　　　　　27「別冊宝石」11 (2) '58.2 p269
　東海村殺人事件《小説》
　　　　　　　17「宝石」13 (16) '58.12増 p162

黄色い手帳《小説》
　　　　　　　35「エロティック・ミステリー」3 (3) '62.3 p100
横を向く墓標《小説》
　　　　　　　17「宝石」17 (8) '62.6増 p236
幻の女《小説》
　　　　　　　35「エロチック・ミステリー」4 (1) '63.1 p68
朝の速達便《小説》
　　　　　　　35「エロチック・ミステリー」4 (2) '63.2 p132
堕ちた偶像《小説》
　　　　　　　35「エロチック・ミステリー」4 (4) '63.4 p28
脅迫者《小説》
　　　　　　　35「エロチック・ミステリー」4 (5) '63.5 p90
接吻と匕首《1》《小説》
　　　　　　　35「エロチック・ミステリー」4 (8) '63.8 p128
接吻と匕首《2・完》《小説》
　　　　　　　35「エロチック・ミステリー」4 (9) '63.9 p132
ネグリジェ要らず《小説》
　　　　　　　35「エロチック・ミステリー」4 (11) '63.11 p82
喪服の女《小説》
　　　　　　　35「エロチック・ミステリー」4 (12) '63.12 p48
偶像再興《小説》
　　　　　　　27「別冊宝石」16 (11) '63.12 p216
黒坂 今朝次郎
　共犯と本犯　　33「探偵実話」9 (1) '58.1増 p139
黒沢 勇
　男が死んで《小説》　17「宝石」18 (2) '63.1増 p166
黒須 勘太
　アメリカの商売女　32「探偵倶楽部」7 (8) '56.7 p134
　死の魔峰征服　32「探偵倶楽部」7 (9) '56.8 p54
黒洲 刻夫
　罠《小説》　　24「妖奇」6 (4) '52.4 p88
黒須 りう子 (黒須 りゆ子)
　日本男子に望む　32「探偵クラブ」3 (1) '52.1 p168
　日本の男つて　　32「探偵クラブ」3 (3) '52.3 p176
黒頭巾
　手に残つた髪の毛《小説》
　　　　　　　24「妖奇」2 (6) '48.5 p24
黒瀬 阿吉
　盗難奇譚《小説》　11「ぷろふいる」2 (11) '34.11 p76
　作者の言葉　　　11「ぷろふいる」2 (11) '34.11 p77
クローゼン, カール
　瓦斯《小説》　　07「探偵」1 (8) '31.12 p157
　瓦斯《小説》　　24「トリック」7 (1) '53.1 p96
黒田 巌
　自殺犯人《小説》　07「探偵」1 (7) '31.11 p91
　消えた女　　　　07「探偵」1 (12) '31.12 p178
黒田 寒平
　バラバラ三人殺し顛末記
　　　　　　　20「探偵よみもの」35 '48.5 p30
黒田 啓次
　自殺か? 他殺か?　06「猟奇」4 (3) '31.5 p15
黒田 幸助
　山男大いに語る《座談会》
　　　　　　　32「探偵クラブ」2 (6) '51.8 p161
黒田 淳
　妖鬼漂う男娼の町　33「探偵実話」3 '50.8 p194
　"桃色広場"密入記　33「探偵実話」1 (6) '50.11 p192

戦後派乱世を語る座談会《座談会》
　　　　　　33「探偵実話」2(1)'50.12 p174
桃色少女のアルバイト
　　　　　　33「探偵実話」2(2)'51.1 p159
三面記事拡大鏡《座談会》
　　　　　　33「探偵実話」2(7)'51.6 p103
いかさま師　　33「探偵実話」2(11)'51.10 p146
三面記事拡大鏡《座談会》
　　　　　　33「探偵実話」3(8)'52.7 p191
三面記事拡大鏡《座談会》
　　　　　　33「探偵実話」3(9)'52.8 p106
三面記事拡大鏡《対談》
　　　　　　33「探偵実話」3(10)'52.9 p181
三面記事拡大鏡《対談》
　　　　　　33「探偵実話」3(12)'52.10 p184
三面記事拡大鏡《対談》
　　　　　　33「探偵実話」3(13)'52.11 p176
三面記事拡大鏡《座談会》
　　　　　　33「探偵実話」3(14)'52.12 p166
自由党という名の集団
　　　　　　33「探偵実話」4(3)'53.2 p223
三面記事拡大鏡《座談会》
　　　　　　33「探偵実話」4(4)'53.3 p193
三面記事拡大鏡《座談会》
　　　　　　33「探偵実話」4(5)'53.4 p120
三面記事拡大鏡《座談会》
　　　　　　33「探偵実話」4(6)'53.5 p102
三面記事拡大鏡《座談会》
　　　　　　33「探偵実話」4(7)'53.6 p212
三面記事拡大鏡《座談会》
　　　　　　33「探偵実話」4(8)'53.7 p207
後家の相と悲運の相
　　　　　　33「探偵実話」6(4)'55.3 p213
ブキコンボンの夜語り
　　　　　　33「探偵実話」6(7)'55.6 p132
東京都庁汚職の全貌　33「探偵実話」6(8)'55.7 p64
外人の手品詐欺師　33「探偵実話」6(10)'55.9 p176
桃色少女のアルバイト
　　　　　　33「探偵実話」7(2)'55.12増 p165
恐怖のお歯黒溝　　33「探偵実話」8(8)'57.5増 p132
本妻殺しの家政婦　33「探偵実話」9(8)'58.5増 p218

黒田　墨
川島芳子と象牙の拳銃
　　　　　　33「探偵実話」8(7)'57.4 p81

黒田　渡
アベックの戦慄　　33「探偵実話」8(2)'57.1増 p184

黒津　富二
井桁模様殺人事件《小説》
　　　　　　27「別冊宝石」4(2)'51.12 p344
[略歴]　　　　　　17「宝石」7(4)'52.4 p7
山猿殺人事件《小説》　17「宝石」7(4)'52.4 p124
亜流「探偵小説」《小説》
　　　　　　27「別冊宝石」5(2)'52.6 p252
「亜流探偵小説」について
　　　　　　17「宝石」7(8)'52.8 p246

黒沼　健
めりけん犯罪隠語集　07「探偵」1(5)'31.9 p127
暗号解読閑話　　　07「探偵」1(8)'31.12 p135
シヤーロック・ホームズの言葉
　　　　　　11「ぷろふいる」1(7)'33.11 p50
ホームズの事件簿　11「ぷろふいる」2(2)'34.2 p56
エルキュール・ポワロ
　　　　　　11「ぷろふいる」2(6)'34.6 p90
師父ブラウンの面影
　　　　　　11「ぷろふいる」2(7)'34.7 p44
Jacques Futrellのこと
　　　　　　15「探偵春秋」1(3)'36.12 p35
諸家の感想《アンケート》
　　　　　　15「探偵春秋」2(1)'37.1 p71
東の風晴れ《小説》　17「宝石」2(1)'47.1 p100
我が愛する作家　　19「ぷろふいる」2(1)'47.4 p31
探偵小説か?推理小説か?　23「真珠」1'47.4 p14
呪はれた日記《小説》　24「妖奇」1(2)'47.8 p7
鬼《小説》　　　　17「宝石」2(8)'47.9 p36
メーグレの人間性　　23「真珠」2'47.10 p22
蒼白い誘惑《小説》　24「妖奇」1(4)'47.10 p10
花形女優殺し〈1〉《小説》
　　　　　　24「妖奇」2(1)'48.1 p17
花形女優殺し〈2・完〉《小説》
　　　　　　24「妖奇」2(2)'48.2 p12
盗まれた殺人事件《小説》
　　　　　　19「仮面」3(1)'48.2 p14
ビムリコの悲劇　　　23「真珠」2(4)'48.3 p19
ロード・ピーターの趣味と教養
　　　　　　23「真珠」2(6)'48.6 p32
朧ろ夜《小説》　　27「別冊宝石」2'48.7 p116
染め毛の謎　　　　25「Gメン」2(10)'48.10 p19
胴切り人魚《小説》　17「宝石」3(8)'48.10 p44
恐ろしき偶然《小説》　24「妖奇」2(12)'48.11 p24
最新米英探偵小説傑作集
　　　　　　17「宝石」4(1)'49.1 別冊2
王者の趣味　　　　17「宝石」4(1)'49.1 p77
夜半の声《小説》　　24「妖奇」3(2)'49.2 p48
振返らぬ男《小説》　24「妖奇」3(4)'49.4 p40
私の好きな探偵小説　27「別冊宝石」2(1)'49.4 p81
甦える愛《小説》　　24「妖奇」3(5)'49.5 p27
いたづら鴉《小説》　24「妖奇」3(9)'49.8 p26
薔薇屋敷〔原作〕《絵物語》
　17「宝石」4(10)'49.11 p19, 25, 29, 35, 43, 47, 53, 61
北堂氏満貫を打こむ《小説》
　　　　　　17「宝石」4(11)'49.12 p150
わが一九五〇年の抱負　17「宝石」5(1)'50.1 p317
ゴリラ放送事件《小説》　24「妖奇」4(5)'50.5 p52
蛍《小説》　　　　17「宝石」5(7)'50.7 p64
翻訳余談〈1〉　　　17「宝石」6(5)'51.5 p126
翻訳余談〈2〉　　　17「宝石」6(6)'51.6 p143
巨人の復讐《小説》　17「宝石」6(7)'51.7 p96
翻訳余談〈3〉　　　17「宝石」6(7)'51.7 p95
翻訳余談〈4〉　　　17「宝石」6(8)'51.8 p98
熱砂の呪ひ　　　32「探偵クラブ」2(6)'51.8 p186
翻訳者の立場から　27「別冊宝石」4(1)'51.8 p143
翻訳余談〈5〉　　　17「宝石」6(9)'51.9 p149
消えた小太刀《脚本》　17「宝石」6(10)'51.10 p182
翻訳余談〈6〉　　　17「宝石」6(10)'51.10 p264
アンケート《アンケート》
　　　　　　17「宝石」6(11)'51.10増 p171
眼《小説》　　　　17「宝石」6(12)'51.11 p115
翻訳余談〈7〉　　　17「宝石」6(12)'51.11 p204
翻訳余談〈8〉　　　17「宝石」6(13)'51.12 p132
アンケート《アンケート》
　　　　　　17「宝石」7(1)'52.1 p82

安藤家の首飾り《脚本》	17「宝石」7(1)'52.1 p127	ロベングラの宝	17「宝石」14(13)'59.11 p114
翻訳余談余滴〈1〉	17「宝石」7(1)'52.1 p232	"幻の女"を訳した頃	27「別冊宝石」13(5)'60.5 p154
翻訳余談余滴〈2〉	17「宝石」7(2)'52.2 p91	アマゾン海	17「宝石」17(10)'62.8 p194
翻訳余談余滴〈3〉	17「宝石」7(3)'52.3 p143	アトランティス	17「宝石」17(11)'62.9 p226
大篆騷動《脚本》	17「宝石」7(3)'52.3 p169	大ウイグール帝国	17「宝石」17(13)'62.10 p236
七十世紀の大予言	33「探偵実話」3(3)'52.3 p77	失われた古代インド	17「宝石」17(14)'62.11 p245
翻訳余談余滴〈4〉	17「宝石」7(4)'52.4 p241	ポンポン堂の自動車	17「宝石」17(15)'62.11増 p104
翻訳余談余滴〈5〉	17「宝石」7(5)'52.5 p88	古代の科学の秘密	17「宝石」17(16)'62.12 p258
翻訳余談余滴〈6〉	17「宝石」7(6)'52.6 p113	Gストリング	27「別冊宝石」16(2)'63.2 p106
翻訳余談余滴〈7〉	17「宝石」7(7)'52.7 p133	**黒猫** →松本恵子	
洋書注文予定書	34「鬼」7 '52.7 p20	霧の日と黒猫	03「探偵文芸」1(6)'25.8 p116
白日鬼語《小説》	32「探偵倶楽部」3(7)'52.8 p66	**黒野 太郎**	
翻訳余談余滴〈8〉	17「宝石」7(8)'52.8 p143	黒い決闘《小説》	19「ぷろふいる」2(2)'47.8 p8
翻訳余談余滴〈9〉	17「宝石」7(9)'52.10 p137	キャラメル殺人《小説》	19「仮面」3(2)'48.3 p16
翻訳余談余滴〈10〉	17「宝石」8(1)'53.1 p127	**黒羽 新**	
探偵小説に対するアンケート《アンケート》		壕の中の手紙《小説》	17「宝石」5(10)'50.10 p138
	32「探偵倶楽部」4(1)'53.2 p151	新興宗教かスパイ団か	
カルカッタの敗北	32「探偵倶楽部」4(1)'53.2 p184		32「探偵倶楽部」8(3)'57.4 p236
妖蜂《小説》	33「探偵実話」4(3)'53.2 p56	女殺しボウソリール	
殺人天使	32「探偵倶楽部」4(2)'53.3 p116		32「探偵倶楽部」8(10)'57.10 p40
翻訳余談余滴〈11〉	17「宝石」8(2)'53.3 p162	**黒髪 大尉**	
白い異邦人《小説》	33「探偵実話」4(4)'53.3 p230	美人の絵姿《小説》	
三太とモールス信号《脚本》			01「新趣味」17(12)'22.12 p217
	17「宝石」8(4)'53.3増 p179	**クロフォード, F・M**	
空とぶ円盤人種	32「探偵倶楽部」4(3)'53.4 p66	百五号船室の怪《小説》	
翻訳余談余滴〈12〉	17「宝石」8(3)'53.4 p154		32「探偵倶楽部」7(8)'56.7 p26
保険魔は躍る	32「探偵倶楽部」4(5)'53.5 p164	**クロフツ, F・W**	
生きてる猿飛佐助	32「探偵倶楽部」4(6)'53.6 p204	樽《小説》	09「探偵小説」2(1)'32.1 p10
忠犬八ッ房《脚本》	27「別冊宝石」6(4)'53.6 p219	探偵小説の書き方	
ミッキイ・スピレーンの横顔			11「ぷろふいる」4(11)'36.11 p64
	17「宝石」8(7)'53.7 p156	警部長フレンチ	15「探偵春秋」1(2)'36.11 p118
地球は狙われて居る		樽の結末(『樽』抜粋)《小説》	
	32「探偵倶楽部」4(8)'53.8 p86		12「シュピオ」3(4)'37.5 p157
稲穂の簪《脚本》	17「宝石」8(8)'53.8 p221	クロイドン発12時30分《小説》	
スピレーン前夜祭	17「宝石」8(10)'53.9 p102		27「別冊宝石」3(6)'50.12 p170
ラヂャーの後宮	32「探偵倶楽部」4(11)'53.11 p160	ポンソン事件《小説》	27「別冊宝石」6(2)'53.2 p5
生残りの石器時代人		樽《小説》	27「別冊宝石」6(2)'53.2 p131
	33「探偵実話」5(4)'54.4 p176	フレンチ警部最大の事件《小説》	
霊魂を呼びよせる人々			27「別冊宝石」6(2)'53.2 p255
	32「探偵倶楽部」5(6)'54.6 p234	闇を縫う急行《小説》	17「宝石」9(11)'54.9 p232
世にも不思議な物語〈1〉		破れぬアリバイ《小説》	
	17「宝石」9(8)'54.7 p85		33「探偵実話」6(12)'55.10増 p239
円盤を狙撃した話	17「宝石」9(9)'54.8 p165	一石二鳥《小説》	17「宝石」11(4)'56.3 p60
陽気な不具者	17「宝石」9(11)'54.9 p132	踏切り《小説》	27「別冊宝石」11(5)'58.6 p46
鯨に呑まれた話	17「宝石」9(12)'54.10 p197	干き潮《小説》	27「別冊宝石」12(3)'59.3 p87
ニュールンベルグの孤児		フローテ公園殺人事件《小説》	
	17「宝石」9(13)'54.11 p234		27「別冊宝石」12(7)'59.7 p100
髭と芝居とその他と		二つの密室《小説》	27「別冊宝石」13(7)'60.11 p45
	27「別冊宝石」7(9)'54.11 p111	指紋《小説》	27「別冊宝石」16(9)'63.10 p88
雲散霧消した話	17「宝石」10(1)'55.1 p260	**クロフツ, W・E・R**	
切り裂き・ジヤック秘譚		血痕の下に《小説》	15「探偵春秋」2(3)'37.3 p64
	17「宝石」10(6)'55.4 p202	**黒部 渓三**	
あの頃のこと	17「宝石」10(7)'55.5 p245	緋鹿子千鳥《小説》	25「X」3(11)'49.10 p60
生きている巨竜	17「宝石」10(8)'55.6 p121	双っ面女白浪《小説》	
新・残酷物語	17「宝石」10(10)'55.7 p122		27「別冊宝石」5(8)'52.8 p28
人肉調理書	17「宝石」12(10)'57.8 p270	師走小判《小説》	27「別冊宝石」6(1)'53.1 p154
逞しき哉人間!	17「宝石」12(13)'57.10 p206	影《小説》	27「別冊宝石」6(4)'53.6 p94
珍資料	17「宝石」14(4)'59.4 p10		
海の財宝地図	17「宝石」14(5)'59.5 p110		
砂漠の黄金都市	17「宝石」14(9)'59.7 p116		
アマゾナスの王	17「宝石」14(10)'59.7 p110		

くろへ

毒《小説》　　　　　　27「別冊宝石」6(6)'53.9 p150
千両火消し《小説》　　27「別冊宝石」7(1)'54.9 p190
俵星酔槍伝《小説》　　27「別冊宝石」8(1)'55.1 p82
TOKYO　　　　　　　17「宝石」10(11)'55.8 p189
出羽の鬼姫《小説》　　17「宝石」10(14)'55.10 p280
封殺《小説》
　　　　　　　35「エロチック・ミステリー」3(9)'62.9 p96

黒部 竜二
探偵小説・殺人・法医学　　23「真珠」3 '47.12 後1
好きずき帖　　　　　　27「別冊宝石」2 '48.7 p88
好きずき帖　　　　　　27「別冊宝石」1(3)'49.1 p86
好きずき帖　　　　　　27「別冊宝石」2(1)'49.4 p108
好きずき帖〈4〉　　　　17「宝石」— '49.7増 p206
すきずき帖　　　　　　17「宝石」— '49.9増 p170
好きずき帖《小説》
　　　　　　　27「別冊宝石」2(3)'49.12 p324
好きずき帖　　　　　　27「別冊宝石」3(1)'50.2 p280
新人探偵作家を語る《座談会》
　　　　　　　27「別冊宝石」3(2)'50.4 p190
探偵映画おぼえ書　　　27「別冊宝石」3(3)'50.6 p116
好き好き手帖　　　　　17「宝石」5(8)'50.8 p88
好き〳〵帖　　　　　　17「宝石」6(1)'51.1 p104
陽春の日本映画　　　　17「宝石」6(5)'51.5 p136
すき〳〵帖　　　　　　17「宝石」6(6)'51.6 p116
五月の日本映画　　　　17「宝石」6(6)'51.6 p184
日本映画六月の二大作　17「宝石」6(7)'51.7 p182
七月の日本映画　　　　17「宝石」6(8)'51.8 p168
原爆映画『戦慄の七日間』をめぐる座談会《座談会》
　　　　　　　27「別冊宝石」4(1)'51.8 p154
私は誰でしょう　　　32「探偵クラブ」2(7)'51.8増 p249
好きずき帖　　　　　　17「宝石」6(9)'51.9 p130
八月の日本映画　　　　17「宝石」6(9)'51.9 p184
九月の日本映画　　　　17「宝石」6(10)'51.10 p286
十月の日本映画　　　　17「宝石」6(12)'51.11 p178
十一月の日本映画　　　17「宝石」6(13)'51.12 p110
好きずき帖　　　　　　17「宝石」6(13)'51.12 p208
十二月の日本映画　　　17「宝石」7(1)'52.1 p266
今月の日本映画　　　　17「宝石」7(2)'52.2 p170
好きずき帖　　　　　27「別冊宝石」5(2)'52.2 p76
春芽ぐむ三月のスクリーン
　　　　　　　32「探偵クラブ」3(4)'52.4 p62
チャンバラ論争　　　　17「宝石」7(5)'52.5 p88
最近の銀幕だより　　32「探偵倶楽部」3(5)'52.5 p166
奇怪なる場面の数々　　17「宝石」7(6)'52.6 p113
好きずき帖　　　　　　27「別冊宝石」5(6)'52.6 p144
現代劇の材料さま〴〵〈1〉
　　　　　　　17「宝石」7(7)'52.7 p133
現代劇の材料さまざま〈2〉
　　　　　　　17「宝石」7(8)'52.8 p143
初夏銀幕の大作　　　32「探偵倶楽部」3(7)'52.8 p208
盛夏の外国映画　　　32「探偵倶楽部」3(8)'52.9 p263
初春銀幕のシーズン開き
　　　　　　　32「探偵倶楽部」3(9)'52.10 p74
ワイセツなる芸術　　　17「宝石」7(9)'52.10 p137
仲秋を飾る洋画陣
　　　　　　　32「探偵倶楽部」3(10)'52.11 p214
今年の探偵映画　　　　17「宝石」7(12)'52.12 p190
小説を書く態度の問題
　　　　　　　27「別冊宝石」5(10)'52.12 p193
内外映画面白帖　　　32「探偵倶楽部」4(3)'53.4 p185
内外映画面白帳　　　32「探偵倶楽部」4(5)'53.5 p189

探偵小説の読み方　　　27「別冊宝石」6(3)'53.5 p182
予選を終りて一筆　　　17「宝石」6(9)'53.12 p31
探偵映画について　　　17「宝石」7(5)'54.6 p175
最近の探偵映画　　　32「探偵倶楽部」5(11)'54.11 p248
江戸川乱歩先生還暦祝賀会の記
　　　　　　　17「宝石」10(1)'55.1 p162
私の予選と感想　　　　17「宝石」10(2)'55.1増 p79
「宝石」十周年の想い　17「宝石」10(7)'55.5 p154
探偵映画展望　　　　32「探偵倶楽部」6(6)'55.6 p158
探偵映画よも山座談会
　　　　　　　32「探偵倶楽部」6(11)'55.11 p222
探偵小説ブームは果して来るか来ないか《座談会》
　　　　　　　32「探偵倶楽部」7(1)'56.1 p180
予選を終えて　　　　　17「宝石」11(2)'56.1増 p141
「上を見るな」と「金紅樹の秘密」
　　　　　　　17「宝石」11(4)'56.3 p122
日本の探偵映画　　　32「探偵倶楽部」7(8)'56.7 p68
予選の感想　　　　　　17「宝石」10(1)'57.1 p182
クロフツの死　　　　　17「宝石」12(8)'57.6 p181
大下宇陀児を語る《座談会》
　　　　　　　17「宝石」10(6)'57.6 p182
島田一男を語る《座談会》
　　　　　　　17「宝石」10(8)'57.8 p184
予選を終えて　　　　　17「宝石」11(2)'58.2 p205
予選おぼえ書　　　　　17「宝石」13(16)'58.12増 p112
門扉堅くして広し　　　17「宝石」15(3)'60.2増 p157
作者と選者の真剣勝負
　　　　　　　17「宝石」16(3)'61.2増 p71
宝石候補作を選考して《座談会》
　　　　　　　17「宝石」17(2)'62.1増 p200
第一回宝石中篇賞候補作を銓衡して《座談会》
　　　　　　　17「宝石」17(8)'62.6増 p190
戦後推理小説を語る《座談会》
　　　　　　　17「宝石」17(15)'62.11増 p258
《宝石短篇賞》候補作を選考して《座談会》
　　　　　　　17「宝石」18(2)'63.1増 p196
中篇予選を終って　　　17「宝石」18(10)'63.7増 p195
ひとこと　　　　　　　17「宝石」19(2)'64.1増 p77

黒柳 白声
月刊雑誌と探偵小説
　　　　　　　11「ぷろふいる」4(3)'36.3 p133
甲賀三郎氏　　　　　11「ぷろふいる」4(11)'36.11 p132
探偵小説と映画　　　11「ぷろふいる」4(12)'36.12 p129

クロワザアル，アンリ
異性の勝利《小説》　　01「新趣味」17(1)'22.1 p272

桑島 主計
行李詰めの皇帝　　　　33「探偵実話」4(5)'53.4 p94

桑田 穣一
推理小説早慶戦《座談会》
　　　　　　　17「宝石」13(8)'58.6 p256

桑田 雅夫
媚薬を娯しもう
　　　　　　　35「エロチック・ミステリー」4(9)'63.9 p128

桑原 俊
『反逆』をみる《座談会》
　　　　　　　32「探偵倶楽部」3(12)'52.12 p130

桑原 伸介
指紋　　　　　　　　　25「Gメン」2(6)'48.5 p11

桑原 武夫
　アンケート《アンケート》
　　　　　　　　　17「宝石」18(8)'63.6 p125
郡司 鯛位
　犯人の家《小説》　07「探偵」1(7)'31.11 p174
郡司 信夫
　白井を倒すのは誰?
　　　　　　　　　32「探偵倶楽部」4(2)'53.3 p203
　拳闘界あれこれ　32「探偵倶楽部」4(3)'53.4 p63
　日本選手と外人選手
　　　　　　　　　32「探偵倶楽部」4(6)'53.6 p58
　白井勝つ　　　　32「探偵倶楽部」4(7)'53.7 p292
　世紀の拳闘タイトル・マッチ
　　　　　　　　　33「探偵実話」4(8)'53.7 p172
　タイの拳闘選手　32「探偵倶楽部」4(8)'53.8 p220
　チヤンピオンの横顔
　　　　　　　　　32「探偵倶楽部」4(10)'53.10 p178
　忘れられたパンチ　32「探偵倶楽部」5(2)'54.2 p83
　白井のあとをつぐ者は誰か
　　　　　　　　　32「探偵倶楽部」7(9)'56.8 p92
　惨たり日本ボクシング
　　　　　　　　　32「探偵倶楽部」7(12)'56.11 p95
　花咲くか拳闘界の若武者たち
　　　　　　　　　33「探偵実話」7(17)'56.11 p170
　チヤンピオンの系図
　　　　　　　　　32「探偵倶楽部」7(13)'56.12 p140
　東洋チヤンピオンの系図
　　　　　　　　　32「探偵倶楽部」8(1)'57.1 p133
　新人王の系図　　32「探偵倶楽部」8(3)'57.4 p231

【 け 】

契 泥
　江戸の小噺　　　04「探偵趣味」20 '27.6 p44
　江戸の小噺　　　04「探偵趣味」22 '27.8 p44
　江戸の小噺　　　04「探偵趣味」25 '27.11 p41
　江戸の小噺　　　04「探偵趣味」4(3)'28.3 p59
　江戸の小噺　　　04「探偵趣味」4(5)'28.5 p51
慶応義塾大学推理小説同好会
　大学生と探偵作家あれこれ問答《座談会》
　　　　　　　　　32「探偵倶楽部」7(1)'56.1 p288
敬子
　鳩の街の彼女たち《座談会》
　　　　　　　　　23「真珠」2(7)'48.8 p16
恵谷 信
　琉球夜話　　　　15「探偵春秋」2(7)'37.7 p43
ケイン, J・M
　恋はからくり《小説》
　　　　　　　　　27「別冊宝石」8(8)'55.12 p5
ケイン, フランク
　花形記者の死《小説》
　　　　　　　　　32「探偵倶楽部」9(1)'58.1 p142
ケイン, ヘンリー
　若者の栄光《小説》
　　　　　　　　　32「探偵倶楽部」9(2)'58.2 p150

遥かなる道《小説》
　　　　　　　　　32「探偵倶楽部」9(10)'58.8 p148
ケチャム, フイリップ
　やさしい女たち《小説》
　　　　　　　　　27「別冊宝石」17(5)'64.4増 p34
月光 洗三
　大利根月夜《小説》　25「X」3(12)'49.11 p78
　女親分お辰《小説》　25「X」4(1)'50.1 p60
ゲーテ
　歌姫綺譚《小説》　21「黒猫」1(5)'47.12 p39
　幸福と夢《詩》　33「探偵実話」4(3)'53.2 p23
ゲート, ビック
　いまいましき二本指《小説》
　　　　　　　　　32「探偵倶楽部」9(13)'58.11 p264
ケニイ, B・W
　赤い手《小説》　　07「探偵」1(4)'31.8 p177
ケニイ, ロバート
　魔窟の電話　　　33「探偵実話」5(13)'54.11 p218
ケネディ, M
　ウキスキイの壜《小説》
　　　　　　　　　11「ぷろふいる」4(11)'36.11 p69
ケネディ, ジョン・B
　火あそび《小説》　11「ぷろふいる」1(1)'33.5 p60
ケネディ, ミルウオト
　トルウフイット君の手柄《小説》
　　　　　　　　　09「探偵小説」2(7)'32.7 p201
ケネディ, ミルワード
　或る男の死《小説》　24「トリック」7(2)'53.2 p201
煙山 杏太郎
　タバコ談義
　　　　　　35「エロティック・ミステリー」3(3)'62.3 p30
ケラー, D・H
　大脳図書館〈1〉《小説》
　　　　　　　　　07「探偵」1(5)'31.9 p193
　大脳図書館〈2・完〉《小説》
　　　　　　　　　07「探偵」1(6)'31.10 p205
　ツタの脅威《小説》　17「宝石」10(11)'55.8 p16
ゲーリー・安田
　アメリカの支那人狩り
　　　　　　　　　33「探偵実話」6(7)'55.6 p48
ケル, アイヴァン
　恐怖の一夜《小説》　07「探偵」1(7)'31.11 p44
ケーン, フランク
　死の特ダネ《小説》
　　　　　　　　　27「別冊宝石」14(2)'61.3 p120
ケーン, ヘンリー
　醜悪な自殺《小説》
　　　　　　　　　27「別冊宝石」13(3)'60.3 p112
顕考 与一
　芝居に現れた悪と探偵趣味
　　　　　　　　　04「探偵趣味」4 '26.1 p42
　断崖《小説》　　04「探偵趣味」6 '26.3 p36
源氏 鶏太
　一円と一万円　　17「宝石」14(5)'59.5 p108

629

けんし　　　　　　　　執筆者名索引

兼常 清佐
　あなたは狙はれてゐる《アンケート》
　　　　　　　20「探偵よみもの」30 '46.11 p22
　探偵小説愛好者座談会《座談会》
　　　　　　　17「宝石」— '49.9増 p132
ケント，ダグラス
　女房に油断するな《小説》
　　　　　　　32「探偵倶楽部」9(14)'58.12 p78

【 こ 】

コーヘン，オクタバス・R
　腹ぐろマックス《小説》
　　　　　　　32「探偵倶楽部」8(5)'57.6 p29
小池 亮
　飛鳥高ノート　　　17「宝石」18(16)'63.12 p88
　メチエ・正義感・隼の眼光
　　　　　　　17「宝石」19(3)'64.2 p138
　霧笛と流木の国の叙事詩人
　　　　　　　17「宝石」19(7)'64.5 p195
　五稜郭に彷徨する「群集の人」
　　　　　　　17「宝石」19(7)'64.5 p202
小池 良平
　百廿四人の女を売つた男
　　　　　　　32「探偵倶楽部」5(5)'54.5 p156
　ロシヤの女　　　32「探偵倶楽部」5(6)'54.6 p76
小泉 安
　小鬢の丁太郎《小説》　25「X」3(12)'49.11 p36
小泉 修
　生きている癩《小説》　24「妖奇」5(11)'51.11 p28
小泉 喜美子
　深い水《小説》　　　17「宝石」19(5)'64.4 p62
小泉 純
　蛇師《小説》　　　　24「妖奇」4(8)'50.8 p57
小泉 四郎
　有楽町〇番地の夜
　　　　　　　33「探偵実話」10(11)'59.7 p156
小泉 紫郎
　わが生涯の最悪の日
　　　　　　　20「探偵よみもの」37 '48.11 p33
　新宿青線地帯界隈　33「探偵実話」7(10)'56.6 p160
　売春婦は何処へ行く　33「探偵実話」9(6)'58.3 p29
　深夜の貴婦人さまざま
　　　　　　　33「探偵実話」9(9)'58.5 p149
　肉体市場のその後
　　　　　　　33「探偵実話」10(2)'59.1増 p235
小泉 太郎
　MAMMY-O《小説》　17「宝石」15(9)'60.7 p165
　過渡期にただよう　27「別冊宝石」17(1)'64.1 p310
小泉 八雲
　耳無芳一〔原作〕《絵物語》
　　　　　　　33「探偵実話」2(8)'51.7 p23
　幽霊滝の話〔原作〕《絵物語》
　　　　　　　33「探偵実話」2(9)'51.8 p23

好
　正月の新映画　　　27「別冊宝石」6(1)'53.1 p191
　素浪人奉行　　　　27「別冊宝石」6(4)'53.6 p181
　刺青殺人事件　　　17「宝石」8(7)'53.7 p143
　続魚河岸の石松　　17「宝石」8(7)'53.7 p211
　新映画　　　　　　17「宝石」8(9)'53.8 p241
　新映画　　　　　　17「宝石」8(10)'53.9 p171
　新映画　　　　　　17「宝石」8(10)'53.9 p229
　新映画　　　　　　17「宝石」8(11)'53.10 p155
　新映画　　　　　　17「宝石」8(11)'53.10 p211
　新映画　　　　　　17「宝石」8(12)'53.10増 p103
　新映画　　　　　　17「宝石」8(12)'53.10増 p153
　新映画　　　　　　17「宝石」8(12)'53.10増 p231
　新映画　　　　　　17「宝石」8(13)'53.11 p189
　新映画　　　　　　17「宝石」8(14)'53.12 p63
　新映画　　　　　　17「宝石」8(14)'53.12 p87
　新映画　　　　　　17「宝石」8(14)'53.12 p139
　新映画　　　　　　27「別冊宝石」6(9)'53.12 p223
　新映画　　　　　　17「宝石」9(1)'54.1 p127
　新映画　　　　　　17「宝石」9(1)'54.1 p239
　新映画　　　　　　27「別冊宝石」7(1)'54.1 p117
　新映画　　　　　　27「別冊宝石」7(1)'54.1 p299
　新映画　　　　　　17「宝石」9(2)'54.2 p197
　新映画　　　　　　17「宝石」9(2)'54.2 p261
　新映画　　　　　　17「宝石」9(3)'54.3 p151
　新映画　　　　　　17「宝石」9(4)'54.3増 p111
　新映画　　　　　　17「宝石」9(5)'54.4 p87
　新映画　　　　　　17「宝石」9(5)'54.4 p251
　新映画　　　　　　17「宝石」9(6)'54.5 p159
　新映画　　　　　　17「宝石」9(6)'54.5 p235
　新映画　　　　　　17「宝石」9(7)'54.6 p111
　新映画　　　　　　17「宝石」9(7)'54.6 p147
　新映画　　　　　　17「宝石」9(8)'54.7 p133
　新映画　　　　　　17「宝石」9(8)'54.7 p153
　新映画　　　　　　17「宝石」9(9)'54.8 p123
　新映画　　　　　　17「宝石」9(10)'54.8 p227
　新映画　　　　　　17「宝石」9(11)'54.9 p131
　新映画　　　　　　17「宝石」9(11)'54.9 p149
　新映画　　　　　　27「別冊宝石」7(7)'54.9 p149
　新映画　　　　　　17「宝石」9(12)'54.10 p159
　新映画　　　　　　17「宝石」9(12)'54.10 p217
　新映画　　　　　　17「宝石」9(13)'54.11 p215
　新映画　　　　　　17「宝石」9(14)'54.12 p153
　新映画　　　　　　17「宝石」10(1)'55.1 p181
　新映画　　　　　　17「宝石」10(1)'55.1 p337
　新映画　　　　　　27「別冊宝石」8(1)'55.1 p207
　新映画　　　　　　27「別冊宝石」8(1)'55.1 p261
　新映画　　　　　　27「別冊宝石」8(1)'55.1 p315
　新映画　　　　　　17「宝石」10(2)'55.1増 p141
　新映画　　　　　　17「宝石」10(2)'55.1増 p301
　新映画　　　　　　17「宝石」10(4)'55.3 p137
　新映画　　　　　　17「宝石」10(4)'55.3 p171
　新映画　　　　　　17「宝石」10(4)'55.3 p283
　新映画　　　　　　17「宝石」10(5)'55.3増 p83
　新映画　　　　　　17「宝石」10(5)'55.3増 p139
　新映画　　　　　　17「宝石」10(5)'55.3増 p185
　新映画　　　　　　17「宝石」10(6)'55.4 p223
　新映画　　　　　　17「宝石」10(6)'55.4 p227
　新映画　　　　　　17「宝石」10(6)'55.4 p243
　新映画　　　　　　17「宝石」10(7)'55.5 p85
　新映画　　　　　　17「宝石」10(7)'55.5 p135

こうか

新映画	17「宝石」10(7)'55.5 p249
新映画	27「別冊宝石」8(4)'55.5 p127
新映画	27「別冊宝石」8(4)'55.5 p185
新映画	27「別冊宝石」8(4)'55.5 p279
新映画	17「宝石」10(8)'55.6 p271
新映画	17「宝石」10(8)'55.6 p287
新映画	17「宝石」10(11)'55.8 p225
新映画	17「宝石」10(12)'55.8増 p167
新映画	17「宝石」10(12)'55.8増 p269
新映画	17「宝石」10(13)'55.9 p131
新映画	17「宝石」10(13)'55.9 p149
新映画	17「宝石」10(13)'55.9 p241
新映画	27「別冊宝石」8(6)'55.9 p173
新映画	27「別冊宝石」8(6)'55.9 p193
新映画	27「別冊宝石」8(6)'55.9 p227
新映画	17「宝石」10(14)'55.10 p201
新映画	17「宝石」10(14)'55.10 p295
新映画	17「宝石」10(15)'55.11 p133
新映画	17「宝石」10(15)'55.11 p191
新映画	17「宝石」10(15)'55.11 p211
新映画	17「宝石」10(16)'55.11増 p259
新映画	17「宝石」10(16)'55.11増 p297
新映画	17「宝石」10(17)'55.12 p265
新映画	17「宝石」10(17)'55.12 p275
新映画	17「宝石」11(1)'56.1 p173
新映画	27「別冊宝石」9(1)'56.1 p135
新映画	27「別冊宝石」9(1)'56.1 p263
新映画	27「別冊宝石」9(1)'56.1 p279
新映画	17「宝石」11(2)'56.1増 p217
新映画	17「宝石」11(2)'56.1増 p249
新映画	17「宝石」11(3)'56.2 p191
新映画	17「宝石」11(3)'56.2 p273
新映画	17「宝石」11(4)'56.3 p229
新映画	17「宝石」11(4)'56.3 p267
新映画	17「宝石」11(5)'56.3増 p69
新映画	17「宝石」11(5)'56.3増 p317
新映画	17「宝石」11(6)'56.4 p109
新映画	17「宝石」11(6)'56.4 p183
新映画	17「宝石」11(7)'56.5 p75
新映画	17「宝石」11(7)'56.5 p201
新映画	17「宝石」11(7)'56.5 p275
新映画	17「宝石」11(9)'56.7 p185
新映画	17「宝石」11(10)'56.7増 p219
新映画	17「宝石」11(10)'56.7増 p291
新映画	17「宝石」11(14)'56.10 p185

高 一郎
　新聞と探偵小説　　14「月刊探偵」2(1)'36.1 p35

高 作太郎
　復讐鬼《小説》　　24「妖奇」3(4)'49.4 p22
　幽霊の殺人《小説》
　　　　　　　　27「別冊宝石」2(3)'49.12 p509

ゴーヴアン, マツク
　血染の手痕《小説》
　　　　　　　　01「新趣味」18(11)'23.11 p214

甲賀 三郎　→甲賀, 三郎
　真珠塔の秘密《小説》
　　　　　　　　01「新趣味」18(8)'23.8 p262
　夢　　　　　04「探偵趣味」1 '25.9 p4
　探偵問答《アンケート》
　　　　　　　　04「探偵趣味」1 '25.9 p25

『探偵趣味』問答《アンケート》	
	04「探偵趣味」2 '25.10 p23
探偵小説と実際の探偵	04「探偵趣味」2 '25.10 p26
亡霊を追ふ《小説》	04「探偵趣味」3 '25.11 p1
心霊現象と怪談	04「探偵趣味」3 '25.11 p17
私の変名	04「探偵趣味」3 '25.11 p39
第三輯を取り上げて	04「探偵趣味」4 '26.1 p29
能楽「草紙洗」の探偵味	
	04「探偵趣味」5 '26.2 p10
「三つ」の問題	04「探偵趣味」7 '26.4 p13
愛の為めに《小説》	03「探偵文芸」2(4)'26.4 p34
記憶術《小説》	04「探偵趣味」8 '26.5 p11
自叙伝の一節	04「探偵趣味」8 '26.5 p20
探偵小説合評《座談会》	04「探偵趣味」9 '26.6 p56
雑言一束	04「探偵趣味」10 '26.7 p46
嵐と砂金の因果率《小説》	
	04「探偵趣味」12 '26.10 p30
力と熱と	04「探偵趣味」13 '26.11 p46
寄稿創作を読みて	04「探偵趣味」13 '26.11 p51
クローズ・アツプ《アンケート》	
	04「探偵趣味」14 '26.12 p34
投稿創作評	04「探偵趣味」14 '26.12 p46
迷信	04「探偵趣味」15 '27.1 p46
投稿創作評	04「探偵趣味」15 '27.1 p63
投稿創作評	04「探偵趣味」16 '27.2 p56
小舟君のビーストンの研究について	
	04「探偵趣味」19 '27.5 p45
探偵小説の不振	04「探偵趣味」24 '27.10 p42
多作家其他	04「探偵趣味」25 '27.11 p39
作家と生活	04「探偵趣味」26 '27.12 p49
運命の罠《小説》	04「探偵趣味」4(1)'28.1 p2
霜月座談会《座談会》	
	04「探偵趣味」4(1)'28.1 p62
探偵小説と思ひつき外一題	
	04「探偵趣味」4(1)'28.1 p86
翻訳座談会《座談会》	
	04「探偵趣味」4(2)'28.2 p30
[探偵読本〈4〉]伏線の敷き方又は筋の配列に就いて	
	04「探偵趣味」4(5)'28.5 p42
墓場の秘密	04「探偵趣味」4(9)'28.9 p2
「探偵趣味」の回顧	04「探偵趣味」4(9)'28.9 p38
新人出現難	06「猟奇」2(6)'29.6 p32
罠に掛つた人《小説》	07「探偵」1(1)'31.5 p44
足跡《小説》	07「探偵」1(2)'31.6 p44
妖婦《小説》	07「探偵」1(3)'31.7 p48
ルンペン犯罪座談会《座談会》	
	07「探偵」1(4)'31.8 p84
本当の探偵小説	07「探偵」1(9)'31.9 p73
エレリー・クイーンの和蘭陀靴の秘密	
	09「探偵小説」2(4)'32.4 p72
子供にも大人にも	10「探偵クラブ」1 '32.4 p23
思ひ出すまゝ	10「探偵クラブ」2 '32.5 p4
独特の味	10「探偵クラブ」3 '32.6 p25
犬が吠えなかつたわけ《小説》	
	10「探偵クラブ」4 '32.8 p24
バラバラ事件其他	10「探偵クラブ」6 '32.11 p2
横溝君の呪ひの塔	10「探偵クラブ」6 '32.11 p29
浜尾君と本格探偵小説	
	10「探偵クラブ」8 '33.1 p29
浜尾さんの麻雀	10「探偵クラブ」9 '33.3 p16
全集の完結に際して	10「探偵クラブ」10 '33.4 p2

631

こうき

殺人迷路〈10・完〉《小説》
　　　　10「探偵クラブ」10 '33.4 p4
佐左木俊郎君を悼む　10「探偵クラブ」10 '33.4 p30
漫想漫筆　　　11「ぷろふいる」1(4) '33.8 p4
探偵時事　　　11「ぷろふいる」1(6) '33.10 p4
野島君の「深夜の患者」
　　　　11「ぷろふいる」1(6) '33.10 p56
探偵時事　　　11「ぷろふいる」1(7) '33.11 p48
探偵時事　　　11「ぷろふいる」1(8) '33.12 p88
誰が裁いたか〈1〉《小説》
　　　　11「ぷろふいる」2(1) '34.1 p6
誰が裁いたか〈2〉《小説》
　　　　11「ぷろふいる」2(2) '34.2 p98
誰が裁いたか〈3・完〉《小説》
　　　　11「ぷろふいる」2(3) '34.3
探偵小説と批評　11「ぷろふいる」2(3) '34.3 p6
身辺雑記　　　11「ぷろふいる」2(5) '34.5 p88
血液型殺人事件〈1〉《小説》
　　　　11「ぷろふいる」2(6) '34.6 p6
血液型殺人事件〈2・完〉《小説》
　　　　11「ぷろふいる」2(7) '34.7 p6
探偵小説講話〈1〉11「ぷろふいる」3(1) '35.1 p6
探偵小説講話〈2〉11「ぷろふいる」3(2) '35.2 p6
探偵小説講話〈3〉11「ぷろふいる」3(3) '35.3 p6
探偵小説講話〈4〉11「ぷろふいる」3(4) '35.4 p6
探偵小説講話〈5〉
　　　　11「ぷろふいる」3(5) '35.5 p134
探偵小説講話〈6〉
　　　　11「ぷろふいる」3(6) '35.6 p128
探偵小説講話〈7〉
　　　　11「ぷろふいる」3(7) '35.7 p130
探偵小説講話〈8〉
　　　　11「ぷろふいる」3(8) '35.8 p0
探偵小説講話〈9〉
　　　　11「ぷろふいる」3(9) '35.9 p126
探偵小説講話〈10〉
　　　　11「ぷろふいる」3(10) '35.10 p126
探偵小説講話〈11〉
　　　　11「ぷろふいる」3(11) '35.11 p132
ハガキ回答《アンケート》
　　　　11「ぷろふいる」3(12) '35.12 p46
探偵小説講話〈12・完〉
　　　　11「ぷろふいる」3(12) '35.12 p132
探偵小説とポピュラリテイ
　　　　11「ぷろふいる」4(1) '36.1 p106
浜尾君を憶ふ　11「ぷろふいる」4(1) '36.1 p137
正誤・回答・横槍　11「ぷろふいる」4(2) '36.2 p50
木内家殺人事件〈1〉《小説》
　　　　11「ぷろふいる」4(5) '36.5 p10
木内家殺人事件〈2・完〉《小説》
　　　　11「ぷろふいる」4(6) '36.6 p8
「小笛事件」　　11「ぷろふいる」4(7) '36.7 p130
「条件」付・木々高太郎に与ふ
　　　　11「ぷろふいる」4(8) '36.8 p22
探偵小説十講〈1〉15「探偵春秋」1(1) '36.10 p6
探偵小説十講〈2〉
　　　　15「探偵春秋」1(2) '36.11 p136
探偵小説十講〈3〉15「探偵春秋」1(3) '36.12 p74
勿漢魚　　　　11「ぷろふいる」5(1) '37.1 p115
探偵小説十講〈4〉15「探偵春秋」2(1) '37.1 p117
水晶の角玉《小説》12「シュピオ」3(4) '37.5 p173

探偵小説休業その他　12「シュピオ」4(1) '38.1 p18
カナリヤの秘密《小説》
　　　　19「ぷろふいる」1(1) '46.7 p12
悪戯《小説》　　18「トップ」2(2) '47.5 p10
緑色の犯罪《小説》18「トップ」2(3) '47.6増 p32
魔の池事件〈1〉《小説》　24「妖奇」1(1) '47.7 p38
魔の池事件〈2・完〉《小説》
　　　　24「妖奇」1(2) '47.8 p20
殺人と白猫《小説》　24「妖奇」1(5) '47.11 p1
怪奇果樹園物語〈1〉《小説》
　　　　24「妖奇」2(5) '48.4 p10
強盗《小説》　　18「トップ」3(3) '48.4 p47
焦げた聖書　　19「仮面」春の増刊 '48.4 p12
怪奇果樹園物語〈2・完〉《小説》
　　　　24「妖奇」2(6) '48.5 p14
古名刺奇譚〈1〉《小説》　24「妖奇」2(10) '48.9 p8
古名刺奇譚〈2・完〉《小説》
　　　　24「妖奇」2(11) '48.10 p25
変質者の復讐《小説》　24「妖奇」2(12) '48.11 p47
琥珀のパイプ〔原作〕《物語》
　　　　20「探偵よみもの」38 '49.1 p2
明白なる自殺《小説》　24「妖奇」3(1) '49.1 p29
謎の女《小説》　24「妖奇」3(9) '49.8 p62
決死の御城米《小説》　24「妖奇」3(10) '49.10 p71
妖光殺人事件《小説》　24「妖奇」4(1) '50.1 p119
街にある港《脚本》　17「宝石」5(1) '50.1 p202
復讐《小説》　　24「妖奇」4(6) '50.6 p34
琥珀のパイプ《小説》
　　　　33「探偵実話」3(4) '52.3 p30
悪戯《小説》　33「探偵実話」3(11) '52.9増 p100
生ける屍《小説》　27「別冊宝石」6(3) '53.5 p100
琥珀のパイプ《小説》
　　　　27「別冊宝石」9(5) '56.6 p26
四次元の断面《小説》
　　　　33「探偵実話」7(16) '56.11増 p223
奇声山《小説》　33「探偵実話」8(5) '57.3増 p228

好奇生

犯罪と耳　　　11「ぷろふいる」1(1) '33.5 p36

高建子

浴場風俗　35「エロティック・ミステリー」2(4) '61.4 p24

向後 不言

探偵春秋　　　15「探偵春秋」2(7) '37.7 p86

高城 高

X橋付近《小説》　17「宝石」10(2) '55.1増 p94
感想　　　　　17「宝石」10(6) '55.4 p125
冷い雨《小説》　17「宝石」11(2) '56.1増 p156
賭ける《小説》　17「宝石」13(3) '58.2 p226
淋しい草原に《小説》　17「宝石」13(8) '58.6 p84
ラ・クカラチャ《小説》　17「宝石」13(9) '58.7 p60
黒いエース《小説》　17「宝石」13(10) '58.8 p46
暗い海深い霧《小説》
　　　　17「宝石」13(13) '58.10 p118
微かなる弔鐘《小説》　17「宝石」14(2) '59.2 p182
アイ・スクリーム《小説》
　　　　17「宝石」14(5) '59.5 p202
暗い蛇行《小説》　17「宝石」14(11) '59.10 p80
汚い波紋《小説》　17「宝石」14(15) '59.12増 p132
略歴　　　　17「宝石」14(15) '59.12増 p135

追いつめられて《小説》
　　　　　　　　　17「宝石」15(8)'60.6 p106
踏切《小説》　　　17「宝石」15(13)'60.11 p132
凍った太陽《小説》　17「宝石」16(7)'61.6 p120
ある誤報《小説》　17「宝石」16(13)'61.12 p222
風への墓碑銘《小説》
　　　　　　35「エロチック・ミステリー」3(6)'62.6 p104
札幌に来た二人《小説》
　　　　　　　　　17「宝石」17(7)'62.6 p218
父と子《小説》　　17「宝石」17(13)'62.10 p202
風の岬《小説》
　　　　　　35「エロチック・ミステリー」3(11)'62.11 p8
雪原を突っ走れ《小説》
　　　　　　　　　17「宝石」17(15)'62.11増 p273
X橋付近《小説》　17「宝石」18(6)'63.4増 p77
大切な作品　　　　17「宝石」18(6)'63.4増 p81
飛べない天使《小説》17「宝石」18(8)'63.6 p294
星の岬《小説》　　17「宝石」18(15)'63.11 p124
親不孝の弁　　　　17「宝石」18(16)'63.12 p205
上品な老人《小説》　17「宝石」19(7)'64.5 p180
幸田 文
幸田露伴と探偵小説《対談》
　　　　　　　　　17「宝石」12(10)'57.8 p82
甲田 俊二
花は何処に咲く　　22「新探偵小説」1(3)'47.7 p39
ローソク譚　　　　22「新探偵小説」4 '47.10 p25
郷田 罰人
人間修養記　　　　06「猟奇」4(5)'31.7 p50
幸田 露伴
不安《小説》　　　17「宝石」13(3)'58.2 p242
上月 吏
映画に出来悪いもの一つ
　　　　　　　　　04「探偵趣味」4 '26.1 p11
『探偵趣味』問答《アンケート》
　　　　　　　　　04「探偵趣味」4 '26.1 p52
甲南 享
「狂繰曲殺人事件」を読みて
　　　　　　　11「ぷろふいる」2(10)'34.10 p103
河野 健次
春宵桃色犯罪座談会《座談会》
　　　　　　　　　33「探偵実話」2(4)'51.3 p97
河野 耕三
「そうろう」にて候
　　　　　　35「エロチック・ミステリー」3(5)'62.5 p17
河野 哲子
学生と探偵小説《座談会》
　　　　　　　　　17「宝石」11(1)'56.1 p136
河野 典生
ゴウイング・マイ・ウェイ《小説》
　　　　　　　　　17「宝石」14(14)'59.12 p96
溺死クラブ《小説》
　　　　　　　　　17「宝石」14(15)'59.12増 p168
略歴　　　　　　　17「宝石」14(15)'59.12増 p171
腐つたオリーブ《小説》
　　　　　　　　　17「宝石」15(2)'60.2 p196
かわいい娘《小説》　17「宝石」15(5)'60.4 p215
狂熱のデュエット《小説》
　　　　　　　　　17「宝石」15(6)'60.5 p118
殺人者《小説》　　17「宝石」15(8)'60.4 p124

八月は残酷な月《小説》
　　　　　　　　　17「宝石」15(11)'60.9 p166
黒い陽の下で〈1〉《小説》
　　　　　　　　33「探偵実話」11(13)'60.9 p46
黒い陽の下で〈2〉《小説》
　　　　　　　　33「探偵実話」11(14)'60.10 p42
黒い陽の下で〈3〉《小説》
　　　　　　　　33「探偵実話」11(16)'60.11 p42
結城昌治氏　　　　17「宝石」16(1)'61.1 p13
アスファルトの上《小説》
　　　　　　　　　17「宝石」16(1)'61.1 p66
日曜日の女《小説》
　　　　　　35「エロチック・ミステリー」2(1)'61.1 p252
黒い陽の下で〈4〉《小説》
　　　　　　　　33「探偵実話」12(3)'61.1 p58
くたばれ!アート・ブレイキー《小説》
　　　　　　　　　17「宝石」16(2)'61.2 p208
かわいい娘《小説》
　　　　　　　　33「探偵実話」12(2)'61.2増 p243
黒い陽の下で〈5〉《小説》
　　　　　　　　33「探偵実話」12(4)'61.3 p38
かわいた性交　　33「探偵実話」12(5)'61.4 p135
黒い陽の下で〈6・完〉《小説》
　　　　　　　　33「探偵実話」12(5)'61.4 p272
MEIN KAMPE　　　17「宝石」16(6)'61.5 p56
遠い海、遠い夏《小説》
　　　　　　　　　17「宝石」16(7)'61.6 p188
かわいい娘《小説》　27「別冊宝石」14(4)'61.7 p64
羊を殺せ　　　　33「探偵実話」12(10)'61.7増 p72
卵の中　　　　　　17「宝石」16(9)'61.8 p15
他殺クラブ賞　　17「宝石」16(10)'61.9 p15
山田太郎の記録《小説》
　　　　　　　　　17「宝石」16(12)'61.11 p120
憎悪のかたち《小説》17「宝石」17(4)'62.3 p98
人形芝居《小説》　17「宝石」17(6)'62.6 p194
〈OH YEAH〉　　　17「宝石」17(11)'62.9 p234
ちんぴら《小説》
　　　　　　35「エロチック・ミステリー」3(10)'62.10 p8
陽光の下、若者は死ぬ《小説》
　　　　　　　　　17「宝石」17(15)'62.11増 p330
黒岩重吾氏のこと　27「別冊宝石」16(1)'63.1 p129
腐った海《小説》　17「宝石」18(3)'63.2 p74
多岐川氏のネクタイ
　　　　　　　　27「別冊宝石」16(3)'63.3 p163
ゴウイング・マイ・ウェイ《小説》
　　　　　　　　　17「宝石」18(6)'63.4増 p380
ある会話　　　　　17「宝石」18(6)'63.4増 p385
殺意という名の家畜〈1〉《小説》
　　　　　　　　　17「宝石」18(6)'63.6 p22
殺意という名の家畜〈2〉《小説》
　　　　　　　　　17「宝石」18(9)'63.7 p230
殺意という名の家畜〈3・完〉《小説》
　　　　　　　　　17「宝石」18(11)'63.8 p266
憎悪のかたち《小説》
　　　　　　　　　17「宝石」18(14)'63.10増 p217
爆発《小説》　　　17「宝石」18(15)'63.11 p114
告白的ハードボイルド論
　　　　　　　　　17「宝石」18(16)'63.12 p200
［私のレジャー］　17「宝石」19(1)'64.1 p14
海鳴り《小説》　　17「宝石」19(4)'64.3 p163
"周囲"の訂正　　　17「宝石」19(5)'64.4 p222

633

こうの

黒い牛・青い山羊《小説》
　　　　　　　　17「宝石」19(6)'64.4増 p66
河野 密
　生蕃物語　　　　07「探偵」1(3)'31.7 p130
コウフオード, ジャツク
　非情の選手　　32「探偵倶楽部」9(7)'58.6 p270
神戸探偵倶楽部
　燃ゆるネオン《小説》
　　　　　　　　11「ぷろふいる」5(4)'37.4 p94
公坊 幾美
　江戸時代風俗の考証〈1〉
　　　　　　　　20「探偵よみもの」37 '48.11 p37
紅毛生
　完全な贋幣　　04「探偵趣味」2 '25.10 p9
　或る聾児殺し　04「探偵趣味」3 '25.11 p32
吼勇流登代人
　空似《小説》　24「トリック」6(11)'52.11 p114
コーエン, オクタァバス・ロォイ
　探偵の暗示《小説》01「新趣味」18(5)'23.5 p47
　恋敵《小説》　　06「猟奇」5(5)'32.5 p39
　密輸者同志《小説》
　　　　　　　　32「探偵倶楽部」8(11)'57.11 p253
小閻魔
　亡者始末書　　　34「鬼」2 '50.11 p11
　小閻魔の弁　　　34「鬼」3 '51.3 p5
柯 藍
　鴉の告発《小説》33「探偵実話」3(2)'52.2 p96
ゴオヴアン, マック
　暗黒の銃声《小説》
　　　　　　　　01「新趣味」17(11)'22.11 p258
ゴオグ, ジヨオジ
　金扇《小説》　　01「新趣味」18(9)'23.9 p2
　黄ろい胴着《小説》01「新趣味」18(10)'23.10 p2
　緋色の女車《小説》
　　　　　　　　01「新趣味」18(11)'23.11 p144
コオツ, フレデリツク
　紙片の紛失《小説》01「新趣味」18(9)'23.9 p158
高羅 俊平
　アメリカ犯罪の生態
　　　　　　　　32「怪奇探偵クラブ」1 '50.5 p115
小織 梓
　「同時横綱」の話
　　　　　　　　35「エロティック・ミステリー」2(8)'61.8 p29
郡 捷夫
　空の旅《座談会》32「探偵倶楽部」4(8)'53.8 p204
小織 羊一郎
　悟道軒幽靄草紙
　　　　　　　　35「エロティック・ミステリー」2(5)'61.5 p226
　我来也
　　　　　　　　35「エロティック・ミステリー」2(7)'61.7 p27
　秘伝「かげ」遊び
　　　　　　　　35「エロティック・ミステリー」3(2)'62.2 p30
　後見は哀し
　　　　　　　　35「エロティック・ミステリー」3(4)'62.4 p5
　怪異こそ命
　　　　　　　　35「エロティック・ミステリー」4(1)'63.1 p79

執筆者名索引

　旅僧に痛い一喝
　　　　　　　　35「エロティック・ミステリー」4(3)'63.3 p71
郡山 五郎
　出羽ノ海騒動の内幕
　　　　　　　　33「探偵実話」8(10)'57.6 p186
古賀 残星
　盗難の記　　　16「ロック」2(4)'47.4 p64
古賀 忠道
　海を渡つた象　32「探偵クラブ」2(3)'51.4 p195
古賀 政男
　世界の魔窟を語る座談会《座談会》
　　　　　　　　25「Gメン」2(6)'48.5 p12
　謎のSOS　　　25「Gメン」2(7)'48.6 p14
　南北米のショウ　25「Gメン」2(9)'48.9 p21
　タンゴの歌姫　　　25「X」3(8)'49.7 p38
小貝 裕康
　美人局長の独白　33「探偵実話」13(3)'62.2 p142
　現場写真　　　　33「探偵実話」13(5)'62.4 p84
　追いつめられて　33「探偵実話」13(9)'62.7 p75
　鬼女の子守唄　　33「探偵実話」13(10)'62.8 p148
　ある麻薬密売人の告白
　　　　　　　　33「探偵実話」13(12)'62.10 p180
小金井 燦
　れうきうた《アンケート》
　　　　　　　　06「猟奇」4(7)'31.12 p26
小金井 雷
　掏摸の金さん《小説》
　　　　　　　　19「ぷろふいる」2(2)'47.8 p12
　不老長生薬《小説》
　　　　　　　　19「ぷろふいる」2(3)'47.12 p22
小金井 蘆州
　社会講談はなつて居ない
　　　　　　　　01「新趣味」17(1)'22.1 p163
　怪談どろどろ話《座談会》
　　　　　　　　27「別冊宝石」6(6)'53.9 p180
黄金虫
　奇蹟のボレロ寸話　16「ロック」2(5)'47.5 p77
古楠 洞竜
　宝石《小説》　　03「探偵文芸」2(6)'26.6 p29
小粟 縫太郎
　寛永寺坂死の童謡踊り
　　　　　　　　33「探偵実話」10(13)'59.9 p194
　滝の川内閣印刷局の女殺し
　　　　　　　　33「探偵実話」10(15)'59.11増 p176
　女給に憑かれた獣人
　　　　　　　　33「探偵実話」11(2)'60.1増 p58
　嫉妬と欲の女覆面強盗
　　　　　　　　33「探偵実話」11(5)'60.3増 p86
　暁強盗逮捕始末記
　　　　　　　　33「探偵実話」13(2)'62.1増 p136
黒石　→大泉黒石
　春や春　　　　　06「猟奇」3(4)'30.5 p52
小口 みち子
　化粧の下手な日本婦人
　　　　　　　　01「新趣味」17(1)'22.1 p136
黒畑 茂
　「復活」　　　　　06「猟奇」4(4)'31.6 p48

634

国分 三郎
　血に呪われた女　　　33「探偵実話」11(5)'60.3増 p34
小熊 二郎
　湖畔の殺人《小説》
　　　　　　　　　　　19「ぷろふいる」2(2)'47.8 p35
　妖花《小説》　　　　19「ぷろふいる」2(3)'47.12 p24
　美貌の果《小説》　　　19「仮面」3(1)'48.2 p30
小倉 真美
　田舎者の財布《小説》　01「新趣味」18(1)'23.1 p98
コクラン，ロバート
　巨人の足《小説》　　17「宝石」13(3)'58.2 p220
木暮 実千代
　私の抗議　　　　　　25「X」3(12)'49.11 p54
五香 六実
　盲ひた月〔解決篇入選作〕《小説》
　　　　　　　　　　　11「ぷろふいる」4(10)'36.10 p47
九重 年支子
　マダム・タッソーの蠟人形館
　　　　　　　　　　　17「宝石」12(9)'57.7 p136
　某月某日　　　　　　17「宝石」14(6)'59.6 p324
ゴーゴリ
　検察官《小説》　　　33「探偵実話」2(4)'51.3 p15
　怖ろしき復讐《小説》
　　　　　　　　　　32「探偵倶楽部」8(7)'57.7増 p106
　怖ろしき復讐〔原作〕《絵物語》
　　　　　　　　　　32「探偵倶楽部」10(2)'59.2 p25
古今亭 今輔
　風流噺落語風景《座談会》
　　　　　　　　　　　23「真珠」2(6)'48.6 p14
古今亭 しん生
　昔ばなし　　　　　　33「探偵実話」6(1)'54.12 p159
古今亭 朝太
　何よりもGUNを愛す
　　　　　　　　　　　33「探偵実話」12(10)'61.7増 p110
小阪 正敏
　欧米天平の妖死《小説》
　　　　　　　　　　　04「探偵趣味」20 '27.6 p11
　手記「水宮譚平狂気」《小説》
　　　　　　　　　　　04「探偵趣味」24 '27.10 p20
小酒井 喜久夫
　犯罪と嫉妬妄想夢遊病　25「Gメン」2(4)'48.4 p44
　探偵遊戯　　　　　　25「Gメン」2(6)'48.5 p28
　性的犯罪綺談　　　　25「Gメン」2(7)'48.6 p28
　診療室の殺人　　　　25「X」3(8)'49.7 p82
　性力をつける食物　　25「X」3(9)'49.8 p62
小酒井 喜久雄
　ホルモンの謎　　　　25「X」3(5)'49.4 p38
　変態性慾者　　　　　25「X」3(10)'49.9 p66
小坂井 俊吾
　トオキイ《小説》　　06「猟奇」2(10)'29.10 p29
小酒井 俊介
　憧景の少女《小説》　06「猟奇」3(1)'30.1 p50
　鏡〔脚本〕　　　　　06「猟奇」4(7)'31.12 p28
小酒井 不木　→小酒井光次
　犯罪者の詩歌　　　　03「探偵文芸」1(5)'25.7 p84
　女青鬚　　　　　　　04「探偵趣味」1 '25.9 p1
　探偵問答《アンケート》04「探偵趣味」1 '25.9 p23

鳥滸国、間引国、堕胎国
　　　　　　　　　　　04「探偵趣味」2 '25.10 p8
『探偵趣味』問答《アンケート》
　　　　　　　　　　　04「探偵趣味」2 '25.10 p22
『探偵趣味』問答《アンケート》
　　　　　　　　　　　04「探偵趣味」4 '26.1 p51
錬金詐欺　　　　　　03「探偵文芸」2(1)'26.1 p138
偶感二題　　　　　　04「探偵趣味」5 '26.2 p5
段梯子の恐怖《小説》　04「探偵趣味」5 '26.2 p45
性的生活の乱れ　　　04「探偵趣味」6 '26.3 p3
結婚詐欺　　　　　　04「探偵趣味」6 '26.3 p6
事実と小説　　　　　04「探偵趣味」7 '26.4 p2
課題　　　　　　　　04「探偵趣味」8 '26.5 p40
毒シヤツと金剛石末　03「探偵文芸」2(5)'26.5 p28
テーマを盗む　　　　04「探偵趣味」9 '26.6 p9
作家としての私　　　04「探偵趣味」10 '26.7 p31
童話と犯罪心理　　　04「探偵趣味」11 '26.8 p18
奇獄　　　　　　　　04「探偵趣味」12 '26.10 p53
クローズ・アップ《アンケート》
　　　　　　　　　　　04「探偵趣味」14 '26.12 p40
クローズ・アップ《アンケート》
　　　　　　　　　　　04「探偵趣味」15 '27.1 p53
探偵小説劇化の一経験　04「探偵趣味」17 '27.3 p43
クローズ・アップ《アンケート》
　　　　　　　　　　　04「探偵趣味」19 '27.5 p30
馬琴のコント　　　　04「探偵趣味」24 '27.10 p46
諸家の探偵趣味映画観《アンケート》
　　　　　　　　　　　05「探偵・映画」1(1)'27.10 p65
怪異と凄味　　　　　05「探偵・映画」1(2)'27.11 p29
本年度印象に残れる作品、来年度ある作家への希望
《アンケート》
　　　　　　　　　　　04「探偵趣味」26 '27.12 p60
屍を《小説》　　　　04「探偵趣味」4(1)'28.1 p41
探偵読本〈3〉　　　　04「探偵趣味」4(4)'28.4 p47
ペンから試験管へ　　06「猟奇」1(3)'28.8 p8
不木軒漫筆　　　　　06「猟奇」2(5)'29.5 p36
メデューサの首〔原作〕《絵物語》　17「宝石」1(9)
　'46.12 p11, 13, 15, 17, 21, 23, 27, 29, 33, 41
手術《小説》　　　　　18「トップ」2(3)'47.6増 p28
メデューサの首《小説》24「妖奇」2(1)'48.1 p10
ラムール《小説》　　　22「新探偵小説」5 '48.2 p2
死の接吻《小説》　　　24「妖奇」4(1)'50.1 p42
恋愛曲線《小説》　　　33「探偵実話」3(4)'52.3増 p82
闘争《小説》　　　　　17「宝石」7(4)'52.4 p181
手術《小説》　　　　　33「探偵実話」3(11)'52.9増 p90
闘争《小説》　　　　　27「別冊宝石」9(5)'56.6 p102
遺伝《小説》　　　　　33「探偵実話」7(11)'56.7増 p96
闘争《小説》　　　　　33「探偵実話」8(5)'57.3増 p315
人はなぜ盗みをするか
　　　　　　　　　35「エロチック・ミステリー」4(7)'63.7 p18
不具者の犯罪はなぜ残酷か
　　　　　　　　　35「エロチック・ミステリー」4(8)'63.8 p28
硫酸投汪
　　　　　　　　　35「エロチック・ミステリー」4(9)'63.9 p20
"青鬚"残虐史
　　　　　　　　　35「エロチック・ミステリー」4(12)'63.12 p24
二重人格者
　　　　　　　　　35「エロチック・ミステリー」5(1)'64.1 p44
鬼となり蛇となる　35「ミステリー」5(4)'64.4 p14
異国幽霊犯罪抄　　35「ミステリー」5(4)'64.4 p93

635

黙阿彌と"悪の讃美"
　　　　　　　35「ミステリー」5(5)'64.5 p14
小酒井 光次　→小酒井不木
　第三輯号につき御願ひ　04「探偵趣味」2 '25.10 前1
糊沢 竜吉
　ある二世スパイの回想
　　　　　　　33「探偵実話」4(6)'53.5 p198
小式部 蛍佑
　梔子の花《小説》　17「宝石」11(2)'56.1増 p337
児島 恵介
　トランプ殺人鬼《小説》　24「妖奇」5(6)'51.6 p113
小島 健三
　安兵衛の婿入《小説》
　　　　　　　27「別冊宝石」8(1)'55.1 p302
小島 拓之介
　朗らかな殺人《脚本》　07「探偵」1(6)'31.10 p102
小島 太助
　浦島捜査課長大いに語る大捕物座談会《座談会》
　　　　　　　33「探偵実話」3(1)'51.12 p122
小島 直記
　飛鳥さんのこと　17「宝石」18(16)'63.12
　片道特急券《小説》　17「宝石」19(4)'64.3 p134
小島 正雄
　ハガキ随筆《アンケート》
　　　　　　　33「探偵実話」12(1)'61.1 p63
小島 政二郎
　アツトランダム　04「探偵趣味」7 '26.4 p20
　本年度印象に残れる作品、来年度ある作家への希望
　《アンケート》
　　　　　　　04「探偵趣味」26 '27.12 p61
　アンケート《アンケート》
　　　　　　　17「宝石」12(10)'57.8 p120
小島 真人
　血で守りぬいた妻の座
　　　　　　　33「探偵実話」10(13)'59.9 p66
小島 政也
　海の怪奇・山の神秘《座談会》
　　　　　　　33「探偵実話」11(11)'60.8増 p225
古城 厚親
　DE PROFUNDIS《小説》
　　　　　　　12「シュピオ」3(5)'37.6 p4
　ナポレオンのクーデター
　　　　　　　12「シュピオ」3(7)'37.9 p56
小城 魚太郎　→中島河太郎
　新刊展望台　17「宝石」13(5)'58.4 p284
　新刊展望台　17「宝石」13(6)'58.5 p254
　新刊展望台　17「宝石」13(8)'58.6 p104
　新刊展望台　17「宝石」13(9)'58.7 p272
　新刊展望台　17「宝石」13(10)'58.8 p193
　新刊展望台　17「宝石」13(12)'58.9 p192
　新刊展望台　17「宝石」13(13)'58.10 p164
　新刊展望台　17「宝石」13(15)'58.12 p168
　新刊展望台　17「宝石」14(1)'59.1 p158
　新刊展望台　17「宝石」14(2)'59.2 p180
　新刊展望台　17「宝石」14(3)'59.3 p158
　新刊展望台　17「宝石」14(4)'59.4 p242
　新刊展望台　17「宝石」14(5)'59.5 p220
　新刊展望台　17「宝石」14(6)'59.6 p216
　新刊展望台　17「宝石」14(8)'59.7 p194
　新刊展望台　17「宝石」14(9)'59.8 p208
　新刊展望台　17「宝石」14(10)'59.9 p222
　新刊展望台　17「宝石」14(11)'59.10 p184
　新刊展望台　17「宝石」14(13)'59.11 p244
　新刊展望台　17「宝石」14(14)'59.12 p218
　新刊展望台　17「宝石」15(1)'60.1 p284
　新刊展望台　17「宝石」15(2)'60.2 p160
　新刊展望台　17「宝石」15(4)'60.3 p212
　新刊展望台　17「宝石」15(5)'60.4 p260
　新刊展望台　17「宝石」15(6)'60.5 p254
　新刊展望台　17「宝石」15(8)'60.6 p258
　新刊展望台　17「宝石」15(9)'60.7 p260
　新刊展望台　17「宝石」15(10)'60.8 p270
　新刊展望台　17「宝石」15(11)'60.9 p272
　新刊展望台　17「宝石」15(12)'60.10 p266
　新刊展望台　17「宝石」15(13)'60.11 p248
　新刊展望台　17「宝石」15(14)'60.12 p270
　新刊展望台　17「宝石」16(1)'61.1 p246
小杉 謙后
　僕のミステリ詩集　15「探偵春秋」2(3)'37.3 p57
　貞操を食べた山羊《小説》
　　　　　　　15「探偵春秋」2(5)'37.5 p103
　文学青年《小説》　15「探偵春秋」2(7)'37.7 p87
古寿木 淳
　奪うものと奪われたもの《小説》
　　　　　　　33「探偵実話」13(10)'62.8 p194
　貞女の切札　33「探偵実話」13(11)'62.9 p132
小隅 黎
　磯浜駅にて《小説》　17「宝石」15(14)'60.12 p156
巨勢 洵一郎　→巨勢詢一郎
　探偵問答《アンケート》　04「探偵趣味」1 '25.9 p26
　『探偵趣味』問答《アンケート》
　　　　　　　04「探偵趣味」4 '26.1 p57
　テーマ大売出し　04「探偵趣味」5 '26.2 p26
　探偵小説合評《座談会》　04「探偵趣味」9 '26.6 p56
　身辺断想　04「探偵趣味」10 '26.7 p59
　投稿創作評　04「探偵趣味」16 '27.2 p57
　霜月座談会《座談会》
　　　　　　　04「探偵趣味」4(1)'28.1 p62
巨勢 詢一郎　→巨勢洵一郎
　探偵小説と探偵雑誌の今昔〈1〉
　　　　　　　17「宝石」5(6)'50.6 p220
　探偵小説と探偵雑誌の今昔〈2・完〉
　　　　　　　17「宝石」5(7)'50.7 p200
古銭 信二
　白い死面《小説》　17「宝石」13(16)'58.12増 p329
　猫じや猫じや《小説》　17「宝石」15(5)'60.4 p262
小平 鉄男
　セルヴィヤの秘密　07「探偵」1(8)'31.12 p198
小鷹 信光
　ハードボイルド派の発生とその推移
　　　　　　　17「宝石」18(13)'63.10 p302
　ホワイトカラーの犯罪　17「宝石」19(1)'64.1 p200
小滝 光郎
　墓地《小説》　17「宝石」16(7)'61.6 p276
　殺人者《小説》　17「宝石」18(4)'63.3 p148
小谷 剛
　自殺　　　　18「トップ」2(1)'47.4 p24

小谷 夢狂
　映画劇場の怪異　　　　06「猟奇」2(9)'29.9 p42
　探偵・怪奇映画欄　　11「ぷろふいる」1(4)'33.8 p35
　趣味の映画　　　　　11「ぷろふいる」1(5)'33.9 p34
　先づ原作を求める　　11「ぷろふいる」4(2)'36.2 p49
児玉 数夫
　銀幕のチヤーリイ・チヤン
　　　　　　　　　　　33「探偵実話」7(3)'56.1 p197
　30年前のヒチコツク映画
　　　　　　　　　　　33「探偵実話」7(4)'56.2 p190
　ブルドツグ・ドラモンド
　　　　　　　　　　　33「探偵実話」7(6)'56.3 p120
　影なき男　　　　　　33「探偵実話」7(7)'56.4 p142
　探偵映画と喜劇　　　33「探偵実話」7(9)'56.5 p173
　ネロ・ウルフとダンカン・マクレイン
　　　　　　　　　　　33「探偵実話」7(10)'56.6 p130
　フー・マンチュー博士
　　　　　　　　　　　33「探偵実話」7(12)'56.7 p90
　フー・マンチュー博士
　　　　　　　　　　　33「探偵実話」7(13)'56.8 p120
　名探偵シャーロック・ホームズ
　　　　　　　　　　　33「探偵実話」7(14)'56.9 p112
　名探偵シヤーロック・ホームズ
　　　　　　　　　　　33「探偵実話」7(15)'56.10 p278
谺 翔介
　帝王者《小説》　　　11「ぷろふいる」5(4)'37.4 p83
児玉 たかを
　午前四時《小説》　　07「探偵」1(7)'31.11 p151
五反田 愛雄
　両手に花を離さぬ男
　　　　　　　　　　　33「探偵実話」9(5)'58.3増 p186
　置引き女の秘密　　　33「探偵実話」9(10)'58.6 p226
　叺詰め八つ切り事件
　　　　　　　　　　　33「探偵実話」9(11)'58.7 p190
　肉体を詐取した男　　33「探偵実話」9(15)'58.10 p96
　学生情婦の役割　　　33「探偵実話」9(16)'58.11 p222
　美少年と心中する人妻
　　　　　　　　　　　33「探偵実話」10(2)'59.1増 p240
東風 如月
　機械と探偵小説　　　14「月刊探偵」2(6)'36.7 p45
東風 哲之介
　作者の言葉　　　　　11「ぷろふいる」2(7)'34.7
　冬の事件《小説》　　11「ぷろふいる」2(7)'34.7 p98
　苦言妄語　　　　　　11「ぷろふいる」2(7)'34.7 p111
　探偵小説とレビュー
　　　　　　　　　　　11「ぷろふいる」4(2)'36.2 p126
　探偵小説一家　　　　11「ぷろふいる」4(4)'36.4 p128
東風 哲之助
　批評の型式　　　　　11「ぷろふいる」3(10)'35.10 p95
ゴーチエ
　クラリモンド〔原作〕《絵物語》
　　　　　　　　　　　32「探偵クラブ」1(2)'50.10 p23
　クラリモンド〔原作〕《絵物語》
　　　　　　　　　　　32「探偵倶楽部」6(1)'55.1 p15
　吸血鬼《小説》　32「探偵倶楽部」8(7)'57.7増 p188
　クラリモンド〔原作〕《絵物語》
　　　　　　　　　　　32「探偵倶楽部」9(12)'58.10 p153

小千代
　芸者座談会《座談会》
　　　　　　　　　　　32「探偵倶楽部」4(7)'53.7 p82
コーツ, フレデリツク
　一万弗の誘惑《小説》
　　　　　　　　　　　01「新趣味」18(2)'23.2 p122
コツクス, ジョージ・ハーモン
　我が道をゆく《小説》
　　　　　　　　　　　32「探偵倶楽部」7(7)'56.6増 p196
　命がけのスクープ《小説》
　　　　　　　　　　　27「別冊宝石」17(1)'64.1 p62
コツプ, アーヴィン・S
　三人が招いた死《小説》
　　　　　　　　　　　27「別冊宝石」11(1)'58.1 p163
ゴーディー, ジョン
　完全に無痛です《小説》
　　　　　　　　　　　17「宝石」14(5)'59.5 p296
胡鉄梅　→妹尾韶夫
　展望　　　　　　　15「探偵春秋」2(1)'37.1 p60
悟徹徹
　大戦時『空中勇士』七傑集
　　　　　　　　　　　12「シュピオ」4(1)'38.1 p32
小照
　旅の恥掻キクケコ《座談会》
　　　　　　35「エロチック・ミステリー」5(1)'64.1 p148
後藤 綾子
　肉体の誘惑《対談》　25「Gメン」2(1)'48.1 p34
後藤 幸次郎
　暗い雨期の記憶《小説》
　　　　　　　　　　　27「別冊宝石」11(2)'58.2 p256
　或る情事の果て《小説》
　　　　　　　　　　　17「宝石」17(2)'62.1増 p144
　湖畔の死《小説》
　　　　　　35「エロチック・ミステリー」3(9)'62.9 p34
後藤 信
　女性犯罪の研究　　　09「探偵小説」2(2)'32.2 p194
後藤 徳蔵
　性犯罪を語る座談会《座談会》
　　　　　　　　　　　25「Gメン」1(1)'47.10 p4
後藤 信夫
　獣の森《小説》　　　17「宝石」18(3)'63.2 p270
　シヴァの微笑《小説》
　　　　　　　　　　　27「別冊宝石」17(4)'64.4 p220
五島 美代子
　動物好き　　　　　　17「宝石」18(8)'63.6 p16
寿家 長助
　芸人楽屋のぞき　　　25「X」3(7)'49.6 p14
コナー, R
　鞭の痕《小説》　　　17「宝石」9(13)'54.11 p184
小南 又一郎
　ミイラの復讐　　　　06「猟奇」4(5)'31.7 p10
小畷 蒼之介
　復讐の戯れ《小説》　24「妖奇」2(9)'48.8 p25
小南 弗人
　美人殺人事件〈3・完〉《漫画》
　　　　　　　　　　　17「宝石」1(3)'46.6 p48

637

小納戸 容　→市川小太夫
　黒手組〔脚色〕《脚本》
　　　　　　　　　08「探偵趣味」(平凡社版)4 '31.8 p1
　陰獣〈1〉〔脚色〕《脚本》
　　　　　　　　　11「ぷろふいる」1(5) '33.9 p65
　陰獣〈2〉〔脚色〕《脚本》
　　　　　　　　　11「ぷろふいる」1(6) '33.10 p88
　陰獣〈3・完〉〔脚色〕《脚本》
　　　　　　　　　11「ぷろふいる」1(7) '33.11 p82
小西 茂也
　深夜の巴里　　　19「ぷろふいる」1(1) '46.7 p45
小西 次郎
　牧師未亡人殺害事件
　　　　　　　　　32「探偵倶楽部」7(3) '56.3 p127
　紐育の戦慄　　　32「探偵倶楽部」7(5) '56.5 p191
　二挺拳銃ギヤング 32「探偵倶楽部」7(6) '56.6 p191
小西 得郎
　くさい怪談　　　27「別冊宝石」11(10) '58.12 p25
小西 茂也
　バルザック　　　19「ぷろふいる」1(2) '46.12 p47
コニントン, J・J
　九つの鍵〈1〉《小説》
　　　　　　　　　24「トリック」7(1) '53.1 p170
　九つの鍵〈2〉《小説》
　　　　　　　　　24「トリック」7(2) '53.2 p146
　九つの鍵〈3〉《小説》
　　　　　　　　　24「トリック」7(3) '53.3 p102
コネル, リチャード
　欲の三角関係《小説》
　　　　　　　　　09「探偵小説」1(1) '31.9 p122
小橋 健
　性的悪戯から性犯罪に進む
　　　　　　　　　24「妖奇」6(1) '52.1 p34
　最近どうして青少年の性犯罪が多いか
　　　　　　　　　24「妖奇」6(2) '52.2 p44
　最近どうして青少年の性犯罪が多いか
　　　　　　　　　24「トリック」7(4) '53.4増 p52
小塙 徳子
　諸家の探偵趣味映画観《アンケート》
　　　　　　　　　05「探偵・映画」1(1) '27.10 p65
小林 愛雄
　工場音楽に就て　01「新趣味」17(1) '22.1 p61
小林 学人
　女は罪深し《詩》 25「X」3(10) '49.9 p70
小林 栄
　本所七不思議　　27「別冊宝石」8(4) '55.5 p95
　吉原土手　　　　27「別冊宝石」8(4) '55.5 p159
小林 鷲洲
　自然の風姿と新花道　01「新趣味」17(3) '22.3 p248
小林 貞栄
　中島親君にむっかて駄弁る。
　　　　　　　　　11「ぷろふいる」3(6) '35.6 p113
小林 増太
　大蛇ケ池の秘密《小説》24「妖奇」3(2) '49.2 p25
小林 智恵子
　女探偵ばかりの座談会《座談会》
　　　　　　　　　33「探偵実話」2(5) '51.4 p182

小林 秀雄
　ヴァン・ダインは一流か五流か《対談》
　　　　　　　　　17「宝石」12(12) '57.9 p228
小林 矢久楼
　這ひ回る赤坊　　03「探偵文芸」1(7) '25.9 p84
小林 泰彦
　夜はつぶやく《小説》
　　　　　　　　　17「宝石」16(3) '61.2増 p214
小林 善雄
　麦畑のアリバイ《詩》17「宝石」1(3) '46.6 p1
ゴーバン氏
　新聞包の片脚　　02「秘密探偵雑誌」1(1) '23.5 p156
　竹馬の友　　　　02「秘密探偵雑誌」1(2) '23.6 p128
小日向 逸嶺　→延原謙
　手術《小説》　　04「探偵趣味」16 '27.2 p12
小日向 台三
　してやられた男《小説》
　　　　　　　　　08「探偵趣味」(平凡社版)3 '31.7 p27
小日向 隆
　両刃の短剣《小説》
　　　　　　　　　27「別冊宝石」11(2) '58.2 p206
小日向 光翁
　肥える料理・痩せる料理
　　　　　　　　　33「探偵実話」4(9) '53.8 p209
小舟 勝二　→小舟生
　ビーストンの研究〈1〉
　　　　　　　　　04「探偵趣味」19 '27.5 p46
　ビーストンの研究〈2〉
　　　　　　　　　04「探偵趣味」20 '27.6 p53
　ビーストンの研究〈3〉
　　　　　　　　　04「探偵趣味」21 '27.7 p54
　ビーストンの研究〈4〉
　　　　　　　　　04「探偵趣味」22 '27.8 p52
　ビーストンの研究〈5〉
　　　　　　　　　04「探偵趣味」23 '27.9 p46
　八月探偵小説壇総評
　　　　　　　　　04「探偵趣味」23 '27.9 p59
　ビーストンの研究〈6・完〉
　　　　　　　　　04「探偵趣味」24 '27.10 p54
　九月創作総評　　04「探偵趣味」24 '27.10 p66
　十月創作総評　　04「探偵趣味」25 '27.11 p63
　本年度印象に残れる作品、来年度ある作家への希望
　《アンケート》
　　　　　　　　　04「探偵趣味」26 '27.12 p62
　引伸し　　　　　04「探偵趣味」4(1) '28.1 p78
　拾ひ物　　　　　04「探偵趣味」4(2) '28.2 p57
　『サンプル』の死《小説》
　　　　　　　　　04「探偵趣味」4(3) '28.3 p2
　或る百貨店員の話《小説》
　　　　　　　　　04「探偵趣味」4(6) '28.6 p65
　俺は駄目だ！　　06「猟奇」2(5) '29.5 p44
　国禁の書《小説》06「猟奇」3(1) '30.1 p4
　扉は語らず《小説》06「猟奇」3(3) '30.4 p2
　職工良心《小説》06「猟奇」3(4) '30.5 p16
　角田喜久雄に望む 06「猟奇」3(4) '30.5 p47
　鑑定室　　　　　06「猟奇」3(4) '30.5 p58
　故意の過失《小説》06「猟奇」3(1) '31.4 p52
　葛西善蔵の幽霊　06「猟奇」3(4) '31.5 p66
小舟生　→小舟勝二
　都会の幻想　　　06「猟奇」3(1) '30.1 p34

こやま

613《小説》　　　　　06「猟奇」3(2)'30.3 p31
小堀 孝二
当て馬悲歌　　　27「別冊宝石」12(12)'59.12 p18
駒井 和愛
北海道の古代文字
　　　　　　　　33「探偵実話」3(13)'52.11 p149
小牧 恵介
女ゲテモノ記　　　33「探偵実話」2(2)'51.1 p169
小牧 近江
赤屋敷異見〈1〉《小説》
　　　　　　　　　03「探偵文芸」2(3)'26.3 p36
赤屋敷異見〈2・完〉《小説》
　　　　　　　　　03「探偵文芸」2(4)'26.4 p90
もう一分のこと　　04「探偵趣味」11 '26.8 p25
小松 丘彦
転落のミス東京　　　33「探偵実話」2 '50.7 p84
戦後派乱世を語る座談会《座談会》
　　　　　　　　33「探偵実話」2(1)'50.12 p174
転落の婦人警官　　　33「探偵実話」2(6)'51.5 p136
三面記事拡大鏡《座談会》
　　　　　　　　33「探偵実話」2(7)'51.6 p103
三面記事拡大鏡《座談会》
　　　　　　　　33「探偵実話」3(8)'52.7 p191
三面記事拡大鏡《座談会》
　　　　　　　　33「探偵実話」3(9)'52.8 p106
三面記事拡大鏡《対談》
　　　　　　　　33「探偵実話」3(10)'52.9 p181
三面記事拡大鏡《対談》
　　　　　　　　33「探偵実話」3(12)'52.10 p184
三面記事拡大鏡《対談》
　　　　　　　　33「探偵実話」3(13)'52.11 p176
三面記事拡大鏡《座談会》
　　　　　　　　33「探偵実話」3(14)'52.12 p166
鹿地亘騒動記　　　　33「探偵実話」4(3)'53.2 p155
三面記事拡大鏡《座談会》
　　　　　　　　33「探偵実話」4(4)'53.3 p193
三面記事拡大鏡《座談会》
　　　　　　　　33「探偵実話」4(5)'53.4 p120
三面記事拡大鏡《座談会》
　　　　　　　　33「探偵実話」4(6)'53.5 p102
三面記事拡大鏡《座談会》
　　　　　　　　33「探偵実話」4(7)'53.6 p212
三面記事拡大鏡《座談会》
　　　　　　　　33「探偵実話」4(8)'53.7 p207
国際謀略と麻薬　　　33「探偵実話」4(9)'53.8 p159
引揚母子草　　　　　33「探偵実話」6(4)'55.3 p222
愛憎嬰児殺し　　　　33「探偵実話」6(6)'55.5 p160
悪魔のような女　　　33「探偵実話」6(8)'55.7 p228
深夜の怪紳士　　　　33「探偵実話」6(9)'55.8 p115
愛と憎しみの起伏　　33「探偵実話」6(10)'55.9 p224
殺人犯誤認事件　　　33「探偵実話」8(2)'57.1増 p210
一億長者射殺事件　　33「探偵実話」8(8)'57.5増 p198
偽装凌辱事件　　　　33「探偵実話」9(8)'58.5増 p208
小松 左京
女か怪物か《小説》
　　　　　　　　27「別冊宝石」16(8)'63.9 p284
愚行の輪《小説》　　27「別冊宝石」17(3)'64.3 p184
物体O《小説》　　　17「宝石」19(5)'64.4 p234

小松 太門
白いワンピースの青い丸顔
　　　　　　　　32「探偵倶楽部」8(7)'57.7増 p228
小松 勇蔵
統計上より見たる最近犯罪の傾向
　　　　　　　　　03「探偵文芸」2(3)'26.3 p78
小松 良夫
蟻浪五郎へ苦言　　　17「宝石」6(2)'51.2 p140
駒林 太郎
盗まれた接吻《小説》
　　　　　　　　33「探偵実話」7(7)'56.4 p154
五味 健
黄色二人組　　　　　32「探偵倶楽部」4(3)'53.4 p264
五味田 謙
噂にのぼる右翼の人々
　　　　　　　　32「探偵倶楽部」4(6)'53.6 p177
小南 通
靴痕の不思議　　　　33「探偵実話」3(13)'52.11 p140
黒化粧の怪漢　　　　33「探偵実話」4(1)'53.1 p164
悪夢　　　　　　　　33「探偵実話」4(4)'53.3 p106
小南 又一郎
証拠の偶中　　　　　11「ぷろふいる」1(1)'33.5 p4
自ら拾つた女難《小説》
　　　　　　　　11「ぷろふいる」3(12)'35.12 p54
法医学とは何ぞや　　11「ぷろふいる」4(9)'36.9 p56
ハガキ回答《アンケート》
　　　　　　　　11「ぷろふいる」5(4)'37.4 p47
小村 寿
戸板康二論　　　　　17「宝石」17(14)'62.11 p112
自信に満ちた開拓者
　　　　　　　　27「別冊宝石」16(6)'63.7 p137
南条範夫論　　　　　17「宝石」18(11)'63.8 p128
新田次郎論　　　　　17「宝石」19(1)'64.1 p101
小村 二郎
花電車第一号
　　　　　　　35「エロティック・ミステリー」2(11)'61.11 p30
小室 清
探偵作家に待望す　　32「探偵倶楽部」4(9)'53.9 p52
小室 恵市
陽春放談録《座談会》
　　　　　　　　33「探偵実話」7(7)'56.4 p168
コムロフ, M
ナポレオンの帽子《小説》
　　　　　　　　32「探偵倶楽部」9(6)'58.5 p185
菰 竜一郎
たらい回しなんていや!
　　　　　　　　33「探偵実話」12(6)'61.4増 p252
菰野 釼之介
人相書《小説》　　　11「ぷろふいる」2(10)'34.10 p77
小柳 清
錯覚　　　　　　　　06「猟奇」1(3)'28.8 p10
合評・一九二八年《座談会》
　　　　　　　　　06「猟奇」1(7)'28.12 p14
小山 いと子
女性と探偵小説の座談会《座談会》
　　　　　　　　17「宝石」10(1)'55.1 p64
石像《小説》　　　27「別冊宝石」9(8)'56.11 p190

アンケート《アンケート》
　　　　　　　　17「宝石」12(10)'57.8 p261
小山 和三
　殺し屋"118"号　　33「探偵実話」9(12)'58.8 p250
　よろめく女体の神秘
　　　　　　　　33「探偵実話」9(13)'58.9 p208
湖山 一美
　窓にいる女《小説》　33「探偵実話」8(3)'57.1 p232
　実演奇談《小説》　　33「探偵実話」8(6)'57.3 p222
　深夜の女客《小説》　33「探偵実話」8(7)'57.4 p230
　金言古諺辞典　　　33「探偵実話」8(10)'57.6 p25
　百万坪の地主《小説》
　　　　　　　　33「探偵実話」8(10)'57.6 p148
　珍釈道路交通取締法会
　　　　　　　　33「探偵実話」8(11)'57.7 p161
　都君の読唇術《小説》
　　　　　　　　33「探偵実話」8(11)'57.7 p200
　児童憲章珍訳　　　33「探偵実話」8(12)'57.8 p162
　銃砲刀剣類等所持取締令
　　　　　　　　33「探偵実話」8(13)'57.9 p161
　野球規則集珍釈　　33「探偵実話」8(14)'57.10 p161
　珍釈消防法令集　　33「探偵実話」8(16)'57.11 p161
　白線殺人事件　　　33「探偵実話」9(8)'58.5増 p170
　性に飢えるサラリーガール
　　　　　　　　33「探偵実話」9(11)'58.7 p146
　情事を乗せた夜行列車
　　　　　　　　33「探偵実話」9(16)'58.11 p74
　未亡人はそれを我慢出来ない
　　　　　　　　33「探偵実話」10(1)'58.12 p110
　すりかえられた情事
　　　　　　　　33「探偵実話」10(3)'59.1 p226
　女を利用した強盗団
　　　　　　　　33「探偵実話」10(7)'59.4 p100
　麻薬ボスの裸女饗宴
　　　　　　　　33「探偵実話」10(6)'59.4増 p136
　伝言板は知っている
　　　　　　　　33「探偵実話」10(11)'59.7 p262
　奪われた初夜　　　33「探偵実話」11(12)'60.8 p76
　二つの生命を持つ男
　　　　　　　　33「探偵実話」11(16)'60.11 p92
　神戸港の海賊　　　33「探偵実話」12(4)'61.3 p202
　お葬式には注意なさい!!
　　　　　　　　33「探偵実話」12(5)'61.4 p80
　狂った殺人計画　　33「探偵実話」12(6)'61.4増 p70
　西部の銃豪伝　　　33「探偵実話」12(10)'61.7増 p89
　幽霊部落を行く　　33「探偵実話」12(11)'61.8 p188
　白人を憎んだジェロニモ
　　　　　　　　33「探偵実話」12(15)'61.11 p143
　南北戦争と維新戦争
　　　　　　　　33「探偵実話」12(15)'61.11 p175
　焼けこがされた欲情
　　　　　　　　33「探偵実話」13(3)'62.9 p132
　白い罠　　　　　33「探偵実話」13(11)'62.9 p78
　ずるい奴ら　　　　33「探偵実話」13(12)'62.10 p48
　第七騎兵隊の敗因
　　　　　　　　33「探偵実話」13(12)'62.10 p111
小山 勝治
　アンケート《アンケート》
　　　　　　　　17「宝石」13(5)'58.4 p200
　探偵小説・回顧と展望《座談会》
　　　　　　　　17「宝石」14(1)'59.1 p290

小山 寛二
　「天霧」の歌　　　32「探偵倶楽部」3(10)'52.11 p198
　南海の殉国碑　　　32「探偵倶楽部」4(2)'53.3 p182
小山 甲三
　殺人を娯しむ男　　11「ぷろふいる」4(6)'36.6 p71
小山 荘一郎
　名探偵ドン・ギル《小説》
　　　　　　　　33「探偵実話」2'50.7 p258
小山 春樹
　金参謀の復讐　　　32「探偵倶楽部」3(8)'52.9 p56
　間宮海峡　　　　　32「探偵倶楽部」3(9)'52.10 p106
　水豊爆撃行前夜　　32「探偵倶楽部」3(10)'52.11 p244
　特務機関　　　　　32「探偵倶楽部」4(5)'53.5 p76
小揺木 潮
　蘇つた女《小説》　33「探偵実話」9(6)'58.3 p242
小蘭 治
　青い鍵　　　　　11「ぷろふいる」4(12)'36.12 p135
コリア, ジョン
　赤い自転車《小説》　17「宝石」10(6)'55.4 p112
　人花《小説》　　　32「探偵倶楽部」7(4)'56.4 p223
　雨の土曜日《小説》　17「宝石」12(16)'57.12 p142
　惚れ薬の次には《小説》
　　　　　　　　17「宝石」12(16)'57.12 p150
　天使と悪魔《小説》　17「宝石」13(9)'58.7 p146
　夜! 青春! パリ! 月!《小説》
　　　　　　　　17「宝石」13(9)'58.7 p152
　猛鳥《小説》　　　17「宝石」14(13)'59.11 p262
　紺のマフラー《小説》
　　　　　　　　17「宝石」14(13)'59.11 p272
　アメリカおなじみの悲劇《小説》
　　　　　　　　27「別冊宝石」14(2)'61.3 p131
　夜! 青春! パリ! 月!《小説》
　　　　　　　　27「別冊宝石」14(4)'61.7 p237
　ビールジーなんているもんか
　　　　　　　　27「別冊宝石」14(5)'61.10 p181
胡 竜
　吸血の美女　　　　33「探偵実話」3(9)'52.8 p126
　台湾青年密輸日記　32「探偵倶楽部」4(2)'53.3 p234
コリンス, アル・ピ
　射撃《小説》　　　09「探偵小説」1(3)'31.11 p166
コリンス, ウイルキ
　月長石〈1〉《小説》　01「新趣味」17(4)'22.4 p60
　月長石〈2〉《小説》　01「新趣味」17(5)'22.5 p122
　月長石〈3〉《小説》　01「新趣味」17(6)'22.6 p198
　月長石〈4〉《小説》　01「新趣味」17(7)'22.7 p164
　月長石〈5〉《小説》　01「新趣味」17(8)'22.8 p82
　月長石〈6〉《小説》　01「新趣味」17(9)'22.9 p193
　月長石〈7〉《小説》
　　　　　　　　01「新趣味」17(10)'22.10 p209
　月長石〈8〉《小説》
　　　　　　　　01「新趣味」17(11)'22.11 p234
　月長石〈9〉《小説》
　　　　　　　　01「新趣味」17(12)'22.12 p248
　月長石〈10・完〉《小説》
　　　　　　　　01「新趣味」18(1)'23.1 p280
　蠟いろの顔《小説》
　　　　　　　　32「探偵倶楽部」7(2)'56.2 p100

コール, M
　スターの怪死事件〈3〉《小説》
　　　　　　　　　16「ロック」1(3)'46.5 p50
コール, G・D・H&M
　女優の怪死事件〈1〉《小説》
　　　　　　　　　16「ロック」1(1)'46.3 p2
　女優怪死事件〈2〉《小説》
　　　　　　　　　16「ロック」1(2)'46.4 p34
ゴールドマン, ハロルド
　鍵《小説》　　　　27「別冊宝石」17(1)'64.1 p188
コルビイ, グランド
　車中の恐怖《小説》
　　　　　　　　32「探偵倶楽部」7(12)'56.11 p275
　車中の恐怖《小説》
　　　　　　　　32「探偵倶楽部」9(9)'58.7増 p52
コルビル, レツキス
　苦心《小説》　　　　　06「猟奇」4(7)'31.12 p40
是安 洋子
　灰色の青春　　　　　33「探偵実話」4(6)'53.5 p156
コレル, フエルヂナンド
　黒い痣《小説》 32「探偵倶楽部」6(10)'55.10 p214
是輪 堂太
　未亡人は泣いている
　　　　　　　　　27「別冊宝石」13(4)'60.4 p27
衣川 均
　君知るやセックス学校
　　　　　　35「エロティック・ミステリー」2(2)'61.2 p178
ゴロンブ, ジヨセフ
　新ジエキル・ハイド　03「探偵文芸」2(1)'26.1 p52
今 戒光
　女スパイ《小説》　　　　07「探偵」1(1)'31.5 p88
今 官一
　アンケート《アンケート》
　　　　　　　　　17「宝石」12(12)'57.9 p296
　濡れた少女《小説》
　　　　　　　　32「探偵倶楽部」9(14)'58.12 p34
　その足にのるな《小説》
　　　　　　　　32「探偵倶楽部」10(1)'59.1 p232
　女の鍵《小説》 32「探偵倶楽部」10(2)'59.2 p228
　角瓶の中の処女《小説》
　　　　　　35「エロティック・ミステリー」1(2)'60.9 p100
　煙が眼にしみる《小説》
　　　　　　35「エロティック・ミステリー」1(4)'60.11 p153
　第4船倉を開けるな《小説》
　　　　　　35「エロティック・ミステリー」1(5)'60.12 p18
　女は三回勝負する《小説》
　　　　　　35「エロティック・ミステリー」2(1)'61.2 p40
　最終の欲情《小説》
　　　　　　35「エロティック・ミステリー」2(3)'61.3 p32
　女のリスト《小説》
　　　　　　35「エロティック・ミステリー」2(4)'61.4 p100
　日本の「西部劇」
　　　　　　35「エロティック・ミステリー」2(6)'61.6 p220
　遥かなるサンタルチア《小説》
　　　　　　35「エロティック・ミステリー」2(8)'61.8 p60
　ハート・ブレイク・ホテル《小説》
　　　　　　35「エロティック・ミステリー」2(9)'61.9 p44

　顔のない美女《小説》
　　　　　　35「エロティック・ミステリー」2(10)'61.10 p138
　脱出屋 No.2《小説》
　　　　　　35「エロティック・ミステリー」4(1)'63.1 p90
　陰部のない女《小説》
　　　　　　35「エロティック・ミステリー」4(2)'63.2 p22
今 紀恵
　早乙女《詩》　　　　　06「猟奇」5(4)'32.4 p13
今 日出海
　十蘭憶い出すまま　27「別冊宝石」11(6)'58.7 p205
コンウェイ, ミルドレツド
　真実の恐怖　　　 32「探偵クラブ」3(2)'52.2 p200
金剛 不平
　らくがき 水谷準　　15「探偵春秋」2(2)'37.2 p25
ゴンザレス, グアンダルー
　私は復讐を誓った　 32「探偵クラブ」2(2)'51.2 p78
権田 万治
　感傷の効用　　　　17「宝石」15(10)'60.8 p192
　三人の新鋭作家とハードボイルド
　　　　　　　　　17「宝石」16(2)'61.2 p125
　今月の翻訳雑誌評　17「宝石」16(8)'61.7 p180
　現代のシジフォス　17「宝石」16(9)'61.8 p114
　今月の翻訳雑誌評　17「宝石」16(9)'61.8 p190
　今月の翻訳雑誌評　17「宝石」16(10)'61.9 p216
　今月の翻訳雑誌評　17「宝石」16(11)'61.10 p152
　土屋隆夫論　　　　17「宝石」16(12)'61.11 p92
　今月の翻訳雑誌評　17「宝石」16(12)'61.11 p204
　今月の翻訳雑誌評　17「宝石」16(13)'61.12 p46
　今月の翻訳雑誌評　17「宝石」17(1)'62.1 p218
　今月の翻訳雑誌評　17「宝石」17(3)'62.2 p200
　今月の翻訳雑誌評　17「宝石」17(4)'62.3 p58
　今月の翻訳雑誌評　17「宝石」17(5)'62.4 p46
　木々高太郎論　　　17「宝石」17(5)'62.4 p132
　今月の翻訳雑誌評　17「宝石」17(6)'62.5 p36
　今月の翻訳雑誌評　17「宝石」17(7)'62.6 p54
　島田一男論　　　　17「宝石」17(9)'62.7 p90
　今月の翻訳雑誌評　17「宝石」17(9)'62.7 p220
　今月の翻訳雑誌評　17「宝石」17(10)'62.8 p66
　今月の翻訳雑誌評　17「宝石」17(11)'62.9 p48
　今月の翻訳雑誌評　17「宝石」17(13)'62.10 p48
　今月の翻訳雑誌評　17「宝石」17(14)'62.11 p40
　今月の創作評《座談会》
　　　　　　　　　17「宝石」17(14)'62.11 p210
　今月の翻訳雑誌評《小説》
　　　　　　　　　17「宝石」17(16)'62.12 p34
　今月の創作評《座談会》
　　　　　　　　　17「宝石」17(16)'62.12 p268
　今月の翻訳雑誌評　17「宝石」18(1)'63.1 p66
　渡辺啓助論　　　　17「宝石」18(1)'63.1 p103
　今月の創作評《座談会》
　　　　　　　　　17「宝石」18(1)'63.1 p290
　現代のシジフォス　27「別冊宝石」16(1)'63.1 p144
　今月の創作評　　　17「宝石」18(3)'63.2 p50
　今月の創作評《座談会》
　　　　　　　　　17「宝石」18(3)'63.2 p254
　今月の創作評《座談会》
　　　　　　　　　17「宝石」18(4)'63.3 p180
　今月の創作評《座談会》
　　　　　　　　　17「宝石」18(4)'63.3 p220
　今月の翻訳雑誌評　17「宝石」18(5)'63.4 p78

641

今月の創作評《座談会》
　　　　　　　　　17「宝石」18(5)'63.4 p248
今月の翻訳雑誌評　17「宝石」18(7)'63.5 p152
今月の創作評《座談会》
　　　　　　　　　17「宝石」18(7)'63.5 p238
松本清張論　　　　17「宝石」18(8)'63.6 p15
今月の翻訳雑誌評　17「宝石」18(8)'63.6 p222
今月の創作評《座談会》
　　　　　　　　　17「宝石」18(8)'63.6 p312
今月の翻訳雑誌評　17「宝石」18(9)'63.7 p40
今月の創作評《座談会》
　　　　　　　　　17「宝石」18(9)'63.7 p194
宝石中篇賞候補作を詮衡して
　　　　　　　　　17「宝石」18(10)'63.7 p115
今月の翻訳雑誌評　17「宝石」18(11)'63.8 p74
今月の創作評《座談会》
　　　　　　　　　17「宝石」18(11)'63.8 p216
ハードボイルド派の末裔たち
　　　　　　　　　27「別冊宝石」16(7)'63.8 p138
陳舜臣論　　　　　17「宝石」18(12)'63.9 p94
今月の翻訳雑誌評　17「宝石」18(12)'63.9 p112
今月創作評《座談会》17「宝石」18(12)'63.9 p262
今月の翻訳雑誌評　17「宝石」18(13)'63.10 p102
今月の創作評《座談会》
　　　　　　　　　17「宝石」18(13)'63.10 p278
鉄の心臓に犀の皮をかぶった男
　　　　　　　　　27「別冊宝石」16(9)'63.10 p74
今月の翻訳雑誌評　17「宝石」18(15)'63.11 p48
今月の創作評《座談会》
　　　　　　　　　17「宝石」18(15)'63.11 p234
今月の翻訳雑誌評　17「宝石」18(16)'63.12 p68
今月の創作評《対談》
　　　　　　　　　17「宝石」18(16)'63.12 p212
ミステリー天気図　17「宝石」19(1)'64.1 p280
冷たい恋人たち　　17「宝石」19(2)'64.1増 p133
ミステリー天気図　17「宝石」19(3)'64.2 p204
藤木靖子さんへ　　27「別冊宝石」17(2)'64.2 p250
ミステリー天気図　17「宝石」19(4)'64.3 p96
推理小説評は成立つか《座談会》
　　　　　　　　　17「宝石」19(4)'64.3 p212
ミステリー天気図　17「宝石」19(5)'64.4 p194
藤木靖子論　　　　17「宝石」19(5)'64.4 p210
くたばれ！推理小説評論家
　　　　　　　　　27「別冊宝石」17(4)'64.4 p12
ミステリー天気図　17「宝石」19(7)'64.5 p78
近藤 東
　九州の俗物趣味
　　　　　　　　　35「エロチック・ミステリー」3(8)'62.8 p86
近藤 東
　くちなしの花《詩》　17「宝石」1(2)'46.5 前1
近藤 一郎
　昭文院雪耕俊朗居士　10「探偵クラブ」10 '33.4 p24
近藤 俊夫
　秘密クラブの踊り子
　　　　　　　　　33「探偵実話」10(3)'59.1 p256
　女体に復讐する廃嫡子
　　　　　　　　　33「探偵実話」10(4)'59.2 p94
　旦那を斬った祇園芸者
　　　　　　　　　33「探偵実話」10(5)'59.3 p186

　海女モデル殺害さる
　　　　　　　　　33「探偵実話」10(6)'59.4増 p226
　PTA夫人は赤信号　33「探偵実話」10(8)'59.5 p196
　あずま男を訴えた京女
　　　　　　　　　33「探偵実話」10(9)'59.6 p118
　学生やくざのヌード売春
　　　　　　　　　33「探偵実話」10(12)'59.8 p70
　足音を立てる幽霊
　　　　　　　　　33「探偵実話」10(14)'59.10 p216
　桃色マダムの秘密セリ市
　　　　　　　　　33「探偵実話」10(16)'59.11 p234
　桃色グループの私刑
　　　　　　　　　33「探偵実話」10(15)'59.11増 p28
　女と金をサギした男
　　　　　　　　　33「探偵実話」11(1)'59.12 p246
　脅喝されたコールガール
　　　　　　　　　33「探偵実話」11(3)'60.1 p192
　美女80人も弄んだ歯医者
　　　　　　　　　33「探偵実話」11(5)'60.3増 p156
近藤 博二
　絹糸の雨《小説》　09「探偵小説」1(3)'31.11 p157
近藤 春吉
　危機一髪座談会《座談会》
　　　　　　　　　19「仮面」3(4)'48.6 p10
近藤 秀夫
　私達は娼婦をやめられない
　　　　　　　　　33「探偵実話」8(9)'57.5 p80
近藤 博
　探偵Q氏《小説》
　　　　　　　　　08「探偵趣味」（平凡社版）9 '32.1 p16
　探偵Q氏《小説》　23「真珠」1 '47.4 p10
コンネリ，マーク
　一寸法師の死《小説》
　　　　　　　　　17「宝石」12(16)'57.12 p120
コンネル，リチャード
　何でも一番《小説》32「探偵倶楽部」9(5)'58.4増 p64
　危険な猟獣《小説》17「宝石」14(10)'59.9 p276
コーンブルース，C・M
　わが手のわざ《小説》
　　　　　　　　　27「別冊宝石」17(3)'64.3 p80
紺谷 青花
　愛の悪魔《小説》　01「新趣味」17(8)'22.8 p2
コンロイ，ジエームス・J
　スナイダー・グレイ事件
　　　　　　　　　09「探偵小説」2(4)'32.4 p104

【さ】

肇 宗吉
　牡丹燈記〔原作〕《絵物語》
　　　　　　　　　32「探偵倶楽部」6(5)'55.5 p19
犀 虎児
　探偵小説寸感　　17「宝石」7(12)'52.12 p219

さおと

賽 治人
探偵小説心理学　　15「探偵春秋」1(2)'36.11 p126

西海 敏郎
処刑の部屋にいた少女たち
　　　　　　　　　33「探偵実話」9(6)'58.3 p78

西海 祐太郎
蝙蝠男《小説》　　24「妖奇」4(11)'50.11 p55
仮面の鬼《小説》　　24「妖奇」5(3)'51.3 p84
幽霊部隊　　32「探偵倶楽部」4(1)'53.2 p210

西鶴 →井原西鶴
本朝桜陰比事《小説》　17「宝石」6(9)'51.9 p78

斎木 義一
女と犯罪と慾望《座談会》
　　　　　　　　　33「探偵実話」11(10)'60.7 p170

斎木 純
「P・O・POP」　11「ぷろふいる」4(3)'36.3 p132
やりきれない話　　11「ぷろふいる」4(5)'36.5 p118

西湖生
「燈台守」掲載中止に就て
　　　　　　　　　01「新趣味」17(5)'22.5 p272

西条 照太郎
あらべすく　　　　06「猟奇」2(6)'29.6 p42

西条 八十
むだがき　　　　　17「宝石」2(8)'47.9 p48

最田 茂一
"おわび"に殺された?信者
　　　　　　　　　33「探偵実話」9(16)'58.11 p86

彩田 蒔夫
百円ホテルの情炎
　　　　　　　　　33「探偵実話」10(16)'59.11 p156
脅迫された人妻の邪恋
　　　　　　　　　33「探偵実話」11(1)'59.12 p180
真紅のブラジャー　33「探偵実話」11(9)'60.6 p248

斎藤 篤
街頭へ出た酩酊鑑識器
　　　　　　　　　32「探偵倶楽部」5(10)'54.10 p222

斎藤 一男
10月号読了　　11「ぷろふいる」3(11)'35.11 p111

斎藤 軌
刺戟の商人《小説》　33「探偵実話」6(5)'55.4 p2

斎藤 恭助
あすは赤城を越えてゆく
　　　　　　　　　32「探偵倶楽部」6(2)'55.2 p163

斎藤 銀次郎
詰将棋新題　　　　17「宝石」13(12)'58.9 p273

斎藤 栄
星の上の殺人《小説》　17「宝石」15(4)'60.3 p281
女だけの部屋《小説》　17「宝石」17(8)'62.6増 p78
メバル《小説》　　17「宝石」18(2)'63.1増 p338
機密《小説》　　　17「宝石」18(10)'63.7増 p236
受賞感想　　　　　17「宝石」18(13)'63.9 p152
燃える四月《小説》　17「宝石」18(15)'63.11 p182
三つの悪い芽《小説》
　　　　　　　　　27「別冊宝石」16(11)'63.12 p108
夜の炎《小説》　　17「宝石」19(1)'64.1 p248
昼の花火《小説》　27「別冊宝石」17(4)'64.4 p57
青い耳《小説》　　17「宝石」19(7)'64.5 p222

流しの下の骨を見ろ《小説》
　　　　　　　　　27「別冊宝石」17(6)'64.5 p12

斎藤 伸一郎
巴里選手　　　　　06「猟奇」4(3)'31.5 p59

斎藤 真太郎
名著のある頁《小説》　04「探偵趣味」3 '25.11 p5

斎藤 哲夫
卵《小説》　　　　17「宝石」13(9)'58.7 p162
嘔吐《小説》　　　17「宝石」13(12)'58.9 p194
宇宙混血《小説》　17「宝石」13(15)'58.12 p54
退潮《小説》　　　17「宝石」14(6)'59.6 p140
新人作家の抱負《座談会》
　　　　　　　　　17「宝石」14(9)'59.8 p254
空間の港《小説》　17「宝石」14(15)'59.12増 p61
略歴　　　　　　　17「宝石」14(15)'59.12増 p62
女樹《小説》　　　17「宝石」15(4)'60.3 p226
回帰《小説》　　　17「宝石」15(6)'60.5 p226
銀色の卵《小説》　17「宝石」16(2)'61.2 p256
ウルー《小説》　　17「宝石」18(9)'63.7 p130

斎藤 哲也
探究反対《小説》　17「宝石」14(9)'59.8 p276

斉藤 富太郎
暗殺はこうして行われた《座談会》
　　　　　　　　　33「探偵実話」11(16)'60.11 p264

斉藤 智雄
半身の復讐《小説》　24「妖奇」4(5)'50.5 p73

斎藤 惠太郎
R夫人の肖像《小説》　04「探偵趣味」6 '26.3 p33

西東 登
虚妄《小説》　　　35「ミステリー」5(5)'64.5 p90

斎藤 葉津
暗転《小説》　　　27「別冊宝石」13(2)'60.2 p76

斉藤 久一
情事を賭けた女子学生
　　　　　　　　　33「探偵実話」10(14)'59.10 p102

斎藤 安代
映画白昼魔を見る《座談会》
　　　　　　　　　17「宝石」12(5)'57.4 p142

彩倫虫
毒陣放言　　　　　12「探偵文学」2(5)'36.5 p22
毒陣放言　　　　　12「探偵文学」2(6)'36.6 p28
毒陣放言　　　　　12「探偵文学」2(8)'36.8 p38
毒陣放言　　　　　12「探偵文学」2(11)'36.11 p50

サヴェージ、アーサー
死刑囚　　　　32「探偵倶楽部」8(11)'57.11 p276

冴枝 克示
ポオの嘘つき　14「月刊探偵」2(1)'36.1 p36, 38, 40

佐伯 新一郎
「黄金虫」のリアリズム　17「宝石」9(9)'54.8 p94
裸足のポー　　　　17「宝石」10(10)'55.7 p52

冴田 月太郎
手裡剣徳《小説》　27「別冊宝石」2(3)'49.12 p393

沙魚川 格
探偵五目講談　　　04「探偵趣味」5 '26.2 p31

早乙女 是清
美女大安売り時代《座談会》
　　　　　　　　　33「探偵実話」10(6)'59.4増 p19

さか

佐賀 憲
　絶倫の女詐欺師
　　　　　　　33「探偵実話」12(14)'61.10増 p206
　男の死因　　　33「探偵実話」12(15)'61.11 p171
　女同志のつつもたせ
　　　　　　　33「探偵実話」13(4)'62.3 p76
佐賀 潜　→松下幸徳
　感想　　　　17「宝石」17(13)'62.10 p137
　銭《小説》　　17「宝石」17(14)'62.11 p74
　顔　　　　　17「宝石」18(1)'63.1 p15
　二つの文字　 17「宝石」18(3)'63.2 p15
　手　　　　　17「宝石」18(4)'63.3 p15
　学ぶべき先輩　27「別冊宝石」16(3)'63.3 p277
　顔紋《小説》　17「宝石」18(12)'63.9 p192
　検事と弁護士《小説》
　　　　　　　27「別冊宝石」17(1)'64.1 p118
坂 達也
　ドライ売春婦報告書　33「探偵実話」8(9)'57.5 p88
嵯峨 信之
　氷上幻想《詩》　17「宝石」5(2)'50.2 p13
　鸚鵡《詩》　　17「宝石」10(8)'55.6 p17
　オネスト・ジョン《詩》
　　　　　　　17「宝石」10(15)'55.11 p13
佐賀 八郎
　白夫人の妖恋　33「探偵実話」7(8)'56.4増 p57
坂 花太郎
　殺される智慧《小説》
　　　　　　　17「宝石」19(2)'64.1増 p134
阪 久三
　私刑《小説》　24「妖奇」6(10)'52.10 p85
坂 みのる
　告白風の告白　17「宝石」17(10)'62.8 p212
　ムスメ1970年
　　　　　35「エロチック・ミステリー」3(9)'62.9 p85
坂 洋二
　学生淫売婦の日記　33「探偵実話」8(10)'57.6 p126
佐賀 芳男
　屋根裏のダブルベット
　　　　　　　27「別冊宝石」11(10)'58.12 p286
坂井 薫
　N駅着信越線九時三十分《小説》
　　　　　　　17「宝石」10(2)'55.1増 p248
　さらば愛しの者よ《小説》
　　　　　　　17「宝石」10(10)'55.7 p128
　不幸な姉弟《小説》　27「別冊宝石」10(1)'57.1 p10
酒井 嘉七　→ＳＡＫＡＩ，Ｋ
　探偵法第十三号《小説》
　　　　　　　11「ぷろふいる」3(2)'35.2 p30
　郵便機三百六十五号《小説》
　　　　　　　11「ぷろふいる」3(3)'35.3 p73
　実験推理学報告書《小説》
　　　　　　　11「ぷろふいる」3(9)'35.9 p64
　撮影所殺人事件《小説》
　　　　　　　11「ぷろふいる」3(11)'35.11 p56
　呪はれた航空路《小説》
　　　　　　　11「ぷろふいる」4(4)'36.4 p24
　ながうた勧進帳《小説》
　　　　　　　14「月刊探偵」2(4)'36.5 p4

執筆者名索引

　雲の中の秘密　11「ぷろふいる」4(8)'36.8 p93
　ある自殺事件の顛末《小説》
　　　　　　　12「探偵文学」2(9)'36.9 p7
　両面艶牡丹《小説》
　　　　　　　11「ぷろふいる」4(12)'36.12 p26
　諸家の感想《アンケート》
　　　　　　　15「探偵春秋」2(1)'37.1 p70
　空に消えた男《小説》
　　　　　　　15「探偵春秋」2(4)'37.4 p112
　遅過ぎた解読《小説》
　　　　　　　15「探偵春秋」2(4)'37.4 p128
　京鹿子娘道成寺《小説》
　　　　　　　15「探偵春秋」2(6)'37.6 p3
　お問合せ《アンケート》
　　　　　　　12「シュピオ」3(5)'37.6 p55
酒井 嘉七郎
　寝言の寄せ書　11「ぷろふいる」2(8)'34.8 p70
酒井 健一朗
　私立探偵に訊く《座談会》
　　　　　　　32「探偵倶楽部」6(10)'55.10 p118
　潔白は証明された
　　　　　　　32「探偵倶楽部」6(12)'55.12 p292
酒井 浜夫
　混血児ガリーフ・杉《小説》
　　　　　　　24「妖奇」3(8)'49.7 p23
　嫉妬《小説》　24「妖奇」5(12)'51.12 p23
酒井 勉三郎
　勝美夫人の裁判記録
　　　　　　　33「探偵実話」8(2)'57.1増 p104
酒井 真人
　年給　　　　04「探偵趣味」11'26.8 p36
坂井 泰子
　百年先の美人　17「宝石」19(5)'64.4 p18
堺 義男
　ガードナーの小自伝
　　　　　　　32「探偵倶楽部」9(1)'58.1 p16
酒井 義男　→神戸登
　良人の秘密《小説》
　　　　　　　32「探偵クラブ」2(5)'51.7 p90
　猛烈すぎた接吻　24「妖奇」6(5)'52.5 p111
　千年に一度ある話《小説》
　　　　　　　24「妖奇」6(7)'52.7 p102
　誰も知らない《小説》
　　　　　　　24「妖奇」6(9)'52.9 p30
　怪談のある風景《小説》
　　　　　　　24「妖奇」6(10)'52.10 p116
　盲点《小説》　24「トリック」6(11)'52.11 p122
　大人になつた京子《小説》
　　　　　　　33「探偵実話」5(9)'54.8 p97
　或る犯罪《小説》　33「探偵実話」5(12)'54.10 p13
　うつかり義平《小説》
　　　　　　　17「宝石」14(13)'59.11 p161
酒井 義雄
　屑《小説》　　24「妖奇」6(6)'52.6 p28
栄田 杏太郎
　幻影の窓《小説》　27「別冊宝石」10(1)'57.1 p94
坂上 敏枝
　女暴力団の首領になる迄
　　　　　　　24「妖奇」5(11)'51.11 p122

坂上 春夫
　男を買った女　　　33「探偵実話」12(12)'61.9 p200
　八号の鍵《小説》
　　　　　　　　　　33「探偵実話」12(16)'61.12 p196
坂上 弘
　ビルのほとり《小説》　17「宝石」15(2)'60.2 p216
　土の下　　　　　　　17「宝石」16(10)'61.9 p211
　肥った犯人《小説》　　17「宝石」19(7)'64.5 p134
神原 和夫
　炭団《小説》　　　　03「探偵文芸」3(1)'27.1 p19
逆木 愆介
　拳銃の鳴る抱擁《小説》
　　　　　　　　　　　33「探偵実話」11(9)'60.6 p142
　拳銃を捨てろ《小説》
　　　　　　　　　　　33「探偵実話」11(10)'60.7 p230
　優しい罠《小説》
　　　　　　　　　　　33「探偵実話」12(10)'61.7増 p174
　ジャケット・ミステリー集《小説》
　　　　　　　　　　　33「探偵実話」12(12)'61.10 p108
　しつこい霊魂《小説》
　　　　　　　　　　　33「探偵実話」13(7)'62.6 p72
　女の笑顔は高くつく《小説》
　　　　　　　　　　　33「探偵実話」13(12)'62.10 p124
榊川 辺一
　サカナの夫婦生活
　　　　　　　　　　35「エロチック・ミステリー」4(7)'63.7 p102
榊原 巌
　紅水仙　　　　　　24「妖奇」5(6)'51.6 p86
榊山 潤
　アンケート《アンケート》
　　　　　　　　　　　17「宝石」12(10)'57.8 p58
　嵐の中の女《小説》
　　　　　　　　　　　27「別冊宝石」12(8)'59.8 p288
　生きていた吉良上野《小説》
　　　　　　　　　　　27「別冊宝石」12(12)'59.12 p176
　家康と築山殿《小説》
　　　　　　　　　　　27「別冊宝石」13(4)'60.4 p210
　秀吉と秀次《小説》
　　　　　　　　　　35「エロチック・ミステリー」1(2)'60.9 p132
　久米の仙人《小説》
　　　　　　　　　　35「エロチック・ミステリー」1(4)'60.11 p180
　小野小町《小説》
　　　　　　　　　　35「エロチック・ミステリー」1(5)'60.12 p186
　信康とお松の方《小説》
　　　　　　　　　　35「エロチック・ミステリー」2(2)'61.2 p144
坂口 安吾
　私の探偵小説　　　　17「宝石」2(6)'47.6 p18
　東京千一夜《座談会》25「Gメン」1(3)'47.12 p10
　阿部定という女　　　25「Gメン」2(1)'48.1 p20
　私の探偵小説　　　　17「宝石」3(1)'48.1 p22
　探偵小説を截る　　　21「黒猫」2(9)'48.7 p6
　「刺青殺人事件」を評す　17「宝石」4(1)'49.1 p74
　選評　　　　　　　　16「ロック」4(3)'49.8別 p40
　能面の秘密《小説》　　27「別冊宝石」9(1)'56.1 p64
　心霊殺人事件《小説》
　　　　　　　　　　　27「別冊宝石」9(5)'56.6 p366
　影のない犯人《小説》
　　　　　　　　　　　27「別冊宝石」9(8)'56.11 p270

樹のごときもの歩く〈1〉《小説》
　　　　　　　　　　　17「宝石」12(10)'57.8 p276
樹のごときもの歩く〈2〉《小説》
　　　　　　　　　　　17「宝石」12(12)'57.9 p102
樹のごときもの歩く〈3〉《小説》
　　　　　　　　　　　17「宝石」12(13)'57.10 p236
樹のごときもの歩く〈4〉《小説》
　　　　　　　　　　　17「宝石」12(14)'57.11 p86
坂口 家光
　或る日《小説》　　　06「猟奇」1(5)'28.10 p14
坂口 正二
　女性がオンナを語るとき《座談会》
　　　　　　　　　　　33「探偵実話」11(12)'60.8 p204
坂口 仙之助
　春の犯罪を語る刑事の座談会《座談会》
　　　　　　　　　　　18「トップ」2(2)'47.5 p16
坂口 三千代
　その頃の思い出　　　17「宝石」12(10)'57.8 p304
　酒場のムードを語るマダム三人《座談会》
　　　　　　　　　　　17「宝石」13(7)'58.5増 p306
坂田 吾朗
　詰連珠新題　　　　　17「宝石」11(16)'56.12 p186
　文字型詰連珠　　　　17「宝石」12(1)'57.1 p13
　詰連珠新題　　　　　17「宝石」12(1)'57.1 p254
　詰連珠新題　　　　　17「宝石」12(4)'57.3 p118
　文字型詰連珠新題　　17「宝石」12(7)'57.5 p261
　文字型詰連珠新題　　17「宝石」12(8)'57.6 p200
　文字型詰連珠新題　　17「宝石」12(9)'57.7 p114
　文字型詰連珠新題　　17「宝石」13(7)'58.5増 p245
坂田 吾郎
　求婚者《小説》　　　33「探偵実話」9(4)'58.2 p17
坂田 栄男
　詰碁新題　　　　　　17「宝石」2(2)'47.3 p23
　詰碁新題　　　　　　17「宝石」2(3)'47.4 p57
　詰碁新題　　　　　　17「宝石」2(4)'47.5 p38
　詰碁新題　　　　　　17「宝石」2(6)'47.6 p15
　詰碁新題　　　　　　17「宝石」2(7)'47.7 p21
坂田 洋二
　人身売買王の罪状　　33「探偵実話」8(13)'57.9 p64
ザガード, アーサー・L
　ランソン防御幕《小説》
　　　　　　　　　　　17「宝石」10(3)'55.2 p126
坂西 明
　検体X《小説》　　　17「宝石」11(5)'56.1増 p126
坂西 志保
　アンケート《アンケート》
　　　　　　　　　　　17「宝石」12(12)'57.9 p153
坂原 新一
　幻想《詩》　　　　　22「新探偵小説」4 '47.10 p1
酒元 竹馬
　こっちは瘤鷹
　　　　　　　　　　35「エロチック・ミステリー」3(5)'62.5 p24
坂本 秀夫
　絡みあい《小説》　　17「宝石」19(2)'64.1増 p40
相良 基一
　焼モチ女房の亭主殺し
　　　　　　　　　　35「エロチック・ミステリー」1(4)'60.11 p218

645

さかわ　　　　　　　　執筆者名索引

月はなんでも知ってる
　　　35「エロティック・ミステリー」1(5)'60.12 p140
佐川 敬吉
　散歩の記　　　11「ぷろふいる」4(10)'36.10 p136
佐川 春風　→森下雨村
　闇の裏〈1〉《小説》　　17「宝石」1(5)'46.8 p64
　闇の裏〈2〉《小説》　　17「宝石」1(6・7)'46.10 p76
　闇の裏〈3・完〉《小説》
　　　　　　　　　17「宝石」1(8)'46.11 p64
坂和 道五郎
　名刑事殊勲座談会《座談会》
　　　　　　　　33「探偵実話」2(10)'51.9 p130
　名刑事・名記者新春殊勲を語る座談会《座談会》
　　　　　　　　33「探偵実話」4(1)'53.1 p88
　大薪割を振った孕み女
　　　　　　　　33「探偵実話」10(3)'59.1 p138
　美人メイド殺し　33「探偵実話」10(2)'59.1増 p38
　淫魔小平義雄の足跡〈1〉
　　　　　　　　33「探偵実話」10(4)'59.2 p58
　淫魔小平義雄の足跡〈2〉
　　　　　　　　33「探偵実話」10(5)'59.3 p82
　淫魔小平義雄の足跡〈3〉
　　　　　　　　33「探偵実話」10(7)'59.4 p70
　女教師宇野富美子の犯罪記録
　　　　　　　　33「探偵実話」10(6)'59.4増 p42
　淫魔小平義雄の爪痕〈4〉
　　　　　　　　33「探偵実話」10(8)'59.5 p94
　凶悪犯は何処に居る!《座談会》
　　　　　　　　33「探偵実話」10(8)'59.5 p107
　淫魔小平義雄の爪痕〈5〉
　　　　　　　　33「探偵実話」10(9)'59.6 p70
　淫魔小平義雄の爪痕〈5・完〉
　　　　　　　　33「探偵実話」10(11)'59.7 p88
　刑事を誘惑する女
　　　　　　　　33「探偵実話」10(12)'59.8 p186
　八重州口の女給殺人事件
　　　　　　　　33「探偵実話」10(13)'59.9 p136
　江戸川のカメラ商殺し
　　　　　　　　33「探偵実話」10(14)'59.10 p114
　トランク詰めの養女
　　　　　　　　33「探偵実話」10(16)'59.11 p82
　指紋対照の誤算事件
　　　　　　　　33「探偵実話」10(15)'59.11増 p270
　おれは女を憎む　33「探偵実話」11(1)'59.12 p112
　赤線女と兇悪犯　33「探偵実話」11(3)'60.1 p114
　マダム宝石商殺し
　　　　　　　　33「探偵実話」11(2)'60.1増 p276
　大崎の若妻殺人事件
　　　　　　　　33「探偵実話」11(4)'60.2 p118
　三河島の三味線師匠殺し
　　　　　　　　33「探偵実話」11(6)'60.3 p120
　重役夫人とインテリ三人組
　　　　　　　　33「探偵実話」11(5)'60.3増 p50
　目黒のアベック殺人事件
　　　　　　　　33「探偵実話」11(7)'60.4 p116
　目黒のアベック殺人事件の犯人
　　　　　　　　33「探偵実話」11(8)'60.5 p116
　府中の美人マダム殺し
　　　　　　　　33「探偵実話」11(9)'60.6 p74
　田無の運転手殺し
　　　　　　　　33「探偵実話」11(10)'60.7 p182

現職巡査殺しの好色役人
　　　　　　　　33「探偵実話」11(12)'60.8 p192
圭子ちゃん誘拐惨殺さる
　　　　　　　　33「探偵実話」11(11)'60.8増 p324
浅草の自動車運転手殺し
　　　　　　　　33「探偵実話」11(13)'60.9 p258
午前零時の情痴　33「探偵実話」11(14)'60.10 p174
鮮血のプラット・ホーム
　　　　　　　　33「探偵実話」11(16)'60.11 p104
爪をかくした男装の女
　　　　　　　　33「探偵実話」12(1)'61.1 p66
七人の容疑者　　33「探偵実話」12(3)'61.1 p174
ベットから消えた女
　　　　　　　　33「探偵実話」12(5)'61.4 p262
深川木場の材木商殺し
　　　　　　　　33「探偵実話」12(6)'61.4増 p142
左川 みどり
　ママさん控帳　　32「探偵倶楽部」5(5)'54.5 p139
左川 佑
　褄越しの睦言《小説》　24「妖奇」3(3)'49.3 p38
　謎・謎・謎　　　　　24「妖奇」3(4)'49.4 p46
サキ
　開いた窓《小説》　　17「宝石」11(1)'56.1 p74
　スレドニ・ヴァシュタール
　　　　　　　　　17「宝石」12(12)'57.9 p241
　非安静療法《小説》　17「宝石」12(14)'57.11 p232
　たそがれ《小説》　　17「宝石」12(14)'57.11 p238
　たそがれ《小説》　　27「別冊宝石」14(4)'61.7 p245
　開いた窓　　　　　　27「別冊宝石」14(5)'61.10 p219
崎川 範行
　爆発と推理　　　　　17「宝石」18(8)'63.6 p20
鷺田 平三
　人妻の肌に誘われた男
　　　　　　　　33「探偵実話」12(1)'61.1 p54
崎山 晃
　モルヒネの秘密　　07「探偵」1(8)'31.12 p73
崎山 明
　署長さんはお人好し《小説》
　　　　　　　　　06「猟奇」4(7)'31.12 p2
崎山 五郎
　殺人街ニューヨーク　17「宝石」13(2)'58.1増 p128
柵 義三
　黒線親子丼　　　33「探偵実話」9(6)'58.3 p175
　地獄への階段　　33「探偵実話」9(5)'58.3増 p254
　強姦魔白書　　　33「探偵実話」9(9)'58.5 p98
　戦い敗れ性と血と　33「探偵実話」9(10)'58.6 p146
　一億円稼いだ少年ノビ師
　　　　　　　　33「探偵実話」9(16)'58.11 p110
佐久間 純
　銀座に現われた"女王蜂"
　　　　　　　　33「探偵実話」4(3)'53.2 p174
桜井 薫
　消えてなくなった山
　　　　　　　　33「探偵実話」7(1)'55.12 p250
　さまよえる湖　　33「探偵実話」7(3)'56.1 p53
　砂の下の町　　　33「探偵実話」7(4)'56.2 p160
　砂漠にある寒国　33「探偵実話」7(6)'56.3 p176
　カラハリの自然と民族
　　　　　　　　33「探偵実話」7(7)'56.4 p233

646

砂漠に棲む原始民族　33「探偵実話」7(9)'56.5 p58
巨像の島　　　　　　33「探偵実話」7(10)'56.6 p54
海に沈んだ大陸　　　33「探偵実話」7(12)'56.7 p174
人喰人種のいる島　　33「探偵実話」7(13)'56.8 p88
マヤ文明の秘密　　　33「探偵実話」7(14)'56.9 p91
生と死の凄い家　　　33「探偵実話」7(15)'56.10 p54
北極ものがたり　　　33「探偵実話」7(17)'56.11 p81
毛人、有尾人、首長女
　　　　　　　　　　33「探偵実話」8(1)'56.12 p121
地球の尻・南極大陸の謎
　　　　　　　　　　33「探偵実話」8(4)'57.2 p142
世界の毒蛇さまざま〈1〉
　　　　　　　　　　33「探偵実話」8(6)'57.3 p112
世界の毒蛇さまざま〈2・完〉
　　　　　　　　　　33「探偵実話」8(7)'57.4 p148
海蛇の怪神秘　　　　33「探偵実話」8(11)'57.7 p202
冒険船長の奇怪な体験
　　　　　　　　　　33「探偵実話」8(12)'57.8 p46
海に燃える不思議な火
　　　　　　　　　　33「探偵実話」8(13)'57.9 p200
海の底の不思議を探る
　　　　　　　　　　33「探偵実話」8(14)'57.10 p124
宇宙の神秘をさぐる
　　　　　　　　　　33「探偵実話」8(16)'57.11 p235
乳房の人類学　　　　33「探偵実話」9(1)'57.12 p230
乳房の形態学　　　　33「探偵実話」9(3)'58.1 p182
乳房の民俗巷談〈1〉
　　　　　　　　　　33「探偵実話」9(4)'58.2 p256
乳房民俗巷談〈2・完〉
　　　　　　　　　　33「探偵実話」9(6)'58.3 p208
異常な皮膚の怪奇　　33「探偵実話」9(9)'58.5 p90
血液は魔術師である
　　　　　　　　　　33「探偵実話」9(11)'58.7 p238
神様が間違えて作ったもの
　　　　　　　　　　33「探偵実話」9(15)'58.10 p254
呪われたハプスブルグ家の唇・他
　　　　　　　　　　33「探偵実話」9(16)'58.11 p240
性を惑わす怪異　　　33「探偵実話」10(1)'58.12 p182
悪魔の創った双生児たち
　　　　　　　　　　33「探偵実話」10(4)'59.2 p240
恐るべき人体の畸形
　　　　　　　　　　33「探偵実話」10(5)'59.3 p168
人体に残る退化器官〈1〉
　　　　　　　　　　33「探偵実話」10(13)'59.9 p215
人体に残る退化器官〈2・完〉
　　　　　　　　　　33「探偵実話」10(14)'59.10 p250
生れる子は男か?女か?
　　　　　　　　　　33「探偵実話」10(16)'59.11 p262
男腹と女腹の話　　　33「探偵実話」11(1)'59.12 p236
人工受精の話題　　　33「探偵実話」11(14)'60.10 p264
新時代の出産の科学
　　　　　　　　　　33「探偵実話」11(16)'60.11 p190
子供を産むのに男性はいらない
　　　　　　　　　　33「探偵実話」12(1)'61.1 p150
男と女を自由に産むには
　　　　　　　　　　33「探偵実話」12(3)'61.1 p250
人の遺伝質を自由に変えられるか
　　　　　　　　　　33「探偵実話」12(4)'61.3 p234
男女の生み分けは可能か
　　　　　　　　　　33「探偵実話」12(5)'61.4 p200
妊・不妊の背景　　　33「探偵実話」12(7)'61.5 p218

不妊の原因は男に多い?
　　　　　　　　　　33「探偵実話」12(8)'61.6 p118
女性不妊の原因と治療
　　　　　　　　　　33「探偵実話」12(9)'61.7 p190
定期的な流血現象について
　　　　　　　　　　33「探偵実話」12(11)'61.8 p146
女を隔離する風習
　　　　　　　　　　33「探偵実話」12(12)'61.10 p146
月経期の禁忌について
　　　　　　　　　　33「探偵実話」12(15)'61.11 p106
経血は毒と魔力を持つ
　　　　　　　　　　33「探偵実話」13(1)'62.1 p158
愛の薬としての月経
　　　　　　　　　　33「探偵実話」13(5)'62.4 p164
桜井 正四郎
　発禁の秘密　　　11「ぷろふいる」3(11)'35.11 p128
桜井 忠温
　ハガキ回答《アンケート》
　　　　　　　　　　11「ぷろふいる」4(6)'36.6 p101
桜井 竜之介
　奪われた女《小説》　24「妖奇」4(5)'50.5 p77
桜木 茂
　殺されたのは誰か　32「探偵倶楽部」6(6)'55.6 p246
桜木 路紅
　すぽおつだむ!!　　06「猟奇」5(1)'32.1 p26
　すぽおつだむ!　　 06「猟奇」5(2)'32.2 p10
　相撲騒動の内幕　　06「猟奇」5(3)'32.3 p16
　文部省の解剖　　　06「猟奇」5(4)'32.4 p16
　水原投手田中絹代物語　06「猟奇」5(5)'32.5 p20
桜田 和夫
　肉体の悪夢　　　　25「X」4(2)'50.3 p64
桜町 静夫
　やきもち女　　　　32「探偵クラブ」3(2)'52.2 p152
酒尾 呑太
　らくがき 甲賀三郎を肴にして呑む
　　　　　　　　　　15「探偵春秋」1(3)'36.12 p55
迫 羊太郎
　昇華した男《小説》　27「別冊宝石」11(2)'58.2 p52
迫水 久常
　首相官邸襲わる!　　25「X」3(10)'49.9 p6
　偉大なる奇蹟　　　25「X」3(10)'49.9 p7
佐々 笹男
　ニューフェースを裸にする　25「X」3(5)'49.4 p5
　ハダカ映画を裸にすれば　25「X」3(10)'49.9 p35
佐々 喬
　愛の証言《小説》　17「宝石」15(3)'60.2増 p349
佐々 弘雄
　政治の後手と先手　18「トップ」1(1)'46.5 p3
坂上 弘
　臆病な日々《小説》　17「宝石」19(3)'64.2 p204
笹川 三郎
　名優の迷演技　　　32「探偵倶楽部」4(5)'53.5 p232
笹川 正博
　変らぬ人間性　　　17「宝石」18(12)'63.9 p107
佐々木 一郎
　作品の相似性に就て　17「宝石」5(11)'50.11 p180
　"筆名の問題など"　17「宝石」6(1)'51.1 p206

647

ささき

佐々木
機関銃小説　　　　　　17「宝石」6(3)'51.3 p174
各人各説　　　　　　　17「宝石」6(6)'51.6 p186
「大いなる眠り」寸感
　　　　　　　　　　17「宝石」6(10)'51.10 p308
モダン小咄　　　　　　17「宝石」6(13)'51.12 p206
探偵作家に望むもの
　　　　　　　　32「探偵倶楽部」4(5)'53.5 p126

佐々木 君江
首のすげ替え　　32「探偵倶楽部」8(7)'57.7増 p76

佐々木 邦
身の上相談博士《小説》　　25「X」3(8)'49.7 p84

佐々木 弘一
カーの特長について
　　　　　　　　32「探偵倶楽部」9(1)'58.1 p257

佐々木 三郎
川セイゴ　　　　32「探偵倶楽部」4(7)'53.7 p228

佐々木 指月
和歌野さんの冒険旅行《小説》
　　　　　　　　　　01「新趣味」17(1)'22.1 p104
往来の人《小説》　　　01「新趣味」17(2)'22.2 p90

佐々木 信司
不思議な乞食　　　　　01「新趣味」18(2)'23.2 p251

佐々木 孝丸
今秋来るシメノン　　　17「宝石」12(3)'57.2 p104

佐左木 俊郎
決闘《小説》　　　10「探偵クラブ」1 '32.4 p26
彼の小説の特異性　10「探偵クラブ」4 '32.8 p15
殺人迷路〈9〉《小説》　10「探偵クラブ」9 '33.3 p4

佐々木 白羊
離縁手続きを訊く女《小説》
　　　　　　　　　09「探偵小説」1(1)'31.9 p146
署長殿は何も知らない《小説》
　　　　　　　　　09「探偵小説」1(2)'31.10 p62
変な所へ触つた手柄《小説》
　　　　　　　　　09「探偵小説」1(3)'31.11 p178
女一人ぢや淋しかろ《小説》
　　　　　　　　　09「探偵小説」1(4)'31.12 p48
変態性慾者の密告《小説》
　　　　　　　　　09「探偵小説」2(1)'32.1 p126
刑事さんがもてる訳《小説》
　　　　　　　　　09「探偵小説」2(2)'32.2 p160
街で拾つた女性の犯罪
　　　　　　　　　09「探偵小説」2(4)'32.4 p72
交番片隅物語　　　09「探偵小説」2(5)'32.5 p200
悩ましきお手柄《小説》
　　　　　　　　　09「探偵小説」2(7)'32.7 p164

佐々木 久子
止まると泊まる　　17「宝石」12(15)'57.11増 p184
酒場のムードを語るマダム三人《座談会》
　　　　　　　　　17「宝石」13(7)'58.5増 p306
みちのくに香る
　　　　　　35「エロチック・ミステリー」3(7)'62.7 p75
木更津情話未遂事件　　17「宝石」18(15)'63.11 p22

佐々木 眸
破鏡《小説》　　　32「探偵クラブ」1(4)'50.12 p68

佐々木 寛
探偵小説は芸術也　　14「月刊探偵」2(6)'36.7 p47

佐々木 味津三
耳売り《小説》　　03「探偵文芸」1(6)'25.8 p10
探偵趣味問答《アンケート》
　　　　　　　　　04「探偵趣味」3 '25.11 p40

佐々木 茂索
クローズ・アップ《アンケート》
　　　　　　　　　04「探偵趣味」15 '27.1 p55

佐々木 杜太郎
二重の恋文《小説》　　17「宝石」6(6)'51.6 p104
湯島天神捕物の事《脚本》
　　　　　　　　　17「宝石」6(13)'51.12 p161
アンケート《アンケート》
　　　　　　　　　17「宝石」7(1)'52.1 p81
船まくら花嫁《小説》
　　　　　　　　　27「別冊宝石」5(1)'52.1 p180
「狐城の怪」について
　　　　　　　　32「探偵クラブ」3(4)'52.4 p61
恐怖の古城《小説》
　　　　　　　　32「探偵倶楽部」3(5)'52.5 p210
南蛮鋳物師《小説》　　27「別冊宝石」5(5)'52.6 p202
謎又東海道土産《脚本》
　　　　　　　　　27「別冊宝石」6(1)'53.1 p289
探偵小説に対するアンケート《アンケート》
　　　　　　　　32「探偵倶楽部」4(1)'53.2 p148
捕物帖裏の裏座談会《座談会》
　　　　　　　　　27「別冊宝石」6(4)'53.6 p84
青痣の三人息子《小説》
　　　　　　　　　27「別冊宝石」6(4)'53.6 p222
魅られた魔像《小説》
　　　　　　　　　27「別冊宝石」6(6)'53.9 p82
捕物の知識　　　　17「宝石」8(13)'53.11 p100
伽羅の美男壺《小説》
　　　　　　　　　27「別冊宝石」7(1)'54.1 p118
駈落ち青井戸《小説》
　　　　　　　　　27「別冊宝石」7(3)'54.4 p196
白蠟処女《小説》　　27「別冊宝石」7(7)'54.9 p134
江戸時代の色道刑　　27「別冊宝石」7(9)'54.9 p306
剣の鬼　　　　　33「探偵実話」5(11)'54.9増 p234
よく褒める乱歩氏　　27「別冊宝石」7(9)'54.11 p222
仇討万華鏡　　　　27「別冊宝石」8(1)'55.1 p75
鮫柄の血刀《小説》　27「別冊宝石」8(1)'55.1 p244
焔の白痴娘《小説》　27「別冊宝石」8(4)'55.5 p98

佐々木 六郎
七つの海の女たち
　　　　　　　　　33「探偵実話」10(11)'59.7 p115

笹倉 良二
善光寺行李詰殺人事件
　　　　　　　　　03「探偵文芸」2(11)'26.11 p67

笹沢 佐保　→笹沢左保
九人目の犠牲者《小説》
　　　　　　　　　17「宝石」13(16)'58.12増 p299
闇の中の伝言《小説》
　　　　　　　　　17「宝石」13(16)'58.12増 p344
勲章《小説》　　　17「宝石」15(1)'60.1 p232
断崖にて《小説》　17「宝石」15(13)'60.11 p106
十五年は長すぎる《小説》
　　　　　　　　　17「宝石」16(2)'61.2 p108
星さんのこと　　　17「宝石」16(5)'61.4 p13
穴《小説》　　　　17「宝石」16(5)'61.4 p16

殺してやりたい《小説》
　　　　　　　　　27「別冊宝石」14(3)'61.5 p30
夫は生きている《小説》
　　　　　　　　　33「探偵実話」13(8)'62.6増 p88
笹沢 左保　→笹沢佐保
孤愁の起点〈1〉《小説》
　　　　　　　　　17「宝石」16(9)'61.8 p16
孤愁の起点〈2〉　17「宝石」16(10)'61.9 p242
孤愁の起点〈3〉《小説》
　　　　　　　　　17「宝石」16(11)'61.10 p312
孤愁の起点〈4・完〉《小説》
　　　　　　　　　17「宝石」16(12)'61.11 p240
余暇の女《小説》　27「別冊宝石」15(1)'62.2 p73
自選のことば　　　27「別冊宝石」15(1)'62.2 p75
暗い傾斜〈1〉《小説》　17「宝石」17(4)'62.3 p16
暗い傾斜〈2〉《小説》　17「宝石」17(5)'62.4 p48
暗い傾斜〈3〉　　　17「宝石」17(6)'62.5 p312
暗い傾斜〈4〉《小説》　17「宝石」17(7)'62.6 p346
暗い傾斜〈5〉《小説》　17「宝石」17(9)'62.7 p266
女と女《小説》　　33「探偵実話」13(10)'62.8 p44
暗い傾斜〈6〉《小説》
　　　　　　　　　17「宝石」17(10)'62.8 p320
暗い傾斜〈7・完〉《小説》
　　　　　　　　　17「宝石」17(11)'62.9 p20
第三の被害者《小説》
　　　　　　　　　17「宝石」17(15)'62.11増 p62
黒岩重吾氏のこと　27「別冊宝石」16(1)'63.1 p129
作品・死の跡《小説》　17「宝石」18(3)'63.2 p22
闇の中の伝言《小説》
　　　　　　　　　17「宝石」18(6)'63.4増 p424
昔はいいもの　　　17「宝石」18(6)'63.4増 p429
プロ野球残酷物　　27「別冊宝石」16(4)'63.5 p188
六本木心中《小説》
　　　　　　　　　27「別冊宝石」16(4)'63.5 p196
十五年は長すぎる《小説》
　　　　　　　　　27「別冊宝石」16(4)'63.5 p224
結婚って何さ《小説》
　　　　　　　　　27「別冊宝石」16(4)'63.5 p238
その人間的魅力　　17「宝石」18(8)'63.6 p137
灰と女たち《小説》　17「宝石」18(8)'63.6 p224
盗作の風景〈6〉《小説》
　　　　　　　　　17「宝石」18(13)'63.10 p366
純愛譚《小説》　　17「宝石」18(14)'63.10増 p125
盗作の風景〈7〉　　17「宝石」18(15)'63.11 p268
盗作の風景〈8〉《小説》
　　　　　　　　　17「宝石」18(16)'63.12 p290
アリバイ奪取《小説》
　　　　　　　　　27「別冊宝石」16(11)'63.12 p318
盗作の風景〈9〉　　17「宝石」19(1)'64.1 p282
周囲の眼《小説》　27「別冊宝石」17(1)'64.1 p196
盗作の風景〈10・完〉《小説》
　　　　　　　　　17「宝石」19(3)'64.2 p26
原田康子さまへ　　27「別冊宝石」17(2)'64.2 p26
第五回宝石短篇賞選考座談会《座談会》
　　　　　　　　　17「宝石」19(5)'64.4 p168
遠すぎる証言者《小説》　17「宝石」19(7)'64.5 p22
笹沢 美明
美の秘密《詩》　　17「宝石」1(2)'46.5 p10
子を見ること　　　17「宝石」17(7)'62.6 p116

子を見ること　　　27「別冊宝石」16(4)'63.5 p51
佐々城 白鳳
死の電話　　　　　32「探偵倶楽部」5(8)'54.8 p240
小波 音子
流行歌手のウラおもて　　25「X」3(7)'49.6 p5
笹部 晃一
五后拾時の喜劇《小説》
　　　　　　　　　32「探偵倶楽部」5(7)'54.7 p154
笹本 寅
高柳又四郎《小説》　17「宝石」7(7)'52.7 p118
千葉周作　　　　　27「別冊宝石」7(1)'54.1 p149
花井お梅《小説》　32「探偵倶楽部」5(12)'54.12 p92
高橋お伝《小説》　32「探偵倶楽部」6(1)'55.1 p136
仇討随筆　　　　　27「別冊宝石」8(1)'55.1 p240
武士道伝　　　　　27「別冊宝石」8(6)'55.9 p112
笹本 正男
ル・ベルジュ夫人のジヤアナル《小説》
　　　　　　　　　06「猟奇」4(6)'31.9 p62
ササモト・マサオ
モダン小唄　　　　06「猟奇」4(5)'31.7 p44
佐治 克巳
離婚珍談　　　　　32「探偵倶楽部」3(10)'52.11 p161
佐次 たかし
舌切り娘とメイ探偵　18「トップ」2(4)'47.8 p26
指方 竜二
髪をつかむ白鬼　　27「別冊宝石」12(12)'59.12 p24
馬車の旅　　　　　35「エロティック・ミステリー」1(4)'60.11 p95
消えた男　　　　　35「エロティック・ミステリー」2(3)'61.3 p278
作家と右翼の人　　35「エロティック・ミステリー」2(5)'61.5 p224
書かない作家　　　35「エロティック・ミステリー」2(11)'61.11 p23
「放浪記」の作者と筒
　　　　　　　　　35「エロティック・ミステリー」3(3)'62.3 p28
サジ・カツミ
自殺か? 他殺か?　32「探偵倶楽部」3(7)'52.8 p254
貞岡 五郎
謎の化学方程式《小説》
　　　　　　　　　01「新趣味」18(4)'23.4 p148
貞岡 二郎
伯爵の苦悶《小説》　01「新趣味」18(7)'23.7 p181
佐竹 新平
霧の中の二探偵　　14「月刊探偵」1(1)'35.12 p12
ガンベツタ氏の方法　14「月刊探偵」2(1)'36.1 p40
贋金つくり　　　　14「月刊探偵」2(2)'36.2 p38
座久 馬乱
[れふきうた]《猟奇歌》　06「猟奇」5(2)'32.2 p26
サッパー
第三の手紙《小説》　07「探偵」1(6)'31.10 p158
第三の手紙〈2〉《小説》
　　　　　　　　　07「探偵」1(7)'31.11 p107
ステーブリイ・グレンデの怪光《小説》
　　　　　　　　　15「探偵春秋」2(1)'37.1 p135
運命の決闘《小説》　32「探偵倶楽部」4(3)'53.4 p228

649

| 夢で見た顔《小説》 33「探偵実話」4(8)'53.7 p174
第三の手紙《小説》 17「宝石」9(3)'54.3 p14
消えた運転手《小説》 17「宝石」9(12)'54.10 p138
薩摩 治郎八
　パリの夜にきく話〈1〉
　　　　　　　　　17「宝石」12(12)'57.9 p264
　パリの夜にきく話〈2〉
　　　　　　　　　17「宝石」12(13)'57.10 p282
　パリの夜にきく話〈3〉
　　　　　　　　　17「宝石」12(14)'57.11 p242
　パリの夜にきく話〈4〉
　　　　　　　　　17「宝石」12(16)'57.12 p262
　パリの夜にきく話〈5〉
　　　　　　　　　17「宝石」13(1)'58.1 p196
　パリの夜にきく話〈6・完〉
　　　　　　　　　17「宝石」13(3)'58.2 p199
サド，マルキ・ド
　栗の並木路で《小説》 24「妖奇」3(4)'49.4 p35
　サディストの妻《小説》 24「妖奇」3(4)'49.4 p42
　しっぺ返し《小説》 24「妖奇」3(4)'49.4 p49
　結婚初夜のこと《小説》 24「妖奇」3(5)'49.5 p66
　幽霊ありやなしや《小説》
　　　　　　　　　24「妖奇」3(9)'49.8 p39
佐藤 垢石
　ブル吉行状記 33「探偵実話」4(2)'53.1増 p106
佐藤 かをる
　恐ろしき少女 14「月刊探偵」2(6)'36.7 p59
佐藤 観次郎
　アンケート《アンケート》
　　　　　　　　　17「宝石」12(12)'57.9 p152
佐藤 国夫
　アメリカ本土での捕虜生活
　　　　　　　32「探偵倶楽部」4(9)'53.9 p54
左頭 弦之介
　双生児綺譚《小説》 07「探偵」1(5)'31.9 p179
左頭 弦馬
　血《猟奇歌》 06「猟奇」5(1)'32.1 p18
　化粧する花《猟奇歌》 06「猟奇」5(3)'32.3 p8
　［れふきうた］《猟奇歌》 06「猟奇」5(4)'32.4 p32
　［猟奇歌］《れふきうた》 06「猟奇」5(5)'32.5 p32
　花を踏んだ男《小説》
　　　　　　　　　11「ぷろふいる」1(3)'33.7 p26
　筆者の言葉 11「ぷろふいる」1(3)'33.7 p27
　踊り子殺しの哀愁《小説》
　　　　　　　　　11「ぷろふいる」1(5)'33.9 p22
　鏡《猟奇歌》 11「ぷろふいる」1(5)'33.9 p59
　探偵劇断想 11「ぷろふいる」1(8)'33.12 p64
　白林荘の惨劇《脚本》
　　　　　　　　　11「ぷろふいる」2(3)'34.3 p24
　水晶杯《猟奇歌》 11「ぷろふいる」2(3)'34.3 p69
　月の街でわかれた男〈連作小説A1号 2〉《小説》
　　　　　　　　　11「ぷろふいる」2(6)'34.6 p41
　神戸探偵倶楽部寄せ書
　　　　　　　　　11「ぷろふいる」2(10)'34.10
　ソル・グルクハイマー殺人事件 H，輝く十字架
　　　　　　　　　11「ぷろふいる」2(11)'34.11 p103
　仮装舞踏会の殺人《脚本》
　　　　　　　　　11「ぷろふいる」3(2)'35.2 p102

| 花の匂ひから《小説》
　　　　　　　　　12「探偵文学」1(5)'35.7 p25
　幻の詩《詩》 12「探偵文学」1(7)'35.10 p1
　古典犯罪夜話 11「ぷろふいる」4(1)'36.1 p122
　新しき航海図 14「月刊探偵」2(2)'36.2 p36
　煙の中 14「月刊探偵」2(6)'36.2 p38
　嘘の町《小説》 12「探偵文学」2(9)'36.9 p10
　白骨揺影《小説》 11「ぷろふいる」4(9)'36.9 p93
　お問合せ《アンケート》
　　　　　　　　　12「シュピオ」3(5)'37.6 p52
佐藤 皓一
　白痴の女《小説》 33「探偵実話」2(2)'51.1 p24
　やくざの掟《小説》 33「探偵実話」2(4)'51.3 p106
　一本の手拭 33「探偵実話」3(2)'52.2 p112
　列車強盗《小説》 33「探偵実話」3(6)'52.5 p206
　嬰児殺し 32「探偵倶楽部」4(5)'53.5 p253
　猫入らずを飲んだ女
　　　　　　　32「探偵倶楽部」4(10)'53.10 p100
　ポン中の町 32「探偵倶楽部」4(11)'53.11 p204
　出羽ケ嶽 32「探偵倶楽部」5(2)'54.2 p56
　白痴の女《小説》 33「探偵実話」7(8)'56.4増 p328
　水兵勝の最期 33「探偵実話」7(17)'56.11 p88
佐藤 五郎
　秘密映画出演の純情女
　　　　　　　　　33「探偵実話」10(6)'59.4増 p255
佐藤 俊　→紀田順一郎
　水上勉論 17「宝石」16(7)'61.6 p252
　密室論 17「宝石」16(11)'61.10 p140
　水上勉論 27「別冊宝石」15(5)'62.12 p148
佐藤 信順
　僧侶と後家《小説》 03「探偵文芸」2(2)'26.2 p39
佐藤 武市郎
　春宵桃色犯罪座談会《座談会》
　　　　　　　　　33「探偵実話」2(4)'51.3 p97
佐藤 哲男
　面白ポスト 33「探偵実話」7(2)'55.12増 p324
佐藤 輝夫
　詩人の復讐 17「宝石」18(5)'63.4 p17
佐藤 照次
　新花荘の心中事件
　　　　　　　32「探偵倶楽部」3(10)'52.11 p114
佐藤 友昭
　妖夢《小説》 24「妖奇」5(9)'51.9 p14
佐藤 東洋麿
　ポアロの微笑 17「宝石」15(8)'60.6 p238
佐藤 長敏
　死刑される日まで《座談会》
　　　　　　　　　26「フーダニット」2(1)'48.1 p6
佐藤 春夫
　寸感 04「探偵趣味」12 '26.10 p24
　小草の夢《小説》 17「宝石」— '49.7増 p10
　胡桃沢竜吉君を推薦す 17「宝石」— '49.7増 p255
　マンデイ・バナス《小説》
　　　　　　　　　17「宝石」5(1)'50.1 p52
　陳述《小説》 27「別冊宝石」9(8)'56.11 p292
　オカアサン《小説》
　　　　　　　　　33「探偵実話」8(5)'57.3増 p59

樽の中に住む話《座談会》		里見 義郎		
	17「宝石」12(13)'57.10 p412	映華説迷断片		06「猟奇」1(7)'28.12 p32
女人焚死《小説》	17「宝石」14(12)'59.10増 p56	なんせんす映華劇場		06「猟奇」2(5)'29.5 p48
佐藤 文武		不木博士と私		06「猟奇」2(6)'29.6 p26
我が毒舌	22「新探偵小説」1(3)'47.7 p39	説明台から見た女		06「猟奇」2(9)'29.9 p42
佐藤 真夫		酒楽の舞		06「猟奇」4(1)'31.3 p18
自動車強盗の元祖	07「探偵」1(8)'31.12 p122	チヤツプリン		06「猟奇」4(2)'31.4 p26
佐藤 真智夫		映画漫評		06「猟奇」4(3)'31.5 p55
北アフリカの人間狩		晩春廊恋暮		06「猟奇」4(3)'31.5 p58
	33「探偵実話」8(12)'57.8 p134	タダ一つ神もし許し賜はゞ…… 《アンケート》		
佐藤 道夫				06「猟奇」4(3)'31.5 p70
学生紳士	17「宝石」18(15)'63.11 p157	銀座の柳		06「猟奇」5(4)'32.4 p29
佐藤 みち子		佐登利 健		
強盗に見舞はれた話		色欲三等法裏表《小説》		
	03「探偵文芸」1(9)'25.11 p89			03「探偵文芸」2(12)'26.12 p4
佐藤 みどり		沙那亭 白痴		
バラしてくれる	17「宝石」11(8)'56.6 p68	新月座事件《小説》		04「探偵趣味」4(4)'28.4 p2
かりそめに恋はすまじ		佐貫 亦男		
	32「探偵倶楽部」7(11)'56.10 p138	ベルリン・アレクサンダー広場		
佐藤みどりさんより	17「宝石」12(13)'57.10 p286			17「宝石」16(4)'61.3 p94
一人旅の愉しさ	17「宝石」12(13)'57.11 p120	実吉 達郎		
珍人往来	17「宝石」12(15)'57.11増 p182	ホームズ物と動物		17「宝石」12(9)'57.7 p233
ちつちやな探偵	17「宝石」14(13)'59.11 p98	佐野 一平		
佐藤 稔		女教師の死		33「探偵実話」9(9)'58.5 p254
雨傘類《小説》	27「別冊宝石」4(2)'51.12 p176	江利チエミの結婚行進曲		
佐藤 祐多朗				33「探偵実話」9(10)'58.6 p139
花婿に靴を磨かせた花嫁《小説》		奥の細道		33「探偵実話」9(13)'58.9 p36
	24「妖奇」3(8)'49.7 p82	女子高校生の抵抗		
佐藤 義一				33「探偵実話」10(2)'59.1増 p126
暗号万華鏡	07「探偵」1(7)'31.11 p91	美人局!!女は魔物!!		
砂糖をなめる男				33「探偵実話」10(6)'59.4増 p178
作品月評	23「真珠」1 '47.4 p27	カミナリ族は唄う		
作品饒舌録	23「真珠」2 '47.10 p36			33「探偵実話」11(5)'60.3増 p194
時評	23「真珠」3 '47.12 p38	佐野 周二		
月評	23「真珠」2(4)'48.3 p38	お狐さん		33「探偵実話」3(12)'52.10 p137
長篇探偵小説雑感	23「真珠」2(5)'48.4 p41	佐野 昌一 →海野 十三		
月評	23「真珠」2(6)'48.6 p23	今日の科学と探偵小説〈1〉		
時評	23「真珠」2(7)'48.8 p20			15「探偵春秋」1(3)'36.12 p56
サトウ・ハチロー		探偵小説用科学読本〈2〉		
ボクの街《小説》	06「猟奇」1(7)'28.12 p36			15「探偵春秋」2(2)'37.2 p22
六さんとHIT・SONG《小説》		探偵小説へ希望のこと		17「宝石」1(2)'46.5 p11
	16「ロック」1(3)'46.5 p39	佐野 甚七		
金網模様の青空《小説》	24「妖奇」3(1)'49.1 p38	少年の個性鑑別について		
里木 悦郎				04「探偵趣味」2 '25.10 p4
豪雨の戯れ《映画物語》		氏名不詳の殺人事件		04「探偵趣味」6 '26.3 p19
	01「新趣味」17(4)'22.4 p134	足跡から犯人が判つた話		06「猟奇」4(2)'31.4 p8
揺籃《映画物語》	01「新趣味」17(5)'22.5 p114	死蠟は語る		06「猟奇」4(5)'31.7 p13
朱塗の鉛筆《映画物語》		浮ぶ鉄板〈1〉《小説》		
	01「新趣味」17(6)'22.6 p116			09「探偵小説」1(1)'31.9 p126
輝く冒険《映画物語》	01「新趣味」17(7)'22.7 p84	浮ぶ鉄板〈2〉《小説》		
売国奴《映画物語》	01「新趣味」17(8)'22.8 p108			09「探偵小説」1(2)'31.10 p98
里間 但一		浮ぶ鉄板〈3〉《小説》		
細谷兄弟《小説》	27「別冊宝石」5(10)'52.12 p280			09「探偵小説」1(3)'31.11 p142
里見 映子		浮ぶ鉄板〈4〉《小説》		
聖なる悪魔《小説》	33「探偵実話」7(3)'56.1 p238			09「探偵小説」2(1)'32.1 p72
里見 勝蔵		浮ぶ鉄板〈5〉《小説》		
字で描く絵《詩》	06「猟奇」4(3)'31.5 p5			09「探偵小説」2(2)'32.2 p74
		浮ぶ鉄板〈6〉《小説》		
				09「探偵小説」2(4)'32.4 p46

651

佐野 孝
　鈴ケ森刑場跡　　　32「探偵倶楽部」5(5)'54.5 p264
　寄席の怪談　　　　32「探偵倶楽部」8(7)'57.7増 p9
　四谷怪談《小説》
　　　　　　　　　32「探偵倶楽部」8(7)'57.7増 p252
佐野 洋
　銅婚式《小説》　　　17「宝石」13(13)'58.10 p20
　「銅婚式について」　17「宝石」13(13)'58.10 p47
　さらば眠わしきものよ《小説》
　　　　　　　　　　　17「宝石」14(3)'59.3 p160
　不運な旅館《小説》　17「宝石」14(6)'59.6 p76
　新人作家の抱負《座談会》
　　　　　　　　　　　17「宝石」14(9)'59.8 p254
　三人目の椅子《小説》17「宝石」14(10)'59.9 p28
　恋人の魅力《小説》　17「宝石」14(15)'59.12増 p7
　略歴　　　　　　　　17「宝石」14(15)'59.12増 p9
　貞操試験〈1〉《小説》17「宝石」15(1)'60.1 p24
　貞操試験〈2〉《小説》17「宝石」15(2)'60.2 p106
　貞操試験〈3〉《小説》17「宝石」15(4)'60.3 p94
　E・Pマシン《小説》　17「宝石」15(4)'60.3 p190
　貞操試験〈4〉《小説》17「宝石」15(5)'60.4 p74
　貞操試験〈5〉《小説》17「宝石」15(6)'60.5 p82
　二度目の手術《小説》17「宝石」15(7)'60.5増 p87
　貞操試験〈6・完〉《小説》
　　　　　　　　　　　17「宝石」15(8)'60.6 p216
　推理小説の新しい道《座談会》
　　　　　　　　　　　17「宝石」15(9)'60.7 p234
　意識不明《小説》　　17「宝石」15(10)'60.8 p128
　樹下太郎さんについて
　　　　　　　　　　　17「宝石」15(12)'60.10 p13
　金属音病事件《小説》17「宝石」15(12)'60.10 p24
　探偵作家クラブ討論会《座談会》
　　　　　　　　　　　17「宝石」15(14)'60.12 p222
　不毛の設計《小説》　17「宝石」15(15)'60.12増 p8
　推理小説を読みましょう《小説》
　　　　　　　　　　　17「宝石」16(2)'61.2 p70
　殺しの押売り《小説》33「探偵実話」12(2)'61.2増 p74
　不貞調査《小説》
　　　　　35「エロティック・ミステリー」2(3)'61.3 p146
　シシャモ　　　　　　17「宝石」16(5)'61.4 p15
　三好徹のこと《小説》17「宝石」16(6)'61.5 p11
　手工業　　　　　　　17「宝石」16(6)'61.5 p15
　秘密組織《小説》　　17「宝石」16(6)'61.5 p40
　内部の敵《小説》　　27「別冊宝石」14(3)'61.5 p78
　雨もり　　　　　　　17「宝石」16(7)'61.6 p15
　多岐川さんのこと　　17「宝石」16(10)'61.9 p135
　密室の裏切り《小説》17「宝石」16(11)'61.10 p76
　ふたりの妻《小説》　17「宝石」17(3)'62.2 p78
　前向きの殺人《小説》
　　　　　　　　　　27「別冊宝石」15(1)'62.2 p32
　「前向きの殺人」　　27「別冊宝石」15(1)'62.2 p35
　犯人への愛について　17「宝石」17(7)'62.6 p104
　にせ札　　　　　　　17「宝石」17(9)'62.7 p320
　泣かない未亡人《小説》
　　　　　　　　　　　17「宝石」17(10)'62.8 p100
　懸賞小説《小説》　　17「宝石」17(15)'62.11増 p51
　再婚旅行〈1〉《小説》
　　　　　　　　　　　17「宝石」17(16)'62.12 p20
　再婚旅行〈2〉《小説》17「宝石」18(1)'63.1 p272
　黒岩重吾氏のこと　　27「別冊宝石」16(1)'63.1 p157

再婚旅行〈3〉《小説》　17「宝石」18(3)'63.2 p298
結城昌治の野次　　　　17「宝石」18(4)'63.3 p141
再婚旅行〈4〉《小説》　17「宝石」18(4)'63.3 p278
多岐川さんのこと　　27「別冊宝石」16(3)'63.3 p87
再婚旅行〈5〉《小説》　17「宝石」18(5)'63.4 p286
銅婚式《小説》　　　　17「宝石」18(6)'63.4増 p303
三十才の記念　　　　　17「宝石」18(6)'63.4増 p309
再婚旅行〈6〉《小説》　17「宝石」18(7)'63.5 p266
犯人への愛について
　　　　　　　　　　27「別冊宝石」16(4)'63.5 p180
再婚旅行〈7〉《小説》　17「宝石」18(8)'63.6 p332
再婚旅行〈8・完〉《小説》
　　　　　　　　　　　17「宝石」18(9)'63.7 p278
昭和三十八年度宝石中篇賞選考委員会《座談会》
　　　　　　　　　　　17「宝石」18(12)'63.9 p156
虫が好かない《小説》
　　　　　　　　　　27「別冊宝石」16(8)'63.9 p24
不幸な女《小説》　　　17「宝石」18(13)'63.10 p258
駐車禁止《小説》　　　17「宝石」18(14)'63.10増 p326
警官ぎらい《小説》　　17「宝石」19(1)'64.1 p126
二人で犯罪を《対談》　17「宝石」19(1)'64.1 p238
サラリーマンと時間
　　　　　　　　　　27「別冊宝石」17(1)'64.1 p280
二人で裁判を《対談》　17「宝石」19(3)'64.2 p156
二人で変貌を《対談》　17「宝石」19(4)'64.3 p120
二人で現場を《対談》　17「宝石」19(5)'64.4 p120
消えた女《小説》　　　17「宝石」19(6)'64.4増 p36
不老保険《小説》　　　17「宝石」19(7)'64.5 p34
二人で奇術を《対談》　17「宝石」19(7)'64.5 p120
サーバー，ジェイムス
　レミングとの対話《小説》
　　　　　　　　　　27「別冊宝石」16(8)'63.9 p282
佐橋 五郎
　真昼の若妻殺し　　　33「探偵実話」10(4)'59.2 p206
　雇われマダムのガス室
　　　　　　　　　　　33「探偵実話」10(7)'59.4 p262
　良人に復讐する女　　33「探偵実話」10(16)'59.11 p25
　辻堂海岸の無理心中事件
　　　　　　　　　　　33「探偵実話」10(15)'59.11増 p244
　秩父の愛惚娘師　　　33「探偵実話」11(1)'59.12 p90
　若妻殺しの少年　　　33「探偵実話」11(3)'60.1 p78
　半陽男の連続殺人事件
　　　　　　　　　　　33「探偵実話」11(2)'60.1増 p178
　猟銃を乱射する狂恋少年
　　　　　　　　　　　33「探偵実話」11(4)'60.2 p236
　二号を殺した町会議長
　　　　　　　　　　　33「探偵実話」11(6)'60.3 p74
　女体製造販売会社の全貌
　　　　　　　　　　　33「探偵実話」11(5)'60.3増 p270
　通り魔が置き忘れた血液型
　　　　　　　　　　　33「探偵実話」11(7)'60.4 p29
　人妻と自衛隊員の愛慾
　　　　　　　　　　　33「探偵実話」11(9)'60.6 p29
　不倫をゆるした殺人　33「探偵実話」11(10)'60.7 p126
　女体に復讐した年上の女房
　　　　　　　　　　　33「探偵実話」11(12)'60.8 p25
　崖からつき落された女
　　　　　　　　　　　33「探偵実話」11(13)'60.9 p17

執筆者名索引　さわた

娘を死に追いやった淫獣
　　　　　　　　　　33「探偵実話」11(14)'60.10 p225
サバチニ
　恋か仇か《小説》　　　01「新趣味」18(4)'23.4 p2
　西洋天一坊《小説》　　01「新趣味」18(8)'23.8 p2
　女皇の恋《小説》　　　01「新趣味」18(8)'23.8 p284
サーフ, ベネット
　落ちたエレベーター《小説》
　　　　　　　　　　27「別冊宝石」13(1)'60.1 p154
　死んだ男《小説》　　17「宝石」15(11)'60.9 p184
　死人のドレス《小説》　17「宝石」15(11)'60.9 p187
　呪われた家《小説》　　17「宝石」15(11)'60.9 p188
　おれは一体誰だ?《小説》
　　　　　　　　　　17「宝石」15(11)'60.9 p189
　海草《小説》　　　　17「宝石」15(11)'60.9 p191
　壁《小説》　　　　　17「宝石」15(11)'60.9 p193
　名医《小説》　　　　17「宝石」15(11)'60.9 p194
　危険な交叉点《小説》
　　　　　　　　　　27「別冊宝石」13(8)'60.9 p176
　五ドル紙幣《小説》
　　　　　　　　　　27「別冊宝石」13(9)'60.11 p172
　落ちたエレベーター《小説》
　　　　　　　　　　27「別冊宝石」14(4)'61.7 p251
サマ, ツウサン
　恐怖飛行《小説》　32「探偵倶楽部」5(7)'54.7 p264
座間 美彦
　曲つた部屋《小説》　17「宝石」10(2)'55.1増 p126
サマルヴィル, チャールス
　海賊船長の行衛《小説》
　　　　　　　　　　01「新趣味」18(6)'23.6 p70
サマルマン, アレキサンダー
　毒滴《小説》　　　11「ぷろふいる」4(3)'36.3 p117
サマン, アルベエル
　Soir《詩》　　　　　06「猟奇」4(5)'31.7 p26
寒川 光太郎
　恐怖王の死《小説》　16「ロック」3(7)'48.11 p2
　ロバトカの狼《小説》　25「X」3(6)'49.5 p51
　失はれた設計《小説》　24「妖奇」3(7)'49.6別 p43
　樺太《小説》　　　　25「X」3(10)'49.9 p52
　獣人ギギ《小説》　32「怪奇探偵クラブ」2'50.6 p222
　ヌリト族最後の人《小説》
　　　　　　　　　32「探偵クラブ」2(2)'51.2 p138
　国境の白狼《小説》
　　　　　　　　32「探偵倶楽部」3(8)'52.9 p266
　囚人都市《小説》　32「探偵倶楽部」4(3)'53.4 p24
　密輸漂流記　　　32「探偵倶楽部」4(8)'53.8 p40
　恐怖王の死
　　　　　　　　　27「別冊宝石」9(8)'56.11 p280
鮫ケ井 一鷹
　憎くまれ口　　　27「別冊宝石」12(10)'59.10 p29
鮫島 竜介
　応用文学と探偵小説に就て
　　　　　　　　　11「ぷろふいる」2(8)'34.8 p116
　竜太の女婿《小説》
　　　　　　　　　11「ぷろふいる」3(4)'35.4 p133
サモイロフ＝ヴィリン, L
　夜の雷雨〈1〉《小説》
　　　　　　　　32「探偵倶楽部」6(10)'55.10 p266

夜の雷〈2・完〉《小説》
　　　　　　　　32「探偵倶楽部」6(11)'55.11 p198
左文字 勇策
　近藤 勇　　　　　27「別冊宝石」7(1)'54.1 p215
　清水次郎長　　　　27「別冊宝石」7(3)'54.4 p76
　高木騒動《小説》　27「別冊宝石」8(1)'55.1 p152
左文字 雄策
　実説日本左衛門　　27「別冊宝石」8(6)'55.9 p174
　武州浅川事件《小説》
　　　　　　　35「エロチック・ミステリー」3(7)'62.7 p76
佐山 英太郎
　脱獄　　　　　　32「探偵クラブ」1(2)'50.10 p158
更谷 甲二
　謎の王国消失事件　32「探偵倶楽部」8(3)'57.4 p182
　赤児を呑む怪獣の島
　　　　　　　　　32「探偵倶楽部」8(4)'57.5 p120
　黄金城伝説　　　32「探偵倶楽部」8(5)'57.6 p254
　災厄島異聞　　　32「探偵倶楽部」8(6)'57.7 p142
　太平洋を浮動する謎の島
　　　　　　　　　32「探偵倶楽部」8(9)'57.9 p130
　アラスカにあつた「死の黄金王国」
　　　　　　　　　32「探偵倶楽部」8(10)'57.10 p221
　世界のはてを逃げる青鬚
　　　　　　　　　32「探偵倶楽部」9(4)'58.4 p164
　世界を震撼させた完全脱獄
　　　　　　　　　32「探偵倶楽部」9(7)'58.6 p194
サール, リチヤード
　幽霊階段をゆく《小説》
　　　　　　　　　32「探偵倶楽部」9(8)'58.7 p62
佐留 美哉
　まことにいただける人物
　　　　　　　　　33「探偵実話」6(11)'55.10 p214
　ドクトル女優　　33「探偵実話」7(2)'56.2増 p29
　女の花道　　　　33「探偵実話」7(8)'56.4増 p25
　キャバレーという名の売春街
　　　　　　　　　33「探偵実話」8(7)'57.5 p62
　濁流に乗つた一時間の恐怖
　　　　　　　　　33「探偵実話」9(16)'58.11 p215
　奥の細道　　　　33「探偵実話」10(1)'58.12 p153
　外国にいた日本人売春婦
　　　　　　　　　33「探偵実話」10(3)'59.1 p267
猿楽 町人
　三越呉服店の側面観　01「新趣味」17(2)'22.2 p74
　白木屋呉服店の内部　01「新趣味」17(3)'22.3 p68
沢 英三
　学者肌の陳君　　　17「宝石」18(12)'63.9 p103
沢 隆児
　犯人は誰か?　　　　25「Gメン」2(4)'48.4 p30
　犯人は誰か?　　　　25「Gメン」2(5)'48.4 p21
　犯人は誰か?　　　　25「Gメン」2(5)別'48.4 p33
　犯人は誰か?　　　　25「Gメン」2(5)別'48.4 p56
　絞首台　　　　　　25「Gメン」2(6)'48.5 p20
　珍婚千夜一夜　　　　25「X」3(9)'49.8 p8
　未婚女性の性生活　　25「X」3(10)'49.9 p46
沢 有紀
　死とネーブル《小説》
　　　　　　　　　17「宝石」19(2)'64.1増 p146
沢田 清
　伝法寺西瓜　　　32「探偵倶楽部」6(2)'55.2 p146

沢田 謙
　百万人の首飾　　　　33「探偵実話」5(13)'54.11 p100
沢田 順次郎
　変態殺人鬼行脚　　　07「探偵」1(7)'31.11 p129
沢田 章治
　愛憎の秘密　　　27「別冊宝石」12(10)'59.10 p192
沢田 撫松
　女性犯人は美人　　　04「探偵趣味」6 '26.3 p5
　判事を刺した犯人〈小説〉
　　　　　　　　　　　04「探偵趣味」10 '26.7 p1
佐和 浜次郎
　詩集〈詩〉　　　　27「別冊宝石」10(11)'57.12 p198
　わが女のイニシアル〈脚本〉
　　　　　　　　　　27「別冊宝石」10(11)'57.12 p210
紗原 砂一　→紗原幻一郎
　魚の国記録〈1〉〈小説〉
　　　　　　　　　　16「ロック」2(2)'47.2 p30
　魚の国記録〈2・完〉〈小説〉
　　　　　　　　　　16「ロック」2(3)'47.3 p80
沢村 幸夫
　広東の十姉妹　　　　04「探偵趣味」6 '26.3 p8
沢山 常恵
　実平雀〈小説〉　　27「別冊宝石」4(2)'51.12 p164
紗原 幻一郎　→紗原砂一
　鉄の扉〈小説〉　　　16「ロック」2(5)'47.5 p68
沙原 砂一
　熱情殺人事件〈小説〉
　　　　　　　　　　31「スリーナイン」'50.11 p3
ザングウィル, イズレイル
　霧の夜の殺人鬼〈1〉〈小説〉
　　　　　　　　　　17「宝石」8(6)'53.6 p96
　霧の夜の殺人鬼〈2〉〈小説〉
　　　　　　　　　　17「宝石」8(7)'53.7 p14
　霧の夜の殺人鬼〈3〉〈小説〉
　　　　　　　　　　17「宝石」8(9)'53.8 p204
　霧の夜の殺人鬼〈4〉〈小説〉
　　　　　　　　　　17「宝石」8(10)'53.9 p230
　霧の夜の殺人鬼〈5〉〈小説〉
　　　　　　　　　　17「宝石」8(11)'53.10 p228
　霧の夜の殺人鬼〈6〉〈小説〉
　　　　　　　　　　17「宝石」8(13)'53.11 p126
　霧の夜の殺人鬼〈7・完〉〈小説〉
　　　　　　　　　　17「宝石」8(14)'53.12 p264
三条 公子
　猟奇歌〈猟奇歌〉　　06「猟奇」2(8)'29.8 p32
三笑亭 笑三
　落語家夫婦
　　　　　　35「エロチック・ミステリー」3(12)'62.12 p125
サンダース, マリーン
　アメリカの探偵小説　17「宝石」2(4)'47.5 p24
ザンデル, ヘルムート
　深夜の跫音〈小説〉
　　　　　　　　　32「探偵倶楽部」6(10)'55.10 p146
三遊亭 小金馬
　座談会お笑ひ怪談〈座談会〉
　　　　　　　　　　17「宝石」6(10)'51.10 p278

三遊亭 金馬
　誌上アンケート《アンケート》
　　　　　　　　　　33「探偵実話」5(4)'54.4
　アンケート《アンケート》
　　　　　　　　　　33「探偵実話」6(3)'55.2増 p73
　誌上アンケート《アンケート》
　　　　　　　　　　33「探偵実話」9(1)'57.12 p134
　恐怖怪奇の経験　33「探偵実話」10(10)'59.7増 p253

【し】

ジイド, アンドレ
　十三番目の樹〈脚本〉
　　　　　　　　　　11「ぷろふいる」4(9)'36.9 p85
椎名 二郎
　百円札馬鹿野郎　　26「フーダニット」2(3)'48.6 p8
椎名 麟三
　罪なき罪〈小説〉　27「別冊宝石」9(8)'56.11 p314
　時代の象徴　　　　　17「宝石」14(3)'59.3 p15
　日常性の再発見　　　17「宝石」14(3)'59.3 p142
　紳士ワトソン　　　　17「宝石」14(9)'59.8 p147
　黄色い汗〈小説〉　　17「宝石」14(12)'59.10増 p80
シエイ, R・J
　ゆつくりやること〈小説〉
　　　　　　　　　32「探偵倶楽部」8(9)'57.9 p76
ジェイコブズ, W・W
　デッドロック〈小説〉　17「宝石」10(15)'55.11 p76
　猿の手〔原作〕〈絵物語〉
　　　　　　　　　32「探偵倶楽部」10(2)'59.2 p129
　井戸〈小説〉　　27「別冊宝石」14(5)'61.10 p95
シェイニン, レフ
　婦人探偵の推理眼〈小説〉
　　　　　　　　　32「探偵倶楽部」8(11)'57.11 p216
ジェイムズ, モンタギュー・ローズ
　マグナス伯爵〈小説〉
　　　　　　　　　27「別冊宝石」14(5)'61.10 p150
シェーク, ウィリアム
　ヴェニスの商人〔原作〕〈絵物語〉
　　　　　　　　　32「探偵クラブ」1(4)'50.12 p23
シェクリイ, ロバート
　愚問〈小説〉　　27「別冊宝石」17(1)'64.1 p103
ジエコット, ミッチエル
　知らぬが仏〈小説〉　21「黒猫」2(9)'48.7 p22
シエツヘル, R
　誤殺〈小説〉　　　09「探偵小説」2(3)'32.3 p302
シェファード, ジョン
　しらみ野郎の死〈小説〉
　　　　　　　　　27「別冊宝石」16(7)'63.8 p191
ジェプソン, エドガー
　ルアード事件　　　06「猟奇」2(12)'29.12 p42
　茶かす〈小説〉　　09「探偵小説」2(8)'32.8 p94
　茶の秘密〈小説〉　17「宝石」10(14)'55.10 p26
　トルコ風呂殺人事件
　　　　　　　　　32「探偵倶楽部」9(3)'58.3 p200

しけお

ジエームス，フランシス
紫光線《小説》　02「秘密探偵雑誌」1(3)'23.7 p38

シエランド，カスリーン・フラートン
娯楽トシテの殺人　12「探偵文学」1(9)'35.12 p10

ジエルヴエイ，ベルナール
扉は常に《小説》　06「猟奇」4(6)'31.9 p58
三千法の毛皮と彼女《小説》
　　　　　　　　06「猟奇」5(5)'32.5 p37

シエルマン，トーマス
犯罪生活《小説》　02「秘密探偵雑誌」1(2)'23.6 p57

ジェローム，ジェローム・K
ダンシング・パートナー《小説》
　　　　　　　　27「別冊宝石」14(5)'61.10 p186

ジェローム，ジラム・ケイ
ボートの三人《小説》　17「宝石」8(10)'53.9 p200

塩沢 充治
下山事件の三年忌　　17「宝石」6(7)'51.7 p133

塩田 英二郎
酒と女と殺人とあん蜜と〔原作〕《絵物語》
　　　　　　　　17「宝石」2(8)'47.9 p2

汐見 朧輔
指紋の話〈1〉　　04「探偵趣味」2 '25.10 p3
指紋の話〈2〉　　04「探偵趣味」3 '25.11 p15

塩谷 賛
探偵小説と幸田露伴　17「宝石」13(3)'58.2 p250
ミステリーと幸田露伴　17「宝石」13(5)'58.4 p125
魔法小説と幸田露伴　17「宝石」13(9)'58.7 p113

潮山 長三
禍根を断つ　　　04「探偵趣味」8 '26.5 p31
最近感想録　　04「探偵趣味」12 '26.10 p29
珍説赤穂義士本懐《小説》
　　　　　　　　06「猟奇」2(1)'29.1 p26
青葉の頃の感覚　　06「猟奇」2(5)'29.5 p40
徹底的に意志の強かつた人
　　　　　　　　06「猟奇」2(6)'29.6 p15

志賀 郁
歴代捜査，鑑識課長座談会《座談会》
　　　　　　　　32「探偵倶楽部」4(7)'53.7 p282

鹿喰 栄二
殺意の条件　　33「探偵実話」7(13)'56.8 p218
法廷の暗殺　　33「探偵実話」7(15)'56.10 p169

鹿喰 栄太郎
小指をせがむ男　33「探偵実話」7(12)'56.7 p118
小指をつめられた情死事件
　　　　　　　　33「探偵実話」9(5)'58.3増 p118

史学会
探偵文化村　　　04「探偵趣味」4 '26.1 p8

四季 桂子　→明内桂子
さよなら《小説》　33「探偵実話」7(4)'56.2 p194
ある男対女《小説》　17「宝石」11(5)'56.3増 p194
長命酒伝《小説》　17「宝石」11(8)'56.6 p187
赤い海《小説》　32「探偵倶楽部」7(10)'56.9 p132
ニシパ《小説》　33「探偵実話」7(15)'56.10 p152
胎児《小説》　32「探偵倶楽部」8(2)'57.3 p220

志木 征四郎
旅行鞄《小説》　17「宝石」10(2)'55.1増 p302

式場 隆三郎
ハガキ回答《アンケート》
　　　　　　　　12「シュピオ」4(1)'38.1 p18
肉体の火山《小説》　17「宝石」2(2)'47.3 p32
キャスリン嬢の死《小説》
　　　　　　　　25「Gメン」1(3)'47.12 p16
病的人の犯罪　20「探偵よみもの」34 '47.12 p18
水晶の花《小説》　25「Gメン」2(2)'48.2 p10
夢の医者《小説》　17「宝石」3(2)'48.3 p18
女の犯罪を語る座談会《座談会》
　　　　　　　　25「Gメン」2(4)'48.4 p8
血液銀行《小説》　25「X」3(2)'49.2 p71
男は獣にあらず《小説》　25「X」3(7)'49.6 p32
乱歩健在　　27「別冊宝石」7(9)'54.11 p294
アンケート《アンケート》
　　　　　　　　17「宝石」12(12)'57.9 p173
ドッペル・ゲンゲル　17「宝石」18(12)'63.9 p21

式場 隆三郎
お問合せ《アンケート》
　　　　　　　　12「シュピオ」3(5)'37.6 p54

滋岡 透　→夏冬繁緒，夏冬茂生，河東茂生，夏冬生，Tor Sigeoca
危機《脚本》　　06「猟奇」1(6)'28.11 p13
合評・一九二八年《座談会》
　　　　　　　　06「猟奇」1(7)'28.12 p14
映画点景　　　　06「猟奇」2(1)'29.1 p40
真紅　　　　　　06「猟奇」2(3)'29.3 p13
悪戯《脚本》　　06「猟奇」2(4)'29.4 p42
喧々・不木　　　06「猟奇」2(6)'29.6 p27
映華点景　　　　06「猟奇」2(8)'29.8 p47
失恋術!《小説》　06「猟奇」2(9)'29.9 p26
しね・こんと《小説》　06「猟奇」2(11)'29.11 p12
サンダア ボルト　06「猟奇」2(11)'29.11 p24
我が子《脚本》　　06「猟奇」3(2)'30.3 p44
夢久の横顔　　　06「猟奇」3(3)'30.4 p36
名月《小説》　　06「猟奇」3(4)'30.5 p32
Timba　　　　　06「猟奇」4(2)'31.4 p15
「銀河」　　　　　06「猟奇」4(2)'31.4 p27
シネマニア　　　06「猟奇」4(4)'31.4 p30
小舟勝二の辛辣な皮肉　06「猟奇」4(3)'31.5 p72
タダ一つ神もし許し賜はゞ‥‥《アンケート》
　　　　　　　　06「猟奇」4(3)'31.5 p73
名月《小説》　　06「猟奇」4(3)'31.5 p82
『ゆうもれつと』宣言!　06「猟奇」4(4)'31.6 p20
名月《小説》　　06「猟奇」4(4)'31.6 p50
「愛よ人類と共にあれ!」
　　　　　　　　06「猟奇」4(4)'31.6 p50
掏摸座談会!《座談会》　06「猟奇」4(4)'31.6 p62
朗らかな犯罪　　06「猟奇」4(5)'31.7 p38
月《小説》　　　06「猟奇」4(6)'31.9 p14
9月の感想　　　06「猟奇」4(6)'31.9 p18
名月《小説》　　06「猟奇」4(7)'31.12 p6
れふきうた《猟奇歌》　06「猟奇」4(7)'31.12 p27
［猟奇の眼］《猟奇歌》　06「猟奇」5(1)'32.1 p18
猟奇漫談　　　　06「猟奇」5(1)'32.1 p24
名月《小説》　　06「猟奇」5(2)'32.2 p18
ボクの映華線　　06「猟奇」5(2)'32.2 p22
［れちうた］《猟奇歌》　06「猟奇」5(2)'32.2 p46
作品読感想　　　06「猟奇」5(2)'32.2 p46
映華点景　　　　06「猟奇」5(4)'32.4 p27

しけた

茂田 正夫
女と犯罪と慾望《座談会》
　　　　　　　　33「探偵実話」11(10)'60.7 p170

滋野井 隆
人肉の市《小説》　　25「X」3(11)'49.10 p14
慾情日記〈1〉《小説》　25「X」4(1)'50.1 p20
情炎変相図（慾情日記改題）〈2〉《小説》
　　　　　　　　　　25「X」4(2)'50.3 p40

茂見 義勝
東西捕物スリラー映画
　　　　　　　32「探偵クラブ」1(4)'50.12 p140
賭博談義対談会《対談》
　　　　　　　32「探偵クラブ」2(2)'51.2 p130

重山 規子
探偵と怪奇を語る三人の女優《座談会》
　　　　　　　　17「宝石」13(3)'58.2 p180

獅子 文六
ユーモア小説と探偵小説
　　　　　　　　11「ぷろふいる」5(3)'37.3 p29
金剛遍照《小説》 33「探偵実話」4(2)'53.1増 p24
アンケート《アンケート》
　　　　　　　　17「宝石」12(10)'57.8 p121

宍戸 昌吉
紙片《小説》　　04「探偵趣味」11'26.8 p50
クローズ・アップ《アンケート》
　　　　　　　04「探偵趣味」13'26.11 p32
迷児札《小説》　04「探偵趣味」16'27.2 p24
呪はれた靴《小説》04「探偵趣味」20'27.6 p73
ぷらす・まいなす《小説》
　　　　　　　　04「探偵趣味」4(4)'28.4 p62
人形の片足《小説》04「探偵趣味」4(7)'28.7 p65
秘密《小説》　　04「探偵趣味」4(9)'28.9 p9

雫石 三郎
遺書《小説》　17「宝石」17(2)'62.1増 p113

シスコール, オスカー
空の悪魔《小説》 32「探偵倶楽部」8(5)'57.6 p184

シスゴール, オスカー
信用状《小説》　01「新趣味」18(7)'23.7 p242
赤い線《小説》　　17「宝石」9(9)'54.8 p124

静波 尋
87分署の刑事たち
　　　　　　　27「別冊宝石」16(9)'63.10 p308

静波 寿
M・アリンガムさんへ
　　　　　　　27「別冊宝石」17(2)'64.2 p260

静原 快夫
ヤミ煙草取締り座談会《座談会》
　　　　　　　32「探偵倶楽部」4(10)'53.10 p84
感に生きる　　32「探偵倶楽部」4(11)'53.11 p140
密輸綺譚　　　32「探偵倶楽部」4(12)'53.12 p156

ルパン対ホルムス　06「猟奇」5(4)'32.4 p29
［猟奇歌］《れふきうた》06「猟奇」5(5)'32.5 p32
愛のアヴァンツウル《小説》
　　　　　　　　11「ぷろふいる」3(11)'35.11 p56
猟奇漫談〈1〉11「ぷろふいる」4(10)'36.10 p77
猟奇漫談〈2〉11「ぷろふいる」4(11)'36.11 p84
猟奇漫談〈3・完〉
　　　　　　　11「ぷろふいる」4(12)'36.12 p88

執筆者名索引

洋モク取締珍談奇談座談会《座談会》
　　　　　　32「探偵倶楽部」5(11)'54.11 p250
川間の嵐　　　32「探偵倶楽部」5(12)'54.12 p135

志田 伊勢翁
西瓜の誘惑《小説》
　　　　　　　　26「フーダニット」2(3)'48.6 p26
偶話掌篇二遺　26「フーダニット」2(3)'48.6 p26
宿命《小説》　26「フーダニット」2(3)'48.6 p27
石渡刑事の話《小説》
　　　　　　　　26「フーダニット」2(4)'48.7 p36

下地 幹
伊香保の泡ショー
　　　　　35「エロチック・ミステリー」4(2)'63.2 p124

志多摩 一夫
ハイティーンの愛慾殺人
　　　　　　　　33「探偵実話」11(8)'60.5 p238
築城のイケニエになった人柱
　　　　　　　　33「探偵実話」11(9)'60.6 p139
卵で足のついた強姦魔
　　　　　　　33「探偵実話」11(13)'60.9 p160
セックスに飢えた女
　　　　　　　　33「探偵実話」13(5)'62.4 p184
犬が咥えた美女の生首
　　　　　　　　33「探偵実話」13(6)'62.5 p52
殺せばいいじゃないの
　　　　　　　　33「探偵実話」13(9)'62.7 p208

舌間 一夫
悪と愛慾に賭けた男
　　　　　　　　33「探偵実話」11(9)'60.6 p242
ジャズで殺された男
　　　　　　　33「探偵実話」11(10)'60.7 p240

志多摩 和郎
完全犯罪を仕組んだ若夫婦
　　　　　　　　33「探偵実話」11(7)'60.4 p242

志智 双六
マジナヒ懺悔《小説》
　　　　　　　　33「探偵実話」4(2)'53.1増 p50

七条 勉
犬《小説》　　33「探偵実話」5(6)'54.5 p228

しづを
救国女性　　　32「探偵倶楽部」3(9)'52.10 p258

執行 真普
東京妖婦新話　　18「トップ」3(2)'48.2 p16

失名氏
タダ一つ神もし許し賜はゞ……《アンケート》
　　　　　　　　06「猟奇」4(3)'31.5 p68
［れふきうた］《猟奇歌》06「猟奇」5(2)'32.2 p27
ハガキ回答《アンケート》
　　　　　　　　11「ぷろふいる」4(6)'36.6 p100
ハガキ回答《アンケート》
　　　　　　　　11「ぷろふいる」4(6)'36.6 p100
お問合せ《アンケート》
　　　　　　　　12「シュピオ」3(5)'37.6 p54

志道軒
馬琴と悪妻
　　　　　35「エロティック・ミステリー」2(4)'61.4 p27

品川 寿夫
高窓《小説》　　04「探偵趣味」4(4)'28.4 p31

品田 雄吉			信濃 雄三	
TV	17「宝石」14(8)'59.7 p63		新潟だより	11「ぷろふいる」4(4)'36.4 p119
TV	17「宝石」14(9)'59.8 p155		地主 金悟	
TV	17「宝石」14(10)'59.9 p109		檻《小説》	27「別冊宝石」17(4)'64.4 p38
T・V	17「宝石」14(11)'59.10 p195		篠 鉄夫	
TV	17「宝石」14(13)'59.11 p59		淫花《小説》	24「妖奇」3(11)'49.10 p54
TV	17「宝石」14(14)'59.12 p53		野獣四つ乳房《小説》	24「妖奇」3(13)'49.12 p8
TV	17「宝石」15(1)'60.1 p103		狂痴絵巻《小説》	24「妖奇」4(4)'50.4 p23
MOVIE	17「宝石」15(2)'60.2 p87		魔女の青薬《小説》	24「妖奇」4(6)'50.6 p10
MOVIE	17「宝石」15(4)'60.3 p125		卵と女	33「探偵実話」6(13)'55.11 p100
MOVIE	17「宝石」15(5)'60.4 p213		人獣チケル《小説》	
MOVIE	17「宝石」15(6)'60.5 p105			33「探偵実話」7(1)'55.12 p280
MOVIE	17「宝石」15(8)'60.6 p185		夜童《小説》	33「探偵実話」7(12)'56.7 p52
勝手にしやがれ《小説》			食人鬼ビーン	33「探偵実話」8(14)'57.10 p274
	17「宝石」15(9)'60.7 p162		魔性の妖婦《小説》	33「探偵実話」9(6)'58.3 p139
MOVIE	17「宝石」15(9)'60.7 p203		篠崎 愛子	
MOVIE	17「宝石」15(10)'60.8 p199		愛慾流転《小説》	25「X」3(11)'49.10 p52
MOVIE	17「宝石」15(11)'60.9 p197		篠崎 磯次	
MOVIE	17「宝石」15(12)'60.10 p127		厚木航空隊最後の日	
MOVIE	17「宝石」15(13)'60.11 p93			32「探偵クラブ」3(3)'52.3 p84
MOVIE	17「宝石」15(14)'60.12 p213		日本の国防はこれだ《座談会》	
MOVIE	17「宝石」16(1)'61.1 p97			32「探偵倶楽部」3(12)'52.12 p169
MOVIE	17「宝石」16(2)'61.2 p81		乳房	32「探偵倶楽部」4(4)'53.4 p86
movie	17「宝石」16(4)'61.3 p69		篠崎 淳之介 →篠崎淳之助	
movie	17「宝石」16(5)'61.4 p115		炉辺綺譚《小説》	
movie	17「宝石」16(6)'61.5 p39			08「探偵趣味」(平凡社版)11 '32.3 p23
movie	17「宝石」16(7)'61.6 p69		復讐《小説》	08「探偵趣味」(平凡社版)12 '32.4 p2
movie	17「宝石」16(8)'61.7 p45		蛾《小説》	23「真珠」1 '47.4 p12
決断の日	17「宝石」16(8)'61.7 p308		篠崎 淳之助 →篠崎淳之介	
movie	17「宝石」16(9)'61.8 p133		蛾《小説》	08「探偵趣味」(平凡社版)8 '31.12 p25
movie	17「宝石」16(10)'61.9 p189		篠田 一士	
movie	17「宝石」16(11)'61.10 p175		今月のベスト3	17「宝石」16(2)'61.2 p160
movie	17「宝石」16(12)'61.11 p91		今月のベスト3	17「宝石」16(4)'61.3 p270
movie	17「宝石」16(13)'61.12 p75		今月のベスト3	17「宝石」16(5)'61.4 p212
movie	17「宝石」17(1)'62.1 p119		今月のベスト3	17「宝石」16(6)'61.5 p246
movie	17「宝石」17(3)'62.2 p77		今月のベスト3	17「宝石」16(7)'61.6 p204
movie	17「宝石」17(4)'62.3 p67		今月の創作評《座談会》	
movie	17「宝石」17(5)'62.4 p101			17「宝石」16(8)'61.7 p196
movie	17「宝石」17(6)'62.5 p121		篠田 幸作	
movie	17「宝石」17(7)'62.6 p103		冬の夜の事件《小説》	
movie	17「宝石」17(9)'62.7 p97			17「宝石」17(2)'62.1増 p224
movie	17「宝石」17(10)'62.8 p89		篠田 鉱造	
movie	17「宝石」17(12)'62.9 p67		明治時代の新聞屋回顧	
movie	17「宝石」17(13)'62.10 p135			27「別冊宝石」6(6)'53.9 p236
サロン・ド・シネマ	17「宝石」17(13)'62.10 p180		篠田 浩	
movie	17「宝石」17(14)'62.11 p91		嬰児の復讐《小説》	
サロン・ド・シネマ	17「宝石」17(14)'62.11 p148			08「探偵趣味」(平凡社版)5 '31.9 p24
movie	17「宝石」17(16)'62.12 p141		一夜《小説》	08「探偵趣味」(平凡社版)12 '32.4 p2
サロン・ド・シネマ	17「宝石」18(1)'63.1 p154		輸血《小説》	12「探偵文学」1(9)'35.12 p18
サロン・ド・シネマ	17「宝石」18(3)'63.2 p112		『モルグ街の殺人』中レスパネ夫人の死体の位置に	
サロン・ド・シネマ	17「宝石」18(3)'63.3 p112		就いて	
サロン・ド・シネマ	17「宝石」18(5)'63.4 p112			12「探偵文学」2(3)'36.3 p20
サロン・ド・シネマ	17「宝石」18(7)'63.5 p112		沈黙	14「月刊探偵」2(6)'36.7 p46
サロン・ド・シネマ	17「宝石」18(8)'63.6 p80		アンフエア・フエヤプレイ	
サロン・ド・シネマ	17「宝石」18(9)'63.7 p112			11「ぷろふいる」4(8)'36.8 p130
サロン・ド・シネマ	17「宝石」18(11)'63.8 p148		嬰児の復讐《小説》	23「真珠」1 '47.4 p4
サロン・ド・シネマ	17「宝石」18(12)'63.9 p148		篠田 正浩	
サロン・ド・シネマ	17「宝石」18(13)'63.10 p148		恐いもの見たさ	17「宝石」16(6)'61.5 p37
サロン・ド・シネマ	17「宝石」18(15)'63.11 p148			
サロン・ド・シネマ	17「宝石」18(16)'63.12 p148			

篠原 信夫
　ハンドバッグ　　　　　　17「宝石」16(9)'61.8 p164
篠原 正
　アメリカ猟奇譚　　　　　18「トップ」2(1)'47.4 p56
　生きているジーキル・ハイド
　　　　　　　　　　　　　18「トップ」3(2)'48.2 p18
篠原 ふゆき
　穢された女身像《小説》　24「妖奇」3(3)'49.3 p48
篠原 幹太郎
　鼠小僧次郎吉《小説》
　　　　　　　　　　　　　01「新趣味」18(6)'23.6 p106
篠原生
　突然消滅した男　　　　　01「新趣味」17(6)'22.6 p91
忍 喬助
　計画遂行《小説》　　　　11「ぷろふいる」4(8)'36.8 p126
司馬 貞子
　ある対話《小説》　　　　17「宝石」6(2)'51.2 p88
　アンケート《アンケート》
　　　　　　　　　　　　　17「宝石」7(1)'52.1 p86
司馬 十九
　上海軽快調《小説》　　　06「猟奇」2(4)'29.4 p20
司馬 遼太郎
　庄兵衛稲荷《小説》
　　　　　　　　35「エロティック・ミステリー」2(3)'61.3 p126
　陳さんのこと　　　　　　17「宝石」18(12)'63.9 p111
司馬 紹珊奈
　I老人の話《小説》　　　27「別冊宝石」2(3)'49.12 p428
柴庵
　小名木川首無屍体事件
　　　　　　　　　　　　　03「探偵文芸」2(10)'26.10 p79
柴垣 一夫
　新ロビンソン漂流実記　　25「Gメン」2(9)'48.9 p24
芝川 五郎
　殺人・性魔・犯罪奥の奥《座談会》
　　　　　　　　　　　　　33「探偵実話」9(7)'58.4 p29
　女体をめぐる社会の裏窓《座談会》
　　　　　　　　　　　　　33「探偵実話」9(8)'58.5増 p19
芝下 弘
　「復活」　　　　　　　　06「猟奇」4(4)'31.6 p51
柴田 啓子
　おんな《小説》　　　　　17「宝石」15(3)'60.2増 p42
柴田 四郎
　死刑される日まで《座談会》
　　　　　　　　　　　　　26「フーダニット」2(1)'48.1 p6
柴田 武
　現代の犯罪捜査を語る《座談会》
　　　　　　　　　　　　　17「宝石」5(6)'50.6 p156
柴田 元男
　人間解体《詩》　　　　　17「宝石」10(13)'55.9 p13
柴田 良保
　抜き書　　　　　　　　　04「探偵趣味」20 '27.6 p32
　千三ツ《小説》　　　　　04「探偵趣味」24 '27.10 p16
　探偵映画漫談　　　　　　04「探偵趣味」26 '27.12 p56
柴田 錬三郎
　魔女の宴《小説》　　　　18「トップ」1(2)'46.7 p20

東京の横顔《グラビア》
　　　　　　　　　　　　　18「トップ」1(3)'46.10 p32
媚薬《小説》　　　　　　　24「妖奇」3(7)'49.6別 p83
狂気の白夜《小説》　　　　24「妖奇」3(8)'49.7 p11
吸血鬼《小説》　　　　　　24「妖奇」5(1)'51.1 p26
負け犬《小説》　　　　　　17「宝石」7(7)'52.7 p176
平家部落の亡霊《小説》
　　　　　　　　　　32「探偵倶楽部」8(12)'57.11増 p130
柴野 拓美
　日本のSF作家たち　　　27「別冊宝石」16(8)'63.9 p138
芝野 洋
　風呂帰りを狙われた人妻
　　　　　　　　　　　　　33「探偵実話」10(12)'59.8 p107
　バーテンのガス殺人
　　　　　　　　　　　　　33「探偵実話」11(5)'60.3増 p233
柴山 草二
　第三夫人　　　　　　　　09「探偵小説」2(4)'32.4 p136
柴山 兼四郎
　三度目のボタン　　　　　33「探偵実話」4(6)'53.5 p194
渋沢 竜彦
　黒魔術の手帖〈1〉　　　17「宝石」15(10)'60.8 p58
　黒魔術の手帖〈2〉　　　17「宝石」15(11)'60.9 p96
　黒魔術の手帖〈3〉　　　17「宝石」15(12)'60.10 p142
　黒魔術の手帖〈4〉　　　17「宝石」15(13)'60.11 p154
　黒魔術の手帖〈5〉　　　17「宝石」15(14)'60.12 p118
　黒魔術の手帖〈6〉　　　17「宝石」16(1)'61.1 p124
　黒魔術の手帖〈7〉　　　17「宝石」16(2)'61.2 p100
　黒魔術の手帖〈8〉　　　17「宝石」16(4)'61.3 p60
　黒魔術の手帖〈9〉　　　17「宝石」16(5)'61.4 p60
　黒魔術の手帖〈10〉　　　17「宝石」16(6)'61.5 p60
　黒魔術の手帖〈11〉　　　17「宝石」16(7)'61.6 p58
　黒魔術の手帖〈12〉　　　17「宝石」16(8)'61.7 p72
　黒魔術の手帖〈13〉　　　17「宝石」16(9)'61.8 p82
　黒魔術の手帖〈14〉　　　17「宝石」16(10)'61.9 p66
　黒魔術の手帖〈15〉　　　17「宝石」16(11)'61.10 p96
　黒魔術の手帖〈16・完〉
　　　　　　　　　　　　　17「宝石」16(12)'61.11 p84
　毒薬の手帖〈1〉　　　　17「宝石」17(1)'62.1 p106
　毒薬の手帖〈2〉　　　　17「宝石」17(3)'62.2 p64
　毒薬の手帖〈3〉　　　　17「宝石」17(4)'62.3 p60
　毒薬の手帖〈4〉　　　　17「宝石」17(5)'62.4 p94
　毒薬の手帖〈5〉　　　　17「宝石」17(6)'62.5 p74
　毒薬の手帖〈6〉　　　　17「宝石」17(7)'62.6 p68
　毒薬の手帖〈7〉　　　　17「宝石」17(9)'62.7 p98
　毒薬の手帖〈8〉　　　　17「宝石」17(10)'62.8 p68
　毒薬の手帖〈9〉　　　　17「宝石」17(11)'62.9 p78
　毒薬の手帖〈10〉　　　　17「宝石」17(13)'62.10 p74
　毒薬の手帖〈11〉　　　　17「宝石」17(14)'62.11 p66
　毒薬の手帖〈12〉　　　　17「宝石」17(16)'62.12 p84
渋沢 秀雄
　Dog Race　　　　　　18「トップ」1(3)'46.10 p39
　世界の魔窟を語る座談会《座談会》
　　　　　　　　　　　　　25「Gメン」2(6)'48.5 p12
　盗人　　　　　　　　　　25「Gメン」2(7)'48.6 p35
　うまいものは？《対談》　25「X」3(7)'49.6 p56
渋谷 芳雄
　綴方集《小説》　　　　　27「別冊宝石」2(3)'49.12 p340

西比利亜鉄道
　エドガワ ランポオ＝モスクヴア
　　　　　　　　　　　04「探偵趣味」20 '27.6 p36
志保田 泰子
　血とミルク《小説》　17「宝石」13(16)'58.12増 p9
　午後二時の波《小説》
　　　　　　　　17「宝石」18(2)'63.1増 p122
シーボン
　探偵小説と環境　　32「探偵倶楽部」9(7)'58.6 p3
島 海彦
　腹を立ち割られた女　18「トップ」2(5)'47.9 p14
志摩 久平
　異常心理と犯罪　32「探偵倶楽部」5(6)'54.6 p266
島 久平
　街の殺人事件《小説》　21「黒猫」2(6)'48.2 p20
　雲の殺人事件《小説》
　　　　　　　　　22「新探偵小説」2(4)'48.7 p21
　黒猫《小説》　　　　23「真珠」2(7)'48.8 p25
　五年目の殺人事件《小説》
　　　　　　　　　　24「妖奇」2(11)'48.10 p44
　夜の殺人事件《小説》
　　　　　　　29「探偵趣味」(戦後版)'49.1 p47
　悪魔の愛情《小説》
　　　　　　　27「別冊宝石」2(3)'49.12 p144
　硝子の家《小説》　27「別冊宝石」3(2)'50.4 p262
　処女地　　　　　　34「鬼」1 '50.7 p11
　村の殺人事件《小説》
　　　　　　20「探偵よみもの」40 '50.8 p126
　カアと探偵小説　　　34「鬼」2 '50.11 p15
　白い野獣《小説》　17「宝石」6(1)'51.1 p152
　扉《小説》　　　　34「鬼」3 '51.3 p14
　鬼同人の選んだ海外長篇ベスト・テン〈3・完〉《前1》
　　　　　　　　　　34「鬼」4 '51.6 前1
　探偵小説の面白さ　　34「鬼」4 '51.6 p11
　証拠《小説》　32「探偵クラブ」2(5)'51.7 p205
　鋏《小説》　　　17「宝石」6(10)'51.10 p288
　アンケート《アンケート》
　　　　　　　17「宝石」6(11)'51.10増 p173
　雪の夜《小説》　　34「鬼」5 '51.11 p11
　脅迫者の死《脚本》　17「宝石」6(13)'51.12 p164
　アンケート《アンケート》
　　　　　　　　　　17「宝石」7(1)'52.1 p84
　探偵小説　　　　　34「鬼」6 '52.3 p13
　男の曲《小説》　　17「宝石」7(3)'52.3 p80
　怪盗七面相 青い月の秘密の巻《小説》
　　　　　　33「探偵実話」3(3)'52.3 p154
　運命の宝石《小説》
　　　　　　　32「探偵クラブ」3(4)'52.4 p48
　椿姫《小説》　　　17「宝石」7(6)'52.6 p192
　アロハ新撰組《小説》
　　　　　　33「探偵実話」3(6)'52.6 p198
　犯罪の握手《小説》　27「別冊宝石」5(6)'52.6 p114
　自殺の歌《小説》　33「探偵実話」5(7)'52.7 p90
　名探偵尾行記—金田一耕助の巻—
　　　　　　　　　　34「鬼」7 '52.7 p42
　御存知豪傑節《小説》
　　　　　　　33「探偵実話」3(9)'52.8 p38
　怪犯人牛若丸《小説》
　　　　　　33「探偵実話」3(10)'52.9 p168
　秋風五丈原《小説》
　　　　　　33「探偵実話」3(12)'52.10 p84
　蝮の敏《小説》　33「探偵実話」3(13)'52.11 p182
　疾走する死神《小説》
　　　　　　33「探偵実話」3(14)'52.12 p120
　5-1=4《小説》　33「探偵実話」4(1)'53.1 p224
　侍行進曲《小説》　33「探偵実話」4(1)'53.1 p190
　名探偵尾行記—神津恭介の巻—
　　　　　　　　　　34「鬼」8 '53.1 p35
　モモ子モモ子《小説》　17「宝石」8(1)'53.1 p224
　兇器《小説》　　　　34「鬼」9 '53.9 p28
　雁行くや《小説》　17「宝石」8(11)'53.10 p142
　手術《小説》　　32「探偵倶楽部」5(1)'54.1 p166
　無の犯罪《小説》　17「宝石」9(4)'54.3増 p162
　密室の犯罪《小説》　27「別冊宝石」7(5)'54.6 p276
　デルタの犯罪《小説》
　　　　　　　　　17「宝石」9(10)'54.8増 p174
　水情女車《小説》　27「別冊宝石」7(7)'54.9 p166
　セックスの犯罪《小説》
　　　　　　　　　17「宝石」10(5)'55.3増 p186
　お祝い　　　　　17「宝石」10(7)'55.5 p155
　わたしは飛ぶよ《小説》
　　　　　　　　　　17「宝石」10(8)'55.6 p106
　三文アリバイ《小説》　17「宝石」10(13)'55.9 p204
　年末ならびに新年の予定
　　　　　　　　　17「宝石」11(1)'56.1 p87
　茶色のオーバーを敷け《小説》
　　　　　　　　　17「宝石」11(1)'56.1 p304
　小さな死体《小説》　33「探偵実話」7(13)'56.8 p72
　彼奴が私の絵を破った《小説》
　　　　　　　　　17「宝石」11(12)'56.9 p46
　焼けビル座《小説》　33「探偵実話」8(3)'57.1 p218
　官能夫人《小説》　17「宝石」12(11)'57.8増 p246
　雨が夫を殺すのだ《小説》
　　　　　　　33「探偵実話」9(7)'58.4 p76
　男の舌をかむ女《小説》
　　　　　　　33「探偵実話」10(8)'59.5 p128
　疑惑の穴《小説》
　　　　　　33「探偵実話」10(14)'59.10 p260
　奇妙な殺人計画《小説》
　　　　　　　33「探偵実話」11(7)'60.4 p170
　画かれた慾望《小説》
　　　　　　　33「探偵実話」11(13)'60.9 p80
　硝子の家《小説》　17「宝石」15(15)'60.12増 p264
　ウエット・ドリームの怪異《小説》
　　　　　　　33「探偵実話」12(12)'61.10 p114
　電話ボックスの女《小説》
　　　　　　　33「探偵実話」13(5)'62.4 p40
　怪物《小説》　　35「エロチック・ミステリー」3(7)'62.7 p46
　落下の怪異《小説》
　　　　　　　33「探偵実話」13(10)'62.8 p134
　靴のヒモ《小説》　35「エロチック・ミステリー」4(5)'63.5 p24
　蟻の穴《小説》　35「エロチック・ミステリー」4(6)'63.6 p26
　白い山の上《小説》
　　　　　　35「エロチック・ミステリー」4(7)'63.7 p78
　水の中《小説》
　　　　　　35「エロチック・ミステリー」4(8)'63.8 p114

しま

バット・マン《小説》
  35「エロチック・ミステリー」4(9)'63.9 p52
サイン《小説》
  35「エロチック・ミステリー」4(10)'63.10 p54
親指《小説》
  35「エロチック・ミステリー」4(10)'63.10 p55
ガン・マニア《小説》
  35「エロチック・ミステリー」4(10)'63.10 p56
犯人は馬だ《小説》
  35「エロチック・ミステリー」4(10)'63.10 p57
ヒスイの腕輪《小説》
  35「エロチック・ミステリー」4(10)'63.10 p58
1+1=2《小説》
  35「エロチック・ミステリー」4(10)'63.10 p59
名ゴルファー《小説》
  35「エロチック・ミステリー」4(11)'63.11 p66
神風《小説》
  35「エロチック・ミステリー」4(11)'63.11 p67
リングサイド《小説》
  35「エロチック・ミステリー」4(11)'63.11 p68
大男と小男《小説》
  35「エロチック・ミステリー」4(11)'63.11 p69
張り手《小説》
  35「エロチック・ミステリー」4(11)'63.11 p70
死球《小説》
  35「エロチック・ミステリー」4(12)'63.12 p42
氷の上《小説》
  35「エロチック・ミステリー」4(12)'63.12 p43
地球最大の犯人《小説》
  35「エロチック・ミステリー」4(12)'63.12 p44
スポーツのスリル《小説》
  35「エロチック・ミステリー」4(12)'63.12 p45
名人竿徳《小説》
  35「エロチック・ミステリー」4(12)'63.12 p45
夫は知らないわ《小説》
  35「エロチック・ミステリー」5(1)'64.1 p26
俺は殺されんぞ《小説》
  35「ミステリー」5(3)'64.3 p156

島 耕二
スリラー映画の三人《座談会》
  17「宝石」13(5)'58.4 p128

島 三十郎
所感 11「ぷろふいる」4(3)'36.3 p135

島 正三
二千年のあいだ貯蔵されていた人間
  17「宝石」9(13)'54.11 p182

志摩 隆
こゝにかなしい恋がある
  26「フーダニット」2(5)'48.8 p19

志摩 達夫
失踪船フェレット号
  32「怪奇探偵クラブ」2'50.6 p156
女海賊アン・ボニイ
  32「探偵クラブ」1(1)'50.8 p206
海賊モントパール
  32「探偵クラブ」1(2)'50.10 p236
海の騎士ジョンソン
  32「探偵クラブ」2(3)'51.4 p198
キッド船長と宝島 17「宝石」6(5)'51.5 p64
スパイとスパイ 32「探偵クラブ」2(4)'51.6 p176

雪原の妄執《小説》
  32「探偵クラブ」2(5)'51.7 p152
南海の兄弟《小説》
  32「探偵クラブ」2(8)'51.9 p91
悲恋マイト心中《小説》
  33「探偵実話」4(3)'53.2 p180
ホホカム神殿の秘密
  32「探偵倶楽部」4(3)'53.4 p168
海の伊達男アベリー
  32「探偵倶楽部」4(9)'53.9 p230
義賊と俠黒児 32「探偵倶楽部」4(10)'53.10 p210
飢渇地獄《小説》
  32「探偵倶楽部」4(12)'53.12 p222
海賊王ヘンリー・モルガン
  32「探偵倶楽部」5(8)'54.8 p78
梟雄ブリイヘイズ
  32「探偵倶楽部」5(11)'54.11 p204
怪船マリー・セレスト号
  32「探偵倶楽部」8(8)'57.8 p52
悲恋ダイナマイト心中
  33「探偵実話」9(5)'58.3増 p140

志摩 夏次郎
怪樹《小説》 21「黒猫」1(2)'47.6 p36

志摩 芳次郎
大野議長の俳句 32「探偵倶楽部」4(2)'53.3 p276
酒と俳人 32「探偵倶楽部」4(3)'53.4 p132

島 百太郎（嶋 百太郎）
毒薬物語〈1〉 20「探偵よみもの」33'47.10 p12
毒薬物語〈2〉
  20「探偵よみもの」34'47.12 p30, 34
毒薬物語〈3〉 20「探偵よみもの」35'48.5 p14
毒薬物語〈4〉 20「探偵よみもの」36'48.9 p38
毒薬物語〈5〉 20「探偵よみもの」37'48.11 p26
毒薬物語〈6〉 20「探偵よみもの」38'49.1 p73
毒薬物語〈7〉 20「探偵よみもの」39'49.6 p29

志摩 由紀夫
水車小屋の惨事 33「探偵実話」12(6)'61.4増 p264

島 洋之助
ホテルの女盗《小説》 07「探偵」1(4)'31.8 p115

志摩 竜治
教祖復活《小説》 33「探偵実話」5'50.10 p220
死の饗宴《小説》 33「探偵実話」7(2)'55.12増 p290
教祖復活《小説》 33「探偵実話」7(8)'56.4増 p118

島影 盟
本田氏の『鼠賊物語』寸感
  06「猟奇」1(6)'28.11 p32
革命保険 06「猟奇」1(7)'28.12 p38
エピソオド 06「猟奇」2(11)'29.11 p38

島木 赤彦
民謡の生命〈1〉 01「新趣味」17(1)'22.1 p44
民謡の生命〈2〉 01「新趣味」17(2)'22.2 p68
民謡の性命〈3〉 01「新趣味」17(3)'22.3 p32

島崎 英治
春風流犯罪奇談《座談会》
  23「真珠」2(5)'48.4 p10

島崎 俊二
殺した男が殺された男だつた
  32「探偵倶楽部」8(3)'57.4 p207

しまた

島崎 博
黒岩重吾作品・著書・随筆評論リスト
27「別冊宝石」16(1)'63.1 p170
新章文子 作品・著書・評論随筆リスト
17「宝石」18(3)'63.2 p176
結城昌治論　　　17「宝石」18(4)'63.3 p128
結城昌治 作品・著書リスト
17「宝石」18(4)'63.3 p133
多岐川恭 作品・著書リスト
27「別冊宝石」16(3)'63.3 p135
笹沢左保 作品・著書リスト
27「別冊宝石」16(4)'63.5 p344
松本清張 作品・著書リスト
17「宝石」18(8)'63.6 p150
有馬頼義 作品・著書リスト
17「宝石」18(9)'63.7 p106
高木彬光 作品・著書リスト
27「別冊宝石」16(6)'63.7 p292
陳舜臣 作品・著書リスト
17「宝石」18(12)'63.9 p111
日影丈吉作品著書リスト
17「宝石」18(13)'63.10 p203
角田喜久雄作品・著書リスト
17「宝石」18(15)'63.11 p162
飛鳥高作品著書リスト
17「宝石」18(16)'63.12 p102
新田次郎作品著書リスト
17「宝石」19(1)'64.1 p115
曽野綾子作品・著書リスト
17「宝石」19(3)'64.2 p134
河野典生作品著書リスト
17「宝石」19(4)'64.3 p188
藤木靖子作品著書リスト
17「宝石」19(5)'64.4 p221
高城高作品・著書リスト
17「宝石」19(7)'64.5 p207

島々 啓
二つの謎　　　14「月刊探偵」2(2)'36.2 p24

四魔荘主人
ざっくばらん鏡　12「探偵文学」1(7)'35.10 p31

島田 あき子
流産《小説》　　24「妖奇」3(6)'49.6 p55

島田 一男
殺人演出《小説》　　17「宝石」2(2)'47.3 p68
黒真珠《小説》　　　17「宝石」2(6)'47.6 p24
砂浜の秘密《小説》　22「新探偵小説」4 '47.10 p12
8・1・8《小説》　　16「ロック」3(1)'48.1 p4
通夜化粧《小説》　　27「別冊宝石」― '48.1 p38
四次元の犯人《小説》21「黒猫」2(6)'48.2 p34
手のない女《小説》　19「仮面」3(4)'48.6 p6
無花果の女《小説》　27「別冊宝石」2 '48.7 p62
芍薬の墓《小説》　　20「探偵よみもの」37 '48.11 p4
聖誕祭前夜《小説》　17「宝石」3(9)'48.12 p34
地獄の歌姫《小説》　25「X」3(1)'49.1 p21
黒い天文台《小説》　27「別冊宝石」1(3)'49.1 p102
朧夜の幻想　　　　29「探偵趣味」(戦後版)'49.1 p41
災厄の黄昏〈1〉《小説》
16「ロック」4(1)'49.2 p46
災厄の黄昏〈2〉《小説》
16「ロック」4(2)'49.5 p36
婦鬼系図《小説》　　17「宝石」4(5)'49.5 p101
妖かしの川《小説》
20「探偵よみもの」39 '49.6 p96
拳銃と香水《小説》　17「宝石」― '49.7増 p60
クイーン雑誌のコンテスト
17「宝石」4(8)'49.8 p66
惚れる勉強　　　　27「別冊宝石」2(2)'49.8 p77
野獣の夜《小説》　27「別冊宝石」2(2)'49.8 p136
遊軍記者《小説》　　17「宝石」― '49.9増 p36
霧海の底《小説》　　30「恐怖街」'49.10 p39
社会部長《小説》　　17「宝石」4(9)'49.10 p74
負傷した中尉　　　　17「宝石」4(9)'49.10 p116
新聞記者《小説》　　17「宝石」4(10)'49.11 p70
クイーン・コンテストの決算書
27「別冊宝石」2(3)'49.12 p275
夢は果しなく　　　　17「宝石」5(1)'50.1 p163
死人に口なし〈1〉《小説》
17「宝石」5(1)'50.1 p218
探偵作家幽霊屋敷へ行く《座談会》
17「宝石」5(2)'50.2 p82
死人に口なし〈2・完〉《小説》
17「宝石」5(2)'50.2 p94
椿八郎氏のこと　　　17「宝石」5(3)'50.3 p60
大興安小興安　　　　17「宝石」5(5)'50.5 p7
湖底の囚人〈1〉《小説》17「宝石」5(5)'50.5 p9
湖底の囚人〈2〉《小説》17「宝石」5(6)'50.6 p54
四ツの処女作　　　　34「鬼」1 '50.7 p15
湖底の囚人〈3〉《小説》17「宝石」5(7)'50.7 p38
湖底の囚人〈4〉《小説》
17「宝石」5(8)'50.8 p152
翻訳の弁　　　　27「別冊宝石」3(4)'50.8 p391
安南の夜《小説》　20「探偵よみもの」40 '50.8 p36
中国の探偵小説を語る《座談会》
17「宝石」5(9)'50.9 p130
湖底の囚人〈5〉《小説》
17「宝石」5(9)'50.9 p232
銀座令嬢組合《小説》
32「探偵クラブ」1(2)'50.10 p102
湖底の囚人〈6〉《小説》
17「宝石」5(10)'50.10 p254
茜で過ぎ卵　　　27「別冊宝石」3(5)'50.10 p12
湖底の囚人〈7〉《小説》
17「宝石」5(11)'50.11 p224
随感談描　　　　　　34「鬼」2 '50.11 p7
湖底の囚人〈8〉《小説》
17「宝石」5(12)'50.12 p214
自殺の部屋
32「探偵クラブ」2(1)'51.1 p36
湖底の囚人〈9〉《小説》
17「宝石」6(1)'51.1 p170
湖底の囚人〈10〉《小説》
17「宝石」6(2)'51.2 p100
湖底の囚人〈11・完〉《小説》
17「宝石」6(3)'51.3 p156
鬼同人の選んだ海外長篇ベスト・テン〈2〉《前1》
34「鬼」3 '51.3 前1
越年雑感　　　　　　34「鬼」3 '51.3 p7
唇紅鉄砲《小説》　　17「宝石」6(4)'51.4 p146
拳銃と女《小説》　32「探偵クラブ」2(4)'51.6 p44

661

しまた

ブン屋ものについて　　17「宝石」6(7)'51.7 p7
恐風〈1〉　　17「宝石」6(7)'51.7 p17
G山荘の絞刑吏〈1〉《小説》
　　32「探偵クラブ」2(5)'51.7 p24
探偵小説のあり方を語る座談会《座談会》
　　17「宝石」6(7)'51.7 p46
運動シャツ事件《脚本》　　17「宝石」6(8)'51.8 p54
恐風〈2・完〉《小説》　　17「宝石」6(8)'51.8 p182
G山荘の絞刑吏〈2〉
　　32「探偵クラブ」2(6)'51.8 p204
夢の中の血痕《小説》
　　32「探偵クラブ」2(7)'51.8増 p218
金田一探偵の見解　　17「宝石」6(9)'51.9 p160
G山荘の絞刑吏〈3・完〉《小説》
　　32「探偵クラブ」2(8)'51.9 p170
怪盗七面相 怪盗誕生の巻《小説》
　　33「探偵実話」2(10)'51.9 p78
密航密輸を語る《座談会》
　　32「探偵クラブ」2(9)'51.10 p164
映画「白い恐怖」をめぐつて《座談会》
　　17「宝石」6(10)'51.10 p189
アンケート《アンケート》
　　17「宝石」6(11)'51.10増 p173
検屍医《小説》　　32「探偵クラブ」2(10)'51.11 p70
形式と後味　　34「鬼」5 '51.11 p5
逆流《小説》　　17「宝石」6(13)'51.12 p17
黒い旋風《小説》　　33「探偵実話」3(1)'51.12 p28
アンケート《アンケート》
　　17「宝石」7(1)'52.1 p91
ブン屋銘々伝　　17「宝石」7(1)'52.1 p92
蛇の目después家《小説》　　27「別冊宝石」5(1)'52.1 p58
『一高時代』に就て　　34「鬼」6 '52.3 p7
霧笛の港《小説》　　32「探偵クラブ」3(3)'52.3 p162
殺人演出《小説》　　33「探偵実話」3(4)'52.3増 p164
死者の紋章《小説》
　　32「探偵クラブ」3(4)'52.4 p66
探偵作家探偵小説を截る《座談会》
　　17「宝石」7(4)'52.4 p140
死火山《小説》　　17「宝石」7(5)'52.5 p194
地獄の魔王《小説》　　27「別冊宝石」5(4)'52.5 p38
毒唇　　17「宝石」7(6)'52.6 p18
乳斬り船《小説》　　32「探偵倶楽部」3(6)'52.6 p28
魔弓《小説》　　17「宝石」7(7)'52.7 p210
鬼同人の選んだ海外短篇ベスト・テン〈3〉《前1》
　　34「鬼」7 '52.7 前1
歓迎飛鳥高氏　　34「鬼」7 '52.7 p35
刑吏《小説》　　17「宝石」7(8)'52.8 p248
犬と猫と絵図　　32「探偵倶楽部」3(9)'52.9 p13
蛍光燈《小説》　　33「探偵実話」3(10)'52.9 p24
梅雨夫人《小説》　　33「探偵実話」3(11)'52.9増 p172
腐屍　　17「宝石」7(9)'52.10 p314
狂人の掟《小説》　　17「宝石」7(10)'52.10 p190
邪霊〈1〉　　17「宝石」7(11)'52.11 p16
風流網舟漫談《座談会》
　　32「探偵倶楽部」3(11)'52.11増 p153
警察医《小説》
　　32「探偵倶楽部」3(11)'52.11増 p201
わが親友　　32「探偵倶楽部」3(11)'52.11増 p203
邪霊〈2・完〉《小説》　　17「宝石」7(12)'52.12 p14
死霊の唄《小説》
　　32「探偵倶楽部」3(12)'52.12 p224

書けざるの記　　34「鬼」8 '53.1 p13
妖精の指〈1〉《小説》　　17「宝石」8(2)'53.3 p18
恐怖劇場《小説》　　17「宝石」8(4)'53.3増 p102
クイーズの色々　　17「宝石」8(4)'53.3増 p138
恐怖劇場　　17「宝石」8(4)'53.3増 p323
妖精の指〈2〉《小説》　　17「宝石」8(3)'53.4 p60
昼なき男〈1〉《小説》
　　32「探偵倶楽部」4(3)'53.4 p274
昼なき男〈2〉《小説》
　　32「探偵倶楽部」4(5)'53.5 p36
探偵作家と警察署長の座談会《座談会》
　　32「探偵倶楽部」4(5)'53.5 p98
妖精の指〈3〉《小説》　　17「宝石」8(5)'53.5 p128
黒い虹《小説》　　27「別冊宝石」6(3)'53.5 p160
略歴　　27「別冊宝石」6(3)'53.5 p163
修業一筋道　　27「別冊宝石」6(3)'53.5 p177
昼なき男〈3〉《小説》
　　32「探偵倶楽部」4(6)'53.6 p60
妖精の指〈4〉《小説》　　17「宝石」8(6)'53.6 p164
探偵小説と実際の犯罪《座談会》
　　32「探偵倶楽部」4(6)'53.6 p194
矢取り女《小説》　　27「別冊宝石」6(4)'53.6 p240
妖精の指〈5〉《小説》　　17「宝石」8(7)'53.7 p94
昼なき男〈4〉《小説》
　　32「探偵倶楽部」4(7)'53.7 p250
鯨 血染の漂流船——発端篇——《小説》
　　33「探偵実話」4(8)'53.7 p225
妖精の指〈6〉《小説》　　17「宝石」8(9)'53.8 p136
昼なき男〈5〉《小説》
　　32「探偵倶楽部」4(8)'53.8 p274
昼なき男〈6〉《小説》
　　32「探偵倶楽部」4(9)'53.9 p92
妖精の指〈7〉《小説》　　17「宝石」8(10)'53.9 p132
猫じゃらし《小説》　　27「別冊宝石」6(6)'53.9 p242
昼なき男〈7〉《小説》
　　32「探偵倶楽部」4(10)'53.10 p31
ヤミ煙草取締り座談会《座談会》
　　32「探偵倶楽部」4(10)'53.10 p84
妖精の指〈8〉《小説》
　　17「宝石」8(11)'53.10 p170
嘱託殺人《小説》　　17「宝石」8(12)'53.10増 p232
昼なき男〈8〉《小説》
　　32「探偵倶楽部」4(11)'53.11 p19
妖精の指〈9〉《小説》
　　17「宝石」8(13)'53.11 p200
昼なき男〈9〉《小説》
　　32「探偵倶楽部」4(12)'53.12 p56
妖精の指〈10〉《小説》
　　17「宝石」8(14)'53.12 p128
ルパン就縛《小説》　　17「宝石」8(14)'53.12 p176
十三の階段〈2〉《小説》
　　32「探偵倶楽部」5(1)'54.1 p82
昼なき男〈10〉《小説》
　　32「探偵倶楽部」5(1)'54.1 p171
妖精の指〈11〉《小説》　　17「宝石」9(1)'54.1 p280
紅屋後家《小説》　　27「別冊宝石」7(1)'54.1 p62
盗まれた裸像《小説》
　　33「探偵実話」5(1)'54.1 p190
昼なき男〈11〉《小説》
　　32「探偵倶楽部」5(2)'54.2 p27
妖精の指〈12〉《小説》　　17「宝石」9(2)'54.2 p246

しまた

魔法と聖書（中篇）五階の人々《小説》
　　　　　　　　33「探偵実話」5(2)'54.2 p36
昼なき男〈12〉《小説》
　　　　　　　　32「探偵倶楽部」5(3)'54.3 p78
妖精の指〈13〉《小説》　17「宝石」9(3)'54.3 p224
白夜の決闘《小説》　　17「宝石」9(4)'54.3増 p112
昼なき男〈13・完〉《小説》
　　　　　　　　32「探偵倶楽部」5(4)'54.4 p139
妖精の指〈14〉《小説》　17「宝石」9(5)'54.4 p312
無花果の女《小説》
　　　　　　　　33「探偵実話」5(5)'54.4増 p139
きせる娘《小説》　　　17「宝石」9(6)'54.5 p138
野獣の夜〈1〉《小説》
　　　　　　　　32「探偵倶楽部」5(6)'54.6 p112
妖精の指〈15・完〉《小説》
　　　　　　　　　　　17「宝石」9(7)'54.6 p256
風船魔《小説》　　　27「別冊宝石」7(5)'54.6 p348
古きを捨てて　　　　27「別冊宝石」7(5)'54.6 p351
男女道成寺《小説》　　17「宝石」9(8)'54.7 p46
野獣の夜〈2〉《小説》
　　　　　　　　32「探偵倶楽部」5(7)'54.7 p58
野獣の夜〈3〉《小説》
　　　　　　　　32「探偵倶楽部」5(8)'54.8 p27
比丘尼裁き《小説》　　17「宝石」9(9)'54.8 p38
神の手《小説》　　　17「宝石」9(10)'54.8増 p228
野獣の夜〈4〉《小説》
　　　　　　　　32「探偵倶楽部」5(9)'54.9 p246
幽霊の風車《小説》　27「別冊宝石」7(7)'54.9 p70
泥濘の街《小説》　33「探偵実話」5(11)'54.9増 p31
野獣の夜〈5〉《小説》
　　　　　　　　32「探偵倶楽部」5(10)'54.10 p63
野獣の夜〈6〉《小説》
　　　　　　　　32「探偵倶楽部」5(11)'54.11 p62
夢の船宿《小説》　　　17「宝石」9(13)'54.11 p158
或る暴走記録《小説》
　　　　　　　　27「別冊宝石」7(9)'54.11 p118
夢魔殺人事件《小説》
　　　　　　　　33「探偵実話」5(13)'54.11 p238
緋牡丹懺悔《小説》　　17「宝石」9(14)'54.12 p102
野獣の夜〈7〉《小説》
　　　　　　　　32「探偵倶楽部」5(12)'54.12 p171
大陸秘境見聞記〈1〉　17「宝石」10(1)'55.1 p150
野獣の夜〈8〉《小説》
　　　　　　　　32「探偵倶楽部」6(1)'55.1 p171
妻敵討ち《小説》　　27「別冊宝石」8(1)'55.1 p352
野獣の夜〈9〉《小説》
　　　　　　　　32「探偵倶楽部」6(2)'55.2 p27
大陸秘境見聞記〈2〉　17「宝石」10(3)'55.2 p222
女殺陣師《小説》　33「探偵実話」6(3)'55.2増 p268
野獣の夜〈10〉《小説》
　　　　　　　　32「探偵倶楽部」6(3)'55.3 p45
大陸秘境見聞記〈3〉　17「宝石」10(4)'55.3 p240
聖処女《小説》　　　17「宝石」10(5)'55.3増 p84
野獣の夜〈11〉《小説》
　　　　　　　　32「探偵倶楽部」6(4)'55.4 p98
大陸秘境見聞記〈4〉　17「宝石」10(6)'55.4 p230
野獣の夜〈12〉《小説》
　　　　　　　　32「探偵倶楽部」6(5)'55.5 p27
はだか弁天《小説》　27「別冊宝石」8(4)'55.5 p38
野獣の夜〈13〉《小説》
　　　　　　　　32「探偵倶楽部」6(6)'55.6 p164

大陸秘境見聞録〈5〉　17「宝石」10(8)'55.6 p300
野獣の夜〈14〉《小説》
　　　　　　　　32「探偵倶楽部」6(7)'55.7 p252
大陸秘境見聞記〈6〉　17「宝石」10(11)'55.8 p140
野獣の夜〈15・完〉《小説》
　　　　　　　　32「探偵倶楽部」6(8)'55.8 p362
特急二十三時発《小説》
　　　　　　　　　　17「宝石」10(12)'55.8増 p112
大陸秘境見聞記〈7〉　17「宝石」10(13)'55.9 p132
大陸秘境見聞記〈8〉
　　　　　　　　　17「宝石」10(14)'55.10 p208
風船魔《小説》　　33「探偵実話」6(12)'55.10増 p212
戦後十年の探偵小説を語る座談会《座談会》
　　　　　　　　33「探偵実話」6(12)'55.10増 p275
大陸秘境見聞記〈9〉
　　　　　　　　　17「宝石」10(15)'55.11 p138
毒盃《小説》　　　17「宝石」10(16)'55.11増 p178
大陸秘境見聞記〈10〉
　　　　　　　　　17「宝石」10(17)'55.12 p240
部長刑事物語《小説》　17「宝石」11(5)'56.1 p92
社会部記者《小説》　27「別冊宝石」9(1)'56.1 p280
ブン屋諸兄へ感謝　　27「別冊宝石」9(1)'56.1 p281
雨夜の鬼　　　　　　17「宝石」11(5)'56.3増 p70
顔のある車輪《小説》
　　　　　　　　　33「探偵実話」7(5)'56.3増 p80
社会部記者《小説》　27「別冊宝石」9(5)'56.6 p320
三人後家《小説》　　17「宝石」11(10)'56.7増 p116
愚者の毒《小説》　33「探偵実話」7(11)'56.7 p54
霧笛の港《小説》　32「探偵倶楽部」7(9)'56.8 p258
霧の色話《小説》　　17「宝石」11(13)'56.9増 p140
奇妙な夫婦《小説》　33「探偵実話」7(16)'56.11増
筆者の言葉　　　　　17「宝石」11(16)'56.12 p91
零号租界〈1〉《小説》
　　　　　　　　　32「探偵倶楽部」8(1)'57.1 p16
その灯を消すな〈1〉《小説》
　　　　　　　　　　17「宝石」12(1)'57.1 p18
白豹《小説》　　　17「宝石」12(2)'57.1増 p310
その灯を消すな〈2〉《小説》
　　　　　　　　　　17「宝石」12(3)'57.2 p106
零号租界〈2〉《小説》
　　　　　　　　　32「探偵倶楽部」8(2)'57.3 p122
その灯を消すな〈3〉《小説》
　　　　　　　　　　17「宝石」12(4)'57.3 p170
逃亡の歴史《小説》　33「探偵実話」8(5)'57.3増 p126
零号租界〈3〉《小説》
　　　　　　　　　32「探偵倶楽部」8(3)'57.4 p36
その灯を消すな〈4〉《小説》
　　　　　　　　　　17「宝石」12(5)'57.4 p144
女ドン・ファン《小説》
　　　　　　　　　17「宝石」12(6)'57.4増 p162
零号租界〈4〉《小説》
　　　　　　　　　32「探偵倶楽部」8(4)'57.5 p16
その灯を消すな〈5〉《小説》
　　　　　　　　　　17「宝石」12(7)'57.5 p214
その灯を消すな〈6〉《小説》
　　　　　　　　　　17「宝石」12(8)'57.6 p18
零号租界〈5〉《小説》
　　　　　　　　　32「探偵倶楽部」8(5)'57.6 p48
零号租界〈6〉《小説》
　　　　　　　　　32「探偵倶楽部」8(6)'57.7 p16

しまた

その灯を消すな〈7・完〉《小説》
　　　　　　　　17「宝石」12(9)'57.7 p236
零号租界〈7〉《小説》
　　　　　　　　32「探偵倶楽部」8(8)'57.8 p248
義歯と弾痕《小説》　17「宝石」12(11)'57.8増 p262
錦絵殺人事件《小説》
　　　　　　　　27「別冊宝石」10(8)'57.8 p7
天使の手《小説》　27「別冊宝石」10(8)'57.8 p118
十三度目の女《小説》
　　　　　　　　27「別冊宝石」10(8)'57.8 p132
無花果屋敷《小説》
　　　　　　　　27「別冊宝石」10(8)'57.8 p146
信号は赤だ《小説》
　　　　　　　　27「別冊宝石」10(8)'57.8 p157
島田一男を語る《座談会》
　　　　　　　　27「別冊宝石」10(8)'57.8 p184
アリバイ売ります《小説》
　　　　　　　　27「別冊宝石」10(8)'57.8 p204
東京暗黒街《小説》
　　　　　　　　27「別冊宝石」10(8)'57.8 p228
零号租界〈8〉《小説》
　　　　　　　　32「探偵倶楽部」8(9)'57.9 p16
零号租界〈9〉《小説》
　　　　　　　　32「探偵倶楽部」8(10)'57.10 p88
ノイローゼ《小説》
　　　　　　　　33「探偵実話」8(15)'57.11 p119
ふたご弁天《小説》
　　　　　　　　32「探偵倶楽部」8(12)'57.11増 p276
三行広告《小説》　17「宝石」12(15)'57.11増 p284
零号租界〈10〉《小説》
　　　　　　　　32「探偵倶楽部」8(13)'57.12 p178
作並《小説》　　　17「宝石」12(16)'57.12 p268
拳銃貸します《小説》
　　　　　　　　17「宝石」13(13)'58.1増 p264
森 美智代　　　　17「宝石」13(3)'58.2 p15
零号租界〈11〉《小説》
　　　　　　　　32「探偵倶楽部」9(2)'58.2 p240
零号租界〈12〉《小説》
　　　　　　　　32「探偵倶楽部」9(3)'58.3 p19
泥まみれ《小説》　17「宝石」13(4)'58.3 p226
零号租界〈13〉《小説》
　　　　　　　　32「探偵倶楽部」9(4)'58.4 p194
G山荘の絞刑吏《小説》
　　　　　　　　32「探偵倶楽部」9(5)'58.4増 p290
零号租界〈14〉《小説》
　　　　　　　　32「探偵倶楽部」9(6)'58.5 p146
座席番号13《小説》17「宝石」13(7)'58.5増 p228
零号租界〈15〉《小説》
　　　　　　　　32「探偵倶楽部」9(8)'58.7 p23
自動車強盗　　　　17「宝石」13(9)'58.7 p246
無花果屋敷《小説》
　　　　　　　　32「探偵倶楽部」9(9)'58.7増 p106
ノイローゼ殺人事件《小説》
　　　　　　　　17「宝石」13(11)'58.8増 p14
零号租界〈16・完〉《小説》
　　　　　　　　32「探偵倶楽部」9(11)'58.9 p20
ふたり雪娘《小説》
　　　　　　　　32「探偵倶楽部」9(12)'58.10 p138
太陽の眼《小説》　27「別冊宝石」11(8)'58.10 p264
死者の呼び声《小説》
　　　　　　　　33「探偵実話」9(14)'58.10増 p31

伊那の蛍姫《小説》
　　　　　　　　32「探偵倶楽部」9(13)'58.11 p64
屍臭を追う男《小説》
　　　　　　　　17「宝石」13(15)'58.12 p206
蛇捕りの姥《小説》
　　　　　　　　32「探偵倶楽部」9(14)'58.12 p242
誤殺《小説》　　　27「別冊宝石」11(10)'58.12 p54
猫族　　　　　　　17「宝石」14(1)'59.1 p13
塩原高尾《小説》　32「探偵倶楽部」10(1)'59.1 p266
虹の中の女《小説》17「宝石」14(1)'59.1 p308
信州皿屋敷《小説》
　　　　　　　　32「探偵倶楽部」10(2)'59.2 p156
素足の悪魔《小説》17「宝石」14(2)'59.2 p226
黒い虹《小説》　　27「別冊宝石」12(2)'59.2 p248
泥靴の死神《小説》17「宝石」14(4)'59.4 p194
黒い爪痕《小説》　17「宝石」14(5)'59.5 p280
特ダネ売り《小説》
　　　　　　　　27「別冊宝石」12(6)'59.6 p296
雨夜の悪霊《小説》17「宝石」14(8)'59.7 p204
瓶詰めの拷問《小説》
　　　　　　　　33「探偵実話」10(10)'59.7増 p94
"事件記者"はなぜヒットした?《座談会》
　　　　　　　　33「探偵実話」10(10)'59.7増 p211
大凶の夜《小説》　17「宝石」14(9)'59.8 p232
事件記者はハードボイルドがお好き《座談会》
　　　　　　　　17「宝石」14(11)'59.10 p228
三国の絵馬　　　　17「宝石」15(1)'60.1 p23
作並こけし　　　　17「宝石」15(2)'60.2 p23
博多の鬼すべ　　　17「宝石」15(4)'60.3 p23
双面獣《小説》　　17「宝石」15(4)'60.4 p110
事件記者《小説》　17「宝石」15(7)'60.5増 p100
伊豆の伊勢エビ　　17「宝石」15(8)'60.6 p81
盗まれた裸像《小説》
　　　　　　　　27「別冊宝石」13(6)'60.6 p220
空中花嫁《小説》
　　　　　　　　35「エロティック・ミステリー」1(1)'60.8 p216
熱帯魚《小説》　　33「探偵実話」11(11)'60.8増 p386
猫の舌《小説》
　　　　　　　　35「エロティック・ミステリー」1(2)'60.9 p72
魚皮族の呪婆《小説》
　　　　　　　　35「エロティック・ミステリー」1(5)'60.12 p178
渋柿事件《小説》　17「宝石」15(15)'60.12増 p50
東京暴力団《小説》
　　　　　　　　35「エロティック・ミステリー」2(2)'61.2 p102
妊婦の檻《小説》　33「探偵実話」12(2)'61.2増 p98
逆流《小説》
　　　　　　　　35「エロティック・ミステリー」2(3)'61.3 p102
殺人名簿《小説》
　　　　　　　　35「エロティック・ミステリー」2(4)'61.4 p78
拳銃貸します《小説》
　　　　　　　　35「エロティック・ミステリー」2(5)'61.5 p38
殺人現場写真《小説》
　　　　　　　　27「別冊宝石」14(3)'61.5 p177
顔役《小説》
　　　　　　　　35「エロティック・ミステリー」2(6)'61.6 p30
尾燈《小説》
　　　　　　　　35「エロティック・ミステリー」2(7)'61.7 p30
霧海の底《小説》
　　　　　　　　35「エロティック・ミステリー」2(8)'61.8 p32
決定符《小説》
　　　　　　　　35「エロティック・ミステリー」2(11)'61.11 p62

死刑台横丁《小説》
　　　35「エロティック・ミステリー」3(1)'62.1 p158
吸血河岸《小説》
　　　35「エロティック・ミステリー」3(2)'62.2 p96
過去・現在　　　　17「宝石」17(3)'62.2 p173
環状墜道《小説》　27「別冊宝石」15(1)'62.2 p322
可愛い道楽息子　　27「別冊宝石」15(1)'62.2 p325
情無用の街《小説》
　　　35「エロティック・ミステリー」3(3)'62.3 p36
暗闇十字路《小説》
　　　35「エロティック・ミステリー」3(4)'62.4 p64
地獄波止場《小説》
　　　35「エロティック・ミステリー」3(5)'62.5 p26
決定符《小説》　33「探偵実話」13(8)'62.6 p176
日本周遊〈1〉
　　　35「エロティック・ミステリー」3(7)'62.7 p8
誰が卵を四角に切ったか《小説》
　　　　　　　　　17「宝石」17(9)'62.7 p36
日本周遊〈2〉
　　　35「エロティック・ミステリー」3(8)'62.8 p8
日本周遊〈3〉
　　　35「エロティック・ミステリー」3(9)'62.9 p8
恐風《小説》　　　17「宝石」17(12)'62.9増 p50
二五〇キロ一橋梁〈1〉《小説》
　　　　　　　　　17「宝石」17(13)'62.10 p20
日本周遊〈4〉
　　　35「エロティック・ミステリー」3(10)'62.10 p75
日本周遊〈5〉
　　　35「エロティック・ミステリー」3(11)'62.11 p75
決定符《小説》　17「宝石」17(15)'62.11増 p185
日本周遊〈6〉
　　　35「エロティック・ミステリー」3(12)'62.12 p73
二五〇キロ一橋梁〈2・完〉《小説》
　　　　　　　　　17「宝石」17(16)'62.12 p222
日本周遊〈7〉
　　　35「エロティック・ミステリー」4(1)'63.1 p125
死ぬ者貧乏《小説》17「宝石」18(14)'63.10増 p87
道ひとすじ　　　17「宝石」18(16)'63.12 p101
島田　清
　恐るべき魔女　　33「探偵実話」10(11)'59.7 p252
島田　謹二
　「マリー・ロージェ事件」の真相
　　　　　　　　　17「宝石」5(2)'50.2 p324
島田　鹿雄
　顔のない屍体《小説》　24「妖奇」2(12)'48.11 p30
島田　正吾
　二つの盗難事件　　17「宝石」3(7)'48.9 p20
　蛇指輪　　　　　　25「X」3(5)'49.4 p59
島田　譲二
　文献愛など　　27「別冊宝石」7(9)'54.11 p174
島田　多一
　人妻の殺意の瞬間　33「探偵実話」11(2)'60.1増 p50
島田　太一
　遺書を書く殺人犯　33「探偵実話」10(4)'59.2 p182
　純情なるがゆえに
　　　　　　　33「探偵実話」10(6)'59.4増 p188
　小男の愛慾《小説》33「探偵実話」10(12)'59.8 p114
　ガイドという名のコールガール
　　　　　　　33「探偵実話」10(13)'59.9 p90

ニセ実業家夫人の豪遊
　　　　　　　33「探偵実話」10(15)'59.11増 p262
未亡人殺しの若い情夫
　　　　　　　33「探偵実話」11(1)'59.12 p124
情事に殺された女性
　　　　　　　33「探偵実話」11(3)'60.1 p154
娼婦と人妻　　33「探偵実話」11(6)'60.3 p66
死を選んだ義母の残り火
　　　　　　　33「探偵実話」11(5)'60.3増 p139
不倫に狂った若妻　33「探偵実話」11(7)'60.4 p112
マンガ探訪温泉記　33「探偵実話」13(4)'62.3 p133
島田　正郎
　召捕から獄門まで　32「探偵倶楽部」5(6)'54.6 p15
島田　美彦
　〔喫茶室〕　　　　04「探偵趣味」13 '26.11 p45
　老僧の話　　　　　04「探偵趣味」15 '27.1 p52
　クローズ・アップ《アンケート》
　　　　　　　　　04「探偵趣味」15 '27.1 p59
　改田屋　　　　　　04「探偵趣味」16 '27.2 p43
　ひだるの話　　　05「探偵・映画」1(2)'27.11 p23
　想のま、　　　　　04「探偵趣味」26 '27.12 p43
シマック，クリフォード・D
　最後の解答《小説》27「別冊宝石」16(8)'63.9 p94
島村　晃
　強すぎた常陸山
　　　35「エロティック・ミステリー」4(4)'63.4 p41
島村　光蓉
　小酒井先生と私　　06「猟奇」2(7)'29.7 p44
島本　春雄
　黄金の猿鍔《小説》　24「妖奇」3(9)'49.8 p46
　蝙蝠軍扇《小説》　 24「妖奇」3(10)'49.9 p44
　髑髏香の恐怖《小説》24「妖奇」3(11)'49.10 p38
　幽霊銭《小説》　　 24「妖奇」3(12)'49.11 p42
　乳房魔《小説》　　 24「妖奇」3(13)'49.12 p34
　血蜘蛛狙矢《小説》 24「妖奇」4(2)'50.2 p55
　幽霊飛車《小説》　 24「妖奇」4(3)'50.3 p58
　屍人駕籠《小説》　 24「妖奇」4(5)'50.5 p30
　地獄飛脚《小説》　 24「妖奇」4(6)'50.6 p64
　般若小判《小説》　 24「妖奇」4(7)'50.7 p29
　二人小町乳房入墨《小説》
　　　　　　　　　　 24「妖奇」4(8)'50.8 p30
　執念の呪殺面《小説》24「妖奇」4(9)'50.9 p52
　紅裸女地獄《小説》 24「妖奇」4(10)'50.10 p20
　盲目鬼《小説》　　 24「妖奇」4(11)'50.11 p38
　振袖烏の秘密《小説》24「妖奇」4(12)'50.12 p48
　切支丹小町《小説》 24「妖奇」5(1)'51.1 p55
　魔笛小姓《小説》　 24「妖奇」5(2)'51.2 p122
　白狐呪法《小説》　 24「妖奇」5(3)'51.3 p56
　鳴狐来伝奇《小説》 24「妖奇」5(4)'51.4 p52
　紅鶴堤燈《小説》　 24「妖奇」5(5)'51.5 p48
　破魔下駄変化《小説》24「妖奇」5(6)'51.6 p92
　妖鏡伝《小説》　　 24「妖奇」5(7)'51.7 p42
　怪求火箭梟《小説》 24「妖奇」5(8)'51.8 p108
　天保尼僧変《小説》 24「妖奇」5(9)'51.9 p108
　乳房地獄《小説》　 24「妖奇」5(10)'51.10 p94
　変化花魁《小説》　 24「妖奇」5(11)'51.11 p112
　麝香如来《小説》　 24「妖奇」5(12)'51.12 p58
　逢魔峠《小説》　　 24「妖奇」6(1)'52.1 p96
　神変葵小姓《小説》 24「妖奇」6(2)'52.2 p91
　押掛花嫁《小説》　 24「妖奇」6(3)'52.3 p92

665

しみい

折鶴地獄《小説》　　　　　24「妖奇」6(4)'52.4 p50
妖棺伝《小説》　　　　　24「妖奇」6(5)'52.5 p48
山姫様《小説》　　　　　24「妖奇」6(6)'52.6 p58
夜歩き般若《小説》　　　24「妖奇」6(7)'52.7 p60
水妖鬼《小説》　　　　　24「妖奇」6(8)'52.8 p108
妖異二人小町《小説》　　24「妖奇」6(9)'52.9 p126
死人明神《小説》　　　　24「妖奇」6(10)'52.10 p76
闇太閤《小説》　　　　　24「トリック」6(11)'52.11 p56
猫なき娘《小説》　　　　24「トリック」6(12)'52.12 p54
生首七福神《小説》　　　24「トリック」7(2)'53.2 p60
醜貌旗本《小説》　　　　24「トリック」7(3)'53.3 p88
執念の呪殺面《小説》
　　　　　　　　　　　24「トリック」7(4)'53.4増 p11
紅裸女地獄《小説》
　　　　　　　　　　　24「トリック」7(4)'53.4増 p20
屍人駕籠《小説》　　　　24「トリック」7(4)'53.4増 p30
般若小判《小説》　　　　24「トリック」7(4)'53.4増 p43
乳房魔《小説》　　　　　24「トリック」7(4)'53.4増 p54
地獄飛脚《小説》　　　　24「トリック」7(4)'53.4増 p64
盲目鬼《小説》　　　　　24「トリック」7(4)'53.4増 p86
二人小町乳房入墨《小説》
　　　　　　　　　　　24「トリック」7(4)'53.4増 p95
魔笛小姓《小説》　　　　24「トリック」7(4)'53.4増 p104
怪異火箭梟《小説》
　　　　　　　　　　　24「トリック」7(4)'53.4増 p116
切支丹小町《小説》
　　　　　　　　　　　24「トリック」7(4)'53.4増 p126
破魔下駄変化《小説》
　　　　　　　　　　　24「トリック」7(4)'53.4増 p140
妖棺伝《小説》　　　　　24「トリック」7(4)'53.4増 p151
紅鶴提灯《小説》　　　　24「トリック」7(4)'53.4増 p161
悪魔の祝日《小説》　　　33「探偵実話」10(4)'59.2 p216
狂笑《小説》　　　　　　33「探偵実話」10(8)'59.5 p205

地ներ井 平造
煙突奇談《小説》　　　　04「探偵趣味」9 '26.6 p33
二人の会話《小説》　　　04「探偵趣味」11 '26.8 p41
X氏と或る紳士《小説》
　　　　　　　　　　　04「探偵趣味」13 '26.11 p2
童話三つ《小説》　　　　04「探偵趣味」14 '26.12 p34
煙突奇談《小説》　　　　17「宝石」11(11)'56.8 p148

清水 晶
探偵作家の見た「第三の男」《座談会》
　　　　　　　　　　　17「宝石」7(9)'52.10 p189
探偵作家の見た映画「落ちた偶像」《座談会》
　　　　　　　　　　　17「宝石」8(10)'53.9 p197

清水 一郎
乱歩氏のベスト10私見　17「宝石」12(5)'57.4 p212

清水 山彦
杉《小説》　　　　　　　17「宝石」7(3)'52.3 p180

清水 歓平
犯罪捜査の第一歩　　　　04「探偵趣味」6 '26.3 p16

清水 京之介
真似《小説》　　　　　　06「猟奇」2(3)'29.3 p29
思ひ出《小説》　　　　　06「猟奇」2(5)'29.5 p29

清水 桂一
うなぎ・しじみ・ふぐ
　　　　　　　　　　　32「探偵倶楽部」8(11)'57.11 p190
食欲の秋　　　　　　　32「探偵倶楽部」8(13)'57.12 p95

執筆者名索引

早春のたべもの　　　　32「探偵倶楽部」9(2)'58.2 p176
早春の料理　　　　　　32「探偵倶楽部」9(3)'58.3 p119
春と回春食　　　　　　32「探偵倶楽部」9(4)'58.4 p61
季節の味　　　　　　　32「探偵倶楽部」9(6)'58.5 p217
あゆ・かつお・筍　　　32「探偵倶楽部」9(7)'58.6 p175
夏魚の味　　　　　　　32「探偵倶楽部」9(8)'58.7 p163
精力のつく「銀杏」
　　　　　　　　　　　32「探偵倶楽部」9(13)'58.11 p121
胞衣料理《小説》
　　　　　　　　　　　32「探偵倶楽部」9(13)'58.11 p162
精力のつくのは豚の脂身か牛肉か
　　　　　　　　　　　32「探偵倶楽部」9(13)'58.11 p239

清水 崖
お話三つ　　　　　　　17「宝石」18(7)'63.5 p16

清水 三郎
闇黒の世にそむきて《小説》
　　　　　　　　　　　33「探偵実話」4(9)'53.8 p198
社会へ怨みの死の抗議
　　　　　　　　　　　33「探偵実話」5(2)'54.2 p214
情痴兄妹心中　　　　　33「探偵実話」5(4)'54.4 p194
呪いの振袖《小説》　　33「探偵実話」5(7)'54.6 p184
麗しのサブリナ《映画物語》
　　　　　　　　　　　33「探偵実話」5(12)'54.10 p39
たそがれの女心《映画物語》
　　　　　　　　　　　33「探偵実話」5(13)'54.11 p162
情痴の兄妹心中　　　　33「探偵実話」8(2)'57.1 p126
魔性の団地〈1〉《小説》
　　　　　　　　　　　33「探偵実話」13(1)'62.1 p40
作者の言葉　　　　　　33「探偵実話」13(1)'62.1 p42
魔性の団地〈2〉《小説》
　　　　　　　　　　　33「探偵実話」13(3)'62.2 p208
魔性の団地〈3〉《小説》
　　　　　　　　　　　33「探偵実話」13(4)'62.3 p40
魔性の団地〈4〉《小説》
　　　　　　　　　　　33「探偵実話」13(5)'62.4 p206
魔性の団地〈5〉《小説》
　　　　　　　　　　　33「探偵実話」13(6)'62.5 p228
魔性の団地〈6〉《小説》
　　　　　　　　　　　33「探偵実話」13(7)'62.6 p186
魔性の団地〈7・完〉《小説》
　　　　　　　　　　　33「探偵実話」13(9)'62.7 p148

清水 俊二
チャンドラアのハリウッド地図
　　　　　　　　　　　27「別冊宝石」3(5)'50.10 p113
チャンドラーのこと　　17「宝石」6(10)'51.10 p21
海外探偵小説を語る《座談会》
　　　　　　　　　　　17「宝石」6(11)'51.10増 p154
アンケート《アンケート》
　　　　　　　　　　　17「宝石」8(6)'53.6 p189
新版アメリカ風土記　　17「宝石」16(2)'61.2 p184
新版アメリカ風土記　　17「宝石」16(4)'61.3 p148
新版アメリカ風土記　　17「宝石」16(5)'61.4 p160
新版アメリカ風土記　　17「宝石」16(5)'61.5 p148
新版アメリカ風土記　　17「宝石」16(6)'61.6 p180
新版アメリカ風土記　　17「宝石」16(8)'61.7 p148
新版アメリカ風土記　　17「宝石」16(9)'61.8 p148
新版アメリカ風土記　　17「宝石」16(10)'61.9 p116
新版アメリカ風土記　　17「宝石」16(11)'61.10 p252
新版アメリカ風土記　　17「宝石」16(12)'61.11 p116
新版アメリカ風土記　　17「宝石」16(13)'61.12 p184

新版アメリカ風土記	17「宝石」17(1)'62.1 p190	
新版アメリカ風土記	17「宝石」17(3)'62.2 p184	
新版アメリカ風土記	17「宝石」17(4)'62.3 p148	
新版アメリカ風土記	17「宝石」17(5)'62.4 p148	
新版アメリカ風土記	17「宝石」17(6)'62.5 p148	
新版アメリカ風土記	17「宝石」17(7)'62.6 p148	
新版アメリカ風土記	17「宝石」17(10)'62.8 p152	
新版アメリカ風土記	17「宝石」17(11)'62.9 p152	
新版アメリカ風土記	17「宝石」17(13)'62.10 p184	
新版アメリカ風土記	17「宝石」17(14)'62.11 p152	
新版アメリカ風土記	17「宝石」17(16)'62.12 p152	
新版アメリカ風土記	17「宝石」18(1)'63.1 p148	
新版アメリカ風土記	17「宝石」18(3)'63.2 p116	
新版アメリカ風土記	17「宝石」18(4)'63.3 p116	
新版アメリカ風土記	17「宝石」18(5)'63.4 p116	
新版アメリカ風土記	17「宝石」18(7)'63.5 p116	
新版アメリカ風土記	17「宝石」18(8)'63.6 p184	
新版アメリカ風土記	17「宝石」18(9)'63.7 p116	
新版アメリカ風土記	17「宝石」18(11)'63.8 p152	
新版アメリカ風土記	17「宝石」18(12)'63.9 p152	
新版アメリカ風土記	17「宝石」18(13)'63.10 p152	
新版アメリカ風土記	17「宝石」18(15)'63.11 p152	
新版アメリカ風土記	17「宝石」18(16)'63.12 p152	

清水 正二郎
私は生きている!　　25「X」3(7)'49.6 p30
風来坊と軍事探偵《小説》
　　　　　17「宝石」11(9)'56.7 p116
ヒマラヤ挽歌《小説》
　　　　　17「宝石」11(16)'56.12 p224
回春の秘虫《小説》　17「宝石」12(2)'57.1増 p96
映画白昼魔を見る《座談会》
　　　　　17「宝石」12(5)'57.4 p142
妖しき情熱《小説》
　　　　　33「探偵実話」11(16)'60.11 p72
裸体の教育《小説》
　　　　　33「探偵実話」12(1)'61.1 p194
淫らなパアテイ《小説》
　　　　　33「探偵実話」12(3)'61.1 p214
殺人登録台帳《小説》
　　　　　33「探偵実話」12(2)'61.2増 p148
裏切り者の印《小説》
　　　　　33「探偵実話」12(4)'61.3 p226
美女の贈り物《小説》
　　　　　33「探偵実話」12(5)'61.4 p162
軍用の変型女性《小説》
　　　　　33「探偵実話」12(7)'61.5 p122
マイアミの情事《小説》
　　　　　33「探偵実話」12(8)'61.6 p76
美貌の英雄《小説》
　　　　　33「探偵実話」12(9)'61.7 p116
愛のいけにえ《小説》
　　　　　33「探偵実話」12(11)'61.8 p76
黒岩重吾という人　17「宝石」16(9)'61.8 p127
情慾の指導者《小説》
　　　　　33「探偵実話」12(12)'61.9 p212
裸像の検定《小説》
　　　　　33「探偵実話」12(12)'61.10 p188
女体スパイ戦《小説》
　　　　　33「探偵実話」12(15)'61.11 p68
慰安用女性《小説》
　　　　　33「探偵実話」12(16)'61.12 p82

女体の連絡《小説》
　　　　　33「探偵実話」13(1)'62.1 p100
金髪の美青年《小説》
　　　　　33「探偵実話」13(2)'62.2 p122
満ち足りた欲情《小説》
　　　　　33「探偵実話」13(4)'62.3 p206
愛への出発《小説》　33「探偵実話」13(5)'62.4 p70
テキサスのドラ息子《小説》
　　　　　33「探偵実話」13(6)'62.5 p174
処女を散らせ《小説》
　　　　　33「探偵実話」13(7)'62.6 p112
春と桜とデモ隊と《小説》
　　　　　33「探偵実話」13(9)'62.7 p114
悩ましきツイスト《小説》
　　　　　33「探偵実話」13(10)'62.8 p206
ビキニは大好き《小説》
　　　　　33「探偵実話」13(11)'62.9 p236
黒岩重吾という人　27「別冊宝石」16(1)'63.1 p165

清水 司郎
学生と探偵小説《座談会》
　　　　　17「宝石」11(1)'56.1 p136

清水 静一
偽装された無理心中
　　　　　33「探偵実話」9(2)'58.1増 p88

清水 青磁
探偵小説のパロディー
　　　　　11「ぷろふいる」3(10)'35.10 p92

清水 対岳坊
珍味蜂の子飯　　01「新趣味」17(2)'22.2 p96

清水 三重三
京の舞妓
　　　　　35「エロチック・ミステリー」3(8)'62.8 p70

清水 隆次
武芸もろもろ座談会《座談会》
　　　　　27「別冊宝石」7(1)'54.1 p169

紙魚老人
捕物地名考　　27「別冊宝石」7(3)'54.4 p191

シム, ジョルヂユ　→シムノン, ジョルジュ
ÇA《小説》　　06「猟奇」4(3)'31.5 p76
吃驚会!《小説》　　06「猟奇」4(4)'31.6 p38

シムス, ジョ・アアル
花嫁の秘密《小説》　01「新趣味」17(5)'22.5 p158

シムノン, ジョルジュ（シメノン, ジョルジュ）　→シム, ジョルヂユ
エトルタの無名婦人《小説》
　　　　　14「月刊探偵」2(5)'36.6 p76
リエージュの踊子《小説》
　　　　　15「探偵春秋」2(1)'37.1 p157
オランダの犯罪《小説》
　　　　　17「宝石」8(13)'53.11 p231
幕を閉じてから《小説》
　　　　　32「探偵倶楽部」4(11)'53.11 p249
サン・フォリアン寺院の首吊人《小説》
　　　　　27「別冊宝石」6(8)'53.11 p206
怪盗ルトン《小説》
　　　　　32「探偵倶楽部」5(2)'54.2 p255
影絵《小説》　32「探偵倶楽部」5(10)'54.10 p257
山峡の夜《小説》　32「探偵倶楽部」5(12)'54.12 p255

667

しむら

紅いロバ〈1〉《小説》
　　　　　32「探偵倶楽部」6(6)'55.6 p253
赤いロバ〈2〉《小説》
　　　　　32「探偵倶楽部」6(7)'55.7 p240
赤いロバ〈3・完〉《小説》
　　　　　32「探偵倶楽部」6(8)'55.8 p194
マリイ・ガラント号の謎《小説》
　　　　　32「探偵倶楽部」6(11)'55.11 p313
将軍暁に死す《小説》
　　　　　32「探偵倶楽部」6(12)'55.12 p150
消失三人女《小説》
　　　　　32「探偵倶楽部」7(1)'56.1 p314
マルセィユ特急《小説》
　　　　　32「探偵倶楽部」7(3)'56.3 p313
下宿人《小説》32「探偵倶楽部」7(6)'56.6 p323
海賊島《小説》32「探偵倶楽部」7(8)'56.7 p140
三つのレンブラント《小説》
　　　　　27「別冊宝石」10(10)'57.10 p210
伯爵夫人殺害事件《小説》
　　　　　32「探偵倶楽部」9(1)'58.1 p272
黒い石鹸《小説》　32「探偵倶楽部」9(10)'58.8 p76
ルフランソア事件《小説》
　　　　　32「探偵倶楽部」9(11)'58.9 p92
ヌウチ《小説》　27「別冊宝石」11(7)'58.9 p150
アストリア・ホテルの爆弾《小説》
　　　　　27「別冊宝石」11(9)'58.11 p138
メグレ対怪盗《小説》
　　　　　27「別冊宝石」13(1)'60.1 p156
ニュー・ファウンドランドで逢おう《小説》
　　　　　27「別冊宝石」13(9)'60.11 p178
死刑《小説》　　　17「宝石」18(1)'63.1 p313
開いた窓《小説》　17「宝石」18(4)'63.3 p302
停車——五十一分間《小説》
　　　　　27「別冊宝石」16(9)'63.10 p66

詩村 映二
魔術師の魅力　　17「宝石」6(13)'51.12 p204
神のみぞ知る《小説》
　　　　　32「探偵クラブ」3(2)'52.2 p109

志村 五郎
情熱に生きる作家　17「宝石」17(3)'62.2 p158
信念に徹する人　27「別冊宝石」16(6)'63.7 p160

志村 栄
手拭い　　　32「探偵倶楽部」4(9)'53.9 p225
二人の毒殺魔　32「探偵倶楽部」4(11)'53.11 p195

志村 立美
京の夏　　35「エロチック・ミステリー」3(2)'62.6 p38

紫田 一重
故夢野先生を悼む　14「月刊探偵」2(4)'36.5 p74

子母沢 寛
近世侠客伝《小説》
　　　　　27「別冊宝石」12(4)'59.4 p126
意地《小説》　　27「別冊宝石」12(8)'59.8 p256
弁天小僧《小説》
　　　　　27「別冊宝石」12(10)'59.10 p102
次郎吉ざんげ　　27「別冊宝石」13(2)'60.2 p190
次郎太川止め《小説》
　　　　　35「エロチック・ミステリー」1(1)'60.8 p146
流れ木《小説》
　　　　　35「エロチック・ミステリー」1(3)'60.10 p154

下田 鮎太
麦酒物語　　　　17「宝石」11(9)'56.7 p75
麦酒物語　　　　17「宝石」11(10)'56.7増 p95
ウイスキー物語　17「宝石」11(10)'56.7増 p199
ウイスキー物語　17「宝石」11(12)'56.9 p73
葡萄酒物語　　　17「宝石」11(13)'56.9増 p123
ピストル談義　　17「宝石」11(14)'56.10 p219
続・ピストル談義　27「別冊宝石」9(8)'56.11 p155
尾籠譚　　　　　17「宝石」12(1)'57.1 p141
南極探検譚　　　17「宝石」12(1)'57.1 p177
泰西色豪譚　　　17「宝石」12(2)'57.1増 p20
泰西色豪譚　　　17「宝石」12(2)'57.1増 p59
自動車古今東西　17「宝石」12(3)'57.2 p127
新婚旅行心得帖　17「宝石」12(6)'57.4増 p87
泰西色豪譚　　　17「宝石」12(6)'57.4増 p137
泰西色豪譚　　　17「宝石」12(6)'57.4増 p161
ハンカチーフの挿話　17「宝石」12(7)'57.5 p107
泰西色豪譚　　　17「宝石」12(11)'57.8増 p71
スカートのなかの流行
　　　　　27「別冊宝石」12(8)'59.8 p142
ネグリジェさん こんばんは
　　　　　27「別冊宝石」12(10)'59.10 p174
ベッド物語　　27「別冊宝石」12(12)'59.12 p117

下田 丹次郎
二人で現場を《対談》　17「宝石」19(5)'64.4 p120

下田 まり
宝石物語　　　　17「宝石」11(14)'56.10 p277
銀座の柳　　　　27「別冊宝石」9(8)'56.11 p45
おんなのしたぎのはなし
　　　　　17「宝石」12(2)'57.1増 p263

下田 マリ
おんなのしたぎのはなし
　　　　　17「宝石」12(11)'57.8増 p207

下斗 健
死《小説》　　　15「探偵春秋」2(6)'37.6 p71

霜野 二一彦
草野球　　　　　17「宝石」18(4)'63.3 p20

シモーノフ
ケルチの石切り場　32「探偵倶楽部」4(2)'53.3 p206

下平 融
謎の指紋　　　　32「探偵クラブ」2(8)'51.9 p85

下村 海南
ハガキ回答《アンケート》
　　　　　11「ぷろふいる」4(6)'36.6 p97

シモン, エス・チエ
美食家ド・バア氏の献立表《小説》
　　　　　06「猟奇」5(1)'32.1 p42

シモン, シマツタ
みどりの園　　11「ぷろふいる」4(12)'36.12 p133

シモン, ハリリ
誤診悲話《小説》　09「探偵小説」2(3)'32.3 p148

司家 亜緑
[詩]《詩》　　　04「探偵趣味」3 '25.11 p43

志屋 信也
新版売春学　　　06「猟奇」4(5)'31.7 p52

ジャクソン, W・H
殺したのは判事？　09「探偵小説」2(4)'32.4 p109

執筆者名索引　　　　　　　　　　　しゆん

ジャクソン，クライヴ
　ヴァルニスの剣士《小説》
　　　　　　　　　27「別冊宝石」14(1)'61.1 p172
弱法師 光
　探偵小説創作論　　22「新探偵小説」4 '47.10 p24
ジャコブス，W・W
　古井戸《小説》　　　09「探偵小説」2(3) '32.3 p92
　身代り奇譚《小説》　09「探偵小説」2(5) '32.5 p76
　猿の足《小説》　　32「探偵倶楽部」6(8) '55.8 p174
　呪いの護符《小説》
　　　　　　　　32「探偵倶楽部」8(7) '57.7増 p214
鯱 城一郎
　人情放浪者《小説》　　　25「X」4(2) '50.3 p68
　人間椅子《小説》　　33「探偵実話」12(8) '61.6 p62
シャッド，ハロルド・ジョージ
　面会人《小説》　　　17「宝石」13(13) '58.10 p298
シヤランソル，G
　モーリス・ルブラン訪問記
　　　　　　　　　　09「探偵小説」2(1) '32.1 p96
シヤルマン，マツクス
　グラウンド・フロア物語
　　　　　　　　　　32「探偵クラブ」2(6) '51.8 p40
シャーレッド，T・L
　努力《小説》　　　　27「別冊宝石」17(3) '64.3 p289
射和 俊介
　悪魔性の矛盾律　　15「探偵春秋」2(7) '37.7 p7
ジャン カア（ジャン，カア）　→日影丈吉
　レストラン通いの心得帖の巻
　　　　　　　　32「探偵倶楽部」6(10) '55.10 p19
　レストラン通いの心得帖の巻
　　　　　　　　32「探偵倶楽部」6(11) '55.11 p19
　レストラン通いの心得帖の巻
　　　　　　　　32「探偵倶楽部」6(12) '55.12 p19
　レストラン通いの心得帖の巻
　　　　　　　　32「探偵倶楽部」7(1) '56.1 p19
　レストラン通いの心得帖の巻
　　　　　　　　32「探偵倶楽部」7(2) '56.2 p15
　レストラン通いの心得帖の巻
　　　　　　　　32「探偵倶楽部」7(3) '56.3 p19
　レストラン通いの心得帖の巻
　　　　　　　　32「探偵倶楽部」7(4) '56.4 p19
　レストラン通いの心得帖の巻
　　　　　　　　32「探偵倶楽部」7(5) '56.5 p19
　レストラン通いの心得帖の巻
　　　　　　　　32「探偵倶楽部」7(6) '56.6 p19
　レストラン通い心得帳
　　　　　　　　32「探偵倶楽部」7(8) '56.7 p138
シャンタン，マルセル
　一夜の恐怖《小説》
　　　　　　　　32「探偵倶楽部」7(8) '56.7 p290
チヤンヌ，アンリ
　拾つた蹄鉄《小説》　　17「宝石」1(5) '46.8 p45
ジヤンヌ，ルネ
　パリの神学生《小説》
　　　　　　　　　　09「探偵小説」2(4) '32.4 p114
上海 通人
　青幇と紅幇　　　　15「探偵春秋」2(3) '37.3 p41

栄 理一
　砒素の谷《小説》　27「別冊宝石」5(10) '52.12 p194
重賀 幸雄
　夜光虫《小説》　　27「別冊宝石」10(1) '57.1 p137
十九日会会員
　蟹屋敷《小説》　　　　11「ぷろふいる」5(2) '37.2 p52
秋風生
　ボタンと徽章　　　　01「新趣味」18(4) '23.4 p155
シュオツプ，マルセル
　死の列車《小説》　32「探偵倶楽部」4(7) '53.7 p100
　死の急行列車《小説》
　　　　　　　　32「探偵倶楽部」7(9) '56.8 p219
朱鳥　→村正朱鳥
　人間味に富んだ探偵を
　　　　　　　　　　12「探偵文学」2(4) '36.4 p37
朱鳥生　→村正朱鳥
　終つてゐた一生　　　12「探偵文学」2(2) '36.2 p28
シユーツ，ネヴィル
　魔の夜間飛行《小説》
　　　　　　　　　32「探偵倶楽部」6(1) '55.1 p258
首藤 嘉子
　タダ一つ神もし許し賜はゞ…《アンケート》
　　　　　　　　　　　06「猟奇」4(3) '31.5 p69
　ワルツの客《小説》　　06「猟奇」4(4) '31.6 p12
ジュニアー，フランク
　物置の屍体!《小説》
　　　　　　　　　02「秘密探偵雑誌」1(2) '23.6 p81
シューピン，オシップ
　二重生活者の悲劇《小説》
　　　　　　　　　32「探偵倶楽部」5(3) '54.3 p264
朱船荘主人
　猥褻人相学入門〈1〉　　06「猟奇」4(6) '31.9 p53
　猥褻人相学入門〈2〉　　06「猟奇」4(7) '31.12 p15
シュミット，ハイマー
　狙われた処女肌　　33「探偵実話」2(6) '51.5 p54
シユミツト，ハイマー
　黒覆面のLL　　　　32「探偵倶楽部」3(7) '52.8 p92
　大金庫の死美人　　32「探偵倶楽部」3(8) '52.9 p196
　月夜の淫獣　　　　32「探偵倶楽部」4(1) '53.2 p46
　吸血獣記　　　　　32「探偵倶楽部」4(3) '53.4 p92
　放射線殺人事件　　32「探偵倶楽部」9(14) '58.12 p210
シユムツカア，エルンスト
　知りすぎた男《小説》
　　　　　　　　32「探偵倶楽部」9(10) '58.8 p281
シユワルツ，ハインリツヒ
　旧友《小説》　　　15「探偵春秋」2(5) '37.5 p67
準　→水谷準
　新刊紹介　　　　　04「探偵趣味」20 '27.6 p51
　探偵競技　　　　　04「探偵趣味」4(4) '28.4 p40
潤　→田中潤司
　ストリブリングとポジオリ教授
　　　　　　　　　　17「宝石」11(11) '56.8 p37
　ポアロの探索について　17「宝石」11(12) '56.9 p20
　ハメット・&・スペイド
　　　　　　　　　　17「宝石」11(14) '56.10 p200
　少年作家の第二作　17「宝石」11(16) '56.12 p118
　三人キング　　　　17「宝石」12(1) '57.1 p205

669

しゅん

奇妙な偶然　　　　　　　17「宝石」12(4)'57.3 p90
人間百科辞典の登場　　　17「宝石」12(7)'57.5 p111
スチュアート・パーマーについて
　　　　　　　　　　　　17「宝石」12(9)'57.7 p157

シュン, コーラ

幽霊は何処へも行かない
　　　　　　　　　32「探偵クラブ」3(4)'52.4 p185

春風亭 柳橋

とんち余談　　　　　　17「宝石」17(16)'62.12 p296

ショウ, アーウィン

ブレーメン号の水夫《小説》
　　　　　　　　　　　　17「宝石」16(5)'61.4 p300

城 昭子

『反逆』をみる《座談会》
　　　　　　　　32「探偵倶楽部」3(12)'52.12 p130

城 雀村

血塗られた十字架　　　　07「探偵」1(6)'31.10 p63

城 辰也

日影丈吉小論　　　　　17「宝石」18(13)'63.10 p182

城 武夫

寛政時代に於ける刑事考
　　　　　　　　　　　　07「探偵」1(5)'31.9 p100

城 彦吉

唾者矯正法奇譚《小説》
　　　　　　　　　11「ぷろふいる」2(9)'34.9 p87

城 昌幸

秘密結社脱走人に絡る話《小説》
　　　　　　　　　　　03「探偵文芸」1(5)'25.7 p2
架空の現実《小説》　03「探偵文芸」1(6)'25.8 p3
今様百物語　　　　　03「探偵文芸」1(7)'25.9 p76
シヤンプオオル氏事件の顚末《小説》
　　　　　　　　　　　03「探偵文芸」1(8)'25.10 p2
秘密を売られる人々《小説》
　　　　　　　　　　　03「探偵文芸」1(9)'25.11 p7
妄想の囚虜《小説》　03「探偵文芸」1(9)'25.11 p14
探偵趣味問答《アンケート》
　　　　　　　　　　　04「探偵趣味」3 '25.11 p43
鑑定料《小説》　　03「探偵文芸」1(10)'25.12 p8
虚偽の断層《小説》　03「探偵文芸」2(1)'26.1 p162
宝石《小説》　　　　03「探偵文芸」2(2)'26.2 p77
燭涙《小説》　　　　03「探偵文芸」2(3)'26.3 p24
偽計《小説》　　　　03「探偵文芸」2(4)'26.4 p16
綺語漫語　　　　　　04「探偵趣味」7 '26.4 p28
東方見聞《小説》　　04「探偵趣味」7 '26.4 p54
毒二題（月光・晶杯）《小説》
　　　　　　　　　　　03「探偵文芸」2(5)'26.5 p10
七夜譚《小説》　　　03「探偵文芸」2(6)'26.6 p19
探偵小説合評《座談会》04「探偵趣味」9 '26.6 p56
仮面舞踏会《小説》　04「探偵趣味」10 '26.7 p21
此の二人《小説》　　04「探偵趣味」14 '26.12 p18
クローズ・アップ《アンケート》
　　　　　　　　　　04「探偵趣味」14 '26.12 p40
クローズ・アップ《アンケート》
　　　　　　　　　　04「探偵趣味」15 '27.1 p54
薄暮《小説》　　　　04「探偵趣味」17 '27.3 p14
クローズ・アップ《アンケート》
　　　　　　　　　　04「探偵趣味」19 '27.5 p38
譚《小説》　　　　　04「探偵趣味」22 '27.8 p65
運命の抛物線《小説》04「探偵趣味」26 '27.12 p2

本年度印象に残れる作品、来年度ある作家への希望
《アンケート》
　　　　　　　　　　04「探偵趣味」26 '27.12 p60
墓穴《小説》　　　　　04「探偵趣味」4(2)'28.2 p6
猜疑の余地《小説》　　04「探偵趣味」4(7)'28.7 p10
死人に口なし《小説》　06「猟奇」2(1)'29.1 p2
最も安全なる死体隠蔽法《小説》
　　　　　　　　　　　07「探偵」1(1)'31.5 p147
情熱の一夜《小説》　　07「探偵」1(2)'31.6 p55
事実は小説よりも奇なり07「探偵」1(5)'31.9 p86
短銃《小説》　　　　　10「探偵クラブ」4 '32.8 p27
面白い話《小説》　　　11「ぷろふいる」3(2)'35.2 p20
ハガキ回答《アンケート》
　　　　　　　　　11「ぷろふいる」3(12)'35.12 p46
嘘の世界　　　　　　　14「月刊探偵」2(1)'36.1 p4
ハガキ回答《アンケート》
　　　　　　　　　　12「探偵文学」1(10)'36.1 p14
美神の私生児　　　　　12「探偵文学」2(4)'36.4 p28
死人の手紙　　　　　　12「シュピオ」3(4)'37.5 p107
お問合せ《アンケート》
　　　　　　　　　　　12「シュピオ」3(5)'37.6 p50
盲光線事件《脚本》　　12「シュピオ」3(7)'37.9 p71
ハガキ回答《アンケート》
　　　　　　　　　　　12「シュピオ」4(1)'38.1 p20
野心　　　　　　　　　17「宝石」1(1)'46.3 p35
うら表《小説》　　　　17「宝石」1(1)'46.3 p36
タットル大尉を囲む探偵作家の座談会《座談会》
　　　　　　　　　　　17「宝石」1(2)'46.5 p19
ラビリンス《小説》　　17「宝石」1(2)'46.5 p34
暗闇まつり《小説》　　17「宝石」1(4)'46.6 p30
女優殺人　　　　　　　17「宝石」1(4)'46.7 p2
お年貢金五百両《脚本》17「宝石」1(5)'46.8 p20
昔の恋人《小説》　　　18「トップ」1(3)'46.10 p13
観水亭事件《小説》　　16「ロック」1(5)'46.10 p93
沼の精《小説》　　　　17「宝石」1(6・7)'46.10 p40
花神の殺人《小説》　　20「探偵よみもの」30 '46.11 p6
二十年前　　　　　　　19「ぷろふいる」1(2)'46.12 p46
新春探偵小説討論会《座談会》
　　　　　　　　　　　17「宝石」2(1)'47.1 p22
幻想ト岬《小説》　　　17「宝石」2(1)'47.1 p44
亡者ごろし《小説》　　17「宝石」2(3)'47.4 p48
一つの倫理　　　　　　23「真珠」1 '47.4 p18
凍つた湖《脚本》　　　17「宝石」2(4)'47.5 p36
憂愁の人　　　　　　　21「黒猫」1(2)'47.6 p10
創刊号に寄す　　　　　22「新探偵小説」1(2)'47.6 p1
怪奇の創造《小説》　　24「妖奇」1(1)'47.7 p25
心中歌さばき《小説》　24「妖奇」1(3)'47.9 p1
ハガキ回答《アンケート》
　　　　　　　　　　　25「Gメン」1(1)'47.10 p22
情熱《小説》　　　　　25「Gメン」1(2)'47.11 p14
影の女《小説》　　　　20「探偵よみもの」34 '47.12 p4
月光殺人事件《脚本》　25「Gメン」1(3)'47.12 p4
生ける屍《小説》　　　23「真珠」3 '47.12 p16
殺人の蹉音　　　　　　26「フーダニット」2(1)'48.1 p38
尻取り経文《小説》　　27「別冊宝石」一 '48.1 p56
まぼろし《小説》　　　17「宝石」3(1)'48.1 p41
ぶらぶら小袖《小説》　23「妖奇」2(4)'48.3 p32
南蛮桔子　　　　　　　19「仮面」3(2)'48.3 p43
幽霊駕籠《小説》　　　19「仮面」夏の増刊 '48.6 p18

しょう

夢見る《小説》	21「黒猫」2(9)'48.7 p6
幻滅《小説》	28「影」'48.7 p22
双面黄楊の小櫛《小説》	
	19「仮面」臨時増刊 '48.8 p22
新人書下し探偵小説合評会《座談会》	
	17「宝石」3(9)'48.12 p48
スタイリスト《小説》	17「宝石」3(9)'48.12 p58
ある恋文《小説》	17「宝石」4(1)'49.1 p71
猿智恵《小説》	20「探偵よみもの」38 '49.1 p87
傀儡人形《小説》	29「探偵趣味」(戦後版)'49.1 前l
桃源《小説》	17「宝石」4(6)'49.6 p76
怪談京土産《小説》	17「宝石」4(8)'49.8 p4
思ひ出	17「宝石」4(8)'49.8 p22
探偵小説愛好者座談会《座談会》	
	17「宝石」— '49.9増 p132
道化役《小説》	17「宝石」4(11)'49.12 p168
期待のない期待	17「宝石」5(1)'50.1 p88
娘八卦沢火華《小説》	24「妖奇」4(1)'50.1 p94
その夜《小説》	17「宝石」5(1)'50.1 p258
探偵作家幽霊屋敷へ行く《座談会》	
	17「宝石」5(2)'50.2 p82
翻訳小説の新時代を語る《座談会》	
	17「宝石」5(4)'50.4 p223
新人探偵作家を語る《座談会》	
	27「別冊宝石」3(2)'50.4 p190
新聞と探偵小説と犯罪《座談会》	
	17「宝石」5(5)'50.5 p96
もう一つの裏《小説》	
	32「怪奇探偵クラブ」1 '50.5 p91
現代の犯罪捜査を語る《座談会》	
	17「宝石」5(6)'50.6 p156
若さま侍の時代	27「別冊宝石」3(3)'50.6 p188
無題	34「鬼」1 '50.7 p7
影の路《小説》	17「宝石」5(7)'50.7 p88
句読点のごとく吸ふ	17「宝石」5(7)'50.7 p154
海外探偵小説放談《座談会》	
	17「宝石」5(8)'50.8 p124
秘密島《小説》	32「探偵クラブ」1(1)'50.8 p218
官界財界アマチュア探偵小説放談座談会《座談会》	
	27「別冊宝石」3(4)'50.8 p194
中国の探偵小説を語る《座談会》	
	17「宝石」5(9)'50.9 p130
百万円懸賞探偵小説B級作品入選誌上発表《座談会》	
	17「宝石」5(9)'50.9 p212
お好み捕物帳座談会《座談会》	
	17「宝石」5(10)'50.10 p159
両国橋 天満橋《小説》	
	17「宝石」5(10)'50.10 p206
花結び《小説》	17「宝石」5(12)'50.12 p86
花ながれ《小説》	17「宝石」6(4)'51.4 p58
宿命《小説》	32「探偵クラブ」2(4)'51.6 p67
探偵小説のあり方を語る座談会《座談会》	
	17「宝石」6(7)'51.7 p46
戦後異常犯罪の解剖《座談会》	
	17「宝石」6(8)'51.8 p67
その家《小説》	17「宝石」6(8)'51.8 p118
からくり蠟燭《小説》	
	32「探偵クラブ」2(7)'51.8増 p199
座談会「宝石」を俎上にのせる《座談会》	
	17「宝石」6(9)'51.9 p58

座談会ラジオ・スター大いに語る《座談会》	
	17「宝石」6(10)'51.10 p80
座談会お笑い怪談《座談会》	
	17「宝石」6(10)'51.10 p278
海外探偵小説を語る《座談会》	
	17「宝石」6(11)'51.10増 p154
若さま侍捕物手帖《脚本》	
	17「宝石」6(11)'51.10増 p178
放送探偵劇を語る《座談会》	
	17「宝石」6(12)'51.11 p74
『怪談』などに就いて	34「鬼」5 '51.11 p2
座談会飛躍する宝石《座談会》	
	17「宝石」7(1)'52.1 p165
短篇二ツ《小説》	17「宝石」7(1)'52.1 p208
鳥追ひ噺《小説》	27「別冊宝石」5(1)'52.1 p203
20万円懸賞短篇コンクール詮衡座談会《座談会》	
	17「宝石」7(3)'52.3 p14
その夜〔原作〕《絵物語》	
	33「探偵実話」3(3)'52.3 p23
宝石《小説》	33「探偵実話」3(4)'52.3増 p109
猟銃《小説》	17「宝石」7(4)'52.4 p150
自殺倶楽部《小説》	
	32「探偵倶楽部」3(6)'52.6 p208
ろくろッ首《小説》	27「別冊宝石」5(5)'52.6 p216
追ひ銭《小説》	33「探偵実話」3(6)'52.6 p142
幻ごろし《小説》	27「別冊宝石」5(8)'52.8 p60
海の怪談二つ《小説》	
	27「別冊宝石」5(8)'52.8 p200
その暴風雨	33「探偵実話」3(11)'52.9増 p67
コンクール選評座談会《座談会》	
	17「宝石」7(9)'52.10 p89
老妻《小説》	17「宝石」7(10)'52.10 p274
[社長新任挨拶]	17「宝石」7(11)'52.11 p206
日本探偵小説界創世期を語る《座談会》	
	17「宝石」8(1)'53.1 p178
謎文東海道土産《脚本》	
	27「別冊宝石」6(1)'53.1 p289
狂い恋《小説》	17「宝石」8(4)'53.3増 p270
狂い恋《小説》	17「宝石」8(4)'53.3増 p349
入賞作品詮衡座談会《座談会》	
	17「宝石」8(3)'53.4 p76
探偵作家と警察署長の座談会《座談会》	
	32「探偵倶楽部」4(5)'53.5 p98
猟奇商人《小説》	27「別冊宝石」6(3)'53.5 p148
略儀	27「別冊宝石」6(3)'53.5 p151
自選の理由	27「別冊宝石」6(3)'53.5 p155
探偵小説と実際の犯罪	
	32「探偵倶楽部」4(6)'53.6 p194
別れ言葉《小説》	27「別冊宝石」6(4)'53.6 p57
捕物帖裏の裏座談会《座談会》	
	27「別冊宝石」6(4)'53.6 p84
雨夜の尋ね人《小説》	
	27「別冊宝石」6(6)'53.9 p68
『連作について』の座談会《座談会》	
	17「宝石」8(11)'53.10 p78
吸血鬼《小説》	17「宝石」8(12)'53.10増 p72
ユラリウム《小説》	17「宝石」8(14)'53.12 p60
痩せ我慢《小説》	32「探偵倶楽部」5(1)'54.1 p127
影《小説》	17「宝石」9(1)'54.1 p122
乙女の瞳《小説》	27「別冊宝石」7(1)'54.1 p102

671

しょう

希望《小説》　　　　17「宝石」9(3)'54.3 p152
人花《小説》　　　　17「宝石」9(4)'54.3増 p72
人間勘定《小説》　32「探偵倶楽部」5(4)'54.4 p87
入賞作品選衡座談会《座談会》
　　　　　　　　　　17「宝石」9(5)'54.4 p70
糸くづ感状《小説》　27「別冊宝石」7(3)'54.4 p270
美貌術師《小説》　33「探偵実話」5(5)'54.4増 p130
ヂャマイカ氏の実験《小説》
　　　　　　　　27「別冊宝石」7(5)'54.6 p66
「ヂャマイカ氏の実験」について
　　　　　　　　27「別冊宝石」7(5)'54.6 p69
晶杯《小説》　　　17「宝石」9(10)'54.8増 p306
好色罪有り《小説》　27「別冊宝石」7(7)'54.9 p354
偽片輪美女仇討《小説》
　　　　　　　　33「探偵実話」5(11)'54.9増 p97
中有の世界《脚本》
　　　　　　　　27「別冊宝石」7(9)'54.11 p300
乱歩氏を祝う《座談会》
　　　　　　　32「探偵倶楽部」5(12)'54.12 p234
三つ巴斗ち《小説》　27「別冊宝石」8(1)'55.1 p62
怪恋の指無男《小説》
　　　　　　　　33「探偵実話」6(3)'55.2増 p88
民族意識《小説》　32「探偵倶楽部」6(3)'55.3 p275
死人の手紙《小説》　17「宝石」10(5)'55.3増 p308
入賞作品詮衡座談会《座談会》
　　　　　　　　　17「宝石」10(6)'55.4 p127
波の音《小説》　　　17「宝石」10(7)'55.5 p90
復活の霊液《小説》　17「宝石」10(9)'55.6増 p308
煙草と探偵小節《座談会》
　　　　　　　　　17「宝石」10(10)'55.7 p154
あやめ姿《小説》　32「探偵倶楽部」6(8)'55.8 p220
光彩ある絶望《小説》
　　　　　　　　　17「宝石」10(12)'55.8増 p50
まんじ笠《小説》　27「別冊宝石」9(4)'55.9 p284
猟銃《小説》　　　33「探偵実話」6(12)'55.10増 p337
シヤンブオル氏事件の顛末《小説》
　　　　　　　　　17「宝石」10(16)'55.11増 p56
自殺倶楽部《脚本》
　　　　　　　　　17「宝石」11(1)'56.1 p28
五月闇《小説》　　17「宝石」11(5)'56.3増 p288
絶壁《小説》　　33「探偵実話」7(5)'56.3増 p263
入賞作品詮衡座談会《座談会》
　　　　　　　　　17「宝石」11(6)'56.4 p113
シヤンブオル氏事件の顛末《小説》
　　　　　　　27「別冊宝石」9(5)'56.6 p54
模型《小説》　　　17「宝石」11(10)'56.7増 p96
秘密島《小説》　33「探偵実話」7(11)'56.7増 p356
影の運命《小説》　17「宝石」11(13)'56.9増 p156
面白い話《小説》
　　　　　　　　33「探偵実話」7(16)'56.11増 p134
ものの影《小説》　17「宝石」12(1)'57.1 p178
罰せられざる罪《小説》
　　　　　　　　　17「宝石」12(2)'57.1増 p140
猟奇商人《小説》　33「探偵実話」8(5)'57.3増 p83
入賞作品選考座談会《座談会》
　　　　　　　　　17「宝石」12(5)'57.4 p88
都会の神秘《小説》　17「宝石」12(6)'57.4増 p252
炎の夢《小説》　　17「宝石」12(11)'57.8増 p228
樽の中に住む話《座談会》
　　　　　　　　　17「宝石」12(13)'57.10増 p112
アンケート《アンケート》
　　　　　　　　　17「宝石」12(14)'57.11 p103

波の音《小説》　　33「探偵実話」8(15)'57.11 p171
三人甚内《小説》
　　　　　　　　32「探偵倶楽部」8(12)'57.11増 p76
猿智慧《小説》　　17「宝石」12(15)'57.11増 p170
「新青年」歴代編集長座談会《座談会》
　　　　　　　　　17「宝石」12(16)'57.12 p98
綺麗な眼《小説》　17「宝石」13(1)'58.1 p80
運命を搬ぶ者《小説》
　　　　　　　　　17「宝石」13(2)'58.1増 p198
宮城まり子　　　　17「宝石」13(4)'58.3 p13
ママゴト《小説》　17「宝石」13(5)'58.4 p186
「新人二十五人集」入選作品選評座談会《座談会》
　　　　　　　　　17「宝石」13(5)'58.4 p208
ヂャマイカ氏の実験《小説》
　　　　　　　32「探偵倶楽部」9(5)'58.4増 p128
魂の殺人《小説》　17「宝石」13(7)'58.5増 p110
死者と生者《小説》　17「宝石」13(9)'58.7 p177
不破洲堂の恋《小説》
　　　　　　　　　17「宝石」13(11)'58.8増 p258
艶隠者《小説》　　27「別冊宝石」11(8)'58.10 p256
幽霊《小説》　　33「探偵実話」9(14)'58.10増 p195
「共犯者」合評会《座談会》
　　　　　　　　　17「宝石」13(14)'58.11 p282
さつき晴れ《小説》
　　　　　　　27「別冊宝石」11(10)'58.12 p102
ゲイジツ写真　　　17「宝石」14(1)'59.1 p17
探偵小説・回顧と展望《座談会》
　　　　　　　　　17「宝石」14(1)'59.1 p290
彷徨《小説》　　　17「宝石」14(2)'59.2 p130
「新人二十五人集」入選作品選評座談会《座談会》
　　　　　　　　　17「宝石」14(4)'59.4 p212
指《小説》　　　27「別冊宝石」12(4)'59.4 p182
殺人淫楽《小説》
　　　　　　　　33「探偵実話」10(10)'59.7増 p254
新人作家の抱負《座談会》
　　　　　　　　　17「宝石」14(9)'59.8 p254
古い長持《小説》　17「宝石」14(10)'59.9 p178
飲み計算　　　　33「探偵実話」11(13)'59.11 p87
分身《小説》　　　17「宝石」15(2)'60.2 p190
昭和35年度宝石賞選評座談会《座談会》
　　　　　　　　　17「宝石」15(5)'60.4 p238
十五両奇譚《小説》
　　　　　　35「エロティック・ミステリー」1(1)'60.8 p170
福の神行状《小説》
　　　　　　35「エロティック・ミステリー」2(1)'61.1 p198
根の無い話3篇《小説》　17「宝石」16(1)'61.1 p218
風の神お宿《小説》
　　　　　　35「エロティック・ミステリー」2(2)'61.2 p54
春雨娘《小説》
　　　　　　35「エロティック・ミステリー」2(3)'61.3 p254
昭和36年度宝石賞選考座談会《座談会》
　　　　　　　　　17「宝石」16(5)'61.4 p216
仙人仙薬《小説》
　　　　　　35「エロティック・ミステリー」2(4)'61.4 p250
恋慕ごろし《小説》
　　　　　　35「エロティック・ミステリー」2(5)'61.5 p208
おちよ影二ツ《小説》
　　　　　　35「エロティック・ミステリー」2(6)'61.6 p254
白夢《小説》　　　17「宝石」16(7)'61.6 p274
ながれ舟《小説》
　　　　　　35「エロティック・ミステリー」2(7)'61.7 p188

しょう

猟銃《小説》　　　27「別冊宝石」14(4)'61.7 p126
スタイリスト《小説》
　　　　　　　　27「別冊宝石」14(4)'61.7 p133
絶壁《小説》　　　27「別冊宝石」14(4)'61.7 p136
間の宿
　　　35「エロチック・ミステリー」2(8)'61.8 p23
三人甚内《小説》
　　　35「エロチック・ミステリー」2(8)'61.8 p100
大佐の家《小説》　17「宝石」16(10)'61.9 p190
秋草幽霊
　　　35「エロチック・ミステリー」2(9)'61.9 p228
恋の生首《小説》
　　　35「エロチック・ミステリー」2(10)'61.10 p172
十六剣通し《小説》
　　　35「エロチック・ミステリー」2(11)'61.11 p238
濡れ衣神
　　　35「エロチック・ミステリー」2(12)'61.12 p160
逃げた女〈1〉《小説》
　　　35「エロチック・ミステリー」3(1)'62.1 p118
逃げた女〈2・完〉《小説》
　　　35「エロチック・ミステリー」3(2)'62.2 p224
猟奇商人《小説》　27「別冊宝石」15(1)'62.2 p147
自選の弁　　　　　27「別冊宝石」15(1)'62.2 p149
文使い姫〈1〉《小説》
　　　35「エロチック・ミステリー」3(4)'62.4 p142
京都ぶら〱
　　　35「エロチック・ミステリー」3(4)'62.4 p166
〈宝石賞〉選考座談会《座談会》
　　　　　　　　　17「宝石」17(5)'62.4 p188
伊豆の温泉
　　　35「エロチック・ミステリー」3(5)'62.5 p66
側面観　　　　　　17「宝石」17(6)'62.5 p105
文使い姫〈2・完〉《小説》
　　　35「エロチック・ミステリー」3(5)'62.5 p192
どんどろ舟《小説》
　　　35「エロチック・ミステリー」3(6)'62.6 p130
さつき闇《小説》
　　　35「エロチック・ミステリー」3(7)'62.7 p24
女難かなわ面《小説》
　　　35「エロチック・ミステリー」3(8)'62.8 p100
生霊ばなし《小説》
　　　35「エロチック・ミステリー」3(9)'62.9 p130
裂姿懸け榎《小説》
　　　35「エロチック・ミステリー」3(10)'62.10 p102
悪洒落ごろし《小説》
　　　35「エロチック・ミステリー」3(11)'62.11 p118
ポオの翻訳　　　　17「宝石」17(15)'62.11 p107
色豪伝《小説》
　　　35「エロチック・ミステリー」3(12)'62.12 p80
2+2=0《小説》　　17「宝石」17(16)'62.12 p246
御松茸御用《小説》
　　　35「エロチック・ミステリー」4(1)'63.1 p110
江戸女《小説》
　　　35「エロチック・ミステリー」4(2)'63.2 p98
かきすて
　　　35「エロチック・ミステリー」4(2)'63.2 p125
一日駕籠屋《小説》
　　　35「エロチック・ミステリー」4(3)'63.3 p110
深川若衆《小説》
　　　35「エロチック・ミステリー」4(4)'63.4 p94

昭和38年度宝石短篇賞選考委員会《座談会》
　　　　　　　　　17「宝石」18(5)'63.4 p124
半分幽霊《小説》
　　　35「エロチック・ミステリー」4(5)'63.5 p106
首つり榎《小説》
　　　35「エロチック・ミステリー」4(6)'63.6 p108
胡堂氏の一面
　　　35「エロチック・ミステリー」4(7)'63.7 p54
呪えば穴二つ
　　　35「エロチック・ミステリー」4(7)'63.7 p108
川供養《小説》
　　　35「エロチック・ミステリー」4(8)'63.8 p100
五両執念
　　　35「エロチック・ミステリー」4(9)'63.9 p102
猫の弁当《小説》
　　　35「エロチック・ミステリー」4(10)'63.10 p108
SF的に　　　　　17「宝石」18(14)'63.10増 p150
用心棒《小説》
　　　35「エロチック・ミステリー」4(11)'63.11 p74
罪つくり
　　　35「エロチック・ミステリー」4(12)'63.12 p94
風の神お宿《小説》
　　　35「エロチック・ミステリー」5(1)'64.1 p152
はかなさ《小説》　17「宝石」19(1)'64.1 p195
人化け狸《小説》　35「ミステリー」5(2)'64.2 p114
花見茶番《小説》　35「ミステリー」5(3)'64.3 p60
かいやぐら《小説》
　　　　　　　　　35「ミステリー」5(4)'64.4 p138
第五回宝石短篇賞選考座談会《座談会》
　　　　　　　　　17「宝石」19(5)'64.4 p168
ホーム・ミステリーの藤木さん
　　　　　　　　　17「宝石」19(5)'64.4 p215
宝石　　　　　　　17「宝石」19(7)'64.5 p15
春信えがく《小説》
　　　　　　　　　35「ミステリー」5(5)'64.5 p68
AとB《小説》　　17「宝石」19(7)'64.5 p154
松旭斉 天勝
あなたは狙はれてゐる《アンケート》
　　　　　　　　20「探偵よみもの」30 '46.11 p20
城西三平
三助日記　　　　　33「探偵実話」9(2)'58.1増 p239
上司 行夫
肉の罠《小説》　　33「探偵実話」13(6)'62.5 p150
浄心 二九五
鬼と鬼と鬼《小説》
　　　　　　　　　12「探偵文学」2(10)'36.10 p24
城島 喬
七十三の恋《小説》　30「恐怖街」'49.10 p16
昭田 章
踊り子はなぜ死んだ?
　　　　　　　　33「探偵実話」9(14)'58.10増 p43
正田 利男
カイタケ　　　　14「月刊探偵」2(5)'36.6 p54
城南球人
プロ野球ウラのウラ　　25「X」3(6)'49.5 p5
淨原 坦
遺書《小説》　　11「ぷろふいる」2(11)'34.11 p82
探偵P氏の日記《小説》
　　　　　　　　11「ぷろふいる」4(8)'36.8 p122

しょう　　　　　　　執筆者名索引

正力 松太郎
　怪事件回顧録　　　　33「探偵実話」2(11)'51.10 p60
シヨオア, ダブルユ・テ
　ジョウの凄腕《小説》
　　　　　　　　　　　09「探偵小説」1(3)'31.11 p174
ジョークスキヤ
　お気に召すま ゝ　　　04「探偵趣味」16 '27.2 p45
　真冬の夜の夢　　　　04「探偵趣味」17 '27.3 p46
　じやじやうまならし　04「探偵趣味」18 '27.4 p24
ジョーヂ, クロスビイ
　助けてくれ!!《小説》
　　　　　　　　　　　02「秘密探偵雑誌」1(1)'23.5 p127
ショッテ, パウルス
　自分を追跡する男《小説》
　　　　　　　　　　　32「探偵倶楽部」7(2)'56.2 p196
シヨルムス, ハロック
　探偵講座「探偵の資格に就いて」
　　　　　　　　　　　03「探偵文芸」1(3)'25.5 p88
ジョーンズ, G
　それは, それでも《小説》
　　　　　　　　　　　32「探偵倶楽部」7(7)'56.6増 p129
ジョンストン, アヴイン
　最後の弾丸《小説》
　　　　　　　　　　　32「探偵倶楽部」8(13)'57.12 p29
ジョンソン, オーエン
　闇の中の百《小説》　09「探偵小説」1(1)'31.9 p102
白井 喬二
　『探偵趣味』問答《アンケート》
　　　　　　　　　　　04「探偵趣味」4 '26.1 p49
　［喫茶室］　　　　　04「探偵趣味」13 '26.11 p40
　探偵小説に対するアンケート《アンケート》
　　　　　　　　　　　32「探偵倶楽部」4(1)'53.2 p148
　船思案《小説》　　　33「探偵実話」5(11)'54.9増 p84
　乱歩の新旧印象記　27「別冊宝石」7(9)'54.11 p167
　敵討つ討たん物語《小説》
　　　　　　　　　　　27「別冊宝石」8(4)'55.5 p280
白井 竜三
　千秋楽《小説》　　　27「別冊宝石」6(9)'53.12 p162
白石 潔　　→幽鬼太郎
　探偵小説と純粋理性批判　17「宝石」4(5)'49.5 p39
　横溝正史論　　　　　17「宝石」— '49.9増 p90
　卅六人集感想　　　27「別冊宝石」3(2)'50.4 p258
　新聞と探偵小説と犯罪《座談会》
　　　　　　　　　　　17「宝石」5(5)'50.5 p96
　探偵小説のブルジョアジー性
　　　　　　　　　　　34「鬼」1 '50.7 p2
　日本探偵小説思想史〈1〉
　　　　　　　　　　　17「宝石」5(8)'50.8 p144
　日本探偵小説思想史〈2〉
　　　　　　　　　　　17「宝石」5(9)'50.9 p182
　百万円懸賞探偵小説B級作品入選誌上発表《座談会》
　　　　　　　　　　　17「宝石」5(9)'50.9 p212
　日本探偵小説思想史〈3〉
　　　　　　　　　　　17「宝石」5(10)'50.10 p140
　お好み捕物帳座談会《座談会》
　　　　　　　　　　　17「宝石」5(10)'50.10 p159
　愛すべき創作探偵談
　　　　　　　　　　　27「別冊宝石」3(5)'50.10 p116

　日本探偵小説思想史〈4〉
　　　　　　　　　　　17「宝石」5(11)'50.11 p103
　鬼同人の選んだ海外長篇ベストテン〈1〉《前1》
　　　　　　　　　　　34「鬼」2 '50.11 前1
　幽鬼太郎のこと　　　34「鬼」2 '50.11 p4
　日本探偵小説思想史〈5・完〉
　　　　　　　　　　　17「宝石」5(12)'50.12 p194
　創作探偵考現学　27「別冊宝石」3(6)'50.12 p162
　文学たらんとする捕物帳　17「宝石」6(4)'51.4 p34
　探偵小説に野営の火を　34「鬼」4 '51.6 p9
　座談会「宝石」を俎上にのせる《座談会》
　　　　　　　　　　　17「宝石」6(9)'51.9 p58
　アンケート《アンケート》
　　　　　　　　　　　17「宝石」6(11)'51.10増 p172
　鬼同人の選んだ海外短篇ベスト・テン〈1〉《前1》
　　　　　　　　　　　34「鬼」5 '51.11 前1
　「密室」を詮議する　34「鬼」5 '51.11 p8
　アンケート《アンケート》
　　　　　　　　　　　17「宝石」7(1)'52.1 p91
　捕手帖往来　　　　27「別冊宝石」5(1)'52.1 p20
　虫太郎研究の資材　　34「鬼」6 '52.3 p10
　自著「探偵小説郷愁論」の改訂
　　　　　　　　　　　34「鬼」7 '52.7 p4
　角田実君を推す　　　34「鬼」7 '52.7 p23
　本格に責任を　　　　17「宝石」7(9)'52.10 p86
　コンクール選評座談会《座談会》
　　　　　　　　　　　17「宝石」7(9)'52.10 p89
　江戸川乱歩論　　　　34「鬼」8 '53.1 p4
　探偵小説に対するアンケート《アンケート》
　　　　　　　　　　　32「探偵倶楽部」4(1)'53.2 p150
　子不語　　　　　　33「探偵実話」5(9)'54.8 p165
　探偵, 捕物小説の面白さ
　　　　　　　　　　　33「探偵実話」5(11)'54.9増 p13
　讃へ, かつ批判す　17「宝石」10(7)'55.5 p151
　犯罪心理小説の提唱　17「宝石」12(1)'57.1 p72
白石 下子
　黒岩涙香を偲ぶ座談会《座談会》
　　　　　　　　　　　17「宝石」9(6)'54.5 p70
自雷谷 宗平
　鞠と紅い女下駄《小説》
　　　　　　　　　　　27「別冊宝石」6(9)'53.12 p192
白家 太郎　→多岐川恭
　みかん山《小説》　27「別冊宝石」6(9)'53.12 p208
　砂丘にて《小説》　　17「宝石」9(8)'54.7 p154
　黄いろい道しるべ《小説》
　　　　　　　　　　　17「宝石」11(2)'56.1増 p111
　落ちる《小説》　　　17「宝石」11(2)'56.1増 p352
　入賞者感想　　　　　17「宝石」11(6)'56.4 p112
　猫《小説》　　　　　17「宝石」11(7)'56.5 p254
　澄んだ眼《小説》　　17「宝石」11(7)'56.5 p56
　ヒーローの死《小説》　17「宝石」12(7)'57.5 p50
　ある脅迫《小説》　　17「宝石」13(3)'58.2 p202
　黒い木の葉《小説》　17「宝石」13(6)'58.5 p140
白神 京二
　外人専用の赤線白書
　　　　　　　　　　　33「探偵実話」8(3)'57.1 p104
白神 義夫
　殺人の運命にある女
　　　　　　　　　　　33「探偵実話」8(9)'57.5 p211
　予言された殺人　　33「探偵実話」9(6)'58.3 p118

674

しん

白河 喜作
　私は前科十八犯　　32「探偵倶楽部」8(13)'57.12 p134
白川 俊介
　警視庁記者クラブ　27「別冊宝石」3(2)'50.4 p122
白河 洵
　砂浜で発見された裸女
　　　　　　　　　　33「探偵実話」12(7)'61.5 p132
白木 誠一郎
　日本娘巴里に死す　32「探偵倶楽部」8(3)'57.4 p76
シラス，ウイルマー・H
　蘇生《小説》　　　27「別冊宝石」17(2)'64.2 p71
白須賀 六郎
　上海密輸八景　　　11「ぷろふいる」4(12)'36.12 p73
　九人目の殺人《小説》
　　　　　　　　　　15「探偵春秋」2(3)'37.3 p70
　紅帮仁義　　　　　15「探偵春秋」2(8)'37.8 p14
白土 辺里
　ペチカから現れた亡霊《小説》
　　　　　　　　　　07「探偵」1(5)'31.9 p133
白取 健
　涙の実子殺し　　　24「妖奇」5(11)'51.11 p80
白間 立太郎
　氷霊《小説》　　　18「トップ」2(5)'47.9 p10
シーリー，メーベル
　耳すます家《小説》
　　　　　　　　　　27「別冊宝石」15(2)'62.4 p130
シルヴァ，レイモンド
　慾望の港《小説》　32「探偵倶楽部」6(2)'55.2 p267
思朗生
　後を跟ける男　　　01「新趣味」17(7)'22.7 p83
白鬼
　鬼回覧板　　　　　34「鬼」8 '53.1 p27
白雲斉楽山
　水祝いお琴忠兵衛《小説》
　　　　　　　　　　25「X」3(11)'49.10 p46
白駒生
　犯人の新鑑定　　　01「新趣味」18(1)'23.1 p41
　埋めた死骸　　　　01「新趣味」18(2)'23.2 p65
　罠に落ちた男　　　01「新趣味」18(4)'23.4 p191
　情熱の国の女　　　01「新趣味」18(5)'23.5 p107
　妻の前半生　　　　01「新趣味」18(6)'23.6 p267
白山 往男
　今を昔のベベダニエルス
　　　　　　　　　　06「猟奇」4(7)'31.12 p22
城山 三郎
　親しいひと　　　　27「別冊宝石」16(3)'63.3 p229
真
　屁をひるも風流　　27「別冊宝石」12(12)'59.12 p139
　訝かし三絃の音色
　　　　　　　　　　27「別冊宝石」12(12)'59.12 p265
　厳島の七不思議
　　　　　　　　　　35「エロチック・ミステリー」3(7)'62.7 p13
　本棚　　35「エロチック・ミステリー」3(7)'62.7 p23
　本棚　　35「エロチック・ミステリー」3(7)'62.7 p37
　本棚　　35「エロチック・ミステリー」3(7)'62.7 p42
　8ミリ解説
　　　　　　35「エロチック・ミステリー」3(7)'62.7 p48

赤鉛筆
　　　　　　35「エロチック・ミステリー」3(7)'62.7 p106
8ミリ解説
　　　　　　35「エロチック・ミステリー」3(7)'62.7 p133
8ミリ解説
　　　　　　35「エロチック・ミステリー」3(8)'62.8 p25
本棚　　　　35「エロチック・ミステリー」3(8)'62.8 p63
本棚　　　　35「エロチック・ミステリー」3(8)'62.8 p84
本棚　　　　35「エロチック・ミステリー」3(8)'62.8 p133
東西南北
　　　　　　35「エロチック・ミステリー」3(9)'62.9 p19
東西南北
　　　　　　35「エロチック・ミステリー」3(9)'62.9 p24
東西南北
　　　　　　35「エロチック・ミステリー」3(9)'62.9 p45
坊さん瞽買うを見た
　　　　　　35「エロチック・ミステリー」3(9)'62.9 p47
東西南北
　　　　　　35「エロチック・ミステリー」3(9)'62.9 p48
本棚　　　　35「エロチック・ミステリー」3(9)'62.9 p91
本棚　　　　35「エロチック・ミステリー」3(9)'62.9 p118
東西南北
　　　　　　35「エロチック・ミステリー」3(10)'62.10 p10
東西南北
　　　　　　35「エロチック・ミステリー」3(10)'62.10 p12
わしが国さ
　　　　　　35「エロチック・ミステリー」3(10)'62.10 p20
本棚　　　　35「エロチック・ミステリー」3(10)'62.10 p30
本棚　　　　35「エロチック・ミステリー」3(10)'62.10 p43
東西南北
　　　　　　35「エロチック・ミステリー」3(10)'62.10 p66
本棚
　　　　　　35「エロチック・ミステリー」3(10)'62.10 p124
東西南北
　　　　　　35「エロチック・ミステリー」3(11)'62.11 p10
本棚　　　　35「エロチック・ミステリー」3(11)'62.11 p12
わしが国さ
　　　　　　35「エロチック・ミステリー」3(11)'62.11 p20
東西南北
　　　　　　35「エロチック・ミステリー」3(11)'62.11 p52
本棚　　　　35「エロチック・ミステリー」3(11)'62.11 p62
本棚　　　　35「エロチック・ミステリー」3(11)'62.11 p92
本棚
　　　　　　35「エロチック・ミステリー」3(11)'62.11 p103
わしが国さ
　　　　　　35「エロチック・ミステリー」3(11)'62.11 p106
世界の窓
　　　　　　35「エロチック・ミステリー」3(12)'62.12 p8
東西南北
　　　　　　35「エロチック・ミステリー」3(12)'62.12 p18
本棚　　　　35「エロチック・ミステリー」3(12)'62.12 p19
わしが国さ
　　　　　　35「エロチック・ミステリー」3(12)'62.12 p94
東西南北
　　　　　　35「エロチック・ミステリー」3(12)'62.12 p108
本棚
　　　　　　35「エロチック・ミステリー」3(12)'62.12 p110
東西南北
　　　　　　35「エロチック・ミステリー」3(12)'62.12 p112
東西南北
　　　　　　35「エロチック・ミステリー」3(12)'62.12 p122

しん

本棚
　　　　　35「エロチック・ミステリー」3(12)'62.12 p129
東西南北
　　　　　35「エロチック・ミステリー」4(1)'63.1 p57
ユーモア語源集
　　　　　35「エロチック・ミステリー」4(2)'63.2 p21
女はやくざに強い?
　　　　　35「エロチック・ミステリー」4(2)'63.2 p37
枕売りの話
　　　　　35「エロチック・ミステリー」4(2)'63.2 p40
囲碁奇聞集
　　　　　35「エロチック・ミステリー」4(2)'63.2 p61
推理川柳
　　　　　35「エロチック・ミステリー」4(2)'63.2 p75
ドン・ホァン
　　　　　35「エロチック・ミステリー」4(2)'63.2 p89
榎本健一君へ
　　　　　35「エロチック・ミステリー」4(2)'63.2 p122
顧みられぬ妻
　　　　　35「エロチック・ミステリー」4(2)'63.2 p127
娘でかした「蛸」だとサ
　　　　　35「エロチック・ミステリー」4(3)'63.3 p63
知らぬは恥だ
　　　　　35「エロチック・ミステリー」4(3)'63.3 p86
物のはじまり集
　　　　　35「エロチック・ミステリー」4(3)'63.3 p88
あなたのサイズ
　　　　　35「エロチック・ミステリー」4(3)'63.3 p94
鳥羽僧正の戯画
　　　　　35「エロチック・ミステリー」4(3)'63.3 p100
ヒッチコックの啖呵
　　　　　35「エロチック・ミステリー」4(5)'63.5 p117
泥棒とユーモア
　　　　　35「エロチック・ミステリー」4(9)'63.9 p19
尻叩き祭と鍋祭
　　　　　35「エロチック・ミステリー」4(9)'63.9 p69
連歌のミステリー　　35「ミステリー」5(3)'64.3 p59

陣 太刀之介
変格探偵小説は独立せよ!!
　　　　　12「探偵文学」1(1)'35.3 p31

仁賀 克雄
横溝正史論　　　　17「宝石」17(4)'62.3 p68
樹下太郎論　　　　17「宝石」17(16)'62.12 p109
角田喜久雄論　　　17「宝石」18(15)'63.11 p166

シンクレア, メイ
霧の夜の挿話《小説》
　　　　　09「探偵小説」2(2)'32.2 p154

新章 文子
併殺《小説》　　　17「宝石」14(13)'59.11 p28
ある老婆の死《小説》
　　　　　17「宝石」14(15)'59.12増 p86
略歴　　　　　　　17「宝石」14(15)'59.12増 p89
春夏秋冬《小説》　17「宝石」15(5)'60.4 p134
殺すひと、殺されるひと
　　　　　17「宝石」15(10)'60.8 p152
探偵作家クラブ討論会《座談会》
　　　　　17「宝石」15(14)'60.12 p222
悪い峠《小説》　　17「宝石」16(2)'61.2 p140
奥さまは今日も《小説》17「宝石」16(5)'61.4 p46
殺意の影《小説》　17「宝石」16(10)'61.9 p16

女の爪　　　　　　17「宝石」16(11)'61.10 p15
死体湮滅器　　　　17「宝石」16(12)'61.11 p15
クリスマスイブにもらった名なしの手紙
　　　　　17「宝石」16(13)'61.12 p19
名も知らぬ夫《小説》17「宝石」16(13)'61.12 p48
錆びた恋《小説》　27「別冊宝石」15(12)'62.2 p239
準本格物　　　　　27「別冊宝石」15(1)'62.2 p241
気になったので　　17「宝石」17(5)'62.4 p268
悪い仲間《小説》　33「探偵実話」13(8)'62.6増 p44
奥さまと推理小説《小説》
　　　　　35「エロチック・ミステリー」3(8)'62.8 p22
セールスマンと奥さま《小説》
　　　　　17「宝石」17(10)'62.8 p116
殺すひと殺されるひと《小説》
　　　　　33「探偵実話」13(11)'62.9 p46
意志の人　　　　　17「宝石」17(13)'62.10 p116
少女と血　　　　　17「宝石」17(14)'62.11 p196
こわい女《小説》　17「宝石」17(15)'62.11増 p220
黒岩泰吾氏のこと　27「別冊宝石」16(1)'63.1 p173
頼れる人　　　　　27「別冊宝石」16(3)'63.3 p19
年下の亭主《小説》17「宝石」18(5)'63.4 p180
併殺《小説》　　　17「宝石」18(6)'63.4増 p340
嬉しさと、不安と　17「宝石」18(6)'63.4増 p345
白猫マシロ《小説》17「宝石」18(9)'63.7 p170
五円の剃刀《小説》17「宝石」18(12)'63.9 p174
年下の亭主《小説》17「宝石」18(14)'63.10増 p58
ある女と男《小説》
　　　　　27「別冊宝石」17(2)'64.2 p310
マシマロさん　　　17「宝石」19(5)'64.4 p217

陣出 達朗
謎文東海道土産《脚本》
　　　　　27「別冊宝石」6(1)'53.1 p289
捕物帖裏の裏座談会《座談会》
　　　　　27「別冊宝石」6(4)'53.6 p84
月に祈る娘《小説》27「別冊宝石」6(4)'53.6 p114
生きていない幽霊《小説》
　　　　　27「別冊宝石」6(6)'53.9 p98
をんな屋敷《小説》27「別冊宝石」7(1)'54.1 p220
春佳襖下張《小説》27「別冊宝石」7(3)'54.4 p116
姦水《小説》　　　27「別冊宝石」7(7)'54.9 p290
つばさ蛇《小説》　33「探偵実話」5(11)'54.9増 p147
臍の下《小説》　　27「別冊宝石」8(1)'55.1 p316
蝦姑は恐い《小説》27「別冊宝石」8(4)'55.5 p310
怪盗さそり《小説》27「別冊宝石」8(6)'55.9 p156
生松茸騒ぎ《小説》
　　　　　27「別冊宝石」11(10)'58.12 p68
毛ぶとんの怪《小説》
　　　　　27「別冊宝石」12(4)'59.4 p300
雪月花殺し《小説》
　　　　　35「エロチック・ミステリー」3(6)'62.6 p74

進藤 純孝
アンケート《アンケート》
　　　　　17「宝石」18(8)'63.6 p124

新納 民雄
男を呼ぶ女の火《小説》
　　　　　33「探偵実話」5(7)'54.6 p179

榛葉 英治
昼の花《小説》
　　　　　35「エロチック・ミステリー」1(1)'60.8 p50

魔女の踊《小説》
　　　35「エロティック・ミステリー」1(2)'60.9 p250
妻という名の女《小説》
　　　35「エロティック・ミステリー」1(5)'60.12 p92
白い日の彼女たち《小説》
　　　35「エロティック・ミステリー」2(9)'61.9 p242
陣場 洋助
　妙な季節《小説》　　17「宝石」17(8)'62.6増 p150
新橋 柳一郎
　伊藤前京都府刑事課長と語る
　　　　　　　　　　　11「ぷろふいる」1(2)'33.6 p38
　第六感　　　　　　　11「ぷろふいる」1(2)'33.6 p42
　笑つた女　　　　　　11「ぷろふいる」1(4)'33.8 p69
　揮発油とカルモチン《小説》
　　　　　　　　　　　11「ぷろふいる」1(8)'33.12 p112
　噂の幽霊　　　　　　11「ぷろふいる」2(1)'34.1 p84
神保 朋世
　無惨絵　　　　　　32「探偵倶楽部」4(8)'53.8 p202
　幽霊句会　　　　　32「探偵倶楽部」4(9)'53.9 p166
　文晁贋物ばなし　　32「探偵倶楽部」4(10)'53.10 p232
　死絵　　　　　　　32「探偵倶楽部」4(11)'53.11 p82
　「さしえ」受難　　32「探偵倶楽部」4(12)'53.12 p172
　秘戯画　　　　　　32「探偵倶楽部」5(1)'54.1 p198
　片腕痴談　　　　　27「別冊宝石」7(1)'54.1 p82
　春宵秘画譚　　　　32「探偵倶楽部」5(2)'54.2 p104
　釣り女郎《小説》　27「別冊宝石」7(7)'54.9 p66
　長唄と河内山の笑い
　　　　　　　　　　27「別冊宝石」7(9)'54.11 p170
　鰈の恥　　　　　　32「探偵倶楽部」6(5)'55.5 p284
　桃割れモデル　　　17「宝石」13(2)'58.1増 p175
　秘画地獄　　　　　17「宝石」13(11)'58.8増 p140
　あぶな絵談義　　　27「別冊宝石」13(4)'60.4 p18
　先斗町の舞妓
　　　35「エロティック・ミステリー」3(7)'62.7 p70
　雨竜湖　35「エロティック・ミステリー」3(9)'62.9 p6
神保生
　九寸五分　　　　　　01「新趣味」17(11)'22.11 p187
陣屋 達郎
　殺人を演じた人妻の邪恋
　　　　　　　　　　　33「探偵実話」10(7)'59.4 p133

【 す 】

スウィーニイ, ダブリユー・エイ
　恐ろしき復讐《小説》
　　　　　　　　　　　03「探偵文芸」2(2)'26.2 p17
スーヴェストル&アラン
　幻の怪人《小説》　33「探偵実話」5(13)'54.11 p26
スウエンソン, R・S
　渡り者《小説》　　32「探偵倶楽部」7(11)'56.10 p75
須江 摘花
　いれずみ奇談 女性の部　　28「影」'48.7 p24
末広 恭雄
　魚毒　　　　　　　　17「宝石」19(3)'64.2 p21

末広 浩二
　京都駅を中心とした犯罪研究座談会《座談会》
　　　　　　　　　　　11「ぷろふいる」1(3)'33.7 p36
　探偵劇座談会《座談会》
　　　　　　　　　　　11「ぷろふいる」4(5)'36.5 p88
菅 忠夫
　『探偵趣味』問答《アンケート》
　　　　　　　　　　　04「探偵趣味」4 '26.1 p51
菅 忠雄
　探偵趣味問答《アンケート》
　　　　　　　　　　　04「探偵趣味」3 '25.11 p40
　書かでもの二三　　04「探偵趣味」4 '26.1 p7
　最近、二三　　　　04「探偵趣味」10 '26.7 p34
菅 義之
　東京女漫歩　　　　33「探偵実話」7(3)'56.1 p120
菅生 十余
　探偵隠語　　　　　33「探偵実話」3(14)'52.12 p199
姿 小夜子
　殺人　　　　　　　25「Gメン」2(6)'48.5 p18
　ハンド・バックの中味《小説》
　　　　　　　　　　25「X」3(3)'49.3 p44
　映画宣伝あの手この手　25「X」3(5)'49.4 p8
　スポーツファン百面相　25「X」3(6)'49.5 p14
菅野 長元
　捜査内幕座談会《座談会》
　　　　　　　　　　25「Gメン」2(11)'48.11 別付36
スカルディン, アンナ
　センチメンタル・ジヨオ
　　　　　　　　　　11「ぷろふいる」5(3)'37.3 p115
スカーレット, ロージャー
　白魔《小説》　　　27「別冊宝石」7(6)'54.7 p5
　猫の手《小説》　　17「宝石」10(1)'55.1 p345
須川 マリ子
　処女鬼《小説》　　24「妖奇」5(11)'51.11 p14
菅原 通済
　アンケート《アンケート》
　　　　　　　　　　17「宝石」12(10)'57.8 p72
　秘宝罪あり　　　　17「宝石」13(5)'58.4 p230
　初乗り　　　　　　17「宝石」15(2)'60.2 p220
菅原 正明
　潜水座談会《座談会》
　　　　　　　　　　32「探偵クラブ」2(5)'51.7 p185
杉 正美
　指名手配　　　　　33「探偵実話」13(6)'62.5 p120
杉 葉子
　座談会「私だけが知っている」《座談会》
　　　　　　　　　　17「宝石」15(12)'60.10 p234
　わが家のスリラー　17「宝石」16(2)'61.2 p202
杉浦 幸雄
　防犯浮世かるた　　25「Gメン」2(1)'48.1 p3
杉田 清一
　高原の惨劇　　　　32「探偵倶楽部」5(7)'54.7 p190
杉田 律
　罠《小説》　　　　20「探偵よみもの」36 '48.9 p30
杉立 宣夫
　日本野球随想　　　18「トップ」1(3)'46.10 p22

杉並 二郎
発情期のイヴ　　　　　33「探偵実話」5(10)'54.9 p212
変態ストリッパーの死
　　　　　　　　　　　33「探偵実話」5(13)'54.11 p174
お洒落尼　　　　　　　33「探偵実話」6(10)'55.9 p116
生きていた死骸　　　　33「探偵実話」6(13)'55.11 p134
日本最初の血指紋事件
　　　　　　　　　　　33「探偵実話」7(6)'56.3 p190
手套　　　　　　　　　33「探偵実話」7(9)'56.5 p18
棺桶の秘密　　　　　　33「探偵実話」7(10)'56.6 p168
白骨は語る　　　　　　33「探偵実話」7(12)'56.7 p68
鼈甲縁の男　　　　　　33「探偵実話」7(14)'56.9 p190
擬態殺人事件　　　　　33「探偵実話」7(15)'56.10 p258
消えた令嬢　　　　　　33「探偵実話」7(17)'56.11 p208
大阪「お定」事件　　　33「探偵実話」8(2)'57.1増 p85
復讐の魔針　　　　　　33「探偵実話」8(6)'57.3 p148
死神のような女　　　　33「探偵実話」8(8)'57.5増 p108
掏摸師仕立屋銀次の全貌はこうだ!!
　　　　　　　　　　　33「探偵実話」8(10)'57.6 p102
サンバラ髪の女　　　　33「探偵実話」8(11)'57.7 p136
谷中墓地の怪屍体　　　33「探偵実話」8(13)'57.9 p94
謎の香水　　　　　　　33「探偵実話」9(3)'58.1 p260
尼寺の情痴　　　　　　33「探偵実話」9(2)'58.1増 p116
小名木川の裸女死体
　　　　　　　　　　　33「探偵実話」9(9)'58.5 p122
色あせた孔雀　　　　　33「探偵実話」9(8)'58.5増 p270
少年殺人鬼　　　　　　33「探偵実話」9(10)'58.6 p160
新版「武蔵野夫人」
　　　　　　　　　　　33「探偵実話」10(2)'59.1増 p90
美人床屋殺し　　　　　33「探偵実話」10(6)'59.4増 p264
赤い娼婦にされた女
　　　　　　　　　　　33「探偵実話」10(14)'59.10 p74
骨肉に咲く黒い花
　　　　　　　　　　　33「探偵実話」10(15)'59.11増 p156
情痴に殺された人妻
　　　　　　　　　　　33「探偵実話」11(1)'59.12 p256
毒殺を試みた慾情　　　33「探偵実話」11(3)'60.1 p254
邪恋の終着駅　　　　　33「探偵実話」11(2)'60.1増 p258
売春婦千枝の場合　　　33「探偵実話」11(4)'60.2 p134
肉体で勝負した芸妓
　　　　　　　　　　　33「探偵実話」11(6)'60.3 p134
ニコヨン女の吸血鬼
　　　　　　　　　　　33「探偵実話」11(5)'60.3増 p211
邪恋に消された娼婦
　　　　　　　　　　　33「探偵実話」11(7)'60.4 p170
慾望に消された女　　　33「探偵実話」11(8)'60.5 p66
血を吹いた愛慾　　　　33「探偵実話」11(11)'60.8増 p352
夜の淫獣　　　　　　　33「探偵実話」11(13)'60.9 p109
自動車の中の不倫
　　　　　　　　　　　33「探偵実話」11(16)'60.11 p252
黒い欲望の逆襲　　　　33「探偵実話」12(1)'61.1 p220
記憶なき殺人　　　　　33「探偵実話」12(4)'61.3 p160
姿なき殺人　　　　　　33「探偵実話」12(5)'61.4 p138
SEXに憑かれた男
　　　　　　　　　　　33「探偵実話」12(15)'61.11 p161

杉並 千幹
霊の驚異　　　　　　　11「ぷろふいる」1(4)'33.8 p64
百日紅勘太の荷物〈連作小説A1号〉〈小説〉
　　　　　　　　　　　11「ぷろふいる」2(6)'34.6 p51

杉並 尊人
中学時代の彼　　　　　10「探偵クラブ」3 '32.6 p8

杉野 嘉男
武芸もろもろ座談会《座談会》
　　　　　　　　　　　27「別冊宝石」7(1)'54.1 p169

杉原 残華
春宵風流犯罪奇談《座談会》
　　　　　　　　　　　23「真珠」2(5)'48.4 p10

杉原 清助
私は百万長者の淫売婦
　　　　　　　　　　　27「別冊宝石」13(4)'60.4 p156

杉原 登喜子
鏡〈小説〉　　　　　　27「別冊宝石」12(8)'59.8 p270
再会〈小説〉　　　　　27「別冊宝石」13(6)'60.6 p120

杉村 春子
狐狗狸の夕べ《座談会》
　　　　　　　　　　　17「宝石」13(13)'58.10 p166

杉本 英雄
自殺〈小説〉　　　　　17「宝石」19(2)'64.1増 p174

杉本 峯次郎
京都駅を中心とした犯罪研究座談会《座談会》
　　　　　　　　　　　11「ぷろふいる」1(3)'33.7 p36

杉森 久英
水芦光子さんへ　　　　27「別冊宝石」17(2)'64.2 p174

杉山 清詩　→覆面作家
観月荘殺人事件〈小説〉
　　　　　　　　　　　24「妖奇」4(10)'50.10 p45
鬼火〈1〉〈小説〉　　 24「トリック」7(1)'53.1 p116
鬼火〈2〉〈小説〉　　 24「トリック」7(2)'53.2 p160
鬼火〈3・完〉〈小説〉
　　　　　　　　　　　24「トリック」7(3)'53.3 p112

杉山 吉良
若がえり正月　　　　　17「宝石」18(4)'63.3 p17

杉山 冴子
動機〈小説〉　　　　　17「宝石」13(16)'58.12増 p116

杉山 周
新人・中堅・大家論　　11「ぷろふいる」5(2)'37.2 p71

杉山 竜丸
亡き父・夢野久作を偲んで
　　　　　　　　　　　27「別冊宝石」11(6)'58.7 p144
夢野久作略歴　　　　　27「別冊宝石」11(6)'58.7 p290

杉山 平一
星空〈小説〉　　　　　22「新探偵小説」1(1)'47.4 p20
創刊号に寄す　　　　　22「新探偵小説」1(2)'47.6 p23
赤いネクタイ〈小説〉　22「新探偵小説」1(3)'47.7 p57

スクァイヤ，エンマ・リンドセイ
飛んでも無い遺産〈小説〉
　　　　　　　　　　　04「探偵趣味」19 '27.5 p13

須古 清
『探偵趣味』問答《アンケート》
　　　　　　　　　　　04「探偵趣味」2 '25.10 p23
女ゆゑの犯罪　　　　　04「探偵趣味」6 '26.3 p11
浦島捜査課長大いに語る大捕物座談会《座談会》
　　　　　　　　　　　33「探偵実話」3(1)'51.12 p122
もろこし大岡　　　　　33「探偵実話」3(1)'51.12 p240

須合 豊
隠語解説〈1〉　　　　26「フーダニット」1(1)'47.11 p15

隠語解説〈2〉　　　　26「フーダニット」1(1)'47.11 p17
隠語解説〈3〉　　　　26「フーダニット」1(1)'47.11 p19
隠語解説〈4〉　　　　26「フーダニット」2(1)'48.1 p11
隠語解説〈5〉　　　　26「フーダニット」2(1)'48.1 p13
隠語解説〈6〉　　　　26「フーダニット」2(1)'48.1 p15
隠語解説〈7・完〉
　　　　　　　　　　26「フーダニット」2(1)'48.1 p19
スコツト貝谷
　みすてりい・ガイド　　17「宝石」14(9)'59.8 p132
　みすてりい・ガイド　　17「宝石」14(10)'59.9 p175
　みすてりい・ガイド　　17「宝石」14(11)'59.10 p269
　みすてりいガイド　　　17「宝石」14(13)'59.11 p123
　みすてりいガイド　　　17「宝石」14(14)'59.12 p111
厨子 三郎
　クヰーン・エリザベス物語
　　　　　　　　　　32「探偵倶楽部」4(6)'53.6 p164
錫 薊二
　冗談について《小説》
　　　　　　　　　　27「別冊宝石」3(1)'50.2 p120
　金閣炎上《小説》　　　17「宝石」6(1)'51.1 p162
　検ण盗難事件《小説》
　　　　　　　　　　27「別冊宝石」5(6)'52.6 p35
　ぬすまれたレール《小説》
　　　　　　　　　　17「宝石」7(7)'52.7 p256
　サンタクローズの饗宴《小説》
　　　　　　　　　　17「宝石」7(12)'52.12 p180
　我が名はヴィヨン《小説》
　　　　　　　　　　17「宝石」8(5)'53.5 p36
鈴木 英一
　愚人饒舌　　　　　　04「探偵趣味」2 '25.10 p27
鈴木 和江
　客よせ戦術あの手この手《座談会》
　　　　　　　　　　33「探偵実話」4(9)'53.8 p137
鈴木 和夫
　血液を売る人々　　33「探偵実話」7(10)'56.6 p134
　江戸川乱歩氏の「蜘蛛男」映画化
　　　　　　　　　　33「探偵実話」8(11)'57.7 p244
　拷問ものがたり　　33「探偵実話」9(9)'58.5 p244
鈴木 和信
　鑑識とカンを語る《座談会》
　　　　　　　　　　32「探偵倶楽部」3(5)'52.5 p170
鈴木 清
　名刑事殊勲座談会《座談会》
　　　　　　　　　　33「探偵実話」2(10)'51.9 p130
　戦慄の圭子ちゃん殺し
　　　　　　　　　　33「探偵実話」8(2)'57.1増 p44
　女と犯罪を語る座談会《座談会》
　　　　　　　　　　33「探偵実話」8(8)'57.5増 p145
鈴木 兼一郎
　日記帳《小説》　　　04「探偵趣味」4(3)'28.3 p14
鈴木 宏作
　西田君の手柄話《小説》
　　　　　　　　　　03「探偵文芸」2(3)'26.3 p86
鈴木 孝二
　白昼の銀行ギヤング
　　　　　　　　　　33「探偵実話」3(6)'52.5 p176
　三面記事拡大鏡《座談会》
　　　　　　　　　　33「探偵実話」3(8)'52.7 p191

　三面記事拡大鏡《座談会》
　　　　　　　　　　33「探偵実話」3(9)'52.8 p106
　三面記事拡大鏡《対談》
　　　　　　　　　　33「探偵実話」3(12)'52.10 p184
　三面記事拡大鏡《対談》
　　　　　　　　　　33「探偵実話」3(13)'52.11 p176
　三面記事拡大鏡《座談会》
　　　　　　　　　　33「探偵実話」3(14)'52.12 p166
　三面記事拡大鏡《座談会》
　　　　　　　　　　33「探偵実話」4(4)'53.3 p193
　三面記事拡大鏡《座談会》
　　　　　　　　　　33「探偵実話」4(5)'53.4 p120
　三面記事拡大鏡《座談会》
　　　　　　　　　　33「探偵実話」4(6)'53.5 p102
　三面記事拡大鏡《座談会》
　　　　　　　　　　33「探偵実話」4(7)'53.6 p212
　三面記事拡大鏡《座談会》
　　　　　　　　　　33「探偵実話」4(8)'53.7 p207
鈴木 五郎
　河童《小説》　　　　18「トップ」2(6)'47.11 p10
　蛆《小説》　　　　　18「トップ」3(2)'48.2 p40
　いやな事件《小説》　27「別冊宝石」10(1)'57.1 p68
　予告された死《小説》
　　　　　　　　　　27「別冊宝石」11(2)'58.2 p360
　日かげの花《小説》　17「宝石」17(2)'62.1増 p26
　胃の中のスブタ《小説》
　　　　　　　　　　35「エロティック・ミステリー」3(4)'62.4 p122
　散る桜と《小説》　　17「宝石」18(2)'63.1増 p290
　戦国主従《小説》　　17「宝石」18(10)'63.7増 p90
　童子女松原《小説》
　　　　　　　　　　35「エロティック・ミステリー」4(12)'63.12 p80
　勝カチ山《小説》　　17「宝石」19(2)'64.1増 p230
鈴木 三郎
　盗癖《小説》　　　　04「探偵趣味」6 '26.3 p47
鈴木 滋
　捜査内幕座談会《座談会》
　　　　　　　　　　25「Gメン」2(11)'48.11別付36
　女中殺し事件の福田忠雄
　　　　　　　　　　17「宝石」6(10)'51.10 p93
鈴木 四七
　細菌は知ってる《小説》
　　　　　　　　　　27「別冊宝石」5(10)'52.12 p164
　モーゼの杖《小説》　17「宝石」10(2)'55.1 p10
鈴木 集坊
　柄杓を持つた幽霊　　03「探偵文芸」1(7)'25.9 p81
鈴木 卓蔵
　ハガキ回答《アンケート》
　　　　　　　　　　12「シユピオ」4(1)'38.1 p20
鈴木 太三郎
　メッカ殺人事件の顛末
　　　　　　　　　　33「探偵実話」5(1)'54.1 p160
　メッカ殺人事件の顛末
　　　　　　　　　　33「探偵実話」8(2)'57.1増 p54
　小間使いを襲う魔風
　　　　　　　　　　33「探偵実話」11(5)'60.3増 p72
　性犯罪の恐怖と捜査《対談》
　　　　　　　　　　33「探偵実話」11(11)'60.8増 p120

鈴木 珠子
　黒岩涙香を偲ぶ座談会《座談会》
　　　　　　　　　　17「宝石」9(6)'54.5 p70
鈴木 忠五
　裁判打明け座談会《座談会》
　　　　　　　　　33「探偵実話」2(12)'51.11 p80
鈴木 徳太郎
　禀告　　　　　01「新趣味」18(11)'23.11 p304
鈴木 俊夫
　幻想曲《小説》　　03「探偵文芸」3(1)'27.1 p13
　ある思い出　　　03「探偵文芸」3(1)'27.1 p54
鈴木 鳥雄
　夜の女王実体調査録　18「トップ」3(2)'48.2 p22
鈴木 白雲
　指紋でわかる性格と運命
　　　　　　　　　　18「トップ」3(1)'48.1 p43
数々寄 一
　不可思議　　　12「探偵文学」1(10)'36.1 p30
鈴木 春浦
　芝居の手解き　　01「新趣味」17(2)'22.2 p140
鈴木 広
　完全な犯罪《小説》
　　　　　　　　03「探偵文芸」2(6)'26.6 p9, 17
薄 風之助
　黒いカーテン《小説》　21「黒猫」1(2)'47.6 p2
鈴木 福子
　舞台より観客へ《アンケート》
　　　　　　　　　01「新趣味」17(3)'22.3 p124
鈴木 政太郎
　水路部の頃、浅草の頃
　　　　　　　　　　17「宝石」18(15)'63.11 p159
鈴木 みちを
　風流噺落語風景《座談会》
　　　　　　　　　　23「真珠」2(6)'48.6 p14
鈴木 幸夫　→千代有三
　知性と情熱　　　17「宝石」6(8)'51.8 p176
　原爆映画『戦慄の七日間』をめぐる座談会《座談会》
　　　　　　　　27「別冊宝石」4(1)'51.8 p154
　二十世紀英米文学と探偵小説〈1〉
　　　　　　　　　　17「宝石」6(9)'51.9 p152
　二十世紀英米文学と探偵小説〈2〉
　　　　　　　　　　17「宝石」6(10)'51.10 p170
　アンケート《アンケート》
　　　　　　　　　17「宝石」6(11)'51.10増 p172
　二十世紀英米文学と探偵小説〈3〉
　　　　　　　　　　17「宝石」6(12)'51.11 p158
　二十世紀英米文学と探偵小説〈4〉
　　　　　　　　　　17「宝石」6(13)'51.12 p152
　二十世紀英米文学と探偵小説〈5〉
　　　　　　　　　　17「宝石」7(1)'52.1 p226
　二十年紀英米文学と探偵小説〈6〉
　　　　　　　　　　17「宝石」7(2)'52.2 p154
　二十世紀英米文学と探偵小説〈7〉
　　　　　　　　　　17「宝石」7(3)'52.3 p182
　二十世紀英米文学と探偵小説〈8〉
　　　　　　　　　　17「宝石」7(4)'52.4 p268
　推理小説早慶戦《座談会》
　　　　　　　　　　17「宝石」13(8)'58.6 p256

某月某日　　　　17「宝石」14(6)'59.6 p66
鈴木 陽一郎
　愛のブリル《猟奇歌》　06「猟奇」5(2)'32.2 p27
　[れふきうた]《猟奇歌》　06「猟奇」5(3)'32.3 p9
　[れふきうた]《猟奇歌》　06「猟奇」5(5)'32.5 p32
鈴木 令二
　永遠の青年の横顔　　17「宝石」17(5)'62.4 p116
寿々喜多 呂九平
　不法妊娠《小説》　32「怪奇探偵クラブ」1 '50.5 p144
　鷲岡俊吾の最後　32「探偵クラブ」1(1)'50.8 p122
スズキ・フランク
　オーソドックス強盗団《小説》
　　　　　　　　　17「宝石」10(9)'55.6増 p306
　完全なる変装《小説》
　　　　　　　　　17「宝石」10(12)'55.8増 p80
　ギロチン《小説》　17「宝石」10(15)'55.11 p134
　「すごい美人」事件《小説》
　　　　　　　　　17「宝石」10(16)'55.11増 p83
　文化財団盗難事件《小説》
　　　　　　　　　17「宝石」10(17)'55.12 p238
スター, ジヨン・B
　時計が十二を打てば《小説》
　　　　　　　　　32「探偵倶楽部」9(3)'58.3 p101
須田 京子
　川底　　　　　33「探偵実話」8(6)'57.3 p228
須田 節
　甘すぎたキッス《小説》
　　　　　　　　　17「宝石」19(7)'64.5 p149
須田 刀太郎
　自殺殺人事件《小説》
　　　　　　　　27「別冊宝石」2(3)'49.12 p192
　幻想殺人事件《小説》　17「宝石」6(13)'51.12 p112
　アンケート《アンケート》
　　　　　　　　　　17「宝石」7(1)'52.1 p89
　第三の意志《小説》　27「別冊宝石」5(6)'52.6 p130
　私の好きな探偵小説
　　　　　　　　　27「別冊宝石」5(7)'52.7 p122
スタイナー, マックス
　悪魔詩人《小説》　32「探偵倶楽部」7(8)'56.7 p254
スタイネツル, W
　食人樹《小説》　32「探偵倶楽部」6(8)'55.8 p213
スタインベック, ジョン
　蛇の舌《小説》　32「探偵倶楽部」7(7)'56.6増 p306
スタウト, レックス
　まだ死にきつてはいない《小説》
　　　　　　　　　　17「宝石」11(3)'56.2 p14
　偽装爆弾《小説》
　　　　　　　　32「探偵倶楽部」7(7)'56.6増 p356
　15人の名料理長《小説》
　　　　　　　　　27「別冊宝石」9(6)'56.8 p5
　死の招待《小説》　27「別冊宝石」9(6)'56.8 p158
　語らぬ講演者《小説》
　　　　　　　　　27「別冊宝石」9(6)'56.8 p218
　黒い蘭《小説》　　17「宝石」11(12)'56.9 p242
　死の前に《小説》　32「探偵倶楽部」8(2)'57.3 p244
　殺さなかつた証拠になる《小説》
　　　　　　　　　32「探偵倶楽部」9(1)'58.1 p54

ワトスンは女性であつた
　　　　　　　　27「別冊宝石」11(5)'58.6 p71
求む, 影武者《小説》
　　　　　　　　27「別冊宝石」12(5)'59.5 p57
身から出た錆《小説》
　　　　　　　　27「別冊宝石」16(9)'63.10 p128
スターガーゴルト, H・G
　シワキリホテルの毒蛇《小説》
　　　　　　　　32「探偵倶楽部」8(4)'57.5 p186
スタクプール
　チョコレートの箱《小説》
　　　　　　　　17「宝石」9(2)'54.2 p124
スターレット, ヴィンセント
　十一人目の陪審員《小説》
　　　　　　　　17「宝石」14(11)'59.10 p294
スタンダール
　パルムの僧院〔原作〕《絵物語》
　　　　　　　　32「探偵倶楽部」6(3)'55.3 p15
スチヴンソン, R・L
　錯乱〔原作〕《脚本》
　　　　　　　　05「探偵・映画」1(2)'27.11 p94
　屍体盗人《小説》09「探偵小説」2(7)'32.7 p54
　ジェキル博士とハイド〔原作〕《絵物語》
　　　　　　　　32「怪奇探偵クラブ」1'50.5 p11
　自殺倶楽部〔原作〕《絵物語》
　　　　　　　　32「探偵クラブ」1(3)'50.11 p27
　宝島《小説》　27「別冊宝石」5(4)'52.5 p181
　自殺倶楽部〔原作〕《絵物語》
　　　　　　　　32「探偵倶楽部」5(11)'54.11 p15
　屍体泥棒〔原作〕《絵物語》
　　　　　　　　32「探偵倶楽部」7(7)'56.6増 p9
　自殺倶楽部〔原作〕《絵物語》
　　　　　　　32「探偵倶楽部」8(5)'57.6 p155, 163, 174
　屍体泥棒《小説》32「探偵倶楽部」8(7)'57.7増 p64
スチヴンソン, T・T
　躍る妖魔《小説》09「探偵小説」1(3)'31.11 p2
スチュワート, マーガレット
　白鷺の沼　　　32「探偵クラブ」2(9)'51.10 p39
スチールンステツト, M
　占領軍将校殺人事件《小説》
　　　　　　　　32「探偵倶楽部」4(10)'53.10 p234
スティーヴンスン, C
　アマゾンの恐怖　32「探偵倶楽部」9(7)'58.6 p70
スティル, ホワード
　魔王の眼　　　01「新趣味」17(11)'22.11 p2
　女首魁の陰謀《小説》01「新趣味」18(1)'23.1 p56
　狼団の陰謀《小説》01「新趣味」18(4)'23.4 p220
ステーゲル, T・W
　流行倶楽部　　06「猟奇」1(5)'28.10 p15
ステーマン, S・A
　狂嵐《小説》　15「探偵春秋」2(4)'37.4 p176
　ゼロ《小説》　27「別冊宝石」11(7)'58.9 p239
須藤 鐘一
　私の好きな一偶《アンケート》
　　　　　　　　06「猟奇」1(2)'28.6 p28
須藤 武雄
　毛　　　　　　17「宝石」18(1)'63.1 p20

須藤 蘭童
　ロンドン便り　　15「探偵春秋」2(3)'37.3 p30
　ロンドン便り　　15「探偵春秋」2(4)'37.4 p140
ストーカー, ブラム
　牝猫《小説》　　27「別冊宝石」14(5)'61.10 p124
ストツカード, ウイレット
　霧の中の銃殺《小説》
　　　　　　　　32「探偵倶楽部」9(7)'58.6 p199
ストリブリング, T・S
　亡命者《小説》　09「探偵小説」2(2)'32.2 p10
　尾行《小説》　　17「宝石」11(11)'56.8 p18
　密告電報の秘密《小説》
　　　　　　　　32「探偵倶楽部」7(13)'56.12 p64
　ベナレスへの道《小説》
　　　　　　　　27「別冊宝石」11(9)'58.11 p144
ストローク, F
　愛!!!　　　　　06「猟奇」4(2)'31.4 p42
ストロング, ハリントン（ストロング, ハリイントン）
　猛火《小説》　　02「秘密探偵雑誌」1(3)'23.7 p86
　拭はれざるナイフ
　　　　　　　　02「秘密探偵雑誌」1(5)'23.9 p90
　新米探偵《小説》01「新趣味」18(11)'23.11 p129
砂江 良
　指紋の知識　　　17「宝石」11(7)'56.5 p250
須永 誠一
　仁木悦子論　　　17「宝石」17(13)'62.10 p126
砂原 彰三
　古城《小説》　　17「宝石」11(4)'56.3 p230
スノーデイン, コーラ
　催眠術の虜になった女
　　　　　　　　32「探偵倶楽部」7(12)'56.11 p179
スパイヤー, ウイルヘムス
　事件は終りぬ《小説》
　　　　　　　　32「探偵倶楽部」6(9)'55.9 p156
栖原 六郎
　華甲の先生　　　27「別冊宝石」10(11)'57.12 p194
スパーリング, ジョイス
　二度のチャンスはなきものか!
　　　　　　　　33「探偵実話」3(1)'51.12 p254
スピレーン, ミッキー
　他国者は死ね〈1〉《小説》
　　　　　　　　32「探偵倶楽部」9(12)'58.10 p298
　他国者は死ね〈2〉《小説》
　　　　　　　　32「探偵倶楽部」9(13)'58.11 p280
　他国者は死ね〈3・完〉《小説》
　　　　　　　　32「探偵倶楽部」9(14)'58.12 p290
諏訪 三郎
　小町娘失踪《脚本》17「宝石」7(3)'52.3 p162
妻木 新平
　謎は謎ならず〈1〉18「トップ」3(4)'48.7 p42
住江 秀五郎
　幸運の初手柄　　33「探偵実話」2(1)'50.12 p116
住川 忠郎
　高知紀行　　　　35「ミステリー」5(3)'64.3 p129
　道後の女　　　　35「ミステリー」5(3)'64.3 p141
　松山にて　　　　35「ミステリー」5(3)'64.3 p152
　宇和島の宵　　　35「ミステリー」5(4)'64.4 p37

宮島へ　　　　　　　35「ミステリー」5(4)'64.4 p41
高知の宿　　　　　　35「ミステリー」5(4)'64.4 p117
大阪発13時20分　　　35「ミステリー」5(5)'64.5 p89
宮島にて　　　　　　35「ミステリー」5(5)'64.5 p103
猫と女　　　　　　　35「ミステリー」5(5)'64.5 p115
スミス, エドワード
　懲罪か予防か　　　03「探偵文芸」1(9)'25.11 p66
スミス, ジョン
　或る冤罪　　　　　35「ミステリー」5(5)'64.5 p66
住田 伸二
　アメリカ・スパイの告白
　　　　　　　　　　32「探偵倶楽部」9(2)'58.2 p64
隅田 文平
　ラク町のパンパン婆
　　　　　　　　　　20「探偵よみもの」34 '47.12 p24
隅田 渉
　桃源郷　　　　　　21「黒猫」2(9)'48.7 p34
　桃源郷　　　　　　21「黒猫」2(10)'48.8 p30
住野 さへ子
　タダ一つ神もし許し賜はゞ……《アンケート》
　　　　　　　　　　06「猟奇」4(3)'31.5 p71
住谷 誠
　ヤミ煙草取締り座談会《座談会》
　　　　　　　　　　32「探偵倶楽部」4(10)'53.10 p84
スミルトン, エドモンド
　整形外科手術《小説》
　　　　　　　　　　32「探偵倶楽部」8(10)'57.10 p29
スモール, ウィリアム
　密輸団の金髪娘　　32「探偵クラブ」2(5)'51.7 p94
守門 賢太郎
　新進作家殺人事件《小説》
　　　　　　　　　　27「別冊宝石」10(1)'57.1 p184
　入選者の言葉　　　17「宝石」12(5)'57.4 p107
　月光魔像《小説》　17「宝石」12(7)'57.5 p158
　死の九連宝燈《小説》
　　　　　　　　　　32「探偵倶楽部」8(10)'57.10 p188
　桂馬《小説》　　　17「宝石」13(4)'58.3 p242
　死後に咲く花《小説》
　　　　　　　　　　32「探偵倶楽部」9(13)'58.11 p270
　借りはベッドで返せ!《小説》
　　　　　　　　　　33「探偵実話」10(1)'58.12 p128
　蛭を買う情事《小説》
　　　　　　　　　　33「探偵実話」10(4)'59.2 p72
　悪魔は死なない《小説》
　　　　　　　　　　33「探偵実話」10(7)'59.4 p152
　午後九時三十分の目撃者《小説》
　　　　　　　　　　33「探偵実話」10(9)'59.6 p154
　死体を釣った男《小説》
　　　　　　　　　　33「探偵実話」10(13)'59.9 p178
　背徳の部屋《小説》
　　　　　　　　　　33「探偵実話」10(16)'59.11 p132
　雪の夜の妖術師《小説》
　　　　　　　　　　33「探偵実話」11(3)'60.1 p236
　自筆遺言状《小説》
　　　　　　　　　　33「探偵実話」11(8)'60.5 p206
　白い悪魔の矢《小説》
　　　　　　　　　　33「探偵実話」11(14)'60.10 p184
　極楽おとし《小説》33「探偵実話」12(9)'61.7 p62

　水は流れていたか《小説》
　　　　　　　　　　33「探偵実話」12(12)'61.10 p58
　霧の中の霧《小説》
　　　　　　　　　　33「探偵実話」12(15)'61.11 p114
　太陽の破片《小説》
　　　　　　　　　　35「ミステリー」5(4)'64.4 p42
須山 道夫
　T原の出来事《小説》04「探偵趣味」10 '26.7 p10
スリヴァン, アラン
　生ける案山子《小説》
　　　　　　　　　　09「探偵小説」2(7)'32.7 p158
須理野 切三
　前科者を囲む防犯座談会《座談会》
　　　　　　　　　　18「トップ」2(1)'47.4 p12
スリョースキン, ユーリイ
　青衣の女《小説》　04「探偵趣味」25 '27.11 p29
スレザール, ヘンリー
　処刑の日《小説》　17「宝石」14(1)'59.1 p354
スレッサー, ヘンリー
　第二の評決《小説》
　　　　　　　　　　27「別冊宝石」17(5)'64.4増 p11
ズロイ, マイケル
　フィリシアの棺《小説》
　　　　　　　　　　17「宝石」13(10)'58.8 p318
　先祖を信じるなかれ《小説》
　　　　　　　　　　27「別冊宝石」16(10)'63.11増 p132
諏訪 三郎
　アオイ旅館の女将　33「探偵実話」3(12)'52.10 p108
　[まえがき]　　　　33「探偵実話」3(12)'52.12 p153
　日本の国防はこれだ《座談会》
　　　　　　　　　　32「探偵倶楽部」3(12)'52.12 p169
　流されゆく老舗　　33「探偵実話」4(3)'53.2 p116
　戦犯の妻は去りゆく《小説》
　　　　　　　　　　33「探偵実話」4(5)'53.4 p150

【せ】

輔 軸一
　聖胎《小説》　　　12「シュピオ」4(3)'38.4 p34
清閑寺 健
　死刑囚の妻と子　　20「探偵よみもの」32 '47.7 p20
贅頭 絵一
　探偵雑誌総まくり　22「新探偵小説」1(1)'47.4 p31
　鬼社の窓から　　　23「真珠」1 '47.4 巻1
　鬼社の窓から　　　23「真珠」3 '47.12 p64
セイヤーズ, ドロシー・L (セイアーズ, ドロシイ・エル／ソーヤ, ドロシー)
　自我狂〈1〉《小説》
　　　　　　　　　　02「秘密探偵雑誌」1(4)'23.8 p109
　自我狂〈2〉《小説》
　　　　　　　　　　02「秘密探偵雑誌」1(5)'23.9 p108
　ストロング・ポイズン〈1〉《小説》
　　　　　　　　　　11「ぷろふいる」4(7)'36.7 p113

ストロング・ポイズン〈2〉《小説》	
	11「ぷろふいる」4(8)'36.8 p82
香水の戯れ《小説》	
	11「ぷろふいる」4(9)'36.9 p30
ストロング・ポイズン〈3〉《小説》	
	11「ぷろふいる」4(9)'36.9 p119
ストロング・ポイズン〈4〉《小説》	
	11「ぷろふいる」4(10)'36.10 p120
ストロング・ポイズン〈5〉《小説》	
	11「ぷろふいる」4(11)'36.11 p121
ストロング・ポイズン〈6・完〉《小説》	
	11「ぷろふいる」4(12)'36.12 p116
嗤ふ跫音《小説》	24「トリック」6(12)'52.12 p243
香水の戯れ《小説》	24「トリック」7(2)'53.2 p209
アリババの呪文《小説》	
	32「探偵倶楽部」4(9)'53.9 p200
人間性の必要	27「別冊宝石」7(5)'54.6 p300
死体を探せ《小説》	27「別冊宝石」8(5)'55.7 p5
ピーター卿乗り出す《小説》	
	27「別冊宝石」8(5)'55.7 p218
争いの元《小説》	
	27「別冊宝石」10(10)'57.10 p216
真珠の首飾り《小説》	
	27「別冊宝石」12(9)'59.9 p87
瀬尾 理輔	
怪都レノ市	09「探偵小説」2(6)'32.6 p68
関	
酒は北国美人サカナは塩ウニ	
	35「エロチック・ミステリー」4(3)'63.3 p109
関 義一郎	
学生と探偵小説《座談会》	
	17「宝石」11(1)'56.1 p136
合理主義とヒューマニズム	
	27「別冊宝石」10(11)'57.12 p50
関 訓之助	
山男大いに語る《座談会》	
	32「探偵クラブ」2(6)'51.8 p161
関 庄次郎	
傾向とそれを作るもの	
	11「ぷろふいる」4(1)'36.1 p177
瀬木 慎一	
ゴーギァンの謎	17「宝石」17(3)'62.2 p266
関 信博	
アガサ・クリスティ女史へ	
	27「別冊宝石」17(2)'64.2 p58
瀬木 文夫	
タバコの葉ッぱ	
	35「エロチック・ミステリー」4(7)'63.7 p68
東西貞操無情史	
	35「エロチック・ミステリー」4(8)'63.8 p122
白い一本のタバコ	27「別冊宝石」16(7)'63.8 p171
あなたも殺してみない?	
	35「エロチック・ミステリー」4(9)'63.9 p110
女スパイ残酷抄	
	35「エロチック・ミステリー」4(10)'63.10 p41
関川 周 →女々良修	
謎の狂人	32「怪奇探偵クラブ」1'50.5 p170
亡霊館の案内人	32「怪奇探偵クラブ」2'50.6 p70
因果者《小説》	32「怪奇探偵クラブ」1(1)'50.8 p78

シベチヤの亡者部落《小説》	
	33「探偵実話」5'50.10 p64
深山の秘密部落《小説》	
	33「探偵実話」2(7)'51.6 p24
赤い氷河	32「探偵クラブ」2(6)'51.8 p76
ある奇術師の一生《小説》	
	32「探偵クラブ」2(9)'51.10 p144
ルビーのお絹《小説》	
	32「探偵クラブ」3(4)'52.4 p98
モンテカルロの乞食《小説》	
	33「探偵実話」3(6)'52.5 p243
ムラー旦那《小説》	33「探偵実話」3(10)'52.9 p88
モナコの日本人《小説》	
	32「探偵倶楽部」5(5)'54.5 p208
人罠《小説》	32「探偵倶楽部」5(6)'54.6 p60
密封列車《小説》	32「探偵倶楽部」5(7)'54.7 p90
黒骰子の話	32「探偵倶楽部」6(2)'55.2 p44
白い男〈1〉《小説》	
	32「探偵倶楽部」6(4)'55.4 p280
白い男〈2〉《小説》	
	32「探偵倶楽部」6(5)'55.5 p122
白い男〈3・完〉《小説》	
	32「探偵倶楽部」6(6)'55.6 p206
ケネス・ホフト事件	
	32「探偵倶楽部」8(5)'57.5 p80
死体と共に十三年	32「探偵倶楽部」8(6)'57.7 p218
海賊と聖書	32「探偵倶楽部」8(10)'57.10 p80
外人部隊に志願した男	
	32「探偵倶楽部」8(13)'57.12 p127
極地の呪文師	32「探偵倶楽部」9(6)'58.5 p46
幽霊の家《小説》	
	32「探偵倶楽部」9(12)'58.10 p161
深夜のロボット《小説》	
	32「探偵倶楽部」9(13)'58.11 p124
三角の家《小説》	
	33「探偵実話」11(11)'60.8増 p178
情慾の踊り《小説》	33「探偵実話」12(1)'61.1 p38
死のザイル《小説》	
	33「探偵実話」12(11)'61.8 p208
白い洞窟《小説》	33「探偵実話」13(10)'62.8 p110
関口	
新映画	27「別冊宝石」10(1)'57.1 p167
関口 修	
油絵《詩》	17「宝石」5(6)'50.6 p2
関口 弘	
探小に於ける明日の課題	
	17「宝石」11(12)'56.9 p238
関口 文平	
風船爆弾の正体	32「探偵倶楽部」8(4)'57.5 p170
関口 弥太郎	
正月の日本映画	27「別冊宝石」4(2)'51.12 p147
独立プロの異色作	27「別冊宝石」4(2)'51.12 p163
宝石映写室	17「宝石」7(2)'52.2 p123
関口 由三	
貴婦人怪盗物語	33「探偵実話」8(2)'57.1増 p33
関戸 和子	
間違い電話に気をつけろ《小説》	
	17「宝石」14(11)'59.10 p98

683

関根 久雄
　情艶に狂つた愛慾図絵
　　　　　　　　　33「探偵実話」12(6)'61.4増 p82
関根 弘
　現代人と推理小説《座談会》
　　　　　　　　　17「宝石」14(6)'59.6 p250
　猫とねずみの関係　17「宝石」14(12)'59.10増 p8
　死んだ鼠《小説》　17「宝石」15(1)'60.1 p194
　宝石昭和34年度作品ベスト・10《アンケート》
　　　　　　　　　17「宝石」15(1)'60.1 p225
　クリスチアナ・ブランド論
　　　　　　　　　27「別冊宝石」13(1)'60.1 p135
　鍵《小説》　　　　17「宝石」15(6)'60.5 p188
　今月の創作評《対談》17「宝石」17(3)'62.2 p282
　今月の創作評《座談会》
　　　　　　　　　17「宝石」18(8)'63.6 p312
関根 文助
　二つの鍵《小説》　24「妖奇」4(6)'50.6 p28
関根 稔
　ダンサーの怪死　　16「ロック」2(4)'47.4 p56
関野 準一郎
　アメリカ風景　　　17「宝石」15(8)'60.6 p156
青面獣
　半歳の収穫を顧みて 15「探偵春秋」2(7)'37.7 p2
関屋 陸児
　抜け目のない女　　33「探偵実話」12(9)'61.7 p263
　ヒモなしの女　　　33「探偵実話」12(11)'61.8 p142
　気取つた女　　　　33「探偵実話」12(12)'61.9 p197
　隣り合わせの色と罪
　　　　　　　　　33「探偵実話」12(14)'61.10増 p62
　白衣の女　　　　　33「探偵実話」13(5)'62.4 p95
　おかみさん　　　　33「探偵実話」13(5)'62.4 p125
瀬古 憲
　面会に来た男《小説》11「ぷろふいる」3(8)'35.8
瀬古 貞治
　ニツポン三部曲　　06「猟奇」4(4)'31.6 p46
　ふゐるむだむ　　　06「猟奇」5(2)'32.2 p22
　ふゐるむだむ　　　06「猟奇」5(5)'32.5 p26
瀬越 憲作
　新式布石講話　　　01「新趣味」17(1)'22.1 p192
　新式布石講話　　　01「新趣味」17(2)'22.2 p146
　新式布石講話　　　01「新趣味」17(3)'22.3 p205
瀬下 耽
　犯罪倶楽部入会テスト《小説》
　　　　　　　　　04「探偵趣味」4(2)'28.2 p2
　めくらめあき《小説》
　　　　　　　　　04「探偵趣味」4(9)'28.9 p12
　手袋《小説》　　　22「新説探偵小説」1(2)'47.6 p4
　シュプールは語る《小説》
　　　　　　　　　29「探偵趣味」(戦後版)'49.1 p35
　柘榴病《小説》　　33「探偵実話」3(11)'52.9増 p77
　覗く眼《小説》　　33「探偵実話」4(1)'53.1 p157
　柘榴病《小説》　　17「宝石」11(14)'56.10 p166
節江兄弟
　我もし彼女なりせば
　　　　　　　　　11「ぷろふいる」2(12)'34.12 p100

摂津 茂和
　アンケート《アンケート》
　　　　　　　　　17「宝石」12(10)'57.8 p154
雪峰生(雪峯生)
　人間の冷蔵　　　　01「新趣味」18(3)'23.3 p221
　証拠探査二題　　　01「新趣味」18(4)'23.4 p271
　錬金術　　　　　　01「新趣味」18(6)'23.6 p303
　独創的な大盗賊　　01「新趣味」18(7)'23.7 p241
　二度とは食はぬ　　01「新趣味」18(8)'23.8 p339
瀬戸 隆
　破約《小説》　　　06「猟奇」4(7)'31.12 p28
瀬頭 紫雀
　ピス健　　　　　　04「探偵趣味」7'26.4 p37
瀬戸内 晴美
　有罪・無罪　　　　17「宝石」15(14)'60.12 p306
　死に様　　　　　　17「宝石」18(8)'63.6 p18
瀬戸口 寅雄
　鈴ケ森お春殺し　　33「探偵実話」1'50.5 p55
　4大事件の公判と判決 24「妖奇」5(3)'51.3 p80
　好色殺人鬼　　　　24「妖奇」5(5)'51.5 p86
　八玉亭の惨劇　　　24「妖奇」5(6)'51.6 p23
　贋札旋風　　　　　24「妖奇」5(7)'51.7 p23
　伊東の惨劇　　　　24「妖奇」5(9)'51.9 p84
　女囚懺悔　　　　　24「妖奇」6(1)'52.1 p112
　女一人の死《小説》27「別冊宝石」5(1)'52.1 p166
　窃盗と強盗　　　　24「妖奇」6(4)'52.4 p112
　強姦の限界点　　　24「妖奇」6(5)'52.5 p92
　産婦の犯罪　　　　24「妖奇」6(6)'52.6 p44
　妻の責任　　　　　24「妖奇」6(7)'52.7 p70
　魔手を脱れた女　　24「妖奇」6(8)'52.8 p86
　堕胎罪　　　　　　24「妖奇」6(9)'52.9 p106
　くさい事件　　　　24「妖奇」6(10)'52.10 p96
　家出娘の運命　　　24「トリック」6(11)'52.11 p90
　強姦は防げる　　　24「トリック」6(12)'52.12 p104
　十二円で懲役十年　24「トリック」7(1)'53.1 p134
　正月の犯罪　　　　24「トリック」7(2)'53.2 p170
　捕物祭舞台裏　　　24「トリック」7(3)'53.3 p46
　大岡越前の庭石　　32「探偵倶楽部」4(3)'53.4 p161
　窃盗と強盗　　　　24「トリック」7(4)'53.4 p138
　灸痕のある女《小説》
　　　　　　　　　27「別冊宝石」8(4)'55.5 p216
　廿一号室の女《小説》
　　　　　　　　　33「探偵実話」11(11)'60.8増 p278
妹尾 アキヲ →妹尾韶夫
　太陽は輝けど《小説》17「宝石」—'49.7増 p264
妹尾 アキ夫 →妹尾韶夫
　オーモニアーに就いて 04「探偵趣味」7'26.4 p28
　あいどるそうと　　04「探偵趣味」9'26.6 p11
　変名をくさす　　　04「探偵趣味」10'26.7 p51
　クローズ・アップ《アンケート》
　　　　　　　　　04「探偵趣味」14'26.12 p38
　クローズ・アップ《アンケート》
　　　　　　　　　04「探偵趣味」15'27.1 p53
　クローズ・アップ《アンケート》
　　　　　　　　　04「探偵趣味」19'27.5 p43
　一方から見たビーストン
　　　　　　　　　04「探偵趣味」20'27.6 p52
　感想　　　　　　　05「探偵・映画」1(1)'27.10 p34

本年度印象に残れる作品、来年度ある作家への希望
《アンケート》
　　　　　　　　　04「探偵趣味」26 '27.12 p59
秘密のトンネル　　13「クルー」2 '35.11 p28
ハガキ回答《アンケート》
　　　　　　　11「ぷろふいる」3(12)'35.12 p46
ハガキ回答《アンケート》
　　　　　　　12「探偵文学」1(10)'36.1 p14
地図と探偵小説　　14「月刊探偵」2(2)'36.2 p9
リアリテイ　　　　12「探偵文学」2(4)'36.4 p12
近頃読んだもの　　11「ぷろふいる」4(5)'36.5 p45
夢想　　　　　　　12「探偵文学」2(10)'36.10 p8
盲ひた月（解決篇入選作）《小説》
　　　　　　　11「ぷろふいる」4(10)'36.10 p45
ホフマン・その他　11「ぷろふいる」5(1)'37.1 p100
卑劣について　　　11「ぷろふいる」5(2)'37.2 p50
批評の木枯　　　　11「ぷろふいる」5(3)'37.3 p62
文章第一　　　　　11「ぷろふいる」5(4)'37.4 p42
お問合せ《アンケート》
　　　　　　　　12「シュピオ」3(5)'37.6 p50
ハガキ回答《アンケート》
　　　　　　　　12「シュピオ」4(1)'38.1 p14
紹介　　　　　　　17「宝石」― '49.9増 p257
七色の虹　　　　　17「宝石」5(1)'50.1 p316
私の小さいミステリー
　　　　　　　27「別冊宝石」4(1)'51.8 p146
アンケート《アンケート》
　　　　　　　　17「宝石」6(11)'51.10 p171
アンケート《アンケート》
　　　　　　　　17「宝石」7(3)'52.1 p87
靴のサイズ　　　　17「宝石」7(3)'52.3 p96
リラの香のする手紙《小説》
　　　　　　　　17「宝石」7(8)'52.8 p164
探偵小説に対するアンケート《アンケート》
　　　　　　　32「探偵倶楽部」4(1)'53.2 p148
ザングウイルについて　17「宝石」8(6)'53.6 p98
新鮮・快感・美的　32「探偵倶楽部」4(7)'53.7 p50
紙魚双題　　　　　17「宝石」8(9)'53.8 p224
ビーストンに就いて　27「別冊宝石」6(7)'53.9 p6
［サッパー紹介］　　17「宝石」9(3)'54.3 p16
兇書雑考　　　　27「別冊宝石」7(5)'54.6 p154
牛鍋　　　　　　27「別冊宝石」7(9)'54.11 p221
オースチンの追想　17「宝石」9(14)'54.12 p156
新年崩壊　　　　　17「宝石」11(1)'56.1 p86
アンケート《アンケート》
　　　　　　　　17「宝石」13(5)'58.4 p141
妹尾 韶夫　→胡鉄梅、小原俊一、妹尾アキヲ、妹尾アキ夫
ピストル強盗《小説》　04「探偵趣味」6 '26.3 p40
宿雨催晴《小説》　　17「宝石」1(8)'46.11 p40
黒苺《小説》　　　　16「ロック」2(1)'47.1 p26
ストランド誌の表紙
　　　　　　　　22「新探偵小説」1(1)'47.4 p28
四階の老人《小説》　17「宝石」2(3)'47.4 p148
飢餓《小説》　　　　17「宝石」2(7)'47.10 p20
黒猫《小説》　　　　19「仮面」3(1)'48.2 p20
ベルツァー兄弟　　23「真珠」2(4)'48.3 p22
星のさゝやき《小説》　17「宝石」3(3)'48.4 p29
帰郷《小説》　　　　23「真珠」2(6)'48.6 p35
日本におけるスレイター事件《小説》
　　　　　　　　　16「ロック」3(4)'48.8 p12

シーリーについて　27「別冊宝石」15(2)'62.4 p128
訳者のことば　　　17「宝石」17(11)'62.9 p318
訳者のことば　　　17「宝石」17(14)'62.11 p317
ゼームス, モンテーブ・R
銅版画《小説》　　32「探偵倶楽部」6(8)'55.8 p142
セーヤーズ, フランク
ヤーマス海岸の絞殺死体
　　　　　　　02「秘密探偵雑誌」1(5)'23.9 p121
瀬良 透
第九ステージの殺人《小説》
　　　　　　　　17「宝石」11(2)'56.1増 p306
セラフィモウイッチ, A
望郷《小説》　　　　17「宝石」9(7)'54.6 p148
ゼーリゲル, ゲルハルト
地上魔《小説》　　01「新趣味」18(11)'23.11 p2
ゼルヴェズ, B
恋の老練家が参つた話　06「猟奇」5(4)'32.4 p2
千
文壇怪奇(?)屁物語
　　　　　　　29「探偵趣味」(戦後版)'49.1 p40
善 狂兵
完全なる証明《小説》　24「妖奇」5(10)'51.10 p84
墓地の令嬢《小説》　24「妖奇」6(7)'52.7 p29
膳 哲之助
拳銃と毒薬《小説》　17「宝石」11(2)'56.1増 p368
われら集いて死者を悼む《小説》
　　　　　　　27「別冊宝石」10(1)'57.1 p42
黒の罠《小説》　　27「別冊宝石」11(2)'58.2 p328
冬の春画《小説》　　17「宝石」13(8)'58.6 p284
埋葬班長《小説》　　17「宝石」13(14)'58.11 p154
千加 哲三
サムの初手柄《小説》
　　　　　　　11「ぷろふいる」3(4)'35.4 p131
ゼンキンス, ハアバアト
俄給仕人《小説》　　01「新趣味」17(2)'22.2 p150
千田 五郎
野火を弄ぶ強姦少年団
　　　　　　　33「探偵実話」9(2)'58.1増 p212
千田 敏知
悪童色ざんげ　　　33「探偵実話」9(11)'58.7 p156
セント・クレア, マーガレト
枕《小説》　　　　27「別冊宝石」17(2)'64.2 p196
セント・ジョン
俺の死ぬ日《小説》
　　　　　　　32「探偵倶楽部」9(11)'58.9 p198
セントデニス, マデロン
レビュー殺人事件《小説》
　　　　　　　　09「探偵小説」2(3)'32.3 p193
千成 瓢太郎
恋人捜査法《小説》
　　　　　　　11「ぷろふいる」3(2)'35.2 p76
善之助
TOKYO　　　　　　17「宝石」10(4)'55.3 p253

685

そうし

【そ】

雑司 十郎
　新鋭の三関脇　　　　33「探偵実話」12(15)'61.11 p198
荘司平太郎
　七月号創作雑感　　11「ぷろふいる」2(8)'34.8 p125
蒼社 廉三
　屍衛兵《小説》　　　　17「宝石」16(3)'61.2増 p183
　感想　　　　　　　　　17「宝石」16(5)'61.4 p215
　屍衛兵《小説》　　　　17「宝石」16(6)'61.5 p110
　砂漠地帯《小説》　　　17「宝石」16(8)'61.7 p80
　太平洋に陽が沈む《小説》
　　　　　　　　　　　　17「宝石」17(14)'62.11 p42
　もずが枯木で鳴いている《小説》
　　　　　　　　　　　　17「宝石」18(5)'63.4 p80
　戦艦金剛《小説》　　　17「宝石」18(11)'63.8 p26
　スターリン・グラード《小説》
　　　　　　　　　27「別冊宝石」16(11)'63.12 p126
　Uボート《小説》　　　17「宝石」19(1)'64.1 p158
錚心 二九五
　大阪圭吉論　　　11「ぷろふいる」4(10)'36.10 p134
左右田 謙　→角田実
　隣りの夫婦《小説》　　17「宝石」17(5)'62.4 p282
　円顔の男《小説》　　　17「宝石」18(5)'63.4 p204
左右田 純　→吉田哲夫
　探偵小説挿画家論　　10「探偵クラブ」9'33.3 p11
左右田 登
　勘三郎と扇雀　　32「探偵倶楽部」4(11)'53.11 p231
宗田 容平
　策謀の果て《小説》　　17「宝石」18(10)'63.7増 p196
草野 唯雄　→荘野忠雄
　交叉する線《小説》　　17「宝石」17(8)'62.6増 p196
　入選の感想　　　　　　17「宝石」17(11)'62.9 p163
　移りゆく影《小説》　　17「宝石」17(13)'62.10 p80
　火事泥作戦《小説》
　　　　　　　　35「エロチック・ミステリー」4(1)'63.1 p102
　冬宿〈1〉《小説》　　　17「宝石」18(1)'63.1 p164
　冬宿〈2・完〉《小説》　17「宝石」18(4)'63.3 p120
　不徳の旅
　　　　　　　　35「エロチック・ミステリー」4(4)'63.4 p86
　戯れ《小説》
　　　　　　　　35「エロチック・ミステリー」4(8)'63.8 p42
　二人の旅行者《小説》
　　　　　　　　　　　　17「宝石」18(16)'63.12 p228
　人みな欲望をもつ《小説》
　　　　　　　　　27「別冊宝石」16(11)'63.12 p88
　ひったくり事件《小説》
　　　　　　　　35「エロチック・ミステリー」5(1)'64.1 p136
　流れる海《小説》　27「別冊宝石」17(4)'64.4 p78
　きみ、安井昭平の平穏な一日《小説》
　　　　　　　　　　27「別冊宝石」17(6)'64.5 p51
荘野 忠雄　→草野唯雄
　報酬は一割《小説》　　17「宝石」16(3)'61.2増 p100

相馬 隆
　死刑される日まで《座談会》
　　　　　　　　　　　　26「フーダニット」2(1)'48.1 p6
相馬 陽一
　大下宇陀児論　　　　17「宝石」6(12)'51.11 p208
象隣亭
　色物席　　　　　　　03「探偵文芸」1(2)'25.4 p101
曽我 マリ
　探偵小説と私　　　　　17「宝石」8(9)'53.8 p250
曾我廼家 五郎
　探偵趣味を語る　　11「ぷろふいる」1(2)'33.6 p4
楚木 亜夫
　人間性を感じつゝ　　11「ぷろふいる」4(5)'36.5 p90
ソグロオ, オ
　春画綺譚《小説》　　　06「猟奇」2(3)'29.3 p41
　馬食奇談《小説》　　　06「猟奇」2(10)'29.10 p52
曾雌 末男
　全集出版と聞いて　　　14「月刊探偵」2(4)'36.5 p44
ゾシチェンコ, エム
　犬功《小説》　　　　　04「探偵趣味」18 '27.4 p3
　とうさん《小説》　　　04「探偵趣味」18 '27.4 p16
ゾーズリヤ, エ
　水差の中の紙片《小説》
　　　　　　　　　　　　04「探偵趣味」20 '27.6 p68
曾根 忠穂
　〈人間派〉を説く長老　17「宝石」17(6)'62.5 p94
　奇想とユーモアの異色作家
　　　　　　　　　　　　17「宝石」17(10)'62.8 p78
曾根 正人
　モサ狩り四天王座談会《座談会》
　　　　　　　　　　　　25「Gメン」1(2)'47.11 p29
　名刑事捕物座談会《座談会》
　　　　　　　　　　　33「探偵実話」1 '50.5 p40
曾野 明
　日本をめぐる米ソ謀略戦《座談会》
　　　　　　　　　32「探偵倶楽部」3(9)'52.10 p160
曾野 綾子
　ビショップ氏殺人事件《小説》
　　　　　　　　　　　　17「宝石」12(10)'57.8 p38
　文壇作家「探偵小説」を語る《座談会》
　　　　　　　　　　　　17「宝石」12(10)'57.8 p188
　パキスタンの花　　　　17「宝石」14(3)'59.3 p11
　京都の冬　　　　　　　17「宝石」14(3)'59.3 p122
　現代人と推理小説《座談会》
　　　　　　　　　　　　17「宝石」14(6)'59.6 p250
　空飛ぶ円盤《小説》
　　　　　　　　　　　17「宝石」14(12)'59.10増 p101
　長い暗い冬《小説》　27「別冊宝石」17(2)'64.2 p12
園井 啓介
　事件記者はハードボイルドがお好き《座談会》
　　　　　　　　　　　　17「宝石」14(11)'59.10 p228
園田 調少
　良心の叫び《小説》　　17「宝石」1(6・7)'46.10 p46
園田 てる子
　新橋烏森広場《小説》　17「宝石」11(16)'56.12 p74
　ニッポン　　　　　　　17「宝石」16(2)'61.2 p238

カムオン・ボーイ
 35「エロティック・ミステリー」2(6)'61.6 p268
カムオン・ボーイ
 35「エロティック・ミステリー」2(7)'61.7 p272
学生心中《小説》 27「別冊宝石」17(2)'64.2 p182
園部 緑
 猫と泥棒 04「探偵趣味」5 '26.2 p30
 高見夫人の自白《小説》 04「探偵趣味」6 '26.3 p46
 女乞食《小説》 04「探偵趣味」20 '27.6 p7
ソホ, リイ
 愛!!! 06「猟奇」4(2)'31.4 p43
ソマーヴイル, チャールス（ソマビーユ氏）
 逮捕するまで 02「秘密探偵雑誌」1(1)'23.5 p147
 三発の弾丸 03「探偵文芸」1(6)'25.8 p70
 三枚の白銅 03「探偵文芸」1(7)'25.9 p61
 毒薬の包 03「探偵文芸」2(5)'26.5 p84
曾山 直盛
 戦艦大和を売る男 33「探偵実話」8(3)'57.1 p78
 天皇を売る男 33「探偵実話」8(7)'57.4 p94
曾羅 宗哉
 味の散歩
  35「エロチック・ミステリー」3(11)'62.11 p116
曾良 勇吉
 当世五人男 26「フーダニット」2(5)'48.8 p28
ゾルチコフ, ミヒヤエル・グラーフ
 新水爆殺人事件《小説》
  17「宝石」11(8)'56.6 p244
 泥棒日記《小説》 17「宝石」11(9)'56.7 p144
 空中殺人事件《小説》 17「宝石」11(12)'56.9 p89
 戦争花嫁事件《小説》
  32「探偵倶楽部」9(3)'58.3 p256
ソロモン, メンデル・エム
 隣房の囚人《小説》
  01「新趣味」18(11)'23.11 p205
ソロモン, ユーゴ
 混血児《小説》 09「探偵小説」2(8)'32.8 p122
ソンプソン, G・C
 反射鏡《小説》 21「黒猫」2(10)'48.8 p25
ソンプソン, トマス
 銀の鞍《小説》 32「探偵倶楽部」7(6)'56.6 p286

【 た 】

田井 真孫
 新眼鏡江戸図絵 27「別冊宝石」7(1)'54.1 p262
 祭りと喧嘩 27「別冊宝石」8(6)'55.9 p280
大志 一夫
 深夜の客《小説》 32「探偵クラブ」2(9)'51.10 p113
大志 和男
 犯罪の底《小説》 32「探偵クラブ」3(2)'52.2 p169
大慈 宗一郎　→三浦純一
 ふぃやーす・おぶ・とれいん
  12「探偵文学」1(1)'35.3 p19
 帰郷《小説》 11「ぶろふいる」3(5)'35.5

"鍵に就いて" 12「探偵文学」1(4)'35.6 p18
雪空《小説》 12「探偵文学」1(10)'36.1 p2
断片 12「探偵文学」1(10)'36.1 p31
木々高太郎氏を囲み三五年度探偵小説合評座談会〈1〉《座談会》
  12「探偵文学」1(10)'36.1 p35
木々高太郎氏を囲み三五年度探偵小説合評座談会〈2・完〉《座談会》
  12「探偵文学」2(2)'36.2 p13
インチキ《小説》 12「探偵文学」2(6)'36.6 p9
猪狩殺人事件〈4〉《小説》
  12「探偵文学」2(8)'36.8 p14
お問合せ《アンケート》
  12「シュピオ」3(5)'37.6 p52
ハガキ回答《アンケート》
  12「シュピオ」4(1)'38.1 p29
座談会飛躍する宝石《座談会》
  17「宝石」7(1)'52.1 p165
老鬼のたわごと 17「宝石」10(7)'55.5 p246
大慈寺 弘
 男色《小説》 32「探偵倶楽部」4(4)'53.4 p193
 刑務所日記 32「探偵倶楽部」4(5)'53.5 p198
 独居房殺人事件 32「探偵倶楽部」4(7)'53.7 p186
 洞窟の獣人 32「探偵倶楽部」4(9)'53.9 p150
 針金強盗の告白 32「探偵倶楽部」4(10)'53.10 p180
 出獄者座談会《座談会》
  32「探偵倶楽部」5(2)'54.2 p184
 復讐鬼 32「探偵倶楽部」5(2)'54.2 p204
大蛇 鰐太郎
 八月・創作寸評 11「ぶろふいる」2(9)'34.9 p115
 悪口雑言 12「探偵文学」1(5)'35.7 p12
大乗寺 三郎
 牡丹燈籠《小説》 27「別冊宝石」5(8)'52.8 p206
大東 三郎
 紅蜘蛛のお鈴《小説》 24「妖奇」5(9)'51.9 p78
帯刀 純太郎
 孤立の問題 11「ぶろふいる」4(8)'36.8 p132
 視野の問題 11「ぶろふいる」4(12)'36.12 p130
大門 一男
 映画むだ話 14「月刊探偵」2(3)'36.4 p40
大門 健
 ボンソワル・ムッシュウ《小説》
  27「別冊宝石」11(2)'58.2 p10
大門 正人
 ミシガン湖畔の「鎧通し」
  32「探偵倶楽部」9(2)'58.2 p123
 暗礁の白い花《小説》
  32「探偵倶楽部」9(9)'58.7増 p128
 白い手をした「殺し屋」たち《小説》
  32「探偵倶楽部」9(12)'58.10 p188
 化粧ケースの秘密《小説》
  32「探偵倶楽部」9(13)'58.11 p64
 愛らしき悪女《小説》
  32「探偵倶楽部」9(14)'58.12 p90
 肌に描いたラブレター《小説》
  32「探偵倶楽部」10(1)'59.1 p138
 コキユ忘れ得べし《小説》
  32「探偵倶楽部」10(2)'59.2 p238

ダイヤー, ケネス
　怪盗往来《小説》　　　32「探偵倶楽部」9(8)'58.7 p59
タイヤー, ネドラ
　思いやりの殺人《小説》
　　　　　　　　27「別冊宝石」16(10)'63.11増 p148
　友だち同士の殺人《小説》
　　　　　　　　27「別冊宝石」17(2)'64.2 p224
平　八郎
　三番勝負《小説》　　　06「猟奇」2(2)'29.2 p2
タイロール, H・J
　ジヤングル・フレンド
　　　　　　　　32「探偵倶楽部」7(8)'56.7 p181
田内　孝明
　愉快　　　　　11「ぷろふいる」4(1)'36.1 p177
田内　長太郎
　訳者付記　　　　　13「クルー」3'35.12 p28
　探偵小説の『探偵』　　14「月刊探偵」2(5)'36.6 p14
　諸家の感想《アンケート》
　　　　　　　　15「探偵春秋」2(1)'37.1 p70
　ヴイアル夫人の幽霊の出現
　　　　　　　　21「黒猫」2(11)'48.9 p42
田岡　典夫
　おもがわり《小説》　17「宝石」7(6)'52.6 p200
多賀　延
　松島屋の『さくら時雨』　06「猟奇」1(1)'28.5 p21
　新牡丹燈籠　　　　　06「猟奇」1(2)'28.6 p14
　私の好きな一偶《アンケート》
　　　　　　　　06「猟奇」1(2)'28.6 p29
高井　貞二
　挿絵について　11「ぷろふいる」4(10)'36.10 p112
高石　覚三郎
　悪の双葉　　　26「フーダニット」2(1)'48.1 p9
高岩　肇
　探偵映画あれこれ　16「ロック」3(7)'48.11 p26
　指名犯人《脚本》　17「宝石」— '49.9増 p200
　探偵映画の棲家　　17「宝石」5(10)'50.10 p91
　「共犯者」合評会《座談会》
　　　　　　　　17「宝石」13(14)'58.11 p282
高木　→高木彬光
　はしがき　　　33「探偵実話」5(8)'54.7 p246
高木　彬光　→高木, 鉄仮面, 松下研三, 彬子
　白雪姫〈1〉《小説》　17「宝石」4(1)'49.1 p80
　第三の解答《小説》　27「別冊宝石」1(3)'49.1 p46
　白雪姫〈2・完〉《小説》　17「宝石」4(2)'49.2 p12
　悪魔の護符　　　　25「X」3(5)'49.4 p52
　能面殺人事件《小説》　17「宝石」4(4)'49.4 p97
　雪をんな《小説》　27「別冊宝石」2(1)'49.4 p10
　妖婦の宿《小説》　　17「宝石」4(5)'49.5 p10
　呪縛の家〈1〉《小説》　17「宝石」4(6)'49.6 p4
　青鬍の妻　　　　　　25「X」3(8)'49.7 p12
　呪縛の家〈2〉《小説》　17「宝石」4(7)'49.7 p90
　呪縛の家〈3〉《小説》　17「宝石」4(8)'49.8 p84
　宿命論者の手記　27「別冊宝石」2(2)'49.8 p64
　『獄門島』について　27「別冊宝石」2(2)'49.8 p68
　乗物恐怖症診断書　　17「宝石」— '49.9増 p97
　呪縛の家〈4〉《小説》　17「宝石」4(9)'49.10 p190
　呪縛の家〈5〉《小説》
　　　　　　　　17「宝石」4(10)'49.11 p188

　呪縛の家〈6〉《小説》
　　　　　　　　17「宝石」4(11)'49.12 p212
　探偵小説禁作の辞　　17「宝石」5(1)'50.1 p201
　呪縛の家〈7〉《小説》　17「宝石」5(1)'50.1 p372
　初雪《小説》　　　24「妖奇」4(2)'50.2 p22
　探偵作家幽霊屋敷へ行く《座談会》
　　　　　　　　17「宝石」5(2)'50.2 p82
　黄泉帰り　　　　　17「宝石」5(2)'50.2 p170
　呪縛の家〈8〉《小説》　17「宝石」5(2)'50.2 p334
　岩田賛氏に寄す　　17「宝石」5(3)'50.3 p97
　呪縛の家〈9〉《小説》　17「宝石」5(3)'50.3 p174
　読者諸君への挑戦　　17「宝石」5(3)'50.3 p180
　呪縛の家〈10〉《小説》　17「宝石」5(4)'50.4 p262
　ふたたび読者諸君への挑戦
　　　　　　　　17「宝石」5(4)'50.4 p263
　探偵小説の作り方　　17「宝石」5(5)'50.5 p284
　呪縛の家〈11・完〉《小説》
　　　　　　　　17「宝石」5(6)'50.6 p104
　推理小説とは何ぞや　　　34「鬼」1'50.7 p6
　「犯人探し」の解答を読んで
　　　　　　　　17「宝石」5(7)'50.7 p136
　カアへの情熱　　27「別冊宝石」3(4)'50.8 p192
　谿氏にこたへて　　　17「宝石」5(9)'50.9 p194
　フェル博士神津恭介架空会見記
　　　　　　　　27「別冊宝石」3(5)'50.10 p224
　鬼同人の選んだ海外長篇ベストテン〈1〉〈前1〉
　　　　　　　　　　34「鬼」2'50.11 前1
　トリック創造の秘密　　　34「鬼」3'51.3 p4
　神かくしの娘《小説》　17「宝石」6(4)'51.4 p86
　横溝正史の作品について
　　　　　　　　17「宝石」6(4)'51.4 p180
　わが一高時代の犯罪〈1〉
　　　　　　　　17「宝石」6(5)'51.5 p17
　わが一高時代の犯罪〈2・完〉《小説》
　　　　　　　　17「宝石」6(6)'51.6 p17
　わが道を往く　　　　　34「鬼」4'51.6 p4
　メイ探偵となりぬ　　17「宝石」6(7)'51.7 p165
　原爆映画『戦慄の七日間』をめぐる座談会《座談会》
　　　　　　　　27「別冊宝石」4(1)'51.8 p154
　天狗の仇討《小説》
　　　　　　　　32「探偵クラブ」2(7)'51.8増 p166
　座談会「宝石」を俎上にのせる《座談会》
　　　　　　　　17「宝石」6(9)'51.9 p58
　ぎやまん姫《小説》
　　　　　　　　32「探偵クラブ」2(9)'51.10 p62
　映画「白い恐怖」をめぐつて《座談会》
　　　　　　　　17「宝石」6(10)'51.10 p189
　映画「わが一高時代の犯罪」について
　　　　　　　　17「宝石」6(10)'51.10 p190
　赤い蝙蝠《小説》　33「探偵実話」2(11)'51.10 p26
　裁判明け座談会《座談会》
　　　　　　　　33「探偵実話」2(12)'51.11 p80
　殺人動機について　　　34「鬼」5'51.11 p4
　怪盗七面相 仮装舞踏会の巻《小説》
　　　　　　　　33「探偵実話」3(1)'51.12 p138
　アンケート《アンケート》
　　　　　　　　17「宝石」7(1)'52.1 p89
　シャンダラル事件　　17「宝石」7(1)'52.1 p172
　私は殺される《小説》
　　　　　　　　32「探偵クラブ」3(2)'52.2 p31

たかき

鬼同人の選んだ海外短篇ベスト・テン〈2〉《前1》
　　　　　　　　　　　34「鬼」6 '52.3 前1
『湖底の囚人』を評す　34「鬼」6 '52.3 p6
魔笛《小説》　　33「探偵実話」3(4)'52.3増 p94
白妖鬼〈1〉《小説》
　　　　　　　　32「探偵クラブ」3(4)'52.4 p35
白妖鬼〈2〉《小説》
　　　　　　　　32「探偵倶楽部」3(5)'52.5 p36
感想　　　　　　17「宝石」7(5)'52.5 p122
人形館の殺人《小説》
　　　　　　　　27「別冊宝石」5(4)'52.5 p242
幽霊の顔《小説》 32「探偵倶楽部」3(6)'52.6 p177
輓歌〈1〉《小説》　17「宝石」7(7)'52.7 p18
評の評　　　　　　34「鬼」7 '52.7 p15
川島郁夫君を推す　　34「鬼」7 '52.7 p37
白妖鬼〈3〉《小説》
　　　　　　　　32「探偵倶楽部」3(7)'52.8 p29
輓歌〈2〉《小説》　17「宝石」7(8)'52.8 p78
私の賭　　　　32「探偵倶楽部」3(8)'52.9 p14
白妖鬼〈4〉《小説》
　　　　　　　　32「探偵倶楽部」3(8)'52.9 p74
鼠の贄《小説》　33「探偵実話」3(11)'52.9増 p190
輓歌〈3〉《小説》　17「宝石」7(9)'52.10 p62
白妖鬼〈5〉《小説》
　　　　　　　　32「探偵倶楽部」3(9)'52.10 p260
月世界の女《小説》　17「宝石」7(10)'52.10 p118
白妖鬼〈6・完〉《小説》
　　　　　　　　32「探偵倶楽部」3(10)'52.11 p162
白雪姫《小説》
　　　　　　　32「探偵倶楽部」3(11)'52.11増 p130
感想　　　　32「探偵倶楽部」3(11)'52.11増 p133
鬼の診断書　　　　34「鬼」8 '53.1 p22
幽霊西へ行く《小説》17「宝石」8(4)'53.3増 p206
幽霊西へ行く《小説》17「宝石」8(4)'53.3増 p333
恐しき馬鹿《小説》 27「別冊宝石」6(3)'53.5 p190
略歴　　　　　27「別冊宝石」6(3)'53.5 p193
輓歌〈4・完〉《小説》17「宝石」8(6)'53.6 p118
おわびの言葉　　　17「宝石」8(6)'53.6 p121
業病長者《小説》 27「別冊宝石」6(4)'53.6 p272
探偵作家高木彬光氏の運命 占われの記
　　　　　　　　33「探偵実話」4(8)'53.7 p185
能面殺人事件〔原作〕《絵物語》
32「探偵倶楽部」4(10)'53.10 p237, 239, 243, 245, 249,
251, 255, 257, 261, 263
ぎやまん姫《小説》　17「宝石」8(12)'53.10増 p118
クレタ島の花嫁
　　　　　　　　17「宝石」8(14)'53.12 p232
有情の詰　　　32「探偵倶楽部」5(1)'54.1 p75
塔の判官《小説》　　17「宝石」9(1)'54.1 p92
二人銀次郎《小説》 27「別冊宝石」7(1)'54.1 p132
「深夜の告白」映画批評座談会《座談会》
　　　　　　　　32「探偵倶楽部」5(2)'54.2 p62
十三の階段〈4〉《小説》
　　　　　　　　32「探偵倶楽部」5(3)'54.3 p232
無名の手紙《小説》 17「宝石」9(3)'54.3増 p192
十三の階段〈5・完〉《小説》
　　　　　　　　32「探偵倶楽部」5(4)'54.4 p90
宗俊牢屋ばなし《小説》
　　　　　　　　27「別冊宝石」7(3)'54.4 p210
誌上アンケート《アンケート》
　　　　　　　　33「探偵実話」5(4)'54.4

毒環（中篇）アセトン・シアン・ヒドリン《小説》
　　　　　　　　33「探偵実話」5(4)'54.4 p37
幽霊の顔《小説》 33「探偵実話」5(5)'54.4増 p190
鼠の贄《小説》　 27「別冊宝石」7(5)'54.6 p198
鼠の贄　　　　　 27「別冊宝石」7(5)'54.6 p201
行書の傑作　　　　17「宝石」9(8)'54.7 p176
人外境《小説》　 33「探偵実話」5(8)'54.7 p246
原子病患者《小説》
　　　　　　　　33「探偵実話」5(11)'54.9 p47
ボルジア家の毒薬
　　　　　　　　32「探偵倶楽部」5(10)'54.10 p27
コンデ公の饗宴《小説》
　　　　　　　　32「探偵倶楽部」5(11)'54.11 p142
小説江戸川乱歩《小説》
　　　　　　　　27「別冊宝石」7(9)'54.11 p262
白鬼屋敷〈4〉《小説》
　　　　　　　　33「探偵実話」5(13)'54.11 p54
ダンチヒ公の奥方〈1〉《小説》
　　　　　　　　32「探偵倶楽部」5(12)'54.12 p114
白鬼屋敷〈5〉《小説》
　　　　　　　　33「探偵実話」6(1)'54.12 p90
ダンチヒ公の奥方〈2・完〉《小説》
　　　　　　　　32「探偵倶楽部」6(1)'55.1 p96
白鬼屋敷〈6〉《小説》
　　　　　　　　33「探偵実話」6(2)'55.1 p152
ぎやまん姫《小説》
　　　　　　　　33「探偵実話」6(3)'55.2増 p158
復讐鬼〈1〉《小説》　17「宝石」10(4)'55.3 p14
作者の言葉　　　　17「宝石」10(4)'55.3 p63
愛妻の記　　　32「探偵倶楽部」6(4)'55.4 p96
復讐鬼〈2〉《小説》　17「宝石」10(6)'55.4 p272
復讐鬼〈3・完〉《小説》
　　　　　　　　17「宝石」10(7)'55.5 p310
二人三千歳《小説》 27「別冊宝石」8(4)'55.5 p244
死刑執行人《小説》 17「宝石」10(9)'55.6増 p102
これが法律だ《小説》
　　　　　　　　17「宝石」10(12)'55.8増 p82
妖異雛人形《小説》 27「別冊宝石」8(6)'55.9 p232
小指のない魔女《小説》
　　　　　　　　17「宝石」10(16)'55.11増 p86
駒のそら音　　32「探偵倶楽部」7(1)'56.1 p88
予定も思い出も　　17「宝石」11(1)'56.1 p297
原子病患者《小説》 27「別冊宝石」9(1)'56.1 p26
感想　　　　　27「別冊宝石」9(1)'56.1 p27
死美人劇場《小説》 17「宝石」11(5)'56.3増 p238
恐しき馬鹿《小説》
　　　　　　　　33「探偵実話」7(5)'56.3増 p37
殺意《小説》　 27「別冊宝石」9(5)'56.6 p342
魔笛《小説》　　　17「宝石」11(10)'56.7 p30
大鴉《小説》　33「探偵実話」7(11)'56.7増 p180
薔薇の刺青　　　17「宝石」11(13)'56.9増 p76
悪魔の嘲笑〈1〉《小説》
　　　　　　　　17「宝石」11(14)'56.10 p18
作者の言葉　　　17「宝石」11(14)'56.10 p67
悪魔の嘲笑〈2〉《小説》
　　　　　　　　17「宝石」11(15)'56.11 p94
嘘つき娘《小説》
　　　　　　　　33「探偵実話」7(16)'56.11増 p252
悪魔の嘲笑〈3〉《小説》
　　　　　　　　17「宝石」11(16)'56.12 p34

689

たかき

悪魔の嘲笑〈4〉《小説》
　　　　　　17「宝石」12(1)'57.1 p142
邪教の神《小説》　17「宝石」12(2)'57.1増 p226
私の殺した男《小説》　17「宝石」12(3)'57.2 p18
悪魔の嘲笑〈5〉《小説》
　　　　　　17「宝石」12(4)'57.3 p122
顔のない女《小説》
　　　　　　33「探偵実話」8(5)'57.3増 p108
悪魔の嘲笑〈6〉《小説》
　　　　　　17「宝石」12(5)'57.4 p18
女の手《小説》　17「宝石」12(6)'57.4増 p292
悪魔の嘲笑〈7・完〉《小説》
　　　　　　17「宝石」12(7)'57.5 p18
コンデ公の饗宴《小説》
　　　　　　17「宝石」12(11)'57.8増 p36
失われたペダントリー
　　　　　　27「別冊宝石」10(8)'57.8増 p201
四次元の目撃者〈1〉《小説》
　　　　　　17「宝石」12(12)'57.9 p20
四次元の目撃者〈2・完〉《小説》
　　　　　　17「宝石」12(13)'57.10 p126
幽霊の血《小説》　33「探偵実話」8(14)'57.10 p30
出獄《小説》　33「探偵実話」8(15)'57.11 p82
眠れる美女《小説》　17「宝石」12(15)'57.11増 p88
直侍雪の夜話
　　　　　　32「探偵倶楽部」8(12)'57.11増 p116
樹のごときもの歩く〈5〉《小説》
　　　　　　17「宝石」12(16)'57.12 p158
樹のごときもの歩く〈6〉《小説》
　　　　　　17「宝石」13(1)'58.1 p256
月は七色《小説》　17「宝石」13(2)'58.1 p78
川路立美　　　　17「宝石」13(3)'58.2 p13
探偵と怪奇を語る三人の女優《座談会》
　　　　　　17「宝石」13(3)'58.2 p180
樹のごときもの歩く〈7〉《小説》
　　　　　　17「宝石」13(3)'58.2 p286
挑戦の言葉　　　17「宝石」13(3)'58.2 p302
樹のごときもの歩く〈8・完〉《小説》
　　　　　　17「宝石」13(3)'58.4 p286
殺意《小説》　32「探偵倶楽部」9(5)'58.4増 p38
成吉思汗の秘密〈1〉《小説》
　　　　　　17「宝石」13(6)'58.5 p20
『樹のごときもの』懸賞選評
　　　　　　17「宝石」13(6)'58.5 p137
着衣の裸像《小説》　17「宝石」13(7)'58.5増 p94
成吉思汗の秘密〈2〉
　　　　　　17「宝石」13(8)'58.6 p20
成吉思汗の秘密〈3〉《小説》
　　　　　　17「宝石」13(9)'58.7 p116
成吉思汗の秘密〈4〉
　　　　　　17「宝石」13(10)'58.8 p64
人妖《小説》　　17「宝石」13(11)'58.8増 p62
成吉思汗の秘密〈5・完〉《小説》
　　　　　　17「宝石」13(12)'58.9 p244
冥府の使者《小説》
　　　　　　33「探偵実話」9(14)'58.10増 p80
性痴《小説》　27「別冊宝石」11(10)'58.12 p32
女の顔　　　　　17「宝石」14(1)'59.1 p15
成吉思汗余話　　17「宝石」14(1)'59.1 p125
女怪《小説》　27「別冊宝石」12(2)'59.2 p160
某月某日　　　　17「宝石」14(5)'59.5 p136

執筆者名索引

紫の恐怖《小説》
　　　　　　33「探偵実話」10(10)'59.7増 p156
魔炎《小説》　27「別冊宝石」12(8)'59.8 p214
註記　　　　　　17「宝石」14(10)'59.9 p273
トラとネコ　　　17「宝石」15(2)'60.2 p49
邪教の神《小説》　17「宝石」15(7)'60.5増 p126
性痴《小説》　33「探偵実話」11(11)'60.8増 p138
浮気な死神《小説》
　　　　　　17「宝石」15(15)'60.12増 p250
引越の記録　　　17「宝石」16(4)'61.3 p12
誘拐〈1〉《小説》　17「宝石」16(4)'61.3 p16
誘拐〈2〉《小説》　17「宝石」16(5)'61.4 p236
誘拐〈3〉《小説》　17「宝石」16(6)'61.5 p202
死刑執行人《小説》
　　　　　　27「別冊宝石」14(3)'61.5 p140
女を探せ《小説》
　　　　　　35「エロティック・ミステリー」2(6)'61.6 p82
誘拐〈4〉《小説》　17「宝石」16(7)'61.6 p300
誘拐〈5・完〉《小説》　17「宝石」16(8)'61.7 p210
法廷に立つ　　　17「宝石」16(10)'61.9 p208
灰色に見える猫《小説》
　　　　　　35「エロティック・ミステリー」3(1)'62.1 p84
占い随筆〈1〉
　　　　　　35「エロティック・ミステリー」3(1)'62.1 p170
占い随筆〈2〉
　　　　　　35「エロティック・ミステリー」3(2)'62.2 p198
ロンドン塔の判官《小説》
　　　　　　27「別冊宝石」15(1)'62.2 p216
ロンドン塔への郷愁
　　　　　　27「別冊宝石」15(1)'62.2 p219
占い随筆〈3〉
　　　　　　35「エロティック・ミステリー」3(3)'62.3 p74
成城まいり　　　17「宝石」17(4)'62.3 p92
占い随筆〈4〉
　　　　　　35「エロティック・ミステリー」3(4)'62.4 p235
占い随筆〈5〉
　　　　　　35「エロティック・ミステリー」3(5)'62.5 p205
薔薇の刺青《小説》
　　　　　　33「探偵実話」13(8)'62.6増 p102
島田さんのこと　17「宝石」17(9)'62.7 p79
出獄の誉　　　　17「宝石」17(10)'62.8 p84
占い随筆〈6〉
　　　　　　35「エロティック・ミステリー」3(8)'62.8 p90
占い随筆〈7〉
　　　　　　35「エロティック・ミステリー」3(9)'62.9 p94
占い随筆〈8〉
　　　　　　35「エロティック・ミステリー」3(11)'62.11 p112
盲目の奇蹟《小説》
　　　　　　17「宝石」17(15)'62.11増 p143
占い随筆〈9〉
　　　　　　35「エロティック・ミステリー」3(12)'62.12 p103
わが一高時代の犯罪《小説》
　　　　　　27「別冊宝石」16(6)'63.7 p12
影なき女《小説》　27「別冊宝石」16(6)'63.7 p76
妖婦の宿《小説》　27「別冊宝石」16(6)'63.7 p102
原子病患者《小説》
　　　　　　27「別冊宝石」16(6)'63.7 p146
「人蟻」で冷汗　27「別冊宝石」16(6)'63.7 p173
マイカーの記　　27「別冊宝石」16(6)'63.7 p174
ハスキル人《小説》　27「別冊宝石」16(6)'63.7 p186

たかし

二重の陰画《小説》
　　　　　　　　17「宝石」18(14)'63.10増 p352
高木 重朗
　宝石クイズ　　　17「宝石」12(10)'57.8 p248
　宝石クイズ　　　17「宝石」12(12)'57.9 p246
　宝石クイズ　　　17「宝石」12(13)'57.10 p210
　宝石クイズ　　　17「宝石」12(14)'57.11 p230
　宝石クイズ　　　17「宝石」12(16)'57.12 p210
　宝石クイズ　　　17「宝石」13(1)'58.1 p300
　宝石クイズ　　　17「宝石」13(4)'58.3 p296
　宝石クイズ　　　17「宝石」13(8)'58.6 p232
　宝石クイズ　　　17「宝石」13(12)'58.9 p158
　奇術師ローソン　27「別冊宝石」15(2)'62.4 p102
　二人で奇術を《対談》17「宝石」19(7)'64.5 p120
高城 淳一
　事件記者はハードボイルドがお好き《座談会》
　　　　　　　　17「宝石」14(11)'59.10 p228
高木 常七
　二人で裁判を《対談》　17「宝石」19(7)'64.2 p156
高木 卓
　智慧の環《小説》　16「ロック」2(10)'47.12 p2
　アンケート《アンケート》
　　　　　　　　17「宝石」6(11)'51.10増 p174
　アンケート《アンケート》
　　　　　　　　17「宝石」12(10)'57.8 p154
高木 健夫
　アンケート《アンケート》
　　　　　　　　33「探偵実話」6(3)'55.2増 p73
　アンケート《アンケート》
　　　　　　　　17「宝石」12(12)'57.9 p153
　歴史は夜つくられる〈1〉
　　　　　　　　35「エロティック・ミステリー」1(2)'60.9 p86
　歴史は夜つくられる〈2〉
　　　　　　　　35「エロティック・ミステリー」1(3)'60.10 p76
　二葉亭と警察　　17「宝石」15(12)'60.10 p176
　おんな日本史〈1〉
　　　　　　　　35「エロティック・ミステリー」2(2)'61.2 p164
　おんなの日本史〈2〉
　　　　　　　　35「エロティック・ミステリー」2(3)'61.3 p48
　おんなの日本史〈3〉
　　　　　　　　35「エロティック・ミステリー」2(4)'61.4 p216
　おんなの日本史〈4〉
　　　　　　　　35「エロティック・ミステリー」2(5)'61.5 p186
　おんなの日本史〈5〉
　　　　　　　　35「エロティック・ミステリー」2(6)'61.6 p46
　おんなの日本史〈6〉
　　　　　　　　35「エロティック・ミステリー」2(7)'61.7 p172
　おんなの日本史〈7〉
　　　　　　　　35「エロティック・ミステリー」2(8)'61.8 p176
　おんなの日本史〈8〉
　　　　　　　　35「エロティック・ミステリー」2(9)'61.9 p184
　おんなの日本史〈9〉
　　　　　　　　35「エロティック・ミステリー」2(10)'61.10 p186
　裏から見た赤穂義士
　　　　　　　　35「エロティック・ミステリー」2(12)'61.12 p26
　夫の恋愛と妻の火遊び
　　　　　　　　35「エロティック・ミステリー」4(3)'63.3 p86
　美女を征服した人々
　　　　　　　　35「エロティック・ミステリー」4(4)'63.4 p72

汚職日本史
　　　　　　　　35「エロティック・ミステリー」4(5)'63.5 p128
日本おめかけ裏面史
　　　　　　　　35「エロティック・ミステリー」4(6)'63.6 p102
江戸時代の太陽族と愚連隊
　　　　　　　　35「エロティック・ミステリー」4(7)'63.7 p64
宮廷女粋伝
　　　　　　　　35「エロティック・ミステリー」4(12)'63.12 p14
国体の性化
　　　　　　　　35「エロティック・ミステリー」5(1)'64.1 p18
高木 太
　色欲是空　　　　03「探偵文芸」1(2)'25.4 p80
　通り魔の男　　　03「探偵文芸」1(3)'25.5 p105
高木 竜二
　紅蜥蜴殺人事件〈1〉《小説》
　　　　　　　　24「妖奇」5(1)'51.1 p78
　紅蜥蜴殺人事件〈2〉《小説》
　　　　　　　　24「妖奇」5(2)'51.2 p90
　紅蜥蜴殺人事件〈3〉《小説》
　　　　　　　　24「妖奇」5(3)'51.3 p41
　紅蜥蜴殺人事件〈4〉《小説》
　　　　　　　　24「妖奇」5(4)'51.4 p97
　紅蜥蜴殺人事件〈5〉《小説》
　　　　　　　　24「妖奇」5(5)'51.5
　紅蜥蜴殺人事件〈6〉《小説》
　　　　　　　　24「妖奇」5(6)'51.6 p103
　紅蜥蜴殺人事件〈7・完〉《小説》
　　　　　　　　24「妖奇」5(7)'51.7 p80
　地獄から来た男《小説》　24「妖奇」6(4)'52.4 p25
高桐 心太郎
　雑草一束　　　　11「ぷろふいる」2(9)'34.9 p116
　ハガキ回答《アンケート》
　　　　　　　　12「シュピオ」4(1)'38.1 p15
高崎 三郎
　運命の煙草《小説》　24「妖奇」3(9)'49.8 p40
高師 良夫
　幻想狂乱《小説》　24「トリック」6(12)'52.12 p74
高島 栄太郎
　春宵風流犯罪奇談《座談会》
　　　　　　　　23「真珠」2(5)'48.4 p10
高島 象山(高嶋 象山)
　殺し魔小平の人相を観る
　　　　　　　　18「トップ」2(1)'47.4 p18
　初代狸御前の人相を観る
　　　　　　　　18「トップ」2(2)'47.5 p25
　今月の運勢　　　25「X」3(1)'49.1 p48
　今月の運勢　　　25「X」3(2)'49.2 p68
　今月の運勢　　　25「X」3(3)'49.3 p38
　今月の運勢　　　25「X」3(5)'49.4 p42
　今月の運勢　　　25「X」3(6)'49.5 p66
鷹島 大二郎
　狙われた花婿　　33「探偵実話」9(6)'58.3 p2
高島 忠夫
　高島忠夫を観相する《対談》
　　　　　　　　33「探偵実話」9(4)'58.2 p116
高島 呑象次
　運命の神秘　　　33「探偵実話」4(7)'53.6 p110
　探偵作家高木彬光氏の運命 観相の記
　　　　　　　　33「探偵実話」4(8)'53.7 p182

たかし

続 運命の神秘	33「探偵実話」5(4)'54.4 p252
観相百話	33「探偵実話」5(6)'54.5 p231
観相百話	33「探偵実話」5(7)'54.6 p240
観相百話	33「探偵実話」5(8)'54.7 p134
観相百話	33「探偵実話」5(9)'54.8 p196
観相百話	33「探偵実話」5(10)'54.9 p208
観相百話	33「探偵実話」5(12)'54.10 p168
観相百話	33「探偵実話」5(13)'54.11 p144
観相百話	33「探偵実話」6(1)'54.12 p237
観相百話	33「探偵実話」6(2)'55.1 p273
観相百話	33「探偵実話」6(4)'55.3 p216
観相百話	33「探偵実話」6(5)'55.4 p205
観相百話	33「探偵実話」6(6)'55.5 p168
観相百話	33「探偵実話」6(8)'55.7 p173
観相百話	33「探偵実話」6(9)'55.8 p201
観相百話	33「探偵実話」6(10)'55.9 p111
観相百話	33「探偵実話」6(11)'55.10 p208
観相百話	33「探偵実話」6(13)'55.11 p183
観相百話	33「探偵実話」7(1)'55.12 p161
観相の神秘	32「探偵倶楽部」7(1)'56.1 p268
観相百話	33「探偵実話」7(3)'56.1 p163
名コンビはかくして	
	32「探偵倶楽部」7(2)'56.2 p124
観相百話	33「探偵実話」7(4)'56.2 p215
観相実話	32「探偵倶楽部」7(3)'56.3 p217
観相百話	33「探偵実話」7(6)'56.3 p212
陽春放談録《座談会》	
	33「探偵実話」7(7)'56.4 p168
観相百話	33「探偵実話」7(9)'56.5 p224
奇病とテレパシイ	32「探偵実話」7(6)'56.6 p311
観相百話	33「探偵実話」7(10)'56.6 p218
天眼鏡から覗いた森繁久弥《対談》	
	33「探偵実話」7(12)'56.7 p111
観相記	32「探偵倶楽部」7(9)'56.8 p306
観相百話	33「探偵実話」7(13)'56.8 p143
観相百話	33「探偵実話」7(14)'56.9 p186
世にも不思議なセックスの神秘《座談会》	
	33「探偵実話」8(1)'56.12 p200
天眼鏡から世相を予言する	
	33「探偵実話」8(6)'57.3 p92
嵐寛と天皇と映画	33「探偵実話」8(9)'57.5 p127
スリラーを書く映画俳優《対談》	
	33「探偵実話」8(10)'57.6 p227
ギャングスターNo.ワンの顔を観る《対談》	
	33「探偵実話」9(3)'58.1 p230
高島忠夫を観相する《対談》	
	33「探偵実話」9(4)'58.2 p116
「大番氏」の人相を観る《対談》	
	33「探偵実話」9(7)'58.4 p156

高島 春雄
鶴のひと声	32「探偵クラブ」2(4)'51.6 p197

高島 米峯
ハガキ回答《アンケート》	
	11「ぷろふいる」4(6)'36.6 p97

多賀勢 宏
不能地獄	33「探偵実話」1(6)'50.11 p96
黒子の女《小説》	33「探偵実話」6(4)'55.3 p152

高田 市太郎
アメリカ大新聞の特ダネ戦《座談会》	
	25「Gメン」2(11)'48.11 p12

アメリカで会った人たち	25「X」3(9)'49.8 p34

高田 義一郎
犯罪捜査の科学的研究〈1〉	
	03「探偵文芸」2(3)'26.3 p52
犯罪捜査の科学的研究〈2〉	
	03「探偵文芸」2(4)'26.4 p66
刑事の待遇	03「探偵文芸」2(4)'26.4 p161
犯罪捜査の科学的研究法〈3〉	
	03「探偵文芸」2(5)'26.5 p76
犯罪捜査の科学的研究〈4〉	
	03「探偵文芸」2(6)'26.6 p122
犯罪に関する博物館	03「探偵文芸」2(7)'26.7 p77
夏期と犯罪	03「探偵文芸」2(8)'26.8 p57
夏季の犯罪の現状	03「探偵文芸」2(10)'26.10 p67
一寸考へると嘘の様な現代の事実談	
	04「探偵趣味」14 '26.12 p42
一昔ばかり前	04「探偵趣味」15 '27.1 p54
表看板	04「探偵趣味」16 '27.2 p38
謎の飛行《小説》	04「探偵趣味」16 '27.2 p75
偽為痴老漫筆〈1〉	04「探偵趣味」17 '27.3 p28
偽為痴老漫筆〈2〉	04「探偵趣味」18 '27.4 p33
偽為痴老漫筆〈3〉	04「探偵趣味」19 '27.5 p30
クローズ・アップ《アンケート》	
	04「探偵趣味」19 '27.5 p39
偽為痴老漫筆〈4〉	04「探偵趣味」20 '27.6 p35
殺害全集	04「探偵趣味」22 '27.8 p43
偽為痴老漫筆〈5〉	04「探偵趣味」23 '27.9 p40
偽為痴老漫筆〈6〉	04「探偵趣味」24 '27.10 p49
京都と映画と探偵趣味と私と	
	05「探偵・映画」1(1)'27.10 p59
偽為痴老漫筆〈7〉	04「探偵趣味」25 '27.11 p50
偽為痴老漫筆〈8〉	04「探偵趣味」26 '27.12 p38
本年度印象に残れる作品、来年度ある作家への希望《アンケート》	
	04「探偵趣味」26 '27.12 p59
疾病の脅威《小説》	04「探偵趣味」4(1)'28.1 p29
偽為痴老漫筆〈9〉	04「探偵趣味」4(2)'28.2 p53
キョクタンスキーの論文《小説》	
	04「探偵趣味」4(3)'28.3 p20
偽為痴老漫筆〈10〉	04「探偵趣味」4(3)'28.3 p50
偽為痴老漫筆〈11〉	04「探偵趣味」4(4)'28.4 p42
口答へ	04「探偵趣味」4(4)'28.4 p47
偽為痴老漫筆〈12〉	04「探偵趣味」4(5)'28.5 p54
差出口	04「探偵趣味」4(6)'28.6 p32
生命保険詐欺の種々相	
	04「探偵趣味」4(6)'28.6 p40
偽為痴老漫筆〈13〉	04「探偵趣味」4(7)'28.7 p52
猟奇万歳	06「猟奇」1(6)'28.11 p30
偽為痴老漫筆	06「猟奇」1(7)'28.12 p17
小酒井氏の思ひ出	06「猟奇」2(6)'29.6 p19
王族の嘆き	06「猟奇」2(7)'29.7 p30
大愚則大賢	06「猟奇」3(1)'30.1 p38
青宵喜悲劇三題	06「猟奇」4(1)'31.3 p10
タダ一つ神もし許し賜はゞ……《アンケート》	
	06「猟奇」4(3)'31.5 p67
失業苦	07「探偵」1(1)'31.5 p117
悪漢、毒婦オン・パレード	
	09「探偵小説」2(3)'32.3 p86
犯罪閑話	09「探偵小説」2(4)'32.4 p158
女性犯罪者列伝	09「探偵小説」2(4)'32.4 p184
貞操帯物語	09「探偵小説」2(5)'32.5 p118

692

屁の話　　　　　　　11「ぷろふいる」1(1)'33.5 p38
探偵趣味的最近世相
　　　　　　　　　　11「ぷろふいる」2(1)'34.1 p98
透君の自殺《小説》
　　　　　　　　　　11「ぷろふいる」3(5)'35.5 p66
火の玉小僧変化《小説》
　　　　　　　　　　11「ぷろふいる」3(11)'35.11 p52
ハガキ回答《アンケート》
　　　　　　　　　　11「ぷろふいる」3(12)'35.12 p46
ハガキ回答《アンケート》
　　　　　　　　　　12「探偵文学」1(10)'36.1 p14
ベルチヨン式鑑別法
　　　　　　　　　　11「ぷろふいる」4(3)'36.3 p66
近事漫録　　　　　　14「月刊探偵」2(4)'36.5 p42
小笛事件放言　　　　11「ぷろふいる」5(1)'37.1 p110
ハガキ回答《アンケート》
　　　　　　　　　　11「ぷろふいる」5(4)'37.4 p46
高田 郷三
　潜水座談会《座談会》
　　　　　　　　　　32「探偵クラブ」2(5)'51.7 p185
高田 健一
　冒されたヌード　　33「探偵実話」7(2)'55.12増 p78
高田 公一
　おれもお前も私立探偵
　　　　　　　　　　32「探偵倶楽部」5(12)'54.12 p85
高田 公三
　或る殺人《小説》　　17「宝石」16(3)'61.2増 p170
高田 小太郎
　春情撮影所夜話　　33「探偵実話」7(8)'56.4増 p217
高田 杉男
　死を選んだ看護婦の情事
　　　　　　　　　　33「探偵実話」10(7)'59.4 p62
高田 敏子
　遠い下町《詩》
　　　　　　　　　　35「エロチック・ミステリー」3(12)'62.12 p2
高田 永行
　ワイルド・ビル・ヒコック売り出す
　　　　　　　　　　33「探偵実話」12(15)'61.11 p155
高田 八馬
　アンテ英雄的名探偵　14「月刊探偵」2(5)'36.6 p58
高田 博厚
　消耗品時代の人間喪失　17「宝石」19(5)'64.4 p17
高田 宏
　婚約の手紙に飛びついた女達
　　　　　　　　　　32「探偵倶楽部」5(5)'54.5 p144
高田 道夫
　人相でもわかる男女秘所の優劣
　　　　　　　　　　35「エロチック・ミステリー」4(5)'63.5 p62
　南紀州に夜這の遺風をさぐる
　　　　　　　　　　35「エロチック・ミステリー」4(6)'63.6 p62
　割礼　　35「エロチック・ミステリー」4(7)'63.7 p26
　離婚式はいかが
　　　　　　　　　　35「エロチック・ミステリー」4(11)'63.11 p20
　診察簿余白《小説》
　　　　　　　　　　35「エロチック・ミステリー」4(12)'63.12 p100
　クレオパトラの肉体研究
　　　　　　　　　　35「ミステリー」5(2)'64.2 p18

大江戸ストリップ残酷史
　　　　　　　　　　35「ミステリー」5(3)'64.3 p116
高田 善枝
　三公の手柄　　　　03「探偵文芸」1(8)'25.10 p95
高田 嘉太
　東北六県の結婚奇習
　　　　　　　　　　35「エロチック・ミステリー」4(1)'63.1 p20
　性神はどこにもある〈1〉
　　　　　　　　　　35「エロチック・ミステリー」4(4)'63.4 p42
　性神はどこにもある〈2〉
　　　　　　　　　　35「エロチック・ミステリー」4(5)'63.5 p78
　性神はどこにでもある〈3〉
　　　　　　　　　　35「エロチック・ミステリー」4(7)'63.7 p96
　性神はどこにもある〈4〉
　　　　　　　　　　35「エロチック・ミステリー」4(8)'63.8 p96
　性神はどこにもある〈5〉
　　　　　　　　　　35「エロチック・ミステリー」4(9)'63.9 p60
　性神はどこにもある〈6〉
　　　　　　　　　　35「エロチック・ミステリー」4(11)'63.11 p92
　性神はどこにもある〈7〉
　　　　　　　　　　35「エロチック・ミステリー」4(12)'63.12 p90
高津 琉一
　小細工《小説》　　17「宝石」13(16)'58.12増 p84
　死んでいる時間《小説》
　　　　　　　　　　17「宝石」15(3)'60.2増 p158
　大金庫《小説》　　17「宝石」17(2)'62.1増 p70
高萬
　勝負の世界 将棋　33「探偵実話」5(1)'54.1 p205
　勝負の世界 相撲　33「探偵実話」5(2)'54.2 p73
　勝負の世界 将棋　33「探偵実話」5(2)'54.2 p161
　横綱・吉葉山　　　33「探偵実話」5(3)'54.3 p106
　勝負の世界 将棋　33「探偵実話」5(4)'54.4 p159
　名人戦たけなわなり　33「探偵実話」5(6)'54.5 p82
　勝負の世界 将棋　33「探偵実話」5(7)'54.6 p147
　勝負の世界 野球　33「探偵実話」5(9)'54.8 p83
　勝負の世界 野球　33「探偵実話」5(10)'54.9 p171
　勝負の世界 将棋　33「探偵実話」5(12)'54.10 p64
　勝負の世界　　　　33「探偵実話」5(13)'54.11 p212
高梨 晴満
　刑務所における座談会《座談会》
　　　　　　　　　　24「妖奇」3(12)'49.11 p54
高梨 宏
　悠子の海水着《小説》
　　　　　　　　　　33「探偵実話」5(8)'54.7 p13
高輪 健
　覆面バタヤ　　　　33「探偵実話」7(2)'55.12増 p53
　変態極楽　　　　　33「探偵実話」7(3)'56.1 p188
　「仏の銭八」殺される
　　　　　　　　　　33「探偵実話」7(4)'56.2 p76
　東京租界の外人強盗
　　　　　　　　　　33「探偵実話」7(6)'56.3 p148
　雪の足跡　　　　　33「探偵実話」7(7)'56.4 p146
　ドロ棒家族　　　　33「探偵実話」7(8)'56.4増 p80
　美人詐欺師の行状　33「探偵実話」7(9)'56.5 p178
　人妻教員の死　　　33「探偵実話」7(10)'56.6 p146
　悪魔のような女　　33「探偵実話」7(12)'56.7 p250
　替玉帰国事件　　　33「探偵実話」7(13)'56.8 p240
　娘を喰う香具師　　33「探偵実話」7(15)'56.10 p142
　破綻の同性愛　　　33「探偵実話」7(17)'56.11 p198

たかぬ

ある売春婦の復讐　　33「探偵実話」8(3)'57.1 p48
私はドライな寝室に寝た
　　　　　　　　　　33「探偵実話」8(7)'57.4 p112
青い眼の外人娼婦　　33「探偵実話」8(9)'57.5 p82
山谷の奥様行状記　　33「探偵実話」8(8)'57.5増 p240
上野東宝同僚惨殺事件
　　　　　　　　　　33「探偵実話」8(14)'57.10 p58
アベックスリ団横行記
　　　　　　　　　　33「探偵実話」9(3)'58.1 p206
変態性殺人事件　　　33「探偵実話」9(2)'58.1増 p76
邪恋に焼かれた五重の塔
　　　　　　　　　　33「探偵実話」9(5)'58.3増 p153
愛憎旅役者殺し　　　33「探偵実話」9(7)'58.4 p104
同性を喰い荒らす女ボス
　　　　　　　　　　33「探偵実話」9(8)'58.5増 p78
恍惚境で殺された女体
　　　　　　　　　　33「探偵実話」11(14)'60.10 p27
ファッションモデルと純情社長の箱根心中
　　　　　　　　　　33「探偵実話」12(6)'61.4増 p182

高沼 肇
或る対話　　　　　　17「宝石」6(5)'51.5 p130

高根 三郎
ものしりとんち博士　27「別冊宝石」5(4)'52.5 p67
ものしりとんち博士　27「別冊宝石」5(4)'52.5 p73
ものしりとんち博士
　　　　　　　　　　27「別冊宝石」5(4)'52.5 p120
ものしりとんち博士
　　　　　　　　　　27「別冊宝石」5(4)'52.5 p131
ものしりとんち博士
　　　　　　　　　　27「別冊宝石」5(4)'52.5 p138
ものしりとんち博士
　　　　　　　　　　27「別冊宝石」5(4)'52.5 p197
ものしりとんち博士
　　　　　　　　　　27「別冊宝石」5(4)'52.5 p213
ものしりとんち博士
　　　　　　　　　　27「別冊宝石」5(4)'52.5 p218
ものしりとんち博士
　　　　　　　　　　27「別冊宝石」5(4)'52.5 p265
ものしりとんち博士
　　　　　　　　　　27「別冊宝石」5(4)'52.5 p269
ものしりとんち博士
　　　　　　　　　　27「別冊宝石」5(4)'52.5 p270

高野 綾子
女性がオンナを語るとき《座談会》
　　　　　　　　　　33「探偵実話」11(12)'60.8 p204

高野 仲一
骨の折れる楽な探偵　03「探偵文芸」2(7)'26.7 p14

鷹野 宏
サルドニクスの笑《小説》
　　　　　　　　　　27「別冊宝石」11(2)'58.2 p82
千三つ《小説》　　　17「宝石」13(16)'58.12増 p177

高橋 邦太郎
インチキ百面相《座談会》
　　　　　　　　　　25「Gメン」2(4)'48.4 p34
クリッペン事件顛末　25「Gメン」2(7)'48.6 p45
世界の毒殺事件　　　25「Gメン」2(11)'48.11 p54
死の浴槽　　　　　　25「X」3(5)'49.4 p36
世界大暗殺事件　　　25「X」3(10)'49.9 p19
海外探偵小説放談《座談会》
　　　　　　　　　　17「宝石」5(8)'50.8 p124

百万円懸賞探偵小説B級作品入選誌上発表《座談会》
　　　　　　　　　　17「宝石」5(9)'50.9 p212
ブロアの時計《小説》17「宝石」9(5)'54.4 p122
男のおしゃれ　　　　17「宝石」13(8)'58.6 p274
男のおしゃれ　　　　17「宝石」13(13)'58.10 p180
写歴四十年　　　　　17「宝石」14(4)'59.4 p15
某月某日　　　　　　17「宝石」14(8)'59.7 p265
テレビを予言　　　　17「宝石」19(5)'64.4 p20

高橋 桂二
皮肉な復讐《小説》　09「探偵小説」2(8)'32.8 p85

高橋 圭三
男のおしゃれ　　　　17「宝石」12(14)'57.11 p47

高橋 静男
ヒロポンのいたずら
　　　　　　　　　　33「探偵実話」7(1)'55.12 p227

高橋 寿一
二人分の遺書《小説》
　　　　　　　　　　35「ミステリー」5(5)'64.5 p104

高橋 新吉
アンケート《アンケート》
　　　　　　　　　　17「宝石」12(10)'57.8 p72

高橋 鉄
稀有の犯罪　　　　　19「ぷろふいる」2(1)'47.4 p40
首なし美人「考」　　23「真珠」1'47.4 p6
脚・影・ハイド　　　23「真珠」2'47.10 p10
耽奇博物館　　　　　23「真珠」3'47.12 前1
兇器と性器の夢診断　23「真珠」3'47.12 p14
虚相・真相　　　　　23「真珠」2(5)'48.4 p15
大乱歩の精神分析　　27「別冊宝石」7(9)'54.11 p163
結婚夜のベッドコーチ
　　　　　　　　　　35「エロティック・ミステリー」1(5)'60.12 p258
隠れ蓑コムプレクス
　　　　　　　　　　35「エロティック・ミステリー」2(1)'61.1 p210
女性のためのSEX教室〈1〉
　　　　　　　　　　35「エロティック・ミステリー」2(2)'61.2 p18
女性のためのSEX教室〈2〉
　　　　　　　　　　35「エロティック・ミステリー」2(3)'61.3 p18
女性のためのSEX教室〈3〉
　　　　　　　　　　35「エロティック・ミステリー」2(4)'61.4 p34
女性のためのSEX教室〈4〉
　　　　　　　　　　35「エロティック・ミステリー」2(5)'61.5 p64
女性のためのSEX教室〈5〉
　　　　　　　　　　35「エロティック・ミステリー」2(6)'61.6 p17
生きている情艶史
　　　　　　　　　　35「エロティック・ミステリー」2(6)'61.6 p272
女性のためのSEX教室〈6〉
　　　　　　　　　　35「エロティック・ミステリー」2(7)'61.7 p61
女性のためのSEX教室〈7〉
　　　　　　　　　　35「エロティック・ミステリー」2(8)'61.8 p121
色の道教えます〈1〉
　　　　　　　　　　35「エロティック・ミステリー」2(9)'61.9 p58
色の道教えます〈2〉
　　　　　　　　　　35「エロティック・ミステリー」2(10)'61.10 p120
女上位階級考
　　　　　　　　　　35「エロティック・ミステリー」2(11)'61.11 p32
色の道教えます〈3〉
　　　　　　　　　　35「エロティック・ミステリー」2(11)'61.11 p196
いろ手本忠臣蔵
　　　　　　　　　　35「エロティック・ミステリー」2(12)'61.12 p16

色の道教えます〈4〉
　　　　35「エロティック・ミステリー」2 (12) '61.12 p120
大乱歩の精神分析
　　　　35「エロティック・ミステリー」3 (1) '62.1 p11
名作への誘い
　　　　35「エロティック・ミステリー」3 (1) '62.1 p79
色の道教えます〈5・完〉
　　　　35「エロティック・ミステリー」3 (1) '62.1 p198
チャタレイ夫人の性行為
　　　　35「エロティック・ミステリー」3 (2) '62.2 p15
サドは無罪だ! その理由
　　　　35「エロティック・ミステリー」3 (3) '62.3 p16
猥談人性学
　　　　35「エロティック・ミステリー」3 (3) '62.3 p207
性科学・話の泉100題〈1〉
　　　　35「エロティック・ミステリー」3 (4) '62.4 p28
性科学・話の泉100題〈2〉
　　　　35「エロティック・ミステリー」3 (5) '62.5 p38
「春色木曾開道」評釈〈1〉
　　　　35「エロチック・ミステリー」3 (6) '62.6 p114
「春色木曾開道」評釈〈2〉
　　　　35「エロチック・ミステリー」3 (7) '62.7 p116
「春色木曾開道」評釈〈3・完〉
　　　　35「エロチック・ミステリー」3 (8) '62.8 p124
性風俗・女人郷めぐり
　　　　35「エロティック・ミステリー」4 (1) '63.1 p12
飛島始から小豆粥へ
　　　　35「エロティック・ミステリー」4 (2) '63.2 p16
乳房 お臀 毛の向上
　　　　35「エロティック・ミステリー」4 (3) '63.3 p16
万年新婚者の秘訣
　　　　35「エロティック・ミステリー」4 (4) '63.4 p16
東西"シタバキ"沿革史
　　　　35「エロティック・ミステリー」4 (5) '63.5 p16
強盗・強姦は性欲の不満から
　　　　35「エロティック・ミステリー」4 (6) '63.6 p12
民謡に現われた性的シンボル
　　　　35「エロティック・ミステリー」4 (6) '63.6 p46
服飾品の性的象徴を暴く
　　　　35「エロティック・ミステリー」4 (7) '63.7 p12
続・服飾品の性的象徴を暴く
　　　　35「エロティック・ミステリー」4 (8) '63.8 p12
世界の性具を暴く
　　　　35「エロティック・ミステリー」4 (9) '63.9 p16
民族えろちしずむ
　　　　35「エロティック・ミステリー」4 (9) '63.9 p109
民族えろちしずむ
　　　　35「エロチック・ミステリー」4 (9) '63.9 p131
浮世絵に隠された歌磨の謎
　　　　35「エロティック・ミステリー」4 (10) '63.10 p72
古川柳の謎
　　　　35「エロティック・ミステリー」4 (11) '63.11 p14
日本性犯罪者列伝
　　　　35「エロチック・ミステリー」4 (12) '63.12 p18
サンパウロの冥婚《小説》
　　　　35「エロチック・ミステリー」5 (1) '64.1 p160
今からでも
　　　　35「エロチック・ミステリー」5 (1) '64.1 p191
吾輩は浦島太郎《小説》
　　　　35「ミステリー」5 (2) '64.2 p84

怪船"人魚号"《小説》
　　　　35「ミステリー」5 (3) '64.3 p48
小児にも性本能あり!
　　　　35「ミステリー」5 (4) '64.4 p38
蕃女の涙石《小説》
　　　　35「ミステリー」5 (4) '64.4 p164
嘆きの天使《小説》
　　　　35「ミステリー」5 (5) '64.5 p52

高橋 とよ
黒人兵は妾のベッドで死んだ
　　　　32「探偵倶楽部」8 (13) '57.12 p226

高橋 まさ美
越後路に山窩を訪ねて　33「探偵実話」6 (8) '55.7 p126
タコ屋仕末記　　　　　33「探偵実話」6 (9) '55.8 p168
漫画風流奇談　　　　　33「探偵実話」6 (11) '55.10 p148
刑務所雑談記　　　　　33「探偵実話」6 (13) '55.11 p158
東京女漫歩　　　　　　33「探偵実話」7 (4) '56.2 p54
地獄の釜　　　　　　　33「探偵実話」7 (17) '56.11 p101
生きているマネキン　　33「探偵実話」8 (1) '56.12
ストリップ教まかり通る
　　　　33「探偵実話」8 (10) '57.6 p214

高橋 光子
蝶《小説》　　　　　　17「宝石」18 (2) '63.1増 p319
断崖《小説》　　　　　17「宝石」19 (2) '64.1増 p64

高橋 泰邦
死球《小説》　　　　　17「宝石」15 (8) '60.6 p195
デイト　　　　　　　　17「宝石」16 (2) '61.2 p376
ある船の殺人《小説》　17「宝石」17 (9) '62.7 p200
その瞬間《小説》　　　17「宝石」18 (8) '63.6 p190
海の当り屋《小説》　　17「宝石」19 (3) '64.2 p163
海とミステリー　　　　17「宝石」19 (4) '64.3 p208
［私のレジャー］　　　17「宝石」19 (5) '64.4 p225

高橋 邑治
紅い唇《小説》
　　　　08「探偵趣味」(平凡社版) 9 '32.1 p21

高橋 義孝
静かなる蒲焼　　　　　17「宝石」18 (11) '63.8 p20

高橋 与七
熊射ち四十年　　　　　33「探偵実話」5 (1) '54.1 p114

高林 清功
市議殺人事件《小説》
　　　　27「別冊宝石」3 (1) '50.2 p309

高原 きち
涙を拭くもの《小説》
　　　　27「別冊宝石」12 (8) '59.8 p150

高原 鶏介
転落する肉体《小説》　18「トップ」4 (2) '49.6 p40

高原 弘吉
燃ゆる軍港《小説》　　17「宝石」15 (2) '60.2 p236

高原 虹爾
画布と胸像《小説》　　27「別冊宝石」10 (1) '57.1 p56

高原 寛
探偵小説と詰将棋　　　17「宝石」7 (3) '52.3 p178
探偵小説礼讃　　　　　17「宝石」7 (7) '52.7 p288

高松 英郎
「共犯者」合評会《座談会》
　　　　17「宝石」13 (14) '58.11 p282

695

高松 一彦
　地下鉄交響楽《小説》　　　21「黒猫」2(8)'48.6 p12
　セイント病院殺人事件《小説》
　　　　　　　　　　　　　21「黒猫」2(9)'48.7 p36
高松 孝二
　基地県市　　　　　32「探偵倶楽部」4(8)'53.8 p168
　人肉ソーセイジ事件
　　　　　　　　　32「探偵倶楽部」4(10)'53.10 p143
高松 棟一郎
　科学捜査と紳士 アメリカFBIのGメン
　　　　　　　　　　　26「フーダニット」1(1)'47.11 p9
高松 英郎
　ギャングスターNo.ワンの顔を観る《対談》
　　　　　　　　　　　　33「探偵実話」9(3)'58.1 p230
高松 吉三郎
　男四十、当に死すべし《小説》
　　　　　　　　　　　　　01「新趣味」17(1)'22.1 p50
田上 信
　栄冠の蔭に　　　　　33「探偵実話」5(10)'54.9 p120
鷹峰 靖
　目撃者《小説》　　 32「探偵倶楽部」10(2)'59.2 p84
高村 厳
　平沢は果たして犯人か?《別付48》
　　　　　　　　　　　25「Gメン」2(11)'48.11 別付48
篁 竜彦　→隠伸太郎
　運ちゃんと女難《小説》
　　　　　　　　　　　　33「探偵実話」3(12)'52.10 p98
　覇也子の誕生日《小説》
　　　　　　　　　　　　33「探偵実話」3(13)'52.11 p166
　御曹子武勇伝《小説》
　　　　　　　　　　　　33「探偵実話」3(14)'52.12 p214
　新年カルタ会《小説》
　　　　　　　　　　　　33「探偵実話」4(1)'53.1 p180
　夜のドライブ《小説》
　　　　　　　　　　　　33「探偵実話」4(3)'53.2 p226
　天晴れ運ちゃん《小説》
　　　　　　　　　　　　33「探偵実話」4(4)'53.3 p140
　青春三羽烏《小説》　33「探偵実話」4(5)'53.4 p124
　石鹸の紛失《小説》　33「探偵実話」4(6)'53.5 p142
　運ちゃん廃業《小説》
　　　　　　　　　　　　33「探偵実話」4(9)'53.8 p210
高村 政行
　深夜の夢《小説》　　　 24「妖奇」6(1)'52.1 p66
高村 正行
　ある復讐《小説》　　　 24「妖奇」6(7)'52.7 p66
高谷 伸
　蛙の敷紙　　　　　　　 06「猟奇」4(6)'31.9 p38
高安 健次郎
　湖畔の死《小説》　　17「宝石」16(3)'61.2増 p84
高奴
　旅の恥掻キクケコ《座談会》
　　　　　　　　35「エロチック・ミステリー」5(1)'64.1 p148
高柳 敏夫
　詰将棋新題　　　　　　 17「宝石」5(5)'50.5 p51
　詰将棋の筋について　　　34「鬼」9'53.9 p52
　天和《小説》　　　　 33「探偵実話」8(8)'57.5 p30

高柳 正夫
　売春婦みよ子のこと
　　　　　　　　　　　33「探偵実話」12(6)'61.4増 p114
高山 義三
　犯罪者の心理　　　　　 04「探偵趣味」2'25.10 p6
　『探偵趣味』問答《アンケート》
　　　　　　　　　　　　　04「探偵趣味」2'25.10 p22
　金から血へ　　　　　　 04「探偵趣味」6'26.3 p3
　遺書の反逆　　　　　　 06「猟奇」4(1)'31.3 p34
　脚の謀計!　　　　　　 06「猟奇」4(2)'31.4 p9
　ピストルを女に奪はれたピス健
　　　　　　　　　　　　 06「猟奇」4(3)'31.5 p25
　掏摸座談会!《座談会》　06「猟奇」4(4)'31.6 p62
　法窓ナンセンス夜話　　 06「猟奇」4(4)'31.6 p67
　文身を焼く女　　　　　 06「猟奇」4(5)'31.7 p62
　法窓ノンセンス夜話　　 06「猟奇」4(6)'31.9 p82
　性的犯罪をめぐる断案鑑定
　　　　　　　　　　　　 06「猟奇」5(2)'32.2 p36
　犯罪史的文献　　　　 11「ぷろふいる」4(5)'36.5 p92
高山 貞政
　神蛇苑の殺人　　　　　 33「探偵実話」2'50.7 p98
　血の畳針《小説》　　33「探偵実話」5(11)'50.11 p228
　古銭の悲劇《小説》　33「探偵実話」2(3)'51.2 p104
　謎の畳針　　　　　　33「探偵実話」7(2)'55.12増 p326
　手型の傷痕　　　　　 33「探偵実話」7(8)'56.4増 p246
　古銭の悲劇　　　　　 33「探偵実話」8(8)'57.5増 p208
高山 文英
　マネキンガールの犯罪《小説》
　　　　　　　　　　　　　07「探偵」1(4)'31.8 p122
宝井 貞水
　赤星十三郎《小説》　　 27「別冊宝石」5(8)'52.8 p186
タカラ ジュン
　蝿の殺人　　　　　 32「怪奇探偵クラブ」2'50.6 p105
滝 保吉
　お化けの世界《小説》　 24「妖奇」3(4)'49.4 p44
滝 柳太郎
　男の純情後日譚　　　 20「探偵よみもの」30'46.11 p26
滝井 峻三
　紅い月《小説》　　　17「宝石」15(3)'60.2増 p332
　金の卵《小説》　　　17「宝石」18(2)'63.1増 p227
多岐川 恭　→白家太郎
　笑う男《小説》　　　　17「宝石」13(9)'58.7 p180
　私は死んでいる《小説》
　　　　　　　　　　　　17「宝石」13(14)'58.11 p66
　雪がくれ観音《脚本》　17「宝石」14(3)'59.3 p20
　古い毒《小説》　　　　17「宝石」14(6)'59.6 p218
　死者は鏡の中に住む《小説》
　　　　　　　　　　　33「探偵実話」10(10)'59.7増 p78
　新人作家の抱負《座談会》
　　　　　　　　　　　　17「宝石」14(9)'59.8 p254
　チューバを吹く男《小説》
　　　　　　　　　　　　17「宝石」14(13)'59.11 p88
　死体の喜劇《小説》
　　　　　　　　　　　17「宝石」14(15)'59.12増 p183
　略歴　　　　　　　　17「宝石」14(15)'59.12増 p185
　酔つた仲間《小説》　　17「宝石」15(2)'60.2 p24
　憎いやつ《小説》　　　17「宝石」15(2)'60.2 p32
　悪運《小説》　　　　　17「宝石」15(2)'60.2 p41

たけお

井戸のある家《小説》
　　　　　　　17「宝石」15(7)'60.5増 p156
ミステリアスなムードの持主
　　　　　　　17「宝石」15(13)'60.11 p13
悪人の眺め《小説》17「宝石」15(13)'60.11 p24
探偵作家クラブ討論会《座談会》
　　　　　　　17「宝石」15(14)'60.12 p222
わるい日《小説》17「宝石」15(15)'60.12増 p76
ペット　　　　17「宝石」16(1)'61.1 p23
一人が残る《小説》17「宝石」16(2)'61.2 p50
草の中の女《小説》
　　　　　　33「探偵実話」12(2)'61.2増 p85
二つの帽子　　17「宝石」16(3)'61.3 p15
きずな《小説》27「別冊宝石」14(3)'61.5 p63
路傍《小説》　17「宝石」16(7)'61.6 p38
直木賞作家大いに語る《座談会》
　　　　　　　17「宝石」16(7)'61.6 p283
処刑〈1〉《小説》17「宝石」16(13)'61.12 p20
処刑〈2〉《小説》17「宝石」17(1)'62.1 p294
処刑〈3〉《小説》17「宝石」17(3)'62.2 p318
おとなしい妻《小説》
　　　　　　27「別冊宝石」15(1)'62.2 p56
「おとなしい妻」について
　　　　　　27「別冊宝石」15(1)'62.2 p59
処刑〈4〉《小説》17「宝石」17(4)'62.3 p232
処刑〈5・完〉《小説》17「宝石」17(5)'62.4 p16
黒いレジャー　17「宝石」17(7)'62.6 p56
春の水浴《小説》33「探偵実話」13(8)'62.6増 p116
世話焼き久作《小説》
　　　　　35「エロチック・ミステリー」3(9)'62.9 p14
盗み《小説》　17「宝石」17(14)'62.11 p20
二階の他人《小説》17「宝石」17(15)'62.11増 p80
黒岩重吾氏のこと27「別冊宝石」16(1)'63.1 p129
爆発《小説》　17「宝石」18(4)'63.3 p68
落ちる《小説》27「別冊宝石」16(3)'63.3 p12
ライバル《小説》27「別冊宝石」16(3)'63.3 p30
おとなしい妻《小説》
　　　　　　27「別冊宝石」16(3)'63.3 p46
蝶《小説》　27「別冊宝石」16(3)'63.3 p64
夜は千の目を持つ27「別冊宝石」16(3)'63.3 p107
直木賞を受賞して27「別冊宝石」16(3)'63.3 p124
病院行き　　27「別冊宝石」16(3)'63.3 p126
わが小説「異郷の帆」
　　　　　　27「別冊宝石」16(3)'63.3 p127
悪人の眺め《小説》
　　　　　　27「別冊宝石」16(3)'63.3 p138
私の愛した悪党《小説》
　　　　　　27「別冊宝石」16(3)'63.3 p174
みかん山《小説》17「宝石」18(6)'63.4増 p326
「みかん山」その他17「宝石」18(6)'63.4増 p331
タフな流行児　27「別冊宝石」16(4)'63.5 p31
代作者《小説》17「宝石」18(8)'63.6 p58
時代推理長篇を　17「宝石」18(8)'63.6 p139
昭和三十八年度宝石中篇賞選考委員会《座談会》
　　　　　　　17「宝石」18(12)'63.9 p156
従犯の女《小説》17「宝石」18(13)'63.10 p225
路傍《小説》　17「宝石」18(14)'63.10 p396
禁煙法《小説》27「別冊宝石」16(11)'63.12 p12
悪魔の賭け《小説》17「宝石」19(1)'64.1 p74
間氏の愚直《小説》27「別冊宝石」17(1)'64.1 p20
迷える子羊から　17「宝石」19(3)'64.2 p92

戸川昌子さんへ　27「別冊宝石」17(2)'64.2 p302
殺意《小説》　17「宝石」19(6)'64.4増 p126
張りぼて機《小説》17「宝石」19(7)'64.5 p54

滝川 万次郎
乳《小説》　35「エロチック・ミステリー」5(1)'64.1 p126

滝沢 喜子雄
強制狂人にされた大学教授の手記
　　　　　　33「探偵実話」2(6)'51.5 p24

滝田 幸夫
刑事の六感　26「フーダニット」1(1)'47.11 p24

滝田 裕介
"事件記者"はなぜヒットした?《座談会》
　　　　　　33「探偵実話」10(10)'59.7増 p211
事件記者はハードボイルドがお好き《座談会》
　　　　　　　17「宝石」14(11)'59.10 p228

滝峠 仙之助
顔《小説》　　17「宝石」9(9)'54.8 p262

田口 修一
暗黒のドヤ街　32「探偵倶楽部」8(4)'57.5 p116
78才の抵抗　　32「探偵倶楽部」8(6)'57.7 p116

田口 三貴
モダン小咄　　17「宝石」7(4)'52.4 p317

多口 充一
テレビ　　　　17「宝石」15(6)'60.5 p191
テレビ　　　　17「宝石」15(8)'60.6 p215
MYSTERY T.V.　17「宝石」15(9)'60.7 p229
MYSTERY T・V《小説》
　　　　　　　17「宝石」15(10)'60.8 p117
MYSTERY T・V　17「宝石」15(13)'60.11 p163

武井 久雄
事件の翌日　　25「Gメン」2(11)'48.11 別付42

竹井 ミスヂ
蜘蛛《詩》　06「猟奇」4(7)'31.12 p27

武井 三也
阿部定の真相　18「トップ」2(6)'47.11 p14

竹内 清和
「イタリア映画祭」こぼれ話
　　　　　　　17「宝石」19(7)'64.5 p18

竹内 節夫
活仏往生《小説》24「妖奇」4(5)'50.5 p68

武内 近茂
プラットホーム《小説》
　　　　　　27「別冊宝石」4(2)'51.12 p276

竹内 てるよ
ばらと小刀《詩》17「宝石」1(9)'46.12 p61

竹内 白駿
スリ以上　　11「ぷろふいる」1(8)'33.12 p83

竹内 正子
生き残りの見解　33「探偵実話」2(5)'51.4 p34

竹内 良
平沢は帝銀犯人ではない
　　　　　　33「探偵実話」2(5)'51.4 p24
保全経済会の悲劇33「探偵実話」5(1)'54.1 p102

竹尾 静子
赤線の女給さん赤線を語る!!《座談会》
　　　　　　33「探偵実話」8(9)'57.5 p70

697

竹越 和夫
　戦後芸者　　　　　　　33「探偵実話」1 '50.5 p234
武田 勲
　歴代捜査、鑑識課長座談会《座談会》
　　　　　　　　　　　32「探偵倶楽部」4(7) '53.7 p282
武田 秀三
　暗黒街ギャング団の女王
　　　　　　　　　　　33「探偵実話」8(11) '57.7 p110
武田 俊一
　動くスタイル・ブック
　　　　　　　　　　　18「トップ」1(3) '46.10 p22
武田 泰淳
　ゴーストップ《小説》
　　　　　　　　　　　27「別冊宝石」9(8) '56.11 p334
武田 高夫
　セールスマンが犯人だ!!
　　　　　　　　　33「探偵実話」10(15) '59.11増 p72
武田 武彦　→蘭妖子，TAKEDA
　［江戸川乱歩］　　　17「宝石」1(1) '46.3 前1
　とむらい饅頭《脚本》　17「宝石」1(1) '46.3 p44
　手袋と葉巻《詩》　　　17「宝石」1(1) '46.3 p50
　アルセーヌ・ルパン《詩》
　　　　　　　　　　　17「宝石」1(2) '46.5 p18
　タットル大尉を囲む探偵作家の座談会《座談会》
　　　　　　　　　　　17「宝石」1(2) '46.5 p19
　月蟻《詩》　　　　　　17「宝石」1(3) '46.6 p39
　［大下宇陀児］　　　　17「宝石」1(4) '46.7 前1
　当り籤は接吻です《脚本》
　　　　　　　　　　　17「宝石」1(4) '46.7 p30
　毛虫《詩》　　　　　　17「宝石」1(4) '46.7 p55
　［水谷準］　　　　　　17「宝石」1(5) '46.8 前1
　白蠟少年《脚本》　　　17「宝石」1(5) '46.8 p34
　夏花変化《詩》　　　　17「宝石」1(5) '46.8 p48
　［木々高太郎］　　17「宝石」1(6・7) '46.10 前1
　われは犯罪王《詩》　17「宝石」1(6・7) '46.10 p5
　［海野十三］　　　　　17「宝石」1(8) '46.11 前1
　地獄歌《詩》　　　　　17「宝石」1(8) '46.11 p49
　［乾信一郎］　　　　　17「宝石」1(9) '46.12 前1
　蜘蛛と詩人《詩》　　　17「宝石」1(9) '46.12 p7
　雪達磨事件《小説》　　17「宝石」1(9) '46.12 p30
　新春探偵小説討論会《座談会》
　　　　　　　　　　　17「宝石」2(1) '47.1 p22
　幻覚《詩》　　　　　　17「宝石」2(1) '47.1 p62
　殺人電波《小説》　　　17「宝石」2(1) '47.1 p86
　告白《詩》　　　　　　17「宝石」2(2) '47.3 p48
　渡辺啓助氏　　　　　　17「宝石」2(3) '47.4 p41
　春の盗賊《詩》　　　　17「宝石」2(3) '47.4 p78
　幻の女《脚本》　　　　17「宝石」2(3) '47.4 p114
　妖精《詩》　　　　　　17「宝石」2(3) '47.4 p44
　創刊号に寄す　　　　22「新探偵小説」1(2) '47.6 p25
　舌は囁く《詩》　　　　17「宝石」2(6) '47.6 p36
　蝦蟇供養《小説》　　　17「宝石」2(7) '47.7 p29
　毒菌《詩》　　　　　　17「宝石」2(9) '47.9 p16
　舞踏会の女《小説》　　21「黒猫」1(5) '47.12 p49
　完全殺人《小説》　　　23「真珠」3 '47.12 p20
　閻魔《小説》　　　　　17「宝石」3(3) '48.4 p42
　牢破りの男《脚本》　　17「宝石」2(5) '48.4 p54
　新人書下し探偵小説合評会《座談会》
　　　　　　　　　　　17「宝石」3(9) '48.12 p48

　断崖《脚本》　　　　　17「宝石」3(9) '48.12 p72
　鬼の湯の女《小説》　27「別冊宝石」2(1) '49.4 p164
　空気座の「獄門島」を評す
　　　　　　　　　　　17「宝石」4(5) '49.5 p38
　桃色の木馬《小説》　　17「宝石」— '49.7増 p284
　探偵小説愛好者座談会《座談会》
　　　　　　　　　　　17「宝石」— '49.9増 p132
　霧夫人の恋《小説》　　17「宝石」— '49.9増 p140
　霧の中の男　　　　　　17「宝石」— '49.9増 p253
　探偵作家《詩》　　　　17「宝石」5(1) '50.1 p25
　われは手品師　　　　　17「宝石」5(1) '50.1 p392
　探偵屋さん《絵物語》
　　　　17「宝石」5(2) '50.2 p23, 31, 33, 41, 43, 49, 57, 61
　探偵作家幽霊屋敷へ行く《座談会》
　　　　　　　　　　　17「宝石」5(2) '50.2 p82
　びっくり箱殺人事件《脚本》
　　　　　　　　　　　17「宝石」5(4) '50.4 p184
　翻訳小説の新時代を語る《座談会》
　　　　　　　　　　　17「宝石」5(4) '50.4 p223
　新人探偵作家を語る《座談会》
　　　　　　　　　　27「別冊宝石」3(2) '50.4 p190
　落日《詩》　　　　　　17「宝石」5(8) '50.8 p9
　海外探偵小説放談《座談会》
　　　　　　　　　　　17「宝石」5(8) '50.8 p124
　中国の探偵小説を語る《座談会》
　　　　　　　　　　　17「宝石」5(9) '50.9 p130
　百万円懸賞探偵小説B級作品入選誌上発表《座談会》
　　　　　　　　　　　17「宝石」5(9) '50.9 p212
　お好み捕物帳座談会《座談会》
　　　　　　　　　　17「宝石」5(10) '50.10 p159
　チャタレイ部落《小説》
　　　　　　　　　　17「宝石」5(11) '50.11 p98
　鬼同人の選んだ海外長篇ベストテン〈1〉《前1》
　　　　　　　　　　　34「鬼」2 '50.11 前1
　オオ・ミステイク　　　34「鬼」2 '50.11 p8
　銀座の幽霊《脚本》　17「宝石」5(12) '50.12 p127
　新春雑記　　　　　　　34「鬼」3 '51.3 p8
　少年探偵小説論　　　　34「鬼」4 '51.6 p10
　原爆映画『戦慄の七日間』をめぐる座談会《座談会》
　　　　　　　　　　27「別冊宝石」4(1) '51.8 p154
　蜜蜂マヤ子の死《脚本》
　　　　　　　　　　17「宝石」6(12) '51.11 p100
　ナナの不思議な犯罪《小説》
　　　　　　　　　　17「探偵実話」2(12) '51.11 p46
　「曲つた蝶番」の魅力　34「鬼」5 '51.11 p9
　アンケート《アンケート》
　　　　　　　　　　　17「宝石」7(1) '52.1 p84
　怪盗七面相 浅草女剣戟の巻《小説》
　　　　　　　　　　　33「探偵実話」3(2) '52.2 p52
　鬼同人の選んだ海外短篇ベスト・テン〈2〉《前1》
　　　　　　　　　　　34「鬼」6 '52.3 前1
　探偵雑誌の将来性　　　34「鬼」6 '52.3 p12
　『押絵と旅する男』について
　　　　　　　　　　33「探偵実話」3(4) '52.3増 p29
　『琥珀のパイプ』について
　　　　　　　　　　33「探偵実話」3(4) '52.3増 p45
　『蠟人』について　　33「探偵実話」3(4) '52.3増 p65
　『愛慾禍』について
　　　　　　　　　　33「探偵実話」3(4) '52.3増 p81
　『恋愛曲線』について
　　　　　　　　　　33「探偵実話」3(4) '52.3増 p93

たけむ

「魔笛」について　33「探偵実話」3(4)'52.3増 p108
「宝石」について　33「探偵実話」3(4)'52.3増 p113
「妖虫」について　33「探偵実話」3(4)'52.3増 p123
「地獄横丁」について
　　　　　　　33「探偵実話」3(4)'52.3増 p134
「永遠の女囚」について
　　　　　　　33「探偵実話」3(4)'52.3増 p151
「面影草紙」について
　　　　　　　33「探偵実話」3(4)'52.3増 p163
「殺人演出」について
　　　　　　　33「探偵実話」3(4)'52.3増 p179
「黒い手帖」について
　　　　　　　33「探偵実話」3(4)'52.3増 p195
「爬虫館事件」について
　　　　　　　33「探偵実話」3(4)'52.3増 p212
「死後の恋」について
　　　　　　　33「探偵実話」3(4)'52.3増 p239
「セントアレキセイ寺院の惨劇」について
　　　　　　　33「探偵実話」3(4)'52.3増 p267
「蔦のある家」について
　　　　　　　33「探偵実話」3(4)'52.3増 p278
解説について　33「探偵実話」3(4)'52.3増 p302
「窓は敲かれず」について
　　　　　　　33「探偵実話」3(4)'52.3増 p302
黄金魔女《小説》　27「別冊宝石」5(4)'52.5 p112
満月と猫《脚本》　17「宝石」7(6)'52.6 p149
ある雨の日の午後　　　　34「鬼」7'52.7 p18
与太公物の作者　　　　　34「鬼」7'52.7 p41
悪霊の美女《小説》　33「探偵実話」3(9)'52.8 p52
探偵小説の背景　　　　　34「鬼」8'53.1 p24
探偵小説と実際の犯罪《座談会》
　　　　　　32「探偵倶楽部」4(6)'53.6 p194
魅力ある文学形式　　　　34「鬼」9'53.9 p16
限定本の虫《小説》　33「探偵実話」5(4)'54.4 p100
武田武彦氏より　17「宝石」12(13)'57.10 p286
疑惑の井戸《小説》
　　　　　　　33「探偵実話」11(3)'60.1 p126
竹田 敏彦
探偵小説に対するアンケート《アンケート》
　　　　　　32「探偵倶楽部」4(1)'53.2 p150
武田 弘
涙で語るパンパンのざんげ
　　　　　　26「フーダニット」1(1)'47.11 p16
武田 麟太郎
ハガキ回答《アンケート》
　　　　　　11「ぷろふいる」4(6)'36.6 p102
竹田 六助
東京租界の実態を語る《座談会》
　　　　　　　33「探偵実話」4(6)'53.5 p133
竹谷 十三
仙人ケ池の悲劇《小説》　24「妖奇」1(5)'47.11 p14
竹谷 正
骸骨への恋《小説》　17「宝石」11(2)'56.1増 p82
オブジエ殺人事件《小説》
　　　　　　27「別冊宝石」10(1)'57.1 p322
竹中 英太郎
恐るべき「私」　　10「探偵クラブ」7'32.12 p24
武浪 薫
懐旧の探偵映画　14「月刊探偵」2(6)'36.7 p53

武野 藤介　→藤介
探偵小説一管見　　　　07「探偵」1(4)'31.8 p143
習慣《小説》　　　14「月刊探偵」2(5)'36.6 p36
帯《小説》　　　　12「探偵文学」2(9)'36.9 p35
ぽんかん《小説》　12「探偵文学」2(12)'36.12 p27
白い不義《小説》　　　16「ロック」3(5)'48.9 p38
愛は犯罪なり《小説》　　25「X」3(3)'49.3 p53
雷　　　　　　　　　　25「X」3(8)'49.7 p9
火事　　　　　　　　　25「X」3(8)'49.7 p10
未亡人の死体《小説》
　　　　　　　32「探偵クラブ」1(4)'50.12 p254
死人に口あり《小説》
　　　　　　　32「探偵クラブ」2(5)'51.7 p52
初夜の長襦袢　32「探偵倶楽部」3(7)'52.8 p254
粟播事件　　　　　　17「宝石」9(5)'54.4 p187
葱坊主の死《小説》　17「宝石」9(7)'54.6 p193
姑の頓死《小説》　　17「宝石」9(11)'54.9 p174
硝子障子《小説》　　　17「宝石」9(14)'54.12
ケースの謎《小説》　17「宝石」10(1)'55.1 p126
君の名は女《小説》　17「宝石」10(5)'55.3増 p114
無理心中《小説》　17「宝石」11(13)'56.9増 p155
接吻殺人《小説》　17「宝石」11(13)'56.9増 p285
人工妊娠　　　　　　17「宝石」12(6)'57.4増 p198
かまぼこ板　　　　　17「宝石」13(2)'58.1増 p295
竹橋 凡児
「鳩の街」見聞記　　　18「トップ」2(2)'47.5 p55
竹早 糸二
一人二役の死〈4・完〉《小説》
　　　　　　　　　17「宝石」13(1)'58.1 p248
竹林 斉斗山
萱野三平《小説》　　　25「X」3(12)'49.11 p84
竹原 光三
日本舞踊に現はれたるエロ!
　　　　　　　　　　06「猟奇」4(3)'31.5 p54
竹原 豊二
乾杯!われらの探実《座談会》
　　　　　　　33「探偵実話」10(11)'59.7 p288
竹久 千恵子
首飾り紛失事件　　　　17「宝石」3(7)'48.9 p20
武満 徹
白い道《小説》　　　17「宝石」15(4)'60.3 p248
日没《小説》　　　17「宝石」15(11)'60.9 p210
竹村 久仁夫
探偵文学は何処へ　　12「探偵文学」1(5)'35.7 p8
丘の家殺人事件《小説》
　　　　　　　11「ぷろふいる」3(12)'35.12 p92
略歴　　　　　11「ぷろふいる」3(12)'35.12 p95
北海道の代表都市　11「ぷろふいる」4(2)'36.2 p53
竹村 直伸
風の便り《小説》　27「別冊宝石」11(2)'58.2 p160
入選の感想　　　　　17「宝石」13(5)'58.4 p214
妻を殺す《小説》　　17「宝石」14(1)'59.1 p68
タロの死《小説》　　17「宝石」14(4)'59.4 p66
似合わない指輪《小説》17「宝石」14(4)'59.4 p88
霧の中で《小説》　　17「宝石」14(4)'59.4 p108
新人作家の抱負《座談会》
　　　　　　　　　17「宝石」14(9)'59.8 p254
見事な女《小説》　17「宝石」14(15)'59.12増 p150
略歴　　　　　　　17「宝石」14(15)'59.12増 p153

699

たけや　　　　　　　　　　　　　　　　　　　　執筆者名索引

殺し屋失格《小説》　　　17「宝石」15(6)'60.5 p162
多岐川さんの人柄　　　　17「宝石」15(13)'60.11 p12
消えたバス《小説》　　　17「宝石」15(13)'60.11 p62
落札された花嫁《小説》
　　　　　　　35「エロティック・ミステリー」2(1)'61.1 p232
三人目《小説》　　　　　17「宝石」16(2)'61.2 p224
火葬場の客《小説》　　　17「宝石」16(9)'61.8 p152
遺言《小説》　　　　　　17「宝石」17(1)'62.1 p258
濁った知恵《小説》
　　　　　　　35「エロティック・ミステリー」3(10)'62.10 p18
裏目の男《小説》　　　　27「別冊宝石」16(11)'63.12 p50
武鍵 政章
小さな憤慨　　　　　　　07「探偵」1(6)'31.10 p157
ターサ
恐怖の木蜂　　　　　　32「探偵倶楽部」8(9)'57.9 p172
太宰 治
あなたは狙はれてゐる《アンケート》
　　　　　　　　20「探偵よみもの」30 '46.11 p22
太宰 行道
よしなしごと　　　　　　06「猟奇」5(5)'32.5 p29
たさん
三勝半七《小説》　　　　04「探偵趣味」4(4)'28.4 p25
橘家 円蔵
今は昔吉原廓ばなし
　　　　　　　　　　　27「別冊宝石」6(6)'53.9 p143
田島 明春
江戸時代の公娼制度
　　　　　　　　　　　32「探偵倶楽部」9(7)'58.6 p48
田島 喜八堂
易占と推理性を語る座談会《座談会》
　　　　　　　　　　　17「宝石」5(7)'50.7 p122
田島 哲夫
防犯ベル《小説》　　　　17「宝石」16(7)'61.6 p210
自殺倶楽部《小説》　　　17「宝石」17(13)'62.10 p286
カラス《小説》　　　　　17「宝石」18(15)'63.11 p228
香港横丁《小説》　　　　27「別冊宝石」17(4)'64.4 p182
田代 栄明
石を呑む男　　　　　　　04「探偵趣味」5 '26.2 p12
田代 継男
横山君炎上《小説》　　　33「探偵実話」9(3)'58.1 p236
田代 光
アンケート《アンケート》
　　　　　　　　　　　17「宝石」12(10)'57.8 p121
田代 赴彦
夢一束　　　　　　　　　03「探偵文芸」1(2)'25.4 p103
ターシン, H
女は男を知ってゐるが男は女を知らないの
　　　　　　　　15「探偵春秋」2(8)'37.8 p19
多田 武羅夫
あちらの便り　　15「探偵春秋」1(2)'36.11 p116
あちらの便り　　15「探偵春秋」1(3)'36.12 p30
あちらの便り　　15「探偵春秋」2(1)'37.1 p58
あちらの便り　　15「探偵春秋」2(2)'37.2 p20
マンハッタン便り　15「探偵春秋」2(7)'37.7 p80
マンハッタン便り　15「探偵春秋」2(8)'37.8 p58
高多 義郎
性病学講座〈1〉　　　　18「トップ」3(3)'48.4 p28

只野 栄
探偵小説愛好者座談会《座談会》
　　　　　　　　　17「宝石」― '49.9増 p132
陀々野 梵十
異端の弟子《小説》　　　17「宝石」5(11)'50.11 p182
ソリンゲンのナイフ　　　17「宝石」6(9)'51.9 p190
多々羅 三郎
遺書の誓ひ　　　　　　22「新探偵小説」1(3)'47.7 p36
立川 賢
手錠《小説》　　　　　　33「探偵実話」1 '50.5 p74
クレモナの秘密　　　　32「探偵クラブ」2(6)'51.8 p168
橘 薫
舞台より観客へ《アンケート》
　　　　　　　　　　　01「新趣味」17(3)'22.3 p126
立花 高四郎
探偵小説とその活劇　　　03「探偵文芸」2(3)'26.3 p58
探偵映画雑考　　　　　　07「探偵」1(2)'31.6 p88
橘 正策
犬《小説》　　　　　　　03「探偵文芸」1(4)'25.6 p1
ホールド・アップに遭ふ
　　　　　　　　　　　03「探偵文芸」1(5)'25.7 p120
米国にて行はる、インチキ賽
　　　　　　　　　　　03「探偵文芸」1(6)'25.8 p91
密入国　　　　　　　　　03「探偵文芸」1(7)'25.9 p73
米国の探偵界　　　　　　03「探偵文芸」1(9)'25.11 p57
米国の法廷　　　　　　　03「探偵文芸」1(10)'25.12 p85
橘 外男
逗子物語〈1〉《小説》　　　24「妖奇」2(4)'48.3 p20
逗子物語〈2〉《小説》　　　24「妖奇」2(5)'48.4 p22
逗子物語〈3・完〉《小説》
　　　　　　　　　　　24「妖奇」2(6)'48.5 p26
類人猿の母〈1〉《小説》　25「X」3(6)'49.5 p20
類人猿の母〈2〉《小説》　25「X」3(7)'49.6 p21
蒲団《小説》　　　　　　24「妖奇」3(8)'49.7 p88
類人猿の母〈3〉《小説》　25「X」3(8)'49.7 p93
類人猿の母〈4〉《小説》　25「X」3(9)'49.8 p26
聖コルソ島の復讐〈1〉《小説》
　　　　　　　　　　　24「妖奇」4(6)'50.6 p82
聖コルソ島の復讐〈2・完〉《小説》
　　　　　　　　　　　24「妖奇」4(7)'50.7 p56
水槽の殺人《小説》　　32「探偵クラブ」1(4)'50.12 p144
食われたる女肉〈1〉《小説》
　　　　　　　　　　　33「探偵実話」2(11)'51.10 p136
食われたる女肉〈2〉《小説》
　　　　　　　　　　　33「探偵実話」2(12)'51.11 p158
食われたる女肉〈3・完〉《小説》
　　　　　　　　　　　33「探偵実話」3(1)'51.12 p242
南阿の獣人《小説》　　　33「探偵実話」3(5)'52.4 p134
ベイラの獅子像《小説》　　24「妖奇」6(5)'52.5 p22
晩宴《小説》　　　　　　24「妖奇」6(8)'52.8 p18
逗子物語《小説》　　　　33「探偵実話」3(11)'52.9増 p50
淫獣〈1〉《小説》　　　24「トリック」6(10)'52.10 p23
淫獣〈2〉《小説》　　　24「トリック」6(11)'52.11 p66
淫獣〈3〉《小説》
　　　　　　　　　　　24「トリック」6(12)'52.12 p106
淫獣〈4・完〉《小説》
　　　　　　　　　　　24「トリック」7(1)'53.1 p126
陰獣〈1〉《小説》　　　33「探偵実話」5(1)'54.1 p230

たな

陰獣〈2〉《小説》　　　33「探偵実話」5(2)'54.2 p162
陰獣〈3〉《小説》　　　33「探偵実話」5(3)'54.3 p198
陰獣〈4〉《小説》　　　33「探偵実話」5(4)'54.4 p256
陰獣〈5・完〉《小説》
　　　　　　　　　　　33「探偵実話」5(6)'54.5 p210
密林の情獄《小説》　　33「探偵実話」6(4)'55.3 p250
棚田裁判長の死《小説》
　　　　　　　　　　　33「探偵実話」7(11)'56.7増 p160
肉獣《小説》　　　　　33「探偵実話」7(14)'56.9 p258
棺前結婚《小説》　　　33「探偵実話」7(17)'56.11 p250
獣面奇人譚《小説》　　33「探偵実話」8(7)'57.4 p272
陛下は女性にましませば《小説》
　　　　　　　　　　　33「探偵実話」8(11)'57.7 p266
雪原に旅する男《小説》
　　　　　　　　　　　33「探偵実話」9(1)'57.12 p298
地底の美肉〈1〉《小説》
　　　　　　　　　　　33「探偵実話」9(7)'58.4 p40
地底の美肉〈2〉《小説》
　　　　　　　　　　　33「探偵実話」9(9)'58.5 p40
地底の美肉〈3〉《小説》
　　　　　　　　　　　33「探偵実話」9(10)'58.6 p38
地底の美肉〈4〉《小説》
　　　　　　　　　　　33「探偵実話」9(11)'58.7 p70
地底の美肉〈5・完〉《小説》
　　　　　　　　　　　33「探偵実話」9(12)'58.8 p34
死刑囚の奇怪な告白《小説》
　　　　　　　　　　　33「探偵実話」9(14)'58.10増 p232
水の尾屋敷綺譚〈1〉《小説》
　　　　　　　　　　　33「探偵実話」10(1)'58.12 p266
水の尾屋敷綺譚〈2〉《小説》
　　　　　　　　　　　33「探偵実話」10(3)'59.1 p268
水の尾屋敷綺譚〈3〉《小説》
　　　　　　　　　　　33「探偵実話」10(4)'59.2 p268
水の尾屋敷綺譚〈4・完〉《小説》
　　　　　　　　　　　33「探偵実話」10(5)'59.3 p270
五十一番目の夫《小説》
　　　　　　　　　　　33「探偵実話」10(10)'59.7増 p328
コルソ島の復讐《小説》
　　　　　　　　　　　33「探偵実話」13(7)'62.6 p212

立見 明
再生協会《小説》　　　17「宝石」17(2)'62.1増 p158

タツガート, G・R
金曜日《小説》　　　　07「探偵」1(4)'31.8 p136

竜田 覚
雷族と酔っぱらい娘《座談会》
　　　　　　　　　　　33「探偵実話」11(2)'60.1増 p243

ダツトマン, アバリイ
何故に婦人が罪を犯すか？
　　　　　　　　　　　06「猟奇」5(1)'32.1 p46

タツトル大尉
タツトル大尉を囲む探偵作家の座談会《座談会》
　　　　　　　　　　　17「宝石」1(2)'46.5 p19

辰野 九紫
お問合せ《アンケート》
　　　　　　　　　　　12「シュピオ」3(5)'37.6 p47
ハガキ回答《アンケート》
　　　　　　　　　　　12「シュピオ」4(1)'38.1 p14
青バス五人男　　　　　22「新探偵小説」1'47.7 p28
旧円勿忘草《小説》　　22「新探偵小説」2(2)'48.5 p2
石古路町奇談《小説》　23「真珠」2(7)'48.8 p12

竜野 潤
新世界の不思議!　　　06「猟奇」3(3)'30.4 p14

竜野 春三
海の怪奇・山の神秘《座談会》
　　　　　　　　　　　33「探偵実話」11(11)'60.8増 p225

辰巳 隆司
人喰い蝦蟇《小説》　　24「妖奇」4(10)'50.10 p8

辰巳 柳太郎
はがきあんけーと《アンケート》
　　　　　　　　　　　19「仮面」3(2)'48.3 p34

辰巳 柳太郎
ハガキ回答《アンケート》
　　　　　　　　　　　11「ぷろふいる」4(6)'36.6
僕の探偵小説　　　　　17「宝石」3(8)'48.10 p9

伊達 勇
坊や寝かせたアトが楽しみ
　　　　　　　　　35「エロティック・ミステリー」2(8)'61.8 p88

伊達 瓶九
風流殺人事件《絵物語》17「宝石」5(9)'50.9 p167
奇妙な決闘《小説》　　17「宝石」5(12)'50.12 p70

立石 功
毛沢東とはいかなる男か？
　　　　　　　　　　　25「X」3(4)'49.3別 p50

立川 賢
独立祭の夜の殺人《小説》
　　　　　　　　　　　17「宝石」4(4)'49.4 p10

蓼胡津留
芸者座談会《座談会》
　　　　　　　　　　　32「探偵倶楽部」4(7)'53.7 p82

館田 直光
野球ファン熱狂座談会《座談会》
　　　　　　　　　　　25「X」3(6)'49.5 p46

立野 伍郎
邪欲に狂った六十男
　　　　　　　　　　　33「探偵実話」12(4)'61.3 p29

立原 道子
精神病者の実態はこうだ!!
　　　　　　　　　　　33「探偵実話」8(10)'57.6 p58

立松 由記夫
偽わられた愛慾　　　　33「探偵実話」9(5)'58.3増 p176

立山 雪子
血を知らぬ刃《小説》　06「猟奇」4(4)'31.6 p17

ダナ
第三の鸚鵡の舌〈1〉《小説》
　　　　　　　　　　　03「探偵文芸」1(8)'25.10 p77
第三の鸚鵡の舌〈2〉《小説》
　　　　　　　　　　　03「探偵文芸」1(9)'25.11 p21
第三の鸚鵡の舌〈3〉《小説》
　　　　　　　　　　　03「探偵文芸」1(10)'25.12 p66
第三の鸚鵡の舌〈4〉《小説》
　　　　　　　　　　　03「探偵文芸」2(1)'26.1 p2
第三の鸚鵡の舌〈5〉《小説》
　　　　　　　　　　　03「探偵文芸」2(2)'26.2 p92
第三の鸚鵡の舌〈6〉《小説》
　　　　　　　　　　　03「探偵文芸」2(3)'26.3 p44
第三の鸚鵡の舌〈7〉《小説》
　　　　　　　　　　　03「探偵文芸」2(4)'26.4 p151

第三の鸚鵡の舌〈8〉《小説》
　　　　　03「探偵文芸」2(5)'26.5 p62
第三の鸚鵡の舌〈9〉《小説》
　　　　　03「探偵文芸」2(6)'26.6 p147
第三の鸚鵡の舌〈10〉《小説》
　　　　　03「探偵文芸」2(7)'26.7 p34
第三の鸚鵡の舌〈11・完〉《小説》
　　　　　03「探偵文芸」2(8)'26.8 p50

田中 伊一
死刑される日まで《座談会》
　　　　　26「フーダニット」2(1)'48.1 p6

田中 烏水
米盗人の捜査　　01「新趣味」18(1)'23.1 p182

田中 栄吉
世はあげて強盗時代《座談会》
　　　　　18「トップ」3(1)'48.1 p32

田中 勝代
舞台より観客へ《アンケート》
　　　　　01「新趣味」17(3)'22.3 p125

田中 哉太
矢車の音《小説》　17「宝石」15(3)'60.2増 p364

田中 謙 →荻一之介
五月の殺人《小説》
　　　　　08「探偵趣味」(平凡社版)5 '31.9 p20

田中 香涯
閑窓雑記　　　　06「猟奇」2(4)'29.4 p36

田中 貢太郎
美少年の怪《小説》01「新趣味」17(1)'22.1 p156
紅鬼白鬼《小説》　01「新趣味」17(5)'22.5 p226
諸家の探偵趣味映画観《アンケート》
　　　　　05「探偵・映画」1(1)'27.10 p64
森下君の一面　　 10「探偵クラブ」2 '32.5 p14

田中 小実昌
三代目ハードボイルド
　　　　　27「別冊宝石」12(11)'59.11 p58
タフなおじさんE・S・ガードナー
　　　　　27「別冊宝石」15(4)'62.10 p220

田中 早苗
探偵問答《アンケート》
　　　　　04「探偵趣味」1 '25.9 p25
秋成と八雲　　04「探偵趣味」3 '25.11 p30
人間涙香　　　04「探偵趣味」13 '26.11 p45
クローズ・アップ《アンケート》
　　　　　04「探偵趣味」14 '26.12 p43
『恋愛曲線』雑感　04「探偵趣味」18 '27.4 p30
クローズ・アップ《アンケート》
　　　　　04「探偵趣味」19 '27.5 p31
最近感想　　　　04「探偵趣味」21 '27.7 p53
翻訳座談会《座談会》
　　　　　04「探偵趣味」4(2)'28.2 p30
探偵小説の夕を聴く 04「探偵趣味」4(2)'28.2 p60
彼等三人　　　　04「探偵趣味」4(6)'28.6 p49
アメリカの名科学探偵
　　　　　11「ぷろふいる」3(1)'35.1 p140
推薦の書と三面記事《アンケート》
　　　　　11「ぷろふいる」3(12)'35.12 p106
ハガキ回答《アンケート》
　　　　　12「探偵文学」1(10)'36.1 p15
徹頭徹尾気持ちのいゝ人
　　　　　11「ぷろふいる」4(1)'36.1 p136

その夜のドイル　14「月刊探偵」2(4)'36.5 p32
お問合せ《アンケート》
　　　　　12「シュピオ」3(5)'37.6 p56

田中 重雄
「共犯者」合評会《座談会》
　　　　　17「宝石」13(14)'58.11 p282

田中 潤司 →邦枝輝夫, 潤
ホームズ物語掲載誌一覧表
　　　　　17「宝石」11(11)'56.8 p143
挿絵に描かれたホームズ〈1〉
　　　　　17「宝石」11(12)'56.9 p68
挿絵に描かれたホームズ〈2・完〉
　　　　　17「宝石」11(14)'56.10 p130
ワトスンの二度めの傷
　　　　　17「宝石」11(15)'56.11 p70
ホームズの事件簿　17「宝石」11(16)'56.12 p67
クリスマス・イヴの殺人《小説》
　　　　　17「宝石」12(5)'57.4 p54
映画白昼魔を見る《座談会》
　　　　　17「宝石」12(5)'57.4 p142
クリスティの映画「情婦」を語る《座談会》
　　　　　17「宝石」13(4)'58.3 p258
推理小説早慶戦《座談会》
　　　　　17「宝石」13(8)'58.6 p256
旅と俳句とミステリー《座談会》
　　　　　17「宝石」13(15)'58.12 p250
クリスティ著作目録
　　　　　27「別冊宝石」12(1)'59.1 p183
カー著作目録　17「宝石」14(7)'59.6増 p55
世界探偵小説地誌〈2〉《座談会》
　　　　　17「宝石」14(10)'59.9 p224
純本格派の作家たち《座談会》
　　　　　17「宝石」17(12)'62.9増 p134
E・S・ガードナー作品目録
　　　　　27「別冊宝石」15(4)'62.10 p226
今月もカーター・ブラウンですみません/「あばずれ」
　　　　　17「宝石」17(14)'62.11 p290
クリスティーの新作
　　　　　27「別冊宝石」16(2)'63.2 p94
今月の創作評《座談会》
　　　　　17「宝石」18(4)'63.3 p220
松本清張を語る《座談会》
　　　　　17「宝石」18(8)'63.6 p158
［作品紹介］　27「別冊宝石」16(5)'63.6 p139
M・W・A十八年の歩み
　　　　　27「別冊宝石」16(6)'63.6 p144
ホームズ伝・その他
　　　　　27「別冊宝石」16(7)'63.8 p128
ホームズの事件簿〈1〉
　　　　　27「別冊宝石」16(9)'63.10 p123
海外ミステリーの近況《座談会》
　　　　　27「別冊宝石」16(10)'63.11増 p44
蛇の足
　　　　　27「別冊宝石」16(10)'63.11増 p46, 48, 50, 52, 54
多彩な作家　27「別冊宝石」16(10)'63.11増 p190
ホームズの事件簿〈2・完〉
　　　　　27「別冊宝石」17(1)'64.1 p112
今月のミステリー　17「宝石」19(3)'64.2 p264
今月のミステリー　17「宝石」19(4)'64.3 p150
推理小説評は成立つか《座談会》
　　　　　17「宝石」19(4)'64.3 p212

蛇の足
27「別冊宝石」17(3)'64.3 p341, 343, 345, 347, 349, 351, 353, 355
　今月のミステリー　　　17「宝石」19(5)'64.4 p60
　ミステリーの新人たち
　　　　　　　　27「別冊宝石」17(4)'64.4 p196
　名探偵の復活　　27「別冊宝石」17(5)'64.4増 p102
田中 捨蔵
　ある刑務所　　　　09「探偵小説」2(2)'32.2 p111
田中 仙樵
　奇術道楽六十年　　32「探偵クラブ」3(3)'52.3 p214
田中 仙丈
　『探偵趣味』問答《アンケート》
　　　　　　　　　　　04「探偵趣味」2 '25.10 p22
　偶感　　　　　　　04「探偵趣味」3 '25.11 p22
　ヒントと第六感　　04「探偵趣味」8 '26.5 p42
　垢ぬけ　　　　　　06「猟奇」1(5)'28.10 p22
　短かい手紙《小説》　06「猟奇」2(3)'29.3 p26
　最新版大岡政談《小説》06「猟奇」2(9)'29.9 p50
田中 惣五郎
　判事になつた脱獄囚辻村庫太
　　　　　　　　　　09「探偵小説」2(1)'32.1 p110
田中 辰次
　怪物の眼《小説》
　　　　　　08「探偵趣味」(平凡社版)9 '32.1 p14
田中 敏男
　『探偵趣味』問答《アンケート》
　　　　　　　　　　　04「探偵趣味」4 '26.1 p59
田中 西二郎
　ハメット死す　　　17「宝石」16(4)'61.3 p112
田中 はるお
　子供と探偵小説　　17「宝石」11(16)'56.12 p254
田中 比左良
　野球ファン熱狂座談会《座談会》
　　　　　　　　　　　25「X」3(6)'49.5 p46
田中 英光
　蛸芝居　　　　　　18「トップ」1(3)'46.10 p24
　女子共産党員の恋《小説》25「X」3(7)'49.6 p43
　少女誘拐魔《小説》　17「宝石」— '49.7増 p80
　肉慾の果て《小説》　25「X」3(9)'49.8 p12
田中 秀吉
　アナタハン島野獣記
　　　　　　　　33「探偵実話」2(10)'51.9 p98
田中 博
　犯罪月評　　　32「探偵倶楽部」5(11)'54.11 p78
　犯罪月評　　　32「探偵倶楽部」5(12)'54.12 p191
　犯罪月評　　　32「探偵倶楽部」6(1)'55.1 p235
　犯罪月評　　　32「探偵倶楽部」6(2)'55.2 p86
　犯罪月評　　　32「探偵倶楽部」6(3)'55.3 p276
　犯罪月評　　　32「探偵倶楽部」6(4)'55.4 p93
　犯罪月評　　　32「探偵倶楽部」6(6)'55.6 p80
　犯罪月評　　　32「探偵倶楽部」6(7)'55.7 p218
　犯罪月評　　　32「探偵倶楽部」6(8)'55.8 p284
　犯罪月評　　　32「探偵倶楽部」6(9)'55.9 p271
　犯罪月評　　　32「探偵倶楽部」6(10)'55.10 p143
　犯罪月評　　　32「探偵倶楽部」6(11)'55.11 p289
　犯罪月評　　　32「探偵倶楽部」6(12)'55.12 p272
　犯罪月評　　　32「探偵倶楽部」7(1)'56.1 p217

　犯罪月評　　　32「探偵倶楽部」7(2)'56.2 p59
　犯罪月評　　　32「探偵倶楽部」7(3)'56.3 p236
　犯罪月評　　　32「探偵倶楽部」7(4)'56.4 p47
　犯罪月評　　　32「探偵倶楽部」7(5)'56.5 p261
　犯罪月評　　　32「探偵倶楽部」7(6)'56.6 p107
　犯罪月評　　　32「探偵倶楽部」7(7)'56.7 p251
　犯罪月評　　　32「探偵倶楽部」7(9)'56.8 p151
　犯罪月評　　　32「探偵倶楽部」7(10)'56.9 p121
　犯罪月評　　　32「探偵倶楽部」7(11)'56.10 p263
　犯罪月評　　　32「探偵倶楽部」7(12)'56.11 p301
　犯罪月評　　　32「探偵倶楽部」7(13)'56.12 p219
　犯罪月評　　　32「探偵倶楽部」8(1)'57.1 p260
　犯罪月評　　　32「探偵倶楽部」8(2)'57.3 p109
　犯罪月評　　　32「探偵倶楽部」8(3)'57.4 p179
　犯罪月評　　　32「探偵倶楽部」8(4)'57.5
　犯罪月評　　　32「探偵倶楽部」8(5)'57.6 p71
　犯罪月評　　　32「探偵倶楽部」8(6)'57.7 p45
　犯罪月評　　　32「探偵倶楽部」8(8)'57.8 p213
　犯罪月評　　　32「探偵倶楽部」8(9)'57.9 p261
　犯罪月評　　　32「探偵倶楽部」8(10)'57.10 p72
　犯罪月評　　　32「探偵倶楽部」8(11)'57.11 p149
　犯罪月評　　　32「探偵倶楽部」8(13)'57.12 p175
　犯罪月評　　　32「探偵倶楽部」9(2)'58.2 p237
　犯罪月評　　　32「探偵倶楽部」9(3)'58.3 p67
　犯罪月評　　　32「探偵倶楽部」9(4)'58.4 p143
　犯罪月評　　　32「探偵倶楽部」9(6)'58.5 p143
　犯罪月評　　　32「探偵倶楽部」9(7)'58.6 p143
　昨年度の犯罪を分析して
　　　　　　　32「探偵倶楽部」9(8)'58.7 p121
田中 文雄
　ロマンと幻想の詩人　17「宝石」17(11)'62.9 p114
　キチキチ《小説》　　17「宝石」18(2)'63.1増 p366
　白い翼の郷《小説》　17「宝石」18(10)'63.7増 p314
田中 冬二
　城下の町にて　　　17「宝石」2(7)'47.7 p22
　浴泉抄《詩》
　　　　　35「エロチック・ミステリー」3(6)'62.6 p2
　新緑の高原をゆく
　　　　　35「エロチック・ミステリー」3(6)'62.6 p36
田中 万三記
　四段目の踏板《小説》
　　　　　　　　　17「宝石」13(16)'58.12増 p38
　暗い廊下《小説》　17「宝石」15(3)'60.2増 p26
　ラサン・クロッシング《小説》
　　　　　　　　　17「宝石」16(3)'61.2増 p12
　教授の飼犬《小説》　17「宝石」16(3)'61.2 p198
　むしろ好んで鴉を招き《小説》
　　　　　　　　　17「宝石」17(2)'62.1増 p185
　死にゆくものへの釘《小説》
　　　　　　　　　17「宝石」17(2)'62.1増 p332
　受賞の感想　　　　17「宝石」17(5)'62.4 p151
　死にゆくものへの釘《小説》
　　　　　　　　　17「宝石」17(5)'62.4 p152
　扉の後に蹲るもの《小説》
　　　　　　　　　17「宝石」17(6)'62.5 p38
　破れた生贄《小説》
　　　　　35「エロチック・ミステリー」3(10)'62.10 p110
　肥りたる野花のかげに《小説》
　　　　　　　　　17「宝石」17(13)'62.10 p148
　呪術《小説》
　　　　　35「エロチック・ミステリー」4(5)'63.5 p136

C・ルメラの死体《小説》
　　　　　　　　　17「宝石」18(11)'63.8 p176
悪魔の黒《小説》　17「宝石」18(16)'63.12 p248
デジャ・ヴュ《小説》
　　　　　　　　　27「別冊宝石」16(11)'63.12 p30
不毛の地で《小説》
　　　　　　　　　35「エロティック・ミステリー」5(1)'64.1 p104
虱《小説》　　　　17「宝石」19(5)'64.4 p266
人を呪わば《小説》27「別冊宝石」17(4)'64.4 p20
ミンダナオ島の殺人《小説》
　　　　　　　　　17「宝石」19(7)'64.5 p280
逃げ道なし《小説》
　　　　　　　　　27「別冊宝石」17(6)'64.5 p131
田中 松吉
　「世紀の犯罪」を読みて
　　　　　　　　　14「月刊探偵」2(4)'36.5 p63
　「当りくじ殺人事件」を読みて
　　　　　　　　　14「月刊探偵」2(5)'36.6 p60
田中 睦夫
　モームと探偵小説　17「宝石」15(10)'60.8 p124
田中 融二
　今月の創作評《対談》17「宝石」17(5)'62.4 p270
田中 良雄
　訳者の言葉　　　17「宝石」9(3)'54.3 p246
棚橋 基
　犯罪記録　　　　11「ぷろふいる」1(1)'33.5 p51
田辺 禎一
　おいらん漫語　　27「別冊宝石」7(3)'54.4 p190
田辺 貞之助
　ふんどしの印　　17「宝石」19(3)'64.2 p22
田辺 茂一
　大作家の風容　　27「別冊宝石」7(9)'54.11 p220
田辺 尚雄
　南方艶歌夜這い見聞記
　　　　　　　　　35「エロティック・ミステリー」3(1)'62.1 p110
田辺 南鶴
　怪談どろどろ話《座談会》
　　　　　　　　　27「別冊宝石」6(6)'53.9 p180
　天一坊召捕《小説》27「別冊宝石」6(6)'53.9 p212
　笹川繁蔵　　　　27「別冊宝石」7(3)'54.4 p152
　映画白昼魔を見る《座談会》
　　　　　　　　　17「宝石」12(5)'57.4 p142
田辺 平学
　密室談義《対談》32「探偵クラブ」2(3)'51.4 p162
田辺 茂一
　テープコーダー　17「宝石」14(2)'59.2 p221
谷 海太郎
　壁に塗込められた大学生
　　　　　　　　　33「探偵実話」6(7)'55.6 p26
谷 暉生
　暗い廊下《小説》33「探偵実話」12(7)'61.5 p112
　口笛を吹く男《小説》
　　　　　　　　　33「探偵実話」12(10)'61.7増 p154
谷 君之介
　百円紙幣《小説》04「探偵趣味」10 '26.7 p4
谷 京作
　新らしきスター　03「探偵文芸」3(1)'27.1 p18, 58

谷 京至
　地獄からの犬声　32「探偵倶楽部」5(10)'54.10 p196
　強盗奇譚(海外版)
　　　　　　　　　33「探偵実話」5(13)'54.11 p224
　石膏詰めの死体　32「探偵倶楽部」6(4)'55.4 p206
　X印の靴跡　　　32「探偵倶楽部」6(8)'55.8 p83
　暁の拳銃戦　　　32「探偵倶楽部」6(10)'55.10 p240
　悪魔を味方にした男
　　　　　　　　　32「探偵倶楽部」6(12)'55.12 p223
　天才画家射殺さる　32「探偵倶楽部」7(2)'56.2 p235
　ニューヨークを震撼させた爆弾男
　　　　　　　　　32「探偵倶楽部」8(11)'57.11 p128
　女ギャングの最期　32「探偵倶楽部」9(2)'58.2 p194
　死の谷に48時間　32「探偵倶楽部」9(6)'58.5 p256
　ベイスレイ郵便局の襲撃事件
　　　　　　　　　32「探偵倶楽部」9(7)'58.6 p246
谿 渓太郎　→谷口照子
　東風荘の殺人《小説》
　　　　　　　　　27「別冊宝石」2(3)'49.12 p594
　「呪縛の家」解決篇を読みて
　　　　　　　　　17「宝石」5(8)'50.8 p168
　トリックの現実性に関する試論
　　　　　　　　　17「宝石」5(10)'50.10 p226
　雪中鬼《小説》　24「妖奇」5(3)'51.3 p70
　探偵小説の心理について
　　　　　　　　　17「宝石」6(5)'51.5 p182
　悪魔の火焔《小説》
　　　　　　　　　32「探偵クラブ」2(4)'51.6 p74
　暗黒の階段〈1〉《小説》
　　　　　　　　　32「探偵クラブ」2(9)'51.10 p212
　暗黒の階段〈2〉《小説》
　　　　　　　　　32「探偵クラブ」2(10)'51.11 p108
　アンケート《アンケート》
　　　　　　　　　17「宝石」7(1)'52.1 p88
　暗黒の階段〈3〉《小説》
　　　　　　　　　32「探偵クラブ」3(1)'52.1 p96
　暗黒の階段〈4〉《小説》
　　　　　　　　　32「探偵クラブ」3(2)'52.2 p119
　暗黒の階段〈5・完〉《小説》
　　　　　　　　　32「探偵クラブ」3(3)'52.3 p188
　黒衣の幽霊《小説》
　　　　　　　　　32「探偵クラブ」3(12)'52.12 p215
　恐怖の裸女《小説》24「トリック」7(2)'53.2 p50
　悲恋の獅子《小説》
　　　　　　　　　32「探偵倶楽部」4(9)'53.9 p143
　Q病菌患者《小説》32「探偵倶楽部」6(2)'55.2 p103
　殺人煙草《小説》32「探偵倶楽部」6(3)'55.3 p171
　終幕殺人事件《小説》
　　　　　　　　　32「探偵倶楽部」6(4)'55.4 p122
　目撃者《小説》　32「探偵倶楽部」6(8)'55.8 p302
　死刑囚《小説》　32「探偵倶楽部」6(9)'55.9 p48
　真昼の喪服《小説》
　　　　　　　　　32「探偵倶楽部」6(11)'55.11 p292
　死者の呼ぶベル《小説》
　　　　　　　　　32「探偵倶楽部」7(5)'56.5 p279
　奇怪な恋仇《小説》
　　　　　　　　　32「探偵倶楽部」7(12)'56.11 p155
　大きな設計図《小説》
　　　　　　　　　32「探偵倶楽部」8(4)'57.5 p226

谷 正之介
　狂血の記録《小説》
　　　　　　　　　　　27「別冊宝石」4(2)'51.12 p260
谷 正二
　物いう楓の葉　　　33「探偵実話」6(4)'55.3 p183
谷 寛
　幾年か蛇を見つめて
　　　　　　　　　　　15「探偵春秋」1(3)'36.12 p32
谷 康宏
　"渦潮"遠藤桂子氏作(別冊9号)を読んで
　　　　　　　　　　　17「宝石」5(9)'50.9 p196
谷 冷子
　真夏の夜空の下で《小説》
　　　　　　　　　　　33「探偵実話」12(12)'61.9 p162
谷井 正澄
　選考経過　　　　　17「宝石」14(11)'59.10 p111
谷内 六郎
　テレパシーと絵との関係
　　　　　　　　　　　17「宝石」19(3)'64.2 p23
渓川 瑩子
　モデルざんげ　　　18「トップ」2(1)'47.4 p32
谷川 俊太郎
　現代のスリルを語る《座談会》
　　　　　　　　　　　17「宝石」12(13)'57.10 p156
　推理小説五つの悪口　17「宝石」14(6)'59.6 p213
　探偵電子計算機《小説》
　　　　　　　　　　　17「宝石」15(1)'60.1 p190
　baby dolls《小説》　17「宝石」15(5)'60.4 p214
　ショート・ショート　17「宝石」16(1)'61.1 p92
　裁くのは誰《小説》　17「宝石」16(2)'61.2 p190
　離乳食《小説》　　　17「宝石」16(2)'61.2 p194
　或る神学《小説》　　17「宝石」16(2)'61.2 p198
　にがい味　　　　　　17「宝石」16(8)'61.7 p129
　探偵電子計算機《小説》
　　　　　　　　　　　27「別冊宝石」14(4)'61.7 p146
　離乳食《小説》　　　27「別冊宝石」14(4)'61.7 p149
　眠れ我が子よ《小説》
　　　　　　　　　　　27「別冊宝石」14(4)'61.7 p155
　フィレモンとバウキス《小説》
　　　　　　　　　　　17「宝石」16(9)'61.8 p52
　レダ《小説》　　　　17「宝石」16(9)'61.8 p54
　墜ちた男《小説》　　17「宝石」19(4)'64.3 p202
谷川 新
　「オラングタン」　　06「猟奇」4(4)'31.6 p49
谷川 徹三
　中学の先輩として　27「別冊宝石」7(9)'54.11 p43
　中学時代の江戸川乱歩　17「宝石」17(1)'62.1 p135
谷口 照子　→鷲渓太郎
　名探偵ルー女史の推理《小説》
　　　　　　　　　　　17「宝石」6(12)'51.11 p152
谷口 日出夫
　甘美な夜《小説》　　33「探偵実話」6(6)'55.5 p92
谷崎 潤一郎
　人面疽《小説》　　　33「探偵実話」3(11)'52.9増 p14
　柳湯の事件《小説》
　　　　　　　　　　　33「探偵実話」7(11)'56.7増 p18
　友田と松永の話《小説》
　　　　　　　　　　　33「探偵実話」7(16)'56.11増 p18

或る少年の怯れ《小説》
　　　　　　　　　　　33「探偵実話」8(5)'57.3増 p20
　白昼鬼語《小説》　　33「探偵実話」10(10)'59.7増 p18
谷村 義春
　暗室殺人事件《小説》
　　　　　　　　　　　32「探偵倶楽部」5(4)'54.4 p15
谷本 富
　困つた時代相　　　　04「探偵趣味」6 '26.3 p2
谷屋 充
　殺し菩薩《小説》　　27「別冊宝石」5(1)'52.1 p34
　蛇の噛み歯《小説》　27「別冊宝石」6(4)'53.6 p162
　方恋命かぎり《小説》
　　　　　　　　　　　27「別冊宝石」6(6)'53.9 p128
　鼻占ひ《小説》　　　27「別冊宝石」7(1)'54.1 p184
　笛の座《小説》　　　27「別冊宝石」7(7)'54.9 p274
　鉄の匂い《小説》　33「探偵実話」5(11)'54.9増 p195
　勘平の女の死《小説》
　　　　　　　　　　　27「別冊宝石」8(1)'55.1 p246
　拝領馬の死《小説》　27「別冊宝石」8(6)'55.9 p178
谷山 久
　黒衣の女《小説》　　27「別冊宝石」11(2)'58.2 p284
　不良少年《小説》　　17「宝石」16(3)'61.2 p334
　翳《小説》　　　　　17「宝石」17(2)'62.1 p266
ダニャルズ，ハロルド・R
　ブリル事件《小説》　17「宝石」13(15)'58.12 p312
種 瓜平
　深夜喫茶の裏窓　33「探偵実話」9(15)'58.10 p215
　女武芸者只今参上!!
　　　　　　　　　　　33「探偵実話」10(4)'59.2 p102
　夜の姫君の厚生施設
　　　　　　　　　　　33「探偵実話」10(9)'59.6 p146
　ルポタージュ落書帖
　　　　　　　　　　　33「探偵実話」10(13)'59.9 p73
　よろめきマダムのオセックス探訪
　　　　　　　　　　　33「探偵実話」11(3)'60.1 p146
　探偵犬と女訓練士　33「探偵実話」11(6)'60.2 p250
　女の裸は金になる　33「探偵実話」11(6)'60.3 p207
　『殺し』の科学　　　33「探偵実話」11(7)'60.4 p150
　美女群の裏の裏　　　33「探偵実話」11(8)'60.5 p234
　秘法ヨガの修行者探訪
　　　　　　　　　　　33「探偵実話」11(9)'60.6 p180
　"やとな"の東京版
　　　　　　　　　　　33「探偵実話」11(10)'60.7 p104
　街にいる刺青師　　　33「探偵実話」11(12)'60.8 p261
　当世離婚案内　　　33「探偵実話」11(11)'60.8増 p235
　裸の天国見いっちち
　　　　　　　　　　　33「探偵実話」11(13)'60.9 p184
　ぐっと精のつくげてもの料理
　　　　　　　　　　　33「探偵実話」11(14)'60.10 p130
　空飛ぶタクシー　　　33「探偵実話」11(16)'60.11 p160
　いのしし料理ふぐ料理
　　　　　　　　　　　33「探偵実話」12(1)'61.1 p270
種 咲二
　食味漫訪　　　　　　33「探偵実話」12(3)'61.1 p132
　歌舞伎しるこ　　　　33「探偵実話」12(7)'61.5 p216
　勘兵衛酒場　　　　　33「探偵実話」12(8)'61.6 p137
多根 徳夫
　同性愛を探がす女
　　　　　　　　　　　35「エロティック・ミステリー」2(3)'61.3 p66

若いツバメに夫を消させた淫婦
　　　　35「エロティック・ミステリー」2(4)'61.4 p188
田原井 七郎
　挿話　　　　　　　　06「猟奇」1(4)'28.9 p10
ダビッド，トミカエル
　海底の友情《小説》
　　　　　　　　32「探偵倶楽部」9(2)'58.2 p108
ターヒユン，A・P
　奇怪なスコッチ〈1〉《小説》
　　　　　　　　09「探偵小説」2(1)'32.1 p50
　奇怪なスコッチ〈2〉《小説》
　　　　　　　　09「探偵小説」2(2)'32.2 p90
　奇怪なスコッチ〈3・完〉《小説》
　　　　　　　　09「探偵小説」2(3)'32.3 p18
ダービー沢
　競馬インチキ物語　　25「X」3(6)'49.5 p8
田部井 格
　母の印象《小説》　　07「探偵」1(8)'31.12 p143
玉川 一郎
　或る就職《小説》　　18「トップ」1(2)'46.7 p12
　秋風の子守唄《小説》
　　　　　　　20「探偵よみもの」34 '47.12 p22
　はがきあんけーと《アンケート》
　　　　　　　　　　19「仮面」3(2)'48.3 p34
　或る夜の冒険《小説》16「ロック」3(3)'48.5 p4
　三次郎は考へる《小説》17「宝石」3(6)'48.8 p28
　アパート異変《小説》　23「真珠」2(7)'48.8 p22
　『ある夜の出来事』　17「宝石」6(1)'51.1 p82
　座談会お笑い怪談《座談会》
　　　　　　　　17「宝石」6(10)'51.10 p278
　食い合せ　　　　　17「宝石」6(13)'51.12 p85
　女を探せ《小説》　　17「宝石」8(10)'53.9 p14
　藤吉功名噺《小説》　27「別冊宝石」8(4)'55.5 p58
　汽車の中で会つた人　17「宝石」13(1)'58.1 p156
　三重勝のマダム　　　17「宝石」13(3)'58.2 p14
　立派な夫人《小説》　17「宝石」13(5)'58.4 p150
　降誕祭の奇蹟《小説》17「宝石」13(6)'58.5 p106
　男性の弱点　　　　　17「宝石」13(7)'58.5増 p226
　いいわけ夫人　　　　17「宝石」13(7)'58.5増 p304
　夏の住居《小説》　　17「宝石」13(8)'58.6 p192
　誠意が通じない　　　17「宝石」13(9)'58.7 p144
　スーツ・ケース《小説》
　　　　　　　　17「宝石」13(10)'58.8 p178
　ラジオ自動車　　　　17「宝石」13(11)'58.8増 p60
　仇討綺譚　　　　　　17「宝石」13(11)'58.8増 p98
　写真屋の妻　　　　　17「宝石」13(11)'58.8増 p170
　猫が教える　　　27「別冊宝石」11(10)'58.12 p160
　ジャワの女　　　　27「別冊宝石」12(2)'59.2 p27
　ひとりストライキ《小説》
　　　　　　　　17「宝石」14(4)'59.4 p130
　人形の脚　　　　　　17「宝石」14(6)'59.6 p176
　玄界灘を渡つた人魂
　　　　　　　　33「探偵実話」10(10)'59.7増 p107
　バタビヤの娘　　　27「別冊宝石」12(10)'59.10 p20
　物の味　　　　　　　17「宝石」14(14)'59.12 p141
　前後賞　　　　　　27「別冊宝石」13(6)'60.6 p21
　けんちゅう売り
　　　　35「エロティック・ミステリー」2(8)'61.8 p25
　四十前の朝鮮
　　　　35「エロティック・ミステリー」3(4)'62.4 p23

辻軍曹の話
　　　　35「エロチック・ミステリー」3(6)'62.6 p73
旅とアンマ
　　　　35「エロチック・ミステリー」3(8)'62.8 p128
それでも新婚旅行
　　　　35「エロチック・ミステリー」3(12)'62.12 p63
一身同咳
　　　　35「エロチック・ミステリー」4(2)'63.2 p126
玉虫 三郎
　岳州の影《小説》　　17「宝石」19(2)'64.1増 p78
玉虫 三四郎
　活弁と女賊　　　29「探偵趣味」（戦後版）'49.1 p32
玉虫 夜光
　極楽鳥の魔王　　32「探偵倶楽部」5(9)'54.9 p46
　水竜と恐竜蘭沼《小説》
　　　　　　　　32「探偵倶楽部」6(2)'55.2 p234
田村 彰良
　恩赦《小説》　　　　24「妖奇」6(10)'52.10 p74
田村 伊平衛
　世相の裏をのぞく 質屋さん座談会《座談会》
　　　　　　　　　　18「トップ」3(2)'48.2 p26
田村 幸彦
　探偵映画の想出　　05「探偵・映画」1(1)'27.10 p72
　ガス燈　　　　　　　21「黒猫」1(1)'47.4 p72
　謎の下宿人　　　　　21「黒猫」1(2)'47.6 p45
　影なき殺人　　　　　21「黒猫」1(3)'47.9 p42
田村 佐無呂
　肺を病む《猟奇歌》　06「猟奇」5(4)'32.4 p32
田村 醒之
　合評・一九二八年《座談会》
　　　　　　　　　　06「猟奇」1(7)'28.12 p14
田村 剛
　国立公園の話　　　01「新趣味」17(1)'22.1 p26
田村 敏郎
　旧中国の刑罰　　　32「探偵倶楽部」5(7)'54.7 p83
田村 西男
　実説夜嵐お絹　　　　24「妖奇」3(3)'49.3 p26
田村 泰次郎
　肉体論と犯罪　　　　21「黒猫」2(11)'48.9 p20
　中央ެ楽夜色《小説》
　　　　35「エロティック・ミステリー」1(3)'60.10 p278
　刺青《小説》
　　　　35「エロティック・ミステリー」3(1)'62.1 p216
　色女房《小説》
　　　　35「エロティック・ミステリー」3(3)'62.3 p128
　白い鯉
　　　　35「エロティック・ミステリー」3(4)'62.4 p77
　人間夜色《小説》
　　　　35「エロティック・ミステリー」3(4)'62.5 p48
田村 良宏　→河田陸村
　傑作は読まれたか　　17「宝石」10(11)'55.8 p98
　学生と探偵小説《座談会》
　　　　　　　　17「宝石」11(1)'56.1 p136
田村 隆一
　告発《詩》　　　　　17「宝石」4(10)'49.11 p13
袂 春信
　耳《小説》　　　　27「別冊宝石」5(10)'52.12 p264

材木の下《小説》　　　　　17「宝石」8(7)'53.7 p24
腹話術《小説》　　　　　　17「宝石」8(13)'53.11 p88
笑い鬼《小説》　　　　　27「別冊宝石」6(9)'53.12 p252
鸚鵡《小説》　　　　　　17「宝石」9(4)'54.3 p178
鉄の処女《小説》　　　　17「宝石」10(2)'55.1増 p376
仲の姫《小説》　　　　　　17「宝石」10(8)'55.6 p80
田谷 栗助
　首なし屍体　　　　　32「探偵倶楽部」3(8)'52.9 p139
　一銭銅貨　　　　　　32「探偵倶楽部」3(10)'52.11 p26
田谷 すみ子
　地球廻転　　　　　　　　　18「トップ」1(1)'46.5 p34
田谷 スミ子
　情死物語　　　　　　　　　18「トップ」3(3)'48.4 p27
ダール, ロアルド
　アフリカのある殺人事件《小説》
　　　　　　　　　　　　17「宝石」16(1)'61.1 p296
ダーレス, オーガスト
　メトロノームの怪《小説》
　　　　　　　　　　32「探偵倶楽部」8(7)'57.7増 p208
　図書室の怪《小説》
　　　　　　　　　　　27「別冊宝石」17(5)'64.4増 p83
タレブヤ・ニイコ
　人魚を抱いた話《小説》
　　　　　　　　　　　32「探偵クラブ」2(5)'51.7 p129
他和 律
　町の同志達　　　　　　15「探偵春秋」2(3)'37.3 p33
たわごと生
　爆撃機　　　　　　　11「ぷろふいる」2(12)'34.12 p74
俵 正
　象牙の塔の人々《小説》
　　　　　　　　　　　27「別冊宝石」5(10)'52.12 p10
ダーン, ジヤツク
　盲愛への判決　　　　33「探偵実話」2(11)'51.10 p116
段 紗児
　二本の調味料《小説》　　　16「ロック」2(3)'47.3 p4
団 寿庵
　ハート痣のある足《小説》　　　23「真珠」2 '47.10 p14
　平塚の怪《小説》　　　　　23「真珠」3 '47.12 p28
　夢見つつ《小説》　　　　19「仮面」3(1)'48.2 p26
壇 達二
　人肉変電所〈1〉《小説》
　　　　　　　　　　　　　18「トップ」3(2)'48.2 p8
　人肉変電所〈2〉《小説》
　　　　　　　　　　　　　18「トップ」3(3)'48.4 p2
　人肉変電所〈3〉《小説》
　　　　　　　　　　　　　18「トップ」3(4)'48.7 p14
　美男纏《小説》　　　　　　25「X」3(12)'49.11 p90
　小夜衣草紙〔原作〕《絵物語》
　　　　　　　　　　32「探偵倶楽部」9(9)'58.7増 p209
団 道雄
　［無題］　　　　　　　22「新探偵小説」1(2)'47.6 p34
耽綺社
　『南方の秘密』について
　　　　　　　　　　　　　06「猟奇」1(6)'28.11 p25
耽吉
　新版東京行進曲　　　11「ぷろふいる」3(10)'35.10 p145
　新版討秘行　　　　　11「ぷろふいる」3(11)'35.11 p150

丹下 キヨ子
　南米奇談　　　　　　　17「宝石」12(14)'57.11 p254
ダンセイニー, ロード
　遙かなる隣人たち《小説》
　　　　　　　　　　　27「別冊宝石」14(5)'61.10 p232
ダンセニイ
　食卓の十三人《小説》　　17「宝石」8(5)'53.5 p186
　二瓶のソース《小説》　　17「宝石」10(13)'55.9 p60
　緑玉の袋《小説》　　　17「宝石」10(15)'55.11 p73
探偵局大正二十年調査
　作家未来記　　　　　　04「探偵趣味」4 '26.1 p41
探偵趣味の会
　発行所変更の御知らせ
　　　　　　　　　　　　04「探偵趣味」4(9)'28.9 p36
　次号について　　　　　04「探偵趣味」4(9)'28.9 p37
探偵文芸同人
　謹告　　　　　　　　03「探偵文芸」1(1)'25.3 p106
　謹告　　　　　　　　03「探偵文芸」1(2)'25.4 p108
丹波 草生
　生きた犯罪史を聴く〈1〉
　　　　　　　　　　11「ぷろふいる」4(11)'36.11 p72
　生きた犯罪史を聴く〈2〉
　　　　　　　　　　11「ぷろふいる」4(12)'36.12 p80
　生きた犯罪史を聴く〈3〉
　　　　　　　　　　11「ぷろふいる」5(1)'37.1 p120
　生きた犯罪史を聴く〈4〉
　　　　　　　　　　11「ぷろふいる」5(2)'37.2 p120
探遊崖童子
　破片　　　　　　　　11「ぷろふいる」5(2)'37.2 p89
探遊窟童子
　破片　　　　　　　　11「ぷろふいる」5(3)'37.3 p97
　破片　　　　　　　　11「ぷろふいる」5(4)'37.4 p92

【 ち 】

千秋 八郎
　明るき墓場　　　　　　　　25「X」4(2)'50.3 p59
チアピン, アンナ・アリス
　毒蝶《小説》　　　　　01「新趣味」18(9)'23.9 p186
チィシコフ, アントン
　悪達者《小説》　　　32「探偵倶楽部」6(12)'55.12 p250
知恵 保夫
　君知るや赤道直下の逢引
　　　　　　　　　　　27「別冊宝石」12(2)'59.2 p280
チエスタトン, G・K
　呪の決闘《小説》　　　03「探偵文芸」1(8)'25.10 p17
　青玉入りの十字架《小説》
　　　　　　　　　　　　03「探偵文芸」2(6)'26.6 p41
　猟奇倶楽部《小説》　　　　06「猟奇」2(5)'29.5 p2
　青い十字架《小説》
　　　　　　　　　08「探偵趣味」(平凡社版)3 '31.7 p16
　ガブリエル・ゲイルの犯罪《小説》
　　　　　　　　　　　　　06「猟奇」5(1)'32.1 p32
　鮫の影!!《小説》　　　　　06「猟奇」5(5)'32.5 p42
　巻頭言　　　　　　　　　13「クルー」2 '35.11 p1

ちえほ 執筆者名索引

黄いろい鳥《小説》
    11「ぷろふいる」4(4)'36.4 p38
消失五人男《小説》
    11「ぷろふいる」4(6)'36.6 p60
奇樹物語《小説》 11「ぷろふいる」5(1)'37.1 p130
タルボイス卿狙撃事件〈1〉《小説》
    12「シュピオ」3(8)'37.10 p27
タルボイス卿狙撃事件〈2〉《小説》
    12「シュピオ」3(9)'37.11 p15
タルボイス卿狙撃事件〈3・完〉《小説》
    12「シュピオ」3(10)'37.12 p12
二つの臂を持つ男《小説》
    27「別冊宝石」6(3)'53.5 p462
青い十字架《小説》 27「別冊宝石」6(7)'53.9 p160
変てこな跫音《小説》
    27「別冊宝石」6(7)'53.9 p178
太陽神の眼《小説》 27「別冊宝石」6(7)'53.9 p194
ヒルシュ博士の決闘《小説》
    27「別冊宝石」6(7)'53.9 p209
サラディン公爵の罪
    27「別冊宝石」6(7)'53.9 p223
法官邸の広間鏡《小説》
    27「別冊宝石」6(7)'53.9 p239
邪悪な形《小説》 27「別冊宝石」6(7)'53.9 p253
盗賊の楽園《小説》 27「別冊宝石」6(7)'53.9 p269
神の鉄鎚《小説》 27「別冊宝石」6(7)'53.9 p282
燈台の二つの眼《小説》
    27「別冊宝石」6(7)'53.9 p297
園丁ゴーの誉《小説》
    27「別冊宝石」6(7)'53.9 p311
眼に見えぬ男《小説》 17「宝石」9(5)'54.4 p106
機械は誤る《小説》 17「宝石」10(6)'55.4 p64
紫の髪《小説》 17「宝石」10(9)'55.6増 p293
師父のおとぎばなし《小説》
    17「宝石」10(10)'55.7 p208
変てこな足音《小説》 17「宝石」10(14)'55.10 p84
孔雀の樹《小説》 27「別冊宝石」9(2)'56.2 p132
探偵小説はモダン・ライフに於ける詩
    32「探偵倶楽部」8(11)'57.11 p3
煙の庭《小説》 17「宝石」12(14)'57.11 p62
チェーホフ, アントン
或る犯罪の話《小説》 17「宝石」10(6)'55.4 p80
賭《小説》 17「宝石」12(10)'57.8 p122
筑紫 逸郎
妖僧美女に襲いかかる
    27「別冊宝石」13(4)'60.4 p194
筑紫 狂介
イスラエルの女 14「月刊探偵」2(5)'36.6 p47
筑紫 鯉志
よろめき女房 33「探偵実話」9(10)'58.6 p196
好色おさすり女房 33「探偵実話」9(11)'58.7 p176
好色させもせ風 33「探偵実話」9(12)'58.8 p160
好色後家あらし《小説》
    33「探偵実話」9(13)'58.9 p164
好色一寸法師の女難
    33「探偵実話」9(15)'58.10 p262
好色未通女の奸計
    33「探偵実話」9(16)'58.11 p248
好色煩悩男の最期
    33「探偵実話」10(1)'58.12 p252

二人の情夫を待つ女
    33「探偵実話」10(4)'59.2 p230
仕組まれた情夫の逢引
    33「探偵実話」10(9)'59.6 p198
筑紫 鯉思
悋気の灸 33「探偵実話」12(6)'61.4増 p124
筑紫 次郎
男装の女詐欺師 33「探偵実話」9(8)'58.5増 p110
筑紫 三平
のぞき《小説》 24「妖奇」5(5)'51.5 p74
筑摩 五郎
邂逅《小説》 17「宝石」19(2)'64.1増 p106
千嶋 潔志
悲鳴《小説》 19「仮面」3(4)'48.6 p40
智樹院 太郎
乳房嬌談 23「真珠」1 '47.4 p16
地津 香里
拳闘倶楽部物語《小説》
    04「探偵趣味」25 '27.11 p80
千波 万郎
女体を取引するサムライたち《座談会》
    33「探偵実話」10(2)'59.1増 p19
千葉 一朗
ローティーンの灰色の思春期
    33「探偵実話」9(11)'58.7 p212
千葉 覚
宝クジ百万円を追つて
    26「フーダニット」2(2)'48.3 p18
千葉 亀雄
復讐心理の表れ 04「探偵趣味」6 '26.3 p2
涙香随想 04「探偵趣味」13 '26.11 p16
クローズ・アップ《アンケート》
    04「探偵趣味」15 '27.1 p55
探偵小説界の傾向と最近の快作《アンケート》
    05「探偵・映画」1(2)'27.11 p54
本年度印象に残れる作品,来年度ある作家への希望
《アンケート》
    04「探偵趣味」26 '27.12 p60
私の好きな一偶《アンケート》
    06「猟奇」1(2)'28.6 p29
タダ一つ神もし許し賜はゞ‥‥《アンケート》
    06「猟奇」4(3)'31.5 p67
千葉 淳平
或る老後《小説》 17「宝石」18(2)'63.1増 p244
ユダの窓はどれだ《小説》
    17「宝石」18(2)'63.1増 p304
目の毒《小説》
    35「エロチック・ミステリー」4(3)'63.3 p28
受賞者感想 17「宝石」18(5)'63.4 p123
或る老後《小説》 17「宝石」18(5)'63.4 p158
［無題］ 17「宝石」18(7)'63.5 p2
同じ星の下の二人《小説》
    17「宝石」18(7)'63.5 p88
13/18・8《小説》
    27「別冊宝石」16(11)'63.12 p241
静かなる復讐《小説》
    35「エロチック・ミステリー」5(1)'64.1 p60

千葉 新太
　青い麦は恐い　　　　　33「探偵実話」8(14)'57.10 p78
千葉 静一
　フアンの不平　　　　　14「月刊探偵」2(5)'36.6 p19
千葉 松男
　魔薬禍レポート　　32「探偵倶楽部」5(11)'54.11 p170
千葉 倫子
　大雨と猫《小説》　　　17「宝石」17(16)'62.12 p286
千葉 モリオ
　狂言はお手のもの《小説》
　　　　　　　　　　　　07「探偵」1(7)'31.11 p187
チペット, チヤールス
　藤色の上衣を着た女《小説》
　　　　　　　　　　　01「新趣味」18(1)'23.1 p294
チャイルド, チャールズ・B
　用心深い警部さん《小説》
　　　　　　　　　　　17「宝石」18(7)'63.5 p285
茶須田 屯
　石弓と茶色の逆説《小説》
　　　　　　　　　27「別冊宝石」10(1)'57.1 p27
チャーテリス, レスリー
　奇妙な遺産《小説》
　　　　　　　　　　32「探偵倶楽部」5(6)'54.6 p96
　いかさま博奕《小説》　17「宝石」10(17)'55.12 p14
　お聖人のギヤング征伐《小説》
　　　　　　　　　　32「探偵倶楽部」7(1)'56.1 p252
　お聖人の探偵征伐《小説》
　　　　　　　　　　32「探偵倶楽部」7(3)'56.3 p250
　お聖人の長者征伐《小説》
　　　　　　　　　　32「探偵倶楽部」7(5)'56.5 p100
　お聖人の市庁征伐《小説》
　　　　　　　　　32「探偵倶楽部」7(12)'56.11 p160
　お聖人の慈善家征伐《小説》
　　　　　　　　　32「探偵倶楽部」7(13)'56.12 p122
　化け蟻征伐《小説》
　　　　　　　　　32「探偵倶楽部」8(13)'57.12 p196
　お聖人の学校征伐《小説》
　　　　　　　　　　32「探偵倶楽部」9(1)'58.1 p216
　五千ポンドの接吻《小説》
　　　　　　　　　27「別冊宝石」11(5)'58.6 p80
　奇妙な遺産《小説》
　　　　　　　　　27「別冊宝石」11(9)'58.11 p68
チヤドッキク, P・G
　使命《小説》　　　　　04「探偵趣味」4(7)'28.7 p78
チャペク, カレル
　透視術　　　　　　　11「ぶろふぃる」4(3)'36.3 p90
　出獄《小説》　　　　　12「探偵文学」2(5)'36.5 p22
　或る管絃楽指揮者の話《小説》
　　　　　　　　　　　12「探偵文学」2(5)'36.5 p28
　農園の殺人《小説》　　12「探偵文学」2(6)'36.6 p28
　噂の男《小説》　　　　17「宝石」10(6)'55.4 p168
チヤンス, ピーター
　手術魔《小説》　　　　11「ぶろふぃる」4(4)'36.4 p80
　手術魔《小説》　　32「探偵倶楽部」9(11)'58.9 p38
チャンドラー, レイモンド
　聖林殺人事件《小説》
　　　　　　　　　　27「別冊宝石」3(5)'50.10 p14
　ハイ・ウィンドォ《小説》
　　　　　　　　　27「別冊宝石」3(5)'50.10 p124
　湖中の女《小説》　27「別冊宝石」3(5)'50.10 p232
　大いなる眠り《小説》
　　　　　　　　　　27「別冊宝石」4(1)'51.8 p10
　さらば愛しき女よ〈1〉《小説》
　　　　　　　　　　　17「宝石」6(10)'51.10 p17
　さらば愛しき女よ〈2〉《小説》
　　　　　　　　　　　17「宝石」6(12)'51.11 p212
　さらば愛しき女よ〈3〉《小説》
　　　　　　　　　　　17「宝石」6(13)'51.12 p210
　さらば愛しき女よ〈4〉《小説》
　　　　　　　　　　　17「宝石」7(1)'52.1 p306
　さらば愛しき女よ〈5〉《小説》
　　　　　　　　　　　17「宝石」7(2)'52.2 p17
　さらば愛しき女よ〈6・完〉《小説》
　　　　　　　　　　　17「宝石」7(3)'52.3 p24
　ナイトクラブの女《小説》
　　　　　　　　　　　17「宝石」9(2)'54.2 p14
　手軽な殺人芸術　　27「別冊宝石」7(5)'54.6 p78
　さらば愛しき女よ〈小説》
　　　　　　　　　27「別冊宝石」7(10)'54.12 p5
　スマート＝アレック・キル《小説》
　　　　　　　　　27「別冊宝石」7(10)'54.12 p158
　単純なる殺人芸術
　　　　　　　　　27「別冊宝石」7(10)'54.12 p196
　大いなる眠り《小説》
　　　　　　　　　27「別冊宝石」7(10)'54.12 p205
　事件屋商売《小説》　　17「宝石」10(10)'55.7 p60
　ヌーン街で逢つた男《小説》
　　　　　　　　　　　17「宝石」10(10)'55.7 p246
　猛犬《小説》　　　　　17「宝石」10(11)'55.8 p190
　ネヴァダ・ガス《小説》
　　　　　　　　　27「別冊宝石」8(8)'55.12 p104
　スペインの血《小説》
　　　　　　　　　27「別冊宝石」8(8)'55.12 p141
　厄介な真珠《小説》　　17「宝石」11(4)'56.3 p174
　脅迫者は撃たず《小説》
　　　　　　　　　32「探偵倶楽部」7(7)'56.6増 p132
　赤い風《小説》　　32「探偵倶楽部」7(13)'56.12 p292
　金魚《小説》　　　32「探偵倶楽部」8(5)'57.6 p266
　山には犯罪なし《小説》
　　　　　　　　　27「別冊宝石」10(10)'57.10 p96
　ナイト・クラブの銃声《小説》
　　　　　　　　　　32「探偵倶楽部」9(1)'58.1 p166
　目撃者を葬れ《小説》
　　　　　　　　　　32「探偵倶楽部」9(8)'58.8 p286
　トラブルは俺の稼業《小説》
　　　　　　　　　32「探偵倶楽部」9(11)'58.9 p240
　さらば美しきものよ《小説》
　　　　　　　　　32「探偵倶楽部」9(12)'58.10 p268
　女優醜聞事件《小説》
　　　　　　　　　32「探偵倶楽部」9(13)'58.11 p50
　黄色の王様《小説》　27「別冊宝石」12(3)'59.3 p10
　ブロンズの扉《小説》
　　　　　　　　　27「別冊宝石」16(7)'63.8 p144
　待っている《小説》
　　　　　　　　　27「別冊宝石」16(7)'63.8 p172
　赤い風《小説》　27「別冊宝石」16(9)'63.10 p203
　ハリウッドの作家たち
　　　　　　　　　27「別冊宝石」17(5)'64.4増 p228

中風老人　→中島親
　探偵作家くせ列伝〈1〉
　　　　　　　　　　12「探偵文学」1(7)'35.10 p23
　探偵作家くせ列伝〈2〉
　　　　　　　　　　12「探偵文学」1(8)'35.11 p16
　探偵作家くせ列伝〈3〉
　　　　　　　　　　12「探偵文学」1(9)'35.12 p27
　薬草園　　　　　　12「探偵文学」2(2)'36.2 p27
　薬草園　　　　　　12「探偵文学」2(3)'36.3 p28
　薬草園　　　　　　12「探偵文学」2(5)'36.5 p31
千代 有三　→鈴木幸夫
　痴人の宴《小説》　17「宝石」6(5)'51.5 p70
　『宝石』読者への挑戦　17「宝石」6(5)'51.5 p71
　ヴィナスの丘《小説》
　　　　　　　　　　32「探偵クラブ」2(8)'51.9 p101
　遊園地の事件《脚本》17「宝石」6(13)'51.12 p158
　アンケート《アンケート》
　　　　　　　　　　17「宝石」7(1)'52.1 p83
　肌の一夜《小説》　27「別冊宝石」5(2)'52.2 p78
　死は恋のごとく《小説》
　　　　　　　　　　32「探偵クラブ」3(4)'52.4 p58
　ダイヤの指輪《脚本》17「宝石」7(7)'52.7 p188
　エロスの悲歌《小説》
　　　　　　　　　　27「別冊宝石」5(7)'52.7 p124
　宝石殺人事件《小説》17「宝石」7(8)'52.8 p104
　宝石殺人事件〈2〉《小説》
　　　　　　　　　　17「宝石」7(9)'52.10 p176
　文学のエロティシズム
　　　　　　　　　　17「宝石」7(10)'52.10 p137
　犯人当て解答を選んで　17「宝石」7(12)'52.12 p71
　宝石殺人事件〈3・完〉
　　　　　　　　　　17「宝石」7(12)'52.12 p118
　探偵作家の見た映画「落ちた偶像」《座談会》
　　　　　　　　　　17「宝石」8(10)'53.9 p97
　スリラーの浪漫性　17「宝石」8(13)'53.11 p121
　美悪の果〈1〉《小説》17「宝石」9(2)'54.2 p52
　美悪の果〈2・完〉《小説》
　　　　　　　　　　17「宝石」9(3)'54.3 p106
　「文芸」特集推理小説を推理する
　　　　　　　　　　17「宝石」9(3)'54.3 p174
　作者からの挨拶　　17「宝石」9(5)'54.4 p89
　新会長木々高太郎に「聞いたり聞かせたり」の座談
　　会《座談会》
　　　　　　　　　　17「宝石」9(12)'54.10 p64
　死人の座〈1〉《小説》17「宝石」9(12)'54.10 p80
　ヴァン・ダインの妙味　17「宝石」9(13)'54.11 p97
　死人の座〈2・完〉《小説》
　　　　　　　　　　17「宝石」9(13)'54.11 p208
　女のさそい《小説》
　　　　　　　　　　32「探偵倶楽部」6(1)'55.1 p87
　流れぬ河《小説》　17「宝石」10(8)'55.6 p52
　クリスティーの文学性
　　　　　　　　　　17「宝石」10(9)'55.6増 p334
　佗しい話　　　　　17「宝石」11(1)'56.1 p83
　月にひそむ影《小説》17「宝石」13(4)'58.3 p40
　夢橋《小説》　　　17「宝石」13(9)'58.7 p94
　宝石昭和34年度作品ベスト・10《アンケート》
　　　　　　　　　　17「宝石」15(1)'60.1 p225
　京の夢・霊の夢　　17「宝石」15(13)'60.11 p284
　峠の湯エッチ
　　　　　　35「エロチック・ミステリー」3(7)'62.7 p85

シャワー・ヌード《小説》
　　　　　　35「エロチック・ミステリー」3(11)'62.11 p100
沖縄の犯罪　　　　　17「宝石」17(15)'62.11増 p102
作家の講演あとさき　17「宝石」18(3)'63.2 p16
今月創作評《座談会》17「宝石」18(12)'63.9 p262
痴話げんか　　　　　17「宝石」18(14)'63.10増 p149
ヒルダ・ローレンスさま
　　　　　　　　　　27「別冊宝石」17(2)'64.2 p118
真夜中の声　　　　　17「宝石」19(5)'64.4 p310
張 赫宙　→野口赫宙
　探偵小説に対するアンケート《アンケート》
　　　　　　　　　　32「探偵倶楽部」4(1)'53.2 p151
長 新太
　沈んでいく夜　　　17「宝石」18(3)'63.2 p19
長 房夫
　わたしも言えない《小説》
　　　　　　　　　　27「別冊宝石」10(1)'57.1 p215
長安 周一
　生かす　　　　　　17「宝石」18(1)'63.1 p16
蝶花楼 馬楽
　消えて無くなつた靴《小説》
　　　　　　　　　　07「探偵」1(5)'31.9 p130
調布 太郎
　ある放火魔のSEX　33「探偵実話」13(1)'62.1 p114
調府 太郎
　山口マリの謎の死
　　　　　　　　　　33「探偵実話」12(12)'61.9 p190
チョツケ
　大晦日の夜の冒険《小説》
　　　　　　　　　　01「新趣味」17(4)'22.4 p2
チョルネクヴィスト，ギョスタ
　鸚鵡《小説》　　　04「探偵趣味」20'27.6 p4
陳 舜臣
　狂生員《小説》　　17「宝石」16(11)'61.10 p222
　受賞のことば　　　17「宝石」16(11)'61.10 p225
　獣心図〈1〉《小説》17「宝石」17(1)'62.1 p156
　獣心図〈2・完〉《小説》
　　　　　　　　　　17「宝石」17(4)'62.3 p151
　くたびれた縄《小説》
　　　　　　35「エロチック・ミステリー」3(6)'62.6 p14
　半月組　　　　　　17「宝石」17(7)'62.6 p130
　半月組〈2・完〉《小説》
　　　　　　　　　　17「宝石」17(7)'62.6 p296
　ひきずった縄《小説》
　　　　　　35「エロチック・ミステリー」3(7)'62.7 p58
　縄の繃帯《小説》
　　　　　　35「エロチック・ミステリー」3(8)'62.8 p34
　梨の花　　　　　　17「宝石」17(13)'62.10 p50
　回想死《小説》　　17「宝石」17(15)'62.11増 p234
　火の周辺《小説》　17「宝石」18(3)'63.2 p32
　狂生員《小説》　　17「宝石」18(6)'63.4増 p149
　早く書いた作品　　17「宝石」18(6)'63.4増 p173
　宿縁《小説》　　　17「宝石」18(7)'63.5 p34
　天の上の天〈1〉《小説》
　　　　　　　　　　17「宝石」18(12)'63.9 p26
　天の上の天〈2〉《小説》
　　　　　　　　　　17「宝石」18(13)'63.10 p310
　梨の花《小説》　　17「宝石」18(14)'63.10増 p306

天の上の天〈3〉《小説》
　　　　　　　　17「宝石」18(15)'63.11 p286
天の上の天〈4・完〉《小説》
　　　　　　　　17「宝石」18(16)'63.12 p26
社長はおびえた《小説》　17「宝石」19(4)'64.3 p48

【つ】

ツアイグ, シユテファン
　白薔薇《小説》　32「探偵倶楽部」6(12)'55.12 p314
津賀 敬
　三つの手紙《小説》　27「別冊宝石」6(9)'53.12 p68
　ロマネスクな女《小説》
　　　　　　　　17「宝石」10(2)'55.1増 p38
塚口 一雄
　「共犯者」合評会《座談会》
　　　　　　　　17「宝石」13(14)'58.11 p282
塚田 正夫
　詰将棋新題　　　17「宝石」2(3)'47.4 p57
　詰将棋新題　　　17「宝石」2(4)'47.5 p38
　詰将棋新題　　　17「宝石」2(6)'47.6 p15
塚原 正直
　捜査内幕座談会《座談会》
　　　　　　　　25「Gメン」2(11)'48.11 別付36
津神 久三
　モデル嬢と三人の男　17「宝石」16(4)'61.3 p266
津軽 良
　蛇女《小説》　　24「妖奇」3(4)'49.4 p54
　渡月荘の一夜《小説》　24「妖奇」5(4)'51.4 p112
津川 溶々
　大投手の指輪《小説》
　　　　　　　　27「別冊宝石」5(4)'52.5 p96
　十年目の歳月　　17「宝石」10(7)'55.5 p246
　一切是空　　　　17「宝石」16(9)'61.8 p206
　もしもあの時　　17「宝石」17(13)'62.10 p124
津木 狂介
　爆発した情事　　33「探偵実話」11(4)'60.2 p86
月岡 弦
　歌舞伎劇の探偵小説味　17「宝石」8(9)'53.8 p248
　探小雑誌の気韻　17「宝石」9(2)'54.2 p268
月丘 千秋
　ハートのエース　17「宝石」19(7)'64.5 p17
築地 暁子
　駅の告知板につられた犯罪
　　　　　　　　24「妖奇」6(1)'52.1 p120
　密会の危機!　　24「妖奇」6(2)'52.2 p72
　密会の危機!　　24「トリック」7(4)'53.4増 p114
築地 三郎
　姦婦《小説》　　24「妖奇」2(10)'48.9 p28
月村 澄男
　探偵作家と警察署長の座談会《座談会》
　　　　　　　　32「探偵倶楽部」4(5)'53.5 p98
　探偵小説と実際の犯罪《座談会》
　　　　　　　　32「探偵倶楽部」4(6)'53.6 p194

机 竜之介
　石光琴作を裁る　11「ぷろふいる」4(7)'36.7 p136
佃 実夫
　毛唐の死《小説》　17「宝石」14(14)'59.12 p256
　海野十三と徳島と私たち
　　　　　　　　17「宝石」17(6)'62.5 p122
佃 大五郎
　事実小話　　　　04「探偵趣味」4(7)'28.7 p59
佃山 隆
　顧客を持つ万引女
　　　　　　　　33「探偵実話」11(12)'60.8 p242
　殴り込みをかけた三助
　　　　　　　　33「探偵実話」11(14)'60.10 p220
津久波 敬三
　墓から死体をあばく男
　　　　　　　　33「探偵実話」12(7)'61.5 p94
　乱交グループの女王 山上美津子
　　　　　　　　33「探偵実話」13(1)'62.1 p178
　濡れた死体　　　33「探偵実話」13(10)'62.8 p182
津坂 幸
　京王映画はたして幽霊か?　25「X」3(5)'49.4 p11
辻 五郎
　無関心な少年《小説》
　　　　　　　　17「宝石」18(10)'63.7増 p276
　嘯かされた少年《小説》
　　　　　　　　17「宝石」19(2)'64.1増 p330
辻 三九郎
　ヒヤリとした話　11「ぷろふいる」1(2)'33.6 p46
辻 斬之介
　「白林荘の惨劇」を読む
　　　　　　　　11「ぷろふいる」2(4)'34.4 p38
　新人紹介を辿る　11「ぷろふいる」2(5)'34.5 p126
　斬之介は斬られたか――
　　　　　　　　11「ぷろふいる」2(6)'34.6 p132
　衣裳風景と推理の貧困
　　　　　　　　11「ぷろふいる」2(7)'34.7 p112
　ホームズ・日本に現はる《小説》
　　　　　　　　11「ぷろふいる」3(4)'35.4 p130
　モダン探偵趣味銷夏法
　　　　　　　　11「ぷろふいる」4(8)'36.8 p95
　うそ倶楽部　　　11「ぷろふいる」4(11)'36.11 p113
辻 二郎
　物理学者「探偵小説」を語る《座談会》
　　　　　　　　17「宝石」12(12)'57.9 p68
辻 荘一
　題の付いた音楽付かない音楽
　　　　　　　　01「新趣味」17(1)'22.1 p122
辻堂 剛二
　強姦から女が身を護る術はこうすればよい
　　　　　　　　24「妖奇」5(11)'51.11 p40
　こんな女性は狙われる　24「妖奇」5(12)'51.12 p30
　少年犯罪の増加　24「妖奇」6(1)'52.1 p70
　女の内股ばかりを狙う男　24「妖奇」6(3)'52.3 p56
辻堂 まさる
　業《小説》　　　27「別冊宝石」6(9)'53.12 p318
　重殺の川《小説》　17「宝石」10(2)'55.1増 p153
津志馬 宗麿
　黄昏冒険《小説》　06「猟奇」3(3)'30.4 p7

つしま

辻街 一夫
　場所荒す蒼い女豹　　33「探偵実話」12(8)'61.6 p132
　白いマダムの黒い罠《小説》
　　　　　　　　　　33「探偵実話」13(1)'62.1 p150

辻本 浩太郎
　おせん転がし　　20「探偵よみもの」30 '46.11 p25

津田 耕三
　映画とロマンテイシズム
　　　　　　　　05「探偵・映画」1(2)'27.11 p62

津田 幸夫
　鉄のカーテン《映画物語》　25「X」3(10)'49.9 p30
　秋の銀幕を飾る外国映画
　　　　　　　　　　33「探偵実話」2(12)'51.11 p9
　封切待たれる外国映画
　　　　　　　　　　33「探偵実話」3(1)'51.12 p7
　春の洋画散策　　33「探偵実話」7(2)'52.2 p168
　今月の洋画　　　27「別冊宝石」5(2)'52.2 p112
　封切近き傑作西部劇特集
　　　　　　　　　　33「探偵実話」3(2)'52.2 p11
　今月の映画　　　33「探偵実話」3(3)'52.3 p11
　今月の洋画　　　27「別冊宝石」5(3)'52.4 p96
　今月の映画　　　33「探偵実話」3(6)'52.6 p11
　今月の洋画　　　27「別冊宝石」5(6)'52.6 p250
　初夏を飾る映画　33「探偵実話」3(8)'52.7 p11
　今月の映画　　　33「探偵実話」3(9)'52.8 p11
　拳銃45《映画物語》33「探偵実話」3(10)'52.9 p11
　誰が為に鐘は鳴る《映画物語》
　　　　　　　　　　33「探偵実話」3(12)'52.10 p11
　五本の指《映画物語》
　　　　　　　　　　33「探偵実話」3(13)'52.11 p11
　今月の洋画　　　33「探偵実話」3(14)'52.12 p11
　今月の洋画　　　33「探偵実話」4(1)'53.1 p25
　今月の洋画　　　33「探偵実話」4(3)'53.2 p11
　今月の洋画　　　33「探偵実話」4(5)'53.4 p15
　今月の洋画　　　33「探偵実話」4(6)'53.5 p9
　今月の洋画　　　33「探偵実話」4(7)'53.6 p9
　今月の洋画　　　33「探偵実話」4(8)'53.7 p9
　今月の洋画　　　33「探偵実話」4(9)'53.8 p9

蔦 千代
　いろ女ごっこ　　27「別冊宝石」12(12)'59.12 p136

土 英雄
　恐怖の丘《小説》　16「ロック」2(4)'47.4 p68
　犯罪の環《小説》　27「別冊宝石」5(10)'52.12 p313
　西八坊岬の悲劇《小説》
　　　　　　　　　　33「探偵実話」4(5)'53.4 p220
　深淵の底《小説》　17「宝石」11(2)'56.1増 p52
　入賞者感想　　　17「宝石」11(4)'56.4 p111
　影の部分《小説》　17「宝石」11(7)'56.5 p80
　妄執《小説》　　　17「宝石」12(7)'57.5 p90
　切断《小説》　　　17「宝石」13(12)'58.9 p130

土井 杏村
　私の好きな一偶《アンケート》
　　　　　　　　　　06「猟奇」1(2)'28.6 p28

土野 仙八
　涙香余滴　　　　04「探偵趣味」13 '26.11 p31

土屋 光司
　ヴァン・ダインと探偵小説 その他
　　　　　　　　　　11「ぷろふいる」4(10)'36.10 p107

土屋 隆夫
　「罪ふかき死」の構図《小説》
　　　　　　　　　　27「別冊宝石」2(3)'49.12 p176
　［略歴］　　　　　　17「宝石」5(5)'50.5 p8
　外道の言葉《小説》　17「宝石」5(5)'50.5 p54
　地獄から来た天使《小説》
　　　　　　　　　　17「宝石」5(11)'50.11 p60
　夜行列車《小説》　　17「宝石」6(4)'51.4 p100
　絆《小説》　　　　　17「宝石」6(12)'51.11 p184
　奇妙な招待状《小説》
　　　　　　　　　　27「別冊宝石」4(3)'51.12 p102
　アンケート《アンケート》
　　　　　　　　　　17「宝石」7(1)'52.1 p86
　いじめられた女《小説》17「宝石」7(6)'52.6 p156
　青い帽子の物語《小説》
　　　　　　　　　　27「別冊宝石」5(6)'52.6 p162
　私は今日消えてゆく《小説》
　　　　　　　　　　17「宝石」7(12)'52.12 p244
　マリアの丘《小説》
　　　　　　　　　　33「探偵実話」3(14)'52.12 p62
　民主主義殺人事件《小説》
　　　　　　　　　　17「宝石」8(4)'53.3増 p140
　推理の花道《小説》　33「探偵実話」4(5)'53.4 p28
　作者のレクリエーション
　　　　　　　　　　17「宝石」8(7)'53.7 p117
　民主主義殺人事件《小説》
　　　　　　　　　　17「宝石」8(7)'53.7 p122
　トリック社興亡史《小説》
　　　　　　　　　　17「宝石」8(11)'53.10 p198
　りんご裁判《小説》　32「探偵倶楽部」5(2)'54.2 p139
　さゝやかな復讐《小説》
　　　　　　　　　　32「探偵倶楽部」5(4)'54.4 p120
　狂った季節《小説》
　　　　　　　　　　32「探偵倶楽部」5(6)'54.6 p84
　影に追われる男《小説》
　　　　　　　　　　32「探偵倶楽部」5(9)'54.9 p190
　愛する《小説》　　17「宝石」9(12)'54.10 p218
　死神《小説》　　32「探偵倶楽部」5(11)'54.11 p277
　心の影《小説》　　17「宝石」10(1)'55.1 p244
　恐ろしき文集《小説》
　　　　　　　　　　32「探偵倶楽部」6(2)'55.2 p41
　貞操実験《小説》　32「探偵倶楽部」6(4)'55.4 p203
　ある偶然《小説》　17「宝石」10(8)'55.6 p240
　殺人のお知らせ《小説》
　　　　　　　　　　32「探偵倶楽部」6(7)'55.7 p70
　傷だらけの街《小説》
　　　　　　　　　　17「宝石」10(15)'55.11 p212
　"死の接吻・その他"　17「宝石」11(1)'56.1 p80
　妻盗人《小説》　　32「探偵倶楽部」7(1)'56.1 p272
　ゆがんだ絵《小説》　33「探偵実話」7(4)'56.2 p30
　トリック社興亡史《小説》
　　　　　　　　　　33「探偵実話」7(5)'56.3増 p54
　まだ朝が来ないのに《小説》
　　　　　　　　　　17「宝石」11(8)'56.6 p100
　死者は訴えない《小説》
　　　　　　　　　　33「探偵実話」7(13)'56.8 p30
　小さな鬼たち《小説》
　　　　　　　　　　17「宝石」11(15)'56.11 p156
　いじめられた女《小説》
　　　　　　　　　　33「探偵実話」7(16)'56.11増 p340

天女《小説》	33「探偵実話」8(3)'57.1 p30	土屋 文明	
夢の足跡《小説》	33「探偵実話」8(10)'57.6 p30	けちな旅二題	17「宝石」19(1)'64.1 p20
三通の遺書《小説》		筒井 俊隆	
	33「探偵実話」8(14)'57.10 p110	相撲喪失《小説》	17「宝石」15(10)'60.8 p74
アンケート《アンケート》		昼食《小説》	17「宝石」16(7)'61.6 p280
	17「宝石」12(14)'57.11 p103	相撲喪失《小説》	27「別冊宝石」14(4)'61.7 p159
愛する《小説》	33「探偵実話」8(15)'57.11 p214	筒井 正隆	
土屋隆夫氏より	17「宝石」12(14)'57.11 p292	二つの家《小説》	17「宝石」15(10)'60.8 p78
二枚の百円札《小説》		筒井 康隆	
	33「探偵実話」9(1)'57.12 p36	お助け《小説》	17「宝石」15(10)'60.8 p84
重たい影《小説》	17「宝石」13(1)'58.1 p158	帰郷《小説》	17「宝石」15(14)'60.12 p168
土屋隆夫氏より	17「宝石」13(3)'58.2 p304	廃墟《小説》	17「宝石」16(11)'61.10 p200
七才の告白《小説》	33「探偵実話」9(4)'58.2 p122	ある罪悪感《小説》	17「宝石」18(1)'63.1 p229
孤独な殺人者《小説》	17「宝石」13(6)'58.5 p256	超能力《小説》	17「宝石」18(5)'63.4 p234
土屋隆夫氏より	17「宝石」13(8)'58.6 p310	群猫	27「別冊宝石」16(8)'63.9 p140
七月号批評	17「宝石」13(10)'58.8 p254	座敷ぼっこ《小説》	17「宝石」18(16)'63.12 p172
奇妙な再会《小説》	17「宝石」13(15)'58.12 p152	下の世界《小説》	27「別冊宝石」17(3)'64.3 p66
外道の言葉《小説》		トーチカ《小説》	17「宝石」19(7)'64.5 p138
	33「探偵実話」10(10)'59.7増 p222	筒井 嘉隆	
総合手配《小説》	17「宝石」15(4)'60.3 p48	ケムシを食う	17「宝石」15(12)'60.10 p62
肌の告白《小説》	17「宝石」15(7)'60.5増 p166	都築 清吉	
離婚学入門《小説》	17「宝石」15(9)'60.7 p86	西願寺四人殺し	24「妖奇」5(8)'51.8 p74
断章・黒岩重吾氏	17「宝石」15(14)'60.12 p12	都築 道夫	
判事よ自らを裁け《小説》		科学の怪談《座談会》	
	17「宝石」15(14)'60.12 p40		33「探偵実話」7(14)'56.9 p246
狂つた季節《小説》		都筑 道夫	
	33「探偵実話」12(2)'61.2増 p116	叱られ半次《小説》	27「別冊宝石」8(1)'55.1 p127
変てこな葬列《小説》	17「宝石」16(8)'61.7 p16	女王の横顔《小説》	
最後の密室《小説》	17「宝石」16(11)'61.10 p60		32「探偵倶楽部」6(6)'55.6 p66
鮎川さんと髭	17「宝石」16(13)'61.12 p167	「チャンドラーへの疑問」解決	
オナンの弟子	17「宝石」17(1)'62.1 p242		17「宝石」10(14)'55.10 p318
青い帽子の物語《小説》		探偵小説ブームは果して来るか来ないか《座談会》	
	27「別冊宝石」15(1)'62.2 p84		32「探偵倶楽部」7(1)'56.1 p180
結びつき	27「別冊宝石」15(1)'62.2 p67	彼らは殴りあうだけではない	
影の告発〈1〉《小説》	17「宝石」17(6)'62.5 p16		17「宝石」11(1)'56.1 p238
影の告発〈2〉《小説》	17「宝石」17(7)'62.6 p322	アメリカの探偵クラブ賞《小説》	
奇妙な再会《小説》			17「宝石」11(11)'56.8 p234
	33「探偵実話」13(8)'62.6増 p68	ブルーノ・フィッシャーのこと	
影の告発〈3〉《小説》	17「宝石」17(9)'62.7 p296		32「探偵倶楽部」7(9)'56.8 p253
影の告発〈4〉《小説》		妻を殺したが《小説》	
	17「宝石」17(10)'62.8 p298		32「探偵倶楽部」9(9)'58.7増 p262
影の告発〈5〉《小説》		人が死ぬのを忘れた日《小説》	
	17「宝石」17(11)'62.9 p288		32「探偵倶楽部」9(11)'58.9 p147
影の告発〈6〉《小説》		アメリカ探偵小説鳥瞰	
	17「宝石」17(13)'62.10 p334		17「宝石」14(12)'59.10増 p176
影の告発〈7〉《小説》		フランク・グルーバー論	
	17「宝石」17(14)'62.11 p266		27「別冊宝石」13(3)'60.3 p108
二枚の百円札《小説》		H・H・ホームズについて	
	17「宝石」17(15)'62.11増 p166		27「別冊宝石」13(5)'60.5 p149
影の告発〈8・完〉《小説》		GO AHEAD!《小説》	17「宝石」15(8)'60.6 p197
	17「宝石」17(16)'62.12 p36	狂ったロボット《小説》	
「罪ふかき死」の構図《小説》			17「宝石」15(14)'60.12 p158
	17「宝石」18(6)'63.4増 p394	随筆の書けなくなったわけ	
全くの偶然	17「宝石」18(6)'63.4増 p399		17「宝石」16(8)'61.7 p48
受賞の夜	17「宝石」18(8)'63.6 p282	機嫌買いの機械《小説》	
離婚学入門《小説》			27「別冊宝石」14(4)'61.7 p36
	17「宝石」18(14)'63.10 p184	機会がうんだ機械《小説》	
若い日の一途さ	27「別冊宝石」17(1)'64.1 p300		27「別冊宝石」14(4)'61.7 p39
穴の設計書《小説》	17「宝石」19(3)'64.2 p62		
土屋 英鷹			
山岳犯罪雑話	15「探偵春秋」2(6)'37.6 p120		

三匹の目あきの鼠 I/過去の鼠《小説》
　　　　　　27「別冊宝石」14(4)'61.7 p43
三匹の目あきの鼠 II/現在の鼠《小説》
　　　　　　27「別冊宝石」14(4)'61.7 p46
三匹の目あきの鼠 III/未来の鼠《小説》
　　　　　　27「別冊宝石」14(4)'61.7 p49
さよなら《小説》27「別冊宝石」14(4)'61.7 p53
ショート・ショートのすべてその本質とは《座談会》
　　　　　　27「別冊宝石」14(4)'61.7 p110
クレオパトラの眼《小説》
　　　　　　17「宝石」17(15)'62.11増 p386
NG作戦《小説》　17「宝石」18(3)'63.2 p52
お安く片づけます《小説》
　　　　　　17「宝石」18(6)'63.4増 p52
処女作なし　　17「宝石」18(6)'63.4増 p57
苦の世界《小説》27「別冊宝石」16(8)'63.9 p110
NG作戦《小説》17「宝石」18(14)'63.10増 p340
海外ミステリーの近況《座談会》
　　　　　　27「別冊宝石」16(10)'63.11増 p44
空前絶後、意外な結末
　　　　　　17「宝石」18(16)'63.12 p128
手袋のうらも手袋《小説》
　　　　　　27「別冊宝石」17(1)'64.1 p88
仁木悦子さま　27「別冊宝石」17(2)'64.2 p45
「私のレジャー」17「宝石」19(4)'64.3 p12
流刑囚《小説》　27「別冊宝石」17(3)'64.3 p272
帽子をかぶった猫《小説》
　　　　　　17「宝石」19(6)'64.4増 p55
駆けだしコレクターのオモチャ談義
　　　　　　27「別冊宝石」17(5)'64.4増 p6

鼓 五平太
白髪鬼　　　33「探偵実話」3(12)'52.10 p156

堤 三郎
バスコンビ心中事件
　　　　　　33「探偵実話」9(2)'58.1増 p254
競輪に負けた夫婦 33「探偵実話」9(5)'58.3増 p214
舞い降りた女体《小説》
　　　　　　33「探偵実話」9(9)'58.5 p2

堤 松太郎
捜査内幕座談会《座談会》
　　　　　　25「Gメン」2(11)'48.11 別付36

恒雄　→長田恒雄
三面鏡　　　　17「宝石」4(7)'49.7 p70

恒岡 恒
最近に於ける犯罪劇増の真因
　　　　　　03「探偵文芸」2(3)'26.3 p70
彼が罪を犯すまで 03「探偵文芸」2(4)'26.4 p98
お目見得泥棒　03「探偵文芸」2(5)'26.5 p113
血染めの白足袋　09「探偵小説」1(1)'31.9 p162
おろく殺し　　09「探偵小説」1(2)'31.10 p76
手掛りの金時計　09「探偵小説」1(3)'31.11 p136
五人殺し逮捕まで 09「探偵小説」1(4)'31.12 p82

常川 つね
赤線の女給さん赤線を語る!!《座談会》
　　　　　　33「探偵実話」8(9)'57.5 p70

恒吉 淑智
諜報専門家の機密日誌《座談会》
　　　　　　33「探偵実話」3(10)'52.9 p140

角田 候夫
魔童子其の他　14「月刊探偵」2(5)'36.6 p22
医師の悩み《小説》
　　　　　　12「探偵文学」2(10)'36.10 p26
手紙《小説》　12「探偵文学」2(11)'36.11 p45

角田 喜久雄　→青鷺幽鬼, 角田生
毛皮の外套を着た男《小説》
　　　　　　01「新趣味」17(11)'22.11 p169
名人伍助《小説》04「探偵趣味」12 '26.10 p63
写真漫談　　　04「探偵趣味」14 '26.12 p31
クローズ・アップ《アンケート》
　　　　　　04「探偵趣味」14 '26.12 p42
日記帳　　　　04「探偵趣味」17 '27.3 p50
吹雪の夜《小説》04「探偵趣味」18 '27.4 p57
クローズ・アップ《アンケート》
　　　　　　04「探偵趣味」19 '27.5 p36
ゆうもりすとによって説かれたる彼女にまつはる近
　代的でたらめの一典型《小説》
　　　　　　04「探偵趣味」20 '27.6 p65
八月一日　　　05「探偵・映画」1(1)'27.10 p60
本年度印象に残れる作品、来年度ある作家への希望
　《アンケート》
　　　　　　04「探偵趣味」26 '27.12 p59
豆菊《小説》　04「探偵趣味」26 '27.12 p66
銀座の妖姫《小説》04「探偵趣味」4(2)'28.2 p46
非常線に始る　06「猟奇」1(7)'28.12 p28
和田ホルムス君《小説》06「猟奇」2(1)'29.1 p58
で、ゴールデンバット　06「猟奇」2(2)'29.2 p26
不木氏のこと　06「猟奇」2(6)'29.6 p22
浅草軟談　　　06「猟奇」3(4)'30.5 p97
ペリカンを盗む《小説》07「探偵」1(2)'31.6 p145
浅草の犬《小説》07「探偵」1(3)'31.7 p67
殺人学の普及　07「探偵」1(5)'31.9 p85
ぷろふいるに寄する言葉
　　　　　　11「ぷろふいる」1(1)'33.5 p41
書けざるの弁　12「探偵文学」1(3)'35.5 p2
ハガキ回答《アンケート》
　　　　　　11「ぷろふいる」3(12)'35.12 p45
蛇男《小説》　11「ぷろふいる」3(12)'35.12 p122
急がば回れ　　14「月刊探偵」2(1)'36.1 p15
ハガキ回答《アンケート》
　　　　　　12「探偵文学」1(10)'36.1 p15
大衆文芸と探偵小説
　　　　　　12「探偵文学」1(10)'36.1 p17
八年　　　　　12「探偵文学」2(6)'36.4 p21
近頃読んだもの 11「ぷろふいる」4(8)'36.8 p27
処女作の思い出　12「探偵文学」2(10)'36.10 p8
諸家の感想《アンケート》
　　　　　　15「探偵春秋」2(1)'37.1 p69
対話記《対談》11「ぷろふいる」5(3)'37.3 p100
お問合せ《アンケート》
　　　　　　12「シュピオ」3(5)'37.6 p51
時代小説の新分野 12「シュピオ」4(1)'38.1 p21
ハガキ回答《アンケート》
　　　　　　12「シュピオ」4(1)'38.1 p23
タットル大尉を囲む探偵作家の座談会《座談会》
　　　　　　17「宝石」1(2)'46.5 p19
逆立小僧《小説》17「宝石」1(3)'46.6 p2
一つの提唱　　17「宝石」1(3)'46.6 p23
密室の問題　　19「ぷろふいる」1(1)'46.7 p41
緑亭の首吊男《小説》16「ロック」1(6)'46.12 p2

双生児《小説》　　　17「宝石」2(1)'47.1 p63
奇術師と帽子《漫画》　16「ロック」2(2)'47.2 p71
霊魂の足〈1〉《小説》　17「宝石」2(2)'47.3 p6
ドイルを感嘆させた男
　　　　　　　19「ぶろふいる」2(1)'47.4 p34
霊魂の足〈2・完〉《小説》
　　　　　　　17「宝石」2(3)'47.4 p158
奇蹟のボレロ〈1〉《小説》
　　　　　　　16「ロック」2(5)'47.5 p4
蔦のある家《小説》　18「トップ」2(2)'47.5 p4
奇蹟のボレロ〈2〉《小説》
　　　　　　　16「ロック」2(6)'47.6 p44
創刊号に寄す　　22「新探偵小説」1(2)'47.6 p26
奇蹟のボレロ〈3〉《小説》
　　　　　　　16「ロック」2(7)'47.7 p34
暗闇の女狼《小説》　20「探偵よみもの」32 '47.7 p4
我が一日の生活　　19「ぶろふいる」2(2)'47.8 p8
奇蹟のボレロ〈4〉《小説》
　　　　　　　16「ロック」2(8)'47.9 p50
街の名探偵　　　　18「トップ」2(5)'47.9 p6
奇蹟のボレロ〈5〉《小説》
　　　　　　　16「ロック」2(9)'47.10 p50
掏摸を憂鬱にさせた男
　　　　　　　20「探偵よみもの」33 '47.10 p14
奇蹟のボレロ〈6〉《小説》
　　　　　　　16「ロック」2(10)'47.12 p72
探偵話の泉座談会《座談会》
　　　　　　　25「Gメン」2(1)'48.1 p8
奇蹟のボレロ〈7・完〉《小説》
　　　　　　　16「ロック」3(1)'48.1 p62
猫《小説》　　　　17「宝石」3(1)'48.1 p44
探偵作家ばかりの二十の扉《座談会》
　　　　　　　25「Gメン」2(2)'48.2 p28
流離の姫君　　　　25「Gメン」2(4)'48.4 p40
梅雨の紅蜘蛛《小説》19「仮面」春の増刊'48.4 p1
蛇男《小説》　　　24「妖奇」2(6)'48.5 p33
呪殺祭小僧《小説》　19「仮面」3(3)'48.5 p42
加賀美の帰国　　　23「真珠」2(6)'48.6 p32
荒野の亡魂《小説》　19「仮面」夏の増刊'48.6 p1
評言　　　　　　　16「ロック」3(4)'48.8 p49
秋の亡霊《小説》　24「妖奇」2(11)'48.10 p20
恐しき貞女《小説》　17「宝石」4(2)'49.2 p6
恐ろしき貞女《小説》17「宝石」4(3)'49.3 p10
追悼　　　　　　　17「宝石」4(8)'49.8 p20
美しき白鬼《小説》　24「妖奇」4(1)'50.1 p54
抱負　　　　　　　17「宝石」5(1)'50.1 p70
想ひ出　　　　27「別冊宝石」3(2)'50.4 p196
熊の湯回想　　　　17「宝石」5(5)'50.5 p5
失はれた過去《小説》
　　　　　　　32「怪奇探偵クラブ」1 '50.5 p102
死体昇天《小説》　20「探偵よみもの」40 '50.8 p13
緑亭の首吊男《小説》
　　　　　　　32「探偵クラブ」2(7)'51.8増 p256
Yの悲劇《小説》　32「探偵クラブ」3(1)'52.1 p212
蔦のある家《小説》
　　　　　　　33「探偵実話」3(4)'52.3増 p268
新妻の恐怖〔原作〕《絵物語》
　　　　　　　33「探偵実話」3(6)'52.5 p23
緑眼虫〔原作〕《絵物語》
　　　　　　　32「探偵倶楽部」3(6)'52.6 p2
蛇男《小説》　　33「探偵実話」3(11)'52.9増 p119

印度林檎《小説》　　17「宝石」7(10)'52.10 p90
霊魂の足《小説》　32「探偵倶楽部」3(11)'52.11増 p106
新潟の町　　　　32「探偵倶楽部」3(11)'52.11増 p108
底無沼《小説》　　27「別冊宝石」6(3)'53.5 p58
底無沼の頃　　　　27「別冊宝石」6(3)'53.5 p65
『連作について』の座談会《座談会》
　　　　　　　17「宝石」8(11)'53.10 p78
小指のない女《小説》
　　　　　　　17「宝石」8(12)'53.10増 p304
畸形の天女〈3〉《小説》
　　　　　　　17「宝石」8(14)'53.12 p14
双生児《小説》　32「探偵倶楽部」5(1)'54.1 p102
お歴々歓談《座談会》33「探偵実話」5(1)'54.1 p8
恐るべき手術《小説》17「宝石」9(4)'54.3増 p82
恐ろしき貞女《小説》
　　　　　　　33「探偵実話」5(5)'54.4増 p284
生きている影（前篇）瓜二つの男《小説》
　　　　　　　33「探偵実話」5(6)'54.5 p26
怪奇を抱く壁《小説》
　　　　　　　27「別冊宝石」7(5)'54.6 p86
「怪奇を抱く壁」について
　　　　　　　27「別冊宝石」7(5)'54.6 p89
緑亭の首吊男《小説》
　　　　　　　33「探偵実話」5(11)'54.9増 p70
沼垂の女《小説》　27「別冊宝石」7(9)'54.11 p58
乱歩さんと私　　32「探偵倶楽部」5(12)'54.12 p90
失われた過去《小説》
　　　　　　　33「探偵実話」6(2)'55.1 p40
新妻の恐怖《小説》
　　　　　　　33「探偵実話」6(3)'55.2増 p189
土蔵祝言《小説》　27「別冊宝石」8(4)'55.5 p76
黄髪の女《小説》　17「宝石」10(9)'55.6増 p40
煙草と探偵小節《座談会》
　　　　　　　17「宝石」10(10)'55.7 p154
吉良没落《小説》　27「別冊宝石」8(6)'55.9 p92
Yの悲劇《小説》
　　　　　　　33「探偵実話」6(12)'55.10増 p376
暗闇の女狼《小説》
　　　　　　　17「宝石」10(16)'55.11 p298
五人の子供《小説》　17「宝石」11(5)'56.3増 p292
沼垂の女《小説》　33「探偵実話」7(5)'56.3増 p142
探偵小説新論争《座談会》
　　　　　　　17「宝石」11(8)'56.7 p166
鬼秋《小説》　　　27「別冊宝石」9(5)'56.6 p232
鳥は見ていた《小説》
　　　　　　　17「宝石」11(10)'56.7 p292
底無沼《小説》　　33「探偵実話」7(11)'56.7増 p232
猫《小説》　　　33「探偵実話」7(16)'56.11増 p84
三銃士《小説》　　33「探偵実話」8(5)'57.3増 p348
探偵小説とスリラー映画《座談会》
　　　　　　　17「宝石」12(9)'57.7 p188
恐水病患者《小説》　17「宝石」12(11)'57.8 p110
アンケート《アンケート》
　　　　　　　17「宝石」12(13)'57.10 p124
髭を描く鬼《小説》
　　　　　　　33「探偵実話」8(15)'57.11 p73
二月の悲劇《小説》
　　　　　　　32「探偵倶楽部」8(12)'57.11増 p52
誌上アンケート《アンケート》
　　　　　　　33「探偵実話」9(1)'57.12 p140

木々さんの将棋　　27「別冊宝石」10(11)'57.12 p190
波野久枝　　　　　17「宝石」13(3)'58.2 p12
笛吹けば人が死ぬ《小説》
　　　　　　　　　17「宝石」13(5)'58.4 p152
虹男《小説》　　　27「別冊宝石」11(4)'58.4 p7
四つの殺人《小説》
　　　　　　　　　27「別冊宝石」11(4)'58.4 p188
怪奇を抱く壁《小説》
　　　　　　　　　27「別冊宝石」11(4)'58.4 p204
沼垂の女《小説》　27「別冊宝石」11(4)'58.4 p222
二月の悲劇《小説》
　　　　　　　　　27「別冊宝石」11(4)'58.4 p238
悪魔のような女《小説》
　　　　　　　　　27「別冊宝石」11(4)'58.4 p252
恐しき貞女《小説》
　　　　　　　　　27「別冊宝石」11(4)'58.4 p274
霊魂の足《小説》　27「別冊宝石」11(4)'58.4 p290
蔦のある家《小説》
　　　　　　　　　27「別冊宝石」11(8)'58.10 p72
暗闇の女狼《小説》
　　　　　　　　　33「探偵実話」9(14)'58.10増 p122
朝　　　　　　　　17「宝石」14(1)'59.1 p11
金ののべ棒の話　　17「宝石」14(1)'59.1 p212
二月の悲劇《小説》
　　　　　　　　　33「探偵実話」10(10)'59.7増 p314
南アルプスの珍味　17「宝石」14(11)'59.10 p224
私は誰だ《小説》　17「宝石」15(7)'60.5増 p186
汚れたハンケチ《小説》
　　　　　　　　　17「宝石」15(15)'60.12増 p86
顔のない裸《小説》
　　　　　　　　　27「別冊宝石」14(3)'61.5 p260
月夜の薔薇《小説》
35「エロチック・ミステリー」2(11)'61.11 p172
愛される男　　　　17「宝石」17(1)'62.1 p141
悪魔のような女《小説》
　　　　　　　　　27「別冊宝石」15(1)'62.2 p174
悪魔のような女　　27「別冊宝石」15(1)'62.2 p177
我も亦オナンの弟子たらん
　　　　　　　　　17「宝石」17(4)'62.3 p172
兄貴の如く　　　　17「宝石」17(6)'62.5 p97
汚れたハンケチ《小説》
　　　　　　　　　33「探偵実話」13(8)'62.6増 p232
旅のアルバム
35「エロチック・ミステリー」3(7)'62.7 p2
戦後推理小説を語る《座談会》
　　　　　　　　　17「宝石」17(15)'62.11増 p258
日影文学の基盤　　17「宝石」18(13)'63.10 p195
贋札今昔　　　　　17「宝石」18(14)'63.10増 p153
年輪《小説》　　　17「宝石」18(15)'63.11 p26
角田 生　→角田喜久雄
作家といふもの　　04「探偵趣味」13 '26.11 p41
角田 寛英
紅い手帳《小説》　33「探偵実話」4(4)'53.3 p40
角田 実　→左右田謙, 伊勢三郎
完全犯罪《小説》　24「妖奇」1(6)'47.12 p19
球場の殺人　　　　24「妖奇」2(3)'48.2 p24
撮影所殺人事件《小説》
　　　　　　　　　24「妖奇」3(13)'49.12 p82
野球殺人事件《小説》　24「妖奇」4(1)'50.1 p92
山荘殺人事件《小説》
　　　　　　　　　27「別冊宝石」3(1)'50.2 p282

ハイキング《小説》
　　　　　　　　　32「探偵クラブ」1(1)'50.8 p201
狐と狸《小説》　　24「妖奇」5(2)'51.2 p120
つばくら《小説》　17「宝石」6(3)'51.3 p116
笑ふ部屋《小説》　24「妖奇」5(4)'51.4 p85
宿館《小説》　　　33「探偵実話」2(6)'51.5 p92
自殺倶楽部《小説》
　　　　　　　　　32「探偵クラブ」2(4)'51.6 p184
パラソルをふる女《小説》
　　　　　　　　　17「宝石」6(7)'51.7 p152
魔の池の惨劇《小説》
　　　　　　　　　33「探偵実話」2(8)'51.7 p92
おんな《小説》　　32「探偵クラブ」2(6)'51.8 p134
四重奏《小説》　　17「宝石」6(9)'51.9 p94
幽霊《小説》　　　24「妖奇」5(12)'51.12 p54
殺された花嫁《脚本》17「宝石」7(2)'52.2 p177
スクール殺人事件《小説》
　　　　　　　　　27「別冊宝石」5(2)'52.2 p48
奇妙な自白《小説》33「探偵実話」3(2)'52.2 p28
森の中の池《小説》
　　　　　　　　　32「探偵クラブ」3(4)'52.4 p147
刺青執《小説》　　33「探偵実話」3(6)'52.6 p186
嫉妬《小説》　　　27「別冊宝石」2(6)'52.6 p104
葡萄《小説》　　　34「鬼」7 '52.7 p22
夏の夜がたり《小説》34「鬼」8 '53.1 p40
殺人狂詩曲《小説》33「探偵実話」4(7)'53.6 p26
経営経済学殺人事件《小説》
　　　　　　　　　17「宝石」8(9)'53.8 p134
人蛾物語《小説》　33「探偵実話」4(9)'53.8 p180
青童《小説》　　　32「探偵倶楽部」5(1)'54.1 p182
手凧《小説》　　　33「探偵実話」5(6)'54.5 p33
盲女《小説》　　　33「探偵実話」5(9)'54.8 p50
バス標識《小説》　33「探偵実話」6(1)'54.12 p72
女流作家《小説》　33「探偵実話」6(6)'55.5 p236
その男《小説》　　17「宝石」10(8)'55.6 p288
黒い道化師《小説》17「宝石」11(3)'56.2 p276
奇蹟を撒く男《小説》
　　　　　　　　　17「宝石」12(14)'57.11 p159
逃亡者《小説》　　17「宝石」13(5)'58.4 p256
徹底的欺瞞者《小説》17「宝石」13(10)'58.8 p214
空気を喰う男《小説》
　　　　　　　　　32「探偵倶楽部」9(11)'58.9 p132
俺は殺さない《小説》
　　　　　　　　　33「探偵実話」9(13)'58.9 p118
指輪《小説》　　　17「宝石」14(5)'59.5 p271
ある勝負《小説》　17「宝石」15(6)'60.5 p278
尾行《小説》　　　33「探偵実話」12(3)'61.1 p128
角田 豊
頭の下がる人　　　10「探偵クラブ」7 '32.12 p14
つの・たかし
悪夢《小説》　　　27「別冊宝石」4(2)'51.12 p148
椿 八郎　→藤森章
カメレオン黄金虫《小説》
　　　　　　　　　17「宝石」4(3)'49.3 p34
レスプリ・デスカリエ《小説》
　　　　　　　　　17「宝石」4(6)'49.6 p66
くすり指《小説》　17「宝石」— '49.7増 p128
毒茸《小説》　　　17「宝石」4(9)'49.8 p34
酔余譫語　　　　　17「宝石」— '49.9増 p96
卒業《小説》　　　27「別冊宝石」2(3)'49.12 p31

白髪懺悔	17「宝石」5(1)'50.1 p257	金解禁	17「宝石」8(13)'53.11
偽説睡魔誘惑総裁医譚《小説》		扉	17「宝石」8(13)'53.11 p51
	17「宝石」5(1)'50.1 p271	バアス館宝石盗難事件《小説》	
新版孟嘗君が一奇才	17「宝石」5(3)'50.3 p62		32「探偵倶楽部」5(1)'54.1 p184
顕微鏡像綺談《小説》	17「宝石」5(3)'50.3 p100	鼠	17「宝石」9(2)'54.2 p85
偽説黄椿亭由来記〔原作〕《絵物語》		緋色のジヤンパー	27「別冊宝石」7(9)'54.11 p225
17「宝石」5(4)'50.4 p27, 37, 45, 53, 65, 75, 83, 91		門《小説》	32「探偵倶楽部」5(12)'54.12 p196
細菌恐怖	27「別冊宝石」3(2)'50.4 p187	おしやれ問答《座談会》	
ピストルと私	27「別冊宝石」3(3)'50.6 p184		17「宝石」12(10)'57.8 p156
中国の探偵小説を語る《座談会》		男のおしやれ	17「宝石」12(10)'57.8 p244
	17「宝石」5(9)'50.9 p130	奇妙な薬草	17「宝石」12(11)'57.8増p320
きざまれる生命《小説》		男のおしやれ	17「宝石」12(13)'57.10 p258
	32「探偵クラブ」1(3)'50.11 p114	アンケート	
贋造犯人《小説》	17「宝石」5(11)'50.11 p138		17「宝石」12(14)'57.11 p151
枯草熱私語	34「鬼」2 '50.11 p6	朧夜と運転手《小説》	
ツータンカメン王への贈物《小説》			32「探偵倶楽部」8(12)'57.11増 p286
	17「宝石」5(12)'50.12 p200	男のおしやれ	17「宝石」13(1)'58.1 p220
ニウルンベルグ《小説》	17「宝石」6(3)'51.3 p148	黒ずくめ	17「宝石」13(2)'58.1増p160
邪悪な眼《小説》	17「宝石」6(6)'51.6 p70	男のおしやれ	17「宝石」13(5)'58.4 p236
動脈瘤《小説》	17「宝石」6(7)'51.7 p86	奇妙な仲人	17「宝石」13(7)'58.5増 p280
人名索引を礼讃する	17「宝石」6(8)'51.8 p179	男のおしやれ	17「宝石」13(10)'58.8 p216
原爆映画『戦慄の七日間』をめぐる座談会《座談会》		眼科医アーサー・コナン・ドイル	
27「別冊宝石」4(1)'51.8 p154			17「宝石」13(12)'58.9 p212
ダイヤモンドの行方《脚本》		指紋は変えられる	17「宝石」13(13)'58.10 p201
扉《小説》	17「宝石」6(9)'51.9 p126	男のおしやれ	17「宝石」13(14)'58.11 p236
アンケート《アンケート》	17「宝石」6(9)'51.9 p132	男のおしやれ	17「宝石」14(1)'59.1 p280
	17「宝石」6(11)'51.10増 p172	ハルビンの風船売り	17「宝石」14(2)'59.2 p13
アンケート《アンケート》		男のおしやれ	17「宝石」14(4)'59.4 p173
	17「宝石」7(2)'52.1 p82	七つのボオ像	17「宝石」14(6)'59.6 p172
アヴエ・マリヤ《小説》	17「宝石」7(2)'52.2 p112	スポーツ粘膜風流譚	
くすり指《小説》	32「探偵倶楽部」3(6)'52.6 p110		27「別冊宝石」12(6)'59.6 p252
自己批判座談会《座談会》		某月某日	17「宝石」14(9)'59.8 p46
	17「宝石」7(6)'52.6 p184	幻獏亭由来記	27「別冊宝石」12(8)'59.8 p27
哀しき脅迫者《小説》		ボオのブロンズ像	17「宝石」15(9)'60.5 p251
	33「探偵実話」3(6)'52.6 p168	一九六〇年七月七日	17「宝石」15(9)'60.7 p126
探偵作家の見た「第三の男」《座談会》		洋上の朝風	17「宝石」16(10)'61.9 p108
	17「宝石」7(9)'52.10 p189	「めがね」と秘戯図	
ご愛用品紛失事件《小説》			35「エロティック・ミステリー」3(4)'62.4 p15
	17「宝石」7(10)'52.10 p45	芦原温泉の一夜	35「エロチック・ミステリー」3(8)'62.8 p89
現場抹殺人事件《小説》		大銀盃をもらう	17「宝石」17(15)'62.11増 p106
	17「宝石」7(10)'52.10 p201	指紋探偵小説"幻燈"のこと	
南京玉《小説》	17「宝石」7(10)'52.10 p234		17「宝石」18(1)'63.1 p22
新薬奇効事件《小説》	17「宝石」7(10)'52.10 p272	懐しのボルチモア〈1〉	
少女暴行事件	17「宝石」7(10)'52.10 p273		17「宝石」18(7)'63.5 p228
探偵作家と警察署長の座談会《座談会》		懐しのボルチモア〈2〉	
	32「探偵倶楽部」4(5)'53.5 p98		17「宝石」18(8)'63.6 p306
探偵小説と実際の犯罪《座談会》		悪い趣味	17「宝石」18(13)'63.10 p23
	32「探偵倶楽部」4(6)'53.6 p194	ストック・ナーゲル	17「宝石」19(3)'64.2 p250
青酸加里	17「宝石」8(8)'53.7増 p57	**燕 三吉**	
眼鏡	17「宝石」8(8)'53.7増 p165	不良外人《小説》	07「探偵」1(1)'31.5 p106
洋服	17「宝石」8(8)'53.7増 p237	墓口供養《小説》	07「探偵」1(2)'31.6 p77
帽子	17「宝石」8(9)'53.8 p57	ガムとつばくら《小説》	07「探偵」1(3)'31.7 p125
朧夜と運転手《小説》	17「宝石」8(10)'53.9 p50	貸間館の幽霊《小説》	07「探偵」1(4)'31.9 p78
フィン・シャンパニュウ・コニヤック		なるべく科学的な方法を	07「探偵」1(5)'31.9 p86
	17「宝石」8(10)'53.9 p117	**燕家 艶笑**	
宝石	17「宝石」8(11)'53.10 p49	古川柳染	04「探偵趣味」4 '26.1 p22
粘膜	17「宝石」8(12)'53.10増 p51	**円谷 英二**	
猫	17「宝石」8(12)'53.10増 p51	「ゴジラ」と香山さん	
マダム・チュツソオ館怪死事件《小説》			17「宝石」17(11)'62.9 p123
	17「宝石」8(12)'53.10増 p272		

坪井 忠二
　物理学者「探偵小説」を語る《座談会》
　　　　　　　　　　17「宝石」12(12)'57.9 p68
坪内 虎蔵
　京都駅を中心とした犯罪研究座談会《座談会》
　　　　　　　　　　11「ぷろふいる」1(3)'33.7 p36
坪田 光蔵
　京都駅を中心とした犯罪研究座談会《座談会》
　　　　　　　　　　11「ぷろふいる」1(3)'33.7 p36
坪田 宏
　茶色の上着《小説》　17「宝石」— '49.7増 p160
　歯《小説》　　　　　17「宝石」5(1)'50.1 p318
　二つの遺書《小説》　17「宝石」5(2)'50.2 p136
　非情線の女《小説》　27「別冊宝石」3(1)'50.2 p58
　義手の指紋《小説》　17「宝石」5(4)'50.4 p142
　脱走患者《小説》　　17「宝石」5(11)'50.11 p184
　宝くじ殺人事件《小説》
　　　　　　　　　　33「探偵実話」1(6)'50.11 p134
　下り終電車《小説》　17「宝石」5(12)'50.12 p160
　勲章《小説》　　　　17「宝石」7(4)'52.4 p286
　俺は生きている《小説》
　　　　　　　　　　27「別冊宝石」5(6)'52.6 p234
　灰になった男《小説》
　　　　　　　　　　27「別冊宝石」5(7)'52.7 p54
　鐘は鳴らず《小説》　17「宝石」7(12)'52.12 p84
　計略《小説》　　　　33「探偵実話」4(4)'53.3 p72
　たき壺の人生《小説》
　　　　　　　　　　33「探偵実話」4(6)'53.5 p88
　スパイ《小説》　　　17「宝石」8(8)'53.7増 p204
　柿の実《小説》　　　17「宝石」9(4)'54.3増 p212
　引揚船《小説》　　　33「探偵実話」5(6)'54.5 p102
　緑のペンキ缶《小説》17「宝石」9(9)'54.8 p68
妻木 入次
　俺は知らないぜ　　33「探偵実話」10(12)'59.8 p162
妻木 新平
　ねぎられた貞操料　　18「トップ」3(1)'48.1 p30
妻木 松吉
　説教をする強盗《対談》25「Gメン」2(3)'48.3 p4
　エノケンと説教強盗の対談《対談》
　　　　　　　　　　26「フーダニット」2(2)'48.3 p5
　寝室の令嬢　　　　25「Gメン」2(4)'48.4 p19
津村 秀夫
　探偵映画について　20「探偵よみもの」33 '47.10 p22
露下 弾　→伴大矩
　W・H・ライトさんのこと
　　　　　　　　　　15「探偵春秋」1(2)'36.11
鶴岡 冬一
　悪霊《詩》　　　　17「宝石」10(4)'55.3 p13
鶴亀 仙人
　閨房戦術　　　　　25「X」3(9)'49.8 p54
鶴川 匡介
　二つの顔《小説》　32「探偵倶楽部」6(6)'55.6 p111
　裏庭の死骸《小説》
　　　　　　　　　　32「探偵倶楽部」6(12)'55.12 p312
剣 次郎　→渡辺剣次
　アトリエ殺人事件　17「宝石」1(4)'46.7 p3
　『嘘を発見する機械』の実験報告
　　　　　　　　　　17「宝石」1(8)'46.11 p69

蔵の中にて　　　　　17「宝石」— '49.9増 p34
探偵作家筆名由来記　17「宝石」4(9)'49.10 p96
新人探偵作家を語る《座談会》
　　　　　　　　　　27「別冊宝石」3(2)'50.4 p190
鶴田 亘璋
　解剖夜話　　　　　33「探偵実話」3(8)'52.7 p177
　解剖夜話　　　　　33「探偵実話」3(9)'52.8 p113
鶴田 三郎
　ある中共スパイの最後
　　　　　　　　　　32「探偵倶楽部」4(10)'53.10 p114
　スパイ十二号の告白
　　　　　　　　　　32「探偵倶楽部」4(12)'53.12 p102
鶴田 天外
　大道詰将棋のうらおもて〈1〉
　　　　　　　　　　33「探偵実話」12(16)'61.12 p78
　大道棋のウラとオモテ〈2〉
　　　　　　　　　　33「探偵実話」13(2)'62.2 p130
　大道詰将棋のうらおもて〈3〉
　　　　　　　　　　33「探偵実話」13(4)'62.3 p74
　大道詰将棋のうらおもて〈4〉
　　　　　　　　　　33「探偵実話」13(5)'62.4 p96
　大道詰将棋　　　　33「探偵実話」13(6)'62.5 p163
鶴見 博猛
　『記録的探偵小説論』批判
　　　　　　　　　　17「宝石」4(10)'49.11 p116
　三沢正一論　　　　17「宝石」5(2)'50.2 p259
鶴見 祐輔
　ハガキ回答《アンケート》
　　　　　　　　　　11「ぷろふいる」4(6)'36.6 p103
ツワイク, ステファン
　アモック殺人者《小説》
　　　　　　　　　　32「探偵倶楽部」7(10)'56.9 p294

【 て 】

デイカー, リン
　階下に住む男《小説》
　　　　　　　　　　32「探偵倶楽部」9(1)'58.1 p206
ディクスン, カーター　→カー, ディクスン
　もう一人の絞刑吏《小説》
　　　　　　　　　　17「宝石」11(1)'56.1 p106
　九人と死人で十人だ《小説》
　　　　　　　　　　27「別冊宝石」10(9)'57.9 p195
　空中の足あと《小説》17「宝石」14(1)'59.1 p196
ディケンズ, チャールズ
　十三人《小説》　　17「宝石」5(3)'50.3 p134
　夢でみた顔《小説》17「宝石」5(11)'50.11 p50
　蠟いろの顔《小説》
　　　　　　　　　　32「探偵倶楽部」7(2)'56.2 p100
　信号手《小説》　　32「探偵倶楽部」7(9)'56.8 p336
締野 譲治
　パパの靴《脚本》　17「宝石」7(1)'52.1 p124
テイビス, エチ・エヌ
　殺人狂騒動《小説》09「探偵小説」1(2)'31.10 p114

デイビス, ノバート
　街を行く殺人狂《小説》
　　　　　　32「探偵倶楽部」9(9)'58.7増 p117
テイビツ, エ・オ
　ヒヤシンスの香と血と《小説》
　　　　　　09「探偵小説」1(4)'31.12 p90
テイラー, P・A
　トロイの馬《小説》
　　　　　　27「別冊宝石」10(4)'57.4 p143
デイルナツト, ジョージ
　見えない脅威《小説》
　　　　　　01「新趣味」18(4)'23.4 p192
ディーン, ウォルター
　幽霊ピクニック事件　17「宝石」10(4)'55.3 p164
　裏切行為　　　　　　17「宝石」10(6)'55.4 p224
　片腕の士官事件　　　17「宝石」10(7)'55.5 p240
　暖房装置の秘密《小説》
　　　　　　17「宝石」10(12)'55.8増 p167
　カラス《小説》　　　17「宝石」10(15)'55.11 p259
　喫煙車の怪事件《小説》
　　　　　　17「宝石」10(16)'55.11増 p152
　三人のM《小説》　　17「宝石」10(17)'55.12 p214
　八人のギャング《小説》
　　　　　　17「宝石」11(1)'56.1 p151
　詰将棋《小説》　　　17「宝石」11(3)'56.2 p174
　犬と口紅《小説》　　17「宝石」11(4)'56.3 p210
　スリッパ《小説》　　17「宝石」11(7)'56.5 p98
　夕刊《小説》　　　　17「宝石」11(8)'56.5 p224
　雨は裁く《小説》　　17「宝石」11(8)'56.6 p76
　水さし《小説》　　　17「宝石」11(9)'56.7 p212
　三枚の写真《小説》　17「宝石」11(11)'56.8 p53
　黄金の惨劇《小説》　17「宝石」11(12)'56.9 p185
　鉛筆《小説》　　　　17「宝石」11(15)'56.11 p185
　二人のキム《小説》　17「宝石」11(16)'56.12 p185
　怪盗ストック《小説》17「宝石」12(1)'57.1 p253
　置時計《小説》　　　17「宝石」12(4)'57.3 p117
　石切場の銃声《小説》17「宝石」12(5)'57.4 p163
　銀行強盗《小説》　　17「宝石」12(7)'57.5 p153
　砂金袋《小説》　　　17「宝石」12(8)'57.6 p199
　武器よさらば《小説》17「宝石」12(9)'57.7 p113
デーヴイス, メリー
　美人麻酔魔　　32「探偵クラブ」1(3)'50.11 p220
出牛 安太郎
　女と犯罪を語る座談会《座談会》
　　　　　　33「探偵実話」8(8)'57.5増 p145
テウフィック
　ナスルと驢馬《小説》16「ロック」3(1)'48.1 p38
デエル, ヴアヂニア
　不美人にも《小説》　07「探偵」1(7)'31.11 p190
デーカー, リイン
　現場不在証明《小説》
　　　　　　09「探偵小説」2(6)'32.6 p62
出岸 邪児
　ジヤムセツシヨン　32「探偵倶楽部」5(9)'54.9 p23
　ジューク・ボックス
　　　　　　32「探偵倶楽部」5(10)'54.10 p19
デコブラ, モーリス
　喧嘩《小説》　　04「探偵趣味」15'27.1 p20

王子譚〈1〉《小説》　04「探偵趣味」4(5)'28.5 p29
王子譚〈2〉《小説》　04「探偵趣味」4(6)'28.6 p57
どろつく物語〈1〉《小説》
　　　　　　17「宝石」11(14)'56.10 p92
どろつく物語〈2〉《小説》
　　　　　　17「宝石」11(15)'56.11 p74
どろつく物語〈3〉《小説》
　　　　　　17「宝石」11(16)'56.12 p56
どろつく物語〈4〉《小説》
　　　　　　17「宝石」12(1)'57.1 p162
どろつく物語〈5〉《小説》
　　　　　　17「宝石」12(3)'57.2 p60
どろつく物語〈6〉《小説》
　　　　　　17「宝石」12(4)'57.3 p150
どろつく物語〈7〉《小説》
　　　　　　17「宝石」12(5)'57.4 p40
どろつく物語〈8〉《小説》
　　　　　　17「宝石」12(7)'57.5 p72
どろつく物語〈9・完〉《小説》
　　　　　　17「宝石」12(8)'57.6 p48
デコルタ, レイモン
　バシイ河に死す《小説》
　　　　　　32「探偵倶楽部」7(4)'56.4 p152
手島 邦子
　ルンペン犯罪座談会《座談会》
　　　　　　07「探偵」1(4)'31.8 p84
哲
　蛙の顔にも　　　　　17「宝石」7(12)'52.12 p69
　小説の読み方　　　　17「宝石」7(12)'52.12 p69
手塚 治虫
　わが親愛なる怪物たち　17「宝石」17(6)'62.5 p218
鉄仮面　→高木彬光
　白鬼屋敷〈1〉《小説》
　　　　　　33「探偵実話」5(9)'54.8 p26
　白鬼屋敷〈2〉《小説》
　　　　　　33「探偵実話」5(10)'54.9 p42
　白鬼屋敷〈3〉《小説》
　　　　　　33「探偵実話」5(12)'54.10 p50
テッシー, ジャン
　首斬族の中を行く　32「探偵倶楽部」8(3)'57.4 p214
鉄田 頓生
　柳巻楼夜話　　　　　04「探偵趣味」1'25.9 p2
テッパーマン, エミール
　盲人の手紙　　32「探偵倶楽部」8(10)'57.10 p76
テーデン, ディートリッヒ
　巧に織った証拠《小説》
　　　　　　17「宝石」10(6)'55.4 p210
寺島 珠雄
　マミーで待ちます《小説》
　　　　　　33「探偵実話」13(12)'62.10 p258
デビス, ノオバート
　トニイ探偵と蝙蝠耳スミス《小説》
　　　　　　09「探偵小説」2(5)'32.5 p212
デビスコフ, エム
　紙幣贋造事件《小説》
　　　　　　01「新趣味」17(9)'22.9 p128

719

デフォー, ジョン
　夜ごとの夢《小説》
　　　　　32「探偵倶楽部」9(13)'58.11 p253
デフォード, ミリアム・アレン
　死の手錠《小説》　32「探偵倶楽部」8(8)'57.8 p276
　数字?《小説》　　　17「宝石」13(8)'58.6 p194
デフレスネ, A
　細菌培養土96号《小説》
　　　　　32「探偵倶楽部」7(2)'56.2 p315
デミング, リチャード
　ちゃっかりした女《小説》
　　　　　27「別冊宝石」17(5)'64.4増 p70
デュエルノア, アンリ
　密告者《小説》　　16「ロック」2(1)'47.1 p66
デュマ, アレキサンドル（チューマ, アレキサンドル）
　侠勇画家〈1〉《小説》
　　　　　01「新趣味」17(4)'22.4 p114
　侠勇画家〈2〉《小説》
　　　　　01「新趣味」17(5)'22.5 p198
　侠勇画家〈3〉《小説》
　　　　　01「新趣味」17(6)'22.6 p242
　侠勇画家〈4〉《小説》
　　　　　01「新趣味」17(7)'22.7 p56
　侠勇画家〈5〉《小説》
　　　　　01「新趣味」17(8)'22.8 p118
　侠勇画家〈6〉《小説》
　　　　　01「新趣味」17(9)'22.9 p278
　侠勇画家〈7・完〉《小説》
　　　　　01「新趣味」17(10)'22.10 p80
　帆船ジュノーの遭難《小説》
　　　　　17「宝石」— '49.9増 p254
　モンテ・クリスト伯〔原作〕〔絵物語〕
　　　　　32「怪奇探偵クラブ」2 '50.6 p11
　ガンジュ公爵夫人惨殺始末〔原作〕〔絵物語〕
　　　　　32「探偵クラブ」1(2)'50.8 p26
　芸術殺人鬼《小説》
　　　　　32「探偵クラブ」2(3)'51.4 p46
テーラー, ヘンリ
　押入れの男は?　32「探偵倶楽部」6(5)'55.5 p274
寺井 悠
　探偵小説中の名探偵〈1〉
　　　　　10「探偵クラブ」2 '32.5 p35
　探偵小説中の名探偵〈2〉
　　　　　10「探偵クラブ」3 '32.6 p5
　探偵小説中の名探偵〈3〉
　　　　　10「探偵クラブ」4 '32.8 p36
　探偵小説中の名探偵〈4〉
　　　　　10「探偵クラブ」8 '33.1 p32
テライユ, ボンソン・ジュ
　悪逆の子《小説》　01「新趣味」17(3)'22.3 p212
寺内 大吉
　かんじんな時間《小説》　17「宝石」17(4)'62.3 p46
　とみに英語づく　17「宝石」17(15)'62.11増 p111
　黒岩涙香を語る《座談会》
　　　　　27「別冊宝石」16(1)'63.1 p184
寺尾 よしたか
　宝石紛失事件《小説》
　　　　　20「探偵よみもの」36 '48.9 p19

寺尾 良一
　艶本業者の裏おもて
　　　　　32「探偵倶楽部」6(2)'55.2 p194
寺門 賢太郎
　盲目の射手《小説》　33「探偵実話」12(1)'61.1 p74
寺川 信
　探偵趣味の映画　　04「探偵趣味」2 '25.10 p18
　探偵趣味問答《アンケート》
　　　　　04「探偵趣味」3 '25.11 p42
　探偵小説の映画劇、劇化に就いて
　　　　　04「探偵趣味」4 '26.1 p47
寺沢 隆児
　二度自殺した男　　25「X」3(7)'49.6 p54
寺沢 昌市
　六月号礼讃　　14「月刊探偵」2(6)'36.7 p51
寺沢 芳隆
　Gメンとは?　　25「Gメン」1(2)'47.11 p12
寺島 珠雄
　蛙《小説》　　　　33「探偵実話」7(9)'56.5 p252
　桔梗物語《小説》　33「探偵実話」7(10)'56.6 p206
　女体の悪魔殺人《小説》
　　　　　33「探偵実話」9(4)'58.2 p60
　三十娘の奇妙な失踪　33「探偵実話」9(6)'58.3 p88
　白い肌の女　　　　33「探偵実話」11(7)'60.4 p92
　或る自殺予告書《小説》
　　　　　33「探偵実話」11(9)'60.6 p166
　黒い誘惑《小説》　33「探偵実話」11(10)'60.7 p82
　文学賞殺人事件《小説》
　　　　　33「探偵実話」11(12)'60.8 p216
　仮出獄《小説》　　33「探偵実話」11(14)'60.10 p102
　藤色のネグリジェ《小説》
　　　　　33「探偵実話」12(1)'61.1 p100
　歌手宮内紀久江の履歴書《小説》
　　　　　33「探偵実話」12(3)'61.1 p96
　時刻表を恨む奴《小説》
　　　　　33「探偵実話」12(4)'61.3 p62
　立花調査事務所日報《小説》
　　　　　33「探偵実話」13(6)'62.5 p184
　天国の構図《小説》　33「探偵実話」13(7)'62.6 p24
　重すぎた罰・深すぎた愛《小説》
　　　　　33「探偵実話」13(9)'62.7 p62
　黒靴下の女《小説》
　　　　　33「探偵実話」13(10)'62.8 p238
　関係の成立《小説》
　　　　　33「探偵実話」13(11)'62.9 p64
　えきぞちか・ミナト神戸
　　　　　35「エロチック・ミステリー」4(1)'63.1 p122
寺島 柾史
　赤い牢獄　　32「怪奇探偵クラブ」2 '50.6 p122
　熊に食はれぬ男　32「探偵クラブ」2(2)'51.2 p185
　極北小人島奇談　32「探偵クラブ」2(3)'51.4 p183
寺島 正展
　推理小説早慶戦《座談会》
　　　　　17「宝石」13(8)'58.6 p256
寺田 栄一
　女の犯罪　　　　03「探偵文芸」1(2)'25.4 p92
　断髪女強盗の告白　03「探偵文芸」1(3)'25.5
　掏摸の世界　　　03「探偵文芸」1(4)'25.6 p61
　女の犯罪　　　　03「探偵文芸」1(4)'25.6 p83

彼女を魔窟から救ひ出すまで
　　　　　　　　　03「探偵文芸」1(9)'25.11 p82
寺田 文次郎
　ある人妻の抵抗　　17「宝石」12(11)'57.8増 p322
　特効薬
　　　　35「エロティック・ミステリー」1(4)'60.11 p86
　胸毛の神秘
　　　　35「エロティック・ミステリー」2(1)'61.1 p211
　ホルモン綺譚
　　　　35「エロティック・ミステリー」2(5)'61.5 p222
　麻薬と媚薬
　　　　35「エロティック・ミステリー」2(8)'61.8 p20
寺戸 征夫
　「向日葵夫人」　　　　06「猟奇」4(2)'31.4 p28
寺山 修司
　盗作《小説》　　　　17「宝石」15(1)'60.1 p192
　測って下さい《小説》　17「宝石」15(6)'60.5 p186
　草競馬で逢おうぜ《小説》
　　　　　　　　　　17「宝石」15(8)'60.6 p146
　仁木悦子のこと　　17「宝石」17(13)'62.10 p120
　東京の空から鳥がいなくなる、か
　　　　　　　　　　17「宝石」18(4)'63.3 p18
　河野典生 八つの顔　17「宝石」19(4)'64.3 p189
　かくれんぼ《小説》　17「宝石」19(5)'64.4 p190
デリコ, E
　悪魔を見た処女《小説》
　　　　　　　　27「別冊宝石」10(10)'57.10 p5
デール, M
　思慮の他《小説》　09「探偵小説」2(5)'32.5 p172
デル, イイセル・エム
　詐欺師《小説》　　01「新趣味」17(6)'22.6 p92
テール, エドウイン
　拳銃学物語　　　11「ぷろふいる」2(1)'34.1 p122
デール, ゴッドフレイ
　電話《小説》　　　04「探偵趣味」19 '27.5 p74
輝井 玲一
　妖猫ミミ《小説》　　24「妖奇」2(13)'48.12 p44
暉峻 康隆
　江戸時代の探偵趣味　17「宝石」6(7)'51.7 p58
　［無題］　　　　　17「宝石」6(9)'51.9 p79
デルモント, ヨセフ
　自分を売る死刑囚　07「探偵」1(6)'31.10 p74
照山 赤次
　謎の殺人　　　　09「探偵小説」2(2)'32.2 p120
　謎の殺人　　　　09「探偵小説」2(3)'32.3 p154
テレル, ジヨン
　結婚の傷痕　32「怪奇探偵クラブ」1 '50.5 p265
テン, ジヤツク
　御土産綺譚《小説》　　06「猟奇」2(3)'29.3 p43
天眼子
　探偵作家相学論　　33「探偵実話」3(5)'52.4 p178
デント, ガイ
　彼の方向転換《小説》
　　　　　　　　　01「新趣味」18(8)'23.8 p251
天藤 真
　親友記《小説》　　17「宝石」17(2)'62.1増 p172

塔の家の三人の女《小説》
　　　　　　　　　17「宝石」17(8)'62.6増 p8
なんとなんと《小説》
　　　　35「エロティック・ミステリー」3(10)'62.10 p122
犯罪講師《小説》　　17「宝石」17(16)'62.12 p170
鷹と鳶《小説》　　　17「宝石」18(2)'63.1増 p212
夫婦悪日《小説》
　　　　35「エロティック・ミステリー」4(2)'63.2 p90
受賞者感想　　　　17「宝石」18(5)'63.4 p122
鷹と鳶《小説》　　　17「宝石」18(5)'63.4 p142
［無題］　　　　　17「宝石」18(7)'63.5 p13
穴物語《小説》　　　17「宝石」18(7)'63.5 p52
共謀者《小説》　　17「宝石」18(16)'63.12 p156
天然色アリバイ《小説》
　　　　　　　　27「別冊宝石」16(11)'63.12 p176
誘拐者《小説》　　35「ミステリー」5(2)'64.2 p22
極楽案内《小説》　　17「宝石」19(7)'64.5 p100
伝法院 鎌五郎
　死刑囚断末魔の声
　　　　35「エロティック・ミステリー」4(10)'63.10 p14

【 と 】

土居 明夫
　日本の国防はこれだ《座談会》
　　　　　　　　32「探偵倶楽部」3(12)'52.12 p169
　米ソ戦略爆撃戦《座談会》
　　　　　　　　32「探偵倶楽部」6(12)'55.12 p258
土居 市太郎
　坂田三吉氏との血戦
　　　　　　　　33「探偵実話」6(2)'55.1 p178
　詰将棋　　　　　17「宝石」11(8)'56.6 p197
　詰将棋新題　　　17「宝石」12(13)'57.10 p75
　詰将棋新題　　　17「宝石」12(16)'57.12 p129
土井 謙一
　三春屋盗難事件　01「新趣味」17(10)'22.10 p268
　赤井景韶の行方　01「新趣味」17(11)'22.11 p274
　稲妻強盗の就縛　01「新趣味」17(12)'22.12 p274
　猿若町の殺人　　01「新趣味」18(1)'23.1 p358
　煙瓦市の一団　　01「新趣味」18(2)'23.2 p276
　お禁後日譚　　　01「新趣味」18(2)'23.2 p303
　破獄囚の行方　　01「新趣味」18(3)'23.3 p282
　古金の壺　　　　01「新趣味」18(4)'23.4 p358
　交番前の殺人犯　01「新趣味」18(5)'23.5 p282
　一片の小指　　　01「新趣味」18(6)'23.6 p280
　敷島の吸殻　　　01「新趣味」18(7)'23.7 p282
　怪ビール瓶　　　01「新趣味」18(8)'23.8 p362
　疑問の首　　　　01「新趣味」18(9)'23.9 p238
　多胡の貞吉　　　01「新趣味」18(10)'23.10 p282
土井 栄
　写ればいいんでしょう　17「宝石」14(5)'59.5 p12
　ゴルフあれこれ　　17「宝石」18(11)'63.8 p23
土井 稔
　青田師の事件《小説》
　　　　　　　　　35「ミステリー」5(3)'64.3 p68
　ゴキブリ反乱《小説》
　　　　　　　　　35「ミステリー」5(4)'64.4 p56

戸板 康二

劇壇あれこれ	17「宝石」5(1)'50.1 p364
カブキの悪人	17「宝石」12(10)'57.8 p128
アンケート《アンケート》	
	17「宝石」12(10)'57.8 p269
車引殺人事件《小説》	17「宝石」13(9)'58.7 p44
尊像紛失事件《小説》	17「宝石」13(14)'58.11 p46
立女形失踪事件《小説》	
	17「宝石」14(3)'59.3 p24
等々力座殺人事件《小説》	
	17「宝石」14(5)'59.5 p180
松王丸変死事件《小説》	17「宝石」14(8)'59.7 p64
盲女殺人事件《小説》	17「宝石」14(10)'59.9 p124
団十郎切腹事件《小説》	
	17「宝石」14(14)'59.12 p54
六スタ殺人事件《小説》	17「宝石」15(4)'60.3 p24
直木賞直後	17「宝石」15(4)'60.3 p46
死んでもCM《小説》	17「宝石」15(8)'60.6 p82
ある絵解き《小説》	17「宝石」15(10)'60.8 p42
燈台	17「宝石」15(12)'60.10 p23
赤レンガ	17「宝石」15(13)'60.11 p23
長崎	17「宝石」15(14)'60.12 p23
加納座実説《小説》	17「宝石」15(14)'60.12 p128
ノラ失踪事件《小説》	
	17「宝石」15(15)'60.12増 p120
ヘレン・テレスの家《小説》	
	17「宝石」16(4)'61.3 p96
夏の終り《小説》	27「別冊宝石」14(3)'61.5 p190
ラッキー・シート《小説》	
	17「宝石」16(7)'61.6 p70
直木賞作家大いに語る《座談会》	
	17「宝石」16(7)'61.6 p283
密室の鎧《小説》	17「宝石」16(11)'61.10 p104
一人二役《小説》	17「宝石」17(1)'62.1 p24
等々力座殺人事件《小説》	
	27「別冊宝石」15(1)'62.2 p128
自選の言葉	27「別冊宝石」15(1)'62.2 p131
部外秘《小説》	17「宝石」17(7)'62.6 p76
ラスト・シーン《小説》	
	17「宝石」17(11)'62.9 p50
篤行の極致《小説》	
	17「宝石」17(15)'62.11増 p315
臨時停留所《小説》	17「宝石」17(16)'62.12 p118
隣家の消息《小説》	17「宝石」18(5)'63.4 p50
車引殺人事件《小説》	
	17「宝石」18(6)'63.4増 p143
11日会のパーティ	17「宝石」18(6)'63.4増 p147
美少年の死《小説》	17「宝石」18(9)'63.7 p25
八人目の寺子《小説》	
	17「宝石」18(13)'63.10 p128
鼻の差《小説》	17「宝石」18(14)'63.10増 p22

ドイル, コナン

舞踏人形《小説》	01「新趣味」17(3)'22.3 p2
告白《小説》	01「新趣味」17(6)'22.6 p50
殺人鬼《小説》	01「新趣味」18(1)'23.1 p206
瀕死の名探偵《小説》	
	01「新趣味」18(2)'23.2 p174
オスカー・スレーター事件の考察	
	03「探偵文芸」1(5)'25.7 p69
嫉妬《小説》	08「探偵趣味」(平凡版)1'31. p21
革の漏斗《小説》	09「探偵小説」2(4)'32.4 p190
樽工場の妖怪《小説》	
	09「探偵小説」2(5)'32.5 p146
B二十四号《小説》	09「探偵小説」2(7)'32.7 p138
火あそび《小説》	09「探偵小説」2(8)'32.8 p170
シャーロック・ホームズ物語〔原作〕《絵物語》	
	17「宝石」1(6・7)'46.10 p11, 13, 15, 17, 19, 21, 23, 35, 37
赤髪組合《小説》	32「探偵クラブ」3(1)'52.1 p200
電気死刑《小説》	17「宝石」7(11)'52.11 p106
黒館の主《小説》	17「宝石」8(2)'53.3 p152
唇の捻れた男《小説》	
	27「別冊宝石」6(3)'53.5 p438
ショスコム荘《小説》	
	32「探偵倶楽部」4(7)'53.7 p151
まだらの紐(絵物語)《小説》	
	27「別冊宝石」7(5)'54.6 p2
思出と冒険〈1〉	17「宝石」9(12)'54.10
思出と冒険〈2〉	17「宝石」9(13)'54.11 p131
思出と冒険〈3〉	17「宝石」9(14)'54.12 p199
初めての手術《小説》	17「宝石」14(9)'59.8 p150

ドイル, リン

煙草《小説》	11「ぷろふぃる」4(4)'36.4 p113
まんくす猫《小説》	17「宝石」9(5)'54.4 p222

唐 九太

或る変質者の話《小説》	
	12「探偵文学」1(8)'35.11 p16

陶 文祥

進駐の人《小説》	17「宝石」17(8)'62.6増 p50
いびつな歳月《小説》	17「宝石」18(2)'63.1増 p12
敗戦小曲《小説》	
	35「エロチック・ミステリー」4(3)'63.3 p64
笑説新選組《小説》	
	35「エロチック・ミステリー」4(8)'63.8 p34

桐影 八夫

東西やくざ仁義	35「ミステリー」5(2)'64.2 p32
小部屋の変態客	35「ミステリー」5(4)'64.4 p102

トウエン, マーク

殺人犯を絞首す《小説》	
	16「ロック」1(1)'46.3 p17

東海 次郎

蝙蝠屋敷《小説》	21「黒猫」1(1)'47.4 p62
ベデリア	21「黒猫」2(6)'48.2 p48

峠 十吉

真夏の女	33「探偵実話」12(9)'61.7 p202
吉原にいた女	33「探偵実話」12(11)'61.8 p256
池袋の女	33「探偵実話」12(12)'61.9 p224
温泉の好きな女	33「探偵実話」13(2)'62.1 p195
松風楼の女たち	33「探偵実話」13(3)'62.2 p94
浮気の哀しみ	33「探偵実話」13(4)'62.3 p156
十八年目の浮気	33「探偵実話」13(5)'62.4 p194
妻の座とおんなの座	
	33「探偵実話」13(6)'62.5 p102
或る田舎芸妓の話	33「探偵実話」13(7)'62.6 p120
さようなら	33「探偵実話」13(9)'62.7 p148
ガード下の女	33「探偵実話」13(10)'62.8 p96
放浪無限	33「探偵実話」13(11)'62.9 p98
恐山寺の一夜	
	35「エロチック・ミステリー」3(9)'62.9 p128
湯ぶねで囁く熱川温泉の女	
	35「エロチック・ミステリー」4(6)'63.6 p128

東郷 青児
あぐりのダイヤ《小説》　17「宝石」2(8)'47.9 p18
世界の魔窟を語る座談会《座談会》
　　　　　　　　　25「Gメン」2(6)'48.5 p12
未亡人と肉屋カルコ　25「Gメン」2(7)'48.6 p11
ムードンの女　　　25「X」3(4)'49.3別 p46
羽根のない天使《小説》
　　　　　　　　　24「妖奇」3(7)'49.6別 p19
青犬亭《小説》
　　35「エロティック・ミステリー」1(1)'60.8 p108
活人画のハナ
　　35「エロティック・ミステリー」1(2)'60.9 p116
いろざんげ
　　35「エロティック・ミステリー」1(3)'60.10 p114
アガサ・クリスティーの横顔
　　　　　　　　　17「宝石」15(12)'60.10 p122
ヒッチ・ハイク　　17「宝石」18(13)'63.10 p20

東路生
最近の映画封切　　01「新趣味」17(2)'22.2 p121

堂下 門太郎
隠語おん・ぱれいど〈1〉
　　　　　　　　　11「ぷろふいる」1(1)'33.5 p66
ヒヤリとした話　　11「ぷろふいる」1(2)'33.6 p33
隠語おんぱれいど〈2〉
　　　　　　　　　11「ぷろふいる」1(2)'33.6 p54
隠語おんぱれいど〈3〉
　　　　　　　　　11「ぷろふいる」1(3)'33.7 p25
隠語おんぱれいど〈4〉
　　　　　　　　　11「ぷろふいる」1(4)'33.8 p46
隠語おんぱれいど〈5〉
　　　　　　　　　11「ぷろふいる」1(5)'33.9 p47
隠語おんぱれいど〈6〉
　　　　　　　　　11「ぷろふいる」1(6)'33.10 p94
隠語おんぱれいど〈7〉
　　　　　　　　　11「ぷろふいる」1(7)'33.11 p47
隠語おんぱれいど〈8〉
　　　　　　　　　11「ぷろふいる」1(8)'33.12 p78
隠語おんぱれいど〈9〉
　　　　　　　　　11「ぷろふいる」2(1)'34.1 p74
隠語おんぱれいど〈10〉
　　　　　　　　　11「ぷろふいる」2(2)'34.2 p115
隠語おんぱれいど〈11〉
　　　　　　　　　11「ぷろふいる」2(3)'34.3 p93
隠語おんぱれいど〈12〉
　　　　　　　　　11「ぷろふいる」2(4)'34.4 p57
隠語おんぱれいど〈13〉
　　　　　　　　　11「ぷろふいる」2(5)'34.5 p130
隠語おん・ぱれいど〈14〉
　　　　　　　　　11「ぷろふいる」2(6)'34.6 p80
隠語おん・ぱれいど〈15〉
　　　　　　　　　11「ぷろふいる」2(7)'34.7 p82
隠語おんぱれいど〈16〉
　　　　　　　　　11「ぷろふいる」2(8)'34.8 p84
隠語おんぱれいど〈17〉
　　　　　　　　　11「ぷろふいる」2(9)'34.9 p90
隠語おん・ぱれいど〈17〉
　　　　　　　　　11「ぷろふいる」2(10)'34.10 p80
隠語おんぱれいど〈19・完〉
　　　　　　　　　11「ぷろふいる」2(12)'34.12 p79

堂城 天台
諸家の探偵趣味映画観《アンケート》
　　　　　　　　　05「探偵・映画」1(1)'27.10 p65
残された神秘　　　05「探偵・映画」1(2)'27.11 p32

藤介　→武野藤介
美女の自尊心　　　32「探偵クラブ」1(1)'50.8 p181
かしこい女中　　　32「探偵クラブ」1(1)'50.8 p222
脛に傷もつ女　　　32「探偵クラブ」1(1)'50.8 p233
猫の舌　　　　　　32「探偵クラブ」1(1)'50.8 p269
善い教訓　　　　　32「探偵クラブ」1(2)'50.10 p171
やきもち　　　　　32「探偵クラブ」1(2)'50.10 p191
破談の理由　　　　32「探偵クラブ」1(2)'50.10 p216
お人違ひ　　　　　32「探偵クラブ」2(1)'51.1 p143

ドウーゼ
催眠薬の怪《小説》　09「探偵小説」2(7)'32.7 p36

洞勢院 竹笠
名探偵姓名判断 半七　　17「宝石」7(10)'52.10 p31
名探偵姓名判断 金田一耕助 大心地博士
　　　　　　　　　17「宝石」7(10)'52.10 p43
名探偵姓名判断 明智小五郎 右門
　　　　　　　　　17「宝石」7(10)'52.10 p85
名探偵姓名判断 銭形平次
　　　　　　　　　17「宝石」7(10)'52.10 p200
名探偵姓名判断 人形左七 若様侍
　　　　　　　　　17「宝石」7(10)'52.10 p213
捕物帳身の上相談　27「別冊宝石」7(7)'54.9 p233

東禅寺 明
嬌声《小説》　　　24「妖奇」6(1)'52.1 p27
性器を咥へた死美人《小説》
　　　　　　　　　24「妖奇」6(3)'52.3 p110
秘密の袋《小説》　24「妖奇」6(5)'52.5 p112
鬼女洞《小説》　　24「妖奇」6(7)'52.7 p120
人間花筒《小説》　24「妖奇」6(9)'52.9 p33
無形弾《小説》　　24「トリック」6(12)'52.12 p79
女郎蜘蛛《小説》　24「トリック」7(3)'53.3 p68
川柳殺人事件《小説》
　　　　　　　　　33「探偵実話」4(5)'53.4 p242
秘密の袋《小説》　24「トリック」7(4)'53.4増 p82
湯殿殺人事件《小説》
　　　　　　　　　33「探偵実話」4(8)'53.7 p190

東福 義雄
ハガキ随筆《アンケート》
　　　　　　　　　33「探偵実話」12(1)'61.1 p215

道本 清一
チロルの誘惑　　　11「ぷろふいる」4(3)'36.3 p80
バストリウス事件　32「探偵倶楽部」5(3)'54.3 p120
踊り子タマラ　　　32「探偵倶楽部」5(4)'54.4 p256
ワルソー始発列車　32「探偵倶楽部」5(4)'54.4 p276
ギリシヤの秘密放送局
　　　　　　　　　32「探偵倶楽部」5(4)'54.4 p288
不法越境者　　　　32「探偵倶楽部」5(5)'54.5 p66
銀狼事件　　　　　32「探偵倶楽部」5(6)'54.6 p190
イラン公使館付武官の謎
　　　　　　　　　32「探偵倶楽部」5(7)'54.7 p68
旅客機の誘惑魔　　32「探偵倶楽部」5(8)'54.8 p172
潜行一万哩　　　　32「探偵倶楽部」5(9)'54.9 p203
謎の離婚状　　　　32「探偵倶楽部」5(10)'54.10 p77
ルシイ情報　　　　32「探偵倶楽部」5(11)'54.11 p236
国際機密情報　　　32「探偵倶楽部」6(2)'55.2 p76

とうも　　　　　　　　　　　執筆者名索引

悪魔の悪戯　　　　32「探偵倶楽部」6(3)'55.3 p240
突刺す目を持つた男
　　　　　　　　　32「探偵倶楽部」6(3)'55.3 p250
女間諜Z三十一号の最期
　　　　　　　　　32「探偵倶楽部」6(5)'55.5 p216
伯林のマタ・ハリ　32「探偵倶楽部」6(7)'55.7 p82
マタ・ハリとその娘
　　　　　　　　　32「探偵倶楽部」6(8)'55.8 p254
聖像を刻む殺人者　32「探偵倶楽部」7(1)'56.1 p298
アデナウアー脱獄す
　　　　　　　　　32「探偵倶楽部」7(3)'56.3 p156
ウインザー公をめぐる連続殺人事件
　　　　　　　　　32「探偵倶楽部」7(6)'56.6 p152
仮面を剥がれたドンファン
　　　　　　　　　32「探偵倶楽部」7(8)'56.7 p232
ソ連軍艦スパイ事件の真相
　　　　　　　　　32「探偵倶楽部」7(10)'56.9 p210
ゾルゲの死刑は嘘だ
　　　　　　　　　32「探偵倶楽部」7(12)'56.11 p220
アメリカ大使毒殺の陰謀
　　　　　　　　　32「探偵倶楽部」8(2)'57.3 p241
麻薬ルートを追う国際警察
　　　　　　　　　32「探偵倶楽部」8(3)'57.4 p46
百三十回結婚した男の記録
　　　　　　　　　32「探偵倶楽部」8(5)'57.6 p32
二度生きた男　　　32「探偵倶楽部」8(8)'57.8 p36
地球に着陸した火星人
　　　　　　　　　32「探偵倶楽部」8(9)'57.9 p264
呪いの青ダイヤ　　32「探偵倶楽部」8(11)'57.11 p100
金庫破りの天才兄弟
　　　　　　　　　32「探偵倶楽部」9(3)'58.3 p188
恐怖の二十八分間　32「探偵倶楽部」9(4)'58.4 p172
道本 清一郎
死人を殺した女　　32「探偵倶楽部」5(2)'54.2 p219
陶山 密
著者について　　　32「探偵倶楽部」7(7)'56.6増 p23
お宮の松の悲劇　　32「探偵倶楽部」7(11)'56.10 p183
ポーリンの赤い日記
　　　　　　　　　32「探偵倶楽部」7(13)'56.12 p110
地獄から来た二人の女
　　　　　　　　　32「探偵倶楽部」8(1)'57.1 p76
モンテージは性的昂奮の絶頂で死んだ
　　　　　　　　　32「探偵倶楽部」8(4)'57.5 p81
血に汚された聖像　32「探偵倶楽部」8(4)'57.5 p238
コールガール物語　32「探偵倶楽部」8(5)'57.6 p74
ハリウッドの三大暗黒事件
　　　　　　　　　32「探偵倶楽部」8(6)'57.7 p102
ストラットフオードの魔女
　　　　　　　　　32「探偵倶楽部」8(7)'57.7増 p137
春駒殺しの怪異　　32「探偵倶楽部」8(7)'57.7増 p153
世界の三大完全犯罪事件
　　　　　　　　　32「探偵倶楽部」8(8)'57.8 p262
毒薬と女性　　　　32「探偵倶楽部」8(9)'57.9 p60
夫殺し　　　　　　32「探偵倶楽部」8(10)'57.10 p108
女は誰が殺したか
　　　　　　　　　32「探偵倶楽部」8(11)'57.11 p74
聖林スター桃色行状記
　　　　　　　　　32「探偵倶楽部」8(13)'57.12 p112
実話雑誌はこうして作られる
　　　　　　　　　32「探偵倶楽部」8(13)'57.12 p248

艶聞・醜聞ハリウッド
　　　　　　　　　32「探偵倶楽部」9(2)'58.2 p94
艶聞醜聞ハリウッド
　　　　　　　　　32「探偵倶楽部」9(3)'58.3 p148
ハリウッドの桃色だより
　　　　　　　　　32「探偵倶楽部」9(4)'58.4 p46
艶聞・醜聞ハリウッド
　　　　　　　　　32「探偵倶楽部」9(6)'58.5 p170
ハリウッド桃色だより
　　　　　　　　　32「探偵倶楽部」9(7)'58.6 p96
赤い後家さん事件　32「探偵倶楽部」9(10)'58.8 p85
悪の王者ディリンジアア
　　　　　　　　　32「探偵倶楽部」9(11)'58.9 p228
クリッペン殺人事件
　　　　　　　　　32「探偵倶楽部」10(1)'59.1 p25
豚の猿轡　　　　　32「探偵倶楽部」10(1)'59.1 p111
ヘッドシュランク
　　　　　　　　　32「探偵倶楽部」10(1)'59.1 p163
遠山 生郎
年上の女　　　　　33「探偵実話」9(5)'58.3増 p76
遠山 一郎
スタアは醜聞で作られる
　　　　　　　　　33「探偵実話」10(16)'59.11 p271
ドオルヴィリイ，バルベイ
血紅の帷〈小説〉　32「探偵倶楽部」5(8)'54.8 p219
十返 千鶴子
私だけが知っている　　17「宝石」17(1)'62.1 p244
骸骨の笑い　　　　　　17「宝石」18(8)'63.6 p19
十返 肇
探偵小説の周囲　　　　17「宝石」6(7)'51.7 p82
アンケート《アンケート》
　　　　　　　　　　　17「宝石」12(10)'57.8 p120
運河のある風景　　　　17「宝石」14(6)'59.6 p13
不渡手形的な感想　　　17「宝石」14(8)'59.7 p176
日本推理小説の曲り角
　　　　　　　　　　　17「宝石」14(12)'59.10増 p172
宝石昭和34年度作品ベスト・10《アンケート》
　　　　　　　　　　　17「宝石」15(1)'60.1 p225
パット・マガーについて
　　　　　　　　　　　27「別冊宝石」13(1)'60.1 p128
北海道余燼　　　　　　17「宝石」15(11)'60.9 p148
スポーツ点描　　　　　17「宝石」16(1)'61.1 p134
スポーツ点描　　　　　17「宝石」16(2)'61.2 p254
昨年度の推理小説界を顧みて《座談会》
　　　　　　　　　　　17「宝石」16(2)'61.2 p288
スポーツ点描　　　　　17「宝石」16(4)'61.3 p194
スポーツ点描　　　　　17「宝石」16(5)'61.4 p234
スポーツ点描　　　　　17「宝石」16(6)'61.5 p156
スポーツ点描　　　　　17「宝石」16(7)'61.6 p88
スポーツ点描　　　　　17「宝石」16(8)'61.7 p208
スポーツ点描　　　　　17「宝石」16(9)'61.8 p140
スポーツ点描　　　　　17「宝石」16(10)'61.9 p176
スポーツ点描　　　　　17「宝石」16(11)'61.10 p280
スポーツ点描　　　　　17「宝石」16(12)'61.11 p216
今月の創作評《座談会》
　　　　　　　　　　　17「宝石」16(12)'61.11 p218
スポーツ点描　　　　　17「宝石」16(13)'61.12 p262
推理岡目八目　　　　　17「宝石」17(1)'62.1 p48
推理岡目八目　　　　　17「宝石」17(2)'62.2 p236
推理岡目八目　　　　　17「宝石」17(4)'62.3 p272

推理岡目八目	17「宝石」17(5)'62.4 p308	比翼塚《小説》	17「宝石」8(13)'53.11 p106
推理岡目八目	17「宝石」17(6)'62.5 p200	女芸人の死《小説》	
推理岡目八目	17「宝石」17(7)'62.6 p88		32「探偵倶楽部」4(12)'53.12 p15
推理小説岡目八目	17「宝石」17(9)'62.7 p180	お紋の死《小説》	17「宝石」8(14)'53.12 p156
推理小説岡目八目	17「宝石」17(10)'62.8 p294	香盒の行方《小説》	27「別冊宝石」7(1)'54.1 p268
推理小説岡目八目	17「宝石」17(11)'62.9 p284	火事師《小説》	17「宝石」7(3)'54.4 p80
推理小説岡目八目	17「宝石」17(13)'62.10 p216	通り魔《小説》	27「別冊宝石」7(7)'54.9 p112
推理小説岡目八目	17「宝石」17(14)'62.11 p126	乱歩氏を祝う《座談会》	
今月の創作評《座談会》			32「探偵倶楽部」5(12)'54.12 p234
	17「宝石」17(14)'62.11 p210	白梅香《小説》	27「別冊宝石」8(1)'55.1 p96
推理小説岡目八目	17「宝石」17(16)'62.12 p210	「宝石」と捕物帖	17「宝石」10(7)'55.5 p200
水上勉を語る《座談会》		幽霊殺人事件《小説》	
	27「別冊宝石」15(5)'62.12 p132		27「別冊宝石」8(6)'55.9 p248
推理小説岡目八目	17「宝石」18(1)'63.1 p134	新春閑談《座談会》	33「探偵実話」7(1)'55.12 p82
一九六二年の推理小説界を顧みて《座談会》		アンケート《アンケート》	
	17「宝石」18(1)'63.1 p188		17「宝石」12(12)'57.9 p173
推理小説岡目八目	17「宝石」18(3)'63.2 p210	おさしみお市《小説》	
推理小説岡目八目	17「宝石」18(4)'63.3 p84		35「エロチック・ミステリー」4(11)'63.11 p36
多才な作家多岐川恭《座談会》		座頭の執念《小説》	
	27「別冊宝石」16(3)'63.3 p114		35「エロチック・ミステリー」4(12)'63.12 p32
「落ちる」戦後スリラーの佳作		**戸川 昌子**	
	27「別冊宝石」16(3)'63.3 p125	受賞のことば	17「宝石」17(13)'62.10 p136
推理小説岡目八目	17「宝石」18(5)'63.4 p200	視線《小説》	17「宝石」17(16)'62.12 p194
推理小説岡目八目	17「宝石」18(7)'63.5 p174	実のあるひと	27「別冊宝石」16(3)'63.3 p53
推理小説岡目八目	17「宝石」18(8)'63.6 p98	違ってる《小説》	
推理小説岡目八目	17「宝石」18(9)'63.7 p160		35「エロチック・ミステリー」4(4)'63.4 p108
富樫 左門		闇の中から《小説》	17「宝石」18(12)'63.9 p212
あさ妻舟《小説》	25「X」4(2)'50.3 p28	[無題]	17「宝石」18(15)'63.11 p12
戸川 エマ		魔王と母親《小説》	17「宝石」18(15)'63.11 p104
某月某日	17「宝石」14(5)'59.5 p188	[私のレジャー]	17「宝石」19(1)'64.1 p15
戸川 喬		ルボワ氏の冒険《小説》	
彼の女《小説》	06「猟奇」2(12)'29.12 p18		27「別冊宝石」17(2)'64.2 p300
戸川 貞雄		雪どけ《小説》	17「宝石」19(5)'64.4 p80
試写室殺人事件《小説》		**戸川 幸夫**	
	16「ロック」4(2)'49.5 p66	尊敬すべき人	17「宝石」19(1)'64.1 p113
切見世の女《小説》	17「宝石」7(5)'52.5 p156	**戸川 行男**	
お花見茶番《小説》	17「宝石」7(6)'52.6 p136	魔薬酩酊記	19「ぷろふいる」2(1)'47.4 p30
六本木の仇討《小説》		アンケート《アンケート》	
	27「別冊宝石」5(5)'52.6 p54		17「宝石」8(6)'53.6 p190
吸血亀《小説》	17「宝石」7(7)'52.7 p64	**土岐 到**	
土鼠と窮鼠《小説》	17「宝石」7(8)'52.8 p148	奇術師《小説》	17「宝石」15(3)'60.2増 p82
ねんねんころり風《小説》		**土岐 雄三**　→留伴亭	
	17「宝石」7(9)'52.10 p102	新人登場奇譚《小説》	17「宝石」1(9)'46.12 p38
おさしみお市《小説》	17「宝石」7(10)'52.10 p60	襟飾《小説》	16「ロック」2(1)'47.1 p61
毒婦伝《小説》	17「宝石」7(11)'52.11 p52	片眼鏡事件《小説》	17「宝石」2(2)'47.3 p49
熊《小説》	17「宝石」8(1)'53.1 p116	白骨美人《小説》	16「ロック」2(5)'47.5 p56
首吊り座頭《小説》	27「別冊宝石」6(1)'53.1 p34	ハンモック殺人事件《小説》	
猿《小説》	17「宝石」8(2)'53.3 p104		17「宝石」2(4)'47.5 p27
野良犬《小説》	17「宝石」8(3)'53.4 p124	名犬失踪事件《小説》	17「宝石」2(4)'47.5 p45
山城屋事件《小説》	17「宝石」8(5)'53.5 p86	雉子も啼かずば《小説》	
大日講由来《小説》	17「宝石」8(6)'53.6 p212		16「ロック」2(6)'47.6 p38
天狗の憑いた女《小説》		素晴しき番犬事件《小説》	
	27「別冊宝石」6(4)'53.6 p148		17「宝石」2(6)'47.6 p31
御神木記《小説》	17「宝石」8(7)'53.7 p227	神に近い人々《小説》	16「ロック」2(7)'47.7 p22
兄と妹《小説》	17「宝石」8(9)'53.8 p184	祭りの夜《小説》	18「トップ」2(4)'47.8 p30
死神騒動《小説》	17「宝石」8(10)'53.9 p172	帰つてきた男《小説》	25「Gメン」1(2)'47.11 p34
火焔罪障記《小説》	27「別冊宝石」6(6)'53.9 p36	降誕祭殺人事件《小説》	
落橋余聞《小説》	17「宝石」8(11)'53.10 p50		17「宝石」2(10)'47.12 p10
深夜の厚化粧《小説》		湯たんぽ事件《小説》	27「別冊宝石」— '48.1 p37
	17「宝石」8(12)'53.10増 p200		

とき

栗栖氏復活の真相《小説》
　　　　　25「Gメン」2(2)'48.2 p32
灰皿の秘密《小説》　25「Gメン」2(3)'48.3 p44
紙幣束《小説》　　　17「宝石」3(3)'48.4 p17
楽書《小説》　　　　25「Gメン」2(8)'48.7 p44
悲しき双生児《小説》17「宝石」3(8)'48.10 p40
恐怖《小説》　　　　16「ロック」4(2)'49.5 p32
時計紛失事件《小説》17「宝石」4(6)'49.6 p75
私は誰でせう?《小説》
　　　　　17「宝石」4(11)'49.12 p175
棒ほどのねがい　　　17「宝石」5(1)'50.1 p352
猫じゃ猫じゃ事件《小説》
　　　　　17「宝石」5(6)'50.6 p86
浴室殺人事件　　　　17「宝石」6(1)'51.1 p80
二人の鬼才を偲ぶ《座談会》
　　　　　27「別冊宝石」11(6)'58.7 p254
花島の死《小説》　　17「宝石」14(10)'59.9 p216
土岐 雄彦
降魔〈1〉《小説》　　07「探偵」1(6)'31.10 p44
降魔〈2〉《小説》　　07「探偵」1(7)'31.11 p118
降魔〈3〉《小説》　　07「探偵」1(8)'31.12 p208
時枝 紋二郎
少女売春婦殺し　　　33「探偵実話」10(9)'59.6 p170
裏切られた情事　　　33「探偵実話」10(12)'59.8 p62
偽大学生惚れるべからず
　　　　　33「探偵実話」10(15)'59.11増 p102
旭川公園の水死体
　　　　　33「探偵実話」11(2)'60.1増 p222
常盤 元六　→村正朱鳥
第二の唇《小説》　　12「探偵文学」1(1)'35.3 p12
窓に描かれる顔《小説》
　　　　　12「探偵文学」1(2)'35.4 p30
云はでもの事を　　　12「探偵文学」1(3)'35.5 p30
引継がれた夫《小説》
　　　　　12「探偵文学」1(4)'35.6 p13
給仕の功労章《脚本》12「探偵文学」1(6)'35.9 p20
常盤 恒一
四十三才違った愛慾
　　　　　33「探偵実話」11(9)'60.6 p107
女ばかりの万引師　　33「探偵実話」12(1)'61.1 p262
トーク, I
ベラビイ氏と泥棒《小説》
　　　　　07「探偵」1(4)'31.8 p131
迷探偵　　　　　　　07「探偵」1(7)'31.11 p206
徳江 和夫
乾杯!われらの探実《座談会》
　　　　　33「探偵実話」10(11)'59.7 p288
徳川 夢声
タダ一つ神もし許し賜はゞ‥‥《アンケート》
　　　　　06「猟奇」4(3)'31.5 p68
伊那節《小説》　　　17「宝石」2(3)'47.4 p28
怪談 田中河内之介《小説》
　　　　　17「宝石」2(7)'47.7 p17
ハガキ回答《アンケート》
　　　　　25「Gメン」1(1)'47.10 p22
狸問答《対談》　　　25「Gメン」1(2)'47.11 p4
はがきあんけーと《アンケート》
　　　　　19「仮面」3(2)'48.3 p34

執筆者名索引

鼻《小説》　　　　　21「黒猫」2(8)'48.6 p46
舞台で消えた男《小説》17「宝石」3(8)'48.10 p32
夏魔鬼理物語　　　　25「X」3(8)'49.7 p72
オベタイ・ブルブル事件《小説》
　　　　　24「妖奇」4(4)'50.4 p32
怪談・恐怖談《座談会》
　　　　　33「探偵実話」3(11)'52.9増 p146
田中河内之助の怪
　　　　　33「探偵実話」3(12)'52.10 p135
対談稼業アレコレ話
　　　　　33「探偵実話」4(1)'53.1 p218
ワイ文学を叱る　　　33「探偵実話」4(2)'53.1増 p170
伯林赤毛布　　　　　33「探偵実話」5(1)'54.1 p186
彼と私と霊魂　　　　17「宝石」9(14)'54.12 p123
アンケート《アンケート》
　　　　　33「探偵実話」6(3)'55.2増 p73
陽春放談録《座談会》
　　　　　33「探偵実話」7(7)'56.4 p168
アンケート《アンケート》
　　　　　17「宝石」12(10)'57.8 p260
誌上アンケート《アンケート》
　　　　　33「探偵実話」9(1)'57.12 p140
あれこれ始末書〈1〉　17「宝石」13(12)'58.9 p62
あれこれ始末書〈2〉
　　　　　17「宝石」13(13)'58.10 p106
あれこれ始末書〈3〉　17「宝石」13(14)'58.11 p84
あれこれ始末書〈4〉
　　　　　17「宝石」13(15)'58.12 p140
あれこれ始末書〈5〉　17「宝石」14(1)'59.1 p140
あれこれ始末書〈6〉　17「宝石」14(2)'59.2 p140
あれこれ始末書〈7〉　17「宝石」14(3)'59.3 p144
あれこれ始末書〈8〉　17「宝石」14(4)'59.4 p166
あれこれ始末書〈9〉　17「宝石」14(5)'59.5 p242
あれこれ始末書〈10〉　17「宝石」14(6)'59.6 p70
あれこれ始末書〈11〉　17「宝石」14(8)'59.7 p196
あれこれ始末書〈12〉　17「宝石」14(9)'59.8 p76
あれこれ始末書〈13〉
　　　　　17「宝石」14(10)'59.9 p244
あれこれ始末書〈14〉
　　　　　17「宝石」14(11)'59.10 p186
あれこれ始末書〈15〉
　　　　　17「宝石」14(13)'59.11 p188
あれこれ始末書〈16〉
　　　　　17「宝石」14(14)'59.12 p146
あれこれ始末書〈17〉　17「宝石」15(1)'60.1 p218
あれこれ始末書〈18〉　17「宝石」15(2)'60.2 p154
あれこれ始末書〈19〉　17「宝石」15(4)'60.3 p214
あれこれ始末書〈20〉　17「宝石」15(6)'60.4 p220
あれこれ始末書〈21〉　17「宝石」15(6)'60.5 p216
あれこれ始末書〈22〉　17「宝石」15(8)'60.6 p208
あれこれ始末書〈23〉　17「宝石」15(9)'60.7 p206
あれこれ始末書〈24〉
　　　　　17「宝石」15(10)'60.8 p144
あれこれ始末書〈25〉
　　　　　17「宝石」15(11)'60.9 p158
あれこれ始末書〈26〉
　　　　　17「宝石」15(12)'60.10 p186
座談会「私だけが知っている」《座談会》
　　　　　17「宝石」15(12)'60.10 p234
あれこれ始末書〈27〉
　　　　　17「宝石」15(13)'60.11 p210

あれこれ始末書〈28〉
　　　　　　　　　17「宝石」15(14)'60.12 p214
あれこれ始末書〈29〉　17「宝石」16(1)'61.1 p212
ハガキ随筆《アンケート》
　　　　　　　　　33「探偵実話」12(1)'61.1 p71
あれこれ始末書〈30〉　17「宝石」16(2)'61.2 p276
あれこれ始末書〈31〉　17「宝石」16(4)'61.3 p114
あれこれ始末書〈32〉　17「宝石」16(5)'61.4 p136
あれこれ始末書〈33〉　17「宝石」16(6)'61.5 p180
あれこれ始末書〈34〉　17「宝石」16(7)'61.6 p240
あれこれ始末書〈35〉　17「宝石」16(8)'61.7 p152
あれこれ始末書〈36〉　17「宝石」16(9)'61.8 p192
あれこれ始末書〈37〉
　　　　　　　　　17「宝石」16(10)'61.9 p178
あれこれ始末書〈38〉
　　　　　　　　　17「宝石」16(11)'61.10 p240
あれこれ始末書〈39〉
　　　　　　　　　17「宝石」16(12)'61.11 p196
あれこれ始末書〈40〉
　　　　　　　　　17「宝石」16(13)'61.12 p214
あれこれ始末書〈41〉　17「宝石」17(1)'62.1 p234
あれこれ始末書〈42〉　17「宝石」17(3)'62.2 p202
あれこれ始末書〈43〉　17「宝石」17(4)'62.3 p200
あれこれ始末書〈44〉　17「宝石」17(5)'62.4 p222
あれこれ始末書〈45〉　17「宝石」17(6)'62.5 p296
あれこれ始末書〈46〉　17「宝石」17(7)'62.6 p210
あれこれ始末書〈47〉　17「宝石」17(9)'62.7 p238
あれこれ始末書〈48〉
　　　　　　　　　17「宝石」17(10)'62.8 p264
あれこれ始末書〈49〉
　　　　　　　　　17「宝石」17(11)'62.9 p194
あれこれ始末書〈50〉
　　　　　　　　　17「宝石」17(13)'62.10 p304
あれこれ始末書〈51〉
　　　　　　　　　17「宝石」17(14)'62.11 p256
あれこれ始末書〈52〉
　　　　　　　　　17「宝石」17(16)'62.12 p214
あれこれ始末書〈53〉　17「宝石」18(1)'63.1 p244
あれこれ始末書〈54〉　17「宝石」18(3)'63.2 p246
あれこれ始末書〈55〉　17「宝石」18(4)'63.3 p212
あれこれ始末書〈56〉　17「宝石」18(5)'63.4 p266
あれこれ始末書〈57〉　17「宝石」18(7)'63.5 p178
アンケート《アンケート》
　　　　　　　　　17「宝石」18(8)'63.6 p124
あれこれ始末書〈58〉　17「宝石」18(8)'63.6 p272
あれこれ始末書〈59〉　17「宝石」18(9)'63.7 p180
あれこれ始末書〈60〉
　　　　　　　　　17「宝石」18(11)'63.8 p200
あれこれ始末書〈61〉
　　　　　　　　　17「宝石」18(12)'63.9 p252
徳川 義親
　虎狩対談《対談》　32「探偵クラブ」2(8)'51.9 p140
徳田 一郎
　客よせ戦術あの手この手《座談会》
　　　　　　　　　33「探偵実話」4(9)'53.8 p137
徳田 秋声
　窃やかな犯罪《小説》　24「妖奇」3(10)'49.9 p59
徳田 純宏
　奈落に死んだ花形女優
　　　　　　　　　33「探偵実話」10(2)'59.1増 p220

独多 甚九
　網膜物語《小説》　17「宝石」2(2)'47.3 p50
ドクター・ワットソン・チュニア（Dr.ワトソン・ジュニア）
　「トスポット」テッドは死んだか？
　　　　　　　　　21「黒猫」1(3)'47.9 p31
　間違つて死刑になつた男　21「黒猫」1(3)'47.9 p36
　鉄砲横丁殺人事件　21「黒猫」1(5)'47.12 p60
ドクツウル・ルブランス
　謎のミイラ《小説》　01「新趣味」17(2)'22.2 p208
ドクトル寺木
　歯並と犯罪性　03「探偵文芸」1(7)'25.9 p71
徳永 直
　議論をせよ　18「トップ」1(1)'46.5 p19
徳町 荘三
　殺し八年間に二〇〇　35「エロチック・ミステリー」4(11)'63.11 p30
戸倉 正三
　宇宙のどこかで《小説》
　　　　　　　　　17「宝石」18(16)'63.12 p197
とく子
　芸者座談会《座談会》　32「探偵倶楽部」4(7)'53.7 p82
常安田 鶴子
　霊媒　33「探偵実話」4(3)'53.2 p139
　アンケート《アンケート》
　　　　　　　　　33「探偵実話」6(5)'55.2増 p72
野老山 幸امل →野老山鑑識課長, 野老山丸ノ内署長
　ウソ発見器とはこんなもの
　　　　　　　　　26「フーダニット」1(1)'47.11 p12
　歴代捜査, 鑑識課長座談会《座談会》
　　　　　　　　　32「探偵倶楽部」4(7)'53.7 p282
　帝銀事件の鑑識はかくなされた
　　　　　　　　　33「探偵実話」8(16)'57.11 p60
野老山鑑識課長 →野老山幸風
　犯罪と科学《対談》　25「Gメン」2(3)'48.3 p22
野老山丸ノ内署長 →野老山幸風
　最近兇悪犯罪の実相《座談会》
　　　　　　　　　33「探偵実話」2 '50.7 p70
戸沢 寛
　目撃者《小説》　24「妖奇」6(5)'52.5 p80
登史 草兵
　蝉《小説》　33「探偵実話」3(12)'52.10 p190
　葦《小説》　33「探偵実話」4(4)'53.3 p88
寿子
　蘭秋の魅惑《詩》　05「探偵・映画」1(2)'27.11 p39
兎耳生
　動物と方向性　01「新趣味」17(1)'22.1 p251
豊島 要
　空想夫人《小説》　17「宝石」1(3)'46.6 p11
ドストエフスキー
　罪と罰〈1〉〔原作〕《絵物語》18「トップ」2(5)'47.9
　p7, 9, 11, 13, 15, 17, 19, 21, 23, 25
　罪と罰〈2〉〔原作〕《絵物語》
　18「トップ」2(6)'47.11 p13, 15, 17, 19, 21, 23, 25, 27, 29, 31

とた

罪と罰〈3〉〔原作〕《絵物語》 18「トップ」3(1)'48.1
　p19, 21, 23, 25, 27, 29, 31, 33, 35, 37
罪と罰〈4〉〔原作〕《絵物語》
　　　　　　　18「トップ」3(2)'48.2 p19, 21, 23, 25, 27, 29, 31
罪と罰〈5〉〔原作〕《絵物語》
　　　　　　　　　　　18「トップ」3(3)'48.4 p16
罪と罰〈6・完〉〔原作〕《絵物語》
　　　　　　　　　　　18「トップ」3(4)'48.7 p18
罪と罰〔原作〕《絵物語》
　　　　　　　　32「探偵クラブ」2(2)'51.2 p23

戸田 貞雄
　乱歩大人とぼく　　27「別冊宝石」7(9)'54.11 p256
戸田 詩代之
　[れふきうた]《猟奇歌》　06「猟奇」5(3)'32.3 p8
　[れふきうた]《猟奇歌》　06「猟奇」5(4)'32.4 p33
戸田 隆雄
　幸運の手紙《小説》　17「宝石」6(4)'51.4 p184
戸田 巽
　硝子越しの脚　　　　　06「猟奇」4(2)'31.4 p12
　財布《小説》　　　　　06「猟奇」4(4)'31.6 p22
　三角の誘惑　　　　　　06「猟奇」4(5)'31.7 p48
　支那街風景　　　　　　06「猟奇」4(5)'31.7 p55
　或る日の忠直卿　　　　06「猟奇」4(6)'31.9 p20
　LOVE《小説》　　　　 06「猟奇」5(1)'32.1 p14
　目撃者《小説》　　　　11「ぷろふいる」1(2)'33.6 p56
　ポーの怪奇物語二三
　　　　　　　　　　　　11「ぷろふいる」1(4)'33.8 p63
　夢の分析　　　　　　　11「ぷろふいる」1(6)'33.10 p72
　雑草庭園　　　　　　　11「ぷろふいる」1(6)'33.10 p77
　隣室の殺人《小説》
　　　　　　　　　　　　11「ぷろふいる」1(7)'33.11 p38
　或る待合での事件《小説》
　　　　　　　　　　　　11「ぷろふいる」1(8)'33.12 p114
　出世殺人《小説》　　　11「ぷろふいる」2(2)'34.2 p6
　探偵小説は大衆文芸か
　　　　　　　　　　　　11「ぷろふいる」2(6)'34.6 p83
　三つの炎〈連作小説A1号 4〉《小説》
　　　　　　　　　　　　11「ぷろふいる」2(7)'34.7 p69
　幻しのメリーゴーランド《小説》
　　　　　　　　　　　　11「ぷろふいる」2(8)'34.8 p6
　寝言の寄せ書　　　　　11「ぷろふいる」2(8)'34.8 p70
　神戸探偵倶楽部寄せ書
　　　　　　　　　　　　11「ぷろふいる」2(10)'34.10 p98
　相沢氏の不思議な宿望工作《小説》
　　　　　　　　　　　　11「ぷろふいる」3(4)'35.4 p86
　南の幻《小説》　　　　11「ぷろふいる」3(10)'35.10 p21
　ムガチの聖像《小説》
　　　　　　　　　　　　11「ぷろふいる」4(3)'36.3 p20
　読後感少々　　　　　　11「ぷろふいる」4(5)'36.5 p90
　退院した二人の癲狂患者《小説》
　　　　　　　　　　　　14「月刊探偵」2(6)'36.7 p4
　幻視　　　　　　　　　11「ぷろふいる」4(8)'36.8
　深夜の光線《小説》　　12「探偵文学」2(9)'36.9 p21
　悲しき絵画《小説》
　　　　　　　　　　　　11「ぷろふいる」4(11)'36.11 p30
　踊る悪魔《小説》　　　11「ぷろふいる」5(4)'37.4 p28
　宿蟹　　　　　　　　　19「ぷろふいる」1(1)'46.7 p1
　ビロードの小函《小説》
　　　　　　　　　　　　19「ぷろふいる」1(2)'46.12 p38
　ひと昔　　　　　　　　23「真珠」1 '47.4 p14

ギャング牧師《小説》
　　　　　　　　　　　22「新探偵小説」1(2)'47.6 p13
屍体を運ぶ《小説》
　　　　　　　　　　　19「ぷろふいる」2(2)'47.8 p19
落ちてきた花束《小説》　23「真珠」2 '47.10 p43
二科展出品画の秘密《小説》
　　　　　　　　　　　23「真珠」3 '47.12 p4
鉄に溶けた男《小説》　　16「ロック」3(2)'48.3 p15
湖上の殺人《小説》　　　19「仮面」3(3)'48.5 p38
色眼鏡《小説》　　　　　23「真珠」2(6)'48.6 p13

とちめんぼう
　メンタルテスト　　　　03「探偵文芸」1(4)'25.6 p59

戸塚 文子
　読者代表として　　　　17「宝石」13(13)'58.10 p52
　旅と俳句とミステリー《座談会》
　　　　　　　　　　　17「宝石」13(15)'58.12 p250
　お客は常に正しい?　　17「宝石」14(3)'59.3 p276
　選評　　　　　　　　　17「宝石」14(11)'59.10 p58
　意外な犯人　　　　　　17「宝石」15(9)'60.7 p102
　アンケート《アンケート》
　　　　　　　　　　　　17「宝石」18(8)'63.6 p124
　旅の読物　　　　　　　17「宝石」18(13)'63.10 p21

十月 秋恵
　五兵衛勅使 外一篇
　　　　　　　　　08「探偵趣味」(平凡社版)9 '32.1 p9

トツク, アルフレツド
　李豊の長煙管《小説》
　　　　　　　　　　　　11「ぷろふいる」1(3)'33.7 p22

トッド, ワルター
　香港NO.5酒場〈1〉
　　　　　　　　　　　32「探偵倶楽部」6(11)'55.11 p258
　香港NO.5酒場〈2〉
　　　　　　　　　　　32「探偵倶楽部」6(12)'55.12 p230
　香港NO.5酒場〈3〉
　　　　　　　　　　　32「探偵倶楽部」7(1)'56.1 p98
　香港NO.5酒場〈4・完〉
　　　　　　　　　　　32「探偵倶楽部」7(2)'56.2 p128

トップハイム, トマス
　智慧の翼《小説》　　　12「探偵文学」2(7)'36.7 p38

百々平
　金剛石を喰ふ奴　　　　01「新趣味」18(4)'23.4 p47

等々力 健
　詩を書く殺人犯　　　　33「探偵実話」12(1)'61.1 p232
　焼き殺してやる　　　　33「探偵実話」13(3)'62.2 p72

轟 正瑠
　六月の感想　　　　　　11「ぷろふいる」3(8)'35.8 p126

轟 夕起子
　奇妙な家　　　　　　　17「宝石」17(5)'62.4 p92

ドナルド, D
　損害賠償《小説》　　　31「スリーナイン」'50.11 p12

斗南 有吉
　爪《小説》　　　　　　11「ぷろふいる」2(5)'34.5 p101
　作者の言葉　　　　　　11「ぷろふいる」2(5)'34.5 p102
　ソル・グルクハイマー殺人事件E、縺るる端緒
　　　　　　　　　　　　11「ぷろふいる」2(11)'34.11 p90
　鐘《小説》　　　　　　11「ぷろふいる」2(12)'34.12 p36
　山紫水明の地　　　　　11「ぷろふいる」4(3)'36.3 p122
　紙幣の呪ひ　　　　　　11「ぷろふいる」4(8)'36.8 p97

ノックスの探偵小説論
　　19「ぷろふいる」2(3)'47.12 p22
チエスタートンの探偵小説論
　　19「仮面」3(2)'48.3 p35
トニー谷
　誌上アンケート《アンケート》
　　33「探偵実話」5(4)'54.4
　アンケート《アンケート》
　　33「探偵実話」6(3)'55.2増 p73
利根 安里
　月の光《小説》　　17「宝石」11(2)'56.1増 p277
利根 洋
　痴漢《小説》　　　24「妖奇」6(5)'52.5 p115
　地獄から来た手紙《小説》
　　　　　　　　　　24「妖奇」6(7)'52.7 p12
　痴漢《小説》　　24「トリック」7(4)'53.4増 p85
ドネル, エリット
　魔の家《小説》　　01「新趣味」18(1)'23.1 p205
殿井 春行
　戦争は女が駆りたてる
　　35「エロティック・ミステリー」1(3)'60.10 p190
ドノヴァン, テイ・ビイ
　カルロウナの宝石《小説》
　　　　　　　　　01「新趣味」18(8)'23.8 p340
飛島 星象
　綺譚会事件《小説》
　　　　　　　　　27「別冊宝石」2(3)'49.12 p228
戸伏 太兵
　首狩り島の流刑者
　　　　　　　　32「怪奇探偵クラブ」1 '50.5 p212
　太陽魔法の奇談　32「怪奇探偵クラブ」2 '50.6 p76
　黄金太陽神廟《小説》
　　　　　　　　　32「探偵クラブ」1(1)'50.8 p144
　湖底の聖地《小説》
　　　　　　　　32「探偵クラブ」1(3)'50.11 p258
　万里長沙《小説》　32「探偵クラブ」2(2)'51.2 p174
　バウンテイ峡水路の追跡《小説》
　　　　　　　　　32「探偵クラブ」2(6)'51.8 p150
　鰐の聖殿《小説》　32「探偵クラブ」2(9)'51.10 p97
　熱泥地獄の夜　　32「探偵クラブ」3(4)'52.4 p216
　海の十字路《小説》
　　　　　　　　　32「探偵倶楽部」3(8)'52.9 p226
　魔獣の道〈1〉《小説》
　　　　　　　　　32「探偵倶楽部」3(9)'52.10 p218
　魔獣の道〈2〉《小説》
　　　　　　　　　32「探偵倶楽部」3(10)'52.11 p98
　魔獣の道〈3〉《小説》
　　　　　　　　　32「探偵倶楽部」4(1)'53.2 p83
戸祭 五郎
　少女の白骨は叫ぶ　33「探偵実話」10(7)'59.4 p196
都丸 盛政
　鑑識とカンを語る《座談会》
　　　　　　　　　32「探偵倶楽部」3(5)'52.5 p170
とみ
　鳩の街の彼女たち《座談会》
　　　　　　　　　23「真珠」2(7)'48.8 p16
富岡 豊
　校長室のヤモリ　06「猟奇」4(6)'31.9 p48

富沢 有為男
　血と砂《小説》　　16「ロック」3(8)'48.12 p2
富田 英三
　恋の空巣《小説》　25「X」3(8)'49.7 p66
　めりけん・とみー　17「宝石」18(16)'63.12 p24
富田 達観
　川柳殺さぬ人殺し　04「探偵趣味」11 '26.8 p26
富田 千秋
　蜥蜴と鰐の話　　32「探偵倶楽部」6(4)'55.4 p178
　銀杏秘事　　　　27「別冊宝石」12(2)'59.2 p29
富田 恒男
　個性スペクトル　27「別冊宝石」10(11)'57.12 p191
富田 常雄
　恐ろしき夢魔　　　16「ロック」3(1)'48.1 p54
富永 健
　結婚媒介所の内幕　32「探偵倶楽部」6(2)'55.2 p190
富久 進次郎
　風変りな人達　　　17「宝石」16(8)'61.7 p50
富安 風生
　推理とわたし　　　17「宝石」18(9)'63.7 p18
トムスン, ベイジル
　フレイザー夫人の消失《小説》
　　　　　　　　　17「宝石」12(10)'57.8 p250
トムスン, ルイス
　花嫁の致命的蜜月旅行
　　　　　　　　　33「探偵実話」3(6)'52.5 p158
トムソン, エス
　雑貨商殺しの謎　　03「探偵文芸」2(5)'26.5 p94
トムソン, バーバラ
　よごれた青春日記　32「探偵倶楽部」7(3)'56.3 p270
トムソン, モーリン
　霊媒と結婚した女　32「探偵倶楽部」5(6)'54.6 p216
トムプスン, レオナード
　スクイーズ・プレイ《小説》
　　　　　　　　　17「宝石」11(7)'56.5 p32
　剃りかけた髭《小説》17「宝石」11(16)'56.12 p96
友田 芳造
　春の犯罪を語る刑事の座談会《座談会》
　　　　　　　　　18「トップ」2(2)'47.5 p16
智山 宏史
　呪いの夜《小説》　27「別冊宝石」10(1)'57.1 p307
戸山 一彦
　真珠区の若者　　17「宝石」12(6)'57.4増 p203
　50万ドル相続した男
　　　　　　　　　33「探偵実話」8(11)'57.7 p58
　無法街の銃撃戦　　33「探偵実話」9(1)'57.12 p86
外山 雅夫
　望遠鏡があばいた情事
　　　　　　　　33「探偵実話」10(15)'59.11増 p80
　サナトリウムにゃ鬼が出る
　　　　　　　　33「探偵実話」11(2)'60.1増 p142
　パンティ七色ばなし
　　　　　　　　33「探偵実話」11(5)'60.3増 p17
豊岡 佐一郎
　クローズ・アップ《アンケート》
　　　　　　　　　04「探偵趣味」13 '26.11 p33

とよさ

豊沢 一馬
 狸問答《対談》 25「Gメン」1(2)'47.11 p4
豊田 有恒
 恋の鎮魂曲《小説》 27「別冊宝石」17(3)'64.3 p60
豊田 宏一郎
 評論のエチケット 17「宝石」6(1)'51.1 p205
豊田 寿秋
 死の影と生の光りと《小説》
      27「別冊宝石」5(10)'52.12 p230
 月蝕《小説》 27「別冊宝石」6(9)'53.12 p148
豊田 春湖
 あんこと太郎 24「妖奇」5(10)'51.10 p44
虎田 八郎
 青い悪魔 33「探偵実話」13(5)'62.4 p112
 複数情事の果てに 33「探偵実話」13(6)'62.5 p94
鳥居 逸郎
 人妻学校殺人事件のナゾ
      27「別冊宝石」12(12)'59.12 p210
鳥井 及策
 消えた男《小説》 27「別冊宝石」5(10)'52.12 p132
 晴れて今宵は…《小説》
      27「別冊宝石」6(9)'53.12 p10
 う・ぶるぶる物語《小説》
      35「ミステリー」5(4)'64.4 p106
鳥居 竜男
 花嫁卒倒《小説》 17「宝石」5(5)'50.5 p184
 怪談 17「宝石」6(4)'51.4 p186
 モダン小咄 17「宝石」6(7)'51.7 p186
鳥井 秀徳
 椰子林の吸血鬼 27「別冊宝石」11(10)'58.12 p174
鳥居 良禅
 夏の帽子《Photo Story》
    35「エロチック・ミステリー」3(10)'62.10 p71
 夏だけの女《Photo Story》
    35「エロチック・ミステリー」3(11)'62.11 p71
鳥越 力太
 誘惑された税務署員
      33「探偵実話」10(2)'59.1増 p153
 操られた情事 33「探偵実話」10(8)'59.5 p154
 血を呼んだ三十女の邪恋
      33「探偵実話」10(9)'59.6 p128
トリート, ローレンス
 二十ドルの借り《小説》
      32「探偵倶楽部」9(6)'58.5 p61
鳥見 迅彦
 無題《詩》 17「宝石」11(3)'56.2 p13
雞山 稲平
 廃墟の山彦《小説》 17「宝石」4(4)'49.4 p58
ドルサン, リユック
 怪しの古塔《小説》 06「猟奇」4(6)'31.9 p60
トルストイ, A
 人魚《小説》 17「宝石」9(10)'54.8増 p164
ドレイ, ジヨルジュ
 郵便切手帖の行方《小説》
      01「新趣味」17(3)'22.3 p250

トレート, ローレンス
 仮面の殺人《小説》
      27「別冊宝石」17(1)'64.1 p134
土呂 八郎
 手摺の理《小説》 04「探偵趣味」4(6)'28.6 p2
 各国猟奇実話短篇集 06「猟奇」5(3)'32.3 p37
 死者が蘇つた話 06「猟奇」5(4)'32.4 p8
 指紋果して不可思か? 06「猟奇」5(4)'32.4 p36
 チエスタトンのガブリエル・ゲールに就いて
      11「ぷろふいる」2(5)'34.5 p110
 犯罪事実小説の旗の下に!!
      11「ぷろふいる」4(5)'36.5 p88
 五月号読後 14「月刊探偵」2(5)'36.6 p17
 毛髪を染める婦人患者
      11「ぷろふいる」4(8)'36.8 p109
 近頃読んだもの 11「ぷろふいる」4(10)'36.10 p98
十和田 操
 合掌秘譚〔原作〕《絵物語》
    17「宝石」5(3)'50.3 p23, 27, 31, 35, 39, 43, 47, 49
 清貧遊行記
    35「エロチック・ミステリー」3(11)'62.11 p47
呑海翁
 血染のバット《小説》
      01「新趣味」17(11)'22.11 p157
 トランクの死体《小説》
      01「新趣味」18(1)'23.1 p113
 返へされた宝石《小説》
      01「新趣味」18(2)'23.2 p140
 見えざる魔の手《小説》
      01「新趣味」18(3)'23.3 p252
 三つの足跡《小説》 01「新趣味」18(8)'23.8 p273
トンク, ホンキイ
 尾行者《小説》 32「探偵倶楽部」9(10)'58.8 p226
とんだ助平
 出でたりなコケシ人形《小説》
    35「エロチック・ミステリー」4(12)'63.12 p105

【 な 】

ナイト, ハツツン
 時計の指針《小説》
    08「探偵趣味」(平凡社版)8 '31.12 p18
内藤 嘉輔
 指紋に就いて 11「ぷろふいる」1(1)'33.5 p49
内藤 健助
 出獄者座談会《座談会》
      32「探偵倶楽部」5(2)'54.2 p184
内藤 辰雄
 変人見たま、の記 06「猟奇」2(5)'29.5 p39
内藤 敏男
 煙草と探偵小節《座談会》
      17「宝石」10(10)'55.7 p154
ナウレンダー, E・V
 マンボ・アフリカ物語《小説》
      32「探偵倶楽部」6(9)'55.9 p232

なかか

直
　新譜紹介　　　　　　17「宝石」14(5)'59.5 p250
直木 三十五
　探偵無趣味　　　　　04「探偵趣味」8 '26.5 p40
直良 三樹子
　麦秋《小説》　　　27「別冊宝石」12(6)'59.6 p230
中 正夫
　これから生れる赤ン坊問答
　　　　　　　　　　　18「トップ」1(1)'46.5 p14
　あちらの話題　　　　18「トップ」1(3)'46.10 p18
　一瞬に消えた卅七人　18「トップ」2(1)'47.4 p43
　豪華な盗難　　　　　18「トップ」2(1)'47.4 p60
　信じられぬ事実　　　18「トップ」2(1)'47.4 p69
　地下鉄の銃声　　　　18「トップ」2(2)'47.5 p38
　大都会の奇人　　　　18「トップ」2(4)'47.8 p22
　双生児奇談　　　　　18「トップ」2(6)'47.11 p32
　名詐欺師の最後　　　18「トップ」3(2)'48.2 p20
　女詐欺師エデサ奇談　18「トップ」3(3)'48.4 p40
　モナリザの死　　　　18「トップ」3(4)'48.7 p36
那珂 良二
　死刑囚の腕《小説》　　07「探偵」1(8)'31.12 p188
永井 エリ子
　海老屋兄弟《小説》　　24「妖奇」6(7)'52.7 p82
永井 一夫
　還暦おめでとうございます
　　　　　　　　　　27「別冊宝石」10(11)'57.12 p189
永井 喜
　世界一の名を得た薩摩焼
　　　　　　　　　　　01「新趣味」17(1)'22.1 p98
中井 向学
　インチキ広告の内幕話
　　　　　　　　　　32「探偵倶楽部」5(4)'54.4 p217
永井 三郎
　旅客機による大量殺人事件
　　　　　　　　　　32「探偵倶楽部」6(4)'55.4 p242
　実説エラリー誕生　　17「宝石」10(11)'55.8 p112
永井 七郎
　新宿花園町界隈　　32「探偵倶楽部」4(1)'53.2 p202
永井 智雄
　"事件記者"はなぜヒットした？《座談会》
　　　　　　　　　　33「探偵実話」10(10)'59.7増 p211
　事件記者はハードボイルドがお好き《座談会》
　　　　　　　　　　　17「宝石」14(11)'59.10 p228
永井 直二
　恋人探偵術　　　　　07「探偵」1(4)'31.8 p156
　二十五年目の悪戯《小説》
　　　　　　　　　　　07「探偵」1(6)'31.10 p186
永井 三三男
　PLAYER　　　　　　17「宝石」10(1)'55.1 p143
　PLAYER　　　　　　17「宝石」10(3)'55.2 p145
　PLAYER　　　　　　17「宝石」10(6)'55.4 p63
　PLAYER　　　　　　17「宝石」10(7)'55.5 p177
　PLAYER　　　　　　17「宝石」10(8)'55.6 p93
　PLAYER　　　　　　17「宝石」10(10)'55.7 p169
　PLAYER　　　　　　17「宝石」10(13)'55.9 p111
　PLAYER　　　　　　17「宝石」10(14)'55.10 p264
　PLAYER　　　　　　17「宝石」10(15)'55.11 p275
　PLAYER　　　　　　17「宝石」10(17)'55.12 p252

　PLAYER　　　　　　17「宝石」11(3)'56.2 p131
　PLAYER　　　　　　17「宝石」11(4)'56.3 p49
永井 夢二
　お犬様暗殺さる《小説》
　　　　　　　　　　27「別冊宝石」8(4)'55.5 p215
　みんなの見ている前で《小説》
　　　　　　　　　　17「宝石」11(5)'56.3増 p19
中井 良平
　法医学的個人血液鑑定に就て
　　　　　　　　　　　06「猟奇」4(3)'31.5 p8
奈加泉 一郎
　夜叉姫人形《小説》
　　　　　　　　　20「探偵よみもの」39 '49.6 p123
長江 道太郎
　夢のなかのミステリー《詩》
　　　　　　　　　　　17「宝石」10(7)'55.5 p17
中江 耀吉
　下関の小平事件　　33「探偵実話」8(2)'57.1増 p272
中江 良夫
　独ира話　　　　　33「探偵実話」6(1)'54.12 p163
中尾 章
　教授夫人の悪徳　　33「探偵実話」13(3)'62.2 p84
　土地ブームに狂う農家のセックス
　　　　　　　　　　33「探偵実話」13(5)'62.4 p142
中尾 三郎
　羽田空港の密輸団　32「探偵倶楽部」3(9)'52.10
　人獣　　　　　　　32「探偵倶楽部」3(12)'52.12 p105
長岡 隆一郎
　新聞と探偵小説と犯罪《座談会》
　　　　　　　　　　　17「宝石」5(5)'50.5 p96
　海外探偵小説放談《座談会》
　　　　　　　　　　　17「宝石」5(8)'50.8 p124
　百万円懸賞探偵小説B級作品入選誌上発表《座談会》
　　　　　　　　　　　17「宝石」5(9)'50.9 p212
中河 悦朗
　殺しの報酬《小説》
　　　　　　　　　　27「別冊宝石」14(4)'61.7 p167
中川 光二
　片目の女《小説》　　17「宝石」10(2)'55.1増 p332
中川 工司
　風流噺落語風景《座談会》
　　　　　　　　　　　23「真珠」2(6)'48.6 p14
中川 孤牛
　春宵風流犯罪奇談《座談会》
　　　　　　　　　　　23「真珠」2(5)'48.4 p10
中川 淳一　→鮎川哲也
　地虫《小説》　　　27「別冊宝石」2(3)'49.12 p372
　雪姫《小説》　　　　17「宝石」6(10)'51.10 p268
中川 善之助
　太郎さんのこと　　27「別冊宝石」7(9)'54.11 p290
　アンケート《アンケート》
　　　　　　　　　　17「宝石」12(12)'57.9 p172
　太郎さんのこと　　17「宝石」17(1)'62.1 p133
中川 武一
　寝室の裸女《小説》　30「恐怖街」'49.10 p17
中川 透　→鮎川哲也
　ペトロフ事件《小説》27「別冊宝石」3(2)'50.4 p8

731

ペトロフ事件に就いて其他
　　　　　　　　　　　17「宝石」6(1)'51.1 p204
楡の木荘の殺人《小説》　17「宝石」6(5)'51.5 p90
悪魔が笑う《小説》　　17「宝石」6(8)'51.8 p138
アンケート《アンケート》
　　　　　　　　　　　17「宝石」7(1)'52.1 p85
影法師《小説》　　33「探偵実話」5(7)'54.6 p76
赤い密室《小説》　33「探偵実話」5(9)'54.8 p246
ダイヤルMを廻せ《映画物語》
　　　　　　　　　33「探偵実話」5(10)'54.9 p222
黄色い悪魔《小説》33「探偵実話」6(9)'55.8 p25
朝めし御用心《小説》
　　　　　　　　　33「探偵実話」6(10)'55.9 p80
アトランタ姫《小説》
　　　　　　　　　33「探偵実話」6(11)'55.10 p2
蛇と猪《小説》　33「探偵実話」6(12)'55.10増 p254
緋紋谷事件《小説》
　　　　　　　　　33「探偵実話」6(13)'55.11 p26
甌《小説》　　　　33「探偵実話」7(3)'56.1 p26
一時一〇分《小説》33「探偵実話」7(4)'56.2 p242
地虫《小説》　　　33「探偵実話」7(5)'56.3増 p224
白昼の悪魔《小説》
　　　　　　　　　33「探偵実話」7(12)'56.7 p260
那珂川 透　→鮎川哲也
　月魄《小説》　　16「ロック」3(1)'48.1 p20
永川 浩
　死神のデート　33「探偵実話」13(12)'62.10 p42
中河 与一
　ガラスを飲んでから　04「探偵趣味」16 '27.2 p38
　世界的な作家の一人
　　　　　　　　27「別冊宝石」7(9)'54.11 p114
中川 竜一
　ソポクレスとアガサ・クリスティ
　　　　　　　　　17「宝石」12(14)'57.11 p59
　東西の裁判劇いろいろ
　　　　　　　　　17「宝石」12(16)'57.12 p85
仲木 貞一
　人気俳優の将来　　01「新趣味」17(1)'22.1 p6
中桐 雅夫
　あはれな探偵《詩》　17「宝石」―'49.9増 p9
　脱獄囚《詩》　　17「宝石」10(3)'55.2 p13
長倉 義夫
　コニヤックという酒
　　　　　　　　32「探偵クラブ」2(2)'51.2 p184
中込 貴志人
　易占と推理性を語る座談会《座談会》
　　　　　　　　　17「宝石」5(7)'50.7 p122
長崎 一郎
　善悪人《小説》　33「探偵実話」3(1)'51.12 p102
長崎 豊吉
　汚職殺人　　　33「探偵実話」6(7)'55.6 p160
　東京駅の首相暗殺　33「探偵実話」6(8)'55.7 p219
　赤い闘士の恋　　33「探偵実話」6(9)'55.8 p144
　宮崎伝左衛門の横顔
　　　　　　　　33「探偵実話」6(11)'55.10 p126
　ある宵アキの告白　33「探偵実話」9(2)'58.1増 p226
長崎 豊治
　椒事件の公判記録　33「探偵実話」8(2)'57.1増 p68

名利建仁寺炎上秘聞
　　　　　　　　　33「探偵実話」8(8)'57.5増 p68
　まんが心中史　33「探偵実話」9(5)'58.3増 p19
　昭和五人女　　33「探偵実話」9(8)'58.5増 p201
長崎 抜天
　嫁が君奇談《小説》　16「ロック」4(1)'49.2 p34
中沢 輝夫
　禿げ鷹の失敗《小説》　07「探偵」1(7)'31.11 p159
中沢 不二雄
　島田一男の横顔　　17「宝石」17(9)'62.7 p85
中沢 巫夫
　情熱の遺稿《小説》　16「ロック」3(4)'48.8 p20
　矢一筋《小説》　27「別冊宝石」5(5)'52.6 p82
　造宮使長官の死《小説》17「宝石」8(7)'53.7 p162
　阿波騒動の立役者 32「探偵倶楽部」5(5)'54.5 p242
　仇討吉原ばなし《小説》
　　　　　　　　27「別冊宝石」8(1)'55.1 p192
中島 幾久男
　私立探偵裏ばなし　33「探偵実話」8(12)'57.8 p143
中島 逸平
　執念深い男　　　33「探偵実話」3(14)'52.12 p77
中島 馨　→中島河太郎
　興味の問題　　11「ぷろふいる」4(7)'36.7 p135
中島 河太郎　→石羽文彦, 小城魚太郎, 中島馨
　探偵小説講座〈3〉　19「仮面」3(4)'48.6 p46
　新人探偵作家を語る《座談会》
　　　　　　　　27「別冊宝石」3(2)'50.4 p190
　探偵雑誌興亡記　17「宝石」5(12)'50.12 p84
　探偵小説蒐集狂　33「探偵実話」3(4)'52.3増 p240
　探偵小説への挑戦　32「探偵クラブ」3(4)'52.4 p165
　探偵小説の王道　32「探偵倶楽部」3(5)'52.5 p96
　戦後探偵小説界展望
　　　　　　　　32「探偵倶楽部」3(6)'52.6 p282
　探偵小説の前進　32「探偵倶楽部」3(7)'52.8 p90
　探偵小説の新生面　32「探偵倶楽部」3(8)'52.9 p170
　[解説]　　　　　33「探偵実話」3(11)'52.9 p14
　[解説]　　　　　33「探偵実話」3(11)'52.9 p24
　[解説]　　　　　33「探偵実話」3(11)'52.9 p30
　[解説]　　　　　33「探偵実話」3(11)'52.9 p36
　[解説]　　　　　33「探偵実話」3(11)'52.9 p43
　[解説]　　　　　33「探偵実話」3(11)'52.9 p46
　[解説]　　　　　33「探偵実話」3(11)'52.9 p50
　[解説]　　　　　33「探偵実話」3(11)'52.9 p67
　[解説]　　　　　33「探偵実話」3(11)'52.9 p70
　[解説]　　　　　33「探偵実話」3(11)'52.9 p77
　[解説]　　　　　33「探偵実話」3(11)'52.9 p82
　[解説]　　　　　33「探偵実話」3(11)'52.9 p90
　[解説]　　　　　33「探偵実話」3(11)'52.9 p94
　[解説]　　　　33「探偵実話」3(11)'52.9増 p100
　[解説]　　　　33「探偵実話」3(11)'52.9増 p104
　[解説]　　　　33「探偵実話」3(11)'52.9増 p119
　[解説]　　　　33「探偵実話」3(11)'52.9増 p124
　[解説]　　　　33「探偵実話」3(11)'52.9増 p132
　[解説]　　　　33「探偵実話」3(11)'52.9増 p141
　[解説]　　　　33「探偵実話」3(11)'52.9増 p156
　[解説]　　　　33「探偵実話」3(11)'52.9増 p172
　[解説]　　　　33「探偵実話」3(11)'52.9増 p178
　[解説]　　　　33「探偵実話」3(11)'52.9増 p190

なかし

［解説］	33「探偵実話」3(11)'52.9増 p202
探偵小説に現われたエロティシズム	
	17「宝石」7(10)'52.10 p86
探偵小説辞典〈1〉	17「宝石」7(11)'52.11 p75
探偵小説辞典〈2〉	17「宝石」7(12)'52.12 p125
選後感	27「別冊宝石」5(10)'52.12 p163
探偵小説辞典〈3〉	17「宝石」8(1)'53.1 p153
探偵小説に対するアンケート《アンケート》	
	32「探偵倶楽部」4(1)'53.2 p150
探偵小説辞典〈4〉	17「宝石」8(2)'53.3 p97
犯人当ての小説	17「宝石」8(4)'53.3増 p134
探偵小説辞典〈5〉	17「宝石」8(3)'53.4 p149
鬼の独り言	33「探偵実話」4(5)'53.4 p174
探偵小説ダイジェスト	
	32「探偵倶楽部」4(5)'53.5 p126
探偵小説辞典〈6〉	17「宝石」8(5)'53.5 p143
赤い部屋	27「別冊宝石」6(3)'53.5 p17
妄想の原理	27「別冊宝石」6(3)'53.5 p39
底無沼	27「別冊宝石」6(3)'53.5 p61
爬虫館事件	27「別冊宝石」6(3)'53.5 p79
生ける屍	27「別冊宝石」6(3)'53.5 p103
吸血花	27「別冊宝石」6(3)'53.5 p119
恋人を喰べる話	27「別冊宝石」6(3)'53.5 p133
日本探偵小説史素描	
	27「別冊宝石」6(3)'53.5 p147
猟奇商人	27「別冊宝石」6(3)'53.5 p151
鬼の独り言	33「探偵実話」4(6)'53.5 p154
黒い虹	27「別冊宝石」6(3)'53.5 p163
恐しき馬鹿	27「別冊宝石」6(3)'53.5 p193
死後の恋	27「別冊宝石」6(3)'53.5 p229
時計二重奏	27「別冊宝石」6(3)'53.5 p261
虚像淫楽	27「別冊宝石」6(3)'53.5 p277
花束	27「別冊宝石」6(3)'53.5 p303
海底降下三千呎	27「別冊宝石」6(3)'53.5 p329
鼉	27「別冊宝石」6(3)'53.5 p353
死の倒影	27「別冊宝石」6(3)'53.5 p381
探偵小説辞典〈7〉	17「宝石」8(6)'53.6 p153
鬼の独り言	33「探偵実話」4(8)'53.7 p86
探偵小説辞典〈8〉	17「宝石」8(7)'53.8 p159
鬼の独り言	33「探偵実話」4(9)'53.8 p96
探偵小説辞典〈9〉	17「宝石」8(10)'53.9 p147
探偵小説辞典〈10〉	17「宝石」8(11)'53.10 p185
探偵小説辞典〈11〉	17「宝石」8(13)'53.11 p151
探偵小説辞典〈12〉	17「宝石」8(14)'53.12 p149
選後感	27「別冊宝石」6(9)'53.12 p121
探偵小説辞典〈13〉	17「宝石」9(1)'54.1 p187
鬼の独り言	33「探偵実話」5(1)'54.1 p62
探偵小説辞典〈14〉	17「宝石」9(2)'54.2 p139
鬼の独り言	33「探偵実話」5(2)'54.2 p88
探偵小説辞典〈15〉	17「宝石」9(3)'54.3 p155
鬼の独り言	33「探偵実話」5(3)'54.3 p70
探偵小説辞典〈16〉	17「宝石」9(5)'54.4 p207
鬼の独り言	33「探偵実話」5(4)'54.4 p192
作品解説	33「探偵実話」5(5)'54.4増 p18
作品解説	33「探偵実話」5(5)'54.4増 p51
作品解説	33「探偵実話」5(5)'54.4増 p64
作品解説	33「探偵実話」5(5)'54.4増 p74
作品解説	33「探偵実話」5(5)'54.4増 p94
作品解説	33「探偵実話」5(5)'54.4増 p108
作品解説	33「探偵実話」5(5)'54.4増 p118
作品解説	33「探偵実話」5(5)'54.4増 p130

作品解説	33「探偵実話」5(5)'54.4増 p139
作品解説	33「探偵実話」5(5)'54.4増 p148
作品解説	33「探偵実話」5(5)'54.4増 p182
作品解説	33「探偵実話」5(5)'54.4増 p190
作品解説	33「探偵実話」5(5)'54.4増 p206
作品解説	33「探偵実話」5(5)'54.4増 p223
作品解説	33「探偵実話」5(5)'54.4増 p238
作品解説	33「探偵実話」5(5)'54.4増 p248
作品解説	33「探偵実話」5(5)'54.4増 p273
作品解説	33「探偵実話」5(5)'54.4増 p284
作品解説	33「探偵実話」5(5)'54.4増 p298
作品解説	33「探偵実話」5(5)'54.4増 p330
作品解説	33「探偵実話」5(5)'54.4増 p344
作品解説	33「探偵実話」5(5)'54.4増 p357
作品解説	33「探偵実話」5(5)'54.4増 p368
作品解説	33「探偵実話」5(5)'54.4増 p380
探偵小説辞典〈17〉	17「宝石」9(6)'54.5 p155
鬼の独り言	33「探偵実話」5(6)'54.5 p246
探偵小説辞典〈18〉	17「宝石」9(7)'54.6 p143
探偵小説年代記	27「別冊宝石」7(5)'54.6 p228
鬼の独り言	33「探偵実話」5(7)'54.6 p116
探偵小説辞典〈19〉	17「宝石」9(8)'54.7 p149
鬼の独り言	33「探偵実話」5(8)'54.7 p168
探偵小説辞典〈20〉	17「宝石」9(9)'54.8 p119
探偵小説に現れた同性愛	
	17「宝石」9(10)'54.8増 p82
鬼の独り言	33「探偵実話」5(9)'54.8 p112
探偵小説辞典〈21〉	17「宝石」9(11)'54.9 p145
鬼の独り言	33「探偵実話」5(10)'54.9 p104
新会長木々高太郎に「聞いたり聞かせたり」の座談会《座談会》	
	17「宝石」9(12)'54.10 p64
探偵小説辞典〈22〉	17「宝石」9(12)'54.10 p155
鬼の独り言	33「探偵実話」5(12)'54.10 p80
探偵小説辞典〈23〉	17「宝石」9(13)'54.11 p153
乱歩文学の鳥瞰	27「別冊宝石」7(9)'54.11 p102
鬼の独り言	33「探偵実話」5(13)'54.11 p98
江戸川乱歩《小説》	
	32「探偵倶楽部」5(12)'54.12 p28
探偵小説辞典〈24〉	17「宝石」9(14)'54.12 p149
鬼の独り言	33「探偵実話」6(1)'54.12 p110
探偵小説辞典〈25〉	17「宝石」10(1)'55.1 p209
鬼の独り言	33「探偵実話」6(2)'55.1 p188
選余言	17「宝石」10(2)'55.1増 p25
探偵小説辞典〈26〉	17「宝石」10(3)'55.2 p163
坪田宏小論	17「宝石」10(4)'55.3 p220
探偵小説辞典〈27〉	17「宝石」10(4)'55.3 p167
鬼の独り言	33「探偵実話」6(5)'55.4 p230
探偵作家・坂口安吾	17「宝石」10(6)'55.4 p121
探偵小説辞典〈28〉	17「宝石」10(6)'55.4 p175
鬼の独り言	33「探偵実話」6(6)'55.4 p210
探偵小説辞典〈29〉	17「宝石」10(7)'55.5 p173
永瀬三吾論	17「宝石」10(7)'55.5 p205
鬼の独り言	33「探偵実話」6(6)'55.5 p218
海外探偵小説展望	32「探偵倶楽部」6(6)'55.6 p45
探偵小説辞典〈30〉	17「宝石」10(8)'55.6 p169
犯罪実話史考	33「探偵実話」6(7)'55.6 p182
「閑雅な殺人」読後	17「宝石」10(9)'55.7 p127
探偵小説辞典〈31〉	17「宝石」10(10)'55.7 p165
戦後探偵小説傑作選	
	32「探偵倶楽部」6(7)'55.7 p237

なかし

鬼の独り言	33「探偵実話」6(8)'55.7 p180
探偵小説の革命	32「探偵倶楽部」6(8)'55.8 p116
探偵小説辞典〈32〉	17「宝石」10(11)'55.8 p151
鬼の独り言	33「探偵実話」6(9)'55.8 p232
探偵小説辞典〈33〉	17「宝石」10(13)'55.9 p145
探偵文壇の三人	32「探偵倶楽部」6(9)'55.9 p152
鬼の独り言	33「探偵実話」6(10)'55.9 p222
心理スリラー読後	
	32「探偵倶楽部」6(10)'55.10 p66
探偵小説辞典〈34〉	17「宝石」10(14)'55.10 p203
鬼の独り言	33「探偵実話」6(11)'55.10 p102
戦後十年の探偵小説を語る座談会《座談会》	
	33「探偵実話」6(12)'55.10増 p275
中堅作家論	32「探偵倶楽部」6(11)'55.11 p76
探偵小説辞典〈35〉	17「宝石」10(15)'55.11 p205
鬼の独り言	33「探偵実話」6(13)'55.11 p104
正統派作家論	32「探偵倶楽部」6(12)'55.12 p120
探偵小説辞典〈36〉	17「宝石」10(17)'55.12 p173
鬼の独り言	33「探偵実話」7(1)'55.12 p200
探偵小説・一九五六年	
	32「探偵倶楽部」7(1)'56.1 p74
回顧と展望	17「宝石」11(1)'56.1 p85
探偵小説ブームは果して来るか来ないか《座談会》	
	32「探偵倶楽部」7(1)'56.1 p180
探偵小説辞典〈37〉	17「宝石」11(1)'56.1 p191
探偵小説の定義	17「宝石」11(1)'56.1 p298
クラブ賞受賞者とその作品	
	27「別冊宝石」9(1)'56.1 p23
鬼の独り言	33「探偵実話」7(3)'56.1 p216
選後余筆	17「宝石」11(2)'56.1増 p23
探偵小説辞典〈38〉	17「宝石」11(3)'56.2 p127
探偵小説変貌論のその後	
	32「探偵倶楽部」7(2)'56.2 p159
探偵小説の本格と変格	17「宝石」11(3)'56.2 p250
鬼の独り言	33「探偵実話」7(4)'56.2 p84
カーとガードナー	32「探偵倶楽部」7(3)'56.3 p53
探偵小説辞典〈39〉	17「宝石」11(4)'56.3 p169
鬼の独り言	33「探偵実話」7(6)'56.3 p146
探偵作家印象記	33「探偵実話」7(5)'56.3増 p187
探偵小説入門	32「探偵倶楽部」7(4)'56.4 p109
海外作家略伝	32「探偵倶楽部」7(4)'56.4 p290
鬼の独り言	33「探偵実話」7(7)'56.4 p216
一般文学者と探偵小説	
	32「探偵倶楽部」7(5)'56.5 p87
探偵小説辞典〈40〉	17「宝石」11(7)'56.5 p317
鬼の独り言	33「探偵実話」7(9)'56.5 p136
木々氏の探偵小説新論	
	32「探偵倶楽部」7(6)'56.6 p145
探偵小説新論争《座談会》	
	17「宝石」11(8)'56.6 p166
探偵小説辞典〈41〉	17「宝石」11(8)'56.6 p317
鬼の独り言	33「探偵実話」7(10)'56.6 p204
三十五年間の秀作	27「別冊宝石」9(5)'56.6 p405
探偵小説の用語	32「探偵倶楽部」7(7)'56.6増 p316
探偵小説辞典〈42〉	17「宝石」11(9)'56.7 p309
鬼の独り言	33「探偵実話」7(12)'56.7 p126
解説	33「探偵実話」7(11)'56.7増 p18
解説	33「探偵実話」7(11)'56.7増 p36
解説	33「探偵実話」7(11)'56.7増 p54
解説	33「探偵実話」7(11)'56.7増 p67
解説	33「探偵実話」7(11)'56.7増 p80
解説	33「探偵実話」7(11)'56.7増 p96
解説	33「探偵実話」7(11)'56.7増 p100
解説	33「探偵実話」7(11)'56.7増 p120
解説	33「探偵実話」7(11)'56.7増 p132
解説	33「探偵実話」7(11)'56.7増 p146
解説	33「探偵実話」7(11)'56.7増 p160
解説	33「探偵実話」7(11)'56.7増 p180
解説	33「探偵実話」7(11)'56.7増 p196
解説	33「探偵実話」7(11)'56.7増 p216
解説	33「探偵実話」7(11)'56.7増 p232
解説	33「探偵実話」7(11)'56.7増 p240
解説	33「探偵実話」7(11)'56.7増 p253
解説	33「探偵実話」7(11)'56.7増 p266
解説	33「探偵実話」7(11)'56.7増 p283
解説	33「探偵実話」7(11)'56.7増 p300
解説	33「探偵実話」7(11)'56.7増 p343
解説	33「探偵実話」7(11)'56.7増 p356
解説	33「探偵実話」7(11)'56.7増 p368
解説	33「探偵実話」7(11)'56.7増 p384
怪奇小説随想	32「探偵倶楽部」7(9)'56.8 p33
探偵小説辞典〈44〉	17「宝石」11(11)'56.8 p309
鬼の独り言	33「探偵実話」7(13)'56.8 p186
一人二役のいろいろ	
	32「探偵倶楽部」7(10)'56.9 p29
探偵小説辞典〈44〉	17「宝石」11(12)'56.9 p325
鬼の独り言	33「探偵実話」7(14)'56.9 p50
新涼書談	32「探偵倶楽部」7(11)'56.10 p111
探偵小説辞典〈45〉	17「宝石」11(14)'56.10 p315
鬼の独り言	33「探偵実話」7(15)'56.10 p208
指紋と探偵小説	32「探偵倶楽部」7(12)'56.11 p188
探偵小説辞典〈46〉	17「宝石」11(15)'56.11 p309
鬼の独り言	33「探偵実話」7(17)'56.11 p206
解説	33「探偵実話」7(16)'56.11増
解説	33「探偵実話」7(16)'56.11増 p18
解説	33「探偵実話」7(16)'56.11増 p70
解説	33「探偵実話」7(16)'56.11増 p84
解説	33「探偵実話」7(16)'56.11増 p114
解説	33「探偵実話」7(16)'56.11増 p134
解説	33「探偵実話」7(16)'56.11増 p144
解説	33「探偵実話」7(16)'56.11増 p158
解説	33「探偵実話」7(16)'56.11増 p170
解説	33「探偵実話」7(16)'56.11増 p188
解説	33「探偵実話」7(16)'56.11増 p208
解説	33「探偵実話」7(16)'56.11増 p223
解説	33「探偵実話」7(16)'56.11増 p240
解説	33「探偵実話」7(16)'56.11増 p252
解説	33「探偵実話」7(16)'56.11増 p269
解説	33「探偵実話」7(16)'56.11増 p282
解説	33「探偵実話」7(16)'56.11増 p302
解説	33「探偵実話」7(16)'56.11増 p315
解説	33「探偵実話」7(16)'56.11増 p340
解説	33「探偵実話」7(16)'56.11増 p348
探偵小説辞典〈47〉	17「宝石」11(16)'56.12 p309
鬼の独り言	33「探偵実話」8(1)'56.12 p198
探偵小説一九五七年	
	32「探偵倶楽部」8(1)'57.1 p179
探偵小説辞典〈48〉	17「宝石」12(1)'57.1 p389
鬼の独り言	33「探偵実話」8(3)'57.1 p146
中村美与子氏追悼	17「宝石」12(3)'57.2 p172
探偵小説辞典〈49〉	17「宝石」12(3)'57.2 p269
鬼の独り言	33「探偵実話」8(4)'57.2 p172

なかし

探偵小説の新星	32「探偵倶楽部」8 (2) '57.3 p179
探偵小説辞典〈50〉	17「宝石」12 (4) '57.3 p269
横溝正史論	27「別冊宝石」10 (3) '57.3 p174
鬼の独り言	33「探偵実話」8 (6) '57.3 p136
探偵作家とその作品	
	33「探偵実話」8 (5) '57.3増 p17
探偵小説界近事	32「探偵倶楽部」8 (3) '57.4 p245
探偵小説辞典〈51〉	17「宝石」12 (5) '57.4 p269
鬼の独り言	33「探偵実話」8 (7) '57.4 p134
クラブ賞と松本氏	32「探偵倶楽部」8 (4) '57.5 p235
探偵小説辞典〈52〉	17「宝石」12 (7) '57.5 p269
鬼の独り言	33「探偵実話」8 (9) '57.5 p194
探偵小説辞典〈53〉	17「宝石」12 (8) '57.6 p269
大下宇陀児論	27「別冊宝石」10 (6) '57.6 p144
鬼の独り言	33「探偵実話」8 (10) '57.6 p196
探偵小説辞典〈54〉	17「宝石」12 (9) '57.7 p269
私はこう思う《座談会》	
	33「探偵実話」8 (11) '57.7 p80
鬼の独り言	33「探偵実話」8 (11) '57.7 p134
忌憚なく語る	17「宝石」12 (10) '57.8 p165
探偵小説辞典〈55〉	17「宝石」12 (10) '57.8 p307
鬼の独り言	33「探偵実話」8 (12) '57.8 p82
島田一男作品目録	27「別冊宝石」10 (8) '57.8 p181
島田一男を語る《座談会》	
	27「別冊宝石」10 (8) '57.8 p184
島田一男論	27「別冊宝石」10 (8) '57.8 p221
探偵小説辞典〈56〉	17「宝石」12 (12) '57.9 p311
鬼の独り言	33「探偵実話」9 (1) '57.9 p108
探偵小説辞典〈57〉	17「宝石」12 (13) '57.10 p311
鬼の独り言	33「探偵実話」8 (14) '57.10 p108
探偵小説界の展望	
	33「探偵実話」8 (15) '57.11 p134
探偵小説辞典〈58〉	17「宝石」12 (14) '57.11 p155
鬼の独り言	33「探偵実話」8 (16) '57.11 p130
戦後探偵小説の史的意義	
	32「探偵倶楽部」8 (12) '57.11増 p255
探偵小説辞典〈59	17「宝石」12 (16) '57.12 p281
木々高太郎論	27「別冊宝石」10 (11) '57.12 p176
鬼の独り言	17「宝石」12 (17) '57.12 p250
ハメットについて	32「探偵倶楽部」9 (1) '58.1 p106
探偵小説辞典〈60〉	17「宝石」13 (1) '58.1 p243
鬼の独り言	33「探偵実話」9 (3) '58.1 p136
探偵小説辞典〈61〉	17「宝石」13 (2) '58.2 p325
戦後感	27「別冊宝石」11 (2) '58.2 p21
鬼に独り言	33「探偵実話」9 (4) '58.2 p240
探偵小説辞典〈62〉	17「宝石」13 (4) '58.3 p221
鬼の独り言	33「探偵実話」9 (6) '58.3 p98
松本清張論	17「宝石」13 (5) '58.4 p169
探偵小説辞典〈63〉	17「宝石」13 (5) '58.4 p203
角田喜久雄論	27「別冊宝石」11 (4) '58.4 p232
鬼の独り言	33「探偵実話」9 (7) '58.4 p234
大正昭和探偵小説名作百選集について	
	32「探偵倶楽部」9 (5) '58.4増 p173
ウールリッチとアイリッシュ	
	32「探偵倶楽部」9 (6) '58.5 p113
探偵小説辞典〈64〉	17「宝石」13 (6) '58.5 p187
鬼の独り言	33「探偵実話」9 (9) '58.5 p252
探偵小説辞典〈65〉	17「宝石」13 (8) '58.6 p155
鬼の独り言	33「探偵実話」9 (10) '58.6 p140
探偵小説辞典〈66〉	17「宝石」13 (9) '58.7 p173
久生十蘭と夢野久作	
	27「別冊宝石」11 (6) '58.7 p174
鬼の独り言	33「探偵実話」9 (11) '58.7 p188
探偵小説辞典〈67〉	17「宝石」13 (10) '58.8 p169
鬼の独り言	33「探偵実話」9 (12) '58.8 p214
鬼の独り言	33「探偵実話」9 (13) '58.9 p264
選後感	17「宝石」13 (13) '58.10 p54
探偵小説辞典〈68〉	17「宝石」13 (13) '58.10 p197
鬼の独り言	33「探偵実話」9 (15) '58.10 p178
戦後探偵小説の鳥瞰図	
	27「別冊宝石」11 (8) '58.10 p230
探偵小説辞典〈69〉	17「宝石」13 (14) '58.11 p271
鬼の独り言	33「探偵実話」9 (16) '58.11 p140
探偵小説辞典〈70〉	17「宝石」13 (15) '58.12 p197
鬼の独り言	33「探偵実話」10 (1) '58.12 p264
選後余筆	17「宝石」13 (16) '58.12増 p143
探偵小説辞典〈71〉	17「宝石」14 (1) '59.1 p285
探偵小説・回顧と展望《座談会》	
	17「宝石」14 (1) '59.1 p290
探偵小説辞典〈72・完〉	
	17「宝石」14 (2) '59.2 p243
鬼の独り言	33「探偵実話」10 (4) '59.2 p156
スリラーブームは来ている《座談会》	
	33「探偵実話」10 (5) '59.3 p144
奈良	17「宝石」14 (6) '59.6 p10
鬼の独り言	33「探偵実話」10 (9) '59.6 p248
カー私抄	17「宝石」14 (7) '59.6増 p37
鬼の独り言	33「探偵実話」10 (11) '59.7 p212
鬼の独り言	33「探偵実話」10 (12) '59.8 p270
選評	17「宝石」14 (11) '59.10 p57
選者の言葉	17「宝石」14 (11) '59.10 p111
選後評	17「宝石」14 (13) '59.11 p165
新人群像	17「宝石」14 (15) '59.12増 p198
宝石昭和34年度作品ベスト・10《アンケート》	
	17「宝石」15 (1) '60.1 p225
1959年回顧	17「宝石」15 (4) '60.3 p64
昭和35年度宝石賞選評座談会《座談会》	
	17「宝石」15 (5) '60.4 p238
推理小説評論の難かしさ《座談会》	
	17「宝石」15 (8) '60.6 p244
推理小説の新しい道《座談会》	
	17「宝石」15 (9) '60.7 p234
"硝子の家"特別解説	
	17「宝石」15 (15) '60.12増 p263
昨年度の推理小説を顧みて《座談会》	
	17「宝石」16 (2) '61.2 p288
選後余言	17「宝石」16 (3) '61.2増 p287
昭和36年度宝石賞選考座談会《座談会》	
	17「宝石」16 (5) '61.4 p216
加里岬の踊子 特別解説	
	27「別冊宝石」14 (3) '61.5 p273
今月の創作評《座談会》	
	17「宝石」16 (8) '61.7 p196
今月の創作評《座談会》	
	17「宝石」16 (9) '61.8 p240
今月の創作評《座談会》	
	17「宝石」16 (10) '61.9 p228
密室の魅力	17「宝石」16 (11) '61.10 p148
今月の創作評《座談会》	
	17「宝石」16 (11) '61.10 p292

735

今月の創作評《座談会》
　　　　　　　17「宝石」16(12)'61.11 p218
「瀬戸内海の惨劇」解説
　　　　　　　27「別冊宝石」14(6)'61.11 p118
今月の創作評《対談》
　　　　　　　17「宝石」16(13)'61.12 p244
江戸川乱歩論　17「宝石」17(1)'62.1 p120
昨年度推理小説界を顧みて《座談会》
　　　　　　　17「宝石」17(1)'62.1 p192
日本推理小説史〈1〉17「宝石」17(1)'62.1 p246
今月の創作評《座談会》
　　　　　　　17「宝石」17(1)'62.1 p274
宝石候補作を選考して《座談会》
　　　　　　　17「宝石」17(2)'62.1増 p200
信念に徹する人　17「宝石」17(3)'62.2 p161
日本推理小説史〈2〉17「宝石」17(3)'62.2 p226
今月の創作評《対談》17「宝石」17(3)'62.2 p282
日本推理小説史〈3〉17「宝石」17(4)'62.3 p208
今月の創作評《座談会》
　　　　　　　17「宝石」17(4)'62.3 p216
〈宝石賞〉選考座談会《座談会》
　　　　　　　17「宝石」17(5)'62.4 p188
日本推理小説史〈4〉17「宝石」17(5)'62.4 p232
今月の創作評《対談》17「宝石」17(5)'62.4 p270
日本推理小説史〈5〉17「宝石」17(6)'62.5 p114
今月の創作評《対談》17「宝石」17(6)'62.5 p270
天性の本格派　17「宝石」17(7)'62.6 p115
翻訳、創作そして月評　17「宝石」17(7)'62.6 p156
日本推理小説史〈6〉17「宝石」17(7)'62.6 p236
今月の創作評《座談会》
　　　　　　　17「宝石」17(7)'62.6 p282
第一回宝石賞中篇賞候補作を銓衡して《座談会》
　　　　　　　17「宝石」17(8)'62.6増 p190
日本推理小説史〈7〉17「宝石」17(9)'62.7 p214
今月の創作評《座談会》
　　　　　　　17「宝石」17(9)'62.7 p246
薩摩の味覚
　　　　　35「エロチック・ミステリー」3(8)'62.8 p88
日本推理小説史〈8〉17「宝石」17(10)'62.8 p222
今月の創作評《座談会》
　　　　　　　17「宝石」17(10)'62.8 p236
日本推理小説史〈9〉17「宝石」17(11)'62.9 p222
今月の創作評《座談会》
　　　　　　　17「宝石」17(11)'62.9 p244
純本格派の作家たち《座談会》
　　　　　　　17「宝石」17(12)'62.9増 p134
今月の創作評《座談会》
　　　　　　　17「宝石」17(13)'62.10 p260
日本推理小説史〈10〉
　　　　　　　17「宝石」17(13)'62.10 p296
日本推理小説史〈11〉
　　　　　　　17「宝石」17(14)'62.11 p178
今月の創作評《座談会》
　　　　　　　17「宝石」17(14)'62.11 p210
戦後推理小説を語る《座談会》
　　　　　　　17「宝石」17(15)'62.11増 p258
無類のサスペンス　17「宝石」17(16)'62.12 p98
日本推理小説史〈12〉
　　　　　　　17「宝石」17(16)'62.12 p188
今月の創作評《座談会》
　　　　　　　17「宝石」17(16)'62.12 p268

水上勉を語る《座談会》
　　　　　　　27「別冊宝石」15(5)'62.12 p132
「俘囚」について　17「宝石」18(1)'63.1 p118
日本推理小説史〈13〉17「宝石」18(1)'63.1 p184
一九六二年の推理小説界を顧みて《座談会》
　　　　　　　17「宝石」18(1)'63.1 p188
今月の創作評《座談会》
　　　　　　　17「宝石」18(1)'63.1 p290
黒岩重吾を語る《座談会》
　　　　　　　27「別冊宝石」16(1)'63.1 p184
柔にして剛　17「宝石」18(3)'63.2 p152
日本推理小説史〈14〉17「宝石」18(3)'63.2 p178
「紅毛傾城」について　17「宝石」18(3)'63.2 p221
今月の創作評《座談会》
　　　　　　　17「宝石」18(3)'63.2 p254
日本推理小説史〈15〉17「宝石」18(4)'63.3 p79
痩躯の開拓者　17「宝石」18(4)'63.3 p143
「動かぬ鯨群」について
　　　　　　　17「宝石」18(4)'63.3 p188
今月の創作評《座談会》
　　　　　　　17「宝石」18(4)'63.3 p220
多才な作家多岐川恭《座談会》
　　　　　　　27「別冊宝石」16(3)'63.3 p114
日本推理小説史〈16〉17「宝石」18(5)'63.4 p104
昭和38年度宝石短篇賞選考委員会《座談会》
　　　　　　　17「宝石」18(5)'63.4 p124
「殺された天一坊」について
　　　　　　　17「宝石」18(5)'63.4 p217
今月の創作評《座談会》
　　　　　　　17「宝石」18(5)'63.4 p248
「瓶詰地獄」について　17「宝石」18(7)'63.5 p217
今月の創作評《座談会》
　　　　　　　17「宝石」18(7)'63.5 p238
日本推理小説史〈17〉17「宝石」18(7)'63.5 p256
技巧派の四番打者・笹沢左保《座談会》
　　　　　　　27「別冊宝石」16(4)'63.5 p162
天性の本格派　27「別冊宝石」16(4)'63.5 p267
松本清張を語る《座談会》
　　　　　　　17「宝石」18(8)'63.6 p158
日本推理小説史〈18〉17「宝石」18(8)'63.6 p219
「黒い手帳」について　17「宝石」18(8)'63.6 p253
協会賞選評　17「宝石」18(8)'63.6 p284
今月の創作評《座談会》
　　　　　　　17「宝石」18(8)'63.6 p312
日本推理小説史〈19〉17「宝石」18(9)'63.7 p164
今月の創作評《座談会》
　　　　　　　17「宝石」18(9)'63.7 p194
今月の創作評《座談会》
　　　　　　　17「宝石」18(11)'63.8 p216
日本推理詳史〈20〉
　　　　　　　17「宝石」18(11)'63.8 p238
日本推理小説史〈21〉
　　　　　　　17「宝石」18(12)'63.9 p229
今月創作評《座談会》17「宝石」18(12)'63.9 p262
わが途を行く　17「宝石」18(13)'63.10 p201
日本推理小説史〈22〉
　　　　　　　17「宝石」18(13)'63.10 p266
今月の創作評《座談会》
　　　　　　　17「宝石」18(13)'63.10 p278
推理作家協会18年の歩み《座談会》
　　　　　　　17「宝石」18(14)'63.10増 p248

執筆者名索引　なかし

万能のフラナール、ヴァンス
　　　　　　　27「別冊宝石」16(9)'63.10 p318
日本推理小説史〈23〉
　　　　　　　17「宝石」18(15)'63.11 p134
今月の創作評《座談会》
　　　　　　　17「宝石」18(15)'63.11 p234
不断の歩み　　17「宝石」18(16)'63.12 p103
日本推理小説史〈24〉
　　　　　　　17「宝石」18(16)'63.12 p180
今月の創作評《対談》
　　　　　　　17「宝石」18(16)'63.12 p212
日本推理小説史〈25〉　17「宝石」19(1)'64.1 p120
今月のミステリー　　17「宝石」19(1)'64.1 p214
予選後語　　　17「宝石」19(2)'64.1増 p187
日本推理小説史〈26〉　17「宝石」19(3)'64.2 p226
芦川澄子さんへ　　27「別冊宝石」17(2)'64.2 p98
日本推理小説史〈27〉　17「宝石」19(4)'64.3 p68
推理小説評は成立つか《座談会》
　　　　　　　17「宝石」19(4)'64.3 p212
日本推理小説史〈28〉　17「宝石」19(5)'64.4 p106
第五回宝石短篇賞選考座談会《座談会》
　　　　　　　17「宝石」19(5)'64.4 p168
「渦潮」特別解説　　17「宝石」19(6)'64.4増 p166
奈加島　謙治
　宝石怪盗狂走曲　11「ぷろふいる」1(5)'33.9 p12
中島　孝一
　謎のブローチ　　32「探偵倶楽部」8(6)'57.7 p150
　鯨に呑まれて助かった話
　　　　　　　32「探偵倶楽部」8(8)'57.8 p226
　狼少年少女列伝　32「探偵倶楽部」8(10)'57.10 p279
　人間虎事件　　32「探偵倶楽部」8(11)'57.11 p272
　花嫁連続怪死事件　32「探偵倶楽部」9(3)'58.3 p227
　監獄から屍体置場へ
　　　　　　　32「探偵倶楽部」9(4)'58.4 p260
　冤罪二十年　　32「探偵倶楽部」9(8)'58.7 p266
　濠の家の秘密　32「探偵倶楽部」9(11)'58.9 p67
中島　煌峯
　隠匿奇談　　　32「探偵倶楽部」6(3)'55.3 p188
中島　三郎
　英国質屋気質　　03「探偵文芸」1(2)'25.4 p53
　倫敦の法廷から　03「探偵文芸」1(3)'25.5 p84
　英国警視庁の解剖　03「探偵文芸」1(9)'25.11 p47
中島　親　→中風老人
　探偵小説とユーモア
　　　　　　　11「ぷろふいる」2(7)'34.7 p116
　管見録　　　11「ぷろふいる」2(8)'34.8 p123
　南瓜《小説》　11「ぷろふいる」2(9)'34.9 p89
　閻魔帳　　　11「ぷろふいる」2(9)'34.9 p110
　俳句綺譚《小説》11「ぷろふいる」2(10)'34.10 p78
　俎上四魚図　11「ぷろふいる」2(10)'34.10 p105
　阿呆の言葉　11「ぷろふいる」2(11)'34.11 p65
　暗中放言　　11「ぷろふいる」2(12)'34.12 p72
　我もし探偵作家なりせば
　　　　　　　11「ぷろふいる」2(12)'34.12 p91
　探偵小説の新しき出発
　　　　　　　11「ぷろふいる」3(1)'35.1 p58
　風流文章陣　　12「探偵文学」1(1)'35.3 p6
　江戸川乱歩論　12「探偵文学」1(2)'35.4 p13
　火の用心《小説》11「ぷろふいる」3(5)'35.5 p100
　闇の中の声　　12「探偵文学」1(3)'35.5 p3

黒白抄　　　　12「探偵文学」1(4)'35.6 p30
七月抄　　　　12「探偵文学」1(5)'35.7 p15
緑風随想記　　12「探偵文学」1(6)'35.9 p23
虫太郎・断想　12「探偵文学」1(7)'35.10 p28
同人独語　　　12「探偵文学」1(8)'35.11 p1
十月抄　　　　12「探偵文学」1(8)'35.11 p8
刺青《小説》　12「探偵文学」1(8)'35.11 p13
明暗《小説》　12「探偵文学」1(9)'35.12 p17
新刊グリンプス　12「探偵文学」1(10)'36.1 p23
進め、探偵文学　12「探偵文学」1(10)'36.1 p30
創作月評　　　12「探偵文学」1(10)'36.1 p32
木々高太郎氏を囲み三五年度探偵小説合評座談会
〈1〉《座談会》
　　　　　　　12「探偵文学」1(10)'36.1 p35
木々高太郎氏を囲み三五年度探偵小説合評座談会〈2
・完〉《座談会》
　　　　　　　12「探偵文学」2(2)'36.2 p13
創作月評　　　12「探偵文学」2(2)'36.2 p18
新刊グリンプス　12「探偵文学」2(2)'36.2 p26
皮肉　　　　　12「探偵文学」2(2)'36.2 p28
創作月評　　　12「探偵文学」2(3)'36.3 p18
魚と遊ぶ　　　12「探偵文学」2(3)'36.3 p23
なつかしき明智よ!　12「探偵文学」2(4)'36.4 p22
創作月評　　　12「探偵文学」2(4)'36.4 p39
夢野久作氏を悼みて　12「探偵文学」2(5)'36.5 p1
新人論　　　　12「探偵文学」2(5)'36.5 p10
その死を悼む　12「探偵文学」2(5)'36.5 p19
創作月評　　　12「探偵文学」2(5)'36.5 p33
タンゴ《小説》　12「探偵文学」2(6)'36.6 p4
創作月評　　　12「探偵文学」2(6)'36.6 p25
創作月評　　　12「探偵文学」2(7)'36.7 p36
猪狩殺人事件〈2〉《小説》
　　　　　　　12「探偵文学」2(8)'36.8 p7
作品月評　　　12「探偵文学」2(8)'36.8 p44
作品月評　　　12「探偵文学」2(9)'36.9 p40
探偵春秋　　　15「探偵春秋」1(2)'36.11 p107
探偵春秋　　　15「探偵春秋」1(3)'36.12 p37
昭和十一年の探偵文壇を回顧して
　　　　　　　12「探偵文学」2(12)'36.12 p42
作品月評　　　12「シュピオ」3(1)'37.1 p35
探偵春秋　　　15「探偵春秋」2(1)'37.1 p57
探偵小説は何故最高の文学ではないか
　　　　　　　15「探偵春秋」2(1)'37.1 p66
諸家の感想《アンケート》
　　　　　　　15「探偵春秋」2(1)'37.1 p71
探偵春秋　　　15「探偵春秋」2(2)'37.2 p11
虫太郎と啓助の作品について
　　　　　　　12「シュピオ」3(2)'37.2 p35
探偵春秋　　　15「探偵春秋」2(3)'37.3 p13
作品月評　　　12「シュピオ」3(3)'37.3 p84
探偵春秋　　　15「探偵春秋」2(4)'37.4 p11
探偵春秋　　　15「探偵春秋」2(5)'37.5 p53
木々高太郎論　12「シュピオ」3(4)'37.5 p72
お問合せ《アンケート》
　　　　　　　12「シュピオ」3(5)'37.6 p48
お、探偵小説よ!　12「シュピオ」3(5)'37.6 p66
探偵春秋　　　15「探偵春秋」2(6)'37.6 p97
リベラリズムの上に立ちて
　　　　　　　12「シュピオ」3(6)'37.7 p54
作品月評　　　12「シュピオ」3(7)'37.9 p49
AとBの話　　　12「シュピオ」3(8)'37.10 p14

737

なかし　　　　　　　　　　　執筆者名索引

商品性の汎濫　　　　12「シュピオ」3(9)'37.11 p32
作品月評　　　　　　12「シュピオ」3(10)'37.12 p28
ハガキ回答《アンケート》
　　　　　　　　　　12「シュピオ」4(1)'38.1 p16
続AとBの話　　　　12「シュピオ」4(1)'38.1 p34
さよなら月評　　　　12「シュピオ」4(2)'38.2 p18
金色の悪魔《小説》　16「ロック」1(4)'46.8 p44
湖畔の廃屋《小説》　16「ロック」2(2)'47.2 p59
豆論壇　　　　　　　16「ロック」2(3)'47.3 p56
虹よ、いつの日に　　19「ぷろふいる」2(1)'47.4 p39
自画像　　　　　　　23「真珠」1'47.4 p10
首と女《小説》　　　23「真珠」2(6)'48.6 p11
中島 浅太郎
「野球殺人事件」について
　　　　　　　　　　17「宝石」7(8)'52.8 p244
中島 俊雄
書き下ろし探偵小説　14「月刊探偵」2(4)'36.5 p43
永島 真雄
手相でわかる恋愛運命　18「トップ」3(4)'48.7 p30
中条 辰夫
上海の秘密　　　　　07「探偵」1(8)'31.12 p83
永瀬 委託
海外誌から　　　　　17「宝石」11(12)'56.9 p158
永瀬 英一
御存知鼠小僧《小説》
　　　　　　　　　　27「別冊宝石」5(5)'52.6 p96
女勘助七変化《小説》
　　　　　　　　　　27「別冊宝石」5(8)'52.8 p44
案山子屋敷《小説》　27「別冊宝石」6(1)'53.1 p48
長瀬 幸子
女のポイント　　　　27「別冊宝石」12(10)'59.10 p27
永瀬 三吾　→永瀬編集長
軍鶏《小説》　　　　17「宝石」2(9)'47.10 p43
墓標に絡める女《小説》　16「ロック」3(3)'48.5 p28
夢を狙う男〈1〉《小説》
　　　　　　　　　　16「ロック」3(4)'48.8 p31
昨日の蛇《小説》　　17「宝石」3(6)'48.8 p38
夢を狙う男〈2〉《小説》
　　　　　　　　　　16「ロック」3(5)'48.9 p45
夢を狙う男〈3〉《小説》
　　　　　　　　　　16「ロック」3(6)'48.10 p15
夢を狙う男〈4・完〉《小説》
　　　　　　　　　　16「ロック」3(7)'48.11 p42
肉体の破損《小説》　24「妖奇」3(1)'49.1 p44
唇紋《小説》　　　　25「X」3(5)'49.4 p24
殺人許可証《小説》　17「宝石」— '49.9増 p150
文学の蕩漾　　　　　17「宝石」5(1)'50.1 p263
地獄の兄妹《小説》
　　　　　　　　　　32「怪奇探偵クラブ」1'50.5 p186
悪魔買い《小説》　　17「宝石」5(7)'50.7 p77
血を繋ぐ刃《小説》　33「探偵実話」2'50.7 p206
告白を笑ふ仮面《小説》　32「探偵クラブ」1(1)'50.8 p182
福運を撒く女《小説》
　　　　　　　　　　32「探偵クラブ」2(1)'51.1 p130
淫獣昇天図　　　　　33「探偵実話」2(3)'51.2 p220
良心の断層《小説》　17「宝石」6(4)'51.4 p166
亀に聞いた話《小説》
　　　　　　　　　　32「探偵クラブ」2(4)'51.6 p60

時計二重奏《小説》　17「宝石」6(7)'51.7 p154
孤城と出城と　　　　17「宝石」6(8)'51.8 p180
原爆映画『戦慄の七日間』をめぐる座談会《座談会》
　　　　　　　　　　27「別冊宝石」4(1)'51.8 p154
匂う電話機　　　　　32「探偵クラブ」2(7)'51.8増 p159
獅子の咬む時刻《小説》
　　　　　　　　　　33「探偵実話」2(10)'51.9 p114
アンケート《アンケート》
　　　　　　　　　　17「宝石」6(11)'51.10増 p175
花びらと黙否権《小説》
　　　　　　　　　　17「宝石」6(12)'51.11 p132
鴎聴く深夜　　　　　32「探偵クラブ」2(10)'51.11 p196
「宝石」の体臭　　　34「鬼」5'51.11 p14
アンケート《アンケート》
　　　　　　　　　　17「宝石」7(1)'52.1 p81
蝶死経験者《小説》　32「探偵クラブ」3(1)'52.1 p91
夕飯前の事件《脚本》17「宝石」7(1)'52.1 p130
風流食卓漫談《座談会》
　　　　　　　　　　32「探偵クラブ」3(1)'52.1 p142
神の餌食《小説》　　17「宝石」7(1)'52.1 p234
雪わり草《小説》　　27「別冊宝石」5(1)'52.1 p116
映画『天上桟敷の人々』を語る座談会《座談会》
　　　　　　　　　　17「宝石」7(3)'52.3 p153
殺人乱数表《小説》　17「宝石」7(4)'52.4 p154
太鼓の音《脚本》　　17「宝石」7(4)'52.4 p252
殺人乱数表 解決篇《小説》
　　　　　　　　　　17「宝石」7(4)'52.4 p274
仇き同志《小説》　　32「探偵倶楽部」3(5)'52.5 p158
目撃者一万人《小説》32「探偵倶楽部」3(6)'52.6 p45
自己批判座談会《座談会》
　　　　　　　　　　17「宝石」7(6)'52.6 p184
あやめ尽《小説》　　27「別冊宝石」5(5)'52.6 p131
新牡丹燈籠《小説》　33「探偵実話」3(8)'52.7 p196
孤独への道《小説》
　　　　　　　　　　32「探偵倶楽部」3(7)'52.8 p107
麻薬を吸う女《小説》33「探偵実話」3(10)'52.9 p228
コンクール選評座談会《座談会》
　　　　　　　　　　17「宝石」7(9)'52.10 p89
投げかんざし《小説》17「宝石」7(10)'52.10 p176
最後の晩餐〈1〉《小説》
　　　　　　　　　　17「宝石」7(12)'52.12 p58
編集部から　　　　　27「別冊宝石」5(10)'52.12 p71
最後の晩餐〈2〉《小説》
　　　　　　　　　　17「宝石」8(1)'53.1 p104
日本探偵小説界創世期を語る《座談会》
　　　　　　　　　　17「宝石」8(1)'53.1 p178
淫ら者ぞろい《小説》
　　　　　　　　　　27「別冊宝石」6(1)'53.1 p270
最後の晩餐〈3・完〉《小説》
　　　　　　　　　　17「宝石」8(2)'53.3 p140
愛情分光器《小説》　17「宝石」8(4)'53.3増 p82
玉子《脚本》　　　　17「宝石」8(4)'53.3増 p129
探偵作家と警察署長の座談会《座談会》
　　　　　　　　　　32「探偵倶楽部」4(5)'53.5 p98
時計二重奏《小説》　27「別冊宝石」6(3)'53.5 p258
自選の理由　　　　　27「別冊宝石」6(3)'53.5 p271

探偵小説と実際の犯罪《座談会》
　　　　　32「探偵倶楽部」4(6)'53.6 p194
濡れ鼠一党《小説》　27「別冊宝石」6(4)'53.6 p198
愛情分光器《小説》　17「宝石」8(7)'53.7 p119
ストリッパーの死《小説》
　　　　　32「探偵倶楽部」4(8)'53.8 p27
長城に殺される《小説》　17「宝石」8(9)'53.8 p58
功徳四万六千日《小説》
　　　　　27「別冊宝石」6(6)'53.9 p166
『連作について』の座談会《座談会》
　　　　　17「宝石」8(11)'53.10 p78
悪魔ミステーク《小説》
　　　　　32「探偵倶楽部」4(10)'53.10 p106
加害者か被害者か《小説》
　　　　　17「宝石」8(12)'53.10増 p246
映画「飾窓の女」《座談会》
　　　　　17「宝石」8(13)'53.11 p138
編集部から　　27「別冊宝石」6(9)'53.12 p381
幻影の踊り子《小説》　17「宝石」9(1)'54.1 p146
幽霊探し《小説》32「探偵倶楽部」5(1)'54.1 p254
合羽大仏《小説》　27「別冊宝石」7(1)'54.1 p154
救われぬ女《小説》
　　　　　32「探偵倶楽部」5(2)'54.2 p170
古井戸《小説》　　　　17「宝石」9(3)'54.3 p88
春は崩れる《小説》　　17「宝石」9(4)'54.3増 p228
桜折る猿《小説》　27「別冊宝石」7(3)'54.4 p136
軍鶏《小説》　33「探偵実話」5(5)'54.4増 p238
昨日の蛇《小説》　27「別冊宝石」7(5)'54.6 p334
「昨日の蛇」について
　　　　　27「別冊宝石」7(5)'54.6 p337
火星の男（中篇）地上の渦巻《小説》
　　　　　33「探偵実話」5(7)'54.6 p38
遺言フォルテシモ《小説》
　　　　　17「宝石」9(8)'54.7 p88
仇き同志《小説》　17「宝石」9(10)'54.8増 p134
たのまれ河童《小説》
　　　　　27「別冊宝石」7(7)'54.9 p238
墓標に絡む女《小説》
　　　　　33「探偵実話」5(11)'54.9増 p214
妻の見た殺人《小説》
　　　　　27「別冊宝石」7(9)'54.11 p234
売国奴《小説》　　　17「宝石」9(14)'54.12 p14
だまされ菊五郎《小説》
　　　　　27「別冊宝石」8(1)'55.1 p208
編集部から　　　　　17「宝石」10(2)'55.1増 p267
春の凍死者《小説》　17「宝石」10(5)'55.3増 p234
坊主の髷《小説》　27「別冊宝石」8(4)'55.5増 p230
発狂者《小説》　　　17「宝石」10(8)'55.6増 p18
珍らしい帽子《小説》17「宝石」10(9)'55.6増 p269
悪魔ミステーク《小説》
　　　　　17「宝石」10(12)'55.8増 p172
花小紋殺し模様《小説》
　　　　　27「別冊宝石」8(6)'55.9 p194
非情の女《小説》27「別冊宝石」6(10)'55.10 p192
長城に殺される《小説》
　　　　　33「探偵実話」6(12)'55.10増 p196
鷗聴く深夜《小説》
　　　　　17「宝石」10(16)'55.11増 p220
白眼鬼〈1〉《小説》　17「宝石」11(1)'56.1 p174

探偵小説ブームは果して来るか来ないか《座談会》
　　　　　32「探偵倶楽部」7(1)'56.1 p180
殺人乱数表《小説》　27「別冊宝石」9(1)'56.1 p136
うらばなし　　　　27「別冊宝石」9(1)'56.1 p137
編集部の感想　　　　17「宝石」11(2)'56.1増 p321
白眼鬼〈2〉《小説》　17「宝石」11(3)'56.2 p256
白眼鬼〈3〉《小説》　17「宝石」11(4)'56.3 p106
犯人を見た犯人《小説》
　　　　　17「宝石」11(5)'56.3増 p150
仇き同志《小説》　33「探偵実話」7(5)'56.3増 p266
白眼鬼〈4〉《小説》　17「宝石」11(6)'56.4 p252
白眼鬼〈5〉《小説》　17「宝石」11(7)'56.5 p158
白眼鬼〈6〉《小説》　17「宝石」11(8)'56.6 p228
長城に殺される《小説》
　　　　　27「別冊宝石」9(5)'56.6 p352
白眼鬼〈7〉《小説》　17「宝石」11(9)'56.7 p160
花びらと黙秘権《小説》
　　　　　17「宝石」11(10)'56.7増 p134
神の餌食《小説》　33「探偵実話」7(11)'56.7増 p146
白眼鬼〈8〉《小説》　17「宝石」11(11)'56.8 p186
白眼鬼〈9〉《小説》　17「宝石」11(12)'56.9 p160
淫獣昇天図《小説》　17「宝石」11(13)'56.9増 p192
白眼鬼〈10・完〉《小説》
　　　　　17「宝石」11(14)'56.10 p294
発狂者《小説》　33「探偵実話」7(16)'56.11増 p208
入選洩れの方々へ　27「別冊宝石」10(1)'57.1 p336
目撃者一万人《小説》
　　　　　17「宝石」12(2)'57.1増 p190
亀に聞いた話《小説》
　　　　　33「探偵実話」8(5)'57.3増 p201
映画白昼魔を見る《座談会》
　　　　　17「宝石」12(5)'57.4 p142
針尖の血痕《小説》　17「宝石」12(6)'57.4増 p236
大下宇陀児を語る《座談会》
　　　　　27「別冊宝石」10(6)'57.6 p182
訴えません《小説》
　　　　　32「探偵倶楽部」8(6)'57.7 p48
御挨拶　　　　　　　17「宝石」12(9)'57.7 p268
唇紋《小説》　　　　17「宝石」12(11)'57.8増 p280
犯人万歳《小説》　　17「宝石」12(13)'57.10 p262
アンケート《アンケート》
　　　　　17「宝石」12(14)'57.11 p122
良心の断層《小説》
　　　　　33「探偵実話」8(15)'57.11 p228
奇妙な情死者《小説》
　　　　　17「宝石」12(15)'57.11増 p136
発狂者《小説》
　　　　　32「探偵倶楽部」8(12)'57.11増 p160
木々高太郎年譜　27「別冊宝石」10(11)'57.12 p265
靴で蹴った娼婦《小説》
　　　　　17「宝石」13(2)'58.1増 p220
逃げる被害者《小説》
　　　　　32「探偵倶楽部」9(6)'58.5 p196
殺人許可証《小説》　17「宝石」13(7)'58.5増 p159
断崖《小説》　　27「別冊宝石」11(8)'58.10 p148
ほおずき《小説》　27「別冊宝石」12(2)'59.2 p174
男を記憶するな《小説》
　　　　　17「宝石」14(8)'59.7 p178
救われぬ女《小説》
　　　　　33「探偵実話」10(10)'59.7増 p361
死刑を見る　　　　　17「宝石」15(2)'60.2 p294

なかせ　　　　　　　　　　　　　　執筆者名索引

酒の愛しかた　　　　　17「宝石」17(5)'62.4 p127
ランプの宿
　　　35「エロチック・ミステリー」3(8)'62.8 p129
消えた殺意《小説》
　　　35「エロチック・ミステリー」3(10)'62.10 p40
永瀬編集長　→永瀬三吾
女性と探偵小説の座談会《座談会》
　　　　　　　　　　17「宝石」10(1)'55.1 p64
煙草と探偵小節《座談会》
　　　　　　　　　　17「宝石」10(10)'55.7 p154
学生と探偵小説《座談会》
　　　　　　　　　　17「宝石」11(1)'56.1 p136
永瀬 留夫
築地四人殺し捜査秘録
　　　　　　　　　33「探偵実話」2(5)'51.4 p74
長瀬 秀夫
世相の裏をのぞく 質屋さん座談会《座談会》
　　　　　　　　　　18「トップ」3(2)'48.2 p26
長瀬 雅則
あなたの身の上相談
　　　35「エロチック・ミステリー」2(10)'61.10 p184
あなたの身の上相談
　　　35「エロチック・ミステリー」2(12)'61.12 p222
あなたの身の上相談
　　　35「エロチック・ミステリー」3(1)'62.1 p188
あなたの身の上相談
　　　35「エロチック・ミステリー」3(2)'62.2 p148
あなたの身の上相談
　　　35「エロチック・ミステリー」3(3)'62.3 p84
運勢相談
　　　35「エロチック・ミステリー」3(7)'62.7 p54
運勢相談
　　　35「エロチック・ミステリー」3(8)'62.8 p16
運勢相談
　　　35「エロチック・ミステリー」3(9)'62.9 p64
運勢相談
　　　35「エロチック・ミステリー」3(11)'62.11 p134
運勢相談
　　　35「エロチック・ミステリー」3(12)'62.12 p104
中薗 英助
ノアの鳩《小説》　　　17「宝石」18(13)'63.10 p82
永田 明正
黒い手帖　　　　　　17「宝石」18(1)'63.1 p152
黒い手帖　　　　　　17「宝石」18(3)'63.2 p214
黒い手帖　　　　　　17「宝石」18(4)'63.3 p276
黒い手帖　　　　　　17「宝石」18(5)'63.4 p246
黒い手帖　　　　　　17「宝石」18(7)'63.5 p188
黒い手帖　　　　　　17「宝石」18(8)'63.6 p280
黒い手帖　　　　　　17「宝石」18(9)'63.7 p264
黒い手帖　　　　　　17「宝石」18(11)'63.8 p174
黒い手帖　　　　　　17「宝石」18(12)'63.9 p210
黒い手帖　　　　　　17「宝石」18(13)'63.10 p214
黒い手帖　　　　　　17「宝石」18(15)'63.11 p250
黒い手帖　　　　　　17「宝石」18(16)'63.12 p178
仲田 修
猟奇犯罪の舞台うら《座談会》
　　　　　　　　　33「探偵実話」9(11)'58.7 p202
中田 孝一
相模屋異聞《小説》　　24「妖奇」3(4)'49.4 p32

中田 耕治
ある恋の物語《小説》　　17「宝石」15(8)'60.6 p192
ミステリイと女性〈1〉　17「宝石」16(1)'61.1 p62
ミステリイと女性〈2〉
　　　　　　　　　　17「宝石」16(2)'61.2 p156
昨年度の推理小説界を顧みて《座談会》
　　　　　　　　　　17「宝石」16(2)'61.2 p288
ミステリイと女性〈3〉
　　　　　　　　　　17「宝石」16(4)'61.3 p242
今月の創作評《対談》
　　　　　　　　　　17「宝石」16(13)'61.12 p244
今月の創作評《座談会》
　　　　　　　　　　17「宝石」17(16)'62.12 p268
ハードボイルドは死滅する
　　　　　　　　　　17「宝石」18(12)'63.9 p140
夜のバラード《小説》　17「宝石」18(15)'63.11 p50
大坪編集長への手紙　17「宝石」18(16)'63.12 p206
［私のレジャー］
　　　　　　　　　　17「宝石」19(5)'64.4 p224
永田 コング
作家ヴラエティ　　　11「ぷろふいる」4(8)'36.8 p134
中田 順
尼僧と仏像師　　　　33「探偵実話」5 '50.10 p166
網走監獄の美少年　　33「探偵実話」2(2)'51.1 p110
丑の刻詣り　　　　　33「探偵実話」2(9)'51.8 p178
尼僧と仏像師　　33「探偵実話」7(2)'55.12増 p250
網走監獄の美少年　　33「探偵実話」7(8)'56.4増 p176
丑の刻詣り　　　　33「探偵実話」8(8)'57.5増 p174
永田 力　→力
表紙解説　　　　　　17「宝石」9(1)'54.1 p179
表紙解説　　　　　　17「宝石」9(2)'54.2 p179
表紙解説　　　　　　17「宝石」9(3)'54.3 p59
表紙解説　　　　　　17「宝石」9(4)'54.4 p412
表紙解説　　　　　　17「宝石」9(6)'54.5 p31
表紙解説　　　　　　17「宝石」9(7)'54.6 p316
表紙解説　　　　　　17「宝石」9(8)'54.7 p316
表紙解説　　　　　　17「宝石」9(9)'54.8 p316
表紙解説　　　　　　17「宝石」9(11)'54.9 p316
表紙解説　　　　　　17「宝石」9(12)'54.10 p364
表紙解説　　　　　　17「宝石」9(13)'54.11 p316
表紙解説　　　　　　17「宝石」9(14)'54.12 p316
表紙解説　　　　　　17「宝石」10(3)'55.2 p316
表紙解説　　　　　　17「宝石」10(6)'55.4 p336
表紙解説　　　　　　17「宝石」10(7)'55.5 p368
表紙解説　　　　　　17「宝石」10(8)'55.6 p336
表紙解説　　　　　　17「宝石」10(10)'55.7 p318
表紙解説　　　　　　17「宝石」10(11)'55.8 p318
表紙解説　　　　　　17「宝石」10(13)'55.9 p316
表紙解説　　　　　　17「宝石」10(14)'55.10 p348
表紙解説　　　　　　17「宝石」10(15)'55.11 p316
表紙解説　　　　　　17「宝石」10(17)'55.12 p316
探偵小説の挿画　　　17「宝石」11(1)'56.1 p364
表紙解説　　　　　　17「宝石」11(3)'56.2 p316
表紙解説　　　　　　17「宝石」11(4)'56.3 p316
家庭劇　　　　　　　17「宝石」14(5)'59.5 p15
某月某日　　　　　　17「宝石」14(5)'59.5 p81
永田 政雄
葛城悲歌《小説》　　27「別冊宝石」3(1)'50.2 p374
人肉嗜食《小説》　　33「探偵実話」2(5)'51.4 p174
曼珠沙華《小説》　　33「探偵実話」2(9)'51.8 p94
相姦図絵《小説》　　33「探偵実話」3(3)'52.3 p28

なかぬ

炎の女《小説》　　　33「探偵実話」3(9)'52.8 p94
桂馬《小説》　　　　33「探偵実話」5(2)'54.2 p66
死後の恐怖《小説》　33「探偵実話」5(7)'54.6 p208
人骨処理組合《小説》
　　　　　　　　　　33「探偵実話」6(10)'55.9 p178
骸骨武者《小説》　　32「探偵倶楽部」6(10)'55.10 p70
魔女再生《小説》
　　　　　　　　　　32「探偵倶楽部」6(11)'55.11 p191
罔両《小説》　　　　32「探偵倶楽部」7(1)'56.1 p91
死の饗宴　　　　　　33「探偵実話」7(3)'56.1 p71
姿なき密夫　　　　　33「探偵実話」7(7)'56.4 p102
生き返る絞死体　　　33「探偵実話」7(9)'56.5 p230
人魚女　　　　　　　33「探偵実話」7(10)'56.6 p106
骸骨家系　　　　　　33「探偵実話」7(12)'56.7 p146
窖地獄《小説》　　　33「探偵実話」8(6)'57.3 p188
キャバレー殺人事件《小説》
　　　　　　　　　　33「探偵実話」9(3)'58.1 p98
そのアリバイ待った?《小説》
　　　　　　　　　　33「探偵実話」9(11)'58.7 p246
永田 松男
　なんで九百万円持ち逃げしたか
　　　　　　　　　　32「探偵倶楽部」5(5)'54.5 p204
　処刑できぬ殺人魔　32「探偵倶楽部」5(7)'54.7 p221
中田 瑠津子
　夢のなかの肌《小説》
　　　　　　　　　　27「別冊宝石」13(4)'60.4 p184
仲代 達矢
　アンケート《アンケート》
　　　　　　　　　　17「宝石」18(8)'63.6 p124
中谷 洋一
　ハワイ富豪誘拐詐欺事件
　　　　　　　　33「探偵実話」10(15)'59.11増 p112
中司 哲巌
　手相の神秘　　　　09「探偵小説」2(4)'32.4 p211
中津川 安孝
　ヤミ煙草取締り座談会《座談会》
　　　　　　　　　　32「探偵倶楽部」4(10)'53.10 p84
永戸 俊雄
　シメノンの芸術　　15「探偵春秋」1(2)'36.11 p101
長門 康夫
　花形スター貞操合戦
　　　　　　　　　　32「探偵倶楽部」3(10)'52.11 p139
　長谷川裕見子の敷布
　　　　　　　　　　32「探偵倶楽部」4(2)'53.3 p63
中西 一夫
　Cacoethes Scribendi　06「猟奇」4(4)'31.6 p47
　映画批評の弁　　　06「猟奇」5(4)'32.4 p26
　コンクリートの中の男
　　　　　　　　　　33「探偵実話」5(9)'54.8 p66
　「ロミオとジュリエット」の監督カステラーニ《小説》
　　　　　　　　　　33「探偵実話」5(13)'54.11 p110
中西 掬夫
　お年貢金五百両《脚本》　17「宝石」1(5)'46.8 p20
長沼 弘毅
　官界財界アマチュア探偵小説放談座談会《座談会》
　　　　　　　　　27「別冊宝石」3(4)'50.8 p194
　A・A・ミルンの態度を中心として
　　　　　　　　　　17「宝石」6(4)'51.4 p78

アンケート《アンケート》
　　　　　　　　　17「宝石」6(11)'51.10増 p170
ホオムズ余談　　　　17「宝石」7(1)'52.1 p40
ワトスンの負傷　　　17「宝石」7(3)'52.3 p86
映画『天上桟敷の人々』を語る座談会《座談会》
　　　　　　　　　　17「宝石」7(3)'52.3 p153
総括寸評　　　　　　17「宝石」7(9)'52.10 p85
コンクール選評座談会《座談会》
　　　　　　　　　　17「宝石」7(9)'52.10 p89
アンケート《アンケート》
　　　　　　　　　　17「宝石」8(6)'53.6 p189
身の上相談・煙突男　17「宝石」9(3)'54.3 p103
解説　　　　　　　　17「宝石」9(12)'54.10 p275
アガサ・クリスティ小論
　　　　　　　　　17「宝石」10(9)'55.6増 p76
クリスティの放送劇　17「宝石」11(8)'56.6 p212
探偵小説ブームについて
　　　　　　　　　　17「宝石」11(9)'56.7 p52
クリスティの舞台劇　17「宝石」12(4)'57.3 p64
わが船頭　　　　　　17「宝石」12(10)'57.8 p118
アンケート《アンケート》
　　　　　　　　　　17「宝石」12(10)'57.8 p207
ルアン紀行　　　　　17「宝石」12(13)'57.10 p58
ホオムズと煙草　　　17「宝石」12(16)'57.12 p170
誌上アンケート《アンケート》
　　　　　　　　　33「探偵実話」9(1)'57.12 p135
シヤァロック・ホオムズと犬《1》
　　　　　　　　　　17「宝石」13(4)'58.3 p112
クリスティの映画「情婦」を語る《座談会》
　　　　　　　　　　17「宝石」13(4)'58.3 p258
シヤァロック・ホオムズと犬《2》
　　　　　　　　　　17「宝石」13(5)'58.4 p87
財界の巨頭探偵小説を語る《座談会》
　　　　　　　　　　17「宝石」13(6)'58.5 p108
シヤァロック・ホオムズと犬《3》
　　　　　　　　　　17「宝石」13(6)'58.5 p278
シヤァロック・ホオムズと犬《4・完》
　　　　　　　　　　17「宝石」13(8)'58.6 p106
あとがき　　　　　27「別冊宝石」11(5)'58.6 p79
酒場「シヤァロック・ホオムズ」
　　　　　　　　　　17「宝石」13(9)'58.7 p90
ホオムズとコカイン　17「宝石」13(13)'58.10 p78
乱歩賞選考後記　　　17「宝石」13(14)'58.11 p225
ホオムズの変装〈1〉　17「宝石」14(1)'59.1 p184
クリスティの推理ドラマ
　　　　　　　　　27「別冊宝石」12(1)'59.1 p69
ホオムズの変装〈2〉　17「宝石」14(2)'59.2 p109
ホオムズの変装〈3・完〉
　　　　　　　　　　17「宝石」14(3)'59.3 p113
ある風景　　　　　　17「宝石」14(6)'59.6 p12
ドイル生誕百年　　　17「宝石」14(9)'59.8 p134
選者の言葉　　　　　17「宝石」14(11)'59.10 p110
選後評　　　　　　　17「宝石」14(13)'59.11 p56
クリスチイ劇満七年　17「宝石」15(2)'60.2 p303
「鼠落とし」の陰のひと
　　　　　　　　　　17「宝石」15(5)'60.4 p192
わが食べ歩き?　　　17「宝石」15(11)'60.9 p146
三篇を評す　　　　　17「宝石」15(12)'60.10 p225
選後評　　　　　　　17「宝石」16(11)'61.10 p220
忙中忙　　　　　　　17「宝石」16(12)'61.11 p158

ベイカー・ストリート異聞
　　　　35「エロチック・ミステリー」3(7)'62.7 p7
シャーロッキアン異聞
　　　　　　　17「宝石」17(10)'62.8 p136
一篇を読む　　17「宝石」17(13)'62.10 p145
シャーロッキアンの旅
　　　　　　　17「宝石」17(14)'62.11 p238
アルバカーキ　17「宝石」17(15)'62.11増 p114
シャーロッキアン通信
　　　　　　　17「宝石」18(3)'63.2 p66
第九回江戸川乱歩賞選考委員会《座談会》
　　　　　　　17「宝石」18(12)'63.9 p70
シャーロッキアンの旅報告
　　　　　　　17「宝石」18(13)'63.10 p206
中根 善太郎
早川雪洲—オッペンハイム—エドガー・ワレース
　　　　　　　03「探偵文芸」2(12)'26.12 p41
中野 東人
喫煙室　　　　01「新趣味」17(1)'22.1 p49
中野 一郎
中国輸入のスリラー物語《小説》
　　　　　　　32「探偵倶楽部」7(12)'56.11 p130
中野 茨城
海外の消息　　01「新趣味」17(1)'22.1 p88
海外珍聞　　　01「新趣味」17(2)'22.2 p72
中野 圭介　→松本恵子
盗賊の後嗣《小説》
　　　　　　　02「秘密探偵雑誌」1(3)'23.7 p61
皮剝獄門《小説》02「秘密探偵雑誌」1(4)'23.8 p92
真珠の首飾《小説》03「探偵文芸」1(2)'25.4 p13
白い手《小説》　03「探偵文芸」1(3)'25.5 p41
万年筆の由来《小説》
　　　　　　　03「探偵文芸」1(9)'25.11 p35
変つた死刑囚の話　03「探偵文芸」2(2)'26.2 p76
懐中物御用心《小説》
　　　　　　　03「探偵文芸」2(10)'26.10 p12
中野 江漢
土匪の縛票子《小説》
　　　　　　　09「探偵小説」2(3)'32.3 p114
中野 五郎
リンドバーグ事件　33「探偵実話」3(1)'51.12 p60
外人記者のみた東京の夜を語る座談会《座談会》
　　　　　　　33「探偵実話」4(7)'53.6 p137
チャンドラ・ボースと光機関
　　　　　　　33「探偵実話」4(8)'53.7 p212
幽霊船メリー・セレスト号事件
　　　　　　　33「探偵実話」4(9)'53.8 p44
電気死刑をめぐる話　33「探偵実話」5(1)'54.1 p82
真珠湾の秘密　33「探偵実話」5(1)'54.1 p118
踊る原爆スパイ伝　33「探偵実話」5(2)'54.2 p124
口を割らぬ男　33「探偵実話」5(3)'54.3 p138
空から降つた日米謀略宣伝ビラ
美少女を殺した支配人
　　　　　　　33「探偵実話」5(4)'54.4 p208
　　　　　　　33「探偵実話」6(1)'54.12 p174
殺人狂の彫刻家　33「探偵実話」6(2)'55.1 p76
リンドバーグ事件　33「探偵実話」6(3)'55.2増 p316
世紀の赤ん坊を盗んだ大工
　　　　　　　33「探偵実話」6(4)'55.3 p36
詐欺王ミーンズ　33「探偵実話」6(5)'55.4 p56

千万長者を毒殺した弁護士
　　　　　　　33「探偵実話」6(6)'55.5 p46
ローラ・バー事件　33「探偵実話」6(7)'55.6 p138
七百万ドルの相続人
　　　　　　　33「探偵実話」6(9)'55.8 p120
リンドバーグ事件　33「探偵実話」6(9)'55.8 p284
スリにやられた話　33「探偵実話」6(10)'55.9 p208
誰が彼女を殺したか
　　　　　　　33「探偵実話」7(1)'55.12 p168
百万長者の夫を射殺した妻
　　　　　　　33「探偵実話」7(3)'56.1 p40
暴行された看護婦　33「探偵実話」7(4)'56.2 p58
秘密結社KKK団の色魔王
　　　　　　　33「探偵実話」7(6)'56.3 p62
死体に化けた男　33「探偵実話」7(7)'56.4 p42
中野 淳
モスクワの左膳　17「宝石」15(10)'60.8 p142
アト味の悪い新婚旅行
　　　　35「エロチック・ミステリー」4(1)'63.1 p89
中野 紫葉
博多人形の話　　01「新趣味」17(3)'22.3 p108
中野 住人
炎の恋《詩》　　18「トップ」2(1)'47.4 p68
中野 泰助
名刑事捕物座談会《座談会》
　　　　　　　33「探偵実話」1 '50.5 p40
中野 徹郎
世はさまざま　　17「宝石」11(15)'56.11 p9
中野 並助
少女殺人魔　　18「トップ」3(1)'48.1 p26
嬰児殺問答　　18「トップ」3(4)'48.7 p26
中野 華子
浅草の実態《座談会》
　　　　　　　33「探偵実話」4(5)'53.4 p139
中野 晴人
身体装飾としての唇栓　06「猟奇」4(6)'31.9 p70
長野 伴右エ門
二代目出歯亀罷り通る
　　　　　　　33「探偵実話」2(6)'51.5 p87
中野 実
探偵味　　　　11「ぷろふいる」5(4)'37.4 p91
中野 隆介
幽霊半之丞《小説》　27「別冊宝石」5(8)'52.8 p150
中野 路鳥
深谷愛子「射つわよ！」事件
　　　　　　　33「探偵実話」8(8)'57.5増 p98
中野 露鳥
飯をほしがる幽霊
　　　　　　　32「探偵倶楽部」8(7)'57.7増 p204
長浜 正六
麻薬と密輸を語る《座談会》
　　　　　　　32「探偵倶楽部」4(9)'53.9 p72
中原 淳一
美しさの価値　17「宝石」19(3)'64.2 p24
中原 達也
電気椅子の影に四十年
　　　　　　　26「フーダニット」2(5)'48.8 p20

中原 弓彦
　消えた動機《小説》　　　17「宝石」14(2)'59.2 p250
　ぶっく・がいど　　　17「宝石」14(12)'59.10増 p180
　みすてりい・がいど　　17「宝石」15(1)'60.1 p111
　みすてりい・がいど　　17「宝石」15(2)'60.2 p135
　シリル・ヘアーの本格探偵小説論
　　　　　　　　　　　17「宝石」15(4)'60.3 p146
　みすてりい・がいど　　17「宝石」15(4)'60.3 p255
　フランク・グルーバー紹介《小説》
　　　　　　　　　　27「別冊宝石」13(3)'60.3 p141
　マイクル・ギルバートのスリラー論
　　　　　　　　　　　17「宝石」15(5)'60.4 p70
　みすてりい・がいど　　17「宝石」15(5)'60.4 p234
　J・シモンズの犯罪小説論
　　　　　　　　　　　17「宝石」15(6)'60.5 p159
　みすてりい・がいど　　17「宝石」15(6)'60.5 p223
　ウールリッチ・ノート
　　　　　　　　　　27「別冊宝石」13(5)'60.5 p156
　アルフレッド・ヒッチコックを求めて
　　　　　　　　　　　17「宝石」15(8)'60.6 p77
　銃に賭ける男　　　　　17「宝石」15(8)'60.6 p100
　死への扉《小説》　　　17「宝石」15(9)'60.7 p168
　現代作家の不振　　　　17「宝石」15(9)'60.7 p204
　アレグザンダーのテレビ・スリラー観
　　　　　　　　　　　17「宝石」15(10)'60.8 p66
　アメリカ探偵作家クラブ賞決定
　　　　　　　　　　　17「宝石」15(10)'60.8 p272
　二つの全集のスタート
　　　　　　　　　　　17「宝石」15(11)'60.9 p181
　同名の二つの作品　　　17「宝石」15(12)'60.10 p207
　クイーンのアンソロジー
　　　　　　　　　　　17「宝石」15(13)'60.11 p152
　ごきげん！カーター・ブラウン
　　　　　　　　　　　17「宝石」15(14)'60.12 p148
　1960年翻訳推理小説ベスト5
　　　　　　　　　　　17「宝石」16(1)'61.1 p153
　クリスティの懐しのメロディ
　　　　　　　　　　　17「宝石」16(2)'61.2 p187
　バウチャーのベスト15ほか
　　　　　　　　　　　17「宝石」16(4)'61.3 p208
　B級作の勢ぞろい　　　17「宝石」16(5)'61.4 p164
　たのしめる「死の退場」ほか
　　　　　　　　　　　17「宝石」16(6)'61.5 p196
　レベルの高い「レベル3」ほか
　　　　　　　　　　　17「宝石」16(7)'61.6 p298
　「殺人四重奏」ほか　　17「宝石」16(8)'61.7 p194
　ショート・ショート作法
　　　　　　　　　　27「別冊宝石」14(4)'61.7 p96
　「探偵小説・成長と時代」を推す
　　　　　　　　　　　17「宝石」16(9)'61.8 p226
　「現代推理小説の歩み」の面白さ
　　　　　　　　　　　17「宝石」16(10)'61.9 p278
　「スポンサーから一言」ほか
　　　　　　　　　　　17「宝石」16(11)'61.10 p342
　秀作「わが子は殺人者」ほか
　　　　　　　　　　　17「宝石」16(12)'61.11 p232
　ごきげんな「おんな」そのほか
　　　　　　　　　　　17「宝石」16(13)'61.12 p270
　冒険趣味の「地下洞」ほか
　　　　　　　　　　　17「宝石」17(1)'62.1 p318

　三つのユーモア・ハードボイルド
　　　　　　　　　　　17「宝石」17(3)'62.2 p316
　悪夢のような傑作「嫌疑」ほか
　　　　　　　　　　　17「宝石」17(4)'62.3 p96
　軽サスペンス小説「不許複製」その他
　　　　　　　　　　　17「宝石」17(5)'62.4 p246
　好調のC・ブラウンほか
　　　　　　　　　　　17「宝石」17(6)'62.5 p256
　カーター・ブラウンの佳作「ストリッパー」
　　　　　　　　　　　17「宝石」17(7)'62.6 p320
　文章をたのしめる「女豹」・そのほか
　　　　　　　　　　　17「宝石」17(9)'62.7 p260
　一読の価値ある『名探偵は死なず』
　　　　　　　　　　　17「宝石」17(10)'62.8 p318
　本格物の佳作『幽霊の2/3』
　　　　　　　　　　　17「宝石」17(11)'62.9 p242
　カーター・ブラウンのヒット作「しなやかに歩く魔女」
　　　　　　　　　　　17「宝石」17(13)'62.10 p302
　今月もカーター・ブラウンですみません/「あばずれ」
　　　　　　　　　　　17「宝石」17(14)'62.11 p290
　卓抜したブラウンの着想
　　　　　　　　　　　17「宝石」17(16)'62.12 p302
　ヴィカーズの代表短篇集ほか
　　　　　　　　　　　17「宝石」18(1)'63.1 p286
　トイレの枠
　　　　　35「エロチック・ミステリー」4(2)'63.2 p126
　クロフツの倒叙ものほか
　　　　　　　　　　　17「宝石」18(3)'63.2 p296
　SFの佳作2篇ほか《小説》
　　　　　　　　　　　17「宝石」18(4)'63.3 p209
　クロフツのサスペンス物　その他
　　　　　　　　　　　17「宝石」18(5)'63.4 p274
　シェクリイの面目を示す『無限がいっぱい』
　　　　　　　　　　　17「宝石」18(7)'63.5 p262
　異常心理ものの佳作「マーニィ」
　　　　　　　　　　　17「宝石」18(8)'63.6 p238
　"異色作家"中の異色「壁抜け男」
　　　　　　　　　　　17「宝石」18(9)'63.7 p276
　抜群のハードボイルド「殺しあい」ほか
　　　　　　　　　　　17「宝石」18(11)'63.8 p250
　異色の出来ばえ"鳥"　　17「宝石」18(12)'63.9 p260
　真打の貫禄＝アンブラー
　　　　　　　　　　　17「宝石」18(13)'63.10 p308
　SFが独走する気配　　　17「宝石」18(15)'63.11 p266
　カーター・ブラウンの人気
　　　　　　　　　　　17「宝石」18(16)'63.12 p246
　ノスタルジーなし　　27「別冊宝石」17(1)'64.1 p270

長姫 城太郎
　犯罪と科学の眼　　32「探偵クラブ」1(2)'50.10 p117
　誰にでも出来る簡単な暗号
　　　　　　　　　　32「探偵クラブ」1(3)'50.11 p128
　科学の目捜査の足　32「探偵クラブ」2(3)'51.4 p145
　動かぬ証拠《小説》
　　　　　　　　　　32「探偵クラブ」3(4)'52.4 p211

中平 修司
　出獄者座談会《座談会》
　　　　　　　　　　32「探偵倶楽部」5(2)'54.2 p184

長船 渡
　警察官時代〈1〉　　　24「トリック」7(1)'53.1 p158

743

永松 浅三
張りめぐらされたソ連の諜報網
　　　　　　32「探偵倶楽部」8(3)'57.4 p142
激化する米ソ諜報戦
　　　　　　32「探偵倶楽部」8(4)'57.5 p256

永松 浅造
日比谷公園に出没する怪奇な陰間
　　　　　　07「探偵」1(8)'31.12 p140
情婦と淫する幽霊《小説》
　　　　　　18「トップ」4(2)'49.6 p18
日本暗殺物語　25「X」3(10)'49.9 p17
明治大正昭和大犯罪大事件
　　　　　　33「探偵実話」3 '50.8 p223
女教員愛慾航路　33「探偵実話」2(3)'51.2 p60
悲願千人斬り《小説》
　　　　　　33「探偵実話」2(5)'51.4 p94
女囚大いに語る　33「探偵実話」2(8)'51.7 p74
暴行部落探訪記　33「探偵実話」2(9)'51.8 p78
乱倫の涯　　　　33「探偵実話」3(5)'52.4 p108
名刑事兼子道弘　33「探偵実話」3(9)'52.8 p140
恋愛病院　　　　33「探偵実話」3(14)'52.12 p200
恋の死刑囚　　　33「探偵実話」4(4)'53.3 p152
かくて邪の恋は終りぬ
　　　　　　33「探偵実話」4(7)'53.6 p184
ああ法廷に涙あり　33「探偵実話」4(8)'53.7 p124
菅間徳太郎懺悔録　33「探偵実話」4(9)'53.8 p122
八年間死んでいた男
　　　　　　32「探偵倶楽部」4(11)'53.11 p232
三M事件　　　　33「探偵実話」5(7)'54.6 p148
監禁ギャング顛末記
　　　　　　33「探偵実話」5(10)'54.9 p194
引揚げぬ男　　　33「探偵実話」5(13)'54.11 p196
ナイト・クラブの怪人
　　　　　　33「探偵実話」6(1)'54.12 p190
硫黄島脱出実記　33「探偵実話」6(5)'55.4 p98
恐るべき倭忌界　33「探偵実話」6(6)'55.5 p206
愛岩山の白虎隊　33「探偵実話」6(7)'55.6 p234
白昼の銀行ギャング
　　　　　　33「探偵実話」6(11)'55.10 p170
真犯人は僕です！　33「探偵実話」7(10)'56.6 p38
刺青の妖女　　　33「探偵実話」7(14)'56.9 p52
殺人鬼西谷の秘密　33「探偵実話」7(17)'56.11 p48
この死刑は誤判である！
　　　　　　33「探偵実話」8(1)'56.12 p72
ミンドロ島十年兵の生活と記録
　　　　　　33「探偵実話」8(3)'57.1 p130
監禁ギャング顛末記
　　　　　　33「探偵実話」8(2)'57.1増 p194
昭和テロ事件　　33「探偵実話」8(2)'57.1増 p292
第二回特別攻撃隊の勇士達
　　　　　　32「探偵倶楽部」8(9)'57.9 p220
通り魔死のダイビング
　　　　　　33「探偵実話」9(5)'58.3増 p234
蛇姫の君と有島武郎
　　　　　　33「探偵実話」9(5)'58.3増 p270
湖畔の惨殺魔　　33「探偵実話」9(9)'58.5 p228
刺青の妖女　　　33「探偵実話」9(8)'58.5増 p52
第三の初夜に殺された人妻
　　　　　　33「探偵実話」10(3)'59.1 p64

女易者と大盗の愛憎
　　　　　　33「探偵実話」10(2)'59.1増 p162
本場顔負けのギャング事件
　　　　　　33「探偵実話」13(2)'62.1増 p144

永松 翠風
漁色家に復讐する妾
　　　　　　33「探偵実話」10(5)'59.3 p70
初夜を賭けた女　33「探偵実話」10(9)'59.6 p58
裏切られた貞操　33「探偵実話」11(7)'60.4 p56

永美 幸雄
古賀英正くん　　17「宝石」18(11)'63.8 p139

永見 徳太郎
海援隊とお慶　　09「探偵小説」2(8)'32.8 p138

ナカムラ, ガク
ジェスはいいおとこだ
　　　　　　33「探偵実話」12(10)'61.7増 p142

中村 K
探偵趣味　　　　05「探偵・映画」1(2)'27.11 p21

中村 文子
乾杯！われらの探実《座談会》
　　　　　　33「探偵実話」10(11)'59.7 p288

中村 歌右衛門
先天の原因、後天の原因
　　　　　　01「新趣味」17(2)'22.2 p50

中村 加寿男
洋モク取締珍談奇談座談会《座談会》
　　　　　　32「探偵倶楽部」5(11)'54.11 p250

中村 金雄
ヤリ裸の中で……　27「別冊宝石」13(2)'60.2 p176

中村 完一
巨星墜つ将棋名人戦
　　　　　　32「探偵倶楽部」3(9)'52.10 p250

中村 恵
乳房の型による分け方
　　　　　　33「探偵実話」12(14)'61.10増 p14
脚線美　　　　　33「探偵実話」12(14)'61.10増 p158

中村 幸子
バリエルの手紙　32「探偵倶楽部」3(7)'52.8 p248

中村 芝鶴
アンケート《アンケート》
　　　　　　17「宝石」8(6)'53.6 p191

中村 寿助
七十八万円怪盗事件
　　　　　　09「探偵小説」2(8)'32.8 p106

中村 純三
未亡人殺害事件　33「探偵実話」9(3)'58.1 p89
雪の大鰐心中　　33「探偵実話」9(5)'58.3増 p126
惨殺船"千代丸"事件　33「探偵実話」9(7)'58.4 p90
聖書を持った人獣
　　　　　　33「探偵実話」10(6)'59.4増 p167
元警察官の赤線女給殺し
　　　　　　33「探偵実話」10(15)'59.11増 p46
呪いの全身舞踏病　33「探偵実話」11(2)'60.1増 p88
あねさん女房の悲劇
　　　　　　33「探偵実話」11(2)'60.1増 p268
運命の生理日　　33「探偵実話」11(5)'60.3増 p182
死ぬのはいや！もう一度抱いて…
　　　　　　33「探偵実話」12(6)'61.4増 p202

妻よ天国で会おう
　　　　　　　　　33「探偵実話」12(12)'61.10 p154
脱走兵の兇行　　　33「探偵実話」13(7)'62.6 p132
中村 信一
　恐怖怪奇の経験　33「探偵実話」10(10)'59.7増 p253
中村 真一郎
　救いを求める声《小説》
　　　　　　　　　27「別冊宝石」9(8)'56.11 p250
　文壇作家「探偵小説」を語る《座談会》
　　　　　　　　　17「宝石」12(10)'57.8 p188
　嘲笑うゴリラ《脚本》17「宝石」13(1)'58.1 p70
　ノンプロ探偵小説論　17「宝石」13(6)'58.5 p223
　読者のことなど　　17「宝石」14(4)'59.4 p64
　不可能な逢引《小説》
　　　　　　　　　17「宝石」14(2)'59.10増 p46
　水上勉のこと　　　17「宝石」16(7)'61.6 p269
中村 大ハ
　ローマの休日《映画物語》
　　　　　　　　　33「探偵実話」5(6)'54.5 p84
中村 武志
　立腹記　　　　　　17「宝石」14(9)'59.8 p230
中村 立行
　カストリ焼酎　　　17「宝石」18(12)'63.9 p24
中村 千尾
　神話《詩》　　　　17「宝石」10(17)'55.12 p13
中村 汀女
　旅と俳句とミステリー《座談会》
　　　　　　　　　17「宝石」13(15)'58.12 p250
中村 敏郎
　たかりの名人　　32「探偵倶楽部」4(7)'53.7 p232
中村 篤九
　遁げたお嬢さん《小説》
　　　　　　　　　15「探偵春秋」2(1)'37.1 p122
　お妾無用論《小説》15「探偵春秋」2(2)'37.2 p60
　あゝそれなのに禍《小説》
　　　　　　　　　15「探偵春秋」2(4)'37.4 p169
　髭の犯人?《小説》15「探偵春秋」2(5)'37.5 p91
　カラーセクション　15「探偵春秋」2(6)'37.6 前5
　マンガの頁　　　　15「探偵春秋」2(7)'37.7 前5
中村 十三夫
　心中の大家名鑑　33「探偵実話」9(5)'58.3増 p175
中村 獏
　猟奇夜の芝公園　　33「探偵実話」2(8)'51.7 p105
　紳士は何を狙つたか?《小説》
　　　　　　　　　24「妖奇」6(4)'52.4 p34
　狩り込み見学記《小説》
　　　　　　　　　33「探偵実話」3(6)'52.6 p23
　留置場風景《小説》33「探偵実話」3(8)'52.7 p23
　交番日記　　　　　33「探偵実話」4(6)'53.5 p17
　ステッキガール繁昌記
　　　　　　　　　33「探偵実話」4(7)'53.6 p13
　ポンビキ日記　　　33「探偵実話」4(8)'53.5 p13
　東京ガイド日記　　33「探偵実話」4(9)'53.8 p13
　有料トイレ見学記　33「探偵実話」5(1)'54.1 p155
　ロシヤ女のお産に立会った話
　　　　　　　　　33「探偵実話」5(2)'54.2 p157
　黒帯のお嬢さん《小説》
　　　　　　　　　33「探偵実話」5(3)'54.3 p186
　青春ギタア《小説》33「探偵実話」5(6)'54.5 p63
　愛の設計図《小説》33「探偵実話」5(8)'54.7 p44
　犬の仲人さん《小説》
　　　　　　　　　33「探偵実話」8(3)'57.1 p206
　作者の言葉　　　　33「探偵実話」8(3)'57.1 p231
　スカートをはいたお巡りさん〈1〉《小説》
　　　　　　　　　33「探偵実話」8(4)'57.2 p86
　スカートをはいたお巡りさん〈2〉《小説》
　　　　　　　　　33「探偵実話」8(6)'57.3 p100
　スカートをはいたお巡りさん〈3〉《小説》
　　　　　　　　　33「探偵実話」8(7)'57.4 p168
　スカートをはいたお巡りさん〈4〉《小説》
　　　　　　　　　33「探偵実話」8(9)'57.5 p216
　スカートをはいたお巡りさん〈5〉《小説》
　　　　　　　　　33「探偵実話」8(10)'57.6 p254
　スカートをはいたお巡りさん〈6〉《小説》
　　　　　　　　　33「探偵実話」8(11)'57.7 p210
　スカートをはいたお巡りさん〈7〉《小説》
　　　　　　　　　33「探偵実話」8(12)'57.8 p186
　スカートをはいたお巡りさん〈8〉《小説》
　　　　　　　　　33「探偵実話」8(13)'57.9 p208
　スカートをはいたお巡りさん〈9〉《小説》
　　　　　　　　　33「探偵実話」8(14)'57.10 p66
　スカートをはいたお巡りさん〈10〉《小説》
　　　　　　　　　33「探偵実話」8(16)'57.11 p132
　スカートをはいたお巡りさん〈11〉《小説》
　　　　　　　　　33「探偵実話」9(1)'57.12 p174
　スカートをはいたお巡りさん〈12〉《小説》
　　　　　　　　　33「探偵実話」9(3)'58.1 p138
　スカートをはいたお巡りさん〈13〉《小説》
　　　　　　　　　33「探偵実話」9(4)'58.2 p90
　スカートをはいたお巡りさん〈14〉《小説》
　　　　　　　　　33「探偵実話」9(6)'58.3 p108
　スカートをはいたお巡りさん〈15・完〉《小説》
　　　　　　　　　33「探偵実話」9(7)'58.4 p224
　作者の言葉　　　　33「探偵実話」11(6)'60.3 p237
　無法巡査伝〈1〉《小説》
　　　　　　　　　33「探偵実話」11(7)'60.4 p134
　無法巡査伝〈2〉《小説》
　　　　　　　　　33「探偵実話」11(8)'60.5 p150
　無法巡査伝〈3〉《小説》
　　　　　　　　　33「探偵実話」11(9)'60.6 p86
　無法巡査伝〈4〉《小説》
　　　　　　　　　33「探偵実話」11(10)'60.7 p110
　無法巡査伝〈5〉《小説》
　　　　　　　　　33「探偵実話」11(12)'60.8 p168
　無法巡査伝〈6〉《小説》
　　　　　　　　　33「探偵実話」11(13)'60.9 p242
　無法巡査伝〈7〉《小説》
　　　　　　　　　33「探偵実話」11(14)'60.10 p158
　無法巡査伝〈8・完〉《小説》
　　　　　　　　　33「探偵実話」11(16)'60.11 p216
　拳銃と警察官　　33「探偵実話」12(10)'61.7増 p78
　オトコの拳銃　　33「探偵実話」12(10)'61.7増 p80
　霊と語る男《小説》
　　　　　　　　　33「探偵実話」12(12)'61.10 p126
　にょたいの美　　33「探偵実話」12(12)'61.10 p197
中村 八朗
　私の兄貴　　　　　17「宝石」19(1)'64.1 p117

なかむ

中村 博 →中村編集長
犯罪解剖座談会《座談会》
　　　32「怪奇探偵クラブ」1 '50.5 p203
風流食卓漫談《座談会》
　　　32「探偵クラブ」3(1) '52.1 p142
日本をめぐる米ソ謀略戦《座談会》
　　　32「探偵倶楽部」3(9) '52.10 p160
風流網舟漫談《座談会》
　　　32「探偵倶楽部」3(11) '52.11増 p153
暴力の街に挑む《座談会》
　　　32「探偵倶楽部」4(5) '53.5 p147
週刊雑誌編集長座談会《座談会》
　　　32「探偵倶楽部」4(6) '53.6 p94
「汽車を見送る男」批評座談会《座談会》
　　　32「探偵倶楽部」4(12) '53.12 p38

中村 文市
女と犯罪を語る座談会《座談会》
　　　33「探偵実話」8(8) '57.5増 p145

中村 正堯
新人論　　　17「宝石」7(9) '52.10 p312

中村 正男
容疑者の「嘘の自白」について
　　　05「探偵・映画」1(1) '27.10 p30

中村 正雄
喜亭の壁　　05「探偵・映画」1(2) '27.11 p18

中村 美与 →中村美与子
火祭《小説》　11「ぷろふいる」3(10) '35.10 p112
略歴　　　　　11「ぷろふいる」3(10) '35.10 p113
都市の錯覚　　11「ぷろふいる」4(4) '36.4 p118

中村 美与子 →中村美与
真夏の犯罪《小説》
　　　19「ぷろふいる」2(3) '47.12 p34
サブの女難《小説》19「仮面」3(2) '48.3 p18
サブとハリケン《小説》19「仮面」3(4) '48.6 p14
聖汗山の悲歌《小説》17「宝石」12(3) '57.2 p154

中村 勇太郎
詰碁新題　　　17「宝石」13(8) '58.6 p219
詰碁新題　　　17「宝石」13(9) '58.7 p75

中村 由来人
綺譚倶楽部の終焉《小説》
　　　11「ぷろふいる」3(7) '35.7 p25

中村 義正
迷信と殺人　　04「探偵趣味」25 '27.11 p48
模倣性と殺人　04「探偵趣味」26 '27.12 p46
殺人の動機と心理　04「探偵趣味」4(4) '28.4 p50
位牌と犯人　　19「ぷろふいる」2(3) '47.12 p41

中村編輯長 →中村博
日本の国防はこれだ《座談会》
　　　32「探偵倶楽部」3(12) '52.12 p169
乱歩氏を祝う《座談会》
　　　32「探偵倶楽部」5(12) '54.12 p234

中谷 輝雄
STAGE　　　17「宝石」14(8) '59.7 p147

仲佐 昇
男嫌いの夫という男　17「宝石」19(3) '64.2 p20

中屋 義之
馬賊斬首　　　07「探偵」1(8) '31.12 p92

中山 あい子
情事の宿《小説》　27「別冊宝石」12(8) '59.8 p52
ロボット
　　　35「エロチック・ミステリー」1(3) '60.10 p238
不在《小説》
　　　35「エロチック・ミステリー」2(5) '61.5 p274
静かなる涙《小説》
　　　35「エロチック・ミステリー」2(10) '61.10 p246
嘘は雪達磨の如く《小説》
　　　35「エロチック・ミステリー」4(2) '63.2 p64
東京のジャングル《小説》
　　　35「エロチック・ミステリー」4(3) '63.3 p128
男はいつも被害者だ《小説》
　　　35「エロチック・ミステリー」4(4) '63.4 p46
社会奉仕《小説》　27「別冊宝石」17(2) '64.2 p208

中山 狂太郎
アジャンター殺人事件《小説》
　　　11「ぷろふいる」4(3) '36.3 p48
作者の言葉　　11「ぷろふいる」4(3) '36.3 p51
探偵小説論抄　11「ぷろふいる」4(6) '36.6 p124
たまらない話　14「月刊探偵」2(6) '36.7 p42
誘蛾燈《小説》　11「ぷろふいる」4(9) '36.9 p36

中山 昌八
内大臣昇天のこと《小説》
　　　17「宝石」11(2) '56.1増 p96
妙な経緯《小説》　17「宝石」15(3) '60.2増 p126

中山 太郎
巫女の有てる秘密　09「探偵小説」2(6) '32.6 p169

中山 なつ子
或る殺人《小説》　07「探偵」1(2) '31.6 p172

中山 正男
おやじ（罷のこと）　33「探偵実話」5(1) '54.1 p224
黄いろ二題　　33「探偵実話」5(2) '54.2 p224
どもり交友録　33「探偵実話」5(3) '54.3 p236
淋友会総裁　　33「探偵実話」5(4) '54.4 p206
藁結びとうなぎ　33「探偵実話」5(6) '54.5 p138
仏壇を大きくしたようなもの
　　　33「探偵実話」5(8) '54.7 p72
一流の心臓　　33「探偵実話」5(9) '54.8 p126
ゲーテの酢のもの　33「探偵実話」5(10) '54.9 p136
火はいよいよ消えず
　　　33「探偵実話」5(12) '54.10 p126
馬券はあたらず　33「探偵実話」5(11) '54.11 p193
深夜の速達　　33「探偵実話」6(1) '54.12 p158
熊と道づれ裸道中　33「探偵実話」9(1) '57.12 p164

中山 光義
スリ物語　　　27「別冊宝石」6(1) '53.1 p239
消える人間　　17「宝石」19(1) '64.1 p155
死亡記事が先に出た　17「宝石」19(3) '64.2 p184
ヒマラヤの謎　17「宝石」19(4) '64.3 p127
恐竜が生きている?　17「宝石」19(4) '64.4 p227
故郷に還ってきた死体　17「宝石」19(7) '64.5 p274

中山 保江
女探偵ばかりの座談会《座談会》
　　　33「探偵実話」2(5) '51.4 p182
私立探偵に訊く《座談会》
　　　32「探偵倶楽部」6(10) '55.10 p118
情事の演出　　17「宝石」13(11) '58.8増 p219

な

南雲 克己
- 赤いネグリジェの女　　33「探偵実話」12(9)'61.7 p80
- 五〇四号室の男　　33「探偵実話」12(11)'61.8 p102
- 爛れた女の断面　　33「探偵実話」12(12)'61.9 p114
- 死点の十字架　　33「探偵実話」12(12)'61.10 p72
- 童女の告白　　33「探偵実話」12(15)'61.11 p200
- 最後の一週間《小説》
　　　　　　　33「探偵実話」12(16)'61.12 p100
- 夜の炎　　33「探偵実話」13(1)'62.1 p166
- 四十一年間の秘密　　33「探偵実話」13(1)'62.1増 p40
- 騙された女の弱点　　33「探偵実話」13(3)'62.2 p196
- エイトの女　　33「探偵実話」13(7)'62.6 p100
- 十三才の貞操　　33「探偵実話」13(9)'62.7 p35

名越 欽也
- わたしは二人の夫が欲しい
　　　　　　　33「探偵実話」12(8)'61.6 p228

名古屋探偵倶楽部
- 弾道《小説》　　11「ぷろふいる」5(3)'37.3 p42

納言 恭平　→奥村五十嵐
- お市観音《小説》　　17「宝石」1(3)'46.6 p22
- 黒髪怨念《小説》　　17「宝石」2(3)'47.4 p70
- 顔《小説》　　17「宝石」2(7)'47.7 p32
- 旗本失踪記　　19「仮面」春の増刊'48.4 p22
- 弁天松の怪死《小説》　　19「仮面」2(4)'48.6 p42
- 猫と小平次《小説》　　19「仮面」夏の増刊'48.6 p7
- 下界《小説》　　17「宝石」―'49.7増 p274

ホーソーン, ナサニエル
- 緋文字《原作》《絵物語》
　　　　　　　33「探偵実話」2(2)'51.1 p19

那須 九里
- 夜のオパール《小説》　　17「宝石」6(8)'51.8 p136

那須 辰造
- 動物メモ　　17「宝石」4(11)'49.12 p93
- 動物メモ　　17「宝石」5(3)'50.3 p77

那須 六郎
- 探偵小説月評　　17「宝石」11(9)'56.7 p142
- 探偵小説月評　　17「宝石」11(11)'56.8 p112
- 探偵小説月評　　17「宝石」11(12)'56.9 p124

那須野庵主人
- 新聞時評　　18「トップ」1(1)'46.5 p16

灘 桃太郎
- 阪神探偵作家噂話　　15「探偵春秋」2(7)'37.7 p58

夏 冬樹
- 肉体パトロール　　33「探偵実話」12(7)'61.5 p217

夏川 洗石
- 公庫住宅明暗記　　33「探偵実話」4(6)'53.5 p214

夏川 黎人
- 狂う悪魔　　25「X」3(4)'49.3別 p55
- 宝玉翡翠ザクザク譚
　　　　　　　33「探偵実話」2(12)'51.11 p75
- ポスト・ボーイ　　32「探偵クラブ」3(3)'52.3 p52

夏樹 しのぶ
- ガラスの鎖《小説》　　17「宝石」17(8)'62.6増 p314

夏木 蜻一　→新羽精之
- 炎の犬《小説》　　17「宝石」13(16)'58.12増 p314

夏樹 紅児
- 春雨に烟るシグナル《小説》
　　　　　　　24「妖奇」5(1)'51.1 p97

夏目 原人
- 民国裁判一くち話　　21「黒猫」2(7)'48.5 p24

夏山 緑
- 古代美食漫談　　17「宝石」5(6)'50.6 p250
- 煙草伝来奇談　　17「宝石」5(6)'50.6 p272
- パイプ伝綺　　17「宝石」5(11)'50.11 p48
- 科学捜査エピソード
　　　　　　　27「別冊宝石」4(1)'51.8 p163

名取 弘
- あゝローソク病　　27「別冊宝石」13(4)'60.4 p22
- フクロ清談　　35「エロチック・ミステリー」2(7)'61.7 p25
- バリの旅から　　35「エロチック・ミステリー」3(11)'62.11 p27

七曜生
- 暗い日曜日　　11「ぷろふいる」4(12)'36.12 p132

浪花 三郎
- 日本探偵小説発達史〈1〉
　　　　　　　09「探偵小説」2(1)'32.1 p148
- 日本探偵小説発達史〈2〉
　　　　　　　09「探偵小説」2(2)'32.2 p204

浪花 太郎
- ぐうたら男を亭主にもてば
　　　　　　　35「エロチック・ミステリー」2(7)'61.7 p200

名乗らぬ男
- 十二月号妄評　　04「探偵趣味」4(1)'28.1 p87
- 二月号妄評　　04「探偵趣味」4(3)'28.3 p53

ナバロ, ボリス
- 現金はあとで払う《小説》
　　　　　　　32「探偵倶楽部」9(14)'58.12 p150

波 蜻二
- 読心術《小説》　　11「ぷろふいる」2(11)'34.11 p83
- ヒコポンデリー　　12「探偵文学」1(1)'35.3 p21
- 乞食《小説》　　11「ぷろふいる」3(5)'35.5 p100

浪江 洋二
- 芸能人は花柳界がお好き
　　　　　　　33「探偵実話」11(14)'60.10 p88
- 芸妓さんはお相撲さんがお好き
　　　　　　　33「探偵実話」12(3)'61.1 p110
- 幇間・茶ら平師匠の異色人生記
　　　　　　　33「探偵実話」12(4)'61.3 p192
- 桜川ピン助芸道裏ばなし
　　　　　　　33「探偵実話」12(5)'61.4 p240
- インスタント芸者　　33「探偵実話」12(7)'61.5 p196
- 売春する舞妓　　33「探偵実話」12(9)'61.7 p144
- あたしが原爆芸者第一号ヨ!
　　　　　　　33「探偵実話」12(11)'61.8 p113
- 五十円の人情劇　　33「探偵実話」12(12)'61.10 p162
- 全国温泉芸者案内帳
　　　　　　　33「探偵実話」12(14)'61.10増 p106
- 新春花街お遊び案内一覧表
　　　　　　　33「探偵実話」13(3)'62.2 p152
- 二十代のスーパー女将
　　　　　　　33「探偵実話」13(11)'62.9 p190
- お風呂の神様　　33「探偵実話」13(12)'62.10 p140

島倉千代子残酷抄
　　　　35「エロチック・ミステリー」4(2)'63.2 p106
浴槽の無理心中
　　　　35「エロチック・ミステリー」4(3)'63.3 p81
温泉芸者残酷物語
　　　　35「エロチック・ミステリー」4(5)'63.5 p72
幇間残酷物語
　　　　35「エロチック・ミステリー」4(6)'63.6 p76
お色気温泉めぐり〈1〉
　　　　35「エロチック・ミステリー」4(7)'63.7 p72
お色気温泉めぐり〈2〉
　　　　35「エロチック・ミステリー」4(8)'63.8 p108
お色気温泉めぐり〈3〉
　　　　35「エロチック・ミステリー」4(9)'63.9 p76
お色気温泉めぐり〈4〉
　　　　35「エロチック・ミステリー」4(10)'63.10 p118
お色気温泉めぐり〈5〉
　　　　35「エロチック・ミステリー」4(11)'63.11 p116
お色気温泉めぐり〈6〉
　　　　35「エロチック・ミステリー」4(12)'63.12 p62
全国御祭礼風土記
　　　　35「エロチック・ミステリー」5(1)'64.1 p118
旅の恥掻キクケコ《座談会》
　　　　35「エロチック・ミステリー」5(1)'64.1 p148
お色気温泉めぐり〈8〉
　　　　35「ミステリー」5(2)'64.2 p76
昔の芸妓・今のゲイシャ《座談会》
　　　　35「ミステリー」5(2)'64.2 p140
お色気温泉めぐり〈9〉
　　　　35「ミステリー」5(3)'64.3 p96
お色気温泉案内〈10〉
　　　　35「ミステリー」5(4)'64.4 p154
お色気温泉案内〈11〉
　　　　35「ミステリー」5(5)'64.5 p76

並木 忠太郎
　武芸もろもろ座談会《座談会》
　　　　27「別冊宝石」7(1)'54.1 p169

並木 東太郎
　心中綺談《小説》　11「ぷろふいる」3(8)'35.8 p84

並木 路子
　はがきあんけーと《アンケート》
　　　　　　　　　19「仮面」3(2)'48.3 p34

並木 行夫
　肉体の陥穽《小説》　24「妖奇」3(13)'49.12 p44
　小柄縫ひの屍体《小説》24「妖奇」4(2)'50.2 p31
　女地獄《小説》　　　24「妖奇」4(4)'50.4 p48
　小説江戸川乱歩《小説》24「妖奇」6(1)'52.1 p72
　小説大下宇陀児《小説》24「妖奇」6(2)'52.2 p83
　小説野村胡堂《小説》　24「妖奇」6(3)'52.3 p64
　小説木々高太郎《小説》24「妖奇」6(4)'52.4 p90
　小説橘外男《小説》　24「妖奇」6(5)'52.5 p68
　小説森下雨村《小説》　24「妖奇」6(6)'52.6 p78
　好色人形師《小説》　24「妖奇」6(8)'52.8 p78

並木 来太郎
　瘋癲の歌《小説》　11「ぷろふいる」2(12)'34.12 p52
　作者の言葉　　　11「ぷろふいる」2(12)'34.12 p53

波灘 春恵
　こゝろの犯罪記《小説》
　　　　　　　　20「探偵よみもの」38'49.1 p93

波野 白跳
　堀屋敷の殺人事件
　　　　02「秘密探偵雑誌」1(2)'23.6 p118
　万引漫談　　　　03「探偵文芸」1(4)'25.6 p78
　台湾パナマ《小説》03「探偵文芸」1(7)'25.9 p11

波乗 越生
　刑務所における座談会《座談会》
　　　　　　　　24「妖奇」3(12)'49.11 p54

名村 すみえ
　裸体モデルの死《小説》24「妖奇」3(9)'49.8 p54
　火葬場小町《小説》　24「妖奇」4(9)'50.9 p37

奈邨 精二
　モダアン・ルンペン　06「猟奇」5(3)'32.3 p37
　猟奇・上海　　　　06「猟奇」5(4)'32.4 p13
　［れふきうた］《猟奇歌》06「猟奇」5(4)'32.4 p32

滑川 炬火
　白子屋お駒《小説》　03「探偵文芸」2(6)'26.6 p131

奈良橋 一郎
　空の旅《座談会》　　32「探偵倶楽部」4(8)'53.8 p204

奈良 八郎
　乾杯!われらの探実《座談会》
　　　　　　　　33「探偵実話」10(11)'59.7 p288

楢木 重太郎　→阿知波五郎
　墓《小説》　　　　　04「別冊宝石」4(2)'51.12 p132

楢崎 健
　プロ野球の冷たい戦争
　　　　　　　　33「探偵実話」10(7)'59.4 p220

楢崎 勤
　力自慢の話一つ　10「探偵クラブ」10'33.4 p23

楢原 茂二
　ビヤースは如何に死んだか
　　　　　　　　09「探偵小説」2(6)'32.6 p164

成迫 忠儀
　学生強盗の告白　26「フーダニット」1(1)'47.11 p14

成田 成寿
　大学教授とミステリ《座談会》
　　　　　　　　17「宝石」15(1)'60.1 p266
　ボーの家　　　　17「宝石」16(12)'61.11 p138

鳴山 草平
　井戸端捜査会議《小説》
　　　　　　　　33「探偵実話」3(6)'52.6 p108

成瀬 圭次郎
　成仏　　　　　　27「別冊宝石」10(11)'57.12 p107
　白い影《小説》　　17「宝石」14(3)'59.3 p214

成瀬 繁子
　雷族と酔っぱらい娘《座談会》
　　　　　　　　33「探偵実話」11(2)'60.1増 p243

成瀬 亘
　下山総裁は俺たちが殺したのだ!
　　　　　　　　33「探偵実話」2(4)'51.3 p24

成山 聖二
　暴力に初夜を許すな
　　　　　　　　33「探偵実話」9(12)'58.8 p216
　重役夫人強殺強姦事件
　　　　　　　　33「探偵実話」10(4)'59.2 p86

名和 岩内
　将軍家御寝の掟　　　　27「別冊宝石」12(8)'59.8 p29
　"二号さん"アレコレ集
　　　　　　　35「エロチック・ミステリー」5(1)'64.1 p14
名和 絹子
　嘆きの郵便屋〈小説〉
　　　　　　　　　　11「ぷろふいる」4(1)'36.1 p116
縄田 厚
　鍾道殺人事件〈小説〉　17「宝石」15(2)'60.2 p162
　意志の声〈小説〉　　　17「宝石」15(3)'60.2増 p11
　黒い凶器〈小説〉　　　17「宝石」16(3)'61.2増 p26
　いたずらな妖精
　　　　　　　35「エロティック・ミステリー」3(2)'62.2 p204
内海 突破
　あなたは狙はれてゐる《アンケート》
　　　　　　　　　　　20「探偵よみもの」30 '46.11 p18
南条 俊助
　中年男をねらう五人の桃色窃盗団
　　　　　　　　　　32「探偵倶楽部」8(11)'57.11 p202
　桃色トルコ風呂を探る
　　　　　　　　　　32「探偵倶楽部」9(6)'58.5 p251
南条 範夫
　乗合い仲間〈小説〉
　　　　　　　　　　27「別冊宝石」12(4)'59.4 p174
　落城秘聞〈小説〉　　27「別冊宝石」12(6)'59.6 p58
　からみ合い〈1〉〈小説〉
　　　　　　　　　　　　17「宝石」14(8)'59.7 p148
　作者の言葉　　　　　17「宝石」14(8)'59.7 p151
　からみ合い〈2〉〈小説〉
　　　　　　　　　　　　17「宝石」14(9)'59.8 p28
　からみ合い〈3〉〈小説〉
　　　　　　　　　　　　17「宝石」14(10)'59.9 p90
　からみ合い〈4〉〈小説〉
　　　　　　　　　　　　17「宝石」14(11)'59.10 p60
　からみ合い〈5〉〈小説〉
　　　　　　　　　　　　17「宝石」14(13)'59.11 p60
　からみ合い〈6・完〉〈小説〉
　　　　　　　　　　　　17「宝石」14(14)'59.12 p28
　飢渇の果〈小説〉　　　17「宝石」15(11)'60.9 p46
　閨房禁令〈小説〉
　　　　　　　35「エロティック・ミステリー」1(2)'60.9 p166
　無明逆流れ〈小説〉
　　　　　　　35「エロティック・ミステリー」1(4)'60.11 p42
　千姫〈小説〉
　　　　　　　35「エロティック・ミステリー」2(1)'61.1 p54
　誰かが──父を〈小説〉　17「宝石」16(4)'61.3 p70
　二人の良人〈小説〉　　17「宝石」17(1)'62.1 p20
　丘の上の白い館〈小説〉17「宝石」18(5)'63.4 p22
　乗合い仲間〈小説〉　17「宝石」18(6)'63.4増 p241
　「乗合い仲間」について
　　　　　　　　　　　17「宝石」18(8)'63.4増 p246
　秘密の裏側〈小説〉　　17「宝石」18(11)'63.8 p116
　浪士慕情〈小説〉
　　　　　　　35「エロティック・ミステリー」4(9)'63.9 p40
　縮む男〈小説〉　　　　17「宝石」19(3)'64.2 p98
　多過ぎる犯人〈小説〉
　　　　　　　　　　　17「宝石」19(6)'64.4増 p146
南条 実
　売笑婦取引会社　　　33「探偵実話」1(6)'50.11 p172

南船子
　論文〈小説〉　　　　　04「探偵趣味」4(5)'28.5 p79
納戸 栄太郎
　恐ろしき電気人形〈1〉〈小説〉
　　　　　　　　　　　　06「猟奇」1(1)'28.5 p22
　怖ろしき電気人形〈2〉〈小説〉
　　　　　　　　　　　　06「猟奇」1(2)'28.6 p36
灘波 秀人
　婦人相談所は出来たけれど
　　　　　　　　　　32「探偵倶楽部」8(11)'57.11 p175
南波 杢三郎
　毒殺魔　　　　　　　17「宝石」8(5)'53.5 p238
　手帳の六字　　　　　17「宝石」8(6)'53.6 p225
南蛮寺 尚
　隠坊塚代参〈小説〉
　　　　　　　　　　　32「探偵倶楽部」4(1)'53.2 p63
　お銀さま〈小説〉　　33「探偵実話」4(4)'53.3 p206
　とんがらしのお辰〈小説〉
　　　　　　　　　　　32「探偵倶楽部」4(3)'53.4 p134
　瑣羅の冬吉〈小説〉
　　　　　　　　　　　33「探偵実話」4(5)'53.4 p202
　馬頭辻のお信〈小説〉
　　　　　　　　　　　32「探偵倶楽部」5(1)'54.1 p120
　傘やのお芳　　　　32「探偵倶楽部」5(6)'54.6 p250
南部 きみ子　→南部樹未子
　悪女昇天〈小説〉　　17「宝石」16(13)'61.12 p104
　いなくなったクロンボたち〈小説〉
　　　　　　　　　　　　17「宝石」18(12)'63.9 p244
南部 樹未子　→南部きみ子
　負け犬の目〈小説〉　27「別冊宝石」17(2)'64.2 p78
南部 僑一郎
　監獄奇談〈小説〉　　　06「猟奇」2(2)'29.2 p36
　異版監獄奇談〈小説〉　06「猟奇」2(4)'29.4 p40
　『新宿の町』と目覚まし時計〈小説〉
　　　　　　　　　　　　06「猟奇」2(8)'29.8 p52
　郷愁と映画『ラスプーチンの最後』
　　　　　　　　　　　　06「猟奇」3(4)'30.5 p34
　御誑演映幽霊譚　　　23「真珠」3 '47.12 p32
　映画女優の愛恋物語　18「トップ」3(2)'48.2 p30
　モダン青年手帳　　　16「ロック」3(8)'48.12 p21
　探偵映画よもやま話〈座談会〉
　　　　　　　　　　　　17「宝石」4(2)'49.2 p42
　現代青年手帳　　　　16「ロック」4(1)'49.2 p67
　モダン青年心得帳　　16「ロック」4(2)'49.5 p31
　流行作家恋愛あらべすく
　　　　　　　　　　　　18「トップ」4(2)'49.6 p25
　読売瓦版口上　　　　24「妖奇」3(7)'49.6別 p5
　ラヴ・シーン今昔物語
　　　　　　　　　　27「別冊宝石」12(6)'59.6 p196
　二つのモラル　　　　27「別冊宝石」13(6)'60.6 p24
　ある芸者の趣味
　　　　　　　35「エロティック・ミステリー」2(2)'61.2 p34
　性毛珍友伝
　　　　　　　35「エロティック・ミステリー」2(4)'61.4 p30
　京の夢
　　　　　　　35「エロティック・ミステリー」2(8)'61.8 p27
　ストリップ馬鹿囃子
　　　　　　　35「エロティック・ミステリー」2(10)'61.10 p22

なんふ　　　　　　　　　　執筆者名索引

近代助平伝
　　　35「エロティック・ミステリー」2(11)'61.11 p26
処女鑑定器
　　　35「エロティック・ミステリー」3(2)'62.2 p28
サセ子年代記
　　　35「エロティック・ミステリー」3(4)'62.4 p20
南部 良太
　大雪に消えた足跡　32「探偵倶楽部」5(4)'54.4 p78
　"東京租界"の顔役たち
　　　　　　　　　32「探偵倶楽部」5(10)'54.10 p89
南方生
　すまいる　　　　　04「探偵趣味」4(2)'28.2 p63
南里 章一
　按摩《小説》　　　33「探偵実話」5(7)'54.6 p175

【 に 】

新居 格
　崩壊的現象　　　　04「探偵趣味」6 '26.3 p4
　ハガキ回答《アンケート》
　　　　　　　　　11「ぷろふいる」4(6)'36.6 p98
　あなたは狙はれてゐる《アンケート》
　　　　　　　　　20「探偵よみもの」30 '46.11 p20
　敗戦と犯罪　　　　18「トップ」2(1)'47.4 p10
新沼 孝夫
　0番街の狼《小説》　33「探偵実話」10(11)'59.7 p186
新納 民雄
　早実対小倉の決戦
　　　　　　　　　33「探偵実話」5(12)'54.10 p105
　名寄岩の生活と意見
　　　　　　　　　33「探偵実話」5(13)'54.11 p82
　素人探偵捕物帖　33「探偵実話」6(1)'54.12 p142
　ドブロク部落探訪記
　　　　　　　　　33「探偵実話」6(4)'55.3 p246
新見 淑
　正月化粧　　　　　06「猟奇」5(1)'32.1 p25
二階堂 彪
　焰の曲《小説》　　33「探偵実話」4(6)'53.5 p230
仁木 悦子
　黄色い花《小説》　17「宝石」12(9)'57.7 p200
　粘土の犬《小説》　17「宝石」12(14)'57.11 p24
　かあちゃんは犯人じゃない《小説》
　　　　　　　　　17「宝石」13(3)'58.2 p60
　灰色の手袋《小説》17「宝石」13(4)'58.3 p298
　仁木悦子さんの東京見物
　　　　　　　　　17「宝石」13(5)'58.4 p3
　弾丸は飛びだした《小説》
　　　　　　　　　17「宝石」13(5)'58.4 p52
　赤い痕《小説》　　17「宝石」13(9)'58.7 p76
　Kへの手紙　　　　17「宝石」13(12)'58.9 p67
　林の中の家〈1〉《小説》
　　　　　　　　　17「宝石」14(1)'59.1 p24
　林の中の家〈2〉《小説》
　　　　　　　　　17「宝石」14(2)'59.2 p50

　林の中の家〈3〉《小説》
　　　　　　　　　17「宝石」14(3)'59.3 p52
　林の中の家〈4〉《小説》
　　　　　　　　　17「宝石」14(4)'59.4 p20
　林の中の家〈5〉《小説》
　　　　　　　　　17「宝石」14(5)'59.5 p56
　林の中の家〈6・完〉《小説》
　　　　　　　　　17「宝石」14(6)'59.6 p20
　みずほ荘殺人事件《小説》
　　　　　　　　　17「宝石」15(1)'60.1 p62
　「みずほ荘殺人事件」解決篇《小説》
　　　　　　　　　17「宝石」15(2)'60.2 p224
　平野謙氏への御返事とミステリ・マニアへの質問
　　　　　　　　　17「宝石」15(3)'60.3 p168
　おたね《小説》　　17「宝石」15(5)'60.4 p106
　刺のある樹〈1〉《小説》
　　　　　　　　　17「宝石」16(2)'61.2 p20
　刺のある樹〈2〉《小説》
　　　　　　　　　17「宝石」16(4)'61.3 p248
　刺のある樹〈3〉《小説》
　　　　　　　　　17「宝石」16(5)'61.4 p280
　刺のある樹〈4〉　17「宝石」16(6)'61.5 p248
　刺のある樹〈5〉　17「宝石」16(7)'61.6 p340
　刺のある樹〈6・完〉《小説》
　　　　　　　　　17「宝石」16(8)'61.7 p264
　うさぎと豚と人間と《小説》
　　　　　　　　　17「宝石」17(3)'62.2 p44
　おたね《小説》　　27「別冊宝石」15(1)'62.2 p20
　おたね　　　　　　27「別冊宝石」15(1)'62.2 p23
　みずほ荘殺人事件《小説》
　　　　　　　　　33「探偵実話」13(8)'62.6増 p308
　金ぴかの鹿《小説》
　　　　　　　　　17「宝石」17(15)'62.11増 p300
　暗い日曜日《小説》17「宝石」17(16)'62.12 p72
　黒岩重吾氏のこと　27「別冊宝石」16(1)'63.1 p129
　あたたかく やさしく 美しく
　　　　　　　　　17「宝石」18(3)'63.2 p167
　冷静な目　　　　　27「別冊宝石」16(3)'63.3 p153
　とげ　　　　　　　17「宝石」18(5)'63.4 p57
　黄色い花《小説》　17「宝石」18(6)'63.4増 p363
　あのころのこと　　17「宝石」18(6)'63.4増 p367
　五月　　　　　　　17「宝石」18(7)'63.5 p15
　せき　　　　　　　17「宝石」18(8)'63.6 p15
　あした天気に《小説》17「宝石」18(8)'63.6 p227
　かあちゃんは犯人じゃない《小説》
　　　　　　　　　17「宝石」18(14)'63.10増 p164
　すべてに恵まれて　17「宝石」19(3)'64.2 p129
　一日先の男《小説》27「別冊宝石」17(2)'64.2 p43
　ねむい季節《小説》17「宝石」19(5)'64.4 p22
仁木 弾正
　探偵小説の理解について・その他
　　　　　　　　　11「ぷろふいる」3(6)'35.6 p110
　二作推賞のこと　　11「ぷろふいる」3(7)'35.7 p115
二木里 孝次郎
　日本殖産金庫の内幕
　　　　　　　　　33「探偵実話」5(4)'54.4 p116
西 丘二朗
　死の乱舞《小説》　20「探偵よみもの」38 '49.1 p74

750

にしし

西江 雅之
古代アフリカの謎を訪ねて
　　　　　　17「宝石」18(1)'63.1 p17

西江原 辰雄
溶解魔　　　33「探偵実話」7(13)'56.8 p54

西尾 正 →三田正
陳情書《小説》　11「ぷろふいる」2(7)'34.7 p84
作者の言葉　　11「ぷろふいる」2(7)'34.7 p85
海よ、罪つくりな奴!《小説》
　　　　　　11「ぷろふいる」2(9)'34.9 p122
土蔵《小説》　11「ぷろふいる」3(1)'35.1 p72
打球棒殺人事件《小説》
　　　　　　11「ぷろふいる」3(6)'35.6 p29
白線の中の道化《小説》
　　　　　　11「ぷろふいる」3(7)'35.7 p60
奎子の場合《小説》
　　　　　　11「ぷろふいる」3(12)'35.12 p49
ハガキ回答《アンケート》
　　　　　　12「探偵文学」1(10)'36.1 p16
新年の言葉　11「ぷろふいる」4(1)'36.1 p114
線路の上《小説》　11「ぷろふいる」4(5)'36.5 p58
めつかち《小説》　14「月刊探偵」2(5)'36.6 p26
日記　　　　12「探偵文学」2(9)'36.9 p29
放浪作家の冒険《小説》
　　　　　　15「探偵春秋」1(3)'36.12 p79
諸家の感想《アンケート》
　　　　　　15「探偵春秋」2(1)'37.1 p71
私の書くもの　11「ぷろふいる」5(1)'37.1 p128
お問合せ《アンケート》
　　　　　　12「シュピオ」3(5)'37.6 p48
ハガキ回答《アンケート》
　　　　　　12「シュピオ」4(1)'38.1 p26
守宮の眼《小説》　19「ぷろふいる」1(1)'46.7 p31
鎌倉病床記　　19「ぷろふいる」2(1)'47.4 p36
幻想の魔薬《小説》　22「新探偵小説」1(1)'47.4 p2
路地の瑞れ《小説》　23「真珠」1 '47.4 p30
創刊号に寄す　22「新探偵小説」1(2)'47.6 p24
続鎌倉病床記　19「ぷろふいる」2(2)'47.8 p33
紅バラ白バラ《小説》
　　　　　　22「新探偵小説」4 '47.10 p40
人魚岩の悲劇《小説》
　　　　　　19「ぷろふいる」2(3)'47.12 p44
八月の狂気《小説》　23「真珠」3 '47.12 p30
墓場　　　　　23「真珠」4 '47.12 p40
怪奇作家《小説》　22「新探偵小説」2(4)'48.7 p35

西川 斗志也
唾の女《小説》　27「別冊宝石」10(1)'57.1 p108
深草少将の死《小説》
　　　　　　17「宝石」13(16)'58.12増 p284
誤植《小説》　17「宝石」16(3)'61.2増 p114

西川 友孝
眠れる恋人《小説》
　　　　　　05「探偵・映画」1(2)'27.11 p87
探偵趣味恋愛　06「猟奇」1(1)'28.5 p16
映画人の猟奇趣味　06「猟奇」1(6)'28.11 p20
『象の卵』といふ話　06「猟奇」2(3)'29.3 p32
穿き古された靴《小説》　06「猟奇」2(8)'29.8 p50
一本足の女《小説》　06「猟奇」2(9)'29.9 p2
鯨《脚本》　　06「猟奇」2(11)'29.11 p14

窓は…………………。《小説》
　　　　　　06「猟奇」2(12)'29.12 p12

西川 浩
子宮掠奪魔　33「探偵実話」6(4)'55.3 p186

西川 満
帖木児の紅玉《小説》　16「ロック」3(2)'48.3 p2
稲江夜曲《小説》　17「宝石」3(2)'48.3 p42
地獄船の女《小説》　25「X」3(6)'49.5 p30
唐わたり飛竜の剣《小説》
　　　　　　27「別冊宝石」5(5)'52.6 p144
鶯娘《小説》　27「別冊宝石」6(1)'53.1 p208
某月某日　　17「宝石」17(6)'62.5 p140

西川 由紀夫
十五才の妻と情死した男
　　　　　　33「探偵実話」11(14)'60.10 p137
不倫な関係　33「探偵実話」12(1)'61.1 p29
よろめきの惨劇　33「探偵実話」12(6)'61.4増 p190
愛人を殺した現職警官
　　　　　　33「探偵実話」12(8)'61.6 p218
ウェスタンの店をのぞく
　　　　　　33「探偵実話」12(10)'61.7増 p98
仮死の処女を犯した野獣
　　　　　　33「探偵実話」12(14)'61.10増 p172
青年会長の偽装心中
　　　　　　33「探偵実話」12(15)'61.11 p78
愛人を奪われた執念の男
　　　　　　33「探偵実話」12(16)'61.12 p128
禿の心配はもう無用
　　　　　　33「探偵実話」13(1)'62.1 p110
ニセ留学生クロワッサノ
　　　　　　33「探偵実話」13(7)'62.6 p146
篭坂峠の殺人　33「探偵実話」13(11)'62.9 p244

錦部 勘次
女風呂の捕物　33「探偵実話」2(2)'51.1 p82

西口 春雄
CHAPLIN 素描　06「猟奇」4(1)'31.3 p20

西崎 寿
手数料は申受けません《小説》
　　　　　　33「探偵実話」13(5)'62.4 p110

西沢 七郎
保険外交員の死《小説》
　　　　　　20「探偵よみもの」37 '48.11 p25

西沢 笛畝
風流人形ばなし　33「探偵実話」3(14)'52.12 p152

西嶋 志浪
神戸よいとこ　11「ぷろふいる」4(3)'36.3 p120

西島 実
性器から見た女体と性感
　　　　　　35「エロティック・ミステリー」2(5)'61.5 p284

西島 亮(西嶋 亮)
秋晴れ《小説》　11「ぷろふいる」3(4)'35.4 p66
作者の言葉　11「ぷろふいる」3(4)'35.4 p67
『赤字』《小説》　11「ぷろふいる」3(11)'35.11 p61
微分方程式を求め乍ら
　　　　　　11「ぷろふいる」4(1)'36.1 p115
鉄も銅も鉛もない国《小説》
　　　　　　11「ぷろふいる」4(3)'36.3 p32
ETWAS NEUESを求める男の日記
　　　　　　14「月刊探偵」2(6)'36.7 p41

犯罪可能曲線《小説》
　　　　　　12「探偵文学」2(9)'36.9 p26
西田 順平
　娘を狙う暴行班
　　　　　　33「探偵実話」10(15)'59.11増 p141
　変態亭主と三人姉妹
　　　　　　33「探偵実話」11(2)'60.1増 p230
　せむしだつて男なんだ
　　　　　　33「探偵実話」11(5)'60.3増 p262
　女は自家用車でモノにしろ
　　　　　　33「探偵実話」11(10)'60.7 p248
　女中に殺された邪恋の男
　　　　　　33「探偵実話」11(12)'60.8 p152
　家出娘と情夫　33「探偵実話」11(16)'60.11 p232
　患者を犯した産婦人科医
　　　　　　33「探偵実話」12(5)'61.4 p31
　愛と殺意の限界　33「探偵実話」12(9)'61.7 p182
　人妻とおおかみと
　　　　　　33「探偵実話」12(11)'61.8 p120
　ある男娼の告白　33「探偵実話」12(14)'61.10増 p54
　怒りの猟銃で精算した三角関係
　　　　　　33「探偵実話」13(4)'62.3 p170
　画伯夫人を夢みたインテリ女給
　　　　　　33「探偵実話」13(6)'62.5 p198
西田 政治　→秋野菊作, 花園守平, 八重野潮路, 柳巷楼
　チェスタートン研究の一断片
　　　　　　04「探偵趣味」1 '25.9 p16
　解答　　　　　04「探偵趣味」1 '25.9 p22
　『シベリヤ』薬事件　04「探偵趣味」3 '25.11 p29
　編輯便　　　　04「探偵趣味」4 '26.1 p72
　柳巷楼無駄話　04「探偵趣味」15 '27.1 p48
　クローズ・アップ《アンケート》
　　　　　　　　04「探偵趣味」19 '27.5 p33
　諸家の探偵趣味映画観《アンケート》
　　　　　　　05「探偵・映画」1(1)'27.10 p64
　映画漫談　　　06「猟奇」2(11)'29.11 p20
　手紙奇談《小説》06「猟奇」3(2)'30.3 p41
　跋に殺された話《小説》06「猟奇」4(2)'31.4 p10
　寸篇猟奇実話　06「猟奇」4(5)'31.7 p9
　探偵小説原書と神戸　06「猟奇」5(1)'32.1 p22
　シヤーロック・ホームズ研究
　　　　　　　　09「探偵小説」2(1)'32.1 p66
　外国雑誌と探偵小説　06「猟奇」5(5)'32.5 p24
　毛虫倶楽部物語　09「探偵小説」2(6)'32.6 p160
　神戸時代の横溝正史君
　　　　　　　10「探偵クラブ」4 '32.8 p12
　早期埋葬奇談　11「ぷろふいる」1(2)'33.6 p32
　箱入の花嫁　　11「ぷろふいる」1(3)'33.9 p48
　横溝正史を語る　11「ぷろふいる」1(7)'33.11 p37
　探偵月評　　　11「ぷろふいる」2(4)'34.2 p92
　寝言の寄せ書　11「ぷろふいる」2(8)'34.8 p70
　神戸探偵倶楽部寄せ書
　　　　　　11「ぷろふいる」2(10)'34.10
　「狂繰曲殺人事件」の印象
　　　　　　11「ぷろふいる」2(10)'34.10 p102
　読後寸感録　　11「ぷろふいる」3(8)'35.8 p124
　小栗虫太郎の酒精
　　　　　　11「ぷろふいる」3(10)'35.10 p90
　ハガキ回答《アンケート》
　　　　　　11「ぷろふいる」3(12)'35.12 p43
　蠹魚の讒言〈1〉　11「ぷろふいる」4(1)'36.1 p78

昔懐し飜訳噺　　14「月刊探偵」2(2)'36.2 p14
蠹魚の讒言〈2〉　11「ぷろふいる」4(2)'36.2 p94
蠹魚の讒言〈3〉　11「ぷろふいる」4(3)'36.3 p88
蠹魚の讒言〈4〉　11「ぷろふいる」4(4)'36.4 p36
探偵劇座談会《座談会》
　　　　　　11「ぷろふいる」4(5)'36.5 p88
蠹魚の讒言〈5〉　11「ぷろふいる」4(5)'36.5 p94
蠹魚の讒言〈6〉　11「ぷろふいる」4(6)'36.6 p38
モリアーテイ教授　14「月刊探偵」2(6)'36.7 p53
蠹魚の讒言〈7〉　11「ぷろふいる」4(7)'36.7 p66
蠹魚の讒言〈8〉　11「ぷろふいる」4(8)'36.8 p70
近頃読んだもの　11「ぷろふいる」4(11)'36.11 p83
諸家の感想《アンケート》
　　　　　　15「探偵春秋」2(1)'37.1 p69
英・米篇　　　　15「探偵春秋」2(1)'37.1 p86
四人の申分なき重罪犯人
　　　　　　12「シュピオ」3(4)'37.5 p127
お問合せ《アンケート》
　　　　　　12「シュピオ」3(5)'37.6 p54
ハガキ回答《アンケート》
　　　　　　12「シュピオ」4(1)'38.1 p21
雑想記録　　　　16「ロック」1(4)'46.8 p22
酒場で遭ふた男《小説》
　　　　　　19「ぷろふいる」1(2)'46.12 p32
飛び出す悪魔《小説》17「宝石」2(2)'47.3 p42
我が一日の生活　17「宝石」2(4)'47.4 p10
灰燼の彼方の追憶　22「新探偵小説」1(1)'47.4 p37
探偵庵漫筆　　　23「真珠」1 '47.4 p23
創刊号に寄す　　22「新探偵小説」1(2)'47.6 p24
尾崎紅葉　　　　19「ぷろふいる」2(4)'47.8 p2
探偵小説渉猟記〈1〉　17「宝石」2(8)'47.9 p45
探偵小説渉猟記〈2〉　17「宝石」2(10)'47.12 p36
探偵庵漫筆　　　23「真珠」3 '47.12 p44
探偵小説渉猟記〈3〉　17「宝石」3(2)'48.3 p59
探偵小説渉猟記〈4〉　17「宝石」3(3)'48.4 p39
探偵小説渉猟記〈5〉　17「宝石」3(4)'48.5 p21
愛すべき師父ブラウン　23「真珠」2(6)'48.6 p33
手紙地獄《小説》　22「新探偵小説」2(4)'48.7 p14
探偵小説渉猟記〈6〉　17「宝石」3(6)'48.8 p10
探偵小説渉猟記〈7〉　17「宝石」3(7)'48.9 p17
翻訳愚痴ばなし　17「宝石」4(3)'49.3 p63
チェスタートンもの礼讃
　　　　　　27「別冊宝石」2(1)'49.4 p81
襖の絵の印象　　17「宝石」4(8)'49.8 p22
三十年前　　　　17「宝石」5(1)'50.1 p151
無題　　　　　　34「鬼」1 '50.7 p7
インチキ翻訳談義　34「鬼」3 '51.3 p13
翻訳道楽三十年　27「別冊宝石」4(1)'51.8 p142
アンケート《アンケート》
　　　　　　17「宝石」7(1)'52.1 p87
西田政治氏より　17「宝石」12(14)'57.11 p292
西田政治氏より　17「宝石」13(8)'58.6 p310
ミステリー癖　　17「宝石」15(6)'60.5 p248
神戸時代の横溝君　17「宝石」17(4)'62.3 p83
神戸っ子の陳サン　17「宝石」18(12)'63.9 p109
西田 靖
　蜜柑の秘密《小説》33「探偵実話」12(5)'61.4 p94
　死の乾杯　　　　　33「探偵実話」12(8)'61.6 p86
　観光地図にない原爆温泉
　　　　　　33「探偵実話」12(15)'61.11 p88
　血清療法を見る　33「探偵実話」12(16)'61.12 p160

トラブルの中の三人の自殺事件
     33「探偵実話」13(2)'62.1増 p166
仁科 熊彦
 『探偵趣味』問答《アンケート》
     04「探偵趣味」4 '26.1 p56
仁科 四郎
 寝言の寄せ書　　11「ぷろふいる」2(8)'34.8 p70
 神戸探偵倶楽部寄せ書
     11「ぷろふいる」2(10)'34.10
仁科 透
 入選の感想　　　17「宝石」13(13)'58.10 p47
仁科 時雄
 宙にぶらさがつた泥棒
     03「探偵文芸」1(8)'25.10 p93
仁科 東子
 成吉思汗という名の秘密
     17「宝石」14(10)'59.9 p270
西野 常子
 美女と盗賊《小説》　33「探偵実話」5(3)'54.3 p260
 催淫術《小説》　　33「探偵実話」5(4)'54.4 p247
 くやし涙《小説》　33「探偵実話」5(6)'54.5 p155
 衆寡敵せず《小説》　33「探偵実話」5(7)'54.6 p65
 噂天下《小説》　　33「探偵実話」5(8)'54.7 p115
 似たもの夫婦《小説》
     33「探偵実話」5(9)'54.8 p241
 怪我の功名《小説》
     33「探偵実話」5(10)'54.9 p151
 油断大敵《小説》　33「探偵実話」5(12)'54.10 p121
 催淫薬《小説》　　33「探偵実話」6(4)'55.3 p125
 奇術師の女《小説》
     33「探偵実話」8(1)'56.12 p190
西宮 金三郎
 『冷やッ!!』とする話
     33「探偵実話」2(11)'51.10 p81
西原 民雄
 賭け《小説》　　　35「ミステリー」5(3)'64.3 p80
西美川 一人
 馬券奇聞《小説》　24「妖奇」3(5)'49.5 p22
西村 京太郎
 黒の記憶《小説》　17「宝石」16(3)'61.2増 p145
西村 恵晧
 競輪殺人事件《小説》　24「妖奇」4(4)'50.4 p85
 幽鬼館《小説》　　24「妖奇」5(2)'51.2 p100
 痴漢《小説》　　　24「妖奇」6(1)'52.1 p142
西村 孝次
 知的な、高級な遊び　17「宝石」17(5)'62.4 p266
西村 治一郎
 殺人三角くじ《小説》　16「ロック」3(4)'48.8 p41
西村 浩
 渡舟場にて《小説》　22「新探偵小説」4 '47.10 p26
西村 洋子
 掏摸座談会!《座談会》　06「猟奇」4(4)'31.6 p62
西森 茂樹
 呪ひの画筆《小説》
     20「探偵よみもの」39 '49.6 p110
西山 誠二郎
 顕微鏡で見た犯罪　25「Gメン」1(2)'47.11 p22

最新の科学捜査を語る座談会《座談会》
     33「探偵実話」2(11)'51.10 p168
二条 節夫
 第三の犠牲《小説》　17「宝石」17(8)'62.6増 p354
二節 道
 小栗虫太郎の近作　11「ぷろふいる」4(7)'36.7 p137
新田 英　→新田司馬英
 十三夜事件《小説》　17「宝石」11(2)'56.1増 p142
 時効《小説》　　　32「探偵倶楽部」9(7)'58.6 p52
 足《小説》　　　　32「探偵倶楽部」9(8)'58.7 p108
新田 理
 赤い夢よ、もう一度《小説》
     27「別冊宝石」12(4)'59.4 p190
新田 司馬英　→新田英
 赤い塩殺人事件《小説》
     27「別冊宝石」3(3)'50.6 p61
 決闘始末記《小説》
     32「探偵クラブ」2(2)'51.2 p188
 アンケート《アンケート》
     17「宝石」7(1)'52.1 p83
 警部夫人《小説》　17「宝石」7(2)'52.2 p158
 探偵小説文学論　　17「宝石」7(4)'52.4 p314
 青い指輪　　　　　32「探偵倶楽部」3(5)'52.5 p120
 探偵小説の方向　　17「宝石」7(10)'52.10 p310
 鶴《小説》　　　　32「探偵倶楽部」4(3)'53.4 p252
 あいびき《小説》　32「探偵倶楽部」6(11)'55.11 p60
 隠亡小屋《小説》　32「探偵倶楽部」7(3)'56.3 p144
 殺人契約《小説》　32「探偵倶楽部」7(5)'56.5 p120
 川の中の男《小説》
     32「探偵倶楽部」7(11)'56.10 p248
 クイズ殺人事件《小説》
     32「探偵倶楽部」9(3)'58.3 p230
新田 潤
 邂逅《小説》　　　17「宝石」7(9)'52.10 p118
新田 次郎
 いのり釘　　　　　17「宝石」14(2)'59.2 p264
 窓は開けてあつた《小説》
     17「宝石」14(10)'59.9 p80
 一勝負　　　　　　17「宝石」16(13)'61.12 p152
新田 夏雄
 麻薬列車異常なし《小説》
     33「探偵実話」9(10)'58.6 p2
仁戸田 六三郎
 私の欠点　　　　　17「宝石」18(12)'63.9 p22
二宮 栄三(二ノ宮 栄三)
 米英女流探偵小説作家を探偵する〈1〉
     21「黒猫」1(5)'47.12 p56
 米英女流探偵小説家を探偵する〈2〉
     21「黒猫」2(6)'48.2 p46
 新人探偵作家を語る《座談会》
     27「別冊宝石」3(2)'50.4 p190
 世界探偵小説概観　27「別冊宝石」6(3)'53.5 p404
丹羽 文雄
 他山の石　　　　　17「宝石」2(6)'47.6 p22
二瓶 寛　→二平莞
 賭博館の女主人《小説》　17「宝石」5(1)'50.1 p362
 探偵小説論〈1〉　17「宝石」6(7)'51.7 p184
 探偵小説論〈2・完〉　17「宝石」6(8)'51.8 p170

二平 莞　→二瓶寛
　二重試験《小説》　　　　　24「妖奇」3(2)'49.2 p33
　悪魔の招宴《小説》　　　　24「妖奇」3(9)'49.8 p31
日本文化人会議科学者団
　水爆　　　　　　　33「探偵実話」5(9)'54.8 p142
乳月 霞子
　緑毛の秘密《小説》
　　　　　　　　　　27「別冊宝石」2(3)'49.12 p244
ニューカム, シモン
　暗黒星《小説》　　　　　　17「宝石」9(6)'54.5 p46
ニュートン, ダグラス
　髪《小説》　　　　　　11「ぷろふぃる」2(1)'34.1 p83
韮田 五平
　世相あ・ら・か・る・と
　　　　　　　　　33「探偵実話」10(2)'59.1増 p251
ニールセン, ヘレン
　ハヴァーシャム夫人の復讐《小説》
　　　　　　　　　　　　　17「宝石」14(4)'59.4 p324
　無心さ加減《小説》　　　　17「宝石」14(6)'59.6 p328
楡 喬介
　蓮沼物語《小説》　27「別冊宝石」6(9)'53.12 p238
　桃の林の中で《小説》　17「宝石」10(10)'55.7 p284
　果し合い《小説》　　17「宝石」10(12)'55.8 p192
　東北弁殺人事件《小説》
　　　　　　　　　　　17「宝石」10(14)'55.10 p254
　桃ゴロ部落の犯罪《小説》
　　　　　　　　　　　17「宝石」10(17)'55.12 p180
　嘘《小説》　　　　　17「宝石」11(5)'56.3増 p220
楡 俊平
　執念《小説》　　　　　　17「宝石」6(8)'51.8 p134
庭 甚造
　淫婦一代女地獄〈1〉《小説》
　　　　　　　　　　　　　18「トップ」4(2)'49.6 p8
新羽 精之　→夏木蜻一
　火の鳥《小説》　　　　17「宝石」17(2)'62.1増 p12
　進化論の問題《小説》
　　　　　　　　　　　17「宝石」17(2)'62.1増 p253
　受賞の感想　　　　　　17「宝石」17(5)'62.4 p151
　進化論の問題《小説》　17「宝石」17(5)'62.4 p172
　美容学の問題《小説》　17「宝石」17(6)'62.5 p58
　生存の意志《小説》
　　　　　　35「エロチック・ミステリー」3(9)'62.9 p88
　ロンリーマン《小説》　17「宝石」17(13)'62.10 p168
　タコとカステラ《小説》
　　　　　　35「エロチック・ミステリー」3(12)'62.12 p92
　魚と幻想
　　　　　　35「エロチック・ミステリー」4(2)'63.2 p52
　坂《小説》
　　　　　　35「エロチック・ミステリー」4(5)'63.5 p98
　実験材料《小説》　　　17「宝石」18(16)'63.12 p259
　素晴しき老年《小説》
　　　　　　　　　　27「別冊宝石」16(11)'63.12 p262
　マドンナの微笑《小説》
　　　　　　35「エロチック・ミステリー」5(1)'64.1 p88
　穴《小説》　　　　　35「ミステリー」5(2)'64.2 p94
　罠《小説》　　　　　35「ミステリー」5(3)'64.3 p142
　幻想の系譜《小説》
　　　　　　　　　　　27「別冊宝石」17(4)'64.4 p202

チャンピオンのニンクス《小説》
　　　　　　　　　　　　17「宝石」19(7)'64.5 p144
海賊船《小説》　　　27「別冊宝石」17(6)'64.5 p85

【 ぬ 】

額田 六福
　掏摸　　　　　　　　04「探偵趣味」11 '26.8 p39
　竹流し三千両《小説》　　17「宝石」2(3)'47.4 p176
　西鶴捕物帳　　24「妖奇」2(1)'48.1 p19, 21, 23, 25
布 利秋
　恐ろしき尼寺《小説》
　　　　　　　　　　　09「探偵小説」2(3)'32.3 p109
　ジプシー霊媒　　　　09「探偵小説」2(4)'32.4 p204
　歌姫のエロ供養　　　09「探偵小説」2(6)'32.6 p166
　世界の大秘境を語る座談会《座談会》
　　　　　　　　　　　　　25「Gメン」2(9)'48.9 p4
布安木 太郎
　ライフル銃の話　　33「探偵実話」12(1)'61.1 p268
ヌブイツク, ベタ
　ベルツイ男爵の落した宝石《小説》
　　　　　　　　　　11「ぷろふぃる」3(11)'35.11 p98
沼里 運吉
　裁判打明け座談会《座談会》
　　　　　　　　　　33「探偵実話」2(12)'51.11 p80
沼瀬 朗
　エロ宗教に殺された夫婦
　　　　　　　　　　33「探偵実話」10(1)'58.12 p13
沼田 章
　痴漢天国は花ざかり《座談会》
　　　　　　　　　　33「探偵実話」9(13)'58.9 p85
　血塗られた愛欲　　33「探偵実話」9(15)'58.10 p54
　男の死骸と暮らした姉女房
　　　　　　　　　　33「探偵実話」9(16)'58.11 p21
　喰いちぎられる女体
　　　　　　　　　　33「探偵実話」10(1)'58.12 p21
　叔父を指名手配せよ
　　　　　　　　　　33「探偵実話」10(2)'59.1増 p205
　六つの魅力に狂う愛欲
　　　　　　　　　　33「探偵実話」10(5)'59.3 p21
　四角関係は血で償え！
　　　　　　　　　　33「探偵実話」10(7)'59.4 p21
　殴り込み真田山の血戦
　　　　　　　　　　33「探偵実話」10(6)'59.4増 p244
　猟銃をよぶ赤いマフラー
　　　　　　　　　　33「探偵実話」10(8)'59.5 p61
　夜のバスガイド　　33「探偵実話」10(13)'59.9 p56
　私の名は新宿のお姐さん
　　　　　　　　　　33「探偵実話」10(15)'59.11増 p38
　売られる東京娘　　33「探偵実話」11(1)'59.12 p17

【ね】

根上 淳
　「共犯者」合評会《座談会》
　　　　　　　　17「宝石」13(14)'58.11 p282
根岸 茂
　静かなる犯罪《小説》
　　　　　　　　35「エロティック・ミステリー」1(1)'60.8 p70
根岸 茂一
　ブザーが二度鳴った《小説》
　　　　　　　　35「エロティック・ミステリー」3(5)'62.5 p266
ネグリ，ポーラ
　底流　　　　　32「探偵クラブ」2(8)'51.9 p28
ネスビット，エディス
　闇の中で《小説》　17「宝石」11(3)'56.2 p106
根津 志郎
　秋競馬のホープ　16「ロック」3(7)'48.11 p50
根津 新
　『探偵趣味』問答《アンケート》
　　　　　　　　04「探偵趣味」4 '26.1 p58
根本 進
　時間　　　　　17「宝石」18(4)'63.3 p16
根本 忠
　誇り高き西部劇マニアたち
　　　　　　　　33「探偵実話」12(4)'61.3 p190
　西部劇におおわれた日本
　　　　　　　　33「探偵実話」12(10)'61.7増 p40
　日本にガン・ブームが来るまでの歩み
　　　　　　　　33「探偵実話」12(12)'61.9 p56
　カウボーイについて
　　　　　　　　33「探偵実話」13(3)'62.2 p192
　騎兵隊物語　　33「探偵実話」13(4)'62.3 p119
　映画に登場してきたインディアン
　　　　　　　　33「探偵実話」13(5)'62.4 p78
　フロンティア・スピリット
　　　　　　　　33「探偵実話」13(6)'62.5 p91
練木 達生
　青竹にすがって自首した殺人魔
　　　　　　　　33「探偵実話」9(3)'58.1 p70

【の】

野一色 幹夫
　拾った女《小説》　24「妖奇」3(7)'49.6別 p27
ノイズ，アルフレド
　深夜の特急《小説》　17「宝石」10(15)'55.11 p116
ノヴァク，ドロシイ
　よってたかって囚人にされた私
　　　　　　　　32「探偵倶楽部」8(5)'57.6 p120

能阿弥 篤
　ヤポンスキー・市次郎《小説》
　　　　　　　　33「探偵実話」6(5)'55.4 p170
　キリシタン埋蔵金　33「探偵実話」6(7)'55.6 p36
能坂 利雄
　大本営暗号室《小説》　25「X」3(10)'49.9 p40
　皇后に恋をした男《小説》
　　　　　　　　25「X」3(11)'49.10 p68
　伏魔殿《小説》　25「X」3(12)'49.11 p16
納富 康之
　東京ホテル合戦　32「探偵倶楽部」8(6)'57.7 p280
　赤線は地下へもぐるか
　　　　　　　　32「探偵倶楽部」8(8)'57.8 p96
　刺青　　　　　32「探偵倶楽部」8(9)'57.9 p125
　時効九時間前に逮捕
　　　　　　　　32「探偵倶楽部」9(2)'58.2 p87
　別れた情婦に突出された犯人
　　　　　　　　32「探偵倶楽部」9(6)'58.5 p244
　泥棒部落の五人組女スリ
　　　　　　　　32「探偵倶楽部」9(8)'58.7 p102
能美 米太郎
　寄居虫《小説》　17「宝石」10(2)'55.1増 p231
　祖父の秘密《小説》　33「探偵実話」6(5)'55.4 p130
　謎の沈没船　　33「探偵実話」6(7)'55.7 p195
　大蛸と闘う　　32「探偵倶楽部」6(12)'55.12 p106
　潜水奇談　　　32「探偵倶楽部」7(5)'56.5 p148
野上 徹夫
　探偵小説の芸術化　15「探偵春秋」2(1)'37.1 p42
　悪魔と論理　　15「探偵春秋」2(2)'37.2 p12
　戯作者気質　　15「探偵春秋」2(3)'37.3 p2
　木々高太郎〈1〉　15「探偵春秋」2(4)'37.4 p165
　木々高太郎〈2・完〉
　　　　　　　　15「探偵春秋」2(5)'37.5 p54
　戯作者気質　　12「シュピオ」3(4)'37.5 p79
　立読欄　　　　15「探偵春秋」2(6)'37.6 p98
　座談会《座談会》　15「探偵春秋」2(8)'37.8 p43
　冬日雑感　　　12「シュピオ」3(10)'37.12 p32
　ハガキ回答《アンケート》
　　　　　　　　12「シュピオ」4(1)'38.1 p29
　臆説二三　　　22「新探偵小説」4 '47.10 p21
　新風待望　　　28「影」'48.7 前1
野川 香文
　四七年度のベスト・ジャズ
　　　　　　　　21「黒猫」1(2)'47.6 p45
　ジャズの新しい傾向　21「黒猫」1(4)'47.10 p35
野北 淑子
　老醜《小説》　24「妖奇」5(9)'51.9 p60
野口 赫宙　→張赫宙
　キリシタン如来騒動《小説》
　　　　　　　　17「宝石」14(6)'59.6 p178
　友人から聞いた話
　　　　　　　　33「探偵実話」10(10)'59.7増 p107
　二重まる殺人事件《小説》
　　　　　　　　33「探偵実話」10(13)'59.9 p108
　断崖《小説》　33「探偵実話」10(14)'59.10 p184
　市松人形殺人事件《小説》
　　　　　　　　33「探偵実話」10(16)'59.11 p38
　零点五《小説》　17「宝石」14(14)'59.12 p196

小坂館殺人事件《小説》
　　　　　　　　33「探偵実話」11(1)'59.12 p268
死者の勝利《小説》
　　　　　　　　33「探偵実話」11(3)'60.1 p268
墜落者《小説》　33「探偵実話」11(4)'60.2 p268
望郷の殺人〈1〉《小説》
　　　　　　　　33「探偵実話」11(6)'60.3 p260
望郷の殺人〈2〉《小説》
　　　　　　　　33「探偵実話」11(7)'60.4 p260
望郷の殺人〈3〉《小説》
　　　　　　　　33「探偵実話」11(8)'60.5 p260
望郷の殺人〈4〉《小説》
　　　　　　　　33「探偵実話」11(9)'60.6 p260
黒い渦《小説》　17「宝石」15(9)'60.7 p178
望郷の殺人〈5・完〉《小説》
　　　　　　　　33「探偵実話」11(10)'60.7 p268
湖上の不死鳥〈1〉《小説》
　　　　　　　　33「探偵実話」12(5)'61.4 p38
湖上の不死鳥〈2〉《小説》
　　　　　　　　33「探偵実話」12(7)'61.5 p268
湖上の不死鳥〈3〉《小説》
　　　　　　　　33「探偵実話」12(8)'61.6 p170
湖上の不死鳥〈4〉《小説》
　　　　　　　　33「探偵実話」12(9)'61.7 p270
湖上の不死鳥〈5〉《小説》
　　　　　　　　33「探偵実話」12(11)'61.8 p154
湖上の不死鳥〈6・完〉《小説》
　　　　　　　　33「探偵実話」12(12)'61.9 p236
新羅王館最後の日《小説》
　　　　　　　　17「宝石」16(12)'61.11 p16
赤い月餅《小説》17「宝石」17(9)'62.7 p114
野口 譲
関根親分追跡秘話　25「Gメン」1(2)'47.11 p33
ノーコツト，M・R
嘘から出たまこと《小説》
　　　　　　　　09「探偵小説」2(7)'32.7 p176
野崎 昇
魔都・東京の世は更けて　17「宝石」― '49.9増 p5
野沢 純
猟奇亭夜話　　　16「ロック」1(6)'46.12 p62
無宿，股旅，仁義その他
　　　　　　　　27「別冊宝石」5(1)'52.1 p73
岡辰浮世旅《小説》27「別冊宝石」5(5)'52.6 p170
捕らずの弥七《小説》27「別冊宝石」6(3)'53.1 p114
金が敵の峠道《小説》
　　　　　　　　27「別冊宝石」7(3)'54.4 p94
謎の夢茶屋《小説》27「別冊宝石」7(7)'54.9 p206
寝盗られ女房《小説》
　　　　　　　　27「別冊宝石」8(1)'55.1 p334
描きかけたR《小説》
　　　　　　　　32「探偵倶楽部」9(12)'58.10 p82
野沢 誠一郎
新鋭機グラフ　　32「探偵倶楽部」3(9)'52.10 p25
成層圏中空戦　　32「探偵倶楽部」3(12)'52.12 p110
無人機航空戦　　32「探偵倶楽部」4(5)'53.5 p114
飛行機は幾らで買えるか
　　　　　　　　32「探偵倶楽部」4(7)'53.7 p246
空の旅《座談会》32「探偵倶楽部」4(8)'53.8 p204

野島 淳介
深夜の患者《小説》
　　　　　　　　11「ぷろふいる」1(6)'33.10 p55
甲賀三郎論　　　11「ぷろふいる」2(2)'34.2 p43
野尻 抱影
馬鈴薯園　　　　03「探偵文芸」2(7)'26.7 p69
廃墟にて　　　　03「探偵文芸」2(8)'26.8 p47
彼等の二人　　　03「探偵文芸」2(10)'26.10 p57
マドロスの刺青　03「探偵文芸」2(11)'26.11 p56
野代 真一
呆子エプタメロン《小説》
　　　　　　　　27「別冊宝石」13(4)'60.4 p206
漱石と汁粉　　　35「エロチック・ミステリー」1(2)'60.9 p125
この強精法百円也
　　　　　　　　35「エロチック・ミステリー」2(1)'61.4 p212
入れ歯頑談　　　35「エロチック・ミステリー」3(5)'62.5 p21
最後の鶏飯　　　35「エロチック・ミステリー」4(2)'63.2 p62
敵討恋陣立《小説》
　　　　　　　　35「エロチック・ミステリー」5(1)'64.1 p182
柳里恭　　　　　35「ミステリー」5(2)'64.2 p82
馬上失礼!　　　35「ミステリー」5(3)'64.3 p154
開化寄席気分〈1〉　35「ミステリー」5(4)'64.4 p80
野瀬 探風
卍影法師《小説》27「別冊宝石」5(8)'52.8 p86
能勢 登羅
偶感　　　　　　04「探偵趣味」4 '26.1 p31
限界を突破せよ　04「探偵趣味」7 '26.4 p10
尾行の話　　　　04「探偵趣味」8 '26.5 p47
野瀬 緑也
クリスチャンの不義女房
　　　　　　　　35「エロチック・ミステリー」2(8)'61.8 p272
野田 開作
禍福の寝床《小説》
　　　　　　　　35「エロチック・ミステリー」1(4)'60.11 p210
俺は死なない《小説》
　　　　　　　　35「エロチック・ミステリー」2(4)'61.4 p262
世界性風俗小辞典〈1〉
　　　　　　　　35「エロチック・ミステリー」2(9)'61.9 p148
世界性風俗小辞典〈2〉
　　　　　　　　35「エロチック・ミステリー」2(10)'61.10 p116
世界性風俗小辞典〈3〉
　　　　　　　　35「エロチック・ミステリー」2(11)'61.11 p150
ノックス，E・V
藪をつつく《小説》
　　　　　　　　27「別冊宝石」11(7)'58.9 p175
ノックス，ロナルド・A
探偵小説入門〈1〉　14「月刊探偵」1(1)'35.12 p2
探偵小説入門〈2〉　14「月刊探偵」2(1)'36.1 p26
探偵小説入門〈3・完〉
　　　　　　　　14「月刊探偵」2(3)'36.4 p19
体育館殺人事件《小説》
　　　　　　　　15「探偵春秋」1(1)'36.10 p61
体育館殺人事件《小説》
　　　　　　　　24「トリック」6(12)'52.12 p67
密室の予言者《小説》17「宝石」10(14)'55.10 p14
動機《小説》　　17「宝石」12(10)'57.8 p64

密室の百万長者《小説》
　　　　　　　　　27「別冊宝石」14(1)'61.1 p8
能登 次郎
　男女同権の桃色カーテン
　　　　　　　　　33「探偵実話」10(15)'59.11増 p222
能登 広道
　益子焼　　　　　35「エロティック・ミステリー」3(5)'62.5 p174
ノートン，ヘンリー
　黒い扉《小説》　　　17「宝石」6(1)'51.1 p84
野中 次郎
　殺し文句がいのち取り
　　　　　　　　　33「探偵実話」9(12)'58.8 p32
　痴漢天国は花ざかり《座談会》
　　　　　　　　　33「探偵実話」9(13)'58.9 p85
　性世界秘密情報《対談》
　　　　　　　　　33「探偵実話」9(15)'58.10 p222
　寝巻のままの街頭の姐御たち
　　　　　　　　　33「探偵実話」10(3)'59.1 p225
　高校三年生の集団恋愛
　　　　　　　　　33「探偵実話」10(2)'59.1増 p125
　高校三年生の集団恋愛
　　　　　　　　　33「探偵実話」10(2)'59.1増 p141
　女子高校生のY談　33「探偵実話」10(4)'59.2 p145
　奥さま族はズバリが勝負手
　　　　　　　　　33「探偵実話」10(7)'59.4 p121
　戦前派と戦後派のドライくらべ
　　　　　　　　　33「探偵実話」10(6)'59.4増 p157
野原 勉
　偶発戦争への危機　17「宝石」18(13)'63.10 p216
信定 滝太郎
　西洋天一坊事件　　33「探偵実話」2(4)'51.3 p184
信原 温
　れふきうた《猟奇歌》　06「猟奇」4(7)'31.12 p26
延原 →延原謙
　奇縁のポワロ　　　13「クルー」3 '35.12 p29
延原 謙＝小日向逸蝶，延原
　探偵問答《アンケート》04「探偵趣味」1 '25.9 p26
　探偵小説合評《座談会》04「探偵趣味」9 '26.6 p56
　涙香の手訳本　　　04「探偵趣味」13 '26.11 p29
　クローズ・アップ《アンケート》
　　　　　　　　　04「探偵趣味」14 '26.12 p41
　断片　　　　　　　04「探偵趣味」16 '27.2 p40
　クローズ・アップ《アンケート》
　　　　　　　　　04「探偵趣味」19 '27.5 p34
　訳者から　　　　　04「探偵趣味」25 '27.11 p94
　翻訳座談会《座談会》
　　　　　　　　　04「探偵趣味」4(2)'28.2 p30
　ヴェテランの退場　04「探偵趣味」4(5)'28.5 p58
　死体の始末　　　　07「探偵」1(5)'31.9 p82
　御挨拶　　　　　　09「探偵小説」2(2)'32.2 p312
　誌上探偵入学試験　09「探偵小説」2(6)'32.6 p38
　水谷準氏の作品に就て
　　　　　　　　　10「探偵クラブ」4 '32.8 p16
　探偵小説の翻訳と海外作家〈1〉
　　　　　　　　　10「探偵クラブ」4 '32.8 p20
　探偵小説の翻訳と海外作家〈2〉
　　　　　　　　　10「探偵クラブ」6 '32.11 p22

ぷろふいるに寄する言葉
　　　　　　　　　11「ぷろふいる」1(1)'33.5 p38
探偵小説図書館設立私案
　　　　　　　　　11「ぷろふいる」3(1)'35.1 p132
推薦の書と三面記事《アンケート》
　　　　　　　　　11「ぷろふいる」3(12)'35.12 p106
ハガキ回答《アンケート》
　　　　　　　　　12「探偵文学」1(10)'36.1 p14
批評家待望　　　　14「月刊探偵」2(2)'36.2 p5
悪戯　　　　　　　12「探偵文学」2(4)'36.4 p9
近頃読んだもの　　11「ぷろふいる」4(7)'36.7 p21
外国作家素描　　　15「探偵春秋」1(1)'36.10 p59
お問合せ《アンケート》
　　　　　　　　　12「シュピオ」3(5)'37.6 p53
ハガキ回答《アンケート》
　　　　　　　　　12「シュピオ」4(2)'38.1 p30
いはでもの弁　　　12「シュピオ」4(2)'38.2 p16
屍腐《小説》　　　　24「妖奇」4(1)'50.1 p36
アンケート《アンケート》
　　　　　　　　　17「宝石」6(11)'51.10増 p174
アンケート《アンケート》
　　　　　　　　　17「宝石」7(1)'52.1 p91
ドイルの作品　　　27「別冊宝石」6(3)'53.5 p461
訳者付記　　　　　17「宝石」12(13)'55.9 p28
延原謙氏より　　　17「宝石」12(13)'57.10 p286
「新青年」歴代編集長座談会《座談会》
　　　　　　　　　17「宝石」12(16)'57.12 p98
ホームズ庵老残記　17「宝石」13(13)'58.10 p116
食事　　　　　　　17「宝石」14(4)'59.4 p13
ホームズ庵毒舌録〈1〉
　　　　　　　　　17「宝石」14(10)'59.9 p88
ホームズ庵毒舌録〈2〉
　　　　　　　　　17「宝石」14(11)'59.10 p122
ホームズ庵毒舌録　17「宝石」15(5)'60.4 p218
妹尾君を悼む　　　17「宝石」17(7)'62.6 p156
のぶ江
　ミナト横浜の三悪を衝く!!《座談会》
　　　　　　　　　33「探偵実話」8(16)'57.11 p70
野間 武夫
　たからづか散歩帳　06「猟奇」4(1)'31.3 p24
野間 武義
　七年間の相思相愛
　　　　　　　　　35「エロチック・ミステリー」3(12)'62.12 p64
野間 宏
　アンケート《アンケート》
　　　　　　　　　17「宝石」8(6)'53.6 p191
野見 真介
　六人の妾に殺された男
　　　　　　　　　32「探偵倶楽部」9(8)'58.7 p178
野村 暁夫
　刺青美人詐話師　　33「探偵実話」9(8)'58.5増 p94
野村 薫
　トリック展望台　　24「トリック」7(1)'53.1 p120
野村 胡堂
　「涙香」に帰れ　　10「探偵クラブ」7 '32.12 p2
　処女作の思ひ出　　12「探偵文学」2(10)'36.10 p7
　第四の場合《小説》17「宝石」1(8)'46.11 p6
　新春探偵小説討論会《座談会》
　　　　　　　　　17「宝石」2(1)'47.1 p22

のむら

生き葬ひ《小説》　　　　　17「宝石」2(3)'47.4 p12
怪談亭楽時代　　　　　　 17「宝石」2(7)'47.7 p34
揮発した踊子《小説》　　 24「妖奇」2(1)'48.1 p5
青銭と鍵《小説》　　　　 27「別冊宝石」─ '48.1 p4
恋文道中記《小説》　　　 24「妖奇」臨時増刊'48.2 p3
はがきあんけーと《アンケート》
　　　　　　　　　　　　 19「仮面」3(2)'48.3 p34
最後の接吻〈1〉《小説》　24「妖奇」2(8)'48.7 p13
白羽の箭　　　　　　　　 19「仮面」臨時増刊'48.8 p1
最後の接吻〈2・完〉《小説》
　　　　　　　　　　　　 24「妖奇」2(9)'48.8 p16
笑う悪魔〈1〉《小説》
　　　　　　　　　　　　 16「ロック」3(8)'48.12 p52
作者の言葉　　　　　　　 16「ロック」3(8)'48.12 p55
笑う悪魔〈2〉《小説》　　16「ロック」4(1)'49.2 p78
笑う悪魔〈3〉《小説》　　16「ロック」4(2)'49.5 p86
呪いの銀簪〔原作〕《絵物語》
　　　　　　　　　　　　 20「探偵よみもの」39 '49.6 p2
追悼　　　　　　　　　　 17「宝石」4(8)'49.8 p20
芸術としての探偵小説　　 27「別冊宝石」3(2)'50.4 p258
新聞と探偵小説と犯罪《座談会》
　　　　　　　　　　　　 17「宝石」5(5)'50.5 p96
海外探偵小説放談《座談会》
　　　　　　　　　　　　 17「宝石」5(8)'50.8 p124
お好み捕物帳座談会《座談会》
　　　　　　　　　　　　 17「宝石」5(10)'50.10 p159
平次人別調べ　　　　　　 17「宝石」5(10)'50.10 p220
或日の平次と八五郎《小説》
　　　　　　　　　　　　 17「宝石」6(4)'51.4 p54
黒い巾着《小説》　　32「探偵クラブ」2(7)'51.8増 p80
アンケート《アンケート》
　　　　　　　　　　　　 17「宝石」7(1)'52.1 p91
八五郎婿入《小説》　　　 27「別冊宝石」7(1)'52.1 p30
紅筆手紙《小説》　　32「探偵倶楽部」3(6)'52.6 p194
古証文《小説》　　　　　 27「別冊宝石」5(5)'52.6 p18
小唄大評定《小説》　　　 17「宝石」7(10)'52.10 p278
お紋の悩み《小説》　　　 27「別冊宝石」6(1)'53.1 p16
千両富《小説》　　　　　 27「別冊宝石」6(4)'53.6 p16
捕物帖裏の裏座談会《座談会》
　　　　　　　　　　　　 27「別冊宝石」6(4)'53.6 p84
旗本三人組《小説》　　　 27「別冊宝石」6(6)'53.9 p20
笑ふ悪魔《小説》　　 17「宝石」8(12)'53.10増 p32
大盗懺悔《小説》　　　　 27「別冊宝石」7(1)'54.1 p23
大名の俸《小説》　　　　 17「宝石」9(4)'54.3増 p20
瓢箪供養《小説》　　　　 27「別冊宝石」7(3)'54.4 p22
黒岩涙香を偲ぶ座談会《座談会》
　　　　　　　　　　　　 17「宝石」9(6)'54.5 p70
美男番付《小説》　　　　 27「別冊宝石」7(7)'54.9 p18
系図の刺青　　　　　 33「探偵実話」5(11)'54.9増 p251
探偵小説の読者として六十年
　　　　　　　　　　　　 27「別冊宝石」7(9)'54.11 p71
弓矢貞女《小説》　　　　 27「別冊宝石」8(1)'55.1 p6
死の踊り子《小説》　　　 27「別冊宝石」8(4)'55.5 p18
忍術指南《小説》　　　　 27「別冊宝石」8(6)'55.9 p14
権八の罪《小説》
　　　　　　　　　　32「探偵倶楽部」8(12)'57.11増 p244

野村　雅延
アルコールに漬けた指
　　　　　　　　　　　　 11「ぷろふいる」1(3)'33.7 p62

野村　泰次
予言の街《小説》　　　 17「宝石」11(2)'56.1増 p322

法　弘義
露出女史万歳　　　　　 09「探偵小説」2(6)'32.6 p130

則武　亀三郎
「嘆きの天使」　　　　　 06「猟奇」4(2)'31.4 p29
タダ一つ神もし許し賜はゞ……《アンケート》
　　　　　　　　　　　　 06「猟奇」4(3)'31.5 p69
掏摸座談会!《座談会》　　06「猟奇」4(4)'31.6 p62

法水　小五郎
真珠と缶詰《小説》　　　 23「真珠」2(5)'48.4 p34
焦げる女肉　　　　　 29「探偵趣味」(戦後版)'49.1 p8

呑兵衛
［喫茶室］　　　　　　　 04「探偵趣味」13 '26.11 p46

【 は 】

バー, ゼームス
小説家と泥棒《小説》　　01「新趣味」17(11)'22.11 p77

バー, レックス
チャタートン氏の犠牲《小説》
　　　　　　　　　　　　 17「宝石」14(3)'59.3 p308

バー, ロバート
放心家組合《小説》　　 17「宝石」10(14)'55.10 p104

バアカー, アイ
酋長の紅玉石《小説》
　　　　　　　　　　　　 03「探偵文芸」2(10)'26.10 p51

ハアデイ, チエイン
秘密《小説》　　　　　　 06「猟奇」2(10)'29.10 p48

ハアデイ, ポウル
診察《小説》　　　　　　 09「探偵小説」1(4)'31.12 p60

パイク, ロバート
邪神の魔力に御用心《小説》
　　　　　　　　　　32「探偵倶楽部」7(13)'56.12 p118

灰田　勝彦
野球ファン熱狂座談会《座談会》
　　　　　　　　　　　　 25「X」3(6)'49.5 p46

灰谷　健次郎
神々の悪事《小説》　　 17「宝石」16(3)'61.2増 p348

葉糸　修祐
断崖の女《小説》
　　　　　　　　35「エロチック・ミステリー」4(6)'63.6 p90
夜のアリバイ《小説》
　　　　　　　　35「エロチック・ミステリー」4(7)'63.7 p30
ホクロの女《小説》
　　　　　　　　35「エロチック・ミステリー」4(8)'63.8 p52
歪められた構図《小説》
　　　　　　　　35「エロチック・ミステリー」4(9)'63.9 p28
女の素顔《小説》
　　　　　　　35「エロチック・ミステリー」4(10)'63.10 p132
砂の影《小説》
　　　　　　　35「エロチック・ミステリー」4(12)'63.12 p122
夜の脅迫者《小説》
　　　　　　　　35「エロチック・ミステリー」5(1)'64.1 p72

血痕の秘密《小説》
　　　　　　35「ミステリー」5(2)'64.2 p50
ハイドラア, マクス
　委託金《小説》　　04「探偵趣味」18 '27.4 p2
灰沼 樵
　その夜の有利子《小説》
　　　　　　17「宝石」10(2)'55.1増 p318
ハイネ
　みんなはお茶のテーブルで《詩》
　　　　　　33「探偵実話」4(2)'53.1増 p23
パイパー, トム
　逃走《小説》　32「探偵倶楽部」8(11)'57.11 p39
バイヤア, J・M
　天国の自動車《小説》
　　　　　　14「月刊探偵」2(6)'36.7 p70
ハインズ, ロイ・W
　六尺の穴《小説》　01「新趣味」18(2)'23.2 p216
　お上の命令《小説》　07「探偵」1(5)'31.9 p81
　お芝居《小説》　09「探偵小説」2(8)'32.8 p130
ハインド, アラン
　身代り結婚　32「探偵倶楽部」4(11)'53.11 p54
ハインライン, ロバート・A
　歪んだ家《小説》　32「探偵倶楽部」7(4)'56.4 p88
　金魚鉢《小説》　27「別冊宝石」16(4)'63.9 p254
　われらの未来　27「別冊宝石」17(3)'64.3 p281
パウエル, タルメッジ
　死の余波《小説》
　　　　　　27「別冊宝石」16(10)'63.11増 p78
ハウスキルト, ジオフリイ
　怪人狼《小説》　32「探偵倶楽部」7(9)'56.8 p362
ハウゼン, ホルストデゲン
　海の怪物エイとの格闘
　　　　　　32「探偵倶楽部」6(9)'55.9 p124
バウチャー, アンソニー　→ホームズ, H・H
　噛む者《小説》　32「探偵倶楽部」7(6)'56.8 p272
　闇の殺人《小説》　27「別冊宝石」12(9)'59.9 p8
　私の幽霊《小説》　17「宝石」15(14)'60.12 p198
　噛む《小説》　27「別冊宝石」14(5)'61.10 p170
　星の花嫁《小説》　27「別冊宝石」17(3)'64.3 p268
ハウフ, ウィルヘルム
　歌姫殺傷事件《小説》
　　　　　　32「探偵倶楽部」9(2)'58.2 p258
バウムガルテン, H
　もう一つの鍵《小説》
　　　　　　32「探偵倶楽部」7(11)'56.10 p80
パーカー, フレック
　密告する幽霊　32「探偵倶楽部」8(7)'57.7増 p94
バーカー, ヘドレー
　スペードの1《小説》　09「探偵小説」2(7)'32.7 p48
芳賀 智史
　二つの遺書《小説》　24「妖奇」6(8)'52.8 p118
芳賀 伸二
　我が道を行く庶民の作家
　　　　　　17「宝石」17(9)'62.7 p76
葉川 秋二
　スピード映画《小説》　16「ロック」2(5)'47.5 p52

萩原 之行
　将軍と姫百合部隊　32「探偵倶楽部」8(5)'57.6 p95
萩原 朔太郎
　探偵小説に就いて　04「探偵趣味」9 '26.6 p1
　猫町《小説》　　17「宝石」12(10)'57.8 p178
萩原 三郎
　首のない女　09「探偵小説」2(6)'32.6 p142
萩原 淳
　詰将棋新題　32「探偵倶楽部」3(7)'52.8 p183
　詰将棋新題　32「探偵倶楽部」3(8)'52.9 p137
　中盤攻撃の手筋　32「探偵倶楽部」3(9)'52.10 p257
　詰将棋新題　32「探偵倶楽部」3(10)'52.11 p197
　懸賞詰将棋新題
　　　　　　32「探偵倶楽部」3(11)'52.11増 p220
　攻防の手筋　32「探偵倶楽部」3(12)'52.12 p85
　反撃の手筋　32「探偵倶楽部」4(1)'53.2 p91
　詰将棋新題　32「探偵倶楽部」4(1)'53.3 p115
　中盤攻防の秘訣　32「探偵倶楽部」4(2)'53.3 p115
　攻防の手筋　32「探偵倶楽部」4(3)'53.4 p184
　将棋攻防の手筋　32「探偵倶楽部」4(6)'53.6 p163
　将棋攻防の手筋　32「探偵倶楽部」4(7)'53.7 p264
　攻防の手筋　32「探偵倶楽部」4(8)'53.8 p253
　詰将棋新題　32「探偵倶楽部」4(5)'53.10 p78
　詰将棋新題　32「探偵倶楽部」4(11)'53.11 p177
　詰将棋新題　32「探偵倶楽部」4(12)'53.12 p77
　詰将棋新題　32「探偵倶楽部」5(4)'54.4 p23
　詰将棋新題　32「探偵倶楽部」5(4)'54.4 p298
　詰将棋新題　32「探偵倶楽部」5(6)'54.6 p158
萩原 素石
　詰連珠新題　17「宝石」11(15)'56.11 p186
　詰連珠新題　17「宝石」12(5)'57.4 p164
　詰連珠新題　17「宝石」12(7)'57.5 p154
　詰連珠新題　17「宝石」13(2)'58.1増 p47
　詰連珠新題　17「宝石」13(6)'58.5 p319
萩原 昇
　探偵作家の専売公社訪問記《座談会》
　　　　　　17「宝石」13(1)'58.1 p176
萩原 光雄　→黒部竜二
　探偵作家と警察署長の座談会《座談会》
　　　　　　32「探偵倶楽部」4(5)'53.5 p98
萩原 良則
　烏賊《小説》　17「宝石」18(10)'63.7増 p8
　盲点《小説》　17「宝石」19(2)'64.1増 p346
　古墳は囁く《小説》
　　　　　　35「ミステリー」5(2)'64.2 p102
　走査線《小説》　35「ミステリー」5(4)'64.4 p70
バーク, トーマス
　オッタモール氏の手《小説》
　　　　　　27「別冊宝石」7(5)'54.6 p180
　唖妻《小説》　27「別冊宝石」14(5)'61.10 p222
パーク, マエヴァ
　美しきブロンド《小説》
　　　　　　27「別冊宝石」17(5)'64.4増 p146
白雲斉楽山
　霞のお美代《小説》　25「X」4(2)'50.3 p48
バークエヴィル, ジャック・ロンドン
　エジプト王女失踪事件《小説》
　　　　　　20「探偵よみもの」35 '48.5 p16

白牙
　展望塔　　　　　　　11「ぷろふいる」4(9)'36.9 p56
　展望塔　　　　　　　11「ぷろふいる」4(10)'36.10 p79
　展望塔　　　　　　　11「ぷろふいる」4(11)'36.11 p105
　展望塔　　　　　　　11「ぷろふいる」4(12)'36.12 p37
　地方色の問題　　　　11「ぷろふいる」4(12)'36.12 p78
　展望塔　　　　　　　11「ぷろふいる」5(1)'37.1 p54
　「抱茗荷の説」を読む
　　　　　　　　　　　11「ぷろふいる」5(2)'37.2 p145
白新村
　漢江悲恋《小説》　　17「宝石」5(10)'50.10 p73
バークス，アリスン
　駝鳥の羽根扇《小説》32「探偵倶楽部」9(1)'58.1 p50
バクスター，カザリン
　夫を告発した妻の告白
　　　　　　　　　　　32「探偵倶楽部」5(11)'54.11 p158
白髪鬼
　山東京伝と法医学の話　16「ロック」2(8)'47.9 p48
バークマン，ジョージ
　妖花　　　　　　　　32「探偵クラブ」3(4)'52.4 p153
バークレー，アンソニー（バークリ，A）
　偶然は裁く《小説》　32「探偵倶楽部」4(7)'53.7 p266
　毒入りチョコレート殺人事件〈1〉《小説》
　　　　　　　　　　　17「宝石」9(6)'54.5 p245
　毒入りチョコレート殺人事件〈2〉《小説》
　　　　　　　　　　　17「宝石」9(7)'54.6 p290
　毒入りチョコレート事件〈3・完〉《小説》
　　　　　　　　　　　17「宝石」9(8)'54.7 p276
　偶然は裁く《小説》　17「宝石」10(13)'55.9 p14
柏　嶺生
　洗濯物の不審　　　　01「新趣味」18(4)'23.4 p219
羽坂　通
　創作寸評　　　　　　11「ぷろふいる」2(6)'34.6 p140
間 十三郎
　濡れてみたけりゃ
　　　　　　　　　35「エロチック・ミステリー」4(4)'63.4 p27
間 羊太郎
　香山滋論　　　　　　17「宝石」17(11)'62.9 p100
　ミステリ百科事典〈1〉
　　　　　　　　　　　17「宝石」18(1)'63.1 p262
　ミステリ百科事典〈2〉17「宝石」18(3)'63.2 p86
　ミステリ百科事典〈3〉
　　　　　　　　　　　17「宝石」18(4)'63.3 p153
　ミステリ百科事典〈4〉17「宝石」18(5)'63.4 p67
　ミステリ百科事典〈5〉
　　　　　　　　　　　17「宝石」18(7)'63.5 p119
　ミステリ百科事典〈6〉17「宝石」18(8)'63.6 p71
　ミステリ百科事典〈7〉17「宝石」18(9)'63.7 p66
　有馬頼義論　　　　　17「宝石」18(9)'63.7 p97
　ミステリ百科事典〈8〉
　　　　　　　　　　　17「宝石」18(11)'63.8 p102
　ミステリ百科事典〈9〉
　　　　　　　　　　　17「宝石」18(12)'63.9 p114
　ミステリ百科事典〈10〉
　　　　　　　　　　　17「宝石」18(13)'63.10 p115
　ミステリ百科事典〈11〉
　　　　　　　　　　　17「宝石」18(15)'63.11 p88
　ミステリ百科事典〈12〉
　　　　　　　　　　　17「宝石」18(16)'63.12 p105
　ミステリ百科事典〈13〉
　　　　　　　　　　　17「宝石」19(1)'64.1 p61
　ミステリ百科事典〈14〉
　　　　　　　　　　　17「宝石」19(3)'64.2 p113
　宮野村子さんへ　　　27「別冊宝石」17(2)'64.2 p138
　ミステリ百科事典〈15〉
　　　　　　　　　　　17「宝石」19(4)'64.3 p73
　ミステリー百科事典〈16〉
　　　　　　　　　　　17「宝石」19(5)'64.4 p93
　ミステリ百科事典〈17〉
　　　　　　　　　　　17「宝石」19(7)'64.5 p43
バーザン，ジャック
　ミステリ小説を脅かす退屈
　　　　　　　　　　　17「宝石」14(3)'59.3 p206
土師 清二
　いがみの権太は可哀さうだ
　　　　　　　　　　　04「探偵趣味」7 '26.4 p15
　奇抜でない話　　　　04「探偵趣味」8 '26.5 p30
　埒もない話　　　　　04「探偵趣味」10 '26.7 p49
　一人角力　　　　　　04「探偵趣味」14 '26.12 p28
　クローズ・アップ《アンケート》
　　　　　　　　　　　04「探偵趣味」15 '27.1 p53
　熊坂長範　　　　　　04「探偵趣味」15 '27.1 p61
　古手帳から出た話　　04「探偵趣味」16 '27.2 p41
　私の好きな一偶《アンケート》
　　　　　　　　　　　06「猟奇」1(2)'28.6 p27
　宣伝ビラ　　　　　　06「猟奇」1(6)'28.11 p20
　りんき講　　　　　　06「猟奇」2(2)'29.2 p20
　死顔　　　　　　　　06「猟奇」2(6)'29.6 p23
　ヘソ　　　　　　　　06「猟奇」3(4)'30.5 p30
　ひとり言　　　　　　11「ぷろふいる」2(1)'34.1 p101
　乳房を掴む手《小説》24「妖奇」2(5)'48.4 p5
　いろは大賊　　　　　24「妖奇」2(10)'48.9 p5
　万燈屋の娘《小説》　27「別冊宝石」5(1)'52.1 p14
　紅勘殺し《小説》　　27「別冊宝石」5(5)'52.6 p38
　殺された梳《小説》
　　　　　　　　　　　27「別冊宝石」6(1)'53.1 p258
　捕物帖裏の裏座談会《座談会》
　　　　　　　　　　　27「別冊宝石」6(4)'53.6 p84
　殺された名医《小説》
　　　　　　　　　　　27「別冊宝石」6(4)'53.6 p256
　顔が無い幽霊《小説》27「別冊宝石」6(6)'53.9 p54
　逃げた花嫁《小説》　27「別冊宝石」7(1)'54.1 p42
　蕎麦切包丁《小説》　27「別冊宝石」7(3)'54.4 p46
　贋金道楽《小説》　　27「別冊宝石」7(7)'54.9 p36
　捕らず物語　　　　　33「探偵実話」5(11)'54.9増 p56
　耽綺社の頃　　　　　27「別冊宝石」7(9)'54.11 p292
　宮城野信夫《小説》　27「別冊宝石」8(1)'55.1 p30
　夜光虫の女《小説》　32「探偵倶楽部」6(3)'55.3 p192
　太政官札《小説》　　27「別冊宝石」8(4)'55.5 p112
　あま酒《小説》　　　27「別冊宝石」8(6)'55.9 p60
　旅は夏　　　　　　　35「エロチック・ミステリー」3(7)'62.7 p67
　牡丹の雨《小説》
　　　　　　　　　35「エロチック・ミステリー」3(10)'62.10 p80
　文政縮緬騒動《小説》
　　　　　　　　　35「エロチック・ミステリー」4(3)'63.3 p72

万燈屋の娘《小説》
  35「エロチック・ミステリー」4(10)'63.10 p44
羽志 主水
 処女作について 04「探偵趣味」8 '26.5 p24
 唯炙 04「探偵趣味」13 '26.11 p36
 涙香の思出 04「探偵趣味」13 '26.11 p40
 天祐 06「猟奇」2(5)'29.5 p54
 監獄部屋《小説》 27「別冊宝石」9(5)'56.6 p74
橋口 三郎
 麻薬と密輸を語る《座談会》
  32「探偵倶楽部」4(9)'53.9 p72
橋爪 健
 彼女の前身《小説》 04「探偵趣味」9 '26.6 p22
 のたべね風五月 04「探偵趣味」10 '26.7 p48
 クローズ・アップ《アンケート》
  04「探偵趣味」13 '26.11 p32
橋爪 彦七
 首領紛失事件《小説》 16「ロック」1(1)'46.3 p50
 未完成自殺術 25「X」3(6)'49.5 p58
 恋染め峠《小説》 25「X」3(11)'49.10 p26
 洛陽栄えあり《小説》 25「X」3(12)'49.11 p96
 千坂兵部《小説》 25「X」4(1)'50.1 p34
 旗本火事《小説》 27「別冊宝石」5(5)'52.6 p187
 御直参就縛始末《小説》
  27「別冊宝石」6(1)'53.1 p64
 国定忠次 27「別冊宝石」7(3)'54.4 p112
 佐賀の夜桜〔原作〕《絵物語》
  32「探偵倶楽部」9(9)'58.7増 p157
 血を吸う墓《小説》
  32「探偵倶楽部」9(12)'58.10 p42
橋爪 横梛子
 ペーパー・ドクター
  35「エロティック・ミステリー」2(9)'61.9 p17
橋野 新
 近代犯罪捜査法 03「探偵文芸」1(2)'25.4 p98
 近代犯罪捜査法 03「探偵文芸」1(3)'25.5 p118
 四人の嫌疑者《小説》
  03「探偵文芸」1(4)'25.6 p90
橋本 乾三
 最近の犯罪捜査とその実例
  18「トップ」2(4)'47.8 p24
 新聞と探偵小説と犯罪《座談会》
  17「宝石」5(5)'50.5 p96
 海外探偵小説放談《座談会》
  17「宝石」5(8)'50.8 p124
 この女に正当防衛を認むべきか
  17「宝石」5(9)'50.9 p188
 百万円懸賞探偵小説B級作品入選誌上発表《座談会》
  17「宝石」5(9)'50.9 p212
 『インクエスト』について
  17「宝石」6(12)'51.11 p128
 検事さんのアメリカ見物《対談》
  32「探偵クラブ」3(1)'52.1 p109
 若い女の貞操について《対談》
  32「探偵クラブ」3(2)'52.2 p65
 囚人島アルカトラツ島《対談》
  32「探偵クラブ」3(3)'52.3 p135
橋本 銀蔵
 色悪人 33「探偵実話」7(13)'56.8 p172

桃子と丑子の証言 33「探偵実話」7(14)'56.9 p228
ヤクザ人斬り松の血闘
  33「探偵実話」7(15)'56.9 p85
橋本 広介
 浅間温泉の"馬刺身"
  35「エロチック・ミステリー」3(11)'62.11 p30
橋本 広生
 松山の一日
  35「エロチック・ミステリー」3(12)'62.12 p50
橋本 五郎 →荒木十三郎, 女銭外二
 塞翁苦笑《小説》 04「探偵趣味」16 '27.2 p58
 犯罪教科書─初等科─ 04「探偵趣味」18 '27.4 p29
 自殺を買ふ話《小説》 04「探偵趣味」19 '27.5 p65
 腎花NO・1《小説》 04「探偵趣味」4(4)'28.4 p70
 恥を知れ《小説》 04「探偵趣味」4(7)'28.7 p2
 青い手提袋《小説》 04「探偵趣味」4(9)'28.9 p41
 撞球室の七人《小説》 07「探偵」1(2)'31.6 p92
 フレチャーの大・オップンハイムの強さ
  10「探偵クラブ」1 '32.4 p24
 嘘の誕生《小説》 10「探偵クラブ」2 '32.5 p22
 才気過人 10「探偵クラブ」4 '32.8 p16
 殺人迷路〈6〉《小説》
  10「探偵クラブ」6 '32.11 p4
 小曲《小説》 10「探偵クラブ」7 '32.12 p26
 支那の探偵小説 10「探偵クラブ」9 '33.3 p2
 近藤勇の刀 10「探偵クラブ」10 '33.4 p23
 鍋《小説》 11「ぷろふいる」1(5)'33.9 p6
 大下宇陀児を語る 11「ぷろふいる」1(6)'33.10 p1
 樽開かず《小説》 11「ぷろふいる」2(1)'34.1 p21
 寝顔《小説》 11「ぷろふいる」3(7)'35.7 p6
 ハガキ回答《アンケート》
  11「ぷろふいる」3(12)'35.12 p45
 ハガキ回答《アンケート》
  12「探偵文学」1(10)'36.1 p15
 ポワロ読後 14「月刊探偵」2(3)'36.4 p14
 広瀬中佐の前 12「探偵文学」2(4)'36.4 p15
 支那偵探案「仙城奇案」
  14「月刊探偵」2(5)'36.6 p61
 双眼鏡で聴く《小説》
  11「ぷろふいる」4(7)'36.7 p24
 盲人の蛇に等し 12「探偵文学」2(10)'36.10 p14
 お問合せ《アンケート》
  12「シュピオ」3(5)'37.6 p47
橋本 忍
 松本さんのこと 17「宝石」18(8)'63.6 p129
橋本 清吉
 怪事件回顧録 33「探偵実話」3(2)'52.2 p152
橋本 哲男
 蜘蛛の糸《小説》 16「ロック」3(1)'48.1 p48
バース, エレン
 放送局の歌姫殺し 32「探偵クラブ」2(1)'51.1 p144
 犯人をかばう女 32「探偵クラブ」2(4)'51.6 p136
蓮池 一郎
 未決監房 33「探偵実話」6(8)'55.7 p158
 地底の呼声 32「探偵倶楽部」6(10)'55.10 p102
 ヒトラーは生きている?
  32「探偵倶楽部」6(11)'55.11 p158
 帰らざるUボート 32「探偵倶楽部」7(2)'56.2 p290

はすい

トロッキーの暗殺者「影なき男」
  32「探偵倶楽部」7(6)'56.6 p90
街獣《小説》 33「探偵実話」7(15)'56.10 p194
死者と生者 32「探偵倶楽部」8(5)'57.6 p110

蓮池 一邦
D・S地方同人雑誌に就いて
  32「探偵倶楽部」4(11)'53.11 p247

ハースト，F・G
刺青の手《小説》 04「探偵趣味」12 '26.10 p12
古代金貨の謎 09「探偵小説」1(2)'31.10 p87
四万八千の右手《小説》
  09「探偵小説」1(2)'31.10 p113

筈見 恒夫
最近の探偵映画とスリラー映画
  32「探偵クラブ」2(4)'51.6 p207
スリラー映画の面白さ
  32「探偵クラブ」2(5)'51.7 p182
欧米怪談映画 32「探偵クラブ」2(6)'51.8 p132
今秋のスリラー映画
  32「探偵クラブ」2(8)'51.9 p112
西部劇の魅力 32「探偵クラブ」2(9)'51.10 p78
追つかけ映画の面白さ
  32「探偵クラブ」2(10)'51.11 p86
クレールの「ファウスト」
  32「探偵クラブ」3(1)'52.1 p154
新春映画問答 32「探偵クラブ」3(2)'52.2 p68
長篇天井桟敷の人々
  32「探偵クラブ」3(3)'52.3 p82
映画『天上桟敷の人々』を語る座談会《座談会》
  17「宝石」7(3)'52.3 p153
スリラー映画とスリラー小説《対談》
  32「探偵倶楽部」3(8)'52.9 p166
推理映画今昔譚 17「宝石」12(16)'57.12 p138

長谷 亮
恋の女ターザン 33「探偵実話」6(13)'55.11 p248

長谷 健
若き税務署員の死《小説》
  17「宝石」12(12)'57.9 p138

長谷川 郁三郎
スリラー「断崖」のこと
  22「新探偵小説」1(1)'47.4 p23

長谷川 一富
名刑事・名記者新春殊勲を語る座談会《座談会》
  33「探偵実話」4(1)'53.1 p88

長谷川 公之
殺人現場を追つて〈1〉 17「宝石」7(4)'52.4 p244

長谷川 潔
薬指《小説》 27「別冊宝石」12(2)'59.2 p132

長谷川 清
ある履歴書《小説》
  27「別冊宝石」13(2)'60.2 p122
心中併殺《小説》 27「別冊宝石」13(4)'60.4 p252

長谷川 瀏
現代の犯罪捜査を語る《座談会》
  17「宝石」5(6)'50.6 p156
スリのロマンス 17「宝石」12(10)'57.8 p152

波瀬河 格
映画『ラツフルス』其他
  04「探偵趣味」1 '25.9 p11

長谷川 智
奇術とは 32「探偵クラブ」2(4)'51.6 p122
奇術漫談 32「探偵倶楽部」5(9)'54.9 p24
カード当て 32「探偵倶楽部」5(10)'54.10 p18

長谷川 修二
"IS THERE?" 05「探偵・映画」1(2)'27.11 p72
あららぐもす 06「猟奇」1(5)'28.10 p25
失はれた手紙 06「猟奇」2(1)'29.1 p41
AD NAUSEAM 06「猟奇」2(6)'29.6 p36
兎映画分類学 06「猟奇」2(8)'29.8 p44
きやくちや《小説》 06「猟奇」3(1)'30.1 p14
愁ひ顔の騎士 06「猟奇」3(4)'30.5 p62
ジュゼッペ・ヴエルディ行伏記
  06「猟奇」4(5)'31.7 p30
探偵映画の古今 09「探偵小説」2(6)'32.6 p112
訳者の辞 17「宝石」6(3)'51.3 p182
海外探偵小説を語る《座談会》
  17「宝石」6(11)'51.10増 p154
アンケート《アンケート》
  17「宝石」7(1)'52.1 p86
惚れこんだ作家 17「宝石」12(8)'57.6 p180
おしゃれ問答《座談会》
  17「宝石」12(10)'57.8 p156
男のおしゃれ 17「宝石」12(12)'57.9 p220
男のおしゃれ 17「宝石」12(16)'57.12 p154
男のおしゃれ 17「宝石」13(3)'58.2 p277
男のおしゃれ 17「宝石」13(9)'58.7 p95
男のおしゃれ 17「宝石」13(15)'58.12 p246
男のおしゃれ 17「宝石」14(2)'59.2 p224
Ellery Queen 27「別冊宝石」12(3)'59.3 p125
造園記 17「宝石」14(4)'59.4 p12
男のおしゃれ 17「宝石」14(5)'59.5 p238
某月某日 17「宝石」14(10)'59.9 p172
「ショート・ヘヤズ」
  27「別冊宝石」13(6)'60.6 p19
昔の同級生
  35「エロティック・ミステリー」2(9)'61.9 p20
蚊やり線香 17「宝石」17(4)'62.3 p90
衣裳美学〈1〉
  35「エロチック・ミステリー」3(7)'62.7 p33
衣裳美学〈2〉
  35「エロチック・ミステリー」3(8)'62.8 p109
衣裳美学〈3〉
  35「エロチック・ミステリー」3(9)'62.9 p93
衣裳美学〈4〉
  35「エロチック・ミステリー」3(10)'62.10 p61
衣裳美学〈5〉
  35「エロチック・ミステリー」3(11)'62.11 p97
衣裳美学〈6〉
  35「エロチック・ミステリー」3(12)'62.12 p68

長谷川 伸
『探偵趣味』問答《アンケート》
  04「探偵趣味」4 '26.1 p50
巾着切小景《小説》 04「探偵趣味」4 '26.1 p63
賊の売名感念 04「探偵趣味」7 '26.4 p12
黒いジョン《小説》 04「探偵趣味」8 '26.5 p59
強盗殺人探索 04「探偵趣味」10 '26.7 p38

四いろの人玉	04「探偵趣味」13 '26.11 p39
売物一代記《小説》	04「探偵趣味」16 '27.2 p77
クローズ・アップ《アンケート》	
	04「探偵趣味」19 '27.5 p34
原始日本探偵小説	05「探偵・映画」1(1) '27.10 p26
本年度印象に残れる作品、来年度ある作家への希望	
《アンケート》	04「探偵趣味」26 '27.12 p61
谷音巡査《脚本》	04「探偵趣味」4(1) '28.1 p11
終りかたり《小説》	04「探偵趣味」4(5) '28.5 p10
私の好きな一偶《アンケート》	
	06「猟奇」1(2) '28.6 p27
『掏摸の家』	06「猟奇」1(6) '28.11 p24
羽左衛門氏と巴里の商人	06「猟奇」2(1) '29.1 p36
探偵戯曲提唱	06「猟奇」2(2) '29.2 p25
不木氏の戯曲	06「猟奇」2(6) '29.6 p12
虫が好い	06「猟奇」2(6) '29.6 p54
大下氏の戯曲その他	06「猟奇」2(10) '29.10 p37
タダ一つ神もし許し賜はゞ‥‥《アンケート》	
	06「猟奇」4(3) '31.5 p68
明治の老探偵〈1〉《小説》	
	17「宝石」3(2) '48.3 p2
明治の老探偵〈2・完〉《小説》	
	17「宝石」3(3) '48.4 p48
代理殺人〈1〉《脚本》	24「妖奇」2(7) '48.6 p34
代理殺人〈2・完〉《脚本》	24「妖奇」2(8) '48.7 p24
上海燐寸と三寸虫《小説》	24「妖奇」3(1) '49.1 p66
トヤ部屋の客	27「別冊宝石」7(9) '54.11 p109
夜鷹《小説》	
	35「エロティック・ミステリー」2(1) '61.1 p168
金百両如来《小説》	
	35「エロティック・ミステリー」2(5) '61.5 p76
処刑場曲芸《小説》	
	35「エロティック・ミステリー」2(6) '61.6 p121
未決囚の絶食	
	35「エロティック・ミステリー」2(7) '61.7 p17
七助の水塔《小説》	
	35「エロティック・ミステリー」2(7) '61.7 p238
明月悪念仏《小説》	
	35「エロティック・ミステリー」2(8) '61.8 p278
唐人お吉と四人の女	
	35「エロティック・ミステリー」2(10) '61.10 p15
賽ころ飯《小説》	
	35「エロティック・ミステリー」2(10) '61.10 p65
つやダネ書き	
	35「エロティック・ミステリー」2(11) '61.11 p15
鈴木主水《小説》	
	35「エロティック・ミステリー」2(12) '61.12 p83
トヤ部屋の客	
	35「エロティック・ミステリー」3(1) '62.1 p21
四人旅前後《小説》	
	35「エロティック・ミステリー」3(2) '62.2 p79
涙痕二代《小説》	
	35「エロティック・ミステリー」3(4) '62.4 p89
明治十二年の雨《小説》	
	35「エロティック・ミステリー」3(5) '62.5 p130
舌の賽《小説》	
	35「エロティック・ミステリー」3(8) '62.8 p78
亡者ごころ《小説》	
	35「エロチック・ミステリー」4(2) '63.2 p38
長谷川 新作	
結婚白書	33「探偵実話」2(6) '51.5 p159

長谷川 卓也	
探偵文壇放談録《座談会》	
	33「探偵実話」7(5) '56.3増 p274
長谷川 竜生	
露出の味覚	17「宝石」16(13) '61.12 p242
長谷川 敏夫	
悪魔の唄《猟奇詩》	
	11「ぷろふいる」3(12) '35.12 p84
長谷川 春子	
中折帽子にいろけありや	
	27「別冊宝石」11(10) '58.12 p16
さまづくし	27「別冊宝石」12(8) '59.8 p23
師匠と弟子	27「別冊宝石」13(2) '60.2 p18
長谷川 好雄	
ハガキ回答《アンケート》	
	12「シュピオ」4(1) '38.1 p30
羽田 英五郎	
秘密賭博場《小説》	
	32「探偵倶楽部」9(13) '58.11 p150
秦 賢助	
墨東奇譚《小説》	24「妖奇」2(10) '48.9 p14
愛慾の悪魔《小説》	24「妖奇」3(4) '49.4 p18
猿だけが知つてゐた	24「妖奇」5(6) '51.6 p50
同志と帰国の掟《小説》	
	33「探偵実話」8(12) '57.8 p236
五日間の花嫁	32「探偵倶楽部」8(9) '57.9 p194
チブス菌饅頭事件	
	32「探偵倶楽部」8(10) '57.10 p134
畑 耕一	
宝石坑に於ける怪異と迷信	
	03「探偵文芸」1(1) '25.3 p72
『探偵趣味』問答《アンケート》	
	04「探偵趣味」4 '26.1 p55
不思議な話五つ	03「探偵文芸」2(1) '26.1 p132
煙草の怪異	04「探偵趣味」10 '26.7 p44
狂言に於ける盗人	03「探偵文芸」2(7) '26.7 p66
探偵小説の映画化	03「探偵文芸」2(12) '26.12 p38
クローズ・アップ《アンケート》	
	04「探偵趣味」15 '27.1 p48
本年度印象に残れる作品、来年度ある作家への希望	
《アンケート》	
	04「探偵趣味」26 '27.12 p59
旗 竿造	
半陰陽秘話	33「探偵実話」9(2) '58.1増 p73
秦 豊吉	
アンケート《アンケート》	
	17「宝石」8(6) '53.6 p191
旗 幹郎	
二人の女強盗	33「探偵実話」8(8) '57.5増 p58
屍体に恋慕する男	33「探偵実話」9(2) '58.1増 p132
葉多 黙太郎	
古典性の犯罪夜話〈1〉	06「猟奇」4(4) '31.6 p35
古典性の犯罪夜話〈2・完〉	
	06「猟奇」4(5) '31.7 p34
戦争《小説》	06「猟奇」5(1) '32.1 p16
チョン髷猟奇	06「猟奇」5(3) '32.3 p32
蛾眉の小菩薩《小説》	
	32「探偵倶楽部」7(2) '56.2 p244

幡瀬 信一郎
　夜居の僧　　　　　　　14「月刊探偵」2(5)'36.6 p45
端出 美代
　人気作家 太宰治 情死行の真相
　　　　　　　　　　　26「フーダニット」2(5)'48.8 p11
畑中 一平
　肉親七人を焼く青年
　　　　　　　　　　33「探偵実話」11(2)'60.1増 p171
　別れ妻の蠱惑　　33「探偵実話」11(5)'60.3増 p240
畑中 陽三
　十字架を頂けない墓
　　　　　　　35「エロティック・ミステリー」1(2)'60.9 p278
波多野 完治
　アンケート《アンケート》
　　　　　　　　　　　　17「宝石」12(10)'57.8 p217
波多野 狂夢
　指紋の怪《小説》　　11「ぷろふいる」1(1)'33.5 p42
　僕の心境とプロフイル
　　　　　　　　　　　11「ぷろふいる」1(1)'33.5 p43
　シグナル《小説》　　11「ぷろふいる」1(5)'33.9 p30
　ソル・グルクハイマー殺人事件 F、蜘蛛手十文字
　　　　　　　　　　11「ぷろふいる」2(11)'34.11 p96
　狂つた人々《小説》　12「探偵文学」2(12)'36.12 p63
波多野 健歩
　正解　　　　　　　　04「探偵趣味」24 '27.10 p49
旗森 義郎
　ハーバート・ブリーン会見記
　　　　　　　　　　　　17「宝石」16(2)'61.2 p204
　狙われた休日　　　17「宝石」16(5)'61.4 p116
　MWAのカクテル・パーティ
　　　　　　　　　　　　17「宝石」16(7)'61.6 p294
　エドガー賞授賞晩餐会 17「宝石」16(8)'61.7 p104
蜂 剣太郎
　小鬼雑記帖　　　　11「ぷろふいる」4(6)'36.6 p54
　斜視線　　　　　　11「ぷろふいる」4(7)'36.7 p69
　斜視線　　　　　　11「ぷろふいる」4(8)'36.8 p116
蜂屋 大作
　赤い窓ガラス《小説》 24「妖奇」3(12)'49.11 p67
バッカン, ジョン
　三十九夜　　　　　27「別冊宝石」5(3)'52.4 p14
白魂洞主人
　辻斬之介君に　　　11「ぷろふいる」2(7)'34.7 p119
　神戸探偵倶楽部寄せ書
　　　　　　　　　　11「ぷろふいる」2(10)'34.10 p98
パッシュ, シルヴィア
　話しておくれ 可愛いいベイビー《小説》
　　　　　　　　　　27「別冊宝石」17(1)'64.1 p24
初瀬塔次郎
　もつと書ひて貰ひたい
　　　　　　　　　　　12「探偵文学」2(8)'36.8 p38
初瀬 浪子
　舞台より観客へ《アンケート》
　　　　　　　　　　　01「新趣味」17(3)'22.3 p117
バッセット, バートン
　親を殺したドロシイの巻
　　　　　　　　　　　09「探偵小説」2(4)'32.4 p100

八田 裕之
　心理試験　　　　　17「宝石」8(4)'53.3増 p241
八田 裕一
　座談会ラジオ・スター大いに語る《座談会》
　　　　　　　　　　　17「宝石」6(10)'51.10 p80
　放送探偵劇を語る《座談会》
　　　　　　　　　　　17「宝石」6(12)'51.11 p74
ハッチンソン, エイ・エス・エム
　不平論《小説》　　　06「猟奇」3(4)'30.5 p40
　諧謔論《小説》　　　06「猟奇」3(4)'30.5 p43
服部 好三
　ガンネス未亡人とブランビリエ
　　　　　　　　　11「ぷろふいる」3(12)'35.12 p62
服部 静雄
　新版昭和水滸伝　32「探偵倶楽部」4(1)'53.2 p224
服部 修太郎
　ある鎮魂曲《小説》　27「別冊宝石」9(5)'56.6 p53
　雨に笑う《小説》　　27「別冊宝石」9(5)'56.6 p119
服部 正
　スリラー音楽　　　20「探偵よみもの」35 '48.5 p38
服部 久雄
　共産党とスパイを語る元特高刑事座談会《座談会》
　　　　　　　　　　32「探偵クラブ」1(2)'50.10 p192
服部 洋
　知らなかった男《小説》
　　　　　　　　　　27「別冊宝石」10(1)'57.1 p80
服部 元正
　アガサ・クリステイの勝利
　　　　　　　　　　11「ぷろふいる」2(1)'34.1 p74
　殺人遺書《小説》　　11「ぷろふいる」2(6)'34.6 p64
　作者の言葉　　　　11「ぷろふいる」2(6)'34.6 p65
　復讐奇譚《小説》　11「ぷろふいる」2(10)'34.10 p32
　人生短縮術《小説》
　　　　　　　　　　11「ぷろふいる」3(11)'35.11 p62
　怪物横行時代を夢見る
　　　　　　　　　　11「ぷろふいる」4(1)'36.1 p115
　井上久夫の死　　　22「新探偵小説」1(1)'47.4 p38
　闇に葬むられた話《小説》
　　　　　　　　　　22「新探偵小説」1(2)'47.6 p51
　慄へる独楽《小説》　22「新探偵小説」5 '48.2 p41
服部 良一
　或る泥坊の物語り　　17「宝石」19(1)'64.1 p22
筈見 恒夫
　原爆映画『戦慄の七日間』をめぐる座談会《座談会》
　　　　　　　　　　27「別冊宝石」4(1)'51.8 p154
　父子二代の影響　　27「別冊宝石」7(9)'54.11 p255
初山 駿太郎
　山の妖婦《小説》　33「探偵実話」12(11)'61.8 p198
　冬の月《小説》　　33「探偵実話」12(14)'61.10 p213
　奇怪な妊娠　　　　33「探偵実話」13(1)'62.1 p144
　死人の指紋　　　　33「探偵実話」13(4)'62.3 p182
初山 佳雄
　「モンテカルロ」　　　06「猟奇」4(2)'31.4 p29
バルザック, オノレ・ド
　人ちがひ《小説》　　17「宝石」4(2)'49.2 p48

ハード, H・F
　葬儀屋モンタルバ氏の冒険《小説》
　　　　　　　　27「別冊宝石」11(3)'58.3 p110
ハードウィック, リチャード
　J・S氏V・M夫人を愛す《小説》
　　　　　　　　27「別冊宝石」16(10)'63.11増 p34
　月夜の狂宴《小説》
　　　　　　　　27「別冊宝石」17(5)'64.4増 p46
鳩山 三津雄
　裸娘千五百人　　07「探偵」1(3)'31.7 p107
　生きてゐた間諜アセウ　07「探偵」1(8)'31.12 p172
バトラー, E・P（バツトラー, エリス・パーカー）
　少年探偵《小説》　01「新趣味」18(2)'23.2 p161
　証拠《小説》　　09「探偵小説」1(2)'31.10 p96
　目撃者《小説》　07「探偵」1(6)'31.10 p188
　珊瑚蛇《小説》　09「探偵小説」2(7)'32.7 p208
　馬の脚物語《小説》17「宝石」8(3)'53.4 p166
パトリック, Q →クエンティン, パトリック
　大晦日の夜の殺人
　　　　　　　　17「宝石」11(16)'56.12 p258
　ダイヤのジャック《小説》
　　　　　　　　27「別冊宝石」10(9)'57.9 p128
　白いカーネーション《小説》
　　　　　　　　27「別冊宝石」11(3)'58.3 p132
　戸棚の中の死体《小説》
　　　　　　　　27「別冊宝石」12(9)'59.9 p24
バトン, エリザベス
　一夜の冒険　　32「探偵クラブ」1(4)'50.12 p32
花井 寿造
　鶏男　　　　　06「猟奇」4(5)'31.7 p58
花浦 みさ子
　人形荘綺譚《小説》17「宝石」10(2)'55.1増 p361
花岡 潤一郎
　発く電話《小説》09「探偵小説」2(1)'32.1 p123
花小路 侑三
　納屋　　　　　32「探偵倶楽部」4(1)'53.2 p208
　黒き悲哀　　　32「探偵倶楽部」7(9)'56.8 p105
花咲 一男
　歌舞伎脚本の艶笑味
　　　　　　　　35「エロチック・ミステリー」5(1)'64.1 p36
花沢 光江
　洋モク取締珍談奇談座談会《座談会》
　　　　　　　　32「探偵倶楽部」5(11)'54.11 p250
花園 京子
　悪魔の声《小説》11「ぶろふいる」2(12)'34.12 p62
　作者の言葉　　11「ぶろふいる」2(12)'34.12 p63
花園 守平 →西田政治
　萩原博士の手術《小説》17「宝石」1(3)'46.6 p36
　或る出獄者の話《小説》
　　　　　　　　16「ロック」1(6)'46.12 p40
　復讐鬼《小説》19「ぶろふいる」2(2)'47.8 p16
　背信《小説》　23「真珠」2'47.10 p16
　鈴蘭村事件《小説》19「仮面」3(1)'48.2 p34
　的の裸女《小説》23「真珠」1(6)'48.4 p26
　狂恋の花束　　22「新小説」2(3)'48.6 p27
　探偵小説名作川柳23「真珠」2(7)'48.8 p27
　仮面《小説》　23「真珠」2(7)'48.8 p28

花田 清
　決定的瞬間　　17「宝石」14(6)'59.6 p9
花田 清輝
　S・Fの文体　　17「宝石」14(8)'59.7 p283
　S・Fと思想　　17「宝石」14(10)'59.9 p242
　日本の推理小説を語る《対談》
　　　　　　　　17「宝石」14(12)'59.10増 p121
　推理小説の「余分」
　　　　　　　　27「別冊宝石」13(1)'60.1 p146
花田 千禾夫
　戦慄の通り魔　33「探偵実話」8(14)'57.10 p180
花田 長太郎
　将棋実戦講話　01「新趣味」17(1)'22.1 p190
　将棋実戦講話　01「新趣味」17(2)'22.2 p144
　将棋実戦講話　01「新趣味」17(3)'22.3 p318
バーナード, G
　鳥は飛び去つた《小説》
　　　　　　　　32「探偵倶楽部」7(7)'56.6増 p112
花房 逸調
　遂に正体不明の空飛ぶ円盤の話
　　　　　　　　32「探偵倶楽部」7(10)'56.9 p288
　少女惨殺事件　32「探偵倶楽部」8(1)'57.1 p108
英 utilé
　度胸とは?　　35「エロティック・ミステリー」1(2)'60.9 p127
英 住江
　汁粉代《小説》04「探偵趣味」20'27.6 p10
　臨終妄想録《小説》04「探偵趣味」24'27.10 p26
　＋と―の事件《小説》
　　　　　　　　11「ぶろふいる」1(4)'33.8 p7
花町 九一郎
　泣虫坊主の死《小説》
　　　　　　　　20「探偵よみもの」37'48.11 p22
ハナム, メレク
　ヂヤツデスデ《小説》
　　　　　　　　04「探偵趣味」4(5)'28.5 p77
花村 香
　謎の人妻絞殺事件33「探偵実話」4(1)'53.1 p258
花村 喬
　クリーム博士事件32「探偵クラブ」3(2)'52.3 p204
花村 香樹
　遺されていた歯型33「探偵実話」4(3)'53.2 p144
　アプレ破戒僧　33「探偵実話」4(5)'53.4 p162
　青い果実をむさぼる福祉係
　　　　　　　　33「探偵実話」9(2)'58.1増 p36
　若過ぎる妻　　33「探偵実話」10(2)'59.1増 p108
　殺人破戒僧　　33「探偵実話」13(2)'62.1増 p114
華村 タマ子
　恋愛劇場〈1〉《小説》24「妖奇」1(1)'47.7 p52
　恋愛劇場〈2〉《小説》24「妖奇」1(2)'47.8 p29
　恋愛劇場〈3〉《小説》24「妖奇」1(3)'47.9 p19
　恋愛劇場〈4・完〉《小説》
　　　　　　　　24「妖奇」1(4)'47.10 p18
　渦紋《小説》　24「妖奇」4(9)'50.9 p69
　死刑執行五分前〈1〉《小説》
　　　　　　　　24「妖奇」4(11)'50.11 p82
　死刑執行五分前〈2〉《小説》
　　　　　　　　24「妖奇」4(12)'50.12 p23

死刑執行五分前〈3〉《小説》
    24「妖奇」5(1)'51.1 p100
死刑執行五分前〈4・完〉《小説》
    24「妖奇」5(2)'51.2 p106
八月六日に殺される〈1〉《小説》
    24「妖奇」5(3)'51.3 p113
八月六日に殺される〈2〉《小説》
    24「妖奇」5(4)'51.4 p40
八月六日に殺される〈3〉《小説》
    24「妖奇」5(5)'51.5 p36
八月六日に殺される〈4〉《小説》
    24「妖奇」5(6)'51.6 p37
八月六日に殺される〈5〉《小説》
    24「妖奇」5(7)'51.7 p30
悪魔の口紅《小説》 24「妖奇」5(7)'51.7 p94
八月六日に殺される〈6〉《小説》
    24「妖奇」5(8)'51.8 p86
八月六日に殺される〈7〉《小説》
    24「妖奇」5(9)'51.9 p44
八月六日に殺される〈8〉《小説》
    24「妖奇」5(10)'51.10 p71
八月六日に殺される〈9〉《小説》
    24「妖奇」5(11)'51.11 p96
八月六日に殺される〈10・完〉《小説》
    24「妖奇」5(12)'51.12 p68
浮気・死すとも止まじ《小説》
    24「妖奇」6(1)'52.1 p44
連続情死事件〈1〉《小説》
    24「妖奇」6(2)'52.2 p14
連続情死事件〈2〉《小説》
    24「妖奇」6(3)'52.3 p37
連続情死事件〈3〉《小説》
    24「妖奇」6(4)'52.4 p67
連続情死事件〈4〉《小説》
    24「妖奇」6(5)'52.5 p58
連続情死事件〈5〉《小説》
    24「妖奇」6(6)'52.6 p34
連続情死事件〈6〉《小説》
    24「妖奇」6(7)'52.7 p73
連続情死事件〈7・完〉《小説》
    24「妖奇」6(8)'52.8 p94
白昼の悪魔〈1〉《小説》
    24「妖奇」6(10)'52.10 p98
白昼の悪魔〈2〉《小説》
    24「トリック」6(11)'52.11 p108
白昼の悪魔〈3・完〉《小説》
    24「トリック」6(12)'52.12 p118
トリック〈1〉《小説》
    24「トリック」7(1)'53.1 p42
トリック〈2・完〉《小説》
    24「トリック」7(2)'53.2 p81
姿なき殺人事件〈1〉《小説》
    24「トリック」7(3)'53.3 p29
花村 文吉
 ハダカレビューを裸にする 25「X」3(7)'49.6 p11
花村 元司
 賭け将棋インチキ伝
    33「探偵実話」4(5)'53.4 p134
花森 安治
 ちよつと風変りな探偵小説
    20「探偵よみもの」33 '47.10 p26

本格もの不振の打開策について《対談》
    17「宝石」13(4)'58.3 p118
薔薇荘殺人事件（解決篇）《小説》
    17「宝石」13(10)'58.8 p136
花柳 輔夫
 旅の恥掻キクケコ《座談会》
    35「エロチック・ミステリー」5(1)'64.1 p148
塙 康次
 悪戯《小説》 11「ぷろふいる」3(11)'35.11 p50
埴野 一郎
 佐野君を憶ふ 17「宝石」4(8)'49.8 p21
埴原 一亞
 魔のホテル《小説》 24「妖奇」4(7)'50.7 p133
埴谷 雄高
 探偵小説の新領域 17「宝石」6(8)'51.8 p44
 アンケート《アンケート》
    17「宝石」12(10)'57.8 p58
埴輪 史郎
 海底の墓場《小説》 27「別冊宝石」3(1)'50.2 p339
 異常嗅覚《小説》 17「宝石」6(2)'51.2 p126
 アンケート《アンケート》
    17「宝石」7(1)'52.1 p91
 ハルビンの妖女《小説》
    33「探偵実話」3(3)'52.3 p128
 南赤道海流《小説》 17「宝石」7(5)'52.5 p108
 ヒマラヤの鬼神《小説》
    27「別冊宝石」5(6)'52.6 p46
 緊褌殺人事件《小説》 17「宝石」7(12)'52.12 p94
 極南魔海《小説》 17「宝石」8(6)'53.6 p62
羽田 英太郎
 女はこうして情事の相手となる
    33「探偵実話」9(11)'58.7 p29
羽田 ヨシエ
 浅草の実態《座談会》
    33「探偵実話」4(5)'53.4 p139
ハーパ，フランシス
 秘密を売つた女 32「探偵倶楽部」5(7)'54.7 p176
馬場 呆太郎
 猫が生んだ夜話 09「探偵小説」2(6)'32.6 p135
馬場 堅吉
 「無名島」を想ふ 14「月刊探偵」2(6)'36.7 p34
馬場 孤蝶
 探偵問答《アンケート》 04「探偵趣味」1 '25.9 p23
 東西作家偶然の一致 04「探偵趣味」2 '25.10 p14
 探偵小説のツリツクに就て
    03「探偵文芸」2(4)'26.4 p61
 探偵小説の材料について
    03「探偵文芸」2(5)'26.5 p71
 ハガキ回答《アンケート》
    11「ぷろふいる」4(6)'36.6 p103
馬場 重次
 ヒヤリとした話 11「ぷろふいる」1(2)'33.6 p48
 京都駅を中心とした犯罪研究座談会《座談会》
    11「ぷろふいる」1(3)'33.7 p36
 決算《小説》 11「ぷろふいる」1(8)'33.12 p116
 ソル・グルクハイマー殺人事件Ｂ、渓谷の惨死体
    11「ぷろふいる」2(10)'34.10 p88

馬場 鯱
　麻薬と密輸を語る《座談会》
　　　　　　　32「探偵倶楽部」4(9)'53.9 p72
パーマー, スチュアート (パルマー, スチュアート)
　首吊り殺人事件《小説》
　　　　　　　11「ぷろふぃる」2(11)'34.11 p52
　青い指紋《小説》　　17「宝石」12(9)'57.7 p142
　黒の博物館《小説》　17「宝石」13(3)'58.2 p306
　西部から来た叔母さん《小説》
　　　　　　　27「別冊宝石」11(3)'58.3 p36
　明日の殺人《小説》　27「別冊宝石」12(9)'59.9 p58
浜 青二
　一人二役の死〈3〉《小説》
　　　　　　　17「宝石」12(16)'57.12 p90
浜尾 四郎
　殺人狂の話　　　　07「探偵」1(1)'31.5 p160
　探偵小説作家の精力　10「探偵クラブ」4 '32.8 p2
　江戸川乱歩氏に就いて
　　　　　　　10「探偵クラブ」5 '32.10 p26
　殺人迷路〈8〉《小説》10「探偵クラブ」8 '33.1 p4
　ハガキ回答《アンケート》
　　　　　　　11「ぷろふぃる」3(12)'35.12 p44
　島原絵巻《小説》　　18「トップ」2(3)'47.6増 p42
　島原絵巻〈1〉《小説》24「妖奇」2(1)'48.1 p31
　島原絵巻〈2・完〉《小説》
　　　　　　　24「妖奇」2(3)'48.2 p8
　探偵小説作家の死《小説》
　　　　　　　24「妖奇」4(5)'50.5 p56
　黄昏の告白〈小説〉　24「妖奇」8(5)'53.5 p150
　正義《小説》　　　27「別冊宝石」9(5)'56.6 p120
　殺された天一坊《小説》
　　　　　　　33「探偵実話」8(5)'57.3増 p388
　殺された天一坊《小説》
　　　　　　　17「宝石」18(5)'63.4 p218
浜口 和夫
　障子のそと
　　　　　　　35「エロチック・ミステリー」3(7)'62.7 p26
　盗み食い《小説》
　　　　　　　35「エロチック・ミステリー」3(8)'62.8 p114
浜崎 尋美
　強姦児《小説》　　　24「妖奇」5(6)'51.6 p68
浜田 格
　探偵映画に就て　　　04「探偵趣味」4 '26.1 p17
浜田 昭平
　左乳房を嚙む男　　　24「妖奇」6(7)'52.7 p105
浜田 史郎
　広告塔の女《小説》　27「別冊宝石」3(1)'50.2 p403
浜田 百合子
　肉体の誘惑《対談》　25「Gメン」2(1)'48.1 p34
浜野 生太郎
　ヌードモデルにされた令嬢
　　　　　　　33「探偵実話」11(2)'60.1増 p68
　兇悪犯の情事　　　33「探偵実話」11(13)'60.9 p124
　嫉妬の生んだ女体殺人
　　　　　　　33「探偵実話」11(16)'60.11 p27
　谷川に消えた青春
　　　　　　　33「探偵実話」12(6)'61.4増 p154
　白い炎　　　　　　33「探偵実話」13(12)'62.10 p236

浜元 博
　告白《小説》　　　17「宝石」10(10)'55.7 p298
浜本 浩
　アンケート《アンケート》
　　　　　　　17「宝石」12(10)'57.8 p268
浜谷 英夫
　ハガキ回答《アンケート》
　　　　　　　12「シュピオ」4(1)'38.1 p28
ハミルトン, エドマンド
　人類最後の男《小説》
　　　　　　　27「別冊宝石」17(3)'64.3 p44
ハメット, ダシール
　身代金《小説》　　　17「宝石」10(7)'55.5 p208
　蠅取り紙《小説》　　17「宝石」10(15)'55.11 p286
　午前三時路上に死す《小説》
　　　　　　　32「探偵倶楽部」7(4)'56.4 p50
　王様商売《小説》　　17「宝石」11(6)'56.4 p267
　一時間の冒険《小説》
　　　　　　　32「探偵倶楽部」7(5)'56.5 p308
　うろつくシャム人《小説》
　　　　　　　32「探偵倶楽部」7(7)'56.6増 p114
　焦げた顔《小説》
　　　　　　　32「探偵倶楽部」7(11)'56.10 p142
　貴様を二度と縊れない《小説》
　　　　　　　17「宝石」11(14)'56.10 p186
　甘いペテン師《小説》
　　　　　　　32「探偵倶楽部」7(12)'56.11 p304
　フェヤウェル殺人事件《小説》
　　　　　　　32「探偵倶楽部」8(1)'57.1 p138
　悪夢の町《小説》　　32「探偵倶楽部」8(7)'57.4 p264
　絞首台は待つていた《小説》
　　　　　　　32「探偵倶楽部」8(9)'57.9 p270
　ならず者の妻《小説》
　　　　　　　32「探偵倶楽部」8(10)'57.10 p282
　十番目の手掛り《小説》
　　　　　　　32「探偵倶楽部」9(1)'58.1 p104
　誰でも彼でも《小説》
　　　　　　　27「別冊宝石」11(1)'58.1 p218
　戸棚のなかに屍が三つ《小説》
　　　　　　　32「探偵倶楽部」9(3)'58.3 p84
　私は殺される《小説》
　　　　　　　32「探偵倶楽部」9(4)'58.4 p268
　オダムズを殺した男《小説》
　　　　　　　32「探偵倶楽部」9(8)'58.7 p216
　厄介なプレゼント《小説》
　　　　　　　32「探偵倶楽部」9(11)'58.9 p70
　暗闇から来た女《小説》
　　　　　　　27「別冊宝石」11(7)'58.9 p96
　人間が多すぎる《小説》
　　　　　　　27「別冊宝石」11(9)'58.11 p122
　ケイタラー氏の打たれた釘《小説》
　　　　　　　27「別冊宝石」12(5)'59.5 p32
　つるつるの指《小説》
　　　　　　　27「別冊宝石」12(11)'59.11 p40
　殺人助手《小説》　　17「宝石」16(6)'61.5 p274
　軽はずみ《小説》　　17「宝石」16(12)'61.11 p284
　ターク街の家《小説》
　　　　　　　17「宝石」16(12)'61.11 p290
　十番目の手掛り《小説》
　　　　　　　27「別冊宝石」16(2)'63.2 p8

私は殺される《小説》
　　　　　　　27「別冊宝石」16(2)'63.2 p66
フェアウェルの殺人《小説》
　　　　　　　27「別冊宝石」16(9)'63.10 p16
ハモンド, H
　奇妙な殺人《小説》
　　　　　　　11「ぷろふいる」3(10)'35.10 p100
早川 一作
　雷族と酔っぱらい娘《座談会》
　　　　　　　33「探偵実話」11(2)'60.1増 p243
早川 四郎
　アルミに殺される《小説》
　　　　　　　17「宝石」18(10)'63.7増 p154
　白鳥扼殺《小説》　17「宝石」19(2)'64.1増 p188
早川 節夫
　デイリ・キングの"オベリストもの"など
　　　　　　　27「別冊宝石」12(11)'59.11 p62
早川 雪洲
　私の告白　　27「別冊宝石」7(9)'54.11 p218
早川 紀夫
　闇に躍る人身売買　33「探偵実話」9(3)'58.1 p82
　マンホールの情事　33「探偵実話」9(4)'58.2 p158
　あなたの嬌声は売られている
　　　　　　　33「探偵実話」9(15)'58.10 p62
　覗かれた女中部屋　33「探偵実話」10(4)'59.2 p158
早崎 淳
　拳銃綺談　　32「探偵クラブ」1(2)'50.10 p247
林 愛作
　古代支那鍛通の話　01「新趣味」17(1)'22.1 p81
林 耕三
　ケープハーツの小平事件
　　　　　　　33「探偵実話」2(1)'50.12 p140
　探偵学校入学試験問題
　　　　　　　33「探偵実話」2(10)'51.9 p135, 136
　窓ガラスは語る
　　　　　　　33「探偵実話」2(11)'51.10 p170, 170
　探偵適性検査問題　33「探偵実話」2(12)'51.11 p42
　探偵学校入学試験問題
　　　　　　　33「探偵実話」3(1)'51.12 p128
　探偵学校アチーブメント・テスト
　　　　　　　33「探偵実話」3(2)'52.2 p166
　姿なき脅迫者　33「探偵実話」3(6)'52.5 p173
　湖畔の殺人　　33「探偵実話」3(8)'52.7 p164
　三人の未亡人　33「探偵実話」3(9)'52.8 p218
　動物園の殺人　33「探偵実話」3(10)'52.9 p200
　ヨシユア神父物語
　　　　　　　33「探偵実話」3(12)'52.10 p202
　恐喝者　　　33「探偵実話」3(13)'52.11 p202
　相愛荘事件?　33「探偵実話」3(14)'52.12 p224
　ジョーンズ事件　33「探偵実話」4(1)'53.1 p86
　アダムス翁の怪死　33「探偵実話」4(3)'53.2 p236
　ガス自殺事件　33「探偵実話」4(4)'53.3 p178
　長屋騒動　　　33「探偵実話」4(5)'53.4 p232
　輿論殺人事件　33「探偵実話」4(6)'53.5 p166
　キッス殺人事件　33「探偵実話」4(7)'53.6 p156
　奇妙な贈物《小説》33「探偵実話」4(9)'53.8 p174
　女の性生活　　33「探偵実話」5(1)'54.1 p15
　アプレ女学生の性態　33「探偵実話」5(2)'54.2 p17

アメリカ男女共学の性態
　　　　　　　33「探偵実話」5(4)'54.4 p17
アメリカの不良少年少女
　　　　　　　33「探偵実話」5(7)'54.6 p168
アメリカに於ける特殊児童の実態
　　　　　　　33「探偵実話」5(8)'54.7 p239
ケープハートの小平事件
　　　　　　　33「探偵実話」7(5)'55.12増 p272
林 佐市
　タダ一つ神もし許し賜はゞ……《アンケート》
　　　　　　　06「猟奇」4(3)'31.5 p71
林 定治
　ハガキ回答《アンケート》
　　　　　　　12「シュピオ」4(1)'38.1 p30
林 瞳
　覚醒剤の恐ろしさ
　　　　　　　32「探偵倶楽部」5(10)'54.10 p228
林 次郎
　殺人小景　　　04「探偵趣味」17 '27.3 p38
林 大寒
　偽装死　　　　22「新探偵小説」4 '47.10 p24
林 麤　→木々高太郎
　解剖学と生理学　11「ぷろふいる」4(10)'36.10 p78
　新春閑談《座談会》33「探偵実話」7(1)'55.12 p82
林 登志子
　夫に殺された妻・二つの例
　　　　　　　24「妖奇」5(11)'51.11 p54
　注意しなければならない男性
　　　　　　　24「妖奇」5(12)'51.12 p92
林 二九太
　悪漢から探偵へ　07「探偵」1(2)'31.6 p141
林 光
　愛国者《小説》　17「宝石」15(11)'60.9 p213
林 房雄
　木々高太郎著「決闘の相手」読後感
　　　　　　　15「探偵春秋」1(3)'36.12 p52
　座談会《座談会》　15「探偵春秋」2(8)'37.8 p43
　正義の勝利　　17「宝石」2(8)'47.9 p49
　はがきあんけーと《アンケート》
　　　　　　　19「仮面」3(2)'48.3 p34
　一文銭殺人事件〈1〉《小説》
　　　　　　　24「妖奇」6(10)'52.10 p135
　一文銭殺人事件〈2〉《小説》
　　　　　　　24「トリック」6(11)'52.11 p42
　一文銭殺人事件〈3〉《小説》
　　　　　　　24「トリック」6(12)'52.12 p41
　一文銭殺人事件〈4・完〉《小説》
　　　　　　　24「トリック」7(1)'53.1 p91
　人妻物語《小説》　33「探偵実話」4(2)'53.1増 p94
　薔薇の秘密《小説》27「別冊宝石」9(8)'56.11 p80
　探偵小説について　17「宝石」14(10)'59.9 p77
　春の洪水《小説》　27「別冊宝石」13(4)'60.4 p28
　女読むべからず夏の夜話〈1〉
　　　　　　　35「エロティック・ミステリー」1(1)'60.8 p18
　女読むべからず夏の夜話〈2〉
　　　　　　　35「エロティック・ミステリー」1(2)'60.9 p18
　女読むべからず夏の夜話〈3〉
　　　　　　　35「エロティック・ミステリー」1(3)'60.10 p130

林 不忘　→牧逸馬	
のの字の刀痕《小説》	03「探偵文芸」1(1)'25.3 p20
宇治の茶箱《小説》	03「探偵文芸」1(2)'25.4 p22
怪談抜地獄《小説》	03「探偵文芸」1(3)'25.5 p7
吉例材木座之芝居話〈1〉	04「探偵趣味」7 '26.4 p35
吉例材木座芝居話〈2〉	04「探偵趣味」8 '26.5 p36
吉例材木座芝居話〈3〉	04「探偵趣味」9 '26.6 p10
行文一家銘	04「探偵趣味」11 '26.8 p24
林 紅子	
ハガキ回答《アンケート》	12「シュピオ」4(1)'38.1 p30
林 万里子	
ロンドンにて	17「宝石」18(1)'63.1 p19
林田 五平	
銀座の女給は馬鹿では出来ぬ	33「探偵実話」11(1)'59.12 p97
元気の出るオクスリの話	33「探偵実話」11(3)'60.1 p181
新式ダブルベッドをどうぞ	33「探偵実話」11(3)'60.1 p181
林田 茜子　→蘭郁二郎	
花形作家《小説》	12「探偵文学」2(9)'36.9 p51
第百一回目《小説》	12「探偵文学」2(10)'36.10 p19
林田 光人	
情の捕縄《小説》	20「探偵よみもの」39 '49.6 p119
林田 ひろし	
死へ追い込まれた邪恋妻	33「探偵実話」10(6)'59.4増 p64
女性を狙う若い獣	33「探偵実話」10(12)'59.8 p264
女体に狂わされた殺人者	33「探偵実話」11(3)'60.1 p106
林田 寛	
不倫の殺人	33「探偵実話」10(16)'59.11 p182
覗かれたベッド	33「探偵実話」11(6)'60.3 p230
林家 三平	
ハガキ随筆《アンケート》	33「探偵実話」12(1)'61.1 p157
早奈 也人	
翠水館説話《小説》	17「宝石」18(10)'63.7増 p342
葉山 研一	
花街殺人事件秘話《小説》	24「妖奇」5(9)'51.9 p29
葉山 嘉樹	
セメント樽の中の手紙《小説》	17「宝石」12(12)'57.9 p174
早見 一夫	
酔いどれに声をかけるな!	33「探偵実話」12(5)'61.4 p92
邪魔者を消して情事に暴走!	33「探偵実話」12(6)'61.4増 p164
自動車に乗せてもらったばかりに!!	33「探偵実話」12(14)'61.10増 p152

ハラー, ヨゼフ	
南の風が吹く頃は《小説》	15「探偵春秋」2(5)'37.5 p89
原 菊雄	
豪遊	17「宝石」6(4)'51.4 p186
原 浩三	
日本艶画家銘々伝	35「エロチック・ミステリー」5(1)'64.1 p112
原 潤一郎	
敗戦と犯罪	20「探偵よみもの」30 '46.11 p26
原 大	
下田夜曲《小説》	25「X」3(12)'49.11 p56
原 卓也	
ソヴェートの探偵小説	17「宝石」13(13)'58.10 p274
原 達也	
死を招いた母娘売春婦の愛欲	33「探偵実話」12(6)'61.4増 p25
私もそれはいやだ!	33「探偵実話」12(7)'61.5 p31
縮れ毛が教えてくれた	33「探偵実話」12(8)'61.6 p31
淫女死すべし	33「探偵実話」12(9)'61.7 p169
私は殺人スターになりたい	33「探偵実話」12(10)'61.7増 p132
ポーリンのSEX日記	33「探偵実話」12(11)'61.8 p31
狂恋の機関銃	33「探偵実話」12(12)'61.9 p170
鋼鉄の乳房	33「探偵実話」12(12)'61.10 p33
セックスの要塞	33「探偵実話」12(14)'61.10増 p164
死人がおれを殺す	33「探偵実話」12(15)'61.11 p25
傷だらけのセックス	33「探偵実話」12(16)'61.12 p33
熱い貞操帯	33「探偵実話」13(1)'62.1 p33
暗黒のパンティ	33「探偵実話」13(3)'62.2 p33
爆弾とペニスと	33「探偵実話」13(4)'62.3 p33
黒い鏡	33「探偵実話」13(5)'62.4 p33
女が眠る時	33「探偵実話」13(6)'62.5 p74
背徳のレンズ	33「探偵実話」13(7)'62.6 p36
美人患者の死	33「探偵実話」13(9)'62.7 p86
霊媒殺人事件	33「探偵実話」13(10)'62.8 p38
自供を売る男	33「探偵実話」13(11)'62.9 p38
鰐の餌にされた情婦たち	33「探偵実話」13(12)'62.10 p208
原 辰郎	
かみなり《小説》	04「探偵趣味」4(1)'28.1 p43
素人探偵《小説》	06「猟奇」1(1)'28.5 p4
H神社事件《小説》	04「探偵趣味」4(5)'28.5 p22
大下宇陀児氏の作品について	06「猟奇」1(2)'28.6 p2
訳者付記	06「猟奇」1(4)'28.9 p7
ゴールデンバット狂《小説》	06「猟奇」1(6)'28.11 p41
合評・一九二八年《座談会》	06「猟奇」1(7)'28.12 p14
『陰獣』について	06「猟奇」1(7)'28.12 p22
敵討歯諸共《小説》	06「猟奇」2(2)'29.2 p10
密月旅行《小説》	06「猟奇」2(3)'29.3 p21

原 元
妨害者《小説》　　　17「宝石」11(4)'56.3 p262

原 久一郎
乱歩に期待する　　27「別冊宝石」7(9)'54.11 p253
ヤースナヤ・パリヤーナ訪ずるの記
　　　　　　　　32「探偵倶楽部」7(13)'56.12 p202

原 比露志
東京の淫祠など
　　　　　　　35「エロティック・ミステリー」3(5)'62.5 p19
新潟美人は大鞄
　　　　　　　35「エロティック・ミステリー」4(3)'63.3 p36
四十八手は間違っている
　　　　　　　35「エロティック・ミステリー」4(6)'63.6 p18
戯談 大いにやるべし
　　　　　　　35「エロティック・ミステリー」5(1)'64.1 p68
西大久保出歯亀事件
　　　　　　　35「ミステリー」5(5)'64.5 p80

原 宏
大学生の死《小説》　17「宝石」10(2)'55.1増 p346

原 安三郎
官界財界アマチュア探偵小説放談座談会《座談会》
　　　　　　　　27「別冊宝石」3(4)'50.8 p194
江戸川乱歩先生　27「別冊宝石」7(9)'54.11 p44
財界の巨頭探偵小説を語る《座談会》
　　　　　　　　17「宝石」13(6)'58.5 p108

原 保美
"事件記者"はなぜヒットした?《座談会》
　　　　　　　　33「探偵実話」10(10)'59.7増 p211
事件記者はハードボイルドがお好き《座談会》
　　　　　　　　17「宝石」14(11)'59.10 p228

原 謙二郎
サブと車券《小説》　31「スリーナイン」'50.11 p54

薔薇小路 棘麿　→鮎川哲也
蛇と猪《小説》　　　16「ロック」3(4)'48.8 p50

原田 順
［れふきうた］《猟奇歌》　06「猟奇」5(3)'32.3 p9
不義の子《猟奇歌》　06「猟奇」5(5)'32.5 p32

原田 太朗
喧嘩《小説》　　　　04「探偵趣味」26 '27.12 p8
赤毛布太郎　　　　　06「猟奇」1(2)'28.6 p18
地震以上《小説》　　06「猟奇」1(2)'28.6 p35
日曜日の推理《小説》06「猟奇」2(8)'29.8 p2
新人達よ!　　　　　06「猟奇」2(11)'29.11 p37
美容院奇談《小説》　06「猟奇」2(12)'29.12 p8
滋岡透、原辰郎の横顔　06「猟奇」3(3)'30.4 p27
自惚と運命《小説》　06「猟奇」3(4)'30.5 p2
赤毛布太郎　　　　　06「猟奇」4(6)'31.9 p54
喫茶店の進化論　　　06「猟奇」5(2)'32.2 p13
墓場にて《小説》　　06「猟奇」2(4)'29.4 p12
銃声と、そして……《脚本》
　　　　　　　　　　06「猟奇」2(8)'29.8 p25
その夜の経験《小説》06「猟奇」2(9)'29.9 p13
代償《小説》　　　　06「猟奇」2(12)'29.12 p4
巴里の女性　　　　　06「猟奇」3(2)'30.3 p15
珍説カズバア・ハウゼルの秘密
　　　　　　　　　　06「猟奇」3(3)'30.4 p18
原田太朗の縦顔　　　06「猟奇」3(3)'30.4 p40

原田 三夫
火星人の空間ステーション
　　　　　　　　17「宝石」12(12)'57.9 p224
科学はここまで来ている《座談会》
　　　　　　　　27「別冊宝石」16(8)'63.9 p240

原田 康子
原田康子さんから　　17「宝石」13(5)'58.4 p302
空巣専門《小説》　　27「別冊宝石」17(2)'64.2 p24

原田 裕
新章文子さんへ　　　27「別冊宝石」17(2)'64.2 p312

原田 亮
なぜ"離婚式"は流行る?
　　　　　　　35「エロティック・ミステリー」4(11)'63.11 p29

バーランド, ハリス
稀代の古本《小説》　17「宝石」8(3)'53.4 p186

ハリス, ジェームス
死の部屋のブルース《小説》
　　　　　　　　　　17「宝石」4(4)'49.4 p31
櫛とヘヤーピン《小説》
　　　　　　　　　　16「ロック」4(2)'49.5 p22
蠟人形《小説》　　　17「宝石」4(5)'49.5 p42
按摩の笛《小説》　　17「宝石」— '49.7増 p98
屍は囁く《小説》　　27「別冊宝石」2(2)'49.8 p120
事実プラス夢の小説　27「別冊宝石」2(2)'49.8 p134
緑色の蠍《小説》　　17「宝石」5(8)'50.8 p21
電気椅子《小説》　　33「探偵実話」2(1)'50.12 p24
恐怖の日曜日《小説》
　　　　　　　　　　33「探偵実話」2(2)'51.1 p50
栗の木の下の惨劇《小説》
　　　　　　　　　　33「探偵実話」2(3)'51.2 p24
蠟人形《小説》　　　33「探偵実話」2(4)'51.3 p212
按摩の笛《小説》　　33「探偵実話」2(5)'51.4 p130
人間案山子《小説》　33「探偵実話」2(6)'51.5 p68
恋がたき《小説》　　33「探偵実話」2(7)'51.6 p166
死の罠《小説》　　　33「探偵実話」2(8)'51.7 p204
現場不在証明《小説》
　　　　　　　　　　33「探偵実話」2(9)'51.8 p32
湯気の中の謎《小説》
　　　　　　　　　　33「探偵実話」2(12)'51.11 p144

ハリス, ジョニー
誘惑する女　　　　　32「探偵クラブ」1(2)'50.10 p76

ハリデー, ブレット
殺人と半処女《小説》
　　　　　　　　　　27「別冊宝石」10(9)'57.9 p5
百万ドルの動機《小説》
　　　　　　　　　　27「別冊宝石」10(9)'57.9 p176
女は魔もの《小説》　27「別冊宝石」11(5)'58.6 p60
君がエリザベスを殺したのだ《小説》
　　　　　　　　32「探偵倶楽部」9(10)'58.8 p242

播磨 鱈平
カーボン・ペーパ　　09「探偵小説」2(4)'32.4 p132
マリヤさんは泣く　　09「探偵小説」2(5)'32.5 p185

ハル, リチャード
キャッスル版文学百科事典 探偵小説
　　　　　　　　17「宝石」10(9)'55.6増 p264

春川 一郎
悪運《小説》　　　　11「ぷろふいる」2(8)'34.8 p81

はん

煙草の箱《小説》　　　11「ぷろふいる」2(9)'34.9 p87
蜘蛛《小説》　　　　　11「ぷろふいる」2(12)'34.12 p82
鍵《小説》　　　　　　11「ぷろふいる」3(8)'35.8 p79
バルザック
　知られざる傑作〔原作〕《絵物語》
　　　　　　　　　　　32「探偵クラブ」2(1)'51.1 p27
　天上の花《小説》　　17「宝石」6(2)'51.2 p142
　巡礼浮世噺《小説》
　　　　　　　　　　　33「探偵実話」4(2)'53.1増 p204
春田 俊郎
　探偵小説新論争《座談会》
　　　　　　　　　　　17「宝石」11(8)'56.6 p166
春田 初子
　父・甲賀三郎を語る　10「探偵クラブ」1'32.4 p18
春名 三郎
　眼・耳・口　　　　　17「宝石」5(8)'50.8 p87
　眼・耳・口　　　　　17「宝石」5(12)'50.12 p213
　むしめがね　　　　　17「宝石」6(1)'51.1 p200
　むしめがね　　　　　17「宝石」6(3)'51.3 p57
　むしめがね　　　　　17「宝石」6(4)'51.4 p33
バルファ, ロード
　巻頭言　　　　　　　13「クルー」1'35.10 p1
春山 登美子
　強制される肉体アルバイト
　　　　　　　　　　　33「探偵実話」8(12)'57.8 p84
春山 行夫
　本を渡われた話　　　27「別冊宝石」7(9)'54.11 p252
　宝石の文化史〈1〉　　17「宝石」12(11)'57.8 p77
　宝石の文化史〈2〉　　17「宝石」12(12)'57.9 p133
　宝石の文化史〈3〉　　17「宝石」12(13)'57.10 p232
　宝石の文化史〈4〉　　17「宝石」12(14)'57.11 p81
　宝石の文化史〈5〉　　17「宝石」12(15)'57.12 p125
　宝石の文化史〈6〉　　17「宝石」13(1)'58.1 p138
　宝石の文化史〈7〉　　17「宝石」13(3)'58.2 p96
　宝石の文化史〈8〉　　17「宝石」13(4)'58.3 p55
　宝石の文化史〈9〉　　17「宝石」13(5)'58.4 p280
　宝石の文化史〈10〉　　17「宝石」13(6)'58.5 p191
　宝石の文化史〈11〉　　17「宝石」13(8)'58.6 p115
　宝石の文化史〈12〉　　17「宝石」13(9)'58.7 p157
　宝石の文化史〈13〉　　17「宝石」13(10)'58.8 p173
　宝石の文化史〈14〉　　17「宝石」13(12)'58.9 p140
　宝石の文化史〈15〉　　17「宝石」13(13)'58.10 p145
　宝石の文化史〈16〉　　17「宝石」13(14)'58.11 p91
　宝石の文化史〈17〉　　17「宝石」13(15)'58.12 p90
　宝石の文化史〈18〉　　17「宝石」14(1)'59.1 p330
　宝石の文化史〈19〉　　17「宝石」14(2)'59.2 p147
　宝石の文化史〈20〉　　17「宝石」14(3)'59.3 p267
　宝石の文化史〈21〉　　17「宝石」14(4)'59.4 p43
　宝石の文化史〈22〉　　17「宝石」14(5)'59.5 p89
　宝石の文化史〈23〉　　17「宝石」14(6)'59.6 p243
　宝石の文化史〈24〉　　17「宝石」14(8)'59.7 p85
　宝石の文化史〈25〉　　17「宝石」14(9)'59.8 p249
　宝石の文化史〈26〉　　17「宝石」14(10)'59.9 p119
　宝石の文化史〈27〉　　17「宝石」14(11)'59.10 p157
　宝石の文化史〈28〉　　17「宝石」14(13)'59.11 p82
　宝石の文化史〈29〉　　17「宝石」14(14)'59.12 p74
　宝石の文化史〈30〉　　17「宝石」15(1)'60.1 p132
　宝石の文化史〈31〉　　17「宝石」15(2)'60.2 p218
　宝石の文化史〈32〉　　17「宝石」15(3)'60.3 p206
　宝石の文化史〈33〉　　17「宝石」15(5)'60.4 p48
　宝石の文化史〈34〉　　17「宝石」15(6)'60.5 p113
　宝石の文化史〈35〉　　17「宝石」15(8)'60.6 p186
　宝石の文化史〈36〉　　17「宝石」15(9)'60.7 p104
　宝石の文化史〈37〉　　17「宝石」15(10)'60.8 p172
　宝石の文化史〈38〉　　17「宝石」15(11)'60.9 p150
　宝石の文化史〈39〉　　17「宝石」15(12)'60.10 p157
　宝石の文化史〈40〉　　17「宝石」15(13)'60.11 p186
　宝石の文化史〈41〉　　17「宝石」15(14)'60.12 p144
　宝石の文化史〈42〉　　17「宝石」16(1)'61.1 p116
　宝石の文化史〈43〉　　17「宝石」16(2)'61.2 p162
　宝石の文化史〈44〉　　17「宝石」16(4)'61.3 p90
　宝石の文化史〈45〉　　17「宝石」16(5)'61.4 p86
　宝石の文化史〈46〉　　17「宝石」16(6)'61.5 p104
　宝石の文化史〈47〉　　17「宝石」16(7)'61.6 p90
　宝石の文化史〈48〉　　17「宝石」16(8)'61.7 p142
　宝石の文化史〈49〉　　17「宝石」16(9)'61.8 p166
　宝石の文化史〈50〉　　17「宝石」16(10)'61.9 p146
　宝石の文化史〈51〉　　17「宝石」16(11)'61.10 p154
　宝石の文化史〈52〉　　17「宝石」16(12)'61.11 p134
　宝石の文化史〈53〉　　17「宝石」16(13)'61.12 p188
　宝石の文化史〈54〉　　17「宝石」17(1)'62.1 p180
　宝石の文化史〈55〉　　17「宝石」17(3)'62.2 p126
　宝石の文化史〈56〉　　17「宝石」17(4)'62.3 p128
　宝石の文化史〈57〉　　17「宝石」17(5)'62.4 p112
　宝石の文化史〈58〉　　17「宝石」17(6)'62.5 p110
　宝石の文化史〈59〉　　17「宝石」17(7)'62.6 p126
　宝石の文化史〈60〉　　17「宝石」17(9)'62.7 p84
　宝石の文化史〈61〉　　17「宝石」17(10)'62.8 p164
　宝石の文化史〈62〉　　17「宝石」17(11)'62.9 p142
　宝石の文化史〈63〉　　17「宝石」17(13)'62.10 p199
　宝石の文化史〈64〉　　17「宝石」17(14)'62.11 p122
　宝石の文化史〈65〉　　17「宝石」17(16)'62.12 p184
　宝石の文化史〈66〉　　17「宝石」18(1)'63.1 p110
　宝石の文化史〈67〉　　17「宝石」18(3)'63.2 p128
　宝石の文化史〈68〉　　17「宝石」18(4)'63.3 p124
　宝石の文化史〈69〉　　17「宝石」18(5)'63.4 p176
　宝石の文化史〈70〉　　17「宝石」18(7)'63.5 p170
　宝石の文化史〈71〉　　17「宝石」18(8)'63.6 p95
　宝石の文化史〈72・完〉
　　　　　　　　　　　17「宝石」18(9)'63.7 p119
ハルラー, アンニー・フランセ
　魔笛《小説》　　　　32「探偵倶楽部」6(9)'55.9 p76
バレージ
　八つの手紙《小説》　33「探偵実話」4(1)'53.1 p102
ハレット, ルース
　女共産党員の告白　　32「探偵クラブ」2(1)'51.1 p83
バロー, ジョージ
　三つの嵌環と豆《小説》
　　　　　　　　　　　03「探偵文芸」2(8)'26.8 p28
ハロン, ベネット
　誕生日の贈物《小説》
　　　　　　　　　　　11「ぷろふいる」4(7)'36.7 p72
ハワード, マートン
　徒労《小説》　　　　09「探偵小説」1(4)'31.12 p62
パン, ギイヨオム・ド
　豚鼠　　　　　　　　06「猟奇」1(5)'28.10 p12
　自殺した天使《小説》06「猟奇」1(7)'28.12 p40
　縮毛綺譚《小説》　　06「猟奇」2(3)'29.3 p45

771

祖先になつた物語《小説》　06「猟奇」2(4)'29.4 p7
十三人が自殺した話《小説》
　　　　　　　　　　　06「猟奇」2(10)'29.10 p50
L'aime　　　　　　06「猟奇」4(2)'31.4 p45

伴　孝一
　五十円の軍機　　09「探偵小説」2(4)'32.4 p130
　魔除けの蹄鉄　　09「探偵小説」2(4)'32.4 p209

伴　陀允
　昌楽寺殺人事件《小説》
　　　　　　　　　　　24「妖奇」3(13)'49.12 p69
　三十三番の札《小説》　24「妖奇」4(8)'50.8 p82
　月光殺人事件《小説》　24「妖奇」5(9)'51.9 p118
　霧の夜のロンドン殺人事件
　　　　　　　　　　　24「妖奇」6(10)'52.10 p52
　激増するアメリカの強姦罪
　　　　　　　　　　　24「トリック」6(11)'52.11 p54

伴　代因　→伴白胤
　探偵小説の正しい認識
　　　　　　　　　　　11「ぷろふいる」2(6)'34.6 p139
　「ケンネル殺人事件」を見て
　　　　　　　　　　　11「ぷろふいる」2(8)'34.8 p84
　証拠《小説》　　12「探偵文学」1(1)'35.3 p7
　江戸川乱歩私感　12「探偵文学」1(2)'35.4 p26
　恐怖《小説》　　11「ぷろふいる」3(5)'35.5 p101
　落葉抄　　　　　12「探偵文学」1(3)'35.5 p7

伴　大矩　→大江専一，露下弾
　探偵小説の新傾向　09「探偵小説」2(1)'32.1 p174
　訳者のはしがき　11「ぷろふいる」2(4)'34.4 p94
　近頃読んだもの　12「探偵文学」2(4)'36.4 p13

伴　大作
　鑵詰殺人事件《小説》
　　　　　　　　　　　33「探偵実話」4(5)'53.4 p11
　犯罪御存じ帖　　33「探偵実話」4(9)'53.8 p62
　曲馬団殺人事件　33「探偵実話」4(9)'53.8 p120
　肉屋の娘《小説》　33「探偵実話」5(6)'54.5 p61

伴　太郎
　反歯《小説》　　04「探偵趣味」12 '26.10 p20
　長襦袢《小説》　04「探偵趣味」15 '27.1 p41
　探偵小説は何故行き詰まる？
　　　　　　　　　　　04「探偵趣味」18 '27.4 p28
　紛失した芥川氏の遺書
　　　　　　　　　　　05「探偵・映画」1(1)'27.10 p28
　十二月号を読み終つて
　　　　　　　　　　　11「ぷろふいる」4(1)'36.1 p178

伴　白胤　→伴代因
　断片録　　　　　12「探偵文学」1(4)'35.6 p27
　ねずみ《小説》　12「探偵文学」1(6)'35.9 p15
　日本探偵小説の分類　12「探偵文学」1(8)'35.11 p4
　日本探偵小説の分類に就て
　　　　　　　　　　　12「探偵文学」1(9)'35.12 p27
　いゝだろうなあ　12「探偵文学」1(10)'36.1 p30
　毒草園主秋野菊作君への私信
　　　　　　　　　　　12「探偵文学」1(10)'36.1 p34, 39
　木々高太郎氏を囲み三五年度探偵小説合評座談会
　　〈1〉《座談会》
　　　　　　　　　　　12「探偵文学」1(10)'36.1 p35
　誤解映画《小説》　12「探偵文学」2(2)'36.2 p2
　木々高太郎氏を囲み三五年度探偵小説合評座談会〈2
　　・完〉《座談会》
　　　　　　　　　　　12「探偵文学」2(2)'36.2 p13

ブンゼン・バーナー《小説》
　　　　　　　　　　　12「探偵文学」2(6)'36.6 p11
猪狩殺人事件〈7〉《小説》
　　　　　　　　　　　12「探偵文学」2(8)'36.8 p23
お問合せ《アンケート》
　　　　　　　　　　　12「シュピオ」3(5)'37.6 p52

伴　道平
　遺書《小説》　　16「ロック」3(6)'48.10 p36

ハンガフォード，エドワード
　謎の女《小説》　01「新趣味」17(12)'22.12 p96

バングズ，ジョン・K
　ハロウビー館のぬれごと《小説》
　　　　　　　　　　　17「宝石」10(11)'55.8 p102

ハンシュウ，トーマス・W（ハンシヨウ）
　恐怖の縄《小説》　01「新趣味」17(8)'22.8 p264
　鋼鉄の部屋の秘密《小説》
　　　　　　　　　　　27「別冊宝石」11(1)'58.1 p302
　獅子の顎《小説》　27「別冊宝石」11(7)'58.9 p132

番衆　幸雄
　公金横領の愛欲　33「探偵実話」10(7)'59.4 p254
　前科者の三重結婚　33「探偵実話」10(8)'59.5 p248
　死を招く邪恋　　33「探偵実話」10(14)'59.10 p176
　ピストルを持った色事師
　　　　　　　　　　　33「探偵実話」10(16)'59.11 p165
　おとなを"カツアゲ"する少女
　　　　　　　　　　　33「探偵実話」10(15)'59.11増 p202
　貞操を賭けた就職　33「探偵実話」11(3)'60.1 p86
　肉体を売り込む情婦
　　　　　　　　　　　33「探偵実話」11(4)'60.2 p78
　色事師と三人の女　33「探偵実話」11(6)'60.3 p170

ハンシユタイン，L
　原子魔獣《小説》　32「探偵倶楽部」6(4)'55.4 p27

パンシヨン
　死の窓《小説》　03「探偵文芸」1(4)'25.6 p35

バーンズ，M
　朝の映画館で《小説》
　　　　　　　　　　　32「探偵倶楽部」7(11)'56.10 p63

ハンター，パトリック
　闇にひそむ顔《小説》
　　　　　　　　　　　32「探偵倶楽部」6(1)'55.1 p222

半田　迦葉
　掏摸座談会！《座談会》　06「猟奇」4(4)'31.6 p62

半田　薫次郎
　空席《小説》　　17「宝石」15(3)'60.2増 p70

ハント，Q　→狩久
　記憶の中の女《小説》
　　　　　　　　　　　33「探偵実話」5(10)'54.9 p13

坂東　――
　佐世保の巻　　　32「探偵倶楽部」3(9)'52.10 p175

ハンドレイ，イワン
　ネクタイの謎　　33「探偵実話」6(2)'55.1 p262

ハンフリ
　彼女はなぜ素裸で寝る
　　　　　　　　　　　35「エロティック・ミステリー」2(4)'61.4 p18
　男性強姦時代来る
　　　　　　　　　　　35「エロティック・ミステリー」2(5)'61.5 p200
　世界は性にシビれている
　　　　　　　　　　　35「エロティック・ミステリー」2(10)'61.10 p58

【ひ】

殺し屋ドラッキイ
　　　35「エロティック・ミステリー」2(11)'61.11 p138
ハンフリース, レイ
　ガレーヂ自殺事件《小説》
　　　　　　　　07「探偵」1(5)'31.9 p182
　誕生日のお菓子《小説》
　　　　　　　　07「探偵」1(6)'31.10 p192
斑猫子
　探偵ごっこ第二法　03「探偵文芸」1(4)'25.6 p60
半村 良
　露路の奥《小説》　27「別冊宝石」17(3)'64.3 p156
万里野 平太
　イタ公《小説》　　09「探偵小説」2(3)'32.3 p118
　迷宮と迷路　　　　09「探偵小説」2(4)'32.4 p214
　女間諜秘聞　　　　09「探偵小説」2(5)'32.5 p240

【ひ】

美
　人工衛星は今日も飛ぶ
　　　　　　　33「探偵実話」8(16)'57.11 p165
東 聞也
　混血児は売られている
　　　　　　　32「探偵倶楽部」8(10)'57.10 p48
ビアス, アンブローズ
　月光の道《小説》　17「宝石」9(6)'54.5 p16
　心理的遭難《小説》17「宝石」9(6)'54.5 p24
　ある夏の夜《小説》17「宝石」9(6)'54.5 p28
　ジョン・モートンスンの葬式《小説》
　　　　　　　　　　17「宝石」9(6)'54.5 p30
　ステリー・フレミングの幻覚《小説》
　　　　　　　　　　17「宝石」9(13)'54.11 p94
　ハルピン・フレイザーの死《小説》
　　　　　　　　　　17「宝石」11(6)'56.4 p14
　自分を発見した男《小説》
　　　　　　　　　　17「宝石」11(6)'56.4 p28
　マクスンの作品《小説》17「宝石」11(6)'56.4 p34
　マカーガー峡谷の秘密《小説》
　　　　　　　　　　17「宝石」11(6)'56.4 p43
　考える機械《小説》
　　　　　　　27「別冊宝石」14(5)'61.10 p58
　幻覚と葬式《小説》
　　　35「エロティック・ミステリー」3(9)'62.9 p112
　見知らぬ男《小説》
　　　35「エロティック・ミステリー」3(11)'62.11 p28
柊 次郎
　天ぷら狸御殿と伯爵夫人
　　　　　　　33「探偵実話」8(13)'57.9 p140
柊 心平
　蛇を抱く女〈1〉《小説》
　　　　　　　　24「妖奇」6(2)'52.2 p122
　蛇を抱く女〈2〉《小説》
　　　　　　　　24「妖奇」6(3)'52.3 p102
　蛇を抱く女〈3・完〉《小説》
　　　　　　　　24「妖奇」6(4)'52.4 p114

ビエトル, J
　アワテモノ　　　11「ぷろふぃる」3(12)'35.12 p81
日夏 英太郎
　Fare-Well CHAPLIN《詩》
　　　　　　　　06「猟奇」4(4)'31.6 p50
檜垣 謙之介
　黒髪《小説》　　10「探偵クラブ」8'33.1 p21
日影 丈吉　→ジヤン カア
　かむなぎうた《小説》
　　　　　　　27「別冊宝石」2(3)'49.12 p308
　［略歴］　　　　　17「宝石」5(5)'50.5 p8
　木笛を吹く馬《小説》17「宝石」5(5)'50.5 p76
　鬱金色の女《小説》17「宝石」6(1)'51.1 p120
　金果記《小説》　　17「宝石」6(10)'51.10 p100
　アンケート《アンケート》
　　　　　　　　　　17「宝石」7(1)'52.1 p84
　大扇風器の蔭で《小説》17「宝石」7(5)'52.5 p92
　天仙宮の審判日《小説》
　　　　　　　　27「別冊宝石」5(6)'52.6 p10
　李将軍《小説》　　17「宝石」7(7)'52.7 p246
　知られざる読者　27「別冊宝石」5(7)'52.7 p156
　鳩時計が鳴く時《小説》
　　　　　　　　　　17「宝石」8(13)'53.11 p52
　冬の薔薇《小説》　17「宝石」9(3)'54.3 p164
　舶来幻術師《小説》
　　　　　　　　32「探偵倶楽部」5(3)'54.3 p186
　明治の青鞜《小説》
　　　　　　　　32「探偵倶楽部」5(7)'54.7 p108
　幽霊買い度し《小説》
　　　　　　　　32「探偵倶楽部」5(8)'54.8 p106
　月はバンジオオ《小説》
　　　　　　　　　　17「宝石」9(11)'54.9 p204
　異説・蝶々夫人《小説》
　　　　　　　　32「探偵倶楽部」5(10)'54.10 p208
　当世錬金術　　　32「探偵倶楽部」5(12)'54.12 p138
　新春双面神《小説》
　　　　　　　　32「探偵倶楽部」6(1)'55.1 p202
　赤い夜《小説》　　17「宝石」10(1)'55.1 p264
　右京の閑日月《小説》
　　　　　　　　32「探偵倶楽部」6(2)'55.2 p90
　開化隠形変《小説》
　　　　　　　　32「探偵倶楽部」6(3)'55.3 p72
　灰の水曜日《小説》17「宝石」10(4)'55.3 p138
　妻が絵馬　　　　　17「宝石」10(5)'55.3増 p176
　ハイカラ右京の洋食夜話
　　　　　　　　32「探偵倶楽部」6(4)'55.4 p171
　怪異八笑人《小説》
　　　　　　　　32「探偵倶楽部」6(5)'55.5 p200
　蝶のやどり《小説》17「宝石」10(8)'55.6 p126
　開化百物語《小説》
　　　　　　　　32「探偵倶楽部」6(8)'55.8 p152
　牡丹燈異変《小説》27「別冊宝石」8(6)'55.9 p212
　狐の鶏《小説》　　17「宝石」10(14)'55.10 p220
　怪談・ひとり者の卵
　　　　　　　　　　17「宝石」10(16)'55.11増 p106
　変身《小説》　　　17「宝石」10(17)'55.12 p124
　敗戦直後の新年　　17「宝石」11(1)'56.1 p83
　探偵小説ブームは果して来るか来ないか《座談会》
　　　　　　　　32「探偵倶楽部」7(1)'56.1 p180
　枯野《小説》　　　17「宝石」11(4)'56.3 p14

かむなぎうた《小説》
　　　　　　　33「探偵実話」7(5)'56.3増 p126
奇妙な隊商《小説》　　17「宝石」11(7)'56.5 p18
クラブ賞を頂いて　　　17「宝石」11(7)'56.5 p30
裸のマルゴ女王《小説》
　　　　　　　33「探偵実話」7(9)'56.5 p104
美人通り魔《小説》
　　　　　　　32「探偵倶楽部」7(6)'56.6 p266
赤い夜《小説》　　　27「別冊宝石」9(5)'56.6 p388
木笛を吹く馬《小説》
　　　　　　　32「探偵倶楽部」7(9)'56.8 p286
珈琲をのむ娼婦《小説》
　　　　　　　33「探偵実話」7(17)'56.11 p230
双児の復讐《小説》
　　　　　　　32「探偵倶楽部」7(13)'56.12 p182
東天紅《小説》　　　17「宝石」12(1)'57.1 p240
見なれぬ顔〈1〉《小説》
　　　　　　　32「探偵倶楽部」8(2)'57.3 p16
見なれぬ顔〈2〉《小説》
　　　　　　　32「探偵倶楽部」8(3)'57.4 p154
見なれぬ顔〈3〉《小説》
　　　　　　　32「探偵倶楽部」8(4)'57.5 p102
見なれぬ顔〈4〉《小説》
　　　　　　　32「探偵倶楽部」8(5)'57.6 p220
見なれぬ顔〈5〉《小説》
　　　　　　　32「探偵倶楽部」8(6)'57.7 p82
探偵小説とスリラー映画《座談会》
　　　　　　　17「宝石」12(9)'57.7 p188
私はこう思う《座談会》
　　　　　　　33「探偵実話」8(11)'57.7 p80
見なれぬ顔〈6〉《小説》
　　　　　　　32「探偵倶楽部」8(8)'57.8 p16
飾燈《小説》　　　　17「宝石」12(10)'57.8 p98
見なれぬ顔〈7・完〉《小説》
　　　　　　　32「探偵倶楽部」8(9)'57.9 p88
アンケート《アンケート》
　　　　　　　17「宝石」12(14)'57.11 p122
月はバンジヨオ《小説》
　　　　　　　33「探偵実話」8(15)'57.11 p307
木々高太郎氏を讃う
　　　　　　　32「探偵倶楽部」8(12)'57.11増 p15
木曜日の女《小説》
　　　　　　　32「探偵倶楽部」8(12)'57.11増 p226
旅愁《小説》　　　　17「宝石」13(1)'58.1 p224
陰の虫《小説》　　　17「宝石」13(2)'58.1増 p298
ホーゼ事件顛末《小説》
　　　　　　　32「探偵倶楽部」9(2)'58.2 p20
男のオシャレ　　　　17「宝石」13(4)'58.3 p167
田舎医師《小説》　　17「宝石」13(5)'58.4 p20
天仙宮の審判日《小説》
　　　　　　　32「探偵倶楽部」9(5)'58.4増 p48
背広服の型　　　　　17「宝石」13(6)'58.5 p275
ねじれた輪《小説》
　　　　　　　32「探偵倶楽部」9(8)'58.7 p124
鵠の来歴《小説》　　17「宝石」13(11)'58.8増 p276
月あかり《小説》　　17「宝石」13(12)'58.9 p70
木曜日の女《小説》
　　　　　　　27「別冊宝石」11(8)'58.10 p234
変身《小説》　　33「探偵実話」9(14)'58.10増 p214
食人鬼《小説》　　27「別冊宝石」11(10)'58.12 p88

ナチュラマ島奇談《小説》
　　　　　　　32「探偵倶楽部」10(1)'59.1 p64
吉備津の釜《小説》　17「宝石」14(1)'59.1 p128
殺人計画指令せよ！《小説》
　　　　　　　33「探偵実話」10(3)'59.1 p112
開化百物語〔原作〕《絵物語》
　　　　　　　32「探偵倶楽部」10(2)'59.2 p13
静止写真　　　　　　17「宝石」14(2)'59.2 p14
浮かぶグラマー《小説》
　　　　　　　27「別冊宝石」12(2)'59.2 p50
スリラーブームは来ている《座談会》
　　　　　　　33「探偵実話」10(5)'59.3 p144
月夜蟹　　　　　　　17「宝石」14(5)'59.5 p72
冬の薔薇《小説》
　　　　　　　33「探偵実話」10(10)'59.7増 p146
食べある記　　　　　17「宝石」14(9)'59.8 p149
ねずみ《小説》　　　17「宝石」14(10)'59.9 p192
からす《小説》　　　17「宝石」15(1)'60.1 p50
「からす」　　　　　17「宝石」15(5)'60.4 p23
時代《小説》　　　　17「宝石」15(5)'60.4 p38
「ねずみ」　　　　　17「宝石」15(6)'60.5 p23
萎れた花《小説》　　17「宝石」15(7)'60.5増 p211
「吉備津の釜」　　　17「宝石」15(8)'60.6 p23
非常階段〈1〉《小説》17「宝石」15(8)'60.6 p24
推理小説の新しい道《座談会》
　　　　　　　17「宝石」15(9)'60.7 p234
非常階段〈2〉《小説》17「宝石」15(9)'60.7 p262
非常階段〈3〉《小説》
　　　　　　　17「宝石」15(10)'60.8 p218
愚痴っぽい幽霊《小説》
　　　　　　　33「探偵実話」11(11)'60.8増 p362
非常階段〈4・完〉《小説》
　　　　　　　17「宝石」15(11)'60.9 p236
白い木柵《小説》　17「宝石」15(15)'60.12増 p130
猫の泉《小説》　　　17「宝石」16(1)'61.1 p136
闇に歌えば《小説》
　　　　　　　33「探偵実話」12(2)'61.2 p138
女優《小説》　　　　17「宝石」16(5)'61.4 p194
鬼《小説》　　　　27「別冊宝石」14(3)'61.5 p129
男の城《小説》　　　17「宝石」16(9)'61.8 p56
処女観賞会《小説》
　　　　　　　35「エロティック・ミステリー」2(8)'61.8 p194
屍体を呼びだせ《小説》
　　　　　　　35「エロティック・ミステリー」2(12)'61.12 p202
焚火《小説》　　　　17「宝石」17(1)'62.1 p90
天仙宮の審判日《小説》
　　　　　　　27「別冊宝石」15(1)'62.2 p110
自選のことば　　　27「別冊宝石」15(1)'62.2 p113
現代忍者考〈1〉《小説》
　　　　　　　35「エロティック・ミステリー」3(6)'62.6 p24
木曜日の女《小説》
　　　　　　　33「探偵実話」13(8)'62.6増 p194
現代忍者考〈2〉《小説》
　　　　　　　35「エロティック・ミステリー」3(7)'62.7 p34
現代忍者考〈3〉《小説》
　　　　　　　35「エロティック・ミステリー」3(8)'62.8 p48
現代忍者考〈4〉《小説》
　　　　　　　35「エロティック・ミステリー」3(9)'62.9 p58
現代忍者考〈5〉《小説》
　　　　　　　35「エロティック・ミステリー」3(10)'62.10 p50

現代忍者考〈6〉《小説》
　　　35「エロチック・ミステリー」3(11)'62.11 p128
ダアリン《小説》　17「宝石」17(15)'62.11増 p249
現代忍者考〈7〉《小説》
　　　35「エロチック・ミステリー」3(12)'62.12 p126
現代忍者考〈8〉《小説》
　　　35「エロチック・ミステリー」4(1)'63.1 p130
現代呪法《小説》　17「宝石」18(4)'63.3 p38
現代忍者考〈9・完〉《小説》
　　　35「エロチック・ミステリー」4(3)'63.3 p52
かむなぎうた《小説》　17「宝石」18(6)'63.4増 p62
現代語の疑古文　17「宝石」18(6)'63.4増 p67
饅頭軍談《小説》　17「宝石」18(13)'63.10増 p156
焚火《小説》　17「宝石」18(14)'63.10増 p293
消えた家《小説》
　　　27「別冊宝石」16(11)'63.12 p162
登竜門　17「宝石」19(1)'64.1 p17
三の酉《小説》　17「宝石」19(3)'64.2 p214
東 聞也
　71人の死刑囚　32「探偵倶楽部」8(3)'57.4 p248
　一一〇番を呼べ!!　32「探偵倶楽部」8(4)'57.5 p179
　あれはどうなつた?
　　　32「探偵倶楽部」8(5)'57.6 p179
　太陽に背を向ける少年たち
　　　32「探偵倶楽部」8(6)'57.7 p179
　暴力はごめんだ　32「探偵倶楽部」8(8)'57.8 p130
　海と山をけがすものは誰だ
　　　32「探偵倶楽部」8(9)'57.9 p179
　四千円で三人殺し
　　　32「探偵倶楽部」8(11)'57.11 p144
　結婚相談所という名の売春クラブ
　　　32「探偵倶楽部」8(13)'57.12 p259
東 恭一
　肉体の晩歌《小説》　24「妖奇」3(12)'49.11 p57
東 しげる
　留置場の壁〈猟奇歌〉　06「猟奇」5(2)'32.2 p26
　窓〈猟奇歌〉　06「猟奇」5(3)'32.3 p9
東 伏斎
　この魔術師のような老婆
　　　33「探偵実話」13(7)'62.6 p68
　運命をさぐる美人占師
　　　33「探偵実話」13(9)'62.7 p58
　長嶋選手に幸運を向けた男
　　　33「探偵実話」13(10)'62.8 p90
　神秘! 生霊死霊を自由に呼ぶ男
　　　33「探偵実話」13(11)'62.9 p90
　奇跡の『めぐり占い師』
　　　33「探偵実話」13(12)'62.10 p166
東 冬樹
　湖畔に笑う殺人鬼　33「探偵実話」9(13)'58.9 p56
　若妻殺人事件　33「探偵実話」10(16)'59.11 p124
　現場はこうだった　33「探偵実話」11(3)'60.1 p162
　肉体パトロール　33「探偵実話」12(3)'61.1 p117
　肉体パトロール　33「探偵実話」12(4)'61.3 p81
　殺人者は誰だ!　33「探偵実話」13(5)'62.4 p54
東 無宿
　臀部の探美学
　　　35「エロチック・ミステリー」4(11)'63.11 p49
　昔恋しい女相撲
　　　35「エロチック・ミステリー」5(1)'64.1 p130

東 百合子
　通天閣に哭く女　33「探偵実話」7(17)'56.11 p158
東 錬造
　女はこうして下着を脱ぐ
　　　33「探偵実話」9(6)'58.3 p62
東田 一朔
　恋の別所投手　25「X」3(6)'49.5 p17
備瓦斯
　探偵劇評　23「真珠」1'47.4 後1
ビガーズ, E・D
　恐怖の縄《小説》　01「新趣味」17(8)'22.8 p264
　世界観光団の殺人事件《小説》
　　　09「探偵小説」1(2)'31.10 p2
　鍵のない家《小説》　27「別冊宝石」8(2)'55.2 p5
光 西年
　三十二号室の女《小説》
　　　11「ぷろふいる」3(9)'35.9 p70
ピカール, アンリイ
　モルロア氏の秘密《小説》
　　　09「探偵小説」2(3)'32.3 p102
ひかる・さかえ
　邪魔者は殺せ　32「探偵倶楽部」5(3)'54.3 p172
氷川 浩
　密猟島のカチューシャ
　　　33「探偵実話」5(9)'54.8 p150
　人面獣　33「探偵実話」5(12)'54.10 p205
　酒精漬の美女　33「探偵実話」5(13)'54.11 p226
　黒い吸血鬼　33「探偵実話」6(1)'54.12 p224
　死体製造人　33「探偵実話」6(6)'55.5 p148
　好色伯爵殺し　33「探偵実話」6(7)'55.6 p124
　動く壁　33「探偵実話」6(11)'55.10 p75
　伏せられた犯人　33「探偵実話」8(14)'57.10 p134
　セイラー服のイヴ　33「探偵実話」9(2)'58.1増 p158
　山上の女中殺し　33「探偵実話」9(7)'58.4 p140
　人肉ハム製造者　33「探偵実話」9(9)'58.5 p135
　ニセ札製造人の秘密
　　　33「探偵実話」9(11)'58.7 p220
　孤閨の人妻殺し　33「探偵実話」10(2)'59.1 p192
　生首を背負った女
　　　33「探偵実話」10(2)'59.1増 p134
　妻を殺した聖者　33「探偵実話」10(11)'59.7 p104
　少年と社長夫人の愛慾
　　　33「探偵実話」11(13)'60.9 p116
　年上の女体は渇いていた
　　　33「探偵実話」11(14)'60.10 p58
　盗まれた姿体　33「探偵実話」12(3)'61.1 p258
　ヌード鑑賞強盗
　　　33「探偵実話」12(14)'61.10増 p120
　教室で行われた複数情事
　　　33「探偵実話」13(4)'62.3 p138
氷川 瓏
　乳母車《小説》　17「宝石」1(2)'46.5 p18
　欧米傑作長篇探偵小説の解説と鑑賞〈1〉
　　　18「トップ」2(5)'47.9 p20
　春妖記《小説》　17「宝石」2(9)'47.10 p38
　欧米傑作長篇探偵小説の解説と鑑賞〈2〉
　　　18「トップ」2(6)'47.11 p26
　白い蝶《小説》　21「黒猫」1(5)'47.12 p52

ひくす

欧米傑作長篇探偵小説の解説と鑑賞〈3〉
　　　　　　　　　18「トップ」3(1)'48.1 p38
欧米傑作長篇探偵小説の解説と鑑賞〈4〉
　　　　　　　　　18「トップ」3(2)'48.2 p34
欧米傑作長篇探偵小説の解説と鑑賞〈5・完〉
　　　　　　　　　18「トップ」3(3)'48.4 p42
白い外套の女《小説》　18「トップ」3(9)'48.12 p4
悪魔の顫音《小説》　17「宝石」4(7)'49.7 p62
天使の犯罪《小説》　17「宝石」― '49.9増 p98
殺人動機の探究へ　17「宝石」5(1)'50.1 p385
風原博士の奇怪な実験《小説》
　　　　　　　　　17「宝石」5(7)'50.7 p10
浴室《小説》　　　17「宝石」5(12)'50.12 p154
窓《小説》　　　　17「宝石」6(9)'51.9 p66
サーカスの殺人《脚本》
　　　　　　　　　17「宝石」6(12)'51.11 p111
アンケート《アンケート》
　　　　　　　　　17「宝石」7(1)'52.1 p89
探偵小説に対するアンケート《アンケート》
　　　　　　　　　32「探偵倶楽部」4(1)'53.2 p150
睡蓮夫人《小説》　17「宝石」8(7)'53.7 p190
鑑賞　　　　　　　17「宝石」9(1)'54.1 別付6
敵討《小説》　　　32「探偵倶楽部」5(1)'54.1 p142
睡蓮夫人《小説》　33「探偵実話」5(5)'54.4増 p206
九年目の春　　　　17「宝石」9(6)'54.5 p96
探偵小説即時人生　27「別冊宝石」7(9)'54.11 p224
「宝石」創刊当時の思い出
　　　　　　　　　17「宝石」10(7)'55.5 p247
ある新年の思い出　17「宝石」11(1)'56.1 p80
睡蓮夫人《小説》　27「別冊宝石」9(1)'56.1 p185
幻想小説の道《小説》
　　　　　　　　　27「別冊宝石」9(1)'56.1 p186
第一回宝石中篇賞候補作を銓衡して《座談会》
　　　　　　　　　17「宝石」17(8)'62.6増 p190
《宝石短篇賞》候補作を選考して《座談会》
　　　　　　　　　17「宝石」18(2)'63.1増 p196
宝石中篇賞応募作を銓衡して
　　　　　　　　　17「宝石」18(10)'63.7増 p235
予選を終えて　　　17「宝石」19(2)'64.1増 p243
ビグズ, グロリア・ノイシュタート
猫《小説》　　　　17「宝石」13(3)'58.2 p116
樋口 清之
翡翠の発見　　　　17「宝石」6(12)'51.11 p148
樋口 晋輔
疑惑《小説》　　　17「宝石」7(2)'52.2 p190
脅迫状?!《小説》　17「宝石」7(6)'52.6 p222
樋口 十一
二廃人《脚本》　　17「宝石」1(5)'46.8 p4
日暮 倒行
畜生道《小説》　　24「妖奇」6(5)'52.5 p116
日暮 風太郎
不倫の杖《小説》　33「探偵実話」11(6)'60.3 p146
殺意のある口笛《小説》
　　　　　　　　　33「探偵実話」11(9)'60.6 p38
女妖の小屋《小説》
　　　　　　　　　33「探偵実話」11(12)'60.8 p88
みどりいろのかお《小説》
　　　　　　　　　33「探偵実話」12(4)'61.3 p92

執筆者名索引

日暮 良
英米仏新刊紹介 フランス
　　　　　　　　　17「宝石」16(5)'61.4 p44
英米仏新刊紹介 フランス
　　　　　　　　　17「宝石」16(6)'61.5 p58
英米仏新刊紹介 フランス
　　　　　　　　　17「宝石」16(7)'61.6 p36
英米仏新刊紹介 フランス
　　　　　　　　　17「宝石」16(8)'61.7 p46
英米仏新刊紹介 フランス
　　　　　　　　　17「宝石」16(9)'61.8 p50
英米仏新刊紹介 フランス
　　　　　　　　　17「宝石」16(10)'61.9 p52
英米仏新刊紹介 フランス
　　　　　　　　　17「宝石」16(11)'61.10 p74
英米仏新刊紹介 フランス
　　　　　　　　　17「宝石」16(12)'61.11 p46
彦坂 元二 →春日彦二
謎の銀針　　　　　32「探偵倶楽部」5(1)'54.1 p68
赤・黄・青　　　　17「宝石」9(5)'54.4 p120
ドン・ファンの約束《小説》
　　　　　　　　　17「宝石」10(1)'55.1 p300
比佐 芳武
選者の言葉　　　　24「妖奇」4(3)'50.3 p2
アンケート《アンケート》
　　　　　　　　　17「宝石」8(6)'53.6 p191
久生 幸子
あの日　　　　　　27「別冊宝石」11(6)'58.7 p204
久生十蘭略歴　　　27「別冊宝石」11(6)'58.7 p289
久生 十蘭
お問合せ《アンケート》　12「シュピオ」3(5)'37.6 p53
ハガキ回答《アンケート》
　　　　　　　　　12「シュピオ」4(1)'38.1 p24
冷水　　　　　　　12「シュピオ」4(1)'38.1 p26
キヤラコさん《脚本》　17「宝石」1(5)'46.8 p52
水草《小説》　　　17「宝石」2(1)'47.1 p88
巫術《小説》　　　24「妖奇」3(8)'49.7 p81
海豹島《小説》　　24「妖奇」4(3)'50.3 p72
墓地展望亭〈1〉《小説》　24「妖奇」4(7)'50.7 p85
墓地展望亭〈2〉《小説》　24「妖奇」4(8)'50.8 p51
墓地展望亭〈3〉《小説》　24「妖奇」4(9)'50.9 p30
墓地展望亭〈4・完〉《小説》
　　　　　　　　　24「妖奇」4(10)'50.10 p65
地底の獣国《小説》　33「探偵実話」3(3)'52.3 p228
黒い手帳《小説》　33「探偵実話」3(4)'52.3増 p180
海豹島《小説》　　33「探偵実話」3(11)'52.9増 p104
海豹島《小説》　　17「宝石」9(3)'54.3 p60
ハムレット《小説》
　　　　　　　　　33「探偵実話」5(5)'54.4増 p248
捨公方《小説》　　33「探偵実話」5(11)'54.9増 p152
黒い手帳《小説》　27「別冊宝石」9(5)'56.6 p248
墓地展望亭《小説》
　　　　　　　　　33「探偵実話」7(11)'56.7増 p300
予言《小説》　　　27「別冊宝石」9(8)'56.11 p144
みんな愛したら《小説》
　　　　　　　　　33「探偵実話」8(1)'56.12 p246
雪の山小屋《小説》　17「宝石」12(16)'57.12 p184
金狼《小説》　　　27「別冊宝石」11(6)'58.7 p11
ハムレット《小説》　27「別冊宝石」11(6)'58.7 p118
母子像《小説》　　27「別冊宝石」11(6)'58.7 p149

776

ひすと

鈴木主水《小説》　　27「別冊宝石」11(6)'58.7 p180
墓地展望亭《小説》
　　　　　　　　　27「別冊宝石」11(6)'58.7 p208
湖畔《小説》　　　27「別冊宝石」11(6)'58.7 p268
黒い手帳《小説》　17「宝石」18(8)'63.6 p254
緋紗子
　春と浪漫《小説》　　06「猟奇」2(3)'29.3 p30
　或る手紙《小説》　　06「猟奇」2(4)'29.4 p18
久 比佐夫
　おいで、おいで
　　　　　35「エロチック・ミステリー」4(3)'63.3 p51
久椿 隆
　女性ふあん物語　　　06「猟奇」5(3)'32.3 p16
　春の選抜20校を如何に選ぶべきか？
　　　　　　　　　　　06「猟奇」5(4)'32.4 p16
　選抜野球に文句がござる！
　　　　　　　　　　　06「猟奇」5(5)'32.5 p18
久野 武司
　換気筒通信　　　　14「月刊探偵」1(1)'35.12 p22
　出版社の椅子　　　14「月刊探偵」2(1)'36.1 p32
　夢談　　　　　　14「月刊探偵」2(2)'36.2 p46
　新叢書について　　14「月刊探偵」2(3)'36.4 p37
　新人の出ない理由　14「月刊探偵」2(4)'36.5 p64
久野 尚美
　霊魂は死後も生きている？
　　　　　　　　　33「探偵実話」8(13)'57.9 p168
久原 義成
　浴槽の死美人事件　33「探偵実話」2(7)'51.6 p159
久松 静児
　探偵映画よもやま話《座談会》
　　　　　　　　　　　17「宝石」4(4)'49.2 p42
久山 秀子
　浜のお政《小説》　04「探偵趣味」6 '26.3 p43
　隼お手伝ひ《小説》　04「探偵趣味」10 '26.7 p15
　隼登場《脚本》　　04「探偵趣味」14 '26.12 p10
　クローズ・アップ《アンケート》
　　　　　　　　　　04「探偵趣味」14 '26.12 p36
　クローズ・アップ《アンケート》
　　　　　　　　　　04「探偵趣味」15 '27.1 p56
　四遊亭幽朝《小説》　04「探偵趣味」15 '27.1 p66
　隼の公開状　　　　　04「探偵趣味」16 '27.2 p54
　クローズ・アップ《アンケート》
　　　　　　　　　　04「探偵趣味」19 '27.5 p36
　刑事ふんづかまる《小説》
　　　　　　　　　　04「探偵趣味」21 '27.7 p6
　愚談　　　　05「探偵・映画」1(1)'27.10 p43
　本年度印象に残れる作品、来年度ある作家への希望
　　《アンケート》
　　　　　　　　　　04「探偵趣味」26 '27.12 p59
　霜月座談会《座談会》
　　　　　　　　　　04「探偵趣味」4(1)'28.1 p62
　隼のお正月《小説》　04「探偵趣味」4(2)'28.2 p25
　考へるだけでも凄いわ　07「探偵」1(5)'31.9 p86
　ハガキ回答《アンケート》
　　　　　　　11「ぷろふいる」3(12)'35.12 p46
　あの頃のなかま　　12「探偵文学」2(10)'36.10 p16
　ハガキ回答《アンケート》
　　　　　　　　　　12「シュピオ」4(1)'38.1 p29

ゆきうさぎ《小説》
　　　　　　　　　32「探偵倶楽部」6(2)'55.2 p218
恩讐畜生道《小説》
　　　　　　　　　32「探偵倶楽部」6(6)'55.6 p68
由兵衛黒星《小説》
　　　　　　　　　32「探偵倶楽部」6(9)'55.9 p274
恐妻家御中《小説》
　　　　　　　　　32「探偵倶楽部」6(10)'55.10 p94
心中片割月《小説》
　　　　　　　　　32「探偵倶楽部」7(3)'56.3 p136
新版鸚鵡石《小説》
　　　　　　　　　32「探偵倶楽部」8(3)'57.4 p224
相馬の檜山《小説》
　　　　　　　　　32「探偵倶楽部」9(8)'58.7 p210
菱形 伝次　→川辺豊三
　五人のマリア《小説》
　　　　　　　　　27「別冊宝石」11(2)'58.2 p22
　仕掛花火《小説》　17「宝石」13(10)'58.8 p153
菱田 正男
　京都に於ける迷宮事件　06「猟奇」1(1)'28.5 p12
　探偵趣味と実際問題　06「猟奇」1(2)'28.6 p6
　私の好きな一偶《アンケート》
　　　　　　　　　　　06「猟奇」1(2)'28.6 p28
　時事偶感　　　　　　06「猟奇」1(3)'28.8 p6
　合評・一九二八年《座談会》
　　　　　　　　　　　06「猟奇」1(7)'28.12 p14
　京都駅を中心とした犯罪研究座談会《座談会》
　　　　　　　　　　11「ぷろふいる」1(3)'33.7 p36
菱沼 八郎
　兇賊か密偵か
　　　　　35「エロチック・ミステリー」4(12)'63.12 p113
ビスケラス，ユーニン・W
　恋の炎は緑に燃える　09「探偵小説」2(4)'32.4 p113
ビーストン，L・J
　興奮の酒《小説》　01「新趣味」18(3)'23.3 p222
　強い酒《小説》　　03「探偵文芸」2(6)'26.6 p60
　嘘偽《小説》　　　03「探偵文芸」2(7)'26.7 p55
　留針《小説》　　　04「探偵趣味」15 '27.1 p2
　ザーメ伯爵の恋《小説》
　　　　　　　　　　09「探偵小説」1(1)'31.9 p90
　生の緊張《小説》
　　　　　　　　08「探偵趣味」（平凡社版）5 '31.9 p12
　闇の中の女《小説》
　　　　　　　　08「探偵趣味」（平凡社版）5 '31.9 p16
　赤い踊り子《小説》　09「探偵小説」1(4)'31.12 p32
　廃屋に棲む鬼《小説》
　　　　　　　　　　09「探偵小説」2(3)'32.3 p60
　ビラスキイ公爵の懺悔《小説》
　　　　　　　　　　11「ぷろふいる」1(1)'33.5 p18
　不知火《小説》　　11「ぷろふいる」5(4)'37.4 p50
　十万ポンド《小説》　17「宝石」7(11)'52.11 p112
　四人の滞在客《小説》
　　　　　　　　　　33「探偵実話」3(14)'52.12 p49
　決闘《小説》　　　27「別冊宝石」6(7)'53.9
　緑色の部屋《小説》　27「別冊宝石」6(7)'53.9 p7
　鬱陶しいプロログ《小説》
　　　　　　　　　　27「別冊宝石」6(7)'53.9 p18
　夜の雨《小説》　　27「別冊宝石」6(7)'53.9 p28

777

悪漢ヴォルシャム《小説》
　　　　　　　　27「別冊宝石」6(7)'53.9 p39
過去の影《小説》　27「別冊宝石」6(7)'53.9 p50
東方の宝《小説》　27「別冊宝石」6(7)'53.9 p59
軋る階段《小説》　27「別冊宝石」6(7)'53.9 p67
五千ポンドの告白《小説》
　　　　　　　　27「別冊宝石」6(7)'53.9 p74
地球はガラス《小説》
　　　　　　　　27「別冊宝石」6(7)'53.9 p82
約束の刻限《小説》27「別冊宝石」6(7)'53.9 p89
犯罪の氷の道《小説》
　　　　　　　　27「別冊宝石」6(7)'53.9 p105
敵《小説》　　　　27「別冊宝石」6(7)'53.9 p115
人間豹《小説》　　27「別冊宝石」6(7)'53.9 p126
パイプ《小説》　　27「別冊宝石」6(7)'53.9 p136
頓馬な悪漢《小説》27「別冊宝石」6(7)'53.9 p147
四人の滞在客《小説》　17「宝石」12(9)'57.7 p100
第四の男《小説》　32「探偵倶楽部」9(10)'58.8 p134
洞窟の蜘蛛《小説》
　　　　　　　　27「別冊宝石」11(9)'58.11 p82
脅迫者　　　　　17「宝石」14(12)'59.10増 p168
ケントの告白《小説》17「宝石」15(6)'60.5 p290
絶壁《小説》　　　17「宝石」15(6)'60.5 p300
決闘《小説》　　　27「別冊宝石」14(4)'61.7 p229

火田 濃
　古い手紙《小説》20「探偵よみもの」32'47.7 p14

日高 昇一郎
　コールガールサンドラの場合
　　　　　　　　33「探偵実話」10(12)'59.8 p80

日高 大作
　犯罪季節異状あり《座談会》
　　　　　　　　33「探偵実話」10(12)'59.8 p202

日高 富明
　諜報専門家の機密日誌《座談会》
　　　　　　　　33「探偵実話」3(10)'52.9 p140

日高 昇
　奪われた日本娘の貞操
　　　　　　　　33「探偵実話」10(9)'59.6 p140

日高 基裕
　豪快な曳釣り　　32「探偵クラブ」2(6)'51.8 p38
　落鮎　　　　　　32「探偵クラブ」2(9)'51.10 p61
　はぜ釣り　　　　32「探偵クラブ」2(10)'51.11 p69
　鯛と鯛釣り　　　32「探偵クラブ」3(1)'52.1 p106
　寒バヤと寒ヤマベ32「探偵クラブ」3(3)'52.3 p116
　春の磯釣り　　　32「探偵クラブ」3(4)'52.4 p51
　乗つ込み鮒　　　32「探偵倶楽部」3(5)'52.5 p179
　白鱚　　　　　　32「探偵倶楽部」3(7)'52.8 p171
　黒鯛釣り　　　　32「探偵倶楽部」3(8)'52.9 p54
　ソーダ釣り　　　32「探偵倶楽部」3(9)'52.10 p258
　秋のイナ釣り　　32「探偵倶楽部」3(10)'52.11 p80
　落鮒　　　　　32「探偵倶楽部」3(12)'52.12 p198
　寒鮒　　　　　　32「探偵倶楽部」4(1)'53.2 p252
　寒バヤ　　　　　32「探偵倶楽部」4(2)'53.3 p128
　花鯛　　　　　　32「探偵倶楽部」4(5)'53.5 p312
　落鮎　　　　　　32「探偵倶楽部」4(9)'53.9 p198
　秋のヤマベ　　　32「探偵倶楽部」4(10)'53.10 p42
　落鮒　　　　　　32「探偵倶楽部」4(11)'53.11 p158
　ケタの子持鱚　　32「探偵倶楽部」4(12)'53.12 p266
　寒バヤ釣り　　　32「探偵倶楽部」5(1)'54.1 p250
　公魚礼賛　　　　32「探偵倶楽部」5(2)'54.2 p38

　鮒婆　　　　　　32「探偵倶楽部」5(3)'54.3 p262
　山女魚の怪　　　32「探偵倶楽部」5(4)'54.4 p76
　怪鯉談　　　　　32「探偵倶楽部」5(5)'54.5 p294
　鮎珍談　　　　　32「探偵倶楽部」5(6)'54.6 p232
　納涼釣談義　　　32「探偵倶楽部」5(7)'54.7 p42
　深山独釣譜　　　32「探偵倶楽部」5(8)'54.8 p170
　秋釣礼讃　　　　32「探偵倶楽部」5(10)'54.10 p194
　落魚愁嘆　　　　32「探偵倶楽部」5(11)'54.11 p230
　歳晩釣避行　　　32「探偵倶楽部」5(12)'54.12 p26
　初釣　　　　　　32「探偵倶楽部」6(1)'55.1 p164
　春待釣　　　　　32「探偵倶楽部」6(3)'55.3 p164
　春釣礼賛　　　　32「探偵倶楽部」6(4)'55.4 p156
　釣らぬ客《小説》32「探偵倶楽部」6(6)'55.6 p118
　世界珍味往来　　32「探偵倶楽部」6(7)'55.7 p67

ピータース, J・C
　歯痛《小説》　　24「トリック」7(2)'53.2 p205

ピーターセン, ヘルマン(ピーターセン, ハーマン)
　三十分の捜査《小説》
　　　　　　　　01「新趣味」18(10)'23.10 p272
　「三十分」《小説》03「探偵文芸」1(8)'25.10 p31

ピタロ, エバ
　手術の傑作《小説》
　　　　　　　　01「新趣味」17(10)'22.10 p252
　奇怪なる通夜《小説》
　　　　　　　　02「秘密探偵雑誌」1(2)'23.6 p43

ヒッチコック
　ヒッチコック頁への序文
　　　　　　　　17「宝石」13(10)'58.8 p19
　［まえがき］　　17「宝石」13(13)'58.10 p284
　［まえがき］　　17「宝石」13(13)'58.10 p298
　［まえがき］　　17「宝石」13(13)'58.10 p302
　［まえがき］　　17「宝石」13(13)'58.10 p318
　［まえがき］　　17「宝石」13(13)'58.10 p324
　［まえがき］　　17「宝石」13(14)'58.11 p290
　［まえがき］　　17「宝石」13(14)'58.11 p302
　［まえがき］　　17「宝石」13(14)'58.11 p310
　［まえがき］　　17「宝石」13(14)'58.11 p324
　［まえがき］　　17「宝石」13(15)'58.12 p280
　［まえがき］　　17「宝石」13(15)'58.12 p292
　［まえがき］　　17「宝石」13(15)'58.12 p298
　［まえがき］　　17「宝石」13(15)'58.12 p312
　［まえがき］　　17「宝石」14(1)'59.1 p336
　［まえがき］　　17「宝石」14(1)'59.1 p346
　［まえがき］　　17「宝石」14(1)'59.1 p354
　［まえがき］　　17「宝石」14(1)'59.1 p364
　［まえがき］　　17「宝石」14(2)'59.2 p298
　［まえがき］　　17「宝石」14(2)'59.2 p316
　［まえがき］　　17「宝石」14(2)'59.2 p324
　［まえがき］　　17「宝石」14(3)'59.3 p290
　［まえがき］　　17「宝石」14(3)'59.3 p308
　［まえがき］　　17「宝石」14(3)'59.3 p316
　［まえがき］　　17「宝石」14(3)'59.3 p324
　［まえがき］　　17「宝石」14(4)'59.4 p302
　［まえがき］　　17「宝石」14(4)'59.4 p314
　［まえがき］　　17「宝石」14(4)'59.4 p324
　［まえがき］　　17「宝石」14(5)'59.5 p296
　［まえがき］　　17「宝石」14(5)'59.5 p306
　［まえがき］　　17「宝石」14(5)'59.5 p310
　［まえがき］　　17「宝石」14(5)'59.5 p318
　［まえがき］　　17「宝石」14(5)'59.5 p324

ひゆし

[まえがき] 17「宝石」14(6)'59.6 p296
[まえがき] 17「宝石」14(6)'59.6 p302
[まえがき] 17「宝石」14(6)'59.6 p312
[まえがき] 17「宝石」14(6)'59.6 p318
[まえがき] 17「宝石」14(6)'59.6 p328
[まえがき] 27「別冊宝石」16(10)'63.11増 p12
[まえがき] 27「別冊宝石」16(10)'63.11増 p34
[まえがき] 27「別冊宝石」16(10)'63.11増 p60
[まえがき] 27「別冊宝石」16(10)'63.11増 p78
[まえがき] 27「別冊宝石」16(10)'63.11増 p84
[まえがき] 27「別冊宝石」16(10)'63.11増 p104
[まえがき] 27「別冊宝石」16(10)'63.11増 p108
[まえがき] 27「別冊宝石」16(10)'63.11増 p132
[まえがき] 27「別冊宝石」16(10)'63.11増 p148
[まえがき] 27「別冊宝石」16(10)'63.11増 p156
[まえがき] 27「別冊宝石」16(10)'63.11増 p172
[まえがき] 27「別冊宝石」17(5)'64.4増 p46
[まえがき] 27「別冊宝石」17(5)'64.4増 p71
[まえがき] 27「別冊宝石」17(5)'64.4増 p83
[まえがき] 27「別冊宝石」17(5)'64.4増 p109
[まえがき] 27「別冊宝石」17(5)'64.4増 p115
[まえがき] 27「別冊宝石」17(5)'64.4増 p122
[まえがき] 27「別冊宝石」17(5)'64.4増 p146
[まえがき] 27「別冊宝石」17(5)'64.4増 p211

ピツト, ジェームス
　恐ろしい誤算　32「探偵倶楽部」8(11)'57.11 p246
日出谷 定
　愛慾火の稼ぎ　09「探偵小説」2(4)'32.4 p168
秀柳
　昔の芸妓・今のゲイシャ《座談会》
　　　35「ミステリー」5(2)'64.2 p140
人見 絹枝
　タダ一つ神もし許し賜はゞ‥‥《アンケート》
　　　06「猟奇」4(3)'31.5 p68
人見 秀夫
　第二の銃声　14「月刊探偵」2(3)'36.4 p29
日夏 耿之介
　エイ・イイの詩《詩》
　　　01「新趣味」17(3)'22.3 p130
　『天人論』の著者　04「探偵趣味」13'26.11 p42
　アンケート《アンケート》
　　　17「宝石」12(10)'57.8 p233
日夏 由起夫
　女の三面鏡《小説》
　　　27「別冊宝石」11(10)'58.12 p184
　復讐　27「別冊宝石」12(2)'59.2 p150
　おんなごころ《小説》
　　　27「別冊宝石」12(4)'59.4 p167
　ある日あるとき　27「別冊宝石」12(8)'59.8 p281
比根苦 麗太
　妖術のすすめ　33「探偵実話」13(7)'62.6 p208
火野 葦平
　西瓜畑の物語作者《小説》
　　　17「宝石」3(9)'48.12 p22
　象の卵《小説》33「探偵実話」4(2)'53.1増 p68
　深夜の虹《小説》33「探偵実話」5(13)'54.11 p252
　深夜の虹《小説》27「別冊宝石」9(6)'56.11 p110
　アンケート《アンケート》
　　　17「宝石」12(10)'57.8 p206

　詫び証文《小説》　17「宝石」13(1)'58.1 p124
　アラン・ポーの小屋　17「宝石」14(1)'59.1 p192
　西瓜畑の物語作者《小説》
　　　33「探偵実話」10(10)'59.7増 p194
日野 岩太郎
　おしのちゃん《小説》　25「X」3(12)'49.11 p44
日野 啓三
　神様・丸山一郎　17「宝石」16(11)'61.10 p277
檜 直美
　ドサ廻りの肉体娘《対談》
　　　33「探偵実話」9(16)'58.11 p103
檜原 黒嶺
　相木川殺人事件筆記《小説》
　　　12「探偵文学」2(9)'36.9 p42
　激潭《小説》　12「探偵文学」2(11)'36.11 p52
檜原 彰
　硫酸を浴びた情婦
　　　33「探偵実話」10(14)'59.10 p94
　年上の女　33「探偵実話」10(16)'59.11 p74
　忘れ得ぬ年上の女　33「探偵実話」11(1)'59.12 p64
　良人の知らない奥様掏摸
　　　33「探偵実話」11(3)'60.1 p228
　殺しはそこで行われた！
　　　33「探偵実話」11(6)'60.3 p112
　火をふくピストル物語
　　　33「探偵実話」12(10)'61.7増 p64
ピノン, セエ
　夢遊病院綺譚《小説》　06「猟奇」2(1)'29.1 p46
日比野 球児
　プロ野球の監督を採点する
　　　33「探偵実話」12(12)'61.9 p105
　捨てる神あり拾う神あり
　　　33「探偵実話」12(12)'61.10 p213
ビーム, ビル
　真珠の首飾《小説》　24「トリック」7(2)'53.2 p200
姫野 譲二
　復響の拳銃鬼　33「探偵実話」6(7)'55.6 p220
ピーヤスン, ウオルタア
　セーンの失念《小説》
　　　01「新趣味」18(10)'23.10 p58
檜山 茂雄
　十一人めの殺し　27「別冊宝石」11(10)'58.12 p248
冷や水生
　長生きしたくないですか？
　　　33「探偵実話」5(3)'54.3 p167
日向 春吉
　脅迫状《小説》　12「探偵文学」1(3)'35.5 p27
ヒューゲッセン, ピーター
　血みどろ淫魔の告白
　　　32「探偵倶楽部」9(4)'58.4 p80
ピュジオル, ルネ（ピュジョール, ルネ）
　トリック《小説》　09「探偵小説」2(7)'32.7 p235
　地獄の大使〈1〉《小説》
　　　32「探偵倶楽部」5(8)'54.8 p59
　地獄の大使〈2・完〉《小説》
　　　32「探偵倶楽部」5(9)'54.9 p139

ヒューズ, ドロシー
　墜ちた雀《小説》　　　27「別冊宝石」10(5)'57.5 p5
　情熱の殺人《小説》
　　　　　　　　　　27「別冊宝石」10(5)'57.5 p171
　影なき恐怖《小説》
　　　　　　　　　　27「別冊宝石」10(5)'57.5 p182
ヒューズ, リチャード
　楽しみの為の殺人　　　21「黒猫」1(2)'47.6 p26
　近代探偵小説論〈1〉　　21「黒猫」1(3)'47.9 p43
　近代探偵小説論〈2・完〉
　　　　　　　　　　　21「黒猫」1(4)'47.10 p51
　死人には口がある《小説》　21「黒猫」2(6)'48.2 p2
　些細な事ほど大事である　21「黒猫」2(7)'48.5 p18
　完全な冤罪　　　　　　21「黒猫」2(8)'48.6 p28
平井 和正
　マリア《小説》　　　　27「別冊宝石」16(8)'63.9 p148
　闇からの声《小説》
　　　　　　　　　　27「別冊宝石」17(3)'64.3 p112
平井 昌三
　お金捜し《小説》　　　17「宝石」10(2)'55.1増 p218
　盗まれたパンティ《小説》
　　　　　　　　　　17「宝石」11(10)'56.7増 p262
平井 呈一
　もう一人のシャーロック・ホームズ
　　　　　　　　　　17「宝石」17(5)'62.4 p263
平井 義雄
　探小読者の走り書き　17「宝石」11(15)'56.11 p262
平井 隆（平井 隆子）
　二様の性格　　　　　10「探偵クラブ」6 '32.11 p26
　夫を語る　　　　　　27「別冊宝石」7(9)'54.11 p116
平出 禾
　「災厄の町」翻訳雑感　17「宝石」5(6)'50.6 p318
　アンケート《アンケート》
　　　　　　　　　　17「宝石」6(11)'51.10増 p172
　アンケート《アンケート》
　　　　　　　　　　17「宝石」8(6)'53.6 p190
平川 弥吉
　二つの美人殺人事件　　24「妖奇」5(7)'51.7 p50
平島 侃一
　探偵作家と警察署長の座談会《座談会》
　　　　　　　　　32「探偵倶楽部」4(5)'53.5 p98
　探偵小説と実際の犯罪《座談会》
　　　　　　　　　32「探偵倶楽部」4(6)'53.6 p194
　法医学の歴史　　　　17「宝石」12(1)'57.1 p258
　証拠物件の観察〈1〉　17「宝石」12(3)'57.2 p150
　証拠物件の観察〈2・完〉
　　　　　　　　　　17「宝石」12(4)'57.3 p142
　キズのあれこれ〈1〉　17「宝石」12(5)'57.4 p192
　キズのあれこれ〈2・完〉
　　　　　　　　　　17「宝石」12(7)'57.5 p84
　窒息さまざま〈1〉　　17「宝石」12(8)'57.6 p204
　窒息さまざま〈2・完〉
　　　　　　　　　　17「宝石」12(9)'57.7 p178
　法医学夜話
　　　35「エロティック・ミステリー」2(11)'61.11 p56
平田 次三郎
　外野席にて　　　　　17「宝石」14(9)'59.8 p144

平田 草二
　れふきうた《猟奇歌》　　06「猟奇」4(7)'31.12 p26
平田 ひさし
　窮鼠却つて……　　　　06「猟奇」2(6)'29.6 p40
平谷 皓一郎
　真夏の漁色者たち　　33「探偵実話」8(11)'57.7 p172
平塚 白銀　→青地流介
　セントルイス・ブルース《小説》
　　　　　　　　　　11「ぷろふいる」3(8)'35.8 p6
　偶像の女《小説》　　12「探偵文学」1(8)'35.11 p22
　三面記事《小説》　　11「ぷろふいる」3(11)'35.11 p69
　［同人随筆］　　　　12「探偵文学」1(10)'36.1 p31
　木々高太郎氏を囲み三五年度探偵小説合評座談会
　　〈1〉《座談会》
　　　　　　　　　　12「探偵文学」1(10)'36.1 p35
　探偵小説の存在価値
　　　　　　　　　　11「ぷろふいる」4(1)'36.1 p115
　木々高太郎氏を囲み三五年度探偵小説合評座談会〈2
　　・完〉《座談会》
　　　　　　　　　　12「探偵文学」2(2)'36.2 p13
　『雪空』を読んで　　12「探偵文学」2(2)'36.2 p29
　クリスマス・イヴ《小説》
　　　　　　　　　　12「探偵文学」2(3)'36.3 p2
　近頃憂鬱　　　　　　12「探偵文学」2(3)'36.3 p27
　南風《小説》　　　　11「ぷろふいる」4(5)'36.5 p38
　ガス　　　　　　　　12「探偵文学」2(6)'36.6 p13
　猪狩殺人事件〈5〉《小説》
　　　　　　　　　　12「探偵文学」2(8)'36.8 p17
　B君エピソード《小説》
　　　　　　　　　　12「探偵文学」2(9)'36.9 p16
　分光恋愛《小説》　　12「探偵文学」2(11)'36.11 p24
　お問合せ《アンケート》
　　　　　　　　　　12「シュピオ」3(5)'37.6 p55
平塚 八兵衛
　名刑事・名記者新春殊勲を語る座談会《座談会》
　　　　　　　　　33「探偵実話」4(1)'53.1 p88
平出 禾
　嘘と間違い　　　　27「別冊宝石」7(9)'54.11 p49
平野 威馬雄
　ブリカブラックのコーヒータイム
　　　　　　　　　　17「宝石」9(8)'54.7 p218
　ブリカブラックのコーヒータイム
　　　　　　　　　　17「宝石」9(9)'54.8 p59
　ブリカブラックのコーヒータイム
　　　　　　　　　　17「宝石」9(11)'54.9 p198
　ブリカブラックのコーヒータイム
　　　　　　　　　　17「宝石」9(12)'54.10 p237
　ブリカブラックのコーヒータイム
　　　　　　　　　　17「宝石」9(14)'54.12 p80
　ぷりかぶらっくのこおひいタイム
　　　　　　　　　　17「宝石」10(1)'55.1 p144
　ぷりかぶらっくのこおひいタイム
　　　　　　　　　　17「宝石」10(3)'55.2 p212
　ぷりかぶらっくのコーヒータイム
　　　　　　　　　　17「宝石」10(4)'55.3 p284
　ぷりかぶらっくのコーヒータイム
　　　　　　　　　　17「宝石」10(6)'55.4 p244
　ぷりかぶらっくのコーヒータイム
　　　　　　　　　　17「宝石」10(7)'55.5 p264

ぷりかぶらつくのコーヒータイム
　　　　　　　　17「宝石」10(8)'55.6 p313
ぷりかぶらつくのコーヒータイム
　　　　　　　　17「宝石」10(11)'55.8 p184
ぷりかぶらつくのコーヒータイム
　　　　　　　　17「宝石」10(13)'55.9 p112
ぷりかぶらつくのコーヒータイム
　　　　　　　　17「宝石」10(14)'55.10 p273
ぷりかぶらつくのコーヒータイム
　　　　　　　　17「宝石」10(15)'55.11 p89
ぷりかぶらつくのコーヒータイム
　　　　　　　　17「宝石」10(17)'55.12 p164

平野　岐
　「ミス・ニツポン」　　06「猟奇」4(4)'31.6 p49

平野　謙
　アンケート《アンケート》
　　　　　　　　17「宝石」12(10)'57.8 p216
　アンケート《アンケート》
　　　　　　　　17「宝石」13(5)'58.4 p141
　推理小説と文学《座談会》
　　　　　　　　17「宝石」14(5)'59.5 p222
　土屋隆夫のこと　17「宝石」14(10)'59.9 p208
　日本の推理小説を語る《対談》
　　　　　　　17「宝石」14(12)'59.10増 p121
　宝石昭和34年度作品ベスト・10《アンケート》
　　　　　　　　17「宝石」15(1)'60.1 p225
　「みずほ荘殺人事件」解決答案
　　　　　　　　17「宝石」15(2)'60.2 p229
　犯人当て推理小説の条件
　　　　　　　　17「宝石」15(4)'60.3 p164
　雑感　　　　　17「宝石」15(8)'60.6 p246
　今月の創作評《座談会》
　　　　　　　　17「宝石」16(11)'61.10 p292
　昨年度推理小説界を顧みて《座談会》
　　　　　　　　17「宝石」17(1)'62.1 p192
　今月の創作評《座談会》
　　　　　　　　17「宝石」17(11)'62.9 p244
　今月の創作評《座談会》
　　　　　　　　17「宝石」18(5)'63.4 p248
　感想　　　　　17「宝石」18(8)'63.6 p284
　昭和三十八年度宝石中篇賞選考委員会《座談会》
　　　　　　　　17「宝石」18(12)'63.9 p156

平野　千枝子
　立ち上つた時　27「別冊宝石」13(4)'60.4 p24

平野　優
　蝎《小説》　　03「探偵文芸」2(12)'26.12 p18

平野　裕
　外人犯罪をアバく《座談会》
　　　　　　　32「探偵倶楽部」9(7)'58.6 p178

平野　優一郎
　手套《小説》　　04「探偵趣味」14 '26.12 p56

平野　零二
　探偵される身　　04「探偵趣味」1 '25.9 p9
　探偵問答《アンケート》04「探偵趣味」1 '25.9 p25
　空中の名探偵　　04「探偵趣味」2 '25.10 p12
　「筋」の競進会を開け
　　　　　　　　04「探偵趣味」6 '26.3 p27

平野　たい子
　アンケート《アンケート》
　　　　　　　　17「宝石」12(10)'57.8 p207

平林　タイ子
　ビラの犯人《小説》　06「猟奇」1(4)'28.9 p18

平林　敏彦
　ある朝の記憶《詩》　17「宝石」10(6)'55.4 p17

平林　初之輔
　ブリユンチエールの言葉について
　　　　　　　　04「探偵趣味」1 '25.9 p3
　頭と足《小説》　04「探偵趣味」5 '26.2 p47
　雑文一束　　　　04「探偵趣味」7 '26.4 p1
　伊豆の国にて　　04「探偵趣味」8 '26.5 p51
　黒岩涙香のこと　04「探偵趣味」13 '26.11 p37
　クローズ・アップ《アンケート》
　　　　　　　　04「探偵趣味」15 '27.1 p56

平山　猪太郎
　春の犯罪を語る刑事の座談会《座談会》
　　　　　　　　18「トップ」2(2)'47.5 p16

平山　蘆江
　『探偵趣味』問答《アンケート》
　　　　　　　　04「探偵趣味」4 '26.1 p59
　本業にも余技にも　06「猟奇」2(6)'29.6 p14
　春宵風流犯罪奇談《座談会》
　　　　　　　　23「真珠」2(5)'48.4 p10
　三味線祭り《小説》24「妖奇」3(7)'49.6別 p35
　怪談会での出来事　33「探偵実話」3(9)'52.8 p137
　鏡餅騒動　　33「探偵実話」4(2)'53.1増 p137

ヒルシュフェルド，カール
　夜の国境《小説》　17「宝石」12(5)'57.4 p130

広池　秋子
　変な男《小説》　27「別冊宝石」11(10)'58.12 p298
　男難の相《小説》　27「別冊宝石」12(2)'59.2 p204
　ミドリの素性《小説》
　　　　　　　　27「別冊宝石」12(6)'59.6 p72
　最低の淑女《小説》
　　　　　　　　27「別冊宝石」12(10)'59.10 p248
　断末魔の影《小説》
　　　　　　　　27「別冊宝石」13(4)'60.4 p276
　女中さん入用　　17「宝石」16(2)'61.2 p262
　若い清算《小説》27「別冊宝石」17(2)'64.2 p280

広川　一勝　→浅川棹歌
　浜尾四郎氏を惜しむ
　　　　　　　　14「月刊探偵」1(1)'35.12 p20
　鳥瞰・一九三五年　14「月刊探偵」1(1)'35.12 p24
　エドガア・アラン・ポオ
　　　　　　　　14「月刊探偵」2(1)'36.1 p42
　外界漫筆　　　　14「月刊探偵」2(2)'36.2 p32
　彼等四人〈1〉　　14「月刊探偵」2(3)'36.4 p42
　彼等四人〈2・完〉14「月刊探偵」2(4)'36.5 p58
　「紅はこべ」とオルツイ夫人
　　　　　　　　14「月刊探偵」2(5)'36.6 p56
　英米の科学探偵小説
　　　　　　　　14「月刊探偵」2(6)'36.7 p30

広小路　一夫
　特飲街の殺人　32「探偵倶楽部」4(9)'53.9 p264

広瀬　近吉
　モサ狩り四天王座談会《座談会》
　　　　　　　　25「Gメン」1(2)'47.11 p29

広瀬　竹雄
　バタ屋日記　　　33「探偵実話」5(3)'54.3 p21

広瀬 正
　殺そうとした《小説》　　17「宝石」16(3)'61.2増 p72
　オン・ザ・ダブル《小説》
　　　　　　　　　　　27「別冊宝石」16(8)'63.9 p214
　化石の街《小説》　　27「別冊宝石」17(3)'64.3 p12
　鷹の子《小説》　　　27「別冊宝石」17(6)'64.5 p147
広瀬 弘
　探偵社長とアプレ娘と中年女
　　　　　　　　　　　32「探偵クラブ」2(2)'51.2 p231
広瀬 将
　女海賊メリー・リード
　　　　　　　　　　　09「探偵小説」2(8)'32.8 p78
弘田 喬太郎
　奇蹟《脚本》　　　　06「猟奇」4(2)'31.4 p31
　殺人顛末《詩》　　　06「猟奇」4(5)'31.7 p42
　眠り男羅次郎《小説》17「宝石」9(8)'54.7 p134
　氷の上に祈る《小説》17「宝石」9(14)'54.12 p142
　罠《小説》　　　　　17「宝石」10(16)'55.11増 p204
　さようなら峠《小説》
　　　　　　　　　　　17「宝石」10(17)'55.12 p218
　番傘《小説》　　　　17「宝石」11(4)'56.3 p214
　魔薬《小説》　　　　33「探偵実話」8(3)'57.1 p152
　渦《小説》　　　　　17「宝石」12(3)'57.2 p136
　呪われた女《小説》　17「宝石」12(9)'57.7 p74
　モデル女と妻女　　　33「探偵実話」9(2)'58.1増 p188
　屋根裏からの情事　　33「探偵実話」9(6)'58.3 p146
　けもの騒ぎ《小説》　17「宝石」13(5)'58.4 p240
　解決《小説》　　　　33「探偵実話」9(9)'58.5 p154
　バラ盗人《小説》　　17「宝石」13(7)'58.5増 p186
　屍体に尾行された情事
　　　　　　　　　　　33「探偵実話」9(12)'58.8 p96
　ねじれ鼻の男《小説》
　　　　　　　　　　　17「宝石」13(11)'58.8増 p238
　無理心中《小説》
　　　　　　　　　　　32「探偵倶楽部」9(13)'58.11 p256
　不倫の報酬《小説》　33「探偵実話」9(16)'58.11 p92
　緑衣の女妖《小説》
　　　　　　　　　　　32「探偵倶楽部」9(14)'58.12 p234
弘田 勝
　人妻怪死事件　　　　22「新探偵小説」2(4)'48.7 p28
彬子　→高木彬光
　鬼論語　　　　　　　34「鬼」8'53.1 p32
ピンチ筆太
　勝負の世界 野球　　33「探偵実話」5(1)'54.1 p204
　勝負の世界 野球　　33「探偵実話」5(4)'54.4 p141
　野球　　　　　　　　33「探偵実話」5(7)'54.6 p103
　勝負の世界　　　　　33「探偵実話」6(1)'54.12 p89

【 ふ 】

ファーマー, フィリップ・ホセ
　恋人たち《小説》　27「別冊宝石」16(8)'63.9 p296
ファージョン, J・J
　リアリスト《小説》　21「黒猫」2(11)'48.9 p58
　警官が来た!《小説》17「宝石」12(14)'57.11 p256

ファースト, ジュリアス
　酔いどれ幽霊《小説》
　　　　　　　　　　　32「探偵倶楽部」7(13)'56.12 p248
　夜の監視《小説》　　27「別冊宝石」16(5)'63.6 p9
ファーノル, ジエフワリ
　呪ひの影《小説》　　01「新趣味」17(7)'22.7 p94
フアマン, レオナト
　外人記者のみた東京の夜を語る座談会《座談会》
　　　　　　　　　　　33「探偵実話」4(7)'53.6 p137
フアリドン
　映画俳優術《小説》　09「探偵小説」2(8)'32.8 p92
フアルケナウ, シユンメル
　霧美人《小説》　　　32「探偵倶楽部」7(6)'56.6 p68
ファンデイク, ネリー
　私はこうして女奴隷になった
　　　　　　　　　　　32「探偵倶楽部」8(6)'57.7 p40
フィーゲン, インゲボルグ
　怖ろしき一夜《小説》
　　　　　　　　　　　32「探偵倶楽部」6(6)'55.6 p180
フイシエ兄弟
　女中難《小説》　　　04「探偵趣味」26'27.12 p26
　大至急《小説》　　　09「探偵小説」1(3)'31.11 p121
　三万法《小説》　　　17「宝石」1(8)'46.11 p63
フィッシャー, ブルーノ
　まだ死ぬものか《小説》
　　　　　　　　　　　32「探偵倶楽部」7(9)'56.8 p236
　狂った手《小説》　　27「別冊宝石」13(8)'60.9 p180
　殺したのはあなただ!《小説》
　　　　　　　　　　　17「宝石」16(8)'61.7 p290
　最初に犬が《小説》
　　　　　　　　　　　27「別冊宝石」15(2)'62.4 p106
フィッシャー, マイクル
　黒い帽子の男《小説》
　　　　　　　　　　　32「探偵倶楽部」9(11)'58.9 p84
フィッシャー, マリー・ルイゼ
　カインの末裔《小説》17「宝石」11(11)'56.8 p236
フィネガン, リチャード
　スペードの2　　　　32「探偵倶楽部」6(12)'55.12 p298
フイリップ, G
　海のヒーロー《小説》
　　　　　　　　　　　32「探偵倶楽部」7(7)'56.6増 p174
フイリップ, シャルル
　踊り子殺害事件《小説》04「探偵趣味」6'26.3 p5
フイリップス, ジヤドソン
　見えぬ強盗《小説》　03「探偵文芸」2(6)'26.6 p30
　二十三号室の殺人《小説》
　　　　　　　　　　　09「探偵小説」2(8)'32.8 p222
フィリップス, ステイヴン
　大きな手《小説》　　09「探偵小説」2(6)'32.6 p76
フイリップス, テレザ
　物いふ足跡《小説》　24「トリック」7(2)'53.2 p207
フィルド, ケーリイ・S
　女は裸でそこにいた《小説》
　　　　　　　　　　　32「探偵倶楽部」9(12)'58.10 p202

フィルポッツ, イーデン →ヘキスト, ハリングトン
　赤毛のレドメイン《小説》
　　　　　　　　　27「別冊宝石」6(5)'53.8 p5
　密室の守銭奴《小説》
　　　　　　　　　27「別冊宝石」6(5)'53.8 p137
　医者よ自分を癒せ《小説》
　　　　　　　　　27「別冊宝石」6(5)'53.8 p209
　誰が駒鳥を殺したか?《小説》
　　　　　　　　　27「別冊宝石」12(5)'59.5 p94
　カンガの王様《小説》　17「宝石」16(4)'61.3 p292
ブウテ, エフ
　恐怖の実験《小説》　09「探偵小説」1(1)'31.9 p172
風流 隠士
　しりくらべ《小説》
　　　　　　　　　33「探偵実話」2(10)'51.9 p92
　樹の上に御用心《小説》
　　　　　　　　　33「探偵実話」2(11)'51.10 p76
　あてはずれ《小説》
　　　　　　　　　33「探偵実話」2(12)'51.11 p124
　川の中《小説》　33「探偵実話」3(1)'51.12 p116
　しっぺ返し《小説》33「探偵実話」3(2)'52.2 p90
　女牢番《小説》　33「探偵実話」3(3)'52.3 p220
　馬になりたや《小説》
　　　　　　　　　33「探偵実話」3(5)'52.4 p192
　二人貞女《小説》33「探偵実話」3(6)'52.5 p98
　文ちがい《小説》33「探偵実話」3(8)'52.7 p208
　妻に知らすな《小説》
　　　　　　　　　33「探偵実話」3(9)'52.8 p74
　魔法の指輪《小説》
　　　　　　　　　33「探偵実話」3(10)'52.9 p112
　名医シャモカイ《小説》
　　　　　　　　　33「探偵実話」3(13)'52.11 p214
　五つの卵《小説》33「探偵実話」3(14)'52.12 p114
　機転女房《小説》33「探偵実話」4(1)'53.1 p130
　水かけ女《小説》33「探偵実話」4(3)'53.2 p98
　悪口公子《小説》33「探偵実話」4(4)'53.3 p100
　ぬい女物語《小説》33「探偵実話」5(1)'54.1 p206
　猫師匠《小説》　33「探偵実話」5(2)'54.2 p206
　一番槍《小説》　33「探偵実話」7(14)'56.9 p68
　風流お好み焼き《小説》
　　　　　　　　　33「探偵実話」7(15)'56.10 p174
　第三の男《小説》33「探偵実話」7(17)'56.11 p60
　赤い痣のある女《小説》
　　　　　　　　　33「探偵実話」8(1)'56.12 p50
　女神冒瀆《小説》33「探偵実話」8(3)'57.1 p92
　隣りの奥さん《小説》
　　　　　　　　　33「探偵実話」8(4)'57.2 p48
　浮気旅行《小説》33「探偵実話」8(6)'57.3 p44
　貞操試験《小説》33「探偵実話」8(7)'57.4 p54
　誰れの子《小説》33「探偵実話」8(9)'57.5 p146
　廻る小車《小説》33「探偵実話」8(10)'57.6 p218
　妻のアルバイト《小説》
　　　　　　　　　33「探偵実話」8(11)'57.7 p36
　三太の災難《小説》
　　　　　　　　　33「探偵実話」8(12)'57.8 p228
　非兄妹《小説》　33「探偵実話」8(13)'57.9 p148
　パチンコ女房《小説》
　　　　　　　　　33「探偵実話」8(16)'57.11 p148
フェアマン, パウル
　野性の男《小説》32「探偵倶楽部」10(1)'59.1 p50

フエアリイ, ヂエラルド
　偽善家《小説》　05「探偵・映画」1(1)'27.10 p97
笛色 幡作
　乱歩に望むことなど
　　　　　　　　　11「ぷろふいる」3(6)'35.6 p112
　夢の楽書　　　　11「ぷろふいる」3(7)'35.7 p114
　夢の点綴　　　　11「ぷろふいる」3(10)'35.10 p93
　ユーモア?　　　11「ぷろふいる」4(1)'36.1 p176
　乱歩寄席登場　　23「真珠」2(5)'48.4 p30
　洪水裁判《小説》29「探偵趣味」(戦後版)'49.1 p11
笛色 漾
　流散弾　　　　　11「ぷろふいる」4(8)'36.8 p130
　あき・はなぞの　11「ぷろふいる」4(10)'36.10 p134
フエーギン, ブライリオン
　追剥を捕へた女《小説》
　　　　　　　　　02「秘密探偵雑誌」1(5)'23.9 p55
笛野 笛吉
　作家速成術七ケ条　11「ぷろふいる」5(1)'37.1 p179
フエーバ, モートン
　影なき犯人　　　32「怪奇探偵クラブ」2 '50.6 p108
笛吹 吟児
　娶妻物語　　　　33「探偵実話」5(4)'54.4 p124
フオウタナア, レオナアド
　善根《小説》　　03「探偵文芸」1(2)'25.4 p42
フオーク, レイ
　アメリカ大新聞の特ダネ戦《座談会》
　　　　　　　　　25「Gメン」2(11)'48.11 p12
フオックス, ノーマン
　ミシシッピイの賭博師《小説》
　　　　　　　　　32「探偵倶楽部」7(7)'56.6増 p342
フォルブ, ジェイ
　ペン・フレンド《小説》
　　　　　　　　　17「宝石」13(12)'58.9 p312
　二十五語以内で《小説》
　　　　　　　　　17「宝石」13(14)'58.11 p302
フオレイ, シヤアル
　電話《小説》　　01「新趣味」17(7)'22.7 p198
フォレスター, C・S
　花火の夜の殺人《小説》
　　　　　　　　　32「探偵倶楽部」7(7)'56.6増 p21
　死体の呪《小説》
　　　　　　　　　32「探偵倶楽部」9(9)'58.7増 p252
　寝台の老嬢《小説》27「別冊宝石」12(9)'59.9 p84
フオン・マシコ
　僵僂男　　　　　09「探偵小説」2(7)'32.7 p227
深江 彦一
　『探偵趣味』問答《アンケート》
　　　　　　　　　04「探偵趣味」4 '26.1 p52
深尾 須磨子
　牧歌《詩》　　　20「探偵よみもの」30 '46.11 p30
深尾 登美子
　女性探小フアンの嘆き　17「宝石」8(6)'53.6 p254
　窓によせる幻　　17「宝石」8(9)'53.8 p249
　居眠り天使《小説》
　　　　　　　　　27「別冊宝石」6(9)'53.12 p348
　私と其の影ぼうしの対話
　　　　　　　　　17「宝石」9(5)'54.4 p336

ふかか　　　　　　　　　執筆者名索引

可愛いモモコ《小説》
　　　　　　　　33「探偵実話」5(8)'54.7 p74
足音《小説》　　17「宝石」10(2)'55.1 p111
嬉しくて……　　17「宝石」10(6)'55.4 p126
不思議の国のマヤ夫人《小説》
　　　　　　　　17「宝石」10(8)'55.6 p218
女性読者の皆様へ　17「宝石」10(8)'55.6 p318
蛸つぼ《小説》　17「宝石」10(12)'55.8増 p237
「ミセス・カミングス」殺人事件を読んで松原安里さんに期待する
　　　　　　　　17「宝石」10(15)'55.11 p282
情人《小説》　　17「宝石」10(16)'55.11増 p240
湖に死す《小説》　17「宝石」11(5)'56.3増 p165
天使にはなれない《小説》
　　　　　　　　17「宝石」11(6)'56.4 p216
ルカの歩いた道《小説》
　　　　　　　　17「宝石」11(11)'56.8 p80
死の階段《小説》　33「探偵実話」8(4)'57.2 p116
棘《小説》　　　17「宝石」12(6)'57.4増 p258
深川 節夫
　扮装《小説》　12「探偵文学」2(10)'36.10 p21
深草 蛍五
　魔の宝石《小説》　27「別冊宝石」3(1)'50.2 p10
　野天風呂で逢つた女《小説》
　　　　　　　　32「探偵クラブ」2(1)'51.1 p184
　死の接吻《小説》　32「探偵倶楽部」3(5)'52.5 p76
　へちゃもくれん《小説》
　　　　　　　　33「探偵実話」4(6)'53.5 p168
深田 孝士
　私の犯罪実験に就いて《小説》
　　　　　　　　08「探偵趣味」(平凡社版)6 '31.10 p22
深堀 哲夫
　太陽族躍り通る　33「探偵実話」7(14)'56.9 p157
深見 ヘンリー
　ものを言ふ血《小説》
　　　　　　　　03「探偵文芸」1(3)'25.5 p31
　印度みやげ《小説》　03「探偵文芸」1(4)'25.6 p42
　首相誘拐事件《小説》
　　　　　　　　03「探偵文芸」1(5)'25.7 p28
　緑色の自転車　03「探偵文芸」1(8)'25.10 p51
　水葬　　　　　03「探偵文芸」1(9)'25.11 p43
　ウインナの警察制度　03「探偵文芸」2(2)'26.2 p84
　暗号の解き方　03「探偵文芸」2(3)'26.3 p66
　暗号の解き方　03「探偵文芸」2(4)'26.4 p113
　暗号の解き方　03「探偵文芸」2(5)'26.5 p118
　オーキン・ムリエッタの復讐〈1〉
　　　　　　　　03「探偵文芸」2(6)'26.6 p108
　暗号の解き方　03「探偵文芸」2(6)'26.6 p162
　オーキン・ムリエッタの復讐〈2〉
　　　　　　　　03「探偵文芸」2(7)'26.7 p5
　オーキン・ムリエッタの復讐〈3〉
　　　　　　　　03「探偵文芸」2(8)'26.8 p71
　オーキン・ムリエッタの復讐〈4〉
　　　　　　　　03「探偵文芸」2(10)'26.10 p69
深谷 延彦
　剥製の刺青《小説》
　　　　　　　　08「探偵趣味」(平凡社版)11 '32.3 p13
　黄昏の幻想《小説》
　　　　　　　　08「探偵趣味」(平凡社版)12 '32.4 p14

府川 寿男
　死体隠匿事件　32「探偵倶楽部」5(2)'54.2 p76
福岡 良二
　暴力の街に挑む《座談会》
　　　　　　　　32「探偵倶楽部」4(5)'53.5 p147
　女と犯罪を語る座談会《座談会》
　　　　　　　　33「探偵実話」8(8)'57.5増 p145
福島 達夫
　暗躍する北鮮スパイ団
　　　　　　　　32「探偵倶楽部」6(11)'55.11 p128
福島 仲一
　トレンク男爵の脱獄
　　　　　　　　32「探偵倶楽部」8(4)'57.5 p208
　獄中三十五年　32「探偵倶楽部」8(6)'57.7 p254
　前警察署長逮捕さる
　　　　　　　　32「探偵倶楽部」8(9)'57.9 p184
　悪人ローガンの最期
　　　　　　　　32「探偵倶楽部」8(10)'57.10 p238
　銀行強盗を捕う　32「探偵倶楽部」8(13)'57.12 p240
　ベントレーの死刑をやめろ！
　　　　　　　　32「探偵倶楽部」9(2)'58.2 p38
福島 正実
　日本のSFはこれでいいのか《座談会》
　　　　　　　　27「別冊宝石」17(3)'64.3 p336
フクス, ダニエル
　男が出たら電話を切れ《小説》
　　　　　　　　32「探偵倶楽部」9(5)'58.4増 p125
福田 記者
　関東の巻　　　22「新探偵小説」1(2)'47.6 p39
福田 一郎
　終戦直後のジャズ界と推理小説界〈1〉
　　　　　　　　17「宝石」18(3)'63.2 p268
　終戦直後のジャズ界と推理小説界〈2〉
　　　　　　　　17「宝石」18(4)'63.3 p242
　終戦直後のジャズ界と推理小説界〈3〉
　　　　　　　　17「宝石」18(6)'63.4 p232
　終戦直後のジャズ界と推理小説界〈4〉
　　　　　　　　17「宝石」18(7)'63.5 p254
　終戦直後のジャズ界と推理小説界〈5〉
　　　　　　　　17「宝石」18(8)'63.6 p236
　終戦直後のジャズ界と推理小説界〈6〉
　　　　　　　　17「宝石」18(9)'63.7 p78
　終戦直後のジャズ界と推理小説界〈7〉
　　　　　　　　17「宝石」18(13)'63.10 p256
　終戦直後のジャズ界と推理小説界〈8〉
　　　　　　　　17「宝石」18(15)'63.11 p232
　終戦直後のジャズ界と推理小説界〈9・完〉
　　　　　　　　17「宝石」18(16)'63.12 p210
福田 清人
　世紀の大賭博師　33「探偵実話」6(10)'55.9 p236
　吉川英治苦闘伝
　　　　　　　　35「エロチック・ミステリー」4(5)'63.5 p82
　旅と文学碑　　17「宝石」19(4)'64.3 p19
福田 鮭二
　静かなる復讐《小説》
　　　　　　　　17「宝石」13(16)'58.12増 p53
　海鳴り《小説》　17「宝石」15(3)'60.2増 p233
　抒情の殺人《小説》　17「宝石」16(3)'61.2増 p288

ふくめ

喪妻記《小説》
 35「エロチック・ミステリー」3(1)'62.1 p260
炎のうた《小説》 17「宝石」17(2)'62.1増 p280
山の麓の歌《小説》
 35「エロチック・ミステリー」3(12)'62.12 p106

福田 定吉
忘れられぬ女《小説》 18「トップ」3(4)'48.7 p11

福田 三郎
猛獣の檻 32「探偵クラブ」1(2)'50.10 p172
手長猿 32「探偵クラブ」2(1)'51.1 p141
動物園の性生活 32「探偵クラブ」2(3)'51.4 p69

福田 武夫
ルンペン犯罪座談会《座談会》
  07「探偵」1(4)'31.8 p84

福田 辰男
首七ици《小説》 03「探偵文芸」1(1)'25.3 p54
重大事件《小説》 03「探偵文芸」1(3)'25.5 p66
捕縄《小説》 03「探偵文芸」2(3)'26.3 p30
五拾銭札《小説》 03「探偵文芸」2(4)'26.4 p27
掘られた墓口 04「探偵趣味」10 '26.7 p57
愛妻《小説》 03「探偵文芸」2(8)'26.8 p20
偶然の功名《小説》 03「探偵文芸」2(11)'26.11 p8

福田 照雄
秋酣新人不肥хі 11「ぷろふいる」2(11)'34.11 p64
ハガキ回答《アンケート》
  25「Gメン」1(1)'47.10 p23
復活 23「真珠」3 '47.12 p31

福田 直紀
洋モク取締珍談奇談座談会《座談会》
  32「探偵倶楽部」5(11)'54.11 p250

福田 信正
象の腸に手を入れる
  32「探偵倶楽部」6(4)'55.4 p214

福田 正夫
桃色の封筒《小説》 04「探偵趣味」9 '26.6 p27
クローズ・アップ《アンケート》
  04「探偵趣味」13 '26.11 p31
クローズ・アップ《アンケート》
  04「探偵趣味」15 '27.1 p49
事件《小説》 04「探偵趣味」16 '27.2 p18
クローズ・アップ《アンケート》
  04「探偵趣味」19 '27.5 p38
冷たい心理 05「探偵・映画」1(2)'27.11 p16
本年度印象に残れる作品、来年度の作家への希望
《アンケート》
  04「探偵趣味」26 '27.12 p60
私の好きな一偶《アンケート》
  06「猟奇」1(2)'28.6 p26

福田 正道
年増美人の情夫殺し
  32「探偵倶楽部」3(5)'52.5 p31

福田 蘭童
無鉄砲捕鳥記 17「宝石」12(14)'57.11 p148
赤いベレー 27「別冊宝石」12(4)'59.4 p23
後家さんクラブ〈1〉《小説》
 35「エロチック・ミステリー」1(1)'60.8 p204
後家さんクラブ〈2・完〉《小説》
 35「エロチック・ミステリー」1(2)'60.9 p207

屁っぴり輿
 35「エロチック・ミステリー」1(3)'60.10 p224
狸画狛と河童書生《小説》
 35「エロチック・ミステリー」2(2)'61.2 p68
悲恋の刺青
 35「エロチック・ミステリー」2(3)'61.3 p190
首なし結婚写真《小説》
 35「エロチック・ミステリー」2(4)'61.4 p122
鈴慕流し
 35「エロチック・ミステリー」2(5)'61.5 p260
強盗行状記《小説》
 35「エロチック・ミステリー」2(6)'61.6 p180
ある撮影所の劫火《小説》
 35「エロチック・ミステリー」2(7)'61.7 p74
強盗氏再び現る《小説》
 35「エロチック・ミステリー」2(8)'61.8 p224
尺八二等兵《小説》
 35「エロチック・ミステリー」2(9)'61.9 p202
大観画伯と蛸踊り《小説》
 35「エロチック・ミステリー」2(10)'61.10 p222
けしけし祭
 35「エロチック・ミステリー」2(11)'61.11 p19
色は匂へど去りぬるを《小説》
 35「エロチック・ミステリー」2(11)'61.11 p151
いのしし娘《小説》
 35「エロチック・ミステリー」2(12)'61.12 p240
新牡丹燈籠《小説》
 35「エロチック・ミステリー」3(2)'62.2 p248
赤い靴のナゾ
 35「エロチック・ミステリー」3(3)'62.3 p118
オトコ万才・奇聖の旅
 35「エロチック・ミステリー」3(4)'62.4 p104
桟敷の下の貴族
 35「エロチック・ミステリー」3(5)'62.5 p180

福田 陸太郎
大学教授とミステリ《座談会》
  17「宝石」15(1)'60.1 p266
絢爛たる殺人 17「宝石」15(4)'60.3 p238

福田 律郎
うつくしい骸《詩》 17「宝石」1(9)'46.12 p25

福地 二郎
地獄船 33「探偵実話」3(14)'52.12 p140

福永 渙
維也納公園殺人事件
  09「探偵小説」2(8)'32.8 p148

福永 啓介
ある非行少女の生活記録
  33「探偵実話」13(4)'62.3 p146
P・M八時一分 33「探偵実話」13(5)'62.4 p152
死神のパーティ 33「探偵実話」13(7)'62.6 p154

福永 武彦 →加田伶太郎
文壇作家「探偵小説」を語る《座談会》
  17「宝石」12(10)'57.8 p188
牛車に題す 17「宝石」14(3)'59.3 p10

福原 麟太郎
ハガキ回答《アンケート》
  11「ぷろふいる」4(6)'36.6 p104

覆面居士
怪盗新助市五郎 24「妖奇」6(3)'52.3 p85

ふくめ

覆面作者 →九鬼澹
　心霊殺人事件〈1〉《小説》
　　　　　　　　19「仮面」3(2)'48.3 p36
　心霊殺人事件〈2〉《小説》
　　　　　　　　19「仮面」3(3)'48.5 p30
　心霊殺人事件〈3〉《小説》
　　　　　　　　19「仮面」3(4)'48.6 p30
覆面作家
　連続殺人事件〈1〉《小説》
　　　　　　　　24「妖奇」3(2)'49.2 p50
　連続殺人事件〈2〉《小説》
　　　　　　　　24「妖奇」3(3)'49.3 p44
　連続殺人事件〈3〉《小説》
　　　　　　　　24「妖奇」3(4)'49.4 p26
　連続殺人事件〈4〉《小説》
　　　　　　　　24「妖奇」3(5)'49.5 p43
　連続殺人事件〈5〉《小説》
　　　　　　　　24「妖奇」3(6)'49.6 p42
　頭飾り《小説》20「探偵よみもの」39 '49.6 p131
　連続殺人事件〈6〉《小説》
　　　　　　　　24「妖奇」3(8)'49.7 p71
　連続殺人事件〈7〉《小説》
　　　　　　　　24「妖奇」3(9)'49.8 p56
　連続殺人事件〈8〉《小説》
　　　　　　　　24「妖奇」3(10)'49.9 p54
　連続殺人事件〈9・完〉《小説》
　　　　　　　　24「妖奇」3(11)'49.10 p66
　腕立て無用《小説》
　　　　　　20「探偵よみもの」40 '50.8 p131
　諸作家あまから採点《座談会》
　　　　　33「探偵実話」10(10)'59.7増 p353
覆面作家　→小栗虫太郎
　猪狩殺人事件〈1〉《小説》
　　　　　　　　12「探偵文学」2(8)'36.8 p4
覆面作家　→笹沢左保
　盗作の風景〈1〉《小説》
　　　　　　　　17「宝石」18(7)'63.5 p22
　盗作の風景〈2〉《小説》
　　　　　　　　17「宝石」18(8)'63.6 p240
　盗作の風景〈3〉《小説》
　　　　　　　　17「宝石」18(9)'63.7 p266
　盗作の風景〈4〉《小説》
　　　　　　　　17「宝石」18(11)'63.8 p252
覆面作家　→杉山清詩
　裸女殺人事件〈1〉《小説》
　　　　　　　　24「妖奇」1(4)'47.10 p27
　裸女殺人事件〈2〉《小説》
　　　　　　　　24「妖奇」1(5)'47.11 p18
　裸女殺人事件〈3〉《小説》
　　　　　　　　24「妖奇」1(6)'47.12 p20
　裸女殺人事件〈4〉《小説》
　　　　　　　　24「妖奇」2(1)'48.1 p61
　裸女殺人事件〈5〉《小説》
　　　　　　　　24「妖奇」2(3)'48.2 p20
　裸女殺人事件〈6・完〉《小説》
　　　　　　　　24「妖奇」2(4)'48.3 p24
　パンテオン殺人事件《小説》
　　　　　　　　23「真珠」2(6)'48.6 p6
　爬虫館殺人事件《小説》
　　　　　　　　24「妖奇」3(12)'49.11 p11

　肉仮面殺人事件〈1〉《小説》
　　　　　　　　24「妖奇」4(3)'50.3 p30
　肉仮面殺人事件〈2・完〉《小説》
　　　　　　　　24「妖奇」4(4)'50.4 p36
　人魚の魔窟《小説》24「妖奇」5(5)'51.5 p116
　夢殿殺人事件〈1〉《小説》
　　　　　　　　24「妖奇」5(10)'51.10 p105
　夢殿殺人事件〈2〉《小説》
　　　　　　　　24「妖奇」5(11)'51.11 p56
　夢殿殺人事件〈3・完〉《小説》
　　　　　　　　24「妖奇」5(12)'51.12 p94
　性転換工場《小説》24「妖奇」6(1)'52.1 p36
　埃及屋敷の惨劇《小説》24「妖奇」6(2)'52.2 p130
　女豹〈1〉《小説》24「妖奇」6(5)'52.5 p36
　女豹〈2・完〉《小説》24「妖奇」6(6)'52.6 p46
　渦状星雲《小説》24「妖奇」6(8)'52.8 p40
覆面紳士
　ユダの窓　　　　17「宝石」4(9)'49.10 p64
覆面ユーモア作家
　運命の草《小説》
　　　27「別冊宝石」5(1)'52.1 p33, 133, 165, 201, 235
袋　一平
　ソヴエト推理小説の動向
　　　　　　32「探偵倶楽部」6(10)'55.10 p271
　ボロウォエ殺人事件
　　　　　　32「探偵倶楽部」6(11)'55.11 p107
　ソヴエトの推理小説　17「宝石」10(17)'55.12 p122
　母と身分証明書　32「探偵倶楽部」7(1)'56.1 p220
　人間の価値　　32「探偵倶楽部」7(1)'56.1 p223
　アパート騒動記　32「探偵倶楽部」7(1)'56.1 p226
　かばんの金　　32「探偵倶楽部」8(3)'57.4 p84
　ソ連にもこんな裁判官がいる
　　　　　　　32「探偵倶楽部」8(4)'57.5 p36
　殺人鬼まかり通る　32「探偵倶楽部」8(5)'57.6 p239
　生きた幽霊はどこにもいる
　　　　　　　32「探偵倶楽部」8(6)'57.7 p97
　モスクワぐれん隊顛末記
　　　　　　　32「探偵倶楽部」8(8)'57.8 p44
　夫婦別れはしたけれど
　　　　　　　32「探偵倶楽部」8(9)'57.9 p138
　パミールの黄金洞窟
　　　　　　32「探偵倶楽部」8(10)'57.10 p183
　滑走巻き恋愛事件　32「探偵倶楽部」9(6)'58.5 p95
藤　佐太郎
　解剖台夜話　　32「探偵クラブ」2(8)'51.9 p61
富士 鷹太郎
　血妖夫人《小説》　25「X」3(4)'49.3別 p33
不二 幸江
　陽春放談録《座談会》
　　　　　　　33「探偵実話」7(7)'56.4 p168
藤 雪夫　→遠藤桂子
　指紋《小説》　　17「宝石」6(6)'51.6 p148
　アンケート《アンケート》
　　　　　　　　17「宝石」7(1)'52.1 p87
　辰砂《小説》　27「別冊宝石」5(6)'52.6 p302
　黒水仙《小説》　17「宝石」7(7)'52.7 p292
　夕焼けと白いカクテル《小説》
　　　　　　　27「別冊宝石」5(10)'52.12 p146
　アリバイ《小説》33「探偵実話」5(12)'54.10 p260

黒い月《小説》　　　　33「探偵実話」7(12)'56.7 p132
虹の日の殺人《小説》
　　　　　　　　　　33「探偵実話」9(10)'58.6 p242
藤井 巌夫
　記録にない記録　　　03「探偵文芸」1(4)'25.6 p53
藤井 清士
　裏から見たシングシング刑務所
　　　　　　　　　　　　06「猟奇」5(4)'32.4 p37
藤井 千鶴子
　火傷《小説》　　　27「別冊宝石」10(11)'57.12 p134
　聖女と仮面《小説》
　　　　　　　　　　32「探偵倶楽部」9(6)'58.5 p70
　狩衣の血をなめる女《小説》
　　　　　　　　　　　17「宝石」13(6)'58.5 p236
　疑問の女《小説》
　　　　　　　　　　32「探偵倶楽部」9(12)'58.10 p216
　裏返しの靴下《小説》
　　　　　　　　　　32「探偵倶楽部」10(1)'59.1 p220
藤井 恒夫
　世相の裏をのぞく 質屋さん座談会《座談会》
　　　　　　　　　　　　18「トップ」3(2)'48.2 p26
藤井 政彦
　灯り《小説》　　　　17「宝石」11(2)'56.1増 p38
藤井 真澄
　新しい怪異と神秘を求める
　　　　　　　　　　05「探偵・映画」1(2)'27.11 p20
藤井 松太郎
　姿なき殺人《小説》　　16「ロック」2(5)'47.5 p40
藤井 安雄
　犯罪解剖座談会《座談会》
　　　　　　　　　　32「怪奇探偵クラブ」1'50.5 p203
　科学捜査座談会《座談会》
　　　　　　　　　　32「探偵クラブ」1(4)'50.12 p127
藤井 佑治
　ある復響《小説》　35「ミステリー」5(4)'64.4 p128
藤井 祐治
　甚兵衛山《小説》　　35「ミステリー」5(2)'64.2 p144
藤井 礼子　→大貫進
　初釜《小説》　　　　17「宝石」15(3)'60.2増 p111
藤浦 洸
　一行のキリヌキ　　　17「宝石」18(5)'63.4 p19
節江 薫
　巴里 K・O　　　　　11「ぷろふいる」4(2)'36.2 p50
藤岡 策太郎
　急行電車殺人事件《小説》
　　　　　　　　　　27「別冊宝石」11(2)'58.2 p96
藤川 健
　脅喝《小説》　　　33「探偵実話」11(13)'60.9 p202
　目撃者《小説》　　33「探偵実話」12(4)'61.3 p174
　ビザールに招かれた推理作家《小説》
　　　　　　　　　　33「探偵実話」12(9)'61.7 p94
藤木 一路
　掏摸変化《小説》　　　24「妖奇」6(8)'52.8 p38
伏木 敏行
　人を殺さなかった話
　　　　　　　　　　32「探偵倶楽部」5(3)'54.3 p250

近頃運ちゃん行状記
　　　　　　　　　　32「探偵倶楽部」5(5)'54.5 p228
藤木 靖子
　女と子供《小説》　　17「宝石」15(3)'60.2増 p218
　女と子供《小説》　　　17「宝石」15(5)'60.4 p54
　入選者感想　　　　　17「宝石」15(5)'60.4 p258
　恋人《小説》　　　　17「宝石」15(9)'60.7 p62
　手紙と女《小説》　　17「宝石」16(5)'61.4 p70
　うすい壁《小説》　　17「宝石」16(9)'61.8 p172
　千佳子の勝敗《小説》　17「宝石」16(13)'61.12 p76
　夜汽車の人々《小説》
　　　　　　　35「エロチック・ミステリー」3(8)'62.8 p110
　五ドルの微笑《小説》　17「宝石」17(10)'62.8 p250
　いつわりの花《小説》
　　　　　　　35「エロチック・ミステリー」4(1)'63.1 p48
　町のマタハリ《対談》　17「宝石」18(3)'63.2 p140
　女と子供《小説》　　17「宝石」18(6)'63.4増 p116
　鉄筆だこ　　　　　　17「宝石」18(6)'63.4増 p121
　親しい他人《小説》
　　　　　　　35「エロチック・ミステリー」4(7)'63.7 p130
　よわむし天使《小説》　17「宝石」18(11)'63.8 p155
　五ドルの微笑《小説》
　　　　　　　　　　　17「宝石」18(14)'63.10増 p273
　学校の階段《小説》
　　　　　　　　　　27「別冊宝石」16(11)'63.12 p68
　透明作戦《小説》　27「別冊宝石」17(2)'64.2 p248
ブーシキン
　スペードの女王〔原作〕《絵物語》
　　　　　　　　　　32「探偵倶楽部」6(2)'55.2 p15
藤倉アナウンサー　→藤倉修一
　肉体の街《対談》　　　25「Gメン」2(3)'48.3 p38
藤倉 修一　→藤倉アナウンサー
　座談会ラジオ・スター大いに語る《座談会》
　　　　　　　　　　　17「宝石」6(10)'51.10 p80
　世界探偵小説地誌〈2〉《座談会》
　　　　　　　　　　　17「宝石」14(10)'59.9 p224
藤沢 愛三
　街の雨　　　　　　　18「トップ」2(1)'47.4 p40
藤沢 亨
　「紅のバラ」　　　　　06「猟奇」4(4)'31.6 p48
藤沢 桓夫
　そんな筈がない《小説》
　　　　　　　　　　　27「別冊宝石」9(8)'56.11 p26
藤沢 衛彦
　ロンドンの幽霊屋敷
　　　　　　　　　　32「探偵倶楽部」8(7)'57.7増 p18
　隠れ里の美女《小説》
　　　　　　　　　　32「探偵倶楽部」9(12)'58.10 p184
　生命通う桜《小説》
　　　　　　　　　　32「探偵倶楽部」9(13)'58.11 p228
　山の神とカマキリ《小説》
　　　　　　　　　　32「探偵倶楽部」10(1)'59.1 p216
藤島 温
　少年鼓手の執念　　32「探偵倶楽部」8(7)'57.7増 p103
藤代 与三郎
　花火　　　　　　　32「探偵クラブ」2(10)'51.11 p106
藤瀬 雅夫
　百円札一枚でどれだけ楽しめるか?
　　　　　　　　　　　33「探偵実話」1'50.5 p156

ふした

藤田 次郎
Ｇメン誕生　　　　　　25「Ｇメン」1(1)'47.10 p3
東京の裏　　　　　　　25「Ｇメン」2(1)'48.1 p32

藤田 操
十二時一分前《小説》
　　　　　　　　　　01「新趣味」17(10)'22.10 p162

藤田 恒夫
石油槽の死美人　　　32「探偵倶楽部」7(3)'56.3 p222

藤田 優三
寝言の寄せ書　　　　11「ぷろふいる」2(8)'34.8 p70
神戸探偵倶楽部寄せ書
　　　　　　　　11「ぷろふいる」2(10)'34.10 p98

藤沼 庄平
怪事件回顧録　　　　33「探偵実話」3(3)'52.3 p90

藤野 守一
或る記録《小説》　　　04「探偵趣味」4 '26.1 p60

藤原 宰
白い悪徳《小説》　　17「宝石」17(2)'62.1増 p378

藤原 独夢
緋色の死《小説》　　20「探偵よみもの」39 '49.6 p114

藤平 忠三
芸者秀駒　　　　　　33「探偵実話」5(4)'54.4 p226

藤間 静枝
舞踊の型に就て　　　01「新趣味」17(3)'22.3 p75

藤間 房子
舞台より観客へ《アンケート》
　　　　　　　　　　01「新趣味」17(3)'22.3 p120

富士前 研二
一人二役の死〈2〉《小説》
　　　　　　　　　　17「宝石」12(14)'57.11 p200

不二身 晴雄
「密室」の原理　　　27「別冊宝石」7(5)'54.6 p146

藤邨 蠶
こんとofこんと　　　07「探偵」1(3)'31.7 p44

藤村 郁夫
仏印戦線従軍手記　　33「探偵実話」5(9)'54.8 p200

藤村 幸三郎
トランプ・パズル　　17「宝石」13(14)'58.11 p120
推理パズル〈1〉　　　17「宝石」16(1)'61.1 p20
推理パズル〈2〉　　　17「宝石」16(2)'61.2 p136
推理パズル〈3〉　　　17「宝石」16(4)'61.3 p152
推理パズル〈4〉　　　17「宝石」16(5)'61.4 p152
推理パズル〈5〉　　　17「宝石」16(6)'61.5 p69
推理パズル〈6〉　　　17「宝石」16(7)'61.6 p157
推理パズル〈7〉　　　17「宝石」16(8)'61.7 p101
推理パズル〈8〉　　　17「宝石」16(9)'61.8 p130
推理パズル〈9〉　　　17「宝石」16(10)'61.9 p120
推理パズル〈10〉　　17「宝石」16(11)'61.10 p308
推理パズル〈11〉　　17「宝石」16(12)'61.11 p108
推理パズル〈12〉　　17「宝石」16(13)'61.12 p170
推理パズル〈13〉　　17「宝石」17(2)'62.1 p288
推理パズル〈14〉　　17「宝石」17(3)'62.2 p187
推理パズル〈15〉　　17「宝石」17(4)'62.3 p135
推理パズル〈16〉　　17「宝石」17(5)'62.4 p292
推理パズル〈17〉　　17「宝石」17(6)'62.5 p81
推理パズル〈18〉　　17「宝石」17(7)'62.6 p293
推理パズル〈19〉　　17「宝石」17(9)'62.7 p262

推理パズル〈20〉　　17「宝石」17(10)'62.8 p132
推理パズル〈21〉　　17「宝石」17(11)'62.9 p190
推理パズル〈22〉　　17「宝石」17(13)'62.10 p195
推理パズル〈23〉　　17「宝石」17(14)'62.11 p192
推理パズル〈24〉　　17「宝石」17(16)'62.12 p163
推理パズル〈25〉　　17「宝石」18(1)'63.1 p139
推理パズル〈26〉　　17「宝石」18(3)'63.2 p208
推理パズル〈27〉　　17「宝石」18(4)'63.3 p177
推理パズル〈28〉　　17「宝石」18(5)'63.4 p184
推理パズル〈29〉　　17「宝石」18(7)'63.5 p141
推理パズル〈30・完〉　17「宝石」18(8)'63.6 p187

藤村 正太　→川島郁夫
受賞のことば　　　　17「宝石」18(12)'63.9 p69
海のみえる部屋で《小説》
　　　　　　　　　　17「宝石」18(12)'63.9 p80
癌《小説》　　　　　27「別冊宝石」16(11)'63.12 p302
赤いガウン《小説》　17「宝石」19(4)'64.3 p98

藤村 英隆
顔《小説》　　　　　04「探偵趣味」17 '27.3 p24
贈物　　　　　　　　04「探偵趣味」18 '27.4 p32
女と詩人と毒薬《小説》　04「探偵趣味」20 '27.6 p9

藤村 良作
首無事件　　　　　　01「新趣味」17(5)'22.5 p235
良人の焼死　　　　　01「新趣味」17(6)'22.6 p49
棠蔭秘事の一節　　　01「新趣味」17(8)'22.8 p302

藤森 彰
夢魔《小説》　　　　07「探偵」1(7)'31.11 p103

藤森 章　→椿八郎
盲点　　　　　　　　17「宝石」5(4)'50.4 p236

藤山 愛一郎
官界財界アマチュア探偵小説放談座談会《座談会》
　　　　　　　　　27「別冊宝石」3(4)'50.8 p194

藤山 貴一郎
天の斧《小説》　　　27「別冊宝石」5(10)'52.12 p330

ブーシャルドン, ペー
古館の殺人事件〈1〉《小説》
　　　　　　　　　　01「新趣味」17(7)'22.7 p230

藤原 あや子
ユミ夫人の誕生日《絵物語》
　　　　　　　　　　33「探偵実話」5(9)'54.8 p13

藤原 克巳(藤原 克己)
金日成　　　　　　　32「探偵クラブ」2(10)'51.11 p168
スターリン令嬢をめぐる男達
　　　　　　　　　　32「探偵クラブ」3(1)'52.1 p72
嫏蘭姫暗殺事件　　　32「探偵クラブ」3(4)'52.4 p114
宋美鈴暗殺団〈1〉
　　　　　　　　　　32「探偵倶楽部」3(8)'52.9 p146
宋美鈴暗殺団〈2〉
　　　　　　　　　　32「探偵倶楽部」3(9)'52.10 p52
宋美鈴暗殺団〈3〉
　　　　　　　　　32「探偵倶楽部」3(10)'52.11 p120
宋美鈴暗殺団〈4・完〉
　　　　　　　　　32「探偵倶楽部」3(12)'52.12 p86
赤色日本軍　　　　32「探偵倶楽部」3(12)'52.12 p182
赤色日本人師団　　32「探偵倶楽部」4(1)'53.2 p254
生きている日本陸軍
　　　　　　　　　32「探偵倶楽部」4(2)'53.3 p250
日本地下政府　　　32「探偵倶楽部」4(5)'53.5 p184
死刑までの五日間　32「探偵倶楽部」4(6)'53.6 p296

保安隊は狙われている！			
	32「探偵倶楽部」4(7)'53.7 p31	オンリー《小説》	
見えぬ殺人者	32「探偵倶楽部」4(9)'53.9 p168		35「エロティック・ミステリー」2(4)'61.4 p62
暗殺者の群	32「探偵倶楽部」5(3)'54.3 p44	女だけの業《小説》	
影なき殺人者	32「探偵倶楽部」5(4)'54.4 p108		35「エロティック・ミステリー」2(10)'61.10 p202
人民裁判を裁く	32「探偵倶楽部」6(1)'55.1 p238	赤い目《小説》	
東久邇宮の密使と名乗る男			35「エロティック・ミステリー」2(11)'61.11 p98
	32「探偵倶楽部」6(3)'55.3 p58	むかしの恋人《小説》	
拳銃ものがたり	32「探偵倶楽部」7(8)'56.7 p274		35「エロティック・ミステリー」2(12)'61.12 p42
藤原 孔秀		おさん茂右衛門	
ペンの走るまゝに	11「ぷろふいる」3(8)'35.8 p128		35「エロティック・ミステリー」3(1)'62.1 p42
藤原 宰		［麻雀］	17「宝石」18(5)'63.4 p12
千にひとつの偶然《小説》		女類《小説》	17「宝石」18(5)'63.4 p40
	32「探偵倶楽部」8(13)'57.12 p72	一日一悪二善	17「宝石」18(13)'63.10 p19
骨《小説》	32「探偵倶楽部」9(7)'58.6 p206	真の人	17「宝石」18(15)'63.11 p19
日光浴の殺人《小説》		問うてみること	17「宝石」18(16)'63.12 p19
	32「探偵倶楽部」9(11)'58.9 p154	藤原 蓬萊	
女は殺せ《小説》	32「探偵倶楽部」10(2)'59.2 p184	相撲四十八手のお浚い	
キャッチ・フレーズ《小説》			01「新趣味」17(1)'22.1 p128
	35「エロティック・ミステリー」3(6)'62.6 p86	藤原 羊平	
姑の眼《小説》		人間藤の伝説	11「ぷろふいる」1(2)'33.6 p50
	35「エロティック・ミステリー」3(11)'62.11 p60	無理心中の一歩前の廻わり右	
被害者《小説》			11「ぷろふいる」4(8)'36.8 p101
	35「エロティック・ミステリー」4(6)'63.6 p130	藤原 義江	
誘拐《小説》		涙の独唱会	25「X」3(4)'49.3別 p25
	35「エロティック・ミステリー」4(9)'63.9 p82	藤原 良造	
美貌禍《小説》	35「ミステリー」5(3)'64.3 p32	姓名判断	01「新趣味」17(1)'22.1 p170
血液買います《小説》		運命指導	01「新趣味」17(3)'22.3 p315
	35「ミステリー」5(4)'64.4 p84	ブース，B	
藤原 審爾		素晴らしい新手《小説》	
愛撫《小説》	27「別冊宝石」11(10)'58.12 p212		17「宝石」9(10)'54.8増 p274
紅顔《小説》	27「別冊宝石」12(2)'59.2 p98	ブース，J	
私の処女作	17「宝石」14(3)'59.3 p14	完全犯罪はあり得ない	
気の乗らぬ話	17「宝石」14(6)'59.6 p248		32「探偵倶楽部」10(2)'59.2 p252
きまぐれな人《小説》		ブースビイ，ガイ（ブースベー，クイ）	
	27「別冊宝石」12(6)'59.6 p24	少年警部《小説》	01「新趣味」17(5)'22.5 p94
女の兵隊《小説》	27「別冊宝石」12(8)'59.8 p124	白妖姫《小説》	32「探偵倶楽部」6(3)'55.3 p279
欺かれた女《小説》		布施 隆	
	27「別冊宝石」12(10)'59.10 p30	赤線地帯の寄席芝居	
CSガール《小説》			32「探偵倶楽部」8(11)'57.11 p122
	27「別冊宝石」12(12)'59.12 p100	双葉 十三郎	
殺してやる《小説》	27「別冊宝石」13(2)'60.2 p28	ロオラとベデリア	17「宝石」2(6)'47.6 p34
三人の遺産相続人〈1〉《小説》		日本探偵映画雑感	19「ぷろふいる」2(2)'47.8 p32
	17「宝石」15(5)'60.4 p24	密室の魔術師《小説》	21「黒猫」1(5)'47.12 p27
ゆがんだ抵抗《小説》		匂う密室	25「Gメン」2(4)'48.4 p46
	27「別冊宝石」13(6)'60.6 p26	星屑殺人事件《小説》	17「宝石」3(4)'48.5 p36
三人の遺産相続人〈2〉		死体の足音	28「影」'48.7 p28
	17「宝石」15(9)'60.7 p246	冒険映画の思い出	17「宝石」3(9)'48.12 p21
裏切られた女たち《小説》		東西映画スター	17「宝石」5(1)'50.1 p152
	35「エロティック・ミステリー」1(1)'60.8 p32	探偵映画の変遷	27「別冊宝石」3(2)'50.4 p66
三人の遺産相続人〈3〉《小説》		映画化された「幻の女」	
	17「宝石」15(10)'60.8 p280		17「宝石」6(5)'51.5 p134
三人の遺産相続人〈4・完〉《小説》		探偵小説と西部小説	17「宝石」6(6)'51.6 p180
	17「宝石」15(11)'60.9 p274	空想科学小説について	17「宝石」6(8)'51.8 p76
虚栄と慾と死《小説》		チャンドラアの特殊性	
	35「エロティック・ミステリー」1(3)'60.10 p36		27「別冊宝石」4(1)'51.8 p138
さよならニッポン《小説》		映画「白い恐怖」をめぐつて《座談会》	
	35「エロティック・ミステリー」1(4)'60.11 p128		17「宝石」6(10)'51.10 p189
売春動員《小説》		海外探偵小説を語る《座談会》	
	35「エロティック・ミステリー」2(2)'61.2 p90		17「宝石」6(11)'51.10増 p154

ふたみ

アンケート《アンケート》
　　　　　　　　　　17「宝石」6(11)'51.10増 p175
探偵小説に対するアンケート《アンケート》
　　　　　　　　　　32「探偵倶楽部」4(1)'53.2 p149
お祝いの言葉と　　　17「宝石」10(7)'55.5 p201
探偵小説とスリラー映画《座談会》
　　　　　　　　　　17「宝石」12(9)'57.7 p188
スリラー映画の「型」について
　　　　　　　　　　17「宝石」12(10)'57.8 p265
クリスティの映画「情婦」を語る《座談会》
　　　　　　　　　　17「宝石」13(4)'58.3 p258
シネ・ガイド　　　　17「宝石」13(9)'58.7 p222
シネ・ガイド　　　　17「宝石」13(10)'58.8 p210
シムノンの人と映画《座談会》
　　　　　　　　　　17「宝石」13(10)'58.8 p220
シネ・ガイド　　　　17「宝石」13(12)'58.9 p240
シネ・ガイド　　　　17「宝石」13(13)'58.10 p244
シネ・ガイド　　　　17「宝石」13(14)'58.11 p180
シネ・ガイド　　　　17「宝石」13(15)'58.12 p230
シネ・ガイド　　　　17「宝石」14(1)'59.1 p262
「影」《対談》　　　17「宝石」14(2)'59.2 p212
絶対絶命《対談》　　17「宝石」14(3)'59.2 p288
シネ・ガイド　　　　17「宝石」14(3)'59.3 p212
芸術写真　　　　　　17「宝石」14(4)'59.4 p14
シネガイド　　　　　17「宝石」14(4)'59.4 p234
シネ・ガイド　　　　17「宝石」14(5)'59.5 p200
シネ・ガイド　　　　17「宝石」14(6)'59.6 p196
ミステリー映画あれこれ
　　　　　　　　　　17「宝石」14(12)'59.10増 p166
フランク・グルーバーと私
　　　　　　　　　　17「宝石」15(4)'60.3 p188
酔わなかった船　　　17「宝石」15(12)'60.10 p204
夏の夜の恐怖を語る《座談会》
　　　　　　　　　27「別冊宝石」14(5)'61.10 p136
新映画公判　　　　　17「宝石」19(1)'64.1 p148
新映画公判　　　　　17「宝石」19(3)'64.2 p148
新映画公判　　　　　17「宝石」19(4)'64.3 p112
新映画公判　　　　　17「宝石」19(5)'64.4 p112
新映画公判　　　　　17「宝石」19(7)'64.5 p112

二見 靖美
夏と不良青年　　　18「トップ」2(4)'47.8 p17

淵 毅 →船知慧
探偵小説のあり方　　17「宝石」8(1)'53.1 p256
探偵小説の新感覚について
　　　　　　　　　　17「宝石」8(3)'53.4 p220
探偵小説の幾何学的解剖
　　　　　　　　　　17「宝石」8(7)'53.7 p254

淵先 毅 →船知慧
笑い声《小説》　　　24「トリック」7(2)'53.2 p124
崖《小説》　　　　　33「探偵実話」5(7)'54.6 p70
黙約《小説》　　　　32「探偵倶楽部」5(8)'54.8 p186

ブッシュ, クリストファ
首をきられた死体《小説》
　　　　　　　　　27「別冊宝石」14(2)'61.3 p8

フレッチャー, J・S
燈台守綺談《小説》　11「ぷろふいる」2(1)'34.1 p114

フットレル, ジャック
十三号監房の秘密《小説》
　　　　　　　　　　17「宝石」10(13)'55.9 p80

フットレル, ジャック
あつた筈の家《小説》　17「宝石」13(6)'58.5 p208
フットレル, メイ
笑う像《小説》　　　17「宝石」13(6)'58.5 p196
太井 正人
ピカドンマダム《小説》
　　　　　　　　　　33「探偵実話」5(10)'54.9 p59
舟木 重仁
硫黄島脱出記　　　32「探偵倶楽部」6(9)'55.9 p254
船知 慧(舟知 慧) →淵先毅, 淵毅
密室の恐怖　　　　33「探偵実話」5(12)'54.10 p229
夜の会話《小説》　　33「探偵実話」13(7)'62.6 p42
舟橋 聖一
はがきあんけーと《アンケート》
　　　　　　　　　　19「仮面」3(2)'48.3 p34
船屋 猿児
少年期《小説》　　　24「妖奇」5(11)'51.11 p92
船山 馨
アンケート《アンケート》
　　　　　　　　　　17「宝石」8(6)'53.6 p189
人間競馬《小説》　　27「別冊宝石」9(8)'56.11 p46
ミステリー散歩　　　17「宝石」15(1)'60.1 p60
不木 →小酒井不木
探偵趣味　　　　　　04「探偵趣味」3 '25.11 p23
文子
青線女性生態座談会《座談会》
　　　　　　　　　　32「探偵倶楽部」4(11)'53.11 p84
麓 昌平
濁ったいずみ《小説》
　　　　　　　　　　17「宝石」17(8)'62.6増 p120
普門 亮三
面妖座頭譚《小説》　03「探偵文芸」3(1)'27.1 p38
冬木 荒之介 →井上靖
夜靄《小説》　08「探偵趣味」(平凡社版)12 '32.4 p10
冬木 喬
薔薇の翳《小説》　　17「宝石」16(3)'61.2 p256
笞刑《小説》　　　　17「宝石」19(2)'64.1 p258
受賞の言葉　　　　　17「宝石」19(5)'64.4 p167
黒白の間《小説》　　17「宝石」19(7)'64.5 p156
冬村 温
血液試験《小説》　　17「宝石」9(3)'54.3 p197
赤靴をはいたリル《小説》
　　　　　　　　　　17「宝石」9(10)'54.8増 p266
あまりに名人《小説》
　　　　　　　　　27「別冊宝石」8(1)'55.1 p169
逃走する男《小説》　17「宝石」10(5)'55.3 p306
少女と目眩し《小説》
　　　　　　　　　27「別冊宝石」8(4)'55.5 p37
色好みの平中　　　　17「宝石」12(6)'57.4 p201
冬村 砂男
鏡の涯《小説》　　　17「宝石」8(12)'53.10増 p71
木瓜《小説》　　　　17「宝石」8(13)'53.11 p190
ブライアン, コーリー
聖女の吸血鬼　　　32「探偵倶楽部」10(2)'59.2 p198
フライド, ジヨン
空とぶ円盤《小説》　21「黒猫」2(10)'48.8 p28

ブラウン, フランク
 夜の蝶〈1〉《小説》 17「宝石」12(1)'57.1 p328
 夜の蝶〈2・完〉《小説》
        17「宝石」12(3)'57.2 p210
ブラウン, フレドリック
 消えた足跡《小説》 17「宝石」5(10)'50.10 p146
 情慾のカーニヴァル〈2・完〉《小説》
       33「探偵実話」6(2)'55.1 p124
 ユーディの原理《小説》
        17「宝石」10(11)'55.8 p50
 危険な男《小説》 32「探偵倶楽部」6(10)'55.10 p42
 沈黙の叫び《小説》
       32「探偵倶楽部」6(11)'55.11 p142
 後ろからの声《小説》
       27「別冊宝石」12(11)'59.11 p50
 パラドックス・ロースト《小説》
        17「宝石」15(1)'60.1 p326
 町を求む《小説》 27「別冊宝石」13(1)'60.1 p151
 悪徳の街《小説》 27「別冊宝石」13(7)'60.7 p9
 わらう肉屋《小説》 17「宝石」15(13)'60.11 p268
 スミス氏バケツを蹴る《小説》
        17「宝石」16(4)'61.3 p274
 イアリングの神《小説》
        17「宝石」16(7)'61.6 p364
 町を求む《小説》 27「別冊宝石」14(4)'61.7 p258
 四人のめくら《小説》 17「宝石」17(3)'62.2 p348
 もう一度のどを切ってやる《小説》
        17「宝石」17(3)'62.2 p358
 ささやかな嘘《小説》 17「宝石」17(4)'62.3 p294
 終幕《小説》 17「宝石」18(12)'63.9 p292
 踊るサンドウィッチ《小説》
        17「宝石」19(4)'64.3 p270
ブラウンハイム, F
 毒蛾《小説》 32「探偵倶楽部」6(12)'55.12 p88
ブラジヤツク, ロベール
 シメノンの偉業 15「探偵春秋」2(7)'37.7 p68
ブラシンガム, W
 俺は生きてる《小説》
       32「探偵倶楽部」9(10)'58.8 p262
ブラット, フレッチャア
 グリムシヨウ博士の精神病院《小説》
       32「探偵倶楽部」7(10)'56.9 p236
ブラックウッド, アルジャノン
 不思議の客《小説》 01「新趣味」17(2)'22.2 p172
 柳 17「宝石」10(15)'55.11 p14
 魍魎の島《小説》 32「探偵倶楽部」7(9)'56.9 p308
 霧の中の女《小説》
       32「探偵倶楽部」8(9)'57.9 p201
 秘密礼拝式《小説》
       27「別冊宝石」14(5)'61.10 p8
ブラット, フレッチャ
 俺の躰はどこへ行った《小説》
       32「探偵倶楽部」7(3)'56.3 p38
ブラッドエル, イ・エス
 つけて来る自動車《小説》
       09「探偵小説」2(1)'32.1 p158
ブラッドベリ, レイ
 十月のゲーム《小説》 17「宝石」13(12)'58.9 p302
 死体を愛する男《小説》
       27「別冊宝石」12(7)'59.7 p74
 わかれ《小説》 27「別冊宝石」13(1)'60.1 p148

無間地獄《小説》 17「宝石」15(4)'60.3 p284
消えた少年《小説》 17「宝石」15(4)'60.3 p298
世界連邦《小説》 27「別冊宝石」13(8)'60.9 p167
発電所《小説》 27「別冊宝石」14(1)'61.1 p150
黒人・大男ボー《小説》
       27「別冊宝石」14(1)'61.1 p160
わかれ《小説》 27「別冊宝石」14(4)'61.7 p253
小さな暗殺者《小説》 17「宝石」16(10)'61.9 p292
こびと《小説》 17「宝石」18(7)'63.5 p299
私は火星《小説》 17「宝石」16(8)'63.9 p12
静寂《小説》 27「別冊宝石」16(10)'63.11増 p112
下水道《小説》 17「宝石」19(1)'64.1 p305
群衆《小説》 17「宝石」19(3)'64.2 p313
ブラーマ, アーネスト
 アパートの殺人《小説》
       09「探偵小説」2(4)'32.4 p244
 悲劇の結末《小説》
       32「探偵倶楽部」4(7)'53.7 p54
 二つの左靴《小説》
       27「別冊宝石」11(1)'58.1 p270
ブラマー, ラルフ
 深夜の決勝《小説》 09「探偵小説」2(8)'32.8 p62
ブラーム, R・H
 タビントンの幽霊《小説》
       32「探偵倶楽部」7(10)'56.9 p258
フラメンコ, アル・デ
 ベルトで泣かせて《小説》
       32「探偵倶楽部」9(12)'58.10 p106
フランク, ハウル
 事件は終りぬ《小説》
       32「探偵倶楽部」6(9)'55.9 p156
フランセース, ホセー
 連鎖《小説》 17「宝石」8(7)'53.7 p236
ブランデン
 深夜にスケートする人々《詩》
       15「探偵春秋」1(1)'36.10 p39
ブランド, マックス
 天晴れブロンディ《小説》
       32「探偵倶楽部」8(8)'57.8 p182
ブランド夫人, E
 幽霊宿屋《小説》 11「ぷろふいる」4(8)'36.8 p111
ブランマー, ラルフ
 煙突の上《小説》 32「探偵倶楽部」8(3)'57.4 p172
フリーマン, W
 唐金の仏像《小説》 09「探偵小説」2(2)'32.2 p49
フリーマン, オースチン
 社会改造の敵《小説》
       01「新趣味」17(12)'22.12 p190
 焼跡の頭蓋骨《小説》
       01「新趣味」18(1)'23.1 p331
 六箇の硝子管《小説》
       01「新趣味」18(6)'23.6 p246
 文字合はせ錠《小説》 17「宝石」9(8)'54.7 p66
 オスカー・ブロドスキー事件《小説》
       17「宝石」10(14)'55.10 p44
 泰山鳴動事件の顛末《小説》
       32「探偵倶楽部」7(12)'56.11 p236

ふりみ　　　　　　　　　　　執筆者名索引

アルミニュームの短剣《小説》
　　　　　27「別冊宝石」11(7)'58.9 p182
オシリスの眼《小説》
　　　　　27「別冊宝石」14(6)'61.11 p158
フリーミング，ブランドン（フリーミング，ブラッドン）
　脅喝業者《小説》　09「探偵小説」1(4)'31.12 p72
　赤い帽子《小説》　09「探偵小説」2(1)'32.1 p166
ブリュックナア，ベルタ
　詐術《小説》　　32「探偵倶楽部」9(12)'58.10 p92
ブリーン，ハーバート
　一番バス九時間遅れ《小説》
　　　　　　　　　17「宝石」13(6)'58.5 p76
プリンス，J&H
　指男《小説》　　　17「宝石」13(8)'58.6 p314
ブリンドレイ，ウヰリス
　ひも《小説》　　03「探偵文芸」1(10)'25.12 p16
プール，レジナルド・ヒーバー
　俄探偵の恋《小説》　01「新趣味」18(5)'23.5 p126
古内　寅雄
　戦後派の戦慄　33「探偵実話」5(7)'54.6 p162
古川　健
　れふきうた《猟奇歌》　06「猟奇」4(7)'31.12 p26
古川　建
　Ｙの喜劇《小説》　16「ロック」2(9)'47.10 p46
古川　真治
　男役の果《小説》　24「妖奇」3(7)'49.6別 p58
布留田　勇次
　降ってきた裸の女　33「探偵実話」2(4)'51.3 p207
古川　緑波
　タダ一つ神もし許し賜はゞ……《アンケート》
　　　　　　　　　06「猟奇」4(3)'31.5 p67
　アンケート《アンケート》
　　　　　　　　　17「宝石」8(6)'53.6 p189
　アンケート《アンケート》
　　　　　　　　　17「宝石」12(10)'57.8 p233
古里　二十二
　唇を盗む話《小説》　06「猟奇」2(4)'29.4 p16
　キネマに効あり　06「猟奇」2(6)'29.6 p40
　淑女にも亦……《小説》　06「猟奇」2(10)'29.10 p2
　借りた百五十円《小説》　06「猟奇」2(11)'29.11 p4
古沢　好一郎
　給料日の出来事《小説》
　　　　　33「探偵実話」7(2)'55.12増 p34
　日曜日の出来事《小説》
　　　　　33「探偵実話」7(8)'56.4増 p162
古沢　嘉夫
　もののあわれ　17「宝石」12(11)'57.8増 p326
古島　一雄
　長い長い殺し屋の話《小説》
　　　　　　　　　17「宝石」16(3)'61.2増 p364
古田　昂生
　網走以後　　　　07「探偵」1(5)'31.9 p114
古田　保
　女菩薩たち　27「別冊宝石」12(4)'59.4 p26
　まちがい電話　27「別冊宝石」12(10)'59.10 p25

熱海を見直す
　　　35「エロチック・ミステリー」3(6)'62.6 p119
新婚かつぎ屋旅行
　　　35「エロチック・ミステリー」3(12)'62.12 p62
ヨーションの恥
　　　35「エロチック・ミステリー」4(2)'63.2 p124
古田　博之
　英語と日本語　　17「宝石」14(4)'59.4 p236
　ガードナーの読み方　17「宝石」14(6)'59.6 p152
ブルック，マーチン
　庭の花《小説》　17「宝石」13(10)'58.8 p306
古内　寅雄
　名刑事殊勲座談会《座談会》
　　　　　33「探偵実話」2(10)'51.9 p130
古波蔵　保好
　シネマ・プロムナード　17「宝石」16(8)'61.7 p112
　サロン・ド・シネマ　17「宝石」16(9)'61.8 p144
　サロン・ド・シネマ・サロン
　　　　　　　　　17「宝石」16(10)'61.9 p112
　サロン・ド・シネマ　17「宝石」16(11)'61.10 p248
　サロン・ド・シネマ　17「宝石」16(12)'61.11 p112
　サロン・ド・シネマ　17「宝石」16(13)'61.12 p160
　サロン・ド・シネマ　17「宝石」17(1)'62.1 p184
　サロン・ド・シネマ　17「宝石」17(3)'62.2 p180
　サロン・ド・シネマ　17「宝石」17(4)'62.3 p144
　サロン・ド・シネマ　17「宝石」17(5)'62.4 p144
　サロン・ド・シネマ　17「宝石」17(6)'62.5 p144
　サロン・ド・シネマ　17「宝石」17(7)'62.6 p190
　サロン・ド・シネマ　17「宝石」17(9)'62.7 p148
　サロン・ド・シネマ　17「宝石」17(10)'62.8 p148
　シネマ・ド・サロン　17「宝石」17(11)'62.9 p148
　サロン・ド・シネマ　17「宝石」17(16)'62.12 p148
古畑　種基
　指紋《小説》　　03「探偵文芸」2(5)'26.5 p25
　タダ一つ神もし許し賜はゞ……《アンケート》
　　　　　　　　　06「猟奇」4(3)'31.5 p66
　ハガキ回答《アンケート》
　　　　　　　　　11「ぷろふいる」5(4)'37.4 p45
　戦後異常犯罪の解剖《座談会》
　　　　　　　　　17「宝石」6(8)'51.8 p67
　アンケート《アンケート》
　　　　　　　　　17「宝石」8(6)'53.6 p190
　江戸川乱歩さんの還暦を祝す
　　　　　27「別冊宝石」7(9)'54.11 p167
　法医学と探偵小説《対談》
　　　　　33「探偵実話」8(1)'56.12 p128
　アンケート《アンケート》
　　　　　　　　　17「宝石」12(12)'57.9 p153
　誌上アンケート《アンケート》
　　　　　　　33「探偵実話」9(1)'57.12 p141
　指紋かアリバイか〈1〉
　　　　　　　　　17「宝石」14(8)'59.7 p220
　指紋かアリバイか〈2〉
　　　　　　　　　17「宝石」14(9)'59.8 p201
　指紋かアリバイか〈3・完〉
　　　　　　　　　17「宝石」14(10)'59.9 p185
　日本の指紋法〈1〉　17「宝石」14(11)'59.10 p223
　日本の指紋法〈2〉　17「宝石」14(13)'59.11 p111
　日本の指紋法〈3〉　17「宝石」14(14)'59.12 p289
　日本の指紋法〈4〉　17「宝石」15(1)'60.1 p159

日本の指紋法〈5〉　　17「宝石」15(2)'60.2 p79
日本の指紋法〈6〉　　17「宝石」15(4)'60.3 p240
日本の指紋法〈7〉　　17「宝石」15(5)'60.4 p194
日本の指紋法〈8・完〉
　　　　　　　　　　17「宝石」15(6)'60.5 p137
指紋は偽造できるか　17「宝石」15(8)'60.6 p200
指紋の人類学的価値〈1〉
　　　　　　　　　　17「宝石」15(9)'60.7 p171
指紋の人類学的価値〈2〉
　　　　　　　　　　17「宝石」15(10)'60.8 p250
指紋の人類学的価値〈3・完〉
　　　　　　　　　　17「宝石」15(11)'60.9 p198
白骨死体の身許鑑別　17「宝石」15(12)'60.10 p247
パークマン博士殺しと歯
　　　　　　　　　　17「宝石」15(13)'60.11 p119
絞死と縊死〈1〉　　　17「宝石」15(14)'60.12 p254
絞死と縊死〈2・完〉　17「宝石」16(1)'61.1 p224
圧死事件と樺美智子さんの死因〈1〉
　　　　　　　　　　17「宝石」16(2)'61.2 p219
圧死事件と樺美智子さんの死因〈2・完〉
　　　　　　　　　　17「宝石」16(4)'61.3 p196
性に関する法医学〈1〉
　　　　　　　　　　17「宝石」16(5)'61.4 p167
性に関する法医学〈2〉
　　　　　　　　　　17「宝石」16(6)'61.5 p243
性に関する法医学〈3〉
　　　　　　　　　　17「宝石」16(7)'61.6 p272
性に関する法医学〈4〉
　　　　　　　　　　17「宝石」16(8)'61.7 p191
性に関する法医学〈5〉
　　　　　　　　　　17「宝石」16(9)'61.8 p222
性に関する法医学〈6〉
　　　　　　　　　　17「宝石」16(10)'61.9 p213
性に関する法医学〈7〉
　　　　　　　　　　17「宝石」16(11)'61.10 p349
性に関する法医学〈8〉
　　　　　　　　　　17「宝石」17(1)'62.1 p253
性に関する法医学〈9〉
　　　　　　　　　　17「宝石」17(3)'62.2 p299
性に関する法医学〈10〉
　　　　　　　　　　17「宝石」17(4)'62.3 p289
性に関する法医学〈11〉
　　　　　　　　　　17「宝石」17(5)'62.4 p259
　　アンケート《アンケート》
　　　　　　　　　　17「宝石」18(8)'63.6 p124
古谷 武網
　工場と中卒娘　　　17「宝石」19(5)'64.4 p16
古屋 亨
　科学捜査の勝利　　32「探偵倶楽部」4(5)'53.5 p282
古矢 光夫
　理由なき堕胎　　　33「探偵実話」8(13)'57.9 p88
　医学博士の令嬢暴行事件
　　　　　　　　　　33「探偵実話」8(14)'57.10 p223
フルヤ, タケシ
　［れふきうた］《猟奇歌》　06「猟奇」5(2)'32.2 p27
　［れふきうた］《猟奇歌》　06「猟奇」5(3)'32.3 p9
　［猟奇歌］《れふきうた》　06「猟奇」5(5)'32.5 p32
ブレア, A・マクアルパイン
　お前だつたのか!《小説》
　　　　　　　　　　11「ぷろふいる」1(8)'33.12 p90

ブレイク, スタツケイ
　黄色いハンカチーフ《小説》
　　　　　　　　　　01「新趣味」18(1)'23.1 p42
ブレイク, ニコラス
　ビール工場殺人事件《小説》
　　　　　　　　　　27「別冊宝石」13(8)'60.9 p9
フレイザー, ダイアン
　極秘親展《小説》　27「別冊宝石」17(1)'64.1 p166
フレイザー, フエリン
　バーカー教授の推理《小説》
　　　　　　　　　　11「ぷろふいる」2(11)'34.11 p28
　バーカー教授の法則《小説》
　　　　　　　　　　11「ぷろふいる」3(2)'35.2 p81
　バーカー教授と羊肉《小説》
　　　　　　　　　　11「ぷろふいる」3(4)'35.4 p107
ブレイザー, リチャード・S
　人みな銃をもつ《小説》
　　　　　　　　　　27「別冊宝石」16(7)'63.8 p9
　犯罪横丁《小説》　27「別冊宝石」17(6)'64.5 p102
ブレイト, ロバート
　退屈な夫《小説》　17「宝石」14(5)'59.5 p310
ブレヴオ, マルセル
　女と猫《小説》　　04「探偵趣味」4(6)'28.6 p75
ブレーク, ニコラス
　証拠の問題《小説》27「別冊宝石」9(2)'56.2 p179
　死の殻《小説》　　27「別冊宝石」11(1)'58.1 p5
フレーザー, フエリン
　南極探検隊殺人事件《小説》
　　　　　　　　　　11「ぷろふいる」4(1)'36.1 p86
　北極の風《小説》　14「月刊探偵」2(5)'36.6 p64
フレッチャー, J・S
　骨《小説》　　　　07「探偵」1(2)'31.6 p188
　廃屋奇談《小説》　09「探偵小説」1(3)'31.11 p210
　愛情《小説》　　　07「探偵」1(8)'31.12 p95
　黄色い犬《小説》　09「探偵小説」2(2)'32.2 p129
　真珠と煙草《小説》09「探偵小説」2(4)'32.4 p270
　怪人キッフイン《小説》
　　　　　　　　　　11「ぷろふいる」1(4)'33.8 p20
　覚醒《小説》　　　11「ぷろふいる」4(9)'36.9 p67
　ダイヤモンド〈1〉〔原作〕《絵物語》
　　　　　　　　　　16「ロック」4(1)'49.2 p2
　ダイヤモンド〈2〉〔原作〕《絵物語》
　　　　　　　　　　16「ロック」4(2)'49.5 p2
　目ざまし時計《小説》
　　　　　　　　　　27「別冊宝石」7(6)'54.7 p265
　古い箱《小説》　　17「宝石」11(9)'56.7 p40
　片目鏡の秘密《小説》17「宝石」11(9)'56.7 p76
　マレンドン事件《小説》
　　　　　　　　　　17「宝石」11(9)'56.7 p100
　燈台守covrack《小説》
　　　　　　　　　　32「探偵倶楽部」9(6)'58.5 p228
　覚醒《小説》　　　32「探偵倶楽部」9(7)'58.6 p187
フレッチャー, ヂョーヂ
　毒殺鬼パーマー事件
　　　　　　　　　　02「秘密探偵雑誌」1(4)'23.8 p122
フレデリックス, A（フレデリックス, アーノルド）
　盗まれた黒祈禱書《小説》
　　　　　　　　　　11「ぷろふいる」4(9)'36.9 p49

青い光〈1〉《小説》　　　　17「宝石」8(2)'53.3 p62
青い光〈2〉《小説》　　　　17「宝石」8(3)'53.4 p14
青い光〈3〉《小説》　　　　17「宝石」8(5)'53.5 p174
青い光〈4〉《小説》　　　　17「宝石」8(6)'53.6 p234
青い光〈5〉《小説》　　　　17「宝石」8(7)'53.7 p226
青い光〈6〉《小説》　　　　17「宝石」8(9)'53.8 p172
青い光〈7〉《小説》　　　　17「宝石」8(10)'53.9 p186
青い光〈8・完〉《小説》
　　　　　　　　　　　　　17「宝石」8(11)'53.10 p216
ブレナン，ロバート
　替玉《小説》　　　　03「探偵文芸」2(11)'26.11 p13
　「盲目ラノオ」《小説》
　　　　　　　　　　　　03「探偵文芸」2(11)'26.11 p23
フレミング，ピーター
　スペードのキング《小説》
　　　　　　　　　　　32「探偵倶楽部」6(4)'55.4 p274
フレミング，ブランドン
　恐喝業者《小説》　32「探偵倶楽部」9(9)'58.7増 p217
プレーン，ロバート
　六番目の犠牲者《小説》
　　　　　　　　　　　32「探偵倶楽部」9(1)'58.1
風呂 不入
　ブルース読後感　　11「ぷろふいる」3(9)'35.9 p102
フロースト，フランク
　黒衣の女《小説》　　　09「探偵小説」1(1)'31.9 p1
ブロック，ロバート
　私はあなたの切裂きジャック《小説》
　　　　　　　　　　　　　17「宝石」15(5)'60.4 p292
　魔法使の弟子《小説》　17「宝石」16(9)'61.8 p268
　子供にはお菓子を《小説》
　　　　　　　　　　　27「別冊宝石」14(5)'61.10 p36
　悪魔のマント《小説》　17「宝石」18(9)'63.7 p294
ブロックマン，ローレンス・G（ブロッチマン，L・G）
　赤葡萄酒《小説》　　09「探偵小説」2(6)'32.6 p172
　危険な贈り物　　　32「探偵倶楽部」9(3)'58.3 p122
　やぶへび《小説》　27「別冊宝石」16(5)'63.6 p131
ブロムフィルド，チァアルス
　頼みにする弁護士《小説》
　　　　　　　　　　　　04「探偵趣味」23 '27.9 p16
ブロムレイ，アル
　十二匹の毒蛇《小説》　09「探偵小説」1(1)'31.9 p142
　牡蠣シチューの鍋《小説》
　　　　　　　　　　　　07「探偵」1(5)'31.9 p159
　影絵日記《小説》　09「探偵小説」1(3)'31.11 p170
　牡蠣のシチウ《小説》
　　　　　　　　　　　32「探偵倶楽部」9(6)'58.5 p268
フローラ，フレッチャー
　黄色い靴の男《小説》32「探偵倶楽部」7(3)'56.3 p282
　いとも愉しき毒殺の話《小説》
　　　　　　　　　　　　17「宝石」14(2)'59.2 p316
　冷めたい晩餐《小説》
　　　　　　　　　　27「別冊宝石」16(10)'63.11増 p59
不破 新吾
　贋者《小説》　　　　　18「トップ」2(4)'47.8 p28

文京 棋人
　詰将棋名局集　　　33「探偵実話」12(12)'61.10 p183
　詰将棋名局集　　　33「探偵実話」12(15)'61.11 p103
　詰将棋名局集　　　33「探偵実話」12(16)'61.12 p79
　詰将棋名局集　　　33「探偵実話」13(3)'62.2 p131
　詰将棋名局集　　　33「探偵実話」13(4)'62.3 p75
　詰将棋名局集　　　33「探偵実話」13(5)'62.4 p97
　詰将棋名局集　　　33「探偵実話」13(6)'62.5 p163
　詰将棋名局集　　　33「探偵実話」13(9)'62.7 p121
　詰将棋名局選　　　33「探偵実話」13(10)'62.8 p152

【 ヘ 】

ベアー，ジヨン
　鸚鵡《小説》　　　　01「新趣味」18(1)'23.1 p244
ベアード，エドウイン
　赤い弾丸《小説》　　01「新趣味」17(9)'22.9 p2
ベイ，アーメッド
　涙《小説》　　　　　04「探偵趣味」13 '26.11 p10
ヘイクラフト，ハワード
　現代アメリカ探偵小説入門
　　　　　　　　　　　32「探偵倶楽部」9(3)'58.3 p180
ヘイコックス，アーネスト
　駅馬車《小説》　　32「探偵倶楽部」7(4)'56.4 p252
　情無用の街《小説》
　　　　　　　　　　32「探偵倶楽部」7(7)'56.6増 p240
ベイトン，イレル
　名を忘れた男《小説》
　　　　　　　　　　　　03「探偵文芸」1(5)'25.7 p50
　舞台に馴れた目《小説》
　　　　　　　　　　　　03「探偵文芸」1(6)'25.8 p50
ベイビイ，ジヤック
　電話の声《小説》　32「探偵倶楽部」9(9)'58.7増 p274
閉門 二郎
　妊娠した幽霊《小説》
　　　　　　　　　　　33「探偵実話」9(12)'58.8 p144
　芸者と濡れた幼童物語《小説》
　　　　　　　　　　　33「探偵実話」9(13)'58.9 p148
　続・芸者と濡れた幼童物語〈1〉《小説》
　　　　　　　　　　　33「探偵実話」9(15)'58.10 p240
　続・芸者と濡れた幼童物語〈2〉《小説》
　　　　　　　　　　　33「探偵実話」9(16)'58.11 p154
　続・芸者と濡れた幼童物語〈3〉《小説》
　　　　　　　　　　　33「探偵実話」10(1)'58.12 p228
　続・芸者と濡れた幼童物語〈4〉《小説》
　　　　　　　　　　　33「探偵実話」10(3)'59.1 p150
　結核菌を注射した女医
　　　　　　　　　　　33「探偵実話」10(2)'59.1増 p252
　続・芸者と濡れた幼童物語〈5〉《小説》
　　　　　　　　　　　33「探偵実話」10(4)'59.2 p188
　続・芸者と濡れた幼童物語〈6〉《小説》
　　　　　　　　　　　33「探偵実話」10(5)'59.3 p222
　続・芸者と濡れた幼童物語〈7〉《小説》
　　　　　　　　　　　33「探偵実話」10(7)'59.4 p244

続・芸者と濡れた幼童物語〈8〉《小説》
　　　　　　　　　33「探偵実話」10(8) '59.5 p258
続・芸者と濡れた幼童物語〈9〉《小説》
　　　　　　　　　33「探偵実話」10(9) '59.6 p236
続・芸者と濡れた幼童物語〈10〉《小説》
　　　　　　　　　33「探偵実話」10(11) '59.7 p204
続・芸者と濡れた幼童物語〈11〉《小説》
　　　　　　　　　33「探偵実話」10(12) '59.8 p256
続・芸者と濡れた幼童物語〈12〉
　　　　　　　　　33「探偵実話」10(13) '59.9 p206
続・芸者と濡れた幼童物語〈13・完〉《小説》
　　　　　　　　　33「探偵実話」10(14) '59.10 p202
ベイヤー，ジヨン
　変装探偵《小説》　　01「新趣味」18(8) '23.8 p190
　完全なアリバイ《小説》
　　　　　　　　　09「探偵小説」2(3) '32.3 p180
ベイリー，H・C
　魔法の石《小説》　02「秘密探偵雑誌」1(2) '23.6 p16
　殺人鬼《小説》　　　09「探偵小説」2(4) '32.4 p140
　黄色いナメクジ《小説》
　　　　　　　　　32「探偵倶楽部」6(10) '55.10 p312
ベイリー，イ
　日記の断片《小説》　09「探偵小説」2(2) '32.2 p38
ヘウィット，キヤサリン
　幸運の落ート《小説》　21「黒猫」2(10) '48.8 p18
ベカ，エルシー
　獄窓の良人　　　32「探偵クラブ」2(10) '51.11 p144
碧水郎
　瓦の釘　　　　　　01「新趣味」18(4) '23.4 p343
　首無し事件　　　　01「新趣味」18(5) '23.5 p141
　朝鮮人の深謀　　　01「新趣味」18(6) '23.6 p127
　月夜の幽霊　　　　01「新趣味」18(7) '23.7 p261
ヘキスト，ハリングトン　→フィルポッツ，イーデン
　怪物《小説》　　　27「別冊宝石」7(6) '54.7 p103
霹靂火
　車内の珍事　　　　01「新趣味」17(7) '22.7 p221
ヘクト，ベン
　捜索《小説》　　　03「探偵文芸」2(1) '26.1 p104
　斧《小説》　　　　07「探偵」1(7) '31.11 p113
　奇妙な殺人犯《小説》17「宝石」12(10) '57.8 p168
　影《小説》　　　　27「別冊宝石」11(5) '58.6 p124
ベズーグロフ，アナトーリ
　にせのサイン《小説》17「宝石」11(3) '56.2 p72
ベスター，アルフレッド
　選り好みなし《小説》
　　　　　　　　　27「別冊宝石」16(8) '63.9 p72
　時は裏切者《小説》
　　　　　　　　　27「別冊宝石」17(3) '64.3 p246
ベックフオード
　暴王秘史〈1〉《小説》
　　　　　　　　　03「探偵文芸」3(1) '27.1 p66
別貞 阿曼
　ダイナマイト《映画小説》
　　　　　　　　　07「探偵」1(4) '31.8 p33
　ギャング《映画物語》07「探偵」1(5) '31.9 p33
ペッスル，E
　噛み取られた鼻裁判
　　　　　　　　　32「探偵倶楽部」6(9) '55.9 p212

ペッテー，フロレンス・エム
　影法師の謎《小説》　01「新趣味」18(7) '23.7 p74
ヘッベル，フリードリヒ
　夜《小説》　　　　04「探偵趣味」22 '27.8 p14
紅生 姜子　→宮野叢子
　柿の木《小説》　　12「シュピオ」4(3) '38.4 p10
ベネット，ロバート
　私の名刺　　　　33「探偵実話」12(8) '61.6 p164
　銀座男爵〈1〉　　33「探偵実話」12(9) '61.7 p232
　銀座男爵〈2・完〉
　　　　　　　　　33「探偵実話」12(11) '61.8 p70
ヘーヤ，サーリル
　不運な殺人者《小説》32「探偵倶楽部」6(9) '55.9 p288
ベリー，ジエームス
　兄弟殺し《小説》　04「探偵趣味」4(9) '28.9 p57
ベリー，トム
　金鉱区の殺人魔　32「探偵クラブ」1(2) '50.10 p266
　牧師に化けた悪魔
　　　　　　　　　32「探偵クラブ」1(4) '50.12 p266
ベリー，ピイター
　焼け残つた腕〈1〉《小説》
　　　　　　　　　09「探偵小説」2(3) '32.3 p130
　焼け残つた腕〈2〉
　　　　　　　　　09「探偵小説」2(4) '32.4 p120
　焼け残つた腕〈3・完〉《小説》
　　　　　　　　　09「探偵小説」2(5) '32.5 p106
ベリズフォード，J・D（ベレスフォード，J・D）
　痣《小説》　　　15「探偵春秋」2(8) '37.8 p142
　痣《小説》　　　27「別冊宝石」11(7) '58.9 p114
ヘリンジヤー，マーク
　休職《小説》　　　24「トリック」7(2) '53.2 p208
ベル，J・J
　弾丸《小説》　　　11「ぷろふいる」2(3) '34.3 p58
　運命の決闘《小説》　17「宝石」12(1) '57.1 p50
　小切手《小説》　　17「宝石」12(1) '57.1 p58
　午前三時《小説》　17「宝石」12(1) '57.1 p64
ベル，ハイス
　仮面異聞《小説》　　06「猟奇」3(2) '30.3 p8
ベルヂエ，マルセル
　ロジェ街の殺人《小説》
　　　　　　　32「探偵倶楽部」3(11) '52.11増 p210
ベルナール，トリスタン
　恋の破滅《小説》　04「探偵趣味」4(9) '28.9 p16
　馬来人の匕首《小説》
　　　　　　　　　09「探偵小説」2(2) '32.2 p70
ベルバレット，アー
　黒手団の陰謀《小説》
　　　　　　　　　01「新趣味」17(5) '22.5 p152
ヘルビック，ジエームス
　二人牧師《小説》32「探偵倶楽部」6(11) '55.11 p242
ベルリナー夫人
　外国婦人の観た日本人の服装と化粧
　　　　　　　　　01「新趣味」17(2) '22.2 p112

へろつ

ベロツク夫人
　侯爵は果して殺したか《小説》
　　　　　　　　　01「新趣味」17(3) '22.3 p170

編輯部
　本誌推薦優秀映画の紹介
　　　　　　　　　05「探偵・映画」1(1) '27.10 p78
　海外映画界通信　05「探偵・映画」1(1) '27.11 p64
　本誌推薦優秀映画紹介
　　　　　　　　　05「探偵・映画」1(2) '27.11 p66
　投稿作品評　　　11「ぷろふいる」2(7) '34.7 p105
　投稿作品評　　　11「ぷろふいる」2(8) '34.8 p58
　投稿作品評　　　11「ぷろふいる」2(9) '34.9 p58
　投稿品評　　　　11「ぷろふいる」2(10) '34.10 p70
　投稿作品評　　　11「ぷろふいる」2(11) '34.11 p74
　投稿作品評　　　11「ぷろふいる」2(12) '34.12 p50
　小栗虫太郎・作品目録
　　　　　　　　　12「探偵文学」1(7) '35.10 p33
　投稿作品評　　　12「探偵文学」1(9) '35.12 p26
　投稿作品評　　　12「探偵文学」2(10) '36.10 p34
　応募作品について　17「宝石」1(6・7) '46.10 p27

編集部
　投稿作品第一次発表　23「真珠」2(5) '48.4 p30
　作品月旦　　　　24「妖奇」6(1) '52.1 p42
　作品月旦　　　　24「妖奇」6(2) '52.2 p79
　妖怪作品月旦　　24「妖奇」6(3) '52.3 p70
　妖奇作品月旦　　24「妖奇」6(4) '52.4 p20
　妖奇作品月旦　　24「妖奇」6(5) '52.5 p46
　妖奇作品月旦　　24「妖奇」6(6) '52.6 p32
　妖奇作品月旦　　24「妖奇」6(7) '52.7 p142
　妖奇作品月旦　　24「妖奇」6(8) '52.8 p129
　妖奇作品月旦　　24「妖奇」6(9) '52.9 p124
　妖奇作品月旦　　24「妖奇」6(10) '52.10 p106
　トリック作品月旦　24「トリック」6(11) '52.11 p73
　トリック作品月旦
　　　　　　　　　24「トリック」6(12) '52.12 p100
　トリック作品月旦
　　　　　　　　　24「トリック」6(12) '52.12 p128
　トリック作品月旦　24「トリック」7(1) '53.1 p133
　トリック作品月旦　24「トリック」7(2) '53.2 p131
　トリック作品月旦　24「トリック」7(3) '53.3 p111
　愛情相談　　　　27「別冊宝石」12(2) '59.2 p183
　愛情相談　　　　27「別冊宝石」12(4) '59.4 p207
　第一回懸賞入選探偵小説 入選発表
　　　　　　　　　33「探偵実話」10(8) '59.5 p271
　愛情相談　　　　27「別冊宝石」12(6) '59.6 p136
　愛情相談　　　　27「別冊宝石」12(10) '59.10 p204
　愛情相談　　　　27「別冊宝石」12(12) '59.12 p284
　愛情相談　　　　27「別冊宝石」13(2) '60.2 p141
　愛情相談　　　　27「別冊宝石」13(4) '60.4 p292
　みすてりい・がいど　17「宝石」15(8) '60.6 p191
　愛情相談　　　　27「別冊宝石」13(6) '60.6 p153
　愛情相談
　　　　35「エロティック・ミステリー」1(2) '60.9 p284
　愛情相談
　　　　35「エロティック・ミステリー」2(3) '61.3 p76
　インスタントSEX
　　　　35「エロティック・ミステリー」2(4) '61.4 p275
　春の東京SEXライン
　　　　35「エロティック・ミステリー」2(5) '61.5 p121
　わが国最初のアンソロジー
　　　　　　　　　27「別冊宝石」14(4) '61.7 p103

　科学的合理性を身につけた男
　　　　　　　　　27「別冊宝石」14(6) '61.11 p157
　映画セクション
　　　　35「エロティック・ミステリー」4(11) '63.11 p45
　映画セクション
　　　　35「エロティック・ミステリー」4(12) '63.12 p109
　新映画セクション　35「ミステリー」5(2) '64.2 p9
　新映画セクション　35「ミステリー」5(3) '64.3 p9

ベンスン，E・F
　妖虫《小説》　　32「探偵倶楽部」6(8) '55.8 p52
　アムワース夫人《小説》
　　　　　　　　　27「別冊宝石」14(5) '61.10 p44

ヘンダソン，ダイオン
　暗殺《小説》　　17「宝石」14(1) '59.1 p346

ペンティコースト，ヒュー
　二十三号室の謎《小説》
　　　　　　　　　17「宝石」11(9) '56.7 p236
　どっちが真物か《小説》
　　　　　　　　　32「探偵倶楽部」9(3) '58.3 p34
　特殊拷問　　　　17「宝石」16(11) '61.10 p354
　狂気のかげ《小説》
　　　　　　　　　27「別冊宝石」15(3) '62.8 p170
　死人の口《小説》　27「別冊宝石」17(1) '64.1 p230

弁天 おさと
　銀座奇遇《座談会》　25「Gメン」2(7) '48.6 p22

ベントリイ，E・C
　生ける死美人《小説》
　　　　　　　　　09「探偵小説」2(7) '32.7 p240
　悧巧な鸚鵡《小説》　09「探偵小説」2(8) '32.8 p38
　魂の結合《小説》　09「探偵小説」2(8) '32.8 p208
　探偵トレント　　15「探偵春秋」2(3) '37.3 p46
　月夜のドライヴ（『トレント殺人事件』抜粋）《小説》
　　　　　　　　　12「シュピオ」3(4) '37.5 p129
　寒中水泳の秘密《小説》
　　　　　　　　　32「探偵倶楽部」9(5) '58.4増 p248
　ちょっとした不思議な事件《小説》
　　　　　　　　　27「別冊宝石」11(5) '58.6 p32

ヘンドリクス，ジエイムズ・B
　定期巡視《小説》　27「別冊宝石」11(3) '58.3 p97

ベントン，ジョン
　水泡《小説》　　11「ぷろふいる」4(7) '36.7 p71
　泡立ち《小説》　32「探偵倶楽部」8(9) '57.9 p269

辺見 貢
　古びた處女地　　11「ぷろふいる」4(5) '36.5 p118

ヘンリー，O
　ハアグレエヴスの二役《小説》
　　　　　　　　　01「新趣味」17(7) '22.7 p204
　貂の皮《小説》　04「探偵趣味」25 '27.11 p65
　二十年後《小説》　07「探偵」1(6) '31.10 p102
　哀しき錯覚　　　16「ロック」1(2) '46.4 p56
　緑色の扉《小説》　33「探偵実話」5(9) '54.8 p42
　探偵綺譚《小説》　32「探偵倶楽部」6(8) '55.8 p109
　夜盗とリウマチス《小説》
　　　　　　　　　32「探偵倶楽部」7(2) '56.2 p96
　舶来インチキ道中記《小説》
　　　　　　　　　32「探偵倶楽部」7(9) '56.8 p191
　ピミエンタの揚げ菓子《小説》
　　　　　　　　　32「探偵倶楽部」7(13) '56.12 p81
　最後の一葉《小説》　17「宝石」12(14) '57.11 p208

一千ドル《小説》　　32「探偵倶楽部」9(10)'58.8 p186
感謝祭の老紳士《小説》
　　　　　　　　27「別冊宝石」11(7)'58.9 p216
二十年後《小説》　27「別冊宝石」14(4)'61.7 p224
キャロウェイの暗号《小説》
　　　　　　　　　　17「宝石」17(7)'62.6 p370
俺たちの選ぶ道《小説》
　　　　　　　　35「エロチック・ミステリー」3(10)'62.10

【ほ】

ポー, エドガー・アラン
　長方形の箱《小説》　　01「新趣味」17(6)'22.6 p226
　貴様が殺した!!《小説》
　　　　　　　　　　　01「新趣味」18(3)'23.3 p102
　赤き死の仮面《小説》
　　　　　　　02「秘密探偵雑誌」1(1)'23.5 p111
　アモンティラドオの酒樽《小説》
　　　　　　　　02「秘密探偵雑誌」1(5)'23.9 p80
　阿門酒《小説》
　　　　08「探偵趣味」(平凡社版)2'31.6 p22
　静寂《小説》　　　　12「シュピオ」4(3)'38.4 p36
　楕円の肖像画《小説》　17「宝石」2(7)'47.7 p38
　アッシャ家の崩壊〔原作〕《絵物語》
　　　　　　　　　　　　17「宝石」2(8)'47.9 p6
　影《小説》　　　　　21「黒猫」1(4)'47.10 p16
　沈黙《小説》　　　　21「黒猫」1(4)'47.10 p19
　お前が犯人だ〔原作〕《絵物語》
　　　　　　　　　　　19「仮面」3(2)'48.3 p22
　モルグ街の殺人《小説》
　　　　　　　　25「Gメン」2(5)別'48.4 p42
　モルグ街の殺人〔原作〕《絵物語》
　　　　　　　　　　17「宝石」3(5)'48.6 p1
　ゴルドン・ピムの冒険〔原作〕《絵物語》
　　　　　　　　　　17「宝石」3(9)'48.12 p1
　道化師《小説》　　　24「妖奇」3(4)'49.4 p36
　モルグ街の殺人事件《小説》
　　　　　　　　　　24「妖奇」3(5)'49.5 p6
　黒猫《小説》　　　　24「妖奇」3(6)'49.6 p8
　死の仮面舞踏会《小説》24「妖奇」3(8)'49.7 p77
　高鳴る心臓《小説》　24「妖奇」3(9)'49.8 p36
　楕円形の画像《小説》24「妖奇」3(11)'49.10 p62
　赤き死の仮面《小説》17「宝石」4(10)'49.11 p202
　影《小説》　　　　17「宝石」4(10)'49.11 p207
　沈黙《小説》　　　17「宝石」4(10)'49.11 p209
　アッシァ家の崩没《小説》
　　　　　　　　　17「宝石」4(10)'49.11 p212
　ワルデマル氏事件の真相《小説》
　　　　　　　　　17「宝石」4(10)'49.11 p246
　ウイリヤム・ウイルソン《小説》
　　　　　　　　　17「宝石」4(10)'49.11 p256
　黒猫《小説》　　　17「宝石」4(10)'49.11 p275
　月世界旅行記《小説》17「宝石」4(10)'49.11 p282
　アモンチラドの酒樽《小説》
　　　　　　　　　24「妖奇」3(13)'49.12 p53
　黒猫〔原作〕《絵物語》
　　　　　　32「怪奇探偵クラブ」2'50.6 p23
　黒猫〔原作〕《絵物語》33「探偵実話」3'50.8 p19

大渦の底〔原作〕《絵物語》
　　　　　　　　　33「探偵実話」5'50.10 p19
モルグ街の殺人〔原作〕《絵物語》
　　　　　　　　　33「探偵実話」2(3)'51.2 p19
ちんば蛙〔原作〕《絵物語》
　　　　　　　　　33「探偵実話」2(5)'51.4 p15
犯人はお前だ《小説》
　　　　　　32「探偵倶楽部」3(9)'52.10 p243
発く心臓《小説》　27「別冊宝石」6(3)'53.5 p414
赤き死の仮面〔原作〕《絵物語》
　　　　　　32「探偵倶楽部」5(7)'54.7 p15
早過ぎた埋葬〔原作〕《絵物語》
　　　　　　32「探偵倶楽部」5(8)'54.8 p15
罎の中から出た手記〔原作〕《絵物語》
　　　　　　32「探偵倶楽部」5(9)'54.9 p15
壜の中から出た手記〔原作〕《絵物語》
　　　32「探偵倶楽部」8(5)'57.6 p225, 231, 235
黒猫〔原作〕《絵物語》
　　　　　　　　　　17「宝石」16(5)'61.4 p143
アッシャー家の崩壊〔原作〕《絵物語》
　　　　　　　　　　17「宝石」16(7)'61.6 p111
ボアゴベ
　鉄仮面〔原作〕《絵物語》
　　　　　　32「探偵倶楽部」6(9)'55.9 p15
　生首美人《小説》
　　　　35「エロティック・ミステリー」1(4)'60.11 p224
ボアロオ, ピエール
　二重自殺事件《小説》
　　　　　　27「別冊宝石」11(5)'58.6 p140
ホイエル, ハンス
　薔薇と毒薬〈1〉《小説》
　　　　　　32「探偵倶楽部」6(4)'55.4 p187
　薔薇と毒薬〈2・完〉《小説》
　　　　　　32「探偵倶楽部」6(5)'55.5 p174
ホイズ, ダドリ
　運の悪い男《小説》　09「探偵小説」2(5)'32.5 p126
ボイル, ジヤツク
　大怪賊の電報《小説》　01「新趣味」18(8)'23.8 p54
彭　昭賢
　暴虐中共の内幕　33「探偵実話」3(13)'52.11 p124
忘我　利夫
　アメリカ犯罪アラカルト
　　　　　　　　33「探偵実話」6(1)'54.12 p208
放牛舎　満
　「雲」の臨終
　　　　　35「エロティック・ミステリー」2(7)'61.7 p24
北条　晃
　真昼間論と振コウ術
　　　　　35「エロティック・ミステリー」2(7)'61.7 p22
　夜はいじわる
　　　　　35「エロティック・ミステリー」2(10)'61.10 p26
　「暴力」のいろいろ
　　　　　35「エロティック・ミステリー」3(5)'62.5 p22
宝生　吾郎
　誰が私を殺したか《小説》
　　　　　　　　17「宝石」11(2)'56.1増 p218
北条　清一
　千住の醤油屋殺し　33「探偵実話」8(2)'57.1増 p114

ほうし　　　　　　　　　　　　執筆者名索引

女強盗弁天お仲の生涯
　　　　　　　　　33「探偵実話」8(9)'57.5 p272
公爵愛人の結婚詐欺
　　　　　　　　　33「探偵実話」8(8)'57.5増 p126
女と犯罪を語る座談会《座談会》
　　　　　　　　　33「探偵実話」8(8)'57.5増 p145
乱淫の妖婦　　　　33「探偵実話」8(8)'57.5増 p188
琴寿地蔵由来記　　33「探偵実話」9(5)'58.3増 p158
北条　誠
　あなたは狙はれてゐる《アンケート》
　　　　　　　　　20「探偵よみもの」30 '46.11 p18
　青春《小説》　　　　18「トップ」2(1)'47.4 p64
　舗道《小説》　　　　25「Gメン」2(1)'48.1 p16
　勝負《小説》　　　　25「Gメン」2(3)'48.3 p46
　銀座の柳《小説》　　24「妖奇」3(7)'49.6別 p67
　ぢれった結び《小説》　17「宝石」7(6)'52.6 p96
　探偵小説に対するアンケート《アンケート》
　　　　　　　　　32「探偵倶楽部」4(1)'53.2 p149
蜂石生
　短剣集　　　　　　04「探偵趣味」1 '25.9 p13
「宝石」編集部
　訂正お詫び　　　　17「宝石」11(16)'56.12 p308
　探偵小説懸賞募集　27「別冊宝石」10(6)'57.6 p123
　「週刊朝日」と共同にて短篇探偵小説募集
　　　　　　　　　17「宝石」13(3)'58.2 p281
ボエル, ヨハン
　カメレオン《小説》　01「新趣味」18(1)'23.1 p2
朴木　正
　「達也が笑う」について
　　　　　　　　　17「宝石」11(16)'56.12 p257
ボーケイ, エノス
　チチェット《小説》　04「探偵趣味」11 '26.8 p11
穂坂　爾郎
　デパート妖談　　　32「探偵倶楽部」9(2)'58.2 p206
星　巷三
　芸界おセックス講義
　　　　　　　　　33「探偵実話」11(1)'59.12 p63
　芸界お色気談義　　33「探偵実話」11(3)'60.1 p153
　芸界お色気談義　　33「探偵実話」11(4)'60.2 p77
星　新一
　セキストラ《小説》　17「宝石」12(14)'57.11 p246
　殉教《小説》　　　　17「宝石」13(3)'58.2 p173
　ボッコちゃん《小説》17「宝石」13(6)'58.5分 p232
　空への門《小説》　　17「宝石」13(6)'58.5 p234
　おーいでてこーい《小説》
　　　　　　　　　17「宝石」13(10)'58.10 p113
　治療《小説》　　　　17「宝石」14(1)'59.1 p148
　処刑《小説》　　　　17「宝石」14(2)'59.2 p74
　奴隷《小説》　　　　17「宝石」14(3)'59.3 p46
　廃墟《小説》　　　　17「宝石」14(9)'59.8 p120
　たのしみ《小説》　　17「宝石」14(9)'59.8 p123
　泉《小説》　　　　　17「宝石」14(9)'59.8 p127
　患者《小説》　　　　17「宝石」14(9)'59.8 p130
　新人作家の抱負《座談会》
　　　　　　　　　17「宝石」14(9)'59.8 p254
　ペット《小説》　　　17「宝石」14(15)'59.12増 p46
　略歴　　　　　　　17「宝石」14(15)'59.12増 p49
　鬼《小説》　　　　　17「宝石」15(1)'60.1 p104
　遺品《小説》　　　　17「宝石」15(2)'60.2 p82

冬の蝶《小説》　　　17「宝石」15(4)'60.3 p120
開拓者たち《小説》　17「宝石」15(5)'60.4 p100
天使考《小説》　　　17「宝石」15(6)'60.5 p106
運河《小説》　　　　17「宝石」15(8)'60.6 p182
お地蔵さまのくれた熊《小説》
　　　　　　　　　17「宝石」15(9)'60.7 p174
凝視《小説》　　　　17「宝石」15(10)'60.8 p200
弱点《小説》　　　　17「宝石」15(11)'60.9 p88
親善キッス《小説》　17「宝石」15(12)'60.10 p152
生活維持省《小説》　17「宝石」15(13)'60.11 p122
最後の事業《小説》　17「宝石」15(14)'60.12 p152
テレビジョー《小説》　17「宝石」16(1)'61.1 p162
西部に生きる男《小説》　17「宝石」16(2)'61.2 p94
証人《小説》　　　　17「宝石」16(4)'61.3 p202
笹沢さんのこと　　　17「宝石」16(5)'61.4 p12
猫と鼠《小説》　　　17「宝石」16(5)'61.4 p188
待機《小説》　　　　17「宝石」16(6)'61.5 p190
宇宙の友人たち《小説》
　　　　　　　　　27「別冊宝石」14(3)'61.5 p202
黒幕《小説》　　　　17「宝石」16(7)'61.6 p172
マネー・エイジ《小説》
　　　　　　　　　17「宝石」16(8)'61.7 p136
鏡《小説》　　　　　27「別冊宝石」14(4)'61.7 p8
悪循環《小説》　　　27「別冊宝石」14(4)'61.7 p15
ツキ計画《小説》　　27「別冊宝石」14(4)'61.7 p20
狙われた星《小説》　27「別冊宝石」14(4)'61.7 p25
開業《小説》　　　　27「別冊宝石」14(4)'61.7 p27
ショート・ショートのすべてその本質とは《座談会》
　　　　　　　　　27「別冊宝石」14(4)'61.7 p110
情熱《小説》　　　　17「宝石」16(9)'61.8 p134
天国《小説》　　　　17「宝石」16(10)'61.9 p172
ポーリー《小説》　　17「宝石」16(11)'61.10 p194
夏の夜の恐怖を語る《座談会》
　　　　　　　　　27「別冊宝石」14(5)'61.10 p136
殉職《小説》　　　　17「宝石」16(12)'61.11 p162
老後の仕事《小説》　17「宝石」16(13)'61.12 p238
予定《小説》　　　　17「宝石」17(3)'62.2 p72
ボッコちゃん《小説》
　　　　　　　　　27「別冊宝石」15(1)'62.2 p49
自選の言葉　　　　　27「別冊宝石」15(1)'62.2 p51
囚人《小説》　　　　17「宝石」17(5)'62.4 p212
大下先生のこと　　　17「宝石」17(6)'62.5 p101
利益《小説》　　　　17「宝石」17(7)'62.6 p122
午後の出来事《小説》　17「宝石」17(10)'62.8 p206
三年目の生活《小説》
　　　　　　　　　17「宝石」17(13)'62.10 p254
思索販売業《小説》
　　　　　　　　　17「宝石」17(15)'62.11増 p180
「夜に別れを告げる夜」論
　　　　　　　　　17「宝石」17(16)'62.12 p100
抑制心《小説》　　　17「宝石」17(16)'62.12 p166
渡辺先生の一面　　　17「宝石」18(1)'63.1 p95
黒岩重吾氏のこと　　27「別冊宝石」16(1)'63.1 p157
セキストラ《小説》　17「宝石」18(6)'63.4増 p108
「宇宙塵」のころ　　17「宝石」18(6)'63.4増 p113
窓《小説》　　　　　17「宝石」18(9)'63.7 p122
暗示《小説》　　　　27「別冊宝石」16(8)'63.9 p68
危険な年代《小説》　17「宝石」18(13)'63.10 p272
午後の出来事《小説》
　　　　　　　　　17「宝石」18(14)'63.10増 p98
終末の日《小説》　　17「宝石」19(1)'64.1 p186

798

ほすう

分工場《小説》	17「宝石」19(4)'64.3 p88
処刑	17「宝石」19(5)'64.4 p15
乾燥時代《小説》	17「宝石」19(6)'64.4増 p94
死の舞台《小説》	17「宝石」19(7)'64.5 p127

星加 三郎

誌上探偵入学試験	09「探偵小説」2(5)'32.5 p160

星川 周太郎

悲運の美女《小説》	19「仮面」夏の増刊'48.6 p34
女の首《小説》	19「仮面」臨時増刊'48.8 p28
明月情けの草蛙《小説》	25「X」4(1)'50.1 p66

ボージス, アーサー

復讐の矢《小説》	27「別冊宝石」16(10)'63.11増 p172

星田 三平

偽視界《小説》	11「ぷろふいる」2(10)'34.10 p22

星野 澄子

女の一人歩き	03「探偵文芸」1(3)'25.5 p93

星野 竜緒 →保篠竜緒

文部省の大馬鹿野郎奴!	06「猟奇」5(3)'32.5 p16

星野 竜猪 →春日野緑

十月号につきお願	04「探偵趣味」1'25.9 前1
全日本対全加軍	06「猟奇」5(3)'32.3 p23

星野 辰男 →保篠竜緒

歴代捜査, 鑑識課長座談会《座談会》	
	32「探偵倶楽部」4(7)'53.7 p282
教室へ躍り込んだ悪魔	
	32「探偵倶楽部」8(4)'57.5 p218
黒い恋の女	32「探偵倶楽部」8(9)'57.9 p42

星野 辰夫

ロンドン警視庁の憂鬱	
	32「探偵倶楽部」9(2)'58.2 p224
ベルギーの完全犯罪	32「探偵倶楽部」9(6)'58.5 p156

星野 辰雄

謎の鍵	32「怪奇探偵クラブ」1'50.5 p63

保篠 竜緒 →星野竜緒, 星野辰男

探偵問答《アンケート》	04「探偵趣味」1'25.9 p25
短刀《小説》	04「探偵趣味」9'26.6 p25
最近感想録	04「探偵趣味」12'26.10 p29
クローズ・アップ《アンケート》	
	04「探偵趣味」14'26.12 p44
クローズ・アップ《アンケート》	
	04「探偵趣味」19'27.5 p32
本年度印象に残れる作品, 来年度ある作家への希望 《アンケート》	
	04「探偵趣味」26'27.12 p58
『紅手袋』の映画化	06「猟奇」1(6)'28.11 p24
雨村点描	10「探偵クラブ」2'32.5 p15
お問合せ《アンケート》	
	12「シュピオ」3(5)'37.6 p51
指紋《小説》	21「黒猫」1(1)'47.4 p45
吸血鬼《小説》	25「Gメン」1(1)'47.10 p12
秘密通信	25「Gメン」2(3)'48.3 p20
最後の一手《小説》	17「宝石」3(3)'48.4 p19
蠟人形の秘密《小説》	17「宝石」4(3)'49.3 p64
素晴らしい長篇を!	17「宝石」5(1)'50.1 p150
死の宝石箱〔原作〕《絵物語》	
	17「宝石」5(5)'50.5 p11, 15, 17, 21, 23, 27, 29, 51

『赤い蜘蛛』について	
	32「探偵クラブ」1(2)'50.10 p179
探偵映画と私	17「宝石」6(6)'51.6 p164
アンケート《アンケート》	
	17「宝石」7(1)'52.1 p84
鑑識とカンを語る《座談会》	
	32「探偵倶楽部」3(5)'52.5 p170
日本探偵小説界創世期を語る《座談会》	
	17「宝石」8(1)'53.1 p178
探偵小説に対するアンケート《アンケート》	
	32「探偵倶楽部」4(1)'53.2 p149
ダイヤの襟止《脚本》	17「宝石」8(4)'53.3増 p63
ルブランとルパン	27「別冊宝石」6(3)'53.5 p425
怪死事件《小説》	32「探偵倶楽部」4(6)'53.6 p23
爆弾事件	32「探偵倶楽部」5(6)'54.6 p160
フランスのカポネ	27「別冊宝石」5(4)'54.7 p254
テームズ河の秘密	32「探偵倶楽部」5(8)'54.8 p96
電話の声	32「探偵倶楽部」5(11)'54.11 p192
ハリウッド殺人事件	
	32「探偵倶楽部」5(12)'54.12 p198
覆面ギャング	32「探偵倶楽部」6(2)'55.2 p200
三日間狙つた	32「探偵倶楽部」6(3)'55.3 p212
監禁三十時間	32「探偵倶楽部」6(3)'55.3 p216
ドミニス事件	32「探偵倶楽部」6(5)'55.5 p80
黒い土	17「宝石」10(7)'55.5 p244
モンタージュ写真	17「宝石」10(8)'55.6 p236
青い靴	32「探偵倶楽部」6(7)'55.7 p123
巡査殺害事件	17「宝石」10(10)'55.7 p202
恐怖の街	32「探偵倶楽部」6(8)'55.8 p350
凶弾捕物陣	32「探偵倶楽部」6(9)'55.9 p97
一億円のワルツ	17「宝石」10(9)'55.10 p191
ダイヤの巨盗	32「探偵倶楽部」6(11)'55.11 p233
お答えします	17「宝石」11(1)'56.1 p84
姿なき殺人者	32「探偵倶楽部」7(1)'56.1 p147
流れてきた屍体	32「探偵倶楽部」7(4)'56.4 p282
英国女教員強殺事件	
	32「探偵倶楽部」7(11)'56.10 p266
ロンドンのやくざ渡世	
	32「探偵倶楽部」7(13)'56.12 p240
名刑事伝〈1〉	32「探偵倶楽部」8(1)'57.1 p248
名刑事伝〈2〉	32「探偵倶楽部」8(3)'57.4 p110
赤皮の短靴	32「探偵倶楽部」8(4)'57.5 p194
名刑事伝〈3〉	32「探偵倶楽部」8(5)'57.6 p60
名刑事伝〈4〉	32「探偵倶楽部」8(6)'57.7 p66
名刑事伝〈5〉	32「探偵倶楽部」8(9)'57.9 p114
がらがら蛇の眼の男	
	32「探偵倶楽部」8(10)'57.10 p54
機銃のコス	32「探偵倶楽部」8(11)'57.11 p46
名刑事物語〈6〉	32「探偵倶楽部」9(2)'58.2 p130
シンガポールの刺青ギャング	
	32「探偵倶楽部」9(3)'58.3 p30
血に狂う兇弾	32「探偵倶楽部」9(4)'58.4 p204
名刑事物語〈7〉	32「探偵倶楽部」9(6)'58.5 p162
老将軍	17「宝石」15(4)'60.3 p208

星庭 俊一

棒紅殺人事件《小説》	11「ぷろふいる」3(6)'35.6 p56
苦策《小説》	11「ぷろふいる」4(8)'36.8 p128

ボスウエル, チャールス

極悪な裏切者	33「探偵実話」2'50.7 p172

ほすと

ポスト, ビル
　草原の銃声《小説》
　　　　　　　　32「探偵倶楽部」7(7)'56.6増 p320
ポースト, メルヴィール・ダヴッソン（ポウスト, M・D）
　金剛石《小説》　　　01「新趣味」18(1)'23.1 p298
　大盗自伝〈1〉《小説》
　　　　　　　　03「探偵文芸」1(5)'25.7 p103
　大盗自伝〈2〉《小説》
　　　　　　　　03「探偵文芸」1(6)'25.8 p98
　大盗自伝〈3〉《小説》
　　　　　　　　03「探偵文芸」1(7)'25.9 p87
　大盗自伝〈4〉《小説》
　　　　　　　　03「探偵文芸」1(8)'25.10 p87
　大盗自伝〈5〉《小説》
　　　　　　　　03「探偵文芸」1(9)'25.11 p71
　大盗自伝〈6・完〉《小説》
　　　　　　　　03「探偵文芸」1(10)'25.12 p56
　残存者《小説》　　　09「探偵小説」2(8)'32.8 p68
　藁人形《小説》　　　11「ぷろふいる」2(11)'34.11 p42
　ショウバネーの探険日記《小説》
　　　　　　　　11「ぷろふいる」3(9)'35.9 p104
　アンクル・アブナア《小説》
　　　　　　　　11「ぷろふいる」4(4)'36.4 p60
　ヅームドルフ事件《小説》
　　　　　　　　27「別冊宝石」7(5)'54.6 p418
　ヅームドルフ事件《小説》
　　　　　　　　17「宝石」10(13)'55.9 p46
　塵除け眼鏡《小説》
　　　　　　　　27「別冊宝石」11(7)'58.9 p125
　悪魔の足跡《小説》
　　　　　　　　27「別冊宝石」12(11)'59.11 p82
ポストゲート, レイモンド
　十二人の評決《小説》
　　　　　　　　27「別冊宝石」5(3)'52.4 p100
穂積 和夫
　おしゃれ講座〈1〉　17「宝石」19(1)'64.1 p154
　おしゃれ講座〈2〉　17「宝石」19(2)'64.2 p162
　おしゃれ講座〈3〉　17「宝石」19(3)'64.3 p126
　おしゃれ講座〈4〉　17「宝石」19(4)'64.4 p126
　おしゃれ講座〈5〉　17「宝石」19(5)'64.5 p126
穂積 重遠
　三くだり半後日譚　01「新趣味」17(2)'22.2 p82
細川 五郎
　小林君に物申す　　11「ぷろふいる」3(7)'35.7 p115
細川 俊夫
　彼の一面　　　　　17「宝石」18(9)'63.7 p85
細川 洌
　吸血鬼マンデス　　09「探偵小説」2(5)'32.5 p189
　ノブ丘の秘密倶楽部
　　　　　　　　09「探偵小説」2(6)'32.6 p162
細木原 青起
　岡山の後楽園　　　01「新趣味」17(4)'22.4 p276
細島 喜美
　エロティック酔虎伝
　　　　　　　　35「エロティック・ミステリー」2(6)'61.6 p215
　常陸山と梅ケ丘
　　　　　　　　35「エロティック・ミステリー」2(9)'61.9 p23
　柏戸と大鵬　　33「探偵実話」12(12)'61.10 p100

おんな相撲
　　　　　　　　35「エロティック・ミステリー」2(11)'61.11 p21
　権藤博という男　33「探偵実話」12(15)'61.11 p158
　珍宝綺譚
　　　　　　　　35「エロティック・ミステリー」3(2)'62.2 p32
　女が男になった話
　　　　　　　　35「エロティック・ミステリー」3(3)'62.3 p31
　指無しの権次《小説》
　　　　　　　　35「エロティック・ミステリー」4(3)'63.3 p102
　山の生き霊《小説》
　　　　　　　　35「エロティック・ミステリー」4(4)'63.4 p60
　隣室のマダムと
　　　　　　　　35「エロティック・ミステリー」4(4)'63.4 p85
　山刀まつり《小説》
　　　　　　　　35「エロティック・ミステリー」4(5)'63.5 p36
　裸叩き《小説》
　　　　　　　　35「エロティック・ミステリー」4(6)'63.6 p38
　かげろう娘《小説》
　　　　　　　　35「エロティック・ミステリー」4(7)'63.7 p56
　山の人魚《小説》
　　　　　　　　35「エロティック・ミステリー」4(8)'63.8 p70
　悲恋の地獄谷《小説》
　　　　　　　　35「エロティック・ミステリー」4(10)'63.10 p124
　山の狐火《小説》
　　　　　　　　35「エロティック・ミステリー」4(11)'63.11 p96
細田 源吉
　探偵問答《アンケート》　04「探偵趣味」1 '25.9 p24
　探偵趣味問答《アンケート》
　　　　　　　　04「探偵趣味」3 '25.11 p41
細田 新吉
　私立探偵夜話　　32「探偵クラブ」3(3)'52.3 p78
　二十九人の美女を鑑定した話
　　　　　　　　32「探偵倶楽部」3(9)'52.10 p233
　濡れたラブレターの秘密
　　　　　　　　32「探偵倶楽部」3(12)'52.12 p142
　椿姫ヨシワラへ戻る
　　　　　　　　32「探偵倶楽部」4(3)'53.4 p241
細田 民樹
　アンケート《アンケート》
　　　　　　　　17「宝石」12(10)'57.8 p155
細見 破治夢
　強姦魔の手記《小説》　24「妖奇」5(3)'51.3 p66
　愛憎の十字路《小説》　24「妖奇」5(5)'51.5 p24
ホーソルン
　若返りの霊泉《小説》
　　　　　　　　01「新趣味」17(1)'22.1 p286
ポーター, ポーラ
　夫の敵と結婚した女
　　　　　　　　32「探偵クラブ」2(2)'51.2 p234
帆田 春樹
　肉体の寂寥《小説》　24「妖奇」3(7)'49.6別 p50
　夜情列車《小説》　　24「妖奇」3(8)'49.7 p59
　妖艶な殺人鬼《小説》　24「妖奇」4(2)'50.2 p37
　アカシヤ荘の惨劇〈1〉《小説》
　　　　　　　　24「妖奇」4(7)'50.7 p127
　アカシヤ荘の惨劇〈2〉《小説》
　　　　　　　　24「妖奇」4(8)'50.8 p68
　アカシヤ荘の惨劇〈3〉《小説》
　　　　　　　　24「妖奇」4(9)'50.9 p20

アカシヤ荘の惨劇〈4〉《小説》
　　　　　24「妖奇」4(10)'50.10 p55
アカシヤ荘の惨劇〈5〉《小説》
　　　　　24「妖奇」4(11)'50.11 p32
アカシヤ荘の惨劇〈6・完〉《小説》
　　　　　24「妖奇」4(12)'50.12 p58
人くひザメ異聞《小説》24「妖奇」6(7)'52.7 p145
ボダスキー, ハロルド
　絶筆の告白状《小説》
　　　　　01「新趣味」18(7)'23.7 p162
北海生
　スカチの死体　　01「新趣味」18(4)'23.4 p249
北海釣史
　アイヌの嫌疑　　01「新趣味」18(2)'23.2 p215
ホツク, エドワード
　つきまとう男《小説》
　　　　　32「探偵倶楽部」9(1)'58.1 p249
堀田 善衛
　アンケート《アンケート》
　　　　　17「宝石」8(6)'53.6 p190
　有馬頼義氏　　17「宝石」18(9)'63.7 p83
穂積 純太郎
　どこまでも《小説》18「トップ」2(2)'47.5 p62
穂積 驚
　いろは仁義《小説》　25「X」3(12)'49.11 p62
　毒婦白狐のお滝《小説》25「X」4(1)'50.1 p52
ポート, アーネスト・M
　ブロークン・コード〈1〉《小説》
　　　　　11「ぷろふいる」1(2)'33.6 p8
　ブロークン・コード〈2・完〉《小説》
　　　　　11「ぷろふいる」1(3)'33.7 p46
仏 三吉
　自動車殺人事件《小説》
　　　　　27「別冊宝石」10(1)'57.1 p152
ホーナング, E・W
　一分間の猶予《小説》
　　　　　32「探偵倶楽部」5(1)'54.1 p226
　騒がしき夜の闇《小説》
　　　　　32「探偵倶楽部」5(6)'54.6 p140
　他人の家《小説》32「探偵倶楽部」5(7)'54.7 p139
　女王への贈物《小説》
　　　　　32「探偵倶楽部」5(8)'54.8 p151
　恋の陽の下に《小説》
　　　　　32「探偵倶楽部」5(10)'54.10 p144
　祭典のスポーツ《小説》
　　　　　17「宝石」10(17)'55.12 p52
ホーニグ, ドナルド
　亡霊《小説》　　17「宝石」13(10)'58.8 p292
　ハーマン夫人とケンモア夫人《小説》
　　　　　17「宝石」13(15)'58.12 p292
　詩人の魂《小説》
　　　　　27「別冊宝石」16(10)'63.11増 p104
　銀行を狙ったら《小説》
　　　　　17「宝石」17(5)'64.4増 p122
ホフマン, エ・テ・ア
　運《小説》　　　04「探偵趣味」4(1)'28.1
　音の秘密《小説》　21「黒猫」1(3)'47.9 p18

ホーブライト, アーネスト
　バンゴ《小説》　　21「黒猫」2(7)'48.5 p37
　燃える拳銃《小説》20「探偵よみもの」36 '48.9 p3
　平沢に面会して　25「Gメン」2(11)'48.11 別付43
　アメリカ大新聞の特ダネ作戦《座談会》
　　　　　25「Gメン」2(11)'48.11 p12
ホームズ, H・H　→バウチャー, アンソニー
　ザ・ストリッパー《小説》
　　　　　17「宝石」13(5)'58.4 p74
　密室の魔術師《小説》
　　　　　27「別冊宝石」13(5)'60.5 p160
　死体置場行ロケット《小説》
　　　　　27「別冊宝石」14(1)'61.1 p180
濠 黄八
　余儀ない罪《小説》17「宝石」13(16)'58.12増 p68
堀 栗омо
　当り籤《小説》　01「新趣味」17(9)'22.9 p178
堀 敬介
　犯罪いんねん話　18「トップ」2(6)'47.11 p12
堀 秀彦
　女の研究　　27「別冊宝石」11(10)'58.12 p23
堀 弥一
　想思風の曲《小説》24「妖奇」4(12)'50.12 p36
　麝香薔薇の秘密《小説》24「妖奇」5(6)'51.6 p30
堀井 赤万
　惑星から来た女《小説》
　　　　　33「探偵実話」9(1)'57.12 p184
堀井 章吾
　女形という名の男たち
　　　　　35「エロティック・ミステリー」1(4)'60.11 p89
堀内 弘
　乗車券を買わない男《小説》
　　　　　27「別冊宝石」5(10)'52.12 p88
彫宇之
　刺青師の話〈1〉　33「探偵実話」3(1)'51.12 p197
　刺青師の話〈2〉　33「探偵実話」3(2)'52.2 p130
　刺青師の話〈3・完〉
　　　　　33「探偵実話」3(3)'52.3 p149
堀江林之助
　放送と民主々義　18「トップ」1(1)'46.5 p27
堀川 直義
　嘘はこうして発見する
　　　　　32「探偵クラブ」2(2)'51.2 p45
堀口 大学
　アンケート《アンケート》
　　　　　17「宝石」12(10)'57.8 p206
　鯨と徴風　　　17「宝石」15(5)'60.4 p96
堀崎 繁喜
　怪事件名捜査対談会《対談》
　　　　　32「探偵クラブ」2(1)'51.1 p236
　ピストルの指紋　32「探偵倶楽部」4(5)'53.5 p287
　歴代捜査, 鑑識課長座談会《座談会》
　　　　　32「探偵倶楽部」4(7)'53.7 p282
　犯罪世相漫談《対談》
　　　　　32「探偵倶楽部」7(12)'56.11 p144
　女中部屋の惨劇　32「探偵倶楽部」8(6)'57.7 p241

ほりさ

堀崎捜査課長　→堀崎繁喜
　思い出すまゝに　　　　　　16「ロック」4(2)'49.5 p65
　最近兇悪犯罪の実相《座談会》
　　　　　　　　　　　　　33「探偵実話」2 '50.7 p70
堀崎捜査第一課長　→堀崎繁喜
　犯罪事件と探偵小説対談《対談》
　　　　　　　　　　　25「Gメン」1(1)'47.10 p20
堀場 平八郎
　秋の東京大学野球連盟戦と新人
　　　　　　　　　　　11「ぷろふいる」1(5)'33.9 p60
ボール, カルビン
　禁酒御免《小説》　　　03「探偵文芸」2(1)'26.1 p80
　お尋者《小説》　　　　03「探偵文芸」2(2)'26.2 p45
　掘出し物《小説》　　　03「探偵文芸」2(7)'26.7 p44
　幽霊屋敷《小説》　　　03「探偵文芸」2(10)'26.10 p40
ホールダー, ウイリアム
　警部殺害事件《小説》　　17「宝石」6(1)'51.1 p94
ホルダー, バーク
　安楽死事件　　　　　32「探偵倶楽部」5(9)'54.9 p193
ボルドオ, アンリ
　小間使の情味《小説》
　　　　　　　　　　　　01「新趣味」17(6)'22.6 p192
　死人の子《小説》　　　04「探偵趣味」15 '27.1 p34
ホルムス, ウオルター
　一九三〇年度の商売《小説》
　　　　　　　　　　　　06「猟奇」3(1)'30.1 p2
ポレ, アルバン・ド
　鏡《小説》　　　　　　17「宝石」1(5)'46.8 p48
ボレル, ジョゼフ・ペトリゥス
　女人俎上《小説》　　　17「宝石」7(5)'52.7 p194
ボロ, ハロルド・ド
　上着なしの旅客《小説》
　　　　　　　　　　　　01「新趣味」17(7)'22.7 p222
ホワイト, ウィリアム
　宣伝ビラ《小説》　　　17「宝石」10(1)'55.1 p214
ホワイトチャーチ, V・L
　ギルバート・マレル卿の絵《小説》
　　　　　　　　　17「宝石」17(12)'62.9増 p120
ホワード, エリック
　ニコルス老人の出来心《小説》
　　　　　　　　　　　09「探偵小説」2(6)'32.6 p226
ホワード, ジヨオヂ・ブロンソン
　五万弗の生命《小説》
　　　　　　　　　　　01「新趣味」18(11)'23.11 p104
ホーン, ハロウエイ(ホーン, ホロウエイ)
　愉快な訣別《小説》
　　　　　　　　　　　01「新趣味」17(11)'22.11 p146
　過失《小説》　　　　01「新趣味」18(11)'23.11 p185
　鴨　　　　　　　　　　21「黒猫」2(8)'48.6 p44
　上陸作戦《小説》　　　21「黒猫」2(9)'48.7 p20
　謎の下宿人《小説》　　21「黒猫」2(11)'48.9 p54
　名医の診断　　　　　32「探偵倶楽部」8(8)'57.8 p91
凡 種平
　ゲイボーイを解剖する
　　　　　　　　　　　33「探偵実話」9(13)'58.9 p108

凡太郎
　闇汁会〈1〉　　　　　04「探偵趣味」12 '26.10 p25
本位田 作洲
　耳相　　　　　　　　27「別冊宝石」13(2)'60.2 p26
本位田 準一
　横溝正史といふ男は?　10「探偵クラブ」4 '32.8 p13
　仏心　　　　　　　　14「月刊探偵」2(6)'36.7 p58
　太郎さんのいいところ
　　　　　　　　　　　27「別冊宝石」7(9)'54.11 p46
　「新青年」歴代編集長座談会《座談会》
　　　　　　　　　　　17「宝石」12(16)'57.12 p98
　太郎さんのいいとこ
　　　　　　　35「エロチック・ミステリー」3(1)'62.1 p22
　"都おどり"から
　　　　　　　35「エロチック・ミステリー」3(11)'62.11 p115
ポング, ピ
　新任探偵《小説》　　　09「探偵小説」1(4)'31.12 p16
本郷 春台郎
　蛇使ひの女《脚本》　　04「探偵趣味」4(1)'28.1 p32
本誌 同人
　刑事生活三十余年の思ひ出を語る夕《座談会》
　　　　　　　　　　　11「ぷろふいる」1(3)'33.5 p24
本田 晃
　蛇美人主従《小説》　　35「ミステリー」5(5)'64.5 p156
本田 一郎
　トランク詰め女スパイ
　　　　　　　　　　　33「探偵実話」9(2)'58.1増 p176
本多 緒生　→本田緒生
　呪はれた真珠《小説》　01「新趣味」17(11)'22.11 p180
本田 緒生　→あわぢ生, 緒生, 本多緒生
　無題　　　　　　　　04「探偵趣味」1 '25.9 p12
　探偵問答《アンケート》04「探偵趣味」1 '25.9 p27
　鈴木八郎氏に呈す　　　04「探偵趣味」2 '25.10 p29
　或る対話　　　　　　04「探偵趣味」3 '25.11 p3
　あらさが誌　　　　　04「探偵趣味」3 '25.11 p34
　うめ草　　　　　　　04「探偵趣味」4 '26.1 p30
　『探偵趣味』問答《アンケート》
　　　　　　　　　　　04「探偵趣味」4 '26.1 p54
　彼の死《小説》　　　　04「探偵趣味」4 '26.1 p69
　一号一人〈1〉　　　　04「探偵趣味」5 '26.2 p20
　一号一人〈2〉　　　　04「探偵趣味」6 '26.3 p28
　一束　　　　　　　　04「探偵趣味」6 '26.3 p31
　謎《小説》　　　　　　03「探偵文芸」2(3)'26.3 p80
　一号一人〈3〉　　　　04「探偵趣味」7 '26.4 p20
　二つの処女作　　　　04「探偵趣味」8 '26.5 p27
　視線《小説》　　　　　03「探偵文芸」2(5)'26.5 p123
　一号一人〈4〉　　　　04「探偵趣味」9 '26.6 p20
　一号一人〈5〉　　　　04「探偵趣味」10 '26.7 p63
　無題　　　　　　　　04「探偵趣味」12 '26.10 p70
　［喫茶室］　　　　　04「探偵趣味」13 '26.11 p47
　寒き夜の一事件《小説》
　　　　　　　　　　　03「探偵文芸」2(12)'26.12 p30
　クローズ・アップ《アンケート》
　　　　　　　　　　　04「探偵趣味」14 '26.12 p37
　書かない理由《小説》　04「探偵趣味」15 '27.1 p29
　直感　　　　　　　　04「探偵趣味」15 '27.1 p62
　ローマンス《小説》　　04「探偵趣味」17 '27.3 p29

笑話集	04「探偵趣味」17 '27.3 p43
小話	04「探偵趣味」18 '27.4 p35
クローズ・アップ《アンケート》	
	04「探偵趣味」19 '27.5 p41
或る夜の出来事《小説》	
	04「探偵趣味」21 '27.7 p85
緒生漫筆	05「探偵・映画」1(1) '27.10 p32
危機《小説》	05「探偵・映画」1(2) '27.11 p74
本年度印象に残れる作品、来年度ある作家への希望《アンケート》	
	04「探偵趣味」26 '27.12 p62
恐怖時代《小説》	06「猟奇」1(1) '28.5 p27
私の好きな一隅《アンケート》	06「猟奇」1(2) '28.6 p27
運と云ふもの《小説》	06「猟奇」1(2) '28.6 p30
鼠賊為吉譜奇譚〈1〉《小説》	
	06「猟奇」1(3) '28.8 p14
鼠賊為吉譜奇譚〈2・完〉《小説》	
	06「猟奇」1(4) '28.9 p23
小指《小説》	06「猟奇」1(5) '28.10 p2
緒生漫筆	06「猟奇」1(5) '28.10 p20
街の出来事《小説》	06「猟奇」1(6) '28.11 p14
緒生漫筆	06「猟奇」1(6) '28.11 p20
拾つた遺書《小説》	06「猟奇」1(7) '28.12 p2
緒生漫筆	06「猟奇」1(7) '28.12 p14
或る結末《脚本》	06「猟奇」2(1) '29.1 p18
緒生漫筆	06「猟奇」2(2) '29.2 p30
ゑろちつく・あるはべつと《小説》	
	06「猟奇」2(3) '29.3 p11
緒生漫筆	06「猟奇」2(4) '29.4 p28
E・D《小説》	06「猟奇」2(4) '29.4 p44
長五衛門の心《小説》	06「猟奇」2(5) '29.5 p18
私の不木先生〈1〉	06「猟奇」2(6) '29.6 p4
私の不木先生〈2〉	06「猟奇」2(7) '29.7 p26
名刺《小説》	06「猟奇」2(8) '29.8 p10
煙にまく	06「猟奇」2(10) '29.10 p23
緒生漫筆	06「猟奇」2(10) '29.10 p38
事件《小説》	06「猟奇」2(11) '29.11 p15
ドノヴアン	06「猟奇」2(11) '29.11 p21
緒生漫筆	06「猟奇」2(11) '29.11 p34
緒生漫筆	06「猟奇」3(1) '30.1 p41
三つの偶然〈1〉《小説》	06「猟奇」3(1) '30.1 p56
三つの偶然〈2〉《小説》	06「猟奇」3(2) '30.3 p48
三つの偶然〈3〉《小説》	06「猟奇」3(3) '30.4 p55
緒生漫筆	06「猟奇」3(4) '30.5 p26
三つの偶然〈4〉《小説》	06「猟奇」3(4) '30.5 p66
或る男の話	06「猟奇」4(1) '31.3 p45
緒生漫筆!	06「猟奇」4(2) '31.4 p22
上海学!	06「猟奇」4(4) '31.6 p40
暗黒におどる〈1〉《小説》	
	06「猟奇」4(6) '31.9 p10
続・上海学!	06「猟奇」4(7) '31.12 p16
波紋《小説》	11「ぷろふいる」2(12) '34.12 p6
ハガキ回答《アンケート》	
	11「ぷろふいる」3(12) '35.12 p43
諸家の感想《アンケート》	
	15「探偵春秋」2(1) '37.1 p68
創刊号に寄す	22「新探偵小説」1(2) '47.6 p24
江戸川乱歩様	22「新探偵小説」4 '47.10 p28

本多 喜久夫
海底軍行路〈1〉《小説》	
	24「トリック」6(11) '52.11 p34
海底軍行路〈2〉《小説》	
	24「トリック」6(12) '52.12 p133
海底軍行路〈3〉《小説》	
	24「トリック」7(1) '53.1 p100
海底軍行路〈4〉《小説》	
	24「トリック」7(2) '53.2 p116
海底軍行路〈5〉《小説》	
	24「トリック」7(3) '53.3 p128

本田 慶一郎
| ゲテ物映画大流行 | 32「探偵倶楽部」5(9) '54.9 p20 |

本田 順
恐怖の麻薬売春宿	
	32「探偵倶楽部」7(11) '56.10 p219
死斗する麻薬密売業者	
	32「探偵倶楽部」8(3) '57.4 p57
日本は麻薬魔の好餌だ	
	32「探偵倶楽部」8(10) '57.10 p248
死と麻薬	32「探偵倶楽部」8(13) '57.12 p192
殺人はごめんだ	32「探偵倶楽部」9(4) '58.4 p114
執念の麻薬	32「探偵倶楽部」9(8) '58.7 p240
ハマの麻薬密売	32「探偵倶楽部」9(12) '58.10 p212

本田 満津二
| マクロポウロスの秘伝 | 03「探偵文芸」3(1) '27.1 p59 |

本多 朧月
| 最近かるた界の傾向 | 01「新趣味」17(1) '22.1 p136 |

凡太郎
ふぐは食いたし命は惜しし	
	35「ミステリー」5(2) '64.2 p121

ボンテムペリ, マツシモ（ボンテンペリ, M）
風《小説》	04「探偵趣味」4(3) '28.3 p23
蝋人形《小説》	17「宝石」17(11) '62.9 p314

ボンド, ネルスン
| 全能の島《小説》 | 17「宝石」10(3) '55.2 p42 |

ボンド, レイモンド・T
| 暗号小説入門〈1〉 | 17「宝石」17(6) '62.5 p258 |

奔濤 太郎
ゴシップ野郎と女優たち	
	33「探偵実話」9(12) '58.8 p90
俳優さんの肉体派	33「探偵実話」9(13) '58.9 p177
スター恋愛白書	33「探偵実話」10(1) '58.12 p213
映画界秘話	33「探偵実話」10(3) '59.1 p191

本濤 太郎
岸恵子の秘められた情炎	
	33「探偵実話」9(15) '58.10 p231
菅原謙二との破局の真相	
	33「探偵実話」10(9) '59.6 p178
青山京子の貞操	33「探偵実話」11(7) '60.4 p119
映画界お色気スターレポート	
	33「探偵実話」11(13) '60.9 p215

本堂 春彦
美人マダム殺人事件	
	33「探偵実話」12(6) '61.4増 p272

本堂 平四郎
| 中尊寺事件 | 33「探偵実話」1 '50.5 p106 |

ほんに　執筆者名索引

ボンニイ, アドルヤン
　硝子の足《小説》　　　04「探偵趣味」6 '26.3 p54
凡夫生
　彼女の日記《小説》
　　　　　　　　08「探偵趣味」（平凡社版）7 '31.11 p26
本間 田麻誉
　犯罪者の戒律《小説》　27「別冊宝石」2 '48.7 p92
　罪も指　　　　　　　27「別冊宝石」1(3) '49.1 p128
　珈琲くどき《小説》　　17「宝石」— '49.7 p142
　猿神の贄《小説》　　27「別冊宝石」2(2) '49.8 p79
　今年の抱負　　　　　17「宝石」5(1) '50.1 p358
　アンケート《アンケート》
　　　　　　　　　　　17「宝石」7(1) '52.1 p83
　座談会殺人事件《脚本》17「宝石」7(8) '52.8 p216
本間 武劉
　赤衣の周儒臣　　　　01「新趣味」18(1) '23.1 p250

【 ま 】

魔
　大雅堂の貧窮　　　　27「別冊宝石」13(4) '60.4 p218
馬克 藤園
　死の蜜月　　　　　　07「探偵」1(3) '31.7 p100
マアシヤル, ハーバート
　探偵の手帳より　　　03「探偵文芸」1(1) '25.3 p84
マアティン, スチュアート
　幸運の黒猫《小説》　　03「探偵文芸」2(3) '26.3 p91
舞木 一朗
　一〇〇一四号の癖《小説》
　　　　　　　　11「ぷろふいる」2(10) '34.10 p54
　作者の言葉　　11「ぷろふいる」2(10) '34.10 p55
　十五・ぴん・ぴん・ぴんの謎《小説》
　　　　　　　　11「ぷろふいる」3(11) '35.11 p68
　今年こそは　　11「ぷろふいる」4(1) '36.1 p114
　「こんとらすと」14「月刊探偵」2(6) '36.7 p39
　支那服《小説》　11「ぷろふいる」4(7) '36.7 p40
マイヤース, イサベル
　妖紅石〈1〉《小説》
　　　　　　　　11「ぷろふいる」2(10) '34.10 p108
　妖紅石〈2〉《小説》
　　　　　　　　11「ぷろふいる」2(11) '34.11 p111
　妖紅石〈3・完〉《小説》
　　　　　　　　11「ぷろふいる」2(12) '34.12 p107
マイリンク, グスタフ
　やまひ《小説》　　　04「探偵趣味」4(4) '28.4 p81
　絢爛たる殺人《小説》　16「ロック」3(2) '48.3 p23
マウンテイン, ヒウ
　劇場の殺人《小説》　　09「探偵小説」1(2) '31.10 p72
前石 助作
　十一月号私見　11「ぷろふいる」2(12) '34.12 p73
前川 章三
　天城山に散った姉妹とその恋人
　　　　　　　　33「探偵実話」12(16) '61.12 p114

前川 信夫
　茶色の油のしみ《小説》
　　　　　　　　32「探偵クラブ」3(2) '52.2 p136
前坂 欣一郎
　逆情《小説》　　　　04「探偵趣味」3 '25.11 p9
　嘘実《小説》　　　　04「探偵趣味」4 '26.1 p66
前島 英男
　学生と探偵小説《座談会》
　　　　　　　　17「宝石」11(1) '56.1 p136
前田 郁美
　吸血鬼《小説》　11「ぷろふいる」3(5) '35.5 p53
　作者の言葉　　　11「ぷろふいる」3(5) '35.5 p54
　おめでたいことなど
　　　　　　　　11「ぷろふいる」4(1) '36.1 p114
　おとぎ噺　　　　14「月刊探偵」2(6) '36.7 p43
　紅の恐怖《小説》11「ぷろふいる」4(8) '36.8 p120
　夏の夜噺《小説》11「ぷろふいる」4(9) '36.9 p92
前田 勇
　怪異鐘乳洞《小説》　24「妖奇」4(5) '50.5 p82
前田 五百枝
　吸殻《小説》　　11「ぷろふいる」2(4) '34.4 p44
　血《小説》　　　12「探偵文学」2(10) '36.10 p43
前田 次郎
　電報《小説》　　　　04「探偵趣味」23 '27.9 p2
前田 誠孝
　殺人捜査に必要なる実際探偵術
　　　　　　　　03「探偵文芸」2(3) '26.3 p74
　犯罪と探偵の実際的研究
　　　　　　　　03「探偵文芸」2(4) '26.4 p102
　奇怪なる毒殺事件の検挙
　　　　　　　　03「探偵文芸」2(5) '26.5 p110
　結婚詐欺の実例　03「探偵文芸」2(6) '26.6 p156
　妻殺し事件　　　03「探偵文芸」2(7) '26.7 p71
　窃盗犯研究　　　03「探偵文芸」2(8) '26.8 p60
　放火犯研究　　　03「探偵文芸」2(10) '26.10 p62
前田 魏
　人間分析《小説》　　15「探偵春秋」2(6) '37.6 p34
　霊魂始末書《小説》　15「探偵春秋」2(6) '37.6 p57
前田 陳爾
　詰将棋新題　　　17「宝石」12(16) '57.12 p261
　詰碁新題　　　　17「宝石」13(6) '58.5 p37
　詰碁新題　　　　17「宝石」13(12) '58.9 p237
前田 喜朗
　探偵劇を中心に　11「ぷろふいる」4(1) '36.1 p73
　探偵劇座談会《座談会》
　　　　　　　　11「ぷろふいる」4(5) '36.5 p88
　"殺し場"物語　　11「ぷろふいる」4(9) '36.9 p74
前田河 広一郎
　探偵問答《アンケート》　04「探偵趣味」1 '25.9 p24
　探偵趣味問答《アンケート》
　　　　　　　　04「探偵趣味」3 '25.11 p40
　探偵小説の探偵　04「探偵趣味」4 '26.1 p23
　スパイと探偵小説　04「探偵趣味」7 '26.4 p29
　平林の「探偵小説」04「探偵趣味」9 '26.6 p3
　青い無花果　　　04「探偵趣味」10 '26.7 p42
　最近感想録　　　04「探偵趣味」12 '26.10 p29
まえはた, ひさ
　春の諸相　　　　　　06「猟奇」1(2) '28.6 p7

804

まきた

前山 仁郎
　暦漫談　　　　　　　32「探偵クラブ」1(4)'50.12 p50
マガー, パット
　探偵を探せ!《小説》　27「別冊宝石」13(1)'60.1 p8
真門 恒夫
　殺人・性魔・犯罪奥の奥《座談会》
　　　　　　　　　　　33「探偵実話」9(7)'58.4 p29
　女体をめぐる社会の裏窓《座談会》
　　　　　　　　　　　33「探偵実話」9(8)'58.5増 p19
まがね
　探偵月評　　　　　11「ぷろふいる」2(5)'34.5 p120
真賀部 九一
　呪はれた結婚《小説》　24「妖奇」5(8)'51.8 p67
真壁 仁
　雪をくぐつた肌の白さ
　　　　　　35「エロチック・ミステリー」3(12)'62.12 後1
曲木 六郎
　妖婆《小説》　　　33「探偵実話」6(13)'55.11 p96
牧 逸馬　→林不忘
　夜汽車《小説》　　　03「探偵文芸」1(3)'25.5 p1
　探偵問答《アンケート》　04「探偵趣味」1 '25.9 p26
　探偵趣味問答《アンケート》
　　　　　　　　　　　04「探偵趣味」3 '25.11 p40
　「襯衣」《小説》　　　04「探偵趣味」5 '26.3 p37
　乱橋戯談　　　　　　04「探偵趣味」7 '26.4 p21
　一筆御免　　　　　　04「探偵趣味」8 '26.5 p4
　椿荘閑話　　　　　　04「探偵趣味」8 '26.5 p54
　山門雨稿　　　　　　04「探偵趣味」9 '26.6 p18
　助五郎余罪《小説》　04「探偵趣味」14 '26.12 p2
　クローズ・アツプ《アンケート》
　　　　　　　　　　　04「探偵趣味」14 '26.12 p43
　言ひ草　　　　　　　04「探偵趣味」21 '27.7 p52
　本年度印象に残れる作品, 来年度ある作家への希望
　《アンケート》
　　　　　　　　　　　04「探偵趣味」26 '27.12 p62
　浴槽の花嫁《原作》《絵物語》　18「トツプ」2(1)'47.4
　　p23, 25, 27, 29, 31, 33, 35, 37, 39, 41
　チヤン・イ・ミヤオ博士の罪
　　　　　　　　　　　33「探偵実話」3(5)'52.4 p218
　七時〇三分《小説》
　　　　　　　　　　33「探偵実話」3(11)'52.9増 p202
　カラブウ内親王殿下
　　　　　　　　　　　33「探偵実話」5(3)'54.3 p264
槙 金一
　遊びの今昔　　　　　18「トツプ」2(1)'47.4 p41
真木 小太郎
　人目を惹くには　　　18「トツプ」1(3)'46.10 p44
槙 俊介
　記録的探偵小説を　　17「宝石」4(8)'49.8 p83
真木 俊之介
　画商殺人事件《小説》
　　　　　　　　　　　27「別冊宝石」10(1)'57.1 p260
　事故《小説》　　　　17「宝石」18(2)'63.1増 p108
槙 哲
　女相撲　　　　　　　06「猟奇」4(6)'31.9 p46
真木 てる子
　宝石泥棒《小説》　　24「妖奇」5(10)'51.10 p65

エロトマニヤの調書《小説》
　　　　　　　　　　　24「妖奇」6(1)'52.1 p106
槙 悠人
　天網恢恢疎でない話　17「宝石」10(14)'55.10 p135
　貴方の金庫は狙われている
　　　　　　　　　　　17「宝石」10(17)'55.12 p77
　「森林火災探偵」の手柄話
　　　　　　　　　　　17「宝石」11(1)'56.1 p262
　叩けば埃の出る話　　17「宝石」11(6)'56.4 p163
　一千万ドルを引揚げた男
　　　　　　　　　　　17「宝石」11(7)'56.5 p202
　願いは天にとどいた話　17「宝石」11(8)'56.6 p110
　毛は口ほどに物をいう話
　　　　　　　　　　　17「宝石」11(11)'56.8 p164
　航空災害探偵の話　　17「宝石」11(12)'56.9 p230
　氷原下の秘密基地　　17「宝石」11(15)'56.11 p86
　大統領の懐刀ソーダー博士
　　　　　　　　　　32「探偵倶楽部」7(13)'56.12 p179
　捜査用のオートメーション《小説》
　　　　　　　　　　　17「宝石」11(16)'56.12 p248
　ダイヤ・安く売ります　17「宝石」12(1)'57.1 p128
　紅毛星占術考　　　　17「宝石」12(3)'57.2 p128
　猿が人間に化けた話　17「宝石」12(4)'57.3 p163
　自動車泥棒の親玉　　17「宝石」12(5)'57.4 p168
　奇妙な武器ブーメラン
　　　　　　　　　　　17「宝石」12(8)'57.6 p109
　ハメリンの恐怖　　　17「宝石」12(9)'57.7 p223
　仮面の銀行強盗　　32「探偵倶楽部」8(8)'57.8 p197
　探偵作家殺人犯を救う
　　　　　　　　　　32「探偵倶楽部」8(11)'57.11 p58
　ロンドン骸骨事件
　　　　　　　　　　32「探偵倶楽部」8(13)'57.12 p98
　テキサスの吸血魔女
　　　　　　　　　　　33「探偵実話」9(3)'58.1 p126
　深海妖異伝　　　　　17「宝石」13(8)'58.6 p138
　私は雪男を見た　　　17「宝石」13(15)'58.12 p201
牧 竜介
　殺人広告《小説》　　32「探偵倶楽部」5(7)'54.7 p187
　殺人鬼ヴオアルボ
　　　　　　　　　　　33「探偵実話」5(12)'54.10 p220
　冷凍美人の首　　　32「探偵倶楽部」6(1)'55.1 p251
　髑と仔猫《小説》　32「探偵倶楽部」6(2)'55.2 p229
　遺書　　　　　　　　33「探偵実話」6(5)'55.4 p234
　少女の眼《小説》　　33「探偵実話」8(6)'57.3 p266
　誤診《小説》
　　　　　　　　35「エロチック・ミステリー」4(1)'63.1 p118
　裏切者《小説》
　　　　　　　　35「エロチック・ミステリー」4(2)'63.2 p114
牧池 隆
　トリック自殺事件《小説》
　　　　　　　　　　　27「別冊宝石」2(3)'49.12 p158
牧内 良樹
　名刑事・名記者新春殊勲を語る座談会《座談会》
　　　　　　　　　　　33「探偵実話」4(1)'53.1 p88
マーキス, ドン
　虚名《小説》　　　32「探偵倶楽部」7(6)'56.6 p57
蒔田 耕
　昔の芸妓・今のゲイシヤ《座談会》
　　　　　　　　　　　35「ミステリー」5(2)'64.2 p140

牧野 勝彦
見失つた顔《小説》　　07「探偵」1(3)'31.7 p137
ルンペン犯罪座談会《座談会》
　　　　　　　　　　07「探偵」1(4)'31.8 p84
屍は答へる《小説》　　07「探偵」1(4)'31.8 p162

牧野 太郎
浮世風呂の変態狂　20「探偵よみもの」35 '48.5 p40

牧野 雅一
ハガキ回答《アンケート》
　　　　　　　　　　12「シュピオ」4(1)'38.1 p22

牧野 吉晴
刺身《小説》　　　　25「Gメン」2(1)'48.1 p42
はしがき〈1〉　　　　25「X」3(2)'49.2 p38
妖鬼飛行《小説》　　25「X」3(2)'49.2 p38
妖鬼飛行〈2〉《小説》 25「X」3(3)'49.3 p56
妖鬼飛行〈3〉《小説》 25「X」3(5)'49.4 p44
天使魚〈1〉《小説》　25「X」3(6)'49.5 p64
天使魚〈2〉《小説》　25「X」3(7)'49.6 p38
天使魚〈3〉《小説》　25「X」3(8)'49.7 p31
天使魚〈4〉《小説》　25「X」3(9)'49.8 p44
天使魚〈5〉《小説》　25「X」3(10)'49.9 p48
休載のお詫び　　　　25「X」3(11)'49.10 p86

牧村 正美
露路の呼声《小説》　07「探偵」1(8)'31.12 p204

マーキン，M・T
コベント・ガーデン殺人事件《小説》
　　　　　　　　　11「ぷろふぃる」3(8)'35.8 p145

マクゴウン，フィリス
罪の意識《小説》
　　　　　　　32「探偵倶楽部」6(12)'55.12 p248
明日の夕刊《小説》
　　　　　　　32「探偵倶楽部」7(1)'56.1 p191

マクドナルド，ドナルド・G
七本の巻煙草《小説》　07「探偵」1(1)'31.5 p178

マクドナルド，フィリップ
緑金の撚り糸《小説》
　　　　　　　27「別冊宝石」3(3)'50.6 p204
鑰〈1〉《小説》　　　17「宝石」9(13)'54.11 p240
鑰〈2・完〉《小説》　17「宝石」9(14)'54.12 p222

マクハーグ，ウイリアム
猫の眼《小説》　　09「探偵小説」2(2)'32.2 p174
名人芸《小説》　　09「探偵小説」2(2)'32.2 p180
獅子と狐《小説》　09「探偵小説」2(2)'32.2 p186
四人目の女《小説》09「探偵小説」2(8)'32.8 p114

枕野 流三
「恩愛五十雨」　　06「猟奇」4(2)'31.4 p28

マクレア，ロバート
月の雫《小説》　32「探偵倶楽部」8(2)'57.3 p208

マクレエ，スチユアート
書かれた証拠《小説》
　　　　　　　　09「探偵小説」2(5)'32.5 p233

マクロイ，ヘレン
家蠅とカナリヤ《小説》
　　　　　　　　27「別冊宝石」12(9)'59.9 p96

マーゲンダール，チャールズ
誰にでもある過ち《小説》
　　　　　　　32「探偵倶楽部」8(1)'57.1 p293

何処か判らぬところ《小説》
　　　　　　　17「宝石」13(13)'58.10 p318
とつておきの料理《小説》
　　　　　　　17「宝石」14(1)'59.1 p336
予感《小説》　　17「宝石」14(6)'59.6 p302

魔子 鬼一　→綾香四郎，マコ・鬼一
牟家殺人事件《小説》　17「宝石」5(4)'50.4 p14
怪盗「六ツ星」〈1〉　　24「妖奇」4(7)'50.7 p10
［近況］　　　　32「探偵クラブ」1(1)'50.8 p23
怪盗「六ツ星」〈2〉《小説》
　　　　　　　　　　24「妖奇」4(8)'50.8 p39
怪盗「六ツ星」〈3〉《小説》
　　　　　　　　　　24「妖奇」4(9)'50.9 p40
怪盗「六ツ星」〈4〉《小説》
　　　　　　　　　24「妖奇」4(10)'50.10 p37
猟奇園殺人事件《小説》
　　　　　　　32「探偵クラブ」1(2)'50.10 p120
怪盗「六ツ星」〈5〉《小説》
　　　　　　　　　24「妖奇」4(11)'50.11 p47
怪盗「六ツ星」〈6・完〉《小説》
　　　　　　　　　24「妖奇」4(12)'50.12 p40
田虫男娼殺し《小説》
　　　　　　　　33「探偵実話」2(2)'51.1 p214
人魚殺人事件《小説》
　　　　　　　　32「探偵クラブ」2(2)'51.2 p48
深夜の目撃者《小説》
　　　　　　　　32「探偵クラブ」2(8)'51.9 p64
三人の妻を持つ屍体《小説》
　　　　　　　　33「探偵実話」3(1)'51.12 p178
黄金の歓喜仏〈1〉《小説》
　　　　　　　　　　24「妖奇」6(5)'52.5 p14
黄金の歓喜仏〈2・完〉《小説》
　　　　　　　　　　24「妖奇」6(6)'52.6 p68
カマキリ夫人《小説》
　　　　　　　　33「探偵実話」3(8)'52.7 p42
老嬢マリア《小説》
　　　　　　　33「探偵実話」3(10)'52.9 p154
山吹・はだかにて死す《小説》
　　　　　　　　　　24「トリック」6(11)'52.11 p23
不貞女《小説》　33「探偵実話」4(3)'53.2 p194
善良な悪魔達《小説》
　　　　　　　　33「探偵実話」4(6)'53.5 p22
屍島のイブ《小説》　17「宝石」8(6)'53.6 p46
黒い血《小説》　33「探偵実話」4(9)'53.8 p64
変質の街《小説》32「探偵倶楽部」5(4)'54.4 p128
毛髪《脚本》　　32「探偵倶楽部」5(8)'54.8 p280
港々に女はあれど《小説》
　　　　　　　　17「宝石」9(10)'54.8増 p206
血《脚本》　　32「探偵倶楽部」5(11)'54.11 p280
神様にも間違ひはある《小説》
　　　　　　　　17「宝石」9(14)'54.12 p206
紙巻入《脚本》32「探偵倶楽部」5(12)'55.5 p236
屍体を抱いて《小説》17「宝石」10(8)'55.6 p174
動いた死体《小説》
　　　　　　　　33「探偵実話」7(8)'56.4増 p86
胃の中の金曜石《小説》
　　　　　　　32「探偵倶楽部」7(12)'56.11 p16

マコ・鬼一　→魔子鬼一
幽霊横行《小説》　11「ぷろふぃる」3(5)'35.5 p21

執筆者名索引　ますた

若鮎丸殺人事件《小説》
　　　　　　　　　11「ぷろふいる」4(5)'36.5 p28
盲目と画家《小説》　12「探偵文学」2(9)'36.9 p19
僕の横浜地図　　　15「探偵春秋」2(7)'37.7 p53
ハガキ回答《アンケート》
　　　　　　　　　12「シュピオ」4(1)'38.1 p26
雅
　嵐をよぶ麻薬　　33「探偵実話」10(15)'59.11増 p101
　純情男の水難記
　　　　　　　　　33「探偵実話」10(15)'59.11増 p125
　あきれたサービストリオ
　　　　　　　　　33「探偵実話」10(15)'59.11増 p201
　その後のおアソビ
　　　　　　　　　33「探偵実話」10(15)'59.11増 p211
正岡 容
　円朝怪談双絶　　17「宝石」1(6・7)'46.10 p27
　英人落語家ブラックの探偵小説
　　　　　　　　　17「宝石」2(1)'47.1 p98
　殺し場と幽霊　　17「宝石」2(9)'47.10 p12
　緑林舌耕録　　　20「探偵よみもの」34 '47.12 p20
　春画の行方《小説》24「妖奇」2(9)'48.8 p10
　ルナパークの盗賊
　　　　　　　　　24「妖奇」3(1)'49.1 p34
正岡 蓉
　さびしきころ《詩》06「猟奇」2(5)'29.5 p52
間坂 四郎
　中原強盗自殺事件 32「怪奇探偵クラブ」1 '50.5 p35
　初秋の惨劇　　　32「探偵クラブ」1(1)'50.8 p34
　見知らぬ仲間　　32「探偵クラブ」1(2)'50.10 p31
　無毛症心中事件　32「探偵クラブ」1(3)'50.11 p248
　船室の殺人　　　32「探偵倶楽部」3(10)'52.11 p238
正木 健裕
　悪魔の紋章　　　22「新探偵小説」1(3)'47.7 p35
真崎 重人
　戦慄のドライヴ　17「宝石」13(2)'58.1増 p97
正木 俊
　自殺禁止令《小説》17「宝石」17(2)'62.1増 p348
正木 ひろし
　裁判打明け座談会《座談会》
　　　　　　　　　33「探偵実話」2(12)'51.11 p80
　拷問と誤判の実情《座談会》
　　　　　　　　　33「探偵実話」9(1)'57.12 p238
　高木彬光特別弁護人 17「宝石」17(3)'62.2 p175
正木 不如丘
　警察署《小説》　04「探偵趣味」8 '26.5 p57
　保菌者《小説》　04「探偵趣味」9 '26.6 p31
　野茨　　　　　　04「探偵趣味」13 '26.11 p51
　背広を着た訳並びに《小説》
　　　　　　　　　04「探偵趣味」4(2)'28.4 p58
　常陸山の心臓《小説》04「探偵趣味」4(5)'28.5 p4
　美女君《小説》　04「探偵趣味」4(6)'28.6 p28
　蚊《小説》　　　06「猟奇」3(1)'30.1 p10
　吹雪心中《小説》24「妖奇」4(3)'49.3 p30
　南一号室《小説》24「妖奇」2(6)'48.5 p18
　果樹園春秋《小説》16「ロック」3(6)'48.10 p2
　誤診物語　　　　24「妖奇」2(11)'48.10 p27
　山から来た男の話《小説》
　　　　　　　　　24「妖奇」2(12)'48.11 p21
　御詠歌《小説》　24「妖奇」2(13)'48.12 p28

天の獏《小説》　　24「妖奇」3(2)'49.2 p30
生理学者の殺人《小説》24「妖奇」4(7)'50.7 p100
雅子
　昔の芸妓・今のゲイシャ《座談会》
　　　　　　　　　35「ミステリー」5(2)'64.2 p140
政田 大介
　群像傍見録　　　11「ぷろふいる」2(11)'34.11 p68
まさ子
　ミナト横浜の三悪を衝く!!《座談会》
　　　　　　　　　33「探偵実話」8(16)'57.11 p70
真島 栄一郎
　暴力の街に挑む《座談会》
　　　　　　　　　32「探偵倶楽部」4(5)'53.5 p147
馬島 僴
　避妊と性交姿勢について
　　　　　　　　　35「エロティック・ミステリー」2(11)'61.11 p50
マシヤール, アルフレッド
　鎖の輪〈1〉《小説》01「新趣味」18(7)'23.7 p2
　鎖の輪〈2〉《小説》01「新趣味」18(8)'23.8 p96
　鎖の輪〈3〉《小説》01「新趣味」18(9)'23.9 p68
　鎖の輪〈4・完〉《小説》
　　　　　　　　　01「新趣味」18(10)'23.10 p82
　鎖の環《小説》　27「別冊宝石」6(8)'53.11 p8
マーシャル, エディリン
　リンウッド倶楽部事件《小説》
　　　　　　　　　17「宝石」8(5)'53.5 p196
マーシャル, デボン →国枝史郎
　死の航海《小説》02「秘密探偵雑誌」1(3)'23.7 p71
　喇嘛の行衞《小説》
　　　　　　　　　02「秘密探偵雑誌」1(4)'23.8 p63
　死の復讐《小説》02「秘密探偵雑誌」1(5)'23.9 p42
マーシュ
　幽霊船《小説》　02「秘密探偵雑誌」1(4)'23.8 p38
マーシュ, ナイオ
　病院殺人事件《小説》
　　　　　　　　　27「別冊宝石」10(7)'57.7 p192
　死は電波にのる《小説》
　　　　　　　　　27「別冊宝石」16(9)'63.10 p94
マーシュ, リチャード
　魔のトランプ《小説》01「新趣味」17(2)'22.2 p24
　ボンボン《小説》03「探偵文芸」1(6)'25.8 p19
真杉 春作
　あなたの家庭は油断がないか？
　　　　　　　　　24「妖奇」5(10)'51.10 p100
増久土 満
　二世ムスメの桃色行状白書
　　　　　　　　　33「探偵実話」11(4)'60.2 p111
益田 喜頼
　あなたは狙はれてゐる《アンケート》
　　　　　　　　　20「探偵よみもの」30 '46.11 p22
升田 幸三
　アンケート《アンケート》
　　　　　　　　　17「宝石」18(8)'63.6 p125
増田 滋
　八宝亭事件の山口常雄 17「宝石」6(10)'51.10 p90
益田 晴夫
　桜花《脚本》　　06「猟奇」1(6)'28.11 p7

807

ますた

合評・一九二八年《座談会》
　　　06「猟奇」1(7)'28.12 p14
タダ一つ神もし許し賜はゞ…《アンケート》
　　　06「猟奇」4(3)'31.5 p71

増田　廉吉
　往来手形の由来　03「探偵文芸」1(2)'25.4 p68
　音羽の滝の由来　03「探偵文芸」1(4)'25.6 p69

マスターズ，ピート
　わけなく儲かる法《小説》
　　　32「探偵倶楽部」9(6)'58.5 p225

マーチ，A・E
　推理小説の歴史〈1〉　17「宝石」17(1)'62.1 p80
　推理小説の歴史〈2〉　17「宝石」17(3)'62.2 p100
　推理小説の歴史〈3〉　17「宝石」17(4)'62.3 p156
　推理小説の歴史〈4〉　17「宝石」17(5)'62.4 p102
　推理小説の歴史〈5〉　17「宝石」17(6)'62.5 p204
　推理小説の歴史〈6〉　17「宝石」17(7)'62.6 p158
　推理小説の歴史〈7〉　17「宝石」17(9)'62.7 p106
　推理小説の歴史〈8〉　17「宝石」17(10)'62.8 p90
　推理小説の歴史〈9〉　17「宝石」17(11)'62.9 p132
　推理小説の歴史〈10〉
　　　17「宝石」17(13)'62.10 p220
　推理小説の歴史〈11〉
　　　17「宝石」17(14)'62.11 p92
　推理小説の歴史〈12〉
　　　17「宝石」17(16)'62.12 p134
　推理小説の歴史〈13〉　17「宝石」18(1)'63.1 p234
　推理小説の歴史〈14〉　17「宝石」18(3)'63.2 p132
　推理小説の歴史〈15〉　17「宝石」18(4)'63.3 p200
　推理小説の歴史〈16〉　17「宝石」18(5)'63.4 p238
　推理小説の歴史〈17〉　17「宝石」18(7)'63.5 p144
　推理小説の歴史〈18〉　17「宝石」18(8)'63.6 p102
　推理小説の歴史〈19〉　17「宝石」18(9)'63.7 p216
　推理小説の歴史〈20〉
　　　17「宝石」18(11)'63.8 p162
　推理小説の歴史〈21〉
　　　17「宝石」18(12)'63.9 p128
　推理小説の歴史〈22・完〉
　　　17「宝石」18(13)'63.10 p104

マチソン，H・H
　悲しき船路《小説》　11「ぷろふぃる」1(2)'33.6 p26

町田　邦重
　ゴルフの競技法　01「新趣味」17(5)'22.5 p196

町田　昌介
　絃音殺人《小説》　24「妖奇」6(7)'52.7 p88

町田　信
　魚肉《小説》　32「探偵倶楽部」9(8)'58.7 p152

町田　とみ
　木更津芸者とアメリカ兵《座談会》
　　　33「探偵実話」9(4)'58.2 p146

マーチン，A
　時計《小説》　11「ぷろふぃる」3(10)'35.10 p97

まち子
　賀川さんと芸者小秀　01「新趣味」17(5)'22.5 p270

松井　明
　駐留軍の置土産　33「探偵実話」5(4)'54.4 p228

松井　三五郎
　春の犯罪を語る刑事の座談会《座談会》
　　　18「トップ」2(2)'47.5 p16

松井　茂
　まづ金！金！それから制度を
　　　03「探偵文芸」2(4)'26.4 p163

松井　次郎
　酒の大使　33「探偵実話」6(8)'55.7 p182
　英雄の如く死す　33「探偵実話」6(8)'55.7 p208

松井　翠声
　第一級・蛇の話《小説》　16「ロック」2(1)'47.1 p58
　調書の謎《小説》　16「ロック」2(4)'47.4 p80
　骨董品泥棒は誰だ？　16「ロック」2(5)'47.5 p25, 83
　東京千一夜《座談会》　25「Gメン」1(3)'47.12 p10
　世界の魔窟を語る座談会《座談会》
　　　25「Gメン」2(6)'48.5 p12
　地震　25「X」3(8)'49.7 p8
　アンケート《アンケート》
　　　17「宝石」8(6)'53.6 p190
　アンケート《アンケート》
　　　17「宝石」12(10)'57.8 p269

松井　直樹
　流行は風のごとしか　17「宝石」10(1)'55.1 p213
　この道は嶮し命は短し　17「宝石」10(3)'55.2 p167
　青白き花園の散歩者　17「宝石」10(6)'55.4 p202
　スタイル　17「宝石」11(4)'56.3 p105
　スタイル　17「宝石」11(6)'56.4 p85
　スタイル　17「宝石」11(7)'56.5 p129

松井　吉衛
　探偵作家と警察署長の座談会《座談会》
　　　32「探偵倶楽部」4(5)'53.5 p98
　探偵小説と実際の犯罪《座談会》
　　　32「探偵倶楽部」4(6)'53.6 p194

松井　玲子
　白百合とコスモス《小説》
　　　32「探偵クラブ」1(3)'50.11 p56
　灰色の青年《小説》
　　　32「探偵クラブ」2(4)'51.6 p200
　豹の眼をもつ女《小説》
　　　32「探偵クラブ」2(9)'51.10 p116
　美わしき女人像《小説》
　　　32「探偵倶楽部」6(4)'55.4 p142

松浦　泉三郎
　ズラカル騎人《小説》　07「探偵」1(5)'31.9 p169
　営業妨害　27「別冊宝石」2(1)'49.4 p79
　浪曲風流滑稽譚　17「宝石」7(3)'52.3 p115
　深川染雨夜大河《小説》
　　　27「別冊宝石」5(8)'52.8 p120

松浦　竹夫
　狐狗狸の夕べ《座談会》
　　　17「宝石」13(13)'58.10 p166

松浦　忠吉
　菰包の美人死体　24「妖奇」5(10)'51.10 p88

松浦　美寿一
　ナフタリンを嗅ぐ女《小説》
　　　04「探偵趣味」4(5)'28.5 p73

松尾 勇
　死の瞬間《小説》　　　　　24「妖奇」5(4)'51.4 p86
　物云ふ地蔵《小説》　　　　24「妖奇」5(7)'51.7 p79
　死の映笑《小説》　　　　　24「妖奇」5(12)'51.12 p36
　黒い影《小説》　　　　　　24「トリック」7(3)'53.3 p74
松尾 邦之助
　戦後のスパイ戦《座談会》
　　　　　　　　　　32「怪奇探偵クラブ」2 '50.6 p169
　頸飾事件とヴアーレンヌの悲劇
　　　　　　　　　　32「探偵クラブ」1(3)'50.11 p250
　ミラボオとドン・フアンの冒険
　　　　　　　　　　32「探偵クラブ」2(1)'51.1 p248
松尾 公平
　猫嫌い《小説》　　　　　　24「トリック」7(1)'53.1 p143
松尾 幸平
　猫の人殺し《小説》　　　　24「妖奇」4(4)'50.4 p76
　名探偵のいたづら《小説》
　　　　　　　　　　17「宝石」5(5)'50.5 p184
　夢遊病者《小説》　　　　　24「妖奇」5(3)'51.3 p51
松岡 幸一
　ハガキ回答《アンケート》
　　　　　　　　　　12「シュピオ」4(1)'38.1 p19
松岡 権平
　艶書事件《小説》　　　　　04「探偵趣味」24 '27.10 p32
松丘 伸
　老社会部記者の思い出　　　33「探偵実話」3(1)'51.12 p136
　警視庁詰め　　　　　　　　33「探偵実話」3(2)'52.2 p144
松岡 夏彦
　人の死に行く道《小説》　　32「探偵倶楽部」6(7)'55.7 p258
松岡 広之
　岡村雄輔論　　　　　　　　17「宝石」5(2)'50.2 p258
松賀 麗
　鏡《小説》　　　　　　　　04「探偵趣味」6 '26.3 p49
　下検分《小説》　　　　　　04「探偵趣味」14 '26.12 p17
　二度目の水死人《小説》
　　　　　　　　　　04「探偵趣味」21 '27.7 p82
マッカアトネイ, W
　信用も事に拠りけり《小説》
　　　　　　　　　　04「探偵趣味」26 '27.12 p76
マッカレー, ジョンストン
　地下鉄サムの正直《小説》
　　　　　　　　　　01「新趣味」18(2)'23.2 p66
　若い夫人の死《小説》　　　01「新趣味」18(3)'23.3 p2
　サムの良心《小説》　　　　01「新趣味」18(3)'23.3 p179
　サムとクリスマス《小説》
　　　　　　　　　　01「新趣味」18(4)'23.4 p332
　陪審官のサム《小説》　　　01「新趣味」18(5)'23.5 p2
　サムと詐欺師《小説》　　　01「新趣味」18(5)'23.5 p70
　サムの手術《小説》　　　　01「新趣味」18(5)'23.5 p236
　サムの百弗《小説》　　　　01「新趣味」18(6)'23.6 p86
　サムの競馬見物《小説》
　　　　　　　　　　01「新趣味」18(8)'23.8 p320
　盗まれた原稿《小説》　　　01「新趣味」18(9)'23.9 p32
　　　　　　　　　　01「新趣味」18(10)'23.10 p169
　呪の接吻《小説》　　　　　01「新趣味」18(11)'23.11 p264

壺《小説》　　　　　　　　　03「探偵文芸」2(1)'26.1 p118
地下鉄サム《小説》
　　　　　　　　08「探偵趣味」(平凡社版)6 '31.10 p14
地下鉄サムと映画スター《小説》
　　　　　　　　　　11「ぷろふいる」4(7)'36.7 p82
サムの女嫌い《小説》　　　　17「宝石」7(9)'52.10 p194
サムの自動車《小説》　　　　17「宝石」8(3)'53.4 p156
サムとうるさがた《小説》
　　　　　　　　　　17「宝石」10(17)'55.12 p32
赤い道化師《小説》　　　　　17「宝石」12(5)'57.4 p216
松川 八十松
　六月号を読んで　　　　　　32「探偵倶楽部」4(7)'53.7 p50
松川 緑水
　男爵の行方《小説》　　　　01「新趣味」17(9)'22.9 p222
マック, トーマス
　午前二時〈1〉《小説》　　　07「探偵」1(3)'31.7 p190
　午前二時〈2・完〉《小説》
　　　　　　　　　　07「探偵」1(4)'31.8 p166
　前科者《小説》　　　　　　21「黒猫」1(1)'47.4 p29
真継 二郎
　乱反射《小説》　　　　　　27「別冊宝石」10(1)'57.1 p290
マックギヴァーン, W・P
　金髪の小娘《小説》　　　　32「探偵倶楽部」9(9)'58.7増 p75
マツクスウエル, ジイ・テイ
　アルバアトの手柄《小説》
　　　　　　　　　　01「新趣味」18(6)'23.6 p268
マックハーグ, W
　バケツの水《小説》
　　　　　　　　　　11「ぷろふいる」4(9)'36.9 p44
松隈 秀雄
　探偵作家の専売公社訪問記《座談会》
　　　　　　　　　　17「宝石」13(1)'58.1 p176
マツケール, デニス
　翻弄《小説》　　　　　　　03「探偵文芸」2(6)'26.6 p76
マッケンジー, F・A
　露帝一家殺害の真相　　　　33「探偵実話」8(10)'57.6 p274
松坂 直美
　流行歌を作る人々訪問記　　25「X」4(1)'50.1 p72
　サトウ・ハチロー先生　　　25「X」4(2)'50.3 p10
　ブギの王様・服部良一　　　25「X」4(2)'50.3 p12
　流行歌をしのぐジヤズレコード
　　　　　　　　　　32「探偵倶楽部」4(3)'53.4 p108
松崎 茂実
　女と犯罪を語る座談会《座談会》
　　　　　　　　　　33「探偵実話」8(8)'57.5増 p145
松崎 天民
　問題ではない　　　　　　　04「探偵趣味」6 '26.3 p4
松崎 泰二
　計画の通り《小説》
　　　　　　　　　　27「別冊宝石」11(2)'58.2 p298
松沢 向介
　未開人の性伝承綺譚〈1〉
　　　　　　　　　　33「探偵実話」8(11)'57.7 p90
　未開人の性伝承綺譚〈2・完〉
　　　　　　　　　　33「探偵実話」8(12)'57.8 p196

809

マッカーサー元師を狙った男
　　　　　　　　33「探偵実話」8(13)'57.9 p250
松下 研三　→高木彬光
　恒例将棋大手合観戦記　17「宝石」6(4)'51.4 p112
　高木彬光君に与ふ　　　　34「鬼」9'53.9 p15
松下 富士夫
　日本の探偵映画史　10「探偵クラブ」7'32.12 p16
　探偵小説作家オンパレード
　　　　　　　　10「探偵クラブ」10'33.4 p18
松下 弁二
　掏摸座談会!《座談会》　06「猟奇」4(4)'31.6 p62
松下 正昌
　第三者は?《小説》　01「新趣味」17(10)'22.10 p149
松下 幸徳　→佐賀潜
　屍体のない殺人を読んで　21「黒猫」2(9)'48.7 p32
松田 健
　しびれなまず　　　27「別冊宝石」5(4)'52.5 p261
松田 三郎
　刑事弁護士の智慧　32「探偵倶楽部」5(3)'54.3 p222
松田 解子
　消費組合と婦人　　　18「トップ」1(1)'46.5 p21
松田 梨平
　惨!!人を呑んだジェット機!!
　　　　　　　　33「探偵実話」8(9)'57.5 p108
松田 芳子
　やくざは何処へ行く　18「トップ」2(6)'47.11 p18
　八九三ざんげ　　26「フーダニット」2(2)'48.3 p10
松永 六郎
　タツパレO・K氾濫の街
　　　　　　　　32「探偵倶楽部」9(8)'58.7 p171
松波 治郎
　内海刑事　　　　32「探偵倶楽部」3(5)'52.5 p198
　眼の媚《小説》　　27「別冊宝石」6(1)'53.1 p244
　政界五人男　　　32「探偵倶楽部」4(1)'53.2 p92
　山岡鉄舟　　　　27「別冊宝石」7(1)'54.1 p95
松野 一夫
　クローズ・アップ《アンケート》
　　　　　　　　04「探偵趣味」15'27.1 p50
　YAKE漫談　　　04「探偵趣味」4(1)'28.1 p76
　朧月夜　　　　　14「月刊探偵」2(5)'36.6 p22
　対談記　　　11「ぷろふいる」5(3)'37.3 p100
　ダイヤモンド　　32「探偵クラブ」2(8)'51.9 p202
　クリスマスからの連想　17「宝石」6(13)'51.12 p81
　探偵作家交友録　33「探偵実話」3(4)'52.3増 p279
　探偵作家動物園　33「探偵実話」3(10)'52.9 p5
　日本探偵小説界創世期を語る《座談会》
　　　　　　　　17「宝石」8(1)'53.1 p178
　アンケート《アンケート》
　　　　　　　　33「探偵実話」6(3)'55.2増 p73
　探偵作家ヘボ棋譚　33「探偵実話」8(5)'57.3増 p291
　「新青年」歴代編集長座談会《座談会》
　　　　　　　　17「宝石」12(16)'57.12 p98
　探偵作家動物見立て　17「宝石」13(1)'58.1 p11
　ボクもおじいちゃん　17「宝石」14(5)'59.5 p46
　老境愚考　　　　17「宝石」16(6)'61.5 p36
　挿画を描くにあたって　17「宝石」17(7)'62.6 p319
松野下 勇
　入場お断わり　　32「探偵倶楽部」9(6)'58.5 p212

まつの・ひさし
　隣室の出来事《脚本》　06「猟奇」2(2)'29.2 p40
　平田橋事件　　　　06「猟奇」2(9)'29.9 p39
　S氏失踪事件《小説》　06「猟奇」2(10)'29.10 p8
　広告漫談　　　　　06「猟奇」2(10)'29.10 p27
松林 燕雀
　極悪村井長庵《小説》
　　　　　　　　27「別冊宝石」5(8)'52.8 p164
松原 安里
　ミセス・カミングス殺人事件《小説》
　　　　　　　　17「宝石」10(11)'55.8 p236
　波紋の広告主《小説》
　　　　　　　　17「宝石」10(17)'55.12 p130
　一本道の殺人《小説》
　　　　　　　　33「探偵実話」7(14)'56.9 p96
松原 一枝
　女性と探偵小説の座談会《座談会》
　　　　　　　　17「宝石」10(1)'55.1 p64
松原 佳成
　二千円に纏る物語《小説》
　　　　　　　　27「別冊宝石」10(1)'57.1 p353
松前 治作
　猫の義眼《小説》　33「探偵実話」3(6)'52.5 p52
まつみ
　鳩の街の彼女たち《座談会》
　　　　　　　　23「真珠」2(7)'48.8 p16
松村 英一
　「笑ひ」と掏摸　03「探偵文芸」2(10)'26.10 p33
松村 駿吉
　座長ドロン　　　27「別冊宝石」7(3)'54.4 p262
松村 英男
　夢の中の裸の女　26「フーダニット」2(3)'48.6 p14
松村 秀透
　大本営秘話　　　33「探偵実話」3(1)'51.12 p234
松村 喜雄
　シメノンのこと　17「宝石」8(14)'53.12 p153
　解説　　　　　32「探偵倶楽部」5(2)'54.2 p259
　解説　　　　　32「探偵倶楽部」5(5)'54.5 p81
　解説　　　　　32「探偵倶楽部」6(12)'55.12 p153
　ビリー・ザ・キッド
　　　　　　　　32「探偵倶楽部」7(10)'56.9 p104
　西部の殺人鬼ハーパー兄弟
　　　　　　　　32「探偵倶楽部」8(2)'57.3 p102
　拳銃魔キッドの幽霊
　　　　　　　　32「探偵倶楽部」9(7)'58.6 p38
松村 喜彦
　赤いアドバルーン《小説》
　　　　　　　　33「探偵実話」12(7)'61.5 p56
　クラブ・ジローの男たち《小説》
　　　　　　　　33「探偵実話」12(10)'61.7増 p218
　オパールの指環《小説》
　　　　　　　　33「探偵実話」12(11)'61.8 p58
　水曜日の女《小説》
　　　　　　　　33「探偵実話」12(15)'61.11 p54
　おといれと女性　33「探偵実話」13(1)'62.1 p188
　好色男の最後《小説》
　　　　　　　　33「探偵実話」13(3)'62.2 p160

松本 清
啼くメデユサ《小説》
　　　　　　　　11「ぷろふいる」4(12)'36.12 p40
寸感　　　　　　11「ぷろふいる」4(12)'36.12 p43
松本 恵子　→黒猫, 中野圭介
話声　　　　　　03「探偵文芸」3(1)'27.1 p52
探偵小説界の傾向と最近の快作《アンケート》
　　　　　　　　05「探偵・映画」1(2)'27.11 p55
赤い帽子《小説》　07「探偵」1(3)'31.7 p126
変つた殺人　　　 07「探偵」1(5)'31.9 p84
子供の日記《小説》17「宝石」6(2)'51.2 p56
雨《小説》　　　 17「宝石」6(12)'51.11 p86
アンケート《アンケート》
　　　　　　　　17「宝石」7(1)'52.1 p82
ジョン・バッカンのこと
　　　　　　　　27「別冊宝石」5(3)'52.4 p12
松本 作蔵
手品師のお稲　　24「妖奇」5(6)'51.6 p62
松本 三五
阿部さだ逮捕まで　18「トップ」2(1)'47.4 p26
夜の大統領ついに死す 18「トップ」2(2)'47.5 p40
容貌の美醜と犯罪　18「トップ」2(4)'47.8 p18
松本 三吾
小平は何人殺したか 18「トップ」3(1)'48.1 p16
松本 茂
回春読本　　　　25「X」3(9)'49.8 p49
松本 茂張
いつも思うばかり　17「宝石」11(1)'56.1 p91
反射《小説》　　27「別冊宝石」9(8)'56.11 p214
文壇作家「探偵小説」を語る《座談会》
　　　　　　　　17「宝石」12(10)'57.8 p188
杉村春子　　　　17「宝石」13(4)'58.3 p12
零の焦点〈1〉《小説》17「宝石」13(4)'58.3 p20
零の焦点〈2〉《小説》17「宝石」13(5)'58.4 p194
零の焦点〈3〉《小説》17「宝石」13(6)'58.5 p94
推理小説に知性を　17「宝石」13(6)'58.5 p227
スリラー映画・何故つまらない
　　　　　　　　17「宝石」13(6)'58.5 p228
推理小説の独創性　17「宝石」13(6)'58.5 p230
零の焦点〈4〉《小説》17「宝石」13(8)'58.6 p278
お詫び　　　　　17「宝石」13(8)'58.6 p283
これからの探偵小説《対談》
　　　　　　　　17「宝石」13(9)'58.7 p198
零の焦点〈5〉《小説》
　　　　　　　　17「宝石」13(12)'58.9 p182
零の焦点〈6〉《小説》
　　　　　　　　17「宝石」13(13)'58.10 p254
共犯者《小説》　27「別冊宝石」11(8)'58.10 p320
零の焦点〈7〉《小説》
　　　　　　　　17「宝石」13(14)'58.11 p226
「共犯者」合評会《座談会》
　　　　　　　　17「宝石」13(14)'58.11 p282
零の焦点〈8〉《小説》
　　　　　　　　17「宝石」13(15)'58.12 p272
[カメラ腕自慢]　 17「宝石」14(1)'59.1 p10
創作ノート　　　17「宝石」14(1)'59.1 p266
お詫びの弁　　　17「宝石」14(1)'59.1 p269
零の焦点〈9〉《小説》17「宝石」14(2)'59.2 p278
零の焦点〈10〉《小説》
　　　　　　　　17「宝石」14(3)'59.3 p282

零の焦点〈11〉《小説》
　　　　　　　　17「宝石」14(4)'59.4 p286
推理小説と文学《座談会》
　　　　　　　　17「宝石」14(5)'59.5 p222
零の焦点〈12〉《小説》
　　　　　　　　17「宝石」14(5)'59.5 p252
零の焦点〈13〉《小説》
　　　　　　　　17「宝石」14(6)'59.6 p276
雪の札幌　　　　17「宝石」14(8)'59.7 p27
零の焦点〈14〉《小説》
　　　　　　　　17「宝石」14(8)'59.7 p228
旅のスケッチ　　17「宝石」14(9)'59.8 p27
高瀬川　　　　　17「宝石」14(10)'59.9 p27
零の焦点〈15〉《小説》
　　　　　　　　17「宝石」14(10)'59.9 p252
零の焦点〈16〉《小説》
　　　　　　　　17「宝石」14(11)'59.10 p252
零の焦点〈17〉《小説》
　　　　　　　　17「宝石」14(13)'59.11 p226
零の焦点〈18〉《小説》
　　　　　　　　17「宝石」14(14)'59.12 p220
零の焦点〈19・完〉《小説》
　　　　　　　　17「宝石」15(1)'60.1 p286
[水上勉]　　　　17「宝石」15(11)'60.9 p13
偉大なる作家江戸川乱歩
　　　　　　　　27「別冊宝石」15(1)'62.2 p52
木々先生のこと　17「宝石」17(5)'62.4 p119
創作「ヒント帖」から
　　　　　　　　17「宝石」17(15)'62.11 p94
本格物を　　　　17「宝石」18(8)'63.6 p283
証言《小説》　　17「宝石」18(14)'63.10増 p12
松本 泰
P丘の殺人事件《小説》
　　　　　　　　02「秘密探偵雑誌」1(1)'23.5 p1
最後の日《小説》02「秘密探偵雑誌」1(2)'23.6 p1
眼鏡の男《小説》02「秘密探偵雑誌」1(3)'23.7 p1
緑衣の女《小説》02「秘密探偵雑誌」1(4)'23.8 p1
焼跡の死骸《小説》
　　　　　　　　02「秘密探偵雑誌」1(5)'23.9 p1
ガラスの橋《小説》03「探偵文芸」1(1)'25.3 p1
タバコ《小説》　03「探偵文芸」1(2)'25.4 p1
手　　　　　　　03「探偵文芸」1(2)'25.4 p74
お断り　　　　　03「探偵文芸」1(3)'25.5 p6
ゆびわ〈1〉《小説》03「探偵文芸」1(6)'25.8 p2
指紋考　　　　　03「探偵文芸」1(6)'25.8 p114
ゆびわ〈2〉《小説》03「探偵文芸」1(7)'25.9 p2
探偵問答《アンケート》04「探偵趣味」1 '25.9 p24
パーシー夫人とその断片
　　　　　　　　03「探偵文芸」1(8)'25.10 p42
ゆびわ〈3〉《小説》03「探偵文芸」1(9)'25.11 p2
友達の泥棒　　　03「探偵文芸」1(9)'25.11 p79
読んだ話、聞いた話 04「探偵趣味」3 '25.11 p28
ゆびわ〈4〉《小説》03「探偵文芸」1(10)'25.12 p2
ボウデン事件の不思議
　　　　　　　　03「探偵文芸」1(10)'25.12 p77
ゆびわ〈5・完〉《小説》
　　　　　　　　03「探偵文芸」2(1)'26.1 p64
日蔭の街〈1〉《小説》
　　　　　　　　03「探偵文芸」2(1)'26.1 p144

日陰の街〈2〉《小説》
　　　　　　　　03「探偵文芸」2(2)'26.2 p66
お知らせ　　　　03「探偵文芸」2(2)'26.2 p75
日陰の街に就いて　03「探偵文芸」2(3)'26.3 p23
日陰の街〈3・完〉《小説》
　　　　　　　　03「探偵文芸」2(4)'26.4 p2
毒死《小説》　　　03「探偵文芸」2(5)'26.5 p2
記憶の過信　　　04「探偵趣味」8 '26.5 p50
指輪《小説》　　　03「探偵文芸」2(6)'26.6 p2
蝙蝠傘《小説》　　03「探偵文芸」2(7)'26.7 p2
隠れんぼ　　　　03「探偵文芸」2(7)'26.7 p12
ワット事件　　　03「探偵文芸」2(7)'26.7 p27
不思議な盗難《小説》03「探偵文芸」2(8)'26.8 p2
少年の死　　　　03「探偵文芸」2(8)'26.8 p23
照葉　　　　　　03「探偵文芸」2(8)'26.8 p43
鼻の欠けた男〈1〉《小説》
　　　　　　　　03「探偵文芸」2(10)'26.10 p2
鼻の欠けた男〈2〉《小説》
　　　　　　　　03「探偵文芸」2(11)'26.11 p2
毒筆　　　　　　03「探偵文芸」2(11)'26.11 p60
クローズ・アップ《アンケート》
　　　　　　　　04「探偵趣味」14 '26.12 p37
新進作家の作品数種に就いて
　　　　　　　　03「探偵文芸」2(12)'26.12 p79
郊外より　　　　03「探偵文芸」3(1)'27.1 p1
青空の下　　　　06「猟奇」2(10)'29.10 p22
初夏の一頁　　　06「猟奇」4(5)'31.7 p46
女悪行伝　　　　07「猟奇」1(7)'31.11 p60
処女作の思ひ出　12「探偵文学」2(10)'36.10 p6
吾が探偵雑誌の思ひ出
　　　　　　　　15「探偵春秋」1(3)'36.12 p34

松本 孝
　殺されるまで《小説》17「宝石」17(6)'62.5 p220
　殺してやる《小説》　17「宝石」17(10)'62.8 p272

松本 とみ
　洋モク取締珍談奇談座談会《座談会》
　　　　　　　　32「探偵倶楽部」5(11)'54.11 p250

松本 鳴絃朗
　吉松の宿願達成　32「探偵倶楽部」3(7)'52.8 p172

松山 登志子
　スリルを売るコールガール《座談会》
　　　　　　　　33「探偵実話」11(1)'59.12 p144

松山 長
　女掏摸一代記《小説》
　　　　　　　　33「探偵実話」2(9)'51.8 p134

松山 緑水
　脅迫状《小説》　01「新趣味」17(10)'22.10 p116

的場 徹
　アクロバテイツク談義　24「妖奇」3(4)'49.4 p17

マナーズ, デイヴイツド・X
　四発の拳銃弾《小説》
　　　　　　　　32「探偵倶楽部」9(3)'58.3 p70

マナーズ, マーガレット
　女が殺された《小説》17「宝石」14(2)'59.2 p298

真鍋 博
　怪電話《小説》　17「宝石」15(10)'60.8 p248
　女編集者　　　　17「宝石」16(4)'61.3 p86
　衣裳ノイローゼ　17「宝石」18(3)'63.2 p20

真野 歓三郎
　窃盗の暗合
　　　　　　　　35「エロティック・ミステリー」4(7)'63.7 p124

真野 律太
　梢風さんの思い出
　　　　　　　　35「エロティック・ミステリー」2(4)'61.4 p28
　深川の昼酒
　　　　　　　　35「エロティック・ミステリー」2(5)'61.5 p228
　永井荷風抄
　　　　　　　　35「エロティック・ミステリー」2(6)'61.6 p219
　時節柄子堕し談義
　　　　　　　　35「エロティック・ミステリー」2(7)'61.7 p232
　円朝と情事
　　　　　　　　35「エロティック・ミステリー」2(8)'61.8 p30
　トイレ哀話
　　　　　　　　35「エロティック・ミステリー」2(9)'61.9 p25
　「鳴かせる」咄
　　　　　　　　35「エロティック・ミステリー」2(10)'61.10 p29
　弥助鮨の謂れ
　　　　　　　　35「エロティック・ミステリー」2(11)'61.11 p25
　討入り前後のスパイ
　　　　　　　　35「エロティック・ミステリー」2(12)'61.12 p40
　「新青年」と江戸川乱歩
　　　　　　　　35「エロティック・ミステリー」3(1)'62.1 p24
　よろず寸法づくめ
　　　　　　　　35「エロティック・ミステリー」3(2)'62.2 p33
　才牛の横死
　　　　　　　　35「エロティック・ミステリー」3(3)'62.3 p33
　「文倶」と横溝さん　17「宝石」17(4)'62.3 p94
　東京伝説巡り〈1〉
　　　　　　　　35「エロティック・ミステリー」3(4)'62.4 p240
　東京伝説巡り〈2〉
　　　　　　　　35「エロティック・ミステリー」3(5)'62.5 p210
　旅芝居駄話
　　　　　　　　35「エロティック・ミステリー」3(9)'62.9 p114
　演芸耳塵集
　　　　　　　　35「エロティック・ミステリー」4(1)'63.1 p66
　団十郎殺し
　　　　　　　　35「エロティック・ミステリー」4(2)'63.2 p122
　奴丹前の始まり
　　　　　　　　35「エロティック・ミステリー」4(3)'63.3 p116
　団十郎兜をぬぐ
　　　　　　　　35「エロティック・ミステリー」4(4)'63.4 p122
　折れ歯を呑む
　　　　　　　　35「エロティック・ミステリー」4(5)'63.5 p126
　「歌舞伎十八番」を制定
　　　　　　　　35「エロティック・ミステリー」4(6)'63.6 p116
　おれは雑魚蝦
　　　　　　　　35「エロティック・ミステリー」4(7)'63.7 p116
　近代文豪の俤
　　　　　　　　35「エロティック・ミステリー」4(8)'63.8 p93
　長谷川伸氏を悼む
　　　　　　　　35「エロティック・ミステリー」4(8)'63.8 p137
　ケレン師北斎
　　　　　　　　35「エロティック・ミステリー」4(9)'63.9 p70
　日本絞首台の始まり
　　　　　　　　35「エロティック・ミステリー」4(10)'63.10 p20
　富士田吉次
　　　　　　　　35「エロティック・ミステリー」4(11)'63.11 p72
　酒井仲
　　　　　　　　35「エロティック・ミステリー」4(12)'63.12 p78

天愚孔平
　爪垢《小説》　　　　　35「エロチック・ミステリー」5(1)'64.1 p58
　開化寄席気分　　　　　35「ミステリー」5(2)'64.2 p66
　伝説は生きている〈1〉　35「ミステリー」5(3)'64.3 p92
　　　　　　　　　　　　35「ミステリー」5(4)'64.4 p88
　伝説は生きている〈2・完〉
　　　　　　　　　　　　35「ミステリー」5(5)'64.5 p116
馬淵 進
　肉体に物いわすソ連の女スパイ
　　　　　　　　　　　27「別冊宝石」12(2)'59.2 p270
真目 歩人
　作家巡り　　　　　　15「探偵春秋」2(7)'37.7 p62
マーモア, アーノルド
　愛しき妻のために《小説》
　　　　　　　　　　32「探偵倶楽部」6(12)'55.12 p135
摩耶 雁六
　印度婦人の日傘《小説》　2「探偵クラブ」2(4)'51.6 p164
　颶風の眼《小説》　　32「探偵倶楽部」3(8)'52.9 p248
黛 敏郎
　現代のスリルを語る《座談会》
　　　　　　　　　　　17「宝石」12(13)'57.10 p156
　錯覚《小説》　　　　17「宝石」15(4)'60.3 p246
黛 香太郎
　尼僧殺し大米竜雲　35「エロチック・ミステリー」4(4)'63.4 p124
眉村 卓
　くり返し《小説》　　27「別冊宝石」14(4)'61.7 p165
　目前の事実《小説》　17「宝石」17(14)'62.11 p230
　影の影《小説》　　　27「別冊宝石」16(8)'63.9 p86
　出会い　　　　　　　17「宝石」18(16)'63.12 p279
　悪夢の果て《小説》
　　　　　　　　　　　27「別冊宝石」17(3)'64.3 p198
　紋章と白服《小説》　27「別冊宝石」17(4)'64.5 p70
万里 昌代
　アイヌの貞操帯　　　27「別冊宝石」12(4)'59.4 p21
マリオット, バック
　金鉱の争奪《小説》　01「新趣味」17(10)'22.10 p2
万里野 平太
　妻を売る男　　　　　07「探偵」1(3)'31.7 p76
マリヤット, フレデリック
　黒い箱の秘密《小説》
　　　　　　　　　　　01「新趣味」17(4)'22.4 p142
　悪魔の酒樽《小説》　17「宝石」5(11)'50.11 p162
　美女と贅《小説》　　17「宝石」10(15)'55.11 p96
　白狼怪《小説》　　　32「探偵倶楽部」8(7)'57.7増 p122
まり子
　芸者座談会《座談会》
　　　　　　　　　　32「探偵倶楽部」4(7)'53.7 p82
丸井 善吉
　毒薬《小説》　　　　11「ぷろふいる」3(4)'35.4 p101
丸尾 長顕
　VON・しとろはいむ　06「猟奇」4(1)'31.3 p22
　脚に触つた男　　　　06「猟奇」4(2)'31.4 p14
　「マダム・サタン」　06「猟奇」4(3)'31.4 p27
　モロツコ　　　　　　06「猟奇」4(3)'31.5 p58

タダ一つ神もし許し賜はゞ……《アンケート》
　　　　　　　　　　　06「猟奇」4(3)'31.5 p70
デイトリッヒの頰べた　06「猟奇」4(4)'31.6 p46
裸になるには及ばない!　06「猟奇」4(5)'31.7 p40
日活の新人田村道美君と昔咄
　　　　　　　　　　　06「猟奇」4(7)'31.12 p24
ハガキ回答《アンケート》
　　　　　　　　　　11「ぷろふいる」3(12)'35.12 p43
マグダラのマリヤ《小説》
　　　　　　　　　　11「ぷろふいる」3(12)'35.12 p57
探偵劇座談会《座談会》
　　　　　　　　　　11「ぷろふいる」4(5)'36.5 p88
稀有の書　　　　　　11「ぷろふいる」4(5)'36.5 p93
編輯は煉獄苦である
　　　　　　　　　　11「ぷろふいる」4(10)'36.10 p110
ハガキ回答《アンケート》
　　　　　　　　　　11「ぷろふいる」5(4)'37.4 p46
地獄の虹《小説》　　33「探偵実話」2(4)'51.3 p188
幸福な奴　　　　　　17「宝石」18(9)'63.7 p20
丸木 砂土
　日本にもグラン・ギニヨル座を
　　　　　　　　　　22「新探偵小説」4 '47.10 p20
　恋愛忠臣蔵〈1〉《小説》　24「妖奇」1(6)'47.12 p3
　恋愛忠臣蔵〈2〉《小説》　24「妖奇」2(1)'48.1 p27
　恋愛忠臣蔵〈3〉《小説》　24「妖奇」2(3)'48.2 p26
　恋愛忠臣蔵〈4・完〉《小説》
　　　　　　　　　　　24「妖奇」2(4)'48.3 p10
　女の犯罪を語る座談会《座談会》
　　　　　　　　　　　25「Gメン」2(4)'48.4 p8
　世界艶笑秘史〈1〉　17「宝石」12(2)'57.1増 p274
丸茂 文雄
　10万円のお土産〔原作〕《絵物語》
　　　　　　　　　　　25「Gメン」2(8)'48.7 p14
　誌上探偵教室　32「探偵倶楽部」7(7)'56.6増 p13
マルセイ, クロード
　結末　　　　　　　　06「猟奇」1(1)'28.5 p29
マルソオ, マイケル
　十七年後《小説》　　06「猟奇」2(1)'29.1 p49
　賭事綺譚《小説》　　06「猟奇」2(3)'29.3 p42
マルチン, ヒュー
　ノブゴロドの真珠《小説》
　　　　　　　　　　02「秘密探偵雑誌」1(1)'23.5 p45
マルマー, マクナイ
　地下室の怪死体《小説》
　　　　　　　　　　32「探偵倶楽部」9(3)'58.3 p126
丸茂 武重
　江戸小伝馬町牢屋敷を覗く
　　　　　　　　　　　17「宝石」8(9)'53.8 p165
　江戸時代の怨霊　　27「別冊宝石」6(1)'53.9 p51
　江戸の正月　　　　27「別冊宝石」7(4)'54.1 p58
　伝馬町以後　　　　27「別冊宝石」7(7)'54.9 p233
　江戸城刃傷記　　　27「別冊宝石」8(1)'55.1 p147
丸谷 才一
　探偵小説の一効用について
　　　　　　　　　　　17「宝石」15(8)'60.6 p74
　小さな罠　　　　　　17「宝石」16(1)'61.1 p168
　小さな罠　　　　　　17「宝石」16(2)'61.2 p222
　小さな罠　　　　　　17「宝石」16(4)'61.3 p156
　小さな罠　　　　　　17「宝石」16(5)'61.4 p192

小さな罠　　　　　17「宝石」16(6)'61.5 p188
小さな罠《小説》　　17「宝石」16(7)'61.6 p238
丸山 乙郎
　いかもの喰い　　20「探偵よみもの」37 '48.11 p35
丸山 定夫
　ハガキ回答《アンケート》
　　　　　　　　11「ぷろふいる」4(6)'36.6 p101
丸山 静雄
　世界の大秘境を語る座談会《座談会》
　　　　　　　　25「Gメン」2(9)'48.9 p4
丸山 四郎
　特ダネ座談会《座談会》
　　　　　　　　32「探偵クラブ」2(10)'51.11 p133
丸山 竜児
　暗号時計《小説》　19「ぷろふいる」2(1)'47.4 p9
丸山 椋介
　黒死館私感　　　11「ぷろふいる」3(11)'35.11 p108
マーレイ, M
　ジミーの夜会事件《小説》
　　　　　　　　09「探偵小説」1(1)'31.9 p82
　ジミーと危機打者《小説》
　　　　　　　　09「探偵小説」1(2)'31.10 p88
　ジミーの煙幕戦術《小説》
　　　　　　　　09「探偵小説」1(3)'31.11 p122
　ジミーの月下氷人《小説》
　　　　　　　　09「探偵小説」1(4)'31.12 p18
　ジミーと人妻《小説》
　　　　　　　　09「探偵小説」2(1)'32.1 p88
　ジミーと宝剣《小説》
　　　　　　　　09「探偵小説」2(2)'32.2 p140
　ジミーの縁結び《小説》
　　　　　　　　09「探偵小説」2(6)'32.6 p102
　ジミーの鼠騒動《小説》
　　　　　　　　09「探偵小説」2(7)'32.7 p78
マロック, G・R
　サキソフォン・ソロ《小説》
　　　　　　　　27「別冊宝石」11(7)'58.9 p156
マンカインド, イマジナリ
　天馬の謎《小説》　32「探偵倶楽部」8(2)'57.3 p54
万朶 麗
　白と黒の幻想《小説》
　　　　　　　　27「別冊宝石」4(2)'51.12 p86
　売れる原稿を書く秘訣《小説》
　　　　　　　　27「別冊宝石」4(2)'51.12 p244
マンデス, カチュール
　五十六番《小説》　17「宝石」9(8)'54.7 p178

【み】

ミイルス, シャーリイ
　三角奇談《小説》　11「ぷろふいる」4(7)'36.7 p69
ミウア, A
　女秘書《小説》　　04「探偵趣味」11 '26.8 p1
ミウラー, E
　キヤベロ島の秘密　32「探偵倶楽部」8(6)'57.7 p226

三浦 朱門
　売店開業始末記《小説》
　　　　　　　　17「宝石」12(13)'57.10 p188
　塔《小説》　　　　17「宝石」15(6)'60.5 p140
　西部小説入門　　　17「宝石」16(1)'61.1 p94
　西部小説入門　　　17「宝石」16(2)'61.2 p122
　西部小説入門　　　17「宝石」16(4)'61.3 p212
　西部小説入門　　　17「宝石」16(5)'61.4 p184
　西部小説入門　　　17「宝石」16(6)'61.5 p152
　西部小説入門　　　17「宝石」16(7)'61.6 p206
　西部小説入門　　　17「宝石」16(8)'61.7 p148
　西部小説入門　　　17「宝石」16(9)'61.8 p200
　西部小説入門　　　17「宝石」16(10)'61.9 p186
　西部小説入門　　　17「宝石」16(11)'61.10 p204
　西部小説入門　　　17「宝石」16(12)'61.11 p234
　西部小説入門　　　17「宝石」16(13)'61.12 p176
　高校三年生《小説》 17「宝石」17(3)'62.2 p110
三浦 純一　→大慈宗一郎
　「完全犯罪」に就いて
　　　　　　　　12「探偵文学」1(1)'35.10 p18
　探鬼病々型研究　　12「探偵文学」2(2)'36.2 p31
三浦 つとむ
　ぼくのミステリ論　17「宝石」15(9)'60.7 p80
三浦 哲郎
　述懐　　　　　　　17「宝石」19(1)'64.1 p21
三重野 紫明
　潜行運動と筑紫女　11「ぷろふいる」1(2)'33.6 p31
三笠 吉太郎
　猟奇犯罪の舞台うら《座談会》
　　　　　　　　33「探偵実話」9(11)'58.7 p202
三上 於菟吉
　人間記録の一ツの絶巓
　　　　　　　　14「月刊探偵」2(6)'36.7 p47
三上 謙介
　恋と青酸加里との戯れ《小説》
　　　　　　　　27「別冊宝石」1(3)'49.1 p88
三神 茂
　処女出版の頃　　　17「宝石」18(9)'63.7 p91
三上 紫郎　→九鬼灣
　恋愛遊戯《小説》　16「ロック」3(5)'48.5 p64
三上 輝夫
　サナトリウムの秘密室
　　　　　　　　11「ぷろふいる」4(3)'36.3 p76
魅川生
　XYZ事件作者推定　04「探偵趣味」24 '27.10 p47
幹
　男の香水　　　　　32「探偵倶楽部」7(13)'56.12 p109
三木 あきら
　探偵お洒落講座　　32「探偵倶楽部」6(2)'55.2 p20
三木 晶
　安上りのお洒落　　32「探偵倶楽部」5(11)'54.11 p20
　外套のいらない冬のスタイル
　　　　　　　　32「探偵倶楽部」5(12)'54.12 p20
　赤と黒の流行　　　32「探偵倶楽部」6(4)'55.4 p23
　とかく世の中は? アンバランスの巻
　　　　　　　　32「探偵倶楽部」6(6)'55.6 p23
　盛夏の紳士の服装　32「探偵倶楽部」6(8)'55.8 p23

秋の紳士服装　　　　　32「探偵倶楽部」6(9)'55.9 p23
M+W的服装の巻
　　　　　　　　　　　32「探偵倶楽部」6(10)'55.10 p15
セーターで洒落る
　　　　　　　　　　　32「探偵倶楽部」6(11)'55.11 p15
冬支度のお洒落手帖
　　　　　　　　　　　32「探偵倶楽部」6(12)'55.12 p15
アメリカで流行のコンミューター・ルック
　　　　　　　　　　　32「探偵倶楽部」7(1)'56.1 p15
和製セビロに対する意見
　　　　　　　　　　　32「探偵倶楽部」7(2)'56.2 p19
背広をつくるための手引
　　　　　　　　　　　32「探偵倶楽部」7(3)'56.3 p15
サラリーマンのためのアクセサリイ豆読本
　　　　　　　　　　　32「探偵倶楽部」7(4)'56.4 p15
スポーツ・ウエア読本
　　　　　　　　　　　32「探偵倶楽部」7(5)'56.5 p15
雨の日の服装読本　　　32「探偵倶楽部」7(6)'56.6 p15
男の化粧読本　　　　　32「探偵倶楽部」7(8)'56.7 p24
夏の女性の服装　　　　32「探偵倶楽部」7(10)'56.9 p130
サラリーマンの背広
　　　　　　　　　　　32「探偵倶楽部」7(11)'56.10 p246
ズボンのプレス　　　　32「探偵倶楽部」7(13)'56.12 p262
テーブル・マナーの真髄
　　　　　　　　　　　32「探偵倶楽部」8(2)'57.3 p52
男のおしゃれ　　　　　17「宝石」14(9)'59.8 p24
男のおしゃれ　　　　　17「宝石」14(10)'59.9 p24
男のおしゃれ　　　　　17「宝石」14(11)'59.10 p24
男のおしゃれ　　　　　17「宝石」14(13)'59.11 p24
男のおしゃれ　　　　　17「宝石」14(14)'59.12 p24
男のおしゃれ　　　　　17「宝石」15(1)'60.1 p20
男のおしゃれ　　　　　17「宝石」15(2)'60.2 p20
男のおしゃれ　　　　　17「宝石」15(4)'60.3 p20
三木 勇
　浮気合戦　　　　　　06「猟奇」5(4)'32.4 p29
三木 音次
　芸術品の気品　　　　11「ぷろふいる」2(6)'34.6 p82
三木 喜久
　痴呆の如く　　　　　24「妖奇」4(11)'50.11 p61
三木 俊
　或る手紙《小説》　　03「探偵文芸」2(10)'26.10 p55
　竜巻のデムプスター
　　　　　　　　　　　03「探偵文芸」2(11)'26.11 p54
　チヤツプリンの気まぐれ
　　　　　　　　　　　03「探偵文芸」2(11)'26.11 p59
三木 真治
　屍臭の人　　　　　　32「探偵クラブ」2(3)'51.4 p60
三木 澄子
　新章文子さんのこと　17「宝石」18(3)'63.2 p169
三木 清伍
　ミミズに食われた話　17「宝石」11(10)'56.7増 p65
三木 岳四郎
　木兎の目ざんげ〈1〉《小説》
　　　　　　　　　　　24「妖奇」2(6)'48.5 p28
　木兎の目ざんげ〈2〉《小説》
　　　　　　　　　　　24「妖奇」2(7)'48.6 p20
　木兎の目ざんげ〈3・完〉《小説》
　　　　　　　　　　　24「妖奇」2(8)'48.7 p22

三木 鶏郎
　ぼくはミステリー・ファン
　　　　　　　　　　　17「宝石」18(15)'63.11 p21
三木 康治
　ベルゲンランド号上の藤村事件
　　　　　　　　　　　33「探偵実話」8(2)'57.1増 p244
三鬼 雷太郎
　探偵小説と読者　　　11「ぷろふいる」4(3)'36.3 p132
三鬼 竜
　桃李亭の女《小説》　20「探偵よみもの」37'48.11 p11
幹田 洵
　薩摩女の古里温泉　　33「探偵実話」11(2)'60.1増 p19
　陸奥女の花巻温泉郷　33「探偵実話」11(5)'60.3増 p146
三国 一朗
　フレミング以後　　　17「宝石」18(8)'63.6 p17
岬 晴夫
　留置場の練鑑ブルース
　　　　　　　　　　　33「探偵実話」10(13)'59.9 p78
　偽りの女体を消せ　　33「探偵実話」10(16)'59.11 p58
　情事に消された女　　33「探偵実話」11(1)'59.12 p72
　ホシはそこにいる　　33「探偵実話」11(4)'60.2 p164
　愛児殺しの狂った愛慾
　　　　　　　　　　　33「探偵実話」11(8)'60.5 p142
　横須賀火薬庫爆発事件の真相
　　　　　　　　　　　33「探偵実話」11(9)'60.6 p15
　容疑者は自殺か？逃亡か？
　　　　　　　　　　　33「探偵実話」11(9)'60.6 p112
　愛児を死へ追いやつた妻の不倫
　　　　　　　　　　　33「探偵実話」11(13)'60.9 p102
　百六十一人の一夜妻　33「探偵実話」12(4)'61.3 p214
　底辺にうごめく女たち
　　　　　　　　　　　33「探偵実話」12(6)'61.4増 p238
　泉都熱海の伏魔殿　　33「探偵実話」13(7)'62.6 p82
　地方記者　　　　　　33「探偵実話」13(9)'62.7 p179
　ある娼婦の死　　　　33「探偵実話」13(11)'62.9 p220
巳佐吉
　昔の芸妓・今のゲイシャ《座談会》
　　　　　　　　　　　35「ミステリー」5(2)'64.2 p140
三沢 正一
　地獄島物語《小説》　17「宝石」4(11)'49.12 p244
ミシェル，ミシェル・ジョルジュ
　大統領殺人事件《小説》
　　　　　　　　　　　27「別冊宝石」11(3)'58.3 p164
三嶋 潔
　鬘《小説》　　　　　17「宝石」19(2)'64.1増 p160
三島 由紀夫
　狐狗狸の夕べ《座談会》
　　　　　　　　　　　17「宝石」13(13)'58.10 p166
水芦 光子
　合致《小説》　　　　27「別冊宝石」17(2)'64.2 p172
水井 素鷹
　非常線《小説》　　　06「猟奇」2(11)'29.11 p16

水上 勉
　放談「ぼくらの推理小説」《対談》
　　　　　　　　　　　17「宝石」15(10)'60.8 p206
　爪〈1〉《小説》　　17「宝石」15(11)'60.9 p24
　爪〈2〉《小説》　　17「宝石」15(12)'60.10 p106
　爪〈3〉《小説》　　17「宝石」15(13)'60.11 p222
　爪〈4〉《小説》　　17「宝石」15(14)'60.12 p272
　歯《小説》　　　　17「宝石」15(15)'60.12増 p174
　爪〈5・完〉《小説》17「宝石」16(1)'61.1 p248
　赤い裂裟《小説》　　27「別冊宝石」14(3)'61.5 p8
　案山子《小説》　　　27「別冊宝石」15(1)'62.2 p10
　美しくかなしい話　　27「別冊宝石」15(1)'62.2 p13
　雪の下《小説》　　　17「宝石」17(15)'62.11増 p12
　銀の川《小説》　　　27「別冊宝石」15(5)'62.12 p10
　うつぼの筐舟《小説》
　　　　　　　　　　　27「別冊宝石」15(5)'62.12 p100
　蜘蛛飼い《小説》　　27「別冊宝石」15(5)'62.12 p122
　「フライパンの歌」のころ
　　　　　　　　　　　27「別冊宝石」15(5)'62.12 p172
　社会派のレッテル
　　　　　　　　　　　27「別冊宝石」15(5)'62.12 p173
　私の推理小説　　　　27「別冊宝石」15(5)'62.12 p174
　万年床で旅の話　　　27「別冊宝石」15(5)'62.12 p175
　雁帰る　　　　　　　27「別冊宝石」15(5)'62.12 p177
　作品で追う昔の債鬼
　　　　　　　　　　　27「別冊宝石」15(5)'62.12 p179
　人間味あふれた法廷
　　　　　　　　　　　27「別冊宝石」15(5)'62.12 p180
　杉森京子の崩壊《小説》
　　　　　　　　　　　27「別冊宝石」15(5)'62.12 p202
　棺の花《小説》　　　27「別冊宝石」15(5)'62.12 p248
　不知火海沿岸《小説》17「宝石」18(6)'63.4増 p12
　一抹の誇り　　　　　17「宝石」18(6)'63.4増 p17
　若狭姥捨考〈1〉　　17「宝石」18(12)'63.9 p65
　若狭姥捨考〈2〉　　17「宝石」18(13)'63.10 p358
　真徳院の火《小説》
　　　　　　　　　　　17「宝石」18(14)'63.10増 p282
　若狭姥捨考〈3〉　　17「宝石」18(15)'63.11 p261
　若狭姥捨考〈4〉　　17「宝石」18(16)'63.12 p308
　若狭姥捨考〈5〉　　17「宝石」19(1)'64.1 p274
　[私のレジャー]　　 17「宝石」19(3)'64.2 p16
　若狭姥捨考〈6〉　　17「宝石」19(3)'64.2 p300
　若狭姥捨考〈7〉　　17「宝石」19(4)'64.3 p227
　若狭姥捨考〈8〉　　17「宝石」19(5)'64.4 p316
　若狭姥捨考〈9・完〉17「宝石」19(7)'64.5 p323
水川 悠子
　助演者《小説》
　　　　　　35「エロチック・ミステリー」4(11)'63.11 p104
水城 顕
　黒い牧師《小説》　　17「宝石」13(15)'58.12 p94
水木 京太
　女性と探偵趣味　　　04「探偵趣味」7 '26.4 p4
水城 顕
　兄弟たちは去った《小説》
　　　　　　　　　　　27「別冊宝石」10(11)'57.12 p157
水沢 彪
　肉獣《小説》　　　　33「探偵実話」10(12)'59.8 p88
水嶋 愛子
　深夜の物音《小説》
　　　　　　　　　　　11「ぷろふいる」2(7)'34.7 p124

水島 欣也
　呪いのトーテム・ポール
　　　　　　　　　　　33「探偵実話」3(13)'52.11 p220
　男の泣く時　　　　　33「探偵実話」6(8)'55.7 p134
　刺青のある女　　　　33「探偵実話」6(9)'55.8 p190
　遺書が語る自殺者の心理
　　　　　　　　　　　33「探偵実話」7(13)'56.8 p250
　ある女スリの告白
　　　　　　　　　　　33「探偵実話」7(17)'56.11 p188
　桜上水のニヒリスト
　　　　　　　　　　　33「探偵実話」9(5)'58.3増 p96
　女スリ前科十八犯　　33「探偵実話」9(8)'58.5増 p238
水島 欽也
　英雄の如く打つ　　　33「探偵実話」7(7)'56.4 p130
　友情の三重奏　　　　33「探偵実話」7(8)'56.4増 p46
　埋蔵金のゆくえ　　　33「探偵実話」7(12)'56.7 p222
水島 淳
　偽りの情炎　　　　　33「探偵実話」10(15)'59.11増 p212
水島 淳三
　町田市の墓地発掘事件
　　　　　　　　　　　33「探偵実話」11(5)'60.3増 p14
　人妻を毒殺したのは誰だ？
　　　　　　　　　　　33「探偵実話」11(5)'60.3増 p152
水島 潤之介
　煙草屋の娘《小説》　06「猟奇」2(6)'29.6 p36
　踊る花嫁《小説》　　06「猟奇」2(8)'29.8 p18
　失恋術！《小説》　　06「猟奇」2(9)'29.9 p27
　クリスチナ　　　　　06「猟奇」2(11)'29.11 p22
　ステッキ・ガールの悲哀《小説》
　　　　　　　　　　　06「猟奇」2(12)'29.12 p30
　幸運の星　　　　　　06「猟奇」3(2)'30.3 p15
水島 爾保布
　偽雷神　　　　　　　03「探偵文芸」1(6)'25.8 p35
水田 喜一朗
　青髯と六人目の妻《詩》17「宝石」11(4)'56.3 p13
水田 亨
　恋文《小説》　　　　06「猟奇」1(1)'28.5 p25
　金文字は笑ふ《小説》06「猟奇」2(8)'28.6 p23
　美女御用心《小説》　06「猟奇」1(5)'28.10 p16
　スキー夜話《小説》　06「猟奇」2(3)'29.3 p28
水谷生　→水谷準
　探偵趣味同好会二三　04「探偵趣味」15 '27.1 p64
　東京地方のグルゥプ　04「探偵趣味」22 '27.8 p62
水谷 準　→準、水谷生
　探偵問答《アンケート》04「探偵趣味」1 '25.9 p27
　勝と負《小説》　　　04「探偵趣味」1 '25.9 p29
　報知《小説》　　　　04「探偵趣味」3 '25.11 p10
　怪談奇話　　　　　　04「探偵趣味」3 '25.11 p26
　『探偵趣味』問答《アンケート》
　　　　　　　　　　　04「探偵趣味」4 '26.1 p59
　崖の上《小説》　　　04「探偵趣味」4 '26.1 p61
　我が墓をめぐる　　　04「探偵趣味」5 '26.2 p28
　旧悪処女作　　　　　04「探偵趣味」8 '26.5 p23
　探偵詭弁　　　　　　04「探偵趣味」8 '26.5 p52
　死面《小説》　　　　04「探偵趣味」9 '26.6 p46
　探偵小説合評《座談会》04「探偵趣味」9 '26.6 p56
　駅夫《小説》　　　　04「探偵趣味」10 '26.7 p23
　恋人を喰べる話《小説》
　　　　　　　　　　　04「探偵趣味」12 '26.10 p43

みすた

クローズ・アップ《アンケート》	
	04「探偵趣味」14 '26.12 p44
クローズ・アップ《アンケート》	
	04「探偵趣味」15 '27.1 p56
街の抱擁《小説》	04「探偵趣味」15 '27.1 p79
投稿創作評	04「探偵趣味」17 '27.3 p59
投稿創作評	04「探偵趣味」18 '27.4 p45
投稿創作感想	04「探偵趣味」19 '27.5 p63
投稿創作感想	04「探偵趣味」20 '27.6 p63
遠眼鏡《小説》	04「探偵趣味」21 '27.7 p32
投稿創作感想	04「探偵趣味」21 '27.7 p63
投稿創作感想	04「探偵趣味」22 '27.8 p63
投稿創作感想	04「探偵趣味」23 '27.9 p56
投稿創作感想	04「探偵趣味」24 '27.10 p61
諸家の探偵趣味映画観《アンケート》	
	05「探偵・映画」1(1)'27.10 p64
投稿創作感想	04「探偵趣味」25 '27.11 p60
投稿創作感想	04「探偵趣味」26 '27.12 p63
霜月座談会《座談会》	04「探偵趣味」4(1)'28.1 p62
探偵小説読本〈1〉	04「探偵趣味」4(1)'28.1 p81
投稿創作感想	04「探偵趣味」4(1)'28.1 p96
翻訳座談会《座談会》	
	04「探偵趣味」4(2)'28.2 p30
投稿創作感想	04「探偵趣味」4(2)'28.2 p76
投稿創作感想	04「探偵趣味」4(3)'28.3 p64
投稿創作感想	04「探偵趣味」4(4)'28.4 p55
仏蘭西物模索	04「探偵趣味」4(5)'28.5 p66
投稿創作感想	04「探偵趣味」4(5)'28.5 p70
蜘蛛《小説》	04「探偵趣味」4(5)'28.5 p87
私の好きな一偶《アンケート》	
	06「猟奇」1(2)'28.6 p26
投稿創作感想	04「探偵趣味」4(6)'28.6 p54
投稿創作感想	04「探偵趣味」4(7)'28.7 p63
肉の灰皿	06「猟奇」1(4)'28.9 p8
づいて	04「探偵趣味」4(9)'28.9 p40
小春の日	06「猟奇」2(7)'29.7 p43
僕の「日本探偵小説史」〈1〉	
	10「探偵クラブ」1 '32.4 p14
僕の「日本探偵小説史」〈2〉	
	10「探偵クラブ」2 '32.5 p17
僕の「日本探偵小説史」〈3〉	
	10「探偵クラブ」3 '32.6 p22
殺人迷路〈4〉《小説》 10「探偵クラブ」4 '32.8 p4
僕の「日本探偵小説史」〈4〉	
	10「探偵クラブ」4 '32.8 p33
僕の「日本探偵小説史」〈5〉	
	10「探偵クラブ」5 '32.10 p37
僕の「日本探偵小説史」〈6〉	
	10「探偵クラブ」6 '32.11 p14
カメレオン《小説》 10「探偵クラブ」6 '32.11 p30
僕の「日本探偵小説史」〈7〉	
	10「探偵クラブ」7 '32.12 p20
僕の「日本探偵小説史」〈8〉	
	10「探偵クラブ」8 '33.1 p10
僕の「日本探偵小説史」〈9〉	
	10「探偵クラブ」9 '33.3 p18
特異な世界	10「探偵クラブ」9 '33.3 p25
微笑の思ひ出	10「探偵クラブ」10 '33.4 p26
僕の「日本探偵小説史」〈10・完〉	
	10「探偵クラブ」10 '33.4 p31

ぶろふいるに寄する言葉	
	11「ぶろふいる」1(1)'33.5 p50
ユーモアやぁい！ 11「ぶろふいる」1(8)'33.12 p70
夢見る記	11「ぶろふいる」2(1)'34.1 p94
尻馬に乗る	11「ぶろふいる」2(5)'34.5 p93
Anti-Ivan-Democracy AからCまで	
	11「ぶろふいる」3(1)'35.1 p129
わが乱歩に望む 12「探偵文学」1(2)'35.4 p5
ぶろむなあど・ぶをろんてえる	
	11「ぶろふいる」3(7)'35.7 p118
月光に乗るハミルトン《小説》	
	11「ぶろふいる」3(9)'35.9 p92
蒼竜窟主人遠雷恐怖之図	
	12「探偵文学」1(7)'35.10 p7
詩に於ける如く 14「月刊探偵」1(1)'35.12 p6
ハガキ回答《アンケート》	
	11「ぶろふいる」3(12)'35.12 p46
探偵小説界昭和十年版	
	11「ぶろふいる」3(12)'35.12 p111
ハガキ回答《アンケート》	
	12「探偵文学」1(10)'36.1 p16
ぶろじぇ・ばらどくさる	
	11「ぶろふいる」4(1)'36.1 p83
雪合戦礼讃	12「探偵文学」2(4)'36.4 p4
「爆弾」と「白色革命」	
	14「月刊探偵」2(3)'36.4 p22
四枚の年賀状	14「月刊探偵」2(4)'36.5 p70
探偵小説の貧乏性 11「ぶろふいる」5(6)'36.6 p58
日本探偵作家評伝 15「探偵春秋」1(1)'36.10 p86
ハガキ回答《アンケート》	
	11「ぶろふいる」5(4)'37.4 p47
空で唄ふ男《小説》 12「シュピオ」3(4)'37.5 p44
お問合せ《アンケート》	
	12「シュピオ」3(5)'37.6 p49
スガスガしいシメノン	
	15「探偵春秋」2(7)'37.7 p70
ウイルソン夫人の化粧室《小説》	
	17「宝石」1(1)'46.3 p20
茶色の服の男	17「宝石」1(1)'46.3 p34
タットル大尉を囲む探偵作家の座談会《座談会》	
	17「宝石」1(2)'46.5 p19
『とむらひ饅頭』放送さる	
	17「宝石」1(3)'46.6 p10
アスパラガス《小説》 17「宝石」1(4)'46.7 p4
探偵小説やーい 16「ロック」1(5)'46.10 p74
応募作品所感	17「宝石」1(9)'46.12 p49
R夫人の横顔《小説》 16「ロック」2(1)'47.1 p4
新春探偵小説討論会《座談会》	
	17「宝石」2(1)'47.1 p22
告白《小説》	17「宝石」2(1)'47.1 p66
作曲	16「ロック」2(2)'47.2 p70
海外探偵小説四方山話《座談会》	
	21「黒猫」1(1)'47.4 p74
屋根裏夜曲《小説》 17「宝石」2(3)'47.4 p157
青春の悪魔《小説》 16「ロック」2(6)'47.6 p2
三つ姓名の女《小説》 21「黒猫」1(2)'47.6 p48
創刊号に寄す	22「新探偵小説」1(2)'47.6 p27
なれそめの記	18「トップ」2(3)'47.6増 p12
まほろしの掏摸《小説》	
	25「Gメン」1(1)'47.10 p18

817

アルパカ氏の場合《小説》	
	16「ロック」2(9)'47.10 p30
探偵話の泉座談会《座談会》	
	25「Gメン」2(1)'48.1 p8
選評	17「宝石」3(1)'48.1 p62
花輪家の舞踏会《小説》	25「Gメン」2(2)'48.2 p4
金箔師《小説》	17「宝石」3(3)'48.4 p10
メリーウイドウ殺人事件《小説》	
	25「Gメン」2(5)別'48.4 p4
カメレオン《小説》	23「真珠」2(5)'48.4 p8
満月の記録《小説》	21「黒猫」2(10)'48.8 p34
選評	16「ロック」3(4)'48.8 p48
好畳八丁《小説》	25「Gメン」2(9)'48.9 p12
新人書下し探偵小説合評会《座談会》	
	17「宝石」3(9)'48.12 p48
魔術師の嘆き《小説》	
	20「探偵よみもの」38 '49.1 p23
「二重密室の謎」について《小説》	
	17「宝石」4(2)'49.2 別付前1
本塁打殺人事件《小説》	17「宝石」4(2)'49.2 p2
猟人空しく帰る	17「宝石」4(2)'49.2 p46
マシヤールその他	27「別冊宝石」2(1)'49.4 p80
野球ファン熱狂座談会《座談会》	
	25「X」3(6)'49.5 p46
「茶色の上着」を推す	17「宝石」— '49.7増 p163
ガデン・インスイ	17「宝石」4(8)'49.8 p20
夢男《小説》	24「妖奇」4(1)'50.1 p48
モノロギア・カプリチオ	17「宝石」5(1)'50.1 p87
翻訳小説の新時代を語る《座談会》	
	17「宝石」5(4)'50.4 p223
クラブ賞について	17「宝石」5(4)'50.4 p283
白根越え	17「宝石」5(5)'50.5 p6
新聞と探偵小説と犯罪《座談会》	
	17「宝石」5(5)'50.5 p96
「三十六人集」の選に伍して	
	17「宝石」5(5)'50.5 p144
大下メイ人対高柳八段観戦記	
	17「宝石」5(6)'50.6 p76
路次の灯	27「別冊宝石」3(3)'50.6 p112
「鬼」には髭があるか?	34「鬼」1 '50.7 p9
海外探偵小説放談《座談会》	
	17「宝石」5(8)'50.8 p124
三人の夫を殺した女《小説》	
	32「探偵クラブ」1(1)'50.8 p252
百万円懸賞探偵小説B級作品入選誌上発表《座談会》	
	17「宝石」5(9)'50.9 p212
お好み捕物帳座談会《座談会》	
	17「宝石」5(10)'50.10 p159
紫頭巾《小説》	17「宝石」5(10)'50.10 p190
［無題］	31「スリーナイン」'50.11 p43
脱獄譚	31「スリーナイン」'50.11 p48
いかさまエクトル	32「探偵クラブ」2(1)'51.1 p65
豆もやしスポーツ談義	17「宝石」6(2)'51.2 p114
編集者と作家	34「鬼」3 '51.3 p2
探偵棋壇案内	17「宝石」6(4)'51.4 p110
地獄の迎ひ《小説》	17「宝石」6(4)'51.4 p122
踊り子の二つの死《小説》	
	32「探偵クラブ」2(3)'51.4 p148
へんしふざんげ	17「宝石」6(5)'51.5 p40
探偵作家クラブ賞について	
	17「宝石」6(6)'51.6 p68
探偵小説のあり方を語る座談会《座談会》	
	17「宝石」6(7)'51.7 p46
口笛を吹く悪魔《小説》	
	32「探偵クラブ」2(5)'51.7 p163
メフィストの誕生《小説》	
	17「宝石」6(8)'51.8 p17
芙蓉《小説》	32「探偵クラブ」2(7)'51.8 p179
白夜妄想記〈1〉	17「宝石」6(9)'51.9 p44
ダンスパーティと強盗《脚本》	
	17「宝石」6(9)'51.9 p117
白夜妄想記〈2〉	17「宝石」6(10)'51.10 p72
マリネッチ氏の決闘《小説》	
	32「探偵クラブ」2(9)'51.10 p88
アンケート《アンケート》	
	17「宝石」6(11)'51.10増 p174
白夜妄想記〈3〉	17「宝石」6(12)'51.11 p84
アンケート《アンケート》	
	17「宝石」7(1)'52.1 p81
風流食卓漫談《座談会》	
	32「探偵クラブ」3(1)'52.1 p142
座談会飛躍する宝石《座談会》	
	17「宝石」7(1)'52.1 p165
天狗騒動《小説》	27「別冊宝石」5(1)'52.1 p150
アマとプロ	17「宝石」7(2)'52.2 p50
空で唄ふ男の話《小説》	
	33「探偵実話」3(2)'52.2 p234
20万円懸賞短篇コンクール詮衡座談会《座談会》	
	17「宝石」7(3)'52.3 p14
アパートの動物たち	
	32「探偵クラブ」3(3)'52.3 p49
探偵小説三十年《座談会》	
	33「探偵実話」3(4)'52.3増 p213
窓は敲かれず《小説》	
	33「探偵実話」3(4)'52.3増 p290
魔女マレーザ《小説》	17「宝石」7(4)'52.4 p46
探偵作家探偵小説を載る《座談会》	
	17「宝石」7(4)'52.4 p140
悪魔の夜宴〔原作〕《絵物語》	
	33「探偵実話」3(5)'52.4 p23
変男化女《小説》	17「宝石」7(5)'52.5 p52
無期徒刑囚の言葉	17「宝石」7(5)'52.5 p121
ある決闘《小説》	17「宝石」7(5)'52.5 p124
ほら・かんのん《小説》	17「宝石」7(6)'52.6 p64
殺人披露宴《小説》	
	32「探偵倶楽部」3(6)'52.6 p164
自己批判座談会《座談会》	
	17「宝石」7(6)'52.6 p184
へんてこ長屋《小説》	
	27「別冊宝石」5(5)'52.6 p68
コンワンの復讐《小説》	
	33「探偵実話」3(6)'52.6 p28
未亡人と夜盗《小説》	
	33「探偵実話」3(8)'52.7 p102
幻の射手《小説》	17「宝石」7(8)'52.8 p62
地獄からの使者《小説》	
	32「探偵倶楽部」3(8)'52.9 p210
草履虫《小説》	33「探偵実話」3(11)'52.9 p141
怪談・恐怖談《座談会》	
	33「探偵実話」3(11)'52.9 p146
感想	17「宝石」7(9)'52.10 p85

コンクール選評座談会《座談会》
　　　　　　　　　　17「宝石」7(9)'52.10 p89
三筋の金髪《小説》
　　　　　32「探偵倶楽部」3(9)'52.10 p122
探偵作家の見た「第三の男」《座談会》
　　　　　　　　　　17「宝石」7(9)'52.10 p189
「完全犯罪」危機打者物語
　　　　　　　　　　17「宝石」7(9)'52.10 p248
ストリップ殺人事件《小説》
　　　　　　　　　　17「宝石」7(10)'52.10 p72
無名の艶書《小説》
　　　　　32「探偵倶楽部」3(10)'52.11 p82
二つの影を持つ男《小説》
　　　　　32「探偵倶楽部」3(11)'52.11 p84
着想　　　32「探偵倶楽部」3(11)'52.11増 p86
風流網舟漫談《座談会》
　　　　32「探偵倶楽部」3(11)'52.11増 p153
菊合せ《小説》　　　17「宝石」7(12)'52.12 p32
芝生の上の亡者　32「探偵倶楽部」3(12)'52.12 p222
黒い鞄　　　　　　　24「トリック」7(1)'53.1 p23
われ神を見たり　　　17「宝石」8(1)'53.1 p57
日本探偵小説史〔1〕
　　　　　　　　　　24「トリック」7(1)'53.1 p114
日本探偵小説界創世期を語る《座談会》
　　　　　　　　　　17「宝石」8(1)'53.1 p178
まがまがしい心《小説》17「宝石」8(1)'53.1 p190
瓢庵逐電す《小説》　27「別冊宝石」6(1)'53.1 p96
日本探偵小説史〔2〕
　　　　　　　　　　24「トリック」7(2)'53.2 p98
探偵小説に対するアンケート《アンケート》
　　　　　32「探偵倶楽部」4(1)'53.2 p150
桃の湯事件《小説》　17「宝石」8(2)'53.3 p46
日本探偵小説史〔3〕
　　　　　　　　　　24「トリック」7(3)'53.3 p98
血染めの靴跡《小説》
　　　　　32「探偵倶楽部」4(2)'53.3 p130
入賞作品詮衡座談会《座談会》
　　　　　　　　　　17「宝石」8(3)'53.4 p76
麒麟火事《小説》　　17「宝石」8(3)'53.4 p92
恋人を喰べる話《小説》
　　　　　　　27「別冊宝石」6(3)'53.5 p130
自選の理由　　27「別冊宝石」6(3)'53.5 p133
探偵作家メモランダム
　　　　　　　27「別冊宝石」6(3)'53.5 p214
岩魚の生霊《小説》　17「宝石」8(6)'53.6 p138
木兎組異聞《小説》　27「別冊宝石」6(4)'53.6 p68
青皿の河童《原作》《絵物語》　17「宝石」8(7)'53.7 p78
ある決闘〔原作〕《絵物語》
32「探偵倶楽部」4(8)'53.8 p41, 43, 47, 51, 55, 65, 67, 71, 73, 77
按摩屋敷《小説》　　17「宝石」8(9)'53.8 p112
二体一人《小説》　　17「宝石」8(10)'53.9 p86
墓石くずし《小説》　27「別冊宝石」6(6)'53.9 p114
東方のヴィーナス《小説》
　　　　　　　　　17「宝石」8(12)'53.10増 p84
フランスの探偵小説　27「別冊宝石」6(8)'53.11 p6
冬薔薇《小説》　　32「探偵倶楽部」5(1)'54.1 p62
夜の階段《小説》　　17「宝石」9(1)'54.1 p64
丹塗りの箱《小説》　27「別冊宝石」7(1)'54.1 p284
お歴々歓談《座談会》33「探偵実話」5(1)'54.1 p8
替え玉《小説》　　　17「宝石」9(2)'54.2 p48

ジュランとボク　　　17「宝石」9(3)'54.3 p58
接吻事件《小説》　　17「宝石」9(3)'54.3増 p308
犯人は誰だ?《小説》
　　　　　32「探偵倶楽部」5(4)'54.4 p185
藤棚の女《小説》　　27「別冊宝石」7(3)'54.4 p60
入賞作品選衡座談会《座談会》
　　　　　　　　　　17「宝石」9(5)'54.4 p70
ある決闘《小説》　33「探偵実話」5(5)'54.4増 p51
にゃんこん騒動　　　17「宝石」9(7)'54.6 p112
蜜月号事件《小説》　27「別冊宝石」7(5)'54.6 p126
「蜜月号事件」について
　　　　　　　27「別冊宝石」7(5)'54.6 p129
火星の男（前篇）二匹の野獣
　　　　　　33「探偵実話」5(7)'54.6 p26
吸血鬼《小説》　　　17「宝石」9(10)'54.8 p60
乱歩さんの初期の作と僕
　　　　　　33「探偵実話」5(9)'54.8 p162
鮫魚《小説》　　　27「別冊宝石」7(7)'54.9 p50
ぼら・かんのん《小説》
　　　　　　33「探偵実話」5(11)'54.9増 p140
宝島《小説》　　　27「別冊宝石」7(9)'54.11 p52
と角談義　　　32「探偵倶楽部」5(12)'54.12 p233
薔薇仮面〈1〉《小説》
　　　　　32「探偵倶楽部」6(1)'55.1 p27
夕焼富士《小説》　　27「別冊宝石」8(1)'55.1 p46
薔薇仮面〈2〉《小説》
　　　　　32「探偵倶楽部」6(2)'55.2 p171
地底の囚人　　33「探偵実話」6(3)'55.2増 p224
サムの東京見物《小説》17「宝石」10(4)'55.3 p66
薔薇仮面〈3〉《小説》
　　　　　32「探偵倶楽部」6(3)'55.3 p174
接吻の副賞《小説》　17「宝石」10(5)'55.3増 p56
薔薇仮面〈4〉《小説》
　　　　　32「探偵倶楽部」6(4)'55.4 p79
入賞作品詮衡座談会《座談会》
　　　　　　　　　　17「宝石」10(6)'55.4 p127
原始食料　　32「探偵倶楽部」6(4)'55.4 p177
一昔前の想い出　　　17「宝石」10(7)'55.5 p65
薔薇仮面〈5〉《小説》
　　　　　32「探偵倶楽部」6(5)'55.5 p90
薔薇仮面〈6〉《小説》
　　　　　32「探偵倶楽部」6(6)'55.6 p230
天使魚《小説》　　　17「宝石」10(9)'55.6増 p88
薔薇仮面〈7〉《小説》
　　　　　32「探偵倶楽部」6(7)'55.7 p166
別荘の怪《小説》　32「探偵倶楽部」6(8)'55.8 p167
薔薇仮面〈8〉《小説》
　　　　　32「探偵倶楽部」6(8)'55.8 p242
踊り子の二つの死《小説》
　　　　　　　　　17「宝石」10(12)'55.8増 p36
薔薇仮面〈9〉《小説》
　　　　　32「探偵倶楽部」6(9)'55.9 p62
暗魔天狗《小説》　27「別冊宝石」8(6)'55.9 p76
薔薇仮面〈10〉《小説》
　　　　　32「探偵倶楽部」6(10)'55.10 p52
カナカナ姫《小説》
　　　　　　33「探偵実話」6(12)'55.10増 p164
薔薇仮面〈11〉《小説》
　　　　　32「探偵倶楽部」6(11)'55.11 p24

薔薇仮面〈12〉《小説》
    32「探偵倶楽部」6(12)'55.12 p24
お年玉の話 17「宝石」11(1)'56.1 p79
薔薇仮面〈13・完〉《小説》
    32「探偵倶楽部」7(1)'56.1 p236
ある決闘《小説》 27「別冊宝石」9(1)'56.1 p62
「ある決闘」について
    27「別冊宝石」9(1)'56.1 p63
満月の記録《小説》
  17「宝石」11(5)'56.3増 p276
東方のヴィーナス《小説》
    33「探偵実話」7(5)'56.3増 p110
入賞作品詮衡座談会《座談会》
    17「宝石」11(6)'56.4 p113
月光の部屋《小説》27「別冊宝石」9(5)'56.6 p64
刺青の人魚《小説》17「宝石」11(10)'56.7増 p158
屋根裏の亡霊
    33「探偵実話」7(11)'56.7増 p253
ネクタイ事件《小説》
    17「宝石」11(13)'56.9増 p308
R夫人の横顔《小説》
    33「探偵実話」7(16)'56.11増 p70
月夜の信夫翁《小説》17「宝石」12(2)'57.1増 p60
1/3世紀前の思い出 27「別冊宝石」10(3)'57.3 p96
薔薇と蜃気楼《小説》
    33「探偵実話」8(5)'57.3増 p190
入賞作品選考座談会《座談会》
    17「宝石」12(5)'57.4 p88
みそさざい《小説》 17「宝石」12(6)'57.4増 p74
昔々あるところに 27「別冊宝石」10(6)'57.6 p124
地獄からの使者《小説》
    17「宝石」12(11)'57.8増 p72
悪魔の夜宴《小説》
    33「探偵実話」8(15)'57.11 p160
悲劇の触手《小説》17「宝石」12(15)'57.11増 p54
まがまがしい心《小説》
    32「探偵倶楽部」8(12)'57.11増 p68
「新青年」歴代編集長座談会《座談会》
    17「宝石」12(16)'57.12 p98
久生十蘭の横顔 17「宝石」12(16)'57.12 p201
誌上アンケート《アンケート》
    33「探偵実話」9(1)'57.12 p140
木々さんのデビュー
    27「別冊宝石」10(11)'57.12 p193
赤と黒の狂想曲《小説》
    17「宝石」13(2)'58.1増 p134
塩原愛子 17「宝石」13(4)'58.3 p16
「新人二十五人集」入選作品選評座談会《座談会》
    17「宝石」13(5)'58.4 p208
投書、将棋、ゴルフ
    27「別冊宝石」11(4)'58.4 p269
第二の男《小説》 17「宝石」13(7)'58.5増 p174
二人の鬼才を偲ぶ《座談会》
    27「別冊宝石」11(6)'58.7 p254
殺人クラブ《小説》17「宝石」13(11)'58.8増 p172
窓は敲かれず 17「宝石」11(8)'58.10 p40
卑劣漢《小説》 33「探偵実話」9(14)'58.10増 p151
ミニアチュア 17「宝石」14(1)'59.1 p88
これはなんでしょう？ 17「宝石」14(2)'59.2 p1
「新人二十五人集」入選作品選評座談会《座談会》
    17「宝石」14(4)'59.4 p212

夢ありき 17「宝石」14(11)'59.10 p249
星ありき 17「宝石」14(13)'59.11 p221
唄ありき 17「宝石」14(14)'59.12 p162
ゴルフ場の味 17「宝石」15(5)'60.4 p163
昭和35年度宝石賞選評座談会《座談会》
    17「宝石」15(5)'60.4 p238
わたしの阿片 17「宝石」15(10)'60.8 p204
好奇心《小説》 17「宝石」15(11)'60.9 p74
重大な誤植《小説》17「宝石」15(12)'60.10 p128
動機《小説》 17「宝石」15(13)'60.11 p94
八番目の花嫁《小説》
    17「宝石」15(14)'60.12 p242
毛利夫人の浮気《小説》
    17「宝石」16(5)'61.4 p170
昭和36年度宝石賞選評座談会《座談会》
    17「宝石」16(5)'61.4 p216
大阪の肌ざわり 17「宝石」16(13)'61.12 p130
「新青年」と江戸川乱歩氏
    17「宝石」17(1)'62.1 p143
江戸川乱歩の紫綬褒章受章をめぐって《座談会》
    27「別冊宝石」15(1)'62.2 p190
〈宝石賞〉選考座談会《座談会》
    17「宝石」17(5)'62.4 p188
起死回生
  35「エロティック・ミステリー」3(5)'62.5 p15
古酒の味 17「宝石」17(7)'62.6 p157
昭和37年度第一回宝石中篇賞選考座談会《座談会》
    17「宝石」17(11)'62.9 p164
吉川英治氏と娘キャディ
    17「宝石」17(15)'62.11増 p103
彫りの深い横顔 17「宝石」18(1)'63.1 p91
小栗虫太郎さんのこと 17「宝石」18(3)'63.2 p242
昭和38年度宝石短篇賞選考委員会《座談会》
    17「宝石」18(5)'63.4 p124
浜尾さんの横顔 17「宝石」18(5)'63.4 p231
すでに半世紀 17「宝石」18(8)'63.6 p271
不遠な空想 17「宝石」18(14)'63.10 p151
彼はなぜゴルフをやらないか？
    17「宝石」18(15)'63.11 p163

水谷 武彦
 芸術的な商品陳列法 01「新趣味」17(1)'22.1 p176
水谷 八重子
 タダ一つ神もし許し賜はゞ…..《アンケート》
    06「猟奇」4(3)'31.5 p72
水沼 由太
 火事と留吉《小説》 04「探偵趣味」5 '26.2 p48
水野 三太
 売春婦のアイデア競争
    33「探偵実話」10(5)'59.3 p131
水野 成夫
 財界の巨頭探偵小説を語る《座談会》
    17「宝石」13(6)'58.5 p108
水ノ江 塵一
 謎の藤村氏失踪事件
    11「ぷろふいる」4(3)'36.3 p83
水原 章
 日の果て《小説》 27「別冊宝石」6(9)'53.12 p88
水原 秋桜子
 むさゝび 17「宝石」18(15)'63.11 p24

水町 浩一郎
　序章なき青春《小説》　　17「宝石」10(2)'55.1増 p26
水町 青磁
　えらんびいたる《小説》
　　　　　　　　　　　　06「猟奇」2(11)'29.11 p42
三角 寛
　浜尾四郎氏とその作品
　　　　　　　　　　　　10「探偵クラブ」8 '33.1 p31
　滲透捜査〈1〉《小説》
　　　　　　　　　　　　20「探偵よみもの」34 '47.12 p26
　帯解けお喜美〈1〉《小説》
　　　　　　　　　　　　24「妖奇」2(3)'48.2 p30
　帯解けお喜美〈2〉《小説》
　　　　　　　　　　　　24「妖奇」2(4)'48.3 p34
　帯解けお喜美〈3・完〉《小説》
　　　　　　　　　　　　24「妖奇」2(5)'48.4 p14
　滲透捜査〈2〉《小説》
　　　　　　　　　　　　20「探偵よみもの」35 '48.5 p6
　滲透捜査〈3〉《小説》
　　　　　　　　　　　　20「探偵よみもの」36 '48.9 p40
　滲透捜査〈4・完〉《小説》
　　　　　　　　　　　　20「探偵よみもの」37 '48.11 p39
　滲透捜査〔原作〕《絵物語》
　　　　　　　　　　　　20「探偵よみもの」40 '50.8 p2
　瞽女姫お美代《小説》
　　　　　　　　　　　33「探偵実話」2(1)'50.12 p204
　牛を斬つた女《小説》
　　　　　　　　　　　33「探偵実話」2(2)'51.1 p232
　腕斬りお小夜《小説》
　　　　　　　　　　　33「探偵実話」2(3)'51.2 p80
　色師の筆《小説》　　33「探偵実話」2(4)'51.3 p160
　美女地獄《小説》　　33「探偵実話」2(5)'51.4 p194
　直実と妙蓮《小説》　33「探偵実話」2(6)'51.5 p204
　山猿と百吉《小説》　33「探偵実話」2(7)'51.6 p198
　怪事件回顧録　　　　33「探偵実話」2(12)'51.11 p94
　美橋実員殊勲談　　　33「探偵実話」3(1)'51.12 p220
　妖婦菊江の物語〈1〉
　　　　　　　　　　　33「探偵実話」3(2)'52.2 p68
　妖婦菊江の物語〈2〉
　　　　　　　　　　　33「探偵実話」3(3)'52.3 p200
　妖婦菊江の物語〈3・完〉
　　　　　　　　　　　33「探偵実話」3(5)'52.4 p198
　彼も人の子　　　　　33「探偵実話」5(2)'54.2 p136
　女斬取り事件　　　　33「探偵実話」5(11)'54.9 p175
　バラバラ事件裏面史
　　　　　　　　　　　33「探偵実話」6(3)'55.2 p251
　牛を斬った女《小説》
　　　　　　　　　　　33「探偵実話」7(2)'55.12増 p136
　お定ざんげ《対談》　33「探偵実話」7(3)'56.1 p124
　朝鮮美女マリヤ殺し
　　　　　　　　　　　33「探偵実話」8(2)'57.1増 p18
　女殺し二俣川　　　　33「探偵実話」8(8)'57.5増 p259
　アンケート《アンケート》
　　　　　　　　　　　　17「宝石」12(10)'57.8 p73
　尼殺し連続犯　　　　33「探偵実話」10(2)'59.1増 p266
　程ケ谷の逆お定　　　33「探偵実話」13(2)'62.1増 p188
三田 一夫
　森に消えた26人の妻
　　　　　　　　　　　33「探偵実話」13(10)'62.8 p226

三田 和夫
　日本をめぐる米ソ謀略戦《座談会》
　　　　　　　　　　　32「探偵倶楽部」3(9)'52.10 p160
　東京細菌戦始末記
　　　　　　　　　　　32「探偵倶楽部」3(10)'52.11 p264
　夜の東京都長官　　　32「探偵倶楽部」3(12)'52.12 p266
　女中尉アンゼリカ　　32「探偵倶楽部」4(2)'53.3 p146
　暴力の街に挑む《座談会》
　　　　　　　　　　　32「探偵倶楽部」4(5)'53.5 p147
　"?王国"の駐日領事
　　　　　　　　　　　32「探偵倶楽部」8(4)'57.5 p54
　外人犯罪をアバク《座談会》
　　　　　　　　　　　32「探偵倶楽部」9(7)'58.6 p178
三田 早苗
　貞操の門《小説》　　24「妖奇」2(5)'48.4 p26
三田 仙三
　文士の賭博検挙事件
　　　　　　　　　　　33「探偵実話」8(2)'57.1増 p233
三田 正　→西尾正
　四月号雑感　　　　　11「ぷろふいる」2(5)'34.5 p129
　探偵時評　　　　　　11「ぷろふいる」2(6)'34.6 p136
　戦慄やあい！　　　　11「ぷろふいる」2(7)'34.7 p107
　再び「芸術品の気品」に就いて他
　　　　　　　　　　　11「ぷろふいる」2(8)'34.8 p117
　貝殻　　　　　　　　11「ぷろふいる」2(9)'34.9 p117
　僕のノオトI　　　　11「ぷろふいる」2(11)'34.11 p69
　我もし人魂なりせば
　　　　　　　　　　　11「ぷろふいる」2(12)'34.12 p93
　行け、探偵小説！　　11「ぷろふいる」3(2)'35.2 p53
三田 達夫
　殺すなら劇的にゆこうぜ
　　　　　　　　35「エロティック・ミステリー」2(10)'61.10 p106
　性の裏窓記者がのぞいた世界痴図
　　　　　　　　35「エロティック・ミステリー」2(11)'61.11 p90
　世界を股にかけた性の豪商たち
　　　　　　　　35「エロティック・ミステリー」2(12)'61.12 p72
　性的不能者よ、かれらの行く道はバクチかギャングだ！
　　　　　　　　35「エロティック・ミステリー」3(1)'62.1 p66
　性の狂乱地帯を行く
　　　　　　　　35「エロティック・ミステリー」3(2)'62.2 p58
三田 庸子
　ギョッとした話　　　33「探偵実話」3(9)'52.8 p136
三谷 祥介
　強盗がに松の告白　　18「トップ」2(1)'47.4 p20
　春の犯罪を語る刑事の座談会《座談会》
　　　　　　　　　　　　18「トップ」2(2)'47.5 p16
　残された指紋　　　　18「トップ」2(2)'47.5 p26
　デパートの殺人〈1〉　18「トップ」2(4)'47.8 p9
　デパートの殺人〈2・完〉
　　　　　　　　　　　　18「トップ」2(5)'47.9 p28
　靴下をぬぐ女〈1〉　25「Gメン」1(1)'47.10 p34
　靴下をぬぐ女〈2〉　25「Gメン」1(2)'47.11 p38
　貝は天国にあそぶ《小説》
　　　　　　　　　　　　18「トップ」2(6)'47.11 p20
　靴下をぬぐ女〈3・完〉
　　　　　　　　　　　25「Gメン」1(3)'47.12 p39
　世はあげて強盗時代《座談会》
　　　　　　　　　　　　18「トップ」3(1)'48.1 p32

説教をする強盗《対談》	25「Gメン」2(3)'48.3 p4	
六十五人の裸女《小説》		
	25「Gメン」2(7)'48.6 p30	
麻縄の怪盗〈1〉	18「トップ」3(4)'48.7 p32	
未亡人の秘密〈1〉	25「Gメン」2(10)'48.10 p14	
未亡人の秘密〈2〉	25「Gメン」2(11)'48.11 p16	
平沢貞通〈1〉	25「Gメン」2(11)'48.11 p44	
平沢貞通〈2・完〉	25「X」3(1)'49.1 p26	
未亡人の秘密〈3・完〉	25「X」3(1)'49.1 p46	
花嫁を取りかえる男	25「X」3(3)'49.3 p24	
腕	32「怪奇探偵クラブ」1'50.5 p248	
最近兇悪犯罪の実相《座談会》		
	33「探偵実話」2'50.7 p70	
看護婦の替玉	33「探偵実話」2'50.7 p136	
浮貸屋心中	32「探偵クラブ」1(2)'50.10 p140	
共産党とスパイを語る元特高刑事座談会《座談会》		
	32「探偵クラブ」1(2)'50.10 p192	
橋の下の同僚	32「探偵クラブ」2(2)'51.2 p100	
金庫破りの兇賊	32「探偵クラブ」2(10)'51.11 p185	
暴力の街を語る《対談》		
	32「探偵クラブ」3(4)'52.4 p102	
未成年者の輪姦強盗		
	32「探偵倶楽部」3(5)'52.5 p27	
はりがね強盗始末記		
	33「探偵実話」4(5)'53.4 p190	
贋札を追う	33「探偵実話」4(6)'53.5 p182	
殺された人間の亡霊		
	33「探偵実話」4(7)'53.6 p198	
美人宝石商殺し	33「探偵実話」4(8)'53.7 p146	
ピストル密輸団の追跡		
	33「探偵実話」4(9)'53.8 p146	
巡査・強盗・二重人格		
	32「探偵倶楽部」5(1)'54.1 p136	
戦慄の愛慾少年団	33「探偵実話」5(1)'54.1 p212	
伊倉栄太郎	33「探偵実話」5(6)'54.5 p172	
田中新十郎	33「探偵実話」5(7)'54.6 p118	
安藤謙造	33「探偵実話」5(8)'54.7 p226	
赤線街の女強盗	33「探偵実話」5(9)'54.8 p114	
名刑事山下八さん		
	32「探偵倶楽部」5(9)'54.9 p70	
盛り場の壁蝨	32「探偵倶楽部」5(10)'54.9 p138	
希代の淫虐魔を追う父子二代の探偵		
	32「探偵倶楽部」5(10)'54.10 p248	
まぼろし不良団	33「探偵実話」5(12)'54.10 p128	
血の足型	32「探偵倶楽部」5(12)'54.12 p181	
ヒロポンと赤い羽の鸚鵡		
	33「探偵実話」6(2)'55.1 p204	
アンケート《アンケート》		
	33「探偵実話」6(3)'55.2増 p73	
靴をぬがされた女	33「探偵実話」6(3)'55.2増 p141	
愛慾怪盗伝〈1〉	33「探偵実話」6(4)'55.3 p232	
愛慾怪盗伝〈2〉	33「探偵実話」6(5)'55.4 p148	
愛慾怪盗伝〈3〉	33「探偵実話」6(6)'55.5 p122	
愛慾怪盗伝〈4〉	33「探偵実話」6(7)'55.6 p252	
愛慾怪盗伝〈5〉	33「探偵実話」6(8)'55.7 p146	
愛慾怪盗伝〈6〉	33「探偵実話」6(9)'55.8 p206	
愛慾怪盗伝〈7〉	33「探偵実話」6(10)'55.9 p192	
警察夜話	32「探偵倶楽部」6(10)'55.10 p101	
警察夜話	32「探偵倶楽部」6(10)'55.10 p145	
警察夜話	32「探偵倶楽部」6(10)'55.10 p193	
警察夜話	32「探偵倶楽部」6(10)'55.10 p194	
警察夜話	32「探偵倶楽部」6(10)'55.10 p197	
警察夜話	32「探偵倶楽部」6(10)'55.10 p305	
愛慾怪盗伝〈8〉	33「探偵実話」6(11)'55.10 p88	
警察夜話	32「探偵倶楽部」6(11)'55.11 p53	
愛慾怪盗伝〈9〉	33「探偵実話」6(13)'55.11 p120	
愛慾怪盗伝〈10・完〉		
	33「探偵実話」7(1)'55.12 p266	
情怨宝石王〈1〉	33「探偵実話」7(3)'56.1 p140	
情怨宝石王〈2〉	33「探偵実話」7(4)'56.2 p102	
情怨宝石王〈3〉	33「探偵実話」7(6)'56.3 p46	
情怨宝石王〈4〉	33「探偵実話」7(7)'56.4 p120	
情怨宝石王〈5〉	33「探偵実話」7(9)'56.5 p158	
情怨宝石王〈6〉	33「探偵実話」7(10)'56.6 p226	
情怨宝石王〈7〉	33「探偵実話」7(12)'56.7 p160	
情怨宝石王〈8〉	33「探偵実話」7(13)'56.8 p230	
情怨宝石王〈9・完〉		
	33「探偵実話」7(14)'56.9 p130	
踏絵実録	33「探偵実話」7(15)'56.10 p186	
作者の言葉	33「探偵実話」7(17)'56.11 p135	
鯨宴会	33「探偵実話」7(17)'56.11 p240	
愛慾と金慾の谷間〈1〉		
	33「探偵実話」8(1)'56.12 p226	
愛慾と金慾の谷間〈2〉		
	33「探偵実話」8(3)'57.1 p166	
井出村の徳市	33「探偵実話」8(2)'57.1増 p166	
愛慾と金慾の谷間〈3〉		
	33「探偵実話」8(4)'57.2 p238	
愛慾と金慾の谷間〈4〉		
	33「探偵実話」8(6)'57.3 p174	
愛慾と金慾の谷間〈5〉		
	33「探偵実話」8(7)'57.4 p256	
愛慾と金慾の谷間〈6〉		
	33「探偵実話」8(9)'57.5 p114	
筆者の後記	33「探偵実話」8(9)'57.5 p126	
天皇暗殺団の女首魁		
	33「探偵実話」8(8)'57.5増 p18	
愛慾と金慾の谷間〈7・完〉		
	33「探偵実話」8(10)'57.6 p198	
毒殺魔はわらう	33「探偵実話」8(11)'57.7 p250	
割り切れない心中の現場		
	33「探偵実話」8(12)'57.8 p65	
薄気味の悪い白骨事件		
	33「探偵実話」8(13)'57.9 p220	
拷問と誤判の実情《座談会》		
	33「探偵実話」9(1)'57.12 p238	
樫村ゆり子の供述	33「探偵実話」9(1)'57.12 p252	
女優殺し捜査記録〈1〉		
	33「探偵実話」9(3)'58.1 p166	
女死刑囚もと子の場合		
	33「探偵実話」9(2)'58.1増 p102	
女優殺し捜査記録〈2〉		
	33「探偵実話」9(4)'58.2 p196	
女優殺し捜査記録〈3〉		
	33「探偵実話」9(6)'58.3 p124	
丸坊主にされた伯爵夫人		
	33「探偵実話」9(5)'58.3増 p198	
女優殺し捜査記録〈4〉		
	33「探偵実話」9(7)'58.4 p236	
女優殺し捜査記録〈5〉		
	33「探偵実話」9(9)'58.5 p274	
執念の子持ち尼僧	33「探偵実話」9(8)'58.5増 p122	

みつい

女優殺し捜査記録〈6・完〉
　　　　　33「探偵実話」9(10)'58.6 p208
女闘士は肉体で闘つた
　　　　　33「探偵実話」9(11)'58.7 p165
睡魔をあやつる女　33「探偵実話」9(12)'58.8 p176
桃色テンガロー事件
　　　　　33「探偵実話」9(14)'58.10増 p166
ブリキ鑵の中の人間臓物
　　　　　33「探偵実話」9(16)'58.11 p118
啞美人の税務署長殺し
　　　　　33「探偵実話」10(1)'58.12 p216
上馬の令嬢殺し　33「探偵実話」10(3)'59.1 p238
女子高校生とスリの大学生
　　　　　33「探偵実話」10(2)'59.1増 p76
刑事に化けた殺人魔
　　　　　33「探偵実話」10(4)'59.2 p250
愛欲を立て通した女
　　　　　33「探偵実話」10(5)'59.3 p132
女将が殺した女　33「探偵実話」10(7)'59.4 p206
神宮外苑の静子殺し
　　　　　33「探偵実話」10(6)'59.4増 p116
おはぐろどぶのバラバラ事件
　　　　　33「探偵実話」10(8)'59.5 p272
砂風呂のお春殺し　33「探偵実話」10(9)'59.6 p182
『強盗亀』のピストル行脚
　　　　　33「探偵実話」10(11)'59.7 p214
恐妻族の女中殺し
　　　　　33「探偵実話」10(12)'59.8 p220
天沼の後妻殺し　33「探偵実話」10(13)'59.9 p260
離婚に踏み切れなかった女
　　　　　33「探偵実話」10(16)'59.11 p172
舞踏師母娘の裸屍体
　　　　　33「探偵実話」10(15)'59.11増 p58
護送される女スリ
　　　　　33「探偵実話」11(1)'59.12 p206
殺し屋少年と鎌倉夫人
　　　　　33「探偵実話」11(2)'60.1増 p102
第六番目の人妻　33「探偵実話」11(4)'60.2 p206
婦人科医の深夜の診察
　　　　　33「探偵実話」11(6)'60.3 p180
強殺犯のスイート・ホーム
　　　　　33「探偵実話」11(7)'60.4 p188
芸者と高飛びする強殺犯
　　　　　33「探偵実話」11(8)'60.5 p166
地引網にかゝった片腕
　　　　　33「探偵実話」11(9)'60.6 p186
初夜の嬌曳　33「探偵実話」11(10)'60.7 p152
怪談千鳥の曲《小説》
　　　　　33「探偵実話」11(11)'60.8増 p380
暗殺はこうして行われた《座談会》
　　　　　33「探偵実話」11(16)'60.11 p264
殊勲刑事の奇怪な自殺
　　　　　33「探偵実話」13(2)'62.1増 p72
三谷 伸男
　男を襲った女強盗　33「探偵実話」10(3)'59.1 p177
三谷 光男
　結婚媒介所に巣くう男
　　　　　32「探偵倶楽部」5(5)'54.5 p150
御手洗 海人
　地下室の誘惑《小説》
　　　　　20「探偵よみもの」37 '48.11 p16

御手洗 徹
　野犬と女優《小説》　33「探偵実話」11(4)'60.2 p94
御手洗 弘
　宇都宮釣天井の謎　33「探偵実話」8(4)'57.2 p252
路之助　→上島路之助
　くろす・わあど狂《小説》
　　　　　04「探偵趣味」2 '25.10 p33
三井 映治
　「人喰人種」　　06「猟奇」4(4)'31.6 p51
三井 一馬
　男女の慾望という名の話
　　　　　33「探偵実話」11(8)'60.5 p126
　ズキズキズキするはなし
　　　　　33「探偵実話」11(9)'60.6 p224
　村長和田平助氏の好色譚
　　　　　33「探偵実話」11(10)'60.7 p162
　珍野先生おピンク診療譚《小説》
　　　　　33「探偵実話」11(12)'60.8 p159
　風流女怪伝《小説》
　　　　　33「探偵実話」11(11)'60.8増 p171
　偉大なる女人放屁
　《小説》　33「探偵実話」11(13)'60.9 p132
　巨陽物語　33「探偵実話」11(16)'60.11 p258
　山女魚になった女《小説》
　　　　　33「探偵実話」12(4)'61.3 p120
　つりばし《小説》　33「探偵実話」12(12)'61.9 p126
　女殺しの神《小説》
　　　　　33「探偵実話」13(3)'62.2 p110
　モナリザのいる風景《小説》
　　　　　33「探偵実話」13(11)'62.9 p168
　母なる鹿の物語《小説》
　　　　　33「探偵実話」13(12)'62.10 p194
三井 みさ子
　インチキ殺人《小説》　07「探偵」1(2)'31.6 p168
　幽霊ホテル事件《小説》　07「探偵」1(5)'31.9 p135
光井 雄二郎
　密会を狙う十代の情痴殺人魔
　　　　　33「探偵実話」9(10)'58.6 p74
　グレン隊に討たれた青年社長
　　　　　33「探偵実話」9(11)'58.7 p56
　白い肌に誘われた紳士
　　　　　33「探偵実話」9(13)'58.9 p218
　顔役を裏切るな　33「探偵実話」9(15)'58.10 p168
　素直な悪女たち　33「探偵実話」9(16)'58.11 p142
　若い世代の不倫　33「探偵実話」10(1)'58.12 p142
　白線街の女カポネ
　　　　　33「探偵実話」10(2)'59.1増 p176
　尾行されたコールガールの情事
　　　　　33「探偵実話」10(5)'59.3 p198
　米国暗黒街にいた怪日本人
　　　　　33「探偵実話」10(7)'59.4 p140
　怪人物田島氏の正体
　　　　　33「探偵実話」10(11)'59.7 p160
　東京白魔街　33「探偵実話」11(4)'60.2 p220
光石 介太郎　→青砥一二郎
　綺譚六三四一《小説》
　　　　　11「ぷろふいる」3(2)'35.2 p58
　作者の言葉　11「ぷろふいる」3(2)'35.2 p59

みつし

空間心中の顛末《小説》
　　　　　11「ぷろふいる」3(9)'35.9 p22
無題　　　　11「ぷろふいる」4(1)'36.1 p114
皿山の異人屋敷《小説》
　　　　　15「探偵春秋」2(1)'37.1 p29
十字路へ来る男《小説》
　　　　　12「シュピオ」3(7)'37.9 p21
ハガキ回答《アンケート》
　　　　　12「シュピオ」4(1)'38.1 p14

三辻 猪之吉
ミナト横浜の三悪を衝く!!《座談会》
　　　　　33「探偵実話」8(16)'57.11 p70

光瀬 竜
弘安四年《小説》　27「別冊宝石」17(3)'64.3 p96

ミツドルトン
奇術師《小説》　04「探偵趣味」12'26.10 p59
誰か知る?《小説》　06「猟奇」2(7)'29.7 p2

光波 耀子
黄金珊瑚《小説》　27「別冊宝石」17(3)'64.3 p168

三橋 一夫
小鬼の寝言　　　　34「鬼」1'50.7 p13
怪談に就いて　　　34「鬼」2'50.11 p9
影絵《小説》　17「宝石」5(12)'50.12 p144
まぼろし部落はどこに行つてしまつたか
　　　　　　　　　34「鬼」3'51.3 p9
探偵小説のモラルに就いて　34「鬼」4'51.6 p12
怪盗七面相 黄金唐獅子の巻《小説》
　　　　　33「探偵実話」2(12)'51.11 p60
酩酊亭随想　　　　34「鬼」5'51.11 p13
アンケート《アンケート》
　　　　　　　　17「宝石」7(1)'52.1 p89
悪人論　　　　　　34「鬼」6'52.3 p15
死の一夜《小説》　33「探偵実話」3(5)'52.4 p96
殺されるのは嫌だ!《小説》
　　　　　　　　17「宝石」7(5)'52.5 p170
人鬼《小説》　33「探偵実話」3(6)'52.6 p130
オッス　　　　　　34「鬼」7'52.7 p26
親友トクロポント氏《小説》
　　　　　33「探偵実話」3(11)'52.9増 p124
天から地へ《小説》　17「宝石」8(10)'53.9 p118
捨てた с男　　33「探偵実話」5(2)'54.2 p110
ふしだら娘《小説》　33「探偵実話」5(3)'54.3 p108
薄情者《小説》　33「探偵実話」5(4)'54.4 p160
黒の血統《小説》　17「宝石」9(8)'54.7 p250
新年のこと　　　17「宝石」11(1)'56.1 p82
ある幽霊《小説》　17「宝石」12(7)'57.1 p108
片眼《小説》　33「探偵実話」11(11)'60.8増 p2

みつ豆
水揚げも愉し　27「別冊宝石」13(2)'60.2 p224

ミード，L・T
闇のなかの顔《小説》
　　　　　27「別冊宝石」10(10)'57.10 p192

水戸 俊雄
女間諜　　　　04「探偵趣味」6'26.3 p10

水戸 光子
探偵映画よもやま話《座談会》
　　　　　　　　17「宝石」4(2)'49.2 p42

見富 政平
そのサンダルを探せ
　　　　　33「探偵実話」10(9)'59.6 p265

みどり
青線女性生態座談会《座談会》
　　　　　32「探偵倶楽部」4(11)'53.11 p84

緑　→春日野緑
探偵趣味　　04「探偵趣味」2'25.10 p20

緑 初穂
ドサ廻りの肉体娘《対談》
　　　　　33「探偵実話」9(16)'58.11 p103

緑 春太郎
猿妻《小説》　　24「妖奇」6(7)'52.7 p55

碧川 浩一
借金鬼《小説》　27「別冊宝石」10(11)'57.12 p64

緑川 潤
バック・ミラー《小説》
　　　　　　　17「宝石」5(11)'50.11 p150

緑川 雅美
世にも不思議なセックスの神秘《座談会》
　　　　　33「探偵実話」8(1)'56.12 p200

緑川 勝
八剣荘事件の真相《小説》
　　　　　11「ぷろふいる」2(4)'34.4 p64

緑川 貢
何が彼女を発狂させたか
　　　　　27「別冊宝石」12(12)'59.12 p124
甦った肉体《小説》　27「別冊宝石」13(4)'60.4 p94
首斬り淫獣まかり通る
　　　　　27「別冊宝石」13(6)'60.6 p234
このドラ息子地獄へ行け
　　　　　35「エロティック・ミステリー」1(1)'60.8 p272
賭博は血で支払うもの
　　　　　35「エロティック・ミステリー」1(2)'60.9 p184
惨劇孕む不能者の性交
　　　　　35「エロティック・ミステリー」1(4)'60.11 p196
世紀の売笑婦ロージイ
　　　　　35「エロティック・ミステリー」1(5)'60.12 p84
下級大学生と人妻の不倫
　　　　　35「エロティック・ミステリー」2(1)'61.1 p138

緑川 査太郎
憎い夫の死屍を愛撫
　　　　　35「エロティック・ミステリー」2(5)'61.5 p252
エロ写真囮りに処女を翻弄
　　　　　35「エロティック・ミステリー」2(6)'61.6 p224

みどり川シロー
裸の自画像《小説》　24「妖奇」2(5)'48.4 p29

三苗 千秋
木場の火事《小説》　16「ロック」2(8)'47.9 p32

水上 啓一
人気花形愛妻くらべ　25「X」4(1)'50.1 p16

水上 幻一郎　→栗栖二郎
Sの悲劇《小説》　19「ぷろふいる」2(3)'47.12 p2
二重殺人事件《小説》　19「仮面」3(1)'48.2 p40
貝殻島殺人事件《小説》　19「仮面」3(2)'48.3 p7
蘭園殺人事件《小説》
　　　　　　19「仮面」春の増刊'48.4 p32

女郎蜘蛛《小説》　　　　　24「妖奇」2(7)'48.6 p18
青鬚の密室《小説》　　　　19「仮面」3(4)'48.6 p20
火山観測所殺人事件《小説》
　　　　　　　　　　　　16「ロック」3(5)'48.9 p2
青酸加里殺人事件〈1〉《小説》
　　　　　　　　　　　　24「妖奇」2(12)'48.11 p40
青酸加里殺人事件〈2・完〉《小説》
　　　　　　　　　　　　24「妖奇」2(13)'48.12 p31
神の死骸《小説》　　　　　16「ロック」4(2)'49.5 p76
幽霊夫人《小説》　　　　　24「妖奇」3(10)'49.9 p48
青鬚の密室《小説》　　　　24「妖奇」4(7)'50.7 p38

水上 準也
　幽霊を見る一家　　32「探偵倶楽部」8(6)'57.7 p272
　離魂鬼記　　　　　32「探偵倶楽部」8(7)'57.7増 p42

水上 尋
　おちょろ船《小説》　33「探偵実話」2(2)'51.1 p64
　おちょろ船《小説》
　　　　　　　　　　33「探偵実話」7(2)'55.12増 p116

水上 嘉太
　らくがき 横溝正史　15「探偵春秋」2(3)'37.3 p32

水上 呂理
　犬の芸当《小説》　　11「ぷろふいる」1(8)'33.12 p47
　処女作の思い出　　　12「探偵文学」2(10)'36.10 p16
　お問合せ《アンケート》
　　　　　　　　　　12「シュピオ」3(5)'37.6 p55
　燃えない焔　　　　　12「シュピオ」4(2)'38.2 p17

みな子
　鳩の街の彼女たち《座談会》
　　　　　　　　　　23「真珠」2(7)'48.8 p16

港 星太郎
　悪貨《小説》　　　　33「探偵実話」6(2)'55.1 p94
　便乗殺人事件《小説》17「宝石」10(2)'55.1増 p50
　奇妙な眼科医《小説》33「探偵実話」7(15)'56.10 p68
　骨を盗む男《小説》　33「探偵実話」8(1)'56.12 p104

湊川 巴穂
　幕末墨客伝《小説》
　　　　　　　　　　　35「ミステリー」5(4)'64.4 p96

港川 不二夫
　モダン縦横録　　　　06「猟奇」2(11)'29.11 p42

湊川の狸
　探偵作家匿名由来の事 04「探偵趣味」2 '25.10 p31
　年頭独語集　　　　　04「探偵趣味」4 '26.1 p33

南 権六
　文士テロ一夫妻《小説》
　　　　　　　　　　　04「探偵趣味」26 '27.12 p23

南 幸夫
　魔法の酒瓶　　　　　04「探偵趣味」20 '27.6 p32

南 千士
　「淑女と髷」　　　　06「猟奇」4(2)'31.4 p30

南 達夫
　背信《小説》　　　　27「別冊宝石」4(2)'51.12 p308
　スキー土産《小説》　17「宝石」7(12)'52.12 p162
　夏の光《小説》　　　27「別冊宝石」5(10)'52.12 p396

南 達彦
　あなたはタバコがやめられる《小説》
　　　　　　　　　　　17「宝石」13(5)'58.4 p174

パーカー万年筆余談《小説》
　　　　　　　　　　　17「宝石」13(9)'58.7 p274
千一夜社員《小説》　　17「宝石」13(15)'58.12 p76
河野修吉の戯れ《小説》
　　　　　　　　　　　17「宝石」14(8)'59.7 p166
テーブル火災《小説》
　　　　　　　　　　　17「宝石」14(14)'59.12 p178
模範踏切警手《小説》　17「宝石」15(11)'60.9 p136
経済黒書《小説》　　　17「宝石」16(1)'61.1 p234
奇蹟《小説》　　　　　17「宝石」17(7)'62.6 p244
古戦場の迷魂《小説》　17「宝石」18(4)'63.3 p166
服部氏の霊界研究《小説》
　　　　　　　　　　　17「宝石」18(16)'63.12 p186

南 多摩夫
　東海道お色気めぐり
　　　　　　　　　33「探偵実話」12(14)'61.10増 p36
　宮野幸江の犯罪計画
　　　　　　　　　33「探偵実話」13(10)'62.8 p214

南 桃平
　ふじ子はなぜ死んだ
　　　　　　　　　33「探偵実話」8(12)'57.8 p251
　呪われた沼《小説》　33「探偵実話」8(13)'57.9 p74
　少女窃盗団長の同性愛
　　　　　　　　　33「探偵実話」9(2)'58.1増 p60
　二カ月間の仮出獄　　33「探偵実話」9(4)'58.2 p52
　静かに消えていった男
　　　　　　　　　33「探偵実話」9(5)'58.3増 p262
　美人局開業　　　　　33「探偵実話」9(8)'58.5増 p134
　呪われた純潔　　　　33「探偵実話」9(10)'58.6 p153
　桃色グレン隊の血斗
　　　　　　　　　33「探偵実話」9(12)'58.8 p120
　女子高校生の赤信号
　　　　　　　　　33「探偵実話」9(13)'58.9 p140

南 博
　戦後異常犯罪の解剖《座談会》
　　　　　　　　　　　17「宝石」6(8)'51.8 p67

南 船子
　贅沢《小説》　　　　04「探偵趣味」4(5)'28.5 p79

南 幸夫
　猫が知つてゐる《小説》
　　　　　　　　　　　03「探偵文芸」2(3)'26.3 p2
　探偵難　　　　　　　04「探偵趣味」8 '26.5 p34
　鴆毒　　　　　　　　03「探偵文芸」2(5)'26.5 p100
　くらがり坂の怪《小説》
　　　　　　　　　　　03「探偵文芸」2(8)'26.8 p14
　クローズ・アップ《アンケート》
　　　　　　　　　　　04「探偵趣味」13 '26.11 p33

南 洋一郎
　妖術師《小説》　　　17「宝石」4(3)'49.3 p4

南 義郎
　防犯浮世かるた　　　25「Gメン」2(1)'48.1 p3

南川 厚
　谷洋子のサヨナラゲーム
　　　　　　　　　　33「探偵実話」8(1)'56.12 p151

南川 清
　愛の特赦《小説》　　24「妖奇」5(3)'51.3 p104
　復讐鬼《小説》　　　24「妖奇」6(3)'52.3 p58

南川 潤
みんな生きてる〈1〉《小説》
　　　　　　　　18「トップ」1(1)'46.5 p4
みんな生きてる〈2〉《小説》
　　　　　　　　18「トップ」1(2)'46.7 p30
みんな生きてる〈3〉《小説》
　　　　　　　　18「トップ」1(3)'46.10 p46
夫人の恐怖《小説》　17「宝石」8(14)'53.12 p64
雪の夜の出来事《小説》17「宝石」10(4)'55.3 p78
夫人の恐怖《小説》
　　　　　　　27「別冊宝石」9(8)'56.11 p232

南川 雄告
「扇遊亭怪死事件」読後感
　　　　　　　　11「ぷろふいる」2(9)'34.9 p114

南小路 友隆
供出された未亡人
　　　　35「エロティック・ミステリー」2(6)'61.6 p69

南沢 十七　→川端勇男
動物園殺人事件《小説》
　　　　　　　　10「探偵クラブ」9 '33.3 p34
ハムレット型の毒殺　14「月刊探偵」2(4)'36.5 p35
人間真珠《小説》　　11「ぷろふいる」4(5)'36.5 p46
花園のカイン《小説》12「探偵文学」2(7)'36.7 p4
思う壺の鬼《小説》　16「ロック」3(5)'48.9 p55
魔宝島の女王　　　12「探偵倶楽部」3(8)'52.9 p176
蝶報ギャング団　32「探偵倶楽部」7(10)'56.9 p183
人間部品株式会社
　　　　　　　32「探偵倶楽部」7(11)'56.10 p114
高速自動車道路の死体
　　　　　　　32「探偵倶楽部」7(12)'56.11 p66
ロンドンの密室殺人事件
　　　　　　　32「探偵倶楽部」8(6)'57.7 p130
女スパイの最後　32「探偵倶楽部」8(9)'57.9 p80

南野 修太郎
私の好きな一偶《アンケート》
　　　　　　　　06「猟奇」1(2)'28.6 p29

南町 富子
淫婦ラモナ《小説》　　24「妖奇」4(12)'50.12 p86
妖女シアスマ《小説》　24「妖奇」5(5)'51.5 p14
脱走兵《小説》　　　24「妖奇」5(10)'51.10 p37

源 香一郎
近代恋愛表情術　　35「ミステリー」5(3)'64.3 p46

峰 富美守
参考人調書《小説》　11「ぷろふいる」3(8)'35.8 p104

峯 八郎
恋愛戦術作戦講座　27「別冊宝石」13(2)'60.2 p288
恋愛戦術講座　　　27「別冊宝石」13(4)'60.4 p271
恋愛戦術講座　　　27「別冊宝石」13(6)'60.6 p140

峰岸 義一
朝顔の刺青　　　32「探偵倶楽部」9(14)'58.12 p47

美濃 ひろし
ダイナマイト心中事件！
　　　　　　　　33「探偵実話」10(14)'59.10 p17

蓑虫
圭吉氏と批評　　　12「シュピオ」3(1)'37.1 p34

三橋 達也
オリンピックとテッポウと
　　　　　　　　17「宝石」18(12)'63.9 p20

三原 葉子
ゴーイング・マイ・ウェイ
　　　　　　　27「別冊宝石」12(8)'59.8 p25

三船 敏郎
財布を掏つた女　　　25「X」3(4)'49.3別 p23

三間瀬 譲
痴漢天国は花ざかり《座談会》
　　　　　　　　33「探偵実話」9(13)'58.9 p85
夫のからだは譲れない！
　　　　　　　33「探偵実話」9(14)'58.10増 p113
渇き妻と切られの少年店員
　　　　　　　　33「探偵実話」9(16)'58.11 p62
接吻殺人事件てんまつ記
　　　　　　　　33「探偵実話」10(1)'58.12 p60
情死は情痴の手段だった
　　　　　　　　33「探偵実話」10(3)'59.1 p21
観光ホテルを焼く女
　　　　　　　33「探偵実話」10(2)'59.1増 p28
地獄行特急三〇三号バス
　　　　　　　33「探偵実話」10(6)'59.4増 p28
二十娘に狂う残り火の惨劇
　　　　　　　　33「探偵実話」10(8)'59.5 p25
女にされた人妻　33「探偵実話」10(9)'59.6 p25
釘を打込まれた情婦の写真
　　　　　　　　33「探偵実話」10(11)'59.7 p29
血を呼ぶ足入れ妻　33「探偵実話」10(12)'59.8 p29
人妻へ暴発した情鬼の二連銃
　　　　　　　33「探偵実話」10(14)'59.10 p21
強殺犯のサラリーマン
　　　　　　　33「探偵実話」10(15)'59.11増 p164
娘をばらす情痴の肉塊
　　　　　　　　33「探偵実話」11(1)'59.12 p29
女体に踊らされた前科者
　　　　　　　　33「探偵実話」11(3)'60.1 p29
情婦はロープウェイで死ね！！
　　　　　　　33「探偵実話」11(2)'60.1増 p36
義妹に脅迫される入婿
　　　　　　　　33「探偵実話」11(4)'60.2 p29
新妻を弄んだ拳銃魔
　　　　　　　　33「探偵実話」11(6)'60.3 p29
長男に後妻を奪われた男
　　　　　　　　33「探偵実話」11(8)'60.5 p29

三間田 譲
恍惚に魅入った死魔
　　　　　　　　33「探偵実話」9(12)'58.8 p21

耳長老人
世界の三面記事　03「探偵文芸」1(2)'25.4 p109

三村 司郎
女は中年増を狙え
　　　　35「エロティック・ミステリー」2(6)'61.6 p236

三村 露子
零号夫人の告白　33「探偵実話」5(10)'54.9 p124

宮 鉄生
黄土に耀く五つの赤い星
　　　　　　　32「探偵倶楽部」4(2)'53.3 p80

宮尾 しげを
　女犯恵比須　　　　33「探偵実話」4(2)'53.1増 p135
　恋の歌怒りの歌　　17「宝石」13(7)'58.5増 p248
　夜這い　　　　　　27「別冊宝石」12(2)'59.2 p21
　女犯恵比寿　　　　27「別冊宝石」12(6)'59.6 p17
　ずるい世の中　　　27「別冊宝石」12(12)'59.12 p20
　流行唄今昔　　　　27「別冊宝石」13(4)'60.4 p25
　道頓堀変相図
　　　　　　35「エロティック・ミステリー」1(2)'60.9 p118
宮川 豊
　鏡《小説》　　　　33「探偵実話」5(7)'54.6 p133
宮城 哲
　竜美夫人事件《小説》
　　　　　　　　　11「ぷろふぃる」3(10)'35.10 p36
　略歴　　　　　　　11「ぷろふぃる」3(10)'35.10 p28
　勉強する事　　　　11「ぷろふぃる」4(1)'36.1 p115
　探偵小説私感　　　14「月刊探偵」2(6)'36.7 p39
　二人の失踪者《小説》
　　　　　　　　　11「ぷろふぃる」4(9)'36.9 p36
　迷探偵《小説》　　12「探偵文学」2(10)'36.10 p22
三宅 邦彦
　欲情鬼アガタ夫人　27「別冊宝石」12(6)'59.6 p274
三宅 修一
　新機械の偉力　　　32「探偵倶楽部」4(5)'53.5 p285
　歴代捜査、鑑識課長座談会《座談会》
　　　　　　　　　32「探偵倶楽部」4(7)'53.7 p282
三宅 周太郎
　犯罪と歌舞伎　　　26「フーダニット」1(1)'47.11 p22
三宅 順平
　東西スタア色模様　33「探偵実話」10(13)'59.9 p250
三宅 雪嶺
　文化生活と趣味　　01「新趣味」17(1)'22.1 p2
三宅 艶子
　花で語れ　　　　　17「宝石」19(4)'64.3 p18
都家 かつ江
　座談会お笑ひ怪談《座談会》
　　　　　　　　　17「宝石」6(10)'51.10 p278
宮崎 清隆
　葵部落潜入記　　　33「探偵実話」2(9)'51.8 p150
　紳士国(?)への公開状
　　　　　　　　　33「探偵実話」5(8)'54.7 p164
宮崎 寿
　ステッキ　　　　　32「探偵クラブ」2(9)'51.10 p77
　金庫破り　　　　　32「探偵クラブ」2(9)'51.10 p162
宮崎 佐喜雄
　女教員をめぐる愛欲惨劇
　　　　　　　　　33「探偵実話」8(8)'57.5増 p86
宮崎 青竜
　下山事件と謎の男　33「探偵実話」2(7)'51.6 p46
宮崎 惇
　愛《小説》　　　　17「宝石」15(14)'60.12 p162
　かたち《小説》　　17「宝石」17(3)'62.2 p190
宮崎 博史
　京の夢《小説》　　17「宝石」4(4)'49.4 p46
　おめかけ組合《小説》
　　　　　　　　　32「探偵クラブ」2(8)'51.9 p128

世相のぞきめがね　32「探偵クラブ」2(9)'51.10 p190
世相のぞきめがね
　　　　　　　　　32「探偵クラブ」2(10)'51.11 p102
世相のぞきめがね　32「探偵クラブ」3(2)'52.1 p117
世相のぞきめがね　32「探偵クラブ」3(2)'52.2 p80
世相のぞきめがね　32「探偵クラブ」3(3)'52.3 p112
世相のぞきめがね　32「探偵クラブ」3(4)'52.4 p110
世相のぞきメガネ　32「探偵倶楽部」3(5)'52.5 p154
世相のぞきめがね　32「探偵倶楽部」3(7)'52.8 p26
世相のぞきめがね　32「探偵倶楽部」3(8)'52.9 p206
世相のぞきめがね
　　　　　　　　　32「探偵倶楽部」3(9)'52.10 p214
世相のぞき目鏡　　32「探偵倶楽部」3(10)'52.11 p135
世相のぞき眼鏡　　32「探偵倶楽部」3(12)'52.12 p262
世相のぞき眼鏡　　32「探偵倶楽部」4(1)'53.2 p144
世相のぞき眼鏡　　32「探偵倶楽部」4(2)'53.3 p244
世相のぞき眼鏡　　32「探偵倶楽部」4(3)'53.4 p42
世相のぞき眼鏡　　32「探偵倶楽部」4(8)'53.8 p58
世相のぞき眼鏡　　32「探偵倶楽部」4(9)'53.9 p246
世相のぞき眼鏡　　32「探偵倶楽部」4(10)'53.10 p46
世相のぞき眼鏡　　32「探偵倶楽部」4(11)'53.11 p34
世相のぞき眼鏡　　32「探偵倶楽部」4(12)'53.12 p198
世相のぞき眼鏡　　32「探偵倶楽部」5(1)'54.1 p40
世相のぞき眼鏡　　32「探偵倶楽部」5(2)'54.2 p42
世相のぞき眼鏡　　32「探偵倶楽部」5(3)'54.3 p40
世相のぞき眼鏡　　32「探偵倶楽部」5(4)'54.4 p60
世相のぞき眼鏡　　32「探偵倶楽部」5(5)'54.5 p44
世相のぞき眼鏡　　32「探偵倶楽部」5(6)'54.6 p56
世相のぞき眼鏡　　32「探偵倶楽部」5(7)'54.7 p104
世相のぞき眼鏡　　32「探偵倶楽部」5(8)'54.8 p40
世相のぞき眼鏡　　32「探偵倶楽部」5(9)'54.9 p42
世相のぞき眼鏡　　32「探偵倶楽部」5(10)'54.10 p54
世相のぞき眼鏡　　32「探偵倶楽部」5(11)'54.11 p58
世相のぞき眼がね
　　　　　　　　　32「探偵倶楽部」5(12)'54.12 p46
世相のぞき眼鏡　　32「探偵倶楽部」6(1)'55.1 p42
世相のぞき眼鏡　　32「探偵倶楽部」6(2)'55.2 p56
世相のぞき眼鏡　　32「探偵倶楽部」6(3)'55.3 p236
世相のぞき眼鏡　　32「探偵倶楽部」6(4)'55.4 p58
世相のぞき眼鏡　　32「探偵倶楽部」6(5)'55.5 p42
世相のぞき眼鏡　　32「探偵倶楽部」6(6)'55.6 p176
世相のぞき眼鏡　　32「探偵倶楽部」6(7)'55.7 p46
世相のぞき眼鏡　　32「探偵倶楽部」6(8)'55.8 p48
世相のぞき眼鏡　　32「探偵倶楽部」6(9)'55.9 p44
世相のぞき眼鏡　　32「探偵倶楽部」6(10)'55.10 p38
世相のぞき眼鏡　　32「探偵倶楽部」6(11)'55.11 p38
世相のぞき眼鏡　　32「探偵倶楽部」6(12)'55.12 p48
世相のぞき眼鏡　　32「探偵倶楽部」7(1)'56.1 p36
世相のぞき眼鏡　　32「探偵倶楽部」7(2)'56.2 p32
中学生的味覚　　　32「探偵倶楽部」7(2)'56.2 p258
世相のぞき眼鏡　　32「探偵倶楽部」7(3)'56.3 p34
世相のぞき眼鏡　　32「探偵倶楽部」7(4)'56.4 p272
世相のぞき眼鏡　　32「探偵倶楽部」7(5)'56.5 p56
世相のぞき眼鏡　　32「探偵倶楽部」7(9)'56.9 p72
世相のぞき眼鏡　　32「探偵倶楽部」7(11)'56.10 p44
世相のぞき眼鏡　　32「探偵倶楽部」7(12)'56.11 p62
世相のぞき眼鏡　　32「探偵倶楽部」7(13)'56.12 p60
世相のぞき眼鏡　　32「探偵倶楽部」8(1)'57.1 p32
世相のぞき眼鏡　　32「探偵倶楽部」8(2)'57.3 p34
世相のぞき眼鏡　　32「探偵倶楽部」8(3)'57.4 p26

みやし

世相のぞき眼鏡	32「探偵倶楽部」8(4)'57.5 p50
世相のぞき眼鏡	32「探偵倶楽部」8(5)'57.6 p44
世相のぞき眼鏡	32「探偵倶楽部」8(6)'57.7 p78
世相のぞき眼鏡	32「探偵倶楽部」8(8)'57.8 p32
世相のぞき眼鏡	32「探偵倶楽部」8(9)'57.9 p56
世相のぞき眼鏡	32「探偵倶楽部」8(10)'57.10 p36
世相のぞき眼鏡	32「探偵倶楽部」8(11)'57.11 p42
世相のぞき眼鏡	32「探偵倶楽部」8(13)'57.12 p34
世相のぞき眼鏡	32「探偵倶楽部」9(2)'58.2 p34
世相のぞき眼鏡	32「探偵倶楽部」9(3)'58.3 p196
世相のぞき眼鏡	32「探偵倶楽部」9(4)'58.4 p236
世相のぞき眼鏡	32「探偵倶楽部」9(6)'58.5 p236
世相のぞき眼鏡	32「探偵倶楽部」9(7)'58.6 p234
世相のぞき眼鏡	32「探偵倶楽部」9(8)'58.7 p148

宮下 清五郎

山男大いに語る《座談会》	32「探偵クラブ」2(6)'51.8 p161

宮下 幻一郎

スキーの跡《小説》	33「探偵実話」3(3)'52.3 p104
替玉姉妹《小説》	33「探偵実話」3(6)'52.5 p226
狸尼僧《小説》	33「探偵実話」3(8)'52.7 p114
幽霊と寝た後家《小説》	33「探偵実話」3(9)'52.8 p166
釜鳴女房《小説》	33「探偵実話」3(10)'52.9 p118
好色地蔵《小説》	33「探偵実話」3(12)'52.10 p140
馬小町《小説》	33「探偵実話」3(13)'52.11 p234
熊の宿《小説》	33「探偵実話」3(14)'52.12 p182
金神大王《小説》	33「探偵実話」4(1)'53.1 p106
はだか弁天《小説》	33「探偵実話」4(2)'53.1増 p112
夢の金壺《小説》	33「探偵実話」4(3)'53.2 p210
さいど凧《小説》	33「探偵実話」4(4)'53.3 p121
歓喜菩薩《小説》	33「探偵実話」4(5)'53.4 p106
天狗の卵《小説》	33「探偵実話」4(6)'53.5 p72
河童の手紙《小説》	33「探偵実話」4(7)'53.6 p94
もやい舟《小説》	33「探偵実話」4(8)'53.7 p74
初夜勤行《小説》	33「探偵実話」4(9)'53.8 p98
たすけ舟《小説》	33「探偵実話」5(1)'54.1 p174
天狗の鼻《小説》	33「探偵実話」5(2)'54.2 p74
畜妾屋敷《小説》	33「探偵実話」5(3)'54.3 p152
隠れ嫁《小説》	33「探偵実話」5(4)'54.4 p142
狸先生〈1〉《小説》	33「探偵実話」5(6)'54.5 p186
狸先生〈2〉《小説》	33「探偵実話」5(7)'54.6 p222
狸先生〈3〉《小説》	33「探偵実話」5(8)'54.7 p170
狸先生〈4〉《小説》	33「探偵実話」5(9)'54.8 p128
狸先生〈5〉《小説》	33「探偵実話」5(10)'54.9 p172
狸先生行状記〈6〉《小説》	33「探偵実話」5(12)'54.10 p172
狸先生行状記〈7〉《小説》	33「探偵実話」5(13)'54.11 p174
狸先生行状記〈8〉《小説》	33「探偵実話」6(1)'54.12 p112
狸先生行状記〈9〉《小説》	33「探偵実話」6(2)'55.1 p234
狸先生行状記〈10・完〉《小説》	33「探偵実話」6(4)'55.3 p168

宮下 幻鬼

右に姉さ左りにいもと娘	35「エロティック・ミステリー」2(8)'61.8 p52

宮下 俊

牢獄内の性生活	24「妖奇」5(4)'51.4 p70
人生乞食街道	24「妖奇」5(9)'51.9 p22
賭博場のぞ記	24「妖奇」6(1)'52.1 p122
妻を賭ける男達	24「妖奇」6(2)'52.2 p117

宮下 八枝子

女と白い蛾《小説》	12「シュピオ」3(2)'37.2 p4
忘られし画像《小説》	12「シュピオ」3(5)'37.6 p36
お問合せ《アンケート》	12「シュピオ」3(5)'37.6 p51
火取り虫《小説》	12「シュピオ」3(7)'37.9 p38
ハガキ回答《アンケート》	12「シュピオ」4(1)'38.1 p29
青い部屋《小説》	17「宝石」4(6)'49.6 p92

宮島 貞丈

秘事《小説》	07「探偵」1(2)'31.6 p109
悪病記《小説》	07「探偵」1(3)'31.7 p59

宮島 実

探小の評価	17「宝石」11(15)'56.11 p263

ミヤタ, ミネ →宮田峯一

赤髪女殺人事件	32「探偵倶楽部」8(3)'57.4 p128
二点の血痕	32「探偵倶楽部」8(5)'57.6 p244
美貌の妻を持つ呪れ	32「探偵倶楽部」8(9)'57.9 p240
街の女怪死事件	32「探偵倶楽部」9(2)'58.2 p54

宮田 重雄

西洋賭博	17「宝石」18(11)'63.8 p21

宮田 東峰

陽春放談録《座談会》	33「探偵実話」7(7)'56.4 p168

宮田 正幸

タクシィ心得帖	32「探偵倶楽部」5(10)'54.10 p20

宮田 峯一 →ミヤタ, ミネ

現代のアメリカ雑誌の傾向	32「探偵倶楽部」3(7)'52.8 p114
探偵小説と怪奇小説の歴史	32「探偵倶楽部」3(8)'52.9 p193
切断された拇指	32「探偵倶楽部」5(5)'54.5 p245

宮田 洋容

召集失恋	33「探偵実話」7(7)'56.4 p64
夜行列車の見知らぬ客	33「探偵実話」7(10)'56.6 p196

宮武 外骨

男女の同性愛	18「トップ」4(2)'49.6 p38

宮武 繁

犯罪王ジャック・ダイアモンドの末路	09「探偵小説」2(3)'32.3 p48
ダートモアの破獄事件	09「探偵小説」2(5)'32.5 p36

宮野 佐喜雄

『滝の白糸』戦後版	33「探偵実話」8(2)'57.1増 p154

宮野 四郎

オールウエイヴ	22「新探偵小説」1(3)'47.7 p40

探偵トピック	22「新探偵小説」5 '48.2 p6

宮野 政一
出獄者座談会《座談会》
　　　　　　　　32「探偵倶楽部」5(2)'54.2 p184

宮野 正郎
ドロシイ・L・セイヤアズのこと
　　　　　　　　22「新探偵小説」4 '47.10 p30
エコオル語事件《小説》
　　　　　　　　22「新探偵小説」2(3)'48.6 p15

宮野 叢子 →紅生姜子, 宮野村子
鯉沼家の悲劇	17「宝石」4(3)'49.3 p119
若き正義《小説》	17「宝石」4(6)'49.6 p80
柿の木《小説》	17「宝石」— '49.7増 p28
宿命	27「別冊宝石」2(2)'49.8 p135
黒い影《小説》	17「宝石」— '49.9増 p72
花の死《小説》	17「宝石」4(9)'49.10 p128
生きた人間を	17「宝石」5(1)'50.1 p215
切れた紐《小説》	17「宝石」5(2)'50.2 p192
奇妙な恋文	17「宝石」5(3)'50.3 p122
大蛇物語《小説》	17「宝石」5(4)'50.4 p194
紫陽屋敷の謎《小説》	
	32「怪奇探偵クラブ」2 '50.6 p40
赤煉瓦の家《小説》	17「宝石」5(7)'50.7 p82
［近況］	32「探偵クラブ」1(1)'50.8 p24
悲しき錯誤《小説》	31「スリーナイン」'50.11 p71
いたずら小僧《小説》	
	32「探偵クラブ」1(3)'50.11 p132
薔薇の処女《小説》	17「宝石」5(12)'50.12 p130
考へる蛇《小説》	17「宝石」6(2)'51.2 p46
罠《小説》	32「探偵クラブ」2(2)'51.2 p69
安珍清姫殺人事件《小説》	
	32「探偵クラブ」2(5)'51.7 p132
ナフタリン《小説》	17「宝石」6(8)'51.8 p125
首なし人形事件《脚本》	
	17「宝石」6(10)'51.10 p176
アンケート《アンケート》	
	17「宝石」6(11)'51.10増 p171
神の裁き《小説》	32「探偵クラブ」2(10)'51.11 p29
アンケート《アンケート》	
	17「宝石」7(1)'52.1 p85
検事さんのアメリカ見物《対談》	
	32「探偵クラブ」3(2)'52.1 p109
相剋の図絵《小説》	17「宝石」7(1)'52.1 p250
若い女の貞操について《対談》	
	32「探偵クラブ」3(2)'52.2 p65
悪魔の魂《小説》	32「探偵クラブ」3(2)'52.2 p70
囚人島アルカトラツ島《対談》	
	32「探偵クラブ」3(3)'52.3 p135
八つ目の男《小説》	
	32「探偵倶楽部」3(6)'52.6 p151
自己批判座談会《座談会》	
	17「宝石」7(6)'52.6 p184
夜の魚《小説》	32「探偵倶楽部」3(9)'52.10 p34
バラ盗み競争《脚本》	17「宝石」7(9)'52.10 p244
『反逆』をみる《座談会》	
	32「探偵倶楽部」3(12)'52.12 p130
夢の中の顔《小説》	
	32「探偵倶楽部」4(1)'53.2 p232
ヘリオトロープ《小説》	
	32「探偵倶楽部」4(6)'53.6 p187

魅せられた女《座談会》	
	32「探偵倶楽部」4(7)'53.7 p122
轟音《小説》	32「探偵倶楽部」4(8)'53.8 p222
美しき毒蛇《小説》	
	32「探偵倶楽部」4(9)'53.9 p19
銀杏屋敷の秘密《小説》	
	32「探偵倶楽部」4(10)'53.10 p152
"封鎖作戦"について《座談会》	
	32「探偵倶楽部」4(11)'53.11 p128
二冊のノート《小説》	
	32「探偵倶楽部」4(12)'53.12 p42
ナフタリン	32「探偵倶楽部」5(1)'54.1 p115
悪魔の瞳《小説》	32「探偵倶楽部」5(4)'54.4 p200

宮野 村子 →宮野叢子
白いパイプ《小説》	
	32「探偵倶楽部」7(13)'56.12 p264
黒眼鏡の貞女《小説》	
	32「探偵倶楽部」8(5)'57.6 p16
花の肌《小説》	32「探偵倶楽部」8(8)'57.8 p58
運命の足音《小説》	
	32「探偵倶楽部」8(11)'57.11 p256
姉女房	17「宝石」12(15)'57.11増 p181
匂いのある夢《小説》	
	32「探偵倶楽部」8(12)'57.11増 p294
手紙《小説》	17「宝石」13(1)'58.1 p98
玩具の家《小説》	32「探偵倶楽部」9(2)'58.2 p178
紫夫人《小説》	32「探偵倶楽部」9(4)'58.4 p146
木犀香る家《小説》	
	32「探偵倶楽部」9(5)'58.4増 p198
恐ろしき弱さ《小説》	17「宝石」13(8)'58.6 p64
廃園の扉《小説》	27「別冊宝石」11(8)'58.10 p56
男の世界《小説》	17「宝石」13(14)'58.11 p202
血みどろ芝居《小説》	
	32「探偵倶楽部」9(14)'58.12 p220
吸血鬼《小説》	32「探偵倶楽部」10(1)'59.1 p80
護符《小説》	17「宝石」14(4)'59.4 p176
某月某日	17「宝石」14(9)'59.8 p198
奥殿の怪《小説》	17「宝石」14(11)'59.10 p274
愛憎の果て《小説》	17「宝石」15(5)'60.4 p146
野菜売りの少年《小説》	
	17「宝石」16(5)'61.4 p120
雨の夜《小説》	17「宝石」16(13)'61.12 p132
モンコちゃん《小説》	
	17「宝石」18(13)'63.10 p294
毒虫《小説》	27「別冊宝石」17(2)'64.2 p136

宮原 竜雄
三つの樽《小説》	27「別冊宝石」2(3)'49.12 p460
首吊り道成寺《小説》	17「宝石」5(8)'50.8 p72
五つの紐《小説》	17「宝石」6(1)'51.1 p130
新納の棺《小説》	27「別冊宝石」4(2)'51.12 p14
アンケート《アンケート》	
	17「宝石」7(1)'52.1 p89
不知火《小説》	27「別冊宝石」5(2)'52.2 p12
［略歴］	17「宝石」7(4)'52.4 p8
知盛《小説》	17「宝石」7(4)'52.4 p80
灰色の犬《小説》	27「別冊宝石」5(6)'52.6 p270
『動機のない動機』の魅力	
	27「別冊宝石」5(7)'52.7 p52
ニッポン・海鷹《小説》	
	17「宝石」8(8)'53.7増 p58

"五段目"の殺人《小説》　17「宝石」9(3)'54.3 p202
南泉斬猫《小説》　　　17「宝石」9(14)'54.12 p178
胤師《小説》　　　　　17「宝石」10(10)'55.7 p170
景子と二人の男《小説》
　　　　　　　　　　17「宝石」10(16)'55.11増 p274
霧雨の山峡《小説》　　17「宝石」11(4)'56.3 p78
午前二時の裸婦《小説》
　　　　　　　　　　17「宝石」11(6)'56.4 p184
実在する金紅樹　　　　17「宝石」11(9)'56.7 p263
乾三九郎の犯罪《小説》
　　　　　　　　　　17「宝石」11(12)'56.9 p200
真昼の十字路《小説》　17「宝石」11(14)'56.10 p78
灰色の柩《小説》　　　17「宝石」12(1)'57.1 p288
赤い手袋に殺された《小説》
　　　　　　　　　　17「宝石」12(6)'57.4増 p312
瓢と鯰《小説》　　　　17「宝石」12(8)'57.6 p62
アンケート《アンケート》
　　　　　　　　　　17「宝石」12(13)'57.10 p125
鈍魚の歌《小説》　　　17「宝石」13(4)'58.3 p144
宮原竜雄氏から　　　　17「宝石」13(5)'58.4 p304
髭のある自画像《小説》
　　　　　　　　　　17「宝石」13(8)'58.6 p164
死体に触れるな《小説》
　　　　　　　　　　17「宝石」13(15)'58.12 p34
雪のなかの標的《小説》17「宝石」14(3)'59.3 p86
世木氏・最後の旅《小説》
　　　　　　　　　　17「宝石」14(9)'59.8 p48
昼さがりの情婦《小説》
　　　　　　　　　　17「宝石」14(15)'59.12増 p22
略歴　　　　　　　　　17「宝石」14(15)'59.12増 p25
ある密室の設定《小説》
　　　　　　　　　　17「宝石」15(13)'60.11 p164
十号室の裸婦《小説》
　　　　　35「エロティック・ミステリー」2(1)'61.1 p36
車に乗った裸婦《小説》
　　　　　35「エロティック・ミステリー」2(8)'61.8 p252
葦のなかの犯罪《小説》
　　　　　35「エロティック・ミステリー」3(7)'62.7 p92
三つの樽《小説》　　　17「宝石」17(12)'62.9増 p32
宮本 吉次
　孫七漂流記　　　　　33「探偵実話」5(7)'54.6 p244
　山林地帯の恐怖　　　32「探偵倶楽部」6(1)'55.1 p121
　色仕掛の殺人　　　　32「探偵倶楽部」6(3)'55.3 p124
　ビル荒らしの兇賊　　32「探偵倶楽部」6(4)'55.4 p112
　説教強盗始末記　　　32「探偵倶楽部」6(5)'55.5 p228
　発掘された骸骨　　　32「探偵倶楽部」6(7)'55.7 p104
　兇賊は現職教員　　　32「探偵倶楽部」6(7)'56.6 p123
　血ぬられた古寺の惨劇
　　　　　　　　　　33「探偵実話」9(9)'58.5 p138
　奪い去られた花嫁衣裳
　　　　　　　　　　33「探偵実話」9(10)'58.6 p264
　偽装された人妻の殺人
　　　　　　　　　　33「探偵実話」9(11)'58.7 p108
　女の声が犯人を割つた
　　　　　　　　　　33「探偵実話」9(13)'58.9 p252
　嫉妬に狂った兇刃
　　　　　　　　　　33「探偵実話」10(2)'59.1増 p194
　水車小屋殺人事件　　33「探偵実話」12(3)'61.1 p118
宮元 利直
　諜報専門家の機密日誌《座談会》
　　　　　　　　　　33「探偵実話」3(10)'52.9 p140

宮本 幹也
　ソーセージ綺譚《小説》
　　　　　　　　　　33「探偵実話」4(2)'53.1増 p175
　探偵小説に対するアンケート《アンケート》
　　　　　　　　　　32「探偵倶楽部」4(1)'53.2 p148
　タポーチョお奈津《小説》
　　　　　　　　　　33「探偵実話」6(9)'55.8 p236
宮本 弓彦
　大道詰将棋選　　　　23「真珠」2(6)'48.6 p18
　大道詰将棋選　　　　23「真珠」2(7)'48.8 p11
宮本 吉次
　女の着物を着た殺人魔
　　　　　　　　　　33「探偵実話」9(7)'58.4 p210
宮山 三郎
　泥棒にもユーモア　　32「探偵クラブ」1(3)'50.11 p64
宮良 高夫
　孤独な教授　　　　　17「宝石」16(10)'61.9 p139
　孤独な教授　　　　　27「別冊宝石」16(3)'63.3 p91
ミーユ、ピエル
　死刑囚《小説》　　　04「探偵趣味」22 '27.8 p2
ミュアー、オーガスタス
　煙草の火《小説》　　32「探偵倶楽部」9(4)'58.4 p74
ミユヒヒム、ハリー
　埃だらけの抽斗《小説》
　　　　　　　　　　32「探偵倶楽部」6(12)'55.12 p276
明内 桂子　→四季桂子
　伝貧馬《小説》　　　27「別冊宝石」6(9)'53.12 p132
　薔薇の木に《小説》　17「宝石」9(9)'54.8 p184
　最後の女学生《小説》17「宝石」9(12)'54.10 p200
　或るSの犯罪《小説》
　　　　　　　　　　33「探偵実話」6(1)'54.12 p128
　女性とD・S　　　　17「宝石」10(8)'55.6 p318
　パパ《小説》　　　　17「宝石」10(12)'55.8増 p208
　蟻地獄《小説》　　　33「探偵実話」6(10)'55.9 p128
　乳豚《小説》　　　　17「宝石」10(15)'55.11 p192
　ほやと美女《小説》
　　　　　　　　　　32「探偵倶楽部」7(3)'56.3 p238
三好 一光
　小倉の色紙《小説》　16「ロック」3(2)'48.3 p30
　班猫《小説》　　　　27「別冊宝石」5(1)'52.1 p80
　ノボテイの怪《小説》
　　　　　　　　　　27「別冊宝石」5(5)'52.6 p108
　肩衣ざんげ《小説》
　　　　　　　　　　33「探偵実話」5(11)'54.9増 p114
三好 信義
　競馬場殺人事件《小説》
　　　　　　　　　　16「ロック」3(7)'48.11 p30
三芳 悌吉
　巷のピエロ　　　　　17「宝石」14(5)'59.5 p13
三好 徹　→河上雄三
　良心の問題《小説》　17「宝石」16(6)'61.5 p86
　地の塩《小説》　　　17「宝石」16(11)'61.10 p16
　刎頸の友《小説》　　17「宝石」17(3)'62.2 p210
　鋳匠　　　　　　　　17「宝石」18(1)'63.1 p26
　最悪の日の周辺　　　17「宝石」18(5)'63.4 p174
　良心の問題《小説》　17「宝石」18(6)'63.4増 p93
　縁というもの　　　　17「宝石」18(6)'63.4増 p97

バリが死を招く《小説》
　　　　　　　　　17「宝石」18(7)'63.5 p130
幻の家　　　　　　17「宝石」18(9)'63.7 p15
詩人と美女　　　　17「宝石」18(11)'63.8 p19
シャモとカモ　　　17「宝石」18(12)'63.9 p19
殺意の成立《小説》
　　　　　　　　　17「宝石」18(14)'63.10増 p102
確証《小説》　　　27「別冊宝石」17(1)'64.1 p48
眼《小説》　　　　17「宝石」19(3)'64.2 p230
女流作家の休暇《小説》
　　　　　　　　　27「別冊宝石」17(2)'64.2 p234
とっておきの話《小説》　17「宝石」19(7)'64.5 p90
三好 正明
　『探偵趣味』問答《アンケート》
　　　　　　　　　04「探偵趣味」4 '26.1 p53
三好 義孝
　ルンペン犯罪座談会《座談会》
　　　　　　　　　07「探偵」1(4)'31.8 p84
　犯罪術語集　　　07「探偵」1(4)'31.8 p111
　木の股の生首《小説》　07「探偵」1(5)'31.9 p111
ミラー, ウェイド
　「射殺せよ」《小説》
　　　　　　　　　27「別冊宝石」17(6)'64.5 p162
ミラー, ウォルター・M
　行動命令《小説》　27「別冊宝石」17(1)'64.1 p30
ミラー, フランクリン
　黒いカーテン　　32「探偵倶楽部」4(8)'53.8 p242
ミラード, ジョン
　迷路の十三人《小説》
　　　　　　　　　24「トリック」6(11)'52.11 p133
ミル, ピエール
　幽霊撃退法《小説》　04「探偵趣味」15 '27.1 p70
　ある夜のこと《小説》
　　　　　　　　　32「探偵倶楽部」6(11)'55.11 p80
ミルトン, リチャード
　幽霊船《小説》　32「探偵倶楽部」6(8)'55.8 p230
ミルン, A・A
　赤屋敷殺人事件《小説》
　　　　　　　　　09「探偵小説」2(8)'32.8 p246
　お化け屋敷《小説》　24「トリック」7(2)'53.2 p204
三輪 機雷
　遺書のある刀傷事件
　　　　　　　　　33「探偵実話」8(12)'57.8 p76

【 む 】

向 あい子
　罠《小説》　　　27「別冊宝石」12(10)'59.10 p126
　恋のお釣り《小説》　27「別冊宝石」13(2)'60.2 p64
　空転《小説》　　27「別冊宝石」13(6)'60.6 p180
　仙吉《小説》
　　　　　　　　　35「エロティック・ミステリー」1(1)'60.8 p280
向井 潤吉
　夢幻風景
　　　　　　　　　35「エロティック・ミステリー」3(6)'62.6 p6

津軽の旅にて　　　17「宝石」18(16)'63.12 p22
向井 種夫
　東京拳銃往来《小説》　24「妖奇」4(4)'50.4 p77
　老博士と大蛇《小説》　24「妖奇」4(11)'50.11 p70
　レプラの饗宴《小説》　24「妖奇」5(5)'51.5 p66
　廓の復讐　　　　33「探偵実話」2(7)'51.6 p114
六笠 六郎
　梨園復讐記　　　14「月刊探偵」2(5)'36.6 p52
椋 鳩十
　ニッポン女学生　15「探偵春秋」1(2)'36.11 p105
　裸の姉妹　　　　33「探偵実話」3(9)'52.8 p204
　女房仙人《小説》　33「探偵実話」8(4)'57.2 p128
ムクミラン, リチャド
　ダイヤの呪ひ　　03「探偵文芸」1(8)'25.10 p66
向ケ丘 棋人
　特選詰将棋　　　33「探偵実話」2(2)'51.1 p158
　推理詰将棋　　　33「探偵実話」2(6)'51.5 p119
　詰将棋新題　　　32「探偵クラブ」2(4)'51.6 p175
　詰将棋新題　　　32「探偵クラブ」2(5)'51.8 p203
　腕だめし詰将棋　33「探偵実話」6(3)'55.2増 p283
　升田・大山の対決　33「探偵実話」9(4)'58.2 p156
　棋界展望　　　　33「探偵実話」9(7)'58.4 p222
　名人戦の死闘　　33「探偵実話」9(10)'58.6 p221
　升田大山の宿命の決戦
　　　　　　　　　33「探偵実話」9(11)'58.7 p266
　升田、名人位を守る
　　　　　　　　　33「探偵実話」9(12)'58.8 p262
　升田・大山宿命の対決
　　　　　　　　　33「探偵実話」10(11)'59.7 p257
　将棋戦線異状あり
　　　　　　　　　33「探偵実話」10(14)'59.10 p258
　王将戦の珍勝負　33「探偵実話」11(4)'60.2 p145
　大道将棋屋の裏表　33「探偵実話」11(7)'60.4 p85
　恐るべき加藤一二三
　　　　　　　　　33「探偵実話」11(8)'60.5 p251
　大山・加藤激戦展開
　　　　　　　　　33「探偵実話」11(9)'60.6 p237
　静かな決闘　　　33「探偵実話」12(8)'61.6 p152
　名人戦の死闘　　33「探偵実話」12(9)'61.7 p176
武蔵 十吉
　猛烈な哺乳類のセックス
　　　　　　　　　35「エロチック・ミステリー」4(9)'63.9 p122
　君も知るや「足入れ婚」
　　　　　　　　　35「エロチック・ミステリー」4(10)'63.10 p116
虫明 亜呂無
　君がその犯人だ!!　17「宝石」11(7)'56.5 p122
武者小路 実篤
　ひかへ目に就て　18「トップ」1(1)'46.5 p18
宗像 幻一
　東洋風の女《小説》
　　　　　　　　　27「別冊宝石」2(3)'49.12 p110
陶山 密
　赤い敵打ち《小説》　07「探偵」1(2)'31.6 p172
ムニエ, イー・ドニ　→国枝史郎
　闘牛《小説》　　01「新趣味」17(12)'22.12 p148
　西班牙の恋《小説》　01「新趣味」18(1)'23.1 p122
　獣人《小説》　　01「新趣味」18(3)'23.3 p116
　沙漠の古都《小説》　01「新趣味」18(4)'23.4 p156

むねた　　　　　　　　執筆者名索引

世界征服の結社《小説》
　　　　　　　　01「新趣味」18(6)'23.6 p224
上海夜話《小説》01「新趣味」18(7)'23.7 p200
宝庫を守る有尾人種〈1〉《小説》
　　　　　　　　01「新趣味」18(8)'23.8 p216
宝庫を守る有尾人種〈2〉《小説》
　　　　　　　　01「新趣味」18(9)'23.9 p142
宝庫を守る有尾人種〈3・完〉《小説》
　　　　　　　　01「新趣味」18(10)'23.10 p150
棟田 博
　風流山国ばなし《小説》
　　　　　　　　33「探偵実話」4(2)'53.1増 p140
ムネノ, D　→宗野弾正
　黄金の驢馬《小説》
　　　　　　　　32「探偵倶楽部」7(9)'56.8 p146
　怪奇な話　　32「探偵倶楽部」10(1)'59.1 p281
宗野 弾正　→ムネノ, D, むねのだんじょう
　「素晴しき犯罪」のことなど
　　　　　　　　17「宝石」5(3)'50.3 p168
　ルブラン談義17「宝石」5(4)'50.4 p254
　探偵作家プロフィル二三
　　　　　　　　17「宝石」5(5)'50.5 p182
　幻想会館《詩》17「宝石」6(2)'51.2 p138
　雑感少々　　17「宝石」6(3)'51.3 p176
　探偵小説は懐古の文学か
　　　　　　　　17「宝石」7(6)'52.6 p220
　喰わず嫌いの弁17「宝石」8(5)'53.5 p254
　探偵小説雑感32「探偵倶楽部」6(8)'55.8 p379
　探偵小説随想32「探偵倶楽部」6(9)'55.9 p195
　伝奇小説提唱32「探偵倶楽部」7(5)'56.5 p319
　忘れられない顔《小説》
　　　　　　　　32「探偵倶楽部」7(6)'56.6 p282
　伝奇小説論　32「探偵倶楽部」8(2)'57.3 p204
むねのだんじょう　→宗野弾正
　誰がための手紙《小説》
　　　　　　　　32「探偵倶楽部」6(5)'55.5 p286
無名医師
　喜劇ジゴマ三題　06「猟奇」3(2)'30.3 p28
村 正治
　賢者の毒薬《小説》16「ロック」4(3)'49.8別 p83
村井 武生
　人形師御難　06「猟奇」5(5)'32.5 p30
邑井 貞吉
　怪談どろどろ話《座談会》
　　　　　　　　27「別冊宝石」6(6)'53.9 p180
村尾 勇
　狂女は知つていた《小説》
　　　　　　　　33「探偵実話」3(13)'52.11 p196
村岡 花子
　私と探偵小説　17「宝石」12(13)'57.10 p108
村上 菊一郎
　某月某日　　17「宝石」14(4)'59.4 p192
　左ぎっちょの告白17「宝石」17(11)'62.9 p203
村上 恭一
　シネマ・バック06「猟奇」1(7)'28.12 p32
村上 啓夫
　年寄りのヒヤ水17「宝石」14(4)'59.4 p11

ファンタジーとサタイヤの詩人コリア
　　　　　　　　17「宝石」14(13)'59.11 p265
村上 元三
　菊五郎巡査《小説》16「ロック」3(3)'48.5 p67
　呪ひの短冊《小説》19「仮面」臨時増刊'48.8 p34
　愛憎歌仁義　30「恐怖街」'49.10 p20
　短冊の謎《小説》24「妖奇」6(10)'52.10 p54
　八尺の天狗《小説》24「トリック」7(2)'53.2 p91
　探偵小説に対するアンケート《アンケート》
　　　　　　　　32「探偵倶楽部」4(1)'53.2 p148
　小唄念仏《小説》33「探偵実話」5(11)'54.9増 p208
　生き損いの女《小説》
　　　　　　　　27「別冊宝石」8(4)'55.5 p260
　軽気球の殺人《小説》
　　　　　　　　27「別冊宝石」8(6)'55.9 p262
　児島多平が二人いる〈1〉《小説》
　　　　　　　　17「宝石」13(3)'58.2 p50
　児島多平が二人いる〈2・完〉《小説》
　　　　　　　　17「宝石」13(4)'58.3 p132
　むかしの夢《小説》
　　　　　　　　35「エロチック・ミステリー」2(2)'61.2 p210
　ちぎら亭《小説》
　　　　　　　　35「エロチック・ミステリー」2(11)'61.11 p158
　闇の礫《小説》
　　　　　　　　35「エロチック・ミステリー」3(3)'62.3 p145
　夜霧追分《小説》
　　　　　　　　35「エロチック・ミステリー」4(1)'63.1 p58
　赤い湯煙《小説》
　　　　　　　　35「エロチック・ミステリー」4(7)'63.7 p86
村上 淳也
　南林間都市の女給殺し
　　　　　　　　33「探偵実話」11(5)'60.3増 p9
　雑木林の中の裸女
　　　　　　　　33「探偵実話」11(5)'60.3増 p200
　情痴に狂った殺人現場
　　　　　　　　33「探偵実話」11(7)'60.4 p68
　鉄道公安官の連続暴行事件
　　　　　　　　33「探偵実話」11(8)'60.5 p80
　一夫多妻の桃色ノビ師
　　　　　　　　33「探偵実話」11(12)'60.8 p247
　怪人本山茂久　33「探偵実話」11(11)'60.8増 p90
村上 盛一
　科学捜査座談会《座談会》
　　　　　　　　32「探偵クラブ」1(4)'50.12 p127
村上 盛二
　特ダネ座談会《座談会》
　　　　　　　　32「探偵クラブ」2(10)'51.11 p133
村上 聖三
　注射一本で君の身体が思いのま、
　　　　　　　　33「探偵実話」8(1)'56.12 p312
村上 桓夫
　手斧をふるつた十七娘
　　　　　　　　33「探偵実話」9(6)'58.3 p218
村上 忠男
　最新の科学捜査を語る座談会《座談会》
　　　　　　　　33「探偵実話」2(11)'51.10 p168

村上 忠久
　句会殺人事件《小説》　　　　28「影」'48.7 p14
　神の灯　　　　　　　　　　28「影」'48.7 p21
村上 信夫
　日影先生のこと　　　17「宝石」18(13)'63.10 p197
村上 信彦
　青衣の画像《小説》　　33「探偵実話」3(8)'52.7 p214
　逆縁婚《小説》　　　33「探偵実話」3(10)'52.9 p52
　哀妻記《小説》　　　33「探偵実話」3(13)'52.11 p24
　完全犯罪《小説》　　33「探偵実話」4(4)'53.3 p24
　永遠の植物《小説》　　17「宝石」8(6)'53.6 p80
　テート・ベーシユ《小説》
　　　　　　　　　　33「探偵実話」4(7)'53.6 p234
　試験結婚　　　　　　33「探偵実話」5(2)'54.2 p226
　薔薇と注射針（後篇）ヴィナス誕生《小説》
　　　　　　　　　　33「探偵実話」5(3)'54.3 p53
　青衣の画像《小説》
　　　　　　　　33「探偵実話」5(5)'54.4増 p298
　乳房《小説》　　　　33「探偵実話」6(2)'55.1 p54
　テート・ベーシユ《小説》
　　　　　　　　33「探偵実話」6(3)'55.2増 p284
　逃げる女《小説》　　33「探偵実話」6(8)'55.7 p240
　完全犯罪《小説》　33「探偵実話」6(12)'55.10増 p76
　永遠の植物《小説》
　　　　　　　　33「探偵実話」7(11)'56.7増 p240
　G線上のアリア《小説》
　　　　　　　　　33「探偵実話」8(1)'56.12 p86
村上 真紗晴
　『探偵趣味』問答《アンケート》
　　　　　　　　　　04「探偵趣味」4 '26.1 p53
村木 昭
　計画完了せり《小説》
　　　　　　　　17「宝石」14(13)'59.11 p246
村木 欣平
　徽章　　　　　　　32「探偵クラブ」1(2)'50.10 p63
　殺人輸送部隊長　　33「探偵実話」5 '50.10 p138
　女師匠殺人事件　　33「探偵実話」1(6)'50.11 p159
　戦後派乱世を語る座談会《座談会》
　　　　　　　　　　33「探偵実話」2(1)'50.12 p174
　街の女獣たち　　　32「探偵倶楽部」9(11)'58.9 p44
村島 帰之
　探偵問答《アンケート》　04「探偵趣味」1 '25.9 p25
　香具師王国の話　　　04「探偵趣味」2 '25.10 p11
　探偵趣味問答《アンケート》
　　　　　　　　　　04「探偵趣味」3 '25.11 p42
　私の好きな一偶《アンケート》
　　　　　　　　　　06「猟奇」1(2)'28.6 p29
　会ひながら会はぬ記　　06「猟奇」2(6)'29.6 p24
　日本心中情史〈1〉　　　06「猟奇」2(7)'29.7 p26
　日本心中情史〈2〉　　　06「猟奇」2(8)'29.8 p24
　日本心中情史〈3〉　　　06「猟奇」2(9)'29.9 p34
　日本心中情史〈3 再掲載〉
　　　　　　　　　　06「猟奇」2(10)'29.10 p32
　日本心中情史〈4〉　　　06「猟奇」2(11)'29.11 p30
　日本心中情史〈5〉　　　06「猟奇」2(12)'29.12 p36
　日本心中情史〈6〉　　　06「猟奇」3(1)'30.1 p43
　日本心中情史〈7〉　　　06「猟奇」3(2)'30.3 p32
　春日野緑素描　　　　　06「猟奇」3(3)'30.4 p42
　日本心中情史〈8〉　　　06「猟奇」3(4)'30.5 p48
　遺書の心理　　　　　　06「猟奇」4(1)'31.3 p28
　堕胎学!　　　　　　　06「猟奇」4(3)'31.5 p18
　小出檜重氏の胃袋と神経と《アンケート》
　　　　　　　　　　06「猟奇」4(3)'31.5 p70
　隠語学!　　　　　　　06「猟奇」4(3)'31.6 p75
　賭博場の一瞥　　　　　06「猟奇」5(1)'32.1 p2
　アメリカ娘の春はバレンタインから
　　　　　　　　　　06「猟奇」5(3)'32.3 p2
村瀬 茂克
　浴槽の女《小説》　　33「探偵実話」3(10)'52.9 p224
村田 嘉久子
　舞台より観客へ《アンケート》
　　　　　　　　　　01「新趣味」17(3)'22.3 p116
村田 孜郎
　猟奇艶情　　　　　　　06「猟奇」4(1)'31.3 p35
　猟奇艶情　　　　　　　06「猟奇」4(2)'31.4 p36
　猟奇艶情　　　　　　　06「猟奇」4(3)'31.5 p39
村田 二郎
　留学生殺人事件　　33「探偵実話」7(1)'55.12 p202
村田 善吉
　黄昏の紙幣　　　　　01「新趣味」18(3)'23.3 p195
村田 千秋
　新らしき事なし　　05「探偵・映画」1(1)'27.10 p63
　おしろいを嘗める　05「探偵・映画」1(2)'27.11 p24
　私の好きな一偶《アンケート》
　　　　　　　　　　06「猟奇」1(2)'28.6 p27
　愛狆物語《小説》　　　06「猟奇」1(4)'28.9 p13
　生首を見たり《小説》　07「探偵」1(2)'31.6 p162
　いゝえいゝえ物語《小説》
　　　　　　　　　　07「探偵」1(5)'31.9 p153
　幽霊アパートの殺人《小説》
　　　　　　　　　11「ぷろふいる」2(4)'34.4 p29
　湯女波江の疑問《小説》
　　　　　　　　　11「ぷろふいる」2(12)'34.12 p28
村田 宏雄
　二人で犯罪を《対談》　17「宝石」19(1)'64.1 p238
村中 ゆみ子
　山中湖畔で女になつた
　　　　　　　　33「探偵実話」12(14)'61.10増 p197
村野 四郎
　廃園の悲劇《詩》　　　17「宝石」1(6・7)'46.10 p38
村野 成年
　ローカル温泉お色気探訪記
　　　　　　　　　33「探偵実話」11(6)'60.3 p141
　美女谷温泉お色気探訪記
　　　　　　　　　33「探偵実話」11(7)'60.4 p238
　曾山寺温泉お色気探訪記
　　　　　　　　　33「探偵実話」11(8)'60.5 p256
　飯山温泉お色気探訪記
　　　　　　　　　33「探偵実話」11(9)'60.6 p162
村原 泰
　探偵文学かいまみるの記
　　　　　　　　　12「探偵文学」2(12)'36.12 p55
村正 朱鳥　→朱鳥, 朱鳥生, 常盤元六
　同人独語抄　　　　12「探偵文学」1(9)'35.12 p1
　幸福《脚本》　　　　12「探偵文学」1(10)'36.1 p18
　夢野久作氏を悼みて　12「探偵文学」2(5)'36.5 p1
　愚痴になる追憶　　　12「探偵文学」2(5)'36.5 p20

テレヴイジョン《小説》
　　　　　　　　　12「探偵文学」2(6)'36.6 p6
三B殺人事件《小説》　12「探偵文学」2(6)'36.6 p41
猪狩殺人事件《6》《小説》
　　　　　　　　　12「探偵文学」2(8)'36.8 p20
ダウトフル・コント《小説》
　　　　　　　　　12「探偵文学」2(11)'36.11 p42
お問合せ《アンケート》
　　　　　　　　　12「シュピオ」3(5)'37.6 p38
ハガキ回答《アンケート》
　　　　　　　　　12「シュピオ」4(1)'38.1 p19

村松 実哉
　乾杯!われらの探実《座談会》
　　　　　　　　　33「探偵実話」10(11)'59.7 p288

村松 駿吉
　幽霊楽屋《小説》　19「仮面」夏の増刊'48.6 p12
　沢田正二郎《小説》　25「X」4(1)'50.1 p83
　新妻非常線《小説》　25「X」4(2)'50.3 p16
　ドラム缶密封殺人事件
　　　　　　　　　33「探偵実話」2(11)'51.10 p183
　王様の女婿となって
　　　　　　　　　33「探偵実話」3(12)'52.10 p204
　長恨白ゆり隊　　　33「探偵実話」4(1)'53.1 p226
　生きていた自殺男　33「探偵実話」5(4)'54.3 p224
　十年で一億長者　　33「探偵実話」7(10)'56.6 p72
　長恨白ゆり隊　　　33「探偵実話」8(2)'57.1増 p138
　娘を姦殺される兇悪漢
　　　　　　　　　33「探偵実話」8(6)'57.3 p78
　白衣の天使犯される
　　　　　　　　　33「探偵実話」13(2)'62.1増 p98

村松 梢風
　半玉《小説》　　　01「新趣味」17(1)'22.1 p146
　或日の大岡越前守《小説》
　　　　　　　　　03「探偵文芸」2(1)'26.1 p112

村松 剛
　ハードボイルド礼讃
　　　　　　　　　17「宝石」14(12)'59.10増 p12
　推理小説評論の難かしさ《座談会》
　　　　　　　　　17「宝石」15(8)'60.6 p244
　昨年度の推理小界を顧みて《座談会》
　　　　　　　　　17「宝石」16(2)'61.2 p288
　今月の創作評《座談会》
　　　　　　　　　17「宝石」17(1)'62.1 p274
　今月の創作評《座談会》
　　　　　　　　　17「宝石」18(1)'63.1 p290
　今月の創作評《座談会》
　　　　　　　　　17「宝石」18(9)'63.7 p194
　SFの流行について　27「別冊宝石」16(8)'63.9 p188
　曾野綾子さんへ　　27「別冊宝石」17(2)'64.2 p14

村松 正俊
　猫　　　　　　　　27「別冊宝石」12(4)'59.4 p24

村松 理妙
　そのボートに乗るな　33「探偵実話」9(13)'58.9 p102

村松 呂久良
　暴行部落　　　　　33「探偵実話」2(1)'50.12 p158
　ヒロポン窟の子供たち
　　　　　　　　　33「探偵実話」2(6)'51.5 p104
　雪洞に燃ゆる恋《小説》
　　　　　　　　　33「探偵実話」4(3)'53.3 p224

失われた妻の座席　33「探偵実話」4(7)'53.6 p158
穴道湖心中　　　　33「探偵実話」5(2)'54.2 p182
高校女生徒の失踪事件
　　　　　　　　　33「探偵実話」5(7)'54.6 p136
日本版『罪と罰』　33「探偵実話」5(12)'54.10 p108
宍道湖心中　　　　33「探偵実話」9(5)'58.3増 p224
ある女犯常習者の告白
　　　　　　　　　33「探偵実話」10(2)'59.1増 p142

村山 明子
　生きもの《小説》
　　　　　　　35「エロチック・ミステリー」4(11)'63.11 p130

村山 高見
　女に警戒せよ　　09「探偵小説」2(4)'32.4 p134

村山 徳五郎
　批評の方法　　　17「宝石」13(1)'58.1 p274
　選後雑感　　　　17「宝石」13(16)'58.12増 p220
　選後雑感　　　　17「宝石」15(3)'60.2 p109
　選後寸評　　　　17「宝石」16(3)'61.2増 p159
　宝石候補作を選考して《座談会》
　　　　　　　　　17「宝石」17(2)'62.1 p200
　《宝石短篇賞》候補作を選考して《座談会》
　　　　　　　　　17「宝石」18(2)'63.1増 p196
　選後寸評　　　　17「宝石」18(10)'63.7増 p235
　選評　　　　　　17「宝石」19(2)'64.1増 p301

村山 正夫
　社員募集のカラクリ
　　　　　　　　　32「探偵倶楽部」6(4)'55.4 p237

村山 有一
　秘密六人組の正体《小説》
　　　　　　　　　09「探偵小説」2(3)'32.3 p104
　二の腕に残る歯型の跡
　　　　　　　　　09「探偵小説」2(4)'32.4 p116
　職業別怪奇犯罪オリンピック競演
　　　　　　　　　09「探偵小説」2(6)'32.6 p206
　海外水辺犯罪ヴラエテイ
　　　　　　　　　09「探偵小説」2(7)'32.7 p222
　八月の興味犯罪ラインアップ
　　　　　　　　　09「探偵小説」2(8)'32.8 p148

ムルドツク, クリフトン
　アルカンサス殺人事件　07「探偵」1(7)'31.11 p197

室 淳介
　メスの恐怖　　　17「宝石」17(11)'62.9 p205

室井 馬琴
　塩の利権
　　　　　　　35「エロチック・ミステリー」2(12)'61.12 p34

室生 朝子
　山形の旅　　　　17「宝石」18(11)'63.8 p24

室岡 堯巳
　名刑事捕物座談会《座談会》
　　　　　　　　　33「探偵実話」1'50.5 p40

室町 二郎
　食れよ推理!　　　11「ぷろふいる」4(7)'36.7 p135
　好ましき探偵小説　11「ぷろふいる」4(8)'36.8 p132
　探偵小説の作風　　11「ぷろふいる」4(9)'36.9 p133
　とりとめのない話
　　　　　　　　　11「ぷろふいる」4(12)'36.12 p128

【め】

メイ, ダイヤモンド
　私は世界一の宝石女賊です
　　　　　　　　　35「ミステリー」5(5)'64.5 p32
メイガン, J
　闇の奇術師《小説》　09「探偵小説」2(2)'32.2 p58
目黒 明
　重役夫人の恐るべき情事
　　　　　　　　33「探偵実話」10(3)'59.1 p104
　旅役者に入れあげた女
　　　　　　　　33「探偵実話」10(7)'59.4 p165
　窃盗犯にされた女高生
　　　　　　　　33「探偵実話」10(8)'59.5 p231
　女を利用する詐欺魔
　　　　　　　　33「探偵実話」11(1)'59.12 p227
女銭 外二　→橋本五郎
　二十一番街の客《小説》
　　　　　　　　16「ロック」1(4)'46.8 p60
　印度手品《小説》　16「ロック」2(2)'47.2 p50
　面白い話　　　　　　23「真珠」1'47.4 p15
　朱楓林の没落《小説》　23「真珠」2'47.10 p4
　探偵小説の面白さと面白くなさ
　　　　　　　　　23「真珠」3'47.12 p19
メーソン, A・E・W
　矢の家《小説》　09「探偵小説」2(6)'32.6 p232
　ある男と置時計《小説》
　　　　　　　　27「別冊宝石」11(9)'58.11 p92
雌竜 学人
　毒草学　　　11「ぷろふいる」4(11)'36.11 p105
留伴亭　→土岐雄三
　伴奏者の秘密《小説》　25「Gメン」2(7)'48.6 p38
女々良 修　→関川周
　ネペンテス恐怖事件《小説》
　　　　　　　　27「別冊宝石」2(1)'49.4 p166
　九官鳥と死女《小説》
　　　　　　　　32「探偵クラブ」1(4)'50.12 p218
　体臭《小説》　32「探偵クラブ」2(1)'51.1 p203
　曲馬団を追う刑事〔原作〕《絵物語》
　　　　　　　　32「探偵倶楽部」9(13)'58.11 p305
メリック, L
　ヌーラン氏の不貞《小説》
　　　　　　　　32「探偵倶楽部」4(2)'53.3 p69
　ある晩の空想《小説》　17「宝石」9(11)'54.9 p62
　童話のプリンス《小説》
　　　　　　　　17「宝石」17(14)'62.11 p314
メリル, ジュディス
　生存者の船《小説》
　　　　　　　　27「別冊宝石」17(2)'64.2 p292
メンツェンガー, F・C
　広場の一隅で――《小説》
　　　　　　　　21「黒猫」2(10)'48.8 p20

【も】

モイ, ペター
　ダラレの秘密《小説》　04「探偵趣味」5'26.2 p57
藻岩 豊平
　犯罪落語考〈1〉　26「フーダニット」2(5)'48.8 p30
毛利 亜鈴
　或る贈物について《小説》
　　　　　　　　17「宝石」10(5)'55.3増 p55
毛利 甚之介
　遅かった十《小説》
　　　　　　　　11「ぷろふいる」3(4)'35.4 p100
茂木 茂
　アンケート《アンケート》
　　　　　　　　33「探偵実話」6(3)'55.2増 p72
杢 吸太
　母よ母と名乗れ《小説》
　　　　　　　　33「探偵実話」2(7)'51.6 p58
黙山人
　夜半の銃声《小説》　01「新趣味」18(1)'23.1 p104
母子野 青介
　［れふきうた］《猟奇歌》　06「猟奇」5(2)'32.2 p27
望月 一虎
　ストリップの素顔　33「探偵実話」7(7)'56.4 p260
　終夜喫茶　　　33「探偵実話」7(12)'56.7 p128
　灰色天国　　　33「探偵実話」8(10)'57.6 p70
　可笑温泉お色気探訪記
　　　　　　　　33「探偵実話」11(10)'60.7 p194
　筑波温泉お色気探訪記
　　　　　　　　33「探偵実話」11(12)'60.8 p127
　鶴巻温泉お色気探訪記
　　　　　　　　33「探偵実話」11(14)'60.10 p200
　若宮温泉お色気探訪記
　　　　　　　　33「探偵実話」12(4)'61.3 p210
　草津温泉お色気探訪記
　　　　　　　　33「探偵実話」12(8)'61.6 p148
　ローカル温泉お色気めぐり
　　　　　　　　33「探偵実話」12(9)'61.7 p198
　ローカル温泉お色気めぐり
　　　　　　　　33「探偵実話」12(11)'61.8 p130
　漫画探訪温泉記　33「探偵実話」13(5)'62.4 p121
　漫画探訪温泉記　33「探偵実話」13(6)'62.5 p147
望月 浩介
　剣と十手《詩》　06「猟奇」5(2)'32.2 p31
望月 衛
　女の欲望　　　27「別冊宝石」11(10)'58.12 p18
持丸 容子
　推理小説早慶戦《座談会》
　　　　　　　　17「宝石」13(8)'58.6 p256
茂津 有人
　スポーツ界への希望　17「宝石」5(1)'50.1 p266
本原 鱗太郎
　価値ある男　　33「探偵実話」13(6)'62.5 p164

本山 荻舟
　うまいものは?《対談》　　　25「X」3(7)'49.6 p56
　千人斬　　　　　33「探偵実話」4(2)'53.1増 p136
藻波 逸策
　新当麻寺縁起《小説》
　　　　　　　　　　16「ロック」4(3)'49.8別 p55
茂波 三郎
　恋の脱獄囚《小説》　　　24「妖奇」5(3)'51.3 p35
モーパッサン
　青い眼の男《小説》　　　21「黒猫」2(8)'48.6 p6
　ウインク《小説》　　24「妖奇」2(11)'48.10 p48
　手〔原作〕《絵物語》
　　　　　　　　　33「探偵実話」1(6)'50.11 p19
　恐怖〔原作〕《絵物語》
　　　　　　　　　33「探偵実話」2(1)'50.12 p19
　脂肪の塊〔原作〕《絵物語》
　　　　　　　　　33「探偵実話」2(6)'51.5 p15
　脂肪の塊《小説》
　　　　　　　　32「探偵倶楽部」3(10)'52.11 p145
　可愛いロークを殺した奴《小説》
　　　　　　　　　17「宝石」10(5)'55.3増 p118
　モワロン《小説》　　17「宝石」11(11)'56.8 p72
　ある男と置時計《小説》
　　　　　　　　　27「別冊宝石」11(9)'58.11 p92
モフェット
　不思議なカード《小説》
　　　　　　　　　　01「新趣味」17(3)'22.3 p36
モーム, サマセット
　踊子ジユリア・ラザリ
　　　　　　　　32「探偵倶楽部」6(11)'55.11 p112
　魔術師〈1〉《小説》　17「宝石」12(12)'57.9 p276
　魔術師〈2〉《小説》　17「宝石」12(13)'57.10 p288
　魔術師〈3〉《小説》　17「宝石」12(14)'57.11 p294
　魔術師〈4〉《小説》　17「宝石」12(16)'57.12 p285
　魔術師〈5〉《小説》　17「宝石」13(1)'58.1 p323
　魔術師〈6〉《小説》　17「宝石」13(2)'58.2 p329
　魔術師〈7・完〉《小説》
　　　　　　　　　　17「宝石」13(4)'58.3 p60
百川 一郎
　ベッシー殺人事件〈1〉
　　　　　　　　　26「フーダニット」2(1)'48.1 p26
　ベッシー殺人事件〈2〉
　　　　　　　　　26「フーダニット」2(2)'48.3 p29
　ベッシー殺人事件〈3・完〉
　　　　　　　　　26「フーダニット」2(3)'48.6 p28
桃川 三平
　お岩執念《小説》
　　　　　　　　32「探偵倶楽部」9(9)'58.7増 p276
百瀬 竜
　電話《小説》　　11「ぷろふいる」3(8)'35.8 p78
物部 立男
　女体を取引するサムライたち《座談会》
　　　　　　　　　33「探偵実話」10(2)'59.1増 p19
百村 浩
　気の弱い男《小説》　　　23「真珠」3 '47.12 p50
　目撃者《小説》　　27「別冊宝石」2(3)'49.12 p124
　餓狼《小説》　　　27「別冊宝石」2(3)'49.12 p552
　死者同行《小説》　　　24「妖奇」4(7)'50.7 p64

運命の陥穽《小説》　　24「妖奇」4(10)'50.10 p30
美しき被術者《小説》　　24「妖奇」5(1)'51.1 p97
氷の宿《小説》　　　　24「妖奇」5(4)'51.4 p106
駅にて《小説》　　　　24「妖奇」5(6)'51.6 p84
死者が殺す《小説》　　24「妖奇」5(8)'51.8 p38
戦前派《小説》　　　24「妖奇」5(11)'51.11 p70
偉大なる話《小説》
　　　　　　　　32「探偵クラブ」3(2)'52.2 p78
幽霊俥《小説》　　　24「妖奇」6(2)'52.2 p110
発光人間《小説》　33「探偵実話」3(5)'52.3 p168
脱獄《小説》　　　　24「妖奇」6(5)'52.5 p94
怖れの絆《小説》　32「探偵倶楽部」3(7)'52.8 p118
屍骸来訪《小説》　　24「妖奇」6(10)'52.10 p124
まむし《小説》　　24「トリック」7(1)'53.1 p52
モーラン, アルフレッド
　女を探せ　　　　　07「探偵」1(3)'31.7 p94
モーランド, ナイゲル
　月光殺人譜《小説》　15「探偵春秋」2(7)'37.7 p114
森 浅太郎
　女優さんの情事はこうだ!!
　　　　　　　　33「探偵実話」10(5)'59.3 p117
森 鴫涯
　れふすきとあらべすく　　06「猟奇」3(4)'30.5 p36
森 乾
　毒薬と貴婦人　　　17「宝石」11(16)'56.12 p148
　赤い小匣　　　　　17「宝石」12(3)'57.2 p204
森 九又
　マーケット殺人事件《小説》
　　　　　　　　　　25「Gメン」2(11)'48.11 p28
　百万円当籤者《小説》　25「X」3(3)'49.3 p16
　静かなる決闘《小説》　25「X」3(6)'49.5 p54
　手紙の秘密《小説》　　25「X」3(7)'49.6 p26
森 啓子
　女性と拳銃　　33「探偵実話」12(10)'61.7増 p104
森 健二
　逃げる男《小説》　　　25「X」3(11)'49.10 p34
森 三郎
　探偵作家の専売公社訪問記《座談会》
　　　　　　　　　17「宝石」13(1)'58.1 p176
森 繁太
　時計《小説》　　12「探偵文学」2(11)'36.11 p34
杜 しげ太
　きうり先生の推理《小説》
　　　　　　　　　12「シュピオ」3(2)'37.2 p17
森 繁行
　酒はナミダか気狂いか
　　　　　35「エロティック・ミステリー」2(2)'61.2 p202
森 駿鈴
　諸家の探偵趣味映画観《アンケート》
　　　　　　　　05「探偵・映画」1(1)'27.10 p65
　予言者の死《小説》
　　　　　　　　05「探偵・映画」1(1)'27.10 p88
　探偵小説界の傾向と最近の快作《アンケート》
　　　　　　　　05「探偵・映画」1(2)'27.11 p54
茂利 樹夫
　未完の遺書《小説》
　　　　　　　　　27「別冊宝石」11(2)'58.2 p240

もりし

森 比呂志
ふんどし騒動《小説》
  32「探偵クラブ」1(2)'50.10 p262, 277, 283, 291, 293

森 信
咽喉仏のある女《小説》
  20「探偵よみもの」40 '50.8 p105

森 譲
本格探偵小説の将来　17「宝石」12(4)'57.3 p204

森 芳太郎
写真術十二講〈1〉　01「新趣味」17(1)'22.1 p181
写真術十二講〈2〉　01「新趣味」17(2)'22.2 p100
懸賞写真選評　　　01「新趣味」17(2)'22.2 p106
写真術十二講〈3〉　01「新趣味」17(3)'22.3 p286

森 律子
英国式のジエントルマン
  01「新趣味」17(1)'22.1 p39
舞台より観客へ《アンケート》
  01「新趣味」17(3)'22.3 p114

森 竜蘭
古今奇談英草紙　　19「仮面」3(3)'48.5 p12

杜 伶二
葉巻煙草に救はれた話《小説》
  02「秘密探偵雑誌」1(1)'23.5 p35
これでも生きてゐる　16「ロック」1(1)'46.3 p44

森 若狭
梅干壺の嬰児　　　11「ぷろふいる」1(1)'33.5 p54

森川 太平
よろめく未亡人の生態
  33「探偵実話」8(16)'57.11 p98
嵐の夜の密会　　　33「探偵実話」9(7)'58.4 p64
若妻殺人事件　　　33「探偵実話」9(12)'58.8 p266
女は魔物だ　　　　33「探偵実話」11(1)'59.12 p80

森川 哲郎
平沢獄中の手記　　33「探偵実話」8(16)'57.11 p48
女浅間山の美少女殺しの真相
  33「探偵実話」9(1)'57.12 p56
拷問と誤判の実情《座談会》
  33「探偵実話」9(1)'57.12 p238
愛新覚羅一族の悲劇　33「探偵実話」9(3)'58.1 p46
処女の抵抗　　　　33「探偵実話」9(2)'58.1増 p242
死刑囚怒りの獄中日記
  33「探偵実話」9(4)'58.2 p242
女体密輸の外人紳士
  33「探偵実話」9(6)'58.3 p228
プリンセスの受難　33「探偵実話」9(5)'58.3増 p28
吸血鬼に躍らされた東京ワイフ
  33「探偵実話」9(7)'58.4 p196
硫酸浴びた好色大佐
  33「探偵実話」9(8)'58.5増 p144
ハイティーンは犯罪がお好き？
  33「探偵実話」11(3)'60.1 p220
第三の殺人《小説》
  33「探偵実話」11(11)'60.8増 p306
心霊殺人事件《小説》
  33「探偵実話」11(13)'60.9 p140
宝石殺人事件《小説》
  33「探偵実話」11(16)'60.11 p166
拳銃犯罪史　　　　33「探偵実話」12(10)'61.7増 p50

丸正事件の黒い真相
  33「探偵実話」13(4)'62.3 p84
死者の指《小説》　33「探偵実話」13(9)'62.7 p18
完全犯罪者の詩《小説》
  33「探偵実話」13(11)'62.9 p206

杜史 由樹生
出放題　　　　　　04「探偵趣味」8 '26.5 p29

森繁 久弥
天眼鏡から覗いた森繁久弥《対談》
  33「探偵実話」7(12)'56.7 p111

森下 雨村→佐川春風
汽車の中から　　　04「探偵趣味」1 '25.9 p19
『探偵趣味』問答《アンケート》
  04「探偵趣味」4 '26.1 p49
「うなたん」漫談〈1〉　04「探偵趣味」5 '26.2 p3
「うたなん」漫談〈2〉　04「探偵趣味」7 '26.4 p6
［喫茶室］　　　　04「探偵趣味」13 '26.11 p45
クローズ・アップ《アンケート》
  04「探偵趣味」15 '27.1 p49
探偵小説界の傾向と最近の快作《アンケート》
  05「探偵・映画」1(2)'27.11 p54
本年度印象に残れる作品、来年度ある作家への希望
《アンケート》
  04「探偵趣味」26 '27.12 p62
霜月座談会《座談会》
  04「探偵趣味」4(1)'28.1 p62
不木博士の実験室　06「猟奇」2(7)'29.7 p41
タダ一つ神もし許し賜はゞ…《アンケート》
  06「猟奇」4(3)'31.5 p69
［「世界観光団の殺人事件」解説］
  09「探偵小説」1(2)'31.10 p1
近頃の偶感　　　　09「探偵小説」2(4)'32.4 p10
殺人迷路《小説》　10「探偵クラブ」2(4)'32.4 p6
一寸した感想　　　10「探偵クラブ」2 '32.5 p2
奇才横溝正史　　　10「探偵クラブ」3 '32.6 p24
井上先生のこと　　10「探偵クラブ」5 '32.10 p4
長篇作家たるべき人　10「探偵クラブ」6 '32.11 p19
ぷろふいるに寄する言葉
  11「ぷろふいる」1(1)'33.5 p38
水谷準を語る　　　11「ぷろふいる」1(8)'33.12 p55
二つの詩　　　　　11「ぷろふいる」2(1)'34.1 p92
「軽い文学」の方向へ
  11「ぷろふいる」3(1)'35.1 p125
監輯者の一人として　13「クルー」2 '35.11 p26
ハガキ回答《アンケート》
  11「ぷろふいる」3(12)'35.12 p44
木々高太郎君に　　11「ぷろふいる」4(1)'36.1 p111
寸感　　　　　　　11「ぷろふいる」4(1)'36.1 p137
悼惜、辞なし　　　14「月刊探偵」2(4)'36.5 p66
ハガキ回答《アンケート》
  11「ぷろふいる」5(4)'37.4 p44
三つのスリル　　　12「シュピオ」1(1)'38.1 p15
我が一日の生活　　19「ぷろふいる」1(2)'46.12 p38
鼠と遊ぶ男　　　　16「ロック」2(1)'47.1 p90
天誅　　　　　　　16「ロック」2(2)'47.2 p4
彼、今在らば―　　22「新探偵小説」1(1)'47.4 p35
創刊号に寄す　　　22「新探偵小説」1(2)'47.6 p23
運命の茶房《小説》　18「トップ」2(5)'47.9 p1

もりす　執筆者名索引

ハガキ回答《アンケート》
　　　　　　　　25「Gメン」1(1)'47.10 p22
消える男　　　　25「Gメン」1(3)'47.12 p24
シヤグラン倶楽部　19「ぷろふいる」2(3)'47.12 p30
温故録〈1〉　　22「新探偵小説」5 '48.2 p38
勝負《小説》　　25「Gメン」2(2)'48.2 p47
幻影を追ふて　　23「真珠」2(4)'48.3 p15
珍客《小説》　　24「妖奇」2(5)'48.4 p32
悲恋　　　　　　19「仮面」3(3)'48.5 p1
深夜の冒険〈1〉《小説》17「宝石」3(4)'48.5 p24
温故録〈2〉　　22「新探偵小説」2(2)'48.5 p29
深夜の冒険〈2〉《小説》17「宝石」3(5)'48.6 p28
温故録〈3〉　　22「新探偵小説」2(4)'48.6 p34
四つの眼《小説》　24「妖奇」2(8)'48.7 p5
温故録〈4〉　　22「新探偵小説」2(4)'48.7 p32
深夜の冒険〈3・完〉《小説》
　　　　　　　　17「宝石」3(6)'48.8 p58
襟巻騒動《小説》　24「妖奇」3(3)'49.3 p52
「赤毛」と「樽」　27「別冊宝石」2(1)'49.4 p80
少年文学への功績　17「宝石」4(2)'49.6 p34
救はれた男《小説》24「妖奇」4(1)'50.1 p115
海底探偵志願　　17「宝石」5(1)'50.1 p349
宝石犯罪集〈1〉　17「宝石」5(6)'50.6 p24
宝石犯罪集〈2〉　17「宝石」5(7)'50.7 p58
宝石犯罪集〈3〉　17「宝石」5(8)'50.8 p65
「鬼」を祝ふ　　34「鬼」2 '50.11 p5
アンケート《アンケート》
　　　　　　　　17「宝石」6(11)'51.10増 p174
コンスタンス・ケント事件
　　　　　　　　24「妖奇」6(4)'52.4 p60
老編集者の思い出
　　　　　　　　33「探偵実話」3(11)'52.9増 p151
日本探偵小説界創生期を語る《座談会》
　　　　　　　　17「宝石」8(1)'53.1 p178
三十六年前　　　27「別冊宝石」7(9)'54.11 p143
甲賀三郎の悲鳴　17「宝石」11(1)'56.1 p78
森下雨村氏より　17「宝石」12(13)'57.10 p286
「新青年」歴代編集長座談会《座談会》
　　　　　　　　17「宝石」12(16)'57.12 p98
アンケート《アンケート》
　　　　　　　　17「宝石」13(5)'58.4 p201
高知だより　　　17「宝石」15(4)'60.3 p60
慶祝　　　　　　17「宝石」17(1)'62.1 p139
最初と最後─妹尾君を悼む─
　　　　　　　　17「宝石」17(7)'62.6 p157
勿体ないガイド嬢
　　　　　　　　35「エロチック・ミステリー」3(9)'62.9 p30

モーリス, G・B
ネロへの報復　　33「探偵実話」2(12)'51.11 p130

モーリス, ガヴァヌール
恐怖《小説》　　01「新趣味」18(2)'23.2 p238
ネクタイを結ぶ足《小説》
　　　　　　　　09「探偵小説」2(6)'32.6 p146

森須 留兵
墓場の母《小説》　04「探偵趣味」4(2)'28.2 p18
E公園の殺人《小説》04「探偵趣味」4(9)'28.9 p22

モリスン, アーサー
蔦の家の惨劇《小説》
　　　　　　　　01「新趣味」17(12)'22.12 p2
人非人《小説》　04「探偵趣味」22 '27.8 p70

黒手組余話《小説》15「探偵春秋」2(7)'37.7 p122
緑色ダイヤ〈1〉《小説》
　　　　　　　　32「探偵倶楽部」4(5)'53.5 p234
緑色ダイヤ〈2〉《小説》
　　　　　　　　32「探偵倶楽部」4(6)'53.6 p234
緑色ダイヤ〈3〉《小説》
　　　　　　　　32「探偵倶楽部」4(7)'53.7 p294
緑色ダイヤ〈4〉《小説》
　　　　　　　　32「探偵倶楽部」4(8)'53.8 p176
緑色ダイヤ〈5〉《小説》
　　　　　　　　32「探偵倶楽部」4(9)'53.9 p60
緑色ダイヤ〈6〉《小説》
　　　　　　　　32「探偵倶楽部」4(10)'53.10 p194
緑色ダイヤ〈7〉《小説》
　　　　　　　　32「探偵倶楽部」4(11)'53.11 p102
緑色ダイヤ〈8〉《小説》
　　　　　　　　32「探偵倶楽部」4(12)'53.12 p158
緑色ダイヤ〈9・完〉《小説》
　　　　　　　　32「探偵倶楽部」5(1)'54.1 p234
レントン荘盗難事件《小説》
　　　　　　　　27「別冊宝石」7(5)'54.6 p234

守田 有秋
老賊の遺品　　　07「探偵」1(7)'31.11 p168

森田 有彦
サイボーグ《小説》17「宝石」18(9)'63.7 p140

森田 恵世子
魅せられた男《小説》
　　　　　　　　32「探偵倶楽部」5(9)'54.9 p80

守田 勘弥
推理忠臣蔵
　　　　　　　　35「エロチック・ミステリー」2(12)'61.12 p37

森田 耕一郎
ポスト《小説》　11「ぷろふいる」4(1)'36.1 p120

森田 広二
強いられた誘惑　33「探偵実話」10(12)'59.8 p100

森田 定治
遠い死《小説》　17「宝石」16(3)'61.2増 p304

森田 草平
深夜の百貨店《小説》24「妖奇」3(5)'49.5 p56

森田 たま
アンケート《アンケート》
　　　　　　　　17「宝石」12(10)'57.8 p216

森田 みね子
活動の大通が云つた　01「新趣味」17(1)'22.1 p54
チャップリンの手紙　01「新趣味」17(3)'22.3 p280

森田 有郎
複製人間《小説》　17「宝石」16(12)'61.11 p140

守田 豊
尾上九朗右衛門　32「探偵倶楽部」4(9)'53.9 p269

守田 柳太郎
旅役者と女パトロン
　　　　　　　　33「探偵実話」10(6)'59.4増 p236

守友 恒
孤島綺談《小説》　17「宝石」1(6・7)'46.10 p54
誰が殺したか《小説》17「宝石」3(4)'48.5 p6
誰が殺したか〈2・完〉《小説》
　　　　　　　　17「宝石」3(5)'48.6 p48
神響《小説》　　25「X」3(1)'49.1 p50

第三の林檎〈2〉《小説》
　　　　　　　　　　　18「トップ」4(2)'49.6 p44
灰色の犯罪《小説》　17「宝石」— '49.7 p333
暦、新らたなれど　　17「宝石」5(1)'50.1 p263
人を殺した女《小説》 17「宝石」5(3)'50.3 p78
影ある男《小説》　　17「宝石」6(6)'51.6 p90
まぼろし《小説》　32「探偵クラブ」2(5)'51.7 p167
焔のごとく《小説》
　　　　　　　　32「探偵クラブ」2(7)'51.8増 p59
灰土夫人《小説》　　17「宝石」6(9)'51.9 p164
自殺殺人事件《脚本》 17「宝石」6(10)'51.10 p179
アンケート《アンケート》
　　　　　　　　　17「宝石」6(11)'51.10増 p170
アンケート《アンケート》
　　　　　　　　　17「宝石」7(1)'52.1 p85
風《小説》　　　　　17「宝石」7(1)'52.1 p144
誰も知らない《小説》
　　　　　　　　　33「探偵実話」3(6)'52.5 p138
人を殺した女《小説》
　　　　　　　　32「探偵倶楽部」3(6)'52.6 p239
鬼火《小説》　　32「探偵倶楽部」3(7)'52.8 p134
靄の中《小説》　　　17「宝石」8(9)'53.8 p252
森永 武治
　十年の歳月　　　　17「宝石」17(16)'62.12 p102
モリナロ, オカール
　STAGE　　　　　　17「宝石」15(9)'60.7 p177
　STAGE　　　　　　17「宝石」15(10)'60.8 p151
　STAGE　　　　　　17「宝石」15(11)'60.9 p235
　STAGE　　　　　　17「宝石」15(12)'60.10 p193
　STAGE　　　　　　17「宝石」15(13)'60.11 p239
　STAGE　　　　　　17「宝石」15(14)'60.12 p253
　STAGE　　　　　　17「宝石」16(1)'61.1 p133
　Stage　　　　　　17「宝石」16(2)'61.2 p135
　stage　　　　　　17「宝石」16(4)'61.3 p121
　stage　　　　　　17「宝石」16(5)'61.4 p163
　stage　　　　　　17「宝石」16(6)'61.5 p85
　stage　　　　　　17「宝石」16(7)'61.6 p203
　stage　　　　　　17「宝石」16(8)'61.7 p135
　stage　　　　　　17「宝石」16(9)'61.8 p265
　stage　　　　　　17「宝石」16(10)'61.9 p227
　stage　　　　　　17「宝石」16(11)'61.10 p199
　stage　　　　　　17「宝石」16(12)'61.11 p161
　stage　　　　　　17「宝石」16(13)'61.12 p237
　stage　　　　　　17「宝石」17(1)'62.1 p205
　stage　　　　　　17「宝石」17(3)'62.2 p235
　stage　　　　　　17「宝石」17(4)'62.3 p167
　stage　　　　　　17「宝石」17(5)'62.4 p211
　stage　　　　　　17「宝石」17(6)'62.5 p203
　stage　　　　　　17「宝石」17(7)'62.6 p97
　stage　　　　　　17「宝石」17(9)'62.7 p199
　stage　　　　　　17「宝石」17(10)'62.8 p131
　stage　　　　　　17「宝石」17(11)'62.9 p141
　stage　　　　　　17「宝石」17(13)'62.10 p247
　stage　　　　　　17「宝石」17(14)'62.11 p21
　stage　　　　　　17「宝石」17(16)'62.12 p245
森本 ヤス子
　夫人点描　　　27「別冊宝石」12(2)'59.2 p23
　月夜《小説》　27「別冊宝石」12(12)'59.12 p224
森谷 隆男
　仏像の盗難《小説》　16「ロック」2(3)'47.3 p58

守屋 哲
　早婚・其の他　　　06「猟奇」5(2)'32.2 p32
　卵の幻惑　　　　　06「猟奇」5(4)'32.4 p10
守安 新二郎
　妖婦手帳《小説》　24「妖奇」3(2)'49.2 p36
　女狼《小説》　　　25「X」3(8)'49.7 p42
守安 麗之助
　国際都市風土記　15「探偵春秋」2(8)'37.8 p9
森山 加代子
　白いハイヒール　17「宝石」15(14)'60.12 p36
森山 俊平
　絵馬裏の遺書《小説》
　　　　　　　　27「別冊宝石」5(10)'52.12 p72
森山 四郎
　奇抜な血闘　　　　24「妖奇」2(1)'48.1 p38
モルナー, フレンツ（モルナアル, フエレンツ）
　世にもつとも恐ろしい女《小説》
　　　　　　　　　　06「猟奇」2(1)'29.1 p51
　私ぢやない《小説》　16「ロック」1(6)'46.12 p70
モルナア, フランク
　中傷《脚本》　　　03「探偵文芸」3(1)'27.1 p46
毛呂 紹助
　浅草の実態《座談会》
　　　　　　　　　33「探偵実話」4(5)'53.4 p139
諸岡 美津子
　女のおしゃれ　　17「宝石」14(14)'59.12 p24
諸岡 存
　奇病論　　　　11「ぷろふいる」4(8)'36.8 p93
諸岡 美津子
　アクセサリーの選び方　17「宝石」14(8)'59.7 p24
　女のおしゃれ　　　17「宝石」14(9)'59.8 p24
　男のおしゃれ　　　17「宝石」14(10)'59.9 p24
　女のおしゃれ　　　17「宝石」14(11)'59.10 p24
　女のおしゃれ　　　17「宝石」14(13)'59.11 p24
　女のおしゃれ　　　17「宝石」15(1)'60.1 p20
　女のおしゃれ　　　17「宝石」15(2)'60.2 p20
　女のおしゃれ　　　17「宝石」15(4)'60.3 p20
諸口 悦久
　易占と推理性を語る座談会《座談会》
　　　　　　　　　　17「宝石」5(7)'50.7 p122
諸口 十九
　『探偵趣味』問答《アンケート》
　　　　　　　　　　04「探偵趣味」4 '26.1 p50
諸橋 三郎
　逆立ち花嫁の話　　35「ミステリー」5(2)'64.2 p139
モン, マリアンヌ
　古城の棲息者《小説》　17「宝石」11(1)'56.1 p242
門 武蘭
　殺人はそこで行われた《小説》
　　　　　　　　33「探偵実話」8(11)'57.7 p96
モンタニイ, C・S
　血に洗はれた宝石《小説》
　　　　　　　　02「秘密探偵雑誌」1(2)'23.6 p88
　怪盗と紅玉《小説》　09「探偵小説」2(3)'32.3 p164
門叶 宗雄
　首途に寄せて　　　26「フーダニット」1(1)'47.11 p5

【や】

弥
- 宝石映写室　　17「宝石」7(4)'52.4 p137
- 宝石映写室　　17「宝石」7(4)'52.4 p197
- 新映画紹介　　27「別冊宝石」5(7)'52.7 p51
- 新映画紹介　　27「別冊宝石」5(7)'52.7 p121

八重野 潮路　→西田政治
- 弟の話　　04「探偵趣味」3 '25.11 p36
- 古書探偵趣味抄　　04「探偵趣味」8 '26.5 p38
- 猟奇漫談　　06「猟奇」2(4)'29.4 p30
- 二つの中の一つ　　06「猟奇」2(6)'29.6 p23
- 檜山仙介手控帖《小説》　　06「猟奇」2(8)'29.8 p23
- 紅毛猟奇雑話　　06「猟奇」2(10)'29.10 p25
- 猟奇世間噺　　06「猟奇」3(2)'30.3 p10
- 外套事件《小説》　　06「猟奇」3(3)'30.4 p24
- 檜山仙介の緊縮政策《小説》　　06「猟奇」4(1)'31.3 p40
- 檜山仙介の日記《小説》　　06「猟奇」4(3)'31.5 p80
- 夢と珈琲　　11「ぷろふいる」1(2)'33.6 p70
- 電話の声　　11「ぷろふいる」1(4)'33.8 p61
- 新妻の推理《小説》　　11「ぷろふいる」1(8)'33.12 p118
- 入学試験問題　　11「ぷろふいる」3(8)'35.8 p81
- 入学試験問題　　11「ぷろふいる」3(9)'35.9 p88
- 入学試験問題　　11「ぷろふいる」3(10)'35.10 p143
- 入学試験問題　　11「ぷろふいる」3(11)'35.11 p112
- ぷろふいる大学入学試験問題　　11「ぷろふいる」3(12)'35.12 p82
- 紙魚禿筆　　11「ぷろふいる」4(12)'36.12 p106
- 真珠塔　　23「真珠」1 '47.4 p28
- 真珠塔　　23「真珠」2 '47.10 p29
- 真珠塔　　23「真珠」3 '47.12 p36
- 真珠塔　　23「真珠」2(4)'48.3 p11
- 真珠塔　　23「真珠」2(6)'48.6 p22

矢掛 節夫
- 未亡人二十日間の情炎　　33「探偵実話」9(16)'58.11 p167

矢掛 充男
- 第2の初夜に崩れた未亡人　　33「探偵実話」9(15)'58.10 p146
- 横恋慕の暴力　　33「探偵実話」10(2)'59.1増 p64
- 色欲高利貸の最期　　33「探偵実話」10(4)'59.2 p258
- 宝石を盗んだ情痴女犯　　33「探偵実話」10(6)'59.4増 p92
- 邪恋に殺された高校生　　33「探偵実話」10(16)'59.11 p199

矢木 武夫
- 海賊マラッカの汪《小説》　　24「妖奇」6(9)'52.9 p53

八木 千枝
- "事件記者"はなぜヒットした?《座談会》　　33「探偵実話」10(10)'59.7増 p211

八木 酉次
- 浅草の実態《座談会》　　33「探偵実話」4(5)'53.4 p139

八木 春郎
- 印度王女の贋物　　03「探偵文芸」2(12)'26.12 p45

八木 史夫
- ダイヤモンド協会《小説》　　27「別冊宝石」10(1)'57.1 p200

八木 豊
- 合評・一九二八年《座談会》　　06「猟奇」1(7)'28.12 p14

矢口 喬
- ゆきずりの女《小説》　　33「探偵実話」5(13)'54.11 p251

八阪 明元
- 少年審判所風景　　09「探偵小説」2(2)'32.2 p107

矢沢 友明
- 引揚妻の悲劇　　32「探偵倶楽部」4(5)'53.5 p57
- 紫水晶の秘密　　32「探偵倶楽部」4(8)'53.8 p124

椰子 力
- 悪魔のような女《小説》　　27「別冊宝石」10(1)'57.1 p368
- 入選者の言葉　　17「宝石」12(5)'57.4 p105

矢島 義雄
- 鉄の棒で《小説》　　27「別冊宝石」10(1)'57.1 p230
- 靴屋の小僧《小説》　　27「別冊宝石」11(2)'58.2 p312

野代 真一
- いわでのもこと　　27「別冊宝石」12(12)'59.12 p28

弥次郎兵衛、喜多八
- P・O・Pの御定連よ 大きなことを云ふな!　　11「ぷろふいる」2(12)'34.12 p75

ヤーシンスキイ, E
- 人造運命の支配者《小説》　　32「探偵倶楽部」6(6)'55.6 p48

安岡 アキラ
- 浅草ぶらっ記　　33「探偵実話」7(13)'56.8 p226

安岡 章太郎
- 不思議な男　　17「宝石」14(5)'59.5 p54

やすし
- 気になること　　04「探偵趣味」7 '26.4 p11

安田 樹四郎
- 中華街の殺人《小説》　　33「探偵実話」2(1)'50.12 p186
- ミナト横浜の三悪を衝く!!《座談会》　　33「探偵実話」8(16)'57.11 p70

安田 源四郎
- 肉体の代償　　33「探偵実話」3(6)'52.5 p186
- 女は据膳を繰返さず　　33「探偵実話」3(6)'52.6 p150
- 死体の声　　33「探偵実話」3(8)'52.7 p93
- マドロスの恋　　33「探偵実話」3(9)'52.8 p80
- 人生の係蹄　　33「探偵実話」3(10)'52.9 p186
- 人妻善人　　33「探偵実話」3(12)'52.10 p234
- アスク金山詐欺事件の顛末　　33「探偵実話」3(13)'52.11 p78
- 金と力　　33「探偵実話」3(14)'52.12 p94
- 生き埋めは叫ぶ　　33「探偵実話」4(1)'53.1 p204
- 愛は民族を超えて《小説》　　33「探偵実話」4(3)'53.2 p158

やなき

修道院の十二号室　　　33「探偵実話」4(7)'53.6 p172
海峡の放浪者　　　　　33「探偵実話」4(8)'53.7 p88
安田 重夫
　妻を語る　　　　　　17「宝石」18(3)'63.2 p171
安地 善助
　今外国にはどんな犯罪が起きているか
　　　　　　　　　　　26「フーダニット」1(1)'47.11 p11
安永 一郎
　軸《小説》　　　　　17「宝石」10(2)'55.1増 p142
　河吉の話《小説》　　17「宝石」11(2)'56.1増 p24
　旅の男《小説》　　　27「別冊宝石」10(1)'57.1 p338
　入選者の言葉　　　　17「宝石」12(5)'57.4 p106
　名投手《小説》　　　17「宝石」12(8)'57.6 p32
　翻訳家への希望　　　17「宝石」12(9)'57.7 p232
　針の孔から《小説》　17「宝石」13(4)'58.3 p284
　復讐墓参《小説》　　17「宝石」13(16)'58.12増 p100
　感想　　　　　　　　17「宝石」14(4)'59.4 p225
　燈台下暗し《小説》　17「宝石」14(14)'59.12 p248
安永 一
　呉清源と藤沢庫之助
　　　　　　　　　　　27「別冊宝石」3(2)'50.4 p256
安成 二郎
　探偵小説昔ばなし　　17「宝石」8(3)'53.4 p122
矢田 喜美雄
　ウイスキー毒殺犯 蓮見敏
　　　　　　　　　　　17「宝石」6(10)'51.10 p96
矢田 貴美雄
　アリューシャン初出漁同乗記
　　　　　　　　　　　32「探偵倶楽部」3(9)'52.10 p20
矢田 五郎
　狂った女子社員の貞操
　　　　　　　　　　　33「探偵実話」10(16)'59.11 p148
　売春婦をあやつる女　33「探偵実話」11(3)'60.1 p262
　痴態に生きる詐欺女
　　　　　　　　　　　33「探偵実話」11(2)'60.1増 p203
　女体と金を横領した男
　　　　　　　　　　　33「探偵実話」11(4)'60.2 p172
屋田 博
　宝石あちらこちら　　17「宝石」5(12)'50.12 p186
矢田 洋
　銀座巴里《小説》　　27「別冊宝石」3(1)'50.2 p435
　生きているピエロ《小説》
　　　　　　　　　　　27「別冊宝石」4(2)'51.12 p379
　毒薬と踊子《小説》　32「探偵クラブ」3(2)'52.4 p225
　怪人二十面相物語《小説》
　　　　　　　　　　　27「別冊宝石」5(4)'52.5 p273
ヤッフェ, ジェームズ
　皇帝の茸《小説》　　17「宝石」13(4)'58.3 p100
八戸 茂
　灰色の家《小説》　　24「妖奇」3(11)'49.10 p11
耶止 説夫
　陰影《小説》　　　　24「妖奇」1(3)'47.9 p15
　瞑る屍体《小説》　　21「黒猫」1(5)'47.12 p2
　殺人舞台《小説》　　22「新探偵小説」5'48.2 p7
　水口屋騒動《小説》　23「真珠」2(4)'48.3 p26
　遠眼鏡《小説》　　　23「真珠」2(5)'48.4 p4

福助女房《小説》　　　17「宝石」7(10)'52.10 p202
南都騒動記《小説》　　27「別冊宝石」6(1)'53.1 p222
難波裸女供養《小説》　27「別冊宝石」6(4)'53.6 p182
伏見裸女祭《小説》　　27「別冊宝石」6(6)'53.9 p192
陰影《小説》　　　　　17「宝石」8(12)'53.10 p168
鈴鹿鬼退治《小説》　　17「宝石」9(1)'54.1 p242
数寄屋橋《小説》　　　17「宝石」9(2)'54.2 p144
亀山六万石《小説》　　27「別冊宝石」7(3)'54.4 p174
夏姿人形供養《小説》
　　　　　　　　　　　27「別冊宝石」7(7)'54.9 p150
奈落の男女《小説》　　17「宝石」10(5)'55.3 p204
ドマン通り《小説》　　17「宝石」11(5)'56.3増 p208
銀座三原橋《小説》　　17「宝石」11(13)'56.9増 p238
女体クリスマス《小説》
　　　　　　　　　　　17「宝石」12(2)'57.1増 p178
何故と訊くなかれ《小説》
　　　　　　　　　　　17「宝石」12(6)'57.4増 p138
柳 安西
　［れふきうた］《猟奇歌》　06「猟奇」5(3)'32.3 p8
柳 桜楓
　探偵小説春秋　　　　14「月刊探偵」2(6)'36.7 p62
柳 八郎
　クイーンを語る　　　14「月刊探偵」1(1)'35.12 p18
　シメノン登場　　　　14「月刊探偵」2(1)'36.1 p22
　当りくじ殺人事件　　14「月刊探偵」2(3)'36.4 p28
　「廃人団」の作者　　14「月刊探偵」2(5)'36.6 p63
　めりけんものは？　　14「月刊探偵」2(6)'36.7 p35
柳 泰雄
　スパイ＆スパイ　　　17「宝石」18(12)'63.9 p234
　赤毛のタフ・ガイ
　　　　　　　　　　　27「別冊宝石」16(9)'63.10 p288
　Ｎ・タイヤーさんへ
　　　　　　　　　　　27「別冊宝石」17(2)'64.2 p226
柳田 泉
　探偵小説の読始　　　15「探偵春秋」1(1)'36.10 p15
　随筆探偵小説史稿〈1〉
　　　　　　　　　　　15「探偵春秋」1(3)'36.12 p48
　随筆探偵小説史稿〈2〉
　　　　　　　　　　　15「探偵春秋」2(1)'37.1 p78
　随筆探偵小説史稿〈3〉
　　　　　　　　　　　15「探偵春秋」2(3)'37.3 p26
　随筆探偵小説史稿〈4〉
　　　　　　　　　　　15「探偵春秋」2(4)'37.4 p150
　随筆探偵小説史稿〈5〉
　　　　　　　　　　　15「探偵春秋」2(7)'37.7 p64
　随筆探偵小説史稿〈6〉
　　　　　　　　　　　15「探偵春秋」2(8)'37.8 p23
　探偵小説とわたし
　エドガー・ウォレスのこと
　　　　　　　　　　　17「宝石」6(12)'51.11 p32
　乱歩氏へのお願い　　27「別冊宝石」7(9)'54.11 p108
柳田 勝節
　ヒギンスの頭　　　　14「月刊探偵」2(5)'36.6 p44
柳田 国男
　泣く子と放送局には勝てない話
　　　　　　　　　　　33「探偵実話」10(7)'59.4 p201
柳田 良男
　私は夜を持ちたくない！
　　　　　　　　　　　33「探偵実話」10(6)'59.4増 p158

841

やなき　　執筆者名索引

柳原 燁子
　女性世界の拡大　　　　　04「探偵趣味」6 '26.3 p3
柳原 緑風
　黒岩涙香を偲ぶ座談会《座談会》
　　　　　　　　　　　　17「宝石」9(6) '54.5 p70
柳家 権太桜
　あなたは狙はれてゐる《アンケート》
　　　　　　　　　20「探偵よみもの」30 '46.11 p22
築島 庄平
　帝都防衛特攻隊　　32「探偵倶楽部」3(9) '52.10 p140
やなせ・たかし
　MR.USUPERAIの最後《小説》
　　　　　　　　　17「宝石」15(10) '60.8 p244
　急性オッチョコイ氏病
　　　　　　　　　17「宝石」15(13) '60.11 p306
　MR.USUPPERAIの最期《小説》
　　　　　　　　　27「別冊宝石」14(4) '61.7 p140
梁取 三義
　霊魂博士《小説》　　　17「宝石」12(3) '57.2 p36
　霊媒殺人事件《小説》　17「宝石」12(5) '57.4 p108
　女獣医師《小説》　17「宝石」12(11) '57.8増 p162
柳沼 鶴松
　名物男の死　　　01「新趣味」17(11) '22.11 p228
矢野 庄介
　人殺し六十三回
　　　　　35「エロティック・ミステリー」2(6) '61.6 p213
矢野 徹
　科学小説は面白い　　　17「宝石」9(5) '54.4 p334
　新しい英米の科学小説　17「宝石」10(3) '55.2 p106
　科学の怪談《座談会》
　　　　　　　　　33「探偵実話」7(14) '56.9 p246
　女嫌い《小説》　　33「探偵実話」8(4) '57.2 p260
　そして戦は終った《小説》
　　　　　　　　　33「探偵実話」8(10) '57.6 p232
　東京に現れたハインライン
　　　　　　　　　17「宝石」13(3) '58.2 p216
　逃げた科学者《小説》
　　　　　　　　　33「探偵実話」9(4) '58.2 p38
　沈める鐘　32「探偵倶楽部」10(1) '59.1 p164
　星新一のオナラ　　17「宝石」16(8) '61.7 p133
矢野 類
　発光人間《小説》　27「別冊宝石」2(3) '49.12 p278
　恐怖《小説》　　　17「宝石」6(2) '51.2 p78
　アンケート《アンケート》
　　　　　　　　　17「宝石」7(1) '52.1 p88
矢納 倫一
　恐怖《小説》　　17「宝石」15(3) '60.2増 p96
矢野目 源一
　当不当八掛善哉　　　17「宝石」3(1) '48.1 p2
　風流お笑い草紙　　　23「真珠」2(5) '48.4 p31
　風流お笑い草紙　　　23「真珠」2(6) '48.6 p24
　風流有頂天物語　　　23「真珠」2(7) '48.8 p15
　風流有頂天物語　29「探偵趣味」(戦後版) '49.1 p16
　秘密クラブ　　　　25「X」3(3) '49.4 p49
　アラビヤンナイト《小説》25「X」3(8) '49.7 p40
　好色変性　　　33「探偵実話」4(8) '53.7 p116
矢作 京一
　恋文《小説》　　19「ぷろふいる」2(1) '47.4 p37

鯉ケ池の奇蹟《小説》
　　　　　　　　22「新探偵小説」1(3) '47.7 p47
　宝石《小説》　　　23「真珠」2(7) '48.8 p26
八幡 丈郎
　二組いた殺人犯　33「探偵実話」11(11) '60.8増 p241
八幡 良一
　埃及を震撼したジユウドウ
　　　　　　　　　33「探偵実話」6(7) '55.6 p62
山居 藤美
　濡れる肉体《小説》　　24「妖奇」4(2) '50.2 p68
山内 雄敏
　処女・非処女をためす祠
　　　　　35「エロチック・ミステリー」3(11) '62.11 p48
山内 達
　強姦魔　　　　　　24「妖奇」3(13) '49.12 p56
山浦 好作
　或るモデルの死《小説》
　　　　　　　　　17「宝石」13(16) '58.12増 p362
山浦 正為
　宝石と幻想《小説》　27「別冊宝石」11(2) '58.2 p66
　買った家《小説》　　17「宝石」19(2) '64.1 p202
山岡 栄一
　米兵捕虜始末記　32「探偵倶楽部」6(2) '55.2 p126
　ガダルカナルの脱走兵
　　　　　　　　32「探偵倶楽部」6(7) '55.7 p50
山岡 荘八
　艶獣〈1〉《小説》　　25「Gメン」2(3) '48.3 p11
　艶獣〈2〉《小説》　　25「Gメン」2(4) '48.4 p14
　艶獣〈3〉《小説》　　25「Gメン」2(6) '48.5 p30
　艶獣〈4〉《小説》　　25「Gメン」2(7) '48.6 p40
　艶獣〈5〉《小説》　　25「Gメン」2(8) '48.7 p16
　艶獣〈6〉《小説》　　25「Gメン」2(9) '48.9 p44
　艶獣〈7〉《小説》　　25「Gメン」2(10) '48.10 p44
　艶獣〈8〉《小説》　　25「Gメン」2(11) '48.11 p50
　艶獣〈9〉《小説》　　　25「X」3(1) '49.1 p56
　艶獣〈10・完〉《小説》　25「X」3(2) '49.2 p56
　邪恋の人妻殺人　　　25「X」3(4) '49.3別 p27
　探偵小説に対するアンケート《アンケート》
　　　　　　　　32「探偵倶楽部」4(1) '53.2 p152
　正歩の大人　　　27「別冊宝石」7(9) '54.11 p45
山岡 千代
　女性がオンナを語るとき《座談会》
　　　　　　　　33「探偵実話」11(12) '60.8 p204
山岡 鉄二
　女流槍投選手の性転換事件
　　　　　　　　33「探偵実話」8(2) '57.1増 p94
山方 星生
　殺人と職業　　　　06「猟奇」4(4) '31.6 p81
　或る淫売婦の話　　06「猟奇」4(5) '31.7 p67
山方 呈一
　盲人の女給殺し　　06「猟奇」4(6) '31.9 p76
山上 純
　山中の愛慾　　　33「探偵実話」11(9) '60.6 p118
　仕組くまれた完全犯罪
　　　　　　　　33「探偵実話」11(11) '60.8増 p298
　寝室で消された人妻
　　　　　　　　33「探偵実話」11(16) '60.11 p112

私は消されそこなつた
　　　　　　　　　　33「探偵実話」12(14)'61.10増 p76
　好色殺人鬼　　　　33「探偵実話」13(2)'62.1増 p86
山上 笙介
　嫉妬《小説》　　　17「宝石」9(7)'54.6 p196
山川 次彦
　推理詰将棋講座　　33「探偵実話」2(10)'51.9 p149
　推理詰将棋講座　　33「探偵実話」2(11)'51.10 p95
　推理詰将棋講座　　33「探偵実話」2(12)'51.11 p179
　推理詰将棋講座　　33「探偵実話」3(1)'51.12 p175
　推理詰将棋講座　　33「探偵実話」3(2)'52.2 p117
　推理詰将棋講座　　33「探偵実話」3(3)'52.3 p64
　推理詰将棋講座　　33「探偵実話」3(5)'52.4 p95
　推理詰将棋講座　　33「探偵実話」3(6)'52.5 p137
　推理詰将棋講座　　33「探偵実話」3(7)'52.6 p107
　推理詰将棋　　　　33「探偵実話」3(9)'52.8 p93
　推理詰将棋　　　　33「探偵実話」3(10)'52.9 p160
　推理詰将棋　　　　33「探偵実話」3(12)'52.10 p217
　推理詰将棋　　　　33「探偵実話」3(13)'52.11 p165
　推理詰将棋　　　　33「探偵実話」3(14)'52.12 p151
　推理詰将棋　　　　33「探偵実話」4(1)'53.1 p129
　推理詰将棋　　　　33「探偵実話」4(3)'53.2 p179
　推理詰将棋　　　　33「探偵実話」4(4)'53.3
　推理詰将棋　　　　33「探偵実話」4(5)'53.4 p137
　推理詰将棋　　　　33「探偵実話」4(6)'53.5 p213
　推理詰将棋　　　　33「探偵実話」4(7)'53.6 p255
　推理詰将棋　　　　33「探偵実話」4(8)'53.7 p211
　推理詰将棋講座　　33「探偵実話」4(9)'53.8 p191
山川 春子
　アッシャー家の末裔　06「猟奇」3(2)'30.3 p17
山川 方夫
　現代人と推理小説《座談会》
　　　　　　　　　　17「宝石」14(6)'59.6 p250
　十三年《小説》　　17「宝石」15(2)'60.2 p214
　美味いものはうまい　17「宝石」15(9)'60.7 p107
　ロンリー・マン《小説》
　　　　　　　　　　17「宝石」15(12)'60.10 p181
　お守り《小説》　　27「別冊宝石」14(4)'61.7 p74
　箱の中のあなた《小説》
　　　　　　　　　　27「別冊宝石」14(4)'61.7 p84
　ロンリー・マン《小説》
　　　　　　　　　　27「別冊宝石」14(4)'61.7 p89
　十三年《小説》　　27「別冊宝石」14(4)'61.7 p92
　ショート・ショートのすべてその本質とは《座談会》
　　　　　　　　　　27「別冊宝石」14(4)'61.7 p110
　弱むしたち　　　　17「宝石」18(11)'63.8 p22
　なかきよの……《小説》
　　　　　　　　　　17「宝石」19(1)'64.1 p190
　謎　　　　　　　　17「宝石」19(3)'64.2 p19
柳 泰雄
　映画とミステリイ
　　　　　　　　　　27「別冊宝石」16(10)'63.11増 p180
山岸 友雄
　海の怪奇・山の神秘《座談会》
　　　　　　　　　　33「探偵実話」11(11)'60.8増 p225
山際 史高
　あせっちゃう! ほんものレジャー
　　　　　　　　　　27「別冊宝石」17(5)'64.4増 p141

山口 海旋風
　秘密結社 胡蝶党　　05「探偵・映画」1(1)'27.10 p50
　西門豹と巫女《小説》　06「猟奇」1(7)'28.12 p42
　雪花殉情記《小説》　06「猟奇」2(3)'29.3 p2
　道光綺譚　　　　　06「猟奇」2(5)'29.5 p59
山口 勝久
　殺し屋志願《小説》
　　　　　　　　　　35「ミステリー」5(4)'64.4 p20
　殺し屋泣かせ《小説》
　　　　　　　　　　35「ミステリー」5(5)'64.5 p120
山口 貞雄
　横須賀の巻　　　　32「探偵倶楽部」3(9)'52.10 p180
山口 清次郎
　電話《小説》　　　17「宝石」14(14)'59.12 p251
山口 武夫
　売春防止法のあとにくるもの
　　　　　　　　　　32「探偵倶楽部」8(3)'57.4 p106
山口 弁
　二篇　　　　　　　06「猟奇」1(1)'28.5 p14
　合評・一九二八年《座談会》
　　　　　　　　　　06「猟奇」1(7)'28.12 p14
山口 剛
　河野典生論　　　　17「宝石」19(4)'64.3 p172
山口 瞳
　生命力　　　　　　17「宝石」18(12)'63.9 p23
山口 フシ
　春宵桃色犯罪座談会《座談会》
　　　　　　　　　　33「探偵実話」2(4)'51.3 p97
山口 洋子
　二十才の頃の河野さん　17「宝石」19(4)'64.3 p185
山崎 猪三武
　魔の軌道《小説》　11「ぷろふいる」3(8)'35.8 p89
山崎 楽堂
　能楽界の鳥瞰図　　01「新趣味」17(1)'22.1 p82
山崎 敬子
　刺された日のこと　25「X」3(9)'49.8 p10
　その後の英光　　　25「X」3(9)'49.8 p20
山崎 堅一郎
　因果　　　　　　　04「探偵趣味」3'25.11 p27
　『探偵趣味』問答《アンケート》
　　　　　　　　　　04「探偵趣味」4'26.1 p55
山崎 悟郎
　女と犯罪と慾望《座談会》
　　　　　　　　　　33「探偵実話」11(10)'60.7 p170
　雅樹ちゃん事件秘められた真相
　　　　　　　　　　33「探偵実話」11(12)'60.8 p270
山崎 佐
　死刑から無罪へ　　03「探偵文芸」1(5)'25.7 p90
山崎 徹也
　ハガキ回答《アンケート》
　　　　　　　　　　25「Gメン」1(1)'47.10 p18
山崎 稔
　捜査内幕座談会《座談会》
　　　　　　　　　　25「Gメン」2(11)'48.11 別付36
山沢 晴雄
　砧最初の事件《小説》
　　　　　　　　　　27「別冊宝石」4(2)'51.12 p50

843

やまし　執筆者名索引

仮面《小説》　　　　　27「別冊宝石」4(2)'51.12 p228
[略歴]　　　　　　　　17「宝石」7(4)'52.4 p6
神技《小説》　　　　　17「宝石」7(4)'52.4 p98
厄日《小説》　　　　　27「別冊宝石」5(6)'52.6 p146
銀智慧の輪《小説》
　　　　　　　　　　　27「別冊宝石」5(10)'52.12 p210
死の黙劇《小説》　　　27「別冊宝石」6(9)'53.12 p48
宗歩忌《小説》　　　　17「宝石」9(7)'54.6 p160
時計《小説》　　　　　17「宝石」10(8)'55.6 p68
離れた家《小説》　　　17「宝石」18(10)'63.7増 p47

山路 金一
　「横浜行進曲」　　　06「猟奇」4(4)'31.6 p51

山下 謙一
　景色の素　　　　　　14「月刊探偵」2(5)'36.6 p17

山下 総一郎
　ラジオの悪戯　　　　04「探偵趣味」3 '25.11 p35

山下 肇
　私の推理　　　　　　17「宝石」18(9)'63.7 p16

山下 春子
　客よせ戦術あの手この手《座談会》
　　　　　　　　　　　33「探偵実話」4(9)'53.8 p137

山下 秀之助
　医学上から観た美人の相
　　　　　　　　　　　01「新趣味」17(1)'22.1 p90

山下 平八郎　→山下利三郎
　横顔はたしか彼奴〈2〉《小説》
　　　　　　　　　　　11「ぷろふいる」1(2)'33.6 p71
　京都駅を中心とした犯罪研究座談会《座談会》
　　　　　　　　　　　11「ぷろふいる」1(3)'33.7 p36
　横顔はたしか彼奴〈3〉《小説》
　　　　　　　　　　　11「ぷろふいる」1(3)'33.7 p70
　横顔はたしか彼奴〈4〉《小説》
　　　　　　　　　　　11「ぷろふいる」1(4)'33.8 p48
　森下雨村を語る　　　11「ぷろふいる」1(5)'33.9 p3
　横顔はたしか彼奴〈5・完〉《小説》
　　　　　　　　　　　11「ぷろふいる」1(5)'33.9 p36
　歳末とりとめな記《小説》
　　　　　　　　　　　11「ぷろふいる」1(8)'33.12 p121
　運ちゃん行状記《脚本》
　　　　　　　　　　　11「ぷろふいる」2(3)'34.3 p70
　起稿に際して　　　　11「ぷろふいる」2(3)'34.3 p70
　見えぬ紙片《小説》
　　　　　　　　　　　11「ぷろふいる」2(5)'34.5 p44
　ストーリー工作を見て
　　　　　　　　　　　11「ぷろふいる」2(11)'34.11 p107
　野呂家の秘密《小説》
　　　　　　　　　　　11「ぷろふいる」3(1)'35.1 p19
　このところ省晒無用　12「探偵文学」1(8)'35.11 p2
　深夜の悲報《脚本》　12「探偵文学」1(9)'35.12 p28
　ハガキ回答《アンケート》
　　　　　　　　　　　11「ぷろふいる」3(12)'35.12 p42
　ハガキ回答《アンケート》
　　　　　　　　　　　12「探偵文学」1(10)'36.1 p14
　毒には毒を　　　　　12「探偵文学」1(10)'36.1 p34
　病窓放談　　　　　　14「月刊探偵」2(4)'36.5 p38
　稚拙な努力　　　　　12「探偵文学」2(10)'36.10 p12
　お問合せ《アンケート》
　　　　　　　　　　　12「シュピオ」3(5)'37.6 p52
　閑古鳥の呟き　　　　23「真珠」3 '47.12 p34

山下 諭一
　米英仏新刊紹介 アメリカ
　　　　　　　　　　　17「宝石」15(10)'60.8 p170
　英米仏新刊紹介 アメリカ
　　　　　　　　　　　17「宝石」15(11)'60.9 p86
　ブルーノ・フィッシャーについて
　　　　　　　　　　　27「別冊宝石」13(8)'60.9 p178
　英米仏新刊紹介 イギリス
　　　　　　　　　　　17「宝石」15(12)'60.10 p150
　英米仏新刊紹介 アメリカ
　　　　　　　　　　　17「宝石」15(13)'60.11 p130
　英米仏新刊紹介 アメリカ
　　　　　　　　　　　17「宝石」15(14)'60.12 p116
　英米仏新刊紹介 アメリカ
　　　　　　　　　　　17「宝石」16(1)'61.1 p122
　英米仏新刊紹介 アメリカ
　　　　　　　　　　　17「宝石」16(2)'61.2 p68
　英米仏新刊紹介 アメリカ
　　　　　　　　　　　17「宝石」16(4)'61.3 p122
　クリストファ・ブッシュ
　　　　　　　　　　　27「別冊宝石」14(2)'61.3 p154
　英米仏新刊紹介 アメリカ
　　　　　　　　　　　17「宝石」16(5)'61.4 p44
　英米仏新刊紹介 アメリカ
　　　　　　　　　　　17「宝石」16(6)'61.5 p58
　英米仏新刊紹介 アメリカ
　　　　　　　　　　　17「宝石」16(7)'61.6 p36
　英米仏新刊紹介 アメリカ
　　　　　　　　　　　17「宝石」16(8)'61.7 p46
　英米仏新刊紹介 アメリカ
　　　　　　　　　　　17「宝石」16(9)'61.8 p50
　英米仏新刊紹介 アメリカ
　　　　　　　　　　　17「宝石」16(10)'61.9 p52
　英米仏新刊紹介 アメリカ
　　　　　　　　　　　17「宝石」16(11)'61.10 p74
　英米仏新刊紹介 アメリカ
　　　　　　　　　　　17「宝石」16(12)'61.11 p46
　The Review Of New Books アメリカ
　　　　　　　　　　　17「宝石」17(1)'62.1 p217
　アル・ウィーラーとダニー・ボイドのこと
　　　　　　　　　　　27「別冊宝石」19(10)'63.10 p62
　世界のマフィア　　　17「宝石」18(16)'63.12 p283
　バラキ証言　　　　　17「宝石」18(16)'63.12 p284
　シナトラとマフィア　17「宝石」18(16)'63.12 p286

山下 利三郎　→山下平八郎
　誘拐者《小説》　　　01「新趣味」17(12)'22.12 p226
　詩人の愛《小説》　　01「新趣味」18(2)'23.2 p151
　君子の眼　　　　　　01「新趣味」18(3)'23.5 p122
　夜の呪《小説》　　　01「新趣味」18(7)'23.7 p193
　探偵問答《アンケート》04「探偵趣味」1 '25.9 p27
　温古想題《小説》　　04「探偵趣味」1 '25.9 p30
　探偵趣味問答《アンケート》
　　　　　　　　　　　04「探偵趣味」3 '25.11 p43
　つらつら惟記　　　　04「探偵趣味」4 '26.1 p44
　『探偵趣味』問答《アンケート》
　　　　　　　　　　　04「探偵趣味」4 '26.1 p52
　画房雀　　　　　　　04「探偵趣味」5 '26.2 p7
　譫言まじり　　　　　04「探偵趣味」7 '26.4 p33
　処女作とか　　　　　04「探偵趣味」8 '26.5 p26
　取留もなく三つ　　　04「探偵趣味」9 '26.6 p14
　五月創作界瞥見　　　04「探偵趣味」9 '26.6 p61

844

間と愚痴	04「探偵趣味」10 '26.7 p60	OSAKA	17「宝石」11(6) '56.4 p71
逐蠅閑話	04「探偵趣味」11 '26.8 p37	大阪	17「宝石」11(7) '56.5 p151
『世間は狭い』	04「探偵趣味」12 '26.10 p56	OSAKA	17「宝石」11(11) '56.8 p39
[喫茶室]	04「探偵趣味」13 '26.11 p43	大阪	17「宝石」12(1) '57.1 p49
模人《小説》	04「探偵趣味」14 '26.12 p36	山城 雨之介	
クローズ・アップ《アンケート》		三足の下駄《小説》	
	04「探偵趣味」14 '26.12 p38		11「ぷろふいる」2(4) '34.4 p48
クローズ・アップ《アンケート》		扇遊亭怪死事件《小説》	
	04「探偵趣味」15 '27.1 p48		11「ぷろふいる」2(8) '34.8 p43
正体《小説》	04「探偵趣味」15 '27.1 p74	我もしクレオパトラなりせば	
奥丹後震災地より帰りて			11「ぷろふいる」2(12) '34.12 p98
クローズ・アップ《アンケート》		汚水の国を偲ぶ	11「ぷろふいる」4(1) '36.1 p114
	04「探偵趣味」19 '27.5 p33	大禹治水説話序扁	11「ぷろふいる」4(1) '36.1 p125
	04「探偵趣味」19 '27.5 p35	山城 英二	
流転《小説》	04「探偵趣味」22 '27.8 p25	刑務所における座談会《座談会》	
三千年以前の探偵趣味戯曲			24「妖奇」3(12) '49.11 p54
	05「探偵・映画」1(1) '27.10 p56	山城 健治	
どろどろ漫談	05「探偵・映画」1(2) '27.11 p40	二人容疑者	32「探偵倶楽部」6(5) '55.5 p66
本年度印象に残れる作品、来年度ある作家への希望		二度目の埋葬	32「探偵倶楽部」6(6) '55.6 p84
《アンケート》		踊り子モンテシの死	
	04「探偵趣味」26 '27.12 p61		32「探偵倶楽部」6(7) '55.7 p182
おわび	04「探偵趣味」4(2) '28.2 p57	亡霊に導かれた復讐者	
くさぐさ	04「探偵趣味」4(5) '28.5 p51		32「探偵倶楽部」7(9) '56.8 p96
私の好きな一偶《アンケート》		キプロスの狼	32「探偵倶楽部」7(10) '56.9 p76
	06「猟奇」1(2) '28.6 p26	女王さまも楽でない	
仔猫と余六《小説》			32「探偵倶楽部」7(11) '56.10 p70
	04「探偵趣味」4(7) '28.7 p27, 29	ジェームス・ディーンは生きている?	
本田緒生論は断る!	06「猟奇」1(3) '28.8 p2		32「探偵倶楽部」7(12) '56.11 p298
私と彦九郎	06「猟奇」1(6) '28.11 p21	白い肉体の密輸団	32「探偵倶楽部」8(6) '57.7 p32
合評・一九二八年《座談会》		謎に包まれた諜報局長の死	
	06「猟奇」1(7) '28.12 p14		32「探偵倶楽部」8(9) '57.9 p232
おえらい方は何をする!	06「猟奇」1(7) '28.12 p18	リフト殺人事件	32「探偵倶楽部」8(13) '57.12 p264
亮吉何をする!《小説》	06「猟奇」2(1) '29.1 p68	山城 健二	
呪ひと怪死	06「猟奇」2(5) '29.5 p42	空中亡命した密輸王	
私の手を握つて	06「猟奇」2(6) '29.6 p21		32「探偵倶楽部」8(8) '57.8 p216
作者の言葉	06「猟奇」2(6) '29.6 p52	山瀬 四郎	
朱色の祭壇〈1〉《小説》	06「猟奇」2(7) '29.7 p55	京都観光案内	
朱色の祭壇〈2〉《小説》	06「猟奇」2(8) '29.8 p55		35「エロティック・ミステリー」3(4) '62.4 p154
読者へお詫び	06「猟奇」2(8) '29.8 p63	山田 五十鈴	
朱色の祭壇〈3〉《小説》	06「猟奇」2(9) '29.9 p54	雪の夜の狂女	25「X」3(4) '49.3別 p19
朱色の祭壇〈3 再掲載〉《小説》		山田 栄三	
	06「猟奇」2(10) '29.10 p54	泥人形部隊	32「探偵倶楽部」8(8) '57.8 p80
朱色の祭壇〈4〉《小説》		動かぬ大発	32「探偵倶楽部」8(9) '57.9 p252
	06「猟奇」2(11) '29.11 p53	原住民の抵抗	32「探偵倶楽部」8(10) '57.10 p258
朱色の祭壇〈5・完〉《小説》		月下のカヌー戦	32「探偵倶楽部」8(11) '57.11 p90
	06「猟奇」2(12) '29.12 p54	密林漂流記	32「探偵倶楽部」8(13) '57.12 p214
読者へお詫び	06「猟奇」2(12) '29.12 p63	山田 克郎	
横顔はたしか彼奴〈1〉《小説》		北海の惨劇船《小説》	
	11「ぷろふいる」1(1) '33.5 p68		32「探偵クラブ」2(3) '51.4 p128
山下 竜二		山田 菊枝	
大阪	17「宝石」10(3) '55.2 p93	赤線の女給さん赤線を語る!!《座談会》	
大阪	17「宝石」10(4) '55.3 p76		33「探偵実話」8(9) '57.5 p70
大阪	17「宝石」10(6) '55.4 p149	山田 邦子	
大阪	17「宝石」10(8) '55.6 p200	イスラエルのモーゼを懐ふ	
OSAKA	17「宝石」10(11) '55.8 p139		01「新趣味」17(1) '22.1 p36
OSAKA	17「宝石」10(13) '55.9 p223	山田 恵三	
OSAKA	17「宝石」10(14) '55.10 p253	蛇の店	33「探偵実話」5(6) '54.5 p207
OSAKA	17「宝石」10(17) '55.12 p253	午前二時の女《小説》	
OSAKA	17「宝石」11(1) '56.1 p303		33「探偵実話」5(7) '54.6 p188
OSAKA	17「宝石」11(3) '56.2 p173		
OSAKA	17「宝石」11(4) '56.3 p77		

やまた

山田 研三
 貸した品   33「探偵実話」6(1)'54.12 p170

山田 浩郎
 呪ひの箱《小説》 03「探偵文芸」2(6)'26.6 p10

山田 茂夫
 素描小品集 06「猟奇」2(4)'29.4 p39
 投稿感想 06「猟奇」2(8)'29.8 p42
 讚奇歌《猟奇歌》 06「猟奇」2(8)'29.8 p48
 失恋譚《小説》 06「猟奇」2(9)'29.9 p30
 投稿感想 06「猟奇」2(9)'29.9 p48
 かくれ簑《小説》 06「猟奇」2(10)'29.10 p40
 投稿感想 06「猟奇」2(10)'29.10 p42
 ショオ・ボオト 06「猟奇」2(11)'29.11 p23
 投稿感想 06「猟奇」2(11)'29.11 p50
 英米仏新刊紹介 アメリカ《小説》
   06「猟奇」2(12)'29.12 p24
 投稿感想 06「猟奇」2(12)'29.12 p52
 投稿感想 06「猟奇」3(1)'30.1 p50
 投稿感想 06「猟奇」3(2)'30.3 p36
 煙よ、煙よ………《小説》
   06「猟奇」3(2)'30.3 p38
 猟奇倶楽部殺人事件《小説》
   06「猟奇」3(3)'30.4 p19
 本田緒生登場 06「猟奇」3(3)'30.4 p44
 モラリスト山下利三郎 06「猟奇」3(3)'30.4 p46
 投稿感想 06「猟奇」3(3)'30.4 p48
 投稿感想 06「猟奇」3(4)'30.5 p38

山田 正吾
 麻薬Gメン座談会《座談会》
   33「探偵実話」2(7)'51.6 p76

山田 昌介
 学生のアルバイ詐欺
   33「探偵実話」8(2)'57.1増 p222

山田 信治
 義兄弟?の弁 17「宝石」17(11)'62.9 p120

山田 新二
 刑務所における座談会《座談会》
   24「妖奇」3(12)'49.11 p54

山田 真二
 おしゃれ問答《座談会》
   17「宝石」12(10)'57.8 p156

山田 武彦 →加納一朗
 明日の現代劇 27「別冊宝石」16(8)'63.9 p197
 テーマ別 戦後公開SF映画表
   27「別冊宝石」16(8)'63.9 p201

山田 智三郎
 表紙「赤い実」 17「宝石」14(1)'59.1 p333
 表紙「嫉妬」 17「宝石」14(2)'59.2 p151
 表紙「埴輪」 17「宝石」14(3)'59.3 p285
 表紙「孤独」 17「宝石」14(4)'59.4 p151
 表紙「凝視」 17「宝石」14(5)'59.5 p65
 表紙「凝視」 17「宝石」14(6)'59.6 p175
 表紙「赤い花」 17「宝石」14(7)'59.7 p231
 表紙「瞳――No1」 17「宝石」14(9)'59.8 p241
 表紙「埴輪」 17「宝石」14(10)'59.9 p191

山田 風太郎
 達磨峠の事件《小説》 17「宝石」2(1)'47.1 p72
 みささぎ盗賊《小説》 16「ロック」2(9)'47.10 p2
 手相《小説》 17「宝石」2(9)'47.10 p13
 眼中の悪魔《小説》 27「別冊宝石」― '48.1 p90
 泉探偵自身の事件《小説》
   22「新探偵小説」2(2)'48.5 p33
 万太郎の耳 16「ロック」3(3)'48.5 p36
 蜃気楼《小説》 17「宝石」3(5)'48.6 p17
 永却回帰《小説》 17「宝石」3(9)'48.12 p42
 双頭の人《小説》 17「宝石」4(1)'49.1 p50
 地獄太夫《小説》 27「別冊宝石」1(3)'49.1 p66
 まぼろし令嬢《小説》 16「ロック」4(1)'49.2 p24
 スピロヘータ氏来朝記《小説》
   17「宝石」4(7)'49.7 p36
 ウサスラーマの錠《小説》
   17「宝石」― '49.7増 p122
 旅路のはじまり 27「別冊宝石」2(2)'49.8 p65
 天国荘綺談《小説》 17「宝石」5(1)'50.1 p90
 法螺の吹初め 17「宝石」5(1)'50.1 p200
 双頭の言葉 34「鬼」1 '50.7 p4
 合作第一報 34「鬼」2 '50.11 p12
 東京魔法街《小説》 17「宝石」6(3)'51.3 p17
 鬼同人の選んだ海外長篇ベスト・テン《2》《前1》
   34「鬼」3 '51.3 前1
 高木彬光論 34「鬼」3 '51.3 p10
 鼻《小説》 32「探偵クラブ」2(3)'51.4 p84
 自縛の縄 34「鬼」4 '51.6 p6
 雪女《小説》 32「探偵クラブ」2(7)'51.8増 p189
 探偵小説の『結末』に就て 34「鬼」5 '51.11 p6
 奇妙な旅 17「宝石」6(13)'51.12 p123
 アンケート《アンケート》
   17「宝石」7(1)'52.1 p84
 蠟人《小説》 33「探偵実話」3(4)'52.3増 p46
 探偵作家探偵小説を裁る《座談会》
   17「宝石」7(4)'52.4 p140
 怪盗七面438 完結篇 諸行無常の巻《小説》
   33「探偵実話」3(5)'52.4 p118
 『三十年』に敬礼 17「宝石」7(5)'52.5 p122
 奇蹟屋《小説》 32「探偵倶楽部」3(6)'52.6 p268
 半七捕物帖を捕る 17「宝石」7(7)'52.7 p78
 恋罪〈1〉《小説》 33「探偵実話」3(8)'52.7 p28
 鬼同人の選んだ海外短篇ベスト・テン《3》《前1》
   34「鬼」7 '52.7 前1
 情婦・探偵小説 34「鬼」7 '52.7 p32
 恋罪〈2・完〉《小説》
   33「探偵実話」3(9)'52.8 p24
 万人抗《小説》 33「探偵実話」3(11)'52.9増 p94
 女死刑囚《小説》 17「宝石」7(10)'52.10 p152
 男性週期律《小説》
   32「探偵倶楽部」3(11)'52.11増 p40
 奇小説に関する駄弁
   32「探偵倶楽部」3(11)'52.11増 p43
 うたたね大衆小説論 34「鬼」8 '53.1 p15
 探偵小説に対するアンケート《アンケート》
   32「探偵倶楽部」4(1)'53.2 p148
 虚像淫楽《小説》 27「別冊宝石」13(5)'53.5 p274
 シャーロック・ホームズ氏と夏目漱石氏
   34「鬼」9 '53.9 p13
 色魔《小説》 17「宝石」8(12)'53.10 p138
 十三の階段〈1〉《小説》
   32「探偵倶楽部」4(12)'53.12 p19
 黄色い下宿人《小説》 17「宝石」8(14)'53.12 p104

贋金づくり《小説》
　　　　　　32「探偵倶楽部」5(1)'54.1 p105
盲僧秘帖〈1〉《小説》
　　　　　　32「探偵倶楽部」5(2)'54.2 p148
盲僧秘帖〈2〉《小説》
　　　　　　32「探偵倶楽部」5(3)'54.3 p108
欲望の島《小説》　17「宝石」9(4)'54.3増 p252
盲僧秘帖〈3〉《小説》
　　　　　　32「探偵倶楽部」5(4)'54.4 p242
銭鬼〈1〉《小説》　17「宝石」9(5)'54.4 p54
女妖《小説》　　33「探偵実話」5(5)'54.4増 p344
銭鬼〈2〉《小説》　17「宝石」9(6)'54.5 p32
盲僧秘帖〈4〉《小説》
　　　　　　32「探偵倶楽部」5(5)'54.5 p48
生きている影（中篇）影法師の血《小説》
　　　　　　33「探偵実話」5(6)'54.5 p35
盲僧秘帖〈5・完〉《小説》
　　　　　　32「探偵倶楽部」5(6)'54.6 p42
銭鬼〈3・完〉《小説》17「宝石」9(7)'54.6 p128
万太郎の耳　　27「別冊宝石」7(5)'54.6 p306
帰らぬ夢　　　　17「宝石」7(5)'54.6 p309
二人《小説》　　　17「宝石」9(10)'54.8 p244
西条家の通り魔《小説》
　　　　　　33「探偵実話」5(11)'54.9増 p104
妖瞳記《小説》　27「別冊宝石」7(9)'54.11 p198
蓮華盗賊《小説》33「探偵実話」6(1)'54.12 p44
人間華《小説》　33「探偵実話」6(3)'55.2増 p40
女の島《小説》　　17「宝石」10(5)'55.3増 p254
明治忠臣蔵《小説》17「宝石」10(9)'55.6増 p158
宗俊烏鷺合戦《小説》
　　　　　　27「別冊宝石」8(6)'55.9 p140
ハカリン《小説》33「探偵実話」6(12)'55.10増 p32
最後の晩餐《小説》
　　　　　　　17「宝石」10(16)'55.11増 p116
眼中の悪魔《小説》27「別冊宝石」9(1)'56.1 p92
「眼中の悪魔」について
　　　　　　27「別冊宝石」9(1)'56.1 p93
万人坑《小説》　　17「宝石」11(5)'56.3増 p82
寝台物語　　33「探偵実話」7(5)'56.3増 p206
虚像淫楽《小説》27「別冊宝石」9(5)'56.6 p302
墓掘人《小説》　　17「宝石」11(10)'56.7増 p48
黒檜姉妹　　33「探偵実話」7(11)'56.7増 p266
雪女《小説》　　32「探偵倶楽部」7(9)'56.8 p348
山屋敷秘図《小説》17「宝石」11(13)'56.9増 p32
霧月党《小説》33「探偵実話」7(16)'56.11増 p282
ドン・ファン怪談《小説》
　　　　　　　　17「宝石」12(2)'57.1増 p74
黒衣の聖母《小説》
　　　　　　　33「探偵実話」8(5)'57.3増 p90
姫君何処におらすか《小説》
　　　　　　　　17「宝石」12(6)'57.4増 p118
大無法人《小説》　17「宝石」12(11)'57.8増 p188
疲れをしらぬ機関車
　　　　　　27「別冊宝石」10(8)'57.8 p200
アンケート《アンケート》
　　　　　　　　17「宝石」12(13)'57.10 p280
芍薬屋夫人
　　　　　　33「探偵実話」8(15)'57.11増 p322
新かぐや姫《小説》
　　　　　　32「探偵倶楽部」8(12)'57.11増 p16

一九九九年《小説》　17「宝石」12(15)'57.11増 p186
怪異投込寺《小説》　17「宝石」13(1)'58.1 p302
剣鬼と遊女《小説》　17「宝石」13(2)'58.1 p178
虚像淫楽《小説》32「探偵倶楽部」9(5)'58.4増 p18
美女貸し屋《小説》　17「宝石」13(5)'58.5増 p14
蠟人《小説》　32「探偵倶楽部」9(9)'58.7増 p30
春本太平記《小説》　17「宝石」13(11)'58.8増 p312
首《小説》　　　　17「宝石」13(13)'58.10 p56
司祭館の殺人《小説》
　　　　　　27「別冊宝石」11(8)'58.10 p210
ノイローゼ《小説》
　　　　　　33「探偵実話」9(14)'58.10増 p98
初めての新劇　　　17「宝石」13(15)'58.12 p16
男性滅亡《小説》
　　　　　　27「別冊宝石」11(10)'58.12 p228
旅先にて　　　　　17「宝石」14(1)'59.1 p16
絞首台綺譚《小説》
　　　　　　27「別冊宝石」12(2)'59.2 p110
某月某日　　　　　17「宝石」14(4)'59.4 p44
女狩《小説》　　27「別冊宝石」12(4)'59.4 p28
ハカリン《小説》27「別冊宝石」12(6)'59.6 p260
双頭の人《小説》
　　　　　　33「探偵実話」10(10)'59.7増 p202
陰茎人《小説》　27「別冊宝石」12(8)'59.8 p30
飲む・打つ・買わない
　　　　　　　　17「宝石」14(11)'59.10 p27
童貞試験《小説》
　　　　　　27「別冊宝石」12(10)'59.10 p238
日夜机上にありてわが情を睨む
　　　　　　　　17「宝石」14(13)'59.11 p27
殺人の進歩　　　　17「宝石」14(14)'59.12 p27
東京阿呆宮《小説》
　　　　　　27「別冊宝石」12(12)'59.12 p46
竜頭蛇尾の物語　　17「宝石」15(2)'60.2 p130
鳶の寝台《小説》27「別冊宝石」13(2)'60.2 p90
お女郎村《小説》27「別冊宝石」13(4)'60.4 p128
狂風図《小説》　　17「宝石」15(7)'60.5増 p222
あいつの眼《小説》
　　　　　　33「探偵実話」11(11)'60.8増 p56
天衣無縫《小説》
　　　　35「エロティック・ミステリー」1(2)'60.9 p46
男性周期律《小説》
　　　　35「エロティック・ミステリー」1(5)'60.12 p38
賭博学体系《小説》17「宝石」15(15)'60.12増 p220
露出狂奇譚《小説》
　　　　35「エロティック・ミステリー」2(4)'61.4 p198
恋罪《小説》
　　　　35「エロティック・ミステリー」2(5)'61.5 p230
死者の呼び声《小説》
　　　　　　27「別冊宝石」14(3)'61.5 p240
黒檜姉妹《小説》
　　　　35「エロティック・ミステリー」2(6)'61.6 p192
蠟人《小説》
　　　　35「エロティック・ミステリー」2(10)'61.10 p78
美女共有の島を彷徨う〈1〉《小説》
　　　　35「エロティック・ミステリー」3(2)'62.2 p36
高木さんの原動力　17「宝石」17(3)'62.2 p169
美女共有の島を彷徨う〈2・完〉《小説》
　　　　35「エロティック・ミステリー」3(3)'62.3 p158

とんずら《小説》
　　　35「エロティック・ミステリー」3(4)'62.4 p36
鬼さんこちら《小説》
　　　35「エロティック・ミステリー」3(5)'62.5 p154
高士の旅
　　　35「エロティック・ミステリー」3(6)'62.6 p118
笛を吹く犯罪《小説》
　　　33「探偵実話」13(8)'62.6増 p210
のんき旅
　　　35「エロティック・ミステリー」3(9)'62.9 p70
ばかばかしいお笑いを一席
　　　17「宝石」17(15)'62.11増 p110
女妖《小説》
　　　35「エロティック・ミステリー」4(1)'63.1 p38
殺人蔵《小説》
　　　35「エロティック・ミステリー」4(3)'63.3 p38
殿様《小説》
　　　35「エロティック・ミステリー」4(6)'63.6 p50
熱情の車　　　　27「別冊宝石」16(6)'63.7 p169
女死刑囚の恋《小説》
　　　35「エロティック・ミステリー」4(10)'63.10 p22
合法的不法　　　17「宝石」18(14)'63.10増 p152
飛ばない風船《小説》　17「宝石」19(6)'64.4増 p82
山田 義夫
金詰り世相のカラクリ
　　　　　　　　　33「探偵実話」5(4)'54.4 p109
山田 義雄
平沢は果たして犯人か?《別付45～47》
　　　　　　　　　25「Gメン」2(11)'48.11 別付45
山田 吉彦
模倣性犯罪の実例　　03「探偵文芸」1(7)'25.9 p55
歯痕、爪、足跡、塵埃に依る犯罪捜査とその実例
　　　　　　　　　03「探偵文芸」1(8)'25.10 p60
血痕鑑定法　　　　03「探偵文芸」1(10)'25.12 p84
山渓 渉
「月長石」なる題名について
　　　　　　　　　17「宝石」8(2)'53.3 p186
山谷生
犬に生れ変つた話　01「新趣味」17(1)'22.1 p271
敷島二つ　　　　　01「新趣味」17(7)'22.7 p229
孫太郎虫　　　　　01「新趣味」17(11)'22.11 p257
山手 樹一郎
隠密奉行《小説》　19「仮面」臨時増刊'48.8 p9
新三しぐれ《小説》
　　　　　　　20「探偵よみもの」39'49.6 p65
呪われた花嫁《小説》
　　　　　　　　33「探偵実話」5(11)'54.9増 p38
月の路地《小説》　27「別冊宝石」8(4)'55.5 p164
金さんと岡っ引《小説》
　　　　　　　　27「別冊宝石」11(10)'58.12 p126
緋牡丹の夢《小説》
　　　　　　　　27「別冊宝石」12(2)'59.2 p190
夜の花道《小説》　27「別冊宝石」12(4)'59.4 p268
愛の黄八丈《小説》
　　　　　　　　27「別冊宝石」12(6)'59.6 p116
天の火《小説》　　27「別冊宝石」12(8)'59.8 p192
さむらい絵図《小説》
　　　　　　　　27「別冊宝石」12(12)'59.12 p82
拗ね小町《小説》
　　　35「エロティック・ミステリー」1(1)'60.8 p90

狙われた名刀《小説》
　　　35「エロティック・ミステリー」2(4)'61.4 p46
毒薬の行方《小説》
　　　35「エロティック・ミステリー」2(9)'61.9 p97
開発奉行《小説》
　　　35「エロティック・ミステリー」3(1)'62.1 p231
白梅紅梅《小説》
　　　35「エロティック・ミステリー」4(5)'63.5 p50
大和 球士
狭い道　　　　　　17「宝石」19(7)'64.5 p16
大和 三平
首狩種族の性器強大祭典
　　　　　　　　32「探偵倶楽部」9(4)'58.4 p228
大和 安市
犯罪解剖座談会《座談会》
　　　　　　　　32「怪奇探偵クラブ」1'50.5 p203
科学捜査座談会《座談会》
　　　　　　　　32「探偵クラブ」1(4)'50.12 p127
山名 文夫
海鰻荘の主人と私　17「宝石」17(11)'62.9 p119
アンケート《アンケート》
　　　　　　　　　17「宝石」18(8)'63.6 p124
屋満奈 健吉
映画順礼旅日記　　06「猟奇」2(1)'29.1 p39
山名 宗一
精神療法《小説》　02「秘密探偵雑誌」1(5)'23.9 p62
山中 長七郎
シヤアロック・ホウムズの矛盾
　　　　　　　　　21「黒猫」2(8)'48.6 p20
山中 俊夫
二人っきりの秘密
　　　　　　　　33「探偵実話」9(14)'58.10増 p202
山中 信夫
ルンペンと桃色ハウス　33「探偵実話」3'50.8 p201
ナイトクラブのひととき
　　　　　　　　　33「探偵実話」5'50.10 p159
未亡人クラブ入会記
　　　　　　　　　33「探偵実話」1(6)'50.11 p186
戦後派乱世を語る座談会《座談会》
　　　　　　　　　33「探偵実話」2(1)'50.12 p174
暴力女給遭遇記　　33「探偵実話」2(2)'51.1 p164
三面記事拡大鏡《座談会》
　　　　　　　　　33「探偵実話」2(7)'51.6 p103
三面記事拡大鏡《座談会》
　　　　　　　　　33「探偵実話」3(8)'52.7 p191
三面記事拡大鏡《座談会》
　　　　　　　　　33「探偵実話」3(9)'52.8 p106
三面記事拡大鏡《対談》
　　　　　　　　　33「探偵実話」3(10)'52.9 p181
三面記事拡大鏡《対談》
　　　　　　　　　33「探偵実話」3(13)'52.11 p176
三面記事拡大鏡《座談会》
　　　　　　　　　33「探偵実話」3(14)'52.12 p166
浅草の実態《座談会》
　　　　　　　　　33「探偵実話」4(5)'53.4 p139
東京租界の実態を語る《座談会》
　　　　　　　　　33「探偵実話」4(6)'53.5 p133
三面記事拡大鏡《座談会》
　　　　　　　　　33「探偵実話」4(7)'53.6 p212

姦婦の人気　　　　　33「探偵実話」6(4)'55.3 p248
真犯人は俺じゃない!
　　　　　　　　　　33「探偵実話」6(7)'55.6 p206
ナイトクラブのひととき
　　　　　　　　　　33「探偵実話」7(2)'55.12増 p159
未亡人クラブ入会記
　　　　　　　　　　33「探偵実話」7(8)'56.4増 p300
夫婦地獄　　　　　　33「探偵実話」9(8)'58.5増 p248
犯罪のない推理　　　33「探偵実話」12(16)'61.12 p152
九十七番目の指紋　　33「探偵実話」13(6)'62.5 p80
特別手配第一号　　　33「探偵実話」13(7)'62.6 p172
二つの潜在指紋　　　33「探偵実話」13(9)'62.7 p122
黒い隆線　　　　　　33「探偵実話」13(10)'62.8 p78
がんだ沼の首なし屍体
　　　　　　　　　　33「探偵実話」13(12)'62.10 p88
山中 信久
　「オオミスティク」事件
　　　　　　　　　　33「探偵実話」8(2)'57.1増 p282
山中 貢
　皮肉の黒点《小説》
　　　　　　　　　　12「探偵文学」2(12)'36.12 p59
山根 春一郎
　『死の蔭に』《小説》　04「探偵趣味」25 '27.11 p69
山根 東明
　始終秀才　　　　　17「宝石」18(11)'63.8 p141
山根 寿子
　野球ファン熱狂座談会《座談会》
　　　　　　　　　　25「X」3(6)'49.5 p46
山野 一郎
　七人の犯人《映画物語》
　　　　　　　　　　07「探偵」1(1)'31.5 p27
　ベンスン殺人事件《映画物語》
　　　　　　　　　　07「探偵」1(2)'31.6 p27
　スパイ《映画物語》　07「探偵」1(3)'31.7 p33
山埜 紙左馬
　農村太平記　　　　26「フーダニット」2(4)'48.7 p32
山野 紙左馬
　吾輩は婦人科医である
　　　　　　　　　　26「フーダニット」2(5)'48.8 p32
山野 滝
　折からの雨《小説》　07「探偵」1(4)'31.8 p142
山ノ内 三男
　ヤミ煙草取締り座談会《座談会》
　　　　　　　　　　32「探偵倶楽部」4(10)'53.10 p84
山辺 光三
　「名古屋行進曲」　　06「猟奇」4(4)'31.6 p51
山町 帆三
　動物商売往来　　　17「宝石」7(6)'52.6 p110
　あり得ない話がある話　17「宝石」7(7)'52.7 p205
　恐妻家に捧ぐ　　　17「宝石」7(8)'52.8 p100
　ワシの話　　　　　17「宝石」7(12)'52.12 p158
　デンキ・イス　　　17「宝石」8(2)'53.3 p146
　大陸が行方不明になつた話
　　　　　　　　　　17「宝石」8(3)'53.4 p198
　座つて待つていたお金持
　　　　　　　　　　17「宝石」8(5)'53.5 p168
　ヌケられます　　　17「宝石」8(6)'53.6 p205
　騒ぐことはない話　17「宝石」8(7)'53.7 p186
　アブク物語　　　　17「宝石」8(9)'53.8 p198

気が知れない話　　　17「宝石」8(11)'53.10 p212
十億ドル盗まれた男　17「宝石」8(14)'53.12 p172
わからんことはワカラン話
　　　　　　　　　　17「宝石」9(1)'54.1 p118
亡命世話業　　　　　17「宝石」9(3)'54.3 p159
昔の狼、今の狼　　　17「宝石」9(5)'54.4 p137
ばけの皮の話　　　　17「宝石」9(8)'54.7 p246
黄金の竪琴　　　　　17「宝石」9(9)'54.8 p96
一服か一本かの話　　17「宝石」9(11)'54.9 p58
破れ船の話　　　　　17「宝石」9(12)'54.10 p134
山村 一郎
　東京租界の実態を語る《座談会》
　　　　　　　　　　33「探偵実話」4(6)'53.5 p133
山村 鹿之助
　味　　　　　　　　05「探偵・映画」1(1)'27.10 p31
　猫好き　　　　　　05「探偵・映画」1(2)'27.11 p35
山村 尚太郎
　山家育ちの淫婦《小説》
　　　　　　　　　　32「探偵倶楽部」5(3)'54.3 p92
山村 直樹
　灰色の思い出《小説》
　　　　　　　　　　17「宝石」13(16)'58.12増 p254
　感想　　　　　　　17「宝石」14(4)'59.4 p219
山村 英明
　幻影《小説》　　　24「妖奇」4(6)'50.6 p74
　密室殺人事件《小説》　24「妖奇」5(1)'51.1 p112
　死のサーカス《小説》　24「妖奇」5(1)'51.5 p106
　歪んだ顔《小説》　24「妖奇」5(11)'51.11 p45
　ミステリオソ《小説》　24「妖奇」5(12)'51.12 p46
　夢と死の間《小説》　24「妖奇」6(7)'52.7 p53
　運命は皮肉《小説》　24「妖奇」6(8)'52.8 p84
　手品師《小説》　　24「妖奇」6(9)'52.9 p89
　濡手で粟《小説》　24「妖奇」6(10)'52.10 p61
　予感《小説》　　　24「妖奇」6(10)'52.10 p105
　乳房《小説》　　　24「トリック」6(12)'52.12 p42
　幻影《小説》　　　24「トリック」7(4)'53.4増 p74
山邑 日出明
　ある未亡人の悲劇《小説》
　　　　　　　　　　24「妖奇」6(5)'52.5 p120
　恋の制動機《小説》　24「妖奇」6(6)'52.6 p84
山村 ビビ
　「紅蝙蝠」　　　　06「猟奇」4(4)'31.6 p48
山村 不二
　アメリカの暗黒街を探る
　　　　　　　　　　09「探偵小説」2(1)'32.1 p162
山村 正夫
　二重密室の謎《小説》　17「宝石」4(2)'49.2 別付1
　侏儒の願い　　　　34「鬼」5 '51.11 p16
　壬生の長者物語《小説》　17「宝石」7(2)'52.2 p80
　歩く死体《脚本》　17「宝石」7(2)'52.2 p172
　道化師《小説》　　34「鬼」7 '52.7 p4
　前衛的探偵小説　　34「鬼」8 '53.1 p36
　受験生　　　　　　33「探偵実話」4(3)'53.2 p24
　影との戯れ《小説》
　　　　　　　　　　32「探偵倶楽部」4(2)'53.3 p216
　夢魂〈1〉《小説》
　　　　　　　　　　32「探偵倶楽部」4(5)'53.5 p316
　夢魂〈2〉《小説》
　　　　　　　　　　32「探偵倶楽部」4(6)'53.6 p260

やまむ

魅せられた女《座談会》
　　　　　32「探偵倶楽部」4(7)'53.7 p122
夢魂〈3〉《小説》
　　　　　32「探偵倶楽部」4(7)'53.7 p212
夢魂〈4〉《小説》
　　　　　32「探偵倶楽部」4(8)'53.8 p159
夢魂〈5〉《小説》
　　　　　32「探偵倶楽部」4(9)'53.9 p275
けむり《小説》　　34「鬼」9'53.9 p18
蝶螺《小説》　17「宝石」8(11)'53.10 p136
孔雀夫人の死《小説》
　　　　　32「探偵倶楽部」4(11)'53.11 p15
メルヘン《小説》32「探偵倶楽部」5(1)'54.1 p252
密蜂《小説》　　17「宝石」9(2)'54.2 p104
屍臭《小説》　33「探偵実話」5(3)'54.3 p238
毒環（後篇）青髯と二人の女《小説》
　　　　　33「探偵実話」5(4)'54.4 p51
愛神《小説》　　17「宝石」9(6)'54.5 p180
黒猫《小説》　33「探偵実話」5(7)'54.7 p158
暗い日曜日
　　　　　32「探偵倶楽部」5(8)'54.8 p236
洋裁学院《小説》　17「宝石」9(12)'54.10 p242
怪ئا《小説》32「探偵倶楽部」5(11)'54.11 p97
狩獵者　　27「別冊宝石」7(9)'54.11 p114
死体解剖一千体　32「探偵倶楽部」5(12)'54.12 p209
虫めずる姫《小説》
　　　　　32「探偵倶楽部」6(3)'55.3 p88
絞刑吏《小説》　32「探偵倶楽部」6(4)'55.4 p254
子飼いの塾生　　17「宝石」10(7)'55.5 p203
畸形児《小説》　17「宝石」10(8)'55.6 p202
狂った時計《小説》
　　　　　32「探偵倶楽部」6(8)'55.8 p60
流木《小説》　　17「宝石」10(12)'55.8増 p128
白い発狂者《小説》33「探偵実話」6(10)'55.9 p44
葬送行進曲《小説》
　　　　　32「探偵倶楽部」6(10)'55.10 p308
蝶螺《小説》　33「探偵実話」6(12)'55.10増 p45
祭の夜の火事《小説》
　　　　　32「探偵倶楽部」6(11)'55.11 p310
探偵小説ブームは果して来るか来ないか《座談会》
　　　　　32「探偵倶楽部」7(1)'56.1 p180
読心術《小説》　32「探偵倶楽部」7(2)'56.2 p62
指《小説》　　33「探偵実話」7(6)'56.3 p158
洋裁学院《小説》33「探偵実話」7(5)'56.3増 p288
人間の追求　　32「探偵倶楽部」7(8)'56.7 p45
かゞり火《小説》32「探偵倶楽部」7(8)'56.7 p208
基督復活《小説》32「探偵倶楽部」7(10)'56.9 p216
屠殺場《小説》　33「探偵実話」7(16)'56.9 p30
巴旦杏《小説》　33「探偵実話」7(17)'56.11 p106
火薬《小説》　32「探偵倶楽部」8(1)'57.1 p182
果実の譜《小説》33「探偵実話」8(3)'57.1 p274
映画白昼魔を見る《座談会》
　　　　　17「宝石」12(5)'57.4 p142
白線とはこんなもの
　　　　　32「探偵倶楽部」8(3)'57.4 p150
超現実主義の探偵小説
　　　　　32「探偵倶楽部」8(4)'57.5 p192
天和《小説》　33「探偵実話」8(9)'57.5 p30
作者の言葉　　33「探偵実話」8(9)'57.5 p31
私はこう思う《座談会》
　　　　　33「探偵実話」8(11)'57.7 p80

盗賊《小説》　17「宝石」12(11)'57.8増 p208
現代のスリルを語る《座談会》
　　　　　17「宝石」12(13)'57.10 p156
流木《小説》　33「探偵実話」8(15)'57.11 p136
探偵文壇の戦後派グループ
　　　　　33「探偵実話」8(15)'57.11 p243
獅子《小説》　17「宝石」12(14)'57.11 p270
喪服《小説》　33「探偵実話」8(16)'57.11 p166
貞女《小説》　17「宝石」12(15)'57.11増 p148
仁木悦子さんを訪ねて
　　　　　32「探偵倶楽部」8(13)'57.12 p47
悲恋《小説》　17「宝石」13(2)'58.1増 p114
銀造の死《小説》32「探偵倶楽部」9(3)'58.3 p104
未完成な殺人《小説》
　　　　　33「探偵実話」9(6)'58.3 p40
病みつき　　33「探偵実話」9(6)'58.3 p59
蝶螺《小説》32「探偵倶楽部」9(5)'58.4増 p86
聖虫記《小説》　17「宝石」13(7)'58.5増 p134
零の誘惑《小説》33「探偵実話」9(12)'58.8 p222
絵巻物《小説》　17「宝石」13(11)'58.8増 p160
狐狗狸の夕べ《座談会》
　　　　　17「宝石」13(13)'58.10 p166
指《小説》　27「別冊宝石」10(1)'58.10 p113
魔法使《小説》　32「探偵倶楽部」10(1)'59.1 p54
断頭台《小説》　17「宝石」14(2)'59.2 p152
若い火花《小説》32「探偵倶楽部」10(2)'59.2 p266
邪悪な影絵《小説》
　　　　　33「探偵実話」10(5)'59.3 p152
シャベルと鶴嘴《小説》
　　　　　33「探偵実話」10(11)'59.7 p38
絞刑吏《小説》　33「探偵実話」10(10)'59.7増 p260
暴君ネロ《小説》27「別冊宝石」12(8)'59.8 p87
暗い独房《小説》　17「宝石」15(4)'60.3 p258
喪服を着た埴輪〈1〉《小説》
　　　　　33「探偵実話」11(10)'60.7 p38
不審訊問　　17「宝石」15(10)'60.8 p284
喪服を着た埴輪〈2〉《小説》
　　　　　33「探偵実話」11(12)'60.8 p42
虫めずる姫《小説》
　　　　　33「探偵実話」11(11)'60.8増 p287
喪服を着た埴輪〈3〉《小説》
　　　　　33「探偵実話」11(13)'60.9 p272
喪服を着た埴輪〈4〉《小説》
　　　　　33「探偵実話」11(14)'60.10 p280
喪服を着た埴輪〈5〉《小説》
　　　　　33「探偵実話」11(16)'60.11 p278
探偵作家クラブ討論会《座談会》
　　　　　17「宝石」15(14)'60.12 p222
ねじれた鎖〈1〉《小説》
　　　　　17「宝石」16(1)'61.1 p188
喪服を着た埴輪〈6〉《小説》
　　　　　33「探偵実話」12(1)'61.1 p276
喪服を着た埴輪〈7〉《小説》
　　　　　33「探偵実話」12(3)'61.1 p278
ねじれた鎖〈2・完〉《小説》
　　　　　17「宝石」16(2)'61.2 p266
盲目の蟷螂《小説》
　　　　　33「探偵実話」12(2)'61.2増 p162
喪服を着た埴輪〈8・完〉《小説》
　　　　　33「探偵実話」12(4)'61.3 p272
万華鏡　　27「別冊宝石」15(1)'62.2 p125

天使《小説》　　　　　17「宝石」17(6)'62.5 p152
読心術《小説》　　　33「探偵実話」13(8)'62.6増 p280
古代ギリシャの夢〈1〉　17「宝石」17(9)'62.7 p19
昔噺雪女房《小説》
　　　　　35「エロティック・ミステリー」3(7)'62.7 p104
孤影の舞台〈1〉《小説》
　　　　　　　　　33「探偵実話」13(10)'62.8 p18
古代ギリシャの夢〈2〉
　　　　　　　　　　　17「宝石」17(10)'62.8 p19
名刀拝見　　　　　33「探偵実話」13(11)'62.9 p10
孤影の舞台〈3〉《小説》
　　　　　　　　　33「探偵実話」13(11)'62.9 p18
古代ギリシャの夢〈3〉
　　　　　　　　　　　17「宝石」17(11)'62.9 p19
温厚篤実の作家　　　17「宝石」17(11)'62.9 p116
孤影の舞台〈3〉《小説》
　　　　　　　　　33「探偵実話」13(12)'62.10 p18
巴旦杏《小説》　　　17「宝石」17(15)'62.11増 p354
結婚記念日《小説》
　　　　　35「エロティック・ミステリー」3(12)'62.12 p26
親愛すべき会長　　　　17「宝石」18(1)'63.1 p93
黒岩重吾氏のこと　　27「別冊宝石」16(1)'63.1 p157
女雛《小説》　　　　　17「宝石」18(4)'63.3 p88
断崖《小説》　　　　17「宝石」18(4)'63.10増 p198
疫病《小説》　　　　　17「宝石」19(5)'64.4 p128
山本 一郎
　呪はれの番号《小説》　04「探偵趣味」2 '25.10 p35
山本 稲夫
　兄と妹の話《小説》
　　　　　　　　　　27「別冊宝石」11(2)'58.2 p126
　入選に際して　　　　17「宝石」13(5)'58.4 p221
山本 嘉次郎
　二つの電車　　　　　17「宝石」18(5)'63.4 p20
山本 和彦
　"わが闘争"の残虐秘話
　　　　　35「エロティック・ミステリー」2(6)'61.6 p60
山本 健吉
　西近江のこと　　　　17「宝石」18(16)'63.12 p20
山本 光養
　顔による女性の性運判断〈1〉
　　　　　　　　　　33「探偵実話」8(4)'57.2 p82
　顔による女性の性運判断〈2〉
　　　　　　　　　33「探偵実話」8(6)'57.3 p203
　顔による女性の性運判断〈3・完〉
　　　　　　　　　33「探偵実話」8(7)'57.4 p201
山本 湖太郎
　ごろつき首《小説》　27「別冊宝石」7(7)'54.9 p218
山本 薩夫
　松本清張さんのこと　17「宝石」18(8)'63.6 p133
山本 繁緒
　合評・一九二八年《座談会》
　　　　　　　　　　　　06「猟奇」1(7)'28.12 p14
山本 重忠
　刑事生活三十余年の思ひ出を語る夕《座談会》
　　　　　　　　　11「ぷろふいる」1(1)'33.5 p24
山上 笙介
　真剣な戯れ《小説》
　　　　　　　　　27「別冊宝石」6(9)'53.12 p392

山本 善次郎
　無い家　　　　　　　17「宝石」19(4)'64.3 p16
山本 惣一郎
　『探偵趣味』問答《アンケート》
　　　　　　　　　　04「探偵趣味」4 '26.1 p51
山本 太郎
　寓話4《詩》　　　　　17「宝石」11(6)'56.4 p13
　北上山地の旅　　　　17「宝石」19(1)'64.1 p24
山本 徹
　金髪孤児《小説》　27「別冊宝石」6(9)'53.12 p364
山本 寅吉
　世はあげて強盗時代《座談会》
　　　　　　　　　　　18「トップ」3(1)'48.1 p32
山本 禾太郎
　ベスト・ガラス　　　04「探偵趣味」14 '26.12 p26
　クローズ・アップ《アンケート》
　　　　　　　　　　04「探偵趣味」19 '27.5 p39
　ざんげの塔　　　　　04「探偵趣味」20 '27.6 p49
　空想の果《小説》　　04「探偵趣味」22 '27.8 p6
　死体・刃物・猫　　05「探偵・映画」1(1)'27.10 p52
　屏風の陰から出て来た男
　　　　　　　　　　05「探偵・映画」1(2)'27.11 p36
　本年度印象に残れる作品、来年度ある作家への希望
　《アンケート》
　　　　　　　　　　　04「探偵趣味」26 '27.12 p61
　映画館事故《小説》　04「探偵趣味」4(3)'28.3 p57
　法廷小景　　　　　　04「探偵趣味」4(8)'28.5 p46
　貞操料《小説》　　　　06「猟奇」4(4)'31.6 p28
　掏摸座談会!《座談会》　06「猟奇」4(4)'31.6 p62
　重大なる過失　　　　　06「猟奇」4(5)'31.7 p22
　仙人掌の花《小説》　　06「猟奇」5(1)'32.1 p4
　二階から降りきた者《小説》
　　　　　　　　　　11「ぷろふいる」1(1)'33.5 p8
　ヒヤリとした話　　11「ぷろふいる」1(2)'33.6 p42
　一時五十二分《小説》
　　　　　　　　　　11「ぷろふいる」1(3)'33.7 p4
　車庫　　　　　　　11「ぷろふいる」1(4)'33.8 p60
　次号予告　　　　　11「ぷろふいる」1(5)'33.9 p46
　黒子《小説》　　　11「ぷろふいる」1(6)'33.10 p6
　おとしもの《小説》
　　　　　　　　　11「ぷろふいる」1(8)'33.12 p110
　黄色の寝衣《小説》
　　　　　　　　　　11「ぷろふいる」2(1)'34.1 p40
　幽霊写真《小説》　11「ぷろふいる」2(4)'34.6 p28
　事実問題と推理　　11「ぷろふいる」2(7)'34.7 p42
　寝言の寄せ書　　　11「ぷろふいる」2(8)'34.8 p70
　セルを着た人形〈連作小説A1号 5〉《小説》
　　　　　　　　　　11「ぷろふいる」2(8)'34.8 p71
　八月十一日の夜《脚本》
　　　　　　　　　　11「ぷろふいる」3(5)'35.5 p68
　白蟻の魅力　　　　11「ぷろふいる」3(10)'35.10 p90
　探偵小説と犯罪事実小説
　　　　　　　　　11「ぷろふいる」3(11)'35.11 p102
　ハガキ回答《アンケート》
　　　　　　　　　　11「ぷろふいる」3(12)'35.12 p42
　ペンぬり犯人　　　11「ぷろふいる」4(1)'36.1 p81
　犯罪から裁判まで　11「ぷろふいる」4(2)'36.2 p90
　探偵劇のこと　　　　14「月刊探偵」2(3)'36.4 p12
　探偵劇座談会《座談会》
　　　　　　　　　　11「ぷろふいる」4(5)'36.5 p88

851

小さな事件　　　　12「探偵文学」2(8)'36.8 p36
抱名荷の説《小説》
　　　　　　　　　11「ぶろふいる」5(1)'37.1 p84
お問合せ《アンケート》
　　　　　　　　　12「シュピオ」3(5)'37.6 p50
あの頃　　　　　　15「探偵春秋」2(7)'37.7 p50
少年と一万円《小説》12「シュピオ」3(7)'37.9 p5
ハガキ回答《アンケート》
　　　　　　　　　12「シュピオ」4(1)'38.1 p21
探偵小説思ひ出話　19「ぶろふいる」1(1)'46.7 p42
日本人ばなれの喜七さん
　　　　　　　　　19「ぶろふいる」2(1)'47.4 p36
閉鎖を命ぜられた妖怪館《小説》
　　　　　　　　　24「妖奇」1(2)'47.8 p51
窓〈1〉《小説》　　24「妖奇」1(3)'47.9 p26
月蝕について　　　23「真珠」2 '47.10 p20
窓〈2〉《小説》　　24「妖奇」1(4)'47.10 p23
窓〈3〉《小説》　　24「妖奇」1(5)'47.11 p29
窓〈4・完〉《小説》24「妖奇」1(6)'47.12 p26
小笛事件〈1〉《小説》24「妖奇」2(4)'48.3 p14
小笛事件〈2〉《小説》24「妖奇」2(5)'48.4 p17
小笛事件〈3〉《小説》24「妖奇」2(6)'48.5 p20
小笛事件〈4〉《小説》24「妖奇」2(7)'48.6 p30
小笛事件〈5〉《小説》24「妖奇」2(8)'48.7 p28
小笛事件〈6〉《小説》24「妖奇」2(9)'48.8 p28
小笛事件〈7〉《小説》24「妖奇」2(10)'48.9 p18
小笛事件〈8〉《小説》24「妖奇」2(11)'48.10 p37
小笛事件〈9〉《小説》24「妖奇」2(12)'48.11 p33
小笛事件〈10〉《小説》
　　　　　　　　　24「妖奇」2(13)'48.12 p36
小笛事件〈11〉《小説》24「妖奇」3(1)'49.1 p50
小笛事件〈12・完〉《小説》
　　　　　　　　　24「妖奇」3(2)'49.2 p41
長襦袢《小説》　　24「妖奇」3(6)'49.6 p29
反対訊問《小説》　24「妖奇」3(12)'49.11 p70
心の狐〈1〉《小説》24「妖奇」4(1)'50.1 p106
心の狐〈2〉《小説》24「妖奇」4(2)'50.2 p46
心の狐〈3〉《小説》24「妖奇」4(3)'50.3 p51
心の狐〈4・完〉《小説》24「妖奇」4(4)'50.4 p55
黒子〈1〉《小説》　24「妖奇」5(8)'51.8 p118
黒子〈2・完〉《小説》24「妖奇」5(9)'51.9 p68
山本 宣治
　革命前の不安　　04「探偵趣味」6 '26.3 p3
山本 正春
　魔薬決闘事件《小説》
　　　　　　　　　32「探偵クラブ」2(6)'51.8 p59
　猫とらんちゅうと宝石《小説》
　　　　　　24「トリック」6(11)'52.11 p104
　誰れが殺したか《小説》
　　　　　　　32「探偵倶楽部」5(8)'54.8 p278
山本 三生
　日本金豪・色豪列伝〈1〉
　　　　　　　　　35「ミステリー」5(3)'64.3 p26
　日本金豪・色豪列伝〈2〉
　　　　　　　　　35「ミステリー」5(4)'64.4 p159

山本 武蔵
　世相の裏をのぞく 質屋さん座談会《座談会》
　　　　　　　　　18「トップ」3(2)'48.2 p26
山本 明光
　化学者時代の甲賀氏 10「探偵クラブ」1 '32.4 p19
山脇 貞次
　ハガキ回答《アンケート》
　　　　　　　　　25「Gメン」1(1)'47.10 p23
闇の人
　血腥い新聞記事批判 03「探偵文芸」2(6)'26.6 p58
ヤローン, フランク
　ロマンティックな宵を《小説》
　　　　　　　32「探偵倶楽部」7(7)'56.6増 p257
ヤング, W・ヒルトン
　選択《小説》　　27「別冊宝石」16(8)'63.9 p219
ヤング, ジェイムス
　推薦状《小説》　32「探偵倶楽部」7(7)'56.6増 p221

【ゆ】

湯浅 辰馬
　放送探偵劇を語る《座談会》
　　　　　　　　　17「宝石」6(12)'51.11 p74
湯浅 輝夫
　膽石の指輪《小説》17「宝石」5(9)'50.9 p110
油井 正一
　今月のスイセン盤　17「宝石」15(12)'60.10 p227
　今月のスイセン盤　17「宝石」15(13)'60.11 p129
　今月のスイセン盤　17「宝石」15(14)'60.12 p287
　今月のスイセン盤　17「宝石」16(1)'61.1 p227
　今月のスイセン盤　17「宝石」16(2)'61.2 p201
　今月のスイセン盤　17「宝石」16(4)'61.3 p207
　今月のスイセン盤　17「宝石」16(5)'61.4 p211
　今月のスイセン盤　17「宝石」16(6)'61.5 p199
　今月のスイセン盤　17「宝石」16(7)'61.6 p271
　今月のスイセン盤　17「宝石」16(8)'61.7 p267
　今月のスイセン盤　17「宝石」16(9)'61.8 p225
　今月のスイセン盤　17「宝石」16(10)'61.9 p277
　今月のスイセン盤　17「宝石」16(11)'61.10 p311
　今月のスイセン盤　17「宝石」16(12)'61.11 p237
　今月のスイセン盤　17「宝石」16(13)'61.12 p281
　今月のスイセン盤　17「宝石」17(1)'62.1 p241
　今月のスイセン盤　17「宝石」17(3)'62.2 p279
　今月のスイセン盤　17「宝石」17(4)'62.3 p257
　今月のスイセン盤　17「宝石」17(5)'62.4 p231
　今月のスイセン盤　17「宝石」17(6)'62.5 p255
　今月のスイセン盤　17「宝石」17(7)'62.6 p295
　推薦盤　　　　　17「宝石」17(9)'62.7 p265
　MODERN JAZZ RECORD REVIEW
　　　　　　　　　17「宝石」17(10)'62.8 p221
　MODERN JAZZ RECORD REVIEW
　　　　　　　　　17「宝石」17(11)'62.9 p259
　MODERN JAZZ RECORD REVIEW
　　　　　　　　　17「宝石」17(13)'62.10 p259
　MODERN JAZZ RECORD REVIEW
　　　　　　　　　17「宝石」17(14)'62.11 p229

MODERN JAZZ RECORD REVIEW
　　　　　　　　17「宝石」17(16)'62.12 p285
MODERN JAZZ RECORD REVIEW
　　　　　　　　17「宝石」18(1)'63.1 p133
MODERN JAZZ RECORD REVIEW
　　　　　　　　17「宝石」18(3)'63.2 p207
MODERN JAZZ RECORD REVIEW
　　　　　　　　17「宝石」18(4)'63.3 p67
MODERN JAZZ RECORD REVIEW
　　　　　　　　17「宝石」18(5)'63.4 p283
MODERN JAZZ RECORD REVIEW
　　　　　　　　17「宝石」18(7)'63.5 p169
MODERN JAZZ RECORD REVIEW
　　　　　　　　17「宝石」18(8)'63.6 p329
MODERN JAZZ RECORD REVIEW
　　　　　　　　17「宝石」18(9)'63.7 p129
MODERN JAZZ RECORD REVIEW
　　　　　　　　17「宝石」18(11)'63.8 p249
MODERN JAZZ RECORD REVIEW
　　　　　　　　17「宝石」18(12)'63.9 p191
MODERN JAZZ RECORD REVIEW
　　　　　　　　17「宝石」18(13)'63.10 p213
MODERN JAZZ RECORD REVIEW
　　　　　　　　17「宝石」18(15)'63.11 p123
MODERN JAZZ RECORD REVIEW
　　　　　　　　17「宝石」18(16)'63.12 p171
柚木 順太郎
　或る摂理の記録《小説》
　　　　　　　　27「別冊宝石」2(3)'49.12 p476
幽鬼 太郎　→白石潔
　探偵小説月評　　17「宝石」4(9)'49.10 p160
　探偵小説月評　　17「宝石」4(10)'49.11 p68
　探偵小説月評　　17「宝石」4(11)'49.12 p148
　探偵小説月評　　17「宝石」5(1)'50.1 p216
　探偵小説月評　　17「宝石」5(2)'50.2 p190
　探偵小説月評　　17「宝石」5(3)'50.3 p132
　探偵小説月評　　17「宝石」5(4)'50.4 p234
　探偵小説月評　　17「宝石」5(5)'50.5 p134
　探偵小説月評　　17「宝石」5(6)'50.6 p102
　探偵小説月評　　17「宝石」5(7)'50.7 p120
　探偵小説月評　　17「宝石」5(8)'50.8 p172
　探偵小説月評　　17「宝石」5(9)'50.9 p216
　探偵小説月評　　17「宝石」5(10)'50.10 p224
　探偵小説月評　　17「宝石」5(11)'50.11 p88
　探偵小説月評　　17「宝石」5(12)'50.12 p152
結城 勉
　蒸暑い夜《小説》 32「探偵倶楽部」6(6)'55.6 p163
結城 昌治
　坊主頭《小説》　 17「宝石」15(9)'60.7 p130
　めぐりあい《小説》17「宝石」15(12)'60.10 p194
　河野典生氏のひげ　17「宝石」16(1)'61.1 p12
　死んでから笑え《小説》17「宝石」16(1)'61.1 p24
　視線《小説》　　 17「宝石」16(2)'61.2 p82
　女の匂いは高くつく《小説》
　　　　　　　　27「別冊宝石」14(3)'61.5 p112
　親のかたき《小説》27「別冊宝石」14(4)'61.7 p68
　葬式紳士《小説》 17「宝石」16(10)'61.9 p54
　うまい話《小説》 27「別冊宝石」15(1)'62.2
　「うまい話」自選の言葉
　　　　　　　　27「別冊宝石」15(1)'62.2 p101

死ぬほど愛して《小説》 17「宝石」17(5)'62.4 p82
天上縊死《小説》　 17「宝石」17(15)'62.11増 p38
松野敬吉の場合《小説》17「宝石」18(4)'63.3 p54
トリック功者?　27「別冊宝石」16(3)'63.3 p37
寒中水泳《小説》　17「宝石」18(6)'63.4増 p408
「寒中水泳」　　　17「宝石」18(6)'63.4増 p413
通夜の女《小説》　17「宝石」18(9)'63.7 p42
発見《小説》　　27「別冊宝石」16(8)'63.9 p40
犯行以後《小説》　17「宝石」18(14)'63.10増 p34
気ちがい《小説》　17「宝石」19(3)'64.2 p188
ナルスジャックを肴に 17「宝石」19(7)'64.5 p74
悒愁亭主人
　作られた殺人《小説》　28「影」'48.7 p23
　新釈日常語辞典　　　　28「影」'48.7 p29
由紀 義一
　性世界秘密情報《対談》
　　　　　　　33「探偵実話」9(15)'58.10 p222
由木 京亮
　ある復讐　　　　33「探偵実話」6(8)'55.7 p2
　邂逅《小説》　　33「探偵実話」6(10)'55.9 p2
　十年目の月《小説》33「探偵実話」6(13)'55.11 p2
由紀 俊郎
　診察台の情事　　33「探偵実話」10(2)'59.1増
行方 宗作
　探偵月評　　　　11「ぷろふいる」2(6)'34.6 p74
　噂　　　　　　　11「ぷろふいる」2(7)'34.7 p43
　雨の日の出来事《小説》
　　　　　　　　11「ぷろふいる」3(2)'35.2 p78
ユースティス, ヘレン
　地平線の男《小説》
　　　　　　　　27「別冊宝石」16(3)'63.6 p153
ユーステス, R
　茶の葉《小説》　 17「宝石」10(14)'55.10 p26
　闇のなかの顔《小説》
　　　　　　　　27「別冊宝石」10(10)'57.10 p192
楪 邦好
　女車券師　　　　33「探偵実話」9(8)'58.5増 p160
湯谷 晃
　スタジオ殺人事件《小説》
　　　　　　　　27「別冊宝石」11(2)'58.2 p344
杠 国義
　ハヤマール号大秘録
　　　　　　　　33「探偵実話」2(10)'51.9 p64
油野 誠一
　捕物ごっこ　　　17「宝石」14(5)'59.5 p4
湯葉家 半ハ
　旅の恥掻キクケコ《座談会》
　　　　　　　35「エロチック・ミステリー」5(1)'64.1 p148
湯原 九郎
　アナスターシヤ姫事件〈1〉
　　　　　　　　33「探偵実話」6(8)'55.7 p24
　アナスターシヤ姫事件〈2〉
　　　　　　　　33「探偵実話」6(9)'55.8 p62
　アナスターシヤ姫事件〈3〉
　　　　　　　　33「探偵実話」6(11)'55.10 p216
　アナスターシヤ姫事件〈4〉
　　　　　　　　33「探偵実話」6(13)'55.11 p190

アナスターシヤ姫事件〈5〉
　　　　　33「探偵実話」7(1)'55.12 p232
アナスターシヤ姫事件〈6〉
　　　　　33「探偵実話」7(3)'56.1 p218
アナスターシヤ姫事件〈7〉
　　　　　33「探偵実話」7(4)'56.2 p222
アナスターシヤ姫事件〈8〉
　　　　　33「探偵実話」7(6)'56.3 p218
アナスターシヤ姫事件〈9〉
　　　　　33「探偵実話」7(7)'56.4 p266
アナスターシヤ姫事件〈10〉
　　　　　33「探偵実話」7(9)'56.5 p276
アナスターシヤ姫事件〈11〉
　　　　　33「探偵実話」7(12)'56.7 p234
由比 左門
らくがき 情熱の騎士木々高太郎
　　　　　15「探偵春秋」1(3)'36.12 p59
由美女
品川も江戸の内　27「別冊宝石」6(4)'53.6 p254
夢 喰之助
熊谷晃一　15「探偵春秋」1(2)'36.11 p113
夢木 冬花
鏡《小説》　33「探偵実話」6(6)'55.5 p9
夢座 海二
赤は紫の中に隠れている《小説》
　　　　　27「別冊宝石」2(3)'49.12 p10
誰も私を信じない《小説》
　　　　　27「別冊宝石」3(1)'50.2 p462
フイルムに聴け《小説》　17「宝石」6(5)'51.5 p166
五・三・〇——われ追求す《小説》
　　　　　17「宝石」6(10)'51.10 p236
黒髪はなぜ編まれる《小説》
　　　　　27「別冊宝石」4(2)'51.12 p66
アンケート《アンケート》
　　　　　17「宝石」7(1)'52.1 p90
三つボタンの上衣《小説》
　　　　　17「宝石」7(3)'52.3 p104
死の時《小説》　27「別冊宝石」5(6)'52.6 p316
空翔ける殺人《小説》
　　　　　27「別冊宝石」5(7)'52.7 p14
新宿火焔広場《小説》
　　　　　32「探偵倶楽部」3(10)'52.11 p34
断崖の決闘《小説》　33「探偵実話」3(13)'52.11 p110
聖夜夢《小説》　17「宝石」7(12)'52.12 p74
遺言映画《小説》　32「探偵倶楽部」4(2)'53.3 p26
探偵作家と警察署長の座談会《座談会》
　　　　　17「宝石」4(5)'53.5 p98
難船者島《小説》　17「宝石」8(3)'53.6 p28
引揚船から消えた男
　　　　　32「探偵倶楽部」4(6)'53.6 p35
探偵小説と実際の犯罪《座談会》
　　　　　32「探偵倶楽部」4(6)'53.6 p194
変身《小説》　17「宝石」8(11)'53.10 p155
新達君の奇術《小説》
　　　　　32「探偵倶楽部」5(1)'54.1 p219
手錠《小説》　17「宝石」9(2)'54.2 p70
三包の粉薬《小説》
　　　　　32「探偵倶楽部」5(2)'54.2 p226
淫楽の価《小説》　32「探偵倶楽部」5(4)'54.4 p220

ビキニの灰《小説》
　　　　　32「探偵倶楽部」5(6)'54.6 p27
追われる人《小説》　27「別冊宝石」7(5)'54.6 p254
火星の男（後篇）虜われ星《小説》
　　　　　33「探偵実話」5(7)'54.6 p50
コンコン・ハウス《小説》
　　　　　17「宝石」9(10)'54.8増 p144
POST ROOM　17「宝石」9(13)'54.11 p207
裏道《小説》　17「宝石」10(1)'55.1 p230
地球よさらば《小説》　17「宝石」10(3)'55.2 p94
「はと」列車の忘れ物《小説》
　　　　　17「宝石」10(4)'55.3 p222
蟻地獄《小説》　32「探偵倶楽部」6(3)'55.3 p260
十年目《小説》　17「宝石」10(7)'55.5 p156
落選殺人事件《小説》
　　　　　32「探偵倶楽部」6(7)'55.7 p202
ヌードの因果《小説》
　　　　　17「宝石」10(12)'55.8増 p142
歳の瀬に　17「宝石」11(1)'56.1 p87
地底の墓場《小説》
　　　　　32「探偵倶楽部」7(1)'56.1 p156
探偵小説ブームは果して来るか来ないか《座談会》
　　　　　17「宝石」11(1)'56.1 p180
焔の心理《小説》　17「宝石」11(3)'56.2 p132
野獣《小説》　17「宝石」11(5)'56.3増 p120
偽装魔《小説》　32「探偵倶楽部」7(5)'56.5 p24
どんたく囃子《小説》　17「宝石」11(8)'56.6 p48
小菅へ帰る男《小説》
　　　　　32「探偵倶楽部」7(10)'56.9 p88
食中毒《小説》　17「宝石」11(14)'56.10 p262
消えた貸車《小説》
　　　　　32「探偵倶楽部」8(2)'57.3 p38
歓喜魔符《小説》　17「宝石」12(4)'57.3 p210
アンケート《アンケート》
　　　　　17「宝石」12(13)'57.10 p281
どんたく囃子
　　　　　32「探偵倶楽部」8(12)'57.11増 p183
海底に消える《小説》
　　　　　32「探偵倶楽部」9(4)'58.4 p122
横溝・渡辺・黒沼・永瀬四氏還暦祝賀会報告
　　　　　17「宝石」17(10)'62.8 p56
夢の 久作　→夢野久作
猟奇歌《猟奇歌》
　　　　　11「ぶろふいる」3(10)'35.10 p143
夢野 久作　→夢の久作, ゆめの・きうさく
ドタ福クタバレ《小説》
　　　　　04「探偵趣味」14 '26.12 p37
線路《小説》　04「探偵趣味」15 '27.1 p26
夫人探索《小説》　04「探偵趣味」17 '27.3 p75
ざんげの塔　04「探偵趣味」20 '27.6 p45
ゐなか、の、じけん〈1〉《小説》
　　　　　04「探偵趣味」21 '27.7 p75
ゐなか、の、じけん 備考
　　　　　04「探偵趣味」21 '27.7 p81
うた《猟奇歌》　04「探偵趣味」22 '27.8 p51
チヤンバラ　05「探偵・映画」1(2)'27.11 p44
ゐなか、の、じけん〈2〉《小説》
　　　　　04「探偵趣味」26 '27.12 p29
本年度印象に残れる作品、来年度ある作家への希望
《アンケート》
　　　　　04「探偵趣味」26 '27.12 p59

ゆめの

ゐなか、の、じけん〈3〉《小説》	
	04「探偵趣味」4(6)'28.6 p11
月蝕《猟奇歌》	06「猟奇」1(3)'28.8 p10
瓶詰の地獄《小説》	06「猟奇」1(5)'28.10 p32
手先表情映画脚本《脚本》	
	06「猟奇」1(6)'28.11 p9
兄貴の骨《小説》	06「猟奇」1(7)'28.12 p10
微笑《小説》	06「猟奇」2(2)'29.2 p32
模範兵士《小説》	06「猟奇」2(3)'29.3 p7
X光線《小説》	06「猟奇」2(5)'29.5 p30
猟奇歌《猟奇歌》	06「猟奇」2(6)'29.6 p30
猟奇歌《猟奇歌》	06「猟奇」2(7)'29.7 p46
赤い鳥《小説》	06「猟奇」2(7)'29.7 p48
ナンセンス	06「猟奇」2(8)'29.8 p37
猟奇歌《猟奇歌》	06「猟奇」2(9)'29.9 p48
卵《小説》	06「猟奇」2(10)'29.10 p44
猟奇歌《猟奇歌》	06「猟奇」2(11)'29.11 p34
八幡まゐり《小説》	06「猟奇」3(1)'30.1 p52
猟奇歌《猟奇歌》	06「猟奇」3(3)'30.4 p12
江戸川乱歩氏に封する私の感想	
	06「猟奇」3(3)'30.4 p28
血潮したゝる《猟奇歌》	06「猟奇」3(4)'30.5 p20
猟奇歌《猟奇歌》	06「猟奇」4(1)'31.3 p4
霊感!〈1〉《小説》	06「猟奇」4(1)'31.3 p49
霊感!〈2・完〉《小説》	06「猟奇」4(2)'31.4 p56
怪青年モセイ	06「猟奇」4(3)'31.5 p47
タダ一つ神もし許し賜はゞ……《アンケート》	
	06「猟奇」4(3)'31.5 p67
[猟奇の歌]《猟奇歌》	06「猟奇」5(1)'32.1 p18
れふきうた《猟奇歌》	06「猟奇」5(3)'32.3 p8
旧稿の中より	06「猟奇」5(4)'32.4 p20
れふきうた《猟奇歌》	06「猟奇」5(4)'32.4 p30
本格小説の常道	10「探偵クラブ」1'32.4 p24
怪夢《小説》	10「探偵クラブ」3'32.6 p32
ビルヂング《小説》	10「探偵クラブ」5'32.10 p28
殺人迷路〈7〉《小説》	
	10「探偵クラブ」7'32.12 p4
縊死体《小説》	10「探偵クラブ」8'33.1 p18
ぷろふいるに寄する言葉	
	11「ぷろふいる」1(1)'33.5 p50
うごく窓《猟奇歌》	
	11「ぷろふいる」1(8)'33.12 p62
うごく窓《猟奇歌》	11「ぷろふいる」2(2)'34.2 p62
地獄の花《猟奇歌》	11「ぷろふいる」2(4)'34.4 p38
木魂《猟奇歌》	11「ぷろふいる」2(5)'34.5 p6
死《猟奇歌》	11「ぷろふいる」2(6)'34.6 p80
見世物師の夢《猟奇歌》	
	11「ぷろふいる」2(7)'34.7 p5
「金色藻」読後感	11「ぷろふいる」2(8)'34.8 p96
白骨譜《猟奇歌》	11「ぷろふいる」2(9)'34.9 p68
[猟奇歌]《猟奇歌》	
	11「ぷろふいる」2(10)'34.10 p5
[猟奇歌]《猟奇歌》	
	11「ぷろふいる」2(11)'34.11 p5
白くれなゐ《小説》	
	11「ぷろふいる」2(11)'34.11 p6
[猟奇歌]《猟奇歌》	
	11「ぷろふいる」2(12)'34.12 5
我もし我なりせば	
	11「ぷろふいる」2(12)'34.12 p104
探偵小説の正体	11「ぷろふいる」3(1)'35.1 p134
[猟奇歌]《猟奇歌》	11「ぷろふいる」3(2)'35.2 p5
スランプ	11「ぷろふいる」3(3)'35.3 p66
[猟奇歌]《猟奇歌》	11「ぷろふいる」3(4)'35.4 p5
[猟奇歌]《猟奇歌》	11「ぷろふいる」3(5)'35.5 p5
[猟奇歌]《猟奇歌》	11「ぷろふいる」3(6)'35.6 p5
[猟奇歌]《猟奇歌》	11「ぷろふいる」3(7)'35.7 p5
やつつつけられる	11「ぷろふいる」3(8)'35.8 p70
[猟奇歌]《猟奇歌》	11「ぷろふいる」3(9)'35.9 p9
甲賀三郎氏に答ふ	
	11「ぷろふいる」3(10)'35.10 p106
猟奇歌《猟奇歌》	
	11「ぷろふいる」3(11)'35.11 p151
ハガキ回答《アンケート》	
	11「ぷろふいる」3(12)'35.12 p45
猟奇歌《猟奇歌》	11「ぷろふいる」3(12)'35.12 p88
私の好きな読みもの 14「月刊探偵」2(1)'36.1 p12
ハガキ回答《アンケート》	
	12「探偵文学」1(10)'36.1 p15
髪切虫《小説》	11「ぷろふいる」4(1)'36.1 p41
創作人物の名前について	
	14「月刊探偵」2(3)'36.4 p5
探偵小説漫想	12「探偵文学」2(4)'36.4 p6
良心・第一義	11「ぷろふいる」4(5)'36.5 p86
雪子さんの泥棒よけ《童話》	
	14「月刊探偵」2(5)'36.6 p12
芝居狂冒険《小説》	
	11「ぷろふいる」4(6)'36.6 p28
恐ろしい東京	15「探偵春秋」2(2)'37.2 p34
あやかしの鼓〔原作〕《絵物語》	
17「宝石」2(1)'47.1 p9, 11, 13, 15, 17, 21, 25, 27, 29, 31
鉄鎚《小説》	18「トップ」2(3)'47.6増 p50
ココナットの実〈1〉《小説》	
	24「妖奇」1(4)'47.10 p1
ココナットの実〈2・完〉《小説》	
	24「妖奇」1(5)'47.11 p10
童貞〈1〉《小説》	24「妖奇」2(7)'48.6 p10
童貞〈2・完〉《小説》	24「妖奇」2(8)'48.7 p20
殺人リレー《小説》	24「妖奇」2(9)'48.8 p5
白菊《小説》	24「妖奇」2(13)'48.12 p14
悪魔祈祷書《小説》	24「妖奇」3(1)'49.1 p60
人間腸詰《小説》	24「妖奇」3(2)'49.2 p16
冥土行進曲《小説》	24「妖奇」4(4)'50.4 p64
死後の恋《小説》	33「探偵実話」3(5)'52.3増 p224
鉄鎚《小説》	17「宝石」7(7)'52.7 p150
瓶詰地獄《小説》	33「探偵実話」3(11)'52.9増 p46
死後の恋《小説》	27「別冊宝石」6(3)'53.5 p226
瓶詰地獄《小説》	17「宝石」9(7)'54.4 p212
白菊《小説》	27「別冊宝石」9(5)'56.6 p166
難船小僧《小説》	33「探偵実話」7(11)'56.7増 p196
あやかしの鼓《小説》	
	17「宝石」11(15)'56.11 p266
人間腸詰《小説》	
	33「探偵実話」7(16)'56.11増 p170
悪魔祈祷書《小説》	
	33「探偵実話」8(5)'57.3増 p143
自白心理《小説》	17「宝石」12(9)'57.7 p160
瓶詰地獄《小説》	
	32「探偵倶楽部」9(5)'58.4増 p284
巡査辞職《小説》	27「別冊宝石」11(6)'58.7 p90
人間腸詰《小説》	27「別冊宝石」11(6)'58.7 p156

855

悪魔祈祷書《小説》
　　　　　　　　　27「別冊宝石」11(6)'58.7 p193
氷の涯《小説》　　27「別冊宝石」11(6)'58.7 p292
瓶詰地獄《小説》　17「宝石」18(7)'63.5 p218

ゆめの・きうさく　→夢野久作
　猟奇歌《猟奇歌》　06「猟奇」1(2)'28.6 p15

由良 啓一
　氷塊《小説》　　 27「別冊宝石」4(2)'51.12 p280
　［略歴］　　　　 17「宝石」7(4)'52.4 p6
　カルタの城《小説》17「宝石」7(4)'52.4 p60
　傀儡《小説》　　 27「別冊宝石」5(6)'52.6 p78

由良 桂一　→由良啓一
　娼婦の部屋《小説》
　　　　　　　　　33「探偵実話」5(13)'54.11 p128

由利 英
　最新の科学捜査を語る座談会《座談会》
　　　　　　　　　33「探偵実話」2(11)'51.10 p168
　刑事の手帳から　 32「探偵倶楽部」3(9)'52.10 p134
　グランヂェ宝石店
　　　　　　　　　32「探偵倶楽部」3(10)'52.11 p65
　くつみがき　　　 32「探偵倶楽部」3(12)'52.12 p259
　すりと警官　　　 32「探偵倶楽部」4(1)'53.2 p181

由利 高志
　その後の世間を驚かした話題の主
　　　　　　　　　25「Gメン」1(1)'47.10 p32
　夜の女王妖花「夜嵐の明美」と語る
　　　　　　　　　25「Gメン」1(2)'47.11 p36

由利 湛
　「肉体の門」殺人事件《小説》
　　　　　　　　　17「宝石」4(3)'49.3 p78
　流行作家《小説》 17「宝石」4(9)'49.10 p172
　人生的な味　　　 17「宝石」5(1)'50.1 p359

ユルネル
　愛!!!　　　　　 06「猟奇」4(2)'31.4 p44

ユンガー，F・G
　白兎《小説》　　 17「宝石」12(1)'57.1 p264

【よ】

妖畸館主人
　晴雨計　　　　　12「探偵文学」2(10)'36.10 p34
　晴雨計　　　　　12「探偵文学」2(11)'36.11 p44
　晴雨計　　　　　12「探偵文学」2(12)'36.12 p62

妖奇編集部
　作品月旦　　　　24「妖奇」5(12)'51.12 p132

横井 俊幸
　未来戦を決定するもの
　　　　　　　　　33「探偵実話」4(6)'53.5 p218

横井 直一
　文化発展裏面史　35「エロティック・ミステリー」3(3)'62.3 p26

横内 正男
　三行広告《小説》 27「別冊宝石」2(3)'49.12 p260

横沢 千秋
　黄色い花束　　　25「X」3(4)'49.3別 p66

浜町河岸《小説》　25「X」3(12)'49.11 p68

横専 学人
　作者と題名　　　11「ぷろふいる」4(9)'36.9 p132

横塚 清
　義父に奪われた嫁の貞操
　　　　　　　　　33「探偵実話」12(3)'61.1 p50
　破れた旅館女将の完全犯罪
　　　　　　　　　33「探偵実話」12(5)'61.4 p108
　絶倫男と女ども　33「探偵実話」12(8)'61.6 p192
　シュミーズ、ブラジャー、そしてパンティ
　　　　　　　　　33「探偵実話」12(11)'61.8 p176
　幽霊と婚約した男
　　　　　　　　　33「探偵実話」12(12)'61.10 p202
　夜這いの朝女は死んだ
　　　　　　　　　33「探偵実話」12(14)'61.10増 p96
　大学講師と女教師の狂恋始末記
　　　　　　　　　33「探偵実話」12(16)'61.12 p138
　折れたナイフが知っている!!
　　　　　　　　　33「探偵実話」13(2)'62.1増 p220
　都会の谷間の青い野獣たち
　　　　　　　　　33「探偵実話」13(4)'62.3 p96
　機動強盗団　　　33「探偵実話」13(9)'62.7 p168
　商一家四人殺しの謎
　　　　　　　　　33「探偵実話」13(12)'62.10 p171

横溝 正史
　幽霊屋敷　　　　04「探偵趣味」1 '25.9 p5
　探偵問答《アンケート》　04「探偵趣味」1 '25.9 p27
　探偵趣味問答《アンケート》
　　　　　　　　　04「探偵趣味」3 '25.11 p42
　私の死ぬる日　　04「探偵趣味」4 '26.1 p25
　探偵小説講座〈1〉04「探偵趣味」7 '26.4 p24
　災難《小説》　　 04「探偵趣味」7 '26.4 p62
　処女作伝々　　　04「探偵趣味」8 '26.5 p26
　いろいろ　　　　04「探偵趣味」8 '26.5 p44
　［喫茶室］　　　 04「探偵趣味」13 '26.11 p42
　酔中語　　　　　04「探偵趣味」13 '26.11 p48
　帰れるお類《小説》04「探偵趣味」13 '26.11 p63
　クローズ・アップ《アンケート》
　　　　　　　　　04「探偵趣味」14 '26.12 p45
　クローズ・アップ《アンケート》
　　　　　　　　　04「探偵趣味」15 '27.1 p51
　鈴木と河越の話《小説》
　　　　　　　　　04「探偵趣味」15 '27.1 p83
　銀座小景　　　　04「探偵趣味」16 '27.2 p45
　素敵なステッキの話《小説》
　　　　　　　　　04「探偵趣味」21 '27.7 p66
　作者の言葉　　　04「探偵趣味」24 '27.10 p41
　女怪〈1〉《小説》04「探偵趣味」25 '27.11 p2
　第一回分の終に　 04「探偵趣味」25 '27.11 p17
　本年度印象に残れる作品、来年度ある作家への希望
　《アンケート》
　　　　　　　　　04「探偵趣味」26 '27.12 p59
　女怪〈2〉《小説》04「探偵趣味」26 '27.12 p80
　女怪〈3〉《小説》04「探偵趣味」4(1)'28.1 p46
　霜月座談会《座談会》
　　　　　　　　　04「探偵趣味」4(1)'28.1 p62
　翻訳座談会《座談会》
　　　　　　　　　04「探偵趣味」4(2)'28.2 p30
　女怪〈4〉《小説》04「探偵趣味」4(3)'28.3 p88
　女怪〈5〉《小説》04「探偵趣味」4(4)'28.4 p84

執筆者名索引　　よこみ

私の好きな一偶《アンケート》	
	06「猟奇」1(2)'28.6 p28
首吊り三代記《小説》	07「探偵」1(1)'31.5 p156
探偵小説講座〈1〉	09「探偵小説」2(1)'32.1 p140
探偵小説講座〈2〉	09「探偵小説」2(2)'32.2 p212
光る石	10「探偵クラブ」2 '32.5 p34
クロスワード式探偵小説	
	10「探偵クラブ」3 '32.6 p3
殺人迷路〈3〉《小説》	
	10「探偵クラブ」3 '32.6 p11
彼の精神力	10「探偵クラブ」5 '32.10 p6
現実派探偵小説	10「探偵クラブ」6 '32.11 p18
建築家の死《小説》	10「探偵クラブ」9 '33.3 p28
東京パンの思ひ出	10「探偵クラブ」10 '33.4 p28
湖泥(『鬼火』抜粋)《小説》	
	12「シュピオ」3(4)'37.5 p52
お問合せ《アンケート》	
	12「シュピオ」3(5)'37.6 p50
上諏訪三界	12「シュピオ」3(9)'37.11 p10
本陣殺人事件〈1〉《小説》	
	17「宝石」1(1)'46.3 p2
探偵小説への餓餓	17「宝石」1(1)'46.3 p35
刺青された男《小説》	16「ロック」1(2)'46.4 p1
蝶々殺人事件〈1〉《小説》	
	16「ロック」1(3)'46.5 p2
蝶々殺人事件に就いて	16「ロック」1(3)'46.5 p17
本陣殺人事件〈2〉《小説》	
	17「宝石」1(2)'46.5 p42
疎開先の庭	17「宝石」1(3)'46.6 前1
春色眉かくし《小説》	17「宝石」1(3)'46.6 p12
本陣殺人事件〈3〉《小説》	
	17「宝石」1(3)'46.6 p42
本陣殺人事件〈4〉《小説》	
	17「宝石」1(4)'46.7 p59
蝶々殺人事件〈2〉《小説》	
	16「ロック」1(4)'46.8 p25
白蠟少年《脚本》	17「宝石」1(5)'46.8 p34
本陣殺人事件〈5〉《小説》	
	17「宝石」1(5)'46.8 p75
花粉《小説》	16「ロック」1(5)'46.10 p42
蝶々殺人事件〈3〉《小説》	
	16「ロック」1(5)'46.10 p110
本陣殺人事件〈6〉《小説》	
	17「宝石」1(6・7)'46.10 p63
詰将棋《小説》	20「探偵よみもの」30 '46.11 p28
本陣殺人事件〈7〉《小説》	
	17「宝石」1(8)'46.11 p72
探偵小説闇黒時代	19「ぷろふいる」1(2)'46.12 p45
蝶々殺人事件〈4〉《小説》	
	16「ロック」1(6)'46.12 p78
獄門島 作者の言葉	16「ロック」1(9)'46.12 p64
本陣殺人事件〈8・完〉《小説》	
	17「宝石」1(9)'46.12 p65
蝶々殺人事件〈5〉《小説》	
	16「ロック」2(1)'47.1 p112
獄門島〈1〉《小説》	17「宝石」2(1)'47.1 p6
梅雨述懐《短歌、俳句》	16「ロック」2(2)'47.2 p70
蝶々殺人事件〈6〉《小説》	
	16「ロック」2(2)'47.2 p84
蝶々殺人事件〈7〉《小説》	
	16「ロック」2(3)'47.3 p103
獄門島〈2〉《小説》	17「宝石」2(2)'47.3 p86
画室の犯罪《小説》	19「ぷろふいる」2(1)'47.4 p20
[作者の言葉]	19「ぷろふいる」2(1)'47.4 p27
田園日記	19「ぷろふいる」2(1)'47.4 p38
蝶々殺人事件〈8・完〉《小説》	
	16「ロック」2(4)'47.4 p82
『蝶々殺人事件』の映画化について	
	16「ロック」2(4)'47.4 p125
白羽の矢《小説》	17「宝石」2(4)'47.4 p58
獄門島〈3〉《小説》	17「宝石」2(3)'47.4 p133
私の野心	23「真珠」1 '47.4 p22
獄門島〈4〉《小説》	17「宝石」2(4)'47.5 p56
獄門島〈5〉《小説》	17「宝石」2(6)'47.6 p48
探偵茶話	16「ロック」2(7)'47.7 p15
面〈1〉《小説》	24「妖奇」1(1)'47.7 p28
「蝶々殺人事件」覚書	
	22「新探偵小説」1(3)'47.7 p32
獄門島〈6〉《小説》	17「宝石」2(7)'47.7 p42
面〈2・完〉《小説》	24「妖奇」1(2)'47.8 p44
蝙蝠と蛞蝓《小説》	16「ロック」2(8)'47.9 p2
獄門島〈7〉《小説》	17「宝石」2(8)'47.9 p54
ハガキ回答《アンケート》	
	25「Gメン」1(1)'47.10 p19
探偵茶話	23「真珠」2 '47.10 p32
獄門島〈8〉《小説》	17「宝石」2(9)'47.10 p54
探偵茶話	16「ロック」2(10)'47.12 p66
獄門島〈9〉《小説》	17「宝石」2(10)'47.12 p56
探偵茶話	23「真珠」3 '47.12 p24
夜は何んのためにあるか	27「別冊宝石」— '48.1 p115
狸の長兵衛《小説》	27「別冊宝石」— '48.1 p116
獄門島〈10〉《小説》	17「宝石」3(1)'48.1 p63
獄門島〈11〉《小説》	17「宝石」3(2)'48.3 p50
獄門島〈12〉《小説》	17「宝石」3(3)'48.4 p2
「獄門島」についての訂正	
	17「宝石」3(3)'48.4 p26
建築家の死《小説》	23「真珠」2(5)'48.4 p27
獄門島〈13〉《小説》	17「宝石」3(4)'48.5 p55
獄門島〈14〉《小説》	17「宝石」3(5)'48.6 p38
真言秘密の自分の道楽	27「別冊宝石」2 '48.7 p51
いなり娘《小説》	19「仮面」臨時増刊 '48.8 p40
獄門島〈15〉《小説》	17「宝石」3(6)'48.8 p46
鬼火〔原作〕《絵物語》	17「宝石」3(7)'48.9 p2
獄門島〈16〉《小説》	17「宝石」3(7)'48.9 p55
獄門島〈17・完〉《小説》	
	17「宝石」3(8)'48.10 別冊1
神の矢〈1〉《小説》	16「ロック」4(1)'49.2 p8
銀幕の秘密《小説》	25「X」3(4)'49.3 p4
犯罪を猟る男《小説》	25「X」3(4)'49.3 別 p2
角男《小説》	25「X」3(5)'49.4 p64
代作ざんげ	25「X」3(5)'49.4 p6
御存じカー好み	27「別冊宝石」2(1)'49.4 p25
神の矢〈2〉《小説》	16「ロック」4(2)'49.5 p9
しやつくりをする蝙蝠	16「ロック」4(8)'49.8 p23
選評	16「ロック」4(3)'49.8別 p38
「探偵小説」対談会《対談》	
	17「宝石」4(9)'49.10 p66
作者の言葉	17「宝石」4(11)'49.12 p4
蠟人《小説》	24「妖奇」4(1)'50.1 p64
陳謝をかねて	17「宝石」5(1)'50.1 p67

857

びっくり箱殺人事件《脚本》	
	17「宝石」5(4)'50.4 p184
無題	34「鬼」1 '50.7 p14
お好み捕物帳座談会《座談会》	
	17「宝石」5(10)'50.10 p159
からくり駕籠《小説》	17「宝石」5(10)'50.10 p174
探偵小説論	27「別冊宝石」3(5)'50.10 p220
八つ墓村 続篇《小説》	17「宝石」5(11)'50.11 p14
探偵小説論	27「別冊宝石」3(6)'50.12 p142
八つ墓村 解決篇《小説》	
	17「宝石」6(1)'51.1 p208
猫屋敷《小説》	17「宝石」6(4)'51.4 p17
花髑髏《小説》	32「探偵クラブ」2(7)'51.8増 p96
探偵小説の構想	17「宝石」6(10)'51.10 p50
アンケート《アンケート》	
	17「宝石」6(11)'51.10増 p170
悪魔が来りて笛を吹く〈1〉《小説》	
	17「宝石」6(12)'51.11 p17
白蠟少年《小説》	
	32「探偵クラブ」2(10)'51.11 p218
悪魔が来りて笛を吹く〈2〉《小説》	
	17「宝石」6(13)'51.12 p88
かひやぐら物語〔原作〕《絵物語》	
	33「探偵実話」3(1)'51.12 p11
丹夫人の化粧台《小説》	
	32「探偵クラブ」3(1)'52.1 p170
悪魔が来りて笛を吹く〈3〉《小説》	
	17「宝石」7(1)'52.1 p211
相撲の仇討《小説》	27「別冊宝石」5(1)'52.1 p216
悪魔が来りて笛を吹く〈4〉《小説》	
	17「宝石」7(2)'52.2 p194
蠟人《小説》	33「探偵実話」3(2)'52.2 p242
文章修業	34「鬼」6 '52.3 p4
悪魔が来りて笛を吹く〈5〉《小説》	
	17「宝石」7(3)'52.3 p187
面影草紙《小説》	33「探偵実話」3(4)'52.3増 p152
悪魔が来りて笛を吹く〈6〉《小説》	
	17「宝石」7(4)'52.4 p318
怪盗どくろ指紋《小説》	
	27「別冊宝石」5(4)'52.5 p58
蜘蛛と百合《小説》	
	32「探偵倶楽部」3(6)'52.6 p214
悪魔が来りて笛を吹く〈7〉《小説》	
	17「宝石」7(6)'52.6 p224
蝶合戦《小説》	27「別冊宝石」5(5)'52.6 p230
十風庵鬼語	33「探偵実話」3(6)'52.6 p181
悪魔が来りて笛を吹く〈8〉《小説》	
	17「宝石」7(7)'52.7 p266
悪魔が来りて笛を吹く〈9〉《小説》	
	17「宝石」7(8)'52.8 p222
面《小説》	33「探偵実話」3(11)'52.9増 p36
悪魔が来りて笛を吹く〈10〉《小説》	
	17「宝石」7(9)'52.10 p286
寄木細工の家《小説》	17「宝石」7(10)'52.10 p32
悪魔が来りて笛を吹く〈11〉《小説》	
	17「宝石」7(11)'52.11 p195
人面瘡《小説》	32「探偵倶楽部」3(11)'52.11増 p22
汗を流して	32「探偵倶楽部」3(11)'52.11増 p25
悪魔が来りて笛を吹く〈12〉《小説》	
	17「宝石」8(1)'53.1 p260
猫姫様《小説》	27「別冊宝石」6(1)'53.1 p132

山村正夫君に期待す	33「探偵実話」4(3)'53.2 p24
悪魔が来りて笛を吹く〈13〉《小説》	
	17「宝石」8(2)'53.3 p166
迷路の花嫁《小説》	17「宝石」8(4)'53.3増 p244
迷路の花嫁《小説》	17「宝石」8(4)'53.3増 p338
悪魔が来りて笛を吹く〈14〉《小説》	
	17「宝石」8(3)'53.4 p202
悪魔が来りて笛を吹く〈15〉《小説》	
	17「宝石」8(5)'53.5 p256
鵞《小説》	27「別冊宝石」6(3)'53.5 p350
悪魔が来りて笛を吹く〈16〉《小説》	
	17「宝石」8(6)'53.6 p256
狐の裁判《小説》	27「別冊宝石」6(4)'53.6 p32
悪魔が来りて笛を吹く〈17〉《小説》	
	17「宝石」8(7)'53.7 p258
悪魔が来りて笛を吹く〈18〉《小説》	
	17「宝石」8(9)'53.8 p230
悪魔が来りて笛を吹く〈19〉《小説》	
	17「宝石」8(10)'53.9 p238
三日月おせん《小説》	
	27「別冊宝石」6(6)'53.9 p268
悪魔が来りて笛を吹く〈20〉《小説》	
	17「宝石」8(11)'53.10 p238
白蠟少年《小説》	17「宝石」8(12)'53.10増 p322
悪魔が来りて笛を吹く〈21・完〉《小説》	
	17「宝石」8(13)'53.11 p220
ガードナーを推す	17「宝石」9(1)'54.1 p192
通り魔《小説》	27「別冊宝石」7(1)'54.1 p300
かひやぐら物語《小説》	
	17「宝石」9(4)'54.3増 p34
夜歩き姉妹《小説》	27「別冊宝石」7(3)'54.4 p286
毒環（前篇）プロローグ《小説》	
	33「探偵実話」5(4)'54.4 p26
蔵の中《小説》	33「探偵実話」5(5)'54.4増 p74
神楽太夫《小説》	27「別冊宝石」7(5)'54.6 p34
［「神楽太夫」について］	
	27「別冊宝石」7(5)'54.6 p37
病院横町の首縊りの家〈1〉《小説》	
	17「宝石」9(8)'54.7 p14
「病院横町の首縊りの家」中止について	
	17「宝石」9(9)'54.8 p53
女写真師《小説》	17「宝石」9(10)'54.8増 p42
幽霊船《小説》	27「別冊宝石」7(7)'54.9 p330
狸の長兵衛《小説》	
	33「探偵実話」5(11)'54.9増 p24
宝船殺人事件《小説》	
	27「別冊宝石」8(1)'55.1 p374
丹夫人の化粧台《小説》	
	33「探偵実話」6(3)'55.2増 p174
かめれおん《小説》	17「宝石」10(5)'55.3増 p38
首《小説》	17「宝石」10(7)'55.5 p18
浄玻璃の鏡《小説》	27「別冊宝石」8(4)'55.5 p290
焙烙の刑《小説》	17「宝石」10(9)'55.6 p54
孔雀屏風《小説》	17「宝石」10(12)'55.8増 p292
敵討走馬燈《小説》	27「別冊宝石」8(6)'55.9 p36
泣虫小僧《小説》	
	33「探偵実話」6(12)'55.10 p126
薔薇より薊へ《小説》	
	17「宝石」10(16)'55.11増 p22
泣虫小僧《小説》	27「別冊宝石」9(1)'56.1 p308

クリスマスの酒場《小説》	17「宝石」11(5)'56.3増 p20
神楽太夫《小説》	33「探偵実話」7(5)'56.3増 p66
山名耕作の不思議な生活《小説》	27「別冊宝石」9(5)'56.6 p80
ネクタイ綺談《小説》	17「宝石」11(10)'56.7増 p18
消すな蠟燭《小説》	33「探偵実話」7(11)'56.7増 p36
獣人《小説》	17「宝石」11(13)'56.9増 p214
探偵小説《小説》	33「探偵実話」7(16)'56.11増 p188
百日紅の下にて《小説》	17「宝石」12(2)'57.1増 p286
黒猫亭事件《小説》	27「別冊宝石」10(3)'57.3 p7
廃園の鬼《小説》	27「別冊宝石」10(3)'57.3 p66
蠟美人《小説》	27「別冊宝石」10(3)'57.3 p100
恐ろしきエイプリル・フール《小説》	27「別冊宝石」10(3)'57.3 p142
鴉《小説》	27「別冊宝石」10(3)'57.3 p146
獄門島《小説》	27「別冊宝石」10(3)'57.3 p179
貝殻館綺譚《小説》	33「探偵実話」8(5)'57.3 p332
面影草紙《小説》	17「宝石」12(6)'57.4増 p278
作者の言葉	17「宝石」12(7)'57.5 p49
悪魔の手鞠唄〈1〉《小説》	
猿と死美人《小説》	17「宝石」12(10)'57.8 p24
悪魔の手毬唄〈2〉《小説》	17「宝石」12(11)'57.8増 p330
	17「宝石」12(12)'57.9 p248
悪魔の手毬唄〈3〉《小説》	
	17「宝石」12(13)'57.10 p62
蝙蝠と蛞蝓《小説》	33「探偵実話」8(15)'57.11 p58
悪魔の手毬唄〈4〉《小説》	
	17「宝石」12(14)'57.11 p216
生ける死仮面《小説》	
	17「宝石」12(15)'57.11増 p14
鳥追人形《小説》	32「探偵倶楽部」8(12)'57.11増 p322
「新青年」歴代編集長座談会《座談会》	
	17「宝石」12(16)'57.12 p98
悪魔の手毬唄〈5〉《小説》	
	17「宝石」12(16)'57.12 p238
悪魔の手毬唄〈6〉《小説》	
	17「宝石」13(1)'58.1 p142
蜘蛛と百合《小説》	17「宝石」13(2)'58.1増 p50
悪魔の手毬唄〈7〉《小説》	
	17「宝石」13(4)'58.3 p324
悪魔の手毬唄〈8〉《小説》	
	17「宝石」13(5)'58.4 p110
悪魔の手毬唄〈9〉《小説》	
	17「宝石」13(6)'58.5 p290
悪魔の手毬唄〈10〉《小説》	
	17「宝石」13(8)'58.6 p330
悪魔の手毬唄〈11〉《小説》	
	17「宝石」13(9)'58.7 p258
悪魔の手毬唄〈12〉《小説》	
	17「宝石」13(10)'58.8 p260
迷路の三人《小説》	17「宝石」13(11)'58.8 p100
悪魔の手毬唄〈13〉《小説》	
	17「宝石」13(12)'58.9 p47
悪魔の手毬唄〈14〉《小説》	
	17「宝石」13(13)'58.10 p182
生ける人形《小説》	
	27「別冊宝石」11(8)'58.10 p296
獣人《小説》	33「探偵実話」9(14)'58.10 p174
悪魔の手毬唄〈15〉《小説》	
	17「宝石」13(14)'58.11 p256
悪魔の手毬唄〈16〉《小説》	
	17「宝石」13(15)'58.12 p20
花園の悪魔《小説》	
	27「別冊宝石」11(10)'58.12 p258
悪魔の手毬唄〈17・完〉《小説》	
	17「宝石」14(1)'59.1 p216
「悪魔の手毬唄」楽屋話	
	17「宝石」14(2)'59.2 p247
面《小説》	27「別冊宝石」12(4)'59.4 p82
かいやぐら物語《小説》	
	33「探偵実話」10(10)'59.7増 p274
蠟の首《小説》	27「別冊宝石」12(8)'59.8 p180
薔薇と蠟人形《小説》	
	27「別冊宝石」12(10)'59.10 p48
黒蘭姫《小説》	17「宝石」15(7)'60.5増 p242
妖説血屋敷《小説》	
	27「別冊宝石」13(6)'60.6 p280
生ける人形《小説》	
	35「エロティック・ミステリー」1(2)'60.9 p196
さざえの壺焼き	17「宝石」15(14)'60.12 p71
黒い翼《小説》	
	35「エロティック・ミステリー」1(5)'60.12 p106
貸しボート13号《小説》	
	17「宝石」15(15)'60.12増 p59
エデン・フィルポッツのこと	
	17「宝石」16(4)'61.3 p290
霧の山荘《小説》	27「別冊宝石」14(3)'61.5 p206
瀬戸内海の惨劇をめぐって《座談会》	
	27「別冊宝石」14(6)'61.11 p120
「パノラマ島」と「陰獣」	
	17「宝石」17(1)'62.1 p145
探偵小説《小説》	27「別冊宝石」15(1)'62.2 p154
自選のことば	27「別冊宝石」15(1)'62.2 p157
江戸川乱歩の紫綬褒章受章をめぐって《座談会》	
	27「別冊宝石」15(1)'62.2 p190
作者のことば	17「宝石」17(7)'62.6 p319
仮面舞踏会〈1〉《小説》	
	17「宝石」17(9)'62.7 p20
睦しき読書家	
	35「エロティック・ミステリー」3(8)'62.8 p7
仮面舞踏会〈2〉《小説》	
	17「宝石」17(10)'62.8 p20
仮面舞踏会〈3〉《小説》	
	17「宝石」17(11)'62.9 p268
仮面舞踏会〈4〉《小説》	
	17「宝石」17(13)'62.10 p314
仮面舞踏会〈5〉《小説》	
	17「宝石」17(14)'62.11 p292
山荘無精記	17「宝石」17(15)'62.11増 p113
仮面舞踏会〈6〉《小説》	
	17「宝石」17(16)'62.12 p306
海野十三氏の処女作	17「宝石」18(1)'63.1 p131

よこみ　　　　　　　　　　　執筆者名索引

　仮面舞踏会〈7〉《小説》
　　　　　　　　　17「宝石」18(1)'63.1 p252
　仮面舞踏会〈8〉《小説》
　　　　　　　　　17「宝石」18(3)'63.2 p318
　［編物］　　　　17「宝石」18(5)'63.4 p13
　二人の未亡人《小説》
　　　　　　35「エロチック・ミステリー」4(5)'63.5 p44
　選後感　　　　　17「宝石」18(8)'63.6 p285
　酒量　　　　　　17「宝石」18(14)'63.10増 p148
横光 利一
　私の好きな一偶《アンケート》
　　　　　　　　　06「猟奇」1(2)'28.6 p28
横山記者
　関西の巻　　　　22「新探偵小説」1(2)'47.6 p40
横山 清三
　お艶殺人事件　　24「妖奇」5(8)'51.8 p32
横山 賢一
　犯された九人の処女
　　　　　　　　　33「探偵実話」12(6)'61.4増 p102
横山 政雄
　元警官の小梅殺し
　　　　　　　　　33「探偵実話」13(2)'62.1増 p157
よこやま ゆきを
　うるさい隣《小説》
　　　　　　　　　33「探偵実話」13(12)'62.10 p146
与謝 幸猪
　侠技と阿片　　　09「探偵小説」2(4)'32.4 p138
　天満宮の御加護　09「探偵小説」2(5)'32.5 p195
　コーヒー園の殺人 09「探偵小説」2(7)'32.7 p98
与謝野 秀
　戦後のスパイ戦《座談会》
　　　　　　　32「怪奇探偵クラブ」2'50.6 p169
芳 明
　夜と女の死《小説》12「シュピオ」3(6)'37.7 p24
　女と斧《小説》　 12「シュピオ」3(7)'37.9 p36
　ハガキ回答《アンケート》
　　　　　　　　　12「シュピオ」4(1)'38.1 p23
　二つのコルト《小説》
　　　　　　　　　12「シュピオ」4(3)'38.4 p32
　これから勝負をする女
　　　　　　　　　33「探偵実話」9(10)'58.6 p258
　少女を手に入れた監督
　　　　　　　　　33「探偵実話」9(13)'58.9 p184
吉井 晴一
　夜と女の死《小説》12「シュピオ」3(6)'37.7 p24
　女と斧《小説》　 12「シュピオ」3(7)'37.9 p36
　ハガキ回答《23》 12「シュピオ」4(1)'38.1 p23
　二つのコルト《小説》
　　　　　　　　　12「シュピオ」4(3)'38.4 p32
芳枝 哲二
　キネマ有害論《小説》 06「猟奇」1(1)'28.5 p6
　迄の話　　　　　06「猟奇」1(2)'28.6 p18
　合評・一九二八年《座談会》
　　　　　　　　　06「猟奇」1(7)'28.12 p14
　昼夢不安　　　　06「猟奇」1(7)'28.12 p28
　指輪《小説》　　06「猟奇」2(3)'29.3 p18
　夢の街《小説》　06「猟奇」2(4)'29.4 p14
　昼夢不安　　　　06「猟奇」3(2)'30.3 p16

吉江 まき子
　ロング・ヘア　　27「別冊宝石」12(6)'59.6 p16
　ブラ・パッド四題
　　　　　　　　　27「別冊宝石」12(12)'59.12 p22
　ハバカリさま　　27「別冊宝石」13(4)'60.4 p20
　上から下と下から上
　　　　　　35「エロチック・ミステリー」1(2)'60.9 p120
　ヌード・モデル
　　　　　　35「エロチック・ミステリー」2(6)'61.6 p217
　見きわめ
　　　　　　35「エロチック・ミステリー」2(9)'61.9 p22
　お粗相さま
　　　　　　35「エロチック・ミステリー」3(4)'62.4 p24
吉岡 元
　探偵小説芸術論　 17「宝石」11(9)'56.7 p260
佳岡 寛篤
　らんちゅう秘聞《小説》
　　　　　　　　　35「ミステリー」5(5)'64.5 p144
吉岡 安三郎
　乾杯!われらの探実《座談会》
　　　　　　　　　33「探偵実話」10(11)'59.7 p288
吉岡 芳兼
　『幻の女』雑感　 17「宝石」5(9)'50.9 p195
吉川 英治
　「探偵」雑話　　 10「探偵クラブ」5'32.10 p2
　ナンキン墓の夢《小説》25「X」3(2)'49.2 p2
　ナンキン墓の夢《小説》25「X」3(2)'49.2 p76
吉川 三成
　赤い舌《小説》　 24「妖奇」5(11)'51.11 p111
吉川 洋二
　秘密ショウ　　　32「探偵倶楽部」6(2)'55.2 p186
吉崎 耕一
　東京に仙人がいる 33「探偵実話」5(1)'54.1 p55
　小粋な巴里人　　 33「探偵実話」7(11)'56.7増 p13
　忙しいアメリカ人 33「探偵実話」7(13)'56.8 p25
吉崎 真次
　ベレス打倒をめぐるプロ拳闘界の内幕
　　　　　　　　　33「探偵実話」10(5)'59.3 p267
吉崎 秀明
　戦慄の一夜《小説》24「妖奇」5(7)'51.7 p63
吉沢 嘉夫
　女性心理　　　　 17「宝石」13(7)'58.5増 p247
吉室 満穂
　人形妻《小説》　 24「妖奇」5(2)'51.2 p25
吉住 福次郎
　春宵風流犯罪奇談《座談会》
　　　　　　　　　23「真珠」2(5)'48.4 p10
吉田 栄夫
　笹沢左保の少年時代
　　　　　　　　　27「別冊宝石」16(4)'63.5 p247
吉田 貴三郎
　大下宇陀児さんへ 15「探偵春秋」1(1)'36.10 p21
　お問合せ《アンケート》
　　　　　　　　　12「シュピオ」3(5)'37.6 p49
吉田 甲子太郎
　寄せ鍋　　　　　 04「探偵趣味」10'26.7 p52

860

クローズ・アップ《アンケート》
　　　　　　　04「探偵趣味」13 '26.11 p32
クローズ・アップ《アンケート》
　　　　　　　04「探偵趣味」14 '26.12 p36
マリエージ・プレゼント《小説》
　　　　　　　04「探偵趣味」16 '27.2 p19
盗みの記憶　　04「探偵趣味」17 '27.3 p48
書斎の庄太郎《小説》04「探偵趣味」18 '27.4 p69
翻訳座談会《座談会》
　　　　　　　04「探偵趣味」4(2) '28.2 p30
H・G・ウエルズ　19「ぷろふいる」2(1) '47.4 p42

吉田 健一
水上勉を語る《座談会》
　　　　　　27「別冊宝石」15(5) '62.12 p132

吉田 謙吉
湯槽談義　　27「別冊宝石」12(4) '59.4 p18

吉田 小作
『探偵趣味』問答《アンケート》
　　　　　　　04「探偵趣味」2 '25.10 p22

吉田 栄夫
笹沢左保氏の少年時代　17「宝石」17(7) '62.6 p119

吉田 史郎
待っている女　32「探偵倶楽部」6(1) '55.1 p116

吉田 武三
偵探《脚本》　　07「探偵」1(4) '31.8 p156
旧日本の刑場風景　07「探偵」1(6) '31.10 p69
冬の蜜蜂《小説》　25「X」4(1) '50.1 p42

吉田 保
ある役者の回想　27「別冊宝石」13(2) '60.2 p20

吉田 千秋
書くに適さぬ犯罪《小説》
　　　　　　27「別冊宝石」6(9) '53.12 p176
よみがえるブリック・トップ《小説》
　　　　　　27「別冊宝石」11(2) '58.2 p376
鶴《小説》　17「宝石」13(16) '58.12増 p222
カックー・カックー《小説》
　　　　　　　17「宝石」15(3) '60.2増 p186
入選者感想　　17「宝石」15(5) '60.4 p258

吉田 哲夫 →左右田純
探偵映画に就て　10「探偵クラブ」6 '32.11 p11

吉田 真砂人
幽霊荘事件《小説》
　　　　　　27「別冊宝石」5(10) '52.12 p104

吉田 満
戦艦大和の最期　33「探偵実話」6(11) '55.10 p236

ヨシダ・ヨシエ
異説・松本清張論　17「宝石」16(6) '61.5 p72
残酷な招待者　　17「宝石」16(8) '61.7 p120
多岐川恭論　　　17「宝石」16(10) '61.9 p124
山田風太郎論　　17「宝石」17(10) '62.8 p68
孤独な〈共犯者〉・多岐川恭
　　　　　　27「別冊宝石」16(3) '63.3 p129
今月の創作雑誌から　17「宝石」19(1) '64.1 p182
今月の創作雑誌から　17「宝石」19(3) '64.2 p210
今月の創作雑誌から　17「宝石」19(4) '64.3 p232
今月の創作雑誌から　17「宝石」19(5) '64.4 p262

吉成 節三
お風呂の話　　15「探偵春秋」2(1) '37.1 p28

吉野 伊都子
女靴磨きの告白　33「探偵実話」5 '50.10 p193

吉野 夫二郎
風流浪花節
　　　　35「エロティック・ミステリー」2(10) '61.10 p24

吉野 賛十
鼻《小説》　　33「探偵実話」5(3) '54.3 p170
顔《小説》　　33「探偵実話」5(6) '54.5 p124
耳《小説》　　33「探偵実話」5(12) '54.10 p66
指《小説》　　17「宝石」9(13) '54.11 p218
声《小説》　　33「探偵実話」6(1) '54.12 p96
二又道《小説》　33「探偵実話」6(4) '55.3 p62
不整形《小説》　32「探偵倶楽部」6(4) '55.4 p218
落胤の恐怖《小説》33「探偵実話」6(6) '55.5 p26
悪の系譜《小説》　33「探偵実話」6(8) '55.7 p110
北を向いている顔《小説》
　　　　　　32「探偵倶楽部」6(10) '55.10 p84
盲人その日その日
　　　　　　32「探偵倶楽部」6(12) '55.12 p255
五万円の小切手《小説》
　　　　　　　17「宝石」11(3) '56.2 p218
カンの話　　　32「探偵倶楽部」7(5) '56.5 p116
それを見ていた女《小説》
　　　　　　　33「探偵実話」7(10) '56.6 p58
レンズの蔭の殺人《小説》
　　　　　　　33「探偵実話」8(4) '57.2 p60
犯人は声を残した《小説》
　　　　　　　33「探偵実話」9(11) '58.7 p120
宝石《小説》　33「探偵実話」12(11) '61.8 p88
盲目夫婦の死《小説》
　　　　　　　33「探偵実話」13(3) '62.2 p58
蛇《小説》　　33「探偵実話」13(9) '62.7 p137
死体ゆずります《小説》
　　　　　　　33「探偵実話」13(11) '62.9 p152

吉野 登喜夫
謎を残す老婆画家殺し
　　　　　　　33「探偵実話」8(2) '57.1増 p236

吉野 弘
エレベーターガールの昇天
　　　　　　　33「探偵実話」10(6) '59.4増 p82
祇園のなぶり殺し事件
　　　　　　　33「探偵実話」10(8) '59.5 p238
モデルは知つていた
　　　　　　　33「探偵実話」10(9) '59.6 p137
略奪結婚で懲役三年に
　　　　　　　33「探偵実話」10(13) '59.9 p254
法廷の華頂公爵令嬢
　　　　　　　33「探偵実話」10(15) '59.11増 p92
縊首は絞首にあらず
　　　　　　　33「探偵実話」10(15) '59.11増 p242
ある「幻想殺人」事件
　　　　　　　33「探偵実話」11(2) '60.1増 p80
生きている迷信　33「探偵実話」11(2) '60.1増 p141
密通妻を蹴殺した男
　　　　　　　33「探偵実話」11(7) '60.4 p132
毒薬を調合する女教員
　　　　　　　33「探偵実話」11(8) '60.5 p196
情事の中の殺人　33「探偵実話」12(4) '61.3 p82
ふとん包み殺人事件の裏面
　　　　　　　33「探偵実話」12(14) '61.10増 p216

吉原 澄悦
- 夜間飛行　　　　　　　17「宝石」17(3)'62.2 p374
- ヒトラーは生きている！　17「宝石」19(1)'64.1 p23

吉原 公平
- 決闘史談　　　　　　　15「探偵春秋」2(6)'37.6 p132
- 西洋裁判奇譚　　　　　15「探偵春秋」2(7)'37.7 p10

吉原 十一郎
- 怠屈物語〈1〉《小説》　　06「猟奇」1(1)'28.5 p2

吉原 統一郎
- 倒影された女《小説》　　04「探偵趣味」25 '27.11 p24
- カメラマン　　　　　　　06「猟奇」2(11)'29.11 p23

吉村 明
- ストリップショウ奇譚《小説》
  　　　　　　　　　　　24「妖奇」4(6)'50.6 p92

吉村 郁
- 新版マネービル読本〈1〉
  　　　　　　　　　27「別冊宝石」13(4)'60.4 p268
- 新版マネービル読本〈2〉
  　　　　　　　　　27「別冊宝石」13(6)'60.6 p264
- 新版マネービル読本〈3〉
  　　　　35「エロティック・ミステリー」1(1)'60.8 p200
- 新版マネービル読本〈4〉
  　　　　35「エロティック・ミステリー」1(2)'60.9 p128
- 新版マネービル読本〈5〉
  　　　　35「エロティック・ミステリー」1(3)'60.10 p126
- 新版マネービル読本〈6〉
  　　　　35「エロティック・ミステリー」1(4)'60.11 p206
- 新版マネービル読本〈7〉
  　　　　35「エロティック・ミステリー」1(5)'60.12 p136
- 新版マネービル読本〈8〉
  　　　　35「エロティック・ミステリー」2(1)'61.1 p156
- 新版マネービル読本〈9〉
  　　　　35「エロティック・ミステリー」2(2)'61.2 p198
- 新版マネービル読本〈10〉
  　　　　35「エロティック・ミステリー」2(3)'61.3 p72
- 新版マネービル読本〈11〉
  　　　　35「エロティック・ミステリー」2(4)'61.4 p240
- 新版マネービル読本〈12〉
  　　　　35「エロティック・ミステリー」2(5)'61.5 p90
- 新版マネービル読本〈13〉
  　　　　35「エロティック・ミステリー」2(6)'61.6 p168
- 新版マネービル読本〈14〉
  　　　　35「エロティック・ミステリー」2(7)'61.7 p252
- 新版マネービル読本〈15〉
  　　　　35「エロティック・ミステリー」2(8)'61.8 p96
- 新版マネービル読本〈16〉
  　　　　35「エロティック・ミステリー」2(9)'61.9 p118
- 新版マネービル読本〈17〉
  　　　　35「エロティック・ミステリー」2(10)'61.10 p100
- 新版マネービル読本〈18〉
  　　　　35「エロティック・ミステリー」2(11)'61.11 p256
- 新版マネービル読本〈19〉
  　　　　35「エロティック・ミステリー」2(12)'61.12 p138
- 新版マネービル読本〈20〉
  　　　　35「エロティック・ミステリー」3(1)'62.1 p154
- 新版マネービル読本〈21〉
  　　　　35「エロティック・ミステリー」3(2)'62.2 p156
- 新版マネービル読本〈22〉
  　　　　35「エロティック・ミステリー」3(3)'62.3 p178

新版マネービル読本〈23〉
  　　　　35「エロティック・ミステリー」3(4)'62.4 p192
新版マネービル読本〈24・完〉
  　　　　35「エロティック・ミステリー」3(5)'62.5 p150

吉村 公三郎
- アンケート《アンケート》
  　　　　　　　　　　17「宝石」18(8)'63.6 p125

吉本 明光
- 歌謡曲の聴き方　　27「別冊宝石」12(2)'59.2 p18
- 愛宕山綺談　　　　27「別冊宝石」12(8)'59.8 p18
- 憂しと見し世　　　17「宝石」14(14)'59.12 p164

吉行 淳之介
- 電話《小説》　　　17「宝石」12(16)'57.12 p130
- 水族館にて《小説》
  　　　　　　　　27「別冊宝石」12(9)'59.4 p214
- みみずのはなし　　17「宝石」14(9)'59.8 p194
- 某月某日　　　　　17「宝石」16(7)'61.6 p356
- 初心忘れず　　　　17「宝石」18(9)'63.7 p89

世田 雅也
- 宗谷岬に漂うソ連兵の死体
  　　　　　　　　32「探偵倶楽部」4(11)'53.11 p95

四谷 左門
- 鳥なき里　　　　　18「トップ」1(2)'46.7 p18

淀橋 三郎
- 愛するボーヤー《小説》
  　　　　　　　　20「探偵よみもの」30 '46.11 p10

淀橋 太一
- 女体を手に入れた演出
  　　　　　　　　33「探偵実話」11(10)'60.7 p29

米倉 静子
- 女性がオンナを語るとき《座談会》
  　　　　　　　　33「探偵実話」11(12)'60.8 p204

米沢 渉
- 執念《小説》　　　24「トリック」6(11)'52.11 p74

米田 華舡
- 狐魔術の女　　　02「秘密探偵雑誌」1(3)'23.7 p132
- 掠奪結婚者の死《小説》
  　　　　　　　02「秘密探偵雑誌」1(4)'23.8 p78
- 支那探偵奇談　　03「探偵文芸」1(1)'25.3 p95
- 羊と羊飼ひ《小説》　03「探偵文芸」1(3)'25.5 p48
- Y頭殺し　　　　　03「探偵文芸」1(5)'25.7 p93
- 赤血鬼《小説》　　03「探偵文芸」1(7)'25.9 p23
- 白文君　　　　　03「探偵文芸」2(1)'26.1 p68
- 最近支那で見て来た詐欺とスリ
  　　　　　　　　03「探偵文芸」2(6)'26.6 p105
- 白蠟鬼事件《小説》　03「探偵文芸」3(1)'27.1 p2

米森 魚衣
- ヘラ鮒　　　　　32「探偵倶楽部」4(3)'53.4 p284
- 渓流魚の味　　　32「探偵倶楽部」4(8)'53.8 p192

米山 寛
- 深夜の行人《小説》　11「ぷろふいる」2(11)'34.11 p84
- その夜の駅《小説》　12「探偵文学」1(1)'35.3 p10
- 乱歩漫筆　　　　12「探偵文学」1(2)'35.4 p28

与野 久作
- 箱詰の黒い死体　　24「妖奇」5(7)'51.7 p88

代々木 眸
- 妻を入質した話　　32「探偵クラブ」3(2)'52.2 p198

代々木 雅宏
　テレビジョンの知識
　　　　　　　　　33「探偵実話」4(9)'53.8 p222
代々木 山人
　国宝と家宝　　　01「新趣味」17(1)'22.1 p285
喜 狂兵
　診断書殺人事件《小説》
　　　　　　　　　32「探偵クラブ」2(8)'51.9 p200
万 三平
　新案探偵術《小説》17「宝石」1(6・7)'46.10 p53

【 ら 】

頼 市彦
　梨園怪談実話　　03「探偵文芸」1(1)'25.3 p98
　変化往来　　　　03「探偵文芸」1(2)'25.4 p63
ライス，クレイグ
　素晴しき犯罪《小説》17「宝石」5(1)'50.1 p393
　甘美なる殺人《小説》17「宝石」5(6)'50.6 p167
　矮人殺人事件《小説》
　　　　　　　　　27「別冊宝石」8(7)'55.10 p5
　幸運な死体《小説》
　　　　　　　　　27「別冊宝石」8(7)'55.10 p174
　胸がはりさける《小説》
　　　　　　　　　32「探偵倶楽部」7(12)'56.11 p192
　何とした、オフィリヤ《小説》
　　　　　　　　　27「別冊宝石」11(9)'58.11 p172
　三人の殺人者《小説》
　　　　　　　　　27「別冊宝石」17(2)'64.2 p154
ライス，ルイス
　仏蘭西上流の奇怪な殺人
　　　　　　　　　03「探偵文芸」2(4)'26.4 p80
ライニング，コリンナ
　追跡する女《小説》
　　　　　　　　　32「探偵倶楽部」8(4)'57.5 p134
ライバー，フリッツ
　セールスマンの厄日《小説》
　　　　　　　　　27「別冊宝石」17(3)'64.3 p212
ライパア，ヴァン
　秘密の丘《小説》01「新趣味」17(4)'22.4 p86
ライベック，エド
　死を乗せたタクシー《小説》
　　　　　　　　　32「探偵倶楽部」8(13)'57.12 p269
ライマン，H
　キリスト降誕祭　11「ぷろふいる」4(12)'36.12 p107
ライリィ，ヘレン
　危険な旅《小説》27「別冊宝石」17(2)'64.2 p321
ラインスター，マレイ
　孤独な星《小説》27「別冊宝石」17(4)'64.3 p220
ラインハーツ，メリー（ラインハート，M・R）
　ジェニイ・ブライス事件〈1〉《小説》
　　　　　　　　　03「探偵文芸」2(1)'26.1 p186
　ジェニイ・ブライス事件〈2〉《小説》
　　　　　　　　　03「探偵文芸」2(2)'26.2 p2
　ジェニイ・ブライス事件〈3〉《小説》
　　　　　　　　　03「探偵文芸」2(3)'26.3 p104
　ジェニイ・ブライス事件〈4〉《小説》
　　　　　　　　　03「探偵文芸」2(4)'26.4 p116
　ジェニイ・ブライス事件〈5〉《小説》
　　　　　　　　　03「探偵文芸」2(5)'26.5 p129
　ジェニイ・ブライス事件〈6〉《小説》
　　　　　　　　　03「探偵文芸」2(6)'26.6 p92
　ジェニイ・ブライス事件〈7〉《小説》
　　　　　　　　　03「探偵文芸」2(7)'26.7 p82
　ジェニイ・ブライス事件〈8・完〉《小説》
　　　　　　　　　03「探偵文芸」2(8)'26.8 p33
　じゃじゃ馬殺し《小説》
　　　　　　　　　11「ぷろふいる」5(3)'37.3 p124
　おびえる女《小説》27「別冊宝石」15(3)'62.8 p8
ラヴクラフト，H・P
　冷房装置の悪夢《小説》
　　　　　　　　　27「別冊宝石」14(5)'61.10 p210
ラヴクラフト，L・P
　エーリッヒ・ツァンの音楽《小説》
　　　　　　　　　17「宝石」10(15)'55.11 p124
　異次元の人《小説》17「宝石」12(10)'57.8 p210
洛 京介
　御室の幽霊　　　06「猟奇」4(6)'31.9 p49
　映画屋漫話　　　06「猟奇」5(2)'32.2 p24
楽 無一
　詭弁勘弁　　　　05「探偵・映画」1(1)'27.10 p76
洛北 笛太郎
　作品月評　　　　11「ぷろふいる」4(1)'36.1 p180
　作品月評　　　　11「ぷろふいる」4(2)'36.2 p90
　作品月評　　　　11「ぷろふいる」4(3)'36.3 p66
　作品月評　　　　11「ぷろふいる」4(4)'36.4 p74
　作品月評　　　　11「ぷろふいる」4(5)'36.5 p114
ラク町のお時
　肉体の街《対談》　25「Gメン」2(3)'48.3 p38
ラッセル，E・F
　訪ずれた死体《小説》
　　　　　　　　　32「探偵倶楽部」8(13)'57.12 p85
ラドコーウスキー，ゲオルギー
　屍体の紛失《小説》
　　　　　　　　　03「探偵文芸」1(10)'25.12 p27
ラ・トーレ，リリアン・ド
　盗まれた大憲章《小説》
　　　　　　　　　17「宝石」13(5)'58.4 p258
ラ・バテイユ，ピエール・ド
　地底の大魔王《小説》01「新趣味」17(5)'22.5 p2
ラム・シンサン
　征服されざる山　32「探偵クラブ」1(1)'50.8 p117
　妻を交換するエスキモ
　　　　　　　　　32「探偵クラブ」1(4)'50.12 p191
　『モナリザ』を盗んだ男
　　　　　　　　　32「探偵クラブ」2(3)'51.4 p105
　殺人長靴　　　　32「探偵クラブ」2(5)'51.7 p89
　摩天楼のジム　　32「探偵クラブ」2(6)'51.8 p182
　桑港の支那街　　32「探偵クラブ」2(8)'51.9 p151
ラムアー，L
　シャムの双生児　32「探偵クラブ」2(5)'51.7 p150
　頓狂探偵《小説》32「探偵倶楽部」9(3)'58.3 p48

乱　→江戸川乱歩
　ビーストンについて　　17「宝石」15(6)'60.5 p292
蘭 郁二郎　→林田蓜子
　息を止める男《小説》
　　　　08「探偵趣味」(平凡社版)3 '31.7 p22
　幻聴《小説》　11「ぷろふいる」2(12)'34.12 p79
　足の裏《小説》　　12「探偵文学」1(1)'35.3 p2
　蚯蚓語　　　　　　12「探偵文学」1(2)'35.4 p23
　夢鬼〈1〉《小説》　12「探偵文学」1(3)'35.5 p16
　夢鬼〈2〉《小説》　12「探偵文学」1(4)'35.6 p4
　夢鬼〈3〉《小説》　12「探偵文学」1(5)'35.7 p18
　夢鬼〈4〉《小説》　12「探偵文学」1(6)'35.9 p4
　夢鬼〈5・前編完〉《小説》
　　　　　　　　　　12「探偵文学」1(7)'35.10 p34
　同人独言抄　　　　12「探偵文学」1(8)'35.11 p1
　街角の恋《小説》　12「探偵文学」1(8)'35.11 p20
　蝕眠譜《小説》　　12「探偵文学」1(9)'35.12 p2
　儚　　　　　　　　12「探偵文学」1(10)'36.1 p31
　緑衣の鬼　　　　　12「探偵文学」2(2)'36.2 p28
　掌篇一品料理《小説》
　　　　　　　　　　12「探偵文学」2(3)'36.3 p24
　夢野久作氏を悼みて　12「探偵文学」2(5)'36.5 p1
　謎の夢久氏　　　　12「探偵文学」2(5)'36.5 p19
　魔像《小説》　　　12「探偵文学」2(5)'36.5 p35
　クローバー《小説》　12「探偵文学」2(6)'36.6 p17
　颱の囁き《小説》　12「探偵文学」2(7)'36.7 p23
　霖雨の汚点　　　　14「月刊探偵」2(6)'36.7 p44
　猪狩殺人事件〈3〉《小説》
　　　　　　　　　　12「探偵文学」2(8)'36.8 p11
　白日鬼〈1〉《小説》
　　　　　　　　　　12「探偵文学」2(10)'36.10 p50
　白日鬼〈2〉《小説》
　　　　　　　　　　12「探偵文学」2(11)'36.11 p4
　白日鬼〈3〉《小説》
　　　　　　　　　　12「探偵文学」2(12)'36.12 p4
　白日鬼〈4〉《小説》　12「シュピオ」3(1)'37.1 p38
　諸家の感想《アンケート》
　　　　　　　　　　15「探偵春秋」2(1)'37.1 p70
　白日鬼〈5・完〉《小説》
　　　　　　　　　　12「シュピオ」3(3)'37.3 p4
　鱗粉《小説》　　　15「探偵春秋」2(3)'37.3 p87
　鉄路《小説》　　　12「シュピオ」3(4)'37.5 p95
　壺と女《小説》　　15「探偵春秋」2(6)'37.6 p81
　雷《小説》　　　　12「シュピオ」3(6)'37.7 p6
　腐つた蜉蝣《小説》　15「探偵春秋」2(8)'37.8 p66
　共同雑記　　　　　12「シュピオ」3(8)'37.10 p26
　共同雑記　　　　　12「シュピオ」3(9)'37.11 p46
　共同雑記　　　　　12「シュピオ」3(10)'37.12 p47
　隣室の女《小説》　12「シュピオ」4(1)'38.1 p38
　共同雑記　　　　　12「シュピオ」4(1)'38.1 p44
　共同雑記　　　　　12「シュピオ」4(2)'38.2 p44
　休刊的終刊　　　　12「シュピオ」4(3)'38.4 p46, 45
　共同雑記　　　　　12「シュピオ」4(3)'38.4 p49
　息を止める男《小説》　23「真珠」1 '47.4 p19
　古井戸《小説》　　23「真珠」2(6)'48.6 p26
　刑事の手《小説》　16「ロック」4(1)'49.2 p68
　寝台レコード《小説》　24「妖奇」4(1)'50.1 p100
　蚯の囁き《小説》　27「別冊宝石」9(5)'56.6 p220
蘭 妖子　→武田武彦
　天の鬼《小説》　　23「真珠」3 '47.12 p36

　二個の死体《小説》　23「真珠」2(5)'48.4 p21
　山がら事件《小説》　23「真珠」2(6)'48.6 p20
　亡霊園遊会　　　　17「宝石」4(9)'49.10 p6
　見世物奇談　　　　17「宝石」4(11)'49.12 p10
　電話騒動《小説》　17「宝石」5(2)'50.2 p9
ランヴキール，アンドレ
　無翼の怪鳥《小説》　01「新趣味」17(1)'22.1 p216
乱田 将介
　ニセモノ・ふあん　11「ぷろふいる」4(4)'36.4 p131
　怪奇文学を提言する
　　　　　　　　11「ぷろふいる」4(11)'36.11 p133
ランダン，ヘルマン
　恨めしき焔〈2・完〉《小説》
　　　　　　　02「秘密探偵雑誌」1(3)'23.7 p113
蘭戸 辻
　ラヂオ放送中の殺人《小説》
　　　　　　　　　　27「別冊宝石」2(3)'49.12 p294
ランドン，P
　孤島の怪事件《小説》　01「新趣味」17(11)'22.11 p188
　呪の手錠《小説》　01「新趣味」18(3)'23.3 p76
　青色インキ《小説》　01「新趣味」18(3)'23.3 p200
　邪悪の眼《小説》　01「新趣味」18(5)'23.5 p16
　恨めしき焔〈1〉《小説》
　　　　　　　02「秘密探偵雑誌」1(2)'23.6
　たはむれ《小説》　01「新趣味」18(7)'23.7 p124
　恋の義賊《小説》　01「新趣味」18(10)'23.10 p234
　義賊ピカルーン《小説》
　　　　　　　　08「探偵趣味」(平凡社版)8 '31.12 p11
　恐怖の花嫁《小説》　09「探偵小説」2(4)'32.4 p293
　終点駅《小説》　　11「ぷろふいる」4(1)'36.1 p97
　劇場の手摺《小説》　32「探偵倶楽部」4(12)'53.12 p140
　ジェフ・ランターの報復
　　　　　　　　　　32「探偵倶楽部」8(11)'57.11 p180
乱歩　→江戸川乱歩
　［追記］　　　　　04「探偵趣味」1 '25.9 p9
　編集当番より　　　04「探偵趣味」1 '25.9 p34
　全集の編輯について
　　　　　　　　08「探偵趣味」(平凡社版)1 '31. p17
　掌篇評　　　　　08「探偵趣味」(平凡社版)3 '31.7 p18
　掌篇評　　　　　08「探偵趣味」(平凡社版)5 '31.9 p18
　訂正二つ　　　　08「探偵趣味」(平凡社版)5 '31.9 p27
　読者評論をつのる　17「宝石」13(4)'58.3 p241
　まえがき　　　　　17「宝石」14(3)'59.3 p206

【 り 】

リー，ジプシー・ローズ
　Gストリング殺人事件《小説》
　　　　　　　　　　27「別冊宝石」16(2)'63.2 p106
李 文環
　堆　　　　　　　　33「探偵実話」5(6)'54.5 p234
　血漬の美女　　　33「探偵実話」6(1)'54.12 p204
　女の墓をあばく男　33「探偵実話」6(5)'55.4 p186
　鬼譚　　　　　　　33「探偵実話」6(8)'55.7 p192

濁水渦　　　　　　　33「探偵実話」6(10)'55.9 p64
巴怨記《小説》　　　33「探偵実話」8(3)'57.1 p258

リイ, ステツヘン
　巧妙な詭計《小説》　01「新趣味」18(1)'23.1 p269
　淡青緑色の扉《小説》
　　　　　　　　　　01「新趣味」18(5)'23.5 p108

リイクロフツ, エリツク
　列車中で見た男《小説》
　　　　　　　　　　09「探偵小説」2(3)'32.3 p74

リイコック, スティーヴン
　頭髪《小説》　　　　04「探偵趣味」25 '27.11 p18
　わが知らざる友《小説》
　　　　　　　　　　09「探偵小説」2(3)'32.3 p104
　大小説の梗概《小説》09「探偵小説」2(4)'32.4 p218
　深夜の冒険《小説》
　　　　　　　　　　11「ぷろふいる」3(11)'35.11 p125
　証拠の髪の毛《小説》
　　　　　　　　　　32「探偵倶楽部」8(6)'57.7 p271
　Q《小説》　　　　　27「別冊宝石」11(7)'58.9 p220
　真夜中の出来事《小説》
　　　　　35「エロチック・ミステリー」3(7)'62.7 p68
　真夏の探偵秘話《小説》
　　　　　35「エロチック・ミステリー」3(8)'62.8 p120

リイス, ダグラス
　ボンド街挿話《小説》09「探偵小説」1(1)'31.9 p141

リイルアダン
　断頭台綺譚《小説》　17「宝石」1(4)'46.7 p48

リイン, ウオルター
　二羽の鳥を一の石で《小説》
　　　　　　　　　　01「新趣味」18(9)'23.9 p47
　サムの失敗《小説》　03「探偵文芸」2(5)'26.5 p55

リーヴ, アーサー
　一万弗の要求《小説》01「新趣味」17(7)'22.7 p26
　恐怖の扉《小説》　　01「新趣味」18(2)'23.2 p78
　妖婦〈1〉《小説》
　　　　　　　　02「秘密探偵雑誌」1(1)'23.5 付1
　妖婦〈2〉《小説》
　　　　　　　　02「秘密探偵雑誌」1(2)'23.6 付1
　妖婦〈3〉《小説》
　　　　　　　　02「秘密探偵雑誌」1(3)'23.7 付1
　緑色の死《小説》　　01「新趣味」18(7)'23.7 p262
　妖婦〈4〉《小説》
　　　　　　　　02「秘密探偵雑誌」1(4)'23.8 付1
　妖婦〈5〉《小説》
　　　　　　　　02「秘密探偵雑誌」1(5)'23.9 付1

リヴイエール, シャルル
　素晴らしや猟犬《小説》06「猟奇」2(4)'29.4 p6
　スープの怪《小説》　06「猟奇」2(10)'29.10 p51

リーガン, トマス・F
　映画スター・性の悲劇
　　　　　　　　　　15「探偵春秋」1(1)'36.10 p27

力　→永田力
　表紙解説　　　　　　17「宝石」10(1)'55.1 p432
　表紙解説　　　　　　17「宝石」10(4)'55.3 p316

リグロオ, オ
　春画異聞《小説》　　06「猟奇」3(2)'30.3 p7

リース, アーサー
　闇の手〈1〉《小説》　01「新趣味」17(1)'22.1 p232
　闇の手〈2〉《小説》　01「新趣味」17(2)'22.2 p2
　闇の手〈3〉《小説》　01「新趣味」17(3)'22.3 p294
　闇の手〈4〉《小説》　01「新趣味」17(4)'22.4 p254
　闇の手〈5〉《小説》　01「新趣味」17(5)'22.5 p70
　闇の手〈6・完〉《小説》
　　　　　　　　　　01「新趣味」17(6)'22.6 p68

リストン, ウイリアム
　下水溝の死美人　　　33「探偵実話」5(12)'54.10 p194

リゼレイ, ゼエニス
　若い芸術家の不安《小説》
　　　　　　　　　　01「新趣味」17(9)'22.9 p242

リッチー, ジャック
　誘拐《小説》　　　　32「探偵倶楽部」7(11)'56.10 p278
　悪魔の眼《小説》　　32「探偵倶楽部」8(1)'57.1 p36
　裏切り者《小説》
　　　　　　　　　　32「探偵倶楽部」9(9)'58.7増 p180
　囮《小説》　　　　　27「別冊宝石」16(10)'63.11増 p108
　沈黙は金《小説》　　27「別冊宝石」17(5)'64.4増 p211

リッパヂァ, ウオルタ・F
　カーン氏の奇怪な殺人〈1〉《小説》
　　　　　　　　　　11「ぷろふいる」1(5)'33.9 p50
　カーン氏の奇怪なる殺人〈2〉《小説》
　　　　　　　　　　11「ぷろふいる」1(6)'33.10 p78
　カーン氏の奇怪な殺人〈3〉《小説》
　　　　　　　　　　11「ぷろふいる」1(7)'33.11 p69
　カーン氏の奇怪な殺人〈4〉《小説》
　　　　　　　　　　11「ぷろふいる」1(8)'33.12 p98

リップマン, アーサー・エル
　成功異聞　　　　　　06「猟奇」3(2)'30.3 p6
　昇降機部室《小説》　06「猟奇」3(4)'30.5 p38
　奇効感謝状《小説》　06「猟奇」3(4)'30.5 p39

リード, アラン
　接吻は血を拭いてから《小説》
　　　　　　　　　　32「探偵倶楽部」6(12)'55.12 p40

リーバウ, ハンス
　アムステルダムの貴婦人誘拐《小説》
　　　　　　　　　　15「探偵春秋」1(2)'36.11 p118
　指輪《小説》　　　　24「トリック」7(2)'53.2 p203
　蠱惑《小説》　　　　24「トリック」7(2)'53.2 p210

リプリ
　懸賞課題 舞台裏の死　13「クルー」1 '35.10 p30
　懸賞課題 射撃の名手　13「クルー」2 '35.11 p30

リーマ, A
　一瞬の危機《小説》　32「探偵倶楽部」7(7)'56.6増 p96

リャプチコフ, エフゲニー
　追跡〈1〉　　　　　32「探偵倶楽部」7(4)'56.4 p192
　追跡〈2・完〉　　　32「探偵倶楽部」7(5)'56.5 p222

竜
　大阪　　　　　　　　17「宝石」10(1)'55.1 p186

竜 登雲
　江戸川乱歩論　　　　06「猟奇」4(1)'31.3 p13
　甲賀三郎論　　　　　06「猟奇」4(2)'31.4 p18
　大下宇陀児論　　　　06「猟奇」4(3)'31.5 p44
　角田喜久雄論　　　　06「猟奇」4(4)'31.6 p54

りゆう

竜 悠吉
 断崖《小説》   04「探偵趣味」24 '27.10 p35
 怪人《小説》   04「探偵趣味」4(7) '28.7 p36
竜 玲太郎
 教え子暴行事件の真相
      25「Gメン」2(11) '48.11 p35
竜宮 乙彦
 鳶色の色魔   33「探偵実話」5(8) '54.7 p186
柳巷楼 →西田政治
 十月号短評   04「探偵趣味」13 '26.11 p43
竜崎 賛吉
 世界武者修業〈1〉
     32「探偵倶楽部」4(3) '53.4 p215
 柔道界うら話 32「探偵倶楽部」4(5) '53.5 p290
 柔道世界武者修業〈2〉
     32「探偵倶楽部」4(6) '53.6 p122
竜膽寺 雄
 海の城塞《小説》 24「妖奇」6(2) '52.2 p140
 人造人間《小説》 24「トリック」6(12) '52.12 p23
 浮浪少女《小説》 24「トリック」7(1) '53.1 p136
柳亭 燕路
 風流噺落語風景《座談会》
      23「真珠」2(6) '48.6 p14
柳亭 新七
 日本刑罰の変遷 24「妖奇」6(1) '52.1 p90
リユーカス，E・V
 壁の上の顔《小説》 09「探偵小説」2(2) '32.2 p148
リユーグロック，ツーン
 耳飾《小説》 32「探偵倶楽部」7(6) '56.6 p130
猟奇社
 猟奇倶楽部 06「猟奇」4(6) '31.9 p52
 賀正!   06「猟奇」5(1) '32.1 p55
由良子
 旅の恥掻キクケコ《座談会》
    35「エロチック・ミステリー」5(1) '64.1 p148
リリ
 青線女性生態座談会《座談会》
     32「探偵倶楽部」4(11) '53.11 p84
麟
 勝負の世界 将棋 33「探偵実話」5(9) '54.8 p147
 勝負の世界 将棋 33「探偵実話」5(10) '54.9 p193
リーン，ジヤツク
 恋の裏通り《小説》 06「猟奇」5(3) '32.3 p10
輪堂寺 耀
 妖鬼《小説》 24「妖奇」1(4) '47.10 p15
 抱擁《小説》 24「妖奇」2(10) '48.9 p42
 赤い紙包み《小説》 24「妖奇」5(8) '51.8 p105

【 る 】

類 十兵衛
 みすてりい・ガイド 17「宝石」14(1) '59.1 p182
 みすてりい・ガイド 17「宝石」14(2) '59.2 p137
 みすてりい・ガイド 17「宝石」14(3) '59.3 p185
 みすてりいガイド 17「宝石」14(4) '59.4 p127
 みすてりい・ガイド 17「宝石」14(5) '59.5 p117
 みすてりい・ガイド 17「宝石」14(6) '59.6 p131
 みすてりい・ガイド 17「宝石」14(8) '59.7 p248
塁 十郎
 比較文学的解剖 17「宝石」12(1) '57.1 p98
ルヰス，シンクレア
 バヂヤマ《小説》 12「シュビオ」3(1) '37.1 p24
ルヴェル，モーリス
 深淵の怪《小説》 01「新趣味」18(4) '23.4 p210
 恐ろしき巴里《小説》 04「探偵趣味」6 '26.3 p51
 家出《小説》 04「探偵趣味」19 '27.5 p2
 恐ろしき贈物《小説》
     04「探偵趣味」4(9) '28.9 p80
 盲点《小説》 08「探偵趣味」(平凡社版)1 '31. p18
 或る精神異常者《小説》
    08「探偵趣味」(平凡社版)1 '31. p24
 老いたる不具者《小説》
     09「探偵小説」2(6) '32.6 p87
 医師の場合《小説》
     11「ぷろふいる」1(4) '33.8 p40
 家出《小説》 17「宝石」1(6・7) '46.10 p43
 或る精神異常者《小説》
    27「別冊宝石」6(8) '53.11 p140
 麻酔剤《小説》 27「別冊宝石」6(8) '53.11 p144
 犬舎《小説》 27「別冊宝石」6(8) '53.11 p148
 誰?《小説》 27「別冊宝石」6(8) '53.11 p153
 生さぬ児《小説》 27「別冊宝石」6(8) '53.11 p157
 碧眼《小説》 27「別冊宝石」6(8) '53.11 p162
 乞食《小説》 27「別冊宝石」6(8) '53.11 p167
 青蠅《小説》 27「別冊宝石」6(8) '53.11 p172
 暗中の接吻《小説》
     27「別冊宝石」6(8) '53.11 p175
 ベルゴレーズ街の殺人事件《小説》
     27「別冊宝石」6(8) '53.11 p179
 情状酌量《小説》 27「別冊宝石」6(8) '53.11 p185
 集金係《小説》 27「別冊宝石」6(8) '53.11 p191
 父と子《小説》 27「別冊宝石」6(8) '53.11 p196
 10時50分の急行《小説》
     27「別冊宝石」6(8) '53.11 p201
 フエリシテ嬢《小説》 17「宝石」9(6) '54.5 p206
 ひとりぼつち《小説》
     32「探偵倶楽部」6(12) '55.12 p139
 麦畑のなかで《小説》
     32「探偵倶楽部」7(1) '56.1 p150
 プウセット《小説》
     32「探偵倶楽部」7(4) '56.4 p292
 医師の場合《小説》
     32「探偵倶楽部」9(10) '58.8 p110
 不吉な旅行鞄《小説》
     32「探偵倶楽部」9(10) '58.8 p192
 父と子《小説》 27「別冊宝石」14(4) '61.7 p196
 犬舎《小説》 27「別冊宝石」14(4) '61.7 p203
 青蠅《小説》 27「別冊宝石」14(4) '61.7 p212
 暗中の接吻《小説》
     27「別冊宝石」14(4) '61.7 p216
 スリル求めて《小説》
    35「エロチック・ミステリー」4(3) '63.3 p100
ル・キユー，ウイリアム
 大鴉の紋章〈1〉《小説》
     01「新趣味」17(1) '22.1 p300

大鴉の紋章〈2・完〉《小説》
　　　　　　　01「新趣味」17(2)'22.2 p222
画室の変死《小説》01「新趣味」17(4)'22.4 p278
赤い真珠《小説》　01「新趣味」18(4)'23.4 p48
漂泊の旅《小説》　01「新趣味」18(8)'23.8 p140
針金巻きの死体《小説》
　　　　　　　03「探偵文芸」1(1)'25.3 p35

ル・コルボオ, アドリアン
　闇中の香《小説》　01「新趣味」18(11)'23.11 p293

ルース, ケリー
　死は暗室で待つ《小説》
　　　　　　　27「別冊宝石」17(5)'64.4増 p154

ルースベン, ランスデール
　良心《小説》　　09「探偵小説」2(6)'32.6 p196

ルナール, アルセニオ
　死の小箱《小説》　11「ぶろふいる」2(6)'34.6 p86

ルナール, モーリス
　罹災地に聴く《小説》17「宝石」1(5)'46.8 p32
　クリシイ街の遺書《小説》
　　　　　　　32「探偵倶楽部」6(8)'55.8 p28

ルノー, ジー・ジョゼフ
　鏡面の影《小説》　01「新趣味」17(6)'22.6 p2
　生きた留針《小説》　01「新趣味」18(2)'23.2 p2
　探偵の眼の前に消えた男《小説》
　　　　　　　01「新趣味」18(2)'23.2 p196
　公園の怪異《小説》　01「新趣味」18(3)'23.3 p162
　エヂンバーグの謎《小説》
　　　　　　　01「新趣味」18(4)'23.4 p250
　ボロッ船の死骸《小説》
　　　　　　　01「新趣味」18(5)'23.5 p210
　銀行の賊《小説》　01「新趣味」18(6)'23.6 p140
　五千法の名刺《小説》
　　　　　　　09「探偵小説」2(1)'32.1 p100

ルパン, アルセエヌ
　ルパンの序言　　14「月刊探偵」2(1)'36.1 p24
留伴亭
　人喰男の秘密《小説》25「Gメン」2(4)'48.4 p24
　リュックサックの秘密《小説》
　　　　　　　25「Gメン」2(6)'48.5 p36
　ポール・アルバニーの秘密《小説》
　　　　　　　25「Gメン」2(8)'48.7 p22
　眠り魔の秘密《小説》25「Gメン」2(9)'48.9 p42
　シロップ瓶の秘密《小説》
　　　　　　　25「Gメン」2(10)'48.10 p25

ルービン, マン
　笑いの要素《小説》　17「宝石」14(4)'59.4 p314

ル・ファヌ, J・S
　ハーボットル判事《小説》
　　　　　　　27「別冊宝石」14(5)'61.10 p68

ルブラン, モーリス
　海岸の小屋《小説》01「新趣味」18(1)'23.1 p188
　第三の男《小説》　01「新趣味」18(7)'23.7 p110
　ルパンの捕縛《小説》
　　　　　　　08「探偵趣味」(平凡社版)2 '31.6 p16
　ルパンの結婚〔原作〕《絵物語》17「宝石」1(4)'46.7
　　p7, 9, 11, 13, 17, 21, 23, 25, 27, 29
　ルパン登場《小説》25「Gメン」2(5)'48.4 p22
　第三の男《小説》　25「Gメン」2(5)別'48.4 p29

古燈の秘密〔原作〕《絵物語》
　　　　　　　17「宝石」3(4)'48.5 p1
黄金魔〈1〉《小説》25「Gメン」2(6)'48.5 p4
黄金魔〈2〉《小説》25「Gメン」2(7)'48.6 p4
黄金魔〈3〉《小説》25「Gメン」2(8)'48.7 p38
黄金魔〈4〉《小説》25「Gメン」2(9)'48.9 p30
黄金魔〈5〉《小説》25「Gメン」2(10)'48.10 p28
黄金魔〈6〉《小説》25「Gメン」2(11)'48.11 p38
黄金魔〈7〉《小説》25「X」3(1)'49.1 p32
黄金魔〈8〉《小説》25「X」3(2)'49.2 p44
黄金魔〈9・完〉《小説》25「X」3(3)'49.3 p30
怪盗消失《小説》　25「X」3(4)'49.3別 p12
刺青人生《小説》　17「宝石」5(2)'50.2 p14
夜の黒真珠《小説》
　　　　　　　32「怪奇探偵クラブ」1 '50.5 p156
吸血紅蝙蝠《小説》
　　　　　　　32「怪奇探偵クラブ」2 '50.6 p178
名宝紛失事件《小説》
　　　　　　　32「探偵クラブ」1(1)'50.8 p234
七つの宝石〔原作〕《絵物語》
　17「宝石」5(9)'50.9 p13, 15, 17, 19, 23, 25, 27, 29
赤い蜘蛛〈1〉《小説》
　　　　　　　32「探偵クラブ」1(2)'50.10 p176
赤い蜘蛛〈2〉《小説》
　　　　　　　32「探偵クラブ」1(3)'50.11 p160
赤い蜘蛛〈3〉《小説》
　　　　　　　32「探偵クラブ」1(4)'50.12 p70
赤い蜘蛛〈4〉《小説》
　　　　　　　32「探偵クラブ」2(1)'51.1 p112
赤い蜘蛛〈5・完〉《小説》
　　　　　　　32「探偵クラブ」2(2)'51.2 p112
写真の秘密《小説》
　　　　　　　32「探偵クラブ」3(1)'52.1 p157
代議士の鞄《小説》
　　　　　　　32「探偵クラブ」3(4)'52.4 p130
皇帝の恋文《小説》
　　　　　　　32「探偵倶楽部」3(5)'52.5 p138
謎の家《小説》　　27「別冊宝石」5(4)'52.5 p228
トランプ《小説》　32「探偵倶楽部」3(7)'52.8 p156
白い手袋《小説》　32「探偵倶楽部」3(8)'52.9 p110
ユダヤの古燈《小説》
　　　　　　　32「探偵倶楽部」3(11)'52.11増 p226
真紅の肩掛《小説》27「別冊宝石」6(3)'53.5 p422
偶然の奇蹟《小説》
　　　　　　　32「探偵倶楽部」4(6)'53.6 p104
鐘楼の鳩《小説》　17「宝石」10(6)'55.4 p50
案山子《小説》　　17「宝石」10(17)'55.12 p64
怪人対巨人〈1〉《小説》
　　　　　　　35「エロティック・ミステリー」2(10)'61.10 p152
怪人対巨人〈2〉《小説》
　　　　　　　35「エロティック・ミステリー」2(11)'61.11 p212
怪人対巨人〈3〉《小説》
　　　　　　　35「エロティック・ミステリー」2(12)'61.12 p142
怪人対巨人〈4〉《小説》
　　　　　　　35「エロティック・ミステリー」3(1)'62.1 p130
怪人対巨人〈5〉《小説》
　　　　　　　35「エロティック・ミステリー」3(2)'62.2 p258
怪人対巨人〈6〉《小説》
　　　　　　　35「エロティック・ミステリー」3(3)'62.3 p260
怪人対巨人〈7〉《小説》
　　　　　　　35「エロティック・ミステリー」3(4)'62.4 p170

怪人対巨人〈8・完〉《小説》
　　35「エロティック・ミステリー」3(5)'62.5 p232
ルユシイ
　仔山羊の功名《小説》
　　01「新趣味」17(7)'22.7 p146
ルルー，ガストン
　怪しい足跡〈1〉《小説》
　　01「新趣味」17(3)'22.3 p76
　怪しい足跡〈2・完〉《小説》
　　01「新趣味」17(4)'22.4 p176
　オペラの怪人《小説》
　　32「探偵倶楽部」5(9)'54.9 p259
　黄色い部屋〔原作〕《絵物語》
　　32「探偵倶楽部」7(12)'56.11 p23, 33, 43, 51, 59, 89,
　　93, 119, 125, 129

【れ】

レアージュ，ポアリイヌ
　O嬢の物語《小説》
　　35「エロティック・ミステリー」2(3)'61.3 p89
レイシイ，エド
　死のノックアウト・パンチ《小説》
　　27「別冊宝石」16(10)'63.11増 p84
　タキシード・ジャンクション《小説》
　　27「別冊宝石」17(5)'64.4増 p115
礼門 伸
　米兵妾記　　　　33「探偵実話」6(5)'55.4 p164
レイン，ヒュー
　都会娘か田舎娘か　　33「探偵実話」3 '50.8 p44
レオナード，エドワード
　恐怖の家《小説》　01「新趣味」17(3)'22.3 p132
　淡紅色の薔薇は語る《小説》
　　01「新趣味」17(5)'22.5 p236
　照魔鏡《小説》　　01「新趣味」18(9)'23.9 p198
レオポルト，ジョン
　血染めの機密書類 33「探偵実話」3(6)'52.5 p104
レジイ，ロオジエ
　女友達《小説》　　03「探偵文芸」3(1)'27.1 p55
レースラー，ヨー・ハンス
　ホテルの広間で人を待てば《小説》
　　15「探偵春秋」2(6)'37.6 p95
レスリー，O・H
　ベン・フレンド《小説》
　　17「宝石」13(12)'58.9 p312
　すんでの事で!《小説》
　　17「宝石」13(14)'58.11 p290
　おれ死んでるんだよ《小説》
　　17「宝石」14(4)'59.4 p302
レッピン，パウル
　人形マリア《小説》　04「探偵趣味」18 '27.4 p6
レドマン，ベン・レイ
　完全犯罪《小説》　17「宝石」12(12)'57.9 p82
　ミステリー小説の断面
　　32「探偵倶楽部」9(2)'58.2 p3

レニエ，アンリ・ドウ
　大理石の女《小説》　01「新趣味」17(1)'22.1 p252
レノックス，リチャード
　毒酒　　　　　　11「ぷろふいる」1(3)'33.7 p12
　毒酒《小説》　32「探偵倶楽部」9(10)'58.8 p55
レプナル，ジョウジ
　緑の地獄で六ケ年 32「探偵倶楽部」8(6)'57.7 p186
レム，スタニスラフ
　君は生きているのか?《小説》
　　32「探偵倶楽部」9(1)'58.1 p136
レルネット＝ホレニア，A
　姿なき殺人者《小説》
　　32「探偵倶楽部」5(1)'54.1 p287
レルモントフ
　死相《小説》　　　　16「ロック」3(1)'48.1 p40
レーン，マクロード
　拳銃の裁き《小説》
　　32「探偵倶楽部」7(4)'56.4 p140
レーン，ラッキー
　俺の拳銃は凄いぞ!! 33「探偵実話」6(7)'55.6 p184
レンケル，グスターブ
　踊る眼《小説》 32「探偵倶楽部」6(12)'55.12 p113

【ろ】

ロイド，ノラ
　小さな正義《小説》　21「黒猫」2(10)'48.8 p22
ロウ，エドムンド
　何が彼等をさうさせたか?
　　06「猟奇」4(6)'31.9 p64
ロウ，ルイズ・E
　美男強盗記　　　　06「猟奇」4(5)'31.7 p74
老眼鏡生
　紙魚の歩み　　　　06「猟奇」5(4)'32.4 p24
ロォズ，エス
　客車殺人事件　02「秘密探偵雑誌」1(3)'23.7 p124
　半時間の出来事《小説》04「探偵趣味」5 '26.2 p54
ロオレンス，ジョン
　チョコレート《小説》
　　09「探偵小説」2(5)'32.5 p52
ロカアル，エドモン
　狂者の犯罪　　　　04「探偵趣味」17 '27.3 p55
　刺青　　　　　　04「探偵趣味」18 '27.4 p57
　麻酔剤の窃盗　　　04「探偵趣味」19 '27.5 p57
ローガン，ウイリアム
　地上最高の山《小説》
　　32「探偵倶楽部」6(11)'55.11 p56
麓　道博
　「三ツの場合」　05「探偵・映画」1(1)'27.10 p44
六条創二
　「片手無念流」　　　06「猟奇」4(4)'31.6 p50

六等水平
　軍艦病!　　　　　　　　06「猟奇」5(3)'32.3 p24
六無斉
　コント　　　　　　　　　24「妖奇」5(7)'51.7 p26
　間貸し　　　　　　　　　24「妖奇」5(9)'51.9 p123
ロス, J・F・S
　めぐりあい《小説》
　　　　　　　　32「探偵倶楽部」9(8)'58.7 p249
ロス, カールトン
　他人の女房に手をだすときは《小説》
　　　　　　　　32「探偵倶楽部」9(13)'58.11 p177
ロス, ダン
　完全な結末《小説》　　17「宝石」14(6)'59.6 p296
ローズ, ビリイ
　埠頭の災厄《小説》
　　　　　　　　32「探偵倶楽部」8(9)'57.9 p237
ロース, ホリイ
　第四の男《小説》　　17「宝石」13(13)'58.10 p302
ロスニ
　人外秘境〈1〉《小説》　17「宝石」9(12)'54.10 p30
　人外秘境〈2〉《小説》
　　　　　　　　　　17「宝石」9(13)'54.11 p188
　人外秘境〈3・完〉《小説》
　　　　　　　　　　17「宝石」9(14)'54.12 p60
ローソン, クレイトン
　折れた足の謎《小説》
　　　　　　　　27「別冊宝石」12(3)'59.3 p66
　いれずみ男の謎《小説》
　　　　　　　　27「別冊宝石」12(7)'59.7 p51
　ありそうでない動機の謎《小説》
　　　　　　　　27「別冊宝石」12(7)'59.7 p54
　甦った殺人鬼《小説》
　　　　　　　　27「別冊宝石」15(2)'62.4 p8
ロタージャートン, E
　何が盗まれたか《小説》
　　　　　　　　32「探偵倶楽部」7(11)'56.10 p230
ロッカー, フェリイ
　索溝《小説》　　　　　　17「宝石」12(9)'57.7 p40
ロツクウエル, C・M
　青幽鬼〈1〉《小説》　　　07「探偵」1(1)'31.5 p171
　青幽鬼〈2〉《小説》　　　07「探偵」1(2)'31.6 p131
　青幽鬼〈3・完〉《小説》
　　　　　　　　　　　07「探偵」1(3)'31.7 p182
ロックリッジ, F・&R
　舞台稽古殺人事件《小説》
　　　　　　　　27「別冊宝石」10(4)'57.4 p185
六峰 山人
　人妻の肉体を奪った青年
　　　　　　　　33「探偵実話」11(12)'60.8 p124
ロバート, C・E・B
　研究室の殺人《小説》　09「探偵小説」2(7)'32.7 p86
ロビンス, グレンビイユ
　牛津街の殺人《小説》　　06「猟奇」4(1)'31.3 p6
ロビンス, グレンビル
　オックスフォード街の殺人《小説》
　　　　　　　　32「探偵倶楽部」9(8)'58.7 p184

ロビンズ, ティー
　死の群像《小説》　02「秘密探偵雑誌」1(1)'23.5 p72
ロビンソン, バートン・E
　ラヂオ・アリバイ《小説》
　　　　　　　　　11「ぷろふいる」1(2)'33.6 p24
ローマー, サックス
　博物館殺人事件《小説》
　　　　　　　　　11「ぷろふいる」2(1)'34.1 p127
　復讐神の壺《小説》　15「探偵春秋」1(1)'36.10 p68
ロリガン, ジヨセフ
　監禁された判事《小説》
　　　　　　　　32「探偵倶楽部」5(1)'54.1 p148
ロルド, アンドレ・ド
　仮面城夜話《小説》　　04「探偵趣味」17 '27.3 p78
ローレンス, ジヨン
　シシリアの蠟燭《小説》
　　　　　　　　　01「新趣味」18(6)'23.6 p128
　駈落《小説》　　　　04「探偵趣味」4(5)'28.5 p14
　赤髯の男《小説》　　09「探偵小説」2(8)'32.8 p52
ローレンス, ヒルダ
　四本の手の恐怖《小説》
　　　　　　　　27「別冊宝石」14(2)'61.3 p156
　マンハッタンの屋根《小説》
　　　　　　　　27「別冊宝石」17(2)'64.2 p116
ロンドン, ジヤック
　光と影《小説》　　　　01「新趣味」17(1)'22.1 p196
　世界が若かつた時《小説》
　　　　　　　　　01「新趣味」17(4)'22.4 p234

【 わ 】

ワアウイツク, A
　共犯者《小説》　32「探偵倶楽部」6(4)'55.4 p119
輪井生
　隧道を掘る盗賊　　01「新趣味」18(7)'23.7 p161
ワイド, ジイ・アール
　紙上の罠《小説》　01「新趣味」18(11)'23.11 p84
ワイルド, オスカー
　WH氏の肖像《小説》　17「宝石」6(3)'51.3 p180
　ドリアン・グレーの肖像〔原作〕《絵物語》
　　　　　　　　32「探偵倶楽部」5(10)'54.10 p11
　キヤンタービル家の幽霊《小説》
　　　　　　　　32「探偵倶楽部」9(10)'58.8 p200
ワイルド, パーシヴァル
　インクエスト《小説》
　　　　　　　　27「別冊宝石」4(1)'51.8 p166
　扉の裏に《小説》
　　　　　　　　32「探偵倶楽部」8(10)'57.10 p154
　堕天使の冒険《小説》
　　　　　　　　27「別冊宝石」11(1)'58.1 p234
　ダイヤの隠し場所《小説》
　　　　　　　　27「別冊宝石」11(9)'58.11 p44
ワイルド, ピイ
　秘密《小説》　08「探偵趣味」(平凡社版)9 '32.1 p26

わいん　　　　　執筆者名索引

ワインバウム, スタンレー
　火星放浪記《小説》
　　　　　32「探偵倶楽部」7(8)'56.7 p298

ワウフ, ヒラリー
　檻褸と骨《小説》
　　　　　32「探偵倶楽部」9(12)'58.10 p272

若尾 文子
　ロケ先のお風呂　　27「別冊宝石」12(6)'59.6 p21
　泥棒先生の置土産　17「宝石」14(14)'59.12 p122
　かいだん　　　　　17「宝石」17(7)'62.6 p100

若草 三郎
　黒繻子の手袋《小説》
　　　　　03「探偵文芸」1(7)'25.9 p36

若杉 栄
　横浜の人食男　　32「探偵倶楽部」8(5)'57.6 p87

若月 五郎
　捜査内幕座談会《座談会》
　　　　　25「Gメン」2(11)'48.11 別付36

若林 一郎
　"事件記者"はなぜヒットした？《座談会》
　　　　33「探偵実話」10(10)'59.7増 p211
　事件記者はハードボイルドがお好き《座談会》
　　　　　17「宝石」14(11)'59.10 p228

若林 栄
　血に染んだ復活祭　32「探偵倶楽部」8(1)'57.1 p214
　美貌の死刑囚　　32「探偵倶楽部」9(4)'58.4 p216

若林 虎雄
　山口淑子紅恋秘話　　25「X」3(1)'49.1 p8
　夜霧の街　　　　　　25「X」3(3)'49.3 p13

吾町 八四郎
　僕の円タク日記　26「フーダニット」2(1)'48.1 p17

若松 謙三
　月に吼える女　　33「探偵実話」9(8)'58.5増 p228

若松 秀雄
　金曜日殺人事件《小説》
　　　　　11「ぷろふいる」2(2)'34.2 p64
　伊奈邸殺人事件《小説》
　　　　　11「ぷろふいる」2(8)'34.8 p28
　墓穴を掘った男《小説》
　　　　　11「ぷろふいる」3(4)'35.4 p35
　完全証拠《小説》　22「新探偵小説」1(1)'47.4 p45
　浴槽の恐怖《小説》　19「仮面」3(2)'48.3 p30
　惨劇を告げる電話《小説》
　　　　　22「新探偵小説」2(4)'48.7 p2
　刺青の女《小説》　　24「妖奇」2(9)'48.8 p34
　野菊《小説》　29「探偵趣味」(戦後版)'49.1 p28

若宮 大治郎
　仕置場の女たち　　33「探偵実話」13(4)'62.3 p124

若宮 大路郎
　謎ときショート《小説》
　　　　　33「探偵実話」13(7)'62.6 p164
　謎ときショート《小説》
　　　　　33「探偵実話」13(9)'62.7 p230
　謎ときショート《小説》
　　　　　33「探偵実話」13(11)'62.9 p196

若柳 薫
　女将に恋した強盗　33「探偵実話」9(10)'58.6 p176

若柳 句馬
　犯人製造事件　　　　07「探偵」1(7)'31.11 p193

若山 三郎
　在日アメリカ人のSEXの生態
　　　　　33「探偵実話」12(12)'61.10 p216

わか・よたれ
　男と女　　　　　20「探偵よみもの」37 '48.11 p37

和久田 三郎
　相撲協会の内幕　　33「探偵実話」6(2)'55.1 p202

輪越 捷三
　灰色のてぶくろ《小説》
　　　　　03「探偵文芸」2(12)'26.12 p21

鷲尾 雨工
　吉野朝時代のスパイ
　　　　　15「探偵春秋」1(1)'36.10 p13

鷲尾 三郎
　疑問の指環《小説》　17「宝石」— '49.7増 p208
　生きてゐる人形《小説》　17「宝石」5(8)'50.8 p92
　鬼胎《小説》　　　　17「宝石」5(12)'50.12 p92
　誕生日の殺人《脚本》　17「宝石」6(9)'51.9 p120
　白魔《小説》　　　　17「宝石」6(10)'51.10 p198
　アンケート《アンケート》
　　　　　　　　　　　17「宝石」7(1)'52.1 p89
　急行列車の殺人《脚本》　17「宝石」7(4)'52.4 p259
　魚臭《小説》　　33「探偵実話」3(5)'52.4 p76
　死の影《小説》　33「探偵実話」3(6)'52.6 p122
　長持の中の男《小説》
　　　　　33「探偵実話」3(8)'52.7 p150
　オルゴール時計《脚本》　17「宝石」7(8)'52.8 p219
　生きている屍《小説》
　　　　　33「探偵実話」3(9)'52.8 p220
　濡れ紙《小説》　33「探偵実話」3(10)'52.9 p70
　生きてゐる人形《小説》
　　　　　33「探偵実話」3(11)'52.9増 p178
　きょうだい《小説》
　　　　　33「探偵実話」3(13)'52.11 p64
　影絵《小説》　　33「探偵実話」3(14)'52.12 p24
　極悪人の女像《小説》
　　　　　33「探偵実話」4(1)'53.1 p278
　乳房《小説》　　33「探偵実話」4(3)'53.2 p72
　不貞《小説》　　33「探偵実話」4(4)'53.3 p54
　白い蛇《小説》　　17「宝石」8(4)'53.3増 p158
　白い蛇《小説》　　17「宝石」8(4)'53.3増 p329
　牛若丸《小説》　33「探偵実話」4(5)'53.4 p52
　泥濘《小説》　　33「探偵実話」4(6)'53.5 p40
　風穴《小説》　　33「探偵実話」4(7)'53.6 p38
　魅せられた女《座談会》
　　　　　32「探偵倶楽部」4(7)'53.7 p122
　鯨 血しぶく女臭―捜査篇―《小説》
　　　　　33「探偵実話」4(8)'53.7 p236
　Q夫人と猫《小説》　33「探偵実話」4(9)'53.8 p224
　嵐の夜の女《小説》
　　　　　32「探偵倶楽部」4(9)'53.9 p184
　死の代役《小説》　32「探偵倶楽部」4(10)'53.10 p11
　"封鎖作戦"について《座談会》
　　　　　32「探偵倶楽部」4(11)'53.11 p128
　映画「飾窓の女」《座談会》
　　　　　17「宝石」8(13)'53.11 p138
　骸骨《小説》　32「探偵倶楽部」4(11)'53.11 p214

雪崩《小説》　　　　　17「宝石」8(14)'53.12 p186
プリマドンナ殺し《小説》
　　　　　　　32「探偵倶楽部」5(1)'54.1 p15
義足《小説》　　32「探偵倶楽部」5(1)'54.1 p141
アパートの窓《小説》
　　　　　　　32「探偵倶楽部」5(1)'54.1 p210
女妖 後篇《小説》　33「探偵実話」5(1)'54.1 p46
盲獣《小説》　　　33「探偵実話」5(3)'54.3 p124
俺が法律だ〈1〉《小説》
　　　　　　　32「探偵倶楽部」5(4)'54.4 p27
魚臭《小説》　　33「探偵実話」5(5)'54.4増 p182
受賞寸感　　　　　　17「宝石」9(6)'54.5 p97
死神に憑かれた男《小説》
　　　　　　　　　　17「宝石」9(6)'54.5 p160
俺が法律だ〈2〉《小説》
　　　　　　　32「探偵倶楽部」5(5)'54.5 p268
俺が法律だ〈3・完〉《小説》
　　　　　　　32「探偵倶楽部」5(6)'54.6 p271
東京よさらば《小説》
　　　　　　　32「探偵倶楽部」5(7)'54.7 p242
クリスマス・イーヴの悪魔〈1〉《小説》
　　　　　　　32「探偵倶楽部」5(9)'54.9 p27
クリスマス・イーヴの悪魔〈2〉《小説》
　　　　　　　32「探偵倶楽部」5(10)'54.10 p102
クリスマス・イーヴの悪魔〈3・完〉《小説》
　　　　　　　32「探偵倶楽部」5(11)'54.11 p174
テープ・レコードは告白す《小説》
　　　　　　　32「探偵倶楽部」5(12)'54.12 p50
窓《小説》　　　32「探偵倶楽部」6(1)'55.1 p104
文珠の罠《小説》　　17「宝石」10(1)'55.1 p302
濡れ紙《小説》　33「探偵実話」6(3)'55.2増 p94
血闘《小説》　　32「探偵倶楽部」6(3)'55.3 p110
消失《小説》　　　　17「宝石」10(8)'55.6 p138
泣虫小僧〈1〉《小説》
　　　　　　　　33「探偵実話」6(8)'55.7 p46
泣虫小僧〈2〉《小説》
　　　　　　　　33「探偵実話」6(9)'55.8 p98
泣虫小僧〈3〉《小説》
　　　　　　　　33「探偵実話」6(10)'55.9 p26
暗い曲り角〈1〉《小説》
　　　　　　　32「探偵倶楽部」6(10)'55.10 p290
泣虫小僧〈4〉《小説》
　　　　　　　　33「探偵実話」6(11)'55.10 p44
女臭《小説》　33「探偵実話」6(12)'55.10増 p180
暗い曲り角〈2〉《小説》
　　　　　　　32「探偵倶楽部」6(11)'55.11 p88
泣虫小僧〈5〉《小説》
　　　　　　　　33「探偵実話」6(13)'55.11 p166
暗い曲り角〈3・完〉《小説》
　　　　　　　32「探偵倶楽部」6(12)'55.12 p124
泣虫小僧〈6〉《小説》
　　　　　　　　33「探偵実話」7(1)'55.12 p140
末路《小説》　　32「探偵倶楽部」7(1)'56.1 p114
雪崩《小説》　　　27「別冊宝石」9(1)'56.1 p218
「雪崩」　　　　　27「別冊宝石」9(1)'56.1 p219
泣虫小僧〈7〉《小説》
　　　　　　　　33「探偵実話」7(3)'56.1 p170
泣虫小僧〈8・完〉《小説》
　　　　　　　　33「探偵実話」7(4)'56.2 p86
死の帰郷《小説》32「探偵倶楽部」7(3)'56.3 p310
悪魔の函《小説》33「探偵実話」7(5)'56.3増 p246

赤い翼《小説》　33「探偵実話」7(11)'56.7増 p120
身をつくしてぞ《小説》
　　　　　　　　33「探偵実話」7(13)'56.8 p258
嬶曳《小説》　　33「探偵実話」7(17)'56.11 p30
海風《小説》　　33「探偵実話」7(16)'56.11 p302
誰かが見ている《小説》
　　　　　　　32「探偵倶楽部」7(13)'56.12 p16
影を持つ女〈1〉《小説》
　　　　　　　　33「探偵実話」8(4)'57.2 p30
影を持つ女〈2・完〉《小説》
　　　　　　　　33「探偵実話」8(6)'57.3 p206
白魔《小説》　　33「探偵実話」8(5)'57.3増 p236
月蝕に消ゆ《小説》　17「宝石」12(12)'57.9 p198
播かぬ種は生えぬ《小説》
　　　　　　　　33「探偵実話」8(13)'57.9 p30
アンケート《アンケート》
　　　　　　　　17「宝石」12(14)'57.11 p123
文珠の罠《小説》33「探偵実話」8(15)'57.11 p264
サラマンダーの怒り《小説》
　　　　　　　　33「探偵実話」8(16)'57.11 p30
地獄の罠〈1〉《小説》
　　　　　　　　33「探偵実話」9(4)'58.2 p266
地獄の罠〈2〉《小説》
　　　　　　　　33「探偵実話」9(6)'58.3 p264
地獄の罠〈3・完〉《小説》
　　　　　　　　33「探偵実話」9(7)'58.4 p252
銀の匙《小説》　　　17「宝石」13(8)'58.6 p234
地獄の旅券〈1〉《小説》
　　　　　　　32「探偵倶楽部」9(8)'58.7 p76
地獄の旅券〈2〉《小説》
　　　　　　　32「探偵倶楽部」9(11)'58.9 p172
蒼い徽〈1〉《小説》
　　　　　　　　33「探偵実話」9(13)'58.9 p266
地獄の旅券〈3〉《小説》
　　　　　　　32「探偵倶楽部」9(12)'58.10 p232
蒼い徽〈2〉《小説》
　　　　　　　　33「探偵実話」9(15)'58.10 p180
女臭《小説》　　27「別冊宝石」11(8)'58.10 p280
地獄のパスポート〈4〉《小説》
　　　　　　　32「探偵倶楽部」9(13)'58.11 p88
蒼い徽〈3・完〉《小説》
　　　　　　　　33「探偵実話」9(16)'58.11 p260
地獄のパスポート〈5・前篇完〉《小説》
　　　　　　　32「探偵倶楽部」9(14)'58.12 p130
狙われた獣《小説》　33「探偵実話」10(5)'59.3 p94
スリラーブームは来ている《座談会》
　　　　　　　　33「探偵実話」10(5)'59.3 p144
発かれた獣性《小説》33「探偵実話」10(7)'59.4 p272
葬られた女〈1〉《小説》
　　　　　　　　33「探偵実話」10(8)'59.5 p70
葬られた女〈2〉《小説》
　　　　　　　　33「探偵実話」10(9)'59.6 p270
葬られた女〈3〉《小説》
　　　　　　　　33「探偵実話」10(11)'59.7 p272
骸骨《小説》　　33「探偵実話」10(10)'59.7増 p286
葬られた女〈4〉《小説》
　　　　　　　　33「探偵実話」10(12)'59.8 p272
葬られた女〈5〉《小説》
　　　　　　　　33「探偵実話」10(13)'59.9 p274

わしお

葬られた女〈6〉《小説》
　　　　　　　33「探偵実話」10(14)'59.10 p272
葬られた女〈7・完〉《小説》
　　　　　　　33「探偵実話」10(16)'59.11 p276
望遠鏡の中の美女《小説》
　　　　　　　33「探偵実話」12(2)'61.2増 p224
猫を咬む鼠〈1〉《小説》
　　　　　　　33「探偵実話」12(5)'61.4 p118
猫を咬む鼠〈2〉《小説》
　　　　　　　33「探偵実話」12(7)'61.5 p38
猫を咬む鼠〈3〉《小説》
　　　　　　　33「探偵実話」12(8)'61.6 p272
猫を咬む鼠〈4〉《小説》
　　　　　　　33「探偵実話」12(9)'61.7 p126
猫を咬む鼠〈5〉《小説》
　　　　　　　33「探偵実話」12(11)'61.8 p38
猫を咬む鼠〈6〉《小説》
　　　　　　　33「探偵実話」12(12)'61.9 p142
猫を咬む鼠〈7〉《小説》
　　　　　　　33「探偵実話」12(12)'61.10 p40
猫を咬む鼠〈8〉《小説》
　　　　　　　33「探偵実話」12(15)'61.11 p214
猫を咬む鼠〈9・完〉《小説》
　　　　　　　33「探偵実話」12(16)'61.12 p40
ジュースと紙幣《小説》
　　　　　　　35「エロティック・ミステリー」3(8)'62.8 p60
くずれたアリバイ《小説》
　　　　　　　33「探偵実話」13(11)'62.9 p112

鷲尾 友行
花のパリーの青姦大将
　　　　　　　35「エロティック・ミステリー」2(7)'61.7 p54

和田 佐久治
ルンペン犯罪座談会《座談会》
　　　　　　　07「探偵」1(4)'31.8 p84

和田 四郎次
犯罪解剖座談会《座談会》
　　　　　　　32「怪奇探偵クラブ」1 '50.5 p203

和田 操
海底の魔像《小説》　　24「妖奇」6(3)'52.3 p28
浴室の惨劇《小説》　　24「妖奇」6(3)'52.3 p90
毛虫《小説》　　　　　24「妖奇」6(4)'52.4 p81
かくて遊星は亡びぬ〈1〉《小説》
　　　　　　　　　　　24「妖奇」6(5)'52.5 p82
かくて遊星は亡びぬ〈2〉《小説》
　　　　　　　　　　　24「妖奇」6(6)'52.6 p86
かくて遊星は亡びぬ〈3・完〉《小説》
　　　　　　　　　　　24「妖奇」6(7)'52.7 p94
指骨と首飾《小説》　　24「妖奇」6(8)'52.8 p88
秘宝呪咀《小説》　　　24「妖奇」6(9)'52.9 p97
狐待ちの男《小説》　　24「トリック」6(12)'52.12 p31
自殺者殺人事件《小説》
　　　　　　　　　　　24「トリック」7(1)'53.1 p64
奈落《小説》　　　　　24「トリック」7(2)'53.2 p100
運命線の予告《小説》
　　　　　　　　　　　24「トリック」7(3)'53.3 p23
二十年目の復讐《小説》
　　　　　　　33「探偵実話」4(8)'53.7 p104
幽霊屋敷《小説》　　　17「宝石」9(5)'54.4 p232

自殺者殺人事件《小説》
　　　　　　　32「探偵倶楽部」5(5)'54.5 p41
写真《小説》　　　　　32「探偵倶楽部」5(6)'54.5 p13
狐と狸《小説》　　　　32「探偵倶楽部」5(7)'54.7 p209
誰もいなくなつた《小説》
　　　　　　　32「探偵倶楽部」5(9)'54.9 p158
足《小説》　　　　　　32「探偵倶楽部」5(10)'54.10 p162
間歇性夢遊性癲癇症《小説》
　　　　　　　17「宝石」10(1)'55.1 p182
幽霊慾情《小説》　　　17「宝石」10(4)'55.3 p280
最後の有髪人種《小説》
　　　　　　　17「宝石」11(10)'56.7増 p152

和田 光夫
情熱の燃焼に就いて
　　　　　　　22「新探偵小説」1(1)'47.4 p26
理智と情念について
　　　　　　　22「新探偵小説」1(2)'47.6 p25
構成力について　　　　22「新探偵小説」1(3)'47.7 p35
野心の構図　　　　　　22「新探偵小説」4 '47.10 p18

和田 尤三
坪田宏氏に寄す　　　　17「宝石」5(6)'50.6 p326

和田 芳雄
女郎蜘蛛のような女
　　　　　　　33「探偵実話」8(8)'57.5増 p36
女医金持桃子の犯罪
　　　　　　　33「探偵実話」13(2)'62.1増 p124

和達 清夫
物理学者「探偵小説」を語る《座談会》
　　　　　　　17「宝石」12(12)'57.9 p68

ワタナベ, オン → 渡辺温
兵士と女優《小説》　　04「探偵趣味」4(7)'28.7 p55

渡辺 有仁
学生時代の思い出　　　17「宝石」17(1)'62.1 p137

渡辺 一郎
天意《小説》　　　　　27「別冊宝石」6(9)'53.12 p268
目撃者《小説》　　　　17「宝石」10(2)'55.1増 p62

渡辺 栄子
酒場のムードを語るマダム三人《座談会》
　　　　　　　17「宝石」13(7)'58.5増 p306

渡辺 温 → ワタナベ, オン
兵隊の死《小説》　　　04「探偵趣味」15 '27.1 p78
父を失ふ話《小説》　　04「探偵趣味」21 '27.7 p2
本年度印象に残れる作品、来年度ある作家への希望
《アンケート》
　　　　　　　04「探偵趣味」26 '27.12 p62
シルクハット《小説》
　　　　　　　04「探偵趣味」4(4)'28.4 p67
私の好きな一偶《アンケート》
　　　　　　　06「猟奇」1(2)'28.6 p28
可哀そうな姉《小説》
　　　　　　　27「別冊宝石」9(5)'56.6 p94
兵隊の死《小説》　　　27「別冊宝石」14(4)'61.7 p33

渡辺 一夫
風流網舟漫談《座談会》
　　　　　　　32「探偵倶楽部」3(11)'52.11増 p153

渡辺 和生
邪恋といわないで《小説》
　　　　　　　17「宝石」18(2)'63.1増 p27

わたな

渡辺 久寿秀
　世はあげて強盗時代《座談会》
　　　　　　　　　　18「トップ」3(1)'48.1 p32

渡辺 啓助
　北海道四谷怪談《小説》
　　　　　　　　　11「ぷろふいる」2(7)'34.7 p28
　癩鬼《小説》　　11「ぷろふいる」3(5)'35.5 p6
　ハガキ回答《アンケート》
　　　　　　　　　11「ぷろふいる」3(12)'35.12 p44
　バルザック蒼白記　11「ぷろふいる」4(1)'36.1 p76
　亡霊問答　　　　14「月刊探偵」2(2)'36.2 p22
　分身　　　　　　12「探偵文学」2(4)'36.4 p25
　陰照妄談　　　　12「探偵文学」2(8)'36.8 p34
　亡霊写真引伸変化─渡辺 温─
　　　　　　　　　11「ぷろふいる」4(8)'36.8 p108
　血のロビンソン《小説》
　　　　　　　　　15「探偵春秋」1(1)'36.10 p88
　「啼くメデユサ」を読む
　　　　　　　　　11「ぷろふいる」5(1)'37.1 p27
　諸家の感想《アンケート》
　　　　　　　　　15「探偵春秋」2(1)'37.1 p73
　偽眼のマドンナ《小説》
　　　　　　　　　12「シュピオ」3(4)'37.5 p190
　お問合せ《アンケート》
　　　　　　　　　12「シュピオ」3(5)'37.6 p51
　薔薇雑記〈1〉　　12「シュピオ」3(8)'37.10 p20
　薔薇雑記〈2〉　　12「シュピオ」3(9)'37.11 p30
　薔薇雑記〈3〉　　12「シュピオ」3(10)'37.12 p6
　薔薇雑記〈4〉　　12「シュピオ」4(1)'38.1 p12
　ハガキ回答《アンケート》
　　　　　　　　　12「シュピオ」4(1)'38.1 p30
　薔薇雑記〈5〉　　12「シュピオ」4(2)'38.2 p12
　薔薇雑記〈6・完〉　12「シュピオ」4(3)'38.4 p30
　幽霊島通信《小説》　16「ロック」1(3)'46.5 p22
　伯爵夫人の寝台《小説》　17「宝石」1(2)'46.5 p8
　タットル大尉を囲む探偵作家の座談会《座談会》
　　　　　　　　　17「宝石」1(2)'46.5 p19
　変り花一茎　　　17「宝石」1(3)'46.6 p18
　焼跡の神話《小説》　16「ロック」1(5)'46.10 p29
　盲目人魚〈1〉《小説》
　　　　　　　　　17「宝石」1(6・7)'46.10 p6
　林檎園開く《小説》
　　　　　　　20「探偵よみもの」30 '46.11 p16
　盲目人魚〈2・完〉《小説》
　　　　　　　　　17「宝石」1(8)'46.11 p20
　灯座の踊子《小説》
　　　　　　　　　19「ぷろふいる」1(2)'46.12 p18
　少女紛失《小説》　17「宝石」2(1)'47.1 p7
　探偵の宿命《詩》　17「宝石」2(2)'47.2 p71
　桃色の食慾《小説》　16「ロック」2(4)'47.4 p40
　骨が鳴らす円舞曲《小説》
　　　　　　　　　16「ロック」2(5)'47.5 p61
　窓の半身像《小説》　21「黒猫」1(4)'47.10 p2
　幽霊船の中の男《小説》　23「真珠」2 '47.10 p24
　血をしたゝらす白蛾《小説》
　　　　　　　　　17「宝石」2(9)'47.10 p2
　湖のニンフ《小説》　25「Gメン」1(2)'47.11 p24
　屍くづれ〈1〉《小説》　24「妖奇」1(5)'47.11 p24
　屍くづれ〈2・完〉《小説》
　　　　　　　　　24「妖奇」1(6)'47.12 p15
　phantom poe　19「ぷろふいる」2(3)'47.12 p33

　回答　　　　　　27「別冊宝石」─ '48.1 p114
　愛慾埃及学《小説》　24「妖奇」2(3)'48.2 p3
　黒猫館の秘密《小説》　25「Gメン」2(2)'48.2 p22
　薔薇雑記〈1〉　　23「真珠」2(4)'48.3 p30
　薔薇雑記〈2〉　　23「真珠」2(5)'48.4 p29
　薔薇悪魔の話《小説》　24「妖奇」2(6)'48.5 p8
　憎らしい男《小説》　25「Gメン」2(8)'48.7 p28
　美しき皮膚病《小説》　24「妖奇」2(8)'48.7 p39
　探偵作家お道楽帳 いつも万愚節
　　　　　　　　　27「別冊宝石」2 '48.7 p115, 114
　薔薇雑記〈3〉　　23「真珠」2(7)'48.8 p10
　血笑婦《小説》　　24「妖奇」2(11)'48.10 p14
　壁の中の男《小説》　17「宝石」3(8)'48.10 p18
　毒蝶と薔薇《小説》　16「ロック」3(8)'48.12 p22
　悪魔の指《小説》　24「妖奇」3(1)'49.1 p22
　幻女《小説》　　　25「X」3(2)'49.2 p4
　地獄横町《小説》　24「妖奇」3(3)'49.3 p20
　僕の好きなもの　27「別冊宝石」2(1)'49.4 p163
　変身術師《小説》　24「妖奇」3(5)'49.5 p17
　ミイラつき貸家〈1〉《小説》
　　　　　　　　　17「宝石」4(7)'49.7 p22
　ミイラつき貸家〈2・完〉《小説》
　　　　　　　　　17「宝石」4(8)'49.8 p24
　毒婦役ベラドンナ
　　　　　　　　　17「宝石」─ '49.9増 p10
　黒い扇を持つ女《小説》
　　　　　　　　　17「宝石」4(11)'49.12 p14
　さまよへるユダヤ人　17「宝石」5(1)'50.1 p71
　聖悪魔《小説》　　24「妖奇」4(1)'50.1 p85
　モンゴル怪猫伝《小説》　17「宝石」5(5)'50.5 p32
　悪魔は窓の中に《小説》
　　　　　　　　32「怪奇探偵クラブ」2 '50.6 p136
　写真魔《小説》　　24「妖奇」4(7)'50.7 p44
　死相の予言者《小説》　33「探偵実話」2 '50.7 p24
　百万円懸賞探偵小説B級作品入選誌上発表《座談会》
　　　　　　　　　17「宝石」5(9)'50.9 p212
　怪猫カモン《小説》
　　　　　　　　　32「探偵クラブ」1(2)'50.10 p40
　東京ゴリラ伝〈1〉《小説》
　　　　　　　　　32「探偵クラブ」1(3)'50.11 p36
　東京ゴリラ伝〈2〉《小説》
　　　　　　　　　32「探偵クラブ」1(4)'50.12 p52
　東京ゴリラ伝〈3〉《小説》
　　　　　　　　　32「探偵クラブ」2(1)'51.1 p216
　東京ゴリラ伝〈4・完〉《小説》
　　　　　　　　　32「探偵クラブ」2(2)'51.2 p210
　地獄の控へ室《小説》
　　　　　　　　　32「探偵クラブ」2(4)'51.6 p108
　白い拷問《小説》　17「宝石」6(8)'51.8 p78
　幽霊島《小説》　32「探偵クラブ」2(6)'51.8 p138
　モンゴル怪猫伝《小説》
　　　　　　　　32「探偵クラブ」2(7)'51.8増 p232
　夜うめく扉《小説》
　　　　　　　　　33「探偵実話」2(10)'51.9 p182
　アンケート《アンケート》
　　　　　　　　　17「宝石」6(11)'51.10増 p173
　トンネルの中の悪魔　17「宝石」6(12)'51.11 p68
　四谷怪談事件《脚本》　17「宝石」6(12)'51.11 p103
　朔太郎の探偵詩　　17「宝石」6(13)'51.12 p42
　アンケート《アンケート》
　　　　　　　　　17「宝石」7(1)'52.1 p86

聖ジョン学院の悪魔《小説》
　　　　　　　　17「宝石」7(1)'52.1 p98
愛慾埃及学〔原作〕《絵物語》
　　　　　　　　33「探偵実話」3(2)'52.2 p23
地獄横丁《小説》　33「探偵実話」3(4)'52.3増 p124
北京淑女　　　　　17「宝石」7(4)'52.4 p42
背なかの愛情《小説》
　　　　　　　　32「探偵クラブ」3(4)'52.4 p188
北京猿人《小説》　33「探偵実話」3(5)'52.4 p28
黒衣マリ《小説》　17「宝石」7(5)'52.5 p74
吹雪の夜《脚本》　17「宝石」7(5)'52.5 p101
贋シメオン《小説》17「宝石」7(6)'52.6 p118
山猫来たり住む《小説》
　　　　　　　　32「探偵倶楽部」3(6)'52.6 p138
魔女とアルバイト《小説》
　　　　　　　　33「探偵実話」3(6)'52.6 p72
色情《小説》　　　17「宝石」7(7)'52.7 p84
水着ひらめく《小説》17「宝石」7(8)'52.8 p32
氷河の人魚《小説》
　　　　　　　　32「探偵倶楽部」3(7)'52.8 p184
塗込められた洋次郎《小説》
　　　　　　　　33「探偵実話」3(11)'52.9増 p70
谷底の眼《小説》　17「宝石」7(9)'52.10 p142
人面瘡《小説》　　33「探偵実話」3(12)'52.10 p122
写真魔《小説》　　17「宝石」7(10)'52.10 p104
氷倉《小説》　　　17「宝石」7(11)'52.11 p36
タンタラスの呪い皿《小説》
　　　　　　　　24「トリック」6(11)'52.11 p124
夢遊病者《小説》　17「宝石」7(12)'52.12 p44
瓶の中の胎児《小説》17「宝石」8(1)'53.1 p38
悪魔の唇　　　　　17「宝石」8(1)'53.1 p59
一寸寄道恋辻占《小説》
　　　　　　　　27「別冊宝石」6(1)'53.1 p192
吉田御殿　　　　　33「探偵実話」4(1)'53.1 p72
悪魔の唇〈1〉《小説》
　　　　　　　　32「探偵倶楽部」4(1)'53.2 p26
北極第五番街《小説》
　　　　　　　　24「トリック」7(2)'53.2 p186
夜歩く虫《小説》　17「宝石」8(2)'53.3 p32
悪魔の唇〈2〉《小説》
　　　　　　　　32「探偵倶楽部」4(2)'53.3 p278
求婚者は鏡の中に居た《小説》
　　　　　　　　17「宝石」8(3)'53.4 p28
悪魔の唇〈3〉《小説》
　　　　　　　　32「探偵倶楽部」4(3)'53.4 p46
恐ろしき恋人《小説》17「宝石」8(5)'53.5 p14
悪魔の唇〈4〉《小説》
　　　　　　　　32「探偵倶楽部」4(5)'53.5 p262
吸血花《小説》　　27「別冊宝石」6(3)'53.5 p116
吸血花について　　27「別冊宝石」6(3)'53.5 p123
悪魔の唇〈5〉《小説》
　　　　　　　　32「探偵倶楽部」4(6)'53.6 p278
鮮血人形噺《小説》27「別冊宝石」6(4)'53.6 p130
肉体定価表《小説》17「宝石」8(7)'53.7 p66
悪魔の唇〈6〉《小説》
　　　　　　　　32「探偵倶楽部」4(7)'53.7 p104
胴切り師《小説》　33「探偵実話」4(8)'53.7 p42
悪魔の唇〈7〉《小説》
　　　　　　　　32「探偵倶楽部」4(8)'53.8 p62
悪魔の唇〈8〉《小説》
　　　　　　　　32「探偵倶楽部」4(9)'53.9 p110

女を探せ《小説》　17「宝石」8(10)'53.9 p156
美しい青春　　　　17「宝石」8(11)'53.10 p64
悪魔の唇〈9〉《小説》
　　　　　　　　32「探偵倶楽部」4(10)'53.10 p66
結婚二重奏《小説》17「宝石」8(12)'53.10増 p290
手配写真　　　　　17「宝石」8(13)'53.11 p36
悪魔の唇〈10〉《小説》
　　　　　　　　32「探偵倶楽部」4(11)'53.11 p66
悪魔の唇〈11・完〉《小説》
　　　　　　　　32「探偵倶楽部」4(12)'53.12 p84
隆鼻術白書《小説》17「宝石」8(14)'53.12 p88
皮砥幽霊　　　　　32「探偵倶楽部」5(1)'54.1 p65
美しき尻の物語《小説》17「宝石」9(1)'54.1 p78
その夜の次郎吉《小説》
　　　　　　　　27「別冊宝石」7(1)'54.1 p80
宝石と落葉《小説》
　　　　　　　　32「探偵倶楽部」5(2)'54.2 p15
女帝と一兵卒《小説》
　　　　　　　　32「探偵倶楽部」5(3)'54.3 p200
湖上祭の女《小説》17「宝石」9(4)'54.3増 p288
薔薇と注射針（中篇）七人目の訪客《小説》
　　　　　　　　33「探偵実話」5(3)'54.3 p33
春宵首の抜買《小説》
　　　　　　　　27「別冊宝石」7(3)'54.4 p228
決闘記《小説》　　33「探偵実話」5(5)'54.4増 p94
タンタラスの呪ひ皿《小説》
　　　　　　　　27「別冊宝石」7(5)'54.6 p380
セトモノ　　　　　27「別冊宝石」7(5)'54.6 p383
キュラサオの首《小説》17「宝石」9(8)'54.7 p28
黒い天使の寝台《小説》
　　　　　　　　17「宝石」9(10)'54.8 p286
幽霊笛《小説》　　27「別冊宝石」7(7)'54.9 p312
変身術師《小説》　33「探偵実話」5(11)'54.9 p162
女レスリング奇譚《小説》
　　　　　　　　17「宝石」9(12)'54.10 p46
アカーキ・アカキエヴッチの生霊《小説》
　　　　　　　　27「別冊宝石」7(9)'54.11 p84
薔薇薔薇事件《小説》
　　　　　　　　32「探偵倶楽部」5(12)'54.12 p216
空気男爵《小説》　32「探偵倶楽部」6(1)'55.1 p46
クレオパトラとサロメ《小説》
　　　　　　　　17「宝石」10(1)'55.1 p106
聖骨筐の秘密《小説》32「探偵倶楽部」6(2)'55.2 p108
浴場殺人事件《小説》
　　　　　　　　33「探偵実話」6(3)'55.2増 p50
お嬢様お手をどうぞ《小説》
　　　　　　　　32「探偵倶楽部」6(3)'55.3 p27
天草哀歌《小説》　17「宝石」10(5)'55.3増 p66
幽霊ホテル一泊《小説》
　　　　　　　　33「探偵実話」6(4)'55.3 p106
暹羅猫夫人《小説》
　　　　　　　　32「探偵倶楽部」6(4)'55.4 p62
香魔記《小説》　　17「宝石」10(7)'55.5 p70
宝石十年　　　　　17「宝石」10(7)'55.5 p151
幽霊は餃子がお好き
　　　　　　　　32「探偵倶楽部」6(5)'55.5 p272
女唐手綺譚《小説》
　　　　　　　　32「探偵倶楽部」6(6)'55.6 p93
わが創作法　　　　17「宝石」10(9)'55.6増 p183
美女解体《小説》　32「探偵倶楽部」6(7)'55.7 p28

血のロビンソン《小説》
　　　　32「探偵倶楽部」6(8)'55.8 p288
窓の半身像《小説》　17「宝石」10(12)'55.8増 p224
女空気男爵《小説》
　　　　32「探偵倶楽部」6(9)'55.9 p198
幽霊見損い《小説》　17「宝石」10(14)'55.10 p296
怪奇の壺《小説》　33「探偵実話」6(12)'55.10増 p93
胴切り師《小説》　17「宝石」10(16)'55.11増 p68
吸血夫人の寝室《小説》
　　　　32「探偵倶楽部」6(12)'55.12 p64
コルネリヤ殺し《小説》　17「宝石」11(1)'56.1 p44
裏町のホテルにて　17「宝石」11(1)'56.1 p81
探偵小説ブームは果して来るか来ないか《座談会》
　　　　32「探偵倶楽部」7(1)'56.1 p180
月曜猿《小説》　　17「宝石」11(5)'56.3増 p36
谷底の眼《小説》　33「探偵実話」7(5)'56.3増 p354
首を持ったサロメ《小説》
　　　　33「探偵実話」7(7)'56.4 p68
愛慾埃及学《小説》27「別冊宝石」9(5)'56.6 p154
血笑島にて《小説》　17「宝石」11(9)'56.7 p18
姿なき花嫁《小説》　17「宝石」11(10)'56.7増 p248
血蝙蝠《小説》　33「探偵実話」7(11)'56.7増 p132
密室のヴイナス《小説》
　　　　　　　17「宝石」11(13)'56.9増 p92
眠り妻事件《小説》
　　　　32「探偵倶楽部」7(11)'56.10 p19
海の墓は閉されず《小説》
　　　　　　　17「宝石」11(15)'56.11増 p32
キユラサオの首《小説》
　　　　33「探偵実話」7(16)'56.11増 p144
その夜の曲り角
　　　　33「探偵実話」8(1)'56.12 p30
もとすり横丁の洋裁店《小説》
　　　　　　　17「宝石」12(1)'57.1 p222
裸祭前後《小説》　32「探偵倶楽部」8(1)'57.1 p264
氷河の人魚《小説》17「宝石」12(2)'57.1増 p148
人肌地図《小説》　33「探偵実話」8(4)'57.2 p276
亡霊の情熱《小説》
　　　　33「探偵実話」8(5)'57.3増 p358
失恋発疹《小説》　　17「宝石」12(5)'57.4 p178
恐ろしき耳飾《小説》
　　　　　　　17「宝石」12(6)'57.4増 p148
吸血鬼考《小説》　　17「宝石」12(9)'57.7 p18
氷島の靴下留《小説》
　　　　　　　17「宝石」12(11)'57.8増 p290
お化けとの対決　　17「宝石」12(13)'57.10 p77
贋シメオン《小説》
　　　　33「探偵実話」8(15)'57.11 p176
悪魔の窓《小説》　17「宝石」12(15)'57.11増 p214
魔女物語《小説》　32「探偵倶楽部」8(12)'57.11増 p258
裸体派《小説》　　17「宝石」12(16)'57.12 p24
探偵作家の専売公社訪問記《座談会》
　　　　　　　17「宝石」13(1)'58.1 p176
非情の慾望《小説》33「探偵実話」9(3)'58.1 p58
悪魔のぶらんこ《小説》
　　　　　　　17「宝石」13(2)'58.1増 p236
僕のファン　　　　17「宝石」13(3)'58.2 p14
空家《小説》　　　17「宝石」13(6)'58.5 p162
深夜の獣魂病者《小説》
　　　　　　　17「宝石」13(7)'58.5増 p206

タンタラスの呪い皿《小説》
　　　　32「探偵倶楽部」9(9)'58.7増 p236
腹話術師の恋《小説》
　　　　　　　17「宝石」13(11)'58.8増 p144
寝衣《小説》　　　17「宝石」13(12)'58.9 p160
美女解体《小説》
　　　　32「探偵倶楽部」9(12)'58.10 p120
魔女物語《小説》　27「別冊宝石」11(8)'58.10 p174
小さな娼婦《小説》
　　　　33「探偵実話」9(14)'58.10増 p220
私の夢　　　　　　17「宝石」14(1)'59.1 p14
クラムン洞窟《小説》17「宝石」14(2)'59.2 p20
某月某日　　　　　17「宝石」14(3)'59.3 p43
海底散歩者《小説》17「宝石」14(6)'59.6 p100
悪魔の指《小説》
　　　　33「探偵実話」10(10)'59.7増 p372
恐山《小説》　　　17「宝石」15(2)'60.2 p50
あなたも海底散歩ができる〈1〉
　　　　　　　17「宝石」15(10)'60.8 p118
悪魔の洋裁師《小説》
　　　35「エロティック・ミステリー」1(1)'60.8 p126
あなたも海底散歩ができる〈2〉
　　　　　　　17「宝石」15(11)'60.9 p204
その夜の曲り角《小説》
　　　35「エロティック・ミステリー」1(3)'60.10 p202
あなたも海底散歩ができる〈3・完〉
　　　　　　　17「宝石」15(12)'60.10 p212
ダッチ・ワイフ《小説》
　　　35「エロティック・ミステリー」1(4)'60.11 p74
毒魚《小説》　　　17「宝石」15(14)'60.12 p184
幽霊町で逢いましょう《小説》
　　　　　　　17「宝石」16(1)'61.1 p170
夢遊病者《小説》　33「探偵実話」12(2)'61.2増 p232
屍くずれ　　35「エロティック・ミステリー」2(3)'61.3 p174
島《小説》　　　　17「宝石」16(4)'61.3 p220
嗅ぎ屋《小説》　　17「宝石」16(6)'61.5 p158
死骸俳優《小説》
　　　35「エロティック・ミステリー」2(7)'61.7 p89
追跡《小説》　　　17「宝石」16(8)'61.7 p160
悪魔島を見てやろう《小説》
　　　　　　　17「宝石」16(10)'61.9 p152
夏の夜の恐怖を語る《座談会》
　　　　　　　27「別冊宝石」14(5)'61.10 p136
崖《小説》　　　　17「宝石」16(12)'61.11 p168
壁の中の指《小説》
　　　35「エロティック・ミステリー」2(12)'61.12 p56
雨外套の女
　　　35「エロティック・ミステリー」3(2)'62.2 p108
タンタラスの呪い皿《小説》
　　　　　　27「別冊宝石」15(1)'62.2 p274
自選のことば　　27「別冊宝石」15(1)'62.2 p277
絶望を恋する話《小説》
　　　　　　　17「宝石」17(6)'62.5 p126
波天連の島・天草を探る
　　　35「エロティック・ミステリー」3(7)'62.7 p14
パンツ一枚の女
　　　35「エロティック・ミステリー」3(8)'62.8 p13
金魚《小説》　　　17「宝石」17(10)'62.8 p178
彼女の手は泥塗れ《小説》
　　　35「エロティック・ミステリー」3(9)'62.9 p42

サテ何処へ行くか	17「宝石」17(15)'62.11増 p105	鬼の会話	32「探偵倶楽部」6(2)'55.2 p144
シルクロード裏通り《小説》		五四年の探偵文壇回顧	17「宝石」10(3)'55.2 p234
	17「宝石」18(1)'63.1 p68	鬼の会話	32「探偵倶楽部」6(3)'55.3 p86
黒岩重吾氏のこと	27「別冊宝石」16(1)'63.1 p157	鬼の会話	32「探偵倶楽部」6(4)'55.4 p140
紅魔《小説》	17「宝石」18(3)'63.2 p184	コール・ガール殺人事件《小説》	
逃亡者の島《小説》	17「宝石」18(4)'63.3 p252		32「探偵倶楽部」6(5)'55.5 p15
灰色狼《小説》	17「宝石」18(7)'63.5 p190	鬼の会話	32「探偵倶楽部」6(5)'55.5 p214
世紀の大行進	17「宝石」18(14)'63.10増 p151	拳銃買います《小説》	
聖人の影響	17「宝石」19(1)'64.1 p181		32「探偵倶楽部」6(6)'55.6 p19
渡辺 健治 →渡辺剣次		鬼の会話	32「探偵倶楽部」6(6)'55.6 p244
さらば青春	17「宝石」— '49.9増 p149	湯の町の殺人《小説》	
予選の感想	27「別冊宝石」5(10)'52.12 p67		32「探偵倶楽部」6(7)'55.7 p19
探偵作家と警察署長の座談会《座談会》		堕ちたドン・ファン《小説》	
	32「探偵倶楽部」4(5)'53.5 p98		32「探偵倶楽部」6(8)'55.8 p19
探偵小説と実際の犯罪《座談会》		死者の囁き《小説》	
	32「探偵倶楽部」4(6)'53.6 p194		32「探偵倶楽部」6(9)'55.9 p19
渡辺 剣次 →剣次郎, 渡辺健治		あーむ・ちぇあー	17「宝石」10(13)'55.9 p200
愉しい哉, 犯人当て小説		あーむ・ちぇあー	17「宝石」10(14)'55.10 p186
	17「宝石」8(4)'53.3増 p136	「魔婦の足跡」感想	17「宝石」11(1)'56.1 p238
江戸川乱歩先生とトリック問答		スパイ戦線《小説》	
	27「別冊宝石」6(3)'53.5 p250		32「探偵倶楽部」7(1)'56.1 p295
宇陀児大いに語る	17「宝石」8(6)'53.6 p157	選後感想	17「宝石」11(2)'56.1増 p171
刺青と能面と, 甲冑	17「宝石」8(7)'53.7 p109	悪魔の映像《小説》	17「宝石」11(4)'56.3 p124
海鰻荘の秘密	17「宝石」8(9)'53.8 p128	探偵文壇放談録《座談会》	
新作探偵小説ダイジェスト			33「探偵実話」7(5)'56.3増 p274
	32「探偵倶楽部」4(9)'53.9 p57	あーむ・ちぇあー	17「宝石」11(7)'56.5 p276
角田先生とスリラァ問答		ヒッチコック劇場への拍手	
	17「宝石」8(10)'53.9 p136		17「宝石」12(14)'57.11 p213
捕物帳吟味	27「別冊宝石」6(6)'53.9 p208	選後感想	27「別冊宝石」11(2)'58.2 p311
実説若さま侍	17「宝石」8(11)'53.10 p191	スリラー映画の三人《座談会》	
新作探偵小説ダイジェスト			17「宝石」13(5)'58.4 p128
	32「探偵倶楽部」4(10)'53.10 p206	別離	17「宝石」15(12)'60.10 p282
探偵小説ダイジェスト		感想	17「宝石」16(3)'61.2増 p181
	32「探偵倶楽部」4(11)'53.11 p178	宝石候補作を選考して《座談会》	
新聞・テンポ・殺人	17「宝石」8(13)'53.11 p192		17「宝石」17(2)'62.1増 p200
アラン・ポーの末裔	17「宝石」8(14)'53.12 p226	今月の創作評《座談会》	
探偵小説ダイジェスト			17「宝石」17(7)'62.6 p282
	32「探偵倶楽部」4(12)'53.12 p268	今月の創作評《座談会》	
新風を求めて	27「別冊宝石」6(9)'53.12 p161		17「宝石」17(9)'62.7 p246
ガードナア瞥見	17「宝石」9(1)'54.1 p191	今月の創作評《座談会》	
探偵小説ダイジェスト			17「宝石」17(10)'62.8 p236
	32「探偵倶楽部」5(1)'54.1 p232	今月の創作評《座談会》	
薔薇と悪魔の詩人	17「宝石」9(1)'54.1 p274		17「宝石」18(3)'63.2 p254
捕物帳お噂書	27「別冊宝石」7(1)'54.1 p100	**渡辺 昌**	
探偵作家ペンネーム由来記〈1〉		悪に流れる女	07「探偵」1(8)'31.12 p151
	32「探偵倶楽部」5(3)'54.3 p19	**渡辺 紳一郎**	
五三年の探偵文壇回顧	17「宝石」9(3)'54.3 p198	クロフツとクリスチ女史	21「黒猫」1(1)'47.4 p20
探偵作家ペンネーム由来記〈2・完〉		黒猫QUIZ	21「黒猫」1(3)'47.9 p12
	32「探偵倶楽部」5(4)'54.4 p20	定石を破れ	17「宝石」4(1)'49.1 p58
情熱の泉	17「宝石」9(5)'54.4 p265	パリの鶴と牝鶏	30「恐怖街」'49.10 p14
捕物帳吟味	27「別冊宝石」7(2)'54.4 p284	読む苦労	27「別冊宝石」3(2)'50.4 p260
一人二役の魅力	27「別冊宝石」7(4)'54.6 p150	新聞と探偵小説と犯罪《座談会》	
新会長木々高太郎に「聞いたり聞かせたり」の座談会《座談会》			17「宝石」5(5)'50.5 p96
	17「宝石」9(12)'54.10 p64	海外探偵小説放談《座談会》	
鬼の会話	32「探偵倶楽部」5(11)'54.11 p216		17「宝石」5(8)'50.8 p124
明智小五郎の事件簿		鵠沼雑記	33「探偵実話」2(10)'51.9 p76
	27「別冊宝石」7(9)'54.11 p227	座談会ラジオ・スター大いに語る《座談会》	
鬼の会話	32「探偵倶楽部」5(12)'54.12 p214		17「宝石」6(10)'51.10 p80
鬼の会話	32「探偵倶楽部」6(1)'55.1 p94	小便小僧	33「探偵実話」2(11)'51.10 p58
選後雑感	17「宝石」10(2)'55.1増 p317	エチケット	33「探偵実話」2(12)'51.11 p58
		ホーデン放談	33「探偵実話」3(1)'51.12 p100

和製ガリバー　　　　　33「探偵実話」3(2)'52.2 p66
ウンチク東西比較論考
　　　　　　　　　　　33「探偵実話」3(3)'52.3 p88
見知らぬ電車《小説》　17「宝石」9(5)'54.4 p32
探偵小説あれこれ《座談会》
　　　　　　　　　　33「探偵実話」5(5)'54.4増 p216
アンケート《アンケート》
　　　　　　　　　　　17「宝石」12(10)'57.8 p261
二通人の翻訳縦横談《座談会》
　　　　　　　　　　　17「宝石」13(9)'58.7 p228
男のおしゃれ　　　　17「宝石」13(12)'58.9 p178
世界探偵小説地誌〈1〉《対談》
　　　　　　　　　　　17「宝石」14(8)'59.7 p250
最高と最低　　　　　17「宝石」15(4)'60.3 p67
渡辺 正義
伝想犯罪綺譚《小説》　24「トリック」7(3)'53.3 p74
渡辺 トク
古井戸《小説》　　　17「宝石」13(16)'58.12増 p132
渡辺 富美子
座談会ラジオ・スター大いに語る《座談会》
　　　　　　　　　　　17「宝石」6(10)'51.10 p80
渡辺 八郎
悪魔の書《小説》　　　24「妖奇」5(12)'51.12 p48
海の見えるベランダで《小説》
　　　　　　　　　　　24「妖奇」6(10)'52.10 p38
歯《小説》　　　　　　24「トリック」7(1)'53.1 p68
渡辺 均
四日目　　　　　　　05「探偵・映画」1(1)'27.10 p48
諸家の探偵趣味映画観《アンケート》
　　　　　　　　　　05「探偵・映画」1(1)'27.10 p64
「だしぬけに」の句　　06「猟奇」2(7)'29.7 p42
渡辺 文子
黒子《小説》　　　　10「探偵クラブ」5'32.10 p30
私のすきな作家　　　10「探偵クラブ」7'32.12 p15
渡辺 まこと
覆面《小説》　　　　35「ミステリー」5(2)'64.2 p45
渡辺 道雄
ソ連将校の舌を噛み切る
　　　　　　　　　　32「探偵倶楽部」8(10)'57.10 p126
渡部 潤三
猟奇犯罪の舞台うら《座談会》
　　　　　　　　　　33「探偵実話」9(11)'58.7 p202
渡部 八郎
ソル・グルクハイマー殺人事件 D、古小屋に残る謎
　　　　　　　　　　11「ぷろふいる」2(10)'34.10 p94
渡 大鋤
男15人に女180人　　27「別冊宝石」13(6)'60.6 p268
ワッゲル, K・H
山のアダム《小説》　32「探偵倶楽部」9(4)'58.4 p64
ワード, チエー・アール
旨い報酬《小説》　　01「新趣味」17(9)'22.9 p72
輪戸 素人
美人殺人事件〈3・完〉《漫画》
　　　　　　　　　　　17「宝石」1(3)'46.6 p48
和巻 耿介
天国島綺談　　　　　33「探偵実話」13(9)'62.7 p44

笑ふ男
無題　　　　　　　　11「ぷろふいる」2(7)'34.7 p110
ワルタール, A・M
クラス・エベンフイス事件《小説》
　　　　　　　　　　32「探偵倶楽部」7(6)'56.6 p314
ワルトン, アルフレッド
刺された片手《小説》
　　　　　　　　　　　09「探偵小説」1(3)'31.11 p190

【 を 】

ヲールディング, G
この指紋《小説》　　　09「探偵小説」2(1)'32.1 p120

【 ABC 】

A
盗聴　　　　　　　　17「宝石」19(1)'64.1 p202
盗作　　　　　　　　17「宝石」19(1)'64.1 p204
保険詐欺　　　　　　17「宝石」19(1)'64.1 p206
情報　　　　　　　　17「宝石」19(1)'64.1 p208
使込　　　　　　　　17「宝石」19(1)'64.1 p211
ABC
ホテルのバアのみある記
　　　　　　　　　　35「ミステリー」5(3)'64.3 p67
ABC生
映画界の冬眠　　　　18「トップ」1(1)'46.5 p9
A・B・C
南京城陥落秘話〈1〉
　　　　　　　　　　15「探偵春秋」1(1)'36.10 p23
A・E・P
ホームズの末路《小説》
　　　　　　　　　　11「ぷろふいる」2(11)'34.11 p49
A・I
探偵雑誌の今昔　　　14「月刊探偵」1(1)'35.12 p9
丙子新年探偵小説陣　14「月刊探偵」2(1)'36.1 p29
A・N
ワイシヤツのお洒落　32「探偵クラブ」1(3)'50.11 p178
A・S
胡鉄梅を捜る　　　　11「ぷろふいる」4(11)'36.11 p86
A・T・T
町の噂　　　　　　　15「探偵春秋」2(4)'37.4 p154
町の噂　　　　　　　15「探偵春秋」2(5)'37.5 p113
A・Y
三本の草花　　　　　20「探偵よみもの」33'47.10 p20
クレタ島の迷宮事件
　　　　　　　　　　20「探偵よみもの」34'47.12 前1
カイロの金塊事件
　　　　　　　　　　20「探偵よみもの」35'48.5 p15, 37
B・D・D
R・O・R　　　　　15「探偵春秋」2(5)'37.5 p115

CCC
ワクワクコント　　　　17「宝石」4(9)'49.10 p5
E
焼芋と十三氏　　　　　12「シュピオ」3(2)'37.2 p45
Editotirl staff
ALAN GREEN NOTE
　　　　　　　　　27「別冊宝石」13(7)'60.7 p132
E・M・N
探偵趣味　　　　　　　04「探偵趣味」4 '26.1 p13
F
巨人〔セ〕
　　　35「エロティック・ミステリー」2(11)'61.11 p148
G
海外展望　　　　　　19「ぷろふぃる」2(2)'47.8 p49
海外展望　　　　　　19「ぷろふぃる」2(3)'47.12 p16
H・M
探偵小説月評　　　　17「宝石」12(10)'57.8 p218
探偵小説月評　　　　17「宝石」12(12)'57.9 p154
Jean Miztanie　→水谷準
くらやみ《詩》　　　　04「探偵趣味」11 '26.8 p10
J F
ガス燈　　　　　　　23「真珠」2 '47.10 p23, 42
J・F
春の探偵映画　　　　23「真珠」1 '47.4 後2
J・K
月光の中の男　　　　19「ぷろふぃる」2(1)'47.4 p28
J・N・B
書評　　　　　　　　19「ぷろふぃる」1(1)'46.7 p48
JOKE
有色人種奇聞　　　　04「探偵趣味」14 '26.12 p30
獵姫夜譚〈2〉　　　　06「猟奇」4(6)'31.9 p30
JOXK
憎まれ口　　　　　　04「探偵趣味」3 '25.11 p21
J・U
海外展望　　　　　　19「ぷろふぃる」1(2)'46.12 p49
K
sports　　　　　　　　17「宝石」17(1)'62.1 p272
sports　　　　　　　　17「宝石」17(3)'62.2 p240
K・A
海外ニュース　　　　16「ロック」2(2)'47.2 p45
海外ニュース　　　　16「ロック」2(3)'47.3 p41
海外ニュース　　　　16「ロック」2(4)'47.4 p67
海外ニュース　　　　16「ロック」2(5)'47.5 p51
海外ニュース　　　　16「ロック」2(6)'47.6 p19
海外ニュース　　　　16「ロック」2(7)'47.7 p29
海外ニュース　　　　16「ロック」2(9)'47.10 p49
海外ニュース　　　　16「ロック」2(10)'47.12 p33
海外ニュース　　　　16「ロック」3(1)'48.1 p25
K・H生
濡衣返上の辞　　　　15「探偵春秋」1(2)'36.11 p114
K・I
外国笑話片々　　　　11「ぷろふぃる」5(1)'37.1 p83
KI生
切支丹坂の夜　　　　01「新趣味」18(5)'23.5 p231
KK
TOKYO　　　　　　　17「宝石」10(13)'55.9 p77

K・K
TOKYO〈小説〉　　　　17「宝石」10(14)'55.10 p207
TOKYO　　　　　　　17「宝石」10(15)'55.11 p115
TOKYO　　　　　　　17「宝石」10(17)'55.12 p121
TOKYO　　　　　　　17「宝石」11(4)'56.3 p261
TOKYO　　　　　　　17「宝石」11(7)'56.5 p29
TOKYO　　　　　　　17「宝石」11(8)'56.6 p41
映画と「二挺拳銃」　　33「探偵実話」12(10)'61.7増 p93
西部と無法者　　　　33「探偵実話」12(10)'61.7増 p187
KKK
海外探偵・話の泉　　　17「宝石」4(2)'49.2 p11
カーのドイル伝　　　17「宝石」4(4)'49.4 p96
映画界引抜き話　　　32「探偵倶楽部」4(1)'53.2 p143
K・M・S
十月号読後感　　　　11「ぷろふぃる」3(11)'35.11 p106
K・O・G・A
駄言　　　　　　　　04「探偵趣味」8 '26.5 p55
K・T
三人の母親を持つ女
　　　　　　　　　20「探偵よみもの」33 '47.10 p8
KY生
ストリップショウの裏側
　　　　　　　　　32「探偵倶楽部」3(10)'52.11 p261
K記者
はしがき　　　　　　33「探偵実話」3(2)'52.2 p152
K・リスター
鏡の中の悪魔　　　　32「探偵倶楽部」5(1)'54.1 p202
K県議
未決監房　　　　　　33「探偵実話」6(8)'55.7 p158
K生
クー・クルックス・クラン
　　　　　　　　　02「秘密探偵雑誌」1(4)'23.8 p143
回想横溝正史　　　　17「宝石」12(7)'57.5 p228
M
引導　　　　　　　　17「宝石」―'49.7増 p263
後記
　　　35「エロティック・ミステリー」1(3)'60.10 p312
高橋先生の横顔
　　　35「エロティック・ミステリー」1(5)'60.12 p258
乍憚口上
　　　35「エロティック・ミステリー」2(12)'61.12 p15
8ミリ解説
　　　35「エロティック・ミステリー」3(7)'62.7 p60
スリは大盗以上の知恵者
　　　35「エロティック・ミステリー」4(7)'63.7 p115
MEARSON, LYON
飛ぶやうに売れた青い帽子〈小説〉
　　　　　　　　　06「猟奇」2(2)'29.2 p34
MŌRI
森の惨劇《詩》　　　　17「宝石」―'49.9増 p9
M・R
話のサロン　　　　　27「別冊宝石」12(4)'59.4 p316
M・S
TOKYO　　　　　　　17「宝石」11(1)'56.1 p135
N
色彩　　　　　　　　17「宝石」11(11)'56.8 p167

N・B・C
ヨーヨー	15「探偵春秋」1(1)'36.10 p32	
ヨーヨー	15「探偵春秋」1(2)'36.11 p131	
ヨー・ヨー	15「探偵春秋」1(3)'36.12 p47	
ヨー・ヨー	15「探偵春秋」2(1)'37.1 p63	
ヨー・ヨー	15「探偵春秋」2(2)'37.2 p39	
ヨー・ヨー	15「探偵春秋」2(3)'37.3 p21	

N・O
RECORD	17「宝石」14(9)'59.8 p297

N・Y・K
地下鉄サム噂噺	11「ぷろふいる」4(7)'36.7 p78

O
アナ・ボルヤンスキー氏の探険日記《小説》	
	06「猟奇」1(5)'28.10 p19
放心物語	06「猟奇」2(1)'29.1 p66
RECORD	17「宝石」14(14)'59.12 p247
RECORD	17「宝石」15(1)'60.1 p197
RECORD	17「宝石」15(2)'60.2 p153
レコード	17「宝石」15(4)'60.3 p145
今月のスイセン盤	17「宝石」15(5)'60.4 p227

ON
自分の顔	17「宝石」12(1)'57.1 p326

O.Q.
クウリエ・ド・フランス	
	27「別冊宝石」3(6)'50.12 p147

O・S・R
夏のおしゃれ・エチケット	
	33「探偵実話」4(9)'53.8 p112

O生
エロレヴュウ・エロ芝居	
	26「フーダニット」2(2)'48.3 p39

P・D・R
映画採点簿	15「探偵春秋」2(6)'37.6 p116

P・Q
西洋小噺選	04「探偵趣味」20 '27.6 p50

P・T・X
ある囚人の自殺	32「探偵クラブ」1(1)'50.8 p268

Q
猟奇歌《猟奇歌》	06「猟奇」1(5)'28.10 p14
猟奇歌《猟奇歌》	06「猟奇」1(6)'28.11 p26
ポオの逸話	16「ロック」2(5)'47.5 p80
肩で風切るオミナの都	
	33「探偵実話」10(7)'59.4 p28
江戸巷談	27「別冊宝石」12(6)'59.6 p126
くすり指	27「別冊宝石」12(8)'59.8 p17
江戸巷談	27「別冊宝石」12(8)'59.8 p202
江戸巷談	27「別冊宝石」12(8)'59.8 p292
東映〔パ〕	
	35「エロティック・ミステリー」2(11)'61.11 p148
南海〔パ〕	
	35「エロティック・ミステリー」2(11)'61.11 p148

QQQ
流行歌あれこれ	32「探偵倶楽部」4(1)'53.2 p284

Q・Q・Q
違った季節	11「ぷろふいる」4(6)'36.6 p126

Q・R・S
斬捨御免	11「ぷろふいる」1(3)'33.7 p66

R →江戸川乱歩
久々の本舞台	17「宝石」12(10)'57.8 p27
女流作家の処女探偵小説	
	17「宝石」12(10)'57.8 p40
翻訳ものについて	17「宝石」12(10)'57.8 p63
露伴先生はシャーロック・ホームズであつた	
	17「宝石」12(10)'57.8 p84
イルミネーションの郷愁	
	17「宝石」12(10)'57.8 p98, 117
完全アリバイがどうして破られたか?	
	17「宝石」12(10)'57.8 p134
無可有郷	17「宝石」12(10)'57.8 p181
「影の会」	17「宝石」12(10)'57.8 p190
プールの謎	17「宝石」12(10)'57.8 p222
ずばぬけた奇抜さ	17「宝石」12(10)'57.8 p251
三つ巴挑戦探偵小説	17「宝石」12(10)'57.8 p285
宙にひらく扉	17「宝石」12(12)'57.9 p23
文壇本格派	17「宝石」12(12)'57.9 p49
どんづまりの探偵小説	17「宝石」12(12)'57.9 p84
諷刺犯罪小説	17「宝石」12(12)'57.9 p141
人間消失奇談	17「宝石」12(12)'57.9 p163
プロレタリア怪奇文学	
	17「宝石」12(12)'57.9 p175
トリック発明家	17「宝石」12(12)'57.9 p201
「奇妙な味」の一例	17「宝石」12(12)'57.9 p242
モームの怪奇小説!!	17「宝石」12(12)'57.9 p278
ロマンティック・リアリズム	
	17「宝石」12(13)'57.10 p23
日本流「奇妙な味」	17「宝石」12(13)'57.10 p37
ウールリッチ特集	17「宝石」12(13)'57.10 p45
無類の不可能興味	17「宝石」12(13)'57.10 p175
本格プロット派	17「宝石」12(13)'57.10 p191
豊富な前歴の持主	17「宝石」12(13)'57.10 p265
女性本格作家現る	17「宝石」12(14)'57.11 p26
「孔雀の樹」の姉妹篇	
	17「宝石」12(14)'57.11 p65
トリック研究家	17「宝石」12(14)'57.11 p107
ヒゲおんな	17「宝石」12(14)'57.11 p126
文学愛好家	17「宝石」12(14)'57.11 p165
哀愁のスリル	17「宝石」12(14)'57.11 p210
文芸のおとし話	17「宝石」12(14)'57.11 p233
性的未来小説	17「宝石」12(14)'57.11 p249
珍らしやファージョン	
	17「宝石」12(14)'57.11 p257
「神童」の大成を祈る	
	17「宝石」12(14)'57.11 p273
新浪漫派讃	17「宝石」12(16)'57.12 p26
現代浮世物語	17「宝石」12(16)'57.12 p58
蝙蝠とコーヒーとタバコ	
	17「宝石」12(16)'57.12 p70
「遅延成長」の悲劇	17「宝石」12(16)'57.12 p121
吉行さんのこと	17「宝石」12(16)'57.12 p132
[まえがき]	17「宝石」12(16)'57.12 p138
ジョン・コリアについて	
	17「宝石」12(16)'57.12 p145
[まえがき]	17「宝石」12(16)'57.12 p158
思い出の名作	17「宝石」12(16)'57.12 p186
戦後派と古典趣味	17「宝石」12(16)'57.12 p214
ウイッテイーな詐欺小説	
	17「宝石」12(16)'57.12 p235
またもやSFの新人	17「宝石」12(16)'57.12 p254

R

盲女執念	17「宝石」12(16)'57.12 p270
昆虫恋愛怪談	17「宝石」13(1)'58.1 p27
カーへの挑戦	17「宝石」13(1)'58.1 p52
諷刺探偵喜劇	17「宝石」13(1)'58.1 p73
童話的ミステリ小説	17「宝石」13(1)'58.1 p85
運命の悲劇	17「宝石」13(1)'58.1 p101
然諾	17「宝石」13(1)'58.1 p127
地方作家のホープ	17「宝石」13(1)'58.1 p161
奇妙な倒叙短篇	17「宝石」13(1)'58.1 p182
異様な抽象料理	17「宝石」13(1)'58.1 p226
思いきつたトリック	17「宝石」13(1)'58.1 p285
風狂の作家	17「宝石」13(1)'58.1 p305
角のある馬	17「宝石」13(3)'58.2 p22
「ウイリアム・ウイルスン」テーマ	
	17「宝石」13(3)'58.2 p53
ベストセラー作家	17「宝石」13(3)'58.2 p62
異国のピエロ	17「宝石」13(3)'58.2 p87
石原さんの本格探偵小説	
	17「宝石」13(3)'58.2 p130
日本不可能派	17「宝石」13(3)'58.2 p154
[まえがき]	17「宝石」13(3)'58.2 p173
最も無気味な脅迫	17「宝石」13(3)'58.2 p205
ロマンチック「ハードボイルド」	
	17「宝石」13(3)'58.2 p229
[まえがき]	17「宝石」13(3)'58.2 p250
待望の新連載	17「宝石」13(4)'58.3 p22
内面独白の手法も	17「宝石」13(4)'58.3 p43
[まえがき]	17「宝石」13(4)'58.3 p80
[まえがき]	17「宝石」13(4)'58.3 p144
一歩奥深いもの	17「宝石」13(4)'58.3 p172
ユーモア・ミステリー	17「宝石」13(4)'58.3 p193
[まえがき]	17「宝石」13(4)'58.3 p242
ユーモア・ミステリ	17「宝石」13(4)'58.3 p270
[まえがき]	17「宝石」13(4)'58.3 p285
"猫は知っていた"英訳のこと	
	17「宝石」13(4)'58.3 p301
[まえがき]	17「宝石」13(5)'58.4 p20
[まえがき]	17「宝石」13(5)'58.4 p52
[まえがき]	17「宝石」13(5)'58.4 p92
[まえがき]	17「宝石」13(5)'58.4 p241
[まえがき]	17「宝石」13(6)'58.5 p48
[まえがき]	17「宝石」13(6)'58.5 p126
[まえがき]	17「宝石」13(6)'58.5 p140
[まえがき]	17「宝石」13(6)'58.5 p162
[まえがき]	17「宝石」13(6)'58.5 p196
フットレルについて	17「宝石」13(6)'58.5 p211
前書き	17「宝石」13(6)'58.5 p222
[まえがき]	17「宝石」13(6)'58.5 p232
[まえがき]	17「宝石」13(6)'58.5 p256
[まえがき]	17「宝石」13(6)'58.5 p308
[まえがき]	17「宝石」13(8)'58.6 p48
[まえがき]	17「宝石」13(8)'58.6 p64
[まえがき]	17「宝石」13(8)'58.6 p84
[まえがき]	17「宝石」13(8)'58.6 p120
[まえがき]	17「宝石」13(8)'58.6 p144
[まえがき]	17「宝石」13(8)'58.6 p164
[まえがき]	17「宝石」13(8)'58.6 p210
[まえがき]	17「宝石」13(8)'58.6 p234
[まえがき]	17「宝石」13(8)'58.6 p285
[まえがき]	17「宝石」13(8)'58.6 p315
[まえがき]	17「宝石」13(9)'58.7 p20
[まえがき]	17「宝石」13(9)'58.7 p44
著名人愛好家の一人	17「宝石」13(9)'58.7 p46
[まえがき]	17「宝石」13(9)'58.7 p60
高城さんの略歴	17「宝石」13(9)'58.7 p62
[まえがき]	17「宝石」13(9)'58.7 p76
[まえがき]	17「宝石」13(9)'58.7 p95
[まえがき]	17「宝石」13(9)'58.7 p146
コリアについて	17「宝石」13(9)'58.7 p148
[まえがき]	17「宝石」13(9)'58.7 p152
[まえがき]	17「宝石」13(9)'58.7 p162
[まえがき]	17「宝石」13(9)'58.7 p177
[まえがき]	17「宝石」13(9)'58.7 p180
[まえがき]	17「宝石」13(9)'58.7 p203
[まえがき]	17「宝石」13(9)'58.7 p274
[まえがき]	17「宝石」13(9)'58.7 p291
まえがき	17「宝石」13(10)'58.8 p20
なかがき	17「宝石」13(10)'58.8 p45
[まえがき]	17「宝石」13(10)'58.8 p47
[まえがき]	17「宝石」13(10)'58.8 p92
[まえがき]	17「宝石」13(10)'58.8 p114
[まえがき]	17「宝石」13(10)'58.8 p153
[まえがき]	17「宝石」13(10)'58.8 p178
[まえがき]	17「宝石」13(12)'58.9 p20
[まえがき]	17「宝石」13(12)'58.9 p62
「あれこれ始末書」について	
	17「宝石」13(12)'58.9 p64
[まえがき]	17「宝石」13(12)'58.9 p70
[まえがき]	17「宝石」13(12)'58.9 p84
[まえがき]	17「宝石」13(12)'58.9 p106
[まえがき]	17「宝石」13(12)'58.9 p130
[まえがき]	17「宝石」13(12)'58.9 p144
[まえがき]	17「宝石」13(12)'58.9 p160
[まえがき]	17「宝石」13(12)'58.9 p194
[まえがき]	17「宝石」13(13)'58.10 p20
[まえがき]	17「宝石」13(13)'58.10 p56
[まえがき]	17「宝石」13(13)'58.10 p86
[まえがき]	17「宝石」13(13)'58.10 p113
[まえがき]	17「宝石」13(13)'58.10 p119
[まえがき]	17「宝石」13(13)'58.10 p150
[まえがき]	17「宝石」13(13)'58.10 p208
[まえがき]	17「宝石」13(14)'58.11 p20
[まえがき]	17「宝石」13(14)'58.11 p46
[まえがき]	17「宝石」13(14)'58.11 p66
[まえがき]	17「宝石」13(14)'58.11 p96
[まえがき]	17「宝石」13(14)'58.11 p124
[まえがき]	17「宝石」13(14)'58.11 p154
[まえがき]	17「宝石」13(14)'58.11 p202
[まえがき]	17「宝石」13(14)'58.11 p240
[まえがき]	17「宝石」13(15)'58.12 p34
[まえがき]	17「宝石」13(15)'58.12 p54
[まえがき]	17「宝石」13(15)'58.12 p76
[まえがき]	17「宝石」13(15)'58.12 p124
[まえがき]	17「宝石」13(15)'58.12 p152
[まえがき]	17「宝石」13(15)'58.12 p180
[まえがき]	17「宝石」13(15)'58.12 p206
[まえがき]	17「宝石」13(15)'58.12 p234
[まえがき]	17「宝石」14(1)'59.1 p25
[まえがき]	17「宝石」14(1)'59.1 p52
[まえがき]	17「宝石」14(1)'59.1 p69
[まえがき]	17「宝石」14(1)'59.1 p90
[まえがき]	17「宝石」14(1)'59.1 p128

［まえがき］	17「宝石」14(1)'59.1 p148	［まえがき］	17「宝石」14(10)'59.9 p125
［まえがき］	17「宝石」14(1)'59.1 p161	［まえがき］	17「宝石」14(10)'59.9 p192
［まえがき］	17「宝石」14(1)'59.1 p217	［まえがき］	17「宝石」14(10)'59.9 p216
小説の素	17「宝石」14(1)'59.1 p266	［まえがき］	17「宝石」14(11)'59.10 p80
［まえがき］	17「宝石」14(1)'59.1 p309	**R・K**	
［まえがき］	17「宝石」14(2)'59.2 p20	「月光殺人事件」舞台裏の記	
［まえがき］	17「宝石」14(2)'59.2 p74		23「真珠」3 '47.12 後4
［まえがき］	17「宝石」14(2)'59.2 p92	**R・K・生**	
［まえがき］	17「宝石」14(2)'59.2 p130	浅草松竹座の「レヴユー殺人事件」	
［まえがき］	17「宝石」14(2)'59.2 p152		23「真珠」2 '47.10 p28
［まえがき］	17「宝石」14(2)'59.2 p183	**RM生**	
［まえがき］	17「宝石」14(2)'59.2 p250	四十年一日の如し	
［まえがき］	17「宝石」14(3)'59.3 p20		35「エロチック・ミステリー」4(3)'63.3 p82
多岐川君の作品	17「宝石」14(3)'59.3 p23	**R・O**	
［まえがき］	17「宝石」14(3)'59.3 p46	西洋将棋講座〈1〉	19「仮面」3(3)'48.5 p26
［まえがき］	17「宝石」14(3)'59.3 p86	西洋将棋講座〈2〉	19「仮面」3(4)'48.6 p26
［まえがき］	17「宝石」14(3)'59.3 p124	**R・S・生**	
［まえがき］	17「宝石」14(3)'59.3 p162	被害者探偵法	03「探偵文芸」2(4)'26.4 p105
［まえがき］	17「宝石」14(3)'59.3 p248	**S**	
桶谷博士の「二つの額縁」について		夜のエピソード	
	17「宝石」14(3)'59.3 p250	17「宝石」5(10)'50.10 p17, 19, 21, 23, 27, 29, 31, 33, 37, 39, 41	
［まえがき］	17「宝石」14(4)'59.4 p48		
［まえがき］	17「宝石」14(4)'59.4 p66	**S・A**	
RUBRIC	17「宝石」14(4)'59.4 p68	影なき侵入者	20「探偵よみもの」38 '49.1 p26
［まえがき］	17「宝石」14(4)'59.4 p130	**SAKAI, K** →酒井嘉七	
［まえがき］	17「宝石」14(4)'59.4 p146	大空の死闘	11「ぷろふいる」3(12)'35.12 p130
［まえがき］	17「宝石」14(4)'59.4 p176	『幸運の手紙』の謎	11「ぷろふいる」4(1)'36.1 p138
［まえがき］	17「宝石」14(4)'59.4 p245	細君受難	11「ぷろふいる」4(2)'36.2 p54, 69
［まえがき］	17「宝石」14(5)'59.5 p20	地下鉄の亡霊	11「ぷろふいる」4(3)'36.3 p64
［まえがき］	17「宝石」14(5)'59.5 p34	魂を殺した人々	11「ぷろふいる」4(4)'36.4 p78
［まえがき］	17「宝石」14(5)'59.5 p73	**S・D**	
［まえがき］	17「宝石」14(5)'59.5 p94	海外ニュース	16「ロック」1(6)'46.12 p47
［まえがき］	17「宝石」14(5)'59.5 p120	海外ニュース	16「ロック」2(1)'47.1 p21
［まえがき］	17「宝石」14(5)'59.5 p142	**SF生**	
［まえがき］	17「宝石」14(5)'59.5 p180	モントリールのホールドアップ	
［まえがき］	17「宝石」14(5)'59.5 p202		03「探偵文芸」1(9)'25.11 p61
［まえがき］	17「宝石」14(6)'59.6 p21	**S・H・生**	
［まえがき］	17「宝石」14(6)'59.6 p48	稀代の殺人鬼	03「探偵文芸」1(1)'25.3 p77
［まえがき］	17「宝石」14(6)'59.6 p76	**S・K**	
［まえがき］	17「宝石」14(6)'59.6 p100	モダントピック	32「探偵クラブ」2(1)'51.1 p232
［まえがき］	17「宝石」14(6)'59.6 p140	モダントピック	32「探偵クラブ」2(2)'51.2 p98
［まえがき］	17「宝石」14(6)'59.6 p156	**S・M・C同人**	
［まえがき］	17「宝石」14(6)'59.6 p179	色刷娯楽版	20「探偵よみもの」38 '49.1 p45
［まえがき］	17「宝石」14(6)'59.6 p198	**SOS**	
［まえがき］	17「宝石」14(6)'59.6 p218	連作太平記	11「ぷろふいる」3(12)'35.12 p86
［まえがき］	17「宝石」14(8)'59.7 p28	**S・S**	
［まえがき］	17「宝石」14(8)'59.7 p64	奇術の話	32「探偵クラブ」1(3)'50.11 p217
［まえがき］	17「宝石」14(8)'59.7 p90	**S・U・M・Y**	
［まえがき］	17「宝石」14(8)'59.7 p128	探偵趣味例会誌	05「探偵・映画」1(2)'27.11 p47
［まえがき］	17「宝石」14(8)'59.7 p148	**S・D**	
［まえがき］	17「宝石」14(8)'59.7 p166	「ABC殺人事件」「西班牙岬の秘密」	
［まえがき］	17「宝石」14(8)'59.7 p178		12「探偵文学」1(10)'36.1 p24
［まえがき］	17「宝石」14(8)'59.7 p220	**S生**	
［まえがき］	17「宝石」14(9)'59.8 p48	別冊九号"渦潮"を評す	17「宝石」5(9)'50.9 p197
［まえがき］	17「宝石」14(9)'59.8 p92	大下先生入院とその後	
［まえがき］	17「宝石」14(9)'59.8 p120		17「宝石」11(14)'56.10 p202
［まえがき］	17「宝石」14(9)'59.8 p210		
［まえがき］	17「宝石」14(9)'59.8 p254		
［まえがき］	17「宝石」14(9)'59.8 p276		
［まえがき］	17「宝石」14(10)'59.9 p28		
［まえがき］	17「宝石」14(10)'59.9 p80		

T

T
風車	27「別冊宝石」9(5)'56.6 p51
泥棒	27「別冊宝石」9(5)'56.6 p72
夜間飛行	27「別冊宝石」9(5)'56.6 p77
鏡	27「別冊宝石」9(5)'56.6 p101
トランプ	27「別冊宝石」9(5)'56.6 p151
カーニバル	27「別冊宝石」9(5)'56.6 p163
鍵	27「別冊宝石」9(5)'56.6 p261
モノクル	27「別冊宝石」9(5)'56.6 p277
葡萄酒	27「別冊宝石」9(5)'56.6 p339
猫	27「別冊宝石」9(5)'56.6 p363
恐怖映画	17「宝石」11(10)'56.7増 p46
ミステリィと警官	17「宝石」11(11)'56.8 p83
薔薇	17「宝石」11(11)'56.8 p75
ひまわり	17「宝石」11(11)'56.8 p95
シャーベット	17「宝石」11(11)'56.8 p246
汽車	17「宝石」11(11)'56.8 p267
お腹の中の文学	17「宝石」11(11)'56.8 p293
アイスクリーム	17「宝石」11(11)'56.8 p305
決心	17「宝石」11(12)'56.9 p51
デカと思いこまれる	
	33「探偵実話」8(15)'57.11 p72
女だけのドヤ	33「探偵実話」8(15)'57.11 p133

T生
身近なスリラー	33「探偵実話」11(11)'60.8増 p400

t
カレー・ライス	17「宝石」11(10)'56.7増 p21
竜誕香	17「宝石」11(10)'56.7増 p72
香水の名前さまざま	
	17「宝石」11(10)'56.7増 p233
インキュナブラ	17「宝石」11(12)'56.9 p33
薔薇	17「宝石」11(12)'56.9 p101
空飛ぶ円盤	17「宝石」11(12)'56.9 p123
暑くなる地球	17「宝石」11(12)'56.9 p143
クイズ	17「宝石」11(12)'56.9 p155
ミスタア・ヒッチコック	
	17「宝石」11(12)'56.9 p168
再びカレー・ライスについて	
	17「宝石」11(12)'56.9 p209
スパイの「虎の巻」	17「宝石」11(12)'56.9 p249
白鳥	17「宝石」11(12)'56.9 p260
初版本	17「宝石」11(12)'56.9 p279
バーボン・ウイスキー	
	17「宝石」11(12)'56.9 p290
笑いの階段	17「宝石」11(14)'56.10 p147
宝石とミステリィ	17「宝石」11(14)'56.10 p154
サーカス	17「宝石」11(14)'56.10 p201
VOGUE	17「宝石」11(14)'56.10 p245
メリイゴーラウンド	17「宝石」11(14)'56.10 p256
オパール	17「宝石」11(14)'56.10 p271
お月さまのロマンス	17「宝石」11(14)'56.10 p308
トッパーズ	17「宝石」11(15)'56.11 p45
鉛筆	17「宝石」11(15)'56.11 p78
探偵バレエ	17「宝石」11(15)'56.11 p105
もみじ	17「宝石」11(15)'56.11 p117
真夜中のジャズ	17「宝石」11(15)'56.11 p165
限定版	27「別冊宝石」9(8)'56.11 p22
薔薇	27「別冊宝石」9(8)'56.11 p207
地図	27「別冊宝石」9(8)'56.11 p229
鉛筆	27「別冊宝石」9(8)'56.11 p289
ゴルフ	27「別冊宝石」9(8)'56.11 p331
ベストセラー	27「別冊宝石」9(8)'56.11 p352
聖書	27「別冊宝石」9(8)'56.11 p355
居酒屋	17「宝石」11(16)'56.12 p32
シュークリーム	17「宝石」11(16)'56.12 p45
メトロのライオン	17「宝石」11(16)'56.12 p55
エスカレイター	17「宝石」11(16)'56.12 p100
煙草	17「宝石」11(16)'56.12 p163
豆本	17「宝石」11(16)'56.12 p229
私家版	17「宝石」11(16)'56.12 p243
辞書	17「宝石」11(16)'56.12 p246
蜜柑	17「宝石」12(1)'57.1 p23
銀行	17「宝石」12(1)'57.1 p45
S	17「宝石」12(1)'57.1 p65
忍術	17「宝石」12(1)'57.1 p167
トルコ石	17「宝石」12(1)'57.1 p186
ファド	17「宝石」12(1)'57.1 p193
サボ	17「宝石」12(1)'57.1 p227
掏摸	17「宝石」12(1)'57.1 p244
サンタ・クローズ	17「宝石」12(1)'57.1 p273
イヴ・モンタン	17「宝石」12(1)'57.1 p293
宝石泥棒	17「宝石」12(1)'57.1 p366
ジゴマ	27「別冊宝石」10(1)'57.1 p25
ネクタイ	27「別冊宝石」10(1)'57.1 p41
暦	27「別冊宝石」10(1)'57.1 p241
ボタン	27「別冊宝石」10(1)'57.1 p259
戦慄と笑いの漫画家アダムス	
	27「別冊宝石」10(1)'57.1 p367
心中	17「宝石」12(2)'57.1増 p25
ペチコート《小説》	17「宝石」12(2)'57.1増 p37
カマト	17「宝石」12(2)'57.1増 p69
くらげ	17「宝石」12(2)'57.1増 p79
におい	17「宝石」12(2)'57.1増 p115
若いツバメ	17「宝石」12(2)'57.1増 p157
寝台	17「宝石」12(2)'57.1増 p167
♨	17「宝石」12(2)'57.1増 p183
手袋	17「宝石」12(2)'57.1増 p222
Kappa	17「宝石」12(2)'57.1増 p308
毒	17「宝石」12(3)'57.2 p27
マカロン	17「宝石」12(3)'57.2 p45
薔薇	17「宝石」12(3)'57.2 p89
チーズ	17「宝石」12(3)'57.2 p117
ミモザ	17「宝石」12(3)'57.2 p163
洋灯	17「宝石」12(3)'57.2 p185
梅	17「宝石」12(4)'57.3 p45
ブロンディ	17「宝石」12(4)'57.3 p133
迷宮	17「宝石」12(4)'57.3 p161
ホテル	17「宝石」12(4)'57.3 p179
犬	17「宝石」12(4)'57.3 p253
泥棒	17「宝石」12(4)'57.3 p267
鍵	17「宝石」12(5)'57.4 p43
マットとジェフ	17「宝石」12(5)'57.4 p73
立川文庫	17「宝石」12(5)'57.4 p153
サンドウィッチ伯爵	17「宝石」12(5)'57.4 p211
チューリップ	17「宝石」12(5)'57.4 p229
お茶と同情	17「宝石」12(6)'57.4増 p31
仕立屋トム	17「宝石」12(6)'57.4増 p53
オチャッピイ	17「宝石」12(6)'57.4増 p171
午後五時の影	17「宝石」12(6)'57.4増 p245
未亡人	17「宝石」12(6)'57.4増 p321
ボス	17「宝石」12(7)'57.5
糸車の歌	17「宝石」12(7)'57.5 p29

アメリカの雑誌の発行部数		T子		
	17「宝石」12(7)'57.5 p139	橋の上で会つた幽霊	03「探偵文芸」1(7)'25.9 p82
ブロンドとブルネット	17「宝石」12(7)'57.5 p241	X・Y		
鈴蘭	17「宝石」12(8)'57.6 p41	原稿料のはなし	32「探偵クラブ」2(1)'51.1 p246
ビスケット	17「宝石」12(8)'57.6 p59	X Y Z		
蝶	17「宝石」12(8)'57.6 p81	きのことローマ皇帝	21「黒猫」2(11)'48.9 p38
マカロニ	17「宝石」12(8)'57.6 p129	XYZ		
ヒッチコックと卵	17「宝石」12(8)'57.6 p153	名探偵ピンカートン		
牡蛎	17「宝石」12(8)'57.6 p225		02「秘密探偵雑誌」1(4)'23.8 p142
お茶の時間	17「宝石」12(8)'57.6 p253	XYZ →大下宇陀児		
ラス・ヴェガス	17「宝石」12(9)'57.7 p73	老婆二態〈1〉〈小説〉	04「探偵趣味」22 '27.8 p77
タイプライター	17「宝石」12(9)'57.7 p111	老婆二態〈2・完〉〈小説〉		
犬	17「宝石」12(9)'57.7 p169		04「探偵趣味」23 '27.9 p22
ノートル・ダム	17「宝石」12(9)'57.7 p253	XYZ		
女子専科	17「宝石」13(2)'58.1増 p219	捜査官風聞記	09「探偵小説」1(1)'31.9 p220
t		捜査官印象記	09「探偵小説」1(2)'31.10 p120
今月の旅		警視庁の大異動	09「探偵小説」1(3)'31.11 p134
	35「エロティック・ミステリー」1(3)'60.10 p150	実父に脅迫状	11「ぷろふいる」1(1)'33.5 p23
今月の旅		裸で暮す男	11「ぷろふいる」1(1)'33.5 p23
	35「エロティック・ミステリー」2(1)'61.1 p150	鬼問応答	17「宝石」4(8)'49.8 p82
今月の旅		新映画セクション	35「ミステリー」5(5)'64.5 p9
	35「エロティック・ミステリー」2(2)'61.2 p86	XYZ生		
今月の旅		鬼問応答	17「宝石」4(9)'49.10 p148
	35「エロティック・ミステリー」2(4)'61.4 p118	鬼問応答	17「宝石」4(10)'49.11 p114
TAKEDA →武田武彦		鬼問応答	17「宝石」4(11)'49.12 p202
夜の明星〈詩〉	27「別冊宝石」2(1)'49.4 p9	鬼問応答	17「宝石」5(1)'50.1 p360
悪夢(死刑囚の手帖から)〈詩〉		鬼問応答	17「宝石」5(2)'50.2 p260
	27「別冊宝石」2(2)'49.8 p9	XYZ生		
T・K		刑務所が家庭だ!	03「探偵文芸」2(2)'26.2 p44
結婚シーズン	32「探偵クラブ」1(3)'50.11 p177	X・Y・Z		
メリケン・スラング		通信五迷―浜尾四郎―		
	32「探偵クラブ」1(3)'50.11 p180		11「ぷろふいる」4(8)'36.8 p106
モダントピック	32「探偵クラブ」1(4)'50.12 p87	××賞時代	15「探偵春秋」1(3)'36.12 p41
T・N		理由なき殺人	18「トップ」3(2)'48.2 p25
吸血鬼の話	16「ロック」2(3)'47.3 p23	笑へば天国	24「妖奇」5(6)'51.6 p64
Tor Sigeoca →滋岡透		耳と目と話	24「トリック」7(2)'53.2 p113
映華点景	06「猟奇」2(10)'29.10 p63	炎加世子の生きがい		
toto			33「探偵実話」11(13)'60.9 p238
パイプ	17「宝石」11(9)'56.7 p29	壁に消えた未亡人〈小説〉		
金貨	17「宝石」11(9)'56.7 p155		33「探偵実話」12(1)'61.1 p180
望遠鏡	17「宝石」11(9)'56.7 p159	肉体パトロール	33「探偵実話」12(5)'61.4 p261
モナコ	17「宝石」11(9)'56.7 p276	Y		
モンテ・カルロ	17「宝石」11(9)'56.7 p292	music	17「宝石」17(1)'62.1 p272
倫敦	17「宝石」11(10)'56.7増 p137	music	17「宝石」17(3)'62.2 p240
海賊	17「宝石」11(10)'56.7増 p186	Y・A生		
SCREEN TERRACE	17「宝石」12(4)'57.3 p13	探偵小説の社会性に就いて		
魅惑のおばさまたち			11「ぷろふいる」4(4)'36.4 p129
	27「別冊宝石」12(4)'59.4 p95	Y・H		
一番新しいエネルギー		シカゴ殺人事件集	19「ぷろふいる」2(1)'47.4 p32
	27「別冊宝石」12(6)'59.6 p147	海外展望	19「ぷろふいる」2(1)'47.4 p47
ドタバタばんざい		Y.S.M.		
	27「別冊宝石」12(10)'59.10 p189	モダントピック	32「怪奇探偵クラブ」2 '50.6 p152
今月の旅		YZ		
	35「エロティック・ミステリー」2(7)'61.7 p86	千住町人違殺人事件	03「探偵文芸」2(11)'26.11 p63
toto club		Y記者		
今月の旅		お顔のスタイルブック		
	35「エロティック・ミステリー」2(5)'61.5 p113		32「探偵クラブ」2(8)'51.9 p90
TS生				
老探偵の話	04「探偵趣味」3 '25.11 p16			
老刑事の話	04「探偵趣味」4 '26.1 p38			

883

Y

Y生
或日の記録から《小説》　04「探偵趣味」3 '25.11 p8
朝鮮の毒殺犯　03「探偵文芸」2(5)'26.5 p24

Z

大洋〔セ〕
35「エロティック・ミステリー」2(11)'61.11 p148

ミステリー文学資料館

　1999年4月開館。ミステリーに関心を持つ作家、研究者、一般読者のために、戦前・戦後の探偵・推理雑誌、小説、参考図書、全集・叢書、アンソロジーなどの資料を収集、保存、閲覧するために設立された、世界でも稀なミステリー専門の図書館。

ミステリー文学資料館ご利用案内

●ご利用できる方
　当資料館の趣旨に賛同されて会員登録された方ならどなたでもご自由に利用できます。

●閲覧室利用時間
　午前10時から午後5時（入館は午後4時30分まで）

●休館日
　日、月、祝日。12月27日～1月5日、5月1日。

●入館料
　一般会員　1回　300円。

●資料の閲覧
　資料の閲覧は閲覧室のテーブルでお願いいたします（定員10名）。定員を超える場合は入室をお断りいたします。館外貸出しはしていません。

●コピーサービス
　資料の必要箇所は所定の手続きのうえ、コピーできます（1枚50円）。ただし、著作権法の範囲内に限ります。

●資料の返却
　閲覧後の資料は、必ず受付カウンターにお返しください（整理の都合上、直接書架へ戻さないでください）。
　資料の破損または滅失については利用者の責任になりますのでご注意ください。

●ご注意
　筆記用具以外の手荷物やコートは所定のロッカーに収納して、ロッカーキーを受付に預けてください。

〈ミステリー文学資料館所在地〉

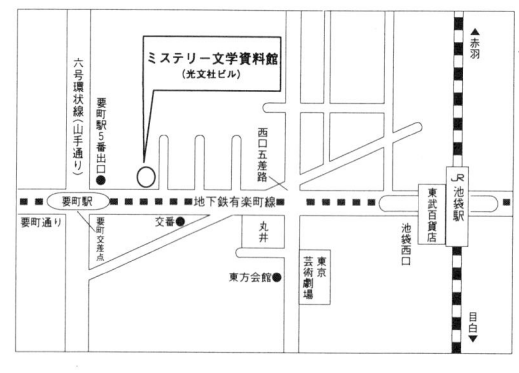

地下鉄有楽町線要町駅
　5番出口より、徒歩3分
JR池袋駅西口より、徒歩10分
〒171-0014　東京都豊島区
池袋三丁目1番2号
　　　　　　光文社ビル1F

電話　03(3986)3024
FAX　03(5957)0933
URL http://www.mys-bun.or.jp/

財団法人
光文シエラザード文化財団

山前 譲（やままえ・ゆずる）
推理小説研究家。1956(昭和31)年、北海道生まれ。北海道大学理学部卒。7年間のサラリーマン生活を経てフリーとなる。文庫解説やアンソロジーの編集を多数手掛ける。
1991年からミステリー評論家の新保博久と共に江戸川乱歩の蔵書目録作成に着手、10年がかりで完成させる。その目録を中心とした共著の「幻影の蔵」（東京書籍, 2002年）で、2003年、第56回日本推理作家協会賞（評論その他の部門）を受賞。著書に「日本ミステリーの100年」（光文社, 2001年）、編書に「推理小説雑誌細目総覧(1)／昭和20年代編」（推理小説文献資料研究会, 1985年）、「女性ミステリー作家傑作選」（光文社, 1997年）、「文豪のミステリー小説」（集英社, 2008年）、「ねこ！ネコ！猫！」（徳間書店, 2008年）など。

探偵雑誌目次総覧

2009年6月25日　第1刷発行

編　者／山前 譲 ©
監修者／ミステリー文学資料館
発行者／大高利夫
発行所／日外アソシエーツ株式会社
　　　　〒143-8550 東京都大田区大森北1-23-8 第3下川ビル
　　　　電話(03)3763-5241(代表)　FAX(03)3764-0845
　　　　URL http://www.nichigai.co.jp/
発売元／株式会社紀伊國屋書店
　　　　〒163-8636 東京都新宿区新宿3-17-7
　　　　電話(03)3354-0131(代表)
　　　　ホールセール部(営業) 電話(03)6910-0519

電算漢字処理／日外アソシエーツ株式会社
印刷・製本／株式会社平河工業社

不許複製・禁無断転載　　《中性紙三菱クリームエレガ使用》
《落丁・乱丁本はお取り替えいたします》
ISBN978-4-8169-2173-5　　Printed in Japan, 2009

最新 文学賞事典2004-2008

A5・490頁　定価14,910円（本体14,200円）　2009.3刊

最近5年間の小説、評論、随筆、詩、短歌、児童文学など、文学関連の466賞を一覧できる「文学賞事典」の最新版。賞の概要（由来・趣旨、主催者、選考委員、賞金、連絡先等）と受賞者、受賞作品、受賞理由がわかる。

日本の文学碑
宮澤康造,本城靖 監修

1 近現代の作家たち
A5・430頁　定価8,925円（本体8,500円）　2008.11刊

2 近世の文人たち
A5・380頁　定価8,925円（本体8,500円）　2008.11刊

全国に散在する文学碑10,000基を収録した文学碑ガイド。各作家名・文人名から、碑文、所在地、碑種のほか、各作家・文人のプロフィールや参考文献も記載。「県別索引」により近隣の文学碑も簡単に調べられる。

読んでおきたい名著案内
教科書掲載作品 13000（高校編）
阿武泉 監修　A5・920頁　定価9,800円（本体9,333円）　2008.4刊

読んでおきたい名著案内
教科書掲載作品　小・中学校編
A5・700頁　定価9,800円（本体9,333円）　2008.12刊

1949～2006年の国語教科書に掲載された全作品（小説・詩・戯曲・随筆・評論・古文など、高校編では俳句・短歌・漢文も）を収録。作品が掲載された教科書名のほか、その作品が収録されている一般図書も一覧できる。

短編小説12万作品名目録　続・2001-2008

B5・1,510頁　定価24,990円（本体23,800円）　2009.4刊

短編小説の作品名からその掲載図書（全集・アンソロジー）が調べられる目録。2001～2008年に刊行された短編小説を収載している図書1.5万点に掲載された作品のべ12万点を収録。

データベースカンパニー
日外アソシエーツ

〒143-8550　東京都大田区大森北1-23-8
TEL.(03)3763-5241　FAX.(03)3764-0845　http://www.nichigai.co.jp/